omnibus

ELIZABETH GEORGE

Une douce vengeance
Enquête dans le brouillard
Le Lieu du crime
Cérémonies barbares

Postface de Jacques Baudou

omnibus

ISBN : 2-258-04976-8 N° Editeur : 182
Dépôt légal : mai 1998

SOMMAIRE

Une douce vengeance 7
Enquête dans le brouillard 359
Le Lieu du crime................................. 641
Cérémonies barbares 943

Postface, par Jacques Baudou.................... 1315
Entretiens avec Elizabeth George 1323
Bibliographie 1339

UNE DOUCE VENGEANCE

A Suitable Vengeance
1991
Traduction de Dominique Wattwiller

Pour mon mari, Ira Toibin, qui m'a soutenue
avec patience et dévouement pendant vingt ans.
Avec toute ma reconnaissance.

Et pour mon cousin,
David Silvestri.

PREMIÈRE PARTIE

Soho la nuit

Tina Cogin savait tirer le meilleur parti du peu qu'elle possédait. C'était chez elle un don inné. Du moins aimait-elle à le penser.

Quelques étages au-dessus du vacarme de la circulation nocturne, sa silhouette nue se détachait telle une gargouille sur le mur de la chambre à peine éclairée ; Tina sourit tandis que ses mouvements, tout en faisant bouger son ombre, donnaient naissance à de nouvelles formes en noir et blanc qui évoquaient le test de Rorschach. Et quel test, songea-t-elle, esquissant un geste aguicheur. Quel spectacle pour un psychopathe !

Etouffant un rire d'autodérision — elle s'y entendait à se moquer d'elle-même —, elle se dirigea vers la commode afin de passer amoureusement en revue sa collection de sous-vêtements. Feignant l'hésitation pour mieux faire durer le plaisir, elle tendit la main vers un séduisant ensemble en soie et dentelle noires. Le soutien-gorge et le slip, fabriqués en France, étaient astucieusement et discrètement rembourrés. Elle les passa avec des doigts malhabiles, peu habitués à manipuler de la lingerie aussi fine.

D'une voix d'arrière-gorge, elle se mit à fredonner tranquillement un air de son cru, sorte d'hymne à la soirée qui s'annonçait, aux trois jours et aux trois nuits de totale liberté, au plaisir de s'aventurer dans les rues de Londres sans savoir ce que lui apporterait la douce nuit d'été. Elle glissa un ongle long et laqué sous le rabat d'une pochette neuve de bas Nylon mais, lorsqu'elle les sortit de leur enveloppe, ils accrochèrent sur sa peau moins douce qu'elle ne l'aurait souhaité. Le bas fila. Proférant un bref juron, elle examina les dégâts : un début d'échelle sur la face interne de la cuisse. Il allait lui falloir redoubler de vigilance.

Tout en enfilant lentement ses bas, elle baissa les yeux avec un soupir de contentement. Le Nylon glissait contre son épiderme. Elle savoura la sensation — semblable à la caresse d'un amant — et, pour l'intensifier, se passa les mains sur les chevilles, le long des mollets, des cuisses et des hanches. Fermes, songea-t-elle, superbes. Marquant une pause, elle admira sa silhouette dans la psyché avant de prendre dans la commode un jupon de soie noire.

La robe qu'elle sortit de la penderie était noire elle aussi, ras du cou et à manches longues. Tina l'avait choisie uniquement pour sa forme : c'était un fourreau qui la moulait au point que son corps semblait gainé d'un liquide opaque et ténébreux. Une ceinture soulignait la taille ; des perles de jais décoraient le corsage. C'était un modèle élégant de Knightsbridge dont le prix — ajouté à toutes les autres dépenses qu'il lui avait fallu faire par ailleurs — l'avait obligée à renoncer à se déplacer en taxi pendant le reste de l'été. Mais c'était sans importance car certains investissements finissent toujours par se révéler rentables. Cela, Tina ne l'ignorait pas.

Elle enfila des escarpins noirs à hauts talons avant d'allumer la lampe posée près du divan qui éclaira son modeste studio et — luxe suprême — sa salle de bains. Lors de son premier séjour à Londres plusieurs mois auparavant, alors qu'elle était jeune mariée et cherchait un refuge, elle avait fait la bêtise de louer une simple chambre meublée dans un petit immeuble d'Edgware Road où il lui avait fallu partager les sanitaires avec une flopée de Grecs souriants, très intéressés par les multiples allées et venues que lui imposait son sens rigoureux de l'hygiène. L'expérience lui avait servi de leçon. Elle s'était dit qu'après ça il était hors de question qu'elle partage avec quiconque ne fût-ce qu'un simple lavabo. Et bien que le studio avec sa salle de bains lui coutât les yeux de la tête, elle s'était débrouillée pour pouvoir se l'offrir.

Examinant une dernière fois son maquillage, elle s'estima satisfaite de ses yeux dont l'ombre à paupières judicieusement choisie rehaussait la couleur et rectifiait la forme, de ses sourcils bien dessinés et soigneusement lissés, de ses pommettes fardées au blush avec art pour éviter à son visage d'avoir l'air bêtement rectangulaire, de ses lèvres rougies et soulignées d'un trait de crayon pour exprimer la sensualité et attirer l'attention. Rejetant en arrière sa chevelure d'un noir aussi soutenu que celui de sa robe, elle tapota la légère frange qui lui retombait sur le front et sourit. Ça irait. Et comment.

Jetant un dernier coup d'œil autour d'elle, elle ramassa le sac noir posé sur le lit, s'assura qu'il contenait uniquement de l'argent, ses clés, et les deux petits sachets de plastique renfermant la drogue. Ses préparatifs terminés, elle sortit.

Dehors, elle se retrouva à humer les parfums disparates de la nuit citadine — mélange de mécanique et d'humanité — propres à ce quartier de Londres. Comme d'habitude avant de gagner

Praed Street, elle contempla avec satisfaction la façade de pierre lisse de son immeuble, balayant du regard les mots « Shrewsbury Court Apartments » qui servaient d'épigraphe au-dessus de la porte d'entrée à double battant ouvrant sur son refuge, son havre, seul endroit au monde où elle pût être elle-même.

Pivotant sur ses talons, elle marcha vers les lumières de Paddington Station où elle prit la Northern Line jusqu'à Notting-hill Gate et, de là, la Central Line jusqu'à Tottenham Court Road, pleine des miasmes des gaz d'échappement et de la foule survoltée du vendredi soir. D'un pas rapide, elle gagna Soho Square.

Dans Bateman Street, à deux pas de Soho Square, elle aperçut l'enseigne qu'elle cherchait, et qui se balançait au-dessus d'un restaurant italien d'où s'échappaient des odeurs peu engageantes. *Kat's Kradle* s'accompagnait d'une flèche pointée vers une ruelle sombre toute proche. Elle se dirigea vers la porte et descendit les marches qui, comme la petite rue dans laquelle se trouvait le club, étaient crasseuses et empestaient l'alcool, le vomi et la plomberie déglinguée.

Pour un night-club, il était encore tôt. A l'intérieur du *Kat's Kradle*, une assistance clairsemée occupait les quelques tables qui entouraient la piste de danse grande comme un timbre-poste. Près de la piste, les musiciens jouaient un air de jazz mélancolique pour saxo, piano et batterie cependant que la chanteuse du groupe, appuyée contre un tabouret de bois et fumant d'un air de profond ennui, attendait que le moment fût venu pour elle de faire de vagues bruits dans le micro.

La salle était sombre — seuls un maigre spot bleuâtre braqué sur l'orchestre, de rares bougies sur les tables et une lampe accrochée au-dessus du bar éclairaient les lieux. Tina s'approcha du bar, se hissa sur un tabouret, commanda un gin tonic, songeant que, malgré son aspect crasseux, l'endroit était décidément bien choisi ; c'était même sans doute ce que l'on pouvait espérer trouver de mieux à Soho pour conclure discrètement une transaction.

Verre à la main, elle se mit en devoir d'observer les clients. A défaut de détails précis, elle retira de ce premier examen une impression composite : corps, épais nuage de fumée de cigarettes, scintillement sporadique d'un bijou, éclat d'un briquet, flamme d'une allumette. Conversations, rires, échange de billets de banque, couples ondulant sur la piste. Et puis elle l'aperçut. C'était un jeune homme, assis seul à la table la plus reculée. A sa vue, elle sourit.

Ça ressemblait bien à Peter de choisir ce genre d'endroit : il ne risquait d'y rencontrer ni sa famille ni ses reluisants amis. Au

Kat's Kradle, il n'y avait pas de danger que quiconque le condamnât. Aucun souci à se faire. Son choix avait été astucieux.

Tina l'observa et sentit son estomac se nouer tandis qu'elle guettait le moment où il l'apercevrait à travers le rideau de fumée et les couples de danseurs. Ne se doutant pas qu'elle était déjà là, il avait les yeux braqués sur la porte et passait nerveusement les doigts dans ses cheveux blonds coupés ras. L'espace de quelques minutes, Tina le détailla avec intérêt, le vit commander et vider deux verres coup sur coup, remarquant que sa bouche se crispait alors qu'il consultait sa montre et que le manque s'intensifiait. D'après ce qu'elle pouvait voir, il était rudement mal habillé pour le frère d'un comte, engoncé dans une veste de cuir éraflé qui bâillait sur un T-shirt du *Hard Rock Café*. Une boucle d'oreille en or pendait à l'un de ses lobes et, de temps en temps, il y portait la main comme s'il se fût agi d'un talisman. Il se rongeait les ongles de la main gauche tandis que sa main droite pianotait impatiemment sur la table devant lui.

Alors qu'un groupe bruyant d'Allemands pénétrait dans le club, il se dressa d'un bond mais se rassit aussitôt en comprenant que la personne qu'il cherchait n'était pas parmi eux. Sortant une cigarette d'un paquet pris dans sa veste, il fouilla dans ses poches sans toutefois en retirer ni allumettes ni briquet. Un instant plus tard, il repoussa sa chaise en arrière, se leva et s'approcha du bar.

Droit sur l'objectif, songea Tina avec un sourire rentré. Dans la vie, il y a des rencontres qui sont inévitables.

Le temps que son compagnon ait garé la Triumph dans Soho Square, Sidney Saint James put constater qu'il était tendu comme une corde de violon. Ses mains serraient le volant avec une vigueur inutile. Pourtant il essayait de dissimuler sa nervosité. Reconnaître qu'il était en manque, ç'aurait été admettre qu'il était toxicomane. Et toxicomane, il ne l'était pas. Pas lui. Pas Justin Brooke, scientifique, bon vivant, directeur de projet, récipiendaire de multiples récompenses et distinctions.

— Tu as laissé les phares allumés, dit Sidney d'une voix atone. (Il ne réagit pas.) Les phares, Justin.

Il éteignit. Sidney le sentit — plutôt qu'elle ne le vit — se tourner vers elle. Un instant plus tard, les doigts de Justin se posèrent sur sa joue. Elle aurait voulu s'écarter tandis que les doigts, glissant le long de son cou, frôlaient le discret renflement de ses seins. Mais au lieu de cela, son corps, telle une créature échappant à son contrôle, réagit à la caresse et se prépara à l'accueillir.

Un léger tremblement de la main masculine, né de l'anxiété,

fit comprendre à la jeune femme que la caresse était factice : Justin cherchait à l'amadouer avant d'aller conclure son sale petit marché. Elle le repoussa.

— Sid, fit Justin, mettant dans l'intonation juste ce qu'il fallait de sensualité.

Mais Sidney savait que son esprit et son corps étaient focalisés sur la ruelle mal éclairée à l'autre bout de la place. Evidemment, il s'efforçait de lui cacher la vérité. Il se pencha comme pour lui démontrer que ce qui occupait une place prépondérante dans sa vie à cet instant n'était pas le besoin de se procurer de la drogue, mais le désir qu'il avait d'elle. Elle se raidit à son contact.

Les lèvres, la langue de Justin cherchèrent son cou, ses épaules. D'une main, il lui emprisonna un sein, dont il se mit à pétrir méthodiquement le bout à l'aide de son pouce. Il murmura son nom. La fit se tourner vers lui. Comme d'habitude, Sidney eut l'impression d'être transformée en brasier, de se perdre, d'abdiquer tout bon sens : elle avait soif de son baiser, elle entrouvrit la bouche.

Avec un grognement, il se pressa contre elle, la caressant, l'embrassant. Elle tendit la main vers le haut de sa cuisse pour le caresser à son tour. Et c'est alors qu'elle comprit.

Choquée, elle retomba abruptement sur terre. S'arrachant à son étreinte, elle lui jeta un regard courroucé à la lueur sourde des réverbères.

— Félicitations, Justin. Tu croyais que je ne m'en apercevrais pas ?

Il détourna les yeux. Ce qui la mit encore plus en rogne.

— File acheter ta saleté de dope. C'est pour ça qu'on est venus, non ? Ou est-ce que tu essayais de me faire croire que c'était pour autre chose ?

— Tu veux que je t'accompagne à ce pince-fesses, oui ou merde ? s'enquit Justin.

Recourant à une stratégie vieille comme le monde, il essayait de lui coller la responsabilité sur le dos. Cette fois, Sidney refusa de donner dans le panneau :

— Sois gentil, garde tes boniments. Je peux y aller seule.

— Eh bien alors, vas-y, qu'est-ce que tu attends ? Pourquoi tu m'as sonné cet après-midi, Sid ? Parce que c'est quand même bien toi qui m'as téléphoné, toute frétillante à l'idée de te faire trombiner une fois la soirée terminée, non ?

Elle ne broncha pas, sachant qu'il disait vrai. Chaque fois qu'elle jurait que c'était fini, qu'elle en avait soupé de lui, elle en redemandait ; bien que le détestant, se méprisant, elle revenait le trouver. A croire qu'elle n'avait plus de volonté propre.

Qu'avait-il donc de si extraordinaire ? Il n'était pas chaleureux. Pas beau. Pas commode. Bref, il n'était rien de ce qu'elle avait jadis rêvé de mettre dans son lit. Il avait un visage aux traits irréguliers, le teint olivâtre, les yeux creux, et une fine cicatrice le long de la mâchoire. Il n'avait rien... Si ce n'est le pouvoir en la regardant, en la touchant, de transformer son corps mince de petit garçon en quelque chose de sensuel, d'éclatant de vitalité.

Elle se sentit abattue. Dans la voiture, l'air lui sembla étouffant.

— Parfois, j'ai envie de le crier sur les toits, de le dire à tout le monde, murmura-t-elle. Il paraît que c'est la seule façon de guérir un toxicomane.

— Qu'est-ce que tu me chantes ?

Elle vit ses doigts se crisper.

— Les gens qui comptent dans la vie d'un drogué finissent toujours par découvrir la vérité. Sa famille. Ses employeurs. Et après il...

Justin tendit brutalement la main, lui attrapa le poignet, le tordit.

— T'amuse pas à ça. Ne me fais surtout pas ce coup-là. Je te jure que si tu fais ça, Sid... si tu fais ça...

— Ecoute, tu ne peux pas continuer à ce régime. Ça te revient à combien, maintenant, cette plaisanterie ? Cinquante ? Cent livres par jour ? Plus ? On ne peut même plus aller à une soirée sans que tu...

Il lui relâcha brusquement le poignet.

— Si c'est comme ça, descends. Trouve-toi quelqu'un d'autre. Et fous-moi la paix.

C'était la seule chose à faire. Mais Sidney s'en savait incapable et elle s'en voulait car elle se rendait compte qu'elle ne pourrait probablement pas le quitter.

— Je veux t'aider, c'est tout.

— Alors, ferme-la ! Laisse-moi aller dans cette putain de ruelle acheter cette putain de came et foutre le camp d'ici.

Il ouvrit la portière et la claqua avec bruit.

Sidney le regarda s'éloigner de quelques pas avant d'ouvrir sa propre portière :

— Justin...

— Reste où tu es.

Il avait l'air plus calme, non pas tant parce qu'il l'était mais parce que la place était noire de monde comme tous les vendredis soir et que Justin Brooke n'était pas homme à faire des scènes en public.

Ignorant l'injonction, elle se hâta de le rattraper, s'efforçant de ne pas penser que l'aider à se procurer de la drogue était vraiment la dernière des choses à faire. Elle se dit au contraire que, si elle n'était pas avec lui pour ouvrir l'œil, il risquait de se faire arrêter, truander ou pire encore.

— Je t'accompagne, fit-elle, le rejoignant.

Les traits tendus, Justin semblait se moquer éperdument qu'elle fût là ou non.

— Comme tu voudras, dit-il en se dirigeant vers la ruelle sombre, de l'autre côté de Soho Square.

Il y avait des travaux, ce qui rendait l'entrée de la petite rue encore plus obscure et plus étroite. Sidney esquissa une moue de dégoût en reniflant l'odeur de l'urine. C'était pire que ce qu'elle avait imaginé.

Des immeubles non éclairés se dressaient de part et d'autre du boyau. Leurs fenêtres s'ornaient de barreaux, leurs entrées abritaient des silhouettes gémissantes qui se livraient au commerce illicite que les night-clubs du voisinage semblaient avoir à cœur de promouvoir.

— Justin, où comptes-tu...

Brooke leva la main en signe d'avertissement. Non loin d'eux, de rauques jurons masculins emplirent soudain l'air. Ils provenaient de l'extrémité de la ruelle où la façade en retrait d'un établissement formait une manière d'alcôve. Deux silhouettes se contorsionnaient âprement sur le sol. Mais il ne s'agissait en rien d'un rendez-vous galant : c'était une agression, au contraire, et la silhouette du dessous — celle d'une femme — semblait ne pas faire le poids face à son agresseur déchaîné.

— Espèce de sale...

L'homme — blond apparemment, et furieux d'après le son de sa voix — se mit à bourrer de coups de poing le visage, les bras, l'estomac de sa victime.

Voyant cela, Sidney ébaucha un geste. Comme Brooke essayait de la retenir, elle se précipita vers l'extrémité de la ruelle en s'écriant :

— C'est une femme !

Derrière elle, Justin jura. Il s'élança à son tour et la dépassa, quelques mètres avant d'atteindre le couple qui s'agitait sur le sol.

— Recule. Laisse-moi m'occuper de ça, dit-il rudement.

Brooke empoigna l'homme par les épaules de sa veste de cuir et le souleva de terre. Ayant retrouvé l'usage de ses bras, la femme les mit devant son visage pour se protéger. Brooke écarta l'homme d'une poussée.

— Vous êtes débiles ! Vous voulez que la police se pointe ?

Sidney bouscula Justin.

— Peter ! cria-t-elle. Justin, regarde, c'est Peter Lynley !

Le regard de Brooke navigua du jeune homme à la femme

allongée sur le côté, la robe en désordre, les bas en charpie. Il s'accroupit, lui prit le visage entre les mains comme pour examiner l'étendue des dégâts.

— Nom de Dieu, marmonna-t-il.

La relâchant, il se redressa, secoua la tête et poussa un bref ricanement.

La femme se mit non sans mal à genoux, récupéra son sac, eut un haut-le-cœur.

Puis, bizarrement, elle éclata de rire à son tour.

DEUXIÈME PARTIE

Londres l'après-midi

1

Lady Helen Clyde trônait au milieu des atours de la mort. Des pièces à conviction s'entassaient sur les tables ; des photographies de cadavres couvraient les murs ; des spécimens repoussants garnissaient les armoires vitrées et parmi eux, souvenir particulièrement sinistre, une touffe de cheveux encore agrémentée d'un lambeau de cuir chevelu. Malgré le caractère macabre du décor, lady Helen n'avait qu'une idée en tête : manger.

Pour se distraire, elle consulta un exemplaire du rapport de police posé sur le plan de travail devant elle.

— Tout colle, Simon, fit-elle en éteignant son microscope. B négatif, AB positif, O positif. C'est la police métropolitaine qui va être contente.

— Hmmm, marmonna son compagnon.

Cette façon de répondre par monosyllabes était typique chez lui lorsqu'il était occupé. Lady Helen trouva cela d'autant plus agaçant qu'il était quatre heures passées et qu'elle avait une furieuse envie de prendre le thé. Tout à son travail, Simon Allcourt-Saint James entreprit de déboucher les flacons alignés en rang d'oignons devant lui. Ceux-ci contenaient des fibres minuscules qu'il devait analyser, jouant sa réputation grandissante d'expert en criminalistique sur sa faculté à « faire parler » de microscopiques filaments imbibés de sang.

Le voyant s'apprêter à effectuer ce qui avait tout l'air d'être une analyse de fragments de matière textile, lady Helen soupira et s'approcha de la fenêtre du laboratoire installé au dernier étage de la maison. Ouverte sur l'après-midi d'un mois de juin finissant, la fenêtre donnait sur un agréable jardin ceint d'un mur de brique, où poussaient en un fouillis joyeux des fleurs qui composaient un motif aussi fou que coloré, dissimulant çà et là les allées et la pelouse.

— Tu devrais engager quelqu'un pour s'occuper du jardin, dit lady Helen, sachant que les plantations avaient été sérieusement négligées au cours des trois dernières années.

— Oui, fit Saint James en prenant une paire de pinces et une boîte de lamelles.

Quelque part, en bas, une porte s'ouvrit et se referma. Enfin, songea lady Helen, se représentant Joseph Cotter qui montait de la cuisine en sous-sol avec un plateau chargé de scones frais, de crème épaisse, de tartes aux fraises et de thé. Malheureusement, les bruits sourds et ponctués d'ahanements succédant au claquement de la porte n'indiquaient nullement l'arrivée imminente des rafraîchissements tant attendus. Lady Helen contourna l'un des ordinateurs et alla jeter un coup d'œil dans le couloir.

— Que se passe-t-il ? s'enquit Saint James tandis qu'un *clank* — choc violent du métal contre le bois — résonnait dans toute la demeure, ce qui n'était pas de bon augure pour la rampe d'escalier.

Il descendit péniblement de son tabouret, sa jambe gauche appareillée heurtant le sol avec un horrible bruit mat.

— C'est Cotter. Il se débat avec une malle et une espèce de paquet. Qu'est-ce que vous transportez, Cotter ? Je peux vous aider ?

— Merci, je me débrouille, répondit Cotter d'en bas.

— Mais que diable... ?

Près d'elle, lady Helen sentit Saint James s'éloigner vivement de la porte. Il se remit à son travail comme s'il n'y avait pas eu d'interruption et que Cotter n'avait pas besoin d'aide.

C'est alors qu'Helen eut le fin mot de l'histoire. Car tandis que Cotter atteignait avec son fardeau le palier du premier, un rayon de lumière éclaira une grosse étiquette collée sur la malle. Bien qu'au dernier étage, lady Helen réussit cependant à lire l'inscription en lettres noires : *D. Cotter/USA*. Deborah rentrait, elle serait bientôt là. Et pourtant, faisant comme si de rien n'était, Saint James se consacrait à ses fibres et à ses lamelles. Il se pencha au-dessus d'un microscope pour procéder à un réglage.

Lady Helen descendit l'escalier. Cotter lui fit signe de s'en aller.

— Je vais y arriver. Ne vous donnez pas la peine.

— Mais ça me fait plaisir. Autant qu'à vous.

La réponse fit sourire Cotter, car c'était par amour pour sa fille sur le point de rentrer au bercail qu'il déployait tous ces efforts et lady Helen ne l'ignorait pas. Il lui tendit le volumineux paquet plat qu'il avait péniblement calé sous son bras mais se cramponna à la malle.

— Deborah rentre ? fit lady Helen à voix basse.

Cotter sur le même ton répondit :

— Oui. Ce soir.

— Simon ne m'en a rien dit.

Cotter assura de nouveau sa prise sur la malle.

— Pas étonnant, fit-il, l'air sombre.

Ils gravirent les ultimes volées de marches jusqu'au dernier étage. Cotter poussa la malle dans la chambre de sa fille sur la gauche du palier tandis que lady Helen s'arrêtait devant la porte du labo. Elle posa le paquet plat contre le mur, pianotant dessus du bout des doigts tout en observant son ami. Saint James ne leva pas le nez.

Le travail avait toujours été sa défense la plus efficace. Paillasses et microscopes étaient devenus des remparts que nul ne pouvait escalader, le labeur incessant, une drogue qui atténuait les tourments de l'absence. Lady Helen examina le labo, le voyant pour une fois non comme le centre de la vie professionnelle de Saint James mais comme son refuge. C'était une vaste pièce où flottait une vague odeur de formol ; aux murs recouverts de planches anatomiques, de graphiques et d'étagères ; au plancher ancien qui craquait ; au plafond percé d'une lucarne à tabatière. Des tables éraflées le meublaient, ainsi qu'un assortiment de hauts tabourets, de microscopes, d'ordinateurs et de matériel permettant de tout analyser, du sang aux balles. Sur un côté, une porte menait à la chambre noire de Deborah Cotter. Mais cette porte était restée fermée pendant l'absence de la jeune fille. Lady Helen se demanda ce que ferait Saint James si elle l'ouvrait maintenant.

— Deborah rentre ce soir, Simon ? Pourquoi ne m'as-tu rien dit ?

Saint James retira une lamelle du microscope et en mit une autre à la place, procédant à de minutieux réglages. Après avoir étudié ce nouveau spécimen pendant quelques instants, il griffonna quelques notes.

Lady Helen se pencha au-dessus de la paillasse et éteignit le microscope.

— Elle rentre, reprit-elle. Et tu n'en as pas soufflé mot de la journée. Pourquoi, Simon ?

Au lieu de répondre, Saint James regarda par-dessus son épaule.

— Qu'y a-t-il, Cotter ?

Lady Helen pivota. Cotter était sur le pas de la porte, sourcils froncés, s'essuyant le front à l'aide d'un mouchoir blanc.

— Inutile d'aller chercher Deb à l'aéroport, Mr Saint James, dit-il très vite. Lord Asherton s'en chargera. J'irai avec lui. Il m'a téléphoné il y a une heure. Tout est arrangé.

Le tic-tac de l'horloge murale répondit seul à l'annonce de Cotter. Puis, du dehors, s'élevèrent des pleurs d'enfant.

— Parfait, finit par énoncer Saint James. Tant mieux. J'ai une montagne de travail.

Soufflée, lady Helen faillit émettre un cri de protestation. Décidément, il y avait quelque chose qui ne tournait pas rond. Brûlant de poser la question qui lui semblait incontournable, elle considéra d'abord Saint James, puis Cotter ; leur réserve l'incita toutefois à se taire. Et pourtant Cotter semblait prêt à en dire davantage ; il paraissait même attendre que son interlocuteur ajoute quelque chose pour prendre la parole. Mais Saint James se contenta de fourrager dans ses cheveux noirs indisciplinés. Cotter se dandina d'une jambe sur l'autre.

— Il faut que j'y retourne, annonça-t-il.

Avec un signe de tête, il quitta la pièce d'un pas lourd, les épaules voûtées.

— Voyons, attaqua lady Helen, si j'ai bien compris, c'est Tommy qui va aller chercher Deborah à l'aéroport. Tommy. Pas toi ?

La question était justifiée. Thomas Lynley, lord Asherton — vieil ami de Saint James et de lady Helen —, était aussi une manière de collègue, car depuis maintenant dix ans il travaillait au service des affaires criminelles de New Scotland Yard. A ces deux titres, il avait été fréquemment reçu chez Saint James, à Chelsea, dans sa maison de Cheyne Row. Mais, songea lady Helen, comment diable Tommy en était-il venu à connaître Deborah suffisamment bien pour aller la chercher à l'aéroport à son retour des Etats-Unis où elle avait fait ses études et téléphoner tranquillement à son père les dispositions qu'il avait prises comme s'il était... Qu'était donc Tommy pour Deborah ?

— Il est allé la voir à plusieurs reprises en Amérique, répondit Saint James. Il ne te l'avait jamais dit, Helen ?

— Juste ciel ! s'exclama lady Helen, sidérée. D'où tiens-tu ça ? Ce n'est sûrement pas Deborah qui t'en a parlé. Quant à Tommy, il sait que tu as toujours...

— C'est par Cotter que je l'ai appris, l'an dernier. Comme tout père qui se respecte, il devait se poser des questions, s'interroger sur les intentions de Tommy.

Le ton sec était plus parlant qu'un long développement. Helen se sentit émue.

— Ç'a été horrible pour toi, n'est-ce pas, ces trois dernières années sans elle ?

Saint James déplaça un microscope et s'employa à retirer de l'oculaire un grain de poussière qui refusait de se laisser déloger.

Lady Helen l'observa, comprenant que le passage du temps venant se greffer sur son handicap l'incitait à se considérer comme de plus en plus diminué. Elle aurait voulu lui dire combien cette appréciation était fausse et injuste. Lui dire qu'il était le seul à se préoccuper à ce point de sa jambe. Mais c'eût été s'approcher dangereusement des eaux de la pitié et elle ne voulait en aucun cas le blesser par une manifestation intempestive de commisération.

La porte d'entrée claqua, ce qui lui évita de parler. Des pas rapides se firent entendre. Les trois étages furent avalés d'un trait. Il n'y avait qu'une seule personne capable d'effectuer l'ascension à cette vitesse.

— Voilà Sidney, laissa tomber Saint James avant que sa sœur cadette fasse irruption dans la pièce.

— Je savais que je te trouverais là, lança Sidney Saint James, lui posant un baiser sur la joue.

Elle se laissa tomber sur un tabouret et ajouta en guise de bonjour à l'assistante de son frère :

— J'adore cette robe, Helen. C'est nouveau ? Comment fais-tu pour avoir l'air aussi nette et pimpante à quatre heures et quart de l'après-midi ?

— A propos de vêtement... remarqua Saint James, considérant la tenue peu orthodoxe de sa sœur.

Sidney éclata de rire.

— Comment trouves-tu mon pantalon de cuir ? Il y a un manteau de fourrure qui va avec, mais je l'ai laissé au photographe.

— Ce n'est pas un peu chaud pour l'été ? observa lady Helen.

— Horrible, renchérit Sidney joyeusement. Je pose sur Albert Bridge depuis dix heures du matin en pantalon de cuir, manteau de fourrure et point final. Perchée sur le capot d'un taxi des années cinquante en compagnie du chauffeur — je me demande où ils vont pêcher ces cover-boys — qui est censé me couver d'un regard concupiscent. En plus, je dois montrer des bouts de peau, évidemment. Le chauffeur, lui, se contente d'avoir l'air de Jack l'Eventreur. J'ai emprunté la chemise que j'ai sur le dos à l'un des techniciens. Comme c'est l'heure de la pause, je me suis dit que je pouvais venir vous dire un petit bonjour en passant.

(Elle balaya la pièce d'un regard étonné.) Quatre heures passées. Où est le thé ?

Saint James eut un geste en direction du paquet plat que lady Helen avait posé contre le mur.

— Notre emploi du temps a été un peu chamboulé, aujourd'hui.

— Deborah rentre ce soir, Sid, expliqua lady Helen. Tu étais au courant ?

Le visage de Sidney s'éclaira.

— Elle se décide enfin ? Alors ce paquet, c'est des photos ? Génial ! Il faut qu'on y jette un coup d'œil tout de suite.

Dégringolant à bas du tabouret, elle secoua le paquet comme si c'était un cadeau de Noël et entreprit de déchirer le papier d'emballage.

— Sidney, fit Saint James, réprobateur.

— Bof, tu sais bien qu'elle n'y verrait aucun inconvénient.

Sidney jeta l'épais papier brun, défit les ficelles d'un carton à dessins noir et en sortit le portrait qui était sur le dessus de la pile. Elle l'examina, sifflant entre ses dents.

— Bigre, la petite se défend.

Elle passa la photographie à lady Helen et continua d'examiner les autres.

Moi au bain : les trois mots étaient griffonnés au bas du cliché qui était un nu de Deborah, de trois quarts devant l'objectif. La composition était habile : large cuvette en zinc remplie d'un doigt d'eau, chute délicate de la colonne vertébrale, table supportant broc, brosses à cheveux et peigne, lumière frappant le bras et le pied gauches ainsi que la courbe de l'épaule. Se prenant pour modèle, elle avait copié *Le Tub*, de Degas. L'effet était ravissant.

Lady Helen leva le nez et vit Saint James hocher la tête en signe d'approbation. Il retourna près de son matériel et se mit à trier des rapports.

— Vous étiez au courant ? Vous le saviez ? s'écria Sidney, impatientée.

— Quoi donc ? fit lady Helen.

— Que Deborah a une liaison avec Tommy. Tommy Lynley ! Aussi incroyable que cela puisse paraître, c'est la cuisinière de maman qui me l'a appris. Il paraît que Cotter est hors de lui. Franchement, Simon, il va falloir que tu le raisonnes. Et Tommy aussi, par la même occasion. Je trouve injuste qu'il m'ait préféré Deb. (Elle regrimpa sur son tabouret.) Au fait, je ne vous ai pas dit, pour Peter.

Lady Helen éprouva un certain soulagement en voyant que la conversation s'orientait dans une autre direction.

— Quoi, Peter ?

— Imaginez-vous, enchaîna Sidney, ponctuant son récit de gestes destinés à en souligner l'intensité dramatique, que Peter Lynley et une belle de nuit — longue chevelure de jais, toute de noir vêtue — ont été pris en *flagrant délit* dans une ruelle de Soho !

— Peter Lynley, le frère de Tommy ? souffla lady Helen. C'est impossible. Il est à Oxford pour l'été.

— Il avait l'air de se passionner pour des choses autrement plus intéressantes que ses études. Au diable l'histoire, la littérature et les beaux-arts.

— Qu'est-ce que tu racontes, Sidney ? s'enquit Saint James tandis que, sautant à bas de son tabouret, elle tournait dans le labo comme un chien fou.

Elle alluma le microscope de lady Helen et colla l'œil à l'oculaire.

— Nom d'un chien ! Qu'est-ce que c'est que ça ?

— Du sang, dit lady Helen. Et Peter Lynley ?

Sidney régla l'appareil.

— C'était... voyons... vendredi soir. Oui, vendredi, je devais aller à un cocktail assommant dans le West End et c'est ce soir-là que j'ai vu Peter. Par terre, dans une ruelle, en train de taper sur une prostituée ! Tommy ferait une drôle de tête s'il savait ça !

— Décidément, Peter n'aura causé que des ennuis à Tommy cette année.

— Et Tommy ne s'est pas privé de le chapitrer ! (Sidney jeta un regard interrogateur à son frère.) Et le thé ? Est-ce qu'on peut espérer...

— Il faut toujours espérer. Termine ton histoire.

Sidney fit une grimace.

— Il n'y a pas grand-chose d'autre à raconter. Justin et moi, nous sommes tombés sur Peter aux prises avec cette femme dans le noir. Il était en train de lui casser la figure, Justin est intervenu et les a séparés. La femme — j'ai trouvé ça plutôt bizarre — s'est mise à rire comme une malade. Crise d'hystérie sans doute. Mais avant qu'on ait eu le temps de voir si elle n'était pas trop amochée, elle avait filé. On a raccompagné Peter chez lui. Il habite un petit appartement sordide dans Whitechapel, Simon. Il y avait une fille aux yeux jaunes en jeans crasseux qui l'attendait sur le perron. (Sidney frissonna.) Peter ne m'a pas dit un mot de Tommy, d'Oxford ou de quoi que ce soit. Il devait être horriblement gêné, j'imagine. Il ne s'attendait évidemment pas à rencontrer des amis dans une ruelle perdue de Soho.

— Et toi, qu'est-ce que tu allais faire à Soho ? demanda Saint James. Encore une idée de Justin ?

Sidney évita son regard.

— Crois-tu que Deborah acceptera de me photographier ? Maintenant que j'ai les cheveux courts, il va falloir que je refasse mon *press-book*. Tu ne m'as pas dit comment tu les trouvais, Simon. Tu as vu, ils sont encore plus courts que les tiens.

Saint James refusa de se laisser entraîner sur ce terrain :

— Si on parlait plutôt de Brooke, Sid ?

Sidney jeta un regard d'excuse à lady Helen avant de faire face à son frère. La ressemblance entre eux était étonnante, mêmes cheveux noirs et bouclés, mêmes traits aigus et aquilins, mêmes yeux bleus. On eût dit deux images inversées dans un miroir : la vivacité de l'une faisant pendant au calme résigné de l'autre. C'étaient les photos *avant* et *après*, passé et présent, de deux personnes unies par les liens indéniables du sang.

— Ne joue pas les mères poules avec moi, protesta Sidney.

Le tintement de la pendule tira Saint James du sommeil. Trois heures du matin. L'espace d'un instant, à cheval entre sommeil et veille, il se demanda où il se trouvait avant qu'une douleur au cou ne l'éveillât pour de bon. Il remua et se leva de son fauteuil avec des gestes lents. S'étirant prudemment, il s'approcha de la fenêtre du bureau d'où il contempla Cheyne Row.

Le clair de lune répandait sur les feuilles des arbres une lumière argentée, nappant également les maisons restaurées situées sur le trottoir d'en face, Carlyle's House, ainsi que l'église du coin. Depuis quelques années, ce quartier proche de la Tamise — arraché à son passé bohème — était en pleine rénovation. Saint James adorait cet endroit.

Il retourna à son fauteuil. Sur la table voisine, un verre ballon contenait encore un doigt de cognac. Il l'avala, éteignit la lampe et quitta le bureau, enfilant l'étroit couloir pour se diriger vers l'escalier.

Il monta lentement les marches, traînant sa mauvaise jambe, s'agrippant à la rampe pour hisser ce poids mort. Secouant la tête, il se moqua amèrement de la garde solitaire qu'il avait montée en attendant le retour de Deborah.

Cotter était rentré de l'aéroport plusieurs heures plus tôt avec sa fille, laquelle n'avait fait qu'une brève étape à Cheyne Row, cantonnée dans la cuisine. De son bureau, Saint James avait entendu le rire de Deborah, la voix de son père, les aboiements du chien. Il s'était même représenté le chat de la maison sautant du rebord de la fenêtre pour l'accueillir. Le père et la fille étaient restés une demi-heure en tête à tête. Puis, au lieu de Deborah, c'était Cotter que Saint James avait vu arriver dans son bureau, un Cotter qui lui avait annoncé d'un air gêné que Deborah était repartie en compagnie de lord Asherton. Thomas Lynley. Le plus vieil ami de Saint James.

L'embarras de Cotter face à la conduite de Deborah promettait de rendre plus pénible encore une situation qui l'était déjà.

— Elle a dit qu'elle en avait pour une minute, avait bafouillé Cotter. Elle a dit qu'elle rentrerait directement. Qu'elle...

Saint James aurait voulu l'interrompre mais, n'y réussissant pas, il s'était contenté de regarder l'heure et de déclarer qu'il allait se mettre au lit. Cotter l'avait laissé tranquille.

Sachant que le sommeil le fuirait, il s'installa dans son bureau, essayant de lire une revue scientifique cependant que les heures passaient et qu'il guettait le retour de la jeune fille. Son côté raisonnable lui disait qu'une entrevue avec Deborah, maintenant, était inutile. Alors que l'imbécile en lui n'attendait que ça, les nerfs à vif.

Quelle bêtise, songea-t-il, continuant de monter l'escalier. Toutefois, son corps prenant le contrepied de son intellect, il se dirigea non vers sa chambre mais vers celle de Deborah, qui était au dernier étage de la maison. La porte en était ouverte.

C'était une petite pièce encombrée de meubles. Une armoire de chêne branlante était appuyée contre le mur. Une coiffeuse, également en chêne, supportait un vase rose en porcelaine de Belleek. Une descente de lit aux couleurs jadis chatoyantes — réalisée par la mère de Deborah dix mois avant sa mort — dessinait un ovale sur le sol. L'étroit lit de cuivre dans lequel elle avait dormi depuis son enfance jouxtait la fenêtre.

Pendant les trois ans qu'avait duré l'absence de Deborah, Saint James n'avait pas une seule fois mis les pieds dans cette pièce. Prenant sur lui, il s'y risqua, se dirigeant vers la fenêtre dont une brise légère agitait les rideaux blancs. Même à cette hauteur, il percevait le parfum des fleurs qui montait du jardin, à peine perceptible, comme un fond discret sur la toile de la nuit.

Alors qu'il savourait la fragrance subtile, une voiture gris métallisé tourna le coin et s'immobilisa devant la vieille grille du jardin. Saint James reconnut la Bentley et son conducteur, lequel, se tournant vers la jeune femme assise près de lui, la prit dans ses bras.

Le clair de lune qui avait un instant auparavant illuminé la rue éclaira l'intérieur de la voiture. Sous les yeux de Saint James incapable de s'écarter de la fenêtre même s'il l'avait voulu — ce qui n'était pas le cas —, Lynley pencha sa tête blonde vers

Deborah. Elle leva le bras, plongea les doigts dans sa chevelure, lui caressa le visage avant de l'attirer contre son cou, sa poitrine.

Saint James détacha son regard de la Bentley pour le reporter sur le jardin. Jacinthes, pieds-d'alouettes, alysses. Les lis étaient étouffés par les mauvaises herbes. Ce n'était pas le travail qui manquait. Il allait lui falloir s'en occuper. Mais le jardinage lui ferait-il oublier les mouvements de son cœur ?

Saint James connaissait Deborah depuis sa naissance car elle avait grandi chez lui, à Chelsea, fille d'un homme qui lui tenait lieu tour à tour d'infirmier, de domestique, de valet de chambre et d'ami. Aux heures les plus sombres de son existence, elle lui avait constamment tenu compagnie et sa présence l'avait arraché au plus fort du désespoir. Mais maintenant...

Elle a choisi, se dit-il, essayant de se convaincre qu'il n'éprouvait rien, qu'il acceptait la situation, qu'il pouvait être perdant et continuer à vivre comme si de rien n'était.

Traversant le palier, il entra dans son laboratoire où il alluma une lampe qui projeta un cercle de lumière sur un rapport de toxicologie. Il passa plusieurs minutes à essayer de lire le document — pitoyable tentative pour se remettre d'aplomb — avant d'entendre le ronflement du moteur de la voiture, bientôt suivi par les pas de Deborah dans le vestibule.

Il alluma une autre lumière et s'approcha de la porte, en proie à un sentiment de fébrilité, pris du besoin soudain de justifier le fait qu'il fût encore debout, habillé, à trois heures du matin. Mais il n'eut pas le temps de trouver une explication car Deborah, presque aussi rapide que Sidney, eut tôt fait de grimper l'escalier.

Elle prit pied sur le palier, et sursauta lorsqu'elle l'aperçut :

— Simon !

Au diable la résignation. Il tendit la main et elle se jeta dans ses bras. C'était naturel. C'était là qu'était sa place. Tous deux le savaient. Sans penser à autre chose, Saint James baissa la tête, cherchant sa bouche mais trouvant sa chevelure. L'odeur caractéristique des cigarettes que fumait Lynley imprégnait ses cheveux, lui rappelant amèrement ce qu'elle avait été pour lui et ce qu'elle était devenue.

Dégrisé par le parfum du tabac, il la relâcha. Il constata que le temps et l'absence l'avaient conduit à s'exagérer sa beauté, à la doter de qualités qu'elle ne possédait pas. Force lui fut de reconnaître ce qu'il avait toujours su : Deborah n'était pas belle au sens conventionnel du terme. Elle ne possédait ni les lignes aristocratiques ni la finesse d'Helen. Pas plus qu'elle n'avait les traits provocants de Sidney. C'était un mélange de chaleur et d'affection, de sensibilité et d'esprit, toutes caractéristiques qui se dégageaient de sa vivacité d'expression, du chaos de sa chevelure cuivrée, des taches de rousseur qui criblaient l'arête de son nez.

Mais il constata en elle des changements. Pour commencer, elle était trop maigre et d'inexplicables ondes de regret semblaient affleurer sous le calme de son apparence. Néanmoins, elle adopta pour lui parler le même ton que d'habitude.

— Tu as travaillé tard ? Ne me dis pas que tu m'as attendue.

— C'était le seul moyen de décider ton père à aller se coucher. Il avait peur que Tommy ne t'enlève cette nuit même.

Deborah éclata de rire.

— C'est bien de papa. Tu l'as cru, toi aussi ?

— Tommy a été bien bête de n'en rien faire.

Saint James s'émerveilla de l'hypocrisie de leurs propos. Une brève étreinte et ils avaient esquivé astucieusement les raisons qui avaient motivé le départ de Londres de Deborah, comme s'ils avaient décidé d'entretenir le même genre de relations qu'avant, relations qui leur étaient désormais interdites. Pour l'instant, cependant, l'amitié même fausse valait mieux que la séparation.

— J'ai quelque chose pour toi.

Lui faisant traverser le laboratoire, il ouvrit la porte de la chambre noire. Comme elle venait d'allumer la lumière, Saint James l'entendit pousser un hoquet de surprise lorsqu'elle aperçut le nouvel agrandisseur couleur qui remplaçait le vieil appareil noir et blanc.

— Simon ! (Elle se mordait l'intérieur de la lèvre.) C'est... Que c'est gentil ! Vraiment... tu n'aurais pas dû... et en plus tu m'as attendue.

Des taches rouges lui marbrèrent le visage, semblables à de peu esthétiques traces de coups : Deborah était ainsi, elle n'avait jamais su dissimuler.

La poignée de porte parut soudain étrangement froide à Saint James. Malgré le passé, il s'était imaginé que le cadeau lui ferait plaisir. Mais il n'en était rien. En faisant l'acquisition de cet appareil, il avait sans le vouloir franchi une frontière interdite.

— Je voulais te souhaiter la bienvenue à la maison, dit-il. (Elle ne broncha pas.) Tu nous as manqué.

Deborah passa la main sur l'agrandisseur.

— J'ai fait une exposition à Santa Barbara avant de partir. Tu le savais ? Tommy t'en a parlé ? Je lui avais téléphoné. Une exposition, c'est le rêve. Les gens commentent, critiquent. Certains achètent... J'étais folle de joie. Je m'étais servie d'un des agrandisseurs de l'école pour réaliser les tirages et je me souviens de m'être demandé comment je réussirais à m'offrir les nouveaux appareils que je voulais, ainsi que... Et voilà que c'est toi qui...

Elle examina la chambre noire, les flacons de produits chimiques, les cartons pleins de fournitures, les bacs d'arrêt et de fixage tout neufs. Elle porta ses doigts à ses lèvres.

— Et en plus, il y a tout le matériel nécessaire. Oh, Simon, c'est plus que... Vraiment, je ne m'attendais pas à ça. Tout est... C'est exactement ce dont j'avais besoin. Merci. Mille fois merci. Je te promets de revenir m'en servir tous les jours.

— Revenir ?

Saint James s'interrompit net, se rendant compte qu'il aurait dû comprendre ce qui se préparait depuis qu'il les avait surpris dans la voiture.

— Tu n'es pas au courant ? (Deborah éteignit et repassa dans le labo.) J'ai loué un appartement dans Paddington. C'est Tommy qui me l'a trouvé en avril. Il ne te l'a pas dit ? Papa non plus ? J'emménage demain.

— Demain ? Tu veux dire aujourd'hui ?

— C'est vrai. Et on risque de ne pas être très brillants, si on ne va pas dormir un peu. Aussi je vais te souhaiter bonne nuit en te disant de nouveau merci, Simon.

Elle approcha sa joue de la sienne, lui pressa la main et sortit.

Eh bien voilà, songea Saint James, la suivant des yeux d'un air inexpressif.

Il se dirigea vers l'escalier.

De sa chambre dont elle avait fermé la porte, elle l'entendit s'éloigner, descendre. Postée derrière le battant, Deborah suivit sa progression. Le bruit si particulier de ses pas était gravé dans sa mémoire et il la suivrait jusque dans la tombe. Bruit léger de la jambe valide alternant avec le bruit sourd de la jambe morte. Le mouvement de sa main crispée sur la rampe. Son souffle haché tandis qu'il conservait un équilibre précaire. Et tout cela accompli avec un visage qui ne trahissait nulle émotion.

Elle attendit qu'il eût refermé sa porte à l'étage au-dessous avant de s'éloigner de la porte de sa propre chambre et de s'approcher de la fenêtre.

Trois ans, songea-t-elle. Comment avait-il fait son compte pour maigrir encore, avoir l'air encore plus émacié, plus mal en point, pour avoir ce visage si anguleux, aux traits si irréguliers, sur lequel se lisait toute une vie de souffrances ? Ses cheveux étaient toujours trop longs. Elle se rappelait leur douceur entre ses doigts. Elle se remémorait ses yeux hagards qui lui parlaient même lorsqu'il se taisait, sa bouche qui se posait tendrement sur la sienne, ses mains expressives, des mains d'artiste, qui dessinaient les contours de son visage.

— Non. C'est fini.

Deborah murmura calmement ces paroles dans l'aube naissante. Tournant le dos à la fenêtre, elle ôta le couvre-pieds du lit sur lequel elle s'allongea tout habillée.

N'y pense pas, se dit-elle. Ne pense à rien.

2

C'était toujours le même triste rêve d'une randonnée de Buckbarrow à Greendale Tarn sous une ondée si pure, si rafraîchissante qu'elle ne pouvait qu'être du domaine du songe. Escalade des rochers qui affleuraient par endroits, galopade effrénée dans la lande, glissade en débandade le long de la colline, arrivée — essoufflé, riant — au bord de l'eau. Joie de vivre, exercice physique jubilatoire, course du sang dans ses membres qu'il sentait — il l'aurait juré — jusque dans son sommeil.

Et puis c'était le réveil en sursaut, traumatisant, et les retrouvailles avec le cauchemar. Allongé dans son lit, il fixait le plafond, s'efforçant de tourner le dos à la désolation. Ne parvenant jamais cependant à ignorer la douleur.

La porte de la chambre s'ouvrit, livrant passage à Cotter, qui apportait sur un plateau le thé du matin. Ayant déposé son fardeau sur la table près du lit, il examina Saint James, mine de rien, puis alla ouvrir les rideaux.

La clarté matinale fit à Saint James l'effet d'un courant électrique passant directement de ses yeux à son cerveau. Il tressaillit de tout son corps.

— Laissez-moi vous donner votre médicament, dit Cotter.

Il marqua une pause, le temps de verser à Saint James une tasse de thé, et disparut dans la salle de bains contiguë.

Demeuré seul, Saint James s'assit non sans mal et fit la grimace ; les coups sourds qui résonnaient dans son crâne intensifiaient tous les sons. La porte de l'armoire à pharmacie en se refermant produisit comme une détonation, l'eau coulant dans la baignoire lui sembla faire un rugissement de locomotive. Cotter reparut, le flacon à la main.

— Deux, ça devrait suffire.

Il tendit les comprimés à Saint James sans un mot, attendant que ce dernier les ait avalés. Puis, avec un air d'ennui étudié, il s'enquit :

— Vous avez vu Deb, la nuit dernière ?

Comme si la réponse était sans importance, Cotter repartit vers la salle de bains afin sans doute de tester la température de l'eau du bain, attention inutile et uniquement destinée à donner le change. Cotter jouait au serviteur zélé, ses propos et ses gestes exprimant une indifférence qu'il était loin d'éprouver.

Après avoir sucré abondamment son thé, Saint James en avala plusieurs gorgées. Se laissant aller contre les oreillers, il attendit que le médicament agisse.

Cotter émergea de la salle de bains.

— Oui.

— Elle a changé, vous ne trouvez pas ?

— Il fallait s'y attendre. Elle est restée absente longtemps, fit Saint James, rajoutant du thé dans sa tasse et se forçant à croiser le regard de son interlocuteur.

La détermination inscrite sur le visage de Cotter indiquait clairement qu'en poursuivant sur ce terrain, Saint James invitait son valet de chambre à lui faire des révélations qu'il préférait ne pas entendre.

Cotter resta planté sur le seuil. La conversation était dans une impasse. Saint James dut capituler :

— Qu'y a-t-il ?

— Lord Asherton et Deb, dit Cotter, lissant ses cheveux rares. Je savais qu'un jour Deb se donnerait corps et âme à un homme, Mr Saint James. Je ne suis pas idiot, je connais la vie. Mais étant donné les sentiments qu'elle a toujours eus pour... je suppose que je me suis dit... (La confiance de Cotter parut s'effriter momentanément. Il retira de sa manche un grain de poussière.) Pour résumer, je me fais un sang d'encre. Qu'est-ce qu'un homme comme lord Asherton peut bien vouloir à ma fille ?

L'épouser, bien sûr. La réponse jaillit avec la fulgurance d'un réflexe, mais Saint James ne la formula pas, bien qu'il sût qu'en l'énonçant il aurait apporté à Cotter la tranquillité d'esprit dont il avait besoin. Au lieu de cela, il lui vint une furieuse envie de proférer des mises en garde contre Lynley. Comme ce serait drôle de peindre son vieil ami sous les traits d'un Dorian Gray. Cette idée l'écœura. Il se contenta de dire :

— Ce n'est probablement pas ce que vous croyez.

Cotter passa son doigt le long du chambranle comme pour vérifier qu'il n'y restait pas la moindre trace de poussière. Il hocha la tête sans avoir pour autant l'air convaincu.

Saint James attrapa ses béquilles et se mit debout. Il traversa la chambre, espérant ainsi faire comprendre à Cotter que la discussion était terminée. Mais sa manœuvre échoua.

— Deb va avoir un appartement à Paddington. Est-ce qu'elle

vous l'a dit ? Lord Asherton l'entretient comme une vulgaire catin.

— Ça m'étonnerait, répondit Saint James, enfilant la robe de chambre que Cotter lui tendait.

— Si ce n'est pas lui qui paie le loyer, qui est-ce ? Elle n'a pas d'argent.

Saint James se dirigea vers la salle de bains où le gargouillis de l'eau lui apprit que Cotter, dans son agitation, avait complètement oublié que la baignoire se remplissait à un rythme d'enfer. Il ferma les robinets tout en cherchant un moyen de mettre un terme à la discussion.

— Alors il faut lui parler, Cotter, si c'est ce que vous pensez. Vous ne pouvez pas continuer à vous ronger les sangs comme ça.

— Si c'est ce que je pense ? Mais vous le pensez aussi, inutile de le nier ! Ça se voit sur votre figure, gros comme une maison. (Cotter poursuivit, s'échauffant :) J'ai essayé de parler à Deb. Mais sans succès. Elle est repartie le voir hier soir sans me laisser le temps d'aborder le sujet. Et ce matin, quand j'ai voulu remettre ça, je me suis aperçu qu'elle avait disparu.

— Elle était déjà sortie ? Avec Tommy ?

— Non. Seule cette fois. Elle est allée à Paddington.

— Eh bien, allez à Paddington. Parlez-lui. Elle sera sans doute ravie d'être un peu seule avec vous.

Cotter le dépassa et se mit à disposer son nécessaire de rasage avec un soin confinant à la maniaquerie. Saint James le regarda d'un œil circonspect, se doutant que le pire était encore à venir.

— Vous avez raison. Une bonne conversation, voilà ce qu'il lui faudrait. Mais ce n'est pas à moi de lui parler. Un père, c'est trop proche de sa fille, si vous voyez ce que je veux dire.

Saint James voyait parfaitement :

— Vous ne voulez tout de même pas...

— Deb vous aime beaucoup, Mr Saint James. Elle a toujours eu énormément d'affection pour vous. (Le visage de Cotter exprimait du défi — il n'était pas homme à reculer devant un chantage affectif surtout si cela pouvait servir ses intérêts.) Si seulement vous pouviez la mettre en garde. Je n'en demande pas davantage.

La mettre en garde ? Et comment ? *Garde-toi bien de continuer à fréquenter Tommy, Deborah. Tu risques de te retrouver mariée avec lui.* C'était hors de question.

— Un simple mot, insista Cotter. Elle a confiance en vous. Et moi aussi.

Saint James ravala un soupir de résignation. Maudite soit la loyauté sans faille de Cotter tout au long de ces années. Il avait envers lui une sacrée dette. Et il y a toujours un moment où l'on doit rembourser ses dettes.

— Très bien, capitula Saint James. Peut-être que je ferai un saut chez elle aujourd'hui si j'arrive à me libérer. Vous avez son adresse ?

— Je l'ai, répondit Cotter. Vous verrez, je suis certain que votre intervention fera plaisir à Deb.

Sûrement, songea Saint James, sarcastique.

L'immeuble qui abritait l'appartement de Deborah s'appelait Shrewsbury Court Apartments. Saint James le trouva sans peine, dans Sussex Gardens, coincé entre deux pensions crapoteuses. Récemment rénové, c'était un grand immeuble à la façade recouverte de pierre de Portland, nanti d'une grille de fer, et auquel on accédait en traversant une étroite allée de béton.

Saint James appuya sur le bouton marqué Cotter et la porte s'ouvrit avec un grésillement. Il pénétra dans un petit vestibule dallé de carreaux noirs et blancs. Comme l'extérieur du bâtiment, le vestibule était d'une propreté scrupuleuse et une faible odeur de désinfectant indiquait qu'il entendait le rester. Il n'y avait pas de meubles, rien qu'un couloir menant aux appartements du rez-de-chaussée, à une porte sur laquelle était accrochée une pancarte indiquant *concierge* — comme si l'emploi du mot français constituait un gage de respectabilité —, et à l'ascenseur.

L'appartement de Deborah était au dernier étage. Dans l'ascenseur, Saint James songea à l'absurdité de la situation dans laquelle Cotter l'avait fourré. Deborah était une adulte, plus une enfant. Il était peu probable qu'elle verrait d'un bon œil cette ingérence dans sa vie privée.

A peine eut-il frappé qu'elle ouvrit, comme si elle avait passé l'après-midi à l'attendre. En voyant son visiteur, toutefois, la jeune fille exprima une certaine surprise et ce n'est qu'après une infime hésitation qu'elle recula pour le laisser entrer.

— Simon ! Ça alors... (Elle lui tendit la main et, se ravisant, la laissa retomber.) Quelle surprise ! J'attendais... c'est vraiment une... Oh, mais je parle, je parle... Entre donc.

Le mot *appartement* s'avérait quelque peu audacieux, le chez-soi de Deborah n'étant en fait qu'un petit studio. Pourtant, on s'était efforcé de le rendre confortable. Une laque vert pâle, fraîche et printanière, recouvrait les murs. Contre une paroi, un divan en rotin disparaissait sous un couvre-pieds de couleur vive et une profusion de coussins brodés. Sur un autre mur étaient accrochées des photos que Saint James n'avait jamais vues et qui devaient être le fruit des trois années d'études de Deborah en

Amérique. Une chaîne stéréo, près de la fenêtre, passait de la musique en sourdine : *Prélude à l'après-midi d'un faune*, de Debussy.

Saint James se tourna pour faire une remarque sur la décoration de la pièce — bien éloignée de l'éclectisme adolescent de la chambre qu'elle avait occupée à Chelsea — et aperçut un petit renfoncement à gauche de la porte d'entrée. Celui-ci abritait une cuisine où, sur une table minuscule, était disposé un service à thé en porcelaine. Le couvert était mis pour deux.

Il aurait dû comprendre en la voyant. Car ce n'était pas son genre de flâner au beau milieu de la journée, vêtue d'une fluide robe d'été, alors qu'elle était généralement en jeans.

— Tu attends quelqu'un... Excuse-moi, j'aurais dû téléphoner.

— Je n'ai pas encore de ligne. C'est sans importance, je t'assure. (Du bras, elle désigna la pièce.) Alors, qu'en penses-tu ? Ça te plaît ?

Le studio, songea-t-il, remplissait parfaitement sa fonction. Dans cette pièce paisible et féminine, un homme ne pouvait avoir qu'une envie : s'allonger près de la maîtresse de céans et, ses soucis de la journée oubliés, lui faire l'amour. Mais ce n'était évidemment pas la réponse que Deborah attendait. Pour ne pas avoir à répondre, il s'approcha des photos.

Bien qu'il y en eût plus d'une douzaine au mur, elles étaient disposées de telle façon que ses yeux furent irrésistiblement attirés par le saisissant portrait en noir et blanc d'un homme debout, de dos, la tête de profil, ses cheveux et sa peau luisants d'eau contrastant avec un fond ébène.

— Tommy est photogénique.

Deborah le rejoignit.

— Oui, n'est-ce pas ? J'ai essayé de rendre sa musculature. Je ne suis pas vraiment sûre d'y avoir réussi. C'est l'éclairage. Il y a quelque chose qui me chiffonne. Tantôt je trouve ça bon et tantôt je trouve ça aussi banal qu'une photo anthropométrique.

Saint James sourit.

— Toujours aussi indulgente avec toi-même, Deborah.

— Eh oui. Je suis une éternelle insatisfaite. Ce n'est pas maintenant que je vais changer.

— Tu te rappelles, quand tu nous montrais une nouvelle photo ? Je trouvais ça bien. Ton père était d'accord. On faisait appel à Helen pour avoir un troisième avis. Et au lieu de te tenir pour satisfaite, tu déchirais le cliché en déclarant que nous n'y connaissions rien.

Elle éclata de rire :

— En tout cas, je n'allais pas à la pêche aux compliments.

— Ça, certainement pas.

Il se tourna de nouveau vers le mur. Et le plaisir né de cet échange de propos anodins s'envola.

Une étude d'un genre différent voisinait avec le portrait en noir et blanc. Le sujet en était encore Lynley, nu cette fois et assis sur un vieux lit de fer, les draps froissés recouvrant le bas de son corps. Une jambe repliée, un bras posé sur le genou, il fixait la fenêtre devant laquelle se tenait Deborah, le dos à l'appareil, la lumière du soleil glissant le long de sa hanche droite. Des rideaux jaunes bouillonnaient mollement, dissimulant le déclencheur qui lui avait permis de prendre la photo à distance. La photographie avait un air de totale spontanéité. C'était comme si, s'étant éveillée à côté de Lynley, Deborah avait profité de la lumière, du contraste entre les rideaux et le ciel matinal.

Saint James fixa le cliché, essayant de se persuader qu'il était devant une œuvre d'art, sachant en fait qu'il tenait la preuve que Cotter avait deviné juste concernant les relations de Deborah et de Lynley. Bien que les ayant vus ensemble dans la voiture la veille, Saint James s'était raccroché à un espoir mince comme un fil. Or ce fil venait de se casser sous ses yeux. Il regarda Deborah.

Deux taches de couleur marbraient ses pommettes.

— Décidément, je suis au-dessous de tout ! Veux-tu boire quelque chose, Simon ? Un gin tonic peut-être ? Autrement, j'ai du whisky. Et du thé. J'allais...

— Non, rien, merci. Tu attends quelqu'un. Je ne vais pas m'attarder.

— Reste pour le thé. Je peux mettre un autre couvert.

Elle gagna la minuscule cuisine.

— Non, Deborah, dit vivement Saint James. (Il s'imagina en train de boire du thé, de manger des biscuits tandis que Deborah et Lynley lui faisaient poliment la conversation, attendant avec impatience qu'il se décide à lever l'ancre.) Ce ne serait pas bien.

Deborah s'immobilisa devant le placard, une tasse et une soucoupe à la main.

— Pas bien ? Comment ça ? Il n'y aura que...

— Ecoute, mon petit chat. (Il ne désirait qu'une chose : faire son triste devoir, tenir la promesse faite à Cotter et s'en aller.) Ton père se fait du souci à ton sujet.

Avec le plus grand soin, Deborah reposa la soucoupe et la tasse sur le plan de travail.

— Je vois. Tu es ici en qualité de messager. Je ne te voyais pas dans ce rôle.

— Je lui ai promis que je te parlerais, Deborah.

A ces mots, il vit les taches s'accentuer sur ses pommettes.

Elle serra les lèvres. S'approchant du divan, elle s'assit, mains croisées.

— Très bien. Vas-y.

Saint James vit passer comme une sorte d'éclair sur son visage et perçut un début de colère dans sa voix. Mais il décida de n'en pas tenir compte, de dire ce qu'il avait à dire. Il se persuada que ce qui le poussait à parler était la promesse faite à Cotter. Il avait donné sa parole et ne partirait que lorsqu'il aurait transmis les inquiétudes de Cotter à sa fille de la manière la plus explicite.

— Ton père se fait du mauvais sang. A cause de toi et de Tommy, commença-t-il d'un ton qui lui parut raisonnable.

— Et toi ? contra-t-elle adroitement. Tu t'en fais aussi ?

— Ça n'a rien à voir avec moi.

— Ah. J'aurais dû m'en douter. Bon, maintenant que tu m'as vue — et que tu as vu l'appartement —, tu vas faire ton rapport à papa et justifier ses craintes ?

— Tu ne m'as pas compris.

— Tu es venu fouiner, te faire une idée de ma conduite. Qu'est-ce que je n'ai pas compris ?

— Ce n'est pas une question de conduite, Deborah. (Il se sentait sur la défensive, décidément mal à l'aise. L'entretien n'était pas censé prendre cette tournure.) C'est seulement que tes relations avec Tommy...

Elle se releva :

— J'ai peur que ça ne te regarde pas, Simon. Mon père n'est peut-être qu'un domestique pour toi, mais pas moi. Je ne l'ai jamais été. Où as-tu été pêcher l'idée que tu pouvais venir mettre ton nez dans mes affaires ? Pour qui te prends-tu ?

— Pour quelqu'un qui a de l'affection pour toi. Tu le sais très bien.

— Quelqu'un qui... (Deborah s'interrompit. Ses mains se crispèrent comme si elle s'efforçait de s'empêcher d'en dire davantage. Elle ne parvint pas à se contenir.) Quelqu'un qui a de l'affection pour moi ? Tu prétends avoir de l'affection pour moi ? Alors que tu ne t'es même pas donné la peine de m'envoyer ne fût-ce qu'une malheureuse lettre en trois ans ? J'avais dix-sept ans. Tu t'imagines ce que j'ai pu éprouver ? Toi qui prétends avoir tellement d'affection pour moi, tu t'imagines ce que j'ai pu ressentir ? (D'une démarche hésitante, elle traversa la pièce et pivota pour lui faire face.) Jour après jour, pendant des mois, j'ai attendu de tes nouvelles comme une imbécile, comme une pauvre idiote. Une réponse à mes lettres. N'importe quoi ! Un petit mot. Une carte postale. Un message que mon père m'aurait transmis. Mais je n'ai jamais rien reçu. Je ne savais pas pourquoi tu me laissais sans nouvelles. Je ne comprenais pas. Alors je me suis résignée et j'ai attendu que tu te décides à m'annoncer ton mariage avec Helen.

— Avec *Helen* ? énonça Saint James, incrédule, sans prendre le temps de se demander pourquoi la conversation tournait si vite à l'affrontement. Au nom du ciel, comment as-tu pu te fourrer une idée pareille dans la tête ?

— Qu'est-ce que je pouvais penser d'autre ?

— Tu aurais pu faire preuve de bon sens, penser à ce qui existait entre nous avant que tu ne quittes l'Angleterre.

Les larmes lui montèrent aux yeux, mais elle cligna furieusement des paupières pour les chasser.

— Oh, pour y penser, j'y ai pensé. La nuit, le jour, je ne pensais même qu'à ça, Simon. Allongée dans mon lit, essayant de trouver une bonne raison de continuer à vivre. Vivant un enfer. Tu es content que je te dise ça ? Ça te fait plaisir ? Ne pensant qu'à toi. Te réclamant de tout mon être. C'était... une vraie torture. Une maladie.

— Dont Tommy t'a guérie.

— Dont Tommy m'a guérie, Dieu merci. Exactement. Alors sors d'ici. Tout de suite. Et laisse-moi tranquille.

— Je m'en vais, rassure-toi. Ça la ficherait mal que je sois encore dans ce charmant petit nid d'amour lorsque Tommy se pointera pour profiter de ce qu'il a payé. (D'un geste cru, il désigna les éléments qui composaient le décor.) Le thé joliment servi. La musique douce. Et la dame elle-même, attendant son bon plaisir. Je gênerais, c'est certain. Surtout s'il est pressé.

Deborah recula.

— Ce qu'il a *payé* ? C'est pour ça que tu es là ? Tu penses que je suis trop nulle, trop gourde pour subvenir à mes besoins ? Tu crois que cet appartement est à Tommy ? Mais alors, dans ce cas, je suis qui, moi ? Je suis quoi ? Sa chose ? Une pute ? (Elle n'attendit pas la réponse.) Sors de cette maison.

Pas encore, se jura-t-il. Bon sang, pas encore.

— Tu parles de torture. Mais nom de Dieu, ces trois ans, qu'est-ce que tu crois que ç'a été pour moi ? Et hier soir, d'après toi, qu'est-ce que j'ai ressenti pendant que je me morfondais à t'attendre, alors que — je le sais maintenant — tu étais là, avec lui ?

— Je me fiche pas mal de ce que tu as pu éprouver ! De toute façon, ça ne peut pas être pire que les souffrances que tu m'as infligées !

— Drôle de compliment pour ton amant ! Tu es sûre que *souffrances* est bien le mot que tu voulais utiliser ?

— Nous y voilà. Le sexe. Ça se ramène à ça. Qui baise Deborah. Eh bien, c'est le moment ou jamais, Simon. Vas-y. Prends-moi. Rattrape le temps perdu. Le lit est là. Au travail. (Il ne broncha pas.) Allons viens, baise-moi vite fait. C'est ce que tu veux, non ? C'est bien ce que tu veux ?

Voyant qu'il continuait de se taire, elle attrapa le premier objet qui lui tomba sous la main et le lui jeta de toutes ses forces à la figure. Le bibelot alla s'écraser contre le mur à deux doigts de la tête de Saint James. Ils s'aperçurent trop tard tous les deux que, dans sa fureur, elle avait cassé le cygne en porcelaine dont il lui avait fait présent des années plus tôt à l'occasion de son anniversaire.

La colère de Deborah retomba.

La jeune fille, un poing sur les lèvres, semblait chercher des mots d'excuse. Mais Saint James ne se sentait pas d'humeur à en entendre davantage. Jetant un coup d'œil aux fragments de la statuette éparpillés sur le sol, il les réduisit en miettes sous son talon, démontrant par ce geste rageur qu'à l'instar de l'argile l'amour était lui aussi éminemment fragile.

Poussant un cri, Deborah traversa la pièce jusqu'à l'endroit où demeuraient encore quelques morceaux qui lui avaient échappé. Elle les ramassa.

— Je te déteste ! (Les larmes roulèrent le long de ses joues.) Je te déteste ! C'est exactement le genre de choses dont tu es capable. Ce n'est pas étonnant : tout est tordu chez toi. Pas seulement ta jambe, tout le reste.

Les mots avaient jailli avec la violence d'une lame. Tous les cauchemars de Saint James prenaient corps. Il eut un mouvement de recul et se dirigea vers la porte. Il se sentait anesthésié, anéanti, et surtout conscient jusqu'au malaise de l'insupportable gaucherie de sa démarche. Il lui sembla qu'il n'avait jamais eu autant de mal à se déplacer.

— Simon ! Non ! Excuse-moi !

Elle s'élançait vers lui et il remarqua — non sans intérêt — qu'elle s'était coupée avec le bord d'un des morceaux de porcelaine. Un filet de sang coulait de sa paume à son poignet.

— Je ne le pensais pas. Simon, tu sais que je ne le pensais pas.

Il s'étonna de constater que toute passion était morte en lui. Il n'avait plus qu'une envie : fuir.

— Je sais, Deborah.

Il ouvrit la porte, soulagé de se retrouver dehors.

Le sang battait à ses tempes, semblable à des eaux en crue, prélude à des souffrances intolérables. Assis dans sa vieille MG garée devant Shrewsbury Court Apartments, Saint James s'efforça d'en retarder l'échéance, sachant que s'il se laissait aller, ne fût-ce qu'un instant, la douleur serait si atroce qu'il ne pourrait regagner Chelsea par ses propres moyens.

La situation était ridicule. Lui faudrait-il vraiment appeler Cotter à l'aide ? Et tout ça pour quoi ? Parce qu'il venait d'avoir une conversation d'un quart d'heure avec une jeune fille de vingt et un ans ? Lui, qui était de onze ans son aîné, qui était un homme d'expérience, aurait dû en bonne logique sortir vainqueur de l'affrontement, au lieu de se retrouver brisé, liquéfié, malade. C'était grotesque.

Il ferma les yeux pour échapper à la lumière du soleil qui lui brûlait les nerfs. Il rit avec une ironie pleine d'amertume en songeant à l'ensemble de muscles, d'os et de tendons torturés qui depuis huit ans lui servait de prison, et de punition pour avoir été jeune et ivre sur une route sinueuse du Surrey longtemps auparavant.

L'air était chaud, fétide, chargé d'une odeur de fuel. Pourtant, il inspira à fond. Le plus important était de maîtriser la douleur dès le début ; il ne songea pas que, cela fait, il aurait le loisir d'examiner les accusations que Deborah lui avait jetées au visage et, ce qui était pire, de reconnaître qu'elles étaient fondées.

Pendant trois ans, il ne lui avait pas donné le moindre signe de vie. Et, circonstance aggravante, il ne pouvait en aucune manière lui expliquer la raison de son comportement. A supposer que Deborah comprît, à quoi cela lui servirait-il *maintenant* de savoir que chaque journée sans elle l'avait rapproché du néant ? Car, tandis que lui se laissait mourir à petit feu, Lynley avait investi le doux cercle de la vie de Deborah, se mouvant avec sa grâce, son calme et son assurance habituels.

A la pensée de Lynley, Saint James se secoua et plongea la main dans sa poche à la recherche de ses clés, bien décidé à ce que son ami ne le trouve pas avec une tête d'écolier puni devant l'immeuble de Deborah. Il s'éloigna du trottoir et se glissa dans le flot de la circulation dense qui courait le long de Sussex Gardens.

Tandis que les feux passaient au rouge au coin de Praed et de London Street, Saint James freina et laissa son regard errer mornement autour de lui. Sans vraiment les distinguer, ses yeux se posèrent sur les commerces qui se pressaient le long de Paddington Street, tels des enfants soucieux d'attirer l'attention. Non loin de là, sous le panneau bleu et blanc du métro, se tenait une femme. Elle achetait des fleurs à un marchand dont la charrette était en équilibre instable contre le bord du trottoir. Elle rejeta la tête en arrière en secouant ses cheveux noirs coupés court, ramassa son bouquet et ponctua d'un rire une réflexion du marchand.

En la voyant, Saint James maudit son impardonnable sottise. Car il contemplait sans aucun doute l'invitée de Deborah. Sa propre sœur, Sidney, et non Lynley.

Simon venait à peine de partir que des coups furent frappés à la porte : Deborah les ignora. Accroupie près de la fenêtre, elle tenait un fragment de porcelaine dans sa main ; elle se l'enfonça dans la paume, faisant jaillir de nouvelles gouttes de sang.

Sais-tu que les cygnes, lui avait-il dit, *lorsqu'ils se choisissent un compagnon, le font pour la vie ? Ils apprennent à vivre ensemble harmonieusement, s'acceptant l'un l'autre tels qu'ils sont. Une sacrée leçon pour nous tous, tu ne crois pas ?*

Deborah passa les doigts sur le fragment délicat — vestige du cadeau de Simon — et se demanda comment elle avait pu commettre cet acte de trahison. Quel genre de triomphe pouvait-elle se vanter d'avoir remporté ? Son triomphe — si triomphe il y avait — avait été une vengeance brève et écrasante, qui avait sa source dans la complète humiliation qu'elle lui avait infligée. Et qu'est-ce que l'horrible scène qui venait de se dérouler prouvait en fin de compte ? Simplement que sa philosophie d'adolescente — débitée avec tant d'assurance alors qu'elle avait dix-sept ans — n'avait pas résisté à l'épreuve de la séparation. *Je t'aime*, lui avait-elle dit. *C'est un fait. Il n'y a pas à revenir là-dessus.* Mais les mots s'étaient révélés faux. Les êtres humains n'étaient pas comme les cygnes. Et elle encore moins.

Deborah se releva, essuyant rudement ses joues avec sa manche, sans se soucier des trois boutons qui pouvaient lui égratigner la peau, souhaitant même qu'ils l'écorchent. Elle se rendit dans la cuisine pour y prendre un morceau de chiffon qu'elle s'enroula autour de la main. Puis elle rangea le fragment de porcelaine dans un tiroir. Geste ridicule, accompli dans l'idée que le cygne pourrait un jour être réparé.

Après quoi, se demandant comment elle expliquerait son allure à Sidney Saint James, elle s'approcha de la porte où l'on frappait toujours. S'essuyant les joues une seconde fois, elle tourna la poignée, s'efforçant de sourire et ne réussissant qu'à grimacer.

— Ne fais pas attention, Sidney. Je suis... commença Deborah, qui s'arrêta net.

Une femme brune bizarrement vêtue mais séduisante malgré tout se tenait sur le seuil. Elle tenait à la main un verre de liquide vert à l'aspect crémeux qu'elle tendit à Deborah sans un mot.

Eberluée, Deborah le prit. La femme hocha vivement la tête et pénétra dans l'appartement.

— Tous les mêmes, les mecs.

Sa voix était rauque, teintée d'une pointe d'accent dont elle essayait de se débarrasser. Pieds nus, elle se dirigea vers le centre de la pièce en continuant de parler comme si Deborah et elle se connaissaient depuis des années.

— Buvez. J'en ingurgite au moins cinq par jour. Vous vous sentirez comme neuve, je vous le garantis. Dieu sait qu'en ce moment j'ai bien besoin de me sentir requinquée après chaque... (Elle s'interrompit et éclata de rire, dévoilant des dents extraordinairement blanches et régulières.) Je ne vous fais pas de dessin.

Il était difficile de ne pas comprendre ce qu'elle voulait dire. Dans son déshabillé de satin noir tout en plissés et volants, elle constituait une réclame vivante pour sa profession.

Deborah leva le verre qu'on lui avait mis d'autorité dans la main.

— Qu'est-ce que c'est ?

L'interphone bourdonna, indiquant la présence d'un visiteur au rez-de-chaussée. La femme s'approcha du mur et appuya sur le bouton.

— Quelle baraque ! On se croirait dans un hall de gare !

Elle désigna la boisson d'un mouvement de menton, retira une carte de la poche de sa robe de chambre et la remit à Deborah.

— Jus de fruits et vitamines. Plus quelques légumes. C'est un remontant. Je vous ai noté la recette. A en juger par toutes ces allées et venues, va falloir que vous en avaliez une sacrée quantité. Buvez. Allez-y.

Elle attendit que Deborah ait porté le verre à ses lèvres avant de s'approcher des photos.

— Très joli. C'est vous qui faites ça ?

— Oui.

Deborah lut la liste des ingrédients sur la carte. Surtout du chou, qu'elle détestait. Elle déposa le verre sur le plan de travail et passa les doigts sur le chiffon dont elle s'était enveloppé la paume. Elle porta la main à ses cheveux tout emmêlés.

— Je dois avoir une drôle de tête.

La femme sourit.

— Et moi donc ! J'attends le soir pour me pomponner, je ne sors jamais dans la journée. Sérieusement, vous êtes ravissante. Alors, ma mixture ?

— Ça ne ressemble à rien de ce que j'ai bu jusqu'à présent.

— C'est spécial, hein ? Je devrais la faire breveter.

— Oui. C'est très bon. Merci. Désolée pour le bruit.

— Sacrée dispute que vous avez eue. J'ai pas pu m'empêcher d'entendre — les murs sont fins comme du papier à cigarette. L'espace d'un instant, j'ai bien cru que ça allait se terminer par une bagarre. J'habite juste à côté. (Du pouce, elle désigna l'appartement de gauche.) Tina Cogin.

— Deborah Cotter. J'ai emménagé la nuit dernière.

— C'était donc ça, ces allées et venues, ce raffut... (Tina sourit.) Et moi qui croyais que j'avais de la concurrence... N'en parlons plus. De toute façon vous n'avez pas le physique de l'emploi.

Deborah se sentit rougir, ne sachant si elle devait remercier sa voisine.

Considérant qu'une réponse était inutile, Tina se regardait dans le verre d'une des photos encadrées de Deborah. Elle rectifia sa coiffure, examina ses dents, passa un ongle fort long entre les deux incisives.

— Je suis drôlement décatie. Le maquillage, c'est bien beau, mais c'est pas tout. Il y a dix ans, un coup de blush suffisait. Mais maintenant... J'ai beau passer des heures devant ma glace, j'ai toujours une sale tronche quand j'ai fini.

Un coup fut frappé à la porte. Sidney, décida Deborah. Elle se demanda ce que dirait la sœur de Simon en voyant cette visiteuse inattendue en train d'étudier la photo de Lynley comme si elle envisageait d'en faire une de ses sources de revenus.

— Voulez-vous rester pour le thé ? proposa Deborah.

Tina tourna le dos au cliché. Haussa un sourcil.

— Le thé ? s'étonna-t-elle comme si ce breuvage n'avait pas franchi ses lèvres depuis une éternité. C'est gentil à vous, Deb, mais non. Dans ce genre de situation, trois, c'est un peu beaucoup. Croyez-en mon expérience.

— Trois ? bégaya Deborah. Mais c'est une femme.

— Oh, non ! se récria Tina, éclatant de rire. Je parlais de la table, mon chou. Elle est un peu petite, voyez-vous, et je suis horriblement maladroite dès qu'il s'agit de manipuler tasses et couverts. Finissez votre boisson, vous me rapporterez le verre plus tard. D'accord ?

— Très bien. Merci.

— Nous en profiterons pour tailler une bavette.

Avec un geste de la main, Tina ouvrit la porte, fila sous le nez de Sidney Saint James avec un sourire éblouissant et disparut dans les profondeurs du couloir.

3

Peter Lynley n'avait choisi son domicile de Whitechapel ni pour ses agréments ni pour sa situation. Les attraits de l'appartement étaient en effet inexistants, à moins qu'on pût considérer comme tels quatre murs et deux fenêtres impossibles à ouvrir car collées par la peinture. Quant à la situation, si l'appartement se trouvait à deux pas d'une station de métro, l'immeuble même, construit pendant la période pré-victorienne, était entouré de bâtiments datant de la même époque qui n'avaient été ni rénovés ni ravalés depuis au moins trente ans. Appartement et emplacement convenaient cependant à Peter, qui n'était pas exigeant, et plus encore à son porte-monnaie, qui était pratiquement à plat.

S'ils suivaient son plan, ils pourraient tenir encore quinze jours à condition d'y aller mollo et de se contenter de cinq lignes par soirée. Mettons six. Dans la journée, ils chercheraient du travail sérieusement. Un boulot dans la vente pour lui. De nouveaux engagements pour Sacha. La vente, il avait ça dans le sang. Et Sacha, dans sa partie, était une véritable artiste. A Soho, elle trouverait des boîtes qui lui proposeraient des contrats. On se l'arracherait. Bon sang, ils n'avaient sûrement jamais rien vu de pareil. Ce serait comme à Oxford : une scène vide, un spot, et sur une chaise Sacha laissant les spectateurs lui enlever ses vêtements, les mettant au défi de la dénuder complètement. « Laissez-vous aller. N'ayez pas peur. Apprenez à vous connaître. Dites-moi de quoi vous avez envie. » Et pendant ce temps, elle souriait d'un air supérieur, seule personne dans la salle à s'assumer, à être fière de ce qu'elle était. Tête haute, port de reine. *Je suis comme je suis*, proclamait son attitude. *Je suis. Je suis.*

Où était-elle ? songea Peter.

Il regarda l'heure. Sa Timex d'occasion était tout sauf fiable. Il avait vendu sa Rolex peu de temps auparavant et avait rapidement découvert qu'il était aussi ridicule de se fier à cette camelote pour avoir l'heure juste que de compter sur Sacha pour qu'elle achète de la came sans tomber sur un type des stups.

Evitant de s'appesantir sur le sujet, il secoua avec inquiétude son poignet et examina sa montre de plus près. Est-ce que ces satanées aiguilles avaient seulement bougé au cours de la dernière demi-heure ? Il la porta à son oreille, poussa un juron incrédule en percevant le faible tic-tac. Il n'y avait que deux heures qu'elle était partie et il lui semblait que ça faisait un siècle.

Incapable de tenir en place, il se leva du canapé avachi, l'un des trois meubles de énième main qui garnissaient la pièce si l'on exceptait les cartons dans lesquels ils rangeaient leurs vêtements et la caisse sur laquelle reposait l'unique lampe. Le canapé, en se dépliant, faisait lit. Sacha râlait après tous les jours, déclarant que cette saloperie lui esquintait le dos, qu'elle n'avait pas dormi correctement depuis un bon mois.

Où donc était-elle ? Peter s'approcha d'une des fenêtres et souleva le drap dans l'ourlet duquel avait été glissée une tringle rouillée pour lui permettre de faire office de rideau. Il colla son nez à la vitre, aussi sale à l'intérieur qu'à l'extérieur.

Tandis qu'il parcourait la rue des yeux à la recherche de Sacha et du vieux fourre-tout en tapisserie qu'elle trimballait partout, Peter sortit de la poche de son jeans un mouchoir sale à l'aide duquel il s'essuya le nez. C'était un geste purement machinal. La brève douleur qui l'accompagna disparut comme elle était venue, ce qui lui permit de l'ignorer. Sans examiner le tissu ni les nouvelles taches couleur de rouille qui le maculaient, il remit le mouchoir en place puis, tel un lapin sa carotte, il entreprit de se mordiller l'index.

A l'entrée de la rue étroite dans laquelle ils habitaient, les piétons arpentaient Brick Lane. Peter essaya de repérer Sacha au milieu des têtes qui se dirigeaient vers la station de métro d'Aldgate East ou en sortaient. Elle avait dû prendre la Northern Line, se dit-il, puis emprunter la Metropolitan Line pour arriver à bon port. Alors où était-elle ? Acheter de la dope, ça n'était quand même pas sorcier. Il suffisait d'abouler le fric et d'empocher la came. Qu'est-ce qu'elle avait à traîner comme ça ?

Il tourna et retourna la question. Qu'est-ce qu'elle pouvait bien fabriquer ? Au fond, qu'est-ce qui l'empêchait, cette petite salope, de mettre les voiles avec son blé, de s'acheter de la dope et de ne jamais refoutre les pieds à l'appartement ? Tout bien considéré, pourquoi se donnerait-elle la peine de revenir une fois en possession de la poudre ? La drogue, il n'y avait que ça qui l'intéressait.

Peter rejeta cette idée : c'était impossible. Sacha ne partirait pas. Pas maintenant. Jamais. Ne lui avait-elle pas dit, la semaine dernière encore, que ça n'avait jamais été aussi bon avec personne ? Ne le suppliait-elle pas pratiquement tous les soirs de la grimper ?

Pensif, Peter s'essuya le nez d'un revers de main. Quand l'avaient-ils fait pour la dernière fois ? La nuit dernière ? Elle riait comme une malade, il l'avait prise contre le mur et... C'était pas la nuit dernière ? Sammy, qui habitait de l'autre côté du palier, avait cogné à la porte pour leur demander de la mettre en veilleuse tandis que Sacha criait, le griffait, haletait — seulement non, elle ne criait pas, elle hurlait de rire et sa tête n'arrêtait pas de heurter le mur et il n'avait pas été jusqu'au bout, il n'avait pas réussi à aller jusqu'au bout, mais c'était sans importance parce qu'ils étaient dans les vapes tous les deux.

Voilà. C'était la nuit dernière. Et elle allait revenir avec la came.

Il se mordit un ongle à vif.

Bon. Et à supposer que ça foire, la transaction, à Hampstead ? Elle lui en avait assez rebattu les oreilles cet après-midi, de Hampstead. D'une maison près du Heath où les deals se faisaient les doigts dans le nez à condition que le pognon soit au rendez-vous. Alors où était-elle ? Combien de temps fallait-il pour faire l'aller-retour ? Où diable était-elle passée ?

Peter grimaça un sourire, un goût de sang dans la bouche : il y était allé un peu fort en se mordant. C'était le moment de se calmer. Il inspira à fond. Il s'étira. Et, se baissant, il toucha ses orteils.

De toute façon, ça n'avait pas d'importance. Il n'en avait pas vraiment besoin. Il pouvait s'arrêter quand il voulait. C'était bien connu. On pouvait s'arrêter quand on voulait. Pourtant, quand il en prenait, il était quelqu'un. Manipulateur de génie, maître du monde.

La porte s'ouvrant soudain derrière lui, il pivota et constata que Sacha était de retour. Debout dans l'encadrement, elle repoussa ses cheveux plats qui lui tombaient dans la figure, le dévisageant d'un air craintif. Elle avait tout du lièvre acculé.

— Où elle est ? s'enquit-il.

Un frisson tordit les traits de la jeune femme. Elle referma la porte d'un coup de pied et alla s'asseoir sur les coussins marron usés jusqu'à la corde, lui tournant le dos, baissant la tête. Peter sentit des picotements sur sa peau en signe d'avertissement.

— Où elle est ?

— Je n'ai... J'ai pas réussi...

Elle fut prise de tremblements.

Peter perdit aussitôt son sang-froid.

— Qu'est-ce que tu n'as pas réussi à... Qu'est-ce qui se passe, nom d'un chien ?

Il se rua vers la fenêtre, souleva imperceptiblement le rideau. Bon Dieu, elle avait merdé ? Elle avait les flics au train ? Il examina la rue, ne remarqua rien d'anormal. Ni voiture banalisée pleine de policiers en train de planquer devant l'immeuble. Ni fourgonnette en stationnement interdit le long du trottoir. Ni flic en civil faisant le pet sous le réverbère. Rien. Que dalle.

Il se tourna vers elle. Elle l'observait par-dessus son épaule.

Ses yeux — jaune et brun, semblables à ceux d'un chien — étaient larmoyants, bordés de rouge. Ses lèvres tremblaient. Il comprit.

— Bordel de Dieu !

Il traversa la pièce, la bouscula et s'empara de son sac. Il en répandit le contenu sur le canapé et se mit à fouiller dedans avec des mains maladroites, ses recherches frénétiques s'avérant infructueuses.

— Où diable... Où est la dope, Sacha ? Où elle est ?

— Je n'ai pas...

— Alors où est le blé ? (Des sirènes ululaient dans son crâne. Les murs s'effondraient.) Sacha, où est le blé, bordel de merde ?

A ces mots, Sacha se redressa, bondit du canapé et traversa la pièce.

— C'est tout ce que tu trouves à dire ? hurla-t-elle. « Où est le blé, bordel de merde ? » Pas : « Où étais-tu passée ? » ni : « Je commençais à me faire de la bile. » Non. « Où est le blé, bordel de merde ? » (Avec violence, elle retroussa la manche de son pull mauve tout taché. De profondes égratignures zébraient sa peau jaunâtre sur laquelle des ecchymoses commençaient à apparaître.) Regarde ! Je me suis fait agresser, fumier !

— On t'a *agressée* ? (D'abord dubitatif, le ton se fit carrément incrédule.) Dis pas de conneries ! Qu'est-ce que tu as fait du pognon ?

— Je viens de te le dire ! Ton putain de pognon, on me l'a piqué sur le quai de ce foutu métro. J'ai passé deux heures au poste avec ces connards de flics d'Hampstead. Téléphone-leur si tu me crois pas.

Là-dessus, elle se mit à sangloter. Peter n'en crut pas ses oreilles.

— Bon Dieu, t'es nulle, Sacha.

— Tu peux parler ! T'es pas tellement plus malin que moi. Si t'avais réussi à te procurer la poudre vendredi dernier, comme tu devais le faire...

— Combien de fois faudra-t-il que je te le répète ? Le deal a foiré.

— Ouais, alors t'as rien trouvé de mieux que de m'envoyer au ravitaillement à ta place !

— Moi, je t'ai envoyée... ?

— Et comment ! (Son visage se crispa, amer.) Tu les avais à zéro, tu flippais comme une bête à l'idée de te faire poisser. Alors tu as préféré me laisser y aller. Ne viens pas me crier après, maintenant.

Peter sentit la main le démanger ; il l'aurait volontiers frappée rien que pour voir le sang lui affluer au visage. Il s'éloigna d'elle, cherchant à gagner du temps, à se calmer, à essayer de mettre une stratégie au point.

— Que je me fasse coffrer, moi, Sacha Nifford, qu'est-ce que ça peut foutre ? Qui connaît Sacha Nifford ? Je n'intéresse pas les journaux, je n'intéresse personne. Mais si, toi, tu t'étais fait prendre, les doigts dans le pot de confiture, ç'aurait été autre chose. L'Honorable Peter Lynley...

— Tais-toi.

— Le nom de la famille en aurait pris un coup.

— Ta gueule, Sacha !

— Des générations de vertueux Lynley se seraient retournés dans leur tombe ! Ta maman aurait été aux cent coups ! Sans parler de ton grand frère, le grand manitou de Scotland Yard !

— La ferme, nom de Dieu !

A l'étage au-dessous, quelqu'un cogna au plafond pour réclamer un peu de calme. Sacha continuait de le fixer d'un air furibond, le mettant au défi de la contredire. Il se rendit compte qu'il en était incapable.

— Ne nous emballons pas, marmonna-t-il. (Remarquant que ses mains tremblaient, il les fourra dans ses poches. Il transpirait abondamment.) Il y a toujours la Cornouailles.

— La Cornouailles ? reprit Sacha, interloquée. Pourquoi diable...

— Je n'ai pas assez de fric ici.

— J'ai du mal à le croire. Si tu es à sec, va voir ton frère, demande-lui un chèque. Il est plein aux as. C'est de notoriété publique.

Peter retourna près de la fenêtre, se mordillant consciencieusement le pouce.

— Mais pas question que tu y ailles, bien sûr, poursuivit Sacha. Jamais tu oseras taper ton frère. On va se farcir la route jusqu'en Cornouailles, tout ça parce que tu crèves de trouille devant lui. Tu as une pétoche pas possible à l'idée que Thomas Lynley découvre tes petits secrets. Et à supposer qu'il les découvre ? Ça n'est pas ton tuteur, que je sache ! Ce n'est qu'un mec de la haute, diplômé d'Oxford. Seulement tu es une telle couille molle que...

— Ferme ça !

— Pas question. Explique-moi plutôt pourquoi tu tiens tellement à ce qu'on se propulse en Cornouailles. Qu'est-ce qu'il y a de si intéressant là-bas ?

— Howenstow, dit-il.

— Howenstow ? souffla Sacha, la mâchoire pendante. Tu as l'intention d'aller rendre visite à ta maman ? Génial, j'aurais dû m'en douter. C'était ça, ou continuer à te sucer le pouce. Ou alors t'astiquer la colonne.

— Espèce de salope !

— C'est ça, vas-y, tape-moi dessus, pauvre minable. Tu en meurs d'envie depuis que je suis rentrée.

Peter ferma et ouvrit le poing. Bon Dieu, oui, ça le démangeait. Au diable l'éducation et les bonnes manières. Il aurait voulu lui défoncer la figure, voir le sang jaillir de sa bouche, lui casser les dents et le nez, lui pocher les yeux.

Au lieu de cela, il quitta la pièce en hâte.

Sacha Nifford sourit. Elle regarda la porte se refermer et se mit à compter soigneusement les secondes cependant que les pas de Peter résonnaient dans l'escalier. Lorsqu'un laps de temps suffisant se fut écoulé, elle écarta le drap de la fenêtre ; elle le vit bientôt jaillir de l'immeuble pour se précipiter au pub du coin.

Elle étouffa un rire. Se débarrasser de Peter avait été un jeu d'enfant : son comportement était aussi prévisible que celui d'un chimpanzé de cirque.

Elle retourna près du canapé. De ses affaires éparpillées sur les coussins, elle extirpa un poudrier écaillé et l'ouvrit. Un billet d'une livre plié avec soin était glissé derrière le miroir. Elle le récupéra, le roula puis plongea une main dans le décolleté en V de son pull.

Les soutiens-gorge, voilà une belle invention, songea-t-elle en sortant d'un bonnet le sachet en plastique qui contenait la cocaïne achetée à Hampstead. Et merde pour la Cornouailles, sourit-elle.

Salivant à l'avance, elle versa une petite quantité de coke sur le miroir du poudrier, la réduisit vivement en poussière à l'aide de son ongle. Puis, s'aidant du billet roulé, elle inhala avidement.

Le paradis, se dit-elle, renversée contre les coussins. L'indicible extase. Encore mieux que le sexe. Mieux que tout. Le bonheur.

Thomas Lynley était au téléphone lorsque Dorothea Harriman pénétra dans son bureau, un formulaire à la main. Agitant le papier d'un air entendu, elle lui adressa un clin d'œil de conspirateur. Voyant cela, Lynley mit un terme à sa conversation avec un collègue des empreintes digitales.

Harriman attendit qu'il ait raccroché.

— Votre formulaire de demande de congé, monsieur l'inspecteur, lança-t-elle d'une traite. (Affligée d'un goût pervers, Dorothea Harriman évitait les simples « monsieur », « madame » ou « mademoiselle », préférant utiliser les titres.) De deux choses l'une : ou les astres vous sont favorables, ou le commissaire

Webberly a gagné aux courses. Il a signé votre demande de congé sans broncher. Ça n'est pas à moi que ça arriverait.

Lynley prit le formulaire. Le nom de son supérieur hiérarchique était griffonné au bas de la feuille, accompagné d'un mot à peine lisible : « Si vous devez voler, soyez prudent, mon garçon. » Huit mots — pas plus — prouvant que Webberly avait deviné qu'il comptait se rendre en Cornouailles pour un week-end prolongé. Lynley fut certain que la raison de son déplacement n'avait pas dû échapper au commissaire. Webberly avait en effet vu la photo de Deborah sur le bureau de Lynley et, bien que lui-même ne fût pas exagérément attaché à sa femme, il était toujours le premier à féliciter ses hommes lorsque ceux-ci se mariaient.

La secrétaire du commissaire étudiait justement ladite photo. Elle plissa les yeux pour mieux voir, évitant une fois de plus de se servir des lunettes qui — Lynley ne l'ignorait pas — étaient dans son bureau. Le port de lunettes aurait risqué d'atténuer la ressemblance d'Harriman avec la princesse de Galles, ressemblance qu'elle faisait tout pour accentuer. Lynley remarqua qu'aujourd'hui Dorothea Harriman portait une copie de la robe bleue à ceinture noire que la princesse avait revêtue pour aller s'incliner en Amérique sur la tombe du soldat inconnu. La princesse avait eu l'air mince comme un fil dans cette tenue. Harriman avait les hanches un tout petit peu trop rondes.

— Le bruit court que Deb est à Londres, observa Dorothea Harriman, reposant la photo et grimaçant à la vue du fouillis qui encombrait le bureau de Lynley.

Elle ramassa une poignée de messages téléphoniques, les agrafa et fit une belle pile de cinq dossiers.

— Depuis plus d'une semaine, confirma Lynley.

— Voilà pourquoi vous êtes méconnaissable. Vous êtes bon pour le mariage, monsieur l'inspecteur. Ça fait trois jours que vous vous promenez avec un sourire béat.

— Vraiment ?

— Vous semblez marcher sur un petit nuage, on dirait que vos soucis se sont envolés. Si c'est l'effet de l'amour, j'en prendrais volontiers une double portion.

Il sourit, fouilla dans les dossiers et lui en tendit deux.

— Prenez plutôt ça. Webberly les attend.

Harriman poussa un soupir.

— J'ai soif d'amour, monsieur l'inspecteur, et tout ce que vous trouvez à me donner... (elle examina les titres des dossiers)... ce sont des rapports relatifs à un meurtre commis à Bayswater. Romantique à souhait ! Décidément, je me suis fourvoyée.

— Peut-être, Harriman, mais vous servez une noble cause.

— C'est ça, remontez-moi le moral.

Elle l'abandonna, réclamant à la cantonade un volontaire pour décrocher le téléphone qui sonnait dans un bureau voisin.

Lynley plia le formulaire et ouvrit sa montre de gousset. Cinq heures et demie. Il était sur la brèche depuis sept heures. Il avait encore au moins trois dossiers à traiter mais commençait à saturer. Il décida qu'il était temps d'aller la rejoindre. Ils avaient à parler.

Il quitta son bureau, gagna le vaste hall du Yard et, empruntant les portes à tambour, sortit dans Broadway Street. Il longea le bâtiment — morne mélange de verre, de pierre grise et d'échafaudages — et se dirigea vers l'espace gazonné tout proche.

Deborah était toujours là où il l'avait aperçue de la fenêtre de son bureau : sur la pelouse trapézoïdale plantée d'arbres. Tantôt elle examinait le sommet du monument des Suffragettes d'un air concentré et tantôt elle l'étudiait à travers son appareil, qu'elle avait calé sur son pied quelque dix mètres plus loin.

Ce qu'elle essayait de saisir à l'aide de son objectif semblait lui échapper. Car, tandis que Lynley la regardait, elle fronça le nez, haussa les épaules en signe de déception et commença à démonter son matériel et à le ranger dans sa solide mallette métallique.

Lynley s'attarda un instant avant de traverser le jardin pour la rejoindre, prenant plaisir à observer ses gestes. Il savourait sa présence. Et plus encore le fait qu'elle fût rentrée pour de bon. Il n'était pas du genre à apprécier les tendres tourments que procure à un amant le fait de chérir une femme vivant à des milliers de kilomètres de lui. Aussi l'absence de Deborah ne lui avait-elle pas rendu la vie facile. Au contraire. La quasi-totalité du temps, il n'avait songé qu'au moment où il la reverrait, lors d'un de ses voyages éclairs en Californie. Mais maintenant elle était de retour à Londres. Elle était avec lui. Et il était bien décidé à ce que ça continue comme ça.

Il foula le gazon, semant la perturbation parmi les pigeons qui picoraient en quête de miettes. Les oiseaux s'envolèrent. Alertée par le bruit, Deborah leva brusquement la tête. Ses cheveux retenus par des peignes piqués un peu n'importe comment lui dégringolèrent dans la figure. Agacée, elle entreprit de les recoiffer.

— Dire que j'ai toujours rêvé d'être une de ces femmes dont on dit qu'elles ont des cheveux de soie, fit-elle en guise de bienvenue. Estella Havisham, par exemple.

— Parce que Estella Havisham avait des cheveux de soie ? questionna Lynley, se mettant en devoir de s'occuper des boucles indisciplinées.

— Sûrement. Tu imagines le pauvre Pip tombant amoureux de quelqu'un qui n'aurait pas des cheveux de soie ? Aïe !

— Ça tire ?

— Un peu. Franchement, c'est ridicule. Mes cheveux vivent leur vie sans me demander mon avis.

— Le mal est réparé. Enfin presque.

— Tu me rassures.

Ils éclatèrent de rire et commencèrent à rassembler ses affaires éparpillées sur le gazon. Elle était venue avec sa mallette, le pied, une poche en plastique contenant trois fruits et un vieux pull, et son sac à bandoulière.

— Je t'ai aperçue de ma fenêtre, lui dit Lynley. Tu travailles sur quoi ? Un hommage à Mrs Pankhurst ?

— J'attendais le moment où la lumière donnerait sur le haut du monument. Manque de chance, il y avait des nuages. Le temps qu'ils se décident à filer, le soleil en avait fait autant.

Elle fouilla dans son sac, sortit un bonbon à la menthe, le dépapillota et le fourra dans sa bouche. Ils se dirigèrent d'un pas lent vers Scotland Yard.

— J'ai réussi à obtenir mon vendredi, annonça Lynley. Et mon lundi également. Nous pouvons donc aller en Cornouailles. Enfin, je peux y aller. Si tu n'as rien de prévu de ton côté, peut-être que nous pourrions...

Il s'interrompit, se demandant pourquoi il usait de ces circonlocutions.

— En Cornouailles, Tommy ?

La voix de Deborah était toujours aussi égale mais, comme elle avait détourné le visage, il ne put distinguer son expression.

— Oui. En Cornouailles. A Howenstow. Le moment est venu, non ? Je sais que tu viens de rentrer, je précipite peut-être un peu le mouvement. Mais tu n'as encore jamais rencontré ma mère.

— Oui, se borna à dire Deborah.

— En m'accompagnant, tu permettrais à ton père de faire sa connaissance du même coup. Il est temps qu'ils se rencontrent.

Elle fronça les sourcils en examinant ses chaussures éraflées et ne souffla mot.

— Deb, il va bien falloir qu'ils se voient un jour ou l'autre. Je sais ce que tu penses : ils sont aux antipodes, ils n'auront rien à se dire. Mais c'est faux. Je suis sûr qu'ils sympathiseront.

— Il ne voudra jamais venir, Tommy.

— J'ai réfléchi à la question. Et j'ai trouvé un moyen de le décider. J'ai invité Simon à se joindre à nous. J'ai tout arrangé, en fait.

Il omit de préciser les détails de sa brève entrevue avec Saint

James et lady Helen Clyde au *Ritz*, alors qu'ils se rendaient à un dîner d'affaires et que lui-même s'apprêtait à assister à une réception à Clarence House [1]. De la même façon, il se garda bien de faire état des réticences de Saint James et du prétexte avancé par lady Helen pour décliner l'invitation. Un retard considérable à rattraper, avait-elle dit, ils allaient en avoir pour un bon mois avant de se remettre à flot.

Le refus d'Helen avait été trop prompt, le mal qu'elle s'était donné pour ne pas regarder Saint James trop grand, pour que Lynley ne comprît pas qu'ils ne tenaient absolument pas à se rendre en Cornouailles. Eût-il cherché à se mentir que leur comportement le lui eût interdit. Il savait très bien ce que leur attitude signifiait. Mais il avait besoin d'eux pour que Cotter se sentît à l'aise et s'était servi de ce dernier pour les faire changer d'avis. Saint James n'aurait en effet jamais laissé Cotter partir seul pour Howenstow. Quant à Helen, elle n'aurait jamais abandonné Saint James pendant ces quatre jours — qui promettaient à ses yeux d'être quatre jours de tourments ininterrompus. Lynley s'était donc servi d'eux. Dans l'intérêt de Cotter, s'était-il dit, refusant d'examiner les autres raisons qui pouvaient le pousser à débarquer à Howenstow en aussi pléthorique compagnie.

Deborah étudiait la pancarte portant la mention « Yard » en lettres argentées.

— Simon sera de la partie ?

— Ainsi qu'Helen et Sidney. (Lynley attendit une réaction. Voyant qu'elle se bornait à hocher imperceptiblement la tête, il décida qu'il était temps d'aborder le sujet qu'ils avaient soigneusement évité jusque-là.) Tu l'as vu ?

— Oui.

Elle fit passer le pied de son appareil photo d'une main dans l'autre, lui laissant le soin de poursuivre s'il le jugeait bon.

Lynley prit son étui à cigarettes et son briquet dans sa poche. Il alluma une cigarette sans laisser à Deborah le temps de l'en empêcher. Sentant peser sur ses épaules un poids qu'il refusait d'analyser, il soupira.

— J'aimerais qu'on en parle, Deb. Il faudrait qu'on en parle.

— Je l'ai vu la nuit même de mon retour, Tommy. Il m'attendait dans le labo. Avec un cadeau. Un agrandisseur. Il voulait me le montrer. Et le lendemain après-midi, il est venu à Paddington. Nous avons eu une conversation.

C'est tout, pensa-t-elle sans le dire.

Lynley jeta sa cigarette, furieux après lui-même. Il se demanda

1. Résidence de la reine mère.

ce qu'il voulait tellement entendre Deborah lui dire, pourquoi il s'attendait à ce qu'elle lui explique la nature de ses relations avec un homme qu'elle connaissait depuis l'enfance. Comment diable aurait-elle pu lui fournir ces explications ? Il ne pouvait supporter le doute qui sapait sa confiance, la conviction lancinante que le retour à Londres de Deborah pouvait rendre nuls et non avenus les mots d'amour qu'ils avaient échangés ces trois dernières années. Et il se demanda également si, cachée sous ses sentiments les plus troubles, la véritable raison pour laquelle il tenait tant à ce que Saint James les accompagne en Cornouailles n'était pas en fin de compte le besoin de prouver à son ami que Deborah lui appartenait une fois pour toutes. Cette idée lui parut parfaitement méprisable.

— Tommy.

S'arrachant à ses pensées, il s'aperçut que Deborah l'observait. Il eut envie de la toucher. De lui dire combien il aimait les petits points dorés qui pailletaient ses yeux verts, la façon dont sa peau et ses cheveux évoquaient l'automne. Mais en cet instant cela lui sembla ridicule.

— Je t'aime, Tommy. Je veux être ta femme.

Ça au moins, songea Lynley, ça n'était pas ridicule.

TROISIÈME PARTIE

Sang

4

Nancy Cambrey se traînait le long de la sinueuse avenue sablée qui reliait le pavillon du garde à la grande maison de maître de Howenstow. Tout en marchant, elle soulevait de délicats panaches de poussière semblables à des nuages de pluie en miniature. Comme l'été avait été jusque-là d'une exceptionnelle sécheresse, une fine pellicule grise habillait les feuilles des rhododendrons qui bordaient l'allée ; les arbres surplombant l'avenue semblaient être là moins pour donner de l'ombre que pour retenir prisonnier sous leurs branches l'air sec et lourd. Hors du tunnel de verdure, la brise venue de l'Atlantique et de Gwennap Head filait vers Mount's Bay. Mais sous les frondaisons, là où Nancy marchait, l'air était inerte, comme mort, et sentait le feuillage calciné par le soleil.

Peut-être la sensation d'oppression qui l'étreignait n'était-elle pas due à l'air mais à la peur. Car elle s'était promis de parler à lord Asherton lors de son prochain passage en Cornouailles — où il ne faisait que de rares apparitions. Et il allait bientôt arriver.

Elle fourragea dans ses cheveux, qu'elle trouva mous. Ces derniers mois, elle avait pris l'habitude de les porter tirés en arrière, attachés sur la nuque à l'aide d'un élastique ; aujourd'hui, toutefois, après son shampooing, elle avait laissé ses cheveux raides coupés au carré sécher librement sur ses épaules. L'effet n'était sûrement pas très flatteur, et, disposée de cette façon, sa chevelure ne devait guère l'avantager. Dire qu'elle en avait été si fière, jadis...

Comme ils brillent, tes cheveux, Nance. Oui. Mais c'était fini maintenant.

Distinguant soudain un bruit de voix non loin d'elle, Nancy s'immobilisa, plissant les yeux à la manière des myopes. A travers les branches, elle aperçut de vagues silhouettes qui s'agitaient près d'une table dressée sur la pelouse, à l'ombre généreuse d'un vieux chêne. Deux des femmes de ménage de Howenstow s'activaient.

Nancy reconnut leurs voix. C'étaient des jeunes filles qu'elle connaissait de vue depuis l'enfance mais qui n'étaient jamais vraiment devenues ses amies. Elles appartenaient à cette frange de l'humanité se mouvant au-delà de la barrière qu'elle avait élevée entre elle et les autres membres du domaine, et qui lui interdisait de fraterniser aussi bien avec les enfants de la famille Lynley qu'avec ceux des fermiers ou des domestiques.

Nancy de Nulle-Part : tel était le surnom dont elle s'était affublée. Toute sa vie, elle s'était efforcée de trouver sa place. Cette place, elle l'avait maintenant, modeste mais bien à elle, petit univers limité à sa fille de cinq mois, à Gull Cottage et à Mick.

Mick. Michael Cambrey. Diplômé de l'université. Reporter. Journaliste. Grand voyageur. Brasseur d'idées. Epoux de Nancy.

Elle avait jeté son dévolu sur lui dès le début, séduite par son charme, son physique, sa conversation, son rire facile ; elle aimait sentir ses yeux braqués sur elle, espérant être la cause de leur vivacité. Aussi, lorsqu'elle était allée chez le père de Mick pour vérifier la comptabilité du journal ainsi qu'elle le faisait chaque semaine depuis deux ans et qu'elle était tombée sur le jeune homme, elle avait accepté avec plaisir de rester bavarder avec lui.

Il adorait parler. Elle adorait écouter. Sa seule contribution à la conversation étant l'admiration qu'il lui inspirait, Nancy s'était rapidement persuadée que ce n'était pas suffisant. Aussi avait-elle payé de sa personne — sur le matelas du vieux moulin de

Howenstow où ils avaient passé tout le mois d'avril à faire l'amour, mettant en route le bébé né en janvier.

Elle n'avait pas réfléchi au changement que cette naissance provoquerait dans sa vie. Et moins encore à celui qu'elle provoquerait chez Mick. Seul l'instant existait, seules les sensations comptaient. Les mains et la bouche de Mick, son corps de mâle dur et exigeant, le goût de sel de sa peau, le râle de plaisir qui lui échappait lorsqu'il la pénétrait. Savoir qu'il la désirait lui ôtait toute envie de penser aux conséquences. C'était sans importance.

Maintenant les choses avaient bien changé.

— On pourrait peut-être en discuter, Roderick ? avait-elle entendu Mick déclarer au téléphone. Vous connaissez notre situation financière, vous ne pouvez pas prendre une décision de ce genre sans qu'on en discute. Reparlons-en à mon retour de Londres, d'accord ?

Il avait écouté, ri, raccroché et, se retournant, l'avait surprise, le feu aux joues, espionne malgré elle, sur le pas de la porte. Mais il n'avait pas paru se soucier de sa présence, se remettant au travail tandis qu'à l'étage au-dessus, dans la chambre, la petite Molly pleurait.

Nancy l'avait regardé travailler sur son nouveau traitement de texte. Elle l'avait entendu marmonner puis prendre la brochure et en lire quelques pages. Au lieu de traverser la pièce pour lui parler, elle était restée plantée là, à se tordre les mains.

Vous connaissez notre situation financière... Gull Cottage ne leur appartenait pas. Ils le louaient au mois. Mais ils ne roulaient pas sur l'or. Car Mick dépensait inconsidérément. Les deux derniers mois de loyer n'avaient pas été payés. Si le Dr Trenarrow décidait de les augmenter maintenant, avec toutes les dettes qu'ils avaient déjà sur le dos, ils risquaient de ne pouvoir faire face. Et si cela arrivait, où diable iraient-ils loger ? Certainement pas à Howenstow dans le pavillon du garde où ils seraient obligés de vivre aux crochets du père de Nancy.

— Y a un trou dans la nappe, Mary. T'en as pas apporté une autre ?

— Non. T'as qu'à mettre une assiette dessus.

— Et qui c'est qui va s'asseoir au milieu de la table, Mary ?

Des éclats de rire parvinrent jusqu'à Nancy cependant que les jeunes filles secouaient une nappe blanche amidonnée pour la déplier. La nappe leur échappa, une brusque rafale ayant réussi à franchir le barrage des arbres. Nancy leva la tête pour inspirer une bouffée d'air frais, mais le vent lui souffla au visage une brassée de feuilles mortes pleines de poussière et sa bouche s'emplit d'un goût de terre.

Elle porta une main à son visage pour se débarrasser des feuilles et se sentit comme vidée de ses forces par ce simple geste. Avec un soupir, elle continua péniblement son chemin vers la grande maison.

Parler de mariage et d'amour à Londres, c'était une chose. Mesurer la portée que pouvaient prendre des mots aussi simples en Cornouailles, c'en était une autre.

Lorsqu'elle descendit de la voiture venue les attendre à l'aérodrome de Land's End, à leur descente d'avion, Deborah Cotter avait la tête qui tournait. Et l'estomac un peu noué.

N'ayant jamais vu Lynley évoluer ailleurs que dans son cadre à elle, elle ne s'était pas posé la question de savoir ce qu'impliquerait le fait d'entrer dans une famille comme la sienne. Certes, elle savait qu'il était comte. Elle était montée dans sa Bentley, lui avait rendu visite dans son hôtel particulier de Londres, y avait même rencontré Denton, son domestique. Elle avait mangé dans ses assiettes en porcelaine, bu dans ses verres en cristal, l'avait vu passer ses vêtements coupés sur mesure. Mais elle avait attaché peu d'importance à ces détails, se bornant à se dire que cela faisait partie de la façon de vivre de Tommy, laquelle n'avait en rien modifié son mode de vie à elle. Cependant, à la vue du domaine — que Lynley avait survolé à deux reprises —, Deborah s'était demandé pour la première fois si la vie telle qu'elle l'avait connue pendant vingt et un ans n'allait pas radicalement changer.

Enorme bâtisse de style Jacques Ier, Howenstow avait l'aspect d'un E bigarré, veuf de sa barre centrale. Une deuxième aile avait été érigée contre la barre ouest du bâtiment. Au nord-est se dressait une chapelle. Derrière la maison étaient groupés écuries et communs, et au-delà le parc de Howenstow s'étalait en direction de la mer. Des vaches y paissaient au milieu des hauts platanes, nombreux en cet endroit car protégés du temps parfois inclément par le terrain providentiellement en pente. Des murets, typiques du paysage de la Cornouailles, enserraient la propriété proprement dite mais pas la totalité des terres des Asherton, qui comportaient des laiteries, des fermes, des exploitations agricoles et des mines d'étain aujourd'hui abandonnées.

Face à la demeure ancestrale de Tommy — réalité tangible, incontournable, et non plus décor reconstitué à partir des souvenirs évoqués par Saint James et lady Helen —, Deborah eut envie de rire à l'idée qu'elle, Deborah Cotter, fille d'un domestique, dût s'intégrer dans ce cadre comme si Howenstow était un autre Manderley où Max de Winter aurait broyé du noir en attendant que l'amour d'une jeune femme de condition modeste lui rende le sourire. Pas du tout un rôle pour moi, songea-t-elle.

Qu'est-ce que je fabrique ici ?

Il lui semblait que tout cela n'était qu'un rêve, à mesure que les éléments chimériques s'accumulaient. Le trajet en avion, le survol de Howenstow, la voiture conduite par un chauffeur en uniforme attendant sur la piste d'atterrissage. L'accueil plein d'entrain que lady Helen avait réservé à l'automédon — « Jasper ! Quelle élégance ! La dernière fois, vous ne vous étiez même pas donné la peine de vous raser ! » — n'avait pas vraiment rassuré Deborah.

Dieu merci, pendant le trajet jusqu'à Howenstow, on l'avait laissée admirer le paysage. La région était sauvage, parsemée de landes désolées, de coteaux abrupts, de petites criques de sable fin agrémentées de grottes qui avaient longtemps servi de cachettes aux contrebandiers, de bois luxuriants dégringolant dans les vallons ; le long des chemins étroits, c'était un fouillis de chélidoine, de coquelicots et de pervenches.

Quittant une de ces routes campagnardes, ils s'engagèrent dans l'avenue ombragée de platanes et bordée de rhododendrons qui menait à Howenstow. L'avenue longeait le pavillon des gardiens, contournait le parc, passait près d'un petit édifice Tudor richement décoré, côtoyait une roseraie pour aboutir devant une porte massive au-dessus de laquelle s'affrontaient superbement un chien et un lion, armoiries des Asherton.

Ils descendirent de voiture au milieu du brouhaha qui accompagne traditionnellement les arrivées. Deborah gratifia le bâtiment d'un bref coup d'œil. Il semblait désert. Elle se prit à souhaiter qu'il le fût réellement.

— Ah, voici maman, dit Lynley.

Se tournant, Deborah vit que ce n'était pas la porte d'entrée qu'il regardait — porte devant laquelle elle s'était attendue à voir se matérialiser une comtesse d'Asherton excessivement élégante, sa blanche main languissamment tendue en signe de bienvenue — mais le coin sud-est de la maison où une grande femme mince louvoyant au milieu des buissons marchait d'un bon pas à leur rencontre.

Lady Asherton n'aurait pu surprendre davantage Deborah. Vêtue d'une vieille tenue de tennis, elle avait jeté sur ses épaules une serviette d'un bleu délavé à l'aide de laquelle elle s'essuyait vigoureusement le visage, les bras et le cou. Trois grands chiens-loups et un jeune retriever efflanqué la suivaient de près. Elle marqua une pause, arracha à l'un d'eux sa balle et la lança avec l'adresse d'un pro du cricket à l'autre bout du jardin. Eclatant de rire, elle les regarda s'élancer à la poursuite de la balle avant de rejoindre le petit groupe devant la porte d'entrée.

— Tu as changé de coupe de cheveux, Tommy ? Ça me plaît. Ça me plaît beaucoup, dit-elle d'un ton léger sans le toucher.

Elle embrassa lady Helen et Saint James avant de se tourner vers Deborah.

— Excusez cet accoutrement, Deborah. Je ne suis pas toujours attifée de la sorte pour recevoir mes invités, rassurez-vous ; mais je suis tellement paresseuse que, si je ne me force pas à jouer tous les jours à la même heure, je me trouve toutes sortes d'excuses pour ne pas jouer du tout. J'espère que vous n'êtes pas une de ces maniaques de la forme qui se lèvent à l'aube pour faire du jogging.

Ce n'était pas vraiment l'accueil d'une future belle-mère. Mais ce n'était pas non plus un perfide mélange de courtoisie et de désapprobation. Deborah ne sut qu'en penser.

Comme si, ayant deviné sa perplexité, elle voulait la mettre à l'aise, lady Asherton sourit, serra la main de Deborah et se tourna vers son père, qui était resté à l'écart, le visage luisant de sueur à cause de la chaleur.

— Mr Cotter, poursuivit lady Asherton, vous me permettez de vous appeler Joseph ? Je suis absolument ravie à l'idée que Deborah et vous allez bientôt faire partie de la famille.

C'était donc là la formule rituelle. Faisant preuve de discernement, la mère de Lynley l'avait réservée à la personne qui avait le plus besoin de l'entendre.

— Merci, milady.

Cotter se fourra les mains derrière le dos, de peur sans doute que l'une d'elles ne s'empare de celle de lady Asherton et ne se mette à la secouer vigoureusement.

Lady Asherton eut un sourire, réplique exacte de celui de Tommy.

— Je m'appelle Dorothy. Bien que, pour une raison qui m'échappe, ma famille et mes amis m'aient toujours appelée Daze.

Cotter eut l'air soufflé : la femme d'un comte l'invitait à l'appeler par son prénom. Après un temps de réflexion, il hocha la tête et rectifia :

— Merci, Daze.

— A la bonne heure, observa lady Asherton. Idéal, ce temps, pour un week-end à la campagne, vous ne trouvez pas ? Un peu chaud, peut-être. Surtout aujourd'hui. Mais le vent devrait se lever cet après-midi. A propos, Sidney est déjà arrivée. En compagnie d'un jeune homme tout à fait intéressant. Un brun plutôt mélancolique.

— Brooke ? s'enquit Saint James, contrarié.

— Justin Brooke, c'est ça. Vous le connaissez, Saint James ?

— Oui, hélas, commenta lady Helen. Mais Simon se conduira correctement, n'est-ce pas, Simon chéri ? Pas question de lui mettre du poison dans son porridge. Ni de le provoquer en duel. Encore moins de se battre avec lui sur le parquet du salon. Simon sera un modèle de courtoisie pendant les prochaines soixante-douze heures. Il se contentera de grincer des dents et de souffrir en silence.

— Je savourerai chaque minute de ce séjour, rétorqua Saint James.

— J'espère bien, fit lady Asherton en éclatant de rire. Les week-ends à la campagne manqueraient de charme s'il n'y avait pas des secrets de famille à découvrir et des prises de bec en perspective ! J'ai l'impression d'avoir de nouveau vingt ans.

Prenant le bras de Cotter, elle pénétra dans la maison, suivie de ses autres invités.

— Venez, Joseph, je vais vous montrer une chose dont je suis ridiculement fière, l'entendirent-ils déclarer tandis qu'elle désignait du doigt le vestibule. Ce sont des ouvriers du cru qui ont installé ça juste après l'incendie que nous avons eu en 1849. N'allez surtout pas le croire, mais la légende veut que cet incendie...

Sa voix se perdit. Un instant plus tard, Cotter éclatait de rire.

Deborah eut l'impression que son estomac se dénouait. Au sentiment de soulagement qui l'envahit brusquement, elle comprit combien elle avait appréhendé cette première rencontre entre son père et lady Asherton. Ç'aurait pu être un désastre. C'en aurait été un si la mère de Tommy n'avait pas été de ces femmes qui savent dissiper les craintes des nouveaux venus avec quelques mots aimables.

Elle est merveilleuse. Deborah éprouva le besoin de formuler la remarque à voix haute et se tourna sans réfléchir vers Saint James.

Le visage de ce dernier reflétait l'approbation la plus complète ; les rides autour de ses yeux se creusèrent tandis qu'il souriait.

— Bienvenue à Howenstow, Deb chérie, fit Lynley, lui passant un bras autour des épaules et l'entraînant à l'intérieur où, grâce au haut plafond et au carrelage du sol, l'air était frais, ce qui changeait agréablement de la canicule du dehors.

Ils trouvèrent lady Asherton et Cotter dans le grand salon ouvrant sur la droite du vestibule. C'était une pièce tout en longueur, que dominait une énorme cheminée au-dessus de laquelle était accrochée une tête de gazelle. Des moulures décoraient le plafond, des lambris recouvraient les murs, d'où les portraits grandeur nature de générations d'Asherton contemplaient leurs descendants avec des poses aussi variées que leurs costumes.

Deborah tomba en arrêt devant le portrait d'un gentleman XVIIIe, culotte crème et redingote rouge, appuyé contre une urne à demi brisée, une cravache à la main, un épagneul à ses pieds.

— Tommy, c'est toi tout craché !

— Tout craché, peut-être pas. Mais je suis sûre que Tommy lui ressemblerait fortement s'il voulait bien porter une de ces charmantes culottes, fit observer lady Helen avec sa malice habituelle.

Sentant le bras de Lynley se raidir autour de ses épaules, Deborah crut tout d'abord qu'il était contrarié par les éclats de rire qui avaient salué la remarque de lady Helen. Mais elle vit qu'une porte s'était ouverte à l'extrémité nord du salon pour livrer passage à un grand jeune homme en jeans effiloché, qui avançait pieds nus sur le parquet. Une jeune fille aux joues creuses le suivait. Pieds nus, elle aussi.

Peter, songea aussitôt Deborah. Il avait en effet les cheveux blonds, les yeux noisette, les pommettes, le nez et la mâchoire de bon nombre des portraits d'ancêtres. En outre, il portait une boucle d'oreille : une croix gammée suspendue à une fine chaînette en or qui lui balayait l'épaule.

— Peter ? Je te croyais à Oxford, fit Lynley sans trahir la moindre contrariété.

Deborah le sentit qui se raidissait de plus belle. Peter sourit, haussa les épaules.

— On a eu la même idée que toi, apparemment, on est descendus profiter du soleil. Il ne manque plus que Judy pour que la famille soit au complet.

Tripotant le fermoir de sa boucle d'oreille, il adressa un signe de tête à Saint James et à lady Helen et poussa sa compagne en avant. Singeant l'attitude de Lynley, il lui passa un bras autour des épaules.

— Je vous présente Sacha. (La jeune fille avait un bras autour de la taille de Peter, les doigts glissés sous son T-shirt crasseux.) Sacha Nifford. (Sans laisser à son frère le temps d'ouvrir la bouche, Peter dévisagea Deborah.) Ta future épouse, je suppose. Tu as toujours eu bon goût en matière de femmes. Comme on a pu le constater au fil des ans.

Lady Asherton esquissa un pas en avant, son regard naviguant de l'un à l'autre de ses fils.

— J'ai été surprise quand Hodge m'a annoncé l'arrivée de Peter et Sacha. Et puis je me suis dit que c'était une riche idée que Peter soit là pour ton week-end de fiançailles.

Lynley répondit d'un ton uni :

— Entièrement d'accord. Voulez-vous montrer leurs chambres à vos invités, maman ? J'aimerais rester seul un instant avec Peter. Nous avons des choses à nous dire.

— Le déjeuner sera servi dans une heure. Il fait si beau que j'ai pensé que nous pourrions déjeuner dehors.

— Parfait. Dans une heure. Si vous voulez bien vous occuper de nos amis...

C'était plus un ordre qu'une requête. Le ton presque cassant surprit Deborah. Elle regarda les autres pour étudier leurs réactions, mais ne vit sur leurs visages que le désir d'ignorer le courant d'hostilité qui crépitait dans l'air. Lady Helen examinait une photo du prince de Galles dans un cadre en argent. Saint James admirait le couvercle d'un coffret à thé oriental. Cotter debout devant une fenêtre contemplait le jardin.

— Chérie, dit Lynley à Deborah, si tu veux bien m'excuser un moment...

— Tommy...

— Excuse-moi, Deb.

— Par ici, ma chère, fit lady Asherton, lui effleurant le bras.

Deborah n'avait pas envie de bouger.

Lady Helen prit la parole :

— Dites-moi que vous m'avez donné la ravissante chambre verte qui donne sur la cour ouest, Daze. Vous voyez ce que je veux dire. Au-dessus de l'armurerie. Il y a des années que j'ai envie d'y passer la nuit. De m'endormir avec de délicieux frissons en songeant que quelqu'un pourrait accidentellement tirer au plafond.

Elle prit le bras de lady Asherton. Les deux femmes se dirigèrent vers la porte. Il ne restait plus à Deborah qu'à les suivre. Ce qu'elle fit. Mais, arrivée au bout du salon, elle se retourna pour regarder Lynley et son frère. Ils se toisaient d'un air circonspect, tels deux adversaires prêts à en découdre.

Le week-end qui devait être riche de promesses, plein de chaleur, prit soudain un autre sens aux yeux de Deborah, qui s'aperçut qu'il y avait des tas de choses qu'elle ignorait concernant les relations de Tommy et de sa famille.

Lynley ferma la porte du salon de musique et regarda Peter se diriger d'une démarche étudiée vers la fenêtre. Il s'assit sur la banquette installée dans l'embrasure, casant sa longue carcasse sur les coussins de brocart vert. Les murs de la pièce étaient tendus d'un papier fleuri — chrysanthèmes jaunes sur fond vert — et ce mélange de couleurs ajouté à la pleine lumière de midi donnait au teint de Peter des tons plus hâves que dans le grand salon. Suivant du doigt une irrégularité de la vitre, il s'appliquait à ignorer Lynley.

— Qu'est-ce que tu fabriques en Cornouailles ? Tu n'étais pas censé passer l'été à Oxford ? Nous t'avions trouvé un tuteur pour le trimestre. Nous étions convenus que tu ne bougerais pas de là-bas.

Lynley savait que sa voix était tout à la fois glaciale et inamicale mais il se sentait incapable de changer d'intonation. La vue de son frère l'avait secoué. Peter était d'une maigreur squelettique. Il avait les yeux jaunes. Autour des narines, la peau était à vif.

Peter haussa les épaules d'un air boudeur.

— Je suis venu faire un saut à Howenstow, c'est tout. Rassure-toi, je n'ai pas l'intention de m'incruster. Le week-end fini, je repars.

— Qu'est-ce que tu fabriques vraiment ici ? Et ne me ressers pas tes boniments à propos du soleil, parce que ça ne prend pas.

— Que tu me croies ou que tu ne me croies pas, j'en ai rien à cirer. Avoue que j'ai eu le nez creux : si je ne m'étais pas pointé ici ce matin, j'aurais manqué les festivités. Mais peut-être était-ce ce que tu voulais ? Peut-être préférais-tu me tenir à l'écart ? Ça t'aurait permis d'étouffer un vilain petit secret de famille. Faut pas que ta petite rouquine les découvre tous à la fois.

Lynley traversa la pièce et souleva son frère de son siège.

— Je te repose la question : qu'est-ce que tu fabriques ici, Peter ?

Peter se dégagea.

— J'ai laissé tomber la fac. C'est ce que tu voulais m'entendre dire ? J'ai plaqué mes études. C'est clair ? Tu es content ?

— Tu es devenu fou ? Où est-ce que tu vis ?

— J'ai un appart à Londres. Surtout ne te bile pas. Je n'ai pas l'intention de te taper. Le pognon, c'est pas ça qui me manque.

Passant devant Lynley, il s'approcha du vieux piano Broadwood et se mit à taper sur les touches, en tirant des sons discordants, agaçants.

— C'est ridicule. (Lynley s'efforçait de parler d'un ton raisonnable mais il se sentait découragé par ce qu'impliquaient les propos de son frère.) Et cette fille, qui est-ce ? D'où sort-elle ? Où l'as-tu ramassée ? Elle n'est même pas propre. On dirait une...

Peter pivota.

— Tais-toi. Sacha, c'est ce qui pouvait m'arriver de mieux, fourre-toi bien ça dans le crâne.

Cela semblait difficile à croire. Et ne laissait rien présager de bon. Lynley traversa la pièce.

— Tu as recommencé. Je croyais que tu avais décroché une bonne fois pour toutes. Je croyais que tu avais arrêté de te droguer après la cure de janvier dernier. Mais tu t'y es remis. Tu n'as pas laissé tomber Oxford. C'est eux qui t'ont viré, n'est-ce pas, Peter ?

Peter ne répondit pas. Lynley prit le menton de son frère entre le pouce et l'index et approcha du sien le visage du jeune homme.

— Tu marches à quoi, maintenant ? A l'héroïne ? Ou toujours à la cocaïne ? Tu n'as pas essayé de mélanger les deux ? De les fumer ? Tu continues à préférer te faire des lignes ?

Peter continuant de se taire, Lynley poursuivit :

— Je parie que tu es toujours à la recherche du « super » voyage. La vie, pour toi, c'est la drogue. Et Sacha ? Tu as de bonnes relations avec elle ? La cocaïne, voilà une base solide pour construire un couple. Tu ne pouvais t'entendre qu'avec une droguée, évidemment.

Peter gardait toujours le silence. Lynley poussa son frère devant un miroir et l'obligea à s'y regarder. Son teint était terreux, ses lèvres fendillées. Son nez coulait.

— Tu as vu la tête que tu as ? fit Lynley. Et à maman, tu lui racontes quoi ? Que tu as un petit rhume ?

Lynley l'ayant relâché, Peter se frictionna à l'endroit où les doigts de son frère avaient marbré sa peau blême.

— Tu oses parler de maman, souffla-t-il. Tu as le culot de... Bon Dieu, Tommy, si seulement tu pouvais crever...

5

Ni Peter ni Sacha ne parurent au déjeuner. Personne ne fit de commentaires ; tout le monde se concentra sur la salade de crevettes roses, le poulet froid, les asperges et les artichauts sauce gribiche, ignorant les deux chaises restées vides à l'extrémité de la table.

Lynley accueillit avec soulagement l'absence de son frère. Il avait envie de distractions.

Le repas venait de commencer lorsqu'il s'en présenta justement une en la personne de l'intendant du domaine qui, tournant le coin de la maison, se dirigea à bonne allure vers le vieux chêne. Loin d'être fixée sur les convives, son attention était focalisée sur les écuries d'où jaillit un jeune homme qui, après avoir franchi d'un saut le mur de pierre sèche, se mit à traverser en courant le parc éclaboussé de soleil.

De sa place, Sidney Saint James s'écria d'une voix vibrante :

— Votre fils est un sacré cavalier, Mr Penellin. Il nous a emmenés faire une promenade ce matin et nous avons eu toutes les peines du monde à le suivre, Justin et moi.

John Penellin lui adressa un bref hochement de tête mais ses traits restèrent crispés. Lynley connaissait Penellin depuis suffisamment longtemps pour se rendre compte qu'il était au bord de l'explosion et s'efforçait de se contenir.

— Pourtant Justin se défend, n'est-ce pas, chéri ? Mais, franchement, Mark nous a épatés.

— Il monte bien, commenta brièvement Brooke avant de réattaquer son poulet.

Sa peau mate était parsemée de fines gouttelettes de transpiration.

Mark Penellin arriva juste à temps pour saisir les deux dernières répliques.

— C'est parce que je monte souvent, dit-il, modeste. Vous vous êtes rudement bien débrouillés, je trouve.

D'un revers de main, il essuya son front moite. Il ressemblait à son père mais en plus doux : il avait les cheveux châtains et le teint lisse de la jeunesse tandis que Penellin avait des cheveux noirs striés de gris et de profondes rides sur son visage taillé à coups de serpe. Le père était miné par l'âge et l'inquiétude. Le fils semblait plein d'énergie, de santé, de vie.

— Peter n'est pas là ? s'enquit-il après avoir examiné la tablée. Bizarre. Il m'a appelé au pavillon, pour me dire de venir...

— Déjeuner avec nous, sans doute, compléta lady Asherton. C'est bien de Peter. Nous avons été tellement bousculés ce matin que j'ai oublié de vous téléphoner. Désolée, Mark. J'ai parfois l'impression que ma tête va éclater. Faites-nous le plaisir de vous joindre à nous. Mark. John.

De la main, elle leur indiqua les chaises laissées vides par Peter et Sacha.

A l'évidence, John Penellin n'avait pas l'intention de se laisser distraire de son mécontentement pour partager le déjeuner de ses patrons et de leurs invités. Pour lui, c'était un jour comme les autres. Et il n'était pas venu jusque-là pour signifier son déplaisir de n'avoir pas été convié à un déjeuner auquel il ne désirait nullement être invité pour commencer. En fait, il était venu pour récupérer son fils.

Amis d'enfance, Mark et Peter avaient le même âge. Ils avaient passé de longues années en compagnie l'un de l'autre, partageant jeux, jouets et escapades le long de la côte de Cornouailles. Ils avaient nagé, fait de la voile, grandi ensemble. Seule leur scolarité avait été différente. Peter était allé à Eton, comme tous les enfants mâles de la famille Lynley, tandis que Mark fréquentait une école secondaire de Penzance. Mais cette séparation n'avait pas suffi à les couper l'un de l'autre. Leur amitié avait résisté au temps et à l'éloignement.

Seulement, maintenant, Penellin semblait décidé à y mettre un terme. Lynley éprouva un sentiment de regret avant même que Penellin ne prenne la parole. Pourtant, comment lui reprocher de vouloir protéger son fils, d'essayer de le soustraire à l'influence de Peter compte tenu des changements survenus chez ce dernier...

— Nancy te réclame, dit Penellin à Mark. Peter n'a pas besoin de toi pour l'instant.

— Mais il m'a téléphoné...

— Je me moque de savoir qui t'a téléphoné. Retourne au pavillon.

— John, ce n'est pas un déjeuner sur le pouce qui... commença lady Asherton.

— Merci, milady. Nous ne pouvons pas rester. (Il regarda son fils, ses yeux noirs indéchiffrables dans un masque inflexible. Mais sur ses bras nus — il avait roulé ses manches pour travailler — ses veines saillaient plus que de raison.) Suis-moi, mon garçon. (Et avec un signe de tête à Lynley et aux autres :) Désolé.

John Penellin pivota sur ses talons et repartit en direction de la maison. Après avoir jeté aux convives un regard mi-suppliant, mi-navré, son fils lui emboîta le pas. Leur départ fut suivi d'un moment de flottement pendant lequel les invités parurent se demander s'ils devaient commenter la scène ou se taire. Finalement, ils décidèrent tacitement de fermer les yeux : rien ne devait gâcher ce week-end de bonheur. Embrochant une crevette dodue, lady Helen ouvrit le feu :

— Est-ce que tu te rends compte, Deborah, de l'honneur qu'on t'a fait en te donnant la chambre de l'arrière-grand-mère de Tommy pour ton week-end de fiançailles ? A force de voir tout le monde passer devant sur la pointe des pieds, j'ai fini par me dire qu'elle était réservée à notre souveraine le jour où il lui prendrait fantaisie de faire halte à Howenstow.

— C'est la chambre qui est équipée d'un lit cauchemardesque, précisa Sidney. Plein de draperies. La tête de lit est ornée de goules et de sorcières. Affreux. Y coucher, c'est un peu comme passer un test, Deb.

— Vous y avez dormi, Daze ? questionna lady Helen.

— Non, car l'arrière-grand-mère vivait encore la première fois que j'ai mis les pieds à Howenstow. Au lieu de coucher dans le fameux lit, j'ai passé des heures assise à côté d'elle, à lui lire la Bible. Elle avait une prédilection pour l'Ancien Testament. Surtout pour les passages scabreux. Récits détaillés sur Sodome et Gomorrhe. Bizarreries sexuelles. Luxure et salacité. Elle se moquait bien de savoir comment Dieu punissait les pécheurs. « Le Seigneur s'occupera d'eux, me disait-elle, m'encourageant à continuer d'un signe de la main. Poursuivez votre lecture, ma petite fille. »

— Et vous poursuiviez ? questionna Sidney.

— Evidemment ! J'avais seize ans, je n'avais jamais rien lu d'aussi drôle de ma vie. (Elle rit.) Dans une certaine mesure, je peux dire que c'est la Bible qui est responsable de la vie dissolue... (Elle baissa soudain les yeux. Son sourire s'éteignit, puis refleurit, de façon délibérée :) Tu te souviens de ton arrière-grand-mère, Tommy ?

Lynley était absorbé dans la contemplation de son verre, incapable d'en définir la couleur. Il ne répondit pas.

La main de Deborah effleura la sienne de façon fugace et comme irréelle.

— En voyant ce lit, je me suis demandé s'il ne vaudrait pas mieux que je dorme par terre.

— Un monstre pareil doit sûrement se réveiller à la tombée de la nuit, dit lady Helen. Et pourtant, j'aurais bien envie de le tester. J'ai toujours voulu coucher dedans. Comment se fait-il qu'on ne m'ait jamais autorisée à passer la nuit dans ce lit terrifiant ?

— Il serait moins horrible si l'on n'était pas obligée d'y dormir seule, fit Sidney en regardant Justin Brooke. Avoir un autre corps près de soi, ce doit être réconfortant. Un corps tiède et bien vivant, de préférence. Car je n'aimerais pas que votre bisaïeule vienne me tenir compagnie. Pour ce qui est des autres, qu'ils frappent à ma porte.

— Certains seront mieux accueillis que d'autres, j'espère, dit Justin Brooke.

— Seulement s'ils se conduisent bien, rétorqua Sidney.

Saint James regarda sa sœur, puis l'amant de celle-ci, sans un mot. Il prit un petit pain et le brisa en deux.

— Voilà ce qui arrive quand on parle de l'Ancien Testament au déjeuner, commenta lady Helen. Il suffit de prononcer le mot Genèse pour que chacun se découvre une âme de débauché.

Les éclats de rire qui saluèrent cette remarque permirent aux convives de passer le cap.

Lynley les regarda s'éloigner. Sidney et Deborah prirent le chemin de la maison. Sidney, apprenant que la jeune photographe avait apporté son matériel, avait décidé d'aller revêtir une tenue propre à l'inspirer. Saint James et lady Helen se dirigèrent vers le parc. Lady Asherton et Cotter mirent le cap sur l'angle nord-ouest de la maison où, abritée par un bouquet d'arbres, se dressait la petite chapelle Saint-Petroc où reposaient le père de Lynley et les autres membres de la famille Asherton. Justin Brooke murmura vaguement qu'il allait chercher un arbre à l'ombre duquel faire la sieste, ce qui lui valut les quolibets de Sidney.

Lynley ne tarda pas à demeurer seul. Une brise fraîche souleva le bord de la nappe. Il toucha le tissu, déplaça une assiette et contempla les reliefs du repas.

Il lui fallait impérativement voir John Penellin après une aussi longue absence. L'intendant s'attendait à recevoir sa visite. Sans doute se trouvait-il en ce moment même dans le bureau, prêt à lui montrer les registres et à examiner la comptabilité avec lui. Lynley redoutait cette entrevue. Ses craintes n'avaient rien à voir avec le fait que Penellin pût lui parler de l'état de Peter et de la nécessité où il se trouvait, lui, Lynley, de faire quelque chose. Elles ne reflétaient pas non plus un manque d'intérêt pour la vie du domaine. La véritable difficulté se trouvait dans tout ce qu'un retour, même bref, à Howenstow impliquait.

L'absence de Lynley avait été particulièrement longue cette fois : six mois. Il était suffisamment honnête avec lui-même pour savoir ce qu'il cherchait à éviter en se montrant si rarement à Howenstow. C'était ce qu'il avait évité pendant des années, soit en ne venant pas, soit en venant accompagné d'une troupe d'amis, comme si la vie en Cornouailles était une garden-party des années trente dont il était l'animateur, riant, bavardant, versant le champagne. Ce week-end de fiançailles ne différait guère fondamentalement des séjours qu'il avait effectués en Cornouailles au cours des quinze dernières années. Sous prétexte d'entourer Deborah et son père de visages familiers, il avait invité ses amis afin de ne pas être obligé d'affronter seul celle dont la vue lui était intolérable. Il trouvait cette idée odieuse, conscient par ailleurs qu'il lui faudrait, pendant la durée du week-end, faire abstraction des sentiments que sa mère lui inspirait, et dissimuler la nature orageuse de leurs relations.

Il se demandait comment il allait s'en sortir. Le moindre des mots qu'elle prononçait — aussi innocent fût-il — suscitait chez lui des réactions indésirables, réveillait des souvenirs importuns, le mettait en demeure de prendre des mesures qu'il n'avait ni le courage ni l'humilité de prendre. L'orgueil, la colère, la culpabilité les dressaient l'un contre l'autre, et le besoin de blâmer. Intellectuellement, il savait que son père serait mort de toute façon. Mais il n'avait jamais pu accepter le fait. Ça l'arrangeait de croire que c'était une personne et non une maladie qui l'avait tué. Car une personne, on peut la blâmer. Et il éprouvait le besoin de blâmer.

Avec un soupir, il se leva, jeta un coup d'œil vers la maison. Les stores du bureau de l'intendance avaient été tirés contre le soleil frénétique de l'après-midi. A l'abri des stores, il en était sûr, John Penellin devait l'attendre, prêt à lui voir jouer son rôle de huitième comte d'Asherton. Il prit la direction de la grande bâtisse.

Le bureau de l'intendance occupait la place qui convenait à sa fonction. Installé au rez-de-chaussée, face au fumoir et près de la salle de billard, il était facile d'accès pour les membres de la maisonnée comme pour les métayers venus payer leur loyer.

La pièce était tout sauf ostentatoire. Un tapis de corde vert tenait lieu de revêtement de sol. De la peinture recouvrait les murs sur lesquels étaient accrochées de vieilles photographies du domaine et des cartes. Au plafond, deux lustres rustiques à abat-jour blancs étaient suspendus à des chaînes en fer. Les étagères en pin contenaient des décennies de registres, quelques atlas, une demi-douzaine de magazines. Les meubles de rangement dans l'angle étaient en chêne, usés par les ans tout comme le bureau et le fauteuil pivotant. Dans ce fauteuil d'où l'intendant réglait les affaires du domaine, ce n'était pas John Penellin qui était assis, mais une mince silhouette, recroquevillée sur elle-même comme sous l'effet du froid, la joue sur la paume.

En arrivant sur le seuil, Lynley reconnut Nancy Cambrey. Elle tripotait nerveusement un pot à crayons. Bien que la présence de la jeune femme lui fournît une excuse pour se défiler et remettre à plus tard son entrevue avec Penellin, Lynley eut un moment d'hésitation.

Nancy avait terriblement changé. Ses cheveux autrefois châtain doré avaient perdu brillant et beauté, et pendaient tristement de part et d'autre de son visage sans aucune grâce. Sa peau, jadis rose et lisse, et criblée de taches de rousseur qui lui dessinaient comme un adorable masque, était devenue pâle. Elle avait l'air plus épaisse aussi, comme sur ces portraits où le peintre par l'ajout intempestif d'une couche de vernis superflue a détruit l'impression de jeunesse et de beauté qu'il avait cherché à créer. Tout dans la personne de Nancy Cambrey évoquait la destruction. Elle paraissait fanée, usée, délavée.

C'était également vrai de ses vêtements. Une blouse informe remplaçait les jupes, pulls et bottes à la mode qu'elle portait naguère. Mais sa blouse était trois fois trop grande et elle semblait flotter dedans. Le vêtement vieillot, l'allure de la jeune femme firent hésiter Lynley, qui fronça les sourcils. Bien que de sept ans son aîné, il connaissait Nancy depuis toujours et l'aimait bien. Le changement qu'il constatait chez elle était troublant.

Elle s'était retrouvée enceinte — Lynley l'avait appris par sa mère. Sa grossesse avait précipité son mariage avec Mick Cambrey, de Nanrunnel. Quelques mois plus tard, il avait reçu un faire-part de Nancy lui annonçant la naissance du bébé. Il lui avait envoyé un cadeau de circonstance et n'y avait plus pensé. En la voyant, il se demanda si c'était l'arrivée du bébé qui l'avait métamorphosée à ce point.

Encore un souhait d'exaucé, songea-t-il. Je voulais des distractions, en voilà. Il pénétra dans le bureau.

Elle regardait à travers une fente d'un des stores. Et en même temps, elle se mordait les phalanges de la main droite, ce qui devait être un geste familier car celles-ci étaient rouges et à vif, trop rouges pour que les travaux ménagers puissent y être pour quelque chose.

Lynley prononça son nom. Elle se leva d'un bond, fourrant les mains derrière son dos.

— Vous êtes venu voir papa, dit-elle. Je pensais bien que vous viendriez. J'espérais réussir à vous intercepter avant, milord.

Lynley éprouva la même gêne que d'habitude en s'entendant appeler ainsi. Il lui semblait parfois qu'il avait passé la quasi-totalité des dix dernières années à éviter de se mettre en situation d'entendre cette expression.

— C'est moi que vous vouliez voir, Nancy ? Pas votre père ?

— C'est exact.

Elle sortit de derrière le bureau et s'approcha d'une chaise placée sous une carte du domaine. Elle s'y assit, les poings sur les genoux.

Au bout du couloir, la porte claqua contre le mur sous une poussée un peu trop énergique. Des pas retentirent sur le carrelage. Nancy se raidit contre le dossier de sa chaise, dans l'espoir de passer inaperçue de celui ou de celle qui venait d'entrer. Au lieu de se diriger vers le bureau de l'intendance, toutefois, les pas prirent à gauche et le bruit s'estompa progressivement. Nancy poussa un soupir presque imperceptible.

Lynley alla prendre place dans le fauteuil de son père.

— Ça me fait plaisir de vous voir. Vous avez bien fait de passer.

Elle braqua ses grands yeux gris vers les fenêtres auxquelles elle sembla s'adresser.

— Il faut que je vous pose une question. C'est difficile de commencer.

— Vous avez été souffrante, Nancy ? Vous êtes si maigre. Le bébé. Est-ce que c'est le bébé qui...

Mortifié, il se rendit compte qu'il avait oublié de quel sexe était l'enfant.

— Non. Molly va bien, fit-elle toujours sans le regarder. Mais je me ronge les sangs.

— Que vous arrive-t-il ?

— C'est pour ça que je suis venue. Mais... (Les larmes lui montèrent aux yeux. Elle était rouge de honte.) Il ne faut pas que papa le sache.

— Cela restera entre nous. (Lynley sortit son mouchoir et le lui tendit par-dessus le bureau. Elle le serra entre ses doigts sans l'utiliser, s'efforçant de refouler ses pleurs.) Est-ce que vous seriez en froid avec votre père ?

— Moi, non. C'est Mick. Ils n'ont jamais été très copains. A cause du bébé. De moi. Et de la façon dont on s'est mariés. Mais maintenant c'est pire qu'avant.

— Y a-t-il quelque chose que je puisse faire pour vous aider ? Parce que, si vous ne voulez pas que j'intervienne auprès de votre père, je vois mal ce que je peux...

Il laissa sa phrase en suspens, attendant qu'elle termine. Il la vit se ramasser sur elle-même comme pour prendre des forces avant de plonger.

— Vous pourriez m'aider. Oui. En me prêtant de l'argent. (Réprimant un frisson, elle poursuivit courageusement.) Je fais toujours de la comptabilité à Penzance. Et à Nanrunnel. Et je travaille le soir à *L'Ancre et la Rose*. Mais ça ne suffit pas. Les frais...

— Quels frais ?

— Le journal. Le père de Mick a été opéré du cœur l'hiver dernier — peut-être l'avez-vous appris ? — et depuis Mick dirige le journal. Mais il veut le moderniser, acheter du matériel. Il ne se voit pas passant le reste de sa vie à Nanrunnel, à travailler dans un hebdomadaire équipé de presses déglinguées et de machines à écrire archaïques. Il a des projets. D'excellents projets. Le problème, c'est l'argent. Il dépense, il dépense. Il n'y en a jamais assez.

— J'ignorais que Mick faisait tourner le *Spokesman*.

— Ça n'était pas ce qu'il souhaitait faire. Au départ, il pensait juste remplacer son père, quelques mois, le temps que ce dernier soit de nouveau sur pied. Mais son père ne s'est pas rétabli aussi vite que prévu. Et puis j'ai...

Lynley imagina le reste. Ce qui avait commencé comme un divertissement pour Mick Cambrey — une façon de rendre le temps passé au journal et à Nanrunnel moins ennuyeux — s'était transformé en l'obligation de s'occuper d'une femme et d'un enfant qui l'intéressaient sans doute médiocrement.

— Nous sommes dans une situation impossible, poursuivit Nancy. Il a acheté deux traitements de texte. Deux imprimantes. Du matériel pour la maison. Du matériel pour le journal. Toutes sortes de choses. Mais nous n'avons pas assez d'argent. Nous avons emménagé à Gull Cottage mais notre loyer va être augmenté. Nous ne pouvons pas payer. Nous avons deux mois de loyer de retard. Si on nous met dehors... (Elle eut un moment de faiblesse mais se reprit.) Je ne sais pas ce que nous deviendrons.

— Gull Cottage ? (Il s'était attendu à tout sauf à ça.) Le cottage qui appartient à Roderick Trenarrow, à Nanrunnel ?

Elle lissa le mouchoir qu'elle avait posé sur sa cuisse, tirant un fil qui dépassait du A brodé dans un coin.

— Entre Mick et papa, ça n'a jamais été le grand amour. Et quand le bébé est né, il a bien fallu qu'on déménage. Mick s'est mis d'accord avec le Dr Trenarrow pour qu'on s'installe à Gull Cottage.

— Et maintenant vous êtes endettés jusqu'au cou.

— Les deux derniers mois de loyer n'ont pas été payés. Le Dr Trenarrow a téléphoné à Mick à ce propos, mais Mick n'a pas eu l'air de s'inquiéter. Il lui a dit qu'il avait des difficultés passagères de trésorerie et qu'ils en reparleraient à son retour de Londres.

— Londres ?

— Il a un article en chantier à Londres. L'article de sa vie. Celui qui le fera connaître en tant que journaliste. Il espère pouvoir le placer dans un grand quotidien. Peut-être même le vendre à la télévision, qui en tirera un documentaire. Et alors, finis les soucis d'argent. Mais pour l'instant, on est complètement fauchés. J'ai peur qu'on finisse à la rue. Ou qu'on soit obligés d'habiter dans les bureaux du journal. Il y a une pièce minuscule au fond avec un lit. On ne peut pas revenir ici. Papa ne voudra jamais de nous au pavillon.

— Je suppose que votre père ignore tout de vos difficultés ?

— Bien sûr ! S'il savait...

Elle porta une main à ses lèvres.

— L'argent, ça n'est pas un problème, Nancy, dit Lynley. (Il était soulagé de découvrir qu'elle souhaitait de sa part un simple soutien financier, et non une conversation avec Trenarrow.) Je vous prêterai ce dont vous avez besoin. Vous me rembourserez quand vous pourrez. Cela étant, je ne comprends pas pourquoi vous voulez tenir votre père en dehors de cette histoire. Si Mick est décidé à moderniser le journal, ces dépenses me semblent raisonnables et n'importe quelle banque...

— Elle ne vous a pas tout dit, lança John Penellin d'un ton sévère depuis le seuil. Je la comprends : la honte l'empêche de parler.

Poussant un cri, Nancy bondit de sa chaise, prête à s'enfuir. Lynley se leva pour s'interposer.

— Papa, fit-elle d'un ton implorant.

— Dis-lui tout, ordonna Penellin. (Pénétrant dans le bureau, il referma la porte derrière lui pour empêcher sa fille de prendre la fuite.) Puisque tu as commencé à exhiber ton linge sale devant M. le comte, va jusqu'au bout. Tu lui as demandé de l'argent, n'est-ce pas ? Eh bien, raconte-lui le reste de l'histoire afin qu'il sache quel genre d'homme va bénéficier de sa générosité.

— Tu te trompes, papa.

— Tu crois ? (Penellin regarda Lynley.) Mick Cambrey dépense beaucoup d'argent pour donner un coup de jeune au journal, c'est exact. Mais le reste, il le claque avec ses dulcinées. Or cet argent, c'est celui de Nancy. Pas vrai, mon petit ? Un argent qu'elle gagne durement. Parce que, non contente de faire des heures de comptabilité à Penzance et à Nanrunnel, elle trouve encore le moyen d'être barmaid à *L'Ancre et la Rose* le soir. Avec la petite Molly dans un panier sur le plancher du pub, par-dessus le marché ! Son père refuse de délaisser son travail pour s'occuper du bébé pendant que Nancy gagne le pain du ménage. Seulement il n'y a pas que l'écriture qui l'absorbe. Il y a les femmes, aussi. Combien sont-elles maintenant, Nance ?

— C'est faux, protesta Nancy. Tout ça, c'est du passé. C'est uniquement à cause du journal qu'on n'arrive pas à s'en sortir, papa.

— Inutile de mentir. Mick Cambrey est un bon à rien. Et y a pas de danger qu'il change. Il est peut-être bon pour déshabiller une fille sans expérience et la mettre en cloque. Mais dès qu'il s'agit de réparer, y a plus personne. Regarde-toi donc, Nance, regarde tes vêtements, regarde ta tête. S'il t'aime, pourquoi est-ce qu'il te laisse dans cet état ?

— Ce n'est pas sa faute.

— Regarde ce qu'il a fait de toi.

— Il ne sait pas que je suis là. Jamais il ne m'aurait laissée demander...

— Mais cet argent que tu es venue mendier, il fera main basse dessus, pas vrai ? Et sans même chercher à savoir comment tu te l'es procuré. L'essentiel, c'est qu'il ait de quoi se passer ses caprices. Et il a envie de quoi, cette fois, Nancy ? Qu'est-ce qu'il lui faut ? Une autre femme ? Deux, trois peut-être ?

— Non ! fit Nancy, jetant un regard éperdu à Lynley. Je... je...

Elle secoua la tête, le désespoir sur son visage.

Penellin s'approcha lourdement de la carte du domaine. Il avait le teint gris.

— Regarde ce qu'il a fait de toi, reprit-il d'une voix sourde. (Et, prenant Lynley à témoin :) Regardez ce que Mick Cambrey a fait de ma fille.

6

— Simon et Helen vont nous accompagner, déclara Sidney.

Quelques instants plus tôt, elle avait choisi une robe corail parmi ses affaires éparpillées à travers sa chambre. Enveloppée dans des flots de crêpe de l'épaule jusqu'aux mollets, elle ressemblait à un nuage au crépuscule.

Deborah et elle traversèrent le jardin pour gagner le parc où Saint James et lady Helen se promenaient sous les arbres. De loin, Sidney cria à pleins poumons :

— Deborah va me prendre dans la baie. En sirène. Moitié dans l'eau, moitié dans le dinghy. Vous venez ?

Ni l'un ni l'autre ne répondirent. Une fois Deborah et Sidney arrivées à leur hauteur, Saint James remarqua :

— Quelle voix, Sid ! Il va sûrement y avoir foule pour t'admirer en sirène ! Ou du moins pour voir l'idée que tu t'en fais.

Sidney éclata de rire :

— C'est vrai ! Les sirènes ne portent pas de vêtements ! Tant pis ! D'ailleurs c'est la jalousie qui te fait parler ! Pour une fois que Deborah me prend pour modèle... J'ai quand même dû, admit-elle en tournoyant dans la brise, lui faire promettre de ne pas braquer son objectif sur toi. Non qu'elle ait encore besoin de le faire. Elle doit déjà avoir un bon millier de photos de toi dans ses cartons. Simon-dans-l'escalier. Simon-dans-le-jardin. Simon-dans-le-labo...

— Je n'ai guère eu le choix de la pose.

Sidney secoua la tête et s'engagea dans le parc, entraînant les autres dans son sillage.

— La belle excuse ! En tout cas, ce ne sont pas les occasions de passer à la postérité qui t'auront manqué. Aujourd'hui, c'est mon tour : alors je te demanderai de rester à bonne distance de l'appareil.

— Je suis capable de me contrôler, rétorqua Saint James.

— Pas moi, mes chéris, dit lady Helen. J'ai bien l'intention de disputer la vedette à Sidney et de figurer au premier plan sur toutes les photos que fera Deborah. Je suis certaine qu'en tant que mannequin, j'ai de l'avenir.

Devant eux, Sidney éclata de rire, tout en marchant d'un pas léger en direction de la mer. Sous les arbres immenses du parc où l'air était riche de l'odeur fertile de l'humus, ce n'étaient pas les sources d'inspiration qui manquaient. Juchée sur une branche abattue par la tempête de l'hiver précédent, Sidney était un Ariel espiègle. Tenant à la main un pied-d'alouette, elle se métamorphosa en Perséphone, délivrée d'Hadès. Contre le tronc d'un arbre, une couronne de feuilles dans les cheveux, elle mima Rosalinde, rêvant à l'amour d'Orlando.

Après cette collection de poses classiques, Sidney s'élança, atteignit la limite du parc et franchit une grille pratiquée dans le mur de pierre rugueux. Un instant plus tard, la brise leur apportait ses cris de joie.

— Le moulin, dit lady Helen. Je vais jeter un œil, il ne faudrait pas qu'elle tombe dans l'eau.

Sans attendre de réponse, elle s'élança, sortant du parc à son tour.

Deborah fut heureuse de se retrouver seule avec Simon. Ils avaient beaucoup de choses à se dire. Elle ne l'avait pas revu depuis le jour où ils s'étaient disputés, et lorsque Tommy lui avait annoncé qu'il serait des leurs pour le week-end, elle avait compris qu'il lui faudrait lui faire des excuses.

Mais maintenant que l'occasion de lui parler se présentait, Deborah s'aperçut qu'elle ne pouvait que formuler des banalités. Elle avait conscience d'avoir coupé les derniers liens qui la rattachaient à Simon dans son appartement de Paddington, et se disait qu'il n'y avait pas moyen de rattraper les paroles qui avaient provoqué cette rupture quasi chirurgicale.

Ils continuèrent d'avancer dans la direction empruntée par lady Helen, mais lentement à cause de la jambe de Simon. Dans le silence qui s'épaississait, rompu par les seuls piaillements incessants des mouettes, le bruit inégal de ses pas soulignait son handicap. Poussée par le besoin de chasser ce bruit de ses oreilles, Deborah finit par se décider à parler, puisant dans leurs souvenirs communs.

— A la mort de maman, tu as rouvert la maison de Chelsea.

Saint James lui jeta un regard plein de curiosité :

— C'était il y a longtemps, Deborah.

— Tu n'étais pas obligé de le faire. A l'époque, je ne me suis pas posé de questions. Dans ma tête de petite fille de sept ans, je trouvais ça normal. Mais rien ne t'y obligeait. Je m'en aperçois seulement aujourd'hui.

Il chassa de la jambe de son pantalon un brin de trèfle blanc.

— Pas facile d'oublier un drame pareil. J'ai fait ce que j'ai pu. Ton père avait besoin d'un endroit où oublier. Ou, sinon pour oublier, du moins pour continuer à vivre.

— Mais tu n'étais pas obligé de faire ça, insista Deborah. On aurait pu aller chez un de tes frères, à Southampton. Ils étaient tellement plus âgés que toi. Ç'aurait été logique. Tu avais... tu n'avais que dix-huit ans. Quelle idée de s'encombrer d'une maison à dix-huit ans ! De se coller des responsabilités pareilles sur le dos ! Pourquoi tes parents t'ont-ils laissé faire ?

— Je n'avais pas le choix.

— Comment ça ?

— Il fallait que ton père guérisse. Ta mère n'était morte que depuis deux mois et il était anéanti. Nous avions peur pour lui, Deborah. Nous ne l'avions jamais vu dans cet état. Nous avons craint pour sa vie. Tu avais déjà perdu ta mère, nous ne voulions pas que tu perdes ton père. Oh, bien sûr, nous nous serions occupés de toi. Mais nous n'aurions jamais pu remplacer ton vrai père.

— Mais tes frères ? Southampton ?

— S'il était allé à Southampton, il n'aurait été qu'une roue de secours dans une maison parfaitement organisée, il aurait souffert de la pitié qu'on lui aurait témoignée. La vieille maison de Chelsea, c'était un but pour lui, une raison de vivre. (Saint James sourit à Deborah.) Tu as oublié dans quel état elle était, sans doute ? Ton père s'est donné un mal de chien pour la rendre habitable. Ça lui a permis d'oublier un peu son chagrin. Et de continuer à vivre.

Deborah joua avec la courroie de son appareil. La bande de cuir était neuve, raide, bien différente de la courroie éraflée du vieux Nikon dont elle s'était servi pendant des années avant d'aller en Amérique.

— C'est pour ça que tu es venu à Howenstow ? Pour papa ?

Saint James ne répondit pas. Une mouette survola le parc, si près d'eux que Deborah sentit le lourd battement de ses ailes dans l'air.

— Je m'en suis rendu compte à notre arrivée ici, ce matin. Tu penses à tout, Simon. Tu as toujours été plein de tact. Merci.

Saint James fourra les mains dans les poches de son pantalon, geste qui fit ressortir l'espace d'un instant son appareillage orthopédique.

— Ce n'est pas du tact, Deborah.
— Comment ça ?
— Ce n'est pas du tact.
Ils poursuivirent leur chemin au milieu des arbres d'une combe qui dégringolait vers la mer. Sidney cria d'en bas quelque chose qu'ils ne purent comprendre tant elle riait.
Deborah reprit la parole :
— Ça ne t'a jamais plu qu'on te prenne pour un type bien. Faire preuve de sensibilité, c'est une tare à tes yeux. Alors, si ce n'est pas le tact qui t'a poussé à accompagner papa jusqu'ici, c'est quoi ?
— La loyauté.
— Envers un domestique ? s'étonna Deborah, l'œil arrondi de stupeur.
Les yeux de Simon foncèrent. Bizarrement, Deborah avait oublié leur propension à changer de couleur sous le coup de l'émotion.
— Est-ce qu'il n'a pas fait preuve de loyauté envers un infirme, lui ? rétorqua-t-il.
Ces mots la réduisirent au silence : ils la ramenaient au point de départ.

Perchée sur un rocher surplombant la rivière, lady Helen vit Saint James descendre lentement entre les arbres. Elle l'observait depuis que Deborah l'avait rejointe précipitamment quelques instants plus tôt. Tout en marchant, il jeta une tige chargée de feuilles, qu'il avait arrachée à l'une des plantes tropicales poussant à profusion dans le sous-bois.
En bas, Sidney gambadait dans l'eau, ses chaussures à la main, l'ourlet de sa robe trempant dans la rivière. Non loin, appareil au poing, Deborah étudiait la roue du moulin, figée sous un manteau de lierre. Bientôt, elle se mit à escalader la rive au milieu des rochers, son appareil dans une main, se servant de l'autre pour conserver son équilibre.
Bien que le vieil édifice de pierre présentât — même pour des yeux aussi profanes que ceux de lady Helen — un intérêt évident, il y avait néanmoins quelque chose d'excessif dans l'étude qu'en faisait Deborah, qui semblait avoir décidé de consacrer toute son énergie au calcul des meilleurs angles. Cet excès de concentration ne pouvait signifier qu'une chose : elle était en colère.
Lorsque Saint James la rejoignit sur le rocher, lady Helen lui jeta un regard inquisiteur. A l'ombre des arbres, son visage était inexpressif, mais ses yeux suivaient les moindres mouvements de Deborah et ses gestes étaient abrupts.

Evidemment, songea lady Helen, se disant qu'il leur faudrait faire appel à toutes les ressources de leur solide éducation pour traverser cet interminable week-end.

Leur promenade s'acheva dans une clairière que prolongeait un promontoire. Quinze mètres plus bas, grâce à un sentier escarpé qui zigzaguait au milieu des buissons et des rochers, on atteignait la petite baie de Howenstow qui luisait au soleil, destination idéale d'un après-midi d'été. Du sable fin de l'étroite plage montaient des vagues de chaleur. Au bord de l'eau, sur les rochers de calcaire et de granit, la mer avait laissé des flaques où s'ébattaient de minuscules crustacés. L'eau était d'une limpidité surprenante. Si le fond était trop rocheux pour qu'il soit raisonnable de faire du bateau dans les parages, l'endroit était idéal pour les bains de soleil. Sacha Nifford, Peter Lynley et Justin Brooke étaient d'ailleurs occupés à bronzer.

Tous trois étaient assis au bord de l'eau sur un banc de rocher en forme de croissant. Brooke avait retiré sa chemise. Les deux autres étaient nus. Peter exhibait une cage thoracique sans muscles ni graisse. Sacha était un peu plus en chair mais manquait de fermeté, ses seins surtout, qui pendaient et se balançaient mollement quand elle bougeait.

— C'est un temps idéal pour bronzer, commenta lady Helen d'un ton hésitant.

Saint James regarda sa sœur :

— Peut-être que nous ferions mieux de...

— Attends, coupa Sidney.

Sous leurs yeux, Brooke tendit soudain un petit flacon à Peter Lynley, qui fit tomber un peu de poudre sur le dos de sa main. Se baissant, il renifla avec tant de force que — du haut de la falaise — les autres virent sa poitrine se soulever tandis qu'il s'efforçait d'inhaler jusqu'à la dernière particule. Il se lécha la main, la suça et leva le visage vers le ciel comme pour remercier quelque dieu invisible. Puis il rendit le flacon à Brooke.

Sidney ne put s'empêcher d'exploser :

— Justin ! Espèce de salaud ! Tu m'avais donné ta parole ! Tu m'avais promis !

— Sid ! (Saint James empoigna sa sœur par le bras et sentit ses muscles déliés se raidir sous l'effet de l'adrénaline.) Sidney, non !

— Lâche-moi ! hurla Sidney en se dégageant.

Elle se débarrassa de ses chaussures et commença à descendre le long du sentier en pente, glissant dans la poussière, accrochant sa robe aux rochers, traitant Brooke de tous les noms.

— Oh, mon Dieu, murmura Deborah. *Sidney !*

Arrivée au pied de la falaise, Sidney franchit en courant l'étroite bande de sable pour atteindre le rocher sur lequel les trois compères la regardaient, stupéfaits. Elle se précipita sur Brooke, l'entraînant dans le sable. Elle tomba sur lui, lui martelant le visage de ses poings.

— Tu m'avais dit que tu n'y toucherais plus ! Menteur ! Sale menteur ! Donne-moi ça ! Justin !

Elle chercha à lui planter les doigts dans les yeux. Pour se protéger, Brooke dut lever les bras, révélant ainsi le flacon de cocaïne. Lui ayant mordu le poignet, elle lui arracha le flacon des doigts.

Brooke se releva en criant. Il la plaqua aux jambes et la fit tomber par terre. Mais elle avait eu le temps de jeter le flacon dans la mer avec une force digne d'un garçon manqué.

— Voilà ce que j'en fais de ta dope, hurla-t-elle. Plonge ! Va la chercher ! Et restes-y !

Allongés sur leur rocher, Peter et Sacha se mirent à rire bêtement tandis que Justin se relevait d'un bond, mettait Sidney debout et la traînait dans l'eau. Elle lui griffa le visage et le cou, lui laissant une traînée de sang en forme de trident sur la peau.

— Je leur dirai ! hurla-t-elle.

Brooke luttait pour la maintenir. Il lui attrapa les bras et les lui immobilisa dans le dos. Elle poussa un cri de douleur. Souriant, il la força à s'agenouiller, puis il la poussa en avant. Posant un pied sur son épaule, il lui enfonça la tête sous l'eau. Lorsqu'elle émergea pour reprendre son souffle, il lui replongea la tête sous l'eau.

Saint James sentit plus qu'il ne vit lady Helen se tourner vers lui. Il était glacé.

— Simon !

Jamais son prénom ne lui avait paru si horrible.

En bas, Brooke remettait Sidney sur ses pieds. Mais, retrouvant l'usage de ses bras, elle se rua sur lui, toujours aussi combative.

— Je... te... tuerai... fit-elle, le souffle court.

Elle le frappa au visage, tenta de lui donner un coup de genou dans le bas-ventre.

L'attrapant tant bien que mal par ses cheveux courts et trempés, il lui donna un coup de poing en pleine figure. Le coup s'entendit jusqu'en haut de la falaise. A son tour, elle réussit à lui enserrer le cou de ses mains. Ses doigts s'enfoncèrent dans sa chair. Il se dégagea, lui immobilisant de nouveau les bras. Mais cette fois elle fut trop rapide pour lui et lui planta les dents dans le cou.

— Nom de Dieu !

Brooke la relâcha, recula jusqu'à la plage et tomba sur le sable,

portant la main à l'endroit où Sidney l'avait mordu. Lorsqu'il la retira, elle était rouge de sang.

Enfin libérée, Sidney sortit de l'eau. Sa robe lui collait au corps comme une seconde peau. Elle toussait, s'essuyant les joues et les yeux, à bout de forces.

Avec un juron, Brooke bondit alors sur ses pieds, l'empoigna, la jeta à terre et s'assit sur elle à califourchon. Prenant une poignée de sable, il lui en barbouilla le visage. Sur leur rocher, Peter et Sacha suivaient la scène avec curiosité.

Sidney se tortillait comme un ver, toussant, pleurant, essayant — mais en vain — de se dégager.

— Tu veux de l'action, Sid ? grogna Justin, lui plaquant un bras contre le cou. C'est ça que tu veux ? Eh ben, tu vas être servie !

Brooke dégrafa son pantalon et entreprit de lui arracher ses vêtements.

— Simon ! s'écria Deborah.

Elle se tourna vers Saint James, n'ajouta pas un mot.

Saint James comprit pourquoi. Il était incapable de bouger. Fou de rage. Brûlant d'intervenir. Mais cloué par son infirmité.

— La falaise, dit-il. Helen. Bon sang. Je ne peux pas descendre la falaise.

7

Lady Helen jeta un bref coup d'œil à Saint James, prit Deborah par le bras.

— Vite !

Deborah ne bougea pas. Immobile, elle braquait des yeux impuissants sur le visage de Saint James. Le voyant se détourner, elle tendit la main comme pour le toucher.

— Deborah ! (Lady Helen attrapa l'appareil de Deborah, le laissa tomber à terre.) Il n'y a pas de temps à perdre ! Dépêche-toi !

— Mais...

— Allons-y !

A ces mots, Deborah se mit à courir vers le sentier avec lady Helen. Les deux jeunes femmes entamèrent la descente abrupte jusqu'à la petite baie, sans se soucier de la poussière qui s'élevait sous leurs pas telle de la fumée.

En bas, sur le sable, Sidney s'efforçait de repousser Justin Brooke avec le regain d'énergie que donne la terreur. Mais, plus musclé, il parvint à la terrasser, la colère cédant rapidement la place à l'excitation sexuelle et au sadisme. De son point de vue, il était évident que Sidney allait avoir ce qu'elle cherchait depuis le début.

Lady Helen et Deborah arrivèrent sur lui en même temps. C'était un homme costaud mais face à elles il ne faisait pas le poids. D'autant moins que lady Helen était dans une rage insensée. En moins d'une minute, Brooke se retrouva par terre, suffoquant et grognant de douleur, car elles lui avaient administré force coups de pied dans les reins. Pleurant à chaudes larmes, Sidney se dégagea, jurant, essayant de réajuster sa robe déchirée.

— Eh bien ça alors ! murmura Peter Lynley. (Il changea de position, posant sa tête sur l'estomac de Sacha.) Quel sauvetage ! Juste au moment où ça devenait intéressant.

Lady Helen releva vivement la tête. Pleine de poussière et de sable, hors d'haleine, elle tremblait si fort qu'elle se demanda si elle réussirait à marcher.

— Qu'est-ce qui te prend, Peter ? chuchota-t-elle d'une voix rauque. Qu'est-ce qui t'arrive ? C'est Sidney qui a... *Sidney !*

Peter éclata de rire. Sacha sourit. Ils s'installèrent plus confortablement pour profiter du soleil.

Lady Helen tendait l'oreille, postée devant la porte massive de la chambre de Saint James, n'entendant rien. A quoi d'ailleurs s'était-elle attendue ? Un repli morose dans la solitude était conforme au caractère de Saint James.

Le silence était si complet que, si elle ne l'avait accompagné dans sa chambre deux heures plus tôt, lady Helen aurait juré que la pièce était inoccupée. Mais elle savait qu'il était là, muré dans la solitude.

Bien, songea-t-elle. L'autoflagellation, ça suffit comme ça. Il est temps de le faire sortir de sa tanière.

Au moment où elle s'apprêtait à frapper, Cotter ouvrit la porte, la vit et sortit dans le couloir. Il jeta un bref coup d'œil derrière lui — lady Helen constata que les rideaux étaient tirés — et referma la porte. Il croisa les bras sur sa poitrine.

Eût-elle été portée sur la mythologie, lady Helen aurait aussitôt affublé Cotter du surnom de Cerbère. Mais, comme tel n'était pas le cas, elle redressa les épaules d'un air combatif : ce n'était pas en postant Cotter devant sa porte que Saint James réussirait à l'éviter.

— Il est debout ? (Elle posa la question d'un ton léger, faisant délibérément semblant d'ignorer ce qu'impliquait l'obscurité de la chambre.) Tommy a prévu de nous emmener à Nanrunnel, ce soir. Simon ne voudra sûrement pas rater cette petite sortie.

Cotter croisa plus fermement les bras sur sa poitrine.

— Il m'a demandé de l'excuser. Une de ses migraines. Vous savez ce que c'est.

— Non !

Surpris, Cotter battit des paupières. L'attrapant par le bras, lady Helen l'entraîna de l'autre côté du couloir devant les fenêtres donnant sur la cour de l'office.

— Cotter, soyez gentil, ne le laissez pas se cloîtrer comme ça.

— Lady Helen, je crois qu'il nous faut...

Cotter marqua une pause. Ce préambule courtois trahissait le désir de faire entendre raison à lady Helen, qui n'avait pas envie de discuter.

— Vous savez ce qui s'est passé ? Sur la plage ?

Pour éviter de répondre, Cotter prit un mouchoir dans sa poche, se moucha et entreprit d'examiner les pavés et la fontaine de la cour.

— Cotter, insista lady Helen. Vous savez ce qui s'est passé ?

— Deb m'a tout raconté.

— Alors vous devez comprendre qu'on ne peut pas le laisser broyer du noir et se morfondre plus longtemps.

— Mais ses ordres...

— Je me fiche de ses ordres. Ce ne serait pas la première fois que vous les ignoreriez. Surtout quand c'est pour son bien. Et dans le cas présent, ce serait lui rendre service que de passer outre. (Lady Helen réfléchit, le temps d'échafauder un plan susceptible de convenir à Cotter.) Ecoutez, Cotter. On vous attend au salon. Tout le monde prend le sherry. Vous ne m'avez pas vue de l'après-midi, vous n'étiez pas là pour m'empêcher de faire irruption chez Mr Saint James. Nous sommes d'accord ?

Cotter ne sourit pas mais hocha la tête en signe d'assentiment :

— Très bien.

Lady Helen le regarda s'éloigner avant d'entrebâiller la porte. Du seuil, elle distingua Saint James étendu sur le lit. Elle sut qu'il ne dormait pas en le voyant bouger lorsqu'elle referma la porte.

— Simon chéri, Tommy nous emmène à Nanrunnel, ce soir, pour une petite sortie culturelle. Si on veut être à la hauteur, il va falloir prendre des forces : quelques sherries ne seront pas de trop. Comme Tommy et Deborah ont sûrement un ou deux verres d'avance, il va falloir que tu te dépêches de te préparer si tu veux les rattraper. Tu t'habilles comment ?

Tout en parlant, elle traversa la chambre pour ouvrir les rideaux dont elle se mit à arranger soigneusement les plis, plus pour gagner du temps que pour faire joli. Lorsqu'elle eut fini, elle se tourna vers le lit d'où Saint James suivait son manège d'un air amusé.

— Message reçu, Helen.

Elle poussa un soupir de soulagement. S'apitoyer sur son sort n'était pas le fort de Saint James. Son fort, c'était plutôt la haine de soi. Encore que celle-ci eût dû avoir le temps de s'estomper après les instants qu'ils avaient passés en tête à tête sur la falaise, pendant que Deborah raccompagnait Sidney à la maison.

Est-ce que Brooke l'aurait tuée ou est-ce qu'il se serait contenté de la violer pendant que j'étais là, incapable de lever le petit doigt, spectateur impuissant ? Bien à l'abri. En sécurité. Ne prenant aucun risque. Car les risques, ce n'est pas pour moi, bien sûr.

Le ton n'avait pas été celui de la colère mais de l'humiliation, ce qui était pire.

Elle lui avait crié : *Ton handicap, tout le monde s'en fiche ! Arrête de faire une fixation là-dessus !*

C'était la vérité, mais cette vérité n'avait en rien atténué le fait que cette fixation confinant à l'obsession était une blessure d'amour-propre toujours à vif.

— C'est quoi, cette sortie culturelle ? s'enquit-il. Un tournoi de fléchettes à *L'Ancre et la Rose* ?

— Mieux que ça. Une représentation — sûrement très mauvaise — de *Beaucoup de bruit pour rien*. Par la troupe du village, dans la cour de l'école primaire. En fait, il s'agit d'une soirée exceptionnelle organisée en l'honneur des fiançailles de Tommy. C'est du moins ce que le révérend Sweeney a dit à Daze lorsqu'il est venu lui offrir les billets.

— Ce n'est pas la troupe qui a...

— ... massacré *De l'importance d'être constant* il y a deux ans ? Exactement, Simon chéri.

— Seigneur... Ils avaient atteint des sommets dans le genre, ils vont avoir du mal à faire mieux ! Je ne suis pas près d'oublier le révérend Sweeney, des sandwiches au concombre plein la bouche, éloquent en diable dans ce classique d'Oscar Wilde.

— Alors imagine-le en Benedick !

— Il faudrait être idiot pour rater ça.

Saint James attrapa ses béquilles, se mit sur pied et rajusta sa longue robe de chambre.

Lady Helen détourna la tête, ramassa trois pétales de rose tombés d'un bouquet posé sur une étagère non loin de la fenêtre. Dans sa paume, les pétales avaient la douceur satinée du duvet. Elle chercha des yeux une corbeille pour les y déposer, laissant ainsi Saint James effectuer en paix sa manœuvre car elle savait que sa vanité lui faisait obligation de cacher sa mauvaise jambe et de paraître aussi mobile que possible.

— L'un d'entre vous a aperçu Tommy ?

Le véritable sens de la question n'échappa pas à lady Helen, qui répondit :

— Il n'est pas au courant de ce qui s'est passé sur la plage. Nous avons réussi à l'éviter.

— Deborah aussi ?

— Elle était avec Sidney. Elle lui a fait prendre un bain, l'a fait s'allonger, lui a apporté du thé. (Elle eut un petit rire.) Le thé, c'était une idée à moi. Je ne sais pas si ça a servi à grand-chose.

— Et Brooke ?

— Crois-tu qu'il aurait eu le bon goût de prendre ses cliques et ses claques et de retourner à Londres ?

— J'en doute.

— Moi aussi.

Saint James se tenait près du lit. Lady Helen aurait évidemment dû sortir pour le laisser s'habiller tranquille. Toutefois, les efforts qu'il déployait pour se contrôler la poussèrent à rester. Tout n'avait pas été dit. Loin de là.

De tous les hommes qu'elle avait côtoyés, Saint James était celui qu'elle connaissait le mieux. Au cours des dix dernières années, elle avait eu le loisir d'admirer le dévouement aveugle avec lequel il se consacrait à la criminalistique et la réputation grandissante qu'il se forgeait dans ce domaine. Elle avait appris à accepter son penchant pour l'introspection, son souci de la perfection, sa propension à l'autocritique en cas d'échec. De tout cela — et de bien d'autres choses encore —, ils parlaient volontiers — au déjeuner et au dîner, dans le bureau de Saint James tandis que la pluie fouettait les carreaux, en se rendant à l'*Old Bailey*, dans l'escalier, dans le labo. Mais il y avait une chose qu'ils évitaient : son handicap. Ce sujet — qui touchait à une région obscure de sa psyché —, aucun d'eux, jamais, ne l'avait abordé. Jusqu'à aujourd'hui, sur la falaise. Malheureusement, alors même qu'il lui fournissait l'ouverture tant attendue, elle n'avait pas réussi à trouver les mots adéquats.

Que lui dire, maintenant ? Une fois de plus, elle se demanda quel genre de liens se seraient tissés entre eux si elle n'avait pas quitté sa chambre d'hôpital huit ans plus tôt simplement parce qu'il le lui avait demandé. Lui obéir avait été tellement plus facile que de prendre le risque d'avancer dans l'inconnu.

Pourtant, elle ne pouvait le laisser seul maintenant sans tenter de le réconforter.

— Simon.

— Mon médicament est sur la tablette au-dessus du lavabo, Helen, dit Saint James. Peux-tu aller me chercher deux comprimés ?

— Ton médicament ?

Lady Helen sentit une bouffée d'inquiétude l'envahir. Pas un instant elle n'avait pensé se méprendre sur les raisons qui avaient poussé Saint James à se claquemurer dans sa chambre pendant tout l'après-midi. Malgré ce que Cotter lui avait dit, l'attitude de Simon n'avait pas été celle d'un homme qui souffre physiquement.

— Au-dessus du lavabo. (Il lui adressa une ombre de sourire.) Il m'arrive de le prendre à titre préventif. Ça agit tout aussi bien avant que pendant. Si je veux pouvoir supporter Mr Sweeney, il faut que je prenne mes précautions.

Elle rit et alla dans la salle de bains, tout en continuant de parler :

— Excellente idée. Si la représentation de ce soir ressemble à celle d'il y a deux ans, on risque d'avoir tous besoin de calmants. Peut-être que je devrais emporter le flacon.

Elle revint dans la chambre avec les comprimés. Il s'était approché de la fenêtre et, appuyé sur ses béquilles, semblait contempler le parc. Mais elle s'aperçut qu'il avait le regard perdu dans le vide.

A cette vue, elle comprit que ses paroles, sa contribution polie à la conversation, la légèreté du ton qu'il avait employé étaient factices. Son sourire lui-même n'avait été qu'une ruse pour la tenir à l'écart, tandis qu'il restait muré dans sa solitude.

Helen se sentit incapable d'accepter cela.

— Tu aurais pu tomber, dit-elle. La pente était trop raide, Simon chéri. Tu aurais pu te tuer.

— En effet, répondit-il.

Le gigantesque salon de Howenstow ne possédait pas les qualités susceptibles de mettre à l'aise ceux qui s'y aventuraient. Plus vaste qu'un court de tennis, il était nanti d'un immense tapis sur lequel étaient disposés par petits groupes censés faciliter la conversation des meubles fort anciens. Décorée de toiles de Constable et de Turner ainsi que d'une collection de porcelaines fragiles, la pièce donnait envie de s'y mouvoir avec la plus extrême circonspection. Deborah, qui était seule, la traversa prudemment dans toute sa longueur pour atteindre le piano à queue afin d'examiner les photos qui étaient posées dessus.

Les photographies racontaient l'histoire des Lynley à Howenstow. L'air d'avoir avalé son parapluie, la cinquième comtesse d'Asherton dardait sur Deborah un œil hostile typique des portraits du XIXe siècle. Le sixième comte, campé sur un solide cheval bai, contemplait une meute de chiens agités. La comtesse actuelle était parée pour assister au couronnement de la reine. Tommy et les autres enfants de lady Asherton traversaient comme en se moquant les différentes étapes d'une jeunesse dorée de privilégiés.

Seul manquait à l'appel le père de Tommy, le septième comte. Remarquant ce détail, Deborah s'aperçut qu'elle n'avait vu son portrait nulle part dans la maison. Chose qu'elle trouva bizarre, car elle avait vu plusieurs photos de lui chez Tommy à Londres.

— Quand on vous prendra en photo, promettez-moi de sourire. (Lady Asherton s'approcha, un verre de sherry à la main. Dans sa robe blanche mousseuse, elle avait l'air fraîche, ravissante.) Je voulais sourire, mais le père de Tommy m'a déclaré que ça ne se faisait pas. J'ai été lâche, j'ai cédé. J'étais une jeune mariée terriblement influençable.

Elle sourit, avala une gorgée de sherry puis, s'éloignant, alla s'asseoir dans l'embrasure de la fenêtre, derrière le piano.

— J'ai passé un après-midi délicieux avec votre père, Deborah. J'ai monopolisé la conversation mais il a eu le bon goût de ne pas s'en formaliser, riant, me laissant croire que j'étais la plus spirituelle des femmes. Vous êtes très proches.

— Oui.

— Quand un enfant perd un de ses parents, il s'attache d'autant plus à l'autre. C'est normal.

— J'étais toute jeune quand ma mère est morte, dit Deborah, tentant de trouver une explication à la distance qu'elle avait sentie entre Tommy et sa mère. Ça m'a sans doute rapprochée de papa, qui a été bien obligé de me tenir lieu de père et de mère. En outre, je n'avais ni frères ni sœurs. Il y avait Simon, bien sûr, mais c'était pour moi davantage... Comment dirais-je... Un oncle ? Un cousin ? C'est papa qui s'est chargé presque exclusivement de mon éducation.

— Et cela vous a profondément unis. Vous avez de la chance.

Deborah songea que la chance n'avait rien à voir dans ses relations avec son père. Les liens qui les unissaient, construits au fil du temps, étaient davantage le résultat de la patience paternelle, de leur désir de communiquer. Demeuré seul avec une fillette dont le tempérament pétulant était à l'opposé du sien, Cotter avait réussi à faire les efforts d'adaptation nécessaires pour comprendre sa personnalité. S'ils étaient aussi proches maintenant, ils ne faisaient que récolter ce que son père avait semé.

— Vous n'êtes pas très proche de Tommy, n'est-ce pas ? questionna Deborah impulsivement.

Lady Asherton sourit d'un air épuisé. L'espace d'un instant, Deborah crut que cette fatigue la pousserait à baisser sa garde et à parler de ses difficultés avec son fils. Mais au lieu de cela, elle dit :

— Tommy vous a annoncé le programme des réjouissances pour ce soir ? Shakespeare sous les étoiles. A Nanrunnel. (Des voix leur parvinrent du couloir.) Pas encore ? Alors, je lui laisse ce soin.

Sur ces mots, elle reporta son attention sur la fenêtre d'où soufflait une légère brise apportant avec elle la fragrance salée de la mer.

— A condition de prendre des forces, on devrait pouvoir surmonter l'épreuve, dit Lynley en pénétrant dans le salon.

Il s'approcha d'une table couverte de carafes et entreprit de verser du sherry dans trois verres. Il tendit le premier à lady Helen, le deuxième à Saint James et avala le sien d'un trait avant d'apercevoir Deborah et sa mère à l'autre bout de la pièce.

— Vous avez dit à Deborah qu'on nous attendait de pied ferme dans le rôle de Thésée et d'Hippolyte, ce soir ?

Lady Asherton souleva imperceptiblement la main. Comme son sourire, ce geste trahissait une extrême lassitude.

— J'ai pensé qu'il valait mieux que ce soit toi qui la mettes au courant.

Lynley se versa un second sherry.

— Très bien. Nous sommes de corvée de théâtre ce soir, Deborah chérie, fit-il avec un sourire. Pas moyen d'y couper. Et pas question non plus d'arriver en retard ni de filer à l'entracte. Le révérend Sweeney est un vieil ami. Il serait ulcéré que nous n'assistions pas à la représentation de bout en bout.

— Même si c'est très mauvais, ajouta lady Helen.

— Tu veux que je prenne des photos ? proposa Deborah. Après le spectacle. Peut-être que ça ferait plaisir à Mr Sweeney.

— Tommy et la troupe, dit lady Helen. Génial ! Mr Sweeney sera fou de joie. J'ai toujours pensé que tu ferais un malheur sur scène, Tommy.

Lynley rit tandis que lady Helen continuait sur le même ton. La laissant bavarder, Saint James prit son verre et s'en fut du côté des deux immenses vases chinois situés de part et d'autre de l'entrée de la longue galerie élisabéthaine qui partait de l'extrémité du salon. Il effleura la porcelaine lisse d'un des vases, suivant du bout du doigt le dessin complexe du glaçage. Deborah remarqua que, s'il portait son verre de sherry à ses lèvres, il ne buvait pas. Il semblait bien décidé à ne croiser le regard de personne.

Compte tenu des événements de l'après-midi, Deborah ne s'en étonna pas. Si le fait de se tenir à l'écart aidait Saint James à oublier, sans doute aurait-elle dû l'imiter, bien qu'elle sût qu'en ce qui la concernait elle n'était pas près de le faire.

Séparer Brooke et Sidney — sachant que le comportement de Brooke, loin d'être dicté par l'amour ou le désir, avait pour origine la violence et le besoin de dompter Sidney — n'avait pas été une partie de plaisir. Mais lorsqu'il lui avait fallu aider Sidney qui sanglotait comme une hystérique à gravir la falaise, ç'avait été encore pire. Le visage en sang et tuméfié, la jeune femme proférait des mots incohérents. A trois reprises, elle s'était arrêtée, refusant d'avancer, pleurant à chaudes larmes. Tout cela avait été un véritable cauchemar. Et, une fois au sommet de la falaise, elle avait aperçu Simon, debout contre un arbre, qui les observait.

Deborah avait eu envie d'aller vers lui. Pour quelle raison, dans quel but, elle eût été incapable de le dire. Sa seule pensée rationnelle sur le moment avait été qu'elle ne pouvait le laisser seul. Mais Helen l'avait interceptée au passage, les poussant, Sidney et elle, vers le sentier conduisant à la grande maison.

Le retour trébuchant à Howenstow n'avait pas été moins cauchemardesque et les détails en étaient encore nettement gravés dans l'esprit de Deborah. D'abord, la rencontre inopinée avec Mark Penellin, dans le bois ; les excuses bafouillées pour expliquer l'allure de Sidney ; les derniers mètres avant la maison, parcourus dans la crainte croissante qu'on pût les surprendre ; la traversée furtive de l'armurerie à la recherche de l'escalier nord-ouest qui — Helen avait été formelle — était tout près de l'office ; le tournant malencontreux pris en haut dudit escalier qui les avait conduites dans l'aile ouest inutilisée de la maison ; et, pendant toute cette équipée, la terreur de tomber sur Tommy, de devoir répondre à ses questions. Durant le trajet du retour, Sidney était passée de l'hystérie à la fureur puis au désespoir pour finir par s'enfermer dans le mutisme. Un mutisme trahissant un tel abattement que Deborah s'en était émue bien plus que de sa crise de nerfs sur le sentier.

Bref, l'un dans l'autre, ç'avait été une expérience épouvantable. Aussi, lorsque Justin Brooke — en tenue décontractée — fit son entrée dans le salon comme s'il n'avait en aucun cas essayé de violer une femme en présence de cinq témoins l'après-midi même, Deborah dut faire un effort surhumain pour ne pas hurler et se jeter sur lui.

8

— Bon sang, Brooke, que vous est-il arrivé ?

Il y avait tant de stupeur dans la voix de Lynley que Saint James, abandonnant l'examen des porcelaines K'ang-Hsi, se retourna juste à temps pour voir Justin Brooke prendre avec une parfaite nonchalance le verre de sherry qu'on lui tendait.

Juste ciel, songea Saint James. Brooke s'était joint à eux, misant sur le fait qu'ils étaient tous trop bien élevés pour évoquer les événements de l'après-midi devant Lynley et sa mère.

— J'ai fait une chute dans le bois.

Brooke promena son regard sur les invités, les mettant au défi de le traiter de menteur.

A ces mots, Saint James sentit sa mâchoire se crisper ; il s'efforça de ravaler les paroles prêtes à jaillir. Non sans satisfaction, il constata que sa sœur avait décidément bien arrangé le visage de Brooke. Il avait des traces de griffures sur les joues, un bleu sur la mâchoire et la lèvre inférieure enflée.

— Une chute ? reprit Lynley, examinant les marques de dents qui ornaient le cou de Brooke et que le col de sa chemise ne dissimulait qu'imparfaitement. (Il se tourna vers les autres.) Où est passée Sidney ?

Pas de réponse. Un verre heurta le bord d'une table. Quelqu'un toussa. Dehors, un moteur ronfla. Des bruits de pas retentirent et Cotter apparut. Il s'arrêta sur le seuil comme si, ayant pris la température de la pièce, il hésitait à aller de l'avant. Il jeta un coup d'œil à Saint James pour lui demander conseil et, calquant son attitude sur la sienne, resta à l'écart debout dans l'encadrement de la porte.

— Où est Sidney ? répéta Lynley.

A l'autre bout de la pièce, lady Asherton se mit debout.

— Est-ce qu'il serait arrivé...

Deborah s'empressa de prendre la parole :

— Je l'ai quittée il y a une demi-heure, Tommy. (Son visage s'empourpra.) Elle a abusé du soleil cet après-midi, je crois qu'elle aimerait... se... se reposer. Elle m'a demandé de l'excuser. Tu connais Sidney, Tommy, elle ne fait jamais les choses à moitié. Pas étonnant qu'elle soit crevée.

Malgré lui, Saint James sourit. Son regard croisa celui du père de Deborah qui secoua la tête. Tous deux savaient à quoi s'en tenir sur les facultés d'improvisation de Deborah. Helen s'en serait sortie haut la main, les mensonges au pied levé destinés à mettre de l'huile dans les rouages étant sa spécialité. Mais Deborah ignorait tout de ces tours de passe-passe.

L'arrivée de Peter Lynley évita aux autres invités de renchérir. Pieds nus, il avait enfilé une chemise propre et vaporeuse, sa seule concession à la cérémonie du dîner. Sacha le suivait, vêtue d'une robe verdâtre qui faisait paraître son teint encore plus cireux. Comme pour leur parler, ou pour intervenir dans un affrontement qu'elle sentait imminent, lady Asherton esquissa un pas vers eux.

Peter ne parut voir ni sa mère ni les autres. S'essuyant le nez d'un revers de main, il se dirigea vers la table où se trouvaient les boissons. Il se versa un whisky, qu'il avala d'un trait, servit Sacha et se versa un deuxième verre.

Ils se tenaient à l'écart, à proximité des carafes. Tout en buvant une gorgée de whisky, Sacha glissa la main sous la chemise ample de Peter et l'attira contre elle.

— C'est du bon, Sacha, murmura Peter en l'embrassant.

Lynley reposa son verre. Lady Asherton prit vivement la parole :

— J'ai croisé Nancy Cambrey dans le parc, cet après-midi, Tommy. Cette petite m'inquiète. Elle a beaucoup maigri. Tu l'as vue ?

— Oui.

Lynley observait son frère et Sacha, l'air impénétrable.

— Elle se fait du mauvais sang. A propos de Mick, je crois. Il travaille sur un article qui l'a obligé à effectuer de nombreux déplacements ces derniers mois. Est-ce qu'elle t'en a touché un mot ?

— Nous avons bavardé.

— Et elle t'a parlé de cette histoire d'article, Tommy ? Parce que...

— Elle m'en a parlé, oui.

Lady Helen crut bon de tenter une nouvelle manœuvre de diversion :

— Quelle jolie robe, Sacha. Vous avez de la chance de pouvoir porter ces imprimés indiens. Personnellement, j'ai l'air grotesque, là-dedans. Est-ce que Mark Penellin a fini par vous trouver ? Simon et moi l'avons croisé dans le bois, il était à votre recherche.

— Mark Penellin ? (Peter tendit la main pour caresser les maigres cheveux de Sacha.) On l'a pas vu.

Un peu décontenancée, lady Helen consulta Saint James du regard :

— Pourtant je vous assure qu'il vous cherchait. Il ne vous a pas trouvés dans la baie ? Cet après-midi ?

Peter eut un sourire paresseux et béat.

— On n'était pas dans la baie cet après-midi.

— Vous n'étiez pas...

— Je veux dire qu'on y était sans y être. S'il est arrivé pendant qu'on était dans l'eau, il a pas pu nous voir. De toute manière, je crois pas que j'aurais aimé qu'il nous voie. Qu'est-ce que t'en dis, Sacha ?

Avec une sorte de ricanement, il passa l'index sur le nez de Sacha. Lui effleura les lèvres du bout des doigts. Tel un chat, elle se mit à lui lécher les doigts.

Charmant, songea Saint James. Et on n'est que vendredi.

Mi-village de pêcheurs plusieurs fois centenaire, mi-repaire de touristes à la mode, Nanrunnel était un mélange réussi d'éléments disparates. Construites en demi-cercle autour d'un port naturel, ses maisons s'échelonnaient le long d'une colline plantée de cèdres, de cyprès et de pins. Les façades étaient taillées dans les quartiers de roche extraits des carrières environnantes ; les unes étaient blanchies à la chaux, les autres, demeurées telles quelles, étaient gris-brun. Les rues étaient étroites, ne laissant passer qu'une seule voiture, et leur tracé compliqué correspondait davantage à la géographie du paysage qu'aux exigences des automobilistes.

Les bateaux de pêche emplissaient le port, se balançant au rythme de la marée montante et protégés par deux quais en forme de croissant. Des bâtisses disparates se dressaient au-dessus du port — cottages, magasins, auberges, restaurants — et un chemin inégal et pavé permettait à leurs habitants d'atteindre les quais. Au-dessus des maisons, des centaines d'oiseaux de mer criaient, perchés sur les cheminées et les toits de tuile, tandis que des centaines d'autres, prenant leur vol, tournoyaient au-dessus du port avant de s'élancer vers la baie où, dans le lointain, se dressait St. Michael's Mount dans la lumière déclinante du soir.

Une foule considérable s'était massée autour de l'école primaire dans le bas de Paul Lane où un modeste théâtre de plein air avait été édifié par Mr Sweeney et son épouse. Ce théâtre comportait trois éléments. Une estrade massive servait de scène. Des chaises pliantes en bois datant d'avant guerre étaient destinées à accueillir le public. A l'autre bout de la cour, près de la rue, avait été édifiée une petite baraque en planches où étaient servies les boissons fournies par *L'Ancre et la Rose*, le plus grand pub du village. Lynley constata que Nancy Cambrey servait la bière à la pression et que les clients étaient nombreux.

Le révérend Sweeney vint en personne accueillir Lynley et ses amis à l'entrée de l'école, son visage majestueux éclairé d'un radieux sourire. Copieusement maquillé, il transpirait à grosses gouttes. Avec le pourpoint de rigueur, les jambes gainées de bas blancs, son crâne chauve luisant sous les guirlandes de la cour, il offrait un spectacle incongru.

— Rassurez-vous, je porte une perruque pour jouer Benedick, fit Mr Sweeney, se moquant gentiment de lui-même.

Il salua Saint James et lady Helen avec force démonstrations d'amitié, puis s'avança vers Deborah et, sans attendre de lui être présenté, lança :

— Ma chère enfant, nous sommes absolument *ravis* de vous compter parmi nous ce soir. C'est un grand honneur. (Sans doute serait-il allé jusqu'à faire la révérence si la situation fort précaire de sa braguette ne lui eût interdit tout mouvement brusque.) Nous vous avons mis au premier rang : vous n'en perdrez pas une miette. Venez, c'est par là.

Ce n'étaient pas de simples miettes mais la totalité de la représentation que Lynley eût volontiers manquée, car les comédiens amateurs de Nanrunnel étaient célèbres plus pour leurs voix de stentors que pour leurs talents d'acteurs. Toutefois, menée par Mr Sweeney — soutenu par sa femme qui, en petite Béatrice boulotte, réussissait à exhiber une poitrine singulièrement houleuse lors d'interventions beaucoup plus passionnées que ne l'exigeait son rôle —, la pièce se déroula tambour battant jusqu'à l'entracte. A ce moment-là, se levant comme un seul homme, les spectateurs filèrent en direction de la buvette afin de profiter d'un moment de répit bien mérité en ingurgitant force chopes de *lager* et d'*ale*.

C'est alors que Lynley et ses amis purent constater que le statut d'invités d'honneur présentait au moins un avantage, qui était de leur faciliter l'accès aux rafraîchissements. La foule, qui s'était élancée quelques instants plus tôt pour puiser un légitime réconfort dans l'absorption de pintes de Watney et de Bass, s'écarta en effet sportivement sur leur passage, leur permettant ainsi d'atteindre plus rapidement l'estaminet de fortune.

La seule autre personne qui était parvenue à profiter de l'accalmie était un homme entre deux âges, plutôt grand, qui avait réussi à arriver premier au comptoir. Un plateau chargé de verres à la main, il se tourna vers Lynley.

— Prenez ça, Tommy, dit-il.

Sidéré, Lynley dévisagea Roderick Trenarrow et le plateau qu'il lui tendait. Rencontre dans un lieu public, bonne humeur. Comme d'habitude, Trenarrow avait bien choisi son moment.

— Roderick, dit Lynley. C'est vraiment gentil.

Trenarrow sourit :

— J'ai un avantage sur vous : ma chaise est près de la buvette.

— Bizarre. Jamais je ne me serais douté que vous vous intéressiez à Shakespeare.

— *Hamlet* excepté, vous voulez dire ? s'enquit plaisamment Trenarrow.

Il dirigea ses regards vers le groupe qui accompagnait Lynley, s'attendant à être présenté. Lynley s'exécuta, mettant un point d'honneur à ne pas paraître affecté par cette rencontre inopinée.

Trenarrow repoussa ses lunettes à monture dorée sur le haut de son nez et, s'adressant aux amis de Lynley, expliqua :

— Mrs Sweeney m'est tombée dessus dans le bus, au retour de Penzance. A peine avais-je eu le temps de dire ouf qu'elle m'avait refilé un billet pour la représentation de ce soir. J'ai dû lui promettre que j'y assisterais. Dieu merci, je suis près de la buvette : si la qualité du spectacle continue de baisser, j'aurai au moins la ressource de me piquer consciencieusement le nez.

— C'était également notre intention, remarqua lady Helen.

— Les années passant, on finit par acquérir une certaine expérience, poursuivit Trenarrow. L'an prochain, tous les spectateurs réclameront une place au fond. Il finira par ne plus y avoir personne au premier rang. Mrs Sweeney se verra contrainte d'installer la scène à l'intérieur de la buvette.

Tout le monde rit sauf Lynley. Agacé de voir avec quelle promptitude ses amis succombaient au charme de Trenarrow, il entreprit d'examiner le médecin comme si l'étude de son physique pouvait lui permettre de découvrir la source de son charme. Comme d'habitude, ce furent les détails que Lynley remarqua, et non l'ensemble. Epais cheveux bruns qui commençaient enfin à être striés de gris près du front ; costume de toile démodé mais bien coupé, immaculé, et parfaitement à sa taille ; mâchoire nette au dessin ferme bien qu'il ne fût pas loin de la cinquantaine ; rire éclatant toujours prêt à fuser ; rides autour des yeux ; prunelles sombres et regard pénétrant.

Lynley enregistra tout cela en vrac, série d'impressions fugaces. Il ne pouvait faire autrement, Trenarrow étant à deux pas, et — comme toujours — plus grand que nature.

— Non contente de faire de la comptabilité, Nancy Cambrey trouve encore le moyen d'être serveuse à *L'Ancre et la Rose*, si j'ai bien compris, dit Lynley à Trenarrow.

Trenarrow jeta un coup d'œil par-dessus son épaule en direction de la buvette.

— Ça m'en a tout l'air. Je suis surpris qu'elle ait accepté ce boulot, avec le bébé et tout. Ce n'est sûrement pas de tout repos.

— Peut-être, mais ça lui permet de mettre un peu de beurre dans les épinards. (Lynley avala une gorgée de *lager*. La bière était tiédasse et, s'il n'avait tenu qu'à lui, il aurait vidé son verre au pied du palmier le plus proche. Trenarrow risquant de mal interpréter son geste, il continua de siroter.) Ecoutez, Roderick, dit-il brusquement. J'ignore combien ils vous doivent, mais je paierai.

La phrase, mais surtout le ton sur lequel il la prononça, mit un terme à la conversation générale. Lynley s'aperçut que lady Helen posait la main sur le bras de Saint James, que Deborah se tortillait à côté de lui, tandis que Trenarrow, nageant complètement, reprenait :

— Vous paierez ?

— Je n'ai pas l'intention de laisser Nancy mendier. Mick et elle sont dans l'incapacité de faire face à une augmentation de loyer en ce moment et...

— Loyer ?

Agacé, Lynley se dit que Trenarrow s'arrangeait pour lui faire jouer le vilain rôle.

— Nancy a peur d'être obligée de quitter Gull Cottage. Je lui ai dit de ne pas se tracasser, que je la dépannerais. Je vous le dis à vous, pour que les choses soient claires.

— Le cottage, je vois. (Trenarrow leva son verre et examina Lynley par-dessus le bord. Il jeta un coup d'œil pensif à la buvette.) Inutile que Nancy se fasse du mauvais sang. Mick et moi, on trouvera une solution. Elle n'aurait pas dû vous ennuyer avec cette histoire.

C'est bien de lui, songea Lynley. Quelle insupportable noblesse. Quelle perspicacité. Il savait exactement ce qu'il faisait. La conversation était à l'image des joutes qu'ils s'étaient livrées au fil des années, pleines de mots à double sens et de sous-entendus.

— Je lui ai promis de régler la question et je le ferai, dit Lynley, s'efforçant de parler sur un ton plus amène. Il est inutile que vous...

— Que j'en pâtisse ? (Trenarrow considéra Lynley d'un air calme avant de lui adresser un sourire dénué de chaleur. Il termina sa bière.) Comme c'est aimable à vous. Si vous voulez bien m'excuser, j'ai peur d'avoir abusé de votre temps. Il y a des tas de gens qui aimeraient vous être présentés.

Avec un hochement de tête, il s'éloigna.

Lynley le regarda partir, admirant une fois de plus l'art qu'avait Trenarrow de profiter des moindres occasions. Il venait de lui en fournir un exemple supplémentaire, donnant à Lynley le sentiment qu'il n'était qu'un grossier personnage. Il eut l'impression d'avoir de nouveau dix-sept ans. En présence de Trenarrow, quoi qu'il fît, il aurait toujours dix-sept ans.

Lady Helen s'empressa de meubler le vide laissé par le départ de Trenarrow.

— Quel homme superbe, Tommy ! Il est médecin, tu dis ? Toutes ces dames doivent se bousculer dans sa salle d'attente.

— Il ne consulte pas, répondit automatiquement Lynley. (Il versa ce qui restait de sa *lager* le long du tronc d'un palmier et regarda le liquide former une flaque sur la terre sèche comme de l'amadou.) Il fait de la recherche, à Penzance.

C'était d'ailleurs la raison pour laquelle il était venu à Howenstow. Il avait alors trente ans et on l'avait fait appeler en désespoir de cause pour examiner le comte qui se mourait. Avec la franchise qui le caractérisait, il avait expliqué qu'il n'y avait d'autre solution que de continuer la chimiothérapie en cours. Il n'existait pas de remède miracle, contrairement à ce qu'ils avaient lu dans les journaux ; il leur avait dit que le mot cancer était un terme générique commode, qu'il existait non pas un, mais des douzaines de cancers. Incapable d'arrêter la prolifération des cellules pathogènes, le corps du patient s'affaiblissait de plus en plus. Les scientifiques n'en savaient pas assez long sur la question, ils travaillaient, cherchaient, mais il faudrait encore des années, des décennies... Il avait parlé avec compréhension, avec compassion.

Et le comte avait traîné, son organisme s'épuisant peu à peu, il avait souffert, il était mort. Les siens l'avaient pleuré. Le comté tout entier l'avait pleuré. Le seul qui ne l'avait pas pleuré, ç'avait été Roderick Trenarrow.

9

Nancy Cambrey rangea les derniers verres dans un carton. Elle était horriblement lasse. Et comme elle s'était passé de dîner afin d'arriver à l'école à temps pour la mise en place, elle avait en outre la tête qui tournait légèrement. Elle rabattit le couvercle du carton et ficela le paquet, soulagée que la soirée fût terminée.

Non loin de là, sa patronne — la redoutable Mrs Swann — comptait la recette avec son entrain habituel. Ses lèvres remuaient en silence tandis qu'elle faisait ses additions, inscrivant les chiffres dans son registre rouge fatigué. La buvette avait fait de bonnes affaires.

— Je m'en vais, annonça Nancy d'un ton hésitant.

Nul ne savait jamais à quelle réaction s'attendre de la part de la lunatique Mrs Swann. Aucune serveuse n'avait tenu le coup plus de sept mois dans son établissement. Mais Nancy était fermement décidée à battre le record. « L'important, c'est l'argent, se chuchotait-elle chaque fois qu'elle avait droit à une engueulade. Elle te paie, alors encaisse en silence. »

— C'est bon, Nance, marmonna Mrs Swann avec un geste de la main. Allez-y.

— Désolée pour le coup de fil.

La patronne grogna, se grattant le cuir chevelu avec un crayon.

— A partir de maintenant, si vous avez un coup de téléphone à donner à votre père, débrouillez-vous pour le passer pendant votre temps libre. Pas pendant les heures de travail.

— Très bien. Promis. (Surtout ne pas se la mettre à dos. Ne pas lui montrer qu'elle ne pouvait pas la supporter.) Vous verrez, Mrs Swann, j'apprends vite. Vous n'aurez pas à me le redire.

Mrs Swann leva vivement la tête. Une lueur passa dans ses yeux de rat.

— Vous apprenez vite, grâce à votre mari, c'est ça ? Vous devez en apprendre, des choses, alors.

Nancy frotta une tache sur son chemisier rose fané.

— J'y vais, dit-elle en guise de réponse, se glissant par-dessous le comptoir.

Les lumières brillaient toujours mais la cour était déserte : seuls s'y trouvaient encore Lynley et ses amis ainsi que les comédiens. Nancy les regarda, ils s'étaient groupés devant la scène. Tandis que Saint James et lady Helen attendaient au milieu des sièges vides, Lynley posait avec la troupe pour sa fiancée. Le crépitement des flashes révélait les visages ravis des acteurs. Lynley se prêtait à la séance avec sa bonne grâce habituelle, bavardant avec le révérend et son épouse, riant des plaisanteries de lady Helen Clyde.

Comme la vie est facile pour lui, songea Nancy.

— Eux aussi, ils ont des problèmes. Simplement, ça ne se voit pas.

Nancy tressaillit, frappée par la justesse de la remarque. Se retournant, elle aperçut le Dr Trenarrow assis dans l'ombre, le dos contre le mur du préau.

Nancy l'avait évité pendant toute la soirée, s'arrangeant pour ne pas être à sa portée, pour se tenir hors de son champ visuel lorsqu'il venait à la buvette. Maintenant, il n'était plus question de l'ignorer car, se levant, il s'approcha d'elle.

— Vous vous faites du souci à propos du cottage. Il ne faut pas. Je n'ai nullement l'intention de vous jeter à la rue. Nous trouverons une solution, Mick et moi.

Nancy sentit la sueur lui picoter la nuque. Cette rencontre avec Trenarrow tenait du cauchemar. Tous ces derniers jours, elle avait vécu dans la hantise de tomber sur son propriétaire, de devoir discuter pied à pied avec lui, inventer des excuses. Pour tout arranger, Mrs Swann — qui n'était qu'à une dizaine de mètres de là — avait levé la tête de sa caisse en entendant prononcer le nom de Mick.

— Je me débrouillerai, bégaya-t-elle. Je trouverai l'argent.

— Ne vous inquiétez pas, Nancy, reprit Trenarrow avec plus d'insistance. Et inutile d'aller mendier auprès de lord Asherton. C'est moi que vous auriez dû venir trouver en priorité.

— Non. Vous voyez...

Comment lui expliquer les choses sans l'offenser ? Il ne comprendrait pas pourquoi elle préférait demander de l'aide à Lynley plutôt qu'à lui. Il ne comprendrait pas qu'un prêt consenti par Lynley n'était pas un fardeau car Lynley donnait sans porter de jugement, par amitié. Ce genre d'aide, il était seul capable de l'accorder à Nancy sans lui faire sentir que son mariage était un échec. Dans l'attitude du Dr Trenarrow, au contraire, il y avait de la pitié, et cela lui était odieux.

— Une augmentation de loyer, ça n'est pas...

— Je vous en prie, ne parlons pas de ça.

Avec un cri étouffé, elle passa devant lui, fuyant la cour de l'école, gagnant la rue. Elle entendit Trenarrow la rappeler mais elle poursuivit sa route.

Frictionnant ses bras douloureux d'avoir porté des chopes et actionné les robinets de bière toute la nuit, elle fila le long de Paul Lane vers Ivy Street, qui menait au labyrinthe de ruelles et de passages constituant le cœur du village. Dans ces rues en pente, pavées et tortueuses, les voitures ne pouvaient passer. Pendant la journée, les vacanciers venaient photographier les vieilles bâtisses pittoresques avec leurs jardinets éclatants de couleurs et leurs toits de tuile de guingois. La nuit, le quartier était éclairé par des rectangles de lumière provenant des fenêtres des cottages. Sombre, fréquenté par des générations de chats qui habitaient dans les collines le jour et venaient le soir gratter dans les poubelles pour y chercher leur pitance, ce n'était pas un endroit où s'attarder.

Pour atteindre Gull Cottage, il fallait s'enfoncer dans le dédale. Le cottage se dressait au coin de Virgin Place. Semblable à une boîte d'allumettes blanchie à la chaux, il avait des fenêtres laquées de bleu vif ; un fuchsia luxuriant poussait près de la porte. Les fleurs rouges de l'arbrisseau jonchaient le sol alentour.

Comme Nancy approchait de chez elle, elle ralentit l'allure. A trois maisons de distance, elle percevait les cris de la petite Molly.

Elle consulta sa montre. Presque minuit. Molly aurait dû avoir avalé son biberon et dormir maintenant à poings fermés. Pourquoi diable Mick ne s'occupait-il pas du bébé ?

Excédée par cette nouvelle manifestation d'égoïsme, Nancy fit le reste du trajet en courant, ouvrit précipitamment la grille du jardin, s'élança vers la porte.

— Mick ! s'écria-t-elle.

A l'étage au-dessus, dans l'unique chambre, Molly se mit à hurler de plus belle. La panique la saisit, elle s'imagina le visage du bébé rouge de fureur, son petit corps raidi par la peur. Elle poussa la porte.

— Molly !

Une fois à l'intérieur, elle fila vers l'escalier, montant les marches quatre à quatre. Il faisait une chaleur infernale.

— Molly ! Ma puce ! (Elle se rua vers le berceau et prit sa fille dans ses bras : le bébé était trempé et empestait l'urine. Son corps était fiévreux. Des mèches de cheveux auburn étaient collées sur son crâne.) Mon petit cœur. Qu'est-ce qui t'est arrivé ? murmura-t-elle, l'essuyant et la changeant. (Puis elle appela de nouveau :) Michael ! Mick !

Molly calée contre l'épaule, Nancy redescendit, ses pieds résonnant bruyamment sur le bois nu tandis qu'elle gagnait la cuisine à l'arrière de la maison. Avant tout, il lui fallait donner son biberon à l'enfant. Pourtant, elle s'autorisa un mouvement de colère.

— J'ai à te parler, fit-elle sèchement, tournée vers la porte du séjour. Michael ! Tu m'entends ? Il faut que je te parle !

Elle s'aperçut alors que la porte n'était pas fermée et l'ouvrit d'un coup de pied.

— Michael, tu pourrais répondre quand...

Son sang ne fit qu'un tour. Il était allongé sur le plancher. Du moins, il y avait quelqu'un d'étendu par terre dont, pour l'instant, elle ne distinguait qu'une jambe. Une seule jambe. Curieux. A moins qu'il ne dormît une jambe repliée et l'autre tendue. Mais comment pouvait-il dormir ? Il faisait une telle chaleur... Et avec le raffut qu'avait fait Molly...

— Mick, encore une de tes blagues ?

Pas de réponse. Les cris de Molly n'étaient plus qu'un gémissement exténué. Nancy fit un pas en avant.

— Mick, c'est toi ?

Rien. Pourtant c'était bien Mick : elle le reconnut à sa chaussure d'intérieur rouge fantaisie. Un achat récent. Une folie. C'est du gaspillage, lui avait-elle dit. On va finir par avoir de sérieux problèmes. C'est autant de moins que je pourrai dépenser pour la petite. Oui, c'était bel et bien Mick par terre. Et elle comprit son manège : il faisait semblant de dormir pour ne pas s'entendre reprocher d'avoir négligé sa fille.

Et pourtant, cela ne lui ressemblait pas de ne pas se relever d'un bond pour se moquer d'elle en la voyant trembler à cause de cette blague ridicule. Le fait est qu'elle n'en menait pas large. Car il y avait quelque chose de franchement pas catholique dans la pièce. Des papiers recouvraient le sol, plus nombreux que d'habitude. Les tiroirs du bureau étaient ouverts. Les rideaux tirés. Un chat miaula dehors, mais dans le cottage il n'y avait pas un bruit, et l'air chaud et lourd était chargé d'une abominable odeur de matières fécales et de sueur.

— Mickey ?

Mains, aisselles, creux des genoux, plis des coudes. Elle était trempée. Molly remua dans ses bras. Nancy se força à avancer. D'un centimètre. Puis d'un autre. D'un pas. Puis de deux. Et c'est alors qu'elle sut pourquoi son mari n'avait pas entendu les cris du bébé.

Bien qu'allongé sur le sol, il ne faisait nullement mine de dormir. Ses yeux étaient grands ouverts mais ils étaient brillants et fixes. Et, tandis que Nancy examinait son mari, une mouche se posa sur son iris droit.

Devant elle, l'image de Michael sembla flotter dans la chaleur. Il devrait remuer, songea-t-elle. Comment se fait-il qu'il reste immobile comme ça ? C'est un truc ? Est-ce qu'il ne sent pas la mouche ?

Puis elle aperçut les autres mouches. Il devait y en avoir six ou huit. Pas davantage. Généralement, elles se cantonnaient dans la cuisine, l'embêtant tandis qu'elle préparait les repas. Mais en cet instant elles tournicotaient à la hauteur des hanches de son mari. Au-dessus du pantalon ouvert à la taille, baissé brutalement pour permettre à quelqu'un d'atteindre... pour permettre à quelqu'un de couper...

Elle se mit à courir sans savoir où ni pourquoi. Elle n'avait qu'une idée : s'enfuir.

Elle se rua hors du cottage, franchit la grille et jaillit sur la place, le bébé pleurant de nouveau dans ses bras. Son pied heurta un pavé et elle faillit tomber, mais elle alla atterrir contre une poubelle, se redressa en s'agrippant à un tuyau d'écoulement d'eau.

L'obscurité était totale. Le clair de lune frappait les toits et les façades des bâtiments, mais ceux-ci jetaient des ombres longues dans la rue, créant de béantes flaques d'ébène dans lesquelles Nancy se précipitait sans se soucier des pavés inégaux ni des petits rongeurs qui détalaient dans le noir. L'entrée d'Ivy Street était proche, elle se lança dans cette direction pour se mettre en sûreté dans Paul Lane, juste derrière.

— Je vous en prie.

Les mots lui vinrent aux lèvres mais elle ne s'entendit pas les prononcer. Puis, sous le bruit rauque de sa respiration, elle perçut des voix, des rires venant de Paul Lane.

— Très bien. Alors trouve Cassiopée, lança une joviale voix masculine, qui ajouta : Bon sang, Helen, ne me dis pas que tu ignores où est la Grande Ourse !

— Ecoute, Tommy, j'essaie de me repérer. Un peu de patience. Je peux...

Dieu soit loué ! Elle les rejoignit, se précipita vers eux, tomba à genoux.

— Nancy ! (On lui prit le bras, on l'aida à se relever. Molly hurlait.) Qu'y a-t-il ? Que se passe-t-il ?

Voix de Lynley. Bras de Lynley autour de ses épaules. Le salut.

— Mick ! s'exclama-t-elle, tirant sur la veste de Lynley. (L'essentiel étant dit, elle se mit à crier :) C'est Mick ! C'est Mick !

Dans les cottages voisins, des lumières s'allumèrent.

Saint James et Lynley entrèrent de concert dans le cottage, laissant les trois femmes dans le jardinet. Le corps de Mick Cambrey était sur le plancher du séjour à quelque dix mètres de la porte d'entrée. Les deux hommes s'en approchèrent et le contemplèrent, figés d'horreur.

— Bon Dieu, murmura Saint James.

Des choses horribles, il en avait vu lorsqu'il avait travaillé à New Scotland Yard avec l'équipe de la police scientifique ; la mutilation du corps de Cambrey lui causa cependant un choc car c'était le genre de choses que tout homme redoute au fond de lui. Détournant les yeux, il constata que le séjour avait été fouillé de fond en comble : les tiroirs du bureau avaient été sortis de leur logement, le courrier, les enveloppes et le papier à lettres ainsi que de nombreux documents jonchaient le sol, les photos avaient été arrachées de leur cadre ; près d'un canapé bleu en piteux état gisait un billet de cinq livres tout fripé.

Sa réaction fut automatique, conséquence de son bref passage dans la police et de l'intérêt passionné qu'il portait à la criminalistique. Plus tard, il devait se demander pourquoi il avait eu ce réflexe si lourd de conséquences.

— On va avoir besoin de Deborah.

Lynley était accroupi près du corps. Bondissant sur ses pieds, il intercepta Saint James près de la porte.

— Tu as perdu l'esprit ? Tu ne vas tout de même pas lui demander de... C'est de la folie. Il faut appeler la police.

Saint James ouvrit la porte.

— Deborah, est-ce que tu veux...

— Reste où tu es, Deborah, coupa Lynley. (Il se retourna vers son ami :) Il n'en est pas question. Je ne plaisante pas, Saint James.

— Que se passe-t-il ? fit Deborah, avançant d'un pas.

— Rien.

Saint James examina son vieil ami d'un air curieux, ne comprenant pas l'ordre qu'il donnait à Deborah.

— C'est l'affaire d'un instant, Tommy, expliqua-t-il. Je crois que c'est préférable. Qui sait ce que valent les policiers du cru ? De toute façon, il y a de grandes chances qu'ils te demandent un coup de main. Autant commencer à prendre des photos. Tu leur passeras un coup de fil après. (Il appela par-dessus son épaule :) Deborah ! Tu peux apporter ton appareil ?

Elle s'avança.

— Bien sûr.

— Deborah, reste où tu es.

— Mais l'appareil ? objecta Deborah.

— Reste où tu es, je te dis !

C'était l'impasse. Deborah considéra Lynley, puis lança un coup d'œil interrogateur à Saint James.

— Tommy, il y a quelque chose... ?

Après l'avoir doucement arrêtée d'un geste, lady Helen s'en fut rejoindre les deux hommes.

— Que s'est-il passé ? s'enquit-elle.

— Helen, répondit Saint James, va me chercher l'appareil de Deborah. Mick Cambrey a été assassiné. Je veux photographier la pièce avant de téléphoner à la police.

Il ne dit plus rien jusqu'à ce qu'il ait l'appareil en main. Même alors qu'il l'examinait attentivement pour en assimiler le fonctionnement, il laissa s'installer dans la pièce un silence de plus en plus pénible. Il se disait que Lynley avait essayé d'épargner à Deborah la vue du corps. Il était persuadé que telle était la raison qui avait poussé Lynley à empêcher Deborah d'entrer. Mais Lynley s'était mépris sur ses intentions, sur la raison pour laquelle Saint James avait fait appel à la jeune femme : il avait cru que Saint James voulait qu'elle photographie elle-même le cadavre. Le malentendu avait dégénéré. Bien que la dispute n'eût pas éclaté franchement, l'atmosphère n'en était pas moins chargée d'électricité.

— Reste dehors en attendant que j'aie fini, ça vaudra mieux, dit Saint James à Lynley.

Et il rentra dans le salon.

Saint James photographia le corps sur toutes les coutures, ne s'arrêtant qu'une fois à court de pellicule. Puis il sortit du séjour, referma partiellement la porte, et rejoignit les autres dehors. Ils n'étaient plus seuls. Un petit groupe de voisins silencieux se tenait à quelques pas de la grille du jardin, tête baissée, échangeant des suppositions à voix basse.

— Amenez-moi Nancy, dit Saint James.

Lady Helen lui fit traverser le jardinet, l'entraîna dans le cottage et, après un instant d'hésitation, la remorqua vers la cuisine, pièce oblongue au plafond curieusement incliné et au lino gris parsemé de marques d'usure noirâtres. Elle la fit asseoir sur une chaise, près d'une table en pin maculée de taches. S'agenouillant à ses côtés, elle plongea son regard dans celui de la jeune femme, prit entre ses doigts son poignet maigre. Sourcils froncés, elle appliqua le dos de sa main contre la joue de Nancy.

— Tommy, dit lady Helen, admirable de calme, elle est en état de choc. Appelle le Dr Trenarrow. C'est de son ressort, je pense. (Elle retira le bébé des bras de Nancy et le passa à Deborah.) Il doit y avoir du lait dans le frigo. Tu peux en faire chauffer ?

— Molly... chuchota Nancy. Faim... je... manger.

— Oui, fit doucement lady Helen. On s'en occupe, mon petit.

Dans l'autre pièce, Lynley parlait au téléphone. Il composa un second numéro et parla encore plus brièvement. Au son de sa voix, les autres comprirent qu'il était en communication avec les policiers de Penzance. Au bout de quelques minutes, il retourna dans la cuisine avec une couverture dans laquelle il enveloppa Nancy en dépit de la chaleur.

— Vous m'entendez, Nancy ?

Nancy battit des paupières, roulant des yeux blancs.

— Molly... manger.

— Je m'en occupe, dit Deborah. (Le nouveau-né dans les bras, elle le berçait doucement.) Son lait chauffe. Quel beau bébé vous avez, Nancy ! Difficile de trouver plus mignon.

C'était exactement la chose à dire. Nancy se détendit. Saint James adressa un hochement de tête approbateur à Deborah et se dirigea vers la porte du séjour. Il l'ouvrit d'une poussée et se planta sur le seuil, passant plusieurs minutes à examiner, peser ce qu'il voyait. Lady Helen finit par le rejoindre. Du seuil, ils distinguaient la nature des documents qui jonchaient le sol, le bureau. Carnets, feuillets de manuscrits, photos. Saint James repensa aux propos de lady Asherton concernant Mick Cambrey.

— A quoi penses-tu ? questionna lady Helen.

— Il était journaliste. Il est mort. Il devrait y avoir un rapport entre ces deux faits. Mais à en juger par l'état du corps, on est tenté de dire que non. Cent fois non.

— Pourquoi ça ?

— Il a été châtré, Helen.

— Mon Dieu ! C'est de ça qu'il est mort ?

— Non.

— De quoi alors ?

Un coup frappé à la porte du cottage empêcha Saint James de répondre. Lynley alla ouvrir. C'était Roderick Trenarrow. Le médecin entra sans un mot. Son regard alla de Lynley à Saint James puis à lady Helen avant de se braquer sur le plancher du séjour. Même à cette distance, il apercevait en partie le corps de Mick Cambrey. L'espace d'un instant, il parut sur le point d'aller porter secours à un homme pour lequel il semblait qu'on ne pût plus rien faire.

— Mort ? Vous en êtes sûrs ? dit-il aux autres.

— Certains, répondit Saint James.

— Où est Nancy ?

Sans attendre de réponse, il se dirigea vers la cuisine brillamment éclairée où Deborah parlait bébés et biberons dans l'espoir de capter l'attention de Nancy. Trenarrow inclina la tête de Nancy en arrière et lui examina les yeux.

— Aidez-moi à l'emmener en haut. Vite. Vous avez pensé à prévenir son père ?

Lynley se dirigea vers le téléphone pour s'en charger. Lady Helen aida Nancy à se mettre debout et la poussa hors de la cuisine, l'entraînant à la suite de Trenarrow. Portant toujours le bébé, Deborah leur emboîta le pas. Quelques secondes plus tard, la voix de Trenarrow retentit dans la chambre où il questionnait doucement la jeune femme. Les ressorts du lit grincèrent. La fenêtre à guillotine fut ouverte. Le bois des huisseries protesta.

— Il n'y a personne au pavillon, dit Lynley, le combiné à la main. Je vais appeler à Howenstow. Peut-être que Penellin s'y trouve.

Mais une courte conversation avec lady Asherton ne lui permit pas de découvrir où était John Penellin. Fronçant les sourcils, Lynley consulta sa montre.

— Minuit et demi. Où peut-il bien être à cette heure ?

— Il n'a pas assisté à la représentation ?

— John ? Non. Le théâtre, ce n'est pas sa tasse de thé.

A l'étage au-dessus, Nancy poussa un cri angoissé. Comme en réponse à ce cri, un coup sourd fut frappé à la porte du cottage. Lynley se précipita pour ouvrir et fit entrer la police en la personne d'un constable d'environ vingt-trois ans, grassouillet et frisé, vêtu d'un uniforme dont la veste était agrémentée d'auréoles sous les aisselles et dont le pantalon arborait une tache de café. Le jeune policier ne se donna même pas la peine de se présenter. De toute évidence, il était aux anges à l'idée de se trouver en présence d'un cadavre.

— Z'avez un meurtre, y paraît ? s'enquit-il sur le ton de la conversation comme si les meurtres étaient monnaie courante à Nanrunnel. (Pour se donner l'air nonchalant, il dépapillota un chewing-gum, qu'il se fourra dans la bouche.) Où est la victime ?

— Qui êtes-vous ? questionna Lynley. Vous n'êtes pas de la Criminelle ?

Le constable eut un vaste sourire.

— T.J. Parker, annonça-t-il. Thomas Jefferson. M'man avait un faible pour les Ricains.

Il s'engouffra dans le séjour.

— Vous êtes de la Criminelle, oui ou non ? s'énerva Lynley tandis que le jeune homme expédiait un coup de pied dans un carnet à spirale. Crénom de Dieu, laissez donc ça tranquille !

— Z'inquiétez pas, rétorqua le constable. L'inspecteur Boscowan va arriver. Le temps de sauter dans son pantalon, et il nous rejoint. Voyons ça de plus près. (Apercevant le cadavre, il se mit à mastiquer avec une ardeur décuplée.) On l'a bien arrangé, y a pas à dire.

Sur ces mots, il se mit à tournicoter dans la pièce. Sans avoir songé à enfiler des gants, il tripota plusieurs objets se trouvant sur le bureau de Cambrey.

— Sacré nom de Dieu ! s'exclama Lynley. Ne touchez à rien ! C'est le boulot de vos collègues de la Criminelle, d'examiner tout ça.

— Cambriolage, décréta Parker, ignorant la remarque de Lynley. Le type se fait prendre la main dans le sac. Bagarre. Après ça, il joue du sécateur.

— Ecoutez-moi, bon sang. Vous ne pouvez pas...

Parker agita un doigt sous le nez de Lynley.

— Je suis flic, je fais mon boulot, monsieur. Si ça vous fait rien, sortez.

— Tu as ta carte, Tommy ? demanda tranquillement Saint

James à Lynley. Si tu n'interviens pas, il va semer la pagaille partout.

— Je suis coincé, Saint James. Je ne suis pas sur mon territoire.

Tandis qu'ils parlaient, le Dr Trenarrow redescendit. En entendant un bruit de pas dans l'escalier, Parker se retourna, aperçut la trousse du médecin et sourit :

— Vous voulez jeter un œil, toubib ? C'est pas beau à voir.

— Constable, fit Lynley d'un ton raisonnable et patient.

Trenarrow parut comprendre l'absurdité de la remarque du constable.

— Je vais essayer de limiter les dégâts, chuchota-t-il à l'oreille de Lynley.

S'agenouillant près du corps, il l'examina rapidement, cherchant le pouls, soulevant un bras pour évaluer la rigidité cadavérique. Puis, passant de l'autre côté, il se pencha afin d'étudier les blessures.

— De la boucherie, marmonna-t-il. (Levant la tête, il s'enquit :) Vous avez trouvé une arme ?

Du regard, il parcourut la pièce, puis il tendit la main et tâtonna au milieu des papiers et des détritus qui étaient près du corps.

Le voyant bouleverser les paperasses sur les lieux du crime, Saint James tressaillit. Lynley poussa un juron. Quant au constable, il ne pipa mot.

Trenarrow désigna d'un mouvement de menton le tisonnier qui gisait près de la cheminée.

— Et si c'était ça, votre arme ? s'enquit-il.

Le constable Parker eut un grand sourire et fit claquer énergiquement son chewing-gum. Il ricana tandis que Trenarrow se relevait.

— Pas assez coupant pour ce genre d'opération, vous croyez pas ?

Trenarrow resta de marbre.

— Je parle de l'arme du crime, constable. Ce n'est pas la castration qui a provoqué la mort de Cambrey, comme le premier imbécile venu peut s'en rendre compte.

Parker ne parut pas s'offusquer de la remarque.

— Si ça l'a pas tué, ça l'a achevé.

Trenarrow ravala une réplique cinglante.

— Y a longtemps qu'il a claboté, à votre avis ? questionna le constable gaiement.

— Deux, trois heures. Mais votre légiste vous le dira, j'imagine.

— Ouais, bien sûr, fit le constable. Elle nous dira ça quand elle se pointera avec les gars de la Criminelle. (Il se balança d'avant en arrière, fit de nouveau claquer son chewing-gum, examina sa montre.) Deux ou trois heures, hein ? Autrement dit, ça s'est passé aux alentours de vingt-deux heures. Et ben... (Avec un soupir, il se frotta vigoureusement les mains.) C'est un début, pas vrai ? Dans une enquête, un début, c'est mieux que rien.

QUATRIÈME PARTIE

Enquête

10

A peine le petit groupe eut-il fait halte devant le pavillon des gardiens de Howenstow, à deux heures et quart du matin, que les événements commencèrent à se précipiter. Non qu'ils n'aient déjà commencé à se multiplier, formant un écheveau trop embrouillé pour être facilement compréhensible. Et cela du fait de l'intervention de l'inspecteur Edward Boscowan, arrivé à Gull Cottage en compagnie des experts du labo de la Criminelle de Penzance.

L'inspecteur avait fusillé du regard le constable Parker, vautré dans un fauteuil à deux pas du cadavre de Mick Cambrey. Lancé un coup d'œil à Saint James, Trenarrow et Lynley, debout dans l'étroit vestibule, un autre à Deborah restée dans la cuisine, un autre encore à lady Helen, à Nancy Cambrey et au bébé réfugiés au premier. De blanc, son visage avait viré à l'écarlate. Puis il s'était adressé au constable avec un sang-froid si étudié qu'il rendait vaine toute explosion de fureur.

— Eh bien, Parker, qu'est-ce que c'est que ça ? Un thé mondain, sans doute ? Vous vous prenez pour le Chapelier Fou ou quoi ? (Sourire gêné, le constable se mit sur pied, se gratta une aisselle.) On est sur les lieux d'un crime, lui rappela sèchement Boscowan. Qu'est-ce que tous ces gens fichent ici, nom de Dieu ?

— Ils étaient là quand je suis arrivé, expliqua Parker.

— Vraiment ? fit Boscowan avec un sourire crispé. (Comme Parker lui retournait son sourire, soulagé par l'apparente bonhomie de son supérieur, il explosa :) Flanquez-moi tout ce monde dehors et vite ! Vous auriez dû commencer par là, crénom d'un chien !

C'était le bon sens même. Lynley et Saint James auraient d'ailleurs dû y penser. Seulement la confusion engendrée par l'hystérie de Nancy, le chaos qui régnait dans le séjour et la vue du corps mutilé de Cambrey leur avaient fait oublier l'un des principes fondamentaux de toute enquête policière : la nécessité de boucler l'endroit où le crime a été commis. Ils n'avaient touché à rien, mais ils étaient entrés dans la pièce. Trenarrow aussi. Helen, Deborah et Nancy avaient fait étape dans la cuisine avant de gagner l'étage. Bref, ils avaient dû semer des fibres, des cheveux, des empreintes partout sur leur passage. Les techniciens allaient avoir du pain sur la planche. Et c'était lui, Lynley, un inspecteur, un policier de métier, qui était responsable de cet état de choses, ou du moins qui avait laissé faire. Il avait fait preuve d'une impardonnable légèreté et le fait qu'il connaissait les personnes impliquées dans ce meurtre ne constituait pas une excuse valable. Car il lui était déjà arrivé de connaître les personnes impliquées dans un meurtre et il avait toujours gardé la tête froide. Mais pas cette fois. Il avait perdu son sang-froid lorsque Saint James avait mis Deborah dans le coup.

Boscowan n'avait rien dit d'autre. Il s'était contenté de prendre leurs empreintes et de les expédier dans la cuisine. Puis, accompagné d'un sergent, il était monté parler à Nancy tandis que les gars du labo commençaient à passer le séjour au peigne fin. Il était demeuré près d'une heure avec Nancy, lui faisant patiemment raconter les faits. Après en avoir tiré ce qu'il pouvait, il l'avait confiée à Lynley, le chargeant de l'emmener chez son père.

Maintenant, Lynley regardait le pavillon. La porte était fermée, les fenêtres aussi, et les rideaux tirés. L'obscurité enveloppait le bâtiment.

— Je vous accompagne, dit Lynley. Au cas où votre père ne serait pas encore à la maison.

Nancy remua sur le siège arrière où, coincée entre lady Helen et Saint James, elle était assise avec son bébé endormi. Le Dr Trenarrow lui avait administré un calmant léger.

— Papa doit dormir, marmonna-t-elle, la joue sur la tête de Molly. Je l'ai eu au téléphone après l'entracte. Il est allé se coucher.

— Il n'était pas là lorsque j'ai appelé à minuit et demi, remarqua Lynley. Il n'est peut-être pas encore rentré. Si tel est le cas, j'aimerais que Molly et vous veniez coucher à la maison plutôt que de rester seules ici. Nous laisserons un mot à votre père.

— Il dort, j'en suis sûre. Le téléphone est dans le séjour. Sa chambre au premier. Il n'aura pas entendu la sonnerie.

— Et Mark, il ne l'aurait pas entendue, lui non plus ?

— Mark ? (Nancy hésita. Manifestement, elle n'avait pas pensé à son frère.) Non. Il a le sommeil lourd. Et il lui arrive d'écouter de la musique. Il a pas dû entendre. Ils doivent dormir à poings fermés tous les deux. (Elle remua, s'apprêtant à sortir de la voiture. Saint James ouvrit la portière.) J'y vais. Merci. Je sais pas ce que j'aurais fait si je vous avais pas rencontrés dans Paul Lane.

Sa voix était de plus en plus pâteuse. Lynley descendit et avec Saint James aida la jeune femme à s'extirper de la voiture. Lynley voulait s'assurer que John et Mark Penellin étaient là avant de la laisser seule.

Sous les paroles de Nancy, il avait détecté l'insistance qui accompagne généralement le mensonge. Il n'était pas impossible qu'elle ait eu son père au téléphone dans la soirée. Mais une chose était sûre : ce dernier n'était pas chez lui lorsque Lynley avait appelé de Gull Cottage dix minutes plus tôt. Quant aux déclarations de Nancy affirmant que son père et son frère n'avaient pas entendu la sonnerie de l'appareil, elles étaient sujettes à caution et trahissaient plutôt le besoin de dissimuler.

Prenant Nancy par le bras, il l'entraîna le long du chemin inégalement pavé jusque sous le porche où les roses grimpantes embaumaient dans l'air chaud de la nuit. Une fois à l'intérieur, il jeta un coup d'œil alentour et constata que ses soupçons étaient fondés. Le pavillon était vide. Tandis que Nancy pénétrait dans le séjour et s'asseyait dans un rocking-chair où elle chantonnait une chanson à sa fille, il repartit en direction de la porte d'entrée.

— Personne à l'intérieur, annonça-t-il aux autres. Je crois qu'au lieu d'emmener Nancy à la maison, je vais attendre John. Qu'est-ce que vous faites ? Vous allez vous coucher ?

Saint James décida pour eux tous :

— Nous restons avec toi.

Ils rejoignirent Nancy dans le séjour, prenant place sur les sièges volumineux. En silence, ils examinèrent chacun de leur côté les objets des Penellin qui encombraient les murs, les tables, le plancher, révélant les centres d'intérêt et la personnalité des membres de la famille qui occupait le pavillon depuis vingt-cinq ans. Des porcelaines espagnoles — passion de la mère de Nancy — prenaient la poussière sur une épinette. Des boîtes à papillons voisinant avec des trophées de tennis ternis témoignaient de l'éclectisme des goûts de Mark Penellin. Sous la grande fenêtre en saillie s'amoncelaient des coussins au petit point médiocrement exécutés par Nancy, qui semblaient être là en pénitence. Dans un coin, sur la télévision, trônait l'unique photo visible dans la pièce : Nancy, Mark et leur mère à Noël, peu de temps avant l'accident de chemin de fer qui avait coûté la vie à Mrs Penellin.

Après avoir écouté les grillons et le chant d'un rossignol par la fenêtre que Lynley avait entrouverte, Nancy se leva :

— Molly s'est endormie. Je monte la coucher.

Lorsqu'elle l'entendit remuer à l'étage, lady Helen formula à haute voix les questions que Lynley se posait. Fidèle à son habitude, elle alla droit au but :

— Tommy, à ton avis, où est passé John Penellin ? Tu crois que Nancy lui a parlé pendant l'entracte ? Elle a tellement insisté là-dessus qu'il y a de quoi s'interroger.

Assis sur le tabouret du piano, Lynley appuya sur trois touches, produisant un faible son discordant.

— Je ne sais pas, répondit-il.

Mais même s'il pouvait ignorer la remarque pleine d'intuition d'Helen, il pouvait difficilement oublier sa conversation de l'après-midi avec Nancy et l'aversion avec laquelle son père avait parlé de Mick Cambrey.

La pendule sonna la demie. Nancy reparut.

— Je vois vraiment pas où est passé papa, dit-elle. C'est pas la peine que vous restiez. Je vais me débrouiller, ça va aller.

— Pas question que nous partions, décréta Lynley.

Elle ramena ses cheveux derrière ses oreilles et se frotta les mains sur sa robe.

— Il a dû aller faire un tour. C'est ce qu'il fait quand il arrive pas à dormir, il se promène dans le parc. Souvent même, il fait un tour avant de se coucher. Dans le parc. C'est là qu'il a dû aller.

Nul ne crut bon de lui faire remarquer qu'il était peu vraisemblable que John Penellin fût allé faire une promenade dans le parc à deux heures et demie du matin. Ce fut d'ailleurs inutile car les événements se chargèrent bientôt de faire mentir Nancy. Alors qu'elle terminait sa phrase, les phares d'une voiture balayèrent les fenêtres du séjour. Un moteur toussa. Une portière s'ouvrit et se ferma. Des pas résonnèrent sur les dalles de l'allée et, un instant plus tard, sous le porche. La jeune femme se précipita.

La voix de Penellin retentit. Sèche. Nette.

— Nancy ? Qu'est-ce que tu fabriques ici ? Il ne s'agit pas de Mark, si ? Où est-il ?

Elle tendit une main vers lui tandis qu'il s'encadrait dans la porte. Il la prit.

— Papa, chevrota Nancy.

C'est alors que Penellin vit les autres dans le séjour. L'air inquiet, il lança :

— Qu'est-ce qui s'est passé ? Bon Dieu, Nance, qu'est-ce que ce salaud t'a encore fait ?

— Il est mort, dit Nancy. Quelqu'un...

Elle s'interrompit comme si ces seuls mots lui remettaient en mémoire la vision horrible que le calmant lui avait permis d'oublier quelque peu.

Penellin écarquilla les yeux. Poussant sa fille, il esquissa un pas vers l'escalier.

— Où est ton frère, Nancy ?

Nancy ne souffla mot. Dans le séjour, Lynley se leva.

— Racontez-moi ce qui s'est passé, fit Penellin.

— Nancy a trouvé le corps de Mick en rentrant au cottage après la représentation, expliqua Lynley. Le séjour était sens dessus dessous. Mick a dû prendre sur le fait celui qui bouleversait ses papiers. Ou qui cambriolait la maison. Bien qu'un cambriolage semble peu probable.

Nancy se jeta sur cette idée.

— C'*était* un cambriolage, dit-elle. Aucun doute là-dessus. Mick préparait la paie des employés du journal quand je suis sortie. (Elle jeta un coup d'œil à Lynley par-dessus son épaule.) Vous avez retrouvé l'argent ?

— Il y avait un billet de cinq livres par terre, intervint Saint James.

— Mick ne payait pas le personnel en liquide, remarqua Lynley.

— Si, affirma Nancy. C'était la coutume. Question de commodité. Il n'y a pas de banque à Nanrunnel.

— Mais s'il s'agissait d'un cambriolage...

— C'en était un, énonça Nancy.

— Mais Nancy, objecta doucement lady Helen, le corps de Mick...

— Quoi, le corps ? fit Penellin.

— Cambrey a été châtré, dit Lynley.

— Oh... mon Dieu.

La sonnette de l'entrée grésilla. Comme un seul homme, ils sursautèrent, réaction qui en disait long sur l'état de leurs nerfs. Penellin, qui était toujours dans le couloir, alla ouvrir. L'inspecteur Boscowan se tenait sous le porche. Derrière lui, une voiture poussiéreuse était garée non loin de la Land Rover du domaine dans laquelle Lynley avait effectué l'aller-retour à Nanrunnel.

— John, dit Boscowan à Penellin.

En entendant l'inspecteur appeler son interlocuteur par son prénom, Lynley se souvint que les deux hommes, qui étaient du même âge, avaient fréquenté la même école et étaient des amis de toujours.

— Edward, répondit Penellin, tu es au courant, pour Mick ?

— C'est de ça que je suis venu te parler.

Nancy agrippa la rampe de l'escalier.

— Vous voulez parler à papa ? Pourquoi ? Il est au courant de rien.

— J'ai quelques questions à te poser, poursuivit Boscowan.

— Je ne comprends pas, fit Penellin d'un ton qui démentait ses paroles.

— Puis-je entrer ?

Penellin jeta un coup d'œil vers le séjour. Suivant son regard, Boscowan aperçut les autres.

— Toujours là, milord ?

— Oui. Nous...

Lynley hésita. *Nous attendions le retour de John.* Il préféra se taire.

— Papa n'est au courant de rien, répéta Nancy. Papa, dis-lui que tu es au courant de rien, pour Mick.

— Puis-je entrer ? reprit Boscowan.

— Vu que Nancy et le bébé sont là, fit Penellin, est-ce qu'on serait pas mieux pour parler à Penzance ? Au commissariat ?

Ce n'est pas aux suspects de formuler ce genre de suggestions. Or, pour Boscowan, Penellin était un suspect, comme le prouva d'ailleurs sa question :

— Tu as un avocat ? Tu veux l'appeler ?

— Un avocat ? glapit Nancy.

— Nance, mon petit. Du calme.

Penellin tendit la main vers sa fille mais elle recula :

— Papa était ici. Au pavillon.

Boscowan se dandinait d'un pied sur l'autre d'un air gêné.

— Désolé, Nancy. Des voisins l'ont vu chez toi à neuf heures et demie. D'autres ont entendu des cris.

— Il était au pavillon. Je lui ai parlé après l'entracte. Papa, dis-lui que je t'ai parlé après l'entracte.

Elle attrapa son père par le bras, le secoua. Son père se dégagea.

— Laisse-moi partir, mon petit. Occupe-toi de Molly. Et attends que Mark rentre.

— Mark n'est pas là ? questionna Boscowan, frappé par le ton de Penellin.

— Il est sorti avec des amis, je crois, répondit Penellin. Il est allé faire un tour à St. Ives ou à St. Just. Tu connais les jeunes. (Il tapota le bras de Nancy.) Je suis prêt, Edward. Allons-y.

Avec un signe de tête aux autres, il sortit du pavillon. Un instant plus tard, le moteur de la voiture de Boscowan ronfla. Le bruit s'amplifia puis s'estompa cependant que l'inspecteur prenait la direction de Penzance.

Nancy pivota vers le séjour.

— Faites quelque chose ! cria-t-elle à Lynley. Il n'a pas tué Mick. Vous êtes policier, vous pouvez l'aider.

Elle tordait entre ses doigts le devant de sa blouse.

Tout en s'approchant d'elle, Lynley se dit qu'il ne pouvait vraiment pas faire grand-chose. La Cornouailles ne relevait pas de sa juridiction. Boscowan avait l'air d'être un garçon capable, qui pouvait se passer de New Scotland Yard. Si le constable Parker avait été chargé de l'enquête, la police métropolitaine aurait été fondée à intervenir. Mais Parker n'était pas chargé de l'affaire. Et comme les hommes de la Criminelle de Penzance semblaient tout à fait compétents, il n'y avait pas lieu de leur retirer l'enquête. Pourtant, il éprouva le besoin de dire quelque chose.

— Racontez-moi ce qui s'est passé ce soir, dit-il en ramenant Nancy vers le rocking-chair.

Deborah se leva pour mettre une couverture sur les épaules de la jeune femme.

Nancy raconta son histoire d'une voix hésitante. Elle était allée tenir la buvette, laissant Mick s'occuper du bébé. Mick travaillait à son bureau dans le séjour, préparant les enveloppes de paie du personnel du journal. Elle avait mis Molly dans son parc près de lui. Et elle était partie à sept heures.

— En rentrant, j'ai entendu Molly pleurer. J'étais furieuse que Mick la laisse crier. Je l'ai engueulé en ouvrant la porte.

— La porte n'était pas fermée à clé ? questionna Saint James.

— Non, confirma-t-elle.

— Vous n'avez pas vu le corps de Mick ?

Faisant non de la tête, elle s'emmitoufla plus étroitement dans la couverture. Un de ses coudes pointait, osseux et rouge.

— La porte du séjour était fermée.

— Et quand vous l'avez ouverte, qu'avez-vous remarqué tout d'abord ?

— Mick. Allongé... (Elle prit une profonde inspiration.) Et autour de lui, les papiers, les carnets, tout.

— Comme si la pièce avait été fouillée, commenta Saint James. Est-ce qu'il arrivait à Mick de travailler à des articles à la maison ?

Nancy passa la main sur la couverture et approuva précipitamment.

— Oui, souvent. Sur l'ordinateur. Il ne voulait pas retourner au journal après dîner, alors il travaillait à la maison. Il conservait toutes sortes de notes pour ses articles au cottage. « Trie un peu tout ça, Mickey, que je lui disais. Faut que tu fasses du tri. On peut pas garder tout ce papier. » Mais il aimait pas jeter, il disait qu'il savait jamais quand il aurait besoin de tel ou tel renseignement. Alors il y avait des paperasses partout. Des notes gribouillées sur des serviettes en papier ou sur des pochettes d'allumettes. Gribouiller, c'était sa manie. Il y en avait dans tous les coins. Quelqu'un a dû vouloir... ou rafler l'argent. Faut pas oublier l'argent.

Les faits semblaient coller — présence des documents par terre, fouillis indiquant que le visiteur inconnu avait fait vite — mais il ne semblait pas qu'il y eût, dans l'esprit de Nancy, de lien entre ces faits et la profession de son mari, contrairement à ce qu'elle tentait de leur faire croire. Elle semblait préoccupée par tout autre chose.

Cela apparut clairement d'ailleurs lorsqu'elle conclut :

— J'ai parlé à papa après l'entracte. Vers dix heures et demie. D'une cabine.

Personne ne broncha. Malgré la chaleur, Nancy frissonna sous la couverture.

— J'ai téléphoné. J'ai parlé à papa. Il était là. On a dû me voir téléphoner. Tenez, demandez à Mrs Swann. Elle sait bien que j'ai parlé à papa. Il était là. Il m'a dit qu'il n'avait pas bougé de la soirée.

— Mais Nancy, objecta Lynley. Votre père était sorti quand j'ai essayé de le joindre. Il n'est rentré que quelques minutes après notre arrivée ici. Pourquoi mentir ? De quoi avez-vous peur ?

— Demandez à Mrs Swann. Elle m'a vue. Dans la cabine. Elle vous dira...

Des flots de rock and roll noyèrent soudain les doux bruits de la nuit. Nancy bondit sur ses pieds.

La porte d'entrée s'ouvrit et Mark Penellin entra. De l'énorme radiocassette calée sur son épaule jaillissait *My Generation*. Mark, qui accompagnait le chanteur, s'arrêta net en apercevant le groupe dans le séjour et se mit à tripoter maladroitement les boutons de la radio. Roger Daltrey beugla de plus belle une fraction de seconde avant que Mark ne parvienne à éteindre l'appareil.

— Désolé, dit-il en posant la radiocassette par terre. (L'appareil avait laissé une marque sur sa veste en daim et sans même regarder il frotta la peau pour la faire disparaître.) Qu'est-ce qui se passe ? Qu'est-ce que tu fais là, Nance ? Où est papa ?

La soudaine apparition de son frère au pavillon et ses questions, ajoutées à tout ce qui avait précédé, eurent raison des fragiles défenses que Nancy avait élevées pour fuir la réalité. Elle se laissa retomber dans le rocking-chair.

— C'est ta faute ! s'exclama-t-elle. La police a embarqué papa. Et à cause de toi, il ne dira rien. (Elle se mit à pleurer, tendant la main pour attraper son sac posé par terre.) Qu'est-ce que tu vas lui faire encore, Mark ? Qu'est-ce que ce sera, la prochaine fois ? (Elle ouvrit son sac et, après avoir fouillé dedans, en extirpa un Kleenex fripé tout en sanglotant.) Mickey. Oh, Mick.

Toujours debout dans l'encadrement de la porte du séjour, Mark Penellin déglutit, considérant chacun à tour de rôle avant de regarder sa sœur :

— Il est arrivé quelque chose à Mick ?

Nancy continua de pleurer.

Mark ramena ses cheveux en arrière.

— Papa a fait quelque chose à Mick ?

Elle bondit de son fauteuil, envoyant valser son sac dont le contenu se répandit par terre.

— Ne dis pas ça ! Je te défends de dire ça ! S'il y a un responsable, c'est toi.

Mark recula, heurta la rampe de l'escalier.

— *Moi ?* Qu'est-ce que tu racontes ? C'est ridicule. Tu es folle. Qu'est-ce qui s'est passé, bon sang ?

— Mick a été assassiné, dit Lynley.

Le sang afflua au visage de Mark, qui se tourna vers sa sœur.

— Et tu crois que c'est moi qui ai fait le coup ? C'est ça ? Tu crois que j'ai tué ton mari ? (Il poussa un hurlement de rire.) Je vois pas pourquoi je me serais donné ce mal, ça fait un an que papa se demande comment le supprimer !

— Je t'interdis de dire ça ! C'est toi !

— Très bien. Tu penses ce que tu veux.

— Il s'agit pas de ce que je veux, mais de ce que je sais. Et de ce que papa sait.

— Il sait tout, papa. Il en a de la chance.

Empoignant sa radio, il commença à monter les marches. Lynley l'arrêta net :

— Mark, il faut que nous parlions.

— Non ! (Et tout en continuant de gravir l'escalier :) Ce que j'ai à dire, c'est à ces putains de policiers que je le dirai. Dès que ma sœur m'aura dénoncé.

Une porte claqua.

Molly se mit à pleurer.

11

— Qu'est-ce que tu sais sur Mark Penellin ? s'enquit Saint James, levant le nez du bout de papier sur lequel il gribouillait depuis un quart d'heure.

Lynley et lui étaient seuls dans la petite alcôve du salon de Howenstow, juste au-dessus de l'entrée principale de la maison. Deux lampes étaient allumées, l'une sur le petit bureau d'acajou auquel était assis Saint James ; l'autre, posée sur une console en marqueterie placée sous les fenêtres, jetait une lueur dorée sur les vitres. Lynley tendit un verre de cognac à Saint James et prit le sien, faisant tourner le liquide d'un air songeur. Il s'enfonça dans un fauteuil près du bureau, étendit les jambes et desserra sa cravate. Il avala une gorgée avant de répondre.

— Pas grand-chose. Il est du même âge que Peter. D'après ce que j'ai entendu dire, il n'a cessé de décevoir sa famille. Son père, surtout.

— Comment ça ?

— John voulait que Mark aille à la fac. Mark a fait un trimestre à Reading et puis il a tout plaqué.

— On l'a viré ?

— Non. Ça ne l'intéressait pas. En sortant de Reading, il a déniché un boulot de barman à Maidenhead. De là, il est allé à Exeter. Il jouait de la batterie dans un groupe de rock, je crois. Les choses ne se sont pas passées comme il l'espérait — renommée, fortune, contrat avec une maison de disques, il n'a rien obtenu de tout ça. Il travaille au domaine, depuis. Cela fait au moins dix-huit mois. Je me demande pourquoi. Mark n'a jamais manifesté le moindre intérêt pour la gestion. Mais peut-être qu'il envisage de succéder à son père lorsque celui-ci prendra sa retraite.

— C'est possible ?

— A condition que Mark s'y mette sérieusement. Parce que, pour l'instant, ce ne sont pas l'expérience ni le savoir qui l'étouffent.

— Penellin s'attend à ce que son fils lui succède ?

— Ça m'étonnerait. John a été à l'université. Le jour où il prendra sa retraite — ce qui n'est pas demain la veille —, il attendra de moi que je mette à sa place un intendant digne de ce nom, pas quelqu'un qui est tout juste bon à nettoyer les écuries.

— Mark n'a fait que ça à Howenstow ?

— Oh, il a bien dû travailler dans une ou deux fermes. Mais

cela ne suffit pas pour gérer correctement un domaine de la taille de celui-ci.

— Il est bien payé ?

Lynley fit tourner le pied de son verre ballon entre ses doigts.

— Pas vraiment. Mais c'est John qui a fixé le montant de son salaire. D'après ce que j'ai cru comprendre, John considère que Mark n'en fait pas suffisamment pour être mieux rémunéré. Cette histoire de salaire est un sujet de dispute permanent entre eux depuis que Mark est rentré d'Exeter.

— Si John lui serrait la vis financièrement, Mark a peut-être été tenté de faire main basse sur l'argent qui se trouvait à Gull Cottage. Est-ce qu'il connaissait les habitudes de son beau-frère ? Est-ce qu'il savait que Cambrey devait préparer les enveloppes de la paie ce soir ? Si son salaire est aussi maigre que tu sembles le dire, il vit au-dessus de ses moyens.

— Comment ça, au-dessus de ses moyens ?

— La radiocassette qu'il trimbalait sur l'épaule n'avait pas l'air bon marché. Sa veste non plus. Quant à ses bottes, je ne les ai pas bien vues, mais il m'a semblé que c'était du serpent.

Lynley s'approcha de l'une des fenêtres qu'il ouvrit. L'air du petit matin était enfin frais, le calme de la nuit amplifiait le bruit lointain du ressac.

— J'ai du mal à croire que Mark ait tué son beau-frère pour voler cet argent, Saint James. En revanche, je le vois assez bien découvrant le corps de Mick, apercevant le fric sur le bureau et se servant. Le meurtre n'est pas sa tasse de thé. L'opportunisme, si.

Saint James consulta ses notes un instant et lut le résumé de la conversation qu'ils avaient eue avec Nancy au pavillon.

— Il serait allé au cottage dans un autre but et aurait découvert Mick mort ? Voyant ça, il en aurait profité pour se servir ?

— Peut-être. J'imagine mal Mark organisant un cambriolage. Il n'aurait jamais fait une chose pareille à sa sœur. Malgré la prise de bec qu'ils ont eue ce soir, Mark et Nancy sont très proches.

— Pourtant, il devait être au courant pour les enveloppes, Tommy.

— Tout le monde doit être au courant, les employés du journal comme les villageois. Nanrunnel n'est pas bien grand et les gens sont au courant de tout. C'était déjà comme ça quand j'étais gosse, il n'y a pas de raison que ça ait changé.

— Dans ce cas, il se peut que d'autres personnes aient été au courant de l'existence des notes que Mick conservait au cottage, non ?

— Les employés du journal étaient peut-être au courant. Le

père de Mick l'était, alors pourquoi pas eux ? Le personnel du *Spokesman* ne doit pas être nombreux.

— Qui travaille au journal ?

Lynley regagna son fauteuil.

— Mick excepté, je ne connaissais personne. Si ce n'est Julianna Vendale. Elle y est toujours. La secrétaire de rédaction.

— Julianna Vendale ? reprit Saint James.

— C'est exact. Belle femme. Divorcée. Deux enfants. Trente-sept ans environ.

— Mick l'aurait trouvée séduisante ?

— Possible. Mais je doute que Mick ait intéressé Julianna. Les hommes n'ont guère la cote avec elle depuis que son mari l'a plaquée pour une autre il y a dix ans. (Il adressa un petit sourire à Saint James.) Je l'ai appris à mes dépens un été que j'étais ici — j'avais vingt-six ans et je me croyais irrésistible. Elle ne m'a pas envoyé dire ce qu'elle pensait de moi.

— Ah... Et le père de Mick ?

Lynley reprit son verre de cognac.

— Harry Cambrey est un personnage. Il boit, il fume, il joue. Il a une grande gueule. D'après Nancy, il a été opéré du cœur l'an dernier. Peut-être qu'il a changé sa façon de vivre depuis.

— Il s'entend bien avec Mick ?

— Dans le temps, oui. Maintenant, je n'en sais rien. Mick a commencé à travailler au *Spokesman* avant de devenir journaliste free-lance.

— Mick, tu le connaissais ?

— Je le connais depuis toujours. Nous sommes du même âge. Il y a des années, je passais pas mal de temps à Nanrunnel. On se voyait pendant les vacances.

— Vous étiez amis ?

— Plus ou moins. On buvait, on faisait de la voile, on allait à la pêche, on draguait les filles à Penzance quand on était adolescents. A partir du moment où je suis allé à Cambridge, je l'ai perdu de vue.

— Quel genre de garçon était-ce ?

Lynley sourit.

— Un type qui aimait les femmes, la polémique et les bonnes grosses blagues. Du moins quand il était jeune. Je ne crois pas qu'il ait beaucoup changé.

— Peut-être qu'en creusant dans tout ça on dénicherait un mobile.

— Peut-être.

Lynley rapporta à Saint James les allusions aux aventures

extra-conjugales de Mick que John Penellin avait faites l'après-midi même.

— Cela expliquerait l'état dans lequel on a trouvé le corps, dit Saint James. Vengeance de mari cocu. Mais ça n'explique pas l'état du séjour.

Saint James prit son stylo, mais le reposa. La fatigue commençait à le terrasser. Il la sentait telle de la poussière sous ses paupières et savait qu'il allait bientôt devoir lever la séance. Pourtant, un vague souvenir le tarabustait, des paroles entendues en fin d'après-midi et dont il lui fallait absolument se souvenir. Se tortillant dans son fauteuil, il aperçut le piano et ce fut le déclic.

— Tommy, est-ce que ta mère n'a pas parlé d'un article que Mick préparait ? Nancy ne lui en avait pas parlé ?

— Elle m'en a parlé à moi aussi.

— Eh bien...

— C'est une possibilité. J'ai eu l'impression que c'était important pour Mick — plus important que ce qui se publie d'ordinaire dans le *Spokesman* — et que cet article n'était pas pour le *Spokesman*.

— Et ça aurait mis son père en rogne ?

— Pas au point qu'il le tue ! Ni qu'il l'émascule, Saint James.

— Rien ne dit que le meurtre et la mutilation soient l'œuvre d'une seule et même personne, souligna Saint James. La castration a été pratiquée après la mort, Tommy.

Lynley secoua la tête.

— Je ne marche pas. D'abord un tueur... ensuite un boucher...

Saint James dut admettre qu'il avait du mal, lui aussi, à accepter cette hypothèse.

— A ton avis, pourquoi Nancy ment-elle à propos du coup de fil ? (Sans attendre la réponse de Lynley, Saint James réfléchit à haute voix :) Ça n'arrange pas les affaires de John Penellin, qu'il ait été vu près du cottage.

— John n'a pas tué Mick. Ce n'est pas un tueur. Il n'aurait pas pu le tuer.

— Pas de façon intentionnelle.

— Ni autrement.

— Des types bien qui commettent des meurtres, ça existe, contra Saint James. Ce n'est pas moi qui vais te l'apprendre. Sous le coup de la colère, certains deviennent violents. Et John était là, Tommy. Tu ne peux pas dire le contraire.

Lynley se mit debout. Il s'étira avec grâce.

— Je parlerai à John dans la matinée. On essaiera de tirer ça au clair.

Saint James se tourna vers lui mais resta assis :

— Imagine que les flics décident que c'est leur homme ? Que le labo trouve de quoi justifier une arrestation ? Des cheveux de Penellin sur le cadavre, ses empreintes dans la pièce, une goutte du sang de Mick sur la manche de sa veste ou le bas de son pantalon ? S'il était dans la pièce, ce soir, ce ne sont pas les preuves qui vont manquer. Ce sera nettement plus sérieux que le témoignage des voisins qui l'ont aperçu ou de ceux qui ont entendu l'engueulade. Qu'est-ce que tu feras ? Est-ce que Boscowan sait que tu es de la Criminelle ?

— Je ne le crie pas sur les toits.

— Est-ce qu'il demandera de l'aide au Yard ?

Lynley répondit de mauvais gré :

— Pas s'il est persuadé qu'il tient son homme en la personne de Penellin. Pourquoi ferait-il appel au Yard ? (Il poussa un soupir.) Et Nancy qui m'a demandé d'aider son père... La situation est délicate. Il va falloir qu'on soit drôlement prudents, Saint James. On ne peut pas se permettre de piétiner les plates-bandes officielles.

— Suppose qu'on le fasse ?

— Londres nous passera un méchant savon.

Souhaitant le bonsoir à son ami, il quitta la pièce.

Demeuré seul, Saint James se replongea dans ses notes. Il prit une seconde feuille de papier sur le bureau et passa plusieurs minutes à mettre en ordre le peu de renseignements dont ils disposaient. John Penellin. Harry Cambrey. Mark Penellin. Maris inconnus. Personnel du journal. Mobiles possibles du crime. Arme du crime. Heure de la mort. Il fit des listes, les lut, les relut. Les mots commencèrent à se brouiller devant lui et il appuya ses doigts sur ses yeux fermés. Il perçut le craquement d'une fenêtre. Au même instant, la porte du salon s'ouvrit et se referma. Il releva brusquement la tête. Deborah se tenait dans l'ombre.

Elle portait une robe de chambre dont la couleur ivoire et le tissu contribuaient à lui donner l'air d'un fantôme. Ses cheveux pendaient sur ses épaules.

Saint James repoussa sa chaise, se mit debout.

Deborah jeta un regard dans sa direction.

— Tommy n'est pas avec toi ?

— Il est allé se coucher.

Elle fronça les sourcils :

— Il m'avait semblé entendre...

— Il était là il y a une minute.

— Oh...

Saint James attendit qu'elle s'en aille, mais au lieu de sortir elle le rejoignit près du bureau. Une mèche de cheveux roux effleura sa manche et il sentit le parfum des lis sur sa peau. Il fixa ses notes, sentit qu'elle l'imitait. Au bout d'un moment, elle se décida à parler :

— Tu vas t'en mêler ?

Il se pencha en avant et se mit à griffonner quelques mots illisibles dans la marge. Référence aux carnets trouvés sur le plancher du cottage. Emplacement de la cabine téléphonique. Question à Mrs Swann.

— Je leur donnerai un coup de main si je peux. Bien que cette sorte d'enquête ne soit pas du tout ma spécialité. Je mettais noir sur blanc ma conversation avec Tommy. A propos de Nancy. Sa famille. Le journal.

— Tu notais tout. Je me souviens de tes listes. Tu en avais toujours des douzaines qui traînaient partout.

— Surtout dans le labo.

— Des graphiques et des dessins, aussi. Ça m'empêchait de culpabiliser à propos des photos que je semais dans toute la maison. Je te revois dans le labo, jetant des fléchettes sur tes papiers, énervé de ne plus rien retrouver.

— Ce n'était pas des fléchettes, dit Saint James. C'était un scalpel.

Ils éclatèrent de rire, partageant un instant de gaieté avant que le silence ne tombe entre eux. Le tic-tac d'une horloge se fit entendre, et le ressac de la mer.

— Je ne savais pas qu'Helen était devenue ton assistante, dit Deborah. Jamais papa ne m'en a soufflé mot dans ses lettres. C'est par Sidney que je l'ai appris cet après-midi. Helen est vraiment douée. Et pour tellement de choses. Au cottage, par exemple. Pendant que j'étais plantée comme un poireau, que Nancy craquait et que le bébé pleurait, elle a pris la situation en main.

— Oui, renchérit Saint James. Elle m'aide énormément.

Deborah n'ajouta pas un mot. Il aurait voulu qu'elle parte. Il prit d'autres notes, les lut, fit mine de les étudier. Et lorsqu'il ne put plus faire autrement, il se décida à lever la tête.

La clarté qui régnait dans l'alcôve eut raison de lui. Sous cette lumière, les yeux de Deborah étaient plus foncés, plus lumineux. Sa peau semblait plus douce, ses lèvres plus pulpeuses. Elle était beaucoup trop près de lui et il comprit qu'il n'y avait pas trente-six solutions : ou il sortait, ou il la prenait dans ses bras. Il n'y avait pas de moyen terme. Jamais il n'y en aurait. Et jamais il ne parviendrait à être maître de ses sentiments en sa présence. Il rassembla ses papiers, murmura un bonsoir banal, s'apprêtant à aller se coucher.

Il était arrivé au milieu du salon lorsque Deborah déclara :

— Simon, j'ai déjà vu cet homme.

Intrigué, il se retourna. Elle poursuivit :

— Mick Cambrey. Je l'ai déjà vu. C'est ça que j'étais venue dire à Tommy.

Il retourna sur ses pas et déposa ses papiers sur le bureau.

— Où ?

— Je ne suis pas absolument sûre que ce soit le même homme. Il y a une photo du mariage de Nancy et lui dans leur chambre. Je l'ai vue quand j'ai emmené le bébé en haut, et je suis presque certaine que c'est le type que j'ai vu sortir de l'appartement voisin du mien ce matin, je veux dire hier matin, à Londres. Je n'ai pas voulu en parler plus tôt à cause de Nancy. (Deborah fit bouffer ses cheveux.) Parce que l'appartement d'à côté est occupé par une femme. Une certaine Tina Cogin. Et qu'elle a l'air... Je n'en suis pas vraiment sûre, mais d'après sa façon de parler, de s'habiller, j'ai l'impression que c'est...

— Une prostituée ?

Deborah lui raconta brièvement l'histoire. Tina Cogin avait surpris leur prise de bec à Londres. Simon parti, elle avait apporté à Deborah un remontant, une mixture de sa composition, qu'elle-même avait l'habitude de boire après ses ébats amoureux.

— J'ai à peine eu le temps de lui parler. Sidney est arrivée juste à ce moment-là.

— Et Cambrey ?

— J'avais gardé le verre de Tina. Je n'ai pensé à le lui rendre que le lendemain matin.

Deborah expliqua qu'elle avait vu Cambrey sortir de l'appartement de sa voisine au moment où elle-même s'en approchait. Comprenant qu'elle se trouvait en présence d'un des « clients » de Tina, Deborah avait hésité, ne sachant si elle devait donner le verre à l'inconnu et lui demander de le rendre à Tina ou rentrer chez elle sans un mot. L'homme lui avait dit bonjour tout naturellement.

— Il n'avait absolument pas l'air gêné, remarqua innocemment Deborah.

— Tu lui as parlé ? s'enquit Saint James.

— Je lui ai demandé de rendre le verre à Tina et de lui dire que je partais en week-end en Cornouailles. Il m'a demandé si je voulais qu'il aille la chercher mais je lui ai dit que c'était inutile. Franchement, je n'avais pas envie de les voir ensemble. C'était gênant, Simon. Il n'a pas insisté, il a fait demi-tour et est rentré dans l'appartement.

— La porte n'était pas fermée ?

— Si, elle l'était, fit Deborah, réfléchissant. Il avait une clé.

— Tu l'avais vu auparavant ou c'était la première fois ?

— C'était la première fois que je le voyais. Et je l'ai revu quelques instants plus tard. D'abord il est rentré et il a parlé à Tina. (Elle rougit.) Je l'ai entendu lui dire qu'il fallait qu'elle fasse gaffe parce qu'elle avait de la concurrence dans le couloir. Il a dû penser... Bof, il plaisantait. Mais elle a dû lui faire croire que j'étais dans le business parce qu'en ressortant il m'a déclaré que Tina avait promis de s'occuper de mes visiteurs en mon absence. Là-dessus, il a éclaté de rire. Et il m'a dévisagée sans se gêner. J'ai d'abord cru qu'il avait pris Tina au sérieux, mais il n'arrêtait pas de me faire des clins d'œil et des sourires. (Deborah sembla passer en revue les événements.) Ce n'est pas une prostituée, ce n'est pas possible. Mick avait une clé de son appartement. Or les prostituées ne donnent pas leur clé à leurs clients. Enfin pas à ma connaissance. Peut-être qu'il l'entretient. Ou qu'il la cache. Pour la protéger.

— Tu es sûre que c'est Mick que tu as vu ?

— Il me semble bien que oui. Si je pouvais revoir une photo, je crois que j'en aurais le cœur net. Mais je me souviens de ses cheveux. Roux foncé. La couleur que j'ai toujours souhaitée pour les miens. Je me suis dit que pour un homme c'était du gâchis, des cheveux pareils.

Saint James pianota sur le bureau.

— Trouver une photo de Mick ne devrait pas poser de problème majeur. Son père en a sûrement une. (Il réfléchit à la marche à suivre.) Est-ce que tu pourrais aller à Londres parler à Tina, Deborah ? Nom d'un chien ! Je suis idiot ! Tu ne peux pas filer à Londres au beau milieu de ton week-end.

— Bien sûr que si. Il y a un dîner de prévu à Howenstow ce soir, mais après ça les festivités sont finies. Tommy peut m'emmener à Londres d'un coup d'avion dimanche matin. Ou je peux prendre le train.

— Il faut que tu t'arranges pour savoir si elle reconnaît sa photo. Ne lui dis pas qu'il est mort. Tommy et moi nous lui annoncerons la nouvelle. (Saint James plia ses notes, les glissa dans sa poche, et poursuivit d'un ton pensif :) S'il y a un lien entre elle et Mick, il se peut qu'elle nous apprenne des choses qui nous aideront à y voir plus clair dans le meurtre. Après l'amour, les hommes se confient. Ils se laissent aller, ils sont plus francs. (Il s'interrompit soudain, gêné.) Helen t'accompagnera. Je ferai ma petite enquête ici. Tommy se joindra à moi. Et puis nous nous... Bon sang ! Les photos ! J'ai laissé le film que j'ai pris à Gull Cottage dans ton appareil. Si on peut le développer rapidement... J'ai bien peur de l'avoir utilisé en entier.

Elle sourit.

— Je vais le chercher. Il est dans ma chambre.

Elle sortit. Il s'approcha de la fenêtre et contempla le jardin qu'enveloppait encore la nuit.

Saint James passa en revue le puzzle de la vie et de la mort de Mick Cambrey tel qu'il s'était présenté au cours de la nuit, se demandant comment les pièces hétéroclites s'emboîtaient. Mick s'était souvent absenté, d'après lady Asherton. Il travaillait sur un article à Londres. Un article important. Saint James se demanda si cet article pouvait avoir un rapport avec Tina Cogin.

Il était raisonnable de supposer qu'elle était la maîtresse de Mick, une femme entretenue par ses soins. Et pourtant, Deborah avait tiré d'une conversation avec elle et d'une brève rencontre avec Mick l'impression que Tina était une prostituée. Si tel était le cas, elle devait être mêlée à cette histoire d'article. Ce qui signifiait que Mick l'entretenait non pour son plaisir personnel mais pour la protéger comme on protège une « source » qui vous livre des renseignements importants, destinés à faire de vous un journaliste de premier plan. Ce ne serait pas la première fois qu'une prostituée serait impliquée dans une affaire retentissante, et ce ne serait pas la première fois non plus que des têtes tomberaient ou que des carrières seraient brisées à cause d'une prostituée. Maintenant que Mick était mort, que son living-room avait été fouillé de fond en comble — par quelqu'un qui cherchait peut-être à se procurer l'adresse de Tina Cogin à Londres —, rien n'interdisait de faire le rapprochement entre ces divers éléments.

— Simon !

Deborah se rua dans la pièce. Il tourna le dos à la fenêtre et la vit toute tremblante, les bras autour d'elle comme pour se réchauffer.

— Qu'y a-t-il ?

— Sidney. Il y a quelqu'un dans sa chambre. J'ai entendu une voix d'homme. J'ai entendu un cri. J'ai pensé que Justin était...

Saint James ne lui laissa pas le temps de finir sa phrase. Il se précipita hors de la pièce et enfila le couloir menant à l'aile nord-ouest. Son inquiétude et sa colère augmentaient à chaque pas. Les images de l'après-midi se bousculèrent dans son esprit. Sidney dans l'eau. Sidney sur le sable. Brooke assis sur elle à califourchon, la frappant, lui arrachant ses vêtements. Dieu merci, entre Brooke et lui, cette fois, il n'y avait plus de falaise.

Saint James, qui connaissait bien sa sœur, marqua un temps d'arrêt devant la porte au lieu de se lancer à l'intérieur. Deborah le rejoignit tandis qu'il écoutait, debout devant le battant. Il entendit Sidney crier, reconnut la voix de Brooke. Puis Sidney gémit. Nom de Dieu, songea-t-il. Il prit Deborah par le bras, l'entraînant dans le couloir qui conduisait à sa propre chambre dans l'aile sud de la maison.

— Simon ! chuchota-t-elle.

Il attendit pour répondre qu'ils fussent dans la chambre de Deborah, porte fermée.

— Ce n'est rien, dit-il. Ne t'inquiète pas.

— Mais je l'ai entendue...

— Tout va bien, Deborah. Tu peux me croire.

— Mais... (Une lueur de compréhension passa soudain sur le visage de la jeune femme. Avec un hoquet, elle se détourna.) Et moi qui avais cru... Quelle idiote !

Il aurait voulu répondre, dissiper son embarras, mais il comprit que cela ne servirait à rien. Il jeta un regard dans la chambre. Lambris de chêne foncé. Armoiries des Asherton au-dessus de la cheminée. Plafond immense. Lit énorme sur la tête duquel étaient sculptées des grotesques au milieu des fleurs et des fruits. C'était un endroit où il ne devait pas faire bon être seul. On aurait dit une tombe.

— Sidney n'est pas quelqu'un de facile à comprendre, fit Saint James. Il faut être patient avec elle, Deborah. Tu ne pouvais pas savoir. Ne t'inquiète pas, elle ne craint rien. Tout va bien.

A sa grande surprise, elle se tourna vers lui, l'air furieux :

— « Tout va bien », je ne suis pas de ton avis ! Comment peut-elle coucher avec lui après ce qu'il lui a fait ? Je ne comprends pas. Elle est folle ? Et lui, il est cinglé ?

— Elle est amoureuse de lui, Deborah, répondit-il finalement. Est-ce qu'on n'est pas toujours un peu cinglé quand on est amoureux ?

Elle le dévisagea, déglutit.

— Le film. Je vais te le chercher, dit-elle.

12

L'Ancre et la Rose était sans conteste le pub le mieux situé de Nanrunnel. Non seulement ses vastes fenêtres en saillie donnant sur le port offraient une vue imprenable à l'amateur de pittoresque cornouaillais, mais, comme il était sis juste au pied de l'unique arrêt de bus du village, c'était le premier débit de boissons qu'apercevait le visiteur assoiffé en débarquant de Penzance ou d'ailleurs.

L'intérieur de l'établissement se dégradait lentement. Les murs jadis crème viraient au gris sous l'effet des flambées et de la fumée des cigares, pipes et cigarettes. Le bar incurvé en acajou était couvert de taches et sa barre de cuivre pour les pieds avait été mise à rude épreuve par des années de bons et loyaux services. Les tables et les chaises esquintées étaient disséminées sur le plancher usé ; quant au plafond, il était si convexe qu'un désastre semblait imminent.

Lorsque Saint James et lady Helen entrèrent dans l'établissement peu après l'ouverture, ils trouvèrent pour toute compagnie un gros chat tigré étendu devant la fenêtre et une femme qui, debout derrière le bar, essuyait d'innombrables verres. Tout en continuant à s'activer, elle leur adressa un signe de tête, suivant des yeux lady Helen qui allait caresser le chat.

— Faites attention, dit la femme. Il griffe. Il est pas commode quand ça le prend.

Comme pour la faire mentir, le chat bâilla, s'étira et présenta son opulent estomac à lady Helen. La femme ricana et empila les verres sur un plateau.

Saint James s'approcha du bar, songeant qu'il devait être en présence de Mrs Swann. Massive, compacte, l'œil petit, le cheveu gris fer et frisé, elle portait mal son nom [1]. Elle était vêtue d'une jupe plissée serrée à la taille et d'un chemisier à broderies folkloriques.

— Qu'est-ce que je vous sers ? s'enquit-elle, reprenant son torchon.

— Rien, c'est un peu tôt pour moi, répondit Saint James. Nous sommes venus vous parler. Vous êtes Mrs Swann ?

— Et vous, qui êtes-vous ?

Saint James se présenta et présenta lady Helen, qui s'était assise près du chat.

— Vous savez sûrement que Mick Cambrey a été assassiné.

— Tout le village est au courant. On est au courant des détails également. (Elle sourit.) Mick a fini par récolter ce qu'il méritait. On lui a retiré son joujou préféré, hein ? Quand les maris vont venir fêter ça, ce soir, il va y avoir de la viande saoule ici.

— Mick sortait avec des femmes du coin ?

Mrs Swann enfonça un poing recouvert du torchon dans l'une des chopes et se mit à l'essuyer vigoureusement.

— Mick Cambrey sortait avec toutes celles qui avaient envie de tirer un coup.

Cela dit, elle se tourna vers les étagères vides derrière elle et entreprit de remettre les verres en place. Saint James comprit le message : elle n'avait rien d'autre à leur dire.

Lady Helen prit la parole :

---

1. *Swan* : cygne. (*N.d.T.*)

— C'est Nancy Cambrey qui nous intéresse, Mrs Swann. Si nous sommes ici, c'est à cause d'elle.

Les épaules de Mrs Swann parurent perdre de leur raideur et, bien qu'elle continuât de leur tourner le dos, elle observa :

— C'est pas une futée, Nance. Quand je pense qu'elle a épousé cette espèce de salaud.

Ses bouclettes grises tressautèrent de colère.

— Oui, acquiesça prudemment lady Helen. Elle est dans une situation difficile. Non seulement son mari s'est fait tuer, mais son père a été emmené par la police.

Mrs Swann ne resta pas insensible à cette nouvelle. Pivotant, elle leur fit face, les poings sur les hanches. Elle ouvrit la bouche, la referma. La rouvrit.

— John Penellin ?

— Exactement. Nancy a bien essayé de dire aux policiers qu'elle avait eu son père au téléphone dans la soirée et que, par conséquent, ça ne pouvait pas être lui qui avait assassiné Mick. Les policiers...

— Elle lui a téléphoné, coupa Mrs Swann, péremptoire. Ça oui. Même qu'elle m'a demandé de la monnaie pour passer son coup de fil. Elle a jamais un sou dans son sac. (Emportée par son élan, elle poursuivit :) Mick lui piquait tout son pognon. Le sien et celui de son père. Sans parler de celui des autres. Il était toujours à courir après du liquide.

— Vous êtes certaine que c'est à son père que Nancy a parlé au téléphone ? s'enquit Saint James. Pas à quelqu'un d'autre ?

Mrs Swann parut prendre ombrage de la question. Agitant le doigt pour donner plus de poids à ses propos, elle précisa :

— Sûr que c'était son père qu'était au bout du fil. J'en ai eu tellement marre de faire le poireau — elle est restée pendue au téléphone au moins dix minutes — que je l'ai sortie de la cabine par la peau des fesses.

— Où est-elle, cette cabine ?

— Devant la cour de l'école. Dans Paul Lane.

— Vous l'avez vue composer le numéro ? Est-ce que vous pouviez voir la cabine de là où vous étiez ?

Mrs Swann n'était pas idiote :

— Z'allez pas me faire croire que c'est Nancy qui a tué Mick ! Qu'elle s'est précipitée au cottage pour le charcuter et qu'elle est revenue ensuite servir à boire comme si de rien n'était ?

— Mrs Swann, est-ce qu'on voit la cabine de la cour de l'école ?

— Non. Et alors ? Je vous répète que je suis allée la chercher par la peau des fesses. Elle pleurait. Son père était furieux parce qu'elle avait emprunté de l'argent et elle essayait d'arranger le coup. (Mrs Swann pinça les lèvres comme pour indiquer qu'elle n'en dirait pas plus long. Pourtant, cédant à la colère qui bouillonnait en elle, elle ajouta :) J'aurais été à la place de son père, j'aurais eu la même réaction. Tout le monde savait où passait l'argent que Nance donnait à Mick : il n'avait rien de plus pressé que de le claquer avec ses copines. C'est qu'il se prenait pas pour n'importe quoi, le petit fumier. L'université, ça lui avait donné la grosse tête. Le journalisme aussi. Il a commencé à croire que tout lui était permis. Même au journal. Au fond, il a eu que ce qu'il méritait.

— Au journal ? questionna Saint James. Il recevait des femmes au journal ?

D'un mouvement de tête hargneux, elle désigna le plafond.

— Oui, la salle de rédaction est au-dessus. Y a un local au fond. Avec un canapé et tout. Un vrai petit nid d'amour. Et il se vantait de ses bonnes fortunes, le saligaud. Il conservait même des trophées.

— Des trophées ?

Mrs Swann se pencha, plaquant ses énormes seins sur le comptoir, expédiant son haleine chaude au visage de Saint James :

— Des culottes, mon petit, parfaitement. Même qu'y en avait deux dans un tiroir de sa table de travail. C'est Harry qui est tombé dessus. Son père. Y avait à peine six mois qu'il était sorti de l'hosto, le pauvre, et il a fallu qu'il mette la main là-dessus. Dans le tiroir de Mick, elles étaient planquées ; et même pas propres, en plus. Ça a fait un drôle de raffut !

— Nancy l'a...

— C'est Harry qui lui a secoué les puces, au Mick, pas Nance. T'as mis un lardon en route, qu'il lui a dit. Et le journal, la famille, tu y as pensé ? Mais non, tu t'en fous ! Tout ce qui t'intéresse, toi, c'est de faire le joli cœur. Il l'a tapé tellement fort que j'ai cru un instant que Mick avait son compte au bruit qu'il a fait en tombant. Mais trente secondes plus tard, il est descendu en trombe, son père sur les talons.

— C'était quand ? questionna Saint James.

Mrs Swann haussa les épaules, calmée :

— Demandez à Harry. Il est là-haut.

John Penellin roula la carte d'état-major, mit un élastique autour et la fourra avec les autres dans le vieux porte-parapluies de son bureau. Le soleil de la fin de matinée entrait par les fenêtres, chauffant la pièce à blanc. Aussi ouvrit-il pour faire entrer un peu d'air et régla-t-il les stores.

— L'année a été plutôt bonne, l'un dans l'autre. Si nous laissons ce lopin de terre en jachère encore une saison, il ne s'en portera que mieux l'an prochain. C'est du moins mon avis. (Penellin reprit place dans son fauteuil derrière le bureau et, comme s'il se conformait à un ordre du jour strict, poursuivit sans plus attendre :) Est-ce que nous pourrions parler de Wheal Maen ?

Lynley n'était pas venu passer les livres comptables en revue ni se prononcer sur la gestion — certainement irréprochable — de Penellin. Néanmoins, il se prêta au jeu, persuadé que la patience plus que des questions abruptes lui permettrait d'obtenir les confidences de l'intendant.

A en juger par son expression, Penellin avait besoin de se confier à quelqu'un. Il avait le teint blême. Il portait ses vêtements de la veille qui ne semblaient pas froissés pour autant, preuve que leur propriétaire n'avait pas dû se mettre au lit. Il suffisait de l'examiner pour savoir ce qui l'avait empêché de se coucher : ses doigts étaient encore tachés de l'encre qui avait permis aux policiers de Penzance de prendre ses empreintes. Lynley décida de laisser Penellin continuer sur sa lancée.

— Vous ne lâchez pas facilement le morceau, John. Les mines sont pourtant fermées depuis plus de cent ans en Cornouailles, vous le savez comme moi.

— Ce n'est pas de la réouverture de Wheal Maen que je veux vous entretenir, dit Penellin. Cette mine, il faut la fermer, au contraire. La galerie principale est inondée. On ne peut pas la laisser ouverte à tous les vents, c'est beaucoup trop dangereux. (Il pivota sur son fauteuil et indiqua de la tête la grande carte du domaine punaisée au mur.) On aperçoit la mine de la route de Sennen. Et c'est l'affaire de quelques minutes de marche pour l'atteindre, il y a juste un petit bout de lande à traverser. Je crois qu'on devrait murer la galerie avant que quelqu'un ait un accident en allant rôder par là-bas.

— La route n'est guère fréquentée.

— Les touristes ne s'y risquent pas, c'est vrai, concéda Penellin. Mais les gens du cru l'empruntent souvent. Et c'est surtout à cause des enfants que je m'inquiète. Dieu sait ce qui peut arriver. Je n'ai pas envie qu'un gamin dégringole dans la mine de Wheal Maen.

Lynley se leva pour aller étudier la carte. La mine était en effet à moins de cent mètres de la route dont elle n'était séparée que par un mur de pierre sèche, barrière insuffisante pour empêcher les promeneurs de s'aventurer de ce côté.

— Vous avez raison, John, dit Lynley, ajoutant : Papa n'aurait pas aimé voir fermer une mine.

— Les temps changent, souligna Penellin. Et votre père n'était pas homme à s'accrocher au passé.

Il s'approcha du classeur métallique et en sortit trois nouveaux dossiers qu'il posa sur son bureau. Lynley le rejoignit.

— Comment va Nancy, ce matin ?

— Elle fait aller, dit Penellin.

— A quelle heure les flics vous ont-ils ramené chez vous ?

— Quatre heures et demie environ.

— Vous en avez fini avec la police ?

— Pour l'instant, oui.

Dehors, deux jardiniers bavardaient, ponctuant leurs propos d'énergiques coups de sécateur. Penellin les observa un instant.

Lynley hésita, pris entre deux feux. La promesse faite à Nancy et le désir manifeste de Penellin de se taire. L'intendant était un homme discret. Il ne voulait pas qu'on l'aide. C'était clair. Pourtant, sous ce laconisme, Lynley sentait percer une étrange inquiétude et se demandait comment y remédier. Des années durant, il avait compté sur la force et la loyauté de Penellin ; il ne pouvait pas le laisser tomber maintenant.

— Nancy m'a dit qu'elle vous avait eu au téléphone, hier soir, commença Lynley.

— Oui.

— Mais on vous a vu au village, si j'en crois la police.

Penellin ne broncha pas.

— Ecoutez, John, si vous avez des ennuis...

— Pas d'ennuis, milord. (Penellin ouvrit le dossier du dessus de la pile. Façon de faire comprendre à Lynley qu'il ferait mieux de partir.) On a eu une conversation au téléphone, Nancy et moi. Si quelqu'un croit m'avoir vu au village, j'y peux rien. L'endroit est sombre. Ç'aurait pu être quelqu'un d'autre. Moi, j'étais au pavillon.

— Sacré bon sang de bonsoir, nous y étions, au pavillon, quand vous êtes arrivé sur le coup de deux heures du matin ! Vous étiez au village, John, n'est-ce pas ? Vous avez vu Mick. Nancy et vous, vous mentez. Est-ce que vous essayez de la protéger ? Ou de protéger Mark ? Parce qu'il n'était pas au pavillon non plus, hier soir. Et vous le saviez, n'est-ce pas ? Vous étiez parti à sa recherche ? Il était en mauvais termes avec Mick ?

Penellin sortit un papier classé dans l'une des chemises cartonnées.

— J'ai commencé à rédiger les papiers pour la fermeture de Wheal Maen.

Lynley fit une dernière tentative.

— Il y a vingt-cinq ans que vous travaillez au domaine. J'espère que vous viendriez me trouver si vous aviez des ennuis.

— Pas d'ennuis, dit Penellin d'une voix ferme.

Il prit une autre feuille de papier, signifiant ainsi qu'il aspirait à se retrouver seul.

Mettant fin à l'entretien, Lynley sortit du bureau de l'intendance.

Il s'attarda un instant dans le couloir dallé et frais. Tout au bout, la porte sud-ouest de la maison était ouverte et le soleil frappait de plein fouet la cour, où régnait une certaine activité. Il se dirigea de ce côté.

Il tomba sur Jasper — tour à tour chauffeur, jardinier, palefrenier *et* pipelette — qui lavait la Land Rover dans laquelle ils étaient rentrés la veille. Ses bas de pantalon étaient roulés, il était pieds nus, sa chemise blanche était ouverte sur un torse plat hérissé de poils gris. Il adressa un signe de tête à Lynley.

— Quelle nuit ! fit Jasper. Le meurtre. La police. John qui se fait embarquer par les flics à Penzance. (Il cracha par terre et passa un chiffon sur le capot de la Rover.) John qu'était à Nanrunnel et Nancy qui ment comme un arracheur de dents...

— Nancy ment ? Vous en êtes sûr, Jasper ?

— Evidemment que j'en suis sûr. J'étais au pavillon à dix heures et demie. Je suis allé au moulin. Y avait personne à la maison. Bien sûr qu'elle ment.

— Le moulin ? Le moulin a un rapport avec la mort de Mick Cambrey ?

Devant cette attaque frontale, le visage de Jasper se ferma. Lynley se rappela une fraction de seconde trop tard que le vieux domestique était amateur de détours. Jasper aimait suivre son petit bonhomme de chemin :

— J'parie que John vous a jamais parlé des vêtements que Nance avait découpés.

— Non, avoua Lynley, qui ajouta, faisant l'âne pour avoir du son : Ça ne devait pas être très important sinon il m'en aurait parlé.

Jasper secoua violemment la tête pour le détromper :

— Elle les a découpés, réduits en lambeaux. Derrière le cottage. John et moi, on l'a surprise en pleine action. Elle a beuglé comme une malade quand elle nous a vus. Je suis sûr que c'était important.

— Mais elle ne vous a rien dit ?

— Pas un mot. Elle a juste continué à déchiqueter les vêtements. Des trucs chichiteux. J'ai cru que John allait avoir une attaque quand il a vu ça. Il a fait mine de se ruer dans le cottage pour parler à Mick, mais Nance l'en a empêché. Elle s'est cramponnée à son bras, attendant qu'il retrouve son calme.

— Ces vêtements étaient ceux d'une autre femme, murmura Lynley. Dites-moi, Jasper, qui était la petite amie de Mick ?

— La petite amie ? ricana Jasper. C'est pas une petite amie, qu'il avait, Mick. Mais des douzaines. D'ailleurs c'est son père lui-même qui le disait. Quand il venait à *L'Ancre et la Rose*, il racontait à qui voulait l'entendre les exploits de Mick. « Elle lui en donne pas assez, qu'il disait Harry. Un homme, qu'est-ce qu'il doit faire, quand il est en manque d'affection ? » (Jasper lâcha un rire sarcastique, recula et arrosa le pneu avant de la Rover. L'eau lui éclaboussa les jambes.) D'après Harry, Nance refusait de les écarter depuis la naissance de la petite et, pendant ce temps-là, Mick faisait ceinture. Alors ça lui montait au cerveau, il était complètement obsédé. « Qu'est-ce que vous voulez qu'il y fasse, l'homme, quand c'est comme ça ? » qu'il demandait Harry. Et Mrs Swann se gênait pas pour lui répondre qu'il avait qu'à... (Jasper parut soudain se rendre compte que son confident n'était autre que Lynley. Il s'interrompit net. Se redressant, il ôta sa casquette et se passa la main dans les cheveux.) C'était pas compliqué. Seulement Mick, il voulait pas se calmer.

Il cracha pour indiquer que la discussion était terminée.

Saint James et lady Helen entendirent Harry Cambrey avant de l'apercevoir. Tandis qu'ils gravissaient l'étroit escalier — baissant la tête pour éviter les poutres disposées de manière fantaisiste —, un bruit de meuble traîné sur le parquet nu fut suivi du claquement d'un tiroir fermé avec violence, le tout ponctué de jurons bien sentis. Lorsqu'ils frappèrent, le silence s'établit. Puis des pas résonnèrent. La porte s'ouvrit brutalement. Cambrey les toisa. Ils lui rendirent posément la pareille.

En le voyant, Saint James se rappela qu'il avait été opéré du cœur l'année passée. L'intervention l'avait marqué. Très maigre, Cambrey avait une pomme d'Adam proéminente. Son teint jaune suggérait des problèmes hépatiques ; les commissures de ses lèvres s'ornaient de gerçures. Il ne s'était ni rasé ni peigné, à croire qu'il avait été réveillé en sursaut.

Lorsqu'il s'effaça pour les laisser pénétrer dans la salle de rédaction, Saint James vit qu'il s'agissait d'une grande pièce dont la moitié était divisée en boxes et dont les quatre fenêtres étroites donnaient sur la rue qui grimpait à flanc de colline jusqu'au sommet du village. Harry était seul, curieusement, les rédactions étant en général des lieux très animés. Cette solitude s'expliquait par la présence d'innombrables carnets et dossiers sur les plans de travail, les bureaux, les chaises. Harry Cambrey était en pleine fouille.

A en juger par l'état de la pièce, il devait y avoir un moment qu'il cherchait, et sans méthode. Les tiroirs d'un classeur métallique d'un vert militaire bâillaient, quasiment vides ; une pile de disquettes était posée près d'un ordinateur allumé ; l'édition en cours du journal avait été repoussée pour laisser la place, sur une grande table, à trois piles de photos ; les tiroirs des cinq bureaux avaient été sortis de leur logement. L'air sentait le vieux papier et, comme les plafonniers n'avaient pas été allumés, il régnait dans la salle une pénombre à la Dickens.

— Qu'est-ce que vous voulez ?

Harry Cambrey fumait une cigarette qu'il retira de sa bouche le temps de tousser et d'en allumer une autre. Il ne semblait guère se soucier des répercussions que sa tabagie pouvait avoir sur son cœur.

— Il n'y a que vous ici ? s'enquit Saint James tandis que, suivi de lady Helen, il se frayait un chemin au milieu du fouillis insensé.

— Je leur ai donné leur journée. (Cambrey examina lady Helen de la tête aux pieds.) C'est à quel sujet ?

— Nancy nous a demandé d'essayer de savoir ce qui se cache sous le meurtre de Mick.

— Vous êtes venus l'aider ? Vous ?

L'air incrédule, Cambrey les dévisagea, détaillant la jambe appareillée de Saint James, la robe estivale de lady Helen.

— La chasse au scoop n'est pas un sport de tout repos, n'est-ce pas, Mr Cambrey ? lança lady Helen, restée près des fenêtres. Si votre fils a été assassiné à cause d'un article, peu importe qui retrouve son meurtrier ; l'essentiel, c'est qu'on le retrouve.

Cambrey perdit son air bravache.

— C'est sûrement une histoire d'article, dit-il, les bras ballants. Je le sens. J'essaie désespérément de retrouver les notes de mon gamin.

— Vous n'avez rien trouvé ? s'enquit Saint James.

— Je m'efforce de me souvenir de ce qu'il m'a dit et de ce qu'il a fait. Il ne s'agit pas d'une affaire locale. C'est à peu près tout ce que je sais.

— En êtes-vous certain ?

— C'est pas possible que ce soit une affaire locale, pas avec le comportement qu'il a eu ces derniers mois. Il était sans arrêt en déplacement. Suivant une piste. Enquêtant. Interviewant telle personne. S'efforçant de retrouver telle autre. C'était pas une affaire locale. Impossible. (Il secoua la tête.) Ç'aurait fait un tabac, cet article. Le journal aurait battu des records de vente.

— Il se déplaçait, dites-vous. Où allait-il ?

— A Londres.

— Et il n'aurait pas laissé de notes ? Ce n'est pas un peu bizarre ?

— Les notes, c'est pas ce qui manque, fit Cambrey, montrant du bras la pagaille autour de lui. Mais y a rien ici qui ait pu causer la mort du petit. C'est pas en interviewant des militaires, des malades cloués au lit ou des fermiers qu'un reporter risque sa vie. Les journalistes meurent parce qu'ils détiennent des informations gênantes. Et ces infos-là, c'est pas ici qu'elles se trouvent.

— Vous n'avez rien trouvé d'inhabituel au milieu de ce fatras ?

Cambrey laissa tomber sa cigarette par terre et l'écrasa d'un coup de talon. Il se mit à se masser les muscles du bras gauche ; ce faisant, ses yeux s'attardèrent sur l'un des bureaux. A sa mimique, Saint James comprit qu'il y avait anguille sous roche :

— Vous avez trouvé quelque chose.

— Je sais pas. Peut-être. Jetez un coup d'œil. J'y comprends rien. (Cambrey s'approcha du bureau. De sous le téléphone, il sortit un morceau de papier qu'il tendit à Saint James.) C'était collé sous un tiroir.

Le papier, couvert de taches de gras, avait servi à envelopper un sandwich acheté au *Talisman Café*. Le message était à peine lisible car le crayon avait dérapé sur la graisse. L'éclairage étant faiblard, Saint James déchiffra les caractères avec une certaine difficulté. C'étaient presque exclusivement des nombres.

IK9400
500g 55^{e}a
27500-M1 Approvisionnement-Transport
27500-M6 Financement

— C'est l'écriture de Mick, ça ? questionna Saint James.

Cambrey hocha la tête.

— S'il y a matière à écrire un article fumant, c'est là que ça se trouve. Pas ailleurs. Mais pour moi, c'est du chinois.

— Il doit bien y avoir d'autres notes où figurent ces mêmes nombres, intervint lady Helen. M1 et M6. Il s'agit sûrement des autoroutes.

— Peut-être, mais je n'ai pas encore réussi à mettre la main dessus, répondit Cambrey.

— Alors c'est qu'elles ont disparu.

— On les aurait subtilisées ? (Cambrey alluma une nouvelle cigarette, inhala, toussa.) Il paraît que Gull Cottage a été fouillé.

— Vous avez remarqué des traces d'effraction ici ? s'enquit Saint James.

Cambrey regarda autour de lui. Secoua la tête en signe de dénégation.

— Boscowan a envoyé un de ses hommes m'annoncer la mort de Mick à quatre heures et quart ce matin. Je me suis rendu à Gull Cottage, mais ils avaient déjà emmené le corps et ils ont refusé de me laisser entrer. Alors je suis venu me réfugier ici. Je n'en ai pas décollé depuis. Aucune trace d'effraction.

— Pas de traces de fouille, non plus ? Par l'un de vos employés, par exemple ?

— Rien. (Il pinça les narines.) J'ai bien l'intention de retrouver le salopard qui a tué Mick. Quant à l'article, je ne ferai rien pour empêcher sa parution. La liberté de la presse, c'était la raison de vivre de mon fils, c'est la raison pour laquelle il est mort. Il ne sera pas mort pour rien.

— S'il est bien mort pour un article, énonça tranquillement Saint James.

— Pour quoi d'autre ? fit Cambrey, se rembrunissant.

— Les femmes.

Cambrey retira la cigarette de sa bouche d'un mouvement étudié, théâtral.

— Evidemment ! Les hommes étaient jaloux de ses succès féminins, les femmes lui en voulaient quand il ne faisait pas attention à elles. (Il remit la cigarette entre ses lèvres.) C'était un homme, Mick, un vrai. Et un homme, ça a des besoins à satisfaire. Sa femme, c'était un cul gelé. Fallait bien qu'il aille chercher ailleurs ce qu'on lui refusait à la maison. Si quelqu'un est à blâmer dans l'affaire, c'est Nancy. Quand on tourne le dos à son mari, faut pas s'étonner qu'il se mette à cavaler. C'est pas un crime, tout de même. Il était jeune. Il avait des besoins.

— Il avait une petite amie attitrée ? Plusieurs ? Est-ce qu'il en avait une nouvelle depuis peu ?

— Peux pas vous dire. Mickey était pas du genre à se vanter quand il s'en tapait une nouvelle.

— Et les femmes mariées, elles couchaient avec lui aussi ? questionna lady Helen.

— Y avait des tas de femmes qui couchaient avec lui. (Cambrey repoussa des papiers, souleva la vitre qui recouvrait le bureau et sortit une photo, qu'il lui tendit.) Jetez un coup d'œil là-dessus. Entre nous, est-ce que c'est le genre de type à qui vous diriez non s'il vous demandait de les écarter, mon petit ?

Lady Helen émit une sorte de hoquet mais réussit cependant à garder son sang-froid. Sans même y jeter un coup d'œil, elle passa la photo à Saint James. C'était celle d'un jeune homme torse nu sur un voilier, qui effectuait une manœuvre. Mâchoire carrée, beau garçon, mais plutôt mince, bref, ne possédant ni le corps athlétique ni les traits âpres que l'on s'attend à trouver chez « un homme, un vrai ». Saint James retourna la photo. *Cambrey se préparant pour l'America Cup. Un concurrent qui a toutes ses chances.* L'écriture était identique à celle de la note chiffrée trouvée dans le tiroir du bureau.

— Il avait le sens de l'humour, commenta Saint James.

— Il avait toutes les qualités.

— Est-ce que je peux garder la photo ? Et la note ?

— Comme vous voudrez. Maintenant que Mick est mort, elles n'ont aucun intérêt pour moi. (Cambrey examina le bureau, épaules voûtées.) On était sur le point de réussir. Le *Spokesman* était en passe de devenir le journal le plus dynamique du sud de la Cornouailles. Pas un simple hebdo. On allait y arriver. Moi, Mick, toute l'équipe.

— Il s'entendait bien avec le personnel ? Pas de problèmes de ce côté-là ?

— Ils l'adoraient. Il avait réussi, il était revenu au village. Pour eux, c'était un héros. Ils rêvaient de lui ressembler. (Cambrey prit un air mauvais.) Vous ne pensez pas sérieusement que c'est quelqu'un du journal qui l'aurait tué ? Personne ici n'aurait osé lever la main sur mon fils. Je vois pas pourquoi ils l'auraient fait. Il était en train de moderniser le journal. Il...

— ... s'apprêtait à virer quelqu'un ?

— Crénom de Dieu ! Et qui donc ?

Saint James se tourna vers le bureau jouxtant la fenêtre. Une photo représentant deux jeunes enfants y était posée.

— Quel genre de relations entretenait-il avec Julianna Vendale ?

— Julianna ?

Cambrey s'ôta la cigarette de la bouche et s'humecta les lèvres.

— C'était une de ses conquêtes ? Une ancienne maîtresse ? Ou bien une fille qui refusait d'aider Mick à assouvir ses besoins ?

Cambrey hurla de rire en voyant comment Saint James se servait de ses propos pour trouver un mobile décidément peu reluisant à l'assassinat de son fils.

— Mick n'avait pas besoin de Julianna Vendale. Il n'avait pas à aller quémander ce qu'on lui offrait tout cuit sur un plateau.

Une fois dehors, ils prirent la direction du parking du port où lady Helen avait laissé la Land Rover. Saint James la regarda tout en marchant. Au cours des dernières minutes qu'ils avaient passées au journal, elle n'avait pas desserré les dents ; mais son regard fixe, son air crispé avaient parlé pour elle, révélant ce que lui inspiraient la vie, la mort de Mick Cambrey, et l'attitude de son père. A peine étaient-ils sortis de l'immeuble qu'elle laissa libre cours à son écœurement tout en avançant d'un pas furieux. Saint James, qui avait du mal à la suivre, ne parvint à saisir que des bribes de sa diatribe.

— Un athlète sexuel... drôle de père, qui tient la marque... où trouvait-il le temps de travailler, avec tous ces besoins à satisfaire ?.... toutes les femmes de la région... pas étonnant qu'on lui ait coupé... moi-même, j'avoue que ça m'aurait tentée...

Elle était à bout de souffle en arrivant à la voiture. Et lui aussi. Ils s'appuyèrent contre la Rover, tournant leur visage vers une brise qui amenait des odeurs de poisson. Dans le port à leurs pieds, des centaines de mouettes tournoyaient au-dessus d'un petit chalutier, dont la pêche du matin luisait sous le soleil.

— C'était en ces termes que tu pensais à moi ? lança lady Helen.

Saint James fut sidéré :

— Pour l'amour du ciel, Helen...

— Parce que, si c'est ça, inutile de compter sur moi pour te ramener à Howenstow.

— Comment veux-tu que je te réponde ? Si je te dis non, tu vas croire que je mens pour m'éviter une sacrée trotte. Tu me mets dans une situation impossible, Helen. Je ferais aussi bien de commencer à rentrer à cloche-pied.

— Oh, assez, monte, soupira-t-elle.

Il s'exécuta avant qu'elle ne se ravise. Elle monta à son tour mais ne démarra pas tout de suite, contemplant le port à travers le pare-brise sale.

— J'ai fait le maximum pour rester calme, Simon. Je n'arrêtais pas de me répéter que c'était le choc, qu'il ne savait plus ce qu'il disait. Mais quand il m'a demandé si j'aurais refusé de les écarter pour Mick, mon sang n'a fait qu'un tour. J'ai cru que j'allais me jeter sur lui et lui arracher les cheveux.

— Déjà qu'il ne lui en reste pas beaucoup...

La remarque dissipa la tension. Eclatant de rire, elle mit le contact.

— Que penses-tu de cette note ?

Saint James sortit le papier de la poche de sa chemise.

— *Talisman Café*. Je me demande où ça se trouve.

— A deux pas de *L'Ancre et la Rose*, dans Paul Lane, pourquoi ?

— Parce que ce n'est pas au bureau qu'il a rédigé ce mot. Dans les salles de rédaction, le papier, ça n'est pas ça qui manque. S'il avait été au journal, il ne se serait pas amusé à gribouiller sur un morceau d'emballage graisseux : il a forcément écrit ça ailleurs. Au café, ou bien là où il a mangé son sandwich. Pour ne rien te cacher, ça m'aurait bougrement arrangé que le *Talisman Café* se trouve à Paddington.

Il se mit à lui parler de Tina Cogin.

Lady Helen désigna le billet de la tête :

— Ça aurait un rapport avec elle, tu crois ?

— D'une façon ou d'une autre, elle est dans le coup si c'est bien Mick Cambrey que Deborah a vu dans le couloir devant son appartement. Seulement, si le *Talisman Café* est à Nanrunnel, cela veut dire que Mick enquêtait dans la région.

— Et ses « sources » étaient ici ? Le tueur serait quelqu'un du coin ?

— Possible. Mais pas certain. Il faisait de fréquents allers-retours à Londres. Ça n'aurait pas été bien sorcier de le suivre jusqu'en Cornouailles, surtout s'il voyageait par le train.

— S'il avait une source d'information locale, il y a tout lieu de penser que cette personne est elle aussi en danger.

— A condition que l'article soit le mobile du meurtre, fit Saint James, remettant le papier dans sa poche.

— Pour moi, c'est plutôt la jalousie, le mobile du meurtre. (Lady Helen prit la route de Lamorna.) Ça me semble plus plausible, compte tenu de la personnalité de Mick. Imagine un homme découvrant que la femme qu'il aime couche avec un autre, qu'est-ce qu'il éprouve ?

Saint James se détourna pour contempler la mer. Un bateau de pêche se dirigeait vers Nanrunnel. Même à cette distance, il distinguait les casiers à homard accrochés à ses flancs.

— Il a envie de tuer, j'imagine. (Sentant le regard de lady Helen se poser sur lui, il comprit le sens qu'elle avait dû donner à ses paroles. Pour couper court, il enchaîna :) Quant à ta question de tout à l'heure, Helen, concernant l'époque où nous étions amants... La réponse est non, évidemment. Mais j'espère que je ne t'apprends rien.

— Il y a des années que je ne suis pas allé traîner par là, dit Lynley tandis qu'avec Saint James ils franchissaient la grille et commençaient à descendre à travers bois. Qui sait dans quel état il se trouve maintenant. Il est peut-être en ruine. Quand on néglige un bâtiment, ça va vite : le toit prend un air penché, les poutres pourrissent, les planchers se détériorent. Je suis étonné qu'il tienne encore debout.

Il faisait la conversation et il en était conscient, espérant tenir en échec les bataillons de souvenirs prêts à l'assaillir, souvenirs liés au moulin et à un pan de son existence qu'il s'était juré d'ignorer. Encore maintenant, alors qu'ils arrivaient en vue du moulin dont ils apercevaient le toit de tuile à travers les branches, il sentait un embryon de souvenir remonter à la surface : sa mère avançant à grandes enjambées dans le bois. Mais il savait que ce n'était qu'un fantôme qui essayait de transpercer son armure. Pour le chasser, il fit une pause, prenant tout son temps pour allumer une cigarette.

— On est passés par là hier, dit Saint James. (Il s'arrêta à son tour en constatant que Lynley était en arrière.) La roue est enfouie sous le lierre. Tu étais au courant ?

— Ça ne m'étonne pas. Ç'a toujours posé un problème.

Lynley fuma d'un air pensif, appréciant la sensation de la cigarette entre ses doigts. Il savourait le goût âpre du tabac et le fait que fumer l'aidait à se donner une contenance.

— Jasper croit que quelqu'un utilise le moulin, Tommy ? Pour quoi faire ? Pour y dormir ?

— Il n'a pas voulu me le dire.

Saint James hocha la tête, poursuivit sa route. Se rendant compte qu'il ne pouvait plus temporiser, Lynley lui emboîta le pas.

Bizarrement, le moulin ne lui sembla pas tellement changé depuis la dernière fois qu'il y était venu. Certes, la façade avait besoin d'un sérieux ravalement et les huisseries étaient fendillées, mais le toit tenait bon et, à part un carreau cassé à la fenêtre du premier, l'édifice semblait suffisamment costaud pour résister encore une centaine d'années.

Les deux hommes gravirent les vieilles marches de pierre usées et glissantes. La porte à la peinture presque inexistante était à demi ouverte car la pluie avait fait gonfler le bois, qui avait joué. Sous la poussée de Lynley, elle céda avec un grincement.

Ils entrèrent, marquèrent une pause afin d'inventorier les lieux. Le rez-de-chaussée était quasiment vide, éclairé par des rais de lumière qui se faufilaient à travers les fentes des volets. Contre un mur, à l'autre bout de la pièce, des sacs de toile pourrissaient près d'un amoncellement de caisses. Sous l'une des fenêtres, un mortier et un pilon disparaissaient sous les toiles d'araignée tandis qu'à deux pas un morceau de corde pendait à un clou, abandonné depuis des années. Une pile de vieux journaux occupait un coin de la pièce. Saint James alla y jeter un coup d'œil sous le regard de Lynley.

— Le *Spokesman*, annonça Saint James, prenant un journal. L'exemplaire a été annoté, corrigé. (Il laissa retomber le journal sur la pile.) Mick Cambrey connaissait cet endroit, Tommy ?

— On y venait quand on était gamins. Il n'a pas dû l'oublier. Mais ces journaux n'ont pas l'air récents. Il y a sûrement un bout de temps qu'il n'a pas mis les pieds ici.

— En effet, ils datent du mois d'avril de l'année dernière. Mais quelqu'un est venu depuis.

Saint James désigna du doigt une série d'empreintes sur le sol poussiéreux. Elles conduisaient à une échelle permettant d'accéder au grenier et au mécanisme qui actionnait la grosse meule. Saint James examina les barreaux de l'échelle, tira dessus pour en éprouver la solidité et commença péniblement à grimper.

Lynley le regarda progresser, sachant pertinemment que Saint James s'attendait à ce qu'il le suive. Il ne pouvait y couper. Pas plus qu'il ne pouvait éviter les souvenirs que le moulin et, surtout, le grenier éveillaient en lui. Car, après l'avoir cherché pendant des heures, c'était là-haut qu'elle l'avait trouvé, dans le grenier où il s'était caché pour lui échapper et fuir loin de ce qu'il avait abruptement découvert.

Alors qu'il traversait le jardin en remontant de la plage, il avait — vision fugace — aperçu une silhouette d'homme devant une fenêtre du premier, silhouette revêtue de la robe de chambre de cachemire de son père. Ç'avait été si rapide qu'il n'avait pas pris la peine de se demander comment diable son père — dans son état — avait réussi à sortir de son lit et à se rendre dans la chambre de sa mère. Il n'avait pas pensé à ça un seul instant. Le mot *guéri guéri guéri* résonnant dans son crâne, fou de joie, il avait grimpé les marches quatre à quatre et s'était précipité dans la chambre maternelle. Ou du moins il avait essayé, mais sans succès, car la porte était fermée à clé. Et alors qu'il appelait, l'infirmière était arrivée avec un plateau, le grondant, lui disant qu'il allait réveiller le malade. Lynley n'avait eu que le temps de bafouiller : « Mais papa est... » avant de comprendre.

Alors il avait crié, appelé sa mère avec une rage telle qu'elle avait ouvert sa porte et qu'il avait tout vu : Trenarrow vêtu de la robe de chambre paternelle, les draps en désordre, les vêtements jonchant le sol. L'air était imprégné de l'odeur caractéristique du sexe. Et seuls un vestiaire et une salle de bains les séparaient de la pièce dans laquelle son père agonisait.

Sans réfléchir, il s'était rué sur Trenarrow. Mais il n'était qu'un fragile adolescent de dix-sept ans, incapable de rivaliser avec un homme de trente et un ans. Trenarrow l'avait giflé comme on gifle une femme hystérique. Sa mère avait crié :

— Non, Roddy !

Et ç'avait été terminé.

Elle l'avait trouvé dans le moulin. Par la petite fenêtre du grenier, il l'avait regardée arriver, grande, élégante, quarante et un ans. Si belle.

Il aurait dû garder son calme. Fils aîné d'un comte, il aurait dû avoir suffisamment de force et de dignité pour lui annoncer qu'il devait retourner à l'école préparer ses examens. Qu'elle l'eût cru ou non n'aurait eu aucune importance. L'important, c'était de partir tout de suite.

Mais il la regarda s'approcher, songeant à son père qui l'aimait, qui criait : « Daze ! Daze chérie ! » chaque fois qu'il revenait à la maison. A sa vie qu'il avait passée à la rendre heureuse. Et maintenant, allongé dans sa chambre, il attendait que le cancer finisse de le ronger, tandis que Trenarrow et elle s'embrassaient, s'étreignaient, se caressaient...

Elle grimpa l'échelle, criant son nom. Il l'attendait de pied ferme.

— Sale pute ! hurla-t-il. Vous êtes folle ? Ça vous démange au point que vous êtes prête à coucher avec le premier venu ? Même avec quelqu'un qui ne pense qu'à vous baiser un bon coup et à se moquer de vous, après, au pub, avec ses copains ? Vous êtes fière de vous, espèce de pute ?

Lorsqu'elle le frappa, il n'en revint pas : elle n'avait pas bronché jusque-là, elle avait encaissé en silence. Mais à la dernière question qu'il lui lança, elle répondit par un revers de main d'une violence telle qu'il trébucha et alla heurter le mur, la lèvre fendue par son solitaire. Son visage n'avait pas changé : vide d'expression, il semblait sculpté dans la pierre.

— Vous le regretterez ! hurla-t-il tandis qu'elle redescendait l'échelle. Je vous assure que vous le regretterez ! Tous les deux !

Et, les années passant, il s'était arrangé pour qu'il en fût effectivement ainsi.

— Tommy ?

Lynley leva le nez et s'aperçut que Saint James l'observait d'en haut.

— Tu devrais venir jeter un œil. Ça va t'intéresser.

— Oui.

Il grimpa l'échelle.

Il n'avait pas fallu longtemps à Saint James pour comprendre. La meule occupait une bonne partie du grenier. Mais le reste indiquait à quoi le moulin avait servi ces derniers temps.

Au centre de la pièce se dressait une table de jeu rouillée et une chaise pliante. Un T-shirt usé, devenu gris avec l'âge, était posé sur la chaise tandis que sur la table se trouvaient un pèse-lettres, une cuiller et deux lames de rasoir sales. Près des lames, un carton contenait des sachets en plastique.

Saint James observa Lynley pendant qu'il examinait ce matériel, ses traits se durcissant tandis qu'il tirait de cet examen la conclusion qui s'imposait.

— Mick est venu ici il n'y a pas longtemps, Tommy, remarqua Saint James. Et ses visites n'avaient aucun rapport avec le *Spokesman*. (Il effleura du doigt le pèse-lettres.) Ce n'est peut-être pas à cause de cette histoire d'article qu'il est mort, si ça se trouve.

Lynley secoua la tête.

— Ce n'est pas Mick, dit-il d'une voix sourde.

13

Lorsque Saint James frappa à la porte de la chambre de Deborah à sept heures et demie ce soir-là, il la trouva devant son miroir, le front plissé, qui étudiait son reflet.

— Hummmm, fit-elle avec une moue peu convaincue. Je me demande si ça va.

Elle porta la main au double rang de perles qui ornait son cou, effleura le décolleté de sa robe dont elle tâta le tissu. On aurait dit de la soie, à mi-chemin entre le gris et le vert, couleur d'océan par gros temps. Ses cheveux, sa peau formaient un contraste saisissant avec ce coloris éteint et froid, et le résultat était nettement plus satisfaisant qu'elle n'avait l'air de le penser.

— C'est une réussite, dit Saint James.

Elle sourit à son reflet.

— J'ai les nerfs en pelote. Je ne cesse de me répéter que ce n'est qu'un dîner en petit comité. Juste la famille et les amis de Tommy. N'empêche que, rien que de penser à l'argenterie, je suis morte de trac. Pourquoi faut-il que tout se ramène à l'argenterie, Simon ? C'est l'horreur.

— Tu as raison. Le cauchemar de la vie en société. Quelle fourchette utiliser pour manger les crevettes. Voilà une question importante. A côté de ça, le reste n'est que de la broutille.

— Et qu'est-ce que je vais leur raconter, à ces gens ? Tommy m'avait prévenue qu'il y aurait un dîner, mais sur le moment je n'ai pas réagi. Si seulement j'étais comme Helen, capable de parler de tout et de rien, je pourrais leur faire la conversation sans problème. Mais ça n'est pas le cas. J'aimerais pouvoir être dans sa peau, le temps d'une soirée : elle prendrait ma place et moi, je me fondrais dans les boiseries.

— Tommy apprécierait, tu crois ?

— Je suis sûre que je vais trébucher dans l'escalier. Ou renverser mon verre de vin. Ou alors accrocher la nappe en me levant et faire dégringoler les assiettes. La nuit dernière, j'ai rêvé que je me réveillais le visage couvert de boutons et que les gens disaient d'un ton lugubre : « C'est ça, la fiancée de Tommy ? »

Saint James éclata de rire et s'approcha de la coiffeuse, examinant le visage de Deborah.

— Aucune trace de boutons. Quant à ces taches de rousseur...

Elle rit à son tour, d'un rire si joyeux qu'il se sentit replongé dans le passé. Il s'éloigna du miroir.

— J'ai réussi à... (Il prit dans la poche de sa veste la photo de Mick Cambrey, qu'il lui tendit.) Tu veux jeter un coup d'œil ?

Elle s'exécuta, tournant la photo vers la lumière. Un moment s'écoula.

— C'est lui.

— Tu en es sûre ?

— Pratiquement. Je peux l'emporter pour la montrer à Tina ?

Il réfléchit. Charger Deborah de demander à Tina Cogin d'identifier Cambrey d'après cette photo lui avait paru une bonne idée la veille. Mais, après sa conversation d'aujourd'hui avec Harry Cambrey, après avoir lu le mystérieux billet du *Talisman Café*, réfléchi aux mobiles possibles du meurtre et au rôle que Tina Cogin jouait peut-être dans l'affaire, il n'était plus aussi certain du bien-fondé de cette initiative. Sentant son hésitation, Deborah s'empressa de le mettre devant le fait accompli :

— J'ai mis Tommy au courant. Et Helen aussi. Helen et moi prendrons le premier train pour Londres demain matin et nous ferons un saut à l'appartement. J'espère que nous en saurons plus sur Mick Cambrey dans l'après-midi. Ce qui vous permettra d'y voir plus clair.

C'était l'évidence, Saint James pouvait difficilement le nier.

— Parfait, conclut Deborah, rangeant la photo dans le tiroir de sa table de nuit avec un geste définitif.

Au même moment, la porte de la chambre s'ouvrit et Sidney entra, tenant d'une main sa fermeture Eclair, tapotant de l'autre ses cheveux ébouriffés.

— Au diable ces domestiques ! C'est bien gentil de remettre de l'ordre dans ma chambre — ça part d'une bonne intention. Seulement maintenant, je ne retrouve plus rien. Simon, tu peux... Seigneur, tu es sublime dans ce costume ! C'est une acquisition récente ? Tiens, aide-moi. Impossible de venir à bout de cette saleté de fermeture.

Elle présenta son dos à son frère. Tandis qu'il remontait la fermeture à glissière, elle examina Deborah.

— Deb, tu es magnifique. N'est-ce pas qu'elle est magnifique, Simon ? Oh, mais excuse-moi ! Tout ce qui t'intéresse, toi, c'est les taches de sang. Ou les bouts de peau collés sous les ongles des cadavres.

Riant, elle pivota, tapota la joue de son frère et, s'approchant de la glace, s'y mira avant de s'emparer d'un flacon de parfum.

— Ces maniaques de l'ordre ont tout remis en place, fit-elle, revenant à son point de départ. Conclusion : je ne retrouve plus rien. Mon parfum a disparu. Je peux prendre une goutte du tien, Deborah ? Quant à mes chaussures... J'ai vu le moment où j'allais être obligée d'en emprunter une paire à Helen. Heureusement, j'ai réussi à remettre la main sur les miennes : elles étaient au fond du placard.

— Curieux endroit pour ranger des chaussures, ironisa Saint James.

— Il se fiche de moi, Deborah, poursuivit Sidney. N'empêche qu'il a de la chance. Si ton père n'était pas là pour mettre de l'ordre dans ses affaires, ce serait le foutoir intégral chez lui. (Se penchant, elle s'examina dans la glace.) Dieu merci, ça a désenflé. Mais les griffures et le cocard sont toujours là. J'ai l'air de sortir d'une rixe de bar. Vous croyez que je vais m'attirer des réflexions ? Ou est-ce que tout le monde va prétendre ne rien remarquer et faire assaut de bonnes manières ? Regard lointain et pas question de peloter la cuisse de son voisin.

— Peloter la cuisse de... ? Simon, tu aurais pu me prévenir ! Et moi qui me faisais du mauvais sang à cause de l'argenterie !

— L'argenterie ? reprit Sidney, tournant le dos à la coiffeuse. Les fourchettes, les couteaux ? Bof ! Ce n'est que quand les gens commenceront à se les envoyer en travers de la figure que tu pourras commencer à t'inquiéter.

Sans y être invitée, elle fit bouffer les cheveux de Deborah, recula, fronça les sourcils, recommença.

— Vous n'avez pas vu Justin ? Ça fait un bon bout de temps que je ne l'ai pas aperçu. Il doit avoir peur de se faire mordre. Je ne comprends pas sa réaction d'hier. Ce n'était pourtant pas la première fois que je lui plantais les dents dans le cou. (Elle rit.) J'espère que, si on se dispute de nouveau, ce sera à table. Là au moins, pour les armes, on n'aura que l'embarras du choix.

Lynley trouva Peter dans le fumoir au rez-de-chaussée de la maison. Cigarette à la main, planté devant l'âtre, il examinait le renard roux prisonnier dans sa vitrine au-dessus de la cheminée.

Le taxidermiste avait représenté l'animal à quelques centimètres du terrier qui lui aurait offert le salut. D'autres têtes d'animaux fixées sur des socles de bronze ornaient les boiseries. Sous la lumière de l'unique lustre, les trophées projetaient sur les murs leurs ombres allongées.

Distinguant le reflet de son frère dans la vitrine, Peter s'enquit, sans se retourner :

— Pourquoi n'a-t-on pas pensé à décrocher cet horrible truc ?

— Pour une fois que grand-père ne rentrait pas bredouille de la chasse...

Lynley constata que son frère avait retiré la croix gammée de son oreille pour la remplacer par un clou en or. Il portait un pantalon gris, une chemise blanche, une cravate lâche ; bien que ses vêtements fussent trop grands pour lui, au moins étaient-ils propres. Et s'il n'avait pas jugé bon d'enfiler des chaussettes, il avait mis des chaussures. C'était un net progrès dont il y avait lieu de se féliciter, aussi Lynley se demanda-t-il si le moment était bien choisi pour cuisiner son cadet.

Peter jeta sa cigarette dans l'âtre et ouvrit le petit bar dissimulé dans le manteau de la cheminée.

— Secret d'adolescence, ricana-t-il en se versant un whisky. J'avais dix-sept ans quand Jasper m'a montré la cachette.

— Il me l'avait montrée aussi. Rite d'initiation, sans doute.

— Maman était au courant, d'après toi ?

— Sûrement.

— Dommage. Se croire malin et s'apercevoir qu'on s'est fourré le doigt dans l'œil... (Il tourna le dos à la cheminée et leva son verre.) Tous mes vœux, Tommy. Tu as une sacrée chance de l'avoir dénichée.

Lynley s'aperçut alors que les yeux de son frère brillaient d'un éclat inhabituel. Il éprouva un sentiment de malaise. S'efforçant de le refouler, il remercia Peter et le regarda s'approcher du bureau installé dans le renfoncement de la fenêtre, où il se mit à tripoter les accessoires posés sur le buvard de cuir, jouant avec le coupe-papier au manche d'ivoire, soulevant le couvercle d'un encrier en argent vide, secouant le râtelier à pipes. Sirotant son whisky, il saisit une photo de leurs grands-parents et bâilla en l'examinant.

Comprenant que Peter se donnait un mal fou pour avoir l'air indifférent, Lynley se dit qu'il était inutile de chercher à tourner plus longtemps autour du pot.

— J'ai une question à te poser, Peter. C'est au sujet du moulin.

Peter reposa la photo et gratta de l'ongle un morceau de cuir usé sur le dos du fauteuil.

— Au sujet du moulin ?

— Tu y es allé récemment, n'est-ce pas ?

— Il y a des années que je n'y ai pas foutu les pieds. Je suis passé devant pour aller à la plage mais je ne suis pas entré. Pourquoi ?

— Tu connais la réponse.

Le visage de Peter resta impassible mais sa bouche se crispa. Il s'approcha d'une rangée de photos universitaires qui décoraient l'un des murs et les passa en revue, les unes après les autres, comme s'il les examinait pour la première fois.

— Un siècle de Lynley se succédant à Oxford. Je suis vraiment la brebis galeuse du lot. (S'arrêtant devant un pan de mur nu, il y appliqua la paume.) Même papa s'est distingué à Oxford. Mais pas question de laisser sa photo là. Du haut de son mur, il désapprouverait nos mœurs dissolues.

Lynley refusa de mordre à l'hameçon.

— Il faut que je te parle du moulin.

Peter vida son verre d'un trait, le reposa sur une desserte avant de poursuivre son examen. Il se planta devant la photo la plus récente de la collection et donna une chiquenaude au portrait de son frère. Son ongle heurta sèchement le verre avec un bruit évoquant une gifle en miniature.

— Même toi, Tommy, tu as réussi à te couler dans le moule. La famille peut être fière de toi.

Lynley sentit sa gorge se serrer.

— La vie que tu mènes à Londres, c'est ton affaire, dit-il, espérant parler d'un ton raisonnable et se rendant compte qu'il échouait. Tu as plaqué la fac ? Bon. Tu t'es déniché un appartement ? Bien. Tu t'es mis en ménage avec cette... avec Sacha ? Très bien. Mais ici, c'est autre chose, Peter. Je ne tolérerai pas tes manigances à Howenstow. C'est clair ?

Peter se détourna, tête inclinée sur l'épaule :

— Tu ne les toléreras pas ? Tu débarques ici une ou deux fois par an pour nous annoncer ce que tu toléreras ou ne toléreras pas, c'est ça ?

— Peu importe que je sois là souvent ou non. Je suis responsable de Howenstow et des gens du domaine. Et je n'ai pas l'intention de te laisser faire ton sale...

— Je vois. On se shoote au moulin, alors, en bon flic que tu es, tu as tout de suite pensé à moi. Beau travail ! Tu as relevé mes empreintes ? Trouvé une mèche de mes cheveux ? Analysé une goutte de salive que j'aurais laissée derrière moi ? (Peter secoua la tête, dégoûté.) Imbécile. Si j'ai envie d'en prendre, c'est pas au moulin que je vais le faire. J'ai rien à cacher. Pas plus à toi qu'à quiconque.

— Il ne s'agit pas seulement d'en prendre et tu le sais. Tu es mouillé jusqu'au cou dans cette affaire.

— Ça veut dire quoi, ces salades ?

La question mit Lynley en colère.

— Ça veut dire que tu apportes de la drogue à Howenstow. Que tu la coupes au moulin. Que tu en rapportes à Londres. Pour ta consommation personnelle. Pour la revendre. C'est clair ? Tu me suis ? Bon Dieu, Peter, si maman était au courant, ça la tuerait.

— Ah ça, ça t'arrangerait ! Plus la peine de te demander si elle va te couvrir de honte en se barrant avec Trenarrow. Plus la peine de te miner à essayer de chronométrer le temps qu'il passe dans son lit. Si elle avait le bon goût de casser sa pipe, tu serais capable de fêter ça, de remettre les photos de papa au mur. D'un autre côté, ce serait un sacré coup. Parce que t'aurais plus à jouer les redresseurs de torts. Et ça, je sais pas si tu arriverais à t'en passer, Tommy !

— N'essaie pas de détourner la conversation.

— Détournement de conversation. Quelle horreur ! Encore un délit à mon actif. (Peter décrocha la photo du mur et la jeta à la tête de son frère. Elle atterrit bruyamment contre les pieds d'une chaise.) Tu es pur et sans tache, toi, Tommy. Pourquoi ne puis-je te ressembler ?

— Je n'ai pas envie de m'engueuler avec toi, Peter.

— Toxicomanie. Adultère. Fornication. Tout ça dans la même famille. Dommage que Judy ne soit pas là, la liste pourrait s'allonger. Mais, si je ne me trompe, elle a pas mal donné dans l'adultère, elle aussi. Telle mère, telle fille. Et toi, Tommy ? Tu t'es jamais envoyé la femme d'un copain ? C'est contraire à tes principes ? J'ai du mal à le croire.

— Ceci ne te mènera nulle part, Peter.

— A tes yeux, nous sommes des tarés, nous nous vautrons dans le péché. Dis-moi, Tommy, c'est à ton putain de titre ou à ta précieuse carrière que ça nuit le plus ?

— Tu dis n'importe quoi ! L'essentiel, c'est de m'atteindre, hein ?

Peter éclata de rire mais il se cramponnait au dossier du fauteuil.

— T'atteindre ? Tu plaisantes ! C'est autour du soleil que la terre tourne, Tommy, pas autour de toi. Les gens qui vivent comme ça leur chante, sans se préoccuper de savoir si ça plaît au huitième comte d'Asherton, ça existe. Et j'en fais partie. J'arrive pas au trot quand tu me siffles, moi. C'est pas mon genre. (Ses traits se crispèrent, amers.) Ce qu'il y a de marrant, dans cette conversation de merde, c'est que tu essaies de me faire croire que tu t'intéresses à autre chose qu'à toi-même. A Howenstow. A maman. A moi. Mais au fond qu'est-ce que ça peut te foutre que la maison brûle ? Qu'on y reste, maman et moi ? Tu serais débarrassé. Tu pourrais arrêter de jouer le fils attentionné et le frère aimant. Tu me donnes envie de vomir, tiens !

Peter fouilla dans sa poche, sortit un paquet de cigarettes. Ses mains tremblaient tellement qu'il les fit tomber sur le tapis, où elles s'éparpillèrent.

— Peter, laisse-moi t'aider. Tu ne peux pas continuer comme ça.

— Qu'est-ce que ça peut te foutre, que je crève ? T'auras plus que maman et Roderick sur les bras. Elle l'a invité à dîner, au fait. Qu'est-ce que tu dis de ça, cher comte ? Belle preuve d'indépendance, non ?

— Je me moque d'eux. Laisse-moi t'aider.

— M'aider ? Toi ? (Peter se pencha pour ramasser ses cigarettes. Il lui fallut s'y reprendre à quatre fois pour réussir à en allumer une.) Tu ternirais ta réputation pour me sauver ? Arrête, je vais m'étrangler de rire ! Ce qui m'arrive, t'en as rien à cirer, mon grand. Tant que ton nom n'est pas en cause, t'en as rien à branler.

— Tu es mon frère.

Peter tira une bouffée de sa cigarette avant de l'écraser dans un cendrier.

— Va te faire foutre, fit-il en se dirigeant vers la porte.

Lynley l'attrapa par le bras au passage.

— C'est trop commode. Les liens du sang, ça ne compte pas pour toi. Les gens non plus. N'empêche que s'intéresser aux autres, ça permet de se désintéresser de la dope. Seulement ça, tu ne veux pas en entendre parler.

— C'est toi qui me parles des autres, Tommy ? Sale enfoiré d'hypocrite. Depuis quand est-ce que tu t'intéresses aux autres ?

Lynley ne se laissa pas détourner de son objectif.

— Quand j'ai vu le moulin, ç'a été une révélation. Tu peux être fier de ce que tu es devenu.

— Un trafiquant ! Un dealer ! Un toxico ! Ça fait pas jojo dans l'histoire de la famille. Je suis un monstre, hein ? (La voix de Peter dérapa dans l'aigu. Il s'arracha à l'étreinte de son frère.) Qu'est-ce que tu attends pour me faire coffrer ? Arrête-moi toi-même, pendant que tu y es. Emmène-moi au Yard. Dénoncer ton frère, ça fera avancer ta carrière. Tiens. (Il tendit les mains.) Passe-moi les menottes, tu auras une promotion.

Lynley regarda les émotions se succéder sur le visage de Peter, essayant de se persuader que la toxicomanie de son frère était seule à l'origine de leur accrochage. Mais il savait pertinemment que c'étaient son attitude, son orgueil, son besoin de punir qui avaient déclenché cette horrible scène. Il refoula son désir de répliquer.

— Regarde ce que cette saleté de drogue a fait de toi.

— Je n'ai pas changé : j'ai toujours été comme ça.

— C'est toi qui le dis. Pas les autres.

— Les autres, ils pensent comme moi. J'ai passé ma putain de vie à essayer d'être à la hauteur et je me suis planté. Je me suis planté et je suis content. Alors fous-moi la paix. Retourne dans ton joli petit hôtel particulier, continue à vivre ta bonne petite vie. Marie-toi avec une belle petite femme, fais-lui de beaux petits bébés et fous-moi la paix, t'entends ? La paix, bordel !

Les pommettes cramoisies, il tremblait de tous ses membres.

— Tu as raison, ça vaut mieux.

Lynley dépassa son frère et s'aperçut alors que leur mère, blanche comme un linge, se tenait dans l'encadrement de la porte du fumoir. Depuis combien de temps était-elle là ? Il n'aurait su le dire.

— Ma chère ! C'était tout bonnement di... vin.

Mrs Sweeney marqua une pause entre les deux syllabes pour donner plus d'intensité à l'épithète.

Assise en face de Saint James, elle occupait la place centrale à la longue table nappée de lin autour de laquelle étaient rassemblés dix-huit convives. Ceux-ci constituaient un intéressant échantillonnage de parents, notables et membres de la communauté cornouaillaise qui connaissaient la famille Lynley depuis des années, le révérend Sweeney et sa femme appartenant à cette dernière catégorie.

Mrs Sweeney se pencha. La lumière des bougies scintilla sur son opulente poitrine que dévoilait complaisamment un décolleté plein d'abandon. Saint James se demanda quel prétexte elle avait bien pu invoquer pour persuader son époux de la laisser revêtir cette robe incongrue, la coupe n'étant décidément pas de celles qu'on s'attend à admirer sur une femme d'ecclésiastique et Mrs Sweeney n'ayant pas l'excuse d'interpréter ce soir le rôle de Béatrice. C'est alors qu'il intercepta les regards humides de concupiscence que Mr Sweeney — assis trois sièges plus loin et tentant de faire la conversation à la femme du MP[1] de

1. *MP = Member of Parliament*, député.

Plymouth — décochait à son épouse. Il cessa de se poser des questions.

Fourchette en l'air empalant un bout de saumon, Mrs Sweeney poursuivit :

— Ma chère, la troupe a adoré vos photos. J'ose espérer que vous recommencerez l'an prochain. (Elle s'adressait à Deborah, assise à la droite de Lynley, à la place d'honneur.) Rendez-vous compte. Une collection annuelle de photos avec lord Asherton. Et dans un costume différent à chaque fois. (Elle égrena un petit rire.) Je parle des comédiens. Pas de lord Asherton.

— Et pourquoi Tommy ne serait-il pas en costume, lui aussi ? dit lady Helen. Il serait temps qu'il se joigne à la troupe et cesse de mettre ses talents d'acteur sous le boisseau.

— Vraiment, ce serait trop beau... glissa Mr Sweeney, s'arrachant un instant à la contemplation émue du décolleté de sa femme.

— Je vois ça d'ici, rit Sidney. Tommy en Hamlet...

— Je lui ai toujours dit qu'il avait perdu son temps à étudier l'histoire à Oxford, insista lady Helen. Il a toujours eu des dons pour la scène. N'est-ce pas, Tommy chéri ?

— Pourrions-nous vraiment... (Mr Sweeney s'interrompit, bouleversé de joie à l'idée de compter Lynley dans la troupe malgré les plaisanteries de ses amis.) Nous avons si souvent demandé au Dr Trenarrow de se joindre à nous. Mais...

— C'est un plaisir qu'il m'a fallu refuser, coupa Trenarrow.

— Parce qu'il y en a que vous ne vous refusez pas ?

Peter Lynley gratifia la tablée d'un clin d'œil suggérant qu'il s'apprêtait à faire des révélations. Il versa du bourgogne blanc dans son verre et celui de Sacha. Tous deux burent. Sacha sourit à son assiette. Ni l'un ni l'autre n'avaient touché au saumon.

Il y eut un bref silence, que Trenarrow rompit :

— L'hypertension m'interdit beaucoup de choses. Voilà ce qui arrive quand on atteint la cinquantaine.

— Vous n'avez pourtant pas l'air d'un homme qui a des points faibles, dit Justin Brooke.

Sidney et lui se tenaient par la main. Saint James se demanda comment ils réussissaient à manger.

— Tout le monde en a, répliqua Trenarrow. Certains les cachent mieux que d'autres, c'est tout.

Secondé par deux femmes de ménage qui avaient accepté de rester faire le service, Hodge fit son apparition sur ces entrefaites. L'arrivée du deuxième plat monopolisa l'attention. Si Peter avait cherché à plonger les convives dans l'embarras avec sa question perfide, il en fut pour ses frais, la nourriture intéressant bien davantage les invités.

— Vous n'allez pas fermer Wheal Maen ! gémit lady Augusta, célibataire et tante de Lynley, qui avait toujours considéré Howenstow d'un œil de propriétaire.

En parlant, elle gratifia d'un regard indigné son voisin de droite, John Penellin, qui ne s'était guère mêlé à la conversation.

Saint James avait été étonné de voir Penellin parmi les convives. Le deuil récent survenu dans sa famille aurait dû lui permettre de décliner une invitation à laquelle il ne semblait guère sensible. L'intendant n'avait pas dû prononcer dix paroles pendant l'apéritif, restant planté devant la fenêtre, les yeux braqués sur le pavillon. Pourtant, d'après ce qu'il avait vu et entendu la veille, Saint James savait que Penellin n'avait que peu d'affection pour son gendre. C'était peut-être l'indifférence qui l'avait poussé à participer au dîner. Ou peut-être un sentiment de loyauté à l'égard de la famille Lynley.

Lady Augusta poursuivit. C'était une femme qui possédait à fond l'art de la conversation dans les dîners, se consacrant tantôt à son voisin de droite et tantôt à celui de gauche, s'arrangeant pour lancer une remarque en direction du centre chaque fois qu'elle trouvait une ouverture.

— C'est déjà assez contrariant de penser que vous allez fermer Wheal Maen. Mais comme si ça ne suffisait pas, j'ai vu des vaches brouter dans le parc à mon arrivée ! Doux Jésus, mon père doit se retourner dans sa tombe. Je ne comprends pas, Mr Penellin.

Penellin leva le nez de son verre.

— La mine est trop près de la route. Le puits central est inondé. Il vaut mieux la condamner.

— Balivernes ! s'exclama lady Augusta. Ces mines sont des œuvres d'art. Deux d'entre elles ont des machines à balancier intactes. Les gens s'intéressent à ces sortes de choses. Ils paient, même, pour en voir.

— Des visites guidées, ma tante ? fit Lynley.

— Absolument !

— Des visiteurs munis de lampes frontales ? dit lady Helen.

— Exactement ! fit lady Augusta, assenant un coup de fourchette à la table. Vous ne voulez pas que le National Trust vienne fourrer son nez ici et fasse de Howenstow un nouveau Lanhydrock House, tout de même ! (Personne ne bronchant, elle poursuivit :) La seule façon de nous débarrasser de ces maudits fonctionnaires, c'est de nous lancer dans le tourisme. Il faut faire des travaux, ouvrir les mines au public, organiser des visites guidées. Les enfants adorent ça.

— A une condition, observa Lynley.

— Laquelle, mon cher Tommy ?

— Que vous serviez le thé aux visiteurs.

— Que je...

Lady Augusta ferma brutalement la bouche.

— Un bonnet blanc sur la tête, poursuivit Lynley. Et habillée en fille de laiterie.

Lady Augusta se renversa sur sa chaise et rit avec l'entrain d'une femme qui reconnaît avoir trouvé plus fort qu'elle.

— Vilain garçon, fit-elle, replongeant dans son potage.

La conversation se poursuivit avec des hauts et des bas pendant le reste du repas. Saint James en saisit des bribes au passage. Lady Asherton et Cotter parlant d'un destrier de bronze caparaçonné qui ornait un panneau de la salle à manger. Lady Helen racontant au Dr Trenarrow un amusant quiproquo survenu lors d'un week-end auquel assistait son père. Justin Brooke et Sidney riant d'une remarque de lady Augusta à propos de Lynley enfant. Le MP de Plymouth et Mrs Sweeney en plein dialogue de sourds, lui tout à la relance de l'économie, elle évoquant la nécessité pour l'industrie cinématographique de s'implanter en Cornouailles. Mr Sweeney — lorsqu'il parvenait à s'arracher à la contemplation de sa succulente moitié — grommelant de vagues réponses à la femme du député qui lui parlait de ses petits-enfants. Seuls Peter et Sacha bavardaient à voix basse, tête baissée, ne s'intéressant qu'à eux-mêmes.

Ainsi s'achemina-t-on en douceur vers la fin du repas, saluée par l'arrivée du pudding, préparation flambée et de taille honorable. Une fois le dessert dûment dévoré, Lynley se leva.

— Vous êtes déjà tous au courant, mais ce soir je vous l'annonce officiellement : Deborah et moi allons nous marier en décembre. (Il lui effleura les cheveux tandis qu'un murmure s'élevait et retombait.) Ce que vous ignorez, car notre décision date de cet après-midi, c'est que nous comptons nous installer en Cornouailles. Pour y faire notre vie, y élever nos enfants.

Personne ne s'attendait à cela, Saint James moins que tout autre. Il lui sembla entendre un cri général de surprise. Puis des images se succédèrent rapidement devant ses yeux. Lady Asherton prononçant le nom de son fils. Trenarrow se tournant abruptement vers la mère de Lynley. Deborah appuyant sa joue contre la main de Lynley l'espace d'un instant. Et enfin Cotter étudiant Saint James avec une expression sur le sens de laquelle il était impossible de se méprendre. Il s'y attendait depuis le début, songea Saint James.

Il n'eut pas le temps de s'appesantir sur ce que signifierait le fait que Deborah vivrait à quatre cents kilomètres de la maison où elle avait toujours habité. Car, les verres à champagne ayant été distribués, Mr Sweeney sautait sur l'occasion. Se mettant debout, il attaqua :

— Permettez-moi... (il tâtonna, prit son verre) ...de porter un toast. A la pensée de vous avoir de nouveau parmi nous, de vous avoir... (Renonçant à trouver le mot juste, il se contenta de lever son verre et bredouilla :) C'est merveilleux.

Puis il se rassit. D'autres félicitations suivirent, accompagnées des questions inévitables concernant les fiançailles, le mariage, l'avenir. Le repas se serait terminé dans la bonhomie et les effusions générales si Peter n'avait jugé utile de mettre bon ordre à la chose.

Se levant, il tendit son verre de champagne vers son frère, l'agitant à bout de bras. La forme du verre seule empêcha le liquide de déborder.

— A mon tour de porter un toast, dit-il, se tenant d'une main à l'épaule de Sacha. (Elle jeta un regard furtif à Lynley et chuchota quelque chose à Peter, qui n'en tint pas compte.) A mon frère, ce modèle de perfection, qui, après des années de recherches et d'essais plus ou moins concluants, a enfin réussi à dénicher l'oiseau rare avec qui mener une existence de rêve. Lord Asherton est un sacré petit verni, y a pas à dire.

Après avoir vidé bruyamment son verre, il retomba sur sa chaise.

Voilà qui est un peu fort, songea Saint James. Il voulut regarder Lynley, histoire de voir comment celui-ci allait réagir, mais au lieu de cela ses yeux se braquèrent sur Deborah. Les traits crispés, elle baissait la tête. Repoussant sa chaise, Saint James se mit péniblement debout.

— La perfection est un sujet dont on peut débattre sans fin. Je ne suis pas de taille à l'aborder. Je me contenterai donc de boire à la santé de Tommy — mon plus vieil ami — et à celle de Deborah — mon compagnon d'exil le plus cher. Vous avez tous deux par votre présence enrichi ma vie.

Une vague d'approbation générale salua ces paroles. Le MP s'empressa de lever son verre et se débrouilla pour transformer son toast en discours électoral, rappelant les actions qu'il avait menées dans la région ainsi que sa foi dans l'avenir de l'industrie minière de la Cornouailles, sujet que lady Augusta développa après lui avec un enthousiasme vibrant. Lorsqu'elle eut terminé, il apparut clairement que l'assemblée était bien décidée à ignorer la remarque désobligeante de Peter Lynley.

Sur ce, lady Asherton annonça d'un ton résolu que le café, le porto et le reste seraient servis au salon.

Contrairement à la salle à manger, le salon était brillamment éclairé par deux lustres imposants. Une table supportait un service à café, une autre le cognac, les verres à dégustation et les liqueurs. Son café à la main, Saint James s'approcha d'un divan Hepplewhite placé au milieu de la pièce. Il s'assit, posant sa tasse sur une table d'angle. Il n'avait pas vraiment envie de café, et se demandait pourquoi diable il s'était servi.

— Ma chère enfant... (Lady Augusta harponna Deborah près du piano à queue.) Si vous me parliez des travaux que vous comptez faire à Howenstow.

— Les travaux ?

— Les nurseries ont besoin d'être remises en état. Vous avez dû vous en apercevoir.

— Je n'ai guère eu le temps d'y penser.

— C'est vrai, Daze m'a dit que vous vous intéressiez à la photo. Toutefois, je suis ravie de constater que vous n'avez pas l'air d'une de ces femmes qui tiennent dur comme fer à exercer un métier, quitte à remettre à plus tard les joies de la maternité.

Comme pour s'en convaincre, elle recula et toisa Deborah, tel un éleveur examinant une jument.

— Je suis photographe professionnelle, dit Deborah, mettant poliment l'accent sur l'adjectif.

Lady Augusta écarta la remarque d'une chiquenaude comme on chasse une mouche :

— Cela ne vous empêchera pas d'avoir des enfants.

Le Dr Trenarrow, qui passait, vint au secours de Deborah :

— Les temps ont changé, Augusta. A notre époque, la valeur d'un être ne se mesure pas à sa faculté de se reproduire, Dieu merci. S'abstenir de procréer peut même être un bon moyen de supprimer l'hémophilie ou la danse de Saint-Guy.

— Balivernes de scientifiques, riposta lady Augusta, suffisamment ébranlée cependant pour se mettre en quête d'une autre victime.

Elle mit le cap vers John Penellin, qui se tenait près de l'entrée de la galerie élisabéthaine, cognac à la main. Saint James la regarda fondre sur l'intendant, sa longue écharpe et son ample arrière-train lui conférant l'air d'une frégate aux voiles déployées. Il l'entendit apostropher rudement sa proie : « A propos de ces mines, Mr Penellin... » Puis, se détournant, il s'aperçut que Deborah était venue le rejoindre.

— Ne bouge pas, Simon.

Elle s'assit près de lui. Elle n'avait à la main ni café ni digestif.

— Tu t'en es magnifiquement sortie. Même avec l'argenterie. Pas une seule gaffe.

— Tout le monde a été gentil. Enfin presque. Peter... (Elle jeta un coup d'œil autour de la pièce comme pour chercher le frère de Lynley et soupira, soulagée de constater que ni lui ni Sacha n'étaient là.) Est-ce que j'avais l'air terrorisée quand je suis descendue ? Sans doute que oui. Parce qu'on m'a traitée comme une petite porcelaine fragile avant de passer à table.

— Pas du tout.

Saint James, tournant sa tasse sur la soucoupe, se demanda pourquoi Deborah l'avait rejoint. Sa place était auprès de Lynley qui, en compagnie de Justin Brooke et de Sidney, bavardait avec le MP. Il les entendit rire, puis l'un d'entre eux fit un commentaire à propos du parti travailliste. Sidney fit une allusion à la coiffure du Premier ministre. Il y eut un nouvel éclat de rire.

Près de lui, Deborah soupira, mais ne dit mot. Il était peu probable qu'elle l'eût rejoint pour profiter de sa compagnie ou disséquer avec lui les événements de la soirée. Pourtant, son silence était inhabituel. Il détourna les yeux de sa bague de fiançailles — une grosse émeraude entourée de diamants — et vit qu'elle l'examinait avec une intensité qui le fit rougir.

— Pourquoi m'as-tu appelée comme ça dans la salle à manger, Simon ?

— Ça m'a semblé une bonne formule. C'est la vérité, après tout. Ton père et toi, vous m'avez soutenu de bout en bout.

— Je vois.

La main de la jeune femme était près de la sienne. Il s'en était déjà rendu compte mais avait préféré l'ignorer, faisant un effort délibéré pour ne pas bouger, tel un homme qui redoute les contacts physiques. Ses doigts étaient souples, détendus. Il fallait qu'ils soient ainsi. Bien qu'il lui eût suffi d'un geste apparemment fortuit pour que leurs mains se touchent, il prit garde de laisser quelques centimètres entre eux.

Le geste, ce fut elle qui le fit. Elle lui effleura doucement la main et ce contact innocent renversa les barrières qu'il avait échafaudées. Cela ne signifiait rien, ne renfermait aucune promesse, il le savait. Pourtant, il prit ses doigts entre les siens et les serra.

— Dis-moi pourquoi tu as dit ça, insista-t-elle.

Inutile. Cela ne pouvait mener nulle part. Ou ne mènerait qu'à des souffrances qu'il préférait ne pas avoir à affronter.

— Simon...

— Comment te répondre ? Que te dire qui ne se terminerait pas par une nouvelle dispute ? Je ne veux pas me disputer avec toi. Et je suis sûr que toi non plus.

Saint James se dit que, la concernant, il s'en tiendrait aux résolutions qu'il avait prises. Deborah était fiancée. L'amour et l'honneur la liaient à un autre. Force lui serait de puiser un semblant de réconfort dans l'idée qu'avec le temps ils pourraient peut-être redevenir amis comme par le passé, se satisfaire de la compagnie l'un de l'autre sans chercher plus loin.

Un remue-ménage soudain près de la porte du salon mit un terme à la conversation. Hodge parlait d'un air soucieux à lady Asherton tandis que Nancy Cambrey se cramponnait à son bras comme pour le ramener dans le couloir. Lynley les rejoignit. Saint James le suivit. Dans le calme qui s'établit, la voix de Nancy résonna :

— Vous ne pouvez pas faire ça. Pas maintenant.

— Que se passe-t-il ? s'enquit Lynley.

— C'est l'inspecteur Boscowan, milord, expliqua Hodge à voix basse. Il attend dans le hall. Il veut parler à John Penellin.

Les explications de Hodge se révélèrent partiellement exactes car, alors qu'il parlait, Boscowan s'encadra dans la porte du salon. Il examina le petit groupe d'un air d'excuse, ses yeux se posant sur John Penellin.

Celui-ci s'avança. Au passage, il remit son verre à Trenarrow.

— Edward, dit-il à Boscowan avec un signe de tête. (Nancy avait reculé jusque dans le couloir et, appuyée contre un coffre, regardait la scène.) Peut-être pourrions-nous aller dans le bureau de l'intendance.

— Inutile, John, répondit Boscowan. Je suis navré.

Les excuses de Boscowan ne pouvaient signifier qu'une chose. Le policier ne serait jamais venu à Howenstow s'il n'avait été certain de tenir son homme.

— Tu m'arrêtes ? questionna Penellin avec résignation et sérénité comme s'il s'y était attendu depuis le début.

Boscowan jeta un coup d'œil autour de lui. Tous les regards convergeaient vers le petit groupe.

— Par ici, dit-il en montrant le couloir.

Penellin, Saint James et Lynley le suivirent. Un autre policier en civil était là. Compact, physique de boxeur, il leur jeta un regard méfiant.

Boscowan fit face à Penellin, le dos tourné au policier. Les paroles qu'il prononça étaient contraires à toutes les règles et à tous les règlements :

— Tu vas avoir besoin d'un avocat, John. Nous avons le

premier rapport du labo. Ça sent mauvais pour toi. (Et, d'un ton qui ne laissait planer aucun doute sur sa sincérité, il ajouta :) Désolé, mon vieux.

— Empreintes, fibres, cheveux ? Qu'est-ce que vous avez au juste ? questionna Lynley.

— Tout. On a tout.

— Papa est passé au cottage plus d'une fois, observa Nancy.

Boscowan secoua la tête. Saint James comprit le sens de sa mimique. Les visites de Penellin pouvaient expliquer la présence de ses empreintes au cottage. Mais si Boscowan était en possession de fibres et de cheveux, il y avait toutes les chances pour que ces derniers aient été retrouvés sur le cadavre de Mick Cambrey. Si tel était le cas, Penellin avait menti : il ne s'était pas trouvé, la veille, à l'endroit où il avait prétendu être.

— Si tu veux bien me suivre, fit Boscowan.

Comme s'il n'attendait que ce signal, le policier à tête de boxeur s'approcha de Penellin et le prit par le bras.

Tandis que le bruit de leurs pas s'estompait alors qu'ils descendaient l'escalier, Nancy Cambrey s'évanouit. Lynley n'eut que le temps de la rattraper au vol.

— Va chercher Helen, dit-il à Saint James.

Lorsque lady Helen les eut rejoints, ils emmenèrent Nancy dans le bureau de lady Asherton, dans l'aile est de la maison. La pièce présentait le double avantage d'être isolée et confortable. Quelques minutes au milieu des souvenirs de famille et du mobilier coquet rasséréneraient Nancy, songea Lynley. L'espace d'un instant, il remercia sa mère de continuer à recevoir leurs invités sans lui.

Saint James avait eu la présence d'esprit de rapporter du salon la carafe de whisky. Il tendit un verre à Nancy. Lady Helen l'aida à le tenir. A peine Nancy en avait-elle avalé une gorgée qu'on frappa à la porte. La voix de Justin Brooke retentit.

— Je peux vous dire un mot ? (Sans attendre de réponse, il ouvrit la porte, passa la tête à l'intérieur et fixa Lynley.) Je peux vous dire un mot ?

— Que diable... commença Lynley, se demandant ce que voulait Brooke.

— C'est important, insista Brooke.

Il regarda les autres comme pour leur demander leur soutien. Bizarrement, ce fut lady Helen qui l'appuya.

— Je vais ramener Nancy au pavillon, Tommy. C'est idiot de la laisser ici. Elle doit vouloir s'occuper du bébé.

Lynley attendit que les deux femmes fussent sorties pour parler à Brooke qui, sans y avoir été invité, prit une chaise et s'assit à califourchon, les bras sur le dossier. Lynley s'accouda au bureau de sa mère. Saint James resta debout près de la cheminée.

— Que voulez-vous ? dit Lynley à Brooke sans chercher à dissimuler l'irritation suscitée par l'arrivée intempestive de ce dernier.

— Vous parler en particulier. Il s'agit d'une chose qui concerne votre famille.

Brooke inclina la tête en direction de Saint James pour bien montrer son désir de le voir sortir. Saint James fit mine de quitter le petit bureau.

— Reste, dit Lynley, que la perspective d'un tête-à-tête avec Brooke n'enchantait guère.

Il y avait chez cet homme quelque chose qui ne lui plaisait pas du tout : ses manières cavalières, une certaine méchanceté dans l'expression.

Brooke attrapa la carafe de whisky et le verre de Nancy demeurés sur une table ronde près de sa chaise. Il se servit.

— Très bien. Un whisky ne me fera pas de mal. Vous en voulez ? (Il tendit la carafe à Lynley puis à Saint James. Comme il n'y avait pas d'autres verres dans la pièce, l'invitation n'avait aucune raison d'être. Brooke but une gorgée.) Excellent, déclara-t-il en se resservant. L'arrestation de Penellin a fait du bruit au salon. Mais Penellin n'a pas pu tuer Mick Cambrey.

Ce n'était certes pas la déclaration à laquelle Lynley s'était attendu.

— Si vous savez quoi que ce soit à propos de cette affaire, c'est à la police qu'il faut le dire. Ça ne me concerne pas directement.

— Au contraire.

— Que voulez-vous dire ?

— Ça concerne votre frère.

Le *cling* de la carafe contre le verre sonna étonnamment fort aux oreilles de Lynley lorsque Brooke se versa une nouvelle dose d'alcool. Lynley se refusa à penser l'impensable ou à tirer la conclusion qui semblait découler des paroles de Brooke.

— Lorsque j'ai quitté le salon, les gens parlaient d'une dispute que Penellin avait eue avec Cambrey avant sa mort. C'est la raison pour laquelle on soupçonne Penellin. C'est ce que l'on dit au village, en tout cas.

— Je ne vois pas le rapport avec mon frère.

— Mick Cambrey ne s'est pas disputé avec Penellin. Ou, s'ils se sont disputés, ça n'était rien comparé à l'engueulade qu'il a eue avec Peter.

Lynley dévisagea Brooke. Il fut pris de l'envie de le flanquer dehors et comprit que ce désir venait du fait que ce que l'autre lui disait ne le surprenait pas vraiment.

— Qu'est-ce que vous me chantez là ? Comment se fait-il que vous soyez au courant ?

— J'étais avec lui, répondit Brooke. Penellin était déjà venu et reparti, d'après ce que Cambrey nous a dit.

Lynley prit une chaise.

— Je vous écoute.

— Très bien, fit Brooke. Sid et moi, on a eu un accrochage hier après-midi sur la plage. Et la nuit dernière, comme elle n'avait pas très envie de me voir, je suis allé faire un tour au village. Avec Peter.

— Pourquoi ?

— Histoire de passer le temps. Peter était à sec et il voulait emprunter du fric. Il m'a dit qu'il connaissait un type qu'il pensait pouvoir taper. On est allés le voir. C'était Cambrey.

Les yeux de Lynley s'étrécirent.

— Pourquoi avait-il besoin d'argent ?

Brooke jeta un coup d'œil à Saint James avant de répondre, comme s'il s'attendait à ce que ce dernier réagisse d'une façon ou d'une autre.

— Pour s'acheter de la coke.

— Et il vous a laissé l'accompagner ? Est-ce que ça n'était pas un peu imprudent ?

— Non. Peter savait qu'il pouvait me faire confiance. (Brooke parut comprendre que des précisions s'imposaient.) J'en avais apporté une petite provision ici et je lui en avais donné. Mais on avait épuisé nos munitions. On voulait en racheter. Seulement j'étais aussi désargenté que lui. Alors il fallait qu'on se renfloue. On avait envie de se défoncer.

— Je vois. Vous avez eu vite fait de faire connaissance, Peter et vous, ce week-end.

— Les gens qui s'intéressent aux mêmes choses ont vite fait de sympathiser.

— C'est évident, fit Lynley, refoulant le désir de lui fiche son poing dans la figure. Mick lui a prêté de l'argent ?

— Il n'a rien voulu savoir. C'est comme ça que l'engueulade a commencé. Il y avait des tas de billets sur son bureau. Mais il a refusé de nous dépanner fût-ce de deux livres.

— Que s'est-il passé ?

Brooke fit une grimace.

— Bon Dieu, je le connaissais ni d'Eve ni d'Adam, moi, ce mec. Quand Mick et Peter ont commencé à gueuler, je me suis tiré. J'étais partant pour la dope. Pas pour une bagarre.

— Qu'avez-vous fait, une fois dehors ?

— J'ai traîné jusqu'au moment où je suis tombé sur le pub. J'ai bu un pot et je suis rentré en stop.

— En stop ? Avec qui ?

— Un fermier et sa femme. (Brooke grimaça un sourire et ajouta sans qu'on lui demande quoi que ce soit :) A vue de nez, ça ne pouvait être que des fermiers.

— Et Peter ?

— Je l'ai laissé avec Cambrey.

— Où était Sacha pendant ce temps-là ?

— Ici. Peter lui avait promis de la coke à Londres. Elle attendait qu'il tienne sa promesse.

— A quelle heure avez-vous quitté Gull Cottage ? s'enquit Saint James, visage fermé.

Brooke contempla les moulures du plafond. Réfléchissant, battant le rappel de ses souvenirs, faisant semblant.

— Il était dix heures quand je suis arrivé au pub. Je m'en souviens : j'ai regardé ma montre.

— Et vous avez revu Peter après ça dans la nuit ?

— Je ne l'ai revu que ce soir. (Brooke grimaça un nouveau sourire. De connivence, cette fois. « On est entre hommes, on se comprend. ») Je suis revenu à Howenstow. Sid et moi, on s'est réconciliés. J'ai passé la nuit dans sa chambre — où je n'ai pas chômé, soit dit en passant. (Se mettant debout, il conclut en disant :) J'ai pensé qu'il valait mieux vous dire tout ça à vous plutôt qu'à la police. Je me suis dit que vous sauriez quoi faire. Mais si vous croyez qu'il faut que je leur téléphone...

Il laissa sa phrase en suspens. Avec un signe de tête, il quitta la pièce.

Une fois la porte refermée derrière lui, Lynley prit son porte-cigarettes dans sa poche. Lorsqu'il l'eut en main, toutefois, il le regarda d'un air étonné, se demandant par quel mystère il l'avait entre les doigts. Il n'avait aucune envie de fumer.

— Que dois-je... (Les mots avaient du mal à sortir, sa voix était rauque. Il reprit :) Que dois-je faire à ton avis, Saint James ?

— Parler à Boscowan. Qu'est-ce que tu veux faire d'autre ?

— C'est mon frère. Tu voudrais que je joue les Caïn ?

— Veux-tu que je m'en charge ?

Lynley regarda son ami. L'expression de Saint James était implacable. Il comprit qu'il n'y avait pas d'autre solution :

— Accorde-moi jusqu'à demain matin.

14

D'un coup d'œil rapide, Deborah s'assura qu'elle n'avait rien oublié. Après quoi elle boucla sa valise, la souleva du lit pour la poser à terre, se disant que ce départ tombait à pic car le temps avait changé pendant la nuit. Le ciel d'un cobalt éclatant la veille était ce matin couleur d'ardoise. De violentes rafales de vent giflaient les carreaux et, par l'une des fenêtres restée entrouverte, pénétrait l'odeur caractéristique de l'air chargé de pluie. En dehors du craquement des branches du hêtre tout proche, le matin était silencieux. Sentant venir la tempête, les mouettes et les cormorans piaillards avaient disparu pour aller se mettre à l'abri à l'intérieur des terres.

— Miss ?

Sur le pas de la porte se tenait une des jeunes bonnes de Howenstow, jolie jeune femme dotée d'un nuage de cheveux foncés moussant au-dessus d'un visage triangulaire — Caroline, se rappela Deborah. Elle ne portait pas d'uniforme, seulement une jupe marine, un chemisier blanc et des chaussures plates. Nette, impeccable, elle désigna de la tête le plateau qu'elle tenait à la main.

— Sa Seigneurie a pensé que vous aimeriez prendre quelque chose avant de partir, dit Caroline, posant le petit déjeuner sur une petite table près de la cheminée. Vous avez une demi-heure devant vous.

— Lady Helen est au courant ? Est-ce qu'elle est réveillée ?

— Oui. Elle s'habille tout en déjeunant.

Comme pour confirmer ces dires, lady Helen s'engouffra dans la chambre de Deborah. Pieds nus, elle mâchonnait un morceau de toast et brandissait deux paires de chaussures.

— Impossible de me décider, dit-elle en les examinant d'un œil critique. Les daim sont plus confortables. Mais les vertes sont tellement mignonnes. J'ai bien dû les mettre et les enlever une douzaine de fois déjà.

— A votre place, je mettrais les daim, intervint Caroline.

— Hummmm. (Lady Helen laissa tomber une chaussure en daim par terre, l'enfila, laissa tomber une chaussure verte et l'enfila.) Regardez bien, Caroline. Vous êtes sûre ?

— Absolument. Les daim. Donnez-moi l'autre paire, je vais la glisser dans votre valise.

Lady Helen lui fit signe d'attendre un instant, et examina ses pieds dans la glace de la penderie.

— Je vois. Mais regardez les vertes. Il y a du vert dans ma jupe. Et s'il n'y en a pas, ça fera un contraste. Parce que, pour ne rien vous cacher, j'ai un amour de sac qui va avec ces chaussures et je meurs d'envie de les marier. Il ne sera pas dit que j'aurai fait un achat impulsif en vain. Ton avis, Deborah ?

— Les daim, dit Deborah.

Elle poussa sa valise vers la porte et s'approcha de sa coiffeuse.

Lady Helen poussa un soupir :

— Je n'ai plus qu'à m'incliner. (Elle regarda pensivement Caroline, qui sortait.) Je me demande si je ne pourrais pas essayer de la souffler à Tommy. Un coup d'œil à ces chaussures, et son choix était fait. Une fille comme ça me ferait gagner un temps fou le matin. Plus besoin de rester des heures devant ma glace à me demander quoi mettre. Plus de soucis.

Deborah émit un vague bruit en guise de réponse, tout en examinant le bas de la coiffeuse. Elle se dirigea vers la penderie, jeta un œil à l'intérieur, n'éprouvant encore ni crainte ni angoisse, seulement une certaine perplexité. Lady Helen continuait à papoter :

— Dès que j'entends le mot « soldes », surtout s'il s'agit des soldes de *Harrod's*, je craque. Escarpins, chapeaux, chandails, robes. J'ai même acheté une paire de bottes en caoutchouc, un jour, sous prétexte que c'était ma pointure et que ce serait parfait pour bricoler dans le jardin chez maman. (Elle inspecta le plateau du petit déjeuner de Deborah.) Tu laisses ton pamplemousse ?

— Je n'ai pas faim.

Deborah entra dans la salle de bains, en ressortit. Elle s'agenouilla par terre pour regarder sous le lit, s'efforçant de se rappeler où elle avait laissé sa mallette. Dans la chambre, certainement. Elle ne pouvait pas l'avoir égarée, et il lui semblait invraisemblable que celle-ci ait pu disparaître. Parce que, si la mallette avait disparu et qu'elle-même ne l'avait pas égarée, cela signifiait...

— Qu'est-ce que tu fabriques ? s'enquit lady Helen, piochant dans le pamplemousse de Deborah. Tu as perdu quelque chose ?

S'apercevant qu'il n'y avait rien sous le lit, Deborah se releva, glacée de peur.

— Que se passe-t-il ? s'enquit lady Helen.

Deborah retourna jusqu'à la penderie, la vida des oreillers et couvertures supplémentaires qu'elle contenait.

— Mon matériel, Helen. Mon matériel a disparu.

— Tes appareils photo ? Disparus ?

— Oui. Ils étaient dans ma mallette. Tu l'as vue. Je l'avais apportée ce week-end. Je n'arrive pas à remettre la main dessus.

— Mais c'est impossible. Tu les as changés de place ou alors quelqu'un a...

— Ils ont disparu, dit Deborah. Ils étaient dans une mallette métallique. Les appareils, les objectifs, les filtres. Tout.

Lady Helen reposa le pamplemousse sur le plateau. Des yeux, elle fit le tour de la chambre.

— Tu en es sûre ?

— Sûre et certaine ! Arrête de... (Deborah s'interrompit net, s'efforça de se calmer.) Ils étaient dans une mallette que j'avais posée près de la coiffeuse. Elle n'y est plus. Regarde toi-même.

— Je vais demander à Caroline. Ou à Hodge. Ils l'ont peut-être déjà mise dans la voiture. Ou peut-être que c'est Tommy qui s'en est occupé. Ce doit être ça. Je vois mal qui aurait pu la...

Elle ne le prononça pas, mais le mot *voler* lui était manifestement venu à l'esprit.

— Je n'ai pas bougé d'ici depuis hier soir. Je suis allée dans la salle de bains, c'est tout. Si Tommy était passé prendre les appareils pour les mettre dans le coffre, pourquoi ne m'en aurait-il rien dit ?

— Je vais me renseigner, dit lady Helen, quittant la pièce.

Deborah se laissa tomber sur le tabouret de la coiffeuse, fixant le sol. Le dessin du tapis — fleurs et feuilles — s'estompa devant ses yeux tandis qu'elle recensait son matériel. Trois appareils photo, six objectifs, des douzaines de filtres, tous achetés grâce à l'argent que lui avait rapporté sa première exposition en Amérique. Du matériel dernier cri digne du photographe professionnel qu'elle était devenue après ses trois ans aux Etats-Unis.

Toutes les décisions qu'elle avait prises pendant son séjour en Amérique l'avaient été en fonction de la possession finale de ce matériel. Elle pouvait considérer les conclusions auxquelles elle avait abouti, les convictions qu'elle s'était forgées, les choix qu'elle avait faits et n'éprouver ni culpabilité ni regret parce qu'elle était sortie de l'école capable d'exercer un métier pour lequel elle était douée. Que certains aspects de la vie lui aient échappé, qu'elle eût déploré cette perte en secret n'y changeait rien. Qu'elle se fût étourdie de distractions pour éviter de penser à l'étendue de ce qu'elle avait perdu était sans importance. Elle avait atteint son objectif, cela justifiait tout le reste. Elle avait réussi. Elle possédait tous les signes extérieurs de la réussite.

Lady Helen reparut.

— J'ai interrogé Caroline et Hodge. (Regret, hésitation, puis :) Deborah, écoute, Tommy...

— Pas question que Tommy remplace mon matériel ! s'exclama Deborah avec violence.

La stupeur d'Helen fut de courte durée. Faisant comme si de rien n'était, elle termina tranquillement sa phrase :

— Tommy... Il faut le prévenir. Je vais le chercher.

Quelques instants plus tard, elle revenait, accompagnée de Lynley et Saint James. Le premier se précipita vers Deborah. Le second resta près de la porte.

— Crénom d'un chien, marmonna Lynley. Décidément, c'est la série.

Passant un bras autour des épaules de Deborah, il la serra un instant contre lui avant de s'agenouiller pour la regarder dans les yeux.

Deborah put ainsi constater qu'il avait les traits tirés. Il n'avait pas l'air d'avoir beaucoup dormi la nuit précédente. Le sachant très préoccupé par ce qui arrivait à John Penellin, elle était d'autant plus gênée de lui causer des tracas supplémentaires.

— Deb, chérie, je suis navré.

— Quand les as-tu vus pour la dernière fois ? questionna Saint James.

Lynley lui caressa les cheveux, les ramenant en arrière. Deborah sentit l'odeur fraîche de sa peau. Il n'avait pas encore fumé. Elle aimait son odeur d'avant la première cigarette. Si elle réussissait à ne penser qu'à lui, tout le reste disparaîtrait.

— Les as-tu vus lorsque tu t'es mise au lit hier soir ? insista Saint James.

— Tout était là hier matin. Je le sais parce que j'ai remis en place l'appareil dont je m'étais servie à Nanrunnel pour photographier la troupe. Tout était près de la coiffeuse.

— Et après ça, tu les as vus ? Tu t'en es servie pendant la journée ?

— Non. Je ne suis allée dans ma chambre que pour me changer avant de descendre dîner. Normalement, j'étais près de la coiffeuse, j'aurais dû les voir. Mais je n'ai rien remarqué hier soir. Et toi, Simon ?

Lynley se remit debout. Son regard navigua de Deborah à Saint James, perplexe.

— Je suis certain qu'ils étaient là, dit Saint James. Tout était rangé dans ta vieille mallette métallique, n'est-ce pas ? Je l'ai vue près de la coiffeuse.

— Près de la coiffeuse, reprit Lynley comme pour lui-même.

Il regarda la coiffeuse. Saint James. Le lit.

— Quand ça, Saint James ? fit Lynley sur un ton qui donna une autre dimension à la conversation.

— Tommy, intervint lady Helen, si on veut attraper notre train, il faudrait peut-être y aller.

— Quand as-tu vu cette mallette, Saint James ? Hier après-midi ? Hier soir ? La nuit dernière ? Quand ? Est-ce que tu étais seul ? Ou est-ce que Deborah...

— Tommy, reprit lady Helen.

— Non. Je veux une réponse.

Saint James ne broncha pas. Deborah tendit la main vers Lynley avec un regard suppliant à lady Helen.

— Tommy, dit lady Helen, ce n'est pas le...

— Je veux une réponse.

Un instant s'écoula, qui parut durer une éternité. Puis Saint James expliqua d'un ton neutre :

— Helen et moi avons réussi à nous procurer une photo de Mick Cambrey hier. Je l'ai apportée à Deborah juste avant le dîner. C'est à ce moment-là que j'ai vu sa mallette.

Lynley le dévisagea.

— Bon Dieu, fit-il avec un long soupir. Désolé. Je ne sais pas ce qui m'a pris de dire ça. C'était idiot.

Saint James aurait pu sourire, rire, hausser les épaules. Mais il n'en fit rien. Il se contenta de jeter un bref coup d'œil à Deborah.

Pour alléger l'atmosphère, lady Helen questionna :

— C'étaient des appareils qui valaient cher ?

— Des centaines de livres.

Deborah s'approcha de la fenêtre de façon que, la lumière étant derrière elle, son visage fût dans l'ombre. Elle sentait son sang battre dans sa poitrine, son cou. Elle aurait voulu pleurer.

— Le voleur va essayer de les vendre, alors. Mais pas en Cornouailles. Il serait trop facile de remonter jusqu'à lui. Peut-être à Bodmin, à Exeter ou bien à Londres. Si tel est le cas, les appareils ont dû être embarqués la nuit dernière pendant la réception. Parce que après l'arrestation de John Penellin, il y a eu un sacré remue-ménage. Les gens n'ont pas arrêté d'entrer et de sortir du salon.

— Mais tous les invités n'étaient pas au salon, dit Deborah.

Elle songeait à Peter Lynley et à la méchanceté du toast qu'il avait porté au dîner. Peter était certainement celui qui tenait le plus à l'atteindre. Car, à travers elle, c'était son frère qu'il atteignait.

Saint James consulta sa montre.

— Tu devrais emmener Helen et Deborah à la gare, dit-il à Lynley. Inutile qu'elles restent là. Nous nous occuperons de cette histoire d'appareils nous-mêmes.

— C'est préférable, renchérit lady Helen. J'ai hâte de retrouver la pollution londonienne, mes chéris.

Elle se dirigea vers la porte, serrant brièvement la main de Saint James au passage.

Au moment où Saint James allait lui emboîter le pas, Lynley le retint :

— Pardonne-moi, Simon. Je suis inexcusable.

— Tu es mort de fatigue et d'inquiétude. Avec ton frère et John Penellin... C'est sans importance, Tommy.

— Je suis le roi des imbéciles.

Saint James, les traits tirés, hocha la tête.

— Ce n'est rien, oublie ça.

Et il sortit de la chambre.

Saint James entendit sa sœur bâiller avant de franchir le seuil de la salle à manger.

— Quelle soirée ! dit-elle, traversant la pièce et s'asseyant à table.

La tête dans une main, elle attrapa la cafetière, se servit et sucra son café aussi machinalement que copieusement. Ne s'étant de toute évidence pas donné la peine de regarder par la fenêtre avant de s'habiller, elle portait un short d'un bleu éclatant parsemé d'étoiles argentées et un petit haut sans manches.

— Toasts insultants, arrivée de la police, arrestation. C'est un miracle qu'on ait survécu.

Elle jeta un coup d'œil aux plats alignés sur la desserte, haussa les épaules et piqua dans l'assiette de son frère une tranche de bacon qu'elle posa sur un toast.

— Sid...

— Hum ? (Elle s'appropria une partie du journal.) Qu'est-ce que tu lis ?

Saint James ne répondit pas. Il venait de parcourir le *Spokesman* et réfléchissait.

C'était un canard local, contenant pour l'essentiel des nouvelles locales. Et, quelle que fût l'importance des liens qui rattachaient Mick Cambrey au journal, Saint James se dit qu'il était difficile d'établir un lien entre le meurtre du journaliste et ce qu'il venait de lire dans le *Spokesman*. Les sujets traités étaient d'un grand classicisme : mariage célébré à Lamorna, condamnation d'un pickpocket de Penzance, modernisation d'une laiterie près de St. Buryan. Il y avait un compte rendu de la représentation de *Beaucoup de bruit pour rien*, assorti d'un portrait de la jeune fille qui avait joué Hero. A la rubrique sportive, un article sur un match de tennis local. Seul l'éditorial était prometteur, mais il concernait l'avenir du journal et ne contenait pas le moindre commencement de piste susceptible d'expliquer le meurtre de Cambrey.

La première page, outre l'éditorial, contenait deux rubriques copieuses, et sept lettres de lecteurs. La première, due à la plume efficace de Cambrey, parlait de la nécessité d'endiguer le flot d'armes à destination de l'Irlande du Nord. Julianna Vendale avait rédigé la seconde, à propos des problèmes de l'enfance. Les lettres émanant des lecteurs de Nanrunnel et de Penzance étaient relatives à des rubriques antérieures sur la vie du village et le déclin inquiétant des résultats obtenus par les élèves de l'école secondaire locale. Tout cela reflétait le désir de Cambrey de faire du journal un peu plus qu'une feuille de chou. Mais rien n'était de nature à provoquer un meurtre.

Saint James réfléchit au fait qu'Harry Cambrey était persuadé que son fils travaillait à un article qui aurait fait la réputation du *Spokesman*. Sans s'ouvrir de ses intentions à son père, Mick, lui, avait tablé sur le fait que son article toucherait un public autrement plus vaste que celui de cette région reculée de Cornouailles. Saint James se demanda si — par hasard — Cambrey n'aurait pas découvert que son fils consacrait de l'argent, du temps et de l'énergie à une entreprise qui, en définitive, ne devait pas bénéficier au *Spokesman*. Et si oui, quelle avait été sa réaction ? Etait-il entré dans une violente colère ?

Car l'important, dans cette affaire de meurtre, c'était d'essayer de savoir s'il s'agissait d'un crime passionnel ou s'il y avait eu préméditation.

La dispute, la mutilation du corps dénotaient le crime passionnel. L'état du séjour, l'argent disparu suggéraient la préméditation. Même une autopsie ne permettrait pas de se faire une idée précise sur ce point.

— Où sont passés les autres ? (Sidney se leva de table et alla s'asseoir avec son café sur un banc près de la fenêtre.) Quelle journée sinistre. Il va pleuvoir.

— Tommy a emmené Helen et Deborah à la gare. Les autres, je ne les ai pas vus.

— Justin et moi ferions bien de partir aussi. Il a du travail demain. Tu l'as aperçu ?

— Pas ce matin, dit Saint James sans paraître le regretter.

Moins il voyait Brooke, mieux il se portait. Il se prit à souhaiter que sa sœur le plaque.

— Je devrais aller le tirer du lit, dit Sidney sans pour autant bouger.

Elle buvait toujours son café tout en regardant par la fenêtre lorsque lady Asherton fit son apparition dans une tenue indiquant qu'elle n'était pas venue prendre son petit déjeuner. Elle portait en effet un jeans roulé au-dessus des chevilles, une chemise d'homme en coton blanc et une casquette de toile. Elle tenait à la main une paire de gros gants de jardinage.

— Ah, vous êtes là, Simon. Vous pouvez venir une minute ? C'est au sujet des appareils de Deborah.

— Vous les avez retrouvés ?

— Retrouvés ? reprit Sidney, sidérée. Parce que en plus Deborah a perdu ses appareils photo ?

Secouant la tête, elle revint vers la table et prit les feuilles du journal que son frère avait abandonnées.

— Dans le jardin, dit lady Asherton, entraînant Saint James dehors.

Un vent chargé d'iode chassait depuis la mer un banc de nuages menaçants.

L'un des jardiniers les attendait sous un hêtre, sécateur à la main, sa casquette de lainage enfoncée jusqu'aux yeux. Il adressa un hochement de tête à Saint James et lui indiqua un if taillé qui était contre la maison.

— Si c'est pas malheureux, dit le jardinier. Elle en a pris un coup, c'te pauv' plante.

— La chambre de Deborah est juste au-dessus, fit observer lady Asherton.

Saint James jeta un coup d'œil à l'arbre et constata que la partie du conifère qui était contre la maison avait été saccagée, ses branches brisées et arrachées par un objet qui avait été jeté d'en haut. Les dégâts étaient récents à en juger par l'odeur forte et caractéristique qui se dégageait des branches mutilées.

Reculant, Saint James leva les yeux vers les fenêtres. La chambre de Deborah était juste au-dessus, avec, à l'étage en dessous, le billard. Ces deux pièces étaient très éloignées de la salle à manger et du salon où les invités s'étaient réunis la veille au soir. Or, à sa connaissance, personne n'était venu jouer au billard. Donc personne n'avait pu entendre le bruit qu'avait dû faire la mallette en atterrissant sur le sol.

Lady Asherton parla d'un ton relativement calme cependant que le jardinier retournait à son travail, coupant les branches endommagées et les fourrant dans un sac en plastique qu'il emporta.

— Cette découverte me soulage, Simon. Au moins, ça nous permet de conclure que ce n'est pas quelqu'un de la maison qui a pris le matériel de Deborah.

— Qu'est-ce qui vous fait dire ça ?

— Si ç'avait été quelqu'un de la maison, il ne se serait pas amusé à jeter les appareils par la fenêtre. Il se serait contenté de les cacher dans sa chambre pour filer avec, le moment venu, vous ne croyez pas ?

— Ç'aurait été plus simple mais pas aussi astucieux. Surtout si ce quelqu'un voulait faire croire qu'il s'agissait d'un vol commis par un étranger. Mais même ça, ça n'aurait pas été très malin. Parce que les gens de l'extérieur, c'était qui, hier soir ? Mr et Mrs Sweeney, le Dr Trenarrow, votre belle-sœur, le MP de Plymouth...

— John Penellin. La petite du village qui servait à table, ajouta lady Asherton.

— Je les vois mal volant des appareils photo.

A la mine de lady Asherton, il comprit qu'elle avait déjà abondamment réfléchi à la question. Toutefois, elle fit comme s'il n'en était rien :

— J'ai du mal à imaginer qu'on les ait volés.

— Ce sont des appareils coûteux. Qui peuvent être revendus par quelqu'un qui a besoin d'argent.

Le visage de lady Asherton se défit.

Saint James choisit de se montrer compatissant :

— La maison est restée ouverte à tout vent hier pendant le dîner. N'importe qui aurait pu s'y introduire alors que nous étions dans la salle à manger. Se faufiler jusqu'à la chambre de Deborah, embarquer son matériel n'aurait été qu'un jeu d'enfant.

— Mais pourquoi faire main basse sur les appareils, Simon ? Si c'est une question d'argent, pourquoi ne pas voler quelque chose de plus précieux ?

— Quoi donc ? Le reste, on aurait tout de suite su que ça venait de Howenstow. L'argenterie est gravée. Les armoiries de la famille sont partout. Vous ne voudriez pas que quelqu'un ait emporté l'un des tableaux dans l'espoir que sa disparition ne soit remarquée que le lendemain !

Elle détourna le visage vers le parc.

— Ça ne peut pas être une question d'argent, dit-elle, tordant ses gants de jardinage entre ses doigts. Ce n'est pas possible, Simon. Vous le savez.

— Alors c'est un coup de Mrs Sweeney. S'être fait tirer le portrait ne lui aura pas plu, suggéra-t-il en plaisantant. Elle aura voulu se venger.

Avec un pâle sourire, elle s'efforça d'entrer dans son jeu :

— Elle serait allée au petit coin après dîner et se serait mise en quête de la chambre de Deborah ?

La question les ramenait à la réalité. Car celui ou celle qui avait pris les appareils photo de Deborah savait forcément où se trouvait sa chambre.

— Est-ce que Tommy a vu Peter ce matin ? questionna Saint James.

— Peter est encore au lit.

— Il s'est volatilisé après le dîner, Daze.

— Je sais.

— Savez-vous où il est allé ? Où Sacha est allée ?

Elle fit non de la tête.

— Peut-être est-il allé faire une promenade dans le parc. Piquer une tête. Rendre visite à Mark Penellin au pavillon. (Elle soupira.) Je n'arrive pas à croire qu'il a volé le matériel de Deborah. Il a vendu la plupart de ses affaires, je le sais. Je fais celle qui n'est au courant de rien mais je le sais. Mais je ne crois pas qu'il puisse voler des objets pour les revendre. Peter ne ferait pas une chose pareille.

Un cri jaillit du parc tandis qu'elle terminait sa phrase. Quelqu'un arrivait en courant vers la maison, un homme qui se tenait le côté d'une main et agitait sa casquette de l'autre sans cesser de crier.

— C'est Jasper, milady, dit le jardinier, s'approchant en traînant son sac plein de branchages.

— Qu'est-ce qui lui prend ? (Lady Asherton donna de la voix :) Cessez de hurler comme ça, Jasper. Vous allez finir par nous flanquer la frousse.

Jasper se précipita vers elle, soufflant. Il était tellement épuisé qu'il avait à peine la force de parler.

— C'est... lui... articula-t-il péniblement. Dans la baie.

Lady Asherton regarda Saint James. Ils eurent la même pensée. Lady Asherton recula comme pour mettre de la distance entre elle et la nouvelle qu'elle redoutait.

— Qui ça, Jasper ? Qui est dans la baie ? questionna Saint James.

Courbé en deux, Jasper toussa :

— D... dans la baie !

— Pour l'amour du ciel...

Jasper se redressa, jeta un coup d'œil autour de lui et tendit un doigt noueux vers la porte devant laquelle se tenait Sidney, venue voir la cause du tapage.

— Son... fiancé, fit-il dans un hoquet. Il est mort. En bas. Dans la baie.

15

Lorsque Saint James finit par la rattraper, sa sœur — qui avait plusieurs longueurs d'avance sur lui — était déjà sur la plage. Lors de sa course effrénée à travers le parc et le bois, elle était tombée, et le sang coulait de ses blessures, en stries rouges sur un bras et une jambe. Du haut de la falaise, il la vit se jeter sur Brooke, l'empoigner, le redresser comme pour lui infuser la vie. Elle lui parlait de façon incohérente, tenant son corps serré contre le sien. La tête de Brooke pendait bizarrement, indiquant la manière dont il était mort.

Sidney l'allongea par terre. Lui ayant ouvert la bouche, elle entreprit d'inutiles manœuvres de réanimation. Bien qu'assez loin d'elle, sur la falaise, Saint James l'entendit pousser des cris d'effroi en constatant l'inutilité de ses efforts. Renonçant au bouche-à-bouche, elle se mit à lui frapper la poitrine, lui déboutonna sa chemise. Puis elle se jeta de tout son long sur lui, se plaquant contre son corps, s'efforçant de l'exciter dans la mort comme elle l'avait excité dans la vie en une sinistre parodie de séduction. Saint James se sentit glacé. Il murmura son nom, l'appela, mais en pure perte.

Finalement, elle leva les yeux et l'aperçut en haut de la falaise. Tendant vers lui une main suppliante, elle se mit à pleurer. Atroce lamentation à mi-chemin entre désespoir et chagrin. Larmes dont la source était aussi profonde qu'elle était éternelle. Sidney couvrit de baisers le visage de son amant puis posa la tête contre sa poitrine, tout en continuant de pleurer. Chagrin, colère, rage mêlés, elle empoigna soudain le corps par les épaules, le secoua, criant : « Justin, Justin ! » La tête inerte qui pendait du cou aux vertèbres brisées ballotta en une horrible danse macabre.

Immobile, Saint James fixait sa sœur. Témoin impuissant du chagrin de Sidney, son handicap lui interdisant de voler à son secours, il s'obligeait à contempler la scène comme on subit un châtiment mérité. Incapable de bouger, se maudissant avec une violence qui confinait à la panique, il écouta les longs hurlements de Sidney. Il pivota brutalement en sentant une main se poser sur son bras. Lady Asherton se tenait à ses côtés, et derrière elle le jardinier ainsi qu'une demi-douzaine de personnes.

— Séparez-les. Eloignez-la de lui, réussit-il péniblement à murmurer.

A ces mots, comme à un signal, tout le monde se mit en branle.

Non sans lui avoir jeté un coup d'œil inquiet, lady Asherton entreprit de descendre le chemin qui dégringolait le long de la falaise. Les autres la suivirent, portant des couvertures, un brancard de fortune, une bouteille thermos, une corde. Bien qu'ils ne perdissent pas une seconde, Saint James eut néanmoins l'impression qu'ils se déplaçaient au ralenti, tels des mimes.

Trois d'entre eux arrivèrent en même temps à la hauteur de Sidney. Lady Asherton l'arracha au corps qu'elle continuait de secouer avec une inutile vigueur. Tandis que Sidney se débattait en hurlant, lady Asherton cria par-dessus son épaule quelques mots que Saint James ne parvint pas à distinguer. L'un des hommes présents lui tendit un flacon ouvert. Elle attrapa Sidney par les cheveux et lui fourra la fiole sous le nez. Sidney recula violemment, portant une main à sa bouche. Puis elle dit quelque chose à lady Asherton, qui lui désigna du doigt la falaise.

Sidney commença à grimper, aidée dans son ascension par le jardinier et les autres, chacun veillant à ce qu'elle ne trébuche ni ne tombe. Quelques instants plus tard, Saint James l'étreignait farouchement. Posant sa joue sur la tête de sa sœur, il la serra contre lui, s'efforçant de refouler au plus profond de lui les émotions qui menaçaient de le submerger s'il leur laissait libre cours. Lorsque le plus gros de ses larmes se fut tari, il l'entraîna en douceur vers la maison, ses bras autour d'elle, craignant, s'il la relâchait, qu'elle ne retourne sur la plage auprès du corps de son amant et ne refasse une crise d'hystérie.

Ils passèrent à travers bois. Saint James remarquait à peine le paysage, pas plus qu'il n'entendait bouillonner l'eau de la rivière, ne sentait l'odeur puissante de la végétation ou le sol élastique et meuble sous ses pieds. Lorsque ses vêtements accrochaient au passage les buissons qui poussaient de part et d'autre de l'étroit sentier, il ne s'en apercevait pas.

L'air était lourd et gros d'orage lorsqu'ils atteignirent le mur de Howenstow et franchirent le portail. Les feuilles frissonnaient, agitées par le vent. Un écureuil surpris fila s'abriter dans les branches. Sidney leva la tête.

— Il va pleuvoir, dit-elle. Il va être mouillé.

Saint James resserra son étreinte. Il lui posa un baiser sur le sommet de la tête.

— Ne crains rien.

Il s'efforçait de prendre la voix du grand frère qui avait jadis éloigné les monstres de ses cauchemars d'enfant, celui qui était capable de chasser les mauvais rêves. *Mais pas celui-là, Sidney.*

— Ils vont s'occuper de lui.

De grosses gouttes s'écrasèrent bruyamment sur les feuilles. Sidney frissonna.

— Maman criait ! chuchota-t-elle. Qu'est-ce qu'elle a pu crier !

— Quand ça ?

— Tu avais ouvert la fenêtre de la nursery pour voir s'il pleuvrait à l'intérieur. Qu'est-ce qu'elle a crié ! Et elle t'a frappé aussi. (Un sanglot la secoua.) J'ai jamais pu supporter que maman te batte.

— Le tapis était fichu. Je ne l'avais pas volé.

— Mais c'est moi qui avais eu l'idée. Et je l'ai laissée te punir. (Elle porta une main à son visage. Il y avait du sang sur ses doigts. Elle se remit à pleurer.) Je suis désolée, Simon.

Il lui caressa les cheveux :

— Ce n'est rien, chérie. C'est oublié, crois-moi.

— Comment est-ce que j'ai pu faire une chose pareille ? Tu étais mon frère préféré. C'est toi que je préférais. Même que Nanny me disait que c'était pas bien de t'aimer plus qu'Andrew ou que David. Mais j'y pouvais rien : c'est toi que j'aimais le mieux. Et j'ai laissé maman te corriger alors que c'était moi la coupable. J'ai rien dit.

Son visage levé vers lui était humide de larmes mais Saint James savait que ses pleurs n'avaient aucun rapport avec ces lointains souvenirs d'enfance.

— Je vais te confier une chose, Sid, murmura-t-il. Promets-moi de ne pas le répéter à David ni à Andrew. Tu as toujours été ma préférée. Tu l'es encore aujourd'hui, d'ailleurs.

— Vraiment ?

— Absolument.

Ils traversèrent le jardin tandis que le vent redoublait de violence et secouait les rosiers, répandant une pluie de pétales devant eux. Bien que la pluie tombât dru à présent, ils ne se hâtèrent pas pour autant. Lorsqu'ils atteignirent la maison, ils étaient trempés.

— Maman va nous crier après, dit Sidney tandis que Saint James refermait la porte derrière eux. Si on allait se cacher, Simon ?

— On ne risque rien.

— Je ne la laisserai pas te battre, cette fois.

— Je sais, Sid. (Saint James entraîna sa sœur vers l'escalier, la prenant par la main car elle avait l'air complètement désorientée.) C'est par là.

Arrivé sur le palier, il vit Cotter s'avancer à leur rencontre, un plateau à la main. Intérieurement, Saint James le remercia d'être capable de lire dans ses pensées.

— Je vous ai vus arriver, dit Cotter, désignant le plateau d'un mouvement de menton. C'est du cognac. Elle est...

Il tourna la tête vers Sidney, soucieux.

— Ça va aller mieux, c'est l'affaire d'un instant. Aidez-moi, Cotter. Sa chambre est par là.

Contrairement à celle de Deborah, la chambre de Sidney n'était ni sombre ni sépulcrale. Donnant sur un petit jardin clos à l'arrière de la maison, elle était peinte et tapissée dans des tons de jaune et de blanc, avec un tapis à fleurs pastel. Saint James fit asseoir sa sœur sur le lit et s'en fut tirer les rideaux tandis que Cotter versait du cognac dans un verre et le lui tendait.

— Buvez-moi ça, miss Sidney. Ça va vous réchauffer.

Elle obéit sans se faire prier.

— Maman est au courant ?

Cotter jeta un coup d'œil perplexe à Saint James.

— Encore une goutte ?

Saint James se mit à fouiller dans un tiroir, cherchant la chemise de nuit de Sidney. Il finit par la dénicher sous une pile de pulls, de collants et de bijoux. Un fouillis à la Sidney.

— Il faut que tu te débarrasses de ces machins trempés, lui dit-il. Cotter, vous pouvez m'apporter une serviette de toilette pour ses cheveux ? Et quelque chose pour soigner ses coupures ?

Cotter hocha la tête, jetant un œil circonspect à Sidney avant de sortir. Demeuré seul avec sa sœur, Saint James la déshabilla, jetant ses vêtements mouillés par terre. Il lui enfila sa chemise de nuit, passant doucement les bras dans les bretelles de satin. Elle ne disait rien, ne paraissant même pas se rendre compte de sa présence. Lorsque Cotter reparut avec une serviette et du sparadrap, Saint James frotta vigoureusement les cheveux de Sidney. Puis il s'occupa de ses blessures. Il passa ensuite ses jambes pardessus le bord du lit, l'allongea et rabattit les couvertures sur elle. Elle se laissait faire comme un petit enfant. Comme une poupée.

— Sid, murmura-t-il, lui touchant la joue.

Il voulait lui parler de Justin Brooke. Savoir s'ils avaient passé la nuit ensemble. Quand Brooke était allé jusqu'à la falaise. Et surtout pourquoi.

Elle ne réagit pas. Elle fixait le plafond.

Saint James se dit que, si elle savait quelque chose, il lui faudrait attendre car elle n'était pas en état de parler pour l'instant.

Lynley gara la Rover tout au bout de la cour et pénétra dans la maison par la porte nord-ouest, entre l'armurerie et le quartier des domestiques. Il avait vu les véhicules alignés dans l'allée — deux voitures de police, une voiture banalisée, et une ambulance avec ses essuie-glaces encore en marche —, aussi ne fut-il que moyennement surpris lorsque Hodge l'intercepta au moment où il traversait l'aile réservée aux domestiques. Ils s'arrêtèrent devant l'office.

— Que se passe-t-il ? s'enquit Lynley, inquiet, s'efforçant de chasser de sa voix toute trace de panique.

En apercevant les voitures à travers la pluie battante, il avait aussitôt pensé à Peter.

Hodge lui apprit la nouvelle, s'arrangeant pour ne rien révéler de ce qu'il ressentait.

— C'est Mr Brooke. On l'a transporté dans l'ancienne salle d'étude.

Si le flou de la formule laissait quelque espoir — il n'y avait rien de dramatique si Brooke n'avait pas été emmené directement à l'hôpital —, Lynley sentit cet espoir s'évanouir dès qu'il eut posé le pied dans la salle d'étude, installée dans l'aile est de la maison. Le corps de Brooke gisait, enveloppé dans des couvertures, sur la longue table éraflée où des générations de petits Lynley avaient fait leurs devoirs avant d'être expédiés en pension. Un groupe était massé tout autour, s'entretenant à voix basse. Et au milieu du groupe, l'inspecteur Boscowan et le policier en civil à la carrure compacte venu arrêter John Penellin la veille. Boscowan donnait des instructions aux deux techniciens du labo dont les jambes de pantalon étaient crottées et les vestes trempées aux épaules. Le médecin légiste était près d'eux, reconnaissable à la sacoche posée à ses pieds. La trousse de cuir était fermée et la femme médecin ne semblait nullement sur le point d'effectuer un examen préliminaire du corps. Pas plus que les gars du labo ne semblaient prêts à faire quoi que ce soit dans l'immédiat. Lynley en tira la conclusion qui s'imposait : Brooke n'était pas mort dans la salle d'étude.

Il vit Saint James debout dans l'embrasure d'une des fenêtres, contemplant le jardin à travers les carreaux noyés de pluie.

— Jasper l'a retrouvé dans la baie, expliqua Saint James sans tourner la tête. (Lynley constata que ses vêtements étaient trempés et qu'il avait du sang sur sa chemise, qui ressemblait à des coulures de peinture.) Ç'a l'air d'être un accident. Il y a des traces indiquant qu'il a glissé du haut de la falaise. Il a dû trébucher. (Il considéra, par-dessus l'épaule de Lynley, le petit groupe qui entourait le corps, puis regarda Lynley.) C'est du moins ce que Boscowan pense pour l'instant.

Saint James se garda de poser à Lynley la question qui se dissimulait derrière son prudent énoncé. Et Lynley lui sut gré de lui fournir ce répit.

— Pourquoi le corps a-t-il été déplacé, Saint James ? Qui l'a bougé ? Et pourquoi ?

— Ta mère. Il s'était mis à pleuvoir. Sid est arrivée sur la plage avant nous. Aucun d'entre nous n'avait les idées très claires, et moi moins que les autres, j'en ai peur.

Une branche d'if secouée par une rafale gifla le carreau devant eux. La pluie crépitait contre la vitre. Saint James s'enfonça un peu plus dans l'embrasure et leva les yeux vers l'étage supérieur faisant face à la salle d'étude, et plus précisément vers la chambre d'angle jouxtant celle de Lynley.

— Où est Peter ?

Le répit avait été de courte durée. Lynley éprouva soudain le besoin de mentir, de protéger son frère, mais n'y parvint pas.

— Parti.

— Sacha ?

— Aussi.

— Où ?

— Aucune idée.

— Génial, soupira simplement Saint James. Depuis combien de temps ? Est-ce qu'il a passé la nuit dans son lit ? Et elle ?

— Non.

Lynley ne jugea pas utile de préciser qu'il s'était rendu compte de la chose le matin à sept heures et demie, lorsqu'il avait essayé de parler à son frère. Il ne dit pas non plus qu'il avait envoyé Jasper à sa recherche à huit heures moins le quart. Et il ne souffla évidemment pas mot de la terreur qui l'avait étreint à la vue des véhicules de police et de l'ambulance garés devant Howenstow, pensant que Peter avait été retrouvé mort, et éprouvant un certain soulagement en s'apercevant qu'il était capable de ressentir ce genre d'émotion. Il vit Saint James jeter un coup d'œil pensif au corps emmitouflé dans les couvertures.

— Peter n'a rien à voir là-dedans, énonça-t-il. C'était un accident. Tu l'as dit toi-même.

— Je me demande si Peter savait que Brooke était venu nous parler hier soir, dit Saint James. Est-ce que Brooke le lui aurait dit ? Et si oui, pourquoi ?

La raison qui poussait Saint James à se poser ces questions n'échappa pas à Lynley. Lui-même se les posait.

— Peter n'est pas un assassin.

— Alors trouve-le. Assassin ou non, il a des explications à nous fournir.

— Jasper le cherche depuis ce matin.

— Je me demande ce qu'il est allé fabriquer sur la plage. Il croyait que Peter y était ?

— Sur la plage. Au moulin. Il a cherché partout. A l'extérieur de la propriété aussi.

— Est-ce que les affaires de Peter sont encore là ?

— Je... non.

Lynley connaissait suffisamment Saint James pour suivre son raisonnement. Si Peter avait quitté Howenstow en hâte, sachant que sa vie était en danger, il aurait abandonné ses affaires derrière lui. Si, en revanche, il était parti après avoir commis un meurtre qui ne devait être découvert que quelques heures plus tard, il aurait eu tout le temps de faire son sac. Ses bagages faits, il pouvait filer pendant la nuit sans que personne ne s'aperçoive de sa disparition avant la découverte du corps de Brooke. A condition qu'il ait tué Brooke. A supposer que Brooke ait été assassiné. Lynley se força à se dire que, pour l'instant, la police considérait qu'il s'agissait d'un accident. Les techniciens connaissaient leur métier, ils savaient ce qu'ils disaient. Au début de la matinée, la pensée que Peter avait pu voler le matériel photo de Deborah pour le revendre et s'acheter de la cocaïne l'avait révolté. Maintenant il ne la trouvait plus si insupportable que ça, et même il s'y raccrochait. Car comment imaginer que son frère ait pu être impliqué à la fois dans la disparition des appareils et la mort de Justin Brooke ? S'il était aussi obnubilé par le besoin de se procurer de la drogue, pourquoi aurait-il pris la peine d'éliminer Brooke, ce qui n'aurait fait que retarder le moment où il aurait pu se ravitailler ?

La réponse, il la connaissait. Mais cette réponse liait Peter à la mort de Mick Cambrey, mort que personne ne qualifiait d'accidentelle.

— Nous allons emmener le corps, maintenant. (Le flic en civil les avait rejoints. Malgré la pluie, il sentait la transpiration et avait le front huileux de sueur.) Si vous le voulez bien.

Lynley hocha la tête en signe d'assentiment, mourant d'envie de boire de l'alcool car il avait les nerfs à vif. Comme par miracle, les portes de la salle d'étude s'ouvrirent et sa mère entra, poussant une table roulante sur laquelle étaient posées cafetière, théière, carafes, assiettes de biscuits.

Lady Asherton avait beau être échevelée, ses chaussures et son jeans boueux, sa chemise blanche déchirée, elle prit aussitôt la situation en main, se souciant comme d'une guigne de son apparence.

— J'ignore à peu près tout du règlement, inspecteur, dit-elle à Boscowan. Mais il me semble que vous devriez pouvoir prendre quelque chose pour lutter contre ce froid glacial. Café, thé, cognac, whisky, choisissez. Et servez-vous.

Boscowan remercia d'un signe de tête. Y voyant une autorisation, ses hommes s'approchèrent de la table roulante. Boscowan vint à la rencontre de Lynley et de Saint James.

— Est-ce que Brooke buvait, milord ?

— Je le connaissais très peu. Hier soir en tout cas, il a bu. Comme nous tous.

— Il était saoul ?

— Je n'en ai pas eu l'impression. Pas quand je l'ai vu pour la dernière fois.

— Quand était-ce ?

— A la fin de la soirée. Vers minuit. Un peu plus tard, peut-être.

— Où ?

— Dans le salon.

— En train de boire ?

— Oui.

— Mais il n'était pas saoul ?

— Peut-être qu'il l'était. Je ne sais pas. Ça ne se voyait pas.

Lynley comprit où son interlocuteur voulait en venir. Saoul, Brooke avait pu tomber accidentellement. Sobre, on l'avait poussé. Mais, quel qu'ait été l'état de Brooke la veille, Lynley éprouva le besoin de préciser :

— Ivre ou pas, c'était la première fois qu'il mettait les pieds à Howenstow, il ignorait donc tout de la topographie des lieux.

Boscowan hocha la tête, sans pour autant avoir l'air convaincu.

— L'autopsie nous permettra de savoir à quoi nous en tenir.

— Il faisait nuit. La falaise est haute.

— Etes-vous sûr qu'il soit sorti en pleine nuit ? remarqua Boscowan. Il aurait pu aller jusque là-bas ce matin.

— Quels vêtements portait-il ?

Boscowan salua d'une mimique le bien-fondé de la question de Lynley.

— Un costume. Mais personne ne peut dire s'il n'a pas passé le reste de la nuit avec l'un ou l'autre de vos invités. Tant que nous ne connaîtrons pas l'heure du décès, nous ne serons sûrs de rien. Excepté de sa mort. Et sur ce point, aucun doute n'est possible.

Il s'en fut rejoindre ses hommes autour de la petite table roulante.

— Il y a une tripotée de questions qu'il ne m'a pas posées, commenta Lynley.

Saint James les passa en revue.

— Quelle est la personne qui l'a vu en dernier ? Y a-t-il un autre membre de la maisonnée qui ait disparu ? Qui assistait au

dîner ? Qui se trouvait à Howenstow ? Pourquoi chercherait-on à lui nuire ?
— Pourquoi ne me les pose-t-il pas, ces questions ?
— A mon avis, il attend les résultats de l'autopsie. Il a intérêt à ce que ce soit un accident.
— Pourquoi ?
— Parce qu'il tient l'homme qui a assassiné Cambrey. Et que John Penellin n'aurait pas pu tuer Brooke.
— A t'entendre, il y a un lien.
— Oui. Il y en a sûrement un. (Un mouvement vague dans l'allée attira leur attention.) Jasper, fit observer Saint James.
Jasper, pataugeant dans les flaques, se dirigeait vers la maison.
— Voyons ce qu'il a à nous raconter, fit Lynley.
Ils le trouvèrent devant le quartier des domestiques, faisant tomber la pluie d'un chapeau informe en toile cirée qui avait connu des jours meilleurs. Il secoua de même son vieil imperméable et suspendit les deux à une patère avant de se débarrasser de ses bottes en caoutchouc crottées de boue. Il adressa un signe de tête à Lynley et à Saint James puis, une fois prêt, les suivit dans le fumoir où, eu égard au froid, il accepta un whisky.
— Impossible de le retrouver, dit-il à Lynley. En plus, le sloop a disparu de l'anse de Lamorna.
— Quoi ? Vous en êtes sûr, Jasper ?
— Evidemment que j'en suis sûr. Je vous dis qu'il a disparu.
Lynley fixa le renard accroché au-dessus de la cheminée, s'efforçant de comprendre. Mais seuls des détails décousus lui venaient à l'esprit. Le sloop familial était ancré dans l'anse de Lamorna. Peter faisait de la voile depuis l'âge de cinq ans. Une tempête se préparait. Personne ne se serait amusé à faire une sortie en mer dans des conditions pareilles.
— L'ancre a dû casser.
Jasper émit un bruit dubitatif. Son visage demeura impassible lorsque Lynley se tourna vers lui.
— Où est-ce que vous êtes allé, encore ?
— Partout. J'ai fait la côte entre Nanrunnel et Treen.
— Trewoofe ? St. Buryan ? Et l'intérieur des terres, vous êtes allé voir à l'intérieur des terres ?
— Oui. Mais je me suis pas trop enfoncé. C'est pas la peine, milord. Si le petit est parti à pied, il peut pas passer inaperçu. Jusqu'ici, personne n'a rien remarqué. (Jasper passa les doigts sur sa joue, qui était hérissée de barbe.) Moi, ce que je crois, c'est que le gamin et la demoiselle se sont cachés dans le coin et qu'y z'ont réussi à se faire prendre en stop en sortant de Howenstow. A moins qu'y z'aient filé en bateau.

— Jamais il n'aurait fait ça. Il connaît la mer. Il n'est pas complètement... (Lynley s'arrêta net. Inutile de faire part de ses craintes à Jasper, il devait déjà les connaître de toute façon.) Merci, Jasper. Allez vous mettre quelque chose sous la dent.

Le vieil homme hocha la tête et se dirigea vers la porte. Il fit halte sur le seuil.

— La police est venue arrêter John Penellin la nuit dernière, à ce qu'y paraît ?

— C'est exact.

Jasper fit mine d'ajouter quelque chose mais garda le silence.

— Qu'y a-t-il, Jasper ?

— Y a pas de raison qu'y paie pour quelqu'un d'autre.

Sur ces mots, il sortit.

— Tu crois qu'il en sait plus long qu'il ne le dit ? questionna Saint James lorsqu'ils furent seuls.

Lynley, qui contemplait le tapis, perdu dans ses pensées, dut se secouer.

— Il ne sait rien. Il nous fait part de ses impressions, c'est tout.

— Concernant John ?

— Et concernant Peter aussi.

Lynley ne s'était jamais senti aussi incapable d'agir ou de prendre une décision. Il avait l'impression que sa vie échappait à son contrôle et qu'il en était réduit à en regarder les différents éléments voler çà et là dans l'espace.

— Il n'aurait pas pris le bateau, dit-il. Pas par ce temps. Pour aller où ? Et pour quoi faire ?

Il entendit Saint James bouger et, levant les yeux, lut de la compassion sur son visage.

— Peut-être qu'il est encore dans la propriété, Tommy. Peut-être qu'il ne sait même pas ce qui s'est passé et que sa disparition n'a rien à voir avec Justin Brooke.

— Ni avec les appareils ?

— Ni avec les appareils.

Lynley contempla les photos de toutes les générations d'hommes de la famille qui s'étaient coulés dans le moule, avaient fait leurs études à Oxford et étaient venus s'établir à Howenstow sans un murmure.

— Je n'en crois pas un mot, Saint James. Et toi ?

— Franchement ? Moi non plus, soupira Simon.

16

— Quelle horreur, dit lady Helen. On peut difficilement tomber plus bas. (Elle lâcha sa valise, soupira, laissant son sac pendre à bout de bras.) Déjeuner à la gare de Paddington ! J'ai du mal à croire que j'aie pu faire une chose pareille. C'est monstrueux.

— C'était pourtant une idée à toi, Helen.

Deborah posa sa propre valise à terre et examina les lieux avec un sourire de plaisir. C'était bon de se retrouver chez soi, même si ce chez-soi n'était qu'un petit studio à Paddington.

— Très juste. Je plaide coupable. Mais quand on a faim, au diable le snobisme, on se jette sur le premier buffet de gare venu ! (Elle frissonna au souvenir de ce qu'elle avait trouvé dans son assiette.) Pauvres saucisses... C'est une honte de traiter des saucisses de cette façon, c'est de la barbarie !

Deborah ne put s'empêcher de rire.

— Veux-tu boire quelque chose pour te remettre d'aplomb ? Une tasse de thé ? J'ai une recette de boisson miracle, si tu préfères. C'est Tina qui me l'a donnée. Elle appelle ça un remontant.

— Exactement ce qu'il doit lui falloir après un tête-à-tête avec Mick Cambrey si j'en crois son père, dit lady Helen. Pas pour l'instant, merci. On va lui montrer la photo ?

Deborah la sortit de son sac et se dirigea vers la porte. Le couloir était étroit, bordé de portes de part et d'autre. Le sol était recouvert d'un tapis qui sentait le neuf et étouffait le bruit des pas. Deborah frappa doucement à la porte de Tina.

— Tina est... un oiseau de nuit, expliqua-t-elle à lady Helen. A l'heure qu'il est, elle n'est peut-être pas encore levée.

Il semblait que ce fût le cas, les coups demeurant sans réponse. Deborah fit une deuxième tentative. Puis une troisième, appelant :

— Tina ?

La porte d'en face s'ouvrit et une femme entre deux âges montra le bout de son nez. Elle avait un grand foulard à carreaux sur la tête, noué sous le menton, qui dissimulait ses cheveux, épinglés semblait-il en une multitude de boucles grises.

— Inutile de crier. Y a personne. (La femme plaqua contre sa poitrine un mince peignoir mauve orné de fleurs d'un orange hideux et de feuilles palmiformes à vous dégoûter de mettre les pieds sous les tropiques.) Ça fait deux jours qu'elle est partie.

— Quel dommage, commenta lady Helen. Vous ne savez pas où elle est allée ?

— J'aimerais bien ! Elle m'a emprunté mon fer et je serais pas mécontente de le récupérer.

— J'imagine, compatit lady Helen comme si la tenue vestimentaire de l'inconnue au beau milieu de l'après-midi s'expliquait uniquement par l'absence de fer à repasser. Voulez-vous que j'essaie de vous le récupérer ? (Elle se tourna vers Deborah.) Qui s'occupe de l'immeuble ?

— Il y a un gardien au rez-de-chaussée, dit Deborah qui, baissant la voix, ajouta : Mais Helen, tu ne vas tout de même pas...

— Je fais un saut en bas, fit Helen, marchant droit sur l'ascenseur.

La vieille femme surveilla cet échange de répliques d'un air soupçonneux. Elle examina Deborah des pieds à la tête. Gênée, Deborah sourit, essayant de trouver quelque chose à dire sur l'immeuble, le temps, n'importe quoi, qui empêcherait la voisine de Tina de se demander pourquoi lady Helen se donnait tant de mal pour une inconnue. Aucune banalité ne lui venant à l'esprit, elle battit en retraite et se réfugia dans son studio, où lady Helen la rejoignit dix minutes après, munie de la clé de Tina.

— Comment as-tu réussi ton coup ? s'étonna Deborah.

Lady Helen éclata de rire :

— Je me suis fait passer pour la sœur de Tina, venue d'Edimbourg exprès pour la voir.

— Il a avalé ça ?

— Tu aurais dû voir le numéro que je lui ai fait. Pour un peu, j'arrivais à me convaincre moi-même. Bon, on y va ?

Elles retournèrent à l'appartement. Deborah était dans ses petits souliers en songeant à ce que lady Helen se proposait de faire.

— C'est illégal, Helen, remarqua-t-elle. De s'introduire chez les gens par effraction.

— De pénétrer chez les gens peut-être, rétorqua gaiement Helen en introduisant la clé dans la serrure sans l'ombre d'une hésitation. Mais nous n'entrons pas par effraction : nous avons la clé. Nous y voilà. Et sans un bruit. Pas de danger que les voisins se pointent.

— C'est moi, les voisins, Helen.

— C'est rudement pratique.

L'appartement était identique par la superficie et la disposition à celui de Deborah, mais il contenait beaucoup plus de meubles, et des meubles de prix. Pas de salon trois pièces recouvert de chintz pour Tina Cogin ; pas de tables d'occasion ; pas de gravures bon marché sur les murs. Partout ce n'était que chêne, acajou, bois de rose et bouleau. Le sol était recouvert d'un tapis tissé à la main ; une tapisserie était accrochée au mur, qui semblait avoir été exécutée par un excellent artisan. A l'évidence, la propriétaire des lieux avait des goûts de luxe.

— Joli, commenta lady Helen en examinant le décor. Apparemment son métier n'a pas que des mauvais côtés. Ah, voilà le fer à repasser. Il ne faudra pas oublier de l'emporter en partant.

— Comment ça, on ne part pas tout de suite ?

— Un instant, chérie. Je vais d'abord jeter un coup d'œil, histoire de me faire une idée.

— Mais Helen...

— Il faudra bien qu'on ait quelque chose à raconter à Simon quand on lui téléphonera, Deborah. Or, dans l'état actuel des choses, si Tina ne rentre pas d'ici ce soir, nous n'aurons strictement rien à lui apprendre. Si ce n'est que personne n'est venu ouvrir quand on a frappé. Quelle perte de temps et d'énergie pour tout le monde !

— Imagine qu'elle arrive et nous surprenne ? On aura bonne mine.

S'attendant à voir apparaître Tina à tout moment et se demandant ce qu'elles pourraient inventer pour expliquer leur présence chez elle, Deborah suivit lady Helen dans la minuscule cuisine et la regarda, les nerfs à vif, ouvrir les placards. Il n'y en avait que deux, renfermant les denrées de première nécessité en petites quantités : café, sel, sucre, condiments, paquet de biscuits salés, une boîte de soupe, une autre de quartiers de pamplemousse, un paquet de céréales. Sur une étagère s'alignaient deux assiettes, deux bols, deux tasses et quatre verres. Sur le plan de travail, une bouteille de vin aux trois quarts pleine. Outre une petite cafetière, une casserole cabossée et une bouilloire en émail, la cuisine ne contenait rien d'autre. Le peu qu'elle renfermait ne révélait pas grand-chose sur Tina Cogin. Lady Helen résuma :

— Elle n'a pas l'air de préparer ses repas elle-même. Mais il y a des douzaines de petits traiteurs pas chers dans Praed Street, elle doit acheter à manger dehors.

— Qu'est-ce qu'elle offre à ses visiteurs ?

— Bonne question. Du vin ? C'est peut-être tout ce qu'elle leur propose avant de passer aux choses sérieuses. Voyons le reste.

Lady Helen s'approcha de la penderie et l'ouvrit, révélant une rangée de robes du soir et de robes de cocktail, une demi-douzaine d'étoles (dont une en fourrure) et un assortiment d'escarpins à talons hauts. L'étagère du haut abritait une collection de cartons à chapeau ; celle du milieu une pile de négligés soigneusement pliés. L'étagère du bas était vide, mais, comme elle était vierge de poussière, il était évident qu'on y avait entreposé quelque chose.

Lady Helen se tapota la joue et passa rapidement en revue la commode.

— Des sous-vêtements, dit-elle à Deborah après un bref coup d'œil à l'intérieur. De la soie, on dirait. Mais je n'ai pas l'intention de fouiller dedans pour vérifier : il y a des limites. (Elle ferma le tiroir et s'appuya contre la commode, bras croisés, fronçant les sourcils en contemplant la penderie.) Deborah, il y a quelque chose qui... un instant. Il faut que je m'en assure. (Elle entra dans la salle de bains, criant par-dessus son épaule :) Et si tu jetais un coup d'œil au bureau ?

L'armoire à pharmacie s'ouvrit, un tiroir grinça, il y eut un froissement de papier. Lady Helen marmonna.

Deborah consulta nerveusement sa montre. Moins de cinq petites minutes s'étaient écoulées depuis qu'elles étaient entrées et elle avait l'impression d'être là depuis au moins une heure.

Elle s'approcha du bureau. Sur le meuble étaient posés un téléphone, un répondeur et un bloc que Deborah, se faisant l'effet d'être un détective de série B, présenta à la lumière pour voir s'il ne portait pas l'empreinte des messages précédents. Ne distinguant que la marque d'un point sur un i, elle examina les tiroirs. Deux étaient vides. Le troisième contenait un livret de caisse d'épargne, une chemise en papier bulle, et une carte dont Deborah s'empara.

— Bizarre, lança lady Helen depuis le seuil de la salle de bains. Il y a deux jours qu'elle est partie d'après sa voisine, et elle a laissé ses affaires de maquillage. Elle n'a emporté aucune robe habillée, mais tout ce qu'elle a de facile à porter a disparu. Et il y a un jeu de faux ongles. Ces trucs horribles qu'on colle. Pourquoi les aurait-elle enlevés ? C'est tellement assommant à mettre.

— C'est peut-être un jeu de rechange, suggéra Deborah. Peut-être qu'elle est partie à la campagne. Dans un endroit où on n'a besoin ni de robes sophistiquées ni de faux ongles. Les Cotswolds. L'Ecosse. Une ferme, que sais-je.

— La Cornouailles ? fit lady Helen. Qu'est-ce que c'est que cette carte, Deborah ?

— Deux numéros de téléphone. L'un d'entre eux est peut-être celui de Mick Cambrey. Je les recopie ?

— Bien sûr. (Lady Helen s'approcha pour regarder par-dessus son épaule.) Je commence à l'admirer. Je suis tellement soucieuse de mon look que je n'irais nulle part sans un vanity-case bourré de produits de beauté. Or voilà une femme qui est du genre tout ou rien. Ou elle sort en tenue décontractée ou elle s'habille comme...

Lady Helen laissa sa phrase en suspens.

Deborah releva la tête, la bouche sèche.

— Helen, elle n'a pas pu le tuer.

Pourtant, alors même qu'elle prononçait ces mots, elle sentit croître son malaise. Que savait-elle de Tina, en fin de compte ? Rien, pratiquement. Elle n'avait échangé que quelques mots avec elle d'où il était ressorti qu'elle avait un faible marqué pour les hommes, du goût pour la vie nocturne, et qu'elle était hantée par la peur de vieillir. Pourtant on devait pouvoir sentir le mal chez les êtres, quelque effort qu'ils fissent pour le dissimuler. On devait pouvoir sentir la rage à fleur de peau. Or Deborah n'avait rien perçu de tout cela chez Tina. Et pourtant, en songeant à la mort de Mick Cambrey, au fait qu'il avait joué un rôle dans la vie de Tina, Deborah dut s'avouer qu'elle n'en était pas si sûre.

Elle tendit la main vers la chemise comme pour y trouver la preuve de l'absence de méchanceté de Tina. Elle portait l'inscription « Clients potentiels » — à l'intérieur, plusieurs feuillets maintenus par un trombone.

— Qu'est-ce que c'est ? questionna lady Helen.

— Des noms, des adresses, des numéros de téléphone.

— La liste de ses clients ?

— Je ne crois pas. Regarde. Il y a au moins une centaine de noms. Féminins et masculins.

— Une mailing-list ?

— Possible. Il y a un livret de caisse d'épargne également.

Deborah l'extirpa de son étui en plastique.

— Raconte. Ça marche, son business ? Tu crois qu'il faut que je me recycle ?

Deborah lut la liste des dépôts, le nom du titulaire.

— Ce n'est pas à elle, fit-elle, surprise. Le livret appartient à Mick Cambrey. J'ignore ce qu'il faisait, mais ça rapportait.

— Mr Allcourt-Saint James ? Ravie de vous voir. (Le Dr Alice Waters se leva et chassa l'assistant qui avait introduit Saint James dans son bureau.) Il m'avait bien semblé vous reconnaître, ce matin, à Howenstow. Mais le moment était mal choisi pour les mondanités. Qu'est-ce qui vous amène dans ma tanière ?

Le mot s'imposait car le bureau du médecin légiste de Penzance n'était qu'un cagibi sans fenêtre encombré d'étagères, d'un vieux bureau à cylindre, d'un squelette de fac de médecine affublé d'un masque à gaz de la Seconde Guerre mondiale, et de piles de revues scientifiques. Tout ce qui restait d'espace libre était une étroite tranchée allant de la porte au bureau. Une chaise jouxtait le bureau — incongrue dans ce décor, sculptée, ornée de fleurs et d'oiseaux, elle eût été plus à sa place dans une salle à manger de manoir campagnard que dans un service de médecine légale. Après avoir échangé une poignée de main fraîche et ferme avec Saint James, le médecin lui fit signe de s'y asseoir.

— Prenez le trône. Ça date de 1675, environ. On faisait de belles choses en ce temps-là. Un peu chargées, peut-être...

— Vous les collectionnez ?

— C'est un excellent dérivatif. (Elle s'enfonça dans sa propre chaise — du cuir qui avait souffert et portait de larges éraflures — et fouilla au milieu de ses papiers pour repêcher une petite boîte de chocolats qu'elle lui tendit. Lorsqu'il eut fait son choix, elle se servit à son tour, mordant dans le chocolat avec la jubilation d'un gourmet.) J'ai lu votre article sur les sécréteurs ABO la semaine dernière. Passionnant. Je ne me doutais pas que j'aurais le plaisir de faire votre connaissance. C'est l'affaire de Howenstow qui vous amène ?

— La mort de Cambrey, plutôt.

Derrière les grosses lunettes, les sourcils du Dr Waters s'arquèrent. Elle avala son chocolat, s'essuya les doigts au revers de sa blouse et sortit un dossier de sous un saintpaulia qui semblait ne pas avoir été arrosé depuis des mois.

— Calme plat pendant des semaines dans le service. Et tout d'un coup je me retrouve avec deux cadavres sur les bras. En moins de quarante-huit heures.

Elle ouvrit le dossier, le lut, le referma. Elle attrapa un crâne qui grimaçait du haut de son étagère, délogea de son orbite un trombone. Le crâne avait manifestement servi à maints exposés car il était constellé de points de repère au crayon. Un grand X rouge avait même été dessiné directement sur la suture squameuse.

— Deux coups à la tête. Le plus grave, dans la région pariétale, a causé une fracture.

— L'arme ?

— Je ne sais pas si on peut parler d'arme. Il a heurté quelque chose en tombant, me semble-t-il.

— On ne l'a pas frappé ?

Elle prit un autre chocolat, faisant non de la tête et pointant le doigt vers le crâne :

— Regardez, mon cher, la fracture serait à cet endroit-là si on l'avait frappé. Il n'était pas très grand — un mètre soixante-quinze environ — mais il aurait fallu qu'il soit assis pour que quelqu'un puisse le frapper avec suffisamment de force pour le tuer.

— Son agresseur n'aurait pas pu arriver sur la pointe des pieds ?

— J'en doute. Le coup n'est pas venu d'en haut. S'il avait été porté d'en haut, pour réussir à frapper à cet endroit-là, il aurait fallu que le tueur se positionne de telle façon que Cambrey l'eût forcément aperçu. Il aurait alors tenté de parer le coup et la manœuvre aurait laissé des traces sur le corps. Ecchymoses ou écorchures. Or nous n'avons rien trouvé de tel.

— Le tueur a peut-être été trop rapide.

Elle tourna le crâne entre ses mains.

— Possible. Mais ça n'expliquerait pas le second coup. Seconde fracture, moins grave, dans la région frontale droite. Pour que votre scénario tienne la route, il aurait fallu que le tueur le frappe derrière la tête, lui demande de se retourner et le frappe devant.

— Alors il s'agirait d'un accident ? Cambrey trébuche, tombe. Sur ces entrefaites quelqu'un pénètre dans le cottage, trouve le corps et le mutile pour s'amuser ?

— Ça m'étonnerait. (Elle remit le crâne en place et se laissa aller contre le dossier de son siège de cuir. La lumière du plafond se reflétait dans ses lunettes et faisait briller ses cheveux courts et raides, d'un bleu noir qui sentait l'artifice.) Voilà mon scénario. Cambrey est debout, il discute avec le tueur. La conversation dégénère. Il prend un coup terrible à la mâchoire — seul endroit du corps où des ecchymoses ont été relevées — qui l'envoie en arrière heurter un objet situé à un mètre cinquante environ du sol.

Saint James s'efforça de visualiser le séjour de Gull Cottage. Il savait que le Dr Waters y était allée. Elle avait dû procéder à un examen préliminaire du corps, sur place, dans la nuit de vendredi. Et quel que fût son désir d'attendre les résultats de l'autopsie avant de formuler des hypothèses, elle avait dû cependant en échafauder quelques-unes en voyant le cadavre.

— Le manteau de la cheminée ?

Elle pointa l'index en l'approuvant d'un hochement de tête.

— Le poids de Cambrey a augmenté la vitesse de la chute. Le résultat, c'est la première fracture. Après avoir heurté le manteau, il tombe légèrement, sur le côté cette fois. Et il se cogne la partie droite du crâne contre autre chose.

— L'âtre ?

— C'est probable. Cette seconde fracture est moins grave que la première. Mais c'est sans importance. Parce qu'il est mort des suites de la première. Hémorragie intracrânienne. Il était perdu.

— Il était mort lorsqu'on l'a mutilé, j'imagine, dit Saint James. Il n'y avait pratiquement pas de sang.

— Peut-être, mais quand même, quel charcutage !

Saint James s'efforça d'imaginer les événements tels que le Dr

Waters venait de les exposer. La conversation qui dégénère en dispute, la colère qui devient rage, le coup.

— La mutilation, il a fallu longtemps pour la faire ? Si l'agresseur était dans un état de frénésie, courant à la cuisine, trouvant un couteau...

— L'agresseur n'était pas un excité. Croyez-moi. Du moins en ce qui concerne la mutilation. (Voyant son air étonné, elle poursuivit :) Les gens qui sont pris de frénésie frappent à plusieurs reprises. Cinquante, soixante fois. C'est courant. On en a des exemples tous les jours. Mais dans ce cas, il n'y a eu que deux estafilades rapides. Comme si le tueur voulait laisser un message sur le corps de Cambrey.

— Avec quel genre d'arme ?

Elle contempla de nouveau sa boîte de chocolats. Tendit la main et les repoussa avec un air de regret.

— Quelque chose de très coupant. Ça peut aller du couteau de boucher à une paire de ciseaux bien aiguisés.

— Vous n'avez rien trouvé encore ?

— Les techniciens fouillent toujours Gull Cottage. Ces gens-là ont une imagination débordante. Ils testent tout, des couteaux de cuisine aux épingles de nourrice utilisées pour les couches du bébé. Ils retournent également le village, poubelles, jardins, c'est pour ça qu'on les paie. Mais c'est une perte de temps.

— Pourquoi ?

Elle agita le pouce par-dessus son épaule, comme s'ils se trouvaient à Nanrunnel et non à Penzance.

— Les collines sont derrière. La mer devant. La côte est truffée de grottes. Il y a des mines condamnées. Un port plein de chalutiers. Bref, un nombre illimité de cachettes où planquer un couteau sans que personne le retrouve avant des dizaines d'années. Pensez aux couteaux de pêcheur. Combien y en a-t-il qui traînent ici et là ?

— Le tueur aurait donc pu se rendre chez Cambrey les mains vides.

— Peut-être que oui. Peut-être que non. Pour l'instant on ne peut rien dire.

— Et Cambrey n'a pas été attaché ?

— Selon les techniciens de la police scientifique, non. On n'a retrouvé aucune trace de chanvre, de Nylon ou de quoi que ce soit d'autre. Quant au second cadavre, celui de Howenstow, c'est une autre paire de manches.

— Histoire de drogue ?

Le Dr Waters dressa aussitôt l'oreille.

— Difficile à dire. Nous n'en sommes qu'aux examens préliminaires. Y a-t-il quelque chose...

— Cocaïne.

Elle griffonna dans son bloc.

— Pas étonnant. Les gens sont prêts à prendre n'importe quoi pour planer. Les imbéciles. (Elle parut sur le point de s'absorber dans une triste réflexion relative à la consommation de drogue dans le pays. Se secouant, elle poursuivit :) On a vérifié le taux d'alcool dans le sang. Justin Brooke était saoul.

— Capable de fonctionner ?

— Difficilement mais il fonctionnait. Suffisamment pour aller jusqu'à la falaise et se casser la figure. Quatre vertèbres brisées. Moelle épinière sectionnée. (Elle retira ses lunettes et se frotta l'arête du nez : la peau était rouge, à vif. Sans ses grosses lunettes, elle semblait bizarrement sans défense, privée d'un masque.) S'il s'en était tiré, il serait resté tétraplégique. Il vaut peut-être mieux qu'il soit mort. (Machinalement, son regard se porta sur la jambe appareillée de Saint James. Elle recula dans sa chaise.) Excusez-moi. Je suis désolée. Voilà ce qui arrive quand on travaille trop.

D'un côté une vie diminuée, de l'autre pas de vie du tout. C'était l'éternelle question, que Saint James avait eu maintes fois l'occasion de se poser depuis son accident. Il choisit d'ignorer les excuses du médecin.

— Il est tombé ou on l'a poussé ?

— Les experts sont en train d'examiner minutieusement le corps et les vêtements pour voir s'il s'est battu avec un agresseur potentiel. Mais, pour l'instant, il semble qu'il s'agisse d'une chute. Il était ivre. Il était en haut d'une falaise dangereuse. L'heure de la mort semble avoir été une heure du matin. Il faisait donc nuit. Et il y avait une épaisse couche de nuages dans le ciel, en plus. Je dirai qu'une chute accidentelle est plus que probable.

Saint James songea que Lynley serait rudement soulagé d'apprendre ça. Et pourtant, alors que le Dr Waters lui faisait part de son opinion, il avait du mal à l'accepter. Certes, les apparences donnaient à penser qu'il s'agissait d'un accident. Mais la présence de Brooke en haut de la falaise au beau milieu de la nuit suggérait un rendez-vous clandestin qui avait fini par un meurtre.

A l'extérieur de la salle à manger, ce qui le matin avait été un orage estival se transformait en une véritable tempête, avec vent violent rugissant autour de la maison et trombes d'eau fouettant les vitres. Les rideaux étaient tirés, aussi le vacarme était-il quelque peu atténué, mais de temps à autre une rafale secouait les fenêtres, qui grinçaient de façon inquiétante. Lorsque cela se produisait, au lieu de penser à la mort de Mick Cambrey et à celle de Justin Brooke, Saint James songeait à la disparition de la *Daze*. Il savait que Lynley avait passé le reste de la journée à chercher en vain son frère. La côte étant déchiquetée et difficile à atteindre par la terre, si Peter avait jeté l'ancre dans un port naturel pour échapper au plus gros de l'orage, Lynley ne l'avait pas trouvé.

— Je n'ai pas pensé à faire modifier le menu, disait lady Asherton, parlant de l'assortiment de plats qui leur avait été présenté. Il s'est passé tellement de choses que ça m'est sorti de la tête. Nous devions être neuf à table. Dix, si Augusta était restée. Heureusement qu'elle est repartie hier soir. Si elle avait été là ce matin lorsque Jasper a découvert le corps...

Elle piqua du bout de sa fourchette une branche de brocoli, soudain consciente du décousu de ses propos. La lueur des bougies jouait sur sa robe turquoise et adoucissait les rides que l'inquiétude soulignait entre ses sourcils à mesure que la journée avançait. Elle n'avait pas prononcé une seule fois le nom de Peter depuis qu'on lui avait annoncé sa disparition.

— Il faut bien manger, Daze, dit Cotter, qui, comme les autres d'ailleurs, n'avait pratiquement pas touché à son assiette.

— Mais le cœur n'y est pas, fit lady Asherton qui sourit à Cotter sans réussir à dissimuler son angoisse.

Celle-ci se voyait à ses gestes brusques, aux coups d'œil brefs qu'elle jetait à son fils aîné assis non loin de là. Lynley n'était rentré à Howenstow que dix minutes avant le dîner, et ce temps, il l'avait passé dans le bureau de l'intendance à donner des coups de téléphone. Saint James savait qu'il n'avait pas parlé de Peter à sa mère, et apparemment il n'entendait pas aborder le sujet maintenant. Comme si elle s'en rendait compte, lady Asherton s'adressa à Saint James :

— Comment va Sidney ?

— Elle dort. Elle rentre à Londres demain matin.

— Est-ce bien raisonnable ? fit Lynley.

— Elle y tient absolument.

— Tu l'accompagnes ?

Saint James fit non de la tête, jouant avec le pied de son verre à vin, songeant à la brève conversation qu'il avait eue avec sa sœur une heure plus tôt. Et surtout à son refus de parler de Justin Brooke.

Ne me pose pas de questions, Simon, ne m'oblige pas à répondre à des questions, lui avait-elle dit, pâle, les cheveux collés par la transpiration. *C'est au-dessus de mes forces. Ne m'oblige pas à parler de ça maintenant, je t'en prie.*

— Elle a refusé, elle dit qu'elle se débrouillera très bien seule.

— Peut-être veut-elle parler aux parents de Brooke. Est-ce que la police les a contactés ?

— Je ne sais même pas s'il a de la famille. Je le connais très peu.

En dehors du fait, ajouta-t-il en silence, que je suis heureux de le savoir mort.

Sa conscience l'avait tarabusté toute la journée, le forçant à admettre la vérité, cela depuis le moment où il avait serré sa sœur dans ses bras sur la falaise, contemplé le corps de Brooke à ses pieds, éprouvé un intense sentiment de jubilation qui avait sa source dans le besoin de se venger. Justice est faite, avait-il songé. Justice est rendue. Le bras du châtiment avait peut-être momentanément tardé après que Brooke eut agressé sa sœur sur la plage. Mais Justin Brooke avait quand même fini par payer la sauvagerie avec laquelle il s'était jeté sur Sidney. Et de quelle façon... Saint James s'en réjouissait. Il respirait plus librement à l'idée de savoir Sidney enfin débarrassée de cet homme. L'intensité de son soulagement — si profondément contraire à ce que tout individu civilisé est censé éprouver face au décès d'un autre être humain — le troublait. Il se disait que, l'occasion se fût-elle présentée, il aurait sans problème réglé lui-même son compte à Justin Brooke.

— En tout cas, je crois qu'elle a raison de partir. Personne ne lui a demandé de rester. Officiellement, je veux dire.

Il vit que les autres le comprenaient à demi-mot. Les policiers n'avaient pas demandé à parler à Sidney. En ce qui les concernait, la mort de Brooke était le résultat d'une chute accidentelle.

Les autres convives réfléchissaient à ce détail lorsque la porte de la salle à manger s'ouvrit, livrant passage à Hodge.

— Un coup de téléphone pour Mr Saint James, milady. (Hodge avait une façon d'annoncer les choses et surtout une intonation telle qu'on avait toujours l'impression qu'il s'agissait d'une catastrophe.) Dans le bureau de l'intendance. C'est lady Helen Clyde.

Saint James se leva aussitôt, enchanté d'avoir un prétexte pour s'absenter. L'atmosphère de la salle à manger était lourde de questions inexprimées, d'une multitude de problèmes demandant à être examinés. Mais tout le monde semblait décidé à éviter les discussions, préférant la tension croissante au risque de se trouver confronté à une vérité pénible.

Saint James suivit Hodge le long du couloir menant au bureau de l'intendance. Une seule lampe brillait sur le bureau, projetant une clarté ovale au milieu de laquelle attendait le récepteur. Il s'en saisit.

— Elle a disparu, dit lady Helen en reconnaissant sa voix. Il semble qu'elle ait pris des vacances dans un endroit décontracté : ses vêtements de tous les jours ont disparu mais pas ses tenues élégantes, et il n'y a plus de valise dans l'appartement.

— Tu as réussi à entrer ?

— J'ai baratiné le gardien pour avoir la clé.

— Tu as raté ta vocation, Helen.

— Je sais, Simon. J'aurais fait un escroc de première force. C'est parce que j'ai fréquenté les *finishing schools* au lieu d'aller à l'université. Langues vivantes, beaux-arts, mensonge, dissimulation. Je savais bien que tout ça me servirait un jour.

— Aucune idée de l'endroit où elle a pu aller ?

— Elle a laissé ses produits de maquillage et ses ongles, alors...

— Ses ongles ? Qu'est-ce que c'est que cette histoire, Helen ?

Eclatant de rire, elle lui expliqua en quoi consistaient les ongles artificiels.

— Pas vraiment le genre de choses qu'on porterait pour faire de la randonnée, tu vois. Ni pour jardiner, faire de l'escalade, de la voile, ou aller à la pêche. Nous pensons donc qu'elle est partie à la campagne.

— En Cornouailles ?

— C'est ce qu'on s'est dit, avec Deborah, et on a trouvé un certain nombre d'éléments qui tendraient à le prouver. Pour commencer, Tina est en possession du livret de caisse d'épargne de Mick Cambrey — il a déposé d'assez grosses sommes sur son compte, entre parenthèses —, et on a trouvé deux numéros de téléphone. L'un d'un central téléphonique londonien. Nous avons appelé et sommes tombées sur un message enregistré d'une firme appelée Islington, Ltd, qui indiquait les heures d'ouverture de la boîte. Demain matin, je vais essayer d'en savoir plus.

— Et l'autre ?

— C'est un numéro en Cornouailles, Simon. On a essayé de l'obtenir à deux reprises, mais ça n'a pas répondu. On a pensé que c'était peut-être le numéro de Mick Cambrey.

Saint James sortit une enveloppe d'un tiroir du bureau.

— Tu as essayé les renseignements ?

— J'ai peur que Cambrey ne soit pas dans l'annuaire. Je vais te donner le numéro. Tu pourras peut-être en tirer quelque chose.

Saint James le nota sur l'enveloppe qu'il fourra dans sa poche.

— Sid rentre à Londres demain.

Il raconta à lady Helen ce qui était arrivé à Justin Brooke. Elle l'écouta en silence sans poser de questions ni faire de commentaires, attendant qu'il ait terminé son récit. Il n'omit rien, ajoutant en manière de conclusion :

— Et maintenant, voilà que Peter a disparu à son tour.

— Oh, non, murmura Helen.

A l'arrière-plan, Saint James entendit de la musique en sourdine. Concerto pour flûte. Il aurait bien aimé se trouver assis chez elle dans son salon d'Onslow Square, à parler de tout et de rien, ne songeant qu'à des analyses de fibres ou de cheveux concernant des gens qu'il ne connaissait pas et ne rencontrerait jamais.

— Pauvre Tommy, commenta Helen. Pauvre Daze. Comment vont-ils ?

— Ils tiennent le coup.

— Et Sid ?

— Elle est assez secouée. Tu t'occuperas d'elle, Helen ? Demain soir ? A son retour ?

— Bien sûr. Ne t'inquiète pas. Je m'en charge. (Elle marqua une pause. De nouveau, la musique se fit entendre, délicate, fragile comme un parfum dans l'air. Puis elle dit :) Simon, ce n'est pas parce que tu as souhaité sa mort que c'est arrivé.

Comme elle le connaissait bien.

— Quand je l'ai vu sur la plage, quand j'ai compris qu'il était mort...

— Ne sois pas si dur avec toi-même.

— J'aurais été capable de le tuer, Helen. Dieu sait que ça me démangeait.

— Qui de nous peut se vanter de n'avoir jamais éprouvé la même chose ? Ça ne veut rien dire. Tu as besoin de te reposer, Simon. Nous avons tous besoin d'un peu de repos. Ç'a été un sale moment pour tout le monde.

Il ne put s'empêcher de sourire en entendant son intonation. Mère, sœur, amie dévouée. Il accepta l'absolution qu'elle lui donnait :

— Tu as raison.

— Va te coucher. On peut raisonnablement penser qu'il ne se passera rien cette nuit.

— Espérons.

Il remit le combiné sur son support et resta un moment à observer la tempête. La pluie cinglait les vitres. Le vent bousculait les branches des arbres. Une porte claqua. Il sortit du bureau.

Il envisagea un instant de passer le reste de la soirée seul dans sa chambre. Il se sentait vidé, incapable de réfléchir, anéanti à l'idée de devoir faire la conversation, d'éviter soigneusement les sujets qui préoccupaient tous les invités. Peter Lynley. Sacha

Nifford. Où ils se trouvaient. Ce qu'ils avaient fait. Pourtant, Lynley devait attendre qu'il lui résume son coup de fil avec Helen. Aussi se dirigea-t-il vers la salle à manger.

Des voix provenant du couloir attirèrent son attention alors qu'il approchait de la cuisine. Près du quartier des domestiques, Jasper était en conversation avec un homme à l'aspect rude qui tordait son chapeau plein d'eau. En voyant Saint James, Jasper lui fit signe d'avancer.

— Bob a retrouvé le sloop, dit-il. Il s'est écrasé sur un rocher à Cribba Head.

— C'est la *Daze*, c'est sûr, intervint Bob. Pas moyen de se tromper.

— Est-ce qu'il y a quelqu'un...

— Personne à bord. J'vois pas comment y pourrait y avoir quelqu'un. Vu l'état du voilier, c'est pas possible.

17

Saint James et Lynley, dans la Land Rover du domaine, suivirent l'Austin rouillée du pêcheur. Leurs phares mettaient en évidence les dégâts causés par la tempête. Des rhododendrons déchiquetés bordaient l'allée et les pneus des véhicules écrasaient leurs fleurs violacées qui formaient un tapis épais sur le sol. Une longue branche de platane, arrachée à un arbre, coupait presque la route en deux. Feuilles et branchages volaient dans toutes les directions tandis que de furieuses rafales de vent soulevaient les gravillons de l'allée qui criblaient, telles des balles, la carrosserie des voitures. Les volets du pavillon claquaient avec violence contre les murs de pierre. L'eau ruisselait le long des gouttières. Les roses grimpantes arrachées à leur treillage gisaient en tas détrempés sur les dalles.

Lynley freina devant le pavillon des Penellin et Mark fonça pour les rejoindre. Debout dans l'encadrement de la porte, un châle autour du cou, le vent plaquant sa robe contre ses jambes, Nancy les observait. Elle leur cria quelques mots que la bourrasque ne leur permit pas de saisir. Lynley baissa sa vitre de quelques centimètres tandis que Mark grimpait en hâte sur le siège arrière.

— Vous avez des nouvelles de Peter ? (Nancy retint la porte que le vent faisait claquer contre le mur. Les pleurs du bébé leur parvinrent, à peine perceptibles.) Je peux faire quelque chose ?

— Restez à côté du téléphone, cria Lynley. Il se peut que je vous demande d'aller auprès de maman.

Hochant la tête, elle leur adressa un signe de la main et rentra. Lynley passa en première. Ils s'engagèrent dans l'avenue, traversant une flaque d'eau, franchissant une nappe de boue.

— Le bateau est à Cribba Head ? s'enquit Mark Penellin, les cheveux plaqués par la pluie.

— D'après ce qu'on nous a dit, oui, répondit Lynley. Que vous est-il arrivé ?

Mark porta prudemment la main au sparadrap qui ornait son sourcil droit. Des écorchures couvraient ses phalanges et le dos de sa main.

— J'essayais de caler les volets pour que le bébé arrête de pleurer. J'ai failli me faire assommer. (Il remonta le col de son ciré et le boutonna.) C'est bien la *Daze*, vous en êtes sûr ?

— Ça en a tout l'air.

— Et Peter ?

— Aucune nouvelle.

— L'imbécile.

Mark prit un paquet de cigarettes, en offrit à Lynley et à Saint James, qui refusèrent. Il en alluma une, qu'il fuma un instant avant de l'éteindre.

— Vous n'avez pas vu Peter ? questionna Lynley.

— Pas depuis vendredi après-midi sur la plage.

Saint James se retourna pour regarder le jeune homme :

— Peter nous a dit qu'il ne vous avait pas vu vendredi.

Mark haussa un sourcil, fit une grimace et tapota son sparadrap.

— Peut-être que ça lui est sorti de la tête, mais il m'a vu.

A la suite de l'Austin, la Land Rover se traînait le long de l'étroit sentier. N'étaient les phares des véhicules et quelques rares fenêtres de cottage ou de ferme encore éclairées, l'obscurité était complète. L'absence de lumière, s'ajoutant à la tempête, ralentissait leur progression. La chaussée était inondée. Les haies s'inclinaient dangereusement vers la voiture. Les phares éclairaient crûment la pluie torrentielle. Faisant halte à deux reprises pour débarrasser la chaussée des branchages qui l'obstruaient, ils mirent cinquante minutes à parcourir un trajet qui leur aurait demandé un quart d'heure en temps normal.

A la hauteur de Treen, ils obliquèrent pour prendre le chemin menant à Cribba Head et stoppèrent à quelque vingt mètres du sentier qui descendait vers l'anse de Penberth. Du siège arrière, Mark tendit à Lynley un ciré de pêcheur qu'il enfila par-dessus son pull gris.

— Il vaut mieux que tu nous attendes ici, Saint James. (Même à l'intérieur de la voiture, Lynley devait élever la voix pour se faire entendre tant le vent et les vagues faisaient de vacarme. La

Land Rover oscillait dangereusement tel un jouet sous les coups de boutoir de la tempête.) Le trajet n'est pas commode.

— Je vais essayer de t'accompagner.

Lynley hocha la tête, ouvrant sa portière. Ils sortirent tous les trois. Saint James ne tarda pas à constater qu'il lui fallait faire appel à toutes ses forces pour refermer sa propre portière une fois que Mark Penellin fut descendu de la Land Rover.

— Bon Dieu ! s'écria le jeune homme. Ça souffle !

Il alla aider Lynley qui sortait du coffre des cordes et des gilets de sauvetage.

Devant eux, le pêcheur avait laissé allumés ses phares qui éclairaient jusqu'à la falaise. Le pêcheur commença à patauger au milieu des herbes qui se collaient à son pantalon. Il tenait une corde.

— Le bateau est dans la baie, cria-t-il par-dessus son épaule aux trois hommes qui le rejoignaient. A cinquante mètres du rivage environ. L'avant sur les rochers. Quasiment démâté, j'en ai peur.

Courbés en deux pour mieux résister au vent — qui était aussi violent que glacial, à croire qu'il soufflait de l'Antarctique —, ils se dirigèrent tant bien que mal vers le bord de la falaise. Un étroit sentier rendu glissant par les trombes d'eau descendait jusqu'à l'anse de Penberth où luisaient faiblement des lumières provenant de petits cottages de granit construits au bord de l'eau. Des torches oscillaient près des brisants où des gens du cru, assez courageux pour braver la tempête, regardaient le sloop qui achevait de se déchiqueter. Pas moyen d'atteindre le voilier. A supposer qu'une petite embarcation ait réussi à franchir la barre, le rocher sur lequel la *Daze* était allée se fracasser aurait causé sa perte.

— Impossible de vous suivre, cria Saint James lorsqu'il vit dans quel état se trouvait le sentier. Je vais être obligé d'attendre ici.

Lynley leva une main, hocha la tête et attaqua la descente. Les autres le suivirent, se frayant un chemin au milieu des rochers, trouvant péniblement des prises dans les anfractuosités de rocs glissants. Saint James les regarda disparaître dans un puits d'ombre avant de faire demi-tour, luttant contre le vent et la pluie pour regagner la voiture. Il avait l'impression que ses chaussures étaient lestées de boue et que les mauvaises herbes restaient accrochées au lourd talon métallique de sa jambe appareillée. Lorsqu'il atteignit la Land Rover, il était à bout de souffle. Il ouvrit la portière et s'engouffra à l'intérieur.

A l'abri de la tempête, il se débarrassa de son ciré et de sa vareuse en tricot qui était toute trempée, et s'ébroua, secouant la tête pour faire tomber l'eau de ses cheveux. Il frissonna, n'ayant qu'une envie, enfiler des vêtements secs ; puis, les paroles du pêcheur lui revenant à l'esprit, il se mit à réfléchir. Dans un premier temps, Saint James se dit qu'il n'avait pas bien entendu. L'avant sur les rochers. Il devait y avoir une erreur. Pourtant un pêcheur cornouaillais ne pouvait se tromper et le bref coup d'œil que Saint James avait jeté au voilier allait dans le sens de ce qu'avait dit l'homme de la mer. Donc il n'y avait pas d'erreur. Cela étant, de deux choses l'une : ou il ne s'agissait pas de la *Daze*, ou leurs théories étaient à revoir.

Trente minutes s'écoulèrent avant que Lynley et Mark ne reviennent, suivis du pêcheur. La tête enfoncée dans les épaules, ils restèrent un instant près de l'Austin à se concerter, le pêcheur faisant force gestes. Lynley hocha la tête et, criant un ultime commentaire, pataugea dans la boue et les herbes pour regagner la Rover. Mark Penellin lui emboîta le pas. Ils rangèrent leur matériel dans le coffre et se laissèrent tomber, trempés, sur les sièges de la voiture.

— Le sloop est fichu, dit Lynley, soufflant comme un coureur de fond. Dans une heure, il n'en restera plus rien.

— C'est la *Daze* ?

— Sans aucun doute.

Devant eux, l'Austin rugit, recula, effectua un demi-tour et s'en fut, les abandonnant sur la falaise. Le regard fixe, Lynley contemplait l'obscurité. La pluie tombait à verse sur le pare-brise.

— Qu'as-tu appris ?

— Pas grand-chose. Ils ont vu le bateau arriver à la nuit tombante. Cet imbécile de Peter a essayé de franchir la barre rocheuse pour se mettre à l'abri dans la baie.

— Quelqu'un a été témoin de l'accident ?

— Il y avait cinq hommes qui travaillaient autour d'un cabestan, non loin. Quand ils ont vu ce qui se passait, ils ont rassemblé une petite équipe et sont allés voir ce qu'ils pouvaient faire. Ce sont des pêcheurs. Ils ne laisseraient pas quelqu'un donner sur les rochers sans essayer de lui porter secours. Mais, quand ils ont réussi à apercevoir clairement le voilier, ils ont constaté qu'il n'y avait personne sur le pont.

— Comment est-ce possible ?

Saint James regretta aussitôt sa question car il ne pouvait y avoir qu'une réponse, ce qu'il comprit avant même que Lynley et Mark la formulent.

— Par gros temps, on peut être emporté par une lame et passer par-dessus bord, dit Mark. Si on ne fait pas attention, qu'on ne porte pas de harnais de sécurité, si on n'est pas suffisamment amariné...

— Peter n'était pas un novice, coupa Lynley.

— Ça arrive à tout le monde de perdre les pédales, Tommy, remarqua Saint James.

Lynley ne réagit pas tout de suite, pesant cette hypothèse. Il regarda par-delà Saint James le sentier détrempé qui conduisait à la petite baie. L'eau dégoulinait de ses cheveux sur son front. D'un revers de main machinal, il l'essuya.

— Il aurait pu se réfugier en bas. Si ça se trouve, il y est encore. Et Sacha aussi.

Saint James se dit que ce n'était pas complètement impossible et que ça collait même plutôt bien avec la position de la *Daze*. A supposer que Peter ait été sous l'influence de la drogue lorsqu'il avait décidé de sortir le bateau — comme l'indiquait le fait qu'il fût sorti en mer au moment où une tempête se préparait —, son jugement aurait été faussé : sous l'effet de la cocaïne, il aurait eu tendance à se croire supérieur aux éléments, invincible, maître de la situation. La tempête, au lieu d'être un danger bien réel, aurait été une source d'excitation, une façon de planer, de s'éclater en beauté.

D'un autre côté, sa fuite à bord de la *Daze* avait peut-être été un ultime geste de désespoir. Si Peter devait filer afin d'éviter de répondre aux questions de la police concernant Mick Cambrey et Justin Brooke, il n'était pas impossible qu'il eût délibérément choisi de fuir par la mer. Sur terre, on l'aurait sûrement remarqué. Il n'avait pas de moyen de locomotion, il lui aurait fallu se faire prendre en stop. Comme en outre il était accompagné de Sacha, l'automobiliste qui les aurait pris n'aurait sans doute pas manqué de se souvenir d'eux et l'aurait dit à la police si celle-ci était venue l'interroger. Peter avait été assez astucieux pour envisager cette hypothèse.

Pourtant, la position comme la destruction du bateau suggéraient autre chose qu'une fuite.

Lynley mit le contact.

— Demain, je rassemble un petit groupe, dit-il. Pour aller à leur recherche.

Lady Asherton les rejoignit dans le couloir où ils accrochaient aux patères leurs cirés et leurs vareuses trempés. Dans un premier temps, elle ne souffla mot. Une main plaquée sur la poitrine comme pour parer un coup éventuel, elle tenait de l'autre un châle qu'elle avait jeté sur ses épaules, un châle en cachemire rouge et noir qui jurait avec son teint et les couleurs de sa robe.

Elle semblait s'en servir plus pour se réconforter que pour se réchauffer car le tissu était fin et, que ce fût de froid ou d'inquiétude, elle tremblait sous ce mince vêtement. Elle était très pâle et Lynley songea que, pour la première fois, elle faisait réellement son âge. Cinquante-six ans.

— J'ai fait apporter du café pour vous dans mon petit bureau, dit-elle.

Lynley surprit le regard de Saint James. Celui-ci connaissait suffisamment bien son ami pour comprendre qu'il venait de prendre sa décision. Le moment était venu de parler à lady Asherton de Peter. Il lui fallait la préparer à ce qui risquait d'arriver au cours des jours à venir. Et cela, il s'en sentait incapable en présence de Saint James, quelque désir qu'il eût d'avoir son vieil ami à ses côtés.

— Je vais voir où en est Sidney, dit Saint James. Je vous rejoins.

Il s'éloigna vers l'armurerie. Demeuré seul avec sa mère, Lynley ne sut que dire. A la manière d'un invité plein de bonne volonté, il opta pour une formule banale :

— Un café ne me fera pas de mal.

Lady Asherton le précéda. Il remarqua sa démarche, tête droite, épaules rejetées en arrière. Et il en comprit sans peine la raison. Elle ne voulait pas que quiconque l'apercevant — Hodge, la cuisinière, l'une des bonnes — pût déceler son trouble. Son intendant avait été arrêté pour meurtre ; l'un de ses invités était mort dans la nuit ; son fils cadet avait disparu et son autre fils était un homme avec lequel elle n'avait pas parlé à cœur ouvert depuis plus de quinze ans. Mais, si l'un de ces événements la perturbait, personne ne devait s'en rendre compte. Et si les ragots allaient bon train à l'office, il ne fallait pas que ce fût à propos de la façon dont le châtiment divin s'était enfin abattu sur la comtesse d'Asherton.

Ils longèrent le couloir qui traversait la maison sur toute sa longueur. Tout au bout, la porte du petit bureau était fermée et, lorsque lady Asherton l'ouvrit, son seul occupant se leva, écrasant sa cigarette dans un cendrier.

— Avez-vous trouvé quelque chose ? s'enquit Roderick Trenarrow.

Sur le seuil, Lynley hésita, conscient soudain de l'état lamentable de ses vêtements. Son pantalon trempé lui grattait la peau. Sa chemise lui collait à la poitrine et aux épaules, le col était plaqué contre sa nuque. Même ses chaussettes étaient bonnes à tordre, car bien qu'il eût mis des bottes en caoutchouc pour descendre jusqu'à l'anse de Penberth, il les avait retirées dans la voiture et il avait marché dans une superbe flaque lorsqu'il était sorti de la Rover au retour.

Aussi aurait-il nettement préféré aller se changer. Mais il se força à entrer dans la pièce, s'approchant de la table jouxtant le bureau de sa mère sur laquelle était posée une cafetière.

— Tommy ? dit sa mère, assise sur la moins confortable des chaises.

Lynley s'installa sur le canapé avec sa tasse. Trenarrow resta près de la cheminée. Un feu de charbon brûlait dont la chaleur ne parvenait pas à réchauffer Lynley, prisonnier de ses vêtements trempés et visqueux. Il jeta un coup d'œil à Trenarrow, lui adressant un signe de tête mais ne soufflant mot. Il voulait que le médecin s'en aille, n'ayant aucune envie d'avoir une conversation sur Peter en sa présence. Pourtant il savait que, s'il demandait à rester en tête à tête avec sa mère, cette requête serait mal interprétée par l'un comme par l'autre. A l'évidence, comme la veille au soir, Trenarrow était venu à sa demande. Et il ne s'agissait nullement d'une visite de courtoisie comme le prouvait l'air inquiet du médecin lorsqu'il regarda lady Asherton.

Lynley comprit qu'il n'avait pas le choix. Il se frotta le front, repoussant en arrière ses cheveux mouillés.

— Il n'y avait personne à bord, dit-il. Du moins nous n'avons vu personne. Ils étaient peut-être en bas.

— Tu as appelé quelqu'un ? questionna lady Asherton.

— Les secours, vous voulez dire ? (Il fit non de la tête.) Le bateau était en trop mauvais état. Le temps qu'ils arrivent, il aurait coulé.

— Tu crois qu'il a été projeté par-dessus bord ?

Ils parlaient de son fils, mais ils auraient aussi bien pu parler des plantations à effectuer dans le jardin après la tempête. Lynley s'étonna de son calme.

— Comment savoir ? Peut-être qu'il était en bas avec Sacha. Peut-être qu'ils ont été emportés tous les deux. On ne le saura que lorsqu'on retrouvera leurs corps. Et encore... S'ils sont très abîmés, nous en serons réduits à faire des hypothèses.

A ces mots, elle baissa la tête et se cacha les yeux. Lynley s'attendait à ce que Trenarrow traverse la pièce et aille vers elle. Toutefois, ce dernier ne bougea pas.

— Ne te torture pas ainsi, dit Trenarrow. Nous ne savons rien encore. Nous ne savons même pas si c'est Peter qui a pris le bateau. Je t'en prie, Dorothy, écoute-moi.

Lynley se souvint avec un pincement au cœur que Trenarrow avait toujours été le seul à appeler sa mère par son véritable nom.

— Tu sais très bien qu'il a pris le voilier, dit-elle. Nous savons tous pourquoi. Mais j'ai préféré faire l'autruche. Il a traîné de clinique en clinique pour se faire désintoxiquer. Quatre en tout. Et ça m'arrangeait de me dire qu'il avait fini par décrocher. Mais c'est faux. Je m'en suis rendu compte vendredi matin lorsqu'il est arrivé ici. Seulement, comme je me sentais incapable d'aborder le sujet avec lui, j'ai fait celle qui ne voyait rien. J'avoue que j'ai même commencé à prier pour qu'il s'en sorte seul parce que je ne sais plus que faire pour l'aider. Oh, Roddy...

Si elle n'avait pas prononcé son nom, Trenarrow n'aurait sans doute pas bronché. Mais c'en fut trop : il s'approcha d'elle, se mit à lui caresser le visage, les cheveux, murmurant son nom. Elle lui passa les bras autour de la taille.

Lynley détourna le regard. Les muscles crispés. Les os lourds comme du plomb.

— Je ne comprends pas, dit lady Asherton. Quoi qu'il ait eu l'intention de faire en prenant le bateau, il aurait dû se rendre compte que le temps était menaçant. Il aurait dû comprendre que c'était dangereux. Il ne pouvait pas être inconscient à ce point. (Puis, s'arrachant doucement aux bras de Trenarrow, elle ajouta :) Qu'en penses-tu, Tommy ?

— Je ne sais pas, dit Lynley avec circonspection.

Sa mère se leva, s'approcha du canapé.

— Il y a autre chose, n'est-ce pas ? Tu ne m'as pas tout dit. Non, Roddy... (Trenarrow faisant mine de la prendre dans ses bras, elle l'arrêta d'un geste.) Ça va. Dis-moi de quoi il s'agit, Tommy. Dis-moi ce que tu ne voulais pas que je sache. Tu t'es disputé avec lui hier. Je vous ai entendus. Tu le sais. Il y a autre chose. Parle.

Lynley leva les yeux vers elle. Son visage était redevenu étrangement calme, comme si elle avait réussi à reprendre ses forces. Il baissa le nez sur la tasse de café qui lui réchauffait la paume.

— Peter est passé à Gull Cottage, chez Mick Cambrey, après la visite de John Penellin vendredi soir. Un peu plus tard, Mick est mort. Justin m'a raconté ça après l'arrestation de Penellin, la nuit dernière. Et ensuite... (Il braqua les yeux vers sa mère.) Justin est mort.

Elle entrouvrit les lèvres tandis qu'il parlait mais garda un air impassible.

— Tu ne penses pas que ton frère...

— Je ne sais pas quoi penser. (Lynley avait l'impression d'avoir la gorge à vif.) Que voulez-vous que je pense, bon Dieu ? Mick est mort. Justin est mort. Peter a disparu. Que diable voulez-vous que je pense de tout ça ?

Trenarrow esquissa un pas en avant comme pour atténuer la violence des paroles de Lynley. Mais lady Asherton s'approcha de son fils assis sur le canapé, lui mit un bras autour des épaules. Puis elle déposa un rapide baiser sur ses cheveux trempés.

— Tommy, Tommy chéri, murmura-t-elle. Cher, cher Tommy. Pourquoi crois-tu devoir porter ce fardeau seul ?

C'était la première fois en dix ans qu'elle le touchait.

18

Le ciel matinal céruléen souligné de nuages mousseux contrastait avec la grisaille de la veille. Les oiseaux de mer emplissaient de nouveau l'air de leurs cris rauques. Le sol portait d'abondantes traces du temps exécrable de la journée précédente. Posté devant la fenêtre de sa chambre, une tasse de thé à la main, Saint James examinait les dommages causés par ces heures de pluie et de tempête.

Les tuiles du toit gisaient en miettes dans l'allée qui aboutissait dans la cour sur laquelle donnait sa chambre. Une girouette tordue était tombée au milieu des tuiles, projetée là par la bourrasque. Des fleurs écrasées formaient çà et là comme des tapis aux couleurs claquantes : campanules violettes, bégonias roses, pieds-d'alouettes et, un peu partout, pétales de roses déchiquetés. Des morceaux de verre brisé luisaient tels des bijoux sur les pavés ; un petit carreau demeuré miraculeusement intact recouvrait une flaque d'eau, lui donnant l'aspect d'un lac miniature pris par la glace. Les jardiniers s'affairaient, travaillant déjà à réparer les dégâts. Saint James distinguait leurs voix venant du parc, qu'étouffait par intermittence le rugissement de la tronçonneuse.

Deux coups énergiques annoncèrent l'arrivée de Cotter.

— J'ai le renseignement que vous m'avez demandé, annonça-t-il. Vous allez être surpris. (Traversant la pièce, il tendit à Saint James l'enveloppe que ce dernier avait prise dans le bureau de l'intendance lors de sa conversation téléphonique avec lady Helen.) C'est le numéro du Dr Trenarrow, figurez-vous.

— Vraiment ? s'étonna Saint James, reposant sa tasse sur une table.

Il prit l'enveloppe, qu'il se mit à tripoter pensivement.

— Je n'ai même pas eu besoin de le composer, Mr Saint James, poursuivit Cotter. Hodge l'a reconnu dès que je le lui ai montré. Il l'a fait tellement souvent...

— Vous avez vérifié quand même, pour plus de sûreté, Cotter ?

— Oui. C'est bien le numéro du Dr Trenarrow. Et je lui ai annoncé notre venue.

— Des nouvelles de Tommy ?

— Daze m'a dit qu'il avait téléphoné de Pendeen. (Cotter secoua la tête.) Rien.

Saint James fronça les sourcils, se demandant si la stratégie adoptée par Tommy était vraiment la plus efficace : son ami avait obstinément refusé de faire intervenir les gardes-côtes et la police. Il était parti à l'aube, accompagné de six hommes des fermes environnantes, afin de fouiller la côte de St. Ives à Penzance. Ils avaient pris deux vedettes, l'une partant de Penzance et l'autre de la baie de St. Ives. Les embarcations étaient suffisamment petites pour que leurs occupants puissent s'approcher du rivage et suffisamment rapides pour leur permettre d'effectuer une reconnaissance préliminaire en l'espace de quelques heures. Toutefois, si ces recherches n'aboutissaient à rien, il leur faudrait en effectuer d'autres, sur terre, cette fois. Ce qui prendrait des jours et nécessiterait, que cela plût ou non à Lynley, l'intervention de la police locale.

— Ce maudit week-end m'a mis sur les rotules, commenta Cotter, reposant la tasse de thé de Saint James sur le plateau qui était sur la table de nuit. Je suis rudement content que Deborah soit repartie pour Londres et que tout cela lui soit épargné.

Manifestement il tendait une perche à Saint James, essayant de provoquer chez lui une réaction qui l'aurait encouragé à poursuivre dans cette voie. Mais Saint James n'avait pas l'intention de broncher.

Cotter se mit alors en devoir de secouer la robe de chambre de Saint James avant de la suspendre dans l'armoire. Il passa un moment à remettre en ordre ses chaussures déjà soigneusement alignées sur la planche du bas. Il entrechoqua sans raison valable les cintres en bois et fit claquer les serrures de la valise posée sur l'étagère du haut. Puis n'y tenant plus, il lança :

— Qu'est-ce qu'elle va devenir, la petite, dans cette famille ? Vous avez vu le genre de relations qu'ils ont ? C'est froid ! C'est glacial ! C'est pas comme chez vous. Oh, ils sont riches, très riches même, bien sûr, mais Deb, ce n'est pas l'argent qui l'attire. Ce qui l'intéresse, cette petite, vous le savez aussi bien que moi.

La beauté, la contemplation, les couleurs du ciel, une idée, la vue d'un cygne. Saint James savait tout cela, il l'avait toujours su. Mais il avait besoin d'oublier. Aussi, lorsque la porte de sa chambre s'ouvrit, livrant passage à Sidney, accueillit-il sa sœur avec soulagement. Cependant, la porte de l'armoire restée ouverte lui bouchant la vue, Cotter ne parut pas se rendre compte que Saint James et lui n'étaient plus seuls.

— Ne me dites pas que ça vous laisse de marbre, poursuivit Cotter avec vigueur. Je sais bien que non, ça se lit sur votre figure.

— Je vous dérange ? questionna Sidney.

Cotter claqua la porte de l'armoire. Son regard se dirigea vers Sidney puis vers Saint James.

— Je vais m'occuper de la voiture, fit-il d'un ton abrupt, les laissant seuls.

— De quoi parliez-vous ? s'enquit Sidney.

— De rien. De rien d'intéressant.

— Ce n'est pas l'impression que j'ai eue.

— Eh bien, tu t'es trompée.

— Je vois.

Elle resta dans l'encadrement de la porte, la main sur la poignée. En la voyant, Saint James éprouva un sentiment d'inquiétude. Elle avait l'air souffrante et abattue, des cernes bleus presque noirs soulignaient ses yeux, seule touche de couleur dans son visage ; ses yeux eux-mêmes étaient vides et inexpressifs, renvoyant la lumière au lieu de l'absorber. Elle portait une jupe en jean délavé et un pull trop large. Ses cheveux n'avaient pas été peignés.

— Je pars. Daze m'emmène à la gare.

Ce que Saint James avait jugé raisonnable la veille lui parut hors de question lorsqu'il vit sa sœur à la lumière du jour.

— Pourquoi ne pas rester, Sid ? Je te ramènerai chez toi plus tard.

— Il vaut mieux que je parte. J'ai envie de rentrer. C'est la meilleure solution.

— Mais la gare...

— Je prendrai un taxi jusqu'à la maison. Ne t'inquiète pas. (Elle tourna la poignée de la porte comme pour la tester.) Peter a disparu ?

— Oui.

Saint James lui raconta ce qui s'était passé depuis qu'il l'avait reconduite dans sa chambre la veille au matin. Elle l'écouta sans le regarder. Plus il parlait, plus il la sentait tendue — tension qui résultait manifestement de la colère que Peter Lynley lui inspirait. Après son apathie de la veille, ce changement d'humeur le désarçonnait, bien qu'il sût que sa colère était naturelle, tout comme était naturel le besoin de frapper, de blesser pour faire partager sa souffrance d'une façon ou d'une autre. Le pire, dans un décès, c'est le moment où l'on se rend compte que, quel que soit le nombre de personnes qui pleurent le défunt — famille, amis, nation tout entière —, il n'y a pas deux individus qui vivent sa disparition de la même façon. Aussi a-t-on toujours l'impression de passer ce cap seul. Dans le cas de Sidney, c'était encore pire, car elle était réellement la seule à porter le deuil de Justin Brooke.

— Ça tombe à pic, que Peter ait disparu, commenta Sidney lorsqu'il eut terminé son récit.

— Que veux-tu dire ?

— Il m'avait tout raconté.

— Tout raconté ?

— Justin m'avait tout raconté, Simon. La visite de Peter à Gull Cottage. L'engueulade entre Mick et Peter. Je suis au courant de tout. *Tout*, tu m'entends ? C'est clair ? (Elle resta près de la porte. Si elle s'était précipitée dans la chambre pour déchiqueter les rideaux et les draps ou jeter par terre le vase plein de fleurs, Saint James se serait senti moins mal à l'aise. Ç'aurait été un comportement digne de Sidney. Mais cette immobilité ne lui ressemblait pas. Seule sa voix trahissait son état d'esprit, et encore.) Je lui ai dit qu'il fallait qu'il en parle à Tommy. Ou à toi, poursuivit-elle. Après l'arrestation de John Penellin, je lui ai conseillé de tout vous raconter. Il ne pouvait pas continuer de se taire. Je lui ai décrété qu'il était de son devoir de dire ce qu'il savait, de dire la vérité. Seulement il ne voulait pas être mêlé à cette histoire. Il savait qu'en parlant il n'arrangerait pas les affaires de Peter. J'ai insisté. Je lui ai fait remarquer que, si quelqu'un avait vu John Penellin à Gull Cottage, ce quelqu'un avait dû également les voir, Peter et lui. Je l'ai incité à aller raconter sa visite au cottage aux flics plutôt que de laisser à un voisin des Cambrey l'occasion de le leur apprendre.

— Sid...

— Il était embêté parce qu'il avait laissé Peter seul avec Mick. Il était embêté parce que Peter n'avait qu'une idée : trouver de la cocaïne. Il était inquiet parce qu'il ignorait ce qui s'était passé après son départ. J'ai réussi malgré tout à le convaincre de parler à Tommy. Il lui a parlé. Et maintenant il est mort. Alors c'est pour ça que je dis que la disparition de Peter tombe à pic : au moment où nous avons tous envie de lui poser des tas de questions, notre cher Peter se volatilise dans la nature.

Saint James traversa la pièce pour la rejoindre et ferma la porte.

— Les policiers sont d'avis que la mort de Justin est accidentelle. Rien ne permet de penser qu'il s'agit d'un meurtre, Sid.

— Je n'en crois pas un mot.

— Pourquoi ?

— Je ne sais pas. Je n'y crois pas, c'est tout.

— Il était avec toi dans la nuit de samedi ?

— Bien sûr qu'il était avec moi. (Elle rejeta la tête en arrière et annonça fièrement :) Nous avons fait l'amour. Il avait envie de moi. Il est venu me retrouver dans ma chambre. Sans que je lui demande quoi que ce soit. C'est lui qui est venu.

— Quand il t'a quittée... après, quel prétexte a-t-il invoqué ?

Les narines de Sidney frémirent.

— Il m'aimait, Simon. Il me désirait. Nous étions bien ensemble. Mais ça, évidemment, ça te dépasse. Tu n'arrives pas à l'avaler, hein ?

— Sid, je n'ai nullement l'intention de mettre en doute ses...

Dans le couloir deux femmes bavardaient, se disputant mollement pour savoir qui passerait l'aspirateur et qui nettoierait les sanitaires. Leurs voix enflèrent l'espace d'un instant puis s'estompèrent tandis qu'elles descendaient l'escalier.

— Quelle heure était-il lorsqu'il t'a quittée ?

— Aucune idée.

— Il a dit quelque chose en partant ?

— Il était agité, il ne pouvait pas dormir. Ça lui arrive. Parfois, après l'amour, il est tellement tendu qu'il remet ça aussitôt.

— Mais pas samedi ?

— Il m'a dit qu'il pensait pouvoir mieux dormir dans sa propre chambre.

— Est-ce qu'il s'est habillé avant de sortir de chez toi ?

— Est-ce qu'il... oui, il s'est habillé. (Elle tira la conclusion qui s'imposait.) C'est donc qu'il allait retrouver Peter. Sinon pourquoi se serait-il habillé ? Sa chambre était de l'autre côté du couloir. Et il s'est habillé de pied en cap, Simon. Chaussures, chaussettes, pantalon, chemise. Tout, sauf sa cravate. (Elle froissa le tissu de sa jupe.) Peter n'a pas dormi dans son lit. J'ai appris ça ce matin. Justin n'est pas tombé. Tu sais qu'il n'est pas tombé.

Saint James ne chercha pas à discuter avec elle. Il réfléchissait aux diverses possibilités nées du fait que Justin Brooke avait mis ses vêtements. Si Peter Lynley avait souhaité avoir une conversation anodine avec Brooke, il aurait été plus malin pour tous les deux que cette conversation eût lieu dans la maison. Si, au contraire, il avait voulu se débarrasser de Brooke, ç'aurait été plus astucieux de le rencontrer dans un endroit où la chose eût pu passer pour un accident. Mais si tel avait été le cas, comment Justin avait-il pu accepter de voir Peter en tête à tête ?

— Voyons, Sid, ça n'a aucun sens. Justin n'était pas un imbécile. Pourquoi aurait-il accepté un rendez-vous avec Peter sur la falaise ? En pleine nuit ? Après la petite conversation qu'il avait eue avec Tommy, il devait se douter que Peter serait fou de rage. (Puis, repensant à la scène sur la plage le vendredi après-midi, il ajouta :) A moins que Peter ne l'ait attiré là-bas sous un faux prétexte. En lui agitant sous le nez je ne sais quelle carotte.

— Quoi donc ?

— Sacha ?

— Absurde.

— De la cocaïne, alors. Ils étaient allés à Nanrunnel pour essayer de s'en procurer.

— Ça n'aurait pas marché. Justin avait décidé d'arrêter d'en prendre. Après ce qui s'était passé sur la plage. Il m'a fait des excuses. Il m'a dit qu'il décrochait. Qu'il ne se droguerait plus.

Saint James ne pouvant dissimuler son scepticisme, sa sœur sortit de son apathie.

— Il m'avait donné sa parole, Simon. Tu ne le connaissais pas. Tu ne peux pas comprendre. Quand il promettait quelque chose pendant qu'on faisait l'amour... surtout lorsque je... je lui faisais ce qu'il aimait...

— Bon Dieu, Sidney.

Elle fondit en larmes.

— Et voilà. « Bon Dieu, Sidney. » C'est tout ce que tu trouves à dire ? Pourquoi est-ce que tu comprendrais, toi qui n'as jamais rien éprouvé pour personne ? Ça ne m'étonne pas. Tu n'as que faire de la passion. Tu as la science. Tu as ton travail. Tes projets, tes conférences, tes séminaires et tous tes petits stagiaires qui te lèchent les bottes.

Le besoin de blesser resurgissait chez Sidney. Saint James fut pris par surprise. Que l'attaque fût justifiée ou non, il ne parvint pas à trouver une réponse.

Sidney se passa une main sur les yeux.

— Je m'en vais. Dis à notre petit Peter quand tu l'auras retrouvé que j'ai des tas de choses à lui dire. J'ai hâte de le voir, crois-moi.

La maison de Trenarrow ne fut guère difficile à trouver car elle était située au-dessus de Paul Lane, en bordure du village, et c'était en outre la bâtisse la plus grande qu'il y eût en vue. Comparée à Howenstow, c'était une demeure modeste. Mais par rapport aux cottages accrochés à flanc de colline au-dessous, la villa était imposante avec ses vastes fenêtres en saillie ouvrant sur le port et son écran de peupliers en toile de fond sur laquelle les murs en pierre de taille et les huisseries blanches se détachaient joliment.

Assis près de Cotter qui conduisait la Land Rover, Saint James aperçut la villa dès qu'ils commencèrent la descente sur

Nanrunnel. Ils contournèrent le port, les magasins du village, les appartements pour touristes. A la hauteur de *L'Ancre et la Rose*, ils tournèrent dans Paul Lane. La route grimpait en serpentant, jonchée de branchages arrachés aux haies et aux buissons. Dans les flaques d'eau se reflétait le ciel.

A l'entrée d'une allée étroite, une plaque discrète indiquait *La Villa*. Des fuchsias la bordaient, qui retombaient lourdement contre un mur de pierre sèche. Derrière le muret, un jardin en terrasse couvrait la plus grande partie du terrain à flanc de colline. Un sentier sinueux soigneusement dessiné conduisait à la maison à travers des plates-bandes de phlox, de campanules et de cyclamens.

L'allée se terminait en arrondi devant une aubépine. Cotter se gara sous l'épineux, à quelques mètres de la porte d'entrée, abritée sous un porche aux colonnes doriques que flanquaient des jarres pleines de géraniums d'un rouge vermillon.

Saint James examina la façade.

— Il vit seul ici ?

— A ce que j'ai cru comprendre, oui, dit Cotter. Mais j'ai eu une femme au téléphone.

— Une femme ? (Saint James ne put s'empêcher de penser à Tina Cogin et au numéro de téléphone de Trenarrow qui avait été retrouvé dans son studio à Londres.) Voyons ce qu'il a à nous apprendre.

Ce ne fut pas Trenarrow qui vint leur ouvrir mais une jeune Jamaïcaine. Lorsqu'elle prit la parole et qu'il vit la mine de Cotter, Saint James comprit que ce n'était pas Tina Cogin qui avait décroché le téléphone. Ce n'était pas chez Trenarrow que Tina se cachait. Le mystère Cogin demeurait donc entier.

— Le docteur ne reçoit pas ici, dit la jeune femme, regardant Saint James puis Cotter.

On avait l'impression qu'elle débitait une phrase apprise par cœur.

— Le Dr Trenarrow nous attend, expliqua Saint James. Il ne s'agit pas d'une visite médicale.

— Ah, bon. (Elle sourit, exhibant des dents semblables à de l'ivoire au voisinage de son teint couleur café et ouvrit la porte en grand.) Entrez. Il s'occupe des fleurs. Tous les matins il va dans le jardin avant de partir au travail. Je vais le chercher.

Elle leur indiqua la bibliothèque. Avec un regard entendu, Cotter annonça :

— Un tour de jardin ne me fera pas de mal.

Il suivit la Jamaïcaine.

Saint James savait que Cotter allait s'employer à la faire parler. Resté seul dans la pièce, il se mit en devoir de passer l'inspection.

C'était le genre de bibliothèque qu'il affectionnait, pleine d'un parfum de vieux cuir, nantie d'étagères croulant sous les ouvrages et d'une cheminée où un feu était prêt à être allumé. Un bureau occupait le renfoncement de la fenêtre donnant sur le port ; mais comme si le paysage risquait de constituer une distraction, le meuble était orienté vers le milieu de la pièce et non vers l'extérieur. Un magazine ouvert était posé sur le bureau ; un stylo était resté à l'intérieur comme si le lecteur avait été interrompu au beau milieu d'un article. Curieux, Saint James s'en approcha et ferma le magazine : *Recherche sur le cancer.* C'était une revue américaine. Sur la couverture, une scientifique en blouse blanche était appuyée contre une paillasse sur laquelle était posé un énorme microscope électronique. *Clinique Scripps, La Jolla*, indiquait la légende, *Les limites de la biorecherche*.

Saint James rouvrit la revue. L'article traitait d'une molécule protéique appelée protéoglycane. En dépit de ses connaissances scientifiques poussées, il n'y comprit goutte.

— Pas vraiment détendant comme lecture.

Saint James leva les yeux. Le Dr Trenarrow se tenait sur le seuil. Il portait un costume trois-pièces et avait épinglé un bouton de rose au revers de sa veste.

— Ça me dépasse, convint Saint James.

— Des nouvelles de Peter ?

— Rien pour l'instant.

Trenarrow ferma la porte et fit signe à Saint James de s'asseoir dans l'un des fauteuils de cuir.

— Café ? C'est une des rares choses que Dora fait correctement.

— Non, merci. C'est votre femme de ménage ?

— De ménage, si l'on peut dire. (Il eut un bref sourire, s'efforçant de prendre un ton léger. Mais il redevint bientôt sérieux.) Tommy nous a tout dit hier soir. Au sujet de la visite de Peter à Mick Cambrey la nuit de sa mort. Au sujet de Brooke. Je ne sais ce que vous en pensez, mais en ce qui me concerne je peux vous dire que je connais Peter depuis qu'il a six ans et que ce n'est pas un assassin. Il est incapable de violence, jamais il n'aurait pu charcuter Cambrey de cette manière.

— Vous connaissiez bien Mick ?

— Moins bien que d'autres villageois. J'étais son propriétaire. Je lui avais loué Gull Cottage.

— Quand ça ?

— Il y a neuf mois.

— Qui y habitait avant lui ?

— Moi. (Trenarrow changea de position dans son fauteuil, trahissant une certaine irritation.) Je doute que vous soyez venu me rendre une visite de courtoisie à cette heure matinale, Mr Saint James. Serait-ce Tommy qui vous a envoyé ?

— Tommy ?

— Vous connaissez nos relations. On ne peut pas dire que nous soyons en bons termes. Vous me posez des questions sur Mick Cambrey. Sur Gull Cottage. Alors je me demande tout naturellement si ces questions viennent de vous ou si c'est lui qui vous a demandé de me cuisiner.

— C'est une initiative à moi. Mais il sait que je suis venu vous rendre visite.

— Au sujet de Mick ?

— Non. Tina Cogin a disparu. Nous pensons qu'il est possible qu'elle soit ici. En Cornouailles.

— Qui ?

— Tina Cogin. Elle habite Shrewsbury Court Apartments à Paddington. On a retrouvé votre numéro de téléphone dans ses affaires.

— Du diable si... Tina Cogin, dites-vous ?

— Ce n'est pas une malade à vous ? Une ancienne patiente ?

— Je ne reçois pas de patients. Hormis ceux qui sont en phase terminale et souhaitent essayer de nouveaux médicaments. Mais si Tina Cogin en faisait partie et qu'elle a disparu... Je ne vois qu'un endroit où vous puissiez la trouver. Et ce n'est certainement pas en Cornouailles.

— Peut-être est-ce à une autre facette de sa personnalité que vous avez eu affaire.

Perplexe, Trenarrow murmura :

— Je vous demande pardon ?

— Nous avons des raisons de penser que c'est une prostituée.

Les lunettes à monture dorée du médecin glissèrent le long de son nez. Il les remonta d'un geste sec.

— Elle avait mon nom sur la liste de ses clients ?

— Non. Seulement votre numéro de téléphone.

— Mon adresse ?

— Non.

Trenarrow se leva de son siège et se dirigea vers la fenêtre derrière son bureau. Il passa un long moment à admirer le paysage avant de pivoter vers Saint James.

— Il y a un an que je n'ai mis les pieds à Londres. Davantage, peut-être. Mais j'imagine que ça ne change rien à la chose si elle est venue en Cornouailles. Peut-être qu'elle fait la tournée de ses anciens admirateurs. (Il sourit d'un air sec.) Comme vous ne me connaissez pas, Mr Saint James, vous ne pouvez pas savoir si je vous dis la vérité. Sachez toutefois que je n'ai pas pour habitude de payer les femmes pour coucher avec elles. Il y a des hommes qui le font sans broncher ; moi, j'ai toujours préféré les amours non tarifées. Les tractations financières, en amour, ça n'a jamais été mon style.

— C'était celui de Mick ?

— Mick ?

— On l'a vu sortir de son appartement à Londres, vendredi matin. Il est possible qu'il lui ait donné votre numéro. Peut-être avait-elle l'intention de vous demander une consultation.

Les doigts de Trenarrow effleurèrent le bouton de rose qui ornait le revers de sa veste.

— Possible, dit-il, pensivement. D'ordinaire, ce sont plutôt des confrères qui m'adressent leurs patients. Mais c'est possible. Surtout si elle était gravement malade. Mick savait que j'étais dans la recherche sur le cancer. Il m'avait d'ailleurs interviewé à ce propos peu après avoir repris la direction du *Spokesman*. Il n'est pas impossible qu'il lui ait communiqué mon nom. Mais Cambrey aurait fréquenté une prostituée ? Sa réputation va en prendre un sérieux coup. Son père n'arrêtait pas de nous casser les oreilles avec ses prouesses sexuelles : à l'en croire, Mick n'avait jamais eu à débourser un centime pour obtenir les faveurs d'une femme. Selon Harry, ce pauvre Mick était harcelé par une meute de femelles en chaleur : à peine avait-il le temps de remettre son pantalon qu'il s'en trouvait aussitôt une autre pour le supplier de le retirer. S'il est vrai qu'il est mort parce qu'il était en cheville avec une prostituée, Harry va faire une drôle de tête. Il a l'air de penser que ce sont des maris jaloux qui ont fait le coup.

— Et pas une femme jalouse ?

— Nancy ? fit Trenarrow, dubitatif. Je ne l'imagine pas faisant du mal à une mouche. Et à supposer qu'elle ait perdu patience — Mick ne faisait pas mystère de ses bonnes fortunes —, quand l'aurait-elle tué ? Elle pouvait difficilement être en deux endroits à la fois.

— Elle a quitté la buvette pendant dix bonnes minutes l'autre soir.

— Le temps de courir à la maison assassiner son mari et de revenir comme si de rien n'était ? Je connais Nancy, c'est ridicule. Une autre à sa place s'en serait peut-être tirée mais pas elle, elle joue trop mal la comédie. Si elle avait tué son mari, elle n'aurait pas réussi à garder son calme.

Les paroles de Trenarrow n'étaient pas dénuées de bon sens. Du début à la fin, les réactions de Nancy avaient été d'une parfaite authenticité. Choc, chagrin, mutisme, anxiété croissante. Rien de tout cela n'avait semblé sonner faux. A priori, il paraissait impossible qu'elle ait pu se précipiter chez elle pour tuer son mari et feindre l'horreur ensuite. Cela étant, Saint James passa en revue les suspects possibles. John Penellin s'était trouvé dans le secteur, ce soir-là. Peter Lynley et Justin Brooke également. Quant à Harry Cambrey, il était peut-être passé à Gull Cottage, lui aussi. Et en ce qui concernait Mark Penellin, on ne savait toujours pas où il était allé traîner. Pourtant aucun mobile n'émergeait clairement. Ceux auxquels il songeait étaient vagues, nébuleux. Or seul un mobile sans équivoque pouvait permettre de comprendre les circonstances de la mort de Mick Cambrey.

Saint James aperçut Harry Cambrey juste après que Cotter se fut engagé avec la Rover dans Paul Lane. Harry remontait la rue. Il agita énergiquement la main en les voyant arriver. La cigarette qu'il tenait au bout des doigts dessina un filet de fumée dans l'air.

— Qui est-ce ? fit Cotter en ralentissant.

— Le père de Mick Cambrey. Voyons ce qu'il nous veut.

Cotter se gara sur le bas-côté et Harry Cambrey s'approcha de la vitre de Saint James. Il se pencha à l'intérieur de la voiture, apportant avec lui un parfum de tabac et de bière. Il avait nettement meilleure allure que le samedi matin lorsque Saint James et lady Helen étaient allés le voir. Ses vêtements étaient propres, ses cheveux peignés. Et bien qu'il eût encore des poils de barbe qui pointaient çà et là tels des piquants, il avait fait l'effort de se raser.

Il haletait et il grimaça en parlant.

— On m'a dit à Howenstow que vous étiez allés chez Trenarrow. Passez à mon bureau. Faut que j'vous montre quelque chose.

— Des notes ? s'enquit Saint James.

Cambrey fit non de la tête.

— Mais j'ai quand même éclairci une partie du mystère.

Saint James lui ayant ouvert la portière, Cambrey monta dans la Rover et salua Cotter.

— C'est cette histoire de chiffres. Ceux qu'étaient dans son bureau. Je retourne ça dans ma tête depuis samedi. Je sais à quoi ça correspond.

Cotter resta dans le pub en compagnie de Mrs Swann, à bavarder devant une pinte d'*ale*. Tandis que Saint James suivait

Harry Cambrey dans l'escalier menant à la rédaction, il l'entendit dire à la patronne :

— Des œufs brouillés ? Je me laisse tenter.

Contrairement à ce qui s'était passé lors de sa précédente visite, le personnel du *Spokesman* était à pied d'œuvre. Toutes les lumières étaient allumées, dissipant la pénombre que Saint James avait qualifiée de dickensienne. Dans trois des quatre boxes, des employés tapaient à la machine ou parlaient au téléphone. Un jeune homme à cheveux longs étudiait des planches contact. Près de lui un maquettiste travaillait à la prochaine édition du journal sur une table inclinée ; il avait une pipe éteinte entre les dents et tapotait son crayon en rythme contre un pot de trombones en plastique. Devant le traitement de texte installé sur la table jouxtant le bureau de Mick Cambrey, une femme était assise et tapait. Elle avait des cheveux sombres et soyeux tirés en arrière, lui dégageant le visage, et des yeux intelligents. Elle était très séduisante. Julianna Vendale, se dit Saint James. Il se demanda si ses responsabilités au journal avaient changé avec la mort de Mick Cambrey.

Harry Cambrey l'entraîna vers l'un des boxes. Le réduit était meublé avec parcimonie et la manière dont il était aménagé montrait que ce bureau était le sien et qu'aucun effort n'avait été fait pour le modifier pendant sa convalescence après son opération du cœur. Tout indiquait que, malgré les souhaits les plus chers d'Harry, son fils n'avait pas un instant eu l'intention de s'approprier son bureau ni de lui piquer son fauteuil de rédacteur en chef. Les coupures de presse encadrées et jaunies par les années évoquaient les « scoops » qui avaient fait la fierté du fondateur du *Spokesman*. Tentative de sauvetage en mer au cours de laquelle vingt des sauveteurs potentiels s'étaient noyés. Accident dramatique survenu à un pêcheur du coin. Sauvetage d'un enfant tombé dans une mine. Bagarre dans une kermesse à Penzance. Ces coupures étaient accompagnées de photos, originaux de celles qui avaient illustré les articles.

Sur un bureau déglingué, la dernière édition du *Spokesman* était ouverte à la page de l'éditorial. La rubrique rédigée par Mick avait été entourée d'un épais trait rouge. Sur le mur opposé était accrochée une carte de la Grande-Bretagne. Cambrey invita Saint James à se tourner de ce côté.

— J'ai pas arrêté de penser à ces chiffres, dit-il. Mick était un garçon organisé. Il n'aurait pas conservé ce bout de papier si ça n'avait pas été important. (Il porta la main à sa poche de poitrine, en sortit un paquet de cigarettes. Il en prit une et l'alluma avant de poursuivre :) J'ai pas encore tout tiré au clair, mais c'est en bonne voie.

Saint James vit que Cambrey avait collé un bout de papier près de la carte. Il y avait écrit une partie du message énigmatique qu'il avait trouvé dans le bureau de son fils. *27500-M1 Approvisionnement-Transport* et en dessous *27500-M6 Financement*. Sur la carte, deux autoroutes avaient été soulignées au feutre rouge, la M1 qui, partant de Londres, filait vers le nord, et la M6 qui allait vers le nord-ouest jusqu'à la mer d'Irlande.

— Regardez ça, dit Cambrey. La M1 et la M6 passent toutes les deux au sud de Leicester. La M1 ne va que jusqu'à Leeds, mais la M6 continue. Elle aboutit à Carlisle.

Saint James réfléchit. Comme il ne réagissait pas, Cambrey s'anima :

— Regardez la carte, mon vieux. Et regardez-la bien. La M6 permet d'accéder à Liverpool, n'est-ce pas ? Elle mène à Preston, à Morecambe Bay. Et tous ces ports...

— ... permettent d'aller en Irlande, conclut Saint James, songeant à l'éditorial qu'il avait lu la veille en prenant son petit déjeuner.

Cambrey prit le bout de papier et le plia. Sa cigarette tressauta entre ses lèvres lorsqu'il parla.

— Mick savait que quelqu'un faisait passer des armes à l'IRA.

— Comment est-ce qu'il a pu tomber sur une histoire aussi fumante ?

— Tomber ? (Cambrey s'ôta la cigarette du bec, retira un brin de tabac de sur sa langue et agita le journal pour donner plus de poids à ses propos.) Le petit n'est pas « tombé » sur cette histoire. C'était un journaliste, pas un idiot. Il savait écouter. Il discutait avec les gens. Il savait suivre des indices. (Cambrey se replanta près de la carte, utilisant le journal roulé en cylindre comme une règle.) Les armes doivent arriver en Cornouailles, ou, sinon en Cornouailles, dans un port du sud. Expédiées par des sympathisants, en Afrique du Nord, en Espagne ou même en France. Elles transitent par la côte sud — Plymouth, Bournemouth, Southampton, Portsmouth. Elles sont expédiées démontées. Transportées à Londres où elles sont remontées. De là, elles sont convoyées par la M1 et la M6 jusqu'à Liverpool, Preston ou Morecambe Bay.

— Pourquoi ne sont-elles pas envoyées directement en Irlande ? questionna Saint James, mais la réponse s'imposa d'elle-même à son esprit.

Un bateau battant pavillon étranger ancré à Belfast attirerait davantage l'attention qu'un bateau anglais. Il aurait droit à une fouille minutieuse de la douane. Mais un bateau anglais passerait plus facilement inaperçu. Car pourquoi les Anglais enverraient-ils des armes destinées à ceux qui les combattaient ?

— M1, M6, il y avait d'autres chiffres sur le papier, souligna Saint James. Ces chiffres veulent sûrement dire quelque chose.

Cambrey opina.

— Ça doit être la référence du bateau qu'ils utilisent, ou des numéros concernant le type d'arme fourni. Une sorte de code. Mais je vous fiche mon billet que Mick était en train de découvrir le pot aux roses.

— Vous n'avez pas trouvé d'autres notes dans ses affaires ?

— Ce que j'ai découvert suffit amplement. Je connais mon gamin.

Saint James réfléchit en regardant la carte. Il songea aux chiffres que Mick avait griffonnés sur le bout de papier. Il songea que l'édito sur l'Irlande du Nord était sorti le dimanche, plus de trente heures après la mort de Mick. Si les deux faits étaient liés, cela signifiait que l'assassin connaissait l'existence du papier avant la parution du *Spokesman*, le dimanche matin. Il se demanda si c'était une possibilité valable.

— Vous conservez les anciens numéros du journal ici ? questionna-t-il.

— Cette histoire n'a aucun rapport avec un numéro précédent, dit Cambrey.

— Peu importe, vous les avez ?

— Certains. Ici.

Cambrey l'entraîna vers une armoire métallique placée à gauche des fenêtres. Il en ouvrit les portes, révélant des piles de journaux entassés sur les étagères. Saint James y jeta un coup d'œil, prit la première pile et regarda Cambrey.

— Vous pouvez m'obtenir les clés de Mick ?

Cambrey eut l'air intrigué.

— J'ai une clé du cottage ici.

— Il me faut toutes ses clés. Il en avait un jeu, n'est-ce pas ? Voiture, cottage, bureau ? Pouvez-vous me les procurer ? C'est Boscowan qui doit les avoir, il va falloir que vous trouviez un prétexte pour les lui reprendre. J'en aurai besoin pendant quelques jours.

— Pourquoi ?

— Tina Cogin, ça vous dit quelque chose ? s'enquit Saint James en guise de réponse.

— Cogin ?

— Oui. Une femme qui habite Londres. Mick la connaissait. Il se peut qu'il ait eu la clé de son appartement.

— Mick en avait des douzaines, de clés, fit Cambrey, prenant une autre cigarette et laissant Saint James plongé dans les journaux.

Une heure de recherches dans les hebdomadaires parus au cours des six derniers mois ne lui rapporta rien si ce n'est des doigts tachés d'encre. Le trafic d'armes évoqué par Harry Cambrey semblait être un mobile comme un autre pour expliquer la mort de son fils. Saint James referma l'armoire. Se retournant, il tomba nez à nez avec Julianna Vendale qui l'observait, gobelet de café à la main. Elle avait abandonné son traitement de texte et se tenait près d'une cafetière qui glougloutait bruyamment dans un coin de la pièce.

— Rien ?

Elle posa le gobelet sur la table et repoussa en arrière une longue mèche de cheveux qui lui tombait sur l'épaule.

— Tout le monde a l'air de croire qu'il était sur un article susceptible d'être un scoop, dit Saint James.

— Mick avait toujours un fer sur le feu.

— Et ses projets se concrétisaient ? Ses articles étaient publiés ?

Elle fronça les sourcils. Une ride imperceptible se forma entre eux. A part cela, son visage était absolument lisse. Grâce à sa conversation antérieure avec Lynley, Saint James savait que Julianna Vendale devait avoir la trentaine. Cela ne se lisait absolument pas sur ses traits.

— Je ne sais pas, répondit-elle. Je n'étais pas toujours au courant de ses projets. Mais il était du genre à commencer et à laisser tomber en cours de route. Plus d'une fois, je l'ai vu sortir en trombe, persuadé qu'il était sur une piste et qu'il tenait la matière d'un papier qu'il allait pouvoir vendre à Londres. Mais il ne le terminait jamais.

Saint James avait pu s'en rendre compte en examinant les journaux. Le Dr Trenarrow lui avait dit que Mick l'avait interviewé. Mais, dans aucun des journaux qu'il avait parcourus, il n'avait trouvé trace d'un entretien entre Mick et le médecin. Saint James rapporta le fait à Julianna Vendale.

Elle se versa une autre tasse de café et, par-dessus son épaule, lança :

— Ça ne m'étonne pas. Mick avait dû se dire qu'il allait pouvoir faire un papier style mère Teresa sur Trenarrow, scientifique cornouaillais qui consacre sa vie à sauver celle de ses semblables. Et il se sera aperçu que Trenarrow n'était pas plus un saint en puissance que vous et moi.

Ou alors, songea Saint James, peut-être l'article était-il un prétexte pour s'introduire chez Trenarrow afin de lui soutirer des renseignements et de les transmettre, ainsi que son numéro de téléphone, à une amie dans la détresse.

Julianna poursuivait :

— C'était comme ça qu'il fonctionnait depuis qu'il était revenu au *Spokesman*. Il cherchait à pondre un papier fumant pour pouvoir foutre le camp d'ici.

— Il ne se plaisait pas à Nanrunnel ?

— Le *Spokesman* n'était pas assez bien pour lui. Il avait été journaliste free-lance, et un bon journaliste free-lance. Et puis son père est tombé malade et il a dû tout plaquer pour prendre les rênes de l'affaire familiale.

— Vous n'auriez pas pu vous en charger ?

— Bien sûr que si. Mais Harry voulait que Mick lui succède. Et plus encore qu'il se fixe définitivement à Nanrunnel.

Saint James crut comprendre à demi-mot, néanmoins il s'enquit :

— Et vous, dans tout ça, vous auriez fait quoi ?

— Harry s'était arrangé pour que nous ayons à travailler ensemble le plus possible. Après ça, il a dû se dire que c'était à la grâce de Dieu. Il avait toute confiance dans le charme de Mick.

— Et vous ?

Elle tenait son gobelet entre ses mains comme pour se réchauffer. Ses doigts longs et minces étaient vierges de bagues.

— Mick n'était pas mon type. Quand Harry s'en est rendu compte, il a changé son fusil d'épaule et il a demandé à la petite Penellin de s'occuper de la comptabilité en semaine pendant les heures de bureau plutôt que pendant le week-end.

— Et en ce qui concerne la modernisation du journal ?

Elle désigna du doigt le traitement de texte.

— Mick a commencé à s'en occuper. Il a acheté du matériel. Il voulait qu'on soit équipés correctement. Et puis il a cessé de s'y intéresser.

— Quand ?

— Quand Nancy s'est retrouvée enceinte. (Elle haussa joliment les épaules.) Après le mariage, il s'est mis à faire de fréquents déplacements.

— Que cherchait-il ? Des sujets d'articles ?

— Il cherchait, dit-elle avec un sourire.

Ils traversèrent l'étroite rue en direction du port. Cinq amateurs de bains de soleil étaient allongés sur le sable. Près d'eux, de jeunes enfants se trempaient les mains et les pieds dans l'eau, poussant des cris surexcités tandis que les vagues leur léchaient les jambes.

— Vous avez obtenu ce que vous cherchiez ? questionna Cotter.

— Des bribes de renseignements, sans plus. Ça ne colle pas vraiment. Pas moyen d'établir un lien entre Mick et Tina Cogin, pas plus qu'entre Tina Cogin et Trenarrow. J'en suis réduit aux conjectures.

— Peut-être que Deb s'est trompée. Peut-être que c'est pas Mick qu'elle a vu à Londres.

— Non. Elle l'a vu. C'est sûr. Il connaissait Tina Cogin. Mais comment, pourquoi, je l'ignore.

— S'il faut en croire Mrs Swann, le comment et le pourquoi ne sont pas très difficiles à deviner.

— Elle ne fait pas partie des admiratrices de Mick, hein ?

— Ça non ! Elle ne pouvait pas le sentir. (Cotter regarda jouer les enfants. Il sourit en voyant une petite fille de trois ou quatre ans tomber sur son derrière et éclabousser les autres bambins.) Mais si ce qu'elle raconte sur Mick et les femmes est vrai, alors c'est John Penellin qui lui a réglé son compte.

— Pourquoi ?

— Parce qu'il était le mari de sa fille, Mr Saint James. Un homme ne laisse pas un autre homme faire du mal à sa fille. Pas s'il peut l'en empêcher.

Saint James comprit le message et se dit que leur conversation du matin n'était pas terminée. Il jugea inutile de demander à Cotter ce qu'il ferait lui-même en pareille circonstance, car il connaissait la réponse.

— Avez-vous réussi à tirer les vers du nez à la femme de ménage de Trenarrow ? s'enquit-il.

— Dora ? Oui et non. (Cotter s'appuya contre la balustrade, les coudes sur la barre métallique.) C'est une admiratrice du docteur, Dora. Il travaille comme un forcené. Consacre sa vie à la recherche. Et le reste du temps, il rend visite aux malades d'une clinique près de St. Just.

— C'est tout ?

— Oui.

Saint James poussa un soupir. Une fois de plus, il lui fallait admettre que son domaine était la science, les enquêtes sur les lieux du crime, l'analyse des indices, l'interprétation des données, la mise en forme des comptes rendus. Les déductions fondées sur l'intuition n'étaient pas son rayon. Plus il s'enfonçait dans ce bourbier de conjectures, plus il se sentait frustré.

De la poche de sa veste, il sortit le bout de papier qu'Harry Cambrey lui avait remis le samedi matin. C'était une piste comme une autre, après tout. *Quand on est perdu,* songea-t-il, caustique, *autant essayer d'aller quelque part.*

Cotter s'approcha pour y jeter un coup d'œil.

— MP, dit-il. Membre du Parlement ?

Saint James releva vivement la tête :

— Vous disiez, Cotter ?

— MP.

— MP ? Non...

Tout en parlant, Saint James tendit le papier vers la lumière. Et il vit ce que la pénombre de la salle de rédaction et ses idées préconçues l'avaient empêché de distinguer plus tôt. Le stylo, qui avait ripé sur les taches de graisse, avait glissé également près des mots *approvisionnement* et *transport*. On apercevait alors une boucle mal formée de P au lieu du chiffre 1. Quant au chiffre 6, si l'on poursuivait dans cette direction, ce pouvait être un C griffonné à la hâte.

— Nom de Dieu.

Il fronça les sourcils, étudiant les chiffres. Rejetant l'hypothèse du trafic d'armes à destination de l'Irlande, il ne tarda pas à se rendre à l'évidence. 500. 55. 27500. Le dernier nombre était le multiple des deux premiers.

Alors il distingua le premier lien entre les circonstances entourant la mort de Mick Cambrey. La position de la *Daze* lui avait mis la puce à l'oreille. L'avant vers les rochers. Il aurait dû se cramponner à ces données. Car elles indiquaient la vérité.

Il évoqua la côte de la Cornouailles. Il savait sans l'ombre d'un doute que Lynley et ses hommes pouvaient examiner les moindres criques de Penzance à St. Ives, leurs recherches seraient aussi peu fructueuses que celles des officiers des douanes qui avaient patrouillé dans la même région pendant plus de deux cents ans. La côte recelait un nombre infini de grottes. Elle comportait une quantité ahurissante de criques. Saint James ne l'ignorait pas. Il n'avait pas besoin de crapahuter au milieu des rochers ni de dévaler les falaises pour comprendre que la Cornouailles était un paradis pour les trafiquants. A condition de savoir piloter un bateau au milieu des rochers.

Le bateau aurait pu venir de n'importe où, songea-t-il. De Porthgwarra à Sennen. Des Scilly, même. Mais il n'y avait qu'un moyen de s'en assurer.

— Que fait-on ? interrogea Cotter.

Saint James replia le bout de papier.

— Il faut qu'on trouve Tommy.

— Pourquoi ?

— Pour arrêter les recherches.

19

Près de deux heures plus tard, ils découvrirent Lynley à Lamorna. Accroupi au bord du quai, il parlait à un pêcheur qui venait d'amarrer son bateau et remontait l'escalier, trois rouleaux de corde graisseuse entortillés autour de l'épaule. Le pêcheur s'arrêta à mi-chemin des marches, écoutant Lynley. Il fit non de la tête, mit une main en visière au-dessus de ses yeux pour examiner les bateaux qui étaient dans le port et, avec un geste en direction du village, finit son ascension.

Au-dessus, sur la route qui dévalait vers la crique, Saint James sortit de la voiture.

— Retournez à Howenstow, dit-il à Cotter. Je rentrerai avec Tommy.

— Un message pour Daze ?

Saint James réfléchit. Aucun message ne pouvait être rassurant à cent pour cent. Ne voulant pas inquiéter lady Asherton davantage, il préféra s'abstenir :

— Rien pour l'instant.

Il attendit que Cotter fasse demi-tour et reprenne la direction d'Howenstow. Puis il attaqua la descente sur Lamorna, le vent le fouettant au passage, le soleil lui chauffant le visage. En bas, dans l'eau cristalline, se reflétait la couleur du ciel ; le sable humide de la plage luisait. Accrochées à la colline, les maisons construites par des générations successives de bâtisseurs cornouaillais pour lesquels le climat ambiant n'avait aucun secret n'avaient absolument pas souffert de la tempête qui avait provoqué le naufrage de la *Daze*.

Saint James regarda Lynley avancer le long du quai, tête baissée, mains enfoncées dans ses poches. Son attitude trahissait son état d'esprit, et le fait qu'il fût seul indiquait qu'il avait renvoyé ses hommes, ou alors que ces derniers continuaient les recherches sans lui. Comme ils battaient la campagne depuis plusieurs heures déjà, Saint James pencha pour la première explication. Il appela Lynley.

Lynley leva les yeux, agita la main et attendit que Saint James le rejoigne sur le quai. Il avait l'air sombre.

— Rien. (Il redressa la tête, laissant le vent lui ébouriffer les cheveux.) On a fouillé partout. Je suis allé jusqu'à questionner tout le monde à Lamorna. Je pensais que quelqu'un les avait peut-être vus faisant leurs préparatifs de départ, marchant sur le quai ou chargeant des provisions à bord. Mais personne n'a rien vu. La seule qui ait remarqué la *Daze*, c'est la patronne du café, hier.

— Quand ça exactement ?

— Peu après six heures du matin. Elle s'apprêtait à ouvrir le café — elle retirait les volets, elle n'a pas pu se tromper. Elle les a vus sortir du port, toutes voiles dehors.

— C'était bien hier ? Pas avant-hier ?

— Hier. Elle s'en souvient parce qu'elle s'est demandé pourquoi un plaisancier se risquait à sortir alors que la météo avait annoncé la tempête.

— Mais c'est le matin qu'elle les a aperçus ?

Lynley lui jeta un coup d'œil et le gratifia d'un sourire fatigué mais reconnaissant :

— Je te vois venir. C'est avant-hier que Peter a quitté Howenstow et, de ce fait, il y a moins de chances pour que ce soit lui qui soit sorti avec le voilier. C'est gentil à toi de me le faire remarquer, Saint James. Ne crois pas que je n'y aie pas pensé. Mais Sacha et lui auraient fort bien pu gagner l'anse de Lamorna à la nuit tombée, dormir sur le voilier et sortir en mer à l'aube.

— La patronne du café, est-ce qu'elle a vu quelqu'un sur le pont ?

— Une vague silhouette à la barre.

— Une seule ?

— Je doute que Sacha sache manœuvrer un sloop, Saint James. Elle devait être en bas. Elle dormait encore probablement. (Lynley jeta un regard vers la crique.) Nous avons passé la côte au peigne fin. Sans résultat jusqu'à maintenant. Pas de vêtement, aucune trace d'eux. (Il sortit son étui à cigarettes et l'ouvrit.) Il va falloir que je trouve quelque chose à dire à maman. Je me demande ce que je vais bien pouvoir lui raconter.

Pendant que Lynley parlait, Saint James mettait les faits bout à bout. Plongé dans ses réflexions, il avait entendu non les mots mais la détresse qu'ils trahissaient. Il s'employa à y mettre un terme :

— Peter n'a pas pris la *Daze*, déclara-t-il. J'en suis certain.

Lynley tourna la tête vers lui. Mouvement exécuté au ralenti, comme en rêve.

— Qu'est-ce que tu racontes ?

— Il faut que nous allions à Penzance.

L'inspecteur Boscowan les pilota vers la cafétéria. *Le Sous-Marin jaune* portait bien son nom : murs jaunes, linoléum jaune, tables recouvertes de Formica jaune, chaises en plastique jaune.

Seule la vaisselle était d'un rouge vermillon, la juxtaposition des deux teintes n'étant pas précisément de nature à encourager les policiers à s'attarder autour de la table en compagnie des copains. La vaisselle carminée laissait en outre peu de chances aux convives de terminer leur repas sans attraper un abominable mal de crâne. Ils emportèrent une théière pleine et s'installèrent à une table donnant sur une petite cour dans laquelle un frêne anémique tentait de survivre au centre d'un rond de terre couleur de granit.

— Cet endroit a été conçu et décoré par des malades, commenta Boscowan, approchant de la table une chaise voisine. Soi-disant pour nous faire oublier le boulot.

— De ce point de vue, c'est une réussite, commenta Saint James.

Boscowan servit le thé tandis que Lynley, après avoir ouvert trois paquets de gâteaux secs, les faisait dégringoler sur une assiette. Ils atterrirent sur la faïence avec un bruit de mitraille.

— Heureusement qu'ils sont frais, fit Boscowan, sarcastique.

Il en prit un, le plongea dans son thé où il le maintint immergé.

— John s'est décidé à voir un avocat ce matin. J'ai eu un mal de chien à le convaincre. En temps normal, c'est une tête de mule, mais là, vraiment, ça dépasse tout.

— Vous allez l'inculper ? questionna Lynley.

Boscowan examina son biscuit, le remit à tremper.

— Je n'ai pas le choix. Il est passé au cottage. Il ne le nie pas. Et d'ailleurs on a des preuves de son passage là-bas. Des témoins l'ont vu. D'autres ont entendu l'engueulade.

Boscowan mordit dans son gâteau et eut un mouvement de tête approbateur. Il s'essuya les doigts avec une serviette en papier et tendit l'assiette de biscuits secs aux deux hommes.

— Pas mauvais. Le thé fait glisser.

Il attendit que les visiteurs se fussent servis avant de poursuivre :

— Si John n'avait fait que passer, les choses seraient différentes. S'il n'y avait pas eu cette engueulade monstre avec Cambrey que la moitié du voisinage a entendue...

Saint James regarda Lynley. Celui-ci ajoutait un second morceau de sucre à son thé. De l'index, il tapota l'anse de la tasse. Mais il ne broncha pas.

— Et le mobile de Penellin ? interrogea Saint James. C'est quoi ?

— Une dispute à propos de Nancy, sans aucun doute. Cambrey s'était fait piéger et ne faisait guère mystère du dégoût qu'il éprouvait pour la vie conjugale. J'ai fait ma petite enquête à

Nanrunnel et apparemment tout le monde savait ce qu'il pensait du mariage.

— Dans ce cas pourquoi avoir épousé la petite ? Pourquoi ne pas avoir tout bonnement refusé ? Pourquoi ne pas lui avoir demandé d'avorter ?

— Nancy ne voulait pas en entendre parler, d'après John. Par ailleurs, Harry Cambrey tenait à ce que son fils épouse la gamine.

— Mick était majeur et vacciné, tout de même, c'était un grand garçon.

— Un grand garçon avec un père qui avait le palpitant malade et risquait de rester sur le billard pendant qu'on lui trifouillait le cœur. (Boscowan finit sa tasse d'un trait.) Harry Cambrey s'est dit que l'occasion était trop belle et il a sauté dessus. Il aurait fait n'importe quoi pour obliger Mick à se fixer à Nanrunnel. Conclusion, le gamin s'est retrouvé pris au piège sans avoir eu le temps de dire ouf. Et il s'est mis à se venger sur Nancy. C'est de notoriété publique. Même John Penellin était au courant.

— Vous ne croyez pas sérieusement que John... commença Lynley.

Boscowan l'arrêta d'un geste :

— Moi, tout ce qui m'intéresse, c'est les faits. Y a que ça qui compte : le reste, on s'en fout, vous le savez aussi bien que moi. Quelle différence ça peut faire que John Penellin soit mon copain ? Son gendre est mort, il faut que je m'occupe de l'enquête, que ça me plaise ou non. (Ayant prononcé ces mots, Boscowan eut l'air confus du type qui se demande comment il a pu faire pareille sortie. D'un ton moins vif, il poursuivit :) Je lui ai proposé de le laisser rentrer chez lui en attendant la lecture de l'acte d'accusation mais il a refusé. On dirait qu'il tient à rester ici, à être jugé. On dirait que c'est lui qui a fait le coup.

— Est-ce qu'il serait possible de lui parler ? questionna Lynley.

Boscowan hésita. Son regard navigua de Lynley à Saint James, se braqua vers la fenêtre.

— Ça n'est pas très régulier. Je suppose que vous le savez.

Lynley sortit sa carte. Boscowan l'écarta d'un geste.

— Je sais que vous êtes de Scotland Yard. Mais cette affaire n'est pas du ressort du Yard et je dois ménager la susceptibilité de mon patron. Aucun visiteur en dehors de la famille et de l'avocat dans les affaires d'homicide. C'est comme ça que ça marche à Penzance. Même si on est plus coulant au Yard.

— Une amie de Mick Cambrey a disparu de son domicile londonien, dit Lynley. John Penellin est peut-être à même de nous aider.

— C'est vous qui suivez cette affaire ?

Lynley ne répondit pas. A la table voisine, une fille vêtue d'un uniforme blanc couvert de taches se mit à empiler des assiettes sur un plateau métallique. Il y eut des bruits de vaisselle qui s'entrechoquait. Un petit tas de purée glissa par terre. Boscowan la regardait travailler tout en tapant avec un biscuit dur comme du bois sur le Formica de la table.

— Et puis merde, murmura-t-il. Suivez-moi. Je vais vous arranger ça.

Il les fit entrer dans une salle d'interrogatoire située dans une autre aile du bâtiment. Une table et cinq chaises composaient tout le mobilier outre un miroir accroché au mur et un plafonnier d'où une araignée tissait consciencieusement sa toile.

— Tu crois qu'il en conviendra ? questionna Lynley tandis qu'ils attendaient.

— Il n'a guère le choix.

— Et tu en es sûr, Saint James ?

— C'est la seule explication raisonnable.

Un constable en uniforme introduisit John Penellin dans la pièce. Lorsqu'il vit la tête de ses visiteurs, il esquissa un pas en arrière, comme prêt à ressortir. Mais la porte s'était déjà refermée derrière lui. Elle était munie d'un judas à hauteur des yeux et Penellin jeta un coup d'œil à la vitre, l'air de se demander s'il n'allait pas faire signe au constable de le reconduire dans sa cellule. Au lieu de cela, il s'approcha. La table bancale oscilla lorsqu'il s'y appuya avant de s'asseoir.

— Qu'est-ce qu'il y a ? s'enquit-il prudemment.

— Justin Brooke a fait une chute à Howenstow dimanche en début de matinée, dit Lynley. La police pense qu'il s'agit d'un accident. C'est possible. Mais si ça n'en est pas un, de deux choses l'une : ou il y a un second assassin en liberté ou vous êtes innocent et il n'y a qu'un tueur. Qu'en pensez-vous, John ? Laquelle de ces deux explications vous semble la plus plausible ?

Penellin tortilla un bouton du poignet de sa chemise. Il demeura impassible. Seul un muscle tressaillit sous son œil droit.

Saint James enchaîna :

— La *Daze* a quitté le port de Lamorna hier matin, très tôt. Et elle a heurté un rocher dans l'anse de Penberth la nuit dernière.

Le bouton que Penellin tripotait dégringola sur la table. Avant de le ramasser, il le retourna avec l'ongle du pouce.

Saint James poursuivit :

— Voilà comment je vois les choses. L'opération comporte trois niveaux, un fournisseur unique et une demi-douzaine de revendeurs. Le trafic de la cocaïne peut se faire de deux façons : ou les dealers vont la chercher chez le fournisseur — aux îles

Scilly, par exemple — et regagnent la côte par bateau, ou le fournisseur s'arrange pour rencontrer les revendeurs dans une des criques de la côte. Un endroit comme Porthgwarra me semble tout indiqué. Le rivage est d'accès facile, le village trop éloigné pour que les habitants remarquent des allées et venues suspectes. La falaise est truffée de grottes et de cachettes permettant de faire tranquillement l'échange. Mais quelle que soit la façon dont il se procure la drogue auprès du fournisseur, le dealer, une fois qu'il est en possession de la drogue, rejoint le port de Lamorna à bord de la *Daze* et achemine ensuite la cocaïne jusqu'au moulin de Howenstow, où il la conditionne. Ni vu ni connu.

— Alors vous êtes au courant, se borna à murmurer Penellin.

— Qui essayez-vous de protéger ? questionna Saint James. Mark ou les Lynley ?

Penellin plongea la main dans sa poche et en sortit un paquet de Dunhill. Lynley se pencha, briquet tendu. Penellin le regarda par-dessus la flamme.

— Les deux, je crois, dit Lynley. En gardant le silence, vous empêchez Mark d'être arrêté. Mais du même coup vous le laissez libre de ravitailler Peter.

— Si Peter s'enfonce de plus en plus dans la drogue, dit Penellin, c'est à cause de Mark. Ça finira mal si je n'y mets pas bon ordre.

— Justin Brooke nous a confié que Peter avait l'intention de se ravitailler en Cornouailles, dit Saint James. C'est Mark qui le fournissait, n'est-ce pas ? C'est pour ça que vous avez tout fait pour les empêcher de se voir vendredi à Howenstow.

— Je pensais bien que Mark essaierait de vendre de la coke à Peter et à sa copine. Ça faisait un moment que je le soupçonnais de tremper dans le trafic de drogue. Je me suis dit que, si je réussissais à découvrir l'endroit où il la planquait... (Penellin fit rouler sa cigarette entre ses doigts. Comme il n'y avait pas de cendrier sur la table, il fit tomber le cylindre de cendre par terre et l'écrasa sous son talon.) Je croyais parvenir à l'empêcher de continuer son trafic. Ça fait des semaines que je le surveille et que je le file quand j'en ai l'occasion. Je ne me doutais pas qu'il faisait ça dans la propriété.

— C'était un bon plan, remarqua Saint James. Prendre la *Daze* pour aller s'approvisionner. Utiliser le moulin pour couper la cocaïne, la mettre en sachets. Le voilier, le moulin, tout était lié à Howenstow. Et comme Peter était — et est — le seul à se droguer à Howenstow, c'était lui qui portait automatiquement le chapeau en cas de pépin. Il aurait eu beau protester de son innocence, personne ne l'aurait cru. Hier, par exemple, nous avons tout de suite pensé que c'était lui qui était sorti avec le bateau. Personne n'a songé un instant que ça pouvait être Mark. Bougrement astucieux de *leur* part.

Penellin releva lentement la tête.

— Parce que ça aussi, vous le savez ?

— Mark ne disposait pas des capitaux nécessaires pour monter seul une affaire de cette envergure, dit Saint James. Il lui fallait un commanditaire. Il aura fait appel à Mick. Et Nancy était au courant, n'est-ce pas ? Vous étiez au courant tous les deux.

— Au courant, c'est beaucoup dire. Disons que je m'en doutais.

— C'est pour ça que vous êtes allé le voir, vendredi soir ?

Penellin reporta son attention sur sa cigarette.

— Je voulais des réponses.

— Et Nancy devait savoir que vous étiez allé à Gull Cottage. Aussi lorsque Mick a été tué a-t-elle craint le pire.

— Cambrey avait pris un prêt bancaire pour moderniser le journal, dit Penellin. Mais les travaux de modernisation n'en absorbèrent qu'une infime partie. Il se mit à faire des allers-retours de plus en plus fréquents à Londres. Et à parler d'argent à Nancy. Il se plaignait de ne pas en avoir assez. Déclarait qu'ils étaient au bord de la faillite. Qu'ils allaient couler. Mais ça n'avait pas de sens. Il avait de l'argent. Il avait réussi à obtenir un prêt.

— Et cet argent, il l'investissait dans la cocaïne.

— Elle refusait de croire qu'il était mêlé à cela. Elle disait qu'il ne touchait pas à la drogue. Elle ne voulait pas admettre qu'il n'y a pas besoin d'en prendre pour en vendre. Elle voulait des preuves. Du concret.

— Et vous vous êtes rendu au cottage, vendredi soir, pour en trouver ?

— J'avais complètement oublié que c'était le vendredi où il faisait les enveloppes de paie. Je pensais qu'il ne serait pas chez lui et que je pourrais fouiller en toute tranquillité. Mais je suis tombé sur lui. Et on a eu une discussion.

Saint James sortit de sa poche le papier d'emballage du *Talisman Café*.

— C'est ce que vous cherchiez, j'imagine, dit-il en le tendant à Penellin. C'était dans la salle de rédaction. Harry l'a déniché dans le bureau de Mick.

Penellin examina le papier et le rendit à Saint James.

— Je ne sais pas ce que je cherchais, convint-il avec un rire d'autodérision. Une confession écrite, peut-être.

— Ce papier n'a rien d'une confession, reconnut Saint James. C'est plutôt une marche à suivre.

— Ça veut dire quoi, d'abord ?

— Mark seul pourrait confirmer, toutefois je crois que ça résume le deal qu'ils ont conclu, Mick et lui. 1 kg 9 400, c'est le prix d'achat de la cocaïne : 9 400 livres le kilo. Chacun en revendait la moitié : 500 grammes chacun à 55 livres le gramme. Bénéfice empoché par tête de pipe : 27 500 livres. Et les prestations fournies par chacun des associés. MP — Mark Penellin — se chargeait du transport : il allait chercher la drogue chez le fournisseur avec la *Daze*. MC — Mick Cambrey — fournissait les fonds nécessaires grâce au prêt de sa banque, obtenu sous prétexte de moderniser le journal. Et pour se couvrir, Mick commençait à acheter du matériel pour le *Spokesman* afin de ne pas éveiller les soupçons.

— Et puis il y a eu de l'eau dans le gaz, dit Penellin.

— Possible. La cocaïne ne s'est peut-être pas aussi bien vendue qu'ils l'espéraient et Mick a perdu de l'argent dans l'histoire. Ou alors il y a eu du tirage entre les associés. Ou bien encore il y a eu une embrouille quelque part.

— Il y a encore une autre possibilité, dit Penellin. Pourquoi est-ce que vous ne la mentionnez pas ?

— C'est pour ça que vous êtes là, hein, John ? intervint Lynley. Pour ça que vous vous taisez. Pour ça que vous prenez tout sur vous.

— Il a dû s'apercevoir que c'était un jeu d'enfant, dit Penellin. Qu'une fois l'achat de départ effectué, il n'avait plus besoin de Mick. A quoi bon s'embarrasser d'un tiers qui réclamerait sa part des bénéfices ?

— John, vous ne pouvez pas vous laisser accuser de la mort de Cambrey.

— Mark n'a que vingt-deux ans.

— Ce n'est pas le problème. Vous n'avez...

— Comment avez-vous compris que c'était Mark ? coupa Penellin, s'adressant à Saint James.

— La *Daze*. Nous pensions que Peter l'avait prise pour quitter Howenstow. Mais le voilier était orienté nord-est quand on l'a retrouvé sur les rochers de Penberth. C'est donc qu'il regagnait Howenstow et non qu'il le quittait. Et il y avait plusieurs heures que le voilier était là lorsque nous sommes arrivés, Mark avait eu largement le temps d'abandonner le bateau, de rentrer à Howenstow et de nous proposer — bien qu'un peu esquinté — de nous aider à chercher Peter.

— Il a été obligé d'abandonner le sloop, murmura Penellin.

— A cause de la cocaïne. Si un pêcheur à Penberth avait alerté les gardes-côtes, il aurait été dans un sacré pétrin. Il valait mieux qu'il saute du bateau à quelques encablures du rivage — quitte à y laisser la peau — plutôt que de risquer la prison en se faisant pincer avec un kilo de cocaïne à bord.

— John, dit Lynley d'un ton ferme, vous devez dire la vérité à Boscowan. Toute la vérité. Concernant la nuit de vendredi.

Penellin le regarda droit dans les yeux.

— Et Mark ?

Lynley ne répondit pas. L'inquiétude se peignit sur les traits de Penellin.

— Je ne peux pas faire ça. C'est mon fils.

Nancy s'activait devant le pavillon des gardiens tandis que Molly gazouillait dans son landau, jouant avec des canards en plastique de couleur vive que sa mère avait accrochés devant elle sur une ficelle. Lorsque Lynley immobilisa la voiture dans l'allée, Nancy leva la tête. A l'aide d'un râteau, elle ramassait les feuillages, les fleurs, les cailloux et les détritus divers que le vent avait plaqués contre la maison.

— Toujours pas de nouvelles de Peter ? questionna-t-elle en s'approchant tandis qu'ils descendaient de voiture.

— Mark est là, Nancy ?

Décontenancée, elle marqua une pause. Que Lynley n'ait pas répondu à sa question la déstabilisait visiblement. Elle s'appuya sur son râteau.

— Est-ce que Mark vous a aidée à attacher les volets, hier soir ? s'enquit Lynley.

— Les volets ?

Ces deux mots suffirent à Lynley.

— Il est là ? interrogea à son tour Saint James.

— Il vient de sortir. Il voulait...

Une soudaine bouffée de rock and roll lui apporta un cinglant démenti. Elle se plaqua un poing sur les lèvres.

— Nous avons vu votre père, lui annonça Lynley. Inutile de protéger Mark plus longtemps. Le moment est venu pour lui de nous dire la vérité.

La laissant à ses occupations, ils pénétrèrent dans la maison, suivant les pulsations de la batterie et les solos de guitare jusque dans la cuisine où Mark était attablé, réglant sa radiocassette portative. Comme il l'avait fait le samedi matin, à l'aube, après la découverte du cadavre de Mick Cambrey, Saint James examina le jeune homme. Samedi, en le voyant, Saint James avait pensé qu'il avait pris de l'argent à Gull Cottage après avoir découvert le corps de son beau-frère. Maintenant, les détails qu'il relevait le confortaient dans l'idée que Mark était bel et bien mêlé à un trafic de cocaïne. Lourde gourmette en or au poignet droit. Montre flambant neuve au poignet gauche. Jeans et chemise de marque. Bottes en lézard. Radiocassette. Ce n'était pas avec le salaire de misère que son père lui versait qu'il avait pu s'offrir tout ça.

Sur la table étaient posés un sandwich au jambon entamé, une canette de bière et un sachet de chips au vinaigre, dont l'odeur acide emplissait la pièce. Mark plongea la main dans le sac pour y prendre une poignée de chips, leva le nez et aperçut les visiteurs sur le seuil. Il baissa le son de la radio et se mit debout, laissant tomber les chips dans son assiette.

— Qu'est-ce qui se passe ? C'est au sujet de Peter ? Il va bien, au moins ?

Il se passa la main sur la tempe comme pour remettre de l'ordre dans ses cheveux qui n'en avaient nul besoin.

— Ce n'est pas à cause de Peter que nous sommes là, dit Lynley.

Mark fronça les sourcils.

— Je n'en sais pas plus que vous concernant Peter. Nancy a appelé votre mère. Elle lui a dit qu'elle n'avait pas de nouvelles. Est-ce que vous... Y a-t-il quelque chose que...

Il tendit la main en un geste amical.

Saint James se demanda comment Lynley réussirait à lui ôter l'envie de continuer à jouer la comédie. Il ne tarda pas à avoir la réponse. D'un violent revers de main, son ami fit tomber la radio de la table et l'envoya s'écraser contre les placards de la cuisine dont elle érafla le bois.

— Hé !

Comme Mark se levait, Lynley fit le tour de la table. D'une poussée, il obligea le jeune homme à se rasseoir sur sa chaise ; la tête de Mark alla heurter le mur.

— Ça va pas !

— Ou vous me parlez ou je vous emmène à Penzance à la Criminelle. A vous de choisir.

Un éclair de compréhension passa sur le visage de Mark. Il se frotta la clavicule. Néanmoins, il s'obstina :

— Vous êtes cinglé.

Lynley jeta l'emballage de sandwich du *Talisman Café* sur la table.

— Alors, qu'est-ce que vous décidez ?

Mark demeura impassible lorsqu'il jeta un coup d'œil au papier couvert de chiffres, de notes et portant ses initiales. Il ricana :

— La mort de Brooke vous a drôlement foutu dans la merde, hein ? Vous feriez n'importe quoi pour empêcher la police de fourrer son nez là-dedans. Votre objectif, c'est d'éloigner les flics de Peter.

— Ce n'est pas à cause de Peter que nous sommes ici.

— Ben tiens ! Faut surtout pas qu'on parle de Peter. Vous risqueriez d'apprendre la vérité. En tout cas, vous pouvez pas me faire arrêter comme ça. Vous avez pas l'ombre d'une preuve contre moi.

— Vous êtes sorti de Lamorna à bord de la *Daze*. Vous l'avez abandonnée au large de Penberth. Pourquoi ? La réponse à cette question se trouve ici. Ou alors au moulin. Et si je vous accusais de vol ? De contrebande ? De détention de stupéfiants ? Je suis prêt à parier que Boscowan m'écoutera d'une oreille attentive, trop content de sortir votre père du trou. En revanche, je suis sûr qu'il est nettement moins bien disposé en votre faveur. Alors, je lui passe un coup de fil ? Ou vous crachez le morceau ?

Mark détourna les yeux. Sur le sol, sa radio crachotait des parasites.

— Que voulez-vous savoir ? fit-il d'un ton maussade.

— Qui revend la cocaïne ?

— Moi. Mick.

— Vous utilisiez le moulin ?

— C'était une idée de Mick. Il y avait passé tout le printemps dernier à sauter Nancy au grenier. Il savait que personne n'y allait.

— Et la *Daze* ?

— Idéale pour transporter la marchandise. Comme ça, on n'avait pas de frais de transport. C'était autant de gagné.

— De gagné ? Parce que vous gagniez de l'argent ? Et Nancy qui prétend qu'ils n'avaient jamais un sou.

— Dès le début, en mars dernier, on a touché le gros lot. On a réinvesti aussitôt. (Un sourire étira sa bouche. Il ne fit aucun effort pour le dissimuler.) Heureusement que la came était enveloppée dans de la toile cirée. Sinon elle serait au fond de la baie de Penberth, à l'heure qu'il est, et c'est les poissons qui se régaleraient. Les choses étant ce qu'elles sont, Mick pourra pas toucher sa part du gâteau.

— Ça tombe à pic pour vous, qu'il soit mort.

Mark ne se laissa pas impressionner.

— Vous cherchez à me flanquer la trouille ? Vous voulez me faire croire que je suis con au point de m'être mis un mobile de meurtre sur le dos ? (Il mordit dans son sandwich et avala une gorgée de bière.) Arrêtez votre cinéma. J'étais à St. Ives vendredi soir.

— En compagnie de quelqu'un qui se fera un plaisir de confirmer vos dires, évidemment ?

Mark continua à frimer.

— Evidemment.

— Entre dealers, on se serre les coudes. On a le sens de l'honneur.

— Faut savoir choisir ses amis.

— Peter était votre ami dans le temps.

Mark examina ses ongles. La radio grésilla. Saint James l'éteignit.

— Vous ravitailliez mon frère ?

— Quand il avait de quoi me payer.

— Quand l'avez-vous vu pour la dernière fois ?

— J'vous l'ai déjà dit. Je vous le répète : vendredi après-midi à la plage. Il avait téléphoné au pavillon pour dire qu'il voulait me voir. Il a fallu que je me décarcasse pour le trouver, ce con. J'sais vraiment pas pourquoi je me suis donné tout ce mal.

— Que voulait-il ?

— La même chose que d'habitude. De la dope à crédit.

— Il savait ce que vous faisiez au moulin ?

Mark éclata d'un rire sarcastique.

— Vous rigolez ! J'lui ai jamais parlé de ça ! Pour l'avoir dans mes pattes, à pleurnicher et à me réclamer des doses gratuites, chaque fois que j'avais affaire là-bas ? On est copains, c'est sûr, mais y a des limites.

— Où est-il ? questionna Lynley.

Mark garda le silence.

Lynley tapa du poing sur la table.

— Où est-il ? Où est mon frère ?

— J'en sais rien, moi ! J'en sais foutre rien. Si ça se trouve il est mort, une aiguille dans le bras.

— Tommy !

L'avertissement de Saint James arriva trop tard. Lynley attrapa le jeune homme par le col et le souleva de sa chaise. Il le plaqua contre le mur, lui appuyant un bras sur le larynx.

— Petite ordure, murmura-t-il. On se reverra.

Le relâchant abruptement, il sortit de la cuisine.

Mark resta un instant à se frotter le cou. Il brossa le col de sa chemise comme pour en faire disparaître toute trace de l'attaque éclair de Lynley. Se baissant, il ramassa sa radio, la reposa sur la table et commença à en tripoter les boutons. Saint James sortit à son tour.

Il trouva Lynley dans la voiture, les mains crispées sur le volant. Nancy et le bébé avaient disparu.

— Nous sommes leurs victimes, dit Lynley, fixant l'allée, qui serpentait jusqu'à Howenstow. (Des ombres jouaient sur le gravier qu'elles tachetaient. Une brise légère agitait les feuilles des platanes.) Nous sommes leurs victimes. Tous autant que nous sommes. Et moi autant que les autres. Non, plus que quiconque. Car je suis un professionnel.

Saint James comprit ce qui perturbait son ami. Les liens du sang, la nécessité de faire son devoir. Il attendit que Lynley — l'honnêteté même — lui fasse part de ses tourments.

— J'aurais dû dire à Boscowan que Peter était passé à Gull Cottage vendredi. J'aurais dû lui dire que Mick était encore vivant après le départ de John Penellin. J'aurais dû lui parler de l'engueulade. De Brooke. De tout le reste. Mais je n'ai pas pu, Saint James. Qu'est-ce qui m'arrive, bon Dieu ?

— Il y a que tu t'efforces de défendre les intérêts de tout le monde, Tommy : ceux de Peter, de Nancy, de John et de Mark.

— J'ai l'impression que tout ça va mal se terminer.

— Ne t'inquiète pas. On finira par tirer l'affaire au clair.

Lynley tourna les yeux vers son ami. Le regard comme voilé.

— Tu crois ?

— Il faut bien croire en quelque chose.

— Le nom exact de la boîte, c'est Islington-Londres, précisa lady Helen. Islington-Londres, Ltd. Il s'agit d'un laboratoire pharmaceutique.

Saint James regardait la partie du jardin encore visible dans l'obscurité grandissante. Il était à la fenêtre du salon, tandis que derrière lui lady Asherton, Lynley et Cotter buvaient le café de l'après-dîner.

— Nous sommes allées faire un saut là-bas avec Deborah, ce matin, poursuivit lady Helen. (A l'arrière-plan, Saint James perçut la voix de Deborah, suivie d'éclats de rire communicatifs.) Oui, d'accord, ma biche, fit lady Helen. (Puis à Saint James :) Deborah est furieuse. D'après elle, je n'aurais jamais dû mettre mon renard. Je reconnais que j'étais un peu *trop* habillée pour la circonstance, même si l'ensemble ne manquait pas d'allure. Mais quitte à faire quelque chose, autant mettre le paquet, non ?

— Entièrement d'accord, Helen.

— D'ailleurs je me suis taillé un franc succès. La réceptionniste m'a demandé si je venais pour le job. Directeur de projet. Ça sonne bien, n'est-ce pas ? Tu crois que c'est un métier d'avenir ?

Saint James sourit au téléphone.

— Tout dépend de la nature du projet. Et Tina ? Quel rapport ?

— Aucun à première vue. Nous l'avons décrite à la réceptionniste — heureusement que Deborah avec son œil de lynx et sa mémoire étonnante était là. Mais le signalement n'a éveillé aucun écho chez la fille. (Lady Helen marqua une pause tandis que Deborah faisait un commentaire. Elle poursuivit :) Etant donné l'allure de Tina, on a du mal à croire que quelqu'un qui l'a vue ait pu l'oublier. La réceptionniste nous a demandé si ce n'était pas par hasard une biochimiste.

— Bizarre.

— Mmmmmm. Oui. Encore que... Deborah m'a parlé d'une boisson que Tina avait mise au point. Un remontant. Peut-être espérait-elle en vendre la recette à la compagnie pharmaceutique ?

— Hautement improbable, Helen.

— C'est vrai. Elle serait plutôt allée la proposer à une société commercialisant des boissons.

— C'est plus vraisemblable. Est-ce qu'on a des nouvelles d'elle ? Elle est rentrée ?

— Pas encore. J'ai passé une partie de l'après-midi à aller d'un appartement à l'autre dans la résidence pour essayer de trouver quelqu'un qui saurait où elle pourrait être.

— Tu n'as rien trouvé, j'imagine.

— Exact. Personne ne paraît la connaître. En fait, il semble que Deborah soit la seule à l'avoir approchée, en dehors de sa voisine d'en face qui lui avait prêté son fer à repasser. Plusieurs locataires l'ont vue aller et venir dans l'immeuble — elle habite ici depuis septembre. Mais, mis à part Deborah, personne ne lui a parlé.

Saint James inscrivit « septembre » sur une feuille. Il le souligna, l'entoura d'un cercle. Et il surmonta le cercle d'une croix. Symbole féminin. Il se mit à gribouiller tout autour.

— Et maintenant, qu'est-ce qu'on fait ? questionna lady Helen.

— Renseigne-toi auprès du concierge pour savoir si elle ne lui a pas laissé une adresse en Cornouailles. Et essaie de savoir combien elle paie de loyer.

— Tu as raison. J'aurais dû poser la question plus tôt. Quoique je ne voie pas très bien où ça nous mène. Tu es sur une piste ?

Saint James poussa un soupir.

— Je ne sais pas trop. Tu as parlé à Sidney ?

— Là, j'ai un problème, Simon. J'ai téléphoné chez elle à l'appartement mais ça ne répond pas. J'ai essayé l'agence mais ils n'ont aucune nouvelle. Elle ne t'aurait pas dit qu'elle allait chez des amis ?

— Non. Elle m'a dit qu'elle rentrait chez elle.

— Je vais continuer à appeler, dans ce cas. Ne t'inquiète pas. Il se peut qu'elle soit à Cheyne Row.

Saint James se dit que c'était peu probable. L'inquiétude commença à le gagner.

— Il faut absolument la retrouver, Helen.

— Je vais faire un saut chez elle. Peut-être qu'elle a décidé de ne pas répondre au téléphone.

Un peu rassuré de ce côté-là, Saint James raccrocha. Il resta à la fenêtre, fixant les gribouillages qu'il avait tracés autour du mot « septembre ». Il se disait que ça devait signifier quelque chose. Il savait que c'était certainement le cas. Mais quoi ? Cela lui échappait.

Il pivota en entendant la voix de Lynley qui l'avait rejoint dans le petit renfoncement :

— Du nouveau ?

Saint James lui transmit les renseignements que lady Helen avait réussi à glaner. Il vit l'expression du visage de Lynley changer.

— Islington ? Tu en es sûr, Saint James ?

— Helen y a fait un saut. Pourquoi ? Ce nom te rappelle quelque chose ?

Lynley jeta un regard circonspect dans le salon. Sa mère et Cotter bavardaient tranquillement en tournant les pages d'un album de photos.

— Eh bien, Tommy ?

— Roderick Trenarrow. Il travaille pour Islington, à Penzance.

CINQUIÈME PARTIE

Identités

20

— Mick Cambrey a dû laisser ces deux numéros de téléphone dans l'appartement de Tina Cogin, dit Saint James. Celui de Trenarrow et celui d'Islington. Cela explique que Trenarrow n'ait pas su qui était Tina.

Lynley ne répondit pas tout de suite mais enfila Beaufort Street en direction de Paddington. Ils avaient déposé Cotter à Cheyne Row chez Saint James. A la vue de la maison de brique familière, Cotter avait réagi avec l'enthousiasme d'un fils prodigue : une valise dans chaque main, il s'était engouffré à l'intérieur d'une démarche quasi aérienne qui trahissait un intense soulagement. Il était treize heures dix. Le retour en ville depuis l'aérodrome du Surrey avait été pénible : ils étaient tombés sur des embouteillages monstres provoqués par une kermesse qui se tenait près de Buckland, laquelle avait apparemment attiré une foule considérable.

— Tu crois que Roderick est impliqué dans cette histoire ? dit finalement Lynley.

La neutralité du ton comme le souci de ne pas prononcer le mot « meurtre » n'échappèrent évidemment pas à Saint James. Dans le même temps, il ne put s'empêcher de remarquer l'attitude de Lynley au volant. Mains très haut sur le volant, yeux fixés droit devant lui. Les relations Lynley-Trenarrow, Saint James les connaissait, assez schématiquement. Il savait que son ami éprouvait pour le médecin une violente antipathie, née des liens qui unissaient Trenarrow à lady Asherton. Lynley allait avoir du mal à garder la tête froide si Trenarrow était mêlé, fût-ce de loin, aux morts survenues en Cornouailles. Il semblait qu'il eût choisi d'adopter une attitude de scrupuleuse impartialité pour contrebalancer l'animosité qui colorait ses relations avec l'amant de sa mère.

— C'est possible, même si ce n'est que de façon indirecte. (Saint James résuma sa conversation avec Trenarrow, mentionnant le fait que ce dernier avait accordé une interview à Mick.) Si Mick était sur un coup qui a provoqué sa mort, il n'est pas impossible que Trenarrow lui ait fourni un indice, peut-être le nom d'un correspondant à Islington-Londres qui aurait pu renseigner Mick.

— Mais si, comme tu le dis, il n'y avait pas de notes au journal concernant Roderick...

Lynley freina à un feu. En temps normal, il aurait consulté son passager du regard. Il n'en fit rien.

— Je n'ai pas dit qu'il n'y avait pas de notes sur Trenarrow, Tommy. J'ai dit qu'il n'y avait aucun article sur lui. Ni sur quoi que ce soit concernant la recherche sur le cancer. Ce n'est pas la même chose qu'une absence de notes. Si ça se trouve, des notes, il y en a des tas. C'est Harry Cambrey qui a épluché les dossiers de Mick. Pas moi. Qui sait ce qu'il a déniché...

— Autrement dit, les renseignements sont peut-être encore dans les dossiers de Mick sans qu'Harry se doute de leur importance.

— Exactement. Mais l'article lui-même — quel qu'il soit — peut très bien ne rien avoir à voir avec Trenarrow. Trenarrow n'est peut-être qu'une source.

Lynley le regarda.

— Tu n'as pas voulu lui téléphoner, Simon. Pourquoi ?

Saint James observa une femme qui traversait avec un landau.

Un tout jeune enfant se cramponnait à l'ourlet de sa robe. Le feu passa au vert. Voitures et camions se mirent en branle.

— Il est possible que Mick ait été sur une grosse affaire et que ce soit pour cette raison qu'on l'ait assassiné. Tu sais comme moi qu'il serait idiot de laisser croire à quiconque que nous sommes nous-mêmes sur une piste.

— Alors tu crois que Roderick est concerné ?

— Pas nécessairement. Si ça se trouve, pas du tout. Mais il pourrait, par inadvertance, le laisser supposer à quelqu'un qui le serait. Dans ce cas, inutile de lui téléphoner. Autant éliminer ce risque.

Lynley dit à voix haute comme s'il n'avait pas entendu les paroles de Saint James :

— S'il est dans le coup... S'il est dans le coup...

Il tourna à droite, s'engageant dans Fulham Road. Ils longèrent les boutiques de mode, les magasins d'antiquités, les bistros et les restaurants du Londres branché où circulaient des gens élégants faisant leurs courses et des femmes d'âge mûr à l'aspect soigné qui se hâtaient vers leurs rendez-vous.

— Nous n'avons pas encore tous les éléments du dossier, Tommy. Tu as tort de te mettre martel en tête dès maintenant. Ça me semble prématuré.

Les mots de Saint James ne semblèrent pas atteindre Lynley qui poursuivit comme pour lui-même :

— Ma mère ne s'en remettrait pas.

Ils continuèrent jusqu'à Paddington dans la Bentley. Deborah les attendait dans le petit vestibule de Shrewsbury Court Apartments, faisant les cent pas sur le carrelage blanc et noir. Elle ouvrit la porte sans leur laisser le temps de sonner.

— Papa m'a appelée pour me prévenir que vous arriviez. Comment te sens-tu, Tommy chéri ? Toujours aucune nouvelle de Peter ?

Pour toute réponse, Lynley prononça son nom dans un soupir. Il l'attira contre lui.

— Quel cauchemar pour toi, ce week-end. Je suis désolé, Deb.

— Ne t'inquiète pas.

Saint James regarda derrière eux. La pancarte *concierge*, apposée sur une porte proche, était calligraphiée d'une écriture malhabile. Il étudia les lettres en détail, les yeux braqués sur l'écriteau, attendant que Deborah se décide à parler.

— Helen est là-haut, elle nous attend.

En compagnie de Lynley, elle se dirigea vers l'ascenseur.

Ils trouvèrent lady Helen au téléphone dans l'appartement de Deborah. Elle ne disait rien, se contentant d'écouter, et au regard qu'elle leur jeta, à l'expression de son visage lorsqu'elle reposa le combiné, Saint James comprit qui elle avait essayé de joindre.

— Sidney ? s'enquit-il.

— Impossible de mettre la main sur elle, Simon. Son agence m'a communiqué une liste de noms, des amis. Mais aucun d'entre eux n'a eu de ses nouvelles. Je viens de rappeler chez elle. Rien. J'ai appelé ta mère, mais ça ne répond pas. Veux-tu que j'essaie de nouveau ?

Des picotements glacés parcoururent la colonne vertébrale de Saint James.

— Non, elle s'inquiéterait.

Lady Helen reprit la parole :

— Je commence à me poser des questions en ce qui concerne la mort de Justin Brooke.

Elle n'alla pas plus loin. Saint James avait eu exactement la même idée en apprenant que sa sœur n'avait toujours pas refait surface. Il se maudit de l'avoir laissée partir seule de Howenstow. Si elle était en danger, blessée... Les ongles de sa main droite s'enfoncèrent dans sa paume. Il s'obligea à décrisper les doigts.

— Tina Cogin est revenue ?

— Pas encore.

— Peut-être devrait-on en profiter pour essayer la clé. (Il jeta un coup d'œil à Lynley.) Tu as pris le trousseau ?

— Le trousseau ? s'étonna lady Helen.

— Harry Cambrey a réussi à soutirer à Boscowan les clés de Mick, expliqua Lynley. On voulait savoir s'il y en avait une qui ouvrait la porte de Tina.

Le suspense fut de courte durée : le temps de se rendre à l'appartement voisin, d'insérer la clé dans la serrure et de la faire tourner. La porte s'ouvrit sans difficulté. Ils pénétrèrent à l'intérieur.

— Bon, il avait sa propre clé, conclut lady Helen. Mais ça nous avance à quoi, Tommy ? Ce n'est pas vraiment une surprise. Nous savions déjà qu'il était venu ici. Deborah nous l'a dit. Tout ce que nous savons à part ça, c'est que Tina tenait suffisamment à lui pour lui confier une clé de son domicile.

— Ça change toute la nature de leurs relations, Helen. Cette fois, il ne s'agit plus d'une call-girl et d'un client. Les prostituées n'ont pas l'habitude de confier la clé de leur appartement à leurs michetons.

Debout près de la minuscule cuisine, Saint James examinait la pièce. Le mobilier était cossu mais ne révélait rien de la personnalité de sa propriétaire. Et il n'y avait pas d'affaires personnelles en vue : ni photos, ni souvenirs, ni collection d'objets ou de bibelots d'aucune sorte. Le studio semblait avoir été aménagé par un décorateur professionnel. Il s'approcha du bureau.

Le voyant rouge du répondeur clignotait. Il appuya sur le bouton. Une voix d'homme annonça : « Colin Sage. Je vous appelle au sujet de l'annonce. » Et Sage de donner un numéro de téléphone où l'on pouvait le joindre. Un second message suivit, identique au premier. Saint James nota les numéros et les remit à lady Helen.

— L'annonce ? Ce n'est tout de même pas comme ça qu'elle recrute ses clients.

— Tu as parlé d'un livret de caisse d'épargne, dit Saint James.

Deborah s'approcha de lui.

— Tiens, le voilà. Et il y avait ça aussi.

D'un tiroir, elle sortit le livret ainsi qu'une chemise cartonnée. Il commença par la chemise, fronçant les sourcils à mesure qu'il parcourait la liste dactylographiée de noms et d'adresses. Des gens de Londres pour la plupart. Une personne résidant à Brighton. Derrière lui, il entendit Lynley fouiller dans la commode.

— Qu'est-ce que c'est que ça ? s'étonna Saint James.

Deborah répondit :

— On a d'abord cru que c'était une liste de ses clients. Mais on s'est vite aperçues que ça ne tenait pas debout, car il y a des femmes dans le tas. Et même s'il n'y avait pas de noms féminins, la liste est tellement longue que je vois mal comment Tina aurait pu...

Elle hésita. Saint James releva la tête et vit qu'elle était rouge comme une tomate.

— ... dépanner autant de messieurs ?

— Comme le titre de la couverture de la chemise précise qu'il s'agit de clients potentiels, on s'est dit que... Après tout, comment une prostituée s'y prend-elle pour se faire une clientèle ? Le bouche à oreille ?

— Tu crois que cette liste lui servait à quoi ? A envoyer des brochures, peut-être ? fit Saint James.

Deborah eut un petit rire désarmé.

— Je n'y connais rien. Si ça se trouve, il y a là-dedans des indices qui crèvent les yeux et je n'ai rien vu, rien compris.

— Tu semblais avoir fini par te persuader que Tina n'était pas une prostituée. Je croyais qu'on était d'accord là-dessus.

— C'est sa façon de parler, son allure.

— On devrait laisser cette histoire de look de côté, dit Lynley.

A l'autre bout de la pièce, il se tenait près de l'armoire avec lady Helen. Il avait descendu les quatre cartons à chapeau de l'étagère du haut, les avait alignés par terre à ses pieds et ouverts. Il était penché au-dessus d'un carton, retirant le papier de soie qui le garnissait. Du nid de papier, il extirpa une perruque. Longs cheveux noirs, frange. Il la posa sur son poing.

Deborah ouvrit des yeux ronds. Lady Helen poussa un grand soupir.

— Génial, dit-elle. Tina porte une perruque. Autrement dit, le peu que nous savons d'elle ne correspond à rien. Cette femme est une chimère. Faux ongles. Faux cheveux.

Elle jeta un coup d'œil à la commode. Mue par une impulsion subite, elle s'en approcha, ouvrit un tiroir et se mit à fouiller dans les sous-vêtements.

— Et le reste est faux également, fit-elle en examinant un soutien-gorge noir.

Saint James les rejoignit. Il prit la perruque des mains de Lynley et l'emporta vers la fenêtre. Ayant ouvert les rideaux, il présenta le postiche à la lumière du jour. Ce qui lui permit de constater qu'il s'agissait de cheveux véritables.

— Tu savais qu'elle portait une perruque, Deb ? s'enquit Lynley.

— Bien sûr que non. Comment est-ce que j'aurais pu le savoir ?

— C'est un postiche d'excellente qualité, déclara Saint James. Impossible de se douter qu'il s'agit d'une perruque.

Il l'examina attentivement, passant les doigts à l'intérieur. Ce faisant, il récolta un cheveu qui s'était détaché de la résille, court et différent de ceux qui constituaient le postiche. Saint James saisit le cheveu, l'approcha de la lumière du jour et rendit la perruque à Lynley.

— Qu'est-ce que tu as trouvé, Simon ? questionna lady Helen.

Il ne répondit pas immédiatement, fixant le cheveu qu'il tenait entre ses doigts, mesurant la portée de sa trouvaille et les implications qui en découlaient. Il n'y avait qu'une explication possible à la disparition de Tina Cogin. Pourtant, il prit le temps de tester sa théorie.

— Tu l'as portée, cette perruque, Deborah ?

— Moi ? Non ! Quelle drôle d'idée !

Sur le bureau, il prit un morceau de papier blanc dans le tiroir du haut. Il posa le cheveu sur la feuille et approcha le tout de la lumière.

— Je te demande ça parce que ce cheveu est roux.

Levant les yeux, il vit à son regard que Deborah avait compris.

— Crois-tu que ce soit possible ? lui demanda-t-il, car, étant la seule à les avoir vus tous les deux, elle était la seule à pouvoir confirmer.

— Oh, Simon. Je suis nulle à ce petit jeu. Je ne sais pas. Je ne sais vraiment pas.

— Mais tu l'as vue. Tu as même échangé quelques mots avec elle. Elle t'a apporté à boire.

— Le remontant, dit Deborah.

Elle se rua hors de la pièce. Un instant plus tard, les autres entendirent sa porte qui s'ouvrait avec bruit.

— Ne me dis pas que Deborah est mêlée à tout ceci... fit lady Helen. Cette femme était *incognita*. Voilà tout. Elle se planquait sous un déguisement.

Saint James posa la feuille de papier sur le bureau. Il mit le cheveu dessus. *Incognita*. Le mot résonnait à ses oreilles. Une vaste blague.

— Crénom de Dieu, murmura-t-il. Elle ne se cachait pas, au contraire, elle annonçait la couleur. Tina Cogin. *Tina Cogin*. Ce nom, c'est une anagramme.

Deborah revint telle une flèche, tenant d'une main la photo qu'elle avait rapportée de Cornouailles et de l'autre un bout de bristol. Elle tendit le tout à Simon.

— Regarde au dos, lui dit-elle.

Il n'en fit rien, certain que l'écriture serait identique sur les deux documents.

— C'est la recette de son remontant miracle. Et au dos de la photo de Mick...

Lynley les rejoignit, prit la carte et la photo des mains de Saint James.

— Juste ciel, marmonna-t-il.

— Qu'y a-t-il ? s'enquit lady Helen.

— Voilà pourquoi Harry Cambrey tenait tant à faire passer son fils pour « un homme, un vrai », répondit Saint James.

Deborah versa l'eau bouillante dans la théière et la posa sur la petite table qu'ils avaient installée au centre du séjour. Ils prirent place, Deborah et Lynley sur le divan, lady Helen et Saint James sur des chaises. Saint James prit le livret de caisse d'épargne qui était avec les autres affaires appartenant à Mick Cambrey : la chemise cartonnée intitulée « Clients potentiels », le bout de bristol sur lequel était noté le numéro d'Islington à Londres, l'emballage de sandwich du *Talisman Café*, sa photo, la recette du remontant miracle confiée à Deborah le jour où il avait sonné à sa porte — sous les traits de Tina Cogin.

— Ces dix retraits, dit lady Helen, les désignant du doigt. Ils correspondent à ce que Tina — ou plutôt Mick Cambrey — payait comme loyer. Septembre-juin. Ça colle, comme période, Simon.

— Bien avant que Mark et lui aient commencé leur trafic de drogue, remarqua Lynley.

— Alors ce n'est pas grâce à la cocaïne qu'il réglait son loyer ? questionna Deborah.

— S'il faut en croire Mark, non.

Lady Helen fit courir son doigt le long de la page où s'alignaient les dépôts.

— Mais il a mis de l'argent sur son compte tous les quinze jours pendant un an. D'où diable venait cet argent ?

Saint James feuilleta le livret pour revenir à la première page et se mit à examiner les indications portées.

— De toute évidence, il avait une autre source de revenus.

La somme déposée n'était pas régulière. Parfois elle était importante et parfois elle était faible. Aussi Saint James rejeta-t-il la seconde hypothèse qui lui était venue à l'esprit lorsqu'il avait remarqué la régularité des dépôts effectués sur le compte de Mick. Il ne pouvait s'agir d'argent provenant d'un chantage. Les maîtres chanteurs ont généralement tendance à être de plus en plus gourmands. Tant il est vrai que, plus on gagne d'argent facilement, plus on est tenté de se montrer exigeant.

— En outre, Mark nous a dit qu'ils avaient fait un second achat de cocaïne, dit Lynley. Le fait qu'il soit sorti avec la *Daze* dimanche confirme ses dires.

Deborah versa le thé. Saint James entreprit de mettre ses quatre cuillerées de sucre habituelles dans sa tasse. Avec un frisson, lady Helen lui retira le sucrier des mains sans ménagement pour le passer à Deborah. Elle prit la chemise cartonnée.

— Mick devait vendre sa part de la coke à Londres. S'il s'était amusé à faire ça à Nanrunnel, ça aurait fini par se savoir. Mrs Swann s'en serait aperçue, j'en suis sûre. Une chose pareille ne lui aurait pas échappé.

— Ça semble logique, renchérit Lynley. En tant que journaliste, il avait une réputation à soutenir en Cornouailles. Il ne se serait pas risqué à tout foutre en l'air en vendant de la coke là-bas alors qu'il pouvait le faire tranquillement ici.

— J'ai l'impression qu'il jouissait d'une certaine notoriété dans la capitale, dit Saint James. Il avait travaillé à Londres avant de regagner la Cornouailles, non ?

— Mais pas sous les traits de Tina Cogin, souligna Deborah. S'il vendait de la drogue, c'était déguisé en femme.

— C'est en septembre qu'il s'est métamorphosé en Tina, ajouta lady Helen. C'est en septembre qu'il s'est installé dans cet appartement. Il a commencé à vendre de la cocaïne en mars. Ça lui laissait le temps de se constituer une clientèle. (Elle tapota des doigts la chemise.) On se demandait ce qu'étaient les clients potentiels, voilà peut-être la réponse. On pourrait essayer de se renseigner sur leur compte.

— Si ce sont des acheteurs de coke, dit Lynley, je doute qu'ils l'avouent.

Lady Helen arbora un sourire serein.

— Pas à la police, Tommy chéri. Pas à la police, bien sûr.

Saint James connaissait la signification de ce sourire angélique. Si quelqu'un était capable d'extorquer des renseignements à un inconnu, c'était lady Helen. Elle était particulièrement douée dès lors qu'il s'agissait, de papotages en ragots, à obtenir les tuyaux les plus variés. Elle l'avait d'ailleurs prouvé en soutirant au concierge de Shrewsbury Court Apartments les clés de l'appartement de Mick Cambrey. La liste des clients potentiels ne constituerait pour elle qu'une nouvelle séance de travaux pratiques dans l'art du bluff. Qu'elle décide de se faire passer pour sœur Helen de l'Armée du Salut, pour miss Helen responsable d'un centre de désintoxication ou pour Helen tout court, toxico aux abois en quête d'un fix, en fin de compte elle atteindrait son but : elle réussirait à faire sortir la vérité du puits.

— Si Mick vendait de la coke à Londres, un de ses acheteurs l'a peut-être suivi en Cornouailles, suggéra Saint James.

— Mais s'il la vendait déguisé en Tina, comment est-ce qu'on aurait pu le reconnaître ? fit remarquer Deborah.

— Peut-être qu'il s'était fait repérer ? Peut-être qu'un client qui le connaissait l'avait surpris déguisé en Tina ?

— Et suivi en Cornouailles ? Mais pourquoi ? Pour le faire chanter ?

— Bon moyen de se procurer de la drogue. Si l'acheteur était à court de liquide, il pouvait faire chanter Mick moyennant des doses gratuites de poudre. (Saint James prit les affaires de Cambrey, et les examina avant de les reposer.) Mais Cambrey n'a pas dû vouloir courir le risque de perdre sa réputation en Cornouailles et il a dû refuser de céder au chantage. Il s'est disputé avec l'acheteur. Qui l'a frappé. Il s'est cogné la tête en tombant et il est mort. L'acheteur a fait main basse sur l'argent qui se trouvait dans le séjour du cottage. Un type qui veut de la drogue à tout prix — et qui vient de tuer un homme — ne va pas s'embarrasser de scrupules.

Lynley se leva abruptement. Il s'approcha de la fenêtre ouverte et s'assit sur l'appui, contemplant la rue en contrebas. Un peu tard, Saint James s'aperçut que tout ce temps-là il n'avait fait allusion qu'à une seule personne.

— Est-ce qu'il savait pour Mick ? questionna Lynley.

Au début personne ne souffla mot. Ils écoutèrent le bruit de la circulation dans Sussex Gardens, qui enflait à mesure que les banlieusards sortis de leurs bureaux ralliaient Edgware Road. Un moteur gronda. Des freins grincèrent. Lynley répéta sa question. Sans se retourner.

— Est-ce que mon frère pouvait savoir ?

— C'est possible, Tommy, fit Saint James. (Lorsque Lynley pivota vers lui, il poursuivit à contrecœur :) Il fréquentait le milieu de la drogue à Londres. Sidney l'a aperçu il n'y a pas longtemps à Soho. Dans une ruelle. La nuit.

Il marqua une pause, se rappelant les indications que sa sœur lui avait données et le signalement qu'elle lui avait fourni de la femme que Peter avait agressée. Toute de noir vêtue avec de longs cheveux noirs.

Il eut l'impression que lady Helen se remémorait ce signalement en même temps que lui car, lorsqu'elle prit la parole, ce fut du ton décidé de quelqu'un qui essaie d'apporter un peu de réconfort à autrui :

— La mort de Mick a peut-être une autre explication. Nous y avons pensé au départ, je crois que nous devrions ne pas laisser cette piste de côté. C'était un journaliste avant tout. Il se peut qu'il ait été en train d'écrire un article. Un papier sur les travestis.

Saint James fit non de la tête.

— Il n'écrivait pas un papier sur les travestis. Il en *était* un lui-même. Il n'y a qu'à voir l'appartement pour s'en convaincre. Les meubles. La garde-robe. Il n'aurait pas eu besoin de tout ça simplement pour se documenter. Et puis, pensez aux sous-vêtements qu'Harry Cambrey a découverts dans le tiroir du bureau de Mick au *Spokesman*. Sans parler de l'engueulade qu'ils ont eue à ce sujet.

— Harry savait que son fils...

— Il semble qu'il ait découvert le pot aux roses.

Lady Helen tripota l'emballage du *Talisman Café*.

— Pourtant Harry était sûr qu'il s'agissait d'un article.

— Ç'aurait pu en être un. N'oublions pas Islington-Londres.

— Mick enquêtait peut-être sur un médicament, suggéra Deborah. Un produit qui n'était pas encore prêt à être mis sur le marché.

Lady Helen poursuivit sur cette lancée :

— Un produit qui aurait eu des effets secondaires. Que les

médecins commençaient à prescrire. Et dont le laboratoire niait qu'il pût causer des problèmes.

Lynley revint près de la table. Ils s'entre-regardèrent, frappés par la justesse de ces conjectures. Thalidomide. Les tests intensifs, les règlements stricts, les mises en garde avaient jusque-là empêché la venue d'un nouveau cauchemar tératogène. Mais les hommes étaient prêts à tout lorsqu'il s'agissait de gagner de l'argent rapidement. Il en avait toujours été ainsi.

— Imaginons qu'en enquêtant sur tout autre chose Mick soit tombé sur un truc suspect, risqua Saint James. Il a peut-être été amené à poursuivre son enquête ici. Il a interviewé des membres du personnel d'Islington-Londres. Ce qui a causé sa perte.

Lynley ne fit pas chorus :

— Et la castration ? (Il se laissa tomber sur le divan, se frottant le front.) Ça n'explique pas la castration.

Sur ce, le téléphone se mit à sonner. Deborah se leva pour aller répondre. Lynley se redressa d'un bond en l'entendant parler.

— Peter ! Où diable es-tu ? Quoi ? Que se passe-t-il ? Je ne comprends pas... Peter, s'il te plaît... Tu as appelé où ?... Attends, il est là.

Lynley se précipita sur le téléphone.

— Peter, bon Dieu, où étais-tu passé ? Tu ne sais pas que Brooke... Ferme-la et écoute-moi pour une fois, Peter. Brooke est mort. Comme Mick... Je me fous de ce que tu... QUOI ? (Interdit, Lynley se tut. Le corps raidi, la voix soudain parfaitement calme, il poursuivit :) Tu en es sûr ?... Ecoute-moi, Peter. Il faut te ressaisir... Je comprends. Mais ne touche à rien. Tu as compris ? Ne touche à rien. Laisse-la tranquille... Maintenant, donne-moi ton adresse... Parfait. Oui, c'est noté. J'arrive.

Il reposa le combiné sur son support. Quelques secondes s'écoulèrent avant qu'il ne se tourne vers les autres.

— Il est arrivé quelque chose à Sacha.

— Je crois qu'il a pris un truc, dit Lynley.

C'était donc pour cela, songea Saint James, que Lynley avait insisté pour que Deborah et lady Helen ne les accompagnent pas. Il ne voulait pas qu'elles voient son frère dans cet état. Surtout pas Deborah.

— Que s'est-il passé ?

Lynley s'engagea dans Sussex Gardens, lâchant un juron lorsqu'un taxi lui passa sous le nez. Il prit la direction de Bayswater Road, traversant Radnor Place, prenant des petites rues pour éviter de se trouver au milieu des embouteillages de fin d'après-midi.

— Je l'ignore. Il n'arrêtait pas de hurler que Sacha était sur le lit, qu'elle ne bougeait pas, qu'il la croyait morte.

— Tu ne lui as pas dit d'appeler les urgences ?

— J'ai tout de suite pensé qu'il avait des hallucinations, Saint James. A l'entendre, on aurait dit qu'il faisait une crise de *delirium tremens*. Au diable cette circulation ! On se traîne !

— Où est-il, Tommy ?

— A Whitechapel.

Il leur fallut près d'une heure pour y arriver, se faufilant à travers un fouillis inextricable de voitures, de camions, de bus et de taxis. Lynley connaissait suffisamment bien la ville pour emprunter le maximum de petites rues mais, chaque fois qu'ils débouchaient sur une grande artère, il leur fallait ralentir de nouveau. Dans New Oxford Street, Lynley reprit la parole :

— Tout ça, c'est ma faute. A part lui acheter de la drogue, je crois que j'ai tout fait pour qu'il en arrive là.

— C'est ridicule.

— Je voulais qu'il ait tout ce qu'il y avait de mieux. Jamais je n'ai exigé de lui qu'il se prenne en main. Le résultat est là. C'est ma faute, Saint James. Je suis entièrement responsable.

Saint James regarda par la vitre, cherchant une réponse appropriée. Il songeait à l'énergie que les gens sont prêts à dépenser pour éviter de regarder la réalité en face. Nombreux sont les êtres qui s'efforcent de s'étourdir et de nier l'existence de la réalité pour s'apercevoir, à la onzième heure, qu'il n'existe en fait aucun moyen de lui échapper. Depuis combien de temps Lynley s'efforçait-il de se boucher les yeux ? Depuis combien de temps lui-même en faisait-il autant ? C'était devenu chez eux une habitude, presque une seconde nature. Evitant soigneusement d'aborder les sujets importants, ils en étaient venus à adopter une conduite de fuite systématique.

— Tu n'es pas responsable de tout ce qui arrive, Tommy, dit-il enfin.

— C'est exactement ce que ma mère m'a déclaré l'autre soir.

— Et à juste titre. Tu as trop souvent tendance à t'accabler alors que les autres ont aussi leur part de responsabilité. Ne joue pas à ça maintenant.

Lynley lui jeta un coup d'œil de biais.

— L'accident. Il y a cette histoire d'accident aussi, n'est-ce pas ? Pendant toutes ces années, tu as essayé d'ôter le fardeau de mes épaules, mais tu n'y arriveras jamais complètement. C'est moi qui conduisais, Saint James. Peu importe qu'il y ait eu ou non des circonstances atténuantes, les faits sont là : cette fameuse nuit, c'est moi qui étais au volant. Je suis sorti indemne de l'accident. Mais pas toi.

— Je ne t'en veux pas.

— C'est inutile. Je m'en veux suffisamment comme ça. (Il quitta New Oxford Street et ils se faufilèrent de nouveau dans les petites rues pour se rapprocher de la City et de Whitechapel.) Une chose est sûre en tout cas : il est temps que j'arrête de culpabiliser à propos de Peter, sinon je vais devenir dingue. Pour commencer, je te promets de le laisser prendre ses responsabilités : quoi que nous découvrions chez lui, il faudra qu'il assume. Comme un grand.

L'immeuble où habitait Peter était à deux pas de Brick Lane dans une rue étroite où un groupe braillard de petits Pakistanais jouaient au football avec un ballon crevé. Ils avaient posé par terre quatre sacs-poubelles en guise de buts. Mais l'un des sacs était crevé et avait dégorgé son contenu qui était éparpillé un peu partout, écrasé par les pieds des joueurs.

L'arrivée de la Bentley mit un terme abrupt à la partie en cours. Saint James et Lynley mirent pied à terre au milieu d'un cercle de regards curieux. L'air était lourd de l'appréhension que suscite généralement l'apparition d'étrangers dans un quartier ghettoïsé, et chargé de relents divers — café, légumes pourrissants, fruits près de tourner. Les chaussures des footballeurs jouaient un rôle non négligeable dans ce remugle car elles semblaient couvertes d'une couche de déchets organiques.

— Qu'est-ce qui s'passe ? murmura l'un des gamins.

— Chais pas, répondit un autre. Putain, t'as vu la tire ?

Un troisième larron, plus entreprenant que les autres, fit un pas en avant, proposant à Lynley de surveiller sa voiture et d'empêcher ses copains — mouvement de menton en direction desdits copains — d'y toucher. Lynley levant la main, le gosse prit ce geste pour un acquiescement : il se posta aussitôt, une main sur le capot, l'autre sur la hanche et un pied crasseux sur le pare-chocs.

Ils s'étaient garés juste devant l'immeuble de Peter, un étroit bâtiment de cinq étages. A l'origine, les briques de la façade avaient été peintes en blanc mais les années, la suie et l'indifférence aidant, le blanc avait viré au gris repoussant. Les encadrements de fenêtres et de portes semblaient avoir été négligés pendant des décennies. Là où une laque d'un bleu claquant avait jadis contrasté joliment avec le blanc des briques, il ne restait plus que des écailles de peinture azur, semblables à des taches brunes sur une peau flétrie par l'âge. Un des locataires du troisième avait bien essayé d'améliorer l'aspect de la maison en plantant des géraniums dans une jardinière esquintée sans pour autant réussir à venir à bout de l'allure crasseuse et décrépite de la bâtisse.

Ils gravirent les quatre marches conduisant à la porte. Celle-ci était ouverte. Au-dessus, une épigraphe adéquate, *Bientôt la fin*, avait été bombée à la peinture rouge.

— Il m'a dit qu'il était au premier, fit Lynley, se dirigeant vers l'escalier.

Jadis recouvertes de linoléum bon marché, les marches étaient usées en leur centre, les bords couverts d'une couche de vieille cire et de crasse neuve. Les murs de la cage d'escalier étaient marbrés de taches graisseuses et çà et là, à l'endroit où dans le temps il y avait eu une rampe, on voyait des trous telles des traces de petite vérole. Les murs étaient tartinés d'empreintes de mains et d'une grosse tache d'humidité qui venait d'un étage supérieur.

Sur le palier traînaient un landau couvert de poussière en équilibre instable sur trois roues, plusieurs sacs d'ordures ménagères, deux seaux en aluminium, un balai et un chiffon noirâtre. Un chat efflanqué en triste état — on lui voyait les côtes et il avait une plaie à vif sur la tête — se glissa près d'eux tandis qu'ils poursuivaient leur ascension au milieu d'une violente odeur d'ail et d'urine.

Dans le couloir du premier, le bâtiment prit vie. Télévision, musique, voix se disputant, pleurs de nouveau-né, toute la symphonie discordante des gens occupés à vivre la routine quotidienne. Aucun bruit de ce genre dans l'appartement de Peter, qu'ils découvrirent au fond du couloir où une fenêtre noire de suie ne laissait filtrer qu'un maigre rai de lumière. La porte était entrebâillée, et elle s'ouvrit lorsque Lynley frappa, révélant une pièce dont les fenêtres closes recouvertes par des draps semblaient piéger les odeurs de l'immeuble, à quoi venait s'ajouter la puanteur des corps non lavés et des vêtements sales.

Bien que la pièce ne fût guère plus petite que le studio de Paddington qu'ils venaient de quitter, le contraste était saisissant. Il n'y avait pour ainsi dire pas de mobilier. Trois grands oreillers maculés de taches gisaient sur le sol au milieu de journaux froissés et de revues ouvertes. Pas d'armoire ni de commode. Une chaise supportait une pile de vêtements dépliés, quatre cartons contenaient d'autres vêtements. Des cageots servaient de tables et un lampadaire veuf d'abat-jour éclairait la pièce.

Lynley ne souffla mot. L'espace d'un instant, il resta sur le seuil, comme quelqu'un qui puise le courage d'affronter la vérité.

Puis il ferma la porte de façon que rien ne vînt entraver leur champ de vision. Contre le mur le plus proche, le canapé convertible usé jusqu'à la corde avait été déplié. Sur le lit était allongée une silhouette immobile à demi recouverte d'un drap. Par terre, près du canapé, Peter Lynley était recroquevillé à la manière d'un fœtus, les mains sur la tête.

— Peter !

Lynley s'approcha de lui, s'agenouilla, l'appela de nouveau.

Comme sortant d'une profonde torpeur, Peter tressaillit, esquissa un geste convulsif. Il roula les yeux, reconnut son frère.

— Elle refuse de bouger. (Il se fourra un pan de son T-shirt dans la bouche, comme pour s'empêcher de pleurer.) Je l'ai trouvée là, comme ça, en rentrant. Elle veut pas bouger.

— Que s'est-il passé ? questionna Lynley.

— Elle refuse de bouger, Tommy. J'l'ai trouvée là en rentrant, sur le lit, et elle bouge toujours pas.

Saint James s'approcha à son tour du canapé. Il ôta le drap qui recouvrait la silhouette étendue. En dessous, Sacha était allongée, nue, sur le côté, un bras tendu, une main pendante. Ses cheveux lui cachaient le visage et son cou était gris de crasse. Il posa les doigts sur le poignet de la jeune fille, conscient d'agir machinalement. Il avait jadis travaillé dans la police métropolitaine, et ce n'était pas la première fois qu'il contemplait un cadavre.

Se redressant, il secoua la tête en regardant Lynley. Lynley s'approcha.

Saint James repoussa en arrière les cheveux de Sacha et lui bougea doucement le bras pour voir où en était la rigidité cadavérique. Il esquissa un pas en arrière, toutefois, en voyant l'aiguille plantée dans sa chair.

— Overdose, dit Lynley. Qu'est-ce qu'elle avait pris, Peter ?

Il revint vers son frère. Saint James resta près du corps. La seringue était vide, le piston baissé, comme si elle s'était shootée avec une substance qui l'avait tuée pratiquement sur-le-champ. Difficile à croire. Il parcourut la pièce des yeux, cherchant ce qu'elle avait bien pu prendre pour mourir de cette façon. Rien sur la caisse posée près du lit, à part un verre vide dans lequel était plongée une cuiller ternie et sur le bord duquel on distinguait un reste de poudre blanche. Le lit lui-même ne contenait que le corps. Saint James recula, examinant le sol entre la caisse et le lit. Et c'est alors qu'avec un sentiment d'horreur il l'aperçut.

Un flacon en argent gisait par terre, presque invisible. Et du flacon s'échappait un peu de poudre blanche, substance sans doute identique à celle qui était restée collée sur le bord du verre, substance qui avait causé la mort de Sacha Nifford. Secoué par sa découverte, Saint James sentit son cœur se mettre à battre à coups précipités. Soudain, il eut trop chaud.

Le flacon en argent n'était autre que celui de Sidney.

21

— Ressaisis-toi, Peter, je t'en prie, disait Lynley à son frère. (Il attrapa Peter par le bras et l'aida à se mettre debout. Peter se cramponnait à lui en sanglotant.) Qu'est-ce qu'elle a pris ?

Saint James fixa le flacon. La voix de Sidney résonnait à ses oreilles avec une netteté hallucinante. C'était presque comme si elle était dans la pièce. « *On l'a raccompagné chez lui*, avait-elle dit. *Il habite un petit appartement sordide à Whitechapel.* » Et plus tard, encore plus compromettants, ces mots : « *Dis à ce cher Peter, quand tu l'auras retrouvé, que j'ai des tas de choses à lui dire. Et que j'ai hâte de le voir.* »

Sous la lumière du lampadaire, le flacon luisait, lui adressant comme un clin d'œil, attendant qu'il l'identifie. Saint James ne put faire autrement. Car de l'endroit où il se tenait, il distinguait une partie des initiales gravées sur ses flancs, gravure qu'il avait voulue particulièrement délicate lorsqu'il avait offert le flacon à sa sœur quatre ans plus tôt, à l'occasion de son vingt et unième anniversaire.

« *Tu étais mon frère préféré. C'est toi que j'aimais le mieux.* »

Il n'y avait pas une seconde à perdre. Il ne pouvait pas s'offrir le luxe d'examiner les différentes solutions qui se présentaient à lui. De deux choses l'une : ou il agissait, ou il la laissait affronter la police. Il décida d'agir et, se baissant, tendit la main.

— Parfait. Je vois que tu l'as trouvé, fit Lynley, le rejoignant. On dirait... (Il parut soudain comprendre la signification de la posture de Saint James, de sa main tendue. Saint James se dit que Lynley avait également dû remarquer la soudaine pâleur de son visage. Car, laissant sa phrase inachevée, il entraîna Saint James à l'écart.) Inutile de chercher à lui sauver la mise pour me faire plaisir, annonça-t-il d'un ton calme. C'est fini, tout ça, Saint James. Ce que je t'ai dit dans la voiture tient toujours. Si c'est une histoire d'héroïne, la seule chose que je puisse faire pour Peter, c'est le laisser affronter les conséquences de ses actes. Je vais téléphoner au Yard.

Il sortit de la chambre.

Saint James avait l'impression de suffoquer. Sans se soucier de Peter qui, appuyé contre le mur, pleurait dans ses mains, il se dirigea d'une démarche raide vers la fenêtre. Il souleva le drap pour essayer de l'ouvrir et s'aperçut qu'elle était collée par la peinture. La pièce était étouffante.

Vingt-quatre heures, songea-t-il. Le flacon portait le poinçon de l'orfèvre. La police aurait vite fait de retrouver la trace du magasin de Jermyn Street où il l'avait acheté. Après, ce serait un jeu d'enfant. Ils éplucheraient les registres de commandes. Quelques coups de téléphone aux clients du magasin, quelques questions à ces mêmes clients. Il ne devait pas avoir plus de vingt-quatre heures devant lui.

Vaguement, il entendit la voix de Lynley qui était au téléphone dans le couloir et, tout près, le bruit que faisait Peter en pleurant. Couvrant celui-ci, un bruit de respiration laborieuse, hachée. La sienne.

— Ils arrivent. (Lynley referma la porte derrière lui. Il traversa la pièce.) Ça va, Saint James ?

— Oui. Très bien.

Et pour le lui prouver, il se força à s'éloigner de la fenêtre par un suprême effort de volonté.

Lynley avait débarrassé l'unique chaise des vêtements qui l'encombraient ; il la plaça au pied du lit, dossier tourné vers le corps.

— La police arrive, répéta-t-il. (D'une main ferme, il prit son frère par le bras, le fit asseoir sur la chaise.) Il y a un flacon près du canapé qui risque bien de te faire arrêter, Peter. Nous n'avons que quelques minutes pour parler.

— Quel flacon ? J'ai pas vu de flacon. En tout cas, c'est pas à moi.

Peter s'essuya le nez sur le bras.

— Raconte-moi ce qui s'est passé. Où as-tu été traîner depuis samedi soir ?

Peter fronça les sourcils, comme gêné par la lumière.

— Nulle part.

— N'essaie pas de jouer au plus fin avec moi.

— Jouer ? Mais je ne...

— Tu es seul dans cette affaire, Peter. Tu comprends ? Seul. Alors ou tu me parles, ou c'est à la police que tu parles. Choisis. Personnellement, je m'en fous.

— On n'a pas bougé d'ici. C'est la vérité.

— Depuis quand es-tu rentré ?

— Samedi. Dimanche. Je sais pas. Je me rappelle pas.

— A quelle heure es-tu arrivé ?

— Après l'aube.

— A quelle heure, Peter ?

— J'en sais rien, à quelle heure ! Quelle différence ça peut faire ?

— La différence, c'est que Justin Brooke est mort. Mais pour l'instant, tu t'en tires bien : les policiers semblent croire qu'il s'agit d'un accident.

La bouche de Peter se tordit.

— Tu crois que c'est moi qui l'ai tué ? Et Mick ? Ça aussi, tu veux me le coller sur le dos, Tommy ? (Sa voix se brisa lorsqu'il prononça le prénom de son frère. Il se remit à pleurer, son corps maigre secoué de sanglots secs, le visage caché dans les mains. Ses ongles étaient noirs de crasse.) Tu me crois toujours capable du pire, n'est-ce pas ?

Saint James vit que Lynley se préparait à une joute oratoire. Il s'empressa d'intervenir :

— On va te poser une foule de questions, Peter. Il vaudrait mieux que ce soit Tommy qui te les pose. Et non la police.

— Je peux pas lui parler, sanglota Peter. Il m'écoute pas. Je compte pas pour lui.

— De quel droit oses-tu dire ça ? s'exclama Lynley.

— Parce que c'est la vérité et que tu le sais. Pour toi, je suis rien, zéro. Tout ce que tu es capable de faire, c'est me filer des chèques pour que je te foute la paix : ça, c'est pas compliqué, ça t'évite de te mouiller. Seulement quand j'ai besoin de toi, y a plus personne. Ç'a toujours été comme ça, y a pas de raison que ça change. (Il se pencha en avant sur la chaise, les bras autour de la taille, la tête sur les genoux.) J'avais six ans quand il est tombé malade, Tommy. Sept quand tu as quitté Howenstow. Et douze quand il est mort. Ça ne te dit rien ? Est-ce que tu imagines seulement ce que j'ai ressenti ? Il n'y en a eu qu'un qui m'a soutenu dans tout ça, bon Dieu de merde, c'est Roderick. Il s'est efforcé d'être un père pour moi. Il a fait le maximum. En cachette, évidemment. Parce qu'il aurait pas fallu que tu t'en aperçoives !

Lynley l'obligea à se lever de sa chaise.

— Et si tu t'es mis à te droguer, c'est à cause de moi, c'est ça ? C'est ce que tu essaies de me dire ? Je ne marche pas ! Je t'interdis de me coller ça sur le dos !

— J'ai pas l'intention de te coller quoi que ce soit sur le dos, cracha Peter. Je te méprise.

— Tu crois que je ne m'en rends pas compte ? Tu passes ton temps à essayer de me nuire. Tu es même allé jusqu'à voler le matériel de Deborah.

— C'est grotesque, Tommy. Sors d'ici, tu veux ? Laisse-moi avec la police.

Saint James se dit qu'il devait intervenir, il lui fallait absolument obtenir les renseignements dont il avait besoin.

— Qu'a-t-elle pris au juste, Peter ? Où s'est-elle procuré ce produit ?

Peter s'essuya le visage avec son T-shirt déchiré. Tout vieux et délavé, le T-shirt était orné en son centre d'un squelette entouré d'une guirlande de roses, accompagné des mots *Grateful Dead.*

— Je sais pas. J'étais sorti.

— Où étais-tu allé ? questionna agressivement Lynley.

— Acheter du pain et des œufs, fit Peter, le gratifiant d'un regard de mépris. (Il tendit le bras vers le filet à provisions par terre contre le mur. Puis il poursuivit à l'adresse de Saint James :) Quand je suis rentré, elle était couchée. J'ai cru qu'elle dormait. Mais après, je me suis aperçu... j'ai vu... (Il marqua une pause, les lèvres tremblantes.) J'ai appelé Tommy à son bureau, au Yard, mais on m'a dit qu'il n'y était pas. J'ai appelé chez lui, mais Denton m'a dit qu'il était encore en Cornouailles. J'ai appelé en Cornouailles, mais Hodge m'a dit qu'il était à Londres. Je...

— Pourquoi essayais-tu de me joindre ? s'enquit Lynley.

Peter laissa ses mains retomber. Il fixa le sol.

— Tu es mon frère, dit-il d'une voix creuse.

Lynley eut soudain l'air de quelqu'un à qui on arrache le cœur.

— Pourquoi faut-il que tu fasses des choses pareilles, Peter ? Pourquoi, nom de Dieu ?

— Qu'est-ce que ça peut te faire ?

Saint James entendit les sirènes. Les flics n'avaient pas perdu de temps. Mais ils avaient bien sûr la possibilité de se frayer un passage au milieu de la circulation grâce à leurs sirènes et à leurs gyrophares. Il se hâta de prendre la parole, bien décidé à apprendre le pire.

— Il y a un flacon en argent près du lit. Il appartient à Sacha ?

Peter ricana.

— Y a pas de danger. Si elle avait eu des objets en argent, y a longtemps qu'on les aurait fourgués.

— Elle ne te l'a jamais montré ? Tu ne l'as jamais vu traîner au milieu de ses affaires ? Elle ne t'a jamais dit comment elle se l'était procuré ?

— Non.

Voilà, c'était fini. Le vacarme annonçant l'arrivée imminente de la police alla crescendo et cessa brutalement. Saint James s'approcha de la fenêtre et repoussa le rideau. Deux voitures pie. Deux voitures banalisées. Une fourgonnette. Garées derrière la Bentley de Lynley. Elles occupaient presque toute la rue. Les mouflets s'étaient volatilisés, laissant derrière eux les sacs-poubelles qui leur avaient tenu lieu de buts.

Tandis qu'un constable en uniforme restait devant l'immeuble, attachant un cordon jaune de police entre la rampe du perron et le réverbère le plus proche, le reste de ses collègues s'engouffra dans le bâtiment. Pour avoir passé plusieurs années au Yard, Saint James les reconnut presque tous. Deux inspecteurs de la brigade criminelle. L'équipe des techniciens du labo. Un photographe. Un médecin légiste. Cette arrivée massive était inhabituelle et signifiait qu'ils savaient que c'était un des leurs qui avait passé le coup de fil. C'était pour cela que Lynley avait téléphoné au Yard et non à Bishopsgate, où se trouvait le commissariat de quartier dont Whitechapel dépendait. S'il tenait à ce que Peter assume les conséquences de la mort de Sacha Nifford, du moins ne tenait-il pas à ce que son frère le fît sans son aide. Refuser d'épauler Peter dans une histoire de drogue, c'était une chose. L'abandonner à son sort dans une affaire qui risquait de déboucher sur une enquête criminelle, c'en était une autre. Car, si Peter avait été au courant pour la drogue, s'il l'avait refilée à Sacha, s'il l'avait aidée à en prendre, comptant se shooter lui-même à son retour du supermarché... Tout ça, songea Saint James, c'étaient autant de possibilités qui ne pouvaient avoir échappé à Lynley. Et qui risquaient toutes de finir par une accusation de meurtre. Lynley avait voulu que l'enquête soit menée par une équipe en laquelle il avait confiance, et c'était pour cela qu'il avait appelé le Yard. Saint James se demanda qui, à Victoria Street, en ce moment, téléphonait au poste de police de Bishopsgate pour expliquer l'intrusion de Scotland Yard.

Les pas des policiers retentissaient dans l'escalier. Lynley alla leur ouvrir.

— Angus, dit-il à l'homme qui était à la tête du groupe.

L'inspecteur Angus MacPherson était un Ecossais massif généralement vêtu d'un vieux costume de tweed qui semblait lui tenir également lieu de pyjama. Il adressa un hochement de tête à Lynley et se dirigea vers le lit. Sa coéquipière, le sergent Barbara Havers — que Saint James connaissait de vue —, le suivit, sortant un carnet de son sac et un stylo-bille de la poche-poitrine de son chemisier puce.

— Voyons un peu, attaqua MacPherson. (Il prit le drap entre deux doigts et, regardant par-dessus son épaule, ajouta :) Vous n'avez touché à rien, Tommy ?

— Le drap. Il était rabattu sur elle quand nous sommes arrivés.

— C'est moi qui l'ai couverte, intervint Peter. Je croyais qu'elle dormait.

Le sergent Havers haussa un sourcil incrédule en une mimique expressive. Elle se mit à griffonner dans son carnet. Puis elle regarda Lynley, son frère, le cadavre.

— J'étais allé acheter du pain et des œufs, dit Peter. Quand je suis rentré...

Lynley vint se poster derrière son frère, sa main sur son épaule. Peter se tut. Havers leur jeta un coup d'œil.

— Quand vous êtes rentré ? fit-elle d'une voix totalement atone.

Peter se retourna et consulta son frère du regard comme pour lui demander conseil.

— Elle était étendue comme ça, termina Peter.

Les doigts de Lynley blanchirent sur l'épaule de son frère. Le sergent Havers s'en aperçut car elle émit un bref ricanement qui en disait long sur la sympathie que lui inspirait Thomas Lynley et la situation dans laquelle il se trouvait. Elle pivota vers le lit. MacPherson se mit à lui parler vite et à voix basse. Elle prit des notes.

Une fois que MacPherson eut procédé à un examen préliminaire, il rejoignit Lynley et Peter et les entraîna à l'autre bout de la pièce, cédant la place au médecin légiste qui se mit en devoir d'enfiler ses gants. Le légiste tâta, ausculta, palpa le corps. Ce fut l'affaire de quelques minutes. Il murmura trois mots à l'oreille de Havers et se retira pour permettre aux techniciens de faire leur travail.

Saint James les observa tandis qu'ils commençaient à recueillir des indices, conscient jusqu'au malaise de la présence sur le sol du flacon en argent appartenant à Sidney. Le verre d'eau resté sur la caisse faisant office de table de nuit fut enfermé dans un sac et scellé. La cuiller ternie prit le même chemin. Des traces de poudre, qui avaient échappé à Saint James lorsqu'il avait examiné la caisse, en furent délogées à coups de brosse minutieux et furent déposées dans un petit récipient. Puis les techniciens déplacèrent la caisse et ramassèrent le flacon. En voyant celui-ci disparaître à son tour dans une pochette en plastique, Saint James comprit que le compte à rebours avait commencé : il ne disposait plus que de vingt-quatre heures.

Saint James fit signe à Lynley qu'il allait partir. Son ami le rejoignit.

— Ils vont emmener Peter, dit Lynley. Je l'accompagne. (Et, de peur que Saint James ne pense qu'il avait changé d'avis depuis qu'il lui avait fait part de son désir de laisser son frère se débrouiller seul, il ajouta :) C'est le moins que je puisse faire, Saint James.

— Je comprends.

— Tu pourras prévenir Deborah ? J'ignore pour combien de temps je vais en avoir.

— Certainement. (Saint James se demanda comment formuler la question qui lui tenait à cœur, sachant que Lynley, en l'entendant, ne pourrait s'empêcher d'en tirer des conclusions qui l'inciteraient à refuser de coopérer. Pourtant, il lui fallait obtenir ces renseignements, sans que Lynley se doute de la raison pour laquelle il tenait à les avoir. Il décida d'y aller en douceur.) Est-ce que tu pourrais m'obtenir certaines informations au Yard ? Dès qu'ils les auront ?

— Quel genre d'informations ?

— Sur l'autopsie. Le plus de détails possible et le plus rapidement possible.

— Tu ne crois pas que Peter...

— Ils vont faire vite, compte tenu qu'il s'agit de ton frère, Tommy. C'est la moindre des choses. Tu pourras me communiquer ces données ?

Lynley jeta un coup d'œil à son frère. Peter tremblait de tous ses membres. MacPherson fouilla dans les vêtements répandus par terre et en extirpa un sweat-shirt à rayures. Il le tendit à Havers, qui l'examina avec une lenteur délibérée, et le passa à Peter.

Lynley poussa un soupir et se frotta la nuque.

— Compte sur moi, Saint James.

A l'arrière du taxi qui filait vers St. Pancras, Saint James s'efforça de chasser de son esprit toute pensée concernant sa sœur pour la remplacer par une ébauche de stratégie. Mais il n'y parvint pas et, au lieu d'un plan de bataille, ce fut une nuée de souvenirs qui l'assaillit, tous plus importuns les uns que les autres, exigeant de lui qu'il vole à son secours.

Il avait fait une courte halte à Paddington pour transmettre le message de Lynley à Deborah. Là, il avait pris le téléphone pour appeler l'appartement de sa sœur, l'agence de mannequins où elle travaillait, son propre domicile, sachant pertinemment qu'il refaisait les mêmes démarches que lady Helen, le sachant mais s'efforçant désespérément de retrouver sa trace, obnubilé par le souvenir du flacon en argent retrouvé chez le frère de Lynley et qui portait les initiales de Sidney.

Il sentait Deborah près de lui, qui le regardait et l'écoutait. Elle était seule, Helen étant partie voir ce qu'elle pouvait tirer des messages laissés sur le répondeur de Mick Cambrey et du dossier « Clients potentiels ». Son front barré d'une ride trahissait une inquiétude qui ne faisait que croître à mesure qu'il continuait de passer des coups de fil, cherchant sa sœur, n'obtenant aucun résultat. Il s'aperçut qu'avant tout il tenait à dissimuler à Deborah la véritable nature de ses craintes. Elle savait que Sacha était morte, aussi se figurait-elle qu'il ne se préoccupait que de savoir Sidney en bonne santé. Il était bien décidé à ce que Deborah n'en sût pas davantage.

— Toujours pas de nouvelles de Sidney ? s'enquit Deborah lorsqu'il eut enfin reposé le combiné.

Il fit non de la tête et s'approcha de la table sur laquelle se trouvaient les documents recueillis dans l'appartement de Mick. Il fit un tri, puis un tas, et mit le tout dans la poche de sa veste.

— Est-ce que je peux faire quelque chose ? s'enquit-elle. N'importe quoi. Je me sens tellement inutile. (Elle avait l'air abattue, apeurée.) Je n'arrive pas à croire qu'on ait voulu faire du mal à Sidney. Elle a dû aller se terrer quelque part, Simon. Tu ne crois pas ? La mort de Justin l'a bouleversée. Elle a besoin d'être seule.

L'avant-dernière phrase reflétait la stricte vérité. Saint James avait été témoin du chagrin de sa sœur en Cornouailles, et il avait senti la rage que ce chagrin suscitait en elle. Pourtant, elle avait quitté Howenstow et il l'avait laissée faire. S'il arrivait quelque chose à Sidney, il serait responsable.

— Tu ne peux rien faire, dit-il à Deborah.

Le visage impassible, les traits figés en un masque insensible, il se dirigea vers la porte. Il savait que Deborah aurait du mal à comprendre qu'il pût repousser son offre. Elle prendrait ça pour un rejet, pour une façon de se venger de tout ce qui s'était passé depuis son retour d'Amérique. Mais il n'y avait pas moyen de faire autrement.

— Je t'en prie, Simon.

— Je ne vois pas ce qu'on peut faire de plus.

— Je suis sûre que je dois pouvoir t'aider. Et tu le sais.

— Inutile, Deborah.

— Laisse-moi t'aider à la retrouver.

— Reste ici. Attends Tommy.

— Je n'ai pas... (Elle s'interrompit. Il vit une petite veine battre sur son cou. Il attendit qu'elle poursuive. Mais rien ne vint. Deborah prit une profonde inspiration, mais ne détourna pas les yeux.) Je vais faire un saut à Cheyne Row.

— Je n'en vois pas l'intérêt. Sidney n'y sera pas.

— Ça m'est égal. J'y vais.

Il n'avait ni le temps ni l'envie de discuter avec elle. Aussi quitta-t-il l'appartement, se forçant à se concentrer sur la raison de son retour à Londres. Il espérait qu'une visite à Islington-Londres lui apprendrait la vérité sur la mort de Mick Cambrey, et que ce nouveau décès à Whitechapel était lié aux deux autres. Car, en parvenant à établir un lien entre les trois, il disculperait Sidney. Pour y arriver, il lui fallait se lancer à la poursuite du fantôme de Mick Cambrey. Il était décidé à faire prendre vie au spectre de Cornouailles. Islington-Londres allait peut-être lui en donner la possibilité.

Mais, à l'arrière du taxi, il sentit que son esprit épuisé ne réussissait pas à refouler les images qui entamaient son calme, le ramenant en un temps et en un lieu qu'il croyait avoir laissés derrière lui à jamais. Assis sur la banquette de la voiture, il revit défiler les visages familiers tels qu'il les avait vus à l'hôpital, apparaissant puis disparaissant, déformés ou non selon qu'il était conscient ou abruti par les calmants. David et Andrew tenant un conciliabule à mi-voix avec les médecins. Sa mère et Helen rongées de chagrin. Tommy terrassé par la culpabilité. Et Sidney. Dix-sept ans, coiffure destroy, oreilles ornées de boucles agressives semblables à des satellites de télécommunications, qui choisissait pour lui faire la lecture les quotidiens les plus farfelus, hurlant de rire aux passages les plus macabres ou les plus croustillants. Sidney la tenace présente chaque jour à ses côtés, refusant de le laisser sombrer dans le désespoir.

Et après, en Suisse. Il se rappelait avec quelle amertume il avait contemplé les Alpes de la fenêtre de sa chambre d'hôpital, plein de dégoût pour son corps, méprisant sa faiblesse, forcé pour la première fois d'affronter la réalité, de se dire qu'il ne pourrait jamais plus faire de randonnées dans ces montagnes. Mais, pendant tout ce temps-là, Sidney était restée près de lui, le secouant, le tarabustant, l'obligeant à recouvrer la santé, bien décidée à ce qu'il vive alors que lui priait chaque soir pour que vienne la mort.

Tout en évoquant ces souvenirs, il s'efforça de chasser de son esprit les faits qui l'obsédaient : la présence de Sidney à Soho, la nature de ses relations avec Justin Brooke, la facilité avec laquelle elle pouvait se procurer de la drogue grâce à son mode de vie, aux gens qu'elle fréquentait et au métier qu'elle exerçait. Et, tout en essayant de se persuader qu'elle ne connaissait pas, qu'elle ne pouvait pas avoir connu Mick Cambrey et qu'il était impossible qu'elle ait été mêlée à sa mort, il n'arrêtait pas de penser à ce que Deborah lui avait dit, à savoir que Sidney avait vu Tina Cogin dans son appartement. Sidney elle-même d'ailleurs avait dit qu'elle avait vu Peter agresser une femme à Soho, une femme dont le signalement correspondait à celui de Tina. Bien que ténu, le lien n'en existait pas moins et il ne pouvait l'ignorer. Aussi se demandait-il avec angoisse où elle était passée et ce qu'elle avait fait, cependant que vingt-cinq années d'histoire commune lui criaient qu'il devait impérativement la retrouver avant la police.

Islington-Londres était installé dans un bâtiment sans prétention situé à deux pas de Gray's Inn Road. Une petite cour séparait l'immeuble de la rue, cour que remplissaient une demi-douzaine de petites voitures et un minivan sur les flancs duquel l'inscription ISLINGTON barrait une carte de la Grande-Bretagne constellée d'étoiles blanches, indiquant sans doute l'emplacement des diverses succursales de la firme. Il y en avait dix au total, d'Inverness, tout au nord, jusqu'à Penzance, tout au sud. Manifestement, ce n'était pas une petite entreprise.

Dans le hall, les bruits de la rue étaient étouffés par les murs épais, la moquette épaisse et la musique d'ambiance — version sirupeuse de *Lucy in the Sky with Diamonds*. D'élégants canapés étaient disposés tout autour de la pièce sous de grandes toiles modernes à la David Hockney. Une toute jeune réceptionniste qui semblait avoir récemment plaqué le collège tapait sur un traitement de texte avec des ongles griffus peints en magenta. Ses cheveux étaient teints dans le même ton.

Du coin de l'œil, elle dut voir approcher Saint James, car elle ne tourna pas la tête de son écran. Elle agita les doigts vers une pile de formulaires posée sur son bureau et fit claquer son chewing-gum avant de dire :

— Prenez un formulaire de demande d'emploi.

— Je ne viens pas pour un job.

La jeune fille ne répondant pas, Saint James vit qu'elle portait des écouteurs. Soit qu'elle fût en train de taper sous la dictée, soit qu'elle écoutât du rock agressif sans se croire obligée d'en faire profiter tout le monde. Haussant la voix, Saint James répéta qu'il n'était pas venu faire acte de candidature. Relevant vivement la tête, elle s'empressa de retirer les écouteurs.

— Désolée. Je croyais... (Elle attira un registre à elle.) Vous avez rendez-vous ?

— Parce que généralement il faut un rendez-vous pour venir chez vous ?

Elle mastiqua son chewing-gum avec application et le toisa, semblant chercher un sens caché à sa phrase.

— Généralement, oui.

— Personne ne vient pour acheter de la marchandise ?

Le chewing-gum claqua.

— Les vendeurs se déplacent. Personne ne vient ici. On nous

passe bien des commandes par téléphone, de temps en temps. Mais ici ce n'est pas une pharmacie.

Elle regarda Saint James prendre dans la poche de sa veste les documents qui y étaient pliés et sortir la photo de Mick Cambrey. Il la lui tendit, sa main heurtant au passage les ongles griffus qui lui égratignèrent la peau. Elle portait une note de musique en or collée sur l'ongle de l'annulaire, tel un bijou.

— Cet homme, vous l'avez déjà vu ?

Elle sourit en baissant les yeux sur la photo.

— Oui. Il est déjà venu.

— Récemment ?

Elle pianota sur son bureau, réfléchissant intensément.

— Mmmmm. Difficile à dire. Il y a quelques semaines, je crois.

— Avec qui avait-il rendez-vous ?

— Vous me rappelez son nom ?

— Mick... Michael Cambrey.

— Je vérifie.

Elle ouvrit le registre près du traitement de texte et parcourut méthodiquement les pages, s'aidant de son doigt pour suivre les colonnes de noms.

— Le registre des visiteurs ? s'enquit Saint James.

— Par mesure de sécurité, il faut le signer en arrivant et en partant.

— Par mesure de sécurité ?

— Recherche pharmaceutique. On n'est jamais trop prudent. Un nouveau truc sort et aussitôt tout le West End veut y goûter. Ah, le voilà. Produits en cours de test. Service 25. (Elle feuilleta quelques pages.) Le voilà de nouveau ici. Même service, même heure. Juste avant le déjeuner. (Elle consulta des pages vieilles de plusieurs mois.) Le revoilà encore. C'était un visiteur régulier.

— Toujours le même département ?

— On dirait, oui.

— Est-ce que je pourrais parler au chef de service ?

Refermant le registre, elle eut un air de regret.

— Ça me paraît difficile. Sans rendez-vous. Surtout que le pauvre Mr Malverd doit chapeauter deux services en même temps. Pourquoi ne laissez-vous pas votre nom ? fit-elle avec un haussement d'épaules dégagé.

Mais Saint James n'était pas décidé à se laisser éconduire comme ça.

— L'homme qui m'intéresse, Mick Cambrey, a été assassiné vendredi soir.

Le visage de la réceptionniste refléta aussitôt le plus vif intérêt.

— Vous êtes de la police ? s'enquit-elle, puis avec une note d'espoir dans la voix : Scotland Yard ?

L'espace d'un instant, Saint James songea que tout aurait été beaucoup plus simple si Lynley était venu avec lui. Les choses étant ce qu'elles étaient, il sortit sa carte et la lui tendit.

— Non. Je suis là à titre personnel.

Elle jeta un coup d'œil à la carte, la lut en bougeant les lèvres, la retourna comme si elle portait des indications supplémentaires au dos.

— Un meurtre, fit-elle dans un souffle. Je vais voir si je peux joindre Mr Malverd. (Elle enfonça plusieurs touches du standard et fourra la carte de Saint James dans sa poche.) Au cas où j'en aurais besoin pour moi, précisa-t-elle avec un clin d'œil.

Dix minutes plus tard, un homme pénétra dans le hall, refermant derrière lui une lourde porte en bois. Il se présenta, Stephen Malverd, tendit la main au visiteur et se mit à se tirer le lobe de l'oreille. Il était vêtu d'une blouse blanche qui lui arrivait aux genoux, ce qui attirait l'attention sur ses pieds, recouverts de grosses chaussettes de laine et chaussés de sandales. Il déclara être très pris et ne pouvoir consacrer à Saint James que quelques minutes. Si son visiteur voulait bien le suivre...

Il s'enfonça d'un pas vif dans le bâtiment. Sa chevelure ébouriffée — qui lui auréolait la tête à la manière d'un tampon de paille de fer — tressautait au rythme de ses pas et sa blouse s'ouvrait telle une cape. Il ralentit l'allure en remarquant les difficultés de locomotion de Saint James, jetant un regard accusateur à sa mauvaise jambe comme si elle lui faisait perdre de précieuses minutes.

Ils appelèrent l'ascenseur au bout du couloir. Malverd attendit qu'ils fussent montés pour prendre la parole :

— C'est le foutoir depuis deux, trois jours. Je suis content que vous soyez là. Je croyais que c'était plus grave que ça.

— Vous vous souvenez de Michael Cambrey ?

Le visage de Malverd se vida de toute expression.

— Cambrey ? Mais elle m'a dit... (Il fit un geste en direction du bureau de la réception, fronça les sourcils.) Qu'est-ce que c'est que cette histoire ?

— Michael Cambrey est venu voir quelqu'un du service 25, Produits en cours de test, plusieurs fois durant ces derniers mois. Il a été assassiné vendredi dans la nuit.

— Je ne vois pas ce que je peux faire pour vous. (Malverd avait l'air perplexe.) Le service 25, ça n'est pas mon secteur, normalement. Je me borne à assurer l'intérim. Que voulez-vous savoir ?

— La raison de la présence de Cambrey chez vous.

Les portes de l'ascenseur s'ouvrirent. Malverd n'en sortit pas immédiatement. Il semblait se tâter, se demander s'il devait parler à Saint James ou se débarrasser de lui et se remettre au travail.

— Cette mort a un rapport avec Islington ? Avec un produit développé par nous ?

C'était une possibilité, songea Saint James. Mais certainement pas au sens où Malverd l'entendait.

— Je l'ignore, dit Saint James. C'est pourquoi je suis venu.

— Vous êtes de la police ?

Il sortit une carte de visite.

— Criminalistique.

Malverd eut l'air moyennement intéressé par ce détail. Au moins, il avait affaire à un collègue scientifique.

— Je vais voir ce que je peux faire, dit-il. Par ici.

Il pilota Saint James le long d'un couloir recouvert d'un prosaïque linoléum, sans commune mesure avec la moquette de la réception et du rez-de-chaussée. Des laboratoires ouvraient de part et d'autre du couloir, occupés par des techniciens perchés sur de hauts tabourets devant des plans de travail que les années, les fréquents déplacements d'appareils lourds et l'exposition aux substances chimiques avaient rayés et fait passer du noir au gris.

Malverd adressa des hochements de tête à ses collègues en passant mais sans dire un mot. Il sortit de sa poche un emploi du temps, le consulta, regarda sa montre et poussa un juron. Il accéléra l'allure, contourna le chariot du thé autour duquel un petit groupe de techniciens faisait la pause de l'après-midi et, arrivé dans un second couloir, ouvrit une porte.

— Service 25, annonça-t-il.

La pièce dans laquelle ils pénétrèrent était un vaste laboratoire rectangulaire, brillamment éclairé par des rampes de lumière fluorescente fixées au plafond. Six incubateurs étaient posés sur une paillasse qui courait le long d'un mur. Entre les incubateurs étaient installées des centrifugeuses, les unes ouvertes, les autres fermées, d'autres encore en fonctionnement. Partout des armoires vitrées renfermaient produits chimiques, bechers, flacons, tubes à essai et pipettes. Au milieu de ces accessoires, deux techniciens recopiaient les chiffres orange qui clignotaient sur l'un des incubateurs. Un laborantin s'affairait devant une hotte dont on avait rabattu la paroi vitrée pour empêcher les cultures d'être contaminées. Quatre autres avaient l'œil vissé à leur microscope, tandis qu'un cinquième préparait des spécimens sur des lamelles de verre.

Plusieurs d'entre eux relevèrent le nez tandis que Malverd et Saint James se dirigeaient vers une porte fermée à l'autre bout du labo, mais aucun d'eux ne parla. Malverd frappa un coup sec à la porte et entra sans attendre de réponse.

Une secrétaire manifestement aussi débordée que Malverd se tourna vers eux en les entendant. Elle était comme encerclée par un bureau, une chaise, un ordinateur et une imprimante à laser.

— C'est pour vous, Mr Malverd. (Elle attrapa une pile de messages téléphoniques attachés par un trombone.) Je ne sais vraiment pas quoi dire aux gens.

Malverd prit les messages, les passa brièvement en revue et les laissa tomber sur le bureau.

— Envoyez-les promener. Tous. Je n'ai pas le temps de répondre au téléphone.

— Mais...

— Est-ce que, par le plus grand des hasards, les carnets de rendez-vous se trouveraient ici, Mrs Courtney ? Ou serait-ce trop vous demander ?

Les lèvres de Mrs Courtney blanchirent alors qu'elle souriait et s'efforçait poliment de prendre la réflexion à la blague. Elle plongea derrière son bureau, où elle repêcha un gros agenda à reliure de cuir, qu'elle lui tendit.

— Nous gardons toujours trace des rendez-vous, Mr Malverd. Tout est en ordre.

— Vous m'en voyez ravi. Ça fait au moins une chose qui est en ordre. Je prendrais volontiers du thé. Et vous ? (Ceci à Saint James, qui refusa.) Allez m'en chercher, fit Malverd à l'adresse de Mrs Courtney, qui lui décocha un regard meurtrier avant de sortir s'acquitter de sa mission.

Malverd ouvrit une seconde porte qui donnait dans une pièce plus spacieuse que la première mais à peine moins encombrée. De toute évidence, c'était le bureau du chef de projet. De vieilles bibliothèques métalliques contenaient des ouvrages consacrés à la chimie biomédicale, à la pharmacologie, à la génétique, voisinant avec des collections reliées de revues scientifiques, un appareil pour prendre la tension, un microscope antédiluvien et une balance. Une trentaine de carnets occupaient les étagères à portée de main du bureau. Saint James supposa qu'il s'agissait des carnets où étaient consignés les résultats des expériences menées par les techniciens du labo contigu. Sur le mur au-dessus du bureau, un immense diagramme retraçait les progrès d'une expérience — ou d'un produit ? — en rouge et en vert. Sous le diagramme, enfermés dans leurs boîtes, étaient accrochés des scorpions.

Malverd leur jeta un coup d'œil désapprobateur avant de prendre place dans le fauteuil derrière le bureau.

— En quoi puis-je vous être utile ?

Saint James repoussa une pile de documents qui était posée sur la seule chaise du bureau et s'assit après avoir brièvement examiné le diagramme.

— Mick Cambrey est venu plusieurs fois ici au cours des derniers mois. C'était un journaliste.

— Il a été assassiné, m'avez-vous dit ? Et vous pensez qu'il y a un lien entre sa mort et Islington ?

— Nous sommes plusieurs à penser qu'il préparait un papier. Il se pourrait que sa mort ait un rapport avec ce papier. Ce n'est encore qu'une supposition.

— Mais je croyais que vous n'étiez pas de la police.

— En effet.

Saint James s'attendait à ce que Malverd saute sur l'occasion pour mettre un terme à l'entretien. Il en avait parfaitement le droit. Mais leur intérêt commun pour la science l'incita à n'en rien faire. Malverd hocha pensivement la tête et ouvrit le carnet de rendez-vous au hasard.

— Voyons, Cambrey. (Il se mit à lire, s'aidant de son doigt pour passer d'une ligne à l'autre, comme l'avait fait la réceptionniste quelques minutes plus tôt.) Smythe-Thomas. Hallington. Schweinbeck. Barry... comment se fait-il qu'il l'ait reçu, celui-là ? Taversly. Powers. Ah, le voilà. Cambrey. Onze heures et demie. (Il fronça les sourcils.) Vendredi. Il y a deux semaines.

— La réceptionniste a eu l'air de dire qu'elle l'avait vu à plusieurs reprises. Est-ce qu'il est noté dans le carnet à un autre jour que ce vendredi-là ?

Faisant preuve de bonne volonté, Malverd feuilleta le carnet. Il prit un bout de papier et y nota des dates. Ses recherches terminées, il tendit le papier à Saint James.

— C'était un visiteur régulier. Il venait tous les quinze jours. Et toujours le vendredi.

— Les premiers rendez-vous consignés dans ce carnet remontent à quand ?

— Janvier.

— Vous avez le carnet de l'an dernier ?

— Attendez-moi, je vais aller vérifier.

Lorsque Malverd fut sorti, Saint James en profita pour regarder la courbe accrochée au-dessus du bureau. L'ordonnée était intitulée *croissance tumorale* et l'abscisse *temps après injection.*

Deux traits marquaient le progrès de deux substances : l'un qui chutait rapidement et correspondait à *produit chimique*, l'autre, *solution physiologique*, qui grimpait régulièrement.

Malverd revint, tasse de thé dans une main, carnet de rendez-vous dans l'autre, et referma la porte d'un coup de pied.

— Vous aviez raison, il est venu nous voir l'année dernière, dit Malverd.

Cette fois encore, il recopia les dates à mesure qu'il les trouvait tout en avalant bruyamment une gorgée de thé de temps à autre. Un calme presque inhumain régnait dans le bureau et le labo. Le seul bruit qu'on entendait était celui du crayon de Malverd sur le papier. Lorsqu'il eut fini, il releva la tête.

— Rien trouvé avant juin.

— Ça remonte à plus d'un an, observa Saint James. Et la raison de ses visites, vous la connaissez ?

— Aucune idée. (Malverd joignit les doigts en clocher et, fronçant les sourcils, jeta un coup d'œil à la courbe.) A moins que... l'oncozyme, peut-être ?

— Oncozyme ?

— Un produit que le service 25 teste depuis plus de dix-huit mois.

— Quel genre de produit ?

— Anticancéreux.

L'interview accordée par le Dr Trenarrow à Cambrey revint aussitôt à la mémoire de Saint James. Le lien entre cet entretien et les fréquents déplacements de Cambrey à Londres n'était finalement pas hypothétique.

— Comment ça fonctionne ?

— C'est un médicament qui inhibe la synthèse des protéines dans les cellules cancéreuses, expliqua Malverd. Nous espérons qu'il réussira à empêcher la prolifération des oncogènes, les gènes qui causent le cancer. (Il désigna la courbe de la tête et tendit le doigt vers le trait qui dégringolait rapidement.) Comme vous pouvez le constater, le traitement semble prometteur. Les résultats obtenus sur les souris sont tout à fait extraordinaires.

— Il n'est pas encore prescrit aux patients ?

— Loin s'en faut. Les études de toxicologie viennent de commencer. Vous savez en quoi ça consiste. Dosages. Effets biologiques.

— Effets secondaires ?

— Bien sûr. Il faut les dépister, les mettre en évidence.

— S'il n'y a pas d'effets secondaires, que rien ne prouve que l'oncozyme est dangereux, que se passe-t-il ?

— Nous commercialisons le médicament.

— Ce qui doit rapporter gros, j'imagine, remarqua Saint James.

— Absolument. Car il s'agit d'un médicament qui constitue une percée capitale en matière de lutte contre le cancer. Je ne serais pas autrement étonné d'apprendre que Michael Cambrey ait cherché à rédiger un papier sur l'oncozyme. Mais de là à dire que c'est ce qui a causé sa perte... Je ne vois pas le rapport.

Saint James se dit que lui le voyait. Sans doute Cambrey avait-il glané au cours de son enquête un détail qui avait échappé malencontreusement à quelqu'un du laboratoire pharmaceutique.

— Quel rapport y a-t-il entre Islington-Londres et Islington-Penzance ? s'enquit-il.

— Nous avons un centre de recherche à Penzance. Ils sont éparpillés à travers tout le pays.

— Vous y effectuez des tests supplémentaires ?

Malverd fit non de la tête.

— Les médicaments voient le jour dans les labos de recherche. (Il s'enfonça dans son siège.) Chaque labo planche sur une maladie particulière. Ainsi, nous en avons un qui travaille sur la maladie de Parkinson, un autre sur la chorée de Huntington, un autre encore — tout récent — sur le sida. Nous avons même, ça va vous sembler bizarre, un centre qui s'occupe du coryza.

Il sourit.

— Et à Penzance, vous faites quoi ?

— De la recherche sur la chimiothérapie anticancéreuse.

— C'est Penzance qui a développé l'oncozyme, peut-être ?

Malverd jeta un coup d'œil pensif à la courbe.

— Non. C'est le labo de Bury, dans le Suffolk, qui en est responsable.

— Et vous dites que les médicaments ne sont pas testés dans ces centres ?

— Pas de façon aussi poussée qu'ici. Ils font les tests préliminaires. Evidemment. Sinon, ils ne sauraient pas ce qu'ils ont développé.

— Est-il possible que quelqu'un travaillant dans l'un de ces labos de province ait eu accès aux résultats ? Je parle des résultats obtenus à Londres, bien entendu. Pas des résultats de province.

— Bien sûr.

— Et que cette personne ait remarqué une anomalie ? Un détail qui aurait pu être passé sous silence par des gens désireux de hâter la commercialisation d'un nouveau produit ?

Malverd avança le menton d'un air belliqueux.

— Ça me paraît douteux, Mr Saint James. Nous sommes dans un laboratoire, ici, pas dans un roman de science-fiction. (Il se mit debout.) Maintenant, si vous voulez bien m'excuser, il faut que j'y retourne. Tant que nous n'aurons personne pour superviser le service, il me faut mettre les bouchées doubles. Je suis certain que vous comprenez.

Saint James sortit à sa suite du bureau. Malverd tendit à la secrétaire les carnets.

— Tout était en ordre, Mrs Courtney. Je vous félicite.

Elle lui prit les documents des mains d'un air compassé.

— Mr Brooke tenait les carnets de rendez-vous à jour, Mr Malverd.

A l'énoncé de ce nom, Saint James faillit sursauter et reprit en écho :

— Mr Brooke ?

Impossible.

Malverd s'empressa de lui montrer que c'était tout à fait possible au contraire car, tandis qu'il entraînait son visiteur vers le labo, il précisa :

— Justin Brooke, oui. Le biochimiste qui était à la tête de ce service. Cet imbécile a trouvé la mort en Cornouailles, le week-end dernier. Dans un accident. J'ai même cru, au début, que c'était pour ça que vous étiez venu.

22

Avant de faire signe au constable en uniforme de lui ouvrir la porte, Lynley, muni d'un plateau en plastique chargé de sandwiches et de thé, colla l'œil au judas vitré de la salle d'interrogatoire. Tête baissée, son frère était assis à la table. Il portait toujours le sweat-shirt à rayures que MacPherson lui avait donné à Whitechapel, mais le vêtement ne suffisait manifestement plus à le réchauffer. Peter tremblait en effet de tout son corps.

Lorsqu'ils l'avaient enfermé dans cette pièce quelque trente minutes plus tôt — non sans avoir posté à l'extérieur un gardien préposé à sa surveillance —, Peter n'avait pas posé la moindre question ; il n'avait fait aucune déclaration, formulé aucune requête. Il était resté debout, les mains contre le dossier d'une chaise, à examiner la pièce impersonnelle. Une table, quatre chaises, un linoléum beigeasse, deux plafonniers dont un seul fonctionnait, un cendrier en métal cabossé sur la table. Avant de prendre un siège, il s'était borné à dévisager Lynley et à ouvrir la bouche comme pour dire quelque chose, le visage suppliant. Mais il n'avait rien dit. C'était comme s'il s'était soudain rendu compte que ses relations avec son frère avaient subi des dommages irréparables.

Lynley adressa un signe de tête au constable de garde, qui déverrouilla la porte et la referma aussitôt que Lynley fut entré. Le grincement de la clé dans la serrure lui parut encore plus sinistre que d'habitude du fait que c'était son propre frère qui était enfermé là-dedans. Il avait été le premier surpris par sa réaction : il ne s'était pas attendu à éprouver le désir de lui venir en aide et de le protéger. Pourtant, bizarrement, maintenant que la justice avait mis la main sur Peter, Lynley ne ressentait aucune joie particulière à l'idée d'avoir lui-même opté pour la voie de la droiture, de la morale et de l'éthique ; il ne se réjouissait pas d'avoir mené le genre de vie susceptible de faire d'un individu le favori de la société. Il se faisait au contraire l'effet d'être un hypocrite. Et il était convaincu que, si le châtiment devait être infligé au plus grand pécheur, c'était lui qui serait puni et non son frère. Car, ayant reçu davantage, il avait gâché davantage.

Peter leva le nez, le vit, détourna les yeux. Il n'avait pas l'air maussade. Simplement hébété et désorienté.

— Il faut que nous mangions un morceau, dit Lynley. (Il s'assit en face de son frère et posa le plateau sur la table. Peter ne bougeant pas, Lynley sortit un sandwich de son emballage. La cellophane grinça avec une sorte de craquement évoquant celui des bûches dans le feu.) La nourriture, au Yard, est immangeable : on dirait de la sciure. Aussi j'ai fait venir des sandwiches du restaurant du coin. Goûte le jambon. C'est celui que je préfère. (Peter ne faisant toujours pas mine de bouger, Lynley tendit le bras vers la théière.) Je ne sais plus combien de sucres tu prends. J'en ai apporté plusieurs sachets. Il y a un carton de lait également.

Il remua son propre thé, entreprit de dépapilloter son sandwich et s'efforça de ne pas penser à l'absurdité de sa conduite. Il se rendait compte qu'il se comportait en mère poule convaincue que la nourriture peut régler tous les problèmes.

Peter leva la tête.

— J'ai pas faim.

Lynley constata que ses lèvres étaient craquelées, à vif, tellement il les avait mordillées pendant la demi-heure qu'il avait passée seul. A un endroit, elles avaient même saigné bien que le sang commençât à sécher, formant une tache sombre. Du sang sous forme de croûtes apparaissait à l'intérieur de ses narines. Il avait les paupières irritées.

— L'appétit, c'est ce qu'on perd en premier, murmura Peter. Après ça, tout le reste fout le camp. Sans qu'on réalise ce qui vous arrive. On se croit en super forme. Mais on mange pas. On perd le sommeil. On travaille de moins en moins, puis plus du tout. On fait que prendre de la coke. Des fois on baise. Mais à la fin on laisse tomber ça aussi. La coke, c'est tellement mieux.

Lynley reposa soigneusement le sandwich auquel il n'avait pas touché, l'appétit coupé. Il aurait voulu ne rien ressentir. Il prit son thé et referma les mains autour de la tasse, ce qui lui procura une sensation de chaleur sourde, réconfortante.

— Tu ne veux pas me laisser t'aider ?

La main droite de Peter se crispa sur sa main gauche. Il ne souffla mot.

— Je n'ai pas été le frère que tu souhaitais avoir et malheureusement il est trop tard pour y changer quoi que ce soit, dit Lynley. Mais je peux t'offrir ce que je suis maintenant, même si ça te semble dérisoire.

Peter parut esquisser un mouvement de recul à ces mots. Ou peut-être le froid intérieur le fit-il se recroqueviller. Lorsqu'il se décida à parler, c'est à peine si ses lèvres remuèrent. Lynley dut tendre l'oreille pour saisir ce qu'il disait.

— Je voulais être comme toi.

— Comme moi ? Pourquoi ?

— Tu étais parfait. Tu étais mon idole, mon modèle. Je voulais te ressembler. Quand j'ai compris que je n'y arriverais pas, j'ai renoncé. Puisque je ne pouvais pas être comme toi, je me suis dit que je ne serais rien.

Peter avait prononcé ces mots d'un ton définitif, voulant sans doute signifier la fin d'un entretien qui venait à peine de commencer tout autant que l'impossibilité pour son frère et lui de repartir sur de nouvelles bases. Lynley chercha quelque chose — des mots, des images, des souvenirs communs — qui, en lui permettant de faire un bond de quinze ans en arrière, l'aiderait du même coup à atteindre le petit garçon qu'il avait abandonné à Howenstow. Mais rien ne lui vint à l'esprit. Il n'y avait pas moyen de retourner dans le passé ni de réparer.

Il se sentait impuissant. Plongeant la main dans la poche de sa veste, il en sortit son étui à cigarettes et son briquet qu'il posa sur la table. L'étui avait appartenu à son père et le *A* gravé sur le couvercle s'était estompé avec les années. Par endroits, l'initiale avait même complètement disparu ; mais, tout éraflé qu'il était, l'étui ne lui en était pas moins cher. Jamais il ne lui serait venu à l'idée d'en changer. En le fixant — symbole de tout ce qu'il avait fui, des aspects de sa vie qu'il avait préféré ignorer, des émotions qu'il avait choisi de refouler —, il trouva les mots qu'il cherchait.

— Savoir qu'elle couchait avec Roderick alors que papa était encore en vie, je n'ai pas pu le supporter, Peter. Je me fichais pas mal qu'ils soient tombés amoureux l'un de l'autre, que ça leur soit arrivé comme ça subitement, qu'ils n'aient rien prémédité. Je me moquais de savoir que Roderick avait l'intention de l'épouser lorsqu'elle serait libre. Peu m'importait de savoir qu'elle aimait toujours papa — et je savais qu'elle l'aimait, parce que je voyais bien comment elle s'occupait de lui, même au début de sa liaison avec Roderick. Pourtant, je n'arrivais pas à comprendre. Comment pouvait-elle les aimer tous les deux ? Comment pouvait-elle se dévouer corps et âme à l'un — lui donnant son bain, lui faisant la lecture, le faisant manger, lui tenant compagnie à longueur de journée... — et coucher avec l'autre ? Et comment Roderick pouvait-il se rendre dans la chambre de papa — lui parler de son état de santé — sachant qu'en sortant il irait retrouver maman dans son lit ? Je ne comprenais pas. Ça me dépassait. Je voulais que la vie soit simple et elle était tout le contraire. Je me disais que c'étaient des bêtes. Qu'ils n'avaient aucun sens des convenances. Qu'ils ne savaient pas se conduire. Qu'il fallait leur apprendre à se tenir. Que je leur apprendrais. Que je les punirais. (Lynley prit une cigarette et fit glisser l'étui vers son frère.) Mon départ de Howenstow, mes rares visites là-bas n'avaient rien à voir avec toi, Peter. Tu as été la victime innocente de mon désir de venger papa d'une chose dont il ignorait probablement tout. Je sais que les mots sont dérisoires mais je te demande pardon.

Peter prit une cigarette. Mais il la garda éteinte entre ses doigts, comme si le fait de l'allumer constituait un pas qu'il n'était pas encore prêt à franchir.

— J'aurais tellement voulu que tu sois là. Personne n'était fichu de me dire quand tu reviendrais. J'ai cru pendant un certain temps que c'était un secret. Puis j'ai fini par comprendre que, si personne ne me disait rien, c'était parce que personne ne savait rien. Alors j'ai arrêté de poser la question. Et au bout d'un moment, j'ai cessé d'y attacher de l'importance. Quand par hasard tu venais à la maison, ça me facilitait les choses de te détester : j'avais moins mal quand tu repartais.

— Tu n'étais pas au courant, pour maman et Trenarrow ?

— Il m'a fallu du temps pour m'en apercevoir.

— Comment as-tu appris la chose ?

Peter alluma sa cigarette.

— A l'école. A l'occasion de la journée portes ouvertes pour les parents. Ils étaient venus tous les deux. C'est à ce moment-là que des types me l'ont dit. « Ce mec, Trenarrow, il se fait ta mère. Ça fait un bout de temps que ça dure, Pete. Tu t'en es pas encore aperçu, pauvre con ? » (Il haussa les épaules.) Je suis resté cool. J'ai fait celui qui était au courant. Je me disais qu'ils se marieraient. Mais ça ne s'est jamais fait.

— J'ai veillé à ce que ce mariage ne se fasse pas. Je voulais qu'ils souffrent.

— Tu avais un tel pouvoir sur eux ?

— Oui. Je connais maman. Sa fidélité. Je m'en suis servi pour lui faire du mal.

Peter n'exigea pas d'autres explications. Il posa sa cigarette dans le cendrier et regarda monter le mince panache de fumée. Lynley choisit ses mots avec soin, tâtonnant sur un terrain qui aurait dû lui être familier mais lui était au contraire totalement étranger.

— Peut-être qu'on pourrait essayer de franchir ce cap ensemble, Peter. On ne peut pas revenir en arrière, c'est impossible, mais on pourrait essayer de repartir sur d'autres bases, toi et moi. Tenter le coup, au moins.

— Tu dis ça parce que tu as des remords ? (Peter secoua la tête.) Tu n'as rien à te faire pardonner, Tommy. Même si tu es persuadé du contraire. J'ai choisi ma voie. Tu n'es pas responsable du pétrin dans lequel je me suis fourré. (Puis, comme pour atténuer ce que sa dernière phrase pouvait avoir de tranchant, il ajouta :) Absolument pas.

— Ça n'a rien à voir. Je veux t'aider. Tu es mon frère. Je t'aime.

Cette déclaration formulée sur le ton de la constatation causa un choc à Peter, qui eut un mouvement de recul. Ses lèvres à vif tremblèrent. Il se cacha les yeux de sa main.

— Pardonne-moi, finit-il par murmurer. (Et dans un souffle :) Tommy.

Lynley ne broncha pas, attendant que son frère baisse la main. Il était seul dans la salle d'interrogatoire avec Peter, uniquement parce que l'inspecteur MacPherson avait fait preuve de compassion. La coéquipière de MacPherson, le sergent Barbara Havers, avait véhémentement protesté lorsque Lynley avait demandé qu'on lui accorde ce tête-à-tête. Elle avait invoqué le règlement, la procédure, le droit civil et elle aurait continué si MacPherson ne l'avait fait taire d'un sobre : « La loi, je la connais, mon petit. Rendez-moi cette justice », avant de l'expédier près d'un téléphone pour y attendre les résultats de l'analyse toxicologique effectuée sur la poudre retrouvée dans la chambre de Peter à Whitechapel. Après quoi, MacPherson s'était levé et était sorti, laissant Lynley devant la porte et lui lançant par-dessus son épaule : « Trente minutes, Tommy. » Aussi, en dépit de tout ce que Lynley et Peter avaient à se dire concernant les années qu'ils avaient passées à se faire du mal l'un à l'autre, leur restait-il peu de temps pour rassembler les faits et pas de temps du tout pour resserrer les liens qui les avaient jadis unis. Cela devrait attendre.

— Il faut que je te pose des questions à propos de Mick Cambrey, dit Lynley. Et de Justin Brooke.

— Tu crois que je les ai tués ?

— Peu importe ce que je crois. Ce qui compte, c'est ce que la brigade criminelle de Penzance croit. Tu dois savoir que je ne peux pas laisser John Penellin écoper pour le meurtre de Mick.

Les sourcils de Peter se froncèrent.

— John a été arrêté ?

— Samedi soir. Tu avais déjà quitté Howenstow lorsque les flics sont venus le cueillir. Alors, je t'écoute.

— Nous sommes partis juste après dîner. Je n'étais pas au courant pour John.

Il toucha son sandwich du bout du doigt et le repoussa avec une grimace de dégoût.

— Je veux la vérité, poursuivit Lynley. C'est la seule chose qui puisse nous aider. Le seul moyen de faire sortir John de prison — vu qu'il n'a pas l'air décidé à faire quoi que ce soit pour se tirer de là —, c'est de raconter à la police ce qui s'est réellement passé vendredi soir. Oui ou non, Peter, as-tu vu Mick Cambrey à Gull Cottage après le départ de John ?

— Ils m'arrêteront, marmonna-t-il. Je passerai en jugement.

— Si tu es innocent, tu n'as rien à craindre. Surtout si tu vas les trouver pour leur dire la vérité. Est-ce que tu es allé à Gull Cottage, Peter ? Ou est-ce que Brooke a menti sur ce point ?

Peter n'avait qu'un mot à dire pour s'en tirer. Il n'avait qu'à nier. Il n'avait qu'à accuser Brooke de mensonge. Brooke était mort, il ne risquait pas de se voir infliger un démenti. Mais il pouvait aussi décider d'aider un homme qui avait toujours fait partie de la maisonnée.

Peter humecta ses lèvres desséchées.

— Je suis allé au cottage.

Lynley se demanda s'il devait éprouver du soulagement ou du désespoir.

— Que s'est-il passé ?

— Justin n'avait pas confiance en moi. Il n'était pas très chaud pour me laisser aller seul au ravitaillement. Ou bien, il ne pouvait pas attendre.

— La coke ?

— Oui. Il en avait apporté une provision à Howenstow. (Rapidement, Peter raconta la scène entre Sidney et Justin sur la plage.)

Elle a tout jeté à l'eau, conclut-il. J'avais déjà téléphoné à Mark pour qu'il m'en vende, mais j'avais pas assez de fric et il avait refusé de me faire crédit, même pour quelques jours.

— Alors tu t'es adressé à Mick ?

Une réponse positive aurait constitué la première faille dans le récit de Brooke. Mais ce ne fut pas le cas.

— Pas pour avoir de la coke, dit Peter, corroborant sans le savoir la première partie de la version de Brooke. Pour lui soutirer du blé. Je m'étais souvenu qu'il faisait les enveloppes de paie du journal tous les quinze jours. Le vendredi.

— Tu savais que Mick était un travesti ?

Peter sourit. Il y avait une certaine admiration dans son sourire, qui n'était pas sans rappeler le petit garçon qu'il avait été.

— J'ai toujours pensé que tu ferais un policier potable, Tommy.

Lynley se garda de lui dire que ce n'était pas vraiment grâce à ses dons de détective qu'il avait découvert la double vie de Mick Cambrey à Londres.

— Depuis quand est-ce que tu le sais ?

— Un mois, environ. Je lui achetais de la dope de temps en temps quand mes autres sources étaient à sec. On se rencontrait à Soho. Il y a une ruelle à deux pas de la place où se font les transactions. On se retrouvait dans un club. Je lui en prenais un gramme, un demi-gramme. Ça dépendait de l'état de mes finances.

— Risqué. Pourquoi est-ce que vous ne vous rencontriez pas plutôt chez toi ? Ou chez lui ?

Peter lui décocha un regard étonné.

— J'ignorais qu'il avait un appartement. Et j'avais pas envie qu'il voie le mien.

— Comment est-ce que vous vous contactiez ?

— Je te l'ai dit. Quand mes autres sources étaient à sec, je lui téléphonais en Cornouailles. S'il avait prévu de venir à Londres, on arrangeait un deal.

— Toujours à Soho ?

— Toujours au même endroit. Dans ce club. C'est comme ça que j'ai découvert qu'il aimait se travestir en femme.

— Comment ?

Peter rougit en racontant son histoire. Il avait poireauté une heure au *Kat's Kradle* en attendant Mick Cambrey. Une femme l'avait abordé alors qu'il allait chercher des allumettes au bar. Ils avaient éclusé trois verres ensemble. Puis ils étaient sortis.

— Il y a une sorte de renfoncement dans la ruelle derrière le club, poursuivit Peter. C'est discret. J'étais bourré, je savais plus ce que je faisais et en plus je m'en foutais. Aussi, quand elle a commencé à se frotter contre moi et à me peloter, j'étais partant. Quand les choses eurent atteint le stade qu'elle souhaitait, elle s'est mise à rire. A hurler de rire comme une hystérique. C'est à ce moment-là que j'ai vu que c'était Mick.

— Tu ne t'en étais pas aperçu avant ?

Peter secoua tristement la tête.

— Mick était superbe, Tommy. Je sais pas comment il se débrouillait mais il était drôlement sexy. Son propre père s'y serait laissé prendre. Il m'a eu en beauté. Je n'y ai vu que du feu.

— Et quand tu t'es rendu compte que c'était Mick, qu'as-tu fait ?

— J'ai voulu lui mettre une raclée, mais j'étais trop bourré et on s'est cassé la figure tous les deux. On s'est retrouvés par terre je sais plus comment. Et alors, il a fallu que Sidney Saint James se pointe — tu parles d'une coïncidence ! Elle était avec Brooke. Il nous a séparés, Mick et moi, et Mick a filé. Je ne l'ai revu que vendredi soir à Nanrunnel.

— Comment as-tu découvert que Cambrey dealait de la cocaïne ?

— C'est Mark qui me l'a dit.

— Mais tu n'as pas essayé de lui en acheter à Nanrunnel ?

— Il n'en vendait pas en Cornouailles. Seulement à Londres.

— Il n'était pas très souvent à Londres, si ? Qui est-ce qui lui en achetait ?

— Il y a tout un réseau, Tommy. Les dealers connaissent les toxicos. Les toxicos connaissent les dealers. Tout le monde se connaît. On se refile les numéros de téléphone. On appelle. On se donne rendez-vous.

— Et si le gars qui appelle est un flic de la brigade des stups ?

— Alors on se fait poisser. Mais quand on est malin, ça n'arrive pas. Surtout si on sait monter son réseau. Et Mick savait s'y prendre. Il était journaliste, il savait nouer les contacts nécessaires pour dénicher des sources.

Exact, songea Lynley. Ç'avait dû être simple pour un homme comme Mick Cambrey.

— Que s'est-il passé vendredi soir au cottage ? Les voisins ont entendu une querelle.

— Je savais plus à quel saint me vouer. Mark s'en était rendu compte dans l'après-midi, et il en avait profité pour augmenter les prix. J'avais pas de pognon alors je suis allé voir Mick pour le taper. Il a refusé. Je lui ai promis de le rembourser. Je lui ai juré qu'il aurait son fric dans une semaine.

— Comment ça ?

Peter fixa ses ongles rongés. Lynley vit que sa conscience le tourmentait, qu'il ne savait s'il devait dire la vérité ou non.

— L'argenterie de Howenstow. Je pensais vendre quelques pièces à Londres pour me faire un peu de blé. Je me disais que personne ne s'en apercevrait. Pas avant un certain temps, du moins.

— Et c'est pour ça que tu es allé à Howenstow ?

Lynley attendit la réponse, essayant de ne pas broncher en apprenant que son frère était capable de brader des objets qui étaient dans la famille depuis des générations pour satisfaire son vice.

— Je sais pas pourquoi j'y suis allé. J'avais pas les idées très claires. Je voulais y aller pour me ravitailler auprès de Mark. Pour chourer de l'argenterie et la fourguer à Londres. Pour emprunter du blé à Mick. Au bout d'un moment, on sait plus où on en est. La tête vous tourne.

— Et quand Mick a refusé de te dépanner, comment as-tu réagi ?

— Comme un imbécile. Je l'ai menacé de raconter dans tout Nanrunnel ce qu'il faisait à Londres. Le transvestisme. La drogue.

— Et ça l'a laissé froid ?

— Il s'est mis à rigoler. Il m'a dit que si je voulais de l'argent, ce n'était pas de chantage que je devais le menacer, mais de mort. Les gens paient plus pour rester en vie que pour dissimuler un secret. Et il arrêtait pas de se marrer. De me provoquer.

— Et Brooke, pendant ce temps-là, qu'est-ce qu'il faisait ?

— Il essayait de nous faire taire. Il voyait bien que j'étais fou de rage. Je crois qu'il a dû avoir peur qu'il y ait du vilain.

— Mais vous ne vous êtes pas tus ?

— Mick ne cessait pas de m'asticoter. Il m'a dit que, si j'étalais son linge sale sur la place publique, il en ferait autant avec le mien. Il a ajouté que maman et toi seriez sûrement ravis de savoir que j'avais recommencé à en prendre. Mais ça, je m'en foutais pas mal. (Peter se mordit le pouce à petits coups de dent.) De toute façon, tu avais deviné que j'avais replongé. Quant à maman... la seule chose qui comptait pour moi, c'était de me défoncer. Tu sais pas ce que c'est que d'être prêt à *tout* pour se procurer de la coke.

C'était là un aveu compromettant. Lynley se félicita de ce que ni MacPherson ni Havers ne fussent là pour l'entendre. MacPherson aurait peut-être pris ça pour un lapsus. Mais Havers se serait ruée dessus comme un chien sur un os.

— Et puis j'ai explosé, poursuivit Peter. C'était ça ou lui lécher les pieds.

— C'est à ce moment-là que Brooke est parti ?

— Il a essayé de m'entraîner dehors mais j'ai refusé de l'accompagner. Je n'en avais pas fini avec ce sale petit pédé.

Lynley eut un infime mouvement de recul en entendant ces mots agressifs.

— Que s'est-il passé ensuite ?

— J'ai traité Mick de tous les noms. Je hurlais. J'étais à bout, j'en pouvais plus tellement j'étais *en manque*... je... (Il prit sa tasse de thé, en avala une gorgée. Une goutte de liquide lui dégoulina sur le menton.) Finalement, je l'ai supplié de me filer cinquante livres. Pas plus. Il m'a foutu dehors.

La cigarette de Peter était restée dans le cendrier. Elle s'était consumée jusqu'au bout, formant un cylindre de cendre grise. Il lui donna une chiquenaude. Le cylindre de cendre s'effrita.

— L'argent de la paie était toujours là quand je suis parti, Tommy. T'es pas obligé de me croire. Mais il y était. Et Mick était en vie.

— Je te crois.

Lynley s'efforça de mettre dans ces mots toute la conviction dont il était capable, comme si cela pouvait suffire à permettre à Peter de réintégrer la sécurité du cercle familial. Mais il savait bien que c'était se faire de douces illusions. Car, les choses étant ce qu'elles étaient, une fois que la version de Peter serait communiquée à la police de Penzance, Peter passerait en jugement. Et lorsque sa toxicomanie serait révélée au jury, sa situation serait des plus délicates, quelles qu'aient pu être les assurances que Lynley lui avait prodiguées.

Peter parut puiser du réconfort dans les paroles de son frère. Sentant qu'un lien fragile s'était tissé entre eux, il avait l'air décidé à continuer de parler.

— Je ne les ai pas pris, Tommy. Jamais j'aurais fait ça. (Lynley lui jetant un regard d'incompréhension, Peter poursuivit :) Les appareils photo. Je les ai pas pris. Je te le jure.

Le fait que Peter ait été prêt à vendre l'argenterie de famille rendait difficile à croire qu'il ait eu des scrupules concernant les affaires de Deborah. Lynley préféra biaiser.

— A quelle heure as-tu quitté Mick, vendredi ?

Peter réfléchit à la question.

— Je suis allé boire une pinte à *L'Ancre et la Rose*. Il devait être dix heures moins le quart.

— Pas dix heures ? Pas plus tard que ça ?

— Quand je suis arrivé au pub, non.

— Tu y étais toujours à dix heures ? (Peter hochant la tête,

Lynley s'enquit :) Alors pourquoi Justin est-il rentré seul en stop à Howenstow ?

— Justin ?

— Il n'était pas au pub ?

Peter le dévisagea, surpris.

— Non.

Lynley ne put se défendre d'éprouver un certain soulagement. C'était le premier élément encourageant que lui offrait son frère. Et le fait qu'il le lui ait fourni sans se rendre compte de son importance indiquait qu'il disait la vérité. C'était un détail qu'il fallait vérifier, qui ne collait pas avec la version de Brooke, et qui permettrait peut-être à un avocat de tirer Peter du pétrin.

— Ce que je ne comprends pas, dit Lynley, c'est pourquoi tu as quitté Howenstow aussi vite. C'est à cause de notre engueulade dans le fumoir ?

Peter ébaucha un sourire.

— Des engueulades, on en a eu tellement, c'était pas une de plus qui m'aurait donné envie de me tirer. (Il détourna les yeux. Lynley crut tout d'abord qu'il essayait d'inventer un bobard quelconque. Mais voyant les pommettes de son frère virer au cramoisi, il comprit qu'il était gêné.) C'est à cause de Sacha. Elle arrêtait pas de me bassiner. Elle voulait qu'on rentre à Londres. J'avais pris une boîte en argent dans le fumoir. Une fois qu'elle a su que je ne tirerais pas un centime de Mick et que Mark refusait de me vendre de la coke, elle m'a dit qu'on n'avait plus qu'à rentrer à Londres pour y fourguer la boîte. Elle en pouvait plus. Il lui fallait absolument de la cocaïne. Elle en prenait nettement plus que moi, Tommy. Elle était salement accrochée.

— Alors, tu as réussi à la vendre ? C'est comme ça que tu t'es procuré ce qu'elle s'est injecté dans les veines cet après-midi ?

— J'ai pas réussi à trouver preneur. Personne voulait y toucher. Trop dangereux. Avec les poinçons et tout. Je suis scié qu'on m'ait pas arrêté.

Plus tôt. Les deux mots ne furent pas prononcés. Mais c'était inutile. Lynley et Peter y pensaient. La clé tourna dans la serrure. On frappa un coup bref. MacPherson ouvrit la porte. Il avait desserré sa cravate et retiré sa veste. Ses lunettes à monture épaisse étaient remontées sur son front. Derrière lui se tenait le sergent Barbara Havers. Elle ne faisait pas le moindre effort pour dissimuler un sourire de satisfaction.

Lynley se leva mais fit signe à son frère de rester assis. MacPherson désigna du pouce le couloir. Lynley le suivit, fermant la porte de la salle d'interrogatoire.

— Est-ce qu'il a un avocat ? s'enquit MacPherson.

— Oui. Nous ne lui avons pas encore téléphoné mais... (Lynley regarda l'Ecossais. Contrairement à celui de Havers, son visage était grave.) Il m'a certifié qu'il n'avait jamais vu ce flacon, Angus. Il y aura sûrement des témoins pour confirmer qu'il était en train d'acheter du pain et des œufs pendant que Sacha se piquait. (Il s'efforçait de parler d'une voix calme, raisonnable, de façon qu'ils n'aillent pas chercher au-delà de la mort de Sacha Nifford. Que MacPherson et Havers puissent associer Peter aux décès survenus en Cornouailles lui paraissait impensable. Pourtant le fait que MacPherson se soit préoccupé de savoir si Peter avait un avocat ne pouvait s'interpréter que d'une seule façon.) J'ai parlé aux types des empreintes avant de venir voir Peter. Seules celles de Sacha sont sur la seringue. Et les empreintes de Peter ne sont pas sur la fiole. Pour une overdose comme celle-là...

L'inquiétude ridait le visage de MacPherson. Il arrêta Lynley d'un geste, laissa retomber sa main.

— Pour une overdose, oui. Oui, mon petit. Oui, bien sûr. Mais le problème dépasse l'overdose.

— Que voulez-vous dire ?

— Le sergent Havers va vous exposer les faits.

Lynley dut faire un gros effort de volonté pour se tourner vers le sergent au nez camus. Elle tenait une feuille à la main.

— Havers ? fit-il.

De nouveau, le sourire. Condescendant, entendu, presque jubilatoire.

— Le rapport de toxicologie indique qu'il s'agit d'un mélange de quinine et d'ergotamine, dit-elle. Soigneusement dosés et mélangés, inspecteur, ces produits ressemblent à l'héroïne. En plus, ils en ont le goût. La petite a donc dû croire que c'était de l'héroïne qu'elle s'injectait dans les veines.

— Qu'est-ce que vous dites ? murmura Lynley.

MacPherson se dandina d'un pied sur l'autre.

— Pas la peine de vous faire un dessin. C'est un meurtre.

23

Deborah avait tenu parole. De retour à Chelsea, Saint James fut accueilli par Cotter qui lui annonça que sa fille était arrivée une heure plus tôt. Avec ses affaires pour la nuit, avait-il ajouté d'un air entendu. « Elle m'a dit qu'elle avait une montagne de travail en retard, des tirages à effectuer, mais je crois qu'elle a l'intention de rester jusqu'à ce qu'on ait des nouvelles de miss Sidney. » Comme si elle s'attendait à ce que Saint James désapprouve ses intentions, Deborah s'était enfermée dans la chambre noire dont le voyant rouge allumé au-dessus de la porte indiquait qu'elle ne devait être dérangée sous aucun prétexte. Saint James descendit dans son bureau et appela la Cornouailles.

Il trouva Trenarrow chez lui, A peine s'était-il annoncé que le médecin lui demanda des nouvelles de Peter Lynley avec un calme feint indiquant qu'il s'attendait au pire tout en prétendant que tout allait bien. Saint James en conclut que lady Asherton était à ses côtés. Tenant compte de ce fait, il ne communiqua à Trenarrow que le minimum de détails.

— Peter ? Nous l'avons retrouvé. Il était à Whitechapel. Tommy est avec lui pour l'instant.

— Il va bien ? questionna Trenarrow.

Saint James répondit brièvement par l'affirmative, laissant à Lynley le soin de mettre le médecin au courant. Il lui expliqua qui était en réalité Tina Cogin. Au début, Trenarrow parut soulagé d'apprendre que c'était Mick Cambrey qui avait été en possession de son numéro de téléphone et non une quelconque prostituée londonienne. Mais son soulagement fut de courte durée et se mua rapidement en une gêne certaine lorsqu'il comprit ce qu'impliquait la double vie de Mick Cambrey.

— Je n'étais absolument pas au courant, fit-il en réponse à la question de Saint James. Il lui fallait garder ça pour lui. Dans un village de la taille de Nanrunnel, partager un secret pareil, ç'aurait été la mort...

Il s'interrompit abruptement. Saint James n'eut aucun mal à imaginer ce qu'il pensait.

— Mick était en relation avec Islington-Londres, poursuivit Saint James. Vous saviez que Justin Brooke travaillait pour eux ?

— Pour Islington ? Non.

— Je me demande si ce n'est pas à la suite de l'interview que vous avez accordée à Mick que ce dernier s'est rendu là-bas.

A l'autre bout de la ligne, il entendit un bruit de porcelaine. Un moment s'écoula avant que Trenarrow ne répondît.

— Ce n'est pas impossible. Il écrivait un papier sur la recherche contre le cancer. Je lui ai parlé de mon travail. J'ai dû mentionner la façon dont Islington fonctionne, et lui parler du labo de Londres.

— L'oncozyme, vous lui en avez parlé aussi ?

— L'oncozyme ? Vous savez... (Froissement de papiers. Sonnerie d'une montre se déclenchant, très vite stoppée.) Bon sang, je vous demande un instant. (Bruit de déglutition.) J'ai dû aborder le sujet en passant. Autant que je m'en souvienne, nous avons parlé de nouveaux traitements, des progrès de la chimiothérapie... L'oncozyme en fait partie. Je ne l'aurais pas passé sous silence.

— Vous connaissiez l'existence de l'oncozyme lorsque Cambrey vous a interviewé ?

— A Islington, tout le monde le connaissait. Le « bébé de Bury », comme on l'appelait. Car c'était le labo de Bury St. Edmunds qui le développait.

— L'oncozyme, c'est quoi ?

— Un anti-oncogène. Il agit sur la duplication de l'ADN. Vous savez en quoi consiste le cancer. L'anti-oncogène permet d'enrayer le développement anarchique des cellules.

— Et les effets secondaires de l'anti-oncogène ? Parce qu'il en a, j'imagine ?

— C'est tout le problème. La chimiothérapie a toujours des effets secondaires. Alopécie, nausées, vomissements, perte de poids, fièvre.

— Tout ça, c'est classique, non ?

— Classique mais fâcheux. Parfois même dangereux. Le jour où une équipe de chercheurs parviendra à mettre au point un médicament dénué d'effets toxiques, la communauté scientifique poussera des cris de joie, croyez-moi.

— Imaginez qu'un produit s'avérant être un anti-oncogène efficace comporte des effets secondaires particulièrement indésirables...

— De quel ordre ? Dysfonctionnement rénal ? Troubles organiques ?

— Pire peut-être. Tératogènes.

— Toutes les chimiothérapies anticancéreuses comportent des risques embryo-fœtaux. C'est pourquoi, chez les femmes en activité génitale, il faut prévoir des mesures contraceptives.

— Alors, une substance qui aurait des répercussions sur les cellules reproductrices ? suggéra Saint James après avoir passé en revue différentes éventualités.

Il y eut une longue pause à laquelle le Dr Trenarrow mit un terme en s'éclaircissant la gorge.

— Vous voulez dire une drogue provoquant des anomalies génétiques aussi bien chez les hommes que chez les femmes ? Je vois mal comment c'est possible. Les produits sont soumis à des batteries de tests sophistiqués. S'ils produisaient ce genre d'effets, cela apparaîtrait forcément au cours des tests. C'est une chose qui ne se dissimule pas comme ça.

— Imaginez que ces effets toxiques aient été passés sous silence, dit Saint James. Mick aurait-il pu découvrir le pot aux roses ?

— Peut-être. Mais pour cela, il aurait fallu qu'il ait eu accès aux résultats des tests cliniques. Où les aurait-il obtenus ? A supposer qu'il soit allé au labo de Londres, qui les lui aurait communiqués ? Et pourquoi ?

Saint James se dit qu'il détenait la réponse à ces deux questions.

Deborah mangeait une pomme lorsqu'elle pénétra dans le bureau dix minutes plus tard. Elle avait coupé le fruit en petits quartiers qu'elle avait disposés sur une assiette avec quelques morceaux de cheddar. Toujours intéressés dès qu'il était question de nourriture, Peach la chienne et Alaska le chat la suivaient de près. Peach observait fixement l'assiette tandis qu'Alaska — persuadé que mendier ne seyait pas à sa dignité féline — sauta sur le bureau de Saint James et se mit à évoluer au milieu des stylos, crayons, livres, revues et lettres. Il s'installa confortablement près du téléphone comme dans l'attente d'une communication.

— Tu as fini ? s'enquit Saint James.

Il était assis dans son fauteuil de cuir où il avait passé le temps à contempler l'âtre — où aucun feu ne brûlait — après sa conversation avec Trenarrow.

Deborah s'assit en tailleur sur le canapé en face de lui. Elle posa l'assiette de fromage et de pomme sur ses genoux. Une grosse tache d'un produit chimique quelconque s'étalait sur son jeans du mollet à la cheville, et en plusieurs endroits sa chemise blanche était trempée.

— Pour l'instant, oui. Je fais une pause.

— Ça t'a prise tout d'un coup, ce besoin de développer des photos ?

— Oui, fit-elle, placide.

— Tu comptes faire une expo ?

— C'est possible.

— Deborah ?

— Quoi ?

Elle leva le nez de son assiette, renvoya en arrière les cheveux qui lui tombaient sur le front. Elle tenait un bout de fromage à la main.

— Rien.

— Ah.

Elle prit un morceau de fromage entre deux doigts, le tendit à la petite chienne avec un bout de pomme. Peach engloutit le tout, frétilla de la queue, et aboya pour en avoir encore.

— Après ton départ, il m'a fallu deux mois pour lui faire perdre l'habitude de mendier comme ça, remarqua Saint James.

Deborah tendit à Peach un autre morceau de fromage. Elle tapota la tête de la chienne, caressa ses oreilles soyeuses et le regarda d'un air innocent.

— Elle ne fait que réclamer ce dont elle a envie. Qu'y a-t-il de mal à ça ?

Il sentit de la provocation dans ces mots et se leva de son fauteuil. Il avait des coups de fil à passer concernant Brooke, concernant l'oncozyme, concernant Sidney. Il avait des douzaines de comptes rendus n'ayant aucun rapport avec les décès de Cambrey, Brooke et Sacha Nifford qui l'attendaient dans son labo et une demi-douzaine de raisons de quitter la pièce. Mais au lieu de sortir, il resta.

— Est-ce que tu pourrais faire descendre cette saleté de chat de mon bureau ?

Il s'approcha de la fenêtre. Deborah se dirigea vers le bureau, cueillit le chat et le déposa sur le fauteuil de Saint James.

— C'est tout ? fit-elle tandis qu'Alaska se faisait voluptueusement les griffes sur le cuir craquelé du siège.

Saint James regarda le chat s'installer confortablement sur son fauteuil. Il vit l'amorce d'un sourire étirer les lèvres de Deborah.

— Monstre, dit-il.

— Sale gosse, rétorqua-t-elle.

La portière d'une voiture claqua. Il se tourna vers la fenêtre.

— Tommy, annonça-t-il.

Deborah se précipita vers la porte d'entrée.

Saint James comprit en voyant son visage que Lynley n'était pas porteur de bonnes nouvelles. En outre, sa démarche semblait lente, comme alourdie. Deborah le rejoignit dans la rue où ils échangèrent quelques mots. Elle lui effleura le bras. Il fit non de la tête, lui prit la main.

Saint James quitta son poste d'observation près de la fenêtre et s'approcha d'un rayonnage. Il prit un ouvrage au hasard dans sa bibliothèque et l'ouvrit, également au hasard. *Je veux que tu saches que tu as été le dernier rêve de mon âme*, lut-il. *Ma déchéance ne m'a pas empêché d'être bouleversé par le spectacle que tu offrais au bras de ton père et par la vue du foyer que tu avais créé de tes mains*[1]... Seigneur ! Dickens. D'un geste brusque, il referma l'ouvrage.

— ... j'ai appelé maman tout de suite après, disait Lynley en pénétrant dans le bureau avec Deborah. Elle ne l'a pas très bien pris.

Saint James offrit à son ami un whisky léger, que Lynley

1. Tiré du *Conte de deux villes*, de Charles Dickens.

accepta sans se faire prier. Il se laissa tomber sur le canapé. Deborah se percha sur l'accoudoir près de lui, ses doigts effleurant l'épaule de son fiancé.

— Brooke semble avoir dit la vérité, attaqua Lynley. Peter est bien passé à Gull Cottage après le départ de John Penellin. Mick et lui ont eu une dispute.

Il leur fit part des renseignements qu'il avait glanés au cours de son entretien avec Peter. Mentionna également l'incident de Soho. La bagarre dans la ruelle.

— Je pensais qu'il pouvait s'agir de Cambrey, dit Saint James lorsque Lynley eut fini. D'après ce que Sidney m'a raconté. Le signalement de la personne qui était avec Peter dans la ruelle collait, ajouta-t-il, répondant à la question qu'il lisait sur le visage de Lynley. Si Peter a reconnu Mick Cambrey, il y a de fortes chances que Brooke l'ait reconnu aussi.

— Brooke ? s'étonna Lynley. Comment ça ? Il était dans la ruelle avec Sidney, certes, mais quelle différence cela fait-il ?

— Ils se connaissaient, Tommy. Brooke travaillait chez Islington.

Saint James entreprit de résumer les faits. Le poste occupé par Brooke chez Islington-Londres. Les visites de Mick au service 25 chapeauté par Brooke. L'oncozyme. La matière d'un article.

— Que vient faire Roderick Trenarrow dans tout ça, Saint James ?

— Tout est parti de lui. Il a servi de déclencheur en fournissant à Mick les premiers éléments d'information. Cambrey les a utilisés avec l'idée d'écrire un article sur le sujet. C'est tout. Trenarrow était au courant pour l'oncozyme. Il en a parlé à Mick.

— Et après, Mick est mort. Trenarrow était dans les parages, cette nuit-là ?

— Il n'a pas de mobile, Tommy. Justin Brooke en avait un, lui.

Saint James se mit en devoir de donner les explications nécessaires. Elaborée au cours de ces quelques minutes de méditation solitaire dans son bureau, sa théorie était relativement simple. Cambrey promettait de la cocaïne à Brooke en échange de renseignements concernant une substance susceptible d'être particulièrement toxique. Le marché entre Mick Cambrey et Brooke avait mal tourné et l'abcès avait crevé la nuit où Brooke était allé à Gull Cottage en compagnie de Peter.

— Mais cela n'explique pas la mort de Brooke.

— Que la police considère depuis le début comme accidentelle, je te le rappelle.

Lynley prit son porte-cigarettes dans la poche de sa veste, le fixant avant de parler. Il en sortit une cigarette, ouvrit son briquet d'un geste sec mais ne s'en servit pas immédiatement.

— Le pub, dit-il. Peter m'a dit que Brooke n'était pas à *L'Ancre et la Rose* vendredi soir, Saint James.

— Après avoir quitté Gull Cottage, tu veux dire ?

— Oui. En sortant du cottage, Peter est allé au pub. Il est arrivé là-bas à dix heures moins le quart. Brooke n'y a pas mis les pieds.

— Alors ça colle, non ?

Deborah prit la parole :

— Est-ce que Justin Brooke savait que Peter l'emmenait chez Mick ? Est-ce que Peter a fait allusion à Mick avant de partir ? Ou s'est-il contenté de dire qu'il allait à Nanrunnel sans préciser chez qui ?

— Brooke ne devait pas être au courant des intentions de Peter, dit Saint James. Il ne l'aurait pas accompagné s'il avait su que c'était Mick que Peter comptait taper. Il n'aurait pas voulu courir le risque d'être reconnu.

— Mick avait plus à perdre que Brooke dans l'histoire, poursuivit Deborah. La cocaïne, le transvestisme, sa double vie à Londres. Et Dieu sait quoi encore.

Lynley alluma sa cigarette, poussa un soupir, faisant jaillir une bouffée de fumée.

— Ce n'est pas tout, il y a Sacha Nifford. Si Brooke a tué Cambrey et qu'il s'est ensuite tué accidentellement en tombant du haut de la falaise, qu'est-il arrivé à Sacha ?

Saint James s'efforça de prendre un air indifférent.

— Qu'a dit la police métropolitaine à propos de Sacha ?

— Mélange d'ergotamine et de quinine, fit Lynley en sortant de sa poche de poitrine une enveloppe blanche qu'il tendit à Saint James. Il semble qu'elle ait cru que c'était de l'héroïne.

Saint James lut le rapport, s'apercevant tout d'un coup qu'il avait un mal de chien à assimiler les détails techniques qui constituaient en temps normal son pain quotidien. Lynley poursuivait, énonçant des faits que Saint James connaissait depuis toujours :

— Une dose massive provoque une diminution du calibre des artères. Ainsi que la rupture des vaisseaux sanguins dans le cerveau. La mort est immédiate. Comme nous avons pu nous en rendre compte, d'ailleurs. Elle avait encore l'aiguille plantée dans le bras.

— Et la police ne parle pas d'accident.

— Non. Les policiers questionnaient toujours Peter lorsque je suis parti.

— Mais si ce n'est pas un accident, intervint Deborah, est-ce que cela ne signifie pas...

— Qu'il y a un second tueur, conclut Lynley.

Saint James s'approcha de nouveau de ses rayonnages. Il était certain que ses gestes saccadés le trahissaient.

— L'ergotamine, dit-il. Je ne suis pas tout à fait sûr...

Il laissa sa phrase en suspens, sentant une sourde terreur s'emparer de lui. Il prit un ouvrage médical.

— C'est un médicament, dit Lynley.

Saint James tourna rapidement les pages. Ses mains étaient malhabiles. Il arriva à la lettre L puis à la lettre M sans pratiquement s'en apercevoir. Il lut sans même voir ce qu'il lisait.

— Ça sert à quoi, ce médicament ? questionna Deborah.

— A soulager les migraines, essentiellement.

Saint James sentit que Deborah se tournait vers lui, la pria intérieurement de ne pas poser la question. Mais, en toute innocence, elle le fit :

— Simon, est-ce que c'est ça que tu prends quand tu as tes migraines ?

Evidemment. Bien sûr. Elle savait qu'il en prenait. Tout le monde le savait. Il ne comptait jamais les cachets. Et le flacon était grand. Alors elle s'était glissée dans sa chambre. Elle avait pris ce dont elle avait besoin. Elle avait écrasé les comprimés. Les avait mélangés. Elle avait fabriqué le poison. Un poison qu'elle destinait à Peter et que Sacha avait pris.

Il lui fallait dire quelque chose pour les lancer de nouveau sur la piste de Cambrey et Brooke. Il continua de lire un instant, hochant la tête comme s'il réfléchissait, puis referma l'ouvrage.

— Il nous faut retourner en Cornouailles, déclara-t-il d'un ton ferme. C'est à la rédaction du *Spokesman* que nous trouverons ce qui nous permettra d'établir un lien entre Brooke et Cambrey. Lorsqu'il a fouillé dans les affaires de son fils juste après sa mort, Harry Cambrey cherchait du sensationnel : trafic d'armes à destination de l'Irlande du Nord, call-girls en cheville avec des membres du gouvernement. Ce genre de choses. Quelque chose me dit que l'oncozyme n'aurait pas attiré son attention.

Il n'ajouta pas qu'en quittant Londres dès le lendemain, il gagnerait un temps précieux : lorsqu'ils viendraient à Chelsea l'interroger au sujet du flacon en argent acheté à Jermyn Street, les policiers ne le trouveraient pas au gîte.

— C'est possible, dit Lynley. Webberly m'a autorisé à prendre quelques jours de congé de plus. Tu nous accompagnes, Deb ?

Saint James s'aperçut qu'elle l'observait.

— Oui, dit-elle lentement. (Puis :) Simon, y a-t-il...

Il ne pouvait la laisser poser la question.

— Excusez-moi, j'ai un tas de rapports à examiner au labo. Il faut que j'y jette un œil avant demain.

Il n'était pas descendu dîner. Vers neuf heures, Deborah et son père avaient fini par prendre leur repas en tête à tête dans la salle à manger. Sole grillée, asperges, pommes de terre nouvelles, salade verte. Un verre de vin avec la nourriture. Un café après. Ils ne parlaient pas. Mais toutes les deux ou trois minutes, Deborah surprenait son père à la regarder.

Il y avait une gêne dans leurs relations depuis son retour d'Amérique. Alors qu'ils s'étaient toujours parlé librement avec confiance et affection, ils se montraient maintenant circonspects. Des tas de sujets étaient tabous. Deborah avait fait en sorte qu'il en soit ainsi. Si elle s'était dépêchée de quitter Chelsea pour Paddington, c'était pour éviter d'avoir à faire des confidences à son père. Car, au fond, il la connaissait mieux que quiconque. Et il était le mieux placé pour essayer d'y voir clair dans ce qui s'était passé. Après tout, c'était lui qui avait le plus à perdre dans l'histoire. Il les aimait tous les deux.

Elle repoussa sa chaise et commença à ramasser les assiettes. Cotter se leva également.

— Content que tu sois là, Deb. C'est comme au bon vieux temps. Nous revoilà tous les trois.

— Tous les deux. (Elle sourit d'un sourire qui se voulait affectueux et distant à la fois.) Simon n'est pas descendu dîner.

— Tous les trois dans la maison, je veux dire, dit Cotter. (Il lui tendit le plateau qui était sur la desserte. Elle empila les assiettes dessus.) Il travaille trop, Mr Saint James, ça m'inquiète. Si ça continue, il n'aura plus que la peau sur les os.

Astucieusement, il s'était approché de la porte, lui coupant toute retraite. Elle ne pouvait s'échapper sans que cela se vît. Aussi se résigna-t-elle à le suivre sur son terrain :

— C'est vrai que Simon a maigri. Je m'en suis rendu compte.

— Eh oui. (Et, saisissant adroitement l'ouverture :) Ces trois dernières années n'ont pas été faciles pour lui. Si tu t'imagines le contraire, tu te trompes.

— Bien sûr. Il y a eu des changements dans nos existences à tous. Je parie qu'il n'a commencé à s'intéresser à mes allées et venues dans la maison qu'une fois que j'ai eu tourné les talons. Mais il s'est habitué à mon absence, avec le temps. Tout le monde voit bien que...

— Tu sais, ma chérie, l'interrompit son père, tu n'as jamais été du genre à te mentir. Ça me navre de te voir commencer maintenant.

— Me mentir ? Ne sois pas stupide. Pourquoi est-ce que je ferais une chose pareille ?

— La réponse, tu la connais, Deb. Mr Saint James et toi, vous la connaissez très bien. Tout ce qu'il faudrait, c'est que l'un d'entre vous ait le courage de parler et l'autre celui d'arrêter de vivre dans le mensonge.

Il posa les verres à vin sur le plateau et le lui prit des mains. Deborah savait avoir hérité de la haute taille de sa mère mais elle avait oublié que ce détail permettait à son père de la regarder droit dans les yeux. Ce qu'il fit. L'effet lui sembla déconcertant. Déstabilisée, elle se laissa aller à lui faire une confidence.

— Je sais bien ce qui te ferait plaisir, dit-elle. Mais ça ne peut pas se faire, papa. Tu dois t'incliner. Les gens changent. Ils vieillissent. Ils s'éloignent les uns des autres. La séparation, la distance les modifient. Avec le temps, ils perdent de leur importance les uns par rapport aux autres.

— Parfois, dit-il.

— Dans le cas présent, oui. (Elle le vit cligner des paupières à la fermeté du ton qu'elle avait employé. Elle tenta d'atténuer la violence du coup.) Je n'étais qu'une petite fille. Il était comme un frère pour moi.

— C'est vrai.

Cotter s'écarta pour la laisser passer.

Sa réaction lui causa un choc. Deborah voulait avant tout que son père la comprenne, mais elle ne savait comment lui expliquer la situation sans réduire à néant le plus cher de ses rêves.

— Avec Tommy, c'est différent, papa. Pour lui, je ne suis pas une petite fille. Je ne l'ai jamais été. Mais aux yeux de Simon, j'ai toujours... je serai toujours...

Cotter eut un sourire plein de douceur.

— Inutile d'essayer de me convaincre, Deb. Inutile. (Il redressa les épaules. Parla d'un ton vif.) Pour l'instant, je crois qu'on devrait essayer de lui faire avaler quelque chose. Ça ne t'ennuie pas de lui monter un plateau ? Il est encore au labo.

C'était bien le moins qu'elle pût faire. Elle descendit l'escalier à sa suite pour gagner la cuisine et le regarda préparer un plateau. Fromage, viande froide, pain, fruits. Elle le monta au labo où elle trouva Saint James assis devant une paillasse en contemplation devant un jeu de projectiles. Il tenait un crayon entre les doigts mais ne s'en servait pas.

Il avait allumé plusieurs des lampes de forte intensité installées çà et là dans l'immense pièce. Elles créaient de petites flaques de lumière au milieu de cavernes d'ombre. Son visage était masqué par l'obscurité.

— Papa aimerait que tu prennes quelque chose, dit Deborah depuis le seuil. (Elle pénétra dans la salle et posa le plateau sur la table.) Encore au travail ?

Manifestement, il ne travaillait pas. Elle se dit qu'il n'avait pas dû faire grand-chose pendant le temps qu'il avait passé au labo. Il y avait un rapport sur la table près des photos, mais la première page n'en avait pas été tournée. Et bien qu'un bloc fût posé à côté de son crayon, il n'avait rien noté dedans. Sa présence au labo, c'était une façon de se donner une contenance, une façon de fuir.

Sidney était au centre de ses préoccupations. Deborah s'en était bien rendu compte en voyant sa tête lorsque lady Helen lui avait dit qu'elle n'avait pas réussi à retrouver la trace de sa sœur. Elle s'en était de nouveau aperçue lorsqu'il avait téléphoné de chez elle, passant coup de fil sur coup de fil, s'efforçant de retrouver lui-même la jeune fille. Tout ce qu'il avait fait après — sa visite à Islington, sa conversation avec Tommy sur la mort de Mick Cambrey, sa théorie destinée à expliquer le crime, son besoin de retourner au labo pour travailler — tout cela n'était qu'une façon d'échapper aux soucis que lui créait Sidney. Deborah se demanda ce que Saint James ferait, comment il réagirait si quelqu'un avait fait du mal à sa sœur. Une fois de plus, elle s'aperçut qu'elle voulait l'aider, lui apporter un peu de la tranquillité d'esprit qu'il avait perdue.

— C'est juste un peu de viande et de fromage, dit-elle. Avec des fruits et du pain.

Ces précisions étaient inutiles : il avait le plateau sous les yeux.

— Tommy est parti ?

— Il y a un bon bout de temps. Il est retourné auprès de Peter. (Elle approcha un tabouret de la paillasse et s'assit en face de lui.) J'ai oublié de t'apporter à boire. Qu'est-ce que tu veux ? Du vin ? De l'eau minérale ? Papa et moi avons bu un café. Tu veux un café, Simon ?

— Non, merci. C'est bien comme ça.

Mais il ne fit pas mine de manger. Il se redressa sur son tabouret, se massa les muscles du dos.

La pénombre modifiait notablement ses traits. Les angles étaient adoucis. Les rides disparaissaient. Les années s'estompaient, emportant avec elles les marques de la souffrance. Il avait l'air plus jeune, plus vulnérable. Et Deborah tout à coup le trouva plus facile à atteindre, plus semblable à l'homme auquel elle avait jadis tout dit sans craindre de sa part ni rejet ni moquerie, certaine qu'il comprendrait.

— Simon, dit-elle, attendant qu'il lève les yeux de l'assiette à laquelle il ne toucherait sans doute pas. Tommy m'a dit ce que tu avais essayé de faire pour Peter aujourd'hui. C'est vraiment gentil.

Un voile passa sur son visage :

— Ce que j'ai essayé de...

Tendant le bras, elle lui étreignit doucement la main.

— Il m'a dit que tu avais tenté d'escamoter le flacon afin que la police ne mette pas la main dessus. Tommy a été extrêmement touché par ton geste. Il voulait t'en parler dans le bureau, cet après-midi, mais tu es parti et il n'en a pas eu le temps.

Elle vit qu'il fixait sa bague de fiançailles. L'émeraude luisait tel un liquide translucide sous la lumière. Sous la sienne, la main de Simon était fraîche. Mais, tandis qu'elle attendait une réaction de sa part, il ferma le poing et retira sa main. Elle retira la sienne, peinée, se rendant compte que, de quelque façon qu'elle s'efforçât de lui témoigner son amitié, elle était condamnée à échouer. Il se détourna et les ombres s'accentuèrent sur ses traits.

— Seigneur, chuchota-t-il.

A ce mot, à son expression, elle comprit que son mouvement de recul n'avait rien à voir avec elle.

— Qu'y a-t-il ?

Il se pencha dans la lumière. Les rides reparurent, les angles retrouvèrent leur acuité.

— Comment t'expliquer ça, Deborah... Je ne suis pas un héros, contrairement à ce que tu crois. Ce que j'ai fait, ce n'est pas pour Tommy que je l'ai fait. Je n'ai pas pensé un instant à lui. Ni même à Peter. Je me fiche pas mal de Peter.

— Mais...

— Le flacon appartient à Sidney.

Deborah eut un mouvement de recul. Elle entrouvrit les lèvres et se borna à le dévisager avec des yeux ronds. Enfin, retrouvant l'usage de la parole :

— Qu'est-ce que tu racontes ?

— Sidney est persuadée que c'est Peter qui a tué Justin Brooke. Elle a voulu se venger. Mais au lieu d'atteindre Peter, c'est...

— L'ergotamine, chuchota Deborah. Tu en prends, n'est-ce pas ?

Il repoussa le plateau. Mais ce fut sa seule réaction. Ses paroles étaient empreintes de sang-froid.

— Je me fais l'effet d'être un imbécile. Je ne sais même pas quoi faire pour venir en aide à ma sœur. Je n'arrive même pas à la retrouver. C'est pathétique. Obscène. Je suis un incapable et cette journée l'a amplement démontré.

— Je ne te crois pas, dit lentement Deborah. Jamais Sidney ne... elle n'a pas... Simon, tu ne peux pas le croire, c'est impossible.

— Helen a cherché partout, téléphoné partout. Moi aussi. En pure perte. Et dans vingt-quatre heures, les flics auront retrouvé la provenance du flacon.

— Comment ça ? A supposer qu'il y ait les empreintes de Sidney sur le...

— Ça n'a rien à voir avec les empreintes. Ce flacon, qui était son flacon de parfum, a été acheté dans Jermyn Street. La police n'aura aucun mal à remonter jusqu'à l'orfèvre. Ils seront ici demain après-midi vers quatre heures. Je suis prêt à le parier.

— Son flacon de parfum... Simon, ce n'est pas Sidney ! (Deborah descendit de son tabouret et le rejoignit.) Ce n'est pas Sidney. C'est impossible. Tu ne te rappelles pas ? Elle est venue dans ma chambre le soir du dîner et elle a utilisé mon parfum. Le sien était introuvable. On avait rangé sa chambre et elle ne retrouvait plus rien. Tu ne t'en souviens pas ?

L'espace d'un instant il eut l'air hébété. Les yeux braqués sur elle, il la fixait sans la voir.

— Quoi ? murmura-t-il. (Et à voix plus haute, il poursuivit :) Le dîner, c'était samedi. Avant la mort de Brooke. Quelqu'un essayait déjà de tuer Peter.

— Ou Sacha, remarqua Deborah.

— Quelqu'un essaye de faire porter le chapeau à Sidney. (Il descendit du tabouret et se mit à faire les cent pas, dans un état de grande agitation.) Quelqu'un s'est introduit dans sa chambre. Ç'aurait pu être n'importe qui. Peter — si Sacha était visée —, ou Trenarrow, ou l'un des Penellin. Bon Dieu, même Daze.

— Non, déclara Deborah, la vérité lui sautant soudain aux yeux. C'était Justin.

— Justin ?

— Sur le moment, je n'ai pas compris pourquoi il l'avait rejointe dans sa chambre, vendredi soir. Après la scène de l'après-midi sur la plage. Il en voulait à Sidney. La cocaïne, la bagarre dans le sable, Peter et Sacha qui s'étaient payé sa tête...

— Il est allé la retrouver, énonça lentement Saint James, il lui a fait l'amour et ensuite il s'est emparé du flacon. C'est sûrement lui qui a fait le coup. Qu'il aille au diable, ce salopard.

— Et samedi, pendant que Sidney le cherchait partout — tu te rappelles, elle nous a dit qu'elle n'avait pas réussi à lui mettre la main dessus —, il s'est débrouillé pour dénicher l'ergotamine et la quinine. Il a fait le mélange et l'a donné à Sacha.

— Un chimiste, dit Saint James, pensif. Un biochimiste. Qui mieux que lui pouvait connaître ces substances...

— Qui visait-il ? Peter ou Sacha ?

— Peter.

— A cause de la visite chez Mick Cambrey ?

— Le living-room de Cambrey avait été fouillé. L'ordinateur était allumé. Il y avait des carnets et des photos partout par terre. Peter a dû voir quelque chose pendant qu'il était là-bas. Quelque chose qu'il risquait de se rappeler après la mort de Cambrey.

— Alors pourquoi donner la drogue à Sacha ? Peter mort, elle se serait empressée de dire à la police comment elle l'avait obtenue.

— Pas du tout. Parce qu'on l'aurait retrouvée morte, elle aussi. Brooke misait là-dessus. Il savait qu'elle était toxicomane et il lui a remis la drogue dans l'espoir que Peter et elle en prendraient ensemble et mourraient à Howenstow. Quand il a vu que son plan ne marchait pas, il a essayé de se débarrasser de Peter par un autre moyen : il nous a raconté leur visite chez Cambrey afin que Peter soit arrêté et retiré de la circulation. Ce qu'il ne pouvait pas deviner, c'est que Sacha et Peter quitteraient Howenstow avant que les policiers aient le temps de mettre la main dessus en Cornouailles, et que la toxicomanie de Sacha était plus sévère que celle de Peter. Il ne pouvait évidemment pas se douter qu'elle planquerait la drogue pour en prendre seule. Pas plus qu'il ne pouvait savoir que Peter irait faire un tour à *L'Ancre et la Rose*, où une bonne douzaine de consommateurs le verraient, lui fournissant ainsi un alibi pour la mort de Cambrey.

— Alors, tout ça, c'est l'œuvre de Justin, résuma Deborah.

— Ce qui m'a empêché d'y voir clair, c'est le fait qu'il soit mort avant Sacha. Je n'ai pas pensé un instant qu'il pouvait lui avoir remis la drogue d'abord.

— Et sa mort, Simon ?

— C'est un accident.

— Pourquoi ? Comment ? Qu'est-ce qu'il fabriquait au sommet de la falaise au beau milieu de la nuit ?

Saint James jeta un coup d'œil par-dessus l'épaule de Deborah. Elle avait laissé le voyant allumé au-dessus de la porte de la chambre noire. L'ampoule jetait une étrange lueur rouge sang sur le plafond. En la voyant, il eut la réponse à la question de Deborah.

— Tes appareils photo, dit-il. C'est là-bas qu'il s'en est débarrassé.

— Pourquoi ?

— Il effaçait toutes les traces de ses relations avec Cambrey. Cambrey lui-même, pour commencer. Ensuite Peter. Et après ça...

— Mon film, dit Deborah. Les photos que tu avais prises dans le cottage. Ce que Peter avait vu, tu avais dû le photographier.

— Ce qui veut dire que le foutoir qu'on a trouvé dans le séjour était une mise en scène. En fait, il n'a pas fouillé la pièce, il n'a rien fait disparaître. Ce qu'il voulait était trop volumineux pour être emporté.

— L'ordinateur ? suggéra Deborah. Voyons, je ne comprends pas bien, comment est-ce qu'il pouvait savoir que tu avais pris des photos ?

— Il savait que nous avions ton appareil vendredi soir quand nous sommes allés au théâtre. Mrs Sweeney en a suffisamment parlé à table, samedi, pendant le dîner. Il savait également — sans doute par Sidney — dans quelle branche je travaille. En outre, il devait savoir que Tommy est à Scotland Yard. Bien sûr, il aurait pu miser sur le fait que nous nous contenterions d'appeler la police en découvrant le cadavre. Mais pourquoi prendre ce risque s'il y avait dans cette pièce quelque chose qui était susceptible de le rattacher à Cambrey ? Quelque chose que nous aurions fixé sur la pellicule...

— Mais la police aurait fini par le découvrir, ce quelque chose, non ?

— Les flics avaient arrêté Penellin, lequel était pratiquement prêt à avouer le crime. La seule chose que Justin avait à craindre, c'était que quelqu'un n'appartenant pas à la police locale refuse de voir en Penellin le meurtrier. Ce qui s'est produit moins de vingt-quatre heures après la mort de Cambrey. Car nous avons commencé à fureter partout. A poser des questions. Il lui fallait donc prendre des mesures pour se couvrir.

Deborah posa une dernière question :

— Mais pourquoi avoir volé tout mon matériel ? Pourquoi ne pas s'être contenté de prendre le film ?

— Faute de temps, il a trouvé plus simple de prendre la mallette, de la jeter par la fenêtre puis de descendre en quatrième vitesse nous rejoindre, Tommy et moi, dans le petit bureau de Daze où il nous a déballé tout ce qu'il savait à propos de Peter. Après ça, il est parti avec les appareils en direction de la plage. Il les a jetés dans l'eau. Puis il a repris le petit sentier pour regrimper sur la falaise. Et c'est à ce moment-là qu'il est tombé.

Elle sourit, éprouvant un sentiment de soulagement. Simon semblait s'être débarrassé d'un atroce fardeau.

— Tout ça, c'est bien gentil, mais je me demande si nous allons pouvoir le prouver.

— Bien sûr que oui. En Cornouailles. D'abord dans la crique, pour récupérer les appareils photo, et au journal pour mettre la main sur ce que Mick Cambrey écrivait au sujet de l'oncozyme. Demain.

— Et le film ? Les photos ?

— Ce sera la touche finale.

— Tu veux que je te les développe ?

— Ça ne t'ennuie pas ?

— Bien sûr que non.

— Alors au travail, mon petit chat. Il est temps de remettre Justin Brooke à la place qui lui convient.

24

Deborah se mit à l'ouvrage avec une légèreté de cœur et d'esprit dont elle ne se serait pas crue capable quelque deux heures plus tôt. Elle se surprit à fredonner des chansons qui lui revenaient soudain en mémoire : les Beatles, Buddy Holly, un vieux refrain de Cliff Richard dont elle se demanda quand elle avait bien pu l'apprendre. Enfermée dans la chambre noire, elle plongea la pellicule dans le bac de révélateur d'un geste machinal sans prendre le temps de réfléchir au travail qu'elle entreprenait non plus qu'à l'insouciance joyeuse avec laquelle elle s'y attelait. Elle n'essaya pas davantage d'analyser le comment ni le pourquoi du retournement de situation qui avait permis à l'affection qu'elle avait toujours éprouvée pour Saint James de refleurir tandis qu'ils parlaient dans le labo. Simplement elle était heureuse que pareil changement se fût produit, changement prometteur qui annonçait que les vieilles rancœurs allaient enfin pouvoir être oubliées.

Comme elle avait eu raison de suivre son instinct, de venir tenir compagnie à Simon, ce soir, à Chelsea. Comme elle avait été contente de voir la métamorphose qui s'était opérée en lui lorsqu'il avait compris que sa sœur n'avait rien à se reprocher. Avec quelle absence d'arrière-pensées elle l'avait suivi dans sa chambre où ils étaient restés à rire et bavarder pendant qu'il récupérait le rouleau de pellicule. Ils étaient redevenus amis, partageant leurs réflexions, échangeant leurs points de vue, discutant, réfléchissant de concert.

La joie de dialoguer avait toujours été à la base de leurs relations avant son séjour de trois ans en Amérique. Et ces quelques minutes passées dans le labo puis dans la chambre de Simon lui avaient restitué le souvenir vivace de cette joie, sinon la joie elle-même. Ce qu'il avait jadis été pour elle lui revint en mémoire, une succession d'images tourbillonnant dans son esprit, la replongeant dans son enfance et son adolescence, longues périodes de sa vie qu'elle avait partagées avec lui.

Il faisait partie intégrante de son passé de mille et une façons : l'écoutant raconter ses chagrins, atténuant le choc des déceptions, lui faisant la lecture, lui parlant, la regardant grandir. Il avait vu ce qu'il y avait de plus vilain en elle — ses accès de colère, son orgueil têtu, son incapacité à accepter l'échec, son perfectionnisme, sa difficulté à pardonner aux autres leurs faiblesses. Il avait vu tout cela et bien d'autres choses encore, et il avait tout accepté. Certes, il lui arrivait de lui donner des conseils ou des directives, de lui prodiguer avertissements ou admonestations : mais il l'acceptait telle qu'elle était avec ses qualités et ses défauts. Elle avait d'ailleurs toujours su qu'il en serait ainsi depuis que, âgé de dix-huit ans, il s'était accroupi à ses côtés devant la tombe de sa mère où elle se tenait bien droite, s'efforçant d'être courageuse, de se composer un visage impassible, de montrer qu'à sept ans elle était capable de supporter l'horreur d'un deuil abominable qu'elle comprenait à peine. Il l'avait prise dans ses bras, lui avait chuchoté les mots qui lui avaient donné la possibilité d'être elle-même pendant le reste de sa vie. « Tu as le droit de pleurer. »

Il l'avait aidée à grandir, soutenue, et encouragée à partir lorsqu'était venu pour elle le moment de voler de ses propres ailes. Mais c'était justement cela — cette facilité avec laquelle il l'avait autorisée à entrer dans l'âge adulte sans essayer de la retenir ou de l'empêcher de le quitter — qui avait faussé leurs relations, faisant naître en elle un lancinant sentiment de rancune. Tout ce qu'il y avait de plus mesquin dans sa nature était remonté à la surface le jour où elle avait compris qu'il entendait leur infliger à tous deux trois ans de séparation aggravés par le silence. Deborah avait alors laissé la joie se flétrir, la chaleur s'éteindre, elle s'était abandonnée au besoin de le blesser. Et elle l'avait blessé, se vengeant d'une façon tout à la fois gratifiante, pure et simple. Mais aujourd'hui, elle se rendait compte qu'en atteignant son objectif, elle avait remporté une victoire à la Pyrrhus. En effet, semblable à un boomerang, la revanche prise sur Simon lui était revenue en plein cœur, la meurtrissant du même coup.

Ce n'était qu'en lui disant la vérité qu'elle pouvait espérer redevenir son amie. Confession, expiation, pardon pourraient seuls lui permettre de retrouver la joie. Et cette joie, elle la désirait. Rien ne comptait davantage à ses yeux que la possibilité de se sentir de nouveau à l'aise avec lui, de lui parler comme lorsqu'elle était enfant, de redevenir sa petite sœur, son amie.

Elle ne souhaitait rien de plus. Car la raison profonde de son amertume lors de sa séparation avec Simon avait été le désir frustré qu'il la mette dans son lit afin qu'elle sût qu'il la désirait vraiment, qu'elle n'avait pas rêvé ces instants où il lui avait laissé entrevoir ce qui, elle s'en était convaincue, était du désir.

Mais ce besoin de satisfaire son désir et de voir son intuition confirmée, tout cela avait été consumé par le feu de l'amour qu'elle éprouvait pour Tommy. Et c'était Tommy qui allait lui donner le courage de dire la vérité. Car, tandis qu'elle approchait les négatifs de la lumière, cherchant au milieu des clichés ceux qui avaient été pris chez Mick Cambrey, ce fut Tommy qu'elle vit, posant aimablement en compagnie de la troupe de comédiens amateurs de Nanrunnel. Rien qu'en étudiant sur les photos sa façon de rejeter la tête en arrière lorsqu'il éclatait de rire, le brillant de ses cheveux, les contours de sa bouche, elle éprouva pour lui une bouffée de gratitude. Tommy symbolisait l'avenir vers lequel elle tendait. C'était l'homme à qui, adulte, elle avait juré fidélité. Mais elle ne pourrait aller vers lui d'un cœur libre et léger tant qu'elle n'aurait pas enterré le passé.

Elle s'employa à agrandir les clichés que Saint James avait pris dans le cottage de Mick Cambrey. Puis elle effectua les tirages. Pendant ce temps, elle songeait à ce qu'elle lui dirait, se demandant si explications et excuses suffiraient à mettre un terme à leur désaccord.

Il était près de minuit lorsqu'elle finit son travail : développement, séchage, rangement. Elle éteignit, rassembla les photos et partit à la recherche de Saint James.

Il entendit ses pas dans l'escalier avant de la voir apparaître. Sur toute la largeur de son lit, il avait étalé les documents concernant l'affaire et les examinait, choisissant ceux qui lui permettraient de disculper sa sœur, Peter Lynley et John Penellin. Un mouvement, une tache blanche sur le seuil de sa porte l'arrachèrent à sa contemplation. C'était le chemisier de Deborah qui tranchait sur l'ombre du couloir. Elle tenait les photos à la main.

Il sourit.

— Tu as fini ?

— Oui. Ça m'a pris un peu plus de temps que prévu. C'est l'agrandisseur. Il est neuf et je ne suis pas habituée... Mais je suis sotte. Je ne t'apprends rien.

Il crut qu'elle allait lui donner les clichés mais elle n'en fit rien. Au lieu de les lui remettre, elle vint se planter au pied de son lit. D'une main, elle tenait les photos, son autre main était posée sur l'une des colonnes du lit.

— Il faut que je te parle, Simon.

Devant sa mine, il ne put s'empêcher de repenser à une histoire d'encrier renversé sur une chaise de salle à manger et à la confession tremblante d'une gamine de dix ans aux chaussures éraflées. Aux inflexions de sa voix, il comprit que le moment des explications était venu ; sous l'effet d'une vague de terreur, il se sentit comme vidé de ses forces.

— Qu'est-ce qu'il y a ?

— C'est au sujet de la photo. Je savais que tu la verrais un jour ou l'autre et je tenais à ce que tu la voies. C'était même mon souhait le plus cher. Je voulais que tu saches que je couchais avec Tommy. Parce que je savais que ça te ferait du mal. Et je voulais te faire mal, Simon. J'étais prête à tout pour te punir. Je voulais que tu nous imagines faisant l'amour. Je voulais que tu sois jaloux. Je voulais te sortir de ton indifférence. Et je... je me méprise d'avoir fait ça, Simon.

Les mots étaient si inattendus que la surprise le plongea dans une sorte d'état de choc. L'espace d'un ridicule instant, il réussit à se persuader qu'il avait mal compris, se laissa aller à croire qu'elle parlait des photos prises en Cornouailles et faisait à ce propos des allusions dont le sens lui échappait. Sans même réfléchir, il décida que c'était dans ce sens qu'il lui fallait répondre. *Qu'est-ce que tu racontes ? Jaloux de Tommy, moi ? Quelle photo, Deborah ? Je ne comprends pas.* Ou mieux encore, il allait faire celui qui s'en moquait, que tout cela laissait de marbre. *Ce n'est qu'une blague qui n'a pas marché.* Mais tandis qu'il rassemblait ses forces, elle enchaîna, précisant sa pensée et levant toute ambiguïté :

— Si tu savais comme je te désirais lorsque je suis partie en Amérique. Je t'aimais tant, et j'étais sûre que tu m'aimais aussi. Pas comme un frère ou un oncle, ni même comme un second père. Mais comme un homme, un égal. Tu comprends ce que je veux dire ? (Les mots étaient calmes, la voix posée. Il la fixait. Il était pétrifié, incapable d'aller vers elle alors que tous ses muscles lui commandaient d'agir.) Je ne sais même pas si j'arriverai à t'expliquer ce que je ressentais, Simon. J'étais tellement sûre de moi quand je suis partie, tellement sûre de nous, de ce que nous avions en commun. Et puis j'ai attendu que tu répondes à mes lettres. Ne comprenant pas au début. Me demandant si le courrier ne s'était pas égaré. Te téléphonant au bout de deux mois, écoutant ta voix distante. Ta carrière t'absorbait de plus en plus, disais-tu. Tu croulais sous les responsabilités professionnelles. Conférences, séminaires, communications à rédiger. Tu étais débordé. Tu m'écrirais quand tu aurais un peu de temps. Et l'école, Deborah ? Ça va comme tu veux ? Tu te fais des amis ? Je suis sûr que tu réussiras. Tu as du talent, tu es douée. Tu as un brillant avenir devant toi.

Il ne put que murmurer :

— Je m'en souviens.

— Je me suis examinée sans complaisance, fit-elle avec un sourire fugace. Je me suis jugée. Pas assez jolie, pas assez intelligente, pas assez drôle, pas assez compréhensive, pas assez aimante, pas assez désirable... Bref, pas assez bien pour toi.

— C'était faux. C'est faux.

— Je me réveillais le matin, désespérée d'être encore en vie. Et ça ne faisait qu'ajouter au dégoût que je m'inspirais. Je n'étais même pas assez courageuse pour me supprimer. Nulle, tu ne sers à rien, me disais-je. Tu ne vaux rien. Tu es idiote, moche et nulle.

Il avait de plus en plus de mal à supporter ce discours.

— Je voulais mourir. Je réclamais la mort dans mes prières. Mais je suis restée en vie. J'ai continué à vivre. Comme la plupart des gens.

— On continue à vivre. On guérit. On oublie. Je suis bien placé pour le comprendre.

Il espérait que ces phrases suffiraient à l'arrêter. Mais il vit qu'elle était décidée à aller jusqu'au bout.

— Tommy m'a aidée à oublier, au début. Lorsqu'il venait me voir, on riait. On bavardait. La première fois, il a inventé un prétexte pour venir. Mais après, non. Et jamais il ne m'a brusquée, Simon. Jamais il ne s'est montré exigeant. Je ne lui ai jamais parlé de toi, mais je crois qu'il savait à quoi s'en tenir et qu'il était décidé à attendre que je sois prête à lui ouvrir mon cœur. Il s'est mis à m'écrire régulièrement, à me téléphoner, bref à m'apprivoiser. Et lorsqu'il m'a mise dans son lit, crois-moi, c'est parce que j'étais prête. J'avais fini par renoncer à toi.

— Deborah, je t'en prie, ne te tourmente pas. Je comprends.

Il cessa de la dévisager et détourna la tête, seul mouvement dont il fût capable. Il se mit à fixer les documents étalés sur son lit.

— Tu m'avais rejetée. J'étais furieuse, j'avais mal. J'ai réussi à m'en remettre, à t'oublier, mais je me suis dit qu'il fallait que je te montre que la roue avait tourné. Il fallait que je te montre que, si tu m'avais laissée tomber, un autre me désirait. Alors j'ai accroché cette photo au mur. Tommy a essayé de m'en dissuader. Il m'a demandé de ne pas le faire. Mais je lui ai parlé technique, j'ai fait valoir la composition, la couleur, le rendu de la texture des rideaux et des couvertures, les formes des nuages. Ce n'est qu'une photo, lui ai-je dit. C'est parce que nous sommes dessus que ça te gêne ?

L'espace d'un moment, elle se tut. Saint James crut qu'elle en avait terminé et, levant les yeux, constata qu'elle avait porté une main à son cou.

— C'était un mensonge, bien sûr. La vérité, c'est que je voulais te faire du mal. T'atteindre.

— Dieu sait que je l'avais mérité. Je t'avais fait du mal, moi aussi.

— Pareil besoin de vengeance, ça n'a pas d'excuse. C'est digne d'une adolescente. C'est répugnant. Ça révèle un aspect de moi-même qui me dégoûte. Je suis désolée, Simon. Vraiment désolée.

Ce n'est rien, je t'assure. Oublie tout ça, mon petit chat.

Mais les mots ne sortaient pas. Il n'arrivait pas à parler. Il ne pouvait se faire à l'idée que c'était sa lâcheté qui l'avait précipitée dans les bras de Lynley. Il se méprisait. Tandis qu'il cherchait ses mots, déchiré par des émotions qu'il avait du mal à s'avouer, elle posa les photos sur le lit, appuyant sur les bords pour les empêcher de s'enrouler.

— Tu l'aimes ? lança-t-il comme on lance un javelot.

Elle avait fait demi-tour pour se diriger vers la porte mais pivota vers lui pour répondre.

— Il est tout pour moi, dit-elle. Dévotion, affection, chaleur. Il m'a apporté...

— Tu l'aimes ? (Sa voix était mal assurée cette fois.) Peux-tu au moins dire que tu l'aimes, Deborah ?

L'espace d'un instant, il crut qu'elle allait sortir sans répondre. Mais elle redressa le menton, puis les épaules. Ses yeux étaient pleins de larmes. Il entendit la réponse avant même qu'elle l'eût formulée :

— Je l'aime. Oui. Je l'aime.

Et sur ce, elle s'en fut.

Allongé dans son lit, il examinait les ombres mouvantes sur le plafond. La nuit était chaude, aussi la fenêtre de sa chambre était-elle ouverte, ainsi que les rideaux. Il percevait les bruits intermittents de la circulation le long de Cheyne Walk, les ronflements des moteurs amplifiés par le fleuve. Il aurait dû être exténué mais il avait mal dans tout le corps. Les muscles de sa nuque et de ses épaules étaient raides comme du bois, les nerfs de ses mains et de ses bras étaient douloureux, il se sentait oppressé et avait l'impression d'avoir un poids énorme sur la poitrine. Son esprit était un maelström où tourbillonnaient des fragments de conversations antérieures, des fantasmes flous, des choses non dites.

Il s'efforça de chasser Deborah de ses pensées. S'obligea à se concentrer sur une analyse de fibres textiles qu'il devait terminer, une déposition qu'il devait faire dans quinze jours, une conférence au cours de laquelle il devait faire une communication, un séminaire à Glasgow qu'on lui avait demandé de diriger. Bref, il essaya de se remettre dans la peau du scientifique distant qu'il avait été pendant son absence, vaquant à ses occupations, faisant face à ses responsabilités. Mais au lieu de cela il se vit tel qu'il était réellement : un lâche qui se réfugiait dans le travail pour s'étourdir afin de ne pas courir le risque d'être vulnérable.

Sa vie n'était qu'un mensonge reposant sur de nobles aphorismes dont il n'était pas dupe. Laisse-la partir. Laisse-la trouver sa voie. Laisse-la découvrir le monde, un monde aux vastes horizons, peuplé d'êtres capables de lui offrir les richesses qui te font si cruellement défaut. Laisse-la trouver une âme sœur avec laquelle partager tout cela, une âme sœur délivrée des entraves et des faiblesses qui empoisonnent ta vie. Mais ce rappel des règles spécieuses qui avaient gouverné sa conduite ne l'obligeait pas à regarder la vérité en face.

La peur le dominait. Elle le réduisait à l'impuissance. Ne voulant pas prendre le risque d'être rejeté, il avait choisi de ne pas choisir. De laisser passer le temps, de croire que les conflits, les difficultés, les problèmes se régleraient d'eux-mêmes au fil des jours. Cela n'avait pas manqué de se produire et il s'était retrouvé perdant.

Il vit trop tard ce qui aurait dû lui sauter aux yeux depuis longtemps, que sa vie avec Deborah avait été une tapisserie qui s'était élaborée lentement, dont elle avait constitué le fil, créé le dessin, et dont elle était devenue la trame. En le quittant maintenant, c'était comme si elle l'abandonnait à la mort, le laissant non dans la paix du repos éternel mais dans un insondable enfer de reproches, nés de sa peur méprisable. Les années s'étaient écoulées sans qu'il lui ait dit combien il l'aimait. Son cœur était transporté d'allégresse en sa présence et pourtant les mots ne sortaient pas, il ne parvenait pas à les prononcer.

Maintenant, tout ce qu'il pouvait faire, c'était remercier Dieu que Lynley et elle eussent décidé d'aller vivre en Cornouailles. Peut-être réussirait-il ainsi à supporter ce qui restait de sa vie à Londres.

Il tourna la tête sur l'oreiller et fixa les chiffres rouges lumineux du réveil digital : trois heures dix. Inutile d'essayer de dormir. Il alluma.

La pile de photos était toujours sur la table de nuit à l'endroit où il l'avait laissée deux heures plus tôt. Il s'en empara. Comme si ce mouvement pouvait effacer les paroles de Deborah, comme si le fait de savoir à quel point elle l'avait désiré ne lui déchirait pas le cœur, il se mit à examiner les clichés, feignant le plus grand détachement alors que son univers était en ruine.

Sans un battement de cils, il fixa le cadavre mutilé de Mick Cambrey, observa sa position près du canapé. Il passa en revue le fouillis qui régnait dans le living-room : lettres et enveloppes ; crayons et stylos ; carnets et chemises ; bouts de papier couverts de griffonnages ; tisonnier par terre ; ordinateur allumé ; disquettes étalées sur le bureau. Et près du corps, le luisant du métal — une pièce de monnaie, peut-être — à demi camouflé par la cuisse ; le billet de cinq livres auquel il manquait un minuscule coin, qui gisait près de la main de Cambrey ; au-dessus de lui, le manteau de la cheminée contre lequel il s'était cogné la tête ; à droite, l'âtre devant lequel il était tombé. Saint James parcourut les clichés à plusieurs reprises, cherchant un indice qu'il n'aurait pas réussi à repérer même s'il avait eu le nez dessus. L'ordinateur, les disquettes, les chemises, les carnets, l'argent, le manteau de la cheminée. Il n'avait qu'une pensée en tête : Deborah.

Renonçant à faire semblant de travailler, il finit par se dire qu'il n'y aurait pour lui cette nuit ni sommeil, ni paix, ni distraction. Il ne pouvait qu'essayer de rendre les heures qui le séparaient de l'aube moins pénibles. Il attrapa ses béquilles, fit basculer ses jambes par-dessus le bord du lit. Enfilant sa robe de chambre à la hâte, attachant maladroitement sa ceinture, il se dirigea vers la porte. Il y avait du cognac dans le bureau. Ce ne serait pas la première fois qu'il chercherait l'oubli dans l'alcool. Il s'engagea dans l'escalier.

La porte du bureau n'était que partiellement fermée et elle s'ouvrit sans bruit sous sa poussée. Une lueur douce à mi-chemin entre le doré et le rose poudré s'échappait de deux bougies qui auraient dû se trouver sur la cheminée mais avaient été posées devant l'âtre. Les mains autour des genoux, assise sur l'ottomane, Deborah observait leurs flammes. En la voyant, Saint James fut tenté de battre en retraite. Il hésita. Ne parvint pas à se décider.

Elle jeta un coup d'œil vers la porte, détourna les yeux lorsqu'elle vit que c'était lui.

— Je n'arrivais pas à dormir, dit-elle bien inutilement comme si elle se sentait obligée d'expliquer sa présence dans le bureau de Simon en pantoufles et robe de chambre à plus de trois heures du matin. Je ne sais pas pourquoi. Je devrais être épuisée. Je suis épuisée. Mais impossible de fermer l'œil. Trop d'émotions sans doute.

Les mots n'avaient rien de remarquable mais il y avait de l'hésitation dans sa voix. On sentait qu'elle cherchait à dissimuler son trouble. En entendant cela, il traversa la pièce et vint s'asseoir sur l'ottomane près d'elle. Jamais il n'avait fait cela auparavant. Avant, Deborah prenait place sur l'ottomane tandis que lui s'installait dans le fauteuil ou sur le canapé.

— Je n'ai pas réussi à m'endormir, moi non plus, dit-il en posant ses béquilles par terre. Je me suis dit qu'un peu de cognac me ferait du bien.

— Je vais t'en chercher.

Elle fit mine de se mettre debout. Lui prenant la main, il l'empêcha de bouger.

— Non. (Et comme elle tournait la tête, il poursuivit :) Deborah ?

— Oui ?

Son intonation était calme. Ses cheveux bouclés lui cachaient le visage. Elle esquissa un mouvement rapide, et il crut qu'elle allait se lever et partir. Mais au lieu de cela, il l'entendit prendre une inspiration difficile et comprit qu'elle s'efforçait de ne pas pleurer.

Il lui toucha les cheveux, d'un geste si timide qu'elle ne dut pas s'en rendre compte.

— Qu'y a-t-il, Deborah ?

— Rien.

— Deborah...

— Nous étions amis, chuchota-t-elle. Toi et moi. Je voulais qu'on redevienne amis comme avant. Je me suis dit que, si je te parlais ce soir... mais ça a échoué. Notre amitié, c'est du passé. Et... ça me démolit rien que d'y penser.

Sa voix se brisa. Sans réfléchir, il lui passa un bras autour des épaules. Peu importait ce qu'il allait dire. Vérité, mensonge, cela ne comptait pas. Ce qu'il fallait, c'était la réconforter.

— Nous survivrons, Deborah, ne t'en fais pas. Nous nous en sortirons. Nous redeviendrons ce que nous étions l'un pour l'autre. Ne pleure pas. (Rudement, il lui embrassa la tempe. Elle changea de position dans ses bras. Il la tint contre lui, lui caressant les cheveux, la berçant, murmurant son nom. Et tout d'un coup, il se sentit envahi par un sentiment de paix.) Ça ne fait rien, chuchota-t-il. Nous serons toujours des amis. Toujours. Je te le promets.

A ces mots, il sentit qu'elle lui glissait les bras autour de la taille. Il sentit la douce pression de ses seins contre son torse. Et contre son propre cœur qui cognait dans sa poitrine, il sentit battre le cœur de Deborah. Alors il fut bien obligé de reconnaître qu'il lui avait encore menti. Jamais ils ne seraient amis. L'amitié était impossible entre eux puisqu'il suffisait qu'elle lui entoure la taille de ses bras pour que son corps s'enflamme de désir.

Toutes sortes d'avertissements résonnèrent dans sa tête. Elle appartenait à Lynley. Il lui avait fait assez de mal comme ça. Il allait trahir son plus vieil ami. Il y avait des limites qui ne pouvaient pas être franchies. Il devait se résigner. Nous ne sommes pas faits pour être heureux. La vie n'est pas toujours juste. Il entendit tout cela, s'ordonna de la lâcher, mais ne bougea pas. La tenir contre lui, rien qu'un instant, la sentir près de lui, respirer le parfum de sa peau. C'était suffisant. Il se contenterait de lui caresser les cheveux de nouveau, de les ramener en arrière pour dégager son visage.

Elle leva la tête pour le regarder. Avertissements, bonnes intentions, résolutions disparurent. Le prix à payer était trop élevé. Plus rien n'importait. L'instant seul comptait.

Il lui effleura la joue puis le front, suivit du doigt le contour de ses lèvres. Elle chuchota son nom, et ce simple mot effaça sa peur. Il se demanda comment il avait pu avoir peur de se perdre dans l'amour de cette femme. Elle faisait partie de lui. Il s'en rendait compte maintenant. C'était la vérité et il l'acceptait. C'était une forme d'accomplissement. Il posa sa bouche sur la sienne.

Rien n'existait que le fait d'être dans ses bras, que la chaleur de sa bouche, la saveur de sa langue. C'était comme si seuls comptaient cet instant et ce baiser qui donnait un sens à sa vie.

Il murmura son nom et le courant du désir passa entre eux, balayant le passé, emportant tout — croyances, intentions —, ne lui laissant qu'une certitude : elle le désirait. C'était plus fort que la loyauté, plus fort que l'amour, plus fort que l'avenir. Elle le désirait. Elle se dit que cela n'avait rien à voir avec la Deborah qui était fiancée avec Tommy, couchait avec lui et allait devenir sa femme. Mais qu'il s'agissait d'un compte qu'il lui fallait régler.

— Mon amour, chuchota-t-il. Sans toi...

Elle colla sa bouche contre celle de Simon, lui mordit doucement les lèvres. Au diable les mots. Seules les sensations comptaient. La bouche de Simon sur son cou ; les mains de Simon agaçant, caressant ses seins, frôlant sa taille, jouant avec la ceinture de sa robe de chambre, la dénouant, faisant glisser le peignoir de ses épaules et les fines bretelles de sa chemise de nuit le long de ses bras. Elle se mit debout. La chemise de nuit atterrit sur le sol. Elle sentit la main de Simon se poser sur sa cuisse.

— Deborah.

Au diable les mots. Se penchant vers lui, elle l'embrassa, le sentit qui l'attirait vers lui, s'entendit soupirer de plaisir cependant que sa bouche trouvait son sein.

Elle commença à le caresser. Elle commença à le déshabiller.

— J'ai envie de toi, chuchota-t-il. Regarde-moi, Deborah.

Impossible. Elle distinguait la lueur des bougies, l'âtre de pierre, les rayonnages, la lumière sourde de la lampe de cuivre sur le bureau. Mais ni ses yeux, ni son visage, ni les contours de sa bouche. Elle accepta son baiser. Le lui rendit. Mais sans le regarder.

— Je t'aime, murmura-t-il.

Trois ans. Elle s'attendait à éprouver un fulgurant sentiment de triomphe mais il n'en fut rien. Au lieu de cela, l'une des bougies se mit à couler et des larmes de cire tombèrent sur les dalles de l'âtre. La flamme s'éteignit dans un chuintement. De la mèche brûlée s'échappa un filet de fumée à l'odeur âcre et entêtante. Saint James se tourna dans cette direction.

Deborah le regarda. La flamme de la seconde bougie tremblotait contre sa peau. Son profil, ses cheveux, le contour énergique de sa mâchoire, la courbe de son épaule, les mouvements assurés de ses mains magnifiques... La jeune femme se mit debout. Ses doigts tremblaient tandis qu'elle remettait sa robe de chambre et s'efforçait de renouer la ceinture de satin. Elle était bouleversée jusqu'au tréfonds de son être. Au diable les mots, songea-t-elle. Tout, mais pas de mots.

— Deborah...

Impossible.

— Deborah, pour l'amour du ciel, qu'y a-t-il ? Qu'est-ce qui ne va pas ?

Elle s'obligea à croiser son regard. Sur ses traits se lisait une violente émotion. Il semblait jeune, si vulnérable. Prêt à recevoir le coup.

— Je ne peux pas, dit-elle. Vraiment, Simon, je ne peux pas.

Elle se détourna et quitta la pièce. Elle monta les marches quatre à quatre. Tommy, songea-t-elle. Tommy.

Comme si son nom — prière ou invocation — pouvait l'empêcher de se sentir impure, l'empêcher d'avoir peur.

SIXIÈME PARTIE

Expiation

25

Beau jusque-là, le temps avait commencé à changer au moment où Lynley s'était posé sur la piste de l'aérodrome de Land's End. De lourds nuages gris déboulaient du sud-ouest et ce qui n'avait été qu'une douce brise à Londres s'était transformé ici en rafales de vent grosses de pluie. Lynley songea que cette métamorphose reflétait particulièrement bien son changement d'humeur. Car s'il avait attaqué la matinée avec allant, trois heures après qu'il eut décidé que l'avenir s'annonçait porteur de paix, cet espoir avait rapidement été assombri par une appréhension plutôt morbide dont il croyait pourtant bien s'être débarrassé.

Contrairement à l'angoisse des derniers jours, le malaise qu'il éprouvait maintenant n'avait rien à voir avec son frère. Car, de ses entretiens avec Peter au cours de la nuit, il était ressorti avec l'impression de renaître. Lors de sa visite prolongée au Yard, l'avocat de la famille lui avait clairement démontré que Peter risquait d'avoir de sérieux ennuis si Justin Brooke n'était pas reconnu coupable de la mort de Mick Cambrey. Après avoir débattu des aspects juridiques de la situation de Peter, Lynley et son frère avaient fini par se retrouver dans un état de communion fragile, chacun s'efforçant de comprendre le comportement de l'autre, prélude nécessaire au pardon des offenses passées. Grâce aux heures passées avec son frère, Lynley s'était rendu compte que compréhension et pardon vont de pair. Et que si compréhension et pardon devaient être considérés comme des vertus — comme une force et non comme une faiblesse de caractère —, le moment était venu pour lui d'accepter le fait que ces vertus pouvaient ramener une manière d'harmonie dans ses relations avec sa mère. Il ne savait pas exactement ce qu'il lui dirait, mais il était prêt à lui parler.

Cette résolution qui donnait de la légèreté à sa démarche commença toutefois à s'estomper lorsqu'il arriva à Chelsea. Lynley grimpa les marches du perron, frappa à la porte et tomba nez à nez avec sa peur la plus irrationnelle.

Ce fut Saint James qui vint lui ouvrir. Il lui offrit aimablement un café, lui exposa sa théorie relative à la culpabilité de Justin Brooke dans le meurtre de Sacha Nifford. En d'autres circonstances, ces détails auraient empli Lynley du sentiment d'exaltation lié à la certitude qu'il allait résoudre une affaire. Mais en cet instant, c'est à peine s'il entendit les paroles de Saint James, s'il comprit le rapport qu'elles avaient avec ce qui s'était passé en Cornouailles puis à Londres au cours des cinq derniers jours. Au lieu de suivre l'exposé de Saint James, il ne put s'empêcher de remarquer que le visage de son ami était défait comme s'il était sous le coup de la maladie ; il vit les rides qui s'étaient accentuées sur son front ; il perçut la tension de Saint James qui lui exposait ses conclusions et sentit un froid glacial s'insinuer en lui. Sa confiance en soi, sa volonté cédèrent le pas à une terreur grandissante.

Il savait qu'il ne pouvait y avoir qu'une seule cause au changement survenu chez Saint James. Celle-ci descendit d'ailleurs l'escalier trois minutes après son arrivée, rajustant la courroie de cuir de son sac à bandoulière. Lorsque Deborah fut dans le vestibule et que Lynley distingua ses traits, il y lut la vérité et en fut bouleversé. Il aurait voulu pouvoir donner libre cours à sa colère et à sa jalousie. Mais il laissa les réflexes de la bonne éducation lui dicter sa conduite.

— Tu travailles dur, chérie ? s'enquit-il. (Et, parce qu'il y a des limites à tout, même à la bonne éducation, il ajouta :) On dirait que tu t'es quelque peu surmenée. Aurais-tu passé la nuit à faire des tirages ? Tu as fini, au moins ?

Deborah se garda de regarder Saint James, qui pénétra dans son bureau et se mit à ranger des papiers sur sa table de travail.

— Presque. (Elle s'approcha de Lynley, lui passa les bras autour de la taille, leva la tête pour l'embrasser et chuchota, ses lèvres contre les siennes :) Bonjour, Tommy chéri. Tu m'as manqué hier soir.

Il l'embrassa et, en la sentant réagir à son contact, se demanda si ce qu'il avait vu n'était pas tout bêtement le fait d'un manque de confiance en soi pathétique. Ce devait être le cas. Néanmoins, il ajouta :

— Si tu as encore du travail, Deb, inutile de nous accompagner.

— J'ai envie de venir. Les photos attendront.

Et, avec un sourire, elle l'embrassa de nouveau.

Pendant que Deborah était dans ses bras, Lynley était conscient jusqu'au malaise de la présence de Saint James. Durant le vol, il les étudia tous les deux, scrutant les moindres nuances de leur comportement vis-à-vis l'un de l'autre. Il décortiqua chaque mot, chaque geste, les passant au microscope impitoyable du soupçon.

Si Deborah prononçait le nom de Saint James, il prenait cela pour une marque d'amour. Si Saint James regardait Deborah, il interprétait cela comme une manifestation de son désir. Lorsque Lynley immobilisa l'avion sur la piste d'atterrissage de Land's End, il avait l'impression d'avoir comme un ressort dans la nuque tellement la tension l'avait noué. La douleur physique qui accompagnait cette tension n'était cependant rien, comparée au dégoût de soi qu'il éprouvait.

Les émotions tumultueuses qui se succédaient en lui l'avaient empêché de tenir des propos autres que superficiels pendant le trajet vers l'aérodrome du Surrey et le vol qui avait suivi. Et comme aucun d'entre eux ne possédait le don de lady Helen pour le badinage — don qui lui permettait d'aplanir toutes les difficultés —, la conversation d'abord languissante avait rapidement fini par s'éteindre, de sorte qu'à leur arrivée en Cornouailles l'atmosphère était lourde de non-dits. Lynley constata qu'il n'était pas le seul à pousser un soupir de soulagement lorsqu'à leur descente d'avion ils aperçurent Jasper, qui les attendait au volant de la voiture sur la piste.

Pendant le trajet jusqu'à Howenstow, Jasper rompit le silence pour lui apprendre que lady Asherton avait demandé à deux jeunes garçons de ferme de les attendre dans la crique à une heure et demie. John Penellin, poursuivit Jasper, était toujours en prison à Penzance ; par ailleurs, tout le monde s'était réjoui d'apprendre que Peter avait été retrouvé.

— Sa Seigneurie a rajeuni de dix ans quand elle a appris que Mr Peter était sain et sauf, conclut Jasper. A huit heures, ce matin, elle s'est précipitée sur le court de tennis.

Ils n'ajoutèrent pas un mot. Saint James fouillait dans les papiers qui gonflaient son porte-documents, Deborah contemplait le paysage et Lynley essayait de s'éclaircir les idées. Ils ne croisèrent ni voiture ni animal sur les routes étroites et ce n'est qu'en s'engageant dans l'allée qu'ils aperçurent quelqu'un : Nancy Cambrey, assise sur les marches du pavillon. Dans ses bras, la petite Molly tétait avidement son biberon.

— Arrêtez-vous, Jasper, ordonna Lynley. (Puis aux autres :) Nancy savait que Mick travaillait sur un article. Peut-être pourra-t-elle nous en apprendre davantage si nous lui racontons ce que nous savons.

Saint James eut l'air dubitatif. Jetant un coup d'œil à sa montre, Lynley comprit que son ami était pressé de se rendre à la crique, et de là à la rédaction du *Spokesman*. Toutefois il ne protesta pas. Deborah non plus. Ils descendirent de voiture.

Nancy se leva à leur vue. Elle les entraîna dans la maison et, une fois dans le vestibule, leur fit face.

— Mark n'est pas là ? questionna Lynley.

— Il est parti à St. Ives.

— Votre père n'a toujours rien dit à l'inspecteur Boscowan ? Pas plus au sujet de Mark qu'au sujet de Mick, ou qu'à propos de la cocaïne ?

Nancy ne chercha pas à prétendre qu'elle ne comprenait pas.

— Je l'ignore. Je ne suis pas au courant.

Là-dessus, elle pénétra dans le séjour, où elle déposa le biberon de Molly sur le téléviseur et le bébé dans son landau.

— Voilà, mon petit cœur, fit-elle en lui tapotant le dos. Sois sage. Dors un peu.

Ils la rejoignirent. Alors que cela aurait été parfaitement naturel, aucun d'entre eux ne s'assit. Ils se placèrent comme des acteurs à qui on n'a pas encore indiqué leurs marques. Nancy une main sur le landau. Saint James le dos à la fenêtre. Deborah près du piano. Lynley en face d'elle, près de la porte du séjour.

Nancy avait l'air de quelqu'un qui s'attend au pire. Son regard naviguait peureusement de l'un à l'autre.

— Vous avez des nouvelles concernant Mick ? dit-elle.

Saint James et Lynley entreprirent de lui faire part des faits et des conclusions auxquelles ils avaient abouti. Elle les écouta sans un mot. De temps à autre, elle semblait ressentir quelque chagrin mais, les trois quarts du temps, elle ne manifestait aucune réaction. C'était comme si elle s'était anesthésiée avant leur arrivée, s'ôtant la possibilité d'éprouver quoi que ce soit.

— Ainsi, résuma Lynley lorsqu'il eut terminé, il ne vous a jamais parlé d'Islington-Londres ? Ni de l'oncozyme ? Ni d'un biochimiste du nom de Justin Brooke ?

— Jamais. Pas une seule fois.

— C'était son style, cette discrétion, quand il enquêtait pour écrire un papier ?

— Avant notre mariage, non. Quand nous étions amants, avant la naissance du bébé, il me parlait de tout.

— Et après la naissance du bébé ?

— Il a commencé à s'absenter. De plus en plus fréquemment. Toujours pour son travail.

— Il allait à Londres ?

— Oui.

— Vous saviez qu'il avait un appartement là-bas ? s'enquit Saint James.

La voyant secouer négativement la tête, Lynley enchaîna :

— Quand votre père a fait allusion aux femmes avec lesquelles

Mick sortait, il ne vous est pas venu à l'idée qu'il pouvait en entretenir une à Londres ? Ça n'aurait rien eu de farfelu, compte tenu de la fréquence de ses allers et retours dans la capitale.

— Non. Il n'y avait... (Nancy hésitait. D'un côté la loyauté. De l'autre, la vérité. Redressant la tête, elle poursuivit :) Il n'y avait pas d'autres femmes dans la vie de Mick. C'était juste une idée que papa s'était fourrée dans la tête et je n'ai rien fait pour l'en dissuader. Je l'ai laissé croire que Mickey sortait avec d'autres femmes. C'était plus simple.

— Plus simple que de laisser votre père découvrir que son gendre aimait s'habiller en femme ?

La question de Lynley parut soulager la jeune femme, à qui s'offrait enfin la possibilité de parler.

— Personne n'était au courant. Pendant un bon bout de temps, j'ai été la seule à savoir. (Elle se laissa tomber dans le fauteuil près du landau.) Pauvre Mickey.

— Comment avez-vous découvert la vérité ? Quand ?

Elle sortit un mouchoir en papier tout fripé de la poche de sa blouse.

— Juste avant la naissance de Molly. J'ai trouvé des affaires dans un tiroir de commode. Au début, j'ai cru qu'il avait une liaison. J'ai pas bronché parce que comme j'en étais au huitième mois... et que Mick et moi on pouvait pas... je me suis dit...

Débitées d'une voix hachée, les explications de Nancy ne manquaient pas d'un certain bon sens. Enceinte, incapable de satisfaire son mari, elle s'était dit que, s'il cavalait, il ne lui restait qu'à se faire une raison. Après tout, ne l'avait-elle pas piégé ? Ne lui avait-elle pas forcé la main ? S'il la trompait maintenant, elle ne devait s'en prendre qu'à elle-même. En conséquence, elle s'abstiendrait de lui fourrer sous le nez la preuve de son infidélité. Elle supporterait ses incartades en silence, espérant finir par le reconquérir.

— Et puis un soir, peu de temps après avoir commencé à servir au bar de *L'Ancre et la Rose*, je l'ai surpris alors que je rentrais à la maison. Il avait enfilé mes vêtements. Il était maquillé. Et il portait une perruque. J'ai d'abord cru qu'il voulait me donner une leçon. J'aimais m'acheter des fringues, vous voyez. Des choses à la mode. Je voulais me faire belle pour lui. Je pensais le reconquérir comme ça. Quand je l'ai vu dans cette tenue, j'ai d'abord cru que c'était sa façon à lui de me faire comprendre que je claquais du fric inutilement. Mais j'ai vite compris que... qu'il était... que ça l'excitait.

— Qu'est-ce que vous avez fait après cet incident ?

— J'ai jeté mes produits de maquillage. Déchiqueté mes vêtements. Avec un couteau de boucher, dans le jardin.

Lynley se souvint du récit que Jasper lui avait fait de cette scène.

— Et votre père vous a surprise ?

— Il a cru que j'avais découvert des affaires qui n'étaient pas à moi. Il en a déduit que Mick avait d'autres femmes dans sa vie. Je n'ai pas cherché à le détromper. Comment est-ce que j'aurais pu lui raconter la vérité ? En outre, Mick m'avait promis que ça ne se reproduirait plus. Et je l'ai cru. Je m'étais débarrassée de tous mes jolis vêtements pour qu'il ne soit pas tenté. Il a essayé de tenir parole. Il a vraiment essayé. Mais c'était plus fort que lui. Il a commencé à rapporter des trucs à la maison. Je tombais dessus. J'essayais de lui parler. On essayait de discuter. Mais ça servait à rien. Ça ne faisait qu'empirer. Il avait de plus en plus besoin de s'habiller en femme. Il lui est même arrivé de le faire au journal. Son père l'a surpris et il s'est mis dans une colère noire.

— Harry Cambrey était au courant ?

— Il l'a battu comme plâtre. Quand Mick est rentré, il saignait de partout. Il pleurait comme un gosse. Là, j'ai bien cru qu'il avait compris.

— Mais au lieu de s'arrêter, il est parti à Londres pour y mener une double vie.

— Je me disais qu'il allait mieux. (Elle s'essuya les yeux et se moucha.) Je le croyais guéri. Je pensais qu'on allait pouvoir être heureux de nouveau. Comme quand on était amants. Parce qu'on était heureux à ce moment-là.

— Et personne d'autre n'était au courant du transvestisme de Mick ? Mark ? Un villageois ? Un employé du journal ?

— Harry et moi, c'est tout. Vous trouvez que ça ne suffisait pas ?

— Qu'en penses-tu, Saint James ? Est-ce que ça suffisait ?

Jasper était parti avec la voiture. Ils étaient dans la grande allée de Howenstow, parcourant à pied les quelques mètres qui les séparaient de la maison. Au-dessus d'eux, les derniers vestiges de ciel bleu viraient au gris étain. Deborah marchait entre eux, donnant le bras à Lynley. Par-dessus sa tête, Lynley regarda Saint James.

— Ce crime a des allures de crime passionnel, dit Saint James. Un coup à la mâchoire qui l'expédie contre la cheminée. Ce n'est pas un geste prémédité. Nous avons toujours pensé depuis le début qu'il y avait eu une dispute.

— Mais on a essayé de trouver un lien entre cette dispute et le métier de Mick. Et qui nous a aiguillés sur cette voie ?

Saint James hocha la tête.

— Harry Cambrey.

— Il avait l'occasion. Il avait un mobile.

— La colère provoquée par le transvestisme de son fils ?

— Ils s'étaient déjà violemment disputés à ce propos.

— Et Harry Cambrey avait d'autres griefs, souligna Deborah. Est-ce que Mick n'était pas censé donner un coup de jeune au journal ? Est-ce qu'il n'avait pas contracté un prêt auprès de la banque pour ça ? Harry voulait peut-être que son fils lui rende des comptes afin de savoir où était passé l'argent. Et quand il a découvert que cet argent, Mick s'en servait pour satisfaire des goûts qu'il trouvait répugnants, il a perdu son sang-froid.

— Comment expliques-tu l'état du séjour, dans ce cas ?

— Une mise en scène, dit Lynley. Pour faire croire que son fils avait été tué à cause d'un article sur lequel il planchait.

— Admettons, mais cela n'explique pas les deux autres morts, remarqua Saint James. Et Peter est de nouveau sur la sellette. Si Brooke n'est pas *tombé* du haut de la falaise, c'est que quelqu'un l'a poussé, Tommy.

— On en revient toujours à Brooke.

— Ce qui tendrait à prouver qu'il y a de fortes chances qu'il soit responsable, quels que soient les problèmes que Mick pouvait avoir avec d'autres personnes.

— Il faut donc passer la crique et la salle de rédaction au peigne fin, alors.

— C'est là que nous trouverons la vérité.

Ils traversèrent l'allée. Dans le jardin, le retriever vint en courant à leur rencontre, une balle de tennis dans la gueule. Lynley la lui arracha, la lança en direction de la cour et regarda le chien se précipiter en aboyant joyeusement. Comme en réponse aux aboiements de l'animal, la porte d'entrée s'ouvrit et lady Asherton sortit de la grande maison.

— Le déjeuner est prêt, annonça-t-elle. (Et s'adressant à Lynley, elle ajouta :) Peter a téléphoné. Le Yard l'a relâché mais il lui faut rester à Londres. Il m'a demandé s'il pouvait aller à Eaton Terrace. Je lui ai dit que tu ne verrais aucun inconvénient à ce qu'il s'installe chez toi pour l'instant, Tommy. J'espère que j'ai bien fait.

— Vous avez bien fait.

— Il m'a parlé d'un ton que je ne lui connaissais pas. Peut-être qu'il est décidé à changer cette fois. Pour de bon.

— Oui. J'en ai l'impression. Et moi aussi. (Lynley éprouva un instant d'appréhension. Il se tourna vers Deborah et Saint James.) Si vous pouviez nous laisser seuls quelques minutes, dit-il, soulagé de les voir immédiatement pénétrer dans la maison.

— Que se passe-t-il, Tommy ? questionna lady Asherton. Tu ne m'as pas tout dit ? C'est au sujet de Peter ?

— Je dois me rendre à Penzance aujourd'hui. M'entretenir avec la police, dit Lynley.

Lady Asherton blêmit.

— Il n'a pas tué Mick. Nous le savons tous les deux, enchaîna Lynley. Mais il est passé au cottage après John Penellin, vendredi soir. Et Mick était encore vivant. Il faut que je mette les policiers au courant.

— Est-ce que Peter sait...

Comme elle ne semblait pas disposée à aller au bout de sa phrase, il s'en chargea pour elle.

— Que j'ai l'intention d'aller trouver les flics ? Oui. Mais Saint James et moi pensons pouvoir le mettre définitivement hors du coup aujourd'hui. Il compte sur nous.

Lady Asherton s'arracha un sourire.

— Alors je compte sur toi, moi aussi.

Faisant demi-tour, elle s'apprêta à entrer dans la maison.

— Maman ?

Parler n'allait pas être commode. Seize ans de rancœurs et d'amertume avaient créé entre eux comme un champ de mines. Le franchir nécessitait une force de caractère qu'il n'était pas certain de posséder.

La main sur le battant, elle hésitait. Attendant qu'il se décide à poursuivre.

— J'ai été au-dessous de tout avec Peter. Et pas seulement avec Peter.

Elle inclina la tête de côté. Un sourire étira ses lèvres.

— Tu as été au-dessous de tout avec Peter ? Peter est mon fils, Tommy. C'était à moi de m'occuper de lui. Inutile de te mettre ça sur le dos.

— Il n'avait pas de père. J'aurais pu essayer d'en être un pour lui. Mais non. Pour cela, il aurait fallu que je vienne plus souvent à Howenstow, que je lui consacre du temps. Seulement je n'ai pas pu m'y résoudre, je l'ai laissé livré à lui-même.

Il vit qu'elle comprenait ce qu'il essayait de lui dire. Tournant le dos à la porte, elle vint jusqu'à lui. Levant les yeux, il aperçut les armoiries des Asherton sur la façade de la vieille maison. Il n'avait jamais vu dans ce blason qu'un amusant anachronisme, mais aujourd'hui il y lut l'affirmation d'une force. Le chien et le lion s'affrontant en combat singulier, le chien dominé mais ne montrant nulle crainte.

— Je savais que vous aimiez Roderick, poursuivit-il. J'ai voulu vous punir.

— Mais je t'aimais aussi, Tommy. Ce que j'éprouvais pour Roderick n'avait rien à voir avec toi.

— Ce n'était pas par rapport à moi que ça me gênait. Je refusais de vous voir telle que vous étiez, de vous pardonner d'être ce que vous étiez.

— Une femme qui désirait un autre homme que ton père ?

— Une femme qui avait cédé à ses pulsions alors que papa était encore en vie. Je ne pouvais pas le supporter. Je ne pouvais pas m'y faire.

Elle regarda derrière lui.

— J'ai cédé, dit-elle. C'est vrai, j'ai cédé. J'aurais dû avoir le courage, la grandeur d'âme, appelle ça comme tu voudras, de couper les ponts avec Roddy dès que j'ai compris à quel point je l'aimais. Seulement je n'ai pas eu la force de le faire, Tommy. D'autres femmes à ma place y seraient sans doute parvenues. Mais j'étais faible, j'avais besoin de tendresse. Je me suis demandé quel mal il y avait à faire fi des conventions sociales et à vivre cet amour. Car je le désirais. Alors j'ai soigneusement compartimenté ma vie — les enfants dans un compartiment, ton père dans un autre, Roddy dans un troisième —, et je jouais des rôles différents, selon le cas. Ce que je n'avais pas prévu, c'est que tu sortirais du compartiment dans lequel je t'avais rangé et que tu verrais la personne qui désirait Roddy. Je n'ai pas pensé que tu me verrais telle que j'étais.

— Et vous étiez quoi, maman ? Un être humain, ni plus ni moins. C'est ça que je n'ai pas réussi à avaler.

— Je comprends fort bien, Tommy.

— J'ai décidé de vous faire souffrir. Je savais que Roderick voulait vous épouser. Je me suis juré que ce mariage ne se ferait jamais. Vous vous deviez avant tout à la famille, à Howenstow. Je savais qu'il ne vous épouserait que si vous lui promettiez de quitter le domaine. Alors je me suis arrangé pour vous y retenir prisonnière pendant toutes ces années.

— Tu te surestimes, Tommy. J'ai choisi de rester.

Il fit non de la tête.

— Vous auriez plié bagage, vous auriez abandonné Howenstow si je m'étais marié. (Il lut sur son visage que c'était vrai. Elle baissa les yeux.) Je le savais, je me suis servi de cette arme contre vous. C'est pour vous retenir au domaine que je suis resté célibataire.

— Tu n'avais pas rencontré de femme qui te convenait, Tommy.

— Pourquoi diable refusez-vous de me laisser assumer ? Puisque je vous dis que tout est ma faute.

Elle releva vivement la tête à ces mots.

— Je ne veux pas que tu te tourmentes, mon chéri.

Rien n'aurait pu le toucher davantage. Ni les reproches ni les récriminations. Il se fit l'effet d'être un parfait salaud.

— Tu crois être seul à porter ce fardeau, poursuivit sa mère. Des centaines de milliers de fois, j'ai regretté que tu nous aies surpris, regretté de t'avoir giflé, de ne pas avoir réussi à t'aider à surmonter ton chagrin. Parce que c'était du chagrin que tu éprouvais, Tommy. Ton père était en train de mourir et j'avais saccagé l'idée que tu te faisais de ta mère. Mais j'étais trop orgueilleuse pour faire le premier pas. Quel insupportable petit monstre, pensais-je. De quel droit ose-t-il me condamner ? Alors qu'il est incapable de comprendre. Qu'il marine dans sa colère. Qu'il pleure. Qu'il peste. Sale petit pisse-froid. Il finira bien par se calmer. Mais je me trompais. (Elle lui effleura la joue du dos de la main.) Rien ne m'aura jamais fait souffrir davantage que cette distance entre nous. Mon mariage avec Roddy n'y aurait rien changé.

— Mais vous ne vous seriez pas retrouvée les mains vides.

— C'est vrai. Il n'est pas trop tard.

Quelque chose de léger dans le son de sa voix, une certaine douceur, lui apprirent ce qu'elle ne lui avait pas encore dit.

— Il vous a redemandé votre main ? J'en suis heureux. Je me sens doublement pardonné.

Elle le prit par le bras.

— Le passé est le passé, Tommy.

C'était bien d'elle, au fond, de lui accorder ce pardon qui balayait la colère de la moitié d'une vie.

— C'est tout ?

— C'est tout, Tommy chéri.

Saint James cheminait derrière Lynley et Deborah. Il les regardait avancer, étudiant leur attitude, enregistrant les détails : le bras de Lynley autour des épaules de Deborah, celui de la jeune femme autour de la taille de Tommy, l'angle que formaient leurs têtes lorsqu'ils se parlaient, le contraste qu'offraient les nuances de leurs chevelures. Il vit qu'ils marchaient parfaitement en rythme, à foulées longues et fluides. Il les observa et s'efforça de ne pas penser à la veille au soir, au fait qu'il avait enfin compris qu'il ne pouvait plus vivre sans elle, à l'instant où il avait réalisé qu'il lui faudrait pourtant s'y résigner.

Un homme connaissant Deborah moins bien que lui aurait qualifié de perverse son attitude de la veille, conclu qu'elle l'avait manipulé de façon diabolique afin d'avoir le plaisir de le voir souffrir et de se venger ainsi de la douleur qu'il lui avait infligée. Confession de l'amour adolescent qu'elle lui portait. Aveu du désir qu'il lui inspirait. Tête-à-tête où se mêlaient émotion et provocation. Conclusion abrupte une fois qu'elle s'était assuré qu'il avait perdu toute envie de fuir. Et pourtant, bien que tenté de lire dans son comportement le geste de dépit d'une manipulatrice, il ne pouvait s'y résoudre. Car elle ne pouvait pas savoir qu'il descendrait la rejoindre dans le bureau, ni se douter qu'après des années de séparation et de rejet il se déciderait enfin à tirer un trait sur ses craintes les plus folles. Elle ne lui avait pas demandé de descendre, elle ne lui avait pas demandé de s'asseoir à ses côtés sur l'ottomane, elle ne lui avait pas demandé de la prendre dans ses bras. Si quelqu'un était à blâmer dans l'affaire, c'était lui. Lui qui avait fait les premiers pas sur la voie de la trahison. Lui qui, se laissant emporter par la chaleur de l'instant, s'était imaginé qu'elle le suivrait dans cette voie.

Il lui avait forcé la main, l'avait obligée à prendre une décision. Elle l'avait prise. Et désormais il lui faudrait survivre seul. Il s'efforça de se persuader que cette pensée, insupportable pour l'instant, deviendrait vivable avec le temps.

Des dieux cléments retenaient la pluie bien que le ciel devînt de plus en plus fuligineux à mesure qu'ils approchaient de la crique. Au-dessus de la mer, le soleil crevait les nuages, jetant des rayons de lumière dorée sur l'eau. Mais ce n'était qu'un répit provisoire. Et cette éphémère beauté n'aurait trompé ni les marins ni les pêcheurs.

Sur la plage, en bas, deux adolescents fumaient près des rochers. L'un, grand et osseux, avait une tignasse orange, l'autre, petit et mince comme un fil, avait des genoux proéminents. Malgré le temps, ils étaient en maillot de bain. A leurs pieds, une pile de serviettes, deux masques de plongée. Levant la tête, l'adolescent aux cheveux orange aperçut Lynley et agita la main dans sa direction. L'autre jeta un coup d'œil par-dessus son épaule et se débarrassa de sa cigarette.

— Où crois-tu que Brooke ait jeté les appareils photo ? demanda Lynley à Saint James.

— Il était là vendredi après-midi. Je dirais qu'il a dû aller le plus loin possible sur les rochers et balancer la mallette dans l'eau. Comment est le fond ?

— C'est du granit.

— L'eau est claire. Si la mallette est là, ils ne pourront pas manquer de la voir.

Lynley hocha la tête et descendit le long du sentier, laissant Saint James et Deborah sur la falaise. Ils le regardèrent traverser l'étroite bande de sable et serrer la main des adolescents. Ils sourirent, l'un se grattant le cuir chevelu, l'autre se dandinant d'un pied sur l'autre. Tous les deux avaient l'air gelés.

— Ce n'est pas vraiment le temps idéal pour piquer une tête, remarqua Deborah.

Saint James ne souffla mot.

Les adolescents mirent leurs masques et se dirigèrent vers le bord de l'eau, l'un prenant par la droite et l'autre par la gauche. Lynley grimpa sur la plate-forme de granit et s'avança jusqu'à l'extrême bord.

La surface de l'eau était extraordinairement calme car une barrière rocheuse protégeait la crique. Du haut de la falaise, Saint James distinguait les anémones de mer accrochées sous les rochers et dont les tentacules oscillaient au gré du courant. Tout autour ondulait du varech fourni, sous lequel se cachaient des crabes. La crique, sable et vie aquatique, si elle n'était pas un endroit propice pour nager, était en revanche une cachette idéale où déposer un objet pour qu'il échappe aux recherches. Quelques semaines suffiraient aux oursins, anémones de mer et autres coquillages à recouvrir la mallette. Dans quelques mois celle-ci n'aurait plus ni forme ni contours, finissant par ressembler aux rochers environnants.

Si la mallette était là, les deux adolescents avaient en tout cas bien du mal à la dénicher. A plusieurs reprises, ils remontèrent à la surface de part et d'autre de Lynley, qui suivait leurs évolutions depuis la plate-forme. Et à chaque fois les mains vides. Et secouant la tête.

— Dis-leur d'essayer plus loin, cria Saint James au sixième plongeon.

Lynley leva les yeux vers la falaise, acquiesça de la tête et agita la main. S'accroupissant sur les rochers, il donna des instructions aux plongeurs. Ils s'enfoncèrent de nouveau dans l'eau. Tous deux étaient excellents nageurs. Ils savaient exactement ce qu'ils devaient chercher mais ne trouvèrent rien ni l'un ni l'autre.

— C'est sans espoir, fit Deborah, davantage pour elle-même que pour Saint James.

— Je le crains aussi. Désolé, Deborah. J'aurais au moins voulu pouvoir faire ça pour toi.

Il jeta un coup d'œil de son côté, s'aperçut qu'elle avait compris le sens caché de ses paroles.

— Oh, Simon, je t'en prie. Je n'ai pas pu. Mise au pied du mur, je n'ai pas pu lui faire ça. Ne peux-tu essayer de comprendre ?

— Le sel les aurait rendus inutilisables, de toute façon. Mais au moins il te serait resté un souvenir de ta réussite en Amérique. En sus de Tommy, je veux dire. (Elle se raidit. Il comprit qu'il l'avait blessée et se réjouit d'avoir le pouvoir de l'atteindre. Mais ce sentiment de triomphe céda bientôt le pas à un sentiment de honte.) Je suis désolé, je n'aurais jamais dû dire ça, je suis impardonnable.

— Je le mérite.

— Non.

Il s'éloigna d'elle, reportant son attention sur la crique.

— Dis-leur d'arrêter, Tommy ! cria-t-il. Les appareils ne sont pas là.

En bas, les deux adolescents remontaient une fois de plus à la surface. Cette fois, l'un d'eux tenait un objet à la main. Long, étroit, il luisait sous la lumière sourde. Le plongeur le remit à Lynley. Manche de bois, lame de métal. Il n'avait pas séjourné dans l'eau plus de quelques jours.

— Qu'est-ce qu'il a trouvé ? s'enquit Deborah.

Lynley tendit l'objet à bout de bras pour qu'ils puissent le voir de leur perchoir. Saint James sentit une certaine fébrilité s'emparer de lui.

— Un couteau de cuisine, répondit-il.

26

Une petite pluie nonchalante avait commencé à tomber lorsqu'ils atteignirent le parking du port de Nanrunnel, prélude à une brève averse estivale. Des milliers de mouettes l'accompagnaient, qui arrivaient en piaillant de la mer pour chercher refuge sur les cheminées, le long du quai et sur les ponts des bateaux amarrés dans la baie.

Sur le chemin qui contournait le port, ils dépassèrent des skiffs la quille en l'air, des tas de filets de pêche de guingois d'où s'échappait l'odeur forte de la marée, des bâtiments construits en bordure du front de mer dont les fenêtres reflétaient le masque gris du temps. Ce n'est que lorsqu'ils eurent atteint l'endroit où le chemin, plongeant entre deux cottages, débouchait dans le village que l'un d'entre eux prononça quelques mots. Lynley, qui avait remarqué les pavés luisants de pluie, jeta un coup d'œil interrogateur à Saint James.

— Je m'en sortirai, Tommy, lui assura son ami.

Ils n'avaient pratiquement pas parlé du couteau. Si ce n'est pour dire qu'il s'agissait d'un ustensile de cuisine, et que si on s'en était servi pour mutiler Mick Cambrey et si Nancy l'identifiait comme un objet provenant de Gull Cottage, cela démontrait que le meurtre de son mari n'avait pas été prémédité. La présence du couteau dans la crique ne disculpait en aucun cas Justin Brooke : elle lui donnait simplement une raison différente de s'y être rendu. Au lieu de se débarrasser des appareils de Deborah, il s'était débarrassé de quelque chose de beaucoup plus compromettant.

Le matériel photo constituait une pièce qu'ils n'arrivaient toujours pas à caser dans le puzzle. Ils étaient d'accord sur le fait qu'on pouvait raisonnablement conclure que c'était Brooke qui l'avait volé. Mais de là à savoir où il l'avait caché, c'était une autre affaire. Quarante-huit heures plus tard, ils n'étaient toujours pas plus avancés sur ce point.

Tournant le coin, longeant une boutique vendant de l'argenterie ancienne dans Lamorna Road, ils s'aperçurent que les rues du village étaient désertes. Ce phénomène n'avait rien de surprenant dans une région où les aléas de la météo forçaient les vacanciers à ne jamais faire de projets à l'avance. Si, lorsque le soleil brillait, ils se promenaient dans les ruelles, exploraient le port, prenaient des photos sur la jetée, lorsqu'il pleuvait, ils éprouvaient soudain le besoin de tenter leur chance au jeu, de déguster une salade de crabe frais ou de boire une pinte d'*ale*. Les après-midi incléments faisaient la joie des propriétaires de salles de bingo, de restaurants et de pubs.

De fait, *L'Ancre et la Rose* grouillait de pêcheurs que le mauvais temps avait empêchés de prendre la mer et de touristes venus s'abriter de l'ondée. La plupart des consommateurs étaient dans le pub. Le bar contigu, plus guindé, était quasiment désert.

En d'autres circonstances, des groupes aussi différents réunis dans un même débit de boissons n'auraient certainement pas fusionné. Toutefois, la présence d'un adolescent grattant une mandoline et d'un homme en short aux jambes blêmes tapant sur le bar avec des cuillers avait aboli les barrières sociales et soudé tout le monde.

Dans le bow-window qui donnait sur le port, un loup de mer au visage buriné avait entrepris une démonstration de *cat's cradle* [1] devant un gamin richement vêtu. De ses mains rugueuses,

---

1. Jeu de la ficelle.

il tendit la ficelle au petit garçon tout en dévoilant ses dents esquintées en un large sourire.

— Eh bien, Dickie, vas-y, fit la maman, encourageante. Tu sais pourtant y jouer.

Dickie s'exécuta, provoquant des éclats de rire approbateurs. Le pêcheur posa la main sur la tête du bambin.

— Ça mériterait une photo, non ? dit Lynley à Deborah sur le pas de la porte.

Elle sourit.

— Quelle adorable frimousse ! Et regarde comme la lumière l'éclaire délicatement...

Saint James était dans l'escalier, en route pour la salle de rédaction du *Spokesman*. Deborah lui emboîta le pas, suivie de Lynley.

— Et moi qui m'inquiétais, dit Deborah, faisant halte sur le palier. J'avais peur que la Cornouailles ne m'inspire pas. Ne me demande pas pourquoi. Sans doute parce que je suis un être d'habitudes, et que j'avais coutume de travailler à Londres. Mais cette région me plaît, Tommy. J'ai envie de tout photographier. C'est génial. Vraiment.

A ces mots, Lynley eut honte des doutes qui l'avaient effleuré. Il s'arrêta près d'elle.

— Je t'aime, Deb.

— Moi aussi, je t'aime, Tommy.

Saint James avait ouvert la porte du journal. A l'intérieur, deux téléphones sonnaient, Julianna Vendale tapait sur un traitement de texte, un jeune photographe nettoyait des objectifs alignés sur un bureau, et dans l'un des boxes trois hommes et une femme discutaient, formant un cercle. Harry Cambrey se trouvait parmi eux. *Petites annonces et abonnements* était peint en lettres noires très estompées sur la partie supérieure de la porte.

En les apercevant, Harry Cambrey vint à leur rencontre. Il portait un pantalon élégant, une chemise blanche et une cravate noire. Comme pour justifier sa tenue, il précisa :

— On l'a enterré ce matin. A huit heures et demie.

Lynley trouva bizarre que Nancy ne lui en ait pas soufflé mot. Toutefois cela expliquait le calme avec lequel elle les avait accueillis. Un enterrement — avec ce qu'il représente d'irréversible — ne met pas un terme au chagrin de celui qui a perdu un être cher, il lui permet simplement de se faire à l'idée de sa disparition.

— Y avait bien une demi-douzaine de flics au cimetière, poursuivit Cambrey. C'est la première fois qu'ils se manifestent depuis qu'ils ont essayé de coller le meurtre sur le dos de John Penellin. Parlez d'une idée ! John, faire la peau à Mick !

— Peut-être qu'il avait un mobile, après tout, dit Saint James. (Il tendit les clés de Mick Cambrey à son père.) Le transvestisme de Mick. Est-ce qu'un homme en tuerait un autre pour ça ?

Cambrey referma le poing sur le trousseau de clés. Tournant le dos à ses employés, il baissa la voix :

— Qui est au courant ?

— Vous aviez rudement bien camouflé la chose. Tout le monde voit en Mick le tombeur, l'insatiable coureur de jupons que vous vous êtes ingénié à dépeindre.

— Qu'est-ce que je pouvais faire d'autre, bon sang ? fit Cambrey. C'était mon fils, nom de Dieu. C'était un *homme*.

— Un homme dont le plus grand plaisir était de s'habiller en femme.

— C'est pas faute d'avoir essayé, mais j'ai jamais réussi à lui ôter cette manie.

— Ça remontait à loin, cette manie ?

Fourrant le trousseau de clés dans sa poche, Cambrey fit oui de la tête.

— Il a joué à ce petit jeu pratiquement toute sa vie. Je l'ai pincé plus d'une fois, le bougre. Je le fouettais. Je le poussais dehors tout nu. Je l'attachais à une chaise, je lui barbouillais la figure de peinture et je faisais mine de lui couper le zizi. Je vous dis, j'ai tout essayé. Rien n'y a fait.

— Il aura fallu qu'il meure.

Cambrey ne parut pas s'émouvoir de ce qu'impliquaient les paroles de Lynley.

— Je l'ai protégé de mon mieux. Je ne l'ai pas tué.

— Votre écran de fumée a été drôlement efficace, intervint Saint James. Les gens l'ont vu tel que vous souhaitiez qu'ils le voient. Cela dit, ce n'est pas à cause de ses penchants pour le transvestisme qu'il aura eu besoin de votre protection, en fin de compte. Mais à cause d'un article qu'il préparait. Comme vous le supposiez.

— Le trafic d'armes ? s'enquit Cambrey.

Saint James consulta Lynley du regard, attendant des directives ou la permission de faire des révélations qui ne pouvaient qu'ajouter au chagrin du vieil homme. Il suffisait d'expliquer en quoi consistaient les notes que Cambrey avait trouvées dans le bureau de Mick. La signification réelle de ces notes permettrait de faire la lumière sur presque tout. Le transvestisme, mais aussi le trafic de drogue. La façon dont l'argent avait été dépensé — non pour moderniser le journal mais pour financer une double vie.

Tout ce qui est illusion, songea Lynley, doit être détruit. Construire une relation ou une vie entière sur un mensonge, c'était construire sur du sable. L'illusion de la solidité pouvait durer un certain temps, mais tout s'écroulait en fin de compte. Toute la question était de savoir si la vision inexacte qu'Harry Cambrey avait de son fils méritait encore d'être corrigée.

Lynley regarda le vieil homme, observant le visage ridé, marqué par la mauvaise santé. Il vit les affreuses taches de nicotine sur ses ongles, ses doigts rendus crochus par l'arthrite tandis qu'il tendait la main pour prendre une bouteille de bière sur un bureau. Que quelqu'un d'autre lui apprenne la vérité, décida Lynley.

— Il travaillait à un article sur un médicament qui s'appelait l'oncozyme, dit Lynley.

Lui emboîtant le pas, Saint James poursuivit :

— Quand il était à Londres, il allait chez Islington rencontrer un biochimiste nommé Justin Brooke. Est-ce que Mick vous avait parlé de Brooke ? D'Islington ?

Cambrey fit non de la tête.

— Un médicament ?

Il semblait avoir du mal à renoncer à l'idée du trafic d'armes.

— Il faut que nous consultions ses archives — ici et au cottage — si nous voulons réussir à prouver quelque chose, dit Saint James. L'homme qui a tué Mick est mort lui aussi. Seules les notes de Mick peuvent nous permettre de découvrir pour quelle raison il a assassiné votre fils.

— Et si le tueur avait découvert et détruit ces notes ? Peut-être qu'elles se trouvaient dans le cottage et qu'il les a barbotées ?

— Trop de choses se sont produites qui ne seraient pas arrivées si l'assassin les avait trouvées.

Lynley passa de nouveau en revue les explications de Saint James. Brooke avait essayé d'éliminer Peter à cause d'une chose que Peter avait vue ou entendue ce soir-là à Gull Cottage. Brooke avait fait main basse sur le matériel de Deborah pour récupérer le film. Ce dernier détail plaidait en faveur de l'existence d'une preuve concrète. Cette preuve devait forcément être quelque part, camouflée d'une manière ou d'une autre. Brooke le savait.

Cambrey reprit la parole :

— Il conservait des dossiers dans ces classeurs, fit-il avec un geste dans leur direction. Et au cottage aussi. La police en a terminé à Gull Cottage. Je vous passerai les clés quand vous voudrez y aller. Mettons-nous au travail.

Il y avait trois classeurs de quatre tiroirs chacun. Tandis que le personnel de la rédaction s'employait à boucler le journal, Lynley,

Saint James, Deborah et Cambrey se mirent à examiner les tiroirs les uns après les autres. Cherchez, leur avait dit Saint James, tout ce qui peut ressembler à un rapport sur l'oncozyme. Le nom de la substance, la mention du mot « cancer », l'étude des traitements, des interviews avec des médecins, des chercheurs, des patients.

Ils se mirent à fouiller dans les chemises, carnets, bouts de papier. Ils s'aperçurent que ce n'était pas une tâche commode. Car Mick Cambrey n'avait utilisé aucun système de classement logique. Rien n'était organisé. Il leur faudrait sans doute des heures, voire des jours, pour tout éplucher, car chaque document devait être parcouru dans son entier.

Ils étaient au travail depuis une bonne heure lorsque Julianna Vendale remarqua :

— N'oubliez pas son ordinateur.

Et elle ouvrit un tiroir du bureau de Mick dans lequel se trouvaient deux douzaines de disquettes.

Personne ne gémit mais Deborah eut l'air atterré et Harry Cambrey poussa un juron bien senti. Ils continuèrent de fouiller dans les papiers du mort. La sonnerie du téléphone les interrompit un peu après quatre heures. Quelqu'un répondit dans l'un des boxes, puis passa la tête au-dehors en questionnant :

— Mr Saint James est là ?

— Sauvés, soupira Deborah en se frictionnant la nuque. C'est peut-être le meurtrier qui appelle pour avouer.

Lynley se leva pour s'étirer. Il s'approcha de la fenêtre. Dehors le crachin continuait de tomber. La nuit ne viendrait pas avant des heures et pourtant, dans deux des maisons de l'autre côté de Paul Lane, des lampes avaient été allumées. Dans l'un des cottages, une famille assise autour de la table pour le thé de l'après-midi mangeait des petits gâteaux secs. Dans un autre cottage, une jeune femme coupait les cheveux de son compagnon. Très concentrée, elle se tenait devant lui pour examiner son travail. Il resta patiemment assis un moment puis l'attira entre ses jambes et l'embrassa goulûment. Elle lui frictionna les oreilles, rit, se laissa aller dans ses bras. Souriant, Lynley reporta son attention vers le bureau.

Il vit que Saint James l'observait du box où il avait pris la communication. Son visage était perplexe. Il se mordait pensivement la lèvre. Son correspondant parlait manifestement d'abondance. Lorsqu'il raccrocha enfin, il resta deux bonnes minutes en contemplation devant le combiné. Il reprit l'appareil comme pour donner un coup de fil, mais le reposa sur son support. Enfin, il rejoignit les deux autres.

— Tu peux te passer de nous une minute, Deborah ? Tommy et moi allons devoir nous absenter.

Le regard de la jeune femme alla de Saint James à Lynley.

— Bien sûr. On va au cottage quand on aura fini ici ?

— Oui.

Sans rien ajouter, il se dirigea vers la sortie. Lynley le suivit. Ils descendirent en silence. Au pied de l'escalier, ils évitèrent deux enfants qui jouaient à faire glisser de petits camions de métal le long de la rampe. Ils franchirent le seuil encombré de *L'Ancre et la Rose* et débouchèrent dans la rue, relevant le col de leurs manteaux pour se protéger de la pluie.

— Que se passe-t-il ? questionna Lynley. C'était qui, au téléphone ?

— Helen.

— Helen ? Pourquoi diable...

— Elle a trouvé à quoi correspondaient les clients potentiels de Cambrey, Tommy, ainsi que les messages enregistrés sur le répondeur de son studio.

— Et alors ?

— Ils semblent avoir tous un point commun.

— A en juger par ta mine, ce n'est pas la cocaïne.

— Non. Le cancer.

Saint James prit la direction de Paul Lane, baissant la tête sous l'averse.

Lynley dirigea ses regards vers le port, vers les oiseaux de mer réfugiés en grappe sur la jetée, protégés du mauvais temps par leur nombre même. Il se détourna et contempla les collines noyées de pluie au-dessus du village.

— Où m'emmènes-tu ?

Saint James s'arrêta, lança par-dessus son épaule :

— Chez le Dr Trenarrow. Il faut que nous ayons une petite conversation avec lui.

Lady Helen avait eu bien du mal à découvrir à quoi correspondait la liste des clients potentiels, expliqua Saint James. Les douze premiers noms n'avaient absolument rien donné. Pas le moindre commencement de piste. A chaque tentative, la personne qu'elle obtenait au bout du fil se montrait d'un laconisme rare, et ce laconisme croissait lorsque Helen mentionnait le nom de Mick Cambrey. Au vu de ces réactions, Helen en avait conclu que ses correspondants avaient tous entendu parler de Cambrey d'une façon ou d'une autre. Elle s'était efforcée de leur tirer les vers du nez. Cambrey les avait-il interviewés ? Avait-il sollicité leur témoignage ? Etait-il venu les voir ? Leur avait-il écrit ? Quels que fussent la voix qu'elle utilisait, le rôle qu'elle jouait, ses interlocuteurs avaient toujours une longueur d'avance sur elle, comme si la personne qui figurait en numéro un sur la liste avait téléphoné aux autres pour les prévenir de son coup de fil imminent. Le meurtre de Cambrey, lorsqu'elle en parlait, n'incitait personne à lui faire des révélations. Au contraire. Chaque fois qu'elle adoptait cette entrée en matière — se faisant passer pour un reporter en quête de renseignements afin d'écrire un papier sur la mort d'un collègue — elle se heurtait à des réticences encore plus marquées chez ses correspondants.

Ce n'est qu'au quinzième nom que le cours de ces entretiens jusque-là stériles changea. Le quinzième nom, c'était celui d'un certain Richard Graham. Et il était décédé. Tout comme Catherine Henderford, seizième sur la liste. Et Donald Highcroft, numéro dix-sept. Idem pour les numéros dix-huit, dix-neuf et vingt. Tous morts du cancer. Poumons, ovaires, foie, intestin. Et tous décédés au cours des deux derniers mois.

— Je me suis aussitôt reportée au numéro un, avait expliqué lady Helen. Ne pouvant l'appeler moi-même, je suis allée à Chelsea et j'ai demandé à Cotter de s'en charger. Nous avons inventé un nom d'association, SOS-Cancer. Nous avons dit que nous vérifiions l'état du patient. Et nous avons appelé tous les noms de la liste. Tous avaient un cancer. Et ceux qui n'étaient pas morts étaient en rémission, Simon.

Les deux personnes qui avaient laissé un message sur le répondeur de Mick Cambrey dans son studio londonien avaient appelé également au sujet du cancer. Contrairement aux autres, elles n'avaient pas envoyé lady Helen sur les roses. Elles lui avaient raconté sans se faire prier qu'elles avaient téléphoné à propos d'une annonce qui était passée pendant des mois dans le *Sunday Times* — « Vous pouvez venir à bout du cancer ! », suivie d'un numéro de téléphone.

— J'ai appelé au sujet de ma femme, répondit l'une de ces deux personnes lorsque lady Helen la contacta. On finit par ne plus savoir à quel saint se vouer. On a tout essayé : régimes, méditation, prière, thérapie de groupe. Le pouvoir de l'esprit sur la matière. Tous les médicaments. Quand j'ai vu l'annonce, je me suis dit : après tout qu'est-ce que je risque ? Mais personne ne m'a répondu.

Forcément. Mick n'avait jamais reçu le message. Mick était mort.

— Qu'est-ce que Mick fabriquait ? avait questionné lady Helen, arrivée au terme de son rapport.

La réponse était simple. De journaliste, il était devenu

marchand de rêves. Il vendait de l'espoir. Il vendait la possibilité de vivre. Il vendait de l'oncozyme.

— Il avait appris l'existence de l'oncozyme en interviewant Trenarrow, dit Saint James à Lynley tandis qu'ils longeaient l'église méthodiste tout en remontant Paul Lane. (Le vent avait redoublé de force. La pluie lui trempait les cheveux.) Il s'est rendu chez Islington-Londres où Brooke lui a fourni d'autres détails. Ils ont dû mettre la combine au point ensemble. C'était simple, ça avait une portée humanitaire, à ceci près bien entendu qu'ils devaient se faire une petite fortune par la même occasion. Ils fournissaient à des cancéreux un médicament miracle, des années avant que celui-ci n'obtienne l'autorisation de mise en vente sur le marché. Pense aux innombrables patients en phase terminale qui devaient n'avoir que cet espoir auquel se raccrocher. Pense à ce que les gens sont prêts à faire pour obtenir une rémission : régimes, guérisseurs, charlatans divers. Mick ne risquait pas de manquer de clients. Il pouvait se permettre de leur demander un prix élevé. Il n'avait que deux problèmes. Primo, s'approvisionner en quantités suffisantes...

— Grâce à Justin Brooke, observa Lynley.

Saint James fit oui de la tête.

— Et secundo, une fois qu'il avait l'oncozyme, Mick devait avoir un médecin capable de définir les posologies. D'évaluer les résultats. Moyennant une part des bénéfices, bien sûr. Personne ne s'amuserait à courir des risques pareils pour rien.

— Mon Dieu... Roderick.

— La femme de ménage de Trenarrow a dit à Cotter qu'il passait beaucoup de temps dans une clinique de St. Just. Sur le moment, je n'y ai pas attaché d'importance. Je me souviens que Trenarrow m'a dit que les produits expérimentaux étaient souvent testés sur des patients en phase terminale. Voilà deux renseignements qui s'emboîtent bien pour expliquer ce qui s'est passé. Une petite clinique à St. Just où Trenarrow soigne un groupe de patients triés sur le volet que lui envoie Cambrey. Une clinique peu orthodoxe — déguisée en maison de repos pour privilégiés — où les malades paient des tarifs exorbitants pour qu'on leur injecte de l'oncozyme. Et les bénéfices sont partagés en trois entre Cambrey, Brooke et Trenarrow.

— Le livret de Mick retrouvé à Londres ?

— Sa part des profits.

— Mais qui l'a tué ? Pourquoi ?

— Brooke. Quelque chose a dû mal se passer. Peut-être que Mick s'est montré trop gourmand. Ou qu'il a fait un lapsus devant

Peter. Lapsus qui les mettait tous en danger. C'est peut-être pour ça que Brooke en avait après Peter.

Lynley s'arrêta de marcher, attrapa Saint James par le bras.

— Peter m'a dit que Mick avait fait une réflexion. Peter avait menacé de le faire chanter à propos du transvestisme et du trafic de drogue. Mais Mick s'en contrefichait. Il a conseillé à Peter de s'adresser ailleurs. Il lui a dit quelque chose à propos de gens qui étaient prêts à casquer bien davantage pour rester en vie que pour protéger un secret.

— Et Justin a surpris cette réflexion, n'est-ce pas ? Il a dû en conclure que Mick était à deux doigts de vendre la mèche à Peter.

— Il voulait quitter le cottage. Il voulait que Peter parte.

— Tu comprends pourquoi. Brooke risquait de tout perdre si Mick se mettait à parler. Sa réputation de scientifique, son job chez Islington. Il risquait même de se faire mettre en prison si son secret était découvert. Il a dû revenir sur ses pas, retourner à Gull Cottage après le départ de Peter. Mick et lui ont dû s'expliquer. Les choses se sont envenimées — ils devaient être tendus comme des cordes de violon tous les deux — et Justin l'a frappé. Et voilà.

— Et Trenarrow ?

Lynley s'arrêta de nouveau, devant l'école primaire cette fois.

Saint James jeta un coup d'œil dans la cour de l'établissement. La scène du théâtre en plein air n'avait pas été démontée. Des représentations diverses devaient avoir lieu tout au long de l'été. Pour l'instant, la terre était détrempée par la pluie.

— Trenarrow est au courant de tout. Je parie qu'il a compris à l'instant où il a été présenté à Brooke, à Howenstow, samedi soir. Il n'avait pas dû le rencontrer avant. Pourquoi l'aurait-il vu puisque Mick servait d'intermédiaire ? Mais lorsqu'il l'a rencontré à Howenstow, il a pigé. La mort de Mick, tout.

— Pourquoi n'a-t-il rien dit ?

Saint James continua de regarder l'école.

— La réponse à cette question, tu la connais.

Lynley dirigea les yeux vers le haut de la colline. De là où ils se tenaient ils ne voyaient que le toit de la villa et une partie de la corniche blanche qui se détachait sur le ciel gris.

— Il risquait lui aussi la prison. La clinique, le médicament, l'argent que les malades lui versaient. Sa carrière de chercheur.

— Mais encore ?

— Il risquait également de perdre ma mère.

— L'argent que lui a rapporté la vente de l'oncozyme lui a sans doute permis d'acheter la villa.

— Un cadre digne de ma mère.

— Alors il s'est tu.

Ils continuèrent de grimper la côte.

— Que va-t-il faire, maintenant que Brooke et Cambrey sont morts ?

— Avec la disparition de Brooke, la source de l'oncozyme s'est tarie. Il sera obligé de fermer la clinique de St. Just et de se débrouiller avec ce qu'il a réussi à mettre de côté.

— Et notre rôle dans tout ça, Saint James ? Est-ce qu'on le dénonce à la police ? Est-ce qu'on téléphone à ses collègues du conseil de l'ordre ? Est-ce qu'on profite de l'occasion pour mettre un terme à sa carrière ?

Saint James étudia son ami. Larges épaules, cheveux dégoulinants d'eau, bouche rectiligne.

— C'est toute la question, n'est-ce pas, Tommy ? Et ça ne manque pas d'un certain sel. Tu vois un souhait vieux de quinze ans sur le point de se réaliser. Juste au moment où tu y avais renoncé, j'imagine.

— Tu me laisses décider ?

— Récapitulons. Nous avons de quoi prouver que Brooke et Cambrey étaient en contact. Nous avons les visites de Mick au labo d'Islington. Peter et Justin à Gull Cottage. Le mensonge de Justin, qui ne s'est pas rendu à *L'Ancre et la Rose* en sortant du cottage. La toxicomanie de Justin. Pour la police, Mick était son fournisseur de coke, le dernier deal a mal tourné et Justin l'a tué. Ainsi que Sacha. Alors, pour répondre à ta question, oui. C'est à toi de décider. C'est toi le policier.

— Je passerais une partie de la vérité sous silence ? Je laisserais Trenarrow hors du coup ?

— Je ne me sens pas le droit de le juger. Tout bien pesé, Trenarrow s'efforçait de venir en aide aux gens. Ce qui est moche, c'est qu'il les faisait payer. Mais il essayait de faire du bien aux malades.

Ils gravirent le reste de la colline en silence. Tandis qu'ils s'engageaient dans l'allée menant à la villa, les lumières s'allumèrent au rez-de-chaussée comme s'ils étaient attendus. Au-dessous, les fenêtres du village commencèrent à briller dans l'obscurité.

Dora vint leur ouvrir. Elle était en tenue de cuisinière, enveloppée dans un immense tablier rouge couvert de traînées de farine. Elle avait également de la farine dans les plis de son turban bleu et sur un sourcil.

— Le docteur est dans la bibliothèque, dit-elle lorsqu'ils lui firent part de leur désir de le voir. Entrez. La pluie, c'est pas bon pour la santé. (Elle les conduisit jusqu'à la porte, frappa et ouvrit.) Je vais apporter du thé, ajouta-t-elle en se retirant.

Le Dr Trenarrow se leva en essuyant les verres de ses lunettes avant de les remettre sur son nez.

— Tout va bien ? demanda-t-il à Lynley.

— Peter est chez moi à Londres.

— Dieu soit loué. Votre mère ?

— Elle souhaiterait vous voir ce soir.

Derrière ses lunettes, Trenarrow cligna des yeux. A l'évidence, il ne savait comment interpréter les paroles de Lynley.

— Vous êtes trempés, dit-il.

S'approchant de la cheminée, il alluma le feu à la manière traditionnelle, mettant une bougie sous le charbon.

Saint James attendit que Lynley s'exprime. Il se demanda s'il ne vaudrait pas mieux que ce dernier entretien eût lieu sans lui. Il avait certes affirmé à son ami que la décision lui revenait. Mais il savait que Lynley aurait du mal à fermer les yeux sur le rôle joué par Trenarrow dans la vente illégale de l'oncozyme, quelque nobles qu'aient pu être les mobiles du médecin. A n'en pas douter, Lynley s'en serait sorti plus facilement tout seul. Mais Saint James, qui avait besoin que tout soit éclairci, décida de rester, d'ouvrir grandes ses oreilles, sans intervenir.

Le charbon en brûlant chuinta. Le Dr Trenarrow revint vers son bureau. Saint James et Lynley prirent place dans les fauteuils en face de lui. La pluie heurtait les carreaux avec un bruit de vaguelettes.

Dora reparut avec le thé qu'elle versa et sortit en rappelant à Trenarrow qu'il ne devait pas oublier de prendre son médicament à l'heure dite. Trenarrow hocha la tête d'un air entendu.

Lorsqu'ils furent de nouveau seuls devant le feu avec le thé et la pluie, Lynley prit la parole.

— Nous sommes au courant pour l'oncozyme, Roderick. Et pour la clinique de St. Just. Pour l'annonce grâce à laquelle vous trouviez des clients. Et le rôle joué par Mick et Justin. Mick sélectionnant les malades susceptibles de payer. Brooke fournissant le médicament.

Trenarrow s'écarta du bureau, repoussant légèrement son fauteuil.

— C'est une visite officielle, Tommy ?

— Non.

— Alors ?

— Est-ce que vous aviez rencontré Brooke avant samedi soir à Howenstow ?

— Je l'avais eu au téléphone, c'est tout. Il est venu ici vendredi soir.

— Quand ?

— Il était ici quand je suis rentré de Gull Cottage.

— Pourquoi ?

— C'est évident. Il voulait me parler de Mick.

— Mais vous n'avez pas parlé de sa visite à la police ?

Trenarrow fronça les sourcils.

— Non.

— Pourtant, vous saviez qu'il avait tué Cambrey. Il vous a dit pourquoi ?

Les yeux de Trenarrow allèrent de l'un à l'autre de ses visiteurs. Il s'humecta les lèvres, saisit sa tasse et en étudia le contenu.

— Mick voulait augmenter le prix du traitement. Je m'y étais déjà opposé. Justin aussi. Ce soir-là, ils ont eu une discussion à ce propos. Ils se sont violemment disputés. Justin a perdu son sang-froid.

— Quand vous nous avez rejoints au cottage, vous saviez que Justin Brooke avait tué Mick ?

— Je n'avais pas encore vu Brooke. Je ne savais pas plus que vous qui avait fait le coup.

— Et qu'avez-vous pensé en voyant que la pièce était sens dessus dessous et l'argent volatilisé ?

— Je n'ai compris qu'en voyant Brooke. Il cherchait tout ce qui était susceptible de le rattacher à Cambrey.

— Et l'argent ?

— Aucune idée. Il l'a peut-être pris, mais il ne m'en a rien dit.

— Le meurtre, il a reconnu en être l'auteur ?

— Ça oui.

— Et la mutilation ?

— C'était pour mettre la police sur une fausse piste.

— Il prenait de la cocaïne. Vous le saviez ?

— Non.

— Et vous saviez que Mick vendait de la coke à l'occasion ?

— Non.

Saint James suivait l'interrogatoire, non sans un vague sentiment de malaise. Un fait troublant sur lequel il n'arrivait pas à mettre exactement le doigt le préoccupait.

Les deux hommes continuaient de parler. Voix basse, à peine plus qu'un murmure, échange de données, mise à plat des détails. Soudain une sonnerie électronique retentit, qui venait de la montre de Trenarrow. Il appuya sur un minuscule bouton.

— Mon médicament pour la tension, expliqua-t-il.

Plongeant la main dans la poche de sa veste, il en sortit une boîte plate en argent et l'ouvrit. Elle renfermait des pilules blanches soigneusement alignées.

— Dora ne me pardonnerait pas si en arrivant un matin elle me trouvait raide mort, victime d'une attaque.

Il se fourra une pilule dans la bouche et but une gorgée de thé pour la faire passer.

Saint James l'observa, vissé à son fauteuil, sentant que toutes les pièces du puzzle se mettaient soudain en place. Les circonstances dans lesquelles le meurtre avait été commis. Qui l'avait commis. Et surtout pourquoi. Certains étaient en rémission, lui avait dit lady Helen. Mais les autres étaient morts.

Trenarrow posa sa tasse sur sa soucoupe. En le voyant, Saint James se maudit intérieurement. Il pesta à l'idée de tous les indices qui lui avaient échappé, des détails qu'il avait ignorés, des données dont il n'avait pas tenu compte parce qu'elles ne trouvaient pas leur place dans le puzzle. Une fois de plus, il se maudit en songeant que son domaine était la science et non les entrevues et les interrogatoires. Il s'en voulut de s'intéresser aux objets et à ce qu'ils pouvaient révéler quant à la nature d'un crime. S'il s'était intéressé davantage aux gens, il aurait vu la vérité dès le début.

27

Du coin de l'œil, Lynley vit Saint James se pencher en avant, poser la main sur le bureau de Trenarrow.

— L'argent, dit Saint James, intervenant dans la conversation.

— Je vous demande pardon ?

— Tommy, à qui as-tu parlé de l'argent ?

Lynley s'efforça de se mettre sur la même longueur d'onde.

— Quel argent ?

— Nancy nous a dit que Mick préparait la paie du journal. Qu'il y avait de l'argent dans le living-room ce soir-là. Nous en avons discuté, toi et moi, après qu'elle nous a signalé la chose au pavillon. A qui d'autre en as-tu parlé ? Qui était au courant de la présence de cet argent à Gull Cottage ?

— Deborah et Helen. Elles étaient là quand Nancy nous en a parlé. John Penellin aussi.

— En as-tu fait état devant ta mère ?

— Bien sûr que non. Pourquoi diable est-ce que je lui aurais parlé de ça ?

— Alors, comment se fait-il que le Dr Trenarrow soit au courant ?

Lynley comprit immédiatement ce qu'impliquait cette question.

Il lut la réponse sur le visage de Trenarrow, s'efforça de conserver son flegme professionnel, n'y parvint pas.

— Nom de Dieu.

Trenarrow ne broncha pas. Lynley reconnut à part lui que son ami avait eu raison de lui dire que son souhait vieux de quinze ans allait être réalisé. Et dans les grandes largeurs, encore.

— Que veux-tu dire, Saint James ? réussit-il à proférer, bien que connaissant la réponse.

— Tout simplement que le Dr Trenarrow a tué Mick Cambrey. Non qu'il ait prémédité son geste. Ils se sont disputés. Trenarrow l'a frappé. Mick est tombé. Début d'hémorragie. La mort est survenue quelques minutes après.

— Roderick ?

Lynley n'avait qu'une envie : entendre le médecin se disculper, sachant les répercussions que ses dénégations pouvaient avoir sur son avenir. Mais Saint James poursuivit avec un calme imperturbable. Seuls les faits comptaient, qu'il se mit à dévider.

— Quand il a vu que Cambrey était mort, il s'est dépêché d'agir. Il n'avait pas l'intention de fouiller le cottage. A supposer que Mick ait été assez stupide pour conserver une trace des transactions liées à l'oncozyme à Gull Cottage, jamais il n'aurait eu assez de temps pour mettre la main dessus. Il n'avait que le temps de monter une mise en scène faisant croire à un cambriolage ou à un crime sexuel. Mais en fait il ne s'agissait de rien de tout cela. C'est à propos de l'oncozyme qu'ils se sont engueulés.

Le Dr Trenarrow était impassible. Lorsqu'il se décida à parler, seules ses lèvres remuèrent, le reste de son visage demeurant de marbre. Et ses mots ne constituaient qu'une faible tentative pour nier. Ils étaient étrangement dénués de conviction.

— J'étais au théâtre vendredi soir. Vous le savez pertinemment.

— Une pièce en plein air dans une cour d'école, dit Saint James. Ça n'a pas dû être bien difficile de vous éclipser un moment, d'autant que vous étiez au fond. Vous avez dû aller trouver Cambrey après l'entracte, au cours du second acte. C'est à trois minutes à pied. Vous êtes allé le voir. Vous vouliez lui parler de l'oncozyme mais vous l'avez tué au cours d'une dispute et après ça vous êtes revenu dans la cour de l'école.

— Et l'arme ? crâna faiblement Trenarrow. Je suis censé m'être promené avec dans tout Nanrunnel ?

— La fracture du crâne n'a pas été provoquée par une arme. Quant à la castration, c'est une autre histoire. Vous vous êtes servi d'un couteau de cuisine appartenant à Nancy.

— Et je serais reparti avec ?

Voix teintée de mépris, mais guère plus convaincante que la crânerie.

— Vous l'avez cachée en vous rendant à l'école. Dans un jardin, une poubelle. Un peu plus tard, vous êtes allé la récupérer et vous vous en êtes débarrassé samedi soir, à Howenstow. Et c'est également à Howenstow que vous vous êtes débarrassé de Brooke. Parce qu'une fois que Brooke savait que Cambrey avait été tué, il savait qui l'avait tué. Mais il ne pouvait pas se permettre de vous dénoncer à la police : il se serait dénoncé du même coup. L'oncozyme vous liait l'un à l'autre.

— Ce ne sont que conjectures, dit Trenarrow. J'avais davantage de raisons de laisser Mick en vie que de le tuer. Il me procurait des patients, qu'est-ce que sa mort m'aurait rapporté ?

— Vous n'aviez pas l'intention de le tuer : vous l'avez frappé sous le coup de la colère. Votre objectif à vous, c'était de sauver les gens. Mais Mick, lui, ne songeait qu'à faire du fric. Ça vous a mis hors de vous, vous avez perdu la tête.

— Vous n'avez pas de preuves.

— Vous oubliez les appareils photo, poursuivit Saint James.

Trenarrow le regarda fixement, toujours impassible.

— Vous avez vu l'appareil au cottage. Vous en avez déduit que j'avais photographié le corps. Samedi, profitant de la confusion générale suscitée par l'arrestation de Penellin, vous avez jeté le matériel de photo de Deborah par la fenêtre de sa chambre.

— Si tel est bien le cas, intervint Lynley, se faisant l'espace d'un instant l'avocat de Trenarrow, pourquoi n'a-t-il pas emporté les appareils dans la crique ? Il y avait déjà jeté le couteau. Pourquoi ne pas s'être débarrassé des appareils par la même occasion ?

— Au risque de se faire surprendre dans le parc avec la mallette ? C'était parfaitement idiot. Il pouvait cacher le couteau sur lui, Tommy. Si quelqu'un l'avait aperçu dans le parc, il aurait pu dire qu'il prenait un bol d'air pour estomper les effets de l'alcool. Le prétexte aurait été parfaitement plausible. Les gens avaient l'habitude de le voir aller et venir à Howenstow. Mais pas muni d'appareils photo. Il a dû les mettre dans le coffre de sa voiture et les transporter ailleurs. Les planquer dans un endroit où il était à peu près sûr qu'on ne les retrouverait jamais.

La lumière se fit soudain dans l'esprit de Lynley. Ils avaient tous participé à la conversation, autour de la table. Ils avaient tous ri, trouvé absurde l'idée de faire visiter les mines à des touristes. Il prononça les deux mots fatidiques.

— Wheal Maen. (Saint James le fixa.) Au dîner, tante Augusta était contre la fermeture de Wheal Maen.

— Ce ne sont que des suppositions, coupa vivement Trenarrow. Des suppositions et des idioties. L'oncozyme mis à part, vous n'avez rien de tangible. Une fois que la nature de nos relations sera connue, qui s'avisera de croire cette histoire, Tommy ? A condition, bien sûr, que vous teniez à ce que nos différends soient étalés sur la place publique.

— C'est à cela que tout se ramène, alors ? s'enquit Lynley. Ma mère. Encore et toujours.

L'espace d'un instant, laissant de côté les exigences de la justice, il envisagea le scandale qui ne manquerait pas d'en découler. Il aurait pu feindre de ne pas être au courant de l'utilisation faite par Trenarrow de l'oncozyme, de la clinique de St. Just, des tarifs exorbitants payés par les malades. Il aurait pu fermer les yeux sur tout cela, laisser sa mère dans l'ignorance pour le reste de ses jours. Mais le meurtre, c'était une autre histoire. Le meurtre exigeait réparation. Et cela, il ne pouvait l'ignorer.

Lynley imagina les mois à venir. Tribunal. Accusations portées par lui et réfutées par Trenarrow. Sa mère serait impliquée dans l'affaire. L'opinion publique ne manquerait pas de conclure que c'était à cause d'elle que Lynley dénonçait son amant.

— Il a raison, Saint James, dit Lynley d'une voix atone. Ce sont des conjectures. Même si nous réussissons à récupérer les appareils photo, la galerie centrale étant inondée depuis des années, la pellicule sera fichue.

Saint James fit non de la tête.

— C'est la seule chose que le Dr Trenarrow ignorait : le film n'est pas dans l'appareil. Deborah me l'avait remis.

Lynley entendit la respiration de Trenarrow. Saint James poursuivit :

— Et la preuve est sur ce film, n'est-ce pas, docteur ? Votre boîte à pilules en argent sous la cuisse de Mick Cambrey. Vous pouvez peut-être expliquer le reste, accuser Tommy de fabriquer des preuves pour vous brouiller avec sa mère. Mais vous ne pourrez pas faire en sorte que votre boîte ne soit pas sur la photo près du cadavre. Celle-là même que vous venez de sortir de votre poche.

Trenarrow contemplait le port sous la brume.

— Cette boîte ne prouve rien.

— Alors qu'elle figure sur nos photos, mais pas sur les photos prises par la police ? Bien au contraire. Et vous le savez.

La pluie crépitait contre les vitres. Le vent hurlait dans la cheminée. Une corne de brume mugit au loin. Trenarrow remua sur son fauteuil, se retournant vers le centre de la pièce. Il se cramponna aux accoudoirs, sans mot dire.

— Que s'est-il passé ? questionna Lynley. Pour l'amour du ciel, Roderick, que s'est-il passé ?

Un long moment, Trenarrow resta sans répondre. Ses yeux ternes fixaient l'espace entre Saint James et Lynley. Il tendit la main vers la poignée du tiroir de son bureau et joua avec machinalement.

— L'oncozyme. Brooke avait du mal à s'en procurer en quantités suffisantes. Il faisait le maximum, mais il nous en fallait toujours plus. Vous ne pouvez savoir le nombre de gens qui nous téléphonaient — et qui continuent, d'ailleurs. Des gens désespérés, aux abois. Nous n'arrivions pas à suffire à la demande. Et cependant Mick n'arrêtait pas de m'adresser des clients.

— Brooke a fini par trouver une substance pour remplacer l'oncozyme, c'est ça ? dit Saint James. Vos premiers patients ont connu des périodes de rémission. Comme les chercheurs du labo d'Islington l'avaient laissé entendre. Mais au bout d'un moment, les choses ont commencé à se gâter.

— Brooke m'envoyait le produit de Londres par l'intermédiaire de Mick. Quand il a été impossible de s'en procurer et qu'ils ont compris qu'il faudrait fermer la clinique, ils m'ont envoyé autre chose à la place. Et des malades qui auraient dû connaître une période de rémission ont commencé à aller plus mal, puis à mourir. Pas tout de suite, évidemment. C'est petit à petit que la tendance s'est dessinée. Ce qui a éveillé mes soupçons. J'ai testé le nouveau produit : c'était une solution saline.

— D'où votre accrochage avec Cambrey.

— Je suis allé le trouver, vendredi soir. Je voulais fermer la clinique. (Il fixa le feu.) Mick se fichait pas mal de tout ça. Les gens, il s'en moquait éperdument. Seul l'argent l'intéressait. « Laissez la clinique fonctionner le temps qu'on réussisse à s'en procurer, m'a-t-il dit. On a des décès ? Tant pis. D'autres patients viendront. Les gens sont prêts à payer n'importe quoi pour avoir une chance de guérir. Pourquoi vous énerver comme ça ? Vous vous mettez du pognon plein les poches, vous n'allez pas me dire que ça ne vous plaît pas. » (Trenarrow regarda Lynley.) J'ai essayé de le raisonner, Tommy. Je n'ai pas réussi à lui faire comprendre mon point de vue. J'avais beau parler, insister, il rejetait tous mes arguments. Finalement... j'ai craqué.

— Quand vous avez vu qu'il était mort, vous avez décidé de monter une mise en scène pour faire croire à un crime sexuel ? s'enquit Saint James.

— Cambrey avait une réputation de tombeur solidement

établie. Je me suis dit qu'on penserait qu'un mari jaloux lui avait réglé son compte.

— Et l'argent qui se trouvait au cottage ?

— Je l'ai emporté. Et j'ai mis le living-room sens dessus dessous pour faire croire qu'il avait été fouillé. J'ai pris mon mouchoir dans ma poche de façon à effacer mes empreintes. C'est à ce moment-là que la boîte à pilules a dû tomber. Lorsque je me suis agenouillé près du corps, plus tard, c'est la première chose que j'ai remarquée.

Lynley se pencha en avant.

— La mort de Mick, c'est un accident, Roderick. Mais Brooke ? Vous étiez pieds et poings liés, tous les deux. Qu'aviez-vous à craindre de lui ? Même s'il avait deviné que c'était vous qui aviez tué Mick, il aurait tenu sa langue. Car, en vous dénonçant, il se serait trahi.

— Je n'avais rien à craindre de Brooke, c'est exact, dit Trenarrow.

— Alors pourquoi...

— Il voulait la peau de Peter.

— La peau de...

— Oui, il voulait se débarrasser de lui. Je l'ai trouvé chez moi quand je suis rentré du spectacle, vendredi soir. Nous ne nous étions jamais rencontrés, mais il n'a eu aucun mal à dénicher la villa. Il m'a dit que Mick avait parlé devant Peter. Il était inquiet. Il voulait que je m'arrange pour faire taire Mick.

— Ce que vous aviez déjà fait, observa Saint James.

Trenarrow accepta la remarque sans broncher.

— Le lendemain matin, en apprenant la mort de Mick, il a été pris de panique. Il est venu me trouver. Il pensait que Peter n'allait pas tarder à comprendre et à aller voir la police, à moins qu'il ne se mette à jouer les maîtres chanteurs. Peter était accro à la cocaïne, il n'avait pas d'argent, il avait déjà menacé Mick. Brooke voulait que Peter disparaisse. Inutile de dire que j'étais décidé à tout faire pour empêcher cela.

— Oh, mon Dieu, fit Lynley, sentant la lame acérée du regret le percer de part en part.

— Il m'a dit que c'était sans risque, qu'il pouvait s'arranger pour qu'on croie à une overdose. Je n'avais pas la moindre idée de ce qu'il mijotait, mais j'ai cru que je pourrais l'empêcher d'agir. Je lui ai dit que j'avais un meilleur plan et je lui ai fixé rendez-vous sur la falaise, le samedi soir après le dîner.

— Et c'est là que vous l'avez tué ?

— J'avais emporté le couteau, mais il était ivre. Alors je l'ai poussé dans le vide de façon qu'on croie à un accident. (L'espace d'un instant, Trenarrow garda le silence. Il examina des dossiers, un magazine, trois photos, un stylo qui étaient posés sur son bureau.) J'ai agi sans hésitation, sans un regret. Je ne regrette toujours rien.

— Malheureusement, il avait déjà remis la drogue à Sacha. Un mélange d'ergotamine et de quinine. Lui demandant de la donner à Peter.

— J'ai agi avec un temps de retard. Quel gâchis. Quelle horreur. (Trenarrow se mit à faire une pile de ses papiers. Il jeta un regard presque attendri autour de lui.) C'est pour elle que j'avais acheté cette maison. Je ne pouvais pas lui proposer de s'installer à Gull Cottage. Ridicule. Mais elle aurait accepté de vivre ici. C'est grâce à l'oncozyme que j'ai pu payer la maison. L'oncozyme était doublement bénéfique. Pour moi et pour les patients. Imaginez ces gens condamnés qui se voyaient miraculeusement proposer un traitement, tandis que votre mère et moi vivions enfin ensemble. C'est pour elle que j'ai acheté cette villa, Tommy. (Rassemblant ses papiers dans une main, il ouvrit de l'autre le tiroir du milieu de son bureau.) Si l'oncozyme avait existé du vivant de votre père, je l'aurais sauvé, Tommy. Sans l'ombre d'un doute. Malgré les sentiments que j'éprouvais pour votre mère. J'espère que vous me croyez. (Il rangea les papiers dans le tiroir, y laissant la main.) Est-ce qu'elle est au courant de tout ça ?

Lynley songea à son père, à son agonie. Il songea à sa mère, s'efforçant de faire pour le mieux. Il songea à son frère, grandissant tout seul à Howenstow. Il songea à Trenarrow. Il dut faire un effort pour répondre :

— Non.

— Dieu soit loué. (La main de Trenarrow se glissa dans le tiroir et en ressortit. Lueur sourde du métal. Il tenait un revolver.) Dieu soit loué, répéta-t-il, le braquant sur Saint James.

— Roderick.

Lynley fixa l'arme. Des idées folles, décousues, lui traversèrent l'esprit. Achat au marché noir, antiquité datant de la guerre, armurerie de Howenstow. Evidemment, Trenarrow s'était préparé à cet instant. Il devait se douter depuis plusieurs jours qu'il allait être découvert. Questions, interviews, coups de téléphone lui avaient mis la puce à l'oreille.

— Roderick, pour l'amour du ciel.

— Oui, murmura Trenarrow.

Lynley dirigea ses regards vers Saint James dont le visage ne trahissait pas la moindre émotion. Percevant un mouvement sur le côté, Lynley braqua de nouveau les yeux sur le revolver. Le doigt de Trenarrow était quasiment sur la détente.

Et soudain devant lui cette possibilité qui se présentait. Ses désirs allaient être exaucés au centuple.

Il n'avait qu'une fraction de seconde pour prendre une décision. Décide-toi, s'ordonna-t-il furieusement. Ce qu'il fit.

— Roderick, vous n'espérez pas...

Le claquement de la détonation l'interrompit.

Deborah appuya ses poings contre sa nuque pour détendre ses muscles fatigués. Il faisait chaud dans la pièce et, malgré la fenêtre entrebâillée, la fumée de la cigarette d'Harry Cambrey empestait l'air, lui piquant les yeux.

Dans la salle de rédaction, tout le monde travaillait. Les téléphones sonnaient par intermittence, les traitements de texte crépitaient, les tiroirs s'ouvraient et se refermaient, le parquet craquait sous les pas des journalistes. Deborah avait exploré le contenu d'un classeur, ne réussissant qu'à se couper le doigt et à se barbouiller les paumes d'encre noire. D'après les bruits que faisait Harry Cambrey — grognements, soupirs, jurons — il semblait logique de conclure qu'il n'avait pas eu plus de chance qu'elle.

La jeune femme étouffa un bâillement, se sentant complètement vidée. Elle n'avait dormi qu'une ou deux heures à l'aube et ses rêves chaotiques l'avaient laissée épuisée physiquement et émotionnellement. Elle subissait le contrecoup des efforts déployés pour ne pas penser aux événements de la nuit précédente. Maintenant, elle ne souhaitait plus qu'une chose : dormir. Pour récupérer mais aussi pour fuir. Alors même qu'elle songeait à son lit, elle sentit ses paupières s'alourdir. La pluie sur le toit avait un effet merveilleusement hypnotique, la salle était chaude, le murmure des voix apaisant...

Le hululement d'une sirène fut comme une gifle qui l'arracha à sa torpeur. Julianna Vendale se leva et s'approcha de la fenêtre. Deborah la rejoignit tandis qu'Harry Cambrey se levait.

Une ambulance tournait dans Paul Lane. Un peu plus loin, là où la ruelle commençait à grimper dans les collines, deux voitures de police fonçaient sous la pluie. Dans le même temps, un téléphone se mit à grésiller dans la salle de rédaction. Julianna prit la communication. La conversation était à sens unique, ses commentaires laconiques consistant en « Quand ?... Où ?... Mortel ?... Bien. Oui. Merci ».

Elle raccrocha et annonça à Cambrey :

— On a tiré des coups de feu chez Trenarrow.

Deborah eut à peine le temps d'éprouver un début de crainte et de dire « Trenarrow ? » que déjà Harry Cambrey se précipitait, attrapant deux appareils photo et un imperméable au passage. Il ouvrit violemment la porte et cria par-dessus son épaule à Julianna Vendale :

— Restez près du téléphone.

Tandis qu'il dévalait bruyamment l'escalier, une autre voiture de police passa à toute vitesse. Sans se soucier de la pluie, les clients de *L'Ancre et la Rose* ainsi que des habitants de Paul Lane sortirent des maisons pour s'élancer à la suite de la police. Harry Cambrey fut pris au milieu de la foule, ses appareils bringuebalant, luttant pour se frayer un chemin dans la mêlée. De la fenêtre, Deborah surveillait la scène. Cherchant — en vain — une tête blonde et une tête brune. Ils devaient sans aucun doute être parmi la foule. Ayant entendu le nom de Trenarrow, ils allaient se rendre chez lui.

Dans la rue, une voix s'éleva :

— Aucune idée. Mort, je crois.

Ces mots produisirent l'effet d'un courant électrique sur Deborah. En les entendant, elle vit le visage de Simon. Elle se souvint de la façon dont il avait regardé Tommy — avec fermeté, avec décision — avant de l'entraîner hors du journal. Horrifiée soudain, elle se dit : « Ils sont allés chez Trenarrow. »

Se précipitant dehors, elle descendit l'escalier en toute hâte. Elle se fraya un chemin à travers la foule agglutinée devant le pub et se retrouva dans la rue sous la pluie qui tombait dru. Une voiture qui passait la klaxonna. Ses pneus mordirent dans une flaque, projetant une gerbe d'eau. Mais elle n'y prenait pas garde : tout ce qui comptait, c'était trouver la maison de Trenarrow.

Au cours des trois dernières années, Lynley ne lui avait pratiquement pas parlé de ses relations avec sa famille. Et ses rares allusions s'étaient traduites par des actes plutôt que des paroles. Décision de passer Noël avec Deborah et non à Howenstow. Lettre de sa mère restée des semaines sur un coin de table sans être ouverte. Message téléphonique demeuré sans réponse. Mais cet après-midi, en marchant jusqu'à la crique, Tommy lui avait annoncé qu'il avait fait la paix avec les siens, tiré un trait sur l'amertume, le ressentiment. Que quelque chose ait pu arriver maintenant était proprement obscène. *Pas mort. Non.*

Ressassant ces mots, elle parvint au pied de la colline. De l'eau dégoulinant d'un toit l'aveugla momentanément tandis qu'elle attaquait la montée. Elle fit halte pour s'essuyer les yeux, la foule jaillissant autour d'elle, s'élançant vers les lumières bleues des gyrophares. L'air vibrait de spéculations morbides. Un cadavre à voir, du sang à renifler ? La populace était prête.

Au premier croisement, elle fut poussée contre les vitres embuées du *Talisman Café* par une mégère en colère qui remorquait un gamin brailleur.

— Pouvez pas regarder où vous allez ? cria la femme furieuse à Deborah. (Elle portait de curieuses sandales lacées jusqu'aux genoux. Elle tira le gosse vers elle.) Saleté de touristes ! Y se croient chez eux, ici !

Deborah ne se donna pas la peine de répondre. Elle la dépassa.

Plus tard, elle devait se rappeler la traversée du village, la montée de la colline, comme une succession de vignettes. Sur la porte d'un magasin, une enseigne fouettée par la pluie annonçant *crème fleurette* et *gâteau au chocolat* en lettres qui coulaient. Un tournesol dont la tête énorme penchait. Des branches de palmier gisant dans une flaque. Des bouches ouvertes lui criant des mots qu'elle n'entendait pas. Une roue de bicyclette qui tournait tandis que le cycliste était allongé les quatre fers en l'air dans la rue. Mais sur l'instant, elle ne voyait que Tommy, le visage de Tommy l'accusant de trahison. Ce serait sa punition pour les instants d'égoïste faiblesse passés avec Simon.

Je vous en prie, songea-t-elle. Marchandages, promesses, elle était prête à tout. Sans un seul regret.

Comme elle arrivait à mi-côte, une autre voiture de police la dépassa, faisant jaillir gerbe d'eau et gravillons. Le véhicule n'eut pas à klaxonner pour dégager la chaussée. Découragés par l'averse, les moins intrépides des amateurs d'émotions fortes avaient renoncé à l'escalade et avaient commencé à chercher refuge qui dans les magasins, qui sous les porches, qui dans l'église méthodiste. La contemplation d'un cadavre ensanglanté, pour divertissante qu'elle s'annonçât, ne semblait pas justifier qu'ils abîment leurs vêtements d'été.

Seuls les plus tenaces avaient réussi à atteindre le sommet. Rejetant en arrière ses cheveux collés par la pluie, Deborah les vit, massés devant une allée barrée par le cordon jaune de la police qui interdisait l'accès de la propriété aux curieux. Le petit groupe gardait un silence lourd de spéculations, que troublait seule la voix énervée d'Harry Cambrey qui se disputait avec un constable implacable, insistant pour qu'on le laissât entrer.

Derrière eux, la pluie s'abattait avec violence sur la villa de Trenarrow. Toutes les fenêtres étaient allumées. Des hommes en uniforme allaient et venaient. Les gyrophares des voitures garées dans l'allée circulaire clignotaient.

— Abattu d'une balle, y paraît, marmonna un spectateur.

— Y z'ont sorti quelqu'un ?

— Non.

Deborah balaya des yeux la façade de la villa, examinant les hommes, cherchant un signe. Il n'était pas blessé, il n'avait rien, il devait être au milieu d'eux. Impossible de le trouver. Elle poussa les badauds pour parvenir jusqu'à la cordelette de la police. Des prières enfantines lui montaient aux lèvres et mouraient avant d'avoir été dites. Elle se mit à marchander avec Dieu. Elle Lui demanda de la punir autrement. Elle Lui demanda de la comprendre. Elle reconnut ses fautes.

Elle se baissa pour se glisser sous la corde.

— Hé là, miss, pas question de passer !

Le constable qui s'était disputé avec Cambrey aboya l'ordre, planté à dix mètres de là.

— Mais...

— Reculez ! cria-t-il. On n'est pas au spectacle.

Sans tenir compte de l'injonction, Deborah avança. Le besoin de savoir, le besoin d'être là effaçaient tout le reste.

— Hé, vous là-bas !

Le constable se dirigea vers elle, prêt à la repousser vers la foule. Cambrey en profita pour s'élancer et remonter l'allée en trombe.

— Bon Dieu ! hurla le constable. Cambrey !

Ayant perdu le journaliste, il n'était pas décidé à ce que l'autre lui fausse compagnie, aussi attrapa-t-il Deborah par le bras, faisant signe de la main à une voiture qui s'était arrêtée sur le bas-côté.

— Embarquez-moi ça, dit-il aux policiers qui étaient à l'intérieur. L'autre m'a filé sous le nez.

— Non !

Deborah se débattit pour se dégager, indignée de se trouver dans l'incapacité d'agir. Elle ne parvenait même pas à libérer son bras de l'étreinte du constable. Plus elle luttait, plus il serrait.

— Miss Cotter ?

Elle pivota. Un ange n'aurait pu mieux tomber. Vêtu de noir, le révérend Sweeney se tenait sous un parapluie à peine moins grand qu'une tente, la regardant en clignant des yeux.

— Tommy est à l'intérieur, dit-elle. Mr Sweeney, je vous en prie.

L'ecclésiastique fronça les sourcils, plissa les yeux vers l'allée.

— Oh, mon Dieu. (Sa main droite se crispa sur la poignée de son parapluie en prélude à un intense effort de réflexion.) Oh, mon Dieu. Oui. Je vois.

Ceci pour indiquer qu'il avait pris une décision. Mr Sweeney se redressa de tout son mètre cinquante et se tourna vers le constable qui tenait toujours fermement Deborah par le bras.

— Vous connaissez lord Asherton, je présume, dit-il d'un ton autoritaire qui aurait certainement surpris ses paroissiens. Cette jeune personne est sa fiancée. Laissez-la passer.

Le constable lorgna Deborah, et surtout sa mise que la pluie n'avait pas arrangée. Il semblait visiblement douter qu'il pût y avoir un rapport quelconque entre elle et la famille Lynley.

— Laissez-la passer, répéta Mr Sweeney. Je vais l'accompagner à la villa. A mon avis, vous feriez mieux de vous occuper du journaliste.

Le constable jeta à Deborah un nouveau regard sceptique.

— Très bien, finit-il par dire. Mais arrangez-vous pour ne gêner personne.

Deborah voulut murmurer un merci mais le mot ne réussit pas à franchir ses lèvres. Elle fit quelques pas hésitants.

— Ça va aller, mon petit, dit Mr Sweeney. Prenez mon bras. L'allée est glissante.

Elle obtempéra machinalement, toute à ses craintes et à ses spéculations.

— Pas Tommy, chuchota-t-elle. Pas de cette façon. Tout mais pas ça.

— Ne vous inquiétez pas, murmura Mr Sweeney, l'esprit ailleurs.

Ils glissaient au milieu des corolles écrasées des fuchsias tout en remontant l'allée conduisant à la villa. La pluie tombait moins dru mais comme Deborah était déjà trempée le parapluie de Mr Sweeney ne lui servait pas à grand-chose. Cramponnée à son bras, elle frissonna.

— C'est affreux, dit Mr Sweeney comme en réponse à cette réaction. Mais ça va aller, ne vous inquiétez pas.

Deborah entendit ces mots mais n'en crut rien : il n'y avait plus aucune chance que ça aille. La justice trouvait toujours le moyen de vous rattraper au tournant. Son heure était venue. Elle allait payer.

Malgré le nombre de gens qui se trouvaient sur les lieux, un calme surprenant régnait aux abords de la villa. On n'entendait que le crachotement d'une radio. Dans l'allée circulaire, sous l'aubépine, trois voitures de police étaient immobilisées n'importe comment, comme si leurs chauffeurs s'étaient précipités hors des véhicules sans se soucier de la façon dont ils s'étaient garés. Sur la banquette arrière d'une des automobiles, Harry Cambrey, le visage congestionné, semblait avoir une violente explication avec un constable en colère qui lui avait passé les menottes. Lorsqu'il aperçut Deborah, Cambrey colla le nez à la vitre.

— Mort ! cria-t-il avant que le constable le tire en arrière.

Le pire s'était produit. Deborah aperçut l'ambulance près de l'entrée. Sans un mot, elle agrippa le bras de Mr Sweeney. Comme devinant ses craintes, il tendit le doigt vers le porche.

— Regardez, lui intima-t-il.

Deborah s'obligea à regarder vers la porte. Et elle le vit. Ses yeux le détaillèrent, cherchant des traces de blessure. Mais, en dehors du fait que sa veste était trempée, il était indemne — quoique terriblement pâle — et parlait avec l'inspecteur Boscowan.

— Merci, mon Dieu, chuchota-t-elle.

La porte s'ouvrit alors qu'elle prononçait ces mots. Lynley et Boscowan s'écartèrent pour laisser deux hommes sortir sous la pluie avec une civière sur laquelle était allongée une silhouette. Un drap recouvrait de la tête aux pieds le corps maintenu par des sangles comme pour l'abriter de la pluie et le dissimuler aux regards des curieux. Ce n'est qu'en le voyant, en entendant la porte d'entrée se refermer avec un bruit horriblement définitif, que Deborah comprit. Malgré tout, elle balaya frénétiquement du regard le jardin, les fenêtres brillamment éclairées, les voitures, la porte. Le cherchant.

Mr Sweeney dit quelque chose, mais elle n'entendit pas. Elle ne pensait qu'aux paroles qu'elle-même avait prononcées peu avant. *Tout mais pas ça.*

Son enfance, sa vie entière défilèrent devant elle en un instant, ne laissant derrière elles ni colère ni souffrance mais une compréhension pleine et entière qui venait trop tard. Elle se mordit les lèvres avec tant de force qu'elle sentit le goût de son sang. Ce ne fut pas suffisant pour lui ôter l'envie de crier son angoisse.

— Simon !

Elle se rua vers l'ambulance dans laquelle on avait chargé le corps.

Lynley pivota. Il la vit se précipiter, louvoyant au milieu des voitures. Elle glissa sur la chaussée luisante mais se releva, criant son nom.

Elle se jeta sur l'ambulance, attrapant la poignée de la porte arrière. Un policier essaya de la maîtriser, puis un second, mais elle les repoussa, leur décochant des coups de pied, les griffant. Et, pendant tout ce temps, elle ne cessait de hurler son nom. Lynley comprit qu'il entendrait ces deux syllabes toute sa vie.

Un troisième policier se joignit à ses collègues, mais elle réussit à lui échapper.

Le cœur serré, Lynley se détourna. Tendit la main vers la porte de la villa.

— Saint James, dit-il.

Son ami était dans le hall avec la femme de ménage de Trenarrow qui sanglotait dans son turban, qu'elle avait retiré. Il tourna la tête vers Lynley, parut sur le point de parler mais hésita tandis que les cris de Deborah redoublaient au-dehors. Il tapota l'épaule de Dora et rejoignit Lynley près de la porte, s'arrêtant net à la vue de Deborah qu'on entraînait loin de l'ambulance et qui se débattait avec la dernière énergie. Il regarda Lynley.

Lynley détourna les yeux.

— Va auprès d'elle, bon Dieu ! Elle te croit dans l'ambulance.

Il ne pouvait regarder son ami en face. Il ne voulait pas le voir. Il espérait que Saint James prendrait les choses en main sans ajouter un mot.

— Non. Elle est seulement...

— Vas-y, nom d'un chien.

Quelques secondes s'écoulèrent avant que Saint James se décide à bouger. Mais, lorsqu'il s'avança finalement dans l'allée, Lynley s'obligea à le suivre des yeux : le moment d'expier était venu.

Saint James contourna les voitures de police et s'approcha du groupe. Il marchait lentement, handicapé par sa jambe, incapable d'accélérer l'allure, condamné à traîner vilainement la patte depuis que Lynley avait fait de lui un infirme.

Saint James arriva à hauteur de l'ambulance. Il cria le nom de Deborah. Il l'attrapa, l'attira vers lui. Elle se débattit violemment, jusqu'au moment où elle le reconnut. Alors elle se retrouva contre lui, le corps secoué de gros sanglots. Saint James inclina la tête vers elle, plongea les mains dans sa chevelure.

— Tout va bien, dit-il à Deborah cependant que Lynley écoutait. Désolé de t'avoir fait peur. Je suis sain et sauf, mon amour. (Et il ajouta dans un murmure :) Mon amour. Mon amour.

La pluie tombait, les policiers commençaient à s'agiter autour d'eux. Mais, serrés l'un contre l'autre, ils ne s'en aperçurent même pas.

Lynley tourna les talons et s'engouffra dans la villa de Trenarrow.

Un mouvement la réveilla. Elle ouvrit les yeux, fixa le plafond lointain, qu'elle contempla, déroutée. Tournant la tête, elle aperçut la coiffeuse recouverte de dentelle avec ses brosses à cheveux en argent, sa vieille psyché. La chambre de l'arrière-grand-mère de Lynley, songea-t-elle. Reconnaissant le décor, elle se rappela tout le reste. La crique, la salle de rédaction du *Spokesman*, sa course jusqu'en haut de la colline, le corps sous un drap, tout cela se mêla dans son esprit. Et au centre de ces images il y avait Tommy.

Un autre mouvement lui parvint de l'autre côté de la chambre. Les rideaux étaient fermés mais un rai de lumière tombait sur une chaise placée près de la cheminée. Lynley était là, les jambes allongées devant lui. Sur la table près de lui se trouvait un plateau chargé de nourriture. Le petit déjeuner, apparemment. Elle aperçut le contour d'un porte-toasts.

Au début elle ne souffla mot, s'efforçant de se remémorer les événements qui avaient suivi ces instants terrifiants à la villa de Trenarrow. Elle se souvint d'un cognac qu'on l'avait forcée à boire, du brouhaha des voix, d'un téléphone qui sonnait, d'une voiture. Sans savoir comment, elle avait quitté Nanrunnel, rejoint Howenstow et son lit.

Elle portait une chemise de nuit de satin bleu qu'elle ne reconnaissait pas. Une robe de chambre assortie était posée en travers du lit. Elle se redressa, s'assit.

— Tommy ?

— Tu es réveillée ?

Il s'approcha des fenêtres et, écartant les rideaux, donna de la lumière. La fenêtre à guillotine était entrouverte, il l'ouvrit davantage pour faire entrer les cris des mouettes et des cormorans qui formèrent comme un bruit de fond.

— Quelle heure est-il ?

— Un tout petit peu plus de dix heures.

— Dix heures ?

— Tu dors depuis hier après-midi. Tu ne t'en souviens pas ?

— Pas bien. Il y a longtemps que tu es là ?

— Assez.

Elle vit qu'il portait toujours les vêtements qu'il avait à Nanrunnel. Il n'était pas rasé, il avait des cernes noirs sous les yeux et les traits tirés.

— Tu es resté là toute la nuit ?

Il ne répondit pas. Il se tenait près de la fenêtre, loin du lit. Par-delà son épaule, elle aperçut le ciel. Sur ce fond de ciel, ses cheveux avaient l'air dorés par le soleil.

— Je pensais te ramener à Londres en avion, ce matin. Quand tu seras prête. (Il désigna le plateau d'un geste.) Ton petit déjeuner t'attend depuis huit heures et demie. Tu veux que je leur demande de te monter autre chose ?

— Tommy, dit-elle. Tu veux... Est-ce qu'il y a...

Elle aurait voulu voir l'expression de son visage mais c'était impossible car il tournait la tête. Elle ne termina pas sa phrase.

Il mit les mains dans ses poches et regarda de nouveau par la fenêtre.

— Ils ont ramené John Penellin chez lui.

— Et Mark ? questionna Deborah.

— Boscowan sait qu'il a pris la *Daze*. Quant à la cocaïne... (Il soupira.) C'est à John de prendre une décision. Je ne veux pas m'en mêler. J'ignore ce qu'il va faire. Il n'est peut-être pas prêt à passer l'éponge en ce qui concerne Mark. Je ne sais pas.

— Tu pourrais le dénoncer.

— C'est vrai.

— Mais tu ne le feras pas.

— Il vaut mieux que ça vienne de John. (Il continua de regarder par la fenêtre, la tête levée vers le ciel.) Belle journée. Idéal pour voler.

— Et Peter ? s'enquit-elle. Il est définitivement mis hors de cause ? Sidney aussi ?

— Saint James pense que Justin Brooke s'est procuré l'ergotamine à Penzance. C'est un médicament qui ne se délivre que sur ordonnance, mais ce ne serait pas la première fois qu'un pharmacien ferait une entorse au règlement pour dépanner un client souffrant d'une migraine et dans l'incapacité de trouver un médecin de garde, pour la bonne raison qu'il n'y en a pas le samedi.

— Il ne pense pas que Justin aurait pu prendre quelques-unes de ses gélules ?

— Il ne voit pas comment Brooke aurait pu savoir qu'il utilisait ce genre de produit. Je lui ai dit que ça n'avait pas d'importance, mais il veut blanchir Sidney et Peter. Il s'est rendu à Penzance.

Il se tut, son récit terminé.

Deborah sentit sa gorge se serrer. Il avait l'air tellement tendu.

— Tommy, dit-elle. Je t'avais aperçu sous le porche. Je savais que tu étais indemne. Mais quand j'ai vu le corps, je...

— Le pire, ç'a été de prévenir maman, coupa-t-il. De lui annoncer la nouvelle, de la regarder en face en sachant que mes mots la démolissaient. Mais elle n'a pas versé une larme. Pas devant moi. Parce que nous savons tous les deux que je suis à blâmer, au fond, dans cette histoire.

— Non !

— S'ils s'étaient mariés des années plus tôt, si je les avais laissés se marier...

— Tommy, non.

— Elle ne veut pas que je sois témoin de son chagrin. Elle ne veut pas que je l'aide.

— Tommy, chéri...

— Ç'a été horrible. (Il passa le doigt sur la vitre.) L'espace d'un instant, j'ai cru qu'il allait tirer sur Saint James. Mais il a mis le canon de son arme dans sa bouche. (Il s'éclaircit la gorge.) Comment se fait-il que rien ne puisse vous préparer à un spectacle pareil ?

— Tommy, je le connais depuis toujours. C'est comme s'il faisait partie de ma famille. Quand je l'ai cru mort...

— Le sang. Les fragments de matière cérébrale éclaboussant les vitres. Je verrai ça jusqu'à la fin de mes jours. Ça et le reste. Comme une saloperie de film qui se déroulera dans ma tête chaque fois que je fermerai les yeux.

— Tommy, je t'en prie, dit-elle d'une voix brisée. Approche-toi.

A ces mots, ses yeux bruns se plantèrent dans ceux de Deborah.

— Ça ne suffit pas, Deb.

— Quoi ? Qu'est-ce qui ne suffit pas ?

— Que je t'aime. Que je te désire. Je pensais que Saint James était idiot de ne pas avoir épousé Helen. Je ne comprenais pas. En fait, je savais très bien pourquoi il ne l'avait pas fait, seulement je préférais ne pas regarder la vérité en face.

Elle fit celle qui n'avait pas entendu.

— Tu penses que l'église du village fera l'affaire, Tommy ? Ou est-ce que Londres est plus indiqué ?

— L'église ?

— Pour le mariage, chéri. Qu'en penses-tu ?

Il secoua la tête.

— Pas dans ces conditions, Deborah. Pas comme ça.

— Mais je te désire, chuchota-t-elle. Je t'aime, Tommy.

— Tu aimerais le croire. Moi aussi. Si tu étais restée en Amérique, si tu n'étais pas revenue chez toi, si je t'avais rejointe là-bas, on aurait peut-être eu une chance. Mais les choses étant ce qu'elles sont...

Il ne bougea pas. La distance parut insupportable à Deborah. Elle lui tendit la main.

— Tommy. Tommy. S'il te plaît.

— C'est avec Simon que tu dois vivre. Tu le sais. Moi aussi.

— Non, je...

Elle ne put terminer sa phrase. Elle aurait voulu se rebeller contre ce qu'il venait de dire, mais il avait touché la vérité du doigt. Une vérité à laquelle elle avait pendant longtemps essayé d'échapper.

Il contempla un moment son visage avant de reprendre la parole.

— Tu as une heure pour te préparer. Ça te va ?

Elle ouvrit la bouche, prête à nier, mais s'aperçut qu'elle en était incapable.

— Une heure. D'accord.

Epilogue

28

— Voilà qui donne au mot « assommant » une nouvelle dimension, fit lady Helen avec un soupir. Redis-moi ce que c'est censé prouver ?

Saint James effectua une troisième pliure dans la veste de pyjama.

— L'accusé prétend avoir été agressé dans son sommeil. Il n'avait qu'une seule blessure au côté mais nous avons trois trous dans le tissu, chacun taché de son sang. Comment crois-tu que ça ait pu se produire ?

Elle se pencha sur le vêtement, qui était plié de curieuse manière, les trois trous superposés.

— C'était un contorsionniste ?

Saint James sourit.

— Un menteur, plutôt. Il s'est donné un coup de couteau et a fait les trois trous après. (La voyant bâiller, il s'enquit :) Je t'ennuie, Helen ?

— Pas du tout.

— Tu as passé la soirée en galante compagnie, peut-être ?

— Si seulement c'était vrai. J'étais avec mes grands-parents, Simon. Grand-père n'a pas arrêté de ronfler comme un bienheureux pendant la marche triomphale d'*Aïda*. J'aurais dû l'imiter. Je suis sûre qu'il doit être vif comme un gardon à l'heure qu'il est.

— Une soirée culturelle de temps en temps, c'est bon pour l'âme.

— Je déteste l'opéra. Si encore ils chantaient en anglais. Mais non. C'est toujours en italien ou en français. Ou alors en allemand. L'allemand, c'est ce qu'il y a de pire. Surtout quand ils cavalent sur scène avec leurs casques à cornes...

— Tu ne sais pas ce qui est beau, Helen. Mais si tu veux bien te tenir tranquille encore une demi-heure, je t'emmène déjeuner. J'ai découvert une nouvelle brasserie dans Brompton Road.

— Mon petit Simon, c'est exactement ce qu'il me faut ! Que veux-tu que je fasse maintenant ?

Elle jeta un regard autour d'elle comme à la recherche d'un nouveau travail à entreprendre, mais Saint James n'en tint pas compte car il venait d'entendre claquer la porte d'entrée.

Une voix cria son nom.

Il repoussa son tabouret.

— Sidney, dit-il, se dirigeant vers la porte du laboratoire tandis que sa sœur grimpait les marches quatre à quatre. D'où diable sors-tu ?

Elle pénétra dans la pièce.

— J'étais dans le Surrey. Puis à Southampton, répondit-elle comme s'il s'agissait des destinations les plus naturelles. (Elle laissa tomber une veste en vison sur un tabouret.) Je pose de nouveau pour une collection de fourrures. Si on ne me propose pas rapidement autre chose, je sens que je vais craquer. Surtout que je suis priée de ne rien porter dessous. (Se penchant au-dessus de la table, elle examina le haut de pyjama.) Encore du sang ? Comment est-ce que tu t'arranges pour supporter ça alors que tu vas manger ? Je n'arrive pas trop tard pour le déjeuner, j'espère ? Il est à peine midi. (Elle ouvrit son sac et se mit à fourrager dedans.) Voyons, où est-ce que je l'ai fourrée ? Je comprends pourquoi ils tiennent à montrer un peu de peau nue. Mais je n'ai pas la poitrine pour. Il faut suggérer la sensualité, paraît-il. Faire fantasmer les lectrices. Quelle connerie ! Ah, la voilà.

Elle sortit une enveloppe écornée, qu'elle tendit à son frère.

— Qu'est-ce que c'est ?

— Ce que j'ai mis dix jours à soutirer à maman. Je me suis même traînée chez David — où je suis restée une semaine — pour qu'elle comprenne bien que j'étais décidée à mettre la main dessus.

— Tu étais chez maman ? s'enquit Saint James, sidéré. Et chez David à Southampton ? Helen, est-ce que tu...

— J'ai appelé dans le Surrey, mais ça n'a pas répondu. Et puis tu m'avais dit de ne pas inquiéter ta mère, tu te souviens ?

— Inquiéter maman ? questionna Sidney. A propos de quoi ?

— De toi.

— Pourquoi maman se serait-elle inquiétée à mon sujet ? (Sans attendre de réponse, elle poursuivit :) Au début, elle a trouvé mon idée ridicule.

— Quelle idée ?

— Toujours dans les nuages, Simon. Mais j'ai fini par l'avoir à l'usure. J'étais sûre que j'y arriverais. Allez, ouvre. Lis à haute voix. Qu'Helen puisse entendre.

— Bon sang, Sidney, j'aimerais savoir...

Elle l'agrippa par le poignet et lui secoua le bras :

— Lis, je te dis.

Il ouvrit l'enveloppe avec un agacement non dissimulé et se mit à lire à voix haute.

Mon cher Simon,

Je n'aurai pas de répit tant que je ne t'aurai pas fait d'excuses, alors je m'empresse de t'en faire. Non qu'une simple ligne puisse suffire à ta sœur.

— Qu'est-ce que c'est que cette histoire, Sidney ?

— Continue ! fit-elle en riant.

Il baissa le nez sur le papier à lettres gravé de sa mère.

J'ai toujours pensé que c'était Sidney qui avait eu l'idée d'ouvrir les fenêtres de la nursery. Mais comme tu n'as pas cherché à te défendre quand je t'ai accusé de ce forfait, je me suis sentie obligée de te punir, toi. Punir ses enfants, c'est ce qu'il y a de plus dur pour un parent. Et c'est encore pire quand on a le sentiment qu'on ne punit pas le bon. Sidney a fait toute la lumière sur cet incident, comme elle seule est capable de le faire, et, bien qu'elle ait insisté pour que je lui administre une correction après toutes ces années, j'ai refusé, ne me voyant pas corriger une jeune femme de vingt-cinq ans. Alors laisse-moi m'excuser d'avoir injustement puni le petit garçon que tu étais. J'ai eu beaucoup de plaisir à recevoir Sidney. Nous sommes allées voir David et les enfants par la même occasion. J'espère bien que tu me rendras visite dans le Surrey un de ces jours. Amène Deborah avec toi. Cotter a téléphoné à notre cuisinière pour lui donner de ses nouvelles. Pauvre petit chou. Tu devrais la prendre sous ton aile en attendant qu'elle soit de nouveau d'attaque.

A toi tout mon amour,
Maman.

Mains sur les hanches, Sidney rejeta la tête en arrière et éclata de rire, ravie de ce coup d'éclat.

— N'est-ce pas qu'elle est formidable ? Tu ne peux pas savoir le mal que j'ai eu à lui faire écrire ce mot. Si elle n'avait pas eu à te parler de Deborah, je crois qu'elle ne l'aurait jamais écrit.

Saint James sentit que lady Helen l'observait, s'attendant à ce qu'il pose la question fatidique, mais il ne le fit pas. Au cours des dix derniers jours, il avait compris qu'il s'était passé quelque chose. Le comportement de Cotter aurait suffi à le lui faire comprendre, même si Deborah n'avait pas quitté Howenstow lorsqu'il était rentré de Penzance, le soir qui avait suivi la mort de Trenarrow. Depuis lors, Lynley lui avait simplement dit qu'il avait raccompagné Deborah à Londres en avion. Et Saint James n'avait pas voulu forcer la réserve de Cotter.

Lady Helen, elle, n'avait pas ce genre de scrupules.

— Qu'est-il arrivé à Deborah ?

— Tommy a rompu leurs fiançailles, répondit Sidney. Cotter ne te l'a pas dit, Simon ? Si j'en crois la cuisinière de maman, Cotter était fou de rage en lui annonçant ça au téléphone. Tommy ne t'a rien dit non plus ? Bizarre. Ce n'est quand même pas une histoire de classe sociale. Peter avait choisi Sacha, les classes sociales ne sont pas une préoccupation chez les Lynley.

Tandis qu'elle parlait, Saint James comprit que Sidney ne savait rien de ce qui s'était passé depuis qu'elle avait quitté Howenstow le dimanche matin. Il ouvrit le tiroir du bas sous sa paillasse et en retira son flacon de parfum.

— Tu as égaré ceci.

Elle le lui prit des mains, toute contente.

— Où l'as-tu trouvé ? Ne me dis pas qu'il était dans l'armoire, à Howenstow. Les chaussures, d'accord. Mais le flacon...

— Justin l'avait pris dans ta chambre, Sid.

L'effet de ces quelques mots sur sa sœur fut immédiat. Son sourire s'évanouit, ses lèvres se mirent à trembler, tout entrain la quitta. Elle sembla se recroqueviller. Cette soudaine disparition de son insouciance fit comprendre à Saint James à quel point était précaire son self-control.

— Justin ? Pourquoi ?

Pas moyen d'amortir le choc. Il savait qu'il allait encore ajouter à son chagrin en lui parlant, et pourtant c'était la seule façon de l'aider à enterrer le mort.

— Pour te faire porter le chapeau dans une affaire de meurtre.

— C'est ridicule.

— Il voulait supprimer Peter Lynley. Mais c'est Sacha Nifford qu'il a tuée.

— Je ne comprends pas.

Elle fit rouler le flacon sur la paume de sa main. Baissa la tête.

— Le flacon contenait une substance qu'elle a prise pour de l'héroïne. (A ces mots, Sidney releva la tête et Saint James vit qu'elle acceptait enfin la vérité.) Je suis désolé, mon chou.

— Mais Peter... Justin m'a dit que Peter était allé voir Cambrey. Qu'ils s'étaient engueulés. Et que Mick Cambrey était mort. Il m'a même dit que Peter voulait le tuer. Je ne comprends pas. Peter devait savoir que Justin vous dirait tout ça, à Tommy et à toi.

— Peter n'a pas tué Justin. Il n'était pas à Howenstow lorsque Justin est mort.

— Alors ?

— Peter a surpris une conversation qu'il n'était pas censé entendre. Il aurait pu s'en servir pour faire chanter Justin, surtout une fois que Mick Cambrey avait été tué. Justin a pris peur. Il savait que Peter avait besoin d'argent et de coke. Il savait que c'était un instable. Ne pouvant prévoir son comportement, il s'est dit que le mieux était de l'éliminer.

Saint James et lady Helen lui racontèrent alors toute l'histoire. Islington, l'oncozyme, Trenarrow, Cambrey. La clinique. Le cancer. Le placebo qui avait fini par causer la mort de Mick.

— Brooke était en danger, dit Saint James. Il a pris des mesures.

— Et moi ? dit Sidney. Ce flacon m'appartient. Il n'a pas pensé que les gens pourraient conclure que j'étais mêlée à tout ça ?

Elle se cramponnait au flacon. Les doigts blancs à force de le serrer.

— La scène sur la plage, Sidney, dit lady Helen. Il avait été atrocement humilié.

— Il voulait te punir, ajouta Saint James.

— Il m'aimait, réussit à proférer Sidney, brisée, ses lèvres tremblantes remuant avec difficulté. Je sais qu'il m'aimait.

Saint James éprouva le besoin de réconforter sa sœur, de la rassurer, de lui redonner confiance en elle, mais fut dans l'incapacité de trouver les mots adéquats.

Ce fut lady Helen qui prit la parole.

— Justin, c'est une chose. Toi, c'en est une autre. Ne te laisse pas influencer dans l'opinion que tu as de toi-même par les sentiments — ou l'absence de sentiments — qu'il éprouvait à ton égard.

Sidney eut un sanglot étouffé. Saint James s'approcha d'elle.

— Je suis navré, mon petit cœur, murmura-t-il en lui passant un bras autour de la taille. J'aurais préféré que tu ne saches pas. Mais autant te dire la vérité, Sidney : sa mort est loin de me plonger dans le désespoir.

Elle toussa, le regarda et eut une ébauche de sourire.

— J'ai une de ces faims ! Si on allait déjeuner ?

Arrivée à Eaton Terrace, lady Helen claqua la portière de sa Mini. Davantage pour se donner du courage que pour s'assurer que ladite portière était bien fermée. Elle contempla la façade sombre de l'hôtel particulier de Lynley, puis approcha son poignet du réverbère. Onze heures. L'heure était peu propice à une visite de politesse. Mais cela même lui donnait un avantage dont elle était bien décidée à profiter. Elle grimpa les marches de marbre du perron.

Il y avait deux semaines qu'elle essayait de le contacter. Ses efforts ne lui avaient valu que des rebuffades. Lynley était sur une enquête, de service de nuit, en réunion, au tribunal. Les uns après les autres — toujours avec une politesse exquise —, secrétaires et assistants lui avaient débité sous toutes ses formes l'éternelle excuse. Le travail, encore le travail. Le message sous-jacent était le même : Lynley n'était pas disponible, il était seul et tenait à le rester.

Ce soir, pas question de le laisser tranquille. Elle appuya sur la sonnette. La sonnerie résonna jusqu'au fond de la maison comme si la bâtisse était vide. L'espace d'un instant, elle songea qu'il avait quitté Londres — fuyant une bonne fois pour toutes —, mais par la vitre au-dessus de la porte elle aperçut de la lumière dans le vestibule. Le verrou fut tiré, la porte s'ouvrit et le domestique de Lynley apparut, louchant comme un hibou aveuglé. Il était en pantoufles, et avait passé une robe de chambre de flanelle écossaise par-dessus son pyjama imprimé cachemire. Son visage exprimait l'étonnement et la désapprobation. Lady Helen comprit que pour lui les filles bien élevées ne venaient pas rendre visite aux messieurs en pleine nuit, XXe siècle ou non.

— Merci, Denton, dit lady Helen d'un ton déterminé. (Elle s'engouffra dans le vestibule comme s'il l'avait accueillie avec des démonstrations de joie.) Dites à lord Asherton qu'il faut que je le voie immédiatement.

Elle retira son petit manteau et le déposa avec son sac sur une chaise du hall.

Toujours planté près de la porte ouverte, Denton la fixait avec l'air de se demander s'il l'avait invitée à entrer. Il avait la main sur la poignée et dansait d'un pied sur l'autre, coincé entre l'envie de protester contre l'incongruité de sa démarche et la crainte d'encourir sa colère s'il se laissait aller à le faire.

— Sa Seigneurie a demandé...

— Je sais, coupa lady Helen. (Elle se sentit vaguement coupable de faire pression sur Denton, sachant que son désir de protéger Lynley venait d'une loyauté vieille de près de dix ans.) Je comprends. Il a demandé qu'on ne le dérange pas. Cela fait deux semaines que j'essaie de le joindre au téléphone et il ne m'a pas rappelée une seule fois, je comprends qu'il ne souhaite pas me parler. Cela étant, pouvez-vous lui dire que je désire le voir ?

— Mais...

— Je suis capable de monter directement dans sa chambre, s'il le faut.

Denton ferma la porte, abandonnant le combat.

— Il est dans la bibliothèque. Je vais le chercher.

— Inutile. Je connais le chemin.

Elle laissa Denton bouche bée dans le hall et monta l'escalier jusqu'au premier, longea un couloir moquetté, passa devant une collection impressionnante d'étains anciens sur laquelle veillaient une demi-douzaine de portraits d'ancêtres. Dans son dos, elle entendit Denton murmurer :

— Milady... lady Helen...

La porte de la bibliothèque était fermée. Elle frappa, entendit la voix de Lynley et entra.

Il était assis à son bureau, la tête appuyée sur une main, plusieurs dossiers étalés devant lui. Lady Helen fut fort surprise de lui voir des lunettes sur le nez. Elle se rendit compte qu'elle n'avait pas remarqué qu'il portait des lunettes pour lire. Il les ôta en se mettant debout. Ne souffla mot. Se contenta de regarder Denton.

— Désolé, fit le valet. J'ai fait tout mon possible.

— Inutile de lui faire des reproches, intervint lady Helen. Je lui ai forcé la main. (Elle vit que Denton avait fait un pas en avant. Un autre pas et il serait suffisamment proche pour la prendre par le bras et la raccompagner jusqu'à la porte. Elle le voyait mal effectuant la manœuvre sans le feu vert de Lynley ; mais, pour plus de sûreté, elle préféra l'inviter à se retirer.) Merci, Denton. Vous pouvez nous laisser.

Denton la fixa. Il consulta Lynley du regard. Ce dernier ayant hoché la tête, le domestique tourna les talons et quitta la pièce.

— Pourquoi n'as-tu pas répondu à mes coups de fil, Tommy ? attaqua aussitôt lady Helen. J'ai appelé ici, j'ai appelé au Yard, à plusieurs reprises. Je suis passée quatre fois chez toi. Je me faisais un sang d'encre à ton sujet.

— Navré, Helen, fit-il avec aisance. J'ai un travail monstre en ce moment. Je suis submergé. Tu bois quelque chose ?

Il s'approcha de la table en bois de rose sur laquelle étaient posés carafes et verres.

— Non, merci.

Il se versa un whisky mais ne but pas tout de suite.

— Assieds-toi.

— Non, merci.

— Comme tu voudras. (Il lui adressa un sourire en coin et avala une grande rasade de scotch. Puis, décidant d'arrêter de jouer la comédie, il cessa de la fixer.) Désolé, Helen. J'aurais bien voulu te rappeler. Mais je n'ai pas réussi à le faire. La trouille, je suppose.

La colère d'Helen fondit comme neige au soleil.

— Je ne supporte pas de te voir comme ça, enfermé dans ta bibliothèque, barricadé derrière ton travail. Je ne le supporte pas, Tommy.

L'espace d'un instant, on n'entendit dans la pièce que le bruit de sa respiration. Hachée, difficile. Puis il dit :

— Il n'y a que quand je travaille que j'arrive à la chasser de mon esprit. C'est pour ça que je m'abrutis dans le boulot. Et quand je ne suis pas sur une enquête, je passe mon temps à me répéter que je finirai par oublier. Que c'est l'affaire de quelques semaines ou de quelques mois. Même si ça semble difficile à croire.

— Je sais. Je comprends.

— Oui. Tu es bien placée pour comprendre.

— Alors pourquoi ne m'as-tu pas téléphoné ?

Il s'approcha de l'âtre et fit mine d'examiner une collection d'assiettes en porcelaine de Meissen posées sur la cheminée. Il en prit une sur son socle, la tourna entre ses doigts. Lady Helen faillit lui dire d'y faire attention mais s'abstint. Il remit l'assiette en place. Elle répéta sa question.

— Pourquoi ne m'as-tu pas rappelée ?

— Impossible. Je souffre trop, Helen. Impossible de te le cacher.

— Pourquoi le cacher ?

— Je me fais l'effet d'être un imbécile. Je devrais être capable de faire front. Rien de tout cela ne devrait m'atteindre. Je devrais pouvoir tirer un trait et faire comme si de rien n'était.

— Comme si de rien n'était ? (Sa colère la reprit devant cette attitude rigide qu'elle avait toujours trouvée si méprisable chez les hommes de sa connaissance. A croire que leur milieu familial et leur éducation les condamnaient à ne rien ressentir.) Sous prétexte que tu es un homme, tu n'as pas le droit de souffrir ? Foutaises.

— Ça n'a rien à voir avec le chagrin. J'essaie de me remettre dans la peau de l'homme que j'étais il y a trois ans. Avant de rencontrer Deborah. Si j'y arrive, tout ira bien.

— Cet homme-là n'était pas différent de celui que tu es aujourd'hui.

— Il y a trois ans, je n'aurais pas pris cette histoire aussi à cœur. Les femmes n'étaient alors pour moi que des partenaires occasionnelles. Rien de plus.

— Et c'est ce que tu veux être ? Un homme qui court d'aventure en aventure ? Ne songeant qu'à ses prouesses sexuelles ?

— C'est plus facile.

— Bien sûr que c'est facile. Ce genre de vie, c'est toujours facile. On se sépare aussitôt sortis du lit, c'est à peine si on se dit au revoir. Ça n'engage à rien. Et si on se réveille à côté de quelqu'un dont on a oublié le nom, c'est sans importance. Ça fait partie du jeu.

— Les relations étaient simples en ce temps-là. Sans souffrance. Superficielles.

— C'est peut-être comme ça que tu aimes te les rappeler, mais ce n'est pas comme ça qu'elles étaient. S'il est vrai que tu ne songeais qu'à séduire et collectionner les femmes, pourquoi n'as-tu jamais essayé de t'attaquer à moi ?

Il réfléchit. Retourna vers le bar se verser un second verre.

— Je ne sais pas.

— Mais si. Dis-le-moi.

— Je ne sais pas.

— J'aurais été une sacrée conquête pour toi. Plaquée par Simon, ma vie sens dessus dessous, je ne voulais surtout pas m'embarquer dans une nouvelle histoire sentimentale. Comment diable as-tu pu résister à un défi pareil ? Tu avais une occasion magnifique de te prouver que tu étais vraiment très fort. Quelle satisfaction pour ton ego !

Il posa son verre sur la table, le fit tourner entre ses doigts. Elle regarda son profil, vit à quel point il était fragile.

— Tu n'étais pas comme les autres, finit-il par dire.

— Je ne suis pas d'accord. J'avais le même bagage : des seins, des cuisses, le goût du plaisir.

— Ne dis pas de bêtises.

— Une femme, en somme. Facile à séduire, surtout pour un expert comme toi. Mais tu n'as jamais essayé. Pas même une fois. Cette absence d'empressement me semble bizarre chez un homme de ton espèce, qui ne s'intéresse qu'à ce qu'une femme peut lui apporter au lit. Et j'aurais pu t'en apporter, des choses, n'est-ce pas, Tommy ? Bien sûr, j'aurais commencé par résister, mais j'aurais fini par coucher avec toi, et tu le savais. Seulement tu n'as pas essayé.

Il se tourna vers elle.

— Comment aurais-je pu te faire ça après ce que tu venais de vivre avec Simon ?

— De la compassion, toi ? Un séducteur avide de plaisir ?

Pour qui tous les corps féminins se valent ? Car nous sommes interchangeables, n'est-ce pas ? Nous sommes toutes pareilles.

Il se tut si longtemps qu'elle se demanda s'il allait répondre. Elle voyait qu'il luttait pour se composer une attitude. Elle l'encouragea intérieurement à parler, sachant qu'il devait regarder son chagrin en face s'il voulait le surmonter.

— Pas toi, dit-il enfin. Pas Deborah.

— Qu'est-ce que nous avions de plus que les autres ?

— Avec vous, c'était différent. Plus profond.

— Plus profond ?

— Ça allait plus loin. Jusqu'au cœur.

Elle traversa la pièce et le rejoignit, lui effleura le bras.

— Tu vois que tu n'étais pas ce séducteur avide de plaisir. Tu crois que tu l'étais, mais non. A mes yeux tu ne l'as jamais été, et pourtant je n'ai jamais été ta maîtresse. Aux yeux de Deborah, qui a été ta maîtresse, tu n'as jamais été un simple homme à femmes.

— Je voulais avoir des relations d'une autre nature avec elle. (Ses yeux étaient rougis.) Fonder une famille, nouer des liens plus profonds. J'étais prêt à faire un effort pour cela. Ça en valait la peine. Elle en valait la peine.

— Oui, c'est vrai. Comme elle vaut la peine qu'on ait du chagrin à cause d'elle.

— Seigneur, soupira-t-il.

Elle lui serra la main.

— Tommy chéri, je te comprends.

Il secoua la tête comme pour se débarrasser de son immense tristesse.

— Je crois que je mourrai de solitude, Helen. (Sa voix — celle d'un homme qui s'était interdit d'éprouver quelque émotion que ce soit depuis des années — se brisa.) Je ne peux pas le supporter.

Il fit mine de se retourner pour regagner son bureau, mais elle l'intercepta et le prit dans ses bras.

— Tu n'es pas seul, Tommy, fit-elle doucement.

Il se mit à pleurer.

Deborah poussa la grille au moment où le réverbère de Lordship Place s'allumait, projetant de délicats rais de lumière à travers la brume qui enveloppait le jardin. Elle resta immobile un instant à regarder les briques couleur terre de Sienne, les plâtres peints en blanc éclatant, la vieille rambarde de fer forgé qui rouillait toujours au même endroit et qu'il fallait repeindre régulièrement. Ce serait toujours sa maison, même s'il lui arrivait de la quitter, que ce fût pour trois ans, trois décennies ou, comme maintenant, un mois.

Elle avait réussi à garder ses distances grâce à une série de mensonges dont elle savait pertinemment que son père n'était pas dupe. *Je m'organise, papa. J'essaie de me faire connaître. J'ai des rendez-vous ici et là. Je fais le tour des galeries pour montrer mon travail. Tu veux qu'on se retrouve quelque part pour dîner ? Non, je ne peux pas venir jusqu'à Chelsea.* Il avait accepté ses différentes excuses plutôt que de se disputer de nouveau avec elle.

Son père n'avait pas plus qu'elle envie d'une nouvelle prise de bec comme celle qu'ils avaient eue à Paddington, une semaine après son retour de Cornouailles. Il avait voulu qu'elle réintègre la maison de Chelsea. Elle avait refusé. Il lui avait dit qu'il ne comprenait pas. C'était pourtant simple. Fais tes valises. Ferme l'appartement. Reviens à Cheyne Row. Retour vers le passé, en somme. Mais elle s'en sentait incapable. Elle avait essayé de lui expliquer qu'elle avait besoin de temps. Il lui avait rétorqué que Tommy l'avait changée — et pas à son avantage —, qu'il l'avait détruite, qu'il avait faussé son sens des valeurs. Et de là l'engueulade avait suivi ; pour finir, elle avait arraché à son père la promesse qu'il ne lui parlerait plus jamais de ses relations avec Tommy. Ils s'étaient quittés fâchés, et ne s'étaient pas revus depuis.

Elle n'avait pas davantage revu Simon. Et d'ailleurs, elle n'avait pas cherché à le revoir. Ces horribles instants à Nanrunnel lui avaient révélé trop de choses qu'elle ne pouvait plus ignorer et pendant le mois qui avait suivi elle avait examiné le mensonge dans lequel elle avait vécu au cours des trois dernières années. Maîtresse d'un homme, mais liée à un autre de mille et une façons.

Elle ne savait comment réparer le mal qu'elle avait fait — aux autres, et à elle-même. Aussi était-elle restée à Paddington, travaillant pour le compte d'un studio de Mayfair, passant un long week-end au pays de Galles puis un autre à Brighton. Et elle avait attendu qu'un semblant de paix emplisse sa vie. Mais en vain.

Alors elle avait décidé d'aller à Chelsea, ne sachant trop ce qu'elle y ferait, sachant simplement que plus elle attendrait et plus la réconciliation avec son père serait difficile. Ce qu'elle attendait de Simon, elle aurait été incapable de le dire.

A travers le brouillard, elle vit les lumières de la cuisine s'allumer. Son père passa devant la fenêtre. Il s'approcha de la cuisinière, puis de la table, disparut de son champ de vision. Elle suivit le sentier dallé à travers le jardin et descendit les marches.

Alaska était devant la porte comme si, avec cette prescience surnaturelle des félins, il savait qu'elle devait venir. Il agita une oreille et entreprit de lui tourner autour des jambes, sa queue se mouvant majestueusement.

— Où est Peach ? s'enquit-elle en grattant la tête du chat qui, comblé, se mit à ronronner.

Des pas retentirent.

— Deb !

— Bonsoir, papa, fit-elle en se redressant.

Elle le vit chercher un signe, une preuve qu'elle était de retour pour de bon : valise, cartons, objet facile à transporter — une lampe, par exemple. Mais il se borna à dire :

— Tu as dîné ?

Et s'en retourna à la cuisine qu'embaumait une délicieuse odeur de viande.

Elle le suivit.

— Oui, chez moi.

Elle vit qu'il s'était installé à la table pour travailler car il y avait aligné quatre paires de chaussures pour les cirer. Elle remarqua la lourdeur des chaussures due à la tige métallique logée dans le talon gauche. Ce spectacle lui déchirant le cœur, elle préféra détourner les yeux.

— Ton travail, ça marche ? s'enquit Cotter.

— Oui. J'utilise mes vieux appareils, le Nikon et l'Hasselblad. Ils me conviennent bien.

Cotter hocha la tête, appliqua deux doigts de cirage sur l'une des chaussures. Il n'était pas idiot.

— Tout est oublié, Deb. Fais comme tu l'entends.

Elle éprouva un élan de gratitude. Elle balaya du regard la pièce aux murs laqués de blanc, la vieille cuisinière sur laquelle étaient posées trois cocottes, les plans de travail usés, les placards vitrés, le sol carrelé et inégal. Près de la cuisinière, un panier vide.

— Où est Peach ?

— Mr Saint James l'a emmenée faire un tour. (Cotter consulta la pendule murale.) Il est distrait. Ça fait quinze minutes que le dîner attend.

— Où est-il allé ?

— Sur les quais, je crois.

— Veux-tu que j'aille le chercher ?

Réponse neutre.

— Si tu t'en ressens pour marcher, sinon tant pis. Le dîner attendra encore un peu.

— Je vais voir si je réussis à le trouver.

Elle fit mine de regagner le vestibule mais, arrivée à la porte de la cuisine, elle se retourna. Son père semblait absorbé par les chaussures.

— Je n'ai pas l'intention de rester, papa. Tu le sais, n'est-ce pas ?

— Je sais, je sais, répondit Cotter tandis qu'elle sortait de la maison.

La brume formait un halo couleur d'ambre autour des réverbères et une petite brise soufflait de la Tamise. Deborah releva le col de son manteau. Dans les maisons qu'elle longeait, les gens dînaient tandis qu'au *King's Head and Eight Bells*, au coin de Cheyne Row, d'autres étaient agglutinés au bar pour bavarder et boire un verre. Deborah sourit en les apercevant. Elle les connaissait presque tous par leur nom. Ils étaient clients du pub depuis des années. A leur vue, elle éprouva une étrange nostalgie qu'elle s'efforça de chasser et continua vers Cheyne Walk.

La circulation était fluide. Elle traversa pour s'approcher du fleuve et l'aperçut à quelques mètres de là, les coudes sur le parapet, contemplant Albert Bridge. Quand elle était gamine, ils allaient souvent à Battersea Park, l'été ; elle se demanda s'il s'en souvenait. Quel drôle de petit compagnon elle avait été pour lui. Et comme il avait été patient avec elle.

Elle fit halte un instant pour l'observer sans qu'il s'en doute. Il examinait le pont, un sourire aux lèvres. Et pendant ce temps, assise à ses pieds, Peach mordillait placidement sa laisse. Tandis que Deborah les regardait, Peach l'aperçut et tira sur sa laisse. Elle se prit les pattes dedans, tomba avec un aboiement joyeux.

Saint James, qui admirait l'un des ouvrages les plus étonnants de Londres, jeta les yeux sur le petit teckel puis releva le nez pour voir quelle était la cause de son agitation. Distinguant Deborah, il lâcha la laisse pour permettre à la petite chienne de courir à sa rencontre. Peach ne se fit pas prier et se précipita, oreilles au vent. Avec un entrain frénétique, elle se jeta sur Deborah, aboyant et agitant la queue.

Deborah éclata de rire, serra la petite chienne dans ses bras, se laissa lécher le bout du nez, songeant qu'avec les animaux les choses étaient simples. Ils vous donnaient leur cœur sans arrière-pensée, sans crainte. Ils n'attendaient rien en retour. Ils étaient faciles à aimer. Si les gens pouvaient être pareils, personne ne souffrirait, songea-t-elle. Personne n'aurait besoin d'apprendre à pardonner.

Saint James la regarda approcher à la lumière des réverbères, Peach sautillant à ses côtés. Elle n'avait pas de parapluie et la brume avait posé dans ses cheveux une résille de perles brillantes.

Pour se protéger elle n'avait qu'un manteau de laine, dont le col relevé encadrait son visage à la manière d'une fraise élisabéthaine. Elle était ravissante, on aurait dit un portrait du XVIe siècle. Mais il y avait quelque chose de changé dans sa physionomie, quelque chose qu'il n'y avait pas vu six semaines plus tôt, quelque chose de douloureux et d'adulte.

— Ton dîner t'attend, lui dit-elle en le rejoignant. Il n'est pas un peu tard pour se promener ?

Elle s'approcha du muret. La rencontre était neutre, comme s'il ne s'était rien passé entre eux.

— J'ai oublié l'heure. Sidney m'a dit qu'elle était allée au pays de Galles avec toi.

— On a passé un week-end épatant sur la côte.

Il hocha la tête. Avant qu'elle arrive, il regardait une famille de cygnes s'ébattre sur l'eau. Il la lui aurait fait remarquer — leur présence en cet endroit étant inhabituelle — mais il s'abstint, la sentant trop distante.

Apparemment, cependant, elle vit les oiseaux silhouettés par les lumières qui brillaient sur l'autre rive.

— C'est la première fois que je vois des cygnes à cet endroit. Et le soir. Ils ne sont pas malades ?

Ils étaient cinq — deux adultes et trois petits —, voguant tranquillement près des piliers d'Albert Bridge.

— Non, dit-il, comprenant que les cygnes lui fournissaient une ouverture. J'ai été triste le jour où tu as cassé le cygne en porcelaine à Paddington.

— Je ne peux pas me réinstaller à Chelsea, dit-elle en guise de réponse. Il faut que je fasse la paix avec toi d'une façon ou d'une autre. Que j'essaie de redevenir ton amie. Mais je ne peux pas réintégrer Cheyne Row.

C'était donc ça. Elle s'efforçait de garder ses distances comme les gens qui essaient de se protéger lorsqu'ils sentent que tout est fini. Il se rappela ce qui s'était passé trois ans plus tôt, lorsqu'elle était venue lui dire au revoir et qu'il l'avait écoutée, trop effrayé pour parler, terrifié à l'idée que, s'il prononçait un mot — un seul —, il risquait d'ouvrir les vannes de ses émotions, de se répandre en supplications humiliantes que le temps et les circonstances auraient forcé la jeune femme à ignorer. La boucle était bouclée. De nouveau, il leur fallait se dire au revoir.

Son regard alla de son visage à sa main posée sur le parapet. Aucune trace de la bague donnée par Lynley. Il effleura le doigt qui avait porté cette bague. Elle ne retira pas sa main, ce qui l'incita à parler.

— Ne me laisse pas, Deborah. Ne recommence pas.

Il vit qu'elle ne s'était pas attendue à une telle réaction. Il en profita pour pousser son avantage.

— Tu avais dix-sept ans. Moi vingt-huit. Essaie de comprendre ce que je ressentais à l'époque. Je m'étais interdit de ressentir quoi que ce soit pour qui que ce soit pendant des années. Et tout d'un coup, je m'apercevais que je m'intéressais à toi. Que je te désirais. Tout en étant persuadé que, si nous faisions l'amour...

— Tout ça, c'est du passé, n'est-ce pas ? Cela n'a pas d'importance. Il vaut mieux oublier.

— Je me suis dit et répété que je ne pouvais pas te faire l'amour, Deborah. Je me suis trouvé toutes sortes de bonnes raisons. Ton père, et la dette que j'avais envers lui. Je ne voulais pas trahir sa confiance. Notre amitié, que je ne voulais pas saccager. Je me disais que si nous devenions amants nous ne serions plus amis. Je n'arrêtais pas de penser à ton âge. Et je me demandais comment je pourrais me regarder en face si je couchais avec une fille de dix-sept ans.

— Qu'est-ce que ça peut faire maintenant ? Nous n'en sommes plus là. Qu'est-ce que ça peut bien faire que nous n'ayons pas couché ensemble il y a trois ans ?

— Eh bien, si tu dois quitter définitivement Chelsea cette fois, autant que tu saches la vérité. Je t'ai laissée partir en Amérique parce que je voulais avoir la paix. Je voulais que tu quittes la maison. Je me suis dit que, toi partie, j'arrêterais de souffrir. Je cesserais de te désirer. Et je cesserais de me sentir coupable de te désirer. Tu n'étais pas partie depuis une semaine que je me suis rendu compte de mon erreur.

— Ça ne...

Il s'entêta, poursuivit :

— J'avais cru pouvoir me passer de toi et je me suis rendu compte que c'était impossible. Je me suis aperçu que je voulais que tu reviennes vivre à Cheyne Row. Alors je t'ai écrit.

Deborah, qui avait les yeux braqués sur le fleuve pendant qu'il parlait, se tourna soudain vers lui. Il ne la laissa pas poser la question.

— Je n'ai jamais posté ces lettres.

— Pourquoi ?

Voilà, cette fois, le moment était venu. Assis dans son bureau, il lui avait été facile de répéter, de préparer ce qu'il voulait lui dire depuis des années. Mais, maintenant qu'il était au pied du mur, que l'occasion se présentait de parler, voilà qu'il hésitait de nouveau, se demandant pourquoi il avait toujours eu si peur qu'elle sache la vérité. Il prit une profonde inspiration.

— Pour la même raison que je n'ai pas voulu coucher avec

toi. J'avais peur. Je savais que tu pouvais avoir tous les hommes que tu voulais.

— Tous les hommes ?

— Très bien, disons Tommy. Et si tu pouvais avoir Tommy, comment pouvais-je espérer que tu voudrais de moi ?

— De toi ?

— Un infirme.

— Alors c'est donc ça. *Infirme.* On en revient toujours au même point.

— Oui. Parce que c'est ce que je suis et qu'il faut regarder les choses en face. J'ai passé les trois dernières années à penser à toutes les choses que je ne pourrais jamais faire près de toi, et qu'un homme comme Tommy peut accomplir comme en se jouant.

— A quoi bon te torturer ainsi ?

— Parce que je devais régler le problème une fois pour toutes. Il fallait que j'arrête de me laisser démolir par la conscience que j'avais d'être un infirme. Et c'est ça que je veux que tu saches avant de partir. Ça ne compte plus, maintenant. Infirme ou pas. Handicapé ou non. Moitié d'homme. Trois quarts d'homme. Je m'en fous. Je te désire. C'est toi que je veux pour la vie.

C'était fait. Les mots étaient prononcés. Avec trois ans de retard mais ils avaient été dits. Et même si elle choisissait de le quitter maintenant, au moins elle saurait à quoi s'en tenir sur lui, en bien comme en mal.

— Qu'attends-tu de moi ? s'enquit-elle.

— Tu le sais.

Peach s'agitait à leurs pieds. Quelqu'un cria de l'autre côté de Cheyne Walk. Deborah contemplait le fleuve. Il suivit la direction de son regard et vit que les cygnes avaient dépassé les derniers piliers du pont. Ils voguaient comme à l'accoutumée, cherchant un refuge à Battersea.

— Deborah, murmura-t-il.

Ce furent les oiseaux qui lui soufflèrent la réponse.

— Comme les cygnes, Simon ?

C'était plus que suffisant.

— Comme les cygnes, mon amour.

Remerciements

L'écriture d'un roman ne pouvant se faire sans un certain travail de recherche, j'ai une dette particulière envers ceux qui m'ont fourni les données de base indispensables à la rédaction de cet ouvrage :

Le Dr Daniel Vallera — directeur du service d'immunologie expérimentale au sein du département de radiologie thérapeutique de l'université du Minnesota — a bien voulu répondre à mes innombrables et interminables coups de téléphone portant sur divers aspects de la recherche médicale. J'ai particulièrement apprécié sa façon très personnelle d'expliquer l'inexplicable.

Le Dr L.L. Houston — du laboratoire CETUS de San Francisco, Californie — a retracé pour moi au cours d'une longue conversation les différentes étapes du développement d'un produit pharmaceutique, de sa « découverte » à sa commercialisation.

L'inspecteur Michael Stephany m'a fait profiter d'une foule de renseignements glanés au sein de la Brigade des stupéfiants du comté d'Orange.

Virginia Bergman, la première, m'a fait prendre conscience des différents usages qui pouvaient être faits de l'ergotamine.

Je tiens en outre à remercier Julie Mayer, critique judicieux et enthousiaste ; Vivienne Schuster, Tony Mott et Georgina Morley qui m'aident à ne pas dévier de mon sujet ; Deborah Schneider, mon agent, pour son soutien indéfectible. Et enfin Kate Miciak, directrice littéraire, qui est mon défenseur chez Bantam.

ENQUÊTE DANS LE BROUILLARD

A Great Deliverance
1988
Traduction de Dominique Wattwiller

A Natalie,
pour fêter l'expansion de l'esprit
et le triomphe de l'âme.

« Vous m'avez pris le dieu que je m'étais fabriqué, leur répondit-il, ainsi que le prêtre. Vous partez et que me reste-t-il ? »

Juges 19-24

1

Ce fut le manque de savoir-vivre porté à son comble. Les yeux dans ceux de sa voisine, il lui lâcha un éternuement gras et sonore en pleine figure. Il y avait trois quarts d'heure qu'il se retenait, réprimant son envie avec la dernière énergie comme s'il s'était agi de repousser l'avant-garde d'Henry Tudor à la bataille de Bosworth. Mais il avait fini par succomber. Et son forfait commis, comme si cela ne suffisait pas, il se mit à renifler.

La femme le fixa. C'était le genre de personne qui lui faisait perdre tous ses moyens. De haute taille, vêtue avec l'élégance décontractée qu'affectionne la haute société britannique, l'air hors du temps, elle dardait sur lui un regard bleu acier qui avait dû faire fondre en larmes mainte soubrette un demi-siècle plus tôt. Elle était sûrement plus près de quatre-vingts ans que de soixante, encore qu'il eût été difficile de lui donner un âge. Posée droite comme un i sur sa banquette, les mains croisées sur les genoux, elle incarnait le défi permanent que son éducation et sa naissance avaient lancé à toutes les lois du confort.

Elle continua de le dévisager, fixant son col romain et son nez qui coulait.

Pardonnez-moi, très chère. Mille excuses. Ce n'est tout de même pas un malheureux éternuement qui va mettre un terme à une si belle amitié. Il était toujours plein d'esprit quand il se parlait à lui-même, mais dès qu'il ouvrait la bouche, les choses commençaient à se gâter. Il renifla encore. Et de nouveau elle le fixa. Pourquoi diable voyageait-elle en seconde ? Depuis qu'avec des grâces de Salomé arthritique elle s'était engouffrée dans le wagon à Doncaster, elle passait son temps à boire l'infect café tiédasse qu'on sert dans les chemins de fer et à lui lancer les regards désapprobateurs que l'Eglise anglicane réserve au reste du monde.

C'est alors qu'il avait éternué. Si encore sa conduite avait été irréprochable de Doncaster à Londres, peut-être aurait-elle fermé les yeux sur son catholicisme. Son éternuement l'avait, hélas, condamné à jamais.

— Je... ah... si vous voulez bien m'excuser...

Mais il n'y avait rien à faire. Son mouchoir était au fond de sa poche. Pour l'atteindre, il lui aurait fallu lâcher l'attaché-case cabossé posé en travers de ses genoux et ça, c'était impensable. Tant pis, il faudrait qu'elle comprenne. *Cette fois, madame, ce n'est pas d'un simple manquement à l'étiquette qu'il s'agit mais de meurtre.* A cette pensée, il renifla derechef avec une vigueur ostentatoire.

Ulcérée, sa voisine se redressa d'un cran encore, suant la désapprobation par tous les pores et le gratifiant d'un coup d'œil qui en disait plus long que bien des discours. « Pauvre petit bonhomme. Il est pathétique avec ses soixante-quinze ans bien sonnés et il correspond si bien à l'image qu'on se fait d'un prêtre : même pas capable de se raser sans se couper. Regardez-le avec cette miette de toast collée au coin des lèvres, son costume noir luisant raccommodé aux coudes et aux poignets, son chapeau informe et poussiéreux. Et cet horrible porte-documents ! Depuis Doncaster, il s'y cramponne comme s'il craignait que je le lui arrache des mains et me jette par la fenêtre avec. Seigneur ! »

Avec un profond soupir, la dame se détourna, cherchant ailleurs un salut hypothétique. Mais il était écrit qu'elle n'en trouverait pas. Le nez de l'ecclésiastique continua de couler jusqu'à ce que le ralentissement du train annonce leur arrivée imminente à bon port.

La voyageuse se leva, dirigeant sur lui un œil furibond.

— Je sais maintenant ce que les catholiques entendent par purgatoire, siffla-t-elle avant de mettre le cap sur la sortie.

— Mon Dieu, murmura le père Hart. Mon Dieu, je suppose que j'ai...

Mais elle était déjà partie. Le train s'était immobilisé sous le plafond voûté de la gare londonienne. Il était temps de passer à l'action.

Il balaya le compartiment d'un coup d'œil circulaire afin de s'assurer qu'il n'oubliait rien, précaution parfaitement inutile car il n'avait emporté que l'attaché-case dont il ne s'était pas séparé un seul instant. Le nez à la vitre, il loucha en direction de l'immense gare.

Il pensait trouver une architecture semblable à celle de la gare de Victoria — du moins telle qu'il l'avait connue dans son enfance —, avec ses rassurants murs de brique, ses kiosques et ses chanteurs des rues qui jouaient en permanence à cache-cache avec la police. Mais King's Cross n'avait rien de commun avec Victoria. C'étaient des kilomètres de sols carrelés, une forêt de panneaux publicitaires, des kiosques à journaux, des buralistes, des gargotes à hamburgers. Et des centaines de gens — il ne s'était pas attendu à en voir autant — faisant la queue aux guichets, se calant diversement les joues tout en courant pour attraper leur train, discutant, riant, s'embrassant. Des gens de toutes les races et de toutes les couleurs. Il se demanda s'il réussirait à supporter tant de bruit et d'agitation.

— Vous descendez, mon père, ou vous passez la nuit ici ?

Saisi, le père Hart plongea son regard dans celui du jovial porteur qui l'avait aidé à trouver sa place lorsqu'il était monté à York. L'homme avait une bonne bouille de gars du Nord sur la quelle la bise glaciale des landes écossaises avait gravé une multitude de petits vaisseaux violacés.

Ses yeux couleur de silex naviguaient, interrogateurs, du visage du prêtre à son attaché-case avec une vivacité non dénuée de sympathie. Etreignant farouchement la poignée de la mallette, le père Hart se raidit, soucieux d'offrir à son prochain l'image rassurante de la résolution. Au lieu de quoi, il ne réussit qu'à se faire dans le pied gauche une horrible crampe qui lui arracha un faible gémissement de douleur.

— P't-êt' que vous devriez pas voyager seul, remarqua le porteur, inquiet. Z'êtes sûr que vous avez pas besoin d'un coup de main ?

Evidemment qu'il avait besoin d'aide. Malheureusement, il ne pouvait compter sur personne, et pas davantage sur lui-même.

— Non, non. Je descends. Merci encore de votre obligeance. Sans vous, je ne sais pas comment j'aurais trouvé ma place.

Le porteur balaya les remerciements d'un geste de la main.

— Pas de quoi. Y a des gens qui savent pas ce que c'est qu'une place réservée. J'ai bien fait, non ?

— Il n'y avait rien d'autre à faire...

Le père Hart inspira bien à fond. S'engager dans le couloir, descendre du train, trouver le métro, ça ne devait tout de même pas être infaisable. Il se dirigea vers la porte en traînant les pieds. Son porte-documents qu'il tenait serré à deux mains contre son estomac ballottait à chaque pas.

Derrière lui, la voix du porteur s'éleva :

— Attendez, mon père ! Pas commode, cette porte, je vais vous ouvrir.

Hart recula pour lui laisser le passage. Sacs de plastique sur l'épaule, deux costauds préposés à l'entretien se hissaient déjà dans le wagon par l'autre porte afin de remettre les lieux en état pour le voyage de retour à York. C'étaient des Pakistanais qui parlaient l'anglais avec un tel accent que le prêtre ne comprit pas un traître mot à ce qu'ils racontaient.

Cette découverte l'emplit d'effroi. Qu'était-il venu fabriquer dans cette capitale peuplée d'étrangers basanés qui lui jetaient des regards hostiles ? Quel semblant de bien pouvait-il espérer faire ? Qu'était-ce encore que cette sottise ? Qui croirait jamais...

— Un coup de main, mon père ?

Le père Hart se décida enfin à bouger.

— Non, merci. Ça ira.

Il négocia les marches, prit pied sur le quai, perçut aussitôt les cris des pigeons sous la voûte. L'air égaré, il se dirigea vers la sortie côté Euston Road.

Derrière lui, la voix du porteur retentit de nouveau :

— Y a quelqu'un qu'est venu vous attendre ? Est-ce que vous savez où vous allez, seulement ?

L'ecclésiastique se redressa, agitant la main en guise d'adieu.

— A Scotland Yard, répondit-il d'un ton ferme.

Située en face de la gare de King's Cross, celle de St. Pancras lui ressemblait si peu que le père Hart, frappé par le contraste, resta plusieurs instants en arrêt devant sa splendeur néo-gothique. Perdu dans sa contemplation, il en oublia jusqu'au vacarme de la circulation dans Euston Road et à la puanteur des camions diesel. Pour un mordu d'architecture comme lui, le bâtiment valait certes le coup d'œil.

— Bonté divine, quelle merveille ! murmura-t-il, inclinant la tête en arrière pour mieux embrasser le spectacle de ces pics et de ces vallées de pierre. Il suffirait de la nettoyer un peu pour en faire un véritable bijou. (Machinalement, il examina les alentours comme s'il s'apprêtait à arrêter le premier passant venu pour lui faire un exposé sur les méfaits du chauffage au charbon.) Je me demande bien qui...

La sirène d'un car de police retentit soudain dans Caledonian Road, emplissant Euston Road. Le ululement ramena le prêtre à la réalité. Partagé entre l'irritation et l'inquiétude, il prit sur lui et se secoua. Si son esprit vagabondait dès maintenant, c'était le commencement de la fin... Ravalant les craintes qui l'étouffaient, il s'efforça de se ressaisir. C'est alors que son regard tomba sur un titre accrocheur qui s'étalait à la une du journal du matin. Mû par la curiosité, il s'approcha du kiosque.

L'EVENTREUR FRAPPE A LA GARE DE VAUXHALL !

L'éventreur ! Sous le choc, il se recroquevilla, balaya les alentours du regard et ne put s'empêcher de jeter un coup d'œil subreptice sur l'article. Il le parcourut rapidement, tant il craignait qu'un examen plus approfondi ne trahisse un intérêt pour le morbide incompatible avec son état d'ecclésiastique. Des mots isolés lui sautèrent au visage. Tailladés... corps demi-nus... artères... sectionnées... victimes de sexe masculin...

Il frissonna. Portant instinctivement la main à sa gorge, il en mesura toute la vulnérabilité. Le col romain n'offrait à son porteur qu'une protection dérisoire ; le couteau du tueur n'aurait aucun mal à trouver la chair et s'y enfoncer.

Cette pensée lui coupa bras et jambes. Chancelant, il s'éloigna du kiosque. Fort heureusement pour lui, il aperçut alors l'entrée du métro à quelque dix mètres de là, ce qui eut pour effet de lui rafraîchir la mémoire.

Il fouilla dans sa poche à la recherche d'un plan et passa un bon moment à étudier le document froissé. « Circle Line, direction St. James's Park », marmonna-t-il. Et sur un ton plus assuré : « Circle Line, direction St. James's Park. Circle Line, direction St. James's Park. »

Aux accents incantatoires et proprement grégoriens de cette petite phrase, il descendit l'escalier et se dirigea vers le guichet. Ce ne fut qu'une fois confortablement installé dans le wagon qu'il cessa de chantonner et se mit en devoir d'examiner les autres voyageurs. Constatant que deux dames d'un certain âge le dévisageaient avec une avidité patente, il baissa la tête.

— Je vous prie de m'excuser, expliqua-t-il avec un pâle sourire amical, la vie réserve parfois de ces surprises...

— Décidément, Pammy, ils ne reculent devant rien, confia aussitôt la plus jeune des deux femmes à son amie en décochant à l'ecclésiastique un regard de mépris glacial. Tous les déguisements sont bons maintenant.

Ses yeux délavés vissés sur le prêtre interdit, elle obligea sa frêle compagne à se mettre debout et l'entraîna vers la porte en l'invitant bruyamment à descendre à la prochaine.

Le père Hart les regarda partir avec résignation. Comment les blâmer ? On ne pouvait plus se fier à rien ni à personne. C'est exactement ce qu'il était venu leur dire : que ce n'était pas vrai, que ce n'était vrai qu'en apparence. Un corps, une adolescente, une hache. Mais la vérité était tout autre. Il lui fallait les convaincre et... O Seigneur, il était si peu doué pour ce genre de choses. Mais Dieu était avec lui. Il se cramponna de toutes ses forces à cette pensée. *Ce que je fais est juste, ce que je fais est juste, ce que je fais est juste.* Cette nouvelle litanie l'accompagna jusqu'aux portes de New Scotland Yard.

— Il se pourrait donc que nous assistions à une nouvelle passe d'armes entre Kerridge et Nies, conclut le commissaire Malcolm Webberly en marquant une pause pour allumer un gros cigare dont la fumée empesta illico l'atmosphère de la pièce.

— Au nom du ciel, Malcolm, si vous tenez absolument à

fumer des barreaux de chaise, ayez au moins la décence d'ouvrir la fenêtre, s'écria son compagnon.

Commissaire principal et supérieur hiérarchique de Webberly, Sir David Hillier avait pour principe de laisser ses hommes diriger leur département comme bon leur semblait. Il ne lui serait jamais venu à l'idée de parfumer son bureau de la sorte avant un entretien mais à chacun ses méthodes, et celles de Malcolm avaient fait leurs preuves. Non sans avoir déplacé son siège de façon à être un peu moins incommodé par les lourdes volutes de fumée, il se laissa aller à faire le triste inventaire du bureau.

Hillier se demanda comment Malcolm, désordonné comme il l'était, parvenait à gérer efficacement son service. Dossiers, photos et livres étaient empilés partout. Des gobelets à café vides, des cendriers pleins, et même une vieille paire de tennis trônaient sur une étagère. Grâce aux savants efforts de Webberly, la pièce réussissait à avoir l'apparence et l'odeur d'une petite piaule d'étudiant : étriquée et sentant le renfermé. Il ne manquait guère qu'un lit défait pour compléter le tableau. C'était le genre d'endroit dans lequel on se sentait bien, où l'on s'attardait volontiers pour bavarder et tisser des liens de saine camaraderie entre membres d'une même équipe. Malcolm est un malin, songea Hillier. Pourtant on ne le dirait pas à le voir, comme ça, avec son physique ordinaire, ses épaules voûtées et ses kilos superflus.

Webberly se souleva de son siège et se mit à tripoter la crémone en bougonnant.

— Désolé, David. J'oublie tout le temps d'ouvrir.

Se rasseyant, il promena un regard mélancolique sur le monceau de papiers et d'objets hétéroclites qui jonchaient son bureau.

— Je n'avais vraiment pas besoin de ça.

Il passa une main dans ses cheveux, autrefois couleur carotte mais qui avaient nettement viré au gris et se clairsemaient.

— Des problèmes à la maison ? s'enquit prudemment Hillier, l'œil vissé sur sa chevalière en or.

C'était une question délicate car Webberly et lui avaient épousé deux sœurs, fait ignoré de la plupart de leurs collègues du Yard, et auquel les intéressés faisaient rarement allusion.

Leurs relations étaient celles de deux hommes que les bizarreries du destin ont amenés à se côtoyer et qui n'ont guère envie de s'étendre sur le sujet. La carrière d'Hillier était à l'image de son mariage : réussie et gratifiante. Sa femme était parfaite. Agréable et cultivée, mère aimante, amante délicieuse, elle était d'un dévouement sans borne. Il reconnaissait volontiers qu'elle était le pivot d'une existence où ses trois enfants jouaient le rôle de pâles comparses ; tout charmants et drôles qu'ils étaient, ils lui semblaient en effet insignifiants comparés à Laura. Le matin au réveil, le soir au coucher, c'était à son épouse qu'il pensait. Chaque fois qu'il avait besoin de quelque chose, c'était vers elle qu'il se tournait et jamais elle ne le décevait.

Il n'en allait pas de même pour Webberly dont la carrière était, comme lui, poussive, et davantage assise sur la prudence que sur le brio. Certes, il remportait des succès, mais il ne savait pas les exploiter car il n'avait rien de l'animal politique qu'il fallait être pour réussir au Yard. Aussi son avenir professionnel ne contenait-il en germe aucun titre de chevalier, ce qui n'avait pas peu contribué à faire boiter son ménage.

Pour Frances Webberly, c'était un crève-cœur permanent que d'avoir une sœur cadette s'appelant lady Hillier. Au point que cette femme au foyer popote et empruntée s'était métamorphosée en une redoutable arriviste. Dîners, cocktails, buffets, les Webberly recevaient — au-dessus de leurs moyens — des gens avec lesquels ils n'avaient rien en commun mais qui au dire de Frances étaient susceptibles d'aider son mari à se hisser vers les plus hautes sphères. Les Hillier se faisaient un devoir d'assister à ces sauteries, Laura par loyauté envers une sœur avec qui elle n'avait plus d'atomes crochus et Hillier pour protéger de son mieux Webberly des commentaires acerbes que Frances n'hésitait pas à faire en public sur la terne carrière de son époux. Une vraie Lady Macbeth, songea le commissaire principal avec un frisson.

— Non, de ce côté-là ça va, répondit Webberly. C'est seulement que je croyais en avoir fini avec Nies et Kerridge et leurs enfantillages. L'idée qu'ils vont de nouveau se faire la guerre a quelque chose de déconcertant.

C'est bien de Malcolm de culpabiliser pour les travers des autres, se dit Hillier.

— Rafraîchissez-moi donc un peu la mémoire. N'est-ce pas dans le Yorkshire qu'ils se sont accrochés la dernière fois ? A propos d'une histoire de gitans impliqués dans une affaire de meurtre ?

Webberly hocha la tête.

— Nies dirige la police de Richmond.

Il poussa un gros soupir, oubliant l'espace d'un instant de souffler la fumée de son cigare vers la fenêtre ouverte. Hillier se raidit pour ne pas tousser. Webberly desserra imperceptiblement son nœud de cravate et tripota d'un air absent le col élimé de sa chemise blanche.

— Il y a trois ans, une vieille gitane fut retrouvée assassinée là-bas. Nies dirige son service d'une main de fer, ses hommes sont des méticuleux qui ne laissent rien au hasard. Ils menèrent leur enquête et coffrèrent le gendre de la vieille. Apparemment il y avait eu une dispute au sujet d'un collier de grenats.

— Des grenats volés ?

Webberly fit non de la tête et tapota son cigare contre un cendrier métallique bosselé, délogeant ainsi la cendre qui s'y trouvait déjà et se mit à voleter avant de se poser sur les papiers et les dossiers épars.

— Non, le collier leur avait été donné par Edmund Hanston-Smith.

— Hanston-Smith ? fit Hillier, le buste en avant.

— Oui. Ça vous revient maintenant ? L'homme arrêté pour le meurtre de la vieille — un certain Romaniv, si ma mémoire est bonne — avait une femme. Vingt-cinq ans, belle comme seules ces filles-là savent l'être, c'était une brune exotique au teint mat.

— Capable de tourner la tête à un homme comme Hanston-Smith ?

— Et comment. Elle parvint à lui faire croire que Romaniv était innocent. Cela lui prit quelques semaines — Romaniv n'avait pas encore été traduit en cour d'assises —, mais elle réussit à convaincre Hanston-Smith de faire rouvrir l'enquête. Elle lui jura qu'on les persécutait parce qu'ils étaient gitans, et que Romaniv était avec elle la nuit du crime.

— Compte tenu de ses charmes, elle n'a pas dû avoir beaucoup de mal à le convaincre.

La bouche de Webberly se pinça. Il écrasa son cigare dans le cendrier et croisa ses mains tavelées de taches de rousseur sur son ventre, cachant ainsi la superbe tache qui ornait son gilet.

— S'il faut en croire le témoignage du domestique de Hanston-Smith, la belle Mrs Romaniv était de taille à rendre sa vigueur à n'importe quel gentleman, fût-il septuagénaire. Hanston-Smith, vous vous en souvenez sûrement, était riche et influent. Persuader la police du Yorkshire d'intervenir fut pour lui un jeu d'enfant. C'est ainsi que Reuben Kerridge — qui est toujours chef de la police du Yorkshire malgré tout ce qui s'est passé — exigea la réouverture de l'enquête et, comme si cela ne suffisait pas, la libération de Romaniv.

— Comment Nies réagit-il ?

— Que vouliez-vous qu'il fît ? Kerridge était son supérieur hiérarchique, il n'avait guère le choix. Fou de rage, il relâcha Romaniv et ordonna à ses hommes de se remettre en chasse.

— J'imagine que la relaxe de Romaniv, si elle réjouit sa femme, mit un terme abrupt au bonheur de ce pauvre Hanston-Smith, observa Hillier.

— Pas tout à fait, car Mrs Romaniv se sentit obligée de le remercier à sa façon. Elle coucha une dernière fois avec le malheureux — le tenant en haleine jusqu'aux petites heures de la nuit, si j'ai bien compris — puis elle aida Romaniv à s'introduire chez lui. (Entendant frapper un coup sec à la porte, Webberly leva la tête.) La suite, tout le monde la connaît. Les époux Romaniv assassinèrent Hanston-Smith, raflèrent tout ce qu'ils purent emporter, filèrent jusqu'à Scarborough et quittèrent le pays avant l'aube.

— Quelle fut la réaction de Nies ?

— Il exigea la démission immédiate de Kerridge. (Nouveau coup sec à la porte, que Webberly ignora.) Mais il ne l'obtint pas. Et depuis, il ne rêve plus que de ça.

— Et vous dites que ça recommence, c'est bien cela ?

Un troisième coup fut frappé avec plus d'insistance. Webberly cria au visiteur d'entrer. Bertie Edwards, chef du département de médecine légale, s'engouffra dans la pièce, griffonnant sur son bloc tout en lui parlant. Car pour Edwards son bloc-notes était aussi vivant qu'une secrétaire.

— Grave contusion sur la tempe droite, annonça-t-il d'un ton enjoué. Lacération de la carotide. Pas de papiers d'identité, pas d'argent, la victime était en sous-vêtements. Aucun doute possible, c'est l'Eventreur des chemins de fer qui a fait le coup.

Hillier examina le petit homme avec un dégoût non dissimulé.

— « L'Eventreur des chemins de fer », voilà bien une trouvaille de journaliste !

— Vous parlez du cadavre de Waterloo ? s'enquit Webberly.

Edwards jeta un coup d'œil à Hillier, se demandant visiblement si ça valait le coup d'entamer des polémiques avec lui pour savoir s'il valait mieux ou non — dans l'intérêt du public — affubler d'un sobriquet les tueurs anonymes. Renonçant à discuter, il s'essuya le front avec la manche de sa blouse et se tourna vers son supérieur direct.

— Oui, fit-il en hochant la tête. Le onzième. Nous n'en avons pas encore tout à fait fini avec celui de Vauxhall. Les deux sont des victimes types de l'Eventreur. Des vagabonds aux ongles en deuil, aux cheveux coupés n'importe comment, crasseux et pleins de poux. Celui de King's Cross est le seul qui ne colle pas avec les autres. Pas de papiers. Pas encore de demande de recherche. Je n'y comprends rien. (Il se gratta la tête avec son stylo.) Vous voulez la photo du type de Waterloo ? Je l'ai là.

Webberly lui désigna de la main le mur sur lequel s'étalaient les photos des douze victimes, toutes tuées de façon identique dans des gares londoniennes ou à proximité. Treize meurtres en cinq semaines. Les journaux réclamaient une arrestation à cor et à cri. Tout en sifflotant, Edwards farfouilla sur le bureau de Webberly à la recherche d'une punaise et épingla la dernière victime au mur.

— Ça, c'est du boulot, fit-il en reculant pour admirer son œuvre. On l'a bien recousu.

— Nom de Dieu ! explosa Hillier. Vous êtes répugnant, mon vieux ! Vous pourriez au moins avoir la décence d'ôter cette blouse sale quand vous venez nous rendre visite ! Vous ne savez donc pas qu'il y a des femmes à cet étage !

D'un air faussement attentif, Edwards étudia le cou charnu du commissaire principal et la chevelure abondante qu'Hillier se plaisait à qualifier de léonine. Avec une moue entendue à Webberly, Edwards haussa les épaules.

— Un vrai gentleman, fit-il avant de quitter la pièce.

— Virez-le ! s'écria Hillier alors que la porte se refermait sur le pathologiste.

Webberly éclata de rire.

— Prenez donc un xérès, David. La bouteille est dans le placard derrière vous. C'est samedi, et normalement nous n'avons rien à faire ici.

Deux verres de xérès permirent à Hillier de retrouver sa sérénité. Planté devant le mur où étaient punaisées les photos, il fixait les treize clichés d'un air morose.

— Regardez-moi cette pagaille ! fit-il, amer. Victoria, King's Cross, Waterloo, Liverpool, Blackfriars, Paddington. Sacré nom de nom, il pourrait au moins respecter l'ordre alphabétique !

— Les dingues ont rarement le sens de l'organisation, répondit Webberly sans s'émouvoir.

— Cinq des victimes n'ont même pas de nom, bon sang, se plaignit Hillier.

— Le tueur leur retire toujours papiers d'identité, argent et vêtements. S'ils ne font pas l'objet d'un avis de recherche, nous n'avons que les empreintes digitales. Ça prend un temps fou, David. Nous faisons de notre mieux.

Hillier pivota vers lui. S'il y avait une chose dont il était sûr, c'est que Malcolm ferait toujours de son mieux et resterait à l'arrière-plan pendant que les autres récoltaient les compliments.

— Désolé. Me serais-je emporté ?

— Un peu.

— Comme d'habitude. Alors, cette empoignade entre Nies et Kerridge, c'est à propos de quoi ?

Webberly consulta sa montre.

— Encore un meurtre dans le Yorkshire. Ils envoient quelqu'un avec les données. Un prêtre.

— Un prêtre ? Seigneur... qu'est-ce que c'est que cette affaire encore ?

Webberly haussa les épaules.

— C'est le seul, semble-t-il, qui soit en mesure de nous communiquer les premiers éléments d'information. Sur ce point au moins Nies et Kerridge sont d'accord.

— Et pourquoi donc ?

— C'est lui qui a trouvé le corps.

2

Hillier se dirigea vers la fenêtre. Le soleil de l'après-midi jeta sur son visage bouffi une lumière cruelle, soulignant les rides causées par des nuits trop courtes et la couperose due à l'abus de la bonne chère et du porto.

— C'est tout ce qu'il y a de plus irrégulier. Kerridge aurait-il complètement perdu l'esprit ?

— C'est du moins ce que soutient Nies depuis des années.

— Nous envoyer la personne arrivée la première sur le lieu du crime... quelqu'un qui n'est même pas de la maison ! Qu'est-ce qu'il s'imagine ?

— Qu'un prêtre est la seule personne en qui ils puissent avoir confiance tous les deux. (Webberly consulta de nouveau sa montre.) Il ne devrait plus tarder. C'est pour cela que je vous ai prié de venir.

— Pour que j'entende son histoire ? Ça n'est guère votre style.

Webberly secoua lentement la tête. Il lui fallait aborder le point délicat.

— Pas pour ça, non, mais pour vous exposer mon plan.

— Vous m'intriguez.

Hillier alla se verser un autre xérès et tendit la bouteille vers son beau-frère qui refusa d'un signe de tête. Il retourna s'asseoir, croisant les jambes avec soin pour ne pas abîmer le pli impeccable de son superbe pantalon.

— Quel plan ?

Webberly tapota une pile de dossiers du bout du doigt.

— J'aimerais mettre Lynley sur cette affaire.

Hillier haussa un sourcil.

— Pour qu'il s'accroche avec Nies une seconde fois ? Vous ne trouvez pas que nous avons eu suffisamment de problèmes de ce côté-là, Malcolm ? En outre, Lynley n'est pas de service ce week-end.

— Cela peut s'arranger. (Webberly hésita, l'œil vissé sur son interlocuteur.) Vous allez me laisser patauger longtemps, David ? lâcha-t-il enfin.

Hillier sourit.

— Pardonnez-moi. J'étais curieux de savoir comment vous vous y prendriez pour formuler votre requête. Parce que vous allez me parler d'elle, n'est-ce pas ?

— Allez vous faire voir, jura Webberly à voix basse. Vous me connaissez trop.

— Disons que je connais votre sens de la justice : il est trop développé, et ça vous perdra. Si je puis me permettre de vous donner un conseil, Malcolm, laissez donc Havers là où vous l'avez mise.

Webberly fit une grimace et écrasa du poing une mouche invisible.

— J'ai mauvaise conscience.

— Ne soyez pas ridicule et surtout ne faites pas de sentiment. Pendant tout le temps qu'elle a passé à la Criminelle, Barbara Havers n'a pas été fichue de s'entendre avec un seul inspecteur. Depuis qu'elle a de nouveau endossé l'uniforme, il y a maintenant huit mois, elle fait du bon boulot. Autant la laisser où elle est.

— Je ne l'ai pas poussée à faire équipe avec Lynley.

— Pourquoi pas avec le prince de Galles pendant que vous y êtes ! Vous n'êtes pas là pour caser vos subordonnés dans un coin peinard où ils attendront tranquillement l'âge de la retraite. Vous êtes là pour veiller à ce que le travail se fasse. Or, avec Havers, nous ne sommes jamais arrivés à rien, convenez-en !

— Cette expérience lui a servi de leçon. Elle a appris...

— Appris quoi ? Que ce n'est pas en faisant preuve d'entêtement et d'agressivité qu'elle montera en grade ?

Webberly laissa les mots cinglants d'Hillier flotter un instant dans l'air.

— Monter en grade, dit-il enfin. L'éternel problème, n'est-ce pas ?

Hillier perçut les accents de la défaite dans la voix de son beau-frère. L'avancement, c'était bien là le problème, en effet. Seigneur, comment avait-il pu dire une chose aussi stupide ?

— Pardonnez-moi, Malcolm, fit-il. (Il avala d'un trait son xérès pour se donner une contenance.) Vous mériteriez cent fois d'occuper mon fauteuil. Et nous le savons tous les deux.

— Ne soyez pas grotesque.

Mais Hillier se leva.

— Je vais faire appeler Havers.

Le sergent Barbara Havers ferma la porte du bureau du commissaire, passa raide comme un piquet devant la secrétaire et enfila le couloir au pas de charge. Elle était verte de rage.

Seigneur Dieu, comment osaient-ils ! Elle bouscula un employé et ne jugea pas utile de s'arrêter lorsque les dossiers qu'il transportait lui échappèrent des mains et se répandirent par terre. Elle marcha même carrément dessus. A qui donc croyaient-ils avoir affaire ? La jugeaient-ils stupide au point de ne pas voir clair dans leur jeu ? Qu'ils aillent se faire foutre tous les deux !

Elle cilla, bien décidée à ne pas pleurer, à rester de marbre. Apercevant l'écriteau providentiel, elle s'engouffra dans les toilettes des dames. L'endroit était désert. Ici au moins on n'avait pas l'impression d'être dans une étuve. Faisait-il vraiment si chaud que cela dans le bureau de Webberly ? Ou était-ce l'indignation qui lui avait donné l'impression d'étouffer ? Elle tripota son nœud de cravate, le desserra d'un geste brusque et se dirigea vers le lavabo, manœuvrant le robinet d'une main furieuse. Un jet glacé jaillit, aspergeant la jupe de son uniforme et son chemisier blanc. Ce fut la goutte d'eau qui fit déborder le vase. Se regardant dans la glace, elle fondit en larmes.

— Pauvre imbécile, grinça-t-elle à l'adresse de son reflet. Espèce d'idiote ! Laideron !

Elle n'était pas du genre à pleurer facilement, aussi trouva-t-elle particulièrement amères les larmes qui ruisselaient le long de ses joues, formant de vilaines traînées sur le visage ingrat qui évoquait de façon irrésistible la trogne d'un bouledogue.

— Tu en as une touche, Barbara, fit-elle, injuriant son reflet. Te voilà belle !

Secouée de sanglots, elle s'éloigna du lavabo et appuya le front contre le carrelage frais du mur.

A trente ans, Barbara Havers était résolument laide et fermement décidée à le rester. Elle aurait pu choisir, pour ses fins cheveux brillants couleur de pin, une coupe adaptée à la forme de son visage. Mais elle s'obstinait à les porter au ras des oreilles, à croire que le coiffeur lui avait fourré un bol trop petit sur la tête. Elle ne se maquillait pas. Ses sourcils épais et non épilés faisaient ressortir la petitesse des yeux au lieu d'en souligner l'intelligence. La bouche mince que ne rehaussait aucune touche de couleur était perpétuellement pincée en une moue désapprobatrice. Trapue, l'air costaud, elle donnait l'impression d'être absolument inabordable.

Tu vas faire équipe avec le petit génie, songea-t-elle. Tu en as du pot, Barb ! Après huit mois de purgatoire, ils te retirent de la rue pour te donner une autre chance, qu'ils disent, et c'est avec Lynley qu'ils te collent !

— Pas question, marmonna-t-elle. Pas question que je bosse avec ce gommeux à la noix.

Se redressant, elle revint vers le lavabo. Avec douceur cette fois, elle tourna le robinet, se pencha pour humecter son visage en feu et faire disparaître les traces de larmes compromettantes.

— J'aimerais vous donner une nouvelle chance au service des affaires criminelles, avait dit Webberly.

Pendant qu'il jouait avec son coupe-papier, elle avait eu tout le temps d'examiner les photos punaisées au mur et son cœur avait bondi dans sa poitrine. Enquêter sur l'affaire de l'Eventreur ! *Je suis partante ! Quand est-ce que je commence ? Je travaillerai avec MacPherson ?*

— Il s'agit d'une affaire bizarre, une adolescente dans le Yorkshire.

Ah... ce n'est pas l'Eventreur. Enfin, c'est une affaire de meurtre. Une adolescente, dites-vous ? Bien sûr que vous pouvez compter sur moi. Je vais travailler avec Stewart, alors ? Le Yorkshire n'a pas de secret pour lui. On ferait du bon boulot ensemble, j'en suis certaine.

— J'aurai tous les détails dans trois quarts d'heure. J'aimerais que vous soyez là, si vous êtes intéressée évidemment.

Si je suis intéressée ! Trois quarts d'heure, ça me donne juste le temps de me changer, de manger un morceau et de revenir. Après quoi, je saute dans le dernier train pour York. Est-ce qu'on se retrouve là-bas avec Stewart ? Faut-il que je loue une voiture ?

— Auparavant, il faudra que vous fassiez un saut à Chelsea.

Barbara retomba brutalement sur terre.

— A Chelsea, monsieur ?

Qu'est-ce que Chelsea venait faire là-dedans ?

— Oui, dit Webberly, laissant tomber le coupe-papier au milieu du fatras qui recouvrait son bureau. Vous allez faire équipe avec l'inspecteur Lynley, qui assiste en ce moment au mariage d'Allcourt-Saint James à Chelsea. (Il jeta un coup d'œil à sa montre.) La cérémonie religieuse était à onze heures. En ce moment, la réception doit battre son plein. Nous avons bien essayé de le joindre là-bas mais il semble que quelqu'un ait oublié de raccrocher le téléphone.

Levant les yeux, il s'aperçut qu'elle faisait une drôle de tête.

— Quelque chose qui ne va pas, sergent ?

— L'inspecteur Lynley ?

En un éclair, elle comprit pourquoi ils avaient fait appel à elle, pourquoi il n'y avait personne d'autre qui pût faire l'affaire.

— Oui, Lynley. Il y a un problème ?

— Non, aucun problème... monsieur.

La fixant de son œil malin, Webberly soupesa sa réponse.

— Parfait, vous m'en voyez ravi. Vous apprendrez beaucoup à ses côtés. (L'œil toujours vissé sur elle, il guetta sa réaction.) Tâchez de revenir au plus vite.

Il se replongea dans la contemplation de ses papiers. L'entretien était terminé.

Barbara s'examina dans la glace et fouilla dans la poche de sa jupe à la recherche de son peigne qu'elle se passa rageusement dans les cheveux, raclant impitoyablement le cuir chevelu. Lynley ! Voilà donc pourquoi ils la rappelaient ! Cela crevait les yeux. Ils voulaient mettre Lynley sur le coup, mais ils avaient également besoin d'une femme. Or, à Victoria Street, tout le monde savait qu'aucune représentante du sexe féminin n'était en sécurité avec Lynley. Il avait couché avec toutes les femmes du service, semant derrière lui les cœurs brisés comme d'autres sèment les mouchoirs. Il avait une solide réputation d'étalon et, à en croire la rumeur, il en avait aussi l'endurance. Elle fourra le peigne dans sa poche.

Alors, demanda-t-elle à son reflet, quel effet cela fait-il d'être la seule veinarde qui n'ait pas à trembler pour sa vertu face au redoutable Lynley ? Pas de mains baladeuses avec Barb dans la voiture ! Pas de dîners intimes sous prétexte de « revoir ses notes à tête reposée ». Pas d'invitation en Cornouailles pour « examiner les tenants et les aboutissants de l'enquête ». Pas de danger, Barb, tu n'as rien à craindre de Lynley.

Cinq ans. Elle avait travaillé cinq ans dans le même service que lui, et pendant tout ce temps, il avait trouvé le moyen de ne pas prononcer son nom une seule fois et réussi à éviter tout contact avec elle. Comme si les études qu'elle avait faites dans un collège de banlieue et le solide accent populaire qu'elle y avait acquis étaient des maladies honteuses dont il devait se protéger avec le plus grand soin.

Quittant les toilettes, elle se dirigea à grandes enjambées vers l'ascenseur. Y avait-il à New Scotland Yard quelqu'un qu'elle détestait plus que Lynley ? Cet ancien élève d'Eton, diplômé d'Oxford avec mention bien en histoire, qui jouait de sa voix aux intonations distinguées et dont l'arbre généalogique prenait racine dans la nuit des temps, représentait tout ce qu'elle méprisait du fond du cœur. Ce pur produit de l'aristocratie à l'intelligence brillante était en outre bourré de charme, au point qu'elle se demandait pourquoi les criminels ne se livraient pas à lui pour le simple plaisir de lui être agréables.

La raison de sa présence au Yard était grotesque, c'était une fiction ridicule à laquelle elle n'ajoutait pas foi un instant. Il prétendait en effet vouloir se rendre utile, servir à quelque chose. Il préférait faire carrière à Londres plutôt que vivre sur ses terres. Quelle foutaise !

Les portes de l'ascenseur s'ouvrirent et elle appuya sur le bouton du garage d'un index rageur. Grâce à la fortune familiale, la carrière de Lynley avait été lisse et sans problème. L'argent lui avait permis de se hisser au poste qu'il occupait aujourd'hui et il ne faisait pas de doute qu'il finirait dans la peau d'un préfet de police. Le fait d'avoir hérité d'un titre n'avait en rien compromis ses chances de réussite, bien au contraire. Il était passé du grade de sergent à celui d'inspecteur en un temps record, et tout le monde savait bien pourquoi.

Elle se dirigea vers sa voiture, une Mini rouillée, parquée au fond du garage. Qui ne rêverait d'être riche et titré, de bosser uniquement pour le plaisir et, une fois la journée terminée, de regagner sa résidence de Belgravia ou mieux encore de s'envoler pour sa propriété de Cornouailles où vous attendait une cohorte de maîtres d'hôtel, de servantes, de cuisinières et de valets de chambre !

A propos, Barb, que feras-tu si jamais tu te trouves en présence de tant de grandeur ? Tu tomberas dans les pommes ou tu vomiras ?

Ayant jeté son sac sur le siège arrière, elle claqua la portière et démarra, faisant tousser et ronfler le moteur. Dans un crissement de pneus, elle gravit la rampe, adressa un brusque signe de tête à la sentinelle de garde dans sa guérite et s'engagea dans la rue.

La circulation était fluide le week-end et il lui fallut à peine quelques minutes pour se rendre de Victoria Street à l'Embankment. La brise tiède de l'après-midi d'octobre agit sur ses nerfs comme un calmant, lui faisant oublier sa colère. Le trajet jusqu'à la maison de Saint James était agréable.

Barbara aimait bien Simon Allcourt-Saint James. Elle avait tout de suite éprouvé de la sympathie pour lui lorsqu'elle avait fait sa connaissance dix ans plus tôt. Agée de vingt ans, elle était alors agent de police stagiaire, consciente jusqu'au malaise d'évoluer dans un univers d'hommes habitués à traiter les femmes flics de détraquées dès qu'ils avaient un verre dans le nez. Encore n'était-ce là qu'un qualificatif anodin : elle savait qu'on lui en avait décerné de pires. Qu'ils aillent au diable. A leurs yeux, une femme aspirant à faire carrière dans la Criminelle ne pouvait être qu'une malade, un phénomène, et on ne perdait pas une occasion de le lui rappeler. Saint James, qui était de deux ans son aîné, l'avait, quant à lui, toujours considérée comme une collègue, voire une amie.

Saint James avait ouvert son propre laboratoire de criminalistique après avoir fait ses classes au Yard. A la veille de son vingt-quatrième anniversaire, cet homme vif, observateur et intuitif était déjà dans sa partie un as à qui toutes les voies étaient ouvertes, qu'il s'agît de l'investigation policière, de la pathologie criminelle ou de l'administration. Huit ans plus tôt, une folle randonnée nocturne sur les routes du Surrey en compagnie de Lynley avait mis un terme abrupt à sa carrière. Cette nuit-là, les deux jeunes gens étaient ivres tous les deux — Saint James avait d'ailleurs été le premier à en convenir. Mais tout le monde savait que c'était Lynley qui conduisait. Il avait perdu le contrôle du véhicule dans un virage, et s'en était tiré sans une égratignure alors que son ami d'enfance était sorti de l'accident estropié à vie. Saint James aurait pu continuer à travailler au Yard, mais il avait préféré se retirer dans la résidence familiale de Chelsea où il avait mené une vie de reclus quatre ans durant. Bravo, Lynley, un exploit de plus à ton actif, songea-t-elle amèrement.

Elle se demandait comment Saint James était parvenu à rester ami avec lui. Le fait est pourtant qu'ils avaient continué de se voir. Quelque cinq ans plus tôt, leur amitié avait été cimentée par des événements bizarres qui avaient décidé Saint James à reprendre le cours de ses activités. De cela aussi il fallait créditer Lynley, songea-t-elle à contrecœur.

Elle gara la Mini dans Lawrence Street et, longeant Lordship Place, revint vers Cheyne Row. Dans ce quartier proche de la Tamise, le blanc des stucs et des huisseries donnait un coup d'éclat aux édifices de brique couleur terre brûlée. Le fer forgé des balcons et des fenêtres était laqué de noir. Les étroites rues de Chelsea étaient métamorphosées en tunnels de verdure par les sycomores et les ormes massifs. La demeure de Saint James était au coin de deux rues. En passant devant le haut mur de brique qui enserrait le jardin, Barbara comprit, au bruit, que la réception battait son plein. Une voix mâle porta un toast. Des cris d'approbation succédèrent aux applaudissements. Il y avait dans le mur d'enceinte une antique porte de chêne. Elle était fermée, ce dont Barbara se réjouit, car elle n'avait guère envie de surgir dans son uniforme au milieu de la fête, comme un vulgaire argousin venu opérer une arrestation.

Elle tourna le coin et vit que la porte d'entrée de la vieille bâtisse était grande ouverte. Un rire léger flotta jusqu'à elle, mêlé au tintement délicat de la porcelaine et de l'argenterie, au « plop » d'un bouchon de champagne, au son du violon et de la flûte. Il y avait des fleurs partout, jusque sur les marches du perron dont les balustrades débordaient de roses blanches et roses qui emplissaient l'air de leur parfum entêtant. Sur les balcons du premier, des rangées de pots regorgeaient de volubilis dont les longs calices retombaient mollement dans une débauche de couleurs.

Barbara prit une profonde inspiration et gravit les marches du perron. Inutile de frapper. En la voyant surgir, l'air hésitant, dans son triste uniforme, plusieurs invités massés près de la porte lui décochèrent des regards inquisiteurs puis se dirigèrent lentement vers le jardin sans lui adresser la parole. Elle comprit que si elle voulait mettre la main sur Lynley, il lui faudrait faire irruption au milieu de la réception, perspective qui n'avait rien de réjouissant.

Elle allait battre lâchement en retraite pour prendre dans sa voiture un vieil imperméable sous lequel dissimuler son tailleur qui la bridait aux hanches et lui serrait le cou, lorsque des bruits de pas et l'écho d'un rire résonnant dans le vestibule attirèrent son attention. Une femme descendait l'escalier, parlant par-dessus son épaule à quelqu'un qui était resté à l'étage supérieur.

— Nous ne sommes que tous les deux à y aller. Viens avec nous, Sid, plus on est de fous plus on rit.

Se retournant, elle aperçut Barbara et se figea, une main sur la rampe. De toute évidence, elle posait. C'était le genre de femme qui, même enroulée à la diable dans des mètres de soie couleur sarcelle, aurait réussi à faire passer cette tenue pour le dernier cri en matière de mode. De taille moyenne, elle était très mince, avec une masse de cheveux châtains encadrant un visage à l'ovale parfait. Barbara, qui l'avait entrevue des douzaines de fois au Yard, la reconnut immédiatement. C'était lady Helen Clyde, maîtresse en titre de Lynley, et assistante de Saint James. Lady Helen, vivante image de l'assurance et de la confiance en soi, acheva de descendre l'escalier, traversa le vestibule et s'approcha de la porte d'entrée.

— Quelque chose me dit que vous êtes venue chercher Tommy, déclara-t-elle, la main tendue. Bonjour. Je suis Helen Clyde.

Surprise par la vigueur de la poignée de main, Barbara se présenta.

— On le réclame au Yard.

— Le pauvre, ce n'est pas juste. (Lady Helen décocha un sourire d'excuse à Barbara.) Mais vous n'y êtes pour rien, n'est-ce pas ? Venez, il est par là.

Sans attendre de réponse, elle prit un couloir vers la porte du jardin, ne laissant à Barbara d'autre choix que de la suivre. A la vue des tables nappées de blanc autour desquelles les invités tirés à quatre épingles bavardaient en riant, Barbara recula précipitamment et se réfugia dans la pénombre du vestibule en tirant nerveusement sur son col.

Lady Helen marqua une pause. Son œil sombre prit une expression pensive.

— Voulez-vous que j'aille le chercher ? proposa-t-elle avec un nouveau sourire. Il y a tellement de monde...

— Volontiers, fit Barbara, incapable de faire un pas de plus.

Elle la regarda traverser la pelouse et se diriger vers un groupe animé au centre duquel se tenait un homme de haute taille qui semblait être né dans son habit tant il le portait avec un parfait naturel.

Lady Helen lui toucha le bras et lui chuchota quelques mots à l'oreille. L'homme tourna vers la maison un visage aristocratique évoquant l'inaltérable beauté d'une sculpture grecque. Ramenant en arrière une mèche de cheveux blonds, il posa son verre de champagne sur une table et après avoir échangé une plaisanterie avec un de ses amis, il fit mouvement vers la maison, flanqué de lady Helen.

A l'abri dans le vestibule ombreux, Barbara le regarda s'approcher. Ses mouvements étaient gracieux et souples comme ceux d'un chat. C'était l'homme le plus séduisant qu'elle eût jamais vu. Elle le détestait.

— Sergent Havers, fit-il avec un hochement de tête. Je ne suis pas de service ce week-end.

Vous ne voyez donc pas que vous me dérangez, Havers ? traduisit instantanément Barbara.

— C'est Webberly qui m'envoie. Appelez-le, si vous voulez, répondit-elle en fixant un point au-dessus de son épaule gauche.

— Il sait pourtant bien que Saint James se marie aujourd'hui, protesta faiblement lady Helen.

— Evidemment qu'il le sait, lâcha Lynley avec impatience. (Il jeta un coup d'œil en direction de la pelouse avant de reporter son regard sur Barbara.) C'est au sujet de l'Eventreur ? Je croyais que John Stewart devait travailler sur cette affaire avec MacPherson.

— Il s'agit d'un meurtre dans le Nord, je crois. Il y a une fille dans le coup.

Voilà un détail de nature à l'intéresser, songea Barbara. De quoi pimenter l'enquête. Elle attendit qu'il lui demande des précisions : âge, situation de famille, mensurations de la demoiselle en détresse qu'il se ferait une joie d'arracher aux griffes du Mal.

Les yeux de Lynley s'étrécirent.

— Dans le Nord ?

Lady Helen eut un petit rire sous lequel perçait une pointe de regret.

— Nos projets pour la soirée tombent à l'eau, Tommy chéri. Et moi qui essayais de persuader Sidney de venir danser avec nous...

— Je suppose que je n'ai pas le choix, répondit Lynley.

A son expression, Barbara mesura l'étendue de sa contrariété.

Lady Helen s'en aperçut également car elle reprit d'un ton enjoué :

— Sid et moi pouvons parfaitement aller danser seules. Avec cette mode de l'androgynie, quelle que soit notre tenue, c'est bien le diable si l'une d'entre nous ne passe pas pour un homme... Mais j'y songe, nous avons toujours la ressource de téléphoner à Jeffrey Cusick.

Il devait s'agir d'une vieille plaisanterie entre eux car l'effet ne se fit pas attendre. L'air soudain détendu, Lynley ébaucha un sourire qu'il ponctua d'un gloussement bref.

— Cusick ? Seigneur, les temps sont vraiment durs.

— C'est ça, moque-toi, fit lady Helen, riant à son tour. N'empêche qu'il nous a emmenées à Ascot alors que tu étais à la gare de St. Pancras, retenu par je ne sais quelle sinistre besogne. Tu vois que les anciens de Cambridge ont aussi des qualités.

— Comme celle d'avoir tout du pingouin quand ils portent le smoking.

— Monstre ! commenta lady Helen en se tournant vers Barbara. Puis-je au moins vous offrir un peu de notre délicieuse salade de crabe avant que vous ne nous enleviez Tommy ? Il y a des années au Yard, je me souviens avoir eu droit à un sandwich aux œufs particulièrement infect. Si la cuisine ne s'est pas améliorée, c'est votre dernière chance de manger à peu près correctement aujourd'hui.

Barbara consulta sa montre. Quelque chose dans l'attitude de Lynley lui disait qu'il souhaitait la voir accepter l'invitation afin de pouvoir consacrer quelques minutes de plus à ses amis avant de prendre le chemin du Yard. Elle décida qu'il n'y avait pas de raison de lui faire ce plaisir.

— Nous avons une réunion dans vingt minutes.

— Cela ne vous laisse guère le temps de faire honneur au buffet, soupira lady Helen. Qu'est-ce que je fais, Tommy ? Je t'attends ou je téléphone à Jeffrey ?

— Surtout pas. Ton père ne te pardonnerait jamais d'avoir remis ton avenir entre les mains de Cambridge.

— Très bien. Puisque tu nous quittes, laisse-moi au moins aller chercher les mariés pour qu'ils puissent te dire au revoir.

Lynley reprit son sérieux.

— Inutile, Helen. Tu leur feras mes excuses.

Ils échangèrent un regard chargé de sens.

— Il faut que tu les voies, Tommy, murmura lady Helen. (Il y eut une nouvelle pause.) Je vais leur dire que tu les attends dans le bureau.

Elle s'éloigna vivement, sans laisser à Lynley le temps de réagir.

Il marmonna quelque chose d'inaudible, la suivant des yeux tandis qu'elle se frayait un chemin à travers la foule.

— Vous êtes venue en voiture, Havers ? demanda-t-il soudain à Barbara.

Tournant le dos à la fête, il s'engagea dans le couloir.

Décontenancée, elle lui emboîta le pas.

— Avec ma splendide Mini, oui. Je ne sais pas si vous allez être à la hauteur.

— Ne craignez rien, je suis un caméléon. De quelle couleur est-elle ?

Elle fut tout étonnée par la question. De toute évidence, il essayait de lui faire la conversation tandis qu'ils se dirigeaient vers le devant de la maison.

— Rouille, malheureusement.

— Ma couleur préférée.

Il poussa une porte et l'invita à entrer dans une pièce sombre.

— Je vais vous attendre dans la voiture. Je l'ai garée...

— Ne bougez pas, sergent.

C'était un ordre. A contrecœur, elle le précéda. Les rideaux avaient été tirés et la seule lumière provenait de la porte qu'ils venaient d'ouvrir. Barbara vit néanmoins qu'il s'agissait d'un lieu masculin, une pièce lambrissée de chêne sombre et garnie d'étagères pleines de livres. Le mobilier était patiné, et il en émanait un arôme confortable de vieux cuir et de whisky.

L'air absent, Lynley s'approcha d'un mur couvert de photographies encadrées et se planta tranquillement devant un portrait qui occupait la place d'honneur. La photo avait été prise dans un cimetière et l'homme qui y figurait était penché au-dessus d'une tombe pour en toucher l'inscription effacée par le temps. Le cadrage était tel que l'œil était attiré non par la posture inélégante de l'homme due à l'appareillage qui maintenait sa jambe mais par le regard pétillant qui éclairait son visage émacié. Tout à sa contemplation, Lynley semblait avoir oublié Barbara.

Celle-ci se dit que le moment n'était pas plus mal choisi qu'un autre pour lui annoncer la nouvelle.

— La circulation, c'est fini pour moi, lança-t-elle tout à trac. C'est pourquoi je suis là, au cas où vous vous poseriez la question.

Il pivota lentement vers elle.

— Vous avez réintégré la Criminelle ? Mais c'est très bien, Barbara.

— Pour moi oui, mais pas pour vous.

— Que voulez-vous dire ?

— Autant vous mettre au courant puisque que Webberly a manifestement omis de le faire. Félicitations, vous avez gagné le cocotier : c'est vous qui héritez de moi. (Elle marqua une pause, guettant une expression de surprise de sa part, mais en vain.) Faire équipe avec moi n'a rien de réjouissant, j'en suis bien consciente. Je me demande ce que Webberly a dans la tête. (Elle poursuivit, maladroitement, entendant à peine ses propres paroles, se demandant si elle essayait de prévenir ou de provoquer la réaction qu'il ne pouvait manquer d'avoir : l'explosion de colère, le coup de fil pour exiger une explication, ou pire encore, la politesse glacée qui durerait jusqu'à ce qu'il s'explique avec le commissaire entre quatre yeux.) Sans doute n'y avait-il personne d'autre de disponible ou peut-être ai-je des talents cachés que Webberly est le seul à avoir décelés. Ou alors il s'agit d'une mauvaise blague.

Elle éclata d'un rire forcé.

— Ou peut-être êtes-vous la plus qualifiée, tout simplement, compléta Lynley. Que savez-vous de l'affaire ?

— Moi, rien. Seulement que...

— Tommy ?

Au son de cette voix, ils pivotèrent d'un même mouvement. La mariée se tenait dans l'encadrement de la porte, une branche fleurie à la main, des fleurs piquées dans sa chevelure cuivrée qui lui descendait à l'épaule. Eclairée à contre-jour, elle semblait émerger d'un nuage dans sa robe ivoire, telle une apparition sortie d'une toile du Titien.

— Helen m'annonce que tu t'en vas ?

Lynley resta coi. Fouillant dans ses poches, il en sortit un porte-cigarettes en or, l'ouvrit et le referma d'un coup sec, l'air contrarié. La mariée le regarda faire, tenant ses fleurs d'une main qui tremblait légèrement.

— On me demande au Yard, Deb, finit par répondre Lynley. Il faut que j'y aille.

Elle le fixa sans un mot, jouant avec le pendentif qu'elle portait autour du cou. Ce n'est que lorsqu'il croisa son regard qu'elle répondit.

— Quel dommage. J'espère qu'il ne s'agit pas d'une urgence. Simon m'a dit hier soir qu'il se pouvait qu'on te mette sur l'affaire de l'Eventreur.

— Non, j'ai une réunion, c'est tout.

— Ah.

Elle parut sur le point d'en dire davantage, se ravisa et se tourna vers Barbara avec un charmant sourire pour se présenter :

— Deborah Saint James.

Lynley se passa une main sur le front.

— Désolé, dit-il en terminant machinalement les présentations. Où est Simon ?

— Il était derrière moi, mais je crois que Papa l'a intercepté. Il est terrifié à l'idée de nous laisser seuls, il s'imagine que je n'arriverai jamais à m'occuper correctement de Simon. (Elle éclata de rire.) J'aurais dû y réfléchir à deux fois avant d'épouser un homme que mon père trouve si sympathique. « Les électrodes », me répète-t-il. « N'oublie surtout pas de t'occuper de sa jambe tous les matins. » S'il ne me l'a pas dit au moins dix fois aujourd'hui...

— Tu as dû avoir du mal à l'empêcher de vous suivre dans votre voyage de noces.

— En un sens ça se comprend, ils ne se sont jamais quittés plus d'une journée depuis...

Elle s'arrêta soudain, gauchement. Leurs regards se croisèrent. Elle se mordit la lèvre et le rouge lui monta aux joues.

Le silence tomba, un silence tendu et lourd de sens. Il fut finalement — et heureusement — rompu par le bruit de pas lents et irréguliers annonçant l'arrivée du mari de Deborah.

— Ainsi vous êtes venue enlever Tommy.

Saint James s'arrêta sur le seuil mais continua de parler tranquillement comme à son accoutumée pour détourner l'attention de son handicap et mettre les autres à l'aise.

— Etrange entorse à la tradition, Barbara. Il fut une époque où c'était les jeunes mariées qu'on kidnappait, et non le garçon d'honneur.

Si Lynley était Apollon, Saint James était Héphaïstos. A l'exception de ses yeux, d'un bleu satiné comme un ciel d'Ecosse, et de ses mains sensibles d'artiste, Simon Allcourt-Saint James n'avait pas grand-chose de séduisant. Ses cheveux sombres et bouclés, coupés à la diable, semblaient impossibles à discipliner. Son visage tout en angles avait une expression dure au repos, menaçante quand la colère le prenait, rayonnante et chaleureuse quand le sourire venait l'adoucir. Sa minceur était celle d'un homme qui a connu trop jeune souffrance et chagrin.

Barbara sourit en le voyant, et c'était son premier sourire authentique de l'après-midi.

— Il est rare qu'on enlève les garçons d'honneur pour les emmener à New Scotland Yard. Comment allez-vous, Simon ?

— Bien. C'est du moins ce que ne cesse de me répéter mon beau-père, qui ajoute que je suis un homme heureux. Il dit avoir su dès le début, dès le jour de la naissance de sa fille, que cela se terminerait comme ça. Avez-vous fait la connaissance de Deborah ?

— A l'instant.

— Il est inutile de songer à vous retenir ?

— Webberly nous a convoqués, intervint Lynley. Tu sais ce que c'est.

— Bien sûr. Dans ce cas, je n'insiste pas. D'ailleurs, nous n'allons pas tarder à partir, nous aussi. Au cas où il y aurait un problème, Helen a notre adresse.

— Tu plaisantes, j'espère. (Lynley marqua une pause, comme s'il ne savait trop que faire.) Tous mes vœux, Saint James, dit-il finalement.

— Merci, répondit le marié.

Il adressa un signe de tête à Barbara, tapota doucement l'épaule de sa femme et sortit.

Comme c'est bizarre, songea Barbara. Ils n'ont même pas échangé une poignée de main.

— Tu vas te rendre au Yard dans cette tenue ? s'enquit Deborah.

— J'ai une réputation de noceur à soutenir, fit-il en contemplant ses vêtements d'un air lugubre.

Ils éclatèrent d'un rire qui mourut aussi vite qu'il était né. Un nouveau petit silence s'établit.

— Bien, commença Lynley.

— J'avais préparé un discours, murmura très vite Deborah, le nez sur son bouquet. (Les fleurs tremblèrent de nouveau dans sa main et quelques pétales tombèrent sur le parquet. Elle releva la tête.) Un petit discours à la manière d'Helen. Je t'aurais parlé de mon enfance, de papa, de cette maison. Tu vois le genre. Intelligent et drôle. Mais je suis nulle pour ce genre de choses, ce n'est pas du tout dans mes cordes.

Baissant la tête à nouveau, elle s'aperçut qu'un minuscule teckel était entré dans le bureau, tenant dans sa gueule un sac de dame brodé de paillettes. Le chien déposa le réticule aux pieds de Deborah, certain de lui faire un cadeau de choix, et se mit à frétiller amicalement de la queue.

— Oh non, Peach !

En riant, Deborah se pencha pour ramasser l'objet volé. Mais lorsqu'elle se releva, ses yeux verts étaient voilés de larmes.

— Merci, Tommy. Merci pour tout.

— Tous mes vœux de bonheur, Deb, répondit-il d'un ton léger.

S'approchant, il la serra très vite contre lui et lui déposa un bref baiser dans les cheveux.

Barbara eut l'étrange impression que pour une raison qui lui échappait, Saint James les avait laissés ensemble à seule fin de permettre à Lynley de prendre congé de sa femme.

3

Le corps n'avait pas de tête. Ce détail macabre constituait la caractéristique essentielle des photographies que se passaient de main en main les trois policiers de la Criminelle réunis autour d'une table dans le bureau de New Scotland Yard.

Le regard du père Hart naviguait nerveusement d'un visage à l'autre tandis qu'il tripotait le petit chapelet d'argent enfoui au fond de sa poche. L'objet avait été béni par Pie XII en 1952. Pas à l'occasion d'une audience privée, bien sûr : il ne fallait pas demander l'impossible. Cependant, la main tremblante du Saint-Père qui avait fait le signe de croix sur la tête des deux mille pèlerins recueillis avait néanmoins conféré au chapelet des vertus particulières. Les yeux fermés, le prêtre avait brandi le rosaire à bout de bras afin que la bénédiction du pape l'atteigne de plein fouet.

Il entamait la troisième dizaine lorsque le grand homme blond ouvrit la bouche.

— « Que de violence dans ce coup », murmura-t-il.

Le père Hart lorgna aussitôt dans sa direction, se demandant si c'était un policier et pourquoi il était en habit.

— Cela n'est pas sans évoquer Shakespeare, en effet, opina-t-il.

L'homme au gros cigare lui jeta un regard vide. Le père Hart s'éclaircit la gorge et les observa tandis qu'ils continuaient d'examiner les clichés.

Il y avait près d'un quart d'heure qu'il était avec eux et pendant ces quinze minutes ils n'avaient pratiquement pas échangé un mot. L'aîné des participants avait allumé un cigare. A deux reprises, la femme avait paru sur le point de faire une remarque et s'était ravisée au dernier moment. C'était à peu près tout ce qui s'était passé avant que l'homme à la jaquette ne cite *Cymbeline*.

La femme ne cessait de pianoter sur la table. Elle, au moins, était de la police, il n'y avait qu'à voir son uniforme pour s'en convaincre. Mais quel air désagréable elle avait, avec ses petits yeux fuyants et sa bouche pincée. Jamais elle ne ferait l'affaire. Ce n'était pas du tout ce qu'il lui fallait, ni à Roberta. Mais que pouvait-il dire ?

Les horribles photographies continuaient de circuler. Le père Hart n'avait pas besoin de les voir, il ne savait que trop ce qu'elles représentaient. C'était lui qui était arrivé le premier sur les lieux et tout était gravé dans sa mémoire. William Teys — un bon mètre quatre-vingt-dix — étalé sur le côté en position fœtale, le bras droit tendu comme pour attraper quelque objet, le gauche plaqué contre l'estomac, les genoux ramenés quasiment contre la poitrine et, à l'endroit où aurait dû se trouver la tête... rien. Comme Cloten. Mais au lieu d'une Imogène pour se réveiller horrifiée à ses côtés, il n'y avait eu que Roberta. Roberta et ces mots terrifiants : « C'est moi qui ai fait ça. Je ne regrette rien. »

La tête avait roulé dans un tas de foin dans un coin du box. Et quand il l'avait aperçue... Seigneur, les yeux d'un rat luisaient dans la cavité — une toute petite cavité —, le museau gris mobile était rouge de sang et les petites pattes creusaient ! *Notre père qui êtes aux cieux... Notre père qui êtes aux cieux... Allons bon, voilà que je n'arrive pas à me rappeler la suite !*

— Père Hart, dit l'homme à la jaquette, qui avait ôté ses lunettes de lecture et sorti de sa poche un étui à cigarettes en or. Vous fumez ?

— Je... oui, merci.

Le prêtre tendit vivement la main vers le porte-cigarettes afin que les autres ne voient pas à quel point ses doigts tremblaient. L'homme passa le porte-cigarettes à la femme, qui secoua vigoureusement la tête en signe de refus. Il sortit un briquet en argent. Tout ce cérémonial prit quelques instants, ce qui permit à l'ecclésiastique de rassembler ses esprits.

L'homme blond se détendit et se mit à étudier les photographies punaisées sur l'un des murs du bureau.

— Pourquoi êtes-vous allé à la ferme ce jour-là, père Hart ? demanda-t-il doucement, balayant les photos du regard.

Le père Hart loucha vers le mur. Etaient-ce là les photos des suspects ? se demanda-t-il, l'espoir au cœur. Le Yard avait-il déjà commencé à traquer cette bête malfaisante ? A cette distance et avec sa myopie, il n'arrivait même pas à voir si c'étaient des photos d'êtres humains.

— C'était dimanche, répondit-il comme si cela expliquait tout.

L'homme blond tourna la tête vers lui. Ses yeux étaient d'un brun chaud.

— Vous aviez l'habitude de vous rendre chez les Teys le dimanche ? Pour y déjeuner peut-être ?

— Oh... je... excusez-moi, je croyais que le rapport...

Ce n'était pas comme ça qu'il s'en tirerait. Le père Hart téta avidement sa cigarette, fixant ses doigts jaunes de nicotine. Pas étonnant qu'on lui en ait offert une. Il n'aurait pas dû oublier les siennes, il aurait dû penser à en acheter un paquet à King's Cross. Mais tant de choses se bousculaient alors dans sa tête... Il tira une autre bouffée.

— Père Hart, dit le plus âgé des policiers qui était de toute évidence le supérieur hiérarchique du blond.

Ils s'étaient présentés, mais comme un idiot il avait oublié leurs noms. Il se souvenait uniquement de celui de la femme, Havers. Sergent Havers, à en juger par son uniforme. Les deux autres lui étaient sortis de l'esprit. Il fixa les visages graves avec un sentiment de panique croissant.

— Excusez-moi, vous m'avez demandé si...

— Si vous alliez chez les Teys tous les dimanches.

Le prêtre fit un effort désespéré pour penser clairement, en ordre chronologique, pour une fois. Plongeant la main dans sa poche, il chercha le contact rassurant du chapelet. La croix s'enfonça dans le gras de son pouce. Il sentit sous son doigt le corps minuscule du crucifié. *Seigneur, mourir de cette façon.*

— Non, s'empressa-t-il de répondre. William est... était notre premier chantre. Il avait une merveilleuse voix de basse qui résonnait dans toute l'église et je... (Il inspira bien à fond, histoire de se remettre sur les rails et enchaîna :) Il n'était pas venu à la messe ce matin-là et Roberta non plus. J'étais inquiet car les Teys ne manquent jamais l'office. Je me suis donc rendu chez eux.

Le fumeur de cigare regarda vers lui à travers la fumée corsée.

— Vous en faites autant pour tous vos paroissiens ? Cela doit les inciter à filer doux.

Le prêtre Hart avait fumé sa cigarette jusqu'au filtre, il ne lui restait donc plus qu'à l'éteindre. L'homme blond, qui n'avait fumé la sienne qu'à demi, l'imita néanmoins. Après quoi, il ressortit son porte-cigarettes, lui en offrit une autre qu'il alluma avec son briquet en argent. La fumée brûla la gorge du prêtre, lui calmant les nerfs et apaisant ses poumons.

— J'y suis allé parce qu'Olivia se faisait du mauvais sang.

Coup d'œil au rapport.

— Olivia Odell ?

Le père Hart opina vigoureusement.

— William Teys et elle venaient de se fiancer, voyez-vous. Ils devaient annoncer leurs fiançailles l'après-midi même, à l'occasion d'un petit thé. Elle lui avait téléphoné plusieurs fois après la messe mais, n'ayant pas réussi à le joindre, elle est venue me voir.

— Pourquoi ne s'est-elle pas rendue à la ferme elle-même ?

— Elle aurait bien voulu. Mais avec Bridie et le canard, elle était coincée. Le canard avait disparu, ça lui arrive de temps en temps et à chaque fois, c'est le drame. Olivia devait absolument remettre la main dessus.

Les trois policiers s'entre-regardèrent d'un air circonspect. Le prêtre vira au cramoisi. Tout cela était tellement absurde ! Il poursuivit bravement néanmoins :

— Bridie est la petite fille d'Olivia, elle a un canard apprivoisé. Evidemment, ce n'est pas un animal familier au sens strict du terme...

Comment expliquer à des citadins les subtilités de la vie à la campagne ?

— Pendant qu'Olivia et Bridie couraient après le canard, vous vous êtes rendu à la ferme, résuma l'homme blond avec gentillesse.

— C'est exactement ça, opina le père Hart avec un sourire de soulagement.

— Dites-nous ce qui s'est passé lorsque vous êtes arrivé.

— J'ai poussé jusqu'à la maison, il n'y avait personne et la porte n'était pas fermée à clé. Je me souviens de m'être dit que c'était bizarre car William avait la manie de tout boucler à double tour quand il s'absentait. Il tenait à ce que j'en fasse autant à l'église quand je ne m'y trouvais pas. Le mercredi, jour de répétition de la chorale, il attendait pour partir que tout le monde soit sorti et que j'aie fermé les portes à clé.

— J'imagine que vous avez dû avoir un choc en trouvant la maison ouverte, remarqua l'homme blond.

— En effet. Même à une heure de l'après-midi. C'est pourquoi voyant que personne ne répondait alors que je frappais... (Il les regarda d'un air d'excuse.)... je suis entré.

— Avez-vous constaté quelque chose d'anormal à l'intérieur ?

— Non. La maison était impeccablement propre comme d'habitude. Ah si, tout de même...

Il tourna les yeux vers la fenêtre. Comment leur expliquer ?

— Oui.

— Les bougies s'étaient consumées entièrement.

— Ils n'ont pas l'électricité ?

Le père Hart regarda les policiers le plus sérieusement du monde.

— Ces bougies font office de cierges, elles brûlent en permanence. Vingt-quatre heures sur vingt-quatre.

— Comme ceux qu'on met devant les autels ?

— C'est exactement cela, acquiesça le prêtre avant de poursuivre. Quand j'ai vu ça, je me suis dit qu'il y avait quelque chose qui ne tournait pas rond. Ni William ni Roberta n'auraient laissé les bougies s'éteindre. J'ai traversé la maison et me suis dirigé vers l'étable.

— Et une fois là-bas... ?

Qu'ajouter d'autre, vraiment ? A la tranquillité glaciale qui régnait dans l'étable, il avait aussitôt compris. Dehors, dans le pré voisin, les bêlements des moutons, les cris des oiseaux évoquaient la paix. Tout était normal. Mais le calme absolu qui enveloppait l'étable portait la marque du diable. Il n'était même pas encore entré que l'odeur écœurante du sang répandu en une flaque épaisse était parvenue à ses narines, couvrant celle du fumier, du grain et du foin, l'attirant à l'intérieur de façon irrésistible.

Roberta, une grande fille costaude qui tenait de son père et était habituée aux travaux de la ferme, était assise sur un seau renversé dans un box. Immobile, elle fixait non pas la monstruosité sans tête qui gisait à ses pieds mais les fissures qui zébraient le mur en face d'elle.

— Roberta ? avait-il appelé d'un ton pressant, le cœur au bord des lèvres.

Pas de réponse, pas un souffle, pas un mouvement. Rien que le dos large, les jambes épaisses repliées sous elle, la hache à ses côtés. Par-dessus son épaule, il avait distingué nettement le corps pour la première fois.

— C'est moi qui ai fait ça et je ne regrette rien, s'était-elle bornée à dire.

Le père Hart ferma les yeux pour chasser le souvenir de cette vision.

— Je me suis précipité à la maison et j'ai téléphoné à Gabriel.

L'espace d'un instant, Lynley crut que le prêtre parlait de l'archange, tant le curieux petit homme qui s'efforçait de raconter son histoire donnait l'impression d'être en contact avec d'autres mondes.

— Gabriel ? lança Webberly, incrédule.

Lynley sentit que la patience du commissaire commençait à s'émousser. Il s'empressa de feuilleter le rapport et y trouva sans trop de mal le renseignement qu'il cherchait :

— Gabriel Langston, le constable du village, dit-il. Je suppose, père Hart, que Langston contacta aussitôt ses collègues de Richmond ?

Le prêtre opina avec un regard expressif en direction du porte-cigarettes de Lynley. Celui-ci l'ouvrit et offrit une nouvelle tournée. Havers refusa. Le prêtre allait l'imiter quand il vit Lynley se servir. Le policier avait la gorge à vif mais il savait que l'ecclésiastique n'arriverait jamais au bout de son récit s'il n'avait pas sa dose de nicotine et un compagnon avec qui partager son vice. Lynley, qui aurait bien bu un whisky, avala péniblement sa salive, alluma les cigarettes et laissa la sienne se consumer dans le cendrier.

— La police de Richmond arriva et tout se passa très vite. Elle... ils emmenèrent Roberta.

— Que pouvaient-ils faire d'autre ? Ne s'était-elle pas déclarée coupable ? remarqua alors Barbara Havers.

Se levant de son siège, elle s'approcha de la fenêtre. Au son de sa voix, il était clair qu'elle estimait qu'ils perdaient leur temps avec ce pauvre vieil homme, et qu'ils auraient mieux fait à l'heure qu'il était de foncer pleins gaz vers le Nord.

— Des tas de gens s'accusent d'avoir commis des crimes, dit Webberly, faisant signe à Havers de se rasseoir. J'ai eu vingt-cinq confessions d'individus prétendant être l'Eventreur. Et ce n'est pas fini.

— Je voulais seulement...

— Cela peut attendre.

— Roberta n'a pas tué son père, poursuivit le prêtre comme si de rien n'était. C'est impossible.

— Les crimes, ce sont des choses qui arrivent dans les familles, dit Lynley doucement.

— Pas dans les familles où il y a des Moustache.

La réflexion du prêtre — pour lui aveuglante de logique — fut saluée par un silence complet. Personne ne souffla mot, personne ne broncha. Il y eut une longue et insupportable pause à laquelle Webberly mit un terme en se levant :

— Seigneur, marmonna-t-il. Je suis vraiment désolé, mais...

Il se dirigea vers un placard vitré occupant un angle de la pièce et en sortit trois bouteilles.

— Whisky, xérès ou cognac ? proposa-t-il à la cantonade.

Lynley adressa une muette et vibrante prière de remerciement à Bacchus.

— Whisky, répondit-il.

— Havers ?

— Rien pour moi, dit-elle d'un ton rogue. Jamais pendant le travail.

— Comme vous voudrez. Et vous, mon père ?

— Je crois qu'un xérès...

— Va pour un xérès.

Webberly fit le service et retourna vers la table.

Ils contemplèrent tous leurs verres d'un air méditatif, se demandant qui le premier poserait la question. Ce fut Lynley qui s'en chargea, après avoir avalé une rasade de whisky qui fit merveille sur sa gorge irritée.

— Moustache, disiez-vous ?

Le père Hart jeta un coup d'œil éperdu aux papiers éparpillés sur la table.

— Ce n'est pas dans le rapport ? s'enquit-il d'un ton plaintif. On ne parle pas du chien ?

— Si.

— Moustache, c'est le nom du chien, déclara le prêtre au soulagement général.

— Il était dans le box avec Teys, mort lui aussi, fit Lynley, consultant le rapport.

— Mais oui, et c'est pour cela que nous sommes tous convaincus de l'innocence de Roberta. Indépendamment du fait qu'elle était très attachée à son père, il y a la question du chien. Elle n'aurait jamais fait de mal à Moustache. C'était un chien de ferme, il faisait partie de la famille depuis que Roberta avait cinq ans. Il ne travaillait plus car il n'y voyait plus très bien, mais on ne se débarrasse pas d'un chien comme ça. Tout le monde connaissait Moustache au village. Nous l'aimions tous. L'après-midi, il lui arrivait de trotter jusque chez Nigel Parrish, de rester allongé au soleil sur le pré communal pendant que Nigel — qui est notre organiste — jouait de l'orgue. Parfois il allait chez Olivia à l'heure du thé.

— Il s'entendait bien avec le canard, je présume ? s'enquit Webberly, le visage de marbre.

— A merveille ! s'exclama le père Hart, radieux. Moustache s'entendait avec tout le monde. Quand Roberta vaquait à ses occupations, il ne la lâchait pas d'une semelle. C'est pourquoi, quand ils l'ont emmenée, je me suis dit qu'il fallait que je fasse quelque chose. Alors je suis venu.

— Je vois, conclut Webberly. Et vous avez bien fait, mon père. Grâce à vous, l'inspecteur Lynley et le sergent Havers ont tous les éléments en main désormais. (Il se mit debout et ouvrit la porte de son bureau.) Harriman ?

Le tapotement des touches du système de traitement de texte qui évoquait le cliquetis du morse s'arrêta net. Une chaise racla le sol. La secrétaire de Webberly jaillit dans le bureau de son patron.

Dorothea Harriman avait un petit air de famille avec la princesse de Galles, ressemblance qu'elle réussissait à accentuer de façon déconcertante en se teignant les cheveux en blond blé et en refusant de porter ses lunettes en présence de malotrus susceptibles de faire des remarques sur la forme agressive de son nez et de son menton. Ambitieuse, elle voulait « faire carrière », comme elle disait, et était assez intelligente pour arriver à ses fins. Le seul obstacle était son goût en matière vestimentaire. Hideux, de l'avis de tous. Elle s'acharnait à vouloir ressembler à une princesse. De pacotille, ajoutaient certains. Ce jour-là, elle portait une robe de bal rose dont elle avait raccourci la jupe de façon à pouvoir la porter au bureau. Cette tenue était du plus vilain effet.

— Oui, commissaire ?

Sourde aux menaces et aux imprécations, Harriman s'entêtait à appeler ses collègues du Yard par leur grade.

Webberly se tourna vers le prêtre :

— Est-ce que vous passez la nuit à Londres, mon père, ou est-ce que vous regagnez le Yorkshire ?

— Je rentre par le dernier train. Je devais entendre mes fidèles en confession cet après-midi, voyez-vous, mais du fait de mon absence, j'ai promis de les confesser jusqu'à onze heures ce soir.

— Bien sûr, opina Webberly. Appelez un taxi pour le père Hart, dit-il à Harriman.

— Oh, mais je n'ai pas assez..., commença l'ecclésiastique.

Webberly l'arrêta d'un geste.

— C'est le Yard qui paie, mon père.

« Le Yard qui paie... » Le prêtre savoura ces paroles et rosit de plaisir : on le considérait donc comme faisant partie de la maison. Il se laissa remorquer hors de la pièce par la secrétaire du commissaire.

— Que prenez-vous lorsque vous buvez, sergent Havers ? s'enquit Webberly, une fois le père Hart parti.

— Du tonic, monsieur.

— Très bien, marmonna-t-il en rouvrant sa porte. Harriman, aboya-t-il, une bouteille de Schweppes pour le sergent Havers... Et ne venez pas me dire que vous n'avez pas la moindre idée de l'endroit où vous pouvez vous en procurer. Trouvez-en, c'est tout.

Claquant la porte, il se dirigea vers le placard faisant office de bar et sortit la bouteille de whisky.

Lynley se frotta le front et exerça une forte pression sur ses tempes.

— Seigneur ! J'ai une de ces migraines, murmura-t-il. L'un de vous aurait-il de l'aspirine ?

— J'en ai, répondit Havers en fouillant dans son sac à la recherche d'une boîte qu'elle lui lança à travers la table. Servez-vous, inspecteur.

Webberly les considéra d'un air songeur. Il se demanda une fois de plus si ce tandem constitué de deux personnalités aussi diamétralement opposées avait ne fût-ce que l'ombre d'une chance de fonctionner. Havers ressemblait à un hérisson, toujours prête à se rouler en boule à la moindre provocation. Pourtant sous ces dehors épineux se cachait une réelle et pénétrante intelligence. Le tout était de savoir si Thomas Lynley serait suffisamment patient et bien disposé à l'égard d'Havers pour l'inciter à laisser ses facultés intellectuelles prendre le pas sur son caractère impossible. Un caractère qui l'avait empêchée de faire équipe avec qui que ce soit jusqu'alors.

— Désolé d'avoir dû vous kidnapper en plein mariage, Lynley, mais il n'y avait pas moyen de faire autrement. C'est la seconde rencontre entre Nies et Kerridge dans le Nord. La première a été un désastre, Nies ayant eu le mauvais goût d'avoir raison sur toute la ligne. (Tout en caressant de l'index le bord de son verre, il pesa soigneusement ses mots :) Je me suis dit que votre présence servirait à rappeler à Nies qu'il lui arrive aussi de se tromper.

Webberly scruta son interlocuteur, à l'affût d'une éventuelle réaction — mouvement de tête, raidissement d'un muscle ou battement de paupière. Mais il en fut pour ses frais car Lynley ne broncha pas. Ce n'était un secret pour personne au Yard que l'unique fois où Lynley avait eu à travailler avec Nies — cinq ans plus tôt à Richmond —, cela s'était terminé par une arrestation : la sienne. Quelque prématurée et injustifiée qu'elle eût été, il n'en restait pas moins que c'était le seul mauvais point entachant des états de service par ailleurs admirables, véritable croix que Lynley devrait porter jusqu'à la fin de sa carrière.

— Je comprends, répondit Lynley d'un ton uni.

Un coup frappé à la porte annonça que la quête de miss Harriman n'avait pas été vaine. L'air triomphant, elle posa en effet le Schweppes sur la table devant le sergent Havers et consulta l'horloge qui marquait près de six heures.

— Comme nous sommes samedi et que ce n'est pas un jour de travail ordinaire, commissaire, commença-t-elle, je me suis dit que je pourrais...

— C'est bon, c'est bon, bougonna Webberly avec un geste de la main, vous pouvez disposer.

— Oh, il ne s'agit pas de ça, fit Harriman, suave. L'article soixante-cinq A concernant les récupérations stipule...

— Si vous prenez votre lundi, je vous tords le cou, Harriman, fit Webberly avec une égale suavité. Avec l'affaire de l'Eventreur, il est hors de question que vous vous absentiez.

— Cela ne me viendrait pas à l'idée, monsieur. Dois-je mettre ces heures sur mon compte à récupérer ? L'article soixante-cinq C du règlement intérieur indique que...

— Mettez-les où vous voulez, Harriman.

Elle lui adressa un sourire compréhensif.

— Parfait, commissaire, dit-elle en refermant la porte derrière elle.

— Est-ce que cette teigne ne vous a pas fait un clin d'œil avant de sortir, Lynley ? s'enquit Webberly.

— Je n'ai rien remarqué, monsieur.

Il était huit heures et demie lorsqu'ils commencèrent à rassembler les papiers éparpillés sur le bureau de Webberly. La nuit était tombée et l'éclairage au néon, loin d'atténuer l'aspect fouillis — au demeurant bien sympathique — de la pièce, l'accentuait au contraire. Le désordre était encore pire qu'avant depuis qu'étaient venus s'y ajouter les dossiers du Nord étalés un peu partout. L'âcre nuage de fumée de cigarettes et de cigares joint aux relents de whisky et de xérès évoquait l'ambiance d'un club masculin plutôt crasseux.

En remarquant les rides que la fatigue avait creusées sur le visage de Lynley, Barbara se dit que l'aspirine ne lui avait pas fait grand bien. Il se tenait près du mur où étaient punaisées les photos des victimes de l'Eventreur, et les examinait une à une. Tandis qu'elle l'observait, il en désigna une de la main — celle du mort de King's Cross, nota-t-elle machinalement —, suivant du doigt l'entaille laissée par le couteau du maniaque.

— La mort met un point final à tout, murmura-t-il. Ce n'est plus que du noir et blanc, de la chair sans vie. Comment reconnaître un homme vivant à partir de ceci ?

— Ou de cela, si on va par là, fit Webberly, montrant les photographies apportées par le père Hart.

Lynley revint vers la table. Il se tenait près de Barbara mais ne faisait absolument pas attention à elle. Tandis qu'il examinait les clichés une dernière fois, elle vit se peindre sur son visage une expression de dégoût, d'incrédulité, puis de pitié. Il était si facile de lire sur ses traits qu'elle se demanda comment il se débrouillait pour ne pas se trahir en présence d'un suspect au cours d'une enquête. Il y parvenait pourtant, car il n'avait que des succès à son actif. Brillant, cet homme l'était à plus d'un titre.

— Nous nous mettrons en route pour le Nord demain matin, dit-il au commissaire.

Prenant une enveloppe de papier bulle, il y enfourna les documents.

Webberly étudiait un horaire des chemins de fer qu'il avait exhumé du fatras sous lequel disparaissait son bureau.

— Prenez le 8 h 45.

Lynley poussa un grognement de douleur.

— Ayez pitié de moi. Il va me falloir au moins dix heures pour me débarrasser de cette migraine.

— Alors prenez celui de 9 h 30, mais pas plus tard.

Webberly jeta un dernier coup d'œil autour de lui avant d'enfiler son manteau de tweed. Comme tous ses autres vêtements, le pardessus était élimé par endroits et le revers gauche s'ornait d'une petite reprise maladroite destinée à cacher une brûlure causée par de la cendre de cigare.

— Je veux un rapport mardi, déclara-t-il en s'en allant.

L'absence du commissaire parut rendre son tonus à Lynley car à peine Webberly avait-il tourné les talons qu'il se dirigea d'un pas alerte vers le téléphone. Il composa un numéro, pianotant sur le bureau et louchant sur la pendule. Au bout d'une minute, un grand sourire éclaira son visage.

— C'est gentil de m'avoir attendu, mon chou, dit-il dans le récepteur. Tu t'es enfin décidée à rompre avec Jeffrey Cusick ? Ah, j'en étais sûr, Helen ! Ne t'ai-je pas dit cent fois qu'un avocat ne réussirait pas à te rendre heureuse ? La réception s'est bien terminée ?... Il a fait ça ? Seigneur ! J'imagine la scène. Je me demande si Andrew a jamais pleuré de sa vie. Pauvre Saint James. Il ne devait plus savoir où se fourrer. C'est le champagne qui fait ça, tu sais. Et Sidney, elle a réussi à se ressaisir ? J'ai eu l'impression qu'elle allait y aller de sa larme à la fin. Elle n'a jamais caché que Simon est son frère préféré. Evidemment que nos projets tiennent toujours ! On avait bien dit qu'on allait danser, non ?... Peux-tu m'accorder, disons, une petite heure ? Hein, quoi ?... Helen ! Quelle coquine tu fais ! (Il rit et reposa le combiné sur son support). Toujours là, sergent ? s'enquit-il en se tournant vers Havers.

— Vous n'êtes pas motorisé, monsieur, répondit-elle, glaciale. Je me suis dit que vous aimeriez peut-être que je vous raccompagne.

— C'est très aimable à vous mais nous avons passé suffisamment de temps comme cela dans ce bureau et je suis sûr que vous avez mieux à faire un samedi soir que de me reconduire chez moi. Je prendrai un taxi. (Il se pencha au-dessus du bureau de Webberly, griffonnant à la hâte sur un bout de papier.) Voici mon adresse, dit-il en lui tendant le papier. Soyez-y à sept heures demain matin. Cela devrait nous donner le temps d'essayer d'y voir un peu plus clair avant de prendre le chemin du Yorkshire. Bonsoir, lança-t-il en quittant la pièce.

Barbara jeta un coup d'œil au bout de papier qu'elle tenait à la main, à l'écriture qui réussissait à être élégante bien que les lettres eussent été tracées à la va-vite. Elle l'étudia une bonne minute avant de le déchirer en petits morceaux qu'elle jeta à la poubelle. Elle savait très bien où habitait Thomas Lynley.

Le sentiment de culpabilité commença à la tarauder dans Uxbridge Road. Comme d'habitude. Ce soir, ce fut pire quand elle s'aperçut que l'agence de voyages était fermée, ce qui l'empêcherait d'y prendre la documentation sur la Grèce comme elle avait promis de le faire. Empress Tours. Drôle de nom pour cette petite boutique minable dont les employés étaient assis derrière des comptoirs au dessus plastifié et peints façon bois. Elle ralentit, essayant à travers le pare-brise sale de voir s'il n'y avait pas un signe de vie à l'intérieur. Les propriétaires habitaient au-dessus de la boutique. Peut-être qu'en frappant à leur porte, elle réussirait à leur faire mettre le nez dehors. Mais non, c'était ridicule. Maman avait aussi peu de chances d'aller en Grèce qu'elle n'en avait d'aller sur la lune ; elle attendrait ses brochures un peu plus longtemps, voilà tout.

Pourtant, elle était passée devant une douzaine d'agences au moins aujourd'hui. Pourquoi ne s'était-elle pas arrêtée ? Ces rêves idiots mis à part, quelle autre raison de vivre sa mère avait-elle ? Mue par le besoin de compenser son échec, Barbara stoppa devant chez Patel. L'épicerie délabrée, peinte en vert, était pleine d'étagères rouillées et de caisses empilées de façon précaire, d'où émanait cet étrange parfum qu'ont les fruits quand ils ne sont plus de la première fraîcheur. Patel était encore ouvert, lui au moins. Il n'était pas homme à laisser passer l'occasion de gagner trois sous.

— Barbara ! s'écria-t-il de l'intérieur du magasin tandis qu'elle se penchait au-dessus des fruits disposés dans des cageots sur le trottoir.

Essentiellement des pommes. Quelques pêches tardives en provenance d'Espagne.

— Qu'est-ce que vous fabriquez dehors à c't'heure ?

Il ne lui serait jamais venu à l'idée qu'elle pût avoir un rendez-vous. Personne n'aurait songé à ça. Pas même elle.

— J'ai travaillé tard, Mr Patel. Combien, les pêches ?

— Quatre-vingt-cinq pence la livre, mais pour vous, ma jolie, ce sera quatre-vingt.

Elle en choisit six. Il les pesa, les enveloppa et les lui tendit.

— J'ai vu votre père aujourd'hui.

Elle leva vivement les yeux vers l'épicier dont le visage se figea lorsqu'il vit son expression.

— Il n'a pas fait de bêtises, au moins ? s'enquit-elle, l'air faussement détaché, remettant son sac bandoulière à l'épaule.

— Ça non, alors ! Il ne fait jamais de bêtises ! (Mr Patel prit son argent, le compta et le recompta avant de le fourrer dans sa caisse.) Faites bien attention à vous, Barbara. Les hommes, quand ils voient des gentilles filles comme vous...

— Je ferai attention, soyez sans crainte, l'interrompit Barbara.

Elle jeta les pêches sur le siège avant. *Une gentille fille comme toi, Barbara. Faut que tu fasses attention. Garde bien les genoux serrés, surtout. Une vertu comme la tienne ça se perd vite, et une femme déchue l'est à jamais.* Avec un rire amer, elle enclencha la première et démarra.

A Acton, il y avait deux quartiers : le bon et le mauvais. C'était comme si une ligne de démarcation coupait arbitrairement la banlieue en deux, condamnant du même coup à l'indignité la moitié de la population tout en assurant la respectabilité de l'autre.

Dans la partie résidentielle, les maisons de brique bien propres s'enorgueillissaient d'huisseries aux couleurs pimpantes qui étincelaient au soleil matinal. Les roses poussaient à foison. Les fuchsias prospéraient dans leurs pots. Les enfants jouaient sur les trottoirs impeccables et dans les jardins tirés au cordeau. En hiver, la neige ourlait telle une meringue les bords des toits tandis qu'en été les ormes élancés formaient des tunnels de verdure sous lesquels les familles flânaient dans la lumière parfumée du soir. Dans les rues chic d'Acton, il n'y avait jamais ni disputes, ni musique tonitruante, ni odeurs de friture ni poings brandis. Le quartier était un océan de perfection sur lequel voguaient placidement les rêves de ses habitants. Mais une rue plus loin, le décor changeait radicalement.

Les gens se plaisaient à dire que le soleil tapait dur sur les rues moches d'Acton et que cela faisait toute la différence. C'était comme si une main géante s'était abattue sur le quartier, secouant pêle-mêle bâtiments, avenues, habitants et mettant tout sens dessus dessous. Les maisons sombraient avec morosité dans la décrépitude. Une fois plantés, les jardins étaient oubliés et livrés à eux-mêmes. Sur les trottoirs jonchés de saletés, les enfants jouaient à des jeux bruyants qui obligeaient leurs mères à bondir sur le pas de leur porte pour les rappeler à l'ordre. La bise hivernale s'insinuait en sifflant par les fenêtres mal jointes, les toits laissaient entrer la pluie. Les gens qui habitaient du mauvais côté n'envisageaient même pas la possibilité d'être ailleurs :

y penser, c'eût été espérer, et l'espoir était mort dans cette partie d'Acton.

C'était là que Barbara se rendait, engageant la Mini dans une rue bordée de voitures toutes aussi rouillées que la sienne. Devant chez elle, il n'y avait pas le moindre jardinet mais un bout de terrain aussi dur que le trottoir sur lequel elle se gara.

A côté, Mrs Gustafson faisait beugler sa télé. Comme elle était presque sourde, elle faisait profiter tout le voisinage des aventures de ses héros préférés. Sur le trottoir d'en face, les Kirby avaient entamé la querelle qui préludait rituellement à d'autres explications — plus intimes celles-là — tandis que leurs enfants les ignoraient de leur mieux, bombardant à coups de mottes de terre un chat indifférent posté sur le rebord d'une fenêtre du premier étage d'un pavillon voisin.

Barbara soupira, farfouilla à la recherche de sa clé et pénétra dans la maison. L'odeur du poulet aux petits pois l'atteignit de plein fouet.

— C'est toi, mon chou ? lança la voix maternelle. Tu rentres bien tard. Tu étais avec des amis ?

Cette bonne blague !

— Je travaillais, maman. J'ai réintégré la Criminelle.

Mrs Havers s'approcha de la porte du séjour en traînant les pieds. Aussi petite que Barbara, elle était horriblement maigre, comme si une longue maladie l'avait ravagée, atrophiant muscle après muscle.

— La Criminelle ? fit-elle d'un ton plaintif. Tu sais ce que j'en pense, mon chou.

Tout en parlant, elle porta la main à son crâne, tapotant nerveusement ses cheveux rares en un geste caractéristique. Ses yeux immenses étaient bouffis et bordés de rouge, à croire qu'elle avait passé la journée à pleurer.

— Je t'ai rapporté des pêches, fit Barbara, lui montrant le sac. L'agence de voyages était fermée, malheureusement. J'ai tambouriné à la porte pour les faire descendre mais sans succès. Ils ne devaient pas être chez eux.

Oubliant aussitôt la Criminelle, Mrs Havers rosit imperceptiblement. Saisissant le tissu de sa minable robe d'intérieur, elle le tire-bouchonna entre ses doigts.

— Ça n'a aucune importance. J'ai quelque chose à te montrer, attends. Va dans la cuisine, ton dîner est encore chaud. Je te rejoins dans un instant.

Barbara passa devant le séjour. Le caquetage inepte de la télévision et l'odeur de renfermé qui s'échappait de la pièce la firent tressaillir de dégoût. La cuisine, où flottaient des relents fétides de poulet grillé et de petits pois anémiques, ne valait guère mieux. Elle darda un œil morne vers l'assiette posée sur la table, effleura du bout du doigt la viande flétrie. Le morceau de volaille était froid, aussi glissant et fripé que si on l'avait mis à tremper dans du formol aux fins de dissection. La graisse s'était figée tout autour, une noix de beurre rance reposait intacte sur les petits pois qui semblaient avoir été retirés du four des années plus tôt.

Génial ! songea-t-elle. La « délicieuse salade de crabe » pouvait-elle vraiment rivaliser avec ce festin digne d'Epicure ? Elle se mit en quête du journal qu'elle trouva plié sur une des chaises bancales. Elle le prit, l'ouvrit et déposa son dîner sur le visage souriant de la duchesse de Kent.

— Tu n'as pas jeté ton bon dîner, j'espère !

Aïe ! Barbara se retourna et vit le visage défait de sa mère, ses lèvres tremblantes, ses grands yeux d'un bleu délavé pleins de larmes. Elle tenait un album relié en simili cuir contre sa poitrine osseuse.

— Tu m'as prise en flagrant délit, maman. (Barbara s'arracha un sourire, passa un bras autour des épaules maigrichonnes de sa mère et la conduisit vers la table.) J'ai mangé un morceau au Yard, je n'ai pas faim. Tu voulais que je le mette de côté pour toi ou pour papa ?

Mrs Havers cilla, son visage exprimant un soulagement pathétique.

— Je... je ne sais pas. Non, bien sûr que non. On ne va pas manger du poulet aux petits pois deux soirs de suite, pas vrai ? (Avec un petit rire, elle posa son album sur la table.) Ton père m'a rapporté les brochures sur la Grèce, annonça-t-elle.

— Vraiment ? (*Voilà donc pourquoi il était sorti de sa cage.*) Tout seul ? s'enquit Barbara, mine de rien.

Mrs Havers regarda au loin, tripotant les coins de l'album. Elle décocha à sa fille un sourire bref et radieux.

— Assieds-toi là, mon chou, fit-elle en avançant une chaise. Je vais te montrer.

Elle ouvrit l'album, tourna rapidement les pages consacrées à l'Italie, à la France, à la Turquie — la Turquie, je vous demande un peu — et au Pérou et arriva aux pages concernant la Grèce.

— Voilà l'hôtel où nous sommes descendus à Corfou. Juste devant la baie. On aurait pu séjourner dans un hôtel plus moderne, à Kanoni, mais j'aimais mieux la vue de l'autre, pas toi, mon chou ?

Barbara avait les yeux qui picotaient. Elle n'avait pas envie de jouer le jeu. *Combien de temps cela va-t-il durer ? Cela ne cessera-t-il donc jamais ?*

— Tu ne m'as pas répondu, Barbara, fit Mrs Havers, la voix tremblante d'inquiétude. Je me suis donné tellement de mal avec ce voyage aujourd'hui. Il valait mieux qu'on ait la vue plutôt que le nouvel hôtel de Kanoni, tu ne crois pas ?

— Bien mieux, maman, se força à répondre Barbara en se mettant debout. Je dois me lever de bonne heure demain, je suis sur une enquête. La Grèce ne peut pas attendre ?

Mrs Havers comprendrait-elle ?

— Quelle sorte d'enquête ?

— Ça concerne une famille du Yorkshire. Je serai absente quelques jours. Crois-tu que tu pourras t'en sortir ou veux-tu que je demande à Mrs Gustafson de venir s'installer à la maison ?

Une sourde s'occupant d'une folle, quelle réconfortante pensée !

— Mrs Gustafson ? (Mrs Havers referma l'album et se redressa.) Ce n'est pas la peine, mon chou. Ton père et moi, on se débrouillera très bien tout seuls. On s'est toujours très bien débrouillés seuls, tu sais. Sauf quand Tony...

Il faisait une chaleur étouffante et insupportable dans la pièce. Seigneur, songea Barbara, que ne donnerais-je pour un bol d'air. Pour respirer ne fût-ce qu'un instant. Elle se dirigea vers la porte de derrière qui donnait sur un jardinet envahi par les herbes folles.

— Où vas-tu ? s'enquit sa mère, une note familière d'hystérie dans la voix. Il n'y a rien là-bas derrière ! Tu ne dois pas sortir quand il fait nuit !

Barbara prit le poulet dans son papier.

— Je vais jeter ça à la poubelle, maman. J'en ai pour une minute. Tu n'as qu'à m'attendre près de la porte, comme ça tu me verras.

— Moi... Près de la porte ?

— Si tu veux, oui.

— Non, il ne faut pas que je reste près de la porte. On n'a qu'à la laisser entrouverte. Si tu as besoin de moi, tu n'auras qu'à crier.

— Excellente idée, maman.

Attrapant son paquet, elle sortit en hâte dans la nuit.

Quelques minutes. Elle respira l'air frais, écouta les bruits familiers du voisinage, tira de sa poche un vieux paquet de Players tout froissé. Elle prit une cigarette, l'alluma et leva les yeux vers le ciel.

Qu'est-ce qui avait déclenché la plongée dans la folie ? C'était Tony, bien sûr. Ce petit diable au visage parsemé de taches de rousseur. Une bouffée d'air frais dans les ténèbres perpétuelles de l'hiver. *Regarde, Barbie ! Regarde ! J'y arrive ! Je peux tout faire !* Panoplies de chimiste et ballons de rugby. Cricket sur le pré communal et chat perché l'après-midi. Et il avait fallu qu'il coure bêtement après une balle au milieu d'Uxbridge Road.

Pourtant ce n'était pas de cela qu'il était mort. Mais d'un séjour à l'hôpital, d'une fièvre persistante et bizarre, du baiser vampirique d'une leucémie. Par une étrange ironie du sort, il était entré à l'hôpital avec une jambe cassée et il en était ressorti avec la leucémie.

Il avait mis quatre horribles années à mourir. Quatre ans pendant lesquels ils avaient effectué cette descente dans la folie.

— Tu es là, mon chou ? fit la voix tremblante.

— Je suis là, maman. Je regarde le ciel.

Barbara écrasa sa cigarette sur le sol dur et rentra.

4

Deborah Saint James immobilisa la voiture en riant et se tourna vers son mari :

— On ne t'a jamais dit que tu étais le plus mauvais navigateur du monde, Simon ?

Il sourit et referma l'atlas routier.

— Pas une seule fois. Mais sois indulgente, pense au brouillard.

A travers le pare-brise, elle regarda le grand bâtiment sombre qui se dressait devant eux.

— Piètre excuse au fait que tu n'es pas capable de lire une carte, si tu veux mon avis. Tu es sûr que nous ne nous sommes pas trompés d'endroit ? Je n'ai pas l'impression qu'on nous attende.

— Le contraire m'étonnerait. Je leur ai dit que nous arriverions à neuf heures et il est maintenant... (A la faible lumière du plafonnier, il consulta sa montre.) Seigneur ! onze heures et demie. Eh bien, mon amour, qu'en penses-tu ? Si nous passions notre nuit de noces dans la voiture ?

— Tu veux que nous nous empoignions sur la banquette arrière comme deux adolescents en chaleur ? (Elle rejeta ses longs cheveux en arrière d'un mouvement vif.) Hmmm, c'est une idée. Seulement dans ce cas, tu aurais dû louer quelque chose de plus spacieux qu'une Escort. Non, Simon, nous n'avons pas le choix, j'en ai bien peur : il va falloir nous résigner à tambouriner à la porte. Mais je te préviens, c'est toi qui présenteras nos excuses au malheureux qui viendra ouvrir.

Elle sortit dans l'air glacial de la nuit et contempla le bâtiment. De style pré-élizabéthain à l'origine, l'édifice avait subi au

XVIIe siècle une série de remaniements qui ajoutaient à son air baroque. Les fenêtres à meneaux adressaient des clins d'œil au clair de lune qui avait réussi à percer à travers le brouillard et filait vers les vallons après avoir enveloppé les landes. Les murs étaient tapissés de vigne vierge. Les cheminées hérissaient le toit, se détachant sur fond de ciel nocturne comme une forêt de verrues bizarres. Le bâtiment semblait farouchement décidé à nier l'existence du XXe siècle, détermination qui avait gagné le parc alentour.

D'énormes chênes déployaient leurs branches au-dessus de pelouses ponctuées de statues cernées de fleurs. Des chemins s'enfonçaient en serpentant dans les bois derrière la maison. Au milieu du calme absolu, le gargouillis d'une fontaine et le bêlement d'un agneau faisaient seuls écho au chuchotement de la brise qui frémissait dans la nuit.

Deborah pivota vers la voiture.

Son mari avait ouvert sa portière et la regardait, guettant avec la patience qui lui était coutumière sa réaction de photographe devant la beauté des lieux.

— C'est merveilleux, dit-elle. Merci, mon amour.

Il souleva sa jambe gauche appareillée, la laissa retomber sur l'allée et tendit la main. D'un mouvement preste et naturel, Deborah l'aida à se mettre debout.

— J'ai l'impression d'avoir tourné en rond pendant des heures, remarqua Saint James en s'étirant.

— C'est parce que nous avons tourné en rond pendant des heures, le taquina-t-elle. « C'est à deux heures de la gare, Deborah. Le trajet est magnifique. »

— Tu ne vas pas prétendre le contraire, chérie.

— Sûrement pas. La troisième fois que j'ai aperçu l'abbaye de Rievaulx, j'ai failli hurler d'enthousiasme. (Elle jeta un coup d'œil à l'impressionnante porte de chêne.) Si nous tentions notre chance ?

Les graviers crissant sous leurs pas, ils s'approchèrent du renfoncement sombre où s'encadrait la porte, flanquée de deux énormes urnes. L'une des jarres contenait une débauche de fleurs tandis que l'autre abritait une colonie de géraniums rachitiques dont les feuilles tombèrent sur le sol lorsque Deborah et son mari passèrent à proximité.

Saint James actionna vigoureusement le lourd heurtoir de cuivre fixé au centre du battant, mais sans grand résultat.

— Il y a une sonnette, remarqua Deborah. Essaie-la.

La sonnerie retentit au plus profond de la demeure, provoquant aussitôt les aboiements furieux de ce qui leur parut être une véritable meute.

— Pour une réussite, c'est une réussite ! fit Saint James en éclatant de rire.

— Casper ! Jason ! Bon sang, arrêtez donc ! Ce n'est que la sonnette, sales bêtes ! fit une voix de femme, rauque et masculine. Couchés ! Dehors ! Retournez à la cuisine ! (Il y eut une pause, suivie d'un bruit de mêlée farouche.) Ah non, la barbe ! Filez, que je ne vous revoie plus ! Oh, espèces de monstres ! Rendez-moi mes pantoufles !

Sur ces mots, un verrou grinça et la porte s'ouvrit sans douceur, révélant une femme qui, pieds nus, sautillait sur les dalles glacées de l'entrée, sa chevelure grise et frisée flottant sur ses épaules.

— Monsieur Allcourt-Saint James, dit-elle sans autre préambule. Entrez. Brr !

Retirant le châle de laine qu'elle avait jeté sur ses épaules, elle le laissa tomber par terre pour s'en faire une carpette. Puis elle resserra étroitement autour d'elle les pans de sa volumineuse robe de chambre pourpre et claqua énergiquement la porte une fois que les visiteurs furent entrés.

— Ah, Dieu merci, ça va mieux. (Elle éclata d'un rire proprement rugissant.) Je vous demande pardon, je fais moins dans le genre Emily Brontë, d'habitude. Est-ce que vous vous seriez perdus ?

— Complètement, avoua Saint James. Voici ma femme, Deborah. Mrs Burton-Thomas.

— Vous devez être frigorifiés, observa la maîtresse de maison. Nous allons remédier à cela sans tarder. Allons dans le salon, il y a un bon feu. Danny ! beugla-t-elle par-dessus son épaule gauche. Venez, c'est par là. Danny !

Ils traversèrent à sa suite le vieux vestibule dallé de pierre. Tout murs blancs et poutres sombres, l'endroit était glacial. Fenêtres vierges de rideaux, table de réfectoire noire au centre de la pièce, vaste cheminée éteinte percée dans le mur du fond. Au-dessus de la cheminée était accroché un assortiment d'armes à feu et de casques aux formes bizarres.

— Eh oui, expliqua Mrs Burton-Thomas, nous avons eu les Têtes rondes de Cromwell ici. Ils ont occupé Keldale Hall dix mois durant, au cours de la révolution anglaise, et ils en ont bien profité. En 1644, précisa-t-elle, comme si elle attendait d'eux qu'ils enregistrent la date de cette année d'infamie dans l'histoire du clan Burton-Thomas. Mais nous nous en sommes débarrassés dès que nous avons pu, de ces démons !

Elle leur fit traverser une sombre salle à manger et les entraîna dans une pièce tout en longueur et richement lambrissée, ornée de doubles rideaux écarlates aux fenêtres, et où un feu de charbon ronflait dans l'âtre.

— Bon sang, où est-elle passée ? marmonna Mrs Burton-Thomas, se dirigeant vers la porte qu'ils venaient de franchir. Danny !

Un bruit de galopade retentit et une jeune fille d'environ dix-neuf ans aux cheveux tout ébouriffés s'encadra sur le seuil.

— Désolée ! fit-elle en riant. Tiens, tes pantoufles. (Elle les jeta à la châtelaine, qui s'en saisit habilement au vol.) Elles en ont pris un coup, j'en ai peur.

— Merci, mon lapin. Veux-tu aller chercher du cognac pour nos invités ? Cet horrible Mr Watson en a liquidé un bon tiers de carafe ce soir. Pour un peu, il regagnait sa chambre à quatre pattes. Mais il y a d'autres bouteilles à la cave. Tu t'en occupes ?

Tandis que l'adolescente s'éloignait, Mrs Burton-Thomas examina ses pantoufles et fronça les sourcils en découvrant un trou récent dans un talon. Toujours marmonnant, elle enfila les chaussons et drapa autour de ses épaules le châle qui lui avait pour ainsi dire tenu lieu de tapis volant dans sa traversée de la maison.

— Asseyez-vous, je vous en prie. Je n'ai pas voulu allumer un feu dans votre chambre avant votre arrivée, cela va nous permettre de bavarder, le temps qu'il flambe bien. Il fait rudement froid pour un mois d'octobre, vous ne trouvez pas ? Il paraît qu'on va avoir un hiver précoce.

Bientôt, la jeune Danny revint avec la bouteille de cognac demandée. Après l'avoir débouchée, elle la transvasa dans une carafe sur une table d'acajou signée surmontée d'un portrait de quelque ancêtre aux traits anguleux et à la mine farouche. Puis elle s'approcha, portant avec précaution un plateau sur lequel étincelaient trois verres à dégustation et la carafe.

— Je m'occupe de la chambre, tante ? s'enquit-elle.

— Oui. Et demande donc à Eddie de se charger des bagages. Et si jamais tu rencontrais nos Américains errant dans les couloirs et se demandant à quoi rime ce raffut, fais-moi le plaisir de leur présenter des excuses.

Mrs Burton-Thomas remplit généreusement les verres tandis que la jeune fille ressortait.

— Ils sont descendus chez moi pour l'atmosphère, et l'atmosphère, je me fais fort de leur en donner. (Avec un rire tonitruant, elle vida son verre d'un trait.) Je cultive la couleur locale, expliqua-t-elle, l'œil pétillant, en se resservant. Il suffit de jouer les excentriques pour avoir son nom dans tous les guides touristiques.

Son allure illustrait parfaitement ses propos. Il y avait en elle un mélange de noblesse seigneuriale et d'horreur gothique. Taille imposante, épaules de déménageur, elle se mouvait avec une grâce de bulldozer au milieu du mobilier sans prix qui garnissait la pièce. Elle avait des mains de manœuvre, des chevilles de danseuse et un visage de walkyrie vieillissante. Ses yeux bleus étaient profondément enfoncés dans les orbites, au-dessus de pommettes saillantes. Son nez en bec d'aigle, qui n'avait pas rapetissé avec les années, semblait, à la lumière tamisée du salon, jeter une ombre sur sa lèvre supérieure. On lui aurait donné soixante-cinq ans, mais pour Mrs Burton-Thomas l'âge n'avait de toute évidence qu'une valeur très relative.

— Eh bien, fit-elle en examinant ses pensionnaires, que diriez-vous d'une petite collation ? Vous avez raté le dîner que nous avons servi il y a maintenant... (elle jeta un coup d'œil à l'horloge qui égrenait son tic-tac sonore à l'autre bout du salon)... deux heures.

— Tu as faim, mon amour ? demanda Saint James à Deborah, l'œil malicieux.

— Euh... non, absolument pas. (Se tournant vers Mrs Burton-Thomas, elle s'enquit :) Vous avez d'autres pensionnaires ?

— Un couple d'Américains. Vous les verrez au petit déjeuner. Costume en polyester et chaînes en or tape-à-l'œil. Lui se promène avec une horrible bague ornée d'un diamant au petit doigt. Il m'a tenu hier soir sur l'art dentaire un discours à hurler de rire. Si j'ai bien compris, il voulait que je me fasse recouvrir les dents de résine pour les sceller. C'est le fin du fin, à ce qu'il paraît. (Mrs Burton-Thomas frissonna et avala un autre cognac.) Je ne sais pas pourquoi, ça m'a fait penser à l'Egypte. A ces choses qu'on conserve pour la postérité. Mais peut-être s'agit-il d'une nouvelle technique pour lutter contre les caries ? (Elle haussa les épaules avec une majestueuse indifférence.) Je n'ai pas la moindre idée de ce que cela peut être. Je me demande pourquoi les Américains font cette fixation sur leurs dents. La blancheur, la régularité, ils n'ont que ça à la bouche ! Enfin quoi, des dents un peu de travers, ça donne du caractère à un visage ! (Elle se mit à tisonner à grands coups le feu, expédiant sur le tapis une gerbe d'étincelles qu'elle piétina avec énergie.) Je suis ravie de vous avoir chez moi. Je sais bien que grand-père n'arrête pas de se retourner dans sa tombe depuis que je me suis lancée dans le tourisme, mais c'était ça ou traiter avec cette fichue Société pour la conservation des monuments. (Elle leur adressa un clin d'œil par-dessus le bord de son verre.) Excusez-moi mais l'hôtellerie, c'est quand même nettement plus amusant.

Une toux discrète se fit entendre. Un jeune garçon se tenait dans l'encadrement de la porte. Il était vêtu d'un pyjama de flanelle écossais et d'un vieux veston d'intérieur trois fois trop grand pour lui, ceinturé tant bien que mal autour de sa taille étroite. Le vêtement lui conférait une sorte de panache anachronique. Il portait une paire de béquilles.

— Qu'y a-t-il, Eddie ? s'enquit Mrs Burton-Thomas d'un ton bourru. Tu t'es occupé des bagages ?

— J'ai trouvé ça dans le coffre, tante. Je les monte aussi ?

— Evidemment, nigaud !

Il fit demi-tour et prit la fuite. Elle secoua la tête d'un air lamentable.

— Je suis une martyre, ces enfants me tueront. Allons, venez, mes petits, je vais vous montrer votre chambre. Vous devez tomber de fatigue. Emportez le cognac avec vous.

Ils retraversèrent à sa suite la salle à manger pour gagner le vestibule de pierre et, de là, se dirigèrent vers l'escalier. Les marches de chêne cirées et nues conduisaient aux régions supérieures de la maison qu'enveloppait une ombre épaisse.

— Des escaliers comme ça, expliqua Mrs Burton-Thomas en tapotant la rampe en bois massif, on n'en fait plus. Venez, c'est par ici.

Arrivée sur le palier, elle enfila un couloir faiblement éclairé le long duquel des portraits d'ancêtres rivalisaient avec trois tapisseries flamandes. Mrs Burton-Thomas désigna ces dernières d'un hochement de menton.

— Il faut absolument que je les enlève. Elles sont accrochées là depuis 1822, personne n'a réussi à convaincre mon arrière-grand-mère que ces machins-là rendent mieux quand on les regarde de loin. Toujours la tradition... Je ne cesse de lutter contre, sur tous les fronts. Voilà, mes petits, nous y sommes. (Elle ouvrit une porte.) Je vous laisse. Vous avez toutes les commodités. Je vous fais confiance, vous trouverez.

Là-dessus, elle s'en fut, sa robe de chambre lui battant les chevilles, ses pantoufles claquant sur le parquet.

En entrant dans la pièce, ils furent accueillis par un bon feu de charbon. Deborah se dit que c'était la plus belle chambre qu'elle eût jamais vue. Lambrissée de chêne, avec ses deux séduisants portraits de femmes peints par Gainsborough qui souriaient dans leur cadre, elle offrait un aspect douillet plein d'un charme suranné. De petites lampes de chevet aux abat-jour roses diffusaient une lumière sourde qui faisait miroiter l'acajou de l'énorme lit à baldaquin. Une haute armoire jetait une ombre dantesque contre un mur. Flacons de cristal et brosses à manche d'argent étaient alignés comme à la parade sur la coiffeuse. Devant l'une des fenêtres, un bouquet de lys était posé sur une table aux pieds de biche. Deborah s'approcha et effleura du bout des doigts l'extrémité cannelée d'une fleur ivoire.

— Il y a une carte, dit-elle, s'en emparant pour la lire.

Ses yeux s'emplirent de larmes. Elle se tourna vers son mari. Il s'était laissé tomber dans un énorme fauteuil flanquant la cheminée et l'observait sans mot dire, comme il le faisait si souvent, avec intensité.

— Merci, Simon, murmura-t-elle. (Elle remit la carte où elle l'avait trouvée, refoula une émotion indéfinissable et se força à prendre un ton léger.) Comment as-tu découvert cet endroit ?

— Ça te plaît ? s'enquit-il en guise de réponse.

— Tu n'aurais pas pu choisir un coin plus merveilleux. Mais tu le sais, n'est-ce pas ?

Il ne répondit pas. Un coup fut frappé à la porte. Il la regarda, un sourire flottant au coin des lèvres, l'air de dire : Quoi encore ?

— Entrez, cria-t-il.

C'était Danny, une pile de couvertures dans les bras.

— Désolée, j'avais oublié ça. Il y a déjà un édredon mais tante se figure que tout le monde est aussi frileux qu'elle. (Elle entra dans la pièce avec un petit air de propriétaire.) Eddie vous a monté vos affaires ? s'enquit-elle, ouvrant l'armoire et y laissant tomber les couvertures sans plus de cérémonie. Il est un peu empoté. Faut pas lui en vouloir. (Elle s'examina dans la glace qui ornait l'intérieur de la porte, tripota une ou deux mèches particulièrement folles et s'aperçut soudain qu'ils l'observaient.) Ne vous étonnez pas si vous entendez crier le bébé, déclara-t-elle d'un ton solennel.

— Le bébé ? Les Américains ont un bébé ? fit Deborah.

Les yeux sombres de Danny s'écarquillèrent. Son regard navigua de l'un à l'autre.

— Comment ! On ne vous a rien dit ? Vous n'êtes pas au courant ?

Deborah comprit que la jeune fille n'allait pas tarder à éclairer leur lanterne quand elle la vit s'essuyer soigneusement les mains après sa jupe, balayer la chambre du regard pour s'assurer qu'il ne s'y trouvait pas d'oreilles indiscrètes et se diriger vers la fenêtre qu'elle ouvrit en dépit du froid.

— Personne ne vous a parlé de ça ? fit-elle, dramatique, avec un grand moulinet du bras en direction de la nuit.

Intrigués, Deborah et Saint James rejoignirent Danny près de la croisée d'où l'on voyait surgir dans le lointain, à travers le brouillard, les murs squelettiques d'un édifice en ruine.

— L'abbaye de Keldale, psalmodia l'adolescente, s'installant confortablement auprès du feu pour faire la conversation. C'est de là que viennent les cris du nouveau-né, pas de la maison.

Saint James referma la fenêtre, tira les lourds rideaux, et entraîna Deborah vers la cheminée. La jeune femme s'assit par terre au pied du fauteuil de son mari, le dos au feu.

— Il s'agit sans doute d'un bébé fantôme ? dit-elle à Danny.

— Absolument, je l'ai entendu de mes propres oreilles. Vous l'entendrez vous aussi, vous verrez.

— Chaque fantôme a sa légende, observa Saint James.

La justesse de la remarque sembla remplir d'aise la jeune fille qui se tortilla sur son siège.

— Et celui-ci en a une, dit-elle gravement. Keldale était royaliste pendant la guerre. (Elle parlait comme si le XVIIe siècle datait d'hier.) Tous ici avaient épousé la cause du roi. Le village de Keldale est à un kilomètre cinq cents d'ici, vous avez dû le voir en arrivant.

Saint James expliqua.

— Nous aurions dû, mais nous sommes venus par... un autre chemin.

— Nous avons pris l'itinéraire touristique, précisa Deborah.

Danny préféra ignorer la diversion.

— Bref, enchaîna-t-elle, ça se passait à la fin de la guerre. Ayant appris que les Seigneurs du Nord envisageaient de se soulever, ce démon de Cromwell entreprit de ratisser les vallons une dernière fois, s'emparant des manoirs, détruisant les châteaux, rasant les villages royalistes. Keldale est bien caché.

— C'est ce que nous avons eu l'occasion de constater, glissa Saint James.

L'adolescente hocha la tête.

— Le village eut vent de ce que préparaient les féroces Têtes rondes plusieurs jours avant leur arrivée. Ce n'était pas après le village que Cromwell en avait, mais après les habitants de Keldale, qui étaient tous fidèles au roi Charles.

— Il voulait les massacrer, évidemment, fit Deborah, profitant de ce que la jeune fille marquait une pause pour reprendre son souffle.

— Jusqu'au dernier ! déclara l'adolescente. Lorsque le bruit se répandit que Cromwell cherchait Keldale, les villageois mirent une stratégie au point. Ils décidèrent de quitter le village avec armes et bagages et de se replier dans l'abbaye. Ainsi, lorsque les Têtes rondes arriveraient, il n'y aurait plus un chat dans Keldale.

— C'était un plan ambitieux, observa Saint James.

— Et un drôle de bon plan ! rétorqua fièrement Danny. (Ses jolis yeux pétillaient au-dessus de ses joues roses, mais elle baissa la voix.) Seulement voilà, ils avaient pensé à tout sauf au bébé ! (Elle se pencha, le buste en avant, parvenue manifestement au point culminant de son récit.) Les Têtes rondes arrivèrent, et, comme les villageois l'avaient souhaité, trouvèrent Keldale désert. Il n'y avait plus un chat dans le village. C'est alors... (d'un coup d'œil prompt, Danny s'assura que son public était attentif)... qu'un bébé se mit à crier dans l'abbaye où étaient réfugiés les villageois. Seigneur ! fit-elle, la main sur la poitrine. Quelle horreur ! Echapper aux griffes de Cromwell pour être trahis par un nouveau-né ! La mère s'efforça bien de le faire taire en lui donnant le sein, mais en vain, le petit criait comme un perdu. Les villageois étaient morts de frousse, craignant que les chiens de Keldale ne se mettent à aboyer en entendant le bébé et que Cromwell ne découvre leur retraite. Aussi pour faire cesser les cris du pauvre enfant, ils l'étouffèrent !

— Juste ciel ! murmura Deborah, se rapprochant du fauteuil de son mari. C'est exactement le genre d'histoire qu'on a envie d'entendre le soir de sa nuit de noces, n'est-ce pas ?

— Ah, mais je ne pouvais pas faire autrement que de vous la raconter, fit Danny avec ferveur. Car les cris du bébé portent malheur si on ne sait pas ce qu'il faut faire.

— Et justement, que faut-il faire ? s'enquit Saint James. Se mettre de l'ail autour du cou ? Dormir avec un crucifix à la main ?

Deborah lui administra une petite tape sur le genou.

— Je veux savoir, je tiens à savoir, moi. Ce n'est pas parce que j'ai épousé un cynique que ma vie doit être irrémédiablement gâchée. Danny, dites-moi ce que je dois faire si j'entends le bébé.

Danny opina gravement.

— C'est toujours la nuit que le nouveau-né crie dans l'abbaye. Il vous faut dormir sur le côté droit et votre mari sur le côté gauche. Et vous devez rester serrés l'un contre l'autre en attendant que les gémissements cessent.

— Voilà qui est intéressant, commenta Saint James. J'espère que cet enfant crie souvent.

— Pas très souvent, mais je... (Elle déglutit et ils s'aperçurent soudain qu'elle prenait très au sérieux cette histoire.) Je l'ai entendu, il y a trois ans ! Et je ne suis pas près de l'oublier ! (Elle se mit debout.) Vous vous rappellerez ce qu'il faut faire ? Vous n'oublierez pas ?

— Nous n'oublierons pas, fit Deborah, rassurante, à l'adolescente qui s'éclipsa.

Ils restèrent silencieux après son départ. Deborah appuya sa tête contre le genou de Saint James. Il lui caressait les cheveux de ses longs doigts fins, ramenant sur la nuque la masse bouclée. Elle leva les yeux vers lui.

— J'ai peur, Simon. Je n'ai pas pensé un instant cette année que cela pourrait m'arriver, et pourtant j'ai peur.

Elle vit dans ses yeux qu'il comprenait. Bien sûr qu'il comprenait. Comment aurait-il pu ne pas comprendre ?

— Moi aussi, répondit-il. J'ai été malade de peur toute la journée. Je m'étais juré de ne jamais me livrer. Ni à toi, ni à personne. C'est pourtant bien ce qui s'est passé. (Il sourit.) Tu t'es emparée de mon cœur avec une telle force que je n'ai pas pu résister, Deborah, et je m'aperçois maintenant que plus que de me perdre moi-même, ce que je redoute par-dessus tout, c'est te perdre, toi. (Il effleura le pendentif dont il lui avait fait cadeau le matin même et qui reposait au creux de sa gorge. C'était un petit cygne en or, symbole de leur engagement réciproque.) Ne crains rien, murmura-t-il doucement.

— Fais-moi l'amour, alors.

— Avec grand plaisir.

Jimmy Havers avait des petits yeux porcins qui devenaient fureteurs lorsqu'il était mal à l'aise. Il avait peut-être l'impression de se débrouiller comme un chef et de se tirer magistralement d'affaire — qu'il fût accusé de chapardage ou pris en flagrant délit — quand il racontait des bobards. Mais ses yeux le trahissaient à tous les coups, ce qui était le cas présentement.

— Comme Jimmy savait pas si tu serais rentrée à temps pour rapporter à ta mère la documentation sur la Grèce, il est allé la chercher, ma grande.

Mr Havers avait l'habitude de parler de lui à la troisième personne, moyen commode pour éviter d'endosser les conséquences de ses actes chaque fois qu'il faisait une bêtise. Comme maintenant. *Non, je suis pas allé chez le bookmaker. Non, j'ai pas acheté de tabac. Si quelqu'un l'a fait, c'est Jimmy, pas moi.*

Barbara observa son père, qui promenait un œil fouineur autour du séjour. Seigneur, quel endroit sinistre que cette petite pièce de trois mètres sur cinq ! Les fenêtres étaient hermétiquement fermées par la crasse et la suie qui s'y étaient accumulées au fil des années. Le sacro-saint salon — élément indispensable du bien-vivre — mangeait toute la place. Le canapé et les deux fauteuils en crin artificiel avaient été achetés quelque trente-cinq ans plus tôt à une époque où même le crin authentique constituait une conception particulièrement perverse du confort. Les murs disparaissaient sous un papier fleuri à donner le tournis où des boutons de roses entrelacés partaient niaisement à l'assaut du plafond. Les journaux de courses empilés sur les tables retombaient sur le plancher où ils disputaient la place aux quinze albums de photos simili-cuir qui retraçaient en détail la longue déchéance de sa mère. Et sur chaque cliché, immanquablement, Tony souriait, souriait...

Dans un coin du séjour se dressait l'autel qui lui était dédié. La dernière photo de Tony prise avant sa maladie — cliché flou d'un petit garçon tapant dans un ballon de foot dans un jardin jadis envahi par les fleurs — avait été agrandie au maximum. De part et d'autre du portrait, dans leurs cadres imitation chêne, étaient accrochés ses bulletins scolaires, les mots de félicitations de tous ses professeurs et — Seigneur, ayez pitié de nous — à la place d'honneur, son certificat de décès.

Face à l'autel, la télé braillait, comme d'habitude. On l'avait placée là de façon que Tony puisse la regarder, lui aussi. Les Havers continuaient de regarder ses émissions préférées, comme si rien ne s'était passé, comme si rien n'avait changé. Tandis que fenêtres et portes étaient fermées, verrouillées, cadenassées pour tenir à distance la vérité de cet après-midi d'août dans Uxbridge Road.

Barbara traversa la pièce en deux enjambées et éteignit le poste.

— Hé, protesta son père, Jim regardait !

Elle fit face. Seigneur, un vrai porc. Quand avait-il pris un bain pour la dernière fois ? Elle le sentait d'ici — la transpiration, les cheveux gras, la peau rance, les vêtements sales.

— Mr Patel m'a dit que tu étais passé chez lui, fit-elle en s'asseyant sur le hideux canapé dont le crin lui gratta aussitôt la cuisse.

Les petits yeux se remirent en mouvement, balayant tour à tour l'écran vide, les fleurs de plastique, les roses obscènes qui escaladaient le mur.

— Jim est allé chez Patel, ça c'est vrai, opina-t-il en gratifiant sa fille d'un grand sourire.

Il avait les dents jaunes et le long de la gencive, Barbara vit le liquide jaunâtre s'accumuler dans sa bouche. Le pot de café était près de sa chaise, mal dissimulé sous un journal. Elle savait qu'il voulait qu'elle regarde ailleurs pour lui donner le temps de faire ce qu'il avait à faire sans se faire pincer, mais elle refusa d'entrer dans son jeu.

— Crache, papa, dit-elle patiemment. Inutile d'avaler, tu ne veux pas te rendre malade, non ?

Mr Havers se détendit visiblement, allongea le bras vers le pot de café en fer-blanc et y expédia un long jet de liquide brunâtre. Il s'essuya avec un mouchoir douteux dans lequel il toussa abondamment, et ajusta les tuyaux qui lui envoyaient de l'oxygène dans le nez. L'air implorant, il quêta un peu de tendresse auprès de sa fille. Constatant qu'elle restait sourde à son appel, il se remit à promener les yeux autour de lui, inspectant la pièce du regard.

Barbara l'observait d'un air pensif. Pourquoi ne mourait-il pas ? se demanda-t-elle. Depuis dix ans qu'il déclinait, pourquoi ne se décidait-il pas à faire le grand saut une fois pour toutes dans l'oubli ? Le grand saut, ça le soulagerait, pourtant. Fini les halètements, fini l'emphysème. Plus besoin de mâcher du tabac pour tromper son envie de fumer. Plus que le vide et le néant.

— Tu finiras par attraper le cancer, papa, dit-elle. Tu le sais, n'est-ce pas ?

— Jim se porte comme un charme, Barb. T'inquiète pas, ma grande.

— Et maman, tu y penses ? Tu penses à ce qui se passerait si tu devais retourner à l'hôpital ? *Comme Tony.* (Les mots restèrent en suspens dans l'air.) Tu veux que je parle à Mr Patel ? Ce n'est pas que j'aie envie d'aller le trouver, mais j'y serai bien obligée si tu continues à mâchonner cette cochonnerie.

— C'est Patel qui lui a fourré cette idée dans le crâne, à Jim, protesta son père d'une voix geignarde. Quand tu lui as défendu de vendre des sèches à Jim.

— Si j'ai fait ça, c'est pour ton bien, et tu le sais. On ne doit pas fumer près d'une bouteille à oxygène. Les médecins te l'ont dit cent fois.

— Mais Patel dit que le tabac à mâcher, c'est bon pour Jim.

— Patel n'est pas médecin. Allons, donne-moi ton tabac, fit-elle en tendant la main.

— Mais Jim veut...

— Inutile de discuter, papa. Donne-le-moi.

Il déglutit à deux reprises, son œil fureteur se posant ici et là.

— Faut bien que j'aie une petite compensation. Je peux pas être privé de tout, Barbie, geignit-il.

Elle frissonna. Tony avait été le seul à l'appeler Barbie. Dans la bouche de son père cela sonnait comme une malédiction. Pourtant elle s'approcha de lui, lui mit la main sur l'épaule, se força à toucher les cheveux gras.

— Essaie de comprendre, papa. Il faut qu'on pense à maman. Sans toi, jamais elle ne survivrait. C'est pour ça qu'on doit essayer de te garder en forme. Tu ne vois donc pas que maman... t'aime tant.

Une lueur s'était-elle allumée au fond des prunelles paternelles ? Se voyaient-ils encore, seulement, dans ce petit enfer qu'ils méritaient si bien, ou le brouillard était-il trop dense ?

Il émit un sanglot étouffé, plongea sa main sale dans sa poche et en sortit la petite boîte métallique.

— Jim, c'est pas un mauvais cheval, Barbie, dit-il en tendant la boîte à sa fille.

Les petits yeux glissèrent du visage de Barbara à l'autel et de l'autel aux fleurs artificielles fichées dans leurs vases en plastique. Sans hésiter, Barbara vida les vases et confisqua les trois autres boîtes de tabac à mâcher qui y étaient cachées.

— Je parlerai à Mr Patel demain matin, dit-elle froidement en quittant la pièce.

Evidemment, il habitait Eaton Terrace. Eaton Place faisait trop Belgravia et Lynley n'était pas homme à afficher des goûts ostentatoires. En outre, cette maison n'était qu'un simple pied-à-terre. C'était à Howenstow — leur propriété de Cornouailles — que les Lynley prenaient réellement leurs aises.

Barbara contempla l'élégant bâtiment blanc. Comme tout était propre à Belgravia, songea-t-elle. Tout respirait le chic le plus aristocratique. C'était le seul quartier de Londres où, non contents de vivre dans d'anciennes écuries, les gens s'en vantaient auprès de tous leurs amis !

Nous habitons Belgravia maintenant. Nous ne vous l'avions pas dit ? Faites-nous donc l'amitié de venir prendre le thé dans notre maisonnette. Nous l'avons eue pour trois cent mille livres, mais c'est un placement judicieux. Cinq pièces. Une adorable petite rue pavée. Promettez-moi d'être là à quatre heures et demie. Vous reconnaîtrez tout de suite l'endroit : j'ai planté des bégonias dans tous les bacs.

Barbara gravit les marches de marbre immaculées et eut un mouvement de tête méprisant en remarquant les armoiries des Asherton sous l'applique de cuivre. *Pas d'écuries aménagées pour vous, monsieur le comte !*

Sur le point de tendre la main pour appuyer sur la sonnette, elle se ravisa et se retourna pour examiner la rue. Depuis hier, elle n'avait pas eu le temps de réfléchir à sa situation. La rencontre avec Webberly, l'aller et retour à Chelsea, la réunion à Scotland Yard avec l'étrange petit prêtre s'étaient succédé si vite qu'elle n'avait pas eu une minute à elle pour mettre de l'ordre dans ses idées et se fixer une ligne de conduite afin d'essayer de ne pas gâcher cette nouvelle chance.

En apprenant qu'ils allaient faire équipe, Lynley n'avait pas paru aussi catastrophé qu'elle l'avait cru, en fait il avait eu l'air moins consterné qu'elle. Mais sans doute était-ce parce qu'il avait d'autres choses en tête : le mariage de Saint James, et son rendez-vous nocturne avec lady Helen Clyde. Il y avait gros à parier qu'après avoir réfléchi à la question, il ne se gênerait pas pour lui faire sentir à quel point il était furieux de se retrouver avec quelqu'un comme elle sur les bras.

Quelle attitude adopter ? L'occasion tant attendue et si ardemment désirée de faire ses preuves une fois pour toutes à la Criminelle s'offrait enfin à elle. C'était le moment ou jamais de se racheter, de faire oublier les écarts de langage, les coups de gueule, les lapsus, les décisions impétueuses, les erreurs commises au cours des dix dernières années.

— Vous apprendrez beaucoup en travaillant avec Lynley.

Les mots de Webberly lui revinrent à l'esprit et elle fronça les sourcils. Qu'est-ce que Lynley pouvait bien lui enseigner ? Le vin qu'il convenait de commander avec tel ou tel plat ? Des pas de danse ? L'art de charmer un auditoire par sa conversation ? Que pouvait-elle apprendre de lui ?

Rien, évidemment. Mais elle savait pertinemment qu'il représentait sa seule chance d'être affectée de nouveau à la Criminelle. Aussi, plantée sur son seuil, elle se demanda comment elle devait s'y prendre pour faire bon ménage avec lui.

Elle décida d'opter pour une coopération pleine et entière : elle ne se permettrait pas la plus petite suggestion, serait d'accord avec lui sur toute la ligne.

Ta survie est à ce prix, se dit-elle en appuyant résolument sur la sonnette.

Alors qu'elle s'attendait à voir paraître une petite bonne rondelette à l'air mutin moulée dans un tablier blanc, elle eut la surprise de se trouver face à Lynley lui-même. Un Lynley en pantoufles, au nez aristocratique chaussé de lunettes, et qui tenait un toast à la main.

— Ah, Havers, dit-il en la fixant par-dessus ses verres. Vous êtes en avance. Parfait.

Il lui fit traverser la maison et la conduisit dans un petit salon tout boiseries blanches et murs vert d'eau, avec un plafond de style Adams d'une surprenante sobriété. A l'une des extrémités de la pièce, des portes vitrées donnaient sur un jardin où s'épanouissaient des fleurs tardives. Le petit déjeuner servi dans des plats en argent était disposé sur une desserte en noyer sculpté. La pièce dégageait une si agréable odeur de pain chaud et de bacon que l'estomac de Barbara se mit à gargouiller. Elle se plaqua une main contre le ventre, s'efforçant de ne pas penser à l'unique œuf à la coque trop cuit et au toast brûlé qui avait constitué tout son repas du matin. La table était dressée pour deux. Barbara s'en étonna avant de se rappeler le rendez-vous de Lynley avec lady Helen. Celle-ci devait sans nul doute être encore au lit, peu habituée à se lever avant dix heures et demie.

— Servez-vous, dit Lynley. (L'air absent, il pointa sa fourchette vers le buffet tout en ramassant des feuilles qui traînaient au milieu des assiettes.) Rien de tel que de manger un peu pour avoir les idées claires. A votre place, j'éviterais de toucher aux harengs. Je n'en garantis pas la fraîcheur.

— Non, merci, répondit-elle poliment. J'ai déjà déjeuné, monsieur.

— Vous ne prenez même pas une petite saucisse ? Elles sont délicieuses. Vous n'avez pas l'impression que les charcutiers essaient enfin de mettre plus de porc que de farine dans leurs produits ? Je trouve que c'est réconfortant. Près de cinquante ans après la Seconde Guerre mondiale, il serait temps d'en finir avec le rationnement. (Il empoigna la théière. Comme toute la vaisselle, elle était en porcelaine ancienne, un héritage familial sans aucun doute.) Puis-je vous offrir du thé si vous ne mangez pas ? Je vous préviens, je ne bois que du Lapsang Souchong. Helen prétend que ça sent le jus de chaussettes.

— Je... J'en prendrais volontiers une tasse.

— Très bien. Vous me direz ce que vous en pensez.

Au moment où elle mettait un morceau de sucre dans sa tasse, la sonnette retentit. Il y eut un bruit de pas montant un escalier.

— J'y vais, milord, lança une voix de femme avec un fort accent de Cornouailles. Désolée pour tout à l'heure. Avec le bébé et tout, je n'ai pas...

— C'est le croup, Nancy, marmonna Lynley pour lui-même. Emmenez donc ce pauvre enfant chez le médecin.

Une voix musicale résonna dans le couloir.

— Le petit déjeuner ?

Un rire léger.

— Mais alors je tombe à pic, Nancy. Il ne croira jamais que c'est une coïncidence.

Et sur ces mots, lady Helen entra en coup de vent dans le petit salon, paralysant Barbara qui eut un hoquet de désespoir.

Les deux femmes portaient le même tailleur. Mais si celui de lady Helen avait été coupé à ses mesures par le couturier qui l'avait dessiné, celui de Barbara n'était qu'une vulgaire copie achetée dans un magasin de prêt-à-porter. La marque de l'ourlet et les coutures qui godaient le démontraient amplement. Seule la couleur — qui était différente — pouvait lui éviter une complète humiliation. Elle attrapa sa tasse mais n'eut pas la force de la porter à ses lèvres.

Lady Helen marqua une pause infime en voyant Barbara.

— Je suis dans le pétrin, annonça-t-elle avec franchise. Dieu merci, vous êtes là aussi, sergent, j'ai l'impression que nous ne serons pas trop de trois pour trouver une solution au guêpier dans lequel je me suis fourrée.

Là-dessus, elle déposa un grand sac en papier sur la chaise la plus proche et se dirigea droit sur le buffet, soulevant les couvercles, examinant les plats, comme si la nourriture pouvait suffire à la tirer d'embarras.

— Quel guêpier ? s'enquit Lynley. (Il jeta un coup d'œil à Barbara :) Comment trouvez-vous le Lapsang ?

— Très bon, monsieur, fit Barbara.

— Encore cet horrible thé ! gémit lady Helen. Vraiment, Tommy, tu n'as pas de cœur.

— Si j'avais su que tu venais, je n'aurais pas eu l'outrecuidance de t'en proposer pour la deuxième fois en une semaine, répondit Lynley, d'un air entendu.

Nullement décontenancée, elle rit.

— Regardez-le, sergent, il est vexé ! Ne dirait-on pas à l'entendre que je suis là tous les matins, à le ruiner en nourriture.

— Tu étais déjà là hier, Helen.

— Espèce de mufle ! (Elle se tourna de nouveau vers le buffet.) Ces harengs ont une drôle d'odeur. Nancy les aurait-elle apportés de Cornouailles dans sa valise ? (Elle vint s'asseoir et posa sur la table son assiette où était empilé un savant mélange d'œufs, de champignons, de tomates et de bacon.) Qu'est-ce qu'elle fabrique ici, au fait ? Pourquoi n'est-elle pas à Howenstow ? Où est passé Denton ?

Lynley sirotait son thé à petites gorgées, fixant le rapport placé devant lui.

— Comme je dois m'absenter, j'ai donné quelques jours de congé à Denton, dit-il, sans lever les yeux. Inutile qu'il m'accompagne.

Lady Helen le fixa, la fourchette en l'air.

— Tu plaisantes, bien sûr. Dis-moi que tu plaisantes, chéri.

— Je suis parfaitement capable de me débrouiller sans mon valet de chambre. Je ne suis pas complètement idiot, Helen.

— Ce n'est pas ce que je voulais dire ! (Lady Helen avala une gorgée de Lapsang Souchong, fit la grimace et reposa sa tasse.)

Je pensais à Caroline. Elle est partie en vacances pour la semaine. Tu ne crois pas... Tommy, si elle s'est sauvée avec Denton, je suis perdue. Non... je sais ce que tu vas me dire. Ils ont le droit d'avoir une vie privée. Je suis entièrement d'accord. Mais il faut que nous arrivions à un compromis, toi et moi, parce que s'ils se marient et qu'ils s'installent ici...

— Eh bien, nous nous marierons aussi, voilà tout, répondit placidement Lynley. Et nous serons heureux comme des coqs en pâte tous les quatre.

— Tu trouves ça drôle ? Regarde-moi. Une matinée sans Caroline et j'ai l'air d'un épouvantail. Ne me dis pas qu'elle approuverait cette tenue !

Lynley considéra la tenue en question. Quant à Barbara, elle n'eut pas besoin de l'imiter : la vision de lady Helen dans son élégant tailleur bourgogne, sa blouse de soie, son écharpe mauve cascadant jusqu'à sa taille de guêpe était gravée dans sa mémoire.

— Qu'est-ce qu'elle a, cette tenue ? fit Lynley. Je la trouve parfaite. En fait, étant donné l'heure — il consulta sa montre de gousset —, je dirais que tu es presque trop élégante.

Exaspérée, lady Helen se tourna vers Barbara.

— N'est-ce pas une réaction typiquement masculine, sergent ? Je débarque ici avec l'air d'une fraise trop mûre et tout ce qu'il trouve à dire c'est que ma tenue est parfaite avant de se replonger dans son dossier.

— Si tu crois que j'ai envie de t'aider à choisir tes vêtements pour les deux ou trois jours à venir, tu te trompes. (Lynley désigna du menton le grand sac qui s'était renversé et d'où s'échappaient des pans de tissu.) Parce que c'est la raison de ta venue, n'est-ce pas ?

Lady Helen attira le sac vers elle.

— Si seulement c'était aussi simple que cela, soupira-t-elle. Mais c'est pire que les amours de Caroline et de Denton — question que nous n'avons toujours pas réglée, à propos — et je ne sais absolument pas comment m'en sortir. J'ai mélangé les trous de Simon.

Barbara, qui commençait à avoir l'impression d'être dans une pièce d'Oscar Wilde, se demanda quand Lane allait faire son apparition avec les sandwiches au concombre.

— Les trous de Simon ? fit patiemment Lynley, habitué à ce que lady Helen passe du coq à l'âne.

— Mais oui. Nous étions en train d'étudier les traces de sang causées par les différentes armes en fonction de la trajectoire, des angles de tir et des calibres. Tu t'en souviens, non ?

— Pour l'exposé du mois prochain ?

— Exactement. Simon avait laissé tout le matériel dans le labo pour que je puisse travailler dessus. J'étais censée effectuer les tests préliminaires, et tout préparer. Mais j'ai...

— ... mélangé les échantillons, compléta Lynley. Saint James va être content, tu n'as pas fini de l'entendre, Helen. Que suggères-tu ?

Elle regarda d'un air morne les échantillons qu'elle avait laissé tomber par terre.

— Je ne suis pas totalement ignare. Après quatre ans au laboratoire, je suis capable de reconnaître les impacts laissés par un calibre 22 et j'arrive à distinguer ceux causés par un 45 et un fusil de chasse. Mais pour ce qui est du reste... Quant à savoir quelles traces de sang correspondent à quelle trajectoire...

— Bref, tu es complètement perdue, résuma Lynley.

— Oui, convint-elle. Alors je me suis dit que je pourrais peut-être passer chez toi ce matin, histoire de voir si nous ne pourrions pas remettre de l'ordre dans tout ça.

Lynley se baissa et considéra la pile de tissus.

— Navré, mon chou, c'est impossible. Il y en aurait pour des heures et nous avons un train à prendre.

— Que vais-je dire à Simon ? Il a passé une éternité là-dessus.

Lynley réfléchit à la question.

— Il y a peut-être une solution...

— Laquelle ?

— Le professeur Abrams du Chelsea Institute. Tu le connais ? (Comme elle secouait la tête, il poursuivit :) Simon et lui ont eu tous deux l'occasion de témoigner en qualité d'experts. L'an dernier notamment, lors de l'affaire Melton. Ils se connaissent. Peut-être pourra-t-il te dépanner. Je peux essayer de l'appeler avant de partir.

— Tu ferais ça, Tommy ? Je serais si contente. Je ferais n'importe quoi pour toi.

Il haussa un sourcil.

— Ce n'est pas le genre de chose à dire à un homme à l'heure du petit déjeuner.

Elle éclata de rire.

— Je suis prête à faire la vaisselle, si tu veux ! J'irais même jusqu'à renoncer à Caroline si tu me le demandais.

— Et à Jeffrey Cusick ?

— Même à Jeffrey, le pauvre. Et sans hésiter encore !

— Très bien. Je m'en occuperai dès que nous aurons fini de déjeuner. Car je suppose que nous pouvons finir notre petit déjeuner, maintenant ?

— Oh, bien sûr. (Elle planta sa fourchette dans ses champignons tandis que Lynley chaussait ses lunettes et se replongeait dans ses papiers.) Quelle est cette affaire qui vous oblige à quitter Londres de si bonne heure ? demanda lady Helen à Barbara en se versant une seconde tasse de thé dans laquelle elle mit du sucre et de la crème en abondance.

— Une décapitation.

— Ça a l'air particulièrement horrible. Et vous allez loin ?

— Dans le Yorkshire.

Lady Helen s'immobilisa, la tasse en l'air, avant de la reposer avec soin sur la soucoupe. Ses yeux se braquèrent sur Lynley qu'elle observa un moment en silence.

— Où exactement dans le Yorkshire, Tommy ? s'enquit-elle d'une voix mate.

Lynley consulta un papier.

— Dans un patelin qui s'appelle... attends, je l'ai là... Keldale. Tu connais ?

Il y eut une pause pendant laquelle lady Helen réfléchit à la question. Le nez sur sa tasse, elle avait l'air impassible, pourtant une petite veine se mit à battre follement sur son cou. Elle releva la tête et eut un sourire sans joie.

— Keldale ? Absolument pas.

5

Lynley jeta son journal sur la banquette et fixa carrément Barbara Havers. Il était en effet inutile de prendre des gants car, penchée au-dessus de la tablette de Formica verdâtre qui les séparait, elle étudiait consciencieusement le compte rendu du meurtre de Keldale. L'espace d'un instant, il ne put s'empêcher de songer que les chemins de fer britanniques étaient tombés bien bas, à en juger par le choix de cette gamme de coloris certes peu fragiles et faciles à entretenir mais résolument glauques. Puis il reporta son attention sur Barbara.

Il avait entendu parler d'Havers. Qui n'en avait entendu parler... Elle avait échoué lamentablement lors de son premier passage à la Criminelle, réussissant à s'aliéner en un temps record MacPherson, Stewart et Hale, trois inspecteurs qui étaient les meilleurs garçons du monde. MacPherson, notamment, avec sa jovialité écossaise et son allure de bon père de famille, aurait dû être un mentor extraordinaire pour une fille comme Havers : c'était un véritable nounours. Y avait-il un seul sergent qui n'ait pas réussi à s'entendre avec MacPherson ? Oui, Barbara Havers.

Lynley se souvenait fort bien du jour où Webberly avait décidé de lui faire rendosser l'uniforme. Tout le monde savait que cela lui pendait au nez. Il y avait des mois que ça se préparait. Mais personne ne s'était attendu à ce qu'elle réagisse de cette façon.

— Si je sortais d'Eton, vous me garderiez, s'était-elle écriée dans le bureau de Webberly d'une voix brisée mais suffisamment forte pour que tout l'étage l'entende. Si j'avais un compte en banque bien garni, un titre ronflant, et la manie de troncher tout ce qui me tombe sous la main — femme, homme, enfant ou animal —, vous m'y garderiez, dans votre précieux service !

A la mention d'Eton, trois têtes s'étaient tournées vers Lynley. A la fin de la diatribe, il avait compris au silence qui régnait autour de lui que tout le monde regardait de son côté. Planté devant un classeur où il cherchait le dossier du petit Harry Nelson, il s'aperçut soudain que ses doigts avaient du mal à lui obéir. Bien sûr, il n'avait pas vraiment besoin de ce document, du moins pas à ce moment précis. Mais il ne pouvait évidemment pas rester planté là indéfiniment. Il lui fallait faire demi-tour, retourner à son bureau.

Il s'obligea à pivoter sur ses talons, lança d'un ton léger :

— Seigneur, pas les animaux tout de même, il y a des limites !

Et il traversa la pièce en s'efforçant de prendre un air dégagé.

Un rire gêné salua sa remarque. Puis la porte de Webberly claqua et Havers enfila le couloir telle une furie, la bouche tordue de rage, le visage ruisselant de larmes qu'elle essuyait sauvagement avec la manche de son manteau. Les yeux de Barbara lorsqu'elle croisa le regard de Lynley, le retroussis méprisant de ses lèvres exprimaient la haine à l'état pur. Il eut alors l'impression d'être frappé par un mal sans remède.

Quelques instants plus tard, MacPherson s'approcha, jeta sur son bureau le dossier d'Harry Nelson et laissa tomber de sa bonne grosse voix :

— Vous êtes formidable, mon garçon.

Malgré cela, il lui avait fallu attendre dix bonnes minutes que ses mains cessent de trembler afin de pouvoir composer le numéro d'Helen.

— On déjeune ensemble, mon chou ? lui avait-il demandé.

Au son de sa voix, elle avait tout de suite compris.

— Volontiers, Tommy. Simon m'a forcée à examiner des échantillons tous plus abominables les uns que les autres ce matin. Tu savais que le cuir chevelu vient avec quand on arrache les cheveux de quelqu'un, chéri ? J'ai bien besoin d'un bon déjeuner pour me remettre de mes émotions. On se retrouve au Connaught ?

Bénie soit Helen. Au cours de cette année, elle avait été sa bouée, son refuge. Lynley chassa cette pensée de son esprit et se remit à étudier Havers. Il lui trouvait un air de ressemblance avec une tortue. Ça l'avait frappé ce matin, lorsque Helen était entrée. La malheureuse s'était figée, c'est à peine si elle avait articulé dix mots avant de rentrer dans sa carapace. Quel étrange comportement ! Comme si elle avait quelque chose à craindre d'Helen ! Il fouilla dans ses poches à la recherche de son étui à cigarettes et de son briquet.

Le mouvement attira l'attention du sergent Havers, qui leva le nez puis se replongea dans sa lecture, le visage impassible. Elle ne fume pas, elle ne boit pas, songea Lynley en grimaçant un sourire. *Il faudra vous y habituer, sergent. Je ne suis pas homme à renoncer à mes vices. En tout cas, au cours de l'année qui vient de s'écouler, je ne me suis privé de rien.*

Il n'avait jamais vraiment réussi à comprendre la violente antipathie qu'il lui inspirait. Certes, il y avait ces ridicules histoires de classe sociale : Dieu sait que ses collègues ne s'étaient pas privés de le charrier lorsqu'ils avaient découvert qu'il avait hérité d'un titre. Cependant, après l'avoir accueilli avec des courbettes et des « pom-pom-pom-pom » ironiques une ou deux semaines durant, ils avaient fini par se calmer. Mais pas Havers, qui semblait entendre les mots ronflants *huitième comte d'Asherton* chaque fois qu'il s'approchait d'elle, chose qu'il évitait soigneusement de faire depuis qu'elle avait rendossé l'uniforme.

Il soupira. Et voilà qu'ils se retrouvaient ensemble... qu'avait cherché Webberly en concoctant ce couple grotesque ? Comme le commissaire était de loin l'homme le plus intelligent qu'il eût jamais rencontré au Yard, ce tandem don-quichottesque ne pouvait être le fruit du hasard. Lynley contempla le paysage par la fenêtre mouchetée de pluie. *Si seulement j'arrivais à savoir lequel de nous deux est Sancho Pança, nous nous entendrions rudement bien.* Il rit.

Le sergent Havers lui jeta un regard curieux mais ne souffla mot. Lynley sourit.

— Je cherche des moulins à vent, expliqua-t-il.

Ils buvaient l'infâme café des chemins de fer dans le traditionnel gobelet en plastique lorsque le sergent Havers se risqua à soulever la question de la hache.

— La hache ne porte pas d'empreintes, observa-t-elle.

— Ça paraît bizarre, n'est-ce pas ? fit Lynley.

Le goût du breuvage lui ayant arraché une grimace, il repoussa son gobelet et poursuivit :

— Elle tue son chien, elle tue son père, elle reste assise à attendre la police mais elle essuie le manche de la hache pour effacer ses empreintes. Ça n'est pas logique.

— Pourquoi croyez-vous qu'elle ait tué le chien, inspecteur ?

— Pour le faire taire.

— Oui, j'imagine, acquiesça-t-elle du bout des dents.

Lynley se rendit compte qu'elle avait quelque chose à ajouter.

— Qu'est-ce que vous en pensez, vous, sergent ?

— Moi... je... Rien. Vous avez probablement raison, monsieur.

— Vous avez une autre idée ? Je vous écoute. (Havers le considérant d'un œil circonspect, il ajouta :) Allez-y, sergent.

Elle s'éclaircit la gorge.

— A mon avis, elle n'avait pas vraiment besoin de le tuer. Je veux dire... c'était son chien. Pourquoi aurait-il aboyé après elle ? Je peux me tromper, mais il me semble que c'est plutôt après un intrus qu'il aurait aboyé. Et que seul un intrus aurait éprouvé le besoin de le neutraliser.

Lynley étudia le bout de ses doigts réunis en clocher.

— « L'étrange incident du chien la nuit », murmura-t-il. Il aurait aboyé même après une gamine qu'il connaissait s'il l'avait vue tuer son père.

— Mais... je me disais, monsieur... (Havers ramena ses cheveux courts derrière ses oreilles, ce qui la fit paraître plus laide encore.) Est-ce que le chien n'aurait pas été tué d'abord ? (Elle feuilleta les papiers qu'elle avait remis dans la chemise et prit une des photographies.) Le corps de Teys est allongé sur l'animal.

Lynley étudia le cliché.

— En effet. Mais c'est peut-être une mise en scène de la gamine.

Les petits yeux vifs d'Havers s'écarquillèrent d'étonnement.

— Je ne crois pas. Ça me surprendrait beaucoup qu'elle ait réussi à faire ça.

— Pourquoi ?

— Teys faisait un mètre quatre-vingt-douze. (Elle sortit maladroitement d'autres feuillets.) Il pesait... ah, voilà, quatre-vingt-dix kilos. Je vois mal Roberta déplacer un poids mort de quatre-vingt-dix kilos pour monter une mise en scène sur le lieu du crime. Surtout si elle avait l'intention de tout avouer immédiatement après. Ça semble peu probable. En outre, si elle l'avait déplacé, vu que le corps n'avait pas de tête, il aurait dû y avoir du sang sur les murs. Or il n'y en avait pas.

— Un point pour vous, sergent, déclara Lynley, sortant ses lunettes de lecture de sa poche. Je crois que je suis d'accord avec vous. Laissez-moi jeter un coup d'œil. (Elle lui tendit le dossier.) Voyons, l'heure de la mort... Entre dix heures et minuit, dit-il plus pour lui-même que pour elle. Il a mangé du poulet aux petits pois au dîner. Que se passe-t-il, sergent ? Vous ne vous sentez pas bien ?

— Ce n'est rien, monsieur. J'ai des frissons.

— Ah. (Il poursuivit sa lecture.) On a retrouvé des barbituriques dans le sang de la victime. (Il releva la tête, le front barré d'une ride, et fixa Havers par-dessus la monture de ses lunettes.) Pourquoi un gaillard pareil aurait-il besoin d'avaler des somnifères ? Voilà un garçon qui travaille dur à la ferme au grand air des vallons, il dîne copieusement, s'endort au coin du feu. Le bonheur bucolique... Les somnifères ne collent pas.

— Il venait tout juste de les prendre, semble-t-il.

— C'est évident. Il est peu probable qu'il ait somnambulé jusqu'à l'étable.

Elle se figea instantanément, plongeant dans sa carapace.

— Je voulais seulement dire...

— Excusez-moi, coupa Lynley, je plaisantais. Ça m'arrive parfois, cela détend l'atmosphère. Il faudra essayer de vous y habituer.

— Bien sûr, monsieur, répondit-elle avec une courtoisie un peu forcée.

L'homme les aborda tandis qu'ils franchissaient la passerelle pour gagner la sortie de la gare. Mince à l'extrême, l'air anémique, il semblait être la proie d'une multitude de maux d'estomac qui lui empoisonnaient l'existence. Alors qu'il s'approchait d'eux, il se fourra dans la bouche une pastille qu'il se mit à sucer avec une détermination farouche.

— Commissaire Nies, fit Lynley, affable. Vous avez fait tout le trajet depuis Richmond rien que pour nous souhaiter la bienvenue ? C'est une sacrée trotte.

— Quatre-vingt-quinze kilomètres. Aussi, que les choses soient claires, inspecteur, lâcha Nies d'un ton sec.

Il s'était planté devant eux, bloquant l'escalier.

— Je ne veux pas de vous ici. C'est Kerridge qui mène la danse, je n'ai pas voix au chapitre. Si vous avez besoin de quoi que ce soit, adressez-vous à Newby Wiske, pas à Richmond. Compris ? Je ne veux absolument pas avoir affaire avec vous. Si vous êtes venu ici avec des idées de revanche, inspecteur, autant vous les carrer dans le cul. Pigé ? Je n'ai pas de temps à perdre avec des tapettes d'Eton que le prurit de la vengeance démange.

Il y eut un instant de silence. Barbara se demanda s'il y avait des gens qui osaient parler d'une façon aussi colorée à lord Asherton dans son domaine de Cornouailles.

— Sergent Havers, dit Lynley d'un ton neutre, je ne crois pas que vous connaissiez le commissaire principal Nies de la police de Richmond.

Elle n'avait jamais vu un homme en remettre un autre à sa place aussi vite et avec une aussi exquise politesse.

— Ravie de faire votre connaissance, monsieur, s'empressa-t-elle de déclarer.

— Allez vous faire foutre, Lynley ! gronda Nies. Et arrangez-vous pour rester en dehors de mon chemin.

Sur ces mots, il pivota sur ses talons et, fendant les rangs des voyageurs, se dirigea vers la sortie.

— Bien joué, sergent, fit Lynley avec sérénité.

Il entreprit de balayer des yeux la foule qui se pressait aux alentours. Il était presque midi et les allées et venues dont la gare d'York était habituellement le théâtre n'avaient fait qu'augmenter. Les gens profitaient en effet de l'heure du déjeuner pour acheter des billets, discuter le prix de location des voitures avec les préposés, attendre des parents ou des proches qui avaient eu le bon goût de planifier astucieusement leur arrivée. Lynley repéra la personne qu'il cherchait.

— Ah, j'aperçois Denton, là-bas, dit-il en agitant la main vers un jeune homme qui se dirigeait de leur côté.

Denton sortait du buffet où il était manifestement en train de déjeuner. Tout en louvoyant à travers la foule, il mastiquait, avalait, s'essuyait la bouche avec un mouchoir en papier. Il réussit en outre à peigner son abondante chevelure sombre, à redresser sa cravate et à jeter un bref coup d'œil à ses chaussures avant d'arriver à leur hauteur.

— Le voyage a été bon, milord ? s'enquit-il en tendant à Lynley un jeu de clés. La voiture est devant la gare.

Il souriait mais Barbara vit qu'il évitait avec soin de croiser le regard de Lynley.

Lynley contempla son valet de chambre d'un air critique.

— Caroline, dit-il.

Les yeux ronds et gris de Denton s'arrondirent de plus belle.

— Caroline, milord ? reprit-il d'un air innocent, jetant néanmoins un coup d'œil nerveux derrière lui.

— « Caroline, milord ? » reprit Lynley, le singeant. Pas de ça avec moi, Denton. Nous avons deux ou trois petites choses à régler avant votre départ en vacances. Au fait, voici le sergent Havers.

Denton déglutit péniblement et adressa un bref signe de tête à Barbara.

— Très heureux, sergent, dit-il avant de se retourner vers Lynley. Vous disiez, milord ?

— Et cessez de m'appeler milord, vous n'êtes pas aussi obséquieux à la maison. En public, ces manifestations me rendent malade.

Agacé, Lynley fit passer sa mallette noire d'une main dans l'autre.

— Désolé, soupira Denton, changeant illico de ton. Caroline est au buffet. J'ai retenu un cottage à Robin Hood's Bay.

— Vous êtes un grand romantique, observa sèchement Lynley. Epargnez-moi les détails. Dites à Caroline de passer un coup de fil à lady Helen pour la rassurer, lui expliquer que vous n'avez pas l'intention de filer vous marier à la sauvette à Gretna Green. Je compte sur vous, Denton ?

Le jeune homme eut un large sourire.

— Comptez sur moi. Ce sera fait dans un instant.

— Merci. (Lynley plongea la main dans sa poche pour y prendre son portefeuille et en sortit une carte de crédit qu'il tendit à son valet de chambre.) N'allez pas vous faire d'idées, le prévint-il. C'est uniquement pour la voiture. Compris ?

— Compris, répondit Denton.

Il jeta un coup d'œil par-dessus son épaule en direction du buffet. Une jolie jeune femme venait d'en émerger et les regardait. Elle était aussi élégante et bien coiffée que lady Helen elle-même. On dirait son clone, songea Barbara, se demandant si c'était le métier qui voulait ça. La seule chose qui différenciait la femme de chambre de sa maîtresse était un léger manque d'assurance, visible à la façon dont Caroline tenait son sac : elle en étreignait les anses à deux mains comme s'il s'était agi d'une arme défensive.

— Je peux disposer ? s'enquit Denton.

— Partez, partez, fit Lynley. Et soyez prudent, n'est-ce pas ?

— Ne craignez rien, milord.

Lynley le regarda se fondre dans la foule, la jeune femme à son bras. Il se tourna vers Barbara :

— Cette fois nous devrions en avoir fini avec les interruptions. Nous allons pouvoir y aller.

Là-dessus, il l'entraîna vers Station Road et marcha droit vers une superbe Bentley gris métallisé.

— Je sais tout, annonça Hank Watson d'une voix confidentielle, de la table voisine. J'ai tous les détails de A à Z. (S'étant assuré que les autres convives étaient suspendus à ses lèvres, il poursuivit :) Jojo et moi avons eu droit ce matin à toute l'histoire du bébé de l'abbaye, de la bouche d'Angelina elle-même.

Saint James consulta sa femme du regard.

— Encore un peu de café, Deborah ? s'enquit-il poliment.

Comme elle refusait, il se servit et reporta son attention sur le couple d'Américains.

Hank et Jojo Watson n'avaient pas perdu une seconde pour faire la connaissance des deux seuls autres pensionnaires de Keldale Hall. Mrs Burton-Thomas leur avait d'ailleurs facilité les choses en asseyant son monde à des tables voisines. Elle ne s'était même pas donné la peine de faire les présentations, sachant pertinemment que ce serait inutile. De fait les superbes moulures en relief des murs lambrissés, la desserte de Sheraton, les chaises d'époque perdirent tout intérêt aux yeux des Watson dès que Saint James et Deborah mirent le pied dans l'immense salle à manger.

— Hank, chéri, ils n'ont peut-être pas envie d'entendre parler du bébé de l'abbaye.

Jojo tripotait sa chaîne en or d'où pendillait une véritable forêt de breloques. Des plaques portant des inscriptions variées — Supermaman, Mon petit chou, Coco — voisinaient avec un logo de Mercedes-Benz, une cuiller miniature et une minuscule tour Eiffel.

— Tu parles qu'ils ont pas envie de l'entendre ! riposta Hank. Pose-leur la question, Coco.

Jojo se mit à rouler les yeux d'un air confus.

— Hank a une passion pour l'Angleterre, il est fou de ce pays, expliqua-t-elle.

— Je l'adore, renchérit Hank. Si seulement je pouvais avoir des toasts chauds au petit déjeuner, ce serait le paradis. Pourquoi diable mangez-vous vos toasts froids ?

— J'ai toujours pensé que c'était une carence culturelle, répondit Saint James.

Bouche grande ouverte, Hank lâcha un braiment appréciateur, exhibant une rangée de dents d'un blanc fulgurant.

— Une carence culturelle ! Ah, elle est bonne ! Elle est bien bonne celle-là ! T'entends ça, Coco ? Une carence culturelle ! (Hank répétait toujours les remarques qui le mettaient en joie. Grâce à cette innocente manie, il finissait par se persuader qu'il en était l'auteur.) Mais revenons à l'abbaye, dit-il en homme qui a de la suite dans les idées.

— Hank, murmura sa femme.

Elle avait vaguement l'air d'un lapin, avec ses yeux globuleux et son petit nez retroussé sans cesse en mouvement.

— Relax, Coco. Ces gens appartiennent au gratin.

— Je crois que je vais reprendre du café, Simon, fit Deborah.

Son mari la servit, croisa son regard.

— Du lait, chérie ?

— Volontiers.

— Du lait chaud dans le café ! s'exclama Hank. Encore une chose à laquelle je n'ai pas réussi à m'habituer. Tiens ! Voilà Angelina qui rapplique !

La jeune fille — qui, à en juger par sa ressemblance avec Danny, appartenait elle aussi à l'étrange clan Burton-Thomas — entra dans la salle à manger, portant un grand plateau avec une expression d'intense concentration. Elle n'était pas aussi jolie que Danny. C'était une petite rousse rondelette, aux joues rouges et aux mains gercées, qui aurait été plus à son aise dans une ferme que dans une demeure ancestrale au milieu d'une famille d'excentriques. Elle esquissa une révérence maladroite et se mit à servir le petit déjeuner tout en se mordillant nerveusement la lèvre inférieure.

— C'est une grande timide, observa Hank à voix haute en éventrant son œuf au plat à l'aide d'un morceau de toast. N'empêche qu'elle nous a donné tous les tuyaux hier soir après dîner. Vous avez entendu parler de cette histoire de bébé, non ?

Deborah et Saint James se consultèrent du regard, se demandant lequel d'entre eux renverrait la balle. Deborah s'en chargea :

— En effet, convint-elle. Le nouveau-né qui pleure dans les ruines de l'abbaye. Danny nous en a touché un mot juste après notre arrivée.

— Ben tiens ! Ça m'étonne pas d'elle ! s'exclama Hank. (Il crut bon de préciser sa pensée.) Chouette petit lot. Elle aime se faire remarquer.

— Hank, murmura sa femme, le nez dans son porridge.

Sous ses cheveux blonds très courts couleur champagne rosé, elle avait le bout des oreilles tout rouge.

— Voyons, Coco, ces gens ne sont pas tombés de la dernière pluie, fit Hank. Ils connaissent la musique. (Il pointa vers les Saint James une fourchette au bout de laquelle tressautait, précairement empalé, un bout de saucisse.) Il faut excuser Jojo, expliqua-t-il. On pourrait penser que vivre à Laguna Beach l'aurait dessalée un peu, pas vrai ? Vous connaissez Laguna Beach en Californie ? (Sans attendre de réponse, il enchaîna :) Y a pas plus sympa au monde comme coin, sans vouloir vous vexer. Coco et moi, ça fait quoi, vingt-deux ans maintenant qu'on y habite, et elle trouve encore le moyen de piquer un fard quand elle tombe sur deux pédés en train de se faire du gringue ! « Jojo, que je lui dis, inutile de te mettre dans tous tes états quand tu rencontres des pédés ! » (Il baissa la voix.) Surtout qu'à Laguna, il nous en sort de partout.

Saint James jugea plus prudent de ne pas regarder Deborah.

— Mais oui ! insista Hank. Les tapettes, les homosexuels, il y en a des wagons à Laguna ! Ils veulent tous vivre là-bas ! Mais revenons-en à l'abbaye. (Il fit une pause et avala une lampée de café avec un affreux bruit de succion.) Il paraît que c'est là que Danny et son petit copain avaient l'habitude de se rencontrer pour se peloter un peu, vous voyez ce que je veux dire. La fameuse nuit, il y a trois ans de ça, les voilà qui décident de passer aux choses sérieuses. Vous me suivez ?

— A merveille, fit Saint James, évitant toujours soigneusement de rencontrer le regard de sa femme.

— Danny, elle, elle est un peu réticente. Un pucelage, c'est quand même quelque chose, pas vrai ? Et on ne s'en débarrasse pas comme ça, surtout au beau milieu des bois. Et une fois que c'est fait, ben, y a plus moyen de revenir en arrière, n'est-ce pas ?

— En effet, fit Saint James.

Hank hocha la tête d'un air sagace.

— Bon, alors selon sa sœur Angelina...

— Parce qu'elle était là ? s'enquit Saint James, incrédule.

Hurlant de rire, Hank se mit à taper en cadence sur la table avec sa cuiller.

— Vous êtes un drôle de numéro, vous ! (Et s'adressant à Deborah :) Il est toujours comme ça ?

— Toujours, répondit-elle sans l'ombre d'une hésitation.

— Formidable ! Mais revenons-en à nos moutons.

Deborah et Saint James échangèrent un coup d'œil entendu.

— Voilà donc le gars, avec Danny, en position, prêt à faire feu. (Hank prit son couteau et sa fourchette pour mimer la scène.) Quant tout à coup le moutard se met à pousser des hurlements à ameuter un régiment ! Vous voyez le tableau ?

— Très clairement, lui assura Saint James.

— En entendant les braillements du marmot, nos deux tourtereaux se figurent que c'est le Seigneur en personne qui se manifeste. Ils font ni une ni deux, ils quittent l'abbaye à toute pompe, à croire qu'ils avaient le diable aux trousses. Et ceci mit fin à cela.

— Aux cris du bébé, vous voulez dire ? s'enquit Deborah. Oh, Simon, et moi qui espérais les entendre ce soir. Ou même cet après-midi. Conjurer le mauvais sort est une activité tellement... passionnante.

Coquine, dit le regard de son mari.

— Pas aux cris du bébé, aux galipettes de Danny et de son rigolo. Comment s'appelait-il, déjà, Coco ?

— Il avait un drôle de nom. Ezra quelque chose.

Hank opina.

— Enfin bref, Danny rapplique au château avec le trouillomètre à zéro en déclarant qu'elle veut se confesser. Ils appellent le prêtre qui vient exorciser...

— ... l'abbaye, le château ou Danny ? intervint Saint James.

— Les trois, mon vieux ! Le curé arrive ventre à terre et se met à asperger le château avec de l'eau bénite, puis il se rend à l'abbaye et...

Il s'arrêta net, avec le visage radieux et l'œil brillant du conteur chevronné qui a plaisir à tenir son auditoire en haleine.

— Encore un peu de café, Deborah ?

— Non, merci.

— Et une fois sur place, qu'est-ce qu'il découvre ? demanda Hank.

Saint James fit mine de réfléchir à la question.

— Quoi ? s'enquit-il soudain en réponse au coup de pied que sa femme lui décochait sous la table.

— Un bébé en chair et en os ! Un nouveau-né auquel on n'avait pas encore coupé le cordon, né depuis à peine deux heures et complètement raide. Mort de froid.

— C'est horrible ! fit Deborah, pâlissant.

Hank hocha solennellement la tête.

— Horrible, ç'a dû l'être aussi pour le pauvre Ezra ! Je parie qu'il a dû lui falloir au moins deux ans avant de réussir à... vous voyez ce que je veux dire !

— A qui était ce bébé ?

Hank haussa les épaules et reporta son attention sur son petit déjeuner maintenant complètement froid. De toute évidence, il ne s'était intéressé qu'aux détails les plus croustillants de l'affaire.

— Mystère, répondit Jojo. Les gens d'ici l'ont enterré dans le cimetière. La tombe porte une curieuse épitaphe mais je suis incapable de m'en souvenir. Il faudrait que vous y alliez d'un saut.

— Ce sont des jeunes mariés, Coco. (Hank adressa un clin d'œil réjoui à Saint James.) Ils ont sûrement mieux à faire que de se baguenauder dans les cimetières.

A l'évidence, Lynley avait une préférence pour les Russes. Ils avaient commencé par Rachmaninov, enchaîné avec Rimski-Korsakov et maintenant ils poursuivaient leur route aux accents canonnants de l'ouverture de *1812*.

— Vous avez remarqué ? s'enquit-il alors que résonnaient les dernières notes. L'un des cymbaliers a eu un petit temps de retard. Mais c'est bien la seule chose que je reproche à cet enregistrement de *1812*.

Il éteignit la chaîne stéréo.

Pour la première fois, Barbara s'aperçut qu'il ne portait pas de bijoux — pas de chevalière, ni de coûteuse montre en or que le soleil aurait fait briller de mille feux. Sans qu'elle pût s'expliquer pourquoi, cette sobriété la troubla autant que l'eût fait un étalage éhonté d'accessoires opulents.

— Je n'ai rien remarqué. Désolée. Je ne connais pas grand-chose à la musique.

S'attendait-il vraiment, avec la formation qu'elle avait reçue, à ce qu'elle lui parle musique classique ?

— Je ne connais pas grand-chose à la musique moi non plus, dit-il avec candeur. Je me contente de l'écouter. Je fais partie de ces ignorants qui disent : « Je ne suis pas un spécialiste mais je sais ce qui me plaît. »

Elle accueillit ces propos avec une certaine stupeur. N'avait-il pas fait ses études à Oxford, décroché une mention bien en histoire ? Pourquoi diable se qualifiait-il d'ignorant ? C'était peut-être pour la mettre à l'aise, avec ce charme qui n'appartenait qu'à lui.

— J'ai appris à l'apprécier quand mon père était malade, tout à la fin. Il y en avait toujours à la maison lorsque je réussissais à venir lui rendre visite.

Il marqua une pause, retira la cassette. Le silence envahit la voiture, aussi imposant que la musique, mais bien plus déconcertant. Quelques instants s'écoulèrent avant qu'il reprît la parole et lorsqu'il se décida à le faire, ce fut pour parler de son père.

— Il n'avait plus que la peau sur les os. Que de souffrance ! (Il s'éclaircit la gorge.) Ma mère ne voulait pas l'envoyer à l'hôpital. Même à la fin, alors que cela lui aurait facilité la vie, elle refusa d'en entendre parler. Elle restait assise à son chevet, jour et nuit, à le regarder mourir lentement. Je crois que c'est la musique qui les a empêchés de devenir fous les dernières semaines. (Il gardait les yeux braqués sur la route.) Elle lui tenait la main et ils écoutaient Tchaïkovski. A la fin, il ne pouvait même plus parler. Je me suis toujours plu à penser que la musique parlait pour lui.

Il devenait vital de détourner la conversation. Barbara agrippa la carte de ses doigts brûlants, cherchant désespérément un autre sujet.

— Vous connaissez Nies, n'est-ce pas ? laissa-t-elle échapper gauchement en lui décochant un regard circonspect.

Ses yeux s'étrécirent, il retira une main du volant. L'espace d'un instant, Barbara s'imagina bêtement que c'était pour la faire taire, mais il se contenta prosaïquement de choisir une autre cassette et de la glisser dans le lecteur sans toutefois mettre celui-ci en marche. Mortifiée, elle s'absorba dans la contemplation du paysage.

— Je suis étonné que vous ne soyez pas au courant, dit-il enfin.

— Au courant de quoi ?

Il la regarda alors, cherchant à lire sur son visage insolence, sarcasme ou besoin de blesser. Ne voyant rien de tout cela, il reporta les yeux sur la route.

— Il y a cinq ans, mon beau-frère, Edward Davenport, fut assassiné chez lui au nord de Richmond. Le commissaire principal Nies crut bon de m'arrêter. L'épreuve ne dura que quelques jours. Mais suffisamment longtemps tout de même. (Coup d'œil oblique vers sa passagère, sourire moqueur à l'égard de lui-même.) Vous n'avez pas eu vent de cette histoire, sergent ? Elle est assez moche pour qu'on s'amuse à la raconter dans les cocktails.

— Je... non... je ne la connaissais pas. Et de toute façon, je ne fréquente pas les cocktails. (Elle se tourna vers la vitre.) Le virage ne doit plus être très loin. Cinq kilomètres environ.

Elle était bouleversée. Elle n'aurait su dire pourquoi, elle ne voulait même pas y penser et se força à étudier le paysage, refusant de se laisser aller à bavarder avec cet homme. Il lui fallait se focaliser à tout prix sur le paysage. Elle se concentra si bien que le charme opéra. Pour une citadine habituée au rythme trépidant de la vie londonienne et à la morne crasse d'Acton, le Yorkshire avait de quoi surprendre.

La campagne, des champs aux landes, était parée d'un millier de nuances de vert. La route plongeait dans les vallons vers des villages immaculés noyés dans la forêt, montait et descendait avant de filer de nouveau en terrain découvert où le vent de la mer du Nord balayait impitoyablement bruyère et ajoncs. Les seuls êtres vivants étaient les moutons, qui erraient à leur guise, sans crainte de se heurter aux vieux murs de pierre sèche qui limitaient les ébats de leurs congénères des vallées.

Le paysage offrait aux regards un tissu de contradictions. Là où la terre était cultivée, la vie foisonnait dans les moindres recoins, les haies formaient une masse compacte d'où émergeraient dans toute leur beauté, le moment venu, le cerfeuil sauvage, la lychnide, la vesce et la digitale. C'était une région où il arrivait souvent aux voitures de devoir s'arrêter pour laisser le passage à des moutons gras à souhait. Des couples de chiens guidaient les troupeaux à travers pâturages et collines jusqu'au village voisin, des chiens auxquels le berger — qui les suivait en leur sifflant des ordres — n'hésitait pas à confier son sort et celui de ses bêtes. Et soudain, les plantes, les hameaux, les chênes, les ormes et les châtaigniers qui défilaient en un magnifique cortège disparaissaient pour céder la place aux landes.

Là, dans un bouillonnement de nuages, le ciel céruléen dévalait vers la terre aride et indomptée. Air et terre, il n'y avait rien d'autre, hormis les moutons sagaces à tête noire, hôtes robustes de ces lieux solitaires.

— C'est superbe, n'est-ce pas ? fit Lynley au bout de quelques minutes. J'ai beau y avoir connu des expériences désagréables, j'aime toujours autant le Yorkshire. Ce doit être la solitude, le côté désolé de l'endroit qui me séduit.

Barbara se raidit de nouveau, refusant la confidence, le message qui se cachait implicitement derrière les paroles, à savoir qu'elle était en présence d'un connaisseur.

— C'est très joli, monsieur. Ça ne ressemble à rien de ce que j'ai déjà vu. Voilà notre virage, je crois.

La route conduisant à Keldale montait et descendait, les emmenant au fond du vallon. Peu après le virage, les bois se refermèrent sur eux. Les arbres déployaient leurs branches au-dessus de la chaussée et les bas-côtés étaient envahis par les fougères. Ils arrivèrent au village par le chemin qu'avait emprunté Cromwell et, comme lui, ils le trouvèrent désert.

En entendant sonner les cloches de Sainte-Catherine, ils comprirent aussitôt pourquoi le village semblait mort. A peine les cloches se furent-elles tues que les portes de l'église s'ouvrirent, laissant échapper un maigre flot de fidèles.

Appuyé contre la voiture, Lynley inspectait pensivement les environs. Il s'était garé en face de Keldale Lodge, coquette auberge tapissée de lierre aux fenêtres à petits carreaux, d'où il pouvait embrasser du regard tout le paysage. En examinant les lieux, il se dit qu'on ne pouvait rêver endroit plus incongru pour un meurtre.

Au nord s'étirait la grand-rue. Flanquée de maisons de pierre grise aux toits de tuile et aux blancs colombages, cette artère étroite contenait tous les éléments nécessaires au confort de la vie à la campagne : un bureau de poste lilliputien, un magasin de fruits et légumes, une boutique surmontée d'une enseigne jaune rouillée vantant les gâteaux Lyons, et où il semblait qu'on pût trouver de tout — de l'huile à moteur aux petits pots pour bébé —, une chapelle wesleyenne bizarrement coincée entre un salon de thé, *Chez Sarah*, et un salon de coiffure baptisé « Sinji ». Les trottoirs étant à peine plus hauts que la chaussée, les averses du matin avaient laissé des flaques bleues devant les seuils. Le ciel était maintenant dégagé et l'air était si frais que Lynley pouvait en goûter la pureté.

A l'ouest, enclose entre les murs de pierre sèche qui quadrillent la région, la route de Bishop Furthing filait vers les fermes. Au coin se dressait un cottage ombragé dont la porte d'entrée n'était qu'à quelques pas de la chaussée. Le cottage était flanqué d'un jardin d'où s'échappaient des jappements excités, de ceux que poussent les jeunes chiots quand on s'amuse avec eux. Un panneau discret portant le mot POLICE en lettres bleues sur fond blanc était accroché à une fenêtre. La demeure de l'archange Gabriel, se dit Lynley en ravalant un sourire.

Au sud, deux routes partaient d'une pelouse hirsute nantie de deux bancs de bois. Comme son nom l'indiquait, Keldale Abbey Road conduisait à l'abbaye. Church Street, au coin de laquelle se dressait Sainte-Catherine, franchissait le pont en dos d'âne qui enjambait la rivière Kel. L'église était elle aussi entourée par un mur de pierre bas sur lequel était apposée une plaque commémorative, sombre rappel de la Première Guerre mondiale, comme il en existait dans tous les villages de Grande-Bretagne.

A l'est se trouvait la route sinueuse qu'ils avaient empruntée pour atteindre ce coin de paradis du Yorkshire. Sur la chaussée, déserte quelques instants plus tôt, on pouvait maintenant distinguer la silhouette penchée d'une femme gravissant la pente, une écharpe coincée dans le col de son manteau noir. Chaussée de solides souliers plats d'où émergeaient des socquettes d'un bleu éclatant, elle avait au bras un filet à provisions qui pendait, flasque et vide. Qu'elle n'eût pas trouvé à le remplir n'avait rien d'étonnant car, en ce dimanche après-midi, tout était hermétiquement fermé. Qui plus est, elle n'avait pas pris la bonne direction pour aller faire des emplettes. Le dos tourné au village, elle piquait en effet vers la lande. Peut-être s'agissait-il d'une femme de fermier, rentrant chez elle après avoir effectué quelque livraison.

Le village cerné par les bois semblait baigner dans la tranquillité et la paix la plus absolue. Quand les cloches de Sainte-Catherine se furent tues, les oiseaux, prenant le relais, se mirent à gazouiller du haut des toits et des arbres. La fumée odorante d'un feu de bois flottait dans l'air. Il était difficile de croire que trois semaines auparavant, à un kilomètre et demi du village, un homme avait été décapité par sa fille unique.

— Inspecteur Lynley ? J'espère que je ne vous ai pas fait attendre trop longtemps. Je ferme toujours à clé pendant l'office car il n'y a personne pour surveiller la maison. Je suis Stepha Odell, la propriétaire de l'auberge.

Au son de cette voix, Lynley cessa d'examiner les alentours et se retourna. La banale formule de politesse dont il allait gratifier son interlocutrice mourut sur ses lèvres lorsqu'il la vit.

La quarantaine, elle était grande et bien faite. Elle portait une robe en lin gris fort bien coupée et ornée d'un col blanc. Pour le reste, chaussures, ceinture, sac et chapeau, tout chez elle était noir, excepté ses cheveux d'un somptueux roux cuivré qui lui arrivaient à l'épaule. Elle était d'une beauté saisissante.

Il retrouva l'usage de la parole.

— Thomas Lynley, dit-il bêtement. Et voici le sergent Havers.

— Entrez, fit Stepha Odell d'une voix chaude et pleine de charme. Vos chambres sont prêtes. C'est calme ici, à cette époque de l'année.

Les murs épais, le sol carrelé de pierre donnaient une impression de fraîcheur. Le carrelage était recouvert d'un tapis d'Axminster passé. La démarche naturellement gracieuse, elle les conduisit dans une petite réception et sortit un gros registre pour le leur faire signer.

— Vous a-t-on dit que je ne servais que le petit déjeuner ? s'enquit-elle, mi-sérieuse, mi-inquiète, comme si en cet instant le souci premier de Lynley eût été d'assouvir sa faim.

Ça se voit donc tant que ça ?

— Ne vous inquiétez pas, Mrs Odell, nous nous débrouillerons, dit Lynley.

Attention, mon vieux. On lit en toi à livre ouvert.

Debout près de lui, le visage impassible, Havers ne soufflait mot.

— Pas Mrs, miss, rectifia leur hôtesse. Ou plutôt, Stepha. Vous pouvez prendre vos repas à *La Colombe* dans Saint-Chad's Lane, ou alors au *Saint-Graal*. Et si vous avez envie de quelque chose d'un peu plus sophistiqué, il y a Keldale Hall.

— Le *Saint-Graal* ?

Elle sourit.

— Le pub en face de Sainte-Catherine.

— C'est un nom qui doit plaire aux dieux de l'abstinence.

— Il plaît au père Hart, qui n'hésite pas cependant à y vider une chope de bière à l'occasion. Je vous montre vos chambres ?

Sans attendre de réponse, elle les précéda dans l'escalier tortueux, leur faisant admirer des chevilles particulièrement ravissantes surmontées de jambes qui ne l'étaient pas moins.

— Tout le monde au village se réjouit de votre venue, inspecteur.

Elle ouvrit la porte de la première chambre et leur désigna de la main la pièce contiguë, leur faisant ainsi comprendre que c'était à eux de choisir.

— Ravi de l'apprendre.

— Ce n'est pas que nous ayons quoi que ce soit contre Gabriel, mais il n'est guère populaire depuis qu'ils ont emmené Roberta à l'asile.

6

Blême de rage, Lynley n'avait pourtant pas la moindre trace d'émotion dans la voix. Barbara, qui l'observait, ne put s'empêcher d'admirer sa performance au téléphone. Un véritable virtuose.

— Le nom du psychiatre qui l'a admise ?... Il n'y avait pas de psychiatre ? Voilà qui est intéressant. Qui donc a jugé bon de... Comment vouliez-vous que j'apprenne la chose, commissaire, alors que vous n'avez pas cru utile d'en faire état dans le rapport ?... J'ai peur que ce ne soit pas la meilleure façon de procéder. On ne met pas un suspect à l'asile sans avoir rempli un certain nombre de papiers... Il est dommage que votre surveillante soit en congé, mais il vous faudra lui trouver une remplaçante. On ne fourre pas une fille de dix-neuf ans dans un hôpital psychiatrique pour la seule raison qu'elle refuse de parler.

Barbara se demanda s'il se laisserait aller à exploser, si une faille apparaîtrait dans cette admirable armure tout droit sortie des ateliers des meilleurs tailleurs de Savile Row.

— Le fait de prendre un bain quotidien ne me paraît pas constituer non plus un signe irréfutable de santé mentale... Ne me faites pas le coup de la supériorité hiérarchique, commissaire. Si c'est là votre conception du travail bien fait, je ne m'étonne plus que Kerridge veuille avoir votre peau... Qui est l'avocat de la petite Teys ? Ne devriez-vous pas dans ce cas vous charger de lui en procurer un ?... J'aimerais autant que vous gardiez pour vous ce que vous n'avez pas l'intention de faire. On m'a confié l'enquête et j'entends la mener dans les règles. Est-ce clair ? Maintenant écoutez-moi bien : vous avez deux heures exactement pour me faire parvenir le dossier complet à Keldale. Mandats, dépositions, intégralité des notes prises par les policiers qui ont enquêté sur cette affaire : je veux tous les documents. C'est bien compris ? Deux heures... Webberly. W-e-b-b-e-r-l-y. Vous pouvez l'appeler.

Visage de bois, Lynley tendit l'appareil à Stepha Odell.

Elle le reposa derrière le comptoir et passa à plusieurs reprises son doigt sur le récepteur avant de lever les yeux.

— J'aurais peut-être mieux fait de tenir ma langue ? hasarda-t-elle, une pointe d'inquiétude dans la voix. Je ne voudrais pas que, par ma faute, vous ayez des problèmes avec vos supérieurs.

Lynley ouvrit sa montre de gousset et regarda l'heure.

— Nies n'est pas mon supérieur. Et vous avez bien fait de parler. Je vous en remercie. Vous m'avez évité un voyage inutile à Richmond : Nies brûlait, sans aucun doute, de me voir faire l'aller et retour.

Sans même faire mine d'essayer de comprendre, Stepha désigna d'un geste vague une porte située à sa droite.

— Puis-je vous offrir un verre, inspecteur ? Et à vous aussi, sergent ? Nous avons une bonne petite bière blonde qui, comme Nigel Parrish se plaît à le dire, n'a pas son pareil pour vous remettre d'aplomb. Par ici.

Elle les fit entrer dans le salon typique d'une auberge de campagne anglaise où flottait un parfum de feu de bois. La pièce, conçue de façon à donner aux clients de passage l'impression qu'ils étaient chez eux, n'était pas exempte cependant d'une certaine solennité propre à décourager les villageois de s'y aventurer. Il y avait tout un assortiment de canapés et de fauteuils trapus, recouverts de chintz et agrémentés de coussins au petit point. Les tables en érable disséminées çà et là n'étaient plus de la première jeunesse comme en témoignaient les nombreuses traces de verres maculant leur plateau. Une moquette à fleurs recouvrait le sol. Des gravures d'une rassurante banalité étaient accrochées au mur : chasse à courre, journée à Newmarket, vue du village. Derrière le bar — qui se dressait à l'autre bout de la pièce — et au-dessus de la cheminée se trouvaient deux aquarelles exécutées avec un talent et un goût manifestes représentant toutes deux une abbaye en ruine.

Lynley s'approcha de l'une d'elles tandis que Stepha s'activait derrière le bar.

— Ravissant, apprécia-t-il. C'est l'œuvre d'un artiste du coin ?

— C'est un jeune homme du nom d'Ezra Farmington qui a fait ça. C'est notre abbaye. C'est comme cela qu'il a payé sa pension un automne. Il s'est fixé au village maintenant.

Barbara regarda la belle rousse manœuvrer d'une main experte les robinets et retirer le faux col qui se formait au bord du verre. Stepha égrena un charmant petit rire lorsque la mousse en débordant lui dégoulina sur la main. Avec le plus parfait naturel, elle porta ses doigts à ses lèvres pour lécher le liquide brun. Barbara se demanda combien de temps il faudrait à Lynley pour la fourrer dans son lit.

— Sergent ? s'enquit Stepha. Une bière pour vous aussi ?

— Un tonic, si vous en avez, répondit Barbara tout en se tournant vers la fenêtre.

Au milieu du pré communal, le vieux prêtre qui était venu les voir à Londres bavardait avec un villageois. A en juger par les gestes et les regards obliques décochés à la Bentley gris métallisé, il était clair qu'ils parlaient des nouveaux arrivants. Une femme qui était sur le pont traversa pour se joindre à eux. Diaphane, elle semblait prête à s'envoler au moindre courant d'air, impression que renforçaient sa robe beaucoup trop légère pour la saison et ses fins cheveux de bébé qui voletaient au moindre souffle. Elle se frictionnait les bras pour se réchauffer et, au lieu de se mêler à la conversation, se contentait d'écouter comme si elle attendait que l'un des hommes s'éloigne. Au bout d'un moment, le prêtre prit congé et se dirigea vers l'église. Le curé parti, la conversation reprit sur un rythme haché. L'homme marmonnait quelques mots, fixait son interlocutrice, qui lui répondait brièvement. Le dialogue était ponctué de longs silences que la femme mettait à profit pour contempler le bord de la rivière tandis que son compagnon examinait l'auberge — ou plutôt la voiture qui était garée devant. Voilà quelqu'un, conclut Barbara, qui s'intéresse de fort près à l'arrivée de la police.

— Un tonic et une bière, dit Stepha en posant les deux verres sur le comptoir. C'est une fabrication maison, une recette de mon père, d'où son nom : Odell. Dites-moi donc ce que vous en pensez, inspecteur.

Le liquide riche et ambré était strié d'or.

— Ça requinquerait un mort, fit Lynley, lorsqu'il l'eut goûtée. Vous êtes sûre que vous n'en voulez pas, Havers ?

— Je préfère le tonic, merci, monsieur.

Il la rejoignit près du canapé. C'était là que, quelques instants plus tôt, il avait fouillé dans le rapport à la recherche d'un papier justifiant l'admission de Roberta Teys à l'asile de Barnstingham. N'en ayant trouvé aucun, il s'était précipité sur le téléphone pour appeler Richmond. Il se mit à passer les documents en revue pour la seconde fois, les classant par catégorie. Du bar, Stepha Odell observait les policiers avec un intérêt amical tout en sirotant la bière qu'elle s'était servie.

— Nous avons donc les mandats, les rapports d'autopsie, les dépositions signées, les photographies, récapitula Lynley. (Il regarda Barbara.) En revanche, il nous manque les clés de la ferme. Cet abruti de Nies a oublié de nous les remettre.

— Richard en a un jeu, si vous en avez besoin, glissa très vite Stepha Odell comme pour se faire pardonner la remarque qui avait mis le feu aux poudres entre Lynley et le commissaire de police de Richmond. Richard Gibson. C'était... c'est le neveu de William Teys. Il habite un petit pavillon dans Saint-Chad's Lane, à deux pas de la grand-rue.

Lynley leva le nez.

— Comment se fait-il qu'il ait les clés de la ferme ?

— La police a dû les lui confier après l'arrestation de Roberta. C'est lui qui doit hériter de la propriété une fois les problèmes de succession réglés, précisa-t-elle. William a rédigé son testament dans ce sens. Je suppose que Richard s'occupe de la propriété en attendant. Il faut bien que quelqu'un s'en charge.

— C'est lui qui hérite de la ferme ? Et Roberta, de quoi devait-elle hériter ?

Stepha passa un chiffon sur le comptoir d'un air songeur.

— La ferme devait revenir à Richard, c'était convenu entre William et lui, et c'était logique. Il y travaille avec William... (D'elle-même, elle rectifia :) ... il y travaillait depuis qu'il avait réintégré Keldale deux ans plus tôt. Une fois qu'ils eurent décidé de l'avenir de Roberta — au sujet de laquelle ils avaient eu une sévère explication —, cet arrangement se révéla satisfaisant pour tout le monde. William avait quelqu'un pour lui donner un coup de main, Richard du travail et son avenir assuré, et Roberta un toit pour le restant de ses jours.

— Sergent. (D'un hochement de tête, Lynley désigna à Havers son carnet, qui était posé à côté de la bouteille de tonic.) Si vous voulez bien...

Stepha rougit en voyant Barbara empoigner son stylo.

— C'est un interrogatoire en règle si je comprends bien ? fit-elle avec un sourire inquiet. Je ne sais pas si je vais pouvoir vous aider beaucoup, inspecteur.

— Parlez-nous donc de l'explication que Teys et Gibson ont eue à propos de Roberta.

Contournant le bar, elle les rejoignit, tirant vers la table un confortable fauteuil. Elle s'assit en ramenant ses jambes sous elle, jeta un coup d'œil aux photos empilées devant elle et détourna vivement les yeux.

— Je veux bien vous dire ce que je sais, mais cela se résume à peu de chose. Olivia vous en apprendrait sûrement davantage.

— Olivia Odell... votre...

— Ma belle-sœur. La veuve de mon frère Paul.

Stepha posa son verre d'ale sur la table et, prenant une pile de dossiers, elle en recouvrit les photographies :

— Si vous permettez...

— Désolé, coupa Lynley avec empressement. Nous sommes tellement habitués à contempler ces horreurs que nous n'y faisons même plus attention. (Il rangea les clichés dans la chemise.) A propos de quoi au juste William Teys et son neveu se sont-ils disputés ?

— D'après ce qu'Olivia m'a raconté — elle était avec eux à *La Colombe* quand c'est arrivé —, il s'agissait de Roberta et de son allure.

Elle tripota son verre, s'amusant à tracer des dessins du bout du doigt sur la paroi embuée, et enchaîna :

— Richard, qui est originaire de Keldale, avait quitté le village pour tenter sa chance dans les Fens [1] où il voulait faire pousser de l'orge. Il s'y était marié et il avait deux enfants. N'ayant pas réussi, il revint au pays. (Elle sourit.) Keldale ne se quitte pas comme ça, Richard en a fait l'expérience. Il était resté parti huit ou neuf ans et à son retour, il a été sidéré en voyant le changement qui s'était produit chez Roberta.

— Un changement d'allure, avez-vous dit ?

— Roberta n'a pas tout le temps été comme ça. Bien sûr, elle a toujours été forte, elle l'était déjà à huit ans, au moment où Richard est parti. Mais elle n'a jamais été...

Stepha hésita, cherchant le mot juste.

— ... obèse, suggéra Barbara.

— Oui, poursuivit Stepha avec reconnaissance. Bien que de douze ans son aîné, Richard avait toujours été très copain avec Roberta. Retrouver sa cousine dans cet état — physiquement, s'entend, parce que pour le reste elle n'avait guère changé —, fut pour lui un choc terrible. Il reprocha à William de négliger sa fille. Lui déclara que si elle s'était mise dans cet état-là, c'était pour attirer son attention. William entra dans une colère noire. Olivia m'a dit qu'elle ne l'avait jamais vu aussi furieux. Le pauvre homme avait eu assez de problèmes dans sa vie sans que son neveu lui lance des accusations pareilles à la tête. Cependant, ils ne restèrent pas brouillés très longtemps. Richard lui présenta des excuses dès le lendemain. Certes, William n'emmena pas Roberta chez le médecin pour autant — ç'eût été vraiment trop lui demander —, mais Olivia trouva un régime pour Roberta et tout marcha ensuite comme sur des roulettes.

— Jusqu'à il y a trois semaines, remarqua Lynley.

— Si vous êtes d'avis que la petite a tué son père, alors oui, tout marcha le mieux du monde jusqu'à il y a trois semaines. Mais je ne crois pas qu'elle l'ait tué, pas un seul instant.

La vigueur des propos parut surprendre Lynley.

— Pourquoi pas ?

— Parce qu'en dehors de Richard — Dieu sait qu'il a assez de mal à s'occuper de sa famille —, William était tout ce que

1. Plaines marécageuses de l'Angleterre de l'Est. (*N.d.T.*)

Roberta avait au monde. Ses lectures et ses rêves exceptés, il n'y avait que son père qui comptait pour elle.

— Elle n'avait pas d'amies de son âge ? Pas de petites camarades dans une ferme du voisinage ou au village ?

Stepha secoua la tête.

— Elle ne voyait personne. Quand elle n'était pas occupée à travailler à la ferme avec son père, elle lisait les trois quarts du temps. Pendant des années, elle est venue à l'auberge chercher le *Guardian*. Ils n'achetaient pas de journal à la ferme. Alors, une fois que tout le monde l'avait lu, elle passait le prendre l'après-midi pour l'emporter chez elle. Je crois bien qu'elle avait lu tous les livres de sa mère et tous ceux de Marsha Fitzalan, et que le journal était tout ce qui lui restait à découvrir. Il n'y a pas de bibliothèque à Keldale, voyez-vous. (Elle fronça les sourcils en contemplant son verre.) Puis, elle a cessé de s'intéresser au journal il y a quelques années. A la mort de mon frère. Je n'ai pas pu m'empêcher de penser... (les yeux bleu gris s'assombrirent) ... qu'elle était peut-être amoureuse de Paul. Après sa mort, il y a quatre ans, nous restâmes un bon moment sans voir Roberta. Et elle ne nous réclama plus jamais le *Guardian*.

A supposer qu'il existât dans un village de la taille de Keldale un quartier donnant à ses habitants une furieuse envie de le fuir, Saint-Chad's Lane eût été celui-là. Plutôt ruelle que rue, c'était une artère non pavée ne menant nulle part et qui possédait pour tout titre de gloire un pub à l'enseigne de La Colombe. Les portes et les boiseries de l'estaminet étaient peintes dans un violet vibrant qui aurait certainement préféré se trouver ailleurs lui aussi.

Richard Gibson et sa progéniture habitaient dans le dernier cottage de la rue. C'était une étroite bâtisse en pierre, nantie de châssis de fenêtres éraflés et d'une porte d'entrée dont la laque bleu roi virait consciencieusement au gris. En dépit de la température assez fraîche, la porte était grande ouverte. Du minuscule pavillon s'échappait le rude tintamarre d'une âpre dispute familiale.

— Pour l'amour du ciel, occupe-toi un peu de lui. C'est ton fils, nom d'un chien ! Il n'est pas né par l'opération du Saint-Esprit, que je sache !

La femme qui braillait semblait prête à passer des cris au fou rire ou à l'hystérie.

Une voix d'homme gronda une réponse qui se perdit au milieu du tumulte ambiant.

— Oh, parce que ça va changer ? Laisse-moi rire, Dick. Avec la ferme qui te servira de prétexte pour te défiler ? Comme hier soir ! Tu n'avais qu'une envie, c'était d'y courir, avoue ! Alors ne me parle pas de la ferme, tu veux ! Vingt-cinq hectares, c'est grand, ça en fait de la place pour se cacher ! Quand on sera là-bas, on ne te verra plus !

Lynley actionna sèchement le heurtoir rouillé et la scène se figea sous ses yeux.

Assis sur un canapé défoncé dans un séjour étriqué, son assiette au contenu peu appétissant sur les genoux, un homme essayait de se restaurer. Debout devant lui, bras levé, brosse à cheveux à la main, était plantée une femme. Ils posèrent des yeux ronds sur leurs visiteurs.

— Vous ne pouviez pas mieux tomber. Cinq minutes plus tard, nous étions au lit, dit Richard Gibson.

Les Gibson étaient tout en contrastes. Monumental avec son mètre quatre-vingt-seize, le poil noir, Richard Gibson avait le teint basané, l'œil brun et sardonique. Il était nanti d'un cou de taureau et de membres épais. Blonde et menue, sa femme avait les traits fins. Bien qu'elle fût blême de rage, l'air était pourtant chargé d'une électricité toute particulière sur la nature de laquelle les propos du mari ne laissaient planer aucun doute. Dans ce couple, il sautait aux yeux que prises de bec et discussions n'étaient que de vulgaires escarmouches, un prélude à la véritable bagarre qui se livrait entre les draps et dont l'enjeu était de savoir lequel des deux sortirait vainqueur. A en juger par le spectacle que Lynley et Havers avaient devant les yeux, la réponse à cette question était demeurée en suspens.

Décochant à son mari un regard brûlant de fureur autant que de désir, Madeline Gibson sortit en claquant la porte de la cuisine derrière elle. Son massif époux gloussa dès qu'elle eut le dos tourné.

— Cinquante kilos toute mouillée mais c'est une vraie tigresse, commenta-t-il en se mettant debout. Quelle femme ! (Il tendit sa grosse patte aux visiteurs.) Richard Gibson, lança-t-il aimablement. Vous êtes de Scotland Yard, je présume.

Après que Lynley eut effectué les présentations, Richard Gibson poursuivit :

— Le dimanche, c'est le jour le plus pénible de la semaine.

Il eut un mouvement de tête en direction de la cuisine d'où s'échappait un filet continu de couinements qui semblait émaner d'une bonne douzaine de gorges enfantines.

— Roberta nous donnait un coup de main. Maintenant, nous sommes bien obligés de nous passer d'elle. Mais vous le savez certainement, puisque vous êtes ici.

D'un geste plein d'hospitalité, il leur désigna deux antiques fauteuils qui vomissaient leur bourre. Lynley et Havers se frayèrent un chemin jusque-là, contournant avec soin jouets cassés, journaux et assiettes à demi pleines de nourriture posées à même le sol nu. Un verre de lait avait dû être oublié dans un coin car l'odeur du lait tourné emplissait la pièce, noyant relents de cuisine médiocre et odeurs de plomberie déglinguée.

— Vous avez hérité de la ferme, Mr Gibson, attaqua Lynley. Comptez-vous emménager bientôt ?

— Le plus tôt sera le mieux en ce qui me concerne. Je ne suis pas sûr que mon mariage tienne le coup si je reste un mois de plus ici.

Du bout du pied, Gibson repoussa son assiette. Un chat maigrichon surgit, renifla le pain rassis et les sardines ; refusant cette manne, il se mit en demeure de l'enterrer. Gibson observa l'animal d'un air amusé.

— Vous vivez ici depuis longtemps, n'est-ce pas ?

— Deux ans, pour être précis. Deux ans, quatre mois et deux jours très exactement. Je pourrais peut-être même vous préciser les heures, si vous voyez ce que je veux dire.

— Je n'ai pas pu m'empêcher d'entendre ce que disait votre femme. Elle ne semble guère enthousiaste à l'idée d'habiter la ferme de Teys.

Gibson éclata de rire.

— Vous êtes un homme bien élevé, inspecteur Lynley. La bonne éducation, ça me plaît, chez les policiers.

Il fourragea dans son épaisse tignasse, scruta le plancher à ses pieds, découvrit une bouteille de bière qui, dans la confusion générale, avait glissé et était venue atterrir contre le canapé. Il s'en empara, la vida et s'essuya la bouche d'un revers de main. Son geste plein de naturel évoquait l'homme habitué à prendre ses repas en plein air.

— Madeline n'a qu'une envie : retourner dans les plaines de l'Est, poursuivit-il. Elle rêve de retrouver les grands espaces, l'air, le ciel. Mais c'est une chose que je ne peux lui offrir. Alors je lui offre ce que je peux. (Gibson jeta un coup d'œil au sergent Havers qui griffonnait, penchée sur son calepin.) Un homme prêt à assassiner son oncle ne parlerait pas autrement, vous ne croyez pas ? fit-il avec bonhomie.

Hank finit par les rattraper dans la salle des novices. Saint James venait d'embrasser sa femme — la peau de Deborah sentait délicieusement bon le lis, ses doigts tièdes se promenaient dans ses cheveux, ses « mon amour » murmurés contre sa bouche l'enflammaient de désir — lorsqu'il aperçut soudain l'Américain perché sur un mur, qui leur souriait de toutes ses dents.

— Je vous y prends ! lança le Yankee avec un clin d'œil appuyé.

Saint James se sentit des envies de meurtre. Deborah hoqueta de stupeur. Hank sauta à bas de son perchoir pour les rejoindre sans qu'on l'y eût invité.

— Coco ! brailla-t-il. Les tourtereaux sont là !

Jojo Watson s'encadra quelques instants plus tard dans la porte de l'abbaye en ruine, chancelant dangereusement sur ses talons hauts, l'Instamatic en sautoir autour du cou à côté de ses nombreuses chaînes et breloques.

— Nous prenons quelques photos, expliqua Hank avec un mouvement de tête en direction de l'appareil. Un peu plus et nous en avions des gratinées de vous ! (Il rugit de rire, assenant une claque amicale sur l'épaule de Saint James.) Ce n'est pas une critique, mon vieux ! Si elle était à moi, je serais sans arrêt à la peloter. (Il considéra sa femme.) Bon sang, Jojo, fais donc un peu attention ! Tu vas finir par te casser la figure. (Il se retourna vers les Saint James et devant le matériel sophistiqué de Deborah — étui, pied, objectifs — remarqua :) Hé, vous faites de la photo, vous aussi ? Vous m'avez bien eu, dites donc ! Moi qui vous prenais pour des jeunes mariés en voyage de noces. Viens par là, Coco, reste pas toute seule.

— Déjà rentrés de Richmond ? réussit à s'enquérir Saint James d'une voix étranglée.

Deborah essayait discrètement de remettre de l'ordre dans sa tenue. Ses yeux rencontrèrent ceux de son mari, pétillant de malice et de désir. Qu'est-ce que les Américains pouvaient bien fabriquer ici à ce moment précis ?

— Ben oui, convint Hank tandis que Jojo opérait enfin la jonction. On a été bougrement déçus. Richmond est loin de ressembler à ce que vous nous en avez dit, mon vieux. La balade en voiture, ça nous a vachement plu, ça c'est vrai. Hein, Coco ?

— Hank adore conduire du mauvais côté de la route, expliqua Jojo, toutes narines frémissantes. (Voyant les regards qu'échangeaient les Saint James, elle proposa :) Hank, pourquoi n'irions-nous pas faire un tour à pied du côté de Bishop Furthing Road ? Ce serait une façon agréable de finir l'après-midi, tu ne crois pas ?

Et de poser sa main couverte de bijoux sur l'épaule de son mari afin d'essayer de l'entraîner hors de l'abbaye.

— Foutre non, alors ! La marche à pied, j'en ai ma claque, c'est fini pour le restant de mes jours. (Il inclina la tête d'un air rusé pour regarder Saint James.) Drôle de carte que vous nous avez refilée ! Si Coco n'était pas aussi rapide pour lire les panneaux, on serait à Edimbourg à l'heure qu'il est ! Enfin, y a pas de mal. On est arrivés à temps pour vous montrer le trou.

— Le trou ? s'enquit Deborah, résignée.

Elle s'était agenouillée pour ranger dans sa sacoche le matériel photographique oublié l'espace d'un instant dans l'eau bleue du regard de Simon.

— Le bébé, vous vous souvenez ? fit Hank, patient. Encore qu'à ce que je vois, cette histoire n'ait pas l'air de vous avoir foutu les jetons. Sinon vous ne seriez pas là en train de...

Il leur jeta un clin d'œil lascif.

— Ah, oui, le bébé, fit Saint James en prenant la sacoche de Deborah.

— A la bonne heure ! Vous dressez l'oreille ! approuva Hank. Vous faisiez vraiment une drôle de gueule quand je me suis pointé tout à l'heure, mais maintenant je vois bien que vous êtes tout ouïe.

— C'est exact, fit Deborah, l'esprit ailleurs.

Etrange, la soudaineté avec laquelle cela s'était passé. Elle l'aimait, elle était amoureuse de lui depuis l'enfance. Mais en l'espace d'une fraction de seconde, elle avait compris que cet amour avait changé, qu'il était devenu bien différent de ce qu'il avait été auparavant. Le Simon dont la tendre présence l'emplissait de joie s'était subitement transformé en un amant impérieux dont la seule vue suffisait à embraser ses sens. Seigneur, songea-t-elle, le désir te rend complètement idiote, ma pauvre Deborah.

Saint James entendit le rire étouffé de sa femme.

— Deborah ?

Hank lui décocha un coup de coude dans les côtes d'un air entendu.

— Ne vous inquiétez pas : les mariées sont toutes de grandes timides au début.

Bombant le torse, il se mit en marche au milieu des ruines, signalant à sa femme les endroits intéressants :

— Vas-y Coco, une photo.

— Désolé, mon amour, murmura Saint James tandis qu'ils suivaient les Américains à travers les ruines jusqu'au cloître. Je pensais avoir réussi à me débarrasser de lui jusqu'à minuit au moins, mais c'est raté. Une minute de plus et il nous surprenait en très fâcheuse posture.

— Oh Simon ! fit-elle en riant. Imagine qu'il nous ait pris sur le fait ! Il aurait crié : « Coco, une photo » et c'en aurait été fait de notre vie amoureuse !

Ses yeux brillaient, ses cheveux luisaient au soleil de l'après-midi, balayant ses épaules.

Saint James inspira bien à fond, ce qui lui causa presque une souffrance.

— Je ne crois pas, fit-il d'un ton uni.

Le trou se trouvait dans ce qui restait de la sacristie, sorte de boyau sans toit envahi d'herbes folles et de fleurs sauvages, juste après le transept sud de l'antique église. Le mur était percé de quatre renfoncements vers lesquels Hank pointa un index dramatique.

— Nous y sommes, annonça-t-il. Photo, Coco. (Piétinant l'herbe, il prit la pose, découvrant généreusement ses dents.) C'est ici que les moines rangeaient leurs fringues pour dire la messe, c'était leur placard, quoi. Et la fameuse nuit, c'est là qu'on déposa le moutard. Ça vous fiche froid dans le dos quand on y pense, hein ? (Il se rapprocha.) C'est la taille idéale pour un môme, ajouta-t-il pensif. Ça fait penser à une offrande rituelle.

— Je ne suis pas sûr que les moines cisterciens aient donné dans ce genre de choses, remarqua Saint James. Et il y a beau temps que les sacrifices humains sont passés de mode.

— A votre avis, il était à qui, ce mouflet ?

— Je n'en ai pas la moindre idée, répondit Saint James, sachant pertinemment qu'on allait lui fournir la réponse.

— Alors laissez-moi vous raconter comment ça s'est passé. Coco et moi on a tout de suite pigé. Pas vrai, Coco ? (Petit temps d'arrêt pour permettre à Coco de hocher docilement la tête.) Venez un peu par ici, les amoureux, je vais vous montrer quelque chose.

Hank leur fit traverser le transept sud, fouler les pavés inégaux du presbytère. Après avoir franchi à sa suite une brèche dans le mur, ils débouchèrent dans l'abbaye.

— Et voilà ! fit le cicérone, pointant un doigt triomphal vers un chemin étroit qui s'éloignait vers le nord à travers bois.

— Je vois, fit Saint James.

— Alors, vous avez compris ?

— Euh... non.

Hank se mit à rire aux éclats.

— Evidemment. C'est parce que vous ne vous êtes pas creusé la cervelle autant que nous, pas vrai, Chouchou ?

« Chouchou » hocha la tête, roulant des yeux de lapin contrit.

— Les gitans ! poursuivit son époux, impitoyable. Bon, d'accord, j'avoue : cette idée lumineuse ne nous est venue que ce matin. C'est en voyant les caravanes garées au bord de la route que le déclic s'est produit. On s'est dit comme ça qu'il devait y en avoir aussi dans les parages, cette nuit-là. Et que le bébé devait être à eux.

— Les gitans sont des gens qui aiment énormément les enfants, remarqua Saint James sèchement.

— Peut-être mais celui-là, ils avaient pas l'air d'y tenir beaucoup, rétorqua Hank, imperturbable. Bon, alors, reprenons depuis le début. Danny et Ezra sont par là... (il eut un geste vague du bras) prêts à... vous me suivez. Quand soudain, venant de ce sentier, arrive une vieille femme qui marche sur la pointe des pieds, un mouflet dans les bras.

— Une vieille femme ?

— Bien sûr, poursuivit Hank. La vieille regarde autour d'elle, se glisse dans l'abbaye, cherche un endroit où déposer son fardeau et toc, ça y est.

— C'est une théorie intéressante, intervint Deborah. Mais je ne peux m'empêcher de plaindre ces malheureux gitans. C'est toujours eux qu'on accuse quand il y a du vilain.

— Précisément, petite madame, c'est pour cela que j'ai échafaudé une seconde théorie.

Jojo battit des paupières, ne sachant comment se faire pardonner.

Gembler Farm était en excellent état, ce qui n'avait rien de surprenant puisque Richard Gibson avait continué d'y travailler depuis la mort de son oncle trois semaines plus tôt. Lynley et Havers poussèrent le portail bien huilé et examinèrent les lieux.

L'héritage était loin d'être mince. A leur gauche se dressait la ferme, vieux bâtiment de brique brune comme il y en avait tant dans la région, avec des boiseries fraîchement laquées de blanc. De la clématite soigneusement taillée couvrait les treillis encadrant fenêtres et porte. Le bâtiment était un peu en retrait par rapport à Gembler Road ; un jardin bien entretenu entouré d'une clôture séparait la maison de la route. Près de la ferme se trouvaient un bâtiment bas et à droite, formant un autre côté du quadrilatère qui constituait la cour, l'étable.

Comme la maison, elle était en brique avec un toit de tuiles. C'était une construction à un étage, avec des fenêtres béantes au premier par lesquelles on apercevait le haut d'échelles. Le rez-de-chaussée était réservé aux outils et aux animaux. Les véhicules devaient être garés dans le bâtiment bas, de l'autre côté de la maison.

Ils traversèrent la cour bien balayée et Lynley inséra une clé dans la serrure rouillée de la porte de l'étable qui s'ouvrit sans un bruit. A l'intérieur, tout était étrangement silencieux, sombre et glacial ; c'était un cadre qui convenait presque trop bien à une mort violente.

— Quel calme, murmura Havers.

Debout sur le seuil, elle marqua une pause, laissant Lynley entrer.

— Hmm, répondit-il du fond du troisième box. C'est à cause des moutons.

— Pardon, monsieur ?

Lynley, qui s'était accroupi sur le sol de pierre, releva les yeux. Barbara était très pâle.

— Les moutons, sergent. Ils sont dans la prairie du haut, vous vous souvenez ? C'est pourquoi tout est si calme dans l'étable. Venez jeter un coup d'œil par là. (La sentant réticente, il ajouta :) Vous aviez vu juste.

Ces mots eurent raison de son hésitation. Elle se décida à franchir le seuil et balaya le box du regard. Au fond se dressait un tas de foin moisi. Au centre une petite flaque de sang séché brun et non rouge. C'était tout.

— J'avais vu juste, monsieur ?

— Vous avez mis en plein dans le mille, sergent. Pas une goutte de sang sur les murs : autrement dit, personne n'a monté de mise en scène sur le lieu du crime. Bien vu, Havers.

Il leva le nez à temps pour voir la surprise se peindre sur son visage.

Elle devint rouge de confusion.

— Merci, monsieur.

Il se redressa et reporta son attention sur le box. Le seau retourné sur lequel Roberta était assise quand le prêtre l'avait découverte était toujours à sa place. Le foin dans lequel la tête avait roulé n'avait pas été remué. La flaque de sang séché portait des traces d'éraflures causées par les techniciens du labo, la hache avait disparu mais à part cela tout était comme sur les photographies. Il ne manquait que les corps. Les corps. Seigneur Dieu ! Il s'était laissé avoir comme un bleu par Nies ! Lynley contempla d'un œil morne le bord de la mare de sang coagulé d'où émergeaient des poils blancs et noirs, écrasés et collés par quelque talon. Il pivota vers Havers.

— Le chien.

— Inspecteur ?

— Au nom du ciel, Havers, qu'est-ce que Nies a fait du chien ?

Elle fixa l'empreinte laissée sans doute par le pied d'un technicien, aperçut la touffe de poils.

— C'était dans le rapport, non ?

— Justement non, fit-il en étouffant un juron.

Il allait lui falloir tirer les vers du nez de Nies avec la patience d'un chirurgien retirant des éclats d'obus de la jambe d'un blessé. Ce qui ne serait pas exactement une partie de plaisir.

— Allons jeter un coup d'œil à la maison, enchaîna-t-il, la mine sombre.

Ils entrèrent par un couloir au plafond voûté où vieilles vestes et imperméables délavés étaient suspendus à des patères. Des godillots s'alignaient sous le banc poussé contre le mur. La maison étant restée trois semaines sans chauffage, l'air sentait le tombeau. Une voiture passa en grondant dans Gembler Road, mais le ronflement leur parvint assourdi et lointain.

Le couloir menait droit dans la cuisine. C'était une vaste pièce au sol recouvert d'un linoléum rouge, avec des placards de frêne foncé et des appareils électroménagers d'un blanc étincelant qui avaient l'air d'être briqués quotidiennement. Tout était parfaitement en ordre. Pas une assiette qui traînât, pas une miette de pain sur les plans de travail, pas une tache pour souiller la surface de l'évier blanc. Au milieu de la pièce se dressait une table en pin naturel au plateau orné de multiples estafilades laissées par l'épluchage de milliers de légumes.

— Pas étonnant que Gibson ait hâte d'emménager, remarqua Lynley en examinant les lieux. C'est quand même autre chose que son cottage de Saint-Chad's Lane.

— Vous l'avez cru, monsieur ? s'enquit Havers.

Lynley, qui examinait les placards, marqua une pause.

— Quand il m'a dit qu'il était au lit avec sa femme au moment où Teys a été tué ? Compte tenu de la nature des relations de ce couple, c'est un alibi qui me paraît valable. Ce n'est pas votre avis ?

— Je... si.

Il la fixa.

— Vous n'y croyez pas.

— C'est-à-dire que... je... elle m'a donné l'impression de mentir. Et en même temps d'être furieuse après lui. Ou après nous.

Lynley réfléchit. Madeleine Gibson leur avait parlé du bout des dents, crachant les mots sans même jeter un coup d'œil à son mari. Pour sa part, le fermier avait fumé cigarette sur cigarette pendant son récit, le visage de marbre, une lueur amusée au fond de ses prunelles sombres.

— Il y a quelque chose de pas catholique là-dedans, je vous l'accorde. Allons jeter un œil de ce côté.

Ils franchirent une lourde porte ouvrant sur la salle à manger. La table en acajou était recouverte d'une nappe brodée propre, couleur crème. Au centre de la table, un vase contenait des roses jaunes fanées depuis longtemps, dont les pétales jonchaient le tissu. Une desserte en acajou était placée contre un mur. Un surtout en argent en occupait très exactement le centre. Une vitrine renfermait une belle collection d'assiettes, manifestement inutilisées par les habitants de la maison. C'étaient des pièces anciennes, présentées de façon à mettre en valeur les particularités des unes et des autres. Comme dans la cuisine, chaque chose était à sa place. S'il n'y avait eu les fleurs fanées, ils auraient aussi bien pu se promener dans un musée.

C'est en sortant de la salle à manger, de l'autre côté du couloir, qu'ils trouvèrent des signes indiquant que la maison avait été habitée. C'était dans le salon, en effet, que les Teys avaient dressé leur autel.

Havers, qui précédait Lynley, poussa un petit cri involontaire et battit précipitamment en retraite, un bras levé devant le visage comme pour parer un coup.

— Ça ne va pas, sergent ?

Lynley inspecta la pièce pour voir ce qui avait provoqué sa réaction et ne vit que des meubles et une collection de photos dans un coin.

— Excusez-moi. Je... (Elle grimaça un sourire.) Désolée, monsieur. Ce doit être la faim ou la fatigue. J'ai la tête qui tourne. Mais à part ça, ça va. (Elle se dirigea vers le coin de la pièce où étaient accrochées les photos devant lesquelles étaient massées bougies et fleurs fanées.) Ce doit être la mère de Roberta, dit-elle. Vous parlez d'un hommage !

Lynley la rejoignit près de la table d'angle.

— Jolie, cette petite, apprécia-t-il en étudiant les clichés. Presque encore une enfant. Regardez la photo de mariage. On lui donnerait dix ans ! Une vraie poupée.

Et les deux policiers de se demander chacun de leur côté comment cette fragile créature avait fait pour mettre au monde une grosse vache comme Roberta.

— Ne trouvez-vous pas ça un peu... (Havers marqua une pause et il la regarda. Elle avait les mains croisées derrière le dos.) Compte tenu du fait qu'il projetait d'épouser Olivia, je veux dire.

Lynley reposa sur la table ce qui semblait être le dernier portrait de Mrs Teys. Vingt-quatre ans à peine, un minois frais et souriant, des taches de rousseur dorées sur l'arête du nez et de longs cheveux blonds attachés en arrière qui bouclaient. Elle était ensorcelante.

Il fit un pas en arrière.

— C'est comme si Teys avait fondé une nouvelle religion dans le coin de cette pièce. Macabre, non ?

— Je... (Elle s'arracha à la contemplation du portrait.) Oui, monsieur.

Lynley examina le reste de la pièce. De toute évidence, c'était un endroit où les Teys s'étaient plu. Il y avait un canapé fatigué à l'air confortable, plusieurs chaises, un porte-revues contenant de nombreux magazines, un téléviseur, un secrétaire de femme. Lynley s'en approcha et l'ouvrit. Papier à lettres en piles bien nettes, boîte de timbres, trois factures impayées. Il y jeta un coup d'œil : un reçu du pharmacien pour les somnifères de Teys, une quittance d'électricité et un relevé de téléphone. Il éplucha ce dernier mais n'y trouva rien d'intéressant. Aucune trace d'appels interurbains. Tout était en ordre.

Dans le prolongement du salon se trouvait un petit bureau-bibliothèque. A peine furent-ils entrés qu'ils s'entre-regardèrent d'un air surpris. Trois des quatre murs étaient tapissés d'étagères montant jusqu'au plafond et littéralement couvertes de livres. Empilés les uns sur les autres, debout, couchés, il y avait des livres partout.

— Mais Stepha Odell ne nous a-t-elle pas dit...

— ... qu'il n'y avait pas de bibliothèque à Keldale et que c'est pour cela que Roberta lui empruntait le journal, finit Lynley. Elle avait lu tous les livres de sa mère — comment est-ce possible ? — et tous ceux de Marsha Fitzalan. Au fait, qui est Marsha Fitzalan ?

— L'institutrice, répondit Havers. Elle habite Saint-Chad's Lane, juste à côté de chez les Gibson.

— Merci, murmura Lynley en inspectant les étagères. (Il mit ses lunettes.) Hmm, il y a un peu de tout. Mais elles avaient un faible pour les sœurs Brontë.

Havers le rejoignit.

— Austen, lut-elle. Dickens, D. H. Lawrence. Elles aimaient les classiques.

Elle prit *Orgueil et Préjugé* et l'ouvrit. *Tessa* était griffonné en lettres enfantines sur la page de garde. Ce même prénom ornait les pages de garde des œuvres de Dickens, de Shakespeare et des sœurs Brontë.

Lynley s'approcha d'un lutrin dressé sous l'unique fenêtre de la pièce. C'était le genre de meuble sur lequel on pose d'ordinaire les dictionnaires volumineux. Sur celui-ci, on avait placé une énorme bible illustrée. Il caressa la page à laquelle le livre était ouvert et se mit à lire : « Je suis Joseph, votre frère, que vous avez vendu en Egypte. Mais maintenant ne vous désolez point et ne vous fâchez pas de m'avoir vendu ici, c'est pour préserver vos vies que Dieu m'a envoyé en avant de vous. Voici en effet deux ans que la famine est installée dans le pays et il y aura encore cinq années sans labour ni moisson. Dieu m'a envoyé en avant de vous pour assurer la permanence de votre race dans le pays et sauver la vie à nombre d'entre vous. »

Il regarda Havers.

— Je ne comprendrai jamais pourquoi il a pardonné à ses frères, dit-elle d'une voix brûlante d'amertume. Après ce qu'ils lui avaient fait, ils méritaient la mort.

Il ferma le livre lentement, marquant la page à l'aide d'un bout de papier pris sur le bureau.

— Il avait quelque chose dont ils avaient besoin.

— De la nourriture, fit-elle, méprisante.

Il ôta ses lunettes.

— Je ne crois pas que cela ait eu un rapport avec la nourriture. Pas vraiment. Si on allait voir en haut ?

Au premier étage se trouvaient quatre chambres, les toilettes, la salle de bains auxquelles donnait accès un palier central carré, éclairé au plafond par une verrière carrée de verre opaque. Ce détail manifestement ajouté après coup pour moderniser la maison donnait au visiteur l'impression d'être dans une serre. L'effet, s'il n'était pas désagréable, était inattendu dans une ferme.

La pièce à leur droite avait tout l'air d'être une chambre d'amis. Méticuleusement recouvert d'un couvre-pieds rose, le lit — plutôt petit compte tenu de la taille des occupants de la maison — était poussé contre un mur au centre d'un tapis où s'entrelaçaient roses et fougères. Ce tapis était assez ancien car les rouges et les verts jadis éclatants se fondaient les uns dans les autres, formant une sorte de rouille. Les murs étaient tendus d'un papier à fleurs — marguerites et soucis. Sur la table de chevet, une petite lampe était posée sur un napperon de dentelle rond. La commode, comme l'armoire, était vide.

— Aussi impersonnel qu'une chambre d'auberge, remarqua Lynley.

Barbara s'approcha de la fenêtre : la vue sur l'étable et la cour était dénuée d'intérêt.

— Elle n'a pas l'air d'avoir beaucoup servi.

Lynley examinait le couvre-pieds. Il le rabattit, révélant un matelas constellé de taches et un oreiller jaunâtre.

— De toute évidence, ils n'attendaient pas de visite. Bizarre qu'ils aient laissé le lit comme ça, vous ne trouvez pas ?

— Non. A quoi bon mettre des draps dans un lit si personne ne doit coucher dedans ?

— Sauf si...

— Ecoutez, inspecteur, voulez-vous que j'aille jeter un coup d'œil à côté ? s'enquit Barbara sans dissimuler son impatience.

La maison l'oppressait.

Lynley leva la tête au ton de sa voix. Il rabattit le couvre-pieds, le repliant avec soin, et s'assit au bord du lit.

— Qu'y a-t-il, Barbara ?

— Rien, répondit-elle, sentant la panique poindre dans sa voix. Je ne vois pas l'utilité de s'attarder ici. Il y a des années que cette pièce n'a pas été utilisée, ça crève les yeux. Pourquoi l'examiner sous toutes les coutures à la manière de Sherlock Holmes comme si le meurtrier allait jaillir des lames du parquet ?

Il ne répondit pas tout de suite. La réplique débitée d'un ton strident sembla flotter dans la pièce longtemps après qu'elle eut parlé.

— Qu'est-ce qui ne va pas ? s'enquit-il. Est-ce que je peux faire quelque chose ?

Ses yeux étaient posés sur elle, pleins d'une infinie bienveillance. Il ne serait pas difficile de...

— Tout va très bien ! explosa-t-elle. Simplement, j'en ai assez de vous suivre partout comme un toutou. Je ne sais pas ce que vous attendez de moi. J'ai l'impression d'être la dernière des cruches. J'ai un cerveau, bon Dieu ! Laissez-moi m'en servir !

Sans la quitter des yeux, il se leva.

— Pourquoi n'allez-vous pas examiner la pièce d'à côté ? suggéra-t-il.

Elle ouvrit la bouche, se ravisa, et le planta là, s'arrêtant un instant dans la lumière verdâtre du palier. Elle entendait sa propre respiration, rauque et bruyante, consciente qu'il devait l'entendre aussi.

Maudit autel ! Enveloppée dans ce calme effrayant, la ferme n'avait certes rien d'engageant mais l'autel l'avait mise sens dessus dessous. Il avait été dressé dans le meilleur coin de la pièce. Avec vue sur le jardin, songea Barbara. Tony a la télé et elle ce foutu jardin !

Comment Lynley avait-il appelé cela ? Une religion. Oui, doux Jésus ! Un temple à Tony. Elle s'efforça de respirer normalement, traversa le palier et entra dans la seconde chambre.

C'est la fin des haricots, Barb, se dit-elle. Et tes bonnes résolutions ? Toi qui t'étais promis d'être obéissante, de collaborer docilement ? Quelle tête feras-tu la semaine prochaine en te retrouvant en uniforme ?

Elle jeta autour d'elle un regard furieux, les lèvres tremblantes de dégoût. Qui s'en souciait ? Cet échec n'était-il pas prévisible ? S'était-elle réellement attendue à réussir ?

Traversant la pièce, elle s'approcha de la fenêtre et tripota la poignée. Qu'avait-il dit ? *Qu'y a-t-il ? Est-ce que je peux faire quelque chose ?* Le plus drôle c'est que, l'espace d'un moment, elle avait été tentée de lui parler, de lui dire tout ce qu'elle avait sur le cœur. Mais, bien sûr, c'était impensable. Personne ne pouvait l'aider, Lynley moins que tout autre.

Elle ouvrit la fenêtre pour laisser l'air du dehors rafraîchir ses joues brûlantes puis fit demi-tour, bien décidée à faire son travail.

Cette chambre, qui était celle de Roberta, était aussi nette que l'autre, mais moins impersonnelle. Le grand lit à baldaquin était recouvert d'un patchwork au dessin éclatant et pimpant : un soleil, des nuages et un arc-en-ciel sur fond de cieux saphir. Des vêtements étaient suspendus dans la penderie. De solides souliers, des chaussures de marche, des pantoufles étaient rangés sous les habits. Il y avait une coiffeuse surmontée d'une psyché instable et une commode sur laquelle se trouvait une photographie retournée, comme si elle était tombée. Barbara y jeta un coup d'œil curieux. Maman, papa et Roberta bébé dans les bras paternels. Le cliché semblait à l'étroit dans son cadre. Elle le retourna et en ôta la partie arrière.

Elle s'aperçut qu'elle ne s'était pas trompée. La photo, trop grande pour le cadre, avait été pliée. Une fois déplié, le cliché était nettement différent ; car, à gauche du père, mains croisées derrière le dos, se tenait le double de la mère du bébé, un double plus petit certes, mais à coup sûr mis au monde par Tessa Teys.

Barbara allait appeler Lynley lorsque celui-ci s'encadra dans la porte, un album de photos à la main. Il marqua une pause, à la recherche des mots susceptibles de rétablir le contact.

— J'ai mis la main sur quelque chose de fort curieux, sergent, attaqua-t-il.

— Moi aussi, fit-elle, bien décidée à repartir du bon pied.

Ils échangèrent leurs trouvailles.

— La vôtre explique la mienne, remarqua Lynley.

Elle examina avec une curiosité attentive les pages de l'album qui retraçaient à grand renfort d'instantanés l'histoire de la famille : mariages, naissances, fêtes de Noël et de Pâques, anniversaires. Toutes les photos sur lesquelles figurait plus d'un enfant avaient été découpées, amputées, de sorte qu'il en manquait des morceaux et que la taille de la famille était systématiquement réduite. Cela donnait froid dans le dos.

— Une sœur de Tessa, sans doute, observa Lynley.

— Son premier enfant, plutôt, suggéra Barbara.

— Trop âgée pour être sa fille aînée, à moins que Tessa ne l'ait eue alors qu'elle était elle-même une enfant.

Il reposa le cadre, glissa la photo dans sa poche et se mit à ouvrir les tiroirs.

— Ah, voilà pourquoi Roberta tenait tellement à se procurer le *Guardian*, dit-il. Elle en a tapissé ses tiroirs. Et... Havers, regardez un peu ça.

Du tiroir du bas, sous une pile de vieux chandails, il exhuma une photo, retournée elle aussi, comme cachée.

— Encore la mystérieuse petite fille.

Barbara regarda la photo qu'il lui tendait. C'était bien la même fillette, mais adolescente cette fois. Roberta et elle étaient debout dans la neige devant Sainte-Catherine, toutes deux souriaient à l'appareil. L'aînée avait posé les mains sur les épaules de Roberta, l'attirant contre elle. Elle s'était penchée — légèrement seulement, car Roberta était presque aussi grande qu'elle — et avait appuyé sa joue contre celle de l'autre fillette. Ses cheveux dorés touchaient les boucles brunes de Roberta. Devant elles, la main de Roberta agrippant ses poils, un chien de berger écossais avait lui aussi l'air de sourire. Moustache.

— Roberta n'est pas mal du tout là-dessus, dit Barbara, tendant la photo à Lynley. Forte, mais pas grosse.

— Ce cliché a dû être pris avant que Gibson ne quitte Keldale. Vous vous souvenez de ce que Stepha Odell nous a dit ? Roberta n'était pas grosse avant le départ de Richard.

Il empocha la photo et balaya la pièce du regard.

— C'est tout ?

— Il y a des vêtements dans la penderie, rien de bien passionnant, observa Barbara.

Comme Lynley l'avait fait dans l'autre pièce, elle rabattit le couvre-lit. Le lit était fait. Le linge propre et fraîchement repassé exhalait des effluves de jasmin. Mais sous ce parfum, tel de l'encens qu'on fait brûler pour noyer l'odeur de la marijuana, perçaient d'autres senteurs. Barbara consulta Lynley du regard.

— Vous n'avez pas l'impression que...

— Tout à fait. Aidez-moi à bouger le matelas.

Elle s'exécuta, se plaquant une main sur la bouche et le nez lorsque la puanteur emplit la pièce et qu'ils virent ce qui se cachait sous le matelas. La toile du sommier avait été arrachée au pied du lit et à l'intérieur de cette cachette étaient dissimulées des provisions. Fruits pourrissants, pain gris de moisissure, biscuits, sucreries, gâteaux entamés, paquets de chips.

— Seigneur, murmura Barbara.

C'était plus une prière qu'une exclamation. Malgré les horreurs sans nom qu'elle avait eu l'occasion de contempler dans l'exercice de sa profession, elle sentit son estomac se soulever et recula d'un pas.

— Désolée, hoqueta-t-elle avec un rire incertain. Mais pour une surprise...

Lynley remit le matelas en place, l'air impassible.

— C'est une véritable entreprise de sabotage, murmura-t-il comme pour lui-même.

— Monsieur ?

— Stepha avait parlé d'un régime.

Comme Barbara en entrant dans la pièce, il se dirigea vers la fenêtre. Le soir tombait. Profitant d'un reste de clarté, il prit les photos dans la poche de son manteau et les examina.

Il était debout, immobile, dans l'espoir peut-être qu'un examen prolongé des deux fillettes lui dirait qui avait tué William Teys et pourquoi, et ce qu'une réserve de provisions en voie de décomposition venait faire dans cette histoire.

En le regardant, Barbara fut frappée de constater qu'à la lumière qui balayait cheveux, joue et sourcil il faisait nettement plus jeune que ses trente-deux ans. Pourtant rien n'altérait ni n'émoussait l'intelligence et l'acuité d'esprit de cet homme, pas même les ombres. Le seul bruit qui emplissait la chambre était celui de sa respiration, régulière et paisible, celle d'un homme parfaitement sûr de soi. Il se retourna, la vit qui l'observait, fit mine de parler.

Elle ne lui en laissa pas le temps.

— Eh bien, fit-elle avec un entrain forcé en ramenant ses cheveux derrière ses oreilles d'un geste belliqueux, qu'avez-vous trouvé encore dans les autres pièces ?

— Une boîte de vieilles clés dans l'armoire et un véritable musée à la gloire de Tessa, répondit-il. Vêtements, photographies, mèches de cheveux. Dans les affaires de Teys, évidemment.

Il remit les photos dans sa poche.

— Je me demande si Olivia Odell savait ce qui l'attendait.

Ils avaient fait à pied, le long de Gembler Road, le kilomètre et demi séparant le village de la ferme de Teys. Sur le chemin du retour, Lynley se prit à regretter qu'ils ne fussent pas venus en voiture. Ce n'était pas que l'obscurité l'inquiétât, mais il avait envie d'écouter de la musique pour se distraire. Privé de musique, il se prit à jeter des coups d'œil obliques à la femme qui marchait en silence à ses côtés, songeant malgré lui à ce qu'il avait entendu dire sur son compte.

— Une vieille fille aigrie, avait déclaré MacPherson. Ce qu'il lui faudrait, c'est une bonne partie de jambes en l'air. (Rugissant de rire, il avait levé sa chope de bière dans son gros poing.) Mais pas avec moi, jamais je ne m'y frotterai. Je laisse ce soin à un type plus jeune.

Lynley songea que MacPherson avait tort. Le refoulement n'avait rien à voir là-dedans. Il y avait autre chose.

Ce n'était pas la première fois qu'Havers enquêtait sur un meurtre, aussi il avait du mal à comprendre sa réaction devant la ferme : sa répugnance à pénétrer dans l'étable, son étrange comportement dans le salon, sa sortie inattendue en haut.

Pour la seconde fois, il se demanda pourquoi Webberly leur avait fait faire équipe, mais il s'aperçut qu'il était trop fatigué pour trouver ne fût-ce qu'un embryon d'explication.

Les lumières de *La Colombe* apparurent au détour de la route, après le dernier tournant.

— Allons manger un morceau, dit-il.

— Poulet rôti, annonça le patron. C'est ce qu'on sert d'habitude le dimanche soir. Je vous apporte ça tout de suite. Trouvez-vous une table dans la salle à manger.

La Colombe faisait des affaires d'or. Dans le bar, où les conversations s'étaient tues à leur entrée, la fumée des cigarettes formait un gros nuage gris.

Des fermiers bavardaient dans un coin, leurs bottes crottées de boue sur les barreaux des chaises au dossier à barres horizontales, deux types plus jeunes jouaient bruyamment aux fléchettes près d'une porte indiquant TOILETTES, tandis qu'un petit groupe de femmes entre deux âges comparaient ce qui restait des mises en plis et des frisettes qu'elles s'étaient fait faire le samedi chez Sinji. Le bar lui-même était pris d'assaut par les clients, dont la plupart blaguaient avec la serveuse.

Dans ce pub villageois, la jeune fille faisait résolument tache. Cheveux d'un noir de jais hérissés sur la tête comme autant de piquants, yeux ourlés d'un épais trait violet, vêtements dignes de Soho : minijupe de cuir noir, chemisier blanc au décolleté plongeant, collant noir en dentelle aux trous maintenus par des épingles de sûreté, bottines de grand-mère noires également. Dans chacun de ses lobes quatre fois percés, elle arborait des boucles d'oreille en forme de clou. Le dernier trou à droite s'ornait d'une plume qui lui pendillait sur l'épaule.

— Elle se prend pour une chanteuse rock, expliqua le patron du pub en suivant leur regard. C'est ma fille, mais j'essaie de ne pas le crier sur les toits.

Il déposa sans douceur une pinte de bière blonde sur la table branlante devant Lynley, donna un tonic à Barbara et sourit.

— Hannah ! beugla-t-il en direction du bar. Cesse de te donner en spectacle, mon petit ! Tu ne vois donc pas que tu rends fous de désir tous les hommes de l'assistance !

Il leur adressa un clin d'œil salace.

— Oh, papa ! fit-elle en pouffant de rire, bientôt imitée par tous les clients.

— Ferme-lui son clapet, Hannah ! cria un consommateur.

— Il connaît rien au style, le pauvre vieux ! brailla un autre.

— Ça, du style ? lança le patron gaiement. Elle ne coûte pas cher à habiller, c'est vrai. Mais elle me ruine avec cette saleté qu'elle se colle sur les cheveux.

— Comment que tu fais pour avoir les cheveux dressés sur la tête en permanence comme ça, Han ?

— Elle a dû avoir la trouille de sa vie dans l'abbaye.

— Ce sont les cris du bébé, Han ?

Eclat de rire général.

Vous voyez, on est tous amis, ici. Barbara se demanda s'ils avaient répété la scène.

Lynley et elle étaient seuls dans la salle à manger. Une fois que la porte se fut refermée derrière le patron, elle se prit à regretter le brouhaha du bar.

— Ce devait être une boulimique, dit Lynley.

— Qui a assassiné son père parce qu'il l'avait mise au régime ?

Les mots avaient franchi les lèvres de Barbara avant même qu'elle pût se retenir, sa voix était lourde de sarcasme.

— Qui s'empiffrait en cachette, poursuivit Lynley, imperturbable.

— Ce n'est pas l'impression que j'ai, contra Barbara.

Elle était en train de le pousser à bout, et elle s'en rendait compte. C'était stupide. Mais c'était plus fort qu'elle.

— Quelle est donc votre impression ?

— Ces provisions ont été oubliées. Qui sait depuis combien de temps elles sont restées là ?

— Depuis trois semaines au moins, ce qui explique qu'elles se soient gâtées.

— Je veux bien, concéda Barbara. Mais je ne suis pas d'accord en ce qui concerne la boulimie.

— Pourquoi ?

— Parce que vous ne pouvez pas le prouver, nom d'un chien !

— Voyons, fit-il en comptant sur ses doigts. Deux pommes pourries, trois bananes toutes noires, quelque chose qui ressemble à une poire, une miche de pain, seize biscuits, trois gâteaux entamés, trois paquets de chips. Si ce n'est pas de la boulimie, qu'est-ce que c'est ?

— Je n'en ai pas la moindre idée.

— Dans ce cas pourquoi ne pas accepter ma version ? (Il marqua une pause.) Barbara...

Au son de sa voix, elle comprit aussitôt qu'il lui fallait absolument l'empêcher de poursuivre. Jamais il ne pourrait comprendre.

— Je suis désolée, inspecteur, coupa-t-elle. La ferme m'a flanqué une telle frousse que je n'ai cessé de m'en prendre à vous. Je... je vous prie de m'excuser.

Il eut l'air déconcerté.

— Très bien. Repartons de zéro, d'accord ?

Le patron du pub s'approcha et déposa deux assiettes sur la table.

— Poulet aux petits pois, annonça-t-il fièrement.

Barbara se leva et sortit en trombe de la pièce.

7

— Non ! Arrête, Ezra ! Je ne peux pas !

Avec un juron retentissant, Ezra Farmington se souleva, libérant la jeune fille qui se débattait sous lui. Pivotant vers le bord du lit, il s'y assit, s'efforçant de reprendre son souffle et de retrouver sa maîtrise de soi, le corps et la tête en feu. Se prenant la tête dans les mains, il passa ses doigts dans sa chevelure couleur de miel.

Et maintenant elle va se mettre à pleurer, songea-t-il.

— Bien, bien ! Je ne suis pas un violeur, bon Dieu ! fit-il sauvagement.

A ces mots, elle fondit en larmes, le poing contre la bouche, pleurant à gros sanglots qui semblaient jaillir du tréfonds de son être. Il tendit le bras vers la lampe.

— Non !

Au son de sa voix, il se figea.

— Danny, dit-il, les mâchoires serrées en essayant cependant de parler calmement.

Il ne pouvait se résoudre à la regarder.

— Je suis désolée ! fit-elle, toujours pleurant.

Le scénario n'était que trop familier. Cela ne pouvait pas continuer ainsi.

— C'est ridicule.

Il attrapa sa montre, vit au cadran lumineux qu'il était près de huit heures, la mit à son poignet. Il commença à s'habiller.

Elle redoubla alors de pleurs, tendit la main vers lui, effleura son dos nu. Il tressaillit. Les sanglots continuaient. Il ramassa le reste de ses vêtements, quitta la pièce, entra dans le cabinet de toilette où, après s'être habillé, il contempla d'un air morose son reflet dans le miroir obscur pendant cinq bonnes minutes.

Lorsqu'il réintégra la chambre, les pleurs avaient cessé. Elle était toujours allongée sur le lit, son corps couleur d'ivoire luisant sous la clarté de la lune, et elle fixait le plafond. Ses cheveux exceptés, tout en elle était clair. Il l'examina d'un œil d'artiste : modelé de la joue, courbe du sein, renflement de la hanche, douceur de la cuisse. Une étude objective en blanc et noir, qu'il transposa rapidement sur la toile. Cet exercice, auquel il s'adonnait fréquemment, lui permettait de prendre du recul, c'était exactement le genre de passe-temps dont il avait besoin à cet instant précis. Ses yeux se posèrent sur le triangle sombre et bouclé. Et toute son objectivité s'envola par la fenêtre.

— Pour l'amour du ciel, couvre-toi, jappa-t-il. Suis-je censé rester planté là à t'admirer en guise de dédommagement ?

— Tu sais pourquoi je ne peux pas, murmura-t-elle. (Elle ne bougea pas.) Tu le sais.

— Si je le sais !

Il était campé à l'autre bout de la pièce, près de la porte du cabinet de toilette. C'était plus sûr. S'il s'approchait, il lui sauterait de nouveau dessus, il ne pourrait pas s'en empêcher. Il sentit sa mâchoire se durcir, ses muscles se contracter.

— Tu ne perds pas une occasion de me le rappeler.

Danny se redressa et se tourna vers lui.

— Pourquoi est-ce que je devrais te le rappeler ? cria-t-elle. Tu sais pertinemment ce que tu as fait !

— Moins fort ! Tu tiens à ce que Fitzalan aille faire un rapport à ta tante ? Sois un peu raisonnable, veux-tu ?

— Pourquoi est-ce que je devrais être raisonnable ? Est-ce que tu l'es, toi ?

— Si tu ne peux te résoudre à sauter le pas, à quoi bon, Danny ? Pourquoi continuer à me voir ?

— Tu me poses la question ? Maintenant ? Alors que tout le monde est au courant ?

Il croisa les bras, s'efforçant de rester de marbre devant le spectacle qu'elle lui offrait. Cheveux retombant en désordre sur les épaules, lèvres entrouvertes, joues trempées de larmes scintillant dans la lumière sourde. Seins... Il s'obligea à fixer son visage.

— Tu sais ce qui s'est passé. On en a parlé cent fois. Ce n'est pas en remettant encore ça sur le tapis qu'on va changer quoi que ce soit au passé. Si tu ne peux pas te décider à sauter le pas, autant cesser de se voir.

Les larmes jaillirent de nouveau, ruisselant le long des joues. Il détestait la voir pleurer. Cela lui donnait envie de traverser la pièce et de la serrer dans ses bras, mais à quoi bon ? Ils repartiraient pour une nouvelle séance et cela se terminerait par un désastre.

— Non. (Elle pleurait toujours mais elle ne criait plus. Elle baissa la tête.) Je ne veux pas qu'on arrête de se voir.

— Qu'est-ce que tu veux, alors ? J'ai besoin de le savoir parce que je sais ce que je veux, moi, Danny. Mais si nous ne voulons pas tous les deux la même chose, alors ce n'est vraiment pas la peine.

Il s'efforçait de se contrôler, conscient que le peu d'empire qu'il avait sur lui-même diminuait à vue d'œil. Il se sentait à deux doigts de fondre en larmes de frustration.

— Je te veux, toi, murmura-t-elle.

Seigneur, ça c'est le bouquet. C'est vraiment trop fort.

— Je ne crois pas, répondit-il. Parce que si c'était moi que tu voulais et si tu m'avais, tu me lancerais le passé à la figure à tout bout de champ. Et je ne peux pas supporter ça, Danny, j'en ai assez.

Non sans honte, il s'aperçut que sa voix avait dérapé sur « assez ».

Elle releva vivement la tête.

— Je suis désolée, murmura-t-elle.

Elle se glissa hors du lit et traversa la chambre, son corps sculpté par la lune. Il détourna les yeux, sentit des doigts frôler sa joue, effleurer ses cheveux.

— Je ne pense jamais à ce que tu éprouves, dit-elle. Seulement à ce que je ressens. Je suis vraiment désolée, Ezra.

Il s'employa à fixer le mur, le plafond, le carré de ciel nocturne derrière la vitre, sachant que s'il croisait son regard, il était perdu.

— Ezra ?

Dans l'obscurité, la voix de Danny ressemblait à une caresse. Elle ramena ses cheveux en arrière, esquissa encore un pas vers lui.

Il respira son odeur fauve, sentit la pointe de ses seins contre sa poitrine. Elle lui posa une main sur l'épaule, l'attira contre elle.

— Ne crois-tu pas que nous avons des choses à nous faire pardonner tous les deux ?

C'en fut trop. Impossible de regarder ailleurs. Sa dernière pensée cohérente fut : *Mieux vaut se perdre qu'être seul.*

Nigel Parrish attendit qu'ils sortent de la salle à manger. Il était encore assis dans le bar, à sa place habituelle, à siroter un Courvoisier, lorsqu'ils terminèrent leur repas.

Il les observa comme il observait les villageois : avec un intérêt passionné, un peu comme s'ils devaient passer plusieurs années à Keldale. Ils en valaient incontestablement la peine, car ils formaient un couple pour le moins insolite.

L'homme était d'une élégance raffinée. Costume anthracite, coupé à ses mesures à Savile Row sans aucun doute, montre de gousset en or dont la chaîne barrait le gilet, Burberry négligemment jeté sur le dos d'une chaise — pourquoi les gens qui ont les moyens de s'offrir des trench-coats de chez Burberry les laissent-ils traîner négligemment ? —, chaussures impeccablement cirées. Scotland Yard, ça ?

La femme correspondait mieux à l'image qu'il s'en faisait. Petite et trapue, elle ressemblait à un tonneau sur pattes. Elle portait un tailleur froissé et constellé de taches qui lui allait fort mal et dont la couleur lui seyait encore moins. *Le bleu layette, c'est ravissant, mais pas quand on ressemble à un boudin.* Le chemisier jaune accentuait encore l'aspect cireux du teint, et il n'était même pas rentré correctement dans la jupe. Et les chaussures ! Les souliers plats, c'est ce que l'on s'attend à voir aux pieds des policiers, et comme de juste, elle en portait. Mais avec un collant bleu pour aller avec le tailleur ? Seigneur, quel tableau ! Avec un claquement de langue désapprobateur, il se leva.

Il se dirigea sans se presser vers la table qu'ils avaient choisie près de la porte.

— Scotland Yard ? commença-t-il sans même se présenter. Vous a-t-on parlé d'Ezra ?

Tout en levant la tête vers le nouvel arrivant, Lynley ne put s'empêcher de songer : *Non, mais j'ai l'impression que vous allez vous en charger.* L'homme qui lui avait adressé la parole était planté là, un verre de cognac à la main, attendant de toute évidence qu'on l'invite à s'asseoir. Voyant le sergent Havers ouvrir machinalement son calepin, il se considéra aussitôt comme accepté et prit une chaise.

— Nigel Parrish, se présenta-t-il.

L'organiste, se dit Lynley en l'examinant. Il avait dans les quarante ans et le genre de traits qui s'améliorent avec l'âge. Ses cheveux bruns — striés de gris aux tempes et qui se clairsemaient — étaient ramenés en arrière, dégageant un front intelligent. Le nez vigoureux et droit donnait au visage de Parrish de la distinction. La mâchoire forte et le menton accusé étaient la marque d'un caractère ferme. Il était mince, pas particulièrement grand, et, s'il n'était pas beau, il sortait en tout cas de l'ordinaire.

— Ezra ? fit Lynley pour le remettre sur la voie.

Les yeux bruns de Parrish naviguaient d'un consommateur à l'autre, comme s'il attendait quelqu'un.

— Ezra Farmington. L'artiste local. Tout village ne se doit-il pas de posséder un artiste, qu'il soit peintre, poète ou romancier ? Je croyais que c'était une des nécessités de la vie à la campagne. (Parrish haussa ses épaules étroites.) Ezra est le nôtre. Il peint des aquarelles. Des huiles à l'occasion. Pas mal, d'ailleurs. Il en vend, même, à une galerie de Londres. Il avait l'habitude de passer un mois ou deux à Keldale chaque année, il s'est fixé chez nous maintenant. (Il sourit, les yeux dans son verre.) Ce cher Ezra.

Lynley n'était pas d'humeur à ce qu'on le fasse languir.

— Qu'avez-vous à nous apprendre au sujet d'Ezra Farmington, Mr Parrish ?

L'organiste eut un regard effaré. De toute évidence, il ne s'était pas attendu à ce que l'entretien soit mené aussi rondement.

— Outre le fait que c'est le Don Juan du village, il serait bon que vous sachiez ce qui s'est passé chez les Teys.

— Que s'est-il passé chez les Teys ? demanda Lynley, ignorant la première des deux carottes qu'on lui mettait sous le nez.

— Eh bien..., attaqua Parrish dans une envolée qui s'interrompit net lorsqu'il eut contemplé son verre vide.

— Sergent, énonça Lynley d'une voix atone, les yeux braqués sur son vis-à-vis. Voulez-vous aller chercher un autre...

— Courvoisier, dit Parrish, souriant.

— Et un autre pour moi.

Havers se leva docilement.

— Rien pour elle ? s'enquit Nigel Parrish, le visage tout plissé de sollicitude.

— Elle ne boit pas.

— Pas marrant !

Lorsque Havers revint, Parrish la gratifia d'un sourire compréhensif puis il avala une petite lampée de cognac avant de reprendre le fil de son histoire.

— Pour en revenir à Ezra, dit-il avec un air de conspirateur, il s'agit de quelque chose qui n'est pas joli joli. Si je suis au courant, c'est que je me trouvais passer là. A cause de Moustache.

Lynley, qui n'était pas homme à tomber deux fois dans le même panneau, remarqua sans un battement de cil :

— L'amateur de musique à quatre pattes.

— Pardon ?

— Le père Hart nous a confié que Moustache aimait s'allonger sur la pelouse pour vous écouter jouer de l'orgue.

Parrish éclata de rire.

— N'est-ce pas incroyable ? Je m'écorche les doigts jusqu'à l'os à force de travailler, et tout ça pour quoi ? Pour un chien de ferme.

A en juger par la formulation, il semblait trouver ça du plus haut comique. Pourtant Lynley ne pouvait s'empêcher de déceler sous cette bonne humeur de façade un abîme d'amertume. Parrish jouait la jovialité mais il en faisait un peu trop pour qu'on y crût vraiment.

— Et voilà, poursuivit-il en faisant tourner son verre entre ses mains, admirant la variété des couleurs que prenait le cognac à la lumière. Sur le plan musical, Keldale c'est le néant, un vrai Sahara. Si je joue à Sainte-Catherine le dimanche, c'est uniquement pour me faire plaisir. Dieu sait que je suis bien le seul ici à pouvoir distinguer une fugue d'un scherzo. Savez-vous que Sainte-Catherine possède le plus bel orgue du Yorkshire ? Signé, n'est-ce pas ? Je suis sûr que Rome l'a acheté pour que les catholiques restent majoritaires à Keldale. Moi-même, je suis anglican.

— Et Farmington ? s'enquit Lynley.

— Ezra ? Je ne crois pas qu'Ezra soit porté sur la religion. (Voyant que son interlocuteur n'avait pas l'air de trouver ça drôle, il enchaîna :) Mais peut-être voulez-vous que je vous dise ce que je sais sur lui ?

— On ne peut rien vous cacher, Mr Parrish.

— Ezra...

Parrish sourit et but une gorgée. Il était difficile de dire ce qu'il puisait dans l'alcool, courage ou réconfort. Il baissa un instant la voix, cependant, offrant à son vis-à-vis un aperçu de sa personnalité véritable, morose et sombre. Mais son côté caquetant reprit bien vite le dessus.

— Voyons voir, il doit bien y avoir un mois de ça, William Teys chassa Ezra de Gembler Farm.

— Vous voulez dire qu'Ezra se promenait sur ses terres sans son autorisation ?

— Exactement. Encore qu'il prétende que son statut d'artiste lui donne le droit de se balader partout à sa guise. Et je dis bien partout. Il faisait ce qu'il appelle des « études de lumières » sur la lande de High Kel. Du genre de celles qui ont été faites sur la cathédrale de Rouen de quart d'heure en quart d'heure.

— Je connais Monet, merci.

— Dans ce cas, inutile que je vous fasse un dessin. Le seul chemin, enfin disons le chemin le plus court, pour atteindre la lande de High Kel est celui qui passe par les bois, derrière Gembler Farm. Et pour atteindre les bois...

— ... il faut traverser les terres de Teys.

— Parfaitement. Je marchais donc d'un bon pas le long de la route, suivi de Moustache. Cette brave bête était venue s'allonger devant chez moi et comme il se faisait un peu tard pour le laisser rentrer seul, j'avais décidé de le raccompagner jusqu'à la ferme. Au départ, je comptais sur notre chère Stepha pour le ramener dans sa Mini, mais n'ayant pas réussi à la trouver, j'avais dû me résoudre à pousser jusque là-bas avec ce vieux Moustache.

— Vous n'avez pas de voiture ?

— J'en ai une, mais elle n'est pas fiable. Bref, en arrivant à la ferme, je tombai sur eux. Ils étaient au beau milieu de la route, en train de s'engueuler comme du poisson pourri. William était en pyjama...

— Pardon ?

— En pyjama, inspecteur. Ou bien peut-être en robe de chambre ? (Parrish loucha vers le plafond, l'air de réfléchir.) Oui, il était en robe de chambre. Je me souviens m'être dit en le voyant : « Seigneur, il en a du poil aux jambes, ce William. » Un vrai gorille.

— Je vois.

— Et Ezra était planté en face de lui, hurlant, agitant les bras, proférant des jurons qui devaient faire dresser les cheveux sur la tête à ce pauvre William, lui qui était si pieux. Le chien se mit de la partie et planta les crocs dans le pantalon d'Ezra, en arrachant un bon morceau. Pendant que l'animal en décousait avec notre artiste, William réduisit en charpie trois de ses précieuses aquarelles et jeta le contenu de son carton à dessin sur le bas-côté. Une scène horrible.

Parvenu à la conclusion de son récit, Parrish prit un ton lugubre et baissa la tête. Mais lorsqu'il releva le nez, ses yeux semblaient dire clairement qu'Ezra n'avait eu que ce qu'il méritait.

Lynley regarda le sergent Havers monter l'escalier et disparaître. Il se frictionna les tempes et pénétra dans le salon, où une lumière à l'autre bout de la pièce éclairait la tête penchée de Stepha Odell. En entendant des pas, elle leva les yeux de son livre.

— Vous avez été obligée de nous attendre pour fermer la porte ? s'enquit Lynley. Je suis vraiment désolé.

Elle sourit et s'étira languissamment.

— Pas du tout, fit-elle, aimable. Mais j'avoue que je m'endormais un peu quand même sur mon bouquin.

— Que lisez-vous ?

— Un roman à l'eau de rose.

Elle rit et se leva, ce qui permit à Lynley de constater qu'elle était pieds nus. Elle s'était changée et avait troqué sa robe grise du matin contre une simple jupe de tweed et un sweater. Une perle au bout d'une chaîne en argent pendait entre ses seins.

— C'est ma façon à moi de m'évader. Dans les romans à l'eau de rose, les gens sont toujours heureux à la fin. (Lynley, qui était près de la porte, ne bougeait pas.) Et vous, inspecteur, comment vous évadez-vous ?

— Je ne m'évade pas, j'en ai peur.

— Comment faites-vous pour chasser les ombres de votre vie ?

— Les ombres ?

— Pourchasser les meurtriers ne doit pas être un métier tellement agréable. Pourquoi l'avez-vous choisi ?

Bonne question. Il connaissait la réponse. *C'est pour faire pénitence, Stepha, pour expier des péchés que j'ai commis et que vous ne pourriez comprendre.*

— Je ne me suis jamais posé la question.

— Ah. (Elle hocha pensivement la tête et n'insista pas.) Il y a un paquet pour vous. Apporté de Richmond par un type plutôt antipathique. Il n'a pas voulu me donner son nom, il sentait les pastilles pour la digestion à plein nez.

Excellente description de Nies, songea Lynley, tandis qu'elle passait derrière le bar. Il la suivit. A l'évidence, elle avait travaillé dans le salon en fin d'après-midi car la pièce embaumait la cire d'abeille et la bière blonde. Ce mélange d'odeurs le replongea en Cornouailles à l'époque de ses dix ans, époque où il avalait gloutonnement des pâtés en croûte dans la cuisine de la ferme Trefallen. Viande et oignons enrobés dans une couche de pâte fine étaient pour lui de véritables délices, d'autant que les oignons étaient des légumes interdits qui n'avaient pas droit de cité dans la salle à manger solennelle de Howenstow. « Vulgaire », grognait son père avec mépris. C'était parfaitement exact, et c'est bien pour cela qu'il les adorait.

Stepha plaça une grande enveloppe sur le comptoir.

— Votre paquet. Voulez-vous prendre un dernier verre avec moi ?

— Volontiers, merci.

Elle sourit. Il remarqua que le sourire lui arrondissait les joues, faisait disparaître les ridules qui entouraient ses yeux.

— Parfait. Asseyez-vous, alors. Vous semblez exténué.

Il se dirigea vers l'un des canapés, s'y laissa tomber et ouvrit l'enveloppe. Nies y avait enfourné tous les documents pêle-mêle. Il y avait là trois carnets couverts de notes, des photographies de

Roberta, des rapports du médecin légiste identiques à ceux qu'il possédait déjà, mais rien sur Moustache.

Stepha Odell posa un verre sur la table et s'assit en face de lui, ramenant ses jambes sous elle.

— Qu'est-il advenu de Moustache ? Pourquoi n'y a-t-il aucun papier se rapportant au chien ? s'interrogea Lynley.

— Gabriel vous le dira, fit Stepha.

L'espace d'un instant, il se demanda s'il s'agissait là d'une expression villageoise puis il se rappela le nom du constable.

— Le constable Langston ?

Elle hocha la tête, avalant une gorgée de bière. Ses doigts étaient longs et minces, vierges de bagues.

— C'est lui qui a enterré Moustache.

— Où ?

Elle haussa une épaule et ramena ses cheveux en arrière, dégageant son visage. Ce geste, hideux lorsqu'il était fait par Havers, devenait charmant exécuté par Stepha. On eût dit qu'elle repoussait des ombres.

— Je ne sais pas exactement. Près de la ferme, il me semble.

— Pourquoi n'y a-t-il pas de rapport du labo concernant le chien ?

— Sans doute les policiers ont-ils jugé que c'était inutile. Il était facile de voir comment la pauvre bête était morte.

— Comment ?

— La gorge tranchée, inspecteur.

Il farfouilla dans les documents, cherchant les photos. Pas étonnant qu'il ne s'en soit pas rendu compte plus tôt. Le corps de Teys affalé sur celui du chien empêchait de voir quoi que ce soit. Il examina le cliché.

— Vous voyez où est le problème maintenant, n'est-ce pas ? fit Stepha.

— Que voulez-vous dire ?

— Est-ce que vous imaginez Roberta tranchant la gorge de Moustache ? (Une expression de dégoût passa sur le visage de Stepha.) C'est impossible. Je suis désolée, mais c'est tout bonnement impossible. En outre, on n'a retrouvé aucune arme. Ce n'est sûrement pas avec une hache qu'elle a égorgé cette pauvre bête !

Tandis qu'elle parlait, Lynley commença à se demander pour la première fois qui, de William Teys ou de son chien, avait été la cible véritable du meurtrier.

Imaginons que des voleurs aient été en train d'opérer, songea-t-il. Il leur aurait fallu réduire le chien au silence. L'animal n'était certes plus de la première jeunesse, mais s'il était incapable d'attaquer quelqu'un, il devait quand même encore pouvoir faire un sacré boucan lorsqu'il reniflait une présence étrangère sur son territoire. Il leur aurait donc fallu le neutraliser. Mais peut-être les monte-en-l'air n'avaient-ils pas été assez rapides, et lorsque William Teys s'était précipité dans l'étable afin de voir pourquoi l'animal aboyait de la sorte, ils s'étaient trouvés dans l'obligation de le neutraliser, lui aussi. Peut-être ne sommes-nous pas en présence d'un meurtre avec préméditation, songea Lynley, mais d'un délit d'une tout autre nature.

— Stepha, murmura-t-il pensivement. (Il plongea la main dans sa poche.) Qui est-ce ?

Il lui tendit la photo qu'Havers et lui avaient trouvée dans la commode de Roberta.

— Où diable avez-vous déniché ça ?

— Dans la chambre de Roberta. Qui est-ce ?

— C'est Gillian, la sœur aînée de Roberta. (Elle se mit à tapoter la photo, l'examinant tout en parlant.) Roberta a dû se donner un mal de chien pour que son père ne tombe pas dessus.

— Pourquoi ?

— Parce qu'après que Gillian se fut enfuie de la maison, William la considéra comme morte. Il jeta ses vêtements, se débarrassa de ses livres, et alla jusqu'à détruire toutes les photos sur lesquelles elle figurait. Il brûla même son certificat de naissance avec ses affaires, dont il fit un feu de joie au beau milieu de la cour. Comment diable, fit-elle en se parlant à elle-même, Roberta a-t-elle réussi à conserver cette photo ?

— Ce qui me paraît plus important, peut-être, c'est de savoir pourquoi elle l'a conservée ?

— Rien de plus simple : Roberta adorait Gillian. On se demande bien pourquoi. Gillian était la brebis galeuse de la famille, elle a mal tourné. Elle buvait, jurait, cavalait, et menait une vie de bâton de chaise, un soir à Whitby dans une fête, le lendemain Dieu sait où en compagnie d'on ne sait quel vaurien. Racolant des hommes et leur en donnant pour leur argent. Et puis un soir, il y a onze ans de ça, elle a pris ses cliques et ses claques et elle est partie. Elle n'est jamais revenue.

— Elle est partie ? Ou elle a disparu ?

Stepha se tassa sur son siège. Elle leva une main pour la porter à sa gorge, suspendit son geste comme s'il était de nature à la trahir.

— Partie, dit-elle d'un ton ferme.

Il poursuivit.

— Pourquoi ?

— Parce qu'elle était à couteaux tirés avec William, j'imagine.

Il était plutôt du genre collet monté et Gillian, elle, ne pensait qu'à faire les quatre cents coups. Son cousin Richard vous en dirait certainement plus long. Ils étaient assez liés tous les deux avant qu'il ne parte pour les Fens.

Stepha se mit debout, s'étira et marcha jusqu'à la porte, où elle fit halte.

— Inspecteur, dit-elle doucement. (Lynley leva les yeux des photos, s'attendant à ce qu'elle lui en apprenne davantage sur Gillian Teys. Elle hésita :) Vous n'avez pas besoin... d'autre chose ce soir ?

La lumière de la réception derrière elle jetait une ombre sur ses cheveux. Sa peau avait l'air lisse et douce, ses yeux tendres. Ce serait si facile. Une heure de bonheur. Une heure d'oubli.

— Non, merci, Stepha, s'obligea-t-il à dire.

Contrairement à bon nombre de rivières qui dévalaient fougueusement les collines avant d'aboutir dans les vallons, la Kel était un cours d'eau paisible. Elle traversait Keldale en silence, glissant le long de l'abbaye en ruine, avant de poursuivre sa course vers la mer. Amoureuse du village, elle avait des égards pour lui et jamais elle ne sortait de son lit pour lui faire du mal. Elle voyait d'un bon œil l'auberge se dresser sur sa rive, éclaboussait joyeusement le pré communal, écoutait vivre les gens installés dans les maisons construites les pieds dans l'eau.

Olivia Odell habitait l'une de ces maisons, de l'autre côté du pont, en face de l'auberge, et jouissait d'une vue panoramique sur le pré communal et l'église de Sainte-Catherine. C'était la plus jolie bâtisse du village, agrémentée d'un ravissant jardin et d'une pelouse qui descendait en pente douce vers la rivière.

Il était encore tôt lorsque Lynley et Havers poussèrent la grille, mais les gémissements persistants d'un enfant leur apprirent que les occupants du lieu étaient déjà debout. Ils remontèrent jusqu'à la source des couinements désolés.

La jeune éplorée était assise sur les marches de l'escalier de derrière. Vivante image du chagrin et de la désolation, elle était recroquevillée sur elle-même, la tête contre les genoux, une photo de magazine froissée sous ses chaussures sales. A sa gauche, se tenait son confident, un colvert à l'air solennel qui la contemplait d'un air compréhensif. Il suffisait de voir la tête de la fillette pour comprendre la cause de son chagrin : ses cheveux, plaqués sur le crâne avec de la gomina, avaient été sauvagement coupés. Une chevelure qui à l'origine devait être rousse et, à en juger par certaines mèches rebelles, très bouclée. Présentement, exhalant un infâme relent de pommade bon marché, sa coiffure était tout bonnement affreuse à regarder.

Havers et Lynley échangèrent un regard.

— Bonjour, dit l'inspecteur d'un ton engageant. Tu t'appelles bien Bridie ?

La fillette leva les yeux, attrapa la photo et la serra contre sa poitrine en un geste possessif. Le canard se contenta de cligner de l'œil.

— Qu'est-ce qu'il y a qui ne va pas ? s'enquit Lynley avec gentillesse.

Complètement désarçonnée par l'amabilité de la voix, Bridie renonça à crâner :

— Je me suis coupé les cheveux, gémit-elle. J'avais économisé mes sous pour aller chez Sinji, mais elle m'a dit qu'elle pouvait pas me coiffer comme ça et qu'elle refusait de toucher à mes cheveux. Alors je les ai coupés moi-même et voilà le résultat et maman pleure, elle aussi. J'ai essayé de les faire tenir avec le truc d'Hannah, mais y a pas moyen !

Elle émit un hoquet pathétique.

Lynley hocha la tête.

— Je vois. Ce n'est pas franchement réussi, en effet, Bridie. Que cherchais-tu à faire au juste ?

Il frissonna intérieurement en pensant aux piquants noirs qui hérissaient le cuir chevelu d'Hannah.

— Ça ! fit-elle en brandissant la photo avec une nouvelle salve de gémissements.

Il prit la photo et considéra la souriante image de la princesse de Galles, très élégante avec ses diamants et sa robe du soir noire, et impeccablement coiffée.

— Evidemment, marmonna-t-il.

Dépossédée de sa photo, Bridie chercha le réconfort auprès de son canard. Lui passant un bras autour du cou, elle l'attira contre elle.

— Ça t'est égal à toi, hein, Dougal ? demanda-t-elle au volatile.

Pour toute réponse, Dougal cligna de l'œil et se mit à explorer la chevelure de Bridie à la recherche d'une hypothétique nourriture.

— Il s'appelle Dougal ? s'enquit Lynley.

— Angus McDougal McDuck, répondit Bridie.

Les présentations effectuées, elle s'essuya le nez sur la manche de son pull-over déchiré et jeta un regard angoissé derrière elle en direction de la porte fermée. Une larme roula le long de sa joue tandis qu'elle poursuivait :

— En plus il a faim et je peux pas aller lui chercher sa pâtée.

J'ai que de la guimauve à lui donner. Comme dessert, ça va, mais autrement c'est pas suffisant, il lui faut sa pâtée. Et je peux pas entrer.

— Pourquoi ?

— Parce que maman a dit qu'elle refusait de me voir tant que je n'aurais pas arrangé mes cheveux. Et je sais pas quoi faire !

L'enfant se remit à pleurer à chaudes larmes. Dougal était condamné à mourir de faim — ce qui semblait peu probable compte tenu de sa taille — à moins que quelqu'un ne se décidât à intervenir rapidement.

L'élaboration d'une stratégie s'avéra toutefois inutile car à cet instant précis la porte s'ouvrit avec violence.

Olivia Odell jeta un regard à sa fille — le second de la journée — et fondit en larmes.

— Je n'arrive pas à croire que tu aies pu faire ça ! Franchement, je n'y arrive pas ! Rentre à la maison te laver les cheveux !

Sa voix dérapa dangereusement dans les aigus.

— Mais Dougal...

— Emmène Dougal avec toi, dit Mrs Odell en pleurant. Mais fais ce que je te demande !

La fillette prit l'animal dans ses bras d'enfant de neuf ans et les deux fautifs disparurent. Olivia extirpa un mouchoir en papier de la manche de son cardigan, se moucha et adressa un sourire tremblotant aux deux adultes.

— Quel horrible spectacle !

A peine avait-elle prononcé ces mots qu'elle éclata de nouveau en sanglots et s'engouffra dans la cuisine, les laissant plantés devant la porte ouverte. Elle se dirigea en chancelant vers la table et enfouit son visage dans ses mains.

Lynley et Havers se consultèrent du regard et, leur décision prise, entrèrent résolument dans la maison.

Contrairement à Gembler Farm, cette maison donnait vraiment l'impression d'être occupée. La cuisine était complètement sens dessus dessous. Casseroles et poêles encombraient la cuisinière. Les appareils ménagers, toutes portes ouvertes, attendaient qu'on les astique, les fleurs qu'on leur donne de l'eau et les assiettes empilées dans l'évier qu'on les lave. Le sol collait sous les pieds, les murs avaient besoin d'un sérieux coup de peinture, la pièce tout entière sentait le toast brûlé. Le pain carbonisé d'où s'exhalaient ces effluves reposait sur une assiette, réduit à l'état de masse noire et spongieuse par la tasse de thé qui avait servi à éteindre les flammes.

Dans le prolongement de la cuisine, le salon — ou du moins le peu qu'ils en aperçurent — leur sembla être dans le même état.

Il était évident qu'Olivia Odell n'avait rien d'une fée du logis. Et si elle n'était pas douée pour le ménage et le rangement, il était clair qu'elle ne l'était pas non plus pour l'éducation des enfants s'il fallait en juger par la scène dont ils venaient d'être les témoins.

— Elle est intenable ! se désolait Olivia. Elle a neuf ans et je ne peux rien en tirer !

Elle déchiqueta son mouchoir en papier, en chercha un autre d'un regard vitreux et, n'en trouvant pas, se mit à pleurer encore plus fort.

Lynley prit son mouchoir dans sa poche.

— Tenez, lui dit-il.

— Merci. Seigneur, quelle matinée !

Elle se moucha, s'épongea les yeux, fourragea dans ses cheveux bruns, et contempla son reflet dans le grille-pain. Elle poussa un gémissement en se voyant, et ses yeux rouges s'embuèrent de nouveau. Mais elle réussit à refouler ses pleurs.

— J'ai l'air d'avoir au moins cinquante ans. Paul aurait bien ri ! (Et sans la moindre logique, elle enchaîna :) Elle veut ressembler à la princesse de Galles.

— C'est ce que j'ai cru comprendre, fit Lynley, impassible.

Il tira une chaise vers lui, ôta les journaux qui encombraient le siège et s'assit. Après un temps de réflexion, Havers l'imita.

— Pourquoi ? demanda Olivia au plafond plutôt qu'à ses visiteurs. Qu'ai-je fait pour que ma fille s'imagine que le bonheur consiste à ressembler à la princesse de Galles ? (Elle se frotta le front.) William aurait su que faire, lui. Sans lui, je suis perdue.

Désireux d'éviter de nouveaux pleurs, Lynley s'empressa de prendre la parole pour détourner son attention.

— Les petites filles ont toujours un modèle qu'elles admirent, n'est-ce pas ?

— Oui, opina Olivia. Ça c'est bien vrai. (Le mouchoir s'était transformé en cordelette entre ses doigts. Lynley ne put s'empêcher de grincer des dents en la voyant maltraiter son bien de la sorte.) Je ne sais jamais comment prendre Bridie. William savait quoi faire et quoi dire, lui. Quand il était là, tout allait comme sur des roulettes. Mais dès qu'il avait le dos tourné, nous nous disputions toutes deux comme des chiffonniers. Maintenant qu'il nous a quittées pour de bon, qu'allons-nous devenir ? (Sans attendre de réponse, elle poursuivit :) Tout ça à cause de ses cheveux ! Ils sont roux et elle les déteste. Elle les a toujours détestés. Je ne comprends pas. Pourquoi une gamine de neuf ans aurait-elle des réactions aussi violentes à propos de ses cheveux ?

— Les rousses, remarqua Lynley, sont généralement des tempéraments passionnés.

— Tout à fait ! Stepha est pareille. On jurerait que Bridie est son clone, pas sa nièce. (Elle prit une profonde inspiration et se redressa sur sa chaise. On entendit un bruit de galopade dans le couloir.) Seigneur, donnez-moi du courage, murmura Olivia.

Bridie entra, une serviette enroulée à la diable autour de la tête, son pull-over — qu'elle n'avait pas jugé bon d'enlever dans sa hâte à obéir aux instructions maternelles — complètement trempé aux épaules et dans le dos. Elle était suivie de son canard, qui avançait d'une démarche instable et croupionnante de vieux loup de mer.

— Il est handicapé, annonça Bridie en voyant Lynley examiner le colvert. Quand il est dans l'eau, il a du mal à barboter, c'est pour ça que je le surveille quand il nage. On l'a emmené nager souvent l'été dernier, dans la Kel. Pas vrai, Dougal ?

Le canard cligna de l'œil et se mit à explorer le sol de la cuisine en quête de nourriture.

— Approche un peu, Bridie, fit sa mère.

La fillette obtempéra. Mrs Odell lui ôta sa serviette afin d'examiner l'étendue des dégâts. Ses yeux s'emplirent de larmes au-dessus de la tête de sa fille. Elle se mordit la lèvre.

— Ils ont seulement besoin d'un petit coup de ciseaux, remarqua vivement Lynley. Qu'en pensez-vous, sergent ?

— Un petit coup de ciseaux devrait suffire, renchérit Havers.

— Je crois qu'il va te falloir renoncer à ressembler à la princesse de Galles, Bridie. (Voyant que la lèvre inférieure de la petite se mettait à trembler, Lynley ajouta :) Vois-tu, quand Sinji t'a dit qu'elle ne pouvait pas te coiffer de cette façon, elle ne mentait pas, c'est une question de nature de cheveux : les tiens bouclent alors que ceux de lady Diana sont raides.

— Mais elle est tellement jolie, protesta Bridie, de nouveau au bord des larmes.

— C'est un fait. Mais le monde serait bizarre si toutes les femmes lui ressemblaient, non ? Il y a des tas de femmes qui sont ravissantes et ne lui ressemblent absolument pas, tu peux me croire.

— Ah oui ?

Bridie jeta un coup d'œil concupiscent à la photo froissée. Il y avait une grosse tache de graisse sur le nez de la princesse.

— Si l'inspecteur te le dit, tu peux le croire, Bridie, ajouta Havers, la voix lourde de sous-entendus.

C'est un expert en la matière.

Consciente qu'il se passait quelque chose, Bridie fixa alternativement la femme et l'homme.

— Bon, annonça-t-elle. Il faudrait peut-être que je donne à manger à Dougal.

Le canard, quant à lui, eut l'air d'approuver.

Le salon Odell était à peine moins en désordre que la cuisine. Il était difficile de croire qu'une femme et une fillette pussent à elles seules mettre autant de pagaille dans une pièce. Les vêtements étaient empilés sur les chaises, comme si la mère et la fille étaient en plein déménagement ; il y avait des objets hétéroclites perchés sur les tables et les appuis des fenêtres ; une planche à repasser dépliée semblait prête à l'emploi en permanence ; des partitions tombées du piano droit étaient étalées sur le sol. Le fouillis était insensé et la poussière si épaisse que l'air en était presque parfumé.

Olivia ne semblait pas consciente du désordre en invitant d'un air absent ses visiteurs à prendre un siège. En s'asseyant, cependant, elle poussa un profond soupir de résignation :

— D'habitude, la maison n'est pas aussi... J'ai...

Elle s'éclaircit la gorge et secoua la tête comme pour remettre de l'ordre dans ses idées. Une fois de plus, elle fourragea dans ses cheveux fins qui semblaient avoir été ébouriffés par le vent. C'était un geste enfantin, incongru chez une femme qui avait passé l'âge de se comporter en gamine. Elle avait une peau fine comme du papier à cigarette et des traits délicats, mais les années n'avaient pas été tendres avec elle. Ses rides et sa peau qui manquait d'élasticité donnaient à croire qu'elle avait perdu trop de poids et trop vite. Elle avait les pommettes saillantes et des poignets graciles.

— Quand Paul est décédé, dit-elle soudain, ç'a été moins dur, d'une certaine façon. Je n'arrive pas à me remettre de la mort de William.

— La soudaineté, suggéra Lynley. Le choc.

Elle acquiesça.

— C'est peut-être ça. Paul, mon mari, est resté plusieurs années malade. J'ai eu le temps de me préparer, et Bridie était trop jeune pour comprendre. Mais William... (Elle fit un effort pour se contrôler, fixa le mur et se raidit sur sa chaise.) William occupait une telle place dans notre existence, il avait une telle force... C'est juste au moment où nous commencions à compter sur lui qu'il nous a quittées. Je sais, c'est affreusement égoïste de ma part de réagir de cette façon. Je ferais mieux de penser à Bobba, n'est-ce pas ?

— Roberta ?

Elle lui jeta un bref coup d'œil, fixa de nouveau le mur.

— Elle l'accompagnait chaque fois qu'il venait nous voir.

— Comment était-elle ?

— Guère communicative, très gentille. Pas jolie. Plutôt forte. Mais elle était toujours adorable avec Bridie.

— Richard Gibson et son oncle n'ont-ils pas eu des mots au sujet de son poids ?

Olivia plissa le front.

— Des mots ?

— Ils se sont disputés à ce propos. A *La Colombe*.

— Oh... C'est Stepha qui a dû vous raconter ça. Mais cela n'a aucun rapport avec la mort de William, s'empressa-t-elle d'ajouter en voyant le sergent Havers griffonner dans son carnet.

— Sait-on jamais. Vous pouvez nous en parler ?

Elle agita la main en signe de protestation, la reposa sur ses genoux.

— Il y avait peu de temps que Richard était rentré des Fens lorsqu'il tomba sur nous à *La Colombe*. William et lui eurent des mots. Des bêtises. Ça ne dura pas plus d'une minute. C'est tout.

Elle eut un sourire vague.

— Des mots ?

— Au départ, rien à voir avec Roberta. Nous étions tous assis à la même table lorsque William fit une réflexion au sujet d'Hannah. La serveuse. Vous l'avez vue ?

— Hier soir.

— Dans ce cas vous savez qu'elle a un genre un peu... spécial. Son allure ne plaisait pas du tout à William, qui désapprouvait la façon dont son père se conduit avec elle. Vous avez dû vous en apercevoir, il fait celui que ça amuse. Bref, William fit une réflexion, quelque chose comme : « Je me demande bien pourquoi son père la laisse se promener dans cette tenue, on dirait une grue. » Ce genre de chose. Rien de bien méchant. Richard était un peu parti. Il avait dû avoir une explication avec sa femme, car il avait le visage couvert d'égratignures. Il était d'humeur massacrante. Il rétorqua que seuls les imbéciles jugeaient sur les apparences, qu'un ange pouvait fort bien se dissimuler sous la tenue d'une tapineuse et qu'il existait de ravissantes blondinettes qui pouvaient en fait n'être que des putains.

— Comment William réagit-il ?

Olivia Odell eut un sourire las.

— Il démarra au quart de tour, prenant ça pour une allusion à Gillian, sa fille aînée. Il demanda à Richard ce qu'il entendait dire par là. Richard et Gilly avaient été très amis, voyez-vous. Je crois que pour éviter de s'expliquer, Richard se débrouilla pour faire dévier la conversation sur Roberta.

— Comment ?

— En la prenant pour exemple en ce qui concernait les apparences. Et bien entendu, c'est ce qui mit le feu aux poudres. Richard voulut savoir pourquoi William avait laissé Roberta enfler comme ça. A son tour, William voulut savoir ce qu'il avait voulu dire avec ses insinuations au sujet de Gilly. Richard exigea que William lui réponde. William demanda à Richard de préciser sa pensée. Bref, vous voyez le genre.

— Et ensuite ?

Elle rit d'un petit rire d'oiseau pris au piège.

— J'ai cru un instant qu'ils allaient en venir aux mains. Richard décréta qu'il ne laisserait jamais un de ses enfants creuser sa tombe avec ses dents, que William devrait avoir honte, qu'il était un mauvais père. Hors de lui, William lui rétorqua du tac au tac qu'il devrait avoir honte d'être un aussi mauvais mari. Il fit une... allusion plutôt crue au fait que Madeline était une épouse insatisfaite. Madeline, c'est la femme de Richard. Vous l'avez rencontrée ? Et franchement, au moment où je me disais que Richard allait taper sur son oncle, il a éclaté de rire. Il a dit qu'il était bien bête de se faire du mauvais sang pour Roberta, que c'était du temps de perdu, et il nous a plantés là.

— C'est tout ?

— Oui.

— Qu'est-ce que Richard entendait dire par là, à votre avis ?

— Quand il disait qu'il était bien bête de se faire du souci pour Bobba ? (Comme si elle voyait soudain où menait la question, elle fronça les sourcils.) Vous voulez me faire dire qu'il pensait qu'il était idiot de se faire de la bile parce que si Roberta mourait il hériterait de la ferme ?

— C'est à cela qu'il pensait ?

— Absolument pas. William avait refait son testament peu de temps après que Richard fut revenu des Fens. Richard savait pertinemment que la ferme devait lui revenir à lui, et pas à Roberta.

— Mais si William et vous deviez vous marier, il est probable qu'il aurait de nouveau modifié son testament, non ?

Elle flaira aussitôt le piège.

— Oui, mais... Je sais à quoi vous pensez. Richard avait intérêt à ce que William meure avant que nous passions devant le maire. Mais n'est-ce pas toujours le cas lorsqu'il y a un héritage à la clé ? Et les gens ne s'entretuent pas sous prétexte qu'ils vont hériter.

— Détrompez-vous, Mrs Odell, objecta poliment Lynley. Cela se produit très fréquemment.

— Pas dans ce cas-là. Je crois seulement que... Richard n'est pas très heureux. Et les gens malheureux disent des tas de choses qu'ils ne pensent pas vraiment, et font pour oublier des tas de choses qu'ils ne feraient pas autrement, vous n'êtes pas d'accord ?

Ni Lynley ni Havers ne répondirent. Olivia se tortilla sur sa chaise. Dehors, Bridie donna de la voix pour appeler son canard.

— Roberta eut-elle vent de cette conversation ? s'enquit Lynley.

— Si c'est le cas, elle n'y a jamais fait allusion. Quand elle était ici, elle ne parlait que du mariage. Je crois qu'elle désirait ardemment nous voir nous marier, William et moi. Afin d'avoir une sœur en Bridie, de retrouver ce qu'elle avait eu avec Gillian. Sa sœur lui manquait affreusement. Je crois qu'elle ne s'est jamais remise du départ de Gillian.

Olivia trouva un fil qui pendait à l'ourlet de sa jupe et elle se mit à le tordre jusqu'à ce qu'il casse. Puis elle le contempla sans mot dire, semblant se demander comment il avait atterri autour de son doigt.

— Bobba — c'est ainsi que William l'appelait et nous en faisions autant — sortait avec Bridie de façon que William et moi puissions rester seuls. Bridie, Roberta, Moustache et le canard partaient se promener. Vous imaginez le tableau ? (Elle sourit et se mit à lisser sa jupe pour en effacer les plis.) Ils allaient au bord de la rivière, vers le pré, ou pique-niquer du côté de l'abbaye. Tous les quatre. William et moi pouvions alors bavarder.

— De quoi parliez-vous ?

— De Tessa. C'était un problème qui le tracassait. Pourtant, la dernière fois qu'il est venu ici — le jour de sa mort —, il m'a dit qu'il avait fini par le surmonter.

— Je ne suis pas certain de bien comprendre, remarqua Lynley. De quel genre de problème s'agissait-il ? D'un problème d'ordre émotionnel ? D'un refus d'accepter sa mort ?

Olivia, qui regardait par la fenêtre, se tourna vers les policiers en entendant ce mot.

— Sa mort ? répéta-t-elle, perplexe. Tessa n'est pas morte, inspecteur. Elle a abandonné William peu de temps après la naissance de Roberta. Il avait engagé un détective privé pour la retrouver afin de pouvoir faire annuler son mariage par l'église, et samedi après-midi il est venu m'apprendre qu'on avait enfin retrouvé sa trace.

— York, énonça l'homme. Et je ne suis pas obligé de vous en dire davantage. Je n'ai pas encore été payé, figurez-vous.

Lynley serra le téléphone à s'en faire mal aux jointures. La colère lui brûlait la poitrine.

— Une ordonnance du tribunal, c'est ça que vous voulez ? s'enquit-il d'un ton urbain.

— Ecoutez, mon petit vieux, ce genre de conneries, ça ne prend pas avec moi...

— Mr Houseman, contrairement à ce que vous pensez, nous ne sommes pas dans un roman de Dashiell Hammett.

Lynley imagina son correspondant, les pieds sur le bureau, une bouteille de bourbon dans un tiroir du classeur, le récepteur coincé contre l'épaule, jouant à faire passer son revolver d'une main dans l'autre. Il n'était pas loin de la vérité.

Harry Houseman jeta un coup d'œil par la fenêtre crasseuse de son bureau situé au-dessus de la boutique d'un coiffeur dans Trinity Church Square à Richmond. Le crachin fouettait les vitres. Pas assez pour les nettoyer, mais suffisamment pour en souligner la crasse. Quelle journée, songea-t-il. Il avait mis à son programme d'aller faire un tour sur la côte — il connaissait une petite à Whitby qui ne demandait qu'à mener des enquêtes... poussées en sa compagnie — mais avec ce temps, il ne se sentait pas d'humeur. Et Dieu sait qu'il avait de plus en plus besoin de se sentir d'humeur ces temps-ci pour que quelque chose se passe dans son pantalon. Il sourit, exhibant une jaquette mal fichue. Cette dent, qui lui donnait un air de pirate, pimentait un peu un physique par ailleurs bien quelconque : cheveux d'un brun terne, yeux couleur de boue, teint blême et — détail incongru — lèvres pleines et sensuelles.

Il se mit à jouer avec un crayon tout mâchonné sur son bureau maculé de taches. Il accrocha du coin de l'œil le visage aux lèvres minces de sa mégère de femme qui le fixait pensivement dans son cadre. Du bout de son crayon, il fit basculer la photo, qui tomba face contre terre.

— Je suis persuadé que nous pouvons trouver un terrain d'entente, dit Houseman dans le téléphone. Voyons voir. Miss Doalson ? (Il laissa s'écouler quelques secondes pour faire plus vrai.) Est-ce que j'ai le temps aujourd'hui de... Bien, annulez-le. Cela peut certainement attendre que je... (Retour au téléphone.) Vous pouvez me rappeler votre nom ?

— Il n'est pas question que nous nous rencontrions, déclara Lynley, patient. Vous allez me donner cette adresse à York et nos relations s'arrêteront là.

— Oh... je ne vois pas comment...

— Je suis sûr que si, coupa Lynley d'une voix dure. Parce que, comme vous l'avez dit vous-même, vous n'avez pas encore été payé. Et si vous voulez l'être une fois la succession réglée — ce qui risque de prendre des années si vous n'y mettez pas un peu du vôtre —, il va falloir que vous me communiquiez l'adresse de Tessa Teys.

Nouvelle pause pour se donner le temps de la réflexion.

— Qu'est-ce qu'il y a, miss Doalson ? s'enquit Houseman d'un ton sucré. Sur l'autre ligne ? Eh bien, faites-le patienter, s'il vous plaît. (Soupir à fendre l'âme.) Vous n'êtes pas un type commode, inspecteur. Il faut bien que tout le monde gagne sa croûte.

— Je sais, répliqua sèchement Lynley. L'adresse ?

— Il va falloir que je fasse une recherche dans mes dossiers. Puis-je vous rappeler dans... disons une petite heure ?

— Non.

— Ecoutez, mon vieux...

— J'arrive.

— Non, ce n'est pas nécessaire. Attendez un instant. (Houseman se laissa aller contre le dossier de son siège, contemplant une minute le ciel gris. Puis il se pencha vers son classeur déglingué, ouvrant et fermant bruyamment des tiroirs pour donner le change.) Qu'y a-t-il, miss Doalson ? s'écria-t-il soudain. Non, soyez gentille de lui dire de rappeler demain. Je me fous pas mal de savoir si elle pleure comme une Madeleine, mon petit, je n'ai pas le temps de la voir aujourd'hui, un point c'est tout. (Il prit un bout de papier sur son bureau.) Ah, la voilà, inspecteur, dit-il. (Il communiqua l'adresse à Lynley.) Mais ne vous attendez pas à ce qu'elle vous accueille à bras ouverts.

— Je me moque éperdument de l'accueil qu'elle me réservera, Mr Houseman. Au...

— Vous avez tort, inspecteur. Si j'étais à votre place, je m'en soucierais, au contraire. Son petit mari est entré dans une colère noire quand il a appris la nouvelle. J'ai bien cru qu'il allait se jeter sur moi et m'étrangler séance tenante. Dieu sait comment il réagira quand il verra Scotland Yard se pointer chez lui. C'est un de ces petits intellectuels à mots ronflants et grosses lunettes. Mais croyez-moi, inspecteur, il cache bien son jeu. C'est un vrai fauve.

Les yeux de Lynley s'étrécirent. Houseman avait manœuvré avec beaucoup d'habileté. Force lui fut de s'avouer vaincu.

— De quelle nouvelle parlez-vous ?

— De l'existence du mari numéro un, évidemment.

— Qu'est-ce que vous essayez de me dire, Houseman ?

— Que Tessa Teys est bigame, mon vieux, jubila le détective privé. Elle a épousé le numéro deux sans avoir pris légalement congé de William. Vous imaginez sa stupeur quand elle m'a vu débarquer chez elle !

La maison ne ressemblait pas du tout à l'image qu'il s'en était faite. En bonne logique, les femmes qui abandonnent mari et enfants devraient atterrir dans des taudis empestant l'ail et l'urine.

Elles devraient se sentir obligées d'absorber une copieuse dose quotidienne de gin pour apaiser les tourments de leur conscience. Elles devraient être fanées et usées, leur beauté détruite par la honte. Quoi qu'elles dussent être, en tout cas, elles ne devaient pas ressembler à Tessa Teys Mowrey.

Il s'était garé devant la villa. Ils restèrent un moment à la contempler en silence avant qu'Havers se décide à prendre la parole.

— On ne peut pas dire qu'elle ait dégringolé la pente, n'est-ce pas ?

Ils avaient trouvé sans problème. C'était un quartier respectable, neuf, situé à quelques kilomètres du centre-ville, le genre d'endroit où les maisons, outre des numéros, portent des noms. La demeure des Mowrey s'appelait Jorvik View. C'était l'expression parfaite du rêve médiocre : une façade de brique recouvrait la construction. Des tuiles rouges s'élançaient pour former des pignons. Les bow-windows ornés de rideaux blancs ouvraient respectivement sur un salon et une salle à manger de part et d'autre de la porte d'entrée bien astiquée. Le garage attenant, prévu pour une voiture, était surmonté d'une terrasse entourée d'une balustrade en fer laquée de blanc, à laquelle on accédait par une porte au premier étage. C'est là-haut qu'ils aperçurent Tessa.

Cheveux blonds voletant au vent, elle venait de déboucher sur la terrasse pour arroser les plantes en pot — chrysanthèmes, dahlias, marguerites — qui formaient un rideau couleur d'automne contre le blanc de la balustrade. En apercevant la Bentley, elle se figea, l'arrosoir en l'air, comme surprise par le pinceau d'un Renoir dans cette lumière de fin de matinée.

La mine sévère, Lynley ne put s'empêcher de remarquer qu'elle ne paraissait pas avoir vieilli d'un jour depuis la photo, prise dix-neuf ans auparavant, qui trônait religieusement sur l'autel de Gembler Farm.

— Et voilà pour le salaire du péché ! murmura-t-il.

8

— Il y a peut-être un portrait au grenier [1], remarqua Havers.

Lynley lui jeta un coup d'œil surpris.

Elle s'était donné tant de mal jusqu'à maintenant pour se comporter de façon irréprochable, coopérer sur toute la ligne et lui obéir au doigt et à l'œil qu'en la voyant changer brutalement

1. Allusion au *Portrait de Dorian Gray*, d'Oscar Wilde. (*N.d.T.*)

son fusil d'épaule — surtout pour faire une réflexion amusante — il éprouva un véritable choc, plutôt agréable, d'ailleurs.

— Un point pour vous, sergent, gloussa-t-il. Voyons ce que Mrs Mowrey a à nous raconter.

Tessa Teys Mowrey vint leur ouvrir la porte, les dévisageant à tour de rôle d'un air confus, non dénué d'une certaine crainte.

— Bonjour, dit-elle.

Descendue de sa terrasse, elle ressemblait maintenant davantage à une femme proche de la quarantaine. Mais c'était une quadragénaire qui avait des cheveux blonds couleur de soleil, la silhouette déliée, la peau piquetée de taches de rousseur et presque aucune ride.

Lynley lui montra sa carte.

— Scotland Yard, service des affaires criminelles. Pouvons-nous entrer, Mrs Mowrey ?

Le regard de Tessa navigua du visage de Lynley à la physionomie sévère d'Havers.

— Bien sûr.

Le ton était uni, la voix polie et chaleureuse. Cependant il y avait dans les mouvements une hésitation, une imperceptible raideur indiquant qu'elle s'efforçait de refouler une vive émotion.

Elle les entraîna vers une porte qui ouvrait sur le séjour et, d'un simple geste, leur fit signe de s'asseoir. C'était une pièce décorée et meublée avec goût de meubles très « design » en pin et en noyer qui s'harmonisaient avec les couleurs éteintes de l'automne. Une horloge égrenait son tic-tac dans un coin, rapide comme un pouls qui s'emballe. Nulle trace ici du désordre cataclysmique qui régnait chez Olivia Odell ou de la rigueur maniaque de Gembler Farm. Le living-room était de toute évidence la pièce de prédilection d'une famille bon enfant où l'on avait rassemblé photos d'amateur sans prétention et souvenirs de voyages, ainsi qu'une pile de jeux de société et de jeux de cartes rangés sur une étagère au milieu des livres.

Tessa Mowrey prit place dans le coin le plus sombre. Elle s'assit tout au bord de sa chaise, le dos droit, les jambes croisées, les mains sur les genoux. Elle portait au doigt une alliance, un simple anneau d'or. Au lieu de demander à ses visiteurs ce que Scotland Yard venait faire chez elle, elle se contenta de suivre Lynley des yeux, tandis qu'il s'approchait de l'âtre et examinait les photos posées sur le dessus de la cheminée.

— Vos enfants ? s'enquit-il.

Il y en avait deux, une fille et un garçon, photographiés lors de vacances familiales à Saint Ives. Il reconnaissait la courbe familière de la baie, les bâtiments gris et blancs au bord du rivage, et les bateaux échoués sur le sable à marée basse.

— Oui, répondit-elle.

Elle se garda bien de lui fournir davantage de renseignements. L'air calme et résigné, elle attendait l'inévitable. Lynley ne fit rien pour mettre un terme au silence qui s'installait. Au bout d'un moment, n'y tenant plus, elle reprit la parole :

— Russell vous a téléphoné ?

Il y avait du désespoir dans sa voix. C'était une voix dénuée de tonus, la voix de quelqu'un qui a fait le tour du chagrin et qui sait avoir touché le fond.

— Je pensais bien qu'il le ferait. Evidemment, ça fait trois semaines. Je commençais à me dire qu'il voulait seulement me punir, le temps que nous mettions les choses au point. (Elle s'agita nerveusement sur sa chaise en voyant Havers prendre son calepin.) Est-ce vraiment indispensable ? demanda-t-elle dans un souffle.

— Je le crains, fit Lynley.

— Dans ce cas, je vais tout vous raconter, ce sera mieux.

Contemplant ses mains, elle les serra plus étroitement l'une contre l'autre.

C'est étrange, songea Lynley, les membres d'une même espèce ont recours à une gestuelle identique pour lancer des signaux de détresse. Main qu'on porte d'instinct à sa gorge, bras qu'on serre frileusement autour de la taille, vêtement qu'on remet en place, léger tressaillement destiné à parer un choc psychologique. Manifestement, Tessa rassemblait ses forces pour traverser l'épreuve, comme si, par simple pression, sa main droite avait le pouvoir de transfuser du courage à sa main gauche. Le truc sembla marcher car elle le regarda bien en face, d'un air de défi.

— J'avais seize ans à peine quand je l'ai épousé. Epouser un homme de dix-huit ans son aîné quand on n'a que seize ans, vous vous imaginez ce que ça représente ? Mais non, bien sûr. Vous ne pouvez pas comprendre. Personne ne le peut. Pas même Russell.

— Vous n'aviez pas envie de continuer à étudier ?

— Si. J'avais arrêté pour aider à la ferme pendant quelques semaines, car papa avait eu des ennuis de dos. C'était provisoire. Je devais retourner en classe au bout d'un mois. Marsha Fitzalan m'avait donné du travail à faire à la maison afin que je ne prenne pas trop de retard. Mais ça ne m'a pas empêchée d'en prendre, et puis il y a eu William.

— Comment cela ?

— Il était venu acheter un bélier à papa. Je l'ai emmené le voir.

William était... très beau garçon. J'étais une âme romanesque. J'ai vu en lui Heathcliff venant enfin chercher Cathy.

— Votre père a dû se faire du mauvais sang quand il a compris que sa fille de seize ans voulait se marier ? Surtout avec un homme beaucoup plus âgé qu'elle ?

— En effet. Ma mère aussi s'en est fait. Mais j'étais têtue et William était un homme responsable et respectable, un garçon solide. Je crois qu'ils se sont dit que s'ils ne me laissaient pas l'épouser, je me révolterais et ferais de toute façon de grosses bêtises. Alors ils ont donné leur consentement et nous nous sommes mariés.

— Qu'advint-il de ce mariage ?

— Qu'est-ce qu'une adolescente de seize ans connaît au mariage, inspecteur ? s'enquit-elle au lieu de répondre. Quand j'ai épousé William, je ne savais même pas vraiment comment les bébés venaient au monde. Vous allez me dire que je n'étais pas très dégourdie pour une gamine élevée à la ferme, mais il faut vous souvenir que je passais le plus clair de mes loisirs en compagnie des Brontë. Or Charlotte, Anne et Emily n'étaient pas très explicites sur ce genre de détails. Mais j'eus tôt fait de combler mes lacunes. Je donnai naissance à Gillian avant même de fêter mon dix-septième anniversaire. William était fou de joie. Il adorait le bébé. C'est à croire que sa vie commença le jour où il vit Gilly.

— Pourtant il s'écoula un certain nombre d'années avant que vous n'ayez un second enfant.

— C'est parce que la naissance de Gilly changea tout entre nous.

— Comment ça ?

— Elle... ce minuscule, ce fragile bébé fit découvrir la religion à William, et rien ne fut plus tout à fait comme avant après ça.

— Il m'a donné l'impression d'avoir toujours été très porté sur la religion.

— Oh, non, pas avant la naissance de Gillian. Dès lors, ce fut comme s'il n'arrivait pas à être un père suffisamment bien, comme s'il lui fallait purifier son âme pour être digne de cet enfant.

— Comment s'y prenait-il ?

Elle eut un petit rire triste et plein de regret.

— Il lisait la Bible, se confessait, communiait tous les jours. En l'espace d'un an, il devint le paroissien le plus assidu de Sainte-Catherine et un père modèle.

— Et vous, encore adolescente, deviez essayer de vivre coincée entre un nouveau-né et un saint.

— C'est exactement ça. A ceci près que le bébé ne me donnait pas beaucoup de travail. Je n'étais pas une femme assez bien pour prendre soin de l'enfant de William. Ou peut-être pas assez pieuse. Aussi est-ce lui qui s'en occupait les trois quarts du temps.

— Que faisiez-vous ?

— Je me réfugiais dans mes livres.

Alors qu'elle était restée tranquille sur sa chaise pendant toute la première partie de son récit, elle se leva, traversa la pièce et alla se planter devant le bow-window pour admirer la cathédrale d'York dont la silhouette se dressait dans le lointain. Lynley ne put s'empêcher de penser que ce n'était pas le prestigieux édifice que Tessa contemplait, mais plutôt son passé.

— J'imaginais que William deviendrait Mr Darcy. Je rêvais que Mr Knightley viendrait m'enlever. J'étais persuadée que je rencontrerais un jour Edward Rochester[1], si seulement je parvenais à y croire assez fort. (Elle croisa les bras sur sa poitrine comme pour éloigner les souffrances de cette époque révolue.) Je voulais désespérément être aimée. Oh, comme je voulais être aimée ! Vous comprenez ça, inspecteur ?

— Comment ne pas comprendre, fit Lynley.

— Je me disais que si nous avions un second enfant, nous aurions chacun le nôtre à chérir. C'est pourquoi j'entrepris de faire la... reconquête de William.

— La reconquête ?

— Mais oui, la reconquête. Peu après la naissance de Gilly, abandonnant le lit conjugal, il avait pris l'habitude de coucher ailleurs : sur le canapé, dans la lingerie, n'importe où pourvu que je n'y sois pas.

— Pourquoi ?

— J'avais beaucoup souffert en mettant Gilly au monde. Il prétexta ne pas vouloir que je me retrouve enceinte afin de m'éviter de retraverser cette épreuve.

— Mais les contraceptifs, ça existe...

— William est catholique, inspecteur. Les catholiques ne doivent pas utiliser de contraceptifs.

Elle pivota, tourna le dos à la fenêtre, et leur fit de nouveau face. La lumière ôtait toute couleur à ses joues, gommait cils et sourcils et accentuait les plis joignant le nez à la bouche. Si elle en eut conscience, elle ne fit rien pour s'y soustraire. Au contraire, elle demeura là, à contre-jour, comme pour leur permettre de bien se rendre compte de son âge. Elle poursuivit :

— En y repensant, je crois que ce n'est pas tant la procréation que le sexe qui faisait peur à William. Je finis tout de même par

1. Darcy, Knightley, Rochester : trois personnages de romans des sœurs Brontë.

le persuader de partager de nouveau mon lit. Et huit ans après Gilly, Roberta vint au monde.

— Si vous aviez ce que vous vouliez — un second bébé à cajoler —, pourquoi avoir quitté Gembler Farm ?

— Parce que le même scénario se reproduisit. Roberta ne fut pas plus mienne que Gilly ne l'avait été. J'aimais mes petites filles, mais je n'avais pas le droit de les approcher, du moins pas comme je le souhaitais. Je me retrouvais sans rien. (Sa voix se brisa sur le dernier mot mais, les bras serrés autour du corps, elle se raidit et réussit à se contrôler.) Tout ce que j'avais, une fois de plus, c'était Darcy. Mes livres.

— Alors vous êtes partie.

— Un matin au réveil — quelques semaines à peine après la naissance de Roberta —, je compris que si je restais dans cette maison je me dessécherais complètement. J'avais presque vingt-cinq ans, deux enfants qu'on ne me laissait pas aimer et un mari qui en était à consulter la Bible au saut du lit pour savoir comment enfiler sa chemise. J'ai regardé par la fenêtre, j'ai vu le chemin qui menait à la lande de High Kel, et j'ai su que j'allais partir le jour même.

— N'a-t-il pas essayé de vous en empêcher ?

— Non. J'aurais bien voulu, mais non. J'ai pris la porte et je suis sortie de sa vie avec pour tout bagage une petite valise et trente-quatre livres dans mon porte-monnaie. Je suis allée à York.

— Il n'est jamais venu vous voir ? Il n'a jamais essayé de vous suivre ?

Elle secoua la tête.

— Je ne lui ai jamais dit où j'étais. J'ai cessé d'exister, c'est tout. Mais j'avais cessé d'exister depuis si longtemps pour William que cela n'avait pas d'importance.

— Pourquoi n'avez-vous pas divorcé ?

— Parce que je n'avais pas l'intention de me remarier. J'étais allée à York pour reprendre mes études, pas pour dénicher un mari. J'avais l'intention de travailler, le temps de mettre assez d'argent de côté pour me rendre à Londres ou même émigrer aux Etats-Unis. Mais six semaines après mon arrivée à York, tout bascula. Je fis la connaissance de Russell Mowrey.

— Comment ?

Elle sourit à ce souvenir.

— Vous vous souvenez qu'on avait élevé des palissades autour d'une partie de la ville pour y procéder à des fouilles archéologiques ?

— En effet, je m'en souviens.

— Russell, qui était originaire de Londres, venait d'avoir son diplôme, et il faisait partie de l'équipe qui fouillait, à la recherche de vestiges normands. J'avais passé la tête dans un trou de la palissade pour jeter un coup d'œil. Et c'est alors que je l'aperçus. Ses premiers mots furent : « Seigneur ! Une déesse nordique ! » Et là-dessus, il rougit jusqu'à la racine des cheveux. Je crois que je suis tombée amoureuse de lui tout de suite. Il avait vingt-six ans. Il portait des lunettes qui n'arrêtaient pas de glisser le long de son nez, un pantalon parfaitement dégoûtant, et un chandail aux couleurs de son université. En s'approchant de moi pour me parler, il glissa dans la boue et tomba sur le derrière.

— Drôle de Darcy, observa gentiment Lynley.

— En effet. Mais c'était beaucoup mieux qu'un Darcy. Nous nous sommes mariés quatre semaines plus tard.

— Pourquoi ne lui avez-vous pas parlé de William ?

Elle fronça les sourcils, cherchant les mots qui leur permettraient de comprendre.

— Russell était l'innocence même. Il se faisait une telle... idée de moi. Il me voyait sous les traits d'une princesse viking, d'une Reine des Neiges. Comment pouvais-je lui annoncer que je venais d'abandonner deux enfants et un mari dans une ferme au creux d'un vallon ?

— Qu'est-ce que cela aurait changé s'il l'avait su ?

— Rien, je suppose. Mais à l'époque, j'étais persuadée que ça aurait tout changé. Je croyais qu'il ne voudrait plus de moi, qu'il n'aurait pas la patience d'attendre que le divorce soit prononcé. J'avais cherché l'amour, inspecteur, et je le tenais enfin. Pouvais-je risquer de le laisser me filer entre les doigts ?

— Mais York n'est qu'à deux heures de Keldale. N'avez-vous jamais eu peur que William fasse irruption un jour dans votre vie ? N'avez-vous jamais craint de tomber sur lui dans la rue ?

— William n'était pas homme à quitter sa vallée. Il n'a pas bougé une seule fois pendant tout le temps que j'ai passé avec lui. Pourquoi aurait-il bougé d'ailleurs ? Il avait tout là-bas : enfants, religion, ferme. Pourquoi diable serait-il venu à York ? En outre, j'étais persuadée au départ que nous irions vivre à Londres, où Russell a sa famille. Je ne me doutais pas qu'il voulait s'installer ici. Mais finalement c'est ce que nous fîmes. Cinq ans après nous eûmes Rebecca. Et dix-huit mois après Rebecca, un fils, William.

— William ?

— Je vous laisse imaginer ce que j'ai éprouvé le jour où Russell décida de le baptiser William, comme son père... Je ne pouvais guère m'y opposer.

— Et vous avez passé dix-neuf ans à York ?

— Oui. D'abord dans un petit appartement du centre-ville, ensuite dans une maison près de Bishopthorpe Road. Puis, l'an dernier, nous avons réussi à acheter cette maison-ci avec nos économies. Russell avait deux emplois et moi, je travaille au musée. Nous avons été... (elle cilla pour refouler ses larmes) — si heureux. Tellement heureux, mon Dieu. Jusqu'à maintenant, du moins. Vous êtes venus me chercher, n'est-ce pas ? Ou me donner des nouvelles, alors ?

— Personne ne vous a prévenue ? Vous n'avez pas lu...

— ... lu quoi ? Est-ce que quelque chose... Il n'est pas... (Tessa regarda alternativement Lynley puis Havers. De toute évidence, elle vit quelque chose sur leur visage car le sien se décomposa sous l'effet de la peur.) La nuit où Russell est parti, il était dans une colère noire. Je me suis dit que si je me taisais, si j'attendais en faisant le gros dos, les choses se tasseraient. Il reviendrait à la maison, et...

Lynley comprit soudain qu'ils n'étaient absolument pas sur la même longueur d'onde.

— Mrs Mowrey, dit-il, vous n'êtes donc pas au courant concernant votre mari ?

Les yeux de Tessa s'agrandirent, s'assombrirent sous l'effet de l'appréhension.

— Russell, chuchota-t-elle. Il est parti le samedi où le détective privé m'a retrouvée. Il y a trois semaines de ça. Et il n'a pas remis les pieds à la maison depuis.

— Mrs Mowrey, fit Lynley avec précaution. William Teys a été assassiné il y a trois semaines. Un samedi dans la nuit entre vingt-deux heures et minuit. Votre fille Roberta a été accusée du meurtre.

S'ils s'étaient attendus à la voir s'évanouir, ils en furent pour leurs frais. Elle les dévisagea sans un mot pendant près d'une minute puis se tourna de nouveau vers la fenêtre.

— Rebecca ne va pas tarder, dit-elle d'une voix atone. Elle rentre déjeuner. Elle va me demander des nouvelles de son père, comme elle le fait chaque jour. Elle sait qu'il y a quelque chose qui ne va pas, mais j'ai réussi à lui cacher la vérité. (Elle porta une main tremblante à sa joue.) Russell est allé à Londres, j'en suis persuadée. Je n'ai pas appelé ses parents parce que je n'ai pas envie qu'ils sachent qu'il y a un problème. Mais je sais qu'il est allé chez eux à Londres. Je le sais.

— Avez-vous une photo de votre mari ? s'enquit Lynley. L'adresse de sa famille à Londres ?

Elle pivota brutalement vers lui.

— Jamais il ne ferait ça ! s'écria-t-elle comme une furie. C'est un homme qui n'a jamais levé la main sur un de ses enfants ! Il était en colère — c'est vrai, je vous l'ai dit —, mais après moi, pas après William ! Il ne serait pas allé, il n'aurait pas...

Elle se mit à pleurer avec un bruit atroce, versant ce qui devait être ses premières larmes depuis trois semaines. Le front contre la vitre, elle sanglotait amèrement, comme inconsolable.

Havers se leva et sortit du séjour. Seigneur, où va-t-elle ? se demanda Lynley, s'attendant à la voir disparaître comme elle avait disparu du pub la veille. Mais quelques instants plus tard, elle revint avec un verre et un pichet de jus d'orange.

— Merci, Barbara, dit-il.

Elle hocha la tête, le gratifia d'un sourire timide et versa du jus de fruit dans un verre.

Tessa Mowrey s'en saisit mais au lieu de boire elle l'étreignit comme s'il s'agissait d'un talisman.

— Il ne faut pas que Rebecca me voie dans cet état. Il faut que je me ressaisisse. Que je sois forte. (Voyant le verre dans sa main, elle en avala une gorgée, fit la grimace.) J'ai horreur du jus d'orange en boîte. Je me demande pourquoi j'en ai à la maison. Russell trouve que ce n'est pas si mauvais que ça. Il a sans doute raison. (Lorsqu'elle se tourna vers Lynley, il constata qu'elle faisait bien ses quarante-trois ans, cette fois.) Il n'a pas tué William.

— Les habitants de Keldale sont du même avis en ce qui concerne Roberta. Ils pensent qu'elle n'a pas tué William.

Elle tressaillit.

— Je n'arrive pas à la considérer comme ma fille. Je suis désolée. Je ne l'ai pour ainsi dire pas connue.

— On l'a mise à l'asile, Mrs Mowrey. Quand William a été retrouvé, elle a déclaré l'avoir assassiné.

— Si elle a avoué, pourquoi êtes-vous venus me trouver ? Si elle a reconnu avoir tué William, Russell n'est certainement pas...

Elle laissa sa phrase en suspens. A croire qu'elle venait soudain d'entendre ses propres paroles, de comprendre combien elle était impatiente de voir son mari dédouané, fût-ce aux dépens de sa propre fille.

En songeant à l'étable, à la bible illustrée, aux albums de photos, au silence glacial et à la tristesse de Gembler Farm, Lynley ne se sentit pas le cœur de la blâmer.

— Vous n'avez jamais revu Gillian ? s'enquit-il abruptement, à l'affût d'un signe indiquant que Tessa était au courant de la disparition de sa fille aînée.

Mais elle ne broncha pas.

— Jamais.

— Elle ne vous a jamais contactée ?

— Bien sûr que non. Même si elle avait voulu le faire, je suis certaine que William l'en aurait empêchée.

C'est probable, songea Lynley. Pourtant, après sa fuite, après avoir coupé les ponts avec son père, pourquoi n'avait-elle pas cherché à retrouver sa mère ?

— C'était un bigot, un fanatique, décréta Havers d'un ton sans appel.

Ramenant ses cheveux derrière ses oreilles, elle se mit à étudier la photo qu'elle tenait à la main.

— En revanche, celui-ci n'a pas l'air mal du tout. Elle a eu la main plutôt heureuse, la seconde fois. Dommage qu'elle ne se soit pas donné la peine de divorcer.

Russell Mowrey souriait sur la photo que Tessa leur avait remis. Physique avenant, costume trois pièces, il donnait le bras à sa femme un dimanche de Pâques.

Havers glissa la photo dans l'enveloppe de papier bulle et se replongea dans la contemplation du paysage qui défilait sous ses yeux.

— Au moins nous savons maintenant ce qui a poussé Gillian à mettre les voiles.

— Le fanatisme religieux du père ?

— Ça et l'arrivée du second bébé, répondit Havers. Huit années durant, elle est le centre des préoccupations de son père — la mère ne semble pas avoir beaucoup compté —, quand tout à coup un autre bébé débarque dans la famille. Il est censé être celui de maman, mais papa n'a pas confiance en maman, alors il prend également celui-là en charge. Maman s'en va et Gillian lui emboîte le pas.

— Pas tout à fait, Havers. Elle a attendu huit ans avant de prendre la poudre d'escampette.

— Elle ne pouvait tout de même pas s'enfuir de chez elle à l'âge de huit ans ! Elle a attendu son heure, haïssant probablement de toutes ses forces la petite Roberta qui lui avait volé son papa.

— Ça ne tient pas debout, sergent. Vous commencez par affirmer qu'elle est partie parce qu'elle ne supportait pas le fanatisme religieux de son père. Ensuite vous dites qu'elle s'est enfuie parce que Roberta avait pris sa place dans le cœur paternel. De deux choses l'une : ou elle aime son père — auquel cas elle rêve de redevenir son chouchou —, ou elle ne peut pas supporter sa bigoterie — auquel cas elle n'a qu'une envie : fuir. Ça ne peut pas être les deux à la fois.

— Vous avez tort de voir les choses en noir et blanc ! protesta bruyamment Havers. Ça n'est pas si simple !

Lynley la regarda, sidéré par la violence du ton. Ses traits épais s'étaient encore alourdis.

— Barbara...

— Je suis désolée ! Bon sang, voilà que je recommence ! Pourquoi est-ce que je m'emballe ? A chaque fois, c'est pareil. Je ne...

— Barbara, l'interrompit-il fermement.

— Oui, monsieur ? dit-elle en regardant droit devant elle.

— Nous bavardons, nous ne sommes pas au tribunal. C'est bien d'avoir une opinion. En fait, je suis heureux que vous en ayez une. Ça aide, de pouvoir discuter d'une affaire avec quelqu'un.

Comme s'il s'agissait seulement de discuter ! Ce qui lui plaisait tant, c'était argumenter pied à pied, rire, entendre la douce voix lui dire : *Tu crois avoir raison, Tommy, mais je vais te prouver que tu as tort !* Il sentit la solitude s'abattre sur lui comme un linceul humide et glacé.

Havers se trémoussa sur son siège. En l'absence de musique, la tension était presque palpable dans la voiture.

— Je ne sais pas ce qui me prend, dit-elle enfin. Je me jette dans la mêlée et j'oublie tout.

— Je comprends.

Il jugea inutile d'insister et se mit à suivre des yeux le dessin capricieux que les murs de pierre traçaient le long des flancs de la colline.

Il songea à Tessa. Il s'efforçait de la comprendre, tout en sachant qu'il n'était guère armé pour y parvenir. Que ce fût à Howenstow — en Cornouailles —, à Oxford ou à Belgravia, à Scotland Yard, même, rien dans son existence ne l'avait préparé à comprendre que l'aridité de la vie dans une ferme isolée ait pu pousser une fille de seize ans à croire que le mariage constituait son seul avenir. Et pourtant c'était sûrement là qu'il fallait chercher la clé de l'histoire. Aucune interprétation romanesque des faits — aucune référence à Heathcliff, aussi pertinente fût-elle — ne pouvait masquer la véritable explication. L'incommensurable ennui qui l'avait accablée au cours des semaines passées à la maison pour aider aux travaux ingrats de la ferme lui avait fait parer de couleurs attrayantes un prosaïque fermier du Yorkshire. Elle était tombée d'un piège dans un autre. Mariée à seize ans, mère avant de fêter son dix-septième anniversaire. Quelle femme n'aurait souhaité fuir une telle existence ? Pourtant, si tel était le cas, comment expliquer qu'elle se fût remariée si vite ?

Havers interrompit le cours de ses réflexions. Il y avait dans sa voix quelque chose de si pressant que Lynley lui décocha aussitôt un coup d'œil curieux. De minuscules gouttes de sueur perlaient à son front. Elle déglutit avec bruit :

— Il y a une chose qui me chiffonne, c'est... l'autel dédié à Tessa. Sa femme le plaque — non sans raisons légitimes — et il trouve le moyen de lui élever un mausolée, un véritable Taj Mahal, dans un coin du salon.

Une pensée effleura soudain Lynley :

— Qui nous dit que c'est William qui a dressé cet autel ?

— Ç'aurait fort bien pu être l'une des deux filles, répondit Havers après un temps.

— Laquelle, selon vous ?

— Gillian.

— Par esprit de vengeance ? Pour être sûre que William n'oublie pas la fuite de maman ? Pour lui enfoncer un poignard dans les côtes, le punir de lui préférer Roberta ?

— Je suis prête à le parier, monsieur, acquiesça Havers.

Ils roulèrent pendant plusieurs kilomètres avant que Lynley ne reprenne la parole.

— Je l'en crois capable, Havers. Quelque chose me dit qu'elle était assez à bout pour ça.

— Tessa, vous voulez dire ?

— Russell n'était pas là, cette nuit-là. Elle affirme avoir pris de l'aspirine et être allée se coucher immédiatement, mais comment vérifier ? Elle aurait pu se rendre à Keldale.

— Pourquoi supprimer le chien ?

— Il ne la connaissait pas. Il n'était pas là dix-neuf ans plus tôt. Tessa était une étrangère pour lui.

— Elle aurait décapité son premier mari ? (Havers fronça les sourcils.) Il aurait été plus simple de divorcer.

— Non, pas pour un catholique.

— Admettons. Tout de même, je vois mieux Russell dans le rôle du meurtrier. Où est-il donc passé ?

— Je... (Lynley hésita, les yeux braqués sur la route.) Tessa a raison : il s'est rendu à Londres.

— Vous êtes bien catégorique.

— C'est parce que je crois l'avoir vu, Havers. Au Yard.

— Ainsi, il est allé la dénoncer à la police. Depuis le début, elle se doutait qu'il le ferait.

— Non, je ne crois pas.

Havers partit sur une autre piste.

— Il y a Ezra, aussi.

Lynley lui décocha un sourire.

— William en pyjama au beau milieu de la route déchirant les aquarelles d'Ezra tandis que ce dernier l'abreuve d'injures ? Ce pourrait être un mobile. Quel artiste serait capable de supporter sans broncher qu'on détruise ainsi ses œuvres ?

Havers ouvrit la bouche, la referma.

— Mais il n'était pas en pyjama, objecta-t-elle après un instant de réflexion.

— Si.

— Non, insista-t-elle. Il était en robe de chambre. Souvenez-vous, Nigel nous a déclaré que ses jambes lui avaient fait penser à un gorille. Qu'est-ce qu'il fabriquait en robe de chambre en plein jour ? Ce n'était pas l'heure d'aller se coucher.

— Peut-être se changeait-il avant le dîner. Il est dans sa chambre, regarde par la fenêtre, aperçoit Ezra et fonce dans la cour.

— C'est une possibilité.

— Vous en avez une autre à me suggérer ?

— Il était peut-être en train de faire de la gymnastique.

— Vous le voyez faisant des flexions en sous-vêtements ? Difficile à imaginer.

— Alors... il était peut-être avec Olivia ?

Lynley sourit.

— Non. Si tout ce qu'on nous a raconté sur lui est vrai, William ne me semble pas être du genre à consommer avant le mariage. Je le vois mal batifolant avec Olivia Odell avant la cérémonie.

— Et Nigel Parrish ?

— Eh bien, quoi, Nigel Parrish ?

— Il ramenait le chien à la ferme par pure bonté d'âme, comme un gentil membre de la SPA ? Son histoire ne vous semble pas un peu tirée par les cheveux ?

— Si. Mais croyez-vous vraiment Parrish capable de répandre fût-ce une goutte du sang de William Teys ? Ou de lui trancher la tête ? Il aurait bien trop peur de salir ses blanches mains.

— Vous avez raison. Je le vois plutôt tournant de l'œil devant pareil spectacle.

Ils éclatèrent de rire. Ce fou rire — qui était la première chose qu'ils partageaient — retomba bien vite, se muant en un silence embarrassé lorsqu'ils comprirent soudain qu'ils pouvaient devenir amis.

Si Lynley avait décidé de pousser jusqu'à l'asile d'aliénés de Barnstingham, c'est parce qu'il était persuadé que Roberta détenait toutes les cartes du jeu : identité du meurtrier, mobile du crime, disparition de Gillian Teys. Il s'était arrêté à la sortie d'York afin de prendre, par téléphone, les dispositions nécessaires.

Après avoir immobilisé la voiture sur l'allée de gravier en face du bâtiment, il se tourna vers Barbara.

— Cigarette ? fit-il en lui présentant son étui en or.

— Non, merci, monsieur.

Il hocha la tête, jeta un coup d'œil à l'imposante bâtisse, reporta les yeux sur sa passagère.

— Vous préférez attendre ici, sergent ? s'enquit-il en allumant sa cigarette avec son briquet en argent.

Il prit son temps pour ranger étui et briquet.

Elle le regarda d'un air pensif :

— Pourquoi ?

Il haussa les épaules d'un air négligent. Trop négligent, estima-t-elle.

— Vous avez l'air vannée. Je pensais que vous aimeriez peut-être souffler un peu.

« Vannée. » Du jargon d'ancien élève d'Eton. Barbara avait remarqué qu'il n'hésitait pas à s'en servir à l'occasion quand il le jugeait bon. Il y avait renoncé jusque-là. Pourquoi remettait-il ça tout à coup ?

— Puisque vous abordez le sujet, inspecteur, vous avez vous-même l'air bon à ramasser à la petite cuiller. Que se passe-t-il ?

A ces mots, il s'examina dans le rétroviseur, la cigarette au coin de la lèvre, l'œil mi-clos. Moitié Sam Spade, moitié Algernon Moncrieff.

— En effet, je suis à faire peur.

Il s'employa un instant à remettre de l'ordre dans sa tenue, redressant sa cravate, vérifiant l'ordonnance de sa coiffure, tapotant les revers de sa veste pour en faire tomber des fils invisibles. Elle attendit. Finalement, il croisa son regard. Envolé, l'ancien d'Eton.

— Notre petite expédition à la ferme vous a pas mal secouée, hier, dit-il franchement. J'ai l'impression que ce que nous allons découvrir dans cet établissement risque d'être cent fois pire.

L'espace d'un instant, Barbara le fixa, incapable de détacher son regard du sien. Puis elle tendit la main vers la portière, qu'elle ouvrit avec violence.

— Je tiendrai le coup, monsieur, fit-elle d'un ton abrupt, sortant dans l'air vif de l'automne.

— Nous l'avons enfermée, expliquait le Dr Samuels à Lynley, tandis qu'ils longeaient le couloir qui traversait le bâtiment d'est en ouest.

Barbara les suivait, soulagée de constater que Barnstingham ne ressemblait pas exactement à l'image qu'avaient évoquée en elle les mots « asile d'aliénés ». Cette construction du plus pur baroque anglais n'avait pas grand-chose en effet d'un hôpital. L'entrée était majestueuse, avec de fins piliers s'élançant vers le plafond très haut. Lumière et couleur, tels semblaient être les maîtres mots : la pièce était peinte dans d'apaisants tons pêche, les stucs étaient blancs, la moquette épaisse tirait sur le rouille. Quant aux portraits de l'école flamande, s'ils étaient sombres et méditatifs, ils avaient le bon goût de sembler s'en excuser.

Havers respira plus librement. Car lorsque Lynley avait mentionné pour la première fois la nécessité de pousser jusqu'à cet endroit pour voir Roberta, elle avait senti le cœur lui manquer et l'insidieuse vague de panique qu'elle connaissait trop bien s'était emparée d'elle. Lynley s'en était rendu compte, évidemment. Ce type n'avait pas les yeux dans sa poche, il n'en ratait pas une.

Une fois à l'intérieur, elle se sentit davantage dans son assiette. Ce sentiment de mieux-être s'intensifia encore lorsqu'ils quittèrent le grand hall central pour attaquer la traversée du couloir. Les paysages lénifiants de Constable, les vases débordant de fleurs fraîches et les voix paisibles donnaient aux lieux un caractère éminemment convivial. De la musique et des chants flottaient dans l'air.

— La chorale, expliqua le Dr Samuels. Par ici.

Samuels lui-même avait été une source d'étonnement et de soulagement. L'eût-elle rencontré à l'extérieur de l'hôpital, Barbara ne se serait jamais douté qu'il fût psychiatre. *Psychiatre*, le mot évoquait aussitôt l'image de Freud : le visage barbu et victorien, le cigare, le regard méditatif. Samuels, lui, avait l'allure d'un homme qui préfère monter à cheval ou arpenter les landes plutôt que de sonder les psychés perturbées. Glabre et bien bâti, il semblait enclin à manquer de patience avec moins intelligent que lui. Barbara le soupçonna également d'être redoutable sur un court de tennis.

Elle commençait à se sentir à l'aise dans ce cadre, lorsque le Dr Samuels ouvrit une porte étroite — camouflée par des boiseries — et les fit pénétrer dans la partie moderne de l'établissement. C'était l'aile fermée, dont l'aspect et l'odeur correspondaient exactement à ce qu'Havers avait imaginé. La moquette était d'un marron foncé utilitaire en diable. Les murs nus, couleur sable, étaient percés de portes munies de petites ouvertures vitrées à la hauteur des yeux. L'atmosphère était imprégnée d'un parfum d'antiseptiques, de détergents et de médicaments. Un gémissement sourd emplissait l'air, qui semblait provenir de nulle part et de partout à la fois. Ç'aurait pu être le vent. Ç'aurait pu être n'importe quoi.

Nous y sommes, songea-t-elle. C'est là qu'on enferme les dingues, les petites filles qui décapitent leur papa, les filles qui commettent des meurtres. Des meurtres, il y en a de toutes sortes, Barb.

— Nous n'avons pas entendu le son de sa voix depuis sa déclaration initiale, disait le Dr Samuels à Lynley. Elle n'est pas catatonique. Je crois simplement qu'elle a tout dit, un point c'est tout. (Il jeta un coup d'œil à son bloc.) « C'est moi qui ai fait ça. Je ne regrette rien. » Voilà exactement ce qu'elle a déclaré le jour où on a trouvé le corps. Depuis, elle n'a pas desserré les dents.

— Son silence n'aurait-il pas une cause médicale ? Est-ce qu'elle a été examinée ?

Le Dr Samuels pinça les lèvres d'un air offensé. A ses yeux, cette intervention de Scotland Yard revêtait un caractère insultant. Désormais, s'il devait communiquer des renseignements aux policiers, il s'en tiendrait au strict minimum.

— Oui, répondit-il. Pas d'attaque. Elle peut parler. Elle a choisi de se taire.

S'il fut irrité par la réponse laconique du médecin, Lynley n'en laissa rien paraître. Il avait l'habitude de se heurter à ce genre d'attitude, ses interlocuteurs semblant fréquemment considérer les policiers comme des ennemis qu'il fallait combattre plutôt que comme des alliés qu'il convenait d'aider. Il ralentit l'allure et entreprit de parler au Dr Samuels de la cachette de Roberta. Ce détail parut intéresser le spécialiste car lorsqu'il reprit la parole, ce fut d'un ton où la frustration le disputait à la réflexion.

— Je ne sais que vous dire, inspecteur. Manger ainsi, c'est peut-être, vous vous en doutez, une activité compulsionnelle. Mais est-ce un stimulus ou une réponse ? Une source de gratification ou une manière de sublimation ? Tant que nous ne disposerons pas d'éléments d'interprétation — que Roberta est seule à pouvoir nous fournir —, nous ne pourrons évidemment pas nous prononcer.

Lynley changea de sujet.

— Pourquoi l'avoir retirée des mains des policiers de Richmond ? N'est-ce pas contraire aux règlements ?

— Non, c'est la personne responsable qui a demandé son admission, répondit le Dr Samuels. Nous sommes un hôpital privé.

— La personne responsable. C'est-à-dire le commissaire Nies ?

Samuels secoua impatiemment la tête.

— Pas du tout. (Il parcourut le dossier de Roberta.) C'était... voyons voir... Gibson, Richard Gibson. Son plus proche parent.

C'est lui qui a effectué les démarches, obtenu l'autorisation du tribunal et rempli les papiers.

— Richard Gibson ?

— C'est en effet le nom qui figure sur l'imprimé, inspecteur, répondit Samuels. Il l'a fait admettre chez nous pour qu'elle soit suivie en attendant le procès. Elle a droit à une séance de thérapie quotidienne. Nous n'avons pas encore constaté de progrès, mais cela ne veut pas dire qu'il n'y en aura pas.

— Mais pourquoi Gibson..., fit Lynley, parlant plus pour lui-même que pour les deux autres.

Croyant sans doute que la question s'adressait à lui, le psychiatre enchaîna :

— C'est sa cousine, après tout. Et plus vite elle sera rétablie, plus vite le procès aura lieu. Sauf si elle est reconnue irresponsable.

— Auquel cas, finit Lynley, les yeux braqués sur le visage du médecin, elle est internée à vie, n'est-ce pas ?

— Jusqu'à ce qu'elle guérisse, corrigea Samuels en les conduisant vers une épaisse porte fermée. Elle est là. Je regrette qu'elle doive rester seule, mais compte tenu des circonstances... (Il fit un geste, déverrouilla la porte et l'ouvrit en grand.) Roberta, vous avez de la visite, annonça-t-il.

Il avait choisi *Roméo et Juliette* de Prokofiev et la musique avait empli l'habitacle presque immédiatement après qu'il eut démarré. Dieu merci, songea Barbara, brisée. Dieu merci. Que les violons, les violoncelles et les altos chassent pensées et souvenir, que la musique emporte tout, afin que seule l'ouïe demeure, afin qu'elle n'ait plus à penser à la fille assise dans la pièce ni — ce qui était plus effrayant encore — à l'homme assis près d'elle dans la Bentley.

Les yeux obstinément rivés sur la route, elle continuait cependant de voir ses mains sur le volant, ses mains couvertes de poils blonds — d'un blond plus clair encore que ses cheveux —, ses doigts, leur plus léger mouvement tandis qu'il ramenait la voiture vers Keldale.

Lorsqu'il se pencha pour régler le son, elle le vit de profil. Il était légèrement bronzé. Doré et brun. Peau, cheveux, yeux. Nez droit, classique. Ligne ferme de la mâchoire. Un visage qui trahissait une prodigieuse force intérieure, des ressources qu'elle ne parvenait pas à s'expliquer.

Comment avait-il réussi à faire ça ?

Ils l'avaient trouvée près de la fenêtre, les yeux fixés non sur le paysage mais sur le mur. C'était une grande bêtasse de près d'un mètre quatre-vingts qui devait peser plus de quatre-vingt-dix kilos. Assise sur un tabouret, le dos voûté, vivante image de l'échec, elle se balançait d'avant en arrière.

— Roberta, je m'appelle Thomas Lynley et je suis venu te parler de ton père.

Elle avait continué à se balancer, ne regardant rien, ne voyant rien, les yeux dans le vide. Si elle entendait, elle n'en laissait en tout cas rien paraître.

Ses cheveux sales empestaient. Ramenés en arrière, attachés à l'aide d'un élastique, ils dégageaient une physionomie lunaire. Des mèches graisseuses pendaient comme des baguettes de tambour le long du cou dans les plis duquel — ornement incongru — était enchâssée une fine chaîne d'or.

— Le père Hart est venu à Londres, Roberta. Il nous a demandé de t'aider. Il est persuadé que tu n'as fait de mal à personne.

Rien. Le visage massif était dénué d'expression. Des boutons suppurants couvraient les joues et le menton. La peau était tendue à craquer sur des couches de graisse qui avaient depuis longtemps effacé le contour des traits. Elle évoquait la pâte à tarte, grise et sale.

— Nous avons interrogé toutes sortes de gens à Keldale. Nous avons vu ton cousin Richard, Olivia et Bridie. Bridie s'est coupé les cheveux, Roberta. Elle voulait ressembler à la princesse de Galles, malheureusement c'est raté. Sa mère a très mal pris la chose. Elle nous a dit que tu avais toujours été gentille avec Bridie.

Aucune réaction. Roberta portait une jupe trop courte révélant des cuisses blanches et flasques dont la chair tavelée de pustules rouges tremblotait quand elle se balançait. Elle était chaussée de pantoufles d'hôpital trop petites d'où dépassaient des orteils gros comme des saucisses.

— Nous sommes allés à la ferme. Tu as lu tous ces livres ? Stepha Odell nous a assuré que oui. Nous avons été sidérés de voir que tu en possédais autant. Nous avons vu les photos de ta mère, Roberta. Elle était jolie, n'est-ce pas ?

Silence. Ses bras pendaient à ses côtés. Ses énormes seins mettaient à rude épreuve le tissu bon marché de son chemisier. Les boutons menaçaient de sauter sous la pression que le balancement obstiné leur imposait, la chair se soulevait et retombait en une vilaine pavane à chacun de ses mouvements.

— Ça va peut-être être un peu difficile à entendre, Roberta, mais nous avons vu ta mère aujourd'hui. Sais-tu qu'elle habite York ? Tu as un autre frère et une autre sœur. Elle nous a dit combien ton père vous aimait, Gillian et toi.

Le mouvement cessa soudain. Le visage demeura impassible, mais les larmes commencèrent à couler. Rivières laides et silencieuses de chagrin muet plongeant dans les plis de la graisse, glissant entre les boutons d'acné. Avec les larmes vint la morve. Dégoulinant du nez en un filet visqueux, elle atteignit les lèvres, glissa sur le menton.

Lynley s'accroupit devant Roberta. Il tira de sa poche un mouchoir neigeux et lui essuya le visage. Puis il prit entre les siennes la main molle et sans vie et la serra avec force.

— Roberta. (Pas de réponse.) Je retrouverai Gillian.

Il se redressa, plia l'élégant carré de tissu brodé à ses initiales et le remit dans sa poche.

Qu'avait donc dit Webberly ? songea Barbara. *Vous auriez beaucoup à apprendre de Lynley.*

Et voilà que soudain elle comprenait. Elle se sentit incapable de le regarder, incapable de croiser son regard. Elle savait ce qu'elle y lirait, et à la pensée de trouver cela chez cet homme dont elle avait décidé qu'il n'était qu'un fat et un horrible snob elle se sentait glacée jusqu'à la moelle.

Lynley ? Il était censé être l'homme qui dansait dans les boîtes de nuit, qui faisait avec prodigalité les honneurs de sa table ou de son lit et évoluait sans effort dans un monde doré de privilégiés et de nantis. Mais il n'était — en aucun cas — censé être l'homme qu'elle avait entrevu aujourd'hui.

Il était sorti sans le moindre effort du moule qu'elle avait créé et l'avait détruit sans un regard en arrière. Elle devait s'arranger pour l'y faire entrer de nouveau. Faute de quoi, le feu qui l'avait maintenue en vie pendant si longtemps serait promptement éteint. Et alors, elle le savait, elle mourrait de froid.

Telle fut la pensée qui l'occupa pendant le trajet du retour à Keldale : le désir de le fuir. Cependant, lorsque la Bentley négocia le dernier virage avant d'entrer dans le village, elle comprit qu'elle ne s'échapperait pas aussi facilement. Nigel Parrish et un autre homme étaient en train de se disputer violemment sur le pont, leur barrant la route.

9

Le grondement de l'orgue semblait jaillir des arbres eux-mêmes. Il enflait crescendo, faiblissait, repartait de plus belle en une combinaison si baroque d'accords, de pauses et de fioritures que Lynley se demanda si le fantôme de l'Opéra n'allait pas descendre des lustres d'un moment à l'autre. En voyant apparaître la Bentley, les deux hommes se séparèrent. L'inconnu hurla une ultime imprécation à l'adresse de Nigel Parrish avant de s'éloigner à pas furieux vers la grand-rue.

— Je crois que je vais aller dire un mot à l'ami Nigel, remarqua Lynley. Inutile de m'accompagner, Havers. Allez donc vous reposer un peu.

— Je peux...

— C'est un ordre, sergent.

Qu'il aille se faire voir.

— Oui, monsieur.

Lynley attendit que Barbara Havers se soit engouffrée dans l'auberge avant de traverser le pont et de se diriger vers l'étrange petit cottage situé à l'autre bout du pré communal. C'était une construction décidément bizarre. La façade disparaissait sous les treillis couverts de roses tardives. Les fleurs qui poussaient sans entrave semblaient s'élancer à l'assaut des étroites fenêtres flanquant la porte d'entrée. Elles escaladaient le mur, couronnaient majestueusement le linteau, poursuivaient leur glorieuse ascension jusqu'au toit. Elles formaient un épais manteau d'un rouge inquiétant couleur de sang et emplissaient l'air d'un parfum entêtant, presque miasmatique. Cette profusion avait quelque chose de vaguement obscène.

Nigel Parrish s'était déjà replié à l'intérieur du logis. Lynley le suivit et s'immobilisa sur le pas de la porte restée ouverte afin d'examiner les lieux. La musique qui les enveloppait émanait d'un système de sonorisation qui dépassait l'imagination. D'énormes enceintes disposées aux quatre coins de la pièce créaient en son centre un véritable tourbillon sonore. A l'exception de l'orgue, d'un magnétophone, d'un amplirécepteur et d'une platine, il n'y avait dans le living qu'un tapis usé jusqu'à la trame et quelques chaises vermoulues.

Parrish arrêta le magnétophone, source du grondement. Il rembobina la bande, qu'il retira de l'appareil et remit dans sa boîte. Il effectua toute la manœuvre sans se presser le moins du monde, avec des gestes dont la précision même permit à Lynley de conclure que le maître de maison se savait bel et bien observé.

— Mr Parrish ?

Tressaillement de surprise. Demi-tour abrupt. L'interpellé esquissa un sourire de bienvenue qui éclaira ses traits mais il ne parvint cependant pas à masquer le tremblement de ses mains. Ce détail n'échappa pas plus à Lynley qu'à l'organiste, qui s'empressa de fourrer ses mains dans les poches de son pantalon de tweed.

— Inspecteur ! C'est une visite de courtoisie, j'espère ? Désolé que vous ayez assisté à cette vilaine scène avec Ezra.

— Ah, c'était donc Ezra.

— Mais oui. Le petit Ezra aux cheveux de miel et à la parole mielleuse. Le brave petit s'était mis dans la tête que sa qualité d'artiste lui donnait le droit de pénétrer dans mon jardin pour étudier les jeux de la lumière sur la rivière. Vous parlez d'un culot ! J'étais en train de me retremper l'âme en écoutant du Bach lorsqu'en regardant par la fenêtre, j'ai aperçu ce petit salaud qui déballait son matériel.

— Il est un peu tard dans l'après-midi pour se mettre à peindre, observa Lynley.

Il s'approcha de la fenêtre. De la pièce on ne voyait ni la rivière, ni le jardin. Il réfléchit au mensonge de Parrish.

— Qui sait ce qui se passe dans l'esprit des magiciens du pinceau, fit Parrish d'un ton léger. Whistler n'a-t-il pas peint la Tamise au beau milieu de la nuit ?

— Je doute qu'Ezra Farmington soit de la même classe que Whistler.

Lynley regarda Parrish prendre un paquet de cigarettes et s'efforcer d'en allumer une avec des doigts qui refusaient de collaborer. Il traversa la pièce et lui offrit la flamme de son briquet. Le regard de Parrish croisa le sien et disparut derrière un fin voile de fumée.

— Merci, dit-il. Quelle scène odieuse. Mais je manque à tous mes devoirs, je ne vous ai même pas souhaité la bienvenue au cottage des Roses. Vous voulez un verre ? Non ? Cela ne vous ennuie pas que j'en prenne un ?

Il disparut dans la pièce voisine d'où s'échappa bientôt un bruit de verre qu'on remue. Il y eut une longue pause, suivie de nouveaux tintements de verre. Parrish reparut, un bon doigt de whisky dans un gobelet. Son deuxième ou son troisième, supputa Lynley.

— Pourquoi allez-vous boire à *La Colombe* ?

La question prit visiblement Parrish au dépourvu.

— Prenez un siège, inspecteur. Il faut que je m'asseye et l'idée de vous voir planté devant moi, me dominant de toute votre taille telle Némésis, me coupe bras et jambes.

Excellente tactique pour gagner du temps, songea Lynley. Mais on pouvait jouer à deux, à ce petit jeu-là. Il se dirigea vers la chaîne stéréo et prit tout son temps pour faire l'inventaire des bandes de Parrish. Il y avait là une collection impressionnante d'œuvres de Bach, Chopin, Verdi, Vivaldi et Mozart ainsi qu'un vaste choix de compositeurs modernes. Le musicien avait des goûts éclectiques. Lynley traversa la pièce pour s'approcher d'un des lourds fauteuils rembourrés et leva les yeux vers les poutres de chêne noirci qui barraient le plafond.

— Pourquoi habitez-vous dans ce village perdu ? Un homme possédant des goûts et un talent pareils pour la musique serait sûrement plus heureux dans un milieu plus cosmopolite, ne trouvez-vous pas ?

Parrish lâcha un bref éclat de rire. Il passa la main dans ses cheveux impeccablement coiffés.

— Je préfère la première question. Puis-je choisir celle à laquelle j'ai envie de répondre ?

— *Le Saint-Graal* est au coin. Pourtant vous traversez tout le village pour aller boire dans le pub de Saint-Chad's Lane. Qu'est-ce qui vous attire tellement là-bas ?

— Absolument rien. Si je vous disais que c'est Hannah, vous ne me croiriez pas. La vérité, c'est que je préfère l'atmosphère de *La Colombe*. Il y a quelque chose d'impie à se poivrer en face d'une église, ne croyez-vous pas ?

— Est-ce que par hasard vous éviteriez quelqu'un qui fréquente *Le Saint-Graal* ?

— J'éviterais... ?

Les yeux de Parrish abandonnèrent Lynley pour se braquer sur la fenêtre. Une rose embrassait la vitre de ses lèvres énormes. Les pétales commençaient à se recroqueviller. Stigmate, style, anthère et filet avaient noirci. La fleur aurait dû être cueillie. Elle n'allait pas tarder à se faner.

— Seigneur Dieu, non. Qui voudriez-vous que j'évite ? Le père Hart, peut-être ? Ou ce cher William, aujourd'hui disparu ? Le prêtre et lui avaient l'habitude d'écluser quelques godets ensemble une ou deux fois par semaine.

— Vous n'aviez pas une sympathie débordante pour Teys, avouez-le.

— Non, en effet. Je n'ai jamais tellement apprécié les culs bénis. Je me demande comment Olivia faisait pour le supporter.

— Peut-être était-elle à la recherche d'un père pour Bridie.

— Sans doute. Dieu sait que la petite en aurait besoin. Et William, tout austère qu'il était, c'était quand même mieux que pas de père du tout. Liv a un mal de chien avec Bridie. Je m'en occuperais bien, seulement les enfants ne m'intéressent guère. Quant aux canards, je les ai en horreur.

— Mais vous êtes proche d'Olivia ?

Le regard de Parrish demeura impénétrable.

— J'allais en classe avec son mari, Paul. Quel homme ! Un sacré bon vivant, ce vieux Paul.

— Il est mort il y a quatre ans, c'est ça ?

Parrish hocha la tête.

— Chorée de Huntington. A la fin, il ne reconnaissait même plus sa femme. Ce fut horrible pour tout le monde, de le voir mourir de cette façon. Ça nous a tous marqués.

Il cilla plusieurs fois, contempla l'extrémité de sa cigarette puis ses ongles très soignés, avant de gratifier Lynley d'un de ses larges sourires. Le sourire était son arme défensive, sa façon de refouler toute émotion susceptible de percer la mince carapace d'indifférence dont il s'enveloppait.

— Je suppose que vous allez me demander où j'étais la nuit du crime ? Je serais ravi de vous débiter un alibi quelconque, inspecteur. De vous dire, par exemple, que j'étais au lit avec la fille de joie du village. Seulement, comme je ne pouvais pas savoir que notre bienheureux William aurait rendez-vous avec une hache cette nuit-là, je suis resté chez moi à jouer de l'orgue. Tout seul. Mais il faut que je me lave de tout soupçon, n'est-ce pas ? Aussi devrais-je m'empresser d'ajouter que quiconque m'a entendu pourra confirmer mon histoire.

— Comme aujourd'hui, peut-être ?

Parrish ignora la question et vida son verre.

— Après avoir fini de jouer, je me suis mis au lit. Egalement seul, hélas.

— Il y a combien de temps que vous habitez à Keldale, Mr Parrish ?

— Ah, on revient à son point de départ. Voyons voir. Cela doit faire près de sept ans.

— Et avant cela ?

— Avant ça, inspecteur, j'habitais York où j'enseignais la musique dans une école privée. Et au cas où il vous prendrait l'envie de fouiner dans mon passé à la recherche de détails croustillants, je n'ai pas été renvoyé. Je suis parti de mon plein gré. J'avais envie de campagne. J'avais soif de paix.

Il dérapa légèrement dans les aigus en prononçant le dernier mot.

Lynley se leva.

— Eh bien je vais vous laisser en paix. Bonsoir.

Tandis qu'il quittait le cottage, la musique résonna de nouveau — moins fort cette fois — mais seulement après qu'un bruit de verre se fracassant sur la pierre lui eut indiqué de quelle manière Nigel Parrish fêtait son départ.

— J'espère que ça ne vous ennuie pas, dit Stepha Odell. Je vous ai réservé une table à Keldale Hall pour le dîner. (La tête inclinée sur le côté, elle examina pensivement Lynley.) Je crois que j'ai bien fait. C'est exactement ce dont vous semblez avoir besoin ce soir.

— Aurais-je l'air famélique ?

Elle referma un registre et le rangea derrière le comptoir de la réception.

— Pas du tout. La cuisine est excellente à Keldale Hall, mais ce n'est pas pour cela que je vous y ai réservé une table. Le château est l'une des principales distractions de la région. Il est tenu par l'excentrique de service.

— Décidément, on trouve de tout chez vous.

Elle éclata de rire.

— Tous les plaisirs de la vie, inspecteur. Voulez-vous prendre un verre, ou êtes-vous encore en service ?

— Je ne refuserais pas un demi d'Odell.

— Parfait. (Elle l'entraîna vers le salon et s'activa derrière le bar.) Keldale Hall est géré par la famille Burton-Thomas. « Famille », au sens large du terme, s'entend. Mrs Burton-Thomas, qui emploie une bonne demi-douzaine de jeunes gens et jeunes filles, tient à ce qu'ils l'appellent tous « tante ». Cela fait partie du halo d'excentricité dont elle aime s'entourer, je suppose.

— Tout ça sent son Dickens, remarqua Lynley.

Elle poussa la bière de Lynley sur le comptoir et s'en versa une plus petite pour elle.

— Attendez de les rencontrer. Car vous les rencontrerez, cela ne fait pas l'ombre d'un doute : Mrs Burton-Thomas dîne toujours avec ses hôtes. Quand je lui ai téléphoné pour faire la réservation, elle était surexcitée à l'idée d'avoir Scotland Yard à sa table. Elle est capable d'empoisonner quelqu'un rien que pour vous voir à l'œuvre. Le choix de la victime ne devrait pas l'embarrasser. Elle m'a dit qu'elle n'avait que deux couples au château pour l'instant : un dentiste américain avec sa femme, et deux jeunes mariés.

— Exactement le genre de soirée qu'il me faut.

Il se dirigea vers la fenêtre, verre au poing, et tourna ses regards vers le chemin sinueux qu'était Keldale Abbey Road. On n'en voyait qu'une courte partie car il tournait à droite avant de disparaître dans le crépuscule.

Stepha le rejoignit. Ils restèrent quelques instants sans parler.

— Vous avez vu Roberta, je suppose, finit-elle par dire doucement.

Il se tourna, s'attendant à voir les yeux de Stepha levés vers lui. Mais elle contemplait le verre de bière qu'elle tenait à la main. Elle le faisait tourner dans sa paume, l'air concentré, attentive à ne pas en faire tomber une goutte.

— Comment le savez-vous ?

— Petite fille, elle était d'une belle taille. Presque aussi grande que Gillian. Je m'en souviens bien. C'était une enfant plutôt forte. (D'une main que le verre embué avait mouillée, elle repoussa quelques cheveux qui lui tombaient sur le front. Ses doigts laissèrent sur la peau une traînée d'humidité qu'elle effaça d'un geste impatient.) Ça s'est fait tout doucement, inspecteur. Au début, elle était juste un peu enrobée... potelée. Puis elle est devenue... ce que vous avez vu aujourd'hui. (Le frisson qui la secoua tout entière fut plus éloquent qu'un long discours. Consciente de ce que sa réaction impliquait, elle poursuivit :) C'est horrible de ma part de réagir comme ça, n'est-ce pas ? Je n'y peux rien, j'éprouve une violente aversion pour la laideur. C'est un trait de caractère dont je ne suis pas fière, croyez-moi.

— Vous n'avez pas répondu à ma question.

— Quelle question ?

— Comment savez-vous que j'ai vu Roberta ?

Les joues de Stepha s'empourprèrent. Elle se dandina d'un pied sur l'autre, paraissant si mal à l'aise que Lynley regretta d'avoir insisté.

— Aucune importance, dit-il.

— C'est que... vous avez l'air... différent ce soir. Plus las que ce matin. Et il y a des rides au coin de votre bouche. (La peau lisse de Stepha vira au cramoisi.) Des rides qui n'y étaient pas auparavant.

— Je vois.

— C'est pourquoi je me demandais si vous l'aviez vue.

— Vous connaissiez la réponse avant même de me poser la question.

— Oui, c'est bien possible. Et je me demandais comment vous arriviez à contempler la laideur de la vie des autres comme vous le faites.

— Cela fait un certain temps que je fais ce métier. On s'y habitue, Stepha.

Le gaillard étranglé assis à son bureau, la fille crasseuse avec l'aiguille plantée dans le bras, le cadavre sauvagement mutilé d'un jeune homme. S'habituait-on vraiment à la noirceur de l'âme et à la misère humaine ?

Le regard de Stepha croisa le sien avec une étonnante fermeté.

— C'est comme contempler l'enfer, non ?

— Il y a de ça.

— N'avez-vous jamais cherché à vous enfuir ? A courir à toute vitesse dans la direction opposée ? Jamais ? Pas une seule fois ?

— On ne peut pas passer sa vie à fuir.

Elle se détourna, reportant les yeux sur la fenêtre.
— Moi, si, murmura-t-elle.

En entendant frapper un coup sec à la porte, Barbara s'empressa d'éteindre sa troisième cigarette. Elle balaya la pièce d'un regard affolé, ouvrit la fenêtre et se précipita dans les toilettes pour jeter le corps du délit dans la cuvette des WC et tirer la chasse. Il y eut un second coup et la voix de Lynley retentit.

Elle se dirigea vers la porte. Il hésita, jeta un coup d'œil curieux par-dessus son épaule.

— Ah, Havers, dit-il. Miss Odell a cru bon de nous trouver un endroit plus agréable où dîner ce soir. Elle nous a réservé une table à Keldale Hall. (Il consulta sa montre.) Il nous faut y être dans une heure.

— Quoi ? s'exclama Barbara, horrifiée. Je n'ai pas... je ne peux pas... je ne crois pas...

Lynley haussa un sourcil.

— Inutile de me faire le numéro d'Helen et de me raconter que vous n'avez rien à vous mettre, Havers.

— Mais c'est la vérité ! protesta-t-elle. Allez-y sans moi. Je mangerai un morceau à *La Colombe*.

— Etant donné la réaction que vous avez eue hier, je me demande si c'est bien raisonnable.

Un coup au-dessous de la ceinture. Zut !

— Je ne raffole pas du poulet. Je n'ai jamais aimé ça.

— Parfait. J'ai cru comprendre que le cuisinier du château était un connaisseur. Je doute que nous apercevions ne fût-ce que l'ombre du bout d'une plume. A moins qu'Hannah ne fasse le service.

— Mais je vous assure que je ne peux pas...

— C'est un ordre, Havers. Dans une heure, dit-il en tournant les talons.

Qu'il aille au diable ! Elle claqua la porte avec force pour bien lui montrer son mécontentement. Bravo ! Une sacrée soirée en perspective. Elle se vit se débattant avec une armada de couverts et de verres, entourée d'un bataillon de maîtres d'hôtel et de serveuses qui lui ôtaient couteaux et fourchettes avant même qu'elle sache lequel il convenait d'utiliser. Le poulet aux petits pois de *La Colombe*, c'était le paradis comparé à ça.

A grandes enjambées furieuses, elle marcha sur l'armoire et l'ouvrit rageusement. Génial. Que porter pour cette élégante soirée dans le beau monde ? La jupe de tweed marron et le chandail assorti ? Le jean et les chaussures de randonnée ? Pourquoi pas le tailleur bleu, histoire de lui rappeler Helen ?

Cette bonne blague ! Qui pourrait lui rappeler Helen, avec sa garde-robe impeccable, ses cheveux merveilleusement bien coupés, ses ongles manucurés, sa voix musicale ?

Elle extirpa de l'armoire une robe chemisier de laine blanche et l'expédia sur le lit en désordre. C'était presque comique. Les gens allaient-ils s'imaginer qu'elle était sa petite amie ? Apollon invitant Méduse à dîner ? Comment affronterait-il regards appuyés et plaisanteries ?

Une heure plus tard, fidèle à sa parole, il vint frapper à sa porte. L'estomac noué, Barbara se contempla dans la glace. Seigneur, cette robe était hideuse. Elle ressemblait à un sac, là-dedans. Elle ouvrit la porte avec violence et l'enveloppa d'un regard furibond. Il était tiré à quatre épingles.

— Vous emportez toujours des vêtements de ce genre avec vous ? s'enquit-elle, incrédule.

— Je suis comme les scouts : toujours prêt, répondit-il en souriant. On y va ?

Il l'escorta galamment dans l'escalier et jusqu'à la voiture, lui ouvrit la portière et l'aida à s'installer dans le confort tout cuir de la Bentley. Un vrai gentleman, songea-t-elle, sarcastique. Il a mis le pilote automatique. A peine a-t-il endossé sa livrée de châtelain qu'il oublie Scotland Yard.

Comme s'il lisait dans ses pensées, il se tourna vers elle avant de faire démarrer la voiture.

— J'aimerais que nous ne parlions pas boutique ce soir, Havers.

De quoi diable allaient-ils parler si le meurtre de Teys était un sujet tabou ?

— Très bien, fit-elle d'un ton abrupt.

Il hocha la tête et tourna la clé de contact. Le moteur de la grosse voiture ronronna.

— J'adore ce coin d'Angleterre, dit-il tandis qu'ils s'engageaient dans Keldale Abbey Road. Vous a-t-on dit que j'étais un partisan enragé de la maison d'York ?

— La maison d'York ?

— La guerre des Deux Roses. Nous sommes en plein dans la région où elle s'est déroulée. Sheriff Hutton est tout près d'ici et Middleham est à deux pas.

— Oh.

Merveilleux ! Un discours sur l'histoire. Hormis le nom, elle ignorait tout de la guerre des Deux Roses.

— Bien sûr, je sais qu'on ne peut que penser du mal des York. Après tout, ils ont bel et bien réglé son compte à Henry VI. (Il tapota pensivement le volant du bout des doigts.) Mais je ne peux m'empêcher de considérer qu'il y a une justice dans tout ça. Richard II a été assassiné par son propre cousin. Tuer Henry, c'était boucler la boucle du crime.

Elle se mit à froisser le tissu de sa robe blanche entre ses doigts et soupira, vaincue.

— Ecoutez, monsieur, je ne suis pas douée pour ce genre de sport. Je... je me sentirais nettement plus à l'aise à *La Colombe*. Aussi, si vous voulez bien...

— *Barbara*. (Il s'arrêta brutalement sur le bas-côté. Il la regardait, elle le savait, mais elle fixait obstinément l'obscurité en s'efforçant de compter les moucherons qui dansaient dans la lueur des phares.) Ne pourriez-vous, l'espace d'une soirée, être simplement vous-même ? *Quoi* que vous soyez ?

— Qu'est-ce que ça signifie ?

Seigneur, quelle voix de harpie !

— Cela signifie que vous pouvez cesser de faire votre numéro. Ou du moins que j'aimerais vous voir y renoncer.

— Quel numéro ?

— Contentez-vous d'être vous-même.

— Comment osez-vous...

— Pourquoi faites-vous semblant de ne pas fumer ? coupa-t-il.

— Et vous, pourquoi jouez-vous les poseurs ?

C'était sorti malgré elle. Il laissa passer un certain temps avant de répondre, comme s'il analysait la remarque.

Il y eut un silence. Puis, rejetant la tête en arrière, il éclata de rire.

— Touché. Et si nous faisions une trêve ce soir, quitte à recommencer à nous détester l'un l'autre à l'aube ?

Elle lui jeta un regard furieux et sourit, malgré elle. Elle savait pertinemment qu'il la manipulait, mais c'était sans importance.

— D'accord, fit-elle à regret, tout en remarquant qu'ils n'avaient répondu ni l'un ni l'autre à la question qu'ils s'étaient posée.

A leur arrivée à Keldale Hall, ils furent accueillis par une femme qui fit taire les dernières craintes vestimentaires de Barbara. L'hôtesse portait une jupe mangée aux mites d'une couleur indécise, un chemisier de gitane orné d'étoiles et un châle brodé de perles qu'elle avait jeté sur ses épaules à la manière d'une couverture indienne. Ses cheveux gris retenus par des élastiques pendaient en couettes de part et d'autre de son cou. Pour compléter sa tenue, elle s'était fiché un peigne espagnol en écaille au sommet du crâne.

— Scotland Yard ? s'enquit-elle en examinant Lynley d'un œil critique. Eh bien dites donc ! Les policiers n'avaient pas si fière allure de mon temps. (Son éclat de rire avait tout du hennissement.) Entrez ! Nous ne sommes pas nombreux ce soir et cependant vous m'avez évité de commettre un meurtre.

— Comment cela ? fit Lynley, poussant Barbara devant lui.

— J'ai ici un couple d'Américains auxquels je tordrais volontiers le cou. Mais laissons cela pour l'instant. Vous n'allez pas tarder à comprendre ce que je veux dire. (Elle leur fit traverser l'immense hall de pierre où flottait l'odeur des viandes qui rôtissaient dans la cuisine voisine.) Je n'ai dit à personne que vous étiez du Yard, leur confia-t-elle d'une voix forte en rajustant son châle. Quand vous ferez la connaissance des Watson, vous comprendrez pourquoi. (Ils poursuivirent leur route, traversèrent la salle à manger, où des bougies allumées jetaient des ombres pâles sur les murs. La table nappée de blanc était couverte de porcelaine et d'argenterie.) L'autre couple, ce sont des jeunes mariés. Des Londoniens. Ils me plaisent bien. Ils ne sont pas toujours à se tripoter en public comme tant de jeunes époux ont coutume de le faire. Ils sont très discrets, charmants. Manifestement ils n'aiment pas attirer l'attention sur eux, sans doute parce que lui est handicapé. Elle est ravissante, une vraie beauté.

Barbara entendit Lynley prendre une rapide inspiration, s'arrêter.

— Comment s'appellent-ils ? s'enquit-il d'une voix rauque.

Mrs Burton-Thomas fit volte-face à l'entrée du salon.

— Allcourt-Saint James, fit-elle en ouvrant la porte. Nous avons de la compagnie ! ajouta-t-elle à la cantonade.

Barbara fut frappée par la netteté quasi photographique de la scène. Un feu d'enfer brûlait dans l'âtre, les flammes dévoraient le charbon avec des crachotements. Des fauteuils confortables étaient disposés autour de la cheminée. A l'autre bout de la pièce, presque dans l'ombre, Deborah Saint James penchée au-dessus d'un piano feuilletait avec délices un album de famille. Le sourire aux lèvres, elle leva les yeux. Les hommes se levèrent et la scène se figea.

— *Seigneur*, chuchota Lynley.

En l'entendant, Barbara le regarda et éprouva un brusque choc. Comment diable ne s'en était-elle pas rendu compte plus tôt ? Lynley était amoureux de la femme de l'autre.

— Salut ! Vous en avez un chouette costume ! dit Hank Watson en tendant à Lynley une main grasse et légèrement moite qui donna au policier l'impression d'étreindre un poisson tiède et vivant. Je suis dentiste, annonça-t-il. Je suis venu assister au congrès des chirurgiens-dentistes américains à Londres. Déductible des impôts ! Voici Jojo, ma femme.

Les présentations s'effectuèrent tant bien que mal.

— Champagne avant le dîner, c'est la règle ici, déclara Mrs Burton-Thomas. S'il ne tenait qu'à moi, j'en prendrais également avant le petit déjeuner. Danny, la bouteille ! cria-t-elle en direction de la porte.

Quelques instants plus tard, une jeune fille entra, chargée d'un seau à glace, d'une bouteille de champagne et de verres.

— Dans quelle branche êtes-vous ? demanda Hank à Lynley tandis que les verres circulaient. J'étais persuadé que Simon ici présent était professeur à l'université. Ça m'a fichu un coup quand j'ai appris qu'il s'occupait de macchabées.

— Le sergent Havers et moi-même travaillons à Scotland Yard, répondit Lynley.

— Dis donc, Coco, t'entends ça ? (Il dévisagea Lynley avec un regain d'intérêt.) Vous êtes là pour l'histoire du bébé ?

— L'histoire du bébé ?

— Une affaire vieille de trois ans. La piste doit être complètement froide maintenant. (Hank eut un clin d'œil en direction de Danny, qui mettait la bouteille de champagne dans le seau.) Le nouveau-né qu'on a retrouvé mort dans l'abbaye, vous voyez ce que je veux dire.

Lynley ne voyait rien et il ne voulait rien voir. Sa vie en eût-elle dépendu qu'il eût été incapable de répondre. Il s'aperçut qu'il ne savait que faire, où poser les yeux, que dire. Il ne pensait qu'à Deborah.

— Nous sommes ici pour une affaire de décapitation, déclara Havers si opportunément que cela tenait du miracle.

— Une dé-ca-pi-ta-tion, gronda Hank. Décidément, il s'en passe de belles dans cette région ! Pas vrai, Coco ?

— Et comment ! appuya Coco en opinant solennellement du chef.

Tripotant son long collier de perles blanches, elle jeta un regard plein d'espoir aux Saint James qui ne pipaient mot.

Hank se pencha sur son siège, qu'il approcha de celui de Lynley.

— Allez-y, faites-nous un topo.

— Je vous demande pardon ?

— Donnez-nous les détails. De A à Z. (Hank assena une claque sur l'accoudoir du fauteuil de Lynley.) Qui a fait le coup, selon vous, mon petit vieux ?

Lynley trouva que c'était trop. L'horrible petit homme et son excitation malsaine lui parurent vraiment insupportables. Hank était vêtu d'un costume en polyester jaune safran, d'une chemise à fleurs assortie et portait autour du cou une lourde chaîne en or ornée d'un médaillon qui bringuebalait sur sa poitrine velue. Un diamant de la taille d'une noix scintillait à son doigt et il ne cessait d'exhiber des dents éclatantes de blancheur que son hâle couleur pain brûlé faisait paraître plus étincelantes encore. Il avait le nez bulbeux et le naseau frémissant.

— Nous n'en sommes pas encore tout à fait sûrs, répondit Lynley le plus sérieusement du monde. Mais vous correspondez au signalement.

Hank le dévisagea, les yeux ronds.

— Je corresponds au signalement ? coassa-t-il. (Il examina attentivement Lynley et son visage se fendit en un vaste sourire.) Ah, vous les British, je crois que je ne me ferai jamais à votre foutu sens de l'humour ! Pourtant je fais des progrès, pas vrai, Si ?

Lynley se décida à regarder son ami Simon et le vit qui souriait, l'œil pétillant de malice.

— Absolument, fit Si.

Tandis qu'ils regagnaient l'auberge dans l'obscurité, Barbara étudia Lynley furtivement. Jusqu'à ce soir, il ne lui était pas venu à l'idée qu'un homme comme lui pût avoir été malheureux en amour. Pourtant, à deux pas du village, quelqu'un en était la preuve vivante : Deborah.

Il y avait eu un moment horrible au château, lorsqu'ils s'étaient regardés tous les trois avant qu'elle ne s'approche, un sourire incertain aux lèvres, la main tendue en signe de bienvenue.

— Tommy ! Qu'est-ce que tu fabriques à Keldale ? s'était enquis Deborah Saint James.

Il avait été incapable de répondre et Barbara était venue à la rescousse.

— Nous sommes sur une enquête.

Sur ces entrefaites, l'insupportable petit Américain s'était jeté dans la mêlée — Dieu merci — et les trois autres avaient commencé à respirer plus librement.

Pourtant, Saint James était resté à sa place, près du feu, accueillant son ami avec politesse mais sans faire un mouvement, les yeux braqués sur sa femme. Impossible de dire s'il était contrarié par l'arrivée inopinée de Lynley, si la jalousie le taraudait face aux sentiments qui agitaient visiblement le policier : il était demeuré impassible.

Deborah avait été plus gênée que lui. Elle avait rougi, serré et desserré les mains sur ses genoux. Ses yeux avaient navigué sans trêve de l'un à l'autre, et elle n'avait pas caché son soulagement lorsque Lynley avait, à la première occasion, manifesté le désir de prendre congé.

Il immobilisa la voiture devant l'auberge et coupa le contact. Il se laissa aller contre le dossier du siège et se frotta les yeux.

— Je crois que je dormirais douze mois d'affilée. Comment croyez-vous que Mrs Burton-Thomas va réussir à se débarrasser de cet horrible dentiste ?

— Arsenic ?

Il rit.

— Il va falloir qu'elle songe à prendre des mesures. Il parlait de passer un autre mois chez elle. Quel détestable individu !

— Pas vraiment le genre de personne qu'on a envie de rencontrer quand on est en voyage de noces, convint-elle.

Elle se demanda s'il allait mordre à l'hameçon, s'il allait faire allusion à Saint James et à Deborah et aux circonstances qui les avaient malencontreusement mis sur son chemin. Elle alla même jusqu'à se demander s'il allait faire allusion ou non aux circonstances qui l'avaient mis dans une telle situation, à la place la moins enviable de ce surprenant triangle amoureux.

Sans répondre, il sortit de la voiture et claqua la portière. Barbara l'examina d'un air rusé quand il s'approcha de son côté. Pas une vague ne venait rider son calme. Il était parfaitement maître de lui. Le poseur était de retour.

La porte de l'auberge s'ouvrit et un carré de lumière encadra Stepha Odell.

— Il m'avait bien semblé reconnaître votre voiture, dit-elle. Vous avez un visiteur, inspecteur.

Deborah contempla son reflet dans le miroir. Simon n'avait pour ainsi dire pas desserré les dents depuis qu'ils étaient entrés dans leur chambre, se contentant de s'approcher du feu et de s'asseoir dans le fauteuil, son verre de cognac à la main. Elle l'avait regardé, ne sachant trop que dire, craignant de faire tomber le mur qu'il venait soudain d'élever entre eux. *Ne fais pas ça, Simon*, avait-elle eu envie de lui crier. *Ne te coupe pas de moi. Ne replonge pas dans les ténèbres*. Mais comment le dire sans risquer de s'entendre jeter le nom de Tommy à la figure ?

Elle fit couler de l'eau dans le lavabo et la regarda tristement. A quoi pensait-il, seul, dans cette pièce ? Etait-il obsédé par Tommy ? Se demandait-il si elle fermait les yeux quand ils faisaient l'amour afin de pouvoir rêver de Lynley ? Il ne lui avait jamais posé de questions. Il acceptait simplement ce qu'elle lui disait, ce qu'elle lui donnait. Que pouvait-elle lui dire ou lui donner maintenant, alors que son passé et celui de Tommy se dressaient entre eux ?

Elle s'aspergea le visage à plusieurs reprises, se sécha, ferma le robinet, s'obligea à retourner dans la chambre. Son cœur se serra lorsqu'elle vit qu'il s'était mis au lit. Son lourd appareillage gisait par terre à côté du fauteuil, et ses béquilles étaient appuyées contre le mur près du lit. La pièce était plongée dans l'obscurité. Mais à la lueur mourante du feu, elle vit qu'il était assis, bien éveillé, les oreillers calés derrière le dos, regardant les braises rougeoyantes.

Elle s'approcha du lit et s'assit.

— Je suis toute retournée, dit-elle.

Il chercha sa main à tâtons.

— Je sais. Je suis resté là à essayer de voir comment je pourrais t'aider. Mais je ne sais que faire.

— Je lui ai fait du mal, Simon. Je ne l'ai pas fait exprès, mais ça s'est fait quand même, et je n'arrive pas à oublier. Quand je le vois, je me sens responsable de son chagrin. Je voudrais pouvoir l'effacer. Je... je crois que je me sentirais mieux si j'y parvenais. Je me sentirais moins coupable.

Il lui effleura la joue, et du bout du doigt suivit le contour de sa mâchoire.

— Si seulement c'était aussi simple que ça, mon amour. Tu ne peux pas effacer sa peine. Tu ne peux pas l'aider. C'est à lui de se prendre en main, mais c'est difficile car il t'aime et le fait que tu sois mariée n'y change rien, Deborah.

— Simon...

Il ne la laissa pas terminer.

— Ce qui m'ennuie, c'est l'effet qu'il produit sur toi. Je vois bien que tu te sens coupable et je voudrais faire disparaître ce sentiment de culpabilité, mais je ne sais comment m'y prendre. J'aimerais tant savoir comment faire. Je déteste te voir dans cet état.

Elle chercha son visage dans la pénombre, trouvant réconfort et paix dans ses traits anguleux et irréguliers. Son cœur se gonfla d'amour pour lui. Sa gorge se serra sous la soudaine intensité de l'émotion qui l'habitait.

— Tu es vraiment resté dans le noir à te faire du mauvais sang pour moi ? C'est bien de toi, Simon.

— Pourquoi cette réflexion ? Que croyais-tu donc que je faisais ?

— Je pensais que tu te tourmentais en pensant au... passé.

— Ah. (Il l'attira contre lui, posant le menton sur le haut de sa tête.) Je n'ai pas l'intention de te mentir, Deborah. Cela ne me simplifie pas les choses de savoir que Tommy a été ton amant. S'il s'était agi d'un autre homme, j'aurais pu lui attribuer toutes sortes de défauts afin de me persuader qu'il n'était pas digne de toi. Mais tel n'est pas le cas, n'est-ce pas ? C'est un type bien, qui te mérite. Et s'il y a quelqu'un qui est bien placé pour le savoir, c'est moi.

— Cela te hante donc. Je m'en doutais.

— Cela ne me hante pas, non. (Ses doigts frôlèrent doucement les cheveux de Deborah, puis sa gorge, firent glisser les bretelles de la chemise de nuit.) Au début, si, je l'avoue. Mais franchement la première fois que nous avons fait l'amour, j'ai compris qu'il était inutile que je repense à toi et à Tommy. Consciemment du moins. Maintenant, chaque fois que je te regarde, c'est au présent que je songe, non au passé. Je m'aperçois que j'ai envie de te déshabiller, de respirer l'odeur de ta peau, d'embrasser tes lèvres, tes seins, tes cuisses. Je ne pense même qu'à ça, cela devient une véritable obsession.

— Pour moi aussi.

— Dans ce cas, mon amour, chuchota-t-il, peut-être devrions-nous unir nos forces et chercher une solution.

Deborah glissa la main sous les couvertures. Il eut presque un sursaut lorsqu'elle le toucha.

— Bon début, admit-il en posant sa bouche sur la sienne.

10

Le visiteur n'était autre que le commissaire Nies. Il attendait dans le salon, trois chopes de bière vides sur une table près de lui, un carton à ses pieds. Il était resté debout, en homme méfiant qui est toujours sur ses gardes et ne sait pas se détendre. Ses lèvres se pincèrent à la vue de Lynley, ses narines aussi, à croire qu'il flairait soudain une mauvaise odeur. C'était le mépris personnifié.

— Vous vouliez tout, inspecteur, jappa-t-il. Voilà, tout est là.

Il décocha un coup de pied au carton, davantage pour le désigner à l'attention de son interlocuteur que pour le déplacer.

Personne ne broncha. A croire que la haine à l'état pur qui couvait sous les mots de Nies les avait tous pétrifiés. Barbara, qui était à côté de Lynley, le sentit qui se raidissait. Mais son visage demeura impassible tandis qu'il prenait la mesure de son vis-à-vis.

— C'est bien ce que vous vouliez, n'est-ce pas ? insista Nies, l'air désagréable. (Il ramassa le carton, en répandit le contenu sur la moquette.) Quand vous dites *tout*, c'est tout, inspecteur, nous sommes bien d'accord ? Vous n'êtes pas homme à parler à la légère. Mais peut-être espériez-vous que je vous ferais porter ça par un de mes sous-fifres, ce qui vous aurait évité une autre conversation avec moi ?

Les yeux de Lynley se braquèrent sur les objets éparpillés sur le sol. Des vêtements de femme, selon toute vraisemblance.

— Vous n'auriez pas un peu trop bu ? suggéra-t-il.

Nies esquissa un pas en avant, le visage violacé.

— Ça vous arrangerait de penser que j'ai un coup dans le nez, hein ? Que je lève le coude pour noyer les cuisants regrets que j'ai de vous avoir expédié au ballon quand Davenport est mort. La prison, ce n'est pas vraiment le genre d'endroit que Sa Seigneurie a coutume de fréquenter, n'est-ce pas ?

Barbara n'avait jamais aussi nettement perçu chez un homme pareil besoin d'en frapper un autre, non plus que cette sauvagerie primitive qui pousse à passer à l'acte. Pourtant c'était exactement ce qu'elle voyait chez Nies, à son attitude, à ses mains aux doigts crochus à demi fermées, aux tendons qui saillaient sur son cou. Mais ce qu'elle ne parvenait pas à comprendre, c'était la réaction de Lynley. Après s'être d'abord raidi, il affichait maintenant une sérénité presque inquiétante, ce qui rendait Nies d'autant plus furieux.

— Alors, inspecteur, vous l'avez résolue, cette affaire ? ricana le commissaire, sarcastique. Vous avez procédé à des arrestations ? Non, bien sûr que non. Vous n'aviez pas tous les éléments en main. Laissez-moi vous en fournir quelques-uns, ça vous fera gagner du temps. Roberta Teys a tué son père. Elle lui a coupé la tête et s'est assise à côté du corps en attendant qu'on la découvre. Et toutes les saloperies de preuves que vous pourriez dénicher n'y pourront rien changer. Mais allez-y, mon vieux, fouillez si ça vous amuse. Vous n'obtiendrez rien de plus de moi. Et maintenant ôtez-vous de mon chemin.

Nies les bouscula, ouvrit la porte et se dirigea d'un pas rageur vers sa voiture dont on entendit bientôt rugir le moteur. Il fit hurler les vitesses et disparut.

Lynley regarda les deux femmes. Stepha était très pâle, Havers stoïque, mais toutes deux attendaient visiblement une réaction de sa part. Il s'aperçut alors qu'il était précisément incapable de réagir. Quels que fussent les démons qui poussaient Nies à se comporter de la sorte, il ne se sentait pas d'humeur à en parler. Il aurait bien aimé pouvoir lui coller des étiquettes : *paranoïaque, psychopathe, timbré* lui vinrent aussitôt à l'esprit. Mais il savait trop bien ce que c'était que d'être amené au point de rupture par une tension et une fatigue trop grandes pendant une enquête. Lynley voyait que Nies était à deux doigts de craquer : le stress que lui imposait la remise en cause de ses compétences par Scotland Yard était trop fort. Si l'accrochage qu'ils avaient eu cinq ans plus tôt pouvait procurer à Nies l'occasion de se soulager en l'insultant, tant mieux pour lui !

— Voulez-vous faire un saut dans ma chambre pour y prendre le dossier Teys, sergent ? demanda-t-il à Havers. Je l'ai laissé sur la commode.

Barbara le regarda d'un air hébété.

— Mais monsieur, le commissaire Nies vient de...

— Sur la commode, répéta Lynley.

Traversant la pièce, il s'approcha du tas de vêtements répandus par terre, ramassa la robe, et l'étendit, telle une tente privée de ses piquets, sur le canapé. C'était une robe en tissu imprimé pastel avec un col marin blanc et des manches longues agrémentées de poignets, blancs eux aussi.

La manche gauche, tachée, s'ornait d'une sorte de croûte brune. Une autre croûte maculait la jupe, des cuisses aux genoux. Le bas de la jupe était également éclaboussé de brun. Du sang.

Il tâta le tissu et en reconnut la texture : c'était du linon.

Avec la robe, il y avait des chaussures, de grandes chaussures noires crottées de boue, elles aussi tachetées de brun. Un jupon et des sous-vêtements complétaient le tout.

— C'est la robe qu'elle mettait pour aller à la messe, dit Stepha Odell, qui ajouta d'une voix sans timbre : Elle en avait deux. Une pour l'hiver et une pour le printemps.

— Sa plus belle robe ? s'enquit Lynley.

— Autant que je sache.

Il commençait à comprendre pourquoi les villageois refusaient obstinément de croire que Roberta avait commis le meurtre. Plus il avançait dans son enquête et moins sa culpabilité tenait debout. Havers revint avec le dossier, le visage dénué d'expression. Avant même de commencer à le feuilleter, il sut qu'il n'y découvrirait pas le renseignement qu'il cherchait. Il ne fut pas déçu : il ne s'y trouvait effectivement pas.

— Maudit soit ce type, murmura-t-il en consultant Barbara du regard. Il ne nous a pas communiqué l'analyse des taches.

— Pourtant il les a sûrement fait analyser.

— Sans aucun doute. Mais il n'a pas l'intention de nous faire connaître les résultats. Pas si ça peut nous faciliter le travail.

Lynley poussa un juron étouffé et replaça les vêtements dans leur carton.

— Que faire ? s'enquit Havers.

La réponse, Lynley la connaissait. Il avait besoin de Saint James, de son esprit précis, de ses compétences indiscutables. Il lui fallait un laboratoire où les tests puissent être effectués et un expert capable de les réaliser. Un véritable cercle vicieux car, de quelque côté qu'il se tournât, la piste le ramenait infailliblement vers Saint James.

Il contempla le carton éventré à ses pieds et s'accorda le fugace plaisir de maudire l'homme de Richmond. Webberly a commis une erreur, se dit-il. Je suis la dernière personne à qui il aurait dû confier cette affaire. Nies voit trop clairement dans ce choix la condamnation de Londres. Il voit en moi sa seule erreur grave.

Il réfléchit aux solutions qui s'offraient à lui. Il pouvait s'effacer pour laisser la place à un autre inspecteur. MacPherson pouvait parfaitement arriver ventre à terre à Keldale et régler l'affaire en quarante-huit heures. Seulement MacPherson travaillait sur les meurtres de l'Eventreur et il était inconcevable qu'on lui retirât une affaire nécessitant tout son savoir-faire sous prétexte que Nies avait du mal à digérer son passé. Il pouvait téléphoner à Kerridge. Après tout, Kerridge était le supérieur hiérarchique de Nies. Mais mêler à cette histoire un Kerridge qui brûlait du désir de rattraper l'erreur qu'il avait commise lors de l'affaire Romaniv était encore plus ridicule. En outre, Kerridge n'avait ni le dossier, ni les résultats des analyses, ni les dépositions. Tout ce qu'il avait, c'était une immense aversion pour Nies.

La situation était un maëlstrom d'ambitions déçues, d'erreurs et de désirs de vengeance. Ça le rendait malade rien que d'y penser.

Lynley vit qu'on posait un verre sur sa table. Il releva la tête, croisa le regard serein de Stepha.

— Une pinte d'Odell s'impose, remarqua-t-elle.

Il eut un rire bref.

— Sergent, ça vous dit ?

— Non, monsieur. (Au moment où il croyait que Barbara allait remettre ça avec ses jamais-pendant-le-service exaspérants, elle ajouta :) Mais je grillerais volontiers une cigarette si vous n'y voyez pas d'inconvénient.

Il lui tendit étui en or et briquet en argent.

— Prenez-en autant que vous voudrez.

Elle alluma sa cigarette.

— Roberta se serait mise sur son trente et un pour couper la tête de son papa ? Ça n'a pas de sens.

— La robe en a un, glissa Stepha.

— Comment ça ?

— C'était dimanche. Elle s'était préparée pour aller à la messe.

Lynley et Havers levèrent le nez, prenant conscience en même temps de la portée de la remarque de Stepha.

— Mais Teys a été tué dans la nuit de samedi, objecta Havers.

— Roberta a dû se lever comme d'habitude le dimanche matin, passer sa belle robe et attendre son père. (Lynley jeta un coup d'œil au vêtement qui gisait en tas dans le carton.) Comme il n'était pas à la maison, elle s'est dit qu'il était parti vaquer quelque part dans la propriété. Elle ne s'est pas inquiétée, persuadée qu'il reviendrait à temps pour l'emmener à l'église. Il n'avait jamais dû manquer l'office de sa vie. Mais en ne le voyant pas arriver, elle a commencé à se faire du souci, elle est sortie à sa recherche...

— ... et l'a trouvé dans l'étable, conclut Havers. Mais le sang sur sa robe... comment croyez-vous qu'elle...

— Elle devait être en état de choc. Elle a dû soulever le corps, le serrer contre elle.

— Un corps sans tête ! Comment aurait-elle pu...

Lynley poursuivit :

— Elle l'a reposé par terre et, toujours sous le choc, s'est assise là jusqu'à ce que le père Hart arrive et la découvre.

— Mais pourquoi avoir dit qu'elle l'avait tué ?

— Elle n'a jamais dit ça, rétorqua Lynley.

— Comment cela ?

— « C'est moi qui ai fait ça. Je ne regrette rien. » Voilà ses mots exacts, fit Lynley d'un ton empreint de fermeté.

— Pour moi ça équivaut à une confession.

— Pas forcément. (Il passa les doigts autour de la tache, nota la distance qui séparait les différentes éclaboussures.) Mais ça veut au moins dire une chose.

— Quoi ?

— Que Roberta sait qui a assassiné son père.

Lynley ouvrit les yeux en sursaut. La lumière de l'aube filtrait dans la pièce en raies délicates qui striaient le sol jusqu'au lit. Une brise glaciale agitait les rideaux, apportant avec elle trilles d'oiseaux et lointains bêlements de moutons. Mais de tout cela il n'avait cure. Allongé dans son lit, il n'éprouvait qu'un désespoir sans nom, un profond abattement et la flamme du désir. Il avait envie de se tourner sur le côté et de la trouver endormie près de lui, les paupières scellées par le sommeil, son opulente chevelure répandue sur les draps. Il brûlait d'envie de la réveiller, de goûter avec sa bouche et sa langue les changements subtils qui s'opéraient en elle et trahissaient son désir.

Il rejeta les couvertures. *C'est de la folie*, songea-t-il. Il commença à s'habiller machinalement, furieusement, enfilant ce qui lui tombait sous la main. Fuir, il lui fallait fuir.

Il attrapa un pull irlandais, sortit de la chambre en courant, dévala avec bruit l'escalier et se précipita dehors. C'est là qu'il finit par s'apercevoir qu'il était six heures et demie.

Une brume épaisse recouvrait le vallon, enveloppant les maisons et la rivière. A sa droite, la grand-rue, volets clos, était comme abandonnée. Nulle trace de l'épicier mettant en place ses cageots sur le trottoir. La vitrine de Sinji n'était pas éclairée, la chapelle wesleyenne fermée. Quant au salon de thé, il lui rendit son regard avec une absence totale d'intérêt.

Il marcha jusqu'au pont, perdit cinq minutes à jeter des cailloux dans la rivière avant de se laisser distraire par la vue de l'église.

Du haut de sa butte, Sainte-Catherine contemplait paisiblement le village. C'était exactement l'exorciste dont il avait besoin pour chasser les démons de son passé. Il se dirigea de ce côté.

C'était une bien belle petite église. Entourée d'arbres et d'un vieux cimetière croulant, elle dressait vers les cieux sa splendeur romane. L'abside en forme de conque abritait des vitraux, le clocher donnait asile à une froufroutante colonie de colombes. Il regarda un moment les oiseaux qui murmuraient au bord du toit, puis remonta le sentier de gravillons menant au porche d'entrée du cimetière. A peine l'eut-il franchi que la paix du cimetière fondit sur lui.

Sans but précis, il commença à errer au milieu des sépultures, jetant un coup d'œil aux inscriptions que les ravages du temps avaient presque effacées. Le cimetière humide de rosée était envahi par les mauvaises herbes. Les pierres tombales s'affaissaient au cœur d'une végétation touffue. La mousse tapissait les recoins qui ne voyaient jamais le soleil, les frondaisons abritaient les lieux où reposaient les défunts depuis longtemps oubliés.

Un peu plus loin, un étrange bouquet de cyprès aux troncs tordus veillait sur des pierres tombales couchées sur le flanc. Les contorsions troublantes et curieusement humanoïdes de ces arbres donnaient à croire qu'ils tentaient de protéger les sépultures qu'ils dominaient. Intrigué, il se dirigea de ce côté. Ce fut alors qu'il la vit.

Comme c'était bien d'elle d'avoir roulé les jambes de son jeans délavé, d'avoir retiré ses chaussures et de s'être risquée pieds nus dans la végétation haute et humide pour saisir les tombes sous le meilleur angle. Comme c'était caractéristique cette intense concentration qui la laissait indifférente à tout ce qui n'était pas son travail : la traînée de boue qui serpentait le long de sa jambe, de la cheville au mollet, la feuille rouge qui s'était accrochée dans ses cheveux, le fait enfin qu'il se tînt à moins de dix mètres d'elle, surveillant ses moindres mouvements et brûlant en vain de la voir redevenir ce qu'elle avait été pour lui autrefois.

Le brouillard bas dissimulait et révélait tour à tour le paysage. Le soleil matinal tachetait faiblement les pierres. Perché sur une tombe voisine, un oiseau curieux surveillait la scène de ses petits yeux vifs. Lynley n'avait de tout cela qu'une conscience vague, pourtant il savait qu'elle saisirait les moindres détails avec son objectif.

Il chercha du regard Saint James qui devait sûrement être assis à proximité, à regarder amoureusement sa femme travailler. Mais il n'y avait trace de lui nulle part. Elle était seule.

Il eut aussitôt l'impression que l'église l'avait trahi en lui promettant réconfort et paix. *C'est inutile. Deb*, songea-t-il en l'observant. *Je n'arrive pas à t'oublier. Je veux que tu le quittes, que tu le laisses tomber, que tu reviennes. Ta place est auprès de moi.*

Elle leva la tête, chassa les cheveux qui lui tombaient dans les yeux et l'aperçut.

A l'expression qui se peignit sur les traits de Deborah, il comprit qu'il aurait tout aussi bien pu dire tout haut ce qu'il pensait tout bas, car elle avait tout de suite compris.

— Oh, Tommy.

Bien sûr, elle n'était pas du genre à faire semblant. Elle n'était pas, comme Helen, du genre à caqueter pour meubler un silence embarrassant. Non. Elle se mordit la lèvre, comme s'il l'avait frappée, et se tourna vers son appareil pour effectuer d'inutiles réglages.

Il la rejoignit.

— Je suis désolé.

Elle continua de tripoter futilement son matériel, tête baissée, cheveux masquant son visage.

— Je n'arrive pas à oublier. J'essaye, mais je n'y arrive pas.

Deborah s'était détournée et semblait examiner la courbe des collines.

— J'ai beau me répéter que ça s'est terminé de la meilleure façon possible pour nous tous, je n'y crois pas. Je t'aime toujours, Deb.

Le visage crayeux, les yeux brillant de larmes, elle se tourna vers lui :

— Il ne faut pas. Il faut que tu acceptes.

— Mon intellect l'accepte. Mais le reste ne suit pas.

Une larme roula le long de la joue de Deborah. Il tendit la main pour l'essuyer mais, se ravisant, laissa retomber son bras.

— Je me suis réveillé ce matin avec une telle envie de te faire l'amour que je me suis dit que si je ne sortais pas immédiatement, j'allais me mettre à grimper aux murs comme un adolescent frustré. Je pensais que l'église agirait sur moi comme un baume. Je ne pouvais pas me douter que je te trouverais errant dans le cimetière aux aurores. (Il jeta un coup d'œil à son matériel.) Qu'est-ce que tu fais ici ? Où est Simon ?

— Il est resté au château. Je... je suis tombée du lit et je suis sortie faire un tour dans le village.

L'explication sonnait faux.

— Il est souffrant ? s'enquit vivement Lynley.

Elle scruta les branches des cyprès.

Un changement de rythme dans la respiration de Simon l'avait réveillée en sursaut peu avant six heures. Il était couché dans une immobilité telle que, l'espace d'un instant, elle l'avait cru mourant. Il respirait avec tant de précaution qu'elle avait compris aussitôt que sa seule pensée avait été de ne pas la tirer du sommeil. Mais quand elle lui avait pris la main, les doigts de Simon s'étaient refermés comme des tenailles sur les siens.

— Laisse-moi aller te chercher ton médicament, avait-elle chuchoté.

Après quoi, elle l'avait regardé, les mâchoires serrées, lutter pour surmonter la douleur.

— Est-ce que tu pourrais... une petite heure, mon amour ?

Ce pan de son existence ne supportait pas de témoin. C'était un aspect de sa vie qu'elle ne pourrait jamais partager avec lui. Elle l'avait laissé seul.

— Il a... il n'était pas bien ce matin.

Les paroles de Deborah frappèrent Lynley de plein fouet. Il comprenait tellement bien ce qu'elles impliquaient.

— Seigneur, il n'y a pas moyen d'y échapper, n'est-ce pas ? fit-il amèrement. Ça aussi, ça fait partie de l'addition.

— Non ! s'écria-t-elle, horrifiée. Ne dis pas ça ! Jamais ! Je te défends de te torturer de la sorte ! Ce n'est pas ta faute !

Elle avait parlé très vite, sans vraiment penser à l'effet que ses paroles produiraient sur Lynley. Elle comprit soudain qu'elle en avait trop dit — beaucoup plus qu'elle n'avait eu l'intention d'en dire. Aussi se remit-elle à tripoter son matériel, le démontant cette fois, ôtant l'objectif du boîtier, et le boîtier du pied, rangeant toutes ses affaires.

Il l'observa sans mot dire. Ses mouvements étaient saccadés, comme ceux d'un vieux film qu'on passe à la mauvaise vitesse.

S'en rendant compte peut-être et comprenant ce que son désarroi avait de révélateur, elle s'arrêta, tête baissée, une main sur les yeux. Un rayon de soleil éclairait ses cheveux. Des cheveux couleur d'automne. Mort de l'été.

— Simon est resté à Keldale Hall ? Tu l'as laissé là-bas, Deb ?

Ce n'était pas exactement ce qu'il avait envie de savoir mais il sentait que c'était de ça qu'elle avait besoin de lui parler.

— Il voulait... C'est la douleur. Il ne veut pas que je le voie souffrir. Il pense me protéger en me demandant de le laisser seul. (Elle leva les yeux, contempla le ciel, comme pour y chercher un signe quelconque. Il vit bouger les muscles délicats de son cou.) Etre séparée de lui comme ça, c'est dur. Je ne supporte pas.

— C'est parce que tu l'aimes, fit Lynley.

Elle le dévisagea un instant avant de répondre :

— Oui, je l'aime, Tommy. Je l'aime comme un autre moi-même. Il fait partie de mon âme. (De la main, elle lui effleura imperceptiblement le bras.) Je veux que tu trouves quelqu'un que tu puisses aimer de cette façon. C'est ce dont tu as besoin. Ce que tu mérites. Mais je... je ne puis être ce quelqu'un pour toi. Et je ne veux pas l'être.

Il blêmit en entendant ces mots : ils semblaient si définitifs que le désespoir l'envahit. Cherchant à se donner une contenance, il jeta un coup d'œil à la tombe qui était à leurs pieds.

— Est-ce là que tu puises ton inspiration matinale ? s'enquit-il d'un ton léger.

— Oui, fit-elle, calquant délibérément son ton sur le sien. A force d'entendre parler du bébé de l'abbaye, je me suis dit que je ferais bien de venir jeter un coup d'œil à sa tombe.

— « Comme la fumée la flamme », lut-il. Etrange épitaphe pour un nouveau-né.

— J'aime assez Shakespeare, déclara une petite voix derrière eux.

Ils pivotèrent. Le père Hart, tel un gnome dans sa soutane et son surplis, se tenait sur les gravillons de l'allée à quelques pas d'eux, les mains croisées sur l'estomac. Il avait réussi à s'approcher sans bruit, à la manière d'une apparition jaillissant du brouillard.

— Il n'y a rien de tel que Shakespeare dès lors qu'il s'agit d'orner une sépulture. C'est éternel et poétique. Il a l'art de donner un sens à la vie et à la mort.

Il tapota les poches de sa soutane et sortit un paquet de Dunhill. Il en alluma une et éteignit l'allumette entre ses doigts avant de la fourrer dans sa poche. Le geste était machinal, accompli comme dans un rêve.

Lynley remarqua que le vieil homme avait le teint cireux et les yeux chassieux.

— Voici Mrs Saint James, père Hart, dit-il doucement. Elle est venue photographier votre tombe la plus célèbre.

Le père Hart s'arracha à sa rêverie.

— La plus célèbre... ? (Perplexe, il regarda ses deux interlocuteurs avant de porter sur la sépulture des yeux qui se voilèrent. Il laissa sa cigarette se consumer entre ses doigts jaunes de nicotine.) Ah, oui, je vois. (Il fronça les sourcils.) Quelle chose horrible ! Avoir abandonné un nouveau-né tout nu pour le laisser mourir de froid. J'ai dû solliciter une autorisation spéciale pour l'enterrer ici, pauvre petite chose.

— Une autorisation spéciale ?

— Elle n'était pas baptisée. Mais je l'appelle Marina. (Il cilla, passa à autre chose.) Si ce sont vraiment des tombes célèbres que vous êtes venue voir, Mrs Saint James, il vous faut visiter la crypte.

— On se croirait dans Edgar Poe, remarqua Lynley.

— Pas du tout. Ceci est un endroit sacré.

Le prêtre jeta sa cigarette et l'écrasa. Il se baissa avec naturel pour ramasser le mégot et le fourrer dans sa poche, puis il se mit en route vers l'église.

Lynley prit le matériel photographique de Deborah et ils lui emboîtèrent le pas.

— C'est là qu'est enterré saint Cedd, disait le père Hart. Entrez donc. Je m'apprêtais à dire la messe, mais je vais d'abord vous faire faire le tour de la crypte. (Il ouvrit les portes de l'église à l'aide d'une énorme clé et leur fit signe d'entrer.) Il n'y a pas foule pour entendre la messe en semaine. Les gens ne se dérangent plus guère que le dimanche. William Teys était bien le seul de mes paroissiens à assister à l'office tous les jours. Maintenant qu'il n'est plus là... je me retrouve seul plus souvent qu'à mon tour.

— Vous étiez très amis, je crois, n'est-ce pas ? s'enquit Lynley.

La main du prêtre voleta au-dessus du commutateur.

— Il était pour moi comme... un fils.

— Vous parlait-il de ses problèmes de sommeil ? Du besoin qu'il avait de prendre des somnifères ?

La main voleta de nouveau. L'ecclésiastique hésita. Trop longtemps, estima Lynley, qui changea de place dans la pénombre afin de mieux distinguer les traits du vieil homme. Le prêtre avait les yeux braqués sur l'interrupteur mais ses lèvres remuaient. On aurait dit qu'il priait.

— Ça va, père Hart ?

— Je... oui, ça va. Je... le souvenir de William me hante. (Le prêtre fit un effort sur lui-même pour se ressaisir, comme quelqu'un qui rassemble en un tas approximatif les pièces éparses d'un puzzle.) William était quelqu'un de bien, inspecteur, mais c'était une âme inquiète. Il... il ne s'est jamais ouvert à moi de ses problèmes de sommeil, mais je ne suis pas autrement surpris d'apprendre qu'il en avait.

— Pourquoi ?

— Parce que, contrairement à nombre d'âmes troublées qui noient leur angoisse dans l'alcool et s'arrangent pour fuir leurs difficultés d'une façon ou d'une autre, William les abordait de front et faisait de son mieux pour les résoudre. C'était un homme solide et un brave garçon, mais il avait de lourds fardeaux à porter.

— Comme la désertion de Tessa, suivie de la fuite de Gillian ?

A l'énoncé du second prénom, le prêtre ferma les yeux. Il déglutit avec peine.

— Le départ de Tessa lui a fait beaucoup de mal, mais celui de Gillian l'a anéanti. Il n'a plus jamais été le même après cela.

— A quoi ressemblait-elle ?

— A... un ange, inspecteur. Un rayon de soleil. (La main tremblante, il donna de la lumière et, du doigt, désigna l'église.) Eh bien, qu'est-ce que vous en pensez ?

Ça n'avait décidément rien à voir avec l'intérieur d'une église de campagne. Les églises villageoises sont en général petites, carrées, essentiellement fonctionnelles, dénuées de couleurs, de lignes et de beauté. Mais celle-ci n'était rien de tout cela. Celui qui l'avait édifiée s'était à l'évidence inspiré des cathédrales, car deux énormes piliers à l'extrémité ouest avaient été élevés pour supporter un toit autrement plus important que celui de Sainte-Catherine.

— Ah, vous avez remarqué, murmura le père Hart en suivant la direction du regard de Lynley, qui naviguait des piliers à l'abside. C'était là qu'aurait dû être construite l'abbaye : Sainte-Catherine aurait dû être la grande église abbatiale. Mais, au terme du conflit qui les opposait, les moines décidèrent de construire l'abbaye près de Keldale Hall. Ce fut une décision miraculeuse.

— Miraculeuse ? fit Deborah.

— Absolument. S'ils avaient construit l'abbaye ici, où se trouvent les restes de saint Cedd, elle aurait été détruite au temps d'Henry VIII. Vous vous rendez compte, il ne serait pas resté pierre sur pierre de l'église où saint Cedd est enterré ! fit le prêtre, d'une voix révoltée. Vous ne m'ôterez pas de l'idée que c'est Dieu qui a fait éclater la querelle qui a divisé les moines. Comme les fondations de cette église étaient déjà faites et la crypte terminée, il n'y avait pas de raison d'exhumer le corps du saint : aussi le laissèrent-ils dans la crypte auprès d'une petite chapelle. (Il se dirigea avec une pénible lenteur vers un escalier de pierre qui s'enfonçait dans les ténèbres.) Par ici, leur dit-il en les invitant d'un geste à le suivre.

La crypte formait comme une seconde église — mais miniature celle-là — au cœur de Sainte-Catherine. Elle était voûtée selon le style roman et ses piliers étaient maigrement décorés. A son extrémité, un simple autel de pierre était orné de deux cierges et d'un crucifix ; sur les côtés, des alignements de pierres provenant d'une version antérieure de l'église étaient là pour l'éternité. C'était un lieu faiblement éclairé et fleurant la glaise, où flottait une forte odeur de renfermé. Les murs étaient verdis par l'humidité.

Deborah frissonna.

— Pauvre homme. Il fait si froid dans cet endroit. Il aurait sûrement préféré être enterré dehors, quelque part au soleil.

— Il est plus en sûreté ici, fit le prêtre.

Il se dirigea vers la grille de l'autel, s'agenouilla et passa quelques instants à méditer.

Lynley et Deborah l'observèrent. Ils virent les lèvres de l'ecclésiastique remuer puis se figer comme s'il communiait avec un dieu inconnu. Sa prière terminée, il se remit debout avec un sourire angélique.

— Je lui parle tous les jours, murmura le père Hart. Car nous lui devons tout.

— Comment cela ? questionna Lynley.

— Il nous a sauvés. Il a sauvé le village, l'église, il a permis au catholicisme de survivre à Keldale.

Le visage du vieil ecclésiastique s'éclaira.

— L'homme lui-même ou ses reliques ? s'enquit Lynley.

— L'homme, sa présence, ses reliques, tout. (Le prêtre étendit les bras, enveloppant dans un grand geste la crypte tout entière, et la jubilation aidant, sa voix s'enfla.) Il a donné aux habitants de Keldale le courage de rester fidèles à leur foi, inspecteur, de rester fidèles à Rome, pendant l'époque terrible de la Réforme. Les prêtres se réfugiaient ici même. L'escalier était dissimulé sous un faux plancher et les prêtres du village restèrent cachés dans la crypte pendant des années. Mais le saint était avec eux, et Sainte-Catherine ne tomba jamais entre les mains des protestants. (Il en avait les larmes aux yeux. Il fouilla dans sa poche à la recherche de son mouchoir.) Vous... Je suis... excusez-moi. Quand je parle de saint Cedd... c'est un tel privilège d'avoir ses reliques ici. De pouvoir communier avec lui. Je ne suis pas certain que vous compreniez.

Etre sur un tel pied d'intimité avec un saint, c'était manifestement trop pour le vieil homme. Lynley s'empressa de faire diversion :

— Les sculptures qui ornent les confessionnaux que nous avons vus là-haut ont un air élisabéthain, dit-il avec gentillesse. Est-ce qu'elles datent de cette époque ?

L'ecclésiastique s'essuya les yeux, s'éclaircit la gorge et les gratifia d'un sourire incertain.

— Oui. A l'origine elles n'étaient pas destinées à des confessionnaux, d'où leur caractère païen. On ne s'attend pas à voir des jeunes gens et des jeunes femmes enlacés s'adonnant aux joies de la danse orner des édifices religieux, mais ces panneaux sont ravissants, n'est-ce pas ? Dans cette partie de l'église, la lumière n'est pas assez forte pour que les pénitents distinguent clairement les portes. Certains doivent penser que les sculptures représentent les Hébreux livrés à eux-mêmes pendant que Moïse montait sur le Sinaï.

— Que représentent-elles en fait ? s'enquit Deborah tandis qu'à la suite du petit prêtre ils gravissaient l'escalier pour regagner l'église.

— Une bacchanale païenne, j'en ai peur, répondit-il avec un sourire d'excuse.

Là-dessus, il prit congé et disparut par une porte sculptée près de l'autel.

Ils regardèrent la porte se refermer sur lui.

— Voilà un étrange petit homme. Comment l'as-tu connu, Tommy ?

Lynley emboîta le pas à Deborah et ils se retrouvèrent dehors, à la lumière.

— Il est venu au Yard nous apporter tous les éléments qu'il possédait sur l'affaire Teys. C'est lui qui a trouvé le corps.

Tandis qu'il la mettait brièvement au courant, elle l'écoutait comme elle l'avait toujours fait, ses yeux verts dardés sur lui.

— Nies ! s'écria-t-elle lorsqu'il eut terminé son compte rendu. Quelle horreur ! Tommy, ce n'est pas juste !

C'était bien d'elle, songea-t-il, d'aller droit à l'essentiel, de distinguer sous l'accessoire le problème qui le préoccupait le plus dans cette affaire.

— Webberly s'est imaginé que ma présence le rendrait plus coopératif, Dieu sait pourquoi, dit-il sèchement. Malheureusement, je semble avoir l'effet inverse sur lui.

— Mais c'est affreux pour toi ! Après ce que Nies t'a fait

subir à Richmond, comment ont-ils pu te confier cette enquête ? Ne pouvais-tu refuser de t'en charger ?

L'indignation de Deborah lui arracha un sourire.

— En règle générale, on ne nous laisse pas le choix, Deb. Puis-je te ramener au château ?

— Oh non, ce n'est pas la peine, fit-elle aussitôt. J'ai...

— Bien sûr. Où avais-je la tête...

Lynley posa la sacoche contenant le matériel de photo de Deborah et, l'air morne, observa les colombes qui lissaient leurs plumes sur le clocher de l'église. Elle lui effleura le bras.

— Ce n'est pas ce que tu crois, dit-elle doucement. J'ai laissé ma voiture à deux pas d'ici. Tu n'as pas dû la remarquer.

Il la vit, en effet. C'était une Escort bleue garée sous un marronnier qui tapissait le sol de feuilles d'automne. Il prit la sacoche et la porta jusqu'à la voiture. Elle le suivit à quelques pas.

Elle ouvrit le coffre et le regarda y déposer la sacoche. Elle prit tout son temps pour s'assurer que le matériel ne risquait pas d'être renversé pendant le bref trajet. Et, lorsqu'il lui fut impossible de faire autrement, elle leva ses yeux vers les siens.

Il l'observait, examinant ses traits avec ferveur comme si elle s'apprêtait à disparaître à jamais et que tout ce qui lui resterait serait cette image d'elle à ce moment précis.

— Je me souviens de l'appartement de Paddington, murmura-t-il. Et du temps où je t'y faisais l'amour l'après-midi.

— Je n'ai pas oublié, Tommy.

Sa voix était tendre. Pour une raison qu'il ne put s'expliquer, cela ne fit que lui faire plus de mal. Il détourna les yeux.

— Lui diras-tu que tu m'as vu ?

— Bien sûr que je le lui dirai.

— Tu lui diras de quoi nous avons parlé ?

— Simon sait ce que tu ressens. Il est ton ami. Et moi aussi.

— Je ne veux pas de ton amitié, Deborah.

— Je sais. Mais j'espère que tu l'accepteras un jour. Tu pourras compter dessus le jour où tu changeras d'avis.

Il sentit de nouveau la pression de ses doigts sur son bras, puis plus rien. Elle ouvrit la portière, se glissa dans la voiture et s'en fut.

Seul, il reprit le chemin de l'auberge, sentant le poids de la tristesse s'abattre sur ses épaules. Il était parvenu à la hauteur de la maison d'Olivia Odell lorsque la porte du jardin s'ouvrit.

Une petite silhouette dévala les marches d'un air décidé, suivie quelques instants plus tard par son canard.

— Attends-moi ici, Dougal ! cria Bridie. Maman a mis ta pâtée dans l'appentis hier.

Incapable de négocier les marches, le colvert s'assit patiemment tandis que la fillette ouvrait laborieusement la porte de l'appentis et s'y engouffrait. Elle en ressortit quelques instants plus tard, traînant un gros sac derrière elle. Lynley remarqua qu'elle portait un uniforme tout froissé et pas vraiment propre.

— Bonjour, Bridie, fit-il.

Elle leva vivement la tête. Ses cheveux avaient l'air moins hirsutes que la veille. Il se demanda qui avait réussi cet exploit.

— Faut que je donne à manger à Dougal, expliqua-t-elle. Et aussi que j'aille à l'école. Je déteste l'école.

Il la rejoignit dans la cour. Le canard le regarda approcher avec méfiance, un œil sur lui et l'autre sur son petit déjeuner. Bridie versa par terre une portion gigantesque et l'animal se mit à battre des ailes avec entrain.

— OK, Dougal, tu peux y aller, fit Bridie. (Attrapant le volatile à pleins bras, elle lui fit descendre l'escalier et le déposa sur le sol humide, le regardant avec attendrissement se jeter sur la nourriture.) C'est le petit déjeuner qu'il préfère, confia-t-elle à Lynley, prenant place sur la première marche.

Le menton appuyé sur les genoux, elle contempla le colvert d'un air d'adoration. Lynley vint s'asseoir près d'elle.

— Tes cheveux sont bien comme ça, remarqua-t-il. C'est Sinji qui les a arrangés ?

Elle secoua la tête, les yeux toujours sur le canard.

— Non. C'est tante Stepha.

— Vraiment ? Elle a bien travaillé.

— Pour ce genre de choses, elle est forte, convint Bridie, laissant entendre qu'il y en avait d'autres pour lesquelles tante Stepha n'était pas douée. Mais maintenant il faut que j'aille en classe. Hier, maman n'a pas voulu que j'y aille. Elle a dit que c'était trop humiliant. (Bridie hocha la tête d'un air de mépris.) Ce sont mes cheveux, pas les siens, ajouta-t-elle, pratique.

— Les mères prennent souvent les choses un peu trop à cœur, tu n'as pas remarqué ?

— Dommage qu'elle n'ait pas réagi comme tante Stepha. Elle s'est contentée de rire quand elle m'a vue. (Dégringolant l'escalier, elle alla remplir d'eau une casserole.) Tiens, Dougal, appela-t-elle.

Le canard l'ignora. Il y avait une chance pour qu'on lui retire sa nourriture s'il ne l'avalait pas aussi vite que possible, et Dougal n'était pas un canard qui prenait des risques. L'eau pouvait attendre. Bridie rejoignit Lynley. Ensemble, ils regardèrent le volatile s'empiffrer. Bridie poussa un gros soupir. Elle se mit à inspecter le bout éraflé de ses chaussures et les frotta sans succès avec son doigt sale.

— Je sais pas pourquoi il faut que j'aille à l'école. William n'y est jamais allé.

— Jamais ?

— Eh ben... pas après l'âge de douze ans. Si maman avait épousé William, j'aurais pas été obligée d'aller en classe. Bobba n'y a jamais mis les pieds, elle.

— Jamais ?

— William ne l'a jamais obligée à y aller après ses seize ans, corrigea Bridie. Je sais pas comment je vais faire s'il faut que j'attende d'avoir seize ans. Maman m'obligera à y aller. Elle veut que j'aille à l'université, mais moi j'ai pas envie.

— Que veux-tu faire ?

— M'occuper de Dougal.

— Ah. Ce n'est pas qu'il n'ait pas l'air en parfaite santé, Bridie, mais les canards ne sont pas éternels. Il est préférable d'avoir une solution de rechange.

— Je pourrais aider tante Stepha.

— A l'auberge ?

Elle hocha la tête. Dougal, qui avait fini son petit déjeuner, buvait, le bec plongé dans la casserole d'eau.

— J'ai beau le dire à maman, elle veut pas en entendre parler. « Il n'est pas question que tu passes ta vie dans cette auberge », fit-elle, imitant de façon troublante la voix d'Olivia Odell. (Elle secoua la tête d'un air sombre.) Si William et maman s'étaient mariés, ç'aurait été différent. J'aurais pu quitter l'école et étudier à la maison. William était très intelligent, il aurait pu me servir de professeur. Il l'aurait fait, j'en suis sûre.

— Comment le sais-tu ?

— Parce qu'il nous faisait toujours la lecture, à Dougal et à moi. (A l'énoncé de son nom, le canard s'approcha d'eux en se dandinant.) Il nous lisait la Bible. (Bridie frotta une de ses chaussures contre sa chaussette pour la faire briller.) J'aime pas tellement la Bible et encore moins l'Ancien Testament. D'après William, c'est parce que je comprenais pas. Il disait à maman de me faire suivre des cours d'instruction religieuse. Il était rudement gentil et il m'expliquait toutes sortes d'histoires, mais je les comprenais pas bien. C'est parce que dans ses histoires, les menteurs, ils étaient jamais punis.

— Comment cela ? fit Lynley dont les connaissances en matière d'instruction religieuse étaient fort limitées.

— Tout le monde mentait toujours à tout le monde. Dans ses histoires, en tout cas. Et on leur disait pas que c'était pas bien.

— Ah, je vois. (Lynley considéra le colvert, qui examinait ses lacets d'un bec intéressé.) Les choses sont un peu symboliques dans la Bible, dit-il d'un ton léger. Que lisiez-vous d'autre ?

— Rien. Seulement la Bible. C'est tout ce que William et Bobba lisaient, je crois. J'ai essayé de m'y mettre, mais j'aimais pas trop ça. Je l'ai jamais dit à William car il s'efforçait d'être gentil et je voulais pas être mal polie. Je crois qu'il essayait de faire connaissance avec moi, ajouta-t-elle, sagace. Parce que s'il avait épousé maman, j'aurais tout le temps été là.

— Tu voulais qu'il épouse ta maman ?

Elle prit le canard dans ses bras et le posa sur la marche entre eux. Avec un regard neutre à Lynley, Dougal entreprit de se lisser les plumes.

— Papa me faisait la lecture, fit Bridie en guise de réponse. (Elle avait baissé la voix et se concentrait sur ses chaussures.) Et après, il est parti.

— Parti ?

Lynley se demanda si c'était un euphémisme pour parler de sa mort.

— Un jour il est parti. (Bridie posa la joue sur son genou, serra le canard contre elle, et regarda fixement la rivière.) Il ne m'a même pas dit au revoir. (Elle se tourna et piqua un baiser sur la tête soyeuse du volatile qui lui donna de petits coups de bec sur la joue.) Moi, j'aurais dit au revoir, chuchota-t-elle.

— Utiliseriez-vous le mot ange ou rayon de soleil pour décrire quelqu'un qui buvait, jurait et faisait la vie ? s'enquit Lynley.

Le sergent Havers leva le nez de ses œufs matinaux, remua le sucre dans son café et réfléchit.

— Ça dépend du sens qu'on donne au mot pluie, non ?

Il sourit.

— Oui, sûrement.

Repoussant son assiette, il examina pensivement Barbara. Elle avait l'air rudement bien ce matin : il y avait une touche de couleur sur ses paupières, ses joues et ses lèvres, et ses cheveux bouclaient imperceptiblement. Même sa tenue vestimentaire s'était améliorée, car elle portait une jupe de tweed marron et un pull-over assorti qui, s'ils n'étaient pas de la teinte convenant le mieux à son teint, étaient nettement mieux que l'horrible tailleur bleu d'hier.

— Pourquoi cette question ? fit-elle.

— Selon Stepha, Gillian menait une vie de patachon. Elle buvait.

— Et elle cavalait.

— Oui. Mais pour le père Hart c'était un ange et un rayon de soleil.

— C'est bizarre.

— Il a ajouté que Teys avait été anéanti quand elle s'est enfuie.

Havers fronça ses épais sourcils et, sans réfléchir, versa à Lynley une seconde tasse de café.

— Voilà qui explique la disparition de ses photos, n'est-ce pas ? William Teys avait consacré sa vie à ses filles et voyez comment il en est récompensé : l'aînée se volatilise dans la nuit.

Les quatre derniers mots rappelèrent quelque chose à Lynley. Il se mit à fouiller dans le dossier posé sur la table du petit déjeuner et en sortit le cliché de Russell Mowrey que Tessa leur avait remis.

— J'aimerais que vous vous promeniez dans le village avec ceci aujourd'hui.

Havers prit la photographie, l'air intrigué.

— Ne m'avez-vous pas dit qu'il était à Londres ?

— Maintenant, oui. Mais il n'y était pas forcément il y a trois semaines. Si Mowrey est venu ici, il aura demandé son chemin pour se rendre à la ferme. Quelqu'un l'aura vu. Renseignez-vous auprès des commerçants de la grand-rue et auprès des clients des pubs. Poussez aussi jusqu'au château. Si personne ne l'a aperçu...

— Ça nous ramène à Tessa, finit-elle.

— Ou à quelqu'un d'autre ayant un mobile. Et là, il y a plusieurs possibilités.

Madeline Gibson vint ouvrir en entendant Lynley frapper. Pour arriver jusqu'à la porte, le policier avait dû enjamber deux enfants en train de se battre dans le jardin qui semblait avoir été ravagé par la guerre, contourner un tricycle cassé et une poupée démembrée, éviter une assiette d'œufs au plat en train de se figer abandonnée sur les marches du perron. Elle examina tout cela d'un air d'ennui et ajusta le peignoir vert émeraude sur ses seins hauts et pointus. Elle était manifestement nue dessous et ne chercha pas à lui cacher qu'il n'aurait pu tomber plus mal.

— Dick ! appela-t-elle, son regard provocant braqué sur Lynley. Range ton outil. C'est Scotland Yard. (Elle gratifia Lynley d'un sourire languissant et ouvrit plus grand la porte.) Entrez donc, inspecteur.

Le laissant dans l'étroite entrée au milieu des jouets et des vêtements sales, elle se dirigea nonchalamment vers l'escalier.

— Dick ! appela-t-elle de nouveau.

Elle se retourna, les bras croisés sur la poitrine, les yeux plantés dans ceux de Lynley. Un sourire jouait sur ses traits. Un genou et une cuisse au galbe fuselé émergeaient des plis du satin.

Il y eut du remue-ménage à l'étage au-dessus, suivi de grommellements masculins, et Richard Gibson fit son apparition. Il descendit bruyamment les marches et aperçut sa femme.

— Bon Dieu, Madeline, mets-toi donc des fringues sur le dos.

— Faudrait savoir, il y a cinq minutes tu me demandais de les enlever, répliqua-t-elle en l'enveloppant d'un regard entendu.

Elle se mit à monter l'escalier en exhibant complaisamment son corps mince.

Gibson l'observa d'un air amusé.

— Vous devriez la voir quand elle en veut *vraiment*, confia-t-il. Là, elle fait rien que s'amuser.

— Ah, oui. Je vois.

Le fermier éclata de rire.

— C'est le seul moyen de la rendre heureuse, inspecteur. Pendant un moment, du moins. (Il examina le chaos qui régnait dans le cottage et ajouta :) Allons dehors.

Lynley, qui trouvait que le jardin était un endroit pire encore que le cottage pour bavarder, jugea préférable de se taire et emboîta le pas au maître de maison.

— Allez voir votre mère, ordonna Gibson aux deux gamins qui se battaient comme des chiffonniers.

Du bout du pied, il poussa l'assiette au bord de la marche. Aussitôt, le chat pelé de la famille sortit de sous un buisson et commença à dévorer œufs et toast. Sa façon de manger, vorace et subreptice, était celle d'un nécrophage et Lynley ne put s'empêcher de penser à la femme qui était à l'étage au-dessus.

— J'ai vu Roberta hier, annonça-t-il à Gibson.

Ce dernier s'était assis sur une marche et laçait ses brodequins.

— Comment va-t-elle ? Mieux ?

— Non. Vous ne m'avez pas dit lors de notre premier entretien que vous aviez fait le nécessaire pour que Roberta soit admise à l'asile, Mr Gibson.

— Vous ne m'avez pas posé la question, inspecteur. (Ayant fini d'attacher ses chaussures, il se mit debout.) Vous vous attendiez à ce que je la laisse entre les mains de la police à Richmond ?

— Pas spécialement. Vous êtes-vous également occupé de lui procurer un avocat ?

Gibson fut manifestement surpris par la question. Ses paupières tremblotèrent et il mit un certain temps à rentrer sa chemise de flanelle dans son jean.

— Un avocat ? Non, répondit-il après une pause.

— Bizarre que vous ayez fait le nécessaire pour la faire entrer à l'hôpital et que vous ne vous soyez pas préoccupé de ses intérêts sur le plan juridique. Bizarre et commode aussi, non ?

La mâchoire de Gibson se durcit.

— Je ne dirais pas ça.

— Pouvez-vous vous expliquer, alors ?

— Je ne crois pas avoir à vous fournir des explications, fit Gibson, laconique. Mais il me semble que les problèmes psychologiques de Bobby étaient un tantinet plus urgents que ses problèmes juridiques.

Sa peau boucanée avait foncé.

— Vraiment ? Et si on la juge irresponsable — ce qui se produira certainement —, vous vous retrouvez dans une situation confortable, n'est-ce pas ?

Gibson lui fit face.

— Bon Dieu, oui, rétorqua-t-il, furieux. Libre de prendre possession de cette saloperie de ferme, libre de disposer de cette bon dieu de maison, libre de culbuter ma putain de femme sur la table de la cuisine si ça me chante. Et tout ça sans avoir Bobby dans les pattes. C'est ce que vous vouliez m'entendre dire, inspecteur ? (Il avança le visage d'un air belliqueux, mais voyant que Lynley ne réagissait pas, il recula et poursuivit sur un ton qui n'avait rien perdu de sa violence.) J'en ai ras-le-bol que les gens s'imaginent que je ferais du mal à Bobby, ou qu'ils pensent que Madeline et moi serions trop heureux de la voir enfermée pour le restant de ses jours. Vous croyez que je ne sais pas que c'est ce que tout le monde croit ? Vous vous figurez que Madeline ne le sait pas ? (Il eut un rire amer.) Non, je ne lui ai pas procuré d'avocat. Mais je m'en suis pris un pour moi. Et s'il y a moyen de la faire déclarer irresponsable par un psychiatre, j'ai bien l'intention de le faire. Vous croyez que c'est pire que de la voir finir en prison ?

— Ainsi vous êtes persuadé qu'elle a tué son père ? s'enquit Lynley.

Gibson se voûta.

— Je ne sais que croire. Tout ce que je sais, c'est que Bobby n'est plus la fille qu'elle était lorsque j'ai quitté Keldale. Celle-là n'aurait pas fait de mal à une mouche. Mais la nouvelle Bobby... est une étrangère.

— Cela a peut-être un rapport avec la disparition de Gillian.

— Gillian ? (Gibson rit, incrédule.) Je dirais que le départ de Gilly a été un immense soulagement pour tout le monde.

— Pourquoi ?

— Disons que Gilly était en avance pour son âge. (Il se

retourna pour jeter un coup d'œil à la maison.) Disons qu'à côté d'elle, Madeline aurait pu passer pour la Sainte Vierge. Est-ce que je me fais bien comprendre ?

— Parfaitement. Elle vous a entrepris ?

— Vous êtes direct, vous ! Donnez-moi une sèche et je vous raconterai toute l'histoire.

Il alluma la cigarette que Lynley lui avait offerte et contempla les champs de l'autre côté de la rue. Au-delà, le sentier menant à la lande de High Kel serpentait à travers les arbres.

— J'avais dix-neuf ans lorsque j'ai quitté Keldale, inspecteur. Je n'avais pas la moindre envie de me tirer. Dieu sait que c'était même la dernière chose dont j'avais envie. Mais je savais que si je ne mettais pas les bouts, ça finirait par barder.

— Vous avez couché avec votre cousine Gillian avant de partir ?

Gibson poussa un grognement.

— Pas exactement. Couché n'est pas vraiment le mot que j'utiliserais avec une fille comme Gilly. C'est pratiquement elle qui faisait tout. La passivité, ce n'était pas son genre, inspecteur. Elle vous mignotait et vous manœuvrait un homme... mieux qu'une professionnelle. Elle me rendait dingue quatre fois par jour.

— Quel âge avait-elle ?

— Douze ans le jour où elle commença à me regarder d'un drôle d'air, treize la première fois qu'elle... exerça sur moi ses talents. Pendant les deux années qui suivirent, elle s'employa à me rendre cinglé.

— Vous voulez dire que vous avez quitté Keldale pour lui échapper ?

— Je n'ai pas l'âme noble à ce point. Je me suis tiré pour échapper à William. Il n'aurait pas tardé à découvrir le pot aux roses. Je ne voulais pas qu'il nous pince. Je voulais que ça finisse.

— Pourquoi ne pas vous être contenté d'en parler à Teys ?

Les yeux de Gibson s'écarquillèrent.

— William était persuadé qu'aucune de ses filles ne pouvait faire le mal. Comment étais-je censé lui dire que Gilly, la prunelle de ses yeux, se frottait contre moi comme une chatte en chaleur et m'entreprenait comme une pute ? Jamais il ne l'aurait cru. J'avais du mal à y croire moi-même, la plupart du temps.

— Elle est partie de Keldale un an après vous, n'est-ce pas ?

Gibson jeta sa cigarette dans la rue.

— C'est ce qu'on m'a dit.

— L'avez-vous revue ?

Le regard du fermier se fit lointain.

— Jamais, répondit-il. Dieu merci.

Marsha Fitzalan était une femme voûtée et ratatinée, avec un visage tout ridé qui rappelait à Lynley celui que les enfants s'amusent à sculpter dans les pommes. Elle avait les yeux bleus. Des yeux qui pétillaient de vivacité et d'humour et semblaient dire à ceux qui la regardaient que si le corps n'était plus de la première jeunesse, le cœur et l'esprit, eux, n'avaient nullement changé.

— Bonjour, sourit-elle. (Puis avec un coup d'œil à sa montre, elle reprit :) Ou plutôt bon après-midi. Vous êtes l'inspecteur Lynley, n'est-ce pas ? Je pensais bien que vous passeriez me voir tôt ou tard. J'ai de la tarte au citron qui vous attend.

— Vous l'avez préparée exprès ?

— Bien sûr. Entrez.

Elle habitait l'une des maisonnettes de Saint-Chad's Lane, mais la sienne était bien différente de celle des Gibson. Le jardin, impeccablement entretenu, était orné de petits parterres de fleurs. Primevères, gueules-de-loup et géraniums avaient été taillés en prévision de l'hiver, la terre retournée avec amour autour de chaque plante. Sur deux des marches du perron, du millet émietté formait des petits tas faciles à atteindre. Un mobile de clochettes accroché près d'une fenêtre égrenait au vent ses six notes qu'on entendait clairement, malgré le vacarme que faisaient les enfants Gibson juste à côté.

Le contraste avec le cottage des Gibson était aussi frappant à l'intérieur qu'à l'extérieur. Il y flottait en effet une odeur de pot-pourri qui rappela à Lynley les longs après-midi passés dans la chambre de sa grand-mère à Howenstow. Le minuscule salon était confortable, bien que modestement meublé ; deux de ses murs étaient tapissés de livres du sol au plafond. Sous l'unique fenêtre, une petite table disparaissait sous une collection de photos, et plusieurs tapisseries à l'aiguille étaient accrochées au-dessus d'un antique récepteur de télévision.

— Voulez-vous passer dans la cuisine, inspecteur ? proposa Marsha Fitzalan. Je sais que ça ne se fait pas de recevoir dans la cuisine, mais je m'y suis toujours sentie mieux. Mes amis attribuent cela au fait que j'ai grandi dans une ferme. A la ferme, on se tient toujours beaucoup dans la cuisine. Cela m'a marquée, il faut croire. Prenez place. Café et tarte au citron ? Vous avez l'air affamé. Je suppose que vous êtes célibataire. Les célibataires ne mangent jamais comme ils le devraient.

Cette fois encore, il ne put s'empêcher de penser à sa grand-mère, à la rassurante solidité de son amour inconditionnel. Tout en regardant Marsha Fitzalan s'affairer à préparer un plateau avec des gestes sûrs et des mains qui ne tremblaient pas, Lynley eut la certitude qu'elle détenait la clé du mystère.

— Pouvez-vous me parler de Gillian Teys ? demanda-t-il.

Elle s'interrompit dans sa tâche et se tourna vers lui avec un sourire.

— Gilly ? Mais avec plaisir. Gillian Teys était la créature la plus adorable que j'aie jamais connue.

11

Elle revint vers la table et posa le plateau entre eux. C'était un luxe dont elle aurait fort bien pu se passer car la cuisine était si minuscule qu'on en pouvait faire le tour en quelques pas. Si Marsha Fitzalan se servait de cet accessoire, c'était par souci d'observer un certain décorum et de lutter contre le sentiment de claustrophobie qu'engendre la pauvreté. Son plateau était recouvert d'un napperon de dentelle jaunie sur lequel reposait de la porcelaine fine. Les deux assiettes étaient ébréchées mais les tasses et les soucoupes avaient réussi à traverser les années sans la moindre égratignure.

Des feuilles d'automne piquées dans une cruche décoraient la table de pin. L'institutrice y disposa avec soin assiettes, couverts et linge. Elle versa le café brûlant dans les tasses et ajouta du sucre et du lait dans le sien avant de prendre la parole.

— Gilly ressemblait à sa mère comme deux gouttes d'eau. J'ai eu Tessa comme élève, elle aussi. Vous avouer ce détail, c'est vous révéler mon âge, bien sûr, mais les faits sont là. Presque tous les gens du village me sont passés entre les mains, inspecteur. (Elle eut une lueur de malice dans les yeux en ajoutant :) A l'exception du père Hart. Lui et moi sommes de la même génération.

— Je ne m'en serais jamais douté, déclara Lynley avec solennité.

Elle éclata de rire.

— Pourquoi les hommes vraiment charmants savent-ils toujours quand une femme cherche les compliments ? (Elle planta résolument sa fourchette dans sa tarte et se mit à mastiquer quelques instants en connaisseur avant de poursuivre.) Gillian était le portrait craché de sa mère. Elle avait les mêmes ravissants cheveux blonds, les mêmes yeux superbes, la même intelligence. Mais Tessa était une rêveuse, alors que Gillian avait davantage les pieds sur terre. Tessa était toujours dans les nuages, c'était une incorrigible romantique. Je crois que c'est cela qui l'a poussée à se marier à un âge aussi tendre. Son rêve, c'était de perdre la tête pour un grand ténébreux, et William Teys correspondait assez bien à cette description.

— Parce que Gillian ne songeait pas à perdre la tête, elle ?

— Oh non. Je ne crois pas que Gilly se soit jamais souciée des hommes. Elle voulait être enseignante. Je la revois venant chez moi l'après-midi pour lire, accroupie par terre. Cette petite avait une passion pour les Brontë. Elle a bien dû lire *Jane Eyre* six ou sept fois avant son quatorzième anniversaire. Jane, Mr Rochester et elle étaient des intimes, de vieilles connaissances pour ainsi dire. Et elle adorait me parler de ses lectures. Ce n'était pas seulement du bavardage. Elle analysait les personnages, leurs motivations, les disséquait. Elle n'arrêtait pas de me dire : « Il faudra que je sache tout ça quand je serai prof, miss Fitzalan. »

— Pourquoi s'est-elle enfuie ?

La vieille dame étudia les feuilles couleur bronze dans la cruche.

— Je ne sais pas, répondit-elle lentement. C'était une petite formidable. Elle avait une intelligence si pénétrante que je ne l'ai jamais vue sécher sur un problème. Franchement, je ne sais pas ce qui s'est passé.

— Se peut-il qu'il y ait eu une histoire d'homme là-dessous ? Quelqu'un après qui elle aurait couru ?

Miss Fitzalan balaya la suggestion d'un énergique revers de main.

— A ma connaissance, Gillian ne s'intéressait pas encore aux hommes à ce moment-là. Sur ce plan, elle n'était pas aussi mûre que les autres adolescentes.

— Et Roberta ? Est-ce qu'elle ressemblait à sa sœur ?

— Non, Roberta tenait de son père. (Elle s'interrompit soudain et fronça les sourcils.) « Tenait », je ne sais pas pourquoi je l'évoque au passé. Sans doute parce qu'elle donne l'impression d'être morte.

— Oui, n'est-ce pas ?

— Roberta était comme son père : costaud, très forte et très peu loquace. Les gens vous diront qu'elle n'avait pas de personnalité du tout, mais c'est faux. La vérité, c'est qu'elle était épouvantablement timide. Elle avait hérité du tempérament romanesque de sa mère et du caractère taciturne de son père. Et elle se plongeait dans les livres.

— Comme Gillian ?

— Oui et non. Elle dévorait comme Gillian mais contrairement à sa sœur, jamais elle ne parlait de ses lectures. Gillian lisait pour s'instruire, et Roberta, je crois, pour fuir.

— Fuir quoi ?

Avec des gestes maniaques, miss Fitzalan s'employa à redresser le napperon de dentelle qui recouvrait le vieux plateau. Lynley vit que ses mains étaient couvertes de taches brunes.

— La certitude d'avoir été abandonnée, j'imagine.

— Par Gillian ou par sa mère ?

— Par Gillian. Roberta adorait Gillian. Elle n'a jamais connu sa mère. Vous imaginez ce que ç'a dû être pour elle d'avoir pour sœur aînée une fille comme Gilly, si jolie, si vive, si intelligente. Tout ce que Roberta n'était pas et souhaitait être.

— Jalousie ?

L'institutrice secoua la tête.

— Roberta n'était pas jalouse de Gilly. Elle l'aimait. Je crois que Roberta a énormément souffert lorsque sa sœur est partie. Mais contrairement à Gillian qui n'aurait pas manqué d'extérioriser son chagrin — Gilly parlait de tout et de rien —, Roberta l'a refoulé. Je me souviens encore de la peau de cette pauvre petite après le départ de Gilly. C'est drôle que ce détail me soit resté.

En songeant à l'adolescente dont il avait fait la connaissance à l'asile, Lynley ne s'étonna pas que l'enseignante ait gardé ce souvenir.

— Elle avait de l'acné ? fit-il. Elle était un peu jeune pour ça.

— Non. Elle a fait une éruption terrible, elle avait des plaques partout. C'était nerveux, bien sûr, mais quand j'ai fait allusion à ses boutons, elle a mis ça sur le dos de Moustache.

Miss Fitzalan baissa les yeux et, à l'aide de sa fourchette, entreprit de tracer des dessins compliqués au milieu des miettes restées sur son assiette. Lynley attendit, persuadé qu'elle n'avait pas fini de vider son sac. Elle se décida enfin à poursuivre :

— J'ai eu l'impression de ne pas être à la hauteur du tout, inspecteur. En la voyant dans l'incapacité de s'ouvrir à moi, de me parler de ce qui était arrivé à Gilly, j'ai eu le sentiment d'avoir échoué en tant qu'amie et en tant qu'enseignante. Ne pouvant se confier, elle a préféré dire qu'elle faisait une allergie à son chien.

— En avez-vous touché un mot à son père ?

— Pas immédiatement. William avait été tellement bouleversé par la fuite de Gillian qu'il était impossible de l'approcher. Pendant des semaines, le père Hart fut la seule personne à laquelle il accepta d'adresser la parole. A la fin, j'en vins à penser que je devais lui parler, que je devais bien ça à Roberta. La pauvre petite n'avait que huit ans. Ce n'était pas sa faute si sa sœur s'était sauvée. Aussi, je me rendis à la ferme et déclarai à William que je me faisais du mauvais sang à son sujet, à cause notamment de la pitoyable histoire qu'elle avait inventée à propos du chien. (Elle se versa du café et le but à petites gorgées tout en évoquant la scène.) Pauvre homme. Je n'aurais pas dû m'inquiéter à ce point. Il devait se sentir coupable d'avoir négligé Roberta, car il se rendit sur-le-champ à Richmond où il acheta trois ou quatre lotions différentes pour la peau. La pauvre petite avait peut-être besoin d'attention, car ses boutons disparurent après ça.

L'éruption avait disparu, mais pas le reste, songea Lynley. Il ne put s'empêcher d'évoquer la petite fille solitaire dans la ferme lugubre, entourée des fantômes et des voix du passé, vivant dans une sombre stérilité, puisant sa nourriture dans les livres.

Lynley ouvrit la porte de derrière et s'introduisit dans la maison. Elle n'avait pas changé, elle était toujours aussi glaciale et l'air y était toujours aussi confiné qu'auparavant. Il traversa la cuisine pour se rendre dans le séjour où Tessa Teys lui sourit tendrement du haut de son autel, l'air jeune et infiniment vulnérable. Il imagina Russell Mowrey relevant la tête de ses fouilles et apercevant ce visage adorable qui s'encadrait dans un trou de la palissade. Il était facile de comprendre pourquoi Mowrey était tombé amoureux d'elle. Facile de voir pourquoi il devait l'aimer encore.

Tournant le dos à l'autel, il gravit l'escalier quatre à quatre. La solution devait être dans la maison. La solution, c'était Gillian qui la détenait.

Il commença par se rendre dans sa chambre mais la nudité de la pièce ne lui apprit rien. Le lit au couvre-pied immaculé resta muet. La carpette ne recelait pas l'empreinte qui l'aurait ramené vers le passé. Le papier peint ne dissimulait pas le moindre secret. C'était à croire qu'aucune jeune fille n'avait jamais vécu dans cette pièce, ni empli l'air de sa lumineuse présence. Et pourtant quelque chose... Quelque chose de Gillian flottait là, quelque chose qu'il avait vu, quelque chose qu'il sentait.

Il s'approcha de la fenêtre et, sans la voir, regarda l'étable. *Elle menait une vie de patachon. — C'était un ange, un rayon de soleil. — Une vraie chatte en chaleur. — La créature la plus adorable que j'aie jamais vue.* C'était à croire qu'il n'y avait pas de véritable Gillian, que celle-ci était un kaléidoscope. Il aurait bien aimé croire que la réponse se trouvait dans la chambre, mais lorsqu'il tourna le dos à la fenêtre, il ne vit autour de lui que des meubles, du papier peint et une descente de lit.

Comment expliquer que Gillian ait pu être effacée aussi totalement de la vie de sa famille, seize ans durant ? C'était inconcevable. Et pourtant c'est ce qui s'était passé. Voire...

Il se dirigea vers la chambre de Roberta. Gillian n'avait pas pu disparaître aussi complètement de la vie de sa cadette. Les deux sœurs s'aimaient, elles étaient unies par des liens étroits. Quoi qu'ils aient pu dire par ailleurs sur Gillian, c'était un point sur lequel les villageois étaient d'accord. Le regard de Lynley navigua de la fenêtre à l'armoire et de l'armoire au lit. Le lit. C'était là que Roberta avait caché de la nourriture. Pourquoi n'y aurait-elle pas également dissimulé des souvenirs de Gillian ?

Se raidissant en prévision du spectacle et de l'odeur de pourriture, Lynley poussa le matelas. La puanteur s'éleva en vagues étouffantes.

Il jeta un coup d'œil autour de lui, cherchant un objet qui lui aurait facilité la tâche, mais ne trouva rien. La lumière était assez faible dans la pièce et, malgré sa répulsion, il comprit qu'il lui faudrait retirer le matelas et arracher la toile du sommier. Grognant sous l'effort, il flanqua matelas et literie par terre, puis se dirigea vers la fenêtre qu'il ouvrit en grand. Il resta un moment à respirer l'air frais avant de retourner vers le lit. Il grimpa sur le sommier, réfléchissant à la manière dont il allait procéder, s'efforçant de ne pas penser à l'odeur qui lui levait le cœur. *Allons, mon vieux. C'est bien pour ça que tu t'es engagé dans la police, non ? Courage, du nerf.*

Le tissu pourri — protection précaire — lui resta dans les mains, révélant un spectacle hallucinant. Des souris détalèrent dans toutes les directions, creusant des tranchées minuscules au milieu des fruits pourrissants. En compagnie de sa nichée de souriceaux aveugles accrochés à ses flancs comme à ceux d'une truie, un rongeur avait élu domicile dans un nid de sous-vêtements féminins sales. Furieuses d'avoir été arrachées à leur sommeil, des mites jaillirent dans la lumière, se cognant au visage de Lynley.

Saisi, il recula, réussit à s'empêcher de crier, et se précipita vers la salle de bains où il s'aspergea le visage d'eau froide. Tout en s'observant dans la glace, il rit en silence. *Encore heureux que tu aies sauté le déjeuner. Après ça, il ne te reste plus qu'à faire l'impasse sur les repas pour le restant de tes jours.*

Il chercha une serviette avec laquelle s'essuyer le visage. Il n'y en avait pas mais il aperçut une robe de chambre suspendue au dos de la porte de la salle de bains. Il poussa le battant pour le fermer. Le loquet cassé crissa contre le chambranle. Il se sécha le visage après l'ourlet du vêtement, tripota pensivement le loquet et au bout d'un moment, mû par une idée nouvelle, quitta la pièce.

La boîte à clés était là où il l'avait vue auparavant, sur la dernière étagère de l'armoire de Teys. Il la prit et la déposa sur le lit. Teys avait dû mettre les affaires de Gillian quelque part dans une malle. Au grenier, peut-être. Et les clés de la malle devaient se trouver là. Il fouilla dans la boîte, mais en vain. Il n'y avait là que des clés de porte, une étrange collection couverte de rouille. Dégoûté, il les remit dans leur boîte et maudit la détermination aveugle de l'homme qui avait effacé toute trace de l'existence d'une de ses filles.

Pourquoi ? se demanda-t-il. Qu'est-ce qui avait bien pu pousser William Teys à nier l'existence de la fillette qu'il aimait tant ? Qu'avait-elle bien pu faire pour l'amener à gommer ainsi tout souvenir d'elle ? Et inciter dans le même temps sa sœur à conserver — geste dérisoire et désespéré — une photo d'elle ?

Il comprit ce qu'il lui restait à faire. *Le grenier est un leurre, mon vieux, une fausse piste. Il te faut retourner dans sa chambre. C'est là que ça se trouve. Peut-être pas dans le matelas, mais c'est là.*

Il frissonna à la pensée des surprises qui l'attendaient, telles des spectres, dans cette pièce sépulcrale.

Tandis qu'il rassemblait ses forces pour un nouvel assaut, il entendit siffler avec entrain. Il se dirigea vers la fenêtre.

Tournant le dos à la lande de High Kel, un jeune homme dévalait le chemin, un chevalet sur l'épaule, une boîte à la main. Lynley décida qu'il était temps pour lui de rencontrer Ezra.

Il commença par se dire que le peintre n'était pas aussi jeune qu'il le paraissait de loin. Cela devait tenir à ses cheveux, d'un beau blond profond et plus longs que ne le voulait la mode. De près, Ezra ressemblait à ce qu'il était : un homme d'une trentaine d'années, que sa rencontre avec l'envoyé de Scotland Yard rendait méfiant. Son attitude circonspecte trahissait sa méfiance et ses yeux aussi, qui avaient l'air de changer de couleur selon les vêtements qu'il portait. Ils étaient d'un bleu intense en ce moment, comme sa chemise, qui était maculée de peinture. Il s'était arrêté de siffloter dès qu'il avait vu Lynley émerger de la maison et enjamber souplement le muret.

— Ezra Farmington ? dit Lynley.

Le jeune homme fit halte. Ses traits rappelèrent à Lynley ceux de Frédéric Chopin peint par Delacroix. Mêmes lèvres ciselées, même ombre de fossette au menton, mêmes sourcils sombres — beaucoup plus foncés que les cheveux ; même nez imposant mais qui ne déparait en rien l'ensemble.

— C'est moi, répondit-il sobrement.

— Vous êtes allé peindre la lande aujourd'hui ?

— Oui.

— Nigel Parrish m'a dit que vous faisiez des études de lumière.

A l'énoncé de ce nom, le peintre réagit et ses yeux exprimèrent la plus grande circonspection.

— Que vous a-t-il dit d'autre ?

— Qu'il avait vu William Teys vous chasser de sa propriété. Vous semblez vous y sentir chez vous.

— Gibson m'a donné l'autorisation de la traverser.

— Vraiment ? Il ne m'en a pas parlé.

Lynley contempla sereinement le sentier. Le raidillon était semé d'éboulis et mal entretenu, ça n'avait rien d'un sentier de randonnée. Il fallait que l'artiste fût sérieusement motivé pour s'amuser à grimper jusqu'à la lande. Il se tourna vers le peintre. La brise de l'après-midi qui soufflait dans les pâturages agitait ses cheveux blonds que le soleil faisait joliment briller. Lynley commença à comprendre pourquoi il les portait longs.

— Mr Parrish m'a également appris que Teys avait détruit certaines de vos œuvres.

— En a-t-il profité pour vous raconter ce qu'il fichait ici cette nuit-là ? s'enquit le peintre. Je vous flanque mon billet qu'il s'en est bien gardé !

— D'après lui, il raccompagnait à la ferme le chien de Teys.

L'incrédulité se peignit sur les traits d'Ezra.

— Il ramenait le chien à la ferme ? En voilà une bonne blague ! (Il planta sauvagement son chevalet dans la terre meuble.) Nigel possède à fond l'art de dénaturer les faits ! Laissez-moi deviner ce qu'il vous a raconté encore. Que Teys et moi avions une sévère engueulade au milieu de la route lorsqu'il s'est pointé pour raccompagner à la ferme ce pauvre chien qui n'y voyait goutte ? (Très énervé, Farmington se passa une main dans les cheveux. Il avait l'air si tendu que Lynley se demanda s'il n'allait pas lui envoyer un coup de poing.) Bon Dieu, un de ces jours, ce type finira par me faire sortir de mes gonds.

Lynley haussa un sourcil intéressé, ce qui n'échappa pas à son interlocuteur.

— Je suppose que vous allez prendre ça pour une confession, inspecteur ? A votre place, je m'empresserais d'aller trouver Nigel pour tâcher de savoir ce qu'il fabriquait, lui, à Gembler Road cette nuit-là. Car croyez-moi, si l'envie l'en avait pris, Moustache aurait très bien pu rentrer tout seul de Tombouctou. (Il éclata de rire.) Ce clébard était autrement plus futé que Nigel. Non que cela veuille dire grand-chose, notez bien.

Lynley se demanda ce qui pouvait bien mettre Farmington dans un état pareil. Sa colère était bien réelle mais disproportionnée. Le peintre lui faisait penser à une corde de violon trop tendue, à deux doigts de rompre.

— J'ai vu des œuvres de vous à l'auberge. Votre façon de peindre l'abbaye m'a fait penser à Wyeth. C'était voulu ?

Ezra desserra le poing.

— J'ai peint ça il y a des années, à une époque où je cherchais encore mon style. Je n'avais pas confiance dans mon instinct, aussi je copiais un peu tout le monde. Je suis étonné que Stepha ne se soit pas débarrassée de ces aquarelles.

— Elle m'a dit que c'est avec cela que vous aviez payé votre chambre un automne.

— C'est exact. En ce temps-là, je payais tout de cette façon. En cherchant bien, vous verrez qu'il y a des croûtes de moi dans toutes les boutiques du village. Mon dentifrice aussi, je l'achetais avec des toiles.

— J'aime Wyeth, poursuivit Lynley. Il y a dans son œuvre une simplicité que je trouve réconfortante. J'aime la simplicité. La clarté du trait et de l'image. Les détails.

Farmington croisa les bras.

— Etes-vous toujours aussi direct, inspecteur ?

— J'essaie, répondit Lynley avec un sourire. Parlez-moi de votre empoignade avec William Teys.

— Et si je refuse ?

— Vous pouvez toujours refuser, bien sûr. Mais je me demande pourquoi vous le feriez. Auriez-vous quelque chose à cacher, Mr Farmington ?

Farmington se dandina d'un pied sur l'autre.

— Je n'ai rien à cacher du tout. Ce jour-là, j'ai passé la journée sur la lande et je ne suis redescendu qu'à la tombée du jour. Teys a dû m'apercevoir d'une fenêtre, je suppose. Il m'a rattrapé sur la route. On a eu une petite explication.

— Il a déchiré une partie de votre travail.

— Des choses sans valeur. C'était sans importance.

— J'ai toujours eu l'impression que les artistes aimaient conserver leurs œuvres, qu'ils avaient un mal fou à s'en séparer. Vous n'êtes pas d'accord ?

Lynley vit immédiatement qu'il avait touché un point sensible car Farmington se raidit sans le vouloir. Ses yeux se braquèrent sur le soleil bas. Il ne répondit pas tout de suite.

— Evidemment que je le suis ! laissa-t-il finalement tomber.

— Alors quand Teys s'est mis en devoir de...

— Teys ? fit Ezra en éclatant de rire. Ce que Teys avait fait, je m'en fichais pas mal. Je vous l'ai dit, ce qu'il avait détruit, c'était de la merde, de toute façon. Mais il n'aurait pas su faire la différence. Un type qui écoute du Souza pour se distraire le soir en faisant brailler sa chaîne n'est pas une personne de goût, à mon humble avis du moins.

— Souza ?

— Oui, vous savez, ces ignobles airs de fanfare américains. Bon Dieu, on aurait dit qu'il avait chez lui une pleine maisonnée de Yankees en train d'agiter leur drapeau. Et quand je pense qu'il a eu le culot de m'engueuler, de prétendre que je troublais sa tranquillité alors que je traversais ses terres sur la pointe des pieds. Je lui ai ricané au nez. C'est alors qu'il s'en est pris à mes toiles.

— Que faisait Nigel Parrish pendant ce temps-là ?

— Rien. Nigel était content, il en avait pour son argent, il avait vu ce qu'il était venu voir, inspecteur. Après avoir joué au limier, il ne lui restait plus qu'à aller se coucher ce soir-là.

— Et les autres soirs, à quoi s'occupe-t-il ?

Farmington s'empara de son chevalet.

— Si vous n'avez plus de questions à me poser, je vais me remettre en route.

— Il y a encore une chose que j'aimerais savoir.

Farmington pivota pour lui faire face.

— Quoi donc ?

— Que faisiez-vous la nuit où William Teys est mort ?

— J'étais à *La Colombe*.

— Et après la fermeture ?

— Au lit, chez moi. Je dormais. Seul. (D'un brusque mouvement de tête, il rejeta ses cheveux en arrière en un geste étrangement féminin.) Désolé de ne pas avoir demandé à Hannah de m'accompagner, inspecteur, elle m'aurait fourni un alibi en or massif. Mais les fouets et les chaînes, franchement, ça n'a jamais été mon truc.

Enjambant le mur de pierre, il s'éloigna à grands pas le long de la route.

— Comme on dit dans les films policiers américains, j'ai fait un bide.

A *La Colombe*, le sergent Havers jeta les photographies sur une table et s'écroula sur une chaise en face de Lynley.

— Cela signifie que personne dans cette vie n'a vu Russell Mowrey ?

— Et à moins de croire à la réincarnation, personne ne l'a vu du tout. En revanche, bon nombre de gens ont reconnu Tessa. Certains ont haussé le sourcil, d'autres m'ont posé des questions.

— Que leur avez-vous répondu ?

— Je suis restée dans le vague, je m'en suis sortie de mon mieux en marmonnant tout un tas de maximes latines. Ça a plutôt bien marché jusqu'au moment où j'ai essayé « Caveat emptor ». Je ne sais pas pourquoi, cette formule-là a moins bien marché que les autres. Sans doute manquait-elle de punch.

— Vous sentez-vous d'humeur à noyer votre déception dans l'alcool, sergent ?

— Je me contenterai d'un tonic. (Voyant son expression, Havers s'empressa de préciser avec un sourire :) Vraiment. Je ne bois pas beaucoup, monsieur, je vous assure.

— J'ai passé une journée épatante, dit Lynley en lui rapportant un Schweppes. Je suis tombé sur une Madeline Gibson proprement torride dans un négligé émeraude sous lequel elle était nue comme un ver.

— La vie de policier n'est décidément pas drôle.

— Pendant qu'à l'étage, Gibson était... au garde-à-vous, prêt à faire feu. Inutile de vous dire que j'ai été bien accueilli.

— Je m'en doute.

— Mais c'est sur Gillian que j'ai appris le plus de choses aujourd'hui. Selon les sources, c'était un ange et un rayon de soleil, une chatte en chaleur, ou la créature la plus adorable jamais vue sur terre. Ou cette fille est un vrai caméléon, ou certains de ceux que j'ai interrogés se donnent beaucoup de mal pour que j'aie cette impression.

— Pourquoi cela ?

— Je ne sais pas. Ils ont peut-être intérêt à ce qu'elle demeure aussi mystérieuse que possible. (Il avala le reste de sa bière et se laissa aller contre le dossier de sa chaise, étirant ses muscles fatigués.) Mais l'atmosphère, c'est à Gembler Farm que je l'ai trouvée, Havers.

— Comment ça ?

— J'étais sur la piste de Gillian Teys. Représentez-vous bien la scène. Quelque chose me disait que c'était dans la chambre de Roberta que je devais chercher. Je me suis lancé dans ma quête avec ardeur. J'ai déchiré la toile du matelas et j'ai failli me trouver mal.

Il se mit en devoir de lui raconter sa découverte.

Havers eut une grimace de dégoût.

— Je suis bien contente d'avoir raté ça.

— Oh, rassurez-vous. Sur le moment, j'ai été tellement secoué que je n'ai pas remis les choses en place. J'aurai besoin de votre aide demain. Après le petit déjeuner, ça vous va ?

— Allez vous faire voir ! fit-elle avec un grand sourire.

C'était manifestement l'heure du thé lorsqu'ils arrivèrent au cottage qui se dressait à l'angle de Bishop Furthing Road. Un thé tardif, cependant, et quasiment dinatoire car lorsque le constable vint leur ouvrir il tenait à la main une assiette copieusement garnie. Cuisses de poulet, fromage, fruit et gâteau s'y empilaient tant bien que mal.

Gabriel Langston, qui semblait bien jeune pour être policier, portait admirablement son prénom. Frêle d'allure, il avait des cheveux jaunes clairsemés de la consistance du verre filé, une peau lisse de bébé et des traits un peu flous, à croire que l'ossature du visage était trop molle pour leur donner du caractère.

— J'aurais d-dû aller vous voir t-tout-tout d-de suite, bégaya-t-il, les joues et le cou cramoisis. D-dès v-votre arrivée. Mais on m'a d-d-dit que vous viend-driez me t-trouver si vous aviez b-besoin de q-q-quoi q-que ce soit.

— C'est Nies qui vous a dit ça, je suppose, fit Lynley.

Le jeune homme hocha la tête d'un air gêné en leur faisant signe d'entrer chez lui.

La table était dressée pour une personne. Le constable s'empressa d'y poser son assiette, s'essuya la main après son pantalon et la tendit à Lynley.

— Ravi d-de vous renc-contrer. D-désolé pour... (Il rougit de plus belle et désigna sa bouche comme s'il y avait quelque chose qu'il pût faire pour remédier à son handicap.) T-thé ? proposa-t-il vivement.

— J'en prendrai volontiers une tasse. Sergent ?

— Moi aussi, fit Havers.

Soulagé, le jeune homme sourit et disparut dans une cuisine microscopique attenante à la pièce où ils se trouvaient. Le cottage semblait pouvoir n'abriter qu'une personne, car il n'était guère plus vaste qu'un studio. Mais il était méticuleusement propre — balayé, ciré et épousseté. Seule fausse note dans cet intérieur immaculé : une odeur de chien mouillé. L'animal, un terrier blanc, allongé sur une carpette mâchonnée et filandreuse, se chauffait devant un radiateur électrique encastré dans une petite cheminée de pierre. Il leva la tête, battit des paupières à leur vue, et bâilla en exhibant une longue langue rose. Après quoi, il pointa de nouveau sa truffe vers le feu électrique.

Langston émergea de la cuisine, un plateau dans les mains, un second terrier sur les talons. Celui-ci, nettement plus vif et démonstratif que le premier, se jeta sur Lynley pour lui souhaiter la bienvenue.

— C-couché ! ordonna Langston d'un ton aussi autoritaire que le lui permettait sa voix frêle. (Le chien lui obéit à regret et traversant la pièce au galop s'en fut rejoindre son congénère près du feu.) Ce sont des b-braves b-bêtes, inspecteur. Il ne faut p-pas leur en vouloir.

Lynley balaya ces excuses d'un geste négligent cependant que Langston versait le thé.

— Poursuivez votre repas. Havers et moi ne sommes guère en avance ce soir. Nous pourrons parler pendant que vous mangerez.

Langston lui jeta un regard sceptique mais se mit néanmoins à piocher dans son assiette avec un timide mouvement de tête.

— Si j'ai bien compris, le père Hart vous a téléphoné juste après avoir trouvé le corps de William Teys, attaqua Lynley. (Son interlocuteur ayant hoché affirmativement la tête, il poursuivit :) Roberta était encore là quand vous êtes arrivé ? (Nouveau hochement de tête.) Vous avez demandé à la police de Richmond d'intervenir immédiatement, pourquoi cela ?

A peine Lynley eut-il formulé la question qu'il la regretta. Se traitant *in petto* d'abruti, il se demanda ce qu'aurait pu éprouver un homme comme Langston en interrogeant des témoins qui, comme le père Hart, semblaient flotter entre deux mondes.

Langston fixait son assiette, s'efforçant de formuler une réponse.

— C'était la façon la plus rapide de procéder, je suppose, suggéra Havers.

Le constable fit oui avec reconnaissance.

— Roberta a-t-elle parlé à quelqu'un ? (Langston secoua la tête.) Elle ne vous a pas dit un mot ? Elle n'a pas ouvert la bouche devant les policiers de Richmond ? (Le constable secoua de nouveau la tête. Lynley jeta un coup d'œil à Havers.) Elle n'a parlé qu'au père Hart. (Il marqua une pause.) Roberta était assise sur le seau retourné, la hache à côté d'elle, le corps du chien sous celui de Teys. Mais l'arme utilisée pour trancher la gorge du chien n'était pas dans le box. C'est exact ? (Hochement de tête. Les yeux sur Lynley, Langston planta les dents dans sa troisième cuisse de poulet.) Qu'est devenu le chien ?

— Je... l'ai ent-terré.

— Où ?

— Derrière.

— Derrière chez vous ? Pourquoi ? Est-ce Nies qui vous l'a demandé ?

Langston avala, frotta ses mains sur son pantalon. Il jeta un regard malheureux à ses deux compagnons étendus devant le feu. En se voyant le centre de l'attention générale, les deux terriers se mirent à fouetter vigoureusement l'air de leur queue.

— Je...

Il s'arrêta, plus par gêne cette fois qu'à cause de son handicap.

— J'ad-dore les chiens. Je ne voulais pas q-qu'ils b-brûlent ce v-vieux Moustache. C'était... un c-copain de mes chiens.

— Pauvre garçon, murmura Lynley lorsqu'ils se retrouvèrent dehors.

Le soir tombait. Une voix de femme s'éleva, appelant un enfant.

— Pas étonnant qu'il ait demandé à Richmond de venir à la rescousse.

— Qu'est-ce qui a bien pu le pousser à entrer dans la police ? fit Havers alors qu'ils traversaient la rue pour rallier l'auberge.

— Il n'a jamais dû penser un seul instant qu'il aurait un jour une affaire de meurtre sur les bras. Du moins pas une affaire de cette nature. Qui s'attendrait à ça dans un village comme Keldale ? Avant cette histoire, les fonctions de Langston devaient consister à effectuer une ronde de routine dans le village pour s'assurer que les portes des boutiques étaient fermées pour la nuit.

— Qu'est-ce qu'on fait maintenant ? s'enquit Havers. Nous n'aurons pas le chien avant demain matin.

— Exact. (Lynley consulta sa montre de gousset.) Cela me donne douze heures pour convaincre Saint James d'interrompre sa lune de miel pour se livrer aux joies de la chasse. Qu'en pensez-vous, Havers ? Est-ce que nous avons une chance d'y parvenir ?

— Devra-t-il choisir entre le cadavre du chien et Deborah ?

— J'en ai peur.

— Dans ce cas, à moins d'un miracle...

— Les miracles, ça me connaît, déclara Lynley, la mine sombre.

Il allait lui falloir remettre la robe chemisier blanche. Barbara la sortit de l'armoire et l'examina d'un œil critique. Avec une autre ceinture, elle n'aurait pas trop mauvaise allure. Ou avec un foulard peut-être. Est-ce qu'elle avait emporté un foulard ? Un carré ou un simple fichu ferait très bien l'affaire, il lui suffirait de le nouer autour du cou pour donner une note de couleur, conférer à sa tenue un petit air différent. Chantonnant bouche fermée, elle fouilla dans ses affaires qui gisaient en tas dans la commode. Elle n'eut pas grand mal à trouver ce qu'elle cherchait : une écharpe à carreaux rouges et blancs qui évoquait un peu une nappe de bistrot, mais tant pis.

Elle s'approcha du miroir et aperçut son reflet avec un sursaut de surprise heureuse. L'air de la campagne lui avait mis du rose aux joues et ses yeux avaient un certain éclat. Ce doit être le fait de se sentir utile, se dit-elle.

Cette journée passée seule dans le village avait été épatante.

C'était la première fois qu'un inspecteur la laissait prendre des initiatives. La première fois qu'un inspecteur la supposait dotée d'un cerveau. Cette expérience lui avait rendu un peu de la confiance en soi qu'elle avait — ô humiliation — perdue en rendossant l'uniforme. Quelle période épouvantable : la colère se muant en rage incompréhensible, le mécontentement fermentant en permanence, le fait de se rendre compte que les autres ne la trouvaient pas assez bien.

Dorénavant, tout allait s'arranger, elle était sur la bonne voie et ne s'arrêterait pas en si bon chemin. Elle repasserait l'examen pour devenir inspecteur et, cette fois, elle serait reçue.

Elle se dépouilla de sa jupe de tweed et de son pull-over, se débarrassa de ses chaussures. Certes, personne ne lui avait communiqué de renseignements sur Russell Mowrey mais tout le monde l'avait prise au sérieux quand elle avait posé ses questions. Les villageois, comme un seul homme, avaient vu en elle une envoyée de Scotland Yard. Une représentante tout à fait valable : compétente, intelligente, pleine d'intuition. C'était exactement ce dont elle avait besoin. Maintenant, elle était réellement dans le coup.

Elle finit de s'habiller, noua crânement l'écharpe autour de son cou et descendit l'escalier tortueux pour aller retrouver Lynley.

Il était dans le salon, planté devant l'aquarelle de l'abbaye, perdu dans ses pensées. Campée derrière le bar, Stepha Odell le regardait. Ils auraient fort bien pu figurer sur un tableau tous les deux. Ce fut Stepha qui bougea la première.

— Un verre avant de partir, sergent ? s'enquit-elle gentiment.

— Non, merci.

Lynley pivota.

— Ah, Havers, fit-il en se frottant les tempes d'un air absent. Etes-vous prête à affronter de nouveau Keldale Hall ?

— Je suis fin prête.

— Alors, allons-y. (D'un hochement de tête empli de détachement, il souhaita bonne nuit à Stepha et, prenant Barbara par le coude, la pilota hors de la pièce.) J'ai réfléchi à la meilleure façon d'aborder le problème, lui dit-il une fois qu'ils furent installés dans la voiture. Il va falloir que vous fassiez la conversation à cet affreux couple d'Américains suffisamment longtemps pour que j'aie, moi, le temps de glisser un mot à Saint James. Vous y arriverez ? L'idée de vous abandonner à un sort pareil ne me sourit guère mais quelque chose me dit que si ce brave Hank m'entend, il voudra à tout prix mener l'enquête à nos côtés.

— Aucun problème, monsieur, lui assura Barbara. Je m'arrangerai pour le captiver.

Il lui jeta un regard soupçonneux.

— Comment ?

— Je le ferai parler de lui.

Pour toute réponse, Lynley éclata de rire. Ainsi mis en joie, il parut aussitôt rajeuni et moins fatigué.

— Ça devrait marcher.

— Ecoutez, Barbie, dit Hank avec un clin d'œil. Si c'est pour enquêter que Tom et vous êtes venus dans ce bled, vous devriez passer une nuit ou deux au château. Qu'est-ce que tu en penses, Coco ? Il s'en passe de belles ici après le coucher du soleil, pas vrai ?

Ils prenaient un verre après dîner dans le grand salon aux lambris de chêne. Sanglé dans un pantalon d'un blanc aveuglant, le torse moulé dans une ébouriffante chemise brodée ouverte jusqu'à la taille, son inévitable chaîne en or autour du cou, Hank jeta un coup d'œil entendu à Barbara. Debout devant la cheminée, il semblait s'efforcer de faire corps avec les guirlandes et les chérubins sculptés sur le manteau. Sa main droite reposait sur une primevère de pierre stylisée, les doigts refermés sur une généreuse ration de cognac, sa troisième ou quatrième de la soirée. Le pouce de sa main gauche était coincé dans le passant du pantalon. La pose était impressionnante.

Assise sur une chaise à haut dossier, sa femme dirigeait des regards d'excuse tantôt vers Deborah et tantôt vers Barbara. Lynley et Saint James, ainsi que Barbara put le constater avec satisfaction, avaient réussi à s'éclipser en direction du vestibule presque immédiatement après le dîner. Quant à Mrs Burton-Thomas, elle s'était bruyamment assoupie sur un canapé moelleux non loin de là. Le rythme inégal de ses ronflements laissait à penser qu'ils étaient feints. Barbara ne se sentait pas le cœur de la blâmer. Hank tenait le crachoir depuis un bon quart d'heure.

Havers jeta un coup d'œil à Deborah pour voir comment elle réagissait au fait que son mari l'ait abandonnée pour la laisser entre les griffes de Hank. Son visage que balayaient le feu et l'ombre était paisible mais lorsqu'elle sentit le regard de Barbara se poser sur elle, un sourire espiègle étira ses lèvres l'espace d'une seconde. Elle sait exactement ce qui se passe, songea Barbara, qui trouva sympathique cette attitude généreuse.

Alors que Hank ouvrait la bouche pour reprendre sa description de la vie nocturne à Keldale Hall, Lynley et Saint James rejoignirent le petit groupe près du feu.

— Laissez-moi vous situer le tableau, poursuivait Hank. Il y a quarante-huit heures de ça, je vais vers la fenêtre pour la fermer à cause des cris perçants. Vous avez déjà entendu des paons faire un raffut pareil, Debbie ?

— Des paons ? reprit Deborah. Juste ciel, ce n'était pas le bébé qui criait ! M'aurais-tu menti, Simon ?

— Je me suis trompé, répondit Saint James. Ça ressemblait pourtant bigrement à des cris de nouveau-né. Tu veux dire que nous avons conjuré le mauvais sort pour rien ?

— Des cris de nouveau-né ? fit Hank, incrédule. L'amour vous fait perdre la boule. C'était un paon qui piaillait, il y avait de quoi ameuter un régiment. (Il s'assit, genoux écartés, bras reposant sur ses cuisses massives.) Je me dirige donc vers la fenêtre pour la fermer ou liquider ce maudit oiseau d'un coup de godasse. Parce que pour ce qui est de viser, je suis champion. Je ne vous ai pas raconté ça ? Non ? A Laguna, il y a une ruelle qui est fréquentée uniquement par des pédés. (Il attendit pour voir s'il lui faudrait expliquer de nouveau la sociologie de Laguna Beach. S'apercevant que c'était inutile, il poursuivit gaiement.) C'est pas les occasions de lancer des tatanes qui manquent, croyez-moi. Hein, Coco ? C'est vrai ou c'est pas vrai ?

— C'est vrai, chéri, opina Jojo. Il vise tellement bien qu'il touche tout ce qu'il veut, assura-t-elle aux autres.

— Je n'en doute pas, commenta Lynley, la mine sombre.

Hank sourit, exhibant ses jaquettes éblouissantes.

— Donc je suis devant la fenêtre, prêt à lancer, quand soudain je remarque quelque chose qui ne ressemble pas du tout à un oiseau.

— Quelqu'un en train de pousser des cris perçants ? fit Lynley.

— Foutre, non. L'oiseau était bel et bien là, mais il était pas seul ! (Hank attendit qu'on l'interroge. Il y eut un silence poli.) D'accord ! fit-il beau joueur en éclatant de rire et baissant la voix. Y avait Danny et ce type, le dénommé Ira... Hezekiah...

— Ezra ?

— Ouais, Ezra ! Et ils s'embrassaient à pleine bouche que c'en était un plaisir. « Oubliez quand même pas de respirer ! » que je leur ai crié.

Il beugla de rire.

Sourires polis. Jojo quêta du regard l'approbation de chacun avec des mines de chiot en mal d'affection.

— Mais la meilleure dans tout ça, fit Hank, baissant de nouveau la voix, c'est que c'était pas Danny qui était avec Ezra.

Il eut un sourire de triomphe en voyant que tous l'écoutaient, avec attention cette fois.

— Encore un peu de cognac, Deborah ? s'enquit Saint James.

— Volontiers.

Hank se pencha en avant.

— C'est avec Angelina que le gars Ezra s'explique ! Vous vous rendez compte ! (Aboyant de rire, il s'assena une claque retentissante sur le genou.) Ah, il ne chôme pas, l'Ezra, c'est pire qu'un coq dans un poulailler, mes enfants. Pas possible, il doit avoir un truc ! (Il avala une gorgée de cognac avec un vilain bruit de succion.) J'ai lancé deux ou trois remarques à Angelina ce matin, mais cette petite a oublié d'être bête : elle n'a pas moufté. Si c'est de l'action que vous cherchez, Tom, faut vous installer au château, vous serez servi. (Poussant un soupir de satisfaction, il tripota sa lourde chaîne en or.) Ah, l'amour ! C'est une belle chose, hein ? Rien de tel pour vous mettre la tête à l'envers. C'est pas vous qui me direz le contraire, hein, Si ?

— Il y a des années que j'ai renoncé à avoir les idées claires, fit Saint James.

Hank émit un braiment.

— Elle vous a pris jeune, alors ! (Il tendit l'index vers Deborah.) Ça fait un bout de temps que vous êtes après lui ?

— Depuis l'enfance, rétorqua-t-elle paisiblement.

— Depuis l'enfance ? (Hank traversa la pièce pour aller remplir son verre. Les ronflements de Mrs Burton-Thomas redoublèrent d'intensité lorsqu'il passa à sa portée.) Vous vous aimez depuis le lycée, comme Jojo et moi, je parie. Tu te souviens, Coco ? Quand on s'expliquait à l'arrière de la Chevrolet ? Vous avez des cinémas en plein air ici ?

— Ça n'existe que dans votre pays, répondit Saint James.

— Ah bon ? (Hank haussa les épaules, se laissa tomber sur une chaise. Le cognac éclaboussa son pantalon blanc mais il ne broncha pas.) Alors comme ça, vous vous êtes rencontrés au lycée ?

— Non. Nous avons été présentés chez ma mère.

Saint James et Deborah échangèrent des regards innocents.

— Ah, c'est elle qui avait arrangé la rencontre, je parie. Coco et moi on s'est rencontrés par l'intermédiaire d'une copine, nous aussi ! On a un point commun, Si.

— En fait, je suis née chez sa mère, ajouta poliment Deborah. Mais j'ai grandi à Londres dans la maison de Simon.

Hank prit un air déconfit. On était en terrain glissant.

— Qu'est-ce que tu dis de ça, Jojo ? Vous êtes parents ? Cousins peut-être ? (Des visions d'hémophiles dégénérés et alanguis lui vinrent manifestement à l'esprit.)

— Absolument pas. Papa est... comment dire, Simon ? (Elle se tourna vers son mari.) Le domestique, le maître d'hôtel, le valet de chambre de Simon ?

— C'est mon beau-père, fit Saint James.

— Tu te rends compte, Coco ? dit Hank, dépassé. Ça, c'est une histoire d'amour.

Ce fut brutal, inattendu. Elle s'efforça d'opérer un rétablissement. Le personnage de Lynley avait tellement de facettes qu'il finissait par ressembler à un diamant taillé par un maître. A chaque nouvelle situation, une facette inconnue se révélait.

Amoureux de Deborah, il l'était certainement, et c'était bien compréhensible. Mais amoureux de la fille du domestique de Saint James ? Barbara dut se faire violence pour assimiler la nouvelle. Comment cela avait-il pu lui arriver ? s'étonna-t-elle. Il avait toujours semblé si bien contrôler son existence et sa destinée. Comment avait-il laissé pareille chose se produire ?

Sa conduite bizarre au mariage de Saint James lui apparut soudain sous un tout autre jour. Il n'avait pas été impatient de se débarrasser d'elle, mais impatient de s'éloigner de ce qui lui causait une souffrance intolérable : le bonheur nuptial qu'un autre apportait à la femme qu'il aimait.

Elle comprenait maintenant pourquoi des deux hommes, c'était Saint James que Deborah avait choisi. Manifestement, elle n'avait pas eu le choix, car Lynley ne se serait jamais laissé aller à lui parler d'amour. Lui parler d'amour, c'eût été lui parler mariage, et jamais Lynley n'eût épousé la fille d'un domestique. Ses ancêtres s'en seraient retournés dans leur tombe.

Pourtant il avait dû vouloir faire de Deborah sa femme. Comme il avait dû souffrir en voyant Saint James piétiner le ridicule code de conduite dans lequel il était empêtré, lui.

Qu'avait dit Saint James ? *Beau-père*. En deux syllabes il avait effacé toute distinction de classe sociale qui aurait pu le séparer de sa femme.

Rien d'étonnant à ce qu'elle l'aime, se dit Barbara.

Dans la voiture, elle jeta un regard circonspect à Lynley tandis qu'ils regagnaient l'auberge. Que devait-il éprouver, sachant qu'il n'avait pas eu le courage de dire à Deborah qu'il l'aimait, qu'il avait fait passer sa famille et son titre avant ses sentiments ? Comme il devait se détester ! Que de regrets il devait éprouver ! Comme il devait se sentir seul !

Il sentit le regard de sa passagère posé sur lui.

— Vous avez bien travaillé aujourd'hui, sergent. Au château, surtout. Le fait d'avoir réussi à tenir Hank à distance pendant un quart d'heure vous vaudra une citation, vous pouvez en être certaine.

Le compliment — c'était absurde — lui fit chaud au cœur.

— Merci, monsieur. Est-ce que Saint James a accepté de nous prêter son concours ?

— Absolument.

Absolument, songea Lynley. Se moquant de lui-même, il poussa un soupir et jeta le dossier sur la table de chevet. Il posa dessus ses lunettes, se frotta les yeux et tapota les oreillers derrière son dos.

Deborah avait parlé à son mari, Lynley s'en était tout de suite rendu compte. Les Saint James avaient discuté ensemble de la réponse que Simon ferait à Lynley lorsque celui-ci lui demanderait son aide. Et la réponse avait été simple :

— Bien sûr, Tommy. En quoi puis-je t'être utile ?

C'était bien d'eux. C'était digne de Deborah d'avoir senti dans leur conversation du matin les inquiétudes que cette affaire lui inspirait. Alors elle lui avait préparé le terrain auprès de son mari. C'était bien de Saint James d'avoir accepté sans hésiter, sachant que la moindre hésitation réveillerait le sentiment de culpabilité qui était couché entre eux en permanence, comme un tigre prêt à bondir.

Il s'appuya contre les oreillers et ferma les yeux, laissant son esprit épuisé l'emporter vers le passé. Il s'abandonna à la vision enchanteresse d'un bonheur ancien qui n'avait pas été touché par le chagrin ou la peine.

Assise à ses côtés, Thaïs resplendissait
Dans sa jeunesse, telle une fleur d'été.
Heureux, heureux, heureux amour
Qui unit beauté et bravoure !

Les vers de Dryden jaillirent de sa mémoire sans qu'il l'eût désiré. Il les ravala, s'appliquant à les faire reculer dans son esprit. Cet effort exigea toute sa concentration et l'empêcha d'entendre la porte s'ouvrir et des pas s'approcher du lit. Ce n'est que lorsqu'il sentit une main fraîche se poser doucement sur sa joue qu'il se rendit compte qu'il n'était plus seul. Il ouvrit vivement les yeux.

— Je crois que vous avez besoin d'une Odell, inspecteur, chuchota Stepha.

12

Interloqué, il la fixa. Il attendit que son moi lisse et policé se mette en place, qu'arrive l'homme artificiel qui savait si bien rire et danser, celui qui n'était jamais à court de reparties spirituelles. Mais rien ne se produisit. L'apparition de Stepha — une Stepha dont la matérialisation dans sa chambre s'était effectuée comme par enchantement — semblait avoir détruit sa seule ligne de défense et tout ce qui lui restait dans sa panoplie de comportements, c'était la faculté de croiser sans trembler son beau regard.

Il éprouva le besoin d'habiller de substance cet instant. Aussi tendit-il la main pour lui toucher les cheveux. *Comme ils sont doux*, songea-t-il, étonné.

Elle lui prit la main, lui embrassa la paume, le poignet. Du bout de la langue, elle lui caressa les doigts.

— Laissez-moi vous aimer ce soir. Laissez-moi chasser les ombres.

La voix de Stepha n'était qu'un souffle, et il se demanda si cela faisait partie du rêve. Mais ses mains douces voletaient de ses joues à son cou, et lorsqu'elle se pencha vers lui et qu'il goûta la douceur de sa bouche, sentit la caresse de sa langue, il sut qu'elle appartenait à la brûlante réalité, qu'elle était le présent assiégeant calmement et sans hâte les murs crénelés de son passé.

Il voulut fuir, se réfugier dans le paradis du souvenir lourd de bonheur qui lui avait tenu lieu d'armure au cours de l'année écoulée, une année de vide dont tout désir avait été absent. Mais elle ne le laissa pas s'échapper, et tandis qu'elle s'employait à détruire consciencieusement les remparts qui l'abritaient, au lieu d'un sentiment de libération, il éprouva une fois de plus le besoin terrifiant de posséder un autre être humain, corps et âme.

Impossible, il ne laisserait pas cela se produire. Avec l'énergie du désespoir, il tenta de mobiliser ses dernières défenses déjà bien mises à mal, dans un ultime et inutile effort pour faire revivre la créature à l'indifférence glaciale qui n'existait plus. Car, à sa place, venait de renaître de ses cendres l'homme — tranquille et vulnérable — qui, refoulé dans les profondeurs de son être, n'en avait pas moins jamais cessé d'exister.

— Parle-moi de Paul.

Elle se souleva sur un coude, suivit du doigt le contour de ses lèvres. La lumière frappait de plein fouet sa chevelure, ses épaules, ses seins. Elle était tout feu et crème, et il émanait d'elle un doux parfum presque imperceptible de violette du Devon.

— Pourquoi ?

— Parce que j'ai envie de mieux te connaître. Parce qu'il était ton frère. Parce qu'il est mort.

Les yeux de Stepha se détachèrent de lui.

— Que t'en a dit Nigel ?

— Que la mort de Paul avait marqué tout le monde.

— C'est exact.

— Bridie m'a dit qu'il était parti sans même dire au revoir.

Stepha se rallongea près de lui, dans ses bras.

— Paul s'est tué, Thomas, chuchota-t-elle, tremblant de tous ses membres. (Il l'étreignit.) Bridie ne le sait pas. Nous disons qu'il est mort de la chorée d'Huntington, et d'une certaine façon, c'est vrai. C'est bien ça qui l'a tué. As-tu jamais vu des gens atteints de cette maladie ? La danse de Saint-Guy. Il leur est impossible de contrôler les mouvements de leur corps. Ils se trémoussent, titubent, sautillent, tombent. Et à la fin, ils se détériorent sur le plan intellectuel. Mais pas Paul. Seigneur, pas Paul.

Sa voix dérapa. Elle inspira à fond. Il posa une main sur ses cheveux et appuya ses lèvres contre son front.

— Je comprends.

— Il lui restait tout juste assez de lucidité pour se rendre compte qu'il ne reconnaissait plus sa femme, ne savait plus le nom de sa fille, n'avait plus aucun contrôle sur son corps. Juste assez de force mentale pour décider que le moment était venu pour lui de mourir. (Elle déglutit.) Je l'ai aidé. Il le fallait bien. C'était mon jumeau.

— Je l'ignorais.

— Nigel ne te l'a pas dit ?

— Non. Nigel est amoureux de toi, n'est-ce pas ?

— Oui, répondit-elle sans détour.

— C'est pour être près de toi qu'il est venu s'installer à Keldale ?

Elle fit oui de la tête.

— Nous étions à l'université ensemble, Nigel, Paul et moi. J'ai bien failli épouser Nigel. Il était moins fou, moins violent. J'ai peur d'être la source de sa folie. Mais il est hors de question que je me marie maintenant.

— Pourquoi ?

— Parce que la chorée d'Huntington est une maladie héréditaire. Et que je la porte dans mes gènes. Je n'ai pas envie de la transmettre à un enfant. C'est déjà assez pénible de voir Bridie tous les jours et de se dire, chaque fois qu'elle trébuche ou laisse tomber un objet par terre, qu'elle a cette saleté de maladie. Je ne sais pas ce que je ferais si j'avais un enfant. Je deviendrais probablement folle d'inquiétude.

— Rien ne t'oblige à en avoir. Tu pourrais en adopter.

— C'est bien une réflexion d'homme. Nigel n'arrête pas de me tenir le même raisonnement. Mais à quoi bon se marier si c'est pour ne pas avoir d'enfant ? Un enfant en bonne santé.

— Le bébé de l'abbaye, est-ce qu'il était en bonne santé, lui ?

Elle se redressa pour le regarder.

— On est en service, inspecteur ? Drôle d'endroit pour mener une enquête, vous ne trouvez pas ?

Il eut un sourire mi-figue, mi-raisin.

— Désolé. La force de l'habitude, je suppose. (Et d'ajouter, incorrigible :) Elle était en bonne santé, cette petite fille ?

— Où en as-tu entendu parler ? Non, inutile de répondre. C'est à Keldale Hall, évidemment.

— Si j'ai bien compris, il s'agit d'une ancienne légende qui est devenue réalité.

— En quelque sorte. La légende — soigneusement entretenue par les Burton-Thomas — veut qu'on entende parfois crier un bébé dans l'abbaye, la nuit. En fait, la réalité est tout autre, tu t'en doutes. C'est une illusion produite par le vent du nord lorsqu'il souffle avec la force voulue dans une fissure d'un mur, à la hauteur du transept. Cela se produit plusieurs fois par an.

— Comment le sais-tu ?

— Quand nous étions adolescents, mon frère et moi, nous sommes allés camper là-bas au printemps jusqu'à ce que nous ayons trouvé l'origine du bruit. Nous nous sommes évidemment bien gardés de faire part de nos conclusions aux Burton-Thomas. D'ailleurs, je dois à la vérité de dire que les sifflements du vent ne ressemblent guère aux piaillements d'un nourrisson.

— Et le vrai bébé, lui ?

— Ah, c'est ce qui s'appelle avoir de la suite dans les idées ! (Elle appuya sa joue contre sa poitrine.) Je sais peu de choses sur lui. Cela s'est passé il y a trois ans. Le père Hart découvrit la petite, réussit à soulever l'indignation générale et c'est à Gabriel Langston que revint le soin délicat de tirer l'affaire au clair. Pauvre Gabriel. Il n'a jamais réussi à découvrir quoi que ce soit. La colère du village retomba au bout de quelques semaines. Il y eut un enterrement, et ça s'arrêta là. Sombre histoire.

— Tu étais contente que ça se termine ?

— Oui. Je n'aime pas ce qui est sombre. Je ne veux pas que ma vie soit triste, je veux qu'elle soit pleine de rire et de gaieté.

— Peut-être parce que tu as peur d'éprouver autre chose.

— C'est vrai. J'ai surtout peur de finir déboussolée, comme Olivia. D'aimer quelqu'un et de me le voir arracher. Je ne supporte plus Olivia. Après la mort de Paul, elle s'est enfoncée dans le brouillard et n'en est plus jamais ressortie. Je ne veux pas être comme ça. Jamais. (Elle prononça le dernier mot avec colère, mais lorsqu'elle leva la tête, ses yeux étaient luisants de larmes.) S'il te plaît, Thomas, chuchota-t-elle.

Le corps de Lynley s'embrasa de nouveau de désir. Il l'attira rudement contre lui, sentit sa chaleur, sa passion, entendit son cri de plaisir, sentit les ombres s'éloigner.

— Et Bridie ?

— Quoi, Bridie ?

— On la dirait perdue, avec son canard.

Stepha éclata de rire. Elle se recroquevilla sur le côté, son dos lisse pressé contre lui.

— Bridie sort de l'ordinaire, n'est-ce pas ?

— Olivia a l'air bizarrement détachée d'elle. C'est comme si Bridie grandissait sans parents.

— Liv n'a pas toujours été comme ça. Mais Bridie ressemble à Paul. Elle lui ressemble terriblement. Aussi Olivia ne supporte-t-elle pas de la voir. Elle n'a pas encore surmonté son chagrin, et je doute qu'elle y parvienne un jour.

— Pourquoi diable allait-elle se remarier alors ?

— Pour Bridie. Paul était un père très attentif. Olivia a dû se sentir obligée de lui dénicher un remplaçant, j'imagine, dit-elle d'une voix endormie. Je ne sais pas comment elle s'imaginait que ce mariage tournerait. Mais je crois que ce qui l'intéressait surtout, c'était de trouver un moyen de faire tenir Bridie tranquille. Ça aurait marché, d'ailleurs. Car William se débrouillait très bien avec Bridie. Et Roberta aussi.

— Tu ne te défends pas mal non plus, d'après Bridie.

Elle bâilla.

— Ah oui ? Elle dit ça parce que je lui ai arrangé les cheveux, pauvre trognon. Je ne suis pas certaine d'être douée pour grand-chose d'autre.

— Tu chasses les fantômes, chuchota-t-il. Tu es très douée pour la chasse aux fantômes.

Mais elle dormait.

Il ouvrit les yeux et, cette fois, reprit aussitôt contact avec la réalité. Elle était allongée comme un enfant, les genoux ramenés contre la poitrine, les poings sous le menton. Fronçant les sourcils en rêve, elle avait une mèche de cheveux coincée entre les lèvres. Il sourit.

Un coup d'œil à sa montre lui apprit qu'il était près de sept heures. Il se pencha pour embrasser l'épaule nue. Elle s'éveilla sur-le-champ, l'œil vif, sachant parfaitement où elle était. Elle tendit la main, lui toucha la joue, l'attira contre elle.

Il lui embrassa la bouche, puis le cou, et au rythme de sa respiration comprit ce qu'elle éprouvait lorsqu'il atteignit son sein. Sa main glissa tout le long du corps de Stepha. Elle poussa un soupir.

— Thomas.

Il leva la tête. Elle avait les joues rouges, les yeux brillants.

— Il faut que j'y aille.

— Pas tout de suite.

— Regarde l'heure.

— Dans un instant.

Il se pencha vers elle, sentit ses mains dans ses cheveux.

— Tu... Je... Seigneur.

Elle rit en comprenant à quel point son corps la trahissait.

Il sourit :

— Va-t'en, puisqu'il le faut.

Elle s'assit, l'embrassa une dernière fois, et se dirigea vers la salle de bains. Il resta allongé, empli d'un contentement qu'il avait cru ne plus jamais éprouver, écoutant les bruits familiers dans la salle d'eau. Il se demanda comment il avait bien pu survivre à toute une année d'exil en lui-même. Puis elle le rejoignit en souriant, passant sa brosse dans ses cheveux emmêlés. Elle attrapa sa robe de chambre grise et commença à l'enfiler, un bras gracieusement levé.

C'est à la faveur de ce geste, à la lumière du matin, qu'il vit inscrite de manière irréfutable sur sa chair la preuve qu'elle avait porté un enfant.

Barbara finit par se lever en entendant la porte de Lynley s'ouvrir et se fermer tout doucement. Elle était restée allongée sur le côté, les yeux désespérément fixés sur la même tache du mur, à grincer des dents si fort qu'elle en avait la mâchoire douloureuse. Il y avait sept heures qu'elle s'efforçait de se contenir, depuis qu'elle les avait entendus dans la chambre voisine.

Les membres gourds, elle marcha jusqu'à la fenêtre où elle contempla fixement le matin de Keldale. Le village semblait sans vie, dénué de couleur et de bruit. « Tout comme moi », songea-t-elle.

Le plus éprouvant, ç'avait été le lit : le grincement rythmique et sans équivoque du lit. Cela avait duré et duré jusqu'à lui donner envie de hurler, de marteler le mur de ses poings pour que ça cesse. Mais le silence qui succédait abruptement aux couinements des ressorts était encore pire. Il lui résonnait dans les tympans en pulsations furieuses, qui étaient celles de son propre cœur. Et le lit avait repris le relais, interminablement. Puis le cri étouffé de la femme.

Elle posa une main sèche et fiévreuse sur la vitre, sentit avec une surprise distraite le verre humide et frais. Ses doigts glissèrent, laissant sur le carreau des traînées qu'elle examina méticuleusement.

Autant pour l'amour non payé de retour qu'il éprouvait pour Deborah, songea Barbara, acide. Seigneur, quelle idiote je fais ! Quand avait-il été autre chose que ce qu'il avait été la nuit dernière : un étalon, un taureau, un impitoyable étalon en rut qui devait se prouver sa puissance entre les jambes de toutes les femmes qui croisaient son chemin.

Vous nous avez fait une belle démonstration de virilité, la nuit dernière, inspecteur. Combien de fois l'avez-vous fait monter au septième ciel ? Trois, quatre fois ? Vous avez de sacrées ressources, ça c'est sûr. Votre coup de reins vaut de l'or.

Elle rit sans bruit, sans joie. C'était vraiment un plaisir de découvrir qu'il n'était que ce qu'elle avait toujours pensé de lui : un chat de gouttière à l'affût de la première femelle en chaleur venue, astucieusement camouflé sous un éclatant vernis de bonne éducation. Mais que le vernis était mince, finalement ! Il suffisait de gratter la surface pour faire jaillir la vérité.

Dans la chambre voisine, l'eau se mit à couler dans la baignoire et Barbara eut l'impression d'entendre crépiter une salve d'applaudissements. Elle se décida à remuer, tourna le dos à la fenêtre et prit une décision quant à l'attitude à prendre.

— Il va nous falloir retourner la maison de fond en comble, pièce après pièce, dit Lynley.

Ils étaient dans le bureau. Havers, qui s'était approchée des étagères, feuilletait d'un air morne un exemplaire corné des Brontë. Il l'observait. A toutes les remarques qu'il avait faites au petit déjeuner, elle n'avait répondu que par de secs monosyllabes. Les fragiles liens qu'ils avaient réussi à tisser semblaient rompus. Et pour couronner le tout, elle avait remis son hideux tailleur bleu clair et un grotesque collant de couleur.

— Havers, fit-il d'un ton froid. Vous m'écoutez ?

Elle tourna la tête avec une lente insolence.

— Je suis suspendue à vos lèvres... inspecteur.

— Alors commencez par la cuisine.

— L'un des deux endroits où les femmes se sentent réellement à l'aise.

— Qu'est-ce que ça veut dire ?

— Absolument rien.

Elle sortit.

Perplexe, il la suivit des yeux. Bon sang, qu'est-ce qui lui prenait d'un seul coup ? Ils avaient fait du si bon travail ensemble et voilà qu'elle se comportait comme si elle n'avait qu'une envie : tout compromettre et rendosser l'uniforme. Cela n'avait pas de sens. Webberly lui donnait une chance de se racheter. Pourquoi s'amuserait-elle à prouver que tous les préjugés que nourrissaient les autres inspecteurs du Yard à son égard étaient fondés ? Il marmonna un juron et chassa cette pensée de son esprit.

A l'heure qu'il était, Saint James devait être au labo de Newby Wiske, le cadavre du chien enveloppé dans un linceul en polystyrène dans le coffre de l'Escort et les vêtements de Roberta posés dans un carton sur le siège arrière. Il effectuerait l'autopsie, superviserait les tests, en coucherait les résultats par écrit avec son efficacité habituelle. Dieu merci. Grâce à la participation de Saint James, il y aurait au moins quelque chose dans cette affaire qui serait fait dans les règles.

Kerridge, chef de la police du Yorkshire, avait été ravi d'apprendre qu'Allcourt-Saint James allait se servir de son excellent laboratoire. Du moment qu'il s'agissait d'enfoncer un clou dans le cercueil de Nies, il ne pouvait qu'être d'accord, songea Lynley. Il secoua la tête d'un air dégoûté, se dirigea vers le bureau de William Teys et ouvrit le tiroir du haut.

Il ne renfermait pas le moindre secret. Il y avait là des ciseaux, des crayons, une carte de la région toute fripée, un ruban de machine à écrire, un rouleau de scotch. En voyant la carte, il sentit son intérêt s'éveiller et s'empressa de la déplier. Peut-être allait-elle être couverte d'un fouillis de griffonnages prouvant que Teys avait cherché avec soin sa fille aînée. Mais Lynley en fut pour ses frais. La carte ne portait aucun message indiquant l'endroit où pouvait se trouver une jeune disparue.

Les autres tiroirs étaient aussi peu intéressants que le premier. Il y trouva un pot de colle, deux boîtes de cartes de vœux inutilisées, trois paquets de photos prises à la ferme, des livres de comptes, un rouleau de pastilles à la menthe qui n'était plus de la première fraîcheur. Rien qui se rapportât à Gillian.

Il se laissa aller contre le dossier de la chaise. Ses yeux se dirigèrent vers le lutrin et vers la bible qui était posée dessus. Mû par une impulsion subite, il l'ouvrit à la page marquée précédemment :

« Alors Pharaon dit à Joseph : “Après que Dieu t'a fait connaître tout cela, il n'y a personne d'intelligent et de sage comme toi. C'est toi qui seras mon maître du palais et tout mon peuple se conformera à tes ordres, je ne te dépasserai que par le trône.” Pharaon dit à Joseph : “Vois : je t'établis sur tout le pays d'Egypte.” Et Pharaon ôta son anneau de sa main et le mit à la main de Joseph, il le revêtit d'habits de lin fin et lui passa au cou le collier d'or. Il le fit monter sur son meilleur char et l'on criait devant lui “A genoux.” Ainsi fut-il établi sur tout le pays d'Egypte. »

— Vous demandez conseil au Seigneur ?

Lynley leva les yeux. Havers était appuyée contre la porte du bureau, son corps épais crûment découpé par la lumière du matin, le visage indéchiffrable.

— Vous avez fini d'examiner la cuisine ? s'enquit-il.

— Je me suis dit que je pourrais m'accorder une pause. (Elle pénétra dans la pièce.) Auriez-vous des cigarettes ?

Il lui tendit son étui d'un air absent et se dirigea vers les étagères, les parcourant des yeux, cherchant un volume de Shakespeare. L'ayant trouvé, il se mit à le feuilleter.

— Est-ce que Daze est rousse, inspecteur ?

Il mit un certain temps à réagir. Lorsqu'il releva le nez, Havers était retournée près de la porte dont elle caressait le chambranle d'un air pensif, donnant l'impression de se moquer éperdument de la réponse qu'il pourrait lui faire.

— Je vous demande pardon ?

Elle ouvrit le porte-cigarettes et lut l'inscription : « Thomas chéri. Nous pourrons toujours penser à Paris, n'est-ce pas ? Daze. »

Froidement, elle croisa son regard. C'est alors qu'il remarqua sa grande pâleur, ses yeux cernés de fatigue, et l'étui en or qui tremblait entre ses doigts.

— Est-ce que Daze est rousse ? répéta Havers. Je vous pose la question, parce que vous semblez avoir une préférence pour les rousses, inspecteur. Mais peut-être que je me trompe, peut-être qu'elles font toutes aussi bien l'affaire, après tout ?

Horrifié, Lynley comprit — mais un peu tard — ce qui avait provoqué ce changement d'attitude chez Barbara, et la responsabilité qu'il avait en la matière.

— Havers...

Elle leva la main pour l'empêcher de poursuivre. Elle était pâle comme une morte. Ses traits semblaient plats et sans relief, sa voix tendue.

— Ce n'est pas de bon goût de ne pas aller retrouver la dame dans sa chambre quand on a un rendez-vous galant, inspecteur. Je suis étonnée que vous ne sachiez pas cela. Compte tenu de l'expérience que vous avez en la matière, un détail comme celui-là n'aurait pas dû vous échapper. Oh bien sûr, ce n'est qu'un petit manquement aux usages et je doute que ça dérange beaucoup les dames qui ont le plaisir insigne de coucher avec vous.

Il eut un mouvement de recul, choqué par la laideur brutale que prenait le mot prononcé sur ce ton.

— Je suis désolé, Barbara.

— Pourquoi ? fit-elle avec un rire guttural et forcé. On ne songe pas aux voisins dans le feu de la passion. Je n'y songe pas, moi, en tout cas. (Elle lui adressa un mince sourire.) Et passionné, vous l'étiez, la nuit dernière, pas vrai ? J'avoue que j'ai eu du mal à en croire mes oreilles quand vous êtes repartis tous les deux pour une deuxième séance. Surtout si peu de temps après la première ! Seigneur, c'est à peine si vous avez pris le temps de souffler.

Il la regarda se diriger vers l'étagère, passer un doigt le long du dos d'un livre.

— Je ne savais pas que vous pouviez nous entendre. Je vous fais toutes mes excuses, Barbara. Je suis vraiment navré.

Elle pivota vivement vers lui.

— Pourquoi ? répéta-t-elle, une octave plus haut. Vous n'êtes pas de service vingt-quatre heures sur vingt-quatre. En outre, ce n'est pas vraiment votre faute : vous ne pouviez pas savoir que Stepha se mettrait à bramer comme une possédée.

— Quoi qu'il en soit, il n'a jamais été dans mon intention de vous blesser...

— Vous ne m'avez pas blessée ! (Elle éclata d'un rire suraigu.) Où diable êtes-vous allé pêcher une idée pareille ? Disons que vous avez piqué ma curiosité, c'est tout. En vous entendant expédier Stepha au septième ciel — combien, trois, quatre fois ? — je me suis demandé si Deborah avait coutume de bramer, elle aussi.

Elle y était allée au pifomètre et pourtant elle avait fait mouche. A son air triomphant, il comprit que cela ne lui avait pas échappé.

— Ce ne sont pas vos oignons.

— Bien sûr que non ! Je le sais ! Mais quand vous avez remis ça avec Stepha la deuxième fois — et ça a bien duré une heure, n'est-ce pas ? — je n'ai pas pu m'empêcher de penser à ce pauvre

Simon. Il doit lui falloir en mettre un sacré coup pour réussir à faire le poids à côté de vous.

— Je vois que vous avez potassé la question, Havers. Je ne peux pas vous retirer ça. Et quand vous vous décidez à frapper, vous n'y allez pas de main morte.

— Je vous dispense de vos airs condescendants ! Ne vous amusez pas à ça avec moi ! hurla-t-elle. Pour qui diable vous prenez-vous ?

— Pour votre supérieur hiérarchique, pour commencer.

— Oh, c'est ça, inspecteur. Faites-moi le coup de la supériorité hiérarchique maintenant. Eh bien, que dois-je faire ? Me remettre au travail ? Ne m'en veuillez pas si je ne suis pas tout à fait dans mon assiette. Je n'ai pas très bien dormi la nuit dernière.

D'un geste rageur, elle prit un livre sur l'étagère et le fit tomber par terre. Lynley vit qu'elle luttait pour refouler ses larmes.

— Barbara...

Elle continua à tripoter les livres, tournant violemment les pages, jetant les ouvrages par terre. Ils étaient tachés d'humidité et répandaient dans l'air le parfum de moisi des objets qu'on néglige.

— Ecoutez-moi. Vous avez fait du bon travail jusque-là. Ne faites pas l'imbécile maintenant.

Elle pivota vers lui en tremblant.

— Qu'est-ce que ça veut dire ?

— Vous avez une chance de réintégrer la Criminelle. Ne la gâchez pas sous prétexte que vous êtes furieuse contre moi.

— Je ne suis pas furieuse contre vous ! Je me fous pas mal de vous.

— Je n'en doute pas un instant.

— Nous savons bien tous les deux pourquoi on m'a demandé de faire équipe avec vous. Il leur fallait une femme et ils savaient que *je ne craignais rien*, fit-elle en crachant les mots. A l'instant où l'enquête est terminée, je me retrouve dans la rue.

— Qu'est-ce que vous racontez ?

— Allons, inspecteur, je ne suis pas idiote. Je me suis plus d'une fois regardée dans la glace.

— Vous pensez que c'est parce que Webberly est persuadé que je suis capable de coucher avec toutes les autres femmes policiers du Yard que l'on a fait appel à vous ? fit-il, saisi. (Comme elle ne répondait pas, il insista :) C'est ça que vous pensez ? (Le silence se prolongea.) Bon Dieu, Havers...

— Je ne le pense pas, je le sais ! cria-t-elle. Ce que Webberly ignore, c'est qu'il n'y a pas que les mochetés dans mon genre qui n'ont rien à craindre de vous : les blondes et les brunes ne risquent rien, elles non plus, en ce moment. C'est pour les rousses que vous en pincez, les rousses comme Stepha, qui remplacent celle que vous avez perdue.

— Ne mélangez pas tout ! Ça n'a rien à voir... avec le sujet de cette conversation !

— Au contraire ! Si Deborah ne vous manquait pas autant, vous n'auriez pas passé la nuit à besogner Stepha comme un malade et nous n'aurions pas cette discussion à la flan !

— Alors laissons tomber, voulez-vous ? Je vous ai présenté des excuses. Vous avez vidé votre sac, déballé vos états d'âme... bizarres. Je crois que ça suffit comme ça.

— Oh, ça vous arrange de qualifier mes états d'âme de bizarres, fit-elle amèrement. Mais et vous alors ? Vous refusez d'épouser une femme parce que son père est domestique, vous regardez votre meilleur ami tomber amoureux d'elle, vous passez le reste de votre vie rongé par le remords, et c'est *moi* que vous qualifiez de bizarre ?

— Vous déformez quelque peu les faits, dit-il, glacial.

— Oh, les faits, je les connais. Et mis bout à bout, ils ont l'air rudement... bizarres, pour reprendre votre expression. Primo : vous êtes amoureux de Deborah Saint James et ne cherchez pas à le cacher. Deuxio : elle est mariée à quelqu'un d'autre. Tertio : vous avez manifestement eu une liaison avec elle. Quarto : vous auriez fort bien pu l'épouser, mais vous avez décidé de vous abstenir et pour cette décision — prise pour des raisons de bienséance mesquines et étriquées — vous allez payer pendant tout le reste de votre putain de vie !

— C'est touchant, cette foi que vous avez dans mon pouvoir de séduction. Pour vous, toutes celles qui couchent avec moi n'ont qu'une envie : devenir ma femme. Exact ?

— Je vous interdis de vous moquer de moi ! glapit-elle, les yeux plissés de rage.

— Je ne me moque pas de vous. Pas plus que je n'ai l'intention de poursuivre cette conversation.

Il fit mine de se diriger vers la porte.

— Oh, c'est ça ! Prenez la fuite ! C'est exactement ce que j'attendais de vous, Lynley. Allez donc vous... expliquer de nouveau avec Stepha ! Ou alors avec Helen. Est-ce qu'elle se colle une perruque sur le crâne pour vous aider à bander ? Est-ce qu'elle vous laisse l'appeler Deb ?

Il sentit la colère, tel un courant tumultueux, passer dans ses veines. Pour s'efforcer de garder son calme, il consulta sa montre.

— Havers, je vais à Newby Wiske prendre connaissance des résultats des tests effectués par Saint James. Cela vous laisse — disons — trois heures pour retourner la maison de fond en comble et me trouver quelque chose — n'importe quoi, Havers — qui me conduise à Gillian Teys. Compte tenu de votre remarquable propension à tirer des conclusions à partir de rien, cela ne devrait guère vous poser de problème. Toutefois, si dans trois heures vous revenez bredouille, considérez-vous comme virée. Est-ce clair ?

— Pourquoi ne pas me virer tout de suite et en finir une bonne fois pour toutes ? fit-elle d'une voix stridente.

— Parce que l'attente ajoute encore au plaisir. (Il s'approcha d'elle, prit dans sa main molle le porte-cigarettes.) Daze est blonde, ajouta-t-il après un temps.

Elle grogna.

— Je trouve ça dur à avaler. Est-ce qu'elle porte une perruque rousse dans l'intimité ?

— Je l'ignore. (Il retourna l'étui dans sa main de façon qu'elle puisse voir le A fleuri qui y était gravé.) Mais c'est une question qui n'est pas dénuée d'intérêt. Si mon père était encore en vie, je ne manquerais pas de la lui poser. Cet étui lui appartenait. Daze est ma mère.

Il prit le volume de Shakespeare et quitta la pièce.

Barbara le fixa, immobile, attendant que son cœur se calme un peu dans sa poitrine, prenant lentement conscience de l'énormité de ce qu'elle venait de faire.

Vous avez fait du bon travail jusqu'à maintenant... Vous avez une chance de réintégrer la Criminelle. Ne la gâchez pas sous prétexte que vous êtes furieuse contre moi.

Et n'était-ce pas exactement ce qu'elle venait de faire ? Mue par le besoin de le harceler, de le larder de critiques, de se moquer de l'attrait qu'exerçait sur lui une belle femme, elle avait oublié toutes les bonnes intentions qu'elle avait prises avant d'enquêter sur l'affaire Teys. Bon Dieu, qu'est-ce qui avait bien pu lui passer par la tête ?

Etait-elle jalouse ? S'était-elle — pauvre imbécile — imaginé dans un moment de folie que Lynley pourrait la regarder et ne pas voir en elle ce qu'elle était réellement : une femme boulotte et laide comme un pou, qui en voulait au monde entier, une femme amère, dépourvue d'amis, et terriblement seule ? Se pouvait-il qu'elle ait nourri l'espoir qu'il finirait par éprouver de la sympathie pour elle ? Est-ce cela qui l'avait poussée à l'agresser ce matin ? L'idée était d'une absurdité patente.

Non. Ce n'était pas possible. Elle en savait assez sur son compte pour ne pas être ignorante à ce point.

Elle se sentit vidée. Cela tenait sûrement à la maison, au fait de devoir travailler dans cet endroit macabre. Elle n'était pas à

Gembler Farm depuis cinq minutes qu'elle se sentait prête à craquer nerveusement, à montrer les dents, à grimper aux murs, à s'arracher les cheveux par poignées.

Elle se dirigea vers la porte du bureau et regarda l'autel, à l'autre bout du séjour. Tessa lui adressa un gentil sourire. Mais n'y avait-il pas une petite lueur de triomphe au fond de ses prunelles ? N'aurait-on pas dit que Tessa savait depuis le début qu'elle ne pouvait qu'échouer, dès qu'elle aurait posé le pied dans cette maison et senti peser sur ses épaules le silence et le froid ?

Trois heures, avait-il dit. Trois heures pour découvrir le secret de Gillian Teys.

Elle éclata d'un rire dont elle eut tout le loisir de goûter l'amertume. Il savait qu'elle ferait chou blanc, qu'il aurait la joie de la renvoyer à Londres où elle rendosserait l'uniforme et tomberait de nouveau en disgrâce. Alors à quoi bon continuer ? Pourquoi ne pas mettre les voiles tout de suite et le priver du plaisir de la sacquer ?

Elle se laissa tomber sur le canapé du séjour. Du haut de son cadre, Tessa la considéra avec sympathie. Mais... et à supposer qu'elle parvienne à retrouver Gillian ? Et si elle réussissait là où Lynley lui-même avait échoué ? Quelle importance alors qu'il la renvoyât faire la circulation ? Ne saurait-elle pas, une fois pour toutes, qu'elle était bonne à quelque chose, qu'elle aurait pu faire partie d'une équipe ?

C'était une idée. Elle se mit à tirer machinalement sur le capitonnage usé du canapé. Le bruit que faisaient ses doigts en grattant le tissu était le seul qu'on entendît dans la maison. A l'exception du frôlement des souris fouisseuses qui flottait au bord de sa conscience, comme une idée à demi ébauchée.

Elle regarda l'escalier d'un air pensif.

Ils s'étaient assis à une table, dans un coin du pub à l'enseigne des *Clés* et de *la Bougie*, l'établissement le plus central et le plus prospère de Newby Wiske. La plupart des clients venus là pour déjeuner étaient partis et, à part eux, il ne restait que les habitués, buvant des demis, penchés au-dessus du bar.

Ils repoussèrent leurs assiettes sur un coin de table et Deborah versa le café qu'on venait de déposer devant eux. De l'autre côté de la porte, le cuistot et le plongeur jetaient des restes dans la poubelle tout en discutant bruyamment des mérites d'un cheval de trois ans qui devait courir à Newmarket et sur lequel le cuisinier avait misé une partie non négligeable de ses gages de la semaine.

L'air absent, Saint James mit dans son café la dose habituelle de sucre. Lynley attendit qu'il en soit à sa quatrième cuillerée pour remarquer :

— Il compte ?

— S'il le fait, je ne m'en suis jamais aperçue, répondit Deborah.

— Quelle horreur ! Comment peux-tu avaler ça, Saint James ?

Simon prit les résultats des tests.

— Il faut bien que je combatte l'odeur de ce chien d'une façon ou d'une autre. C'est un fier service que je t'ai rendu là, Tommy.

— Je te revaudrai ça au centuple. Qu'as-tu trouvé, au juste ?

— L'animal s'est vidé de son sang à la suite d'une blessure reçue au cou. Un coup de couteau dont la lame faisait douze centimètres de long.

— Pas un canif, donc.

— Je dirais qu'il s'agissait d'un couteau de cuisine ou d'un couteau de boucher. Quelque chose dans ce goût-là. Les gars du labo ont-ils examiné les couteaux de la ferme ?

Lynley fouilla dans les documents qu'il avait apportés.

— Apparemment oui. Mais ils n'ont pas réussi à mettre la main sur l'objet en question.

Saint James prit un air pensif.

— C'est curieux. Cela tendrait presque à suggérer que... (Il fit une pause, renonça à poursuivre.) Enfin, ils ont la fille qui a reconnu avoir tué son père, ils ont la hache...

— La hache sans empreintes, remarqua Lynley.

— Soit. Mais à moins que la SPA ne tienne à intenter un procès pour cruauté envers les animaux, il n'est pas vraiment nécessaire qu'on mette la main sur l'arme qui a tué le chien.

— Tu commences à parler comme Nies.

— Loin de moi cette pensée !

Saint James touilla son café, il allait y remettre du sucre lorsque avec un sourire angélique sa femme attrapa le sucrier et le plaça hors de sa portée. Il grommela et reprit la conversation.

— J'ai trouvé autre chose. Des barbituriques.

— Quoi ?

— Des barbituriques, reprit Saint James. Tiens, fit-il en poussant le rapport de toxicologie vers Lynley.

Lynley en prit connaissance, sidéré.

— Le chien a été drogué, c'est ça ?

— Oui. D'après les tests, l'animal était inconscient lorsqu'on lui a tranché la gorge.

— Inconscient ! (Lynley balaya le rapport des yeux et le

reposa sur la table.) Alors ce n'est pas pour le faire taire qu'on l'a zigouillé.

— Pas vraiment, non. Il était hors d'état de faire le moindre bruit.

— Est-ce qu'il y avait assez de barbituriques pour le tuer ? Est-ce que quelqu'un aurait essayé de neutraliser la pauvre bête en la droguant et, voyant son coup manqué, aurait décidé de la saigner à blanc ?

— Ce n'est pas impossible. Mais compte tenu de tout ce que tu m'as raconté sur cette affaire, ça n'a guère de sens.

— Pourquoi ?

— Parce que ce quelqu'un aurait d'abord dû s'introduire dans la maison, mettre la main sur les somnifères, les administrer au chien, attendre qu'ils fassent effet, se rendre compte que la dose était insuffisante et retourner chercher un couteau afin d'achever le travail. Et le chien pendant ce temps-là, qu'est-ce qu'il fabriquait ? Il attendait bien sagement qu'on lui plante un coutelas dans le cou ? Ne crois-tu pas plutôt qu'il aurait aboyé et fait un raffut de tous les diables ?

— Un instant. Tu es trop rapide pour moi. Pourquoi cette personne aurait-elle dû s'introduire dans la maison pour se procurer les somnifères ?

— Ce sont les mêmes que ceux que William Teys avait ingurgités, et il rangeait ses comprimés à la maison, pas dans l'étable.

Lynley réfléchit à l'argument.

— L'assassin les avait peut-être sur lui.

— Peut-être. Il aurait pu les faire avaler au chien, attendre qu'ils agissent, trancher la gorge de la pauvre bête et attendre ensuite que Teys sorte et se rende à l'étable.

— Entre dix heures et minuit ? Qu'est-ce que Teys serait allé faire à l'étable entre dix heures et minuit ?

— Chercher le chien ?

— Pourquoi ? Pourquoi dans l'étable ? Pourquoi pas au village où l'animal avait coutume de vadrouiller ? D'ailleurs veux-tu me dire pourquoi Teys aurait pris la peine de partir à sa recherche ? Tous les villageois nous ont affirmé que Moustache allait et venait à sa guise à Keldale. Pourquoi William Teys se serait-il subitement mis à se faire du mauvais sang pour son chien, justement cette nuit-là ?

Saint James haussa les épaules.

— Ce que fabriquait Teys, on peut en discuter. Mais il n'y a qu'une personne qui aurait pu tuer le chien, c'est Roberta.

Dehors devant le pub, Saint James déploya la robe et l'étala sur le coffre de la voiture de Lynley, indifférent aux regards curieux d'un groupe de touristes du troisième âge qui, l'appareil photo en sautoir, faisaient la chasse aux souvenirs. Il désigna du doigt la tache qui ornait l'intérieur du coude sur la manche gauche, la croûte incrustée entre la taille et les genoux, et le poignet droit, pareillement taché.

— Ces taches, c'est du sang du chien, Tommy. (Il se tourna vers sa femme.) Tu veux bien procéder à une petite démonstration, mon cœur ? Refaire ce que tu as fait au labo ? Ici, sur la pelouse ?

Deborah s'assit docilement sur les talons, sa robe couleur terre de Sienne bouillonnant autour d'elle comme une mante. Saint James vint se placer derrière elle.

— Si j'avais un chien coopératif sous la main, ce serait plus commode, mais nous ferons de notre mieux. Roberta — qui sait où se trouvent les somnifères de son père, j'imagine — en met le soir dans la pâtée du chien. Il lui faut s'assurer que l'animal demeure dans l'étable. Pas question qu'il titube et aille s'écrouler au beau milieu du village. Une fois le chien dans les vapes, elle s'agenouille par terre comme Deborah vient de le faire. Seule cette posture explique la présence des taches là où elles sont sur sa robe. Elle soulève la tête du chien et la tient au creux de son bras. (Il plia doucement le bras de Deborah pour les besoins de sa démonstration.) Puis, de la main droite, elle lui coupe la gorge.

— C'est insensé, murmura Lynley d'une voix rauque. Pourquoi ?

— Attends une minute, Tommy. La tête du chien est tournée. Elle lui plonge le coutelas dans la gorge, ce qui produit la flaque de sang qui macule sa jupe, et le tire vers le haut pour achever le travail. (Il désigna du doigt les différents endroits sur la robe de Deborah.) D'où la présence de sang sur le coude, là où reposait la tête, sur la jupe — c'est du sang qui a dégoutté du cou —, sur la manche droite et sur le poignet. (Saint James effleura les cheveux de sa femme.) Merci, mon amour, dit-il en l'aidant à se remettre debout.

Lynley revint vers la voiture et examina le vêtement.

— Franchement, ça n'a pas beaucoup de sens. Pourquoi diable aurait-elle fait ça ? Tu veux dire qu'elle s'est mise sur son trente et un dans la nuit de samedi à dimanche, qu'elle s'est glissée jusqu'à l'étable pour trancher la gorge du chien qu'elle aimait depuis qu'elle était petite fille ? (Il leva les yeux.) Pourquoi ?

— Comment veux-tu que je te réponde ? Je ne peux pas te dire ce qui se passait dans sa tête, seulement ce qui a dû se passer.

— N'aurait-elle pas pu aller à l'étable, trouver le chien mort, et dans sa panique, le ramasser, le serrer contre elle et se mettre du sang partout à ce moment-là ?

Il y eut une pause infime.

— C'est possible, mais peu vraisemblable.

— Mais c'est possible ?

— Oui, mais peu vraisemblable, Tommy.

— Quel est ton scénario, alors ?

Deborah et Saint James échangèrent des regards gênés. Lynley comprit qu'ils avaient parlé de l'affaire, qu'ils étaient du même avis, un avis qu'ils répugnaient à lui faire connaître.

— Eh bien ? fit Lynley. Est-ce que par hasard tu prétendrais que Roberta a trucidé son chien, que son père s'est rendu à l'étable, s'en est aperçu, qu'ils se sont disputés et qu'elle lui a coupé la tête ?

— Non, non. Il est possible que Roberta n'ait pas tué son père. Mais elle était là quand c'est arrivé. Elle ne pouvait pas ne pas être là.

— Pourquoi ?

— Parce que le bas de sa robe est plein du sang de son père.

— A moins qu'elle se soit rendue à l'étable, qu'elle ait trouvé son corps et que, sous le choc, elle soit tombée à genoux.

Saint James secoua la tête.

— Ça ne tient pas debout.

— Pourquoi ?

Il tendit le doigt vers le vêtement étalé sur le coffre de la voiture.

— Regarde les taches. Le sang de Teys a giclé sur le tissu. Tu sais aussi bien que moi ce que cela signifie.

Lynley garda un instant le silence.

— Elle était debout à côté de lui quand c'est arrivé, conclut-il.

— Il ne peut en avoir été autrement. Si ce n'est pas elle qui a fait le coup, elle a assisté à la scène.

— Est-ce qu'elle protège quelqu'un, Tommy ? s'enquit Deborah en voyant l'expression qui se peignait sur les traits de Lynley.

Il ne répondit pas tout de suite. Il pensait aux taches et aux dessins qu'elles avaient laissés, aux assemblages de mots, d'images et de comportements. Il pensait à ce qu'une personne apprend, au moment où elle l'apprend, et à la façon dont elle utilise les données qui lui sont fournies.

Il se secoua et répondit à la question par une autre question.

— Saint James, que ferais-tu, jusqu'où irais-tu pour sauver Deborah ?

C'était une question dangereuse. Il se risquait dans des eaux qu'il valait peut-être mieux laisser inexplorées.

— Jusqu'où irais-tu ? insista Lynley.

— Non, Tommy !

Deborah tendit la main pour l'empêcher d'aller plus loin, l'empêcher de causer des dégâts irréparables dans le cristal délicat de leur paix fragile.

— Est-ce que tu dissimulerais la vérité ? Est-ce que tu ferais le sacrifice de ta vie ? Jusqu'où irais-tu pour sauver Deborah ?

Saint James regarda sa femme. Elle était blanche, ses taches de rousseur dansaient sur son nez, ses yeux étaient voilés de larmes. Soudain il comprit le sens de la question, qui était primordiale.

— Je ferais n'importe quoi, répondit-il, les yeux sur sa femme. Mon Dieu, oui, je ferais n'importe quoi.

Lynley hocha la tête.

— C'est en général ce que font les gens pour ceux qu'ils aiment le plus.

Il choisit la symphonie n° 6 de Tchaïkovski, la *Pathétique*. Il sourit lorsque le bouillonnement du premier mouvement emplit l'habitacle de la voiture. Helen n'aurait jamais toléré une chose pareille.

— Tommy, chéri, tout mais pas ça ! aurait-elle protesté. Nous sommes déprimés, mais ce n'est pas une raison pour nous rendre suicidaires !

Puis elle aurait résolument fouillé dans les cassettes pour trouver quelque chose de tonique et de léger, vraisemblablement du Strauss, qu'elle aurait mis au maximum et entrelardé de ces réflexions amusantes qui étaient sa spécialité.

— Imagine-les sautillant à travers bois dans leurs petits tutus, Tommy. Religieux à souhait !

Aujourd'hui, cependant, le thème pesant de la *Pathétique*, avec son impitoyable exploration des souffrances spirituelles de l'homme, convenait à son état d'esprit. Il ne se rappelait pas s'être jamais senti aussi écrasé par une enquête. Il avait l'impression qu'un poids terrible — qui n'avait rien à voir avec la responsabilité qui lui incombait d'aller au fond des choses — lui pesait sur le cœur. Il en connaissait la cause. Le meurtre — sa nature et ses conséquences indicibles — était une hydre. Chacune de ses têtes, coupée impitoyablement afin d'atteindre le « corps prodigieux semblable à celui d'un chien » de la culpabilité, cédait aussitôt la place à deux autres têtes, plus venimeuses que la précédente. Mais contrairement à tant d'autres enquêtes où la simple routine lui avait suffi pour atteindre en un coup de scalpel le cœur du mal, empêchant la tumeur de gagner et lui permettant de sortir indemne de la rencontre, il n'en était pas de même dans cette affaire qui lui collait littéralement à la peau. Son instinct lui disait que la mort de William Teys n'était que l'une des têtes du serpent, et que les huit autres n'allaient pas tarder à se mesurer avec lui. Ignorant, de surcroît, la nature du mal qu'il affrontait, Lynley était dans un état d'intense agitation intérieure. Mais il se connaissait suffisamment bien pour savoir qu'il fallait bien autre chose que la mort d'un homme dans une étable de Keldale pour expliquer son angoisse et son désespoir.

Il y avait Havers, dont il allait devoir s'occuper. Mais par-delà Havers, il y avait la vérité. Car sous les accusations amères et sans fondement, sous son amour-propre blessé, les mots qu'elle avait prononcés avaient l'accent de la vérité. N'avait-il pas cette année passé son temps à chercher en vain une remplaçante à Deborah ? Pas de la façon — honnête, tout compte fait — qu'avait suggérée Havers, qui consiste pour deux êtres à s'accoupler sans arrière-pensées afin de partager quelques instants de plaisir, avant de se séparer et de reprendre chacun sa route, sans avoir été autrement marqués par la rencontre. Cela avait au moins l'avantage de la franchise et du plaisir partagé. Mais pendant cette dernière année de sa vie, Lynley n'avait rien partagé avec qui que ce soit.

Cette attitude ne cachait-elle pas la vérité, à savoir qu'il s'était imposé cette longue période de célibat aride non à cause de Deborah, mais plutôt afin de devenir le grand prêtre d'une religion qu'il avait créée pour soi seul et qui consistait à sombrer dans le culte aveugle du passé ? Cette religion perverse l'avait conduit à soumettre toutes celles qui avaient eu le malheur de traverser sa vie à l'épreuve impossible de soutenir la comparaison avec Deborah, pas la Deborah réelle, mais la déesse mystique qui n'existait que dans son imagination.

Loin d'avoir essayé d'oublier le passé, il avait au contraire tout fait pour le maintenir vivant, à croire qu'il avait toujours eu l'intention d'épouser Deborah. Un immense chagrin lui serra le cœur.

Pour couronner le tout, il dut admettre également que sa relation avec Stepha était loin d'être claire. Mais il ne put se résoudre à aborder ce nouveau problème. Il était encore trop tôt.

Le dernier mouvement de la symphonie s'achevait. Il s'engagea sur la route sinueuse qui menait à Keldale, faisant voler les feuilles d'automne sous les roues de la voiture, laissant derrière lui un nuage bouillonnant de rouge, d'or et de jaune, annonciateur d'hiver. Il stoppa devant l'auberge et passa un moment à en contempler les fenêtres, se demandant quand et comment il allait recoller les morceaux de sa vie.

Havers avait dû l'observer du salon, car elle se précipita vers la porte dès qu'il eut coupé le contact. Il grogna et se raidit en prévision d'une autre scène. Mais elle ne lui laissa pas le temps d'ouvrir la bouche.

— J'ai retrouvé Gillian, annonça-t-elle.

13

Barbara avait réussi tant bien que mal à survivre à la matinée. L'affreuse prise de bec avec Lynley, les horreurs de la chambre de Roberta avaient émoussé sa fureur et son sentiment de malaise s'était mué en un morne détachement. Elle était persuadée de toute façon qu'il allait la virer. Certes, elle le méritait. Mais avant qu'il ne mît sa menace à exécution, elle lui prouverait tout de même qu'elle pouvait faire un sergent honorable. Pour cela, il lui faudrait cependant le rencontrer une dernière fois. Ce serait sa dernière chance de lui montrer qu'elle était à la hauteur.

Elle regarda Lynley balayer du regard l'insolite ramassis d'objets étalés sur l'une des tables du salon : l'album et ses photos de famille mutilées, un roman corné et froissé, la photographie exhumée de la commode de Roberta, la photo des deux sœurs et six pages de journal jaunies toutes pliées en rectangles de quarante centimètres sur cinquante-cinq.

L'air absent, Lynley prit ses cigarettes dans sa poche, en alluma une et s'assit sur le canapé.

— Qu'est-ce que c'est que tout ça, sergent ?

— Les faits concernant Gillian.

Sa voix était modulée avec soin, mais le léger vibrato qui l'habitait attira l'attention de Lynley. Elle se racla la gorge pour tenter de le dissimuler.

— Il va falloir que vous éclairiez ma lanterne, j'en ai peur, dit-il. Cigarette ?

Elle brûlait d'envie de sentir le mince cylindre de tabac entre ses doigts, la fumée apaisante dans ses poumons. Mais elle savait que si elle en allumait une, le tremblement de ses mains la trahirait.

— Non, merci.

Les yeux rivés sur le visage impassible de Lynley, elle inspira à fond et poursuivit :

— Avec quoi Denton tapisse-t-il les tiroirs de vos commodes ?

— Avec du papier, je suppose. Je n'ai jamais fait particulièrement attention.

— Mais pas du papier journal, n'est-ce pas ? (Elle prit place en face de lui, les poings serrés sur les genoux, et sentit ses ongles s'enfoncer cruellement dans ses paumes.) Car l'encre risquerait de tacher vos vêtements.

— Exact.

— C'est pour cela que j'ai été intriguée lorsque vous m'avez dit que les tiroirs de Roberta étaient tapissés de papier journal. Et je me suis souvenue d'avoir entendu Stepha Odell dire que Roberta avait coutume de passer prendre le *Guardian* à l'auberge tous les jours.

— Jusqu'à ce que Paul Odell meure, en tout cas. Car après, elle a cessé de venir le réclamer.

Barbara ramena ses cheveux derrière ses oreilles. Ça n'avait aucune espèce d'importance, se dit-elle, s'il ne la croyait pas, s'il se moquait des conclusions qu'elle avait tirées après trois longues heures passées dans cette horrible chambre.

— Ce n'est pas à cause de Paul Odell qu'elle a cessé de passer à l'auberge prendre le *Guardian*, à mon avis. Je crois plutôt que c'est à cause de Gillian.

Les yeux de Lynley se braquèrent sur les journaux et Barbara le vit remarquer à son tour ce qui l'avait frappée : Roberta avait tapissé ses tiroirs avec les petites annonces. En outre, bien qu'il y eût six pages de journal sur la table, c'étaient plusieurs fois les deux mêmes pages du *Guardian*, à croire que quelque chose de particulièrement important avait paru dans un certain numéro et que Roberta avait demandé à différents villageois leur exemplaire pour le garder en souvenir.

— Les petites annonces, murmura Lynley. Bon Dieu, Havers, Gillian lui a envoyé un message.

Barbara attrapa l'un des feuillets et promena son doigt tout le long de la page.

— « R. Regarde l'annonce. G. », lut-elle. Je crois bien que c'est ça, le message.

— « Regarde l'annonce ? » Quelle annonce ?

Elle prit un exemplaire de la seconde page soigneusement conservée par Roberta.

— Celle-ci.

Il la lut. C'était un petit encart annonçant la tenue — quatre ans plus tôt — d'une réunion à Harrogate, un débat auquel participait une organisation répondant au nom de Testament House. Les noms des intervenants suivaient, mais celui de Gillian Teys ne figurait pas sur la liste. L'air intrigué, Lynley leva le nez.

— Je n'y suis plus, sergent.

Elle haussa un sourcil étonné.

— Vous ne connaissez pas Testament House ? Aucune importance, j'oublie tout le temps que ça fait des années que vous n'avez pas enfilé l'uniforme. Testament House, dont le siège est à Fitzroy Square, est dirigée par un anglican. Il enseigna à l'université jusqu'au jour où un de ses étudiants lui demanda pourquoi il ne mettait pas son enseignement en pratique et ne s'occupait pas de nourrir les affamés et de vêtir ceux qui étaient nus. Il décida alors de s'occuper de ces problèmes et fonda Testament House.

— Et c'est quoi, Testament House ?

— Une organisation qui recueille les fugueurs. Adolescents filles et garçons s'adonnant à la prostitution, à la drogue et d'une façon générale tous les jeunes de moins de vingt et un ans qui traînent à Trafalgar, à Piccadilly ou dans les gares londoniennes, à la merci du premier maquereau ou de la première pute venue. Cela fait des années qu'il opère. Tous les policiers en tenue le connaissent. Nous lui amenions toujours des clients.

— Il s'agit du révérend George Clarence dont le nom figure ici, je suppose ?

Havers hocha la tête.

— Il donne des conférences dans tout le pays afin de collecter des fonds pour l'organisation.

— Vous voulez dire que... vous croyez que Gillian Teys a été recueillie par ces gens-là, c'est ça ?

— Je... Oui.

— Pourquoi ?

Dénicher l'annonce, la décrypter lui avait pris un temps fou et maintenant tout — à commencer par sa carrière, il lui fallait bien l'admettre — reposait sur Lynley. Allait-il ou non la croire ?

— A cause de ce nom.

Elle désigna du doigt le nom qui figurait en troisième position sur la liste des participants au débat.

— Nell Graham ?

— Oui.

— Je nage complètement.

— Je crois que *Nell Graham* était le message destiné à Roberta. Des années durant, elle a épluché le journal tous les jours avec soin, attendant de voir ce qui était arrivé à sa sœur. *Nell Graham* lui a fourni la réponse. Cela signifiait que Gillian avait survécu.

— Mais pourquoi Nell Graham ? (Lynley balaya du regard les autres noms.) Pourquoi pas Terence Hanover, Caroline Paulson ou Margaret Crist ?

Havers prit le roman fatigué qu'elle avait posé sur la table.

— Parce qu'aucun de ces noms-là ne figure dans les œuvres des Brontë. (Elle tapota le livre.) *Le Locataire de Wildfell Hall* raconte l'histoire d'Helen Huntington, une femme qui, bravant le code moral de son temps, laisse choir son mari alcoolique pour refaire sa vie. Elle tombe amoureuse d'un homme qui ignore tout de son passé et ne connaît d'elle que le nom qu'elle s'est choisi : Helen Graham, *Nell*, inspecteur.

Sa démonstration terminée, elle attendit, le cœur battant.

La réaction de Lynley n'aurait pu la surprendre davantage, rien n'aurait pu la désarmer plus sûrement.

— Bravo, Barbara, dit-il doucement, l'œil brillant, le sourire aux lèvres. (Il se pencha en avant, l'air sérieux.) Comment croyez-vous qu'elle ait atterri chez eux ?

Le soulagement fut si intense que Barbara s'aperçut qu'elle tremblait de la tête aux pieds. Elle prit une profonde inspiration et réussit à retrouver sa voix :

— Gillian devait avoir juste assez d'argent pour gagner Londres, où son pécule fondit rapidement. Ils ont dû la ramasser dans la rue ou dans l'une des gares de la capitale.

— Pourquoi ne l'ont-ils pas renvoyée chez son père ?

— Parce que ce n'est pas comme ça que ça marche à Testament House. Les responsables encouragent les enfants à rentrer chez eux ou, à défaut, à téléphoner à leurs parents afin de leur faire savoir qu'ils sont en bonne santé, mais ils ne les forcent pas à le faire. Si les adolescents veulent rester à Testament House, on leur demande d'obéir au règlement, un point c'est tout. On ne leur pose pas de questions.

— Mais Gillian était partie de chez elle à l'âge de seize ans. Si elle est bien Nell Graham, elle devait avoir vingt-trois ans lorsqu'elle a participé à ce débat à Harrogate. Comment expliquez-vous qu'elle ait passé toutes ces années à Testament House ?

— Si elle n'avait pas d'autre point de chute, ça s'explique très bien. Si elle voulait une famille, c'était encore là qu'elle avait le plus de chances d'en trouver une. En tout cas, il n'y a qu'une façon de le savoir, il nous suffit de...

— ... lui parler, conclut-il rondement. (Il se leva d'un bond.) Rassemblez vos affaires. Nous partons dans dix minutes. (Il fouilla dans le dossier et en sortit la photographie de Russell Mowrey et de sa famille.) Donnez ça à Webberly quand vous serez à Londres, dit-il en griffonnant un message au dos du cliché.

— Quand je serai à Londres ?

Le cœur d'Havers se serra. Ainsi donc, il la sacquait. Ne le lui avait-il pas promis après leur explication à la ferme ? A quoi pouvait-elle s'attendre, sinon à cela ?

L'air affairé, Lynley releva les yeux.

— Vous l'avez retrouvée, sergent. Vous pouvez bien la ramener à Keldale. C'est par Gillian et par elle seule que nous réussirons à communiquer avec Roberta. Vous n'êtes pas d'accord ?

— Je... Mais en ce qui me concerne... (Elle s'interrompit, n'osant croire à ce que cachaient ses mots.) Vous ne voulez pas téléphoner à Webberly ? Envoyer quelqu'un d'autre... ? Vous rendre là-bas vous-même ?

— J'ai trop à faire ici. Vous êtes assez grande pour vous occuper de Gillian. Si Nell Graham est bien Gillian, évidemment. Dépêchez-vous, Havers. Il faut que nous foncions à York pour que vous puissiez attraper le train.

— Mais... comment dois-je... ? Quelle approche dois-je adopter ? Est-ce que je dois simplement...

Il eut un geste péremptoire de la main.

— Je m'en remets à vous, sergent. Tout ce que je vous demande, c'est de la ramener ici aussi vite que possible.

Elle desserra les poings, sentant le soulagement l'envahir.

— Bien, monsieur, s'entendit-elle chuchoter.

Il tapota le volant des doigts et examina la maison qui surplombait la pente gazonnée. En roulant à tombeau ouvert, il avait réussi à mettre Havers dans le train de trois heures pour Londres et maintenant il était assis devant la villa des Mowrey, se demandant quelle attitude choisir pour aborder la maîtresse de céans. La vérité n'était-elle pas préférable au silence ? N'en avait-il pas déjà fait l'expérience ?

Elle vint lui ouvrir la porte. Au coup d'œil circonspect qu'elle lança par-dessus son épaule, il comprit qu'il tombait encore plus mal que lors de leur première entrevue.

— Les enfants viennent de rentrer de l'école, dit-elle en guise d'explication. (Elle sortit, referma la porte derrière elle et resserra son cardigan autour de son corps mince comme celui d'un enfant.) Est-ce que vous... Avez-vous des nouvelles de Russell ?

Il ne pouvait s'attendre à ce qu'elle lui demandât des nouvelles de sa fille. Tessa, elle, avait dit adieu au passé, avait fait une coupure chirurgicale franche et nette, et elle était partie.

— Il va vous falloir demander à la police d'intervenir, Mrs Mowrey.

Elle pâlit.

— C'est impossible. Il n'a pas...

— Il faut que vous téléphoniez à la police.

— Je ne peux pas faire ça, chuchota-t-elle farouchement.

— Il n'est pas dans sa famille à Londres, n'est-ce pas ? (Elle secoua brièvement la tête, et détourna son visage.) Est-ce qu'il leur a donné signe de vie, seulement ? (Même réponse.) Dans ce cas ne vaut-il pas mieux essayer de savoir ce qu'il est devenu ? (Comme elle ne répondait pas, il la prit par le bras et la conduisit doucement vers l'allée.) Pourquoi William gardait-il toutes ces clés ?

— Quelles clés ?

— Il y en avait une boîte pleine sur l'étagère de son armoire. Mais il n'y en a nulle part ailleurs dans la maison. Savez-vous pourquoi ?

Elle baissa la tête, porta une main à son front.

— Les clés. J'avais oublié, murmura-t-elle. Je... C'est à cause de la colère qu'avait piquée Gillian.

— Quand ?

— Elle devait avoir sept ans. Non, presque huit. Je m'en souviens parce que j'étais enceinte de Roberta. C'est un incident qui est survenu comme ça, tout d'un coup, et qui a pris des proportions incroyables, le genre d'incident dont les familles rient plus tard quand les enfants sont grands. Un jour à l'heure du dîner, William dit à Gillian : « Gilly, nous allons lire la Bible ce soir. » J'étais assise, à rêvasser sans doute, et je m'attendais à ce qu'elle réponde : « Oui, papa » comme d'habitude. Mais ce soir-là, elle décida de ne pas lire la Bible et contra William sur ce point. Cela la rendit littéralement hystérique et elle courut s'enfermer à double tour dans sa chambre.

— Et alors ?

— Gilly n'avait jamais désobéi à son père auparavant. Le pauvre William était assis, là, sidéré, ne sachant comment réagir.

— Qu'avez-vous fait ?

— Autant que je m'en souvienne, pas grand-chose. Je suis montée jusqu'à la chambre de Gilly, qui refusa de me laisser entrer. Elle criait qu'elle ne lirait plus jamais la Bible et que personne ne pourrait l'y obliger. Puis elle se mit à jeter des objets contre la porte. Je... je redescendis trouver William. (Elle regarda Lynley, mi-perplexe, mi-admirative, et poursuivit :) William ne lui adressa pas un mot de reproche. Ce n'était pas dans ses habitudes. Mais quelque temps après, il retira les clés de toutes les serrures. Il m'expliqua que si la maison avait brûlé cette nuit-là et qu'il n'avait pas réussi à arriver jusqu'à Gilly parce que sa porte était verrouillée, il ne se le serait jamais pardonné.

— Est-ce qu'ils se remirent à lire la Bible après ça ?

Elle secoua la tête.

— Non, il ne le lui demanda jamais plus.

— La lisait-il avec vous ?

— Non. Seul.

Une petite fille émergea soudain de la maison tandis qu'ils parlaient, un morceau de pain à la main, une fine traînée de confiture sur la lèvre supérieure. Petite comme sa mère, elle tenait de son père ses cheveux foncés et ses yeux intelligents. Elle leur décocha un regard empreint de curiosité.

— Maman, appela-t-elle du seuil. (Elle avait une voix douce et claire.) Qu'est-ce qui se passe ? C'est à cause de papa ?

— Non, ma chérie, fit vivement Tessa. Je rentre dans un instant.

Elle se tourna vers Lynley.

— Vous connaissiez bien Richard Gibson ? s'enquit-il.

— Le neveu de William ? Autant qu'on pouvait connaître Richard, je suppose. C'était un garçon discret mais très sympathique, doué d'un merveilleux sens de l'humour. Gilly en était folle. Pourquoi cette question ?

— Ce n'est pas à Roberta mais à lui que William a légué Gembler Farm.

Elle plissa le front.

— Pourquoi pas à Gilly ?

— Gillian s'est enfuie de la maison quand elle avait seize ans, Mrs Mowrey. Nul n'en a plus jamais entendu parler.

Tessa prit une brève inspiration, comme lorsqu'on reçoit un choc inattendu. Ses yeux se braquèrent sur Lynley.

— Oh non, murmura-t-elle.

C'était un non qui exprimait moins le refus que l'incrédulité.

Il poursuivit :

— Richard avait lui-même quitté la région depuis un certain temps, il était parti pour les Fens. Il n'est pas impossible que Gillian l'y ait rejoint et que de là elle soit ensuite allée à Londres.

— Mais pourquoi ? Que s'était-il passé ? Qu'avait-il bien pu se passer ?

Il se demanda ce qu'il devait lui dire.

— J'ai eu l'impression, risqua-t-il en espaçant ses mots, qu'il y avait quelque chose entre elle et Richard.

— Et William s'en serait aperçu ? Si tel était le cas, il n'aurait pas manqué d'arracher les yeux à son neveu.

— Supposons qu'il ait découvert le pot aux roses et que Richard ait su à quoi s'attendre de sa part. Croyez-vous que cela aurait suffi à l'inciter à quitter le village ?

— Je crois que oui. Mais cela n'explique pas que William lui ait laissé la ferme plutôt qu'à Roberta.

— Apparemment, Gibson et lui avaient conclu un marché. Roberta aurait continué à habiter à la ferme avec Richard et sa famille, mais les Gibson auraient hérité des terres.

— Mais Roberta se serait mariée un jour ou l'autre. Ce n'est pas juste. William aurait souhaité que les terres restent la propriété de ses descendants directs, reviennent à ses petits-enfants, peut-être pas aux enfants de Gilly mais à ceux de Roberta.

En l'entendant parler, Lynley comprit quel gouffre ses dix-neuf ans d'absence avaient creusé entre elle et ses filles. Elle ne savait rien de Roberta, des provisions qu'elle avait cachées sous son lit, de sa catatonie. Roberta n'était pour sa mère qu'un nom, un nom qui se marierait, aurait des enfants, vieillirait. Elle n'avait aucune réalité, pas d'existence réelle à ses yeux.

— N'avez-vous jamais pensé à vos filles ? s'enquit-il. (Tessa contempla ses pieds avec intensité, comme si toute son attention était focalisée sur ses chaussures de daim. Ne la voyant pas répondre, il insista :) Vous ne vous êtes jamais demandé comment elles allaient, Mrs Mowrey ? Vous n'avez jamais pensé à ce qu'elles étaient devenues ? Vous ne vous êtes jamais inquiétée de savoir comment elles avaient grandi ?

Elle secoua vivement la tête. Et lorsqu'elle se décida enfin à lui répondre, ce fut d'une voix soigneusement maîtrisée qui en disait bien plus que de longs discours sur ce qu'elle ressentait au fond d'elle-même. Elle garda les yeux fixés au loin sur la silhouette de la cathédrale d'York.

— C'est un luxe que je ne pouvais pas me permettre, inspecteur. Je savais qu'elles étaient en bonne santé. Aussi les ai-je laissées. Ma survie était à ce prix. Est-ce que vous comprenez ?

Quelques jours plus tôt, il lui aurait répondu par la négative. Et ç'aurait été la vérité. Mais tel n'était plus le cas maintenant.

— Oui. Je comprends.

Il lui fit au revoir de la tête et retourna à sa voiture.

— Inspecteur...

La main sur la poignée de la portière, il pivota vers elle.

— Vous savez où est Russell, n'est-ce pas ?

Elle lut la réponse sur son visage mais préféra se contenter du mensonge.

— Non, répondit-il.

Ezra Farmington habitait le pavillon mitoyen de celui de Marsha Fitzalan, juste en face de *La Colombe*. Comme celui de l'institutrice sa voisine, le jardin de Farmington était bien entretenu, mais avec un souci moins poussé du détail. Comme si les bonnes intentions du peintre s'étaient, ainsi que les plantes, détériorées à la longue. Les haies poussaient dru mais n'étaient pas taillées, les mauvaises herbes envahissaient les plates-bandes, des plantes annuelles fanées auraient eu grand besoin d'être arrachées et jetées. Quant au petit carré de pelouse hirsute, il n'était plus bon qu'à servir de fourrage.

Farmington n'eut pas l'air content du tout de le voir. Après avoir ouvert la porte, il se planta carrément devant. Jetant un coup d'œil par-dessus son épaule, Lynley vit que le peintre avait passé ses œuvres en revue. Des douzaines d'aquarelles étaient étalées sur le divan du séjour ou jonchaient le sol, déchirées en menus morceaux, froissées en boules furieuses ou encore abandonnées çà et là et piétinées par leur auteur. Un tri fait au petit bonheur, cependant, car l'artiste paraissait avoir un sacré coup dans l'aile.

— Inspecteur ? s'enquit Farmington avec une politesse excessive.

— Puis-je entrer ?

Le peintre haussa les épaules.

— Pourquoi pas ? (Il ouvrit plus grand la porte et, avec un moulinet du bras plein d'affectation, fit signe à Lynley d'entrer.) Excusez la pagaille. Je suis en train de faire le ménage.

Lynley enjamba plusieurs toiles.

— Dans des toiles vieilles de quatre ans ? s'enquit-il, débonnaire.

Il avait bien choisi son moment. Les narines de Farmington se mirent à frémir et ses lèvres à remuer.

— Qu'est-ce que cha veut dire ?

Son élocution commençait à devenir pâteuse.

— Quelle heure était-il quand vous vous êtes disputé avec William Teys ? s'enquit Lynley, ignorant la question.

— Quelle heure ? (Ezra haussa les épaules.) Aucune idée. Un verre, inch... inspecteur ? (Il eut un sourire fixe et, le buste roide, traversa la pièce pour se verser un gobelet de gin.) Non ? Vous ne voyez pas d'inconvénient à ce que je... ? Merci. (Il avala une gorgée, toussa et rit, s'essuyant la bouche d'un revers de poignet si rude qu'on eût dit qu'il s'assenait un coup.) Même pas capable de boire un petit coup.

— Vous descendiez de la lande de High Kel. Ce n'est pas une balade que vous feriez à la nuit tombée.

— Sûrement pas.

— Et vous avez entendu de la musique dans la ferme ?

— Ha ! (Il agita son verre en direction de Lynley.) Tout un putain d'orchestre, inch... inspecteur. On se serait cru au beau milieu d'un de ces défilés à la gomme.

— Et vous n'avez vu que Teys ? Personne d'autre ?
— Est-ce que je dois compter l'aimable Nigel raccompagnant le clébard chez lui ?
— Non.
— Alors il n'y avait personne d'autre. (Levant son verre, il fit cul sec.) Je suppose que Roberta devait être à l'intérieur en train de changer les disques, pauvre grosse mémère. Elle n'était guère bonne à autre chose. Si ce n'est à manier la hache et à faire faire le grand saut à papa, gloussa-t-il.

Lynley se demanda pourquoi le peintre s'efforçait de paraître répugnant, et ce qui pouvait bien le pousser à afficher un aspect si laid de son caractère qu'il en devenait intolérable. Il paraissait mû par la haine, la colère et un mépris intense, presque palpable. Farmington était à l'évidence un homme de talent et pourtant il semblait poussé à détruire avec une sorte d'entêtement aveugle la force créatrice qui donnait un sens à sa vie.

Tandis qu'avec un abandon révoltant le peintre portait la main à sa braguette et se dirigeait d'un pas titubant vers les toilettes, Lynley examina les toiles qui jonchaient la pièce et comprit la cause du désespoir de leur auteur en voyant les études qu'il ne pouvait se résoudre à détruire.

Exécutées au fusain, au crayon, au pastel, à l'huile, et sous tous les angles possibles, ces œuvres — qui racontaient le mouvement, la passion, le désir, et témoignaient du tourment de l'artiste — représentaient toutes Stepha Odell.

En entendant revenir Ezra, Lynley s'arracha à la contemplation du travail du peintre et à ses réflexions. Il s'obligea à regarder Farmington et, ce faisant, le vit clairement pour la première fois : un coureur de femmes et un hypocrite se servant de chagrins passés pour excuser son comportement présent. Il se rendit compte que Farmington était au mieux son double, son second moi, l'homme qu'il pouvait décider de devenir.

De la gare de King's Cross, Barbara prit la Northern Line jusqu'à Warren Street. Fitzroy Square n'était qu'à quelques minutes à pied de là. Tout en marchant, elle s'efforça d'échafauder une stratégie. De toute évidence, Gillian Teys était mouillée jusqu'au cou dans l'affaire, mais pour le prouver, ç'allait être une autre paire de manches. Si elle avait été assez intelligente pour disparaître de la surface de la terre pendant onze ans, elle devait l'être assez pour avoir un alibi en béton pour la nuit fatidique. Si Gillian était bien Nell Graham et si elle pouvait la retrouver à l'aide des maigres renseignements en sa possession, Barbara se dit que la meilleure façon de s'y prendre était de ne pas lui laisser le choix, de l'arrêter si nécessaire, afin de la ramener à Keldale le soir même. Elle réfléchit à tout ce qu'on lui avait dit au sujet de Gillian : son comportement de quasi-délinquante, ses débordements et sa faculté de dissimuler les deux sous un angélique raffinement. Il n'y avait qu'une façon de traiter quelqu'un d'aussi retors : se montrer ferme, ne pas faire de sentiment, ne pas faire de quartier.

Fitzroy Square — secteur soigneusement rénové de Camden Town — était une adresse insolite pour une maison destinée à recueillir des adolescents fugueurs. Vingt ans auparavant, lorsque la place n'était encore qu'un rectangle d'immeubles croulants, de trottoirs sales et de jardinières vides, on n'aurait pas été surpris de trouver là une maison habitée par le rebut de la société. Mais aujourd'hui, la place était pimpante et comme neuve, la pelouse en son centre soigneusement entourée d'une grille destinée à tenir les vagabonds à l'écart. Tous les immeubles étaient peints de frais et les portes d'entrée laquées luisaient à la lueur mourante du jour. Difficile de croire que les indésirables, les terrorisés, les affligés et les oubliés pussent encore demeurer là !

Le numéro 11 abritait Testament House, bâtisse géorgienne dont la façade disparaissait sous les échafaudages. Une poubelle pleine de plâtre, de pots de peinture vides, de cartons et de chiffons indiquait que Testament House, à l'instar de ses voisines, s'employait à faire peau neuve. De la porte d'entrée ouverte s'échappaient des flots de musique. Ce n'était pas le rock-and-roll tapageur qu'on aurait pu s'attendre à trouver dans une maison peuplée d'adolescents en cavale, mais les accords délicats d'une guitare classique s'égrenant au milieu du silence attentif de l'auditoire. Les jeunes de corvée à la cuisine ne participaient de toute évidence pas au récital, car même dehors l'air était imprégné d'un puissant arôme de sauce tomate et d'épices, laissant deviner assez précisément le menu du dîner.

Barbara gravit deux marches et entra. Le long couloir était recouvert d'un tapis rouge si râpé par endroits qu'il laissait voir le bois du plancher. Des tableaux d'affichage couverts d'affichettes et de messages ornaient seuls les murs nus. Abondamment signalé par de grosses flèches en carton, l'horaire des cours à l'université de Gower Street occupait la place d'honneur. Les adresses des cliniques du quartier, des centres pour drogués, des bureaux du Planning familial avaient été notées à l'intention des pensionnaires. Le numéro de téléphone gratuit d'un SOS Amitié pour les candidats au suicide était imprimé sur des feuillets détachables fixés au bas du tableau. La plupart de ces feuillets avaient été arrachés.

— Bonjour, lança gaiement une voix. Est-ce que je peux vous aider ?

Barbara pivota et se trouva face à une femme replète entre deux âges penchée au-dessus du comptoir de la réception, qui repoussa ses lunettes à monture d'écaille sur une masse de cheveux gris coupés ras. Son sourire accueillant se figea quand elle vit la carte que Barbara lui mit sous le nez. A l'étage, la musique classique continuait.

— Il y a un problème ? s'enquit la femme. Vous voulez parler à Mr Clarence, je suppose ?

— Non, répondit Barbara. Ce ne sera peut-être pas nécessaire. Je cherche cette jeune femme. Son nom est Gillian Teys mais nous pensons qu'elle se fait appeler Nell Graham.

Elle tendit la photographie et comprit aussitôt l'inutilité de son geste. Car à peine avait-elle prononcé le nom que le visage de son interlocutrice s'était altéré.

Faisant preuve de bonne volonté, la réceptionniste examina cependant le cliché :

— C'est bien Nell.

Barbara avait eu beau être certaine de son fait, elle ne put s'empêcher de triompher intérieurement.

— Pouvez-vous me dire où je peux la joindre ? C'est important, il faut que je la trouve le plus vite possible.

— Elle n'a pas d'ennuis ?

— C'est important, il faut que je la trouve, répéta Havers.

— Oui, bien sûr. Je suppose que vous ne pouvez rien me dire. C'est que... (La femme se tripota nerveusement le menton.) Laissez-moi aller chercher Jonah, ajouta-t-elle impulsivement. C'est de son ressort.

Avant même que Barbara ait pu répondre, la femme aux lunettes se précipita dans l'escalier qu'elle grimpa en courant. Un instant plus tard, la musique prit fin au milieu d'un concert de protestations et d'éclats de rire. Puis il y eut des bruits de pas. La voix assourdie de la réceptionniste résonna, puis une voix masculine lui fit écho.

Lorsqu'elle l'aperçut sur les marches, Barbara comprit qu'elle était en présence du guitariste. Son instrument sur l'épaule, il était beaucoup trop jeune pour être le révérend George Clarence, mais son habit ecclésiastique et sa ressemblance frappante avec le fondateur de Testament House indiquaient que ce devait être son fils. Il avait les mêmes traits bien dessinés : vaste front, regard vif capable d'évaluer une situation en un tournemain. Sa coiffure aussi était identique, avec une raie sur le côté et un épi rebelle dont aucun peigne n'avait pu venir à bout. Il n'était pas grand — un mètre soixante-treize tout au plus — et de corpulence plus que moyenne. Mais quelque chose dans sa façon de se tenir indiquait qu'il ne manquait ni de force ni d'assurance.

Il se dirigea vers Havers à grandes enjambées et tendit la main :

— Jonah Clarence. (Il avait une poignée de main ferme.) Vous cherchez Nell, m'a dit ma mère.

Mrs Clarence avait retiré ses lunettes et se mit à en mâchouiller machinalement la branche en écoutant la conversation, le front plissé, ses yeux allant de l'un à l'autre.

Barbara présenta la photographie à Jonah Clarence.

— C'est Gillian Teys, dit-elle. Son père a été assassiné il y a trois semaines dans le Yorkshire, et il va falloir qu'elle vienne avec moi pour répondre à quelques questions.

Clarence fixa Barbara. Il s'obligea à détacher d'elle son regard, contempla le cliché. Après quoi, ses yeux se portèrent sur sa mère.

— C'est bien Nell.

— Jonah, murmura Mrs Clarence. Mon cher enfant, fit-elle d'une voix empreinte de compassion.

Clarence rendit la photo à Barbara et s'adressant à sa mère :

— Il fallait que ça arrive un jour ou l'autre, n'est-ce pas ? fit-il d'une voix altérée par l'émotion.

— Mon chéri, est-ce que je... Veux-tu...

Il secoua la tête.

— J'allais partir de toute façon. (Et regardant Barbara, il ajouta :) Je vais vous conduire à Nell. C'est ma femme.

Lynley contemplait l'aquarelle de l'abbaye de Keldale tout en se demandant pourquoi son message lui avait échappé. La beauté de la toile résidait dans sa simplicité, son souci du détail, son refus de déformer ou de poétiser les ruines croulantes, d'en faire autre chose que ce qu'elles étaient en réalité : un vestige du temps passé que dévorerait le temps à venir.

Les murs squelettiques se dressaient sur fond de ciel désolé, s'efforçant désespérément de se soustraire à l'étouffement inévitable auquel la terre même sur laquelle ils étaient bâtis les condamnait. Ils luttaient contre les fougères coriaces jaillies des moindres recoins ; contre les fleurs sauvages grimpant le long des murs du transept, contre l'herbe grasse et drue qui disputait au persil sauvage les pierres où les moines s'étaient jadis agenouillés pour prier.

Les marches ne débouchaient sur rien. Les escaliers incurvés qui avaient mené les saints hommes du cloître au parloir sombraient dans un oubli moussu, subissant des changements qui ne les enlaidissaient pas, mais modifiaient leur apparence.

Les fenêtres avaient disparu. Là où, jadis, des vitraux avaient orné presbytère et chœur, nef et transept, ne demeuraient plus que des trous béants regardant sans le voir un paysage sorti seul vainqueur de la lutte contre le temps.

Comment définir les vestiges de Keldale Abbey ? Etaient-ce les ruines mises à sac d'un passé glorieux ou la promesse vacillante de ce que l'avenir pouvait avoir en réserve ? Cela n'était-il pas après tout qu'une question de définition, songea Lynley ?

Il s'arracha à sa contemplation en entendant une voiture s'arrêter devant l'auberge, des portières s'ouvrir, un murmure de voix, des pas irréguliers approcher. Il se rendit compte qu'il faisait presque noir dans le salon et alluma une lampe juste au moment où Saint James entra dans la pièce. Il était seul, ce qui ne surprit pas Lynley.

Ils se firent face de part et d'autre d'une étroite bande de banale moquette, de part et d'autre surtout d'un abîme virtuel créé et entretenu par le sentiment de culpabilité de l'un et le chagrin de l'autre. Ils connaissaient bien tous deux les composantes de leur histoire et, comme pour y échapper, Lynley passa derrière le bar et versa deux whiskies. Il traversa la pièce et en tendit un à son ami.

— Elle est dehors ? s'enquit-il.

— Elle est allée à l'église. Connaissant Deborah comme je la connais, afin de jeter un dernier coup d'œil au cimetière, j'imagine. Nous partons demain.

Lynley sourit.

— Tu es autrement plus courageux que moi. Je n'aurais pas supporté Hank plus de cinq minutes. Vous filez vers les lacs ?

— Non. Nous allons passer une journée à York, après quoi nous rentrons à Londres. Je dois être au tribunal pour témoigner lundi matin et auparavant il me faut terminer une analyse de fibres.

— Dommage que vous ayez disposé de si peu de temps.

— Nous avons tout l'avenir devant nous. Deborah le sait.

Lynley hocha la tête et dirigea son regard vers les fenêtres où il vit leur reflet. Deux hommes si différents l'un de l'autre, partageant un passé douloureux et qui pouvaient, à condition qu'il le veuille, partager un avenir riche et plein de promesses. Tout dépendait de la définition. Il vida ce qui restait de son whisky.

— Merci de ton aide aujourd'hui, Saint James, finit-il par lâcher en tendant la main. Deborah et toi êtes de merveilleux amis.

Jonah Clarence emmena Barbara à Islington dans sa Morris déglinguée. Pendant le trajet — au demeurant fort court — il ne desserra pas les dents. Crispées sur le volant, ses mains aux phalanges blanches trahissaient seules son angoisse.

Les Clarence habitaient une drôle de petite rue, Keystone Crescent, qui donnait directement dans Caledonian Road. Pourvue à une extrémité de deux boutiques de traiteurs — d'où s'exhalaient les odeurs multiculturelles du *fish and chips* et du falafel — et d'un boucher à l'autre, près de Pentonville Road, elle était située dans un quartier mi-industriel, mi-résidentiel. Ateliers de confection, agences de location de voitures et fabriques de machines-outils cédaient le pas à des rues qui s'efforçaient d'acquérir un certain cachet.

Keystone Crescent était comme son nom l'indiquait une rue en croissant bordée de deux rangées de maisons — une concave et l'autre convexe. Toutes étaient munies de grilles de fer forgé et, là où jadis avaient fleuri de minuscules jardins, le sol maintenant bétonné servait de parking aux voitures. Les bâtisses de deux étages aux façades de brique noires de suie étaient surmontées par des fenêtres mansardées et couvertes d'un toit au bord festonné. Chaque bâtiment comportait un appartement en sous-sol. Alors que certaines de ces maisons récemment retapées s'efforçaient d'avoir l'air chic, celle devant laquelle Jonah Clarence se gara était résolument minable. Blanchie à la chaux, elle s'ornait d'huisseries vertes à l'origine mais devenues crasseuses à souhait, et de deux poubelles sans couvercle.

— Par ici, dit-il d'une voix sans timbre.

Il poussa la grille et, précédant Barbara, descendit les marches étroites et hautes menant à la porte d'un appartement. Contrastant avec le triste état du bâtiment, la porte massive était laquée de frais et s'ornait en son centre d'un bouton de cuivre étincelant. Il ouvrit à l'aide de sa clé et fit signe à Barbara d'entrer.

Celle-ci vit au premier coup d'œil que les Clarence s'étaient donné beaucoup de mal pour décorer leur modeste foyer, comme s'ils avaient voulu tracer une ligne de démarcation sans équivoque entre la crasse de l'extérieur et le pimpant de l'intérieur. Les murs venaient d'être repeints, des tapis bariolés couvraient le sol, des rideaux blancs étaient accrochés aux fenêtres qui abritaient des plantes luxuriantes. Des livres, des albums de photos, une modeste chaîne stéréo, une collection de disques et trois pots en vieil étain garnissaient les étagères d'un meuble de rangement bas qui courait le long d'un mur. Il y avait peu de meubles mais ils avaient été à l'évidence choisis en fonction de leur beauté intrinsèque et de leur qualité.

Jonah Clarence posa avec soin sa guitare sur un support et se dirigea vers la porte de la chambre.

— Nell ? appela-t-il.

— Je me change, chéri. J'en ai pour une minute, répondit gaiement une voix de femme.

Il regarda Barbara. Elle vit que son visage avait viré au gris maladif.

— J'aimerais...

— Non, dit Havers. Restez ici. S'il vous plaît, ajouta-t-elle en lisant dans les yeux de Clarence son désir de rejoindre sa femme.

Il se laissa tomber sur une chaise, l'air d'avoir soudain vieilli de plusieurs années. Il braqua les yeux sur la porte. Derrière le battant, des allées et venues guillerettes servaient d'accompagnement à une voix qui chantonnait une version entraînante d'un cantique. Il y avait des bruits de tiroirs qu'on ouvre et qu'on ferme. Le grincement d'une porte d'armoire. Il y eut une pause dans les chantonnements et des pas s'approchèrent. La chanson prit fin, la porte s'ouvrit et Gillian Teys surgit d'entre les morts.

C'était le portrait craché de sa mère, à ceci près que ses cheveux blonds coupés très court lui donnaient l'air d'avoir dix ans, impression que renforçait encore sa tenue. Elle portait en effet une jupe plissée écossaise, un chandail bleu marine, des chaussures noires et des chaussettes montant jusqu'au genou. On aurait dit qu'elle rentrait de l'école.

— Chéri, je... (Elle se figea en voyant Barbara.) Jonah ? Il y a quelque chose qui... ?

Sa respiration parut sur le point de s'arrêter. Elle tâtonna à la recherche de la poignée de la porte derrière elle.

Barbara esquissa un pas en avant.

— Scotland Yard, Mrs Clarence, dit-elle d'un ton net. J'aimerais vous poser quelques questions.

— Des questions ? (Sa main se porta à sa gorge. Ses yeux bleus s'assombrirent.) A quel sujet ?

— Au sujet de Gillian Teys, répondit son mari qui n'avait pas bougé de sa chaise.

— Qui ? fit-elle d'une voix sourde.

— Gillian Teys, reprit-il d'un ton uni. Dont le père a été assassiné il y a trois semaines dans le Yorkshire, Nell.

Elle recula contre la porte.

— Non.

— Nell...

— Non ! (Sa voix se fit plus forte. Barbara esquissa encore un pas en avant.) N'approchez pas ! Je ne sais pas de quoi vous parlez ! Je ne connais pas cette Gillian Teys !

— Donnez-moi la photo, dit Jonah à Havers en se levant. (Elle la lui tendit. Il se dirigea vers sa femme, lui posa la main sur le bras.) Voilà Gillian Teys.

Elle détourna les yeux de la photo qu'il lui tendait.

— Je ne la connais pas, je ne la connais pas ! hurla-t-elle manifestement terrorisée.

— Regarde-la, chérie.

Doucement, il l'obligea à tourner le visage vers le cliché.

— Non !

Hurlant de plus belle, elle s'arracha à son étreinte et s'enfuit dans l'autre pièce. Une autre porte claqua. Un verrou fut tiré.

Formidable, songea Barbara. Bousculant le jeune homme, elle se dirigea vers la porte de la salle de bains où régnait le silence. Elle tourna la poignée. *Sois ferme, ne fais pas de sentiment.*

— Mrs Clarence, sortez de là. (Pas de réponse.) Mrs Clarence, il faut que vous m'écoutiez. Votre sœur Roberta est accusée de meurtre. Elle est à l'asile de Barnstingham. Elle n'a pas dit un mot depuis trois semaines si ce n'est pour prétendre avoir assassiné votre père. Décapité votre père, Mrs Clarence. (Barbara manœuvra de nouveau la poignée.) Décapité, Mrs Clarence. Vous entendez ?

Un gémissement étouffé jaillit de derrière le battant — de ceux qu'aurait pu pousser un animal terrifié et blessé — qui fut bientôt suivi d'un cri angoissé :

— Je l'avais laissée pour toi, Bobby ! Oh mon Dieu, tu l'as perdue ?

Puis tous les robinets de la salle de bains furent ouverts à fond.

14

Propre. Propre ! Il faut que je me lave. Vite, vite, vite ! Ça va recommencer si je ne me lave pas. Cris, tambourinements, cris, tambourinements. C'est sans fin, ça n'arrête pas. Cris, tambourinements. Mais ils s'en iront tous les deux — Seigneur, il faut qu'ils s'en aillent — dès que je serai propre, propre, propre.

L'eau est chaude. Très chaude. La vapeur jaillit. Des nuages de vapeur. Je la sens sur mon visage. Je la respire à pleins poumons pour me décrasser.

— Nell !

Non, non, non !

Les poignées du placard glissent. Il faut que je l'ouvre. Il faut que mes mains tremblantes les trouvent, soigneusement dissimulées sous les serviettes. Brosses dures. Brosses métalliques à manche de bois. Métalliques et efficaces. Les brosses vont me nettoyer.

— Mrs Clarence !

Non, non, non !

C'est affreux, cette respiration sifflante qui emplit la pièce, me martèle les tympans. Assez, assez ! Mains plaquées contre les oreilles, je n'arrive pas à la faire taire, poings pressés contre mon visage, je n'arrive pas à étouffer ce bruit.

— Nellie, s'il te plaît. Ouvre la porte !

Non, non, non !

Pas question d'ouvrir les portes maintenant. Aucun salut à attendre de ce côté. Il n'y a qu'un moyen d'y couper. C'est de se nettoyer, se nettoyer, se nettoyer. Commencer par ôter ses chaussures. S'en débarrasser. D'un coup de pied, je les pousse hors de ma vue. Ensuite, les chaussettes. Mes mains refusent de m'obéir. Allez, tire dessus ! Vite, vite, vite !

— Mrs Clarence, est-ce que vous m'entendez ? Vous écoutez ce que je vous dis ?

Je n'entends rien, je ne vois rien. Je ne veux rien entendre, je ne veux rien voir. Les nuages de vapeur m'enveloppent. Les nuages de vapeur me brûlent. Les nuages de vapeur me nettoient !

— C'est ça que vous voulez, Mrs Clarence ? Parce que c'est exactement ce qui va arriver à votre sœur si elle continue à se taire. A vie, Mrs Clarence. Pour le restant de ses jours.

Non ! Dis-leur que non ! Dis-leur que rien n'a d'importance maintenant. Impossible de penser, impossible d'agir. Dépêche-toi, l'eau. Dépêche-toi de me purifier. Je la sens sur mes mains. Non, elle n'est pas encore assez chaude ! Je ne sens rien, je ne vois rien. Jamais, jamais je ne serai propre.

Elle l'appela Moab, père des Moabites d'aujourd'hui. Elle l'appela Ben-Ammi, père des enfants d'Ammon d'aujourd'hui. La fumée monta du pays comme la fumée d'une fournaise. Ils montèrent de Çoar et s'établirent dans la montagne car ils n'osèrent pas rester à Çoar.

— Comment la porte ferme-t-elle ? Il y a un verrou ? Une clé ? Comment est-ce que ça ferme ?

— Je...

— Ressaisissez-vous. Il va falloir que nous enfoncions le battant.

— Non !

Martèlements, martèlements, violents, incessants. Qu'ils s'en aillent, par pitié qu'ils s'en aillent !

— Nell, Nell !

De l'eau partout. Je ne la sens pas, je ne la vois pas, pas assez chaude pour me rendre propre, propre, propre ! Savon et brosses, savon et brosses. Frotte fort, fort, fort. Rendez-moi propre, propre, propre !

— C'est ça ou appeler la police. C'est ce que vous voulez ? Les forces de police enfonçant la porte ?

— Taisez-vous ! Regardez ce que vous avez fait ! Nell !

Bénissez-moi, Seigneur, parce que j'ai péché. Comprenez-moi et pardonnez-moi. Les brosses frottent, grattent, les brosses frottent pour me nettoyer.

— Vous n'avez pas le choix ! C'est du ressort de la police, Mr Clarence, il ne s'agit pas d'une banale dispute conjugale.

— Qu'est-ce que vous faites ? N'approchez pas de ce téléphone, nom d'un chien !

Martèlements, martèlements.

— Nell !

Lecteur, je l'ai épousé et le mariage a eu lieu dans l'intimité : lui et moi, le pasteur et le clerc étions seuls présents. Lorsque nous sommes rentrés de l'église, je suis allée dans la cuisine du château où Mary préparait le dîner et où John astiquait l'argenterie, et j'ai annoncé à Mary que j'avais épousé Mr Rochester le matin même.

— Je vous donne exactement deux minutes pour la sortir de là sinon je vous promets que vous allez voir rappliquer ici plus de flics que vous n'en avez jamais vu de votre vie. Est-ce clair ?

Tu es une drôle de fille. Encore ! Pas déjà, Seigneur, Gilly, Seigneur !

Gilly est morte, Gilly est morte. Mais Nell est propre, propre, propre. Frotte bien, frotte fort, nettoie-la, nettoie-la, nettoie-la !

— Il faut que j'entre, Nell. Tu m'entends ? Je vais faire sauter le verrou. N'aie pas peur.

Allez, ma petite Gilly. Au diable le sérieux, ce soir. Rions, déchaînons-nous, faisons la folle. Nous boirons, danserons jusqu'à l'aube. Nous ramasserons des hommes et nous irons à Whitby. Nous emporterons du vin, des provisions. Nous danserons nue sur les murs de l'abbaye. Ils peuvent toujours essayer de nous attraper, Gilly. Nous serons complètement déchaînée.

Les martèlements sont encore plus forts maintenant. Forts, forts, forts ! Mes tympans éclatent, mon cœur éclate. Frotte-lui bien la peau, qu'elle soit propre.

— Je doute que ça marche, Mr Clarence. Il va falloir que je...

— Non ! Fermez-la, bon sang !

Tard le soir. Je t'ai dit au revoir. Tu m'as entendue ? Tu m'as vue ? Est-ce que tu l'as trouvée là où je l'avais laissée ? Est-ce que tu l'as trouvée, Bobby ? Est-ce que tu l'as trouvéetrouvéetrouvée ?

Le bois grince, le bois vole en éclats. Je ne suis plus en sûreté. Il me reste une dernière chance avant que Loth me trouve. Une dernière chance de me nettoyer.

— Seigneur ! Oh, mon Dieu, Nell.

— Je vais appeler une ambulance.

— Non ! Laissez-nous seuls !

Des mains m'agrippent. Des mains glissent. L'eau est toute rose et riche de sang. Des bras m'entourent. Quelqu'un pleure. On me tient bien serrée au chaud.

— Nellie. Oh Seigneur. Nell.

Il me presse contre lui. Je l'entends sangloter. Est-ce fini ? Suis-je propre ?

— Amenez-la ici, Mr Clarence.

— Allez-vous-en ! Laissez-nous tranquilles !

— Il n'en est pas question. Elle est complice dans une affaire de meurtre. Vous le savez aussi bien que moi. A défaut d'autre chose, sa réaction devrait...

— Elle n'est complice de rien du tout ! C'est impossible ! J'étais avec elle !

— Vous ne pensez tout de même pas que je vais vous croire ?

— Nell ! Je ne les laisserai pas ! Je ne les laisserai jamais !

Larmes, larmes. Brûlantes larmes. Corps secoué de douleur et de chagrin. Fais que cela cesse. Fais que cela cesse.

— Jonah...

— Oui, ma chérie. Qu'y a-t-il ?

— Nell est morte.

— Alors il a enfoncé la porte, dit Havers.

Lynley frotta son front douloureux. Les trois dernières heures lui avaient donné une migraine atroce. La conversation téléphonique avec Havers n'arrangeait rien.

— Et puis ?

Il y eut une pause.

— Havers ? insista-t-il.

Il avait conscience que sa voix était abrupte, qu'elle prendrait ça pour de la colère alors que ce n'était que de la fatigue. Il l'entendit prendre une profonde inspiration. Est-ce qu'elle pleurait ?

— C'était... Elle avait... (Elle s'éclaircit la gorge). La baignoire était pleine.

— Elle avait pris un bain ?

Il se demanda si Barbara s'en rendait compte : ce qu'elle

racontait n'avait ni queue ni tête. Seigneur Dieu, qu'est-ce qui avait donc bien pu se passer ?

— Oui. Mais... elle s'était frottée avec des brosses. Des brosses métalliques. Et elle était en sang.

— Juste ciel, murmura-t-il. Où est-elle, Havers ? Comment... Est-ce qu'elle va bien ?

— J'ai voulu téléphoner pour faire venir une ambulance.

— Pourquoi ne l'avez-vous pas fait, bon Dieu ?

— Son mari... il était... C'est ma faute, inspecteur. Je croyais qu'il me fallait me montrer ferme. Je... C'est ma faute.

Sa voix se brisa.

— Pour l'amour du ciel, Havers, ressaisissez-vous.

— Il y avait du sang partout. Elle s'était frotté tout le corps avec ces brosses. Il l'a prise dans ses bras. Il ne voulait plus la lâcher. Il pleurait. Elle a dit qu'elle était morte.

— Seigneur, chuchota-t-il.

— Je me suis approchée du téléphone. Il s'est précipité sur moi. Et il m'a...

— Ça va ? Vous n'avez rien de cassé ?

— Il m'a poussée dehors. Je suis tombée. Je n'ai rien de cassé. Je... C'est ma faute. Elle est sortie de la chambre. Je me suis rappelé tout ce que nous avions dit à son sujet. J'ai pensé que le mieux était de me montrer ferme avec elle. Je n'ai pas réfléchi. Je n'ai pas compris qu'elle allait...

— Havers, écoutez-moi.

— Mais elle s'est enfermée dans la salle de bains. Il y avait du sang dans l'eau. L'eau était si chaude qu'elle fumait... Comment est-ce qu'elle a pu se tremper dans de l'eau aussi chaude ?

— Havers !

— Je me croyais capable de faire du bon travail cette fois-ci. Mais j'ai tout fait foirer, n'est-ce pas ?

— Bien sûr que non, lui assura-t-il. (Pourtant il n'était pas certain du tout que leurs chances d'aboutir à un résultat n'aient pas été définitivement compromises.) Ils sont toujours chez eux ?

— Oui. Voulez-vous que je fasse venir quelqu'un du Yard ?

— Non !

Il réfléchit à toute allure. La situation n'aurait pu être pire. Avoir réussi à dénicher Gillian Teys après toutes ces années pour coincer si près du but ! Il y avait de quoi râler. Il savait pertinemment qu'elle représentait leur seul espoir d'aller au fond des choses. La clé de l'énigme devait se trouver dans les vers de Shakespeare, mais Gillian seule pouvait lui donner substance et réalité.

— Alors qu'est-ce que je...

— Rentrez chez vous. Couchez-vous. Je vais m'occuper de ça.

— Monsieur, je vous en prie.

Il entendit le désespoir au fond de sa voix. Il n'y pouvait rien, il n'y avait rien qu'il pût faire pour l'atténuer, il n'avait pas le temps de s'en préoccuper maintenant.

— Faites ce que je vous dis, Havers. Rentrez chez vous et couchez-vous. Ne téléphonez pas au Yard, et ne vous avisez pas de remettre les pieds dans cet appartement. Est-ce clair ?

— Est-ce que je suis...

— Et revenez à Keldale par le train du matin.

— Et Gillian ?

— Je m'occupe de Gillian, dit-il, sombre, avant de raccrocher le téléphone.

Il jeta un coup d'œil au livre posé sur ses genoux. Il avait passé les quatre dernières heures à fouiller dans sa mémoire afin d'en extraire tous ses souvenirs de Shakespeare, d'ailleurs limités. L'intérêt qu'il avait porté aux élisabéthains avait été purement historique, et non littéraire, et plus d'une fois au cours de la soirée il avait maudit la voie suivie à Oxford des années auparavant, regrettant son manque de compétence dans un domaine qui, à l'époque, lui avait semblé futile.

Il avait quand même fini par trouver. Maintenant il lisait et relisait les vers, s'efforçant d'extraire d'un texte du XVIIe siècle une signification contemporaine.

> *Il n'est point de crime, je le sais, qui n'en appelle un autre ;*
> *Le meurtre suit la luxure, comme la fumée la flamme.*

Il donne un sens à la vie et à la mort, avait dit le prêtre. Qu'est-ce que les mots du prince de Tyr ont à voir avec une tombe abandonnée de Keldale ? Et quel rapport cette tombe a-t-elle avec la mort d'un fermier ?

Absolument rien, disait son intellect. Tout, au contraire, répondait son intuition.

Il ferma le livre avec un bruit sec. La solution, c'était Gillian qui la détenait. C'était elle qui savait la vérité. Il prit le téléphone et composa un numéro.

Il était dix heures passées lorsque Barbara parvint en se traînant jusqu'à la rue mal éclairée d'Acton. Webberly avait été surpris de la voir mais sa surprise avait fondu après qu'il eut décacheté l'enveloppe que Lynley lui avait fait parvenir. Il jeta un coup d'œil au message et décrocha le téléphone. Après avoir — en aboyant — ordonné à Edwards de rappliquer illico dans son bureau, il l'avait renvoyée sans même lui demander pourquoi elle débarquait soudain à Londres sans Lynley. Comme si elle n'existait pas pour lui. Et elle n'existait pas, n'est-ce pas ? Elle n'existait plus.

Qu'est-ce que ça peut bien foutre ? songea-t-elle. Qui se préoccupe de savoir ce qui m'arrive ? N'était-ce pas couru d'avance ? La mocheté, la dondon, l'idiote s'était amusée à jouer les détectives. Tu te figurais tout savoir de Gillian Teys, pas vrai ? Tu l'as entendue chantonner dans la pièce voisine, et tu n'as pas été assez maligne pour comprendre.

Elle regarda la maison. Pas de lumière aux fenêtres. La télévision de Mrs Gustafson braillait à côté, mais il n'y avait aucun signe de vie dans le pavillon devant lequel elle était plantée. Si ses habitants étaient dérangés par les voisins, ils n'en montraient rien. Rien.

Rien. C'est exactement ça, se dit-elle. *Il n'y a rien à l'intérieur, et surtout pas la seule chose que tu voudrais y voir. Pendant toutes ces années, tu as nourri une chimère, Barb. Tu parles d'un gâchis.*

Se raidissant contre cette pensée, la repoussant, elle glissa la clé dans la serrure et ouvrit la porte. Dans la maison endormie, l'odeur la prit à la gorge, odeur de corps rances, relents de cuisine pris au piège, parfum de renfermé et de lourd désespoir. C'était un remugle infect et malsain, qu'elle retrouva presque avec plaisir. Elle inspira bien à fond, le trouvant adéquat, le trouvant juste.

Elle ferma la porte derrière elle et s'appuya contre le battant, laissant ses yeux s'habituer à l'obscurité. *C'est ici que ça se passe, Barb. C'est ici que tout a commencé. Que cela te ramène à la vie.*

Elle posa son sac sur la table esquintée près de la porte et se força à se diriger vers l'escalier. Au moment où elle atteignait la première marche, son regard fut happé par un éclat de lumière en provenance du séjour. Elle s'approcha de la porte, constata que la pièce était vide. L'éclat de lumière avait été provoqué par les phares d'une voiture balayant dans son cadre une photo. Sa photo. La photo de Tony.

Elle s'assit dans le fauteuil de son père qui, avec celui de sa mère, faisait face à l'autel. Le visage de Tony lui sourit malicieusement, son corps filiforme crépitant de vie.

Fatiguée, abrutie, elle s'obligea cependant à garder les yeux rivés sur la photo, s'obligea à se remémorer Tony gisant allongé, desséché et émacié, sur un étroit lit blanc d'hôpital. Il était gravé dans sa conscience pour toujours, bardé de tuyaux et d'aiguilles, ses doigts se refermant spasmodiquement sur les couvertures. Son cou mince ne pouvait plus soutenir une tête qui, par contraste, semblait devenue énorme. Ses paupières étaient lourdes, couvertes d'une croûte et fermées. Ses lèvres fendillées saignaient.

— Coma, avaient-ils dit.

Mais le moment n'était pas venu. Pas encore. Il avait ouvert les yeux, avait réussi à lui adresser un fugace sourire d'elfe, puis avait murmuré :

— Je n'ai pas peur quand tu es là, Barbie. Tu ne me laisseras pas, n'est-ce pas ?

Il aurait tout aussi bien pu lui parler maintenant dans l'obscurité du séjour, car, comme toujours, elle fut saisie de la même émotion. Le chagrin, la rage lui gonflaient la poitrine. La seule réalité qui la maintînt encore en vie.

— Je ne te laisserai pas, jura-t-elle. Je n'oublierai jamais.

— Mon chou ?

Brutalement ramenée au présent, elle poussa un cri de surprise.

— Mon chou ? C'est toi ?

Le cœur battant la chamade, elle se força à déguiser le timbre de sa voix pour le rendre aimable. Ce n'était vraiment pas compliqué, elle commençait à avoir l'habitude, depuis le temps.

— Oui, maman. Je m'étais assise une minute.

— Dans le noir, mon chou ? Laisse-moi allumer la lumière...

— Non ! fit-elle d'une voix râpeuse. (Elle s'éclaircit la gorge.) Non, maman. Laisse.

— Mais je n'aime pas l'obscurité, mon chou. Ça me... fait tellement peur.

— Que fais-tu debout ?

— J'ai entendu la porte s'ouvrir. J'ai pensé que c'était peut-être... (Elle avança, entra dans le champ visuel de Barbara, silhouette fantomatique dans son peignoir rose couvert de taches.) Il m'arrive parfois de penser qu'il est revenu, mon chou. Mais il ne reviendra pas, n'est-ce pas ?

Barbara se leva abruptement.

— Retourne te coucher, maman. (Remarquant la rudesse de sa voix, elle s'efforça en vain d'en modifier les inflexions.) Comment va papa ?

Elle prit le bras osseux de sa mère et l'entraîna fermement hors du séjour.

— Il a passé une bonne journée aujourd'hui. On s'est dit qu'on pourrait peut-être aller en Suisse. L'air est si frais, si pur là-bas. On a pensé que la Suisse serait un endroit formidable. Je sais bien qu'on rentre à peine de Grèce, ça peut sembler bizarre qu'on reparte tout de suite, mais ton père trouve que c'est une bonne idée. Tu crois que ça te plaira, la Suisse, mon chou ? Parce que si tu penses que non, on peut toujours choisir un autre endroit. Je veux que tu sois heureuse.

Heureuse ? *Heureuse ?*

— La Suisse, c'est parfait, maman.

Elle sentit la main de sa mère, telle une serre, lui agripper le bras. Elles commencèrent à monter l'escalier.

— Très bien, je pensais que ça te plairait. Je crois qu'il faut commencer par Zurich. Nous ferons un circuit, cette fois, avec une voiture de location. Je meurs d'envie de voir les Alpes.

— Ça m'a l'air très bien, maman.

— Ton père est également de cet avis, mon petit. Il est même allé à Empress Tours afin de me rapporter les dépliants.

Barbara ralentit l'allure.

— A-t-il vu Mr Patel ?

La main de Mrs Havers tressaillit sur son bras.

— Aucune idée, mon chou. Il ne m'a pas parlé de Mr Patel. Je suis certaine qu'il m'en aurait touché un mot s'il l'avait vu.

Elles atteignirent le palier. Mrs Havers marqua une pause devant la porte de sa chambre.

— C'est un tout autre homme quand il arrive à mettre le nez dehors l'après-midi, mon chou. Un tout autre homme.

En pensant à ce que sa mère voulait dire, Barbara se sentit prise de nausées.

Jonah Clarence ouvrit tout doucement la porte de la chambre. Précaution inutile, car elle était réveillée. En l'entendant, elle tourna la tête et sourit faiblement à son mari.

— Je t'ai fait de la soupe, dit-il.

— Jo...

Sa voix était si ténue, si faible, qu'il poursuivit à la hâte :

— C'est du potage en boîte que j'ai pris dans le placard à provisions. Je t'ai aussi apporté du pain et du beurre.

Il posa le plateau sur le lit et l'aida à s'asseoir. Le mouvement fit saigner de nouveau les coupures les plus profondes. Il prit une serviette et la lui appliqua fermement sur la peau afin de stopper l'hémorragie mais aussi pour effacer le souvenir de ce qui était arrivé ce soir-là.

— Je ne...

— Pas maintenant, chérie, coupa-t-il. Il faut d'abord que tu avales quelque chose.

— On parlera après ?

Ses yeux quittèrent son visage. Elle avait les mains, les bras, les seins, l'estomac, les cuisses couverts de balafres. A cette vue, il éprouva une telle angoisse qu'il se demanda s'il allait pouvoir lui répondre. Mais elle le fixait, ses beaux yeux pleins de confiance et d'amour, attendant sa réponse.

— Oui, chuchota-t-il. Nous parlerons après.

Elle lui adressa un sourire tremblant, et il sentit son cœur se déchirer. Il posa le plateau sur ses genoux, mais lorsqu'elle essaya de manger le potage à la cuiller, il comprit qu'elle était si faible qu'elle n'arriverait pas à s'alimenter seule. Doucement, il lui prit la cuiller des mains et se mit en devoir de l'aider. Ce fut particulièrement long, chaque bouchée avalée tenant de l'exploit.

Il n'avait pas envie qu'elle parle, il avait trop peur de ce qu'elle pouvait dire. Alors il la calma en lui chuchotant des mots d'amour et d'encouragement, se demandant qui elle était et quelle sorte de chagrin elle avait apporté dans sa vie.

Ils étaient mariés depuis moins d'un an mais il avait l'impression qu'ils avaient toujours vécu ensemble, qu'ils étaient faits l'un pour l'autre depuis le jour où son père l'avait ramenée de la gare de King's Cross à Testament House, frêle épave solennelle qui paraissait douze ans à peine. Ses yeux lui mangent le visage, s'était-il dit en la voyant. Mais lorsqu'elle souriait, c'était un rayon de soleil. Quelques semaines à peine lui suffirent pour comprendre qu'il l'aimait, mais il lui fallut presque dix ans pour en faire sa femme.

Entre-temps, il avait été ordonné, avait décidé de travailler avec son père et, tel Jacob poursuivant Rachel, avait fait le siège d'une femme sans jamais être certain de la conquérir un jour. Pourtant, cette pensée ne l'avait pas découragé. A l'instar d'un croisé, il s'était lancé à corps perdu dans cette quête, et Nell avait été son Graal. Il n'en voulait pas d'autre.

Seulement voilà, songea-t-il, elle ne s'appelle pas Nell. J'ignore qui elle est. Et le pire, c'est que je ne suis même pas certain de vouloir le savoir.

Il s'était toujours considéré comme un homme d'action, un homme courageux, un homme mû par la force de ses convictions intimes, un homme de paix au fond, pourtant. Tout cela avait été balayé ce soir. La vue de Nell dans la baignoire — se déchirant la peau comme une forcenée, rougissant l'eau de son sang — avait démoli cette façade soigneusement édifiée en l'espace de deux minutes : le temps qu'il lui avait fallu pour la sortir de la baignoire, tenter d'arrêter le sang qui coulait de ses blessures, et jeter dehors l'officier de police.

En l'espace de deux minutes, l'homme de Dieu sincère et charitable s'était métamorphosé en un fou furieux capable de tuer quiconque eût cherché à faire du mal à sa femme. Il était bouleversé jusqu'au tréfonds de son être, et se demandait comment, la protégeant de ses ennemis, il pourrait protéger Nell d'elle-même.

Nell, qui d'ailleurs n'était pas Nell, songea-t-il.

Ayant fini de manger, elle se laissa aller contre les oreillers tachés de sang. Il se mit debout.

— Jo...

— Je vais chercher quelque chose pour mettre sur tes coupures. J'en ai pour un instant.

Il s'efforça de ne pas voir l'état épouvantable dans lequel était la salle de bains en fouillant dans le placard. On aurait dit qu'un chevillard avait tué un bœuf dans la baignoire. Il y avait du sang partout, dans les moindres fissures, dans les moindres creux. Il sentit ses mains mollir tandis qu'il attrapait la bouteille d'eau oxygénée. Il fut à deux doigts de se trouver mal.

— Jonah ?

Il inspira à fond plusieurs fois et retourna dans la chambre. « Réaction à retardement. » Il s'efforça de sourire, empoigna le flacon, le serra si fort qu'il crut qu'il allait se briser entre ses mains et s'assit sur le bord du lit.

— Ce sont surtout des coupures superficielles, dit-il sur le ton de la conversation. On verra de quoi ça a l'air demain matin. Si ça a vilaine allure, nous irons à l'hôpital. Qu'est-ce que tu en dis ?

Sans attendre de réponse, il s'employa à laver les plaies tout en continuant de parler.

— J'ai pensé qu'on pourrait aller à Penzance ce week-end, chérie. Cela nous ferait du bien de quitter Londres quelques jours, ne crois-tu pas ? Je parlais avec une de nos jeunes pensionnaires d'un hôtel où elle avait séjourné, enfant. S'il existe toujours, ça devrait être formidable. De là, on voit Saint-Michael Mount. Je me disais qu'on pourrait descendre en train et qu'on louerait une voiture sur place. Ou alors des bicyclettes. Tu n'aimerais pas louer des bicyclettes, Nell ?

Il sentit sa main sur sa joue. A ce contact, son cœur se gonfla, il comprit qu'il était au bord des larmes.

— Jo, chuchota-t-elle. Nell est morte.

— Ne dis pas ça ! fit-il d'un ton véhément.

— J'ai fait des choses affreuses. Je ne peux supporter l'idée que tu les découvres. Je me figurais en être délivrée, avoir réussi à m'en débarrasser à tout jamais.

— Non !

Passionnément, machinalement, il continua de soigner ses blessures.

— Je t'aime, Jonah.

A ces mots, il s'arrêta, enfouit son visage dans ses mains.

— Comment faut-il que je t'appelle ? murmura-t-il. Je ne sais même pas qui tu es !

— Jo, Jonah, mon amour, mon unique amour...

Sa voix lui causait un tourment qu'il avait du mal à endurer, et lorsqu'elle tendit le bras vers lui, il s'enfuit en courant, brisé, claquant fermement, irrévocablement derrière lui la porte de la chambre.

Il se dirigea en titubant vers une chaise, sa propre respiration déchirant l'air, sentant des crampes de panique lui tordre l'estomac et le bas-ventre. Il s'assit, regardant sans les voir les objets qui composaient leur intérieur, repoussant avec force le fait indélébile qui était au cœur de sa terreur.

Trois semaines plus tôt, avait dit la femme flic. Il lui avait menti, réaction immédiate née de l'horreur de ses allégations incompréhensibles. Il n'était pas à Londres avec sa femme à ce moment-là, il assistait à un congrès de quatre jours à Exeter, suivis de deux autres jours passés à recueillir des fonds pour Testament House. Nell était censée l'accompagner mais au dernier moment, elle s'était ravisée, se disant grippée. Du moins était-ce ce qu'elle avait prétendu. Mais était-elle réellement malade ? Ou avait-elle vu là une occasion de se rendre dans le Yorkshire ?

— Non !

Le mot jaillit malgré lui entre ses dents serrées. Se méprisant d'envisager la question ne fût-ce qu'un instant, Jonah ordonna à sa respiration de se calmer, à ses muscles de se détendre.

Il attrapa sa guitare non pour en jouer mais pour se pénétrer de sa réalité et se rappeler le sens qu'elle avait dans sa vie, car c'est alors qu'il était assis dans la pénombre sur l'escalier de Testament House, jouant la musique qu'il aimait, qu'elle lui avait adressé la parole pour la première fois.

— Comme c'est joli. Vous croyez que tout le monde peut apprendre ?

Elle était venue s'accroupir près de lui sur la marche, les yeux braqués sur ses doigts qui pinçaient les cordes avec maestria, et lui avait souri, d'un sourire enfantin, illuminé de plaisir.

Il n'avait eu aucun mal à lui apprendre à jouer, car elle avait d'étonnantes facilités d'imitation : elle retenait tout ce qu'elle voyait ou entendait. Maintenant, elle jouait aussi souvent pour lui qu'il jouait pour elle, pas avec autant d'assurance ou de feu que lui, mais avec une douceur empreinte de mélancolie qui aurait dû lui mettre la puce à l'oreille.

Il se leva abruptement. Pour se rassurer, il ouvrit les livres de sa femme les uns après les autres, lut le nom Nell Graham écrit sur chaque ouvrage de son écriture nette. Etait-ce pour montrer qu'ils lui appartenaient, se demanda-t-il, ou pour se convaincre ?

— Non !

Il s'empara d'un album de photos sur l'étagère du bas et le serra contre sa poitrine. C'était la preuve que Nell était bien réelle, qu'elle n'avait d'autre vie que celle qu'elle partageait avec lui. Il n'avait même pas besoin d'ouvrir l'album pour savoir ce que renfermaient ses pages : une histoire en images de leur amour, des souvenirs qui faisaient partie intégrante de la tapisserie de leurs deux existences. Dans un parc, sur un sentier, rêvant doucement à l'aube, riant des ébats des oiseaux sur la plage. Tous ces clichés constituaient des témoignages, prouvaient l'existence de Nell et des choses qu'elle aimait.

Pour se rassurer davantage encore, il dirigea ses regards vers les plantes qu'elle faisait pousser sur le rebord de la fenêtre. Les saint-paulias, surtout, lui faisaient penser à elle. Les belles fleurs posées délicatement, précairement au bout de leur tige. Les larges feuilles vertes les protégeant et les entourant. Ces plantes qui avaient l'air de ne pas pouvoir survivre sous la rigueur du climat londonien étaient, en dépit de leur aspect trompeur, d'une vigueur remarquable.

En les regardant, il comprit enfin qu'il était inutile de continuer à refuser l'évidence. Les larmes qui avaient mis si longtemps à couler jaillirent et un sanglot lui échappa. Il retourna vers la chaise, se laissa tomber dessus et se mit à pleurer inconsolablement.

C'est alors qu'il entendit frapper à la porte.

— Allez-vous-en ! sanglota-t-il.

Les coups persistèrent.

— Allez-vous-en !

Il n'y avait d'autre bruit que les coups frappés à la porte qui continuaient comme la voix de sa conscience. Ça ne finirait jamais.

— Allez-vous-en, bon sang ! hurla-t-il en se précipitant vers la porte qu'il ouvrit avec violence.

Il tomba nez à nez avec une femme vêtue d'un élégant tailleur noir et d'un chemisier de soie blanc orné de dentelle. Elle portait un sac bandoulière noir et un livre relié en cuir. Ce fut son visage qui retint son attention. Calme, l'œil clair, empreint de tendresse. Peut-être une missionnaire ? Ou une vision ? Mais elle lui tendit la main, lui prouvant ainsi qu'elle était bien réelle.

— Mon nom est Helen Clyde, dit-elle tranquillement.

Lynley s'installa dans un coin. Des cierges tremblotaient à quelques pas de là, mais à l'endroit où il se tenait, l'obscurité enveloppait l'église. L'édifice sentait vaguement l'encens mais plus encore le cierge, les allumettes et la poussière. Il y régnait une paix absolue. Même les colombes, chez lesquelles son arrivée avait provoqué un froufroutant remue-ménage, s'étaient calmées. Il n'y avait pas le moindre souffle de vent pour faire craquer les branches des arbres.

Il était seul avec pour seuls compagnons les jeunes gens et les jeunes filles enlacés comme sur les urnes grecques en une danse éternelle et silencieuse de vérité et de beauté sur les portes des confessionnaux élisabéthains.

Il avait le cœur lourd. C'était une vieille histoire, une légende romaine du ve siècle, mais en cet instant elle était aussi réelle qu'elle l'avait été pour Shakespeare, lorsqu'il en avait fait la trame de sa tragédie. Le prince de Tyr s'était rendu à Antioche pour élucider une énigme et conquérir une princesse. Mais il en était reparti les mains vides, fuyant pour échapper à la mort.

Lynley s'agenouilla. Il songea à prier mais les mots ne lui vinrent pas.

Il savait qu'il était près du corps de l'hydre, mais cela ne lui procurait ni sentiment de triomphe ni satisfaction. Loin de jubiler, il éprouvait le besoin de fuir la confrontation finale avec le monstre, sachant maintenant que, quoique les têtes fussent détruites et le tronc marqué au fer rouge, il ne pouvait sortir indemne de la rencontre.

« Ne te ronge pas le cœur à cause des méchants », dit une voix sans substance, désincarnée, hésitante. Jaillie de nulle part, tremblante et incertaine, elle restait en suspens dans l'air glacé. Il fallut un certain temps à Lynley pour en repérer la provenance.

Le père Hart était agenouillé au pied de l'autel. Courbé en deux, il avait le front contre le sol. « Ne jalouse pas les artisans de fausseté. Vite comme l'herbe ils sont fanés, flétris comme le vert des prés. Compte sur Yahvé et agis bien, habite la terre et vis tranquille ; mets en Yahvé ta réjouissance, il te donnera les désirs de ton cœur. Remets ton sort à Yahvé. Les méchants seront extirpés, qui espère Yahvé possédera la terre. Encore un peu et plus d'impie. »

Lynley écouta ces paroles avec angoisse, refusant de les comprendre. Tandis que le silence s'abattait de nouveau sur l'église enténébrée, Lynley tenta de mettre de l'ordre en lui-même afin de trouver le détachement dont il avait besoin pour aller jusqu'au bout de son enquête.

— Vous êtes venu vous confesser ?

Il sursauta en entendant cette voix. Sans qu'il s'en fût rendu compte, le prêtre, sortant de l'ombre, s'était matérialisé à ses côtés. Lynley se mit debout.

— Non, je ne suis pas catholique, répondit-il. Je mettais de l'ordre dans mes idées.

— Les églises se prêtent bien à ce genre d'activité, n'est-ce pas ? (Le père Hart sourit.) Je m'arrête toujours un moment pour prier avant de fermer pour la nuit. Je vérifie toujours d'abord, en même temps, qu'il n'y a personne à l'intérieur. Avec ce froid, il ne ferait pas bon être enfermé dans cette église.

— En effet, approuva Lynley. (Il suivit le petit prêtre le long de la travée centrale et sortit dans la nuit. Des nuages obscurcissaient la lune et les étoiles. L'ecclésiastique n'était qu'une ombre sans forme ni traits.) Vous connaissez bien *Périclès*, père Hart ?

Le prêtre, qui tripotait son trousseau et fermait l'église à clé, ne répondit tout d'abord pas.

— *Périclès* ? répéta-t-il, songeur. (Dépassant Lynley, il s'engagea dans le cimetière.) C'est une pièce de Shakespeare, n'est-ce pas ?

— « Comme la fumée la flamme. » Oui, c'est de Shakespeare.

— Je... eh bien, je la connais assez bien, je crois.

— Suffisamment pour savoir pourquoi Périclès a fui Antiochus ? Pourquoi Antiochus voulait le faire tuer ?

— Je... (Le prêtre fouilla dans ses poches.) Je ne crois pas me souvenir de tous les détails.

— Vous vous les rappelez suffisamment, il me semble. Bonne nuit, père Hart, répondit Lynley en quittant le cimetière.

Il emprunta le sentier de gravillons pour descendre la colline, ses pas résonnant haut et clair dans la paix du soir. Sur le pont, il s'arrêta pour réfléchir et, s'appuyant contre le parapet de pierre, examina le village. A sa droite, la maison d'Olivia Odell était plongée dans l'obscurité, Olivia et sa fille devaient dormir d'un sommeil innocent. De l'autre côté de la rue, des flots d'orgue s'échappaient du cottage de Nigel Parrish situé en bordure du pré communal. A sa gauche, l'auberge attendait son retour et au-delà la grand-rue amorçait sa courbe en direction du pub. De là où il se tenait, il ne pouvait apercevoir Saint-Chad's Lane et ses pavillons miteux. Mais il n'avait aucun mal à les imaginer. Ne voulant pas y penser, il regagna l'auberge.

Il ne s'était pas absenté plus d'une heure mais à peine eut-il franchi le seuil de l'établissement qu'il sut qu'en son absence Stepha était rentrée.

L'auberge retenait son souffle, attendant qu'il découvre, attendant qu'il sache. Il avait l'impression d'avoir des pieds de plomb.

Il ne savait pas exactement où se trouvaient les appartements de Stepha. Son instinct lui souffla qu'ils devaient être au-rez-de-chaussée du vieux bâtiment, derrière la réception, du côté de la cuisine. Il se dirigea vers la porte.

A peine l'eut-il franchie que les réponses jaillirent, presque palpables dans l'atmosphère qui l'environnait. Il sentait l'odeur de la cigarette. Il pouvait presque goûter l'alcool dans l'air. Il entendait le rire, les chuchotements de la passion, la jubilation. Il sentait les mains qui le forçaient impitoyablement à aller de l'avant. Il ne lui restait plus qu'à voir de ses yeux la vérité.

Il frappa à la porte. Le silence se fit immédiatement.

— Stepha ?

Il entendit bouger à l'intérieur, des mouvements rapides puis arrêtés net. Le doux rire de Stepha resta suspendu dans l'air. Au dernier moment, il faillit renoncer, mais il tourna le bouton pour entrer et en avoir le cœur net.

— Maintenant tu vas peut-être me fournir un alibi qui tienne debout, fit Richard Gibson en riant. (Il décocha une tape de propriétaire sur la cuisse nue de Stepha.) Je n'ai pas l'impression que l'inspecteur ait cru ma petite Madeline une seule seconde.

15

Lady Helen l'aperçut alors que, descendue du train, elle se frayait dans la foule un chemin vers la sortie. Ces deux heures de voyage avaient été très éprouvantes. Elle était en effet restée coincée entre Gillian et le sergent Havers, redoutant à tout moment que la première ne s'effondre, et essayant désespérément d'arracher la seconde à son humeur d'une insondable noirceur. Lady Helen sortait de l'expérience dans un tel état d'angoisse et de tension qu'à la vue de Lynley ramenant en arrière ses cheveux blonds décoiffés par le passage d'un train, elle manqua défaillir de soulagement. Dans la gare bondée, noyé parmi les voyageurs qui se bousculaient et grouillaient autour de lui, il réussissait à donner l'impression qu'il était seul. Il releva la tête. Leurs regards se croisèrent et lady Helen ralentit momentanément l'allure.

Même à cette distance, elle distinguait le changement qui s'était opéré en lui. Les cernes sous les yeux. La tension dans le port de tête, les rides plus accentuées autour du nez et des lèvres. C'était encore Tommy et pourtant, ce n'était plus tout à fait lui. Il ne pouvait y avoir à cela qu'une raison : Deborah.

Il l'avait rencontrée à Keldale. Il suffisait de voir son visage pour s'en convaincre. Un an s'était écoulé depuis la rupture de ses fiançailles avec Deborah, mais malgré cela et en dépit des heures qu'elle-même avait passées avec lui, lady Helen s'aperçut qu'elle ne pouvait supporter l'idée de l'entendre évoquer cette rencontre. Elle voulait à toute force éviter de lui en donner l'occasion. C'était lâche de sa part, sans doute, et elle se méprisait de réagir ainsi. Mais en cet instant, elle ne se sentait pas d'humeur à comprendre pourquoi il était si important que Tommy ne lui reparle jamais de Deborah.

Comme s'il avait lu dans ses pensées — c'était bien de lui, vraiment —, il lui adressa un sourire fuyant et se dirigea vers le bas de l'escalier pour les accueillir.

— Comme je suis heureuse de te voir, Tommy, dit-elle. J'ai passé la moitié du voyage — quand je n'étais pas occupée à dévorer toutes les pâtisseries qui me tombaient sous la main — à me ronger les sangs, craignant que tu aies été retenu à Keldale et que nous soyons dans l'obligation de louer une voiture et de nous lancer comme des fous à travers la lande pour te retrouver. Mais tout est bien qui finit bien, n'est-ce pas ? Jamais je n'aurais dû céder à mon désir de manger ces pains au chocolat vieux d'une semaine pour apaiser mon angoisse. La nourriture est absolument abominable dans le train, tu ne trouves pas ? (En un geste instinctif, elle resserra un bras protecteur autour de Gillian. Bien qu'elle sût, en effet, que la jeune femme n'avait rien à craindre de Lynley, les douze dernières heures les avaient rapprochées, Gillian et elle, et elle répugnait maintenant à la confier à quelqu'un d'autre.) Gillian, voici l'inspecteur Lynley, murmura-t-elle.

Une ombre de sourire étira les lèvres de Gillian. Puis elle baissa les yeux. Au moment où Lynley lui tendait la main, lady Helen secoua la tête en guise d'avertissement. Lynley regarda les mains de la jeune femme. Les vilaines écorchures rouges qui les couvraient n'étaient sans doute pas aussi graves que celles qui, dissimulées sous la robe que lady Helen avait choisie pour elle, devaient zébrer son cou, ses seins et ses cuisses.

— La voiture est devant la gare, dit-il.

— Dieu merci, déclara lady Helen. Dépêche-toi de m'y conduire : mes pauvres pieds souffrent le martyre dans ces affreuses chaussures. Elles ont de l'allure, n'est-ce pas ? Mais si tu savais ce que j'endure à trotter avec ça, c'est inimaginable. Pourquoi faut-il donc que je me laisse martyriser par la mode ? Je n'arrête pas de me le demander. (Elle chassa la question d'un revers de main, dédaignant d'y répondre.) Je suis prête à supporter cinq minutes de ton plus mélancolique Tchaïkovski pour avoir le plaisir de m'asseoir.

— Je m'en souviendrai, ma chère.

— Je n'en doute pas, chéri. (Elle se tourna vers le sergent Havers, qui piétinait lourdement derrière depuis leur descente du train.) Sergent, il faut absolument que je fasse un saut aux toilettes afin de réparer les dégâts que j'ai causés à mon maquillage en plongeant la tête dans cette pâtisserie juste avant l'entrée dans cet horrible tunnel. Voudriez-vous accompagner Gillian à la voiture ?

Le regard d'Havers navigua de lady Helen à Lynley.

— Bien sûr, dit-elle, impassible.

Lady Helen regarda le couple s'éloigner avant de reprendre la parole.

— Je ne sais pas laquelle est le plus mal en point des deux, Tommy.

— Merci pour hier soir, dit-il en guise de réponse. Ç'a dû être horrible.

Elle quitta des yeux les deux femmes qui s'éloignaient.

— Horrible ?

La terrible détresse peinte sur le visage de Jonah Clarence ; la vue de Gillian allongée, l'œil vide, à peine recouverte d'un drap ensanglanté, un flot pourpre s'écoulant encore de ses blessures les plus profondes ; le sang dégoulinant sur le carrelage des murs et du sol de la salle de bains, s'incrustant dans les joints de ciment d'où il ne partirait jamais ; la porte enfoncée et les horribles brosses métalliques auxquelles étaient encore accrochés des lambeaux de peau.

— Je suis désolé de t'avoir imposé ça, déclara Lynley. Mais tu étais la seule en qui j'avais confiance, la seule capable de t'en sortir. Je ne sais pas ce que j'aurais fait si tu ne t'étais pas trouvée chez toi au moment où j'ai téléphoné.

— Je venais de rentrer. Je dois avouer que Jeffrey n'a pas du tout apprécié la façon dont la soirée s'est terminée.

— Jeffrey Cusick ? fit Lynley mi-amusé, mi-étonné. Je croyais que tu l'avais largué.

Elle éclata d'un rire léger et lui prit le bras.

— J'ai essayé, Tommy chéri. Je t'assure que j'ai essayé. Mais Jeffrey est fermement décidé à me prouver que, même si je n'en suis pas consciente, nous sommes lui et moi en passe de filer le parfait amour. Et la nuit dernière, il s'est employé à nous faire progresser vers la fin du voyage. C'était d'un romantique... Dîner à Windsor sur la rive de la Tamise. Cocktails au champagne dans le jardin de l'Old House. Tu aurais été fier de moi : j'ai réussi à me rappeler que c'était Wren qui l'avait construite. Tu n'as pas fait mon éducation en vain pendant toutes ces années.

— Et c'est Jeffrey Cusick qui en recueille les bénéfices ? Autant jeter des perles aux pourceaux.

— Pas du tout. C'est un charmant garçon. Vraiment. En outre, il s'est fait un plaisir de m'aider à m'habiller.

— Je n'en doute pas, remarqua sèchement Lynley.

Elle rit de lui voir l'air sombre.

— Ne te méprends pas. Jeffrey n'est pas homme à profiter de la situation. Il est beaucoup trop... trop...

— Pisse-froid ?

— C'est l'ancien étudiant grincheux d'Oxford qui parle, Tommy ? déclara-t-elle. Mais pour être parfaitement honnête, je t'accorde qu'il est quand même un tout petit peu... coincé. Que veux-tu ? Je n'ai jamais de ma vie ouï dire qu'un homme de Cambridge se soit laissé emporter par le feu de la passion.

— Est-ce qu'il portait sa cravate de Harrow quand j'ai téléphoné ? s'enquit Lynley. Est-ce qu'il avait quelque chose sur le dos, seulement ?

— Tommy, ça c'est méchant ! Mais laisse-moi réfléchir. (Elle se tapota pensivement la joue. Ses yeux étincelèrent tandis qu'elle faisait mine de se concentrer.) Non, nous étions parfaitement décents quand tu as appelé. Et après ça, ma foi, nous avons eu autre chose à faire. Nous nous sommes précipités vers ma penderie pour nous mettre en quête d'une tenue appropriée. Qu'en penses-tu ? Est-ce réussi ?

Lynley examina le tailleur noir superbement coupé et les accessoires assortis.

— Tu as l'air d'un Quaker en route pour l'enfer, fit-il sobrement. Seigneur, Helen, serait-ce... une bible ?

Elle éclata de rire.

— N'est-ce pas que ça y ressemble ? (Elle examina le volume relié plein cuir qu'elle tenait à la main.) En fait, c'est un recueil de poèmes de John Donne dont mon cher grand-père m'a fait cadeau à l'occasion de mon dix-septième anniversaire. Il n'est pas impossible que je l'ouvre un de ces jours.

— Qu'aurais-tu fait si Gillian t'avait demandé de lui lire quelques versets pour l'aider à passer la nuit ?

— Je peux être tout ce qu'il y a de biblique quand je veux, Tommy. Quelques « En vérité », quelques « Seigneur » bien placés, et le tour est... Que se passe-t-il ?

A ses mots, il s'était raidi. Et elle l'avait senti.

Lynley regarda sa voiture garée devant les portes de la gare.

— Où est son mari ?

Elle lui jeta un coup d'œil curieux.

— Je n'en sais rien. Il a disparu. Je me suis précipitée dans l'appartement pour voir Gillian et quand je suis sortie de la chambre un peu plus tard, il avait disparu. J'ai passé la nuit là-bas, évidemment, et il n'est pas revenu.

— Comment Gillian a-t-elle réagi ?

— Je... (Lady Helen réfléchit avant de répondre.) Tommy, je ne suis même pas certaine qu'elle se soit rendu compte de son départ. Cela peut sembler bizarre, bien sûr, mais je crois qu'il a cessé d'exister pour elle. Elle n'a pas prononcé son nom une seule fois.

— A-t-elle dit quelque chose ?

— Seulement qu'elle avait laissé je ne sais quoi pour Bobby.

— Le message paru dans le journal, je suppose.

Lady Helen secoua la tête.

— Non. J'ai la nette impression qu'il s'agissait de quelque chose qu'elle avait laissé à la ferme.

Lynley opina pensivement du chef et lui posa une dernière question :

— Comment as-tu réussi à la persuader de venir, Helen ?

— Je n'ai pas eu à la persuader. Elle avait déjà pris sa décision et ça, nous le devons au sergent Havers, Tommy. Encore qu'à sa façon de se comporter, je crois que Barbara s'imagine que j'ai accompli des miracles dans l'appartement des Clarence. Parle-lui, veux-tu ? Elle ne profère que des monosyllabes depuis que je lui ai téléphoné ce matin, et je crois qu'elle se figure que tout ce qui est arrivé est sa faute.

Il poussa un soupir.

— C'est bien d'Havers. Seigneur, je n'ai vraiment pas besoin de ça. Cette saloperie d'enquête est suffisamment compliquée comme ça !

Les yeux de lady Helen s'écarquillèrent. Il était rarissime que Lynley donnât libre cours à sa colère.

— Tommy, dit-elle d'un ton hésitant. Pendant que tu étais à Keldale, est-ce que par hasard tu as... Est-ce que...

Elle ne voulait pas en parler. Elle n'en parlerait pas.

Il lui adressa un sourire incertain.

— Excuse-moi, mon petit. (Lui passant un bras autour des épaules, il la serra affectueusement contre lui.) T'ai-je dit combien ça me faisait plaisir de te retrouver ?

Il ne lui avait pas dit un mot, il lui avait à peine prêté attention. C'est tout juste s'il l'avait gratifiée d'un bref signe de tête. Mais pourquoi lui aurait-il adressé la parole ? Maintenant que milady était là pour lui sauver la mise — comme elle avait réussi à le faire la nuit dernière —, il n'y avait absolument aucune raison qu'ils se parlent.

Elle aurait dû se douter que Lynley ferait appel à une de ses maîtresses plutôt qu'à quelqu'un du Yard. N'était-ce pas typique ? Il était affligé d'un ego si monumental qu'il éprouvait le besoin de s'assurer que ses petites amies londoniennes étaient prêtes à accourir au moindre signe alors même qu'il courait le guilledou à la campagne. « Savoir si milady continuera à traverser des cerceaux comme un caniche savant lorsqu'elle découvrira l'existence de Stepha », se demanda Barbara. Regardez-la avec son teint parfait, son port de tête non moins parfait, sa parfaite éducation — à croire que ses ancêtres avaient passé les deux cents dernières années à se débarrasser des inaptes, à les abandonner sur des collines comme autant de bébés spartiates tarés afin d'aboutir au chef-d'œuvre d'eugénique qu'était lady Helen Clyde. *Pas assez bien quand même pour que milord vous reste fidèle, n'est-ce pas, ma douce* ? sourit Barbara intérieurement.

Assise sur la banquette arrière, elle observa Lynley. *Je parie qu'il a encore passé une nuit agitée avec la petite Stepha.* C'était à prévoir. N'ayant pas eu à se soucier de ses hurlements, il avait dû la besogner comme un dingue des heures durant. Et ce soir, il pourrait s'occuper de madame la comtesse. Un jeu d'enfant pour lui. Il n'aurait aucun mal à relever le défi. Ensuite, il ne lui resterait plus qu'à aller voir du côté de Gillian. Son petit mari anémique ne serait que trop heureux de laisser un homme digne de ce nom prendre les choses en main.

Ils en prenaient des gants, pour s'occuper de cette petite garce ! On ne pouvait blâmer lady Helen de se conduire de cette façon. Elle n'avait pas tous les éléments du dossier en main. Mais pourquoi Lynley se comportait-il ainsi ? Depuis quand les policiers de la Criminelle déroulaient-ils le tapis rouge pour une fille qui était complice dans une affaire de meurtre ?

— Vous allez trouver Roberta très changée, Gillian, disait Lynley.

Barbara eut du mal à en croire ses oreilles. Mais qu'est-ce qu'il faisait ? Qu'est-ce qu'il racontait ? Comment pouvait-il la préparer à voir sa sœur alors que tous deux savaient pertinemment qu'elles s'étaient vues trois semaines plus tôt, lorsqu'elles avaient tué William Teys ?

— Je comprends, répondit Gillian d'une voix à peine audible.

— Elle a été mise à l'asile à titre provisoire, poursuivit doucement Lynley. La question est de savoir si elle est responsable ou non. Après ses aveux, elle n'a plus ouvert la bouche.

— Comment se fait-il qu'elle... Qui ?

Gillian hésita, puis renonça et parut se recroqueviller sur son siège.

— C'est votre cousin Richard Gibson qui l'a fait admettre à l'hôpital.

— Richard ? fit-elle d'une voix encore plus ténue.

— Oui.

— Je vois.

Personne ne souffla mot. Barbara, qui attendait avec impatience que Lynley passe aux choses sérieuses et commence à cuisiner la jeune femme, n'arrivait pas à comprendre qu'il traînât ainsi les pieds. Qu'est-ce qu'il pouvait bien fabriquer ? Il lui faisait la conversation avec l'amabilité qu'on réserve généralement à la victime d'un crime, pas à son auteur.

A la dérobée, Barbara étudia Gillian. Juste ciel, quelle manipulatrice ! Il lui avait suffi de quelques minutes dans la salle de bains hier pour les amener exactement là où elle voulait. Elle avait dû mettre ce numéro au point depuis longtemps déjà.

Ses yeux se posèrent de nouveau sur Lynley. Pourquoi lui avait-il demandé de revenir aujourd'hui ? Il ne pouvait y avoir à cela qu'une raison : il tenait à la remettre une fois pour toutes à sa place, à l'humilier en lui faisant comprendre que même un amateur comme milady avait plus de doigté qu'Havers la mocheté. Avant de la renvoyer définitivement régler la circulation dans la rue.

Message bien reçu, inspecteur. Tout ce à quoi elle aspirait désormais, c'était à repartir pour Londres et rendosser l'uniforme, laissant Lynley et sa belle ramasser les morceaux derrière elle.

A l'époque, elle portait ses longs cheveux blonds nattés. C'est pour cela qu'elle leur avait paru si jeune, ce premier soir, à Testament House. Elle n'avait parlé à personne, examinant tranquillement les membres du groupe, se demandant si elle pouvait leur faire confiance. Après quoi, elle s'était contentée de leur dire son nom : Helen Graham, Nell Graham.

Mais n'avait-il pas su dès le début que ce n'était pas son vrai nom ? Peut-être la légère hésitation qu'elle marquait avant de répondre quand on lui adressait la parole l'avait-elle trahie ? Ou bien était-ce son regard songeur quand elle le prononçait elle-même ? Ou les larmes qu'elle avait versées lorsqu'il l'avait pénétrée la première fois et avait chuchoté « Nell » dans le noir ? Quoi qu'il en soit, n'avait-il pas toujours su, quelque part au fond de lui-même, que ce n'était pas son vrai nom ?

Qu'est-ce qui, en elle, l'avait donc attiré ? Au début, ç'avait été l'innocence enfantine avec laquelle elle s'était pliée à la vie de Testament House. Elle était si avide d'apprendre, si passionnée par le travail entrepris par la communauté. Après, il avait admiré sa pureté qui lui permettait de mener une vie nouvelle, les animosités personnelles n'ayant plus droit de cité dans un monde d'où elle avait décidé que cette laideur serait exclue à jamais. Sa dévotion aussi l'avait touché — pas la piété ostentatoire du pécheur repenti toujours prêt à battre sa coulpe mais l'acceptation calme d'une puissance supérieure. Enfin, il avait été ému par sa foi inébranlable dans la faculté qu'il avait de tout entreprendre, ses paroles d'encouragement lorsqu'il était désespéré, son amour indéfectible lorsqu'il en avait le plus besoin.

Comme maintenant, songea Jonah Clarence.

Au cours des douze dernières heures, il avait étudié impitoyablement son comportement, et en était venu à le voir tel qu'il était vraiment : une lâcheté sans borne. Il avait abandonné sa femme et son foyer, fuyant pour ne pas se retrouver obligé de faire face à ce qu'il craignait d'apprendre. Pourtant, qu'y avait-il à craindre ? Qui Nell pouvait-elle bien être sinon l'adorable créature qui se tenait à ses côtés, buvait ses paroles, le prenait dans ses bras le soir ? Il ne pouvait y avoir de monstre affreux enfoui dans son passé. Il ne pouvait y avoir que ce qu'elle était et avait toujours été.

Telle était la vérité. Il le savait. Il le sentait. Il le croyait. Et lorsque la porte de l'hôpital psychiatrique s'ouvrit, il se leva vivement et traversa le hall central pour rejoindre sa femme.

Lynley sentit l'hésitation dans la démarche de Gillian lorsqu'ils pénétrèrent dans l'hôpital. Au début, il y vit la marque d'une agitation bien compréhensible à l'idée de retrouver sa sœur après tant d'années. Mais ensuite, il constata que son regard était rivé sur un jeune homme qui traversait le vestibule à leur rencontre. Intrigué, Lynley se tourna vers Gillian pour lui parler, et c'est alors qu'il lut sur son visage l'expression d'une terreur sans nom.

— Jonah, hoqueta-t-elle, en reculant d'un pas.

— Je suis désolé. (Jonah tendit le bras comme pour la toucher mais s'immobilisa.) Pardonne-moi. Je suis désolé, Nell.

Il avait les yeux creux et fiévreux de quelqu'un qui n'a pas dormi depuis des jours.

— Il ne faut pas m'appeler comme ça. Il ne faut plus.

Il ignora ses paroles.

— J'ai passé la nuit à King's Cross, assis sur un banc, à m'efforcer d'y voir clair, à essayer de savoir si tu pouvais aimer un homme trop lâche pour rester avec sa femme au moment où elle avait le plus besoin de lui.

Elle tendit la main, lui toucha le bras.

— Oh, Jonah, dit-elle. S'il te plaît, retourne à Londres.

— Ne me demande pas ça. Ce serait trop facile.

— Je t'en prie. Je t'en supplie. Pour moi.

— Pas sans toi. Pas question. Quoi que tu sois venue faire ici, je veux être avec toi. (Il consulta Lynley du regard :) Est-ce que je peux rester avec ma femme ?

— Cela dépend de Gillian, répondit Lynley, remarquant le mouvement de recul involontaire du jeune homme au moment où il prononçait ce nom.

— Si tu as envie de rester, Jonah, chuchota-t-elle.

Il lui sourit, lui effleura la joue et ne cessa de la regarder qu'en entendant un bruit de voix annonçant l'arrivée du Dr Samuels. Le spécialiste portait une pile de dossiers qu'il tendit à une collègue avant de s'avancer dans leur direction.

Il jeta un coup d'œil au petit groupe, le visage sévère. Si la présence de la sœur de Roberta, qui risquait d'être bénéfique à cette dernière, lui apportait un certain soulagement, il se garda de le montrer.

— Inspecteur, dit-il en guise de préambule. Faut-il vraiment que vous soyez aussi nombreux ?

— Oui, répondit Lynley d'un ton uni en espérant que le médecin aurait le bon goût d'examiner Gillian de plus près avant de protester énergiquement et de mettre tout le monde dehors.

Une veine se mit à battre sur la tempe du psychiatre. Manifestement peu habitué à ce qu'on lui parle sur un ton autre que celui de la courtoisie la plus servile, il semblait partagé entre le désir de remettre vertement Lynley à sa place et celui de laisser se dérouler l'entretien entre les deux sœurs. Son souci de l'intérêt de la malade l'emporta.

— C'est la sœur ? (Sans attendre de réponse, il prit le bras de Gillian et lui accorda toute son attention tandis qu'ils enfilaient le couloir menant à l'aile fermée.) J'ai prévenu Roberta que vous veniez la voir, dit-il doucement, la tête penchée vers celle de Gillian. Mieux vaut que vous le sachiez : il se peut fort bien qu'elle reste sans réaction devant vous. En fait, c'est probablement ce qui va se passer.

— Est-ce qu'elle... (Gillian hésita, ne sachant comment poursuivre.) Elle n'a toujours rien dit ?

— Rien du tout. Mais nous n'en sommes qu'au début de la thérapie, miss Teys...

— Mrs Clarence, corrigea fermement Jonah.

Le psychiatre s'immobilisa, dévisagea Jonah Clarence. Une étincelle jaillit entre eux, méfiance et antipathie.

— Mrs Clarence, rectifia Samuels, les yeux toujours fixés sur son mari. Comme je vous le disais, Mrs Clarence, nous n'en sommes qu'au tout début de la thérapie. Nous n'avons aucune raison de douter que votre sœur se rétablira pleinement un jour.

— Un jour ? fit Gillian, un bras serré contre sa taille en un geste qui rappelait étonnamment sa mère.

Le psychiatre parut étudier sa réaction. La façon dont il lui répondit indiquait que la réaction laconique de la jeune femme lui en avait appris plus long qu'elle ne l'imaginait.

— Oui, Roberta est très malade.

Il la prit par le coude et lui fit franchir la porte pratiquée dans les boiseries du mur.

Ils traversèrent l'aile fermée, dont le silence n'était troublé que par le bruit de leurs pas étouffé par la moquette et les cris poussés à l'occasion par un malade derrière une porte close. Presque au bout du couloir, une porte s'ouvrait dans le mur. Le Dr Samuels s'immobilisa devant, l'ouvrit et alluma, révélant une petite pièce étriquée dans laquelle il leur fit signe d'entrer.

— Vous allez être à l'étroit là-dedans, les prévint-il d'un ton indiquant que cela ne lui faisait ni chaud ni froid.

L'endroit n'était guère plus grand qu'un honnête placard à balais, ce qu'il avait été, d'ailleurs. L'un des murs était entièrement recouvert d'un miroir flanqué de deux haut-parleurs. Au milieu de la pièce étaient disposées une table et des chaises. Il se dégageait du cagibi, qui avait de quoi rendre claustrophobe, un puissant arôme de cire et de désinfectant.

— C'est parfait, déclara Lynley.

Samuels hocha la tête.

— Quand j'amènerai Roberta, j'éteindrai les lumières. Vous pourrez voir ce qui se passe dans la pièce voisine grâce à ce miroir sans tain. Les haut-parleurs vous permettront d'entendre ce qui se dit. Roberta ne verra que le miroir mais elle sait que vous êtes derrière, je l'ai prévenue. Je n'aurais pas pu la faire entrer dans la pièce autrement, comprenez-vous.

— Oui, bien sûr.

— Bien. (Il leur adressa un sourire sans joie comme s'il percevait leur inquiétude et se réjouissait de constater qu'ils se rendaient compte comme lui que l'entretien n'allait pas être une partie de plaisir.) Je serai à côté, avec Gillian et Roberta.

— Est-ce indispensable ? s'enquit Gillian d'un ton hésitant.

— Compte tenu des circonstances, je le crains.

— Les circonstances ?

— Le meurtre, Mrs Clarence. (Samuels leur jeta un dernier regard et enfonça les mains dans les poches de son pantalon. Il fixa Lynley :) Dois-je vous rappeler la loi ? s'enquit-il abruptement.

— Inutile, dit Lynley. Je la connais.

— Vous savez que rien de ce qu'elle dira...

— Je sais, répéta Lynley.

Il hocha la tête.

— Alors je vais la chercher.

Pivotant sur ses talons, il éteignit la lumière et sortit, refermant la porte derrière lui.

Les lumières de la pièce attenante éclairaient faiblement le cagibi peuplé d'ombres. Ils prirent place sur les chaises de bois et attendirent. Gillian, les jambes étendues devant elle, fixant intensément le bout lacéré de ses doigts. Jonah, sa chaise contre celle de sa femme, en étreignant le dossier d'un geste protecteur. Le sergent Havers, affalée sur son siège, broyant du noir dans le coin le plus sombre de la pièce. Lady Helen, près de Lynley, observant le mari et la femme. Lynley, perdu dans une profonde méditation dont le tira le contact de la main de lady Helen pressant la sienne.

Que Dieu la bénisse, songea-t-il, en lui pressant la main en retour. Elle savait. Elle savait toujours à quoi s'en tenir. Il lui sourit, follement heureux qu'elle soit à ses côtés avec son bon sens à toute épreuve dans un monde où la folie n'allait pas tarder à faire irruption.

Roberta n'avait guère changé. Encadrée par deux infirmières en blouse blanche, elle entra dans la pièce vêtue comme elle l'était lors de leur précédente visite : boudinée dans la jupe trop courte et le chemisier trop étroit, les pieds dans des savates trop petites pour elle. On lui avait cependant donné un bain en prévision de l'entretien et ses cheveux épais étaient propres et humides, tirés en arrière et attachés à l'aide d'un bout de laine rouge, note de couleur incongrue dans la pièce monochrome. La pièce elle-même était neutre et dépouillée, et ne contenait en tout et pour tout que trois chaises et un classeur métallique bas. Les murs étaient nus. Il n'y avait rien qui pût distraire le regard, aucun moyen de s'échapper.

— Oh, Bobby, murmura Gillian lorsqu'elle vit sa sœur à travers le miroir.

— Il y a trois chaises dans cette pièce, comme vous pouvez le voir, Roberta. (La voix de Samuels leur parvint, nullement déformée par les haut-parleurs.) Dans un instant, je vais demander à votre sœur de se joindre à nous. Vous vous souvenez de votre sœur Gillian, Roberta ?

Roberta commença à se balancer sur son siège, sans répondre. Les deux infirmières quittèrent la pièce.

— Gillian est venue de Londres. Avant d'aller la chercher,

j'aimerais que vous examiniez cette pièce pour vous y habituer. Nous ne nous sommes encore jamais rencontrés ici, n'est-ce pas ?

Les yeux mornes de la grosse fille ne bougèrent pas, rivés qu'ils étaient sur un point du mur en face d'elle. Ses bras pendaient, inertes, le long de ses flancs sans vie, telles des masses molles de graisse et de peau. Nullement déconcerté par son silence, Samuels laissa celui-ci se poursuivre tandis qu'il observait placidement la malade. Deux interminables minutes s'écoulèrent ainsi avant qu'il se mît debout.

— Je vais aller chercher Gillian maintenant, Roberta. Je resterai ici pendant qu'elle sera là. Vous n'avez rien à craindre.

La phrase semblait inutile car si Roberta avait peur, elle ne le montrait pas.

Dans le cagibi, Gillian se leva. D'un mouvement hésitant et dénué de naturel, comme si elle était poussée en avant par une force étrangère.

— Chérie, tu n'es pas obligée d'y aller si tu as peur, dit son mari.

Elle ne répondit pas et, du dos de sa main où les coups de brosse avaient laissé des traînées semblables à des veines, elle lui caressa la joue. On eût dit qu'elle lui disait adieu.

— Prête ? s'enquit Samuels en ouvrant la porte. (D'un coup d'œil vif, il examina Gillian, faisant l'inventaire de ses faiblesses et de ses forces potentielles. La voyant hocher la tête, il poursuivit d'un ton net) : Ne vous inquiétez pas. Je serai là et il y a plusieurs aides-infirmiers à portée de voix, prêts à accourir au cas où il faudrait la mettre rapidement hors d'état de nuire.

— A vous entendre on croirait que Bobby est capable de faire du mal à quelqu'un, remarqua Gillian.

Sans attendre de réponse, elle le précéda dans la pièce voisine.

Les autres regardèrent la scène, s'attendant à ce que Roberta réagisse lorsque la porte s'ouvrirait et que sa sœur entrerait. Mais il n'y eut pas la moindre réaction. La grosse fille continua de se balancer.

Gillian hésita, la main sur la porte.

— Bobby, dit-elle d'une voix claire.

Le ton était calme, c'était celui d'un parent s'adressant à un enfant récalcitrant. Ne recevant pas de réponse, la jeune femme prit une des trois chaises et la plaça devant sa sœur, en plein dans son champ visuel. Elle s'assit. Roberta continua de fixer la tache sur le mur, son regard transperçant sa sœur. Gillian se tourna vers le psychiatre, qui avait tiré sa chaise de côté, hors de la vue de Roberta.

— Que dois-je...

— Parlez-lui de vous. Elle vous entend.

Gillian tripota le tissu de sa robe.

— Je suis venue de Londres pour te voir, Bobby, commença-t-elle. (Sa voix tremblait, mais se faisait plus assurée à mesure qu'elle parlait.) C'est là que je vis maintenant. Avec mon mari. Je me suis mariée en novembre dernier. (Elle regarda Samuels, qui lui adressa un hochement de tête encourageant.) Tu vas peut-être trouver ça drôle, mais j'ai épousé un pasteur. C'est difficile à croire qu'une catholique comme moi ait pu épouser un pasteur, non ? Que dirait papa s'il savait ça ?

Le visage ingrat ne manifesta aucune réaction. Gillian aurait pu tout aussi bien s'adresser au mur. Elle passa la langue sur ses lèvres sèches et poursuivit tant bien que mal :

— Nous avons un appartement à Islington. Ce n'est pas très grand mais ça te plairait. Tu te rappelles comme j'aimais les fleurs ? Eh bien, j'en ai des tas à la maison parce que la fenêtre de la cuisine est ensoleillée juste comme il faut. Tu te souviens, à la ferme, je n'arrivais jamais à faire pousser de plantes. C'était trop sombre.

Roberta continuait de se balancer, sa chaise gémissant sous son poids.

— J'ai un job, également. Je travaille dans un endroit qui s'appelle Testament House. Tu connais, non ? C'est là que vont se réfugier les fugueurs, parfois. Mon travail est très varié, mais ce que je préfère, c'est conseiller les adolescents. Ils disent que je suis quelqu'un à qui on peut parler facilement. (Gillian marqua une pause.) Et toi, tu ne veux pas me parler, Bobby ?

La respiration de Roberta ressemblait à une respiration de droguée, sa tête massive pendait sur le côté. On eût dit qu'elle dormait.

— J'aime bien Londres. Je ne croyais pas que je m'y plairais, mais je m'y plais. C'est sans doute parce que c'est là que sont mes rêves. Je... J'aimerais avoir un bébé. C'est un de mes rêves. Et je... j'aimerais écrire un livre. Je porte toutes sortes d'histoires en moi et j'ai envie de les écrire. Comme les sœurs Brontë. Rappelle-toi comme on lisait les Brontë. Elles en avaient des rêves, elles aussi, n'est-ce pas ? Je crois que c'est important d'avoir des rêves.

— Ça ne marchera pas, décréta brusquement Jonah Clarence. (A peine sa femme avait-elle quitté le cagibi qu'il avait flairé le piège : il avait compris qu'en retrouvant sa sœur, Gillian allait replonger dans un passé dans lequel il n'avait joué aucun rôle et dont il ne pouvait la sauver.) Combien de temps va-t-il falloir qu'elle reste là-dedans ?

— Aussi longtemps qu'elle le voudra, fit Lynley fraîchement. Cela ne dépend que d'elle.

— Mais tout peut arriver. Elle ne comprend donc pas ? (Jonah avait envie de bondir, d'ouvrir la porte et d'entraîner sa femme. C'était comme si sa seule présence dans la pièce — en tête à tête avec sa sœur — suffisait à la contaminer et à la détruire à jamais.) Nell ! dit-il avec véhémence.

— Je veux te parler de la nuit où je suis partie, Bobby, poursuivit Gillian, les yeux sur le visage de sa sœur, s'efforçant d'y lire un petit mouvement indiquant qu'elle comprenait, une réaction qui lui permettrait de cesser de parler. Je ne sais pas si tu t'en souviens. C'était juste après mon seizième anniversaire. Je... (C'était trop. Elle ne pouvait pas. Elle se força à poursuivre cependant.) J'ai volé de l'argent à papa. Il te l'a dit ? Je savais où il mettait l'argent de la maison, alors je l'ai pris. Ce n'était pas bien, je sais, mais je... il fallait que je parte. Il fallait que je m'en aille quelque temps. Tu le sais, n'est-ce pas ? (Et de nouveau, quêtant l'approbation de Roberta :) N'est-ce pas ?

Roberta s'était-elle mise à se balancer plus vite, ou était-ce l'imagination des spectateurs qui travaillait ?

— Je suis allée à York. Ça m'a pris toute la nuit pour y arriver. J'ai marché et fait du stop. J'étais partie avec un sac à dos en tout et pour tout, celui dans lequel je mettais mes livres de classe. Je n'avais que quelques vêtements de rechange. Je me demande où j'avais la tête, à m'enfuir comme ça. Ça a l'air dingue, non ? (Gillian adressa un bref sourire à sa sœur. Son cœur battait la chamade. Elle avait du mal à respirer.) Je suis arrivée à York à l'aube. Je n'oublierai jamais la lumière du matin sur la cathédrale. C'était magnifique. J'avais envie de rester là pour toujours. (Elle s'arrêta, mit les mains sur ses genoux. Les balafres se voyaient, mais il n'y avait pas moyen de faire autrement.) Je suis restée à York toute la journée. J'étais morte de peur, Bobby. Je n'étais jamais partie de la maison toute une nuit toute seule et je n'étais pas certaine de vouloir pousser jusqu'à Londres. Je me suis dit que ce serait peut-être plus simple de retourner à la ferme. Mais je... je ne pouvais m'y résoudre. Impossible.

— A quoi rime tout cela ? fit Jonah Clarence. En quoi est-ce censé aider Roberta ?

Lynley lui jeta un coup d'œil méfiant. Clarence se tassa sur sa chaise, le visage tendu, les muscles raides.

— Alors j'ai pris le train ce soir-là. Il y avait des arrêts à n'en plus finir, et à chaque gare, je me demandais si on n'allait pas venir me questionner. Je me figurais que papa aurait envoyé la police à mes trousses, ou qu'il se serait lancé lui-même à ma poursuite. Mais le voyage s'est déroulé sans encombre. Jusqu'au moment où je suis arrivée à King's Cross.

— Inutile de lui parler du maquereau, chuchota Jonah. A quoi bon ?

— A King's Cross, je suis tombée sur un monsieur charmant qui m'a acheté à manger. Ça m'a fait rudement plaisir. Je me suis dit que c'était un gentleman. Mais pendant que je mangeais et qu'il me parlait d'une maison qu'il avait où je pourrais vivre, un autre homme est entré dans le buffet. Il nous a aperçus, s'est approché de nous et a dit : « Elle vient avec moi. » J'ai cru que c'était un policier, qu'il allait m'obliger à rentrer à la maison, alors je me suis mise à pleurer. Je me cramponnais à mon ami. Mais il m'a fait lâcher prise et m'a entraînée hors de la gare. (Reprise par ses souvenirs de cette nuit-là, elle marqua une pause.) Cet homme-là était bien différent du premier. Ses vêtements étaient vieux, un peu râpés. Mais il avait une bonne voix. Il m'a dit qu'il s'appelait George Clarence, qu'il était pasteur et que l'autre type avait voulu m'emmener à Soho pour... M'emmener à Soho, répéta-t-elle d'un ton ferme. Il a ajouté qu'il habitait Camden Town et avait une maison où je pourrais m'installer.

Jonah ne se rappelait que trop bien tous les détails : le vieux sac à dos, la jeune fille effrayée, les chaussures éculées et le jean rapiécé qu'elle portait. Il se souvenait encore de l'arrivée de son père et de la conversation qu'avaient eue ses parents. Les mots « maquereau de Soho... elle ne comprenait même pas... on dirait qu'elle n'a pas fermé l'œil de la nuit... » flottaient dans sa mémoire. Il se souvenait l'avoir observée à la table du petit déjeuner où il avalait ses œufs brouillés tout en bachotant pour préparer un examen de littérature. Elle ne regardait jamais personne alors.

— Mr Clarence a été très bon pour moi, Bobby. C'est comme si j'avais fait partie de sa famille. J'ai... j'ai épousé son fils Jonah. Je suis certaine qu'il te plaira. Il est si gentil, si bon. Quand je suis avec lui, j'ai l'impression que rien ne peut plus jamais...

C'était assez. C'était pour cela qu'elle était venue. Gillian regarda le psychiatre d'un air suppliant, attendant ses instructions, un geste lui signifiant qu'elle pouvait sortir. Il se contenta de l'observer de derrière ses lunettes qui luisaient à la lumière. Son visage était totalement inexpressif, mais ses yeux très doux.

— Et voilà. Résultat nul, conclut Jonah. Vous l'avez fait venir ici pour rien. Je la ramène à la maison.

Il fit mine de se mettre debout.

— Asseyez-vous, dit Lynley d'un ton sans réplique.

— Bobby, parle-moi, supplia Gillian. Ils disent que tu as tué papa. Mais je sais que tu n'as pas pu faire une chose pareille. Tu ne ressemblais pas... Il n'y avait pas de raison. Je le sais. Dis-moi qu'il n'y avait pas de raison. Il nous emmenait à l'église, nous faisait la lecture, nous bricolait des jeux. Bobby, tu ne l'as pas tué, n'est-ce pas ?

— C'est important pour toi que je ne l'aie pas tué, n'est-ce pas ? dit doucement le Dr Samuels.

Sa voix telle une plume flottait dans l'air.

— Oui, répondit aussitôt Gillian bien qu'elle n'eût pas quitté sa sœur des yeux. J'ai mis la clé sous ton oreiller, Bobby. Tu étais réveillée ! Je t'ai parlé ! Je t'ai dit : « Sers-t'en demain », et tu as eu l'air de comprendre. Ne me dis pas que tu n'as pas compris. Je sais que tu as compris.

— J'étais trop petite. Je n'ai pas compris, dit le médecin.

— Ce n'est pas possible ! Je t'avais promis que je mettrais un message dans le *Guardian*, que ce serait Nell Graham, tu te rappelles ? On adorait ce roman. Elle était si courageuse, si forte. C'était comme cela que nous voulions être toutes les deux.

— Mais je n'étais pas forte, n'est-ce pas ? fit le médecin.

— Si, tu l'étais ! Tu ne ressemblais pas... Tu étais censée venir à Harrogate ! Le message te disait de venir à Harrogate, Bobby ! Tu avais seize ans. Tu aurais pu venir !

— Je n'étais pas comme toi à seize ans, Gillian. Comment aurais-je pu être comme toi ?

Le psychiatre n'avait pas bougé. Ses yeux passaient de l'une à l'autre des deux sœurs, à l'affût d'un signe. Il s'efforçait de déchiffrer les messages non verbaux dans leurs gestes, leur attitude, leurs inflexions de voix.

— Tu n'avais pas à être comme moi ! Tu n'étais pas censée me ressembler ! Tout ce que tu avais à faire, c'était venir à Harrogate. Pas à Londres, à Harrogate. Je t'aurais emmenée avec moi après. En ne te voyant pas venir, je me suis dit — j'ai cru — que tu allais bien. Que rien... que tu allais bien. Tu ne ressemblais pas à maman. Tout allait donc bien pour toi.

— A maman ?

— A maman, oui. Je lui ressemblais, moi. J'étais son portrait craché. Il n'y avait qu'à voir les photos. Mais toi, non. C'est pour ça que tout devait aller bien pour toi.

— Ressembler à maman, qu'est-ce que ça voulait dire ? s'enquit le médecin.

Gillian se raidit. Sa bouche esquissa le mot *non* trois fois très vite. Impossible de continuer.

— Est-ce que Bobby ressemblait à maman en dépit de ce que vous pensiez ?

Non !

— Ne lui réponds pas, Nell, marmonna Jonah Clarence. Tu n'as pas à lui répondre. Ce n'est pas toi la malade.

Gillian fixa ses mains. Le sentiment de culpabilité pesait telle une chape sur ses épaules. Le bruit que faisait sa sœur en se balançant emplissait la pièce, ainsi que sa respiration sifflante, et les battements de son propre cœur. Elle eut l'impression de ne pas pouvoir continuer. Pourtant elle savait qu'elle ne pouvait plus faire machine arrière.

— Tu sais pourquoi je suis partie, n'est-ce pas ? dit-elle d'une voix qui sonnait creux. C'est à cause du cadeau que j'ai reçu pour mon anniversaire, du cadeau spécial, de celui... (Elle porta à ses yeux une main qui tremblait, fit un effort sur elle-même.) Il faut que tu leur dises la vérité ! Il faut que tu leur dises ce qui s'est passé ! Tu ne peux pas les laisser t'enfermer pour le restant de tes jours !

Silence. Impossible. Tout cela appartenait au passé. Tout cela était arrivé à quelqu'un d'autre. Et puis, la petite fille de huit ans qui l'avait suivie partout, avait suivi ses moindres mouvements avec des yeux brillants d'adoration était morte. Cette grosse créature obscène assise devant elle n'était pas Roberta. Inutile d'aller plus loin. Roberta n'existait plus.

Gillian leva la tête. Les yeux de Roberta avaient bougé : ils s'étaient posés sur elle. En voyant cela, Gillian comprit qu'elle avait réussi là où le psychiatre avait échoué ces trois dernières semaines. Elle n'en tira aucune gloire : il allait lui falloir affronter une dernière fois le passé immuable.

— Je ne comprenais pas, dit Gillian d'une voix brisée. Je n'avais que quatre ou cinq ans. Tu n'étais même pas née à l'époque. Il me disait que c'était... particulier. Que c'était une espèce d'amitié qui liait les pères à leurs filles. Comme Loth.

— Oh non, murmura Jonah.

— Est-ce qu'il te lisait la Bible, Bobby ? A moi, il me la lisait. Il venait la nuit, s'asseyait sur mon lit et me lisait la Bible. Et pendant qu'il lisait...

— Non, non, non !

— ... il glissait la main sous les couvertures. « Tu aimes ça, Gilly ? » me demandait-il. « Ça te fait plaisir ? Ça fait très plaisir à papa. C'est si agréable. Si doux. Tu aimes ça, Gilly ? »

Jonah se martela le front du poing droit, le bras gauche crispé contre son torse.

— Je vous en prie, gémit-il.

— Je ne savais pas, Bobby. Je ne comprenais pas. Je n'avais que cinq ans et la pièce était plongée dans l'obscurité. « Retourne-toi, » disait-il. « Papa va te frotter le dos. Tu aimes ça ? Où est-ce que ça te plaît le plus ? Là, Gilly ? C'est bien, là ? » Et puis il prenait ma main. « Papa, c'est là qu'il aime, lui, Gilly. Frotte papa. »

— Et maman, où était-elle ? s'enquit le médecin.

— Maman dormait. Ou elle était dans sa chambre. Ou elle lisait. Mais ça n'avait pas vraiment d'importance parce que c'était... spécial. C'était quelque chose que les pères partageaient avec leurs filles. Maman ne devait pas savoir. Maman ne comprendrait pas. Elle ne lisait pas la Bible avec nous, aussi elle ne comprendrait pas. Et puis elle est partie. J'avais huit ans.

— Comme ça, vous avez été tranquille.

Gillian secoua la tête. Ses yeux étaient écarquillés, secs.

— Oh non, dit-elle d'une petite voix déchirée. Parce que j'ai pris la place de maman.

A ses mots, un cri s'échappa des lèvres de Jonah Clarence. Lady Helen se tourna immédiatement vers Lynley et posa sa main sur la sienne. Il lui serra étroitement les doigts.

— Papa a accroché toutes ses photos dans le salon afin que je puisse la voir tous les jours. « Maman est partie », disait-il, et il m'obligeait à les regarder afin que je voie comme elle était jolie et que je comprenne que j'avais commis une faute en venant au monde, parce que ça l'avait poussée à s'en aller. « Maman savait combien papa t'aimait, Gilly, alors elle est partie. C'est toi qui dois faire la maman maintenant. » Je ne savais pas ce qu'il voulait dire. Alors il m'a montré. Il lisait la Bible, il priait et il me montrait. Mais j'étais trop petite pour être une vraie maman. Alors il... je faisais d'autres choses. Il m'apprenait. Et je... j'étais une élève très douée.

— Vous vouliez lui faire plaisir. C'était votre père. Il était tout ce que vous aviez.

— Je voulais qu'il m'aime. Il disait qu'il m'aimait quand je... quand nous... « Papa aime bien dans ta bouche, Gilly. » Et après, nous priions. Nous priions toujours. Je pensais que Dieu me pardonnerait d'avoir fait partir maman si je devenais une bonne maman pour papa. Mais Dieu ne m'a jamais pardonné. Il n'existe pas.

Jonah posa la tête sur la table, au creux de ses bras, et se mit à pleurer.

Gillian finit par regarder de nouveau sa sœur. Les yeux de Roberta étaient braqués sur elle, son visage toujours inexpressif. Elle avait cessé de se balancer.

— Alors j'ai fait des choses, Bobby, des choses que je ne comprenais pas parce que maman était partie et que j'avais besoin... que je voulais que ma maman revienne. Et je croyais que la seule façon de la faire revenir, c'était de devenir maman moi-même.

— Et c'est ce que vous avez fait quand vous avez eu seize ans ? s'enquit doucement le Dr Samuels.

— Il est venu dans ma chambre ce soir-là. Il était tard. Il m'a dit qu'il était temps de devenir vraiment la fille de Loth, comme dans la Bible, et il a enlevé ses vêtements.

— Ça ne lui était jamais arrivé auparavant ?

— Jamais tous ses vêtements. Pas comme ça. Je croyais qu'il voulait... ce que je faisais d'habitude... Mais non. Il... m'a écarté les jambes et... « Tu es... Tu m'empêches de respirer, papa. Tu es trop lourd. S'il te plaît, non. J'ai peur. Oh, ça fait mal, ça fait mal ! »

Jonah Clarence se mit debout, raclant sa chaise furieusement contre le linoléum. Il se dirigea en titubant vers la fenêtre.

— Rien de tout cela n'est arrivé ! s'écria-t-il devant la vitre. C'est impossible ! Ça n'est pas arrivé ! Tu es ma femme !

— Mais il m'a mis la main sur la bouche. « On ne peut pas réveiller Bobby, ma chérie. C'est toi que papa préfère. Laisse-moi te montrer, Gilly. Laisse-moi entrer. Fais comme maman. Comme une vraie maman. Laisse-moi entrer. » Et ça faisait mal. Ça faisait affreusement mal. Et je le détestais.

— Non ! hurla Jonah.

Il ouvrit à toute volée la porte dont le battant alla heurter le mur avec violence et s'enfuit du cagibi à toutes jambes.

Gillian se mit alors à pleurer.

— Je n'étais qu'une coquille vide. Je n'existais plus en tant que personne. Qu'est-ce que cela pouvait bien faire ce qu'il me faisait ? Je suis devenue ce qu'il voulait, ce que n'importe qui voulait. C'est comme ça que j'ai vécu, Jonah. C'est comme ça que j'ai vécu !

— En faisant plaisir à tout le monde ? s'enquit le médecin.

— Les gens adorent regarder dans les miroirs. C'est ce que j'étais, un miroir. C'est ce qu'il a fait de moi. Oh mon Dieu, comme je le détestais, comme je le haïssais !

Elle enfouit son visage dans ses mains et pleura, submergée par le chagrin, versant les larmes amères qu'elle avait retenues pendant onze interminables années. Les autres, immobiles, écoutaient ses sanglots. Après plusieurs longues et éprouvantes minutes, elle releva la tête.

— Ne le laisse pas te tuer, Bobby. Ne le laisse pas faire ça. Pour l'amour du ciel, dis-leur la vérité !

Aucune réponse. Rien. Seul le bruit insupportable du chagrin de Gillian. Roberta était immobile. Comme si elle n'avait rien entendu.

— Tommy, chuchota lady Helen. C'est insupportable. Elle a fait tout ça pour rien.

Lynley fixa la pièce voisine. Il avait la tête qui résonnait comme un tambour, la gorge douloureuse, les yeux qui piquaient. Il aurait aimé trouver William Teys, le trouver vivant, et lui arracher sauvagement les yeux. Il n'avait jamais éprouvé pareille fureur, pareil sentiment de malaise. La douleur de Gillian l'enveloppait comme une maladie.

Mais ses pleurs avaient diminué d'intensité. Elle se mit debout. Elle marcha d'un pas incertain vers la porte. Elle tendit la main vers la poignée. Elle la tourna, ouvrit. Sa présence n'avait finalement servi à rien. C'était fini.

— Est-ce qu'il t'a fait défiler toute nue, Gilly ? demanda Roberta.

16

Telle une plongeuse qui se déplace dans l'eau, Gillian se détourna lentement de la porte en entendant la voix enrouée de sa sœur.

— Raconte, chuchota-t-elle.

Revenant vers sa chaise, elle l'approcha de l'autre et s'assit.

Les yeux de Roberta avec leurs paupières lourdes sous les couches de graisse étaient braqués sur sa sœur, mais ils regardaient dans le vide. Ses lèvres remuaient convulsivement. Les doigts d'une de ses mains se fermaient et s'ouvraient.

— Il y avait de la musique. Fort. Il m'enlevait mes vêtements. (La voix de la grosse fille changea radicalement, prit des intonations insinuantes et persuasives, affreusement masculines :) *Bébé joli. Bébé joli. C'est le moment de défiler, bébé joli. C'est le moment de défiler devant papa.* Et il... il l'avait dans sa main... *Regarde ce que fait papa pendant que tu défiles, bébé joli.*

— J'avais laissé la clé exprès pour toi, Bobby, murmura Gillian d'une voix brisée. Quand il s'est endormi cette nuit-là dans mon lit, je suis allée dans sa chambre et j'ai trouvé la clé. Qu'est-il arrivé à cette clé ? Je l'avais laissée exprès pour toi.

Roberta se débattait avec des faits enfouis depuis des années sous ses terreurs enfantines.

— Je... je ne savais pas. J'ai fermé la porte à clé. Mais tu ne m'as pas expliqué pourquoi il fallait que je ferme à clé. Tu ne m'as jamais dit que je devais garder la clé.

— O, Seigneur, souffla Gillian. Tu veux dire que tu as fermé la porte cette nuit-là mais que tu as laissé la clé sur la serrure pendant la journée ? Bobby, c'est ça que tu veux dire ?

Roberta mit un bras sur son visage humide. En guise de bouclier. Et de derrière son bras, elle opina. Son corps lourd fut secoué d'un sanglot étouffé.

— Je ne savais pas.

— Alors il l'a trouvée et il l'a emportée.

— Il l'a mise dans son armoire. C'est là que se trouvaient toutes les autres. L'armoire était fermée à clé. Je ne pouvais pas la prendre. *Tu n'as pas besoin de clés, bébé joli. Bébé joli, défile devant papa.*

— Quand te faisait-il défiler ?

— La nuit, le jour. *Viens ici, bébé joli. Papa va t'aider à défiler.*

— Comment ?

Roberta abaissa son bras. Son visage se ferma. Avec ses doigts elle se mit à tirer sur sa lèvre inférieure.

— Comment, Bobby ? insista Gillian. Dis-moi ce qu'il faisait.

— J'aime papa. J'aime papa.

— Ne dis pas ça ! (Tendant la main, elle attrapa sa sœur par le bras.) Dis-moi ce qu'il te faisait !

— J'aime. J'aime papa.

— Ne dis pas ça ! C'était un monstre !

Roberta se recroquevilla.

— Non. C'était moi le monstre.

— Comment ça ?

— Ce que je lui faisais... Il ne pouvait pas s'empêcher... il priait et priait, et il ne pouvait s'empêcher... Tu n'étais pas là... *Gilly savait ce que je voulais. Gilly savait s'occuper de moi. Tu n'es bonne à rien, bébé joli. Marche devant papa. Passe sur papa.*

— Passe *sur* papa ? hoqueta Gillian.

— Arrête-toi maintenant. Monte et descends. Là, reste là. *C'est bien, bébé joli. Papa grossit entre tes jambes.*

— Bobby, Bobby. (Gillian détourna la tête.) Quel âge avais-tu ?

— Huit ans. *Mmmmmm. Papa aime te sentir partout. Il aime sentir, sentir, sentir.*

— Tu n'en as parlé à personne ? N'y avait-il personne à qui tu aurais pu te confier ?

— Miss Fitzalan. Je lui en ai parlé. Mais elle n'a pas... elle n'a pas pu...

— Elle n'a rien fait ? Elle ne t'a pas aidée ?

— Elle n'a pas compris. Je lui ai parlé de Moustache... de sa tête quand il se frottait contre moi. Elle n'a pas compris. *Tu as parlé, bébé joli ? Tu as essayé de dénoncer papa ?*

— Seigneur, elle est allée le trouver ?

— *Gilly, elle, n'a jamais rien dit. Gilly n'a jamais rapporté. C'est très mal, bébé joli. Papa va te punir.*

— Comment ?

Roberta ne répondit pas. Elle recommença à se balancer, replongeant dans le silence où elle s'était si longtemps réfugiée.

— Tu n'avais que huit ans ! (Gillian se mit à pleurer.) Bobby, je suis désolée ! Je ne savais pas ! Je ne croyais pas qu'il le ferait. Tu ne me ressemblais pas. Tu ne ressemblais pas à maman.

— Il a fait mal à Bobby au mauvais endroit. Pas comme Gilly. Pas comme Gilly.

— Pas comme Gilly ?

— *Retourne-toi, bébé joli. Papa va te punir.*

— Oh, Seigneur ! (Gillian tomba à genoux, prit sa sœur dans ses bras. Elle sanglotait contre sa poitrine, mais Roberta restait sans réaction. Ses bras pendaient mollement à ses côtés, son corps se raidit comme si sentir sa sœur si près d'elle lui faisait peur ou la dégoûtait.) Pourquoi n'es-tu pas venue à Harrogate ? N'as-tu pas lu le message ? Pourquoi n'es-tu pas venue ? Je croyais que tu allais bien ! Je croyais qu'il te laissait tranquille ! Pourquoi n'es-tu pas venue ?

— Bobby est morte. Bobby est morte.

— Ne dis pas ça ! Tu es vivante. Ne le laisse pas te tuer maintenant !

Roberta recula, se dégagea d'une poussée furieuse.

— Papa jamais tuer, papa jamais tuer, papa jamais tuer ! lança-t-elle d'une voix rendue perçante par la panique.

Le psychiatre se pencha sur sa chaise.

— Tuer quoi, Roberta ? s'enquit-il vivement. (Exploitant son avantage, il enchaîna :) Qu'est-ce que papa n'a jamais tué ?

— Le bébé. Papa n'a pas tué le bébé.

— Qu'a-t-il fait ?

— Il m'a trouvée dans l'étable. Il a pleuré. Il a prié et pleuré.

— C'est là que vous avez eu le bébé, Roberta ? Dans l'étable ?

— Personne ne se doutait. Grosse et laide. Personne ne se doutait.

Emplis d'horreur, les yeux de Gillian étaient fixés non sur le visage de sa sœur, mais sur le psychiatre. Une main sur la bouche, elle se balançait sur ses talons, se mordant les doigts comme pour s'empêcher de crier.

— Tu étais enceinte ? Bobby ! Il ne savait pas que tu étais enceinte ?

— Personne le savait. J'étais pas comme Gilly. Grosse et laide. Personne ne se doutait.

— Qu'est-il arrivé au bébé ?

— Bobby est morte.

— Qu'est-il arrivé au bébé ?

— Bobby est morte.

— Qu'est-il arrivé au bébé !

La voix de Gillian fusa, se fit cri.

— Vous avez tué le bébé, Roberta ? s'enquit le Dr Samuels.

Rien. Elle commença à se balancer d'un mouvement rapide, comme replongeant dans la folie.

Gillian la regardait, regardait la panique qui la poussait à agir et l'armure inattaquable de la psychose qui la protégeait. Et soudain elle comprit.

— Papa a tué le bébé, déclara-t-elle d'une voix morne. Il t'a trouvée dans l'étable, il a pleuré, prié, il a lu la Bible et après ça il a tué le bébé. (Elle toucha les cheveux de sa sœur.) Qu'en a-t-il fait ?

— Je sais pas.

— L'as-tu seulement vu ?

— Je l'ai jamais vu. Fille, garçon, je sais pas.

— C'est pour cela que tu n'es pas venue me retrouver à Harrogate ? Tu étais enceinte ?

Le balancement s'arrêta, ce qui équivalait à une affirmation.

— Le bébé est mort. Bobby est morte. Ça n'avait pas d'importance. *Papa désolé, bébé joli. Papa te fera plus jamais mal. Bébé joli, marche devant papa. Papa te fera plus jamais mal.*

— Il n'a plus jamais eu de rapports avec vous, Roberta ? demanda le médecin. Mais pour le reste, tout continua comme avant ?

— *Bébé joli, défile devant papa.*

— Vous défiliez devant papa, Roberta ? poursuivit le psychiatre. Après le bébé, vous avez continué à marcher devant lui ?

— Je défilais pour papa. Il fallait que je défile.

— Pourquoi ? Pourquoi le fallait-il ?

Elle jeta un regard furtif autour d'elle, un curieux sourire de satisfaction dansant sur ses traits. Et elle recommença à se balancer.

— Papa heureux.

— C'était important que papa soit heureux, fit le Dr Samuels, pensif.

— Oui, oui. *Très* heureux. Papa heureux ne touche pas...

Elle n'acheva pas, se balançant de plus belle.

— Non, Bobby, dit Gillian. Ne t'en va pas. Tu ne dois pas partir maintenant. Tu as défilé devant papa pour qu'il soit heureux et ne touche pas à quelqu'un d'autre. Qui ?

Dans le cagibi sombre, la vérité éclata aux yeux de Lynley, lui transperçant le cœur comme un éclair fulgurant. Il y avait un certain temps qu'il savait. Une petite fille de neuf ans à qui on enseignait la Bible, à qui on lisait l'Ancien Testament, qui apprenait les leçons des filles de Loth.

— *Bridie* ! s'exclama-t-il sauvagement, comprenant tout, enfin.

Il aurait pu raconter la suite de l'histoire, mais il laissa la pauvre âme torturée se libérer toute seule.

— Papa voulait Gilly, pas une grosse vache comme Roberta.

— Votre père voulait une petite fille, c'est ça ? s'enquit le Dr Samuels. Il lui fallait un corps d'enfant pour le stimuler. Comme celui de Gillian. Comme celui de votre mère.

— Trouvé un enfant.

— Et que s'est-il passé ?

Roberta serra la mâchoire comme pour s'empêcher de parler. Ses lèvres fendillées étaient tachées de sang. Elle poussa un cri déchirant et un flot de paroles s'échappa comme malgré elle de sa bouche. « Pharaon lui passa au cou le collier d'or, le revêtit d'habits de lin fin et l'établit sur tout le pays d'Egypte. Ses frères rendirent visite à Joseph et Joseph leur dit : “Dieu m'a envoyé sauver la vie à nombre d'entre vous.” »

Gillian réussit à parler à travers ses larmes.

— La Bible t'a guidée comme elle guidait papa.

— Se vêtir de lin, porter une chaîne.

— Que s'est-il passé ?

— Je l'ai fait venir dans l'étable.

— Comment ? fit le Dr Samuels à voix basse.

Le visage de Roberta frissonna. Ses yeux s'emplirent de larmes qui se mirent à ruisseler sur ses joues couvertes d'acné.

— J'ai essayé à deux reprises. Ça n'a pas marché. Alors... Moustache, répondit-elle.

— Vous avez tué Moustache pour attirer votre père dans l'étable ? fit le médecin.

— Moustache ne savait pas. Je lui ai donné des pilules. Les pilules de papa. Il dormait. Je lui ai tranché... tranché la gorge.

J'ai appelé papa. Papa est arrivé en courant. Il s'est agenouillé à côté de Moustache.

Elle commença à se balancer furieusement, les bras autour de son corps soufflé, accompagnant le mouvement d'un chantonnement bas à bouche fermée. Manifestement, elle battait en retraite.

— Et alors, Roberta ? insista le psychiatre. Vous pouvez bien aller jusqu'au bout, non ? Avec Gillian qui est ici ?

Balancement. Balancement. Sauvage et furieux. Aveugle et déterminé. Les yeux braqués sur le mur.

— J'aime papa. J'aime papa. Me souviens pas. *Me souviens pas.*

— Mais si, vous vous souvenez, fit le psychiatre d'une voix douce mais impitoyable. La Bible vous a dit ce qu'il fallait faire. Si vous n'aviez pas agi, votre père aurait fait à cette petite fille toutes les choses qu'il vous avait faites, à Gillian et à vous, pendant toutes ces années. Il l'aurait tripotée. Il l'aurait sodomisée. Il l'aurait violée. Mais vous l'en avez empêché, Roberta. Vous avez sauvé cette enfant. Vous avez revêtu une robe de lin. Vous vous êtes passé une chaîne en or autour du cou. Vous avez tué le chien. Vous avez appelé votre père pour qu'il vienne dans l'étable. Il est arrivé en courant, n'est-ce pas ? Il s'est agenouillé et...

Roberta se leva d'un bond, s'empara de sa chaise et la lança de toutes ses forces à travers la pièce. La chaise alla s'écraser contre le classeur métallique. Roberta se précipita, la ramassa et la jeta avec une violence inouïe contre le mur cette fois. Puis elle s'effondra sur le classeur et se mit à hurler.

— Je lui ai coupé la tête ! Il s'était mis à genoux. Il s'était penché pour ramasser Moustache. Et je lui ai tranché la tête ! Je l'ai fait et ça m'est égal ! Je voulais qu'il meure ! Je ne voulais pas le laisser toucher à Bridie ! Il en avait envie. Il lui faisait la lecture comme il me l'avait faite à moi. Il lui parlait comme il m'avait parlé. Il allait la tripoter ! Je le voyais bien ! Je l'ai tué ! Je l'ai tué et je m'en moque ! Je ne regrette rien ! Il méritait de mourir ! (Se laissant tomber sur le sol, elle se mit à pleurer dans ses mains, de grosses mains grises semblables à de la pâte, qui couvraient son visage mais le pinçaient et le brutalisaient en même temps qu'elles le protégeaient.) J'ai vu sa tête par terre. Et ça ne m'a rien fait. Et le rat est sorti de je ne sais où. Et il a reniflé le sang. Et il s'est mis à lui ronger la cervelle et ça ne m'a rien fait !

Avec un cri étranglé, le sergent Havers sauta sur ses pieds et sortit du cagibi en titubant.

Barbara entra en trombe dans les toilettes, s'engouffra dans une cabine et se mit à vomir. La pièce tournait autour d'elle. Elle était en feu et pensa qu'elle allait tourner de l'œil. Toutefois, au lieu de s'évanouir, elle continua à rendre. Tout en vomissant — péniblement, spasmodiquement — elle savait que ce qu'elle expulsait de son corps, c'était la masse bourbeuse de son propre désespoir.

Cramponnée à la cuvette de porcelaine, elle parvint à inspirer une bolée d'air purificatrice et se remit à vomir. C'était à croire qu'elle n'avait jamais vu la vie clairement avant les deux dernières heures et que, soudain confrontée à sa laideur, elle éprouvait le besoin de la fuir, de l'évacuer de son système.

Dans le cagibi sombre et étouffant, les voix avaient résonné impitoyablement à ses oreilles. Non seulement les voix des deux sœurs qui avaient traversé ce cauchemar, mais les voix de son propre passé et du cauchemar qu'elle vivait encore. C'en était trop. Elle ne pouvait plus continuer de vivre comme ça, elle ne pouvait plus supporter ça.

Je ne peux pas, sanglota-t-elle intérieurement. Tony, je ne peux plus ! Que Dieu me pardonne, je ne peux pas !

Des pas résonnèrent dans les lavabos. Barbara lutta pour se ressaisir mais le malaise persistant, elle comprit qu'il lui faudrait subir encore une humiliation : celle d'être malade comme un chien devant l'efficace, l'élégante lady Helen Clyde.

Elle entendit quelqu'un tourner un robinet. Des pas encore. La porte de la cabine s'ouvrit et on lui appuya contre la nuque un chiffon humide qu'on plia et qu'on passa ensuite sur ses joues brûlantes.

— Je vous en prie. Non ! Allez-vous-en ! (Elle fut de nouveau malade et, comble de l'ignominie, se mit à pleurer.) Je ne peux pas ! sanglota-t-elle. Je ne peux pas ! Je vous en prie. S'il vous plaît ! Laissez-moi seule !

Une main fraîche lui ramena les cheveux en arrière, lui soutenant le front.

— La vie est une vacherie, Barb. Et le plus moche, c'est que ça ne s'arrange jamais vraiment, fit la voix de Lynley.

Horrifiée, elle pivota. C'était bien Lynley.

Il avait dans les yeux la compassion qu'elle y avait vue précédemment : dans sa façon de traiter Roberta, dans sa conversation avec Bridie, dans sa façon de questionner Tessa. Et soudain elle comprit ce que Webberly avait en tête lorsqu'il lui avait dit qu'elle pourrait apprendre beaucoup de choses en travaillant avec Lynley — la source de sa force, ce noyau qu'elle connaissait si bien, n'était rien d'autre qu'un immense courage personnel. Ce fut cette compassion tranquille, et rien d'autre, qui eut finalement raison d'elle.

— Comment a-t-il pu faire une chose pareille ? sanglota-t-elle. Quand on a un enfant, c'est pour l'aimer, pas pour lui faire du mal. Pas pour le laisser mourir. Jamais pour le laisser mourir ! Or c'est ce qu'ils ont fait ! (Sa voix dérapa dans l'hystérie. Pendant tout ce temps, les yeux sombres de Lynley étaient fixés sur son visage.) Je hais... Je ne peux pas... Ils étaient censés être là. C'était leur fils ! Ils étaient censés l'aimer mais ils ne l'ont pas fait. Il est resté malade quatre ans, et la dernière année, il l'a passée à l'hôpital. Ils n'allaient même pas le voir ! Ils disaient qu'ils ne pouvaient pas le supporter, que ça leur faisait trop mal. Mais j'y suis allée, moi. J'y allais tous les jours. Et tous les jours il les réclamait. Il me demandait pourquoi papa et maman n'allaient pas lui rendre visite. Et je mentais. J'y allais tous les jours et je mentais. Et quand il est mort, il était seul. J'étais à l'école. Je ne suis pas arrivée à temps. C'était mon petit frère ! Il n'avait que dix ans ! Et tous, tous, nous l'avons laissé mourir seul.

— Je suis navré, dit Lynley.

— Je me suis juré que jamais je ne les laisserais oublier ce qu'ils avaient fait. J'ai demandé ses bulletins scolaires à ses professeurs. J'ai encadré son certificat de décès. J'ai dressé l'autel. Je les ai obligés à rester à la maison. J'ai fermé les portes et les fenêtres. Et chaque jour que Dieu faisait, je m'assurais qu'ils ne pouvaient faire autrement que de rester assis là, à regarder Tony. Je les ai rendus fous ! Je l'ai voulu ! Je les ai détruits. Je me suis détruite moi-même !

Posant sa tête sur la cuvette, elle pleura. Elle pleurait pour la haine qui avait empli sa vie, pour le sentiment de culpabilité et la jalousie qui avaient été ses compagnons, pour la solitude qu'elle avait fait fondre sur elle-même, pour le mépris qu'elle avait voué aux autres et le dégoût qu'ils lui avaient inspiré.

A la fin, lorsque Lynley la prit dans ses bras sans un mot, elle pleura contre sa poitrine, regrettant plus que tout la mort de l'amitié qui aurait pu naître entre eux.

Par les fenêtres du bureau impeccablement rangé du Dr Samuels, ils apercevaient la roseraie organisée en parterres et terrasses successives. Les plantes étaient regroupées par couleur et par variété. Quelques buissons portaient encore des fleurs malgré l'époque tardive, les nuits froides, la gelée matinale. Bientôt, cependant, les fleurs mourraient. Les jardiniers coupe-raient les arbustes pour préparer la lente traversée de l'hiver. Mais ils renaîtraient au printemps, et le cycle de la vie continuerait.

Ils regardèrent le petit groupe se promener dans les allées de gravier au milieu des fleurs. On eût dit une étude de contraires : Gillian et sa sœur, lady Helen et le sergent Havers, et loin derrière, les deux infirmières, leurs formes dissimulées sous les longues capes qu'elles portaient en cet après-midi venteux.

Lynley se détourna et vit que le Dr Samuels l'observait pensivement de derrière son bureau, son visage intelligent dénué d'expression.

— Vous saviez qu'elle avait eu un bébé, dit Lynley. Grâce à la visite médicale qu'elle a passée à son arrivée ici.

— Oui.

— Pourquoi ne pas m'en avoir parlé ?

— Je n'avais pas confiance en vous, répondit Samuels. A ce moment-là, le lien — même ténu — que je pouvais tisser avec Roberta en gardant ce détail pour moi me paraissait trop important pour que je partage le renseignement avec vous et coure le risque que vous le lui lâchiez en pleine figure. (Il rectifia :) C'était confidentiel, après tout.

— Que va-t-il leur arriver ? s'enquit Lynley.

— Elles survivront.

— Comment le savez-vous ?

— Elles commencent à comprendre qu'elles ont été ses victimes. C'est la première étape.

Samuels ôta ses lunettes et les essuya avec la doublure de sa veste. Son visage mince était fatigué. Pour lui, c'était une vieille histoire, sans cesse recommencée.

— Je n'arrive pas à comprendre comment elles ont réussi à survivre aussi longtemps.

— Elles se sont débrouillées.

— Comment ?

Le médecin accorda un dernier regard à ses lunettes et les remit sur son nez, les ajustant soigneusement. Il les portait depuis des années et elles avaient fini par creuser des sillons de part et d'autre de l'arête du nez.

— Gillian s'en est sortie en recourant à la dissociation mentale, en faisant exploser son moi de façon à faire semblant d'avoir ou d'être ce qu'elle ne pouvait pas vraiment avoir ou être.

— Par exemple ?

— Des sentiments normaux, pour commencer. Des relations normales. C'est ce qu'elle appelait être un miroir, se contenter de réfléchir la conduite de son entourage. C'est une réaction de défense. Cela l'empêchait d'éprouver quoi que ce soit à l'égard de ce qui lui arrivait.

— Comment cela ?

— Elle n'était pas une « vraie personne », aussi rien de ce que son père faisait ne pouvait la toucher ou l'atteindre réellement.

— Il n'y a pas deux personnes qui l'ont décrite de la même façon dans le village.

— Oui. Gillian, tel un miroir, leur renvoyait l'image qu'ils se faisaient d'elle. Poussée à l'extrême, cette attitude conduit au dédoublement de la personnalité. Mais il semble qu'elle ait réussi à ne pas en arriver là. En soi, c'est remarquable, surtout si l'on songe à tout ce qu'elle a traversé.

— Et Roberta ?

Le psychiatre fronça les sourcils.

— Elle ne s'en est pas aussi bien sortie que Gillian, reconnut-il.

Lynley jeta un dernier coup d'œil par la fenêtre et retourna vers son siège, un fauteuil au capiton usé où avaient dû s'asseoir des centaines d'âmes tourmentées.

— Est-ce pour cela qu'elle était boulimique ?

— Pour fuir ? Non, je ne crois pas. Je dirais plutôt que c'était un acte d'autodestruction.

— Je ne comprends pas.

— L'enfant qui subit des sévices sexuels a l'impression qu'il a fait quelque chose de mal et qu'on le punit. Il se peut que Roberta ait mangé parce que les sévices l'amenaient à se mépriser et que détruire son corps ait été une façon de se châtier. C'est une explication.

Le médecin parut hésiter.

— Il y en a une autre ?

— Difficile à dire. Peut-être a-t-elle essayé de mettre un terme à ce viol de la seule façon qu'elle a jugée possible. A moins de se suicider, quelle meilleure manière de détruire son corps que de se rendre aussi différente que possible de Gilly ? Ainsi, son père n'aurait plus voulu d'elle sexuellement.

— Mais ça n'a pas marché.

— Malheureusement, non. Il s'est tourné vers diverses formes de perversion pour se stimuler, en entraînant sa fille avec lui. De quoi satisfaire sa volonté de puissance.

— J'éprouve une furieuse envie d'étriper Teys, dit Lynley.

— C'est un besoin que j'éprouve moi aussi tout le temps.

— Comment peut-on... Je ne comprends pas.

— C'est une déviation, une maladie. Teys éprouvait une attirance sexuelle pour les enfants. Son mariage avec une fille de seize ans — qui était une adolescente immature et non une femme aux formes épanouies — aurait dû attirer l'attention du premier observateur un peu averti. Mais il réussit remarquablement bien à tout dissimuler sous sa dévotion et son comportement de père solide et aimant. C'est une attitude caractéristique, inspecteur Lynley, tout à fait caractéristique.

— Mais personne ne s'est jamais douté de rien ? J'ai du mal à le croire.

— Si on examine bien la situation, c'est facile à croire. Teys projetait une image de réussite dans son entourage. Dans le même temps, ses filles étaient condamnées au secret et à l'autopunition. Persuadée qu'elle était responsable du départ de sa mère, Gillian — pour réparer — servait de « maman » à Teys, selon le mot de celui-ci. Roberta, elle, était convaincue que Gillian avait comblé son père et qu'elle était censée faire de même. Teys leur avait enseigné à toutes deux — d'après des morceaux soigneusement choisis de la Bible qu'il interprétait à sa façon — que ce qu'elles faisaient était non seulement juste, mais que c'était leur devoir de fille tel qu'il était prescrit par Dieu.

— Ça me donne envie de vomir.

— C'est répugnant, en effet. C'était un malade. Voyez plutôt : il choisit une enfant pour femme. Ainsi, il ne risque rien. Il se sentait menacé par le monde adulte et, dans la personne de cette adolescente de seize ans, il voyait une partenaire capable de le stimuler sexuellement grâce à son corps enfantin et en même temps le moyen d'assouvir son besoin de respectabilité par le mariage.

— Pourquoi s'en être pris à ses filles, alors ?

— Lorsque Tessa — sa femme-enfant — mit un bébé au monde, Teys eut l'effrayante, l'irréfutable preuve que la créature qui avait éveillé ses sens et dont le corps avait été une telle source de gratification pour lui n'était pas du tout une enfant mais une femme. Or il percevait les femmes comme une menace, ces femmes qui étaient l'émanation d'un monde adulte qu'il redoutait.

— Tessa nous a dit qu'il avait cessé de dormir avec elle.

— Je n'en doute pas. S'il avait couché avec elle et qu'il n'ait pas réussi à s'acquitter du devoir conjugal, jugez de son humiliation. Pourquoi risquer d'aller au-devant d'un échec pareil alors qu'il avait chez lui un tout petit enfant sans défense dont il pouvait tirer un immense plaisir et une immense satisfaction ?

Lynley sentit sa gorge se serrer.

— *Un tout petit enfant ?* murmura-t-il. Vous voulez dire...

Devant la réaction de Lynley, le Dr Samuels hocha tristement la tête : il partageait son indignation, il y avait des années qu'il l'éprouvait.

— Il a dû commencer à abuser de Gillian dans sa petite enfance. Le premier incident dont elle se souvienne remonte à sa quatrième ou à sa cinquième année mais il est peu probable que

Teys ait attendu tout ce temps, à moins que sa religion ne l'ait aidé à refouler ses pulsions pendant toutes ces années. C'est possible.

Sa religion. Les pièces du puzzle se mettaient en place les unes après les autres. Mais plus le processus avançait, plus Lynley éprouvait le besoin de donner libre cours à la colère qui grondait en lui. Il s'efforça de se contrôler.

— Elle comparaîtra devant la justice.

— Un jour ou l'autre, oui. Roberta finira par se rétablir. Elle sera déclarée apte à comparaître devant un tribunal. (Le médecin se tourna pour observer le petit groupe dans le jardin.) Mais vous savez comme moi, inspecteur, qu'aucun jury au monde ne la condamnera lorsque la vérité éclatera. C'est peut-être ce genre de choses qui nous permet de croire à l'existence d'une forme de justice, après tout.

Les arbres qui dominaient Sainte-Catherine jetaient des ombres longues sur l'édifice de sorte que, bien qu'il fît encore jour dehors, l'intérieur de l'église était plongé dans l'obscurité. Les rouges profonds des vitraux déversaient des flaques de lumière sanglante qui se fanaient lentement sur le carrelage fendillé, les cierges tremblotaient au pied des statues qui le regardaient remonter la travée centrale. L'air était lourd et mort. Tandis qu'il se dirigeait vers le confessionnal élisabéthain, Lynley frissonna.

Il ouvrit la porte, entra dans le réduit, s'agenouilla et attendit. L'obscurité était complète, le calme absolu. Ambiance idéale pour méditer sur ses péchés, songea Lynley.

Une grille grinça dans le noir. Une voix douce murmura des incantations à l'adresse d'un dieu absent. Puis :

— Oui, mon enfant ?

A la dernière minute, il se demanda s'il allait y parvenir. Mais il retrouva sa voix.

— Il est venu vous trouver ici même, dit Lynley. C'est là qu'il a confessé ses péchés. L'avez-vous absous, mon père ? Avez-vous, à l'aide de quelque signe cabalistique, fait comprendre à William Teys qu'il était libre d'abuser de ses enfants ? Que lui avez-vous dit ? Lui avez-vous donné votre bénédiction ? L'avez-vous renvoyé du confessionnal, l'âme purifiée, afin qu'il rentre chez lui et recommence ? Est-ce ainsi que cela se passait ?

Seule une respiration sifflante et rapide lui indiqua qu'il y avait bien un être humain assis de l'autre côté de la grille.

— Et Gillian, est-ce qu'elle se confessait ? Ou est-ce qu'elle avait trop peur ? Lui avez-vous parlé de ce que son père lui faisait subir ? Avez-vous essayé de l'aider ?

— Je... (La voix avait l'air de venir de très loin.) Comprendre et pardonner.

— C'est ce que vous lui avez dit ? Comprendre ? Pardonner ? Et Roberta ? Etait-elle censée comprendre et pardonner, elle aussi ? Est-ce qu'une fille de seize ans était censée accepter que son père la viole, lui fasse un enfant qu'il irait ensuite assassiner ? Ou était-ce une idée à vous, père Hart ?

— Je n'étais pas au courant de l'existence du bébé. Je n'étais pas au courant. Je n'étais pas au courant ! fit-il, frénétique.

— Mais vous avez compris quand vous avez trouvé le corps dans l'abbaye. Vous avez compris. Vous avez choisi *Périclès*, père Hart. Vous saviez bigrement bien à quoi vous en tenir !

— Cela, il ne l'a jamais confessé. Jamais !

— Et qu'auriez-vous fait s'il l'avait fait ? Quelle pénitence lui auriez-vous imposée pour le meurtre de son enfant ? Car c'était un meurtre. Vous savez que c'était un meurtre.

— Non. Non !

— William Teys porta l'enfant de Gembler Farm à l'abbaye. Il ne pouvait l'envelopper dans une couverture, car on en aurait retrouvé la provenance. Aussi l'emporta-t-il nu. Et le bébé mourut. En le voyant, vous avez tout de suite compris à qui était ce bébé, comment il était arrivé là-bas. Vous avez choisi une citation de *Périclès* pour épitaphe. *Le meurtre suit la luxure, comme la fumée la flamme.* Vous aviez tout compris.

— Il a dit... Après ça... il a juré qu'il était guéri.

— Guéri ? Il aurait miraculeusement guéri d'une perversion sexuelle à la suite de la mort de son enfant nouveau-né ? C'est ce que vous vous êtes dit ? C'est ce que vous vouliez vous faire croire ? Il était guéri, c'est sûr. Seulement guérir pour lui, c'était cesser de violer Roberta. Mais écoutez-moi, mon père, parce que cela vous l'avez sur la conscience : pour le reste, tout continua comme avant.

— Non !

— Vous savez que c'est vrai. C'était comme une drogue pour lui. Le seul problème, c'est qu'il avait besoin de chair fraîche. Il lui fallait Bridie. Et vous alliez laisser faire.

— Il m'avait juré...

— Juré ? Sur quoi ? Sur la Bible dont il se servait pour faire croire à Gillian qu'elle devait se donner à son père ? C'est sur ça qu'il avait juré ?

— Il avait cessé de se confesser. Je ne savais pas. Je...

— Vous saviez. Dès l'instant où il s'est attaqué à Bridie, vous avez su. Et lorsque vous êtes allé à la ferme et que vous avez vu ce que Roberta avait fait, la vérité vous a sauté aux yeux, n'est-ce pas ?

Il y eut un sanglot étouffé. Puis une mélopée de chagrin qui s'éleva comme les gémissements de Jacob et s'acheva sur trois mots à peine compréhensibles. *Mea... mea culpa !*

— Oui, siffla Lynley. Tout ça est votre faute, mon père.

— Je ne pouvais pas... Le silence du confessionnal. C'est un serment sacré.

— Il n'y a pas de serment qui tienne face à la vie. Il n'y a pas de serment qui tienne face à la destruction d'un enfant. Vous avez compris ça, n'est-ce pas, lorsque vous vous êtes rendu à la ferme ? Vous avez compris qu'il était enfin temps de rompre le silence. Alors vous avez essuyé la hache, vous vous êtes débarrassé du couteau, et vous êtes venu à Scotland Yard. Vous saviez que la vérité éclaterait de cette façon, la vérité que vous n'aviez pas le courage de révéler.

— Oh mon Dieu, je... Comprendre et pardonner, chuchota le prêtre brisé.

— Pas pour ça. Pas pour vingt-sept ans de sévices sexuels. Pour deux vies saccagées. Pour la mort de leurs rêves. Cela ne se peut comprendre. Cela ne se peut pardonner. Pas pour ça, par Dieu, non.

Il poussa la porte du confessionnal et s'en fut.

Derrière lui, une voix plaintive s'éleva :

— Ne t'échauffe pas contre les méchants... vite comme l'herbe ils sont fanés... compte sur Yahvé... il te donnera les désirs de ton cœur... les méchants seront extirpés...

Respirant avec difficulté, Lynley ouvrit la porte de l'église et sortit dans l'air du soir.

Lady Helen était appuyée contre le bord d'un sarcophage moussu, regardant Gillian, qui était plantée devant la petite tombe sous les cyprès, sa tête aux cheveux blonds coupés ras penchée, en contemplation ou en prière. Elle entendit les pas de Lynley mais ne bougea pas, pas même lorsqu'il la rejoignit et qu'elle sentit la pression de son bras contre le sien.

— J'ai vu Deborah, dit-il enfin.

— Ah. (Ses yeux demeurèrent rivés sur la fragile silhouette de Gillian.) Je pensais que tu risquais de la voir, Tommy. J'espérais que non, mais je pensais que ce n'était pas impossible.

— Tu savais qu'ils étaient à Keldale. Pourquoi ne pas me l'avoir dit ?

Continuant d'éviter son regard, elle baissa les yeux l'espace d'un moment.

— Que voulais-tu que je te dise ? Nous avions dit tout ce qu'il y avait à dire. (Elle hésita, désireuse d'abandonner le sujet une fois pour toutes. Mais les longues années d'amitié partagée l'en empêchèrent.) Ç'a dû être horrible pour toi ? s'obligea-t-elle à demander.

— Au début.

— Et après ?

— Après, j'ai vu qu'elle l'aimait. Comme tu l'avais aimé jadis.

Un sourire de regret étira brièvement ses lèvres.

— Oui. Comme moi jadis.

— Où as-tu trouvé la force de laisser partir Saint James, Helen ? Comment diable as-tu survécu ?

— Oh, je me suis débrouillée. Et puis n'oublie pas que je t'avais, Tommy. Tu m'as aidée. Tu as toujours été mon ami.

— Et toi la mienne. Ma meilleure amie.

Elle rit doucement.

— C'est ce que les hommes disent de leur chien, tu sais. Je ne sais pas si je dois être flattée.

— Mais tu l'es ?

— Absolument, répondit-elle. (Se tournant alors vers lui, elle scruta son visage. La fatigue s'y lisait toujours, mais le chagrin semblait s'être atténué. La souffrance n'avait pas disparu — cela prendrait un certain temps — mais elle s'estompait, arrachant Lynley au passé.) Le plus dur est derrière toi maintenant, n'est-ce pas ?

— J'ai traversé le plus dur. En fait, je crois que je suis prêt à continuer.

Il lui toucha les cheveux et sourit.

La porte du cimetière s'ouvrit et par-dessus l'épaule de Lynley, lady Helen aperçut le sergent Havers qui entrait. Barbara ralentit momentanément l'allure en les voyant bavarder tranquillement tous les deux mais après s'être éclairci la gorge comme pour les prévenir de son arrivée, elle s'avança vers eux d'un pas décidé, en balançant les épaules.

— Vous avez un message de Webberly, dit-elle à Lynley. C'est Stepha qui l'a reçu à l'auberge.

— Un message ? De quelle nature ?

— Enigmatique, comme d'habitude. (Elle lui tendit le papier.) « Identité colle. Londres vérifie. York prévenu hier après-midi », récita-t-elle. Vous y comprenez quelque chose ?

Il relut le message, plia le bout de papier, et jeta un regard lugubre aux collines par-delà le cimetière.

— Oui, fit-il, mais les mots ne venaient pas facilement. Je comprends.

— Russell Mowrey ? s'enquit Havers. (Comme il hochait la tête, elle poursuivit :) Ainsi, il s'est rendu à Londres pour dénoncer Tessa à Scotland Yard. Comme c'est étrange. Pourquoi ne pas être allé la dénoncer à la police d'York ? Qu'est-ce que Scotland Yard pouvait bien...

— Non. Il est bien allé à Londres voir sa famille, comme Tessa le pensait. Mais il n'est pas allé plus loin que la gare de King's Cross.

— La gare de King's Cross ? reprit Havers.

— C'est là que l'Eventreur lui a mis le grappin dessus, Havers. La photo de Mowrey était punaisée au mur du bureau de Webberly.

Il se rendit à l'auberge seul. Il descendit Church Street, et resta un instant planté sur le pont comme il l'avait fait la nuit précédente. Le village était calme. Au moment où il jetait un dernier regard à Keldale, une porte claqua tout près. Une petite fille rousse dévala les marches de sa maison et se précipita vers un appentis. Elle disparut et émergea quelques minutes plus tard, traînant un gros sac de grain sur le sol.

— Où est Dougal ? appela-t-il.

Bridie leva les yeux. Ses cheveux bouclés retenaient le soleil, formant un contraste saisissant avec le vert vif du pull-over trois fois trop grand qu'elle portait.

— A l'intérieur. Il a mal à l'estomac aujourd'hui.

Lynley se demanda comment on diagnostiquait un mal d'estomac chez un colvert et crut plus sage de ne pas poser la question.

— Pourquoi lui donnes-tu à manger alors ?

Elle réfléchit tout en se grattant la jambe gauche avec le pied droit.

— Maman m'a dit de lui donner à manger. Elle l'a gardé au chaud toute la journée et elle dit qu'il peut manger quelque chose maintenant.

— C'est une bonne infirmière, dis donc.

— Oui.

Elle agita une main sale dans sa direction et s'engouffra dans la maison, petit paquet de vie avec ses rêves intacts.

Il traversa le pont et entra dans l'auberge. Derrière le comptoir de la réception, Stepha se leva, les lèvres entrouvertes, prête à parler.

— C'est l'enfant d'Ezra Farmington que vous avez eu, n'est-ce pas ? s'enquit-il. Ezra faisait partie du tourbillon dans lequel vous vous êtes plongée après la mort de votre frère ?

— Thomas...

— N'est-ce pas ?

— Oui.

— Est-ce que vous les regardez, Nigel et lui, quand ils se tourmentent à votre propos ? Est-ce que cela vous amuse de voir Nigel se soûler à *La Colombe*, espérant vous pincer en compagnie d'Ezra chez lui de l'autre côté de la rue ? Ou est-ce que vous vous tenez en dehors du conflit avec l'aide de Richard Gibson ?

— Vous n'êtes pas juste.

— Vous trouvez ? Savez-vous qu'Ezra ne se croit plus capable de peindre ? Ça vous intéresse, Stepha ? Il a détruit son travail. Les seules œuvres qu'il ait conservées sont ses toiles de vous.

— Je ne peux rien pour lui.

— Parce que vous refusez de l'aider.

— Ce n'est pas vrai.

— Vous refusez de l'aider, répéta Lynley. Pour une raison que j'ignore, il est toujours amoureux de vous. Il veut également l'enfant. Il veut savoir où il est. Il veut savoir ce que vous en avez fait, qui le garde. Vous êtes-vous seulement donné la peine de lui dire si c'était un garçon ou une fille ?

Elle baissa les yeux.

— Elle... elle a été adoptée par une famille de Durham. C'était la seule solution.

— Et ce sera sa punition, je présume ?

Elle releva vivement les yeux.

— Pourquoi le punirais-je ?

— Vous l'avez puni d'avoir mis un terme au tourbillon. D'avoir voulu aller plus loin avec vous. D'avoir voulu prendre des risques. D'être tout ce que vous aviez peur d'être.

Elle ne répondit pas, c'était inutile. Car la réponse se lisait clairement sur son visage.

Elle n'avait pas voulu pousser jusqu'à la ferme. Théâtre de tant de terreurs enfantines, Gembler Farm était un endroit qu'elle voulait enfouir dans le passé. Tout ce qu'elle avait voulu voir, c'était la tombe du bébé. Cela fait, elle fut prête à partir. Les autres, ce groupe d'étrangers compréhensifs qui avaient fait irruption dans sa vie, ne lui avaient posé aucune question. Ils s'étaient contentés de la faire monter dans la grande voiture gris métallisé et de la conduire hors de Keldale.

Elle n'avait pas la moindre idée de l'endroit où ils l'emmenaient, et elle ne s'en souciait guère. Jonah était parti. Nell était morte. Et il lui restait à découvrir qui était Gillian. Elle n'était qu'une coquille vide. Il ne lui restait plus rien.

Lynley regarda Gillian dans le miroir. Il ne savait pas ce qui se passerait. Il n'était pas certain que c'était la chose à faire. Il suivait son instinct, un instinct aveugle qui lui répétait que du bien devait sortir, tel un phénix triomphant, des cendres de la journée.

Il savait qu'il voulait donner un sens aux événements, qu'il ne pouvait accepter l'absurdité de la mort de Russell Mowrey à King's Cross, mort reçue des mains d'un tueur inconnu. Il pestait contre cette mort, sa brutalité, sa laideur diabolique, le terrible gâchis qu'elle représentait.

Lui allait s'efforcer de donner un sens à tout cela. Il refusait d'admettre que ces vies fragmentées ne pussent d'une certaine façon se rejoindre, se retrouver par-delà le gouffre de dix-neuf années, et atteindre enfin la paix.

C'était un risque à courir. Mais cela lui était égal. Il était prêt à le prendre. Il était dix-huit heures lorsqu'il s'immobilisa devant la villa d'York.

— J'en ai pour un instant, dit-il aux autres en tendant la main vers la poignée de la portière.

Le sergent Havers lui toucha l'épaule.

— Laissez-moi faire, monsieur. S'il vous plaît.

Il hésita. Elle le regarda.

— S'il vous plaît, répéta-t-elle.

Il jeta un coup d'œil vers la porte d'entrée fermée, sachant qu'il ne pouvait décemment pas prendre la responsabilité de laisser l'affaire à la merci de l'incompétence d'Havers. Pas ici. Pas maintenant. Pas alors que l'enjeu était aussi important.

— Havers...

— J'y arriverai. Croyez-moi, je vous en prie.

Il comprit alors qu'elle remettait son avenir entre ses mains, qu'elle lui laissait le soin de décider si elle devait rester à la Criminelle ou rendosser l'uniforme une fois pour toutes.

— Monsieur ?

Il voulait lui refuser la permission qu'elle lui demandait, lui ordonner de rester où elle était, dans la voiture, la condamner à arpenter en tenue les trottoirs londoniens. Mais tel n'avait pas été le souhait de Webberly. Il s'en rendait compte maintenant. Tandis qu'il regardait le visage confiant et résolu d'Havers, il comprit que Barbara avait construit le bûcher funéraire elle-même et était parfaitement décidée à craquer l'allumette qui allait mettre la promesse du phénix à l'épreuve.

— Très bien, répondit-il finalement.

— Merci, monsieur.

Elle sortit de la voiture, se dirigea vers la porte et entra dans la villa. Et l'attente commença.

Il ne s'était jamais considéré comme un homme de prière, mais, assis dans la voiture au milieu de l'obscurité qui tombait et des minutes qui s'égrenaient, il comprit ce que le mot « prier » voulait dire. C'était vouloir que le mal se transforme en bien, le désespoir en espérance, que la mort devienne vie. C'était vouloir que les rêves existent et que les spectres deviennent réalité. C'était vouloir que finisse l'angoisse, vouloir que commence la joie.

Gillian remua sur le siège arrière.

— A qui cette maison...

Sa voix mourut tandis que la porte s'ouvrait à la volée et que Tessa se précipitait dehors, marquant une pause sur le seuil afin de scruter la voiture.

— Maman, souffla Gillian.

Ce fut son seul mot. Elle sortit de la voiture lentement et fixa la femme debout sur le seuil comme s'il s'agissait d'une apparition.

— Maman ?

— Gilly ! Oh, mon Dieu, *Gilly* ! cria Tessa en s'avançant à sa rencontre.

Il n'en fallut pas davantage à Gillian, qui gravit la pente en courant et se jeta dans les bras de sa mère. Les deux femmes entrèrent dans la maison ensemble.

LE LIEU DU CRIME

Payment in Blood
1989
Traduction d'Hélène Amalric

En mémoire affectueuse de John Biere

Quand jolie femme s'abaisse
A commettre une folie,
Et découvre trop tard
La traîtrise des hommes,
De quel charme user
Pour apaiser sa mélancolie,
De quel art user
Pour laver sa faute ?

Pour effacer sa faute
Et cacher sa honte aux yeux de tous,
Pour mettre le repentir
Au sein de son amant
Et lui briser le cœur,
Elle ne peut qu'une chose — mourir.

Oliver GOLDSMITH

1

Gowan Kilbride, âgé de seize ans, n'avait jamais été un lève-tôt. Lorsqu'il vivait à la ferme, chez ses parents, il s'extrayait tous les matins du lit avec force récriminations et grognements furibonds destinés à exprimer à qui voulait bien l'entendre son peu d'enthousiasme pour cette vie de labeur paysan. Aussi, lorsque Francesca Gerrard, propriétaire depuis son récent veuvage du plus vaste domaine de la région, avait décidé de transformer sa grande demeure écossaise en hôtel pour alléger les droits de succession, Gowan s'était-il présenté à elle en homme providentiel — celui-là même qu'elle attendait pour servir à table, officier derrière le bar, et surveiller la cohorte de créatures nubiles qui ne manqueraient pas de se présenter comme femmes de chambre.

Les rêves de Gowan s'étaient bien vite envolés en fumée. Une semaine à peine à Westerbrae avait suffi à lui faire comprendre qu'un contingent de quatre personnes, pas une de plus, allait assumer tous les travaux nécessaires à l'entretien de l'immense maison de granit : Mrs Gerrard en personne, une cuisinière mûrissante à la lèvre supérieure ornée d'une moustache, Gowan, et une jeune fille de dix-sept ans débarquée d'Inverness, Mary Agnes Campbell.

Le rôle de Gowan se parait de tout l'éclat correspondant à sa position dans la hiérarchie de l'hôtel, à savoir virtuellement aucun. Il n'était qu'un factotum, un homme de peine, à qui il incombait de bêcher les plates-bandes, balayer, repeindre, réparer la vieille chaudière deux fois par semaine, ou poser du papier peint dans les chambres des futurs hôtes. Dur apprentissage de l'humilité pour un garçon qui s'était toujours vu dans la peau d'un nouveau James Bond. Seule la délicieuse présence de Mary Agnes Campbell, engagée pour l'entretien de la maison et le service, rachetait les contrariétés de la vie à Westerbrae.

Moins d'un mois après avoir commencé à travailler aux côtés de Mary Agnes, le lever matinal n'était déjà plus une corvée. Plus tôt il jaillissait de sa chambre, plus tôt Gowan pouvait voir Mary Agnes, lui parler, humer l'espace d'un instant son parfum troublant. En trois mois à peine, ses vieux fantasmes — dégustation de martini-vodka et nette préférence pour les pistolets italiens à crosse moulée — s'étaient évanouis, remplacés par l'espoir de se voir récompensé d'un sourire radieux de Mary Agnes, de la vue de ses jolies jambes, par l'espoir fou et adolescent de frôler la courbe de ses seins magnifiques dans un corridor.

Tout cela avait paru ressortir du domaine du possible, jusqu'à l'arrivée la veille des tout premiers hôtes sérieux de Westerbrae : un groupe de comédiens de Londres venus répéter leur nouvelle pièce en compagnie du producteur, du metteur en scène et de quelques autres personnes. La présence de ces sommités londoniennes, à laquelle s'ajoutait ce que Gowan venait de dénicher ce matin dans la bibliothèque, portait un rude coup à son rêve de bonheur éternel aux côtés de Mary Agnes. Aussi, dès qu'il eut retiré la boule de papier froissé aux armes de Westerbrae de la corbeille de la bibliothèque, se mit-il à la recherche de la jeune fille, qu'il trouva seule dans la cuisine, occupée à préparer les plateaux du petit déjeuner pour les monter ensuite dans les chambres.

La cuisine avait toujours été un des repaires favoris de Gowan, essentiellement parce qu'à l'inverse du reste de la maison, elle n'avait subi aucune transformation. Les futurs hôtes n'étaient guère susceptibles de passer par là pour goûter la sauce ou discuter de la cuisson de la viande, aussi était-il inutile d'accommoder la pièce à leur goût.

Elle était demeurée telle que Gowan l'avait connue dans son enfance. Le vieux carrelage aux tons mats rouge et crème ressemblait toujours à un gigantesque damier. Des rangées de casseroles de cuivre rutilantes suspendues aux entraits de chêne égayaient l'un des murs. Un dressoir de pin à quatre étagères contenait la vaisselle de tous les jours, tandis qu'au-dessous, un séchoir triangulaire croulait sous le poids des torchons et des serviettes à thé. Sur les appuis des fenêtres étaient posées des vasques de terre cuite dans lesquelles s'épanouissaient d'étranges plantes tropicales aux larges feuilles palmées que les rigueurs du glacial hiver écossais auraient dû faire dépérir, mais qui fleurissaient dans la chaleur de la pièce.

A l'instant où Gowan y pénétra, pourtant, il était loin d'y faire chaud. Il n'était pas tout à fait sept heures, et l'énorme cuisinière installée contre l'un des murs n'était pas encore venue à bout du froid matinal. Un jet de vapeur s'échappait d'une grosse bouilloire posée sur l'un des feux. S'il avait été d'humeur à admirer le paysage, Gowan aurait pu constater, à travers les fenêtres à meneaux, que l'importante chute de neige de la nuit précédente avait doucement sculpté les pelouses se déroulant en contrebas jusqu'au loch Achiemore. Mais la vertueuse indignation qui l'habitait l'empêcha de distinguer quoi que ce soit d'autre que la sylphide au teint de lis qui ornait de napperons les plateaux disposés sur la grande table de ferme au centre de la pièce.

— Explique-moi donc ça, Mary Agnes Campbell, dit-il en tendant le papier à lettres froissé sur lequel son pouce large et calleux recouvrait les armoiries de Westerbrae.

Son visage était devenu quasiment aussi écarlate que sa chevelure, et ses taches de rousseur s'étaient assombries.

Les yeux bleus de Mary Agnes jetèrent un regard rapide au papier incriminé. Puis, sans manifester la moindre gêne, elle alla sortir de l'office théières, tasses et soucoupes, tout comme si celle qui avait griffonné sur toute la page d'une écriture malhabile, *Mrs Jeremy Irons, Mary Agnes Irons, Mary Irons, Mary et Jeremy Irons, Mary et Jeremy Irons et leurs enfants*, était une étrangère.

— Qu'est-ce qu'il y a ? répliqua-t-elle, rejetant en arrière la masse de ses cheveux ébène.

Le geste, qui se voulait défensif, fit glisser la coiffe blanche crânement perchée sur ses boucles, et lui donna l'air d'un charmant pirate.

C'était bien là que résidait le problème. Jamais, pour aucune femme, le sang de Gowan n'avait battu dans ses veines avec autant de force que pour Mary Agnes Campbell. Il avait grandi à Hillview Farm, l'une des fermes du domaine de Westerbrae, et rien, dans cette vie de grand air, emplie uniquement de moutons, de cinq frères et sœurs, et de promenades en barque sur le loch, ne l'avait préparé à l'effet que produisait sur lui Mary Agnes chaque fois qu'il se trouvait en sa présence. Une chose, une seule — le rêve qu'elle puisse un jour devenir sienne — l'avait jusqu'à présent empêché de perdre la raison.

Ce rêve n'avait jamais paru complètement fou, en dépit de l'existence de Jeremy Irons, dont le beau visage et le regard expressif, arrachés aux pages d'innombrables magazines de cinéma, ornaient les murs de la chambre de Mary Agnes, dans le corridor nord-ouest du rez-de-chaussée. Après tout, l'adoration d'une idole inaccessible était un phénomène assez répandu chez les jeunes filles, non ? En tout cas, c'était ce que Mrs Gerrard s'évertuait à expliquer quotidiennement à Gowan qui soulageait auprès d'elle son cœur lourd tandis qu'elle surveillait ses progrès dans l'art de servir le vin sans en renverser les trois quarts sur la nappe.

Tout cela était bel et bon, tant que l'idole inaccessible demeurait inaccessible. Mais avec une maisonnée pleine d'acteurs londoniens, Gowan savait très bien que Mary Agnes voyait aujourd'hui Jeremy Irons à sa portée. Un de ces visiteurs devait connaître l'acteur, pourrait le lui présenter, et laisser ensuite la nature suivre son cours. Le papier que tenait Gowan attestait de tout cela, et signifiait sans aucun doute que Mary Agnes était sûre de ce que l'avenir lui réservait.

— Qu'est-ce qu'il y a ? répéta-t-il, incrédule. T'as laissé traîner ça dans la bibliothèque, voilà c'qu'il y a !

Mary Agnes lui arracha le papier des mains et le fourra dans la poche de son tablier.

— T'es gentil d'me le rendre, mon gars, dit-elle sans sourciller, ce qui le mit hors de lui.

— Tu me donnes donc pas d'explication ?

— C'est juste de l'entraînement, Gowan.

— De l'*entraînement* ? (Le feu qui le dévorait faisait bouillir son sang.) Et pour quel genre d'entraînement est-ce que Jeremy Irons peut bien t'aider ? Sur ce fichu papier ! Et un homme marié, encore !

Mary Agnes pâlit.

— Marié ?

Elle posa brusquement deux soucoupes l'une sur l'autre, et la porcelaine tinta.

Gowan regretta sur-le-champ sa déclaration impulsive. Que Jeremy Irons soit marié, il n'en avait pas la moindre idée, mais le désespoir le gagnait à la pensée que Mary Agnes rêvait tous les soirs de l'acteur dans son lit, tandis que lui, Gowan, se mourait dans la chambre voisine de ne pas avoir le droit d'effleurer ses lèvres. C'était injuste, et elle méritait bien de souffrir, elle aussi.

Mais lorsqu'il vit sa bouche trembler, il se reprocha de se conduire comme un imbécile. S'il n'y prenait pas garde, c'était lui qu'elle finirait par détester — et pas Jeremy Irons. Et ça, il ne pourrait pas le supporter.

— Ah, Mary, j'suis pas sûr de ça, qu'il est marié, reconnut-il.

Mary Agnes renifla, rassembla sa vaisselle et regagna la cuisine, Gowan sur ses talons, comme un chien battu. L'ignorant avec superbe, elle aligna les théières sur les plateaux, et les garnit d'une cuillerée de thé, redressa les napperons, arrangea l'argenterie. Châtié de si belle manière, Gowan chercha quelque chose à dire qui le ferait rentrer dans ses bonnes grâces, tout en observant la jeune fille qui se penchait pour chercher le lait et le sucre. Ses seins fermes tendaient sa robe de laine, et la gorge de Gowan se dessécha.

— J't'ai raconté quand j'ai ramé jusqu'à Tomb's Isle ?

Le sujet n'était pas des plus prometteurs. Tomb's Isle, petit monticule parsemé d'arbres au milieu du loch Achiemore, coiffé d'une structure étrange qui ressemblait de loin à une folie victorienne, était la dernière demeure de Phillip Gerrard, l'époux récemment décédé de la propriétaire de Westerbrae. Pour un garçon comme Gowan, habitué aux travaux de force, ramer jusque-là ne constituait pas une prouesse athlétique exceptionnelle, susceptible d'impressionner Mary Agnes, sans aucun doute tout aussi capable du même exploit. Il chercha donc un moyen de rendre son histoire intéressante.

— T'étais pas au courant, pour l'île ?

Elle haussa les épaules, tout en plaçant les tasses, mais un éclair traversa ses yeux brillants, et l'encouragement suffit à laisser libre cours à l'éloquence de Gowan.

— T'as pas entendu ? Tout le village sait qu'à la pleine lune, la Mrs Francesca Gerrard, elle s'tient toute nue à la f'nêtre de sa chambre, et qu'elle supplie m'sieur Phillip pour qu'y lui r'vienne. Pour qu'y r'vienne de Tomb's Isle, là où qu'il est enterré.

L'attention de Mary Agnes fut à coup sûr retenue par ce discours. Elle interrompit son travail et se pencha sur la table, les bras croisés, attendant d'en entendre davantage.

— J'crois pas un mot d'tout ça, affirma-t-elle en préambule, mais son intonation suggérait le contraire et elle ne prenait pas la peine de dissimuler un sourire malicieux.

— Et moi non plus, j'y croyais pas, ma belle. C'est pour ça qu'à la dernière lune, j'ai ramé tout seul jusque là-bas. (Gowan attendit sa réaction avec impatience. Le sourire de Mary Agnes s'élargit, ses yeux étincelèrent, et il continua :) Ah, ça, c'était un spectacle, Mary ! Mrs Gerrard toute nue à sa f'nêtre ! Les bras tendus ! Et bon Dieu, ses nichons qui lui pendaient jusqu'à la taille ! C'était horrible ! (Il eut un frisson dramatique.) Moi, ça m'étonne pas que l'vieux m'sieur Phillip y bouge pas plus qu'ça ! (Gowan glissa un regard brûlant aux appas de Mary.) Evidemment, c'est sûr qu'la vue d'une *belle* poitrine, ça, c'est quéque chose qui f'rait faire n'importe quoi à un homme !

Mary Agnes ignora le sous-entendu rien moins que subtil, et retourna à ses plateaux, coupant court aux efforts de narration du jeune homme.

— R'tourne donc à ton travail, Gowan. T'étais pas chargé d't'occuper d'la chaudière, ce matin ? Elle crachotait autant que ma grand-mère, hier au soir.

La réponse froide et indifférente fit sombrer le cœur de Gowan. L'histoire de Mrs Gerrard aurait dû stimuler l'imagination de Mary un peu plus que ça, peut-être même l'encourager à lui demander de la conduire sur le loch à la prochaine pleine lune. L'échine basse et traînant les pieds, il se dirigea vers l'arrière-cuisine, refuge de la chaudière crachotante.

Mary Agnes reprit cependant la parole, comme si elle avait pitié de lui.

— Mais même si Mrs Gerrard le veut, y lui r'viendra pas, m'sieur Gerrard, tu sais, mon gars.

Gowan s'arrêta net.

— Et pourquoi ça ?

— « Et que mon corps ne repose jamais sur cette terre maudite de Westerbrae », cita la jeune fille. C'est c'qui disait dans son testament, m'sieur Phillip. C'est Mrs Gerrard qui m'l'a dit. Alors si ton histoire elle est vraie, elle peut bien rester à sa f'nêtre jusqu'à perpète, parce qu'y r'viendra pas comme Jésus, en marchant sur l'eau. Nichons ou pas nichons, Gowan Kilbride.

Et, achevant son discours d'un rire étouffé, elle alla chercher la bouilloire sur le feu. Lorsqu'elle revint verser l'eau sur le thé, elle passa si près de lui qu'il sentit de nouveau le sang lui monter à la tête.

Mary Agnes avait dix plateaux de petit déjeuner à servir, y compris celui de Mrs Gerrard, et elle était bien décidée à s'acquitter de sa tâche sans trébucher ni renverser une goutte, et sans se ridiculiser en pénétrant dans une chambre à l'instant où l'un des messieurs serait en train de s'habiller. Ou pire encore.

Elle avait répété son entrée pour ses débuts de femme de chambre un nombre incalculable de fois. « Bonjour. Quelle belle journée ! » suivi de quelques pas vifs pour poser le plateau sur la table, les yeux soigneusement baissés en évitant de regarder le lit. « Au cas où », disait Gowan en riant.

Elle passa devant les dressoirs de l'office, traversa la salle à manger aux rideaux fermés, puis déboucha dans le vaste hall d'entrée, au sol nu et aux murs lambrissés de chêne noirci par la fumée. Les pendeloques d'un lustre XVIIIe absorbaient et diffractaient le doux rayon de lumière de la lampe de la réception, que Gowan allumait le matin de bonne heure, et des effluves de sciure et d'huile de térébenthine rappelaient les efforts accomplis par Mrs Gerrard pour transformer sa vieille demeure en hôtel.

Pourtant, un parfum plus particulier, conséquence de l'inexplicable et soudain éclat de passion de la veille au soir, surmontait ces odeurs. Il avait fallu en effet que Gowan pénètre dans le grand hall avec un plateau chargé de verres et de cinq bouteilles d'alcool au moment précis où Mrs Gerrard jaillissait en trombe de son petit salon, sanglotant comme une enfant. La collision avait projeté Gowan à terre, au milieu de débris de cristal de Waterford et d'une épaisse flaque qui s'était répandue à travers tout le hall jusqu'au comptoir de la réception. Pendant l'heure que Gowan avait passée à réparer le gâchis — sans se priver de jurer d'un ton tragique chaque fois que Mary Agnes passait dans les parages —, les portes n'avaient cessé de claquer, les escaliers et les couloirs de résonner de cavalcades, de pleurs et de cris.

Mary Agnes n'avait pas vraiment saisi la signification de toute cette agitation. Tout ce qu'elle savait, c'est que les comédiens étaient allés s'installer avec Mrs Gerrard dans le salon, pour lire une pièce, et que, un quart d'heure plus tard, la réunion s'était transformée en une furieuse altercation, dont témoignait une vitrine de bibelots brisée, en sus des verres et des alcools renversés.

Mary Agnes monta l'escalier avec précaution, prenant garde à ne pas faire grincer les marches de bois nu. Toutes les clés de la maison, réunies en trousseau, cliquetaient solennellement sur sa hanche droite, et renforçaient son assurance.

— D'abord, frappez doucement, lui avait appris Mrs Gerrard. S'il n'y a pas de réponse, ouvrez la porte — avec le passe, si besoin est —, et déposez le plateau sur la table. Ecartez les rideaux, et dites : « Quelle belle journée, aujourd'hui ! »

— Et s'il ne fait pas beau ? avait demandé Mary Agnes avec espièglerie.

— Faites comme si.

La jeune fille atteignit le palier, inspira à fond pour assurer son équilibre, puis considéra la rangée de portes fermées. La première était celle de lady Helen Clyde et, bien que Mary Agnes ait vu celle-ci porter secours à Gowan de façon tout à fait aimable lors de l'incident de la veille, sa confiance en elle n'allait pas jusqu'à servir le premier plateau de petit déjeuner de sa vie à la fille d'un comte. Une maladresse était trop vite arrivée. Elle poursuivit donc son chemin vers la seconde chambre, dont l'occupant serait bien moins susceptible de remarquer quelques gouttes de thé renversées sur sa serviette de lin.

Personne ne répondit au coup qu'elle frappa au battant. La porte était fermée à clé. Fronçant les sourcils, Mary Agnes équilibra le plateau sur sa hanche gauche et tâtonna pour trouver le passe. Cela fait, elle déverrouilla la porte, et pénétra dans la pièce, répétant encore une fois intérieurement son entrée en scène.

Un froid terrible régnait dans la chambre, plongée dans l'obscurité et dans un silence que le doux sifflement du radiateur ne déchirait même pas. Peut-être l'unique occupante avait-elle décidé de se coucher sans allumer celui-ci, ou bien, se dit Mary Agnes en souriant, peut-être n'était-elle pas seule dans son lit, mais blottie contre un des messieurs sous l'édredon. Et même plus que blottie, pourquoi pas. Mary Agnes étouffa un petit rire.

Elle alla poser le plateau sur la table devant la fenêtre, puis tira les rideaux, comme Mrs Gerrard le lui avait enseigné. Le jour venait à peine de se lever, et le soleil n'était encore qu'un disque incandescent au-dessus des collines embrumées au-delà du loch Achiemore, dont le chatoiement argenté renvoyait l'image exacte de ces mêmes collines, du ciel et de la forêt avoisinante. Quelques nuages semblables à des volutes de fumée s'étiraient çà et là. La journée promettait d'être belle, contrairement à la veille, qui avait vu souffler la tempête.

— Bonjour. Quelle belle journée ! commenta-t-elle d'un ton léger.

Elle se détourna, redressa les épaules pour regagner la porte, et s'arrêta.

Quelque chose n'allait pas. L'air, peut-être, un air trop feutré, comme si la pièce elle-même venait de retenir son souffle. Ou bien le parfum qui y flottait, un parfum lourd et écœurant, qui lui rappelait l'odeur qui s'élevait lorsque sa mère attendrissait la viande. Ou bien les couvertures, qui paraissaient avoir été relevées à la hâte puis abandonnées telles quelles. Ou bien peut-être était-ce l'immobilité absolue de ces couvertures qui était anormale. Comme si personne ne bougeait. Comme si personne ne respirait...

Pétrifiée sur place, Mary Agnes sentit ses cheveux se dresser sur sa nuque.

— Miss ? murmura-t-elle dans un souffle.

Peut-être la femme dormait-elle très profondément, aussi répéta-t-elle un peu plus fort :

— Miss ?

Pas de réponse.

Mary Agnes avança d'un pas hésitant, les mains froides et les doigts gourds, et se força à tendre le bras pour secouer le bord du lit.

— Miss ?

Cette troisième tentative ne provoqua pas plus de réaction que les deux précédentes.

Comme doués d'une vie propre, ses doigts agrippèrent l'édredon et entreprirent de dévoiler la silhouette qu'il recouvrait. La couverture, au contact froid et humide, de ce froid glaçant jusqu'aux os que font naître les fortes tempêtes de neige, résista un instant, puis glissa, et Mary Agnes sut alors quel était le visage de l'horreur.

La femme gisait sur le côté droit, comme prise dans les glaces, et, dans le sang qui baignait d'écarlate sa tête et ses épaules, sa bouche n'était plus qu'un rictus. Paume ouverte vers le ciel, l'un de ses bras était tendu en un geste de supplication, et l'autre replié entre ses jambes, comme pour y trouver un peu de chaleur. Sa longue chevelure noire inondait le lit, s'étendait en travers de l'oreiller comme les ailes d'un corbeau, s'enroulait le long de son bras. Le sang auquel elle se mêlait en une masse pulpeuse avait commencé à se coaguler, et les gouttelettes cramoisies frangées de noir étaient semblables aux bulles pétrifiées d'un bouillon de sorcière. La femme était clouée au centre de ce tableau comme un insecte épinglé dans une vitrine, empalée sur la dague au manche de corne qui lui avait traversé le côté gauche du cou pour se ficher dans le matelas sur lequel elle reposait.

2

Le message fut transmis à l'inspecteur Thomas Lynley un peu avant dix heures ce matin-là. Il s'était rendu à la ferme de Castle Sennen jeter un coup d'œil aux nouvelles têtes de bétail et revenait au volant de la Land Rover du domaine lorsque son frère, à cheval, le héla en maîtrisant sa monture aux naseaux fumants. Il faisait un froid mordant, inhabituel en Cornouailles, même à cette époque de l'année, et Lynley plissa les yeux pour l'affronter en baissant la vitre.

— Tu as un message de Londres, cria Peter Lynley, maniant les rênes d'une main experte.

La jument baie secoua la tête, et fit un écart délibéré vers le mur de pierre sèche qui séparait le champ de la route.

— Le commissaire Webberly. Quelque chose à propos de la brigade criminelle de Strathclyde. Il veut que tu le rappelles dès que possible.

— C'est tout ?

La jument se mit à tourner comme pour se débarrasser de son fardeau, et ce défi à son autorité fit rire Peter. Ils luttèrent un moment, l'un et l'autre déterminés à dominer l'adversaire, mais Peter tenait les rênes d'une main qui savait d'instinct quand il fallait faire sentir le mors et quand l'animal, au contraire, ne le supportait pas. Il la fit volter dans le champ comme si le jeu avait été convenu entre eux, et l'amena face au mur à la crête ornée de givre.

— C'est Hodge qui a pris la communication, reprit-il en souriant. Tu vois ce que je veux dire. « Un message de Scotland Yard pour Sa Seigneurie. Dois-je m'en charger ? » Il suintait la désapprobation par tous les pores.

— Il ne changera jamais, répondit Lynley.

Au service de la famille depuis plus de trente ans, le vieux majordome avait passé les douze dernières années à refuser obstinément d'admettre ce qu'il appelait « le caprice de Sa Seigneurie », attendant l'instant où Lynley reprendrait enfin ses sens et, touché par la grâce, adopterait une vie à laquelle Hodge espérait qu'il s'habituerait — ici, en Cornouailles, à Howenstow, aussi loin que possible de Scotland Yard.

— Qu'a-t-il dit au commissaire ?

— Probablement que tu étais occupé à recevoir les hommages serviles de tes métayers. Du genre « Sa Seigneurie est sur ses terres ». (L'imitation du ton funèbre du majordome était réussie, et les deux frères éclatèrent de rire.) Tu veux rentrer à cheval ? C'est plus rapide qu'avec la Rover.

— Non, merci ! Je tiens beaucoup trop à la vie.

Lynley passa bruyamment une vitesse. Surprise, la jument recula et fit un nouvel écart, ignorant mors, rênes et talons dans son désir de fuite. Ses sabots résonnèrent sur les cailloux, son hennissement se chargea de frayeur. Lynley regarda sans rien dire son frère lutter avec sa monture, il était inutile de lui conseiller la prudence. Ce qui avait séduit Peter dans le cheval, c'était le danger, le fait qu'un seul faux mouvement pouvait avoir pour conséquence un membre brisé.

Avec allégresse le cavalier rejeta en arrière sa tête auréolée de cheveux coupés court, dorés dans la lumière hivernale. Il avait des mains musclées par le travail, et des mois de labeur au soleil de Cornouailles lui avaient donné un teint coloré, même en hiver. Extraordinairement juvénile, il rayonnait de vitalité. Lynley se sentit en face de lui bien plus âgé que les dix années qui les séparaient.

— Ho, Safran ! cria Peter, qui fit exécuter une volte au cheval puis partit au galop après un signe de la main.

Il atteindrait effectivement Howenstow bien avant son frère.

Lorsque monture et cavalier eurent disparu à travers un rideau de sycomores au fond du champ, Lynley appuya sur l'accélérateur, avec un marmonnement exaspéré quand la boîte de vitesses de la vieille voiture sauta, et reprit sa route cahin-caha le long de l'étroit chemin.

Lynley téléphona à Londres de la petite alcôve aménagée dans le salon. C'était là son sanctuaire personnel, juste au-dessus du porche d'entrée de la maison de famille, et meublé au début du siècle par son grand-père, un homme qui avait une conception tout à fait judicieuse de ce qui rendait la vie supportable. Un petit bureau d'acajou était installé entre deux étroites fenêtres à meneaux, et des étagères soutenaient des rangées de livres distrayants et de collections reliées de *Punch*. Un fauteuil confortable était tiré près de la cheminée, sur laquelle une pendule égrenait son tic-tac régulier. L'endroit avait toujours été particulièrement accueillant après une dure journée.

La secrétaire de Webberly était à la recherche du commissaire et, se demandant ce que tous les deux pouvaient bien fabriquer à Scotland Yard en ce week-end d'hiver, le regard de Lynley s'attarda sur le grand jardin en contrebas. Sa mère, grande et mince silhouette vêtue d'un lourd caban, une casquette de baseball coiffant ses cheveux blonds, était là, en grande discussion avec l'un des jardiniers, inconsciente du fait que son retriever en avait profité pour s'emparer d'un gant qu'elle avait laissé tomber et qu'il traitait comme son casse-croûte matinal. Lynley sourit lorsque sa mère vit enfin le chien, poussa un cri, et lui arracha le gant de la gueule.

La voix de Webberly résonna, et Lynley eut l'impression qu'il avait couru.

— Nous sommes dans une situation délicate, annonça-t-il sans préambule. Des théâtreux, un cadavre, et la police locale qui se conduit comme s'il s'agissait d'une épidémie de peste bubonique. Ils ont appelé leur Criminelle locale, celle de Strathclyde, mais Strathclyde ne veut pas de l'affaire. Elle est pour nous.

— Strathclyde, répéta Lynley ébahi. Mais c'est en Ecosse.

Il énonçait là une évidence. L'Ecosse disposait de sa propre force de police, qui faisait rarement appel à l'assistance de Scotland Yard. Et même lorsque c'était le cas, les complexités de la loi écossaise empêchaient la police métropolitaine d'effectuer un travail efficace et lui interdisaient de prendre part à une éventuelle poursuite judiciaire. Un sentiment de méfiance assaillit Lynley, mais il temporisa.

— Personne d'autre n'est disponible ce week-end ?

C'était la quatrième fois en cinq mois que Webberly le rappelait en service pendant ses heures de repos, et il savait que la remarque pousserait le commissaire à lui fournir de plus amples détails.

— Je sais, je sais, dit celui-ci avec brusquerie. Mais je n'y peux rien. Nous réglerons le problème quand tout ça sera terminé.

— Tout ça *quoi* ?

— Un sacré merdier.

La voix de Webberly s'éloigna, comme si quelqu'un d'autre s'était mis à discourir dans son bureau d'un ton vif. Lynley reconnut ce baryton grondant comme celui du commissaire principal, sir David Hillier. Décidément, il se passait quelque chose d'exceptionnel. Il tendit l'oreille, s'efforça de saisir les paroles de Hillier, mais les deux hommes devaient être parvenus à une décision, car Webberly revint en ligne sur un ton confidentiel, comme s'il se méfiait des oreilles indiscrètes.

— Une affaire délicate, comme je vous l'ai dit. Stuart Rintoul, lord Stinhurst, y est mêlé. Vous le connaissez ?

— Stinhurst, le producteur ?

— Celui-là même. Le Midas de la scène.

Le surnom plus que justifié fit sourire Lynley. Lord Stinhurst avait bâti sa réputation en finançant succès après succès de la scène londonienne. Attentif au goût du public, et disposé à prendre d'énormes risques financiers, il avait une singulière capacité à flairer les nouveaux talents, à dénicher les pièces vouées à la réussite dans le lot de banalités qui s'entassait tous les jours sur son bureau.

Quiconque lisait le *Times* savait que son dernier défi avait été l'acquisition et la rénovation de ce qui restait de l'Azincourt, un théâtre de Londres, projet dans lequel il avait investi plus d'un million de livres. L'ouverture du nouvel Azincourt, qui se voulait un triomphe, devait avoir lieu dans deux mois, et cette perspective si proche rendait improbable le fait que Stinhurst puisse s'absenter de Londres ne serait-ce que pour quelques jours de vacances. Agé d'environ soixante-dix ans, c'était un perfectionniste obsessionnel, et qu'il n'ait pas pris de repos depuis des années faisait partie de sa légende. A quoi tenait donc sa présence en Ecosse ?

Comme pour répondre à la question non formulée de Lynley, Webberly continua :

— Au premier abord, il semble qu'il ait emmené un groupe de comédiens travailler sur une pièce qui devait faire un tabac à la réouverture de l'Azincourt. Ils sont accompagnés d'un journaliste — un type du *Times*, un critique dramatique, je crois. Il a suivi l'aventure de l'Azincourt depuis le premier jour, mais pour l'instant il n'a qu'une idée, mettre la main sur un téléphone avant que nous n'arrivions pour le bâillonner.

— Pourquoi ? demanda Linley, qui comprit un instant plus tard que le commissaire avait gardé le meilleur pour la fin.

— Parce que Joanna Ellacourt et Robert Gabriel sont les futures stars de la nouvelle production de lord Stinhurst, et qu'ils se trouvent également en Ecosse.

Lynley ne put réprimer un léger sifflement de surprise. Joanna Ellacourt et Robert Gabriel, le couple vedette de la scène, les deux acteurs les plus en vue du moment. Ellacourt et Gabriel, depuis leurs débuts ensemble, n'avaient cessé de galvaniser les foules, qu'ils interprètent Shakespeare, Stoppard ou O'Neill. Bien qu'ils aient joué tout aussi souvent chacun de leur côté, c'était lorsqu'ils se produisaient en couple que la magie opérait. Les comptes rendus des journaux étaient unanimes : « Le public vibre avec eux dans une atmosphère crépitante de tension sexuelle. » La dernière fois, si Lynley ne se trompait pas, il s'agissait d'un *Othello*, qui s'était joué pendant des mois à guichets fermés et dont les représentations venaient de s'achever trois semaines auparavant.

— Qui est la victime ? demanda-t-il.

— L'auteur de la nouvelle pièce, apparemment plein d'avenir. Une femme. Elle s'appelle... (Il y eut un bruit de papiers froissés.) Joy Sinclair. (Webberly grogna, ce qui était toujours le prélude à une mauvaise nouvelle.) Je crois bien qu'ils ont déplacé le corps.

— Bon Dieu ! marmonna Lynley.

Cette modification du théâtre du crime allait rendre le travail plus difficile.

— Je sais, je sais. Mais on n'y peut rien, hein ? Enfin, le sergent Havers vous retrouvera à Heathrow. Je vous ai mis tous les deux sur le vol de une heure pour Edimbourg.

— Pas Havers, monsieur. J'ai besoin de Saint James, s'ils ont déplacé le corps.

— Saint James n'appartient plus au Yard, inspecteur, et je ne peux pas mettre la main dessus dans un délai aussi court. Si vous avez besoin d'un expert médico-légal, prenez un de nos hommes.

Lynley était décidé à discuter cette décision, son intuition lui ayant fait comprendre pourquoi il avait été appelé sur cette affaire, lui plutôt que n'importe quel autre inspecteur de service ce week-end. Stuart Rintoul, comte de Stinhurst, était de toute évidence suspect, mais on voulait le traiter avec des ménagements que la présence de Lynley, huitième comte d'Asherton, ne pouvait que garantir. Une discussion d'égal à égal, de pair à pair, entre gens du même monde, une enquête pleine de tact, voilà ce qu'envisageaient ses supérieurs. Tout cela était bel et bon, mais si Webberly était prêt à jouer avec le tableau de service pour orchestrer une rencontre entre les lords Stinhurst et Asherton, lui, en ce qui le concernait, n'était pas disposé à se rendre la tâche encore plus difficile en se laissant adjoindre la présence du sergent Barbara Havers, pur produit du prolétariat urbain et de l'école publique qui n'aurait qu'une hâte : passer les menottes à un comte.

Aux yeux du sergent Havers, les grands problèmes de la vie — qu'il s'agisse de la crise économique ou de la prolifération des maladies sexuellement transmissibles — trouvaient tous leur origine dans le système de classes. De fait, ce sujet, le plus douloureux des points de friction entre eux, constituait le fondement, la structure et la conclusion de tous les affrontements verbaux qui, depuis quinze mois qu'elle était devenue sa partenaire, avaient opposé Lynley au sergent Havers.

— Cette affaire ne fait pas appel aux points forts de Havers, argua-t-il d'un ton raisonnable. A l'instant où elle va apprendre que lord Stinhurst y est peut-être mêlé, elle va perdre toute objectivité.

— Elle a dépassé ce stade. Et si ce n'est pas le cas, il est temps qu'elle s'y mette si elle veut arriver à quoi que ce soit avec vous.

Lynley eut un frisson à la pensée que le commissaire sous-entendait par là qu'ils devraient former une équipe permanente, et que sa carrière allait être liée à celle de Havers de façon inéluctable. Il chercha un moyen d'utiliser la décision de son supérieur en un compromis qui lui offrirait d'autres avantages.

— Bien, puisque vous en avez décidé ainsi, monsieur, admit-il tranquillement. Mais en ce qui concerne les problèmes liés au déplacement du corps, Saint James a plus d'expérience en la matière que n'importe qui chez nous. Vous savez mieux que moi qu'il était notre meilleur expert en médecine légale, et qu'il...

— Et qu'il l'est toujours. Je connais la rengaine, inspecteur. Mais nous avons un problème de temps. On ne peut absolument pas donner à Saint James... (Un bref éclat de voix du commissaire principal Hillier l'interrompit, immédiatement étouffé, sans doute par la main de Webberly sur l'écouteur. Celui-ci reprit bientôt :) Bien. D'accord pour Saint James. Remuez-vous, mettez-vous en route, et démêlez-moi cette histoire. (Il toussa, s'éclaircit la gorge, et acheva :) Tout ça ne me ravit pas plus que vous, Thomas.

Il raccrocha aussitôt, coupant court à toute question ou discussion supplémentaire. Ce n'est que lorsqu'il se retrouva avec le combiné muet à la main que Lynley eut le temps de réfléchir à deux détails curieux de cette conversation. On ne lui avait quasiment rien dit du crime, et, pour la première fois depuis douze ans qu'ils travaillaient ensemble, le commissaire l'avait appelé par son prénom. L'incident ne valait sans doute pas la peine d'être relevé, et pourtant, l'espace d'une seconde, Lynley se demanda ce qui se dissimulait réellement derrière ce meurtre en Ecosse.

C'est seulement en quittant l'alcôve, puis le salon, pour regagner ses propres appartements dans l'aile est de Howenstow que le nom de Joy Sinclair le frappa. Il l'avait lu quelque part, peu de temps auparavant. Il s'arrêta dans le corridor près d'un coffre en bois fruitier et regarda sans la voir la coupe de porcelaine posée dessus. *Sinclair. Sinclair.* Ce nom lui paraissait tellement familier, à portée de la main... Le délicat motif bleu et blanc de la coupe se brouilla devant ses yeux, les figures se chevauchèrent, s'intervertirent...

Intervertir. Jouer avec les mots. Il n'avait pas lu *Joy Sinclair*, mais *Sinclair's Joy*, « La Joie de Sinclair ». Il s'agissait du titre d'un article dans un magazine, inversion peu subtile suivie de l'accroche : « Un record battu avec *L'Obscurité* lui ouvre la voie du succès. »

Il se souvint d'avoir pensé que ce titre évoquait une athlète aveugle sur le chemin des Olympiades. Il avait lu une partie de l'article, juste assez pour comprendre qu'elle n'était pas athlète mais auteur dramatique, que sa première pièce avait été appréciée des critiques et du public, et que la seconde devait inaugurer l'Azincourt. Il n'avait pas eu le temps d'en apprendre davantage, car un appel de Scotland Yard l'avait expédié vers Hyde Park, à la rencontre du corps nu d'une petite fille de cinq ans dissimulé dans les buissons sous le Serpentine Bridge.

Rien d'étonnant à ce qu'il ait oublié le nom de Sinclair. La vision terrible de Megan Walsham, la pensée de ce qu'elle avait subi avant de mourir avaient chassé de son esprit toute autre préoccupation pendant des semaines. Habité par la fureur, il n'avait vécu, dormi, bu et mangé que mû par un unique besoin, trouver l'assassin de Megan... Avant d'arrêter l'oncle maternel de l'enfant... Et d'avoir à révéler à la mère éperdue l'identité du responsable du viol, de la mutilation et du meurtre de la plus jeune de ses enfants.

Il sortait tout juste de cette affaire, brisé de tant de longues journées, et de nuits encore plus longues, avec une soif de repos inextinguible, un besoin d'ablutions spirituelles pour laver son âme des vices de l'humanité.

Le sort en avait décidé autrement. Pour l'instant, du moins. Il soupira, frappa le coffre d'un geste sec, et repartit faire ses préparatifs.

L'agent Kevin Lonan détestait boire son thé dans une Thermos. Il se formait toujours à la surface du breuvage une pellicule répugnante qui évoquait une eau de bain sale. Lorsque les circonstances le forcèrent à prendre sa tasse de thé de l'après-midi tant attendue dans une vieille bouteille Thermos ébréchée récupérée dans un coin poussiéreux du bureau de la brigade criminelle de Strathclyde, il se contenta donc d'en ingurgiter une goulée et jeta le reste sur la maigre piste d'envol de l'aérodrome local. Il grimaça, s'essuya la bouche d'un revers de gant, et battit des bras pour se réchauffer. Aujourd'hui, le soleil s'était montré, brillant comme l'illusion du printemps sur les monticules de neige, mais la température se maintenait bien au-dessous de zéro, et l'épais banc de nuages descendant du nord annonçait une nouvelle tempête. Si l'équipe de Scotland Yard avait l'intention de se poser ici, elle ferait bien de se grouiller, pensa-t-il avec morosité.

Comme en réponse à sa réflexion, le battement régulier des pales d'un rotor se fit entendre à l'est, et un hélicoptère de la police royale écossaise ne tarda pas à faire son apparition. L'appareil effectua le tour d'Ardmucknish Bay pour tenter de reconnaître le terrain d'atterrissage, puis se posa doucement sur un carré qu'un chasse-neige poussif avait dégagé une demi-heure auparavant. Les pales continuèrent de tourner dans un sifflement insupportable, faisant voltiger de minuscules flocons arrachés aux tas de neige bordant la piste.

Une silhouette courte et rebondie, entortillée des pieds à la tête comme une momie dans ce qui ressemblait à un vieux tapis marron, ouvrit la porte du côté passager. Il devait s'agir du sergent Barbara Havers, pensa Lonan. Elle fit basculer le marchepied comme on jetterait une échelle de corde d'une cabane perchée au sommet d'un arbre, balança par-dessus bord trois sacs de voyage qui tombèrent à terre avec un bruit sourd, et se projeta elle-même à leur suite. Très grand, très blond, tête nue dans le froid, n'arborant comme seules concessions à la température glaciale qu'un pardessus de cashmere de bonne coupe, une écharpe et des gants, un homme sortit derrière elle. Lui, ce devait être l'inspecteur Lynley, pensa Lonan, l'objet du vif intérêt de la Criminelle de Strathclyde, étant donné les manigances dont son arrivée avait été entourée depuis le début de cette affaire. Lonan le vit échanger quelques mots avec le sergent, qui eut un geste en direction de la fourgonnette, et il attendit qu'ils se dirigent vers lui. Au lieu de quoi, ils se retournèrent vers le marchepied de l'hélicoptère, dont une troisième personne, à la jambe gauche alourdie par un appareil orthopédique, négociait la descente avec difficulté. Le nouvel arrivant non plus ne portait pas de chapeau. Son pâle visage aux traits anguleux était encadré par une chevelure noire bouclée, beaucoup trop longue et indisciplinée, qui tournoyait dans le vent.

L'agent Lonan exprima un étonnement muet, et se demanda si l'inspecteur Macaskin était au courant. Londres leur envoyait la grosse artillerie : l'expert en médecine légale Simon Allcourt-Saint James. Il quitta la fourgonnette près de laquelle il se tenait, et se dirigea d'un pas vif vers l'hélicoptère, dont les nouveaux arrivants remontaient le marchepied avant de ramasser leurs bagages.

— Vous est-il venu à l'esprit qu'il pouvait y avoir quelque chose de fragile dans *ma* valise, Havers ? demanda Lynley.

— De la bibine en service ? répliqua-t-elle d'un ton acerbe. Si vous avez apporté votre propre whisky, ça vous apprendra. Autant se pointer à Newcastle avec son charbon, non ?

— Celle-là, il y a longtemps que vous deviez la garder en réserve, commenta Lynley, qui adressa un signe de remerciement au pilote de l'hélicoptère à l'instant où Lonan les rejoignait.

— Je vous ai entendu à Glasgow, lâcha celui-ci en serrant la main de Saint James, une fois les présentations achevées. (Même à travers le gant, il sentit combien la main qui lui rendait son salut avec une force étonnante était frêle.) Votre conférence sur les meurtres Cradley.

— Ah oui. Le type qu'on a mis derrière les barreaux en s'appuyant sur ses poils pubiens, murmura le sergent Havers.

— Métaphore hasardeuse, sans parler du reste, ajouta Lynley.

Saint James, visiblement habitué aux joutes verbales de ses deux compagnons, se contenta de sourire :

— Nous avons eu de la chance de les trouver. Dieu sait que nous n'avions rien d'autre que des empreintes dentaires en mauvais état sur le cadavre.

Lonan brûlait de discuter de toutes les circonvolutions de l'affaire avec l'homme qui, quatre ans auparavant, les avait dévoilées à un jury ébahi. Mais alors qu'il s'apprêtait à faire une réflexion d'une perspicacité confondante, il se souvint de l'inspecteur Macaskin, qui attendait leur arrivée au poste de police, avec sans aucun doute son impatience habituelle.

« Le fourgon est là » remplaça donc sa remarquable observation sur la distorsion des empreintes de dents conservées sur la chair dans le formol.

Il leur désigna le véhicule d'un signe de tête, avec une grimace muette pour s'excuser. Il n'avait jamais pensé qu'ils seraient trois, ni que le troisième serait Saint James. S'il avait su, il aurait insisté pour conduire un véhicule plus approprié, peut-être la nouvelle Volvo de l'inspecteur Macaskin qui, à défaut d'autre chose, disposait au moins de sièges avant et arrière, et d'un chauffage.

La fourgonnette vers laquelle il les guida n'était équipée que de deux sièges avant dévoilant tous deux leurs entrailles et leurs ressorts, et d'un unique strapontin coincé à l'arrière entre deux nécessaires à relever les empreintes, trois longueurs de corde, plusieurs bâches repliées, une échelle, une boîte à outils et un tas de vieux chiffons graisseux. Il y avait là de quoi se sentir confus, mais si le trio de Londres remarqua l'état du véhicule, il ne fit aucun commentaire et s'installa de la façon la plus logique, Saint James à l'avant et les deux autres à l'arrière, Lynley prenant le strapontin sur l'insistance de Havers.

— Je ne voudrais pas que vous salissiez votre beau manteau, dit-elle en se laissant tomber sur les bâches et en déroulant cinquante bons centimètres de l'écharpe dans laquelle elle était emmitouflée.

Lonan en profita pour la détailler. Le genre pas terrible, pensa-t-il en passant en revue son nez camus, ses sourcils épais et ses joues pleines. Ce n'était sûrement pas son physique qui lui avait valu de se retrouver en compagnie de telles personnalités. Il en conclut qu'elle devait être une sorte de prodige en matière de criminologie, et envisagea fort sérieusement d'observer le moindre de ses gestes.

— Merci, Havers, répondit Lynley avec placidité. Dieu seul sait qu'une infime tache de graisse me réduirait à l'impuissance totale en moins de trente secondes.

— Bon, si on se fumait une sèche, dit le sergent avec un grognement.

Lynley lui tendit avec obligeance un étui à cigarettes en or, suivi d'un briquet en argent. Lonan défaillit. Des fumeurs, se dit-il avec désespoir avant de se résigner à endurer yeux piquants et sinus bouchés. Cependant, Havers n'alluma pas sa cigarette car Saint James, à la suite de cet échange, venait de baisser sa vitre et de laisser pénétrer un vif courant d'air glacial qui l'atteignit en plein visage.

— D'accord, j'ai compris, pas besoin de me faire un dessin, rouspéta-t-elle en rendant son étui à Lynley, non sans avoir au préalable empoché sans vergogne cinq cigarettes. Saint James est toujours aussi subtil ?

— Il est né comme ça, répliqua Lynley.

Lonan fit démarrer la fourgonnette dans une embardée, et ils s'acheminèrent vers le bureau de la Criminelle à Oban.

Pour l'inspecteur Ian Macaskin, de la brigade criminelle de Strathclyde, la fierté était le seul moteur de l'existence. Elle revêtait un certain nombre de formes distinctes et variées, et s'incarnait d'abord dans le domaine familial. Il aimait que les gens sachent qu'il avait surmonté tous les obstacles. Ayant épousé à vingt ans une jeune fille de dix-sept, il était marié depuis vingt-sept ans, avait élevé deux fils, qu'il avait guidés et soutenus tout au long de leurs études universitaires et jusqu'à ce qu'ils se lancent dans la carrière, l'un de vétérinaire, l'autre de biologiste. Sa fierté s'exerçait également dans le domaine physique.

Mesurant un mètre soixante-dix, il ne pesait guère plus qu'à vingt et un ans, lorsqu'il avait débuté dans la police. La traversée aller-retour du détroit de Kerrera à la rame tous les soirs en été et l'équivalent sur un rameur mécanique dans son salon en hiver le maintenaient en forme parfaite. Sa chevelure, bien que complètement grise depuis dix ans, était encore fournie, et flamboyait comme de l'argent sous les néons du poste de police. Ce même poste de police constituait sa dernière source de fierté. Il n'avait jamais une seule fois dans toute sa carrière bouclé une affaire sans effectuer une arrestation, et il dépensait une énergie considérable à s'assurer que ses hommes puissent en dire autant. Il dirigeait une équipe d'enquêteurs dont tous les membres traquaient le moindre détail comme des chiens de chasse. Il y veillait personnellement. Il était donc omniprésent au bureau. La nervosité personnifiée, il se rongeait les ongles jusqu'à l'os, tentant de se débarrasser de cette unique mauvaise habitude en suçant des pastilles de menthe, en mâchant du chewing-gum ou en grignotant des chips à longueur de journée.

Au lieu de la recevoir dans son bureau, l'inspecteur Macaskin rencontra l'équipe de Londres dans une salle de réunion, cagibi de cinq mètres carrés au mobilier inconfortable, à l'éclairage pauvre et à la ventilation défaillante. Ce choix était délibéré.

Il n'était guère ravi de la façon dont débutait cette enquête. Macaskin aimait les choses bien ordonnées, qui se mettaient en place sans histoire. Chaque individu concerné était censé remplir son rôle. Les victimes meurent, la police interroge, les suspects répondent, et les enquêteurs procèdent à l'examen de la scène du crime. Mais en l'occurrence, à l'exception de la victime, dont l'absence de vie était tout à fait coopérative, c'étaient les suspects qui n'avaient cessé de poser des questions et la police d'y répondre. Quant aux indices, c'était une autre affaire.

— Réexpliquez-moi tout ça, dit l'inspecteur Lynley d'un ton égal, dont les inflexions sévères révélèrent néanmoins à Macaskin qu'il n'avait pas été informé des circonstances particulières qui avaient motivé son affectation sur cette enquête.

Voilà qui était très bien, et qui poussa Macaskin à apprécier sur-le-champ l'homme de Scotland Yard.

Ils s'étaient débarrassés de leurs manteaux, et s'étaient tous assis autour de la table en pin, à l'exception de Lynley, demeuré debout, les mains dans les poches, et dont le regard avait une lueur menaçante.

Macaskin ne se priva pas de répéter son histoire :

— Je n'étais pas à Westerbrae depuis une demi-heure, ce matin, quand j'ai reçu un message me demandant de contacter la

Criminelle. Le chef de la Criminelle de Strathclyde m'a informé que Scotland Yard se chargeait de l'enquête. C'est tout. Je n'ai pas pu en tirer autre chose, si ce n'est l'ordre de laisser des hommes sur place, de revenir ici et de vous y attendre. Pour moi, c'est un gros bonnet de chez vous qui a pris cette décision, qui a refilé la consigne à notre chef de la police, et pour respecter les apparences, nous avons aimablement « demandé de l'aide ». Et vous voilà.

Lynley et Saint James échangèrent des regards impénétrables.

— Mais pourquoi avez-vous déplacé le corps ? demanda ce dernier.

— Cela faisait partie des ordres, dit Macaskin. Et c'était plutôt curieux, si vous voulez mon avis. Je devais apposer les scellés sur les chambres, ramasser le paquet et le ramener pour l'autopsie après que notre médecin légiste fut venu sur les lieux nous faire l'honneur habituel de la déclarer morte.

— Diviser pour régner, quoi, observa le sergent Havers.

— Ça m'en a tout l'air, non ? répliqua Lynley. La brigade criminelle de Strathclyde se charge des preuves matérielles, et Londres des suspects. Si quelque part quelqu'un a la chance que l'échange d'informations s'effectue mal, on s'empressera de tout enfouir au fond d'un placard.

— Oui, mais le placard de qui ?

— Toute la question est là, n'est-ce pas ? dit Lynley en fixant les taches formées par des myriades de tasses de café à la surface de la table. Que s'est-il exactement passé ? demanda-t-il à Macaskin.

— La jeune fille, Mary Agnes Campbell, a découvert le corps ce matin à six heures cinquante. On nous a appelés à sept heures dix. Nous sommes arrivés là-bas à neuf heures.

— Vous avez mis deux heures ?

— Les routes ont été fermées à cause de la tempête d'hier soir, inspecteur, expliqua Lonan. Westerbrae est à huit kilomètres du village le plus proche, et aucune des voies d'accès n'avait encore été dégagée.

— Pourquoi diable des Londoniens sont-ils venus s'installer dans un endroit aussi reculé ?

— Francesca Gerrard, la veuve propriétaire de Westerbrae, est la sœur de lord Stinhurst, dit Macaskin. Elle a apparemment entrepris de transformer son domaine en relais hôtelier huppé. Il est situé sur les bords du loch Achiemore, et je suppose qu'elle considère ça comme le dernier endroit romantique à la mode, la destination idéale pour une lune de miel, enfin, vous voyez ce que je veux dire. (Macaskin eut une grimace, et estimant sans doute qu'il ressemblait plus à un publicitaire qu'à un policier, il se hâta de conclure :) Elle a procédé à de nouveaux aménagements, et d'après ce que j'ai pu comprendre ce matin, lord Stinhurst a amené ces gens pour lui donner une chance de se faire la main avant d'ouvrir pour de bon au public.

— Et la victime, Joy Sinclair ? Que savez-vous d'elle ?

Macaskin croisa les bras, se renfrogna et regretta de ne pas avoir réussi à extorquer plus d'informations des gens de Westerbrae avant qu'on ne lui donne l'ordre de quitter les lieux.

— Peu de choses. C'était l'auteur de la pièce qu'ils venaient travailler. Une femme de lettres, d'après ce que m'en a dit Vinney.

— Vinney ?

— Le journaliste. Jeremy Vinney, critique dramatique du *Times*. Il paraît avoir été assez intime avec Sinclair, et plus touché par sa mort que n'importe lequel d'entre eux. Ça aussi, c'est un peu bizarre, quand on y pense.

— Pourquoi ?

— Parce que la sœur de Sinclair est également sur place. Mais alors que Vinney réclamait qu'on arrête le coupable dans la minute, Irene Sinclair n'a absolument rien trouvé à dire. Elle n'a même pas demandé comment on avait tué sa sœur. Elle s'en fichait, si vous voulez mon avis.

— Bizarre, vous avez raison, remarqua Lynley.

— Vous avez bien parlé de plus d'une chambre ? intervint Saint James.

Macaskin hocha la tête. Il prit sur une seconde table calée contre le mur plusieurs dossiers et un rouleau de papier. Il déroula celui-ci avec précaution, révélant un plan de la maison extraordinairement détaillé, si l'on tenait compte des contraintes de temps qui lui avaient été imposées ce matin-là. Il sourit avec un plaisir sincère devant son travail et, calant chaque extrémité de la feuille avec les dossiers, il en désigna le côté droit.

— La chambre de la victime se trouve dans l'aile est. (Il ouvrit l'un des dossiers et jeta un coup d'œil à ses notes avant de continuer :) D'un côté, la chambre de Joanna Ellacourt et son mari... David Sydeham, de l'autre, celle d'une jeune femme... voilà : lady Helen Clyde. C'est la seconde chambre que nous avons scellée. (Il leva les yeux à temps pour distinguer la surprise sur les visages de ses trois auditeurs.) Vous connaissez ces gens ?

— Uniquement lady Helen Clyde. Elle travaille avec moi, répondit Saint James, qui regarda Lynley. Tu savais qu'Helen venait en Ecosse, Tommy ? Je pensais qu'elle avait prévu d'aller en Cornouailles avec toi.

— Elle a décommandé lundi dernier, je suis donc parti seul.

(Lynley promena les doigts d'un air pensif sur le plan.) Pourquoi la chambre d'Helen a-t-elle été fermée ?

— Elle est contiguë à celle de la victime, répondit Macaskin.

— En voilà, une chance ! dit Saint James avec un sourire. C'est bien de notre Helen, ça, de se faire attribuer une chambre qui communique avec celle du crime. Il faudra lui parler dès notre arrivée.

Sur ces mots, Macaskin fronça les sourcils et se pencha, se plaçant entre les deux hommes pour attirer leur attention par une intrusion physique, à laquelle succéda une intrusion verbale :

— Inspecteur, à propos de lady Helen Clyde...

Quelque chose dans sa voix suspendit la conversation des deux hommes, et ils se regardèrent avec prudence tandis que Macaskin poursuivait d'un air résolu :

— A propos de sa chambre...

— Eh bien ?

— Il semble que ce soit par là que le meurtrier s'est introduit.

Lynley tentait encore de comprendre ce que pouvait bien fabriquer Helen en Ecosse avec une troupe de comédiens lorsque l'inspecteur Macaskin lui confia cette nouvelle information.

— D'où tirez-vous cette conclusion ? demanda-t-il enfin, bien que son esprit soit surtout absorbé par le souvenir de sa dernière conversation avec Helen, qui s'était déroulée moins d'une semaine auparavant dans sa bibliothèque à Londres.

Elle portait le plus ravissant des ensembles de laine couleur de jade, avait goûté son nouveau xérès, riant et bavardant avec son enjouement habituel, puis l'avait quitté à la hâte pour aller dîner avec quelqu'un. *Qui* ? se demandait-il maintenant. Elle ne le lui avait pas dit, et il ne le lui avait pas demandé.

Il remarqua que Macaskin le regardait comme un homme qui a beaucoup de choses à dire et qui n'attend que le moment opportun pour s'en soulager.

— Parce que la porte de la chambre de la victime donnant sur le couloir était verrouillée, répliqua-t-il. Lorsque Mary Agnes a tenté en vain de la réveiller ce matin, elle a dû utiliser le passe...

— Où celui-ci est-il rangé ?

— Dans le bureau, au rez-de-chaussée de l'aile nord-ouest, dit Macaskin en montrant le plan. Elle a déverrouillé la porte et trouvé le corps.

— Qui a accès à ce passe ? En existe-t-il un autre jeu ?

— Il n'y en a qu'un, et seules Francesca Gerrard et la jeune fille, Mary Agnes, l'utilisent. Il est enfermé dans le tiroir du bas du bureau de Mrs Gerrard, et elle est la seule avec la fille Campbell à disposer des clés pour l'ouvrir.

— Personne d'autre ? demanda Lynley.

Macaskin examina le plan d'un air pensif, son regard s'attardant sur le corridor nord-ouest du rez-de-chaussée. Celui-ci, qui longeait un des côtés d'une cour qui devait être un ajout à la construction d'origine, débouchait dans le grand hall, non loin de l'escalier. Macaskin désigna du doigt la première chambre de ce corridor.

— Il y a bien Gowan Kilbride. Une sorte d'homme à tout faire. Il a pu se procurer les clés s'il savait qu'elles se trouvaient là.

— Le savait-il ?

— C'est possible. Je crois qu'il n'a pas besoin d'un passe parce que ses tâches ne le conduisent pas dans les étages, mais il a pu savoir où le trouver si Mary Agnes le lui a dit.

— Et pourrait-elle l'avoir fait ?

— Peut-être, dit Macaskin en haussant les épaules. Ce sont des jeunes, vous savez. Les jeunes essayent quelquefois de s'impressionner de façon stupide, surtout s'ils ont un faible l'un pour l'autre.

— Mary Agnes a-t-elle dit si le passe était à sa place ce matin ? Ou si quelqu'un y avait touché ?

— Apparemment non, puisque le tiroir était comme d'habitude fermé. Mais ce n'est pas le genre de chose qu'elle est susceptible d'avoir remarqué. Elle a ouvert le bureau, pris les clés dans le tiroir. Elle ne sait pas si elles se trouvaient à l'endroit exact où elle les avait mises, puisque la dernière fois elle les y avait simplement laissé tomber sans réfléchir plus avant.

La quantité d'informations que Macaskin avait réunie dans le peu de temps qui lui avait été imparti émerveilla Lynley, qui le considéra avec un respect grandissant.

— Tous ces gens se connaissaient, n'est-ce pas ? Pourquoi la porte de Joy Sinclair était-elle donc fermée à clé ?

— Y a eu du pétard la nuit dernière, lança Lonan de sa chaise dans son coin.

— Une dispute ? De quel ordre ?

Macaskin jeta à l'agent Lonan un regard chagrin, lui reprochant visiblement de s'être laissé aller à des familiarités de langage auxquelles ses hommes n'étaient pas censés condescendre.

— C'est tout ce que nous avons pu tirer de Gowan Kilbride, dit-il en s'excusant, avant que Mrs Gerrard ne nous le retire des mains avec l'ordre d'attendre Scotland Yard. Nous savons simplement qu'ils se sont sans doute tous querellés, qu'il y a eu de la vaisselle cassée, et un incident dans le hall avec des bouteilles d'alcool. Un de mes hommes a trouvé des débris de porcelaine et de verre dans la poubelle, et du cristal de Waterford, aussi. Je pense que la bagarre a été rude.

— Helen y était impliquée ? demanda Saint James qui, sans attendre la réponse, continua : Elle connaît bien ces gens, Tommy ?

— Je ne savais même pas qu'elle les connaissait, répondit-il en hochant la tête.

— Elle ne t'a pas dit...

— Elle s'est contentée de décommander le voyage en Cornouailles. Elle ne m'a pas dit pourquoi, et je ne le lui ai pas demandé. (Levant les yeux, il distingua un imperceptible changement sur le visage de Macaskin, un mouvement soudain des lèvres et du regard.) Qu'y a-t-il ?

Macaskin parut réfléchir un instant avant d'ouvrir un dossier et d'en tirer une feuille de papier. Il ne s'agissait pas d'un rapport, mais d'une note, de ces notes confidentielles qui se transmettent d'un professionnel à un autre.

— Les empreintes, expliqua-t-il. Sur la clé de la porte qui communique entre la chambre d'Helen Clyde et celle de la victime. (Et comme s'il avait conscience de manœuvrer sur la frontière extrêmement mince séparant la désobéissance aux ordres et le désir d'aider un confrère, il ajouta :) Je vous saurais gré de ne pas mentionner dans votre futur rapport que vous tenez ça de moi mais, lorsque nous nous sommes aperçus que le seul moyen d'accès à la chambre de la victime était cette porte, nous avons rapporté la clé ici pour procéder à un examen confidentiel et comparer les empreintes avec celles que nous avons relevées sur des verres à eau dans les autres pièces.

— Les autres pièces ? La clé ne porte donc pas les empreintes d'Helen ? demanda Lynley.

Macaskin secoua la tête et, lorsqu'il répondit, ce fut sur un ton suffisamment réservé pour être éloquent :

— Non. Ce sont celles du metteur en scène. Un Gallois, un type qui s'appelle Rhys Davies-Jones.

Lynley laissa s'écouler un instant avant de remarquer :

— Alors, Helen et Davies-Jones ont dû échanger leurs chambres.

En face de lui, il vit le sergent Havers tressaillir, mais au lieu de le regarder, elle promena un doigt boudiné sur l'arête de la table sans quitter Saint James des yeux.

— Inspecteur... commença-t-elle d'une voix prudente.

Mais Macaskin l'interrompit.

— Non. D'après Mary Agnes Campbell, personne n'a dormi dans la chambre de Davies-Jones.

— Mais alors où diable Helen a-t-elle... (Lynley s'interrompit, sentant quelque chose de terrible s'emparer de lui, semblable à une maladie déferlant dans son organisme.) Oh, dit-il, désolé. Je ne sais pas ce qui me passait par la tête.

Et il s'absorba dans la contemplation du plan de la maison.

Il entendit le sergent Havers grommeler un juron. Elle tira de sa poche les cinq cigarettes qu'elle lui avait prises dans la fourgonnette. Elle en jeta une, cassée, dans la corbeille et en prit une autre, qu'elle lui tendit.

— Tenez, monsieur, dit-elle en soupirant.

Lynley découvrit qu'une seule cigarette n'améliorait guère la situation. Tu n'as aucun droit sur Helen, se morigéna-t-il. Ce qui vous lie, c'est l'amitié, les choses vécues en commun, des années de rires partagés. Rien d'autre. Elle était sa compagne de divertissement, sa confidente, son amie. Mais pas sa maîtresse. Ils avaient toujours été tous les deux trop prudents, trop circonspects, ils s'étaient toujours tenus suffisamment sur leurs gardes pour ne pas en arriver là.

— Vous avez commencé l'autopsie ? demanda-t-il à Macaskin.

Il était évident que l'Ecossais attendait cette question depuis leur arrivée. Avec les gestes à l'ampleur exagérée d'un prestidigitateur, il tira d'un dossier plusieurs exemplaires impeccables d'un rapport qu'il distribua en leur en soulignant l'information la plus pertinente : la victime avait été poignardée à l'aide d'une dague des Highlands de quarante centimètres de long qui lui avait traversé le cou et tranché la carotide. Elle avait été saignée à blanc.

— Nous n'avons cependant pas terminé l'examen *post mortem*, ajouta-t-il avec regret.

— Aurait-elle pu émettre un bruit quelconque ? demanda Lynley en se tournant vers Saint James.

— Pas avec ce genre de blessure. Tout au plus des gargouillis, je dirais. Rien que quiconque ait pu entendre d'une autre pièce. (Il parcourut la page des yeux.) Vous avez procédé à une recherche des substances chimiques ?

— Page trois, s'empressa Macaskin. Recherche négative. Pas de barbituriques, pas d'amphétamines, aucune toxine.

— Vous avez fixé l'heure de la mort entre deux et six ?

— D'après les premières constatations. Nous n'avons pas encore analysé les intestins. Mais notre expert a trouvé des fibres dans la plaie. Du cuir et de la fourrure de lapin.

— L'assassin portait des gants ?

— C'est ce qu'il semble. Mais on ne les a pas retrouvés, et nous n'avons pas eu le temps de fouiller grand-chose avant d'être rappelés ici. Tout ce qu'il est possible de dire, c'est que la fourrure et le cuir ne proviennent pas de l'arme. D'ailleurs, à l'exception du sang de la victime, l'arme ne présentait aucune trace de quoi que ce soit. Le manche avait été essuyé.

Le sergent Havers feuilleta son exemplaire du rapport puis le jeta sur la table.

— Une dague de quarante centimètres, dit-elle lentement. Où peut-on trouver une chose pareille ?

— En Ecosse ? intervint Macaskin, l'air surpris de son ignorance. Mais chez n'importe qui. Il fut un temps où pas un Ecossais ne sortait sans son poignard à la ceinture. Et ici, dans cette demeure, ajouta-t-il en pointant son doigt sur la salle à manger du plan, il y en a une panoplie sur le mur. Avec des gardes sculptées à la main, et des lames de rapières. De véritables pièces de musée. Il semble que l'arme du crime provienne de là.

— Où dort Mary Agnes, d'après votre plan ?

— Dans une chambre du corridor nord-ouest, située entre celle de Gowan et le bureau de Mrs Gerrard.

Tandis que l'inspecteur parlait, Saint James prenait des notes dans la marge de son rapport.

— Qu'en est-il des mouvements de la victime ? demanda-t-il. La blessure n'a pas provoqué la mort instantanée. A-t-elle essayé de chercher du secours ?

— Impossible, dit Macaskin avec une moue en secouant la tête.

— Pourquoi ?

L'inspecteur ouvrit son dernier dossier et en sortit une pile de photographies.

— Le poignard l'a empalée sur le matelas, annonça-t-il sans ménagement. Elle pouvait difficilement aller où que ce soit.

Il laissa tomber sur la table les photos en couleur grand format sur papier glacé. Lynley les ramassa.

Il était habitué au spectacle de la mort. Au cours de ses années à Scotland Yard, il l'avait vue revêtir toutes les formes imaginables. Mais il ne l'avait jamais vue infligée avec une telle sauvagerie préméditée.

Le meurtrier avait enfoncé la dague jusqu'à la garde, comme mû par une rage atavique qui n'avait pu se contenter de la simple disparition de Joy Sinclair. Elle gisait les yeux ouverts, mais leur fixité dans la mort avait modifié leur couleur en les obscurcissant. En regardant cette femme, Lynley se demanda combien de temps elle avait encore vécu, une fois la gorge transpercée par la lame. Il se demanda si elle avait jamais su ce qui lui arrivait dans l'instant nécessaire à l'assassin pour plonger son arme. Le choc l'avait-il instantanément anéantie, lui offrant la bénédiction de l'oubli ? Ou était-elle demeurée étendue, impuissante, dans l'attente de l'inconscience et de la mort ?

C'était un crime horrible, un crime dont la monstruosité se lisait dans les détails accablants révélés par les clichés : le matelas qui avait bu le sang de la victime jusqu'à saturation, la main tendue vers une aide qui ne viendrait jamais, les lèvres entrouvertes en un cri muet.

Il passa les photographies à Saint James, puis regarda Macaskin.

— Et maintenant, suggéra-t-il, si nous nous attardions un peu sur ce qui a pu se passer à Westerbrae entre six heures cinquante, heure à laquelle Mary Agnes a découvert le corps, et sept heures dix, heure à laquelle quelqu'un s'est enfin débrouillé pour appeler la police ?

3

La route de Westerbrae était très mal entretenue. En été, négocier ses virages, ses nids-de-poule, ses côtes escarpées débouchant sur la lande et ses descentes abruptes vers les vallées devait être une tâche difficile, mais en hiver, c'était l'enfer ; même avec Lonan au volant de la Land Rover de la brigade criminelle de Strathclyde, bien équipée pour affronter le périlleux trajet, ils n'atteignirent la maison qu'un peu avant le crépuscule. A la sortie de la forêt, un dérapage sur une plaque de verglas dans le dernier virage fit jurer à l'unisson avec ferveur Lonan et Macaskin, et l'agent de police franchit les cinquante mètres restants à une allure respectable de tortue avant de couper enfin le contact avec un soulagement non dissimulé.

Devant eux, plongée dans l'obscurité et environnée d'un silence mortel, la maison se détachait sur le paysage comme un cauchemar gothique. De cette construction de granit gris, à la mode des pavillons de chasse prévictoriens, jaillissaient des ailes, surgissaient des cheminées et, malgré la neige accumulée sur le toit comme de la crème fraîche grumeleuse, l'ensemble parvenait à se donner un air menaçant. La bâtisse arborait d'étranges pignons à redents taillés dans des blocs de granit disposés en quinconce. Derrière l'un de ces pignons, une tour au toit d'ardoise, curieux appendice architectural, était blottie sous les contreforts de la maison, et ses fenêtres sans lumière étaient profondément encastrées dans la pierre. Sur le portique à colonnes doriques protégeant la porte d'entrée, les tortillons d'une vigne dénudée s'efforçaient héroïquement d'atteindre le toit. La structure tout entière combinait les humeurs de trois périodes architecturales et d'au moins autant de cultures différentes. Lynley comprit en l'examinant qu'elle offrait effectivement aux yeux de Macaskin peu d'attraits susceptibles de la transformer en refuge romantique pour jeunes mariés. Les ornières profondes et bien marquées de l'allée dans laquelle ils se garèrent témoignaient des allées et venues de nombreux véhicules dans la journée. Pourtant, à cette heure, Westerbrae paraissait déserté, et l'étendue de neige recouvrant la pelouse qui descendait en pente douce vers le loch était vierge.

L'espace d'un instant, personne ne bougea. Puis Macaskin, jetant un regard à ses visiteurs de Londres, ouvrit la portière d'un coup d'épaule. Un air glacial les assaillit, et ils descendirent à contrecœur.

Un vent mauvais soufflait en bourrasques à la surface de l'eau, rappelant de façon impitoyable combien Westerbrae et le loch Achiemore se situaient loin au nord. Venu de l'Arctique, il piquait les joues et déchirait les poumons, transportant avec lui l'odeur des pins avoisinants et le parfum musqué des feux de tourbe aux alentours. Se recroquevillant pour se protéger de sa morsure, ils traversèrent rapidement l'allée, et Macaskin frappa à la porte.

L'un des deux hommes laissés sur place le matin même les fit entrer. Le visage constellé de taches de rousseur, il avait des mains comme des battoirs et un corps massif et musclé que son uniforme contenait à grand-peine. Chargé d'un plateau couvert de ce genre de sandwiches peu substantiels qu'on sert pour le thé, il mangeait avec voracité, comme un orphelin grandi trop vite qui n'a pas vu de nourriture depuis des siècles et qui craint de ne pas en revoir avant longtemps. Il leur fit signe d'avancer dans le grand hall, et claqua la porte derrière eux en déglutissant.

— La cuisinière est arrivée il y a une demi-heure, se hâta-t-il d'expliquer à Macaskin, dont les lèvres serrées trahissaient la réprobation. J'étais juste en train de leur apporter ça. Ils ont pas l'air de pouvoir tenir plus longtemps sans manger.

L'expression de Macaskin le réduisit au silence ; le désarroi lui colora les joues, et il se dandina d'un pied sur l'autre, hésitant sur l'attitude à adopter pour s'excuser auprès de son supérieur.

Lynley demanda :

— Où sont-ils ?

Il embrassa le hall du regard, remarquant les boiseries sculptées et le gigantesque lustre éteint. Le sol nu avait été récemment ciré, et encore plus récemment souillé par une large tache qui s'étalait comme de la mélasse. Toutes les portes d'accès étaient fermées, et l'unique éclairage provenait du bureau de la réception placé sous l'escalier. Celui-ci, jonché de tasses à thé et de magazines, avait visiblement servi de poste de garde à l'agent.

— Dans la bibliothèque, répondit Macaskin. (Il lança un regard soupçonneux à son subordonné, comme si avoir eu la prévenance de nourrir les suspects avait pu le conduire à d'autres civilités qu'il n'aurait pas trop de toute sa vie pour regretter.) Ils sont là depuis que nous sommes partis ce matin, n'est-ce pas, Euan ?

— Oui, dit le jeune agent avec un sourire. Avec des petites visites aux toilettes dans le corridor nord-ouest. Pas plus de deux minutes, avec la porte pas fermée, et moi ou William juste de l'autre côté. (Il continua tandis que Macaskin les guidait à travers le hall :) Y en a une qu'est drôlement en rage, inspecteur. Je parie qu'elle est pas habituée à passer la journée dans sa chemise de nuit.

Lynley découvrit rapidement que la description de l'état d'esprit de lady Helen Clyde était plus qu'adéquate. Lorsque Macaskin déverrouilla puis poussa la porte de la bibliothèque, elle fut la première à bondir, comme si ce qui bouillonnait en elle s'apprêtait à exploser. Elle fit trois pas en avant, chaussée de pantoufles, piétinant sans bruit ce qui ressemblait à un tapis d'Aubusson, mais ne pouvait décemment pas en être un.

— Maintenant, écoutez-moi bien ! J'insiste pour que...

Son expression de fureur se mua en stupéfaction à la vue des nouveaux arrivants.

C'était sans doute la première fois qu'il voyait Helen à court de repartie, pensa brusquement Lynley.

— Tu as toujours su t'habiller selon les circonstances, remarqua-t-il d'un ton sec.

— Tommy, dit-elle en portant une main à ses cheveux, plus par étonnement que pour chercher à rectifier sa coiffure. Tu n'es pas en Cornouailles, ajouta-t-elle bêtement.

— Non, je ne suis pas en Cornouailles.

Ce bref échange déclencha l'hystérie du groupe réuni dans la bibliothèque. Eparpillés dans la pièce, qui assis près du feu, qui debout au bar, qui installé devant les rayonnages vitrés, ils bondirent tous en hurlant. Des voix s'élevèrent de toutes les directions, jetant des questions qui n'attendaient aucune réponse, laissant libre cours aux imprécations. Ce fut un chahut instantané.

— Mon avocat sera informé...

— Ces foutus flics nous ont laissés enfermés...

— ... la conduite la plus scandaleuse que j'aie jamais vue !

— Nous sommes censés vivre dans une nation civilisée...

— Pas étonnant que le pays aille à vau-l'eau !

Imperturbable, Lynley effectua du regard un bref examen de la pièce. Malgré les lourdes tentures roses tirées, et seulement deux lampes allumées, l'éclairage était suffisant pour lui permettre d'étudier l'assistance, qui continuait de vociférer des exigences qu'il continua d'ignorer.

Il reconnut les principaux acteurs du drame, surtout parce que ceux-ci s'étaient groupés autour de celle qui constituait de toute évidence l'attraction et la force dominante de la pièce : Joanna Ellacourt, la comédienne la plus en vue d'Angleterre. Le pull-over blanc angora et le pantalon de laine assorti dont était vêtue cette beauté blonde glaciale, debout près du bar semblaient souligner le degré de dédain avec lequel elle venait d'accueillir l'arrivée de la police. A ses côtés, comme prêt à satisfaire le moindre de ses désirs, se tenait un homme plus âgé, massif, aux paupières lourdes et à l'abondante chevelure grise — sans aucun doute son mari, David Sydeham. A deux pas, de l'autre côté, son partenaire, Robert Gabriel, replongea brusquement le nez dans son verre. Les nouveaux venus ne l'intéressaient pas, ou bien peut-être préférait-il ne pas être vu avant d'avoir ingurgité le remontant adéquat. Devant lui, Stuart Rintoul, lord Stinhurst, qui s'était levé précipitamment de son canapé, étudiait Lynley avec attention, comme s'il envisageait de l'engager dans une future production.

Lynley dut à cet instant se contenter de deviner l'identité des autres : deux femmes âgées près du feu, probablement l'épouse de lord Stinhurst et sa sœur, Francesca Gerrard ; un homme rondouillard d'une trentaine d'années, qui fumait la pipe, l'air irrité, costume de tweed neuf, et qui devait être le journaliste Jeremy Vinney, partageait un canapé avec une vieille fille d'âge mûr, particulièrement mal habillée et peu séduisante, d'une extrême maigreur, dont la ressemblance avec lord Stinhurst, indiquait qu'elle devait en être la fille ; les deux jeunes employés de l'hôtel, ensemble dans le coin le plus éloigné ; et, assise sur une chaise basse, quasiment dissimulée dans l'ombre, une femme à la chevelure brune qui leva vers Lynley un visage hagard, aux joues creuses et aux yeux noirs habités d'une passion maîtrisée. Il s'agissait sans doute d'Irene Sinclair, la sœur de la victime.

Mais la personne que cherchait Lynley ne se trouvait pas parmi eux, et il passa de nouveau l'assistance en revue, jusqu'à découvrir le metteur en scène de la pièce, l'identifiant à sa peau olivâtre, sa chevelure brune et ses yeux sombres de Gallois. Rhys Davies-Jones se tenait près de la chaise que venait de quitter lady Helen. Lorsque celle-ci s'était dressée, il avait esquissé un geste pour la retenir et l'empêcher d'affronter seule la police. Ce geste, il l'avait suspendu quand il était apparu évident à tout le monde que ce policier en particulier n'était pas étranger à lady Helen Clyde.

De l'autre côté de la pièce, de l'autre côté du gouffre qui séparait leurs cultures respectives, Lynley regarda Davies-Jones, et une aversion si forte qu'elle ressemblait à une atteinte physique s'empara de lui. L'amant d'Helen, pensa-t-il, puis, pour se convaincre encore plus farouchement de l'inéluctabilité du fait : voici l'amant d'Helen.

Personne ne paraissait plus inapte à remplir ce rôle. Le Gallois avait au moins dix ans de plus qu'Helen, si ce n'était davantage. Les cheveux bouclés grisonnants sur les tempes, le visage mince et buriné aux traits anguleux et impassibles, il était sec et noueux, à l'image de ses ancêtres celtes. Et comme eux, il n'était ni beau ni grand. Mais Lynley ne pouvait nier l'intelligence et la force qui émanaient de lui, qualités qu'Helen avait dû distinguer — et apprécier — avant toutes autres.

La voix de Lynley coupa court aux protestations :

— Sergent Havers, emmenez lady Helen dans sa chambre et laissez-la s'habiller. Où sont les clés ?

Une jeune fille pâle aux yeux exorbités s'avança. Mary Agnes Campbell, celle qui avait découvert le corps. Elle tendit un plateau d'argent sur lequel quelqu'un avait déposé toutes les clés de l'hôtel, mais ses mains tremblaient tellement que l'ensemble tintait de façon discordante.

— J'ai fermé toutes les chambres et réuni l'ensemble des clés tout de suite après qu'elle a... que le corps a été découvert ce matin, dit lord Stinhurst, qui reprit sa place près du feu, sur un canapé qu'il partageait avec l'une des femmes d'un certain âge. (Celle-ci lui agrippa la main, et leurs doigts s'entrelacèrent.) Je ne connais pas la procédure à suivre dans une affaire de ce genre, conclut-il en guise d'explication, mais cela m'a paru la meilleure chose à faire.

Lynley ne paraissant guère disposé à le féliciter de ses initiatives, Macaskin intervint :

— Tout le monde se trouvait dans le salon lorsque nous sommes arrivés ce matin. Sa Seigneurie nous avait rendu le service de tous les enfermer.

— Quelle amabilité de sa part, remarqua le sergent Havers d'un ton si poli qu'il en était tranchant.

— Cherche ta clé, Helen, dit Lynley. (Dès le premier instant où il s'était adressé à elle, les yeux d'Helen n'avaient pas quitté son visage, et il sentait la chaleur de son regard, comme une caresse.) Les autres auront à supporter les désagréments présents un peu plus longtemps.

Lady Helen voulut répondre, au milieu du nouveau concert de protestations qui accueillit cette remarque, mais Joanna Ellacourt lui vola la vedette avec adresse en traversant la pièce en direction de Lynley. L'éclairage lui seyait, sa longue chevelure dénouée flottait sur ses épaules comme une soierie inondée de soleil, et sa démarche était assurée.

— Inspecteur... murmura-t-elle en se dirigeant avec grâce vers la porte, je *sens* que je peux vous le demander... si vous n'y voyez pas d'inconvénient. Je vous serais infiniment reconnaissante de m'accorder quelques instants d'intimité, quelque part, hors de cette pièce. Dans ma propre chambre, si c'est possible, ou bien dans une autre. N'importe où. Je n'ai besoin que d'une chaise, sur laquelle je puisse m'asseoir, réfléchir et reprendre mes esprits. Ne serait-ce que cinq minutes. Après cette épouvantable journée, je serais votre éternelle débitrice si vous aviez la bonté de m'accorder cette faveur.

Sa transposition de Blanche Du Bois [1] en Ecosse était parfaite, mais Lynley n'avait pas l'intention de lui donner la réplique.

— Désolé, répliqua-t-il, je crains que vous ne soyez obligée de faire appel à la bonté de quelque autre étranger. Cherche ta clé, Helen, répéta-t-il.

Celle-ci ébaucha un geste qu'il reconnut comme un prélude à une déclaration, et il se détourna.

— Nous serons dans la chambre de Sinclair, signala-t-il à Havers. Prévenez-moi quand elle sera prête. Agent Lonan, veillez à ce que les autres ne bougent pas d'ici.

Ignorant les protestations qui s'élevaient, il quitta la pièce, suivi de Saint James et Macaskin.

Demeurée seule avec ce groupe de suspects snobinards, tellement différents de ce que l'on rencontrait d'habitude au cours d'une enquête judiciaire, Barbara Havers, en attendant lady Helen qui échangeait quelques mots à voix basse avec Rhys Davies-Jones dans le tohu-bohu d'imprécations qui avait suivi le départ de Lynley, fut plus que ravie de pouvoir exercer sa perspicacité sur la culpabilité éventuelle de tout un chacun.

Ils étaient plus vrais que nature. Chics, divinement élégants et magnifiquement vêtus. A l'exception de lady Helen, ils constituaient une véritable réclame pour « Comment s'habiller pour un

1. Blanche Du Bois, principale héroïne de la pièce de Tennessee Williams, *Un tramway nommé Désir*.

meurtre ». Et comment se comporter à l'arrivée de la police : faire preuve d'une vertueuse indignation, exiger un avocat, décocher des remarques désagréables. Jusqu'à présent, aucun d'eux ne l'avait déçue dans son comportement, et il s'en trouverait bien un d'ici peu pour faire état d'une étroite relation avec son député, de son intimité avec Mrs Thatcher, ou d'une figure notable de son arbre généalogique. Ils étaient tous pareils, des aristos, du gratin.

Tous sauf cette femme au visage pincé qui avait réussi à recroqueviller sa silhouette imposante jusqu'à ne former qu'un tas informe sur le canapé, aussi loin que possible de l'homme avec lequel elle le partageait. Elizabeth Rintoul, pensa Barbara. Plus exactement, *lady* Elizabeth Rintoul, la fille unique de lord Stinhurst.

Elle se comportait comme si son voisin était affligé d'une maladie particulièrement contagieuse. Rencognée à une extrémité du siège, elle maintenait le col de son cardigan bleu marine fermé contre sa gorge et serrait ses bras contre son corps de toutes ses forces. Ses pieds anguleux, plantés devant elle et chaussés de cette sorte de souliers noirs à talons plats généralement qualifiés de « confortables », dépassaient d'une jupe de flanelle noire sans apprêt abondamment parsemée de peluches. Elle n'intervenait en aucune façon dans la conversation qui se déroulait autour d'elle, mais quelque chose dans son attitude indiquait un équilibre fragile et prêt à se rompre.

— Elizabeth, ma chérie, murmura la femme en face d'elle avec le sourire éloquent que l'on adresse à un enfant qui se conduit mal en public.

De toute évidence, il s'agissait de maman, décréta Barbara, lady Stinhurst en personne, vêtue d'un twin-set de couleur fauve orné d'un collier d'ambre, jambes soigneusement croisées et mains sur les genoux.

— Peut-être Mr Vinney aimerait-il qu'on lui resserve à boire.

Le regard morne d'Elizabeth Rintoul se leva sur sa mère.

— Peut-être, répondit-elle, et dans sa bouche le mot parut grossier.

Après un coup d'œil suppliant pour quêter l'appui de son mari, lady Stinhurst insista. Elle avait une voix douce et hésitante, comme une vieille fille peu habituée à s'adresser à des enfants. Avec nervosité, elle porta une main à ses cheveux, adroitement teints et coiffés de façon à combattre une vieillesse gagnant à grands pas.

— Tu comprends, ma chérie, nous sommes assis là depuis si

longtemps, et je crois vraiment que Mr Vinney n'a rien bu depuis deux heures et demie.

L'allusion n'était pas seulement transparente, elle était lourde. Le bar se trouvait à l'extrémité opposée de la bibliothèque, et Elizabeth devait servir Mr Vinney comme une débutante son premier chevalier servant. Les directives étaient suffisamment claires, mais Elizabeth peu disposée à les suivre. Un éclair de mépris traversa son regard, elle baissa les yeux sur la revue posée sur ses genoux, et sans un son, articula un mot, un seul mot singulièrement peu approprié dans la bouche d'une dame, et sur la signification duquel sa mère ne pouvait en aucun cas se tromper.

Barbara observa cet échange avec une certaine fascination. Lady Elizabeth paraissait avoir dépassé la trentaine depuis longtemps, et même frôler la quarantaine. Elle n'était plus à l'âge où l'on a besoin d'un coup de pouce maternel pour aborder un monsieur, et pourtant c'était bien cela que maman avait en tête ; malgré l'hostilité non déguisée d'Elizabeth, elle esquissa un mouvement qui laissait entendre qu'elle allait pousser sa fille dans les bras de Mr Vinney.

Jeremy Vinney non plus ne faisait guère preuve de bonne volonté en la matière. Assis à côté d'Elizabeth, le journaliste du *Times* ignorait de son mieux la conversation. Nettoyant sa pipe à l'aide d'un instrument d'acier, il tendait l'oreille sans vergogne pour saisir de l'autre côté de la pièce les paroles de Joanna Ellacourt. Celle-ci était furieuse, et ne s'en cachait pas.

— Elle nous a bien eus, hein ? Quelle bonne blague, pour elle ! Quelle rigolade ! (La comédienne jeta un regard assassin à Irene Sinclair, toujours assise dans son coin à l'écart, comme si la mort de sa sœur rendait sa propre présence indésirable.) Et à ton avis, à qui bénéficie la petite modification de la pièce d'hier au soir ? A moi ? Jamais de la vie ! Je te préviens, David, je n'accepterai pas ça. Pas une seconde !

— Rien n'est encore réglé, Jo, répondit David Sydeham d'un ton conciliant. Loin de là. Le fait qu'elle ait modifié le texte de la pièce peut très bien entraîner l'annulation de ton contrat.

— C'est ce que tu penses. Mais tu ne l'as pas ici, ce contrat, n'est-ce pas ? Nous ne pouvons pas le consulter ? Tu n'en sais rien. Et tu cherches à me faire croire — à me convaincre sur parole, après tout ce qui s'est passé — qu'un simple changement de personnage peut invalider un contrat ? Pardonne mon scepticisme ! Pardonne mon hurlement de rire incrédule ! Et donne-moi un autre gin. *Tout de suite.*

Sans un mot, Sydeham adressa un signe de tête à Robert Gabriel, qui poussa la bouteille de Beefeaters aux trois quarts vide dans sa direction. Sydeham servit un verre à sa femme et rendit la bouteille à Gabriel, qui l'agrippa et murmura, avec un brin d'hilarité :

— « Je ne te tiens pas, et cependant, je te vois toujours... Allons, empoignons-le ! » (Il lorgna vers Joanna et se versa un autre verre.) Doux souvenirs de tournées, ma chérie. N'était-ce point notre première fois ? Hmm, non, peut-être pas.

Il avait réussi à donner l'impression de parler de rapports sexuels et non d'une représentation de *Macbeth*.

Quinze ans auparavant, le charme de Gabriel, un charme enfantin qui évoquait Peter Pan, avait fait se pâmer des dizaines de ses camarades d'école, mais Barbara Havers n'avait jamais été sensible à son charme, non plus que Joanna Ellacourt, apparemment. Celle-ci le gratifia d'un sourire plus meurtrier que le poignard de *Macbeth* :

— Chéri, comment pourrais-je *jamais* oublier ? Tu as laissé tomber dix lignes au milieu de l'acte deux, et j'ai dû te soutenir jusqu'à la fin. Pour parler franchement, il y a dix-sept ans que j'attends que ta main « teigne en incarnat les mers innombrables ».

Gabriel ricana.

— La garce du West End. Fidèle à sa réputation.

— Tu es ivre.

Ce qui était plus qu'à moitié vrai. Comme en réponse à cet échange, Francesca Gerrard se leva maladroitement du sofa qu'elle partageait avec son frère, lord Stinhurst. Elle parut vouloir prendre le contrôle de la situation, jouer peut-être son rôle de propriétaire d'hôtel, même de la façon peu conséquente qu'elle choisit en se tournant vers Barbara.

— Si nous pouvions avoir du café... (Elle porta une main tremblante aux colliers de perles de couleur accumulés en travers de sa poitrine comme une cotte de mailles, et leur contact parut lui donner du courage. Elle reprit, avec plus d'autorité :) Nous aimerions du café. Pouvez-vous vous en charger ?

Barbara ne répondit pas. Mrs Gerrard se tourna alors vers lord Stinhurst.

— Stuart...

Il prit la parole.

— Je vous serais reconnaissant de nous faire préparer du café. Certaines personnes ont besoin de se dessoûler.

Barbara eut une pensée fugitive et ravie pour le peu d'occasions qu'elle aurait jamais de remettre un comte à sa place.

— Désolée, répliqua-t-elle d'un ton acerbe puis, se tournant vers lady Helen : Si vous voulez bien m'accompagner maintenant, je pense que l'inspecteur voudra vous voir en premier.

Lady Helen traversa la bibliothèque d'un pas maladroit, complètement transie. Elle se persuada que c'était le résultat du manque de nourriture, de cette journée interminable et horrible, de l'épouvantable inconfort éprouvé à rester assise des heures en vêtements de nuit dans une pièce où l'on se sentait à la fois transie et menacée de claustrophobie. Arrivée à la porte, elle se drapa dans son manteau avec toute la dignité qu'elle parvint à rassembler, et pénétra dans le hall, suivie du sergent Havers en dame de compagnie forcée.

— Tout va bien, Helen ?

Lady Helen se retourna avec gratitude pour constater que Saint James l'avait attendue, debout dans la pénombre juste derrière la porte. Lynley et Macaskin avaient déjà disparu dans les escaliers.

Passant la main dans ses cheveux, elle tenta d'ordonner sa coiffure, mais y renonça avec un petit sourire chagrin.

— Peux-tu imaginer ce que c'est que de passer une journée entière dans une pièce avec des individus qui sont en communication directe avec Thespis ? lui demanda-t-elle. Depuis ce matin sept heures, nous avons parcouru toute la gamme, de la rage à la paranoïa en passant par l'hystérie et le chagrin. Je dois avouer qu'à midi, j'aurais volontiers vendu mon âme contre un des pistolets d'Hedda Gabler[1]. (Elle resserra le col de son pardessus en réprimant un frisson.) Mais je vais bien. Enfin, je crois. (Elle lança un regard vers l'escalier, puis revint à Saint James.) Qu'est-ce qui se passe, avec Tommy ?

Derrière elle, le sergent Havers eut un geste d'une brusquerie inexplicable, mais qu'elle ne distingua pas clairement. Saint James, remarqua-t-elle, prit son temps pour lui répondre, brossant sur la jambe de son pantalon une poussière qui ne s'y trouvait pas, et, lorsqu'il se décida à parler, ce fut pour lui adresser une question en retour.

— Qu'est-ce que tu fabriques ici, Helen ?

Elle eut un coup d'œil en direction de la bibliothèque.

— Rhys m'a invitée. Il doit mettre en scène la nouvelle production de lord Stinhurst pour l'ouverture de l'Azincourt, et ce week-end devait être une sorte de défrichage... de lecture préliminaire du nouveau script.

— Rhys ? répéta Saint James.

— Rhys Davies-Jones. Tu ne te souviens pas de lui ? C'était un ami de ma sœur, il y a des années de cela. Avant qu'il ne... (Lady Helen tortilla un bouton de son manteau, hésitant, cherchant

1. C'est le personnage principal de la pièce d'Henrik Ibsen, qui porte le même nom.

à expliquer, puis se décida :) Ces deux dernières années, il a travaillé dans des théâtres de province. Ce devait être aujourd'hui sa première mise en scène depuis... *La Tempête*, il y a quatre ans. Nous y étions. Tu dois t'en souvenir.

Effectivement.

— Seigneur, dit-il avec une certaine admiration, c'était Davies-Jones ? J'avais complètement oublié.

Lady Helen se demanda comment une telle chose pouvait être possible, car elle était certaine de ne jamais oublier cette épouvantable soirée au théâtre lorsque Rhys Davies-Jones avait déboulé sur scène, à deux doigts de la crise de démence, bousculant comédiens et comédiennes, pourchassant des démons qu'il était seul à voir. Elle revoyait encore la scène, le chahut, le désastre qu'il avait attiré sur sa propre tête lorsqu'au milieu du monologue de l'acte quatre sa folie éthylique avait interrompu le texte magnifique, effaçant en un instant son passé et son avenir, ne laissant que ruines.

— Après cela, il a passé quatre mois à l'hôpital. Il est aujourd'hui... rétabli. Je l'ai rencontré par hasard le mois dernier dans Brompton Road. Nous avons dîné ensemble, et... eh bien, nous nous sommes beaucoup vus depuis.

— Son rétablissement doit effectivement être complet s'il travaille avec Stinhurst, Ellacourt et Gabriel. Noble compagnie pour...

— Un homme de sa réputation ? (Lady Helen fronça les sourcils en baissant les yeux, effleurant le plancher du bout de sa pantoufle.) Tu as sans doute raison. Mais Joy Sinclair était sa cousine. Ils étaient très intimes, et je pense qu'elle a vu là l'occasion de lui offrir une seconde chance à Londres. Elle a contribué à persuader lord Stinhurst d'engager Rhys.

— Elle avait de l'influence sur Stinhurst ?

— J'ai eu l'impression que Joy avait de l'influence sur tout le monde.

— C'est-à-dire ?

Lady Helen hésita. Elle n'était pas femme à dénigrer qui que ce soit, même dans le cadre d'une enquête criminelle. L'attitude allait à l'encontre de sa nature, même avec Saint James, un homme en qui elle avait toujours eu une confiance implicite. Aussi répondit-elle à contrecœur, jetant d'abord un rapide coup d'œil au sergent Havers comme pour jauger la discrétion dont celle-ci pouvait faire preuve.

— Apparemment, Simon, elle a eu une liaison avec Robert Gabriel l'année dernière. Pas plus tard qu'hier après-midi, ils ont eu une formidable dispute sur le sujet. Gabriel voulait que Joy dise à son ex-femme qu'il n'avait couché avec elle qu'une fois, ce à quoi Joy se refusait... La querelle devenait de plus en plus violente lorsque Rhys a fait irruption dans la chambre de Joy et y a mis fin.

— Je ne comprends pas, dit Saint James, perplexe. Joy Sinclair connaissait la femme de Robert Gabriel ? Elle savait qu'il était marié ?

— Bien sûr. Robert Gabriel a été marié dix-neuf ans à Irene Sinclair, la sœur de Joy.

L'inspecteur Macaskin déverrouilla la porte et introduisit Lynley et Saint James dans la chambre de Joy Sinclair. Il tâtonna à la recherche de l'interrupteur, et deux plafonniers de bronze tarabiscotés répandirent leur lumière sur une scène pleine de contradictions. C'était une pièce magnifique, de celles que l'on s'attend à voir attribuer à la star de la pièce, et non à l'auteur. Ornée d'un riche papier peint vert et jaune, elle était meublée d'un lit victorien, d'une commode, d'une armoire et de chaises XIXe. Un tapis d'Axminster agréablement usé recouvrait le parquet de chêne, dont les lames grinçaient sous les pieds.

Et pourtant, la chambre, dans laquelle l'air glacial charriait le sang et la destruction, demeurait plus que jamais le théâtre d'un crime. Le lit y jouait le premier rôle, avec son désordre de linges imbibés de sang, et son unique et fatale entaille, qui démontrait avec éloquence la façon dont la femme était morte. Enfilant des gants de latex, les trois hommes s'approchèrent avec un respect certain. Lynley parcourut la pièce d'un seul regard, tandis que Macaskin rempochait les clés de Francesca Gerrard, et que Saint James scrutait ces quelques centimètres d'horrible catafalque comme s'ils pouvaient lui révéler l'identité du coupable.

Sous le regard des deux autres, il sortit de sa poche un petit mètre pliant, et se pencha sur le lit pour sonder avec délicatesse l'affreuse crevasse. Le matelas était recouvert d'une housse de laine qui devait lui donner un moelleux confortable, épouser les épaules, les hanches et le creux des reins. Il offrait l'avantage supplémentaire de s'être complaisamment modelé autour de l'arme du crime, reproduisant de manière impeccable le sens de l'impact.

— Un seul coup, dit Saint James par-dessus son épaule. Porté de la main droite, sur le côté gauche du lit.

— Une femme en aurait-elle été capable ? demanda Macaskin sèchement.

— Si la dague était suffisamment effilée, cela n'aurait pas demandé une grande force. Une autre femme aurait pu le faire.

(Il eut un regard pensif.) Mais pourquoi a-t-on du mal à imaginer une femme en train de commettre un tel crime ?

Macaskin fixait l'immense tache sur le matelas, pas encore tout à fait sèche.

— Effilée, bien sûr. Sacrément effilée, dit-il d'un air morose. Et un assassin couvert de sang ?

— Pas sûr. Il a dû en recevoir sur la main et le bras droits, mais s'il a agi rapidement et s'est protégé avec le drap, il a très bien pu ne s'en tirer qu'avec une ou deux taches. Et s'il n'a pas paniqué, il a pu s'essuyer sur ce même drap, et le sang répandu par la blessure s'est mêlé à la tache.

— Et ses vêtements ?

Saint James examina les deux oreillers, les posa sur une chaise, puis tira le drap du dessous avec précaution, centimètre par centimètre.

— Le meurtrier pouvait ne rien porter du tout, remarqua-t-il. La chose aurait été bien plus facile à accomplir tout nu. L'homme, ou la femme, dit-il avec un hochement de tête à l'adresse de Macaskin, pouvait ensuite retourner dans sa chambre, et se laver, tout bonnement, si tant est que le sang ait jailli sur lui.

— Mais ce serait risqué, non ? Sans parler de se geler les fesses.

Saint James s'interrompit pour comparer la déchirure du drap à celle du matelas.

— Le meurtre dans son entier était risqué. Joy Sinclair aurait très bien pu se réveiller et hurler comme un putois.

— A supposer d'abord qu'elle ait été endormie, remarqua Lynley qui s'était approché de la table placée devant la fenêtre.

Celle-ci était jonchée d'une masse d'objets : articles de maquillage, brosses et séchoir à cheveux, mouchoirs en papier, amoncellement de bijoux, parmi lesquels trois bagues, cinq bracelets en argent, et deux rangs de perles colorées. Une boucle d'oreille en or était tombée par terre.

— Saint James, reprit Lynley, lorsque tu vas à l'hôtel avec Deborah, tu fermes la porte à clé ?

— Dès que possible, répliqua-t-il avec un sourire. Mais je suppose que c'est dû au fait de vivre dans la même maison que son beau-père. Quelques jours loin de lui, et nous nous transformons en affreux dépravés, je dois l'avouer. Pourquoi ?

— Où laisses-tu la clé ?

Le regard de Saint James quitta Lynley pour se fixer sur la porte.

— Dans la serrure, en général.

— Oui. (Lynley ramassa la clé de la porte, reliée à son étiquette de plastique par un anneau métallique.) Comme la plupart des gens. Alors, pourquoi penses-tu que Joy Sinclair a fermé la porte puis mis la clé sur la table ?

— Une dispute s'est déroulée hier soir, non ? Elle y a participé. Peut-être était-elle distraite, ou bouleversée, lorsqu'elle est entrée dans sa chambre. Elle a pu fermer et jeter la clé dans un accès de mauvaise humeur.

— Peut-être. Ou bien peut-être n'est-ce pas elle qui a fermé la porte. Peut-être n'est-elle pas revenue toute seule, mais avec quelqu'un qui a verrouillé tandis qu'elle attendait au lit. Vous n'êtes pas d'accord ? dit Lynley en remarquant que Macaskin se tripotait la lèvre.

Celui-ci se mordilla le pouce un instant, puis laissa retomber sa main avec un air de dégoût, comme si celle-ci s'était portée à sa bouche de son propre gré.

— Pas sur la présence de quelqu'un d'autre, non, dit-il enfin.

Lynley laissa retomber la clé et se dirigea vers l'armoire, dont il ouvrit les portes. Des vêtements y étaient suspendus en désordre, des chaussures jetées dans le fond. Un blue-jean gisait en boule, et une valise béante laissait entrevoir des bas et des soutiens-gorge.

Lynley les passa en revue, puis se retourna vers Macaskin.

— Pourquoi ? demanda-t-il tandis que Saint James traversait la chambre en direction de la commode pour la fouiller.

— A cause de sa tenue, expliqua Macaskin. On ne voyait pas grand-chose sur les photos de la Criminelle, mais elle portait une veste de pyjama d'homme.

— Est-ce que cela ne rend pas encore plus plausible une seconde présence ?

— Vous pensez qu'elle avait enfilé la veste de pyjama de celui qui est venu la retrouver ? Moi pas.

— Pourquoi ? demanda Lynley, qui referma l'armoire et s'y adossa en regardant Macaskin.

— Soyons réalistes, commença Macaskin avec l'assurance d'un conférencier qui s'est longuement penché sur son sujet, est-ce qu'un homme qui a en tête de séduire se rend dans la chambre d'une femme avec son plus vieux pyjama ? La veste qu'elle portait était élimée, usée jusqu'à la trame aux coudes, vieille de six ou sept ans, je pense, peut-être même plus. Ce n'est pas exactement le genre de vêtement qu'un homme porterait ou même abandonnerait comme souvenir à une femme après une nuit d'amour.

— Maintenant que vous l'avez décrite, réfléchit Lynley, on dirait plutôt un talisman, non ?

— Tout à fait. (L'assentiment de Lynley parut encourager

Macaskin à s'échauffer, et il se mit à faire les cent pas de la table à l'armoire, à grand renfort de gestes.) Et si l'on admet que cette veste lui appartenait, aurait-elle attendu un amant dans sa plus vieille tenue ? Cela me paraît peu probable.

— Je suis d'accord, intervint Saint James. Et en tenant compte du fait que nous ne disposons d'aucun indice témoignant d'une lutte, nous devons en conclure que même si elle ne dormait pas lorsque le meurtrier est entré — peut-être quelqu'un qu'elle a invité pour bavarder — il est en tout cas certain qu'elle était endormie lorsqu'il lui a plongé la dague à travers la gorge.

— Ou bien, dit lentement Lynley, peut-être pas endormie, mais prise complètement par surprise, par quelqu'un en qui elle avait confiance. Mais dans ce cas, n'aurait-elle pas elle-même fermé la porte ?

— Pas nécessairement, dit Macaskin. L'assassin a pu la fermer, tuer Joy Sinclair, et...

— Regagner la chambre d'Helen, acheva Lynley d'un ton froid. Bon Dieu... jeta-t-il en se tournant vers Saint James.

— Pas encore, dit celui-ci.

Assis autour d'une petite table couverte de revues près de la fenêtre, ils contemplèrent la pièce tout à leur aise. Lynley feuilleta l'assortiment de magazines, Saint James souleva le couvercle de la théière abandonnée sur le plateau du petit déjeuner et s'absorba dans l'étude de la pellicule transparente qui s'était formée sur le breuvage, tandis que Macaskin tapotait en cadence sur la semelle de ses chaussures avec un crayon.

— Nous avons deux plages horaires sans justification, dit Saint James. Un peu plus de vingt minutes entre la découverte du corps et le coup de téléphone à la police. Puis plus de deux heures entre l'appel et l'arrivée de la police. Et vos hommes chargés d'examiner la scène du crime, dit-il en se tournant vers Macaskin, n'ont pas eu le temps d'effectuer convenablement leur travail avant que vous ne receviez l'ordre de rentrer au poste ?

— C'est exact.

— Si vous voulez les appeler, vous pouvez les faire venir, maintenant. Mais je crains que nous n'y gagnions pas grand-chose. Des tonnes d'indices apocryphes ont pu être introduits ici entre-temps.

— Ou bien soustraits, remarqua Macaskin d'un air sombre. Et nous n'avons que la parole de lord Stinhurst pour nous assurer qu'il a fermé toutes les portes à clé et nous a attendus sans rien faire d'autre.

La remarque éveilla l'attention de Lynley.

Il se leva et se dirigea sans un mot vers la commode, puis la penderie et la table. Il ouvrit les portes, les tiroirs, regarda derrière les meubles sous le regard des deux autres.

— Le script, dit-il. Ils étaient là pour travailler sur le texte de la pièce, non ? Joy Sinclair en était l'auteur. Où est-il ? Pourquoi n'y a-t-il pas de papiers, de notes ? Où sont tous les exemplaires du script ?

Macaskin bondit.

— Je m'en occupe.

Tandis qu'il refermait derrière lui, la seconde porte s'ouvrit.

— Nous sommes prêtes, dit le sergent Havers, depuis la chambre de lady Helen.

Lynley regarda Saint James, et ôta ses gants.

— Ce qui nous attend ne m'enthousiasme pas, reconnut-il.

Lady Helen n'avait jamais réalisé à quel point sa confiance en elle dépendait d'un bain quotidien. Ce simple luxe lui ayant été refusé, le besoin de se laver l'avait saisie de façon tout à fait disproportionnée, mais le sergent Havers s'était exprimée avec concision : « Désolée. Je dois rester avec vous, et je suppose que vous n'avez guère envie que je vienne vous frotter le dos. » Le résultat, c'est qu'elle se sentait mal à l'aise, comme obligée d'endosser une peau qui n'était pas la sienne.

Le maquillage avait fait l'objet d'un compromis, mais procéder à celui-ci sous l'œil vigilant du sergent avait redoublé l'inconfort de lady Helen, qui avait éprouvé le sentiment d'être un mannequin en vitrine. Cette sensation n'avait fait que croître lorsqu'elle s'était habillée, enfilant ce qui lui tombait sous la main sans le moindre souci d'harmonie. Elle n'avait senti que le frais glissement de la soie, le toucher rêche de la laine. Quant à savoir de quels vêtements il s'agissait, ou s'ils n'étaient que cacophonie de couleurs qui sabotaient son apparence, elle n'aurait pu le dire.

Durant tout ce temps, elle n'avait cessé d'entendre parler Saint James, Lynley et Macaskin dans la pièce voisine. Ils ne s'exprimaient pas particulièrement fort, mais leurs voix lui parvenaient. Elle se demanda ce qu'elle allait bien pouvoir leur répondre lorsqu'ils lui demanderaient — ce qu'ils ne manqueraient sûrement pas de faire — pour quelle raison elle n'avait absolument rien entendu cette nuit-là en provenance de la chambre de Joy Sinclair. Elle ressassait encore le problème lorsque le sergent Havers ouvrit la porte et fit entrer Saint James et Lynley.

Elle se retourna.

— J'ai une tête épouvantable, Tommy, déclara-t-elle avec un large sourire. Tu dois me jurer que tu ne révéleras jamais à personne que tu m'as trouvée en robe de chambre et pantoufles à quatre heures de l'après-midi.

Lynley s'arrêta sans répondre près d'un fauteuil à haut dossier, tapissé d'un tissu au motif — des roses sur fond ivoire — coordonné au papier peint, et placé en biais à un mètre de la porte. Il parut l'examiner un bon moment sans raison particulière, puis se baissa, et ramassa derrière une cravate d'homme noire qu'il posa sur le dossier avec une lenteur délibérée. Il parcourut la pièce des yeux, puis adressa un hochement de tête au sergent Havers, qui ouvrit son calepin. Les points que lady Helen entendait gagner grâce à la légèreté de ses remarques préliminaires, destinées à percer la réserve professionnelle affichée par Lynley dans la bibliothèque, ne lui furent d'aucune utilité. Il avait tous les atouts en main, et elle saisit en un instant la façon dont il avait l'intention de s'en servir.

— Assieds-toi, Helen. A la table, s'il te plaît, ajouta-t-il alors qu'elle aurait choisi un autre endroit.

La table, comme dans la chambre de Joy Sinclair, se trouvait sous la baie vitrée dont les rideaux étaient tirés. L'obscurité était tombée rapidement, et la vitre reflétait les deux tentures et le pinceau de lumière dorée provenant de la lampe de chevet sur le mur opposé. Comme une toile d'araignée, une pellicule de givre s'était formée à l'extérieur de la vitre, et lady Helen sentit que, si elle posait sa main sur le panneau, elle éprouverait la brûlure du froid.

Elle se dirigea vers l'une des chaises XVIIIe recouvertes d'une tapisserie représentant une scène mythologique. Elle savait qu'elle aurait dû reconnaître le jeune homme et la nymphe qui s'enlaçaient dans un décor pastoral — et que Lynley, lui, savait certainement leur nom. Mais s'agissait-il de Pâris savourant sa récompense après son jugement, ou d'Echo et Narcisse, elle l'ignorait, et qui plus est s'en fichait, à cet instant.

Lynley la rejoignit, et son regard s'attarda sur les objets lourds de signification posés sur la table : une bouteille de cognac, un cendrier plein, et des oranges dans une assiette de porcelaine de Delft. L'un des fruits était à demi épluché, et répandait encore une légère odeur acide. Le sergent Havers rapprocha le tabouret de la coiffeuse pour s'asseoir avec eux, tandis que Saint James effectuait lentement le tour des lieux.

Lady Helen avait été témoin du travail de Saint James des centaines de fois, elle savait qu'aucun détail ne lui échapperait. Mais cette fois-ci, la routine familière s'exerçait à son encontre, et elle se raidit lorsqu'il entama l'examen hâtif de la commode et de la coiffeuse, de la penderie et du plancher. Elle le ressentit comme une violation, et quand il rejeta les couvertures du lit défait pour détailler les draps, elle perdit tout sang-froid.

— Seigneur, est-ce vraiment nécessaire, Simon ?

Aucun d'eux ne répondit, mais leur silence suffit. Le fait d'avoir été enfermée pendant près de neuf heures comme une vulgaire criminelle, joint à celui d'être maintenant assise là tandis qu'ils se préparaient à l'interroger avec détachement — comme s'ils n'étaient pas tous les trois liés par des années d'amitié et de souffrance —, fit monter en elle la colère, comme une tumeur. Elle lutta contre celle-ci, avec un succès limité. Elle fixa son regard sur Lynley, et se força à ignorer les mouvements de Saint James derrière elle.

— Parle-nous de la dispute qui a eu lieu hier soir.

Elle s'était préparée à ce que la première question de Lynley concerne sa chambre, et ce début inattendu la démonta un instant, ce qui était sans aucun doute dans les intentions de Lynley.

— Je ne sais pas grand-chose. Ce qui est certain, c'est qu'elle avait un rapport avec la pièce de Joy Sinclair. Lord Stinhurst et elle ont eu une scène affreuse, et Joanna Ellacourt était elle aussi furieuse.

— Pourquoi ?

— D'après ce que j'ai compris, la pièce que Joy a apportée ce week-end présentait de singulières différences avec celle pour laquelle tout le monde avait signé à Londres. Elle a annoncé au dîner qu'elle avait effectué quelques modifications ici et là, mais celles-ci étaient à l'évidence plus importantes que prévu. Il s'agissait toujours d'une pièce policière, mais tout le reste avait changé. La dispute est née de là.

— Quand tout cela s'est-il produit ?

— Nous étions installés dans le salon pour une première lecture. La querelle a éclaté au bout de cinq minutes. C'était tellement bizarre, Tommy. Ils venaient à peine de commencer quand Francesca, la sœur de lord Stinhurst, a littéralement bondi sur ses pieds, comme si elle venait de recevoir le choc de sa vie. Elle a crié quelque chose à lord Stinhurst, comme « Non ! Stuart, empêche-la de faire ça ! ». Puis elle a voulu sortir, mais dans son trouble, a reculé droit sur une vitrine de bibelots, dont elle a réduit la glace en miettes. Je ne sais pas comment elle s'est débrouillée pour ne pas se blesser, mais elle était indemne.

— Que faisaient les autres, pendant ce temps-là ?

Elle décrivit l'attitude de chacun, autant qu'elle s'en souvenait : Robert Gabriel fixait Stuart Rintoul, attendant de toute évidence que celui-ci s'occupe, soit de Joy, soit de sa sœur ; Irene Sinclair était livide ; Joanna Ellacourt, folle de rage, jetait son script par terre et sortait de la pièce, suivie quelques instants plus tard par son mari David Sydeham. De l'autre côté de la table, Joy Sinclair souriait à lord Stinhurst, et ce sourire le poussait visiblement à agir, puisqu'il se levait alors, l'agrippait par le bras, et la traînait dans le petit salon voisin, claquant la porte derrière eux.

— Puis Elizabeth Rintoul est allée s'occuper de sa tante Francesca, conclut lady Helen. Il me semble... Il me semble qu'elle pleurait, ce qui ne lui ressemble pas.

— Pourquoi ?

— Je ne sais pas. Elizabeth paraît avoir renoncé aux pleurs depuis bien longtemps. Je crois qu'elle a renoncé à beaucoup de choses, notamment à Joy Sinclair. Elles ont été très amies, d'après ce que m'a dit Rhys.

— Tu ne m'as pas parlé de ce qu'il avait fait, lui, après la lecture, remarqua Lynley. La dispute ne concernait que Stinhurst et Joy Sinclair, donc ? ajouta-t-il sans lui laisser le temps de répondre. Les autres n'étaient pas impliqués ?

— Non. Uniquement Stinhurst et Joy. J'entendais leurs voix dans la pièce voisine.

— Ils criaient ?

— Joy, un peu. Mais je n'ai pas entendu grand-chose de la part de Stinhurst, en fait. Il n'est pas du genre à élever la voix pour attirer l'attention, non ? En fait, la seule chose que j'aie distinctement perçue, c'est Joy qui poussait des cris hystériques à propos d'un dénommé Alec. Elle a dit qu'Alec savait et que lord Stinhurst l'avait tué à cause de cela.

Lady Helen sentit le sergent Havers sursauter à ses côtés, puis la vit jeter un regard interrogateur à Lynley. Elle s'empressa :

— Mais il s'agissait sans aucun doute d'une métaphore, Tommy. Un peu comme : « Si tu fais ça, tu vas tuer ta mère. » Tu comprends ce que je veux dire. Et lord Stinhurst n'a même pas répondu. Il est parti, en disant en substance qu'en ce qui le concernait, leurs relations s'arrêtaient là. Quelque chose dans ce genre.

— Et après ?

— Joy et Stinhurst sont montés séparément, mais ils faisaient une tête épouvantable, comme si aucun d'eux n'était sorti vainqueur de cette scène, et qu'ils regrettaient qu'elle ait eu lieu. Jeremy Vinney a essayé de parler à Joy lorsqu'elle est sortie dans le hall, mais elle a refusé. Peut-être pleurait-elle également, je ne sais pas.

— Et toi, qu'as-tu fait ensuite, Helen ? demanda-t-il en étudiant le cendrier, les mégots qui jonchaient celui-ci, et les cendres qui parsemaient la table en deuil, le gris se mêlant au noir.

— J'ai entendu quelqu'un dans le salon de musique, et je suis allée voir de qui il s'agissait.

— Pourquoi ?

Lady Helen faillit mentir, et concocter une amusante description d'elle-même, dévorée par la curiosité, rôdant dans la maison comme une jeune miss Marple, mais préféra la vérité.

— En fait, je cherchais Rhys.

— Ah. Il avait disparu, hein ?

Le ton de Lynley la hérissa.

— Tout le monde avait disparu.

Elle s'aperçut que Saint James avait fini son examen de la pièce. Il s'installa dans le fauteuil près de la porte, à l'écoute de leur conversation. Elle savait qu'il ne prendrait pas de notes, mais se souviendrait du moindre mot.

— Davies-Jones était dans le salon de musique ?

— Non. C'était lady Stinhurst, Marguerite Rintoul, en compagnie de Jeremy Vinney. Il avait peut-être flairé une bonne histoire pour son journal, parce qu'il essayait visiblement de lui soutirer des renseignements, mais sans succès. Je me suis adressée à elle parce que... parce qu'elle paraissait hébétée. Elle m'a à peine remarquée, mais curieusement elle a dit quelque chose qui ressemblait beaucoup à ce qu'avait dit Francesca à lord Stinhurst : « Empêchez-la de faire ça. »

— Elle parlait de Joy ?

— Ou peut-être d'Elizabeth, sa fille. Je venais de la mentionner. Je crois que j'ai dit : « Voulez-vous que j'aille chercher Elizabeth ? »

Tout en s'expliquant, avec le sentiment qu'elle n'était qu'une éventuelle suspecte interrogée par la police, lady Helen prit conscience des bruits qui agitaient la maison : le crissement du crayon du sergent Havers sur son calepin ; des portes qui s'ouvraient à l'autre extrémité du corridor ; la voix de Macaskin dirigeant une fouille des lieux, et à l'étage en dessous, dans la bibliothèque, des cris de colère, deux voix masculines qu'elle ne put identifier.

— A quelle heure es-tu montée, Helen ?

— Je n'ai pas fait attention, mais il devait être minuit et demi.

— Qu'as-tu fait une fois dans ta chambre ?

— Je me suis déshabillée, je me suis couchée, et j'ai lu un moment.

— Et puis ?

Elle ne répondit pas tout de suite. Elle observait Lynley sans détour, puisqu'il refusait de rencontrer son regard. En temps normal, ses traits pouvaient être considérés comme caractéristiques de la beauté masculine classique, mais tandis qu'il l'interrogeait, son visage s'était couvert d'un masque impénétrable et sévère qu'elle ne lui avait jamais connu, et dont elle n'avait même jamais imaginé qu'il puisse l'arborer. Pour la première fois dans l'histoire de leur amitié, elle se sentit totalement coupée de lui, et comme pour conjurer cette séparation, elle lui tendit la main. Il ne répondit pas à son geste, et elle se sentit obligée de parler franchement.

— Tu as l'air terriblement en colère, Tommy. Dis-moi pourquoi. S'il te plaît. Que se passe-t-il ?

Dans un mouvement si bref qu'il parut presque un réflexe, il serra et desserra le poing droit.

— Depuis quand fumes-tu ?

Elle entendit le sergent Havers interrompre brusquement sa transcription, et saisit, derrière Lynley, le mouvement de Saint James dans son fauteuil. Sans savoir pourquoi, elle comprit que la question qu'elle avait posée avait permis à Lynley de prendre une décision qui lui faisait abandonner le strict travail de police pour s'aventurer sur un nouveau terrain. Un terrain où les manuels, les codes et les procédures qui délimitaient son rôle ne s'appliquaient pas.

— Tu sais bien que je ne fume pas, dit-elle en retirant sa main.

— Qu'as-tu entendu la nuit dernière ? demanda-t-il. Joy Sinclair a été assassinée entre deux heures et six heures du matin.

— Rien, j'en ai peur. Le vent soufflait avec violence, et faisait vibrer les fenêtres, ce qui a dû étouffer tout bruit. Si bruit il y a eu.

— Et bien sûr, même s'il n'y avait pas eu de vent, tu n'étais pas seule, n'est-ce pas ? Tu as dû être... distraite, je suppose.

— C'est exact. Je n'étais pas seule.

Il demeura immobile. Seules ses mâchoires se crispèrent.

— A quelle heure Davies-Jones est-il venu dans ta chambre ?

— Une heure.

— Et il est parti ?

— Peu après cinq heures.

— Tu as vu l'heure ?

— Il m'a réveillée. Il était habillé. Je lui ai demandé l'heure, il me l'a donnée.

— Et entre une heure et cinq heures, Helen ?

Une vague d'incrédulité la submergea.

— Que veux-tu savoir exactement ?

— Je veux savoir ce qui s'est passé dans cette pièce entre une heure et cinq heures. Exactement, comme tu l'as dit toi-même, dit-il d'un ton glacial.

Au-delà du dégoût que provoqua chez elle la question, qui

pénétrait brutalement son intimité et présumait qu'elle allait y répondre avec la meilleure volonté du monde, lady Helen vit le sergent Havers ouvrir la bouche de stupéfaction, puis la refermer vivement sous le regard froid de Lynley.

— Pourquoi me demandes-tu cela ?

— Désires-tu qu'un avocat t'explique précisément ce que je peux ou pas te demander dans le cadre d'une enquête criminelle ? Si tu penses que c'est nécessaire, nous pouvons en appeler un.

L'homme qu'elle avait en face d'elle n'était pas son ami, pensa-t-elle avec désespoir. Ce n'était pas son compagnon de rires depuis plus de dix ans. Celui-ci était un Tommy qu'elle ne connaissait pas, un homme à qui elle ne pouvait pas offrir de réponse rationnelle. Les émotions, colère, angoisse, chagrin, se livraient bataille en elle, l'assaillant avec une force impitoyable et épuisante. Lorsqu'elle réussit enfin à s'exprimer, elle tenta désespérément d'envelopper ses paroles d'indifférence.

— Rhys m'a apporté du cognac, dit-elle en montrant la bouteille. Nous avons parlé.

— Tu as bu ?

— Non. J'en avais pris un peu plus tôt, je n'en voulais plus.

— Il a bu ?

— Non. Il... Il ne peut pas.

Lynley regarda Havers.

— Dites aux hommes de Macaskin de vérifier la bouteille.

Lady Helen comprit le sous-entendu qui se dissimulait derrière l'ordre.

— Elle est cachetée !

— Non. J'ai bien peur que non.

Lynley prit le crayon de Havers et souleva la capsule de métal qui enrobait le goulot de la bouteille. Elle glissa sans effort, comme si elle avait été enlevée puis remise pour simuler la fermeture.

La nausée envahit lady Helen.

— Qu'est-ce que tu insinues ? Que Rhys a apporté quelque chose pour me droguer ce week-end ? Pour se tirer du meurtre de Joy Sinclair — sa propre cousine ! — et m'utiliser comme alibi ? Voilà ce que tu penses ?

— Tu as dit que vous aviez parlé, Helen. Dois-je comprendre qu'après avoir refusé le cognac, ou quoi que ce soit qui se trouve dans cette bouteille, vous avez passé le reste de la nuit à converser brillamment ?

— Non. Il y a plus, bien sûr, Tommy. Il m'a fait l'amour. Nous avons dormi. Et puis, beaucoup plus tard, nous avons recommencé.

Quoi qu'elle ait pu espérer, Lynley demeura de marbre. Soudain, l'odeur de tabac froid qui s'élevait du cendrier était devenue insupportable. Elle eut envie de le jeter au loin. Envie de le lui jeter à la tête.

— C'est tout ? demanda-t-il. Il ne t'a pas quittée au cours de la nuit ? Il n'est pas sorti du lit ?

Son regard était bien trop acéré pour elle. Elle ne put empêcher la réponse de se lire sur son visage, et il dit :

— Ah. Il est sorti du lit. A quelle heure, s'il te plaît ?

— Je ne sais pas, dit-elle en baissant les yeux sur ses mains.

— Tu dormais ?

— Oui.

— Qu'est-ce qui t'a réveillée ?

— Un bruit. Je crois qu'il s'agissait d'une allumette. Il fumait debout près de la table.

— Habillé ?

— Non.

— Il fumait, simplement ?

Elle eut une seconde d'hésitation.

— Oui, il fumait. Oui.

— Mais tu as remarqué quelque chose d'autre, non ?

— Non. Simplement...

Il lui soutirait le moindre mot, l'obligeait à dire ce qui devait demeurer inexprimé.

— Simplement quoi ? Tu as remarqué quelque chose à son propos, quelque chose qui n'allait pas ?

— Non. Non. (Les yeux de Lynley, bruns, alertes, insistants, soutinrent son regard.) Je me suis approchée de lui, et sa peau était moite.

— Moite ? Il avait pris un bain ?

— Non. C'était salé. Ses épaules... il transpirait. Et il faisait tellement froid dans cette pièce.

Lynley lança automatiquement un regard vers la chambre de Joy Sinclair. Lady Helen continua.

— Tu ne comprends pas, Tommy ? C'était le cognac. Il en mourait d'envie. C'est comme une maladie. Cela n'a rien à voir avec Joy.

Elle aurait tout aussi bien pu s'abstenir de parler, car Lynley poursuivait visiblement sa propre réflexion.

— Combien a-t-il fumé de cigarettes, Helen ?

— Cinq. Six. Ce qu'il y a là.

Il échafaudait une théorie, elle le voyait. Si Rhys Davies-Jones avait pris le temps de fumer les six cigarettes écrasées dans le cendrier, si elle ne s'était pas réveillée avant qu'il n'en soit à la dernière, qu'avait-il bien pu faire d'autre ? Il avait combattu les légions de démons qui l'avaient attiré vers la bouteille. Mais qu'elle sache parfaitement comment il avait passé ce temps pendant qu'elle dormait n'avait aucune importance. Dans l'esprit de Lynley, il avait ouvert la porte, assassiné sa cousine, puis il était revenu, le corps couvert de la sueur de la peur. Tout cela, lady Helen le lut dans le silence semblable à un trou noir qui suivit sa déclaration.

— Il voulait boire. Mais il ne le peut pas. Alors, il a fumé. C'est tout.

— Je vois. Dois-je en conclure que c'est un alcoolique ?

Sa gorge se serra. « Ce n'est qu'un mot, aurait dit Rhys avec son sourire plein de bonté. Un mot n'a pas de pouvoir, Helen. »

— Oui.

— Ainsi, il a quitté le lit, et tu ne t'es pas réveillée. Il a fumé cinq ou six cigarettes, et à aucun moment tu ne t'es réveillée ?

— Tu veux ajouter qu'il a ouvert la porte pour assassiner Joy et que je ne me suis pas réveillée, n'est-ce pas ?

— La clé porte ses empreintes, Helen.

— Bien sûr, qu'elles y sont ! Il l'a tournée avant que nous nous couchions. Ou bien penses-tu que cela faisait partie de son plan ? S'assurer que je l'avais bien vu fermer, pour que je puisse plus tard justifier la présence de ses empreintes ? C'est ça, ce que tu as réussi à échafauder ?

— Ne viens-tu pas de le faire toi-même ?

Elle eut un hoquet.

— C'est une réflexion odieuse !

— Tu dormais lorsqu'il est sorti du lit, tu dormais lorsqu'il a fumé cigarette après cigarette. Vas-tu maintenant me dire que tu as en fait le sommeil très léger, et que tu t'en serais rendu compte s'il avait quitté la pièce ?

— Je m'en serais aperçue !

Lynley jeta un coup d'œil par-dessus son épaule.

— Saint James ? demanda-t-il d'un ton égal.

Ces deux mots mirent le feu aux poudres.

Lady Helen bondit, et sa chaise se renversa. Sa main atterrit avec violence sur le visage de Lynley, dans un geste vif comme l'éclair, né de la puissance de sa fureur.

— Espèce de salopard ! hurla-t-elle en se dirigeant vers la porte.

— Reste où tu es, ordonna Lynley.

Elle se retourna et lui fit face.

— Arrêtez-moi donc, inspecteur.

Elle quitta la pièce en claquant la porte, et Saint James la suivit immédiatement.

4

Barbara Havers ferma son calepin d'un geste très étudié, qui lui donnait le temps de réfléchir. En face d'elle, de l'autre côté de la table, Lynley plongea la main dans la poche de poitrine de sa veste. Sa joue était encore marbrée de rouge, à l'endroit où lady Helen l'avait frappé, mais ses mains ne tremblaient pas. Il sortit son étui à cigarettes et son briquet, puis les tendit à Barbara après s'en être servi. Celle-ci, avec une grimace, écrasa sa cigarette après la première bouffée.

Barbara n'était pas femme à analyser longuement ses émotions, et c'est pourtant ce qu'elle fit, comprenant avec un certain trouble qu'elle aurait désiré intervenir dans ce qui venait de se passer. Aucune des questions de Lynley n'était sortie du cadre strict de la procédure, mais la façon dont il les avait posées et les sous-entendus qu'il impliquait avaient donné envie à Barbara d'entrer en lice pour se faire le champion de lady Helen. Elle ne comprenait pas pourquoi, raison pour laquelle elle se pencha sur la question après le départ de la jeune femme, et trouva une réponse dans la myriade d'attentions dont celle-ci avait fait preuve à son égard depuis que Barbara travaillait en équipe avec Lynley.

— Je crois, dit-elle en lissant du pouce un pli sur la couverture de son calepin, que vous venez de dépasser un peu les bornes, inspecteur.

— L'heure n'est pas à discuter de la procédure, répliqua-t-il d'une voix froide dans laquelle elle perçut pourtant la tension.

— Ceci n'a rien à voir avec la procédure, mais avec la correction, non ? Vous avez traité Helen comme une putain, inspecteur, et si vous vous apprêtez à me répondre qu'elle a agi comme telle, je vous suggère de vous souvenir d'un ou deux détails de votre propre passé, et de vous demander sous quel jour ils pourraient apparaître si on les soumettait à l'examen que vous lui avez fait subir.

Lynley tira sur sa cigarette, puis l'écrasa dans le cendrier d'un geste dégoûté. Il eut un mouvement maladroit, et des cendres se répandirent sur le poignet de sa chemise. Tous deux fixèrent le contraste du noir sale sur le blanc immaculé.

— Helen a eu le malheur de se trouver au mauvais endroit au mauvais moment, répliqua-t-il. Il était impossible d'ignorer cela,

Havers. Je ne peux pas lui appliquer un traitement de faveur sous prétexte qu'elle est mon amie.

— Vraiment ? Eh bien, vous voir respecter ce principe lorsque deux vieux amis vont se retrouver pour une petite conversation confidentielle va me fasciner.

— De quoi parlez-vous ?

— Des lords Asherton et Stinhurst et de leur entretien. J'attends avec impatience de vous voir traiter Stuart Rintoul avec la dureté dont vous avez usé à l'égard d'Helen Clyde. De pair à pair, d'égal à égal, d'Etonien à Etonien. C'est comme ça que ça marche, non ? Mais comme vous venez de le dire, tout ceci ne viendra certes pas se mettre en travers du fait que lord Stinhurst a eu le malheur de se trouver au mauvais endroit au mauvais moment.

Elle le connaissait assez pour s'apercevoir que la colère s'emparait rapidement de lui.

— Et que voulez-vous donc que je fasse, sergent ? Que j'ignore les faits ? dit-il avant de les énumérer froidement : La porte de la chambre de Joy Sinclair donnant sur le couloir est fermée à clé. Le passe n'est pas disponible. Les empreintes de Davies-Jones se trouvent sur la clé de l'unique porte qui donne accès à la pièce. Nous avons un laps de temps injustifié parce qu'Helen dormait. Et nous ne nous sommes même pas encore penchés sur le problème de savoir où se trouvait Davies-Jones avant une heure du matin, heure à laquelle il est apparu chez Helen, ni pourquoi c'est à Helen en particulier que cette chambre a été dévolue. Pratique, n'est-ce pas, cet homme qui comme par hasard vient ici séduire Helen au milieu de la nuit, tandis que sa cousine se fait assassiner dans la pièce voisine ?

— Voilà le hic, hein ? souligna Barbara. La *séduction*, pas le meurtre.

Lynley ramassa son étui à cigarettes et son briquet, les rangea et se leva sans répondre. Mais Barbara ne lui demandait pas de réponse. Celle-ci était inutile, car elle savait très bien qu'en cas de crise personnelle, il avait tendance à ne plus maîtriser l'art d'apparaître impassible en toute circonstance, résultat de son éducation. Le cœur du problème était qu'à l'instant où elle avait aperçu lady Helen dans la bibliothèque, à l'instant où elle avait vu l'expression de Lynley lorsque lady Helen avait traversé la pièce dans ce ridicule pardessus trop grand, elle avait compris que la situation pouvait prendre pour Lynley des proportions de crise.

L'inspecteur Macaskin apparut à la porte de la chambre, le visage crispé de fureur, le teint écarlate et les yeux brillants.

— Il n'y a pas un seul manuscrit dans la maison, inspecteur, annonça-t-il. Il semble que notre bon lord Stinhurst les ait brûlés jusqu'au dernier.

— Tiens, tiens, tiens, murmura Barbara à l'adresse du plafond.

Une porte donnant sur l'extérieur s'ouvrait dans le corridor nord du rez-de-chaussée. Ce corridor formait l'un des côtés d'un quadrilatère entourant une cour où la couche de neige vierge atteignait le rebord des fenêtres aux carreaux sertis de plomb. Près de la porte, Francesca Gerrard avait aménagé une sorte de vestiaire où s'accumulaient vieilles bottes en caoutchouc, matériel de pêche, outils de jardin rouillés, imperméables, chapeaux, manteaux et écharpes. Lady Helen s'agenouilla devant ce bazar, écartant les bottes les unes après les autres avec frénésie, à la recherche du pendant de celle qu'elle avait déjà enfilée. Elle perçut l'écho caractéristique des pas maladroits de Saint James, qui descendait l'escalier, et redoubla d'ardeur dans ses recherches, décidée à sortir de la maison avant qu'il ne la retrouve.

Mais l'acuité perverse qui avait toujours permis à Saint James de connaître la plupart de ses pensées avant qu'elle n'en soit elle-même consciente le guida directement vers elle. Elle entendit sa respiration saccadée, consécutive à sa descente rapide, et n'eut pas besoin de lever les yeux pour savoir que l'irritation qu'il éprouvait à l'encontre de ses faiblesses physiques se lisait sur son visage. Elle sentit la main hésitante qui se posait sur son épaule, et s'écarta d'un geste brusque.

— Je sors.

— Tu ne peux pas, dit-il. Il fait trop froid. En plus, j'aurais beaucoup trop de mal à te suivre dans l'obscurité, Helen, et je veux te parler.

— Je crois que nous n'avons rien à nous dire. Tu as eu ta séance de voyeurisme, cela devrait te suffire, non ?

Elle leva le regard, et vit s'assombrir d'un seul coup ses yeux bleu-gris. Plutôt que de se réjouir à l'idée qu'elle était capable de le blesser, lady Helen se sentit désarmée. Elle se leva, une botte à la main et l'autre au pied. Il tendit le bras, et ses doigts froids et minces se refermèrent sur les siens.

— J'ai eu l'impression d'être une putain, murmura-t-elle, les yeux secs et brûlants. Je ne lui pardonnerai jamais.

— Je ne te le demande pas. Je ne suis pas venu excuser Tommy, mais simplement dire qu'aujourd'hui quelques vérités fondamentales lui ont été assenées de plein fouet. Il n'était malheureusement pas préparé à les supporter. Mais c'est lui qui devra t'expliquer tout cela. Lorsqu'il en sera capable.

Lady Helen tripotait d'un air malheureux la botte qu'elle tenait à la main, gluante sous ses doigts.

— Aurais-tu répondu à sa question ? demanda-t-elle abruptement.

Saint James sourit, et la chaleur de son sourire transforma son visage anguleux, d'ordinaire peu séduisant.

— Tu sais, j'ai toujours envié ta capacité à dormir quelles que soient les circonstances, incendie, inondation, orage. Il m'est arrivé de rester éveillé des heures à tes côtés, et de te maudire pour avoir la conscience si nette que rien ne venait jamais entraver ton sommeil. J'ai souvent pensé que j'aurais pu faire défiler le régiment de cavalerie de la reine dans la chambre sans que tu bouges un cil. Mais je n'aurais pas répondu à sa question. En dépit de tout ce qui s'est passé, il y a des choses qui restent privées, et franchement, celle-ci en fait partie.

C'est alors que les larmes se pressèrent sous les paupières de lady Helen en un flot brûlant qu'elle contint en clignant des paupières. Elle détourna le regard et tenta de retrouver la voix, mais Saint James, sans attendre, la conduisit vers un banc étroit aux pieds fendus placé le long d'un mur. Des manteaux étaient suspendus au-dessus. Il en prit deux, un qu'il drapa autour des épaules d'Helen, et l'autre dont il s'enveloppa pour combattre le froid qui avait envahi le vestiaire.

— A l'exception des modifications apportées à la pièce, as-tu remarqué autre chose, susceptible d'avoir provoqué la dispute d'hier soir ? demanda-t-il.

Elle réfléchit aux heures qui avaient précédé la tempête dans le salon.

— Rien de précis, mais je crois que tout le monde était sur les nerfs.

— Qui, plus particulièrement ?

— D'abord, Joanna Ellacourt. D'après ce que j'ai compris à l'heure de l'apéritif, l'idée que Joy était peut-être en train d'écrire une pièce destinée à relancer la carrière de sa sœur commençait à la travailler.

— Voilà qui l'aurait certainement ennuyée, non ?

Lady Helen hocha la tête.

— Cette production n'était pas seulement destinée à inaugurer le nouvel Azincourt, elle devait célébrer les vingt ans de théâtre de Joanna. Tout devait donc être centré sur elle, pas sur Irene Sinclair. Mais j'ai eu l'impression qu'elle était persuadée qu'il allait en être différemment.

Lady Helen rapporta la brève scène dont elle avait été témoin dans le salon de musique, lorsqu'ils s'étaient tous réunis pour le dîner. Lord Stinhurst se trouvait près du piano en compagnie de Rhys Davies-Jones. Tous deux examinaient des projets de costumes lorsque Joanna Ellacourt les avait rejoints d'une démarche ondoyante, dans une robe scintillante au décolleté vertigineux qui donnait une nouvelle signification à l'expression « s'habiller pour dîner ». Elle avait pris les croquis pour y jeter un coup d'œil, et ce qu'elle en pensait s'était instantanément lu sur son visage.

— Elle n'a pas apprécié les costumes, devina Saint James.

— Elle a prétendu qu'ils mettaient tous Irene en valeur... comme une vamp, je crois qu'elle a employé ce mot. Elle a chiffonné les dessins, et les a jetés au feu en avertissant lord Stinhurst qu'il avait intérêt à en faire concevoir de nouveaux s'il tenait à ce qu'*elle*, Joanna, joue dans cette pièce. Elle était livide. Je crois que, lorsqu'elle a commencé à lire la pièce dans le salon, ses pressentiments à propos des modifications de Joy se sont révélés exacts, voilà pourquoi elle a jeté le script et a quitté la pièce. Quant à Joy... Eh bien, j'ai senti qu'elle se délectait d'avoir semé le trouble et la perturbation.

— Comment était-elle ?

La question n'était pas facile. Joy Sinclair était physiquement saisissante. Pas belle, expliqua lady Helen, mais elle ressemblait à une gitane, le teint olivâtre et les yeux noirs, avec des traits semblables à ceux des profils de médaille romains, finement ciselés, empreints de force et d'intelligence. Elle rayonnait de vie et de sensualité, et même un simple geste pour ôter une boucle d'oreille pouvait paraître chargé de promesses.

— A l'adresse de qui ? demanda Saint James.

— Difficile à dire, mais je pense que le plus intéressé était Jeremy Vinney. Il a bondi pour la rejoindre dès qu'elle s'est montrée dans le salon de musique — elle était la dernière à descendre — et il est resté collé à ses basques tout au long du dîner également.

— Ils étaient amants ?

— Son attitude à elle n'indiquait rien de plus que de l'amitié. Lorsqu'il a raconté avoir essayé de la joindre par téléphone toute la semaine précédente en laissant des dizaines de messages sur son répondeur, elle s'est contentée de rire et de s'excuser en disant qu'elle n'écoutait même plus son répondeur parce qu'elle avait six mois de retard pour un livre qui lui avait été commandé par son éditeur, et qu'elle ne voulait pas se sentir coupable en écoutant ses rappels à l'ordre.

— Un livre ? Elle écrivait à la fois un livre et une pièce de théâtre ?

Lady Helen rit à contrecœur.

— Incroyable, hein ? Quand je pense que je suis fière de moi lorsque j'arrive à répondre à une lettre dans les cinq mois qui suivent sa réception.

— Ta description laisse à penser que c'était le genre de femme qui pouvait inspirer la jalousie.

— Peut-être. Mais je crois plutôt qu'inconsciemment elle se mettait les gens à dos.

Elle lui raconta comment Joy Sinclair avait eu pendant l'apéritif des commentaires enjoués sur un tableau de Reingale placé au-dessus de la cheminée, qui représentait une femme de l'époque Régence en robe blanche, entourée de ses deux enfants et d'un petit terrier qui jouait avec une balle.

— Elle a dit qu'elle n'avait jamais oublié ce tableau, et que, lorsqu'elle était venue à Westerbrae enfant, elle s'était imaginée à la place de cette femme, menant une vie préservée, en toute sécurité, admirée, avec deux enfants parfaits en adoration devant elle. Elle a ajouté quelque chose du style « que demander de plus », et « les détours de l'existence ne sont-ils pas curieux ». Sa sœur était assise juste au-dessous du tableau, et je me souviens qu'elle a horriblement rougi.

— Pourquoi ?

— Eh bien, Irene avait eu tout cela, non ? Une vie préservée, un mari et deux enfants. Et Joy avait tout détruit.

Saint James eut une moue sceptique.

— Comment peux-tu être sûre que cette réaction était due aux paroles de sa sœur ?

— Je ne peux pas, bien sûr. Mais au dîner, tandis que Joy et Jeremy Vinney discutaient, et que Joy parlait avec humour de son nouveau livre, faisant rire toute la table avec des anecdotes au sujet d'un homme qu'elle essayait d'interviewer dans la région des Fens, Irene... (Elle hésita. Décrire le frisson qu'avait fait naître chez elle la conduite d'Irène Sinclair s'avérait difficile.) Elle était assise sans bouger, le regard fixé sur les bougies sur la table et elle... c'était affreux, Simon. Elle s'est enfoncé la fourchette dans le pouce, et je ne crois pas qu'elle ait ressenti quoi que ce soit.

Saint James réfléchit en regardant l'extrémité de ses chaussures. Celle-ci était maculée de boue séchée, et il se pencha pour les essuyer.

— Alors, Joanna Ellacourt a dû se tromper sur le rôle d'Irene dans la nouvelle version de la pièce. Pourquoi Joy Sinclair aurait-elle écrit pour sa sœur si elle continuait de se l'aliéner à la moindre occasion ?

— Je te l'ai dit, je crois que c'était inconscient, chez elle. Quant à la pièce, peut-être Joy se sentait-elle coupable. Après tout, elle avait détruit le mariage de sa sœur. Cela, elle ne pouvait rien y faire, mais elle pouvait peut-être l'aider dans sa carrière.

— Dans une pièce avec Robert Gabriel ? Après un divorce pénible auquel elle avait contribué ? Ça ne te paraît pas un peu sadique ?

— Pas si personne d'autre à Londres n'était prêt à laisser une chance à Irene. Il y a bien longtemps qu'elle n'a pas reparu sur scène, c'était peut-être une occasion unique pour elle.

— Parle-moi de la pièce.

D'après les souvenirs de lady Helen, la première description de la nouvelle version faite par Joy Sinclair — avant la lecture effective des acteurs — avait été délibérément provocante. Lorsque Francesca Gerrard l'avait interrogée, elle avait eu un sourire à l'adresse de toute la table, avant d'expliquer : « Elle se déroule dans une maison tout à fait semblable à celle-ci, en plein cœur de l'hiver. La route est verglacée, il n'y a pas âme qui vive à des kilomètres, et aucun moyen de quitter la maison. Elle parle d'une famille. D'un homme qui meurt. Des gens qui ont été obligés de le tuer, et pourquoi. Surtout pourquoi. »

Lady Helen n'attendait plus que le hurlement des loups pour compléter le tableau.

— On dirait un message adressé à quelqu'un.

— Tu trouves aussi, n'est-ce pas ? Lorsque nous nous sommes réunis dans le salon, et qu'elle a commencé à passer en revue les modifications, elle a répété à peu près la même chose.

L'intrigue tournait autour d'une famille, au cours d'un réveillon de Nouvel An raté. D'après ce qu'en disait Joy, le frère aîné était détenteur d'un terrible secret, un secret qui allait ébranler les fondements de l'existence de tous les membres de la famille.

— Ils ont alors commencé à lire, dit-elle. Je regrette de ne pas avoir prêté suffisamment attention au texte, mais l'atmosphère était étouffante — on se serait cru dans une marmite bouillante — et je n'ai pas vraiment suivi ce qui se disait. Ce dont je suis sûre, c'est que juste avant que Francesca Gerrard ne fasse son éclat, le frère aîné — lord Stinhurst lisait le rôle, qui n'avait pas encore été distribué — venait de recevoir un coup de téléphone. Il avait décidé de partir immédiatement, en disant qu'après vingt-sept ans, il n'était pas prêt à se transformer en un autre vassal. Je suis pratiquement sûre qu'il s'agissait de ces mots-là. C'est à ce moment que Francesca Gerrard a bondi, et que la soirée a mal tourné.

— Un vassal ? répéta Saint James sans comprendre.

Elle hocha la tête.

— Bizarre, hein ? Bien entendu, comme la pièce n'avait rien à voir avec la féodalité, j'ai pensé qu'il devait s'agir d'une expression d'avant-garde que mon esprit obtus était incapable de saisir.

— Mais eux ont compris ?

— Lord Stinhurst, sa femme, Francesca Gerrard, et Elizabeth, sans aucun doute. Mais je crois que, mise à part l'irritation provoquée par les changements de dernière minute, les autres n'ont pas plus compris que moi. En fin de compte, j'ai eu l'impression que cette pièce se montait dans un but très noble pour tout le monde, mais que ce but était raté. Elle devait servir à rendre hommage à lord Stinhurst pour son travail à l'Azincourt, célébrer la carrière théâtrale de Joanna Ellacourt, relancer celle d'Irene Sinclair, permettre à Rhys de diriger de nouveau une grosse production à Londres. Joy avait même peut-être en vue un rôle pour Jeremy Vinney. Quelqu'un a remarqué qu'il avait commencé comme comédien avant de se tourner vers la critique dramatique, et en toute franchise, il ne semble pas qu'il ait eu de véritable raison de venir. Tu vois, conclut-elle d'un ton dont elle ne put lui dissimuler l'anxiété, il n'est pas logique que l'un d'entre eux ait pu assassiner Joy, non ?

Il eut un sourire affectueux.

— Et surtout pas Rhys, dit-il d'une voix particulièrement douce.

Elle croisa son regard, y lut bonté et compassion, et détourna les yeux, incapable de le supporter. Pourtant, elle savait qu'il était le seul à pouvoir comprendre, aussi parla-t-elle.

— La nuit dernière, avec Rhys, c'était... la première fois depuis des années que je me suis sentie aimée à ce point, Simon. Aimée pour moi-même, pour mes défauts et mes qualités, mon passé et mon futur. Je n'ai pas eu ce genre d'expérience avec un homme depuis... (Elle hésita, puis acheva ce qui avait besoin d'être dit.) Ce que j'ai vécu avec toi. Et je ne pensais pas le revivre un jour. Je considérais cela comme une punition, comprends-tu ? Pour ce qui s'était passé entre nous tous il y a des années. Je le méritais.

Saint James secoua vivement la tête sans répondre. Au bout de quelques instants, il demanda :

— Si tu te concentres, es-tu certaine de n'avoir rien entendu la nuit dernière ?

Elle lui répondit par une autre question.

— La première fois que tu as fait l'amour à Deborah, as-tu remarqué quelque chose d'autre qu'elle ?

— Tu as raison. La maison aurait pu s'écrouler sans que je m'en aperçoive. Ou même sans que j'y attache une quelconque importance.

Il se leva, raccrocha son manteau, et lui tendit la main.

Il fronça les sourcils lorsqu'elle la prit dans la sienne.

— Seigneur, qu'est-ce que tu t'es fait ? demanda-t-il.

— Fait ?

— Ta main.

Elle baissa les yeux, et s'aperçut que ses doigts étaient entrelacés d'un ruban de sang, qui paraissait noir sous ses ongles. Elle sursauta.

— Où... je ne...

Une traînée de sang devenu brun en séchant sur la laine maculait le côté de sa jupe. Elle chercha la source de celui-ci, ramassa la botte qu'elle avait tenue à la main, et examina la substance poisseuse qui en couvrait le rebord, noire sur noir dans la pénombre du vestiaire. Sans un mot, elle la tendit à Saint James.

Il renversa la botte sur le banc, frappa avec force contre le bois, et délogea un gant de grande taille, accessoire de cuir et de fourrure qui n'était plus qu'une masse de sang. Le sang de Joy Sinclair, encore frais.

Le salon de Westerbrae, situé à gauche du large escalier seigneurial, et deux fois plus petit que la bibliothèque, parut à Lynley un choix curieux pour réunir une nombreuse assistance. Pourtant, il était encore aménagé pour la lecture de la pièce de Joy Sinclair, les chaises disposées en cercle pour les acteurs, et des postes d'observation périphériques installés le long des murs pour tous les autres. Même les odeurs qui régnaient dans la pièce témoignaient de la malheureuse réunion de la veille : odeurs de tabac, d'allumettes brûlées, de café et de brandy.

Lorsque lord Stinhurst entra sous l'œil vigilant du sergent Havers, Lynley lui indiqua une chaise à haut dossier d'aspect peu confortable près de la cheminée. Un feu de charbon brûlait dans le petit foyer, et dissipait un peu le froid. Derrière la porte close, les hommes de la Criminelle de Strathclyde chargés d'examiner la scène du crime effectuaient une arrivée anormalement bruyante.

Stinhurst prit le siège désigné sans rechigner, croisa des jambes de pantalon impeccablement coupé et refusa une cigarette. Sa tenue incarnait à la perfection le week-end-à-la-campagne. Pourtant, en dépit de ses mouvements qui trahissaient l'assurance d'un homme habitué à la scène, habitué à évoluer sous les yeux de centaines de gens, il paraissait physiquement vidé. Etait-ce l'épuisement, ou l'effort qu'il avait dû fournir pour empêcher les femmes de sa famille de s'écrouler au cours de cette crise, Lynley n'en savait rien. Mais il profita de l'occasion pour l'observer tandis que le sergent Havers parcourait son calepin.

Cary Grant. Ainsi Lynley résuma-t-il l'apparence de Stinhurst, satisfait de sa comparaison. Stinhurst était âgé de plus de soixante-dix ans, mais son visage n'avait rien perdu de la belle vigueur de sa jeunesse, soulignée par des mâchoires bien dessinées, et sa chevelure, toujours aussi riche, baignée par la douce lumière de la pièce, n'était que reflets argentés. Doté d'un corps dépourvu d'une once de graisse, il démentait le terme de vieillard, preuve vivante de ce qu'un travail acharné était la clé de la jeunesse.

Et pourtant, sous cette agréable perfection de surface, Lynley pressentit que se dissimulaient de fortes pulsions, et que, pour comprendre cet homme, il fallait tenir compte de la maîtrise de lui-même à laquelle il excellait : il contrôlait son corps, ses émotions, son esprit. Celui-ci était particulièrement vif, et parfaitement capable, pour autant que Lynley pouvait en juger, de décider de la meilleure façon d'effacer une montagne d'indices. Lord Stinhurst ne trahissait pour l'instant qu'un seul signe d'agitation à la perspective de l'entretien : d'un mouvement saccadé et répétitif, il pressait l'un contre l'autre le pouce et l'index de sa main droite. Sous les ongles, la peau blanchissait puis rougissait alternativement au rythme de l'interruption de la circulation sanguine. Lynley trouva le geste intéressant, et se demanda si son corps allait continuer à révéler ainsi la montée de la tension.

— Vous ressemblez beaucoup à votre père, dit Stinhurst. Mais je suppose qu'on vous le dit souvent.

Havers releva vivement la tête, et Lynley s'en aperçut.

— Pas dans mon travail, non, répliqua-t-il. J'aimerais que vous m'expliquiez pourquoi vous avez brûlé les scripts de Joy Sinclair.

Si Stinhurst fut déconcerté par le refus affiché par Lynley de reconnaître entre eux un quelconque lien, il ne le montra pas.

— Pas en présence du sergent, s'il vous plaît, rétorqua-t-il.

Serrant son crayon avec force, Havers répondit à ce congé exprimé à la façon du seigneur du château par un regard chargé de mépris. Elle attendit la réplique de Lynley et eut un bref sourire satisfait lorsqu'il répondit avec fermeté :

— C'est impossible.

Stinhurst demeura immobile. Il n'avait d'ailleurs même pas jeté un coup d'œil au sergent Havers avant de demander son éviction.

— Je me vois dans l'obligation d'insister, Thomas.

L'emploi du prénom agit sur Lynley comme un stimulant, qui lui rappela, non seulement que Havers l'avait mis au défi de traiter lord Stinhurst avec la même dureté qu'Helen, mais également le frisson qu'il avait ressenti lorsqu'il avait été désigné sur cette affaire. Tous les signaux d'alarme clignotèrent.

— J'ai bien peur que ceci ne rentre pas dans le cadre de vos droits.

— Mes... droits ? dit Stinhurst avec le sourire d'un joueur de cartes qui a tous les atouts en main. Cette fiction qui veut que je sois obligé de vous parler n'est rien d'autre qu'une fiction, Thomas. Nous n'avons pas ce type de système juridique, et nous le savons très bien tous les deux. Le sergent quitte cette pièce, ou bien nous attendons mon avocat. De Londres, conclut-il comme s'il réprimandait un enfant hargneux.

Mais il disait vrai et, dans le temps où il avait parlé, Lynley avait vu l'alternative : un ballet légal avec l'avocat, ou bien un compromis momentané qui pouvait peut-être acheter une parcelle de vérité. Il n'avait pas le choix.

— Sortez, sergent, enjoignit-il à Havers sans quitter l'autre homme des yeux.

— Inspecteur... dit celle-ci d'une voix tendue.

— Interrogez Gowan Kilbride et Mary Agnes Campbell. Nous gagnerons du temps.

Havers prit une profonde inspiration.

— Puis-je vous parler en privé, monsieur ?

Lynley céda sur ce point, et la suivit dans le grand hall, fermant la porte derrière lui. Havers jeta un coup d'œil à droite et à gauche pour s'assurer que personne n'écoutait.

— Qu'est-ce que vous fabriquez, inspecteur ? dit-elle dans un murmure furieux. Vous ne pouvez pas l'interroger seul. Si on discutait un peu de cette foutue procédure que vous n'avez pas cessé de me flanquer à la figure ces quinze derniers mois ?

Son éclat de passion n'entama pas Lynley.

— En ce qui me concerne, sergent, Webberly a expédié la procédure aux orties dès l'instant où il nous a envoyés sur cette affaire sans qu'il y ait eu demande formelle de la brigade criminelle de Strathclyde. Ce n'est pas maintenant que je vais perdre mon temps à me torturer l'esprit là-dessus.

— Mais vous devez avoir un témoin ! Des notes ! A quoi ça rime de l'interroger si vous n'avez rien d'écrit à utiliser contre... (La révélation se fit jour sur son visage.) A moins, bien sûr, que vous ne sachiez dès maintenant que vous allez croire le moindre mot de ce que va vous raconter Sa Seigneurie !

Lynley travaillait avec le sergent depuis suffisamment longtemps pour savoir à quel moment une escarmouche verbale allait se transformer en guerre des mots. Il l'interrompit :

— Barbara, il faudra bien un jour ou l'autre que vous vous décidiez à savoir si un facteur aussi incontrôlable que la naissance de quelqu'un est un élément suffisant pour ne pas lui faire confiance.

— Qu'est-ce que ça veut dire, ça ? Je suis censée *faire confiance* à Stinhurst ? Il a détruit des indices, il est jusqu'au cou dans une affaire de meurtre, il refuse de coopérer, et je dois lui *faire confiance* ?

— Je ne parlais pas de Stinhurst, mais de moi.

Elle le regarda bouche bée. Il retourna vers le salon, et s'arrêta un instant, la main sur la poignée de la porte.

— Voyez Gowan et Mary Agnes. Je veux des notes, précises. Prenez l'agent Lonan pour vous assister. C'est clair ?

Elle lui lança un regard meurtrier.

— Parfaitement... monsieur.

Et refermant son calepin avec un claquement, elle s'éloigna d'un pas raide.

De retour dans le salon, Lynley constata que Stinhurst s'était adapté aux nouvelles conditions de la conversation. Le dos et les épaules moins crispés, il paraissait soudain plus vulnérable. Il fixa sur Lynley des yeux couleur de brouillard à l'expression indéchiffrable.

— Merci, Thomas.

Ce changement de personnalité plein d'aisance, ce passage de l'arrogance à la gratitude en l'espace d'un instant, rappelèrent avec éclat à Lynley que la vitalité de Stinhurst naissait du théâtre et non du sang qui coulait dans ses veines.

— Revenons aux scripts, dit-il.

— Ce meurtre n'a rien à voir avec la pièce de Joy Sinclair.

L'attention de lord Stinhurst s'était fixée sur le panneau brisé de la vitrine de bibelots placée près de la porte. Il abandonna son siège, alla retirer, du tas de porcelaine en miettes qui gisait sur l'étagère inférieure, la tête arrachée d'une bergère de Dresde, puis retourna s'asseoir.

— Je crois que Francie ne sait même pas encore qu'elle a cassé cette figurine, remarqua-t-il. Ce sera un choc. Notre frère aîné la lui avait donnée. Ils étaient très proches.

Lynley n'était guère disposé à entendre l'histoire familiale de lord Stinhurst.

— Si Mary Agnes Campbell a découvert le corps ce matin à six heures cinquante, pourquoi la police n'a-t-elle enregistré votre appel qu'à sept heures dix ? Pourquoi vous a-t-il fallu vingt minutes pour la contacter ?

— Je n'avais même pas encore réalisé que vingt minutes s'étaient écoulées, rétorqua Stinhurst.

Lynley se demanda combien de temps il avait répété sa réplique. Réponse qui n'en était pas une, à laquelle on ne pouvait rien ajouter, qui désarmait toute accusation, elle était parfaite.

— Alors, pourquoi ne me racontez-vous pas dans le détail ce qui s'est produit ce matin ? demanda-t-il avec une courtoisie délibérée. Peut-être pourrons-nous ainsi meubler ces vingt minutes.

— Mary Agnes a trouvé le... Joy. Elle s'est précipitée chez ma sœur, Francesca. Qui est venue me trouver. (Il parut anticiper la réflexion suivante de Lynley, car il continua :) Ma sœur était terrifiée, prise de panique. Je ne crois pas qu'il lui soit venu à l'idée d'appeler elle-même la police. Elle s'est toujours déchargée sur son mari Phillip de toutes les situations déplaisantes. Aujourd'hui, veuve, elle s'est tournée vers moi. Sa conduite n'était pas anormale, Thomas.

— Et c'est tout ?

Stinhurst fixait la tête de porcelaine qu'il tenait avec précaution.

— J'ai demandé à Mary Agnes de réunir tout le monde dans le salon de musique.

— Ils ont coopéré ?

— Ils étaient bouleversés, dit-il en levant les yeux. Personne ne s'attendait vraiment à ce que l'un d'entre nous soit assassiné cette nuit d'un coup de poignard dans la nuque. (Lynley haussa un sourcil, et il expliqua :) J'ai regardé le corps ce matin avant de fermer la chambre à clé.

— Pour un homme qui vient de voir son premier cadavre, vous avez fait preuve de sang-froid.

— Je crois qu'il faut savoir faire preuve de sang-froid lorsqu'un assassin se trouve parmi nous.

— Vous êtes certain de cela ? Vous n'avez jamais envisagé que le meurtrier puisse venir de l'extérieur ?

— Le village le plus proche se trouve à sept kilomètres. La police a mis quasiment deux heures à arriver ce matin. Vous croyez vraiment que quelqu'un a pu venir à skis dans la nuit pour se débarrasser de Joy ?

— D'où avez-vous téléphoné à la police ?

— Du bureau de ma sœur.

— Combien de temps y êtes-vous resté ?

— Cinq minutes. Peut-être même moins.

— Vous n'avez pas donné d'autre coup de fil ?

La question prit visiblement Stinhurst au dépourvu, et son visage se ferma.

— Si. J'ai appelé ma secrétaire à Londres. Chez elle.

— Pourquoi ?

— Je voulais qu'elle soit au courant de... la situation. Je voulais qu'elle décommande mes rendez-vous de dimanche soir et lundi.

— Quelle prévoyance ! Mais tout bien considéré, vous ne trouvez pas un peu étrange d'avoir pensé à vos engagements personnels immédiatement après avoir découvert qu'un des membres de votre troupe avait été assassiné ?

— Je n'y peux rien. Je l'ai fait, c'est tout.

— Et quels étaient ces rendez-vous que vous deviez annuler ?

— Je n'en ai aucune idée. Ma secrétaire conserve par-devers elle mon agenda. Je ne fais que me conformer à l'emploi du temps qu'elle me donne. Je suis souvent absent du bureau, conclut-il avec impatience, comme s'il se défendait. C'est plus facile.

Pourtant, pensa Lynley, Stinhurst n'était pas le genre d'homme à avoir besoin que sa vie soit agencée en fonction d'éléments qui la rendent plus facile et vivable. Ses deux dernières déclarations ne servaient donc qu'à biaiser. Lynley se demanda pourquoi il avait même pris la peine de les faire.

— Quel est le rôle de Jeremy Vinney dans ce week-end ?

Stinhurst fut de nouveau pris de court. Mais cette fois-ci, son hésitation porta la marque de la réflexion plutôt que de la dérobade.

— Joy voulait qu'il vienne, dit-il enfin. Elle lui avait parlé de cette première lecture. Il avait couvert la rénovation de l'Azincourt dans une série d'articles pour le *Times*. Ce week-end devait paraître la suite logique de ces reportages. Il m'a téléphoné pour me demander de venir. La perspective d'un peu de bonne presse avant l'ouverture ne pouvait pas faire de mal. Et puis, Joy et lui semblaient bien se connaître. Elle a insisté.

— Pour quelle raison pouvait-elle désirer sa présence ? Il est critique dramatique, n'est-ce pas ? Pourquoi aurait-elle pu avoir envie de lui faire découvrir sa pièce à un stade aussi peu avancé ? Etait-il son amant ?

— Peut-être. Les hommes ont toujours trouvé Joy extrêmement séduisante. Jeremy Vinney n'aurait pas été le premier.

— Ou bien peut-être son intérêt se bornait-il uniquement au texte de la pièce. Pourquoi l'avez-vous brûlé ?

Lynley fit en sorte que la question paraisse inévitable, et le visage de Stinhurst refléta qu'il l'avait parfaitement compris.

— Le fait que j'aie brûlé les scripts n'a rien à voir avec la mort de Joy, Thomas. La pièce telle qu'elle était n'aurait jamais été montée. Une fois que je me retirais de l'affaire — ce que j'ai fait hier soir —, elle mourait d'elle-même.

— Intéressante façon d'exprimer les choses. Alors pourquoi brûler les scripts ?

Stinhurst ne répondit pas. Le regard fixé sur le feu, il était évident qu'il débattait intérieurement d'une décision. Mais quelles étaient les forces qui s'opposaient en lui, et quel était l'enjeu de la lutte, voilà qui demeurait obscur.

— Les scripts, répéta Lynley, implacable.

Stinhurst eut un mouvement semblable à un frisson.

— Je les ai brûlés à cause du thème que Joy entendait privilégier, dit-il. La pièce avait pour sujet ma femme, Marguerite. Ainsi que sa liaison avec mon frère aîné, et l'enfant qu'ils ont eu il y a trente-six ans. Elizabeth.

5

Gowan Kilbride était la proie d'une nouvelle angoisse. Elle s'était emparée de lui à l'instant où l'agent Lonan avait ouvert la porte de la bibliothèque et informé Mary Agnes que la police de Londres désirait s'entretenir avec elle. Son martyre n'avait fait que croître lorsque la jeune fille avait bondi en manifestant un empressement certain, et atteignait sa plénitude maintenant que, depuis un quart d'heure, Mary Agnes ne se trouvait plus sous sa surveillance et sa protection, sinon efficace, du moins déterminée. Pire encore, elle était passée sous la protection parfaitement efficace et plus que virile de New Scotland Yard.

Là était le cœur du problème.

Lorsque les policiers venus de Londres — et plus particulièrement l'inspecteur grand et blond qui paraissait être le responsable de l'équipe — avaient quitté la bibliothèque pour leur entrevue avec lady Helen Clyde, Mary Agnes s'était tournée vers Gowan, le regard illuminé.

— Il est fantastique ! lui avait-elle soufflé.

La remarque était de mauvais augure, mais comme un idiot, Gowan s'était cru obligé de répondre.

— Fantastique ? avait-il demandé avec irritation.

— Ce policier !

Mary Agnes avait alors entrepris d'énumérer avec enthousiasme les vertus de l'inspecteur Lynley, qui s'étaient imprimées au fer rouge dans l'esprit de Gowan. Les cheveux d'Anthony

Andrews, le nez de Charles Dance, les yeux de Ben Cross, et le sourire de Sting. Que l'homme ne se soit pas donné la peine de sourire une seule fois importait peu ; Mary Agnes était parfaitement capable, si nécessaire, d'ajouter elle-même les détails.

La vaine rivalité avec Jeremy Irons était déjà pénible, mais Gowan devait maintenant affronter l'ensemble des comédiens anglais incarnés dans un seul individu. Il serra les dents avec amertume et se tortilla sur son siège, un fauteuil tapissé d'une cretonne qui au bout de plusieurs heures lui donnait l'impression d'une seconde peau empesée. Près de lui, la précieuse mappemonde de Mrs Gerrard — soigneusement écartée du chemin un quart d'heure après l'incarcération forcée de leur petit groupe — reposait sur son piédestal doré et tarabiscoté. Gowan regarda l'objet d'un air morose, avec l'envie d'y flanquer un coup de pied, ou, mieux encore, de le balancer par la fenêtre. Il éprouvait le besoin désespéré de s'évader.

Pour se calmer, il se força à passer en revue les charmes de la bibliothèque, qu'il trouva inexistants. Les caissons octogonaux en stuc du plafond avaient besoin d'un coup de peinture, de même que les guirlandes qui en ornaient le centre. Des années de chauffage au charbon et de fumée de cigarettes avaient produit leur effet, et les ombres esquissées dans les coins et les recoins de l'ornementation n'étaient en réalité que de la suie, le genre de crasse qui promettait encore au moins deux semaines de dur labeur. Les rayonnages aussi annonçaient des réjouissances supplémentaires. Ils contenaient des centaines — peut-être même des milliers — de volumes reliés qui, derrière les vitrines, sentaient tous la poussière et l'abandon. Encore des heures de nettoyage, de réparation, de... Mais *où* pouvait bien être Mary Agnes ? Il devait la trouver. Il devait sortir.

Près de lui, une voix féminine au bord des larmes s'éleva en suppliant :

— Seigneur, par pitié ! Je ne peux supporter ceci plus longtemps !

Au cours des dernières semaines, Gowan avait nourri une légère aversion pour les acteurs en général. Les neuf dernières heures avaient fait naître chez lui une haine tenace pour une partie d'entre eux en particulier.

— David, j'ai atteint mon point de rupture. Tu ne peux pas faire *quelque chose* pour nous sortir d'ici ?

Joanna Ellacourt se tordit les mains en s'adressant à son mari et continua de faire les cent pas en tirant sur sa cigarette. Elle avait fumé toute la journée sans interruption, pensa Gowan, et c'était en grande partie à cause d'elle si la pièce sentait aussi mauvais. Il était également intéressant de constater qu'elle n'avait atteint ce dernier degré de nervosité que lorsque lady Helen Clyde était revenue, risquant ainsi de détourner l'attention de l'assistance de la grande star.

Les yeux mi-clos, David Sydeham suivait de son siège la mince silhouette de sa femme.

— Que veux-tu que je fasse, Jo ? Que je défonce la porte et que j'assomme l'agent ? Nous sommes à leur merci, ma belle.

— Assieds-toi, chérie, dit Robert Gabriel en tendant une main soigneusement manucurée, l'invitant à le rejoindre sur le canapé près du feu. Inutile de t'énerver davantage. C'est exactement ce que la police attend de toi, de nous tous. Cela leur facilite la tâche.

— Et vous êtes bien décidé à ne rien faire en ce sens, intervint Jeremy Vinney à peine un ton au-dessus du *sotto voce*.

Gabriel s'emporta.

— Qu'est-ce que ça veut dire, ça ?

Vinney l'ignora, frotta une allumette et alluma sa pipe.

— Je vous ai posé une question !

— Et je choisis de ne pas y répondre.

— Espèce de sale petit...

— Nous savons tous que Gabriel a eu une scène avec Joy hier, dit Rhys Davies-Jones d'un ton apaisant.

Le plus éloigné du bar, il était assis sur un siège près de la fenêtre, dont il venait d'ouvrir les rideaux. Les ténèbres de la nuit béaient derrière la vitre.

— Je crois, poursuivit-il, qu'il est inutile de faire assaut de sous-entendus dans l'espoir que la police saisisse le message.

— Le message ? répéta Robert Gabriel d'une voix que la colère rendait tranchante. Merci de me désigner, *moi*, comme coupable, Rhys, mais ça ne marchera pas. Pas une seconde.

— Pourquoi ? Tu as un alibi ? demanda David Sydeham. A mon avis, tu fais partie des quelques suspects à haut risque. A moins, bien sûr, que tu ne sois capable de présenter un témoin avec qui tu as passé la nuit, ajouta-t-il avec un sourire sardonique. Peut-être la gamine ? C'est donc cela que Mary Agnes est en train de faire, se répandre à propos de ta merveilleuse technique ? Voilà qui doit passionner les flics, une description intime du bonheur qu'une femme peut éprouver à t'avoir entre les cuisses. Ou bien était-ce à ce genre de révélation que devait aboutir la pièce de Joy ?

Gabriel se dressa, renversant un lampadaire de cuivre dont le pinceau de lumière se projeta dans tous les sens.

— Bon Dieu, je devrais...

— Arrêtez ! cria Joanna Ellacourt en se bouchant les oreilles. Je n'en peux plus ! Arrêtez !

Mais il était trop tard. Le bref échange avait frappé Gowan avec la violence d'un coup de poing. Il bondit de son siège, traversa la pièce en quatre enjambées, et fit pivoter violemment l'acteur.

— Espèce d'ordure ! hurla-t-il. Vous avez touché à Mary Agnes ?

Mais la réponse lui importait peu. Gowan n'avait pas besoin de réponse devant l'expression de Gabriel. Ils étaient de même corpulence, mais la fureur du garçon décuplait sa force. Son unique coup de poing expédia Gabriel à terre, et il se jeta sur lui, le maintenant à la gorge d'une main, tandis que, de l'autre, il lui martelait le visage avec application.

— Qu'est-ce que vous avez fait à Mary Agnes ? rugit-il.

— Seigneur !

— Arrêtez-le !

La fragile coquille de courtoisie qu'est la maîtrise de soi vola en éclats. Bras et jambes battirent l'air avec violence. L'atmosphère se chargea de cris rauques. Des verres se brisèrent sur la cheminée. Des meubles furent écartés à coups de pied. Le bras de Gowan enserra le cou de Gabriel, et il traîna celui-ci, haletant et sanglotant, vers le feu.

— Allez, dites-le ! Dites-moi, espèce de salopard ! répéta-t-il en pressant le beau visage tordu de douleur de Gabriel par-dessus le pare-feu, à quelques centimètres des charbons ardents.

— Rhys ! cria Irene Sinclair, livide, en se redressant sur son siège. Arrête-le ! Arrête-le !

Davies-Jones et Sydeham enjambèrent les meubles renversés tandis que lady Stinhurst et Francesca Gerrard demeuraient pétrifiées, semblables à deux versions de la femme de Loth. Ils tentèrent de séparer les deux hommes, en vain, tant la passion donnait de force à Gowan.

— Ne crois pas ce qu'il te dit, souffla Davies-Jones à l'oreille du garçon. Reprends-toi. Laisse-le, petit, *ça suffit*.

Dieu sait comment, ces mots — et ce qu'ils impliquaient — parvinrent à franchir le voile rouge de la colère de Gowan. Lâchant Robert Gabriel, il s'arracha à l'étreinte de Davies-Jones et se laissa tomber sur le sol en haletant.

Bien entendu, il réalisait la gravité de son acte, il comprenait qu'à cause de celui-ci, il allait perdre son travail, et Mary Agnes. Pourtant, au-delà de l'énormité de son geste, ce fut le tourment d'aimer sans être payé de retour, le désir de faire souffrir comme lui avait souffert, qui lui arracha la menace, sans entrevoir un instant l'impact qu'elle allait avoir sur les autres.

— Je sais tout, et j'vais tout dire à la police ! Et vous paierez !

— Gowan ! s'écria Francesca Gerrard avec horreur.

— Explique-toi tout de suite, petit, dit Davies-Jones. Ne sois pas stupide, ne parle pas comme ça alors qu'il y a un assassin dans cette pièce.

Elizabeth Rintoul, qui n'avait pas bougé d'un pouce pendant l'altercation, parut émerger d'un profond sommeil.

— Non. Il n'est pas là. Père est parti dans le salon, n'est-ce pas ?

— Je suppose que vous voyez Marguerite telle qu'elle est aujourd'hui, une vieille femme de soixante-neuf ans qui a perdu presque tous ses attraits. Mais à trente-quatre ans, lorsque tout ceci est arrivé, elle était vive et jolie. Passionnée, et pleine de vie.

Lord Stinhurst avait changé de siège avec agitation, et s'était installé sur une des chaises à l'écart de la lumière. Penché en avant, les coudes appuyés sur ses genoux, il fixait en parlant le tapis à fleur, comme si le motif passé recelait des réponses aux questions qu'il se posait. Il s'exprimait d'une voix monocorde, comme un homme qui récite un texte dans lequel aucun sentiment ne doit transparaître.

— Marguerite et mon frère Geoffrey sont tombés amoureux l'un de l'autre peu après la guerre.

Lynley ne dit rien, mais se demanda comment, même après trente-six ans, un homme pouvait parler d'une telle trahison avec autant d'indifférence. L'absence d'émotion de Stinhurst révélait un homme chez qui tout était mort, un homme qui ne pouvait plus se permettre d'être ému par quoi que ce soit, qui recherchait avant tout la perfection dans son travail, pour ne pas avoir à faire face à l'échec de sa vie privée.

— Geoff avait été décoré plusieurs fois, il était revenu de la guerre en héros. Je suppose qu'il était tout naturel que Marguerite soit séduite. Tout le monde l'était. Il avait quelque chose... une présence.

Stinhurst s'interrompit, pensif, et serra les mains avec force.

— Vous aussi avez fait la guerre ? demanda Lynley.

— Oui, mais pas comme Geoffrey. Sans sa perspicacité, son enthousiasme. Mon frère était flamboyant. Une flamme l'animait, et, comme la flamme, il attirait à lui les créatures plus fragiles, les faibles. Marguerite fut un de ces papillons. Elizabeth fut conçue lors d'un voyage que Marguerite effectua seule dans le Somerset, dans notre maison de famille. C'était l'été, et j'étais absent depuis deux mois, en déplacement à travers tout le pays pour diriger des troupes théâtrales de province. Marguerite avait voulu venir avec moi, mais très franchement, je m'étais dit qu'elle serait un poids, que je serais obligé de... m'occuper d'elle. J'avais pensé, ajouta-t-il sans chercher à dissimuler son mépris de lui-même, qu'elle m'embarrasserait. Ma femme n'était pas une imbécile, Thomas. Elle ne l'est toujours pas, d'ailleurs. Elle avait deviné mes réticences, et avait cessé de m'importuner. J'aurais dû comprendre, mais j'étais trop absorbé par le théâtre pour saisir que Marguerite prenait ses propres dispositions. A l'époque, je ne savais pas qu'elle allait vers Geoffrey. A la fin de l'été, j'ai seulement appris qu'elle était enceinte. Elle a toujours refusé de me dire qui était le père de l'enfant.

L'attitude de lady Stinhurst parut tout à fait logique à Lynley. Mais que Stinhurst, mis au courant, n'ait pas dénoncé le mariage, voilà qui lui parut incohérent.

— Pourquoi ne pas divorcer ? Malgré le scandale, vous y auriez sans doute gagné une certaine sérénité.

— A cause d'Alec. Notre fils. Comme vous venez de le dire, un divorce de ce genre aurait provoqué un scandale, étalé à la première page des journaux pendant des mois. Je ne pouvais pas laisser torturer Alec de cette façon. Je ne le voulais pas. Il était trop important pour moi. Plus que mon mariage, je suppose.

— Hier soir, Joy vous a accusé d'avoir tué Alec.

Stinhurst esquissa un sourire las, mélange de tristesse et de résignation.

— Alec... Mon fils était dans la RAF. Son avion est tombé lors d'un essai au-dessus des îles Orcades en 1978. Il s'est abîmé dans... dans la mer du Nord, dit-il avec un battement de paupières en changeant de position.

— Joy le savait ?

— Bien sûr. Elle était amoureuse d'Alec. Ils voulaient se marier. Sa mort l'a anéantie.

— Vous vous opposiez au mariage ?

— Il ne m'enchantait guère, mais je ne m'y suis pas opposé de façon active. J'ai simplement suggéré qu'ils patientent jusqu'à ce qu'Alec ait accompli son temps dans l'armée.

— Accompli son temps ? répéta Lynley.

— Tous les hommes de ma famille sont toujours passés par l'armée. Lorsque la tradition est respectée depuis trois cents ans, on ne tient pas à ce que son propre fils soit le premier Rintoul à la transgresser. Mais Alec ne voulait pas entrer dans l'armée, dit-il avec pour la première fois un soupçon d'émotion dans la voix. Il voulait étudier l'histoire, Thomas, épouser Joy, écrire, peut-être enseigner à l'université. Et moi — moi, espèce d'imbécile, qui portais plus d'amour à mon arbre généalogique qu'à mon propre fils —, je ne lui ai pas laissé de répit jusqu'à ce que je l'aie convaincu de faire son devoir. Il a choisi l'aviation, sans doute parce qu'elle lui permettrait de voir le conflit du plus loin possible, je pense. (Il leva vivement les yeux et expliqua, comme pour défendre son fils :) Il n'avait pas peur du danger. Simplement, il ne supportait pas la guerre, ce qui, après tout, n'est qu'une réaction tout à fait naturelle pour un historien digne de ce nom.

— Alec était-il au courant de la liaison de sa mère et de son oncle ?

Stinhurst baissa de nouveau la tête. La conversation semblait le vieillir, épuiser ses dernières ressources, opérant en lui un changement tout à fait extraordinaire chez un homme d'apparence jusque-là si juvénile.

— Je pensais que non. J'espérais que non. Mais je sais maintenant, après ce qu'a dit Joy, qu'il l'était.

Ainsi les années gâchées, toute cette comédie destinée à protéger Alec, n'avaient servi à rien. Les paroles de Stinhurst firent alors écho aux pensées de Lynley.

— J'ai toujours été tellement fichtrement civilisé. Alors, nous avons prétendu qu'Elizabeth était ma fille jusqu'au réveillon du Nouvel An 1962.

— Que s'est-il passé ?

— J'ai découvert la vérité. Une remarque par hasard, une étourderie, qui a révélé la présence de mon frère dans le Somerset alors qu'il était censé se trouver à Londres cet été-là. Alors, j'ai su. Mais je crois que je l'avais toujours soupçonné.

Stinhurst se leva brusquement. Il marcha jusqu'à la cheminée, jeta du charbon dans le foyer, et regarda les flammes s'en emparer. Lynley patienta en se demandant si le mouvement était destiné à calmer son émotion ou dissimuler son passé.

— Il y a eu... une bagarre épouvantable. Je ne parle pas d'une dispute, nous nous sommes battus physiquement, ici, à Westerbrae. Phillip Gerrard, le mari de ma sœur, y a mis un terme. Mais Geoffrey est sorti perdant de l'affrontement, et il a quitté la maison peu après minuit.

— Il était en état de partir ?

— Il a dû juger qu'il l'était. Dieu sait que je n'ai rien fait pour l'en empêcher. Marguerite a essayé de l'arrêter, mais il a refusé de la laisser approcher. Il est parti dans un état de fureur aveugle, et moins de cinq minutes plus tard, il s'est tué sur la route juste au-dessous de Hillview Farm. Il a dérapé sur le verglas, raté le virage. La voiture a fait un tonneau, il s'est brisé la nuque. Il a... brûlé.

Le silence tomba. Un morceau de charbon dégringola et consuma légèrement le bord du tapis. L'odeur âcre de la laine carbonisée s'éleva. Stinhurst balaya les braises et acheva son récit.

— Joy Sinclair se trouvait à Westerbrae ce soir-là. C'était une des camarades d'école d'Elizabeth, venue en vacances. Elle a dû saisir des bribes de la scène, et tout reconstituer. Dieu sait qu'elle aimait passionnément mettre les choses au clair. Et quel meilleur moyen de se venger de moi pour avoir involontairement causé la mort d'Alec ?

— Mais il y a dix ans de cela. Pourquoi avoir attendu aussi longtemps ?

— Qui était Joy Sinclair, il y a dix ans ? Comment une jeune femme de vingt-cinq ans dont la carrière débutait à peine aurait-elle pu se venger ? Qui l'aurait écoutée ? Elle n'était rien. Mais aujourd'hui... aujourd'hui c'est un auteur couronné de prix, réputé pour la précision de son style, qui a son public. Et quelle intelligence dans le fait d'écrire une pièce à Londres et d'en apporter une autre ici, à Westerbrae, sans que personne ne soupçonne rien jusqu'au moment où nous avons réellement commencé la lecture, hier soir. En présence d'un journaliste qui peut rapporter les faits les plus ridicules. Bien sûr, nous ne sommes pas allés aussi loin qu'elle l'avait espéré. La réaction de Francesca a mis un terme à la lecture bien avant que les pires détails de notre sordide petite saga familiale n'apparaissent. Et maintenant, c'est à toute la pièce qu'un terme a été mis.

Ces paroles, et l'évidence de culpabilité qu'elles recouvraient, étonnèrent Lynley. Stinhurst ne réalisait-il donc pas à quel point elles l'incriminaient ?

— Vous devez comprendre sous quel jour défavorable apparaît le fait que vous ayez brûlé les scripts ?

Le regard de Stinhurst s'attarda sur le feu. Une ombre s'étira sur son front, obscurcit sa joue.

— Je n'y peux rien, Thomas. Je devais protéger Marguerite et Elizabeth. Dieu sait que je leur dois au moins ça. Surtout Elizabeth. Elles sont ma famille. (Son regard, qu'une génération de souffrance rendait opaque, croisa celui de Lynley.) J'aurais pensé que toi, entre tous, tu comprendrais ce que représente la famille.

Et le pire, c'est que Lynley le comprenait. Complètement.

Pour la première fois, il remarqua le papier peint qui ornait les murs du salon. Il s'aperçut que c'était le même qui décorait le boudoir de sa mère à Howenstow, le même qui décorait sans doute les boudoirs, les chambres et les salons d'innombrables grandes résidences à travers le pays. Son motif de roses jaune pâle entrelacées de feuilles que l'âge et la fumée avaient rendues plus grises que vertes datait de la fin de l'ère victorienne.

Sans poursuivre son examen plus avant, Lynley aurait pu fermer les yeux et décrire le reste de la pièce, tant elle ressemblait à celle de sa mère en Cornouailles : une cheminée de fonte, de marbre et de chêne, deux porcelaines à chaque extrémité du manteau, une horloge à balancier en noyer dans un coin, une petite bibliothèque abritant les livres favoris. Et les photos, sur une table de bois satiné dans l'embrasure de la fenêtre.

Il lisait les ressemblances jusque dans ces moindres détails. L'histoire illustrée de leurs familles appartenait au même genre.

Il comprenait donc. Et à quel point, Seigneur ! Le sens de la famille, le devoir et la dévotion, engendrés par le fait d'être né avec un sang bien particulier dans les veines, avaient effectivement hanté Lynley quasiment tout au long de ses trente-quatre années d'existence. Les liens du sang le freinaient, brisaient ses élans, l'enchaînaient à la tradition. Pourtant, il n'existait pas d'issue, car même si l'on renonçait aux titres et à la terre, on ne pouvait renier ses racines. On ne pouvait renier son sang.

L'éclairage de la salle à manger de Westerbrae était de ceux qui rajeunissent tous les convives de dix ans, grâce à des appliques de cuivre sur les murs lambrissés et des candélabres placés à intervalles réguliers sur le plateau rutilant de la longue table d'acajou. Barbara Havers était installée à une extrémité, le plan de l'inspecteur Macaskin étalé devant elle, et comparait celui-ci à ses notes. La cendre incroyablement longue qui pendait au bout de la cigarette entre ses lèvres donnait l'impression qu'elle tentait de battre un record mondial, et elle plissait les yeux dans la fumée. Non loin de là, un des hommes de Macaskin, qui sifflait *Memories* avec une conviction passionnée, relevait les empreintes sur des dagues écossaises exposées en cercle au-dessus d'un buffet. Celles-ci faisaient partie d'une large panoplie de hallebardes, mousquets et haches de Lochaber, tous aussi meurtriers les uns que les autres.

Les sourcils froncés, Barbara tentait de concilier ce que lui avait appris Gowan Kilbride avec ce qu'elle voulait croire des faits. Ce n'était guère facile, et peu crédible. Elle fut soulagée lorsque l'écho d'un pas qui descendait le hall lui fournit un prétexte pour reporter son attention ailleurs. Elle leva les yeux, et la cendre de sa cigarette tomba sur son pull ras du cou. Elle la balaya d'un geste irrité, laissant sur la laine une trace grise.

Lynley entra. Evitant l'homme qui relevait les empreintes, il désigna d'un signe de tête une porte à l'autre bout de la salle à manger. Barbara ramassa son calepin, et le suivit à travers la pièce destinée à réchauffer les plats, puis la pièce où était préparée la vaisselle, et enfin dans la cuisine. Celle-ci embaumait d'une odeur de viande assaisonnée au romarin et de tomates mijotant sur la cuisinière. Penchée sur une planche à découper placée sur la table de travail au centre de la pièce, une femme tranchait des pommes de terre avec un couteau menaçant. Elle était entièrement vêtue de blanc des pieds à la tête, ce qui lui donnait l'air d'une laborantine plutôt que d'une cuisinière.

— Faut bien que les gens aient de quoi dîner, expliqua-t-elle avec brusquerie à la vue de Barbara et Lynley, brandissant son instrument dans un geste qui relevait plus de la défense que de l'art culinaire.

Lynley marmonna une réponse appropriée et continua son chemin, faisant franchir à Barbara une autre porte au fin fond de la cuisine, puis descendre trois marches pour atteindre l'arrière-cuisine. Encombrée et mal éclairée, elle offrait cependant les avantages combinés de l'intimité et de la chaleur, cette dernière émanant d'une énorme vieille chaudière qui crachotait bruyamment dans un coin et répandait goutte à goutte sur le carrelage craquelé une eau couleur de rouille. L'atmosphère évoquait celle d'un bain de vapeur, enrichi d'un soupçon de moisissure et de bois humide. Derrière la chaudière, un escalier de service menait à l'étage supérieur.

— Que vous ont dit Gowan et Mary Agnes ? demanda Lynley lorsqu'il eut refermé la porte.

Barbara alla éteindre sa cigarette sous le robinet de l'évier, puis la jeta dans la poubelle. Elle repoussa derrière ses oreilles ses cheveux bruns coupés court et prit le temps d'ôter un brin de tabac demeuré sur sa langue avant d'accorder toute son attention à son calepin. Lynley la contrariait. Etait-ce parce qu'il l'avait écartée de l'entretien avec Stinhurst, ou parce qu'elle anticipait la façon dont il allait réagir à ses notes, elle n'en savait rien. Mais quelle que puisse être la source de son mécontentement, elle ressentait celui-ci comme une écharde qui, tant qu'elle n'aurait pas été extraite, infecterait la chair qui l'abritait.

— Gowan, dit-elle brièvement en s'appuyant contre un comptoir de bois gauchi.

Celui-ci venait d'être lavé, et l'humidité traversa ses vêtements. Elle s'écarta.

— Tout à l'heure, il a eu un sale accrochage avec Robert Gabriel dans la bibliothèque, ce qui a peut-être largement contribué à lui délier la langue.

— Un accrochage de quelle sorte ?

— Une brève bagarre au cours de laquelle notre bon Mr Gabriel s'est apparemment fait tabasser. Gowan a pris bien soin de m'en informer, en même temps que de la scène qu'il a surprise hier après-midi entre Gabriel et Joy Sinclair. Visiblement, ils avaient eu une liaison, et Gabriel essayait de convaincre Joy de dire à son ancienne femme — Irene Sinclair, la sœur de Joy, en l'occurrence — qu'il n'avait couché avec elle qu'une fois.

— Pourquoi ?

— J'ai l'impression que Robert Gabriel tient beaucoup à reconquérir Irene Sinclair, et qu'il pensait que Joy pouvait l'aider en affirmant à Irene que leur liaison n'avait pas été plus loin. Mais Joy a refusé en disant qu'elle ne voulait pas pratiquer le mensonge.

— Le mensonge ?

— Oui. Il est évident que leur liaison avait été plus suivie, parce que d'après Gowan, lorsque Joy a refusé de coopérer, Gabriel lui a dit quelque chose du style : « Espèce de petite hypocrite. On a baisé ensemble pendant un an dans tous les hôtels pouilleux de Londres, et tu as le culot de me dire que tu ne pratiques pas le mensonge ! » Ils ont continué à s'engueuler jusqu'à ce que Gabriel finisse par lui tomber dessus. Il l'avait même carrément flanquée par terre, quand Rhys Davies-Jones est entré et les a séparés. Gowan portait des bagages à l'étage pendant toute la scène. Il en a vu pas mal parce que Davies-Jones a laissé la porte ouverte quand il est entré dans la chambre de Joy.

— Et dans la bibliothèque, qu'est-ce qui a déclenché l'altercation entre Gowan et Gabriel ?

— Quelqu'un — Sydeham, je crois — a fait une remarque à propos de Mary Agnes Campbell, suggérant qu'elle était l'alibi de Gabriel pour la nuit dernière.

— Et quelle est la part de vérité dans tout ça ?

Barbara réfléchit un moment avant de répondre.

— Difficile à dire. Mary Agnes a l'air mordue par le théâtre. Elle est mignonne, bien faite... mais, ajouta-t-elle en secouant la tête, inspecteur, ce type a bien vingt-cinq ans de plus qu'elle. Que lui soit prêt à se l'envoyer, je comprends, mais je ne vois pas pourquoi elle se laisserait faire. A moins, bien sûr...

Elle s'interrompit, curieuse de constater qu'il existait tout de même une raison pour laquelle Mary Agnes aurait pu céder.

— Alors, Havers ?

— Hein ? Eh bien, Robert Gabriel a pu lui apparaître comme le moyen de s'embarquer pour une nouvelle existence. Vous voyez le genre. La jeune admiratrice rencontre l'acteur confirmé, entrevoit le genre de vie dont elle rêve, et se donne à lui dans l'espoir qu'il l'emmènera en partant.

— Vous lui avez posé la question ?

— Je n'en ai pas eu l'occasion. Je n'ai appris la scène entre Gowan et Gabriel qu'après avoir interrogé Mary Agnes, et je ne l'ai pas encore revue.

Tout cela à cause de ce que lui avait dit Gowan, et parce qu'elle savait ce que Lynley ferait de l'information fournie par le garçon.

Il parut lire dans ses pensées.

— Gowan vous a-t-il dit quoi que ce soit à propos d'hier soir ?

— Il a été témoin de pas mal de choses, parce qu'il a dû nettoyer un plateau de liqueurs qu'il a renversé lorsque Francesca Gerrard lui est rentrée dedans en sortant du salon. Cela lui a pris près d'une heure, même avec l'aide d'Helen, d'ailleurs.

Lynley ignora cette dernière remarque, se contentant d'ajouter :

— Et ?

Elle savait ce que voulait Lynley, mais prit son temps en se concentrant sur les allées et venues des personnages secondaires du drame, dont Gowan se souvenait avec une exactitude stupéfiante. Lady Stinhurst, vêtue de noir, qui avait erré sans but entre le salon, la salle à manger, le salon de musique et le hall au-delà de minuit, jusqu'à ce que son mari descende la chercher. Jeremy Vinney, qui avait trouvé des excuses pour suivre lady Stinhurst, murmurant des questions qu'elle avait ignorées avec obstination. Joanna Ellacourt, qui avait parcouru un des corridors de l'étage en fulminant après une scène bruyante avec son mari ; Irene Sinclair et Robert Gabriel, qui s'étaient enfermés dans la bibliothèque. La maison n'avait regagné un calme relatif que vers minuit et demi.

— Mais je suppose que ce n'est pas tout ce qu'a vu Gowan, remarqua Lynley avec sa perspicacité habituelle.

Elle se mordit la lèvre inférieure.

— Non, ce n'est pas tout. Après être allé se coucher, il a entendu des pas dans le couloir derrière sa porte. Sa chambre se trouve au coin, là où l'aile nord-ouest rejoint le grand hall. Même s'il n'est pas sûr de l'heure, il est certain que c'était bien après minuit et demi. Aux environs de une heure, pense-t-il. Toute l'agitation de la soirée l'avait rendu curieux, aussi a-t-il quitté son lit, entrouvert sa porte, et écouté.

— Et ?

— Les pas ont continué. Puis une porte s'est ouverte et fermée.

Barbara renâclait à raconter le reste et savait que son manque d'enthousiasme se lisait sur son visage. Elle n'en continua pas moins, et décrivit comment Gowan avait quitté sa chambre, atteint l'extrémité du couloir, et jeté un coup d'œil dans le hall. Celui-ci était plongé dans l'ombre — c'était lui-même qui avait éteint peu de temps auparavant — mais l'éclairage extérieur projetait une faible lumière.

La vivacité avec laquelle l'expression de Lynley se modifia lui apprit qu'il savait ce qui allait suivre.

— Il a vu Davies-Jones, dit-il.

— Oui. Mais il sortait de la bibliothèque, et non de la salle à manger où se trouvent les poignards, inspecteur. Il avait une bouteille à la main, sans doute le cognac qu'il a apporté à Helen.

Elle attendit que Lynley offre l'inévitable conclusion à laquelle elle avait elle-même abouti. Aller jusqu'à la salle à manger pour prendre une dague était tout aussi faisable que de se rendre à la bibliothèque chercher du cognac à cinq mètres de là. Et que la porte de la chambre de Joy Sinclair donnant sur le couloir ait été fermée demeurait indiscutable.

Mais Lynley se contenta d'ajouter :

— Et quoi d'autre ?

— Rien. Davies-Jones est monté à l'étage.

— Si nous faisions de même, suggéra-t-il avec un hochement de tête sévère.

Il la guida vers l'escalier de service. Etroit et nu, éclairé uniquement par deux ampoules, celui-ci allait les conduire dans l'aile ouest.

— Et Mary Agnes ? demanda-t-il tandis qu'ils grimpaient.

— Si l'on en croit son témoignage avant que je n'apprenne ce nouveau développement à propos de Gabriel, elle n'a pas perçu un bruit de la nuit. Rien que le vent. Mais ça, bien sûr, elle a pu l'entendre de la chambre de Gabriel tout autant que de la sienne. Toutefois, il y a un petit détail curieux, dont je pense que vous devez être informé.

Elle attendit que Lynley s'arrête et se retourne sur les marches pour la regarder. Près de sa main gauche, une large tache, probablement d'humidité, souillait le mur de ses contours qui rappelaient le continent australien.

— Ce matin, tout de suite après avoir découvert le corps, Mary Agnes a averti Francesca Gerrard. Elles sont allées ensemble trouver lord Stinhurst. Il est entré chez Joy, est ressorti un peu plus tard, et a ordonné à Mary Agnes de regagner sa chambre et d'attendre que Mrs Gerrard vienne la chercher.

— Je ne comprends pas où vous voulez en venir, sergent.

— Je veux en venir au fait que Francesca Gerrard n'est revenue chercher Mary Agnes dans sa chambre que vingt minutes plus tard, et que ce n'est qu'à ce moment-là que lord Stinhurst a demandé à Mary Agnes de réveiller tout le monde et de les faire descendre dans le salon de musique. Entretemps, il a téléphoné depuis le bureau de Francesca — celui-ci est voisin de la chambre de Mary Agnes, aussi a-t-elle entendu sa voix. De plus, il a *reçu* deux coups de fil.

Lynley ne manifestant aucune réaction, Barbara sentit l'irritation la gagner de nouveau.

— Monsieur, vous n'avez pas oublié lord Stinhurst, n'est-ce pas ? Vous savez, l'homme qui devrait être en route pour le poste de police, sous l'accusation de destruction d'indices, ingérence dans le travail de la police, et meurtre.

— Ça, c'est un peu prématuré, remarqua Lynley, dont le calme ne fit qu'exaspérer davantage Barbara Havers.

— Vraiment ? Et à quel moment l'avez-vous décidé ?

— Je n'ai jusqu'à présent rien entendu qui puisse me convaincre que lord Stinhurst ait assassiné Joy Sinclair, dit-il d'un ton qui était un modèle de patience. Mais même si je pensais qu'il l'a peut-être fait, je ne vais pas arrêter un homme simplement parce qu'il a brûlé un paquet de manuscrits.

— *Quoi ?* dit-elle d'une voix grinçante. Alors, ça y est, vous vous êtes fait votre opinion sur lord Stinhurst, n'est-ce pas ? Sur la foi d'une conversation avec un homme qui a passé les dix premières années de sa carrière sur une scène de théâtre, et qui a sans aucun doute donné sa meilleure représentation ici ce soir, en s'expliquant devant vous ! C'est fantastique, inspecteur ! Voilà du travail d'investigation dont vous pouvez être fier !

— Havers, ce n'est pas à vous d'en juger, dit-il doucement.

Il faisait jouer la hiérarchie, et elle saisit parfaitement le rappel à l'ordre. Elle aurait dû obtempérer, mais s'y refusa parce qu'elle était convaincue d'être dans le vrai.

— Que vous a-t-il donc dit pour vous persuader de son innocence, inspecteur ? Que votre père et lui étaient camarades d'école à Eton ? Qu'il aimerait vous rencontrer plus souvent à votre club de Londres ? Ou, mieux encore, que le fait qu'il ait détruit des indices n'avait rien à voir avec le meurtre, et que vous pouvez lui faire confiance, il vous dit la vérité, parce que c'est un vrai gentleman, comme vous !

— Il y a plus que cela, et je ne suis pas disposé à en débattre...

— Avec des gens comme moi ! Foutaises !

— Si vous étiez un peu moins aigrie, on pourrait peut-être avoir envie de se confier à vous ! jeta-t-il d'un ton cassant.

Il se détourna vivement, mais sans continuer son chemin.

Elle comprit qu'il regrettait instantanément d'avoir perdu son sang-froid. Elle l'avait poussé dans ses retranchements, parce qu'elle voulait voir sa colère déborder, exactement comme la sienne lorsqu'il l'avait évincée du salon. Mais elle savait également qu'elle ne gagnerait pas grand-chose à ce genre de manipulation.

— Désolée, dit-elle au bout d'un moment. Je suis sortie du rang. Encore une fois.

Il ne répondit pas tout de suite. Chacun enfermé dans sa détresse individuelle, pris dans une tension qui paraissait douloureusement inaltérable, ils demeurèrent immobiles dans l'escalier. Lynley parut se secouer avec effort.

— Barbara, on opère une arrestation quand on a des preuves.

Elle hocha la tête calmement, son bref éclat de passion évanoui.

— Je sais, monsieur. Mais je pense...

Il refuserait d'entendre ce qui allait suivre. Il allait la détester pour cela, mais elle se lança :

— Je pense que vous ignorez l'évidence pour pouvoir vous en prendre directement à Davies-Jones, sans pour cela vous baser sur des indices, mais sur quelque chose d'autre, que... que vous avez peut-être peur de reconnaître.

— C'est faux, répliqua-t-il en reprenant son ascension.

A l'étage, Barbara lui désigna chacune des pièces au fur et à mesure qu'ils passaient devant : la chambre de Gabriel, la plus proche de l'escalier de service, puis celle de Vinney, celle d'Elizabeth Rintoul et la chambre d'Irene Sinclair. Vis-à-vis de cette dernière se trouvait celle de Davies-Jones, à l'endroit où le corridor ouest bifurquait à droite et conduisait au corps principal. Là, toutes les portes étaient fermées, et ils descendaient le couloir où des portraits de plusieurs générations de Gerrard au visage grave alternaient avec des appliques délicatement ouvragées répandant des demi-cercles de lumière sur les murs pâles, lorsque Saint James vint à leur rencontre, et tendit à Lynley un sac en plastique.

— Helen et moi avons trouvé ça fourré dans une des bottes, en bas. David Sydeham dit que c'est à lui.

6

Au premier abord, David Sydeham ne semblait pas le genre d'homme auquel une femme aussi célèbre que Joanna Ellacourt puisse rester mariée près de vingt ans. Lynley connaissait la version « conte de fées » de leur histoire, les fadaises que les feuilles de chou offrent en pâture à leurs clients pour lecture rapide dans le métro aux heures de pointe. Histoire plutôt banale, celle d'un jeune employé d'agence théâtrale de vingt-neuf ans, fils d'un ecclésiastique de campagne, avec pour seuls atouts un physique avantageux et une assurance inébranlable, qui avait découvert une jeune fille de dix-neuf ans originaire de Nottingham qui jouait les Ophélie dans un théâtre de troisième zone. Il l'avait persuadée de joindre son sort au sien, la sortant ainsi du milieu ouvrier sinistre dans lequel elle avait grandi, lui avait offert professeurs d'art dramatique et leçons de diction, l'avait accompagnée pas à pas dans sa carrière jusqu'à ce qu'elle se révèle la comédienne la plus prisée du pays, et sans jamais cesser de croire en elle.

Vingt ans plus tard, Sydeham était encore d'une beauté chargée de sensualité, mais une beauté décatie et une sensualité qui avait trop souvent pris le pas sur le reste, avec des conséquences malheureuses. Les premiers signes de la détérioration apparaissaient. La chair s'était amassée sous son menton, son visage et ses mains étaient nettement bouffis. Pas plus que les autres hommes de Westerbrae, il n'avait eu le loisir de se raser ce matin-là, et son aspect en pâtissait. Une barbe drue lui assombrissait les joues, accentuant les cernes de ses yeux aux paupières lourdes. Pourtant, il avait l'art de s'habiller en tirant le meilleur parti de son aspect physique. Sa carrure de taureau était prise dans une chemise, une veste et des pantalons visiblement taillés sur mesure, qui sentaient l'argent, de même que sa montre et sa chevalière, qui étincela à la lueur du feu lorsqu'il s'assit dans le salon.

Il s'était installé dans un confortable fauteuil plongé dans la pénombre, au fond de la pièce, remarqua Lynley, et non sur une chaise à haut dossier.

— Je ne suis pas sûr de très bien saisir votre rôle ici, ce week-end, entama Lynley, tandis que le sergent Havers fermait la porte et s'asseyait à la table.

— Ni même mon rôle tout court ? rétorqua Sydeham avec une légère ironie.

Point intéressant.

— Comme vous voudrez.

— Je gère la carrière de ma femme. Je m'occupe de ses contrats, de ses engagements, je sers d'intermédiaire lorsque la pression des événements est trop forte. Je lis ses manuscrits, répète ses dialogues avec elle, gère son argent. Oui, répéta-t-il lorsqu'il parut percevoir un changement dans l'expression de Lynley. Je gère son argent. En totalité. Et il y en a pas mal, croyez-moi. Elle le gagne, je l'investis. Je suis donc un homme entretenu, inspecteur.

Il sourit sur cette dernière remarque, mais sans aucune trace d'humour, visiblement assez susceptible sur le sujet des inégalités apparentes de son couple.

— Vous connaissiez bien Joy Sinclair ? demanda Lynley.

— Vous voulez dire suffisamment pour la tuer ? Je l'avais rencontrée pour la première fois à sept heures et demie. Joanna n'était pas vraiment ravie de la façon dont Joy avait revu sa pièce, mais d'habitude c'est moi qui négocie les améliorations avec les auteurs. Sans pour autant les tuer lorsque je n'aime pas ce qu'ils écrivent.

— Pourquoi votre femme était-elle mécontente du script ?

— Dès le début, Joanna a soupçonné Joy de forger pour sa sœur une pièce qui lui permettrait de remonter sur la scène. Aux dépens de Joanna. Le nom de celle-ci servant à appâter le public et les critiques, mais le rôle d'Irene Sinclair mis en valeur. Enfin, c'était ce que craignait Jo, et quand elle a vu le texte révisé, elle en a immédiatement conclu que le pire s'était produit. (Il haussa les épaules.) Je... Pour parler franc, nous nous sommes pas mal disputés là-dessus, après la première lecture.

— Une dispute de quelle nature ?

— Oh, une querelle de ménage. Du style, regarde-dans-quel-pétrin-tu-m'as-fourrée. Joanna était décidée à ne plus travailler sur la pièce.

— Et quelqu'un s'est chargé de lui faciliter les choses, n'est-ce pas ? remarqua Lynley.

Sydeham s'emporta.

— Ma femme n'a pas tué Joy Sinclair, inspecteur. Pas plus que moi, d'ailleurs. Tuer Joy n'aurait pas résolu notre véritable problème.

Il détourna brusquement la tête, et son regard se fixa sur les photos disposées sur la table sous la fenêtre dans leurs cadres en argent.

Lynley interpréta la remarque comme un appât, et choisit de mordre à l'hameçon.

— Votre véritable problème ?

— Robert Gabriel, dit-il d'un air sombre. Cet emmerdeur de Robert Gabriel.

Lynley savait depuis bien des années qu'au cours d'un interrogatoire, le silence est une arme tout aussi utile que les questions. La tension qu'il ne manque pas de susciter est un apanage, un des quelques avantages offerts par une plaque de police. Aussi demeura-t-il muet, laissant mijoter Sydeham. Le besoin de parler ne tarda pas à se révéler le plus fort.

— Gabriel a toujours couru après Joanna, révéla-t-il. Il s'est toujours considéré comme une espèce de Casanova, seulement, malgré tous ses efforts, ça n'a jamais marché avec Jo. Elle ne peut pas supporter ce type. Elle n'a jamais pu.

La révélation stupéfia Lynley, étant donné la réputation du couple Ellacourt-Gabriel. A l'évidence, Sydeham sentit sa réaction, car il sourit, et continua.

— Ma femme est une sacrément bonne actrice, inspecteur. Elle l'a toujours été. Mais la vérité, c'est que pendant la dernière saison d'*Othello*, Gabriel lui a vraiment mis la main aux fesses une fois de trop, et elle a jugé qu'elle en avait assez. Malheureusement, elle m'a dit trop tard qu'elle était décidée à ne plus jamais monter sur une scène avec lui, et j'avais déjà conclu un accord avec Stinhurst pour cette nouvelle production. En outre, j'avais personnellement veillé à ce que Gabriel y ait un rôle.

— Pourquoi ?

— Le sens des affaires, tout simplement. Gabriel et Ellacourt font des étincelles ensemble. Les gens payent pour voir ça. Et je pensais que Joanna pouvait très bien s'en sortir si elle rejouait avec Gabriel. Dans *Othello*, elle lui a mordu la langue quand il a voulu faire plus qu'un baiser de scène. Elle en a ri aux larmes pendant des jours. Je ne pensais donc pas que la perspective de jouer encore une fois avec lui la mettrait dans cet état. Puis, comme un imbécile, quand j'ai découvert à quel point elle était remontée contre lui, je lui ai menti, en lui disant que Stinhurst avait insisté pour avoir Gabriel. Malheureusement, hier soir, Gabriel a laissé échapper que c'était moi qui l'avais réclamé. C'est ce qui a en partie déclenché la fureur de Joanna.

— Et maintenant qu'il est certain qu'il n'y aura plus de pièce ?

Sydeham dissimula mal son impatience.

— La mort de Joy ne change rien au fait que par contrat, Joanna doit une pièce à Stinhurst. Ainsi que Gabriel. Et Irene Sinclair, d'ailleurs. Jo va devoir travailler avec les deux, que cela lui plaise ou non. A mon avis, Stinhurst va les ramener à Londres, et tenter de monter une nouvelle pièce aussi vite que possible. Donc, si je voulais aider Joanna — ou tout au moins apaiser la querelle qui nous divise —, je serais en train d'orchestrer la disparition rapide de Gabriel ou bien de Stinhurst. La mort de Joy a mis un terme à la pièce de Joy, mais croyez-moi, ça ne profite pas à Joanna.

— A vous, peut-être ?

Sydeham lui lança un long regard.

— Je ne vois pas comment ce qui fait du tort à Jo peut me profiter, inspecteur.

Lynley reconnut qu'il y avait là une part de vérité.

— Quand avez-vous vu vos gants pour la dernière fois ?

Sydeham paraissait vouloir continuer sur le même sujet, mais répondit néanmoins avec bonne volonté :

— Hier après-midi, je pense, lorsque nous sommes arrivés. Francesca m'a demandé de signer le registre, et pour cela, j'ai probablement dû ôter mes gants. Franchement, je ne me souviens pas de ce que j'en ai fait après. Je n'ai pas le souvenir de les avoir remis, mais je les ai peut-être fourrés dans la poche de mon manteau.

— C'est la dernière fois que vous les avez vus ? Vous ne les avez pas cherchés ?

— Je n'en avais pas besoin. Ni Joanna ni moi ne sommes ressortis. Je ne savais même pas qu'ils avaient disparu jusqu'à ces dernières minutes, quand votre homme en a apporté un dans la bibliothèque. L'autre est peut-être dans la poche de mon manteau, ou même à la réception. Je ne m'en souviens pas, tout bonnement.

— Sergent ? dit Lynley à Havers avec un signe de tête.

Celle-ci quitta la pièce, puis revint au bout de quelques instants avec le second gant.

— Il était par terre, entre le mur et le comptoir de la réception, dit-elle en le posant sur la table.

Tous trois examinèrent un moment l'objet en silence. Coupé dans un beau cuir souple et un peu usé, il portait à l'intérieur du poignet les initiales DS en caractères tarabiscotés. Une légère odeur de crème nourrissante laissait à penser qu'il avait été nettoyé récemment, mais les coutures ne portaient aucune trace du produit.

— Qui se trouvait dans le voisinage de la réception lorsque vous êtes arrivés ? demanda Lynley.

Sydeham arbora l'expression méditative de celui qui revoit en pensée une action jugée sans importance sur le moment pour replacer personnes et événements dans leur juste contexte.

— Francesca Gerrard, annonça-t-il lentement. Jeremy Vinney a fait une apparition sur le seuil du salon de musique pour dire bonjour. (Il s'interrompit. Il représentait la position de chacun par un geste de la main, pour mieux visualiser la situation.) Le garçon. Gowan était là. Peut-être pas sur le moment, mais il a bien dû venir chercher les bagages et nous montrer nos chambres. Et puis... je n'en suis pas absolument certain, mais je crois que j'ai aperçu du coin de l'œil Elizabeth Rintoul, la fille de Stinhurst, pénétrer en trombe dans une des pièces situées dans le corridor qui part du hall d'entrée. En tout cas, il y avait quelqu'un par là.

Lynley et Havers échangèrent un regard. Lynley attira l'attention de Sydeham sur le plan de la maison, que Havers avait apporté et étalé sur la table centrale, à côté du gant.

— Quelle pièce ?

Sydeham se leva, s'approcha, et examina consciencieusement le plan avant de répondre.

— Difficile à dire. Je n'ai fait que l'entrevoir, comme si elle essayait de nous éviter. J'en ai conclu que c'était Elizabeth, parce que c'est tout à fait son genre. Mais je dirais celle-ci, ajouta-t-il en pointant du doigt le bureau.

Lynley réfléchit à ce que cela impliquait. Les clés de la maison se trouvaient dans le bureau, enfermées dans un tiroir, avait dit Macaskin. Mais il avait ajouté que Gowan pouvait y avoir eu accès. La fermeture du tiroir n'était peut-être qu'un geste de principe, loin d'être systématique. Le jour où tant d'invités débarquaient, il était fort possible que le tiroir soit demeuré ouvert, et les clés accessibles à quiconque s'occupait de préparer les chambres. Ou même quiconque connaissait l'existence de ce bureau : Elizabeth Rintoul, sa mère, son père, et peut-être même Joy Sinclair.

— Quand avez-vous vu Joy pour la dernière fois ? demanda Lynley.

Sydeham s'agita avec nervosité, comme s'il désirait regagner son siège, mais Lynley décida qu'il voulait le garder debout.

— Un peu après la lecture, il devait être onze heures et demie, peut-être un peu plus, je ne faisais pas attention à l'heure.

— Où ?

— Dans le couloir là-haut. Elle se dirigeait vers sa chambre. Comme je vous l'ai déjà dit, continua-t-il mal à l'aise, j'avais eu une scène dans la galerie avec Joanna à propos de la pièce. Je n'aime pas me quereller avec ma femme. Je me sentais donc déprimé, et j'allais à la bibliothèque me chercher une bouteille de whisky. C'est à ce moment-là que j'ai vu Joy.

— Vous lui avez parlé ?

— Elle n'avait pas l'air disposée à parler à qui que ce soit. Je me suis contenté de rapporter le whisky dans ma chambre, de boire quelques verres... quatre ou cinq. Puis je me suis endormi.

— Où se trouvait votre femme pendant ce temps-là ?

Sydeham promena son regard sur la cheminée, tandis que ses mains se portaient automatiquement à ses poches, peut-être à la recherche d'une cigarette pour se calmer. De toute évidence, cette question était celle qu'il avait espéré éviter.

— Je ne sais pas. Elle avait quitté la galerie, mais j'ignore où elle est allée.

— Vous ne savez pas, répéta soigneusement Lynley.

— Non. Ecoutez, il y a bien longtemps que j'ai appris qu'il faut laisser Joanna tranquille lorsqu'elle est en colère. Alors, c'est ce que j'ai fait. J'ai bu, je me suis endormi, ou bien j'ai sombré dans l'inconscience, appelez ça comme vous voudrez. Tout ce que je peux dire, c'est que lorsque je me suis réveillé ce matin — quand la gamine a frappé à la porte et bredouillé que nous devions nous habiller et descendre — Joanna était au lit à côté de moi. (Il remarqua que Havers notait imperturbablement.) Joanna était fâchée, mais contre moi, et personne d'autre, affirma-t-il. Ça... Ça ne va pas très bien entre nous depuis un moment. Elle était en colère et ne voulait pas me voir.

— Mais elle est revenue dans votre chambre la nuit dernière ?

— Bien sûr.

— Quand ? Une heure plus tard ? Deux ? Trois ?

— Je ne sais pas.

— Ses mouvements dans la pièce vous ont sûrement réveillé ?

— Vous avez déjà dormi après une cuite, inspecteur ? dit Sydeham d'un ton impatient. Pardonnez-moi l'expression, mais autant essayer de réveiller un mort.

— Vous n'avez rien entendu ? insista Lynley. Pas de vent qui soufflait, pas de voix ? Rien du tout ?

— Je vous ai déjà dit que non.

— Rien en provenance de la chambre de Joy Sinclair ? Celle-ci se trouvait de l'autre côté de la vôtre. Il est difficile de croire qu'une femme ait pu trouver la mort sans le moindre bruit. Ou que votre femme ait pu entrer et sortir sans que vous en soyez conscient. Qu'a-t-il bien pu se passer d'autre sans que vous le sachiez ?

Sydeham leur lança à tous deux un regard vif.

— Si vous essayez de mettre ça sur le dos de Jo, pourquoi pas sur le mien aussi ? J'ai été seul une partie de la nuit, non ? Mais votre problème est là, hein ? Parce qu'à l'exception de Stinhurst, c'est le cas de tout le monde.

Lynley ignora la colère qui perçait dans le ton de son interlocuteur.

— Parlez-moi de la bibliothèque.

Le changement d'orientation de l'interrogatoire ne provoqua aucune altération dans l'expression de Sydeham.

— Que voulez-vous savoir ?

— Il y avait quelqu'un lorsque vous êtes allé chercher le whisky ?

— Juste Gabriel.

— Que faisait-il ?

— La même chose que ce que je me préparais à faire. Il

buvait. Du gin, à en juger par l'odeur. Et il attendait sûrement aussi qu'un jupon passe par là.

— Vous n'aimez guère Robert Gabriel, remarqua Lynley, frappé par le ton mordant de Sydeham. Uniquement à cause des avances qu'il a faites à votre femme, ou bien avez-vous d'autres raisons ?

— Inspecteur, personne n'aime beaucoup Gabriel ici. Personne ne l'aime nulle part. On le supporte parce que c'est un sacré bon acteur, mais franchement, je me demande pourquoi ce n'est pas lui qui a été assassiné, parce qu'il l'a bien cherché.

Remarque intéressante, pensa Lynley. Mais plus intéressant encore était le fait que Sydeham n'avait pas répondu à sa question.

L'inspecteur Macaskin et la cuisinière de Westerbrae avaient apparemment décidé de venir simultanément présenter leurs doléances dans le salon. Macaskin insista pour être entendu le premier, tandis que la cuisinière vêtue de blanc rôdait à l'arrière-plan, se tordant les mains comme si chaque seconde de perdue menaçait de faire rater un soufflé.

Macaskin examina Sydeham de la tête aux pieds lorsque celui-ci sortit dans le hall.

— Nous avons fait le nécessaire, informa-t-il Lynley. Nous avons pris les empreintes de tout le monde. Les scellés sont apposés sur les chambres de Clyde et Sinclair, mes hommes ont passé les lieux au peigne fin. Les appareils sanitaires sont immaculés, à propos. Aucune trace de sang nulle part.

— Donc, une exécution « propre », à l'exception du gant.

— Un de mes hommes va s'occuper de l'objet. (Il eut un signe de tête en direction de la bibliothèque, et demanda sèchement :) Je les laisse sortir ? La cuisinière dit que le dîner est prêt et qu'ils ont demandé à se rafraîchir un peu.

Pour Macaskin, la requête sortait de l'ordinaire. L'Ecossais n'avait pas l'habitude de confier les rênes d'une enquête à un autre gradé, et l'extrémité de ses oreilles avait rougi lorsqu'il avait posé la question.

La cuisinière, comme si elle avait saisi dans les paroles de Macaskin un message caché, renchérit d'un air belliqueux :

— Vous pouvez pas les priver de nourriture. C'est pas bien. (Elle s'attendait visiblement à ce que la police mette tout le monde au pain sec et à l'eau jusqu'à ce que l'assassin soit retrouvé.) J'ai préparé un petit quelque chose. Ils ont eu qu'un tout p'tit sandwich, inspecteur. C'est pas comme la police, ajouta-t-elle avec un hochement de tête significatif, qu'a pas arrêté de s'empiffrer depuis ce matin, d'après c'qui reste dans ma cuisine.

Lynley consulta sa montre de gousset, surpris de constater qu'il était huit heures et demie. Lui n'avait absolument pas faim, mais comme les hommes de Macaskin avaient terminé, il ne rimait plus à rien de priver le groupe de nourriture, non plus que de la liberté de mouvement relativement réduite qu'offrait la maison. Il donna son consentement d'un signe de tête.

— Nous allons donc repartir, dit Macaskin. Je vous laisse Lonan, et je reviendrai demain matin. J'ai un homme prêt à emmener Stinhurst au poste de police.

— Inutile.

Macaskin ouvrit la bouche, la ferma, l'ouvrit de nouveau, jetant le protocole aux orties un court instant :

— Et ces scripts, inspecteur ?

— Je m'en occuperai, affirma Lynley avec fermeté. Brûler des indices n'est pas assassiner. Nous en tiendrons compte le moment venu.

Il vit le sergent Havers esquisser un geste de recul, comme si elle se désolidarisait d'une décision qu'elle jugeait déplorable.

Macaskin, quant à lui, parut envisager de discuter le problème, puis céda, et leur adressa un bonsoir officiel en quelques mots brusques :

— Nous avons mis vos affaires dans l'aile nord-ouest. Vous êtes dans la même pièce que Saint James, à côté de la nouvelle chambre d'Helen Clyde.

Ni les manœuvres politiques ni la répartition des invités n'intéressaient la cuisinière, qui était demeurée sur le pas de la porte, décidée à résoudre le problème culinaire pour lequel elle était venue.

— Dans vingt minutes, inspecteur, jeta-t-elle avant de tourner les talons. Soyez à l'heure.

Une excellente conclusion, et c'est ainsi que Macaskin l'entendit.

Enfin relâchés après une journée de confinement dans la bibliothèque, les invités se trouvaient encore pour la plupart dans le hall lorsque Lynley demanda à Joanna Ellacourt d'entrer dans le salon. La requête suivait de si près son entrevue avec le mari de Joanna que le petit groupe retint son souffle, comme s'il attendait de voir la réaction de la comédienne. Bien que Lynley ait formulé sa demande sous forme d'invitation, personne ne fut dupe au point de croire que Joanna pouvait la refuser, s'il lui en prenait l'envie.

Elle parut pourtant envisager cette possibilité, et balancer entre un refus abrupt et une coopération hostile. Cette dernière l'emporta, et elle donna la mesure de sa contrariété après une journée d'incarcération en refusant à Lynley aussi bien qu'à Havers l'aumône d'un seul mot lorsqu'elle passa devant eux avant d'aller s'asseoir sur le siège de son choix, la chaise à haut dossier située près du feu que Sydeham avait évitée et Stinhurst occupée à contrecœur. Démarche curieuse : ou bien elle entendait montrer ainsi qu'elle était décidée à subir cet entretien de la façon la plus directe qui soit, ou bien elle avait choisi l'endroit où les flammes jouant sur son teint et sa chevelure pouvaient distraire un observateur peu attentif à un moment crucial. Joanna Ellacourt savait manipuler le public.

Lynley éprouva du mal à croire qu'elle approchait de la quarantaine. Elle paraissait dix ans de moins, et à la lueur clémente du feu, qui donnait à sa peau des reflets dorés presque translucides, Lynley se souvint de la *Diane au repos* de Boucher, car l'éclat du teint, les joues délicatement colorées et la courbe fragile de l'oreille lorsqu'elle rejetait sa chevelure en arrière étaient identiques. Elle resplendissait, et si ses yeux, au lieu d'être couleur de bleuet, avaient été bruns, elle aurait pu servir de modèle au tableau de Boucher.

Pas étonnant que Gabriel lui ait couru après, pensa Lynley. Il lui offrit une cigarette qu'elle accepta. Sa main aux longs doigts ornés de plusieurs anneaux de diamants se posa sur la sienne pour maintenir le briquet, dans un mouvement très étudié et séducteur.

— Pourquoi vous êtes-vous querellée avec votre mari hier soir ? demanda-t-il.

Joanna leva un sourcil à l'arc parfait et examina un moment le sergent Havers de la tête aux pieds, comme pour mesurer celle-ci à l'aune de sa jupe minable et de son pull taché de cendre.

— Parce que j'étais fatiguée de servir de cible à la lubricité de Robert Gabriel depuis six mois, répliqua-t-elle avec franchise avant d'opérer une pause, comme si elle attendait une réponse — un hochement de tête compatissant, ou bien un ricanement désapprobateur.

Lorsqu'il apparut que ni l'un ni l'autre ne venaient, elle fut obligée de continuer son récit.

— Tous les soirs, dans ma dernière scène d'*Othello*, il avait une jolie petite érection, inspecteur. Tous les soirs, au moment où il est censé m'étrangler, il commençait à se tortiller sur le lit comme un gamin pubère qui vient de découvrir combien il peut s'amuser avec la petite saucisse qu'il a entre les jambes. Je ne voulais plus entendre parler de lui, et je pensais que David l'avait compris. Apparemment non, puisqu'il a négocié un nouveau contrat qui m'oblige à travailler avec Gabriel.

— Vous vous êtes disputés à propos de la nouvelle pièce ?

— Nous nous sommes disputés à propos de tout. La nouvelle pièce n'était qu'un élément de la querelle.

— Et vous vous opposiez également au rôle d'Irene Sinclair.

Joanna projeta ses cendres de cigarette dans la cheminée.

— Mon mari a traité cette affaire de la façon la plus stupide qui soit. Il m'a placée dans une position où je vais devoir, d'une part repousser les assauts de Robert Gabriel pendant un an, d'autre part empêcher l'ex-femme de Gabriel de m'utiliser comme marchepied pour se lancer dans sa nouvelle carrière. Inspecteur, je ne vous cacherai pas que je suis ravie que la pièce de Joy tombe à l'eau. Vous pouvez interpréter cela comme un signe de culpabilité si vous le désirez, mais je ne vais sûrement pas jouer les affligées alors que je connaissais à peine cette femme. Je suppose que cela me donne également un mobile, mais je n'y peux rien.

— Votre mari dit que vous vous êtes absentée de votre chambre une partie de la nuit.

— J'avais donc l'occasion de trucider Joy ? Oui, je suppose qu'on peut voir les choses sous cet angle.

— Où êtes-vous allée après votre scène dans la galerie ?

— D'abord dans notre chambre.

— Quelle heure était-il ?

— Peu après onze heures, je pense. Mais je n'y suis pas restée. Je savais que David allait revenir, contrit, et prêt à la réconciliation habituelle. Je ne voulais pas de cette réconciliation, ni de lui, d'ailleurs. Je me suis donc rendue dans le petit salon qui se trouve à côté de la galerie. Il y a là un antique gramophone, et des disques encore plus antiques. J'ai écouté de vieux airs de music-hall. Francesca Gerrard doit être une sacrée fan d'Ethel Merman, d'ailleurs.

— Quelqu'un a-t-il pu vous entendre ?

— Pour confirmer mon alibi, vous voulez dire ? (Elle secoua la tête, apparemment indifférente au fait que celui-ci ne reposait donc sur rien.) Ce petit salon est à l'écart, dans le corridor nord-ouest. Je doute que quiconque ait pu entendre quoi que ce soit. A moins qu'Elizabeth n'ait été en train de sacrifier à sa bonne habitude d'écouter aux portes. Elle paraît exceller à ce sport.

— Qui se trouvait à la réception lorsque vous êtes arrivée hier ? demanda Lynley sans relever.

Joanna tripota une mèche de cheveux.

— A part Francesca, je ne me souviens de personne en particulier. (Elle fronça les sourcils d'un air pensif.) Sauf Jeremy

Vinney. Il s'est montré à la porte du salon de musique et a dit quelques mots. Ça, je m'en souviens.

— Curieux, que la présence de Vinney subsiste dans votre esprit.

— Pas du tout. Il a eu un petit rôle dans une pièce dans laquelle je jouais, à Norwich, il y a des années. Lorsque je l'ai vu hier, je me souviens avoir pensé qu'il avait toujours autant de présence qu'à l'époque. C'est-à-dire aucune. Il a perpétuellement l'air de quelqu'un qui vient de sauter quinze lignes de texte et qui n'est pas fichu d'improviser pour se sortir du pétrin. Il n'arriverait même pas à murmurer correctement. Le pauvre, il n'a vraiment aucun talent pour le théâtre, j'en ai peur. De toute façon, il est bien trop courtaud pour jouer un rôle de premier plan.

— A quelle heure avez-vous regagné votre chambre ?

— Je ne sais pas exactement, je n'ai pas regardé. J'ai simplement écouté des disques jusqu'au moment où je me suis suffisamment reprise. (Son regard s'attarda sur le feu. Son calme s'altéra légèrement tandis qu'elle lissait du doigt le pli de son pantalon.) Non, ce n'est pas tout à fait vrai, n'est-ce pas ? Je voulais être certaine que David ait le temps de s'endormir. Une histoire d'amour-propre, je suppose, encore que je me demande maintenant pourquoi diable j'ai pu vouloir lui donner une chance de sauver la face.

— De sauver la face ? s'enquit Lynley.

Elle eut un sourire vif, sans raison apparente. Une façon de concentrer automatiquement l'attention du public sur sa beauté plutôt que sur la qualité de son interprétation.

— Inspecteur, David est entièrement dans son tort, dans cette histoire de contrat avec Robert Gabriel. Et si j'étais revenue plus tôt, il aurait essayé d'apaiser nos dissensions. Mais... (Elle détourna de nouveau le regard, passant l'extrémité de sa langue sur ses lèvres comme pour gagner du temps.) Je m'excuse, mais je ne crois pas pouvoir vous confier... C'est idiot de ma part, n'est-ce pas ? Vous allez peut-être même vouloir m'arrêter. Mais il y a des choses... Je sais que David ne vous l'aurait jamais dit lui-même. Mais je ne pouvais pas revenir dans notre chambre avant qu'il ne soit endormi, je ne pouvais tout simplement pas. Comprenez-moi, s'il vous plaît.

Lynley devina qu'elle lui demandait la permission de cesser de parler, mais il demeura silencieux, attendant simplement qu'elle continue. Lorsqu'elle reprit enfin ses explications, ce fut en détournant le visage, après avoir écrasé sa cigarette.

— David aurait voulu se racheter. Mais il est incapable de... Depuis près de deux mois, maintenant. Oh, il aurait quand même essayé, parce qu'il aurait eu le sentiment qu'il me le devait. Et s'il avait échoué, la situation aurait été encore pire. Aussi, j'ai attendu jusqu'au moment où j'ai pensé qu'il devait être endormi. C'était le cas, et j'en ai été ravie.

Voilà qui constituait une information sensationnelle, qui rendait d'autant plus difficile à comprendre la longévité du couple Ellacourt-Sydeham. Comme si elle s'en était rendu compte, Joanna Ellacourt reprit la parole, d'une voix tranchante qu'aucun sentiment ne venait embarrasser.

— David fait partie de mon histoire personnelle, inspecteur. Je n'éprouve aucune honte à avouer que c'est lui qui m'a faite ce que je suis. Il est depuis vingt ans mon meilleur appui, mon meilleur critique, mon meilleur ami. On ne renonce pas à tout cela simplement parce que, de temps en temps, la vie vous inflige quelques désagréments.

Voilà qui était la plus éloquente affirmation de confiance conjugale que Lynley ait jamais entendue. Il n'en demeurait pas moins qu'il ne pouvait ignorer l'appréciation que David Sydeham avait donnée de sa femme. C'était effectivement une sacrément bonne actrice.

La chambre de Francesca Gerrard se trouvait éloignée au fin fond du corridor nord-est du second étage, là où le couloir se rétrécissait et où une vieille harpe abandonnée jetait une ombre à la Quasimodo. Ici, aucun portrait n'ornait les murs, aucune tapisserie ne protégeait du froid. Ici, les manifestations du confort et de la sécurité étaient absentes. Il n'y avait rien d'autre qu'un plâtre monochrome fissuré par l'âge, et un tapis fin comme du papier à cigarettes.

Après avoir jeté derrière elle un regard hâtif, Elizabeth Rintoul se glissa le long de ce couloir, s'arrêta devant la porte de sa tante, et tendit l'oreille. Un brouhaha de voix s'élevait du corridor ouest, mais l'intérieur de la chambre était silencieux. De ses ongles, elle frappa contre le bois, en un geste nerveux qui ressemblait aux coups de bec d'un petit oiseau. Personne ne l'invita à entrer. Elle frappa de nouveau.

— Tante Francie ? dit-elle sans se risquer à autre chose qu'un murmure.

Encore une fois, il n'y eut pas de réponse.

Elle savait que sa tante se trouvait à l'intérieur, car elle l'avait vue emprunter le couloir à peine cinq minutes après que la police les eut autorisés à regagner leurs chambres. Elle tourna donc la poignée, au toucher glissant dans sa main moite.

La pièce sentait la pomme d'ambre moisie, la poudre de riz

douceâtre, l'analgésique âcre et l'eau de Cologne bon marché. Le mobilier était le pendant sinistre de l'indigence décorative du corridor : un lit étroit, une armoire et une commode, une psyché qui renvoyait d'étranges reflets verts distordants, rapetissant les mentons et gonflant les fronts.

Cette chambre n'avait pas toujours été celle de sa tante. Elle n'avait emménagé dans cette partie de la demeure qu'après la mort de son mari, comme si son inconfort et son absence de raffinement participaient du rituel du deuil. A cet instant, elle avait d'ailleurs l'air de sacrifier à celui-ci car, assise à l'extrême bord de son lit, le dos droit, elle était absorbée dans la contemplation d'un portrait photographique de son mari suspendu au mur, et qui constituait la seule et unique décoration de la pièce. C'était un portrait solennel, qui ne ressemblait pas du tout à l'oncle Phillip qu'Elizabeth avait connu dans son enfance, mais indiscutablement à l'homme mélancolique qu'il était devenu. Après le réveillon du Nouvel An. Après oncle Geoffrey.

Elizabeth referma doucement la porte derrière elle, mais lorsque le battant grinça contre la serrure, sa tante eut un hoquet étouffé, bondit et se retourna, les mains levées comme des griffes pour se défendre.

Elizabeth se raidit. Comment un geste aussi simple pouvait-il tout ressusciter, ramener à la surface un souvenir soigneusement enfoui et qu'on croyait oublié ? Une petite fille de six ans, dans le Somerset, qui se dirigeait joyeusement vers les écuries, qui voyait les filles de cuisine lorgner à travers une brèche dans le mur de pierre du bâtiment, qui les entendait murmurer, « Viens donc voir des tapettes, petite », sans savoir ce que cela signifiait, mais mourant d'envie — et à quel point, toujours — de se faire des amis, qui collait son œil à la fente, et voyait deux valets d'écurie, leurs vêtements éparpillés dans une stalle, l'un d'entre eux à quatre pattes et l'autre allant et venant derrière lui en grognant, et leurs deux corps couverts d'une sueur qui luisait comme de l'huile ; une petite fille qui, effrayée, reculait, pour entendre le rire étouffé des filles de cuisine. Un rire qui se moquait d'*elle*. De son innocence et sa naïveté. Et elle avait voulu les frapper, les blesser, leur arracher les yeux avec des griffes comme celles de tante Francie.

— Elizabeth ! s'exclama Francesca en baissant les bras. Tu m'as fait peur, ma chérie.

Celle-ci la regarda avec prudence, redoutant de devoir affronter d'autres souvenirs indésirables ranimés par d'autres gestes. Elle constata que Francesca avait commencé à se préparer pour le dîner lorsque le portrait de son mari l'avait plongée dans la rêverie qu'Elizabeth venait d'interrompre. Sa tante se regarda dans la glace en brossant ses cheveux gris clairsemés, et lui sourit, mais le tremblement de ses lèvres démentait le calme qu'elle tentait d'afficher.

— Tu sais, quand j'étais enfant, je me suis habituée à me regarder dans un miroir sans voir mon propre visage. Les gens disent que c'est impossible, mais j'y suis parvenue. Je peux comme cela me coiffer, me maquiller, mettre mes boucles d'oreilles, sans être obligée de voir combien je suis laide.

Elizabeth ne se donna même pas la peine d'offrir une protestation rassurante. Celle-ci aurait été une insulte, car sa tante disait vrai. Elle était laide, et l'avait toujours été, affligée d'un long visage chevalin, de dents proéminentes et d'un menton inexistant. Dotée d'un corps dégingandé, tout en bras et en jambes, elle était le réceptacle de toutes les tares génétiques de la famille Rintoul. Elizabeth avait souvent pensé que sa laideur constituait la raison pour laquelle sa tante arborait tant de bijouterie de pacotille, comme pour détourner l'attention de son infortune physique.

— N'y fais pas attention, Elizabeth, lui dit-elle gentiment. Elle est pleine de bonnes intentions. Vraiment, tu sais. Ne prends pas cela tellement à cœur.

La gorge d'Elizabeth se serra. Sa tante la connaissait tellement bien, l'avait toujours tellement bien comprise.

— « Donne donc un verre à Mr Vinney, ma chérie... » dit Elizabeth en imitant la voix effacée de sa mère. J'aurais voulu mourir sur place. Même en présence de la police, même avec Joy, elle n'arrête pas, elle ne peut pas s'en empêcher. Il n'y aura jamais de fin.

— Elle veut ton bonheur, ma chérie, et elle le voit dans le mariage.

— Un mariage comme le sien ? remarqua-t-elle avec amertume.

Sa tante fronça les sourcils, posa sa brosse sur la commode, et plaça soigneusement le peigne dessus.

— Je t'ai montré les photos que m'a données Gowan ? dit-elle avec entrain en ouvrant le tiroir supérieur qui grinça et se coinça. Brave garçon. Il a vu une revue avec ces photos, tu sais, avant et après, et a décidé que nous allions faire la même chose, prendre des clichés de chaque pièce au fur et à mesure de la rénovation. Et puis peut-être les exposerons-nous lorsque tout sera terminé. Ou bien peut-être intéresseront-elles un historien. A moins que nous ne les utilisions pour...

Elle lutta en vain avec le tiroir, dont l'humidité avait fait jouer le bois.

Elizabeth la regarda en silence. Ainsi fonctionnait toujours le cercle de famille : questions sans réponses, secrets, repli sur soi. Tous les membres étaient des conspirateurs occupés à ignorer le passé dans l'espoir qu'il finisse par s'évanouir. Son père, sa mère, oncle Geoffrey, grand-père. Et maintenant tante Francie. Elle aussi devait fidélité aux liens du sang.

Inutile de demeurer plus longtemps dans cette chambre. Une seule chose encore devait être dite, et Elizabeth prit son courage à deux mains pour l'exprimer.

— Tante Francie. S'il te plaît.

Celle-ci leva les yeux. Elle tirait toujours en vain sur le tiroir, sans se rendre compte qu'elle ne faisait que le coincer davantage.

— Je voulais que tu saches. Il faut que tu saches... Je... Je crois que je ne me suis pas du tout débrouillée comme il le fallait, hier soir.

Francesca finit par abandonner son tiroir.

— Que veux-tu dire par là, ma chérie ?

— C'est juste que... Elle n'était pas seule. Elle n'était même pas dans sa chambre. Je n'ai donc pas eu l'occasion de lui parler, de lui transmettre ton message.

— Aucune importance, ma chérie. Tu as fait de ton mieux, n'est-ce pas ? Et de toute façon...

— Non ! S'il te plaît !

Comme toujours, la voix de sa tante, chargée de compassion, comprenait parfaitement le sentiment qui l'habitait, celui d'être dénuée de toute capacité, de tout talent, de tout espoir. Elizabeth sentit sa gorge se nouer dans un sanglot sec devant cette acception inconditionnelle. Elle ne supportait pas de pleurer, que ce soit de tristesse ou de douleur, aussi se détourna-t-elle et quitta-t-elle la pièce.

— Saleté de truc !

Gowan Kilbride venait d'atteindre le point de non-retour dans sa capacité à survivre aux contrariétés ininterrompues. Ce qui s'était passé dans la bibliothèque avait déjà été suffisamment pénible, mais n'avait fait qu'empirer avec la certitude que Mary Agnes avait accordé à Robert Gabriel les privautés interdites à Gowan — la jeune fille n'avait ni confirmé ni nié. Et maintenant, voilà que Mrs Gerrard l'expédiait dans l'arrière-cuisine pour qu'il fasse quelque chose à propos de cette foutue chaudière, qui n'avait jamais marché convenablement en cinquante ans... C'en était trop pour la même personne.

Il jura de nouveau, et jeta violemment sa clé anglaise. Celle-ci

ébrécha le carrelage, rebondit, et glissa sous cette maudite chaudière.
— Bon Dieu de bon Dieu de bon Dieu ! fulmina-t-il.
Il s'accroupit, tâtonna sous la machine, et se brûla au métal surchauffé.
— Sacré bon sang ! hurla-t-il en se rejetant en arrière et en regardant la vieille mécanique comme s'il s'agissait d'un être malveillant.
Il flanqua successivement deux coups de pied dedans. A la pensée de Mary Agnes et Robert Gabriel ensemble, il lui expédia un troisième coup, qui délogea un des tuyaux. Un arc d'eau bouillante jaillit.
— Oh merde ! Tu peux crever, saleté !
Il attrapa un torchon près de l'évier, qu'il enroula autour du tuyau pour éviter de se brûler davantage. Luttant pour maintenir le tuyau rebelle, essayant de détourner le jet de gouttelettes brûlantes de son visage et de ses cheveux, il s'aplatit sur le ventre. D'un main, il tenta de reloger le tuyau en place, tandis que, de l'autre, il cherchait sa clé, qu'il finit par localiser contre le mur du fond. Il rampa pour se rapprocher, et ses doigts ne se trouvaient plus qu'à quelques centimètres de l'outil lorsque toute la pièce plongea dans l'obscurité. Pour couronner le tout, l'unique ampoule venait de sauter. Il ne demeurait que la lueur provenant de la chaudière elle-même, un mince filet rougeoyant qui brûlait droit devant ses yeux. Ça, c'était le bouquet.
— Espèce de vieille saloperie de merde ! Espèce de vieux tas rouillé ! Espèce de...
Et soudain, Gowan sut qu'il n'était pas seul.
— Qui est là ? Venez donc m'aider !
Pas de réponse.
— Ici ! Là, par terre !
Toujours pas de réponse.
Il tourna la tête, et tenta de percer la pénombre. Il allait de nouveau appeler — plus fort, cette fois-ci, car il sentait sa nuque se hérisser — lorsqu'il y eut un mouvement dans sa direction. Il eut l'impression qu'une douzaine de personnes se précipitaient sur lui en même temps.
— Hé...
Un coup étrangla le cri dans sa gorge. Une main lui agrippa la nuque et lui cogna violemment la tête contre le sol. La douleur gronda dans ses tempes. Ses doigts relâchèrent leur prise sur le tuyau, et l'eau lui éclaboussa le visage, l'aveugla, l'ébouillanta. Il se débattit de toutes ses forces, mais fut projeté sauvagement sur le tuyau, qui lui brûla la poitrine, l'estomac, les jambes. Ses

vêtements de laine imprégnés de l'eau comme d'un acide se collèrent à sa peau.

— Haaa...

Il tenta de crier tandis que la douleur et la terreur le dévastaient, mais un genou se logea au creux de ses reins, la main qui s'enroulait dans ses cheveux l'obligea à tourner la tête et projeta son front, son nez et son menton dans la flaque d'eau bouillante qui se formait sur le carrelage.

Il sentit l'arête de son nez se briser, la peau de son visage s'écorcher. Et, à l'instant où il commençait à comprendre que son invisible assaillant voulait le noyer dans un centimètre d'eau, il perçut le claquement reconnaissable entre tous du métal sur le carrelage.

Une seconde plus tard, le couteau plongea dans son dos.

La lumière se ralluma.

Des pas vifs grimpèrent les marches.

7

— Le plus important, c'est de savoir si tu crois à l'histoire de Stinhurst, souligna Saint James.

Il se trouvait avec Lynley dans la chambre située à l'angle de l'aile nord-ouest et du corps principal. C'était une petite pièce meublée de pin et de hêtre, avec un papier peint au motif de guirlandes d'herbe aux écus sur un fond bleu pâle. La vague odeur chimique d'un détergent ou d'un désinfectant y flottait, désagréable mais peu tenace. A travers la fenêtre, Lynley apercevait l'aile ouest, où Irene Sinclair faisait les cent pas dans sa chambre. Elle paraissait se demander si elle devait mettre ou non la robe qu'elle portait au creux du bras. Son visage, un ovale blanc étiré encadré de cheveux noirs, semblable à une étude de peintre sur les contrastes, paraissait fané. Lynley laissa retomber le rideau, et découvrit en se retournant que son ami avait commencé à s'habiller pour le dîner.

La tâche était malaisée, rendue plus difficile encore par le fait que le beau-père de Saint James n'était pas là pour l'assister, et qu'il n'avait besoin de cette aide pour les gestes les plus simples que depuis une nuit bien particulière d'imprudente soûlerie de Lynley. Il regarda Saint James, désireux de lui offrir ses services tout en sachant que ceux-ci seraient poliment refusés. Son ami découvrit l'appareil orthopédique soutenant sa jambe, utilisa les béquilles, délaça ses chaussures, sans que son visage n'affiche autre chose que de l'indifférence, comme si l'agilité et la souplesse dont il faisait preuve à peine dix ans auparavant n'avaient jamais existé.

— Le récit de Stinhurst sonnait vrai, Saint James. Ce n'est pas exactement le genre d'histoire qu'on invente pour se soustraire à une accusation de meurtre, non ? Que diable pourrait-il gagner à donner une image peu flatteuse de sa propre femme ? Au contraire, il n'a fait qu'aggraver son cas, car il dispose maintenant d'un solide mobile.

— Invérifiable, remarqua légèrement Saint James, à moins que tu ne poses directement la question à lady Stinhurst. Et quelque chose me dit que Stinhurst parie sur le fait que tes manières de gentleman t'en empêcheront.

— Je le ferai, bien entendu. Si cela se révèle nécessaire.

Saint James laissa tomber sur le sol une de ses chaussures, et entreprit d'en fixer une autre à son appareil orthopédique.

— Autre chose, Tommy. Considérons un instant que son histoire est vraie. Ce serait bien malin de sa part de souligner qu'il a un mobile de façon aussi évidente. Ainsi, tu n'as pas besoin de fouiller plus avant. On peut même aller jusqu'à penser que tu ne pourras pas le soupçonner de meurtre puisqu'il s'est montré parfaitement honnête avec toi depuis le début. Malin, n'est-ce pas ? Un peu trop malin. Et quel meilleur moyen d'accentuer encore la nécessité de détruire des indices que d'accepter la venue de Jeremy Vinney, un homme susceptible de révéler n'importe quelle histoire embarrassante après la mort de Joy ?

— Dans ce cas, tu considères que Stinhurst savait déjà que les modifications de la pièce de Joy allaient mettre en lumière la liaison de sa femme et de son frère. Mais à ce moment-là, ça ne colle pas avec le fait d'attribuer à Helen la chambre voisine de celle de Joy, non ? Ni avec la porte donnant sur le couloir fermée à clé. Ni avec les empreintes de Davies-Jones sur cette clé.

Saint James n'exprima aucun désaccord, mais se contenta de remarquer :

— Si on va par là, Tommy, ça ne colle pas non plus avec le fait que Sydeham s'est trouvé seul une partie de la nuit, de même que sa femme. L'un et l'autre avaient la possibilité de la tuer.

— La possibilité, oui. Il semble que tout le monde l'ait eue. Mais le problème, c'est le mobile. Sans compter le fait que la porte de Joy était fermée, et donc que le meurtrier, soit avait accès aux clés, soit est passé par la chambre d'Helen. On en revient toujours là, vois-tu.

— Stinhurst pouvait avoir accès aux clés, non ? Il t'a dit lui-même qu'il était déjà venu ici.

— De même que sa femme, sa fille, et Joy. Même David Sydeham a pu s'emparer des clés si, plus tard dans l'après-midi, il a eu la curiosité d'aller voir dans quelle pièce avait disparu Elizabeth Rintoul à leur arrivée. Mais c'est un peu tiré par les cheveux, non ? Pourquoi cette curiosité ? Mieux encore, pourquoi Sydeham aurait-il tué Joy Sinclair ? Pour éviter à sa femme de jouer avec Robert Gabriel ? Ça ne marche pas. Apparemment, le contrat est bien ficelé. La mort de Joy ne lui a servi à rien.

— Nous en revenons donc au même point, non ? La mort de Joy ne paraît profiter qu'à une seule personne : Stuart Rintoul, lord Stinhurst. La pièce qui promettait d'être tellement embarrassante pour lui ne sera jamais montée, par personne. Je ne vois pas comment tu peux ignorer un tel mobile.

— Ecoute...

On frappa à la porte. Lynley ouvrit à l'agent Lonan qui brandissait devant lui un sac dans une pochette de plastique. Il le tenait des deux mains de l'air guindé d'un maître d'hôtel présentant un plateau de hors-d'œuvre de qualité douteuse.

— C'est celui de Sinclair, expliqua-t-il. L'inspecteur a pensé que vous auriez envie d'y jeter un coup d'œil avant que le labo ne l'examine.

Lynley posa l'objet sur le lit, et enfila les gants de latex que Saint James tira du sac de voyage ouvert à ses pieds.

— Où a-t-il été retrouvé ?

— Dans le salon de musique. Sur la banquette sous la fenêtre, derrière les rideaux.

— Dissimulé ? demanda Lynley avec un regard vif.

— Non. Comme si elle l'avait jeté là de la même façon qu'elle jetait tout dans sa chambre.

Lynley ouvrit la pochette de plastique, et fit glisser le sac sur le lit. Les deux hommes l'observèrent avec curiosité, tandis qu'il l'ouvrait et en renversait le contenu. Puis il entreprit de le trier lentement en deux piles. Dans l'une, il plaça les objets communs à des centaines de sacs à main portés par des centaines de femmes : un trousseau de clés reliées par un gros anneau de cuivre, deux stylos à bille bon marché, un paquet de chewing-gum entamé, une pochette d'allumettes, et une paire de lunettes noires dans un étui de cuir neuf.

Il forma une seconde pile avec le reste, qui témoignait de ce que Joy Sinclair, comme beaucoup de femmes, avait imprimé la marque de sa personnalité à un objet aussi banal qu'un sac à bandoulière noir. Il feuilleta d'abord son carnet de chèques, sans rien découvrir de particulier. L'état de ses finances n'avait de toute évidence intéressé sa propriétaire que de façon toute relative, puisqu'elle n'avait pas fait ses comptes depuis au moins six semaines. Quant à son portefeuille, il contenait près de cent livres en billets divers. Mais ni le chéquier ni le portefeuille ne retinrent l'attention de Lynley lorsque son regard tomba sur les deux derniers objets conservés dans son sac par Joy Sinclair : un agenda et un petit magnétophone.

L'agenda était neuf, à peine utilisé. Le week-end à Westerbrae était noté, tout comme un déjeuner avec Jeremy Vinney deux semaines auparavant. Etaient notés également une soirée au théâtre, un rendez-vous chez le dentiste, une sorte d'anniversaire, et trois rendez-vous marqués « Upper Grosvenor Street », mais tous ces événements étaient rayés, comme s'ils avaient été annulés. Lynley consulta l'emploi du temps du mois suivant, vierge, puis le suivant. Là, un seul mot, « P. Green », était écrit sur toute une semaine, puis « Chapitres 1-3 » la semaine suivante. A l'exception d'une note, le 25, « Anniversaire de S. », il n'y avait rien d'autre.

— J'aimerais garder ça, pour l'instant, dit Lynley d'un ton pensif. Le contenu, pas le sac. Voulez-vous en informer Macaskin avant qu'il ne s'en aille ?

Lonan acquiesça et quitta la pièce. Lynley attendit que la porte se soit refermée sur lui pour ramasser le magnétophone et le mettre en marche après avoir jeté un coup d'œil à Saint James.

Elle avait une voix de gorge harmonieuse et très agréable. Le genre de voix rauque et aguichante porteuse d'une sorte de sensualité naturelle que certaines femmes considèrent comme un don du ciel et d'autres comme une malédiction. La bande s'interrompait puis repartait, avec des tempos et des bruits de fond différents — la circulation, le métro, un peu de musique —, comme si elle avait sorti le magnétophone de son sac pour enregistrer ses réflexions au moment où elles lui traversaient l'esprit.

« Essayer de reporter Edna au moins pendant deux jours encore. Peut-être croira-t-elle à la grippe... Ce pingouin ! Elle adorait les pingouins, ce sera parfait... Par pitié, ne pas laisser maman oublier Sally encore une fois cette année... John Darrow pensait le plus grand bien d'Hannah jusqu'à ce que les circonstances l'obligent à en penser le pire... S'occuper des billets et d'un endroit décent où séjourner. Cette fois-ci, prendre un manteau plus épais... Jeremy. Jeremy. Seigneur, pourquoi se torturer à son propos ? Ce n'est pas pour toute la vie... Il faisait nuit, et bien que la tempête d'hiver... Fantastique, Joy. Pourquoi pas une nuit noire de tempête, et jeter la créativité au diable une fois pour toutes... Se souvenir de cette odeur étrange : celle des épaves et des légumes en décomposition emportés par le courant de la rivière à la suite de la dernière tempête... Le bruit des grenouilles, les pompes, et la terre plate à perte de vue... Pourquoi ne pas demander à Rhys la meilleure façon de l'aborder ? Il a un bon contact avec les gens. Il pourra sûrement m'aider... Rhys veut... »

Lynley arrêta le magnétophone sur ces mots. Il leva les yeux, et vit que Saint James l'observait. Pour gagner du temps en attendant que l'inévitable ne se produise entre eux, Lynley ramassa le contenu du sac de Joy et le plaça dans une nouvelle pochette en plastique que Saint James avait sortie de son sac de voyage. Il replia celle-ci, et la porta sur la commode.

— Pourquoi n'as-tu pas interrogé Davies-Jones ? demanda Saint James.

Lynley retourna au pied du lit, ouvrit sa valise, et en sortit sa tenue de soirée, se donnant le temps de réfléchir à la question de son ami.

Il aurait été facile de répondre que les circonstances ne lui avaient pas laissé le loisir d'interroger le Gallois, que cette affaire s'était jusqu'à présent déroulée suivant une certaine logique, et qu'il avait intuitivement suivi celle-ci pour voir où elle menait. L'explication n'était pas dénuée d'un fond de vérité. Mais, au-delà de cette vérité, Lynley reconnaissait une autre réalité désagréable. Il luttait avec le besoin d'éviter la confrontation, un besoin qu'il n'avait pas encore réussi à admettre, tant il lui était étranger.

Il entendait Helen dans la pièce voisine, ses mouvements légers, vifs, et efficaces. Il les avait entendus des milliers de fois au cours des ans, sans jamais les remarquer. A cet instant, ils résonnaient comme amplifiés, comme pour s'imprimer de façon permanente dans son esprit.

— Je ne veux pas la blesser, dit-il enfin.

Saint James était en train de fixer une chaussure noire à son appareil, et s'interrompit dans l'effort, l'air surpris, lui qui demeurait d'habitude réservé.

— Tu as une drôle de façon de le montrer, Tommy.

— Tu parles comme Havers. Mais que veux-tu que je fasse ? Helen est décidée à demeurer aveugle à l'évidence. Dois-je lui démontrer les faits maintenant, ou bien tenir ma langue et la laisser s'enfoncer à corps perdu dans sa liaison avec ce type, pour qu'elle soit complètement désespérée lorsqu'elle s'apercevra à quel point il l'a manipulée ?

— *Si* il l'a manipulée.

Lynley sortit une chemise propre, la boutonna avec une nervosité mal dissimulée, et noua sa cravate.

— *Si* ? Et à quoi crois-tu donc que rimait sa visite chez elle la nuit dernière, Saint James ?

Sa question ne reçut pas de réponse. Il sentit sur lui le regard de son ami, et s'énerva sur son nœud de cravate.

— Oh, merde ! marmonna-t-il, furieux.

On frappa à la porte. Lady Helen s'attendait à trouver dans le couloir le sergent Havers, ou bien Lynley ou Saint James, venus l'escorter à la salle à manger comme la principale suspecte ou le témoin clé placé sous la protection de la police. Il s'agissait de Rhys, qui demeura silencieux, visiblement nourri de doutes sur la façon dont il allait être reçu. Lady Helen sourit ; il pénétra dans la pièce et referma la porte derrière lui.

Ils se regardèrent comme des amants coupables mourant d'envie d'une rencontre clandestine. La nécessité d'agir avec discrétion intensifiait leurs sensations, leur désir, renforçait le lien nouvellement formé entre eux. Lorsqu'il tendit les bras, lady Helen s'y réfugia plus que spontanément.

Il lui embrassa le front, les paupières, les joues, et enfin la bouche. Elle répondit à son baiser, le pressant contre elle comme si sa présence pouvait lui faire oublier cette journée. Le contact de son corps contre le sien fit naître une douce impatience, et elle se mit à trembler, transpercée par un éclair de désir inattendu, jailli de nulle part, qui courut dans ses veines comme un feu liquide. Elle enfouit son visage contre son épaule, et il resserra son étreinte d'un geste familier et possessif.

— Mon amour, murmura-t-il.

A ces mots, elle tourna la tête et chercha de nouveau sa bouche. Au bout d'un moment, il chuchota :

— *Aw bey browden on ye, lassie.* Je me languissais de toi, ma belle, mais je suppose que tu l'as remarqué, ajouta-t-il avec un petit rire.

Elle leva la main pour caresser ses tempes poivre et sel et sourit, rassurée sans très bien savoir pourquoi.

— Et où diable un sombre Gallois a-t-il appris l'écossais ?

Sa bouche se crispa, il se raidit imperceptiblement, et lady Helen comprit qu'elle avait innocemment posé la mauvaise question.

— A la clinique, répondit-il.

— Mon Dieu, je suis désolée. Je ne pensais pas...

Il secoua la tête et la pressa contre lui, posant sa joue contre ses cheveux.

— Je ne t'ai rien raconté, n'est-ce pas, Helen ? Je crois que c'est quelque chose que je ne voulais pas que tu saches.

— Alors, ne me...

— Non. La clinique se trouvait à Portree, sur l'île de Skye. En plein cœur de l'hiver. Une mer grise, un ciel gris, une terre grise. Les bateaux partant pour le continent, et moi qui aurais donné n'importe quoi pour me trouver sur l'un d'entre eux. J'ai parfois pensé que Skye me pousserait à boire de façon définitive et permanente. C'est le genre d'endroit parfait pour mettre sa résistance à l'épreuve. Pour survivre, il n'y avait que deux solutions : une lampée de whisky en cachette de temps en temps, ou bien apprendre l'écossais. J'ai choisi l'écossais, qui lui, au moins, m'était garanti par mon voisin de chambre, qui se refusait à parler quoi que ce soit d'autre.

Il effleura sa chevelure en un geste hésitant.

— S'il te plaît, Helen. Pour l'amour de Dieu. Je ne veux pas de ta pitié.

Il agissait toujours de la même façon, pensa-t-elle. Il coupait court à toute ombre de compassion qui aurait pu se dresser entre lui et le reste du monde. La pitié le maintenait en position de faiblesse, prisonnier d'une maladie incurable. Elle fit sienne sa souffrance.

— Comment as-tu pu penser une seconde que j'éprouvais de la pitié ? Tu crois que ce qu'il y a eu entre nous la nuit dernière était de la pitié ?

Il eut un soupir las.

— J'ai quarante-deux ans. Tu sais cela, Helen ? J'ai quinze ans de plus que toi. Mon Dieu, plus peut-être ?

— Douze.

— Je me suis marié à vingt-deux ans. Toria en avait dix-neuf. Tous les deux sortant de nos théâtres de province, et persuadés de devenir les prochaines gloires du West End.

— J'ignorais cela.

— Elle m'a quitté. Je venais de passer la saison d'hiver dans le Norfolk et le Suffolk — deux mois par-ci, un mois par-là. A coucher dans des hôtels sordides et puants et à penser que ce n'était pas si mal, puisque ça permettait de se nourrir et d'habiller les enfants. Mais quand je suis rentré à Londres, elle était partie, partie chez elle en Australie, retrouver papa, maman, et la sécurité. Avoir plus que du pain à manger, et se payer des chaussures.

— Combien de temps êtes-vous restés mariés ?

— Cinq ans, seulement. Mais suffisamment pour que Toria affronte ce qu'il y avait de pire en moi.

— Ne dis pas...

— Si. J'ai vu mes enfants une fois en quinze ans. Ce sont des adolescents, aujourd'hui, un garçon et une fille qui ne me connaissent même pas. Et le pire est que c'est entièrement ma faute. Toria ne m'a pas quitté parce que ma carrière théâtrale était un échec, et Dieu sait pourtant que mes chances de succès étaient infimes. Elle m'a quitté parce que j'étais alcoolique. Je le suis toujours, Helen. Un alcoolique, Helen, tu ne dois jamais l'oublier. Je ne dois pas te le laisser oublier.

Elle répéta ce qu'il avait lui-même dit un soir de vent tandis qu'ils se promenaient dans Hyde Park :

— Après tout, ce n'est qu'un mot, n'est-ce pas ? Il n'a que le pouvoir qu'on veut bien lui accorder.

Il secoua la tête. Elle sentait le lourd battement de son cœur.

— Non, dit-il en posant ses doigts au creux de sa nuque. Ils croient que je l'ai tuée, n'est-ce pas, Helen ? ajouta-t-il en s'exprimant avec précaution par-dessus sa tête, comme s'il avait soigneusement pesé chaque mot.

Ses bras se resserrèrent autour de lui de leur propre gré, lui évitant de répondre.

— Je me suis demandé comment ils voyaient les choses, continua-t-il. Je suis venu dans ta chambre, je t'ai apporté du cognac pour te soûler, je t'ai fait l'amour pour détourner ton attention, puis j'ai poignardé ma cousine. Pourquoi, cela reste à découvrir, bien sûr. Mais ils ne tarderont pas à trouver quelque chose, je n'en doute pas.

— Le cognac était ouvert, chuchota lady Helen.

— Ils pensent que j'ai mis quelque chose dedans ? Seigneur ! Et toi ? Tu le penses aussi ? Tu penses que je suis venu avec l'intention de te droguer puis d'assassiner ma cousine ?

— Bien sûr que non.

Elle leva les yeux, et vit se peindre sur le visage de Rhys un mélange de fatigue et de tristesse, tempéré par le soulagement.

— Je l'ai ouvert lorsque je suis sorti du lit, dit-il. Dieu sait que j'en avais envie. J'en mourais d'envie. Mais tu t'es réveillée, tu es venue vers moi, et très franchement j'ai découvert que je te désirais davantage.

— Tu n'as pas besoin de me le dire.

— J'étais à deux doigts de boire. A deux centimètres. Il y a des mois que cela ne m'était pas arrivé. Si tu n'avais pas été là...

— Cela n'a pas d'importance. J'étais là. Je suis là.

Des voix s'élevèrent de la pièce voisine : celle de Lynley, emportée, suivie du murmure placide de Saint James. Ils écoutèrent. Puis Rhys parla :

— Ta loyauté va se trouver cruellement mise à l'épreuve dans cette affaire, Helen. Tu le sais, n'est-ce pas ? Et même si on te soumet des vérités irréfutables, tu vas devoir décider par toi-même pourquoi je suis venu dans ta chambre hier soir, pourquoi je voulais être avec toi, pourquoi je t'ai fait l'amour. Et surtout, décider de ce que j'ai pu faire tout ce temps pendant que tu dormais.

— C'est inutile, déclara-t-elle. En ce qui me concerne, il n'y a pas deux versions de cette histoire.

— Oh mais si, dit-il avec un regard sombre. Il y a la sienne et la mienne. Et tu le sais.

Lorsque Saint James et Lynley pénétrèrent dans le salon de musique, ils constatèrent que la soirée s'apprêtait à être fort désagréable. Les assistants n'auraient pas montré avec plus de conviction le déplaisir qu'ils éprouvaient à être obligés de dîner avec New Scotland Yard s'ils avaient été mis en scène.

Joanna Ellacourt avait choisi de se placer au centre de la scène. Elle avait adopté une position mi-assise, mi-allongée sur un siège en bois de rose, et elle gratifia les deux arrivants d'un regard glacial avant de se détourner pour boire une gorgée d'une sorte de sirop rose surmonté de blanc, et de fixer la cheminée de style George II comme si ses deux pilastres vert pâle devaient à tout prix s'imprimer dans son esprit. Les autres étaient réunis autour d'elle sur des canapés ou des fauteuils, et leur conversation décousue cessa net à l'entrée des deux hommes.

Lynley parcourut l'assistance du regard, remarqua que certains étaient absents, et parmi eux plus particulièrement lady Helen et Rhys Davies-Jones. Tel un ange gardien, l'agent Lonan se tenait près d'un chariot à boissons dans le coin le plus reculé de la pièce, surveillant la compagnie d'un œil acéré, comme s'il attendait que l'un ou l'autre d'entre eux se livre à un nouvel acte de violence. Lynley et Saint James le rejoignirent.

— Où sont les autres ? demanda Lynley.

— Pas encore descendus. Et cette dame-là vient juste d'arriver.

La dame en question était la fille de lord Stinhurst, Elizabeth Rintoul, qui approchait du chariot à boissons comme une femme marchant à la potence. A l'inverse de Joanna Ellacourt, qui s'était habillée pour le dîner de satin moulant comme si l'occasion était exceptionnelle, Elizabeth portait une jupe de tweed marron et un gros pull vert — à la fois vieux et peu seyants —, ce dernier décoré de trois trous de mites qui dessinaient un triangle isocèle sur son épaule gauche.

Lynley savait qu'elle avait trente-cinq ans, mais elle paraissait bien plus âgée, comme une vieille fille approchant l'âge mûr de la pire façon. La teinture marron choisie pour ses cheveux, peut-être dans une tentative de blond vénitien, avait pris des reflets cuivrés, et une frange rigide formait un écran derrière lequel elle pouvait observer le monde. La couleur et le style de sa coiffure suggéraient la copie malheureuse d'une photo de magazine et non une réflexion en fonction de son teint ou de la forme de son visage, un visage creux aux traits tirés, dont la lèvre supérieure commençait à se rider.

L'inquiétude se lisait dans son attitude, et elle triturait d'une main le tissu de sa jupe. Elle ne prit même pas la peine de les saluer, ou d'exprimer une quelconque formule de politesse. Il paraissait évident qu'elle attendait de poser sa question depuis plus de douze heures, et qu'elle n'attendrait pas plus longtemps. Pourtant, lorsqu'elle parla, ce fut sans réellement regarder Lynley. Ses yeux, qu'une ombre de maquillage bleu-vert mal appliqué soulignait, effleurèrent à peine son visage pour établir le contact, et demeurèrent ensuite obstinément rivés sur le mur derrière lui, comme si elle s'adressait au tableau suspendu là.

— Vous avez le collier ? demanda-t-elle sèchement.

— Je vous demande pardon ?

Les mains d'Elizabeth s'aplatirent contre sa jupe.

— Le collier de perles de ma tante. Je l'ai donné à Joy hier soir. Il est dans sa chambre ?

Un murmure s'éleva du groupe, et Francesca Gerrard se leva. Elle vint prendre sa nièce par le coude, et tenta de la ramener vers les autres, évitant de regarder les policiers.

— Ce n'est pas grave, Elizabeth, dit-elle à voix basse. Je t'assure. Pas grave du tout.

Elizabeth se dégagea.

— Si, c'est grave, tante Francie. Je n'étais pas d'accord pour le donner à Joy. Je savais que ça ne marcherait pas. Maintenant qu'elle est morte, je veux que tu le récupères, dit-elle en continuant de ne regarder personne en particulier.

Ses yeux étaient injectés de sang, ce que son maquillage ne faisait qu'accentuer.

Lynley s'adressa à Saint James :

— Il y avait un collier de perles dans la chambre ?

Saint James secoua la tête.

— Mais je le lui ai apporté. Elle n'était pas revenue dans sa chambre. Elle était dans la... Alors je lui ai demandé, à lui... (Elle s'interrompit, ses yeux cherchèrent et trouvèrent Jeremy Vinney.) Vous ne lui avez pas donné, hein ? Vous aviez dit que vous le feriez, mais non. Qu'avez-vous fait du collier ?

Le verre de gin-tonic de Vinney s'arrêta à mi-chemin de ses lèvres, et ses doigts boudinés et poilus se resserrèrent dessus. L'accusation le prenait visiblement par surprise.

— Moi ? Bien sûr que si, je le lui ai donné. Ne soyez pas stupide.

— Vous mentez ! s'écria-t-elle d'une voix perçante. Vous m'avez dit qu'elle ne voulait parler à personne ! Et vous l'avez mis dans votre poche ! Je vous ai entendus tous les deux dans votre chambre ! Je sais ce que vous cherchiez ! Mais quand elle n'a pas voulu, vous l'avez suivie dans sa chambre, hein ? Vous étiez furieux ! Vous l'avez tuée, et puis vous avez pris les perles !

Vinney bondit avec vivacité, malgré son poids. Il tenta d'écarter David Sydeham, qui l'avait agrippé par le bras.

— Espèce de sale mégère desséchée ! explosa-t-il. Vous étiez tellement jalouse que c'est probablement vous qui l'avez tuée ! Toujours en train d'espionner et d'écouter aux portes. Vous n'avez sûrement jamais tâté de la chose de plus près, hein ?

— Bon Dieu, Vinney...

— Et vous, qu'est-ce que vous faisiez avec elle ? (La colère avait fait naître des taches rouges sur les joues d'Elizabeth, et un rictus de mépris tordit sa bouche.) Vous espériez stimuler votre imagination créatrice en lui pompant la sienne ? Ou vous étiez à lui renifler les jupes comme tous les hommes ici ?

— Elizabeth ! supplia faiblement Francesca Gerrard.

— Parce que je sais pourquoi vous êtes venu ! Je sais ce que vous cherchiez !

— Elle est folle ! marmonna Joanna Ellacourt avec dégoût.

Sur ces mots, lady Stinhurst éclata, et cracha en réponse à la comédienne :

— Je vous interdis de dire ça ! Comment osez-vous ! Alors que vous vous pavanez comme une Cléopâtre mûrissante qui a besoin des hommes pour...

— *Marguerite* ! tonna la voix de son mari, qui réduisit tout le monde au silence.

Des pas qui résonnaient dans les escaliers puis le hall brisèrent la tension. Quelques secondes plus tard, les derniers convives pénétrèrent dans la pièce : le sergent Havers, lady Helen, Rhys Davies-Jones. Robert Gabriel fit son apparition derrière eux moins d'une minute plus tard.

Ses yeux naviguèrent du groupe tendu assis devant la cheminée à celui debout près du chariot à boissons, en passant par Elizabeth et Vinney remâchant leur colère. Instant rêvé pour un acteur, dont il savait parfaitement tirer parti.

— Ah, fit-il avec un sourire enjoué. Nous sommes tous en train de nous rouler dans la fange, si je ne m'abuse ? Qui d'entre nous lèvera donc le regard vers les étoiles ?

— Sûrement pas Elizabeth, en tout cas, rétorqua Joanna Ellacourt avant de replonger dans son verre.

Du coin de l'œil, Lynley vit Davies-Jones tirer lady Helen vers le chariot à boissons et lui servir un sherry. Il connaît même ses goûts, pensa-t-il d'un air sombre, avant de décider qu'il en avait assez de tout ce petit monde.

— Parlez-moi du collier de perles, demanda-t-il.

Francesca Gerrard palpa le collier bon marché qu'elle portait autour du cou, et dont les perles couleur puce juraient affreusement avec son chemisier vert. Elle baissa la tête et porta à sa bouche une main nerveuse, comme pour dissimuler ses dents proéminentes.

— Je... C'est ma faute, inspecteur. J'ai... J'ai bien demandé à Elizabeth d'offrir les perles à Joy. Elles ne sont pas inestimables, bien sûr, mais j'ai pensé que, si elle avait besoin d'argent...

— Ah, je vois. Un pot-de-vin.

Francesca Gerrard regarda lord Stinhurst.

— Stuart, tu ne veux pas... ? hésita-t-elle, mais son frère ne répondit pas. Oui. J'ai pensé qu'elle accepterait peut-être de renoncer à la pièce.

— Dis-lui combien valent les perles, insista brutalement Elizabeth. Dis-le-lui !

Francesca eut une délicate moue de dégoût, visiblement peu habituée à débattre de tels sujets en public.

— C'était un cadeau de mariage de Phillip. Mon mari. Elles étaient... parfaitement assorties, et...

— Elles valaient plus de huit mille livres ! jeta Elizabeth.

— Bien sûr, j'ai toujours eu l'intention de les transmettre à ma propre fille. Mais étant donné que je n'ai pas d'enfant...

— C'est notre petite Elizabeth qui les aurait récupérées ! acheva Vinney d'un ton triomphant. Alors qui d'autre aurait pu les piquer dans la chambre de Joy ? Espèce de petite salope, c'est astucieux de m'accuser !

Elizabeth bondit, mais son père se leva et l'intercepta. A cet instant, Mary Agnes apparut sur le seuil, hésitante, les yeux écarquillés, tripotant l'extrémité de ses cheveux. Pour tenter d'apaiser la vague de passions, Francesca s'adressa à elle.

— Le dîner est prêt, Mary Agnes ? demanda-t-elle stupidement.

La jeune fille parcourut le salon des yeux.

— Où est Gowan ? Il est pas avec vous ? Ni avec la police ? La cuisinière le réclame... Vous l'avez pas vu...

Lynley regarda Saint James, puis Havers. L'impensable leur traversa l'esprit à tous trois. Ils bondirent en même temps.

— Veillez à ce que personne ne sorte d'ici, ordonna Lynley à l'agent Lonan.

Ils se séparèrent. Havers prit l'escalier, Saint James le corridor nord-est, et Lynley traversa la salle à manger, puis les deux pièces précédant la cuisine, avant de débouler dans celle-ci. La cuisinière sursauta, une bouilloire fumante à la main. De l'eau se renversa. A l'étage au-dessus, Lynley entendait Havers dévaler le corridor ouest, ouvrir des portes à la volée, appeler le garçon par son nom.

En sept enjambées, Lynley était à la porte de l'arrière-cuisine. La poignée tourna dans sa main, mais le battant refusa de s'ouvrir. Quelque chose bloquait le passage.

— Havers ! hurla-t-il. Havers, bon Dieu ! répéta-t-il avec une inquiétude grandissante devant l'absence de réponse.

Puis il l'entendit dévaler l'escalier de service, s'arrêter. Il entendit son exclamation incrédule, le bruit invraisemblable de l'eau, le clapotement, comme un enfant qui patauge dans une mare. De précieuses secondes s'écoulèrent. Puis la voix de Barbara s'éleva, nouée comme celle de quelqu'un qui espère ne pas avoir à avaler un médicament amer :

— Seigneur ! Gowan !

— Havers, bon Dieu...

Il perçut un mouvement, quelque chose qu'on tirait. La porte s'entrouvrit, laissant Lynley pénétrer au cœur de la chaleur et de la vapeur, au cœur du mal. Le dos souillé et gluant d'écarlate, Gowan gisait sur le ventre, sur la dernière marche donnant accès à la cuisine. Il avait apparemment essayé de sortir et d'échapper à l'eau bouillante qui jaillissait de la chaudière et se mêlait à la flaque qui refroidissait sur le sol sur quelques centimètres de profondeur. Havers retourna à la chaudière, et chercha la valve de sécurité pour arrêter la machine. Lorsqu'elle la manœuvra, un silence lugubre s'abattit.

La voix de la cuisinière s'éleva de l'autre côté du battant.

— C'est Gowan ? C'est le gamin ?

Elle se lança alors dans une lamentation qui résonna dans la cuisine comme une étrange musique.

Mais, lorsqu'elle s'interrompit, un autre son troubla l'air chaud. Gowan respirait. Il était vivant.

Lynley retourna le corps du garçon. Son visage et sa gorge n'étaient plus qu'une masse rouge de chair ébouillantée. Sa chemise et son pantalon s'étaient incrustés dans son corps.

— Gowan ! cria Lynley. Havers, appelez une ambulance ! Allez chercher Saint James !

Elle ne bougea pas.

— Bon sang, Havers ! Faites ce que je vous dis !

Mais les yeux de Havers demeuraient cloués sur le visage du garçon. Lynley se retourna, vit le regard vitreux de Gowan, sut ce qu'il signifiait.

— Non ! Gowan !

L'espace d'un instant, le garçon parut tenter désespérément de réagir à l'appel, d'accepter de répondre au cri qui l'arrachait aux ténèbres. Il eut un souffle rauque, embarrassé de flegme sanguinolent.

— Pas... vu...

— Quoi ? le pressa Lynley. Pas vu quoi ?

Havers se pencha.

— Qui, Gowan, *qui* ?

Dans un effort démesuré, ses yeux cherchèrent Barbara. Mais il ne dit plus rien. Un frisson le parcourut, et il ne bougea plus.

Lynley s'aperçut qu'il avait agrippé la chemise de Gowan dans une tentative effrénée d'insuffler la vie à son corps torturé. Il la relâcha, et le laissa reposer sur les marches. Une monstrueuse indignation s'empara de lui, de ses muscles, de ses organes, comme un hurlement prêt à éclater. Il pensa à cette vie gâchée — à ces générations de vies détruites sans pitié — dans cet unique garçon qui avait fait... quoi ? Qu'avait-il fait ? Pour quel crime avait-il payé ? Quelle remarque ? Quelle information ?

Les yeux brûlants, le cœur battant, il choisit un instant d'ignorer le fait que le sergent Havers lui parlait, mais la voix de celle-ci se brisa pitoyablement.

— Il avait réussi à enlever ce fichu truc ! Mon Dieu, inspecteur, il a dû l'arracher tout seul !

Elle était retournée près de la chaudière dans le coin de la pièce. Agenouillée sur le sol, sans souci de l'eau, elle utilisa un morceau de torchon déchiré pour sortir quelque chose de la mare. Lynley vit qu'il s'agissait d'un couteau de cuisine, un couteau identique à celui qu'il avait aperçu dans les mains de la cuisinière de Westerbrae quelques heures auparavant.

8

Il n'y avait pas assez de place dans l'arrière-cuisine, aussi l'inspecteur Macaskin faisait-il les cent pas dans la cuisine. De la main gauche, il frôlait toute la longueur de la table de travail placée au centre de la pièce, tandis qu'il se rongeait les ongles de la main droite avec une furieuse concentration. Son regard allait des fenêtres qui ne lui renvoyaient que son propre reflet à la porte fermée qui menait à la salle à manger. De là s'élevaient une plainte féminine et une voix masculine rauque de colère. Les parents de Gowan Kilbride, venus de Hillview Farm, qui infligeaient sans répit à Lynley la violence de leur chagrin. Au-dessus de leurs têtes, à l'étage, les suspects attendaient d'être convoqués par la police derrière des portes closes et gardées. Encore une fois, pensa Macaskin. Il se maudit copieusement, déchiré par la certitude que, s'il n'avait pas suggéré de laisser sortir tout le monde de la bibliothèque pour le dîner, Gowan Kilbride serait peut-être encore en vie.

Il se retourna lorsque la porte de l'arrière-cuisine s'ouvrit et que Saint James sortit en compagnie du médecin légiste de Strathclyde. Derrière eux, il vit deux hommes encore au travail dans la petite pièce, s'efforçant de recueillir le peu d'indices laissés par l'eau et la vapeur.

— En attendant un examen *post mortem* complet, je dirais la branche droite de l'artère pulmonaire, murmura le médecin à Macaskin en ôtant une paire de gants qu'il fourra dans la poche de sa veste.

Macaskin jeta un regard inquisiteur à Saint James.

— Il est possible que ce soit le même assassin, dit celui-ci avec un hochement de tête. Droitier. Un seul coup.

— Homme ou femme ?

Saint James réfléchit.

— Je dirais un homme, mais sans écarter totalement l'éventualité d'une femme.

— Mais il a fallu faire preuve d'une force considérable !

— Ou obéir à une poussée d'adrénaline. Une femme en serait capable si la pulsion était suffisamment forte.

— La pulsion ?

— La rage, la panique, la peur.

Macaskin se mordit l'ongle jusqu'au sang, dont le goût lui inonda la bouche.

— Mais qui ? *Qui* ? demanda-t-il à la cantonade.

Lorsque Lynley déverrouilla la porte de la chambre de Robert Gabriel, il trouva celui-ci assis comme un prisonnier dans sa cellule, sur le siège le moins confortable, penché en avant, les bras sur les cuisses, ses mains soigneusement manucurées pendant devant lui.

Lynley avait vu Gabriel sur scène quatre ans auparavant dans *Hamlet*, mais l'homme de près était très différent de l'acteur qui subjuguait le public et lui faisait partager les tourments du prince danois. Bien qu'il ait dépassé de peu la quarantaine, Gabriel commençait à avoir l'air usé. Il avait des poches sous les yeux, et sa taille s'était assurément épaissie. Ses cheveux étaient bien coupés et parfaitement peignés, mais malgré le gel qui tentait de les coiffer à la mode, ils se faisaient rares sur le sommet du crâne, suffisant à peine à masquer une calvitie avancée, et leur couleur paraissait artificiellement rehaussée. Il arborait un pantalon et une chemise dont la coupe, la couleur et le matériau paraissaient plus appropriés à un été à Miami Beach qu'à un hiver en Ecosse, et qui révélaient une certaine instabilité chez cet homme dont on aurait pu croire qu'il débordait d'assurance et d'aisance.

Lynley indiqua une chaise à Havers d'un signe de tête, et demeura debout près d'une magnifique commode en bois dur, d'où il distinguait parfaitement le visage de Gabriel.

— Parlez-moi de Gowan, dit-il tandis que le sergent feuilletait son calepin.

— J'ai toujours pensé que ma mère parlait comme un policier, répondit Gabriel d'un ton las. Je vois que j'avais raison.

Il se frotta la nuque, comme pour se détendre, se redressa sur son siège et attrapa le réveil de voyage posé sur la table de chevet.

— C'est mon fils qui me l'a donné. Regardez ce truc idiot. Il ne donne même plus l'heure exacte depuis longtemps, mais je n'ai pas encore réussi à le flanquer à la poubelle. Moi, j'appelle ça de l'amour paternel, ma mère dirait que c'est de la culpabilité.

— Vous vous êtes battus cet après-midi dans la bibliothèque.

— Effectivement, dit-il avec un grognement. Gowan était visiblement persuadé que j'avais goûté à quelques-uns des avantages de Mary Agnes, et il n'appréciait pas beaucoup.

— Etait-ce le cas ?

— Seigneur, maintenant vous parlez comme mon ex-femme.

— Vraiment ? Mais cela ne répond pas à ma question.

— J'avais parlé à la gamine, jeta Gabriel d'un ton brusque. C'est tout.

— Quand ?

— Je ne sais pas. Hier, probablement peu de temps après mon arrivée. Je défaisais mes bagages, et elle a frappé, pour m'apporter des serviettes propres dont je n'avais nul besoin. Elle est restée à bavarder, suffisamment longtemps pour savoir si je connaissais toute une série d'acteurs qui paraissaient se trouver au sommet de sa liste de maris potentiels. (Il s'interrompit mais, lorsque aucune question supplémentaire ne vint, il ajouta d'un air belliqueux :) D'accord, d'accord ! Je l'ai peut-être un peu caressée. Je l'ai probablement embrassée, je ne sais pas.

— Vous l'avez *peut-être* caressée ? Vous ne savez pas si vous l'avez embrassée ?

— Je ne faisais pas attention, inspecteur. Je ne savais pas que j'aurais à rendre compte de chaque seconde de mon emploi du temps à la police de Londres.

— Vous parlez comme si embrasser et caresser étaient des réflexes physiques, souligna Lynley avec une courtoisie impassible. Que vous faut-il pour que vous vous souveniez de votre comportement ? Une séduction complète ? Une tentative de viol ?

— D'accord ! Elle était plus que consentante ! Et je n'ai pas tué ce gamin pour ça !

— Ça quoi ?

Il restait tout de même à Gabriel suffisamment de conscience pour avoir l'air mal à l'aise.

— Bon Dieu, juste un peu de tripotage. Je lui ai peut-être mis la main sous la jupe, mais je n'ai pas couché avec.

— Tout au moins, pas à ce moment-là.

— A aucun moment ! Demandez-lui, elle vous dira la même chose ! (Il pressa ses doigts contre ses tempes, le visage tiré par la fatigue.) Ecoutez, je ne savais même pas que Gowan avait des vues sur la fille. Je ne l'avais même pas encore rencontré à ce moment-là. Je ne savais pas qu'il existait. Pour moi, elle était libre, et par Dieu, elle n'a guère protesté.

— Parlez-moi de la nuit dernière.

— Il n'y a rien à dire. J'ai pris un verre dans la bibliothèque. J'ai parlé à Irene, puis je suis allé me coucher.

— Seul ?

— Oui. Aussi difficile à croire que cela puisse vous paraître, j'étais seul. Sans Mary Agnes. Sans qui que ce soit d'autre.

— Voilà qui vous prive d'un alibi, pourtant ?

— Et pourquoi diable aurais-je besoin d'un alibi, inspecteur ? Pourquoi aurais-je voulu tuer Joy ? D'accord, j'avais eu une liaison avec elle. Je reconnais que cela a brisé mon mariage. Mais si j'avais voulu la tuer, je l'aurais fait l'année dernière, quand Irene a tout découvert et a divorcé. Pourquoi attendre maintenant ?

— Joy avait refusé de coopérer à votre plan pour reconquérir votre femme, non ? Peut-être saviez-vous qu'Irene vous reviendrait si Joy lui disait qu'elle n'avait couché avec vous qu'une fois. Mais Joy n'avait pas l'intention de mentir pour vous.

— Et je l'ai tuée à cause de cela ? Quand ? Comment ? Il n'y a pas une personne dans cette maison qui ne sache que sa porte était fermée à clé. Qu'est-ce que j'ai fait ? Je me suis caché dans le placard en attendant qu'elle s'endorme ? Ou mieux encore, j'ai traversé la chambre d'Helen Clyde sur la pointe des pieds en espérant qu'elle ne me verrait pas ?

Lynley refusa de se laisser entraîner dans la querelle.

— Où êtes-vous allé après avoir quitté la bibliothèque, ce soir ?
— Je suis venu ici.
— Immédiatement ?
— Bien sûr. Je voulais me laver. J'étais dans un état épouvantable.
— Quel escalier avez-vous emprunté ?
Gabriel battit des paupières.
— Que voulez-vous dire ? Il y a un autre escalier ? J'ai pris celui du hall.
— Vous n'avez pas pris celui qui se trouve juste à côté de cette pièce ? L'escalier de service, qui mène à l'arrière-cuisine ?
— Je ne savais même pas qu'il y en avait un. Il n'est pas dans mes habitudes de rôder dans les maisons où je suis reçu à la recherche d'un deuxième accès à ma chambre, inspecteur.
La réponse était judicieuse, impossible à vérifier si personne ne l'avait aperçu dans la cuisine ou l'arrière-cuisine au cours des dernières vingt-quatre heures. Et pourtant, Mary Agnes avait certainement utilisé l'escalier pour travailler à l'étage. Il n'était pas sourd, et les murs n'étaient pas si épais qu'il n'ait pu entendre ses pas.
Lynley eut le sentiment que Robert Gabriel venait de commettre sa première erreur, et il se demanda à quel autre moment il avait pu mentir.
L'inspecteur Macaskin passa la tête par la porte entrouverte, pour annoncer d'un ton calme, mais néanmoins triomphant :
— Nous avons trouvé le collier de perles.

— C'est Mrs Gerrard qui les avait depuis le début, expliqua Macaskin. Elle n'a fait aucune difficulté pour les donner quand un de mes hommes est allé fouiller sa chambre. Je l'ai installée dans le salon.
Depuis leur dernière rencontre, Francesca Gerrard avait à un moment quelconque décidé de se parer d'un ensemble discordant de bijoux fantaisie. Sept rangs de perles de couleurs différentes, de l'ivoire à l'onyx, avaient rejoint le collier couleur puce, et elle exhibait une rangée de bracelets métalliques qui, au moindre de ses gestes, donnaient l'impression qu'elle était enchaînée. Deux disques de plastique rayés noir et violet lui ornaient les oreilles. Pourtant, cet étalage tapageur ne semblait pas le résultat d'une quelconque excentricité. Il apparaissait plutôt comme le substitut des cendres que des femmes d'une autre culture se répandent sur la tête pour pleurer les morts.
S'il y avait une chose évidente, c'est que Francesca Gerrard était accablée de chagrin. Assise à la table au centre de la pièce,

un bras pressé contre sa taille et le poing serré contre le front, se balançant lentement d'avant en arrière, elle pleurait. Et Lynley avait été témoin de suffisamment de deuils pour savoir que ses larmes n'étaient pas feintes.

— Apportez-lui quelque chose à boire, demanda-t-il à Havers. Du whisky ou du cognac. N'importe quoi. Dans la bibliothèque.

Havers revint au bout de quelques instants avec une bouteille et des verres. Elle versa quelques gorgées de whisky et l'odeur fumée de l'alcool déchira l'air.

Avec une bonté inhabituelle, Havers pressa le verre dans la main de Francesca.

— Buvez un peu. S'il vous plaît. Juste pour vous calmer.

— Non ! Je ne peux pas !

Francesca Gerrard laissa pourtant le sergent Havers lever le verre à ses lèvres, avala une gorgée avec une grimace, toussa, but encore une fois, puis dit d'une voix brisée :

— Il était... Je m'imaginais quelquefois qu'il était mon fils. Je n'ai pas d'enfants. Gowan... C'est ma faute s'il est mort. Je lui ai demandé de travailler pour moi. Il n'en avait pas vraiment envie. Il voulait aller à Londres, il voulait jouer les James Bond. Il avait des rêves. Il est mort, et je suis coupable.

— Le sentiment de culpabilité fait partie intégrante de la mort, dit doucement Lynley. Je suis tout aussi responsable de ce qui est arrivé à Gowan, et je ne suis pas près de l'oublier.

Francesca leva les yeux, surprise. Elle ne s'attendait apparemment pas à ce que la police reconnaisse une telle chose.

— Une partie de moi se sent perdue. Comme si... Non, je ne peux pas expliquer... dit-elle d'une voix tremblante.

La mort d'un seul homme m'amoindrit, car je suis lié à l'humanité tout entière. Confronté depuis des années à la mort, sous mille et une formes plus horribles les unes que les autres, Lynley comprenait mieux encore que Francesca Gerrard n'aurait jamais pu l'imaginer. Mais il se contenta de dire :

— Vous découvrirez que, dans un cas comme celui-ci, le chagrin ne s'atténue que lorsque la justice est rendue. Pas tout de suite, bien entendu, mais plus tard.

— Et vous avez besoin de moi pour cela. Oui, je comprends.

Elle se redressa, se moucha maladroitement avec un Kleenex froissé tiré de sa poche, puis avala une autre gorgée de whisky avec hésitation. Ses yeux s'emplirent de nouveau de larmes, qui coulèrent le long de ses joues jusqu'à ses lèvres.

— Comment se fait-il que le collier de perles se soit trouvé dans votre chambre ? demanda Lynley tandis que Havers sortait son crayon.

Francesca hésita, et elle referma deux fois de suite la bouche avant d'articuler :

— Je l'ai repris la nuit dernière. Je vous l'aurais dit, tout à l'heure dans le salon de musique, je voulais vous le dire, mais quand Elizabeth et Mr Vinney ont commencé... Je ne savais plus quoi faire. Tout s'est passé tellement vite. Et puis Gowan... dit-elle en trébuchant sur le nom.

— Je vois. Vous vous êtes rendue dans la chambre de Joy pour le collier, ou bien elle vous l'a rapporté ?

— Je suis allée dans sa chambre. Il se trouvait sur la commode près de la porte. Je... j'avais changé d'avis.

— Vous l'avez repris aussi facilement ? Il n'y a pas eu de discussion ?

— Il ne pouvait pas y en avoir, dit-elle en secouant la tête. Elle dormait.

— Vous l'avez vue ? Vous êtes entrée dans la chambre ? La porte n'était pas fermée à clé ?

— Si. Je n'avais pas pris mon trousseau, parce que j'ai d'abord pensé que la porte ne serait pas fermée. Après tout, tout le monde se connaissait. Il n'y avait aucune raison de verrouiller. Mais la sienne l'était, alors je suis allée chercher le passe dans le bureau.

— La clé ne se trouvait pas dans la serrure à l'intérieur ?

— Non... dit-elle en fronçant les sourcils. Elle ne pouvait pas y être, sinon je n'aurais pas pu ouvrir avec la mienne, non ?

— Racontez-nous exactement ce que vous avez fait, Mrs Gerrard.

Sans hésiter, Francesca retraça son itinéraire, de sa propre chambre jusqu'à celle de Joy dont elle avait trouvé la porte fermée en manœuvrant la poignée ; de la chambre de Joy à la sienne, où elle avait pris dans sa commode la clé de son bureau ; de sa chambre à la pièce où elle avait récupéré le passe dans le tiroir de son bureau, et de là à la chambre de Joy dont elle avait déverrouillé la porte sans bruit, où elle avait vu le collier dans la lumière du couloir, avait pris celui-ci, puis refermé la porte à clé ; et enfin, de la chambre de Joy à son bureau, dans lequel elle avait replacé le passe, avant de regagner sa propre chambre, où elle avait rangé le collier dans sa boîte à bijoux.

— Quelle heure était-il ? demanda Lynley.

— Trois heures et quart.

— Précisément ?

Elle acquiesça d'un hochement de tête et expliqua :

— Je ne sais si vous avez jamais cédé à une impulsion que vous avez ensuite déplorée, inspecteur, mais à peine Elizabeth était-elle partie les offrir à Joy que j'ai regretté de m'être séparée de ces perles. Etendue dans mon lit, j'ai longuement hésité. Je ne voulais pas d'une confrontation avec Joy et je ne voulais pas encombrer mon frère Stuart d'un fardeau supplémentaire. Alors, j'ai... eh bien, je suppose qu'on peut dire que je les ai volées, n'est-ce pas ? Et je sais qu'il était trois heures et quart parce que je suis restée éveillée à regarder la pendule, et que c'est à ce moment-là que je me suis enfin décidée à agir pour récupérer mon collier.

— Joy dormait, dites-vous. Vous l'avez vue ? Vous l'avez entendue respirer ?

— L'obscurité était totale. J'ai... j'ai supposé qu'elle était endormie. Elle n'a pas bougé, n'a rien dit. Elle... (Ses yeux s'agrandirent.) Vous voulez dire qu'elle était peut-être morte ?

— L'avez-vous réellement vue dans cette pièce ?

— Dans le lit ? Non, je ne voyais pas celui-ci. La porte me le cachait, et je n'ai ouvert le battant que de quelques centimètres. J'ai simplement pensé...

— Et votre bureau ? Etait-il fermé à clé ?

— Oh oui. Il est toujours fermé.

— Qui en possède les clés ?

— J'en ai une, et Mary Agnes a la seconde.

— Quelqu'un a-t-il pu vous voir lorsque vous vous êtes rendue chez Joy ? Ou dans votre bureau ?

— Je n'ai remarqué personne, mais je suppose... Je ne sais vraiment pas, dit-elle en hochant la tête.

— Mais vous avez dû passer devant plusieurs pièces, durant ces aller et retour, non ?

— Bien sûr, n'importe qui a pu me voir dans le corridor central, mais je l'aurais sûrement remarqué, ou j'aurais entendu une porte s'ouvrir.

Lynley rejoignit Macaskin, qui s'était déjà levé pour examiner le plan des lieux toujours étalé sur la table depuis leur entrevue avec David Sydeham. En plus des chambres de lady Helen et Joy Sinclair, quatre autres donnaient directement sur le couloir : celle de Joanna Ellacourt et David Sydeham, celle de lord Stinhurst et sa femme, celle de Rhys Davies-Jones, demeurée vide, et celle d'Irene Sinclair, à l'angle du corridor et de l'aile ouest.

— Ce qu'elle raconte doit être vrai, marmonna Macaskin. Elle aurait sûrement entendu ou vu quelque chose, elle n'aurait pas manqué de sentir qu'on l'observait.

— Mrs Gerrard, demanda Lynley par-dessus son épaule, vous êtes absolument certaine que la porte de Joy était fermée à clé la nuit dernière ?

— Bien sûr, répliqua-t-elle. J'ai pensé lui adresser un mot

avec son petit déjeuner, ce matin, pour l'avertir que j'avais repris le collier. J'aurais peut-être dû le faire, mais...

— Et vous avez remis les clés dans votre bureau ?

— Oui. Pourquoi toutes ces questions à propos de la porte ?

— Et vous avez fermé votre bureau à clé ?

— Oui, j'en suis certaine. Je le fais toujours.

Lynley se retourna et regarda Mrs Gerrard.

— Pouvez-vous m'expliquer pourquoi la chambre voisine de celle de Joy Sinclair a été attribuée à Helen Clyde ? S'agissait-il d'une coïncidence ?

— Helen Clyde ? répéta-t-elle en portant la main à son collier d'un geste automatique. Peut-être Stuart a-t-il suggéré... Non, non, ce n'est pas cela. C'est Mary Agnes qui a pris le coup de téléphone de Londres. Je m'en souviens parce que son orthographe est plutôt phonétique, et le nom qu'elle avait inscrit ne m'était pas familier. J'ai dû le lui faire dire à haute voix.

— Le nom ?

— Oui. Elle avait écrit *Joyce Encare*, ce qui bien entendu ne m'évoquait rien, jusqu'au moment où elle l'a dit. *Joy Sinclair.*

— Joy vous avait téléphoné ?

— Oui. Je l'ai donc rappelée. C'était... ce devait être lundi dernier, dans la soirée. Elle m'a demandé si Helen Clyde pouvait avoir la chambre voisine de la sienne.

— Joy a demandé Helen ? s'enquit Lynley d'un ton vif. Par son nom ?

Francesca hésita. Elle baissa les yeux sur le plan, puis regarda de nouveau Lynley.

— Non. Pas exactement par son nom. Elle a simplement dit que son cousin amenait une invitée, et a demandé si on pouvait attribuer à celle-ci la chambre voisine de la sienne. Je suppose que j'ai cru qu'elle la connaissait... acheva-t-elle d'une voix hésitante tandis que Lynley s'écartait de la table.

Il regarda successivement Macaskin, Havers puis Saint James. Inutile de reculer davantage.

— Je vais voir Davies-Jones, maintenant, annonça-t-il.

Bien qu'escorté par l'agent Lonan, qui l'avait suivi comme une mauvaise réputation depuis la porte de sa chambre jusqu'à celle du salon, en passant par les escaliers, Rhys Davies-Jones ne paraissait pas intimidé par la présence de la police. Le Gallois considéra Saint James, Macaskin, Lynley et Havers d'un regard franc, le regard réfléchi d'un homme décidé à montrer qu'il n'avait rien à cacher. D'un signe de tête, Lynley lui indiqua un siège à la table.

— Parlez-moi de la nuit dernière, dit-il.

Davies-Jones ne parut pas réagir à la question autrement qu'en déplaçant la bouteille d'alcool qui se trouvait dans son champ de vision. Il joua du bout des doigts avec un paquet de Players sorti de sa poche, mais sans allumer de cigarette.

— Que voulez-vous savoir de la nuit dernière ?

— Parlez-moi de vos empreintes sur la clé de la porte qui communique entre la chambre d'Helen et celle de Joy, du cognac que vous avez apporté à Helen, de l'endroit où vous vous trouviez avant une heure du matin, lorsque vous vous êtes présenté chez elle.

Davies-Jones ne réagit pas davantage, ni aux mots en eux-mêmes ni à leur hostilité sous-jacente, et dit avec franchise :

— J'ai monté du cognac à Helen parce que je voulais la voir, inspecteur. C'était stupide de ma part, un prétexte un peu adolescent pour entrer chez elle quelques instants.

— Cela semble vous avoir réussi.

Davies-Jones ne répondit pas. Lynley comprit qu'il était déterminé à en dire le moins possible, tout comme lui se sentait immédiatement résolu à lui extorquer le moindre détail.

— Et vos empreintes sur la clé ?

— J'ai fermé la porte à clé. Les deux portes, en fait. Nous voulions être tranquilles.

— Vous êtes entré avec une bouteille de cognac et vous avez fermé les deux portes ? C'était une façon très claire de faire connaître vos intentions, n'est-ce pas ?

Davies-Jones se tendit imperceptiblement.

— Les choses ne se sont pas passées ainsi.

— Alors dites-moi comment elles se sont passées.

— Nous avons discuté un moment de la lecture de la pièce. Celle-ci devait inaugurer ma rentrée au théâtre après ma... mes ennuis, et j'étais donc inquiet de l'évolution de la situation. Il me paraissait évident que, quelles qu'aient pu être les intentions de ma cousine en nous réunissant tous ici, la production d'une pièce de théâtre n'avait pas grand-chose à voir là-dedans. J'étais furieux d'avoir été manipulé, dans ce qui était de toute évidence une vengeance de Joy vis-à-vis de Stinhurst. Helen et moi avons donc parlé de tout cela : de la séance de lecture, de ce que je pourrais bien faire. Puis, au moment où j'allais partir, Helen m'a demandé de passer la nuit avec elle. J'ai donc fermé les portes. (Il regarda Lynley droit dans les yeux, un léger sourire aux lèvres.) Vous ne vous attendiez pas à cela, n'est-ce pas, inspecteur ?

Celui-ci ne répondit pas. Au lieu de quoi, il attira à lui la bouteille de whisky, dévissa le bouchon et se versa un verre.

L'alcool qui se répandit dans ses veines lui fit du bien. D'un geste délibéré, il posa sur la table entre eux deux le verre encore plein. Davies-Jones détourna le regard, mais Lynley saisit la raideur de ses mouvements, la tension de sa nuque, qui trahissaient son besoin. Davies-Jones alluma une cigarette d'une main tremblante.

— J'ai cru comprendre que vous vous étiez volatilisé après la lecture, et que vous n'étiez reparu qu'à une heure du matin. Qu'avez-vous fait pendant ce laps de temps ? Pendant quatre-vingt-dix minutes, presque deux heures ?

— Je suis allé me promener.

Lynley n'aurait pas été plus étonné s'il avait annoncé qu'il était allé piquer une tête dans le loch.

— Dans la tempête de neige ? Avec une température à Dieu sait combien au-dessous de zéro, vous êtes allé vous promener ?

— La marche est un parfait substitut à l'alcool, inspecteur, se contenta de répondre Davies-Jones. Très franchement, hier soir, j'aurais préféré l'alcool, mais la marche m'est apparue comme une alternative plus intelligente.

— Où êtes-vous allé ?

— J'ai suivi la route qui mène à Hillview Farm.

— Vous avez vu quelqu'un ? Parlé à quelqu'un ?

— Non. Personne ne peut donc confirmer ce que je viens de vous dire. Je le réalise très bien. Néanmoins, c'est ce que j'ai fait.

— Vous réalisez donc également qu'en ce qui me concerne, vous pouvez avoir fait à peu près n'importe quoi pendant ce temps-là ?

— C'est-à-dire ? demanda Davies-Jones en mordant à l'hameçon.

— C'est-à-dire vous procurer ce dont vous aviez besoin pour tuer votre cousine.

Le Gallois eut un sourire méprisant.

— Oui. J'aurais pu. J'aurais pu emprunter l'escalier de service pour descendre dans l'arrière-cuisine, traverser la cuisine puis la salle à manger et m'emparer de la dague sans que personne ne me voie. Le gant de Sydeham pose un problème, mais vous pouvez sans aucun doute me dire comment je me suis débrouillé pour le subtiliser sans qu'il s'en aperçoive.

— Vous semblez bien connaître les lieux, souligna Lynley.

— C'est exact. J'ai passé une partie de l'après-midi à visiter la maison. Mais mon intérêt pour l'architecture n'est pas d'ordre criminel.

Lynley fit tournoyer d'un air pensif son verre de whisky.

— Combien de temps êtes-vous resté en clinique ? demanda-t-il.

— Ceci ne sort-il pas un peu du cadre de vos attributions, inspecteur Lynley ?

— Tout ce qui touche à cette affaire est dans le cadre de mes attributions. Combien de temps êtes-vous resté en clinique pour soigner votre alcoolisme ?

— Quatre mois, dit Davies-Jones, impassible.

— En clinique privée ?

— Oui.

— Séjour coûteux.

— Qu'est-ce que vous insinuez ? Que j'ai poignardé ma cousine pour son argent ? Pour payer mes factures ?

— Joy avait de l'argent ?

— Bien sûr, elle avait de l'argent. Beaucoup d'argent. Et je peux vous assurer qu'elle ne m'en a pas laissé un sou.

— Vous connaissez donc ses dispositions testamentaires ?

Davies-Jones réagit à la pression, à la proximité de l'alcool, au fait d'avoir été si habilement piégé. Il écrasa violemment sa cigarette.

— Oui, bon Dieu ! Et elle a tout laissé à Irene et ses enfants. Mais ce n'est pas ce que vous vouliez savoir, n'est-ce pas, inspecteur ?

Lynley saisit l'opportunité que lui offrait la colère de son adversaire.

— Lundi dernier, Joy a demandé à Francesca Gerrard d'attribuer à Helen Clyde la chambre voisine de la sienne. Vous pouvez m'éclairer là-dessus ?

— A Helen... (Il ramassa son paquet de cigarettes, puis le repoussa.) Non. Je ne vois pas pourquoi.

— Pouvez-vous expliquer comment elle savait qu'Helen vous accompagnerait ce week-end ?

— J'avais dû lui dire. Je lui ai probablement dit.

— Vous avez peut-être suggéré qu'elle pourrait faire plus ample connaissance avec Helen ? Et quel meilleur moyen pour cela que de demander des chambres communicantes ?

— Comme deux écolières ? Un peu simpliste, comme stratagème, non ?

— Je suis disposé à accepter toutes vos explications.

— Bon Dieu, je n'en ai pas, inspecteur. Mais je dirais que Joy voulait faire jouer à Helen le rôle de tampon. Helen n'avait rien à voir avec la pièce de Joy Elle n'allait pas venir frapper à sa porte pour discuter d'une réplique ou d'une modification de scène. Les acteurs sont comme ça, vous savez. Ils laissent rarement l'auteur en paix.

— Alors, vous lui avez parlé d'Helen. Vous lui avez mis l'idée dans la tête.

— Je n'ai jamais rien fait de la sorte. Vous m'avez demandé une explication. C'est la meilleure que j'aie trouvée.

— Oui, bien sûr. Sauf que celle-ci ne tient pas, au regard du fait que l'autre chambre adjacente à celle de Joy était occupée par Joanna Ellacourt. Là, pas de tampon. Comment expliquez-vous cela ?

— Je ne l'explique pas. Je n'ai aucune idée de ce que pouvait bien penser Joy. Peut-être elle-même n'en avait-elle aucune idée. Peut-être cherchez-vous à toute force un sens caché là où il n'y en a pas.

Lynley hocha la tête, imperméable à la colère contenue dans le sous-entendu.

— Où êtes-vous allé, lorsque nous avons laissé sortir tout le monde de la bibliothèque, ce soir ?

— Dans ma chambre.

— Qu'y avez-vous fait ?

— Je me suis douché et changé.

— Puis ?

Le regard de Davies-Jones trouva la bouteille de whisky. Le silence régnait, à l'exception d'un froissement, celui de Macaskin sortant un rouleau de pastilles de menthe de sa poche.

— Je suis allé voir Helen.

— Encore ? demanda Lynley d'un ton narquois.

Il releva brusquement la tête.

— Que diable insinuez-vous ?

— Je pensais que c'était évident. Elle vous a fourni plusieurs bons alibis, non ? D'abord la nuit dernière, et maintenant ce soir.

Davies-Jones le fixa avec incrédulité avant d'éclater de rire.

— Mon Dieu, c'est invraisemblable ! Vous prenez donc Helen pour une imbécile ? Vous la croyez naïve au point d'accepter qu'un homme lui fasse une chose pareille ? Et pas une fois, mais deux ? En vingt-quatre heures ? Quelle sorte de femme croyez-vous donc qu'elle soit ?

— Je sais exactement quelle sorte de femme est Helen, répondit Lynley. Une femme complètement vulnérable face à un homme qui prétend faire preuve d'une faiblesse qu'elle est la seule à pouvoir guérir. Et c'est ce coup-là que vous lui avez fait, non ? Tout droit jusque dans son lit. Si je la fais descendre maintenant, je parie que je découvrirai que cette entrevue ce soir dans sa chambre n'a été qu'une variation du thème sentimental de la nuit dernière.

— Et c'est bien cette idée que vous ne pouvez pas supporter, hein, bon Dieu ? Vous êtes tellement malade de jalousie que vous avez cessé d'y voir clair du moment où vous avez compris que j'avais couché avec elle. Regardez les choses en face, inspecteur. Ne déformez pas la réalité pour me mettre quelque chose sur le dos, simplement parce que vous avez bien trop peur de m'affronter sur un autre terrain.

Lynley eut un mouvement vif sur sa chaise, mais Macaskin et Havers étaient déjà debout. Il retrouva ses esprits.

— Faites-le sortir, dit-il.

Barbara Havers attendit que Macaskin ait lui-même raccompagné Davies-Jones, et s'assura qu'ils demeuraient bien seuls avant de jeter un long regard suppliant à Saint James. Celui-ci vint les rejoindre à la table où Lynley, qui venait de mettre ses lunettes, parcourait les notes de Barbara. La pièce, parsemée de verres, d'assiettes à moitié pleines, de cendriers débordants et de papiers, avait perdu de sa solennité, et l'atmosphère était chargée d'une odeur de maladie contagieuse.

— Monsieur...

Lynley leva la tête, et Barbara constata avec un serrement de cœur qu'il avait l'air défait, épuisé par la torture qu'il s'était inventée.

— Passons en revue les éléments dont nous disposons, suggéra-t-elle.

Par-dessus ses lunettes, Lynley regarda successivement Barbara puis Saint James.

— Nous avons une porte close, répliqua-t-il d'une voix mesurée. Nous avons Francesca Gerrard, qui la ferme avec la seule clé disponible en plus de celle qui se trouve là devant la fenêtre. Dans la pièce voisine, nous avons un homme avec un moyen d'accès évident. Nous cherchons maintenant un motif.

Non, pensa faiblement Barbara, qui s'exprima d'un ton calme et impartial :

— Vous devez admettre que c'est pure coïncidence si la chambre d'Helen et celle de Joy sont voisines. Il ne pouvait pas le savoir à l'avance.

— Vraiment ? Un homme qui reconnaît lui-même s'intéresser à l'architecture ? Des demeures avec des pièces communicantes, il y en a dans tout le pays. Il n'était pas nécessaire d'être diplômé pour deviner qu'il y en aurait deux ici, et qu'on en attribuerait une à Joy si elle insistait pour se trouver à côté d'Helen. Je ne pense pas que quelqu'un d'autre se soit amusé à téléphoner à Francesca Gerrard avec une requête de cette nature.

Barbara refusa de s'incliner.

— D'après ce que nous savons maintenant, Francesca elle-même aurait pu tuer Joy, monsieur. Elle se trouvait dans la pièce, elle le reconnaît. Ou bien elle aurait pu donner la clé à son frère, et le laisser faire le travail.

— Avec vous, on en revient toujours à lord Stinhurst, n'est-ce pas ?

— Non, ce n'est pas le cas.

— Si vous voulez aller par là, que faites-vous de la mort de Gowan ? Pourquoi Stinhurst l'a-t-il tué ?

— Je ne vous dis pas qu'il s'agit de Stinhurst, monsieur, reprit-elle en tentant de conserver son calme, et de réprimer son envie de hurler le motif de Stinhurst jusqu'à ce que Lynley soit en mesure de l'accepter par lui-même. Irene Sinclair pourrait tout aussi bien être coupable. Ou Sydeham, ou Ellacourt, puisqu'ils étaient tous les deux seuls. Ou bien encore Jeremy Vinney. Joy était chez lui un peu plus tôt, Elizabeth nous l'a dit. On peut aussi supposer qu'il désirait Joy, qu'il s'est fait envoyer sur les roses, qu'il s'est rendu dans sa chambre et qu'il l'a tuée dans un accès de colère.

— Et comment a-t-il fermé la porte à clé en partant ?

— Je ne sais pas. Il est peut-être sorti par la fenêtre.

— Dans la tempête, Havers ? Votre théorie est encore plus tirée par les cheveux que la mienne.

Il laissa tomber ses notes sur la table, ôta ses lunettes et se frotta les yeux.

— Je sais que Davies-Jones avait les moyens de pénétrer dans la chambre, inspecteur. Je sais également qu'il en avait l'occasion. Mais la pièce de Joy Sinclair devait relancer sa carrière, non ? Et il n'avait aucun moyen de savoir avec certitude si le spectacle tombait vraiment à l'eau simplement parce que Stinhurst se retirait. Quelqu'un d'autre aurait pu le financer. Il me semble donc qu'il est ici la seule personne à avoir eu intérêt à garder Joy en vie.

La voix de Saint James s'éleva.

— Il n'est pas le seul. Nous avons quelqu'un d'autre, en matière de *come back*, non ? Irene Sinclair, sa sœur.

— Je me demandais quand vous alliez venir.

Irene Sinclair recula pour les laisser entrer, puis alla s'asseoir sur son lit, les épaules voûtées. L'heure tardive expliquait qu'elle soit en vêtements de nuit, et leur sobriété était à son image. Des chaussons plats, une robe de chambre de flanelle bleu marine sous laquelle le col fermé d'une chemise de nuit blanche montait et descendait au rythme régulier de sa respiration. Il y avait pourtant là quelque chose de bizarrement impersonnel. C'étaient des vêtements pratiques, certes, mais tellement aux normes de la bienséance qu'ils en donnaient le frisson, comme s'ils avaient été conçus et portés dans le but de maintenir toute vie à distance. Lynley se demanda si cette femme traînait jamais chez elle en vieux jean et pull-over. Il en doutait.

La ressemblance avec sa sœur était frappante. Bien qu'il n'ait pas vu Joy autrement que sur les photos de sa mort, Lynley reconnaissait chez Irene les traits qu'elles avaient eu en commun, et que les cinq ou six ans de différence n'atténuaient pas : les pommettes saillantes, le large front, la mâchoire légèrement carrée. Sculpturale, dotée du corps que toutes les femmes regrettent de ne pas avoir, et que tous les hommes rêvent de mettre dans leur lit, elle devait être âgée d'une quarantaine d'années. Elle avait un visage de Médée, et des cheveux noirs qu'une mèche grise partant de la tempe gauche zébrait de façon spectaculaire. Toute autre femme manquant un tant soit peu d'assurance l'aurait teinte depuis longtemps, mais Lynley se demanda si l'idée lui en avait même jamais effleuré l'esprit. Il l'observa sans un mot. Comment diable Robert Gabriel avait-il jamais éprouvé le besoin d'aller courir le jupon ailleurs ?

— Quelqu'un vous a probablement déjà dit que ma sœur et mon mari avaient eu une liaison l'année dernière, inspecteur, commença-t-elle d'une voix étouffée. Ce n'est pas vraiment un secret. Je ne pleure donc pas sa mort autant que je le devrais, et autant que je finirai sans doute par le faire. Mais, lorsque deux personnes que vous aimez ont dévasté votre vie, il est toujours difficile de pardonner et d'oublier. Joy n'avait pas besoin de Robert, comprenez-vous ? Moi, si. Mais elle l'a pris quand même, et j'en souffre toujours lorsque j'y pense, même maintenant.

— Leur liaison était-elle terminée ? demanda Lynley.

Irene détourna son attention du crayon de Havers pour fixer le sol.

— Oui.

Ce seul mot résonna comme un mensonge, et elle s'empressa de continuer, comme pour dissimuler celui-ci.

— Je sais même précisément comment cela a commencé. Lors d'une de ces soirées où les gens boivent trop et disent des choses qu'ils ne diraient jamais en temps normal. Ce soir-là, Joy a claironné qu'elle n'avait jamais rencontré l'homme capable de la satisfaire en une seule fois. Bien entendu, c'était le genre de chose que Robert prenait comme un défi personnel à régler sans délai. Ce dont je souffre le plus, quelquefois, c'est de savoir que Joy n'aimait pas Robert. Elle n'a jamais aimé personne après la mort d'Alec Rintoul.

— On n'a cessé de parler de Rintoul, ce soir. Se sont-ils jamais fiancés ?

— De façon informelle. La mort d'Alec a changé Joy.

— Comment cela ?

— Comment l'expliquer ? Ce fut comme un incendie qui ravage tout sur son passage. Comme si, une fois Alec disparu, elle avait décidé de ne plus vivre que pour la vengeance. Mais pas pour satisfaire celle-ci, plutôt pour s'autodétruire, et entraîner avec elle le plus grand nombre d'entre nous. C'était une maladie. Elle est passée d'homme en homme, les dévorant l'un après l'autre avec haine et avidité. Comme si elle défiait chacun d'eux de lui faire oublier Alec, sans qu'ils aient jamais la moindre chance.

Lynley s'approcha du lit, et y déposa le contenu du sac de Joy. Irene considéra les objets avec indifférence.

— C'est à elle ? demanda-t-elle.

Il lui tendit d'abord l'agenda de Joy qu'elle parut prendre à contrecœur, comme si elle allait y découvrir des informations dont elle préférait se passer. Elle interpréta pourtant ce qu'elle pouvait : des rendez-vous avec un éditeur dans Upper Grosvenor Street, l'anniversaire de la fille d'Irene, Sally, le délai que Joy s'était elle-même imposé pour l'écriture de trois chapitres d'un livre.

Lynley souligna le nom inscrit sur une semaine entière P. Green.

— Quelqu'un de nouveau dans sa vie ?

— Peter, Paul, Phillip ? Je ne sais pas, inspecteur. Elle partait peut-être en vacances avec quelqu'un, mais je ne peux rien vous assurer. Nous ne nous parlions pas très souvent. Et lorsque nous le faisions, nos conversations étaient d'ordre professionnel. Elle ne m'aurait probablement pas mentionné un nouvel homme dans sa vie. Mais cela ne me surprendrait guère d'apprendre qu'elle en avait un. Cela lui aurait tout à fait ressemblé. Vraiment.

Elle joua du bout des doigts avec quelques objets, le portefeuille, la pochette d'allumettes, le paquet de chewing-gum, les clés. Elle demeura silencieuse, inconsolable.

Tout en l'observant, Lynley appuya sur le bouton du petit magnétophone. Irene se contracta imperceptiblement lorsque la voix de sa sœur s'éleva. Il laissa défiler la bande, se dérouler les commentaires enjoués, l'enthousiasme, les projets d'avenir. En écoutant de nouveau Joy Sinclair, il ne put s'empêcher de penser qu'elle n'avait pas du tout l'air d'une femme acharnée à détruire qui que ce soit. A la moitié de la bande, Irene porta une main à ses yeux, et baissa la tête.

— Ceci a une signification pour vous ? demanda Lynley.

Elle eut un violent mouvement de dénégation, un second mensonge patent.

Lynley patienta. Elle semblait s'efforcer de s'éloigner de lui, de rentrer en elle-même, corps et âme, par sa seule volonté.

— Vous ne pouvez pas l'enterrer de cette façon, Irene, dit-il doucement. Je sais que c'est ce que vous voulez, et je comprends pourquoi. Mais si vous faites cela, elle vous hantera pour le restant de vos jours.

Il vit ses doigts se presser contre ses tempes, ses ongles s'enfoncer dans la chair.

— Vous n'avez pas à lui pardonner, reprit-il. Mais ne vous mettez pas en situation de faire quelque chose que vous ne vous pardonnerez pas.

— Je ne peux pas, dit-elle, éperdue. La mort de ma sœur ne me touche pas. Je ne peux même pas m'aider, moi. Comment pourrais-je vous aider ?

— Vous pouvez me dire tout ce que vous savez sur cette bande.

Et impitoyablement, il remit le magnétophone en marche, se détestant d'agir de la sorte tout en sachant que c'était inévitable, que cela faisait partie de son travail. Pourtant Irene ne réagit pas. Alors, il rembobina la bande, et la remit une troisième fois. Puis une autre.

La voix de Joy donnait vie à une quatrième personne dans la pièce. Elle cajolait, riait, tourmentait, plaidait. Et la cinquième fois, elle brisa la résistance de sa sœur, sur les mots : « Par pitié, empêcher maman d'oublier encore Sally cette année. »

Irene s'empara du magnétophone, ses doigts tâtonnèrent pour trouver le bouton d'arrêt, et elle le rejeta sur le lit comme si ce simple contact l'avait contaminée.

— La seule raison pour laquelle ma mère s'est jamais souvenue de l'anniversaire de ma fille, c'est que Joy le lui rappelait ! cria-t-elle, le visage douloureux mais les yeux secs. Et pourtant je la détestais ! Il n'y a pas une seconde où je ne l'ai détestée, et où je n'ai prié pour qu'elle meure ! Mais pas comme ça, mon Dieu, pas comme ça ! Savez-vous ce que c'est, de désirer la mort de quelqu'un plus que tout au monde, et de voir son vœu s'exaucer, comme si un dieu moqueur vous écoutait, et ne réalisait que vos désirs les plus odieux ?

Seigneur, le simple pouvoir des mots. Il le connaissait. Bien sûr, il le connaissait. Dans le décès opportun de l'amant de sa propre mère, en Cornouailles, de bien des façons qu'Irene Sinclair ne comprendrait jamais.

— Certaines de ses paroles semblent faire référence à un nouvel ouvrage. Vous reconnaissez l'endroit qu'elle décrit ? Les légumes en décomposition, le bruit des grenouilles, la terre plate ?

— Non.

— La tempête d'hiver ?

— Non !

— L'homme qu'elle mentionne, John Darrow ?

Irene détourna la tête d'un mouvement brusque, et ses cheveux se déployèrent.

— John Darrow, reprit Lynley. Vous reconnaissez le nom.

— Joy a parlé de lui, hier soir au dîner. Elle a parlé d'un repas bien arrosé avec un homme ennuyeux qui s'appelle John Darrow.

— Quelqu'un avec qui elle a une nouvelle liaison ?

— Non, non, je ne crois pas. Quelqu'un — je crois qu'il s'agit de lady Stinhurst — lui a posé des questions sur son nouveau livre. John Darrow a fait son apparition à ce moment-là. Joy riait comme elle se rit toujours des difficultés qu'elle éprouvait à écrire, a parlé d'informations dont elle avait besoin, et qu'elle recherchait, ce qui impliquait John Darrow. je pense donc qu'il a un rapport avec le livre.

— Le livre ? Vous voulez dire une nouvelle pièce ?

Le visage d'Irene s'assombrit.

— Une pièce ? Non, vous faites erreur, inspecteur. A l'exception d'une pièce il y a six ans, et de la nouvelle pour lord Stinhurst, ma sœur n'était pas auteur dramatique. Elle écrivait des livres. Après avoir été journaliste, elle s'est consacrée à l'écriture de documents. Ses livres ont tous un rapport avec le crime. Des affaires criminelles réelles, surtout des meurtres. Vous ne le saviez pas ?

Surtout des meurtres. Des affaires réelles. Bien sûr. Lynley fixa le petit magnétophone, ayant peine à croire que la pièce manquante du puzzle triangulaire, motif-moyens-circonstances favorables, puisse lui être donnée si facilement. Mais ce qu'il avait cherché, ce qu'il savait d'instinct qu'il allait trouver, était bien là. Une raison de tuer. Encore obscure, mais n'attendant que les détails pour s'étoffer, et former une explication cohérente. Et le lien qu'il cherchait se trouvait là également, sur la bande, dans les derniers mots de Joy Sinclair : « Demander à Rhys comment l'aborder. Il sait s'y prendre avec les gens. »

Lynley entreprit de ranger les affaires de Joy dans le sac, à la fois rasséréné et empli d'une colère froide à l'idée de ce qui s'était passé là la nuit précédente, et du prix qu'il allait devoir payer personnellement pour veiller à ce que justice soit faite.

Sur le seuil de la porte, alors que Havers se trouvait déjà dans le couloir, les derniers mots d'Irene Sinclair l'arrêtèrent. Elle se tenait près du lit, sur l'arrière-plan d'inoffensif papier peint, dans cette chambre confortable. Une chambre qui ne demandait rien, n'offrait aucun défi, et dans laquelle pourtant elle paraissait prise au piège.

— Ces allumettes, inspecteur. Joy ne fumait pas.

Marguerite Rintoul, comtesse de Stinhurst, éteignit sa lampe de chevet. Pas parce qu'elle avait sommeil ; elle savait qu'il lui serait impossible de dormir. Son geste était plutôt un dernier vestige de vanité féminine. L'obscurité dissimulait le réseau de rides qui sillonnait et fripait sa peau. Au cœur de l'ombre, elle se sentait protégée, elle n'était plus la dame grassouillette dont les seins autrefois magnifiques pendaient maintenant jusqu'à la taille, dont la chevelure brune brillante était le produit des teintures orchestrées d'une main experte par le meilleur coiffeur de Knightsbridge, dont les mains manucurées aux ongles doucement polis portaient les taches de l'âge, et ne caressaient plus rien depuis longtemps.

Elle posa son roman sur la table de chevet, de façon que sa couverture aux couleurs criardes s'aligne précisément sur la délicate incrustation de cuivre du plateau en bois de rose. Même dans le noir, le titre s'imposait à elle. *Une sauvage passion d'été.* Un étalage tellement pathétique, se dit-elle. Et tellement inutile.

Elle regarda son mari assis dans un fauteuil de l'autre côté de la pièce, absorbé par la nuit, par la faible lueur des étoiles filtrant à travers les nuages, les ombres et les formes indécises dessinées sur la neige. Lord Stinhurst était tout habillé. Elle aussi, adossée à la tête du lit, une couverture de laine jetée sur ses jambes. Elle n'était qu'à quelques mètres de lui, et pourtant un abîme de vingt-cinq ans de secrets et de sentiments refoulés les séparait. Il était temps de le combler.

Cette simple idée paralysait lady Stinhurst. Chaque fois qu'elle se persuadait que le souffle qu'elle prenait était enfin celui qui allait lui permettre de parler, son éducation, son passé, son milieu social se conjuguaient pour étrangler les mots dans sa gorge. Jamais rien dans sa vie ne l'avait préparée à une confrontation.

Elle savait que parler maintenant à son mari, c'était tout jouer, mettre un pied dans l'inconnu, risquer de se heurter à l'insurmontable mur des années de silence de lord Stinhurst. Pour avoir déjà périodiquement éprouvé ce terrain de la communication, elle savait combien elle avait peu à y gagner, et de quel poids encore plus horrible pèserait son échec. Il était temps, pourtant.

Elle posa les pieds par terre. Lorsqu'elle se leva, un léger vertige la saisit, mais il disparut rapidement. Elle se dirigea vers la fenêtre à pas feutrés, intensément consciente du froid qui régnait dans la pièce et du nœud qui lui tordait l'estomac. Un goût amer s'était répandu dans sa bouche.

— Stuart.

Lord Stinhurst demeura immobile. Sa femme choisit soigneusement ses mots.

— Tu dois parler à Elizabeth. Tu dois tout lui révéler. Il le faut.

— A en croire Joy elle sait déjà. Comme Alec le savait aussi.

Comme toujours, ces trois derniers mots tombèrent lourdement entre eux, comme autant de coups assenés au cœur de lady Stinhurst. Elle le voyait encore si distinctement — plein de vie, sensible et douloureusement jeune, affrontant la mort terrifiante d'Icare. Mais brûlant dans le ciel au lieu de s'y fondre. Notre destin n'est pas de survivre à nos enfants, pensa-t-elle. Pas Alec, pas à ce moment-là. Elle avait aimé son fils, d'un amour viscéral et ardent, mais invoquer sa mémoire — comme une blessure à vif que le temps n'avait fait qu'infecter chez tous les deux — avait toujours été pour son mari une arme destinée à mettre fin aux conversations déplaisantes.

— Elle sait pour Geoffrey, c'est vrai. Mais elle ne sait pas tout. Tu comprends, elle a entendu la dispute cette nuit-là. Stuart, Elizabeth a tout entendu. (Elle s'interrompit, quêtant une réponse, un signe qui lui indiquerait qu'elle pouvait continuer sans crainte. Mais il ne lui donna rien, et elle se jeta à l'eau.) Tu as vu Francesca, ce matin, n'est-ce pas ? Elle t'a parlé de sa conversation avec Elizabeth, hier soir ? Après la lecture de la pièce ?

— Non.

— Alors, je vais le faire. Cette nuit-là, Elizabeth t'a vu partir, Stuart. De même que Joy et Alec. Ils regardaient tous depuis une fenêtre de l'étage. (Lady Stinhurst sentit sa voix trembler, mais se força à continuer.) Tu sais comment sont les enfants. Ils ne voient qu'un fragment, n'entendent qu'un fragment, et en déduisent un tout. Chéri, Francesca dit qu'Elizabeth est persuadée que tu as tué Geoffrey. Et elle semble le croire depuis... depuis la nuit où cela s'est passé.

Stinhurst ne répondit rien. Rien ne se modifia en lui, ni son souffle régulier, ni son attitude rigide, ni son regard fixé sur les terres glacées de Westerbrae. Sa femme posa timidement les doigts sur son épaule. Il tressaillit, et elle laissa retomber sa main.

— Stuart. S'il te plaît.

Lady Stinhurst se détesta pour le tremblement qui naissait derrière ses paroles, mais il était maintenant trop tard pour les arrêter.

— Tu dois lui dire la vérité. Depuis vingt-cinq ans, elle croit que tu es un assassin ! Tu ne peux pas laisser cela continuer. Tu ne peux pas !

Stinhurst ne la regarda pas.

— Non, dit-il à voix basse.

— Tu n'as pas tué ton frère ! s'exclama-t-elle, incrédule. Tu n'étais même pas responsable de sa mort ! Tu as fait tout ce qui était en ton pouvoir...

— Comment pourrais-je détruire les seuls souvenirs agréables d'Elizabeth ? Il lui en reste si peu. Par pitié, laisse-lui au moins cela.

— Au prix de son amour pour toi ? Non, je refuse de l'accepter.

— Tu l'accepteras, dit-il d'un ton implacable, chargé de cette indiscutable autorité à laquelle lady Stinhurst n'avait jamais, ne serait-ce qu'une seule fois, désobéi.

Car désobéir signifiait sortir du rôle qu'elle avait joué toute sa vie : celui de fille, d'épouse, de mère. Et rien d'autre. Au-delà des frontières étroites délimitées par ceux qui gouvernaient sa vie, il n'y avait à sa connaissance qu'un grand vide.

— Va te coucher, lui dit son mari. Tu es fatiguée. Tu as besoin de dormir.

Comme toujours, lady Stinhurst fit ce qu'on lui disait.

Il était plus de deux heures du matin lorsque l'inspecteur Macaskin quitta enfin Westerbrae, promettant de téléphoner dès que possible le résultat des autopsies et des analyses du laboratoire. Barbara Havers veilla à son départ, puis rejoignit Lynley et Saint James dans le salon. Assis à la table, ils regardaient le contenu du sac de Joy Sinclair, étalé devant eux. Le magnétophone marchait de nouveau, et la voix de Joy s'élevait et s'effaçait au long de ces messages décousus que Barbara avait depuis longtemps mémorisés. Cette fois-ci, elle prit conscience que cet enregistrement devenait un cauchemar récurrent, et Lynley un homme en proie à une obsession. Ce n'étaient pas les éclairs d'intuition au cours desquels l'image floue de l'ensemble crime-mobile-assassin prend une forme reconnaissable qui le poussaient, mais plutôt une sorte de mécanique destinée à trouver et prouver la culpabilité là où elle ne pouvait exister qu'à l'aide d'une imagination délirante. Pour la première fois de cette interminable et déchirante journée, Barbara se sentit mal à l'aise.

Au cours de leurs longs mois d'association, elle avait fini par comprendre qu'en dépit de son vernis et de sa sophistication, en dépit de tous les ornements de la grandeur aristocratique qu'elle méprisait tant, Lynley était le meilleur inspecteur avec lequel elle ait jamais travaillé. Pourtant, Barbara sentait qu'aujourd'hui il se trompait, et que le dossier qu'il essayait de constituer reposait sur du sable. Elle s'assit, et s'empara avec nervosité de la pochette d'allumettes de Joy Sinclair.

Celle-ci portait une inscription curieuse, composée de trois mots, *Wine's The Plough*, l'apostrophe représentée par une chope renversée d'où coulait de la bière. Pas bête, pensa Barbara, le genre de souvenir amusant qu'on ramasse, qu'on fourre dans un sac et qu'on oublie. Mais elle savait qu'il ne s'écoulerait pas longtemps avant que Lynley ne s'empare de cette pochette comme d'un indice supplémentaire de la culpabilité de Davies-Jones car Irene Sinclair avait dit que sa sœur ne fumait pas, et ils savaient tous que Davies-Jones, lui, fumait.

— Nous avons besoin de preuves concrètes, Tommy, disait Saint James. Tu sais aussi bien que moi que tout ça n'est que pure conjecture. Même les empreintes de Davies-Jones sur la clé s'expliquent avec la déposition d'Helen.

— Je sais bien, répliqua Lynley. Mais nous allons recevoir les rapports de l'expertise médicale de la Criminelle de Strathclyde.

— Pas avant plusieurs jours, au moins.

Lynley continua comme s'il ne l'avait pas entendu.

— Je suis sûr qu'ils vont trouver quelque chose. Un cheveu, des fibres. Tu sais aussi bien que moi que le crime parfait n'existe pas.

— Mais même alors, si Davies-Jones s'est trouvé dans la chambre de Joy plus tôt dans la journée — ce qui est le cas, d'après le témoignage de Gowan —, que t'apporte la présence d'un de ses cheveux, ou d'une fibre de son manteau ? De plus, tu sais comme moi que l'enlèvement du corps a chamboulé la scène du crime, et pas un avocat dans ce pays ne l'ignorera. Pour moi, on en revient encore et toujours au mobile. Les preuves concrètes sont trop faibles. Seul un mobile valable peut donner du poids à l'accusation.

— Voilà pourquoi je vais à Hampstead demain. J'ai l'impression que les pièces du puzzle sont là-bas, dans l'appartement de Joy, prêtes à êtres assemblées.

Barbara accueillit cette déclaration avec incrédulité. Il était inconcevable qu'ils quittent les lieux aussi vite.

— Et Gowan, monsieur ? Vous oubliez ce qu'il a essayé de nous dire, c'est-à-dire qu'il n'avait pas vu quelqu'un. Il m'avait confié n'avoir vu que Davies-Jones la nuit dernière. Vous ne pensez pas que cela signifie qu'il s'était souvenu de quelque chose, et tentait de modifier sa déclaration ?

— Il n'a pas fini sa phrase, Havers, répliqua-t-il. Il a articulé deux mots : pas vu. Pas vu qui ? Pas vu quoi ? Davies-Jones ? Le cognac qu'il était censé porter ? Il s'attendait à lui voir quelque chose à la main parce qu'il sortait de la bibliothèque. De l'alcool. Un livre. Mais s'il s'était trompé ? S'il a compris plus tard qu'il avait vu quelque chose de très différent, une arme potentielle ?

— Ou bien ce n'était pas du tout Davies-Jones, et c'est ce qu'il essayait de nous dire. Peut-être a-t-il vu quelqu'un qui tentait de se faire passer pour Davies-Jones, qui avait enfilé son pardessus, qui sait ? Il pouvait s'agir de n'importe qui.

Lynley se leva brusquement.

— Pourquoi êtes-vous tellement décidée à prouver que cet homme est innocent ?

Barbara comprit à son ton coupant où il voulait en venir, mais elle était prête à relever le gant.

— Pourquoi êtes-*vous* tellement décidé à prouver qu'il est coupable ? rétorqua-t-elle.

Lynley rassembla les affaires de Joy.

— Je cherche des preuves de culpabilité, Havers. C'est mon travail. Et je suis persuadé que celles-ci sont à Hampstead. Tenez-vous prête à partir à huit heures et demie.

Il se dirigea vers la porte. Barbara supplia du regard Saint James d'intervenir sur un terrain où elle savait ne pas pouvoir s'aventurer, où les liens de l'amitié étaient plus forts que la logique et les lois qui régissent une investigation criminelle.

— Es-tu certain qu'il soit bien sage de rentrer à Londres demain ? demanda lentement Saint James. N'oublie pas l'enquête du coroner...

Lynley retourna sur le seuil, le visage plongé dans l'obscurité caverneuse du hall.

— Ni Havers ni moi ne pouvons témoigner officiellement ici en Ecosse. Macaskin s'en occupera. En ce qui concerne les autres, nous allons prendre leurs adresses. Leurs vies sont liées à la scène londonienne, je ne crois pas qu'ils s'apprêtent à quitter le pays.

Sur ce, il sortit.

— Webberly ne laissera pas passer ça, dit Barbara d'une voix étranglée. Il va y laisser sa tête. Vous ne pouvez pas l'arrêter ?

— Je ne peux qu'essayer de le raisonner, Barbara. Mais Tommy n'est pas un imbécile, et il a un instinct sûr. S'il croit être sur une piste, il ne nous reste qu'à attendre de voir ce qu'il va découvrir.

Malgré l'assurance de Saint James, Barbara avait la gorge sèche.

— Webberly peut-il le virer pour ça ?

— Je suppose que tout dépend de la façon dont l'affaire se dénouera.

Elle entrevit dans la prudence de sa déclaration tout ce qu'elle désirait savoir.

— Vous pensez qu'il se trompe, n'est-ce pas ? Vous aussi, vous pensez que c'est lord Stinhurst, hein ? Seigneur, mais qu'est-ce qu'il a ? Qu'est-ce qui lui arrive, Simon ?

— Helen, répondit simplement celui-ci en prenant la bouteille de whisky.

Lynley hésita devant la porte de la chambre de lady Helen, la clé à la main. Il était deux heures et demie. Elle était sans aucun doute endormie, et son intrusion ne serait guère bienvenue, mais il avait besoin de la voir, et ne se dissimulait pas la véritable raison de sa visite. Celle-ci n'avait rien à voir avec son travail d'enquêteur. Il frappa une fois, ouvrit la porte et entra.

Lady Helen traversait la pièce, mais s'arrêta net à sa vue. Il referma la porte, et demeura d'abord muet, se contentant de noter les détails du spectacle qui s'offrait à ses yeux pour tenter de les interpréter.

Le lit n'était pas défait, la courtepointe jaune et blanche remontée sur les oreillers, et ses fins escarpins noirs reposaient au pied. A l'exception de ses bijoux, c'était le seul effet qu'elle avait retiré : des boucles d'oreilles en or, une chaîne délicate et un mince bracelet étaient placés sur la table de chevet. Le bracelet retint son regard et, l'espace d'un instant douloureux, il pensa combien ses poignets devaient être fins pour qu'un tel objet puisse les encercler aussi facilement. Il n'y avait rien d'autre à examiner dans la pièce, sinon une commode, deux chaises et une coiffeuse.

Ils se reflétaient tous deux dans le miroir de celle-ci, se regardant avec circonspection, comme deux ennemis mortels qui se retrouvent brusquement face à face sans avoir l'énergie ou la volonté suffisante pour s'affronter de nouveau.

Lynley marcha jusqu'à la fenêtre. L'aile ouest de la maison s'étendait dans l'obscurité, parsemée de fentes de lumière brillante aux endroits où les rideaux n'étaient pas complètement tirés, là où d'autres, comme Helen, attendaient le matin. Il ferma les rideaux.

— Que fais-tu ? demanda-t-elle d'une voix prudente.

— Il règne un froid de canard, ici.

Il vérifia le soupçon de chaleur inefficace que diffusait le radiateur, et alla à la porte s'adresser au jeune agent en faction au sommet de l'escalier.

— Pourriez-vous nous trouver un radiateur électrique ? demanda-t-il.

L'homme acquiesça d'un hochement de tête. Lynley referma la porte, et fit face à Helen. La distance qui les séparait paraissait monstrueuse, et l'atmosphère était chargée d'hostilité.

— Pourquoi m'as-tu enfermée ici, Tommy ? Tu as peur que je n'attaque quelqu'un ?

— Bien sûr que non. Tout le monde est bouclé jusqu'à demain matin.

Un livre était posé par terre près de l'une des chaises. Lynley le ramassa. C'était un roman policier maintes fois lu et relu, dont les pages portaient en marge les commentaires fantasques habituels d'Helen : flèches, points d'exclamation, phrases soulignées, réflexions. Elle était décidée à ne jamais se laisser duper par un auteur, et persuadée qu'elle était capable de résoudre n'importe quelle énigme littéraire beaucoup plus tôt que lui. Depuis bientôt dix ans, il avait pour cette raison régulièrement hérité de ses livres fatigués et écornés. « Lis donc celui-là, mon petit Tommy. Tu ne trouveras jamais la solution. »

Sous la force brutale du souvenir, le chagrin le paralysa, et il se sentit désespérément seul, sachant que ce qu'il était venu dire ne ferait qu'empirer leurs relations. Mais il savait aussi qu'il devait lui parler, coûte que coûte.

— Helen, je ne peux supporter ce que tu es en train de te faire. Tu tentes de revivre ton histoire avec Saint James en lui donnant une conclusion différente. Je ne veux pas de cela.

— Je ne comprends pas ce que tu veux dire. Tout ceci n'a aucun rapport avec Simon.

Elle demeura immobile, de l'autre côté de la pièce, comme si un simple pas dans sa direction eût été un aveu de défaite. Et jamais elle ne se rendrait.

Lynley crut distinguer un petit bleu à la base de son cou, là où l'encolure de son chemisier de soie plongeait vers ses seins. Mais lorsqu'elle bougea la tête, le bleu disparut, simple illusion d'optique, produit de son imagination malheureuse.

— Bien sûr que si. Tu n'as pas remarqué à quel point il ressemble à Saint James ? Même son alcoolisme, qui n'est qu'une infirmité différente ? Mais cette fois-ci, tu ne le quitteras pas, n'est-ce pas ? Tu ne le quitteras pas avec reconnaissance lorsqu'il tentera de t'éloigner.

Lady Helen détourna la tête. Elle ouvrit la bouche, puis la

referma. Il comprit qu'elle lui accorderait ces instants de punition, mais sans se défendre d'aucune façon. Son châtiment serait de ne jamais savoir, de ne jamais comprendre complètement ce qui l'avait attirée chez le Gallois, d'être obligé de deviner ce qu'elle ne confirmerait jamais. Il l'accepta avec une angoisse grandissante, sans perdre cette envie de la toucher, ce besoin désespéré d'un instant de chaleur de sa part, d'un contact quelconque.

— Je te connais, Helen. Et je comprends de quoi se nourrit ton sentiment de culpabilité. Qui mieux que moi pourrait le comprendre ? C'est moi qui ai rendu Saint James infirme. Mais tu t'es toujours persuadée que ton péché était pire encore, n'est-ce pas ? Parce qu'au fond de toi, tu as été soulagée, lorsqu'il a rompu vos fiançailles. Ainsi, tu n'avais pas à affronter la vie avec un homme qui ne pouvait plus faire toutes ces choses qui paraissaient alors si absurdement importantes : skier, nager, danser, se promener, s'amuser.

— Que le diable t'emporte ! dit-elle dans un chuchotement.

Elle le regarda, livide. C'était un avertissement, mais il l'ignora, poussé par quelque chose d'irrésistible.

— Pendant dix ans, tu t'es torturée parce que tu avais abandonné Saint James. Aujourd'hui, tu entrevois la possibilité de tout racheter : le fait de l'avoir laissé partir seul en convalescence en Suisse, d'avoir accepté si facilement de t'effacer alors qu'il avait besoin de toi, de t'être dérobée à un mariage dont les responsabilités s'annonçaient bien plus lourdes que les plaisirs. Davies-Jones est ta rédemption, n'est-ce pas ? Tu vas le guérir, en faire un homme neuf, exactement comme tu aurais pu — et aurais dû — le faire avec Saint James. Et tu pourras alors enfin te pardonner. C'est cela, n'est-ce pas ? Le jeu va se jouer de cette façon.

— Je crois que tu en as assez dit, remarqua-t-elle froidement.

— Non, répliqua-t-il.

Il chercha les mots qui l'atteindraient au plus profond, car il était impératif qu'elle comprenne.

— Il ne ressemble pas du tout à Saint James, continua-t-il. S'il te plaît, Helen, écoute-moi. Davies-Jones n'est pas un homme avec qui tu es intime depuis l'âge de dix-huit ans. C'est plus ou moins un étranger, quelqu'un que tu ne connais pas vraiment.

— En d'autres termes, un meurtrier ?

— Oui. Si tu veux.

La facilité avec laquelle il le reconnut la fit tressaillir, mais elle puisa dans l'intensité de sa réponse une force qui tendit son corps mince, raidit les muscles de son visage et de son cou, et même ceux de ses bras, sous les manches soyeuses de son chemisier, sembla-t-il à son imagination.

— Et moi, je suis trop aveuglée par l'amour, le remords, la culpabilité, ou quoi que ce soit pour voir ce qui est si évident à tes yeux ? (Elle pointa un doigt vers la porte, vers la maison derrière, la chambre qu'elle avait occupée et ce qui s'y était déroulé.) Quand a-t-il exactement commis ce meurtre ? Il a quitté la maison après la lecture de la pièce. Il n'est pas revenu avant une heure.

— D'après ce qu'il dit.

— Tu sous-entends qu'il m'a menti, Tommy. Mais je sais qu'il ne l'a pas fait. Je sais qu'il marche beaucoup lorsqu'il éprouve le besoin de boire. Il me l'a confié à Londres. Je me suis même promenée avec lui au bord du loch après qu'il eut interrompu la scène entre Joy Sinclair et Gabriel hier après-midi.

— Et tu n'as pas compris à quel point c'était intelligent, à quel point tout cela était calculé pour que tu le croies lorsqu'il te dirait qu'il était ressorti se promener la nuit dernière ? Helen, il avait besoin de ta compassion, pour avoir accès à ta chambre. Et quel meilleur moyen de l'obtenir que de dire qu'il était sorti marcher parce qu'il avait besoin de boire. S'il était resté à traîner sur place après la séance de lecture, il n'aurait pas gagné ta sympathie de façon aussi efficace, n'est-ce pas ?

— Tu cherches vraiment à me persuader que Rhys a assassiné sa cousine pendant que je dormais, avant de revenir dans ma chambre pour me faire l'amour une seconde fois ? C'est complètement absurde.

— Pourquoi ?

— Parce que je le connais.

— Tu as couché avec lui, Helen. Tu admettras que connaître un homme est une chose un peu plus complexe que de passer quelques heures torrides avec lui dans un lit, aussi agréable que cela puisse être.

Seul son regard répercuta le mal que lui infligeaient ces mots. Lorsqu'elle reprit la parole, ce fut avec une lourde ironie :

— Félicitations, tu sais choisir les termes blessants.

Le cœur de Lynley chavira.

— Je ne veux pas te blesser ! Seigneur, tu n'es pas capable de voir ça ? Tu ne vois pas que j'essaye de te protéger ? Je suis désolé de ce qui s'est passé. Je suis désolé de la façon détestable dont je t'ai traitée tout à l'heure. Mais tout cela ne change rien aux faits. Helen, Davies-Jones t'a utilisée pour avoir accès à la chambre de Joy et il a bien l'intention de continuer, à moins que je ne l'en empêche, ce à quoi j'entends me consacrer, avec ou sans ton aide.

Elle porta une main à sa gorge, et agrippa le col de son chemisier.

— T'aider ? Mon Dieu, je préférerais mourir.

Son amertume frappa Lynley comme une gifle. L'arrivée de l'agent de police qui avait fini par dénicher un radiateur électrique qui tiendrait chaud à Helen pour la fin de la nuit lui épargna d'avoir à répondre.

9

Barbara Havers s'arrêta un instant dans l'allée avant de regagner la maison. La neige était de nouveau tombée durant la nuit, pas assez pour que la route soit condamnée, mais suffisamment pour rendre désagréable la marche sur un terrain froid et humide. Et pourtant, peu après l'aube, elle s'était levée, au terme d'une abominable nuit blanche, et s'était enfoncée dans la neige, décidée à se dépêtrer des sentiments contradictoires de loyauté qui la harcelaient.

La raison lui disait qu'elle se devait d'abord à New Scotland Yard. Qu'elle se conforme à la procédure, aux règlements de la police, voilà qui ne pouvait que renforcer l'éventualité de sa promotion dès qu'un poste d'inspecteur serait vacant. Après tout, elle avait passé l'examen le mois dernier — elle pouvait jurer qu'elle l'avait réussi, cette fois-ci — et les quatre derniers cours suivis au centre de formation lui avaient valu les meilleures notes. Le moment était propice, et même presque idéal, si elle jouait sa partie judicieusement dans cette affaire.

Le problème venait de Thomas Lynley. Au cours des quinze derniers mois, Barbara avait passé quasiment toutes ses heures de travail en sa compagnie, aussi était-elle parfaitement consciente des qualités qui faisaient de cet homme — qui s'était élevé du grade de sergent à celui d'officier puis d'inspecteur en cinq ans —, un élément exceptionnel des forces de police. Esprit vif et intuitif, plein de compassion et d'humour, il était apprécié de ses collègues, et le commissaire Webberly avait toute confiance en lui. Barbara savait que travailler avec Lynley était une chance pour elle, et qu'il méritait sa confiance absolue. Il s'accommodait de ses sautes d'humeur, l'écoutait délirer avec stoïcisme, même lorsque ses accès de fureur étaient dirigés contre lui, et l'encourageait à penser en toute liberté, à s'exprimer sans restriction, à le contredire ouvertement. Il ne ressemblait à aucun des officiers de police qu'elle avait connus et elle avait contracté à son égard des dettes qui allaient bien au-delà de sa réintégration à la brigade criminelle après quinze mois à la circulation en uniforme.

A cet instant, il lui fallait prendre une décision, savoir si c'était à Lynley ou à sa carrière qu'elle devait fidélité. En effet, ce matin-là, au cours de sa marche forcée à travers les bois, elle était tombée sur un élément d'information dont il était indéniable qu'il faisait partie du puzzle. Que faire de cet élément ? Elle devait choisir, et plus encore, quoi qu'elle fasse, il lui fallait en comprendre la signification.

La pureté glacée de l'air le rendait piquant et lui transperçait le nez, la gorge, les yeux et les oreilles. Pourtant, elle inspira cinq ou six fois à grandes goulées, les yeux plissés par la réverbération du soleil sur la neige. Puis, elle traversa l'allée, battit des semelles sur les marches de pierre, et pénétra dans le grand hall de Westerbrae.

Il était presque huit heures. La maison résonnait de pas dans le couloir de l'étage, de cliquetis de clés dans les serrures. Une odeur de bacon mêlée à l'arôme puissant du café rendait à la matinée une atmosphère quotidienne — comme si les événements des dernières trente-deux heures n'avaient été qu'un cauchemar prolongé — et un agréable murmure de voix s'élevait du salon de musique. Barbara y trouva lady Helen et Saint James installés dans une flaque de soleil à l'extrémité de la pièce, occupés à converser en prenant le café. Ils étaient seuls. Tandis que Barbara les observait, Saint James hocha la tête, tendit la main et la posa un instant sur l'épaule de lady Helen, en un geste d'une infinie douceur mêlée de compréhension, expression muette d'une amitié qui les rendait ensemble plus forts et plus sûrs qu'ils n'auraient pu l'être chacun de leur côté.

A leur vue, Barbara réalisa combien il était facile de prendre une décision à la lumière de l'amitié. En fait, elle n'avait pas le choix entre Lynley et sa carrière, car sans lui elle n'avait pas de carrière. Elle traversa la pièce pour se joindre à eux.

Tous deux paraissaient avoir également connu une nuit sans sommeil. Les traits de Saint James étaient plus accusés qu'à l'habitude, et la peau de lady Helen semblait délicatement flétrie comme un pétale de gardénia qu'on a froissé. Lorsque Saint James ébaucha un mouvement pour se lever, Barbara écarta d'un geste les civilités.

— Pouvez-vous sortir avec moi ? demanda-t-elle. J'ai trouvé dans les bois quelque chose que vous devriez voir, je pense.

Le visage de Saint James exprima son incapacité à se déplacer dans la neige, mais Barbara le rassura :

— Les trois quarts du chemin sont pavés de briques, et j'ai damé le reste sous le bois.

— De quoi s'agit-il ? demanda lady Helen.

— D'une tombe, répliqua Barbara.

La forêt qui s'élevait au sud d'une allée qui encerclait la demeure n'était guère de celles qui surgissent naturellement dans cette région de landes écossaises. Un étroit sentier balisé de petits cercles jaunes peints sur les fûts serpentait à travers les plantations de chênes, noyers, hêtres et sycomores mêlés de pins.

L'endroit résonnait de ce silence irréel qui naît de l'épaisseur de la couche de neige sur les arbres et le sol. Il n'y avait pas un souffle de vent, et si un raté d'automobile déchira momentanément la quiétude, le bruit mourut rapidement, ne laissant dans son sillage que le clapotis incessant des eaux du loch situé sur leur gauche, une vingtaine de mètres plus bas. Bien que le sergent Havers ait en effet ébauché un sentier à travers les bois, la couche de neige et le sol irrégulier rendaient la progression pénible, surtout pour un homme qui éprouvait déjà des difficultés à se déplacer sur une surface plane et sèche.

Une marche de cinq minutes leur prit un quart d'heure et, malgré le bras secourable de lady Helen, le visage de Saint James ruisselait de sueur lorsque Havers leur fit enfin quitter le chemin principal pour emprunter une bifurcation qui s'élevait doucement à travers les taillis en direction d'un tertre. En été, les noisetiers et les hortensias chargés de grappes bleues et roses auraient formé un écran de verdure protecteur le dissimulant à la vue de celui qui se trouvait sur le chemin de la maison, mais au cœur de l'hiver, dans leur nudité, ils laissaient libre accès au sommet du terre-plein, une esplanade d'environ sept mètres sur sept. La neige dissimulait la rouille qui mangeait depuis longtemps la balustrade de fer qui clôturait cette esplanade.

Lady Helen fut la première à intervenir :

— Un cimetière, ici ? Y a-t-il une église dans les parages ?

Havers désigna l'allée principale s'éloignant vers le sud.

— Il y a une chapelle, fermée, et un caveau de famille un peu plus loin par là. Et un vieux débarcadère sur le loch, juste en dessous. On dirait que les enterrements se faisaient par bateau.

— Comme chez les Vikings, remarqua distraitement Saint James. Qu'est-ce que c'est que ça, Barbara ?

Il ouvrit la grille, et le grincement du métal rouillé le fit grimacer. Des empreintes de pas se distinguaient sur la neige.

— J'ai regardé, expliqua Havers. J'avais déjà jeté un coup d'œil à la chapelle, et quand j'ai aperçu ça, sur le chemin du retour, ma curiosité a été éveillée. Allez donc voir. Dites-moi ce que vous en pensez.

Et tandis que Havers patientait à la grille, Saint James et lady Helen s'avancèrent jusqu'à l'unique pierre tombale grise émergeant de la neige qui crissait sous leurs pas, griffée par une branche d'orme qui s'appesantissait sur son sommet. La pierre n'était pas très ancienne, en tout cas sûrement pas autant que celles qui ornent les cimetières en ruine du pays. Pourtant, le résidu de lichen noir qui mangeait la maigre inscription manifestait l'abandon dans lequel elle était tenue, et Saint James se douta qu'au printemps les mauvaises herbes et le cerfeuil sauvage devaient envahir le terre-plein. Malgré cela, l'inscription en partie effacée par le temps et la négligence demeurait lisible :

Geoffrey Rintoul, vicomte Corleagh
1914-1963

Ils observèrent en silence la sépulture solitaire. Un épais paquet de neige tomba d'une branche et se désintégra sur la pierre.

— C'est le frère aîné de lord Stinhurst ? demanda lady Helen.

— On le dirait bien, répondit Havers. Vous ne trouvez pas ça curieux ?

— Pourquoi ? dit Saint James en cherchant d'autres tombes du regard, sans en trouver aucune.

— Parce que le berceau de la famille se trouve dans le Somerset, non ?

— C'est exact.

Saint James savait que Havers l'observait, savait qu'elle tentait de déterminer l'étendue de ce que Lynley lui avait rapporté de sa conversation en tête à tête avec lord Stinhurst. Il s'efforça de paraître totalement détaché.

— Alors, pourquoi Geoffrey est-il enterré ici, et pas dans le Somerset ? demanda-t-elle.

— Je crois qu'il est mort ici, répliqua Saint James.

— Simon, vous savez aussi bien que moi que les aristos de ce genre enterrent tous les leurs au même endroit. Pourquoi celui-ci en particulier n'a-t-il pas été ramené chez lui ? Ou bien, continua-t-elle avant qu'il ait pu répondre, si vous alliez me rétorquer que c'était impossible, alors pourquoi n'a-t-il pas été inhumé dans le caveau des Gerrard, qui se trouve à quelques centaines de mètres plus bas ?

Saint James chercha ses mots avec soin.

— Peut-être était-ce l'un de ses endroits favoris, Barbara. C'est paisible, et sans doute magnifique en été, avec le loch juste en dessous. Je ne crois pas que cela signifie grand-chose.

— Même quand vous réfléchissez au fait que cet homme, Geoffrey Rintoul, était le frère aîné de Stinhurst, et donc le véritable lord Stinhurst ?

Saint James haussa les sourcils d'un air narquois.

— Vous suggérez que lord Stinhurst a tué son frère pour hériter du titre ? Si c'était le cas, n'aurait-il pas été beaucoup plus judicieux, pour brouiller les pistes, de rapatrier le corps et de l'enterrer dans le Somerset en grande pompe ?

Lady Helen avait assisté à leur échange en silence, mais la mention d'enterrement la fit intervenir.

— Simon, c'est vrai qu'il y a là quelque chose d'étrange. Phillip Gerrard, le mari de Francesca, n'est pas enterré non plus avec le reste de la famille. Il repose sur une petite île, sur le loch, à peu de distance du rivage. Je l'ai vue de ma fenêtre en arrivant, et lorsque j'en ai fait la remarque à Mary Agnes — la tombe est curieuse, elle fait plutôt penser à une folie — elle m'a raconté que Phillip Gerrard avait insisté — insisté, entends-tu, il l'avait spécifié dans son testament — pour être enterré là. Je suppose que cela fait partie des curiosités locales, car Gowan m'a raconté exactement la même chose un quart d'heure plus tard lorsqu'il a monté les bagages.

— Voilà, intervint Havers. Il se passe quelque chose de très bizarre dans ces deux familles. Et vous n'allez pas me dire que ça, c'est un cimetière Rintoul, il n'y a pas d'autres sépultures. En plus, les Rintoul ne sont même pas écossais ! Pourquoi viendraient-ils enterrer ici un des leurs, à moins...

— A moins d'y être obligés, murmura lady Helen.

— Ou d'y tenir particulièrement, conclut Havers d'un ton triomphant. (Elle traversa le petit terre-plein et fit face à Saint James.) L'inspecteur Lynley vous a parlé de son entretien avec lord Stinhurst, n'est-ce pas ? Il vous a tout raconté. Que se passe-t-il ?

L'espace d'un instant, Saint James envisagea de mentir à Havers. Il envisagea également de lui dire tout bonnement la vérité, qui était que ce que lui avait confié Lynley en confidence ne la regardait pas. Mais il sentait qu'elle ne les avait pas fait venir jusque-là pour tenter de jeter la responsabilité des morts de ces deux derniers jours sur Stuart Rintoul. Pour cela, il lui aurait été plus facile d'insister pour que ce soit Lynley lui-même qui vienne découvrir cette tombe solitaire, pour souligner devant lui sa particularité. Qu'elle ne l'ait pas fait suggérait autre chose à Saint James : soit elle recueillait ses propres indices pour se faire valoir et rabaisser Lynley aux yeux de leurs supérieurs hiérarchiques, soit elle recherchait son aide à lui, Saint James, pour empêcher Lynley de commettre une monstrueuse erreur.

Havers tourna les talons et s'éloigna.

— D'accord. Je n'aurais pas dû vous poser la question. Vous êtes son ami, Simon, il est naturel qu'il vous ait parlé.

Elle enfonça son bonnet de laine d'un geste si décidé qu'il lui recouvrit le front et les oreilles, et demeura à contempler le loch d'un air morne.

Saint James, la regardant, décida qu'elle méritait la vérité. Elle méritait que quelqu'un lui fasse confiance, pour avoir l'occasion de prouver qu'elle en était digne. Il lui raconta l'histoire de lord Stinhurst telle que Lynley la lui avait rapportée.

Havers l'écouta, se contentant de tripoter les mauvaises herbes le long de la balustrade tandis qu'il dévidait l'écheveau compliqué des amours et des trahisons qui avaient abouti à la mort de Geoffrey Rintoul. Les yeux plissés contre le soleil brûlant sur la neige, son regard s'attarda sur la pierre tombale. Lorsque Saint James en eut fini, elle ne posa qu'une question.

— Vous croyez à cette histoire ?

— Je ne vois pas pour quelle raison un homme dans la position de lord Stinhurst irait diffamer sa femme auprès de qui que ce soit. Même pour sauver sa propre peau, ajouta-t-il alors qu'elle s'apprêtait à parler.

— Il est bien trop noble pour ça ? suggéra-t-elle d'un ton coupant.

— Oh non, pas du tout. Bien trop orgueilleux.

— Alors, si c'est une question d'orgueil, d'apparences à sauvegarder, pourquoi ne pas les sauvegarder jusqu'au bout ?

— Que voulez-vous dire ?

— Simon, intervint lady Helen, si lord Stinhurst avait voulu feindre de tout ignorer, n'aurait-il pas, outre continuer à sauvegarder un mariage de façade, fait inhumer Geoffrey dans le Somerset ? Il me semble qu'en tout état de cause il était à long terme moins douloureux de ramener le corps que de rester marié trente-six ans à une femme qui l'avait trompé avec son propre frère.

La remarque était frappée au coin du bon sens, caractéristique d'Helen, et Saint James fut bien obligé de l'admettre intérieurement, même s'il n'en dit rien. Le sergent Havers lut néanmoins en lui à livre ouvert.

— S'il vous plaît, dit-elle d'un ton désespéré, aidez-moi à trouver ce qui se cache chez les Rintoul. Simon, je jurerais que Stinhurst a quelque chose à occulter, et je crois qu'on a fourni —

peut-être le Yard, je n'en sais rien — à l'inspecteur Lynley les armes pour le dissimuler.

Saint James hésita, réfléchissant aux difficultés qu'il allait se créer s'il acceptait de l'aider, tiraillé qu'il serait entre la confiance que Lynley mettait en lui et la conviction qu'avait Havers de la culpabilité de Stinhurst.

— Ce ne sera pas facile. Si Tommy découvre que vous avez fait votre propre enquête de votre côté, les représailles seront terribles. C'est de l'insubordination.

— C'en sera fini de la Criminelle pour vous, ajouta doucement lady Helen. Vous vous retrouverez à la circulation.

— Vous croyez que je ne le sais pas ? rétorqua-t-elle, le visage pâle mais résolu et stoïque. Mais qui sera fini si on cherche vraiment à étouffer l'affaire ? Et si cela se découvre grâce aux efforts d'un journaliste — bon Dieu, un type du genre de Jeremy Vinney — qui aura fouiné de son côté ? Au moins, de cette façon, si je suis impliquée dans les recherches à propos de Stinhurst, l'inspecteur, lui, est protégé. Pour ce qu'on en saura, j'aurai obéi à ses ordres.

— Vous avez de l'affection pour Tommy, n'est-ce pas ?

Havers se rétracta immédiatement devant la question abrupte de lady Helen.

— Les trois quarts du temps, je déteste ce sale dandy ! répliqua-t-elle. Mais si on le vire, je veillerai à ce que ce ne soit pas à cause d'un salopard comme Stinhurst.

Sa férocité fit sourire Saint James.

— Je vous aiderai, dit-il.

Bien que la large desserte de noyer fût chargée d'une quantité de chauffe-plats exsudant des fumets de petit déjeuner qui variaient des harengs aux œufs, la salle à manger n'abritait qu'un seul convive lorsque Lynley y pénétra. Elizabeth Rintoul était assise le dos tourné à la porte et, apparemment indifférente à l'écho de son pas, ne tourna pas la tête pour voir qui venait se joindre à elle. Elle continua de jouer avec la saucisse dans son assiette, la faisant rouler avec sa fourchette, étudiant avec application la traînée de graisse brillante qu'elle laissait dans son sillage, comme un escargot. Lynley vint s'installer près d'elle avec une tasse de café et un unique toast froid.

Il supposa qu'elle était habillée en prévision du voyage de retour à Londres en compagnie de ses parents. Mais, comme la veille au soir, sa jupe noire et son pull gris étaient trop grands, et le petit accroc à la cheville de ses bas noirs assortis promettait de s'agrandir au fil de la journée. Une curieuse cape longue, de couleur bleu nuit, était drapée sur le dossier de sa chaise. Ce vêtement, plutôt destiné à prendre des poses dramatiques dans le style *Maîtresse du lieutenant français*, ne paraissait guère cadrer avec la personnalité d'Elizabeth.

Dès l'instant où il s'assit en face d'elle, il apparut évident qu'elle ne tenait pas à rester en sa présence. Le visage fermé, elle repoussa sa chaise et entreprit de se lever.

— J'ai cru comprendre que Joy Sinclair avait été fiancée à votre frère Alec, remarqua Lynley comme si elle n'avait pas bougé.

Elle garda les yeux fixés sur son assiette, mais se rassit et se mit à découper sa saucisse en fines rondelles, sans en manger aucune. Même pour une femme de sa taille, elle avait des mains extraordinairement grandes, aux jointures noueuses et laides. Lynley remarqua qu'elles étaient couvertes de profondes égratignures, vieilles de plusieurs jours.

— Les chats, dit-elle d'une voix rien moins que maussade.

Lynley choisit de ne pas réagir à cette déclaration quasi monosyllabique, et elle continua :

— Vous regardez mes mains. Les égratignures viennent de mes chats. Ils n'aiment pas tellement qu'on interrompe leur copulation. Mais il y a des activités dont je préfère très franchement qu'elles ne s'exercent pas sur mon lit.

La remarque, à double sens, était révélatrice dans ce qu'elle reconnaissait par inadvertance. Lynley se dit qu'elle ferait les délices d'un psychanalyste.

— Aviez-vous envie que Joy épouse votre frère ?

— Quelle importance, maintenant ? Alec est mort depuis longtemps.

— Comment l'a-t-elle rencontré ?

— Joy et moi allions à l'école ensemble. Elle venait de temps en temps à la maison pour les vacances trimestrielles. Alec était là aussi.

— Et ils s'entendaient bien ?

Elizabeth leva la tête. Lynley s'émerveilla de ce qu'un visage féminin puisse être aussi totalement dénué d'expression. Il ressemblait à un masque peint d'une main malhabile.

— Joy s'entendait bien avec tous les hommes, inspecteur. C'était là son don particulier. Mon frère n'était qu'un autre de sa longue suite de soupirants.

— J'ai pourtant l'impression qu'elle l'a pris bien plus au sérieux que les autres.

— Bien sûr. Pourquoi pas ? Alec faisait suffisamment profession de son amour pour avoir l'air de la parfaite poire tout en flattant son ego. Et combien d'autres pouvaient lui offrir la perspective de devenir comtesse de Stinhurst une fois que papa aurait passé l'arme à gauche ?

Elle entreprit de disposer les morceaux de sa saucisse suivant un motif précis.

— Sa liaison avec votre frère a-t-elle mis en péril votre amitié ?

Son éclat de rire nasal résonna comme une rafale de vent mauvais.

— Notre amitié n'existait que par l'intermédiaire d'Alec, inspecteur. Lui mort, je n'avais plus aucune utilité pour Joy Sinclair. D'ailleurs, je ne l'ai revue qu'une fois après les funérailles d'Alec, et elle a disparu ensuite sans jamais me faire signe.

— Jusqu'à ce week-end.

— Oui, jusqu'à ce week-end. C'était cela, notre amitié.

— Vous avez l'habitude de voyager avec vos parents pour des réunions professionnelles comme celles-ci ?

— Pas du tout. Mais j'aime beaucoup ma tante. C'était une occasion de la voir, aussi suis-je venue. (Un sourire déplaisant se joua sur sa bouche, fit palpiter ses narines, puis disparut.) Bien entendu, maman avait également échafaudé pour moi une aventure torride avec Jeremy Vinney. Et je ne pouvais pas la décevoir, elle qui espérait tellement que ce week-end verrait enfin cueillir ma fleur, si la métaphore n'est pas trop poussée pour vous.

Lynley ignora le sous-entendu.

— Vinney connaît votre famille depuis très longtemps, conclut-il.

— Longtemps ? Il connaît papa depuis toujours, et des deux côtés des feux de la rampe. Il y a des années de cela, en tournée, il se prenait pour le nouveau Laurence Olivier, mais papa y a mis bon ordre. Alors il s'est rabattu sur la critique dramatique, qu'il n'a jamais abandonnée depuis, et il s'amuse comme un petit fou à descendre autant de spectacles qu'il lui est possible en une année. Mais cette nouvelle pièce... eh bien, mon père y tenait beaucoup. Vous savez, la réouverture de l'Azincourt, tout ça. Je suppose donc que mes parents voulaient que je sois là pour s'assurer de bonnes critiques. Au cas où Vinney déciderait d'accepter un... pot-de-vin bien peu ragoûtant, vous voyez ce que je veux dire ? ajouta-t-elle en balayant grossièrement son corps de sa main. Moi, en échange d'une critique favorable dans le *Times*. De quoi satisfaire les envies de mes deux parents, vous comprenez ? L'envie de ma mère de voir enfin quelqu'un « s'occuper » de moi, et celle de mon père de triompher à Londres.

Elle était de nouveau délibérément revenue à son thème précédent, malgré l'offre de Lynley de changer de sujet de conversation. Il décida donc de coopérer.

— Est-ce la raison pour laquelle vous vous êtes rendue dans la chambre de Jeremy Vinney la nuit où Joy est morte ?

Elle leva brusquement la tête.

— Bien sûr que non ! Ce petit lèche-bottes, avec des doigts comme des saucisses poilues. (Elle enfonça sa fourchette dans un restant de saucisse sur son assiette.) Pour ce qui me concerne, Joy pouvait bien faire ce qu'elle voulait de ce porc. Je le trouve pathétique, à se frotter aux gens de théâtre dans l'espoir qu'il drainera un peu du talent qui lui a manqué il y a des années. Pathétique !

Cet éclat de passion soudaine parut la déconcerter et, comme pour l'effacer, elle détourna le regard, et ajouta :

— Qui sait, c'est peut-être pour cela que maman le considérait comme un candidat idéal pour moi. Deux petites bulles de pathos s'éloignant ensemble vers le soleil couchant... Seigneur, quelle vision romantique !

— Mais vous êtes allée dans sa chambre...

— Je cherchais Joy. A cause de tante Francie et de son fichu collier de perles. Même si, maintenant que j'y réfléchis, je parie que maman et tante Francie avaient tout prévu à l'avance. Joy se serait précipitée en salivant à la pensée de sa nouvelle acquisition, me laissant seule avec Vinney. Maman s'était déjà sûrement rendue dans sa chambre avec des pétales de rose et de l'eau bénite, il ne restait plus qu'à consommer. Quel dommage, tous ces efforts gâchés, qui n'ont profité qu'à Joy.

— Vous paraissez bien sûre de ce qui se passait entre eux dans la chambre de Vinney. Je me pose des questions à ce sujet. Avez-vous vu Joy ? Etes-vous certaine qu'elle se trouvait avec lui ? Qu'il ne s'agissait pas de quelqu'un d'autre ?

— Je... (Elizabeth s'interrompit, jouant avec son couteau et sa fourchette.) Bien sûr, c'était Joy. Je les ai entendus, non ?

— Mais elle, vous ne l'avez pas vue ?

— J'ai entendu sa voix !

— Un chuchotement ? Un murmure ? Il était tard, elle devait parler bas, non ?

— C'était Joy ! Qui d'autre cela aurait-il pu être ? Et qu'aurait-il pu se passer entre eux après minuit, inspecteur ? Vous croyez qu'ils lisaient des poèmes ? Faites-moi confiance, quand Joy se rendait dans la chambre d'un homme, elle n'avait qu'une chose en tête, je le sais.

— C'est ce qu'elle faisait avec Alec quand elle venait vous rendre visite ?

Elizabeth serra les lèvres, et retourna à son assiette.

— Racontez-moi ce que vous avez fait lorsque vous avez quitté la séance de lecture de la pièce l'autre soir.

Elle dessina un petit triangle bien net avec ses rondelles de saucisse, puis se mit à les couper l'une après l'autre avec méticulosité et concentration. Il s'écoula un moment avant qu'elle ne réponde :

— Je me suis occupée de ma tante. Elle était bouleversée. Je voulais l'aider.

— Vous l'aimez beaucoup.

— Cela paraît vous surprendre, comme s'il était extraordinaire que je puisse aimer quelque chose. Non ?

Il refusa de mordre à l'hameçon. Elle posa alors son couteau et sa fourchette, repoussa complètement son siège et le regarda droit dans les yeux.

— J'ai emmené tante Francie dans sa chambre. Je lui ai posé une compresse sur le front. Nous avons parlé.

— De quoi ?

Elizabeth sourit une dernière fois, mais ce sourire semblait mêler de façon inexplicable l'amusement et le sentiment d'avoir triomphé d'un adversaire.

— Du livre de Kenneth Grahame, *Le Vent dans les saules*, si vous voulez tout savoir. Vous connaissez l'histoire, non ? Le crapaud, le blaireau, le rat et la taupe. (Elle se leva, ramassa sa cape et la posa sur ses épaules.) Maintenant, inspecteur, si vous n'avez plus rien à me demander, j'ai à faire ce matin.

Elle le quitta sur ces mots, et l'écho de son éclat de rire résonna dans le hall.

Irene Sinclair venait tout juste d'apprendre elle-même la nouvelle lorsque Robert Gabriel la trouva dans ce que Francesca Gerrard avait baptisé avec optimisme la salle de jeux. La pièce était totalement isolée, à l'abri derrière la dernière porte du corridor nord-est du rez-de-chaussée, presque entièrement dissimulée derrière une pile de vêtements chauds abandonnés. Irene Sinclair accueillit avec plaisir l'odeur de moisissure et de bois en décomposition, mêlée à l'accumulation de poussière et de crasse, qui régnait à l'intérieur. De toute évidence, l'entreprise de rénovation de la demeure n'avait pas encore atteint ce coin reculé, ce dont elle se réjouit.

Une vieille table de billard recouverte d'une couverture de serge mal tirée, et dont les filets constituant les poches étaient déchirés ou bien avaient totalement disparu, trônait au centre. Irene tripota distraitement les queues fixées au râtelier contre le mur en se dirigeant vers la fenêtre dépourvue de rideaux, ce qui ne faisait qu'accentuer l'absence de chaleur paralysante. Irene ne portait pas de veste. Se raidissant, elle se frotta vigoureusement les bras à travers les manches de lainage de sa robe, au point de se faire presque mal.

Il n'y avait pas grand-chose à voir de la fenêtre, sinon un bosquet d'aulnes dénudés par l'hiver au-delà duquel le toit d'ardoise d'un hangar à bateaux semblait jaillir d'une petite butte comme une excroissance triangulaire. Mais ce n'était qu'une illusion d'optique née de la combinaison de l'orientation de la fenêtre et de la hauteur de la colline. Irene s'attarda sur cette idée, remâchant avec amertume l'importance que les illusions semblaient tenir dans sa vie.

— Bon sang, Renie, je t'ai cherchée partout. Qu'est-ce que tu fabriques ici ?

Robert Gabriel la rejoignit. Il était entré sans bruit, et s'était débrouillé pour refermer en silence la porte gauchie. Il portait son pardessus, et expliqua :

— J'allais sortir, partir à ta recherche.

Il lui entoura les épaules de son manteau. Lorsqu'il l'effleura, en ce geste pourtant anodin, un sentiment d'aversion très net s'empara d'Irene. Il était si près qu'elle pouvait sentir son eau de toilette et, dans son souffle, un dernier parfum de café mêlé au dentifrice. Elle en eut la nausée.

Si Gabriel le remarqua, il n'en montra rien.

— Ils nous laissent partir. Ils ont arrêté quelqu'un ? Tu sais quelque chose ?

Elle ne put se forcer à le regarder.

— Non, dit-elle. Il n'y a pas eu d'arrestation. Pas encore.

— Bien sûr, nous devons rester disponibles pour l'enquête du coroner. Bon Dieu, quel embêtement d'avoir à faire des aller et retour entre Londres et ici. Enfin, c'est tout de même mieux que de rester dans cette glacière. Il n'y a plus du tout d'eau chaude, tu sais, et la vieille chaudière ne sera pas réparée avant au moins trois jours. C'est pousser le troisième degré un peu loin, non ?

— Je t'ai entendu, dit-elle dans un chuchotement désespéré.

Elle sentit qu'il la regardait.

— Entendu ?

— Oui, Robert, entendu. Je t'ai entendu avec elle l'autre soir.

— Irene, qu'est-ce que tu...

— Oh, ne t'inquiète pas, je n'ai rien dit à la police. Je ne ferais pas ce genre de chose, n'est-ce pas ? Mais je suppose que c'est pour cela que tu me cherchais. Pour t'assurer que mon amour-propre te garantirait le silence.

— Non ! je ne sais même pas de quoi tu parles. Je suis là parce que je veux te ramener à Londres, je ne veux pas que tu repartes seule de ton côté. On ne sait jamais...

— Tu veux entendre le plus drôle de l'histoire ? l'interrompit-elle d'un ton mordant. J'étais vraiment venue te voir de mon propre chef. Seigneur, je crois que j'étais prête à te reprendre, et j'avais même... (A sa grande honte, sa voix se brisa, et elle s'écarta de lui comme pour reprendre son sang-froid.) J'avais même apporté une photo de notre James. Tu sais qu'il a joué Mercutio cette année à l'école ? J'ai fait faire deux portraits dans un double cadre, un de James et un de toi. Tu te souviens de cette photo de toi dans le rôle de Mercutio, il y a des années de cela ? Bien sûr, vous ne vous ressemblez pas tant que ça, James a mon teint, mais je pensais que tu aimerais les avoir. Surtout à cause de James. Non, je me raconte des mensonges, et j'ai juré hier soir de cesser de m'aveugler. Je voulais te donner ces photos parce que je te détestais, que je t'aimais, et que l'espace d'un instant, l'autre soir, quand nous étions ensemble dans la bibliothèque, j'ai cru qu'il y avait une chance...

— Renie, pour l'amour de Dieu...

— Non ! Je t'ai entendu ! Je me suis crue à Hampstead, de nouveau ! Tout recommençait, exactement de la même façon ! Et on dit que la vie ne se répète pas ? Quelle rigolade ! Il ne me restait plus qu'à ouvrir la porte pour te retrouver une seconde fois en train de coucher avec ma sœur. Comme l'année dernière. La seule différence, c'est que j'étais seule, et qu'au moins une nouvelle vision de leur père suant, ahanant et gémissant sur leur charmante tante Joy aurait été épargnée à nos enfants.

— Ce n'était pas...

— Ce que je croyais ?

Irene sentit son visage trembler sous les larmes qui montaient, et la colère la saisit — parce qu'il était encore capable de la réduire à cela.

— Je ne veux rien entendre, Robert. Je ne veux plus de mensonges, de « Ça ne s'est produit qu'une fois ». Je ne veux plus rien.

Il lui agrippa le bras.

— Tu crois que j'ai tué ta sœur ? demanda-t-il les traits tirés, soit par le manque de sommeil, soit par la culpabilité.

Elle eut un rire rauque, et le repoussa.

— La tuer ? Non, ça n'est pas du tout ton genre. Une fois morte, Joy ne te servait plus à rien, non ? Ça ne t'intéresse pas le moins du monde de baiser un cadavre.

— Il ne s'est rien passé !

— Alors, qu'est-ce que j'ai entendu ?

— Je ne sais pas ! Je ne sais pas qui tu as entendu. Ce pouvait être n'importe qui.

— Dans ta chambre ?

La panique envahit les yeux de Gabriel.

— Dans ma... Renie, Seigneur, ce n'est pas ce que tu crois !

D'un mouvement d'épaules, elle rejeta son manteau, qui fit monter un nuage de poussière en tombant à terre.

— C'est pire que de savoir que tu as toujours été un sale menteur, Robert, parce que maintenant je réalise que moi aussi, je le suis devenue. Mon Dieu ! J'ai toujours pensé que si Joy mourait, je serais délivrée de la souffrance. Aujourd'hui, je crois que je ne serai libre que le jour où toi aussi tu seras mort.

— Comment peux-tu dire cela ? Est-ce vraiment ce que tu désires ?

— De tout mon cœur, dit-elle avec un sourire amer. Seigneur ! De toutes mes forces !

Il recula, livide, s'écarta du manteau qui reposait entre eux sur le sol.

— Qu'il en soit donc ainsi, mon amour, murmura-t-il.

Lynley découvrit Jeremy Vinney à l'extérieur, dans l'allée, en train de ranger sa valise dans le coffre d'une Morris de location. Emmitouflé dans son manteau, ses gants et son écharpe, il embuait l'air de son souffle. Son front haut avait des reflets rosés sous le soleil, et bizarrement il avait l'air de transpirer. Il était également, remarqua Lynley, le premier à partir. Curieuse réaction, de la part d'un journaliste. Lynley traversa l'allée, et ses chaussures grincèrent sur le gravier gelé. Vinney leva la tête.

— Vous partez bien tôt, remarqua Lynley.

Le journaliste eut un hochement de tête en direction de la maison et de ses murs de pierre sur lesquels les ombres matinales dessinaient des taches d'encre.

— Ce n'est pas le genre d'endroit où on a envie de s'attarder, non ?

Il claqua le coffre et s'assura qu'il était bien fermé. Il laissa maladroitement tomber ses clés et se pencha pour ramasser le porte-clés de cuir usé en s'éclaircissant la gorge. Lorsqu'il regarda enfin Lynley, son visage portait la marque indéfinissable du chagrin telle qu'elle apparaît souvent lorsque le choc initial est passé et que l'étendue de la perte que l'on vient de subir se mesure face à l'infinité du temps.

— J'aurais cru qu'un journaliste serait le dernier à partir, dit Lynley.

Vinney eut un petit rire abrupt et cruel qui parut dirigé contre lui-même, et destiné à le punir.

— Impatient d'avoir des détails croustillants sur les lieux du crime ? De torcher trois colonnes à la une ? Sans compter ma signature en toutes lettres et un titre de chevalier pour avoir résolu l'affaire à moi tout seul ? C'est comme ça que vous voyez les choses, inspecteur ?

Lynley répondit par une autre question.

— Quelle était réellement la raison de votre présence ici ce week-end, Mr Vinney ? D'une certaine façon, toutes les autres peuvent s'expliquer, mais la vôtre demeure un peu un mystère. Pouvez-vous m'éclairer là-dessus ?

— Comment, le tableau que vous a peint la séduisante Elizabeth ne vous a pas suffi ? Je mourais d'envie de mettre Joy dans mon lit. Ou mieux encore, je cherchais à lui extorquer de la documentation pour servir ma carrière. Vous avez le choix.

— Très franchement, je préférerais la vérité.

Vinney déglutit. Il paraissait déconfit, comme s'il avait attendu autre chose que de la sérénité de la part de la police. Une insistance belliqueuse, peut-être, ou bien un doigt agressif pointé sur sa poitrine.

— C'était mon amie, inspecteur. Sans doute ma meilleure amie. Il m'est arrivé de penser aussi qu'elle était mon unique amie. Et elle n'est plus là.

Il posa un regard las sur la surface paisible du loch.

— Mais les gens ne comprennent pas ce genre d'amitié entre un homme et une femme. Ils veulent toujours la salir, la déprécier.

Sa détresse ne laissa pas Lynley insensible, mais il observa que Vinney avait esquivé sa question.

— C'est Joy qui a arrangé votre venue ? Je sais que vous avez téléphoné à Stinhurst, mais vous a-t-elle facilité les choses ? L'idée venait-elle d'elle ? Pourquoi ? ajouta-t-il lorsque Vinney acquiesça d'un hochement de tête.

— Elle m'a dit qu'elle s'inquiétait de la réaction de Stinhurst et des acteurs aux modifications qu'elle avait apportées à la pièce. Elle voulait la compagnie d'un ami, si jamais la situation se retournait contre elle. Je suivais la rénovation de l'Azincourt depuis des mois, il était tout à fait normal que je demande à être invité à la préparation de la pièce. Je suis donc venu. Pour la soutenir, comme elle me l'avait demandé. Et en fin de compte, je n'ai servi à rien, n'est-ce pas ? Elle aurait tout aussi bien pu être seule ici.

— J'ai vu votre nom dans son carnet de rendez-vous.

— Cela ne m'étonne pas. Nous déjeunions ensemble régulièrement, depuis des années.

— Vous avait-elle parlé de ce week-end ? De ce à quoi il ressemblerait ? Ce à quoi vous alliez assister ?

— Elle m'a simplement dit qu'il s'agissait d'une première lecture, et que je pourrais trouver ça intéressant.

— La pièce en elle-même ?

Vinney ne répondit pas tout de suite, et demeura un moment le regard vide. Lorsqu'il parla enfin, ce fut d'une voix songeuse, comme si une idée qui ne lui avait jamais traversé l'esprit venait de le frapper.

— Joy voulait que je réfléchisse à un article en avant-première, un papier sur les acteurs, l'intrigue, la forme qu'elle allait donner à la pièce. Ici, je pourrais me faire une idée de la mise en scène. Mais... je... j'aurais pu très facilement obtenir toutes ces informations à Londres, n'est-ce pas ? Je la vois... la voyais suffisamment souvent. Vous... vous croyez qu'elle avait peur qu'il ne lui arrive quelque chose, inspecteur ? Mon Dieu, elle espérait peut-être que je veillerais à ce que la vérité éclate !

Vinney paraissait convaincu de l'incapacité de la police à élucider l'affaire, en même temps que de sa propre capacité, lui, unique journaliste, à le faire à leur place. Lynley s'abstint de tout commentaire, mais retint néanmoins le fait que la remarque de Vinney rejoignait de façon étonnante l'interprétation que lord Stinhurst avait donnée de sa présence.

— Vous voulez dire qu'elle craignait pour sa sécurité ?

— Elle n'a rien dit de la sorte, reconnut le journaliste avec franchise. Et elle n'avait pas l'air préoccupée.

— Pourquoi se trouvait-elle dans votre chambre l'autre soir ?

— Elle était trop agitée pour dormir, m'a-t-elle dit. Après sa scène avec Stinhurst, elle était remontée dans sa chambre, mais se sentait nerveuse. Elle est donc venue chez moi. Pour parler.

— Quelle heure était-il ?

— Un peu après minuit. Peut-être minuit un quart.

— De quoi a-t-elle parlé ?

— D'abord de la pièce. Combien elle était décidée à voir celle-ci mise en scène, avec ou sans Stinhurst. Puis d'Alec Rintoul, et de Robert Gabriel. Et d'Irene. Tout ce qui était arrivé à Irene la perturbait beaucoup, vous savez. Elle... elle voulait à toute force que sa sœur revienne à Gabriel. C'est pour cela qu'elle voulait lui donner un rôle. Elle pensait que, s'ils se côtoyaient assez, la nature reprendrait ses droits. Elle voulait le pardon d'Irene, tout en sachant que c'était impossible. Mais plus encore, je crois qu'elle voulait être capable de se pardonner à elle-même, et cela, elle ne le pouvait pas tant que Gabriel et sa sœur restaient séparés.

Le récit était suffisamment désinvolte et apparemment direct, mais l'instinct de Lynley lui soufflait qu'il y avait plus à dire sur la visite nocturne de Joy à Vinney.

— A vous entendre, elle a l'air d'une sainte.

— Ce n'était pas une sainte, fit Vinney en hochant la tête. Mais c'était une amie fidèle.

— A quelle heure Elizabeth Rintoul est-elle venue dans votre chambre avec les perles ?

Le journaliste débarrassa le toit de la Morris de la neige qui le recouvrait avant de répondre :

— Peu après l'arrivée de Joy. Je... Joy ne voulait pas lui parler, ne voulait pas d'une autre scène à propos de la pièce. Alors, j'ai empêché Elizabeth d'entrer. Je n'ai fait qu'entrebâiller la porte, elle ne pouvait pas distinguer l'intérieur de la chambre. Bien entendu, quand elle a vu que je ne voulais pas la laisser entrer, elle en a conclu que Joy était dans mon lit. C'est tout à fait dans son genre. Elizabeth ne peut pas concevoir que des gens de sexe opposé puissent être amis, sans plus. Pour elle, une conversation avec un homme n'est qu'un prélude à une rencontre de type sexuel. Je trouve ça plutôt triste.

— Quand Joy a-t-elle quitté votre chambre ?

— Peu avant une heure.

— Quelqu'un l'a-t-il vue sortir ?

— Il n'y avait personne. Je ne crois pas que quiconque l'ait vue, à moins qu'Elizabeth n'ait espionné de sa porte. Ou peut-être Gabriel. Ma chambre se trouvait entre les deux.

— Avez-vous raccompagné Joy ?

— Non, pourquoi ?

— Alors, peut-être n'est-elle pas retournée chez elle tout de suite si, comme vous l'avez dit, elle ne pensait pas être en état de dormir.

— Et où aurait-elle pu se rendre ? Vous pensez qu'elle aurait pu aller retrouver quelqu'un ? dit-il après un instant d'incompréhension. Non. Aucun de ces gens-là ne l'intéressait.

— Si Joy Sinclair n'était que votre amie, comme vous le prétendez, comment pouvez-vous être certain qu'elle ne partageait pas plus que de l'amitié avec quelqu'un d'autre ? L'un des autres hommes présents ici ce week-end. Ou l'une des femmes, qui sait ?

Le visage de Vinney s'assombrit à la seconde hypothèse. Il cligna des yeux et détourna le regard.

— Le mensonge n'existait pas entre nous, inspecteur. Elle savait tout, et je savais tout. Elle me l'aurait certainement dit si...

Il s'interrompit, soupira, et se frotta le front d'un air las du revers de son gant.

— Je peux partir ? Il n'y a rien d'autre à dire. Joy était mon amie, et elle est morte, conclut-il comme s'il y avait une relation entre ces deux faits.

Lynley ne put s'empêcher de se demander s'il y en avait effectivement une. Intrigué par le lien qui existait entre cet homme et Joy Sinclair, il choisit d'aborder un autre sujet.

— Que savez-vous d'un certain John Darrow ?

Vinney laissa retomber sa main.

— Darrow ? répéta-t-il faiblement. Rien. Je devrais le connaître ?

— Joy le connaissait, de toute évidence. Irene dit qu'elle l'a même mentionné au cours du dîner, peut-être à propos de son nouveau livre. Que pouvez-vous m'en dire ?

Il observa le visage du journaliste, à l'affût d'une réaction dans le regard de cet homme avec qui Joy avait en apparence tout partagé.

— Rien.

Visiblement embarrassé par ce qui semblait contredire ses précédentes déclarations, il ajouta :

— Elle ne parlait pas de son travail. Je ne suis pas au courant.

— Je vois, dit Lynley avec un hochement de tête songeur.

Vinney se balançait d'un pied sur l'autre, jouant avec ses clés.

— Joy transportait un magnétophone dans son sac, reprit Lynley. Vous le saviez ?

— Elle l'utilisait à chaque fois qu'une idée lui traversait l'esprit. Je le savais.

— Elle parlait de vous sur la bande, se demandait pourquoi elle se torturait à votre propos. Pourquoi aurait-elle dit une chose pareille ?

— Se torturer à mon propos ? dit-il d'une voix incrédule.

— « Jeremy. Jeremy. Seigneur, pourquoi se torturer à son propos ? Ce n'est pas pour toute la vie. » Voilà ce qu'elle disait. Vous pouvez m'expliquer cela ?

Vinney garda un visage serein, mais le trouble de son regard le trahit.

— Non. Je ne peux pas. Je ne vois pas du tout ce qu'elle voulait dire. Notre amitié n'était pas de ce genre. En tout cas pas de ma part. Pas du tout.

Six dénégations. Lynley le connaissait maintenant suffisamment pour distinguer le fait que ses dernières remarques n'avaient pour objet que de détourner la conversation.

Vinney mentait mal, mais il savait saisir l'opportunité et l'utiliser intelligemment, ce qu'il venait de faire. Dans quel but ?

— Je ne vous retiendrai pas plus longtemps, Mr Vinney, conclut Lynley. Vous êtes sans doute impatient de regagner Londres.

L'autre parut vouloir ajouter quelque chose, puis grimpa dans la Morris et actionna le démarreur. La voiture commença par émettre le bruit caractéristique du moteur qui renâcle, avant de tousser puis de se mettre en marche en lâchant des gaz d'échappement dyspeptiques. Vinney baissa la vitre de sa portière tandis que les essuie-glaces débarrassaient le pare-brise chargé de neige.

— Elle était mon amie, inspecteur. C'est tout. Rien de plus.

Il effectua une marche arrière, les pneus patinèrent furieusement sur une plaque de glace avant de trouver le gravier, et il remonta l'allée en trombe en direction de la route.

Lynley le regarda s'éloigner, intrigué par ce besoin qu'il avait éprouvé de répéter sa dernière remarque, comme si elle recelait une signification cachée que le regard attentif d'un policier ne manquerait pas de mettre à jour. Dieu sait pour quelle raison — peut-être la présence d'Inverness au loin — il se trouva transporté des années en arrière, en classe à Eton, au cours d'un débat passionné sur les obsessions et les pulsions mises en évidence par Macbeth, un Macbeth torturé cherchant le sommeil une fois l'action accomplie, et aiguillonné par le remords. « Quel est donc le besoin qui demeure inassouvi chez cet homme, alors qu'il a mené à bien l'acte dont il pensait retirer satisfaction ? » Son professeur de littérature avait posé et reposé la question en arpentant l'estrade, interrogeant un garçon après l'autre, exigeant jugements, spéculations, arguments. « Les besoins engendrent les pulsions. Quel est donc ce besoin ? Quel est-il ? » C'était là une très bonne question, décréta Lynley.

Il chercha son étui à cigarettes et rebroussait chemin lorsque le sergent Havers et Saint James débouchèrent à l'angle de la maison. De la neige collait à leurs jambes de pantalon, comme s'ils avaient longuement piétiné dedans. Lady Helen apparut à leur suite.

Un instant gênés, ils se regardèrent tous les quatre sans un mot. Puis Lynley parla :

— Havers, appelez le Yard, s'il vous plaît. Dites à Webberly que nous repartons pour Londres ce matin.

Havers acquiesça, et disparut par la porte d'entrée. Saint James l'imita, après un bref coup d'œil à l'adresse de lady Helen et de Lynley.

— Tu rentres avec nous, Helen ? demanda Lynley une fois qu'ils se retrouvèrent seuls, tout en rangeant son étui à cigarettes auquel il n'avait pas touché. Le voyage sera plus rapide. Un hélicoptère nous attend près d'Oban.

— Je ne peux pas, Tommy. Tu le sais bien.

Sa réponse ne s'exprimait pas en termes cruels. Mais elle était définitive et impitoyable. Ils n'avaient, semblait-il, plus rien à se dire, et pourtant Lynley fit un effort pour briser à tout prix la réserve d'Helen. Il était inconcevable qu'il se sépare d'elle ainsi. Et ce fut là ce qu'il lui dit, avant que le bon sens, l'orgueil ou les convenances ne l'en empêchent.

— Je ne supporterai pas que tu t'éloignes de moi comme cela, Helen.

Elle fut prise sous ses yeux dans un rayon de soleil qui caressa sa chevelure et lui donna un beau reflet cuivré. L'espace d'un instant, une émotion impénétrable traversa son beau regard sombre, puis s'évanouit.

— Je dois y aller, dit-elle calmement.

Elle passa devant lui et pénétra dans la maison.

C'est comme une mort, pensa Lynley. Une mort sans enterrement approprié, sans période de deuil, sans terme aux lamentations.

A Londres, dans son bureau en désordre, le commissaire Malcolm Webberly raccrocha le récepteur du téléphone.

— C'était Havers, annonça-t-il.

D'un geste familier, il passa sa main droite dans ses cheveux blond roux clairsemés, et tira dessus brutalement comme pour encourager sa calvitie précoce.

Sir David Hillier, le commissaire principal, ne bougea pas de la fenêtre devant laquelle il était planté depuis un quart d'heure, observant d'un regard placide l'ensemble compact d'immeubles qui formait l'horizon de la ville. Impeccablement vêtu, comme à l'habitude, son attitude reflétait la personnalité d'un homme habitué au succès, et parfaitement à l'aise dans les traîtres méandres du pouvoir politique.

— Et alors ? demanda-t-il.

— Ils prennent le chemin du retour.

— C'est tout ?

— Non. D'après Havers, ils vont suivre une piste à Hampstead. Sinclair travaillait apparemment sur un livre, là-bas. Chez elle.

Hillier tourna lentement la tête mais, placé à contre-jour, son visage demeura dans l'ombre.

— Un livre ? En plus de la pièce ?

— Havers n'a pas été très claire. J'ai cependant eu l'impression que c'était quelque chose qui avait frappé Lynley, une piste qu'il se sentait obligé de suivre.

Hillier eut un sourire froid.

— Remercions le Seigneur pour l'intuition remarquablement créatrice de Lynley.

— C'est mon meilleur homme, David, souligna Webberly avec amertume.

— Et il obéira aux ordres, bien sûr. Comme vous, dit Hillier en retournant à sa contemplation de la ville.

10

Il était deux heures et demie lorsque Lynley et Havers atteignirent enfin leur destination, la petite maison d'angle de Joy Sinclair. Situé dans le quartier en vogue de Hampstead, le bâtiment de brique blanche témoignait du succès de l'auteur. Un bow-window décoré de rideaux ivoire diaphanes surplombait un petit jardin planté de rosiers bien taillés, de jasmin d'hiver et de camélias aux boutons abondants. Deux jardinières laissaient le lierre monter à l'assaut des murs, surtout près de la porte, dont l'étroit fronton à bardeaux disparaissait presque entièrement sous le feuillage luxuriant veiné de bronze. La maison faisait face à Flask Walk, mais l'entrée du jardin se trouvait sur Back Lane, étroite allée pavée qui montait vers Heath Street, où à quelques mètres de là les voitures passaient doucement, presque sans un bruit.

Lynley ouvrit la grille de fer forgé et s'engagea sur le sentier dallé, suivi de Havers. Il n'y avait pas de vent, mais l'air était vif, et un soleil d'hiver délavé scintillait sur l'applique de cuivre à gauche de la porte et la fente polie de la boîte aux lettres au centre du battant.

— Pas mal, la baraque, remarqua Havers avec une admiration réticente. Rien n'y manque : le petit jardin clos, le petit réverbère XIXe, la petite rue bordée d'arbres, sans oublier la petite BMW. Ça a dû lui coûter un paquet, ajouta-t-elle en désignant la maison du pouce.

— D'après ce que disait Davies-Jones des termes de son testament, j'ai eu l'impression qu'elle pouvait se le permettre, dit Lynley en ouvrant la porte et en faisant signe à Havers d'entrer.

Ils se trouvèrent dans un petit vestibule nu dallé de marbre. Une pile de lettres jetées par le facteur à travers la fente était éparpillée sur le sol. Il y avait là tout ce que l'on peut attendre du courrier d'un auteur à succès : cinq prospectus, une note d'électricité, onze lettres que son éditeur avait fait suivre, une note de téléphone, un certain nombre de petites enveloppes qui avaient l'air d'invitations, et plusieurs autres de format commercial, que Lynley tendit à Havers.

— Jetez un coup d'œil à ça, sergent.

Ils franchirent une porte vitrée opaque qui débouchait dans un grand hall. Là, deux portes s'ouvraient sur la gauche, et un escalier s'élevait sur la droite. A l'autre extrémité du corridor, les ombres de l'après-midi emplissaient ce qui leur parut être la cuisine.

Ils entrèrent d'abord dans le salon. Trois rayons obliques de lumière tamisée et dorée tombaient à travers le large bow-window sur une moquette beige rosé dont l'aspect et l'odeur laissaient supposer qu'elle avait été posée récemment. Bien peu d'autres choses révélaient la personnalité de la propriétaire. Des sièges profonds disposés autour de tables basses suggéraient un penchant pour la décoration moderne, confirmé par le choix artistique de Joy Sinclair, trois huiles à la manière de Jackson Pollock appuyées contre un mur, attendant d'être accrochées, et une sculpture de marbre tout en angles, posée sur une des tables, dont on ne pouvait guère deviner ce qu'elle représentait.

Une double porte ouvrait sur la salle à manger, meublée avec autant de sobriété que le salon, et affichant le même goût pour la pureté indigente du design. Lynley alla jeter un coup d'œil aux deux portes-fenêtres situées derrière la table de la salle à manger. Il constata avec désapprobation la simplicité des serrures et la facilité avec laquelle le moins doué des cambrioleurs pouvait se frayer un chemin. Evidemment, reconnut-il, Joy Sinclair ne possédait pas grand-chose de valeur, à moins que le marché des meubles scandinaves ne soit en plein boom, ou les toiles dans le salon authentiques.

Le sergent Havers tira une des chaises et s'assit à la table en étalant le courrier devant elle. Elle entreprit d'ouvrir les enveloppes avec une moue pensive.

— On se l'arrache, la dame. Il y a là une douzaine d'invitations.

— Hmm, se contenta de répondre Lynley en examinant le jardin clos de murs de brique, juste assez grand pour contenir un frêne fragile agrémenté d'une plate-bande et un carré de pelouse recouvert d'une mince couche de neige.

Il se dirigea vers la cuisine.

L'impression pénétrante d'anonymat était ici la même que dans les deux autres pièces. Les appareils de cuisine noirs rompaient le blanc d'une longue rangée de placards, une table de petit déjeuner en pin naturel accompagnée de deux chaises était disposée contre un mur, et des taches de couleurs primaires éclataient à des endroits stratégiques : ici un coussin rouge, là une bouilloire bleue, un tablier jaune suspendu à un crochet derrière la porte. Lynley s'appuya contre le plan de travail et étudia le tout. Les maisons avaient toujours une façon de lui révéler un peu de leurs propriétaires, mais celle-ci donnait une impression d'artifice délibéré, l'impression d'être la création d'un décorateur à qui une femme indifférente à son environnement personnel avait donné toute liberté. Le résultat était un étalage mesuré et de bon goût de sa réussite, mais il ne lui disait rien.

— Une facture de téléphone exorbitante, jeta Havers depuis la salle à manger. On dirait qu'elle passait son temps à bavarder avec une demi-douzaine de personnes aux quatre coins du monde. Elle a visiblement demandé un relevé détaillé de ses appels.

— Et ?

— Six appels à New York, quatre dans le Somerset, six au pays de Galles... et dix dans le Sussex. Tous très courts à l'exception de deux.

— Effectués au même moment ? L'un après l'autre ?

— Non. Sur un laps de temps de cinq jours, le mois dernier, et intercalés avec les appels au pays de Galles.

— Vérifiez tous les numéros, dit-il en se dirigeant vers l'escalier du hall tandis que Havers ouvrait une autre enveloppe.

— Voilà autre chose, monsieur. « Joy, se mit-elle à lire à haute voix, tu n'as répondu à aucun de mes appels, ni à aucune de mes lettres. J'attends de tes nouvelles d'ici vendredi, sinon l'affaire sera remise entre les mains de notre service juridique. Edna. »

Lynley s'arrêta sur la première marche de l'escalier.

— Son éditeur ?

— Sa directrice littéraire. Et sur le papier à en-tête de la maison d'édition. Plutôt menaçant, non ?

La référence à Edna sur la bande magnétique, les rendez-vous à Upper Grosvenor Street rayés sur l'agenda de Joy revinrent à la mémoire de Lynley.

— Appelez la maison d'édition, sergent. Dénichez ce que vous pourrez. Faites de même pour les appels longue distance du relevé. Je monte à l'étage.

Alors que la personnalité de Joy avait paru absente au rez-de-chaussée, sa présence s'imposa avec un abandon chaotique à peine Lynley eut-il atteint le sommet de l'escalier. Fouillis éclectique d'objets personnels entassés et chéris, le centre vital de la maison se trouvait là. Joy Sinclair était partout, dans les photos tapissant les murs de l'étroit couloir, dans un meuble de rangement débordant de tout et de n'importe quoi, de linge jusqu'à de vieux pinceaux pleins de peinture, dans l'étalage de lingerie suspendue dans la salle de bains, et même dans l'air où flottait une légère odeur de parfum et de sels de bain.

Lynley pénétra dans la chambre. C'était une débauche de coussins multicolores, de vieux mobilier de rotin et de vêtements. Sur la table près du lit défait était posée une photographie qu'il examina rapidement. Elle représentait un jeune homme élancé à l'air sensible debout près de la fontaine de la grande cour de Trinity College, à Cambridge. Lynley reconnut quelque chose de familier dans le port de tête et la carrure. Alec Rintoul, conclut-il en replaçant la photo. Il se dirigea vers le bureau de Joy. Il ne différait guère des autres pièces et, au premier abord, il se demanda comment il était possible d'écrire un livre dans un tel désordre.

Il enjamba une pile de manuscrits posés près de la porte et se dirigea vers le mur où deux cartes étaient accrochées au-dessus d'un ordinateur. La première était une grande carte d'état-major détaillée, de celle que les librairies vendent aux touristes qui veulent explorer une région dans les moindres recoins. Elle représentait le Suffolk, ainsi qu'une partie du Cambridgeshire et du Norfolk. Joy l'avait de toute évidence utilisée pour effectuer des recherches, nota Lynley, car un nom de village était entouré d'un gros trait rouge, et à quelques centimètres de là, non loin de Mildenhall Fen, un grand X était dessiné. Lynley mit ses lunettes, et lut « Porthill Green » à l'intérieur du cercle rouge.

Un instant plus tard, il fit le rapprochement. Le « P. Green » de l'agenda de Joy. Il ne s'agissait pas d'une personne, mais d'un lieu.

D'autres cercles apparaissaient çà et là : Cambridge, Norwich, Ipswich, Bury St. Edmunds. De chacun de ces points, des itinéraires étaient tracés jusqu'à Porthill Green, et de là jusqu'au X près de Mildenhall Fen. Lynley réfléchit à ce que pouvait bien signifier la présence de cette carte, tandis qu'en dessous il entendait le sergent Havers passer coup de fil après coup de fil, marmonnant toute seule de temps en temps lorsqu'une réponse ne lui convenait pas, que la ligne était occupée, ou qu'on la faisait patienter.

Lynley regarda la seconde carte. Celle-ci, rudimentaire et tracée au crayon, représentait un village et ses bâtiments, communs à n'importe quel village d'Angleterre, identifiés simplement par le terme générique d'« église », « commerces », « pub », « cottage », « pompe à essence ». Cette carte ne lui suggérait rien, à moins, bien sûr, qu'il ne s'agisse de Porthill Green, et encore n'indiquait-elle rien d'autre que l'intérêt que Joy portait à l'endroit. Elle ne lui disait pas pourquoi Joy s'y intéressait, ou ce qu'elle y aurait fait si elle y était allée.

Lynley se consacra ensuite au bureau. Comme tout le reste de la pièce, il donnait une impression de confusion extrême, le genre de désordre où le créateur sait toujours parfaitement localiser la moindre chose, mais où tout autre être humain est incapable de déceler une logique. Il était jonché de livres, cartes, cahiers de notes, papiers, ainsi que d'une tasse à thé sale, de nombreux crayons, d'une agrafeuse et d'un tube de crème analgésique pour douleurs musculaires. Lynley le contempla plusieurs minutes tandis que la voix de Havers continuait de résonner en dessous.

Il devait bien exister là-dedans un quelconque système, pensa-t-il. Il ne tarda pas à comprendre : bien que les piles dans leur ensemble ne semblent rien signifier, prises individuellement elles étaient parfaitement rationnelles. Il y avait une pile d'ouvrages de référence, trois livres de psychologie consacrés à la dépression et au suicide, deux autres sur le fonctionnement de la police britannique. Un autre tas se composait d'articles de journaux faisant tous référence à des morts diverses. Un troisième tas comprenait tout un assortiment de dépliants décrivant diverses régions. Il n'y avait dans la dernière pile que de la correspondance, qui n'avait probablement pas reçu de réponse.

Il parcourut celle-ci, ignorant les lettres d'admirateurs, se fiant à son instinct, espérant que celui-ci le guiderait vers un indice significatif. Il le trouva au bout de la treizième lettre.

C'était un mot succinct, moins de dix phrases, de la directrice littéraire de Joy. « Quand pouvons-nous espérer voir la première version de *Un châtiment trop doux* ? Vous avez six mois de retard et, comme le stipule votre contrat... »

D'un seul coup, tout ce qui se trouvait sur le bureau de Joy apparut sous un nouveau jour cohérent. Les textes sur le suicide, les procédures policières, les articles, le titre du nouvel ouvrage et son rapport avec la pendaison... Lynley ressentit le frisson d'excitation qui le parcourait toujours lorsqu'il se savait sur la bonne piste.

Il examina l'ordinateur, qui contenait deux disquettes, constata-t-il, sans doute la disquette du programme et celle qui devait porter le travail de Joy.

— Havers, vous vous y connaissez en ordinateurs ? cria-t-il.

— Une seconde, répliqua-t-elle. J'ai...

Elle baissa la voix en continuant sa conversation téléphonique.

Lynley alluma l'ordinateur sans attendre. Des instructions apparurent rapidement sur l'écran. C'était beaucoup plus facile qu'il ne l'avait imaginé. Quelques secondes plus tard, il avait sous les yeux le travail de Joy sur *Un châtiment trop doux*.

Malheureusement, le texte de son manuscrit comportait en tout et pour tout une seule phrase : « Hannah décida de se tuer la nuit du 26 mars 1973. » Rien de plus.

Lynley chercha en vain quelque chose d'autre, utilisant toutes les voies que lui offrait le programme informatique. Mais il n'y avait rien. Ou bien son travail avait été effacé, ou bien Joy Sinclair n'était jamais allée plus loin. Pas étonnant que son éditeur écume et la menace de poursuites, pensa-t-il.

Il éteignit la machine et reporta son attention sur son bureau. Il consacra dix minutes à un nouvel examen, sans succès, puis se mit à explorer les quatre tiroirs de son meuble de classement. Il s'attaquait au second lorsque Havers entra.

— Vous avez trouvé quelque chose ? demanda-t-elle.

— Un livre baptisé *Un châtiment trop doux*, quelqu'un du nom de Hannah qui a décidé de se suicider, et un endroit appelé Porthill Green, le « P. Green », je suppose. Et vous ?

— J'ai l'impression que personne ne travaille avant midi, à New York, mais j'ai quand même découvert que le numéro de téléphone est celui d'un agent littéraire.

— Et les autres ?

— Le numéro du Somerset est celui de Stinhurst.

— Et la lettre d'Edna ? Vous avez appelé l'éditeur ?

Havers acquiesça.

— Elle leur a vendu un projet au début de l'année dernière. Elle voulait écrire quelque chose de différent de l'étude d'une affaire criminelle, son domaine habituel. Elle voulait faire une étude sur le suicide, sur les raisons qui y poussent et sur les conséquences. L'éditeur lui a acheté — ils n'avaient jamais eu auparavant à s'inquiéter des délais, qu'elle respectait toujours. Et puis, plus rien. Elle ne leur a pas donné une ligne. Ils la harcèlent depuis des mois. Pour parler franc, ils ont réagi à l'annonce de sa mort comme si quelqu'un là-bas avait passé son temps à prier pour ça.

— Et les autres numéros ?

— Celui du Suffolk est intéressant. Un garçon a répondu, probablement un adolescent. Mais il n'avait pas la moindre idée de qui pouvait bien être Joy Sinclair ou de la raison pour laquelle elle pouvait appeler ce numéro.

— Qu'y a-t-il d'intéressant là-dedans ?

— Son nom, inspecteur. Teddy Darrow. Son père s'appelle John. Et il me parlait d'un pub, le *Wine's The Plough*, qui se trouve en plein centre de Porthill Green.

Lynley sourit, éprouva cette brusque bouffée d'énergie qui vous envahit lorsque vos théories reçoivent confirmation.

— Bon sang, Havers, je pense de temps en temps que nous formons une sacrée équipe ! Ça y est, nous y sommes. Vous le sentez ?

Havers ne répondit pas. Elle parcourait les documents éparpillés sur la table.

— Ainsi, réfléchit Lynley, nous avons trouvé le John Darrow dont Joy parlait sur la bande et au dîner. Nous avons l'explication du « P. Green » sur l'agenda, et de la présence de ces allumettes dans son sac — elle a dû aller au pub. Nous cherchons maintenant un lien entre le livre de Joy et John Darrow, entre John Darrow et Westerbrae. Mais il y avait une autre série de coups de fil, non ? ajouta-t-il en jetant un regard vif à Havers. Pour le pays de Galles.

Elle passa soigneusement en revue les coupures de journaux, tout en ne donnant cependant pas l'impression de les lire.

— Il s'agit d'un numéro à Llanbister. Une femme nommée Anghared Mynach.

— Pour quelle raison Joy l'a-t-elle appelée ?

Elle hésita de nouveau.

— Elle cherchait à joindre quelqu'un, monsieur.

Lynley plissa les yeux, et ferma le tiroir du classeur dont il venait d'examiner le contenu.

— Qui ?

Havers fronça les sourcils.

— Rhys Davies-Jones. Anghared Mynach est sa sœur. Il se trouvait chez elle.

Barbara lut sur le visage de Lynley le rapide enchaînement de ses idées, et la façon dont il agençait dans son esprit un ensemble de faits qu'elle connaissait parfaitement : le nom de John Darrow, mentionné au dîner le soir de l'assassinat de Joy Sinclair, l'allusion à Rhys Davies-Jones sur le magnétophone de Joy ; les dix coups de téléphone à Porthill Green combinés à ces six appels au pays de Galles. Six conversations avec Rhys Davies-Jones.

Pour éviter une discussion, Barbara se dirigea vers la pile de manuscrits près de la porte, qu'elle passa en revue avec curiosité, notant l'étendue de l'intérêt que portait Joy Sinclair au meurtre et à la mort : le brouillon d'une étude sur l'Etrangleur du Yorkshire, un article inachevé sur Crippen, au moins soixante pages de documentation sur le décès de lord Mountbatten, les épreuves d'un livre intitulé *Un seul coup de couteau*, et trois versions très travaillées d'un autre livre, *Mort dans l'obscurité*. Mais il manquait quelque chose.

Tandis que Lynley retournait à l'exploration du meuble de classement, Barbara s'intéressa au bureau, dont elle ouvrit le tiroir supérieur. Joy y conservait ses disquettes informatiques, deux longues rangées de carrés noirs souples soigneusement étiquetés dans le coin supérieur droit. Barbara les parcourut, déchiffrant les titres, tandis que, petit à petit, elle réalisait ce qui s'imposait à elle. Le deuxième et troisième tiroirs renfermaient papeterie, enveloppes, rubans d'imprimantes, agrafes, vieux papier carbone, ruban adhésif, ciseaux. Mais pas ce qu'elle recherchait. Rien qui y ressemblât de près ou de loin.

Lorsque Lynley se mit à examiner les étagères et leur contenu, Barbara alla au meuble de classement.

— Je l'ai déjà regardé, sergent, lui fit-il remarquer.

Elle chercha une excuse.

— Juste une idée que je viens d'avoir, monsieur. J'en ai pour une seconde.

En fait, elle y passa presque une heure. Entre-temps, Lynley, après avoir ôté la jaquette d'un des derniers livres de Joy Sinclair, l'avait fourrée dans sa poche, puis s'était rendu dans la chambre, et dans le cabinet de rangement sur le palier, où Barbara l'entendait tout passer systématiquement en revue. Il était plus de quatre heures lorsqu'elle acheva sa fouille des dossiers et s'autorisa un repos, satisfaite de la validité de son hypothèse. Elle n'avait plus qu'à prendre une décision : en parler à Lynley, ou bien tenir sa langue jusqu'à ce qu'elle dispose de davantage de faits, des faits qu'il serait incapable de réfuter.

Pourquoi ne l'avait-il pas remarqué lui-même ? se demanda-t-elle. Comment n'y avait-il pas pensé ? Alors que l'absence de ce détail aurait dû lui crever les yeux, il ne voyait que ce qu'il voulait voir, ce qu'il avait besoin de voir, la piste qui menait tout droit à la culpabilité de Rhys Davies-Jones.

Cette culpabilité était si séduisante qu'elle était devenue pour Lynley un écran de fumée efficace, qui lui avait dissimulé un détail essentiel. Joy Sinclair était en train d'écrire une pièce pour Stuart Rintoul, lord Stinhurst. Or, il n'y avait aucune trace de celle-ci dans le bureau. Pas un brouillon, pas un résumé, pas une liste des personnages, pas un bout de papier.

Quelqu'un avait fouillé la maison avant eux.

— Je vous dépose à Acton, sergent, dit Lynley lorsqu'ils furent ressortis.

Ils se dirigèrent vers sa voiture, une Bentley gris métallisé autour de laquelle se pressait un petit groupe d'écoliers admiratifs qui jetaient des coups d'œil à l'intérieur et caressaient pieusement ses ailes rutilantes.

— Essayons de partir tôt pour Porthill Green demain matin. Sept heures et demie, ça vous va ?

— Parfait, monsieur. Mais inutile de me déposer à Acton. Je prendrai le métro juste au coin de Heath Street.

Lynley s'arrêta et se retourna.

— Ne soyez pas ridicule, Barbara. Une correspondance et Dieu sait combien de stations, cela va vous prendre des heures. Montez dans la voiture.

Barbara entendit l'ordre comme ce qu'il était, et chercha un moyen de s'y soustraire sans déclencher sa colère. Elle ne pouvait pas se permettre de perdre le temps qu'il allait mettre à la raccompagner jusque chez elle. En dépit de ce qu'il pouvait penser, sa journée était loin d'être terminée.

Aussi improbable qu'elle puisse paraître aux oreilles de Lynley, elle s'accrocha à la première excuse qui lui traversa l'esprit.

— Eh bien, en fait, je sors avec quelqu'un, monsieur.

Sachant combien l'idée était ridicule, elle tenta d'en enrober l'absurdité en ajoutant :

— Enfin, pas vraiment. C'est quelqu'un que j'ai rencontré. On pensait... eh bien, peut-être aller dîner, et puis voir ce nouveau film à l'Odéon.

Cette dernière extravagance de son imagination la fit grimacer intérieurement et prier pour qu'il y ait effectivement un nouveau film à l'Odéon. Ou bien pour qu'il ne le sache pas, s'il n'y en avait pas.

— Oh, je vois. Bien. C'est quelqu'un que je connais ?

Bon Dieu, pensa-t-elle.

— Non, juste un type que j'ai rencontré la semaine dernière. Au supermarché, en fait. Nos caddies se sont rentrés dedans entre le thé et les conserves.

Lynley sourit.

— L'entrée en matière me paraît parfaite pour une relation importante. Je vous dépose au métro ?

— Non, je préfère marcher. A demain, monsieur.

Il acquiesça d'un signe de tête, et elle le regarda se diriger à grands pas vers sa voiture. En un instant, les enfants admiratifs l'entourèrent.

— C'est votre voiture, m'sieur ?

— Combien elle coûte ?

— C'est du cuir, les sièges ?

— J'peux la conduire ?

Elle l'entendit rire, le vit s'appuyer contre la voiture, croiser les bras et s'accorder un moment pour engager une conversation amicale avec les enfants. Cela lui ressemble bien, pensa-telle. Il n'a pas dormi plus de trois heures en deux jours, il est confronté à l'écroulement d'une partie de sa vie, et il prend encore le temps d'écouter les bavardages de ces gamins. Elle s'imagina qu'elle voyait de loin les rides que le rire dessinait autour de ses yeux, le frémissement bizarre du muscle qui lui donnait un sourire en coin, et à le regarder, elle se demanda ce qu'elle serait réellement capable de faire pour protéger la carrière et l'intégrité d'un tel homme.

N'importe quoi, conclut-elle enfin avant de se diriger vers le métro.

Lorsque Barbara atteignit vers huit heures ce soir-là la maison de Saint James dans Cheyne Row, à Chelsea, la neige s'était mise à tomber et, à la lueur fauve des réverbères, les flocons ressemblaient à des éclats d'ambre flottant doucement jusqu'à recouvrir le trottoir, les voitures et les entrelacs compliqués des balcons et des barrières en fer forgé. Les rafales n'étaient pas très fortes, mais suffisaient à ralentir la circulation sur l'Embankment, quelques centaines de mètres plus bas, et la rumeur considérablement atténuée du trafic n'était percée que par l'explosion de colère occasionnelle d'un klaxon.

Joseph Cotter, qui jouait dans la vie de Saint James le double rôle incongru de valet de chambre et de beau-père, ouvrit à Barbara. Petit, trapu et un peu chauve, il ne devait pas dépasser la cinquantaine, et ressemblait si peu à sa fille si élancée qu'après avoir rencontré Deborah Saint James, il n'était jamais venu à l'idée de Barbara qu'un quelconque lien puisse exister entre eux. Il portait un plateau d'argent chargé de tasses à café, et s'efforçait de son mieux d'éviter de piétiner un petit teckel à poil long et un gros chat gris qui rivalisaient d'attentions à ses pieds. Tous trois jetaient des ombres grotesques sur les sombres boiseries du hall.

— Peach ! Alaska ! Poussez-vous ! enjoignit-il avant de tourner son visage coloré vers Barbara.

Les animaux firent retraite d'au moins dix centimètres.

— Entrez, miss... sergent. Mr Saint James est dans le bureau. Vous avez mangé, ma jeune dame ? demanda-t-il en l'examinant d'un œil critique. Ces deux-là viennent juste de terminer. Je vais vous préparer quelque chose à grignoter, d'accord ?

— Merci, Mr Cotter. Ce ne sera pas de refus. Je n'ai rien mangé depuis ce matin.

— Ah, la police, dit-il avec un bref hochement de tête désapprobateur. Attendez là, miss, je vous apporte de quoi vous régaler.

Il frappa une fois à la porte située au pied des escaliers, et, sans attendre de réponse, ouvrit le battant. Barbara le suivit dans le bureau de Saint James, une des pièces les plus agréables de la maison de Cheyne Row, garnie de hautes bibliothèques chargées de livres, encombrée de photographies et de documents de toute sorte.

Un feu brûlait dans la cheminée, et les effluves combinés du cuir et du cognac n'étaient pas sans évoquer l'atmosphère odorante d'un club masculin. Saint James était assis près du foyer, sa mauvaise jambe étendue sur une ottomane usée, tandis qu'en face de lui lady Helen était pelotonnée dans un coin du canapé. Ils étaient tranquillement installés, comme un vieux couple ou comme des amis trop intimes pour éprouver le besoin de converser.

— Voilà le sergent, Mr Saint James, annonça Cotter en allant déposer le café sur une table basse devant la cheminée.

Les flammes firent flamboyer la porcelaine, dansèrent sur le plateau avec des reflets dorés.

— Et elle n'a rien mangé, alors je vais m'en occuper, si vous voulez bien vous débrouiller du café tout seuls.

— Je crois que nous pouvons nous en tirer sans vous faire honte, Cotter. Et s'il reste du gâteau au chocolat, pouvez-vous en donner encore un peu à lady Helen ? Elle en meurt d'envie, mais vous la connaissez, elle est trop bien élevée pour en redemander.

— Il ment, comme d'habitude, intervint l'intéressée. C'est pour lui, mais il sait que vous êtes contre.

Cotter ne fut pas dupe, et les regarda tour à tour.

— Bien, alors deux parts de gâteau au chocolat. Et un repas pour le sergent.

Et avec une chiquenaude sur la manche de sa veste noire, il quitta la pièce.

— Vous avez l'air épuisé, dit Saint James à Barbara.

— Nous avons tous l'air épuisé, ajouta lady Helen. Un peu de café, Barbara ?

— Au moins dix tasses, répliqua celle-ci.

Elle se dépêtra de son manteau et de son bonnet de laine, les jeta sur le canapé, et alla réchauffer devant le feu ses doigts engourdis.

— Il neige, annonça-t-elle.

Lady Helen frissonna.

— Après ce dernier week-end, c'est bien la dernière chose que j'ai envie d'entendre. (Elle tendit à Saint James une tasse de café et en servit deux autres.) J'espère que votre journée a été plus fructueuse que la mienne, Barbara. Après avoir passé cinq heures à explorer le passé de Geoffrey Rintoul, je commence à avoir le sentiment de travailler pour ces comités du Vatican qui recommandent les candidats à la canonisation. Ça ne t'embête pas de réentendre tout ça ? demanda-t-elle à Saint James avec un sourire.

— Pas du tout, j'en meurs d'envie. Je peux ainsi penser à mon propre passé peu recommandable et me repentir de façon appropriée.

— Voilà qui est parfait, dit-elle en regagnant le canapé, rejetant en arrière quelques mèches de cheveux qui lui tombaient sur la joue.

Elle ôta ses chaussures, replia ses jambes sur le siège et dégusta son café.

Même épuisée, son attitude restait élégante, observa Barbara. Sûre d'elle-même, parfaitement à l'aise. Se trouver en présence de lady Helen représentait toujours pour Barbara un exercice dans l'art de se sentir gauche et totalement dénuée de séduction, et elle se demandait comment la femme de Saint James pouvait supporter avec placidité le fait que son mari et lady Helen travaillent côte à côte trois jours par semaine dans le laboratoire de criminalistique installé au dernier étage de la maison.

Lady Helen sortit de son sac à main un petit calepin noir.

— Au bout de plusieurs heures en compagnie du *Debrett's*, du *Burke's* et de *Landed Gentry*, sans compter trois quarts d'heure au téléphone avec mon père, qui sait tout de n'importe quel détenteur de titre, j'ai réussi à dessiner un portrait tout à fait exceptionnel de notre Geoffrey Rintoul. Voyons cela. (Elle ouvrit le calepin, dont elle parcourut la première page.) Né le 23 novembre1914. Son père était Francis Rintoul, quatorzième comte de Stinhurst, et sa mère Astrid Selvers, une jeune débutante américaine du style Vanderbilt qui eut apparemment l'audace de mourir en 1925, laissant Francis tout seul avec trois enfants à élever. Ce qu'il fit avec un succès éclatant, à en juger par les prouesses de Geoffrey.

— Il ne s'est jamais remarié ?

— Jamais. Il ne semble même pas qu'il ait eu de liaisons discrètes. Mais l'inappétence sexuelle paraît constituer un trait de famille, comme vous pourrez en juger dans un instant.

— Mais comment cela cadre-t-il avec la liaison de Geoffrey et de sa belle-sœur ? demanda Barbara.

— Un éventuel illogisme, reconnut Saint James.

— Geoffrey fit ses études à Harrow et Cambridge, continua lady Helen. Sorti de Cambridge en 1936 avec un diplôme d'économie et de rhétorique. Mais il ne s'est véritablement fait remarquer qu'en octobre 1942, où il s'est révélé stupéfiant. Il était avec Montgomery à la bataille d'El Alamein, en Afrique du Nord.

— Son grade ?

— Capitaine. Il faisait partie de l'équipage d'un char. A ce qu'il semble, au cours d'une des pires journées du combat, qui en a duré douze, son char a été touché et immobilisé par un obus allemand. Le véhicule a pris feu, Geoffrey a réussi à en dégager deux blessés, qu'il a tirés à l'abri à plus d'un kilomètre, alors qu'il était lui-même blessé. Il a été décoré de la Victoria Cross.

— Pas le genre d'homme qu'on s'attend à retrouver dans une tombe isolée, remarqua Barbara.

— Il y a plus encore, ajouta lady Helen. A sa requête, et malgré la gravité de ses blessures, qui aurait pu l'écarter du champ de bataille jusqu'à la fin de la guerre, il a fini celle-ci sur le front allié dans les Balkans. Churchill tentait de préserver là-bas un peu de l'influence britannique face à la prépondérance soviétique, et Geoffrey était à l'évidence un partisan convaincu de Churchill. Une fois démobilisé, il est entré à Whitehall, au ministère de la Défense.

— Etonnant qu'il ne soit pas devenu député.

— On lui a demandé de se présenter à plusieurs reprises, mais il a toujours refusé.

— Et il ne s'est jamais marié ?

— Non.

Saint James esquissa un geste, mais lady Helen l'arrêta d'un mouvement de la main, et se leva pour lui verser sans un mot une seconde tasse de café. Elle se contenta de froncer les sourcils lorsqu'il se servit abondamment de sucre, et écarta définitivement le sucrier lorsqu'il remplit une cinquième cuillerée.

— Il était homosexuel ? demanda Barbara.

— Si c'était le cas, il a fait montre d'une discrétion exemplaire. Quelque type de liaison qu'il ait pu nouer, il n'y a jamais eu la plus petite rumeur de scandale.

— Même pas en relation avec la femme de lord Stinhurst, Marguerite Rintoul ?

— Aucune.

— Il est trop beau pour être vrai, dit Saint James. Et vous, Barbara, qu'est-ce que vous avez trouvé ?

A l'instant où elle allait sortir son propre calepin de la poche de son manteau, Cotter entra avec les délices promis, du gâteau pour Saint James et lady Helen, et une assiette de viande froide, de fromage et de pain pour Barbara, ainsi qu'une troisième part de gâteau. Elle lui adressa un sourire de remerciement, auquel il répondit par un clin d'œil amical. Puis il vérifia la cafetière, et s'éclipsa. Ses pas résonnèrent dans l'escalier du hall.

— Mangez d'abord, conseilla lady Helen. Le gâteau au chocolat que j'ai là va de toute façon absorber toute mon attention. Nous reprendrons quand vous aurez terminé de dîner.

D'un hochement de tête reconnaissant, Barbara la remercia de la compréhension dissimulée derrière ce prétexte, tellement caractéristique de lady Helen, et se jeta sur la nourriture, dévorant comme un prisonnier de guerre trois tranches de viande et deux grosses portions de fromage. Lorsqu'elle n'eut plus devant elle que le gâteau et une nouvelle tasse de café, elle sortit son calepin.

— Quelques heures de recherches à la bibliothèque, et tout ce que j'ai pu trouver, c'est que la mort de Geoffrey paraît totalement dénuée d'ambiguïté. Tout ceci d'après les commentaires des journaux après l'enquête. La nuit où il est mort, ou plus exactement les premières heures du 1er janvier 1963, il y a eu une tempête effroyable à Westerbrae.

— Ça, je veux bien le croire, après le temps que nous avons eu ce week-end, remarqua lady Helen.

— Selon l'officier chargé de l'enquête, un certain inspecteur Glencalvie, la portion de route où s'est produit l'accident était totalement verglacée. Rintoul a perdu le contrôle de sa voiture dans le virage en épingle à cheveux, et a effectué plusieurs tonneaux.

— Il n'a pas été éjecté ?

— Apparemment non. Mais il a eu la nuque brisée, et son corps a été carbonisé.

— Cela pourrait signifier... commença lady Helen en se tournant vers Saint James.

— Non, pas de substitution de cadavres à cette époque, l'interrompit-il. Ils disposaient sans aucun doute de radios et de tableaux dentaires pour l'identifier. Y a-t-il eu des témoins de l'accident, Barbara ?

— Ils n'ont rien trouvé de mieux que le propriétaire de Hillview Farm. Il a entendu l'accident, et a été le premier sur les lieux.

— Et qui était-ce ?

— Hugh Kilbride, le père de Gowan.

Ils réfléchirent un moment en silence. Le feu crépita avec force lorsque les flammes atteignirent une grosse bulle de sève. Barbara reprit lentement :

— Alors, je n'ai pas arrêté de me répéter : que voulait réellement dire Gowan avec ses deux mots « pas vu » ? Evidemment, j'ai d'abord pensé qu'il y avait un rapport avec la mort de Joy. Mais si ce n'était pas le cas ? Si cela était en relation avec un secret que lui aurait confié son père ?

— C'est une éventualité.

— Et puis, il y a autre chose.

Elle leur raconta la fouille du bureau de Joy Sinclair, et l'absence de toute référence à la pièce qu'elle écrivait pour lord Stinhurst.

L'intérêt de Saint James s'éveilla.

— Il y avait des traces d'effraction ?

— Je n'ai rien remarqué.

— Quelqu'un d'autre aurait-il pu disposer d'une clé ? demanda lady Helen, qui continua : Mais il y a quelque chose qui ne va pas, non ? Tous ceux qui portaient un quelconque intérêt à la pièce se trouvaient à Westerbrae, comment la maison a-t-elle pu... A moins que quelqu'un ne se soit précipité à Londres pour vider le bureau avant votre arrivée. Mais cela n'est guère vraisemblable, ni même possible, n'est-ce pas ? Et puis, qui pourrait avoir une clé ?

— Irene, je pense. Robert Gabriel. Peut-être même...

Barbara hésita.

— Rhys ? suggéra lady Helen.

Un malaise s'empara de Barbara. Elle avait entrevu tout un monde dans le ton sur lequel lady Helen avait prononcé ce nom.

— Peut-être. Un certain nombre de coups de téléphone lui étaient adressés, sur sa facture, entrecoupés d'appels à un endroit nommé Porthill Green.

Sa loyauté à l'égard de Lynley l'empêcha d'en ajouter plus. Cette enquête à son propre compte l'amenait déjà à se déplacer sur un terrain suffisamment glissant sans qu'elle se risque en plus à fournir à lady Helen des informations que celle-ci pouvait transmettre à quelqu'un d'autre, volontairement ou par inadvertance.

Mais lady Helen n'exigea pas davantage de détails.

— Et Tommy pense que, d'une façon ou d'une autre, Porthill Green donne à Rhys un mobile d'assassinat. Bien sûr. Il est à la recherche d'un mobile, il me l'a dit.

— Mais tout ceci ne nous éclaircit guère sur la signification de la pièce de Joy, n'est-ce pas ? (Saint James se tourna vers Barbara.) « Vassal. » Qu'est-ce que cela évoque pour vous ?

Elle fronça les sourcils.

— La féodalité et les fiefs. Cela devrait signifier autre chose ?

— Il y a un lien avec tout ceci, répondit lady Helen. Quel qu'il soit. C'est le seul détail de la pièce que j'ai retenu.

— Pourquoi ?

— Parce que personne ne l'a compris, sauf les membres de la famille de Geoffrey Rintoul. Eux ont parfaitement saisi sa signification. Ils ont réagi lorsque le personnage a dit qu'il n'allait pas devenir un autre vassal. Comme s'il s'agissait d'une sorte de mot de passe familial qu'ils étaient seuls à comprendre.

Barbara eut un soupir.

— Et maintenant ? Que faisons-nous ?

Ni Saint James ni lady Helen ne lui fournirent de réponse. Ils se plongèrent alors dans une méditation rompue quelques minutes plus tard par le bruit de la porte d'entrée, et la voix agréable d'une jeune femme qui s'écriait :

— Papa ? C'est moi. Je meurs de froid et de faim. Je mangerais n'importe quoi, même un pâté à la viande ! Tu vois à quel état de famine j'en suis réduite, ajouta-t-elle avec un rire léger.

La voix de Cotter répliqua sévèrement depuis l'étage :

— Ton mari a mangé la dernière miette qui restait dans cette maison, ma chérie. Ça t'apprendra à abandonner ce pauvre homme pendant des heures à son triste sort. Mais où va le monde !

— Simon ? Il est déjà rentré ?

Des pas vifs résonnèrent dans le hall, la porte du bureau s'ouvrit à la volée, et Deborah Saint James s'empressa :

— Mon chéri, tu n'as pas...

Elle s'arrêta net à la vue des deux femmes. Elle regarda son mari, et ôta son béret couleur crème, libérant une chevelure roux cuivré indisciplinée. Vêtue d'un beau manteau de lainage ivoire sur un tailleur gris — sa tenue de travail —, elle portait une grande valise métallique de matériel photo qu'elle posa près de la porte.

— J'ai travaillé sur un mariage, expliqua-t-elle. Avec la réception qui suivait, j'ai cru que je ne m'en sortirais jamais. Et vous revenez tous d'Ecosse si tôt ? Que s'est-il passé ?

Un sourire éclaira le visage de Saint James. Il tendit la main et sa femme traversa la pièce.

— Je sais exactement pourquoi je t'ai épousée, Deborah, dit-il en l'embrassant vivement et en noyant sa main dans sa chevelure. A cause des photos !

— Et moi qui ai toujours pensé que c'était parce que tu étais fou de mon parfum, rétorqua-t-elle en faisant mine d'être vexée.

— Jamais de la vie.

Saint James se leva et se dirigea vers son bureau. Il fouilla dans un grand tiroir dont il tira un répertoire téléphonique.

— Qu'est-ce que tu fabriques ? interrogea lady Helen.

— Deborah vient de nous donner la réponse à la question de

Barbara, répliqua-t-il. Que faisons-nous maintenant ? Nous nous intéressons aux photos. Et si elles existent, Jeremy Vinney est l'homme qui peut nous les obtenir, conclut-il en décrochant le téléphone.

11

Porthill Green était un village qui semblait jaillir comme une excroissance anormale de la terre tourbeuse des Fens, les plaines marécageuses de l'est de l'Angleterre. Proche du centre d'un triangle formé par les villes du Suffolk et du Cambridgeshire qui avaient nom Brandon, Mildenhall et Ely, il se trouvait à l'intersection de trois routes étroites qui serpentaient à travers des champs de betterave à sucre et enjambaient grâce à des ponts à peine plus larges qu'une voiture des canaux d'un brun terreux. Il se nichait dans un paysage qui n'était qu'une déclinaison de gris, bruns et verts — du ciel d'hiver sinistre aux champs gras parsemés çà et là de plaques de neige, en passant par l'abondante végétation qui bordait les chemins.

Le village n'avait rien de bien attrayant. Neuf maisons à la façade de pierre et quatre au revêtement de plâtre, avec des colombages comme dressés à la hâte, s'alignaient le long de la rue principale. Des enseignes à la peinture sale et écaillée signalaient la présence de commerces. Une station-service solitaire, dont les pompes étaient apparemment faites de rouille et de verre, montait la garde à la lisière du village, et tout au bout de la rue, autour d'une croix celtique polie par le temps, s'étendait un cercle de neige sale sous lequel poussait sans nul doute l'herbe qui donnait son nom au village.

Lynley constata qu'à l'origine le pub s'appelait simplement *The Plough*, et qu'on avait placé de chaque côté les mots *Wine's* et *Liquors*. Ce dernier avait dû tomber en des temps reculés, ne laissant qu'une tache sombre sur laquelle la forme des lettres était encore lisible. Plutôt que de le replacer, ou de repeindre, on avait ajouté une apostrophe au premier mot, sous la forme d'une chope d'étain clouée à la façade. Ainsi l'établissement avait-il été rebaptisé, sans doute au grand amusement de quelqu'un.

— C'est le même village, sergent, remarqua-t-il après avoir jeté un coup d'œil rapide à travers le pare-brise.

A l'exception d'un bâtard au poil jaunâtre qui reniflait une haie, l'endroit paraissait totalement abandonné.

— Le même que quoi, monsieur ?

— Que sur le dessin affiché au mur du bureau de Joy Sinclair.

La station-service, les commerces. Et voilà le cottage derrière l'église. Elle a séjourné ici assez longtemps pour se familiariser avec les lieux. Je suis sûr que quelqu'un se souviendra d'elle. Occupez-vous de la grand-rue pendant que je vais dire un mot à John Darrow.

Havers agrippa la poignée de la portière avec un soupir de résignation.

— Le sale boulot est toujours pour moi, ronchonna-t-elle.

— Un peu de marche vous éclaircira les idées après la soirée d'hier.

— La soirée d'hier ? répéta-t-elle, le regard vide.

— Le dîner, le cinéma ? Le type du supermarché ?

— Oh, ça, dit Havers en s'agitant sur son siège. C'était quelconque, vous pouvez me croire.

Elle sortit, laissant pénétrer dans la voiture une bouffée d'air chargée d'une vague odeur de mer, de poisson mort et d'ordures en décomposition, puis marcha jusqu'à la première maison, et disparut derrière la porte noire en mauvais état.

Le trajet depuis Londres leur avait pris moins de deux heures, et il était encore tôt, aussi Lynley ne fut-il guère surpris de trouver fermée la porte du *Wine's The Plough*. Il recula, examina ce qui lui sembla être un appartement, à l'étage, en vain. Des rideaux informes empêchaient de distinguer quoi que ce soit, il n'y avait personne, ni véhicule ni moto qui indique la présence d'un quelconque propriétaire. Lynley tenta néanmoins de scruter l'intérieur du pub lui-même, et distingua à travers une lame de volet brisée une faible lueur provenant d'une porte tout au fond, qui semblait mener à la cave.

Il retourna à l'entrée et frappa à coups redoublés. Des pas lourds résonnèrent bientôt, et traînèrent jusqu'à la porte.

— C'est pas ouvert, annonça une voix d'homme rocailleuse.

— Mr Darrow ?

— Ouais.

— Vous pouvez ouvrir la porte, s'il vous plaît ?

— C'est pour quoi ?

— Scotland Yard.

Ces deux mots provoquèrent une légère réaction. La porte fut déverrouillée et entrebâillée de quelques centimètres.

— Tout est en ordre, ici.

De petits yeux en forme d'amande, couleur brun délavé, examinèrent la plaque d'identité de Lynley.

— Je peux entrer ?

Darrow considéra la requête et le peu de réponses qui s'offraient à lui sans lever le regard.

— C'est pas à propos de Teddy, hein ?

— Votre fils ? Non, cela n'a rien à voir avec lui.

Apparemment satisfait, l'homme ouvrit la porte plus largement, recula, et laissa pénétrer Lynley. Le pub était modeste, à l'image du village. Un assortiment de néons éteints identifiant les alcools disponibles, suspendus au-dessus du comptoir en Formica, constituait la seule et unique décoration. Le mobilier était réduit : une demi-douzaine de petites tables entourées de tabourets, et un banc rembourré qui courait sous les fenêtres de la façade. Le coussin qui avait dû être rouge n'était plus que d'un rose passé par le soleil, et constellé de taches. Une forte odeur de brûlé imprégnait l'atmosphère, mélange de fumée de cigarette, de feu éteint dans une cheminée noircie, et de fenêtres demeurées trop longtemps fermées pour se protéger des rigueurs de l'hiver.

Darrow s'installa derrière le bar, peut-être dans l'intention de traiter Lynley comme un client, malgré l'heure matinale et son appartenance à la police. Lynley, pour sa part, choisit de rester devant le comptoir, bien que cela l'oblige à être debout, alors qu'il aurait préféré procéder à l'entrevue installé à une des tables.

Darrow était un homme d'apparence fruste, sans doute âgé d'une quarantaine d'années, qui donnait une impression très nette d'agressivité rentrée. Bâti comme un boxeur, ramassé, avec des membres longs et puissants et un torse de taureau, il avait des oreilles incongrues, petites et bien dessinées, plaquées contre son crâne. Ses vêtements, une chemise de laine aux manches retroussées sur des bras poilus et des pantalons larges laissant une grande aisance de mouvement, lui allaient parfaitement, et dénotaient un homme capable de passer du rôle de patron de bistrot à celui de bagarreur patenté en moins de temps qu'il n'en faut pour fermer le poing. A moins d'être provoquées par Darrow lui-même, il ne devait pas éclater beaucoup de rixes au *Wine's The Plough*, pensa Lynley.

Dans sa poche, il avait la couverture de *Mort dans l'obscurité*, prise dans le bureau de Joy Sinclair. Il la plia de façon à montrer la photo de l'auteur, souriante.

— Connaissez-vous cette femme ? demanda-t-il.

Une lueur s'alluma indubitablement dans l'œil de Darrow.

— Je la connais. Et alors ?

— Elle a été assassinée il y a trois jours, dans la soirée.

— J'étais là, il y a trois jours, répliqua Darrow d'un ton revêche. Le samedi, c'est le soir où il y a le plus de monde. N'importe qui dans le village vous le dira.

La réaction n'était pas du tout celle qu'avait escomptée Lynley. Il avait attendu de la surprise, peut-être, un certain trouble, ou de la réserve. Mais une protestation d'innocence aussi spontanée, voilà qui était pour le moins inhabituel.

— Elle est venue vous voir, dit-il. Elle a téléphoné ici dix fois le mois dernier.

— Et qu'est-ce que ça fait ?

— J'attends que vous m'expliquiez pourquoi.

Le patron du pub parut soupeser le ton égal de Lynley, visiblement déconcerté par l'absence de réaction engendrée par sa démonstration de non-coopération agressive.

— Je voulais pas la voir, dit-il. Elle voulait écrire un foutu bouquin.

— Sur Hannah ?

Darrow serra les mâchoires, et chaque muscle de son visage se tendit.

— Ouais. Hannah.

Il se tourna vers une bouteille de Bushmill's Black Label et se servit un verre. Il avala le whisky en deux ou trois longues goulées, le dos tourné.

— Vous en voulez un ? demanda-t-il en s'en versant un second.

— Non.

Il hocha la tête, but de nouveau.

— Elle est sortie de nulle part, avec un paquet de coupures de journaux sur ci et ça, un bouquin qu'elle avait écrit, des prix qu'elle avait reçus... Et je sais pas, quoi d'autre. Et elle attendait tout bonnement que je lui donne Hannah et que je lui dise merci, en plus. Eh bien, je ne voulais pas. Il n'en était pas question. Et il était pas question que mon Teddy se retrouve dans toutes ces saletés. Que sa maman se tue en donnant de quoi papoter aux commères du coin jusqu'à ses dix ans, c'était déjà suffisant. Je voulais pas que ça recommence. Je voulais pas qu'on remue tout ça à nouveau, qu'on bouleverse le gamin.

— Hannah était votre femme ?

— Ouais. Ma femme.

— Comment Joy Sinclair en a-t-elle entendu parler ?

— Elle disait que ça faisait neuf ou dix mois qu'elle étudiait les suicides pour en trouver un d'intéressant, et elle a lu quelque chose à propos d'Hannah. Ça lui a tiré l'œil, elle a dit. Vous vous rendez compte, mon vieux, continua-t-il avec amertume. « Tiré l'œil. » Pour elle, Han n'était pas une personne, c'était juste un morceau de viande. Alors, je lui ai dit d'aller se faire foutre. Comme je vous l'dis.

— Dix coups de fil laissent à penser qu'elle a insisté.

Darrow eut un grognement.

— Aucune différence. Elle arrivait à rien. Teddy était trop

jeune pour savoir ce qui s'était passé, alors elle pouvait rien en tirer. Et elle ne tirait rien de moi.

— Est-ce que je peux en déduire que, sans votre coopération, il ne pouvait pas y avoir de livre ?

— Ouais. Pas de livre, rien. C'était comme ça, et pas autrement.

— Elle était seule quand elle est venue vous voir ?

— Ouais.

— Il n'y a jamais eu personne avec elle ? Quelqu'un qui attendait dans la voiture, peut-être ?

Darrow plissa les yeux d'un air soupçonneux, et jeta un coup d'œil rapide en direction des fenêtres.

— Qu'est-ce que vous voulez dire ?

La question avait paru directe à Lynley, et il se demanda si Darrow ne cherchait pas à temporiser.

— Est-elle venue accompagnée ?

— Elle était toujours seule.

— Votre femme s'est suicidée en 1973, n'est-ce pas ? Joy Sinclair vous a-t-elle jamais laissé entendre pourquoi un suicide qui remontait aussi loin l'intéressait ?

Le visage de Darrow s'assombrit, et il eut un rictus de mépris.

— La chaise lui plaisait, inspecteur. Elle a été assez bonne pour me dire ça. Cette foutue chaise lui plaisait.

— La chaise ?

— Exactement. Han a perdu une chaussure lorsqu'elle a renversé la chaise. Et ça lui plaisait, à cette bonne femme. Elle disait que c'était... « poignant ». Vous m'en voudrez pas si je vous dis que je me fiche pas mal que quelqu'un ait assassiné cette salope, conclut-il en se retournant vers la bouteille de whisky.

Saint James et sa femme travaillaient tous deux dans leurs domaines respectifs au dernier étage de leur maison, lui dans son laboratoire de criminalistique et Deborah dans son laboratoire photo, qui lui était contigu. La porte de communication était ouverte et, levant les yeux du rapport qu'il mettait au point pour la défense dans un procès imminent, Saint James s'accorda un moment de plaisir simple à contempler sa femme, les sourcils froncés sur une série de photos, un crayon derrière l'oreille et sa masse de cheveux bouclés maintenus en arrière par des peignes. La lumière tombante lui encerclait la tête d'un halo. Le reste de son corps se trouvait plongé dans l'ombre.

— Nul. Minable, murmura-t-elle en griffonnant au dos d'une photo et en en jetant une autre dans la poubelle à ses pieds. Foutue lumière... Seigneur, Deborah, où as-tu appris les règles élémentaires de la composition ?.... Dieu tout-puissant, celle-ci est encore pire !

Saint James eut un rire, et Deborah leva les yeux.

— Désolée, dit-elle. Je te distrais ?

— Tu me distrais toujours, mon amour. Et bien plus qu'il ne faudrait, j'en ai peur. Surtout lorsque nous avons été séparés, ne serait-ce que vingt-quatre heures.

Les joues de Deborah rosirent.

— Eh bien, je suis ravie d'apprendre qu'au bout d'un an, le romantisme n'est pas encore mort entre nous... je... C'est idiot, non ? Tu n'es vraiment parti qu'une nuit en Ecosse ? Tu m'as manqué, Simon. Je n'aime plus du tout aller me coucher sans toi.

Elle rougit de plus belle lorsque Saint James descendit de son haut tabouret et traversa le laboratoire pour venir la rejoindre dans la pénombre de la chambre noire.

— Non, mon amour... Je ne voulais pas dire... Simon, ce n'est pas comme cela que le travail va se faire, protesta-t-elle de mauvaise foi lorsqu'il la prit dans ses bras.

Il eut un rire silencieux :

— Eh bien, nous allons faire d'autres choses, non ? dit-il en l'embrassant.

Un long moment plus tard, il murmura avec délectation contre sa bouche :

— Mon Dieu, oui... Des choses beaucoup plus importantes.

Ils s'écartèrent d'un air coupable au son de la voix de Cotter, qui montait bruyamment l'escalier en parlant beaucoup plus fort que d'habitude.

— Ils sont là-haut tous les deux, tonna-t-il. Ils doivent travailler, je pense. Deb développe ses photos et Mr Saint James a un rapport à faire. C'est juste au-dessus. Ce n'est pas très haut, on y sera dans une seconde.

Cette dernière information fut claironnée encore plus fort que les précédentes. Deborah se mit à rire.

— Je ne sais jamais si mon père doit me consterner ou m'amuser, chuchota-t-elle. Comment diable peut-il toujours savoir ce que nous faisons ?

— Il voit bien la façon dont je te regarde, cela lui suffit. Crois-moi, ton père sait exactement ce que j'ai en tête.

Saint James retourna pieusement à son laboratoire, et rédigeait son rapport lorsque Cotter apparut à la porte, suivi de Jeremy Vinney.

— Voilà, on y est, annonça Cotter, tonitruant. Ça fait une petite grimpette, hein ? ajouta-t-il en passant la pièce en revue comme pour s'assurer qu'il n'avait pas pris sa fille et son mari *in flagrante delicto*.

Vinney demeura de marbre devant la façon bruyante dont Cotter avait annoncé leur arrivée, et s'avança, une chemise de papier bulle à la main. Son visage rebondi portait les traces de la fatigue, et sur sa mâchoire se dessinait une ombre de barbe qu'il avait oublié de raser. Il portait encore son pardessus.

— Je crois avoir ce que vous cherchiez, dit-il à Saint James tandis que Cotter, avant de s'éclipser, répondait au sourire malicieux de sa fille par un grognement affectueux. Peut-être même un peu plus. Le type qui a suivi l'enquête sur la mort de Geoffrey Rintoul en 1963 est aujourd'hui un de nos rédacteurs en chef. Nous avons épluché ses archives ce matin, et déniché trois photos et un paquet de notes. Elles ont été écrites au crayon, et sont à peine lisibles aujourd'hui, mais nous pouvons peut-être en tirer quelque chose. (Il lança à Saint James un regard pénétrant.) Stinhurst a tué Joy ? C'est ça que vous voulez prouver ?

La question constituait la conclusion logique de tout ce qui s'était produit, et n'était pas déraisonnable dans la bouche du journaliste. Mais Saint James savait parfaitement ce qu'elle impliquait. Vinney jouait un triple rôle dans la tragédie de Westerbrae, celui de journaliste, d'ami de la victime, et de suspect. Que la police reporte entièrement ses soupçons sur quelqu'un d'autre ne pouvait que l'avantager. Et après avoir montré sa bonne volonté en coopérant pleinement, qui mieux que Saint James, dont tout le monde savait qu'il était l'ami de Lynley, pouvait le dédouaner pleinement ? Saint James répondit donc avec précaution.

— La mort de Geoffrey Rintoul présente simplement une petite bizarrerie qui nous a intrigués.

Si le journaliste fut désappointé par le caractère détourné de la réplique, il n'en montra rien.

— Je vois.

Il ôta son pardessus, fut présenté à la femme de Saint James, et, étalant le dossier sur la table, en sortit une liasse de papiers et trois photos en mauvais état.

Il reprit la parole sur un ton tout à fait professionnel.

— Les notes sur l'enquête sont très complètes. Notre homme espérait faire un long papier, étant donné le passé glorieux de Geoffrey Rintoul, aussi avait-il soigneusement relevé tous les détails. Je crois que vous pouvez vous fier à sa précision.

Le papier jaune sur lequel elles avaient été prises ne faisait que rendre plus difficile encore la lecture des notes au crayon plus ou moins effacées.

— Il mentionne une querelle, remarqua Saint James après les avoir parcourues.

Vinney tira un tabouret près de la table.

— Le témoignage de la famille a été très honnête à l'enquête du coroner. Le vieux lord Stinhurst — Francis Rintoul, le père du comte actuel — a raconté qu'une violente dispute s'était produite avant le départ de Geoffrey.

— A quel propos, cette dispute ?

Saint James chercha les détails tandis que Vinney les lui confiait.

— A ce qu'il semble, une simple prise de bec provoquée par l'alcool qui a dégénéré en déballage d'histoires familiales.

Voilà qui ressemblait beaucoup à ce que Lynley avait rapporté de sa conversation avec le présent comte Rintoul. Mais Saint James éprouvait du mal à croire que le vieux lord Stinhurst ait discuté du triangle amoureux de ses deux fils devant le jury du coroner. Les liens familiaux ne pouvaient que l'en empêcher.

— Il a été plus explicite ?

— Oui, dit Vinney en désignant du doigt un paragraphe. Geoffrey voulait à tout prix rentrer à Londres, et a décidé de partir cette nuit-là malgré la tempête. Son père a témoigné qu'il s'était opposé à ce départ. A cause du temps ; mais aussi parce qu'il n'avait guère vu Geoffrey au cours des six derniers mois, et tenait à le garder sur place encore un moment. Leurs relations n'étaient pas au beau fixe, semble-t-il, et le vieux comte voyait dans cette réunion de Nouvel An une façon de combler le fossé qui s'était creusé entre eux.

— Quelle sorte de fossé ?

— J'ai cru comprendre que le vieux lord reprochait beaucoup à Geoffrey de ne pas se marier. Il voulait sans doute que celui-ci se sente obligé de consolider l'arbre généalogique. En tout cas, c'était là le cœur de leur différend.

Vinney étudia les notes avant de reprendre avec prudence, comme s'il avait compris combien il était important qu'il fasse montre d'impartialité dans toute discussion concernant la famille Rintoul :

— J'ai le sentiment que le vieil homme était habitué à ce qu'on lui obéisse. Lorsque Geoffrey a décidé de rentrer à Londres, il s'est donc mis en colère, et c'est de là qu'est née la querelle.

— A-t-on une idée de la raison pour laquelle Geoffrey voulait à toute force rentrer à Londres ? Une liaison féminine que son père n'approuvait pas ? Ou peut-être une relation avec un homme qu'il voulait garder cachée ?

Vinney eut une hésitation curieuse et inexplicable, comme s'il cherchait un sens supplémentaire aux paroles de Saint James. Il s'éclaircit la gorge.

— Rien ne l'indique. Personne n'a jamais débarqué pour se vanter d'une liaison clandestine. Pensez aux journaux populaires. Si quelqu'un avait eu une relation cachée avec Geoffrey Rintoul, il ou elle serait probablement sorti de l'ombre à sa mort et aurait vendu son histoire à prix d'or. Dieu sait qu'au début des années soixante, c'était la grande mode. La moitié des ministres du gouvernement paraissait impliquée avec des call-girls. Rappelez-vous Christine Keeler et John Profumo. Le scandale a sérieusement éclaboussé les conservateurs. Il me semble que si quelqu'un qui avait été lié à Geoffrey Rintoul avait eu besoin d'argent, il ou elle se serait contenté de suivre les traces de Christine Keeler.

— Vous n'avez pas tort, réfléchit Saint James. Il y a peut-être là plus de choses que nous le pensons. John Profumo était ministre de la Défense. Geoffrey Rintoul travaillait au ministère de la Défense. La mort de Rintoul et l'enquête du coroner datent de janvier, et c'est exactement au même moment que la liaison de Profumo avec Christine Keeler s'étalait dans la presse. Existerait-il une relation que nous ne distinguons pas entre ces gens et Geoffrey Rintoul ?

L'emploi du « nous » parut détendre Vinney.

— C'est ce que je voulais croire. Mais si une call-girl avait été en relation avec Rintoul, pourquoi aurait-elle tenu sa langue alors que les journaux populaires étaient prêts à payer une fortune pour n'importe quelle histoire juteuse impliquant un membre du gouvernement ?

— Peut-être n'était-ce pas une call-girl. Peut-être Rintoul était-il lié à quelqu'un qui n'avait pas besoin d'argent, et qui n'aurait retiré aucun bénéfice de la révélation de leur liaison.

— Une femme mariée ?

Une fois encore, ils revenaient à l'histoire de lord Stinhurst sur son frère et sa femme. Saint James continua :

— Et les autres témoignages ?

— Ils ont tous confirmé la version du vieux lord, Geoffrey dans une rage folle, et l'accident dans le virage. Il y a eu quelque chose de curieux, tout de même. Le corps a été carbonisé, aussi ont-ils dû faire venir de Londres des radios et des tableaux dentaires pour une identification formelle. Le médecin de Geoffrey, un certain sir Andrew Higgins, les a apportés en personne, et a procédé à l'autopsie avec le médecin légiste de Strathclyde.

— Inhabituel, mais pas impossible.

— La bizarrerie n'est pas là, dit Vinney avec un hochement

de tête. Sir Andrew était un vieux camarade de classe du père de Geoffrey. Ils avaient été à Harrow et Cambridge ensemble. Ils appartenaient au même club londonien. Il est mort en 1970.

Saint James fournit sa propre conclusion à ces révélations. Sir Andrew aurait pu dissimuler ce qu'il y avait à dissimuler. Il aurait pu ne dévoiler que le strict nécessaire. Pourtant, de toutes les informations éparses recueillies, c'était la date — janvier 1963 — qui paraissait à Saint James l'élément le plus significatif, sans qu'il puisse dire pourquoi. Il ramassa les photographies.

La première représentait un groupe de gens vêtus de noir s'apprêtant à monter dans une série de limousines. Saint James reconnut la plupart d'entre eux. Francesca Gerrard agrippée au bras d'un homme d'âge moyen, probablement son mari, Phillip Gerrard ; Stuart et Marguerite Rintoul penchés sur deux enfants abasourdis, de toute évidence Elizabeth et son frère aîné Alec ; plusieurs personnes aux visages flous en conversation sur les marches d'un bâtiment en arrière-plan. La seconde photo représentait le lieu de l'accident, avec sa tache de terre brûlée, près de laquelle se tenait un fermier vêtu simplement, un colley écossais à ses côtés. Sans doute Hugh Kilbride, le père de Gowan, supposa Saint James, le premier arrivé sur le lieu de l'accident. Sur la dernière photo, un groupe quittait un bâtiment qui devait abriter les bureaux du coroner. Saint James y reconnut de nouveau les gens qu'il avait rencontrés à Westerbrae, mais il y avait également plusieurs visages inconnus.

— Vous savez qui sont ces gens ?

Vinney les désigna à tour de rôle :

— Sir Andrew Higgins, juste derrière le vieux lord Stinhurst. A côté de lui, l'avoué de la famille. Vous devez connaître les autres.

— A l'exception de cet homme. Qui est-ce ?

L'homme en question se trouvait derrière, à la droite du vieux lord Stinhurst, la tête tournée, en conversation avec Stuart Rintoul, qui l'écoutait les sourcils froncés, une main sur le menton.

— Aucune idée. Le type qui a pris les notes le sait peut-être, mais je n'ai pas pensé à lui demander. Vous voulez que je reprenne la photo et que je lui pose la question ?

Saint James réfléchit.

— Peut-être, dit-il enfin lentement. Deborah, appela-t-il en se retournant, tu peux venir jeter un coup d'œil, s'il te plaît ?

Elle les rejoignit à la table, et regarda les photos par-dessus l'épaule de Saint James. Celui-ci lui laissa le temps de les examiner, puis demanda :

— Est-ce que tu peux faire une série d'agrandissements de

celle-ci ? Des portraits de chacun des gens, essentiellement les visages ?

Elle acquiesça.

— Le grain sera un peu gros, bien sûr, sûrement pas de très bonne qualité, mais ils seront reconnaissables. Je m'y mets maintenant ?

— S'il te plaît. Nous verrons ce que l'actuel lord Stinhurst peut nous en dire, ajouta Saint James en regardant Vinney.

C'était la police de Mildenhall qui avait procédé à l'enquête sur le suicide d'Hannah Darrow, et Raymond Plater, l'officier responsable à l'époque, était devenu le chef de la police de la ville. Son autorité lui seyait comme un vêtement dans lequel il s'était senti de plus en plus confortable au fil du temps, aussi l'arrivée inopinée de Scotland Yard, venant parler d'une affaire classée depuis quinze ans, ne le troubla pas plus que cela.

— Je m'en souviens très bien, dit-il en guidant Lynley et Havers dans son bureau ordonné.

Il régla le store vénitien beige avec un air de propriétaire, décrocha un téléphone, composa un numéro à trois chiffres et dit :

— Plater. Vous pouvez m'apporter le dossier Hannah Darrow ? D-a-r-r-o-w. En 73... Une affaire classée... Oui.

Il manœuvra son fauteuil tournant en direction d'une table située derrière son bureau et jeta par-dessus son épaule :

— Un café ?

Lorsqu'ils eurent accepté son offre, Plater fit les honneurs à l'aide d'une cafetière à l'air efficace, et leur tendit des tasses fumantes avec du lait et du sucre. Lui-même savoura son breuvage avec une délicatesse remarquable de la part d'un homme aux traits si puissants et énergiques. Son visage à la mâchoire implacable et aux yeux clairs nordiques ne pouvait manquer de rappeler les sauvages guerriers vikings dont le sang battait sans doute dans ses veines.

— Vous n'êtes pas les premiers à vous renseigner sur la femme de Darrow, dit-il en s'enfonçant dans son fauteuil.

— L'écrivain Joy Sinclair est venue, répondit Lynley, qui ajouta lorsque Plater pencha vivement la tête : Elle a été assassinée ce week-end en Ecosse.

Le chef de la police manifesta son intérêt en se redressant.

— Il y a un lien ?

— Rien qu'une intuition, pour l'instant. Sinclair est-elle venue vous voir seule ?

— Oui. Et elle a insisté. Elle est arrivée sans rendez-vous, et comme elle n'était pas membre de la police, elle a un peu attendu, dit-il avec un sourire. Deux heures à peu près, si je me souviens bien. Comme elle est restée, j'ai fini par la recevoir. C'était... au début du mois dernier.

— Que voulait-elle ?

— Essentiellement discuter. Jeter un coup d'œil à ce que nous avions sur la femme de Darrow. En temps normal, je ne lui aurais rien montré, mais elle avait deux lettres d'introduction, une d'un chef de la police du pays de Galles avec qui elle avait travaillé sur un livre, et une autre d'un commissaire quelque part dans le sud, le Devon, peut-être. Elle avait en plus des références impressionnantes — au moins deux prix littéraires, si je me souviens bien — qu'elle n'a pas hésité à brandir pour me convaincre qu'elle ne traînait pas dans le hall juste pour une petite conversation.

On frappa à la porte avec déférence, un jeune agent tendit à son chef un épais dossier, et se retira promptement. Plater ouvrit la chemise et en retira un paquet de photographies.

Lynley constata qu'il s'agissait des photos de police officielles prises sur les lieux. D'un noir et blanc austère, elles montraient pourtant la mort avec un luxe de détails qui allait jusqu'à inclure l'ombre démesurée portée sur le mur par le corps suspendu d'Hannah Darrow. Il n'y avait pas grand-chose d'autre à voir. La pièce était quasiment nue, avec un plafond aux poutres apparentes, un plancher aux larges lames abîmées, et des murs de bois brut d'aspect cintré, décorés uniquement de petites fenêtres à carreaux. Une simple chaise cannée était renversée près du corps, et une des chaussures de la victime reposait contre un des barreaux. Elle n'avait pas utilisé de corde, mais une sorte d'écharpe noire nouée à un crochet fixé à une poutre, et sa tête pendait en avant, sa longue chevelure blonde dissimulait l'effroyable distorsion de ses traits.

Lynley examina attentivement les clichés l'un après l'autre avec un pincement d'incertitude.

— Où ces photos ont-elles été prises ? demanda-t-il.

— On l'a retrouvée dans un moulin dans les marais de Mildenhall, à plus d'un kilomètre du village.

— Le moulin existe toujours ?

— Non, je crois qu'on l'a démoli il y a trois ou quatre ans, dit Plater avec un hochement de tête. Ça ne vous aurait pas avancé à grand-chose de le voir. Pourtant, ajouta-t-il d'un ton pensif, Joy Sinclair a aussi demandé à le visiter.

— Ah bon ?

Lynley s'interrogea sur la signification de cette requête, et repensa à ce que lui avait confié John Darrow : Joy avait mis dix mois à découvrir la mort violente sur laquelle elle désirait écrire.

— Vous êtes absolument certain qu'il s'agissait d'un suicide ?

Pour toute réponse, Plater parcourut le dossier, et en sortit une seule feuille de papier. Tirée d'un cahier, déchirée en plusieurs endroits, elle avait été de toute évidence froissée puis dépliée et placée entre plusieurs autres papiers pour l'aplanir. Lynley parcourut les quelques mots tracés d'une large écriture enfantine aux lettres rondes et aux cercles minuscules représentant les points.

« Je dois partir, il est temps... Voilà un arbre mort, mais il continue à se balancer dans le vent avec les autres. Alors il me semble que si je meurs, d'une façon ou d'une autre, j'aurai encore mon rôle dans cette vie. Adieu, mon aimé. »

— C'est assez clair, ça, commenta Plater.

— Où a-t-on retrouvé ce mot ?

— Chez elle, sur la table de la cuisine, avec le crayon juste à côté, inspecteur.

— Qui l'a trouvé ?

— Son mari. Elle était censée l'aider au pub, ce soir-là. Ne la voyant pas, il est monté à l'appartement. Il a trouvé le mot, paniqué, est sorti en courant à sa recherche, en vain. Il est revenu, a fermé le pub, et a rassemblé quelques hommes pour procéder à une fouille en règle. On l'a retrouvée au moulin peu après minuit, dit-il en consultant le dossier.

— Qui l'a découverte ?

— Son mari. Accompagné, s'empressa-t-il d'ajouter avant que Lynley ait pu parler, de deux types du village avec lesquels il n'était pas particulièrement ami. Je suppose que vous pensez ce que nous avons tous immédiatement pensé, ajouta-t-il avec un sourire affable. Que Darrow avait attiré sa femme au moulin, l'avait pendue, et avait fabriqué le mot. Mais nous avons vérifié. Le mot est authentique, nos experts l'ont assuré. Et bien qu'on ait trouvé les empreintes d'Hannah et de son mari dessus, celles de Darrow s'expliquent assez facilement. Il a ramassé le papier sur la table de la cuisine où elle l'avait laissé, réflexe tout ce qu'il y a de plus normal, dans les circonstances. De plus, Hannah Darrow était bien lestée, ce soir-là, pour être sûre que le travail serait bien fait : elle portait deux gros chandails et deux manteaux de laine. Vous n'allez pas me dire que son mari avait réussi à la persuader d'aller faire une petite promenade accoutrée comme ça.

L'Azincourt se trouvait coincé entre deux édifices beaucoup plus impressionnants, dans une rue étroite non loin de Shaftesbury

Avenue. A sa gauche se dressait le *Royal Standard Hotel*, avec un portier en uniforme qui manifestait sa mauvaise humeur aux automobiles tout autant qu'aux passants. A sa droite, le musée de l'Histoire du théâtre, dont les vitrines faisaient un étalage éblouissant de costumes élisabéthains, d'armes et d'accessoires. Pris en sandwich entre les deux, l'Azincourt apparaissait décrépit et négligé, apparence qui se révélait trompeuse dès que l'on en franchissait les portes.

Lorsque lady Helen y pénétra peu avant midi, la surprise l'arrêta net. La dernière fois qu'elle avait assisté à une représentation ici, le théâtre était encore aux mains d'un autre propriétaire, et bien que le précédent décor victorien sinistre n'ait pas manqué d'un certain charme, la rénovation effectuée par lord Stinhurst était saisissante. Rien, pas même les articles de journaux, ne l'avait préparée à une telle métamorphose. Stinhurst avait donné carte blanche aux architectes et aux décorateurs, qui avaient eu pour principe : « Ne reculons devant aucun sacrifice. » Ils avaient donc entièrement vidé l'intérieur du bâtiment, créant lumière et espace grâce à une entrée qui s'ouvrait sur trois étages de balcons, et grâce à une utilisation des couleurs qui contrastait vivement avec la façade couverte de suie. En admiration devant le flux de créativité qui avait transformé les lieux, lady Helen s'accorda le loisir d'oublier un peu l'excitation avec laquelle elle allait au-devant de son rendez-vous.

Elle avait passé le moindre détail en revue jusqu'à près de minuit avec Saint James et le sergent Havers. Tous les trois, ils avaient étudié toutes les approches possibles pour cette visite à l'Azincourt. Havers se trouvant dans l'impossibilité de se rendre là-bas sans que Lynley le sache et de faire le travail correctement sous l'égide de la police, il incombait à lady Helen ou Saint James d'encourager la secrétaire de lord Stinhurst à parler des coups de téléphone que son employeur prétendait qu'elle avait passés pour lui le matin de la découverte du corps de Joy Sinclair.

Leur discussion tardive s'était achevée sur un consensus : lady Helen était la plus douée pour extorquer des confidences à n'importe qui. Tout ce qui avait paru fort raisonnable à minuit — et même flatteur, si on le prenait sous cet angle — était maintenant loin d'être rassurant, à dix pas des bureaux du théâtre, où la secrétaire de Stinhurst attendait sans le savoir.

— Helen ? Tu es venue participer au nouveau combat ?

Rhys Davies-Jones se tenait à la porte de la salle, une tasse à la main. Lady Helen lui sourit et le rejoignit au bar où du café chauffait bruyamment, répandant une odeur âcre qui était en grande partie une odeur de chicorée.

— Le café le plus mauvais de la planète, remarqua Davies-Jones. Mais on y prend goût. Tu en veux ?

Elle déclina l'offre, et il se remplit une nouvelle tasse du liquide noir qui ressemblait à de l'huile de vidange.

— Quel nouveau combat ? demanda-t-elle.

— « Combat » n'est peut-être pas le terme approprié, reconnut-il. Il s'agit plutôt de manœuvres de fine politique de la part de nos charmants comédiens pour obtenir de Stinhurst le meilleur rôle dans sa nouvelle production. La seule difficulté résidant dans le fait que le choix de la pièce n'est pas encore fait. Tu peux imaginer les intrigues qui se nouent depuis deux heures.

— La nouvelle production ? Tu veux dire que Stinhurst a l'intention de continuer après ce qui est arrivé à Joy et Gowan ?

— Il n'a pas le choix, Helen. Nous sommes tous sous contrat. Le théâtre doit ouvrir dans moins de huit semaines. C'est ça, ou il y perd sa chemise. Je dois avouer qu'il n'est pas particulièrement ravi de tout ça, pourtant. Et il sera encore moins ravi quand la presse va lui tomber dessus à propos de ce qui est arrivé à Joy. Je ne comprends d'ailleurs pas pourquoi les médias ne se sont pas encore déchaînés sur cette histoire. (Il caressa doucement la main d'Helen posée sur le bar.) C'est pour ça que tu es là, non ?

Il ne lui était pas venu à l'idée qu'elle pourrait le rencontrer ici, n'avait pas réfléchi à ce qu'elle lui dirait. Prise au dépourvu, elle répondit la première chose qui lui traversa l'esprit, sans même penser à la raison pour laquelle elle mentait.

— Non, pas du tout. Je me trouvais dans le quartier, j'ai pensé que tu serais peut-être là, alors j'ai fait un saut.

Il demeura imperturbable, mais son regard lui fit comprendre combien son prétexte paraissait ridicule. Il n'était pas le genre d'homme dont l'amour-propre se flattait qu'une jolie femme vienne à sa recherche. Elle n'était pas non plus le genre de femme à agir de la sorte, et il le savait parfaitement.

— Je vois.

Il étudia son café, passa sa tasse d'une main dans l'autre. Lorsqu'il reprit la parole, ce fut sur un ton différent, délibérément léger et naturel.

— Eh bien, viens dans la salle. Il n'y a pas grand-chose à voir, puisque nous n'avons pratiquement rien fait, mais il y a eu pas mal d'étincelles. Joanna a passé la matinée à harceler David Sydeham avec une interminable liste de doléances, et Gabriel a fait de son mieux pour verser de l'huile sur leurs eaux troublées. Il a réussi à se mettre tout le monde à dos, et plus particulièrement Irene. Tout cela va peut-être finir par une bagarre, mais ne manque pas de piquant, d'une certaine façon. Tu veux te joindre à nous ?

Le prétexte trouvé pour expliquer sa présence empêchait lady Helen de refuser, aussi le suivit-elle dans la salle plongée dans l'obscurité, pour s'asseoir au tout dernier rang. Il lui adressa un sourire poli et se dirigea vers la scène brillamment éclairée, où les comédiens, lord Stinhurst et plusieurs autres personnes étaient réunis autour d'une table en grande discussion.

— Rhys, je peux te voir ce soir ? demanda-t-elle, et il se retourna.

Sa question était née d'un mélange de contrition et de désir sincère, mais elle n'aurait su dire quel était le sentiment qui l'emportait. Tout ce qu'elle savait, c'est qu'elle ne pouvait l'abandonner ce jour-là sur un mensonge.

— Désolé, mais je ne peux pas, Helen. J'ai une réunion avec Stuart... lord Stinhurst, pour la nouvelle mise en scène.

— Ah. Oui, bien sûr. Peut-être une autre fois...

— Demain soir ? Pour dîner, si tu es libre. Si tu en as envie.

— Je... Oui. Oui, j'en ai envie. Vraiment.

Elle ne voyait pas son visage, plongé dans l'ombre, n'entendait que sa voix, et la tendresse fragile derrière ses paroles. Son timbre lui révéla combien il lui en coûtait de parler.

— Helen, je me suis réveillé ce matin en sachant avec certitude que je t'aime. Tellement. Mais, Seigneur, je ne comprends pas pourquoi je n'ai jamais vécu de moment aussi effrayant.

— Rhys...

— Non, s'il te plaît. Tu me diras demain.

Il se détourna et descendit l'allée d'un pas décidé pour rejoindre les autres.

Lady Helen s'obligea à garder les yeux fixés sur la scène, mais ses pensées s'y refusaient. Celles-ci revenaient obstinément à une réflexion sur la loyauté. Si cette rencontre avec Rhys avait été destinée à éprouver sa fidélité envers lui, elle avait lamentablement échoué. Et elle se demandait si cette défaillance momentanée signifiait le pire, si au fond d'elle-même elle ne se demandait pas maintenant ce que Rhys avait réellement fait alors qu'elle dormait à Westerbrae, deux nuits auparavant. Cette simple pensée l'accabla, et elle se méprisa.

Elle se leva, retourna dans le hall et se dirigea vers les bureaux administratifs. Renonçant à échafauder un prétexte élaboré, elle décida de dire la vérité à la secrétaire de Stinhurst.

Ce choix de la franchise allait en l'occurrence se révéler une sage décision.

— C'est à cause de la chaise, Havers, répéta Lynley pour la quatrième ou cinquième fois.

L'après-midi, le froid était devenu insupportable. Un vent glacial balayait les Fens, sans rencontrer le moindre obstacle. Lynley fit demi-tour en direction de Porthill Green au moment où Barbara examinait pour la troisième fois les photos du suicide et les replaçait dans le dossier Darrow, que le chef de la police leur avait prêté.

Elle hocha la tête. A son avis, l'hypothèse qu'échafaudait Lynley était plus que ténue, et ne reposait quasiment sur rien.

— Je ne vois pas comment vous pouvez aboutir à une conclusion valable simplement en regardant la photo d'une chaise, dit-elle.

— Regardez-la de nouveau. Si elle s'est vraiment pendue, comment a-t-elle pu renverser la chaise sur le côté ? C'est impossible. Elle peut avoir donné un coup de pied dans le dossier, ou même avoir mis la chaise de côté et donné quand même un coup de pied dans le dossier. Mais dans les deux cas, la chaise serait tombée sur le dossier, et pas sur le côté. Pour que la chaise atterrisse dans cette position sous l'impulsion d'Hannah, il n'y aurait qu'un moyen : qu'elle ait introduit le pied entre le siège et le dossier et réellement essayé de projeter la chaise.

— Cela aurait pu se produire. Il lui manquait une chaussure, lui rappela Barbara.

— Oui, mais la chaussure droite, Havers. Et si vous examinez la photo, vous verrez que la chaise était renversée à sa gauche.

Barbara comprit qu'il était déterminé à la gagner à son raisonnement. Il ne servait à rien de protester davantage, mais elle se sentit obligée de discuter.

— Vous suggérez donc que Joy Sinclair, en faisant innocemment des recherches sur un suicide, a découvert un meurtre. Comment ? Comment est-il possible que, de tous les suicides qui se produisent dans le pays, elle soit justement tombée sur celui qui était un meurtre ? Seigneur, vous vous rendez compte des probabilités ?

— Mais réfléchissez à la raison pour laquelle la mort d'Hannah Darrow l'a séduite à l'origine. Regardez toutes les particularités qui font que ce suicide-là lui a sauté aux yeux en comparaison de tous les autres. Le décor, d'abord : les Fens. Un système de canaux, d'inondations périodiques, de terre gagnée sur la mer. Toutes les caractéristiques naturelles qui les ont tous inspirés, de Dickens à Dorothy Sayers. Comment l'a-t-elle décrit ? « Le bruit des grenouilles et des pompes, la terre plate à perte de vue. » Ensuite, le lieu du suicide : un vieux moulin abandonné. Son accoutrement bizarre : deux gros chandails et deux gros manteaux de lainage. Puis l'anomalie qui a dû frapper Joy au moment où elle a vu ces photos : la position de la chaise.

— Si c'est une anomalie, comment expliquez-vous que Plater lui-même ne l'ait pas vue au cours de l'enquête ? Il n'a pas l'air du genre gaffeur.

— Quand Plater est intervenu, tous les hommes du pub avaient passé la soirée à chercher Hannah, tous convaincus qu'ils cherchaient une suicidée. Après l'avoir trouvée ils ont téléphoné à la police et ont signalé un suicide. Plater était prédisposé à croire qu'il ne s'agissait pas d'autre chose lorsqu'il a mis le pied au moulin. Il avait perdu toute objectivité avant même de voir le corps. Et il avait une preuve assez convaincante du fait qu'Hannah Darrow avait effectivement l'intention de se tuer en quittant son appartement. Le mot.

— Mais vous avez entendu Plater : celui-ci est authentique.

— Bien sûr, qu'il l'est. Je suis certain que c'est l'écriture d'Hannah.

— Alors comment expliquez-vous...

— Bon sang, Havers, regardez ce truc. Y a-t-il un seul mot mal orthographié ? Une seule virgule mal placée ?

Barbara sortit le papier, y jeta un coup d'œil et se tourna vers Lynley.

— Vous voulez dire que c'est quelque chose qu'elle a copié ? Pourquoi ? Elle faisait des essais de calligraphie ? Elle s'ennuyait ? La vie à Porthill Green n'a pas l'air bien folichonne, mais je ne vois pas une fille de la campagne passer le temps à faire des exercices d'écriture. Et même si c'était le cas, vous allez prétendre que Darrow a trouvé ce mot quelque part et a réalisé l'usage qu'il pouvait en faire ? Qu'il a eu la prévoyance de le mettre de côté en attendant le moment opportun ? Qu'il l'a posé sur la table de la cuisine ? Et puis que... quoi ? Qu'il a tué sa femme ? Comment ? Où ? Comment s'est-il débrouillé pour lui faire enfiler tous ces vêtements ? Et même s'il a réussi à faire tout ça sans éveiller les soupçons, où diable allez-vous chercher le lien avec Westerbrae et la mort de Joy Sinclair ?

— Dans les coups de téléphone, dit Lynley. Encore et toujours le pays de Galles et le Suffolk. Joy Sinclair qui confie en toute innocence à son cousin Rhys Davies-Jones ses difficultés à communiquer avec John Darrow, sans parler de ses soupçons naissants sur la mort d'Hannah. Et Davies-Jones attendant le moment d'agir, suggérant que Joy se débrouille pour avoir une chambre près d'Helen, puis l'achevant à l'instant opportun.

Barbara l'écouta, incrédule. Une fois encore, il manipulait et interprétait les faits adroitement, n'utilisant que ce qui servait à le rapprocher d'une arrestation de Davies-Jones.

— Mais pourquoi ? demanda-t-elle exaspérée.

— Parce qu'il existe un lien entre Darrow et Davies-Jones. Je ne sais pas encore lequel. Peut-être une ancienne relation. Peut-être une dette à payer. Des connaissances communes. En tout cas, quoi que ce puisse être, nous ne sommes plus loin de le découvrir.

12

Lorsque Lynley et Havers y pénétrèrent, le *Wine's The Plough* s'apprêtait à fermer pour l'après-midi et, à leur vue, John Darrow ne dissimula guère son déplaisir.

— On ferme ! aboya-t-il.

Lynley ignora le refus implicite de leur parler contenu dans ces mots et s'approcha du comptoir. Il ouvrit le dossier, et sortit le mot d'adieu d'Hannah Darrow. A côté de lui, Havers ouvrit son calepin. Darrow les regarda faire, les lèvres serrées en une moue hostile.

— Parlez-moi de ça, suggéra Lynley en lui tendant le mot.

L'homme consacra à celui-ci quelques secondes d'attention maussade et superficielle, mais ne dit rien. Il entreprit de ramasser les verres de bière alignés sur le bar, les plongeant furieusement dans un bac d'eau trouble placé en dessous.

— Quel était le niveau d'études de votre femme, Mr Darrow ? Jusqu'à quel âge était-elle allée à l'école ? Avait-elle suivi des cours à l'université ? Etait-elle autodidacte ? C'était peut-être une grande lectrice ?

La grimace qui se peignit sur le visage de Darrow révéla qu'il cherchait le piège dans les paroles de Lynley. N'en ayant apparemment pas trouvé, il déclara brièvement :

— Les livres, c'était pas son truc, à Hannah. Elle avait quitté l'école à quinze ans.

— Je vois. Mais elle s'intéressait aux Fens, non ? A la flore, ce genre de chose ?

L'homme eut une moue de mépris.

— Qu'est-ce que vous me voulez, l'Angliche ? Crachez ce que vous avez à dire, et foutez le camp.

— Elle parle d'arbres, là. D'un arbre mort qui se balance encore dans le vent. C'est plutôt poétique, non ? Même pour un mot d'adieu. Darrow, qu'est-ce que c'est vraiment, ce mot ? Quand votre femme l'a-t-elle écrit ? Pourquoi ? Où l'avez-vous trouvé ?

Il n'y eut pas de réponse. Darrow continua de laver sans un mot ses verres qui raclaient bruyamment contre les parois métalliques du bac.

— La nuit où elle est morte, vous avez quitté le pub. Pourquoi ?

— Je suis parti à sa recherche. J'étais monté à l'appartement, j'avais trouvé ça dans la cuisine, dit-il avec un hochement de tête en direction du papier, j'étais sorti.

— Où ?

— Dans le village.

— Vous avez frappé aux portes ? Fouillé les appentis ? Les maisons ?

— Non. Elle allait pas se tuer dans la maison de quelqu'un d'autre, non ?

— Et vous étiez certain qu'elle allait vraiment se tuer ?

— C'est bien ce que dit ce foutu mot, non ?

— Effectivement. Où l'avez-vous cherchée ?

— Ici et là. Je ne me souviens pas. Il y a quinze ans de ça. Je n'y ai pas fait attention, à l'époque. Et maintenant, tout ça est enterré. Est-ce que je suis assez clair, mon vieux ? C'est enterré.

— C'était enterré, reconnut Lynley. Et très bien, je le reconnais. Mais Joy Sinclair est arrivée, et a entrepris une exhumation. Et on dirait bien que quelqu'un a eu très peur de ça. Pourquoi vous a-t-elle téléphoné si souvent, Darrow ? Que voulait-elle ?

Darrow balança les deux bras hors de l'évier, et les abattit avec colère sur le comptoir.

— Je vous l'ai dit ! Cette salope voulait parler d'Hannah, mais moi je ne voulais pas. Je ne voulais pas qu'elle fouille dans le passé et qu'elle flanque nos vies en l'air. Tout ça, c'est du passé, c'est fini, et bon Dieu, ça le restera. Maintenant, tirez-vous, ou procédez à une foutue arrestation !

Regardant calmement son interlocuteur, Lynley demeura silencieux, et l'écho des derniers mots de Darrow alla en s'amplifiant. Son visage se marbra de rouge, et les veines de ses bras se gonflèrent.

— Une arrestation, répéta enfin Lynley. Quelle curieuse suggestion, Mr Darrow. Pourquoi diable irais-je procéder à une arrestation dans un cas de suicide ? Sauf que nous savons tous les deux qu'il ne s'agissait pas d'un suicide, n'est-ce pas ? Et que Joy Sinclair a commis l'erreur de vous confier qu'elle ne croyait pas au suicide.

— Sortez ! rugit Darrow.

Lynley prit son temps pour ranger les documents dans le dossier.

— Nous reviendrons, conclut-il aimablement.

A quatre heures de l'après-midi, au bout de sept heures de débats et de manœuvres, la troupe réunie à l'Azincourt avait arrêté son choix d'un auteur dramatique pour la réouverture du théâtre. Ce serait Tennessee Williams, mais la pièce elle-même demeurait encore sujet à discussion.

Saint James observa le groupe réuni sur la scène depuis le fond de la salle. Ils avaient réduit le champ à trois possibilités et, à ce qu'il pouvait en juger, la balance penchait en faveur de Joanna Ellacourt qui s'opposait fermement à *Un tramway nommé Désir*. Son aversion pour cette pièce semblait découler d'un rapide calcul du temps de scène dévolu à Irene Sinclair, au cas où, aussi incongru que cela puisse paraître, elle assumerait le rôle de Stella. Il ne semblait y avoir aucun doute sur l'interprète de Blanche Dubois, en tout cas.

Depuis un quart d'heure que Saint James les regardait, lord Stinhurst avait fait preuve d'un remarquable degré de patience. Avec une magnanimité inhabituelle, il avait autorisé tous les comédiens, les décorateurs, le metteur en scène, les assistants à faire part de leur avis sur la crise à laquelle faisait face la compagnie et le besoin urgent de mettre une œuvre en chantier. Enfin, il se leva, et se massa les reins.

— Je vous ferai part de ma décision demain, annonça-t-il. Cette séance a assez duré. Retrouvons-nous demain matin, à neuf heures. Tenez-vous prêts à une lecture.

— Aucun indice, Stuart ? demanda Joanna Ellacourt.

Elle s'étira langoureusement en arrière sur sa chaise, et sa chevelure se répandit comme un voile doré palpitant dans la lumière. A son côté, Robert Gabriel passa affectueusement les doigts sur toute la longueur de ses cheveux.

— Non, je ne crois pas, répliqua Stuart. Je ne suis pas encore entièrement décidé.

Joanna lui sourit et se détourna pour dégager la main de Gabriel de ses épaules.

— Dis-moi ce que je dois faire pour te persuader de décider en ma faveur, chéri.

Gabriel eut un rire bas et guttural.

— Tu peux te fier à elle, notre chère Jo s'y entend en matière de persuasion, Stuart.

Bien que la remarque soit lourde de sous-entendus, personne ne dit rien, dans un premier temps. Personne ne bougea, même, à l'exception de David Sydeham qui leva lentement les yeux du manuscrit qu'il examinait et regarda fixement Gabriel, le visage implacable et hostile. Mais celui-ci n'en parut pas le moins du monde affecté.

Rhys Davies-Jones laissa tomber son script.

— Bon Dieu, tu es vraiment un sale con, dit-il d'un ton las.

— Et moi qui croyais que nous ne serions jamais d'accord sur rien, Rhys et moi, ajouta Joanna.

Irene Sinclair repoussa sa chaise, dont les pieds raclèrent la scène.

— Bon. Eh bien, je m'en vais, déclara-t-elle d'un ton léger avant de sortir en descendant l'allée centrale.

Mais lorsqu'elle passa devant lui, Saint James put voir l'effort qu'elle faisait pour contrôler l'expression de son visage, et il se demanda comment et pourquoi elle avait pu supporter d'être mariée à Robert Gabriel.

Tandis que les autres comédiens, les assistants et les décorateurs se dirigeaient vers les coulisses, Saint James se leva et traversa la salle. Celle-ci ne devait pas avoir une capacité de plus de cinq cents places. Il gravit les marches qui menaient à la scène, sur laquelle flottait un brouillard gris de fumée de cigarette.

— Vous avez un moment, lord Stinhurst ?

Celui-ci était en conversation à voix basse avec un jeune homme chétif qui écrivait d'un air très concentré sur un bloc.

— Et veillez à ce que nous ayons assez d'exemplaires pour la lecture de demain matin, conclut Stinhurst.

Alors, seulement, il daigna lever la tête.

— Vous leur avez donc menti en prétendant ne pas avoir pris de décision, remarqua Saint James.

Stinhurst ne répondit pas tout de suite.

— Nous n'avons pas besoin de toute cette lumière, Donald, intima-t-il d'une voix forte.

En réponse, la scène se trouva plongée dans l'obscurité. Seule la table demeura illuminée. Stinhurst s'installa devant celle-ci, sortit une pipe et du tabac.

— Il est quelquefois plus facile de mentir, reconnut-il. Au fil du temps, c'est le genre d'attitude dont un producteur devient coutumier. Si jamais vous vous êtes trouvé pris au milieu d'une rivalité acharnée d'egos créatifs, vous comprendrez ce que je veux dire.

— Mais ce groupe-là paraît particulièrement inflammable.

— C'est compréhensible. Ces trois derniers jours ont été infernaux.

Stinhurst bourra sa pipe. La lassitude qui se lisait dans sa voix et sur son visage contrastait avec ses épaules raides.

— J'imagine que ceci n'est pas une visite de courtoisie, Mr Saint James.

Celui-ci lui tendit les agrandissements que Deborah avait

effectués à partir de la photo de l'enquête sur le décès de Geoffrey Rintoul. Un seul visage apparaissait sur chaque cliché, parfois le haut d'un torse, mais rien d'autre. Deborah avait particulièrement veillé à ce que rien n'indique que ces gens avaient à un moment donné fait partie du même groupe.

— Pouvez-vous identifier ces personnes pour moi ? demanda-t-il.

Stinhurst les passa en revue, retournant lentement chaque photo, sa pipe oubliée sur le côté. Saint James remarqua l'hésitation de ses gestes, et se demanda si son interlocuteur allait réellement coopérer. Stinhurst savait sans doute très bien que rien ne l'obligeait à révéler quoi que ce soit. Pourtant, il était aussi évident qu'il était conscient de la façon dont un refus serait interprété, si Lynley l'apprenait. Saint James se contenta d'espérer que Stinhurst le croie investi d'une mission officielle. Après un examen attentif, le producteur posa toutes les photos l'une à côté de l'autre, les désignant tour à tour.

— Mon père. Le mari de ma sœur, Phillip Gerrard. Ma sœur, Francesca. L'avoué de mon père — mort il y a quelques années, et dont j'ai oublié le nom, pour l'instant. Notre médecin. Moi.

Stinhurst avait omis le seul dont l'identité leur faisait défaut. Saint James montra la photo que Stinhurst avait posée à côté de celle de sa sœur.

— Et cet homme de profil ?

Stinhurst fronça les sourcils.

— Je ne sais pas. Je ne crois pas l'avoir jamais vu auparavant.

— Curieux, remarqua Saint James.

— Pourquoi ?

— Parce que, sur la photo dont sont tirées toutes celles-ci, il est en conversation avec vous. Et je ne sais pas pourquoi, mais vous avez l'air de le connaître très bien.

— Vraiment ? C'était peut-être le cas à l'époque. Mais l'enquête sur le décès de mon frère remonte à vingt-cinq ans. On ne peut guère attendre de moi que je me souvienne parfaitement de tous ceux qui se trouvaient là.

— C'est vrai, admit Saint James tout en considérant le fait extraordinaire qu'il n'avait à aucun moment mentionné que ces clichés avaient été pris lors de l'enquête en question.

Stinhurst se leva.

— A moins que vous n'ayez encore besoin de moi, Mr Saint James, j'ai beaucoup de choses à régler avant la fin de cette journée.

Tout en parlant, ramassant sa pipe et son tabac, se préparant à prendre congé, il ne jeta pas une seule fois un coup d'œil aux photographies. C'était là une réaction tellement invraisemblable, comme s'il s'obligeait à détourner le regard de peur que son visage ne le trahisse plus que ses paroles, que Saint James en tira une certitude absolue : lord Stinhurst savait parfaitement qui était l'homme de la photo.

Certains éclairages refusent de mentir sur le processus inéluctable et impitoyable de la vieillesse. Implacables, ils sont capables de révéler les imperfections et mettre la vérité à nu. Le grand soleil, les tubes fluorescents crus des entreprises, les projecteurs de cinéma utilisés sans filtres adoucissants — tous ceux-là savent dévoiler le pire. La table de maquillage de Joanna Ellacourt, dans sa loge, semblait faire partie du lot. Ce jour-là, en tout cas.

Il y faisait frais, comme elle le souhaitait, pour mieux conserver les fleurs envoyées par ses admirateurs avant une représentation. Mais pour l'instant, il n'y avait pas de fleurs, et l'air était chargé de ce mélange caractéristique de toutes les loges qu'elle avait connues, odeur de cold cream et de lotions de toutes sortes qui jonchaient la table. A peine consciente de ce parfum, elle fixait stoïquement son reflet dans la glace, obligeant son regard à se poser sur chaque présage révélateur de l'approche de l'âge mûr : les rides naissantes du nez au menton, les délicates pattes d'oie autour des yeux, les premières marques autour du cou, prélude aux rides plus profondes impossibles à dissimuler.

Elle esquissa un sourire moqueur à la pensée qu'elle avait échappé à presque tout ce qui avait constitué la toile de fond de son enfance. Le pavillon de cinq pièces crasseux à Nottingham ; la vision de son père, machiniste au chômage, désespéré, morne et mal rasé, assis toute la journée à sa fenêtre ; les perpétuelles lamentations de sa mère, se plaignant du froid qui s'insinuait sans relâche à travers les fenêtres mal isolées, ou de la télévision noir et blanc dont les boutons étaient cassés, laissant le son brailler à plein volume ; l'avenir que ses sœurs avaient choisi, celui d'une vie qui ne faisait que répéter l'histoire du mariage de leurs parents, une vie qui se réduisait à la production répétitive, épuisante et sans fin, d'un bébé tous les dix-huit mois, une vie sans espoir et sans joie. Elle avait échappé à tout cela. Mais elle ne pouvait se soustraire au processus de lente décomposition qui attend chacun de nous.

Comme tant de créatures égocentriques dont la beauté domine la scène, l'écran et les couvertures d'innombrables magazines, elle avait un moment pensé pouvoir échapper à celui-ci. Elle s'était même persuadée qu'elle y échapperait vraiment, car David l'y avait encouragée.

Son mari avait fait pour elle bien plus que la délivrer des misères de Nottingham. David avait été le seul et unique point de repère fidèle dans un monde inconstant où la gloire est éphémère, où la célébration par les critiques d'un nouveau talent peut signifier la chute d'une comédienne réputée qui a sacrifié sa vie au théâtre. David savait tout cela, savait combien elle avait peur, et il avait apaisé ses frayeurs grâce à un soutien et un amour sans faille — en dépit de ses crises de colère, de ses exigences, de ses flirts. Ceci jusqu'à l'apparition de la nouvelle pièce de Joy, qui avait irrémédiablement tout changé entre eux.

Fixant son reflet sans vraiment le voir, Joanna sentit la colère l'envahir de nouveau. Le brasier qui l'avait consumée samedi soir à Westerbrae, avec une intensité irrationnelle et ravageuse, s'était aujourd'hui réduit à une veilleuse incandescente capable d'embraser le cœur de sa passion à la moindre provocation.

David l'avait trahie. Elle se força à le répéter, encore et encore, de peur que la pensée de leurs années d'intimité partagée ne s'insinue dans son esprit et ne l'oblige à lui pardonner. Elle ne lui pardonnerait jamais.

Il savait parfaitement l'importance qu'elle avait attaché au fait qu'*Othello* soit sa dernière pièce face à Robert Gabriel. Il savait combien elle détestait les tentatives de séduction de Gabriel, nourries de frôlements intempestifs, de gestes fortuits qui lui faisaient effleurer ses seins, de baisers de scène langoureux face à un public qui finissait par y croire, de compliments à double sens faisant référence à ses prouesses sexuelles.

— Que tu le veuilles ou non, Gabriel et toi, vous faites des étincelles lorsque vous êtes ensemble sur scène, avait dit David.

Il n'était pas le moins du monde jaloux, ou même inquiet. Elle s'était toujours demandé pourquoi. Jusqu'à maintenant.

Il lui avait menti à propos de la pièce de Joy Sinclair, en lui affirmant que l'idée de la participation de Robert Gabriel venait de Stinhurst, et qu'il était impossible de l'écarter de la distribution. Bien qu'incapable d'affronter ce qu'elle signifiait, elle connaissait la vérité. Exiger le renvoi de Gabriel impliquait une baisse des recettes, et partant, du pourcentage de Joanna — en un mot, celui de David. Et David aimait l'argent. Ses chaussures Lobb, sa Rolls, sa résidence à Regent's Park, sa maison à la campagne, ses vêtements de Savile Row. Quelle importance si sa femme devait subir encore un an les avances gluantes de Robert Gabriel, pourvu qu'il puisse maintenir ce train de vie ? Après tout, il y avait plus de dix ans qu'elle supportait cela.

Lorsque la porte de sa loge s'ouvrit, Joanna ne se donna pas la peine de se retourner, car le miroir lui en renvoyait parfaitement l'image. Et même si cela n'avait pas été le cas, elle savait qui pénétrait dans la loge. Après tout, elle les avait suffisamment entendus pendant vingt ans pour reconnaître le moindre des mouvements de son mari — son pas assuré, le craquement de l'allumette lorsqu'il s'apprêtait à fumer, le bruissement de l'étoffe contre sa peau lorsqu'il s'habillait, le lent relâchement de ses muscles lorsqu'il s'endormait. Elle pouvait tous les identifier, car en définitive ils n'appartenaient qu'à lui.

Mais à cet instant, elle n'était pas d'humeur à penser à tout cela. Elle s'empara de sa brosse, écarta sa boîte à maquillage et se consacra à sa chevelure, comptant les coups de brosse, de un à cent, comme si chacun l'éloignait toujours davantage de ces longues années partagées avec David.

Il entra sans un mot, et se dirigea vers la chaise, comme à son habitude. Cette fois-ci, il demeura debout et également silencieux jusqu'au moment où elle finit de se coiffer, laissa tomber sa brosse et se retourna pour le regarder d'un air inexpressif.

— Je crois que je dormirais bien plus tranquille si tu m'expliquais pourquoi tu as fait ça, dit-il alors.

Lady Helen arriva chez Saint James un peu avant six heures ce soir-là, à la fois découragée et déprimée. Même la vue d'un plateau chargé de scones, de thé et de lait, servi dans le bureau, ne parut guère lui remonter le moral.

— Je crois qu'un sherry te ferait du bien, remarqua Saint James une fois qu'elle eut ôté son manteau et ses gants.

Lady Helen chercha son calepin dans son sac en acquiesçant avec chaleur :

— C'est exactement ce qu'il me faut.

— Pas de chance ? demanda Deborah.

Assise sur l'ottomane à droite de la cheminée, elle gratifiait de temps en temps d'un morceau de scone le petit teckel ébouriffé, Peach, qui attendait patiemment à ses pieds et lui léchait régulièrement la cheville d'une délicate et affectueuse langue rose.

Non loin de là, Alaska, le chat gris, était confortablement roulé en boule sur une pile de dossiers au milieu du bureau de Saint James. A l'entrée de lady Helen, ses yeux s'entrouvrirent en une fente, mais il ne bougea pas.

— Ce n'est pas vraiment ça, dit-elle en acceptant avec reconnaissance le verre de sherry que lui apportait Saint James. J'ai obtenu l'information que nous cherchions. Seulement...

— Elle ne sert pas à grand-chose pour aider Rhys, devina Saint James.

Elle lui lança un sourire qu'elle savait au mieux incertain. Ses mots la peinaient inexplicablement, et, en proie à une soudaine tristesse sans nom, elle comprit combien elle avait espéré que son entrevue avec la secrétaire de lord Stinhurst atténuerait les soupçons à l'égard de Rhys.

— Non, l'information n'aide pas Rhys. Elle ne sert même pas à grand-chose, j'en ai peur.

— Raconte, l'encouragea Saint James.

Il y avait bien peu à dire. La secrétaire de lord Stinhurst, avec une extrême bonne volonté, avait parlé des coups de téléphone passés pour son employeur, une fois qu'elle avait compris combien ils pouvaient aider à disculper celui-ci du moindre soupçon de complicité dans la mort de Joy Sinclair. Elle était même allée jusqu'à montrer le carnet de notes sur lequel elle avait jeté le message que Stinhurst lui avait demandé de répéter pour chaque appel. Celui-ci était simple : « Suis retenu en Ecosse pour cause d'accident indépendant de ma volonté. Vous contacterai dès que possible. »

Un seul appel différait de ce message, et bien que son contenu paraisse étrange, il ne présentait pas l'apparence de la culpabilité. « Une remontée à la surface m'oblige à vous décommander une seconde fois ce mois-ci. Toutes mes excuses. Appelez-moi à Westerbrae si cela pose un problème. »

— Une remontée à la surface ? répéta Saint James. Expression étrange. Tu es certaine de ça, Helen ?

— Absolument. La secrétaire de Stinhurst avait pris le message par écrit.

— Un terme de théâtre ? suggéra Deborah.

Saint James s'installa maladroitement sur le siège près d'elle. Elle se poussa pour lui laisser la place de poser sa jambe.

— Qui était le destinataire de ce message ?

Elle compulsa ses notes.

— Sir Kenneth Willingate.

— Un ami ? Un collègue ?

— Je ne sais pas.

Lady Helen hésita, cherchant comment présenter sa dernière information de façon que Saint James en voie immédiatement la singularité. Ce n'était qu'un léger détail, et elle savait qu'elle s'y cramponnait dans l'espoir qu'il les écarterait de Rhys et les aiguillerait dans une autre direction.

— Je me raccroche probablement au moindre fétu de paille, reprit-elle avec franchise, mais il y avait quelque chose d'autre à propos de ce dernier appel. Tous les autres ont servi à décommander des rendez-vous prévus dans les jours qui suivaient. Sa secrétaire s'est contentée de me lire les noms dans son carnet de rendez-vous. Mais le dernier, l'appel de Willingate, n'avait rien à voir. Il n'était pas inscrit dans son agenda. Il s'agissait donc, soit d'un rendez-vous que Stinhurst avait pris de son côté sans en parler à sa secrétaire...

— Soit il ne s'agissait pas du tout d'un rendez-vous, conclut Deborah à sa place.

— Il n'y a qu'un moyen de le savoir, remarqua Saint James. Il faut tirer l'information de Stinhurst lui-même. Ou nous mettre sur la piste de Willingate. Mais je crois que nous ne pouvons aller plus loin sans en parler à Tommy. Nous allons être obligés de lui fournir le peu d'informations que nous avons glané et le laisser continuer sur cette lancée.

— Mais Tommy ne le fera pas, tu le sais bien ! protesta lady Helen. Il cherche à impliquer Rhys. Il ne déterrera que ce qui pourra lui servir à l'arrêter. Pour Tommy, rien d'autre n'a d'importance ! Ce week-end ne t'a pas suffi pour comprendre ça ? De plus, si tu le mets au courant, il va découvrir que Barbara a enquêté de son côté... avec notre aide, Simon. Tu ne peux pas faire ça à Barbara.

Saint James soupira.

— Helen, tu ne peux pas tout avoir. Tu ne peux pas les protéger tous les deux. Tu vas devoir te décider. Tu prends le risque de sacrifier Barbara ? Ou bien tu sacrifies Rhys ?

— Je ne sacrifie ni l'un ni l'autre.

Il secoua la tête.

— Je comprends ce que tu ressens, mais ça ne marchera pas.

Lorsque Cotter introduisit Barbara dans le bureau, elle perçut immédiatement la tension ambiante. Un brusque silence, suivi de saluts empressés, lui révéla le malaise qui habitait les trois autres. L'atmosphère était chargée et tendue.

— Que se passe-t-il ? demanda-t-elle.

Ils étaient tout sauf malhonnêtes, elle devait le reconnaître.

— Simon pense que nous ne pouvons pas continuer sans Tommy, dit lady Helen, qui exposa ensuite le coup de téléphone sibyllin que Stinhurst avait adressé à sir Kenneth Willingate.

— Nous n'avons aucune autorité pour débarquer dans la vie de ces gens et les interroger, intervint Saint James lorsque lady Helen eut terminé. Et vous savez qu'ils ne sont pas obligés de nous répondre. Il me semble donc qu'à moins que Tommy ne reprenne le flambeau, nous sommes dans une impasse.

Barbara réfléchit. Elle savait parfaitement que Lynley n'avait aucune intention de s'écarter de la piste des Fens, bien trop séduisante à ses yeux. Il balayerait d'un geste un message téléphonique abscons à un inconnu baptisé Willingate, surtout, pensa-t-elle avec résignation, si c'était lord Stinhurst qui l'avait passé. Les autres avaient raison. Ils se trouvaient dans une impasse. Mais si elle ne parvenait pas à les persuader de continuer sans Lynley, Stinhurst s'en tirerait sans une égratignure.

— Bien sûr, nous savons que si Tommy découvre que vous avez enquêté sur une autre piste sans son autorisation...

— Je me fiche de ça, dit-elle brusquement, surprise de s'apercevoir que c'était la vérité.

— Vous pouvez vous retrouver mise à pied. Retourner à la circulation. Ou même être expulsée de la police.

— Pour l'instant, cela n'a aucune importance. Ceci en a, par contre. J'ai passé une journée merdique à poursuivre des fantômes dans l'est sans le moindre espoir d'en voir sortir quelque chose d'intéressant. Mais là, nous avons une piste, et je n'ai aucune intention de la laisser tomber pour la seule et unique raison que quelqu'un pourrait me renvoyer à la circulation. Ou me virer. Ou quoi que ce soit d'autre. Donc, si nous devons lui dire, nous lui disons. Tout. On le fait maintenant ? dit-elle en les regardant bien en face.

Malgré sa détermination, les autres hésitèrent.

— Vous ne voulez pas y réfléchir ? demanda lady Helen.

— Je n'ai pas besoin d'y réfléchir, répliqua-t-elle. (Elle parlait d'un ton dur, qu'elle ne tempéra guère en continuant :) Ecoutez, j'ai vu mourir Gowan. Il avait arraché le couteau planté dans son dos, et rampé à travers l'arrière-cuisine pour chercher de l'aide. Sa peau ressemblait à de la viande bouillie. Il avait le nez cassé, les lèvres déchirées. Je veux trouver qui a fait ça à un gamin de seize ans. Et si découvrir le tueur me coûte mon boulot, pour moi, je considère que c'est un moindre coût. Qui vient avec moi ?

Des éclats de voix dans le hall empêchèrent toute réponse. La porte s'ouvrit à la volée, et Jeremy Vinney, rouge et hors d'haleine, se rua en écartant Cotter. Son pantalon était trempé jusqu'aux genoux, et le froid avait mis à vif ses mains nues.

— Pas pu trouver de taxi, haleta-t-il. J'ai fini par venir en courant depuis Sloane Square. J'avais peur de vous manquer. (Il ôta son manteau et le jeta sur le canapé.) J'ai trouvé qui est le type sur la photo. Il fallait que je vous le dise tout de suite. Il s'appelle Willingate.

— Kenneth ?

— Exactement. (Vinney se pencha, les mains sur les genoux, tentant de reprendre son souffle.) Mais ça n'est pas tout. Ça n'est pas son nom qui le rend intéressant, mais sa fonction. (Il eut un bref sourire.) Je ne sais pas ce qu'il faisait en 1963, mais aujourd'hui, c'est le chef du MI-5.

13

L'étendue de l'implication des paroles de Jeremy Vinney n'échappa à aucun des assistants. MI-5 : *Military Intelligence*, section cinq. Le contre-espionnage britannique. Ils comprenaient maintenant pourquoi Jeremy Vinney avait déboulé ainsi, certain d'être bien accueilli, assuré de détenir une information cruciale. Des soupçons avaient peut-être pesé sur lui mais cette nouvelle péripétie l'écartait entièrement du cercle des suspects. Du moins en paraissait-il convaincu, et il continua :

— Il y a plus. Intrigué par notre conversation ce matin sur l'affaire Profumo, en 1963, je suis allé aux archives, voir si je trouvais un article faisant allusion à un lien éventuel entre cette affaire et la mort de Geoffrey Rintoul. Je pensais que Rintoul avait peut-être effectivement été en relation avec une call-girl, et qu'il rentrait la voir à Londres la nuit où il a été tué.

— Mais c'est vraiment de l'histoire ancienne, l'affaire Profumo, remarqua Deborah. Ce genre de scandale ne pourrait pas affecter aujourd'hui la réputation d'une famille.

Lady Helen acquiesça, quoique avec réticence :

— Ce n'est pas faux, Simon. Assassiner Joy, détruire les scripts, assassiner Gowan, tout ça parce que Geoffrey Rintoul a eu une liaison avec une call-girl il y a vingt-cinq ans ? Comment voir là un mobile crédible ?

— Tout dépend de l'importance qu'on attache à la situation de cet homme, répondit Saint James. Regarde l'affaire Profumo, par exemple. Il était ministre de la Défense, et entretenait une liaison avec Christine Keeler, une call-girl qui comme par hasard sortait également avec un certain Evgueni Ivanov.

— Attaché à l'ambassade soviétique mais on disait qu'il était espion, ajouta Vinney, qui reprit doucement : Au cours d'un entretien avec la police, sur un tout autre sujet, Christine Keeler reconnut spontanément qu'on lui avait demandé de soutirer à John Profumo la date à laquelle certains secrets nucléaires étaient transmis à l'Allemagne de l'Ouest par les Américains.

— Charmante personne, commenta lady Helen.

— L'information filtra dans la presse — ce sur quoi elle avait peut-être compté — et la situation de Profumo devint explosive.

— Celle du gouvernement aussi, intervint Havers.

Vinney hocha la tête.

— Le parti travailliste exigea que la liaison de Profumo avec Keeler soit portée devant la Chambre des communes, tandis que le parti libéral réclamait la démission du Premier ministre.

— Pourquoi ? demanda Deborah.

— Ils soutinrent qu'en tant que responsable de la sécurité du pays, le Premier ministre était, soit au courant des faits pour Profumo et les avait dissimulés, soit coupable de négligence et donc incompétent. La vérité, conclut Vinney, c'est peut-être que le Premier ministre avait eu le sentiment qu'il ne se relèverait jamais d'une nouvelle affaire aboutissant à la démission d'un de ses ministres, ce qui ne pouvait manquer d'arriver si on étudiait d'un peu près les agissements de Profumo. Il paria donc sur le fait que rien ne filtrerait contre Profumo. Si l'affaire Profumo éclatait si tôt après l'affaire Vassall, il était plus que probable qu'il serait obligé de démissionner.

— Vassall ?

Lady Helen se crispa. Livide, elle se pencha sur son siège.

Vinney la regarda, visiblement perplexe.

— William Vassall. Il a été condamné à la prison en octobre 62. C'était un employé de l'Amirauté qui espionnait pour le compte des Soviétiques.

— Mon Dieu ! s'écria lady Helen, qui bondit et se retourna vers Saint James. Simon ! C'est la réplique de la pièce qui a fait réagir tous les Rintoul. « Un autre Vassall. » Le personnage retournait à Londres en hâte. Il disait qu'il ne deviendrait pas un autre Vassall. Et ils savaient ce que cela signifiait. Ils savaient ! Francesca, Elizabeth, lord et lady Stinhurst ! Ils savaient tous ! Ce n'était pas une histoire de call-girl, ça n'avait rien à voir !

Saint James se mettait déjà debout.

— Ça, ça fera bouger Tommy, Helen.

— Ça quoi ? s'écria Deborah.

— Geoffrey Rintoul, ma chérie. Un autre Vassall. Geoffrey Rintoul était sans doute une taupe soviétique. Et que Dieu les protège, mais tous les membres de sa famille et une bonne partie du gouvernement me paraissent avoir été au courant.

Lynley avait laissé les portes ouvertes entre son salon et sa salle à manger pour pouvoir écouter de la musique en dînant. Ces derniers jours, et ce soir encore, la nourriture ne le tentait guère. Il abandonna dans son assiette la tranche d'agneau entamée, et se laissa envahir par l'émotion de la symphonie de Beethoven qui montait de la pièce voisine. Il écarta sa chaise de la table et se renversa en arrière, les jambes étendues devant lui.

Au cours des dernières vingt-quatre heures, il avait soigneusement évité de penser à ce que le dossier d'accusation qu'il mettait sur pied contre Davies-Jones allait faire subir à Helen. S'obligeant à aller toujours de l'avant, de fait en fait, il avait réussi à gommer entièrement Helen de sa pensée. Mais celle-ci s'imposait maintenant.

Il comprenait son refus de croire à la culpabilité de Davies-Jones. Après tout, elle était intimement liée à lui. Mais comment réagirait-elle, confrontée à la certitude — irréfutable et corroborée par toute une série de faits — qu'elle avait été manipulée de sang-froid pour commettre un meurtre ? Et comment lui, Lynley, pouvait-il la protéger des ravages que cette certitude allait causer dans sa vie ? Sa réflexion lui fit comprendre qu'il ne pouvait plus éviter de regarder la vérité en face : Helen lui manquait atrocement, et s'il poursuivait son enquête sur Davies-Jones jusqu'à sa conclusion logique, il pourrait la perdre irrévocablement.

— Monsieur le comte ?

Son valet se tenait sur le seuil, hésitant, frottant l'extrémité de sa chaussure gauche contre son mollet droit comme pour mettre la dernière touche à son apparence déjà immaculée. Il passa une main sur ses cheveux parfaitement coiffés.

Le Beau Brummel d'Eaton Terrace, pensa Lynley, qui l'encouragea d'un « Oui, Denton ? », lorsqu'il apparut que le jeune homme allait continuer à se pomponner indéfiniment.

— Lady Helen Clyde est dans l'antichambre, monsieur le comte. Avec Mr Saint James et le sergent Havers.

L'expression de Denton était un modèle de nonchalance qu'il pensait sans doute approprié à la circonstance. Une extrême surprise s'entendait pourtant dans sa voix, et Lynley se demanda à quel point Denton, avec cette omniscience des domestiques, était déjà au courant de la fêlure dans ses relations avec lady Helen. Après tout, il sortait depuis trois ans de façon assidue avec la Caroline de lady Helen.

— Eh bien ! ne les laissez pas dans l'entrée.

— Je les introduis dans le salon ? s'enquit Denton avec sollicitude, beaucoup trop de sollicitude au gré de Lynley.

Il se leva avec un hochement de tête, en pensant avec irritation : ils ne veulent sûrement pas me voir dans la cuisine.

Lorsqu'il les rejoignit un instant plus tard, ils se tenaient tous les trois groupés au fond de la pièce, sous le portrait du père de Lynley. Ils discutaient d'une voix étouffée et pressante, couverte par la musique, mais s'interrompirent net à son entrée. Puis, comme poussés par sa présence, et pour gagner du temps, ils entreprirent de se débarrasser de leurs manteaux, chapeaux, gants et écharpes. Lynley éteignit la chaîne stéréo, rangea le disque dans sa pochette, et les regarda avec curiosité. Ils paraissaient étrangement calmes.

— Nous sommes entrés en possession d'une information que nous devons te transmettre, Tommy, déclara Saint James en une introduction visiblement étudiée.

— Quel genre d'information ?

— En rapport avec lord Stinhurst.

Lynley se tourna immédiatement vers Havers, qui soutint son regard sans défaillance.

— Vous avez quelque chose à voir là-dedans, Havers ?

— Oui, monsieur.

— C'est à mon instigation, Tommy, intervint Saint James avant que Lynley puisse ajouter un mot. Barbara a trouvé la tombe de Geoffrey Rintoul sur le domaine de Westerbrae, et elle me l'a montrée. Il m'a paru nécessaire d'enquêter à ce sujet.

Lynley garda son calme au prix d'un grand effort.

— Pourquoi ?

— A cause du testament de Phillip Gerrard, jeta spontanément lady Helen. Le mari de Francesca. Il a dit qu'il ne voulait pas être enterré sur les terres de Westerbrae. A cause des coups de téléphone de lord Stinhurst le matin du crime. Ils n'étaient pas tous destinés à annuler des rendez-vous, Tommy. A cause...

C'était la personne à laquelle il s'attendait le moins qui venait de lui porter ce coup en traître. Lynley regarda Saint James :

— Seigneur, tu leur as parlé de ma conversation avec Stinhurst.

Saint James eut l'élégance de baisser les yeux.

— Je suis désolé. Vraiment. Mais je n'avais pas le choix.

— Pas le choix, répéta Lynley, incrédule.

Lady Helen s'avança vers lui d'un pas hésitant, la main tendue.

— Tommy, s'il te plaît. Je sais ce que tu ressens. Comme si nous nous dressions tous contre toi. Mais ce n'est pas du tout le cas. Ecoute, s'il te plaît.

Lynley était pour l'heure capable de tout supporter, sauf la compassion d'Helen. Il la blessa cruellement, sans même y penser.

— Je crois que nous savons tous où va ton intérêt, Helen. Etant donné ton implication dans cette affaire, tu es bien la dernière personne à pouvoir faire preuve d'objectivité.

Lady Helen laissa retomber sa main, livide de souffrance. La voix froide d'une colère subite, Saint James parla :

— Toi aussi, Tommy, si nous regardons la vérité en face.

Il laissa s'écouler un silence, puis reprit sur un autre ton, mais toujours aussi implacable :

— Lord Stinhurst t'a menti à propos de son frère et de sa femme. Ceci, avant toute chose. Il est très probable que Scotland

Yard savait que telle était son intention, et a cautionné ce mensonge. Scotland Yard t'a délibérément choisi pour t'occuper de cette affaire, parce que tu étais la personne la plus disposée à croire ce que te dirait Stinhurst. Son frère et sa femme n'ont jamais eu de liaison, Tommy. Maintenant, es-tu disposé à écouter les faits, ou préfères-tu que nous te laissions ?

Lynley se sentit glacé jusqu'à la moelle des os.

— Au nom de Dieu, que veux-tu dire ?

Saint James s'approcha d'un siège.

— C'est ce que nous sommes venus t'expliquer. Mais je crois d'abord qu'un cognac nous ferait du bien à tous.

Tandis que Saint James développait ce qu'ils avaient appris sur Geoffrey Rintoul, Barbara observait Lynley, et essayait d'évaluer sa réaction. Considérant le milieu privilégié dont était issu Rintoul, et combien il ressemblait à celui de Lynley, elle savait à quel point ce dernier résisterait devant les faits. Tout ce qui faisait que Lynley appartenait à la *upper class* allait se liguer pour le pousser à nier ces faits et leurs conséquences. Et l'officier de police qu'était Barbara savait également combien certains de ces faits reposaient sur des bases peu solides. Geoffrey Rintoul, qui avait travaillé des années dans le secteur sensible de la défense, était une taupe soviétique, c'était là une réalité incontournable, mais le seul moyen d'en acquérir la certitude, c'était de le faire admettre par son frère Stuart.

L'idéal aurait été d'avoir accès à un ordinateur du MI-5. Même un dossier au nom de Geoffrey Rintoul classé « secret défense » suffirait à prouver que le contre-espionnage l'avait mis sous surveillance. Mais ils n'avaient pas accès à un tel ordinateur, et aucune source au sein du MI-5 pour valider leur histoire. Même la Section des opérations spéciales de Scotland Yard ne servirait de rien, si le Yard lui-même avait approuvé l'histoire inventée par lord Stinhurst sur la mort de son frère. Tout se résumait donc à cela : la capacité de Lynley à dépasser ses préjugés à l'égard de Davies-Jones, à regarder la vérité en face. Et la vérité était que lord Stinhurst, et non Davies-Jones, disposait d'un motif suffisamment puissant pour désirer la mort de Joy Sinclair. Sa propre sœur lui avait fourni les clés de la chambre de Joy, et il avait assassiné la femme dont la pièce — habilement modifiée à son insu — menaçait de révéler le plus terrible des secrets de sa famille.

— Ainsi, lorsque Stinhurst a entendu le nom de Vassall dans la pièce de Joy, il s'est trouvé dans l'obligation de découvrir ce qu'elle avait écrit, conclut Saint James. Et regarde donc comme les antécédents de Geoffrey Rintoul plaident en faveur de son rôle d'espion, Tommy. Il était à Cambridge dans les années trente, et nous savons que les Soviétiques ont recruté à tour de bras à cette époque. Rintoul était étudiant en économie, ce qui n'a pu que le rendre plus réceptif aux arguments marxistes. Regarde sa conduite pendant la guerre : demander à être renvoyé en mission dans les Balkans l'a mis en contact avec les Russes. Je ne serais pas surpris d'apprendre que son contact se trouvait également dans les Balkans, et que c'est ainsi qu'il a reçu ses instructions les plus importantes : s'infiltrer au ministère de la Défense. Dieu sait tout ce qu'il a pu transmettre aux Soviétiques au cours des ans.

Lorsque Saint James acheva son récit, personne ne dit rien. Ils consacrèrent toute leur attention à Lynley qui, impénétrable, leva les yeux sur le portrait de son père, sous lequel ils étaient assis, comme pour demander conseil au septième comte d'Asherton.

— Répète-moi le message de Stinhurst à Willingate, dit-il enfin.

Saint James se pencha.

— Il a dit qu'une remontée à la surface l'obligeait à annuler Willingate une seconde fois ce mois-ci, et que celui-ci appelle Westerbrae en cas de problème.

— Une fois que nous avons découvert qui était Willingate, le message est apparu plus clair, continua Barbara, en proie au besoin pressant de convaincre. Il semblait dire à Willingate que le fait que Geoffrey avait été une taupe faisait surface pour la seconde fois, la première ayant été cette veille de Nouvel An de 1962, Willingate devait donc téléphoner pour aider à résoudre un problème, ce problème étant la mort de Joy Sinclair et la pièce qui révélait tous les détails du passé peu recommandable de Geoffrey.

Lynley hocha la tête, et Barbara continua.

— De toute évidence, lord Stinhurst ne pouvait téléphoner directement à Willingate, n'est-ce pas ? Nous aurions trouvé trace de cet appel en faisant des recherches à Westerbrae. Aussi a-t-il appelé sa secrétaire, et c'est elle qui a fait le reste. Willingate, comprenant le message, lui a effectivement téléphoné, monsieur. Deux fois, je pense. Vous vous souvenez, Mary Agnes m'a dit qu'elle avait entendu le téléphone sonner deux fois. Ce devait être Willingate, la première fois pour savoir ce qui se passait, la seconde pour avertir Stinhurst de ce qu'il avait mis au point avec Scotland Yard.

— Souviens-toi également, intervint Saint James, que, d'après l'inspecteur Macaskin, la brigade criminelle de Strathclyde n'a jamais demandé l'assistance du Yard. Ils ont simplement été informés que Scotland Yard prenait l'affaire en main. Il est plus que probable que c'est Willingate qui a arrangé tout cela. Il a téléphoné à un haut fonctionnaire du Yard, puis a recontacté Stinhurst pour lui transmettre le nom de l'inspecteur chargé de l'enquête. Stinhurst savait parfaitement que tu allais faire ton apparition, Tommy, et il a eu toute la journée pour concocter une histoire que toi, son égal, un pair du royaume, serais tout disposé à croire. Ce devait être une histoire intime, une histoire personnelle, que toi, un gentleman, tu te ferais un devoir de ne pas répéter. Et quoi de mieux qu'un enfant illégitime ? C'était diablement malin. Il n'a simplement pas pensé que tu pourrais te confier à moi. Ni que moi — loin de me conduire en gentleman, en l'occurrence —, je trahirais ta confiance, ce que je regrette. S'il avait existé un autre moyen, je n'aurais rien dit. J'espère que tu me crois.

La dernière remarque de Saint James sonna comme une conclusion. Lynley se contenta de saisir la bouteille de cognac, de se verser un autre verre, et de la passer à son ami, le visage impassible et la main ferme. Dehors, un klaxon résonna deux fois sur Eaton Terrace. En réponse, un cri s'éleva d'une maison voisine.

Cherchant à tout prix à lui faire prendre position, Barbara parla :

— La question à laquelle nous essayions de trouver une réponse en venant, c'est pourquoi le gouvernement irait-il s'impliquer aujourd'hui dans une affaire de ce genre ? Nous en avons conclu que c'était sans doute parce qu'en 1963 ils avaient entrepris de dissimuler les activités de Rintoul — en utilisant probablement le décret sur les secrets d'Etat — pour éviter au Premier ministre d'avoir à affronter la découverte d'un espion soviétique dans les hautes sphères du gouvernement très peu de temps après l'affaire Vassall et le scandale Profumo. Une fois mort, Geoffrey Rintoul ne pouvait plus porter tort au ministère de la Défense, mais au Premier ministre, si on avait vent de ses activités. Alors, ils ont fait ce qu'il fallait, et apparemment, ils ne tiennent pas à ce qu'on découvre aujourd'hui qu'ils ont étouffé l'affaire. Ce pourrait être embarrassant. A moins qu'ils n'aient des dettes envers la famille Rintoul, qu'ils payent de cette façon. En tout cas, ils ont de nouveau étouffé les choses. Seulement...

Barbara s'interrompit, se demandant comment il allait prendre cette dernière déclaration, sachant seulement qu'en dépit de leurs disputes et de leurs divergences souvent insurmontables elle ne pouvait se résoudre à lui infliger une telle souffrance.

Mais Lynley saisit lui-même l'occasion.

— Je devais le faire pour eux, dit-il d'une voix caverneuse. Et Webberly était au courant. Depuis le début.

Barbara devina sa pensée dans l'accablement qui transparaissait dans ses paroles : cette situation prouvait qu'il n'était pour ses supérieurs qu'un objet sacrifiable, que sa carrière n'avait rien d'exceptionnel ou de valable, car si elle était réduite à néant par la révélation qu'il avait — même sans le savoir — tenté d'étouffer le rôle de Stinhurst dans une enquête criminelle, sa démission ne serait une perte pour personne. Que tout cela soit faux n'avait aucune importance. Barbara savait qu'il lui suffisait d'y croire un instant pour entamer considérablement son amour-propre.

Au cours des quinze derniers mois, elle l'avait tour à tour aimé et détesté pour finir par le comprendre. Mais elle n'avait jusqu'alors jamais perçu à quel point ses origines aristocratiques étaient pour lui une source d'angoisse, un fardeau chargé du poids du sang et de la famille qu'il assumait avec une dignité sans prétention, même s'il mourait parfois d'envie de s'en débarrasser.

— Comment Joy Sinclair pouvait-elle savoir tout cela ? demanda-t-il, les traits parfaitement maîtrisés.

— Lord Stinhurst te l'a dit. Elle se trouvait là la nuit où Geoffrey est mort.

— Et je n'ai même pas remarqué l'absence de toute référence à sa pièce dans le bureau de Joy, dit-il d'un ton lourd de reproche. Seigneur, quelle sorte de travail de police est-ce là ?

— Tommy, ces messieurs du MI-5 ne laissent pas de carte de visite lorsqu'ils fouillent une maison, dit Saint James. Il n'y avait aucune trace, tu ne pouvais pas savoir qu'ils étaient passés par là. Et après tout, tu n'étais pas là-bas pour chercher des informations sur la pièce.

— L'absence de celle-ci n'aurait tout de même pas dû m'échapper. (Il eut un sourire lugubre à l'adresse de Barbara.) Vous avez fait du bon travail, Barbara. Je ne sais pas ce que nous serions devenus si je ne vous avais pas eue avec moi.

Le compliment ne procura aucune joie à Barbara. Le fait d'avoir raison ne l'avait jamais autant déprimée.

— Qu'allons-nous... ?

Elle hésita, se refusant à lui ôter encore un peu plus d'autorité.

Lynley se leva.

— Nous allons chercher Stinhurst demain matin. J'aimerais disposer du reste de la nuit pour réfléchir à ce qui doit être fait.

Barbara savait ce qu'il voulait dire : il devait réfléchir à la façon dont lui allait réagir sachant maintenant comment Scotland Yard l'avait manipulé. Elle aurait souhaité dire quelque chose pour amortir le coup. Dire que leur plan visant à faire de lui l'instrument pour étouffer l'affaire avait échoué ; eux s'étaient montrés les plus forts. Mais il lirait la vérité derrière ses paroles réconfortantes. C'était elle la plus forte. Elle l'avait sauvé des abîmes de sa propre folie.

Sans rien ajouter, ils revêtirent leurs manteaux, enfilèrent leurs gants, ajustèrent leurs chapeaux et leurs écharpes. L'atmosphère était lourde de paroles qui devaient être prononcées. Lynley prit son temps pour ranger la carafe de cognac, réunir les petits verres en cristal sur un plateau, éteindre les lumières de la pièce. Puis il les suivit dans le hall.

Lady Helen se tenait dans une flaque de lumière près de la porte. Pendant une heure, elle était demeurée silencieuse, et lorsqu'il les rejoignit, elle lança timidement :

— Tommy...

— Retrouvez-moi à neuf heures au théâtre, sergent, dit brutalement Lynley. Venez avec un agent pour embarquer Stinhurst.

Si elle n'avait pas encore réalisé à quel point son triomphe dans ce jeu policier était absurde, ce bref échange se chargea de le démontrer à Barbara avec une clarté rare. Elle vit s'élargir le gouffre entre lady Helen et Lynley, vit son étendue infranchissable comme une blessure physique. Elle se contenta de répondre « Oui, monsieur », et ouvrit la porte.

— Tommy, tu ne peux pas continuer à m'ignorer, insista lady Helen.

Pour la première fois depuis que Saint James s'était mis à parler dans le salon, il la regarda.

— Je me suis trompé sur lui, Helen. Mais tu dois savoir ce qui a été le pire de ma faute. Je voulais avoir raison.

Il les salua d'un signe de tête et les abandonna.

Mercredi se leva sous un ciel plombé, et un froid pire que les jours précédents. La neige sur les trottoirs s'était transformée en une croûte mince et dure, noircie par la poussière et les gaz d'échappement.

Lorsque Lynley arrêta sa voiture en face de l'Azincourt à huit heures quarante-cinq, le sergent Havers l'attendait déjà devant, emmitouflée jusqu'aux yeux dans ses lainages marron et peu seyants, en compagnie d'un jeune agent de police. Lynley remarqua d'un air lugubre le soin que Havers avait apporté à son choix, en l'occurrence l'individu le moins susceptible d'être impressionné par le titre et la richesse de Stinhurst : Winston Nkata. Ancien meneur des Brixton Warriors — un des gangs noirs les plus violents de la ville —, le jeune Nkata, grâce à l'intercession patiente et l'amitié constante de trois officiers têtus de la section A7, était maintenant, à vingt-cinq ans, candidat aux plus hautes sphères de la Criminelle. La preuve vivante, aimait-il à dire, que, quand ils ne peuvent pas vous arrêter, ils se débrouillent pour vous convertir.

Il lança à Lynley un de ses éblouissants sourires.

— Inspecteur, pourquoi vous ne venez jamais promener ce bijou dans mon quartier ? Chez moi, on adore mettre le feu à des trucs aussi jolis.

— A la prochaine émeute, prévenez-moi, répliqua Lynley, pince-sans-rire.

— La prochaine émeute, on enverra des invitations, pour être sûr que tout le monde viendra.

— Ah oui. « On est prié d'apporter sa propre brique. »

Le jeune Noir rejeta la tête en arrière et éclata d'un large rire, tandis que Lynley les rejoignait sur le trottoir.

— Je vous aime bien, inspecteur. Vous devriez me donner votre adresse, pour que j'aille demander la main de votre sœur.

Lynley sourit.

— Vous valez bien mieux qu'elle, Nkata, sans parler du fait que vous avez quinze ans de moins. Mais si vous savez vous tenir ce matin, je suis sûr qu'on peut trouver un moyen de s'arranger. Stinhurst est arrivé ? demanda-t-il à Havers.

— Il y a dix minutes. Il ne nous a pas vus, dit-elle en réponse à sa question muette. On prenait un café de l'autre côté de la rue. Sa femme était avec lui, inspecteur.

— Ça, c'est un coup de chance. Allons-y, dit Lynley.

Le théâtre bourdonnait de l'activité préalable à toute nouvelle production. Les portes de la salle étaient ouvertes, un brouhaha de voix et de rires se mêlait au bruit d'une équipe de travail, prenant des mesures pour un décor. Des assistants de production s'affairaient, cahier de notes à la main et crayon derrière l'oreille. Dans un coin près du bar, un publicitaire et un décorateur discutaient, penchés sur une large feuille de papier, ce dernier esquissant des modèles d'affiches. L'endroit palpitait d'excitation créative, mais ce matin Lynley ne regrettait pas un instant d'être l'instrument qui allait interrompre le plaisir de tous ces gens. Ce qui ne manquerait pas d'être le cas lorsque Stinhurst serait arrêté.

Ils se dirigeaient vers la porte des bureaux de la production, à l'autre extrémité du théâtre, lorsque lord Stinhurst en sortit, suivi de sa femme. Lady Stinhurst lui parlait avec agitation, tripotant nerveusement un large anneau de diamant à son doigt. A la vue de la police, elle s'arrêta net — de tripoter sa bague, de parler, et de marcher.

Lorsque Lynley demanda à lui parler en privé, Stinhurst se montra tout à fait coopératif.

— Venez dans mon bureau. Ma femme doit-elle... ajouta-t-il avec une hésitation de circonstance.

Lynley avait déjà décidé de tirer avantage de la présence de lady Stinhurst. Une partie de lui-même — la meilleure, pensa-t-il — ne demandait qu'à la laisser partir en paix, et se dérobait à l'idée de l'utiliser comme un pion dans ce jeu de la réalité et de la fiction. Mais l'autre partie de lui-même avait besoin d'elle comme instrument de chantage. Et tout en sachant qu'il allait l'utiliser, il se détesta pour cela.

— J'aimerais également voir lady Stinhurst, dit-il brièvement.

Une fois l'agent Nkata posté devant la porte, et consigne laissée à la secrétaire d'arrêter tous les coups de fil, sauf ceux destinés à la police, Lynley et Havers rejoignirent lord Stinhurst et sa femme dans le bureau du producteur. La pièce lui ressemblait, avec sa froide décoration noir et gris, son bureau de bois dur absolument net, ses fauteuils à oreillettes luxueux et la quasi imperceptible odeur de tabac à pipe. Encadrées avec goût, les affiches d'anciens spectacles produits par Stinhurst qui ornaient les murs proclamaient plus de trente ans de succès : *Henry V*, Londres. *Les Trois Sœurs*, Norwich. *Rosencrantz et Guildenstern sont morts*, Keswick. *Maison de poupée*, Londres. *Vies privées*, Exeter. *Equus*, Brighton. *Amadeus*, Londres. Se refusant à accorder à lord Stinhurst le privilège d'affronter la police de l'autre côté de son bureau poli, avec tout le confort et l'autorité que cela impliquait, Linley les guida vers la table de réunion, de l'autre côté de la pièce.

Tandis que Havers cherchait son calepin, il sortit les photos de l'enquête, ainsi que les agrandissements qu'en avait tirés Deborah Saint James. Il les étala sur la table sans un mot. Si tout ce qu'avait raconté Saint James était vrai, lord Stinhurst avait sans aucun doute possible téléphoné à sir Kenneth Willingate la veille au soir, et s'était préparé à cette entrevue. Au cours d'une longue nuit sans sommeil, Lynley avait soigneusement passé en revue les divers moyens de parer à une nouvelle série de mensonges soigneusement mis au point. Il avait fini par réaliser que Stinhurst avait au moins un talon d'Achille, et c'est celui-ci que Lynley visa avec sa première remarque.

— Jeremy Vinney est au courant de toute l'histoire, lord Stinhurst. Je ne sais pas s'il la rendra publique car, pour l'instant, il n'a pas de preuves solides pour l'étayer. Mais je ne doute pas un instant qu'il ait l'intention de chercher ces preuves. (Il redressa les clichés avec un soin délibéré.) Ainsi, vous pouvez me raconter un autre mensonge. Ou bien nous pouvons discuter en détail de celui que vous avez inventé à mon profit ce week-end à

Westerbrae. Ou bien encore, vous pouvez me dire la vérité. Toutefois, j'aimerais souligner d'abord que si vous m'aviez tout de suite fait part de la vérité à propos de votre frère, celle-ci ne serait probablement pas allée plus loin que Saint James, à qui je me suis confié. Mais parce que vous m'avez menti, et parce que ce mensonge ne cadrait pas avec la sépulture de votre frère en Ecosse, le sergent Havers est au courant, tout comme Saint James, tout comme lady Helen Clyde, tout comme Jeremy Vinney. Tout comme quiconque aura accès à mon rapport une fois que je l'aurai rédigé.

Lynley saisit le regard que lançait Stinhurst à sa femme.

— Alors, que choisissons-nous ? demanda-t-il en se détendant sur son siège. Allons-nous parler de cet été, il y a de cela trente-six ans, où votre frère se trouvait dans le Somerset, où vous parcouriez le pays en tournée, et où votre femme...

— Cela suffit, dit Stinhurst avec un sourire glacial. Pris à mon propre piège, inspecteur ? Bravo.

Lady Stinhurst se tordait les mains.

— Qu'est-ce que c'est que cette histoire, Stuart ? Que leur as-tu raconté ?

Elle n'aurait pu poser sa question à un meilleur moment. Lynley attendit la réponse de Stinhurst. Après avoir longuement examiné les deux policiers, celui-ci se tourna vers sa femme. Mais lorsqu'il prit la parole, ce fut pour démontrer sans l'ombre d'un doute qu'il était un maître dans l'art de décontenancer et de surprendre.

— Je lui ai dit que Geoffrey et toi étiez amants. J'ai prétendu qu'Elizabeth était ta fille illégitime, et que la pièce de Joy Sinclair dévoilait votre liaison. Je leur ai dit que Joy avait réécrit sa pièce à mon insu pour se venger de la mort d'Alec. Dieu me pardonne, mais ça, au moins, c'est vrai. Je suis désolé.

Lady Stinhurst demeura pétrifiée, dans un silence interloqué. Les mots paraissaient ne pouvoir sortir de sa bouche, et ses traits s'affaissèrent dans l'effort.

— Geoff ? parvint-elle enfin à articuler. Tu as pensé que Geoffrey et moi... Oh mon Dieu, Stuart !

Stinhurst se pencha vers sa femme, mais elle eut une exclamation involontaire et recula. Il se retira lentement, laissant sa main posée sur la table entre eux. Il plia les doigts, les recroquevilla dans sa paume.

— Non, bien sûr que non. Mais j'avais besoin de leur dire quelque chose. Je devais... j'étais obligé de les éloigner de Geoff.

— Tu étais obligé de leur dire... Mais il est mort.

Son visage trahit une répulsion grandissante tandis qu'elle réalisait l'énormité de ce qu'avait fait son mari.

— Geoff est mort. Mais pas moi. Pas moi, Stuart ! Tu as fait de moi une putain pour protéger un mort ! Tu m'as sacrifiée ! Mon Dieu ! Comment as-tu pu faire une chose pareille ?

Stinhurst secoua la tête, et répondit péniblement :

— Il n'est pas mort. Pas du tout, il est bien vivant dans cette pièce. Pardonne-moi si tu le peux. J'ai toujours été lâche, du début à la fin. Je n'ai cherché qu'à me protéger.

— Te protéger de quoi ? Tu n'as rien fait ! Stuart, pour l'amour de Dieu, tu n'as rien fait cette nuit-là ! Comment peux-tu...

— C'est faux. Je ne pouvais pas te le dire.

— Me dire quoi ? Dis-le maintenant !

Stinhurst lança un long regard à sa femme, comme pour trouver du courage dans la contemplation de ce visage.

— C'est moi qui ai dénoncé Geoff au gouvernement. Vous avez tous découvert le pire sur lui cette veille de Nouvel An. Mais moi... Seigneur, moi je savais depuis 1949 que c'était un agent soviétique.

Stinhurst se tenait parfaitement immobile. Peut-être était-il persuadé qu'un seul geste suffirait à ouvrir les vannes, et à laisser déborder l'angoisse accumulée pendant trente-neuf ans. Il parlait d'une voix neutre, sans verser de larmes, bien que ses yeux se soient petit à petit cerclés de rouge. Lynley se demanda s'il était même encore capable de pleurer après tant d'années de tromperie.

— Je savais que Geoff était marxiste lorsque nous étions à Cambridge. Il n'en faisait pas mystère, et franchement je prenais ça à la plaisanterie, comme quelque chose qui lui passerait. Et si ça ne lui passait pas, je pensais combien il serait drôle que le futur comte de Stinhurst se dévoue à la cause du prolétariat pour changer le cours de l'histoire. Ce que je ne savais pas, c'est que ses inclinations politiques avaient été remarquées et qu'il avait été séduit et poussé à espionner alors qu'il était encore étudiant.

— Séduit ? demanda Lynley.

— C'est effectivement un processus de séduction, répliqua Stinhurst. Un mélange de flatterie et de cajoleries qui fait croire à l'étudiant qu'il joue un rôle important dans le cours des choses.

— Comment l'avez-vous su ?

— Je l'ai découvert tout à fait par hasard, après la guerre, alors que nous nous trouvions tous dans le Somerset. Le week-end où mon fils Alec est né. J'étais parti directement à la recherche de Geoff après avoir vu Marguerite et le bébé. C'était... (Il sourit à sa femme pour la première et unique fois, mais le visage de celle-ci ne refléta aucune émotion.) Un fils. J'étais tellement heureux. Je voulais que Geoff sache. Alors, je suis allé à sa recherche, et je l'ai trouvé dans un de nos repaires d'enfant, un cottage abandonné dans les Quantock Hills. Il pensait visiblement qu'il n'y avait pas de danger dans le Somerset.

— Il y rencontrait quelqu'un ?

Stinhurst acquiesça.

— J'aurais sans doute pu croire qu'il ne s'agissait que d'un fermier, mais plus tôt ce week-end-là j'avais vu Geoff travailler dans le bureau sur des papiers officiels, le genre qui porte la mention « Confidentiel » en lettres gigantesques sur le dessus. Sur le moment, j'avais simplement pensé qu'il avait apporté du travail à la maison. Sa mallette se trouvait sur le bureau, et il était en train de mettre des documents dans une enveloppe bulle. Ce n'était pas une enveloppe à en-tête du domaine, ni à en-tête du ministère, je m'en souviens distinctement. Mais je n'y ai accordé aucune attention, jusqu'au moment où je l'ai vu donner cette enveloppe à l'homme qu'il rencontrait. Bien souvent, je me suis dit qu'à une minute près je serais resté persuadé que son interlocuteur était un fermier du Somerset. Mais en tout état de cause, lorsque j'ai vu l'enveloppe changer de mains, j'ai supposé le pire. Bien entendu, l'espace d'un instant, j'ai pensé qu'il s'agissait d'une coïncidence, que cette enveloppe ne pouvait être la même que celle du bureau. Mais s'il ne s'agissait que d'un innocent échange d'informations, légal et au-dessus de tout soupçon, pourquoi cette rencontre dans les Quantock Hills, dans un endroit perdu ?

— Si tu les avais découverts, intervint lady Stinhurst d'une voix lasse, pourquoi n'ont-ils pas... fait quelque chose pour t'empêcher de révéler ce que tu savais ?

— Ils ne savaient pas exactement ce que j'avais vu. Et même s'ils l'avaient su, je ne risquais rien. En dépit de tout, Geoff aurait refusé d'aller jusqu'à l'élimination de son frère. Au bout du compte, mis au pied du mur, il était beaucoup plus courageux que moi.

— Ne parle pas ainsi, dit lady Stinhurst en détournant le regard.

— C'est pourtant vrai.

— A-t-il reconnu ses activités ? demanda Lynley.

— Une fois l'autre parti, je l'ai affronté, et il n'a pas hésité à les reconnaître. Il n'en avait pas honte. Il croyait à sa cause. Et moi... moi je ne sais pas à quoi je croyais. Tout ce que je savais, c'est qu'il était mon frère. Et que je l'aimais. Je l'avais toujours aimé. Et bien que ses actes m'aient révolté, je n'ai pu me forcer à le trahir. Vous comprenez, il aurait su que c'était moi qui l'avais dénoncé. Alors je n'ai rien fait. Mais cela m'a rongé pendant des années.

— Je suppose que vous avez finalement vu une occasion d'agir en 1962.

— Le gouvernement a fait comparaître William Vassall en justice en octobre. Ils avaient déjà arrêté et jugé pour espionnage en septembre un physicien italien, Giuseppe Martelli. Je me suis dit que si les activités de Geoff étaient découvertes alors, tant d'années après que j'en avais eu connaissance, jamais il ne penserait que je pouvais être celui qui l'avait donné. Aussi je... en novembre, j'ai parlé aux autorités, et la surveillance a commencé. Au fond de moi, j'espérais, je priais pour que Geoff découvre qu'il était surveillé, et pour qu'il passe à l'Est. Il a failli réussir.

— Qu'est-ce qui l'en a empêché ?

Stinhurst serra le poing. Sa main aux jointures blanchies trembla sous la pression. Dans un bureau voisin, un téléphone sonna, et un éclat de rire résonna. Le sergent Havers cessa d'écrire, et lança un regard interrogateur à Lynley.

— Qu'est-ce qui l'en a empêché ? répéta Lynley.

— Dis-leur, Stuart, murmura lady Stinhurst. Dis la vérité, cette fois-ci. Enfin.

Son mari se frotta les paupières. Son teint était devenu grisâtre.

— Mon père, dit-il. Mon père l'a tué.

Stinhurst faisait les cent pas dans la pièce, grande et mince silhouette droite comme un if, à l'exception de sa tête, penchée, les yeux fixés sur le sol.

— Cela s'est passé quasiment comme Joy l'a décrit l'autre soir. Il y a eu un coup de téléphone pour Geoff mais, sans qu'il s'en aperçoive, mon père et moi sommes entrés dans la bibliothèque, et avons surpris une partie de la conversation. Nous l'avons entendu dire que quelqu'un devait se rendre à son appartement pour récupérer le code, sinon tout le réseau était fichu. Père a commencé à l'interroger. Geoff, hors de lui, ne voulait qu'une chose, s'en aller tout de suite. Il n'avait pas le temps de se soumettre à un interrogatoire. Lui qui était si éloquent répondait aux questions de façon incohérente, ne savait plus ce qu'il disait. Alors, père a deviné la vérité. Après ce que nous avions surpris au téléphone, ce n'était pas très difficile. Quand père a compris que le pire était vrai, quelque chose en lui a tout simplement cédé. Pour lui, il ne s'agissait pas seulement d'une trahison politique. Geoff avait trahi la famille, toute une façon de vivre. Je pense qu'en un instant il a été submergé par le besoin de tout effacer. Alors... (Stinhurst examina les belles affiches alignées sur les murs de son bureau.) Mon père lui a sauté dessus. Comme un ours. Et moi... Mon Dieu, moi j'ai tout vu. Pétrifié, inutile. Et depuis, chaque nuit, Thomas, chaque nuit je revis ce moment où j'ai entendu la nuque de Geoff se briser comme une branche.

— Le mari de votre sœur, Phillip Gerrard, a été mêlé à tout cela ?

— Oui. Il ne se trouvait pas dans la bibliothèque lorsque l'appel pour Geoff est arrivé, mais Francesca, Marguerite et lui ont entendu les cris de mon père, et se sont précipités depuis l'étage. Ils ont fait irruption dans la pièce quelques instants après... ce qui s'est passé. Bien sûr, Phillip s'est précipité sur le téléphone, en insistant pour appeler la police. Mais nous... tous les autres, nous l'en avons dissuadé. Nous avons évoqué le scandale. Le procès. Peut-être père en prison. Francesca est devenue hystérique, à cette idée. Phillip s'est d'abord montré inflexible, mais en fin de compte que pouvait-il faire, seul contre nous tous, et particulièrement Francesca ? Alors, il nous a aidés à transporter le... Geoffrey là où la route fait un embranchement, bifurque à gauche vers Hillview Farm, et continue sa descente tout droit vers le village de Kilparie. Nous n'avons pris que la voiture de Geoff, pour laisser les traces de pneus d'un seul véhicule. (Il eut un vif sourire de dérision.) Nous avons été très attentifs à ce genre de détail. La pente devient très forte à partir de la fourche, avec deux virages en épingle à cheveux successifs. Nous avons fait démarrer le moteur, et laissé partir la voiture avec le corps de Geoff sur le siège du conducteur. Elle a pris de la vitesse. Au premier virage, elle a traversé la route, enfoncé la barrière, puis franchi le talus avant de prendre feu. (Il sortit un mouchoir blanc, un carré de lin impeccable, et s'essuya les yeux. Il retourna à la table, mais ne s'assit pas.) Ensuite, nous sommes rentrés à la maison. La route était presque totalement verglacée, nous n'avons même pas laissé d'empreintes. Personne n'a jamais pensé qu'il pouvait s'agir d'autre chose que d'un accident.

Il effleura du doigt la photo de son père, qui reposait là où Lynley l'avait placée au milieu des autres.

— Dans ce cas, comment se fait-il que sir Andrew Higgins soit venu de Londres identifier le corps et témoigner à l'enquête ?

— Pour parer à toute éventualité. Au cas où quelqu'un aurait remarqué quelque chose de bizarre dans les blessures de Geoff, qui aurait pu entraîner des questions, une mise en cause de notre histoire. Sir Andrew était le plus vieil ami de mon père. Nous avions en lui une confiance absolue.

— Et quel a été le rôle de Willingate ?

— Il est arrivé à Westerbrae deux heures après l'accident. Il était en chemin pour venir chercher Geoffrey et le ramener à Londres pour interrogatoire. Le coup de téléphone que mon frère avait reçu était bien entendu destiné à l'avertir de sa venue. Père a dit la vérité à Willingate, et ils ont conclu un marché. L'affaire serait tenue secrète. Le gouvernement ne tenait pas à ce que l'on dévoile l'existence depuis des années d'une taupe au sein du ministère de la Défense, d'autant que Geoffrey était mort. Mon père ne voulait pas que l'on sache que son fils avait été un espion. Il ne voulait pas non plus être jugé pour meurtre. Aussi la version de l'accident l'a-t-elle emporté, et nous avons tous juré le silence. Nous ne l'avons jamais brisé, mais Phillip Gerrard était un homme intègre, et la pensée qu'il s'était laissé persuader d'étouffer un crime l'a consumé toute sa vie.

— Est-ce la raison pour laquelle il n'est pas enterré sur les terres de Westerbrae ?

— Il était persuadé de les avoir maudites.

— Pourquoi la tombe de votre frère se trouve-t-elle ici ?

— Père ne voulait pas qu'il soit enterré dans le Somerset. Nous avons déjà eu bien du mal à le convaincre ne serait-ce que de lui donner une sépulture. (Stinhurst regarda enfin sa femme.) La trahison de Geoffrey nous a tous brisés, n'est-ce pas, Mag ? Toi et moi encore plus que les autres. Nous avons perdu Alec. Nous avons perdu Elizabeth. Nous nous sommes perdus.

— Ainsi, c'est Geoffrey qui s'est dressé entre nous toutes ces années, dit-elle d'un ton morne. Tu t'es toujours comporté comme si c'était toi qui l'avais tué, et non ton père. Il y a même des moments où je me suis demandé si ce n'était pas effectivement toi.

Stinhurst secoua la tête, refusant d'être disculpé.

— C'est moi. Bien sûr que c'est moi. Cette nuit-là, dans la bibliothèque, il y eut cette seconde de choix, cette seconde où j'aurais pu me précipiter, où j'aurais pu arrêter père. Ils étaient à terre et... Geoff m'a regardé. Je suis la dernière personne qu'il ait vue, Maggie. Et la dernière chose dont il ait été conscient, c'est que son frère unique allait rester là sans rien faire et le regarder mourir. J'aurais tout aussi bien pu le tuer moi-même. Au bout du compte, c'est moi le responsable.

« La trahison, comme la peste, se répand dans le sang. » Lynley songea que cette phrase de Webster n'avait jamais paru si appropriée, car de la trahison de Geoffrey Rintoul avait découlé la destruction de toute sa famille. Et celle-ci, sans faiblir, continuait à se nourrir des vies qui gravitaient à la périphérie du cercle des Rintoul : celle de Joy Sinclair, celle de Gowan. Mais il était temps qu'elle cesse.

Il ne restait plus qu'un détail à régler.

— Pourquoi avez-vous mis en cause le MI-5 ce week-end ?

— Je ne savais pas quoi faire d'autre. Tout ce que je savais, c'est qu'une enquête ne pourrait manquer de tourner autour du script que nous lisions la nuit où Joy est morte. Et je pensais — j'étais persuadé — qu'un examen attentif de cette pièce révélerait tout ce que ma famille et le gouvernement avaient si soigneusement dissimulé toutes ces années. Lorsque Willingate m'a téléphoné, il est tombé d'accord sur le fait que ces textes devaient être détruits. Il a contacté la Section des opérations spéciales, qui à son tour a contacté un responsable de la police métropolitaine, qui a accepté d'envoyer quelqu'un — un spécialiste — à Westerbrae.

Ces derniers mots firent naître chez Lynley un nouvel accès d'amertume qu'il combattit en vain. Il songea que, si Helen ne s'était pas trouvée à Westerbrae, s'il n'avait pas fait la découverte accablante de sa liaison avec Rhys Davies-Jones, il aurait vu à travers le tissu de mensonges de Stinhurst, il aurait découvert lui-même la sépulture de Geoffrey Rintoul, et en aurait tiré ses propres conclusions sans le secours de ses amis. S'accrocher à cette conviction était la seule façon pour lui de garder l'estime de soi.

— Je vais vous demander de faire une déposition complète à Scotland Yard.

— Bien sûr, dit Stinhurst, qui suivit ces mots d'une dénégation aussi mécanique qu'immédiate. Je n'ai pas tué Joy Sinclair, je le jure, Thomas.

— Non, il ne l'a pas tuée, intervint lady Stinhurst d'un ton plus résigné que pressant. (Lynley demeura silencieux, et elle continua :) Je l'aurais su s'il avait quitté notre chambre cette nuit-là, inspecteur.

Lady Stinhurst n'aurait pu choisir un argument moins susceptible de convaincre Lynley. Celui-ci se tourna vers Havers.

— Emmenez lord Stinhurst pour une déposition préliminaire, sergent, et veillez à ce que lady Stinhurst rentre chez elle.

Elle acquiesça.

— Et vous, inspecteur ?

Il réfléchit à la question, au temps qui lui était nécessaire pour faire face à tout ce qui venait de se produire.

— Je viens très vite.

Le taxi de lady Stinhurst en route pour la résidence familiale de Holland Park, le sergent Havers et l'agent Nkata partis en compagnie de lord Stinhurst, Lynley revint à l'Azincourt. La perspective de tomber sur Rhys Davies-Jones ne l'enchantait guère, et il ne faisait aucun doute que celui-ci devait aujourd'hui se trouver sur les lieux. Pourtant, quelque chose le poussait à s'attarder, peut-être une forme d'expiation de la faute commise en soupçonnant Davies-Jones de meurtre, en accomplissant tout ce qui était en son pouvoir pour encourager également Helen à le soupçonner. Mené par la passion plutôt que par la raison, il avait frénétiquement cherché ce qui incriminerait le Gallois, et avait ignoré ceux qui voulaient diriger les soupçons ailleurs.

Et tout cela parce que j'étais si sottement ignorant, avant qu'il ne soit trop tard, de l'importance d'Helen dans ma vie.

— N'essaye pas de me rassurer.

Une voix féminine hésitante venait de s'élever de l'autre côté du bar, hors de la vue de Lynley.

— Je suis venue parler sur un pied d'égalité. Tu as dit parlons sans détour. Eh bien, faisons cela ! Sans restriction, sans détour, sans honte même !

— Je... répondit David Sydeham.

— Je t'aime, et ce n'est un secret pour personne. Cela ne l'a jamais été. Je t'aime depuis toujours, depuis ce moment où je t'ai demandé de lire avec les doigts le nom de l'ange de pierre. Oui, cette maladie de l'amour m'a frappée aussi tôt que cela, et ne m'a jamais quittée depuis. Voilà toute mon histoire.

— Joanna, arrête. Tu as sauté au moins dix lignes !

— Certainement pas !

Les paroles de Sydeham et Ellacourt résonnèrent dans le crâne de Lynley. Il traversa le hall, atteignit le bar, arracha sans ménagement le script des mains de Sydeham, et sans un mot, parcourut la page des yeux pour trouver le monologue d'Alma dans *Summer and Smoke*. Le texte était flou, car il n'avait pas ses lunettes, mais néanmoins parfaitement lisible, et inoubliable.

« N'essaye pas de me rassurer. Je suis venue parler sur un pied d'égalité. Tu as dit, parlons sans détour. Eh bien, faisons cela ! Sans restriction, sans détour, sans honte même ! Je t'aime, et ce n'est un secret pour personne. Cela ne l'a jamais été. Je t'aime depuis toujours, depuis ce moment où je t'ai demandé de lire avec les doigts le nom de l'ange de pierre. Oui, je me souviens des longs après-midi de notre enfance... »

Et pourtant, l'espace d'un instant, Lynley avait été persuadé qu'il s'agissait des mots de Joanna Ellacourt, et non de ceux de Tennessee Williams. Tout comme le jeune agent Plater quinze ans plus tôt à Porthill Green, face au mot d'adieu d'Hannah Darrow.

14

A cause d'un embouteillage sur l'autoroute, il n'atteignit Porthill Green qu'après une heure. Les nuages s'étaient accumulés à l'horizon comme d'énormes écharpes de laine grise, et une tempête se préparait. Le *Wine's The Plough* n'était pas encore fermé pour l'après-midi, mais plutôt que de se rendre tout de suite au pub pour affronter John Darrow, Lynley se dirigea en faisant crisser la neige sous ses pas vers une cabine téléphonique. Il appela Scotland Yard, et déduisit du bruit de fond de conversations et de vaisselle que le sergent Havers prenait la communication à la cantine.

— Bon Dieu, qu'est-ce que vous foutez ? éclata-t-elle avant d'atténuer sa question en ajoutant : Monsieur ? Où êtes-vous ? L'inspecteur Macaskin vous a demandé : ils ont terminé l'autopsie de Sinclair et Gowan. Macaskin m'a priée de vous dire qu'ils ont fixé l'heure du décès de Sinclair entre deux heures et trois heures et quart. Il a ajouté en bredouillant beaucoup qu'on n'y avait pas touché. Je suppose que c'était sa façon élégante de me dire qu'il n'y avait pas trace de viol ou de rapports sexuels. Il a précisé que l'équipe du labo n'en avait pas terminé avec tout ce qu'ils avaient recueilli dans la pièce. Il rappellera dès qu'ils auront fini.

Lynley bénit la minutie de Macaskin et sa bonne volonté assurée, maintenant qu'il ne se sentait plus menacé par Scotland Yard.

— Nous avons pris la déposition de Stinhurst, et malgré le nombre incalculable de fois où nous lui avons fait répéter son histoire, je n'ai pas réussi à lui extorquer la moindre contradiction dans son récit de la nuit de samedi à Westerbrae. (Elle eut un grognement de mépris.) Son avocat vient d'arriver — le genre ancien de Cambridge à l'air pincé, envoyé par sa femme, sans doute, étant donné que monsieur le comte ne s'est pas abaissé à demander l'usage du téléphone à des gens comme Nkata ou moi. On l'a mis dans une des salles d'interrogatoire, mais à moins que quelqu'un ne débarque en quatrième vitesse avec un indice concret ou un témoin, nous sommes dans le pétrin. Alors bon Dieu, où est-ce que vous êtes allé vous promener ?

— A Porthill Green. Ecoutez, dit-il en coupant ses protestations, je ne vais pas nier que Stinhurst est impliqué dans la mort de Joy, mais je ne laisserai pas l'affaire Darrow sans solution. Ne perdons pas de vue que la porte de la chambre de Joy Sinclair était fermée à clé, Havers. Que cela vous plaise ou non, la chambre d'Helen demeure le seul moyen d'accès à cette pièce.

— Mais nous avons déjà dit que Francesca Gerrard aurait très bien pu donner...

— Et le mot d'adieu d'Hannah Darrow est un extrait d'une pièce de théâtre.

— Une pièce de théâtre ? Quelle pièce ?

Lynley regarda le pub, en face. Des volutes de fumée s'élevaient de la cheminée, dessinant comme un serpent dans le ciel.

— Je n'en ai aucune idée. Mais je crois que John Darrow le sait. Et il va me le dire.

— Et où cela va-t-il nous mener, inspecteur ? Et moi, qu'est-ce que je suis censée faire de Sa précieuse Seigneurie, pendant que vous batifolez dans les Fens ?

— Recommencez. Repassez tout en revue. En présence de son avocat, s'il insiste. Vous connaissez la routine, Havers. Mettez ça au point avec Nkata. Variez les questions.

— Et puis ?

— Relâchez-le. Ce sera tout pour aujourd'hui.

— Inspecteur...

— Vous savez aussi bien que moi que nous n'avons rien de concluant contre lui pour l'instant. Eventuellement, une destruction d'indices, avec les scripts brûlés. Mais rien d'autre, à l'exception du fait que son frère a été un espion soviétique il y a vingt-cinq ans de ça, et qu'il a fait entrave à la justice dans la mort de Geoffrey. Je ne crois pas qu'il nous serve à grand-chose d'arrêter Stinhurst pour ça maintenant. Et vous savez bien que son avocat va insister pour que nous l'inculpions ou que nous le rendions tout de suite à sa famille.

— Le labo de Strathclyde va peut-être découvrir encore quelque chose, argua-t-elle.

— Peut-être. Mais lorsque ce sera le cas, nous l'interrogerons de nouveau. Pour l'instant, nous avons fait tout ce qui était en notre pouvoir. C'est clair ?

Il perçut l'exaspération dans sa réponse.

— Et qu'est-ce que je fais une fois que j'ai envoyé Stinhurst se promener ?

— Vous allez dans mon bureau. Vous fermez la porte, vous ne voyez personne et vous attendez de mes nouvelles.

— Et si Webberly veut un rapport sur les progrès de l'enquête ?

— Vous lui dites d'aller au diable, répliqua Lynley, juste après l'avoir informé que nous sommes au courant du rôle de la Section des opérations spéciales et du MI-5 dans l'affaire.

Il sentit Havers sourire malgré elle à l'autre bout du fil.

— Avec plaisir, monsieur. Comme je le dis toujours, quand le bateau coule, pourquoi se gêner pour ne pas défoncer un peu plus la coque ?

Lorsque Lynley commanda une assiette garnie et une pinte de Guinness, John Darrow parut sur le point de refuser. La présence au bar de trois hommes à l'air austère et d'une vieille femme sommeillant sur son gin au coin du feu sembla cependant l'en dissuader. C'est ainsi que Lynley se retrouva cinq minutes plus tard attablé près de la fenêtre, devant un assortiment de stilton et de cheddar, accompagné d'oignons au vinaigre et de pain croustillant.

Il mangea paisiblement, sans que la curiosité affichée et les questions étouffées des autres clients ne le gênent. Il s'agissait sans doute de fermiers du coin, qui n'allaient pas tarder à reprendre leur labeur, et John Darrow n'aurait alors d'autre choix que d'affronter une nouvelle entrevue, qu'il semblait faire de son mieux pour éviter. A la vérité, il était devenu beaucoup plus chaleureux avec ses clients du bar depuis l'arrivée de Lynley, comme si un étalage inhabituel de bonhomie pouvait les encourager à s'éterniser plus longtemps qu'ils ne l'auraient fait autrement. Ils parlaient de sport, échangeant à voix forte des considérations sur l'équipe de football de Newcastle lorsque l'irruption d'un jeune garçon d'environ seize ans interrompit la conversation.

Lynley l'avait vu arriver de la route de Mildenhall, sur une antique motocyclette dont la boue constituait la couleur dominante. Vêtu de grosses bottes de travail, de jeans et d'un vieux blouson de cuir usé, tous visiblement maculés de graisse, le garçon s'était garé devant le pub, et avait passé quelques minutes de l'autre côté de la rue, à admirer la voiture de Lynley et effleurer la ligne élégante de son toit. Il avait la carrure robuste de son père, mais le teint clair devait venir de sa mère.

— C'est à qui, la caisse ? demanda-t-il joyeusement en entrant.

— A moi, répondit Lynley.

Le garçon s'approcha d'un pas nonchalant, rejetant en arrière une mèche de cheveux blonds, avec cette gaucherie caractéristique de la jeunesse.

— Drôlement chouette. Ça a dû vous coûter un paquet, dit-il en jetant par la fenêtre un regard de convoitise.

— Et ça continue. Elle engloutit l'essence comme si je faisais marcher BP à moi tout seul. Franchement, la plupart du temps, je pense à emprunter votre mode de transport.

— Pardon ?

— Votre moto, dit Lynley avec un hochement de tête en direction de la rue.

— Oh ça ! dit le gamin en riant. Celle-là, c'est quelque chose. Je me suis planté avec la semaine dernière, et elle a même pas pris un pain. De toute façon, même si elle en avait pris un, ça se remarquerait pas. Elle est tellement vieille que...

— Tu as des choses à faire, Teddy, intervint John Darrow d'un ton coupant. Va t'en occuper.

Son intervention mit fin à la conversation entre son fils et le policier, mais elle rappela également l'heure aux autres. Les fermiers laissèrent tomber pièces et billets sur le comptoir, la vieille femme près du feu eut un ronflement sonore et s'éveilla, et en quelques minutes, il ne resta plus dans le pub que Lynley et John Darrow. Le son étouffé d'une musique de rock et des claquements de porte à l'étage au-dessus témoignèrent que Teddy s'était attelé à ses tâches.

— Il n'est pas à l'école, remarqua Lynley.

Darrow secoua la tête.

— Il a fini. Pour ça, il ressemble à sa mère. Les livres, c'était pas son truc.

— Votre femme ne lisait pas ?

— Hannah ? Je l'ai jamais vue ouvrir un livre. Elle en possédait même pas un.

Lynley chercha ses cigarettes dans sa poche, en alluma une d'un air pensif et ouvrit le dossier sur la mort d'Hannah Darrow. Il en tira le mot d'adieu.

— Alors, c'est étrange, n'est-ce pas ? Dans quoi croyez-vous qu'elle ait copié ça ?

Darrow serra les lèvres en reconnaissant le papier que Lynley lui avait déjà montré une fois.

— Je n'ai rien de plus à dire là-dessus.

— Oh mais si, j'en ai peur.

Lynley le rejoignit au bar, le mot d'Hannah à la main.

— Parce qu'elle a été assassinée, Mr Darrow, et je pense que vous le savez depuis quinze ans. Très franchement, jusqu'à ce matin, j'étais certain que vous l'aviez tuée vous-même. Je n'en suis plus aussi sûr. Mais je n'ai pas l'intention de repartir aujourd'hui sans que vous ne m'ayez dit la vérité. Joy Sinclair est morte parce qu'elle a approché de trop près cette vérité sur le suicide de votre femme. Si vous croyez que nous allons nous désintéresser de sa mort parce que vous ne voulez pas parler de ce qui s'est passé en 1973 dans ce village, vous vous trompez. Si vous voulez, nous pouvons nous rendre à Mildenhall et bavarder avec le chef de la police, Plater. Tous les trois. Vous, Teddy et moi. Car si vous refusez de coopérer, je suis certain que votre fils, lui, conserve des souvenirs de sa mère.

— Laissez le gamin en dehors de tout ça ! Il n'a rien à voir là-dedans ! Il n'a jamais rien su ! Il ne peut pas savoir !

— Savoir quoi ? demanda Lynley.

Le patron du pub jouait avec les manettes de porcelaine des pompes à bière, toujours sur ses gardes. Lynley continua.

— Ecoutez, Darrow. Je ne sais pas ce qui s'est passé. Mais un garçon de seize ans semblable à votre fils a été sauvagement assassiné parce qu'il avait côtoyé un meurtrier de trop près. Celui-là même — je le sens, je pourrais en jurer — qui a tué votre femme. Et je sais qu'elle a été assassinée. Alors, pour l'amour de Dieu, aidez-moi avant que quelqu'un d'autre ne meure.

Darrow le regarda avec lassitude.

— Un garçon, vous dites ?

Il entendit plutôt qu'il ne vit les défenses de Darrow s'effriter, et poussa sans pitié son avantage.

— Un gamin du nom de Gowan Kilbride. Tout ce qu'il désirait dans la vie, c'était aller à Londres et devenir un nouveau James Bond. Un rêve de gamin, n'est-ce pas ? Mais il est mort sur les marches d'une arrière-cuisine, en Ecosse, le visage et la poitrine brûlés et un couteau de boucher planté dans le dos. Et si le tueur vient ici, maintenant, s'inquiétant de l'étendue de ce que vous aviez confié à Joy Sinclair... Comment serez-vous capable de protéger la vie de votre fils, ou la vôtre, contre un homme ou une femme que vous ne connaissez même pas ?

Darrow luttait visiblement contre ce que Lynley exigeait de lui : remonter dans le passé, le ressusciter, le revivre, dans l'espoir que lui et son fils soient à l'abri d'un assassin qui avait si cruellement bouleversé leurs vies tant d'années auparavant.

Il passa sa langue sur ses lèvres sèches.

— C'était un homme.

Darrow ferma la porte du pub, et ils s'installèrent à une table près du feu. Il apporta une bouteille neuve d'Old Bushmill, la déboucha, et se servit un verre. Il but ainsi sans parler pendant au moins une minute, prenant des forces pour ce qui allait venir.

— Vous avez suivi Hannah lorsqu'elle a quitté l'appartement ce soir-là, devina Lynley.

Darrow s'essuya la bouche d'un revers de main.

— Ouais. Elle devait nous aider au pub, moi et une des filles du village, alors j'étais monté la chercher, et j'ai trouvé un mot sur la table de la cuisine. Seulement, ça n'était pas le même que celui que vous avez dans votre dossier. Celui-là me disait qu'elle me quittait, qu'elle partait avec un beau monsieur à Londres. Pour jouer dans une pièce.

Lynley sentit quelque chose s'affirmer en lui, une justification naissante qui lui soufflait qu'en dépit de tout ce que lui avaient dit Saint James et Helen, Barbara Havers et Stinhurst, son instinct ne l'avait finalement pas trompé.

— C'est tout ce que disait le mot ?

Darrow secoua la tête d'un air sombre et regarda le fond de son verre. Le whisky dégageait une forte odeur de malt.

— Non. Elle s'en prenait à... ma virilité. Et faisait des comparaisons, pour que je sois bien sûr de ce qu'elle avait fait, et de la raison pour laquelle elle partait. Elle voulait un homme, un vrai, elle disait, un qui savait comment aimer une femme, comment la satisfaire au lit. Je l'avais jamais satisfaite, elle disait. Jamais. Mais ce type... Elle décrivait comment il faisait ça, pour que si jamais plus tard je voulais une autre femme, je sache comment le faire bien, pour une fois, elle disait. Comme si elle me rendait service.

— Comment avez-vous su où la trouver ?

— Je l'ai vue. Quand j'ai lu le mot, je suis allé à la fenêtre. Elle avait dû partir une ou deux minutes avant que je monte, parce que je l'ai aperçue à la sortie du village, avec une grosse valise, qui s'engageait sur le chemin du canal qui traverse le marais de Mildenhall.

— Vous avez tout de suite pensé au moulin ?

— Je n'ai pensé à rien qu'à mettre la main sur cette petite salope et lui foutre une raclée. Mais après, je me suis dit que ce serait bien mieux de la suivre, de la surprendre avec lui, et de leur tomber dessus à tous les deux. Alors je suis resté derrière.

— Elle ne s'est pas aperçue que vous la suiviez ?

— Il faisait nuit. Je marchais du côté où les buissons sont les plus épais. Elle s'est retournée deux ou trois fois, et j'ai cru qu'elle savait que j'étais là. Mais elle continuait à marcher. Elle m'a un peu distancé, à la courbe du canal, alors j'ai manqué l'embranchement du moulin, et j'ai continué pendant à peu près trois cents mètres. Quand je me suis aperçu que je l'avais perdue, je me suis bien douté d'où elle était — il n'y avait pas beaucoup d'autres endroits —, alors je suis revenu en quatrième vitesse et j'ai pris le chemin du moulin. Et à peu près trente mètres plus loin, je suis tombé sur sa valise.

— Elle l'avait abandonnée là ?

— Elle était drôlement lourde. J'ai pensé qu'elle était allée au moulin et que le type allait venir rechercher la valise. Alors j'ai décidé d'attendre et de lui sauter dessus là, sur le chemin. Ensuite, j'irais la voir, elle, au moulin.

Darrow se versa un autre verre et poussa la bouteille vers Lynley, qui refusa net.

— Mais personne n'est revenu pour la valise, continua Darrow. J'ai attendu cinq minutes, puis j'ai remonté le sentier pour jeter un coup d'œil. J'avais pas encore atteint la clairière que j'ai vu ce type sortir du moulin en courant. Il a disparu au tournant, et j'ai entendu une voiture démarrer. C'est tout.

— Vous avez vu à quoi il ressemblait ?

— Il faisait trop sombre et j'étais trop loin. Au bout de quelques minutes, je suis allé jusqu'au moulin, et je l'ai trouvée. Pendue, dit-il en posant son verre sur la table.

— Se trouvait-elle exactement dans la même position que sur les photos de la police ?

— Ouais. Sauf qu'il y avait un bout de papier qui sortait de sa poche, alors je l'ai tiré. C'était le mot que j'ai donné à la police. Quand je l'ai lu, j'ai bien compris que c'était fait pour que ça ait l'air d'un suicide.

— Oui. Mais cela n'aurait pas eu l'air d'un suicide si vous aviez laissé la valise sur le chemin. Alors vous l'avez ramenée chez vous.

— Oui. Je l'ai portée à l'étage. Puis j'ai donné l'alarme, en utilisant le mot dans sa poche. L'autre, je l'ai brûlé.

En dépit de ce que cet homme avait supporté, la colère s'empara de Lynley. Une vie avait été prise, sans pitié, de sang-froid. Et cette mort n'avait jamais été vengée.

— Mais pourquoi avez-vous fait tout cela ? demanda-t-il. Vous vouliez voir son meurtrier traîné en justice, non ?

Le regard de Darrow trahit une lassitude moqueuse.

— Vous n'avez aucune idée de ce que c'est que la vie dans un village comme celui-ci, hein ? Vous n'avez aucune idée de ce que ça peut faire à un homme, que tous ses voisins sachent que sa petite femme en chaleur a été zigouillée alors qu'elle allait le quitter pour un maquereau parce qu'il lui faisait du bien où je pense. Et pas zigouillée par son mari, hein, mais par le salopard qui la tringlait dans le dos de son mari. Vous croyez vraiment que si j'avais laissé apparaître la mort d'Hannah comme un meurtre, personne n'aurait rien dit de tout ça ? (Darrow, incrédule, continua, comme pour empêcher toute réponse.) Au moins, comme ça, Teddy n'a jamais su ce que sa mère était vraiment. Pour moi, Hannah était morte. Et la paix de Teddy valait la peine de laisser son meurtrier s'en tirer.

— Mieux vaut une mère suicidée qu'un père cocu ? s'enquit Lynley.

Darrow écrasa son poing fermé sur la table tachée entre eux deux.

— Oui ! Parce que c'est avec moi qu'il vit depuis quinze ans. C'est moi qu'il regarde tous les jours dans les yeux. Et quand il le fait, il voit un homme, bon Dieu, pas une tapette piaillante qui n'a pas su faire respecter à sa femme les liens du mariage. Mais vous croyez que ce type aurait pu mieux s'en sortir avec elle ? (Il se versa de nouveau du whisky, qu'il renversa sans y faire attention lorsque la bouteille glissa contre le verre.) Il lui avait promis des cours d'art dramatique, des professeurs, un rôle dans une pièce. Mais quand tout ça se serait envolé, comment diable...

— Un rôle dans une pièce ? Des leçons ? Comment savez-vous tout cela ? C'était dans le mot ?

Darrow se rapprocha du feu, et ne répondit pas. Mais Lynley comprit soudain la raison pour laquelle Joy Sinclair lui avait téléphoné dix fois, ce qu'elle avait cherché avec insistance à extorquer à cet homme. Dans sa colère, il avait sans aucun doute révélé par inadvertance l'existence d'une source d'information dont elle avait désespérément besoin pour son livre.

— Il existe une trace écrite, Darrow ? Des cahiers ? Un journal ?

Aucune réponse.

— Bon sang, mon vieux, vous avez réussi à me dire tout ça ! Vous connaissez le nom de son assassin ?

— Non.

— Alors que savez-vous ? Comment le savez-vous ?

Darrow continuait de regarder le feu, impassible. Mais sa poitrine se soulevait d'émotion réprimée.

— Des cahiers, dit-il. Elle était tellement pénétrée de sa propre importance, elle écrivait tout. Ils étaient dans sa valise, avec toutes ses autres affaires.

Lynley tenta un coup désespéré, sachant que s'il formulait sa phrase sous forme d'interrogation, l'homme prétendrait les avoir détruits il y a longtemps.

— Donnez-moi les cahiers, Darrow. Je ne peux pas vous promettre que Teddy n'apprendra jamais la vérité sur sa mère. Mais je vous jure que ce ne sera pas par moi.

Darrow laissa tomber son menton sur sa poitrine.

— Comment est-ce que je peux faire ça ? murmura-t-il.

Lynley le pressa.

— Je sais que Joy Sinclair a réveillé le passé. Je sais qu'elle vous a causé du chagrin. Mais bon Dieu, elle ne méritait pas de mourir toute seule, la nuque transpercée d'une dague ! Qui mérite une telle mort ? Quel crime commis dans la vie mérite une telle punition ? Et Gowan ? Il n'avait absolument rien fait, et pourtant il est mort, lui aussi. Réfléchissez, Darrow ! Vous ne pouvez pas considérer que leurs vies n'ont pas de valeur !

Il n'y avait plus rien à dire. Il n'y avait plus qu'à attendre que l'homme se décide. Le feu crépita. Une grosse braise se délogea, tomba et roula contre le pare-feu. Au-dessus de leurs têtes, le fils de Darrow s'affairait. Après un silence angoissant, l'homme leva la tête.

— Venez à l'appartement, dit-il d'une voix blanche.

Un escalier extérieur situé à l'arrière du bâtiment accédait à l'appartement. Juste en dessous, un chemin gravillonné traversait les masses de verdure enchevêtrée d'un jardin abandonné, jusqu'à une barrière au-delà de laquelle s'étendait un paysage interminable de champs, rompu de temps en temps par un arbre, un canal, la silhouette trapue d'un moulin à l'horizon. Tout était gris sous le ciel mélancolique, et l'air riche en tourbe portait en lui les siècles d'inondations et de pourrissement qui avaient servi à modeler cette partie désolée du pays. L'écho régulier des pompes de drainage résonnait au loin.

John Darrow ouvrit la porte, et fit entrer Lynley dans la cuisine où Teddy se trouvait à quatre pattes. A l'aide d'éponges métalliques, de chiffons et d'un seau d'eau, il s'acharnait sur l'intérieur d'un four encrassé qui n'était plus de la première jeunesse. Autour de lui, le sol était sale et humide. Un chanteur braillait d'une voix catarrheuse à la radio. Teddy leva les yeux de sa corvée, et eut une grimace désarmante.

— On a attendu trop longtemps pour cette saleté, papa. Je m'en sortirais mieux avec une perceuse.

Il sourit, s'essuya la main sur le visage, et laissa une trace boueuse sur toute la longueur de sa joue.

Darrow lui parla avec une affection bourrue.

— Descends, petit. Occupe-toi du pub. Le four peut attendre.

Le garçon, plus que ravi, sauta sur ses pieds et éteignit la radio.

— Je le frotterai un petit peu tous les jours, d'accord ? Comme ça, il sera peut-être propre pour le prochain Noël, ajouta-t-il avec un sourire.

Il les salua d'un geste léger et les abandonna.

Lorsque la porte se fut refermée sur lui, Darrow parla.

— Ses affaires sont dans le grenier. Je préférerais que vous les regardiez là-haut, pour que Teddy ne risque pas de venir et de vouloir les voir. Il fait froid, prenez votre manteau. Mais au moins, il y a de la lumière.

Il le guida à travers un salon pauvrement meublé, puis au long d'un couloir plongé dans la pénombre où s'ouvraient les deux chambres de l'appartement. Au bout de celui-ci, une trappe dans le plafond donnait accès au grenier. Darrow souleva la trappe et déplia un escalier métallique escamotable d'allure récente.

Comme s'il venait de lire dans l'esprit de Lynley, il expliqua :

— Je viens ici de temps en temps. Chaque fois que j'ai besoin de me souvenir.

— Vous souvenir ?

Il répondit d'un ton sec.

— Quand je sens le besoin d'une femme. Alors, je jette un œil aux cahiers d'Hannah. Il n'y a rien de mieux pour faire passer l'envie.

Il se hissa le long des marches.

Le grenier n'était pas loin de ressembler à un tombeau. Il y régnait un calme inquiétant et étouffant, et la température y était à peine plus élevée qu'à l'extérieur. Une épaisse couche de poussière recouvrait cartons et malles, et le moindre mouvement soulevait des nuages suffocants. C'était une petite pièce, pleine des odeurs du temps qui passe : un vague parfum de camphre, de vêtements moisis, de bois humide en décomposition. Un faible rayon de lumière hivernale se frayait un chemin à travers une unique fenêtre au verre complètement zébré.

Darrow tira sur un cordon suspendu au plafond, et une ampoule projeta un cône de lumière sur le sol. Il désigna d'un signe de tête deux malles situées de part et d'autre d'une chaise de bois. Lynley remarqua que les malles et la chaise ne portaient aucune trace de poussière, et se demanda à quelle fréquence Darrow rendait visite à ce sépulcre.

— Ses affaires ne sont pas rangées, dit-il, je me fichais pas mal de tout ça. La nuit où elle est morte, j'ai juste balancé le contenu de sa valise dans sa commode à toute vitesse avant de lancer les recherches. Plus tard, après l'enterrement, j'ai tout emballé dans ces deux malles.

— Pourquoi portait-elle deux manteaux et deux chandails ?

— Par cupidité, inspecteur. Elle ne pouvait plus rien mettre dans sa valise. Alors, pour les emmener, il fallait, soit les porter, soit les mettre. Je suppose que les enfiler était plus facile, et il faisait très froid.

Il sortit un trousseau de clés de sa poche et ouvrit les deux malles. Il souleva les couvercles et dit :

— Je vous laisse. Le cahier qui vous intéresse est sur le dessus de la pile.

Darrow parti, Lynley sortit ses lunettes, mais plutôt que de s'intéresser tout de suite aux cinq cahiers reliés posés sur les vêtements, il entreprit d'examiner ses autres possessions, pour se faire une idée d'Hannah Darrow.

Ses effets étaient bon marché, mais visiblement destinés à passer pour luxueux. Ils étaient voyants — des pulls ornés de perles, des jupes moulantes, des robes courtes transparentes aux décolletés plongeants, des pantalons aux jambes étroites avec des fermetures à glissière sur le devant. Lorsqu'il les examina, il s'aperçut que le tissu autour de celles-ci était distendu au voisinage des dents métalliques. Elle appréciait les vêtements extrêmement moulants.

Une grande boîte en plastique dégageait une étrange odeur de graisse animale. Elle renfermait tout un assortiment de crèmes et de produits de beauté bon marché, eux aussi : une boîte de fards à paupières, une demi-douzaine de tubes de rouge à lèvres très sombre, du mascara, trois ou quatre lotions différentes, un paquet de coton à démaquiller. Une réserve de cinq mois de pilules contraceptives était fourrée dans une pochette. Une des plaquettes était partiellement entamée.

Un sac en plastique de Norwich contenait tout un échantillon de lingerie neuve. Son choix encore une fois tapageur était sans doute l'idée que se faisait une fille sans éducation de ce qui pouvait séduire un homme. Des slips de dentelle rouge vif, noire ou mauve, accompagnés de porte-jarretelles assortis, des soutiens-gorge diaphanes très décolletés et ornés aux endroits stratégiques de petits nœuds coquets, des jupons ondulants, deux chemises de nuit identiques, au corsage uniquement formé de deux larges bandes de satin croisées de la taille aux épaules, et qui ne dissimulaient pas grand-chose.

En dessous se trouvait un paquet de photos, que Lynley parcourut. Elles représentaient toutes Hannah sous son meilleur angle, que ce soit posant sur une barrière, riant à cheval ou assise sur une plage, les cheveux au vent. Peut-être s'agissait-il de photos destinées à une future carrière artistique. A moins qu'elle n'ait éprouvé le besoin de se rassurer sur sa beauté, ou tout simplement sur son existence.

Lynley prit le cahier sur le dessus de la pile. Le temps avait craquelé la couverture, plusieurs pages étaient collées entre elles, et l'humidité avait déformé les autres. Il le feuilleta avec soin, jusqu'à la dernière inscription, située aux trois quarts du cahier. Daté du 25 mars 1973, le texte était de la même écriture enfantine que le mot d'adieu mais, contrairement à celui-ci, truffé de fautes d'orthographe et de syntaxe.

« C'es décidé. Je pars demmain. Je suis telement contente que ce soie décidé entre nous. On a parlé des heures et des heures ce soir pour tout préparer. Quand c'était décidé, j'ai voulu l'aimer, mais il adit non on a pas assez de temp, Han, et un moment j'ai pansé que peutêtre il était fâché parcque il a meme repoussé ma main, mais alors il a souri avec son sourire fondant, et il a dit chérie on aura tout le temp pour ça toute les nuits quand on sera a Londres. Londres !!! LONDRES !!! Demain a la meme heure ! Il a dit que son apartement était pret, et qu'il avait tout preparé. Je ne sais pas coment je vais passer la journée demmain à penser à lui. Mon cher amour. Mon cher amour ! »

Lynley leva les yeux sur la fenêtre du grenier et les grains de poussière flottant dans le faible rayon de lumière. Il n'avait pas envisagé que les mots d'une femme morte depuis si longtemps puissent l'émouvoir, ne serait-ce qu'un instant, une femme qui se maquillait de couleurs criardes, qui s'habillait pour séduire, et qui se prenait de passion à l'idée d'une nouvelle vie dans une ville pour elle pleine de promesses et de rêves. Et pourtant, ses mots le touchaient. Avec son optimisme confiant, elle était comme une plante avide d'eau fraîche, palpitant pour la première fois grâce aux attentions de quelqu'un. Même dans sa sensualité maladroite, elle écrivait avec une innocence inconsciente. Ignorante du monde, Hannah Darrow était en fin de compte la victime idéale.

Il reprit le cahier au début, passant les dates en revue, cherchant l'endroit où débutait sa liaison avec l'inconnu. Il le trouva le 15 janvier 1973, et au fur et à mesure de sa lecture, sentit le feu de la certitude embraser lentement ses veines.

« Je me suis jamais autan amusé à Norwich aujourdui, meme si c'es dificile à croire après la dispute avec John. Moi et Maman on es allé là bas pour me remonter le moral, elle a dit. On s'es arrêté chez Tante Pammy, et on l'a emené aussi. (Elle sirotai depuis ce matin et puait le gin, c'était affreu.) A déjeuné, on a vu une affiche de pièce, et Pammy a dit qu'on allait se faire un plaisir, alors elle nous a amené, mais je crois que c'était surtout parcque elle voulait cuver, ce qu'elle a fait en ronflan jusqu'a ce que le type derrière lui donne un cou de pied dans le siège. J'avais jamais été à une pièce avant, vous vous rendé conte ? C'étai a propos d'une duchesse qu'épouse un homme qui meur, et elle finit étranglé, et puis tout le monde se poignarde. Et il y avai un type qui arretai pas de dire qu'il était un loup. C'était un sacré truc. Mais les costume étaient vraiment joli, j'ai jamais rien vu come ça, toute ces longue robes et ces chapos, avec les dames si joli et les homme avec des drole de collans avec des petite bourse sur le devan. Et a la fin, ils on donné à la duchesse des fleur et les gens se son levé et on aplaudi. J'ai lu dans le programe qu'il voyage partout dans le pays en faisant des pièces, vous vous rendé conte. Sa m'a doné envi de faire quelque chose aussi, moi. Je déteste être coincé ici à PGreen. Quelquefois, rien que le pub, ça me done envi de crier. Et John veut qu'on le fasse tou le temp, et moi je veux plus. Je suis pas bien depuis que j'ai eu le bébé, mais il veut pas me croire. »

Suivait une semaine où elle décrivait en détail sa vie au village : la lessive, le bébé, les conversations téléphoniques quotidiennes avec sa mère, le ménage, le travail au pub. Elle ne semblait pas avoir d'amies. Seuls le travail et la télévision l'occupaient. Au 25 janvier, Lynley trouva l'information intéressante.

« Quelque chose es arivé. Je peu pas y croire meme quand j'y pense. J'ai menti et dit à John que je saignai a nouveau, qu'il falai que je voi le docteur. Un nouveau docteur a Norwich, un spécialiste, j'ai di. J'ai di aussi que je m'arreterai chez Tante Pammy pour le diner, alors il devai pas s'inquieter si j'étai en retart. Je sais pas pourquoi j'ai été assez maline pour dire ça ! Je voulai juste voir la pièce a nouveau, et les costume ! J'ai pas eu une bonne place, j'étai au fon sans mes lunetes et c'étai une piece diférente. Drolemen enuyeuse, avec des tas de gens qui parlait de se marier ou de déménager, et ces trois femes qui détestait la feme que leur frere avai épousé. Le drole, ces que c'étai avec les meme acteurs ! Et ils étaien telement diférents, je comprend pas comment ils se melange pas. Quand ça été fini, je suis alé par deriere le théatre. Je pensai peutetre je pourai dire un mot à l'un d'eu, ou faire signé mon programe. J'ai atendu une heure. Mais ils son tous sorti en groupe ou en couple. Juste 1 type étai tou seul. Je sais pas qui y jouait parceque j'ai di j'étai tro loin et j'avai pas mes lunetes. Je voulai qu'y me signe mon programe, mais j'ai eu peur. Alors, je l'ai suivi !!! Je sai pas pourquoi j'ai fai ça. Mais il es allé dans un pub manger et prendre un verre, et je l'ai regardé, et pour finir, je suis allé le voir, et je lui dit "vous etes dans la piece, hein ? Vous voulez pas me signer mon programe ?" Bon dieu, il étai beau. Il etai vraimen surpri, alors il m'a demandé de m'assoir et on a parlé du theatre, et il m'a di qu'il étai dedans depuis beaucoup d'anés. Je lui ai di come j'avai aimé la pièce avec la duchesse, et come les costume était joli. Il a dit, es ce que je voulai aller les voir au théatre, que de près ils était pas extraordinaire, et que je pourai meme suremen en essaier un si y avai persone. Alors on es retourné labas. C'es telement grand derière la sène ! Toute ces loge et ces table pleine d'aksaissoire. Et les decor ! Il son en bois et ils on lair en piere !!! On ai allé dans une loge et il ma montré une rangé de costume. Ils était en velour ! J'ai jamais touché quelque chose d'aussi dou. Alors il a dit vous voulé l'essayé ? Personne le saura. Et je l'ai fait !!! Mais quand je l'ai enlevé, mes cheveu se son pris dedan, et il les a dégagé, et puis il a començé à embrasser mon cou et à me toucher partou avec ses main. Il y avai ce divan dans le coin, mai il a di non, non, maintenant par terre, et il a fai tomber toute les robe, et on a fai l'amour au milieu ! Après j'ai entendu une voi de feme dans le théatre, et j'ai eu vraimen peur, et il a di je me fiche de qui c'es. Mon Dieu, je m'en fiche, je m'en fiche, et il a ri tout heureu, et il a recomencé ! Et ça ne ma même pas fait mal ! J'avai chau, et puis froi, et des trucs se passaient à lintérieur de moi, et il a ri encore et di, petite idiote, c'est come ça que ça doi se passer ! Il ma demandé si je voulais revenir la semaine prochaine. Et comen ! Je suis rentré après minuit, mais John étai encore au pub, alors il n'a pas su. J'espère qu'il ne voudra pa ce soir, parcque avec lui, je suis sur ça fera encore mal. »

Les cinq jours suivants n'étaient que réflexions sur la scène d'amour de Norwich, le genre de balivernes passionnées qui tournent dans la tête d'une jeune femme la première fois qu'un homme l'éveille pleinement aux joies — plutôt qu'aux devoirs — de la chair. Le sixième jour, ses pensées prirent un autre tour. C'était le 31 janvier.

« Il ne sera pas la pour toujour. C'es une tourné, et il parte en mars ! Je ne veu pas y penser. Je le verrai demmain. J'essairai d'avoir son adresse. John demande pourquoi je vai encore a Norwich, et je lui ai di que j'allai voir le docteur. J'ai di que j'avai une douleur dedans, et que le docteur a di quil ne devait pas me toucher un moment jusqu'a ce qu'elle sen aille. Il voulai savoir, pendant combien de temp. Quel genre de douleur ? J'ai di quand tu me le fai, ça me fai mal, et le docteur a di que ça n'allai pas, alors tu ne dois pas me le faire avant que la douleur sen aille. Je lui ai di que je n'étai pas bien depuis que Teddy étai né. Je sais pas sil me croi mai il ma pas touché depui dieu merci. »

A la page suivante, elle rapportait son rendez-vous avec son amant.

« Il m'a emené chez lui !!! C'est pa grand chose, juste une chambre meublé dans une vieille maison près de la catédrale. Il a pa grand chose parcque sa vraie maison est a Londres. Et je comprend pas pourquoi il a pri ça si loin du theatre. Il di qu'il aime marcher. En plus, il m'a di avec son sourire, on n'a pa besoin de beaucoup, hein ? Il m'a désabillé là près de la porte, et on l'a d'abor fait debout !!! Après je lui ai di que je savai qu'y partai en mars avec le groupe du theatre. Je lui ai di que je pensai que je pouvai etre actrisse. Ça n'a pa l'air dificile. Je pourai faire aussi bien que les dames que j'ai vu. Il a dit oui, que je devrai y penser, qu'il pourrait s'ocuper que j'ai des leçons et un professeur. Et puis j'ai dit que j'avai faim et qu'on pourai sortir manger. Il m'a dit qu'il avai faim lui aussi... mais pas de nouriture !!! »

Les deux semaines qui suivaient, Hannah ne semblait pas avoir eu de contact avec lui. Mais elle passait les trois quarts de son temps à organiser l'avenir. Celui-ci tournait autour du théâtre, qui représentait le moyen de se lier à cet homme et d'échapper à Porthill Green. Elle esquissait brièvement ses projets le 10 février.

« Je sui importante pour lui, il me l'a di. Maman dirai que tous les homes parle come ça quan ils tire leur coup, et qui faut pa leur faire confiance tan qu'ils on pa le pantalon remonté. Mais lui c'es diféren. Je sais qu'il es sincere. Alors j'ai reflechi, et le meilleur moyen, c'es d'aler avec la troupe. J'aurai pa un gran role au debut. Je sais pa tres bien ce qui faut faire, mais j'ai une bonne memoire. Et si je sui dans la troupe, on sera pas separe. Je ne veu pa le perdre. Je lui ai doné le numero d'ici pour qu'il mapele à l'apartement, mais il l'a pa encore fait. Je sai qu'il es occupé. Mais s'il m'apele pa demain, je retourne à Norwich pour le voir. J'atendrai pres du theatre. »

Sa visite à Norwich n'était pas notée avant le 13 février.

« Des tas de chose son arivés. J'ai été à Norwich. J'ai atendu et atendu devant le theatre, et puis il es sorti. Mais il étai pas tou seul. Il étai avec une des dames de la pièce et un autre homme. Ils parlait come s'ils se disputait. Je l'ai apelé. D'abord il m'a pa entendu, alors je suis alé le voir et je lui ai touché le bras. Quand j'ai fai ça, ils se sont tous areté. Alors il a souri et il a di bonjour je ne vous avai pas vu, ça fai lontemp que vous atendez ? Excusé moi une minute. Lui, la dame et l'autre monsieur sont alés a une voiture. La dame et le monsieur sont monté dedans, mais lui es revenu vers moi. Il étai furieu, je le voyai bien. Mais j'ai di pourquoi tu m'a pa presenté ? Il a dit pourquoi tu es venu san m'avoir prevenu ? Je lui ai di et pourquoi je devrai, je te fai honte ? Ne soi pa idiote, il m'a dit. Tu ne sais pa que j'essaye de te faire entrer dans la troupe ? Mais je ne peu pa avan que tu soi prete. Ce son des profesionels, et ils ne prendron pa quelqu'un qui ne l'es pa, alors comence a te conduire come une profesionelle. Alors je me sui mis a pleuré. Il a di, oh bon dieu, Han, ne fai pa ça, alons. Alor on es alé chez lui. Seigneur, je sui resté jusqua 2 heure. Je sui retourné avanthier, et il a di qu'il préparai une audicion pour moi, mai que je devai aprendre une sène très dure d'une pièce. J'espérai que ce serai la pièce avec la duchesse, mais c'étai l'autre. Il a dit que je devai copier le role et le mémorisé. Ça avai l'air droleman long, et j'ai demandé pourquoi il falai que je l'écrive, et pourquoi il me donait pas un script. Mais il m'a dit qu'il n'y en avai pa assez, et que s'il s'aperçevai qu'il en manquai un, ils saurai, et mon audicion serai plus une surprise. Alors je l'ai recopié. Mais j'ai pas terminé, et il fau que j'y retourne demmain. On a fai l'amour. Il avai pas l'air d'en avoir envie d'abor, mais il étai content après !! »

Le relâchement perceptible dans cette dernière remarque n'échappa pas à Lynley, et il se demanda si la jeune femme l'avait elle-même remarqué. Mais elle avait visiblement été trop absorbée par ses projets de théâtre et de vie nouvelle avec un autre homme pour remarquer le moment où faire l'amour s'était transformé en un rituel attendu.

Les notations suivantes étaient datées du 23 février.

« Teddy a été malade cinq jours. Tres malade. John a failli me rendre fole avec ça. Mais je me sui échapé pour finir de copier ce vieu script. Je ne sai pa pourquoi je peu pa en avoir un, mais il dit qu'ils s'en aperçevrait. Il a juste di de memoriser mon role, et de pas me soucier de coment le jouer. Il dit qu'il me montrera coment faire. Ça il sait le faire ! ! C'es son travail. Enfin, c'es seulemen 8 page. Alors, je vai le surprendre, je vai le lui jouer ! Come ça, il ne se posera plu de question sur moi. Quelquefoi, je croi qu'il se pose des question. Sauf quan on va au lit. Il sai que je suis fole de lui. Je peu pa rester pres de lui san avoir envi de lui enlever ses vetemens. Il aime ça. Il di, oh bon dieu, Hannah, tu sai ce que j'aime, hein ? Tu sai vraimen t'y prendre, mieu que personne. Tu es la meilleure. Alors il oublie de quoi on parle et on le fait. »

Hannah avait consacré nombre des pages suivantes à une description détaillée de leurs ébats. Celles-ci avaient été souvent feuilletées, et c'était sans nul doute celles que John Darrow consultait lorsqu'il voulait se souvenir de sa femme de la pire des façons. Car elle était méticuleuse, n'omettait aucun détail, et comparait les attributs et les performances de son mari avec ceux de son amant. Le jugement était brutal, et un homme ne devait pas s'en remettre facilement. Cela donna à Lynley une idée de ce qu'avait dû être sa lettre d'adieu à John Darrow.

L'avant-dernier fragment du journal datait du 23 mars.

« Je me sui entrainé toute la semaine quand John es au pub en bas. Teddy me regarde de son berceau et ri de voir sa maman se pavaner come une dame russe. Mais j'ai tou copié. C'etai facile. Et dans 2 nuit, je vai à Norwich pour qu'on décide ce qu'on va faire et quan je vai avoir mon audicion. Je meur d'impatience. Il me manque. John m'a sauté dessus come un por ce matin. Il a di que ça faisai 2 moi que le docteur avai di qu'il pouvai pas, et qu'il en avai marre d'atendre. Ça m'a presque fai vomir quand il a mi sa langue dan ma bouche. Il sentai la merde, je le jure. Il a di, ah c'es mieu comme ça, Han, non, et il m'a fai ça telemen fort que j'ai essayé de pas pleuré. Quand je pense qu'il y a deu moi je pensai que c'étai come ça que ça devai se passé et que je devai le suporter. Ça me fai rire, maintenan, parce que je sai. Et j'ai décidé de le dire à John avan de partir. Après ce matin, il le merite. Il se prend telemen pour un home, un VRAI, s'il savai ce qu'un vrai home et moi on se fai dans un lit, il se trouverai mal. Mon Dieu, je sai pas si je pourai encore tenir 2 jour san le voir. Il me manque telemen. JE L'AIME. »

Lynley referma le journal tandis que les remarques d'Hannah Darrow se mettaient en place dans son esprit, comme les pièces d'un puzzle. Se pavaner comme une dame russe. Une pièce de théâtre sur un homme qui se marie, et dont les sœurs détestent la femme. Des gens qui parlent sans arrêt de déménager ou de se marier. Et l'affiche grandeur nature sur le mur du bureau de lord Stinhurst. *Les Trois Sœurs*, Norwich. La vie et la mort d'Hannah Darrow.

Il se mit à fouiller dans le reste de ses affaires, dénichant vêtements, sacs à main, gants et bijoux. Mais il ne découvrit ce qu'il cherchait que lorsqu'il s'intéressa à la seconde malle. Là, tout au fond, sous les pulls et les chaussures, sous un album de petite fille plein de souvenirs et de coupures de journaux, se trouvait ce qu'il avait espéré trouver, le vieux programme de théâtre auquel étaient accrochées les lunettes cerclées de métal d'Hannah. Une diagonale divisait la couverture en deux, séparant ainsi les deux pièces du répertoire de la troupe, dont les titres en lettres austères se détachaient en blanc sur fond noir dans la partie supérieure, et noir sur fond blanc dans la partie inférieure : *La Duchesse de Malfi* et *Les Trois Sœurs*.

Lynley le parcourut avec impatience, à la recherche de la distribution. Mais lorsqu'il trouva celle-ci, il se figea, incrédule, incapable de croire au hasard grinçant qui avait présidé à la répartition des rôles. Car à l'exception d'Irene Sinclair et de quelques comédiens qui ne l'intéressaient pas, les autres étaient exactement les mêmes : Joanna Ellacourt, Robert Gabriel, Rhys Davies-Jones, et, pour compliquer la situation, Jeremy Vinney dans un rôle mineur, sans doute le chant du cygne d'une brève carrière dramatique.

Lynley rejeta le programme. Il se leva et fit les cent pas dans la petite pièce en se frottant le front. Il devait y avoir quelque chose qu'il n'avait pas remarqué dans ce qu'Hannah racontait de son amant. Un détail qui révélait par la bande son identité, quelque chose que Lynley avait lu sans comprendre sa signification. Il retourna à sa chaise, reprit le journal, et le recommença.

Ce n'est qu'à la quatrième relecture qu'il trouva « Il dit qu'il me montrera coment faire. Ça, il sait le faire ! ! C'es son travail. » Ces mots offraient deux possibilités : le metteur en scène de la production ou l'acteur qui jouait dans la scène dont était tiré le « mot d'adieu » d'Hannah. Le metteur en scène pouvait montrer à une jeune fille sans expérience les rudiments de la comédie. Un acteur de cette même scène était capable de lui montrer comment jouer le rôle avec aisance, puisqu'il le pratiquait avec sa partenaire depuis plusieurs semaines.

Un rapide coup d'œil au programme apprit à Lynley que le metteur en scène était lord Stinhurst. Il tira un coup de chapeau à l'intuition du sergent Havers. Désormais, il ne lui restait plus qu'à trouver à quelle scène des *Trois Sœurs* appartenait le texte du « mot d'adieu » et qui jouait dans celle-ci. Car maintenant il visualisait le tout : Hannah en route pour le moulin pour retrouver son amant, avec dans sa poche les huit pages de script méticuleusement recopiées à la main pour son audition. Et l'homme qui la tuait, qui prenait ces huit pages, en déchirait la seule qui pouvait avoir l'air d'un mot d'adieu, et emportait le reste, laissant son corps suspendu au plafond.

Il referma les malles, éteignit la lumière, et ramassa la pile de cahiers accompagnés du programme. Au-dessous, dans l'appartement, il trouva Teddy dans le salon, les pieds sur une méchante table à café parsemée de nourriture, en train de manger des bâtonnets de poisson dans une assiette émaillée bleue. Une pinte de bière à demi vide était posée par terre, et une petite télévision couleur diffusait du sport, apparemment du ski. A la vue de Lynley, le garçon bondit et éteignit la télévision.

— Est-ce que vous avez des recueils de pièces de théâtre ? demanda Lynley, tout en se doutant de la réponse.

— Des pièces de théâtre ? répéta le gamin en secouant la tête. Pas une seule. Vous êtes sûr que vous voulez un livre ? On a des disques, et des magazines. (Il parut comprendre en parlant que Lynley ne cherchait pas de source de distraction.) Papa a dit que vous étiez flic. Que je devais pas vous parler.

— Ce à quoi vous ne semblez pas obéir.

Le garçon fit une grimace et eut un hochement de tête en direction des cahiers que Lynley portait sous son bras.

— C'est à propos de maman, hein ? Je les ai lus, vous comprenez. Papa a laissé les clés une nuit. Je les ai tous lus. (Il se balança sur les talons et enfouit une main dans la poche de son jean.) On n'en parle jamais. Je crois pas que papa pourrait. Mais si vous attrapez ce type, vous me le ferez savoir ?

Lynley hésita. Le garçon reprit la parole.

— C'était ma maman, vous savez. Elle n'était pas parfaite, mais c'était ma maman. Elle m'a jamais fait de mal. Et elle s'est pas tuée.

— Non, elle ne s'est pas suicidée.

Lynley se dirigea vers la porte. Il s'arrêta sur le seuil et chercha un moyen de répondre à l'attente du garçon.

— Surveille les journaux, Teddy. Quand nous mettrons la main sur l'homme qui a tué Joy Sinclair, ce sera celui-là.

— Est-ce que vous l'aurez aussi pour la mort de maman, inspecteur ?

Lynley faillit mentir. Mais face à ce visage amical et inquiet, il en fut incapable.

— Seulement s'il avoue.

Le garçon eut un hochement de tête d'une solennité enfantine, mais il serra les mâchoires.

— Pas de preuves, je suppose ? dit-il avec une négligence douloureuse et étudiée.

— Pas de preuves. Mais c'est le même homme, Teddy, tu peux me croire.

Le garçon retourna à la télévision.

— Je me souviens juste un petit peu d'elle. (Il tripota le bouton sans allumer le poste.) Attrapez-le, dit-il à voix basse.

Plutôt que de s'arrêter à Mildenhall et risquer de perdre du temps à la recherche d'une bibliothèque municipale, Lynley se rendit à Newmarket, où il était certain d'en trouver une. Là, cependant, il perdit vingt minutes à se frayer un chemin dans les embouteillages de fin d'après-midi, et n'aboutit au bâtiment qu'il cherchait qu'à cinq heures moins le quart. Il se gara sur un stationnement interdit, laissa sa plaque de police dressée contre le volant, et s'en remit aux dieux. Inquiet de voir qu'il recommençait à neiger, et donc que chaque seconde était précieuse, il grimpa quatre à quatre les marches de la bibliothèque, le programme du théâtre de Norwich roulé dans la poche de son pardessus.

Une forte odeur de cire d'abeille, de vieux papiers et de chauffage central épuisé dominait l'endroit, où se dressaient hautes fenêtres, sombres bibliothèques, lampes de lecture en cuivre surmontées de minuscules abat-jour blancs, et un énorme bureau en forme de U derrière lequel un homme tiré à quatre épingles et aux grandes lunettes enfournait des données dans un ordinateur. L'air totalement déplacé dans cet environnement vieillot, la machine, au moins, ne faisait pas de bruit.

Lynley compulsa le fichier, à la recherche de Tchekhov. Cinq minutes plus tard, il était assis à l'une des longues tables usées, un exemplaire des *Trois Sœurs* ouvert devant lui. Il le parcourut des yeux, se contentant dans un premier temps de ne lire que la première ligne de chaque réplique. Parvenu à la moitié de la pièce, il réalisa cependant, d'après la longueur de celle-ci, et la façon dont avait été déchiré le mot d'Hannah, que le texte qu'elle avait recopié pouvait fort bien provenir du milieu d'un monologue. Il recommença sa lecture, de plus en plus inquiet de la neige qui retarderait son retour sur Londres, du temps qui s'écoulait et de ce qui pouvait bien se passer en ville pendant son absence. Une demi-heure lui fut nécessaire pour trouver ce qu'il cherchait, dix pages après le début de l'acte quatre. Il lut une fois, puis une seconde pour être sûr.

« Il arrive parfois que des petits détails idiots de la vie prennent de l'importance, sans que l'on sache pourquoi. On ne cesse d'en rire, comme on l'a toujours fait, et malgré cela, on continue, et on n'a pas la force de s'arrêter. Oh, ne parlons pas de ça ! Je me sens gai, je vois ces sapins, ces érables et ces bouleaux comme pour la première fois, et ils me regardent tous, moi, avec curiosité et espoir. Que ces arbres sont beaux, et d'ailleurs, comme la vie devrait être belle auprès d'eux ! Je dois partir, il est temps... Voilà un arbre mort, mais il continue à se balancer dans le vent avec les autres. Alors il me semble que si je meurs, d'une façon ou d'une autre, j'aurai encore mon rôle à jouer dans cette vie. Adieu, mon amour... Les papiers que tu m'as donnés sont sur ma table, sous le calendrier. »

Ce n'était pas une des femmes qui parlait, comme Lynley l'avait d'abord supposé, mais un des personnages masculins, le baron Tousenbach, s'adressant à Irina vers la fin de la pièce. Lynley tira de sa poche le programme de Norwich, parcourut du doigt la distribution, et découvrit ce qu'il avait tant redouté — et espéré. En cet hiver 1973, Rhys Davies-Jones avait joué Tousenbach face à Joanna Ellacourt en Irina, Jeremy Vinney en Feraponte, et Robert Gabriel en Andreï.

Il avait enfin la confirmation recherchée. Car qui mieux que celui qui les avait répétées soir après soir était susceptible d'utiliser ainsi ces quelques lignes ? L'homme en qui Helen avait toute confiance. L'homme qu'elle aimait et qu'elle croyait innocent.

Lynley reposa le livre sur son étagère et se mit en quête d'un téléphone.

15

Lady Helen avait passé la journée à se répéter qu'elle aurait dû être transportée de joie. Après tout, ils avaient réussi. Ils avaient prouvé que Tommy s'était trompé. En explorant le passé de lord Stinhurst, ils avaient démontré que presque tous les soupçons dirigés contre Rhys Davies-Jones étaient sans fondement, et l'affaire s'était ainsi orientée dans une tout autre direction. Lorsque le sergent Havers avait téléphoné à midi chez Saint James pour les informer que Stinhurst avait été convoqué pour un interrogatoire, et qu'il avait reconnu la vérité sur les rapports de son frère avec les Soviétiques, lady Helen s'était dit qu'une vague de jubilation aurait dû l'emporter.

Peu après deux heures, elle avait quitté Saint James, et passé le reste de l'après-midi à se préparer à la soirée avec Rhys, une soirée de célébration amoureuse. Elle avait écumé les rues de Knightsbridge pendant des heures, à la recherche de l'accessoire vestimentaire accordé à son humeur, avant de s'apercevoir qu'elle n'était pas du tout sûre de son humeur. Elle n'était sûre de rien.

Elle pensa d'abord que son égarement venait du fait que Stinhurst n'avait rien reconnu de son implication dans les meurtres de Joy Sinclair et Gowan Kilbride. Mais elle savait qu'elle ne pourrait se raccrocher très longtemps à ce mensonge. Si la Criminelle de Strathclyde était capable de dénicher un cheveu, une tache de sang ou une empreinte liant Stinhurst à ces meurtres, alors elle devrait affronter ce qui se trouvait réellement au cœur de son trouble. Et au cœur de celui-ci, ce n'était pas un débat sur la culpabilité ou l'innocence d'un homme qu'elle voyait, mais Tommy et son visage défait, Tommy et les derniers mots qu'il lui avait adressés la veille au soir.

Pourtant, elle savait également que, quelle que soit la douleur de Tommy, celle-ci ne devait pas lui importer. Car Rhys était innocent. Innocent. Elle s'était accrochée avec une telle ténacité à cette conviction ces quatre derniers jours qu'elle ne pouvait se permettre de penser à autre chose, de se laisser détourner de Rhys. Elle voulait le voir totalement innocenté aux yeux de tous ; voulait que chacun le voie réellement tel qu'il était — et pas seulement elle.

Il était sept heures passées lorsque son taxi s'arrêta devant son appartement d'Onslow Square. La neige tombait en abondance, vague après vague silencieuse, venant s'amonceler en tas moelleux contre la grille du square au centre de la place. Quand elle sortit dans l'air glacé et sentit le doux picotement des flocons sur ses joues et ses cils, elle admira un instant le changement que la neige fraîche amenait sur la ville. Puis elle ramassa ses paquets avec un frisson et franchit en courant les marches du perron de l'immeuble. Elle fouilla son sac à la recherche de ses clés, mais avant d'avoir pu les trouver, la porte s'ouvrit devant sa femme de chambre, qui la tira vivement à l'intérieur.

Caroline Shepherd était au service de lady Helen depuis trois ans, et bien que de cinq ans plus jeune, elle était passionnément dévouée à lady Helen, aussi ne mâcha-t-elle pas ses mots lorsqu'elle claqua la porte de la maison, et que l'air froid souleva sa chevelure brune.

— Enfin, Dieu merci ! J'étais morte d'inquiétude. Vous savez qu'il est plus de sept heures et que lord Asherton n'a pas cessé de téléphoner sans interruption depuis une heure ? De même que Mr Saint James, et cette dame sergent de Scotland Yard. Et Mr Davies-Jones vous attend depuis trois quarts d'heure dans le salon.

Lady Helen entendit vaguement le tout mais ne comprit que cette dernière phrase. Elle tendit ses paquets à la jeune femme tandis qu'elles grimpaient l'escalier en hâte.

— Mon Dieu, je suis tellement en retard ? Rhys doit se demander où je suis passée. Et c'est votre soir de sortie, non ? Je suis désolée, Caroline, vous devez être affreusement en retard vous aussi ? Vous sortez avec Denton ce soir ? Il me pardonnera ?

— Il a intérêt, dit Caroline avec un sourire. Je vais déposer ça dans votre chambre, puis je disparais.

Lady Helen et Caroline occupaient l'appartement le plus spacieux de l'immeuble, qui comprenait sept pièces au premier étage, avec un salon donnant sur le square. Là, les rideaux n'étaient pas tirés, et Rhys Davies-Jones se tenait devant les portes-fenêtres qui déversaient leur lumière sur un petit balcon couvert de neige. A l'arrivée de lady Helen, il se retourna.

— Ils ont gardé Stinhurst à Scotland Yard presque toute la journée, dit-il les sourcils froncés.

— Oui, je sais, répondit-elle en hésitant sur le seuil.

— Est-ce qu'ils pensent vraiment... ? Je ne peux pas y croire, Helen. Je connais Stuart depuis des années. Il ne peut pas...

Elle traversa vivement la pièce.

— Tu les connais tous depuis des années, n'est-ce pas, Rhys ? Et pourtant, l'un d'eux a tué Joy. Et Gowan.

— Mais Stuart ? Non. Je ne peux pas... Pourquoi, grands dieux ? demanda-t-il d'un ton farouche.

L'éclairage de la pièce le plongeait en partie dans l'ombre, aussi ne le voyait-elle pas distinctement, mais elle perçut dans sa voix un appel à la confiance. Et elle lui faisait effectivement entièrement confiance, sans aucun doute, mais ne pouvait se résoudre à lui dévoiler les détails de l'histoire de la famille Stinhurst. Pourquoi ? Parce qu'elle révélerait ainsi l'humiliation de Lynley, les erreurs de jugement qu'il avait commises ces derniers jours, et au nom de la longue amitié partagée avec lui — même si celle-ci était peut-être bien morte aujourd'hui — elle s'aperçut qu'elle ne pouvait supporter de l'exposer à la risée de qui que ce soit, qu'il le mérite ou non.

— J'ai pensé à toi toute la journée, se contenta-t-elle de répondre en posant une main sur son bras. Tommy sait que tu es innocent. Je l'ai toujours su. Et nous sommes réunis ici maintenant. Rien d'autre n'a vraiment d'importance, non ?

Elle sentit sa tension se relâcher, s'évanouir. Son visage s'éclaira d'un merveilleux sourire.

— Non, rien. Rien du tout, Helen. Rien que toi et moi.

Il la serra dans ses bras, l'embrassa, murmurant des mots d'amour. Peu importaient les horreurs de ces derniers jours, elles étaient finies, il était temps de passer à autre chose. Ils se dirigèrent vers le canapé disposé devant le feu à l'autre extrémité de la pièce. Il s'assit et, l'attirant à lui, l'embrassa de nouveau, avec plus d'assurance, avec une passion montante qui éveilla la sienne. Au bout d'un long moment, il releva la tête et caressa légèrement de ses doigts la ligne de son visage et de son cou.

— Helen, c'est de la folie. Je suis venu pour t'emmener dîner et je ne pense qu'à une chose, t'emmener au lit, à ma grande honte, je dois le reconnaître. Nous devrions partir avant que je ne perde tout intérêt pour le dîner.

Elle lui frôla la joue, et sourit tendrement.

Il chuchota, se pencha de nouveau, et déboutonna son chemisier. Puis sa bouche se posa sur ses épaules et sa gorge nues, et ses doigts frôlèrent ses seins.

— Je t'aime, murmura-t-il en cherchant de nouveau sa bouche.

La sonnerie du téléphone déchira le silence.

Ils se séparèrent d'un bond, comme devant un intrus, et se regardèrent d'un air coupable tandis que le téléphone continuait de retentir. Lady Helen ne réalisa qu'au bout de quatre sonneries déchirantes que Caroline, déjà en retard de deux heures sur sa soirée de liberté, avait quitté les lieux. Ils étaient entièrement seuls.

Le cœur encore battant, elle se rendit dans le vestibule et décrocha le récepteur au bout de la neuvième sonnerie.

— Helen, Dieu merci ! Est-ce que Davies-Jones est avec toi ?

C'était Lynley.

Une telle angoisse étreignait sa voix que lady Helen se figea, l'esprit vide.

— Que se passe-t-il ? Où es-tu ?

Elle savait qu'elle avait involontairement baissé la voix.

— Dans une cabine téléphonique près de Bishop's Stortford. Il y a un foutu accident qui bloque l'autoroute, et toutes les petites routes que j'ai essayées sont impraticables à cause de la neige. Je ne sais pas combien de temps je vais mettre à rentrer à Londres. Est-ce que Havers t'a parlé ? Tu as eu Saint James ? Bon sang, tu ne m'as pas répondu ! Est-ce que Davies-Jones est avec toi ?

— Je viens de rentrer. Qu'y a-t-il ? Que se passe-t-il ?

— Réponds-moi. Il est avec toi ?

Dans le salon, Rhys était toujours assis sur le canapé, mais se penchait vers le feu, regardant mourir les dernières flammes. Lady Helen voyait l'ombre et la lumière jouer sur son visage et ses cheveux bouclés. Mais elle demeurait muette. Quelque chose dans la voix de Lynley l'empêchait de parler.

Il se lança dans un discours pressant, insistant sur les mots avec la force d'une conviction passionnée et terrifiante.

— Ecoute-moi, Helen. Il y avait une jeune femme, Hannah Darrow. Il l'a rencontrée lorsqu'il jouait *Les Trois Sœurs* à Norwich à la fin janvier 1973. Ils ont eu une liaison. Elle était pourtant mariée, avec un bébé. Elle voulait quitter son mari et son enfant pour vivre avec Davies-Jones. Il l'a persuadée qu'elle allait passer une audition et lui a fait répéter un rôle qu'il lui a choisi. Elle croyait qu'après son audition elle s'enfuirait avec lui. Mais la nuit où ils devaient s'enfuir, il l'a assassinée, Helen. Et il l'a pendue à un crochet au plafond d'un moulin. Sa mort est passée pour un suicide.

Seul un murmure sortit de ses lèvres.

— Non, Stinhurst...

— La mort de Joy n'avait rien à voir avec Stinhurst ! Elle voulait écrire sur Hannah Darrow. C'était le sujet de son nouveau livre. Mais elle a commis l'erreur d'en parler à Davies-Jones. Elle l'a appelé au pays de Galles. Il y avait même un message sur le magnétophone dans son sac, Helen, où elle se rappelait de demander à Davies-Jones comment manœuvrer John Darrow, le mari d'Hannah. Tu comprends ? Il a toujours su que Joy écrivait ce livre. Il le sait depuis le mois dernier. Alors il a suggéré à Joy de te faire attribuer la chambre voisine de la sienne, pour être certain de pouvoir y accéder. Maintenant, pour l'amour de Dieu, j'ai des hommes qui le cherchent partout depuis six heures. Dis-moi s'il est avec toi, Helen !

Tout en elle se ligua pour l'empêcher de parler. Elle avait les yeux brûlants, la gorge serrée, l'estomac noué. Et bien qu'elle tente d'en repousser le souvenir bien vivace, elle entendit parfaitement la voix de Rhys, les mots qu'il lui avait si facilement dits à Westerbrae : « Je venais de faire une tournée d'hiver dans le Norfolk et le Suffolk... Lorsque je suis rentré à Londres, elle était partie. »

— Hannah Darrow a laissé un journal, disait désespérément Lynley. Elle a laissé le programme de la pièce. Je les ai vus, j'ai tout lu. Helen, s'il te plaît, ma chérie, je te dis la vérité !

Lady Helen entrevit Rhys se lever, aller à la cheminée, prendre le tisonnier. Il jeta un coup d'œil dans sa direction, le visage grave. Non ! C'était impossible, absurde. Elle ne courait aucun danger. Pas de la part de Rhys, jamais. Il n'était pas un assassin. Il n'avait pas tué sa cousine. Il était incapable de tuer qui que ce soit. Mais Tommy continuait à parler

— Il s'est arrangé pour lui faire recopier à la main une scène de la pièce, et il a utilisé une partie de ce qu'elle avait écrit comme lettre d'adieu. Mais les mots provenaient d'une de ses répliques à lui. Il jouait Tousenbach. Il a tué trois personnes, Helen. Gowan est mort dans mes bras. Pour l'amour de Dieu, réponds-moi ! Dis-moi !

Malgré sa résolution, ses lèvres articulèrent le mot odieux, et elle s'entendit dire :

— Oui.

— Il est là ?

De nouveau :

— Oui.

— Tu es seule ?

— Oui.

— Mon Dieu, Caroline est sortie ?

C'était simple, tellement simple. Il suffisait d'un seul mot.

— Oui.

Tandis que Lynley continuait de parler, Rhys s'occupa du feu, ajouta une nouvelle bûche, puis retourna s'asseoir. Elle le regarda, et comprit la signification de ce qu'elle venait de faire, du choix qu'elle venait d'accomplir, elle sentit les larmes lui brûler les paupières et sa gorge se serrer. Elle sut qu'elle était perdue.

— Helen, écoute-moi attentivement. Je veux le faire suivre, jusqu'à ce que nous ayons un rapport du labo de la Criminelle de Strathclyde. Je pourrais l'interroger avant, mais ça ne nous avancerait à rien. Je vais téléphoner, on va envoyer un agent, mais cela peut prendre une vingtaine de minutes. Tu peux le garder là un moment ? Tu te sens suffisamment en sécurité avec lui pour ça ?

Elle lutta contre le désespoir, incapable de parler.

— Helen ! dit Lynley d'une voix déchirante. Réponds-moi ! Tu peux te débrouiller vingt minutes avec lui ? Tu peux ? Bon sang...

Ses lèvres étaient sèches et figées.

— Je peux me débrouiller. Très facilement.

Il y eut un silence, comme si Lynley évaluait la nature exacte de sa réponse. Puis il demanda brusquement :

— Qu'attend-il de toi ce soir ?

Elle ne répondit pas.

— Dis-moi ! Il est venu coucher avec toi ? Helen ! S'il te plaît ! s'exclama-t-il lorsqu'elle ne dit rien.

Elle s'entendit chuchoter d'un ton désespéré

— Eh bien, cela devrait occuper agréablement ces vingt minutes, non ?

— Non ! Helen ! Ne... criait-il lorsqu'elle raccrocha.

Tête baissée, elle tentait de reprendre son sang-froid. En ce moment même, Lynley téléphonait à Scotland Yard. Les vingt minutes étaient déjà entamées.

Elle n'éprouvait aucune peur, songea-t-elle curieusement. Son cœur battait à se rompre dans ses oreilles, sa gorge était sèche, mais elle n'avait pas peur. Elle était seule dans l'appartement avec un assassin, Tommy à des kilomètres de là, et une tempête de neige empêchant toute fuite. Mais elle n'avait absolument pas peur. Et tandis qu'elle retenait les larmes brûlantes qui ne demandaient qu'à jaillir, elle comprit qu'elle n'avait pas peur parce qu'elle ne se souciait plus de rien. Plus rien n'avait d'importance, pas même le fait qu'elle vive ou meure.

Barbara Havers décrocha le téléphone dans le bureau de Lynley à la seconde sonnerie. Il était sept heures et quart, et elle était assise à son bureau depuis deux heures, fumant avec une telle régularité qu'elle avait la gorge à vif et les nerfs à fleur de peau. Elle fut tellement soulagée d'entendre la voix de Lynley que son anxiété se mua sur-le-champ en colère. Mais l'intensité de la voix de Lynley lui fit interrompre ses imprécations.

— Havers, où est Nkata ?

— Nkata ? répéta-t-elle stupidement. Rentré chez lui.

— Mettez-lui la main dessus. Je veux qu'il aille à Onslow Square. Séance tenante.

Elle écrasa sa cigarette et prit une feuille de papier.

— Vous avez trouvé Davies-Jones ?

— Il se trouve dans l'appartement d'Helen. Je veux une filature, Havers. Mais s'il faut en arriver là, on l'embarquera.

— Comment ? Pourquoi ? demanda-t-elle, incrédule. Nous ne disposons quasiment de rien, malgré cette histoire d'Hannah Darrow, dont Dieu sait qu'elle est à peu près aussi ténue que ce que nous avons contre Stinhurst. Vous m'avez dit vous-même qu'à l'exception d'Irene Sinclair, ils étaient tous impliqués dans cette pièce à Norwich en 73. Ce qui inclut aussi Stinhurst. En plus, Macaskin...

— Havers, pas de discussion, je n'ai pas le temps. Faites ce que je vous dis. Et une fois que vous l'avez fait, appelez Helen, et débrouillez-vous pour parler avec elle au moins une demi-heure, plus si vous le pouvez. Compris ?

— Une demi-heure ? Qu'est-ce que vous voulez que je fasse ? Que je lui raconte ma vie ?

Lynley eut une exclamation exaspérée.

— Bon Dieu, pour une fois, faites ce que je vous dis ! Tout de suite ! Et attendez-moi au Yard !

Il coupa la communication.

Havers appela l'agent Nkata, l'expédia chez Helen, raccrocha violemment, et fixa d'un air maussade les papiers sur le bureau de Lynley. Ceux-ci regroupaient les dernières informations en provenance de la brigade criminelle de Strathclyde — le rapport sur les empreintes, l'examen des fibres, l'analyse des taches de sang, l'étude de quatre cheveux trouvés près du lit, l'analyse du cognac que Rhys Davies-Jones avait emporté dans la chambre d'Helen. Et de tout cela il ne ressortait rien. Pas la moindre petite parcelle de preuve qui ne puisse être rejetée par le moins doué des avocats.

Barbara affronta un fait dont Lynley n'était pas encore au courant. Si jamais ils parvenaient à faire comparaître Davies-Jones — ou qui que ce soit d'autre — en justice, ce ne serait pas en s'appuyant sur des preuves fournies par l'inspecteur Macaskin, en Ecosse.

Elle s'appelait Lynette. Mais tandis que, vautrée sous lui, elle se contorsionnait violemment et poussait des gémissements appréciateurs à chacun de ses coups de reins, Robert Gabriel devait faire des efforts pour s'en souvenir, et se retenir de ne pas l'appeler autrement. Il est vrai qu'il y en avait eu tellement tous ces derniers mois. Qui diable aurait pu se souvenir de toutes ? Mais au moment approprié, il se souvint : c'était l'apprentie décoratrice de l'Azincourt, âgée de dix-neuf ans, dont les jeans étroits et le fin tricot jaune gisaient par terre dans l'obscurité de la loge. Il avait très rapidement découvert, et avec joie, qu'elle ne portait absolument rien en dessous.

Elle lui griffa le dos de ses ongles et émit un bruit ravi, mais il aurait très nettement préféré qu'elle utilise une autre méthode pour signaler l'approche de son plaisir. Il continua à s'activer de la façon qu'elle semblait apprécier le plus — brutalement — et tâcha de son mieux d'éviter de respirer le lourd parfum qu'elle portait et la vague odeur d'oléagineux qui émanait de ses cheveux. Il murmura des encouragements discrets, s'occupant l'esprit à autre chose en attendant qu'elle atteigne l'extase pour pouvoir se consacrer à son plaisir. Il aimait ainsi à penser qu'il était attentionné, plus doué que la plupart des hommes, plus disposé à satisfaire les femmes.

— Oooh ! Vas-y ! Vas-y ! Je n'en peux plus ! gémit Lynette.

Moi non plus, pensa Gabriel tandis que les ongles de la fille dansaient le long de sa colonne vertébrale. Il s'était aux trois quarts récité le monologue d'Hamlet lorsque ses sanglots extatiques atteignirent leur apogée. Son corps s'arqua, et elle poussa des cris frénétiques tout en lui enfonçant ses ongles dans les fesses. Gabriel prit note intérieurement d'éviter à l'avenir les jeunesses.

L'attitude de Lynette ne fit que renforcer cette décision : son plaisir pris elle s'était transformée en un objet inerte qui attendait passivement et pas si patiemment que ça que lui en finisse avec le sien. Ce qu'il fit rapidement, grognant son nom avec un ravissement feint au moment opportun et tout aussi impatient qu'elle semblait l'être de voir s'achever cette rencontre. Peut-être la costumière serait-elle préférable pour le lendemain, pensa-t-il.

— Ohh, c'était le pied, hein ? dit Lynette avec un bâillement lorsque ce fut fini.

Elle s'assit, posa les pieds par terre, et se mit à la recherche de ses vêtements.

— Tu as l'heure ?

Il jeta un coup d'œil au cadran lumineux de sa montre.

— Neuf heures et quart, répondit-il, et malgré son désir de la voir partir pour pouvoir se laver, il lui caressa le dos de la main et murmura, juste au cas où la costumière demeurerait inaccessible : On recommence demain soir, Lyn ? Tu me rends dingue.

Elle gloussa, prit sa main, et la plaça sur son sein. Celui-ci, de la taille d'un melon, commençait à s'affaisser, malgré son âge, à cause de l'absence de soutien-gorge.

— Je peux pas, chéri. Mon mari est sur la route, ce soir, mais il sera de retour demain.

Gabriel se redressa avec un sursaut.

— Ton mari ? Bon Dieu ! Pourquoi tu ne m'as pas dit que tu étais mariée ?

Lynette gloussa de nouveau en se glissant dans son jean.

— Tu m'as rien demandé, pas vrai ? C'est un routier, et il est pas là trois soirs par semaine. Alors...

Seigneur, un routier ! Quatre-vingts kilos de muscles et le QI d'une courge.

— Ecoute, Lynette, s'empressa-t-il, on devrait peut-être laisser tomber, non ? Je ne veux pas m'immiscer entre toi et ton mari.

Il sentit plutôt qu'il ne vit son haussement d'épaules. Elle enfila son tricot et rejeta ses cheveux en arrière. De nouveau, son odeur lui parvint, et de nouveau il tenta de retenir son souffle.

— Il est pas très malin, lui confia-t-elle. Il saura rien. Pourvu que je sois là quand il a envie de moi, y a pas à s'inquiéter.

— Quand même, dit Gabriel, peu convaincu.

Elle lui tapota la joue.

— Eh bien, tu me fais signe si tu veux une autre petite partie de jambes en l'air. Tu n'es pas mauvais. Un peu lent, peut-être, mais je suppose que ça doit être ton âge, non ?

— Mon âge ? répéta-t-il.

— Oui, dit-elle gaiement, quand un type vieillit, il faut un moment pour que ça se mette en train, hein ? Je comprends ça, moi. (Elle se leva.) Tu as pas vu mon sac ? Oh, le voilà. Bon, j'y vais. Peut-être qu'on peut se voir dimanche ? Mon Jim sera sur la route.

Et sur cet unique adieu, elle le quitta et le laissa dans l'obscurité.

Mon âge, songea-t-il, et il crut entendre le ricanement ironique de sa mère. Elle allumerait une de ses affreuses cigarettes turques, et l'observerait en gardant un visage dénué de toute expression. C'était son visage de psychanalyste. Il la détestait quand elle l'arborait, et se maudissait d'être le rejeton d'une freudienne. Ton problème est le problème caractéristique d'un homme de ton âge, Robert, lui dirait-elle. La crise de l'âge mûr, la réalisation de l'approche de la vieillesse, la remise en question. Tout cela, associé à ta libido hyperactive, te pousse à chercher de nouveaux moyens de te déterminer. Toujours des moyens sexuels, j'en ai peur. Voilà où paraît résider ton dilemme. Ce qui est malheureux pour ta femme, qui me paraît être le seul facteur d'équilibre autour de toi. Mais tu as peur d'Irene, n'est-ce pas ? Elle a toujours été beaucoup trop femme pour que tu puisses l'affronter. Elle a exigé beaucoup trop de toi, n'est-ce pas ? Elle a exigé que tu grandisses, ce dont tu es tout simplement incapable. Alors, tu as couru après sa sœur — pour punir Irene et continuer à te sentir jeune. Mais tu ne pouvais pas tout avoir, mon petit. Les gens qui veulent tout finissent généralement sans rien.

Et le plus dur à accepter, c'est que tout cela était vrai. Du début à la fin. Gabriel grommela, s'assit, et se mit à chercher ses vêtements. La porte de la loge s'ouvrit.

Il n'eut que le temps de regarder dans cette direction, et de voir une forme épaisse dans l'ombre du couloir. Il n'eut qu'un instant pour penser : « Quelqu'un a éteint toutes les lumières du couloir », avant qu'une silhouette ne déboule dans la pièce.

Il sentit une odeur de whisky et de cigarettes, et la senteur âcre de la sueur. Puis une grêle de coups s'abattit sur son visage et sa poitrine, lui défonçant sauvagement les côtes. Sans le ressentir, il entendit le craquement des os. Il sentit par contre le goût du sang et de la muqueuse déchirée là où sa joue s'écrasa sur ses dents.

Son agresseur grognait sous l'effort, postillonnait de rage, et au quatrième coup assené entre les jambes de Gabriel, grinça :

— A partir de maintenant, tu as intérêt à les garder bien au chaud dans ton pantalon, mon vieux.

Décidément, plus jamais de jeunesse, eut le temps de penser Gabriel avant de sombrer dans l'inconscience.

Lynley raccrocha et regarda Barbara.

— Pas de réponse.

Elle vit un muscle tressaillir sur sa joue.

— A quelle heure Nkata a-t-il téléphoné ? demanda-t-il.

— Huit heures et quart.

— Où se trouvait Davies-Jones ?

— Il était rentré chez un marchand de vins près de Kensington Station. Nkata se trouvait dans une cabine téléphonique devant.

— Et il était vraiment seul ? Il n'avait pas emmené Helen ? Vous êtes sûre ?

— Il était seul, monsieur.

— Mais vous lui avez parlé, Havers ? Vous avez parlé à Helen après que Davies-Jones a quitté l'appartement ?

Barbara hocha la tête, envahie d'inquiétude à son égard, ce dont elle se serait bien passée. Il avait l'air complètement épuisé.

— Elle m'a appelée, monsieur. Juste après qu'il est parti.

— Pour dire ?

Barbara répéta patiemment ce qu'elle lui avait déjà raconté une fois.

— Simplement qu'il était parti. J'ai essayé de la garder au téléphone une demi-heure la première fois, comme vous me l'aviez demandé. Mais elle n'a pas marché. Elle m'a simplement dit qu'elle avait de la visite, et qu'elle rappellerait plus tard. C'est tout. Très franchement, je crois qu'elle ne voulait pas de mon aide. (Elle observa son expression d'anxiété, et conclut :) Je crois qu'elle voulait se débrouiller seule, monsieur. Peut-être... eh bien, peut-être ne le voit-elle pas encore sous les traits d'un meurtrier.

Lynley s'éclaircit la gorge.

— Si. Elle a compris.

Il tira à lui les notes de Barbara. Elles contenaient deux sortes d'informations, les résultats de l'interrogatoire de Stinhurst, et les derniers rapports de Macaskin. Il mit ses lunettes et se consacra à leur lecture. A l'extérieur de son bureau, la nuit atténuait les rumeurs habituelles du service. De temps en temps, cependant, une sonnerie de téléphone, un éclat de voix ou un rire leur rappelaient qu'ils n'étaient pas seuls. Dehors, la neige étouffait les bruits de la ville.

Barbara était assise en face de lui, le journal d'Hannah Darrow dans une main et le programme des *Trois Sœurs* dans l'autre. Elle les avait lus tous les deux, mais attendait sa réaction au matériau qu'elle avait préparé durant son absence.

Il fronçait les sourcils en lisant, et les journées écoulées lui avaient imposé des épreuves qui semblaient l'avoir marqué dans sa chair. Elle détourna les yeux et transforma en exercice l'examen du bureau, méditant sur la façon dont celui-ci révélait la dichotomie du caractère de Lynley. Le contenu des étagères de livres s'accordait à son travail. Ouvrages de droit, de médecine légale, commentaires d'arrêts, et plusieurs volumes de l'Institut d'études politiques sur l'efficacité de la police métropolitaine. Tout ceci composait un échantillon classique pour un homme dont le métier était un des principaux centres d'intérêt. Mais les murs du bureau entamaient sans le vouloir cette image de professionnalisme, et révélaient un second Lynley, dont la nature recelait d'autres circonvolutions. Peu de choses y étaient accrochées : deux lithographies représentant les plaines américaines du Midwest, qui dénotaient un amour certain de la tranquillité, et une unique photo, qui révélait ce qui habitait depuis longtemps le cœur de cet homme.

C'était une vieille photo de Saint James, prise avant l'accident qui lui avait coûté l'usage de sa jambe. Barbara nota les détails en apparence banals : l'attitude de Saint James, les bras croisés, appuyé contre une batte de cricket ; la large déchirure de son pantalon de flanelle blanche au genou gauche ; la tache d'herbe qui mettait une ombre sur sa hanche ; son rire aux éclats et sa joie parfaite. Un été fini depuis longtemps. Un été mort à tout jamais. Elle savait parfaitement pourquoi le cliché était accroché là. Elle détourna les yeux.

Lynley penchait la tête, appuyé sur sa main, et se frottait le front avec trois doigts. Il ne leva les yeux qu'au bout de quelques minutes, ôta ses lunettes, et rencontra son regard.

— Nous n'avons rien là qui puisse justifier une arrestation, dit-il en désignant les rapports de Macaskin.

Barbara hésita. La passion qu'il avait montrée plus tôt au téléphone l'avait tellement convaincue qu'elle se trompait en cherchant à incriminer lord Stinhurst que, même maintenant, elle réfléchit à deux fois avant de souligner l'évidence, ce qui lui fut épargné, car il continua de lui-même :

— Dieu sait que nous ne pouvons arrêter Davies-Jones sur la foi d'un nom dans un programme de théâtre vieux de quinze ans. Si c'est tout ce que nous avons, nous pouvons aussi bien arrêter n'importe lequel d'entre eux.

— Mais lord Stinhurst a brûlé les scripts à Westerbrae, remarqua-t-elle. Il nous reste cela.

— Si vous voulez considérer qu'il a tué Joy pour l'empêcher de parler de son frère, oui, il nous reste cela, reconnut-il. Mais je ne vois pas ça comme ça, Havers. Si toute l'histoire de Geoffrey Rintoul se trouvait révélée à travers la pièce de Joy, le pire que Rintoul avait à affronter, c'était l'humiliation de sa famille. Mais l'assassin d'Hannah Darrow, lui, risquait d'être découvert, risquait un procès et la prison, si elle écrivait son livre. Quel est le mobile qui vous paraît le plus logique des deux ?

— Peut-être... hésita Barbara, qui savait que sa suggestion

devait être énoncée prudemment, peut-être avons-nous un double mobile, et un seul assassin.

— Toujours Stinhurst ?

— Il a mis en scène *Les Trois Sœurs* à Norwich, inspecteur. Il aurait pu être l'homme qu'a rencontré Hannah Darrow. Et il aurait pu obtenir la clé de la chambre de Joy par Francesca.

— Considérez les faits que vous avez oubliés, Havers. Tout ce qui concernait Geoffrey Rintoul a disparu du bureau de Joy. Mais tout ce qui avait un rapport avec Hannah Darrow — tout ce qui nous a directement menés à sa mort en 1973 — était étalé à la vue.

— Bien sûr, Stinhurst aurait difficilement pu demander aux types du MI-5 de ramasser tout ce qui concernait Hannah Darrow. Le gouvernement ne s'inquiétait pas de ça, ce n'était pas un secret d'Etat. De plus, comment aurait-il pu savoir ce qu'elle avait découvert sur Hannah Darrow ? Elle s'est contentée de mentionner John Darrow au dîner ce soir-là. A moins que Stinhurst — d'accord, notre meurtrier — n'ait visité le bureau de Joy avant ce week-end, comment aurait-il pu être sûr des informations qu'elle avait recueillies ? Ou pas recueillies, en l'occurrence.

Lynley fixa un point derrière elle. Elle comprit qu'une pensée soudaine venait de lui traverser l'esprit.

— Vous venez de me donner une idée, Havers, dit-il en pianotant sur le rebord de son bureau.

Son regard tomba sur le journal que tenait Barbara.

— Je crois que nous détenons un moyen de tout débrouiller sans l'aide de la Criminelle de Strathclyde. Mais nous avons besoin d'Irene Sinclair.

— Irene Sinclair ?

Il hocha la tête d'un air pensif.

— Notre seul espoir. Elle est la seule à ne pas avoir joué dans *Les Trois Sœurs* en 1973.

Renseignés par une voisine qui s'était laissé persuader de rester en compagnie de ses enfants et de les calmer, ils trouvèrent Irene Sinclair dans la salle d'attente des urgences de l'hôpital universitaire, non loin de Bloomsbury où elle habitait. Elle bondit à leur entrée.

— Il ne voulait pas de la police ! cria-t-elle, hors d'elle. Comment avez-vous... qu'est-ce que... C'est le médecin qui vous a téléphoné ?

— Nous sommes allés chez vous.

Lynley la tira vers l'un des sièges alignés contre les murs. La pièce était exceptionnellement encombrée, pleine d'un éventail de maladies et d'accidents qui se manifestaient en cris et gémissements divers. L'odeur de médicament caractéristique des hôpitaux flottait dans l'air.

— Que s'est-il passé ?

Elle secoua la tête comme une aveugle, et se tassa sur le siège.

— Robert a été passé à tabac. Au théâtre.

— A cette heure de la soirée ? Que faisait-il là-bas ?

— Il répétait son rôle. Nous avons une seconde lecture demain matin, et il voulait savoir comment son texte sonnait sur scène.

Lynley constata qu'elle-même ne croyait pas à ce prétexte.

— Il a été agressé sur scène ?

— Non, il était allé chercher à boire dans sa loge. Quelqu'un a éteint les lumières et lui a sauté dessus. Il a réussi ensuite à attraper un téléphone. Mon numéro était le seul dont il se souvenait, conclut-elle comme si cela excusait sa présence.

— Il ne se souvenait pas de celui de la police ?

— Il ne voulait pas de la police. (Elle les regarda avec inquiétude.) Mais moi, je suis contente que vous soyez venus. Peut-être pourrez-vous le raisonner. Il est clair qu'il devait être la prochaine victime !

Lynley tira une chaise en plastique inconfortable pour dissimuler Irene Sinclair aux regards des curieux, et Havers fit de même.

— Pourquoi ? demanda-t-il.

La question parut la dérouter, mais quelque chose soufflait à Lynley que cela faisait partie d'une mise en scène spontanée qui lui était spécifiquement destinée.

— Que voulez-vous dire ? De quoi pourrait-il s'agir d'autre ? Il a été sauvagement battu. Il a deux côtes cassées, les yeux au beurre noir, et il a perdu une dent. Qui pourrait être responsable de ça ?

— Notre assassin ne travaille pas de cette manière, pourtant, souligna Lynley. C'est un homme, ou une femme, qui se sert d'un couteau, et non de ses poings. Je n'ai pas vraiment l'impression que quelqu'un ait voulu le tuer.

— Alors de quoi s'agit-il ? Qu'est-ce que vous insinuez ? demanda-t-elle en se redressant, comme si elle venait de subir un affront qu'aucune protestation ne saurait effacer.

— Je crois que vous connaissez la réponse. Je pense que vous ne m'avez pas tout dit. Vous le protégez. Pourquoi ? Qu'a-t-il donc bien pu faire qui mérite une telle dévotion ? Il vous a fait souffrir de toutes les façons possibles et imaginables. Il vous a traitée avec un mépris qu'il n'a même pas pris la peine de dissimuler. Irene, écoutez-moi...

Elle leva la main, et sa voix déchirée lui dit que sa brève représentation était terminée.

— Je vous en prie. D'accord. Cela suffit. Il venait de coucher avec une femme. Je ne sais pas qui, il n'a pas voulu le dire. Quand je suis arrivée, il était encore... il n'avait pas... (Elle buta sur les mots.) Il n'avait pas réussi à se rhabiller.

Lynley l'écouta avec incrédulité. Quelle épreuve cela avait dû être pour elle, obligée d'aller le secourir, d'apaiser sa peur, de sentir cette odeur reconnaissable entre toutes des rapports sexuels, de le vêtir des mêmes vêtements qu'il avait ôtés à la hâte pour faire l'amour à une autre femme...

— J'essaye de comprendre pourquoi vous êtes encore fidèle à un tel homme, un homme qui est allé jusqu'à vous tromper avec votre propre sœur.

Tout en parlant, il réfléchit à la façon dont elle avait essayé de le protéger ce soir, repensa à ce qui avait été dit à propos de la nuit où Joy Sinclair était morte, et comprit un certain nombre de choses.

— Vous ne m'avez pas tout dit non plus sur la nuit où votre sœur a été assassinée. Même là, vous le protégez. Pourquoi, Irene ?

Elle ferma les yeux un instant.

— C'est le père de mes enfants, répondit-elle avec une dignité tranquille.

— Et en le protégeant vous les protégez ?

— Au bout du compte, oui.

John Darrow n'aurait pu mieux l'exprimer. Mais Lynley savait comment orienter la conversation, grâce à Teddy Darrow.

— Les enfants découvrent généralement le pire en ce qui concerne leurs parents, quels que soient les efforts que l'on fournit pour les protéger. Votre silence ne sert à rien, sinon à protéger l'assassin de votre sœur.

— Il ne l'a pas tuée. Il en est incapable ! Je ne peux pas croire ça de Robert ! Dieu sait que je pourrais croire n'importe quoi de lui, mais pas ça.

Lynley se pencha et couvrit ses mains froides des siennes.

— Vous avez cru qu'il avait tué votre sœur. Et vous avez protégé vos enfants en taisant vos soupçons, pour que leur soit épargnée l'humiliation publique d'avoir pour père un assassin.

— Il ne pourrait pas. Pas ça.

— Et pourtant, vous le croyez coupable. Pourquoi ?

Le sergent Havers intervint :

— Si Gabriel n'a pas tué votre sœur, ce que vous nous direz ne pourra que l'aider.

Irene secoua la tête. Ses yeux n'étaient plus que des abîmes de frayeur épouvantable.

— Pas ça. Je ne peux pas.

Elle les regarda tour à tour, les doigts crispés sur le cuir usé de son sac à main, semblable à une fugitive décidée à s'échapper, mais consciente de l'inutilité de sa fuite. Lorsqu'elle parla enfin, son corps frissonna, comme si la maladie s'emparait d'elle. Ce qui, d'une certaine façon, était le cas.

— Ma sœur était cette nuit-là dans la chambre de Robert. Je les ai entendus. J'étais allée le retrouver, comme une imbécile. Mon Dieu, pourquoi suis-je tellement idiote ? Lui et moi nous étions rencontrés dans la bibliothèque, un peu plus tôt, après la lecture, et il y avait eu un moment où j'avais réellement cru pouvoir retrouver ce qu'il y avait eu entre nous. Nous avions parlé de nos enfants, de... notre vie, avant. Seigneur, je ne sais pas ce que je voulais. (Elle passa une main dans ses cheveux bruns, les tirant comme si la douleur lui était nécessaire.) Quelle sorte de folie puis-je encore commettre en l'espace d'une vie ? Pour la seconde fois, j'ai failli tomber sur ma sœur et Robert, et le plus drôle — il y a de quoi se rouler par terre, en y pensant —, c'est qu'il disait exactement la même chose que ce jour-là à Hampstead quand je les avais surpris ensemble. « Vas-y, ma belle. Vas-y, Joy. Vas-y ! Vas-y ! » en grondant et grognant comme un taureau.

Lynley distingua d'un seul coup l'effet de kaléidoscope que ses paroles projetaient sur l'affaire. Tout se trouvait éclairé sous un nouveau jour.

— Quelle heure était-il ?

— Tard. Bien après une heure. Peut-être près de deux, je ne sais pas.

— Mais vous l'avez entendu ? Vous en êtes certaine ?

— Oh oui, je l'ai entendu, dit-elle en baissant la tête pour dissimuler sa honte.

Et pourtant, même après cela, elle cherchait à le protéger, songea Lynley. Cette sorte de dévotion aveugle et imméritée était au-delà de sa compréhension. Il évita de s'appesantir sur le sujet en lui posant une question totalement différente.

— Vous souvenez-vous de l'endroit où vous vous trouviez en mars 1973 ?

Elle ne comprit pas tout de suite.

— En 1973 ? J'étais... sûrement à Londres, à la maison. Je

m'occupais de James, notre fils. Il était né en janvier, et j'avais pris un peu de congé.

— Mais Gabriel n'était pas à la maison ?

— Non, je ne pense pas, dit-elle après un instant de réflexion. Je crois qu'il était en tournée, à ce moment-là. Pourquoi ? Quel rapport avec tout ceci ?

Un rapport étroit, pensa Lynley. Il fit de son mieux pour l'obliger à l'écouter et à comprendre ses paroles.

— Votre sœur s'apprêtait à écrire un livre sur un meurtre commis en mars 1973. Le responsable de ce meurtre a également tué Joy et Gowan Kilbride, mais nous n'avons pratiquement aucune preuve, Irene. Et je crois que nous avons besoin de vous si nous désirons que justice soit faite d'une quelconque façon.

Elle l'implora du regard.

— C'est Robert ?

— Je ne crois pas. Malgré tout ce que vous nous avez confié, je ne vois tout simplement pas comment il aurait pu se débrouiller pour se procurer la clé.

— Mais s'il était avec elle, elle a très bien pu lui donner !

Lynley reconnut que c'était possible. Mais comment l'expliquer ? Et comment expliquer alors ce que révélait le rapport du laboratoire sur Joy Sinclair ? Et comment dire à Irene que, même si, en aidant la police, elle parvenait à innocenter son mari, elle ne ferait alors qu'accuser son cousin Rhys ?

— Voulez-vous nous aider ? demanda-t-il.

Lynley la vit lutter, affronter le dilemme qui lui était imposé. Le choix était simple : continuer à protéger Gabriel pour le bien de leurs enfants, ou s'impliquer activement dans un plan qui pourrait dévoiler l'assassin de sa sœur. Si elle choisissait Gabriel, elle ne saurait jamais si elle protégeait un innocent ou un coupable. Si elle choisissait Joy, elle s'engageait sur le chemin du pardon, sur le chemin de l'absolution posthume du péché que sa sœur avait commis contre elle.

C'était donc un choix entre les vivants et les morts, où celui des vivants ne promettait qu'une longue succession de mensonges, et où celui des morts promettait la paix qui naît de l'apaisement de la rancœur, et permet de continuer à vivre. Le choix pouvait paraître simple, mais Lynley savait trop bien que les décisions gouvernées par le cœur peuvent être totalement irrationnelles. Il espérait simplement qu'Irene finirait par voir que son mariage avec Gabriel avait été pourri par ses infidélités, et que sa sœur n'avait joué qu'un malheureux petit rôle dans une tragédie qui se perpétuait depuis des années.

Irene remua. Ses doigts laissèrent des traces humides sur son sac de cuir. Sa voix trembla, puis s'affermit.

— Je vous aiderai. Que dois-je faire ?

— Passer la nuit dans la maison de votre sœur à Hampstead. Le sergent Havers vous accompagnera.

16

Lorsque Deborah Saint James ouvrit la porte à Lynley le lendemain matin à dix heures et demie, il comprit à sa chevelure en bataille et au tablier plein de taches qu'elle portait sur son jean usé et sa chemise à carreaux qu'il l'avait interrompue en plein travail. Son visage s'éclaira pourtant à sa vue.

— Dieu merci, une distraction ! s'exclama-t-elle. Je viens de passer deux heures dans la chambre noire en compagnie de Peach et d'Alaska. Ils sont parfaits en tant que chien et chat, mais un peu dépourvus de conversation. Simon est dans son labo, bien sûr, mais quand il se concentre sur la science, il n'a rien d'un boute-en-train. Je suis ravie que tu sois venu, tu réussiras peut-être à le faire sortir de sa tanière pour un café.

Elle attendit qu'il ait ôté son pardessus et son écharpe pour lui poser une main légère sur l'épaule et demander :

— Tu vas bien, Tommy ? Y a-t-il... Tu comprends, ils m'en ont un peu parlé, et... Tu n'as pas l'air en forme. Est-ce que tu dors, au moins ? Tu as mangé ? Tu veux que je demande à papa... Tu veux... ? Pourquoi faut-il que je bavarde comme une idiote ? conclut-elle en se mordant la lèvre.

Sa logorrhée fit naître chez Lynley un sourire affectueux, il repoussa gentiment une de ses mèches derrière l'oreille, et la suivit dans l'escalier, tandis qu'elle continuait de parler.

— Simon a eu un coup de téléphone de Jeremy Vinney, qui l'a plongé dans une de ses interminables et mystérieuses contemplations. Et puis Helen a appelé cinq minutes plus tard.

Lynley hésita.

— Helen n'est pas là aujourd'hui ?

Bien qu'il ait pris soin de s'exprimer sur un ton détaché, Deborah perça sa question à jour, et son regard vert s'adoucit.

— Non, elle n'est pas là, Tommy. C'est pour cela que tu es venu, hein ? (Elle ajouta avec bonté sans attendre sa réponse :) Viens parler à Simon. Après tout, il connaît Helen mieux que personne.

Saint James les accueillit à la porte de son laboratoire, un vieil exemplaire de *La Médecine légale* dans une main, et dans l'autre un spécimen anatomique particulièrement peu ragoûtant : un doigt humain conservé dans du formol.

— Tu répètes *Titus Andronicus* ? demanda Deborah en riant. Voilà Tommy, mon chéri, dit-elle en lui ôtant des mains le bocal et le livre et en lui effleurant la joue d'un baiser.

Lynley parla sans préambule. Il aurait aimé que ses questions aient l'air toutes professionnelles, l'air d'une conséquence naturelle de l'affaire, mais il échoua lamentablement.

— Saint James, où est Helen ? J'essaye de la joindre depuis hier soir. J'ai fait un saut chez elle ce matin. Que lui est-il arrivé ? Que t'a-t-elle dit ?

Il suivit son ami dans le labo et attendit impatiemment la réponse. Saint James tapa sans rien dire une brève note sur son ordinateur. Lynley le connaissait suffisamment pour savoir qu'il était inutile d'insister tant qu'il ne dirait rien. Il refréna ses craintes, attendit, et laissa son regard errer dans cette pièce où Helen passait tellement de temps.

Le laboratoire était le sanctuaire de Saint James depuis des années, paradis scientifique d'ordinateurs, d'imprimantes laser, de microscopes, de bacs à cultures, d'étagères de spécimens, de graphiques et de tableaux, et dans un coin un écran vidéo capable d'agrandir de microscopiques échantillons de cheveux, de sang, de peau ou de fibre. Celui-ci était le dernier ajout ultra-moderne du labo, et Lynley se souvenait du rire avec lequel Helen lui avait décrit les tentatives de Saint James pour lui en enseigner le maniement trois semaines auparavant. « Un désastre, mon petit Tommy. Une caméra vidéo couplée à un microscope ! Tu imagines ma consternation ? Seigneur, toute cette sorcellerie de l'ère informatique ! Moi qui viens à peine de comprendre comment on fait bouillir un peu d'eau dans un four à micro-ondes. » C'était faux, bien entendu, mais il avait ri quand même, libéré sur-le-champ de ses soucis de la journée. Là résidait le don d'Helen.

Il devait savoir.

— Que lui est-il arrivé ? Que t'a-t-elle dit ?

Saint James tapa une nouvelle information sur le clavier, examina les changements que cela apportait à un tableau sur l'écran, puis éteignit la machine.

— Seulement ce que tu lui avais dit, répliqua-t-il d'un ton totalement détaché. Rien de plus.

Lynley savait comment interpréter ce ton prudent, mais il refusa de s'engager pour l'instant dans la discussion que les paroles de Saint James visaient à provoquer. Il temporisa donc :

— Deborah m'a dit que Vinney t'avait appelé.

— Oui.

Saint James fit pivoter son tabouret, en descendit maladroitement, et se dirigea vers une paillasse sur laquelle étaient alignés cinq microscopes, dont trois utilisés.

— Il semble qu'aucun journal n'ait parlé de la mort de Sinclair. D'après Vinney, il a proposé ce matin un article qui a été refusé par son rédacteur en chef.

— Ce n'est qu'un critique dramatique, après tout, remarqua Lynley.

— Oui, mais lorsqu'il a téléphoné pour voir si ses confrères travaillaient sur le meurtre, il a découvert que personne n'avait été mis sur cette histoire. Elle a pour l'instant été étouffée en haut lieu, lui a-t-on dit, jusqu'à ce qu'on puisse procéder à une arrestation. Tu peux imaginer l'état dans lequel il se trouvait. (Il leva les yeux d'une pile de lamelles qu'il était en train de classer.) Il court après l'histoire Geoffrey Rintoul, et après un lien entre celle-ci et la mort de Joy. Je ne crois pas qu'il ait l'intention de renoncer avant de voir publier un de ses papiers, Tommy.

— Il ne pourra jamais y arriver, pour deux raisons. La première, c'est qu'il n'y a pas la moindre trace de preuve accessible contre Geoffrey Rintoul. La seconde, c'est que les principaux intéressés sont morts. Et sans preuves solides et étayées, aucun journal de ce pays ne sortira contre une famille aussi éminente que les Stinhurst une histoire qui l'expose à des poursuites en diffamation.

Lynley éprouva soudain le besoin de bouger, traversa la pièce jusqu'à la fenêtre et regarda le jardin en contrebas. Comme tout le reste, il était recouvert de la neige de la veille, mais les plantes avaient été enveloppées de toile, et des miettes de pain répandues bien proprement sur le sommet du mur. La main attentionnée de Deborah, pensa-t-il.

— Irene Sinclair est persuadée que Joy est allée dans la chambre de Gabriel la nuit de sa mort, dit-il avant de relater ce qu'elle lui avait confié. Elle l'avait dissimulé dans l'espoir de protéger Gabriel.

— Joy a donc vu et Gabriel et Vinney ?

Lynley secoua la tête.

— Je ne vois pas comment c'est possible. Elle ne pouvait pas se trouver avec Gabriel. En tout cas pas au lit, dit-il en lui faisant part de ce que l'autopsie de la Criminelle de Strathclyde leur avait appris.

— Peut-être ont-ils commis une erreur, suggéra Saint James.

Lynley sourit.

— Sous les ordres de Macaskin ? Tu crois que c'est vraisemblable ? Je n'en ferais pas le pari, en tout cas. Quand Irene m'a dit cela hier soir, j'ai d'abord cru qu'elle avait mal interprété ce qu'elle entendait.

— Gabriel avec quelqu'un d'autre ?

— C'est ce que je me suis dit. Qu'Irene avait supposé qu'il s'agissait de Joy. Ou qu'il s'agissait bien de Joy, mais qu'elle avait imaginé le pire, tout simplement. Et puis, j'ai pensé qu'elle pouvait très bien me mentir pour impliquer Gabriel dans la mort de Joy, tout en protestant qu'elle le protégeait pour l'amour de ses enfants.

— Voilà une belle vengeance, remarqua Deborah sur le seuil de sa chambre noire où elle écoutait, un rouleau de négatifs dans une main et une loupe dans l'autre.

Saint James manipulait ses lamelles d'un air distrait.

— Et comment. Et c'est très intelligent. Nous savons par Elizabeth Rintoul que Joy Sinclair se trouvait dans la chambre de Vinney. Mais qui va corroborer l'affirmation d'Irene sur la présence de Joy chez son mari ? Gabriel ? Sûrement pas. Il niera avec la dernière énergie. Et personne d'autre ne l'a entendue. C'est donc à nous de décider qui croire, du mari coureur de jupons ou de l'épouse bafouée. Tu es toujours aussi sûr de toi, à propos de Davies-Jones ? ajouta-t-il en regardant Lynley.

Celui-ci se détourna vers la fenêtre. La question de Saint James lui remettait clairement en mémoire le rapport de l'agent Nkata, qu'il avait reçu trois heures plus tôt, après que celui-ci eut passé la nuit à surveiller Davies-Jones. L'information était simple. Après avoir quitté Helen, il s'était rendu chez un marchand de vins, où il avait acheté quatre bouteilles d'alcool, Nkata était certain du nombre. Ensuite, Davies-Jones était reparti à pied, comme indifférent à la température descendue bien en dessous de zéro, et à la neige qui tombait. Il avait maintenu une cadence rapide, descendu Brompton Road, fait le tour de Hyde Park, remonté jusqu'à Baker Street, puis rejoint son appartement de St. John's Wood. Tout ceci lui avait pris plus de deux heures. Et tout en marchant, il avait dévissé l'un après l'autre les bouchons des quatre bouteilles. Mais au lieu d'ingurgiter le liquide, il avait systématiquement et sauvagement vidé le contenu des quatre bouteilles dans la rue, avait rapporté Nkata en hochant la tête devant ce gâchis.

Lynley s'attacha maintenant à interpréter la conduite de Davies-Jones : un homme qui avait surmonté son alcoolisme, qui se battait pour retrouver une chance de remettre sur pied sa vie et sa carrière. Un homme déterminé à ne se laisser abattre par aucun obstacle, et surtout pas par son passé.

— C'est lui l'assassin, affirma-t-il.

Irene Sinclair était consciente qu'il s'agissait du rôle de sa vie, et qu'elle devrait le jouer au moment idéal sans l'aide de la moindre réplique de qui que ce soit. Il n'y aurait ni entrée ni moment d'intensité dramatique où tous les yeux seraient fixés sur elle. Elle devrait se passer de ces deux plaisirs pour se consacrer au théâtre du réel. Et celui-ci débuta après la pause-déjeuner de la troupe, lorsque Jeremy Vinney et elle arrivèrent quasi simultanément à l'Azincourt.

Elle sortait de son taxi lorsque Vinney fonça à travers la circulation, venant d'un café de l'autre côté de la rue. Un klaxon mugit, et Irene leva les yeux. Vinney portait son manteau sur le bras et, à cette vue, Irene se demanda si sa propre arrivée n'avait pas précipité le départ de Vinney du café. Les premiers mots de celui-ci, teintés d'excitation mauvaise, ne firent que confirmer cette impression.

— J'ai appris que quelqu'un avait attaqué Gabriel hier soir.

Irene s'arrêta, la main sur la porte du théâtre. Ses doigts serraient la poignée et, même à travers ses gants, elle percevait la brûlure du métal glacé. Il paraissait inutile de demander comment la nouvelle était parvenue à Vinney. Robert s'était débrouillé pour venir au théâtre ce matin-là, en dépit de ses côtes bandées, de ses yeux tuméfiés, et de cinq points de suture à la mâchoire. La nouvelle de son agression s'était répandue comme une traînée de poudre dans les cinq minutes. Et bien que tous les membres de la troupe, les décorateurs et les assistants de production aient poussé les hauts cris, n'importe lequel d'entre eux était capable d'avoir téléphoné à Vinney en cachette. Surtout s'il éprouvait le besoin de déclencher une vague de mauvaise publicité qui lui permettait de régler un différend privé avec Gabriel.

— C'est pour un article ? demanda Irene.

Se recroquevillant contre le froid, elle pénétra dans le théâtre. Il n'y avait personne, le silence régnait. Seule l'odeur persistante de tabac froid témoignait du fait que les acteurs et l'équipe s'étaient réunis là toute la matinée.

— Que vous a-t-il raconté ? Et non, ceci n'est pas destiné à la publication.

— Alors, pourquoi êtes-vous là ? demanda-t-elle en se dirigeant d'un pas vif vers la salle, Vinney accroché à ses basques.

Il lui agrippa le bras et l'arrêta juste devant les lourdes portes de chêne.

— Parce que votre sœur était mon amie. Parce que je n'arrive pas à arracher un mot à la police, malgré leur après-midi entier avec notre mélancolique lord Stinhurst. Parce que je n'ai pas réussi à joindre Stinhurst au téléphone hier soir, et que mon rédacteur en chef me dit que je ne peux pas écrire une syllabe sur tout ceci avant que ne nous arrive d'en haut une autorisation miraculeuse. Toute cette histoire pue à cent lieues à la ronde. Mais peut-être cela ne vous intéresse-t-il pas, Irene ? dit-il en lui enfonçant ses doigts dans le bras.

— Vous êtes odieux.

— C'est naturel, chez moi. Et je deviens particulièrement odieux quand les gens que j'aime sont assassinés et qu'après un simple hochement de tête navré, tout le monde continue à vivre comme par le passé.

Une colère soudaine envahit Irene Sinclair.

— Et vous croyez que ce qui est arrivé à ma sœur ne me touche pas ?

— Je crois que vous bichez, répliqua-t-il. Il ne vous aurait pas déplu de plonger vous-même la dague.

La cruauté de ces mots la bouleversa, elle sentit le sang se retirer de ses joues.

— Mon Dieu, ce n'est pas vrai, et vous le savez, dit-elle, la voix prête à se briser.

Elle se dégagea et se précipita dans la salle, à peine consciente du fait qu'il la suivait et s'installait dans l'obscurité du dernier rang comme une Némésis menaçante.

Cette confrontation avec Vinney était exactement ce qu'il lui fallait éviter avant une nouvelle rencontre avec la troupe. Elle avait espéré employer son heure de déjeuner à réfléchir au rôle qu'elle avait répété la nuit dernière avec le sergent Havers. Pour l'instant, son cœur battait à se rompre, la paume de ses mains était en sueur, et son esprit niait de toutes ses forces la dernière accusation de Vinney. Ce n'était pas vrai. Elle se le jura encore et encore en se rapprochant de la scène, mais la dénégation était un expédient trop simple, qui ne suffisait pas à calmer son agitation. Sachant combien de choses reposaient sur ses capacités d'actrice aujourd'hui, elle employa une vieille technique du cours d'art dramatique. Elle s'assit à la table placée au centre de la scène, appuya son front sur ses mains jointes, et ferma les yeux. Ainsi, elle n'éprouvait aucune difficulté à se glisser dans la peau du personnage lorsqu'un moment plus tard elle perçut un bruit de pas, et la voix de son cousin.

— Irene, tu vas bien ? demanda Davies-Jones.

Elle leva les yeux, et esquissa un sourire las.

— Oui, ça va. Je suis un peu fatiguée.

Pour l'instant, cela suffirait.

Les autres commencèrent à arriver. Irene les entendit plutôt qu'elle ne les vit, notant intérieurement l'entrée de chacun, cherchant dans leur voix les signes de tension, de culpabilité, d'inquiétude grandissante. Robert Gabriel s'assit avec précaution à côté d'elle, et tâta son visage enflé avec un sourire lugubre.

— Je n'ai pas eu l'occasion de te remercier pour hier soir, dit-il d'une voix tendre. Je... eh bien, je suis désolé pour ça, Renie. Je suis même horriblement désolé pour tout. J'aurais voulu te parler quand les médecins en ont eu fini avec moi, mais tu étais déjà partie. Je t'ai appelée, mais James m'a dit que tu étais chez Joy à Hampstead. (Il fit une pause.) Renie, je pensais... J'espérais que nous pourrions...

Elle l'interrompit net.

— Non. J'ai eu tout le temps de réfléchir hier soir, Robert. Ce que j'ai fait clairement, enfin.

Gabriel comprit, et détourna la tête.

— Je devine à quelle sorte de réflexion tu as pu te livrer chez ta sœur, dit-il avec une fermeté affligée.

L'arrivée de Joanna Ellacourt épargna à Irene de répondre. Celle-ci remontait l'allée entre son mari et lord Stinhurst alors que David Sydeham disait :

— Nous voulons que tous les costumes soient soumis à notre approbation, Stuart. Je sais que ce n'est pas dans le contrat initial. Mais étant donné tout ce qui s'est passé, je crois que nous sommes fondés à négocier cette nouvelle clause. Joanna pense...

L'intéressée n'attendit pas que son mari ait fini d'exposer ses arguments.

— Je veux que les costumes fassent exactement comprendre à qui appartient le premier rôle, jeta-t-elle d'un air entendu avec un regard froid en direction d'Irene.

Stinhurst ne leur répondit pas. Il paraissait vieillir à vue d'œil, et l'ascension des quelques marches sembla le vider de toute son énergie. Il portait le même costume, la même chemise et la même cravate que la veille, et sa veste était abominablement froissée, comme s'il avait renoncé à s'intéresser à son apparence. En le regardant, Irene se demanda avec un frisson s'il vivrait même assez longtemps pour voir l'ouverture de son théâtre. Lorsqu'il s'assit avec un hochement de tête à l'adresse de Davies-Jones, la lecture commença.

Ils avaient répété la moitié de la pièce lorsque Irene s'autorisa à s'endormir. Il faisait tellement chaud dans le théâtre, l'atmosphère sur scène était si étouffante, les voix montaient et se taisaient avec une telle régularité hypnotique qu'il lui fut plus facile qu'elle ne l'avait imaginé de se laisser aller. Elle cessa de s'inquiéter de la crédibilité de son rôle, et redevint l'actrice qu'elle avait été des années auparavant, avant que Robert Gabriel ne pénètre dans sa vie et n'ébranle sa confiance en elle, année après année d'humiliations publiques et privées.

Elle sentait même qu'elle commençait à rêver lorsque Joanna Ellacourt aboya avec colère :

— Pour l'amour de Dieu, est-ce que quelqu'un peut la réveiller ? Je n'ai pas l'intention de continuer à travailler avec elle assise là comme une petite vieille en train de baver au coin du feu.

— Renie ?

— Irene !

Elle ouvrit les yeux avec un sursaut, ravie de sentir la vague de gêne l'envahir.

— Je me suis assoupie ? Je suis désolée.

— On s'est couchée tard, ma chérie ? dit Joanna d'un ton acerbe.

— Oui, je... je... (Irene déglutit, et eut un sourire vacillant.) J'ai passé presque toute la nuit à classer les affaires de Joy à Hampstead.

La stupéfaction accueillit cette déclaration. Irene fut ravie de voir l'effet produit par ses paroles et, l'espace d'un instant, comprit la colère de Jeremy Vinney. Ils avaient si facilement oublié sa sœur, si facilement repris leur train-train quotidien. Mais il restait une pierre d'achoppement pour quelqu'un, songeat-elle, et elle entreprit de consolider celle-ci en employant tous les moyens à sa disposition. Elle se fit monter les larmes aux yeux.

— J'ai trouvé un journal, vous savez, dit-elle d'un ton monocorde.

Comme si son instinct lui soufflait qu'elle se trouvait en présence d'une interprétation capable de rivaliser avec la sienne, Joanna Ellacourt chercha à regagner l'attention.

— Je ne doute pas que la vie de Joy constitue une lecture fascinante, intervint-elle, mais si tu es réveillée, nous pouvons peut-être rendre cette pièce tout aussi fascinante ?

Irene secoua la tête, et laissa sa voix monter d'un cran.

— Non, non, ce n'est pas cela. Ce n'était pas son journal à elle. Il était arrivé par exprès hier et, quand je l'ai ouvert, j'ai trouvé un mot du mari de la pauvre femme qui l'avait écrit...

— Seigneur, on a vraiment besoin d'écouter ça ? demanda Joanna, livide de colère.

— J'ai commencé à le lire. Je ne suis pas allée très loin, mais j'ai compris que c'était le sujet du prochain livre de Joy. Celui dont elle parlait l'autre jour en Ecosse. Et d'un seul coup... d'un seul coup j'ai réalisé qu'elle était vraiment morte, et que plus jamais elle ne reviendrait.

Les larmes d'Irene se mirent à couler d'abondance, en même temps qu'elle sentait s'enfler pour la première fois un véritable chagrin. Ce qu'elle dit ensuite n'avait plus qu'un lointain rapport avec ce que le sergent Havers et elle avaient si soigneusement préparé. Elle savait qu'elle s'égarait, mais ces mots devaient être prononcés, et rien d'autre n'avait d'importance.

— Elle ne l'écrira plus jamais. Et j'ai eu l'impression... assise là chez elle avec le journal d'Hannah Darrow... j'ai eu le sentiment que je devais écrire ce livre pour elle, si je le pouvais. Pour lui dire que... qu'en fin de compte, je comprenais ce qui s'était passé entre eux. Je comprenais vraiment. Mon Dieu, quelle souffrance c'était, mais je comprenais. Et je ne crois pas... Elle n'a jamais cessé d'être ma sœur, et je ne le lui ai jamais dit. Et mon Dieu, je ne peux plus revenir en arrière !

Puis, ayant achevé sa tâche, elle se laissa aller sans retenue, comprenant enfin la source de ses larmes, pleurant la sœur qu'elle avait aimée mais pardonnée trop tard, pleurant la jeunesse qu'elle avait gâchée en se dévouant à un homme qui ne lui était finalement rien. Elle sanglota avec désespoir sur les années perdues et les mots non dits, uniquement préoccupée de cet acte de deuil.

Joanna Ellacourt reprit la parole.

— Ça, c'est le bouquet. Quelqu'un peut-il faire quelque chose ? Elle va pleurer comme un veau toute la journée ? David, insista-t-elle en se tournant vers son mari.

Mais Sydeham regardait dans la salle.

— Nous avons une visiteuse, annonça-t-il.

Ils suivirent son regard. Marguerite Rintoul, comtesse de Stinhurst, se tenait au milieu de l'allée centrale.

Elle attendit à peine d'avoir fermé la porte du bureau de son mari.

— Où étais-tu la nuit dernière, Stuart ? demanda-t-elle d'un ton impérieux, sans dissimuler l'âpreté de sa voix, tout en se débarrassant de son manteau et de ses gants et en les jetant sur un siège.

Lady Stinhurst était parfaitement consciente que, vingt-quatre heures auparavant, elle n'aurait jamais posé la question. Elle aurait accepté l'absence de son mari avec son habituelle et pathétique discrétion, blessée et redoutant de connaître la vérité. Mais elle avait dépassé ce cap. Les révélations faites la veille dans cette pièce, jointes à une longue nuit d'introspection, avaient fait naître une colère si aiguisée qu'aucun rempart d'indifférence protectrice et délibérée ne pouvait lui résister.

Stinhurst alla s'asseoir derrière son bureau, dans son lourd fauteuil de cuir.

— Assieds-toi, dit-il.

Elle ne bougea pas.

— Je t'ai posé une question. J'attends une réponse. Où étais-tu la nuit dernière ? Et ne me demande pas de croire que Scotland Yard t'a gardé jusqu'à neuf heures ce matin. Je préfère penser que je ne suis pas si sotte.

— Je suis allé à l'hôtel.

— Et pas à ton club ?

— Non. Je cherchais l'anonymat.

— Ce qui te manquait à la maison, bien sûr.

Stinhurst ne dit rien, jouant avec un long coupe-papier en argent posé sur son bureau qui accrochait la lumière.

— J'ai découvert que j'étais incapable de t'affronter.

Plus que toute autre chose, la façon dont elle réagit à cette simple phrase montra de quelle façon leurs relations avaient évolué. Il avait parlé d'une voix égale, mais crispée, comme si la moindre provocation pouvait le briser. Son teint était blême, ses yeux injectés de sang, et lorsqu'il reposa le coupe-papier, sa femme s'aperçut que ses mains tremblaient. Et pourtant, rien de tout ceci ne la troubla, car elle savait parfaitement que la cause de son bouleversement n'était pas l'inquiétude qu'il éprouvait pour elle, pour leur fille ou même pour lui-même, mais le souci de trouver comment empêcher les journaux de dévoiler la vie méprisable et la mort violente de Geoffrey Rintoul. Elle avait vu Jeremy Vinney au fond du théâtre, elle savait pourquoi il se trouvait là. Sa colère redoubla.

— J'étais à la maison, Stuart, attendant patiemment, comme je l'ai toujours fait, m'inquiétant de toi et de ce qui se passait à Scotland Yard. Heure après heure. Je pensais — ce n'est que bien plus tard que j'ai compris à quel point je me leurrais — que cette tragédie pourrait nous rapprocher, d'une façon ou d'une autre. Malgré ce que tu as raconté sur ma « liaison » avec ton frère, imagine-toi que j'ai cru que nous pourrions redonner une signification à ce mariage. Mais tu n'as même pas téléphoné. Et comme une imbécile, j'ai attendu et attendu avec obéissance. Jusqu'à ce que je comprenne enfin que tout était mort entre nous. Tout était mort depuis des années, bien sûr, mais j'avais bien trop peur de le reconnaître. Jusqu'à la nuit dernière.

Lord Stinhurst leva la main comme s'il espérait prévenir d'autres paroles.

— Tu choisis bien ton moment, n'est-ce pas ? Ce n'est guère l'heure de discuter de notre mariage. Je te croyais capable de comprendre au moins cela, dit-il d'un ton froid, sévère et sans appel.

Curieux comme celui-ci ne l'affectait plus du tout. Elle eut un sourire poli.

— Tu ne m'as pas comprise. Nous ne discutons pas de notre mariage, Stuart, car il n'y a rien à discuter.

— Alors pourquoi...

— J'ai tout dit à Elizabeth à propos de son grand-père. Je pensais que nous aurions pu le faire ensemble, hier soir. Mais lorsque j'ai vu que tu ne rentrais pas, je le lui ai dit moi-même.

Elle traversa la pièce pour se planter devant son bureau, et posa les phalanges sur le plateau poli. Il la regarda mais demeura silencieux.

— Et sais-tu ce qu'elle a dit lorsque je lui ai appris que son bien-aimé grand-père avait tué son oncle Geoffrey, qu'il avait brisé cette belle nuque ?

Stinhurst secoua la tête et baissa les yeux.

— Elle a dit : « Maman, tu peux te pousser, tu es devant la télévision ? » Et j'ai pensé, n'est-ce pas grandiose ? Toutes ces années consacrées à protéger la mémoire sacrée d'un grand-père qu'elle adorait, réduites à cela. Bien sûr, je me suis tout de suite ôtée de son chemin. Je suis comme ça, n'est-ce pas ? Toujours coopérative, anxieuse de plaire. Toujours à espérer que les choses vont finir par s'arranger si je fais semblant de ne pas les voir. Je suis un être vide, dans un mariage vide, qui déambule dans une belle maison de Holland Park, avec tous les avantages possibles et imaginables, sauf celui dont j'ai eu si désespérément besoin toutes ces années. L'amour.

Lady Stinhurst chercha une réaction sur le visage de son mari, mais ne vit rien, et continua :

— J'ai compris alors que je ne pouvais plus sauver Elizabeth. Elle a trop longtemps vécu dans une maison pleine de mensonges et de demi-vérités. Elle ne peut que se sauver seule. Comme moi.

— Qu'est-ce que tu veux dire ?

— Je veux dire que je te quitte. Je ne sais pas si c'est définitif. Je ne suis pas assez sûre de moi pour le prétendre. Mais je pars dans le Somerset, jusqu'à ce que j'ai éclairci la situation dans mon esprit, et que je sache ce que je veux réellement. Et si cela devient définitif, tu n'as pas à t'inquiéter. Je ne demande pas grand-chose. Juste un endroit quelque part et un peu de calme. Je suis sûre que nous pouvons parvenir à nous entendre. Sinon, nos avocats respectifs...

Stinhurst fit pivoter son siège.

— Ne me fais pas ça, s'il te plaît. Pas aujourd'hui, pas maintenant, en plus de tout le reste.

Elle eut un rire amer.

— Voilà à quoi cela se résume, n'est-ce pas ? Je vais être la cause d'une migraine de plus, d'un désagrément supplémentaire. Voilà encore quelque chose à expliquer à l'inspecteur Lynley, si on en arrive là. Eh bien, j'aurais pu attendre, mais comme je devais te parler de toute façon, autant tout te dire maintenant.

— Tout ? demanda-t-il d'un ton morne.

— Oui. Encore une chose avant que je ne parte. Francesca a téléphoné ce matin. Elle ne pouvait plus le supporter, disait-elle. Pas après Gowan. Elle pensait en être capable, mais Gowan lui était très cher, et elle ne supportait plus de penser qu'elle faisait peu de cas de sa vie et de sa mort. Au début, pour toi, elle y était disposée. Mais elle a découvert qu'elle ne pouvait plus continuer à dissimuler. Elle a l'intention de tout dire à Macaskin cet après-midi.

— De quoi parles-tu ?

Lady Stinhurst enfila ses gants, ramassa son manteau, et se prépara à partir. Elle prit un bref plaisir agressif à lancer sa dernière remarque.

— Francesca a menti à la police sur ce qu'elle avait fait et vu la nuit où Joy est morte.

— J'ai apporté de la cuisine chinoise, papa, dit Barbara en passant la tête dans le salon. Mais tu ne dois pas te battre avec maman pour les crevettes, cette fois-ci. Où est-elle ?

Son père était assis devant la télévision, branchée à un volume assourdissant sur BBC 1. L'image au sommet de l'écran se déformait, et les têtes des gens coupées juste au-dessus des sourcils donnaient l'impression de regarder un film de science-fiction.

— Papa ? répéta Barbara.

Il ne répondit pas. Elle s'avança dans la pièce, baissa le son et se retourna. Il était endormi, la mâchoire pendante, les tubes qui lui fournissaient de l'oxygène plantés de travers dans ses narines. Des revues hippiques jonchaient le sol près de son siège, et un journal était ouvert sur ses genoux. Il faisait trop chaud dans la pièce, dans toute la maison, d'ailleurs, et l'odeur de renfermé de ses parents vieillissants semblait suinter des murs, du sol et des meubles, mêlée à un parfum plus fort et plus récent de nourriture trop cuite et immangeable.

Le mouvement de Barbara suffit à réveiller son père, et il sourit à sa vue, découvrant des dents noircies et de travers.

— Barbie. J'ai dû m'assoupir.

— Où est maman ?

Jimmy Havers cligna des yeux, ajusta les tubes dans ses narines, et sortit un mouchoir dans lequel il toussa abondamment. Sa respiration résonnait comme un bruit de bulles.

— A côté. Mrs Gustafson a encore un rhume, et maman lui a porté de la soupe.

Connaissant les talents culinaires douteux de sa mère, Barbara se demanda un instant si l'état de Mrs Gustafson s'améliorerait ou empirerait. Néanmoins, le fait que sa mère se soit aventurée à l'extérieur de la maison l'encouragea. C'était la première fois depuis des années.

— J'ai apporté de la cuisine chinoise, dit-elle à son père en lui montrant le sac qu'elle portait au creux du bras. Mais je ressors ce soir. Je n'ai qu'une demi-heure pour manger.

Son père fronça les sourcils.

— Maman va pas aimer ça, Barbie. Pas du tout.

— C'est pour ça que j'ai apporté à manger. Pour l'amadouer, dit-elle en se dirigeant vers la cuisine à l'arrière de la maison.

A la vue de celle-ci, le découragement s'empara d'elle. Une douzaine de boîtes de soupe encombrait l'évier. Elles étaient toutes ouvertes, avec des cuillères dans chacune d'elles, comme si sa mère les avait goûtées l'une après l'autre avant de décider laquelle offrir à la voisine. Elle en avait réchauffé trois, dans trois casseroles différentes posées sur le feu, toujours allumé, et dont le contenu avait brûlé, répandant une odeur écœurante. Un paquet de biscuits reposait dangereusement près de la flamme, le papier d'emballage déchiré à la hâte et une partie de celui-ci jetée sur le sol.

— Et merde ! dit Barbara avec lassitude en éteignant la cuisinière.

Elle posa son paquet sur la table de la cuisine, près de l'album d'informations touristiques de sa mère. Un coup d'œil lui apprit que le Brésil constituait la destination de cette semaine, mais la collection de catalogues et de photos tirées de magazines ne l'intéressait pas. Elle fourragea sous l'évier pour trouver un sac poubelle et était en train de jeter les boîtes de conserve lorsque la porte d'entrée s'ouvrit, que des pas hésitants résonnèrent dans le couloir nu, et que sa mère apparut, un plateau tout rayé à la main. Sur celui-ci, de la soupe, des biscuits et une pomme ridée.

— Ça s'est refroidi, dit Mrs Havers en tentant de fixer son regard dénué de couleur au-delà de sa propre confusion mentale.

Elle ne portait qu'un cardigan mal boutonné sur sa robe d'intérieur usée.

— J'ai pas pensé à couvrir la soupe, ma poule. Et quand je suis arrivée là-bas, sa fille était venue, et elle m'a dit que Mrs Gustafson n'en voulait pas.

Barbara regarda l'étrange mixture, et bénit la fille de Mrs Gustafson pour sa sagesse, sinon pour son tact. La soupe était un mélange peu appétissant de tout ce qui se trouvait sur la cuisinière, pois cassés, bisque de homard et tomates au riz, rapidement refroidi à l'extérieur. Il s'était formé à la surface une peau plissée qui ressemblait vaguement à du sang coagulé. L'estomac de Barbara se révulsa à cette vue.

— Ce n'est pas grave, maman. Tu as pensé à elle, et Mrs Gustafson le saura, c'est ça qui est important. Tu t'es montrée bonne voisine, n'est-ce pas ?

Sa mère eut un sourire absent.

— Oui, c'est vrai, hein ?

Elle posa le plateau sur l'extrême bord de la table. Barbara plongea pour le rattraper avant qu'il ne tombe.

— Tu as vu le Brésil, ma poule ?

Mrs Havers caressa affectueusement la couverture en similicuir dépenaillée de son album.

— J'ai encore travaillé dessus aujourd'hui.

— Oui, j'ai jeté un coup d'œil.

Barbara continua de mettre des choses à la poubelle. L'évier était plein de vaisselle sale. Une légère odeur de moisi en émanait, et elle en conclut que de la nourriture abandonnée était enfouie quelque part en dessous.

— J'ai rapporté des plats chinois, dit-elle à sa mère. Mais je repars dans un petit moment.

— Oh non, ma poule, répondit sa mère. Dans ce froid ? Dans le noir ? Ça n'est pas très sage, non ? Les jeunes filles ne doivent pas se promener toutes seules dans la rue la nuit.

— Travail de police, maman, répliqua Barbara.

Elle ouvrit le placard, mais il ne restait que deux assiettes propres. Tant pis, pensa-t-elle. Elle mangerait dans un des cartons une fois ses parents servis.

Elle mettait la table tandis que sa mère tournicotait en vain autour d'elle lorsque la sonnette de la porte d'entrée retentit. Elles se regardèrent.

Le visage de sa mère s'assombrit.

— Tu ne crois pas que c'est... Non, je sais. Tony ne reviendra pas, hein ? Il est mort, hein ?

— Il est mort, maman, dit Barbara d'un ton ferme. Mets la bouilloire pour le thé. Je vais voir.

La sonnette retentit une seconde fois avant qu'elle ait pu répondre. Elle marmonna avec impatience, alluma la lumière extérieure et tira la porte pour découvrir sur le seuil, incrédule, lady Helen Clyde. Celle-ci était vêtue de noir des pieds à la tête, ce qui aurait dû servir d'avertissement à Barbara. Mais pour l'instant, la seule et horrifiante pensée qui l'habitait, c'était qu'à moins qu'il ne s'agisse là d'un cauchemar dont elle allait se réveiller, elle allait devoir inviter lady Helen à entrer.

La fille cadette du dixième comte de Hesfield, héritière d'une des grandes maisons du Surrey, résidant dans l'un des quartiers les plus chics de Londres, ici, dans les tréfonds d'Acton ? Barbara la regarda la bouche ouverte, chercha une voiture dans la rue, et vit la Mini rouge de lady Helen garée un peu plus bas. Elle entendit le gémissement de sa mère quelque part derrière elle.

— Ma poule ? Qui c'est ? C'est pas...

— Non, maman. Tout va bien, ne t'inquiète pas, dit-elle par-dessus son épaule.

— Pardonnez-moi, Barbara, dit lady Helen. S'il y avait eu un autre moyen, je l'aurais employé.

Barbara reprit ses sens, et ouvrit la porte.

— Je vous en prie...

Lorsque lady Helen passa devant elle pour entrer Barbara regarda son intérieur comme celle-ci devait le voir, un endroit où la folie et la pauvreté marchaient de conserve. Le linoléum usé qui n'avait pas été lavé depuis des mois, parsemé de traces de pas et de flaques de neige fondue ; le papier peint fané qui se décollait dans les coins et la tache d'humidité qui s'élargissait près de la porte ; l'escalier usé avec des crochets le long du mur, auxquels étaient suspendus sans soin des vêtements difformes ; le vieux porte-parapluies en rotin où, au fil des années, les parapluies mouillés avaient ouvert de grands trous béants ; les odeurs de cuisine, de vieillesse et de saleté.

Ma chambre ne ressemble pas à ça ! eut-elle envie de crier. Mais je ne peux pas être toujours derrière eux, payer les factures, faire les repas, et veiller à ce qu'ils se lavent !

Cependant, elle ne dit rien. Elle attendit simplement que lady Helen parle, et sentit une vague de honte la submerger lorsque son père tituba jusqu'à la porte du salon dans ses pantalons déformés et sa chemise grise tachée, traînant derrière lui son chariot à oxygène.

— Voici mon père, dit-elle et, lorsque sa mère jeta un coup d'œil de la cuisine comme une souris effarouchée : Et ma mère.

Lady Helen tendit la main à Jimmy Havers.

— Je suis Helen Clyde, se présenta-t-elle et, se tournant vers la cuisine : J'ai interrompu votre dîner, n'est-ce pas, Mrs Havers ?

Jimmy Havers eut un grand sourire.

— C'est de la cuisine chinoise, ce soir. On a assez si vous voulez un morceau, hein, Barbie ?

A un autre moment, Barbara aurait peut-être savouré avec un lugubre amusement la vision de lady Helen en train de manger dans des cartons, assise à la table de la cuisine et discutant avec sa mère des voyages au Brésil, en Turquie et en Grèce qui occupaient les lointaines contrées de sa folie. Pour l'instant, elle ne ressentait que la faiblesse de l'humiliation pour avoir été découverte, en sachant que lady Helen pourrait un jour, d'une façon ou d'une autre, trahir sa situation devant Lynley.

— Merci, répondait aimablement celle-ci, mais je n'ai pas du tout faim.

Elle sourit à Barbara, mais ce ne fut au mieux qu'un effort incertain.

Barbara comprit alors que, quel que soit son propre état, celui dans lequel se trouvait lady Helen était pire. Elle lui parla donc avec bonté.

— Laissez-moi les faire commencer à dîner, Helen. Si un désordre encore plus grand ne vous gêne pas, le salon est là.

Sans attendre de voir comment lady Helen allait réagir à la vue du salon, avec son vieux mobilier grinçant et son délabrement général, Barbara poussa son père dans la cuisine. Rassurer les frayeurs agressives de sa mère à propos de la visiteuse, préparer le riz, les crevettes sautées, le poulet au sésame et le bœuf aux huîtres lui prit un moment, tandis qu'elle se demandait pourquoi lady Helen avait débarqué chez elle. Elle se refusa à penser que celle-ci était déjà au courant de la machine mise en marche pour l'arrestation de ce soir. Elle se refusa à penser que cette éventuelle arrestation puisse constituer la raison de sa visite. Et pourtant, en même temps, elle savait bien qu'il ne pouvait y avoir d'autre raison. Lady Helen et elle ne fréquentaient pas vraiment le même cercle d'amis. Il ne s'agissait pas d'une visite de courtoisie.

Lorsque Barbara la rejoignit quelques minutes plus tard, lady Helen ne la laissa pas longtemps dans l'expectative. Assise au bord du canapé défoncé, elle fixait le mur opposé, où une unique photo du jeune frère de Barbara était accrochée au milieu de dix rectangles de papier peint plus clairs, seuls témoignages restants d'une ancienne collection de souvenirs consacrés à sa mémoire. Elle bondit à son entrée.

— Je viens avec vous ce soir. (Elle eut un petit geste gêné.)

J'aurais aimé le formuler plus poliment, mais cela ne sert pas à grand-chose, non ?

Il était également inutile de mentir.

— Comment l'avez-vous su ? demanda Barbara.

— J'ai téléphoné à Tommy il y a une heure. Denton m'a dit qu'il avait une opération de surveillance ce soir. Tommy ne fait généralement pas ce genre d'opération, n'est-ce pas ? Alors, j'en ai déduit le reste. (Elle eut un sourire malheureux.) Si j'avais su où celle-ci avait lieu, j'y serais allée toute seule. Mais je ne savais pas. Denton ne savait pas. Personne au Yard ne pouvait ou ne voulait me le dire. Je suis donc venue vous voir. Et je vous jure que je vous suivrai, si vous ne me laissez pas venir avec vous. Je suis désolée, dit-elle en baissant la voix. Je sais dans quelle mauvaise posture je vous mets, et combien Tommy sera furieux contre nous deux.

— Alors, pourquoi faites-vous ça ?

Le regard de lady Helen se posa de nouveau sur la photo du frère de Barbara. C'était une vieille photo de classe, pas très bonne, mais elle représentait Tony comme Barbara aimait à se souvenir de lui, riant, avec une dent en moins sur le devant, un visage de lutin constellé de taches de rousseur, une mèche de cheveux sur l'œil.

— Après... tout ce qui s'est passé, je dois être là. C'est la conclusion, et j'en ai besoin. Il semble que la seule façon dont je sois capable d'y mettre fin pour moi-même — la seule façon dont je puisse me pardonner pour m'être conduite comme une imbécile — c'est d'être là lorsque vous le prendrez.

Elle regarda de nouveau Barbara, terriblement pâle et frêle.

— Comment vous expliquer ce que je ressens lorsque je sais qu'il m'a utilisée ? Lorsque je sais que je me suis dressée contre Tommy alors qu'il ne voulait qu'une chose, me montrer la vérité ?

— Nous avons essayé de vous téléphoner hier soir. Il a essayé de vous joindre toute la journée. Il était à moitié fou d'inquiétude.

— Je suis désolée. Je ne... je ne pouvais pas lui faire face.

— Excusez-moi de vous dire cela, hésita Barbara, mais je ne crois pas que l'inspecteur ait pris le moindre plaisir à avoir raison dans cette affaire. Pas à vos dépens.

Elle ne mentionna pas sa réunion de l'après-midi avec Lynley, l'impatience de celui-ci tandis qu'il mettait sur pied son équipe, les coups de téléphone incessants à l'appartement d'Helen, à sa maison de famille dans le Surrey, chez Saint James. Elle ne mentionna pas son humeur noire au fur et à mesure que l'après-midi s'écoulait, ses sursauts à chaque fois que le téléphone sonnait, l'indifférence qu'il maintenait dans sa voix tandis que son visage trahissait sa tension.

— Vous me laisserez venir avec vous ? demanda lady Helen.

Barbara savait que la question n'était que de pure forme.

— Je ne vois pas très bien comment je pourrais vous en empêcher, répliqua-t-elle.

Lynley se trouvait à Hampstead chez Joy Sinclair depuis quatre heures et demie. Les membres de l'équipe de surveillance étaient arrivés peu après, et s'étaient installés aux endroits prévus, deux dans une camionnette sale avec un pneu crevé garée un peu plus bas dans Flask Walk, un autre au-dessus de la librairie au coin de Back Lane, et encore un autre dans la grande rue, l'œil sur la station de métro. Lynley, lui, se trouvait dans la maison, non loin des moyens d'accès logiques, les portes-fenêtres du salon qui donnaient sur le jardin. Assis dans la pièce obscure dans l'un des sièges bas, il écoutait ce que ses hommes placés à l'extérieur lui transmettaient par radio.

Il était à peine huit heures lorsque l'équipe de la camionnette annonça :

— Havers à l'autre bout de Flask Walk, monsieur. Elle est accompagnée.

Lynley se leva, perplexe, se dirigea vers la porte d'entrée et l'entrouvrit à l'instant où le sergent Havers et lady Helen passaient sous un réverbère qui illumina leurs visages dans sa lumière ambrée. Après un bref coup d'œil aux alentours, elles se pressèrent dans le jardin de devant et entrèrent.

— Bon Dieu, qu'est-ce que... commença violemment Lynley une fois qu'il eut fermé la porte et qu'ils se retrouvèrent dans l'obscurité du hall.

— Je ne lui ai pas laissé le choix, Tommy, intervint lady Helen. Denton m'a dit que tu partais en surveillance. J'en ai déduit le reste et je suis allée chez le sergent Havers.

— Je ne veux pas de toi ici. Bon sang, il pourrait arriver n'importe quoi.

Lynley se rendit dans la salle à manger et prit l'émetteur :

— Je vais avoir besoin d'un homme ici pour...

— Non ! Ne me fais pas ça ! (Lady Helen tendit la main avec désespoir, mais ne le toucha pas.) J'ai fait ce que tu m'avais demandé hier soir. Tout ce que tu m'avais demandé. Alors laisse-moi rester, je le dois, Tommy. Je ne te gênerai pas, je te le promets. Je te le jure. Laisse-moi terminer ceci de la façon qui me convient. S'il te plaît.

Une indécision irrationnelle le saisit. Il savait où était son devoir. Il savait ce qui était bien. La place de lady Helen n'était pas plus ici que dans une bagarre de pub. Des paroles appropriées montèrent à ses lèvres, mais avant qu'il ait pu parler, ce qu'elle dit le frappa au vif.

— Laisse-moi me séparer de Rhys de la seule façon dont je sois capable. Je t'en supplie, Tommy.

— Inspecteur ? crachota une voix dans l'émetteur.

— Tout va bien, dit Lynley d'une voix dure. Restez à vos postes.

— Merci, murmura lady Helen.

Il fut incapable de répondre. Il ne pensait qu'à la remarque la plus significative qu'elle lui avait faite. « J'ai fait tout ce que tu m'avais demandé. » Et, se souvenant des derniers mots qu'elle lui avait adressés la veille au soir, il ne pouvait supporter ce qu'elle recouvrait. Passant devant elle, il se dirigea vers un coin obscur de la salle à manger, écarta à peine les rideaux pour jeter un coup d'œil dans Back Lane, ne vit rien, et revint sur ses pas. Leur longue attente commença.

Au cours des six heures qui suivirent, lady Helen tint parole, et ne bougea pas du siège sur lequel elle s'était installée dans le salon. Elle n'articula pas un mot. Lynley eut par instant la sensation qu'elle s'était endormie, mais il ne voyait pas distinctement son visage, qui n'était qu'une masse livide sous son foulard noir.

Un jeu de lumière la fit paraître irréelle, comme si elle s'évanouissait peu à peu, à l'image d'une photo qui pâlit au fil du temps. Les doux yeux bruns, l'arc des sourcils, la courbe légère de sa joue et de ses lèvres, le menton franchement têtu, tout cela devenait de moins en moins précis au fil des heures et, assis en face d'elle, le sergent Havers complétant leur triangle patient, il fut pris pour elle d'un désir qu'il n'avait jamais connu auparavant, qui n'avait rien à voir avec le sexe et tout avec l'appel d'une âme à une autre âme sœur, indispensable à sa propre plénitude. Il éprouva le sentiment d'avoir accompli un long voyage, mais de se retrouver à son point de départ, et de reconnaître véritablement l'endroit pour la première fois.

Tout en ayant également la sensation très nette d'arriver trop tard.

Une voix déchira le silence à deux heures dix.

— Voilà de la compagnie, inspecteur. Le long de Flask Walk... Il reste bien dans l'ombre... Excellente technique... L'œil en alerte... Vêtements sombres, bonnet de laine sombre, col du manteau relevé... Il s'est arrêté. A trois portes du nid.

Il y eut une pause de plusieurs minutes, puis le monologue à voix basse reprit :

— Il traverse la rue pour un nouveau coup d'œil... Continue son approche... retraverse vers Back Lane... C'est notre colis, inspecteur. Personne ne descend une rue comme ça à deux heures du matin par ce temps... Je rends l'antenne, je l'ai perdu de vue, il a tourné dans Back Lane.

Une autre voix reprit :

— Le suspect approche le mur du jardin... Tire quelque chose sur son visage... Passe une main sur les briques...

Lynley éteignit la radio, et se déplaça sans bruit dans l'obscurité de la salle à manger. Le sergent Havers le suivit, tandis que lady Helen demeurait derrière eux.

Lynley ne distingua d'abord rien au-delà des portes de la salle à manger. Puis une forme noire apparut, se détachant sur le ciel d'encre, et l'intrus se hissa sur le mur du jardin. Une jambe passa à l'intérieur, puis une autre. Un bruit sourd lorsqu'il heurta le sol. Son visage était invisible, ce qui paraissait impossible au premier abord, étant donné la lumière des étoiles et des réverbères de Back Lane qui illuminait la neige, la silhouette de l'arbre, le contraste du ciment sur la brique, et même l'intérieur de la maison, jusqu'à un certain point. C'est alors que Lynley s'aperçut que l'homme portait une cagoule de ski, et d'un seul coup il ne ressembla plus tant à un intrus qu'à un tueur.

— Helen, retourne dans le salon, souffla Lynley.

Mais elle demeura immobile. Il jeta un coup d'œil par-dessus son épaule, et vit qu'elle fixait de ses yeux écarquillés la silhouette dans le jardin, qui se rapprochait furtivement de la porte. Elle pressait son poing contre ses lèvres.

L'invraisemblable se produisit alors.

L'homme montait les quatre marches, tendait la main pour trouver la poignée, lorsque Helen poussa un cri fou :

— Non ! Oh mon Dieu, Rhys !

Et ce fut le chaos.

Dehors, la silhouette ne se figea qu'un instant avant de foncer vers le mur et de le franchir d'un seul bond.

Incapable de croire à ce que venait de faire Helen, Lynley demeura pétrifié. Elle ne pouvait pas... Elle n'avait pas voulu... Elle n'aurait jamais... Elle venait vers lui dans l'obscurité.

— Tommy, s'il te plaît...

Sa voix brisée lui fit reprendre brutalement ses esprits. Il l'écarta d'un geste, se précipita sur la radio et se contenta d'annoncer :

— On l'a perdu.

Cela fait, il se précipita vers la porte d'entrée, et fonça, insensible à l'écho de la poursuite derrière lui.

— Vers la grand-rue ! cria une voix au-dessus de la librairie quand Lynley déboula.

Mais il le savait. Devant lui, il voyait courir la silhouette noire, entendait sa course effrénée. Il la vit glisser sur une plaque de glace, se redresser et continuer sans se soucier de rechercher la sécurité de l'ombre. L'homme courait au milieu de la rue, apparaissant et disparaissant dans la lumière des réverbères, et l'écho de sa fuite déchirait l'air nocturne comme un roulement de tonnerre.

Lynley entendit le sergent Havers à quelques enjambées derrière lui. Elle courait à toute vitesse, maudissant lady Helen de toutes ses forces et de toutes les insultes qu'elle connaissait.

— Police !

Les deux agents de la camionnette venaient de se précipiter au coin, et arrivaient rapidement derrière eux.

Devant, leur gibier déboucha dans Heath Street, une des plus larges artères de Hampstead Village. Les phares d'une voiture le prirent au piège comme un animal. Des pneus crissèrent, un klaxon mugit frénétiquement. Une grosse Mercedes pila en dérapant à quelques centimètres de ses cuisses. Mais au lieu de continuer sa course, il tournoya, et plongea vers la portière. Même à une cinquantaine de mètres derrière, Lynley entendit le hurlement terrifié qui résonna à l'intérieur de la voiture.

— Arrêtez-vous !

Un autre agent chargea au coin de la grand-rue, à moins de trente mètres de la Mercedes. A ce cri, la silhouette vêtue de noir pivota sur la droite et continua sa fuite en remontant la colline.

Son arrêt près de la voiture lui avait coûté du temps et de la distance, et Lynley gagnait du terrain, suffisamment près maintenant pour entendre le ronflement de ses poumons lorsque l'homme bondit vers un étroit escalier de pierre qui grimpait à flanc de colline vers un autre quartier. Il avala les marches quatre à quatre, et s'arrêta au sommet. Il attrapa dans l'ombre d'une porte voûtée un panier de métal contenant des bouteilles de lait vides et le jeta derrière lui dans l'escalier avant de reprendre sa course. Mais le verre brisé ne servit qu'à effrayer les chiens du voisinage qui se mirent à aboyer comme des fous. Des lumières s'allumèrent dans les immeubles qui longeaient les escaliers, facilitant la progression de Lynley, qui se fraya facilement un chemin parmi les éclats de verre.

En haut des marches, les hêtres et les sycomores énormes qui bordaient la rue emplissaient celle-ci d'ombres menaçantes. Là,

Lynley s'arrêta, tendit l'oreille pour surprendre dans le vent et les aboiements des chiens l'écho d'une fuite, chercha un mouvement dans l'ombre. Havers le rattrapa, jurant toujours en même temps qu'elle reprenait son souffle.

— Où est-il...

Lynley l'entendit le premier, sur sa gauche. Un choc sourd contre du métal lorsque le fuyard, embarrassé par sa cagoule, tomba contre une poubelle. C'était tout ce qu'il fallait à Lynley.

— Il se dirige vers l'église !

Il fit faire demi-tour à Havers.

— Allez chercher les autres ! ordonna-t-il. Dites-leur de le prendre à rebours par Saint-John's Wood ! Tout de suite !

Il n'attendit pas de voir si elle obéissait. L'écho des pas devant lui le relança dans la poursuite, à travers Holly Hill jusqu'à une rue étroite où il vit dans un moment de triomphe que tout l'avantageait. D'un côté, une série de hauts murs, de l'autre une grande pelouse. La rue n'offrait aucune protection. En une seconde, il distingua l'homme à une quarantaine de mètres devant lui, qui franchissait une grille ouverte dans le mur. Lorsqu'il atteignit celle-ci, il vit les empreintes dans la neige vierge sur le chemin, qui menaient à un jardin. Là, une silhouette se battait avec une haie de houx, les vêtements pris dans les feuilles épineuses. L'homme poussa un cri de douleur. Un chien se mit à aboyer furieusement. Des projecteurs s'allumèrent. Dans la grand-rue en contrebas, des sirènes se déclenchèrent, résonnant de plus en plus fort, au fur et à mesure que les voitures de police se rapprochaient.

L'homme, mû par une poussée d'adrénaline, parvint à se libérer des buissons. Alors que Lynley se rapprochait, il jeta un regard fou dans sa direction, évalua la distance qui le séparait de lui, et s'arracha à la douloureuse étreinte de la plante. Il tomba à genoux, enfin libre, de l'autre côté de la haie, se redressa, et se remit à courir. Lynley tourna dans l'autre direction, distingua une seconde grille dans le mur, et se fraya un chemin vers celle-ci à travers la neige épaisse, perdant au moins trente secondes. Il déboula enfin dans la rue.

A sa droite, derrière un mur de brique bas, se dessinait Saint-John's Church. Là, une ombre bougea, se baissa, bondit, et franchit le mur. Lynley fonça.

Il passa le mur sans difficulté, et atterrit dans la neige. Il entrevit une silhouette se déplaçant vivement sur sa gauche, en direction du cimetière. L'écho des sirènes se rapprochait, des crissements de pneus sur la chaussée mouillée déchiraient la nuit.

Lynley se fraya un chemin à travers un monticule de neige qui lui arrivait aux genoux, atteignit une parcelle de trottoir dégagé. Devant lui, la forme sombre se faufilait entre les tombes.

C'était le genre d'erreur que Lynley attendait. La couche de neige était plus épaisse encore dans le cimetière, et certaines tombes étaient même complètement enfouies. Il entendit bientôt l'homme se débattre frénétiquement en se heurtant aux pierres tombales invisibles, tout en cherchant à progresser vers le mur opposé et la rue au-delà.

Tout près, les sirènes se turent, les gyrophares projetèrent leur lueur bleue, et des policiers grouillèrent au sommet du mur. La lumière blanche de leurs torches dirigées sur la neige à la recherche du fugitif illuminait distinctement les tombes, et permit à celui-ci d'éviter les monuments.

Lynley demeura sur le chemin dégagé à travers les arbres, des pins plantés serrés qui répandaient leurs aiguilles sur la glace et empêchaient ses semelles de glisser. Il gagnait du temps, des secondes précieuses qui lui servirent à localiser sa proie.

L'homme se trouvait à cinq mètres du mur. A sa gauche, deux agents progressaient dans la neige. A sa droite, Lynley, courant de toutes ses forces. Il n'y avait aucune issue. Et pourtant, avec un cri sauvage qui parut marquer un dernier sursaut d'énergie, il bondit vers le haut. Mais Lynley était déjà sur lui.

L'homme pivota, lança un coup de poing à l'aveuglette. Lynley relâcha sa prise pour éviter le coup, donnant à l'autre une seconde pour grimper au mur. Il sauta, agrippa le sommet, auquel il s'accrocha farouchement, et se hissa.

Mais Lynley riposta. L'agrippant par son pull noir, il tira l'homme en arrière, noua son bras autour de son cou et le projeta dans la neige. Il se tenait au-dessus de lui, haletant, lorsque Havers arriva en courant, soufflant comme un marathonien. Les deux agents arrivèrent enfin à travers la neige, et l'un d'entre eux réussit à dire « Tu es fait, mon gars », avant d'être pris d'une quinte de toux.

Lynley tendit la main, remit l'homme sur ses pieds, lui arracha sa cagoule et le projeta dans la lumière d'une torche.

C'était David Sydeham.

17

— La porte de Joy n'était pas fermée, dit David Sydeham.

Ils étaient assis à une table aux pieds métalliques, dans l'une des salles d'interrogatoire de New Scotland Yard. C'était une pièce conçue pour ne laisser aucune échappatoire, dépourvue du moindre détail décoratif qui aurait pu laisser s'envoler ne serait-ce que l'imagination. Sydeham parlait sans regarder qui que ce soit, ni Lynley, assis en face de lui et qui tentait de réunir toutes les pièces de l'affaire, ni le sergent Havers, qui pour une fois ne prenait pas de notes mais simplement posait des questions supplémentaires, ni la sténo qui bâillait — une habituée du travail de police depuis vingt-deux ans, qui consignait tout avec une expression d'ennui qui laissait à penser qu'elle avait déjà entendu tous les schémas possibles de relations humaines s'achevant dans l'horreur. Au lieu de leur faire face, Sydeham avait préféré se tourner et leur offrir son profil. Son regard s'était fixé sur une phalène morte dans un coin de la pièce, comme s'il y voyait une reconstitution de ces derniers jours de violence.

Il n'y avait rien d'autre dans sa voix qu'une fatigue monumentale. Il était trois heures et demie.

— J'ai pris la dague plus tôt, lorsque je suis descendu à la bibliothèque me chercher un whisky. Rien de plus facile que de la retirer de la panoplie de la salle à manger, de passer par la cuisine, prendre l'escalier de service et rejoindre ma chambre. Et ensuite, je n'avais plus qu'à attendre, bien sûr.

— Vous saviez que votre femme était allée rejoindre Robert Gabriel ?

Sydeham regarda la Rolex dont le boîtier en or apparaissait en demi-lune sous la manche de son pull noir. Il caressa du doigt son cadran. Il avait de grandes mains dépourvues de toute callosité, jamais soumises au travail manuel. Elles ne ressemblaient pas du tout à des mains d'assassin.

— Cela n'a pas été très long à deviner, inspecteur, répondit-il enfin. Comme Joanna ne manquerait pas de le souligner elle-même, j'avais voulu les réunir, elle et Gabriel, et elle ne faisait que me donner ce que j'avais cherché. Le théâtre du réel, pour appeler les choses par leur nom. C'était une vengeance habile, n'est-ce pas ? Bien sûr, au début, je n'étais pas vraiment sûr qu'elle soit allée le rejoindre. J'ai pensé — espéré peut-être — qu'elle boudait quelque part dans la maison. Mais je suppose qu'au fond, je savais très bien que ce n'était pas son genre. Et puis, Gabriel s'est exprimé de façon très claire sur sa conquête de ma femme, l'autre jour à l'Azincourt. Ce n'est pas le genre de chose qu'il est susceptible de passer sous silence, n'est-ce pas ?

— Vous l'avez agressé dans sa loge, l'autre soir ?

Sydeham eut un faible sourire.

— De tout ce sanglant gâchis, c'est la seule chose qui m'ait vraiment fait plaisir. Je n'apprécie pas que d'autres s'envoient ma femme, inspecteur, qu'elle soit consentante ou pas.

— Mais vous êtes plus que disposé à prendre les femmes des autres, en définitive.

— Ah ! Hannah Darrow. Je le savais, que je me ferais avoir à cause de cette petite traînée.

Sydeham prit devant lui sur la table une tasse de café en plastique dans laquelle ses ongles s'enfoncèrent.

— Quand Joy a parlé au dîner de son nouveau livre, elle a mentionné le journal qu'elle essayait d'extorquer à John Darrow, et j'ai bien compris comment tout cela allait se terminer. Elle n'avait pas l'air du genre à renoncer simplement parce que Darrow lui avait dit non une fois. Ce n'était pas en renâclant devant les obstacles qu'elle avait atteint ce point de sa carrière, n'est-ce pas ? Aussi, lorsqu'elle a parlé du journal, j'ai su qu'elle était à deux doigts de mettre la main dessus. Et je ne savais pas ce qu'avait écrit Hannah, je ne pouvais prendre aucun risque.

— Que s'est-il passé cette nuit-là avec Hannah Darrow ?

Sydeham regarda Lynley.

— Nous nous sommes retrouvés au moulin. Elle avait quarante minutes de retard, et je commençais à penser, à espérer, qu'elle ne viendrait pas. Mais elle est arrivée au dernier moment, comme à son habitude, prête à faire l'amour tout de suite par terre. Mais je... je l'en ai dissuadée. Je lui avais acheté une écharpe que j'avais vue dans une boutique à Norwich. Et j'ai insisté pour qu'elle me laisse la lui mettre tout de suite.

Il regarda ses mains jouer sur la tasse blanche, les doigts pressés sur le rebord.

— C'était très facile. Je l'embrassais lorsque j'ai serré le nœud.

Lynley pensa aux remarques innocentes qu'il avait été trop aveugle pour noter dans le journal d'Hannah, et prit un risque calculé en disant :

— Je suis surpris que vous ne l'ayez pas prise une dernière fois là au moulin, si c'est ce qu'elle voulait.

Ce qu'il espérait lui vint en retour.

— J'avais perdu le contact avec elle. Chaque fois que nous nous rencontrions, cela devenait de plus en plus difficile. (Il eut un rire bref, une expression de mépris à son égard.) Tout allait recommencer comme avec Joanna.

— La jolie femme qui s'élève au panthéon de la gloire, qui devient l'objet de tous les fantasmes masculins, et dont le propre mari ne peut plus l'« honorer » comme elle le désire.

— Vous avez compris le tableau, inspecteur. C'est joliment dit.

— Et pourtant, vous êtes resté avec Joanna toutes ces années.

— Elle représente la seule chose que j'aie réellement accomplie dans ma vie. Mon seul succès absolu. On n'abandonne pas facilement une telle chose, et en ce qui me concerne, je ne l'ai jamais envisagé. Je ne pouvais pas la laisser partir. Hannah est simplement arrivée à un mauvais moment entre Jo et moi. Nous étions... en froid depuis trois semaines. Elle pensait à signer avec un agent à Londres, et je me sentais un peu mis à l'écart. Inutile. C'est sans doute ce qui a déclenché mon... problème. Alors, quand Hannah est apparue, je me suis senti un homme nouveau pendant un mois ou deux. Chaque fois que nous nous voyions, nous faisions l'amour. Quelquefois deux ou trois fois par soirée. Seigneur, c'était comme une renaissance.

— Jusqu'au moment où elle a voulu devenir actrice, comme votre femme ?

— Et l'histoire s'est répétée. Oui.

— Mais pourquoi la tuer ? Pourquoi ne pas rompre, tout simplement ?

— Elle avait découvert mon adresse à Londres. C'était déjà suffisamment ennuyeux lorsqu'elle avait débarqué au théâtre un soir alors que Jo et moi nous trouvions avec l'agent londonien. Après ça, je savais que si je l'abandonnais dans les Fens, elle débarquerait un beau jour chez nous. Je perdrais Joanna. Je ne voyais pas d'autre choix.

— Et Gowan Kilbride ? Qu'avait-il à faire là-dedans ?

Sydeham reposa sa tasse au rebord complètement tordu et inutilisable, maintenant.

— Il savait, pour les gants.

Le premier interrogatoire de David Sydeham s'acheva à cinq heures et quart du matin, et ils en sortirent tous vacillants de fatigue, les yeux rouges. Sydeham fut conduit dans le couloir, à un téléphone, pour appeler sa femme. Lynley le regarda s'éloigner, pris d'un accès de pitié pour cet homme. Il en fut surpris : avec cette arrestation, la justice était enfin rendue. Mais il savait que les conséquences de ces meurtres, de même qu'une pierre jetée dans l'eau en altère la surface, ne faisaient que commencer à apparaître. Il se détourna.

Il y avait encore d'autres choses à régler, notamment le problème de la presse, enfin impatiente d'obtenir des informations, qui allait surgir, hurler des questions, demander des interviews.

Il écarta les journalistes, et froissa le message du commissaire Webberly pressé dans sa main. Quasiment aveuglé de fatigue, il se dirigea vers l'ascenseur, avec une seule pensée consciente : retrouver Helen, et un seul besoin conscient : dormir.

Il trouva le chemin de sa maison comme un automate, et tomba sur son lit tout habillé. Il ne se réveilla pas lorsque Denton entra, lui ôta ses chaussures et le recouvrit d'une couverture. Il ne se réveilla pas avant l'après-midi.

— C'était sa mauvaise vue, dit Lynley. J'ai remarqué pratiquement tout le reste dans le journal d'Hannah Darrow, sauf le fait qu'elle ne portait pas ses lunettes durant le second spectacle, et ne voyait pas distinctement la scène. Elle a pensé que Sydeham était un des acteurs parce qu'il est sorti par l'entrée des artistes. Et bien entendu, j'étais trop aveuglé par le rôle de Davies-Jones dans *Les Trois Sœurs* pour comprendre ce que signifiait le fait que Joanna Ellacourt se trouvait dans la même scène que celle dont était extraite la lettre d'adieu d'Hannah. Sydeham connaissait toutes les scènes de Joanna, probablement mieux que les acteurs eux-mêmes. Il l'aidait à répéter. Je l'ai moi-même entendu à l'Azincourt.

— Joanna Ellacourt savait-elle que son mari était l'assassin ? demanda Saint James.

Lynley secoua la tête, et prit la tasse de thé que lui offrait Deborah avec un léger sourire. Ils étaient installés tous les trois dans le bureau de Saint James, partageant leur attention entre des gâteaux, des sandwiches, des tartes et du thé. Un rayon de soleil brumeux de fin d'après-midi tombait à travers la fenêtre, et se reflétait sur la couche de neige accumulée sur le rebord extérieur. Dans le lointain, la rumeur de la circulation de l'heure de pointe sur l'Embankment commença de monter.

— Comme à tous les autres, Mary Agnes Campbell lui avait dit que la porte de la chambre de Joy était fermée, et comme moi, elle prenait Davies-Jones pour le meurtrier. Ce qu'elle ne savait pas — ce que personne ne savait jusqu'à hier tard dans l'après-midi —, c'est que la porte de Joy n'avait pas été fermée toute la nuit. Elle avait été fermée à partir du moment où Francesca Gerrard était allée y chercher son collier à trois heures et quart, avait trouvé Joy morte et, persuadée que son frère était l'assassin, était allée chercher ses clés dans son bureau et avait verrouillé la porte pour le protéger. J'aurais dû deviner le mensonge lorsqu'elle m'a dit que les perles se trouvaient sur une commode près de la porte. Pourquoi Joy les aurait-elle posées là alors que le reste de ses bijoux se trouvait de l'autre côté de la pièce sur la table ? Je les avais vus moi-même.

Saint James choisit un autre sandwich.

— Si Macaskin avait réussi à te joindre avant que tu ne partes pour Hampstead hier, quelle différence cela aurait-il fait ?

— Qu'aurait-il pu me dire ? Simplement que Francesca Gerrard lui avait avoué nous avoir menti au sujet de la porte fermée. Je ne sais pas si j'aurais fait preuve de suffisamment de bon sens pour additionner un certain nombre de faits que j'avais choisi d'ignorer. Le fait que Robert Gabriel avait une femme avec lui dans sa chambre ; le fait que Sydeham avait reconnu que Joanna ne s'était pas trouvée avec lui pendant un certain temps ; le fait que Jo et Joy sont deux noms faciles à confondre, surtout pour un homme comme Gabriel, qui court après toutes les femmes et en met autant qu'il peut dans son lit.

— Voilà donc ce qu'Irene Sinclair a entendu.

Saint James chercha une position plus confortable sur son siège, grimaça lorsque le bas de son appareil orthopédique accrocha la ganse de l'ottomane, et le dégagea avec un grognement d'irritation.

— Mais pourquoi Joanna Ellacourt ? demanda-t-il. Elle n'a jamais fait mystère du fait qu'elle détestait Gabriel. Ou cela n'était-il qu'une haine de théâtre, et faisait-il partie d'un stratagème ?

— Cette nuit-là, elle détestait Sydeham encore plus que Gabriel, parce qu'il l'avait embarquée dans la pièce de Joy. Elle avait le sentiment d'avoir été trahie. Elle voulait le blesser. Alors, elle s'est rendue dans la chambre de Gabriel à onze heures et demie et a attendu, pour rendre la monnaie de sa pièce à son mari d'une façon qu'il comprendrait. Mais ce qu'elle n'a pas réalisé, c'est qu'en allant chez Gabriel, elle offrait à Sydeham l'occasion qu'il cherchait depuis que Joy avait fait cette remarque sur John Darrow au dîner.

— Je suppose qu'Hannah Darrow ne savait pas que Sydeham était marié.

— Bien sûr que non, dit Lynley en secouant la tête. Elle ne les avait jamais vus qu'une fois ensemble, et encore, accompagnés d'un autre homme. Tout ce qu'elle savait, c'est que Sydeham était en relation avec des professeurs d'art dramatique, des professeurs de diction, et tout ce qui allait avec le succès. Pour Hannah, Sydeham représentait la clé de sa nouvelle vie. Et pendant un temps, elle a représenté pour lui la clé de prouesses sexuelles qui lui faisaient cruellement défaut.

— Tu crois que Joy Sinclair était au courant de la liaison de Sydeham avec Hannah Darrow ?

— Elle n'était pas allée aussi loin dans ses recherches. Et John Darrow était bien décidé à ce qu'elle n'aille pas plus loin. Elle a simplement fait une remarque innocente au dîner. Mais Sydeham ne pouvait courir aucun risque. Alors, il l'a tuée. Et bien entendu, ce sont les allusions d'Irene au journal hier au théâtre qui l'ont poussé à Hampstead la nuit dernière.

Deborah les avait écoutés en silence, mais elle intervint maintenant, perplexe :

— N'a-t-il pas pris un risque terrible lorsqu'il a tué Joy, Tommy ? Sa femme aurait pu revenir à n'importe quel moment, et ne pas le trouver ? Il aurait pu rencontrer quelqu'un dans le couloir ?

Lynley haussa les épaules.

— Tu sais, Deb, il était quasiment certain de l'endroit où se trouvait Joanna. Et il connaissait suffisamment Robert Gabriel pour savoir que celui-ci la garderait avec lui aussi longtemps qu'il pourrait donner la preuve de sa virilité. Surveiller les autres était facile, et une fois qu'il a entendu Joy revenir de chez Vinney juste avant une heure, il ne lui restait plus qu'à attendre un peu qu'elle soit endormie.

Deborah poursuivait sa pensée :

— Mais sa propre femme... murmura-t-elle, l'air peiné.

— A mon avis, Sydeham était disposé à faire cadeau une ou deux fois de sa femme à Gabriel si cela lui permettait d'accomplir un meurtre. Mais que celui-ci s'en vante devant la troupe était une autre affaire. Il a donc attendu que Gabriel soit seul au théâtre, et lui est tombé dessus dans sa loge.

— Je me demande si Gabriel savait qui le tabassait, s'interrogea Saint James d'un ton songeur.

— Je crois que pour lui, cela pouvait être n'importe quel homme. Et il a eu de la chance que ce ne soit pas n'importe qui, car n'importe qui aurait pu le tuer, alors que Sydeham ne le voulait pas.

— Pourquoi ? demanda Deborah. Après ce qui s'était passé entre sa femme et lui, j'aurais pensé qu'il aurait été ravi de le voir mort.

— Sydeham n'était pas un imbécile. Il ne tenait pas du tout à restreindre mon éventail de suspects, dit Lynley en secouant la tête. Bien entendu, ce qu'il ne savait pas, ajouta-t-il d'un ton plein de honte, c'est que je m'en étais déjà chargé tout seul, et qu'il se réduisait pour moi à une personne. Une enquête dont je peux être fier, vraiment.

Les deux autres demeurèrent silencieux. Deborah fit tourner le couvercle de la théière de porcelaine, suivant du doigt le tracé du pétale d'une rose délicate. Saint James tripota les sandwiches dans son assiette. Ni l'un ni l'autre ne regardèrent Lynley.

Il savait qu'ils évitaient la question qu'il était venu poser, et qu'ils agissaient ainsi par amitié et loyauté. Et pourtant, bien qu'il ne le mérite guère, Lynley espéra que le lien qui existait entre eux tous était suffisamment fort pour leur permettre de voir qu'il avait besoin de la trouver, en dépit de son désir de demeurer cachée. Il posa donc la question.

— Saint James, où est Helen ? Lorsque je suis revenu chez Joy la nuit dernière, elle avait disparu. Où est-elle ?

La main de Deborah abandonna la théière, serra les plis de sa jupe de lainage. Saint James leva la tête.

— Tu en demandes trop, répondit-il.

C'était la réponse qu'attendait Lynley, celle qu'il savait mériter, mais en dépit de cela il insista.

— Je ne peux rien changer à ce qui est arrivé. Je ne peux rien changer au fait que je me suis conduit comme un imbécile. Mais je peux au moins m'excuser. Je peux au moins lui dire...

— Ce n'est pas le moment. Elle n'est pas prête.

Une détermination aussi implacable fit naître une bouffée de colère chez Lynley.

— Bon sang, Saint James ! Elle a essayé de le prévenir ! Elle t'a dit ça, aussi ? Lorsqu'il est passé par-dessus le mur, elle a poussé un cri qu'il a entendu, et nous avons failli le perdre. A cause d'Helen. Alors, si elle n'est pas prête à me voir, elle peut me le dire elle-même. Elle peut prendre sa décision toute seule.

— Elle a déjà pris sa décision, Tommy.

Saint James avait parlé si froidement que la colère de Lynley retomba, et sa gorge se serra.

— Elle est donc partie avec lui. Où ? Au pays de Galles ?

Rien. Deborah remua, jeta un long regard à son mari, qui avait détourné la tête vers le feu éteint.

Leur refus de répondre ne fit qu'aggraver le désespoir de Lynley. Il s'était déjà heurté à ce refus de la part de Caroline Shepherd, un peu plus tôt chez Helen, et au téléphone de la part des parents d'Helen et de trois de ses sœurs. Il savait qu'il méritait la punition, et pourtant, malgré cela, il se rebellait, refusait de l'accepter.

— Simon, pour l'amour de Dieu. Je l'aime. Toi, plus que tout autre, tu sais ce que cela signifie d'être ainsi séparé de quelqu'un que tu aimes. Sans un mot. Sans une chance de s'expliquer. S'il te plaît. Dis-moi.

De façon inattendue, Deborah tendit la main et prit celle de son mari. Il perçut à peine ce qu'elle disait à Saint James.

— Mon amour, je suis désolée. Pardonne-moi, mais je ne peux pas faire ça.

Elle se retourna vers Lynley, les yeux brillants de larmes.

— Elle est partie pour Skye, Tommy. Elle est seule.

Il ne lui restait qu'une tâche à affronter avant de se mettre en route pour le Nord, pour aller retrouver Helen : voir le commissaire Webberly, et à travers lui mettre un point final à l'affaire. Et au reste. Il avait ignoré le message matinal de son supérieur, avec félicitations et prière de le voir aussi rapidement que possible. Ayant compris à quel point une jalousie aveugle avait guidé la moindre étape de son enquête, Lynley ne tenait guère à entendre des louanges, surtout de la part d'un homme qui avait joué de lui comme d'un pion dans le grand jeu de la trahison.

Car au-delà de la culpabilité de Sydeham et de l'innocence de Davies-Jones il restait toujours lord Stinhurst, et l'obéissance de Scotland Yard au gouvernement dans la dissimulation d'un secret vieux de vingt-cinq ans.

Maintenant, Lynley se sentait prêt à la confrontation. Il trouva Webberly à sa table de réunion dans son bureau. Là, comme d'habitude, étaient entassés dossiers, livres, photos, rapports, et vaisselle sale. Penché sur une carte dont certaines rues étaient surlignées au marqueur jaune, le commissaire serrait un cigare entre ses dents, emplissant la pièce à l'atmosphère déjà chargée d'un malodorant nuage de fumée. Il parlait à sa secrétaire, assise derrière son bureau à lui, qui prenait des notes avec des hochements de tête approbateurs et passait sans arrêt sa main devant son visage dans une tentative désespérée d'empêcher la fumée d'imprégner son tailleur et ses cheveux blonds — également bien coupés. Elle constituait comme à l'accoutumée une réplique quasiment parfaite de la princesse de Galles.

Elle roula des yeux en direction de Lynley, plissa délicatement le nez de dégoût devant l'odeur et le désordre, et dit :

— L'inspecteur Lynley est là, commissaire.

Lynley attendit que Webberly la reprenne. C'était un jeu entre eux deux. Webberly préférait le « monsieur » à l'usage des titres. Dorothea Harriman (« Appelez-moi Dee, s'il vous plaît ») préférait de beaucoup les titres à quoi que ce soit d'autre.

Cet après-midi, cependant, le commissaire se contenta de grogner et leva les yeux de sa carte en disant :

— Vous avez tout noté, Harriman ?

Sa secrétaire consulta ses notes en ajustant le col festonné de son corsage 1900, orné d'un nœud papillon aguicheur.

— Tout. Je tape tout ça ?

— S'il vous plaît. Et faites-en trente exemplaires, aux destinataires habituels.

Harriman soupira.

— Avant de partir, commissaire... ? Non, ne dites rien. Je sais, je sais. « Mettez-le sur vos heures supplémentaires, Harriman. » (Elle lança à Lynley un regard éloquent.) J'ai tellement d'heures supplémentaires que je pourrais partir en voyage de noces avec, si jamais quelqu'un se décidait à m'épouser.

Lynley sourit.

— Bon sang, et dire que je suis pris ce soir.

Harriman rit, ramassa ses notes, et jeta trois tasses en carton du bureau de Webberly dans la poubelle.

— Voyez si vous pouvez l'obliger à faire quelque chose de ce dépotoir, demanda-t-elle à Lynley avant de prendre congé.

Webberly attendit qu'ils soient seuls, puis replia sa carte, la rangea dans un de ses meubles de classement, et se dirigea vers son bureau. Il demeura debout et, tirant sur son cigare avec satisfaction, regarda à travers la fenêtre l'horizon londonien.

— Certains pensent que c'est le manque d'ambition qui me fait éviter les promotions, confia-t-il sans se retourner. En fait, c'est la vue. Si je devais changer de bureau, je perdrais la vision de la ville qui s'illumine lorsque la nuit tombe, et vous ne pourriez croire le plaisir que j'en ai retiré au cours de toutes ces années.

Ses mains couvertes de taches de rousseur jouèrent avec la chaîne de montre de son gilet, et de la cendre de cigare virevolta jusqu'au sol.

Lynley songea combien il avait autrefois aimé cet homme, combien il avait respecté l'intelligence sous l'apparence désordonnée. C'était un esprit qui savait tirer le meilleur de ceux qui se trouvaient sous ses ordres, et utiliser les forces de chacun, jamais leurs faiblesses. Cette capacité à voir les gens comme ils étaient réellement était ce que Lynley avait toujours admiré le plus chez son supérieur. Il voyait maintenant que cette qualité était à double tranchant, qu'elle pouvait être utilisée — et qu'elle l'avait été dans son cas — pour sonder les faiblesses d'un individu et s'en servir pour son propre compte.

Sans le moindre doute, Webberly savait que Lynley croirait à la parole donnée d'un pair. Cette confiance, cet attachement à la « parole d'un gentleman » qui avait régi les gens de sa classe pendant des siècles, faisaient partie intégrante de l'éducation de

Lynley. Et, comme les lois de la primogéniture, on ne pouvait s'en dépouiller facilement. Webberly avait tablé là-dessus : il avait expédié Lynley écouter lord Stinhurst lui débiter l'histoire de l'infidélité de sa femme. Pas Macpherson, pas Stewart, pas Hale, ni aucun autre inspecteur qui aurait écouté avec scepticisme, convoqué lady Stinhurst pour entendre sa version et poursuivi la vérité sur Geoffrey Rintoul sans aucun état d'âme.

Ni le gouvernement ni le Yard ne le voulaient. Alors, ils avaient choisi le seul homme sur lequel on pouvait compter pour croire à la parole d'un gentleman et balayer tout lien avec lord Stinhurst. Là résidait pour Lynley l'offense inexcusable. Il ne pouvait pardonner à Webberly de lui avoir fait ça. Il ne pouvait se pardonner d'avoir à ce point répondu à leurs attentes.

Que Stinhurst ait été innocent de la mort de Joy Sinclair n'avait aucune importance. Car Scotland Yard ne le savait pas, s'en fichait même, et n'avait qu'un but, que l'information-clé du passé de cet homme ne soit pas révélée. Si Stinhurst avait été l'assassin, s'il avait échappé à la justice, Lynley savait que ni le gouvernement ni Scotland Yard n'aurait éprouvé le moindre scrupule pourvu que le secret de Geoffrey Rintoul reste caché.

Il se sentait sale, souillé. Il sortit de sa poche sa plaque de police et la jeta sur le bureau de Webberly.

Le commissaire regarda l'objet, puis Lynley, plissant les yeux dans la fumée de son cigare.

— Qu'est-ce que c'est que ça ?

— Je n'en ai plus besoin.

— J'espère mal vous comprendre, inspecteur, dit Webberly, glacial.

— Je n'en ai plus besoin, n'est-ce pas ? Stinhurst est protégé. Toute l'histoire a été protégée.

Webberly ôta son cigare de sa bouche et l'écrasa au milieu des mégots dans le cendrier, éparpillant de la cendre partout.

— Ne faites pas ça, mon petit. C'est inutile.

— Je n'aime pas être manipulé. C'est une de mes petites manies. (Il se dirigea vers la porte.) Je viderai mon bureau...

Webberly abattit violemment une main sur la table, envoyant valser des papiers. Un pot à crayons tomba par terre.

— Et vous croyez que moi, j'aime être manipulé, inspecteur ? Qu'est-ce que vous êtes allé vous inventer ? Quel rôle m'avez-vous attribué là-dedans ?

— Vous saviez l'histoire de Stinhurst. Son frère. Son père. Voilà pourquoi c'est moi qui ai été envoyé en Ecosse, et personne d'autre...

— Je ne savais que ce que l'on avait bien voulu me dire.

L'ordre de vous envoyer en Ecosse est venu de haut, par l'intermédiaire de Hillier. Pas de moi. Je n'aimais pas ça plus que vous. Mais je n'avais pas le choix.

— Vraiment ? Eh bien, dit Lynley, moi, j'ai le choix. Et je l'exerce maintenant.

La colère rendit Webberly écarlate, mais sa voix demeura calme.

— Vous raisonnez de travers, mon garçon. Réfléchissez à un certain nombre de choses, avant que votre vertueuse indignation ne vous transforme en noble martyr de la profession. Je ne savais rien de Stinhurst. Et je ne sais toujours rien, alors si vous voulez bien me raconter, je serai ravi de vous entendre. Tout ce que je peux vous dire, c'est que, lorsque Hillier est venu me voir avec l'ordre de vous mettre sur cette affaire, vous et personne d'autre, j'ai senti qu'il y avait quelque part un rat crevé.

— Et vous m'avez quand même mis sur l'affaire.

— Mais vous êtes idiot ! On ne m'a pas donné le choix ! Regardez les choses en face, pour une fois. J'ai mis Havers dessus aussi. Vous n'en vouliez pas, vous vous souvenez ? Pourquoi croyez-vous que j'aie insisté pour qu'elle vienne ? Parce que Havers, plus que tout autre, collerait à Stinhurst comme une puce à un chien si cela s'avérait nécessaire. Ce qui a été le cas, n'est-ce pas ? Bon sang, répondez-moi 1 Cela n'a pas été le cas ?

— Si.

Webberly serra le poing dans sa large paume.

— Ces salopards ! Je savais qu'ils essayaient de le protéger, sans savoir de quoi. Mais vous ne me croyez pas, ajouta-t-il en jetant un regard noir à Lynley.

— Non, vous avez raison, je ne vous crois pas. Votre pouvoir n'est pas si réduit. Il ne l'a jamais été.

— Vous vous trompez, mon petit. Il l'est. Je fais ce que l'on me dit de faire. Il est facile de se conduire en homme d'une rectitude inflexible quand on peut partir d'ici à la moindre odeur déplaisante. Mais je ne dispose pas de ce genre de liberté. Je n'ai pas de sources de revenus indépendants, de domaine à la campagne. Ce travail n'est pas une plaisanterie. C'est mon pain de tous les jours. Et lorsqu'on me donne un ordre, j'y obéis. Aussi désagréable que cela puisse vous paraître.

— Et si Stinhurst avait été l'assassin ? Si j'avais classé l'affaire sans arrêter personne ?

— Mais vous ne l'avez pas fait, n'est-ce pas ? J'ai tablé sur Havers pour que vous n'aboutissiez pas là. Et j'ai tablé sur vous. Je savais que votre intuition finirait par vous conduire au meurtrier.

— Cela n'a pas été le cas, dit Lynley, à qui ces paroles coûtèrent beaucoup, et qui se demanda pourquoi cela le tracassait tellement de s'être conduit comme un imbécile.

Webberly l'étudia, puis lui dit d'une voix pleine de bonté mais pénétrante :

— Et c'est pour cela que vous voulez renoncer, n'est-ce pas ? Pas à cause de moi ou de Stinhurst. Et pas parce que des gens là-haut vous ont vu comme un type qu'ils pouvaient manipuler. Vous renoncez parce que vous avez commis une erreur. Vous avez perdu votre objectivité sur cette affaire, n'est-ce pas ? Vous avez poursuivi un type qui était innocent. Et alors ? Bienvenue au club, inspecteur. Vous n'êtes plus parfait.

Webberly ramassa la plaque, l'examina un moment puis, sans plus de formalités, la fourra dans la poche de poitrine de Lynley.

— Je suis désolé de l'affaire Stinhurst, dit-il. Je ne peux pas vous garantir qu'elle ne se reproduira pas. Mais si c'est le cas, je pense que vous n'aurez pas besoin du sergent Havers pour vous rappeler que vous êtes plus un policier que vous n'avez jamais été un foutu lord. (Il se retourna vers son bureau et considéra le désordre.) Vous avez des jours de congé à rattraper, Lynley. Alors prenez-les. Ne revenez pas avant mardi.

Il leva les yeux, et dit doucement :

— Apprendre à se pardonner à soi-même est une partie du travail, mon vieux. Et c'est la seule que vous n'ayez pas encore tout à fait maîtrisée.

Il entendit le cri étouffé en débouchant du parking souterrain dans Broadway. L'obscurité tombait rapidement. Il freina, jeta un coup d'œil en direction de la station de métro de Saint James's Park, et aperçut Jeremy Vinney au milieu des piétons qui courait dans sa direction, les pans de son manteau flottant comme les ailes d'un oiseau disgracieux. Il agitait un carnet à spirales dont les pages couvertes d'une écriture serrée battaient au vent. Lynley baissa sa vitre.

— J'ai fait mon papier sur l'histoire Geoffrey Rintoul, haleta le journaliste en esquissant un sourire. Bon sang, quelle chance de vous mettre la main dessus ! J'ai besoin de vous citer comme source. Pas de nom, simplement pour confirmer, c'est tout.

Lynley regarda une rafale de neige souffler à travers la rue. Il reconnut un groupe de secrétaires qui sortaient de Scotland Yard en courant pour prendre leur train du soir, et leur rire résonna comme une musique.

— Il n'y a pas d'histoire.

L'expression de Vinney s'altéra. Le moment privilégié de partage des confidences s'était évanoui.

— Mais vous avez parlé à Stinhurst ! Vous n'allez pas me dire qu'il n'a pas confirmé le moindre détail du passé de son frère ! Comment pouvez-vous le nier ? Avec Willingate sur les photos de l'enquête du coroner et la pièce de Joy avec ses allusions ? Vous n'allez pas me dire qu'il a réussi à s'en sortir.

— Il n'y a pas d'histoire, Mr Vinney. Je suis désolé.

Lynley voulut remonter sa vitre, mais Vinney s'y accrocha.

— Elle le voulait ! dit-il d'une voix suppliante. Vous savez que Joy voulait que j'aille au bout de cette histoire. Vous savez que c'est pour cette raison que je suis là. Elle voulait que tout ce qui concernait les Rintoul soit dévoilé.

L'affaire était classée. Son assassin avait été découvert, et pourtant Jeremy Vinney continuait sa quête. Il ne cherchait pas à proprement parler à faire un coup journalistique, puisque le gouvernement étoufferait son histoire sans aucune hésitation. C'était l'affirmation d'une fidélité qui allait bien au-delà de ce qu'exigeait l'amitié. Une fois encore, Lynley se demanda ce que cela cachait, quelle dette d'honneur Vinney avait envers Joy Sinclair.

— Jer ! Jerry ! Pour l'amour de Dieu, dépêche-toi ! Paulie attend et tu sais qu'il va s'inquiéter si nous sommes encore en retard.

La voix provenait de l'autre côté de la rue. Délicate, pétulante, presque féminine. Lynley tourna les yeux. Un jeune homme d'une vingtaine d'années à peine se tenait sous le porche du métro. Il tapait du pied, les épaules voûtées contre le froid, et les néons du passage illuminaient son visage. Celui-ci était d'une douloureuse beauté, une beauté de la Renaissance par la perfection des traits, du teint, de la forme. Et c'est une phrase de Marlowe remontant à la Renaissance, aussi appropriée aujourd'hui qu'au XVIe siècle, qui vint à l'esprit de Lynley. « Et risquer plus pour cette beauté que pour la Toison d'Or. »

C'est ainsi qu'enfin la dernière pièce du puzzle se mit en place, si évidente que Lynley se demanda ce qui l'avait empêché de la voir plus tôt. Joy ne parlait pas de Jeremy Vinney sur son magnétophone. Elle lui parlait, se rappelait un point qu'elle voulait aborder avec lui plus tard. Et là, de l'autre côté de la rue, se trouvait la source de son anxiété. Pourquoi s'inquiéter à son sujet ? Ce n'est pas pour toute la vie.

— Jerry ! Jemmy ! dit de nouveau la voix cajoleuse.

Le garçon pivota sur un pied, jeune chiot impatient, et rit

lorsque son manteau se gonfla autour de lui comme un vêtement de clown.

Lynley regarda le journaliste. Vinney détourna les yeux, non en direction du garçon, mais vers Victoria Street.

— N'est-ce pas Freud qui disait que les hasards n'existent pas ? dit-il d'un ton résigné. Je devais vouloir que vous sachiez, pour que vous compreniez ce que je voulais dire quand je soutenais que Joy et moi avions toujours été amis, et rien qu'amis. Je suppose qu'on peut appeler ça un désir d'absolution. Ou de justification. Quelle importance maintenant ?

— Joy savait ?

— Je n'avais pas de secrets pour elle. J'en aurais été incapable.

Vinney regarda alors délibérément le garçon. Son expression s'adoucit, et ses lèvres esquissèrent un sourire d'une extrême tendresse.

— L'amour est une malédiction, n'est-ce pas, inspecteur ? Il ne nous laisse pas en paix. Nous le recherchons désespérément de milliers de façons différentes, et si nous avons de la chance, nous en jouissons l'espace d'un instant. Et nous nous sentons libres, alors, n'est-ce pas ? Même s'il s'agit d'un terrible fardeau.

— Je crois que Joy aurait compris cela.

— Elle était la seule dans ma vie qui l'ait jamais compris. Voilà pourquoi je lui dois l'histoire des Rintoul, dit-il en laissant retomber sa main de la vitre. C'est ce qu'elle aurait voulu. La vérité.

Lynley secoua la tête.

— Ce qu'elle voulait, c'était la vengeance, Mr Vinney. Et je crois qu'elle l'a eue, d'une certaine façon.

— Il en sera donc ainsi ? Pouvez-vous réellement laisser les choses se terminer comme ça, inspecteur ? Après la façon dont tous ces gens ont agi avec vous ? dit-il en indiquant d'un geste l'immeuble derrière eux.

— C'est bien souvent contre soi-même que l'on agit, répliqua Lynley.

Il eut un hochement de tête, releva la vitre et s'éloigna.

Plus tard, il se souviendrait de son voyage à Skye comme d'un brouillard de paysages continuellement changeants dont il était à peine conscient tandis qu'il fonçait vers le nord. Il s'arrêta uniquement pour manger, faire le plein et prendre quelques heures de repos dans une auberge quelque part entre Carlisle et Glasgow, et atteignit Kyle of Lochalsh, un petit village situé sur le continent, juste en face de l'île de Skye, en fin d'après-midi le lendemain.

Il s'arrêta sur le parking d'un hôtel sur le front de mer et resta assis à regarder le détroit, dont la surface avait la couleur des vieilles pièces de monnaie. Le soleil se couchait, et sur l'île le pic majestueux de Sgurr na Coinnich paraissait couronné d'argent. Loin en dessous le car-ferry se détacha du quai et entama son lent mouvement en direction du continent, chargé uniquement d'un camion, de deux touristes qui se serraient l'un contre l'autre dans le froid, et d'une mince silhouette solitaire dont la chevelure châtain voletait autour du visage levé vers les derniers rayons du soleil d'hiver.

A la vue d'Helen, Lynley comprit à quel point sa venue était une pure folie. Il savait être la dernière personne qu'elle avait envie de voir. Il savait à quel point elle désirait cette solitude. Et pourtant, rien de tout cela n'eut plus d'importance, lorsque le ferry se rapprocha et qu'il vit son regard tomber sur la Bentley garée sur le parking. Il sortit, ferma son manteau, et marcha jusqu'au débarcadère. Le vent glacial le giflait en pleine face, soulevait ses cheveux. Il sentait sur sa langue le sel de l'Atlantique Nord.

Le ferry aborda, le camion démarra en dégageant une horrible fumée, et s'engagea sur la route d'Invergarry. Bras dessus bras dessous, les touristes passèrent devant lui en riant, un homme et une femme qui s'arrêtèrent pour s'embrasser, puis regarder le rivage opposé de Skye, encombré de nuages dont le gris tournait aux nuances somptueuses du crépuscule.

Lynley avait eu tout loisir, pendant les longues heures du voyage, de préparer sa rencontre avec Helen. Mais lorsqu'elle descendit du ferry, écartant ses cheveux de ses joues, il ne trouva plus de mots. Il ne voulait plus que la tenir dans ses bras et savait sans l'ombre d'un doute qu'il n'en avait pas le droit. Alors, sans une parole, il marcha à son côté en direction de l'hôtel.

Le salon était vide, et les vastes baies vitrées offraient un panorama d'eau, de montagnes, et de nuages rougis par le couchant sur l'île. Lady Helen se planta devant les fenêtres, et bien que son attitude — la tête légèrement baissée, les épaules voûtées — indiquât à quel point elle désirait la solitude, Lynley ne put se forcer à laisser tant de choses non exprimées entre eux. Il la rejoignit, et vit les cernes sous ses yeux, les traces du chagrin et de la fatigue. Elle avait croisé les bras, comme si elle cherchait chaleur ou protection.

— Pour quelle raison a-t-il tué Gowan ? Plus que n'importe quoi d'autre, Tommy, cela me paraît tellement dénué de sens.

Lynley se demanda comment il avait pu penser qu'Helen l'accueillerait avec les reproches qu'il avait tant mérités. Il s'était préparé à les entendre, à les admettre. Mais dans la confusion de ces derniers jours, il avait oublié ce qui était l'essentiel du caractère d'Helen, sa gentillesse et sa bonté fondamentales. Il était normal qu'elle pense à Gowan avant de penser à elle.

— A Westerbrae, Sydeham a prétendu qu'il avait oublié ses gants à la réception, répondit-il en regardant ses yeux se baisser d'un air songeur, ses cils sombres se détachant sur son teint laiteux. Il a dit qu'il les avait laissés là lorsqu'il était arrivé avec Joanna.

Elle hocha la tête.

— Mais lorsque Francesca Gerrard a heurté Gowan et renversé les alcools le soir de la lecture, Gowan a dû nettoyer tous les alentours. Et il a bien vu que les gants ne se trouvaient pas du tout là. Mais il ne s'en est pas souvenu tout de suite.

— Oui, je crois que c'est ce qui s'est passé. En tout cas, une fois que Gowan s'en est souvenu, il a dû comprendre ce que cela signifiait. Le gant que le sergent Havers avait retrouvé le lendemain à la réception, et celui que tu avais découvert dans la botte n'avaient pu atterrir là que d'une façon : Sydeham les y avait placés, après avoir tué Joy. Je crois que c'est ce que Gowan a essayé de me dire avant de mourir. Qu'il n'avait pas vu les gants à la réception. Mais je... j'ai cru qu'il parlait de Rhys.

Lynley la vit fermer les yeux d'un air douloureux, et comprit qu'elle ne s'attendait pas à entendre ce nom dans sa bouche.

— Comment Sydeham s'y est-il pris ?

— Il se trouvait encore dans le salon lorsque Macaskin et la cuisinière sont venus me voir en me demandant s'ils pouvaient laisser sortir tout le monde de la bibliothèque. Il s'est glissé dans la cuisine à ce moment-là et s'est emparé du couteau.

— Avec tout le monde dans la maison ? Et surtout la police ?

— Ils se préparaient à partir. Et puis, cela a été l'affaire d'une ou deux minutes. Après, il est passé par l'escalier de service et a regagné sa chambre.

Sans y penser, il leva la main, caressa doucement la chevelure d'Helen, en suivit la courbe jusqu'à l'épaule. Elle ne s'éloigna pas. Il sentit son cœur battre à se rompre dans sa poitrine.

— Je suis tellement désolé pour tout, dit-il. Je devais te voir pour te dire au moins cela, Helen.

Elle ne le regarda pas, comme si l'effort était trop grand, la tâche trop monumentale. Elle parla à voix basse, les yeux fixés au loin sur les ruines de Caisteal Maol tandis que le soleil dardait ses derniers rayons sur les remparts écroulés.

— Tu avais raison, Tommy. Tu as dit que je voulais revivre mon histoire avec Simon mais avec une conclusion différente, et j'ai découvert que c'était vrai. Mais en fin de compte, la conclusion n'était pas différente, n'est-ce pas ? Je me suis répétée de façon admirable. Tout ce qui manquait à ce malheureux scénario, c'était la chambre d'hôpital dont je sortais en le laissant là, entièrement seul.

Elle parlait sans acrimonie. Mais Lynley n'avait pas besoin de l'entendre pour savoir à quel point chaque mot transportait son poids de mépris pour elle-même.

— Mais non, dit-il d'un ton malheureux.

— Mais si. Rhys savait que c'était toi, au téléphone. Il y a deux soirs de cela ? J'ai l'impression qu'il y a une éternité. Et lorsque j'ai raccroché, il m'a demandé si c'était toi. J'ai dit non, que c'était mon père. Mais il savait. Et il a vu que tu m'avais convaincue qu'il était l'assassin. Je n'ai cessé de nier, bien sûr, de tout nier. Quand il m'a demandé si je t'avais dit qu'il était là, j'ai même nié cela. Mais il savait que je mentais. Et il a vu que j'avais choisi, exactement comme il me l'avait dit. (Elle leva une main pour la porter à sa joue, mais de nouveau l'effort parut trop grand, et elle la laissa retomber.) Je n'ai même pas eu besoin d'entendre le coq chanter trois fois. Je savais ce que je venais de faire. De nous faire.

Quel qu'ait pu être son désir en venant, Lynley savait qu'il devait la convaincre de sa culpabilité à lui, dans cette faute qu'elle était persuadée d'avoir commise. Il devait au moins lui donner cela.

— Ce n'est pas ta faute, Helen. Tu n'aurais rien fait si je ne t'y avais pas obligée. Que pouvais-tu penser lorsque je t'ai parlé d'Hannah Darrow ? Qui devais-tu croire ?

— C'est exactement cela. J'aurais pu choisir Rhys en dépit de ce que tu avais dit. Je le savais alors, et je le sais maintenant. Et au lieu de cela, je t'ai choisi. Lorsque Rhys a compris, il m'a quittée. Et qui pourrait l'en blâmer ? Croire que son amant est un assassin sabote irréparablement une liaison, tu sais. (Elle le regarda enfin en se tournant, si proche qu'il sentait l'odeur fraîche et pure de ses cheveux.) Et jusqu'à Hampstead, j'ai cru que c'était Rhys l'assassin.

— Alors, pourquoi l'as-tu averti ? Pour me punir ?

— L'avertir... ? C'est ce que tu as cru ? Non. Lorsqu'il a franchi le mur, j'ai tout de suite vu que ce n'était pas Rhys. Je... je connaissais le corps de Rhys, comprends-tu ? Et cet homme était trop massif. Sans réfléchir, j'ai réagi. Je crois bien que c'était de l'horreur, en comprenant ce que je lui avais fait, en comprenant que je l'avais perdu. (Elle se retourna vers la fenêtre l'espace d'un instant, puis elle reprit la parole, et chercha son regard.) A Westerbrae, j'avais fini par me voir comme son sauveur, la femme magnifique qui allait le remettre sur pied. Je me voyais comme la raison pour laquelle il ne boirait plus jamais. Tu vois donc que tu avais raison, au fond. C'était comme avec Simon.

— Non, Helen, je ne savais pas ce que je disais. J'étais à moitié fou de jalousie.

— Tu avais pourtant raison.

Tandis qu'ils parlaient, les ombres s'allongeaient dans le salon. Le barman entra, alluma les lumières et ouvrit le bar à l'autre bout de la pièce. Des voix leur parvinrent de la réception : une discussion importante à propos de cartes postales, un débat animé sur les activités du lendemain. Lynley écouta, enviant la douce normalité des vacances loin de chez soi avec quelqu'un qu'on aime.

Lady Helen bougea.

— Je dois me changer pour le dîner, dit-elle en se dirigeant vers l'ascenseur.

— Pourquoi es-tu venue ici ? demanda-t-il brusquement.

Elle s'arrêta sans le regarder.

— Je voulais voir Skye au cœur de l'hiver. J'avais besoin de voir à quoi cela ressemblait d'être ici tout seul.

Il posa sa main sur son bras, et la chaleur de celui-ci sembla lui infuser la vie.

— Et tu en as vu assez ? Toute seule, je veux dire.

Ils savaient tous deux ce qu'il lui demandait en réalité. Au lieu de répondre, elle marcha jusqu'à l'ascenseur et pressa le bouton. Il la suivit, mais l'entendit à peine lorsqu'elle parla enfin.

— Je t'en prie. Je ne peux supporter de nous infliger encore plus de souffrance.

Quelque part au-dessus de leurs têtes, la machinerie se mit en route. Il comprit alors qu'elle monterait dans sa chambre, à la recherche de la solitude qu'elle désirait, en le laissant derrière elle. Il comprit également qu'il ne s'agissait pas d'une séparation de quelques minutes, mais d'un laps de temps indéterminé, infini, insupportable. Il savait que c'était le pire moment pour parler, mais aucune autre occasion ne se présenterait sans doute.

— Helen.

Lorsqu'elle le regarda, il vit que ses yeux s'étaient emplis de larmes.

— Epouse-moi.

Un petit sursaut de rire lui échappa, un rire de désespoir, et elle eut un geste à peine esquissé, éloquent dans sa futilité.

— Tu sais que je t'aime. Ne me dis pas qu'il est trop tard.

Elle pencha la tête. Devant elle, les portes de l'ascenseur

s'ouvrirent. Elle exprima alors ce qu'il avait craint — et su — qu'elle dirait :

— Je ne veux pas te voir, Tommy. Pas pendant un moment.

Les mots le déchirèrent, et il parvint à articuler :

— Combien de temps ?

— Quelques mois. Peut-être plus.

— On dirait une sentence de mort.

— Je suis désolée, mais c'est ce dont j'ai besoin.

Elle pénétra dans l'ascenseur, appuya sur le bouton correspondant à son étage.

— Même après tout cela, je ne supporte pas de te faire souffrir. Je ne pourrais pas, Tommy.

— Je t'aime, dit-il.

Et de nouveau, comme si les mots pouvaient lui servir d'acte de contrition douloureux, il répéta :

— Helen. Helen. Je t'aime.

Il vit ses lèvres s'ouvrir en un sourire fugitif et doux, puis les portes de l'ascenseur se refermèrent, et elle disparut.

Barbara Havers se trouvait au bar du *King's Arms*, non loin de New Scotland Yard, en train de broyer du noir devant sa pinte de bière hebdomadaire, qu'elle dorlotait depuis une demi-heure. Il restait une heure avant la fermeture, et il y avait bien longtemps qu'elle aurait dû être rentrée chez ses parents à Acton, mais elle n'avait pas encore trouvé la force de s'y résoudre. La paperasserie était finie, les rapports bouclés, les conversations avec Macaskin terminées. Mais comme toujours à la fin d'une enquête, elle était envahie par le sentiment de sa propre inutilité. Les gens continueraient à se conduire comme des brutes les uns envers les autres, en dépit de ses maigres efforts.

— Vous me payez un verre ?

La voix de Lynley lui fit lever les yeux.

— Je vous croyais à Skye ! Bon Dieu, vous avez l'air épuisé.

Effectivement. Mal rasé, les vêtements froissés, il ressemblait à un cadeau de Noël oublié depuis longtemps dans un coin.

— Je *suis* épuisé, reconnut-il avec un effort pathétique pour sourire. J'ai perdu le compte des heures passées en voiture ces derniers jours. Que buvez-vous ? Pas d'eau minérale, ce soir ?

— Pas ce soir. Je suis passée à la Bass. Mais puisque vous êtes là, je vais changer de poison. Tout dépend qui paye.

— Je vois.

Il ôta son manteau, le jeta sans y faire attention sur la table voisine, et s'affala sur le siège. Il sortit de sa poche étui à cigarettes et briquet. Comme d'habitude elle se servit, et le regarda par-dessus la flamme qu'il lui tendait.

— Quoi de neuf ? demanda-t-elle.

Il alluma une cigarette.

— Rien.

— Ah.

Ils fumèrent de compagnie. Il ne bougea pas pour aller se chercher à boire. Elle attendit.

Puis, les yeux fixés sur le mur opposé, il dit :

— Je lui ai demandé de m'épouser, Barbara.

Elle s'en doutait.

— Vous ne ressemblez pas à un porteur de bonnes nouvelles.

— Non, je ne le suis pas.

Il s'éclaircit la gorge, étudia le bout de sa cigarette.

Barbara soupira, soupesa le lourd manteau du désespoir de Lynley, et découvrit avec surprise qu'elle le partageait. Au bar, Evelyn, la serveuse échevelée, se dépêtrait de ses commandes de la soirée et des avances baveuses de deux clients. Barbara l'appela.

— Ouais, répondit Evelyn avec un bâillement.

— Apporte-nous deux Glenlivet. Secs.

Elle regarda Lynley et ajouta :

— Et ressers-nous ensuite, s'il te plaît.

— D'accord, tout de suite.

Lorsqu'elle apporta les verres et que Lynley se mit à chercher son portefeuille, Barbara intervint.

— C'est ma tournée ce soir, monsieur.

— C'est une célébration, sergent ?

— Non. Un enterrement.

Elle engloutit son whisky, qui lui embrasa le sang comme une flamme.

— Buvez, inspecteur. On va se bourrer, ce soir.

CÉRÉMONIES BARBARES

Well-Schooled in Murder
1990
Traduit par Dominique Wattwiller

Pour Arthur, qui voulait écrire.
Timshel

J'ai tiré une flèche au-dessus de la maison
Et j'ai blessé mon frère.
William Shakespeare
Hamlet

1

Le jardin du cottage, dans Lower Mall, à Hammersmith, était aménagé pour abriter des entreprises artistiques. Trois épaisses planches de pin noueux posées sur six tréteaux fatigués faisaient office de plans de travail sur lesquels se dressaient une bonne douzaine de sculptures de pierre à des stades divers d'achèvement. Une armoire métallique cabossée près du mur du jardinet renfermait les outils de l'artiste : forets, ciseaux, rifloirs, limes, gouges, papier d'émeri, papier de verre plus ou moins abrasif. Une bâche barbouillée de peinture d'où s'échappait une violente odeur de térébenthine gisait en un tas pathétique sous une chaise à moitié cassée.

C'était un jardin d'où toute possibilité de distraction était bannie. De hauts murs, en le soustrayant à la curiosité des voisins, le protégeaient également du brouhaha lancinant et d'ordre essentiellement mécanique né du trafic fluvial ainsi que de la circulation automobile aussi intense sur Great West Road que sur le pont de Hammersmith. Les murs avaient été édifiés avec tant de soin, l'emplacement du cottage choisi avec tant de discernement que seul le passage occasionnel d'un oiseau au-dessus de l'enclos venait troubler le calme impressionnant du lieu.

Cette situation ne présentait pas que des avantages. Les brises purifiantes du fleuve ne parvenant jamais à se frayer un passage à travers les murs, une fine poussière de pierre recouvrait tout : depuis le rectangle étriqué de pelouse à deux doigts de rendre l'âme jusqu'aux fleurs écarlates qui le bordaient, en passant par le carré de dalles servant de terrasse, les rebords des fenêtres et le toit en pente du bâtiment. Il n'était pas jusqu'au visage de l'artiste qui ne fût recouvert comme d'une seconde peau d'une mince couche de poudre grise.

Cette poussière omniprésente ne gênait guère Kevin Whateley. Les années passant, il s'en était fort bien accommodé. Il avait l'habitude de travailler dans ce nuage crissant, il n'en remarquait pas la présence. Quand il était dans le jardin, perdu dans l'extase de la création, il était au paradis, dans un havre où le confort et la propreté n'étaient pas de mise. L'inconfort laissait Kevin carrément indifférent lorsqu'il s'adonnait à son art.

Et il était absorbé dans son travail, en effet, tout entier occupé au polissage de sa dernière création. Le sculpteur était particulièrement satisfait de cette œuvre, un nu couché en marbre, la tête appuyée sur un oreiller, le torse tourné, la jambe droite passant par-dessus la gauche, la hanche et la cuisse formant un croissant s'arrêtant au genou. Il passa la main le long du bras, flatta la croupe et la cuisse, cherchant d'éventuelles rugosités, hochant la tête d'un air d'approbation en constatant que la pierre était lisse et froide comme de la soie sous ses doigts.

— Tu as l'air bizarre, Kev. Jamais je t'ai vu me sourire comme ça, à moi.

Kevin gloussa, se redressa et jeta un coup d'œil à sa femme qui se tenait dans l'encadrement de la porte du cottage. Elle se séchait les mains avec une vieille serviette à thé, le rire accentuant les rides gravées autour de ses yeux.

— Viens donc un peu ici, ma poulette, et tu verras. T'as pas dû bien regarder la dernière fois.

Patsy Whateley se contenta de lui lancer :

— Tu es fou, tu es vraiment fou, Kev.

Mais son mari la vit rougir de plaisir.

— Fou, moi ? C'est pas ce que tu disais ce matin. Parce que c'est bien *toi* qui t'es jetée sur moi à six heures du matin, alors que je te demandais rien, non ?

— Kev !

Elle éclata de rire et Kevin sourit en examinant les traits familiers. Bien qu'elle se teignît les cheveux en cachette depuis quelque temps pour garder l'air jeune, son visage et sa silhouette étaient décidément ceux d'une femme ayant atteint la quarantaine. Le premier, ridé, manquait de fermeté au niveau de la mâchoire et du menton ; quant à la seconde, elle s'était empâtée là où se pouvaient admirer jadis les courbes les plus voluptueuses.

— Tu es pensif, Kev ? Qu'est-ce que t'as en tête ?

— Des trucs, mon bijou. Des trucs qui te feraient rougir.

— C'est ces sculptures, hein ? On n'a pas idée de contempler des femmes à poil le dimanche matin ! C'est indécent. Je trouve pas d'autre mot.

— Ce que je ressens pour toi est tout aussi indécent, ma petite caille, parole d'homme. Rapplique un peu ici. Et t'amuse surtout pas à me tripoter. Je te connais !

— Il est devenu fou, déclara Patsy, les yeux au ciel.

— Me dis pas que t'aimes pas ça.

Traversant le jardin, il prit sa femme dans ses bras et l'embrassa goulûment.

— Seigneur ! Tu as un goût de sable ! protesta Patsy lorsqu'il se décida à la relâcher.

Une trace de poudre grise zébrait la tempe de Patsy. Une autre lui maculait le sein gauche. Elle brossa ses vêtements, marmonnant d'une voix agacée ; mais lorsqu'elle releva la tête et vit son mari sourire d'une oreille à l'autre, ses traits s'adoucirent et elle murmura :

— Tu es à moitié dingue, et ça ne date pas d'hier, tu sais.

Lui adressant un clin d'œil, il retourna travailler tandis qu'elle continuait de l'observer depuis le pas de la porte.

De l'armoire métallique, Kevin sortit le tampon abrasif dont il se servait pour finir de poncer et polir le marbre avant de le signer. Après l'avoir imbibé d'eau, il l'approcha du nu couché et se mit à le passer sur le marbre. Délicatement, il s'attaqua aux jambes, à l'estomac, aux seins puis aux pieds, accordant le plus grand soin au visage.

Soudain il entendit sa femme s'agiter devant la porte. S'aperçut qu'elle regardait derrière elle en direction de l'horloge métallique rouge suspendue dans la cuisine au-dessus de la cuisinière.

— Dix heures et demie, répéta-t-elle comme pour elle-même et d'un ton qui se voulait détaché.

Kevin ne fut pas dupe.

— Voyons, Pats, objecta-t-il d'une voix apaisante. Tu fais des histoires pour rien. Je vois ça d'ici, c'est gros comme une maison. Cesse de te tracasser, veux-tu ? Le gamin téléphonera dès qu'il pourra.

— Dix heures et demie, répéta-t-elle néanmoins. Matt avait dit qu'ils seraient de retour après l'office, Kev. L'office s'est sûrement terminé à dix heures. Et il est dix heures et demie maintenant. Comment se fait-il qu'il ne nous ait pas encore appelés ?

— Il doit être très occupé. A déballer ses affaires. Faire ses devoirs. Raconter son week-end. Déjeuner avec les autres. Il aura oublié de passer un coup de fil à sa maman. Mais il appellera à une heure. Un peu de patience. Ne t'inquiète pas, ma grande.

Kevin savait que conseiller à sa femme de ne pas se faire de souci à propos de leur fils était à peu près aussi inutile que de demander à la Tamise de s'arrêter de monter et de descendre avec la marée à deux pas de leur porte d'entrée. Il lui avait prodigué ce genre de conseil sous toutes les formes possibles et imaginables au cours des douze dernières années et demie sans aucun résultat tangible. Patsy se faisait de la bile pour tout ce qui concernait Matthew. Les moindres détails de la vie de son fils constituaient pour elle un sujet d'inquiétude. Ainsi elle ne cessait de se demander s'il mettait bien le bon pull avec la bonne veste ; elle tenait à savoir qui lui coupait les cheveux, qui lui soignait les dents, si ses chaussures étaient correctement cirées, si l'ourlet de son pantalon était à la longueur voulue ; elle mettait un point d'honneur à connaître le nom de ses amis, la nature de ses dadas. Elle étudiait chacune de ses lettres jusqu'à les savoir par cœur et si une semaine s'écoulait sans qu'elle reçût de nouvelles, elle se mettait dans un état de nerfs tel que seul un mot ou un coup de fil de Matthew réussissaient à la calmer. En général, d'ailleurs, il ne manquait jamais de donner signe de vie, ce qui rendait d'autant plus difficile à comprendre l'absence de coup de téléphone à son retour des Cotswolds où il avait passé le week-end. Détail que Kevin jugea évidemment préférable de garder pour lui.

Les ados, songea-t-il. *Va falloir qu'on se fasse une raison maintenant, Pats. Le petit grandit.*

La réaction de Patsy fit sursauter son mari, qui ne se savait pas si transparent.

— Je sais bien ce que tu penses, Kev. Il grandit. Il en a assez que sa maman lui colle après. C'est vrai que j'ai du mal à le lâcher. Je m'en rends compte.

— Alors... ? fit-il d'un ton encourageant.

— Alors je vais attendre encore un peu avant d'appeler l'école.

C'était, Kevin en avait conscience, la seule concession qu'elle fût prête à faire.

— Bravo, je te félicite, fit-il en se remettant au travail.

Pendant l'heure qui suivit, tout à la joie de se livrer pleinement aux délices de son art, il perdit la notion du temps. Comme à l'accoutumée, le décor qui l'entourait se vida de toute substance et l'existence se trouva ramenée à une seule et unique sensation : celle qu'il éprouvait en sentant le marbre prendre vie entre ses mains.

Sa femme dut prononcer son prénom à deux reprises pour le faire redescendre du nuage sur lequel il planait chaque fois que sa muse et lui avaient rendez-vous. Elle était de nouveau sur le pas de la porte, mais cette fois il constata qu'elle tenait à la main un sac en plastique noir et qu'elle avait revêtu ses chaussures noires neuves et son plus beau manteau en laine marine. Elle avait piqué en hâte une broche en strass au revers de son vêtement — une lionne élancée, patte tendue, prête à griffer, dont les yeux formaient de minuscules taches vertes.

— Il est à l'infirmerie.

Sa voix dérapa, fila dans les aigus, trahissant un début de panique.

Kevin cligna des paupières, les yeux braqués sur la lionne qui semblait capter la lumière.

— A l'infirmerie ? reprit-il en écho.

— Matt est à l'infirmerie, Kev ! Il y a passé tout le week-end. Je viens de téléphoner à l'école. Il n'est pas allé chez les Morant. Il est malade, alité ! Le petit Morant n'a même pas été capable de me dire ce qui n'allait pas. Il ne l'a pas vu depuis vendredi à l'heure du déjeuner !

— Qu'est-ce que tu mijotes, mon petit cœur ? s'enquit astucieusement Kevin.

Il savait fort bien ce qu'elle allait répondre et cherchait à gagner du temps, à trouver un moyen de l'arrêter.

— Matt est souffrant ! Notre fils est malade ! Dieu sait ce qu'il a. Tu viens avec moi ou tu comptes tripoter le pubis de cette foutue bonne femme encore longtemps ?

Kevin s'empressa de retirer les mains du morceau d'anatomie qui n'avait pas l'heur de plaire à sa femme. Il s'essuya les doigts sur son jean, ajoutant de la crème abrasive à la poussière et à la saleté qui étaient déjà incrustées dans les coutures.

— Du calme, Pats. Réfléchis un instant.

— Réfléchir ? Alors que Mattie est malade ! Qu'il doit réclamer sa maman !

— Crois-tu, chérie ?

Patsy médita cette réflexion, les lèvres serrées, comme pour réprimer d'autres mots prêts à jaillir. Ses doigts spatulés tourmentaient le fermoir de son sac, l'ouvrant, le refermant avec un claquement sec. D'après ce que Kevin put entrevoir, le sac était vide. Dans sa précipitation, Patsy avait complètement oublié d'y mettre quoi que ce soit — menue monnaie, peigne, poudrier.

Il sortit de la poche de son jean un vieux morceau de torchon qu'il passa amoureusement le long de son œuvre.

— Réfléchis, Pats, dit-il gentiment. Tu en connais des petits garçons qui tiennent à ce que leur maman se précipite à leur chevet sous prétexte qu'ils ont un début de grippe de rien du tout ? Tu crois pas que ça risque de le mettre mal à l'aise de te voir débarquer ? Tu l'imagines, rouge comme une pivoine, sa maman s'affairant autour de lui comme s'il avait besoin qu'on lui change ses couches et qu'elle était la seule à pouvoir s'en charger ?

— Alors tu me conseilles de ne rien faire ? (Patsy lui agita son sac sous le nez pour donner plus de poids à ses paroles.) Comme si la santé de mon fils ne m'intéressait pas ?

— Je t'ai pas dit de ne rien faire.

— Alors quoi ?

Kevin replia le torchon avec soin, en fit un petit carré bien net.

— Réfléchissons d'abord. Qu'est-ce qu'il a au juste, d'après l'infirmière ?

Patsy baissa les yeux, l'air piteux. Kevin comprit aussitôt et rit, se moquant gentiment d'elle.

— Il y a une infirmière de garde à l'école et tu ne lui as pas téléphoné, Pats ? Mattie se sera fait un bleu au gros orteil et sa maman va se précipiter dans le West Sussex sans même avoir songé à passer un coup de fil pour savoir ce qui n'allait pas ! Les filles comme toi, c'est à désespérer, mon chou !

Une rougeur de gêne colora le cou de Patsy puis ses joues.

— Je vais les appeler, réussit-elle à proférer avec dignité en se dirigeant vers le téléphone de la cuisine.

Kevin l'entendit composer le numéro. Un instant plus tard, il entendit la voix de sa femme. Et, encore un instant après, il l'entendit laisser tomber le téléphone. Elle poussa un cri de terreur étouffé dans lequel il reconnut son nom, prononcé sur un ton suppliant. Jetant son chiffon par terre, il se précipita dans le cottage.

Tout d'abord, il crut que sa femme avait une attaque. Son visage gris, le poing pressé contre ses lèvres indiquaient qu'elle s'efforçait de retenir par la seule force de sa volonté un atroce hurlement de douleur. Percevant le bruit de ses pas, elle pivota pour lui faire face ; il constata alors qu'elle avait le regard fou.

— Il est pas là-bas. Mattie a disparu, Kevin. Il était pas à l'infirmerie. Il est pas à l'école non plus.

Kevin s'efforça de bien se pénétrer de l'horreur qui découlait de ces quelques mots et ne put que répéter après elle :

— Mattie ? Il a disparu ?

Comme clouée au sol, elle précisa :

— Depuis vendredi midi.

Vendredi, samedi, dimanche... Ce laps de temps considérable constituait un terrain propice à l'éclosion des images atroces qui naissent automatiquement dans l'esprit de tous les parents apprenant la disparition de leur enfant. Kidnapping, sévices sexuels, sectes sataniques, sadisme, assassinat. Patsy frissonna, eut l'impression d'étouffer. Sa peau se couvrit d'une fine pellicule de sueur.

Craignant qu'elle ne s'évanouisse, n'ait une attaque ou ne tombe raide morte à ses pieds, Kevin la prit par les épaules pour lui prodiguer le seul réconfort qu'il fût capable de lui offrir.

— On va à l'école, mon cœur, énonça-t-il avec force. On va tirer ça au clair. On part tout de suite.

— Mattie ! s'écria-t-elle comme on prie.

Kevin se dit que les prières n'étaient pas de mise pour l'instant, que Matthew devait tout bêtement faire l'école buissonnière, que son absence devait avoir une explication rationnelle dont ils riraient ensemble une fois le mystère éclairci. Pourtant, alors même qu'il songeait ainsi, un tremblement affreux secoua Patsy.

Elle répéta le nom de leur fils d'un ton suppliant. Contre toute raison, Kevin se prit à espérer qu'il y eût un dieu quelque part pour écouter sa femme.

Feuilletant une dernière fois la partie du rapport rédigée par ses soins, le sergent Barbara Havers s'estima satisfaite de son travail du week-end. A l'aide d'un trombone, elle rassembla les quinze pages assommantes à souhait, repoussa sa chaise et partit en quête de son supérieur hiérarchique immédiat, l'inspecteur Thomas Lynley.

Il était là où elle l'avait laissé peu après midi ce jour-là, seul dans son bureau, sa tête blonde appuyée au creux d'une main, les yeux fixés sur la partie du rapport qui était la sienne, étalée sur son bureau. Le soleil de cette fin de journée dominicale jetait des ombres longues sur les murs et le plancher, rendant quasi impossible la lecture d'un texte dactylographié sans le secours de la lumière artificielle. En outre, comme les lunettes de lecture de Lynley avaient glissé sur le bout de son nez, Barbara entra dans la pièce sans un bruit, persuadée qu'il dormait à poings fermés.

Cela ne l'eût pas autrement étonnée. Au cours des deux derniers mois, Lynley avait fait plus que brûler la chandelle par les deux bouts. Sa présence au Yard avait été si acharnée, si constante — nécessitant du même coup celle de Barbara —, que les autres inspecteurs du service l'avaient surnommé plaisamment Son Omniprésence.

— Qu'est-ce que vous attendez pour rentrer chez vous, mon garçon ? hurlait l'inspecteur MacPherson lorsqu'il le croisait dans le couloir, à la sortie d'une réunion ou à la cantine. Vous allez finir par nous faire du tort, à bosser comme un malade. Vous voulez passer commissaire, c'est ça qui vous travaille ? A ce train-là, vous finirez par y arriver, c'est sûr, mais vous claquerez. Et votre promotion, elle vous fera une belle jambe !

Lynley riait avec cette courtoisie qui n'appartenait qu'à lui, se gardant bien d'évoquer la raison qui le poussait à trimer des soixante jours d'affilée. Mais Barbara savait pourquoi il s'éternisait au travail, pourquoi il se portait volontaire pour les permanences, pourquoi il remplaçait ses collègues à la moindre occasion. La raison de ce labeur insensé, il fallait la chercher dans la simple carte postale posée en ce moment sur le bord de son bureau. Elle la prit.

Postée cinq jours plus tôt, elle portait les stigmates d'un rude voyage à travers l'Europe depuis la mer Ionienne. Sur la photo, on voyait une étrange procession composée de thuriféraires, de prêtres orthodoxes grecs barbus vêtus de chasubles dorées, portant sur leurs épaules une sorte de chaise à porteurs à parois vitrées ornée de joyaux. A l'intérieur, la tête couverte d'un suaire appuyée contre la vitre comme s'il somnolait, alors qu'il était mort depuis quelque mille ans, se trouvait saint Spyridon. Ou plutôt ce qui en restait. Barbara retourna la carte et sans la moindre gêne lut le message inscrit au dos, même si sa teneur n'avait rien qui la surprît.

Cher Tommy, imagine qu'on promène tes reliques dans les rues de Corfou quatre fois par an ! Franchement, il y a de quoi se demander si ça vaut le coup de devenir un saint ! Tu seras ravi d'apprendre que, poussée par le louable désir de me cultiver, je me suis rendue en pèlerinage au temple de Jupiter à Kassiope. Je suis sûre que cette expédition bien digne de Chaucer ne pourra que te plaire. H.

Barbara n'ignorait pas que cette carte était la dixième du genre que Lynley avait reçue de lady Helen Clyde au cours des deux derniers mois. Chacune des précédentes avait été écrite dans le même style, commentaire amical et humoristique sur tel ou tel aspect de la vie grecque. Cela à mesure que lady Helen parcourait le pays, effectuant un voyage interminable, qui avait été entrepris en janvier quelques jours après que Lynley lui eut demandé de l'épouser. Sa réponse avait été un non très ferme et les cartes postales — toutes adressées à New Scotland Yard et non au domicile de Lynley à Eaton Terrace — soulignaient sa volonté de ne pas se laisser arrêter par des considérations d'ordre sentimental.

Que Lynley pensât à Helen Clyde à toute heure du jour et de la nuit, qu'il la désirât, l'aimât avec une violence confinant à la monomanie, c'était indéniable. Et c'était aussi la raison — Barbara en était bien consciente — qui le poussait à accepter toutes les missions qui se présentaient sans protester. Tout, il semblait prêt à tout pour tenir à distance les chiens hurlants de la solitude. Tout, il était prêt à tout pour empêcher la douleur de vivre privé d'Helen se muer en tumeur dans son organisme.

Barbara remit la carte en place, recula de quelques pas et d'une main experte lança son rapport dans la corbeille « arrivée ». Le déplacement d'air subséquent, la chute de ses papiers par terre réveillèrent Lynley. Il sursauta, ébaucha une grimace désarmante en se voyant surpris en plein sommeil, se frotta la nuque et ôta ses lunettes.

Barbara se laissa tomber dans le fauteuil près de son bureau, soupira et ébouriffa ses cheveux courts avec tant d'énergie qu'ils se dressèrent sur sa tête tels les poils d'une brosse.

— Entends-tu les jolies cloches d'Ecosse t'appeler, mon petit ?

Dans un bâillement, il murmura :

— L'Ecosse, Havers ? A quoi diable...

— Oui. Ces jolies cloches. T'appelant à la maison, sur ces douces terres du malt. Qui donne naissance au feu liquide au bienheureux parfum...

Lynley étira sa longue carcasse et entreprit de rassembler ses papiers épars.

— Ah, l'Ecosse, murmura-t-il. Est-ce que cette balade sentimentale au pays des chardons est une façon de me faire comprendre que vous n'avez pas encore entamé votre quota hebdomadaire d'alcool, sergent ?

Souriant, elle laissa tomber Robert Burns.

— Allons faire un tour au *King's Arms*, inspecteur. Je vous invite à me payer un coup. Après deux MacAllan, on pourra entonner en chœur *Coming Through the Rye*. Ne ratez surtout pas ça. Je possède une voix de mezzo-soprano capable d'arracher des torrents de larmes à vos jolis yeux noisette.

Lynley nettoya ses lunettes, les remit sur son nez et se mit à examiner son travail.

— Votre invitation me flatte, Havers, et l'idée de vous entendre gazouiller me touche au plus profond du cœur. Mais vous devez sûrement pouvoir trouver quelqu'un d'autre à taper dans les parages. Où est donc passé le constable Nkata ? Il n'était pas là cet après-midi ?

— Il a reçu un appel et il est sorti.

— Dommage. Vous n'avez décidément pas de chance : j'ai promis à Webberly de lui remettre notre rapport demain matin.

Barbara sentit l'exaspération la gagner. Force lui était de le reconnaître : il avait décliné son invitation avec plus d'adresse qu'elle n'en avait mis à la formuler. Toutefois, elle décida qu'elle n'avait pas dit son dernier mot : il lui restait d'autres armes et elle allait les utiliser.

— Vous avez promis le rapport à Webberly pour demain matin, certes, mais nous savons vous et moi qu'il n'en a pas besoin avant une semaine. Dételez donc un peu, inspecteur. Vous ne croyez pas qu'il serait temps de faire votre réapparition dans le monde des vivants ?

— Havers...

Lynley ne bougea pas, ne leva même pas les yeux de ses papiers. Son intonation seule trahissait l'avertissement implicite, suffisait à rétablir les frontières, à rappeler à Havers qu'il était son supérieur hiérarchique. Barbara, qui travaillait avec lui depuis maintenant assez longtemps, savait ce que signifiait le ton neutre sur lequel il venait de prononcer son nom : elle avait mis le nez dans ce qui ne la regardait pas. Après tout, on ne l'avait pas sonnée.

Parfait, très bien, songea-t-elle, résignée. Cependant elle ne put résister au désir de tenter une dernière incursion dans le domaine soigneusement préservé de sa vie privée.

Avec un mouvement de menton en direction de la carte postale, elle remarqua :

— Pas très encourageante, la prose de notre petite Helen, hein ?

Lynley releva brutalement la tête, lâcha son rapport. Mais la sonnerie désagréable du téléphone l'empêcha de répondre.

Lynley décrocha et eut au bout du fil la voix d'une des réceptionnistes installées dans le hall glacial de marbre gris et noir du Yard.

— Un visiteur, lança-t-elle d'une voix nasale sans autre préambule. Un certain John Corntel. Y demande l'inspecteur Asherton. C'est *vous*, non ? Y a des visiteurs, c'est une calamité. Y z'ont un mal de chien à se rappeler le nom de famille des gens. Surtout quand les gens en question ont des noms à rallonge et qu'ils s'attendent à ce que la réception les connaisse par cœur et sache quoi répondre quand un de leurs vieux copains d'école les demande...

Lynley interrompit ces lamentations :

— Corntel ? Le sergent Havers descend le chercher.

Il raccrocha cependant que la voix exaspérée et toujours aussi nasale lui demandait quel nom il comptait utiliser la semaine d'après. Lynley, Asherton, ou bien un de ces autres titres poussiéreux ? Havers, devançant la requête de son supérieur, quittait déjà le bureau pour se diriger vers l'ascenseur.

Lynley la regarda s'éloigner, son pantalon flottant autour de ses jambes trapues, un bout de papier accroché telle une mite au coude de son pull-over en laine d'Aran élimé. Il réfléchit à la visite de Corntel, véritable fantôme surgi du passé.

Ils avaient été à Eton ensemble. Corntel, boursier de la Couronne, faisait partie de l'élite. A cette époque, il avait fière allure au milieu des « grands », avec sa haute taille, son air méditatif voire mélancolique, sa chevelure sépia et ses traits aristocratiques, qui n'étaient pas sans rappeler ceux de Napoléon peint par le romantique Antoine-Jean Gros. Comme pour ne pas faire mentir son physique, Corntel avait choisi de se spécialiser en littérature, musique et beaux-arts. Ce qu'il était advenu de lui après sa sortie d'Eton, Lynley eût été bien en peine de le dire.

Cette image de John Corntel en mémoire, ce ne fut pas sans surprise que Lynley se leva pour accueillir l'homme qui entra dans son bureau cinq minutes plus tard sur les traces du sergent Havers. De sa jeunesse, il n'avait conservé que sa haute stature — avec son mètre quatre-vingt-sept il pouvait regarder Lynley les yeux dans les yeux. Mais lui qui se tenait jadis droit comme un I avait aujourd'hui le dos voûté comme pour se protéger d'éventuels contacts physiques. Et ce n'était pas la seule différence que l'on pouvait noter.

Les boucles de sa jeunesse étaient devenues des cheveux taillés ras qui grisonnaient prématurément. La combinaison quasi miraculeuse des différents éléments — ossature, chair, traits, teint — qui lui avaient composé un visage empreint de sensualité et d'intelligence avait disparu pour laisser la place à une pâleur associée d'ordinaire aux malades ; quant à sa peau, elle semblait exagérément tendue sur les os. Ses yeux marron étaient injectés de sang.

Il devait y avoir une explication au changement survenu chez Corntel au cours de ces dix-sept années. Les gens ne changeaient pas de façon aussi radicale sans une bonne raison. Dans le cas de cet homme, on eût dit qu'une brûlure sévère ou un froid intense avaient détruit sa substance intime et continuaient de le ronger.

— Lynley ? Asherton ? Je me demandais quel nom utiliser, expliqua Corntel sur un ton manquant d'assurance.

Cette timidité, toutefois, semblait étudiée, résultat d'une décision mûrement réfléchie. Il tendit à Lynley une main chaude, fiévreuse.

— Lynley. Je ne me sers guère de mon titre.

— C'est utile, un titre. On vous avait surnommé le vicomte de la Valse Hésitation à l'école, je crois. Du diable si je me souviens où nous étions allés pêcher ça.

Lynley préféra ne pas s'appesantir là-dessus. Cela réveillait trop de souvenirs.

— Vicomte Vacennes.

— C'est cela. Votre second titre. Cela fait partie des joies réservées au fils aîné d'un comte.

— Des joies, si l'on veut.

— Peut-être.

Lynley vit son interlocuteur promener un regard curieux autour du bureau, examiner les armoires, les étagères, les livres, le désordre de sa table de travail, les deux gravures. Le regard de Corntel s'arrêtant sur l'unique photographie qui ornait la pièce, Lynley attendit que son compagnon fasse un commentaire. Corntel et Lynley avaient tous deux été à Eton avec Simon

Allcourt-Saint James, le cliché qui le représentait datait de plus de treize ans, et Corntel n'allait pas manquer de reconnaître le visage empreint de jubilation du jeune joueur de cricket aux cheveux rebelles, surpris dans l'exaltation et la joie sans mélange de la jeunesse avec son pantalon déchiré et maculé de terre, les manches de son pull retroussées, une tache sur le bras. Appuyé sur sa batte de cricket, il riait aux éclats. Trois ans avant que Lynley ne fasse de lui un infirme.

— Saint James, fit Corntel, hochant la tête. Il y a des siècles que je n'avais pensé à lui. Seigneur, comme le temps passe...

— Oui, en effet.

Lynley continua d'observer son ancien condisciple avec curiosité, remarquant qu'il ne cessait d'effleurer, de tripoter les poches de sa veste comme pour s'assurer qu'elles contenaient bien ce qu'il avait la ferme intention d'exhiber au grand jour.

Le sergent Havers donna de la lumière pour dissiper la tristesse de l'après-midi finissant et jeta un regard interrogateur à Lynley. *Je reste ou je m'en vais ?* D'un mouvement de tête, il lui désigna l'une des chaises de son cabinet.

Barbara s'assit, plongea une main dans la poche de son pantalon et en sortit un paquet de cigarettes, qu'elle secoua après en avoir tapoté le fond.

— Cigarette ? proposa-t-elle à Corntel. L'inspecteur a décidé de renoncer à ce vice. Il entend ainsi lutter contre la pollution, ce qui ne fait pas mon affaire : j'ai horreur de fumer seule.

Corntel parut surpris de constater que Havers était encore là, toutefois il accepta son offre et sortit un briquet.

— Volontiers, merci.

Ses yeux naviguèrent de Lynley au reste de la pièce. De la main droite, il fit rouler la cigarette au creux de sa paume gauche. Il se mordit brièvement la lèvre inférieure.

— Je suis venu vous demander votre aide, lâcha-t-il précipitamment. J'espère que vous pourrez faire quelque chose, Tommy. Je suis dans de sales draps.

2

— Un élève a disparu de l'école. Je suis son chef de maison, à ce titre chargé de sa surveillance, je suis donc responsable de ce qui lui est arrivé. Seigneur, si quelque chose lui *est*...

Corntel s'expliqua de façon concise, entrecoupant ses phrases de jets de fumée. Il était professeur principal d'anglais et chef de maison à Bredgar Chambers, établissement privé situé au creux d'un vallon entre Crawley et Horsham dans le West Sussex, à un peu plus d'une heure de voiture de Londres. Le garçonnet en question — treize ans, élève de quatrième et dont c'était la première année à Bredgar — était originaire de Hammersmith. La situation semblait résulter d'un stratagème soigneusement mis au point par le jeune garçon lui-même, désireux de s'offrir un week-end de totale liberté. A ceci près que quelque chose quelque part avait mal tourné et que maintenant l'enfant avait disparu, et cela depuis plus de quarante-huit heures.

— Il n'est pas impossible qu'il se soit enfui, fit Corntel en se frottant les yeux. J'aurais *dû* me rendre compte qu'il y avait quelque chose qui le tracassait. J'aurais dû le faire parler, m'arranger pour savoir ce qui n'allait pas. Cela fait partie de mon travail. De toute évidence, s'il était décidé à quitter l'école, s'il souffrait en silence et que je ne m'en sois pas rendu compte... Seigneur Dieu, ses parents sont arrivés à l'école dans un état voisin de l'hystérie. Il y avait justement une réunion du conseil d'administration ce jour-là. Le directeur a passé tout l'après-midi à essayer d'empêcher que la police locale ne mette son nez dans l'affaire, à tâcher de calmer les parents et à savoir qui avait vu l'enfant en dernier, et enfin pourquoi il avait filé sans un mot. Je ne sais que dire, comment excuser ou réparer mon erreur, ni quelle solution proposer. (Il se passa la main dans les cheveux et s'efforça en vain de s'arracher un sourire.) Je ne savais vraiment pas vers qui me tourner au début. C'est alors que j'ai pensé à vous. L'idée m'est venue tout d'un coup, elle s'est imposée à moi avec la force d'une évidence. Après tout, on était copains à Eton, non ? Et... Bon Dieu, quel imbécile je fais. Je n'arrive même plus à aligner deux phrases cohérentes.

— Cette affaire est du ressort des policiers du West Sussex, repartit Lynley. Si tant est qu'elle regarde la police, d'ailleurs. Pourquoi ne pas les avoir prévenus, John ?

— Au sein de l'école, il existe une association qui a pour nom les Volontaires de Bredgar. Un nom grotesque, n'est-ce pas ? Ses membres sont à sa recherche en ce moment, persuadés qu'il n'a pas pu aller bien loin. Ou que si quelque chose lui est arrivé, ça s'est produit dans le voisinage. C'est le directeur qui a décidé de ne pas mettre la police dans le coup. Nous avons eu une conversation tous les deux à ce sujet et je lui ai dit que je connaissais quelqu'un au Yard.

Lynley n'avait aucun mal à comprendre dans quelle situation se trouvait Corntel. Outre le souci légitime que l'enseignant se faisait pour le garçonnet, il était clair qu'il se faisait également du mauvais sang pour son poste, lequel dépendait — ainsi que le reste de sa carrière peut-être — de la rapidité avec laquelle il remettrait la main sur le fugitif. Si possible en bonne santé. Qu'un enfant ait un coup de cafard, qu'il s'ennuie de ses parents et tente de rentrer chez eux ou chez de vieux amis pour finir par se faire remettre le grappin dessus non loin de l'école, en un temps record, par des camarades, c'était une chose. Mais, dans le cas présent, c'était plus grave. D'après les détails que Corntel avait laborieusement fournis, l'enfant avait été vu à l'école pour la dernière fois le vendredi après-midi, et personne ne s'était préoccupé de savoir où il était passé depuis. Quant à la distance qu'il pouvait avoir parcourue, elle ne devait pas être négligeable... La situation était donc plus que préoccupante pour Corntel : elle pouvait déboucher sur une véritable débâcle professionnelle. Pas étonnant qu'il ait assuré au directeur qu'il allait s'en occuper lui-même, discrètement, sans délai. Et efficacement.

Malheureusement, Lynley ne pouvait rien pour lui. Ce n'était pas ainsi que Scotland Yard fonctionnait ; la police métropolitaine ne s'ingérait jamais dans les affaires de la police régionale sans des raisons extrêmement précises. Et, en tout cas, jamais sans une demande expresse de ses collègues de province. En venant à Londres, Corntel avait donc perdu son temps. Plus vite il regagnerait l'école et confierait l'affaire aux autorités compétentes, mieux cela vaudrait. Lynley décida de s'employer à le convaincre, déterminé à faire feu de tout bois, à se servir de tous les renseignements que son ex-condisciple pourrait lui fournir pour l'amener à cette conclusion inévitable : la police régionale devait être mise au courant.

— Que s'est-il passé exactement ? s'enquit-il.

Automatiquement, le sergent Havers attrapa le carnet à spirale qui traînait sur le bureau de Lynley et commença à noter questions et réponses avec son efficacité coutumière. Gênée par la fumée de sa cigarette, elle loucha, toussa, l'écrasa contre la semelle de sa chaussure et la jeta à la poubelle.

— L'enfant — Matthew Whateley — avait une permission de sortie pour le week-end. Il devait se rendre chez un de ses camarades, Harry Morant. Les Morant possèdent une maison de campagne à Lower Slaughter, et ils avaient organisé une fête là-bas pour l'anniversaire de Harry. Cinq de nos élèves y étaient conviés. Six en comptant Harry. Ils avaient tous l'autorisation de leurs parents, bien sûr. Tout était en ordre. Matthew faisait partie du petit groupe.

— Qui sont les Morant ?

— Ils font partie du gratin, dit Corntel. Trois des frères de Harry sont d'anciens élèves de Bredgar. Harry a également une sœur en classe de première chez nous en ce moment. Nous acceptons les filles en première et en terminale, ajouta-t-il sans raison. Ce qui a dû se passer, selon moi, c'est que Matthew s'est dégonflé à cause de ça. A cause des Morant, je veux dire. Pas à cause du fait que nous prenons des filles.

— Je ne vous suis pas. Qu'est-ce que la famille avait à voir là-dedans ?

Corntel remua sur son siège et lança un coup d'œil au sergent Havers. A ce manège, Lynley devina ce qui allait suivre. Corntel n'avait pas manqué de remarquer l'accent décidément populaire de Havers. Si les Morant étaient au cœur du problème — et s'il était vrai, comme l'avait précisé Corntel, qu'ils faisaient partie de la haute société —, c'était que Matthew, à l'instar de Havers, était issu d'un milieu tout différent.

— Je crois que Matthew a pris peur, expliqua Corntel. C'est un citadin, c'est sa première année d'internat dans une école privée. Auparavant, il fréquentait un établissement public où il était externe. Maintenant qu'il est en contact avec des gens différents... cela prend du temps. Ce n'est pas facile de s'adapter. (Il tendit la main, paume en l'air, comme pour demander à Lynley et à Havers de faire un effort de compréhension.) Vous savez bien ce que je veux dire.

Lynley vit Havers redresser la tête et ses yeux s'étrécir à l'idée de ce qu'impliquaient les paroles de Corntel. Il était bien placé pour savoir qu'elle avait toujours affiché ses origines plébéiennes comme on porte une armure.

— Et en voyant que Matthew n'était pas au rendez-vous vendredi, car les gamins avaient bien dû se donner rendez-vous quelque part, ses camarades ne se sont pas demandé où il était passé ? Ils ne vous ont pas signalé son absence ?

— Mais ils croyaient savoir où il était. Il y avait un match le vendredi après-midi et ils devaient partir pour Lower Slaughter juste après. Les enfants font partie de la même équipe de hockey. Matthew n'avait pas rejoint ses camarades pour disputer la partie, seulement personne n'a songé à s'en étonner car le moniteur de hockey — Cowfrey Pitt, un de nos professeurs — avait reçu un mot de l'infirmerie disant que Matthew était souffrant et pas en état de se présenter sur le terrain. En apprenant ça, les enfants en ont conclu qu'il lui serait également impossible de partir en week-end. Ce qui était assez logique.

— Quel genre de mot ?

— Une dispense de sport. Un formulaire standard émanant de l'infirmerie, portant le nom de Matthew. Franchement, j'ai l'impression que ce jeune gaillard avait préparé son coup. Muni d'une autorisation de ses parents, il comptait faire semblant de se rendre chez les Morant. Dans le même temps, il se serait débrouillé pour se procurer une dispense de sport spécifiant sa présence à l'infirmerie. Mais le billet n'étant pas authentique, l'infirmerie n'aurait pu m'en transmettre un exemplaire. Ce qui m'aurait amené à conclure que Matthew était parti chez les Morant. Les Morant, pendant ce temps, l'auraient cru à l'école. Et notre zèbre se retrouvait libre comme l'air pendant tout le week-end.

— Vous n'avez pas essayé de vérifier où il se trouvait ?

Corntel se pencha en avant et éteignit sa cigarette d'un geste maladroit, faisant voler des cendres sur le bureau de Lynley.

— Je croyais *savoir* où il se trouvait. Je le croyais chez les Morant.

— Et le moniteur de hockey — Cowfrey Pitt, c'est ça ? — ne vous a pas averti que Matthew était à l'infirmerie ?

— Cowfrey a pensé que l'infirmerie me préviendrait. C'est comme ça que ça se passe généralement. D'ailleurs, si j'avais su que Matthew était souffrant, vous pensez bien que je serais allé le voir à l'infirmerie. Evidemment que j'y serais allé.

Les protestations de Corntel, de plus en plus énergiques, avaient quelque chose de curieux.

— Et l'élève responsable de la maison, car il y en a un, j'imagine, qu'est-ce qu'il fabriquait pendant ce temps-là ? Il était à l'école, ce week-end ?

— Brian Byrne ? Le préfet ? Oui. C'est un de nos grands. La plupart des « grands » étaient de sortie — ceux du moins qui ne s'étaient pas rendus dans le nord où se tenait un tournoi de hockey. Mais lui était là. Sur le campus. Persuadé que Matthew était chez les Morant, il a fait comme moi : il n'a pas cherché à en savoir davantage. Pourquoi aurait-il fait des recherches, d'ailleurs ? Si des vérifications avaient dû être faites, c'était à moi de m'en charger, pas à Brian. Je n'ai pas l'intention de me défausser sur mon préfet, vous savez. Ça non.

La déclaration de Corntel, tout comme ses protestations antérieures — étonnantes de vigueur —, trahissait le besoin manifeste d'endosser la pleine responsabilité de l'affaire. Lynley connaissait la signification de ce genre d'attitude : si Corntel voulait être tenu pour responsable et souhaitait être blâmé, c'était sans doute qu'il méritait de l'être.

— Matthew devait se douter qu'il ne serait pas à sa place chez les Morant, enchaîna Corntel.

— Vous semblez bien affirmatif.

— C'était un boursier, précisa Corntel comme si cela expliquait tout. (Néanmoins, il ajouta :) Un bon élément. Un bosseur.

— Les autres élèves le trouvaient sympathique ? (Voyant Corntel hésiter, Lynley poursuivit :) Après tout, s'il avait été invité à passer le week-end chez les Morant, c'est que certains l'appréciaient.

— Oui, oui. C'est possible. Seulement... Je crois que j'ai échoué, avec cet enfant. Car le fond de l'histoire, c'est que *je ne sais* que vous dire. Il était tellement réservé. Il passait son temps à travailler. Jamais il n'a eu de problème. Jamais il n'a laissé entendre à quiconque qu'il pouvait en avoir. Et ses parents étaient si contents qu'il parte en week-end. C'est en tout cas ce que son père m'a assuré lorsqu'il a écrit pour lui donner l'autorisation de se rendre chez les Morant. « Ça fait plaisir de voir que Mattie commence à mettre le nez dehors. » Quelque chose dans ce goût-là. Mattie : ses parents l'appelaient Mattie.

— Où sont-ils en ce moment ?

Corntel eut une grimace douloureuse.

— Je l'ignore. A l'école, sans doute. Chez eux, peut-être, à attendre du nouveau. Si le directeur n'a pas réussi à les en dissuader, il est possible qu'ils soient eux-mêmes allés trouver la police.

— Quel est le commissariat le plus proche de Bredgar Chambers ?

— Il n'y a qu'un simple constable à Cissbury, le village voisin. Pour le reste, ce qui se passe dans notre secteur est du ressort de la police de Horsham. (Il eut un sourire sans joie.) Bredgar est sur leur territoire.

— Oui. Pas sur le mien, j'en ai peur.

Corntel se voûta davantage à cette réflexion.

— Mais vous pouvez sûrement faire quelque chose, Tommy. Intervenir d'une façon ou d'une autre.

— Discrètement ?

— Oui. C'est un service personnel que je vous demande, j'en ai bien conscience. Mais entre anciens d'Eton...

C'était faire appel au vieux sentiment de loyauté, aux liens tissés dans le passé, que Lynley aurait préféré briser net. Cependant le petit garçon qui avait jadis été en classe avec Corntel n'était pas encore mort. Aussi Lynley s'enquit-il :

— S'il s'était sauvé pour monter à Londres, il lui aurait fallu trouver un moyen de locomotion. Vous êtes près de la gare ? De l'autoroute ? D'une nationale ?

Considérant que Lynley lui tendait la main, Corntel répondit d'un ton soudain plus ferme, désireux d'apporter toute l'aide souhaitable.

— Nous ne sommes près de rien du tout de ce genre, Tommy ; c'est d'ailleurs pourquoi les parents nous confient leurs enfants en toute quiétude. L'école est isolée. Pour réussir son coup, Matthew aura dû se payer une sacrée trotte à pied. Il ne pouvait se permettre de faire du stop près de l'établissement : il risquait de se faire pincer par quelqu'un de chez nous — enseignant, jardinier, portier — qui se serait empressé de le ramener manu militari au bercail.

— Alors il y a tout lieu de penser qu'il n'a pas suivi la route.

— Je ne le crois pas. Je pense qu'il a dû prendre à travers champs, traverser la forêt de Saint Leonard jusqu'à Crawley et rejoindre la M23. Là, il aurait été en sécurité. On l'aurait pris pour un enfant quelconque. Personne n'aurait songé qu'il pût être de Bredgar Chambers.

— La forêt de Saint Leonard, fit Lynley songeur. Le plus vraisemblable, c'est que c'est là qu'il se trouve encore maintenant. Ayant perdu son chemin. L'estomac dans les talons.

— Il aurait passé deux nuits dehors, en plein mois de mars, par un froid glacial ? Il doit souffrir d'hypothermie. De faim. Il s'est peut-être cassé la jambe, à la suite d'une mauvaise chute. Ou brisé les cervicales, fit Corntel, passant amèrement en revue différentes possibilités.

— Je doute qu'il soit mort de faim au bout de trois jours, objecta Lynley, se gardant d'ajouter que les autres éventualités n'avaient rien d'improbable. Quelle sorte d'enfant est-ce ? Il est grand ? Costaud ?

Corntel fit non de la tête.

— Pas du tout. Plutôt petit pour son âge. Avec une ossature délicate, fragile. (Il marqua une pause, fixant une image que les autres ne pouvaient voir.) Cheveux sombres. Yeux sombres. Mains aux longs doigts fins. Teint sans défaut. Peau ravissante.

Havers tapota son calepin du bout de son crayon. Elle regarda Lynley. Surprenant ce manège, Corntel se tut. Le sang lui monta au visage par plaques.

Lynley repoussa sa chaise et laissa ses yeux se poser sur l'une des deux gravures qui ornaient son bureau. Une Indienne vidant sur une couverture le contenu d'un panier plein de poivrons. C'était un mélange habile de couleurs vibrantes. Le voile de cheveux noirs, le rouge éclatant des légumes, le velours chocolat de la peau, la tunique violette, le rose et le bleu du fond indiquant le crépuscule. La beauté et la séduction allaient de pair.

— Avez-vous apporté une photo du petit Matthew ? questionna

Lynley. Pouvez-vous me fournir son signalement précis par écrit ? ajouta-t-il, conscient que cette seconde question était inutile.

— Oui, bien sûr.

Le soulagement qui perçait dans la voix de Corntel était si intense que Lynley s'en étonna à part lui.

— Alors laissez tout ça au sergent, je verrai si je peux faire quelque chose. Peut-être l'a-t-on cueilli à Crawley et n'ose-t-il pas donner son nom. Ou même plus près de Londres. On ne sait jamais.

— Je pensais bien... *J'espérais* que vous m'aideriez. J'ai déjà...

Corntel plongea la main dans la poche poitrine de son manteau et en sortit une photo et un feuillet dactylographié plié. Il eut le bon goût de paraître légèrement gêné devant ce qu'impliquait son geste : à savoir qu'il n'avait pas douté un instant que Lynley pût lui refuser son aide.

Lynley les prit d'un air las. Corntel avait décidément eu confiance en lui. L'ancien vicomte de la Valse Hésitation n'allait pas laisser tomber l'un de ses anciens condisciples maintenant.

Barbara Havers lut le signalement que Corntel avait laissé. Elle examina la photo du garçonnet tandis que Lynley vidait le cendrier que Corntel et elle avaient réussi à remplir pendant l'entretien. Il l'essuya soigneusement à l'aide d'un mouchoir en papier.

— Seigneur, vous êtes de plus en plus intolérant par rapport au tabac, inspecteur, ronchonna Barbara. Vous voulez peut-être que je me fasse tatouer un F comme fumeur sur la poitrine ?

— Nullement. Mais de deux choses l'une : ou je nettoie le cendrier ou je me mets à le lécher sauvagement, de frustration. Le vider me semble encore la solution la plus acceptable.

Relevant la tête, il sourit. Bien qu'exaspérée, elle éclata de rire.

— Pourquoi avoir arrêté de fumer ? Pourquoi ne pas choisir de mourir prématurément comme nous autres, grands fumeurs ? Plus on est de fous, plus on rit. Vous connaissez le dicton.

Au lieu de répondre, il laissa ses yeux se diriger vers la carte posée contre une tasse de café sur son bureau. Barbara comprit. Lady Helen Clyde ne fumait pas. Peut-être verrait-elle d'un autre œil à son retour un homme qui avait renoncé à fumer.

— Vous croyez que ça va y changer quelque chose, inspecteur ?

Sans se donner la peine de répondre à cette question, il enchaîna :

— Si le petit s'est effectivement enfui, je ne serais pas surpris qu'il refasse surface dans quelques jours. A Crawley. Ou dans la capitale. Mais si on ne le retrouve pas, lui, aussi dur à dire que cela puisse être, c'est son corps qu'on retrouvera. Sont-ils prêts à faire face à cette éventualité ? Je me le demande.

— Est-ce qu'on est jamais prêt à envisager le pire, inspecteur ? rétorqua habilement Barbara.

Abreuve mes racines. Abreuve mes racines.

Ces trois mots se succédant sans relâche dans son esprit comme une mélodie lancinante, Deborah Saint James était assise dans son Austin, les yeux rivés sur le porche d'entrée du cimetière de l'église Saint Giles, à la sortie du village de Stoke Poges. Les yeux dans le vague, elle essayait de compter le nombre de fois où, au cours du mois écoulé, elle avait récité non seulement les derniers mots mais le sonnet de Hopkins tout entier. Elle avait commencé chacune de ses journées en y songeant, y avait puisé la force de se déplacer de chambre d'hôtel en chambre d'hôtel, dans son véhicule, et de site en site, exerçant son métier de photographe à la manière d'un automate. La récitation matinale obstinée de ces quatorze vers au ton décidément suppliant excepté, elle aurait été incapable de dire combien de fois par jour elle y repensait ; en tout cas, elle y revenait chaque fois qu'un son ou un spectacle inattendus perçaient ses défenses et mettaient son calme à rude épreuve.

Soudain elle comprit pourquoi ces vers l'obsédaient. Saint Giles constituait la dernière étape de son odyssée photographique de quatre semaines. En fin d'après-midi, elle regagnerait Londres, évitant de prendre la M4 qui la conduirait là-bas trop vite, lui préférant la A4 qui — avec ses multiples feux, ses encombrements aux abords de Heathrow, son enfilade de banlieues noires de suie sous la grisaille hivernale — offrait l'avantage non négligeable à ses yeux de prolonger le voyage. C'était le point crucial : elle ne voyait pas encore comment elle allait réussir à affronter la fin du périple. Elle ne savait pas encore comment elle allait pouvoir faire face à Simon.

Des mois plus tôt, en acceptant la commande consistant à photographier les sites littéraires marquants du pays, elle avait planifié son voyage de façon que Stoke Poges — où Thomas Gray avait composé son *Elégie écrite dans un cimetière de campagne* — vînt directement après Tintagel et Glastonbury, et qu'elle se trouvât ainsi à quelques kilomètres seulement de son domicile. Mais Glastonbury et Tintagel, riches comme de bien entendu des souvenirs du roi Arthur, de Guenièvre, de leur amour malheureux et en fin de compte stérile, n'avaient fait qu'accentuer le désespoir qu'elle avait au cœur en commençant son voyage.

Et ce désespoir ne la lâchait pas. Ses crocs solidement plantés en elle, il lui fouaillait le cœur, mettant la blessure à nu...

Refuser d'y penser. Il lui fallait refuser d'y penser. Elle ouvrit la portière, prit son appareil, son trépied ; puis, traversant le parking, elle se dirigea vers le porche. Une fois là, elle constata que le cimetière était divisé en deux parties et qu'au bout d'un sentier bétonné incurvé se trouvaient un second porche et un second cimetière.

L'air était froid pour une fin de mars, refusant au promeneur les promesses du printemps. Les oiseaux gazouillaient sporadiquement dans les arbres. Toutefois, à l'exception du rugissement étouffé et occasionnel d'un jet décollant d'Heathrow, l'endroit était calme. Thomas Gray avait dû trouver les lieux propices à la composition de son poème. Tellement propices qu'il avait choisi de s'y faire enterrer.

Refermant le premier porche derrière elle, Deborah s'engagea sur le sentier bordé de part et d'autre de rosiers. Ils donnaient à plein — bourgeons serrés, branches fines, jeunes feuilles d'un vert tendre — et cette végétation printanière contrastait violemment avec l'endroit même où poussaient les arbustes. Car cette partie du cimetière n'était pas entretenue. L'herbe n'avait pas été tondue. Les pierres tombales penchaient bizarrement, abandonnées à elles-mêmes.

Deborah franchit le second porche. Celui-ci était plus ouvragé que le premier. Dans l'espoir sans doute de tenir les vandales à l'écart du petit porche et de les empêcher de s'attaquer aux délicats motifs sculptés qui ornaient le faîte de son toit, ou peut-être pour les dissuader de s'aventurer près du cimetière et de l'église, un projecteur avait été fixé à une poutre. Malheureusement, la précaution s'était révélée vaine, car l'ampoule était brisée et des éclats de verre jonchaient le sol.

Une fois dans l'enceinte du cimetière, Deborah se mit en quête de la tombe de Thomas Gray qu'elle était venue photographier. Presque aussitôt cependant, alors qu'elle jetait un coup d'œil aux monuments alentour, elle aperçut une traînée de plumes par terre.

Austère assemblage de duvet couleur de cendre, elles gisaient tel le résultat du travail d'un augure. Sur ce fond de gazon minutieusement entretenu, elles ressemblaient à des bouffées de fumée qui se seraient solidifiées au lieu de s'évanouir dans le ciel. Leur quantité et la façon dont elles étaient disposées évoquaient toutefois la violence et une farouche lutte pour la vie. Deborah les suivit jusqu'à l'endroit où gisait celui qui avait perdu la partie.

Le corps de l'oiseau était à deux mètres environ de la haie d'ifs qui séparait les deux cimetières. Deborah se raidit à sa vue.

Certes, elle se doutait du genre de spectacle qui l'attendait ; pourtant la brutalité de la mort du malheureux animal provoqua chez elle une vague de pitié si intense — si absurde — que les larmes lui montèrent aux yeux. Il ne restait plus de l'oiseau qu'une fragile cage thoracique imbibée de sang recouverte d'une immatérielle et dérisoire cuirasse de duvet souillé. La tête avait disparu. Les pattes, les griffes avaient été arrachées. Ç'avait dû être un pigeon ou une colombe, mais pour l'instant ce n'était plus qu'une coquille vide dans laquelle le souffle de la vie n'avait fait que passer.

Comme l'existence était courte ! Comme il était facile d'éteindre le souffle de la vie !

— Non !

Deborah sentit l'angoisse monter en elle et comprit qu'elle n'aurait pas le courage de la refouler. Elle se força à penser à autre chose — enterrer l'oiseau, chasser les fourmis qui grouillaient le long du bord déchiqueté d'une côte brisée — mais son effort fut inutile. Le sonnet de Hopkins, chuchoté rituellement pour se protéger des assauts du désespoir, constituait une armure insuffisante. Aussi se mit-elle à pleurer, regardant le cadavre de l'oiseau s'estomper à travers ses larmes, priant pour que vînt un moment où son chagrin prendrait fin.

Au cours des quatre dernières semaines, son travail avait agi sur elle comme un calmant. Elle s'y raccrocha une fois de plus, tournant délibérément le dos à l'oiseau, serrant son matériel dans ses mains glacées.

Son éditeur lui avait commandé une série de photos destinées à illustrer des œuvres littéraires et les lieux qui les avaient inspirées. Depuis fin février, Deborah avait ainsi exploré le Yorkshire des Brontë, s'était penchée sur Ponden Hall et High Withens. Elle avait planté son trépied devant Tintern Abbey pour étudier l'abbaye au clair de lune ; elle avait pris des clichés de la Cobb et notamment de Granny's Teeth, d'où Louisa Musgrove avait fait la chute qui lui avait été fatale ; elle avait erré sur le champ clos d'Ashby-de-la-Zouch, étudié les allées et venues des curistes dans la Pump Room à Bath, arpenté les rues de Dorchester à la recherche de la main du destin qui avait détruit Michael Henchard et savouré le charme de Hill Top Farm.

Dans chaque cas, le site — et les recherches qu'elle avait effectuées sur les œuvres auxquelles il avait donné naissance — avait été sa source d'inspiration. Mais tandis qu'elle jetait un coup d'œil au cimetière et apercevait les deux structures qui, proches de l'église, ne pouvaient qu'être les deux tombes qu'elle était venue inspecter, elle sentit l'irritation la gagner. Comment diable allait-elle réussir à faire paraître pittoresque quelque chose d'aussi désespérément banal ?

Les tombes de brique étaient identiques, recouvertes l'une et l'autre d'une dalle de pierre moussue. Le seul détail décoratif dont elles s'enorgueillissaient étaient les signatures laissées par deux siècles de touristes qui avaient tous cru bon de graver leur nom dans la brique. Deborah poussa un soupir, recula et examina l'église.

Même là il n'y avait guère matière à faire du beau travail. L'édifice avait été construit en deux temps dans des styles qui juraient et formaient péniblement un tout. Des fenêtres Tudor sans grâce percées dans un mur de brique d'un rouge passé voisinaient avec une fenêtre lancéolée pratiquée dans la craie et le silex du chœur normand. L'effet produit par cette juxtaposition pouvait difficilement passer pour harmonieux.

Deborah fronça les sourcils. « C'est un désastre », murmura-t-elle. De sa sacoche, elle sortit la maquette du livre que ses photos devaient illustrer et, étalant plusieurs feuillets sur la tombe de Thomas Gray, passa quelques minutes à lire non seulement l'*Elégie écrite dans un cimetière de campagne* mais également son exégèse par le professeur de Cambridge qui avait rédigé le manuscrit qu'elle avait entre les mains. Ses yeux se posèrent pensivement sur la onzième strophe, elle sentit la lumière se faire en elle, s'attarda sur ces vers.

Pourront-ils donc, urne historiée, buste animé,
Dans la triste demeure le souffle ramener ?
Du silence l'honneur pourra-t-il soulever la poussière,
Et la flatterie de la mort apaiser la froide oreille ?

Elle releva la tête, voyant soudain le cimetière d'un autre œil, comme Gray avait voulu qu'elle le voie, comprenant que ses photos devaient refléter la simplicité de l'existence que le poète avait cherché à célébrer au moyen des mots. Elle ôta ses papiers de la tombe et installa son trépied.

Pas question de chercher midi à quatorze heures ni de faire des effets de style, seulement des clichés utilisant la lumière et l'ombre, les angles et la profondeur pour rendre l'innocence et la beauté d'une soirée campagnarde au crépuscule. Elle s'efforça de capter l'esprit humble du décor au milieu duquel reposaient les rudes ancêtres de Gray, terminant par une photo de l'if sous lequel le poète avait censément écrit son poème.

Cela fait, elle s'éloigna de son matériel et jeta les yeux vers l'est dans la direction de Londres. Cette fois, elle ne pouvait plus reculer ; elle n'avait plus d'excuse pour rester éloignée de chez elle. Toutefois il lui fallait prendre des forces avant de retrouver son mari : elle pénétra dans l'église.

A peine la porte s'était-elle refermée derrière elle qu'elle s'aperçut que la malédiction l'avait poursuivie jusque-là sous la forme d'un objet qui occupait le centre de la nef et sur lequel ses regards se posèrent aussitôt. C'étaient des fonts baptismaux en marbre de forme octogonale, qui semblaient minuscules sous le haut plafond de bois voûté. Les fonts étaient sculptés de façon compliquée sur toutes leurs faces. Deux candélabres d'étain se dressaient derrière le bénitier, attendant d'être allumés pour célébrer l'entrée d'un nouvel enfant dans le monde de la chrétienté.

Deborah marcha jusqu'aux fonts baptismaux et toucha le chêne lisse qui les recouvrait. L'espace d'un instant, elle se laissa aller à imaginer le nouveau-né dans ses bras, la douce pression de son crâne contre ses seins. Elle entendit le cri indigné que poussait le bébé dont on éclaboussait le joli front sans défense. Elle sentit la main menue et fragile agrippée à son doigt. Elle se laissa emporter par l'idée qu'elle n'avait pas — pour la quatrième fois en dix-huit mois — fait une fausse couche et perdu l'enfant de Simon. Elle s'autorisa à faire semblant de n'être jamais allée à l'hôpital, à croire qu'elle n'avait jamais eu cette ultime conversation avec son médecin. Mais les mots du spécialiste lui revinrent à l'esprit. Il n'y avait pas d'échappatoire possible.

— Un avortement n'empêche pas nécessairement les grossesses ultérieures d'aboutir, Deborah. Mais dans certains cas, si. Vous m'avez dit que ça s'était passé il y a six ans, c'est ça ? Peut-être y a-t-il eu des complications. Des problèmes de cicatrisation. Nous ne le saurons avec certitude que lorsque nous aurons procédé à des tests poussés. Si votre mari et vous-même tenez vraiment...

— Non !

Le médecin avait aussitôt compris :

— Simon n'est pas au courant ?

— Je n'avais que dix-huit ans ; j'étais en Amérique. Il ne... Ce n'est pas possible qu'il...

Même encore maintenant, cette seule pensée lui donnait le vertige. D'un geste affolé, elle poussa la petite porte qui fermait un des bancs et s'assit lourdement.

Jamais, songea-t-elle, poussée par le désir de se faire le plus de mal possible, tu n'auras d'autre enfant. Tu aurais pu en avoir un jadis. Tu aurais pu sentir cette vie fragile prendre forme dans ton corps. Mais tu l'as détruite, tu t'en es débarrassée, tu l'as rejetée. Maintenant il te faut payer. Maintenant tu es punie de la seule manière possible. Tu ne porteras jamais l'enfant de Simon. Une autre femme pourrait le porter, elle, pas toi. L'union de vos deux corps, votre amour restera stérile. Jamais tu n'auras d'enfant.

Elle fixa les coussins au petit point sur lesquels s'agenouillaient les fidèles et au centre desquels était brodée une croix qui semblait lui intimer l'ordre de se tourner vers le Seigneur, seul capable d'apaiser son insondable désespoir. Les hymnaires bleu et rouge au parfum de renfermé lui offraient pour toute consolation leurs chants de louanges et de remerciements. Des guirlandes poussiéreuses de coquelicots en soie étaient accrochées au mur du fond et même à cette distance Deborah pouvait lire les inscriptions qu'elles portaient. « Jeannettes », « Guides », « Scouts de Stoke Poges ». Aucun réconfort à attendre de ce côté-là non plus.

Elle se leva de son banc, s'avança jusqu'à la grille au bas de l'autel. La grille portait elle aussi un message, rédigé en jaune sur un coussinet d'un bleu fané qui recouvrait les pierres : « Venez à moi, vous tous qui souffrez et êtes dans la peine, et je vous réconforterai. »

Je vous réconforterai, songea-t-elle amèrement, *mais je ne pourrai ni vous changer, ni vous guérir et encore moins vous pardonner. Je n'ai aucun miracle à attendre de cet endroit. Il n'y a pas ici d'eau de Lourdes où me plonger. Pas d'imposition des mains. Pas d'absolution.* Elle sortit de l'église.

Dehors le soleil commençait à se coucher. Deborah récupéra son matériel et rebroussa chemin pour regagner sa voiture. Arrivée à la hauteur du porche, elle fit demi-tour pour jeter un dernier coup d'œil à l'église, comme si l'édifice pouvait lui procurer la paix de l'esprit à laquelle elle aspirait. Le soleil couchant d'où crépitaient d'ultimes rayons de lumière formait une auréole servant de toile de fond aux arbres serrés contre l'église et à la tour crénelée de style normand qui abritait les cloches.

En un autre temps, sans une hésitation, elle aurait pris une photo, saisissant le changement de ton subtil du ciel cependant que la mort du jour exaltait le crépuscule. Mais, en cet instant, elle se sentait capable uniquement de regarder s'évanouir et disparaître la beauté de la lumière, sachant qu'elle ne pouvait éviter de rentrer, ni échapper à l'amour inconditionnel et plein de confiance de Simon.

Sur le sentier devant elle, à quelques centimètres de ses pieds, deux écureuils détalèrent, se disputant âprement. Ils se battaient pour un petit morceau de nourriture, chacun paraissant bien décidé à l'emporter. Ils contournèrent une tombe de marbre surchargée d'ornements située en bordure du cimetière et filèrent en direction du muret de silex qui séparait les terres de l'église du champ d'une ferme qu'abritait un rideau d'épais conifères. Perchés sur le petit mur, ils se lancèrent dans une rude bataille, pattes et dents mêlées, tandis que la nourriture convoitée dégringolait par terre.

C'était exactement la diversion dont Deborah avait besoin.

— Ça suffit ! s'écria-t-elle. Cessez de vous battre ! Et tout de suite !

Elle s'approcha des deux animaux qui, la voyant arriver, s'enfuirent, sautèrent par-dessus le mur et filèrent dans les arbres.

— Ça vaut mieux que de se battre, non ? fit-elle, levant la tête vers les branches qui surplombaient le cimetière. Un peu de décence, quand même. Ce n'est pas correct de se chamailler. Encore moins dans un endroit pareil.

L'un des écureuils était posté sur une branche tout contre le tronc d'un arbre. Son congénère avait disparu. Mais celui qui était resté sur sa branche la regardait avec des yeux brillants. Au bout d'un moment, se sentant en confiance, il commença à faire une petite toilette, se passant languissamment les pattes sur la figure comme s'il s'apprêtait à faire un somme.

— Je serais moins sûr de moi à ta place, lui lança Deborah. Ton petit copain n'attend qu'une occasion de te sauter dessus. Où crois-tu qu'il soit parti ?

Elle se mit à chercher l'autre écureuil, balayant sans succès les branches d'un lent coup d'œil circulaire puis baissant les yeux vers le sol.

— Il n'est tout de même pas assez malin pour...

Sa phrase demeura en suspens. Elle se sentit la bouche sèche, se trouva à court de mots. Ses pensées s'envolèrent en fumée.

Sous l'arbre gisait le corps nu d'un enfant.

3

L'horreur la fit se figer. Une aiguille de glace lui traversa la colonne vertébrale, la clouant au sol. Les détails prirent une acuité brutale, propulsés jusqu'à son cerveau par la violence du choc.

Deborah sentit ses lèvres s'entrouvrir, l'air s'engouffrer dans ses poumons avec une force inhabituelle. Seul un hurlement de terreur aurait pu parvenir à chasser cet air suffisamment vite pour les empêcher d'éclater.

Mais elle était dans l'incapacité de crier. Et, d'ailleurs, l'eût-elle fait qu'il n'y aurait eu personne pour l'entendre. Aussi se contenta-t-elle de chuchoter : « Oh ! Seigneur ! » Puis, bien inutilement : « Simon. » Après quoi, malgré elle, elle regarda, mains crispées, muscles raidis, prête à courir s'il le fallait, dès qu'elle aurait retrouvé l'usage de ses jambes.

L'enfant était étendu en partie sur le ventre, juste derrière le mur de silex, dans un lit d'herbe aux écus. A en juger par la longueur et la coupe de ses cheveux, il semblait bien que ce fût un garçon. Et il était mort. Aucun doute là-dessus.

A supposer que Deborah eût été assez stupide pour se persuader qu'il n'était qu'endormi, il lui eût été impossible d'expliquer pourquoi il dormait complètement nu alors que l'après-midi touchait à son terme et que le froid se faisait de plus en plus vif. Et pourquoi sous un bouquet de pins où l'air était encore plus frais qu'il ne l'eût été s'il s'était allongé sous les derniers rayons du soleil de l'après-midi ? En outre, pourquoi dormait-il dans cette étrange position, le poids du corps reposant sur la hanche droite, les jambes écartées, le bras droit bizarrement replié, la tête tournée vers la gauche, les trois quarts du visage enfouis dans l'herbe aux écus ? Pourtant sa peau était rosée — presque rouge —, signe qu'il y avait encore de la chaleur, de la vie dans ce corps, que le pouls battait, que le sang coulait...

Les écureuils recommencèrent à se chamailler, descendirent le long de l'arbre qui leur avait momentanément servi d'abri, escaladant la forme inerte qui gisait au pied du tronc. La griffe minuscule du premier écureuil se ficha dans la cuisse gauche de l'enfant, retenant l'animal prisonnier. Des piaillements frénétiques fusèrent, une lutte farouche s'engagea : talonné par son poursuivant, l'écureuil piégé se débattait avec violence. La chair de l'enfant se déchira soudain. L'animal prit la fuite.

Deborah vit que le sang ne coulait pas de la blessure minime causée par la griffe. Sur le moment cela lui sembla curieux, puis elle se souvint que les morts ne saignaient pas. Saigner était un plaisir réservé aux vivants.

Alors enfin elle cria, se détournant. Mais les détails de la scène étaient restés gravés si profondément dans sa mémoire qu'elle comprit qu'elle aurait aussi bien pu continuer à regarder. Feuille emprisonnée dans des cheveux couleur noisette ; cicatrice en forme de croissant sur la rotule gauche ; tache de naissance piriforme au bas de la colonne vertébrale ; et le long des zones visibles du côté gauche du corps, aspect étrangement tuméfié de la chair, comme si l'enfant avait été jeté à terre et avait atterri sur le côté.

Il aurait pu être en train de dormir. Il aurait *dû* dormir. Mais même à deux mètres de distance, Deborah — qui n'avait pourtant fait qu'apercevoir le corps — avait remarqué les traces révélatrices aux poignets et aux chevilles : particules blanches de peau morte se détachant sur l'épiderme rouge et enflammé. Elle comprit ce que cela signifiait. Et devina ce que les marques de brûlure circulaires uniformes sur la chair tendre de l'intérieur du bras signifiaient également.

Il ne dormait pas. Sa mort n'avait pas été douce.

— Mon Dieu ! s'écria-t-elle. Oh ! mon Dieu !

Galvanisée par ses propres paroles, retrouvant soudain des forces, elle se rua vers le parking.

Simon Allcourt-Saint James arrêta sa vieille MG près de la bandelette fluorescente barrant l'entrée du parking de l'église Saint Giles. Ses phares éclairèrent brièvement le visage blanc d'un jeune constable à l'air empoté qui montait la garde à cet endroit. La présence du planton semblait inutile car, bien que l'église ne fût pas complètement isolée, les maisons alentour étaient à une distance respectable et il n'y avait pas de curieux massés sur la route.

Mais on était dimanche, songea Saint James. Et c'était bientôt l'heure des vêpres. Il fallait donc que quelqu'un se chargeât de renvoyer les fidèles chez eux.

Dans l'étroite allée qui menait au parking, il aperçut des lumières à l'endroit où la police avait installé son poste de commandement. Une lueur intermittente, saccadée, d'un bleu agressif, tranchait sur le blanc ambiant : un policier avait laissé en marche le gyrophare d'une voiture de ronde, lequel continuait de tourner sans que personne s'en souciât.

Saint James coupa le contact, lâcha la poignée d'embrayage et sortit péniblement de sa voiture. Sa jambe gauche appareillée s'étant mal positionnée sur le sol, il faillit perdre l'équilibre l'espace d'un instant. Le jeune constable le regarda se redresser d'un air perplexe, se demandant visiblement s'il devait lui donner un coup de main ou le sommer de quitter les lieux. Il opta pour la seconde solution. Qui était davantage de son ressort.

— Vous ne pouvez pas rester garé là, monsieur ! aboya-t-il. Il y a une enquête en cours.

— Je sais. Je suis venu chercher ma femme. Votre supérieur m'a fait appeler. C'est elle qui a trouvé le corps.

— Vous êtes Mr Saint James, alors. Désolé, monsieur. (Le constable examina son interlocuteur sans se gêner comme pour vérifier son identité.) Je ne vous avais pas reconnu. (Saint James ne bronchant pas, le jeune homme se sentit obligé de poursuivre :) Je vous ai vu aux infos la semaine dernière, mais vous n'aviez pas...

— Evidemment, coupa Saint James, devinant sans peine ce que l'autre avait failli ajouter. *Aux infos, vous n'aviez pas l'air d'un infirme.*

Bien sûr que non. Pourquoi aurait-il eu l'air d'un infirme ? Debout sur les marches d'Old Bailey, interviewé sur l'utilisation des empreintes génétiques, pourquoi aurait-il eu l'air d'un handicapé ? La caméra était braquée sur son visage. Elle ne s'était pas attachée à montrer le mal que le destin lui avait fait.

— Ma femme est à l'intérieur du PC ? s'enquit-il.

De la main, le constable désigna une allée située de l'autre côté de la route.

— Mes collègues lui ont demandé de rester dans la maison. C'est de là qu'elle nous a appelés.

Saint James remercia d'un hochement de tête et traversa la chaussée. La villa en question était à deux pas, retranchée derrière un portail en fer forgé scellé dans un mur de brique. C'était une construction hybride dotée d'un toit recouvert de tuiles flamandes, d'un garage pour trois voitures, avec des rideaux blancs — tous rigoureusement identiques — aux fenêtres. En guise de jardin de devant, il y avait une allée contournant une sorte de monticule, lequel — ainsi que le mur d'enceinte — abritait la bâtisse de la route. La porte d'entrée consistait en une simple plaque de verre opaque enchâssée dans un cadre en bois blanc.

Lorsque Saint James sonna, ce fut un autre constable — une femme, cette fois — qui vint lui ouvrir. Elle l'emmena dans le séjour situé à l'arrière de la maison, où quatre personnes étaient assises dans des fauteuils recouverts de chintz et sur un canapé disposés autour d'une table basse.

Debout dans l'encadrement de la porte, Saint James marqua une pause. Le spectacle qu'il avait sous les yeux et qui tenait du tableau vivant mettait en scène deux hommes et deux femmes. Il y avait de l'affrontement discret dans l'air. Bien que ne portant pas l'uniforme, les hommes étaient à l'évidence des policiers. Tous deux se tenaient le buste penché en avant sur leurs sièges respectifs ; l'un était muni d'un carnet, alors que l'autre agitait la main comme pour donner plus de poids sans doute à une remarque. Les femmes étaient assises sans parler, sans se regarder, attendant peut-être d'autres questions.

L'une des femmes, une jeune fille d'environ dix-sept ans, portait un peignoir éponge informe maculé de taches de chocolat sur l'un des poignets et de grosses chaussettes de laine trop larges pour elle au talon gris de poussière. Elle était petite, pâle à l'extrême, et ses lèvres étaient gercées comme à la suite d'une exposition prolongée au vent ou au soleil. Elle n'était pas vilaine :

plutôt mignonne, même, dans le genre maigrichon. Mais il était évident qu'elle n'était pas en bonne santé. Près de cette joliesse fragile, Deborah évoquait irrésistiblement le feu avec sa crinière d'un roux ardent et sa peau couleur d'ivoire.

Saint James avait à plusieurs reprises manifesté le désir de rejoindre sa femme au cours de son périple, mais Deborah avait refusé de le retrouver aussi bien dans le Yorkshire qu'à Bath. Tant et si bien qu'il y avait maintenant un mois qu'il ne l'avait pas vue. Il s'était contenté de lui parler au téléphone, ayant avec elle des conversations qui, au fil des semaines, devenaient de plus en plus tendues, de plus en plus difficiles à soutenir. A chaque fois, le ton hésitant de Deborah révélait à son mari à quel point la perte de leur enfant la minait, mais elle refusait de le laisser aborder le sujet, se contentant d'articuler un bref « Non, je t'en prie » dès qu'il essayait. En la revoyant, en se repaissant de sa présence comme si cela seul pouvait la lui ramener, il se rendit compte qu'il n'avait jamais compris l'étendue du risque qu'il prenait en donnant son amour à Deborah.

Elle leva la tête, l'aperçut, sourit. Mais il vit la souffrance dans ces yeux qui ne lui avaient jamais menti.

— Simon.

Les autres tournèrent les yeux vers lui et il entra dans la pièce, se dirigea vers sa femme, lui caressa les cheveux. Il aurait voulu l'embrasser, la serrer contre lui, lui insuffler de la force. Mais il se borna à questionner :

— Tu vas bien ?

— Mais oui. Je ne sais pas pourquoi ils se sont donné la peine de te téléphoner. Je suis parfaitement capable de rentrer à Londres seule.

— L'inspecteur m'a dit que tu avais l'air assez secouée à son arrivée.

— Le choc, je suppose. Mais j'ai récupéré.

Son apparence contredisait ses paroles. Elle avait des cernes noirs sous les yeux et flottait dans ses vêtements, signe qu'elle avait perdu du poids au cours de ces quatre semaines. Voyant cela, Saint James sentit la peur le picoter.

— Encore un instant, Mrs Saint James, et vous pourrez disposer. (L'aîné des deux policiers, un sergent chargé de l'enquête préliminaire, se tourna vers la jeune fille.) Miss Feld, dit-il. Ou plutôt Cecilia. Vous permettez que je vous appelle Cecilia ?

La jeune fille fit oui de la tête. Mais d'un air circonspect. Comme si le fait que son interlocuteur utilisât son prénom constituait une privauté ne pouvant déboucher que sur un piège.

— Vous êtes malade, semble-t-il, non ?

— Malade ? (La jeune fille ne semblait pas se rendre compte que sa tenue, à six heures du soir, ne pouvait que susciter ce genre de commentaire.) Je... Non, je ne suis pas malade. Tout juste un peu grippée, peut-être, mais pas malade. Pas vraiment.

— Dans ce cas, poursuivit le policier, nous pouvons peut-être revenir une dernière fois sur votre témoignage, histoire de nous assurer que nous avons consigné correctement tous les faits ?

La requête avait beau être formulée sous forme de question, personne ne fut dupe : il se bornait en réalité à annoncer le programme des réjouissances.

L'allure de Cecilia donnait à penser qu'une partie de ping-pong verbal avec la police était bien la dernière des choses qu'elle était en mesure de supporter pour l'instant. La pauvre petite semblait claquée, à bout. Elle croisa les bras et, baissant la tête, les examina, comme étonnée de les voir là. De la main droite, elle commença à se masser le coude gauche en un geste qui eût pu, à tort, passer pour une caresse.

— Je ne vois pas ce que je peux vous dire de plus. (Elle prit un ton patient, ce qui sembla lui demander un réel effort.) La maison est loin de la route. Comme vous avez pu vous en rendre compte. Je n'ai absolument rien entendu. Il y a des jours que je n'ai pas entendu un bruit, d'ailleurs. Et je n'ai rien vu non plus. Rien de suspect. Rien qui pût suggérer qu'un petit garçon... un petit garçon...

Elle trébucha sur les mots, cessa de se frictionner le coude un instant. Puis reprit son manège.

Le second policier griffonnait laborieusement, armé d'un trognon de crayon. S'il avait déjà noté tout ça par écrit en début de soirée, il n'en laissait en tout cas rien paraître.

— Vous comprenez sûrement le pourquoi de toutes ces questions, insista le sergent. Votre maison étant celle qui se trouve le plus près de l'église, si quelqu'un a eu la possibilité d'entendre — ou de voir — quelque chose, c'est vous. Ou vos parents. Ils ne sont pas là pour l'instant, m'avez-vous dit ?

— Ce sont mes parents adoptifs, rectifia la jeune fille. Mr et Mrs Streader. Ils sont à Londres. Ils doivent rentrer ce soir.

— Ils étaient ici ce week-end ? Vendredi et samedi ?

La jeune fille jeta un coup d'œil vers l'âtre et le dessus de cheminée où étaient disposées des photos. Trois d'entre elles représentaient des jeunes gens. Des enfants des Streader, peut-être.

— Ils sont partis pour Londres hier matin aider leur fille à s'installer dans son nouvel appartement.

— Vous êtes seule ici assez souvent, alors ?

— Je n'ai pas vraiment le choix, sergent, répondit-elle.

C'était une réponse digne d'une adulte, trahissant non de l'assurance mais plutôt une sorte de résignation apathique devant un fait auquel elle ne pouvait rien changer.

Le découragement qui perçait dans la remarque amena Saint James à se poser des questions sur la présence de la jeune fille dans cette maison. L'endroit était confortable et pourvu des accessoires que l'on s'attendait à trouver dans un foyer vivant et chaleureux à défaut d'être à la dernière mode. La pièce était pleine de meubles de bonne qualité ; un tapis de laine épaisse recouvrait le sol ; des aquarelles ornaient les murs ; l'âtre de pierre abritait un panier de fleurs artificielles en soie disposées avec enthousiasme sinon avec goût. Il y avait un poste de télévision grand format et dessous, sur une étagère, un magnétoscope. Livres et revues étaient éparpillés dans la pièce, prêts à meubler les loisirs des membres de la maisonnée. Mais, de son propre aveu, la jeune fille était une étrangère au sein de ce foyer, et l'air absent avec lequel elle parlait suggérait qu'elle l'était partout ailleurs.

— Mais vous entendez quand même bien les bruits de la route, s'obstina le sergent. En ce moment, il y a des voitures qui passent. On les entend.

Comme pour illustrer son propos, un camion passa effectivement en grondant.

— Ce n'est pas une chose qui marque, rétorqua la jeune fille. Les voitures, dans les rues, il en passe tout le temps.

Le sergent sourit :

— C'est vrai.

— Qui vous dit qu'il y avait une voiture dans le coup ? Vous m'avez expliqué que le corps du petit garçon était dans un champ derrière l'église. Il aurait pu se retrouver là de plusieurs autres façons. Et ni moi ni les Streader, pas plus que nos voisins immédiats, n'aurions rien remarqué même si nous étions restés assis sur le bord de la route pendant tout le week-end.

— Plusieurs autres façons ? fit le sergent d'un ton engageant, son intérêt s'éveillant.

— Il aurait pu arriver par l'arrière du champ, passer par la ferme. Le champ de Gray, près de l'église.

— Avez-vous remarqué quoi que ce soit dans ce sens, Mrs Saint James ? s'enquit le sergent.

— Moi ? fit Deborah, l'air troublé. Non. Mais je ne faisais pas spécialement attention. J'étais venue photographier le cimetière et j'étais préoccupée. Tout ce dont je me souviens, c'est le corps.

Et sa position. On aurait dit qu'il avait été jeté par terre comme un sac de farine.

— Oui. Jeté par terre.

Le sergent examina ses mains et se tut. L'estomac d'une des personnes présentes gargouilla haut et fort. Bien que gardant la tête baissée, l'autre policier eut l'air confus. Comme si le gargouillis de son collègue lui rappelait soudain où ils étaient, ce qu'ils faisaient, le temps qu'ils y avaient passé, le sergent se mit debout. Les autres l'imitèrent.

— Nous vous ferons signer votre déposition demain, dit le sergent aux deux femmes.

Avec un hochement de tête, il s'éloigna, suivi de son second. Un instant plus tard, la porte d'entrée se refermait.

Saint James se tourna vers sa femme et perçut son manque d'enthousiasme à l'idée de laisser Cecilia seule, à croire que l'heure qui venait de s'écouler les avait rapprochées d'étrange façon.

— Je... Merci, dit Deborah à la jeune fille.

Elle tendit impulsivement la main pour serrer celle de l'adolescente qui recula en un mouvement réflexe et eut aussitôt l'air de s'excuser. Deborah enchaîna :

— Je vous ai causé bien des ennuis en venant téléphoner chez vous.

— Notre maison est la plus proche, répondit Cecilia. La police nous aurait interrogés de toute façon. Ainsi que les voisins. Vous n'y êtes pour rien.

— En effet. Eh bien, merci quand même. Peut-être que maintenant vous allez pouvoir vous reposer un peu.

Saint James vit la jeune fille déglutir. Les bras autour de la taille, elle reprit en écho :

— Me reposer...

Comme si cette idée l'effleurait pour la première fois.

Ils sortirent de la villa, enfilèrent l'allée, se dirigèrent vers la route. Saint James ne manqua pas de remarquer que sa femme marchait à plus d'un mètre de distance de lui. Sa longue chevelure dissimulait son visage. Il chercha que dire. Pour la première fois depuis leur mariage, il se sentait coupé d'elle. C'était comme si ce mois d'absence avait dressé entre eux une barrière infranchissable.

— Deborah. Mon amour. (A ces mots, elle s'immobilisa près du portail de fer forgé. Il la vit tendre la main, agripper l'un des barreaux.) Il faut que tu cesses de vouloir tout porter sur tes épaules.

— C'est le fait de l'avoir trouvé, comme ça. On ne s'attend pas à tomber sur un petit garçon nu, mort, sous un arbre.

— Je ne parle pas du cimetière. Tu le sais très bien.

Elle détourna le visage. Leva la main comme pour l'empêcher de poursuivre, laissa retomber sa main. Le geste trahissait une telle faiblesse que Saint James s'en voulut de l'avoir laissée partir seule juste après qu'elle eut perdu le bébé. Peu importe qu'elle ait tenu à honorer son contrat avec son éditeur. Il aurait dû insister pour qu'elle prenne le temps de se remettre d'aplomb. Il lui effleura l'épaule, lui caressa les cheveux.

— Mon amour, tu n'as que vingt-quatre ans. Tu as tout le temps. Nous avons des années devant nous. Le médecin t'a sûrement...

— Je ne veux pas... (Elle lâcha le barreau de fer forgé et traversa rapidement la rue. Il la rattrapa à la hauteur de sa voiture.) Simon, je t'en prie. Je ne peux pas. N'insiste pas.

— Tu t'imagines que je ne vois pas dans quel état tu es, Deborah ?

— S'il te plaît.

Il perçut les larmes dans sa voix. Et, comme à l'accoutumée, il s'inclina, les désirs de sa femme passant avant les siens.

— Alors, laisse-moi te raccompagner à la maison. Nous reviendrons prendre ta voiture demain.

— Non. (Elle se redressa, lui adressa un sourire mal assuré.) Ça va. Le tout, c'est de persuader les policiers de me laisser arriver jusqu'à l'Austin. Nous aurons trop à faire demain, toi et moi, pour nous permettre de refaire un saut jusqu'ici.

— L'idée de te savoir...

— Ne t'inquiète pas. Ça va.

Il vit à quel point elle avait envie d'être loin de lui. Après un mois de séparation, sentir chez elle ce besoin de continuer à s'isoler lui porta un rude coup.

— Si tu es sûre d'y arriver, fit-il sur le ton de la politesse.

— Tout à fait.

Le constable, qui s'était plongé dans la contemplation de l'église pendant qu'ils parlaient, se tourna vers eux et leur fit signe de passer sous la bandelette fluo. Ils s'engagèrent sur le sentier, guidés dans l'obscurité par les lumières du PC, installé dans une caravane autour de laquelle les techniciens du labo s'affairaient, rangeant dans leurs mallettes des sacs à mise sous scellés. Un homme lourdement charpenté sortait de la caravane au moment où Saint James et sa femme atteignaient la voiture de Deborah. Il les aperçut, agita la main dans leur direction et les rejoignit.

— Inspecteur Canerone, se présenta-t-il à Saint James. Nous

nous sommes rencontrés à Bramshill il y a huit mois. Vous faisiez un topo sur les résidus accélérateurs.

— Un sujet austère, rétorqua Saint James en tendant la main à son interlocuteur. Vous avez réussi à rester éveillé ?

Canerone sourit :

— J'ai eu du mal. Nous avons peu d'incendies criminels dans notre secteur.

— Seulement des affaires de ce genre, fit Saint James avec un signe de tête en direction du cimetière.

L'inspecteur poussa un soupir. Sous ses yeux, la peau bleutée était presque noire de fatigue ; la quantité de chair qu'il trimbalait semblait trop lourde pour sa carcasse.

— Pauvre petit bonhomme, répondit l'inspecteur. Décidément, les meurtres d'enfant, je ne m'y ferai jamais.

— Il s'agit donc bien d'un meurtre ?

— Ça en a tout l'air. Bien qu'il y ait des détails bizarres. Ils sont allés chercher le cadavre. Vous voulez y jeter un coup d'œil avant qu'ils le mettent dans la housse ?

Saint James, qui venait enfin de retrouver sa femme, n'avait aucune envie de jeter un coup d'œil — fût-il bref, scrutateur ou indifférent — au corps qu'elle avait découvert. Mais la médecine légale était sa spécialité. Il faisait autorité sur le plan national en la matière. Il pouvait difficilement refuser l'invitation qui lui était faite, sous le prétexte — fallacieux en l'occurrence — qu'il avait mieux à faire un dimanche soir.

— Vas-y, Simon, dit Deborah. Je vais rentrer. Ç'a été épouvantable. J'aimerais prendre la route au plus tôt.

— On se retrouve très vite, alors ?

— Pour dîner, tu veux dire ? (Avec un petit geste d'excuse, elle ajouta :) Je doute que nous ayons beaucoup d'appétit l'un et l'autre après ça. Veux-tu que je fasse préparer un en-cas tout bête ?

— Quelque chose de léger, d'accord. Parfait.

Il avait l'impression de se pétrifier. Il la regarda monter dans sa voiture, remarquant que la lumière du plafonnier brillait tel de l'or sur ses cheveux cuivrés. Puis elle claqua la portière, mit le contact, démarra. Il se força à détourner les yeux de l'Austin qui s'éloignait.

— Où est le corps ? demanda-t-il à Canerone.

— Par ici.

Saint James suivit l'inspecteur non dans le cimetière mais dans l'enceinte où était enterré Gray. A l'une des extrémités, un monument à la gloire du poète se dressait dans l'obscurité. En cette fin d'hiver, le sol était en friche ; la terre exsudait une odeur entêtante d'humus. Dans un mois elle bourgeonnerait de vie.

— Pas d'empreintes de pas ici, expliqua Canerone tandis qu'ils se dirigeaient vers une barrière de fil de fer qui disparaissait presque entièrement sous une haie à l'autre bout du champ. (Un trou avait été pratiqué dans la haie pour permettre à la police d'accéder au second champ qui se trouvait derrière et où gisait le cadavre.) On dirait que le tueur a transporté le corps à travers le cimetière et l'a balancé par-dessus le mur. Pas d'autre moyen d'accès.

— Il n'aurait pas pu passer par la ferme ?

Saint James désigna les lumières d'une bâtisse de l'autre côté du champ.

— Pas d'empreintes de pas de ce côté-là non plus. En outre, il y a trois chiens qui feraient un raffut d'enfer si quelqu'un s'avisait d'approcher.

Saint James examina le bouquet d'arbres. Des lumières oscillaient sous les branches. Il entendait la conversation tranquille des policiers demeurés sur les lieux. Quelqu'un éclata de rire. Il y avait belle lurette que la mort violente avait cessé d'impressionner les policiers de Slough, semblables en cela à bon nombre de leurs collègues.

Apparemment, toutefois, Canerone n'était pas aussi aguerri qu'eux.

— Excusez-moi, Mr Saint James, fit-il en rejoignant le petit groupe sous l'arbre. (Il parla d'un ton vif pendant un moment. Tendit le bras. Puis il rejoignit Saint James, visage impassible. Il prend ça trop à cœur, songea Saint James.) Suivez-moi, je vous prie.

Les hommes présents sur les lieux du crime reculèrent pour permettre à Saint James de s'approcher du corps. Non loin de là, le photographe de la police déchargeait son appareil. Il s'arrêta, jeta un coup d'œil, déposa son matériel dans la sacoche qui était à ses pieds.

Saint James se demanda ce qu'ils attendaient de lui. Ce qui était évident, ils le voyaient aussi bien que lui ; pour le reste, il faudrait attendre l'autopsie. Il n'était ni extra-lucide, ni magicien. Hors de son labo, il ne détenait pas de pouvoirs particuliers. En outre, c'était contre son gré qu'il se trouvait là, dans ce champ glacial et sombre, où le vent de la nuit lui ébouriffait les cheveux cependant qu'il contemplait le cadavre d'un enfant qu'il ne connaissait pas. Il était totalement déraisonnable de supposer que l'examen de cette scène macabre auquel il pourrait se livrer permettrait de comprendre le pourquoi et le comment de la vie et de la mort de l'enfant. Et puis, pour l'instant, il avait autre chose en tête : il lui fallait songer à Deborah. Deborah, sa femme, qui

— après un mois d'absence — revenait telle une étrangère. Et plus grave encore, à son propre cœur, déchiré par le chagrin et une solitude sans nom.

Malgré cela, il observa le cadavre. La couleur de la peau suggérait la présence dans le sang d'un agent contaminant, peut-être même une mort accidentelle. Mais l'état du corps démentait cette conclusion. Ainsi que Canerone l'avait dit, il y avait des détails bizarres que seule une autopsie parviendrait à expliquer. Pour cette raison, Saint James décida de s'en tenir à l'évidence, de ne faire état que de ce qu'un simple constable aurait pu remarquer : la tache aux allures d'hématome qui courait le long de la jambe gauche de l'enfant était en effet suffisamment parlante.

— Le corps a été déplacé. Après la mort.

Près de lui, Canerone hocha la tête en signe d'assentiment.

— Ce qui me préoccupe davantage, Mr Saint James, c'est ce qui s'est passé *avant* la mort. Il a été torturé.

4

Lynley ouvrit d'un geste sec sa vieille montre de gousset bosselée, constata qu'il était huit heures moins le quart et reconnut qu'il pouvait difficilement s'attarder au bureau plus longtemps. Le sergent Havers était déjà partie, leur rapport commun était prêt à être soumis au commissaire Webberly et, à moins qu'un événement imprévu ne survînt, il allait lui falloir songer à rentrer chez lui.

Qu'il n'en eût aucune envie, il en convenait volontiers. Au cours des deux derniers mois, loin d'être pour lui un lieu d'évasion ou un sanctuaire, son domicile était devenu un ennemi insidieux qui lui jetait à la figure le gant de la mémoire chaque fois qu'il en franchissait le seuil.

Pendant des années il avait vécu sans se donner la peine de chercher à savoir ce que lady Helen Clyde représentait exactement pour lui, pour la bonne raison qu'elle avait toujours été là. S'engouffrant dans sa bibliothèque, un sac plein de romans policiers à la main, insistant pour qu'il les lise. Se matérialisant sur le pas de sa porte à sept heures et demie du matin, flairant les plats de son petit déjeuner tout en lui racontant ses projets pour la journée. Le distrayant en lui racontant les anecdotes les plus folles à propos de son travail au laboratoire de police scientifique de Saint James — « Seigneur, Tommy mon chou, figure-toi que ce monstre n'a rien trouvé de mieux que de découper un *foie* en morceaux alors que nous prenions le thé ! » L'accompagnant dans la propriété familiale de Cornouailles, chevauchant avec lui à travers champs. Bref, donnant du sel à la vie.

Toutes les pièces de son domicile lui rappelaient Helen d'une façon ou d'une autre. Toutes sauf sa chambre. Car Helen avait été son amie, non sa maîtresse et, lorsqu'elle avait compris à quel point il était désireux de faire d'elle plus qu'une simple confidente et une camarade, elle l'avait abandonné.

Ç'aurait été tellement plus commode de la mépriser d'avoir fui. Tellement plus simple de chercher avec une autre une diversion. Les femmes prêtes à vivre des aventures de ce genre — brèves encore qu'intenses —, ça courait les rues. Mais c'était Helen qu'il voulait, et elle seule, avec une intensité qui allait bien au-delà du désir de goûter la douce chaleur de sa peau, de jouer avec ses cheveux, de sentir son corps frémir de plaisir contre le sien. Il voulait qu'il existât une communion entre eux, une union dépassant la simple et fugace union physique. Cette possibilité lui étant refusée, il restait loin de chez lui, travaillant comme un forcené, tuant le temps par tous les moyens pour s'empêcher de penser à Helen Clyde.

Pourtant, dans des instants comme celui-ci, lorsque la journée finissante le trouvait en position de faiblesse, ses pensées se tournaient instinctivement vers elle, tels des oiseaux sauvages en quête d'un abri accueillant pour la nuit. Hélas ! le souvenir d'Helen — loin de le protéger — était devenu un outil ne servant qu'à mesurer l'intensité de la perte qu'il avait subie.

Il prit sa carte postale de Grèce, relut une fois de plus le message enjoué qu'il connaissait par cœur, s'efforça de croire que sous ces mots badins se dissimulait un autre message, d'amour celui-là, que quelques instants d'une lecture plus attentive lui permettraient de déceler. Mais impossible de se leurrer. Le message était clair. Helen avait besoin de temps. Et de distance. Il avait détraqué son équilibre fragile.

Découragé, il fourra la carte dans la poche de sa veste, regardant la réalité en face : décidément, il allait devoir rentrer. Au moment où il se levait, son regard se posa sur la photographie de Matthew Whateley que John Corntel lui avait laissée.

C'était un enfant réellement séduisant. Cheveux sombres, peau couleur d'amandes mondées, yeux si foncés qu'ils en étaient presque noirs. Corntel avait précisé que le garçonnet avait treize ans, qu'il était en quatrième à Bredgar Chambers. En fait, il semblait beaucoup plus jeune et ses traits étaient aussi délicatement ciselés que ceux d'une fille.

Lynley éprouva un sentiment de malaise en étudiant le cliché. Il était dans la police depuis suffisamment longtemps pour savoir ce que la disparition d'un enfant aussi mignon pouvait signifier.

Interroger l'ordinateur central serait l'affaire d'un instant. Toutes les forces de police d'Angleterre et du Pays de Galles étant reliées à l'unité centrale, si Matthew avait été retrouvé quelque part — mort, ou vivant mais refusant de décliner son identité — l'ordinateur recracherait son signalement complet afin de permettre à d'autres policiers d'identifier le garçonnet. Cela valait la peine de tenter le coup.

Dans la salle des ordinateurs, il n'y avait pour l'instant qu'une seule personne, un constable — que Lynley connaissait de vue — qui travaillait sur les affaires de vol. Il ne réussit pas à se rappeler son nom. Les deux hommes se gratifièrent d'un bref hochement de tête mais ne s'adressèrent pas la parole. Lynley s'approcha d'une des consoles et entra les données nécessaires.

Comme il ne s'attendait pas à trouver quoi que ce soit si tôt après la disparition du garçonnet, il regardait l'écran d'un œil distrait ; aussi faillit-il rater le message émanant de la police de Slough : corps d'un enfant de sexe masculin, cheveux brun foncé, yeux marron foncé, âgé d'environ neuf à douze ans, trouvé non loin de l'église Saint Giles, à Stoke Poges. Cause du décès inconnue pour l'instant. Corps non encore identifié. Cicatrice de 1,5 cm sur la rotule gauche. Tache de naissance à la base de la colonne vertébrale. Taille 1,37 m. Poids environ 38 kilos. Découvert à 17 h 05.

L'esprit ailleurs, Lynley ne prêtait qu'une attention distraite aux données qui défilaient. Il s'en fallut donc d'un rien qu'il ne ratât ce qui l'intéressait. Ce n'est que lorsqu'il vit le nom de la personne qui avait trouvé le corps apparaître sur l'écran — et lui sauter quasiment au visage — qu'il prit réellement conscience de ce qu'il avait sous les yeux. Un hoquet de stupeur lui échappa. Sur l'écran, il venait en effet de lire : *Deborah Saint James, Cheyne Row, Chelsea.*

Dans le PC à deux pas de l'église Saint Giles, l'inspecteur Canerone regarda sa montre. Plus de trois heures que le corps avait été découvert. Il s'efforça de ne pas y penser.

Il se disait qu'après dix-huit ans de service dans la police, il aurait été souhaitable qu'il fût davantage immunisé contre la mort. Il aurait dû être en mesure de considérer un cadavre avec une certaine impassibilité, de l'envisager non comme un être humain mort de mort violente mais comme un boulot dont il fallait se charger.

A la fin de sa précédente enquête, il s'était dit qu'il avait enfin réussi à trouver le juste milieu entre indifférence et indignation. A l'époque il avait eu d'autant moins de mal à s'en convaincre que le corps du maquereau notoire qu'il avait retrouvé gisant au pied de l'escalier crasseux d'un immeuble sordide à demi calciné n'était guère de nature à l'inciter à s'appesantir sur la cruauté dont l'homme pouvait faire preuve envers son semblable. Surtout que le puritain vertueux qui sommeillait en lui était convaincu que le maquereau n'avait eu que ce qu'il méritait. Lorsqu'il s'était accroupi près du cadavre et qu'il avait vu le garrot, il était resté de marbre. De là à se persuader qu'il était enfin parvenu à atteindre l'objectivité et le détachement qu'il désirait tant, il n'y avait qu'un pas.

Sa belle objectivité n'avait pas tenu longtemps ce soir. Et Canerone savait bien pourquoi. L'enfant ressemblait terriblement à son propre fils. L'espace d'un atroce instant même, il avait cru que *c'était* Gerald et s'était mis à passer en revue une série d'événements tous plus invraisemblables les uns que les autres, depuis le refus soudain de Gerald de continuer à vivre à Bristol sous le même toit que sa mère et son nouveau mari, jusqu'à sa mort. Et tout cela tenait tellement bien la route dans l'imagination de Canerone... Son fils aurait téléphoné à l'appartement et, n'obtenant pas de réponse, serait parti pour Slough à la recherche de son père. Quelque automobiliste l'aurait ramassé sur le bord de la route, enfermé quelque part, torturé pour assouvir ses instincts sadiques. Et après l'avoir torturé — ou peut-être même avant — l'inconnu l'aurait laissé mourir seul, terrorisé, abandonné de tous. Evidemment, après un second regard au cadavre, Canerone s'était aperçu qu'il ne s'agissait nullement de Gerald. Toutefois, durant un bref moment, l'éventualité terrifiante qu'il pût s'agir de son enfant avait eu raison de l'indifférence dont il estimait devoir faire montre dans l'exercice de sa profession. Maintenant il subissait le contrecoup des instants terribles au cours desquels il avait baissé sa garde.

Son fils, il le voyait rarement, se disant qu'il lui était impossible — compte tenu de son métier — de lui accorder plus qu'un week-end par-ci, par-là. Mais en fait c'était un mensonge et il se mit à réfléchir à la chose maintenant que les techniciens étaient partis, que le chirurgien de la police avait emmené le cadavre à l'hôpital et qu'une femme constable esseulée assise à un bureau voisin attendait qu'il l'autorise à plier bagage. La vérité, la raison pour laquelle il ne voyait son fils que rarement, c'était parce que le voir lui broyait le cœur. Lorsqu'il le voyait — fût-ce dans les circonstances les plus anodines —, il était obligé de reconnaître l'importance de ce qu'il avait perdu, contraint de constater le vide de son existence, maintenant que femme et enfant l'avaient quitté.

Il avait vu beaucoup de ménages se défaire autour de lui dans la police au fil des années, mais il n'avait jamais pensé une seule fois que son couple pût craquer du fait des horaires irréguliers, de la charge de travail harassante, des nuits de veille indissociables de la vie d'un inspecteur. Lorsqu'il avait cru remarquer que sa femme n'était pas heureuse, il avait préféré faire l'autruche, se disant qu'elle n'était pas d'un tempérament facile, que s'il se montrait patient ça se tasserait, qu'elle avait une sacrée veine qu'il l'ait conduite devant monsieur le maire car, avec son caractère de cochon, qui d'autre que lui aurait pu la supporter, non mais sans blague ! En fin de compte, des candidats, il y en avait eu des tas. Il s'en était même trouvé un qui l'avait épousée et emmenée à Bristol, embarquant Gerald du même coup.

Canerone se versa une tasse de café. Le breuvage avait l'air trop corsé. S'il le buvait, il ne fermerait pas l'œil de la nuit. Il en avala une gorgée. Le goût amer lui arracha une grimace. Son esprit et son cœur étaient tout entiers occupés par le petit garçon trouvé dans le cimetière. Les poignets et les chevilles de l'enfant avaient été ligotés avec force ; son corps portait des marques de brûlures. On s'en était débarrassé comme d'un tas d'ordures. Il ressemblait tellement à Gerald.

Canerone était sévèrement secoué. Il se sentait incapable de décider par où il fallait commencer l'enquête pour que justice fût faite dans cette affaire. Ce manque d'allant professionnel le poussait à se dire qu'il ferait mieux de passer le relais à un autre inspecteur. Mais c'était impossible. Il n'avait pas assez d'effectifs.

Le téléphone sonna. Debout près de la porte, il prêta distraitement l'oreille aux propos de la femme flic qui avait pris la communication.

— Oui, un petit garçon... Non, on ignore d'où il vient. Il semble qu'il ait été déposé là... Il n'est pas mort de froid, monsieur. On l'avait ligoté... Non, nous ignorons absolument pour l'instant qui... (Elle hésita, écoutant d'un air concentré, ses sourcils bien dessinés froncés. Puis elle dit simplement :) Je vais vous passer l'inspecteur. Il est près de moi.

Canerone se tourna vers la jeune femme qui lui tendit le téléphone sans se douter qu'elle apportait du même coup la solution à son problème.

— L'inspecteur Lynley, annonça-t-elle. De New Scotland Yard.

Queen Caroline Street. Lynley ne put s'approcher davantage du cottage des Whateley planté au bord du fleuve. Il se gara tant bien que mal — dans un endroit où le stationnement était interdit — bloquant à moitié l'allée conduisant à l'entrée d'un immeuble, prenant soin de laisser une carte de la police en évidence contre le volant. De part et d'autre de la rue se dressaient des bâtiments sinistres datant de l'après-guerre ; le béton couleur champignon côtoyait la brique d'un brun crasseux. Les immeubles étaient dépourvus de tout élément de décoration, nus, surpeuplés et peu accueillants.

Même le dimanche soir à dix heures, le quartier était empli de bruit, lequel s'engouffrait dans la rue et ricochait contre les façades des bâtiments. Voitures et camions rugissaient le long du passage supérieur. La circulation grondait sur le pont de Hammersmith. Des cris résonnaient dans les cours des immeubles, suivis en contre-chant des aboiements des chiens.

Lynley marcha jusqu'au bout de la rue et descendit vers le quai. La marée était haute, l'eau luisait dans l'obscurité comme du satin noir et froid, mais le faible parfum qui émanait du fleuve était noyé sous les fumées des pots d'échappement venant du pont au-dessus.

Le cottage des Whateley, à quelque deux cents mètres plus bas dans Lower Mall, était un souvenir tenace du passé de Hammersmith. C'était un vieux cottage de pêcheurs qui n'avait pas été rénové, aux murs passés à la chaux, à colombages, au toit percé de fenêtres mansardées.

Pour accéder au cottage, il fallait passer sous un tunnel qui tenait lieu de frontière entre la maison des Whateley et le pub voisin. Le souterrain était étroit, le sol recouvert de pavés inégaux, l'endroit imprégné d'une forte odeur de bière. Tandis que Lynley se dirigeait vers la porte, il effleura du crâne les poutres grossières qui tapissaient le plafond bas du tunnel.

Jusqu'à maintenant tout s'était déroulé selon la procédure policière habituelle. Le coup de fil de Lynley au PC de Stoke Poges avait débouché sur l'identification par Kevin Whateley du corps de son fils moins d'une heure plus tard. Après quoi, Lynley avait suggéré que Scotland Yard coordonne le travail des enquêteurs, plusieurs instances policières étant concernées : la police du West Sussex — où Matthew Whateley avait été vu vivant pour la dernière fois à Bredgar Chambers — et celle du Buckinghamshire — où son corps avait été retrouvé près de l'église Saint Giles. Une fois que l'inspecteur Canerone eut donné son accord et approuvé cette stratégie — avec un soulagement plutôt surprenant car en règle générale les policiers de province supportaient très mal les ingérences du Yard dans leurs affaires —, Lynley n'avait plus eu qu'à obtenir le feu vert de son supérieur hiérarchique, le commissaire Webberly, pour être sûr de se voir mis sur une affaire susceptible de l'absorber des jours, voire des semaines entières.

Arraché à son émission de télévision préférée du dimanche soir, Webberly avait écouté Lynley lui résumer rapidement les faits et lui avait donné l'autorisation de participer à l'enquête avant de retourner, tout content, se planter devant BBC 1.

Le sergent Havers était la seule personne que la perspective d'entamer une nouvelle enquête risquait de ne pas réjouir. Mais il lui faudrait se faire une raison.

Lynley frappa au battant délavé. La porte était en retrait par rapport au mur et le linteau en était affaissé comme s'il supportait à lui seul tout le poids de la construction. Personne n'ouvrant, Lynley chercha des yeux une sonnette, n'en trouva pas et frappa de nouveau, avec plus de force cette fois. Il entendit une clé tourner dans la serrure, un bruit de verrous. Et il se trouva nez à nez avec le père de l'enfant.

Jusqu'à cet instant, la mort de Matthew Whateley n'avait été aux yeux de Lynley qu'un moyen d'échapper à ses propres soucis et de tromper le vide de son existence. Devant la souffrance gravée sur le visage de Kevin Whateley, il eut honte de ses motivations bassement égoïstes. Le vide véritable, il était là. La sensation de solitude et d'abandon que lui-même éprouvait était risible par comparaison.

— Mr Whateley ? (Il tendit ses papiers.) Thomas Lynley. Scotland Yard. Service des affaires criminelles.

Whateley ne fit même pas mine d'examiner les documents. Lynley se demanda s'il l'avait entendu. En le regardant, Lynley comprit qu'il venait vraisemblablement de rentrer après avoir identifié le corps de son fils car il portait une casquette de laine élimée et — sous son manteau de tweed râpé — un costume marron qui bâillait au cou et pochait aux genoux.

A son visage, Lynley comprit également qu'il réagirait par un refus au coup qui le frappait. Ses muscles étaient rigides. Ses yeux gris vitreux, telles des pierres non polies.

— Puis-je entrer, Mr Whateley ? J'ai quelques questions à vous poser. Je sais qu'il est tard, mais plus vite j'aurai les renseignements...

— C'est pas des renseignements qui ramèneront Mattie.

— Vous avez raison. Ils permettront seulement à la justice de suivre son cours. Et je sais que c'est une bien piètre consolation. Croyez-moi.

— Kev ? appela une voix de femme de l'étage au-dessus.

Voix faible, voix de personne sous calmants peut-être. Les yeux de Whateley se dirigèrent vers l'endroit d'où était provenu le bruit, mais il resta planté dans l'encadrement de la porte.

— Il n'y a personne qui pourrait passer la nuit avec vous ? s'enquit Lynley.

— On n'a besoin de personne, rétorqua Whateley. Pats et moi, on se débrouillera.

— Kev ? (La voix se rapprochait et l'on entendit bientôt un bruit de pas dans l'escalier non moquetté.) Qui est-ce ?

Whateley jeta un regard par-dessus son épaule à la femme qui n'était pas encore dans le champ de vision de Lynley.

— La police. Un type de Scotland Yard.

— Laisse-le entrer. (Whateley ne bougea toujours pas.) Laisse-le entrer, Kev.

Une main ouvrit la porte en grand et Lynley aperçut Patsy Whateley pour la première fois. La mère du garçonnet devait avoir une bonne quarantaine, c'était une femme ordinaire qui, même ravagée par le chagrin, était du genre à se fondre dans l'anonymat d'une foule. Dans la rue, elle n'aurait probablement attiré l'attention de personne, quels qu'aient pu être ses attraits au temps de sa jeunesse. Sa silhouette s'était épaissie avec les années, lui donnant l'air plus corpulente qu'elle ne devait l'être en réalité. Ses cheveux étaient très foncés, de ce noir implacable qui ne doit rien à la nature mais résulte de l'application hâtive d'une teinture bon marché. Sa robe de chambre de nylon froissée était ornée de dragons qui grimaçaient en travers de sa poitrine et le long de ses hanches. Que le peignoir — malgré ses impressions criardes — fût un vêtement auquel Patsy Whateley avait attaché du prix ne faisait aucun doute : il n'y avait qu'à voir le mal qu'elle s'était donné pour trouver des pantoufles d'un vert approximativement assorti à celui des animaux fantastiques.

— Entrez. (Elle tendit la main vers la ceinture de sa robe de chambre.) J'ai l'air de... J'ai pas fait grand-chose, voyez-vous, depuis...

— Ne vous inquiétez pas pour ça, Mrs Whateley, fit Lynley, coupant court.

Qu'est-ce que la malheureuse se figurait qu'il attendait de la part d'une femme dont on venait de retrouver l'enfant assassiné ? Un défilé de mode ? Absurde. Pourtant, lissant du plat de la main une couture, elle semblait comparer sa propre apparence à celle de son visiteur, comme si le costume sans défaut de ce dernier constituait une critique muette de sa tenue à elle. Mal à l'aise, Lynley s'en voulut de ne pas avoir eu la bonne idée de venir en compagnie du sergent Havers. Les origines modestes de Barbara, son laisser-aller vestimentaire auraient aplani les difficultés suscitées par son accent terriblement aristocratique et ses costumes sortis des ateliers de Savile Row.

Ayant franchi le seuil du cottage, il se retrouva sans transition dans le séjour. La pièce était chichement meublée d'un salon, d'un buffet au dessus de Formica, d'un fauteuil sans accoudoirs recouvert d'un tissu écossais marron et jaune, d'une longue étagère courant sous les fenêtres de la façade. Deux collections hétéroclites occupaient l'étagère, l'une de sculptures de pierre, l'autre de tasses, toutes deux très révélatrices.

Comme toute collection d'œuvres d'art, les sculptures de pierre révélaient les goûts du collectionneur. Des femmes nues étaient allongées dans des positions bizarres, seins pointant en l'air ; des couples enlacés se tordaient, simulant la passion ; des hommes nus exploraient les corps tout aussi nus de compagnes qui recevaient ces hommages la tête renversée en arrière, l'air pâmé. Le viol des Sabines, songea Lynley. Et celles-là semblent supplier leurs agresseurs de les enlever.

Sur la même étagère, les tasses portaient des inscriptions indiquant qu'il s'agissait de souvenirs. Achetées dans divers lieux de villégiature, elles s'ornaient d'un dessin illustrant la ville ou la station balnéaire d'où elles provenaient et de lettres en or pour le cas où le dessin n'eût pas suffi. De la porte, Lynley réussit à lire certaines des légendes. *Blackpool, Weston-Super-Mare, Ilfracombe, Skegness*. D'autres lui tournaient le dos mais il réussit à identifier leur provenance grâce au dessin peint dessus. Tower Bridge, Château d'Edimbourg, Salisbury, Stonehenge. Elles devaient représenter des endroits où les Whateley avaient emmené leur fils, des endroits dont le seul nom leur broierait désormais le cœur au moment où ils s'y attendraient le moins.

— Je vous en prie, asseyez-vous... inspecteur. Vous êtes inspecteur, c'est bien ça ? fit Patsy avec un geste en direction du canapé.

— Oui. Thomas Lynley.

Le canapé — du vinyle bleu — était recouvert d'un vieux dessus-de-lit destiné à le protéger. Patsy Whateley ôta le dessus-de-lit, le plia lentement et avec soin. Lynley s'assit.

Patsy l'imita, se posant sur le fauteuil écossais et s'assurant que les pans de sa robe de chambre ne s'écartaient pas indûment. Son mari resta debout près de la cheminée de pierre. Celle-ci renfermait un radiateur électrique qu'il ne fit pas mine d'allumer bien qu'il régnât un froid terrible dans la pièce.

— Je peux revenir demain matin, annonça Lynley. Mais il m'a semblé plus judicieux de me mettre au travail séance tenante.

— Oui, reprit Patsy. Séance tenante. Mattie... Je veux savoir. Il faut que je sache.

Son mari ne souffla mot. Ses yeux ternes étaient rivés sur une photographie du garçonnet qui trônait à la place d'honneur sur le buffet. Souriant comme n'importe quel élève de quatrième, Matthew était photographié en uniforme — pull-over jaune, blazer bleu, pantalon gris, chaussures noires.

— Kev... fit Patsy d'un ton incertain.

A l'évidence, elle aurait bien voulu que son mari se rapproche. Il était tout aussi évident qu'il n'avait aucune intention de bouger de là où il était.

— C'est Scotland Yard qui se chargera de la plus grosse partie de l'enquête, expliqua Lynley. Je me suis déjà entretenu avec John Corntel, le chef de la maison où logeait Matthew.

— Le fumier, murmura Kevin Whateley entre ses dents.

Patsy se redressa sur son fauteuil, les yeux braqués sur Lynley. De la main, toutefois, elle prit un pan de son peignoir qu'elle serra.

— Mr Corntel. Mattie habitait Erèbe. Mr Corntel est le chef d'Erèbe. A Bredgar Chambers.

— D'après ce que m'a dit Mr Corntel, poursuivit Lynley, il n'est pas impossible que Matthew se soit mis en tête de goûter à la liberté ce week-end.

— Non, lança Patsy. Non.

Lynley ne fut pas surpris par ces dénégations. Il continua comme si de rien n'était.

— Il semble qu'il ait réussi à se procurer une dispense de sport, un papier de l'infirmerie spécifiant qu'il n'était pas en état de participer au match de hockey du vendredi après-midi. A l'école, ses professeurs tendent à penser qu'il ne se sentait pas à sa place et voulait profiter de la visite qu'il devait rendre aux Morant et du papier de l'infirmerie pour se sauver, revenir à Londres peut-être, sans que personne s'en rende compte. Mr Corntel est d'avis qu'il essayait de faire du stop et qu'il a été ramassé par un automobiliste sur le bord de la route.

Patsy regarda son mari dans l'espoir qu'il interviendrait. Les lèvres de Kevin remuèrent convulsivement mais il ne dit rien.

— Impossible, inspecteur, fit Patsy. Notre petit Mattie n'est pas comme ça.

— Comment est-ce que ça marchait à l'école ?

Les yeux de Patsy se tournèrent de nouveau vers son mari. Cette fois, il croisa brièvement le regard de sa femme avant de détourner les yeux. Il ôta sa casquette et la tordit entre ses mains. De fortes mains de travailleur, constata Lynley, égratignées en plusieurs endroits.

— Bien, répondit Patsy.

— Il était heureux là-bas ?

— Très. Il avait eu une bourse. La bourse offerte par les

membres du conseil d'administration. Il savait ce que ça représentait, d'être dans une bonne école.

— Avant d'entrer à Bredgar, il allait en classe près d'ici, n'est-ce pas ? A Hammersmith. Peut-être qu'il s'ennuyait de ses copains.

— Pas du tout. Mattie adorait Bredgar Chambers. Il savait combien ça comptait dans la vie, une bonne éducation. Etre pensionnaire à Chambers, c'était inespéré pour lui. Jamais il n'aurait gâché une occasion pareille sous prétexte qu'un de ses anciens camarades lui manquait. Ses copains, il pouvait les voir autant qu'il voulait pendant les petites vacances, de toute manière.

— Peut-être y en avait-il un auquel il tenait tout particulièrement ?

Lynley remarqua la réaction de Kevin Whateley : un bref mouvement de tête en direction de la fenêtre.

— Mr Whateley ?

L'interpellé ne broncha pas. Lynley attendit. Patsy Whateley risqua :

— Tu penses à Yvonnen, Kev, pas vrai ? fit-elle avant d'expliquer à Lynley : Yvonnen Livesley. De Queen Caroline Street. Mattie et elle étaient amis à l'école primaire. Ils jouaient ensemble. Mais ça s'arrêtait là. Yvonnen n'était qu'une simple camarade de jeux pour Mattie. De plus...

Clignant des yeux, elle s'interrompit.

— Elle était noire, termina son mari.

— Yvonnen Livesley est noire ? reprit Lynley en écho.

Kevin Whateley fit oui de la tête comme si la couleur de la peau d'Yvonnen suffisait à prouver que Matthew n'avait pas quitté subrepticement l'école. L'argument était faible surtout si les deux enfants avaient grandi ensemble et qu'ils étaient bons camarades comme Mrs Whateley l'avait indiqué.

— Vous n'avez rien remarqué — un petit détail, une réflexion — qui aurait pu vous donner à penser que Matthew était malheureux à l'école ces temps-ci ? Ces dernières semaines, pour être plus précis. Une chose un peu bizarre dont vous auriez ignoré la cause. Il arrive que les enfants traversent des expériences dont ils n'ont pas forcément envie de parler à leurs parents. Cela n'a rien à voir avec la nature des relations parents-enfants. Ce sont des choses qui arrivent, c'est tout.

Lynley songea aux jours où, écolier, il avait fait semblant d'être heureux. Il n'avait soufflé mot de ses sentiments véritables à quiconque, et surtout pas à ses parents.

Aucun de ses deux interlocuteurs ne répondit. Kevin examinait la doublure de sa casquette. Patsy fixait ses genoux, sourcils froncés. Lynley vit qu'elle s'était mise à trembler, aussi s'adressa-t-il à elle.

— Si Matthew s'est sauvé de l'école, ce n'est pas votre faute, Mrs Whateley. Vous n'y êtes pour rien. S'il a éprouvé le besoin de s'enfuir...

— Il fallait qu'il aille à Chambers. On avait juré... Oh ! Kev, il est mort, par notre faute. Tu sais bien que nous sommes responsables !

Le visage de son mari se crispa mais il resta où il était au lieu d'aller la rejoindre. Il se tourna vers Lynley.

— Ces quatre ou cinq derniers mois, il était devenu drôlement taciturne. Aux dernières vacances, je l'ai surpris, à trois ou quatre reprises, fixant le fleuve par la fenêtre de sa chambre. Comme s'il était en transe. Mais je n'ai pas réussi à lui tirer les vers du nez. (Kevin regarda sa femme. Elle s'efforçait de garder le maintien poli qui lui semblait de mise en la circonstance.) T'as raison, Pats. On est responsables.

Barbara Havers fixa la façade de la maison familiale d'Acton et prit note intérieurement des travaux à entreprendre pour donner au pavillon l'air plus habitable. C'était un exercice auquel elle se livrait régulièrement tous les soirs, commençant toujours par le plus facile. Les vitres étaient dégoûtantes. Dieu seul savait quand elles avaient été nettoyées pour la dernière fois. Laver les carreaux ne devrait pas poser de problème majeur à condition toutefois qu'elle disposât d'un peu de temps, d'une échelle et de l'énergie suffisante. Les briques avaient besoin d'être frottées. Cinquante ans de suie et de crasse s'étaient déposés sur leur surface poreuse, formant une patine immonde où se déclinaient toutes les nuances de noir. Les huisseries des fenêtres, l'encadrement de la porte d'entrée avaient depuis longtemps perdu jusqu'à leur dernière trace de peinture. Barbara frissonna en songeant au temps qu'il faudrait pour rendre à ces boiseries sans prétention leur aspect d'origine. Les gouttières étaient rongées par la rouille et l'eau giclait énergiquement contre les murs chaque fois qu'il pleuvait. Il faudrait les faire remplacer purement et simplement. Quant au jardin de devant, tout était à faire. Ce n'était pas un jardin d'ailleurs, mais un simple carré de terre dure comme du béton sur lequel elle garait sa Mini dont la carrosserie rouillée, loin de déparer l'ensemble, le complétait à merveille.

Son examen terminé, elle sortit de la voiture et pénétra dans la maison. Le bruit, les odeurs l'agressèrent aussitôt. La télévision hurlait dans le séjour cependant que des relents de nourriture cuite à la va-vite, d'humidité et de moisi, le fumet tenace des corps rances et de la vieillesse se faisaient une concurrence impitoyable.

Barbara posa son sac à bandoulière sur la table de rotin bancale de l'entrée. Elle suspendit son manteau à côté des autres à une des patères fixées sous la cage d'escalier et se dirigea vers le séjour situé à l'arrière de la maison.

— C'est toi, mon chou ? lança sa mère du premier étage d'un ton dolent.

Barbara s'immobilisa et leva les yeux. Mrs Havers était sur le palier, vêtue en tout et pour tout d'une mince chemise de nuit en coton, pieds nus, cheveux épars. La lumière qui brillait dans la chambre juste derrière elle accentuait encore les angles de son corps squelettique à travers le tissu fin. Les yeux de Barbara s'arrondirent.

— Tu ne t'es pas habillée, maman, dit-elle. Tu ne t'es pas habillée de la journée.

Elle sentit le poids du découragement s'abattre sur ses épaules. Combien de temps réussirait-elle à exercer son métier tout en s'occupant de ses parents, retombés l'un et l'autre en enfance ?

Mrs Havers eut un sourire flou. Elle porta la main à sa chemise de nuit comme pour vérifier le bien-fondé des propos de sa fille et se mordit la lèvre.

— J'ai oublié, expliqua-t-elle. J'étais plongée dans mes albums — oh ! mon chou, j'aurais tellement aimé passer encore un peu de temps en Suisse, pas toi ? —, j'ai pas fait attention... Tu veux que je m'habille maintenant, ma chérie ?

Etant donné l'heure, c'était une perte de temps et d'énergie. Barbara soupira, appuya ses jointures contre ses tempes pour tenter d'enrayer un début de migraine.

— Non, maman. Inutile. C'est presque l'heure de te mettre au lit.

— Je pourrais m'habiller devant toi. Tu me regarderais faire. Comme ça tu verrais si je m'en sors.

— Je suis sûre que tu t'en sors, maman. Pourquoi ne te fais-tu pas couler un bain ?

Le visage de Mrs Havers se plissa.

— Un bain ?

— Oui, mais reste à côté de la baignoire cette fois. Ne la laisse pas déborder. Je monte dans un moment.

— Tu me donneras un coup de main, mon chou ? Si tu m'aides, je te parlerai de mes projets concernant l'Argentine. C'est notre prochaine destination. Tu crois qu'ils parlent espagnol là-bas ? Parce que si c'est le cas, il va peut-être falloir qu'on travaille un peu notre espagnol avant de partir. C'est tellement agréable de pouvoir communiquer avec les gens du pays. *Buenos días, señorita. Como se llama ?* J'ai appris ça à la télé. Ce n'est pas suffisant mais c'est déjà un début. A condition qu'ils parlent espagnol en Argentine. Parce que leur langue, c'est peut-être le portugais. Je sais qu'on parle portugais quelque part en Amérique du Sud.

Barbara savait sa mère capable de continuer à sauter du coq à l'âne pendant des heures. Cela lui était déjà arrivé. Parfois elle entrait dans sa chambre sur le coup de deux ou trois heures du matin et lui tenait infatigablement la jambe sans se soucier des prières de Barbara, qui la suppliait de retourner au lit.

— Ton bain, lui rappela Barbara. Je vais voir si papa va bien.

— Il est en forme aujourd'hui, mon petit chou. En pleine forme. Va voir.

Sur ces mots, Mrs Havers recula, disparut. Un instant plus tard, l'eau se mit à couler bruyamment dans la baignoire. Barbara attendit quelques secondes pour s'assurer que sa mère surveillait son bain, mais apparemment elle avait réussi à lui enfoncer l'idée dans le crâne suffisamment profondément pour pouvoir bénéficier d'un moment de répit. Barbara se dirigea vers le séjour.

Son père était dans son fauteuil habituel, devant son émission dominicale habituelle. Des journaux jonchaient le sol : il les avait laissés tomber par terre après y avoir jeté un rapide coup d'œil. Comme d'habitude. Avec lui, au moins, pas de surprises — il avait sa routine et s'y tenait.

Debout sur le seuil, Barbara le regarda couper le son criard d'une pub pour les chocolats Cadbury et se concentrer sur le bruit de sa respiration. Elle était de plus en plus difficile depuis deux semaines. L'oxygène que les tuyaux omniprésents lui fournissaient semblait insuffisant.

Sentant peut-être la présence de sa fille, Jimmy Havers se tourna tant bien que mal.

— Barbie.

Comme à l'accoutumée, il lui sourit en signe de bienvenue, dévoilant des dents ébréchées et noircies. Mais, pour une fois, Barbara ne remarqua ni ses dents ni ses cheveux gras et malodorants. Ce qu'elle remarqua, plutôt, c'est qu'il avait franchement mauvaise mine. Ses joues étaient grises. Ses ongles bleuâtres. Elle n'eut pas besoin de traverser la pièce pour remarquer que les veines de ses bras étaient difficilement visibles.

Elle s'approcha du réservoir posé sur un chariot près de son fauteuil et régla le débit de l'oxygène.

— On a rendez-vous chez le docteur demain matin, n'est-ce pas, papa ?

Il fit oui de la tête.

— Demain à neuf heures et demie. Va falloir se lever aux aurores, Barbie.

— Oui. Aux aurores.

Brièvement, Barbara se demanda comment elle réussirait à emmener père et mère chez le médecin. Elle retournait le problème dans sa tête depuis plusieurs semaines. Il était hors de question de laisser sa mère seule à la maison pendant qu'elle conduisait son père chez le spécialiste. Livrée à elle-même, Mrs Havers était capable de toutes les bêtises. Pourtant, à l'idée de devoir les emmener tous les deux, elle avait envie de baisser les bras — la réserve d'oxygène de son père, son manque de disponibilité face à la tendance qu'avait sa mère à divaguer et se réfugier dans la grotte de cristal de sa folie. Comment allait-elle s'en sortir ?

Barbara avait conscience que le moment était venu de chercher quelqu'un. Pas une assistante sociale bien intentionnée qui passerait s'assurer que la maison était toujours debout, mais quelqu'un qui serait là à demeure. Quelqu'un de fiable. Quelqu'un qui s'intéresserait à ses parents.

Impossible. Elle n'arriverait jamais à trouver une perle pareille. Il ne lui restait qu'à continuer à se dépatouiller de son mieux. Rien que d'y penser, elle suffoqua ; c'était une vision de cauchemar d'un avenir qui n'avait pas de fin et d'où l'espoir était exclu.

Lorsque le téléphone sonna, elle se propulsa jusqu'à la cuisine pour répondre, s'efforçant de ne pas se laisser démoraliser davantage par la vue de la vaisselle du petit déjeuner pleine d'œufs figés, qui traînait encore sur la table.

— Nous avons un meurtre sur les bras, sergent, annonça tout à trac la voix de Lynley. Je vais avoir besoin de vous. Rendez-vous demain matin à sept heures et demie chez Saint James.

Barbara savait que si elle lui demandait la permission de s'absenter, Lynley la lui accorderait sans barguigner. Elle s'était toujours soigneusement gardée de lui révéler les conditions dans lesquelles elle vivait, mais il ne faisait pas l'ombre d'un doute que le nombre d'heures qu'elle avait faites au cours des dernières semaines lui donnait droit à des jours de congé. Il ne l'ignorait pas. Il ne s'aviserait même pas de discuter le bien-fondé de sa requête. Elle se demanda ce qui l'empêchait de la formuler ; mais, alors même qu'elle se posait la question, elle comprit qu'elle se mentait. Une nouvelle enquête lui fournirait un moment de répit, lui évitant de se bagarrer avec ses parents aux aurores, de se coltiner avec eux jusque chez le médecin, de poireauter dans la salle d'attente tout en surveillant sa mère, aussi intenable qu'un enfant de deux ans. Une nouvelle enquête lui permettrait d'échapper à tout ça. C'était la possibilité de fuir, l'autorisation de remettre au lendemain.

— Havers ? fit Lynley. Vous avez noté ?

Le moment était venu de parler, de lui expliquer la situation, de lui dire qu'elle avait besoin de quelques heures — d'une journée peut-être — pour régler des affaires personnelles. Il comprendrait. Tout ce qu'elle avait à dire, c'était *j'ai besoin d'un peu de temps*. Mais elle s'en sentait incapable.

— Rendez-vous chez Saint James à sept heures trente, reprit-elle. C'est noté, monsieur.

Il raccrocha. Barbara fit de même, s'efforçant d'analyser ses émotions, de mettre un nom sur ce qu'elle sentait courir dans ses veines. Elle aurait bien voulu que ce fût un sentiment de culpabilité ; mais en fait, c'était tout bonnement un sentiment de libération.

Elle alla dire à son père qu'il leur faudrait déplacer le rendez-vous chez le médecin.

Kevin Whateley n'était pas allé au *Royal Plantagenet*, le pub voisin de chez lui. Après avoir marché le long du quai, être passé devant le pré communal où Matthew et lui avaient jadis appris à faire marcher leurs avions à télécommande, il était entré dans un vieux pub bâti sur une langue de terre qui s'enfonçait dans la Tamise tel un doigt recourbé.

Ce n'était pas par hasard qu'il avait choisi *la Colombe bleue*. Au *Royal Plantagenet* — qui n'était cependant qu'à deux pas de chez lui — il aurait risqué d'oublier, fût-ce cinq minutes. A *la Colombe bleue*, il ne courait pas le risque d'avoir des absences.

Il s'assit à une table surplombant le fleuve. Malgré la fraîcheur du soir, quelqu'un pêchait non loin du ponton à bord d'un bateau dont les lumières se balançaient au gré des mouvements de l'eau. Kevin contempla le spectacle, laissant sa mémoire s'emplir de l'image de Matthew courant le long de ce même ponton, tombant, s'esquintant le genou, se redressant sans une larme ; il n'avait pas pleuré lorsque le sang avait commencé à couler de l'écorchure, ni même lorsqu'on lui avait mis des agrafes. C'était un gosse plein de cran. Courageux, il l'avait toujours été.

Kevin s'arracha à la contemplation du ponton et fixa la table d'acajou. Des sous-verres en carton la recouvraient, vantant les mérites des bières Guinness, Watney et Smith. Avec soin, Kevin les empila, défit la pile et la reconstitua, les disposa comme des cartes à jouer avant de les mettre de nouveau en tas. Il avait du mal à respirer et aurait eu bien besoin d'inspirer un bon coup.

Mais respirer à fond, c'était se laisser aller, fût-ce un instant. Et il n'en était pas question. Car s'il perdait le contrôle de soi, il ne savait pas comment il le retrouverait. Aussi continua-t-il de haleter. Attendant.

Il ignorait si l'homme qu'il cherchait viendrait au pub si tard un dimanche soir, quelques minutes avant la fermeture. En fait, il ne savait même pas si cet homme fréquentait toujours l'établissement. Pourtant, des années auparavant, c'était un habitué de la maison, et c'était comme ça que Patsy — qui avait travaillé au bar avant de dénicher un emploi dans un hôtel de South Kensington — l'avait connu. *Dans l'intérêt de Matthew,* avait-elle dit lorsqu'elle avait changé de job, bien que le salaire fût moins intéressant que celui qu'elle touchait à *la Colombe bleue. Aucun petit garçon n'a envie de dire que sa maman est barmaid.*

Evidemment, avait renchéri Kevin.

Ils avaient décidé d'élever leur fils correctement. Il aurait davantage de chances qu'eux, une éducation solide et la possibilité de faire de sa vie quelque chose de grand. Ils lui devaient bien cela. N'était-ce pas l'enfant du miracle ? Leur petit garçon chéri ? Le trait d'union entre eux ? Plus encore, il était la matérialisation de tous leurs rêves, des rêves qui avaient pris fin sur un chariot d'acier dans la salle de la morgue silencieuse où Kevin était allé identifier le corps.

Matthew était recouvert d'un rectangle de tissu vert qui portait la mention incongrue LEWISTON. NETTOYAGE TEINTURIER, comme attendant qu'on le fourre dans une machine à laver. Le sergent discrètement compatissant qui avait soulevé la toile pour mettre à nu le visage de l'enfant aurait aussi bien pu s'abstenir. Car, en déplaçant le corps, le préposé avait fait glisser la toile verte, mettant à nu le pied gauche du garçonnet : Kevin avait tout de suite su qu'il s'agissait de son fils.

C'était curieux de penser qu'un père pût si bien connaître son enfant et que la simple vue d'un pied suffît à le bouleverser à ce point. Mais ç'avait été suffisant. Malgré tout, il avait fait son devoir et procédé à un examen méthodique du reste du corps.

Kevin songea au spectacle que lui avait offert la physionomie de Matthew, auquel la main impartiale de la mort avait retiré tout éclat. Il avait entendu dire que le visage des gens reflétait la façon dont ils étaient morts. Mais il se rendit compte que c'était faux. Car, si le corps de Matthew portait les marques de la violence et de la brutalité, son visage était serein. On eût dit qu'il dormait.

Kevin s'était entendu poser la question ahurissante, grotesque, parfaitement risible :

— Mon fils est mort ? Vous en êtes sûr ?

Le sergent avait rabattu la toile sur le visage du garçonnet.

— Sûr et certain. Je suis navré.

Navré. Que savait-il de Matthew pour se proclamer navré ? Connaissait-il le chemin de fer qu'ils avaient construit ensemble dans la cave, les bâtiments qu'ils avaient édifiés pour constituer les trois villages que leurs trains traversaient en grondant ? Savait-il que Matthew avait insisté pour que chaque bâtiment fût construit à l'échelle et à l'aide de matériaux authentiques et non en plastique ? Savait-il combien d'années ils avaient mis pour venir à bout de cette tâche ? Le plaisir qu'ils y avaient pris ? Non, il ne savait rien. Ne pouvait rien savoir. Tout ce qu'il pouvait faire, c'était marmonner des mots de sympathie qui disparaîtraient dès que Mattie serait porté en terre.

Mattie. Ce petit garçon allongé sur un chariot d'acier. Attendant le scalpel qui, se frayant un chemin à travers muscles et tissus, prélèverait les organes aux fins d'examen, fouillerait, fouaillerait jusqu'à ce que la cause de la mort fût découverte. Quelle importance ? Mettre un nom sur sa mort ne lui rendrait pas la vie. Matthew Whateley. Treize ans. Mort et bien mort.

Kevin sentit un sanglot lui serrer la gorge. Il le refoula. Comme dans un brouillard, il entendit le tenancier annoncer la fermeture. Dans une sorte d'état second, il sortit dans la nuit.

Il prit le chemin de chez lui. Devant lui près du mur du quai se dressait une poubelle verte, dont il s'approcha pesamment.

Les promeneurs du dimanche après-midi l'avaient remplie de papiers d'emballage, de bouteilles, de boîtes vides, de journaux, d'un cerf-volant taché de boue.

Papa, donne-le-moi ! Laisse-moi essayer de le faire voler ! S'il te plaît !

— Matt !

Le mot traversa de part en part le corps de Kevin, comme si une partie de son esprit cherchait à se libérer. Il se pencha, sentit le rebord de la poubelle sous ses paumes.

Laisse-moi essayer de le faire voler ! J' suis sûr que j'y arrive, papa ! J' suis sûr que j'y arrive !

Kevin craqua. Du doigt, il racla frénétiquement la poubelle. Puis il l'empoigna à pleines mains, la lança de toutes ses forces sur les pavés et s'affala dessus, la bourrant de coups de poing, lui décochant force coups de pied, se cognant la tête contre les parois métalliques.

Il sentit la peau de ses phalanges se déchirer, ses pieds patauger dans un lit de détritus gluants. Le sang de la blessure qu'il venait de se faire au front se mit à lui couler dans les yeux.

Mais il ne pleura pas.

5

Deborah Saint James avait sombré dans un sommeil agité vers trois heures et quart. Elle s'éveilla un peu avant six heures et demie, le corps raide et douloureux du fait des efforts qu'elle avait déployés pour s'empêcher de chercher instinctivement à se rapprocher de son mari pendant la nuit.

Le soleil matinal, à travers les rideaux, baignait la pièce d'une lueur assourdie. Ses rayons se posaient sur le mobilier, transformant les banales poignées de cuivre et d'émail des tiroirs en or roux. La lumière enveloppait les photographies, les nimbant d'une aura lumineuse, chassant les ombres et redonnant netteté et relief aux formes que l'obscurité avait rendues floues.

Les rayons du soleil dessinaient une mince diagonale sur le corps de Simon, éclairant en plein sa main droite, posée, immobile, sur le lit entre eux. Tandis que Deborah regardait cette main, elle vit les doigts recourbés se déplier.

Il était réveillé.

Six semaines plus tôt, elle se serait glissée dans ses bras. Elle aurait senti contre sa chair les mains de Simon qui connaissaient les moindres parcelles de son corps, senti sa bouche goûter l'aube à même sa peau. Elle l'aurait entendu murmurer *mon amour* alors que, penchée au-dessus de lui, elle laissait ses cheveux balayer son torse. Elle aurait vu son sourire tandis qu'il lui touchait le ventre et chuchotait un bonjour à l'enfant qu'elle portait. Ils auraient fait l'amour dans la joie et la certitude.

Tout son corps avait faim de lui, ses nerfs à vif réclamaient ses caresses, seules capables de les pacifier. Elle se tourna vers lui et s'aperçut qu'il la regardait. Depuis combien de temps, elle n'eût su le dire. Mais, tandis qu'ils se fixaient d'un bord à l'autre du lit, Deborah comprit à quel point son passé compromettait son avenir avec son mari.

A l'époque, elle n'avait pas vu le problème sous cet angle. Dix-huit ans, enceinte, étudiante, seule dans un pays étranger. Mettre un enfant au monde dans ces conditions aurait été plus qu'un irritant contretemps. Ç'aurait été un désastre complet. Cela aurait mis un terme à sa vie professionnelle avant même que celle-ci eût commencé. Or, à l'époque, son métier passait avant tout. Son père et elle avaient économisé sou à sou pendant des années pour qu'elle puisse faire ses études en Amérique et revienne au bout de trois années munie du solide bagage destiné à faire d'elle l'as de la photographie qu'elle rêvait de devenir.

Renoncer à tout cela pour avoir un bébé lui avait semblé impensable. Elle n'avait pas envisagé la chose sérieusement un seul instant. Elle n'avait pas non plus songé qu'un avortement pût rebondir contre les murs du reste de son existence.

Jour après jour, elle était hantée par ces souvenirs. Les lumières crues, la piqûre de l'aiguille, les explications concernant l'intervention, les saignements, les efforts pour oublier. Elle avait réussi à gommer tout cela de son esprit pendant des années. Mais maintenant ce souvenir la tenaillait à longueur de journée car, bien qu'essayant de se persuader que ses fausses couches à répétition n'avaient rien à voir avec la grossesse interrompue six ans plus tôt, elle ne parvenait pas à croire qu'il n'y avait pas un rapport quelconque. Dieu retenait parfois le bras du châtiment mais ce n'était qu'un répit. Le pécheur finissait toujours par être puni.

Cet enfant, s'il était né, aurait eu cinq ans en septembre. Il aurait cavalé à travers la maison, faisant du raffut comme seuls en font les petits garçons. Il aurait joué dans le jardin, asticoté le chat, tiré les oreilles du chien. Il se serait écorché les genoux, aurait réclamé des histoires avant de s'endormir. Il aurait été là. Il aurait pu être sien.

Cependant toutes considérations d'études et de carrière mises à part, la naissance de cet enfant aurait signifié la fin de ses relations avec Simon. Et le fait d'apprendre cette brève grossesse maintenant démolirait son mari. Il avait accepté tout le reste dans son passé, mais cela, il ne l'accepterait pas. C'était impossible.

Il remua, se souleva sur un coude. Tendant le bras, il suivit du doigt la ligne de ses sourcils, le contour de sa mâchoire.

— Tu te sens mieux ?

Les mots étaient pleins de douceur, la caresse source de chagrin insupportable.

— Oui, beaucoup mieux.

Par rapport au reste, le mensonge semblait sans importance.

— Tu m'as manqué, mon amour.

Les doigts de Simon frôlèrent sa joue, ses épaules, sa gorge, effleurèrent imperceptiblement ses lèvres. Il se pencha pour l'embrasser.

Six semaines plus tôt, elle l'aurait attiré contre elle, entrouvrant les lèvres, le caressant comme elle seule savait le faire. Elle en mourait d'envie.

Les larmes lui montèrent aux yeux. Elle détourna la tête pour qu'il ne les vît pas, mais ne fut pas assez prompte.

— Deborah, murmura-t-il, navré au-delà de toute expression.

Elle secoua la tête sans un mot.

— Mon Dieu, c'est trop tôt. Je suis désolé. Pardonne-moi, Deborah. Je t'en prie.

Il la toucha une dernière fois avant de s'écarter d'elle, tendant le bras vers ses béquilles posées contre le mur près du lit. Non sans mal, il se mit debout et attrapa sa robe de chambre, l'enfilant maladroitement, gêné par son handicap.

En d'autres circonstances, Deborah l'aurait aidé à passer son peignoir, mais aujourd'hui elle songea que ce geste attentionné lui paraîtrait empreint de fausseté. Aussi resta-t-elle où elle était, le regardant se diriger d'un pas hésitant vers la salle de bains. Ses phalanges étaient blanches tant il serrait ses béquilles. Son visage ravagé de tristesse.

Les journées qu'ils passaient ensemble avaient toujours été d'une régularité qui comblait Deborah d'aise. Lorsqu'elle n'était pas en reportage à l'extérieur, elle était dans sa chambre noire, développant des pellicules. Le laboratoire de police scientifique de Simon jouxtait la petite pièce où travaillait Deborah, occupant la quasi-totalité du dernier étage de la maison. Lorsqu'il n'était pas au tribunal, en train de donner une conférence ou de s'entretenir avec des avocats et leurs clients, il était au labo, comme en ce moment. Quant à elle, elle était dans la chambre noire dont elle avait laissé la porte entrouverte, s'efforçant de trouver le courage de se pencher sur les clichés qu'elle rapportait de ce mois de reportage. C'était une journée de travail comme les autres. A une différence près, cependant : la distance qu'elle avait décidé d'établir entre eux et le fait qu'ils eussent tant de choses à se dire qui ne pouvaient l'être pour l'instant.

La maison était si calme que la sonnette de l'entrée retentit avec un bruit de verre brisé.

— Qui diable... ? murmura Deborah.

Puis elle entendit la voix familière suivie des pas rapides dans l'escalier.

— J'ai eu du mal à en croire mes yeux quand j'ai vu le nom de Deb apparaître sur l'écran hier soir, disait Lynley au père de Deborah. Pour son retour, elle a été servie.

— Ça l'a un peu secouée, pauvre petite, répondit poliment Cotter.

En entendant ces mots, Deborah sut — pour une fois — gré à son père de sa manie d'endosser la livrée du domestique dès qu'un visiteur se présentait à la maison. *Ça l'a un peu secouée, pauvre petite.* C'était une réponse amplement suffisante, qui avait le mérite de masquer la réalité.

Tandis qu'il pénétrait dans le labo, fidèle à son personnage, Cotter annonça :

— Lord Asherton désire vous voir, Mr Saint James.

— En fait, c'est Deb que je suis venu voir, rectifia Lynley. A condition qu'elle soit debout, bien sûr.

— Elle est levée, répondit Cotter.

Deborah regretta de ne pas s'être enfermée dans la chambre noire et d'avoir oublié d'allumer la petite ampoule rouge indiquant qu'elle ne devait être dérangée à aucun prix. Faire la conversation lui semblait pour le moment une épreuve insurmontable. Voir Lynley, affronter — fût-ce un instant — son regard incroyablement perspicace, c'était encore bien pire. Mais elle ne pouvait se dérober. Son père avait eu un hochement de tête dans sa direction avant de sortir et Lynley s'était déjà suffisamment avancé dans le labo pour voir que la porte de la chambre noire était ouverte. Simon étudiait des empreintes dans un coin du laboratoire.

— Tu es matinal, remarqua-t-il.

Les yeux de Lynley balayèrent la pièce et se posèrent sur l'horloge murale.

— Havers n'est pas encore là ? Elle n'est pourtant pas du genre à être en retard.

— Comment ça, en retard, Tommy ?

— Nous sommes sur une nouvelle affaire. Il faut que je parle à Deborah à propos d'hier soir. Et à toi également, si tu as vu le corps.

Deborah comprit qu'il n'y avait pas moyen d'y couper. Elle sortit de la chambre noire. Elle savait qu'elle avait une tête à faire peur avec ses cheveux rejetés en arrière à la diable, son teint terne, ses yeux dénués d'éclat. Mais elle ne s'attendait pas à ce que Lynley s'aperçoive si vite qu'il y avait quelque chose qui clochait, son regard perçant naviguant de l'un à l'autre. Il fit mine de parler, se tut. Pour couper court, Deborah traversa vivement la pièce et lui posa un rapide baiser sur la joue.

— Bonjour, Tommy, fit-elle avec un sourire. Regarde un peu cette mine de déterrée ! Je découvre un cadavre et je m'effondre. Si je devais faire ton métier, je ne tiendrais pas plus d'un jour.

Il goba le mensonge mais ses yeux indiquaient qu'il n'était pas dupe. Il savait qu'elle avait été hospitalisée moins de deux semaines avant de partir en reportage.

— On m'a demandé de m'occuper de l'enquête, expliqua-t-il. C'est toi qui as trouvé le corps, tu peux m'en parler ?

Tous trois perchés sur de hauts tabourets, ils étaient assis devant une paillasse, les bras au milieu des microscopes, flacons et autres lames de verre. Deborah raconta les circonstances de sa macabre découverte comme elle les avait exposées la veille à la police de Slough. Les photos. Son bref passage dans l'église. Les écureuils qui se battaient. L'enfant.

— Et tu n'as rien remarqué d'anormal dans le cimetière ? s'enquit Lynley. Ne serait-ce qu'un détail qui n'aurait aucun rapport avec tout ça ?

L'oiseau. Bien sûr, l'oiseau. Deborah eut l'impression que cela ne valait pas le coup de mettre ça sur le tapis, sans compter qu'elle ne voulait pas courir le risque de se remettre dans un état épouvantable.

Fantastique, ce don qu'il avait dans l'exercice de son métier. Lisant sur son visage, Lynley l'encouragea :

— Raconte-moi tout.

Deborah jeta un coup d'œil à son mari, qui la contemplait d'un air grave.

— C'est idiot, Tommy. (Elle s'efforça de minimiser, n'y parvint qu'à moitié.) Un oiseau mort.

— Quelle espèce d'oiseau ?

— Je serais incapable de te le dire. Sa tête... il n'avait plus de tête. Et ses griffes avaient été arrachées. Il y avait des touffes de plumes partout. Ça m'a fendu le cœur. J'aurais dû l'enterrer. (De nouveau, elle se sentit assaillie par les émotions de la veille, furieuse de se laisser atteindre.) Il avait les côtes brisées, pleines de sang... mais pas comme si un autre animal s'était jeté dessus pour s'en repaître. On aurait dit que quelqu'un avait joué avec. *Joué*, tu te rends compte ? Et... oh ! c'est ridicule ! Si ça se trouve, c'est un chat qui se sera amusé avec, comme ils font quand ils attrapent une bestiole. Il était juste après le second porche, aussi lorsque je suis passée dessous...

Elle hésita, frappée soudain par un détail oublié jusqu'alors.

— Tu as vu autre chose ?

Elle fit oui de la tête.

— Les policiers de Slough ont dû te le dire, ça n'a pas pu leur échapper : le second porche est doté d'un projecteur. L'ampoule était cassée. Ce devait être récent parce qu'il y avait du verre partout.

— C'est sans doute comme ça que le tueur s'y est pris pour transporter le corps dans le cimetière, fit Lynley.

— Il se sera garé dans le parking et, après avoir neutralisé l'éclairage, il aura transporté le corps jusqu'au mur et l'aura laissé tomber sous les arbres, énonça Saint James.

— Mais pourquoi se donner tout ce mal ? questionna Deborah. Et pourquoi choisir justement cet endroit-là ?

— Il n'a peut-être pas choisi.

— Qu'est-ce que ça pouvait être d'autre qu'un choix ? L'église est dans un endroit perdu. On peut difficilement la trouver par hasard.

— Si l'enfant était du coin, le tueur était peut-être aussi quelqu'un de la région, suggéra Saint James. Qui connaissait l'église.

Lynley fit non de la tête.

— Le garçonnet est originaire de Hammersmith. Il était en pension à Bredgar Chambers dans le West Sussex.

— Ce gosse avait fait le mur ?

— Peut-être. Quoi qu'il en soit, le corps a été déplacé après la mort.

— Oui, c'est bien l'impression que j'ai eue.

— Et pour le reste ? questionna Lynley. Tu as examiné le corps de près, Saint James ?

— Superficiellement seulement.

— Mais tu as vu... (Lynley hésita, jetant un coup d'œil à Deborah.) J'ai eu Canerone au téléphone hier soir.

— Il t'a parlé des traces de brûlure, j'imagine. Oui, je les ai vues.

Lynley fronça les sourcils. Machinalement, il se mit à jouer avec une éprouvette, la faisant tourner entre ses doigts.

— Ils ont pas mal de retard à éponger à Slough. Aussi Canerone m'a-t-il dit qu'ils n'auraient pas les résultats de l'autopsie avant un jour ou deux ; cependant les examens préliminaires lui ont permis de se rendre compte de la gravité des brûlures.

— Causées par des cigarettes, je présume ?

— Sur la face interne des bras, le haut des cuisses, les testicules, l'intérieur du nez.

— Oh ! mon Dieu ! murmura Deborah, se sentant sur le point de s'évanouir.

— C'est l'œuvre d'un pervers sexuel, ça, Saint James. D'autant plus que le petit Whateley était particulièrement mignon. (Repoussant la batterie de tubes à essai, il se mit debout.) La mort d'un enfant, décidément, c'est une chose que je ne comprendrai jamais. Quand on songe qu'il y a des millions de gens qui donneraient tout pour avoir un enfant à eux, ça semble... (Il s'interrompit net, le visage soudain blême.) Nom de Dieu. Je suis désolé. On n'a pas idée de dire des énormités pareilles...

Deborah lui coupa la parole, enchaîna rapidement, sans réfléchir. Sans attendre vraiment de réponse, elle questionna :

— Par où vas-tu commencer, Tommy ?

Lynley parut soulagé : l'intervention de Deborah leur avait permis de franchir un cap difficile.

— Par Bredgar Chambers. Dès que Havers sera là.

Comme en réponse à cet énoncé, la sonnette aigrelette résonna pour la seconde fois de la matinée.

Situé au cœur d'un terrain de deux cents acres prélevé sur la forêt de Saint Leonard dans le West Sussex, Bredgar Chambers semblait offrir aux élèves studieux un cadre idéal. Il n'y avait absolument aucune distraction à portée de main. Cissbury — le village le plus proche qui était à un bon kilomètre de là — s'enorgueillissait en tout et pour tout d'une poignée de maisons, d'une poste et d'un pub ; il n'y avait pas de grands axes à moins de huit kilomètres du campus et les chemins de campagne qui l'entouraient étaient pour la plupart déserts ; bien qu'il y eût plusieurs cottages disséminés aux environs, ils étaient presque tous habités par des retraités que la vie de l'école laissait parfaitement indifférents. Tout autour s'étendaient des champs à perte de vue, des collines, quelques fermes et surtout des hectares de bois. L'air frais et le ciel bleu exceptés, il n'y avait rien. Aussi la direction pouvait-elle sans mentir promettre aux parents que leurs enfants mèneraient dans l'établissement une existence monastique où leur seraient inculqués — outre les différentes matières scolaires — bonnes manières, sens moral et principes religieux.

Bredgar Chambers n'était cependant pas foncièrement ascétique en soi. L'établissement, le cadre étaient trop beaux pour qu'il en fût ainsi. Pour accéder à l'école, on empruntait une longue allée serpentine qui longeait un superbe pavillon de gardien et zigzaguait sous les frênes et les hêtres vénérables dont les branches chargées d'une végétation printanière s'ornaient de taches serrées de vert. De part et d'autre de l'allée, des pelouses veloutées ponctuées de bouquets de sapins, de pins et d'épicéas glissaient jusqu'aux murs de silex qui enserraient l'école et en délimitaient le périmètre. Les bâtiments eux-mêmes n'étaient pas franchement typiques d'une région où l'on se servait surtout du silex. Ils étaient en effet construits en pierre de Ham — du nom du village du Somerset proche d'où les moellons avaient été extraits —, couleur miel, et dotés de toits d'ardoises. N'étant pas recouverts de vigne vierge, les murs en pierre de taille semblaient exsuder une chaleur presque palpable sous les rayons du soleil matinal.

A peine étaient-ils passés devant le pavillon des gardiens que Lynley sentit la désapprobation de Havers. Elle ne tarda pas à exprimer tout haut son point de vue.

— Ravissant, commenta-t-elle en éteignant sa cigarette. (Elle fumait comme un pompier depuis qu'ils avaient quitté Londres. A l'intérieur de la Bentley on aurait cru qu'il venait d'y avoir une explosion.) J'ai toujours eu envie de voir où les minables pleins de fric envoyaient leurs lardons apprendre à dire *père*. Pauvres petits chous.

— C'est nettement plus spartiate à l'intérieur, Havers, rétorqua-t-il. En règle générale, du moins.

— Ben voyons.

Lynley se gara devant le bâtiment principal. La porte d'entrée était ouverte, ce qui permettait d'apercevoir, au-delà, la cour d'honneur gazonnée et, détail plus important, la statue qui se dressait en son centre. Même à cette distance, Lynley reconnut le profil royal de Henry Tudor, comte de Richmond, futur Henry VII et fondateur putatif de Bredgar Chambers.

Bien qu'il fût près de neuf heures, il n'y avait personne dehors, ce qui pouvait surprendre dans une école se vantant d'abriter quelque six cents élèves. Cependant, alors qu'ils émergeaient de la voiture, ils perçurent les ronflements d'un orgue, suivis des premières notes de l'hymne *A Mighty Fortress Is Our God* entonnées à plein gosier par une assemblée qui semblait à l'évidence avoir une pratique certaine de la chose.

— Ils sont à la chapelle, fit Lynley.

— Et c'est même pas dimanche, marmonna Havers.

— Un petit bout de service religieux, même si nous l'attrapons au vol, ne nous fera pas de mal, sergent. Venez. Et arrangez-vous pour prendre un air recueilli.

— Entendu, inspecteur. Dans ce rôle, je me défends assez bien.

Se laissant guider par les ronflements de l'orgue et les chants, ils franchirent l'entrée principale de l'école, et débouchèrent dans un vestibule dallé permettant d'accéder à la chapelle, qui occupait la moitié du quart est de la cour d'honneur. Ils entrèrent en silence dans le sanctuaire. Les chants continuaient de résonner.

Lynley constata que l'édifice ne différait en rien de ceux qu'on trouvait dans toutes les écoles privées du pays avec ses bancs qui faisaient face à l'allée centrale comme au King's College de Cambridge. Havers et lui étaient dans la partie sud de l'édifice, entre deux chapelles de moindre importance.

A leur gauche se dressait la chapelle du souvenir lambrissée de noyer foncé sur lequel était gravée la liste des anciens de Bredgar Chambers tombés au cours des deux féroces guerres mondiales. Au-dessus des noms des jeunes gens morts au combat s'étalait l'épigraphe : *Per mortes eorum vivimus.* Lynley lut les mots, refusant le réconfort pitoyable qu'était censée apporter l'acceptation simpliste de la disparition d'êtres chers. Comment pouvait-on évacuer le problème de la mort en se disant que si elle avait profité à d'autres — quelque violente ou répugnante qu'elle ait pu être — elle avait engendré un bien ? Il n'avait jamais réussi à raisonner dans ces termes. Jamais il n'avait réussi à se pénétrer de la noblesse de ces sacrifices, noblesse à laquelle son pays semblait attacher tant de prix. Il se détourna.

La deuxième chapelle illustrait peu ou prou le même thème. La partie droite de la petite pièce était elle aussi dédiée aux élèves disparus. Toutefois Lynley constata que ce n'était pas la guerre qui avait prématurément fauché ces derniers, car d'après les dates gravées sur les plaques apposées au mur il était évident qu'ils étaient tous morts trop jeunes pour avoir été soldats.

Il entra. Les cierges clignotaient sur l'autel recouvert de linge fin autour d'un ange de pierre au visage suave. A cette vue, il fut soudain frappé par une image restée enfouie en lui pendant des années. Il se revit adolescent à seize ans agenouillé dans la petite chapelle catholique d'Eton, située dans un renfoncement à gauche de l'autel central. Il avait prié pour son père là-bas, réconforté par la présence des quatre majestueux archanges dorés qui gardaient chacun un des coins de la pièce. Bien que n'étant pas catholique, ces anges dominateurs, ces cierges, cet autel lui avaient donné l'impression de se trouver près d'un dieu susceptible de l'écouter. Aussi était-il allé prier quotidiennement. Et ses prières avaient été exaucées. Pour ça, oui. Le souvenir était encore à vif. Afin de se changer les idées, il se mit à examiner avec une attention soutenue la plus grande des plaques commémoratives.

Edward Hsu — étudiant bien-aimé — 1957-1975. Contrairement aux autres plaques sur lesquelles figuraient des noms de garçons — il y avait même deux filles — sans visage, celle-ci avait été conçue de façon à comporter une photo du disparu, un Chinois séduisant. Les mots *étudiant bien-aimé* fascinèrent Lynley : l'un des professeurs avait manifestement rendu un hommage très affectueux à ce garçon. Lynley pensa immédiatement à John Corntel mais écarta aussitôt cette hypothèse. C'était impossible. Corntel ne devait pas enseigner dans cet établissement en 1975.

— Vous êtes de Scotland Yard, sûrement.

Lynley pivota au son de la voix étouffée. Un homme en toge noire se tenait devant la porte de la petite chapelle.

— Alan Lockwood, dit-il. Directeur de Bredgar.

S'avançant, il tendit la main. Les poignées de main faisaient partie des détails que Lynley trouvait particulièrement révélateurs. Celle de Lockwood était ferme. Les yeux du directeur se posèrent sur le sergent Havers, mais s'il fut surpris de constater que Lynley avait pour coéquipier une femme il n'en montra rien. Lynley se chargea des présentations.

Havers, qui s'était laissée tomber sur un banc au fond de la chapelle, attendait les instructions. Sans se donner la peine de se cacher, elle examina soigneusement le directeur de Bredgar Chambers.

De son côté, Lynley enregistra mentalement les détails que le sergent ne manquerait pas de retenir et qu'elle lui ressortirait. Lockwood semblait avoir une bonne quarantaine. Bien que de taille moyenne, il se tenait de telle façon qu'il donnait l'impression de dominer la situation. Sa tenue vestimentaire très étudiée renforçait l'image qu'il souhaitait donner de lui-même — celle d'un homme au caractère dominateur. Sa toge était en effet soulignée d'une bordure d'un rouge écarlate et il portait une toque universitaire sous le bras. Son complet était impeccablement coupé, sa chemise d'un blanc immaculé, sa cravate nouée à la perfection. Tout en lui suggérait l'homme habitué à donner des ordres et à être obéi au doigt et à l'œil. Et pourtant l'effet produit — poignée de main incluse — avait quelque chose d'artificiel. C'était comme si Lockwood, après avoir effectué des recherches sur l'art de se fabriquer un look de directeur, s'était appliqué à donner de lui une image qui ne correspondait pas tout à fait à son caractère.

Au fond de la chapelle, Havers plongea une main dans la poche de sa veste de laine verte, sortit son carnet et l'ouvrit. Puis elle sourit d'un air totalement dénué de sincérité.

Lockwood se retourna vers Lynley.

— Sale affaire que nous avons sur les bras, dit-il sobrement. Je ne saurais vous dire à quel point je suis soulagé que Scotland Yard s'en occupe. Je suppose que vous allez interroger les différents professeurs du jeune Matthew, revoir John Corntel, questionner Cowfrey Pitt — le moniteur de hockey qui s'occupe des quatrièmes. Peut-être voudrez-vous voir aussi Judith Laughland, notre infirmière. Et les enfants. Ainsi que Harry Morant. C'est chez lui que Matthew devait passer le week-end. Je crois bien que c'est Morant qui connaissait le mieux Matthew. Ils étaient bons amis.

— J'aimerais commencer par me rendre dans le dortoir de Matthew, dit Lynley.

Lockwood tira sur le col de sa chemise qui était trop haut. Sur le cou il avait une rougeur résultant d'un coup de rasoir.

— Sa chambre. Bien sûr. C'est tout à fait compréhensible.

— Alan ? murmura une voix hésitante de femme sur le pas de la porte. Le service religieux se termine. Veux-tu...

Lockwood s'excusa et disparut en direction de la chapelle principale. Au bout d'un moment, ils entendirent sa voix — bizarrement déformée — inviter les élèves à regagner leurs salles de classe. Il y eut des bruits de pas mais ce fut en silence que les élèves sortirent en rang pour commencer la journée.

Lockwood revint. Accompagné d'une femme simplement vêtue d'une jupe sans histoire, d'un chemisier et d'une veste. Briquée, étrillée, propre comme un sou neuf, elle avait de jolis traits et des cheveux gris coiffés avec goût.

— Ma femme, Kathleen. (Lockwood ôta un grain de poussière de l'épaule de son épouse et sans lui laisser le temps de réagir continua à parler, non sans jeter un coup d'œil rapide à sa montre.) J'ai rendez-vous avec un parent d'élève dans un petit quart d'heure. Kathleen va vous confier à Chas Quilter, notre préfet principal pour cette année. C'est le fils de sir Francis Quilter. Dont vous avez sûrement entendu parler.

— Désolé, non.

Kathleen Lockwood sourit. Elle avait un joli sourire mais qui manquait de vitalité.

— Le Dr Quilter, expliqua-t-elle, est chirurgien. Chirurgie esthétique. A Londres.

— Ah...

Sans doute avait-il son cabinet dans Harley Street et était-il le dépositaire des secrets les plus intimes des douzaines de femmes du monde qui avaient fait confiance à son bistouri.

— Oui, renchérit Alan Lockwood. J'ai prévenu Chas. Il est à votre disposition. Kathleen va vous conduire auprès de lui. Il est dans la sacristie avec les autres choristes. Une fois qu'il vous aura fait faire le tour du propriétaire peut-être que vous et moi — et le sergent, bien sûr — pourrons bavarder un peu. En fin de matinée.

Lynley ne jugea pas utile, à ce stade de l'enquête, de montrer au directeur qui menait la danse. Si Lockwood avait besoin de se prouver que c'était lui qui dirigeait les opérations, il était tout disposé à lui laisser ses illusions, pour l'instant du moins.

— Mais certainement, répondit-il. Merci de votre aide.

— Nous sommes à votre entière disposition. (Lockwood se tourna vers sa femme.) Tu t'occuperas personnellement des amuse-gueule cet après-midi, Kate. Arrange-toi pour qu'ils soient meilleurs que ceux que tu nous as servis la dernière fois, d'accord ?

Là-dessus, Lockwood leva la main — pour leur dire au revoir, pour les bénir ? Et il disparut.

Son mari parti, Kathleen murmura :

— Je n'ai pas vraiment eu l'occasion de parler aux parents de ce pauvre petit, hier. Ils sont arrivés ici dans l'après-midi alors que tout le monde était persuadé que Matthew s'était enfui. Puis ils sont repartis. Et lorsque nous avons été prévenus que le corps de l'enfant avait été retrouvé... (Elle frotta ses jointures contre sa mâchoire, les yeux baissés.) Je vais vous conduire jusqu'à Chas. Par ici. On traverse la chapelle et on y est.

Elle les entraîna vers l'allée centrale d'où l'on pouvait se faire une idée assez juste de la beauté éthérée des lieux. L'allée étant orientée nord-sud, les fenêtres donnaient sur l'est de sorte que le soleil matinal frappait les vitraux médiévaux et jetait des flaques de couleur sur les bancs et le sol de pierre usé. Des boiseries couleur fumée recouvraient les murs jusqu'à la hauteur des fenêtres et tout au-dessus un plafond voûté en éventail déployait une série de rondes-bosses exécutées avec un souci du détail étonnant. Les cierges allumés pendant le service venaient d'être éteints et leur odeur flottait encore lourdement dans l'air, mêlée au parfum des fleurs disposées le long de l'allée.

Kathleen Lockwood se dirigea vers l'autel. Derrière le maître-autel, un retable de marbre sculpté formait un triptyque dont les trois volets représentaient respectivement Abraham sur le point de sacrifier docilement Isaac, Adam et Eve chassés du Paradis par un archange courroucé et, au centre, Marie pleurant aux pieds du Christ crucifié. Des fleurs décoraient l'autel ainsi que six cierges et un crucifix. Tout cela semblait excessif, cette ferveur religieuse était trop ostentatoire pour être de bon goût.

— Je compose les bouquets, leur déclara Kathleen. Comme nous avons une serre, je peux mettre des fleurs fraîches sur l'autel toute l'année.

A en juger par le résultat, il ne semblait pas qu'il y eût lieu de s'en réjouir.

On accédait à la sacristie par le chœur. Pour l'instant la pièce était pleine de jeunes choristes, quelque quarante garçons, occupés à retirer soutanes et surplis, qu'ils accrochaient à des crochets numérotés.

Aucun des élèves ne parut surpris lorsque Mrs Lockwood fit entrer Lynley et Havers. Les conversations se poursuivirent, formant le genre de joyeux brouhaha que produisent des jeunes gens lorsqu'ils sont particulièrement contents d'eux. Tout semblait se dérouler comme d'habitude. Seule manifestation d'intérêt suscitée par l'arrivée des étrangers, une voix venue de nulle part qui prononça d'un ton impérieux :

— Chas.

Les bavardages s'éteignirent peu à peu. Les élèves s'entre-regardèrent furtivement. Lynley constata que tous les âges étaient représentés depuis les petits quatrièmes de douze et treize ans jusqu'aux terminales de dix-huit ans ou plus. Il n'y avait pas de filles. Et pas d'enseignants non plus.

— Chas Quilter, dit Kathleen d'un ton hésitant.

— Me voilà, Mrs Lockwood.

Un jeune homme doté d'un visage beau à en mourir esquissa un pas en avant.

6

Face à ce garçon, la première réaction de Lynley fut de penser qu'il méritait certainement un prénom plus prestigieux que Chas. Raphaël, Gabriel s'imposaient immédiatement à l'esprit de qui le voyait ; dans un autre ordre d'idée, Michel-Ange ne lui aurait pas mal convenu non plus. Chas Quilter ressemblait en effet à un ange de dix-huit ans.

Tout en lui ou presque évoquait la perfection céleste. Ses cheveux blonds, bien que coupés court, ondulaient autour de sa tête en bouclettes semblables à celles des chérubins des toiles de la Renaissance. Ses traits, toutefois, n'avaient pas la mollesse de ceux des angéliques créatures du XVIe siècle. Au contraire, ils semblaient sculptés tant ils avaient de fermeté et de netteté : vaste front, mâchoire décidée, nez bien dessiné, menton carré, teint irréprochable, pommettes légèrement rosées. Avec son mètre quatre-vingt-deux, il avait le corps d'un athlète et la grâce d'un danseur. Seul bémol au milieu de tant de perfections, les lunettes, qu'il remit en place car elles lui glissaient le long du nez.

— Vous devez être de la police.

Il enfila son blazer d'uniforme bleu. Sur la poche gauche était cousu l'insigne de Bredgar Chambers, un écusson tripartite qui comportait une petite herse, une couronne posée au-dessus d'un rameau d'aubépine, et deux roses enlacées, l'une rouge et l'autre blanche, symboles chers au cœur du fondateur de l'école.

— Le directeur m'a demandé de vous faire les honneurs de la maison. Je suis heureux de pouvoir vous servir de guide. (Chas sourit et poursuivit avec une désarmante franchise :) Ça me fait une bonne excuse pour sécher les cours du matin.

Autour d'eux, les autres élèves continuèrent d'enfiler leurs vestes, satisfaits de constater que le préfet principal s'en était bien sorti avec la police. Rassurés, ils finirent de se préparer pour sortir. Puis ils ramassèrent les livres de classe laissés sur les bancs qui couraient le long des murs de la sacristie et en deux temps trois mouvements ils furent dehors, n'empruntant pas la porte menant à la chapelle mais une autre porte qui conduisait dans une pièce adjacente. On entendit l'écho de leurs voix, une troisième porte s'ouvrit, et le bruit disparut.

Demeuré seul en compagnie des deux adultes, Chas Quilter sembla parfaitement à l'aise. Aucune inquiétude adolescente dans son comportement, aucun dandinement d'un pied sur l'autre, aucune attitude gauche, aucun empressement à faire la conversation.

— Vous voulez peut-être commencer par visiter un peu l'école. Sortons par là, ce sera plus simple.

Sur ces mots, accompagnés d'un hochement de tête à l'adresse de Mrs Lockwood, Chas les guida vers la porte que les élèves venaient d'emprunter.

Celle-ci s'ouvrait sur une salle de répétition vide, qui semblait ne plus être utilisée à en juger tant par son aspect que par son odeur de renfermé et de poussière provenant des rideaux de velours accrochés au-dessus de la petite scène. Ils foulèrent un parquet éraflé et franchirent une autre porte qui les mena au cloître, partie la plus ancienne de l'école. Là, des fenêtres à lancette sans vitres offraient une vue imprenable sur la cour d'honneur avec ses quatre carrés de gazon, ses quatre allées pavées au centre desquelles se dressait la statue de Henry Tudor et, dans le coin le plus proche de la chapelle, un clocher surmonté d'une flèche à l'aspect rouillé.

— Le bâtiment des classes de lettres, dit Chas tandis qu'ils marchaient. (Il leva la main pour saluer trois garçons et une fille qui passaient en courant, leurs chaussures claquant sur le sol de pierre.) Au cinquième retard, vous êtes consignés pendant deux semaines, compris ? leur lança-t-il.

— Va te faire foutre, Quilter, lui répondirent-ils.

Chas sourit, sans se fâcher.

— Pas moyen de se faire respecter des grands quand on est préfet principal, expliqua-t-il à Lynley, s'autodénigrant plaisamment sans paraître attendre de réaction de la part de son interlocuteur.

Il continua de marcher, puis s'arrêta devant une des fenêtres pour expliquer aux visiteurs la topographie des lieux.

Il y avait quatre vastes bâtiments et Chas les désigna tour à tour du doigt en indiquant leur fonction. Le bâtiment est renfermait la chapelle d'un côté de l'entrée principale de l'école, et de l'autre les bureaux de l'économe, du portier et des secrétaires ainsi que le cabinet de travail du directeur et la salle où se réunissaient tantôt le conseil d'administration et tantôt les préfets. Le bâtiment sud contenait la bibliothèque, la grande salle de classe qui avait abrité les quarante-quatre premiers élèves de Bredgar Chambers, la salle des professeurs où le personnel enseignant prenait ses repas et recevait son courrier, et la cuisine. Le bâtiment ouest abritait le réfectoire des élèves et différentes salles de cours. Quant au bâtiment nord qu'ils traversaient en ce moment, il abritait la salle de musique. Au premier étage des quatre bâtiments — reliés entre eux par une série de couloirs et de portes — se trouvaient les salles spécifiquement consacrées à l'étude de l'anglais, des sciences sociales, des arts plastiques et des langues.

— Le reste est à l'écart de la cour d'honneur, expliqua Chas. Théâtre et salles de danse, atelier de mécanique, salle de maths, labos de sciences nat., physique-chimie, gymnase, infirmerie.

— Et les maisons où habitent les élèves ?

Chas frotta le dos de son poignet contre sa tempe droite comme pour réarranger ses cheveux.

— Séparées par la cour d'honneur. Les filles sont logées dans la partie sud du campus, les garçons dans la partie nord.

— Imaginez que les deux se rencontrent, qu'est-ce qui se passe en pareil cas ? questionna Lynley, curieux de savoir comment les écoles privées modernes — forcées de se montrer plus libérales si elles ne voulaient pas se voir obligées de mettre la clé sous la porte — traitaient l'épineux problème de la mixité.

Chas cligna des paupières derrière ses lunettes à monture dorée et répondit :

— Vous le savez sûrement, monsieur. Ou alors vous vous en doutez. Renvoi. Pur et simple.

— Plutôt dur comme sanction, commenta Havers.

— Façon comme une autre de leur enfoncer le message dans le crâne, fit Chas, citant : « Le Bredgarien bon teint a une conduite irréprochable sur le plan sexuel. » Page vingt-trois du code de l'école. C'est la page que tous les élèves lisent en premier, celle qui les fait saliver. On peut toujours rêver. (Il sourit, ouvrit une porte et les invita à s'engager dans un couloir qui avait l'air plus récent que le reste du bâtiment.) Nous allons passer par le gymnase. C'est plus court pour atteindre Erèbe, où se trouve le dortoir de Matthew.

Leur entrée dans le gymnase — qui semblait relativement moderne — provoqua l'interruption d'un cours de gym qui se tenait près d'un trampoline dans la partie ouest du bâtiment. Le petit groupe d'élèves — tous très jeunes — se tourna comme un seul homme vers les arrivants, les fixant sans un mot. C'était assez curieux, comme réaction. On se serait plutôt attendu à ce qu'ils se mettent à chuchoter furieusement à l'oreille l'un de l'autre, à se donner des coups de coude, des bourrades. Après tout c'étaient des enfants. Pas un seul d'entre eux ne paraissait avoir plus de treize ans. Mais s'ils étaient agités comme on peut l'être à pareil âge, ils ne le montraient pas. Au lieu de bouger, ils se contentaient de garder les yeux rivés sur Lynley. Leur professeur, un jeune homme en short et pull, les rappela à l'ordre à grand renfort de : « Allons, les enfants. Reprenons ! », mais ils ne lui prêtèrent aucune attention. C'est tout juste si Lynley ne les entendit pas pousser un soupir collectif de soulagement lorsque Havers et lui sortirent du gymnase à la suite de Chas Quilter et passèrent dans la partie nord de l'école.

Un chemin gravillonné — qui longeait le labo de maths en zigzaguant le long de la pelouse et traversant un adorable petit bouquet de bouleaux — les conduisit jusqu'à l'entrée de la maison Erèbe. Comme les autres bâtiments du campus, Erèbe était en pierre de Ham couleur miel. Comme les autres également, son toit était couvert d'ardoises ; quant aux murs, ils étaient nus à l'exception d'une clématite qui surmontait une porte fermée du côté est du bâtiment.

— Les appartements privés, dit Chas, suivant la direction du regard de Lynley. C'est là qu'habite Mr Corntel. Les quatrièmes sont par ici.

Il ouvrit la porte et entra.

Pour Lynley ce fut une plongée inévitable dans le passé. Ils avaient beau se trouver dans un vestibule ne ressemblant en rien au vestibule qu'il avait connu à Eton, les odeurs étaient identiques. Lait suri que nul ne s'était donné la peine d'éponger, toast brûlé abandonné dans un coin, vêtements raides de crasse d'où se dégageaient de lourds relents de sueur ; la chaleur du radiateur, mitonnant ces odeurs, les faisait pénétrer au cœur des boiseries, des planchers et du plafond. Même en l'absence des enfants — pendant les week-ends ou les vacances —, ce remugle devait imprégner les lieux de manière tenace.

Qu'Erèbe fût l'une des maisons les plus anciennes de Bredgar Chambers se voyait au fait que l'entrée était lambrissée du sol au plafond avec ce qui avait dû être jadis du chêne doré et satiné. Au fil des années, cette teinte dorée avait foncé, des générations d'écoliers indifférents à l'âge des choses s'étant donné beaucoup de mal pour ôter définitivement au bois tout son luisant. Les boiseries, qui portaient les traces des coups divers que leur avaient administrés de jeunes barbares, étaient en piteux état.

Le mobilier du hall — réduit à sa plus simple expression — ne valait guère mieux. Une longue table de réfectoire plaquée contre un mur — et destinée sans doute à recevoir le courrier —

portait les stigmates des générations de malles, valises, boîtes à provisions, livres de classe, paquets qui y avaient été déposés à la hâte. Près de la table se trouvaient deux fauteuils rembourrés, tous deux tachés et veufs de leurs coussins. Sur le mur entre les deux sièges un taxiphone trônait au milieu d'une ribambelle de noms et de numéros gravés dans les boiseries. Seul élément qui pût à la rigueur être qualifié de décoratif : la bannière de la maison qu'une main prévoyante avait eu la bonne idée de mettre sous verre. Elle aussi avait connu des jours meilleurs car elle était si usée qu'elle en était presque transparente et qu'on ne pouvait voir ce qu'elle représentait.

— C'est censé représenter Erèbe, expliqua Chas tandis que Lynley et Havers examinaient la bannière qui occupait la place d'honneur. Les ténèbres infernales émergeant de Chaos. Le frère de la nuit. Le père du jour et du ciel. Mais on ne voit plus grand-chose. Le tissu a souffert, il est horriblement fané.

— Vous étudiez les classiques ? s'enquit Lynley.

— Non. Chimie, biologie, anglais, répondit Chas. Nous sommes tenus de connaître la signification du nom de chaque maison. Ça fait partie de la tradition.

— Comment s'appellent les autres maisons ?

— Mopsos, Ion, Calchas, Irène et Galatée.

— Un choix révélateur si l'on songe aux allusions mythologiques qui se cachent derrière ces noms. Les deux dernières sont celles des filles, je suppose.

— Oui. Moi-même, j'habite Ion.

— Le fils d'Apollon et de Créüse. L'histoire est intéressante.

Les lunettes de Chas glissèrent le long de son nez. Il les remonta en souriant.

— Les quatrièmes sont au premier. L'escalier est par là.

Il poursuivit son chemin, Lynley et Havers sur ses talons.

Au premier étage, il n'y avait pas âme qui vive. Ils enfilèrent un étroit couloir au sol recouvert de linoléum râpé et dont les murs étaient peints en vert terne destiné à camoufler la crasse. Cela sentait la sueur et l'humidité. A hauteur de plafond, des tuyaux couraient le long du corridor, dégringolaient le long du mur et disparaissaient dans un trou du plancher. De part et d'autre du couloir, il y avait des portes dépourvues de serrure ; toutes étaient fermées.

Arrivé devant la troisième porte à gauche, Chas s'immobilisa, frappa un coup, annonça : « Quilter » et l'entrouvrit d'une poussée. Il jeta un rapide coup d'œil à l'intérieur, murmura : « Nom de Dieu ! » et se tourna vers Lynley et Havers. A sa mine, ils comprirent qu'il y avait quelque chose qui clochait. Désireux d'atténuer la violence du juron — peu conforme avec son flegme de façade —, il eut un geste d'excuse de la main.

— C'est ici. Pas très joli. On se demande comment quatre gamins peuvent... jugez vous-mêmes.

Lynley et Havers entrèrent. Chas resta près de la porte. La pièce était dans un état lamentable. Il y avait des revues et des livres partout, des papiers par terre, les corbeilles débordaient, les lits étaient en désordre, les placards grands ouverts, les tiroirs pleins à craquer, le sol de trois des quatre boxes était jonché de vêtements. De deux choses l'une : ou la pièce avait fait l'objet d'une fouille hâtive et effrénée, ou le préfet — chargé de veiller à ce que les enfants rangent leurs affaires — ne faisait rien pour les obliger à respecter le règlement.

Lynley envisagea les deux possibilités. Tandis qu'il réfléchissait, il vit Chas quitter la chambre, l'entendit ouvrir et claquer des portes dans le couloir, pousser des exclamations d'un ton incrédule. Lynley en conclut qu'il tenait la réponse.

— Le préfet d'Erèbe, sergent, vous devez bien avoir son nom ?

Havers feuilleta son carnet, lut, continua de tourner les pages.

— John Corntel nous a dit qu'il s'appelait... Ah, voilà. Brian Byrne. Ce chantier, c'est son œuvre ? C'est lui qui a fait ça ?

— Qui a laissé faire, plutôt, rétorqua Lynley. Voyons cela de plus près.

Le dortoir était divisé en quatre compartiments. Une cloison de bois d'un mètre cinquante de haut peinte en blanc enserrait chacun des boxes, permettant à leur occupant de s'isoler de façon relative. Dans cet espace extrêmement restreint se trouvaient un lit muni de deux tiroirs, un placard portant le nom de son propriétaire et les décorations murales choisies en fonction de la personnalité de chacun des pensionnaires.

La différence entre ce que Matthew Whateley avait mis sur ses murs et ce que les autres écoliers avaient choisi ne manquait pas d'étonner. Dans le compartiment occupé par un certain Wedge était accrochée une collection de posters de rock and roll, révélant des goûts musicaux éclectiques. U2, Eurythmics, *The Wall* des Pink Floyd, Prince voisinaient avec de vieilles photos classiques des Beatles, des Byrds et de Peter, Paul and Mary. Dans le réduit attribué à Arlens des pin-up au corps gluant d'Ambre solaire et vêtues de costumes de bain laconiques posaient languissamment, assises à califourchon telles des amazones sur les dunes de sable ou s'offrant le téton en avant — dans une attitude dénuée d'ambiguïté et bien freudienne — à l'écume bouillonnante. Smythe-Andrews, qui dormait dans le troisième box, avait punaisé sur ses murs des photos des scènes les plus macabres d'*Alien*.

Tous ceux qui dans le film étaient morts de mort violente s'alignaient sur la cloison avec un luxe de détails horribles à vous donner envie de vomir. La créature venue d'ailleurs était là, elle aussi, mélange de tronçonneuse, de mante religieuse et de sous-produit fabriqué par la machine du savant de *The Fly*.

Le quatrième box, près de la fenêtre, était celui de Matthew Whateley. Lui avait choisi des photos de locomotives de tous les pays — locomotives à vapeur, Diesel, électriques. Lynley les examina d'un œil curieux. Elles étaient soigneusement alignées en rang d'oignons le long du mur à la tête du lit. Sur l'une des photos, une phrase avait été gribouillée : « Tchou-tchou, petite tapette. » Le message pour le moins péjoratif et le fait que Matthew l'eût laissé au mur avaient de quoi surprendre.

Debout au centre de la pièce, Havers lança :

— Moins mûr que les autres gamins. Le reste correspond aux goûts de gosses de treize ans normaux.

— Si tant est qu'on puisse dire des enfants de treize ans qu'ils sont normaux, répliqua Lynley.

— Exact. Qu'est-ce que vous aviez sur vos murs à cet âge-là, inspecteur ?

Lynley mit ses lunettes pour examiner les vêtements de Matthew.

— Des reproductions d'œuvres d'art du début de la Renaissance, fit-il d'un ton absent. J'avais une passion pour Fra Angelico.

— Ne me faites pas rire, fit Havers, gloussant.

— Vous ne me croyez pas, sergent ?

— Pas du tout.

— Tant pis. Venez plutôt par ici me dire ce que vous pensez de ça.

Elle le rejoignit dans le box de Matthew, dont il avait ouvert le placard. Comme les cloisons, le meuble était en bois ordinaire peint en blanc. Conformément à l'esprit ascétique en vigueur à Bredgar Chambers, le placard ne comportait que deux étagères et huit crochets. Sur la première étaient empilés trois chemises blanches propres, quatre pulls, trois tricots de laine et des T-shirts. Sur la seconde, il y avait des pantalons d'école et des pantalons d'un style plus décontracté. Par terre, des chaussures élégantes, des chaussures de gymnastique et des chaussures pour tous les jours très éraflées. Les vêtements de sport gisaient en bouchon sur le sol.

Havers, comme Lynley put le constater, procéda à un rapide examen et en tira les conclusions qui s'imposaient.

— Aucune trace d'uniforme. S'il s'est sauvé, il est parti avec son uniforme sur le dos.

— Bizarre, non ? observa Lynley. Il aurait levé le pied — violant le règlement de l'école — vêtu d'une tenue qui l'aurait fait reconnaître tout de suite. Pourquoi aurait-il fait une chose pareille ?

Havers fronça les sourcils, se mordit la lèvre inférieure.

— Il a peut-être reçu un message qui l'a déstabilisé — il y a un téléphone en bas dans le hall, n'est-ce pas ? Ç'aurait pu être un appel de n'importe qui, lui donnant l'impression qu'il devait partir sur-le-champ.

— C'est une possibilité, convint Lynley. Toutefois, le fait qu'il ait été en possession d'un mot d'excuse de l'infirmerie pour cet après-midi-là semble suggérer qu'il avait préparé son coup.

— C'est un aspect du problème qui mérite d'être pris en compte, en effet. (Elle sortit un pantalon du placard et l'examina d'un air absent.) Peut-être qu'il voulait qu'on le voie, alors. Qu'il voulait qu'on le prenne en voiture. Et peut-être portait-il son uniforme pour qu'on puisse savoir qui il était.

— De façon que la personne qu'il allait rencontrer puisse le reconnaître ?

— Ça colle, non ?

Lynley fouillait dans les tiroirs sous le lit. Alors qu'il était ainsi occupé, il vit Chas Quilter regagner le dortoir et se planter, les mains dans les poches, sur le pas de la porte. Lynley l'ignora, fasciné par ce que le contenu des tiroirs révélait au sujet de Matthew et plus encore de sa mère.

— Havers, dit Lynley, passez-moi donc un pantalon et un pull, je vous prie. N'importe lesquels.

Elle s'exécuta. Lynley les étala sur le lit, prit une paire de chaussettes dans le tiroir et recula, observant l'ensemble qu'il avait composé.

— Elle a cousu une étiquette à son nom sur toutes ses affaires, dit-il à Havers. C'est normal, c'est le règlement. Mais regardez, ce n'est pas tout.

Il retourna une chaussette et fit apparaître les chiffres 3, 4 et 7 inscrits sur l'étiquette. S'emparant du pantalon, il examina l'intérieur de la ceinture et distingua, près du nom de l'enfant, le chiffre 3. Sur le col du pull, il y avait également un 3. Un autre pantalon portait le chiffre 7.

— Tout ça pour qu'il sache ce qui allait avec quoi et qu'il s'habille correctement ? jeta Havers, dégoûtée. Ça fait froid dans le dos. Petits trains sur les murs et fringues soigneusement numérotées par maman.

— Instructif, non ?

— Instructif ! Le pauvre Matthew Whateley devait étouffer,

vous voulez dire ! C'est ses parents qui ont eu l'idée de le fourrer en pension ici, inspecteur ?

— Ça en a tout l'air.

— Ils voulaient donc que le petit Matt se sente à l'aise au milieu des rupins qui fréquentent ce genre d'établissement. Et les gaffes, c'est interdit quand on veut s'élever dans la société. A commencer par les gaffes vestimentaires. C'est pour ça qu'elle lui avait numéroté toutes ses frusques. Pas étonnant qu'il se soit tiré.

Lynley ne dit mot, réfléchissant aux chiffres. Il remit les vêtements en place et demanda au préfet principal de vérifier si les éléments de la garde-robe réclamée par l'école se trouvaient bien dans le placard de Matthew. Chas vint passer les habits en revue et déclara que, à l'exception de l'uniforme, rien ne manquait. Lynley referma le placard et les tiroirs, et s'enquit :

— De toute évidence, les enfants n'étudient pas dans le dortoir. Il doit bien y avoir une salle où ils font leurs devoirs, apprennent leurs leçons ?

Chas acquiesça de la tête. Il paraissait mal à l'aise et — sans doute parce qu'il représentait l'école — désireux de fournir une explication à l'état apocalyptique dans lequel ils avaient trouvé le dortoir. Comme bon nombre de personnes que Lynley avait rencontrées au cours de sa carrière, le préfet s'efforça de noyer son malaise sous un flot de paroles, fournissant ainsi à l'inspecteur des renseignements que ce dernier ne lui demandait pas mais qui, à ce titre, étaient révélateurs.

— Il y a une salle d'étude au bout du couloir, je peux vous la faire visiter si vous le souhaitez, monsieur. Dans chaque maison, à chaque étage, il y a au moins trois ou cinq « grands ». Ce sont des terminales, qui sont censés avoir le sens de l'ordre et veiller à ce que les plus jeunes rangent leurs affaires. Le préfet responsable de la maison est censé, lui, veiller à ce que les grands inspectent les dortoirs dont ils ont la charge. Ainsi que les salles d'étude. (Il eut un sourire empreint de désolation et se borna à murmurer :) Dieu sait dans quel état nous allons trouver la salle d'étude.

— On dirait qu'il y a des ratés dans le système à Erèbe, conclut Lynley.

Tout en suivant Chas Quilter dans le couloir, franchissant une porte et enfilant un second couloir, Lynley aboutit à la seule conclusion possible compte tenu des indications que Chas venait de leur fournir. Certes, les grands avaient pour mission de faire respecter la discipline chez les petits. Mais le préfet principal — Chas Quilter en l'occurrence — était responsable du bon fonctionnement du système. Si la machine grippait, il y avait de fortes chances que Chas Quilter fût au cœur du problème.

Devant eux, Chas poussa une porte.

— Les quatrièmes d'Erèbe font leurs devoirs dans cette pièce. Chacun d'eux dispose pour travailler d'une table et d'une étagère, l'ensemble constituant ce que l'on appelle chez nous une stalle.

La salle d'étude était à peine en meilleur état que le dortoir et, comme le vestibule d'Erèbe, elle ne semblait pas être de la première jeunesse. De vagues effluves flottaient dans l'air : restes de nourriture en train de moisir ; pot de colle non rebouché ; vêtement abandonné à la hâte et qui aurait eu besoin de passer à la machine à laver. Le sol nu était taché d'encre, et de graisse à l'endroit où étaient tombés des aliments de contrebande. Du pin sombre et noueux lambrissait les murs. Lorsqu'il ne disparaissait pas sous les posters, le bois était sauvagement tailladé. Tout comme les stalles, d'ailleurs. Disposées le long des quatre murs de la pièce, c'étaient elles qui avaient le plus souffert.

Ces stalles étaient équipées d'inconfortables bancs d'église en bois de quatre-vingt-dix centimètres de long, nantis de hauts dossiers. Les sièges faisaient face à une vaste étagère sous laquelle se trouvait un tiroir unique faisant office de bureau. Au-dessus du bureau deux étagères plus petites abritaient les livres de classe. Comme les boxes du dortoir, les stalles portaient la marque de la personnalité de l'élève qui l'occupait. Cartes postales, photographies et autocollants aux couleurs agressives avaient été fixés partout et là où un précédent locataire avait laissé son empreinte de façon un peu trop durable, le propriétaire actuel s'était borné à arracher les affiches et posters choisis par son prédécesseur, laissant sur la paroi des traces de colle et de papier, ce qui expliquait que l'on pouvait voir ici ou là des lambeaux de mains, une moitié de visage, quelques lettres isolées, la roue d'un véhicule. Les ongles de générations d'enfants de treize ans avaient griffé sans merci le bois vieux de plusieurs siècles. Les jeunes corps sans cesse en mouvement avaient usé le vernis de sorte que de grandes taches pâles apparaissaient à travers la laque.

Comme celui de son box au dortoir, le décor de la stalle de Matthew Whateley n'avait rien de commun avec celui des autres garçonnets. Chez lui pas d'affiches de rock and roll, pas de vedettes de cinéma, pas de jeunes beautés nubiles en tenue suggestive, pas de voitures ardemment convoitées, pas d'instantanés illustrant des prouesses athlétiques. Rien, en fait, à l'exception d'un cliché représentant deux enfants accroupis, crottés de boue, sur la rive de la Tamise, avec à l'arrière-plan le pont de Hammersmith. L'un des enfants était un Matthew souriant de toutes ses dents et trifouillant la boue à l'aide d'une longue baguette recourbée. L'autre était une fillette noire qui riait, pieds nus, cheveux tressés et ornés de perles tombant sur ses épaules. *Yvonnen Livesley*, songea Lynley, *la petite camarade de jeux de Matthew.* Il étudia la photo et fut de nouveau tenté de mettre en doute l'affirmation de Kevin Whateley selon laquelle Matthew ne se serait pas enfui de l'école pour revoir la petite fille. Car elle était tout bonnement ravissante.

Il tendit la photo au sergent Havers, qui la glissa sans un mot dans son carnet. Tandis qu'elle le suivait des yeux, il mit ses lunettes et passa en revue les livres de classe de Matthew. Rien que des manuels. D'un grand classicisme. Anglais, mathématiques, géographie, histoire, biologie, chimie. Ajouté à cela, et conformément à l'esprit de l'école, un ouvrage d'instruction religieuse. Sur le plan de travail traînait un devoir de maths inachevé. A côté, une pile de trois cahiers à spirale. Lynley fit deux tas, en confia un à Havers et prit l'autre. Puis il s'assit dans la stalle de Matthew — non sans peine compte tenu de sa grande taille — cependant que Havers se glissait dans la stalle qui était devant la sienne. Chas s'approcha de la fenêtre, l'ouvrit et jeta un coup d'œil dehors.

Un cri jaillit de l'extérieur, une voix répondit. Plusieurs garçons éclatèrent de rire. Mais dans la salle d'étude on n'entendait que le bruit des livres qu'on ouvrait, des pages qu'on feuilletait, des cahiers qu'on passait au crible. Travail fastidieux, pénible, mais absolument indispensable.

Soudain Havers remarqua :

— J'ai trouvé quelque chose, monsieur.

Tendant le bras par-dessus la cloison, elle lui tendit un carnet à spirale. Il contenait une lettre, ou plutôt un brouillon de lettre car plusieurs mots avaient été raturés et remplacés par d'autres plus adéquats.

Lynley se mit à lire.

Chère Jeanne (rayé) *Jean :*

Merci infiniment pour le dîner de mardi dernier. Je suis rentré un peu en retard mais il ne faut pas vous inquiéter pour ça : je connais le garçon qui m'a vu et je sais qu'il ne me dénoncera pas. J'ai l'impression (biffé) *je crois que je pourrais battre votre père aux échecs si seulement il me laissait davantage de temps pour réfléchir ! Je ne comprends pas comment il fait pour jouer si vite. La prochaine fois je tâcherai de m'appliquer davantage. Encore merci.*

Lynley ôta ses lunettes et jeta un coup d'œil en direction de la fenêtre devant laquelle Chas Quilter était toujours planté.

— Matthew a écrit un mot à une certaine Jean, dit-il. Quelqu'un chez qui il a dîné. Un mardi. Impossible de préciser lequel car il n'a pas daté sa lettre. Vous voyez qui ça pourrait être, cette Jean ?

Chas plissa le front. Il prit tout son temps pour répondre et, quand il se décida à le faire, il expliqua :

— J'essayais de me rappeler les prénoms des femmes des enseignants. C'est probablement l'une d'elles.

— Il appellerait l'une de ces dames par son prénom ? Ça se fait, ça ?

Chas convint que non et haussa les épaules comme pour s'excuser.

— Il dit également qu'il est rentré en retard à Bredgar, qu'un de ses condisciples l'a vu mais qu'il tiendra sa langue. Qu'est-ce que ça signifie ?

— Qu'il était dehors après le couvre-feu.

— Sans que son préfet soit au courant ?

Chas prit un air gêné. Il fixa le bout de ses chaussures avant de répondre.

— Il aurait dû le savoir, c'est vrai. On fait la tournée des dortoirs tous les soirs normalement.

— Normalement ?

— Toujours. Le soir.

— Autrement dit quelqu'un — l'un des grands ou le préfet d'Erèbe — aurait dû signaler l'absence de Matthew s'il ne s'était pas trouvé dans son dortoir après le couvre-feu, c'est cela ?

Chas hésita.

— Oui, quelqu'un aurait dû se rendre compte qu'il n'était pas à Erèbe.

Il ne mentionna pas le nom de la personne qui n'avait pas fait son travail. Mais Lynley ne manqua pas de remarquer que John Corntel comme Chas Quilter semblaient décidés à protéger le préfet d'Erèbe, Brian Byrne.

John Corntel savait que la police était là. Tout le monde à Bredgar le savait. Même s'il n'avait pas vu Thomas Lynley pénétrer dans la chapelle, il aurait remarqué la Bentley gris métallisé garée dans l'allée et, en la voyant, il n'aurait pas manqué d'en tirer la conclusion qui s'imposait. Certes, les policiers n'avaient pas pour habitude de se déplacer dans d'aussi somptueuses automobiles. Mais c'était sans doute parce que la plupart d'entre eux n'avaient pas la chance de mener, parallèlement à leur laborieuse vie de limier, celle d'un haut et puissant seigneur.

Dans la salle des professeurs au sud de la cour d'honneur, Corntel regardait les dernières gouttes du café matinal tomber de la grande fontaine à café dans sa tasse. Il s'efforçait de chasser de son esprit les images qui risquaient de craqueler le masque fragile qu'il s'était composé pour pouvoir tenir le coup pendant toute la journée. Les *si seulement* se pressaient dans son cerveau. Si seulement il avait téléphoné aux Morant pour s'assurer que Matthew était bien arrivé avec les autres invités de leur fils ; si seulement il avait pensé à accompagner lui-même l'enfant ; si seulement il avait parlé à Brian Byrne et s'était assuré que Brian savait où se trouvaient les uns et les autres ; si seulement il avait inspecté les dortoirs plus souvent au lieu de laisser les grands s'en charger ; si seulement il n'avait pas été préoccupé... mortifié... s'il ne s'était pas senti pris au piège, mis à nu, profondément humilié.

Sur la table, près de la fontaine, se trouvaient les restes du petit déjeuner de ses collègues. Trois porte-toasts pleins de toasts froids voisinaient avec un plateau en argent chargé d'œufs gélatineux, avec cinq lamelles de bacon gluant de graisse, des céréales, un bol de quartiers de pamplemousse et une corbeille de bananes. Corntel ferma les yeux à la vue de ces nourritures, sentit son estomac protester et demanda à son corps de coopérer. Il était incapable de se rappeler depuis quand il n'avait rien mangé de consistant. Il se souvenait vaguement du dîner du vendredi soir ; mais depuis, il n'avait rien pris. Impossible d'avaler quoi que ce soit.

Il leva la tête pour regarder par la fenêtre. De l'autre côté de la pelouse, il voyait les élèves s'affairer dans l'une des salles du bâtiment technique, maniant perceuses, marteaux et burins, selon la philosophie de Bredgar Chambers qui voulait que les pulsions créatrices de chaque enfant puissent se donner libre cours. Vieux d'à peine dix ans, le centre technique faisait encore l'objet d'une violente controverse au sein du corps enseignant, les professeurs n'étant pas d'accord sur le fait qu'un établissement tel que Bredgar eût jugé bon de s'en doter. Certains prétendaient que ce centre était un excellent exutoire pour les élèves auxquels il permettait de se défouler. D'autres proclamaient que les activités sportives constituaient un défoulement largement suffisant et qu'un centre technique n'aboutirait qu'à encourager des « éléments indésirables » à s'inscrire à Bredgar. Corntel eut un sourire sarcastique. La présence d'un bâtiment où les élèves faisaient joujou avec du bois, de la fibre de verre, du métal et des composants électroniques n'avait guère modifié la politique tacite d'admission des nouveaux élèves qui était en vigueur depuis cinq cents ans et que tous les directeurs appliquaient. La brochure de l'école pouvait bien laisser miroiter l'existence d'une approche égalitaire en matière d'enseignement, la réalité était tout autre. Ou du moins il en avait été ainsi jusqu'à l'arrivée de Matthew Whateley.

Corntel refusait de penser au garçonnet. Il le chassa de son esprit. Mais au lieu de Matthew — comme pour lui agiter sous le nez un index réprobateur — ce fut l'image de son propre père qui se dressa devant ses yeux, son père qui était directeur d'une des écoles privées les plus prestigieuses du pays, solidement ancrée dans la tradition, et décidée à ce que les frontières soient clairement fixées. Dans cette école-là, il n'existait pas de centre technique.

— Chef de maison ! (Patrick Corntel avait littéralement rugi d'approbation au bout du fil comme si le père et le fils se parlaient d'un continent à l'autre alors qu'ils n'étaient séparés que par moins de cent cinquante kilomètres.) Beau travail, Johnny ! Chef de maison *et* professeur principal d'anglais ! Sacré nom d'un chien ! Prochaine étape : directeur adjoint, mon grand. Disons dans deux ans. Pas question de moisir cent sept ans au même endroit !

Ne jamais moisir cent sept ans au même endroit. Telle était la devise qui avait régi la carrière de son père, le poussant à changer d'établissement vingt ans durant jusqu'à ce qu'il ait atteint son objectif, l'obtention du poste et du titre de directeur, celui-là même qu'il voulait que son propre fils atteigne.

— Continue à gravir les échelons, mon petit. Quand j'arriverai à l'âge de la retraite, je veux que ce soit toi qui prennes ma succession à Summerston. Mais pour ça, il faut que tu sois prêt, mon bonhomme. Il faut que tu aies le profil du poste. Alors commence à chercher. Renifle autour de toi. Après celui de chef de maison, c'est un poste de directeur adjoint que tu dois décrocher. Tu écoutes bien ce que je te dis ? Directeur adjoint. Je vais me mettre en chasse et si j'entends parler de quelque chose...

Corntel abondait docilement dans son sens. *Oui, père. Directeur adjoint. Entendu.* C'était plus facile que de discuter et plus simple que de dire la vérité. Chef d'Erèbe, il n'irait jamais plus loin. Professeur principal d'anglais, c'était le sommet de sa carrière. Il n'éprouvait pas le besoin de se prouver quoi que ce soit. Les désirs qui le tenaillaient étaient d'un autre ordre.

— Alors, John, on met ses vieux copains à contribution ?

Corntel sursauta en entendant cette voix si près de son épaule et, se retournant, constata qu'il avait été rejoint par Cowfrey Pitt, professeur d'allemand et professeur principal chargé des langues vivantes. Pitt avait l'air particulièrement négligé ce matin. Sa frange avait l'air farineuse, pleine de pellicules. Son visage aux traits irréguliers n'avait pas été rasé d'assez près et il avait oublié d'arracher le poil qui jaillissait fort insolemment — telle une mauvaise herbe — de sa narine droite. L'une des manches de sa toge était déchirée le long de la couture, les taches de craie qui maculaient son costume gris n'avaient pas été brossées.

— Je vous demande pardon ?

Corntel entreprit de mettre du lait et du sucre dans son café.

Pitt se pencha un peu plus. Il parlait d'une voix basse, pleine de bonhomie, comme si Corntel et lui partageaient un secret.

— On met ses vieux copains à contribution, répéta-t-il. Ce type de Scotland Yard, c'est bien un de vos anciens camarades de classe, non ?

Corntel s'écarta d'un pas, fixant le plateau d'œufs comme s'il s'apprêtait à en prendre un.

— Les nouvelles vont vite, répondit-il.

— Vous vous êtes précipité à Londres hier. J'ai voulu savoir pourquoi. Rassurez-vous, votre secret sera bien gardé.

Pitt prit un bout de toast qu'il se mit à mastiquer. S'appuyant contre la table, il sourit à son collègue.

— Bien gardé, comment ça ? fit Corntel. Je ne suis pas sûr de vous comprendre.

— Voyons, John. Inutile de jouer à l'ahuri avec moi. Vous êtes chef d'Erèbe, le petit était sous votre responsabilité, n'est-ce pas ?

— Tout comme les filles de Galatée sont sous la vôtre, rétorqua Corntel. Mais j'imagine que vous avez vite fait de vous dédouaner à vos propres yeux lorsqu'il arrive un pépin à l'une d'entre elles, pas vrai ?

Pitt sourit.

— Le chat sort ses griffes.

Il s'essuya les doigts après sa toge, choisit un autre toast et une lamelle de bacon. Ses yeux se posèrent avidement sur les œufs. Corntel surprit ce regard et, malgré l'antipathie qu'il éprouvait pour le professeur d'allemand, eut pitié de lui un instant. Il savait que jamais Pitt ne se serait présenté dans la pièce au moment où le petit déjeuner commençait à être servi et où les plats étaient chauds. Question de fierté. Se joindre à ses collègues pour manger chaud, ç'aurait été admettre ouvertement que la vie dans les appartements privés de Galatée était trop insupportable pour que Pitt y prît son petit déjeuner. Et cela, Pitt n'en eût jamais convenu, pas plus qu'il n'eût convenu que sa femme était au lit en ce moment à cuver sa cuite rituelle du dimanche soir.

Le semblant de pitié que Corntel éprouvait pour son interlocuteur s'éteignit cependant lorsque Pitt enchaîna :

— Cette fois, c'est râpé pour vous, John. Vous avez toute ma sympathie, bien sûr, mais après tout pourquoi n'avez-vous pas pensé à demander aux Morant si les six garçons étaient bien partis en week-end avec eux ? C'est comme ça qu'on procède d'habitude. En tout cas, moi, c'est comme ça que je fais.

— Ça ne m'est pas venu à l'idée...

— Et l'infirmerie ? Pourquoi n'avez-vous pas contacté l'infirmerie ? Un de vos gamins tombe malade et vous ne pensez même pas à passer le voir ni à lui mettre la main sur le front ? Peut-être (Pitt sourit) que vous aviez la main ailleurs à ce moment-là ?

La colère entama le calme forcé de Corntel.

— Vous savez pertinemment que l'infirmerie ne m'a pas donné signe de vie. Mais vous, elle vous a prévenu, pas vrai ? Qu'avez-vous fait lorsque vous avez trouvé la dispense de sport de Matthew Whateley dans votre casier vendredi dernier ? Vous supervisiez le match de hockey de l'après-midi, si je ne m'abuse. Est-ce que vous vous êtes précipité pour voir ce qu'avait le petit, Cowfrey ? Ou vous êtes-vous contenté de vaquer à vos affaires habituelles, prenant le mot de l'infirmerie pour argent comptant ?

Pitt garda un calme impressionnant.

— Ne me dites pas que vous éprouvez le besoin de me coller ça sur le dos. (Ses yeux d'un gris-vert reptilien balayèrent la pièce pour voir qui se trouvait là. Bien qu'il n'y eût personne, il n'en baissa pas moins la voix et poursuivit comme en confidence :) Nous savons, vous et moi, qui était responsable de Matthew, mon cher John. Le chef d'Erèbe, à ma connaissance, c'est vous. Vous pouvez toujours dire à la police que j'ai omis de m'assurer que la dispense de sport était OK. Allez-y, ne vous gênez pas. Mais je ne suis pas sûr que cette omission soit un crime. Vous, si ?

— Est-ce que vous oseriez suggérer...

Le visage de Pitt se fendit en un large sourire cependant qu'il braquait les yeux par-delà l'épaule gauche de Corntel :

— Monsieur le directeur, bonjour, lança-t-il.

Corntel pivota et aperçut Alan Lockwood qui les observait depuis le seuil. Après avoir toisé les deux hommes de la tête aux pieds, le directeur traversa la pièce, sa toge froufroutant autour de lui.

— Vous feriez bien de remédier au désordre de votre toilette, Mr Pitt, déclara Lockwood en consultant un emploi du temps qu'il avait tiré de la poche de sa veste. Vous avez un cours dans une demi-heure, me semble-t-il. Cela devrait vous laisser le temps nécessaire. Je ne sais pas si vous vous en rendez compte, mais vous avez l'air d'un clochard. La police est dans nos murs. Les membres du conseil d'administration risquent d'arriver avant la fin de la matinée, j'ai suffisamment de soucis en tête sans avoir encore à m'occuper de la tenue de mes enseignants. De grâce, allez réparer ça. Et tout de suite. C'est clair ?

Les traits de Pitt se durcirent.

— Parfaitement clair, répondit-il.

Alan Lockwood hocha la tête et s'éloigna.

— Petit enculé, murmura Pitt. Il s'en donne du mal, notre Alan, pour avoir l'air d'un directeur. Quel étalage de puissance ! Quel homme ! Quel être exceptionnel ! Mais il suffit de gratter un peu le vernis pour voir qui est réellement le patron. Le petit Matt Whateley aura permis à la vérité d'éclater au grand jour.

— De quoi parlez-vous, Cowfrey ? fit Corntel, la colère laissant la place à l'agacement.

Une fois de plus il s'aperçut — hélas — qu'il était bêtement tombé dans le panneau que lui tendait Pitt.

— Comment ça, de quoi je parle ? reprit Pitt avec un étonnement feint. Voyons, Johnny, vous devriez faire un effort pour vous tenir au courant ! Ne me dites pas que vous êtes absorbé au point d'ignorer les derniers potins de la maison ! Et absorbé par quoi, d'ailleurs ? Hmmmm ? Est-ce qu'il y aurait des choses que je devrais savoir à propos de votre vie privée ? Ou deviner, peut-être ?

Sentant la colère s'emparer de nouveau de lui, Corntel s'éloigna.

7

Lynley décida d'interroger les trois camarades de Matthew Whateley dans le dortoir qu'ils avaient partagé. A peine Chas Quilter les eut-il fait entrer que chacun des trois garçonnets se précipita vers son box, tel un animal apeuré cherchant à se mettre en sécurité. Ils semblaient prendre bien soin de ne pas s'entre-regarder, toutefois deux d'entre eux jetèrent un rapide coup d'œil au préfet principal qui pénétra à leur suite dans la pièce et resta planté près de la porte.

Devant le contraste qu'offrait Chas avec les jeunes garçons, Lynley se rendit compte qu'il avait oublié l'importance et l'étendue des changements qui surviennent entre treize et dix-huit ans. Chas était bien découplé, athlétique, c'était un homme, tandis que les garçonnets avaient encore la douceur de l'enfance

— joues rondes, peau satinée, mâchoires au contour flou. Perchés sur le bord de leurs lits respectifs, ils arboraient tous un air circonspect. Lynley aurait volontiers parié que cette méfiance était davantage due à la présence du préfet principal qu'à la sienne propre. La présence physique de Chas aurait certainement suffi à intimider un enfant de cinq ans son cadet. Le statut qu'il occupait à l'école n'arrangeait rien.

— Sergent, dit Lynley à Havers qui avait automatiquement ouvert son carnet pour prendre des notes. Vous voulez bien faire un tour complet de l'école ? Intérieur et extérieur. (Il la vit ouvrir la bouche, s'apprêter sans doute à lui rappeler que sa présence — procédure juridique oblige — était indispensable pendant l'interrogatoire. Aussi lui coupa-t-il l'herbe sous le pied en ajoutant :) Chas vous servira de guide.

Havers fut suffisamment rapide pour comprendre et suffisamment astucieuse pour ne pas le montrer. Hochant la tête, elle sortit en compagnie du préfet principal, laissant Lynley seul avec Wedge, Arlens et Smythe-Andrews. Il les examina. C'étaient des garçons qui avaient l'air charmants, impeccables en pantalon gris, chemise blanche, pull jaune et cravate à rayures jaune et bleue. Wedge semblait être le plus culotté des trois. Une fois le préfet principal parti, il releva le nez du lino fatigué. Au milieu de sa collection d'affiches de rock and roll, il semblait plein d'assurance, prêt à engager la conversation. Les deux autres paraissaient moins à l'aise. Arlens fixait la jeune beauté en maillot de bain qui s'offrait aux vagues écumantes tandis que Smythe-Andrews s'agitait sur son lit tout en tapotant le talon de sa chaussure à l'aide d'un crayon.

— Il semble que Matthew Whateley se soit enfui de l'école, attaqua Lynley, allant s'asseoir sur le lit de Matthew. (Il se pencha vers ses jeunes interlocuteurs, les bras sur les cuisses, les mains mollement croisées, vivante image de la relaxation.) Pourquoi, à votre avis ?

Les garçonnets échangèrent des regards furtifs.

— Comment était-il ? s'enquit Lynley. Wedge ?

— Sympa, répondit Wedge, fixant Lynley droit dans les yeux. Matt était un chic type.

— Vous savez donc qu'il est mort ?

— Toute l'école le sait, monsieur.

— Comment l'avez-vous appris ?

— Je l'ai entendu dire ce matin au petit déjeuner, monsieur.

— Dire par qui ?

— J' sais pas. J'étais assis au bout de la table lorsque la nouvelle est arrivée jusqu'à moi. Matt est mort. Whateley est mort. Y a un type d'Erèbe qui est mort. J'ignore d'où le bruit est parti.

— Ça vous a surpris ?

— J'ai cru que c'était une blague.

Lynley regarda les deux autres.

— Et vous ? Vous avez cru que c'était une blague ?

Calquant leur attitude sur celle de Wedge, ils hochèrent solennellement la tête.

— Ce genre de choses, on s'y attend pas.

— Mais Matthew avait disparu depuis vendredi. C'est donc qu'il lui était arrivé quelque chose. La nouvelle n'a pas dû vous surprendre complètement.

Arlens se mordit l'ongle de l'index.

— Il devait passer le week-end avec Harry Morant, monsieur. Avec des élèves de Calchas. C'est là que Harry habite. Nous étions persuadés que Matthew était parti avec eux dans les Cotswolds comme prévu. Il avait une permission de sortie. Et tout le monde était au courant...

Arlens hésita comme s'il regrettait d'avoir eu la langue trop longue, baissa la tête, se remit à se ronger l'ongle.

— Tout le monde était au courant ? s'étonna Lynley.

Wedge prit l'initiative, s'exprimant d'un ton étrangement patient :

— Tout le monde savait que Harry Morant avait invité cinq types de la boîte chez lui pour le week-end. Harry en avait fait un vrai fromage. Il voulait sans doute nous faire croire que c'était un honneur et que seuls les meilleurs étaient de la fête. Harry est comme ça, conclut Wedge avec sagacité. Il aime se donner l'air important.

Lynley regarda Smythe-Andrews martyriser sa chaussure, le visage maussade.

— Tous les autres invités étaient des élèves de Calchas. Comment se fait-il que Matthew les connaissait aussi bien que ça ?

Aucun des trois pensionnaires ne répondit. Mais aucun ne parvint à dissimuler le fait qu'il y avait une réponse simple à cette question, qu'ils connaissaient, et refusaient de divulguer. Lynley songea à l'entretien qu'il avait eu avec les parents de Matthew, à l'assurance qu'ils lui avaient plusieurs fois donnée que leur fils était content d'être à Bredgar Chambers.

— Matthew se plaisait ici ?

Il vit Smythe-Andrews cesser momentanément de tripoter sa chaussure et son crayon.

— Qui peut dire qu'il se plaît réellement ici ? répondit le

garçonnet. On est là parce que nos parents nous y ont mis, c'est tout. Ils ne nous ont pas demandé notre avis. C'était pareil pour Matt.

— Mais il était heureux, non ? questionna de nouveau Lynley. (Cette fois encore il n'obtint pas de réponse. Mais il intercepta le bref regard qu'échangèrent Arlens et Wedge.) Regardez ce qu'il avait accroché sur ses murs.

— C'était un type bien, fit Wedge, protestation plus qu'assertion.

— Un type bien qui s'est sauvé ?

— Il ne se mêlait pas aux autres, glissa Arlens.

— Parce qu'il était différent, contra Lynley.

Les enfants ne réagirent pas. Mais leur réserve obstinée parlait pour eux. Matthew Whateley était à n'en pas douter différent, mais Lynley se disait que cette différence allait bien au-delà de la nature des photos punaisées sur ses murs. Elle venait de son milieu familial, du quartier dans lequel il avait grandi, de son accent, de son système de valeurs, du choix de ses amis. Matt n'avait jamais été à sa place dans cet établissement et ses trois camarades de chambre en étaient parfaitement conscients.

Il s'adressa à Arlens :

— Vous avez dit qu'il ne se mêlait pas aux autres. Qu'est-ce que vous entendez par là ?

— Eh ben... il ignorait les traditions, par exemple.

— Quelles traditions ?

— Les choses qui se font, quoi. A l'école.

— Quelles choses ?

L'air excédé, Wedge regarda Arlens en fronçant les sourcils.

— Des bêtises, monsieur. Comme graver son nom dans le clocher. La porte du clocher devrait être fermée à clé mais il y a des années que la serrure est cassée. Alors tout le monde — les garçons, pas les filles — grimpe là-haut pour graver son nom sur le mur. Et griller une cigarette par la même occasion.

Ces explications eurent pour effet de délier la langue d'Arlens.

— Y a ça et y a aussi la cueillette des champignons magiques, ajouta-t-il avec un sourire.

— Vous voulez dire qu'il y a de la drogue qui circule à l'école ? questionna aussitôt Lynley.

Arlens haussa les épaules d'un air résigné, victime de son étourderie. Prenant le haussement d'épaules pour une réponse négative, Lynley poursuivit :

— Mais vous avez parlé à l'instant de champignons magiques.

Cette fois encore, ce fut Wedge qui prit les choses en main.

— C'est pour rire. On sort la nuit avec une torche et une

couverture sur la tête et on ramasse des champignons magiques. On n'en mange jamais. Je crois bien que personne n'en a jamais mangé. Mais on en garde dans sa chambre. C'est le genre de choses dont Matt se désintéressait complètement.

— Il était au-dessus de ça ?

— Ça ne l'intéressait pas, c'est tout.

— Ce qui l'intéressait, c'étaient les modèles réduits de locomotives, précisa Arlens.

Les autres levèrent les yeux au ciel. De toute évidence, le modélisme était pour eux un passe-temps puéril.

— Et ses devoirs, ajouta Wedge. Il prenait son travail et l'école à cœur.

— Et les trains, répéta Arlens.

— Vous avez eu l'occasion de rencontrer ses parents ? s'enquit Lynley.

Raclements de pieds, agitation sur les lits. Mouvement révélateur.

— Il y a bien une journée portes ouvertes pour les parents, non ? Vous les avez vus ?

Smythe-Andrews prit la parole, mais sans décoller les yeux de sa chaussure.

— La mère de Matt travaillait dans un pub dans le temps. Son père, lui, sculpte des pierres tombales dans la banlieue de Londres. Et Matt n'a jamais cherché à nous le cacher. Il s'en fichait. On aurait dit qu'il voulait que tout le monde soit au courant.

A ces mots et devant la réaction des enfants, Lynley se demanda si les écoles privées avaient vraiment changé, si ces communautés fermées avaient tellement évolué. A une époque où il était de bon ton de faire preuve de largeur d'esprit, les uns et les autres ne parlaient que de la disparition des barrières sociales mais jusqu'à quel point ces déclarations de principe étaient-elles sincères dans un environnement culturel où depuis des générations on avait coutume de juger un homme sur son accent, les circonstances de sa naissance, l'ancienneté de sa fortune, les clubs auxquels il appartenait, les gens qu'il avait pour amis ? Qu'est-ce qui avait bien pu passer par la tête des parents de Matthew Whateley pour qu'ils envoient leur fils dans une école de nantis et de privilégiés comme Bredgar Chambers, fût-ce en qualité de boursier ?

— On a trouvé un brouillon de lettre écrit par Matthew à une certaine Jean. Savez-vous de qui il s'agit ? C'est quelqu'un chez qui il avait dîné.

Les trois garçons secouèrent la tête de concert. Leur surprise n'avait pas l'air feinte. Lynley sortit de sa poche sa montre de gousset, regarda l'heure et leur posa une dernière question.

— Les parents de Matthew ne croient pas qu'il se soit sauvé de l'école. Et vous ?

Ce fut Smythe-Andrews qui répondit pour eux tous. Avec un petit rire étouffé tenant du cri et du sanglot il murmura d'un ton amer :

— On se tirerait tous d'ici si on avait du cran. Ou un endroit où aller.

— Et Matthew avait un endroit où aller ?

— Ça en a tout l'air.

— Peut-être qu'il s'était trompé. Il pensait trouver un abri, mais en fin de compte c'est la mort qu'il a trouvée au bout du voyage. On s'est aperçu qu'il avait été ligoté quand on a découvert son corps. Et torturé. Ce qu'il croyait être la sécurité n'était en fait...

Un bruit sourd s'échappa d'un des boxes. Arlens venait de tomber évanoui par terre.

Le cours d'histoire allait commencer. Harry Morant savait qu'il aurait dû rejoindre ses camarades puisqu'il était de ceux qui avaient préparé l'exposé pour ce matin-là. Sa disparition ne passerait donc pas inaperçue. On l'enverrait chercher. Harry s'en fichait pas mal. Il se fichait de tout désormais. Matthew Whateley était mort. Les choses avaient changé. La roue du pouvoir avait tourné. Il avait tout perdu.

Pendant un temps, après des mois de terreur, il avait savouré sa liberté avec des transports de joie. Pendant trois petites semaines, il avait su ce que c'était que s'endormir sans craindre d'être réveillé en sursaut, arraché à son lit, jeté par terre. Sans craindre la voix brusque qui grognait : *Tu veux te faire mettre, petite tapette ? tu veux te faire mettre ? te faire mettre ?* les claques sur la figure — sèches mais jamais assez fortes pour laisser des traces —, les mains l'empoignant, le pinçant, le tripotant, le traînant le long du couloir obscur jusque dans les toilettes où une bougie était allumée près d'une cuvette pleine à ras bord d'excréments et d'urine, et la voix poursuivant : *T'es de corvée de chiottes ce soir... t'as toujours envie de faire le malin ?* Enfin se retrouver la tête plongée dans le magma nauséabond, s'efforcer de ne pas pleurer, s'efforcer de ne pas vomir, et échouer sur toute la ligne.

Harry n'arrivait pas à comprendre qu'on l'ait pris pour souffre-douleur car il avait fait tout ce que l'on attendait de lui à Bredgar Chambers. Ses frères aînés, qui l'y avaient précédé, lui avaient bien expliqué la marche à suivre pour s'intégrer. Et il avait suivi leurs conseils à la lettre. Il était monté en haut du clocher

— gravissant l'interminable escalier de pierre en colimaçon propre à vous rendre claustrophobe — afin de graver son nom sur le mur à côté des autres. Il avait appris à fumer — passe-temps qu'il n'appréciait que médiocrement —, obéi au doigt et à l'œil aux préfets chaque fois que l'un d'eux lui adressait la parole. Il avait respecté les règles, s'était efforcé de demeurer anonyme, de ne jamais cafarder quelle que fût l'énormité de la faute commise par tel ou tel de ses condisciples. Mais rien n'y avait fait. Pour une raison ou une autre, on l'avait repéré. Maintenant ça allait recommencer. A cette pensée, il retint un cri. Lutta pour refouler ses larmes.

En cette fin de matinée, l'air était encore frais. Le soleil brillait mais ne réchauffait guère l'atmosphère. Et, sur le banc de béton où Harry s'était assis — dans un coin de l'enclos aux sculptures situé à mi-chemin entre l'école et la maison du directeur —, il faisait particulièrement froid. A croire que les statues de marbre et de bronze qui se dressaient au milieu des massifs de roses contribuaient à faire baisser la température. Il frissonna, les bras serrés autour de la taille, courbé en deux.

Il avait assisté à l'arrivée des policiers, il se trouvait dans la sacristie avec le reste des choristes lorsque Mrs Lockwood les avait fait entrer et confiés à Chas Quilter. Au début, il avait eu du mal à croire qu'il pût s'agir de policiers véritables car ils ne ressemblaient en rien à ce à quoi il s'attendait depuis que le bruit avait circulé dans le réfectoire à l'heure du petit déjeuner que Matthew Whateley était mort et que New Scotland Yard allait se pointer. Harry n'avait jamais vu d'enquêteurs auparavant, il ignorait tout des mystères et des rituels associés à ces trois mots *New Scotland Yard*. Aussi s'était-il fait une idée de l'allure et du comportement des représentants de la police métropolitaine d'après ce qu'il avait vu à la télévision ou lu dans divers romans. Seulement, ces policiers-ci ne se coulaient pas dans le moule qu'il avait fabriqué.

Pour commencer, l'homme était trop grand, trop beau, trop soigné de sa personne, trop élégant. Sa voix était trop aristocratique et le tombant de son costume ne suggérait en aucune façon qu'il fût porteur d'une arme quelconque. La femme qui l'accompagnait ne valait guère mieux. Trop laide, trop petite, trop courte, trop grosse, elle était en outre vraiment trop mal fagotée. Harry ne se voyait absolument pas leur confiant ce qu'il savait. Pas question. En aucun cas. L'homme l'écouterait, glacial, du haut de sa grandeur ; la femme darderait sur lui ses petits yeux porcins. Et lui pendant ce temps devrait parler, expliquer, s'efforcer de leur faire comprendre ce qu'il savait, comment il avait découvert un certain nombre de choses, pourquoi c'était arrivé, qui était responsable et...

Tout ça n'était qu'un prétexte. Au fond, il se cherchait des excuses. Il était prêt à sauter sur la première excuse venue. Il lui fallait une raison de se taire. Et se persuader que ce n'étaient pas de vrais officiers de police du Yard, c'était une raison comme une autre. Il allait s'y raccrocher. De toute façon ils ne pouvaient rien pour lui. Ils ne le croiraient même pas. Ils n'étaient pas armés. Ils tendraient vaguement l'oreille, griffonneraient des notes, s'en iraient et le laisseraient affronter seul les conséquences. Complètement seul. Car Matthew n'était plus là.

Il s'efforça de ne pas penser à Matthew. Penser à Matthew, c'était penser à ce qu'il lui devait. Et penser à ce qu'il lui devait, c'était penser à ce qui était juste, à ce que l'honneur exigeait qu'il fît. Penser à ça, c'était se précipiter dans le royaume de la terreur. Car ce qu'il devait faire, c'était dire la vérité et Harry savait ce qu'il risquait s'il la disait. Il avait le choix entre deux solutions. Mourir ou se taire. Il n'avait que treize ans. Donc il n'avait pas le choix.

— ... des sculptures et des roses essentiellement. C'est récent, si vous voulez le voir...

— Volontiers, allons jeter un coup d'œil.

Harry se recroquevilla au son des voix qui approchaient, se ratatina au grincement de la grille de bois s'ouvrant dans le mur de silex. Pris de panique, il chercha du regard un endroit où se cacher. Mais il n'y en avait pas. Il sentit des larmes d'impuissance lui piquer les yeux tandis que la femme policier et Chas Quilter pénétraient dans le jardin aux sculptures. Ils s'arrêtèrent net en le voyant.

Lynley rejoignit le sergent Havers au milieu de la cour d'honneur où, au mépris des règles voulant que les adultes s'efforcent de donner l'exemple, elle fumait une cigarette, nez froncé sur ses notes. La dominant de toute sa taille, Henry VII la considérait d'un air franchement désapprobateur.

— Vous avez remarqué que ce bon Henry fait face au nord ? lança Lynley en la retrouvant sur les marches de la statue. L'entrée principale de l'école est orientée à l'est mais il ne regarde même pas dans cette direction.

Havers observa rapidement la statue :

— Peut-être tient-il à présenter son noble profil aux visiteurs.

Lynley secoua la tête.

— Il veut que nous nous souvenions de son heure de gloire.

C'est pour cela qu'il regarde vers le nord, en direction du champ de bataille de Bosworth.

— Ah... Mort et trahison. La fin de Richard III. Pourquoi faut-il toujours que j'oublie que vous êtes un partisan de la maison d'York, inspecteur ? Vous ne perdez pourtant pas une occasion de me le rappeler. Est-ce que vous crachez sur la tombe d'Henry chaque fois que vous avez l'occasion de passer à Westminster Abbey ?

— Religieusement, fit-il avec un sourire. C'est l'un des rares plaisirs qui me restent.

Elle hocha pensivement la tête :

— Chacun prend son plaisir où il le trouve.

— Avez-vous appris quelque chose d'utile en compagnie de Chas ?

Elle écrasa sa cigarette contre le socle de la statue.

— Bien que ça m'ennuie un peu d'en convenir, vous aviez raison concernant l'état de l'école. Vu de l'extérieur, c'est parfait. Gazon vert, massifs taillés, arbres centenaires, bâtiments ravalés, fenêtres bien briquées. Et tout et tout. Mais à l'intérieur, c'est comme Erèbe. Vétuste et esquinté. A l'exception des bâtiments récents — théâtre, centre technique, maisons des filles — au nord de l'école, tout est vieux. Les salles de cours aussi. Quant au labo de sciences, on dirait qu'il n'a guère changé depuis Darwin. (Elle eut un geste du bras englobant la cour d'honneur.) On se demande pourquoi les gens de la haute envoient leurs mômes ici. Mon collège de banlieue était en meilleur état que ça. En tout cas, mieux équipé.

— Le prestige de la tradition, Havers.

— La franc-maçonnerie des anciens ?

— Oui. Tel père, tel fils.

— J'en ai bavé, à ton tour de déguster ?

— Il y a de ça, fit-il avec un sourire sans joie.

— Vous vous plaisiez à Eton, monsieur ? s'enquit-elle habilement.

La question le déstabilisa. Eton n'avait rien eu à voir là-dedans. Ça n'avait rien eu à voir avec Eton, avec ses bâtiments magnifiques, la richesse de ses traditions. Eton n'était pas un endroit qui avait le pouvoir de blesser. C'est le moment qui n'avait pas été propice. Jamais il n'aurait dû être en pension là-bas en un moment pareil, coupé d'une famille en crise et d'un père qui dépérissait à vue d'œil sous les coups de boutoir de la maladie.

— Ni plus ni moins qu'un autre, répondit-il. Et, à part l'état de l'école, qu'avez-vous remarqué d'autre ?

Havers parut sur le point d'ajouter quelque chose concernant Eton mais se ravisa.

— J'ai appris l'existence d'une sorte de club pour les plus grands. Situé dans un bâtiment rattaché à Ion — celui où vit Chas Quilter. C'est là que ces jeunes gens se retrouvent pour picoler, le week-end.

— Les plus grands, c'est-à-dire ?

— Les terminales. J'ai eu l'impression qu'il fallait subir des rites d'initiation pour en être car Chas m'a dit que certains élèves préféraient ne pas en faire partie, refusaient de faire le nécessaire pour devenir membres, quoi.

— Il en fait partie, lui ?

— J'imagine que oui, en tant que préfet principal il est tenu de défendre les traditions.

— Les rites d'initiation, c'est une des traditions ?

— Apparemment, oui. Je lui ai demandé ce qu'il fallait faire pour devenir membre et il a rougi, déclarant qu'on devait faire « toutes sortes de conneries » devant les copains. En tout cas, ces messieurs boivent sec. Les élèves sont censés n'avoir droit qu'à deux tickets de boisson par semaine mais comme ce sont d'autres élèves qui distribuent les autorisations et comptabilisent les boissons consommées par chacun, il y a un certain laxisme. J'ai eu l'impression que leurs petites réunions du vendredi soir étaient plutôt agitées.

— Chas ne fait rien pour calmer le jeu ?

— Justement, je ne comprends pas. C'est son boulot, non ? Pourquoi être préfet principal si on ne fait pas respecter le règlement ?

— La réponse est simple, Havers. Un titre de préfet, ça fait bien dans un dossier scolaire. Les universités ne vont pas voir quel genre de préfet était l'élève en question. Elles se bornent à constater qu'il l'a été et se font une idée de lui à partir de ça.

— Mais comment est-il parvenu à être préfet principal, d'abord ? S'il n'avait aucun talent de leader, le directeur ne s'en serait-il pas rendu compte ?

— Faire preuve d'autorité quand on n'est pas préfet principal est beaucoup plus facile qu'en montrer une fois qu'on l'est. Un préfet principal subit une grande pression. Et la pression, ça peut faire changer les gens. C'est peut-être ce qui est arrivé à Chas.

— Ou alors peut-être que le directeur a trouvé Chas trop séduisant pour le laisser moisir dans l'anonymat, commenta Havers, toujours acerbe. Je suppose qu'ils passent pas mal de temps seuls ensemble, non ? (Lynley lui lançant un coup d'œil, elle se défendit en disant :) Je ne suis pas aveugle, inspecteur.

Quilter est drôlement beau gosse. Lockwood ne serait pas le premier à se laisser séduire par un joli minois.

— Certes. Qu'avez-vous déniché d'intéressant encore ?

— J'ai bavardé avec Judith Laughland, la responsable de l'infirmerie.

— Ah. Parlez-moi d'elle.

Havers travaillait avec lui depuis suffisamment longtemps pour connaître sa passion du détail, aussi entreprit-elle de lui décrire l'infirmière. Trente-cinq ans environ, cheveux bruns, yeux gris, grosse tache de naissance sur le cou sous l'oreille droite qu'elle s'efforçait de camoufler en rabattant ses cheveux dessus, en relevant le col de son chemisier et le maintenant fermé. Très souriante, elle rectifiait inconsciemment l'ordonnance de sa toilette tout en parlant, se tapotant les cheveux, jouant avec les boutons de son chemisier, se passant la main sur la jambe pour s'assurer que ses bas ne plissaient pas.

Lynley tenta d'approfondir ce dernier point :

— Comme si elle se pomponnait ? Mais pour séduire qui ? Chas était avec vous ?

— J'ai eu l'impression qu'elle agissait comme ça en présence de tous les représentants du sexe fort. Pas seulement avec Chas. Car pendant qu'on était là-bas un des grands est venu, se plaignant d'un mal à la gorge, elle a ri, l'a taquiné et lui a dit un truc du genre : « On ne peut pas se passer de moi, hein ? » Et, quand elle lui a fourré le thermomètre dans la bouche, elle lui a touché les cheveux et tapoté la joue.

— Vous en avez conclu ?

— Non pas qu'elle irait jusqu'à avoir une aventure avec un élève — elle doit bien avoir vingt ans de plus qu'eux — mais qu'elle avait besoin de leurs compliments et de leur admiration.

— Mariée ?

— Les garçons l'appellent madame, mais elle ne porte pas d'alliance. Pour moi elle est divorcée. Il y a trois ans qu'elle est là. Je parie qu'elle est arrivée juste après le divorce avec le désir de refaire sa vie et le besoin de se prouver qu'elle pouvait encore plaire. Vous voyez ce que je veux dire.

Ce n'était pas la première fois qu'ils se trouvaient devant un cas semblable. Tous deux avaient été témoins de la solitude qui fondait sur les divorcées, de la panique causée par la perspective de passer le reste de son existence sans compagnon, de la peur galopante et du besoin de la camoufler sous un vernis de gaieté, des activités de toutes sortes auxquelles elles se mettaient à participer fébrilement. Toutes réactions qui n'étaient pas l'apanage des femmes, d'ailleurs.

— Et les dispenses de sport, qu'avez-vous découvert à ce sujet ? s'enquit Lynley.

— Elles sont rangées dans le tiroir de son bureau, lequel n'est pas fermé à clé. Et l'infirmerie n'est absolument pas surveillée.

— Matthew aurait pu y avoir accès ?

— Sans problème. Surtout si l'infirmière était occupée ailleurs à ce moment-là. En supposant qu'un élève de terminale se soit trouvé là au moment où Matthew passait piquer le papier, je crois qu'elle ne se serait rendu compte de rien. Du moins si j'en juge par son comportement d'aujourd'hui.

— Vous avez abordé le sujet des dispenses avec elle ?

— Je lui ai demandé comment marchait le système. Apparemment, lorsqu'un élève ne se sent pas d'attaque pour disputer un match l'après-midi, il se rend à l'infirmerie où Judith Laughland l'examine — elle doit lui prendre sa température ou un truc dans ce goût-là — et, s'il est réellement mal fichu, elle lui donne une dispense de sport. Si l'état de l'élève nécessite son entrée à l'infirmerie, elle charge un autre élève de porter le papier au moniteur sportif ou de le glisser dans son casier. Sinon, c'est le malade lui-même qui prend le papier et le remet au moniteur avant de regagner son dortoir où il se met au lit.

— Est-ce qu'elle note le nom de ceux qui demandent une dispense de sport ?

Havers fit oui de la tête.

— Matthew n'en a pas eu vendredi, monsieur. Son nom n'apparaît nulle part. Mais il en avait eu une à deux autres reprises dans l'année. J'ai l'impression qu'il a conservé la seconde — obtenue trois semaines plus tôt — et attendu le moment propice pour se sauver. Mais j'y pense. Harry Morant. Chas et moi sommes tombés sur lui dans le jardin aux sculptures il y a quelques minutes.

— Vous lui avez parlé ?

— J'ai essayé. Impossible de croiser son regard. Je n'en ai tiré que des monosyllabes.

— Et alors ?

— Matthew et lui étaient tous deux membres de la société de modélisme ferroviaire, c'est comme ça qu'ils sont devenus copains.

— Ils étaient intimes ?

— Difficile à dire. Mais il m'a semblé que Harry avait beaucoup d'admiration pour Matthew.

Elle hésita, fronça les sourcils, parut chercher le mot juste.

— Sergent ?

— Je crois qu'il sait pourquoi Matthew s'est enfui. Et qu'il aimerait bougrement pouvoir en faire autant.

Lynley haussa un sourcil.

— Voilà qui change un peu les données du problème.

— Pourquoi ?

— Ça permet d'éliminer les histoires de différences de milieu social. Si Harry était malheureux, que Matthew l'était également et Smythe-Andrews aussi...

Lynley leva les yeux vers Henry VII, si sûr de lui, si certain de pouvoir changer le cours de l'histoire d'un pays.

— Monsieur ?

— Il est temps que nous nous rendions chez le directeur.

Comme la chapelle, le bureau d'Alan Lockwood était orienté vers l'est et comme la chapelle il était destiné à impressionner les visiteurs. L'espace délimité par le bow-window — toutes vitres latérales ouvertes malgré le froid du dehors — était suffisamment spacieux pour renfermer une grande table de conférence en bois satiné, six chaises recouvertes de velours, et un chandelier rococo en argent qui luisait à côté du bois bien ciré. En face, une cheminée décorée de carreaux de Delft bleu et blanc abritait au lieu du traditionnel radiateur électrique une véritable flambée. Au-dessus de la cheminée était accroché ce qui ressemblait fort à un portrait peint par Holbein d'un illustre éphèbe inconnu de la Renaissance. Près de cette toile il y avait un second portrait, reconnaissable celui-là — encore que terriblement flatteur —, de Henry VII. Des bibliothèques vitrées occupaient deux des murs de la pièce et sur un troisième s'alignaient des photographies retraçant l'histoire récente de l'école. Un tapis de Wilton aux riches tons de bleu et d'or recouvrait le sol. Tandis que Lynley et Havers pénétraient dans ce sanctuaire, Alan Lockwood se leva de son bureau et foula le tapis en question pour aller à la rencontre de ses visiteurs. Il avait enlevé sa toge, qui était suspendue au dos de la porte. Sans elle, il paraissait étrangement inachevé.

— Tout le monde s'est montré coopératif, j'espère ? s'enquit-il en leur désignant la table de conférence et choisissant un siège lui permettant d'être assis dos à la fenêtre, visage dans l'ombre.

Ne se rendant apparemment pas compte du froid qui régnait dans cette partie de la pièce, il ne fit rien pour fermer les fenêtres.

— Très, répondit Lynley. Votre préfet principal, notamment. Merci de nous l'avoir prêté.

Lockwood sourit avec une réelle chaleur.

— Chas. Merveilleux, ce garçon, n'est-ce pas ? Vraiment unique en son genre. Apprécié de tous.

— Respecté ?

— Pas seulement par les élèves mais par l'ensemble du personnel enseignant. Il avait la grande cote auprès de ses professeurs à la fin de l'an dernier. Aussi, lorsqu'il s'est agi de désigner un préfet principal cette année, mon choix s'est tout naturellement porté sur lui.

— Il a l'air charmant.

— Il a un peu tendance à en faire trop, mais après les frasques désastreuses de son frère dans notre établissement nul doute que Chas veuille redorer le blason familial. Ce serait assez son genre, de vouloir faire oublier les bêtises de Preston.

— La brebis galeuse de la famille ?

Lockwood tendit la main vers son cou mais laissa son geste en suspens.

— Un sale type. Il s'est couvert de honte. Il a été renvoyé au début de l'an dernier pour vol. On lui avait laissé la possibilité de quitter l'école sans faire de vagues — après tout, c'est le fils de sir Francis Quilter, et avec ces gens-là on prend des gants. Mais il a refusé de partir de son plein gré et exigé que nous apportions la preuve de ses forfaits. (Lockwood rajusta sa cravate et poursuivit d'un ton de regret :) Preston était kleptomane, inspecteur. Nous n'aurions eu aucun mal à le prouver. Bref, après son départ il est allé s'installer chez des parents en Ecosse. Il paraît qu'il extrait de la tourbe maintenant. C'est pourquoi les espoirs — et l'orgueil — de la famille reposent sur Chas.

— Lourd fardeau.

— Pas pour un garçon doué comme il l'est. Chas sera chirurgien comme son père. Comme Preston aurait pu l'être s'il n'avait pas eu la manie de subtiliser les affaires de ses camarades. Ç'a été le cas de renvoi le plus pénible que j'aie eu à traiter à Bredgar. Des élèves renvoyés, il y en eu d'autres, bien sûr. Mais c'est celui-là qui m'a donné le plus de fil à retordre.

— Et vous êtes ici depuis... ?

— C'est ma quatrième année.

— Et avant cela ?

Lockwood ouvrit la bouche et la referma. Ses yeux s'étrécirent. Il semblait s'interroger sur le subtil changement d'orientation des questions posées par Lynley.

— J'étais dans l'enseignement public. Puis-je savoir quel rapport cela a avec votre enquête, inspecteur ?

Lynley haussa les épaules.

— J'aime connaître les gens avec lesquels je travaille, répondit-il, sachant pertinemment que Lockwood ne pouvait accepter cette réponse anodine.

Comment l'aurait-il pu, alors que le sergent Havers assise, l'air stoïque, notait ses moindres mots ?

— Je vois. Maintenant que vous avez vos renseignements peut-être accepterez-vous de m'en fournir quelques-uns en retour.

— Très volontiers, si je peux.

— Parfait. Vous avez passé la matinée dans nos murs. Parlé à nos élèves. Visité l'école de fond en comble. Votre sergent s'est rendue à l'infirmerie pour interviewer Mrs Laughland. Pouvez-vous me dire pourquoi personne ne s'est encore soucié d'essayer de retrouver l'automobiliste qui a pris l'enfant dans sa voiture et l'a assassiné ?

— Bonne question, concéda aimablement Lynley.

Au bout de la table, Havers continua d'écrire. Ils avaient l'habitude de se répartir les rôles, l'un se montrant conciliant, l'autre apportant la contradiction. Ce petit jeu bien rodé leur permettait de déstabiliser les suspects juste ce qu'il fallait. En dix-huit mois de collaboration, ils avaient eu recours à cette stratégie des centaines de fois, et aujourd'hui encore ils l'adoptaient sans même réfléchir.

— Le problème, c'est que Bredgar Chambers est assez isolé. Et je me demande s'il est possible qu'un enfant de treize ans ait réussi à se faire prendre en stop dans les parages.

— Il a *sûrement* fait du stop, inspecteur. Vous n'allez pas me dire qu'il est allé jusqu'à Stoke Poges à pied ?

— Non. Toutefois, il est possible que Matthew n'ait pas cherché à faire du stop. Qu'il se soit arrangé pour se trouver un chauffeur. Quelqu'un qu'il connaissait. Si tel est le cas, il vaut mieux que nous enquêtions sur place à Bredgar et pas ailleurs.

Le sang afflua au visage de Lockwood.

— Vous voulez dire que quelqu'un de *l'école*... ? Vous savez aussi bien que moi que la mort de cet enfant, pour regrettable qu'elle soit, n'a aucun rapport direct avec l'école.

— Je ne suis pas encore arrivé à cette conclusion, j'en ai peur.

— Il s'est sauvé, inspecteur. Il s'est débrouillé très astucieusement pour faire croire qu'il était en deux endroits à la fois. Puis il s'est enfui pour aller retrouver ses copains à Londres. Il est regrettable que cela se soit produit. Mais c'est ce qui est arrivé. Il a enfreint le règlement et on ne peut rien y faire maintenant. L'école n'y est pour rien et je n'ai aucune intention de porter le chapeau.

— Les membres du personnel garent leur voiture sur le campus. Et vous disposez de plusieurs véhicules pour assurer le transport des élèves, n'est-ce pas ?

— *Les membres du personnel enseignant ?* explosa Lockwood. L'un des *professeurs* de cet enfant ?

Lynley ne broncha pas.

— Pas nécessairement, répondit-il, attendant que le directeur voie où il voulait en venir. (Lorsqu'il constata que Lockwood avait saisi, il poursuivit comme pour lui mettre les points sur les i). Le personnel ne comporte pas que des enseignants. A Bredgar, il y a également des jardiniers, des intendantes, des portiers, du personnel dans les cuisines — sans compter les épouses des professeurs qui vivent sur le campus. Il y a les élèves aussi...

— Vous êtes fou, énonça Lockwood d'une voix sourde. Le corps de l'enfant a été retrouvé dimanche soir. Il avait disparu depuis vendredi. Il est évident qu'il a dû faire un sacré bout de chemin à pied avant de trouver une voiture.

— Peut-être. Toutefois, il portait l'uniforme de l'école quand il est parti. Cela prouve qu'il n'avait pas peur d'être reconnu et ramené à son point de départ.

— Il aurait pu prendre à travers champs, longer les fossés, traverser la forêt — jusqu'à ce qu'il soit suffisamment loin de Bredgar. Cet enfant n'était pas un imbécile. C'était un boursier. Pas un débile, inspecteur.

— Cette histoire de bourse, à propos, ça m'intéresse. Quand avez-vous entendu parler du petit Matthew pour la première fois au juste ?

Lockwood se leva, se dirigea vers son bureau et revint muni d'un dossier qu'il se mit à feuilleter avant de répondre.

— Il avait huit mois lorsque ses parents ont écrit pour lui réserver une place ici. (Le directeur leva la tête comme s'il s'attendait à une réaction de Lynley.) C'est comme ça qu'on procède dans les établissements privés, inspecteur. Mais vous ne l'ignorez pas. Vous étiez à Eton, je crois ?

Lynley laissa la question sans réponse.

— Et la bourse ?

— Tous les élèves de quatrième en puissance qui remplissent les conditions sont informés par nos soins de l'existence de cette bourse. Celle-ci est décernée à un enfant qui a des capacités intellectuelles certaines, mais pas de moyens financiers.

— Comment s'effectue le choix du bénéficiaire ?

— Les élèves intéressés font une demande, qui nous est transmise par l'un des membres du conseil d'administration. C'est moi qui prends la décision finale, en fonction des avis exprimés par les différents membres du conseil.

— Je vois. Qui a patronné la candidature de Matthew Whateley ?

Lockwood parut hésiter.

— Certains éléments d'information sont confidentiels, inspecteur...

— Pas quand il s'agit d'un meurtre, fit Lynley, l'interrompant d'un geste de la main.

Pendant quelques secondes, ce fut l'impasse. Au bout de la table, le sergent Havers cessa d'écrire et releva la tête, crayon en l'air.

Le regard du directeur croisa celui de Lynley. Cela dura dix secondes.

— Giles Byrne, lâcha Lockwood. Vous avez sûrement entendu parler de lui.

En effet. Giles Byrne, brillant analyste des problèmes sociaux et économiques de la nation. Langue acérée, esprit caustique, diplômé de la London School of Economics, il animait une émission de radio à la BBC où il démolissait régulièrement le malheureux qu'il interviewait. Voilà qui était intéressant. Plus intéressant encore fut le rapprochement que Lynley ne manqua pas de faire lorsqu'il entendit prononcer son nom.

— Byrne. Ainsi donc le préfet d'Erèbe — Brian Byrne...

— Oui. C'est le fils de Giles Byrne.

8

Emilia Bond n'avait jamais apprécié les jours où elle avait cours avec les terminales juste après le déjeuner. En poste à Bredgar Chambers depuis maintenant deux ans, elle avait à maintes reprises demandé au directeur une modification de son emploi du temps afin de pouvoir prendre les terminales le matin. Après le déjeuner, lui avait-elle patiemment expliqué, ils ne sont pas en état de se concentrer correctement. La digestion les absorbe tout entiers. Leur cerveau n'est pas assez irrigué. Comment peuvent-ils s'intéresser à des formules et à des expériences alors que la digestion — fonction biologique fondamentale — les en empêche ?

Le directeur l'écoutait toujours en s'efforçant de prendre l'air compréhensif, lui assurait régulièrement qu'il allait s'en occuper, mais se gardait bien de lever le petit doigt. C'était exaspérant. Tout comme son sourire faussement paternel. Qui masquait mal le fait qu'il désapprouvait sa présence à Bredgar. Agée de vingt-cinq ans, Emilia était le seul professeur femme de l'établissement et le directeur se comportait comme s'il s'attendait à ce que sa présence eût un effet pernicieux sur les garçons auxquels elle enseignait la chimie. Que l'école comptât quatre-vingt-dix filles en première et en terminale ne paraissait pas l'inquiéter. Le fait qu'Emilia fût membre du personnel enseignant, en revanche, faisait d'elle — à ses yeux, du moins — une femelle d'une espèce beaucoup plus redoutable.

Ce qui était ridicule, Emilia n'étant pas du genre à faire fantasmer des adolescents de dix-huit ans. Non qu'elle fût dénuée de séduction. C'était une fille saine, évoquant la crème fouettée et autres aliments à forte teneur lipidique : un peu enveloppée pour sa taille peut-être, mais pas franchement grasse. Elle se dépensait suffisamment pour ne pas connaître de problèmes d'embonpoint, consciente, toutefois, que le jour où elle arrêterait de jouer au tennis, de faire de la randonnée, de la natation, du golf, de la course à pied et du vélo, elle se mettrait à enfler comme un cochon de lait. Malheureusement, l'exercice physique qui réussissait à sa silhouette avait un effet désastreux sur le reste de sa personne. Et notamment sur son teint de blonde. L'exposition constante au soleil lui avait criblé le nez de taches de rousseur. L'exposition constante au vent, tout en lui rosissant les pommettes, l'obligeait à adopter une coiffure de gamine qu'elle trouvait peu seyante — très courts, tout fous, ses cheveux étaient si blonds qu'ils en paraissaient presque blancs. Il semblait d'autant moins probable qu'un de ses élèves pût un jour éprouver pour elle des sentiments autres que fraternels que la malchance avait voulu qu'elle fût la grande sœur universelle, celle qui était toujours prête à prodiguer conseils et tapes amicales dans le dos. Rôle qu'elle haïssait même si elle le jouait avec tout le monde.

Avec tout le monde mais pas avec John Corntel. Emilia sentit le malaise la gagner à la pensée de John et s'efforça de songer à autre chose. En vain, John la hantait ; il revenait impitoyablement à la charge, l'obligeant à évaluer le chemin qu'ils avaient parcouru en dix-neuf mois pour, d'abord collègues, devenir ce qu'ils étaient aujourd'hui. Mais qu'étaient-ils, au juste ? Des amis ? Des amants ? Deux êtres solitaires qui avaient succombé à un moment de faiblesse physique ? Ou peut-être, ce qui était plus probable, une énorme plaisanterie, une blague monumentale d'un dieu porté sur la rigolade ?

Elle se plaisait à croire que tout avait commencé innocemment entre eux, sans rien d'autre de sa part à elle que le désir de venir en aide à un homme atteint d'une timidité maladive. Mais en fait, dès le début, elle avait vu en John Corntel le moyen d'obtenir ce qu'elle souhaitait vraiment. L'amitié qu'elle avait liée avec lui constituait le premier maillon de la chaîne, les suivants ayant noms mari, famille, sécurité. Bien qu'elle se fût persuadée au départ qu'elle voulait uniquement l'aider à se sentir moins mal à l'aise avec les femmes, la vérité était qu'elle n'avait cherché qu'à ce qu'il fût moins mal à l'aise avec elle. Cette impression toute neuve de réconfort en présence d'une femme devait, selon elle, déboucher sur des relations plus durables.

Ce qu'elle n'avait pas prévu en se lançant — avec le plus parfait sang-froid — dans l'entreprise consistant à mettre le grappin sur cet homme et à s'assurer du même coup un avenir conforme à ses aspirations, c'était qu'elle tomberait amoureuse de John et que ses pensées, ses souffrances, ses tourments intérieurs, son passé, son avenir lui tiendraient un jour tellement à cœur. Ce n'est qu'au beau milieu de sa tentative de séduction qu'elle s'était rendu compte de ce qui lui était arrivé. Une fois qu'elle avait compris la force de ses sentiments pour John, une fois qu'elle avait — avec sa brutalité coutumière — décidé d'agir en conséquence, tout s'était écroulé de la façon la plus horrible et la plus irrémédiable.

Ce n'était pas l'homme que je croyais. Elle rit intérieurement de la facilité avec laquelle elle tirait cette conclusion. Comme ce serait commode de se débarrasser de John Corntel de façon aussi expéditive. Une erreur. Un douloureux malentendu. *Je croyais que tu... et tu croyais que je... oh ! tirons un trait sur tout ça, d'accord ?... redevenons amis comme nous l'étions avant...*

Mais ce n'était pas possible. On ne passait pas de l'amour à l'amitié. Ce n'était pas comme éteindre la lumière. Malgré tout ce qui s'était passé — ses larmes horrifiées, l'humiliation de John —, elle l'aimait, le désirait encore même si elle ne le comprenait plus du tout.

Le bruit que fit la porte du labo en s'ouvrant l'arracha à ses réflexions. Levant la tête de la place qu'elle occupait sur l'estrade, elle vit que Chas Quilter rejoignait ses camarades, cahier et manuel sous le bras. Il sourit d'un air d'excuse et dit :

— J'étais...

— Je sais. Nous sommes en train de traiter les trois problèmes qui sont au tableau pour l'instant. Dépêchez-vous, prenez le train en marche.

Hochant la tête, il s'installa à sa place habituelle au second rang. Il n'y avait que huit élèves dans la classe — trois filles et cinq garçons. Alors que Chas ouvrait son cahier, deux d'entre eux chuchotèrent son nom d'un ton pressant.

Emilia entendit l'un d'entre eux dire : « Qu'est-ce qu'ils voulaient savoir ? », l'autre s'enquérir : « Comment ça s'est passé ? Est-ce que c'est pas trop dur de... » Coupant court, elle lança d'une voix ferme :

— Vous avez du travail. Je vous prierai de vous y mettre. Tous. Et vite.

Ces ordres secs déclenchèrent un mouvement de protestation étonnée mais Emilia ne se soucia pas de savoir si elle les avait offensés. La question n'était pas là. L'important, c'était l'adolescent qui était assis à la même table que Chas Quilter.

Brian Byrne était responsable d'une bonne partie de ce qui était arrivé à Matthew Whateley. En tant que préfet d'Erèbe, il était de son devoir de s'assurer que tout se passait bien dans la maison, de veiller à ce que les jeunes pensionnaires s'adaptent à la vie de l'école, à ce que le règlement soit respecté, la discipline observée, les punitions distribuées en cas de besoin.

Seulement Brian Byrne n'avait pas correctement rempli sa mission. Et Emilia voyait aux épaules courbées du jeune homme, à ses yeux obstinément baissés, au tic qui lui retroussait le côté droit de la bouche qu'il n'avait que trop conscience de son échec. Elle le considéra avec sympathie.

La mort de Matthew Whateley allait valoir à Brian la pire forme de critique qui fût. Les reproches qu'il s'adressait devaient être amers mais ceux que son père lui ferait seraient autrement acérés, choisis avec une perspicacité démoniaque. Giles Byrne s'y entendait à taper sur les gens, savait exactement quelles armes utiliser. Et il était particulièrement doué dès lors qu'il s'agissait de trouver le moindre petit défaut dans la mince et pathétique cuirasse de son fils. Emilia l'avait vu à l'œuvre à l'occasion de la journée portes ouvertes organisée pour les parents le trimestre précédent, parcourant le devoir d'histoire de Brian qui avait été punaisé avec les autres dans la partie est du cloître. Byrne y avait accordé à peine une minute d'attention avant de remarquer : « Dix pages, c'est tout ? » Et avec un froncement de sourcils : « Tu ferais peut-être bien de soigner ton écriture si tu veux aller à l'université, Brian. » Puis il avait continué sa route, froid, l'air absent. Comme si tout cela l'ennuyait à mourir. Membre du conseil d'administration, il ne pouvait évidemment pas se permettre de porter davantage d'intérêt au travail de son fils qu'à celui des autres élèves.

Emilia, qui était arrivée sur ces entrefaites, avait vu se peindre sur le visage de Brian le chagrin, la honte, l'humiliation. Elle serait bien allée vers lui pour le consoler, mais Chas Quilter était sorti de la chapelle juste à ce moment-là et, en le voyant, Brian avait aussitôt changé de physionomie. Comme par magie, il s'était mis à bavarder avec Chas d'un ton animé, riant, marchant à sa suite vers le réfectoire.

Chas avait eu une excellente influence sur Brian. Leur amitié avait permis à Brian de sortir de sa coquille, d'évoluer dans un monde d'élèves plus sûrs d'eux. Toutefois, tandis qu'Emilia regardait les deux adolescents assis côte à côte, les yeux baissés sur leur devoir, elle se demanda si l'échec de Brian par rapport à Matthew Whateley aurait une incidence sur son amitié avec Chas. Car cet échec, fâcheux pour Chas en sa qualité de préfet principal, avait des répercussions désastreuses sur toute l'école et, en dernière analyse, il rejaillissait également sur son père. Quoi qu'il arrivât, Brian était perdant.

C'était, songea Emilia, tellement injuste.

Pour la seconde fois de l'après-midi, la porte du laboratoire s'ouvrit. Emilia sentit ses muscles se crisper automatiquement : réaction de fuite ou bagarre en perspective. C'était la police.

En pénétrant dans le laboratoire de chimie, Lynley constata que le sergent Havers n'avait pas exagéré en prétendant que le bâtiment et ses salles ne devaient pas avoir subi de transformations majeures depuis l'époque de Darwin. Le labo était en effet loin d'être un exemple de modernité. Des conduites de gaz couraient au plafond, le parquet était plein de fentes, l'éclairage à la limite du glauque, le tableau noir si usé que les problèmes qui le couvraient semblaient se fondre dans les centaines d'autres qui les avaient précédés.

Les huit élèves présents, perchés sur des tabourets en bois ridiculement hauts, étaient assis devant des plans de travail blancs tout éraflés surmontés de planches de pin. Les paillasses étaient équipées de petits éviers rectangulaires en porcelaine, de brûleurs à jet de gaz en fer rouillé et de robinets de cuivre. D'un côté de cette partie de la pièce, des vitrines occupaient tout un panneau, qui contenaient des cylindres gradués, des pipettes, des flacons, des bechers ainsi qu'un assortiment remarquable de bouteilles fermées par des bouchons de liège contenant des produits chimiques et couvertes d'étiquettes manuscrites. Au-dessus de ces vitrines s'alignaient — bien calées sur leurs supports en bois — de hautes burettes destinées au mélange des divers produits chimiques versés goutte à goutte. Le mélange lui-même s'effectuait dans la sorbonne placée sur une paillasse de l'autre côté du labo, cette enceinte — qui n'était pas elle non plus de la première jeunesse — étant une boîte de verre et d'acajou dotée d'un vieux ventilateur rouillé.

Le laboratoire aurait dû être entièrement remanié des années plus tôt. Qu'il n'ait pas été modernisé donnait une idée assez juste de la situation financière de l'école. Et des pressions diverses qui s'exerçaient sur Alan Lockwood, lequel devait faire tourner l'établissement, recruter de nouveaux élèves et trouver d'une façon ou d'une autre les capitaux nécessaires à la modernisation des locaux.

Comme lisant une condamnation implicite dans le regard de Lynley, l'enseignante se dirigea vers l'antique sorbonne et abaissa la vitre avant. Une fine pellicule obscurcissait la paroi de verre. Elle se tourna ensuite vers les élèves qui avaient cessé de travailler pour dévisager Lynley et Havers.

— Vous avez des problèmes à terminer, leur rappela-t-elle en traversant la salle pour gagner la porte. Je suis Emilia Bond. Professeur de chimie. En quoi puis-je vous être utile ?

Elle parlait d'un ton décidé, plein d'assurance, mais Lynley ne put s'empêcher de remarquer la petite veine qui battait de façon saccadée sur son cou.

— Inspecteur Lynley, sergent Havers, service des affaires criminelles, Scotland Yard, répondit-il bien que l'attitude de la jeune femme lui eût montré l'inutilité des présentations. (Emilia Bond savait de toute évidence qui ils étaient et ce qu'ils étaient venus faire dans son laboratoire.) Nous aimerions nous entretenir avec un de vos élèves, si possible. Brian Byrne.

Tous les yeux, ceux de l'enseignante exceptés, se braquèrent sur le voisin de Chas Quilter. Il ne releva pas immédiatement la tête mais continua de se pencher sur le cahier ouvert devant lui, crayon en l'air.

— Bri, murmura Chas Quilter.

A ce mot, le jeune homme leva le nez.

Lynley savait que Brian Byrne, élève de terminale, devait avoir dix-sept, dix-huit ans mais il le trouva bizarrement plus jeune et plus vieux à la fois. Plus jeune à cause de sa bouille ronde qui n'avait ni les traits fermes, ni la peau épaisse, ni les rides autour de la bouche et des yeux de ses condisciples. Plus vieux à cause de l'implantation de ses cheveux et de sa carrure. Son front commençait déjà à se dégarnir et tout laissait à penser qu'il serait chauve avant trente ans. Quant à son corps, il était tout en muscles, et évoquait celui d'un catcheur que la pratique des poids et haltères aurait contribué à étoffer.

Tandis que Brian se laissait glisser à bas de son tabouret, Emilia Bond prit la parole. Elle se déplaça légèrement comme pour protéger Brian de la police.

— Est-ce vraiment nécessaire, inspecteur ? Le cours se termine dans moins d'une demi-heure. Cela ne peut pas attendre ?

— J'ai peur que non, répondit Lynley, examinant une dernière fois la pièce.

Trois filles : deux séduisantes, longues jambes et longs

cheveux ; une troisième à l'allure de souris transie. Cinq garçons : trois beaux gosses bien bâtis, un quatrième du genre bûcheur à lunettes et légère bosse dans le dos, et Brian Byrne, qui avait l'air à part.

Brian rejoignit les policiers près de la porte. Lynley remercia Emilia Bond d'un hochement de tête.

— Conduisez-nous dans votre chambre, fit-il à Brian. Nous y serons au calme.

— Par ici, répondit le jeune homme, les précédant dans le couloir et sortant du bâtiment.

Erèbe était juste en face du labo de sciences, Mopsos à l'ouest, Calchas à l'est et, derrière, Ion, siège du club des grands. Ils descendirent une allée, traversèrent un carré de trottoir le long duquel s'arrêtaient petits camions et minibus pour les livraisons et pénétrèrent dans Erèbe par la porte qu'ils avaient déjà empruntée un peu plus tôt dans la matinée.

La chambre de Brian était au rez-de-chaussée, adjacente à la porte donnant accès aux appartements privés de John Corntel, le chef de maison. Comme les autres pièces, celle où habitait Brian n'était pas fermée à clé. Il poussa le battant et s'effaça pour laisser passer Lynley et Havers.

La pièce correspondait à ce qu'on pouvait attendre d'un pensionnat. Les prospectus de l'école devaient la qualifier pompeusement de studio, du fait de la présence d'un lit, d'un fauteuil, d'un bureau, de trois étagères, du placard réglementaire et d'une petite commode. En réalité l'endroit était à peine plus grand qu'une cellule munie d'une unique fenêtre à deux battants dont un carreau était cassé. Une chaussette noire avait été fourrée dans le trou pour lutter contre le froid. L'air sentait la laine humide.

Brian referma la porte sans un mot. Dansant d'un pied sur l'autre, il plongea la main dans sa poche de pantalon et attendit en faisant tinter des pièces de monnaie ou des clés.

Lynley n'était absolument pas pressé de commencer l'entretien. Il examina les décorations que Brian avait mises au mur tandis que le sergent Havers s'asseyait sur le lit étroit, retirait sa veste et sortait son carnet.

Les murs, comme Lynley put le constater, étaient ornés avec parcimonie. Seules quelques photos y étaient punaisées. Trois d'équipes sportives de l'école. Rugby, cricket, tennis. Si Brian ne figurait sur aucune des trois elles avaient cependant un dénominateur commun : Chas Quilter. Le préfet principal figurait également sur une quatrième photo, cette fois en compagnie d'une jeune fille qui lui avait passé un bras autour de la taille et appuyait sa tête sur son épaule. Le vent leur ébouriffait les cheveux, dispersant des nuages brillants à travers le ciel. Une petite amie, sans aucun doute, songea Lynley. La présence de cet instantané dans la chambre de Brian avait quelque chose de surprenant.

Lynley tira la chaise qui était devant le bureau et fit signe à Brian de prendre place. Lui-même resta debout, appuyé de l'épaule contre le mur près de la fenêtre. De là, il avait vue sur un maigre carré de gazon, un aulne qui commençait à faire des feuilles et la porte latérale de Calchas.

— Comment fait-on pour devenir membre du club des terminales ? questionna Lynley.

A l'évidence, la question prit l'adolescent de court. Ses yeux — d'une couleur indéfinissable à mi-chemin entre le bleu et le gris — foncèrent tandis que les pupilles se dilataient sous l'effet de la surprise.

— Il faut subir des épreuves d'initiation ? souffla Lynley.

La bouche de Brian se crispa.

— Qu'est-ce que cela a à voir avec...

— La mort de Matthew Whateley ? compléta Lynley avec un sourire. Pour autant que je le sache, rien. Simple curiosité de ma part. Je me demandais si les boîtes privées avaient beaucoup changé depuis que j'avais quitté Eton.

— Mr Corntel était à Eton.

— Je sais. Nous y étions ensemble.

— Et vous étiez copains ?

Les yeux de Brian se tournèrent vers les photos de Chas.

— Assez, à l'époque. Nous nous sommes perdus de vue par la suite. Le moment est mal choisi pour renouer amitié, vous ne croyez pas ?

— Ce qui est moche, c'est de devoir renouer. Quand on est bons amis on doit le rester.

— Chas, c'est un bon ami ?

— Mon meilleur ami, dit-il franchement. Nous devons entrer à Cambridge ensemble en octobre. A condition qu'on veuille bien de nous. Pour Chas, il ne devrait pas y avoir de problèmes. Il a d'excellentes notes et il devrait réussir ses examens haut la main le trimestre prochain.

— Et vous ?

Brian leva une main, l'agita.

— Moi, c'est moins sûr. Je ne suis pas idiot mais je ne me sers pas toujours de mon intelligence comme je le devrais.

On aurait dit un jugement porté par un adulte.

— Votre père pourrait vous donner un coup de pouce pour Cambridge.

— Si je voulais de son aide, oui. Mais je n'en veux pas.

— Je vois. (C'était admirable, ce désir de s'en sortir seul, sans faire appel à l'influence dont un homme de la réputation de Giles Byrne devait jouir.) Et ces épreuves initiatiques pour devenir membre du club ?

Brian fit la grimace.

— Faut ingurgiter quatre pintes de *bitter* et — il rougit furieusement — s'enduire de sauce.

Lynley ne connaissant pas l'expression, il demanda des éclaircissements que Brian lui fournit en les accompagnant d'un rire gêné :

— Ben... ça consiste à se mettre de la sauce piquante sur le... Enfin, bref, pas la peine de vous faire un dessin.

Il jeta un regard circonspect à Havers.

— Ah, je vois. C'est donc ça. Plutôt désagréable, non ? Etes-vous membre du club ? Vous avez subi les épreuves ?

— En quelque sorte. Je les ai subies mais j'ai été malade. Malgré tout, j'en fais quand même partie. (Il fronça les sourcils, s'apercevant soudain qu'il venait d'admettre l'existence des épreuves en question.) C'est le directeur qui vous a demandé d'éclairer sa lanterne, monsieur ?

Lynley sourit :

— Non, simple curiosité de ma part.

— Nous ne sommes pas censés nous livrer à ce genre de plaisanteries. Mais vous savez comment sont les écoles. Celle-ci surtout. Y a pas grand-chose d'autre à faire.

— Que font les membres du club lorsqu'ils se retrouvent ?

— Des fêtes. Le vendredi soir en général.

— Tous les terminales sont membres ?

— Seulement ceux qui le désirent.

— Et les autres ?

— Ils restent dans leur coin. Ils n'ont pas de copains. Vous comprenez ce que je veux dire. Ce sont des perdants.

— Il y avait une soirée vendredi dernier ?

— Comme tous les vendredis soir, oui. L'assistance était plus clairsemée que d'habitude. Des tas de types de terminale étaient partis pour le week-end. Les premières et les secondes aussi. Il y avait un tournoi de hockey dans le nord.

— Vous n'y avez pas assisté ?

— Trop de travail. Et en plus je bûchais pour un examen que je passais ce matin.

— Seigneur... Ça me rappelle des souvenirs. Est-ce que la soirée de vendredi dernier vous a empêché de faire le tour des dortoirs des petits à Erèbe ?

Alors même qu'il posait la question, Lynley s'en voulut de la facilité avec laquelle il avait piégé l'adolescent. Ça n'avait pas été une question d'intelligence de sa part, il lui avait suffi de glisser en passant qu'il était issu du même milieu, qu'il avait connu les mêmes expériences pour que le jeune homme se sente en confiance et à partir de là les questions s'étaient enchaînées, faisant sortir à chaque fois un peu plus l'adolescent de la coquille dans laquelle chacun — innocent ou coupable — se réfugiait lorsqu'il était interrogé par la police.

— Je suis rentré à onze heures, fit Brian, commençant à se méfier. Je n'ai pas fait de ronde. Je suis allé me coucher directement.

— Lorsque vous avez quitté le club, il y avait encore d'autres grands ?

— Quelques-uns.

— Ils sont restés là toute la soirée ? N'y en a-t-il pas parmi eux qui soient sortis de la pièce à un moment ou un autre ?

Brian n'était pas un imbécile. Sa physionomie indiquait clairement que s'il n'avait pas compris auparavant où Lynley cherchait à l'entraîner il s'en rendait maintenant parfaitement compte. Il hésita avant de répondre :

— Clive Pritchard est entré et sorti à plusieurs reprises. C'est un gars de Calchas.

— Un préfet ?

Brian eut un petit sourire :

— Pas du bois dont on fait les préfets, si vous voyez ce que je veux dire.

— Et Chas ? Il était présent à cette soirée ?

— Oui.

— Du début à la fin ?

Un instant de réflexion pour fouiller dans ses souvenirs, décider s'il fallait mentir ou dire la vérité.

— Du début à la fin, oui.

Le tic qui retroussait sa lèvre le trahit.

— Vous en êtes sûr ? Chas n'a pas bougé de la soirée ? Il était encore là quand vous êtes parti ?

— Oui. Où aurait-il pu être ?

— Je ne sais pas. J'essaie simplement de savoir ce qui se passait ici vendredi lorsque Matthew Whateley a disparu.

Le regard de Brian se voila :

— Vous pensez que Chas a quelque chose à voir là-dedans ? Pourquoi ?

— Si Matthew s'est sauvé, c'est qu'il avait de bonnes raisons de le faire, non ?

— Et ce serait à cause de *Chas* qu'il... ? Désolé, monsieur, mais c'est ridicule.

— Peut-être, c'est pour ça que je vous demande si Chas est resté au club toute la soirée. S'il n'a pas décollé de là, il ne pouvait guère s'occuper de Matthew Whateley.

— Il n'a pas bougé. Je le sais : je ne l'ai pas quitté des yeux. Nous avons pratiquement passé la totalité de la soirée ensemble. Et lorsqu'il n'était pas...

Brian s'arrêta net. Son poing droit se crispa. Ses lèvres devinrent blanches lorsqu'il les serra l'une contre l'autre.

— Ainsi il s'est absenté, il a quitté le club, résuma Lynley.

— Mais non ! Il a juste reçu quelques coups de fil. Trois peut-être. Je ne me rappelle plus. On est venu le chercher et il est allé à Ion dans la pièce de devant où se trouve le téléphone et il a pris les communications là-bas. Mais il ne s'est jamais absenté suffisamment longtemps pour faire quoi que ce soit.

— Combien de temps s'est-il absenté ?

— Je ne sais pas. Cinq, dix minutes. Pas plus. Qu'est-ce qu'il aurait pu faire pendant ce temps-là ? Rien. Et de toute façon quelle différence ça peut faire ? Tous les appels qu'il a reçus ont été passés après neuf heures, or tout le monde sait que Matthew Whateley s'est sauvé dans l'après-midi.

Voyant le jeune homme près de craquer, Lynley en profita pour questionner :

— Pourquoi Matthew s'est-il enfui ? Que lui est-il arrivé ? Vous et moi savons bien qu'il se passe — dans toutes les écoles — des choses que le directeur et le personnel ignorent ou feignent d'ignorer. Alors que s'est-il passé concernant Matthew ?

— Rien. Il détonnait, c'est tout. Il était différent. Ça sautait aux yeux. Tout le monde s'en rendait compte. Il n'a jamais réussi à se fourrer dans le crâne que ce qui compte ici, ce qui passe avant tout, c'est les copains. Pour lui, l'important, c'était le boulot et préparer son entrée à l'université. Et rien d'autre. Rien.

— Vous le connaissiez donc.

— Je connais tous les garçons d'Erèbe. Ça fait partie de mon travail.

— Et vendredi dernier excepté, votre travail, vous le faites correctement ?

Son visage se ferma :

— Oui.

— Votre père a patronné la candidature de Matthew pour lui permettre d'obtenir la bourse offerte par le conseil d'administration. Le saviez-vous ?

— Oui.

— Quelle a été votre réaction lorsque vous l'avez appris ?

— Pourquoi aurais-je réagi ? Chaque année, il patronne un élève. Cette année il se trouve que c'est son poulain qui a gagné. Et alors ?

— Peut-être que ça ne vous a pas incité à faire un effort particulier pour aider Matthew à s'adapter à la vie de l'école. Il venait d'un milieu très différent de celui des autres élèves. Il aurait fallu que vous le preniez en main pour qu'il se sente à l'aise ici.

— Vous voulez dire que j'étais jaloux de Matthew à cause de l'intérêt que lui portait mon père et que je n'ai pas levé le petit doigt pour l'aider à s'intégrer ? Que je lui ai rendu la vie tellement difficile que, n'en pouvant plus, il s'est sauvé et s'est fait tuer par la même occasion, c'est ça ? (Brian secoua la tête.) Si je devais en faire baver à tous ceux auxquels mon père s'intéresse, j'y passerais mes jours et mes nuits. Il s'est mis en tête de dénicher un autre Eddie Hsu, inspecteur. Il n'aura de cesse qu'il n'en ait trouvé un.

— Eddie Hsu ?

— Un ancien élève de Bredgar que mon père avait pris sous son aile et auquel il servait de tuteur. (Brian sourit avec un plaisir mêlé d'amertume.) Jusqu'au jour où Eddie s'est tué. En 1975. Juste avant de passer ses examens de fin d'études. Vous n'avez pas vu la plaque commémorative que mon père a fait apposer dans la chapelle à la mémoire d'Eddie ? Difficile de la rater. « Edward Hsu... élève bien-aimé. » Depuis, mon père lui cherche un remplaçant. Il a l'art et la manière, papa. Un vrai Midas. A ceci près que tout ce qu'il touche meurt à son contact.

Un coup retentissant fut frappé à la porte.

— Byrne ! Hé ! Allons-y !

Lynley ne reconnut pas la voix. Il fit un signe de tête à Brian qui dit :

— Joins-toi à la fête, Clive.

— Hé, Byrne, allons... (L'arrivant se figea en voyant Lynley et Havers. Mais il eut tôt fait de récupérer, les salua, ajoutant :) Ohhhhhhh ! Mais c'est les bourres, on dirait. Ils ont fini par te poisser, Bri ?

— Clive Pritchard, annonça Brian en guise de présentations. Le spécimen le plus intéressant de Calchas.

Clive eut un large sourire. Il avait l'œil gauche légèrement plus bas que le droit et la paupière pendait. Ce qui — le vaste sourire aidant — lui donnait l'air vaguement pris de boisson. Sans plus se soucier des enquêteurs, il ajouta :

— On a dix minutes pour être sur le terrain, mon grand, et tu ne t'es même pas encore changé. Qu'est-ce qui t'arrive ? J'ai parié un billet de cinq livres qu'on allait flanquer la pâtée à Mopsos et Ion et pendant ce temps-là monsieur taille une bavette avec les flics.

Au lieu de l'uniforme de l'école, Clive portait un survêtement bleu et un maillot rayé jaune et blanc. Ces vêtements très ajustés soulignaient la finesse de sa carrure. Il était bâti comme un escrimeur et se déplaçait d'ailleurs avec la vivacité et l'agilité d'un escrimeur.

— Je ne sais pas si je... énonça Brian en jetant un regard interrogateur à Lynley.

— Nous avons suffisamment de données pour l'instant, répondit Lynley. Vous pouvez disposer.

Tandis que le sergent Havers se levait et se dirigeait vers la porte, Brian s'approcha de son placard, l'ouvrit et en sortit un survêtement, des chaussures de gym, et un maillot bleu et blanc parmi ceux qui pendaient à des crochets.

Clive fit un pas en avant.

— Pas celui-là, Bri. Merde alors ! Tu perds la boule ou quoi ? On est en jaune aujourd'hui. A moins que t'aies l'intention de jouer dans l'équipe d'Ion. Je sais bien que Quilter et toi vous êtes comme cul et chemise, mais c'est pas une raison pour laisser tomber ta maison.

L'air stupide, Brian considéra les vêtements qu'il tenait à la main. Il plissa le front, demeura immobile. Poussant un grognement d'impatience, Clive lui arracha le maillot, décrocha le jaune et blanc suspendu dans le placard et le lui tendit.

— *Tu peux pas* être avec Quilter cet après-midi, mon grand, faut te faire une raison. Allez, secoue-toi, emporte tes affaires. Tu te changeras dans le gymnase. On a un tas de beaux petits gars qui nous attendent et qui demandent qu'à se faire écraser. On n'aura pas le temps de s'occuper de tout le monde. Je sais pas si tu sais ça, mais je suis redoutable avec une crosse de hockey. Mopsos et Ion ont péché, ils vont payer. Parole de Pritchard.

Clive fit le simulacre de taper sur les mollets de Brian. Brian se crispa, puis sourit.

— Allons-y, dit-il, laissant Clive l'entraîner vivement hors de la pièce.

Lynley les regarda partir, prenant bonne note du fait que ni l'un ni l'autre n'avaient croisé son regard avant de s'en aller.

9

— Voyons un peu ce que nous avons, dit Lynley.

Le sergent Havers alluma une cigarette et se cala confortablement dans son siège, un verre de tonic devant elle.

Ils étaient dans le bar de *l'Epée et la Jarretière*, petit pub étriqué du village de Cissbury, à un kilomètre environ de Bredgar Chambers, au bout d'une étroite route de campagne. *L'Epée et la Jarretière* s'était révélé un choix judicieux pour la tenue de leur petite conférence avant leur retour à Londres. Tenant compte de sa situation par rapport à l'école, Lynley avait montré au tenancier la photo de Matthew Whateley — sans vraiment s'attendre à ce que l'autre réagisse. Aussi fut-ce avec une certaine surprise qu'il vit le patron du pub hocher sa tête hirsute et l'entendit affirmer sans hésiter le moins du monde :

— Ouais. C'est Matt Whateley.

— Vous connaissez ce jeune garçon ?

— Oui. Il rend régulièrement visite au colonel Bonnamy et à sa fille qui habitent à un kilomètre et demi du village.

— Sa fille ?

— Jeannie. Elle fait halte ici de temps en temps avec Matt quand elle le raccompagne à l'école.

— Ce sont des parents à lui ?

— Non.

Le tenancier fit glisser le tonic sur le comptoir et poussa à sa suite un verre dans lequel reposaient deux glaçons. Il ouvrit un placard, fourgonna dedans et en sortit une théière métallique cabossée dans laquelle il laissa tomber trois sachets de thé en piteux état.

— Le petit était membre de la Brigade de Bredgar. C'est comme ça que je les ai baptisés. Des maniaques de la B.A. Matt en fait partie mais il est moins pénible que les autres.

Il disparut par une porte située à gauche du comptoir et revint un instant après avec une bouilloire fumante. Il versa de l'eau chaude dans la théière, plongea les sachets de thé cinq fois dans l'eau et les retira.

— Lait ? demanda-t-il à Lynley.

— Non, merci. Quel genre, ces maniaques de la B.A., comme vous dites ?

— Les Volontaires de Bredgar, c'est le nom que l'école leur donne. Mais moi, je dis que c'est des allumés de la B.A. Ils rendent visite à ceux qui peuvent pas mettre le nez dehors, donnent un coup de main au village ou dans la forêt. Vous voyez le genre. Les garçons et les filles choisissent le type de travail qu'ils ont envie de faire. Matt, lui, a choisi d'aller chez les gens. C'est comme ça qu'il a fait la connaissance du colonel Bonnamy. Pas commode, le colonel. Matt rigole pas tous les jours. Ses galons dans les rangs des Volontaires, il les gagne à la dure.

Ainsi un morceau du puzzle était tombé en place. Jean — à qui Matthew avait écrit un mot de remerciements — était la fille du colonel. A part ça, la conversation du patron du pub avait permis à Lynley de se rendre compte que la disparition et la mort de Matthew n'avaient pas encore filtré à l'extérieur de Bredgar Chambers. Nul doute qu'Alan Lockwood serait heureux de l'apprendre.

Lynley et Havers étaient maintenant assis à une petite table près d'une fenêtre drapée de chèvrefeuille non encore en fleur. La lumière du soleil qui traversait le feuillage pour pénétrer dans la salle était colorée en vert par les feuilles. Lynley remuait pensivement son thé tandis que le sergent Havers relisait le début de ses notes. Elle bâilla, se passa les doigts dans les cheveux et appuya la joue au creux de sa main.

En la regardant, Lynley songea que le fait qu'il en fût arrivé à ne pas pouvoir se passer d'elle comme coéquipière ne manquait pas de sel. Au départ, il avait cru que personne ne pouvait moins lui convenir. Elle était susceptible, raisonneuse, soupe au lait, consciente jusqu'à l'amertume du fossé qui les séparait, gouffre insurmontable créé par la naissance, le milieu social, l'argent et l'expérience. Ils n'auraient pu être plus différents l'un de l'autre, Havers luttant avec une détermination farouche pour se hisser hors d'un quartier populaire dans une banlieue crasseuse de Londres tandis que lui passait avec aisance de sa propriété de Cornouailles à sa résidence de Belgravia ou son bureau de New Scotland Yard. Ce qui les différenciait allait bien au-delà du milieu d'origine. Ils avaient des façons diamétralement opposées de percevoir la vie et l'humanité. Celle de Havers — dure, dénuée de sympathie — reposait sur une méfiance viscérale à l'égard d'un monde qui ne lui avait pas fait de cadeau. Celle de Lynley — teintée de compassion, pleine de compréhension — reposait presque entièrement sur un sentiment de culpabilité qui lui faisait une obligation de se mettre à la portée d'autrui, d'apprendre, d'expier, de secourir, de faire amende honorable. Il sourit en songeant que le commissaire Webberly avait mis en plein dans le mille en leur demandant de faire équipe, en insistant pour qu'ils restent ensemble même dans les cas où Lynley était persuadé que la situation ne pouvait qu'empirer.

Havers tira sur sa cigarette et la laissa vissée entre ses lèvres, parlant de derrière un filet de fumée :

— Vous connaissez bien le chef de maison, monsieur ? John Corntel ?

— Ce n'était qu'un simple camarade de pensionnat, Havers. Se connaît-on entre camarades de pensionnat ? Pourquoi cette question ?

Elle laissa tomber son carnet sur la table et en tapota une page comme pour donner plus de poids à ses propos.

— Lorsqu'il est venu nous voir au Yard hier, il nous a dit que Brian Byrne se trouvait à Erèbe vendredi soir. Mais Brian lui-même nous a déclaré qu'il était au club — à Ion — et n'était rentré à Erèbe qu'à onze heures. John Corntel nous a donc menti. Mais pourquoi se donner la peine de mentir à propos d'une chose qui est aussi facile à vérifier ?

— Brian lui a peut-être *dit* qu'il était à Erèbe.

— Pourquoi aurait-il fait ça ? N'importe lequel des élèves présents au club vendredi soir aurait pu affirmer qu'il s'y trouvait, non ?

— Je ne crois pas que quiconque aurait dit quoi que ce soit de ce genre, Havers.

— Pourquoi ?

Lynley se mit à ruminer, cherchant à expliquer le code de l'honneur très particulier qui régissait le comportement des pensionnaires dans les écoles privées.

— Ça ne se fait pas. Dans un établissement comme celui-ci, l'important pour les pensionnaires, c'est de se tenir les coudes, de défendre ses copains. C'est plus important que de respecter des règles de conduite. En général, personne ne cafarde — personne ne s'amuse à aller raconter ici ou là que tel ou tel a enfreint le règlement.

— Mais est-ce que cet après-midi Brian Byrne n'a pas un peu cafté à propos de Chas ? Il nous a bien dit que Chas s'était absenté pour aller répondre au téléphone, non ?

— Répondre au téléphone ne constitue pas une infraction au règlement. Et, d'autre part, c'est moi qui l'ai poussé dans ses retranchements. (Lynley fit un retour en arrière, revenant à la question initialement posée par Havers.) Où est-ce que vous voulez en venir avec John Corntel ? (Havers écrasa sa cigarette, tendit la main vers son paquet pour en prendre une autre et renonça en entendant Lynley soupirer :) Pour l'amour du ciel, sergent, ayez un peu pitié de moi.

Elle repoussa le paquet.

— Désolée. Il y a deux explications possibles au fait que

Corntel croyait Brian Byrne à pied d'œuvre cette nuit-là. Ou bien Brian lui a dit qu'il assurait son service à Erèbe — ce qui semble peu probable, puisque le même Brian a reconnu sans se faire prier qu'il assistait à la party. Ou bien Corntel ne se trouvait pas à Erèbe, et il s'est contenté de supposer que Brian y était.

— Comment est-ce que vous situez Corntel ?

Elle se mordit la lèvre inférieure, répondit précautionneusement.

— Il s'y est pris de façon tellement étrange pour nous décrire le petit Matthew hier. On aurait dit qu'il y mettait...

— De la convoitise !

— C'est ça. Ce n'est pas votre avis ?

— Peut-être. Matthew semble assurément avoir été un enfant séduisant. Mais dites-moi comment vous voyez les choses. Le rôle qu'aurait pu jouer John Corntel dans l'affaire.

— Matthew veut se sauver de l'école. Corntel, qui a une voiture, aide l'enfant à s'enfuir. N'était-ce pas à ça que vous vouliez en venir lorsque nous avons parlé au directeur ?

Lynley examina le cendrier. L'odeur âcre du tabac froid agissait sur lui comme une sirène, l'appelant, le charmant... Il repoussa le cendrier vers la fenêtre.

— Quelqu'un semble en effet l'avoir aidé dans sa fuite. Corntel peut-être. Ou alors quelqu'un d'autre.

Havers fronça les sourcils, feuilleta son carnet, s'arrêta de tourner les pages et se mit à lire.

— Pourquoi Matthew voulait-il se sauver ? Nous avons d'abord pensé que c'était parce qu'il faisait tache, n'est-ce pas ? Il était si différent, issu d'un milieu ouvrier. Comment aurait-il pu s'entendre avec ces snobinards ? Et, de fait, il ne s'est pas entendu avec eux. Il s'est dégonflé au moment d'aller passer le week-end chez les Morant à l'idée de côtoyer tout ce beau monde dans quelque superbe maison de campagne. Alors il a piqué une dispense de sport et déguerpi pour ne pas avoir à rougir à côté des autres gamins lorsque les Morant passeraient les camarades de leur fils en revue. C'est comme ça que j'ai vu les choses après avoir entendu John Corntel hier. Et je comprends que Matthew ait réagi de cette façon. Il devait avoir l'impression d'être un phénomène de foire. Un parent pauvre. Mais le petit Harry Morant chez qui il était censé se rendre... C'est un enfant de la haute, lui, monsieur. Or il semble aussi désireux de fuir cet endroit que Matthew. Membre du gratin ou non. Pourquoi ?

Lynley se rappela l'amertume de Smythe-Andrews parlant de l'école. Il songea à Arlens tombant dans les pommes.

— Il se peut qu'il s'agisse d'une sale histoire de bizutage.

Comment appelait-on ça dans le temps ? Du dressage. Cela consistait à faire comprendre aux nouveaux qu'ils n'avaient pas intérêt à la ramener, que leur place était tout en bas de l'échelle dans la hiérarchie scolaire. Le bizutage était interdit dans tous les établissements. Le sadique, le « brimeur » qui se faisait pincer en train de tyranniser un autre élève après qu'on le lui eut interdit était renvoyé.

— Bon, alors Matthew met les voiles pour échapper à une brute, résuma Havers. Il remet son sort entre les mains d'une personne en qui il a confiance, pour s'apercevoir que cette personne est en fait pire que le « brimeur », que c'est... Quoi ? Un pervers sexuel ? Bon Dieu, ça me donne la nausée. Pauvre petit.

— Ce n'est peut-être pas tout, Havers. La famille ne semble pas rouler sur l'or. Kevin Whateley sculpte des pierres tombales, sa femme travaille dans un hôtel. Pour faire inscrire Matthew à Bredgar, ils sont passés par Giles Byrne. Giles Byrne connaissait Matthew...

— ... et il cherchait un remplaçant à l'Edward Hsu dont nous a parlé Brian. Mais vous ne pensez tout de même pas qu'un membre du conseil d'administration... (Havers tendit le bras vers ses cigarettes et avec un coup d'œil d'excuse à Lynley en alluma une.) Ça demande à être creusé, voyons un peu. (Elle se replongea dans ses notes, froissant le papier en feuilletant son carnet. De l'autre côté de la salle, le tenancier frottait le comptoir à l'aide d'un chiffon graisseux.) John Corntel nous a dit hier que l'un des membres du conseil d'administration était à l'école lorsque Mr et Mrs Whateley sont arrivés. Ç'aurait pu être Giles Byrne, vous croyez ?

— Il est facile de s'en assurer.

— Si c'était Byrne, qui sait quel plan secret il avait en tête en appuyant la candidature de Matthew pour la bourse. Et pourquoi Edward Hsu s'est-il tué juste avant de passer les examens ? Giles Byrne lui avait fait des avances ? Il l'avait séduit ? Est-ce que Byrne aurait passé ces quatorze dernières années à se chercher un autre petit mignon pour le sauter ? (Ses yeux se braquèrent sur ceux de Lynley.) Vous vous souvenez de ce qui était écrit sur la photo du train dans le box de Matthew ?

— « Tchou-tchou, petite tapette. »

— Inspecteur, vous n'allez pas me dire que Matthew était une tapette. Il n'avait que treize ans. Est-ce qu'il savait seulement de quel côté de la barrière il se trouvait, sexuellement, à treize ans ?

— Peut-être que oui. Peut-être que non. Ou peut-être qu'on ne lui a pas laissé le choix.

— Nom de Dieu, murmura Havers.

Lynley songea à sa conversation de la veille avec Kevin Whateley.

— Le père de Matthew m'a dit qu'au cours de ces derniers mois l'enfant était devenu taciturne. Comme s'il avait été en transe. A l'évidence, il y avait quelque chose qui n'allait pas, mais il refusait d'en parler.

— A son père. Mais il a bien dû en parler à quelqu'un d'autre.

— D'après ce que vous m'avez dit, il n'est pas impossible qu'il en ait parlé à Harry Morant.

— Peut-être. Mais je ne crois pas que le petit Harry ait l'intention de dévoiler ce qu'il sait.

— Pas encore. Il a besoin de temps pour réfléchir, j'imagine. Pour essayer de savoir à qui il peut faire confiance. Il n'est pas près de faire la même erreur que Matthew.

— Vous croyez qu'il sait qui a tué Matthew, monsieur ?

— Il est possible qu'il ne le sache pas. Mais il sait quelque chose. J'en mettrais ma main à couper.

— Dans ce cas pourquoi avez-vous refusé de lui parler aujourd'hui ?

— Il n'est pas mûr, sergent. Harry a besoin d'un peu de temps.

Ces quarante dernières minutes, Harry les avait passées à attendre dans la loge du portier à l'est de la cour d'honneur. Il était resté assis sur l'unique chaise de la pièce sans parler, le bout de ses chaussures effleurant tout juste le sol de pierre. Ses mains étaient agrippées à son siège, ses yeux braqués sur le tableau placé derrière le comptoir de bois fatigué. Suspendu à ce tableau se trouvait un assortiment de clés — clés de voitures, de maisons, de pièces — qui accrochait la lumière de l'après-midi filtrant à travers la fenêtre, les faisant briller comme si ç'avait été du bronze, de l'argent ou de l'or. Le portier était à son bureau derrière le comptoir, occupé à trier le courrier, l'air vaguement militaire dans son uniforme. Tout le monde à Bredgar savait que cet uniforme était de la frime, un portier d'école n'ayant aucunement besoin de se vêtir comme un invalide de guerre du Chelsea Hospital. Mais le port de cette tenue ajoutant de la dignité à la façon dont le préposé s'acquittait de ses fonctions, personne n'avait jamais songé à s'en plaindre.

Aux yeux de Harry, cependant, l'uniforme constituait un obstacle, plaçait le portier à l'écart du commun des mortels, impression qu'il eût été bien incapable de traduire en mots. Il savait seulement que le portier tenait tout le monde à distance avec son parler militaire, son port militaire, et surtout son accoutrement militaire. Or, pour l'instant, Harry n'avait pas envie d'être tenu à distance. Il avait besoin de parler à quelqu'un. Il avait besoin d'un confident.

Mais ce ne pouvait pas être cet homme qui, s'arrêtant de s'occuper du courrier, se mouchait bruyamment dans un mouchoir froissé. Cet homme-là ne pourrait tenir ce rôle.

La porte du bureau s'ouvrit et la secrétaire du directeur passa la tête par l'entrebâillement. A la manière des myopes, elle cligna des yeux, inspectant la pièce comme si la personne qu'elle cherchait pouvait se trouver perchée sur une étagère ou accrochée au milieu des clés. Se rendant compte qu'il n'en était rien, elle baissa le nez et aperçut Harry.

— Mr Morant, fit-elle d'un ton glacial. Le directeur veut vous voir tout de suite.

Harry se força à lâcher le siège de sa chaise. Il suivit la silhouette haute et mince hors de la loge, le long d'un couloir sombre qui sentait le café et dans le cabinet de travail du directeur.

— Harry Morant, monsieur le directeur, annonça la secrétaire, qui referma la porte derrière elle en partant.

Harry se sentit complètement perdu au milieu de l'épais tapis bleu. Il n'était jamais allé chez le directeur auparavant et, sachant pourquoi il s'y trouvait, il ne perdit pas son temps à examiner la pièce. L'heure était au châtiment. Claque. Coups de canne. Bref, raclée. Harry ne souhaitait qu'une chose : en finir au plus vite, sans larmes si possible, pour pouvoir filer.

Le directeur, comme il ne manqua pas de s'en rendre compte aussitôt, ne portait pas sa toge. Harry se demanda l'espace d'un instant s'il l'avait jamais vu ainsi dévêtu. Non, sans doute. Mais, en y réfléchissant, il se dit que ce ne serait pas pratique pour Mr Lockwood de le corriger avec cet habit long flottant autour de ses bras et de ses jambes. L'idée même était grotesque. Pas étonnant qu'il l'ait retirée.

— Morant. (Le directeur semblait lui parler de très loin. Il était debout derrière son bureau mais il aurait aussi bien pu se trouver sur la lune.) Asseyez-vous.

Ce n'étaient pas les sièges qui manquaient dans la pièce. Il y avait six chaises autour de la table de conférence ; deux autres devant le bureau du directeur. Ne sachant laquelle prendre, Harry resta où il était.

Il n'arrivait pas à se souvenir d'avoir jamais été aussi près du directeur. Bien qu'ils fussent séparés par une étendue respectable de tapis, deux chaises et la largeur de la table de travail, Harry n'en distinguait pas moins certains détails qui ne lui plaisaient pas du tout. Une ombre de barbe donnait au teint du directeur une nuance bleuâtre tirant sur le noir. Son cou criblé de boutons rappelait à Harry la peau d'un poulet mal plumé qu'il avait vu dans la vitrine d'un restaurant chinois à Londres. Ses narines frémissaient dangereusement chaque fois qu'il inspirait, tels les naseaux d'un taureau prêt à charger. Ses yeux naviguaient de Harry à la fenêtre en une navette incessante comme s'il craignait qu'un indiscret se fût posté dehors sous le rebord de la fenêtre.

A ce spectacle Harry se raidit, décidé à faire face, à ne rien dire, et surtout à ne pas pleurer. Pleurer ne faisait qu'empirer les choses.

— Asseyez-vous, réitéra le directeur. (Il tendit la main vers la table de conférence, aussi Harry alla-t-il s'installer là-bas. Ses pieds touchaient à peine le sol. Mr Lockwood le rejoignit, tira une chaise vers lui, la tourna vers Harry et s'assit à son tour. Il croisa les jambes, prenant soigneusement à deux doigts les plis de son pantalon.) Vous n'êtes pas allé au cours ce matin, Morant.

— Non, monsieur.

La réponse était facile, Harry la fit les yeux braqués sur les chaussures de Mr Lockwood. A l'intérieur de la cambrure gauche se trouvait collée une croûte de boue. Harry se demanda si le directeur en connaissait la présence.

— Vous aviez un examen à passer et vous avez eu peur de le passer ?

— Non, monsieur.

— Un devoir à rendre ?

L'exposé d'histoire. Il l'avait bien préparé. Ce n'était pas pour ça qu'il avait séché. Il lui sembla cependant que c'était une excuse commode. Et un manquement qui ne méritait pas une correction trop sévère.

— Un exposé d'histoire, monsieur.

— Je vois. Vous n'étiez pas prêt ?

— Pas autant que j'aurais dû l'être, monsieur. (Harry s'entendit poursuivre presque avec entrain :) Ce n'est pas bien de ma part. Vous allez devoir me donner une correction, c'est ça ?

— Vous donner une correction ? A quoi songez-vous, Morant ? On n'administre pas de corrections aux élèves dans cette maison. Où avez-vous été pêcher cette idée ?

— Je croyais... On m'avait dit que vous vouliez me voir, monsieur. Comme c'est le préfet principal qui m'a découvert dans le jardin, je croyais que...

— Que le préfet principal était venu me faire un rapport et me demander de vous corriger ? Vous croyez que Chas Quilter se comporterait comme ça, Morant ?

Harry ne répondit pas. Ses genoux se mirent à le picoter. Il savait ce qu'il était censé répondre mais se sentait dans l'incapacité de prononcer le mot qu'on attendait de lui. Le directeur enchaîna :

— Chas Quilter m'a dit qu'il vous avait trouvé dans le jardin et que vous aviez l'air bouleversé. C'est à propos de Matthew Whateley, n'est-ce pas ?

Harry entendit la question et comprit seulement qu'il ne fallait pas que le nom de Matthew franchisse ses lèvres. Il savait que s'il le prononçait, fût-ce une fois, s'il laissait Matthew se glisser dans sa conscience, les vannes s'ouvriraient : il fondrait en larmes et tout sortirait en vrac. Après ça il n'y aurait plus que l'oubli. Il le savait. Il en était persuadé. C'était la seule réalité en ce moment.

Le directeur continuait de parler. Il s'efforçait de prendre un ton apaisant mais Harry avait déjà entendu cette fausse compassion auparavant. Il sentait l'impatience percer dans les intonations de Mr Lockwood, comme lorsque ses parents essayaient de se montrer attentifs alors qu'ils étaient en retard pour leur partie de golf.

— Matthew et vous étiez amis, n'est-ce pas ? s'enquit le directeur.

— Nous étions membres de la société de modélisme ferroviaire.

— Mais c'était plus qu'un simple camarade pour vous. Vous l'aviez invité avec les autres pour votre anniversaire, le week-end dernier. C'est donc que vous le connaissiez assez bien.

— C'est possible. On était copains.

— Entre copains, on se parle. Non ?

Cette fois Harry sentit les picotements passer de ses genoux dans sa colonne vertébrale. Il voyait bien où tout cela allait le mener. Il chercha un moyen de couper court.

— Matt ne parlait pas beaucoup. Pas même pendant les matches l'après-midi.

— Mais malgré tout, vous le connaissiez ? Suffisamment pour vouloir qu'il vienne chez vous et rencontre vos parents et vos frères et sœurs ?

— Euh... oui. Il était... (Harry se tortilla sur sa chaise. Sa résolution faiblissait. Peut-être qu'il pourrait dire la vérité au directeur. Ça ne serait pas si moche que ça.) Il m'aidait. C'est comme ça qu'on est devenus amis.

Mr Lockwood se pencha vers lui.

— Vous savez quelque chose, Morant, n'est-ce pas ? Quelque chose que Matthew vous a confié ? La raison pour laquelle il s'est enfui ?

Lorsqu'il parla, Harry reçut l'haleine du directeur sur son visage. Chaude, sentant le déjeuner et le café.

Tu veux te faire mettre, petite tapette ? Tu veux te faire mettre ? Te faire mettre ? Harry se raidit pour échapper à ce souvenir.

— Vous savez quelque chose, Morant, n'est-ce pas, mon garçon ?

Tu veux te faire mettre, petite tapette ? Tu veux te faire mettre ? Te faire mettre ?

Harry se plaqua contre le dossier de sa chaise. Il ne pouvait pas parler. Il ne parlerait pas. Il prononça les seuls mots possibles :

— Non, monsieur. Je voudrais bien.

Il était cinq heures et demie lorsque Lynley et Havers atteignirent Hammersmith. Un vent glacial soufflait de la Tamise, éparpillant les pages humides d'un journal le long du trottoir. Une photographie trempée de la duchesse d'York gisait dans le caniveau, une trace de pneu lui rayant la joue gauche. Autour d'eux, les bruits du quartier enflaient et diminuaient, semblables au flux et au reflux de la marée, l'odeur omniprésente des vapeurs des pots d'échappement emplissait la rue en cette heure de pointe. Le soir tombait et, alors qu'ils marchaient vers le fleuve, les lumières du pont de Hammersmith s'allumèrent, projetant une lueur sourde sur la surface lisse de l'eau.

Sans un mot, ils descendirent les marches menant au quai, relevèrent le col de leurs manteaux, foncèrent dans le vent et prirent la direction du cottage de pêcheur situé près du pub à l'enseigne du *Royal Plantagenet*. Les rideaux de devant étaient tirés, mais la lumière faible d'une lampe formait sur le tissu une flaque ambrée. Ils enfilèrent le tunnel bas séparant le pub du cottage, et Lynley frappa à la porte. Contrairement à ce qui s'était passé la veille, des pas se firent entendre presque aussitôt, le verrou fut tiré, la porte s'ouvrit. Patsy Whateley se tenait debout devant eux.

Comme la veille au soir, elle portait sa robe de chambre de nylon ornée de dragons démoniaques et rampants. Elle avait aux pieds les mêmes pantoufles, ses cheveux étaient en désordre, attachés tant bien que mal sur la nuque avec un lacet qui avait dû être blanc et était devenu gris avec l'âge. Quand elle les vit, elle leva la main comme pour mettre de l'ordre dans ses cheveux ou rajuster le décolleté de son peignoir qui bâillait. Ses doigts, ses paumes étaient imprégnés de farine.

— Des biscuits, dit-elle. Mattie aimait les biscuits. Il en emportait à l'école dans sa boîte à provisions. Ses préférés, c'étaient ceux au gingembre. J'étais... (Elle regarda ses mains, les frotta l'une contre l'autre. Une fine pluie de farine tomba par terre.) Kev est parti travailler ce matin. J'aurais dû y aller aussi. Mais j'ai pas pu. Je me suis dit que si je faisais cuire des biscuits...

... Matthew se matérialiserait pour les manger. Vivant. Et non perdu à jamais. Chez lui avec sa mère, où était sa place. Lynley comprenait fort bien.

Il présenta le sergent Havers.

— Pouvons-nous entrer, Mrs Whateley ?

Elle cilla.

— Excusez-moi, j'avais la tête ailleurs.

Elle recula pour les laisser passer. Les biscuits tout juste sortis du four emplissaient le séjour d'une symphonie de parfums. Cannelle, gingembre, muscade, caramel. Dans la pièce, toutefois, l'air était glacé. Lynley s'approcha du radiateur électrique et l'alluma. L'appareil prit vie avec un bourdonnement sourd.

— Il se fait tard, non ? remarqua Patsy. Vous n'avez sans doute pas pris le thé. Je vais vous en chercher. Avec des biscuits... J'en ai trop fait, Kev et moi, on les finira jamais. Je vais vous en donner. Vous aimez le gingembre ?

Lynley avait envie de lui dire de ne pas se déranger mais il comprit qu'elle était décidée à se comporter de façon à retarder le plus possible le moment où il lui faudrait regarder son chagrin en face. Aussi ne souffla-t-il mot et la laissa-t-il se diriger vers l'étagère où se trouvaient les tasses.

— Est-ce que vous êtes déjà allé à Saint Ives ? s'enquit-elle, caressant l'anse d'une des tasses.

— J'ai grandi non loin de Saint Ives, répondit Lynley.

— Vous êtes cornouaillais ?

— D'une certaine façon.

— Alors je vais vous donner la tasse de Saint Ives. Et pour le sergent... Stonehenge. Oui, Stonehenge me paraît tout indiqué. Vous connaissez cet endroit, sergent ?

— J'y suis allée une fois en excursion avec l'école, dit Havers.

Patsy prit les deux tasses et leurs soucoupes.

— Je comprends pas pourquoi ils ont mis des barricades autour de Stonehenge. Il y a des années on pouvait se promener librement au milieu des pierres. C'était calme. On n'entendait que le vent. Mais quand on y a emmené Mattie, il a fallu qu'on les regarde de loin. Quelqu'un m'a dit qu'une fois par mois les visiteurs étaient autorisés à se promener sur le site. On voulait y retourner avec Mattie, pour qu'il puisse les voir de près. On croyait avoir le temps. On était loin de se douter...

Elle releva la tête. Le thé. Elle se dirigea vers l'arrière du cottage, franchit une porte ouverte menant dans la cuisine.

— Je vais vous aider, fit Havers, la suivant.

Demeuré seul dans le séjour, Lynley se dirigea vers l'étagère qui courait sous les fenêtres. Il vit que depuis la veille deux autres sculptures avaient été ajoutées à la collection. Elles n'avaient rien de commun avec les nus maniérés au milieu desquelles elles se trouvaient.

Toutes deux étaient en marbre et, en les examinant, Lynley ne put s'empêcher de penser à la théorie de Michel-Ange selon laquelle l'objet sculpté dans la pierre s'y trouvait emprisonné et qu'il appartenait à l'artiste de l'en délivrer. Il se souvint d'avoir vu une œuvre de ce style à Florence, une œuvre inachevée dans laquelle la tête et le buste d'un homme semblaient se contorsionner pour se libérer de leur gangue de marbre. Les deux sculptures qu'il avait en face de lui étaient très similaires, à ceci près que les formes qui émergeaient du marbre étaient polies — signe qu'elles étaient terminées — tandis que le reste de la pierre demeurait tel quel.

De petits rectangles de papier étaient collés à la base de chaque sculpture et Lynley déchiffra les lettres inégales gribouillées dessus. *Nautile*, sur le premier. *Mère et Enfant* sur le second. Le nautile était sculpté dans du marbre rose ; la coquille du mollusque jaillissait de la pierre en une courbe lente et lisse qui semblait n'avoir ni commencement ni fin. Pour la mère et l'enfant, on avait utilisé du marbre blanc : deux têtes baissées, l'ébauche d'une épaule, la forme à peine esquissée d'un bras enlaçant, protégeant. Chacune des deux sculptures était une métaphore, une imitation de la réalité, un chuchotement et non un cri rauque.

Lynley n'arrivait pas à croire que l'auteur des nus ait pu faire un tel bond en avant. Il se pencha, toucha la courbe froide du coquillage et aperçut les initiales gravées au bas de la pierre. M.W. Il jeta un coup d'œil aux nus, signés K.W. Le père et le fils n'auraient pu avoir vision artistique plus différente.

— Celles-là, c'est Mattie qui les a faites. Pas les nus. Les autres.

Lynley pivota. Patsy Whateley le regardait depuis la porte de la cuisine. Derrière elle, une bouilloire siffla aigrement. Puis il y eut des bruits divers indiquant que le sergent Havers s'occupait du thé.

— Elles sont ravissantes, observa Lynley.

Les pantoufles de Patsy claquèrent sur le tapis mince tandis qu'elle le rejoignait près de l'étagère. Lynley perçut une aigre odeur de corps suri et — dans un mouvement de colère parfaitement irrationnel — il se demanda quel genre d'homme pouvait être Kevin Whateley pour avoir laissé sa femme affronter seule l'atrocité de ce premier jour.

— C'est pas fini, murmura-t-elle, contemplant avec amour la mère et l'enfant. Kev les a mises là hier soir. Elles étaient dans le jardin avec ses sculptures à lui. Matt avait commencé ça l'été dernier. Je comprends pas pourquoi il les a jamais finies. C'était pas son genre de laisser un travail en plan. Quand il s'attaquait à quelque chose, il allait jusqu'au bout. Il était pas tranquille tant qu'il avait pas terminé ce qu'il avait entrepris. Il y passait la moitié de la nuit s'il le fallait. Promettant toujours qu'il en avait juste pour une minute, qu'il allait se mettre au lit. « Encore une petite minute, maman », c'était son refrain. Mais je l'entendais tournicoter dans sa chambre jusqu'à des une heure du matin. Je sais vraiment pas pourquoi il a laissé ces sculptures dans cet état. Elles auraient été très réussies. Pas aussi ressemblantes que celles de Kev, mais réussies quand même.

Tandis que Patsy parlait, le sergent Havers émergea de la cuisine, portant un plateau en plastique qu'elle posa sur la table basse aux pieds métalliques devant le canapé. La théière, les tasses et les soucoupes voisinaient avec une assiette de biscuits au gingembre qui avaient eu un peu chaud sur les bords comme en témoignaient les marques laissées par le couteau à l'aide duquel on avait enlevé les parties brûlées.

Le sergent Havers remplit les tasses, ils s'assirent et passèrent les quelques minutes qui suivirent à se concentrer sur leur thé. Tandis qu'ils étaient ainsi occupés, des pas lourds se firent entendre devant le cottage, sous le tunnel, et s'arrêtèrent devant la porte. Une clé fut enfoncée dans la serrure et Kevin Whateley entra. A la vue de la police, il s'immobilisa tout net.

Il était dégoûtant. La poussière recouvrait ses cheveux rares et était incrustée dans les rides de son visage, de son cou et de ses mains. L'effort, la sueur la lui avaient collée à la peau. Il portait un jean, un blouson en jean et de grosses bottes, tous couverts de boue. En le voyant, Lynley se rappela ce que le petit Smythe-Andrews lui avait dit à propos du père de Matthew : Kevin Whateley sculptait des pierres tombales. Il paraissait inconcevable que Whateley ait réussi à aller travailler aujourd'hui.

L'homme repoussa la porte.

— Eh bien, qu'est-ce que vous êtes venus nous apprendre ?

Lorsque Whateley fit un pas en avant et se trouva en pleine lumière, Lynley vit qu'il avait une estafilade récente au front et que la crasse s'était déposée sur diverses coupures de fraîche date qu'il aurait mieux fait de panser.

— Vous nous avez dit hier que Matthew avait eu une bourse pour aller à Bredgar Chambers. Et Mr Lockwood nous a déclaré que c'était l'un des membres du conseil d'administration, un certain Giles Byrne, qui était intervenu pour que Matthew l'obtienne. C'est exact ?

Kevin traversa la pièce et prit un biscuit. Sans un regard pour sa femme.

— C'est parfaitement exact.

— Je me suis demandé pourquoi vous aviez jeté votre dévolu sur Bredgar Chambers et non sur une autre école. Mr Lockwood nous a précisé que vous y aviez réservé une place pour Matthew alors que ce dernier n'avait que huit mois. Bredgar Chambers est connu, certes, mais pas autant que Winchester, Harrow ou Rugby. C'est le genre d'établissement où les pères envoient leurs fils par respect pour la tradition familiale. Mais pas celui qu'on choisit par hasard, sans avoir pris des renseignements au préalable.

— Mr Byrne nous l'avait recommandé, dit Patsy.

— Vous connaissiez Mr Byrne avant d'avoir retenu une place pour Matthew à Bredgar ?

— Oui, dit brièvement Kevin.

Il s'approcha de la cheminée, tourna les yeux vers un vase vert opaque vide qui trônait sur l'étroit dessus de cheminée.

— J'ai fait sa connaissance au pub, ajouta Patsy.

Ses yeux étaient rivés sur le dos de son mari, exprimant une muette supplication.

— Au pub ?

— J'y travaillais comme barmaid. Avant d'avoir Matthew. J'ai pris un emploi, après, dans un hôtel de South Kensington. Je ne voulais pas... (Elle se mit à lisser le tissu de sa robe de chambre. Le mouvement fit frissonner l'un des dragons de manière menaçante.) C'était pas convenable pour Mattie que sa mère soit barmaid. Je voulais pas qu'il puisse rougir de moi. Je voulais qu'il parte d'un meilleur pied que sa mère dans la vie.

— Ainsi vous avez rencontré Giles Byrne au pub. Quel pub ? Le pub d'à côté ?

— Un peu plus bas sur le Mall. Un endroit qui s'appelait *la Colombe bleue*. Mr Byrne y passait presque tous les soirs. Peut-être qu'il le fréquente toujours. Ça fait un sacré bout de temps que je n'y ai pas mis les pieds.

— Il n'y va plus, lâcha Kevin. En tout cas, la nuit dernière, il n'y était pas.

— Tu as fait un saut au pub pour le voir hier ?

— Ouais. Il était à Bredgar hier après-midi lorsque la disparition de Mattie a été signalée.

Il paraissait curieux qu'un membre du conseil d'administration se fût trouvé à l'école un dimanche après-midi. Comme lisant dans ses pensées, Patsy s'adressa à Lynley :

— Nous l'avions appelé, inspecteur.

— Il s'est toujours intéressé à Mattie. (Kevin disait cela comme s'il éprouvait le besoin de se justifier d'avoir dérangé un membre du conseil d'administration, de l'avoir mis à contribution.) Lui présent, j'étais sûr que le directeur ne nous laisserait pas dans le vague. Il nous a retrouvés là-bas. Ça n'a pas servi à grand-chose. Tout le monde affirmait que Mattie s'était enfui. Et chacun essayait de rejeter la responsabilité sur son voisin. Personne ne voulait téléphoner à la police. Les salopards.

— Kev... fit Patsy d'un ton suppliant.

Whateley prit sa femme à partie :

— Comment voudrais-tu que je les appelle ? Son Eminence Mr Lockwood et cet enculé de Corntel. C'est bien à cause d'eux que nous avons perdu Mattie, non ? Tu veux que je leur dise merci peut-être ? C'est ça que tu veux ?

— Oh ! Kev...

— Il est mort ! Nom de Dieu, le petit est mort ! Et toi tu es là, à attendre que je fasse des salamalecs à ces illustres personnages ! Pendant que tu fais de la pâtisserie et que tu bois le thé avec ces policiers de merde qui se foutent pas mal de Mattie et de nous ! Pour eux, c'est qu'un cadavre. T'as pas encore compris ?

Le visage de Patsy se défit à ces mots. Elle réussit péniblement à dire :

— Mattie adore les biscuits. Surtout les biscuits au gingembre.

Kevin poussa un cri. S'éloignant vivement de la cheminée, il ouvrit avec violence la porte du cottage et sortit. Havers traversa la pièce d'un pas calme et referma la porte.

Dans le fauteuil écossais marron et jaune, Patsy Whateley tordait la ceinture de son peignoir qui s'était entrouvert, dévoilant une cuisse rebondie. Des veines bleues ressortaient sur sa peau couleur de papier mâché.

Lynley se dit qu'il était indécent de prolonger la visite, qu'il serait plus charitable de laisser les Whateley seuls. Pourtant, Havers et lui avaient encore beaucoup de choses à apprendre et peu de temps pour les apprendre. Lynley savait qu'il obéissait à une règle fondamentale du métier de policier. Plus vite on obtenait les renseignements après une mort d'origine criminelle, plus on avait de chances de résoudre l'affaire. Il n'y avait pas un instant à perdre ; il n'avait pas le temps de consoler les Whateley, pas le temps d'aplanir le rude sentier de la souffrance. S'en voulant d'agir ainsi, il continua néanmoins à questionner Mrs Whateley.

— Giles Byrne venait souvent à *la Colombe bleue*. Il habite à Hammersmith ?

Patsy fit oui de la tête.

— Dans Rivercourt Road. Juste après le pub.

— Pas loin d'ici ?

— A deux pas.

— Est-ce que Matthew et Brian se connaissaient avant que Matthew n'aille à Bredgar ?

— Brian ? (Elle parut fouiller dans sa mémoire.) Le fils de Mr Byrne, vous voulez dire ? Je me souviens vaguement de lui. Il habite avec sa mère. Depuis des années. Mr Byrne est divorcé.

— Matthew aurait-il pu « remplacer » en quelque sorte le fils de Giles Byrne ?

— Je ne vois pas comment. Mr Byrne ne voyait pour ainsi dire jamais Mattie. Peut-être lui arrivait-il de le croiser en se promenant dans le pré communal alors que Mattie y jouait. C'est possible. Mattie aimait bien traîner par là-bas. Mais il ne m'a jamais dit avoir vu Mr Byrne. Du moins je ne m'en souviens pas.

— Brian nous a raconté que son père avait jadis servi de tuteur à un garçon nommé Edward Hsu. Il nous a également dit que son père cherchait un remplaçant à cet Edward Hsu depuis 1975. Savez-vous ce que ça signifie ? Est-ce que Matthew aurait pu encore une fois « remplacer » dans le cœur de Giles Byrne un garçon pour lequel ce dernier aurait eu une sorte de passion ?

A cette question, Patsy eut un mouvement que Lynley n'eût certainement pas perçu s'il n'avait pas été en train d'observer ses mains. Ses doigts agrippèrent la robe de chambre et la laissèrent retomber.

— Mattie ne voyait pas Mr Byrne, inspecteur. Pas à ma connaissance. Il ne m'en a jamais parlé.

Elle parlait avec insistance et conviction mais Linley savait que les enfants racontent rarement tout à leurs parents. Il réfléchit à ce que Kevin Whateley lui avait dit, au changement d'attitude de Matthew. Il devait y avoir une explication quelque part. Pareil changement ne se produit pas sans raison.

Il n'y avait qu'un seul aspect de la question qu'il n'avait pas encore abordé avec Patsy Whateley ; il se décida à le faire, se rendant compte du chagrin que cela allait lui causer.

— Mrs Whateley, je sais que vous avez du mal à l'accepter, mais il semble que Matthew se soit sauvé de l'école. Ou du moins qu'il ait voulu s'enfuir et pris des dispositions dans ce sens avec quelqu'un qui...

Il hésita, se demandant pourquoi il avait tant de mal à conclure. Havers s'en chargea.

— Quelqu'un qui l'aurait tué, dit-elle posément.

— Je peux pas le croire, répondit Patsy Whateley. Mattie se serait pas enfui.

— Imaginez qu'il ait eu des problèmes, qu'il ait été bizuté...

— *Bizuté ?* (Sa tête pivota vers Lynley.) Que voulez-vous dire ?

— Vous avez vu votre fils pendant les vacances. Avez-vous jamais remarqué sur son corps des ecchymoses ? Des traces de coups ?

— Des ecchymoses, des traces de coups ? Non. Bien sûr que non. *Evidemment que non !* Vous croyez pas qu'il l'aurait dit à sa mère si on l'avait battu ? Vous croyez pas qu'il se serait confié à sa maman ?

— Ce n'est pas certain. Pas s'il savait à quel point ça comptait pour vous qu'il reste à Bredgar Chambers. Peut-être qu'il avait peur de vous décevoir.

— Non ! (Il y avait dans ce simple mot plus que du refus.) Pourquoi s'en serait-on pris à mon petit Mattie ? C'était un bon garçon, un enfant sans histoires. Il faisait ses devoirs, apprenait ses leçons. Il se conformait aux règles. Dites-moi pourquoi quelqu'un se serait amusé à « bizuter » Matt ?

Parce qu'il détonnait, songea Lynley. Parce qu'il se moquait des traditions. Parce qu'il n'était pas fait pour se couler dans le moule. Et cependant... dans ce qui s'était passé à Bredgar Chambers il y avait autre chose. Quelque chose qui n'avait rien à voir avec le fait que Matthew Whateley était socialement différent des autres. Cet autre chose, Lynley l'avait perçu dans les yeux de Smythe-Andrews, dans l'évanouissement d'Arlens, dans le refus de Harry Morant d'assister aux cours. Ils avaient tous peur. Mais, contrairement à Matthew, pas suffisamment pour s'enfuir.

L'étroite maison de brique de Rivercourt Road était plongée dans l'obscurité. Malgré cela, Kevin Whateley poussa violemment la grille, gravit les marches et actionna le heurtoir de bronze. Conscient que ses efforts étaient inutiles, il n'en continua pas moins de frapper. Le bruit enfla, résonna dans la rue.

Il *fallait* qu'il voie Giles Byrne. Ce soir même. Il allait agonir d'injures et de reproches, insulter, bousculer l'homme qui était responsable de la mort de Mattie. Crispant le poing, Kevin se mit à tambouriner à la porte.

— Byrne ! brailla-t-il. Espèce de salopard ! Sors d'ici, nom de Dieu ! Ouvre cette porte ! Enculé ! Salaud d'enculé ! Tu m'entends, Byrne ? Ouvre ! Et vite !

De l'autre côté de la rue un mince rai de lumière zébra le trottoir cependant qu'une porte s'entrebâillait et qu'une tête émergeait prudemment.

— Du calme ! cria une voix.

— Allez vous faire voir ! hurla Kevin.

La porte fut refermée en hâte.

Deux grandes jarres se dressaient de part et d'autre du porche. Ses sommations demeurant sans réponse, Kevin attrapa l'une des poteries, l'inclina et la fit dégringoler au bas des marches immaculées. La jarre alla s'écraser dans l'allée, dans une pluie de terre et de feuilles.

— Byrne ! s'écria Kevin. Tu vois ce que je fais, Byrne ? Qu'est-ce que t'en penses, mon gars ? Tu veux que je continue ?

Il s'attaqua à la seconde urne, trouva une prise pour ses mains autour du bord relevé et la poussa contre la porte d'entrée laquée de blanc. Le bois vola en éclats. La terre lui vola dans les yeux. Des tessons de poterie se logèrent dans son visage.

— T'en as assez ? glapit Kevin.

Il s'aperçut qu'il haletait, qu'il avait une douleur dans la poitrine semblable à un coup de lance.

— Byrne ! fit-il d'une voix sifflante. Va au diable... Byrne...

Whateley se laissa tomber sur la marche du haut au milieu des mottes de terre. Un morceau de jarre cassée en forme de croissant vint se ficher dans sa cuisse. Il avait la tête lourde, les épaules douloureuses. Sa vision était floue mais pas au point de l'empêcher de distinguer un mince jeune homme qui, sortant de la maison voisine, s'approchait pour jeter un coup d'œil par-dessus la haie de pyracanthes séparant les deux pavillons.

— Ça va, mon vieux ? s'enquit le voisin.

Kevin lutta pour reprendre son souffle.

— Ça va, répondit-il.

Il se remit debout, toussant sous l'effet de la douleur et, piétinant la terre et les tessons, il se dirigea vers la grille. La laissant grande ouverte, il prit la direction du fleuve et d'Upper Mall. Devant lui les branches d'un immense châtaignier se silhouettaient sur fond de ciel nocturne. Kevin cligna des paupières en regardant l'arbre.

Je suis sûr que je peux l'escalader ! Regarde, papa ! Regarde-moi !

Descends de là, Mattie. Tu vas te casser la figure, fiston. Ou tomber dans le fleuve.

Dans le fleuve ? Alors ça, ça me plairait ! Ça me plairait drôlement !

Je sais pas si ça plairait à ta mère, par contre ! Allez, descends. Pas de bêtises.

Et il descendait, ne risquant pas grand-chose car il n'avait atteint que la première branche, mais en sécurité maintenant, les deux pieds sur le sol.

Kevin détacha les yeux de l'arbre, continua d'avancer péniblement en direction de *la Colombe bleue* et du pré communal qui était juste à côté. Il s'efforçait de ne rien regarder en marchant. D'oublier où il se trouvait. De ne pas penser que chacun de ses pas le rapprochait d'une autre partie du quartier qui lui rappelait Mattie. Le fleuve, surtout.

Comme les quelques cottages qui existaient encore au bord de la Tamise et n'avaient pas été restaurés, le cottage des Whateley était doté d'un passage souterrain menant au fleuve, vestige d'un mode de vie depuis longtemps tombé en désuétude et d'une époque où les pêcheurs s'en servaient pour accéder commodément à leur lieu de travail. Le passage souterrain se trouvait au fond de la cave — une porte ouvrant sur un souterrain et quelques marches qui permettaient d'accéder au plan d'eau. Combien de fois avait-il interdit à Mattie d'ouvrir cette porte ? Combien de fois lui avait-il expliqué qu'il risquait une chute sur ces marches de pierre usées ?

Autant de fois qu'il lui avait dit de faire attention en traversant la rue, d'éviter Great West Road, de ne pas grimper sur le mur séparant le Lower Mall du fleuve, de mettre des lunettes protectrices avant d'attaquer la pierre au burin, de poser la radio loin de la baignoire. Tous conseils donnés par amour, avec patience, destinés à empêcher le garçonnet de se faire mal.

Et pourtant, alors même qu'il formulait ces tendres admonestations, le danger — le vrai — rôdait, prêt à fondre sur l'enfant. Kevin avait eu beau aimer son fils, il n'avait pas perçu la nature de ce danger. Il s'était laissé aller à croire qu'il n'existait pas, il s'était laissé tromper par Giles Byrne. Patsy et lui avaient cédé à la logique de cet homme, à son esprit, à sa vaste expérience. Qu'il aille en enfer.

Mattie ne voulait pas aller à Bredgar Chambers. Il avait demandé avec insistance à rester où il était. Mais ils l'y avaient expédié quand même, Kevin se disant que le manque d'empressement du garçonnet à quitter Hammersmith était signe qu'il fallait couper le cordon ombilical avec sa mère. Eh bien, ils l'avaient coupé, ce foutu cordon. Mattie ne risquait plus de rester indéfiniment pendu aux jupes de sa mère. Pas de danger. Ça non.

Mattie, Kevin sentit ses yeux le piquer. Sa gorge se serrer. Sa poitrine se soulever au point d'éclater. Il refoula tout ça.

Tu me donneras un morceau de marbre pour que je le sculpte, papa ? J'ai une idée... Laisse-moi te montrer. J'ai fait un croquis.

Il était mort. Ce n'était pas possible. Cette vie précieuse et si courte était arrivée à son terme. Comment allaient-ils pouvoir survivre sans Mattie ?

— Eh ben, mon pote, on est allé faire la java avec des cochons ?

La voix avinée l'arracha à sa douleur. Sur un banc, en bordure du pré, un homme avachi dans l'obscurité buvait au goulot d'une bouteille enfermée dans un sac en papier. Il jeta un regard rigolard à Kevin.

— Cochon ! chantonna l'alcoolique. Sacré cochon de cochon !

Il éclata de rire et agita le sac en l'air.

— Allez vous faire foutre ! rétorqua Kevin d'une voix qui tremblait.

— Ooooooohhh, v'là le p'tit cochon qui chiale ! fit l'ivrogne. Le p'tit cochon chiale ! Y a son froc qu'est sale !

— Espèce d'enfoi...

— Oooooohhhh, j' suis mort de trouille ! Sans déconner ! Le cochon chialeur me fout la pétoche. Pourquoi tu pleures comme ça, cochonnet ? T'as perdu ta truie ? T'as perdu tes petits ? T'as perdu...

Kevin se jeta sur l'ivrogne, ses doigts cherchant sa gorge.

— Espèce de salopard ! Ferme ta gueule ! hurla-t-il, se mettant à taper sur le visage de l'alcoolique.

Il sentit des os craquer, ses phalanges se déchirer au contact des dents.

La douleur lui fit du bien, la douleur lui parut juste. Et lorsque le genou de l'ivrogne vint frapper sauvagement le bas-ventre de Kevin et qu'une douleur encore plus atroce lui transperça le corps, Kevin trouva que c'était également dans l'ordre des choses. Lâchant prise, il s'affala par terre. L'alcoolique se redressa en titubant, lui flanqua un coup de pied dans les côtes et s'élança en direction du pub. Kevin Whateley resta sur le sol, le corps douloureux, le cœur battant à tout rompre.

Mais il ne pleura pas.

10

Deborah Saint James s'était installée dans le bureau de son mari, recroquevillée sur le canapé de cuir usé, près de la cheminée. Bien que tenant à la main un lot d'épreuves photographiques et une loupe, elle fixait les flammes d'un bleu doré qui léchaient les bûches. Un verre de cognac était posé sur la table près du canapé ; mais elle n'y avait pas touché, se contentant d'en humer le puissant parfum vineux.

Après la visite matinale de Lynley, elle avait passé la quasi-totalité de la journée seule. Simon s'était absenté peu après déjeuner pour assister à une réunion ; de là il devait se rendre au Chelsea Institute, puis participer à une seconde réunion avec une équipe d'avocats qui se préparaient à défendre l'accusé dans une affaire de meurtre. Certes, il avait tenté de se libérer — et commencé d'ailleurs discrètement à annuler son premier rendez-vous. Toutefois, lorsqu'elle l'avait surpris le téléphone à la main, elle l'avait prié de ne modifier en rien son emploi du temps, sachant pertinemment que s'il cherchait à se dégager, c'était pour pouvoir être à la maison au cas où elle aurait besoin de lui.

Avec colère, elle lui avait déclaré qu'elle n'était plus une enfant, qu'il devait cesser de la dorloter comme une fillette. Mais la colère était une façon de camoufler l'intensité du besoin qu'elle éprouvait de lui confier son trouble, de lui dire la vérité, car cela seulement pourrait lui apporter réconfort et soulagement. C'était sur la vérité qu'ils s'étaient jadis promis d'asseoir les fondations de leur mariage. Elle avait accepté cette règle du jeu d'un cœur léger, persuadée que ce n'était pas un vilain petit secret enfoui dans le passé qui pourrait remettre en question ce qui les unissait. Pourtant c'était ce qui était en train de se produire... Ce matin, face à la souffrance et à l'incompréhension avec lesquelles Simon avait accueilli ses paroles, n'avait-elle pas distingué pour la première fois des failles dans leur union ?

Au moment de partir, il s'était montré douloureusement distant. Planté devant le seuil de la chambre noire de sa femme, vêtu de son costume marine, ses cheveux rebelles rebiquant dans le cou, son porte-documents à la main, il s'en était tenu à l'essentiel.

— Je file, Deborah. Il est peu probable que je sois de retour pour dîner si la réunion prévue pour cinq heures se déroule comme la précédente.

— Très bien. Parfait.

Mon amour. Les mots lui avaient brûlé les lèvres mais le gouffre qui les séparait était trop grand pour qu'elle les prononce.

Sans cet abîme, elle serait allée jusqu'à lui pour brosser sans raison les épaules de sa veste, tenter de discipliner ses cheveux, elle aurait souri en sentant les bras de Simon se nouer autour de sa taille, elle lui aurait impatiemment tendu ses lèvres. Il l'aurait caressée et elle aurait réagi avec une amoureuse vivacité. En un autre temps, en d'autres circonstances. Mais maintenant ce n'était qu'en le tenant à distance qu'elle pouvait le protéger ; s'il s'approchait, elle serait en effet tentée de parler.

Une portière de voiture claqua au-dehors et elle se dirigea vers la fenêtre, espérant malgré tout que ce serait Simon. Mais non.

Ce n'était pas lui. Elle vit la Bentley gris métallisé garée le long du trottoir et Lynley gravir les cinq marches du perron. Elle alla lui ouvrir.

Il paraissait épuisé. De fines rides soulignaient les commissures de sa bouche.

— Tu as dîné, Tommy ? s'enquit-elle tandis qu'il accrochait son manteau au portemanteau du hall. Veux-tu que je demande à papa de te préparer un plateau ? Ce n'est pas un problème et je crois qu'il serait grand temps que tu...

Elle hésita lorsqu'il pivota pour lui faire face. Elle le connaissait trop bien pour ne pas constater une fois de plus l'effet que le meurtre produisait sur lui. Elle le voyait à ses yeux, à ses épaules, à l'expression de découragement qui passa sur son visage.

Ils pénétrèrent dans le bureau où elle le regarda s'approcher du bar et se verser un petit whisky.

— Ce doit être affreux pour toi, une affaire comme celle-là. Si seulement je pouvais me rappeler *quelque chose*... Je n'ai cessé d'y penser. Il y a sûrement un détail qui m'a échappé... un élément qui t'aiderait... Je devrais être capable de m'en souvenir. Je n'arrête pas de me le répéter.

Il avala la boisson d'un trait et reposa le verre de cristal sur son plateau, tapotant le bord machinalement.

— Simon n'est pas là, poursuivit-elle. Il avait une journée chargée aujourd'hui. Des réunions à n'en plus finir. Je ne sais pas à quelle heure il va rentrer. Tommy, tu es sûr que tu n'as pas faim ? Papa est dans la cuisine. Ce serait l'affaire d'une minute...

— Qu'est-ce qui t'arrive, Deb ?

La question inattendue avait été posée avec douceur. Ainsi gentiment bousculée, Deborah sentit les doigts glacés de la panique l'effleurer. Avant tout, il lui fallait impérativement se taire.

— J'examinais les épreuves photographiques que j'ai rapportées de mon voyage. (Comme pour appuyer ses dires, elle s'assit sur le canapé et reprit les planches de contact.) En les développant, je me suis demandé si elles ne pourraient pas t'être d'une aide quelconque, Tommy. Je parle des photos de Stoke Poges, évidemment. Je doute que celles de Tintern Abbey t'intéressent.

Les yeux de Lynley restèrent rivés sur elle beaucoup trop longtemps pour qu'elle ne se sentît pas mal à l'aise. Il approcha la volumineuse ottomane de Simon du canapé et s'y laissa tomber. Deborah attrapa son verre de cognac et but enfin. L'alcool lui coula dans la gorge tel un trait de feu.

— Je voulais te dire combien j'étais désolé, Deb. Mais je n'en ai pas eu l'occasion. Tu étais à l'hôpital. Et à peine sortie de l'hôpital, tu es partie en voyage. Deborah, je sais ce que ce bébé représentait pour toi. Pour vous deux. Crois-moi.

Elle sentit sa gorge se serrer : les larmes n'étaient pas loin. Il ne savait pas. Il ne saurait jamais.

— Tommy, non, réussit-elle à murmurer.

Ces deux mots suffirent. Au bout d'un moment, il prit les épreuves et sortit ses lunettes de la poche de sa veste. Avec la loupe de Deborah, il se mit à tapoter un cliché.

— Stoke Poges. L'église Saint Giles. Le problème, c'est que Bredgar Chambers est dans le West Sussex, quelque part entre Horsham et Crawley. Mais absolument pas sur le chemin de Stoke Poges ni de cette église. Le tueur a donc délibérément choisi cet endroit. Pourquoi ?

Deborah réfléchit. Il y avait peut-être quelque chose, après tout...

Elle s'approcha du meuble où était rangé l'exemplaire du manuscrit que ses photos devaient illustrer.

— Un moment... Je me souviens...

Rapportant le manuscrit, elle se rassit et commença à le feuilleter, cherchant le poème de Thomas Gray. Une fois la page trouvée, elle examina rapidement les strophes, poussa une exclamation et tendit le manuscrit à Lynley.

— Regarde l'épitaphe. La première partie.

Il lut les quatre premiers vers à voix haute.

« Terre, sur tes genoux repose sa tête d'enfant.
Ni de fortune ni de gloire jamais il ne fut l'amant ;
Douce science jamais n'eut de mépris pour ses parents,
Et Mélancolie, de son sceau, marqua son front blanc. »

Lynley regarda Deborah.

— C'est difficile à croire, dit-il. Je ne suis même pas sûr de vouloir le croire.

— Il y a une correspondance entre ces vers et le petit garçon, n'est-ce pas ?

— Oui. Hallucinante, même. (Lynley ôta ses lunettes, contempla le feu.) Vers après vers, tout y est, Deb. Matthew gisait la tête contre le sol lorsque tu l'as découvert, non ? Il ne possédait ni gloire ni fortune. Il était d'origine modeste — plus que modeste, même. Au cours des derniers mois, il était devenu morose, mélancolique. Son père m'a dit qu'il avait l'air d'être dans un état second. Fermé.

Deborah sentit un frisson d'appréhension la parcourir.

— Alors c'est de propos délibéré que Stoke Poges a été choisi.

— Oui. Choisi par quelqu'un qui était motorisé et que Matthew connaissait. Quelqu'un qui s'intéressait aux petits garçons pour des motifs très pervers et qui connaissait bien ce poème.

— Tu sais qui c'est ?

— Je ne suis pas bien sûr d'avoir envie de savoir.

Se levant, il se mit à aller et venir de l'ottomane à la fenêtre. Il posa sa main sur l'appui et regarda dans la rue.

— Qu'est-ce qui va se passer maintenant ? s'enquit Deborah.

— L'autopsie nous en apprendra sûrement davantage. Fibres, cheveux, dépôts divers devraient nous permettre de découvrir l'endroit où Matthew se trouvait entre vendredi après-midi et dimanche. Il n'a pas été tué dans ce champ. On l'y a déposé après coup. Donc pendant vingt-quatre heures au moins — et peut-être même davantage —, il est resté enfermé quelque part. L'autopsie va sans doute nous aider à nous faire une idée sur ce point. Ainsi que sur la cause du décès. Une fois en possession de ces éléments, nous y verrons plus clair, nous saurons mieux de quel côté orienter nos recherches.

— Parce que vous ne savez pas dans quelle direction vous diriger pour l'instant ? Pourtant, d'après ce que je t'ai entendu dire...

— Ce n'est pas assez concluant ! Je ne peux pas arrêter quelqu'un au vu d'un poème, sous prétexte qu'il est motorisé, qu'il occupe tel ou tel poste à l'école, ou qu'il m'a décrit un petit garçon d'une façon que j'ai trouvée bizarre. Sans compter qu'en plus cette personne est un professeur d'anglais, spécialisé dans la littérature.

— Alors tu sais, dit Deborah. Est-ce qu'il s'agit de quelqu'un que tu... ? (Elle lut la réponse sur son visage.) C'est horrible, Tommy. Tout bonnement affreux.

— Je *ne sais pas*. C'est là tout le problème. Il n'a pas de mobile clair.

— Si ce n'est qu'il s'y est pris d'une drôle de façon pour te décrire un petit garçon ? (Elle tendit le bras vers les épreuves photographiques et choisit ses mots avec soin.) Cet enfant avait été ligoté. Je m'en suis aperçue. Par endroits, la peau était à vif, écorchée. Et les brûlures... Tommy, c'est le mobile le plus atroce qu'on puisse imaginer. Pourquoi as-tu peur de regarder les choses en face ?

Il pivota, tournant le dos à la fenêtre.

— Et *toi*, de quoi as-tu peur ?

Les mots ébranlèrent le calme précaire qu'elle avait réussi à trouver au cours de ces quelques minutes de conversation. Elle se sentit blêmir.

— Dis-le-moi. Pour l'amour du ciel, Deborah, tu crois que je suis aveugle ?

Elle secoua la tête. Bien sûr qu'il n'était pas aveugle. Il y voyait beaucoup trop clair. Ç'avait toujours été à la base du problème. Et il était toujours aussi perspicace.

— Je vous ai vus tous les deux ce matin. Vous aviez l'air de deux étrangers. Pire même.

Elle continua de se taire. Elle aurait voulu qu'il cesse de parler. Mais il poursuivit :

— Tu refuses de laisser Simon partager ta peine, Deb, c'est ça ? Tu crois que son chagrin à lui n'est rien comparé au tien. Alors tu le tiens à distance. Tu tiens tout le monde à l'écart. Tu veux souffrir seule, c'est cela ? Comme si c'était ta faute. Comme si tu étais punie.

Elle sentit son visage la trahir et comprit qu'il lui fallait détourner la conversation.

Dans la maison, le chien commença à aboyer avec des jappements excités, signe qu'il réclamait une récompense après avoir accompli un exploit de sa façon. Elle entendit son père rire.

Lynley s'éloigna de la fenêtre et, traversant la pièce, s'approcha du mur où étaient accrochées des photos. Deborah le vit examiner un tirage en noir et blanc, un des premiers qu'elle eut réalisés, peu après son quatorzième anniversaire. Sur ce cliché, Simon était allongé dans le jardin sur une chaise longue, sous une couverture de laine, ses béquilles près de lui. Sa tête était inclinée sur la gauche et, bien que ses yeux fussent fermés, son visage exprimait le désespoir.

— T'es-tu jamais demandé pourquoi il la laissait au mur ? s'enquit Lynley. Il pourrait l'enlever. Il pourrait te demander d'accrocher autre chose à la place, quelque chose de tonique, d'apaisant.

— Quelque chose de faux.

— Mais il s'en garde bien. Tu t'es posé la question de savoir pourquoi ?

Comme si elle ne le savait pas... Cela faisait partie des qualités qu'elle appréciait tant chez son mari. Pas la force physique, pas le courage spirituel, pas la rigidité implacable, indomptable, mais le désir d'accepter, la faculté de continuer, la volonté de lutter.

Quelle ironie, songea-t-elle, *que ça se soit passé de cette façon. Que nous ayons été estropiés tous les deux.* Seulement Simon, lui, n'avait pas eu le choix ; il n'avait eu aucun contrôle sur la voiture, l'accident n'avait pas été de son fait. Tandis qu'elle-même avait eu toutes les cartes en main : elle avait pris la décision de se mutiler. A l'époque cela lui avait semblé plus facile, elle n'avait pensé qu'à se simplifier la vie.

— Je suis infirme, dit-elle simplement.

En entendant ce mot et les implications qu'il avait toujours eues dans sa vie, Lynley esquissa un mouvement de recul.

— C'est ridicule, Deb. Comment peux-tu savoir ça ? Impossible.

Mais elle le savait.

De retour chez lui, Lynley trouva le courrier du jour à sa place habituelle, dans la bibliothèque sur le coin gauche de sa table de travail, maintenu par la loupe géante qu'Helen lui avait offerte par plaisanterie des années auparavant lorsqu'il était passé inspecteur.

— Maintenant, au travail, mon cher Lynley, lui avait-elle lancé en déposant sur son bureau un volumineux paquet enveloppé dans du papier cadeau bariolé.

En l'ouvrant, il y avait trouvé la loupe, une pipe en écume et un chapeau de chasse. Il avait ri à la vue des présents, éclaté de rire en la voyant. C'était toujours ainsi qu'il réagissait face à elle.

Longtemps il était resté sans se préoccuper de définir ce qu'il était, ce qu'il éprouvait en compagnie d'Helen Clyde, ne jugeant pas utile de formuler en mots l'évidence. En sa présence, il était tout simplement au meilleur de sa forme — spirituel, disert, intelligent, pétillant. Elle avait réussi à faire ressortir tout ce qu'il y avait de bon en lui. S'il connaissait la tendresse, c'était grâce à la facilité avec laquelle elle lui tendait la main lorsqu'il se sentait découragé. S'il connaissait la compassion, c'était parce qu'elle lui avait laissé entrevoir les trésors de bonté dont son âme était pleine. S'il connaissait l'honnêteté, c'était parce qu'elle refusait tout mensonge. Son intégrité psychique, c'était à Helen qu'il la devait : c'était elle qui lui avait donné la force de prendre son parti du passé et le désir de faire face à l'avenir.

Ce qu'elle ne lui avait pas transmis, en revanche, c'était sa patience. Ce qu'elle ne lui avait pas transmis non plus, c'était sa faculté de vivre au jour le jour, de laisser les choses mûrir, prendre forme. Il la voulait — maintenant, aujourd'hui, ce soir de toutes les façons possibles, corps et âme. Il la voulait au point d'en avoir mal. Et deux mois de séparation n'avaient en rien atténué l'intensité de ce désir.

Epuisement de l'esprit dans un bourbier de honte... Mais la passion physique dévorante n'était pas la pierre angulaire de ce qu'il éprouvait pour Helen. Ça ne l'avait jamais été.

Lynley prit le courrier et s'approcha de la table en bois de rose où étaient disposées les carafes. Il se versa un whisky et passa les enveloppes en revue, cherchant machinalement — comme il l'avait fait au cours des deux mois écoulés — celle qui portait le cachet de la poste grecque. Malheureusement il n'en trouva pas. Il n'y avait que des factures, des prospectus, des publicités, une lettre de ses avocats, une autre de sa mère, une troisième de sa banque.

Revenant vers son bureau, il ouvrit la lettre de sa mère et se mit à lire les petits riens sans importance qui étaient sa façon à elle de tenter de l'arracher affectueusement à la solitude. Deux des juments étaient sur le point de mettre bas ; trois petits veaux étaient nés avant terme mais le vétérinaire avait fait le nécessaire et tout allait bien ; les Pendyke creusaient un nouveau puits sur leurs terres ; son frère Peter se remettait d'une grippe ; la tante Augusta était venue passer trois jours interminables à la propriété. Et toi, Tommy chéri, comment vas-tu ? Nous ne t'avons guère vu depuis janvier. Pourquoi ne viendrais-tu pas passer un week-end ici ? Avec une amie...

Quelqu'un marcha dans le couloir, s'arrêta devant la bibliothèque, fredonnant avec un entrain vibrant l'un des airs les plus célèbres des *Misérables*. Denton, songea Lynley. Son valet de chambre était grand amateur de théâtre. La porte s'ouvrit avec un léger frottement dû à l'épaisseur du tapis. Le fredonnement s'intensifia, cessa net : Denton, en entrant, venait de voir Lynley à son bureau.

— Désolé, dit Denton avec un sourire confus. Je ne savais pas que vous étiez rentré.

— Vous n'envisagez pas de me quitter pour monter sur les planches, Denton ?

Le jeune homme rit et frotta la manche de sa veste.

— Pas de danger. Avez-vous dîné ?

— Non, pas encore.

Denton secoua la tête.

— Dix heures moins le quart et vous n'avez pas dîné, monsieur ?

— J'étais tellement absorbé que j'ai oublié.

Denton ne parut pas convaincu. Ses yeux se posèrent sur le courrier. Comme c'était lui qui l'avait mis sur le bureau, il savait évidemment ce qu'il contenait — et ce qu'il ne contenait pas. Il ne dit mot toutefois, se contenant de s'enquérir si monsieur le comte voulait une omelette, un potage ou bien une salade au jambon.

— Une omelette, ça ira très bien, Denton, merci, répondit Lynley.

Il n'avait pas faim mais en chipotant des œufs il donnerait au moins l'impression de reprendre des habitudes normales.

Denton eut l'air satisfait. Au moment où il s'apprêtait à sortir, il parut soudain se rappeler pourquoi il était entré dans la bibliothèque et retira un papier de sa poche.

— J'étais venu déposer ça sur votre bureau. Il y a eu un appel du Yard ce soir, peu après neuf heures.

— Quelle sorte d'appel ?

— Un message qu'on a pris pour vous et qu'on a jugé préférable de vous faire parvenir avant demain matin. Le portier de Bredgar Chambers a essayé de vous joindre. Un type nommé Frank Orten. Au milieu d'un tas d'ordures qui brûlaient, il a trouvé un uniforme d'écolier. Blazer, pantalon, chemise, cravate. Chaussures, aussi. L'attirail complet. Il a pensé que vous aimeriez y jeter un coup d'œil. D'après lui, ce sont les vêtements du garçonnet qui est mort.

11

Frank Orten habitait le pavillon asymétrique situé près du portail de l'école. Une vaste fenêtre en saillie — ombragée par un platane — avançait vers l'avenue conduisant au bâtiment principal. L'une des vitres était ouverte, laissant pénétrer l'air matinal. De cette vitre s'échappaient les geignements monotones d'un enfant. Ce fut le premier bruit que Lynley et Havers perçurent, à peine descendus de voiture, lorsqu'ils s'approchèrent de l'entrée du bâtiment.

Comme s'il les avait épiés, Orten leur ouvrit sans leur laisser le temps de sonner. Il était déjà en tenue de travail et portait un uniforme quasi militaire aux couleurs de l'établissement, dans lequel il se tenait raide comme un piquet. Il examina les arrivants d'un coup d'œil bref comme pour les jauger.

— Inspecteur. Sergent.

Il hocha énergiquement la tête, en signe d'approbation sans doute, et du menton désigna un salon en fouillis sur sa gauche.

— Entrez.

Sans attendre de réponse, il les précéda et alla se planter devant une cheminée de pierre nue surmontée d'une glace piquée nantie d'un cadre dont la dorure s'écaillait. L'arrière de la tête d'Orten se reflétait dans le miroir ainsi que les appliques en cuivre situées à l'autre bout de la salle, qui jetaient des ombres longues sur les murs sans parvenir à chasser vraiment la pénombre qui engluait la pièce orientée au nord et pourvue d'une étroite fenêtre à deux battants.

— La maison est un peu sens dessus dessous ce matin. (D'un mouvement du pouce, Orten désigna une porte partiellement fermée à droite du couloir et d'où provenaient les pleurs.) Les gamins de ma fille sont venus passer quelques jours chez moi. (Une voix féminine lénifiante tenta d'apaiser le bambin en larmes mais les pleurnicheries tournèrent à l'hystérie tandis qu'un piaillement suraigu émanant d'un autre enfant se faisait entendre.) Un instant, s'il vous plaît, dit Orten, les quittant pour aller aux nouvelles. Elaine, est-ce que vous pouvez lui...

La porte se referma derrière lui.

— Le bonheur domestique, commenta Havers, traversant la pièce pour aller examiner de plus près trois plantes d'une luxuriance superlative posées sur une commode sculptée sous la fenêtre. (Elle tâta une feuille pour se faire une idée.) Du plastique, décréta-t-elle en essuyant ses doigts pleins de poussière.

— Hmm, fit Lynley inventoriant la pièce.

Le mobilier était constitué d'un lourd divan et de deux fauteuils recouverts d'un tissu dont la couleur hésitait entre le brun et le gris, de plusieurs tables supportant des lampes dont les abat-jour étaient de traviole, de décorations murales de style militaire. Celles-ci étaient fixées au-dessus du divan à la place d'honneur — deux cartes et une lettre de félicitations ; mais leurs cadres étaient noirs de crasse et une toile d'araignée pendait, accrochée à l'un d'entre eux. Des jouets jonchaient le sol ainsi que des exemplaires de *Country Life* aux pages froissées et poisseuses qui semblaient avoir tenu lieu de sets de table. Tout dans la pièce indiquait que Frank Orten occupait le pavillon en célibataire.

Et pourtant, lorsque Orten regagna le séjour, il était accompagné d'une femme entre deux âges. Le portier la présenta sous le nom de miss Elaine Roly — insistant bien sûr sur le *miss* et précisant qu'elle était l'intendante d'Erèbe. Comme si cela suffisait à expliquer sa présence chez lui à cette heure de la matinée.

— Frank a du mal à s'en sortir avec ses petits-enfants quand il est tout seul avec eux, remarqua Elaine Roly, frottant le devant de sa robe comme pour effacer d'invisibles plis. Vous croyez que je peux m'en aller, Frank ? Ils semblent s'être calmés. Envoyez-les-moi à Erèbe dans un moment, si vous voulez.

— Restez, dit Orten, apparemment habitué à s'exprimer par monosyllabes comminatoires et à être obéi.

Elaine Roly obtempéra sans sourciller, s'asseyant près de la fenêtre, sans se soucier de ce que la lumière laiteuse qui nimbait son siège ne la flattait décidément pas. Tout à la fois austère et monochrome — façon Quaker —, elle semblait issue de l'imagination de Charlotte Brontë. Elle portait une robe grise fort stricte qu'égayait un large col de dentelle. Ses chaussures à semelles de crêpe étaient noires et plates. Des boucles d'oreilles minuscules constituaient ses seuls bijoux. Ses cheveux châtains grisonnants étaient tirés en arrière, attachés sur la nuque suivant une mode depuis longtemps révolue. Le nez, toutefois, était joli et bien dessiné ; quant au sourire qu'elle adressa à Lynley et Havers, il était empreint d'une authentique chaleur.

— Vous avez bu votre café ce matin ? s'enquit-elle avant de se tourner vers Frank. Faut-il que je...

— Inutile, répliqua Frank.

Il tira sur la ganse qui ornait le revers de sa veste. Voyant que celle-ci s'effilochait à cet endroit-là, Lynley se dit que le geste devait lui être familier.

— Vous avez retrouvé des vêtements, m'a-t-on dit, attaqua Lynley. Ils sont ici ?

Orten n'était de toute évidence pas prêt à se laisser bousculer de la sorte.

— Dix-sept ans, inspecteur, fit-il d'un ton laissant présager qu'il s'agissait là d'une simple entrée en matière. (Lynley vit Havers hausser impatiemment les épaules mais s'approcher du divan où elle ouvrit son carnet et feuilleta les pages en faisant plus de bruit qu'il n'était strictement nécessaire. Orten poursuivit :) Dix-sept ans que je suis portier dans cette maison. Jamais rien vu de semblable. Ni disparition. Ni meurtre. Rien. Bredgar Chambers est un excellent établissement. Le meilleur. Aucun doute là-dessus.

— D'autres étudiants sont morts, pourtant. La chapelle en porte témoignage.

— Morts, oui. Mais assassinés ? Jamais. Mauvais présage, ça, inspecteur. (Il marqua une pause pour s'éclaircir la gorge et conclut d'un air sagace :) Je peux pas dire que ça me surprenne.

Ignorant le sous-entendu, Lynley enchaîna :

— Le suicide d'un élève n'est pas de bon augure non plus.

Orten porta la main à l'emblème de l'école brodé en jaune sur sa poche poitrine. Il se mit à tirer sur la couronne qui sommait la petite branche d'aubépine. Un fil d'or s'en échappait, menaçant de détruire le reste du motif.

— Le suicide ? Vous voulez dire que Matthew Whateley s'est suicidé ?

— Pas du tout. Je parlais d'un autre pensionnaire. S'il y a dix-sept ans que vous êtes là, vous avez dû le connaître. Edward Hsu.

Orten et Elaine Roly s'entre-regardèrent. Surpris ? Consternés ? Lynley eût été bien en peine de se prononcer.

— Vous avez dû connaître Edward Hsu. Vous, miss Roly ? Vous êtes là depuis longtemps ?

Elaine Roly darda sa langue pour s'humecter les lèvres.

— Ça fera vingt-quatre ans ce mois-ci, monsieur. J'ai commencé comme bonne à tout faire à la cuisine. Ensuite, j'ai fait le service dans la salle des professeurs. Petit à petit, j'ai gravi les échelons et je suis devenue intendante. Je suis intendante d'Erèbe depuis dix-huit ans maintenant. Et fière de l'être.

— Edward Hsu habitait Erèbe ?

— Oui. Edward était à Erèbe.

— Giles Byrne s'intéressait beaucoup à lui, je crois.

— Mr Byrne servait de répétiteur à Edward pendant les vacances. Il y a des années qu'il fait ça. Qu'il donne un coup de main à des élèves d'Erèbe dans leur travail. C'est un ancien d'Erèbe et il fait tout ce qu'il peut pour aider les pensionnaires de cette maison. C'est un homme très bien, Mr Byrne.

— Il était très proche d'Edward Hsu, d'après ce que Brian Byrne m'a dit.

— Brian se souvient sûrement fort bien d'Edward.

— Vous devez avoir des contacts suivis avec lui puisqu'il est préfet d'Erèbe.

— Suivis ? (Son attitude dénotait de la circonspection.) Non. Je ne dirais pas qu'ils sont suivis.

— Mais puisqu'il est préfet de la maison et que vous en êtes l'intendante...

— Brian n'est pas un garçon facile, coupa-t-elle. Pas commode à cerner. Un peu trop soucieux de... (Elle hésita, pleine de délicatesse. Dans la pièce voisine, les enfants recommencèrent à se chamailler, moins violemment que la fois précédente, certes, mais l'on sentait que la dispute ne demandait qu'à dégénérer.) Les préfets doivent être des gens autonomes, inspecteur, dit Elaine Roly.

— Et Brian ne l'est pas ?

— Les préfets ne doivent pas être... demandeurs.

— Comment cela ?

— Ils ne sont pas là pour quémander l'approbation des autres, chercher à se faire des amis à tout prix, désirer qu'on les trouve sympathiques. Ce genre d'attitude, ce n'est pas souhaitable chez un préfet. Comment un jeune homme peut-il espérer faire régner la discipline chez les petits s'il a tellement envie d'être populaire ? C'est tout le problème de Brian. Si j'avais eu mon mot à dire, jamais je ne l'aurais nommé préfet.

— Le fait qu'il le soit devenu malgré ce que vous venez de nous dire n'indique-t-il pas que quelqu'un tenait fortement à ce qu'il occupe cette fonction ?

— Ça n'indique rien du tout, fit Orten. Seulement qu'il est le fils de Giles Byrne et que le directeur s'écrase lorsque le conseil d'administration lui donne des ordres.

Un objet en porcelaine dégringola dans la pièce voisine. Un hurlement jaillit. Elaine Roly se leva d'un bond.

— Je m'en occupe, Frank, dit-elle en s'en allant.

Orten reprit la parole dès que la porte se fut refermée.

— Elle travaille dur, Elaine. John Corntel ne s'en rend pas compte, mais cette femme est une perle. Trêve de bavardages, vous êtes venus pour les vêtements, pas pour m'entendre parler de Corntel. Suivez-moi.

Il les entraîna dehors, parcourut quelque cinquante mètres le long de l'avenue principale jusqu'à un chemin secondaire bordé de tilleuls, et tourna à droite. Orten leur servait de guide, sa casquette bleue rabattue sur les sourcils. Tous trois avançaient sans parler. Havers, lisant ses notes, soulignant tel ou tel passage avec un grognement ; tandis que Lynley, près d'elle, les poings enfoncés dans les poches de son pantalon, réfléchissait aux propos de Frank Orten et d'Elaine Roly.

Une institution — quelle que fût sa structure — était toujours un lieu où les individus se battaient pour réussir à mettre la main sur les miettes de pouvoir qui étaient à leur portée. A cet égard, Bredgar ne différait en rien du Yard. Bien qu'on pût raisonnablement s'attendre à ce que le directeur fût l'homme dont l'influence était prépondérante au sein d'un établissement scolaire, les paroles d'Orten proclamaient le contraire. Le conseil d'administration — et, dès qu'on songeait au conseil, on songeait immanquablement à Giles Byrne — semblait peser d'un poids très lourd dans la balance du pouvoir. D'une façon ou d'une autre, Matthew Whateley avait réussi à intégrer Bredgar. C'est à lui que la bourse avait été attribuée en fin de compte, peut-être contre l'avis du directeur. Et il avait été affecté à Erèbe, où Byrne lui-même avait habité. Comme Edward Hsu, d'ailleurs. Il y avait certainement là un fil conducteur.

L'odeur âcre et aisément reconnaissable de la fumée devint de plus en plus prononcée lorsqu'ils atteignirent une fourche. Frank Orten obliqua de nouveau vers la droite ; mais Lynley marqua une pause, regardant l'autre sentier qui conduisait à un groupe de bâtiments à peu de distance de là. Il reconnut la façade arrière du bâtiment des sciences et les quatre maisons des garçons. Calchas était la plus proche.

— Ce que vous cherchez est par là, inspecteur, lança Orten d'un ton impatient.

L'embranchement de droite faisait quelque vingt-cinq mètres de long et débouchait sur une impasse devant un vaste hangar sans porte. Ce bâtiment abritait trois minibus, un petit tracteur, un camion, et quatre vélos, dont trois avaient leurs pneus à plat. Seuls le toit et les murs protégeaient les véhicules des intempéries car les fenêtres étaient dénuées de vitres et si la façade avant du hangar avait jadis été dotée de portes, ces dernières avaient disparu depuis longtemps. C'était une construction décidément peu attrayante.

— L'essentiel, ça ne se voit pas forcément, expliqua Orten. C'est pourquoi on se donne pas la peine de l'entretenir. Les façades des bâtiments principaux, elles, sont nickel, par contre. Faut bien en mettre plein la vue aux parents. Mais ce qu'ils ne verront jamais, on s'en balance.

— L'école est en mauvais état, remarqua Lynley. Nous nous en sommes rendu compte hier.

— L'école, oui. Mais pas le théâtre. Ni le gymnase. Ni la chapelle. Ni le charmant jardin orné de sculptures sur lequel tous les visiteurs s'extasient. Ni les bâtiments censés attirer l'œil des parents le jour de l'opération portes ouvertes. Et c'est ça qui compte quand il s'agit de recruter de nouveaux élèves.

Il eut un rire sarcastique.

— Bredgar a des problèmes financiers, je suppose ?

— Et vous avez raison.

Orten marqua une pause, le regard vers l'ouest où, derrière les tilleuls, la chapelle luisait sous le soleil matinal. Le tintement grave d'une cloche appela à la prière du matin. On eût dit un glas. Orten se détourna en secouant la tête.

— A une certaine époque, Bredgar était une boîte renommée. Tous les élèves qui en sortaient filaient aussi sec à Oxford ou à Cambridge.

— Ça a changé ?

— Beaucoup. Mais ce n'est pas à moi de vous mettre au parfum. (Il sourit avec amertume.) Les portiers doivent savoir rester à leur place, inspecteur. Le directeur veille à ce que je reste à la mienne.

Sans attendre plus longtemps, Orten quitta le chemin pavé au bord du hangar à voitures et, leur faisant contourner le bâtiment, les entraîna vers un bout de terrain où brûlaient les ordures de l'école. L'endroit sentait la fumée, les cendres humides, les herbes calcinées, le papier brûlé. Ces odeurs émanaient d'un tas conique de débris encore fumants. A côté de cet empilement de déchets se trouvait une brouette verte, dans laquelle étaient entassés les vêtements dont Orten leur avait parlé.

— J'ai pensé qu'il valait mieux les laisser où je les avais trouvés, expliqua Orten. Pas dans le feu, mais à proximité.

Lynley examina le terrain. Le sol était dur, hérissé d'herbes écrasées. Il y avait des empreintes de pas, mais trop floues pour qu'on puisse les utiliser — empreinte de pouce ici, de talon là, empreinte partielle de semelle un peu plus loin. Rien de vraiment intéressant.

— Regardez ça, monsieur, fit Havers, plantée près du tas d'ordures, à côté du hangar à voitures. (Elle avait allumé une cigarette et s'en servit pour désigner le sol.) C'est une belle empreinte, non ? De femme ?

Lynley la rejoignit et s'accroupit pour étudier l'empreinte. Elle était comme gravée dans la terre meuble près du feu où une couche de cendres avait formé une sorte de lit boueux. Il constata que c'était une chaussure de gymnastique, du type de celles que tout le monde à l'école devait avoir dans sa garde-robe.

— Peut-être, convint-il. Ou d'un des petits.

— Ou d'un élève plus âgé ayant des petits pieds, soupira Havers. Ce foutu Holmes n'est jamais là quand on a besoin de lui ! Il crapahuterait au milieu de ce magma et en un quart d'heure il aurait résolu l'affaire.

— Ne vous laissez pas décourager, sergent, répondit Lynley. Continuez à chercher.

Tandis qu'elle continuait à examiner les lieux, Lynley retourna voir les vêtements empilés dans la brouette. Frank Orten était planté d'un côté, le regard braqué vers le hangar à voitures. Son pavillon était de l'autre côté du hangar au bout d'un grand champ.

Lynley prit ses lunettes, les mit et tira de sa poche plusieurs sacs en plastique soigneusement pliés. Conscient de la vanité de cette précaution, il enfila néanmoins des gants de caoutchouc. Etant donné le temps qu'ils avaient passé au milieu des ordures d'abord, et dans la brouette ensuite, les vêtements devaient être abondamment contaminés par toutes sortes de substances annexes. Il était ridicule d'espérer que les experts du labo pourraient en tirer quoi que ce soit d'utilisable.

Il y avait sept pièces de vêtements en tout, dont l'endroit était calciné et noir de suie. Lynley commença par examiner le blazer. Il ne portait pas d'étiquette au nom de son propriétaire mais des morceaux de fil demeurés après le col indiquaient qu'il y en avait eu une, qui avait été retirée. Même chose pour le pantalon et la chemise. Il leva le nez lorsqu'il en fut à étudier la cravate et vit la paire de chaussures qui était dessous.

— Comment êtes-vous tombé sur tout ça ? demanda-t-il à Frank Orten.

Les yeux d'Orten se braquèrent sur lui.

— Je fais brûler les ordures le samedi après-midi. C'est mon habitude. Je m'assure toujours que le feu est bien éteint avant de m'occuper d'autre chose. Samedi soir, je me suis aperçu qu'il était reparti. Je suis aussitôt venu jeter un coup d'œil.

— Samedi soir ? répéta Lynley, se redressant lentement. *Samedi* soir ?

— Samedi soir, reprit Orten.

De l'autre côté du tas de détritus, Lynley vit le sergent Havers cesser ses recherches, jeter sa cigarette. Elle se mit une main sur la hanche.

— C'est dimanche que la disparition de Matthew Whateley a été signalée, dit-elle. (Lynley s'aperçut qu'elle avait les joues rouges.) Et vous avez attendu *lundi* soir pour nous parler de ces vêtements alors que vous les aviez trouvés samedi ? Pourquoi cela, Mr Orten ?

— J'ai cru que c'était une blague quand j'ai aperçu le feu. Lorsque je suis sorti voir ce qui se passait, il faisait nuit. J'ai jeté quelques pelletées de terre dessus pour l'éteindre. Ce n'est que le lendemain que j'ai vu les vêtements. Je n'ai appris la disparition d'un des élèves que le lundi matin.

— Mais nous avons passé la quasi-totalité de la journée ici hier. Il ne vous est pas venu l'idée de nous faire part de votre découverte ? Vous savez ce que vous risquez pour avoir supprimé des indices ?

— Je ne pouvais pas savoir qu'il s'agissait d'indices, rétorqua Orten. J'ignore encore si c'en sont.

— Pourtant quand vous avez téléphoné à Scotland Yard, vous avez précisé que les vêtements étaient ceux de l'élève qui avait été retrouvé mort, n'est-ce pas ? La personne qui m'a transmis le message a été formelle sur ce point, fit Lynley. (Il regarda l'homme, vit un léger spasme musculaire agiter sa joue.) Qui vous a persuadé de nous fournir cette précision ? Qui vous a convaincu qu'il vous fallait téléphoner à la police ? Miss Roly ? Le directeur ? John Corntel ?

— Personne ! Maintenant que vous avez vu ce que vous vouliez voir, je retourne à mon travail.

Sur ces mots, Orten pivota sur ses talons et reprit vivement le chemin qu'ils avaient emprunté à l'aller. Havers fit mine de se lancer à ses trousses.

— Attendez, dit Lynley.

— Mais...

— Si vous voulez mon avis, il ne va pas aller bien loin. Laissez-lui le temps de se calmer, sergent.

— Le temps de concocter un mensonge de son cru pour nous expliquer pourquoi il a attendu lundi pour nous parler d'indices qu'il avait découverts dimanche !

— Son mensonge, il a largement eu le temps de l'inventer. Regardez plutôt ceci.

Il tendit une chaussette posée bien à plat sur sa paume, la retourna, et désigna du doigt l'étiquette qui y était cousue. Bien que noircie par le feu, elle portait le chiffre 4.

— Ces vêtements *appartiennent donc bien* à Matthew Whateley, murmura Havers. Mais où diable est passée l'autre chaussette ?

— De deux choses l'une : ou elle a brûlé au milieu des ordures ménagères avant que Orten ait le temps de la récupérer ou elle est tombée en cours de route avant qu'on ne la jette dans le feu.

Havers regarda Lynley mettre chacune des pièces de vêtement dans un sac en plastique distinct.

— Ça change tout, alors, monsieur.

— En partie, oui. Nous savons où se trouvent tous les vêtements de Matthew, vêtements décontractés, tenues de sport, uniforme. A moins de supposer que — pour une raison qui m'échappe — il ait quitté l'école nu comme un ver vendredi après-midi, force nous est de conclure qu'il n'a jamais eu l'intention de quitter l'école. On l'a enlevé. Kidnappé.

— Vivant ou mort ?

— Impossible encore de le savoir.

— Mais vous avez une idée sur la question, n'est-ce pas ?

— Oui. Mort, Havers.

— Ainsi, il ne s'est pas sauvé, fit-elle en hochant la tête.

— Apparemment, non. Mais, s'il n'a pas fait le mur, nous nous trouvons devant une foule de questions sans réponse pour l'instant. Son père nous a dit qu'il avait changé au cours de ces derniers mois, qu'il était devenu mélancolique, taciturne. Par ailleurs, il y a Harry Morant, et son manque d'empressement à parler. Et, par-dessus le marché, il y a Wedge, Arlens et Smythe-Andrews. Et la façon dont ils ont réagi lorsque je les ai questionnés. (Lynley prit les sacs à mise sous scellés et en tendit deux à Havers. Ayant ôté ses lunettes, il retira ses gants de caoutchouc.) Si Matthew Whateley ne s'est pas sauvé de l'école vendredi après-midi, que se passe-t-il vraiment dans cet établissement ?

— Par où commence-t-on ? s'enquit Havers.

Lynley jeta un coup d'œil au pavillon de l'autre côté du champ.

— Frank Orten a eu suffisamment de temps comme ça pour se calmer.

Plutôt que de suivre le chemin, ils regagnèrent le pavillon en traversant les cent mètres de champ qui séparaient le potager d'Orten, son garage et sa maison du hangar à voitures et du dépôt d'ordures. Un petit sentier les conduisit entre jardin et garage jusqu'à la porte de derrière du pavillon. Elaine Roly les invita à entrer dans la cuisine.

Contrairement au salon, la pièce avait été récemment astiquée car les plans de travail étaient immaculés, des rideaux pimpants étaient accrochés à la fenêtre et les seules assiettes qui traînaient dans l'évier étaient manifestement celles du petit déjeuner. L'odeur du bacon frit flottait dans l'air, montant d'une poêle qui était sur le feu, et dans laquelle grésillait une tranche de pain.

Elaine Roly arrêta le gaz sous la poêle et transféra le pain frit sur une assiette sur laquelle reposaient déjà deux œufs pochés.

— Il est là, inspecteur, fit-elle en leur faisant signe de la suivre dans la salle à manger.

C'était dans cette pièce que les enfants s'étaient chamaillés un peu plus tôt. Et ils continuaient, d'ailleurs. L'un perché sur une chaise de bébé sur la tablette de laquelle il tapait avec entrain à l'aide d'une boîte de conserve, l'autre assis par terre, donnant des grands coups de talon sur le sol et se frappant le front de ses poings tout en poussant des hurlements et criant : « Non ! Non ! Non ! » Aucun d'eux ne semblait avoir plus de quatre ans.

Frank Orten était penché au-dessus de la chaise de bébé, essuyant d'une main inexperte le visage du plus jeune de ses deux petits-enfants à l'aide d'un chiffon humide.

— Mangez donc ces œufs, Frank, dit Elaine Roly. Vous n'avez pas touché à votre café. Je vais m'occuper des petits. Il est temps qu'on les débarbouille.

Sur ces mots, elle fit se lever celui qui était assis par terre et extirpa l'autre de sa chaise haute. L'aîné des garnements se mit à tirer sur le col de dentelle de sa robe mais elle l'ignora stoïquement et sortit en emportant les deux braillards.

Orten tira une chaise vers lui, s'assit et ne fit qu'une bouchée de ses œufs et du pain. Lynley et Havers prirent eux aussi un siège, ne soufflant mot, attendant que le portier ait repoussé son assiette et avalé une gorgée de café.

— A quelle heure avez-vous remarqué que le feu avait été rallumé sur le tas d'ordures ? s'enquit Lynley.

— Trois heures vingt du matin. (Orten souleva sa tasse sur

laquelle on pouvait lire en lettres bleu canard *Granpa*.) J'avais regardé la pendule avant de m'approcher de la fenêtre.

— Vous aviez été réveillé par un bruit quelconque ?

— Je ne dormais pas, inspecteur. Je suis insomniaque.

— Ce n'est donc pas le bruit qui vous a tiré du sommeil.

— Non. Mais j'ai senti une odeur de fumée et je suis allé à la fenêtre. De là, j'ai aperçu une lueur rouge. J'ai cru que le feu était reparti tout seul, alors je suis sorti jeter un coup d'œil.

— Vous étiez habillé ?

— Je me suis habillé, fit-il après un imperceptible moment d'hésitation. (Sans se faire prier, il poursuivit :) Je suis passé par-derrière, à travers champ, pas par le sentier. Quand je suis arrivé là-bas, j'ai vu que les flammes commençaient à crépiter sérieusement. Bande d'imbéciles, que je me suis dit. Encore une blague des grands. Ils n'ont pas pensé que ça risquait de tourner au vinaigre si le vent se levait. J'ai pris une pelle et j'ai jeté de la terre sur les flammes pour éteindre le feu.

— Il y a des lumières dehors, que vous auriez pu allumer ?

— Sur le devant du hangar, oui, mais elles étaient éteintes. Pas de lumière sur le côté. Il faisait noir. Je vous l'ai déjà dit, inspecteur. Je n'ai pas vu les vêtements. Je pensais avant tout à éteindre le feu.

— Le feu mis à part, vous n'avez rien vu ? Ni personne ? insista Lynley.

— Rien. Juste le feu.

— C'était normal que tout soit éteint devant le hangar ? On ne laisse pas allumé, normalement ?

— Normalement, oui.

— Qu'est-ce que vous en pensez ?

Orten regarda vers la cuisine comme pour déchiffrer à travers ses murs une réponse susceptible de se trouver dans le hangar à voitures de l'autre côté du champ.

— Si les gamins faisaient une farce, ils ont préféré éteindre pour ne pas se faire repérer.

— Et maintenant que vous savez qu'il ne s'agissait pas d'une blague ?

Orten leva une main et la laissa retomber sur la table. Geste indiquant qu'il acceptait l'évidence.

— Même chose, inspecteur. C'est quelqu'un qui ne voulait pas qu'on le voie.

— Pas un mauvais plaisant, mais un tueur, dit Lynley d'un ton pensif. (Orten au lieu de répondre tendit le bras vers sa casquette qui reposait au centre de la table tel un surtout. Les lettres B.C. en jaune sur fond bleu qui en décoraient le devant étaient tachées çà et là et auraient eu bien besoin d'être nettoyées pour retrouver leur couleur d'origine.) Il y a des années que vous êtes en poste à Bredgar, poursuivit Lynley. Vous connaissez la maison comme personne. Matthew Whateley a disparu le vendredi après-midi. Son corps n'a été retrouvé que le dimanche soir. Nous avons de bonnes raisons de penser qu'il a été abandonné à Stoke Poges le vendredi ou le samedi soir. Comme nous avons les vêtements de l'enfant et qu'il était nu quand on l'a découvert, on peut en déduire qu'il était nu quand on l'a embarqué et qu'il faisait vraisemblablement nuit quand il a été emmené. La question que je me pose est celle de savoir où il se trouvait entre le moment où il a séché le match vendredi après-midi et le moment où on l'a fait sortir de Bredgar.

Lynley marqua une pause pour voir comment Orten réagissait à cette invitation implicite à participer à l'enquête. Le portier regarda successivement Havers et Lynley et se recula de quelques centimètres de la table. Ce faisant, il réussit à donner l'impression qu'il prenait psychologiquement ses distances.

Malgré tout, il répondit sans manifester de réticence.

— C'est pas la place qui manque, inspecteur. Des espaces de rangement, y en a un peu partout. Derrière la cuisine. Près de la salle des professeurs. Dans le bâtiment technique. Dans le théâtre. Il y a aussi les débarras où on range les malles, dans les différentes maisons. Les greniers. Mais tout est fermé à clé.

— Et les clés ? Qui les a ?

— Les professeurs en ont certaines.

— Qu'ils gardent sur eux en permanence ?

— Pas toujours. Pas s'ils en ont déjà plein leurs poches.

— Qu'est-ce qu'ils en font alors ?

— Ils les accrochent dans leur casier. Devant la salle des profs.

— Je vois. Mais ce ne sont pas les seules clés qui existent. Il doit y avoir des doubles. Des passe-partout, même.

Orten hocha la tête, mais d'un mouvement automatique et comme indépendant de sa volonté.

— J'ai un jeu de toutes les clés de l'école dans mon bureau près de la cour d'honneur. Mais ce bureau est fermé à clé. Je vous dis ça pour le cas où vous vous imagineriez que quelqu'un se serait glissé dans cette pièce pour me les piquer.

— En ce moment, votre bureau est fermé à clé ?

— La secrétaire du directeur a dû ouvrir. C'est ce qu'elle fait quand elle arrive avant moi.

— Donc elle en possède une clé.

— En effet. Mais vous n'allez pas me dire que l'enfant a été enlevé par la secrétaire du directeur ? Et si ce n'est pas elle, quel est l'olibrius qui s'amuserait à entrer dans cette pièce en plein jour, en mon absence, pour dérober des clés ? Sans savoir laquelle ouvre quoi ? Ça lui ferait une belle jambe. Les clés qui se trouvent dans mon bureau ne portent qu'un seul mot pour toute indication. *Théâtre. Technique. Maths. Sciences. Cuisine.* C'est maigre comme information, pas moyen de savoir quelle clé ouvre quoi dans le bâtiment. Pas sans consulter le livre dans lequel sont consignés les codes correspondant à chaque pièce. A mon avis, si quelqu'un a piqué des clés, il les a prises dans les casiers à l'entrée de la salle des profs. Comme cette pièce est fermée en permanence, la seule personne qui a pu les dérober est un enseignant.

— Ou toute autre personne ayant accès à la salle des profs, souligna Lynley.

Orten répliqua d'un ton laissant entendre qu'il avait franchement du mal à y croire.

— Le directeur. Les bonnes. Les femmes des enseignants. Qui d'autre encore ?

Le portier, Lynley ne prononça pas le mot mais il vit que ce n'était pas nécessaire. Les joues d'Orten avaient commencé à rougir alors même qu'il passait en revue les différentes possibilités.

Lynley et Havers s'arrêtèrent près de la Bentley, Havers pour allumer une cigarette et Lynley pour lui adresser un furieux froncement de sourcils. Levant les yeux, elle surprit sa mimique et lui agita sous le nez une main aux doigts boudinés.

— Surtout pas un mot, fit-elle en guise d'avertissement. Vous mourez d'envie de m'arracher cette clope de la bouche et de la fumer jusqu'au trognon. Au moins, moi, je suis franche : mes vices, je les assume.

— Vous ne les assumez pas : vous en faites étalage. Vous les proclamez à la face du monde. Le mot *vertu* a-t-il jamais eu un sens pour vous, sergent ?

— Je l'ai rayé de mon vocabulaire, inspecteur, ainsi que *self-control*.

— J'aurais dû m'en douter.

Il jeta un coup d'œil vers l'avenue qui s'incurvait doucement vers la gauche sous un hêtre géant, puis vers le sentier qui menait au hangar, aux maisons des garçons et au bâtiment des sciences. Il rumina les renseignements que Frank Orten leur avait donnés.

— Qu'est-ce qui se passe ? s'enquit Havers.

Lynley s'appuya contre la carrosserie de la voiture, se frotta pensivement la mâchoire tout en s'efforçant de ne pas penser à l'odeur du tabac.

— C'est vendredi après-midi. Vous avez escamoté Matthew Whateley. Où est-ce que vous le cachez, sergent ?

Elle fit tomber sa cendre par terre, la poussant du bout de son épaisse chaussure éraflée.

— Ça dépend de ce que je veux en faire. Et de la façon dont j'ai envie de le faire.

— Poursuivez.

— Si je l'ai enlevé pour faire joujou avec — au sens que le pédéraste ou le pédophile de service de l'établissement donne à ce terme —, je le planque dans un coin où il n'y a aucune chance qu'on l'entende. Car il n'est pas forcé d'apprécier ces petits jeux autant que moi.

— Et c'est où, ce coin ?

Elle parcourut le campus des yeux.

— Voyons un peu. Vendredi après-midi. Les petits sont sur le terrain où ils disputent un match. Le déjeuner venant de s'achever, j'évite la cuisine où les bonnes sont occupées à ranger. J'évite également les maisons des garçons et celles des filles : trop d'allées et venues. Je jette mon dévolu sur l'un des espaces de rangement. Dans le théâtre, peut-être. Ou dans le labo de sciences. Ou dans le bâtiment de maths.

— Dans l'un des bâtiments de la cour d'honneur, non ?

— C'est trop près de l'aile occupée par l'administration. Encore que...

— Je vous écoute.

— Il y a aussi la chapelle. La sacristie. La petite salle de répétition.

— Un peu risqué peut-être pour le genre de tête-à-tête que vous projetez.

— En effet. Mais supposez qu'il s'agisse d'une rencontre d'un autre genre. Supposez qu'il s'agisse uniquement de flanquer la frousse au gamin. Une histoire de pari. Une blague. Alors je l'emmènerai dans un autre coin. Pas nécessairement au diable. Dans un endroit qui lui foutrait la pétoche.

— Lequel par exemple ?

— Le clocher. Le toit du clocher. Parfait, ça. Surtout s'il est sujet au vertige.

— Pas commode à atteindre, s'il se débat.

— Imaginez que ce soit une personne en laquelle il a confiance qui l'entraîne là-haut par traîtrise. Ou quelqu'un qu'il admire et n'a aucune raison de craindre. Dans ce cas, il le suivrait sans protester. Il se peut également qu'il ait cru devoir obéir à un ordre, sans se douter que la personne qui lui donnait cet ordre avait tout à fait autre chose à l'esprit une fois qu'ils seraient parvenus à destination.

— Cela nous ramène au problème de la destination, fit Lynley. Chas Quilter vous a fait visiter l'école hier. Vous en avez la topographie en tête ?

— Ma foi, oui.

— Alors, promenez-vous, furetez. Voyez si vous pouvez dénicher un endroit où Matthew aurait pu être dissimulé par son ravisseur l'espace de quelques heures sans que personne s'en doute.

— Vous voulez que je me mette dans la peau d'un pédophile ?

— Si nécessaire, oui. De mon côté, je vais me mettre à la recherche de John Corntel.

Elle laissa tomber sa cigarette sur le sol et l'écrasa du talon.

— Il y a un rapport entre les deux ? s'enquit-elle.

— J'espère que non, répondit-il en la regardant s'éloigner le long de l'allée principale.

Il repartit vers le sentier qui devait le conduire à Erèbe et dans les appartement privés de John Corntel. Il avait à peine atteint l'embranchement qu'il entendit une voix crier son nom. Pivotant, il vit Elaine Roly se précipiter vers lui, arrangeant le col de dentelle de sa robe tandis qu'elle enfilait par-dessus un cardigan noir. De grandes taches d'eau maculaient sa robe.

— J'ai essayé de faire la toilette des petits, dit-elle en guise d'explication, brossant les taches comme si cela pouvait faire sécher le tissu. Je ne suis pas très douée avec les enfants de cet âge. Quand ils sont plus vieux, je me défends mieux.

— Vous devez être plus à votre affaire avec les garçons d'Erèbe, j'en suis sûr, remarqua Lynley.

— Oh, oui ! C'est là-bas que vous allez ? Je vous accompagne, je peux ?

Elle joignit le geste à la parole. Lynley ne souffla mot, attendant qu'elle lui explique pourquoi elle l'avait interpellé. Ce n'était certes pas uniquement pour le plaisir de faire route en sa compagnie. Elle se mit à tirer sur les boutons de son cardigan comme pour vérifier qu'ils étaient solidement cousus. Il l'entendit soupirer.

— Frank ne vous a pas parlé de sa fille, inspecteur. Vous devez vous figurer qu'il vous cache quelque chose. Je vois bien que vous êtes suffisamment intelligent pour savoir quand on n'est pas complètement franc avec vous.

— Je me disais bien aussi qu'il y avait autre chose.

— C'est exact. Mais s'il a menti — par omission —, c'est par fierté, pas par goût de la dissimulation, et puis il y a son job. Il n'a pas envie de perdre son boulot. Ça se comprend, non ? Le directeur n'est pas du genre à fermer les yeux sur une absence quand la personne concernée est censée être à son poste. Même si cette absence est due à une urgence et que le fautif n'a pas le temps de prévenir le directeur. (Elle parlait vite.)

— Samedi soir ? s'enquit Lynley.

— Il ne vous a pas *menti*. Simplement, il ne vous a pas tout dit. C'est un type bien. Frank est un garçon bien. Il n'a rien à voir dans la disparition de Matthew.

A travers les arbres qui bordaient le sentier, Lynley vit les élèves sortir de la chapelle, parlant et riant. En les regardant, Lynley se dit que la mort de l'un des leurs aurait dû les toucher davantage, les rendre plus calmes, leur permettre de se rendre compte de la brièveté du temps qui leur était imparti. Mais non. Les jeunes étaient ainsi. Toujours persuadés que l'immortalité était leur lot.

— Frank est divorcé, inspecteur, poursuivit Elaine Roly. Ça m'étonnerait qu'il vous en ait parlé. Ça n'a pas été très drôle d'après le peu qu'il m'en a dit. Alors qu'il était en garnison à Gibraltar, sa femme s'est amourachée d'un officier de ses collègues. Frank, qui était un grand naïf à l'époque, ne s'est jamais douté de quoi que ce soit jusqu'au jour où elle a demandé le divorce. Il l'a très mal pris. Il a démissionné de l'armée, laissé ses deux filles à Gibraltar avec sa femme et il est rentré en Angleterre. Il a trouvé un emploi de portier à Bredgar tout de suite.

— Il y a combien de temps de ça ?

— Dix-sept ans. Comme il vous l'a dit. Les filles ne sont plus des gamines maintenant, évidemment. Il y en a une qui vit en Espagne. Mais l'autre — Sarah, la plus jeune — habite à Tinsley Green, de l'autre côté de Crawley. Psychologiquement, elle n'est pas nette : elle s'est mariée deux fois, a divorcé deux fois. Et puis elle a touché pas mal à l'alcool et à la drogue. Frank estime que c'est sa faute du fait qu'il les a laissé tomber, sa sœur et elle. Il ne cesse de se torturer à ce propos.

» Samedi soir, Sarah a téléphoné à Frank. Il entendait les enfants pleurer au bout du fil. Elle-même était en larmes, parlant de se suicider. C'est son style. J'imagine qu'elle venait d'avoir une prise de bec avec son petit ami du moment. (Elaine Roly tendit la main, effleura le bras de Lynley comme pour donner plus de poids à ses paroles.) Frank est allé chez sa fille samedi soir, inspecteur, alors qu'il était censé être de garde. Il n'a même pas songé à dire au directeur où il allait. Peut-être qu'il n'en avait pas envie, car il avait déjà passé le mardi soir — sa soirée de libre — avec elle, et le directeur l'aurait sans doute envoyé sur les roses s'il lui avait demandé la permission de s'absenter encore une fois. Toujours est-il que, quand il a reçu cet appel téléphonique, Frank, pris de panique, est parti en catastrophe, tant mieux, d'ailleurs.

— Pourquoi ?

— Parce qu'en arrivant à Tinsley Green il a trouvé Sarah inconsciente. Il a eu tout juste le temps de l'emmener à l'hôpital.

Ces renseignements expliquaient les réticences d'Orten ce matin. Cependant, même si quelques coups de fil suffisaient à confirmer les dires de l'intendante d'Erèbe, Lynley vit qu'Elaine Roly avait par inadvertance éclairé d'un jour nouveau les événements du week-end précédent. Car Tinsley Green n'était qu'à quelque quatre kilomètres de la M23 et du réseau d'autoroutes menant à Stoke Poges.

— Les enfants sont ici avec lui depuis samedi soir ?

En toute innocence, elle enfonça Orten.

— Pas exactement. Après avoir fait venir une ambulance, il m'a téléphoné du cottage de Sarah pour me demander si je pouvais venir prendre les petits qui étaient chez sa voisine. C'est une vieille dame qui aime beaucoup Sarah mais n'est pas en état de s'occuper d'enfants en bas âge pendant toute une nuit. Je suis donc allée les chercher et je les ai ramenés chez moi, à Erèbe, où je les ai gardés jusqu'au dimanche après-midi.

— Vous êtes allée les prendre vous-même à Tinsley Green ?

— Oui, c'est exact.

— Comment vous êtes-vous rendue là-bas ?

— J'ai pris ma voiture. (Elle s'empressa d'ajouter :) Le directeur ne... Mais Mr Corntel était au courant. Je suis allée le trouver et lui ai tout raconté. C'est un homme bien, Mr Corntel, il m'a autorisée à partir dès que j'aurais prévenu le préfet et les grands pour qu'ils puissent me remplacer au cas où l'un des petits aurait besoin de moi. Non que le fait de confier des responsabilités supplémentaires à Brian Byrne soit une bonne idée. Mais comme il s'agissait d'une urgence...

Elle haussa les épaules en signe de regret.

— Si je comprends bien, votre départ ne s'est pas fait en secret. Comment Mr Orten espérait-il cacher son escapade au directeur alors que vous-même n'en faisiez aucun mystère ?

— Frank ne comptait pas garder ça pour lui, inspecteur. Il aurait fini par en parler à Mr Lockwood. Je sais qu'il en a encore la ferme intention. Seulement, avec la disparition de Matthew Whateley, il s'est dit que le moment était mal choisi pour ennuyer le directeur avec quelques heures d'absence. Je suis sûre que vous serez d'accord sur ce point.

Lynley fit mine de ne pas remarquer son besoin d'être rassurée.

— Lorsqu'il s'est aperçu que les ordures avaient été rallumées samedi soir — ou plutôt dimanche aux aurores —, il rentrait de Tinsley Green, c'est ça ?

— Oui. Mais vous voyez, il ne voulait pas vous le dire. Avec tout ce qui s'était passé par ailleurs... Mr Lockwood n'est pas tendre avec ceux qui ne font pas leur devoir. Et en ce moment, il est de très mauvais poil. C'est pourquoi Frank préfère attendre quelques jours avant de lui avouer qu'il s'est absenté.

— A quelle heure êtes-vous partie pour Tinsley Green ?

— Je ne saurais vous dire exactement. Neuf heures passées. Neuf heures et demie. Un peu plus tard peut-être.

— Et vous êtes rentrée à quelle heure ?

— Ça, je peux vous le dire. Il était onze heures quarante.

— Vous êtes revenue ici directement ?

Les doigts d'Elaine Roly cessèrent de tourmenter les boutons de son cardigan pour effleurer son cou, toucher délicatement son col de dentelle. Dans sa réponse, il y avait une sorte de raideur indiquant qu'elle comprenait parfaitement le sens et les soupçons qui se cachaient sous les questions de Lynley.

— Directement. Je me suis juste arrêtée pour prendre de l'essence, mais c'est compréhensible, non ?

— Et vendredi après-midi ? Vendredi soir ?

De toute évidence, l'intendante prit ces questions pour un affront.

— Eh bien ? fit-elle, froidement.

— Où étiez-vous vendredi ?

— Dans l'après-midi, j'étais à Erèbe, occupée à trier du linge. Le soir, je regardais la télévision chez moi à Erèbe également.

— Seule ?

— Absolument seule, inspecteur.

— Je vois. (Lynley marqua une pause pour examiner le bâtiment devant lequel ils passaient. *Calchas* était gravé au-dessus de la porte.) Quels drôles de noms on a donné à ces maisons ! remarqua-t-il à voix haute. Calchas, le devin qui a persuadé Agamemnon de sacrifier sa propre fille Iphigénie pour que les vents lui soient favorables. Le messager de la mort.

Un certain temps s'écoula avant qu'Elaine Roly répondît. Lorsqu'elle s'y décida, ce fut d'un ton amical, comme si elle avait décidé d'ignorer l'effronterie des questions de Lynley.

— Messager de la mort ou non, Calchas mourut de honte lorsqu'il fut supplanté par Mopsos.

— Une leçon pour tous ceux qui fréquentent Bredgar Chambers ?

— Cela fait partie de la philosophie de l'école. Ça n'a pas mal marché.

— Malgré tout, je crois que je serais plus heureux à Erèbe qu'à Calchas. Au messager de la mort, je préfère les ténèbres. Vous êtes à Erèbe depuis dix-huit ans, m'avez-vous dit ?

— Oui.

— Et John Corntel, ça fait combien de temps qu'il est chef de maison ?

— C'est sa première année. Et il a fait du *sacré bon* travail, Mr Corntel. Du bon boulot. Il aurait continué si...

Elle s'arrêta. Lynley la regarda, vit que son visage s'était fermé.

— Si Matthew Whateley n'avait pas débarqué à Bredgar ? souffla Lynley.

Elle fit non de la tête.

— Il ne s'agit pas de Matt. Mr Corntel faisait du bon travail avec Matt, avec tous les pensionnaires. Jusqu'au jour où quelqu'un, ici, s'est mis en tête de le... déstabiliser. (Elle énonça le dernier mot avec une répulsion manifeste et n'eut pas besoin que Lynley la relance pour poursuivre :) Miss Bond. A peine arrivée chez nous l'an dernier, elle a jeté son dévolu sur Mr Corntel. Je m'en suis rendu compte à la minute où je l'ai vue. Pour elle, ce célibataire, c'est de la graine de mari, et elle est bien décidée à lui mettre le grappin dessus. Ça, c'est sûr. Cette petite garce n'avait qu'une envie : le tournebouler. Et, à mon avis, elle est parvenue à ses fins.

— Mais vous dites que, malgré la présence d'Emilia Bond, Mr Corntel s'est bien défendu, question boulot. Pas de problèmes avec Matt ?

— Aucun.

— Vous le connaissiez, Matt, vous ?

— Je connais *tous* mes garçons, inspecteur. Je suis l'intendante d'Erèbe. Je fais mon travail.

— Y a-t-il quelque chose de particulier que vous pourriez me dire concernant Matthew, une chose que vous auriez remarquée et qui aurait échappé aux autres ?

Elle réfléchit un très court instant.

— Les couleurs. Les étiquettes que sa maman cousait après ses vêtements.

— Les chiffres sur les étiquettes ? J'ai vu ça, oui. Elle devait se faire beaucoup de souci à propos de son apparence pour se donner tout ce mal. La plupart des gamins se fichent pas mal de ce qu'ils mettent. Ils prennent ce qui leur tombe sous la main.

Matthew se conformait vraiment aux directives de sa mère lorsqu'il s'habillait ?

L'intendante le regarda non sans surprise.

— Il n'avait pas le choix, inspecteur. Il était incapable de distinguer les couleurs.

— Incapable de distinguer...

— Daltonien, en quelque sorte. Il avait du mal à percevoir les couleurs. Et particulièrement les couleurs de l'école. C'est celles-là qui lui donnaient le plus de fil à retordre. Sa maman m'a expliqué tout ça à l'occasion de la journée portes ouvertes organisée pour les parents. Elle avait peur que les étiquettes ne partent au lavage et que Matt ne sache plus comment s'habiller le matin. Ils utilisaient le système des chiffres à la maison depuis longtemps mais bien sûr personne ne le savait.

— Et ici, qui est au courant ?

— Moi, c'est tout, je pense. Peut-être les camarades de dortoir de Matthew. S'ils ont prêté attention à la façon dont il s'y prenait pour s'habiller le matin.

Et s'ils avaient remarqué son manège... Le daltonisme de l'enfant aurait pu devenir un pénible sujet de plaisanteries, le genre de mise en boîte qui ulcère sous le masque de la camaraderie. C'était un détail de plus qui faisait de Matthew Whateley un pensionnaire différent de ses pairs. Mais pas au point qu'on le tue, tout de même, songea Lynley.

12

— John, il faut qu'on parle, toi et moi. Il le faut et tu le sais. Nous ne pouvons pas continuer à nous éviter indéfiniment de la sorte. C'est plus fort que moi : je ne peux pas le supporter.

John Corntel n'avait pas envie de lever les yeux. Pas plus qu'il n'avait envie de réagir à la pression timide de la main féminine sur son épaule. Depuis la fin du bref service religieux du matin, il était resté assis dans la petite chapelle du souvenir dans l'espoir que le calme de l'endroit déteindrait sur lui et lui apporterait un semblant de paix intérieure. Mais en vain. Au lieu de se sentir apaisé, il éprouvait un engourdissement qui semblait sourdre du plus profond de son être et n'avait aucun rapport avec l'air glacial de l'oratoire. En entendant les mots d'Emilia Bond, il ne réagit pas, se contentant de laisser son regard naviguer de l'ange de marbre qui surmontait l'autel aux diverses plaques commémoratives apposées sur les murs. *Etudiant bien-aimé. Edward Hsu, étudiant bien-aimé.* Quelle merveille que cette formule, symbole de la relation presque magique qui peut s'établir entre deux êtres lorsque l'un est désireux d'enseigner et l'autre d'apprendre. Il ne put s'empêcher de penser que s'il avait davantage aimé ses élèves, s'il leur avait prodigué les soins qu'il avait stupidement prodigués à d'autres, il ne serait peut-être pas en ce moment dans cet état lamentable.

— Tu n'as pas cours avant dix heures, John, je le sais. Il faut que nous parlions.

Corntel comprit que cette fois il n'y avait pas moyen d'y couper. Cette confrontation avec Emilia, il y avait plusieurs jours qu'elle lui pendait au nez. Il avait simplement espéré la différer quelque peu, histoire de se donner le temps de trouver les mots qui lui permettraient d'expliquer l'inexplicable à la jeune femme. S'il avait eu une semaine pour se retourner, il aurait peut-être réussi à rassembler les forces nécessaires afin de mener la conversation à bien sans craquer. Mais il savait qu'il avait fait une erreur de jugement, qu'il aurait dû se rendre compte plus tôt qu'Emilia n'était pas le genre de femme à attendre placidement qu'il se décide à venir la trouver.

— Il n'y a pas d'endroit où nous puissions parler pour l'instant, lui dit-il. Ici, c'est exclu.

— Alors, sortons, allons faire quelques pas. Il n'y a personne sur les terrains de sport à cette heure de la matinée. Personne ne risque donc de surprendre notre conversation.

Le ton était décidé mais lorsque Corntel la regarda — plantée dans son immense toge noire près du banc sur lequel il était assis — il s'aperçut que son visage était dénué de couleur, ses yeux injectés de sang et tout gonflés. A cette vue, et pour la première fois depuis des jours, il oublia son propre trouble et éprouva une ombre de compassion qui transperça l'espace d'un instant la cuirasse de son désespoir. Mais ce sentiment s'évanouit bientôt, les laissant tous deux, comme ils l'avaient été auparavant, séparés par un abîme que les mots étaient impuissants à combler. Elle était tellement jeune — trop jeune. Pourquoi ne s'en était-il pas aperçu plus tôt ?

— Suis-moi, John. Je t'en prie.

Il se dit qu'il lui devait bien un bref entretien. Peut-être qu'il avait été idiot de s'imaginer que quelques jours de réflexion supplémentaires — quelques jours passés à l'éviter — lui auraient permis de rendre les derniers instants qu'ils passeraient ensemble plus faciles ou plus supportables pour tous les deux.

— Très bien, capitula-t-il en se mettant debout.

Ils sortirent de la chapelle et traversèrent la cour d'honneur, passant sous la statue d'Henry Tudor, adressant un bonjour de la tête aux collègues ou aux élèves qu'ils croisaient, franchissant les portes ouest.

Corntel constata qu'Emilia avait vu juste, comme d'habitude. A l'exception d'un jardinier qui taillait le gazon au pied d'un des marronniers bordant le terrain de sport, il n'y avait pas âme qui vive. Il voulait rendre l'entrevue le plus aisée possible mais malheureusement pour lui il avait toujours été incapable d'entamer une conversation intelligente avec une femme. Aussi se tritura-t-il les méninges, cherchant une question, un commentaire, une entrée en matière. En pure perte. Ce fut elle qui prit la parole la première. Les mots qu'elle prononça ne réussirent pas à dissiper la tension qui les habitait tous deux. Alors que, destinés à un autre homme, ils eussent probablement atteint leur objectif.

— Je t'aime, John. Je ne peux pas supporter la façon dont tu te traites.

Tête baissée, yeux fichés à terre, elle fixait ses pieds, raclant nerveusement l'herbe. Le sommet de son crâne ne lui arrivait même pas à l'épaule. En regardant ses cheveux doux et pâles, Corntel songea à l'impalpable verre filé que sa mère ressortait des placards à Noël pour en faire des nuages autour des anges qu'elle accrochait après un morceau de bois flotté.

— Il ne faut pas te mettre dans cet état, répondit-il. Tu as tort de t'en faire pour moi. Ça n'en vaut pas le coup. Tu devrais le savoir maintenant.

— C'est ce que j'ai cru au début, opina-t-elle. J'ai essayé de me dire que tu m'avais fait marcher pendant un an, que tu t'étais fait passer pour un homme différent de... vendredi soir. Mais, malgré tous mes efforts, je n'ai pas réussi à m'en persuader. Je t'aime, John.

— Non.

— Je sais ce que tu penses. Tu penses que je crois que tu as tué Matthew Whateley. Après tout, ça colle, non ? Qu'est-ce qui pourrait coller mieux que ça ? Mais je ne crois pas que tu l'aies tué, John. Je ne crois même pas que tu l'aies touché. En fait — elle releva la tête et lui sourit avec douceur —, je ne suis même pas sûre que tu aies prêté la moindre attention à Matthew. Tu as toujours été plutôt distrait, tu sais.

Elle s'efforçait d'alléger l'atmosphère, de dédramatiser. Mais ses paroles sonnaient faux.

— Cela ne fait aucune différence, dit Corntel. Matthew était sous ma responsabilité. C'est un peu comme si je l'avais tué. Une fois que la police aura découvert ce que tu sais me concernant, je pourrai toujours courir pour les convaincre de mon innocence.

— Qu'ils ne comptent surtout pas sur moi pour leur apprendre quoi que ce soit. Je te jure que je ne leur dirai rien.

— Ne jure pas. Il se peut que tu ne puisses tenir ta promesse. Thomas Lynley n'est pas un imbécile. Il va bientôt t'interroger, Em.

Ils étaient parvenus au centre du terrain de sport.

Emilia s'immobilisa et le regarda bien en face. Une brise légère lui ébouriffait les cheveux.

— S'il est aussi intelligent que tu as l'air de le dire, il doit avoir compris que si tu étais allé le trouver à Londres afin de lui demander son aide, c'est que tu n'étais pour rien dans la disparition de Matthew, non ? Quoi qu'il découvre sur ton compte par ailleurs, il n'oubliera tout de même pas ta démarche ?

— Ma visite au Yard aurait pu être une ruse. Une excellente ruse, même. Déguisé en innocent, le tueur va réclamer l'aide de la police. Je suis certain que Thomas Lynley a eu affaire à ce genre de comportement auparavant. Crois-moi, ce n'est pas parce que nous avons été à l'école ensemble qu'il m'a rayé de sa liste des suspects. Matthew Whateley a été torturé, Emilia. *Torturé*.

Elle lui posa la main sur le bras.

— Il serait capable de croire que c'est toi qui as escamoté l'enfant ? Toi qui l'as torturé, assassiné, abandonné dans un cimetière, toi qui es rentré à Bredgar, le cheveu bien lisse, la conscience claire ? Et capable après ça d'aller trouver la police pour lui demander son concours ?

Il examina la main d'Emilia, si menue, si blanche sur le noir de sa toge.

— Tu sais que c'est possible, n'est-ce pas ?

— Non ! Tu t'es montré curieux, John. Tu as péché par curiosité, c'est tout. Ça ne prouve rien. La seule raison pour laquelle tu crois que ça prouve quelque chose, c'est que j'ai paniqué. J'ai été idiote. Je me suis conduite comme une imbécile. Je ne savais pas quoi faire.

— Tu ne me connaissais pas. Pas vraiment. Avant vendredi soir. Eh bien, maintenant, tu sais à quoi t'en tenir : tu sais tout, y compris le pire. Comment faut-il appeler cette chose-là, Emilia ? Une maladie ? Une perversion ?

— Je l'ignore et je m'en moque. Ça n'a rien à voir avec Matthew Whateley. Et ça n'a rien à voir non plus — tu m'entends, *rien* — avec nous.

Corntel perçut la conviction qui sous-tendait ses paroles et l'en admira, bien qu'il sût que ce *nous* n'avait plus de réalité. Il n'était même pas certain d'ailleurs qu'il eût jamais existé vraiment. Une fois de plus, il s'émerveilla de l'honnêteté abrupte d'Emilia. De son désir de prendre des risques, de sa faculté de faire abstraction de sa fierté et de son bon sens dès lors qu'elle était persuadée que l'amour — ou ce qu'elle prenait pour tel — était en jeu. Mais il savait que si l'amour avait jamais été possible entre eux — et il était vrai qu'elle l'avait touché, ému, comme aucune autre femme ne l'avait fait —, cet amour était mort vendredi. Elle pouvait bien mentir aujourd'hui, alors qu'elle se sentait déboussolée et avait besoin de retrouver un peu de l'amitié qu'ils avaient eue l'un pour l'autre, son visage l'avait trahie vendredi. L'amour ne meurt pas toujours lentement entre un homme et une femme. Parfois il suffit d'un instant pour qu'il s'éteigne. Il voulut lui dire tout cela mais n'en eut pas le temps.

— John, murmura-t-elle, l'inspecteur Lynley vient vers nous.

Les élèves du cours d'art dramatique travaillaient le maquillage. Ils avaient commencé un projet la semaine précédente dans l'une des salles de classe de l'aile ouest du théâtre et maintenant, éparpillés dans les quatre loges du bâtiment, ils donnaient forme aux ébauches jetées sur le papier et se préparaient à soumettre leur travail à l'œil critique de leur professeur.

Chas Quilter était du nombre. Il ne se sentait pas vraiment au diapason au milieu de l'enthousiasme de ses camarades. Aujourd'hui il se sentait même encore plus en porte à faux que de coutume, car l'examen du contenu des boîtes de maquillage, l'essayage des différents postiches et perruques, l'emploi de telle ou telle nuance d'ombre à paupières ou de fond de teint avaient déclenché une excitation voisine de l'hystérie chez les apprentis comédiens — excitation qui le laissait, lui, de glace. Pourtant, bien qu'incapable de la partager, il comprenait leur ardeur au travail et la joie que celui-ci leur procurait. Après tout, les cours d'art dramatique faisaient partie de leur cursus et ils étaient bien décidés à passer de l'université à la scène londonienne. Lui avait pris théâtre en option, pour lui ce cours était un moyen d'oublier. Un moyen généralement efficace mais qui ne marchait pas aujourd'hui.

Clive Pritchard avait sa part de responsabilité dans la chose. Chas Quilter et lui — les hasards de l'ordre alphabétique aidant — s'étaient vu attribuer la même loge et, en l'absence d'une tierce personne, Chas devait supporter seul le peu ragoûtant Clive Pritchard.

Le maquillage de ce dernier révélait parfaitement sa nature profonde. Alors que les autres élèves, suivant les conseils de leur professeur, avaient choisi pour modèle des personnages de tragédies élisabéthaines, Pritchard s'était inspiré d'un univers de son invention, se métamorphosant en une créature hybride mi-Quasimodo, mi-Fantôme de l'Opéra, le premier lui donnant l'occasion d'orner d'une boucle d'une longueur hideuse le trou qu'il s'était lui-même percé — en octobre dernier — dans le lobe de l'oreille à l'aide d'une aiguille de tapissier.

Chas se rappelait encore dans quelles circonstances le fameux trou avait été percé. Clive buvait du whisky à même une flasque, qu'il avait fauchée à sa grand-mère, au club des terminales. Plus il buvait, plus il devenait bruyant, belliqueux. En un mot, plus il cherchait à attirer l'attention. Ses vantardises à propos d'un tatouage qu'il s'était fait sur la face interne du bras — au cours des dernières vacances — à l'aide d'un canif et d'encre de Chine ne réussissant pas à éveiller l'intérêt de ses camarades, il avait entrepris de conquérir son public grâce à une démonstration criante de vérité de son penchant pour l'automutilation. De toute évidence, il avait préparé son coup avec soin, les aiguilles de tapissier ne faisant pas vraiment partie de la panoplie de l'écolier modèle. Clive en avait sorti une de sa poche et s'était transpercé le lobe sans un battement de cils. Chas se rappelait encore l'aiguille recourbée pénétrant dans la chair, émergeant de l'autre côté. Il ne savait pas qu'une oreille pouvait saigner aussi abondamment. L'une des filles avait tourné de l'œil. Deux autres vomi. Et, pendant ce temps-là, Clive souriait comme un malade.

— Alors, Quilter, ça te plaît ? (Clive s'écarta du miroir pour faire admirer le résultat de ses efforts : perruque mangée aux mites, dents pourries, chair sous l'œil droit tuméfiée et purulente, morceaux de liège enfoncés dans les narines leur donnant un aspect inquiétant.) C'est quand même autre chose que ce pédé de Hamlet, Quilter. Faut reconnaître ce qui est.

C'était l'évidence. Chas avait choisi Hamlet justement à cause de sa simplicité. Son teint correspondant assez bien à celui du prince danois, il n'avait pratiquement rien eu à faire. Son travail n'avait nécessité ni science ni talent mais il n'en avait cure. Le cœur n'y était pas, de toute façon. Ça faisait des mois qu'il n'avait de cœur à rien.

Clive sautait d'un pied sur l'autre tel un boxeur attendant le coup de gong.

— Allez, Quilter, reconnais que c'est une réussite. Je sens que je vais faire un tabac. Les petites pétasses de Galatée, quand elles verront ma jolie petite gueule, elles vont tomber dans les pommes. Et pendant qu'elles seront dans le potage... (Il éclata de rire et, frétillant du pelvis, esquissa un mouvement de va-et-vient sur le sens duquel il était difficile de se méprendre.) C'est de la nécrophilie, de se farcir une greluche qu'est évanouie, y paraît. Y a rien de mieux, Quilter. Mais je ne t'apprends rien, je suppose.

Les mots glissèrent, échappant à la conscience de Chas. Intérieurement, il poussa un soupir, soulagé que Clive ne se risquât pas à l'appeler par son prénom. C'était bon signe, signe qu'en dépit de tout il n'était pas encore complètement perdu.

— Hé, Quilter, et si je faisais le voyeur dans cette tenue ? (Joignant le geste à la parole, il se mit à parcourir la pièce à pas furtifs, se baissant prestement derrière les tables, s'examinant dans les miroirs, écartant d'un geste brusque les costumes suspendus à un portant.) J'erre sur le campus. Il fait nuit noire, tu vois le tableau ? (Il décrocha une cape, se drapa dedans et mima la scène à mesure qu'il la décrivait.) Pour commencer, je pourrais m'attaquer à Galatée, aller espionner ce vieux con de Cow Pitt et sa bonne femme. Mais pas ce soir. Ce soir, j'ai une meilleure idée. (Il eut un vaste sourire, découvrant d'impressionnantes canines de loup.) Ce soir, je vais espionner Lockwood. Il faut que je sache à quoi m'en tenir une bonne fois pour toutes. Je veux savoir si notre directeur bien-aimé baise réellement tout habillé. S'il saute sa femme ou s'il préfère les délectables petits quatrièmes ? Ou bien les filles de Galatée ou d'Irène. Et elles, pendant qu'il souffle comme un phoque, est-ce qu'elles lui disent : « Ooooooh, oooooh, monsieur le directeur, j'adore quand vous me baisez. Vous, au moins, vous êtes un homme, un vrai ! » Je serai le seul à savoir ce qui se passe vraiment, Quilter. Et si, entre deux halètements ou deux grognements, ces petites pouffiasses aperçoivent ma tronche derrière la vitre — si elles voient la gueule que je me suis fabriquée —, elles sauront jamais qui les a épiées. C'est pas beau, ça ? Elles ne pourront que brailler comme des malades, sachant qu'elles ont fini par se faire pincer ! (Il écarta un pan de sa cape et prit la pose, jambes écartées, mains sur les hanches, tête renversée en arrière.)

La porte de la loge s'ouvrit, ce qui évita à Chas de répondre. Brian Byrne entra. Clive se précipita sur lui en grognant et se tordit de rire en le voyant sursauter.

— Nom de Dieu ! Tu devrais voir ta tronche, mon grand ! (Clive se drapa de nouveau dans sa cape et prit une nouvelle pose.) Qu'est-ce que t'en dis, Bri ?

Brian secoua lentement la tête, un sourire admiratif sur le visage.

— Génial, laissa-t-il tomber.

— T'es pas en classe, mon petit vieux ? (Clive s'approcha du miroir et se mit à faire des grimaces horribles.) Qu'est-ce qui t'arrive ?

— Je suis censé être à l'infirmerie, rétorqua Brian. Avec une migraine pas possible. Inutile de te faire un dessin.

— Ah, on va peloter la mère Laughland, fiston ?

— Ni plus ni moins que toi, si je puis me permettre.

— Ni plus ni moins que les autres, tu veux dire. (Avec un clin d'œil lascif, Clive se tourna vers Chas.) Je ne parle pas de Quilter, évidemment. Hein, Quilter ? On tâte du célibat, mon vieux ? On tient à donner l'exemple à tous ces bons petits, comme il se doit quand on est préfet principal. (Il tira sur la peau, sous ses yeux, avec violence mais sans pour autant donner l'impression de se faire mal.) Un peu tard pour ça, non ? Dans cette boîte, le vice est roi.

Chas baissa les yeux sur la boîte à maquillage posée sur la table. Il lui sembla que les couleurs perdaient momentanément toute netteté, se fondaient les unes dans les autres : palette d'ombres à paupières, blushes de teintes variées, tubes de gras.

Clive parlait toujours.

— Sacré nom de Dieu ! T'aurais dû voir la meuf que je me suis farcie samedi soir, Bri. Dommage que t'aies pas été avec moi, tu y aurais eu droit aussi. Sharon. On s'est retrouvés juste à la sortie du pub, je l'ai enfilée aussi sec et je lui ai montré ce que c'était qu'un homme. « Oooooh, baby, qu'elle s'est mise à gueuler. Oh oui ! Oh oui ! Oui, oui, oui ! » C'est comme ça que je les aime. Par terre, dans la poussière, quand elles en redemandent. (Il esquissa un pas de danse.) Qu'est-ce que je donnerais pas pour avoir une clope, là, tout de suite !

Brian grimaça un sourire, fouilla dans la poche de son blazer et en retira un paquet de cigarettes.

— Tiens ! fit-il en le lui lançant. Garde-le.

— Super, Brian ! Merci !

Chas retrouva sa voix :

— Ne fume pas dans la loge si ça ne te fait rien.

— Pourquoi pas ? Tu me dénoncerais, Quilter ? Tu dirais à Lockwood de me filer un avertissement ?

— Fais fonctionner ta matière grise. A supposer que tu en aies.

Clive se raidit. Il ouvrit la bouche, prêt à répliquer, mais Brian s'interposa :

— Il a raison, Clive. Garde-les pour plus tard. D'accord ?

Le regard de Clive navigua pensivement de Chas à Brian.

— Ouais. OK. Je me tire. Merci pour les clopes, Bri.

Il quitta la pièce. Un instant plus tard, Brian et Chas l'entendirent apostropher plusieurs autres élèves du cours d'art dramatique qui étaient rassemblés sur la scène. Les filles glapirent à qui mieux mieux en le voyant apparaître. Son maquillage remportait un succès fou.

Le poing contre les lèvres, Chas ferma les yeux, sentant une vague de nausée le submerger.

— Comment est-ce que tu peux le supporter ?

Brian prit un tabouret et s'assit. Il haussa les épaules avec un sourire.

— Il n'est pas si pourri que ça. Il frime beaucoup. Il faut le comprendre.

— Justement, je n'ai pas envie de le comprendre.

Brian tendit la main, brossa l'épaule de la chemise de Chas.

— De la poudre, expliqua-t-il. T'as réussi à t'en fourrer partout. Jusque sur ton pantalon. Ne bouge pas. Je vais te l'enlever.

Chas se leva abruptement et s'éloigna.

— Les vacances approchent, remarqua Brian. Qu'est-ce que tu as décidé ? Tu viens à Londres avec moi, finalement ? Maman est en Italie avec un de ses jules, on aura la maison pour nous tout seuls.

Chas songea qu'il devait pouvoir trouver une excuse valable. Une raison. Mais aucune ne lui vint à l'esprit. Quelle que fût celle qu'il avancerait, elle serait prise pour un rejet, ce qui susciterait la colère de Brian. Il ne pouvait courir ce risque.

— Brian, réussit-il à dire, il faut qu'on parle. Pas ici. Pas maintenant. Mais il faut qu'on ait une conversation sérieuse. Il faut que je t'explique un certain nombre de choses.

Brian fit des yeux ronds.

— Parler ? Très bien. Naturellement. Où tu veux. Quand tu veux.

Chas frotta ses mains moites après son pantalon.

— Il faut absolument qu'on parle, répéta-t-il.

Brian se leva, prit Chas par l'épaule :

— Entendu. Les amis, c'est fait pour ça, non ?

Emilia Bond ayant proposé de trouver un remplaçant à John Corntel pour son cours de dix heures, Lynley et le professeur d'anglais prirent le chemin des appartements que ce dernier occupait à Erèbe. Au lieu d'emprunter la porte principale qu'utilisaient les élèves, ils passèrent par une porte plus petite — située à l'ouest du bâtiment — surmontée d'une plaque de cuivre indiquant *Chef de maison*.

Les appartements surprirent Lynley. En y pénétrant, il eut l'impression de se retrouver plongé dans la période de l'après-guerre à une époque où le mobilier était avant tout censé être

« raisonnable ». Canapés volumineux, fauteuils à l'avenant, tous dûment munis de têtières. Tables en érable aux lignes lourdes. Lampes surmontées d'abat-jour ternes. Gravures fleuries au mur. Ces pièces étaient de bonne facture, c'était indéniable. Mais l'ensemble datait au point que l'on eût pu croire que c'était une dame âgée soucieuse de « faire convenable » qui s'était chargée de la décoration des lieux.

Le bureau de Corntel était aménagé dans le même esprit. Table de travail trapue, canapé flanqué de deux fauteuils massifs recouverts de cretonne à fleurs, table demi-lune sur laquelle étaient posés une cruche et un cendrier plein d'où s'échappait une odeur de tabac brûlé. Le cendrier semblait être l'un des deux éléments de décoration dus à Corntel. L'autre étant sa collection de livres, qui occupait presque toute la pièce. Les livres s'alignaient sur des étagères ; ils étaient empilés sous le bureau, coincés de part et d'autre de la cheminée.

Corntel tira les rideaux qui avaient été laissés en partie fermés. Lynley remarqua que le bureau donnait sur Calchas et qu'un sentier reliant les deux maisons passait à quelque quatre mètres de la fenêtre. Corntel ne devait pas jouir d'une grande intimité dans cette pièce à moins évidemment de fermer ses rideaux.

— Café ? proposa Corntel avec un geste en direction d'un placard encastré dans le mur. J'ai une machine à espresso si ça vous tente.

— Volontiers.

Regardant le chef de maison préparer le café, Lynley se rappela les mots d'Elaine Roly. *Cette petite garce n'avait qu'une envie : le tournebouler. Et, à mon avis, elle est parvenue à ses fins.* Il se demanda s'il y avait un rapport entre les paroles de l'intendante et l'état dans lequel se trouvait Corntel. Jamais il n'avait vu un homme sachant si mal dissimuler. Il avait pour ainsi dire l'émotion à fleur de peau. Sa personne tout entière exprimait le trouble. Ses yeux refusaient de rencontrer ceux de Lynley, ses mains s'emparaient gauchement des objets à croire que son cerveau ne recevait pas les ordres adéquats, ses épaules voûtées lui faisaient comme une coquille, ses intonations plates manquaient d'assurance. Il était difficile de croire que Corntel puisse être dans un tel état pour l'amour d'une femme, qu'il fût ou non payé de retour. Or, au regard dont Emilia Bond avait enveloppé cet homme lorsque Lynley les avait trouvés sur le terrain de sport, on pouvait conclure que cet amour était tout sauf non payé de retour. Cela étant, restait à mettre le doigt sur ce qui perturbait John Corntel à ce point. Lynley songea qu'il était assez bien placé pour y parvenir. En règle générale, on n'a aucune difficulté à reconnaître les symptômes quand on voit une personne atteinte du même mal que soi.

— Comment s'appelait ce garçon, à Eton, celui qui avait le chic pour filer entre les doigts du prof de garde ? s'enquit Lynley. Vous voyez sûrement à qui je fais allusion. Quel que fût l'enseignant de garde la nuit ou le week-end, il savait exactement à quelle heure ce dernier effectuerait ses rondes, quand il vérifierait la fermeture des portes, quand il ferait une visite surprise dans l'une ou l'autre maison. Vous vous souvenez de lui ?

Corntel s'activait autour de la machine à espresso.

— Rowton. Il se prétendait extralucide.

Lynley éclata de rire.

— Il devait l'être. Je crois bien qu'il ne s'est jamais trompé.

— Et tout ça pour pouvoir filer à Windsor retrouver une copine. Que de dons gâchés... Vous étiez au courant ? Il a fini par la mettre enceinte.

— Tout ce dont je me souviens, c'est que les autres élèves lui tombaient régulièrement sur le poil avant les examens, le harcelant de questions. S'il était extralucide, bon sang, pourquoi ne leur disait-il pas ce que Jervy avait concocté pour le test d'histoire du mardi suivant ?

Corntel sourit.

— Qu'est-ce que Rowton répondait, déjà ? « C'est pas comme ça que ça marche, les gars. Moi, tout ce que je vois, c'est ce que les profs font ou vont faire, pas ce qu'ils pensent. » Il y en avait toujours un pour arguer que s'il était capable de voir ce qu'ils allaient faire, il devait être capable de voir le sujet de l'examen, puisqu'il fallait bien que les profs le mettent noir sur blanc et qu'écrire, jusqu'à plus ample informé, c'était *faire* quelque chose.

— Et Rowton répondait par une description criante de vérité de Jervy rédigeant ses sujets d'examen, si ma mémoire est bonne. Tout y était, jusqu'à l'arrivée intempestive de Mrs Jervy interrompant son époux en plein travail, vêtue d'une minijupe de Mary Quant, de bottes en vinyle blanc...

— ... un point c'est tout, termina Corntel en riant. Mrs Jervy était toujours en retard de cinq ou six ans sur la mode. Seigneur, ce Rowton, quel numéro ! Il y avait des années que je n'avais pensé à lui. Qu'est-ce qui vous l'a remis en mémoire, Tommy ?

— Le professeur de garde. Je me demandais qui était de garde ici le week-end dernier, John. Je me demandais si c'était vous.

Corntel tripota la machine à espresso. La vapeur s'en échappa en sifflant. Le café commença à couler dans le réceptacle de verre. Corntel ne répondit pas à la remarque de Lynley avant d'avoir rempli les tasses de café, posé du lait et du sucre sur un plateau et déposé ce plateau sur la table en demi-lune. Il repoussa le cendrier mais ne le vida pas.

— Vous êtes très fort. J'avoue que je n'ai pas eu le temps de la voir venir, celle-là. Avez-vous toujours été aussi doué pour les interrogatoires ?

Lynley prit une tasse de café et se dirigea vers l'un des fauteuils. Corntel le suivit. Il repoussa une guitare — dont deux cordes étaient cassées — et s'assit sur le canapé. Il avait laissé sa tasse sur la table.

— Matthew Whateley habitait Erèbe, répondit Lynley. Il était sous votre responsabilité. C'est un fait. Mais quelque chose me dit que votre réaction concernant cette affaire dépasse de loin celle qu'on pourrait attendre d'un chef de maison. Aussi je me demandais si vous étiez également censé être de garde ce week-end, chargé de la sécurité de l'établissement.

Les mains de Corntel pendaient mollement entre ses jambes. Il paraissait sans défense.

— Oui. Vous savez le pire maintenant. Oui.

— J'en déduis que vous n'avez pas fait de ronde sur le campus.

— Me croirez-vous si je vous dis que j'ai oublié ? (Il regarda Lynley droit dans les yeux.) J'ai oublié. En fait, ce n'est pas moi qui étais de garde ce week-end-là : j'avais pris le tour de Cowfrey Pitt quelques semaines auparavant. Et ça m'est sorti de la tête.

— Cowfrey Pitt ?

— Le professeur d'allemand. Chef de maison de Galatée, l'une des maisons des filles.

— Pourquoi vous a-t-il demandé de prendre son tour de garde ? A moins que ce n'ait été le contraire.

— C'était une idée à lui. Je ne sais pas pourquoi. Je ne lui ai pas posé la question. Cela m'était égal. Je ne bouge pas de Bredgar, sauf pendant les vacances et encore... Voilà, vous savez tout maintenant. J'ai oublié de faire mes rondes. Sur le moment, ça ne m'a pas paru catastrophique. La plupart des enfants étaient partis. Ils avaient des permissions de sortie. Il y avait le tournoi de hockey. Si j'avais fait mon travail, j'aurais peut-être pu empêcher Matthew Whateley de se sauver. J'en suis bien conscient. Seulement voilà, je ne l'ai pas fait.

— Combien êtes-vous censé faire de rondes pendant un week-end ?

— Trois le vendredi soir. Six le samedi. Pareil le dimanche.

— A des heures régulières ?

— Bien sûr que non. Si les élèves savaient à quelle heure je fais ma ronde, il serait inutile que j'en fasse, n'est-ce pas ?

— Les pensionnaires savent tous qui est le professeur chargé d'assurer la sécurité ?

— Les préfets le savent. On leur fournit la liste chaque mois. Ils vont trouver le professeur de garde quand quelque chose ne tourne pas rond, il faut donc bien qu'ils sachent qui c'est.

— Les aurait-on prévenus que Cowfrey Pitt et vous aviez changé de tour de garde ?

— Le directeur le leur aurait dit. Il était au courant. Nous lui avions demandé l'autorisation. C'est la procédure habituelle. (Corntel se pencha en avant, le menton dans la main.) Lockwood ne sait pas que j'ai oublié de faire les rondes habituelles, Tommy. Il est à la recherche d'un bouc émissaire. Il lui en faut un, vous comprenez, de peur qu'on ne le désigne comme tel.

Lynley évita de parler d'Alan Lockwood.

— Je n'ai pas le choix, John, il faut que je vous pose encore une question. Vous dites avoir oublié de faire vos rondes vendredi. Même chose samedi. Qu'est-ce que vous faisiez donc ? Où étiez-vous ?

— Ici. Je le jure.

— Quelqu'un peut confirmer vos dires ?

La machine à espresso cracha un jet de vapeur rageur. Corntel alla la débrancher. Il demeura dans ce coin de la pièce, la tête baissée, les mains réunies en coupe autour du récipient de verre.

— Emilia Bond ? suggéra Lynley.

Un bruit s'échappa des lèvres de Corntel, qui ressemblait à un cri.

— Tout cela est pathétique. Que devez-vous penser de moi ? J'ai trente-cinq ans. Elle, vingt-cinq. C'est ridicule. C'est sans espoir. Je ne suis pas celui qu'elle croit. Je ne corresponds pas à ce qu'elle recherche. Elle ne comprend pas. Elle *ne veut pas* comprendre.

— Vous étiez avec elle dans la nuit de vendredi ? Et samedi aussi ?

— C'est ça qui est terrible. Une partie du vendredi. Une partie du samedi. Mais pas toute la nuit de vendredi à samedi. Aussi ne peut-elle rien pour vous. Ne lui posez pas de questions. Ne la mêlez pas à cette histoire. La situation est déjà assez difficile pour nous comme ça.

Corntel parlait d'un ton pressant. Suppliant. Lynley se demanda quelle sanction encourrait le chef de maison si Alan Lockwood venait à apprendre qu'une femme avait passé une partie de la nuit dans ses appartements. Il se demanda en outre d'où venait le désir de Corntel de laisser Emilia en dehors de l'affaire. On n'était plus au XIXe siècle après tout, et Emilia Bond n'était pas une femme dont un homme devait protéger la vertu à tout prix, dût-il pour cela sacrifier son avenir professionnel. Ni l'un ni l'autre ne méritaient d'être sévèrement châtiés sous prétexte qu'ils avaient passé discrètement quelques heures ensemble. Il y avait sûrement autre chose, quelque chose qui n'avait rien à voir avec la présence de cette femme chez Corntel. Lynley le sentait, il en était sûr. Il chercha un moyen de débusquer la vérité. Son seul espoir d'entendre Corntel lui parler franchement résidait dans le fait qu'il était seul avec lui et qu'il ne prenait pas de notes. L'entretien avait l'apparence d'une conversation entre anciens amis.

— Il semble que vous vous soyez disputés, dit Lynley. Miss Roly n'approuve pas l'influence qu'Emilia a eue sur votre vie.

Corntel releva la tête.

— Elaine se fait beaucoup de mauvais sang. Elle règne sans partage sur Erèbe depuis des années. Le chef de maison qui était là avant moi était célibataire, lui aussi, et elle ne peut supporter l'idée que la femme d'un chef de maison puisse s'installer ici et lui ravir une partie de son autorité. Je devrais lui dire qu'elle n'a rien à craindre de ce côté-là : je ne risque pas de me marier. (Il haussa les épaules. Puis il se retourna et fit de nouveau face à Lynley. Ses yeux étaient rouges.) Rien de ce qui est arrivé à Matthew Whateley n'est la faute d'Emilia. Elle ne connaissait même pas ce garçon.

— Mais vous reconnaissez qu'elle était ici, dans cette maison ?

— Avec moi. C'est un fait.

— Si elle ne connaissait pas le petit Matthew, elle connaît d'autres pensionnaires d'Erèbe en tout cas. Brian Byrne, par exemple, est un de ses élèves de terminale. Je l'ai vu dans son laboratoire hier après-midi. Et c'est votre préfet.

— Quel rapport ?

— Je ne sais pas, John. Aucun, peut-être. Vous m'avez dit que Brian était dans la maison vendredi soir. Brian lui-même m'a déclaré avoir passé la quasi-totalité de la soirée au club des terminales.

— Je pensais qu'il était ici. Je n'ai pas vérifié.

— Pas même plus tard ? Après le départ d'Emilia ?

— J'étais bouleversé. Je n'y ai pas pensé. Je n'ai rien vérifié après son départ.

— Savez-vous seulement si elle a quitté le bâtiment ? L'avez-vous vue partir ?

Le visage de Corntel, qui était d'un gris cendreux, perdit définitivement toute couleur lorsqu'il comprit le sens caché de cette question.

— Seigneur, vous n'allez pas suggérer qu'*Emilia*...

— Hier, elle a essayé de protéger votre préfet, John, de nous empêcher de l'interroger. Que dois-je en penser ?

— C'est sa façon d'être. Elle ne croit pas que quiconque soit capable de faire le mal. Le mal, pour elle, ça n'existe pas. Elle ne pense même pas...

Il s'interrompit.

— Elle ne pense pas... ? lui souffla Lynley.

Corntel revint lentement vers le canapé et fixa le sol, ne sachant s'il devait rester debout ou s'asseoir. Il tendit la main, effleura des doigts une marque d'usure sur le bras du canapé.

— Comment pourriez-vous comprendre ? fit-il d'une voix atone. Vicomte Vacennes. Comte d'Asherton. L'échec, vous ne connaissez pas, vous, bien sûr.

L'injustice de ces mots — leur inexactitude totale — frappa Lynley au vif. Le fait qu'il n'ait pas été préparé à les entendre le réduisit au silence. Pour la première fois depuis le début de l'entretien, il regretta l'absence du sergent Havers, sa faculté d'aller impitoyablement droit au but.

— J'ai raison, n'est-ce pas ? ajouta Corntel, amer.

Lynley retrouva l'usage de la parole.

— Non, et vous êtes même loin de la vérité, j'en ai peur. Mais, dix-sept ans après, il serait étonnant qu'il en fût autrement.

— Je ne vous crois pas.

— Comme vous voudrez, mais c'est pourtant la stricte vérité.

Les yeux de Corntel le quittèrent puis se posèrent de nouveau sur lui. Il tremblait de manière convulsive.

— Nous avons commencé par sympathiser l'an dernier, dit-il. Je n'ai jamais été un foudre de guerre avec les femmes. Mais avec Emilia, c'était différent. On pouvait lui parler. Elle écoutait, me regardant droit dans les yeux. Les autres ne s'étaient jamais comportées de la sorte avec moi. Elles semblaient toujours ailleurs. Me parlant, oui, mais l'esprit occupé à autre chose si bien qu'au bout de peu de temps je ne savais plus que leur raconter pour retenir leur attention. Emilia (son expression s'adoucit, se fit pensive), s'il y avait une chose qui intéressait Emilia, c'était mon âme. Tout ce qu'elle voulait, je crois, c'était me connaître à fond. Nous sommes même allés jusqu'à nous écrire pendant les vacances. Par écrit, c'est plus facile de faire passer certaines choses. Pour moi, en tout cas. Aussi lui écrivais-je et lui parlais-je. De mon père, du roman que j'aspire à écrire et n'écrirai probablement jamais, de la musique que j'aime, des choses qui sont importantes dans ma vie. Mais pas de tout. Je n'abordais que les sujets qui me permettaient de me montrer à mon avantage. Encore maintenant, je pense que si je lui avais tout dit — y compris les vilains petits secrets qu'on garde précieusement pour soi —, elle m'aurait peut-être tourné le dos.

— Les vilains petits secrets ne sont rien à côté de l'amour, observa Lynley.

— Non, c'est faux, fit Corntel avec résignation. (L'énoncé était curieusement dénué d'apitoiement sur soi.) Pas vraiment, Tommy. Oh ! en ce qui vous concerne, peut-être... Vous avez bien plus à offrir à une femme que moi. Mais, dans mon cas, lorsque l'esprit, le cerveau et le corps se dévoilent dans toute leur insuffisance, il ne reste pas grand-chose.

Lynley se remémora le jeune homme qui traversait à grandes enjambées la cour d'Eton, dépassant les autres de la tête et des épaules, titulaire d'une bourse de la Couronne, assuré d'un avenir brillant.

— J'ai du mal à vous croire.

Corntel parut lire dans ses pensées.

— Vraiment ? Je jouais donc si bien la comédie à l'époque ? Vous voulez que je jette le masque ?

— Si cela peut vous aider. Si vous le souhaitez.

— Rien ne peut m'aider. Et je ne souhaite rien. Mais Emilia n'a rien à voir dans la mort de Matthew Whateley et s'il faut que je jette le masque pour vous convaincre, alors allons-y. (Il détourna les yeux d'un air sombre.) Elle était ici vendredi soir. J'aurais dû comprendre tout de suite pourquoi elle était venue et ce qu'elle voulait, mais je n'ai pas compris. Pas suffisamment tôt, du moins, pour empêcher les choses de dégénérer, pour notre plus grand malheur à tous les deux.

— Elle voulait faire l'amour avec vous, c'est cela ?

— J'ai trente-cinq ans. *Trente-cinq ans.* Est-ce que vous vous rendez compte ?

Lynley tira de cet énoncé la conclusion qui paraissait s'imposer et dit :

— Vous n'aviez jamais fait l'amour auparavant ?

— *Trente-cinq ans.* C'est... pathétique. Grotesque. Obscène.

— Rien de tout cela. C'est un fait. Un point c'est tout.

— Ç'a été un désastre. Je vous laisse imaginer les détails, cela m'évitera d'avoir à vous les raconter. Faites au moins ça pour moi, voulez-vous ? Après, je me suis senti humilié. Elle était bouleversée, en larmes, mais essayant de tout prendre sur son dos. Croyez-moi, Tommy, elle était dans un tel état qu'elle n'a pu que rentrer chez elle. Je ne l'ai pas *vue* quitter Erèbe mais je ne vois pas ce qu'elle aurait pu faire d'autre.

— Où habite-t-elle ?

— A Galatée.

— Cowfrey Pitt pourrait donc confirmer vos dires quant à ses allées et venues.

— Si vous ne me croyez pas, questionnez Cowfrey. Mais le studio d'Emilia n'est pas tout près des appartements de Pitt. Il se peut qu'il n'ait eu aucune idée de l'endroit où elle se trouvait.

— Et samedi soir ? Elle est revenue ici ?

Corntel fit oui de la tête.

— Pour essayer d'arranger les choses. Tenter de recoller les... Comment est-ce qu'on peut redevenir de simples amis après une scène comme celle-là ? Comment est-ce qu'on fait pour retrouver ce que vingt minutes de contorsions moites et maladroites dans un lit ont irrémédiablement détruit ? C'est pour ça qu'Emilia était ici. Pour cela que j'ai oublié de faire mes rondes ce week-end. Et pour cela que j'ignorais que Matthew Whateley s'était sauvé. Parce que je n'ai pas réussi à me conduire comme un homme le jour où j'en ai enfin eu l'occasion.

Matthew Whateley s'était sauvé. C'était la seconde fois que Corntel disait cela. Le fait qu'il ait été mal informé pouvait s'expliquer de deux manières possibles. Ou bien il ignorait tout des vêtements que Frank Orten avait trouvés sur le tas d'ordures ménagères. Ou bien, désireux de ne pas prendre de risques inutiles, il s'en tenait à la version officielle en attendant que la police lui en présente une nouvelle.

13

Il était onze heures pile lorsque Lynley retrouva le sergent Havers au sud de la cour d'honneur dans ce qu'on appelait à Bredgar Chambers la Grande Salle de Classe. C'était là que s'étaient donnés les tout premiers cours à l'époque où Bredgar avait été créé. C'était une pièce aux murs blancs et aux lambris de chêne, avec un plafond en voûte très chargé. Sous les fenêtres — dont les ouvertures étaient pratiquées assez haut dans le mur sud — s'alignaient les portraits de tous les directeurs qui avaient succédé à Charles Lovell-Howard, lequel avait été le premier à prendre les rênes de l'établissement en 1489.

La pièce était déserte pour l'instant et il y flottait une vague odeur de bois humide. Lorsqu'ils eurent refermé la porte derrière eux, le sergent Havers se dirigea du côté des fenêtres et défila devant les portraits, suivant l'histoire de l'école jusqu'à l'entrée en scène d'Alan Lockwood.

— Vingt et un directeurs seulement en cinq cents ans, s'étonna-t-elle. Quand on vient à Bredgar Chambers, c'est pour y rester. Tenez, regardez ça. Le type qui était là avant Lockwood a dirigé la boîte pendant quarante-deux ans !

Lynley la rejoignit.

— Voilà qui explique en grande partie pourquoi Lockwood tient tellement à ce que le meurtre de Matthew Whateley ne s'ébruite pas. Je me demande s'il y a eu d'autres assassinats d'élèves alors que d'autres directeurs étaient en poste.

— Bonne question. En tout cas, une chose est sûre : tous les directeurs ont vu mourir des élèves à eux. Des garçons. Et aussi des filles. La chapelle du souvenir en témoigne clairement.

— Certes. Mais une mort brutale consécutive à la guerre ou à la maladie, c'est une chose, Havers, dans ce cas personne n'est à blâmer. Tandis qu'un meurtre, c'est une autre paire de manches. Là, on cherche des responsables. Il faut bien trouver le responsable.

Des voix se firent entendre dehors tandis qu'ils parlaient. Des douzaines de pieds piétinèrent les marches en descendant un escalier. Lynley consulta sa montre de gousset.

— La pause du matin, j'imagine. Qu'avez-vous déniché au cours de vos pérégrinations à travers l'école ? (Il releva la tête et surprit Havers les yeux rivés vers la fenêtre, les sourcils froncés.) Havers ? Vous m'entendez ?

Elle sursauta.

— Je réfléchissais.

— Et alors ?

— Rien. Je pensais à ce que vous disiez à propos des responsables. Je me demandais qui était à blâmer en cas de suicide d'un élève.

— Edward Hsu ?

— Etudiant bien-aimé.

— J'y ai repensé, moi aussi. A l'intérêt que Giles Byrne lui portait. A sa mort. A l'intérêt que Giles Byrne portait à Matthew Whateley. Et à *sa* mort. Mais si Matthew a bel et bien été tué dans cette maison vendredi ou samedi dernier, comment faire porter le chapeau à Giles Byrne ? A moins qu'il ne se soit trouvé sur place. Ce qui est peu probable mais vaut la peine d'être vérifié.

— Peut-être n'est-ce pas sur lui qu'il faut faire retomber la responsabilité, monsieur.

— Sur qui, alors ? Sur Brian Byrne ? Vous vous fourvoyez, sergent. Edward Hsu s'est tué en 1975. Brian Byrne devait avoir cinq ans à l'époque. Vous voulez coller un suicide sur le dos d'un enfant de cinq ans ?

Elle poussa un soupir.

— Je ne sais pas. Mais je ne peux m'empêcher de repenser à ce que Brian nous a dit de son père.

— N'oubliez pas qu'il ne peut pas le souffrir. Vous n'avez pas eu l'impression que Brian était prêt à sauter sur la moindre occasion de se moquer de son père ? Or cette occasion, nous la lui avons fournie hier, non ?

— Sans doute.

Havers traversa la salle dans toute sa longueur jusqu'à l'estrade située à l'est et sur laquelle était sculpté un bas-relief représentant avec un luxe de détails Henry VII monté sur un destrier caparaçonné, prêt à charger. Devant cette sculpture se trouvaient une table de réfectoire et des chaises. Elle en tira une, s'affala dessus, jambes écartées. Lynley la rejoignit.

— Ce que nous cherchons, c'est un endroit où Matthew Whateley aurait pu être enfermé de vendredi après-midi à vendredi soir — voire même pendant la nuit de samedi — jusqu'à ce qu'on fasse sortir son corps de l'école. Qu'avez-vous trouvé qui puisse nous intéresser ?

— Peu de chose. Il nous faut éliminer les pièces proches de la cuisine : il a disparu après le déjeuner et trop de gens travaillaient dans ce secteur. Outre les offices, il y a deux WC vétustes, qui semblent ne plus guère être utilisés. Ils sont dégoûtants et les sièges sont cassés.

— Aucune trace de passage récent ?

— Je n'en ai pas vu. Si c'est là-dedans qu'il a été séquestré, celui qui l'y a enfermé a pris soin d'effacer toutes les traces de son passage.

— Quoi d'autre ?

— Les pièces où sont rangées les malles. Il y en a dans chacune des maisons. Mais elles sont fermées à clé et seuls les chefs de maison et les intendantes ont les clés. Les greniers au-dessus des séchoirs — il y en a également dans chacune des maisons — mais ils sont fermés par un cadenas. Et là encore chefs de maison et intendantes en possèdent seuls la clé. Les débarras dans le labo de sciences, un énorme réservoir d'eau au-dessus des aquariums où l'on aurait pu facilement noyer Matthew, mais où on n'aurait pas pu le garder prisonnier longtemps. A moins que son assassin ne l'ait ligoté et bâillonné après s'être assuré que personne ne viendrait rôder dans les parages pendant le reste de l'après-midi. A part ça, il y a le théâtre, avec les loges, les réserves à accessoires derrière la scène et — au-dessus de la scène — la passerelle d'où on règle les éclairages. Le théâtre me paraît être l'endroit le plus indiqué, inspecteur. Les élèves du cours d'art dramatique y étaient ce matin — j'ai vu notre ami Chas Quilter, à propos, avec l'air d'un Yorick revenu de l'au-delà et pas spécialement content de retrouver le monde des vivants. A supposer que le théâtre ait été vide après le déjeuner, vendredi, ç'aurait pu faire une bonne cachette. Surtout compte tenu de la distance qui le sépare des terrains de sport où les élèves s'activaient.

— Mais pour y accéder, sergent, on s'y prend comment ? Le théâtre avec tout le matériel qu'il contient — accessoires, costumes, etc. — doit être l'un des bâtiments les plus soigneusement gardés de l'école.

— Oh ! il devait être fermé, c'est certain ! Mais ça n'est pas un problème. Je me suis renseignée sur cet aspect de la question avant de commencer à fouiner. Frank Orten nous a dit que les clés étaient accrochées en deux endroits — dans son bureau et dans les casiers des enseignants devant la salle des profs. Le bureau du portier n'étant pas fermé dans la journée, quelqu'un aurait très bien pu profiter d'une courte absence d'Orten pour se glisser chez lui, s'emparer des clés marquées *théâtre* et filer. Si ce genre de manœuvre se révélait trop risquée dans la journée, rien n'empêchait le kidnappeur de profiter de la nuit pour s'introduire dans le bureau d'Orten en moins de quinze secondes à l'aide d'une vulgaire carte de crédit ou de tout autre bout de plastique. Le système de sécurité est absolument dérisoire. Je m'étonne qu'on ne les ait pas encore cambriolés.

— Et les casiers devant la salle des professeurs ?

— C'est pire, répondit-elle. Frank Orten nous a dit que la salle restait fermée à clé, n'est-ce pas ? Et que seuls les enseignants et les petites bonnes avaient les clés, n'est-ce pas ? Eh bien, je peux vous dire qu'elle n'était pas fermée ce matin. Je suis entrée comme dans un moulin. Quant aux casiers, non seulement ils portent le nom de chaque professeur, mais la moitié d'entre eux contenaient des clés. Il suffirait donc de savoir quel prof utilise quelles clés, de faire un saut jusqu'à la salle des professeurs et le tour serait joué.

— En d'autres termes, nous ne sommes guère plus avancés. Tout le monde avait la possibilité de se procurer les clés.

— Qui avait l'occasion... ?

— L'occasion de kidnapper Matthew après déjeuner et de le boucler en attendant de lui régler son compte ? Dites-moi plutôt qui ne l'avait pas, cette occasion ?

Lynley réfléchit à la question de son côté. John Corntel avait dit quelque chose qui le turlupinait.

— Allons voir Cowfrey Pitt, décida-t-il.

Bien que la pause du matin ne fût pas terminée, le professeur d'allemand n'était pas avec ses collègues dans la salle des profs. Lynley et Havers le découvrirent dans sa salle de classe au premier étage, à l'ouest de la cour d'honneur. Il écrivait au tableau d'une écriture à peine lisible, saupoudrant négligemment les voyelles de trémas. Lorsque Lynley l'apostropha, il continua d'écrire et ne se retourna que lorsqu'il eut mis la dernière main à son travail, effaçant un mot ici ou là pour le récrire mais sans le rendre plus lisible pour autant. Après quoi seulement, il pivota vers ses visiteurs.

— Vous êtes de la police, n'est-ce pas ? Inutile de vous présenter. Votre réputation vous a précédés. Autant vous prévenir : j'ai un cours dans dix minutes.

Il apporta cette précision d'un ton indifférent, brossant des particules de craie restées collées sur la manche de sa toge. Le geste trahissait un souci peu vraisemblable de son apparence car la toge qu'il portait tirait davantage sur le gris que sur le noir et les épaules étaient couvertes de pellicules et de poussière.

Le sergent Havers ferma la porte et se posta devant. Elle gratifia Pitt d'un regard qui réussissait à être tout à la fois vide et foncièrement désapprobateur. Façon de faire comprendre à l'enseignant que son cours ne commencerait que lorsque la police le jugerait bon. Et pas avant.

— Cela ne devrait pas prendre longtemps, assura Lynley à Pitt. Nous n'avons que quelques détails à éclaircir, après ça nous filerons.

— J'ai un groupe de terminales dans dix minutes, leur rappela Pitt comme si cette nouvelle précision pouvait avoir une incidence quelconque sur la longueur de l'interrogatoire auquel il allait être soumis.

Devant la porte, le sergent Havers s'appuya du dos contre le battant, donnant l'impression qu'elle n'était pas près d'en décoller. Comprenant le message, Pitt mit les pouces :

— Allez-y, inspecteur. Je vous en prie.

Lynley s'approcha de la fenêtre. La pièce donnait sur la cour d'honneur et juste en face se dressait le clocher, dont la hauteur constituait une tentation à laquelle aucun Bredgarien avide de faire la preuve de son courage n'avait dû pouvoir résister.

— Que pouvez-vous me dire concernant la dispense de sport qui a permis à Matthew Whateley de sécher le match de hockey vendredi après-midi ?

Pitt resta derrière son bureau. Il y appuya ses jointures. Elles étaient fendillées et avaient l'air à vif.

— Peu de chose. C'était le formulaire habituel de l'infirmerie. Portant son nom. C'est tout.

— Pas de signature ?

— Celle de Judith Laughland, vous voulez dire ? Non. Il n'y avait pas de signature.

— C'est normal que le papier porte le nom de l'élève mais pas la signature de l'infirmière ?

Pitt remua d'un pied sur l'autre. Il porta une main à sa frange de cheveux gras, tira sur une mèche qui s'enroulait autour de son oreille gauche.

— Non. Normalement, elle les signe.

— Normalement. Mais ce formulaire n'était pas signé.

— Je viens de vous le dire, inspecteur.

— Vous n'avez pas pensé à chercher plus avant ? A vérifier ?

— Je n'ai pas vérifié.

— Pourquoi cela, Mr Pitt ?

— Manque de temps. J'étais à la bourre, il fallait que je file sur le terrain de sport. Et puis je vous dirai que je n'y ai pas accordé une attention particulière. Ce n'était pas la première fois que Whateley se faisait dispenser de sport. Il m'avait déjà fait le coup trois semaines plus tôt. Quand j'ai vu ce nouveau papier, je me suis borné à me dire qu'il repiquait au truc et qu'il allait falloir que je lui secoue les puces. Mais j'ai oublié. Si c'est un crime, arrêtez-moi.

— Que s'était-il passé trois semaines plus tôt ?

— Il m'a remis en main propre une dispense dûment signée par Laughland. Si vous voulez mon avis, le gamin simulait : il toussait mais en se forçant pour essayer d'avoir l'air vraiment malade. Je me suis dit que si Laughland s'était laissé piéger il n'y avait pas de raison que je me montre plus royaliste que le roi. Il est donc parti après m'avoir donné son papier.

— Où ?

— Se coucher, j'imagine. Dans sa chambre. A moins qu'il n'ait été se réfugier dans la salle d'étude. Je n'en sais rien. Je ne l'ai pas suivi.

— En voyant une seconde dispense à son nom vendredi, si tôt après la première, vous n'avez pas eu de soupçons, Mr Pitt ? D'autant que celle-ci n'était pas signée, alors que la précédente l'était.

— Non. Je l'avoue. J'y ai jeté un coup d'œil et je l'ai mise à la poubelle.

Pitt prit un morceau de craie sur son bureau. Il se mit à le faire rouler au creux de sa paume, le guidant du pouce. Dehors une cloche sonna, annonçant la reprise des cours dans les cinq minutes à venir.

— Vous étiez en retard, avez-vous dit. Mais ça se passait après déjeuner, non ? Vous aviez quitté le campus ?

— J'étais allé à Galatée. Je... (Il soupira mais eut l'air crispé. Plus sur la défensive que battu.) Très bien. Puisque vous voulez tout savoir, j'ai eu une engueulade avec ma femme. J'ai perdu la notion du temps. La seule raison pour laquelle j'ai vérifié le contenu de mon casier et trouvé le formulaire, c'est que j'emportais une pile de devoirs pour les déposer dans ma classe. J'ai vu l'heure au clocher et compris que je n'arriverais pas à faire l'aller et retour jusqu'à ma salle de classe avant de foncer sur le terrain de sport de façon à y être avant les gamins.

— Vous n'auriez eu que quelques minutes de retard. Etait-ce vraiment une raison pour tout laisser tomber et vous précipiter sur le terrain ?

— Pour Lockwood, quelques minutes de retard, c'est un crime. Surtout quand on est, comme moi, affligé d'une femme qui a un peu trop tendance à lever le coude. Faut-il que je précise davantage, inspecteur ? Franchement, j'avais d'autres choses en tête que Matthew Whateley.

Des élèves s'interpellèrent dans le couloir. Le sergent Havers resta à son poste devant la porte. Pitt regarda dans sa direction, laissa tomber sa craie sur le bureau.

— J'ai un cours, insista-t-il.

— Mr Lockwood et vous-même ne vous entendez pas très bien, fit Lynley avec placidité.

— Lockwood cherche à me virer parce que mon profil ne correspond pas à ce qu'il souhaite pour Bredgar Chambers. Il y a un bon moment qu'il essaie de trouver une raison de me flanquer dehors. Ce n'est pas d'hier. Cela remonte à notre première entrevue.

— Il n'a guère eu de succès jusqu'ici, semble-t-il.

— Le problème, c'est que, malgré ma femme et malgré mon look, je suis bon prof. J'ai un pourcentage d'élèves reçus aux examens de fin d'études qui est éloquent. Alors il est obligé de me supporter. Et de supporter le fait que j'en sais sur lui un peu plus long que le reste de mes collègues.

Pitt formula cette phrase d'un air entendu, invitant positivement Lynley à le cuisiner sur le sujet. Lynley mordit de bon cœur à l'hameçon.

— Par exemple ?

— Je connais ses antécédents, inspecteur. Je me suis fait un point d'honneur de me renseigner là-dessus. Il veut me lourder, mais moi je suis fermement décidé à ne pas me laisser faire. Je possède une ou deux cartes que j'ai bien l'intention de sortir de mon chapeau le jour où le conseil d'administration décidera de statuer sur mes compétences.

Pitt semblait passé maître dans l'art de distiller les renseignements. Lynley se dit qu'il devait agir de même avec ses supérieurs et ses collègues. Ce qui ne devait en faire ni un individu sympathique ni un homme très populaire.

— Mr Pitt, observa Lynley, comme vous nous l'avez dit tout à l'heure, vous avez un cours qui vous attend. Nous en finirions beaucoup plus vite si vous en veniez au fait.

— Ce que je peux vous dire, inspecteur, c'est que je suis au courant des contre-performances de Lockwood à l'université du Sussex, de la façon dont il vivait — avec trois jeunes femmes — avant d'épouser Kate, de son passage dans la dernière école de l'enseignement public qui a bien voulu le prendre et où ses collègues l'avaient mis en quarantaine parce qu'il avait la fâcheuse manie de les espionner pour se faire mousser chaque fois qu'ils faisaient un pet de travers. Le directeur se ferait une joie de me virer, inspecteur, s'il était sûr que je tienne ma langue et que je n'aille pas raconter au conseil d'administration tout ce que je sais sur lui.

— A l'évidence, vous avez réussi à découvrir pas mal de choses sur son compte.

— J'assiste à des conférences. Je rencontre d'autres enseignants. Ils parlent. J'écoute. J'écoute *toujours*.

— Pourtant Bredgar est un établissement relativement prestigieux. Comment Lockwood a-t-il réussi à décrocher un poste de directeur dans cette maison si ses antécédents sont aussi peu reluisants que vous semblez le dire ?

— En retouchant habilement les faits ici et là. En piétinant les malheureux qui sont à terre. Et surtout en léchant les bottes de ceux qui étaient susceptibles de donner un coup de pouce à sa carrière. Quitte à leur renvoyer l'ascenseur, évidemment.

— Giles Byrne ?

Un air approbateur passa sur le visage de Pitt.

— Vous êtes un rapide, inspecteur. Bravo. Pourquoi croyez-vous que Matthew Whateley ait décroché la bourse offerte par le conseil d'administration ? Pas parce qu'il était le meilleur ni le plus intelligent des postulants. Absolument pas. C'était un enfant moyen. Gentil, mais moyen. Sans plus. Il y avait une bonne demi-douzaine de candidats nettement plus valables que lui. C'était au directeur de prendre la décision. Seulement Giles Byrne voulait Matthew. Alors Matthew a été choisi. Et Byrne a pu ainsi montrer aux autres membres du conseil qui détenait réellement le pouvoir. Il est comme ça. Mais ne le sommes-nous pas tous ? Le pouvoir grise. Il suffit d'en avoir des miettes pour en vouloir davantage.

L'aphorisme s'appliquait à Pitt. Car le savoir était une forme de pouvoir et il s'en était abondamment servi au cours des dernières minutes pour nuire au directeur de toutes les façons possibles, comme si le fait de ternir la réputation de cet homme donnait de l'éclat à la sienne, comme si le fait de faire dévier la conversation sur Lockwood pouvait empêcher celle-ci de porter sur un sujet plus délicat.

— Vous avez échangé votre tour de garde du week-end avec John Corntel, souligna Lynley. Pourquoi ?

— Ma femme avait exprimé le désir de voir une pièce à Crawley. J'ai voulu lui faire plaisir, j'ai donc demandé à John de prendre mon tour.

Pour l'empêcher de picoler, sans doute, songea Lynley.

— Quelle pièce êtes-vous allés voir ?

— *Otherwise Engaged*, fit Pitt. Une pièce déjà ancienne. Mais nous ne l'avions pas encore vue.

— Vendredi soir ? Samedi ?

— Vendredi.

— Et samedi, qu'est-ce que vous avez fait ?

— Samedi, rien. Nous sommes restés à la maison devant la télévision. Nous avons lu. Nous avons même essayé d'avoir une conversation.

— Avez-vous vu Emilia Bond vendredi ou samedi ?

La question éveilla l'intérêt de Pitt, qui inclina la tête sur le côté.

— Pas dans la soirée. Dans la journée, oui. Elle habite à Galatée. Il est normal qu'on se rencontre. Mais je ne l'ai vue ni vendredi soir ni samedi soir. Et, autant que je m'en souvienne, sa porte était fermée lorsque j'ai passé l'inspection dans le bâtiment. (Devant le changement de physionomie de Lynley, Pitt poursuivit :) Je surveille mes filles, *moi*, inspecteur. C'est mon rôle, après tout : je suis chef de maison. Et, croyez-moi, elles méritent bien qu'on les tienne à l'œil.

— Ah.

Pitt s'empourpra.

— Ce n'est pas ce que je voulais dire.

— Peut-être pourriez-vous m'expliquer ce que vous vouliez dire ?

Dans le couloir devant la salle de classe des éclats de rire tonitruants se firent entendre : les terminales commençaient à s'agiter. Ni Lynley ni Havers ne firent mine de les autoriser à entrer.

— Les filles, c'est une source d'ennuis sur le campus, inspecteur. Provocation. Tentation. L'année dernière, il y en a eu deux d'expulsées pour conduite... licencieuse — dont l'une avec un *jardinier*, je ne sais pas si vous vous rendez compte —, et une autre qu'il a fallu « transférer » dans un autre établissement, selon la formule utilisée par ses parents. (Il ricana.) Tout ça rien qu'à Galatée. Dieu sait ce qui se passe à Irène.

— Peut-être cela est-il dû en grande partie au fait que le chef de maison est un homme, remarqua Lynley. Ça ne doit pas être commode pour un homme de surveiller des filles. Il lui faut garder certaines distances.

— Ce serait plus facile si Emilia Bond faisait plus soigneusement son boulot. Mais, comme je ne peux pas avoir confiance en elle, c'est moi qui le fais.

— Comment cela ?

Pitt se dressa sur ses ergots.

— Les gamines de seize et dix-sept ans me laissent froid, inspecteur. Mais quel rapport avec la mort de Matthew Whateley ? Je n'ai eu affaire à lui que sur le terrain de sport. Pourquoi ne partez-vous pas à la recherche d'un informateur digne de ce nom, inspecteur ? Je suis mal placé pour vous renseigner. Je connais peu les méthodes de travail des enquêteurs mais il me semble que vous devriez chercher du côté des gens qui aiment dorloter les petits garçons. Ce qui n'est pas mon cas. D'ailleurs je ne sais pas qui...

Il fronça soudain les sourcils.

— Oui, Mr Pitt ? l'encouragea Lynley.

— Bonnamy, dit-il.

— J'ai déjà entendu prononcer ce nom. Matthew lui rendait visite en qualité de Volontaire de Bredgar. Pourquoi le mentionnez-vous ?

— Je m'occupe des Volontaires. Je connais bien le colonel. Avant l'arrivée de Matthew, impossible de lui trouver un élève qu'il supporte plus d'un après-midi. Matthew lui a tout de suite plu.

— Voulez-vous me dire que le colonel Bonnamy est de ces hommes qui aiment dorloter les petits garçons ?

Pitt secoua énergiquement la tête.

— Non. Mais, à supposer que quelqu'un d'ici ait eu des vues sur Matthew, le petit aurait fort bien pu se confier au colonel Bonnamy.

C'était, Lynley en convint, tout à fait possible. Pourtant il ne devait pas oublier qu'au cours de leur entretien Pitt s'était débrouillé pour lui mettre sous le nez plusieurs écrans de fumée. Allusions à Alan Lockwood et à Giles Byrne, manque de sérieux d'Emilia Bond, et enfin amitié du colonel Bonnamy pour le jeune Matthew. Une fois de plus, les personnes interrogées à Bredgar Chambers livraient beaucoup trop d'informations à la police, comme si cet empressement à aider les enquêteurs pouvait gommer la tache ineffaçable de la culpabilité.

Lynley jeta un regard à Havers, qui gardait toujours la porte.

— Faites-les entrer, sergent, dit-il.

Elle ouvrit la porte. Quatre élèves s'engouffrèrent aussitôt dans la salle, trois garçons et une fille. Au lieu de regarder leur professeur ou les policiers, ils se retournèrent vers leurs condisciples avec des sourires pleins de malice. Une deuxième fille qui franchissait le seuil fut soudain tirée en arrière, soulevée de terre et portée dans la pièce par une silhouette bossue et contrefaite, portant une cape noire et un maquillage hideux.

— Accorde-moi asile ! rugit-il, tourbillonnant cependant que la fille se débattait dans ses bras. Esméralda ! Accorde-moi asile !

Il avança en titubant et tomba à genoux sans lâcher sa proie.

Les autres élèves éclatèrent de rire cependant que le jeune homme, baissant la tête, enfouissait son visage dans le cou de la fille, y plaquant un baiser retentissant et graissant avec son maquillage le pull et la peau de sa victime.

— Lâche-moi ! glapit-elle.

Cowfrey Pitt intervint.

— En voilà assez, Mr Pritchard. Ça suffit comme ça, merci. Heureusement que le film était muet.

Clive Pritchard relâcha la fille et elle roula sur le sol. Petite, sans grâce, elle avait des traits aigus, osseux, le visage couvert de boutons. Lynley la reconnut pour l'avoir vue la veille avec les autres terminales dans la classe d'Emilia Bond.

— Sale petit... (Elle tira sur son pull jaune.) Regarde ce que tu as fait ! Il va falloir que je le donne à nettoyer !

— Dis pas que ça t'a pas plu, rétorqua Clive. T'as jamais dû voir un homme d'aussi près, hein ?

D'un bond, elle se remit sur pied.

— Je devrais...

— Assez, énonça Pitt sans même élever la voix. (Le ton était suffisamment éloquent.) Pritchard, je vous donne dix minutes pour ôter ce maquillage grotesque. Et une version de huit pages à rendre demain pour la fascinante démonstration dont vous nous avez régalés. Daphne, je vous autorise à sortir remettre de l'ordre dans votre tenue.

— C'est *tout* ? grinça Daphne, les poings sur les hanches, le visage convulsé de rage. Une version de huit pages ? C'est ça, sa punition ? Vous croyez peut-être qu'il va la faire ? (Elle n'attendit pas de réponse.) Ote-toi de mes pattes, espèce de salaud ! siffla-t-elle à Clive, le bousculant pour sortir de la pièce.

Lynley jeta un coup d'œil au sergent Havers mais vit qu'il était inutile de lui donner des directives. Saisissant la balle au bond, elle emboîta le pas à l'adolescente.

Lorsqu'elle enquêtait, Barbara Havers n'hésitait généralement pas à profiter d'un moment de trouble chez un témoin potentiel pour pousser son avantage. Toutefois, en suivant Daphne d'abord le long du couloir, puis dans un petit escalier et enfin dans les lavabos, elle s'aperçut qu'elle rechignait à recourir à sa stratégie habituelle. Elle savait bien pourquoi. Qu'elle fût disposée à en convenir ou non, elle avait trop de points communs avec la minuscule adolescente aux cheveux ternes et à la poitrine creuse. Bien qu'il n'y eût entre elles aucune ressemblance physique, elles étaient toutes deux des marginales. Elles avaient beau appartenir à des milieux sociaux différents — comme le prouvait amplement l'accent BCBG de Daphne —, leur isolement au sein de leur milieu d'origine était cependant identique.

Du pas de la porte, Barbara regarda la jeune fille faire couler de l'eau dans un lavabo. La pièce sentait le désinfectant. Il y faisait un froid de canard. Un petit morceau de savon vert et grumeleux était posé sur le bord de la vasque. Daphne se savonna les mains, grimaça et se mit à frotter pour faire partir le gras collé sur son cou.

— Le salopard, jeta-t-elle au miroir entre ses dents serrées. Le petit salopard.

Barbara la rejoignit, lui tendant un mouchoir soigneusement plié.

— Prenez ça, lui dit-elle.

L'adolescente s'en empara et se frotta le cou avec.

— Merci.

— Il est toujours comme ça ?

— En gros, oui. Pathétique, non ? Prêt à tout pour attirer l'attention.

— L'attention de qui ?

Daphne rinça le mouchoir et frotta cette fois son pull.

— De tout le monde. Je le hais. C'est une ordure.

— Il s'en prend souvent à vous ?

— Il s'en prend *à tout le monde*. Mais il a un faible pour moi parce qu'il sait que je n'ai pas de... Dégoûtant. Fumier. Il se croit malin.

— Je vois le genre. Il s'imagine être irrésistible.

— Il fait comme si c'était pour rigoler. Comme s'il faisait une bonne blague à une fille trop coincée pour en rire avec les autres. Seulement ce qu'ils ne savent pas, *les autres*, c'est qu'une fois qu'il m'a fait dégringoler par terre il me plaque contre son... pour que je puisse bien en sentir le relief... (Elle se mordit la lèvre.) Ça l'excite, ce salaud ! Il me dégoûte !

Elle se pencha au-dessus du lavabo. Ses cheveux mous lui cachèrent le visage.

Barbara comprit tout de suite la dynamique de la relation. Persécuteur et victime.

— Pourquoi ne pas le dénoncer ?

— A qui ?

La question était empreinte d'amertume ; ces deux simples mots fournissant à Barbara une occasion de s'engouffrer dans la brèche, elle décida d'y aller, mais avec prudence. Prenant un ton neutre, elle poursuivit donc :

— Je ne sais pas. Je n'ai jamais fréquenté une école comme la vôtre. Mais si vous n'êtes pas chaude pour mettre un adulte au courant — ce que je comprends parfaitement —, peut-être pourriez-vous en parler à un autre élève... à quelqu'un qui a de l'influence... ?

— Vous voulez dire à Chas Quilter, notre vertueux préfet principal ? Ce modèle d'excellence ? Laissez-moi rire ! Il n'y en a pas un pour relever l'autre, dans cette maison. Ils sont tous pareils. Des hypocrites. Chas n'est pas différent des autres. Il est même pire.

— Pire que Clive ? Difficile à croire.

— Pas du tout. L'hypocrisie est pire que l'ignorance.

Daphne se passa rudement les doigts dans les cheveux.

Bien qu'éprouvant une certaine excitation, Barbara s'efforça de parler d'un ton neutre :

— L'hypocrisie ?

Mais cela ne prit pas. Au lieu de mordre à l'hameçon, l'adolescente retrouva son sang-froid et s'empressa de faire marche arrière, la loyauté l'emportant sur le désir de se venger. Elle replia avec soin le mouchoir et le rendit à sa propriétaire.

— Merci. Je ne peux pas faire grand-chose pour mon pull mais au moins j'ai réussi à me débarbouiller la figure.

Cette attitude rendait tout autre subterfuge inutile. Convaincue qu'elle n'avait plus rien à perdre, Barbara se dit qu'elle pouvait aussi bien attaquer de front.

— Vous êtes une élève de miss Bond en terminale, n'est-ce pas ?

— Oui.

— Vous habitez à...

— Galatée.

— Elle est tutrice dans cette maison. Vous devez bien la connaître.

— Pas mieux que ses autres élèves.

— Chas, vous voulez dire ? Ou Brian Byrne ?

Daphne eut l'air intrigué.

— Je ne sais pas. Miss Bond est sympa avec tout le monde.

— Vous devez la voir pas mal dans la maison si elle est tutrice à Galatée.

— Oui. Enfin, non. Je... Il nous arrive de nous croiser dans les couloirs. Je n'y prête pas particulièrement attention.

— Et le week-end dernier ?

La jeune fille parut comprendre où son interlocutrice voulait en venir à en juger par l'expression qui se peignit sur son visage. Elle fixa la porte, derrière Barbara.

— Mr Pitt m'attend. Merci infiniment pour le mouchoir.

Barbara la laissa partir, réfléchissant à l'unique renseignement intéressant que l'adolescente lui avait fourni — sa remarque concernant Chas Quilter et son hypocrisie. Que le préfet pût être différent de ce qu'il paraissait être, cela lui paru évident à l'instant où — avec Lynley — elle avait mis le pied à Erèbe et vu l'état des lieux. Avant cela, une remarque désinvolte jetée au passage — *Va te faire foutre, Quilter* — avait semblé indiquer qu'une sorte de cancer rongeait l'autorité du préfet et sa situation au sein de l'établissement. Mais la nature de ce cancer était mal définie et il restait à voir s'il avait un rapport quelconque avec la mort de Matthew Whateley.

Le colonel Andrew Bonnamy et sa fille vivaient à moins d'un kilomètre et demi du village de Cissbury, dans un cottage dissimulé à la vue des passants qui empruntaient le sentier qui le longeait par une haie hirsute. Comme les quatre autres cottages voisins, celui des Bonnamy était une petite maison à colombages, au torchis chaulé. Des fissures apparaissaient sur la façade blanche telles des lignes de fracture géologiques, se faufilant des fondations jusque vers le toit. De grands châtaigniers anguleux l'ombrageaient, raclant les tuiles du toit de leurs branches qui retombaient.

Lorsque Lynley et Havers s'arrêtèrent dans l'étroite allée flanquant l'un des côtés du cottage, ils virent une femme descendant une pente menant à un verger en contrebas. Elle portait une jupe en jean passé, un blouson marine fermé jusqu'au cou par une fermeture à glissière et de grosses chaussures. D'une main elle tirait un sac plein de détritus divers, et de l'autre elle tenait un sécateur et un râteau. Comme elle s'approchait, ils virent qu'elle avait des traces noires sur le visage. Ils virent également qu'elle avait pleuré car ses larmes avaient laissé des sillons sur sa peau. Elle leur sembla avoir dans les quarante ans.

Voyant Lynley et Havers, elle laissa tomber le sac près d'un tas de bois et s'avança à leur rencontre, râteau et sécateur à la main. Lynley remarqua qu'elle avait jardiné sans gants car ses mains étaient pleines de terre. Elle avait des croissants noirs sous les ongles.

Lynley sortit sa carte et se présenta après avoir présenté Havers.

— Vous êtes Jean Bonnamy ? s'enquit-il. Nous sommes venus vous parler de Matthew Whateley.

Elle hocha la tête. Un bruit qu'elle ne parvint pas à refouler s'échappa de sa gorge, semblable à un gémissement.

— J'ai téléphoné à l'école ce matin pour dire que je serais en retard pour le prendre aujourd'hui. Ils m'ont passé Mr Lockwood. Qui m'a mise au courant. Matt venait chez nous tous les mardis. Voir mon père. Et me voir, moi aussi, je pense, bien que je ne me sois jamais posé la question. Jusqu'à aujourd'hui. (Elle baissa les yeux, fixant ses outils. De petites mottes de terre et des bouts de branches étaient restés embrochés sur les dents du râteau.) Ç'a été si soudain. Si inattendu. L'idée qu'il soit mort si jeune m'est insupportable.

Immédiatement, Lynley comprit quel genre d'informations Alan Lockwood avait données à Jean Bonnamy. Il précisa :

— Matthew Whateley a été assassiné.

Brusquement, elle releva la tête. Essaya mais ne parvint pas à répéter le mot, réussissant tout juste à murmurer :

— Quand ?

— Vendredi ou samedi. Nous ne le saurons avec certitude que lorsque nous aurons les résultats de l'autopsie.

Secouée, elle posa le râteau contre le tronc d'un marronnier, laissa tomber le sécateur et tendit le bras pour s'appuyer contre l'arbre.

— Mr Lockwood ne m'a pas... (Sa voix s'emplit de colère.) Pourquoi ne me l'a-t-il pas dit ?

La question pouvait avoir une bonne douzaine de réponses différentes. Plutôt que de se lancer dans des explications, Lynley se borna à demander :

— Que vous a-t-il dit ?

— Pratiquement rien. Que Matthew était mort. Il s'est débarrassé de moi en me disant qu'il me rappellerait dès qu'il serait en mesure de me fournir un rapport détaillé. Il a ajouté qu'il me ferait savoir la date des obsèques afin que papa et moi puissions nous y rendre. (Les larmes lui montèrent aux yeux, coulèrent le long de ses joues.) *Assassiné ?* Un si gentil petit garçon. (Elle s'essuya le visage d'un revers de manche, se barbouillant les joues de terre et tachant son blouson. Voyant cela et regardant ses mains noires, elle dit :) Je ne dois pas être belle à voir. Je suis allée travailler dans le jardin. Il fallait que je m'occupe. Papa ne voulait pas parler. Il est... J'ai éprouvé le besoin de sortir quelques instants. Et dans le verger, il y a toujours du travail. Il valait mieux que nous restions un peu seuls chacun de notre côté. Et encore, il ne sait pas le pire... Comment vais-je lui apprendre la nouvelle ?

— Je l'ignore mais il faut qu'il sache. Nous devons lui parler de l'enfant et nous ne pourrons le faire que s'il connaît la vérité.

— J'ai peur que ça le tue. Vous devez trouver que c'est mélodramatique ou ridicule de dire ça. Mais mon père n'est pas bien, inspecteur. On ne vous l'a pas dit à l'école ?

— Tout ce qu'on m'a dit, c'est que Matthew lui rendait visite en tant que membre des Volontaires de Bredgar.

— Il a eu une attaque il y a dix ans à Hong Kong alors qu'il était dans l'armée. Il a démissionné et, comme ma mère était déjà morte, il est venu me retrouver ici. Il a eu trois autres attaques par la suite, inspecteur. Il a bien failli y passer à chaque fois. Mais il s'en est sorti. Et moi... Il y a si longtemps que nous vivons ensemble maintenant que je ne pourrais pas supporter qu'il lui arrive...

Elle s'éclaircit la gorge.

— S'il sait que l'enfant est mort, il sait déjà le pire, non ? fit le sergent Havers, toujours aussi directe.

Jean Bonnamy parut reconnaître le bien-fondé de cette remarque car, après un instant de réflexion, elle hocha lentement la tête et dit à Lynley :

— Attendez-moi là. Je vais aller le prévenir.

Elle les abandonna, gravit une rampe de bois à l'arrière du cottage et disparut à l'intérieur.

— Combien de temps croyez-vous que Lockwood ait l'intention d'étouffer l'affaire ? demanda Havers à Lynley alors qu'ils étaient seuls.

— Le plus longtemps possible, sans aucun doute.

— Mais ce n'est pas sérieux. Les journaux finiront bien par s'emparer de l'incident, si ce n'est déjà fait. Un enfant de treize ans retrouvé nu, assassiné, torturé dans un cimetière à des kilomètres de chez lui et de son école, pour les journalistes, quelle aubaine ! De quoi pondre un papier fumant. Perversion, homosexualité, masochisme, rapt et Dieu sait quoi encore. Comment diable Lockwood compte-t-il s'y prendre pour que tout ça reste secret ?

— Ce qui le préoccupe, ce n'est pas tant que l'affaire reste secrète mais plutôt que le nom de Bredgar Chambers ne soit pas mentionné. S'il pouvait s'arranger pour que l'école soit tenue en dehors du coup, il serait le premier à claironner la nouvelle. Mais comme il ne peut parler de la mort de Matthew sans citer l'école, il est obligé de cacher la vérité à ceux qui ne sont pas directement concernés.

— Tout ça pour préserver la belle réputation de l'établissement ? ricana Havers.

— Et la sienne, Havers. Lockwood n'est pas un imbécile. Il sait que son avenir dépend de son honorabilité et de sa réputation. Les deux sont inextricablement liées à Bredgar Chambers.

— Et s'il s'avère que c'est quelqu'un que Lockwood a placé à un poste de confiance qui est notre tueur... ?

— Alors il aura du mal à expliquer au conseil d'administration ce qui l'a amené à faire une aussi grossière erreur de jugement.

— Après quoi, la porte ? Il serait le premier directeur de Bredgar à ne pas sortir les pieds devant ?

Lynley ne put s'empêcher de sourire.

— En quelque sorte, sergent.

Jean Bonnamy les apostropha du haut de la rampe.

— Vous pouvez venir, inspecteur.

L'extérieur du bâtiment n'indiquait peut-être pas l'âge du cottage mais la cuisine dans laquelle ils pénétrèrent les renseigna tout de suite. Les poutres de chêne du plafond bas s'entrecroisaient à la manière de celles de la fin du XVe siècle. Quant aux fenêtres biscornues et vierges de rideaux, elles étaient encastrées dans des murs de plus de trente centimètres d'épaisseur. C'était une pièce qui donnait l'impression d'une plongée dans le passé, d'un retour à une époque où la vie n'était ni pratique ni joliment conditionnée. Lynley eut l'impression que Jean Bonnamy préférait le naturel. D'une grande marmite posée sur la cuisinière s'échappait un solide parfum de potage aux légumes. Elle fit une pause pour remuer la soupe à l'aide d'une cuiller en bois ternie par l'âge avant de les emmener dans le séjour.

Le séjour était à l'évidence le royaume de son père car il était plein de souvenirs de sa vie à Hong Kong. Photographies de jonques dans le port au coucher du soleil. Importante collection de jades et d'ivoires sculptés. Ancienne chaise à porteurs aux lourds rideaux de brocart fané. L'âtre lui-même évoquait l'Orient, renfermant un dragon, créature à tête de papier mâché et corps de soie rouge, semblable à ceux que l'on voit dans les rues lors du nouvel an chinois.

Malgré ce déploiement d'objets digne d'un musée, la pièce sentait avant tout le chien, et le responsable — un chien de chasse noir comme jais à la truffe grisonnante et aux yeux larmoyants —

était couché sur une couverture devant un radiateur électrique. Il se contenta de lever lentement la tête à l'entrée des visiteurs.

Près du chien, le colonel Bonnamy était assis dans un fauteuil roulant, le dos à la porte. Il faisait face à une table basse en merisier sur laquelle était disposé un jeu d'échecs, dont les pièces indiquaient qu'une partie était en cours. Il n'y avait aucune trace de son adversaire.

— Voici l'inspecteur, papa, annonça Jean Bonnamy. Et le sergent.

— Que le diable les emporte, répondit le colonel Bonnamy d'une voix parfaitement nette.

Sa fille s'approcha du fauteuil roulant et le prit par les poignées.

— Je sais, papa, dit-elle tendrement en faisant pivoter le fauteuil de façon qu'il se trouvât face à la pièce.

Elle fit bien attention à ne pas bousculer la table où était posé l'échiquier.

Bien que Jean Bonnamy leur eût parlé des attaques dont son père avait été victime, elle ne leur avait pas soufflé mot des dégâts causés par l'apoplexie. Sa santé n'eût-elle pas été ébranlée, il aurait de toute façon choqué par son aspect physique. Des poils lui jaillissaient des oreilles en touffes grises et drues. Son crâne chauve était couvert de grosses taches sombres semblables à des dartres. Il avait le nez bulbeux et sur la narine gauche une verrue peu esthétique.

La maladie n'avait fait qu'accentuer sa laideur. Les attaques successives avaient touché le côté gauche de son corps. Les muscles de sa joue gauche qui avaient perdu toute mobilité lui donnaient l'air de ricaner perpétuellement ; quant à sa main gauche, elle était recourbée en forme de griffe et les cuticules recouvraient toute la longueur de ses ongles. Malgré le radiateur qui marchait à plein régime, il portait des grosses chaussures, une chemise de flanelle, un pantalon de laine. Une couverture de mohair était posée en travers de ses genoux.

— Asseyez-vous, inspecteur, sergent, dit Jean Bonnamy.

Elle ôta une pile de journaux d'un canapé recouvert d'une housse et revint près de son père afin de pousser son fauteuil près des visiteurs. Un tabouret de rotin se dressait de l'autre côté de la table aux échecs, elle le prit et s'assit à côté du colonel, sa main sur le bras du fauteuil roulant. Elle ne s'était pas encore lavée et sa main noire à côté de la main griffue et blême du malade lui donnait l'air à la fois négligée et éminemment vivante.

— Comment entre-t-on en contact avec les Volontaires de Bredgar ? s'enquit Lynley. D'après ce que m'a dit leur responsable, Mr Pitt, Matthew n'a pas été le premier à venir chez vous.

— C'est le premier qui ait montré un grain de jugeote, en tout cas, marmonna le colonel Bonnamy.

Il toussa et agrippa le bras du fauteuil de sa main valide. Son bras droit tremblait.

— Mon père se conduit parfois comme un vieux ronchon, intervint Jean. Ne dis pas le contraire, papa. Tu sais très bien que c'est vrai. J'ai pensé qu'il serait bon pour lui d'avoir une autre compagnie que la mienne. J'avais lu un papier parlant des Volontaires à l'église, j'ai téléphoné à l'école et pris les dispositions nécessaires. L'été dernier. Pendant le dernier trimestre.

— Ç'a été un vrai défilé de crétins, ajouta le colonel, tête baissée. Jusqu'au jour où Matt s'est présenté.

— Nous avons bien dû en essayer six ou sept. Garçons et filles. De tous les âges. Aucun n'a fait l'affaire. Et puis Matt est arrivé. Entre papa et lui, ç'a tout de suite collé.

— Aujourd'hui, fit la voix du colonel se durcissant. Il devait venir aujourd'hui, Jeannie. Les pièces étaient dans l'état où nous les avions laissées mardi dernier. Pas bougé d'un pouce. Et vous dites (il releva la tête avec effort et regarda Lynley de ses yeux gris qui pétillaient d'intelligence) qu'il a été assassiné. *Assassiné ?*

— Oui. Je suis désolé. (Lynley se pencha en avant. Près de lui, le sergent Havers se mit à feuilleter son carnet.) On l'a retrouvé à Stoke Poges, colonel. Nu. Torturé. Mais ses vêtements sont restés sur le campus.

Le colonel eut tôt fait de tirer ses conclusions.

— Un membre du personnel alors. Un pédé qui se fait passer pour un petit saint. C'est à ça que vous pensez ?

— Nous ne savons guère à quoi penser. Au départ, nous nous sommes dit que Matthew avait essayé de se sauver et s'était fait prendre en stop par quelqu'un qui avait abusé de lui et l'avait assassiné après.

— Ce petit gars n'était pas du genre à se sauver. Matt Whateley était de ceux qui se battent. (Le colonel rajusta sa couverture.) Pas le genre de combattant qu'on a l'habitude de voir dans cette école mais un combattant tout de même.

— Quelle sorte de combattant ?

Le colonel Bonnamy pointa un doigt vers sa tempe.

— Le genre qui se bat avec sa tête.

— Vous semblez l'avoir mieux connu que bien des gens, remarqua Lynley. Il vous faisait ses confidences ?

— Ce n'était pas la peine. Il suffisait de le regarder.

— Pourquoi dites-vous qu'il se battait avec sa tête ?

— Les échecs, répondit le colonel.

Se rendant compte que la réponse de son père n'éclairait pas tellement la lanterne des visiteurs, Jean Bonnamy prit la parole :

— Papa apprenait à Matt à jouer aux échecs. Et en dépit de la difficulté de ce jeu, des parties qu'il perdait régulièrement, Matt a toujours refusé de laisser tomber. Je ne crois même pas qu'il était découragé. Il arrivait chez nous le mardi après-midi, disposait les pièces sur l'échiquier, bien décidé à remettre ça.

— Ce petit gars se battait, répéta le colonel. Il avait du cran.

— Vous parlait-il de l'école ? Des cours ? De ses amis ? De ses professeurs ?

— Non. Uniquement de ses résultats scolaires.

— Papa n'arrêtait pas de le tanner avec ses notes, ajouta Jean Bonnamy. Nous discutions de ce qu'il voulait faire plus tard.

— Matt parlait rarement de ses parents, cependant j'ai eu l'impression qu'ils avaient des idées très conformistes à ce sujet, dit le colonel. Je crois qu'ils auraient aimé le voir faire des sciences ou du droit, étudier l'architecture ou la finance. Typique étant donné leurs antécédents. Une carrière d'architecte ou d'avocat, ça vous pose. Un scientifique, un banquier, ça fait honneur à toute la famille. Mais le petit Matt avait une âme d'artiste. Et c'est de ça qu'il nous parlait. Lorsqu'il parlait de l'avenir, il parlait d'art.

— Papa l'encourageait, glissa Jean Bonnamy. Matt lui avait promis une sculpture.

— Un gamin, ça doit faire ce que ça a envie de faire. Et pas ce que ses parents ont décidé. Mais, dans ces familles-là, c'est toujours pareil : on a un respect aveugle pour les parents. On abdique toute volonté propre. C'est culturel. On devient ce qu'ils veulent que vous deveniez. On épouse celle qu'ils vous disent d'épouser. Pas moyen d'y couper. A moins que l'enfant n'ait un mentor capable de le soutenir le jour où il décide de se rebiffer et de suivre la voie qui l'intéresse.

Tout en écoutant le colonel, Lynley eut soudain une idée. Et il comprit que, malgré les renseignements que le vieil homme pouvait lui fournir sur la vie et la mort de Matthew Whateley, cette idée rendait l'affaire encore plus biscornue. En proie à une certaine agitation intérieure, il continua de prêter l'oreille aux propos de son hôte.

— Au moins, dans le cas de Matthew, une chose est sûre — et ça limitait les dégâts —, c'est qu'un seul de ses parents attachait de l'importance à ces histoires d'honneur et à ces fichues valeurs traditionnelles.

— Un seul parent ? fit Lynley.

Le colonel hocha la tête.

— Sa mère. Je ne l'ai jamais rencontrée, mais Whateley pouvait difficilement passer pour un nom chinois, je suppose que c'est elle qui est chinoise, pas son père. Nous n'avons jamais abordé le sujet avec Matthew. Ça devait être suffisamment difficile pour un métis de se retrouver dans cette boîte de snobs sans que je m'amuse à lui poser des questions à ce sujet.

Près de lui, sur le canapé, Lynley sentit le sergent Havers s'agiter subrepticement. Lui-même aurait volontiers bondi sur ses pieds, arpenté la pièce en tous sens, ouvert les fenêtres en grand et filé par la première porte venue. Au lieu de cela, il s'efforça de se remémorer les photographies de l'enfant qu'il avait eues sous les yeux, passant en revue les cheveux foncés, la peau couleur d'amandes mondées, les traits délicats, les yeux presque noirs. Des yeux... des yeux bien larges, bien ronds, qui n'avaient rien de chinois. Qui étaient peut-être espagnols. Mais certainement pas asiatiques. Impossible. Ça n'avait pas de sens.

— Vous ignoriez que Matthew était un métis, inspecteur ? murmura Jean Bonnamy.

Lynley fit oui de la tête, confus.

— Auriez-vous une photo de l'enfant qui vous rendait visite ?

Elle se leva :

— Je vais vous la chercher.

Lorsqu'elle sortit, le colonel reprit la parole :

— Si vous êtes à la recherche d'un tueur, cherchez donc plutôt du côté des racistes. Les gens qui ne peuvent pas supporter d'être en contact avec des êtres qui sont différents d'eux. Les ignorants. Ceux qui se sentent obligés de supprimer ce qu'ils n'arrivent pas à comprendre.

Lynley entendit ces propos mais il ne pensait qu'à une chose : il lui semblait impossible que Matthew Whateley pût être différent de ce qu'on lui avait fait croire qu'il était depuis le début : c'est-à-dire le fils de Kevin et Patsy Whateley, rejeton d'une famille ouvrière, titulaire d'une bourse, passionné de modélisme et de trains miniatures.

Jean Bonnamy revint avec une photographie qu'elle tendit à Lynley. Il l'examina et adressa un hochement de tête à Havers.

— C'est le même enfant, dit-il, étudiant de nouveau la photo.

Matthew et le colonel étaient penchés au-dessus de l'échiquier. La main de Matthew était tendue, comme s'il allait déplacer une pièce, mais il regardait l'objectif et il souriait d'un sourire étrangement semblable à celui qu'il avait sur la photo où on le voyait au bord de la Tamise en compagnie d'Yvonnen Livesley, son amie de Hammersmith.

— J'ai rencontré les parents de Matthew, dit Lynley. Aucun d'eux n'est chinois.

Le colonel ne parut ni déconcerté ni surpris.

— Cet enfant était eurasien, décréta-t-il d'un ton définitif. J'ai vécu trente-cinq ans à Hong Kong, je sais reconnaître un métis quand j'en vois un. Pour vous, Matt avait peut-être l'air occidental. Mais pour quelqu'un qui a passé autant de temps que moi en Orient, cet enfant était moitié chinois, moitié européen. (Ses yeux se dirigèrent pensivement vers l'âtre et s'attardèrent sur la tête du dragon bariolé.) Certains individus aiment piétiner ce qui échappe à leur entendement, comme on écrase une araignée sous son talon. C'est dans cette direction que vous devriez chercher. Ce genre d'abomination. Ce genre de haine. Les gens qui proclament qu'en Angleterre seuls les Blancs valent un coup de cidre, que tout le reste est méprisable. Cherchez bien. C'est de ce côté-là que vous trouverez, j'en ai peur.

Lynley avait désormais des sujets de réflexion à la pelle. Pourtant il lui fallait élucider un certain nombre de points.

— Est-ce que Matthew vous parlait de tout ça ? Des origines de sa famille ? Des préjugés dont il aurait pu être la victime à l'école ? Des problèmes qu'il aurait eus avec un élève ou un membre du personnel enseignant ?

Le colonel secoua la tête.

— Il ne parlait que de ses notes. Et seulement quand j'abordais le sujet. Jamais de l'école.

— Tu oublies la devise, papa, intervint Jean Bonnamy. (Elle retourna s'asseoir sur son tabouret, poursuivit en s'adressant à Lynley :) Matthew avait lu la devise de l'école quelque part — dans la chapelle ou dans la bibliothèque. J'ai oublié. Mais ça l'avait frappé.

— Je ne pense pas l'avoir vue. Que dit-elle ? s'enquit Lynley.

— J'ignore ce que c'était en latin, mais il avait réussi à s'en procurer une traduction, qu'il nous avait apportée, répondit Jean Bonnamy. C'était au sujet de l'honneur. Il était très...

— J'avais oublié ça, Jeannie, interrompit pensivement le colonel. Ça l'avait marqué, effectivement. Je me souviens qu'un après-midi il a voulu qu'on en discute. *Honor sit et baculum et ferula.*

— L'honneur, drôle de sujet de conversation pour un enfant de treize ans, commenta le sergent Havers.

— Pas pour un enfant comme celui-là, rétorqua le colonel. L'honneur, ils ont ça dans le sang. C'est le fondement même de leur culture.

Lynley n'avait pas envie que la discussion s'enlise et questionna :

— Quand avez-vous eu cette conversation ? Et à quel propos ?

Le colonel chercha du regard l'aide de sa fille.

— Quand ça, Jeannie ?

— Il y a un mois, peut-être ? Je me demande si ce n'est pas parce qu'ils avaient parlé de lady Jane Grey en cours d'histoire ? Et de ceux qui mouraient pour des idées, pour leur foi. Je me rappelle avoir entendu Matt te demander si tu croyais que l'honneur exigeait d'un individu qu'il fasse ce qui était juste. Tu lui as demandé pourquoi il te posait cette question tout d'un coup. Il a répondu que c'était à cause de lady Jane Grey et de sa décision de mourir plutôt que de se trouver face au déshonneur en renonçant à sa religion.

Son père hocha lentement la tête.

— Il voulait savoir ce qui était le plus important : code d'honneur ou code de conduite.

— Vous lui avez répondu qu'il n'y avait pas de différence entre les deux ?

— En effet. Mais Matthew était d'un autre avis. (Le colonel regarda la photo que Lynley avait rendue à sa fille.) C'était l'Occidental en lui qui s'exprimait. Mais son sang chinois lui disait qu'il s'agissait d'une seule et même chose.

Lynley ne put s'empêcher d'éprouver un certain agacement, persuadé que ces références à l'Asie étaient dénuées de fondement.

— Vous ne lui avez jamais parlé de ses origines chinoises. Malgré votre évidente passion pour cette culture.

— Pas plus que je ne m'amuserais à vous parler du sang nordique auquel vous devez votre belle chevelure, inspecteur. Nous appartenons tous à plusieurs cultures. C'est une réalité qu'il faut accepter, elle fait partie de la vie. Ceux qui ne peuvent se faire à cette idée deviennent des destructeurs. C'est tout ce que je peux vous dire.

De toute évidence, le colonel entendait mettre ainsi un terme à l'entretien. Lynley voyait la fatigue que la conversation lui avait causée. Ses membres tremblaient. Ses yeux se fermaient d'épuisement. Inutile d'essayer de lui arracher des renseignements supplémentaires. Lynley se mit debout, remercia le vieux gentleman et, accompagné du sergent Havers, suivit Jean Bonnamy. Aucun d'eux ne souffla mot avant d'être dans l'allée.

— Il faut que je vous pose une dernière question, miss Bonnamy, dit Lynley. Non pas pour vous faire de la peine mais parce qu'il faut absolument que je comprenne pourquoi votre père est persuadé que Matthew Whateley était chinois. Le colonel a eu quatre attaques. Il n'en est peut-être pas sorti indemne ?

Elle regarda la haie au pied de laquelle trois oiseaux s'ébattaient dans une flaque d'eau.

— Vous croyez qu'il déménage ? Qu'il se fait des idées ? s'enquit-elle avec un sourire. J'aimerais vous faciliter la tâche, inspecteur. Ce serait sans doute plus simple si je vous disais que oui. Mais je ne peux pas abonder dans votre sens. J'ai vécu à Hong Kong jusqu'à l'âge de vingt ans. Et à l'instant où j'ai vu Matthew entrer chez nous en septembre dernier, j'ai su qu'il était eurasien. Vous voyez que mon père n'est pas en cause. Car à supposer qu'il ait perdu une partie de ses facultés, je n'ai, moi, rien perdu des miennes. (Elle frotta la terre qui souillait ses paumes.) Je regrette seulement de ne pas pouvoir changer deux ou trois choses cependant.

— Lesquelles ?

Elle haussa les épaules. Ses lèvres tremblaient mais, prenant sur elle, elle réussit à parler calmement :

— Lorsque je l'ai ramené à l'école mardi dernier, il était tard. Je suis passée devant le pavillon du portier et je comptais le déposer en voiture devant la porte d'Erèbe. Mais il m'a obligée à faire halte devant le hangar à voitures parce qu'il y avait plus de place pour que je fasse mon demi-tour pour repartir. Il m'a dit qu'il pouvait faire le reste du trajet à pied. Matthew était comme ça : plein de prévenances.

— C'est la dernière fois que vous l'avez vu ?

Elle hocha la tête et poursuivit comme si les paroles pouvaient exorciser le chagrin :

— Je l'ai laissé descendre. Il s'éloignait lorsqu'un minibus en arrivant l'a épinglé dans le faisceau de ses phares. Je m'en souviens bien car je me suis retournée en entendant le véhicule. Il m'a fait au revoir de la main. Il souriait. (Elle s'essuya les yeux.) Matthew avait un sourire adorable, inspecteur. Quand j'ai vu ce sourire sur son visage, mardi dernier, j'ai compris à quel point il m'était devenu cher. Je regrette de ne pas lui avoir dit combien il comptait pour moi.

— Nous avons trouvé un brouillon de lettre qui vous était destiné dans les affaires de Matthew. Vous a-t-il écrit la semaine passée ?

Lynley prit le morceau de papier dans sa poche et le lui tendit. Elle le lut, hocha la tête et le lui rendit.

— Oui, j'ai reçu un petit mot semblable à celui-ci vendredi. Chaque fois qu'il dînait à la maison, il nous envoyait un mot de remerciement.

— Il fait allusion à un élève qui l'a vu rentrer. Vous l'avez raccompagné à l'école après l'extinction des feux ?

— Papa et lui jouaient aux échecs, ils n'ont pas vu le temps passer. J'ai téléphoné à Matthew mercredi pour m'assurer qu'il n'avait pas eu d'ennuis. Il m'a dit qu'un des grands l'avait aperçu.

— Et l'avait dénoncé au directeur ?

— Non. Du moins pas encore. Je crois que Matthew avait l'intention de dire un mot au grand. De lui expliquer d'où il venait.

— Est-ce que Matthew aurait été puni pour être rentré après l'extinction des feux ?

— Vraisemblablement, oui. Les élèves sont censés se conduire en individus responsables et respecter les horaires. Faire preuve de maturité, en somme.

— A quel genre de sanction Matthew aurait-il eu droit ?

— Privation de sortie pendant une semaine. Avertissement. Ça n'aurait pas été chercher très loin, à mon avis.

— Et l'autre ?

Jean Bonnamy fronça les sourcils.

— L'autre ?

— Celui qui avait surpris Matthew.

— Je ne comprends pas.

Les circonstances prenaient un tour que Lynley n'avait pas soupçonné. Jusqu'à maintenant, il n'avait pensé qu'au fait que le préfet d'Erèbe — Brian Byrne — avait omis de signaler l'absence d'un élève pendant la tournée des dortoirs. Mais maintenant il se rendait compte qu'il y avait un autre élément qui entrait en ligne de compte. Car si Matthew Whateley avait été dehors après l'extinction des feux mardi soir, il n'avait pas été seul dans ce cas. Quelqu'un d'autre s'était également trouvé dehors.

14

— On dirait de la sciure, ce truc-là, inspecteur ! C'est dégoûtant. Ça date sûrement de la semaine dernière. Sandwichs frais ! Tu parles ! On devrait foutre ce type au trou pour publicité mensongère.

Des miettes de pain et du fromage parsemaient le devant de son pull-over rouge foncé. Le sergent Havers les brossa en fronçant les sourcils, les éparpillant généreusement sur la moquette de la voiture. Lynley la rappela à l'ordre mais en pure perte : elle haussa les épaules. On aurait pu s'arrêter. On aurait pu faire halte dans ce pub. Prendre quinze minutes pour se caler les joues, ce n'est quand même pas un crime.

Lynley examina le sandwich que lui-même avait choisi : rosbif et tomate. Tous deux un peu trop verdâtres pour qu'il envisageât sérieusement de mordre dedans.

— Sur le moment, j'ai pensé que c'était une bonne idée.

— En outre, rouspéta Havers de plus belle en voyant qu'il s'était maintenant rangé à son avis, on n'a aucune raison de se précipiter ventre à terre à Bredgar. Travailler sur cette affaire à la noix, c'est comme s'enfoncer dans les sables mouvants. On en a jusqu'au cou pour l'instant. Mais encore une impasse et on coule. Suffocation assurée.

— Quel salmigondis de métaphores, Havers ! Vous me donnez le tournis.

Elle ricana :

— Et si on faisait un peu le point ? Première hypothèse de départ : les différences de milieu social. Matt Whateley se fait la malle parce qu'il n'est pas du même monde que les petits snobinards de Bredgar. Deuxième hypothèse : le bizutage. Matt prend ses cliques et ses claques parce qu'il est poursuivi par une brute, laquelle lui en fait voir de toutes les couleurs. Après quoi, troisième hypothèse : l'homosexualité et les perversions sexuelles. Et maintenant nous voilà partis vers le racisme. Et la présence dehors, après l'extinction des feux, d'un condisciple de Matthew. Voilà un chouette mobile pour un meurtre ! (Sortant ses cigarettes, elle en alluma une d'un air de défi. Lynley baissa sa glace.) Je me demande jusqu'où tout ça va nous mener, poursuivit Havers. Mais une chose est sûre : j'en suis déjà au point où j'ai du mal à y retrouver mes petits.

— Les Bonnamy ne nous ont pas simplifié la tâche, c'est le moins qu'on puisse dire.

Havers lâcha un jet de fumée.

— Chinois. *Chinois ?* Rien à faire, inspecteur. Je ne marche pas. Vous non plus, j'imagine. Ce vieil homme malade a une imagination débordante et son cœur est resté à Hong Kong. Quant à sa fille, célibataire, esseulée, elle est — elle aussi — dotée d'une imagination fertile. Ils voient un petit garçon aux cheveux foncés qui leur rappelle le passé et, sans aller chercher plus loin, ils en déduisent qu'il est à moitié chinois.

Lynley ne la contredit pas :

— C'est effectivement pousser le bouchon un peu loin. Malgré tout, il y a un autre élément à prendre en considération, Havers.

— Lequel ?

— Les Bonnamy ne connaissent pas Giles Byrne. Ils ignorent qu'il était dévoué corps et âme à un élève chinois de Bredgar Chambers — Edward Hsu. Est-ce une coïncidence si tout d'un coup ils nous déclarent être certains que Matthew Whateley était métis ?

— Vous voulez dire que c'est le fait que Matthew ait été chinois — à condition d'accepter ça pour l'instant — qui a amené Giles Byrne à s'intéresser à cet enfant ?

— Ça pourrait être une idée, non ? Parce que c'est quand même curieux qu'Edward Hsu et Matthew Whateley soient morts tous les deux, vous ne trouvez pas ? Non seulement c'étaient des élèves auxquels Giles Byrne s'intéressait, mais ils étaient eurasiens l'un et l'autre.

— Si vous acceptez le fait que Matthew ait eu du sang chinois. Mais, s'il en avait, dans ce cas *qui* était-il ? Le fils de Patsy Whateley, le produit d'une liaison dont son mari ignore tout ? Le fils de Kevin Whateley, recueilli et chéri par la sainte, l'héroïque Patsy ? Qui était cet enfant ? Quelle est son histoire ?

— C'est ce qu'il va nous falloir découvrir, Havers. Seuls les Whateley pourront nous l'apprendre.

Il s'engagea dans l'avenue conduisant à l'école. Devant le pavillon du portier, Elaine Roly se débattait avec le plus jeune des petits-fils de Frank Orten, s'efforçant de l'asseoir dans une vieille poussette tandis que l'aîné, livré à lui-même, jetait des cailloux contre la vitre de la fenêtre en saillie. Elaine Roly ne releva même pas la tête en entendant passer la voiture.

— Ces deux mouflets devraient l'inciter à lâcher les baskets de Frank Orten une fois pour toutes, commenta Havers, écrasant sa cigarette dans le cendrier. Vous croyez qu'elle lui cavale au train, inspecteur ?

— Possible. Mais, d'après ce que nous avons vu ce matin, il n'a pas l'air de l'encourager.

— Ah, murmura Havers d'un air détaché qui fit comprendre à Lynley qu'il s'était fait piéger et lui avait fourni l'occasion de se mêler de ses affaires. En amour, certaines personnes n'ont pas besoin qu'on les encourage pour s'accrocher, ce n'est pas votre avis ?

Laissant la question sans réponse, il accéléra. Ils arrivèrent au bout de l'allée principale et se garèrent devant l'école. Lorsqu'ils pénétrèrent dans le grand hall, ils virent que la porte de la chapelle était ouverte et que les choristes étaient regroupés dans la nef. Aujourd'hui les garçons avaient délaissé les soutanes et surplis qui leur avaient donné la veille un air quasi céleste pour revêtir l'uniforme maison. Ils répétaient de toute évidence car, au milieu d'un air du *Messie*, le chef de chœur les interrompit d'un air impatient, fredonna trois notes, et les invita à reprendre.

— Ils se préparent pour Pâques ? ironisa le sergent Havers.

Compte tenu des circonstances, je trouve que ça la fiche plutôt mal. Tous ces chants d'allégresse et ces alléluias alors que ce malheureux gamin a été assassiné comme qui dirait sous leur nez...

— Mais certainement pas par le chef de chœur, rétorqua Lynley.

Il observait la répétition, cherchant des yeux le préfet principal. Chas Quilter était au dernier rang. Lynley l'observa, se demandant ce qui chez l'adolescent avait provoqué en lui ce sentiment de sourde appréhension. Le chef de chœur arrêta de nouveau les élèves et dit :

— Passons au solo de Mr Quilter, maintenant. Vous y êtes, Quilter ?

Lynley se détourna.

— Allons trouver Mr Lockwood, Havers.

De l'autre côté du hall, deux portes donnaient accès à l'aile administrative de Bredgar Chambers. La première porte ouvrait sur le bureau du portier, la seconde sur un couloir décoré des divers trophées remportés par les équipes sportives de l'établissement. Ils empruntèrent ce couloir pour atteindre le cabinet de travail du directeur. Dans un local mitoyen, la secrétaire d'Alan Lockwood travaillait sur une machine à traitement de texte. En les voyant, elle sauta sur ses pieds avec une vivacité pleine de combativité. Derrière une porte fermée de l'autre côté du couloir, on entendait s'élever et retomber le murmure d'une conversation.

— Vous voulez parler au directeur ? lança la secrétaire. Il est en réunion pour l'instant. Vous pouvez l'attendre dans son cabinet. (Cela dit, elle passa devant eux, ouvrit la porte du cabinet de travail de Lockwood et leur fit signe d'entrer.) Je ne sais pour combien de temps le directeur va en avoir, déclara-t-elle fraîchement avant de les abandonner sans autre forme de procès.

— Charmante enfant, commenta Havers lorsqu'ils se retrouvèrent seuls. Quelle docilité ! Elle obéit à son maître au doigt et à l'œil.

Lynley profita de l'occasion pour étudier les photos et les dessins accrochés sur l'un des murs du cabinet et retraçant l'histoire de l'établissement. Havers le rejoignit.

Les photos couvraient les cent cinquante dernières années, les plus anciennes étaient des daguerréotypes fanés. Décennie après décennie, les élèves se massaient immuablement au pied de la statue de Henry VII ; ils s'alignaient docilement en rang d'oignons devant l'école ; ils se dirigeaient belliqueusement en colonne par deux vers les terrains de sport. Tous sans exception, ils arboraient l'uniforme ainsi qu'un air propret et souriant.

— Vous avez remarqué, sergent ?

— Les filles n'ont été admises que depuis peu. Merci Jésus pour la seconde moitié du XXe siècle.

— C'est exact. Mais ce n'est pas tout.

Elle passa les photos en revue, se frotta le menton.

— Les minorités raciales, observa-t-elle, ne sont pas abondamment représentées.

— C'était normal il y a deux cents ans. Mais ces dix dernières années, la situation aurait dû changer.

— Racisme ?

— Je ne crois pas qu'on puisse éliminer le racisme, Havers. Pas encore.

— C'est peut-être une bonne piste. Pourquoi ne pas la suivre ?

La porte du cabinet s'ouvrant soudain, ils pivotèrent, tournant le dos au mur. Mais ce n'était pas Alan Lockwood. C'était sa femme. Elle portait un vase de porcelaine blanche dans lequel trempait un gros bouquet de fleurs. A la vue de Lynley et de Havers, loin de perdre contenance, elle leur adressa un sourire rapide, les salua d'un signe de tête et alla déposer son fardeau sur la table, dans l'alcôve formée par la vaste fenêtre en saillie.

— J'avais préparé ce bouquet pour la salle du conseil, expliqua-t-elle. Les fleurs, ça allège l'atmosphère. Et, comme Alan reçoit les parents dans cette pièce, j'ai pensé que... (Elle arrangea trois tubéreuses au parfum entêtant.) Malheureusement, je ne m'y suis pas prise suffisamment à temps. La réunion étant commencée, je me suis dit que le mieux était encore de les mettre ici. (Elle poussa le candélabre en argent vers le centre de la table.) C'est un peu trop, non ? Le candélabre et les fleurs ensemble, ça fait lourd. (Fronçant les sourcils, elle balaya la pièce du regard, prit le candélabre, le déposa sur le dessus de la cheminée où il dissimula partiellement le Holbein. Satisfaite néanmoins de ce nouvel agencement, elle hocha la tête et remit une mèche de cheveux gris en place.) C'est moi qui réalise tous les bouquets. Avec des fleurs de la serre. Mais je vous l'ai déjà dit, non ? Parfois j'ai du mal à me souvenir de ce que j'ai dit et à qui. Alan prétend que c'est le commencement de la sénilité.

— Loin de là, sourit Lynley. C'est seulement que vous devez avoir des tas de choses à vous rappeler. J'imagine que vous parlez à des douzaines de personnes tous les jours. Ce n'est pas facile de se souvenir de tout.

— C'est vrai.

Elle s'approcha du bureau de son mari et redressa une pile de dossiers qui n'en avait nul besoin. Son geste indiquait que son arrivée dans la pièce avait un but autre que les fleurs.

— Il travaille si dur, il est si fatigué qu'il ne réfléchit pas toujours avant de parler, inspecteur. Les choses lui échappent lorsqu'il est irrité. Comme cette remarque sur la sénilité. Mais c'est un garçon bien, Alan. Un garçon très bien, même. Quelqu'un d'estimable. (Elle découvrit un crayon coincé entre deux dossiers, le sortit et le posa près d'un stylo.) Alan n'est pas apprécié à sa juste valeur. Les gens ignorent tout ce qu'il fait en coulisse, d'ailleurs il ne s'en vante pas. Ce n'est pas son style. En ce moment, par exemple, il est en réunion avec des parents qui sont prêts à envoyer leurs enfants à Eton, Harrow, Rugby ou Westminster. Mais je lui fais confiance : il va réussir à les persuader d'inscrire leur progéniture à Bredgar. Ce n'est pas la première fois qu'il réussit à faire changer des parents d'avis.

— Ce doit être un problème pour un directeur, remarqua Lynley. Veiller à ce que le nombre des inscriptions ne baisse pas.

— Alan est encore plus ambitieux. Il est décidé à rendre à l'école le lustre qu'elle avait juste après la guerre. C'est le but de la mission qu'il s'est assignée. Avant l'arrivée d'Alan, les inscriptions avaient chuté de façon catastrophique. Les résultats aux examens n'étaient pas brillants. Mais il a bien l'intention de redresser la barre. Et il a déjà commencé. Le théâtre actuel, par exemple, c'est une idée à lui, inspecteur. Un moyen de drainer de nouveaux élèves. Les bons éléments, bien sûr.

— Est-ce que Matthew Whateley était un bon élément ?

— Je lui donnais des leçons de violon. Avant de venir à Bredgar, je faisais partie du London Philharmonic. Vous ne le saviez pas ? Personne ici n'est au courant. Ce n'est pas le genre de choses qu'on glisse dans la conversation quand on prend le thé avec les femmes des enseignants. J'ai renoncé au violon parce que la vie d'épouse de directeur d'établissement est très prenante. Et puis Alan avait besoin de moi. Nos enfants aussi. Nous avons deux enfants qui sont à l'école primaire. Alan vous en a parlé ? Je joue dans l'orchestre de Bredgar, maintenant, et je donne des leçons de temps à autre. Ce n'est pas pareil... (elle sourit d'un air de regret)... mais c'est tout de même mieux que rien. Je ne perds pas complètement la main comme cela.

Lynley ne put s'empêcher de remarquer qu'elle avait évité de répondre à sa question.

— Vous voyiez Matthew souvent ?

— Une fois par semaine. Il ne travaillait pas autant qu'il l'aurait dû. Mais les garçons négligent toujours un peu la musique, non ? Cela m'a un peu déçue de sa part. Quand on est boursier...

— C'était une bourse d'études qu'il avait obtenue, pas une bourse de musique.

— C'est exact. Mais on attend toujours d'un boursier qu'il

soit cultivé, inspecteur. Or Matthew était loin d'être le plus brillant des enfants qui avaient fait une demande de bourse.

— Les autres, vous les connaissiez ?

— Pas exactement. Je ne connaissais d'eux que le peu qu'Alan m'en avait dit à table. Et il m'a toujours dit que Matthew n'était pas le genre d'élève que Bredgar souhaitait compter dans ses rangs. Mais Alan n'y était pour rien. Ce n'est pas sa faute si Matthew a décroché la bourse, aussi ne saurait-il être tenu pour responsable de sa mort. Il...

— *Kathleen.*

Lynley et Havers pivotèrent comme un seul homme et virent qu'Alan Lockwood était entré. Debout sur le seuil, il était livide.

En l'entendant, Kathleen Lockwood ferma lentement la bouche, déglutit.

— Alan.

Tendit une main vers la table.

— Je t'ai apporté des fleurs. Je croyais avoir le temps de finir le bouquet avant la réunion, mais non. Alors je les ai déposées chez toi.

— Merci.

Il se planta près de la porte en une mimique éloquente. Elle comprit le message et, sans un regard pour Lynley ni pour Havers, sortit de la pièce. Lockwood referma la porte derrière elle et se tourna vers les enquêteurs. Il les examina froidement avant de s'approcher de son bureau et de se planter derrière, suffisamment astucieux pour se rendre compte qu'en restant debout il réussissait à donner une impression de confiance en soi et d'autorité.

— J'ai appris que votre sergent avait passé presque toute la matinée à fureter dans la maison, inspecteur, dit Lockwood. J'aimerais savoir pourquoi.

Lynley n'accéda pas immédiatement à sa requête. Au lieu de répondre, il se dirigea vers la table, tira une chaise et attendit que le sergent Havers l'imite. Aucun d'eux ne s'assit. Le directeur les regardait. Une veine battait vivement sur sa tempe. Il s'approcha de la fenêtre qu'il ouvrit en grand.

— J'aimerais que vous me répondiez.

— C'est bien compréhensible, opina Lynley aimablement. (Et, lui indiquant de la main une chaise, il enchaîna :) Asseyez-vous, Mr Lockwood.

L'espace d'un instant, Lockwood parut sur le point de se rebiffer. Mais, après une seconde d'hésitation, il s'assit en face de ses visiteurs. Le cabinet de travail étant orienté à l'est, la lumière de l'après-midi ne cachait pas son visage comme l'avait fait celle du matin lors de leur visite précédente.

— Votre portier a découvert l'uniforme de Matthew au milieu des ordures ménagères, expliqua Lynley. Tous les vêtements de l'enfant ayant été retrouvés, il semble raisonnable de conclure que Matthew était nu quand on l'a fait sortir de l'école.

Les yeux de Lockwood se voilèrent.

— C'est absurde. *Absurde.*

— Qu'est-ce qui est absurde ? Qu'on ait retrouvé les vêtements ? Ou que Matthew ait été nu quand on l'a kidnappé ?

— Les deux. Et d'abord pourquoi ne m'a-t-on rien dit concernant les vêtements ? Quand est-ce que Orten...

Lynley l'interrompit :

— Mr Orten a dû penser qu'il devait commencer par prévenir la police. N'oubliez pas qu'un tueur se promène en liberté. Et qu'il n'y a pas moyen de savoir qui c'est pour l'instant.

— Qu'est-ce que ça signifie, inspecteur ? fit Lockwood, glacial.

— Que le sergent Havers a passé une bonne partie de la matinée à chercher l'endroit où Matthew aurait pu être enfermé entre vendredi après-midi — jour de sa disparition — et le moment où on l'a emmené à Stoke Poges.

— Ridicule. On ne peut pas cacher un enfant ici.

Lynley se rendit bien compte que Lockwood n'avait d'autre solution que de refuser l'évidence. Il fit remarquer au directeur que le système de sécurité n'étant pas très sophistiqué, les clés étaient facilement accessibles. Lockwood contra adroitement :

— Cette école abrite six cents élèves, inspecteur. Sans compter les membres du personnel. Vous croyez vraiment que cet enfant a été kidnappé, séquestré, assassiné, et que pour couronner le tout le meurtrier a fait sortir son corps nu de l'établissement ? Sans que quiconque s'en aperçoive ? C'est la chose la plus ridicule que j'aie jamais entendue.

— Pas si l'on considère les circonstances entourant la disparition de Matthew, objecta Lynley. Le transport du corps n'aura pu se faire qu'en pleine nuit alors que tout le monde dormait. En outre, ça se passait un week-end. Combien d'élèves avaient des permissions de sortie ? Combien étaient partis au tournoi de hockey ? Combien étaient restés ici ? Combien de membres du personnel étaient sur le campus ? Nous savons tous les deux qu'une école, ça peut être très désert, le week-end, Mr Lockwood. Maintenant que nous avons la certitude que Matthew se trouvait à Bredgar, il va falloir interroger le personnel. La police locale va devoir être mise sur l'affaire. Pour procéder à ces interrogatoires, justement.

— Inutile, inspecteur. C'est moi qui interrogerai mes gens.

Lynley s'empressa de remettre les pendules à l'heure.
— Où étiez-vous vendredi soir, monsieur le directeur ?
Les narines de Lockwood frémirent.
— Je fais partie des suspects ?
— Quand on enquête sur une affaire de meurtre, tout le monde est considéré comme suspect au départ. Où étiez-vous vendredi soir ?
— Ici. Dans mon cabinet. J'ai travaillé à un rapport destiné au conseil d'administration.
— Jusqu'à quelle heure ?
— Aucune idée. Je n'ai pas fait attention.
— Et une fois votre travail terminé ?
— Je suis rentré chez moi.
— Vous avez jeté un coup d'œil en passant dans l'une ou l'autre des maisons ?
— Pour quoi faire ?
— Vous longez les maisons des jeunes filles — Galatée et Irène — pour regagner vos appartements, n'est-ce pas ? Il est raisonnable que je me pose la question de savoir si vous y avez jeté un œil en passant.
— Pour vous, peut-être. Pas pour moi. Et encore moins un vendredi soir. Comme vous l'avez justement fait remarquer, il s'agit des maisons des jeunes filles. Je me vois mal allant rôder dans ce secteur la nuit.
— Mais vous pourriez entrer si vous le vouliez. Personne ne trouverait bizarre que vous le fassiez.
— J'ai mieux à faire que d'espionner mes chefs de maison. Ils font leur travail. Moi, le mien.
— Et à Ion, où se trouve le club des terminales, et où les grands qui ne sortent pas le week-end se réunissent le vendredi soir, vous n'êtes pas allé jeter un œil ?
— Les élèves pratiquent l'autodiscipline. Ils n'ont pas besoin du directeur pour faire régner l'ordre. Vous le savez aussi bien que moi. C'est la raison d'être du système des préfets.
— Vous avez confiance dans vos préfets ?
— Entière confiance. Absolument. Ils ne m'ont jamais donné de raison de douter d'eux.
— Et Brian Byrne ?
Lockwood eut un haussement d'épaules en signe d'impatience.
— Nous avons déjà abordé ce sujet, inspecteur. Je ne regrette aucunement d'avoir Brian comme préfet.
— Elaine Roly semble trouver qu'il est trop en manque pour faire un préfet efficace.
— En manque ? De quoi diable manque-t-il ?...

— D'amitié. Et puis il a besoin de l'approbation de ses condisciples. Ce qui n'est pas une bonne chose quand on est chargé de faire régner la discipline.

Lockwood eut l'air amusé.

— C'est l'histoire de la paille et de la poutre. Si quelqu'un ici a soif d'amitié et d'approbation, c'est bien Elaine Roly. C'est tout de même bien elle qui passe la moitié de son temps libre à essayer de s'insinuer dans les bonnes grâces de Frank Orten. Comme si ce vieux misogyne pouvait accorder de l'attention à une femme après avoir été plaqué comme un malpropre par la sienne... Quant à Brian Byrne, il est devenu préfet selon la procédure habituelle. Il a été désigné par un membre du personnel.

— Qui ?

— J'ai peur de ne pas m'en souvenir.

Lockwood tendit le bras pour toucher un lis qui entrait dans la composition du bouquet de sa femme. Et en effleura la tige des doigts. En le voyant, Lynley s'émerveilla une fois de plus de la faculté qu'avait le corps de dire la vérité alors que l'intellect cherchait à dissimuler.

— Votre femme fait partie du personnel ? s'enquit-il. Après tout, elle joue dans l'orchestre de l'école. Elle donne des leçons de musique et, même si elle ne touche aucun salaire, elle doit avoir sa place au sein du personnel. Elle a sûrement son mot à dire dès qu'il s'agit de prendre des décisions. Des décisions du type...

La fleur tomba, tige sectionnée.

— Très bien. C'est Kathleen qui a nommé Brian. Sur ma demande. Giles Byrne voulait que son fils soit préfet. C'est bien ce que vous désiriez savoir, n'est-ce pas ? Je ne vois pas le rapport avec la mort de Matthew Whateley.

— Giles Byrne tenait-il à ce que son fils fût préfet d'une maison précise ?

— Oui. Erèbe. Ce n'est pas un crime. C'est l'ancienne maison de Byrne. Je trouve logique qu'il veuille que son fils y habite.

— Mr Byrne s'intéresse de près à Erèbe. Toutes sortes de liens l'y rattachent. C'est là qu'il habitait. C'est là que son fils habite. C'est également là que Matthew Whateley — son poulain — habitait. Et, avant lui, Edward Hsu. Que savez-vous des relations de Byrne avec ce dernier ?

— Il était son tuteur et c'est lui qui a fait placer cette plaque commémorative dans la chapelle. Il aimait beaucoup Edward. C'était bien longtemps avant mon arrivée ici.

— Et le suicide d'Edward Hsu ?

Lockwood ne cacha pas son agacement.

— Vous n'allez pas me dire qu'il y a un rapport ? Edward Hsu est mort en 1975.

— Je sais. Comment est-il mort ? Vous le savez ?

— Tout le monde est au courant. Il est monté dans le clocher, et s'est jeté du haut du toit de la chapelle.

— Pourquoi ?

— Je l'ignore.

— Vous avez un dossier le concernant ?

— Franchement, je ne vois pas le rapport...

— J'aimerais y jeter un coup d'œil, monsieur le directeur.

Lockwood se mit lourdement debout. Sans un mot, il sortit de la pièce et lança un ordre bref à sa secrétaire qui travaillait dans le local contigu. Lorsqu'il revint, il tenait une chemise sur la paume ouverte de sa main gauche. Il n'y avait que très peu de papiers à l'intérieur. Lockwood les feuilleta, faisant une pause pour lire une lettre écrite sur du papier pelure.

— Edward Hsu venait de Hong Kong, dit-il. Où ses parents, si j'en crois cette lettre, habitaient encore en 1982. Ils avaient songé à créer une bourse en mémoire de leur fils mais leur projet n'a jamais abouti. (Lockwood poursuivit sa lecture.) Ils avaient envoyé Edward en Angleterre pour qu'il y reçoive la même éducation que son père. Il a obtenu d'excellentes notes à l'examen d'entrée. C'était un élève très doué. Il aurait sûrement réussi brillamment mais il n'a pas eu le temps de faire ses preuves. Il n'y a rien d'autre dans le dossier, mais j'imagine que vous voudrez vous en assurer par vous-même.

Lockwood leur tendit le dossier. DÉCÉDÉ était inscrit en grosses lettres rouges sur la couverture. Lynley prit connaissance des rares renseignements que contenait la chemise, n'y trouva rien de plus que les renseignements fournis par le directeur, si ce n'est une photo d'Edward Hsu à treize ans prise à son entrée à Bredgar. Il releva la tête et s'aperçut que Lockwood l'observait.

— Edward Hsu n'a pas laissé de mot pour expliquer son geste ?

— A ma connaissance, non.

— Je regardais les photos qui sont dans votre bureau tout à l'heure. Une chose m'a frappé : le peu d'élèves appartenant à des minorités raciales.

Les yeux de Lockwood se posèrent sur les photos puis se braquèrent sur Lynley. La mine indéchiffrable, il ne souffla mot.

— Vous êtes-vous jamais demandé ce que le suicide d'Edward Hsu pouvait impliquer ? s'enquit Lynley.

— Le suicide d'un élève chinois dans un établissement vieux de cinq cents ans n'implique pas grand-chose pour moi. Et je ne vois toujours pas le rapport entre cette mort et celle de Matthew Whateley. Si vous en voyez un, j'espère que vous serez assez aimable pour m'en faire part. A moins, bien sûr, que vous ne remettiez sur le tapis Giles Byrne et ses relations privilégiées avec ces deux élèves. Mais, si vous vous orientez dans cette direction, intéressez-vous aussi à Elaine Roly, qui les a connus tous les deux. Ou à Frank Orten. Ainsi qu'à tous ceux qui étaient là en 1975.

— Cowfrey faisait partie de la maison en 1975 ?

— Oui.

— Et les Volontaires de Bredgar existaient déjà ?

— Oui. *Oui.* Mais encore une fois qu'est-ce que tout cela a à voir avec...

Lynley l'interrompit.

— Votre femme nous a parlé en termes fort élogieux des efforts que vous déployiez pour convaincre un nombre de plus en plus grand de parents d'inscrire leurs enfants chez vous et pour remonter le niveau des études. J'imagine que vous ne pouvez pas vous permettre de prendre n'importe quel élève — qu'il soit boursier ou non — si vous voulez que ce niveau soit élevé ?

Lockwood frotta sa paume sur un coin de son cou où le rasoir avait laissé une marque rougeâtre.

— C'est irritant, cette façon que vous avez de tourner autour du pot, inspecteur. Venant d'un policier, je trouve ce comportement étonnant. Pourquoi n'allez-vous pas droit au but au lieu de finasser ?

Lynley sourit.

— Je me demande si Giles Byrne ne vous aurait pas demandé un service qui aurait été à l'encontre de vos projets concernant l'école. Si vous faites tout pour envoyer autant d'élèves que possible à Oxford ou à Cambridge, vous n'avez pas dû apprécier qu'on vous colle d'autorité un élément moins doué, non ?

— Matthew Whateley ne m'a pas été collé d'autorité. Il a été *choisi*. Selon la procédure en vigueur. Par le conseil d'administration.

— Dont Giles Byrne fait partie ?

Cette fois, Lockwood prit la mouche.

— Ecoutez, siffla-t-il. Occupez-vous de l'enquête. Je m'occupe de l'école. C'est clair ?

Lynley se mit debout. Havers l'imita, rangeant son carnet dans son sac à bandoulière. Arrivé devant la porte du cabinet, Lynley s'immobilisa.

— Dites-moi, monsieur le directeur, saviez-vous que Cowfrey Pitt et John Corntel avaient pris le tour de garde l'un de l'autre pendant le week-end ?

— Oui. Ça vous pose un problème ?

— Qui d'autre était au courant ?

— Tout le monde. Ce n'est pas un secret. Le nom du professeur de garde est affiché à l'entrée du réfectoire et dans la salle des professeurs.

— Je vois. Merci.

— Quel rapport avec tout cela, inspecteur ?

— Un grand rapport. Ou alors aucun.

Lynley adressa un signe de tête en guise d'adieu et, accompagné d'Havers, quitta la pièce.

Ils attendirent d'être dehors, près de la voiture de Lynley pour parler. Huit sansonnets les dépassèrent, filant dans l'air de l'après-midi avec un léger bruissement d'ailes, se posant sur le plus gros des deux hêtres qui se dressaient en sentinelles de chaque côté du sentier qu'on empruntait pour quitter le campus. Lynley observa le vol des oiseaux.

— Et maintenant, on s'occupe de quoi ? questionna Havers.

Lynley s'arracha à sa contemplation.

— Des antécédents familiaux véritables de Matthew Whateley. Il faut tirer ça au clair avant de poursuivre.

— La piste du racisme, alors, dit-elle, louchant vers le toit de la chapelle. Vous pensez que c'est à cause de ça qu'Edward Hsu s'est tué ?

— Le racisme est une forme de provocation tellement insidieuse... Imaginez ce garçon seul, loin de sa famille, plongé dans un milieu totalement étranger où il est loin d'être aussi à l'aise qu'il le souhaiterait.

— Comme Matthew Whateley ?

— En effet, sergent. C'est bien ce qui m'inquiète.

— Ne me dites pas que Matthew Whateley s'est tué et que tout cela est une espèce de canular destiné à faire passer ce suicide pour un meurtre ?

— Je n'en sais rien. Il nous faut le rapport d'autopsie de l'inspecteur Canerone de Slough. Les résultats préliminaires nous fourniraient déjà des éléments, une direction dans laquelle nous orienter.

— En attendant ?

— On fait de notre mieux. Pour commencer, nous allons nous rendre chez les Whateley ; nous verrons bien ce qu'ils ont à nous dire concernant leur fils.

Comme à l'accoutumée, Harry Morant était le dernier à suspendre ses affaires de sport dans le séchoir de Calchas. C'était une habitude qu'il avait prise. Il traînait toujours derrière les autres, une fois le match terminé, afin de ne pas avoir à se précipiter dans le séchoir avec eux.

Ce n'était pas la bousculade qui le gênait. Mais plutôt l'odeur violente de la transpiration et des vêtements sales. D'autant plus forte qu'il régnait dans ces lieux exigus une température digne d'un sauna, due à la présence dans la petite salle de tuyaux d'eau chaude qui couraient horizontalement le long d'un des murs. Une fois que les autres avaient terminé, Harry pouvait prendre une profonde inspiration avant de franchir le seuil, foncer pour déposer vêtements et serviette sur son tuyau et ressortir en trombe sans avoir à reprendre son souffle ni à respirer la puanteur affectueusement qualifiée de « bonne odeur d'aisselles » par l'une des intendantes. Aussi prenait-il toujours son temps pour se doucher, se changer et gagner l'angle sud-ouest du bâtiment où se trouvait le séchoir.

C'était dans cette direction qu'il se dirigeait pour le moment, tenant mollement à bout de bras sa tenue de hockey et sa serviette. Il lui semblait avoir des pieds de plomb. Ses épaules étaient douloureuses. Dans la poitrine, il avait un creux qui semblait s'accentuer à mesure que les heures passaient. Quelque chose le minait de l'intérieur. Et Harry avait l'impression que ce travail de sape continuerait jusqu'à ce que la peur, le chagrin et le poids des responsabilités lui aient rongé la chair, ne laissant de lui qu'un cadavre sanguinolent. Il se souvint vaguement d'avoir lu un article sur un tueur américain condamné à la chaise électrique, disant au juge qui avait prononcé la sentence : « Vous ne pouvez pas me tuer. Je suis déjà mort. » C'était précisément ce que Harry commençait à ressentir.

Au début, ça n'avait pas été exactement le cas. La peur l'avait fait se taire. Car il n'avait pas fallu longtemps pour que le bruit se répande chez les petits quatrièmes : Matthew Whateley avait été torturé avant de mourir. Harry n'était pas particulièrement courageux, la peur de connaître le même sort que son ami avait suffi à lui faire tenir sa langue. Mais la peur avait bientôt cédé le pas au chagrin. Chagrin né du fait que Harry savait avoir joué un rôle décisif dans le malheur qui avait frappé son copain. Né du fait aussi que Harry avait très présente à l'esprit la détermination de Matthew à lui venir en aide et à l'arracher au cauchemar qu'était devenue sa vie à Bredgar Chambers. Conscient de sa dette envers Matthew, Harry était écrasé sous le poids de sa responsabilité, laquelle lui rongeait le cœur et la conscience. Peur, chagrin, sens des responsabilités se combinant, Harry en venait à souhaiter que tout se terminât. Aussi comprenait-il de mieux en mieux le sens des paroles lancées dans le prétoire par le tueur américain aux yeux fous, ce qui était d'ailleurs une manière de bénédiction. Car s'il était déjà mort, rien ne pourrait plus lui faire de mal.

Arrivé au bout du couloir, il inspira à fond, retint son souffle, poussa la porte du séchoir. La chaleur des tuyaux se dressa tel un mur devant lui. Il se glissa dans le local.

La pièce, à peine plus grande qu'un placard, avait des murs de plâtre pleins de taches, un linoléum gris au sol, un plafond presque entièrement occupé par une trappe cadenassée — sur laquelle des bouts de chewing-gum avaient été collés pour former les lettres *c o* et le début d'un *n*. Suspendue au-dessus de la porte, une ampoule faiblarde éclairait le réduit. L'éclairage avait beau être chiche, Harry eut tôt fait de se rendre compte que non seulement il ne restait presque plus de place pour ses affaires sur les tuyaux mais que bon nombre de vêtements jetés par terre à la hâte formaient des tas trempés de sueur sur le lino. L'intendante n'allait pas apprécier. Le préfet non plus. Tout le monde trinquerait si la pièce n'était pas remise en ordre.

Avec un soupir, Harry inspira une bouffée d'air fétide et chaud, puis, tout frissonnant, il attrapa la pile de vêtements la plus proche et commença à suspendre les affaires après les tuyaux pour qu'elles sèchent. Elles étaient collantes entre ses doigts, imprégnées de quelque chose de gluant qui remua en lui de mauvais souvenirs. Et, soudain, il eut l'impression de se retrouver les poings pressés contre le maillot trempé de sueur de celui qui le maintenait cloué au sol dans le noir.

Tu veux te faire mettre, petite tapette ? Tu veux te faire mettre ? Te faire mettre ?

Harry poussa un cri, cherchant à fuir, jetant à la diable les vêtements sur les tuyaux.

Tu veux te faire mettre, petite tapette ? Tu veux te faire mettre ? Te faire mettre ?

Il resserra sa prise sur le vêtement qu'il tenait. Il n'y aurait plus moyen d'y échapper maintenant. Qu'il parlât ou non, le résultat serait le même. C'était inévitable. C'était son lot.

Ses yeux se posèrent sur ses mains qui tordaient machinalement une chaussette marine. Contrairement aux autres habits qui se trouvaient dans le cagibi, elle était parfaitement sèche ; alors qu'il la triturait, ses doigts entrèrent en contact avec une petite bande de coton cousue après la laine. Harry l'examina. Le chiffre 4 avait été inscrit sur l'étiquette de coton.

Il écarquilla les yeux. Garder un secret à Bredgar n'était pas chose aisée. Il avait appris ce matin avec les autres que les vêtements de Matthew Whateley avaient été retrouvés sur le tas d'ordures ménagères près du pavillon du portier, partiellement brûlés. Mais pas tous. Comme Harry pouvait maintenant s'en rendre compte.

La bouche sèche, il déglutit avec peine. Il tenait quelque chose. *Quelque chose.* Ça ne l'obligerait ni à moucharder, ni même à prendre un risque. Pas vraiment. Mais c'était quelque chose. Cela lui permettrait peut-être de combler le creux qu'il avait dans la poitrine. De se débarrasser de son sentiment de culpabilité, de faire disparaître son chagrin.

Il jeta un regard furtif à la porte ouverte. Le couloir était désert. Ses camarades étaient en étude. Il ne lui restait que peu de temps avant que le préfet ne vienne aux nouvelles, ne vienne voir pourquoi il n'était pas en salle d'étude avec les autres. S'asseyant par terre, Harry défit sa chaussure, retira sa chaussette et enfila celle de Matthew. Comme elle n'était pas de la même couleur que la sienne, il enfila la sienne par-dessus pour la camoufler. Il eut un peu de mal à remettre sa chaussure après ça, mais tant pis. La chaussette de Matthew était en sûreté.

Maintenant il allait lui falloir décider à qui faire confiance.

15

Lorsque Patsy Whateley vint leur ouvrir et que Lynley la vit drapée dans sa robe de chambre jaune parsemée de dragons, il se demanda pourquoi il n'avait pas fait plus tôt le rapprochement entre cette robe de chambre et les révélations des Bonnamy à propos des origines de Matthew. Le dessin résolument chinois du peignoir semblait tout à fait de nature à accréditer la version du colonel et de sa fille.

Patsy Whateley les fixa quelques instants sans comprendre. En cette fin d'après-midi, la lumière faiblissait à vue d'œil. Comme les rideaux du cottage étaient tirés et qu'aucune lampe n'était allumée dans le séjour, Mrs Whateley était dans l'ombre, ses traits invisibles. Ayant ouvert sa porte en grand, elle se planta devant le seuil, bras ballants. Sa robe de chambre s'entrouvrit, révélant partiellement un sein qui pendait tel un sac de farine à moitié vide. Elle était pieds nus.

Le sergent Havers prit la parole la première en pénétrant dans le cottage.

— Vous êtes seule, Mrs Whateley ? Où sont passées vos pantoufles ? Venez, je vais vous aider.

Lynley lui emboîta le pas et referma la porte. Cela fait, il prit immédiatement conscience de l'odeur nauséabonde que le corps non lavé de Patsy Whateley répandait dans la pièce. Pendant que le sergent Havers s'efforçait de rajuster les vêtements de la malheureuse, ramassait une pantoufle restée près du fauteuil écossais, Lynley s'occupa de donner de la lumière et entrebâilla l'une des fenêtres pour aérer un peu et chasser en partie la puanteur ambiante.

Le sergent Havers parlait à Patsy Whateley tout en nouant autour de sa taille épaisse la ceinture de sa robe de chambre.

— N'y a-t-il personne à qui nous puissions téléphoner, Mrs Whateley ? Vous n'avez pas de parents dans le voisinage ? Votre mari est parti travailler ?

Patsy ne broncha pas. Lynley l'examina à la lumière, remarquant au passage la peau grumeleuse autour des yeux, la pâleur du teint, les auréoles sous ses aisselles. Ses mouvements étaient ralentis. Il gagna la cuisine.

La pièce n'avait été ni rangée ni nettoyée depuis que Patsy Whateley avait fait de la pâtisserie la veille. Les biscuits étaient encore éparpillés sur les plans de travail au milieu des bols dans lesquels la pâte figée faisait des grumeaux. Il y avait des ustensiles partout — cuillers, bols, spatules, tasses, plaques métalliques, batteur électrique. Sur la cuisinière, sur la table, sur les plans de travail, dans l'évier. Lequel était à moitié plein d'une eau trouble et blanchâtre.

Lynley découvrit la bouilloire posée de guingois sur un brûleur et l'emporta jusqu'à l'évier. Le sergent Havers le rejoignit.

— Laissez, je m'en occupe, dit-elle. Peut-être que je trouverai un petit quelque chose à lui donner à manger par la même occasion. Elle n'a rien dû se mettre sous la dent depuis dimanche matin.

— Où est passé le mari de cette pauvre femme ? s'entendit demander Lynley en sentant les yeux de Havers braqués sur lui.

— Il y a bien des manières de réagir quand on perd un être cher, rétorqua-t-elle.

— Ce n'est pas une raison pour la laisser seule, fit-il d'un ton sec.

Havers ferma le robinet.

— En fin de compte, on est toujours seul, inspecteur. Même quand on essaie de se persuader du contraire. (Elle posa la bouilloire sur la cuisinière et s'approcha du réfrigérateur.) Un bout de fromage. Des tomates. Je vais voir ce que je peux faire avec ça.

Lynley l'abandonna et retourna dans le séjour, où il trouva Patsy Whateley affalée dans le fauteuil. En passant devant le radiateur électrique, il repéra la seconde pantoufle et se baissa pour la ramasser. La lui ayant apportée, il s'agenouilla devant elle pour la lui passer au pied. Alors qu'il lui tenait le talon et sentait sous ses doigts la peau rugueuse et dure, il éprouva un sentiment de tristesse inexplicable.

Comme il se relevait, elle prit la parole. Sa voix était rauque. Parler lui demandait de toute évidence un gros effort.

— Les policiers de Slough refusent de nous rendre Mattie. Je les ai appelés aujourd'hui. Ils veulent pas nous le rendre. On peut même pas l'enterrer.

Lynley s'assit sur le canapé. Le couvre-lit qui le recouvrait d'habitude gisait en tas par terre.

— On vous rendra Matthew dès que l'autopsie sera terminée, lui dit-il. Si — comme je le crois — le labo a du retard à rattraper, cela risque de prendre encore quelques jours. D'autant que certains tests sont assez longs.

Patsy tira sur la manche de sa robe de chambre. Une petite tache de pâte en forme de croissant était incrustée dans le tissu.

— A quoi ils vont servir, ces tests ? Mattie est mort. Y a que ça qui compte.

— Mrs Whateley... commença Lynley, se sentant gauche, impuissant. (Il chercha en vain des paroles de réconfort mais ne trouva qu'un élément d'information susceptible de lui procurer quelque soulagement.) Vous aviez raison concernant Matthew.

— Raison ?

Elle lécha ses lèvres sèches et craquelées.

— Nous avons retrouvé son uniforme ce matin. Nous avons la quasi-certitude qu'il est mort à Bredgar Chambers. Vous aviez raison : il ne s'est pas sauvé.

La nouvelle parut rasséréner quelque peu la malheureuse, car elle hocha la tête et tourna les yeux vers la photo du garçonnet posée sur le buffet du coin-repas.

— C'était pas une poule mouillée, Mattie, je le savais bien. C'est pas comme ça qu'on l'a élevé. Quand il avait un problème, il l'attaquait de front. Cela dit, je vois toujours pas pourquoi on l'aurait tué.

C'était précisément pour tenter d'avoir la réponse à cette question que les deux policiers étaient venus jusqu'à Hammersmith. Lynley chercha un moyen d'entrer dans le vif du sujet. Passant la pièce en revue, il examina l'étagère sur laquelle s'alignaient les tasses rapportées d'un peu partout et les sculptures de marbre. Le *Nautile* n'y était plus, mais la *Mère et l'Enfant* continuait de voisiner avec une femme nue allongée dans une attitude digne d'une contorsionniste, le dos arqué, les seins pointés vers le ciel. La mère et l'enfant étaient comme soudés l'un à l'autre par la courbe du bras maternel, symbolisant une union éternelle, indéfectible, infinie. C'était la métaphore dont il avait besoin. Les yeux rivés sur la sculpture, il entreprit de questionner Patsy Whateley.

— Avez-vous des frères, des sœurs, Mrs Whateley ?

— Quatre frères. Une sœur.

— Est-ce que l'un de vos frères a les mêmes problèmes que Matthew avec les couleurs ?

— Non, pourquoi ? fit-elle, perplexe.

Le sergent Havers sortit de la cuisine et les rejoignit, portant un plateau sur lequel étaient posés deux sandwichs au fromage et à la tomate, une tasse de thé, trois biscuits au gingembre. Elle posa le tout devant Patsy Whateley et lui mit d'autorité un morceau de sandwich dans la main. Lynley attendit que Patsy ait commencé à manger pour poursuivre.

— Les problèmes de perception des couleurs sont liés au sexe, expliqua-t-il. Les mères transmettent cette anomalie à leurs fils. Si Matthew était daltonien, c'est de vous — sa mère — qu'il aurait hérité cette cécité partielle.

— Matthew n'était pas daltonien, protesta-t-elle faiblement. Il avait juste du mal à reconnaître une ou deux couleurs.

— Le bleu et le jaune, précisa Lynley. Les couleurs de Bredgar Chambers. (Il enchaîna :) Pour que vous soyez atteinte d'une anomalie liée au sexe — l'incapacité de distinguer le bleu du jaune, en l'occurrence —, il faudrait que votre mère en ait été atteinte aussi. Et, si votre mère souffrait de cette cécité partielle, il paraît peu probable que vos quatre frères soient passés au travers car c'est une mutation génétique, une anomalie d'origine congénitale qui s'inscrit dans les chromosomes d'un enfant au moment de la conception.

— Quel rapport est-ce que tout ça a avec la mort de Mattie ?

— C'est avec sa vie que cela a un rapport, pas avec sa mort, dit doucement Lynley. Tout ça tendrait, voyez-vous, à suggérer que Matthew n'était pas votre fils naturel.

Sans lâcher son sandwich, elle laissa son bras retomber sur ses genoux. Un morceau de tomate s'échappa d'entre les tranches de pain et laissa une traînée rouge sur le jaune de son peignoir.

— Il était pas au courant. Matt l'a jamais su. (Elle se leva abruptement, laissant le sandwich dégringoler par terre. Elle alla chercher la photo de Matthew et se rassit dans son fauteuil. En parlant, elle la regardait, serrant le cadre.) Mattie était notre fils. Notre vrai fils. Ça n'a jamais compté pour nous, qu'il soit l'enfant de quelqu'un d'autre. Jamais. On l'a considéré comme nôtre dès le début. Il avait six mois quand il est arrivé ici. C'était un amour de bébé.

— Que savez-vous de ses antécédents ? De ses origines ?

— Pas grand-chose. Seulement qu'un de ses parents était chinois. Kev et moi, on s'en fichait pas mal. Ça nous était bien égal. Ç'a été notre petit dès le début.

— Vous ne pouviez pas avoir d'enfants ?

— C'est Kev qui peut pas en avoir. J'étais prête à recourir à ce truc artificiel mais Kev a refusé : il voulait pas que je porte l'enfant d'un autre. On a tenté d'en adopter un. Un vrai parcours du combattant. Mais y a pas eu moyen. (Elle releva la tête, laissant la photo sur ses genoux.) On a échoué. Kev arrivait pas à trouver un boulot stable à l'époque. Et les gens des services d'adoption trouvaient que barmaid, c'était pas assez reluisant comme travail, pour une mère.

Se doutant de ce qui allait suivre et devinant la réponse, Lynley lui posa néanmoins la question qui découlait de la précédente.

— Comment en êtes-vous venue à adopter Matthew ?

— C'est grâce à Mr Byrne. Il s'est occupé de tout.

Patsy Whateley se mit à raconter sa rencontre avec Giles Byrne. Domicilié dans Rivercourt Road, Byrne fréquentait assidûment *la Colombe bleue*, voisine de chez lui. Les jours passant, il avait pris l'habitude de bavarder avec la barmaid et écouté avec beaucoup d'attention le récit des difficultés rencontrées par Patsy dans les bureaux d'adoption. Un soir, il lui avait dit qu'il avait ce qu'il lui fallait à condition qu'elle n'eût rien contre les métis.

— Nous sommes allés chez un avocat de Lincoln's Inn. Mr Byrne se trouvait déjà là-bas avec le bébé. Nous avons signé les papiers et nous sommes repartis avec Mattie.

— C'est tout ? s'enquit Lynley. On ne vous a pas demandé d'argent ?

Patsy Whateley eut l'air horrifié.

— Pour l'acheter, vous voulez dire ? Non ! On a signé des papiers, c'est tout. Et on en a signé d'autres après pour l'adoption définitive. Mattie a été notre vrai fils dès le début. On l'a jamais traité autrement.

— Savait-il qu'il avait du sang chinois dans les veines ?

— Non. Il a jamais su qu'on l'avait adopté. Ç'a toujours été notre fils. Notre vrai fils, inspecteur.

— Vous ignorez qui sont ses parents naturels ?

— On n'avait pas besoin de le savoir, Kev et moi. Ça nous était bien égal de savoir qui c'était. Mr Byrne nous a seulement dit qu'il avait entendu parler d'un bébé qui pouvait nous convenir. Nous, on n'a pas été chercher plus loin. La seule chose qu'il nous a demandée, c'est de lui promettre que l'enfant connaîtrait quelque chose de mieux que Hammersmith. Un point c'est tout.

— Quelque chose de mieux que Hammersmith ? Qu'est-ce que Mr Byrne entendait par là ?

— L'école, inspecteur. Pour avoir Mattie, il a fallu qu'on lui promette de l'envoyer à Bredgar Chambers, l'école où Mr Byrne avait été élevé.

— Peut-être que le penchant marqué de Giles Byrne pour les chinoiseries s'étendait aux femmes, remarqua le sergent Havers tandis qu'ils quittaient Upper Mall pour s'engager dans Rivercourt Road. Nous savons déjà qu'il aimait beaucoup Edward Hsu, qui était chinois. Pourquoi ne se serait-il pas épris d'une Chinoise ?

— Je ne perds pas de vue la possibilité qu'il soit le père naturel de Matthew, rétorqua Lynley.

— Je doute qu'il crache le morceau au cours d'un tête-à-tête, inspecteur. Pas s'il a réussi à cacher la chose jusqu'à maintenant. C'est un personnage assez connu, après tout. Emissions à la BBC, analyses politiques, rubrique journalistique. Ça la ficherait mal, si on apprenait qu'il a un fils illégitime, non ? Un métis, de surcroît, qu'il aurait abandonné. Surtout si la mère était nettement plus jeune que ce brave Giles.

— Nous ne serons sûrs de rien, Havers, tant que nous ne saurons pas quel lien il peut y avoir entre les véritables origines de Matthew Whateley et son assassinat.

La maison de Byrne n'était pas loin d'Upper Mall ni de la Tamise. C'était un bâtiment victorien en brique de deux étages, dont la symétrie était le seul mérite architectural. Ce souci de la symétrie se pouvait observer dans l'emplacement des fenêtres — deux à chaque étage —, dans la décoration froide de la façade ainsi que sur la porte d'entrée où heurtoir, fente de boîte aux lettres et poignée étaient mornement équidistants. Lynley constata que la porte avait été récemment endommagée car le bois était éraflé en plusieurs endroits et la peinture blanche maculée de traces noires.

Dans l'obscurité grandissante, on distinguait des lumières dans les pièces de devant aussi bien au rez-de-chaussée qu'en haut. Lynley et Havers frappèrent et on ne tarda pas à leur ouvrir. Au lieu d'être accueillis par Giles Byrne, ils le furent par une séduisante Pakistanaise d'une trentaine d'années qui portait un long cafetan ivoire en soie et un collier en or. Des peignes retenaient sa longue chevelure sombre et ses boucles d'oreilles en or luisaient à la lumière du vestibule. Ce n'était de toute évidence pas une domestique.

— En quoi puis-je vous être utile ? s'enquit-elle d'une voix basse et musicale.

Lynley sortit sa carte, qu'elle examina.

— Mr Byrne est là ? s'enquit-il.

— Bien sûr. (S'effaçant pour les laisser passer, elle leur fit signe d'entrer. Le geste eut pour effet de relever la manche de son cafetan, dévoilant la peau sombre et satinée.) Si vous voulez bien patienter dans le salon, inspecteur. Je vais le chercher. Servez-vous à boire en attendant. (Elle sourit, découvrant de petites dents très blanches.) Et si vous êtes encore en service, je vous promets de n'en souffler mot à quiconque. Excusez-moi. Giles travaille dans la bibliothèque.

Elle les abandonna, s'élança d'un pas léger dans l'escalier.

— Il ne se défend pas mal, l'ami Byrne, pour ce qui est de se trouver de la compagnie, marmonna Havers. A moins qu'il ne lui serve de précepteur. Parce que l'éducation, c'est sa passion, à cet homme. Sacré pédagogue, le Giles.

Lynley lui jeta un coup d'œil et lui fit signe d'entrer dans le salon qui était à gauche de la porte d'entrée. Faisant face à Rivercourt Road, la pièce était confortablement mais sobrement meublée, dans un style destiné à résister à l'épreuve du temps. La couleur dominante était le vert : vert citron des murs, vert mousse des deux canapés et des trois fauteuils, vert enfin des feuilles exubérantes de la moquette dont l'épaisseur étouffait les pas. Sur le piano qui occupait le pan de mur entre les deux fenêtres étaient alignées des photos. Lynley s'approcha pour les étudier en attendant que Giles Byrne les rejoigne.

Les clichés témoignaient du don d'animateur hors du commun de Giles Byrne, présentateur d'une célèbre émission politique à la BBC. On le voyait poser en compagnie d'une foule de personnalités, toutes tendances confondues. Margaret Thatcher et Neil Kinnock ; Harold Macmillan vieillissant, le révérend Ian Paisley, Bernadette Devlin ; trois secrétaires d'Etat américains et un ancien président. Près de ces célébrités, Byrne avait l'air égal à lui-même — sarcastique, vaguement amusé, bref impénétrable. Le fait que Byrne eût réussi à garder pour lui ses opinions politiques avait été pour beaucoup dans son succès en tant que journaliste à la BBC. N'étant l'avocat de personne, il s'attaquait avec un mordant égal aux problèmes et aux personnes quels qu'ils fussent. C'était un homme dont l'esprit caustique et la langue acérée avaient mis en difficulté plus d'une grosse pointure du monde de la politique.

— Edward Hsu, murmura le sergent Havers d'un ton méditatif.

Lynley vit qu'elle s'était approchée de la cheminée au-dessus de laquelle étaient accrochées deux aquarelles, deux vues de la Tamise. Toutes deux avaient la délicatesse de facture et le sens éthéré et comme brumeux du détail qui caractérisent la peinture orientale. Sur l'une, arbres, rives et talus émergeaient d'une nappe de brouillard qui rasait le sol et semblaient flotter dans l'air aussi aisément qu'une péniche flotte sur l'eau. Sur l'autre, trois femmes vêtues de tons pastel avaient couru s'abriter d'une soudaine averse sous le porche d'un cottage situé en bordure du fleuve, abandonnant leur pique-nique derrière elles. Les deux toiles étaient signées *E. Hsu*.

— Joli travail, apprécia Havers. (Elle attrapa une petite photo posée sur le dessus de la cheminée.) Ce doit être Edward Hsu. Moins coincé là-dessus que sur la photo de lui qui est à la chapelle. (Elle balaya plusieurs fois la pièce du regard. Puis reposa les yeux sur le cliché, sourcils froncés :) Inspecteur, il y a quelque chose de bizarre.

Lynley la rejoignit, lui prit le cadre des mains. Edward Hsu et Brian Byrne — tout jeune — posaient, sourire aux lèvres, dans une barque sur la Serpentine à Hyde Park. Brian était assis entre les jambes d'Edward, ses mains sur celles d'Edward, qui tenait les rames.

— Comment ça, bizarre ?

Havers reposa la photo et s'approcha d'un meuble de l'autre côté de la pièce. Là se trouvait un exemplaire de la photo de Matthew Whateley qu'ils avaient vue dans le cottage de ses parents. Havers la prit.

— Nous avons la photo d'Edward Hsu. Nous avons la photo de Matthew Whateley. Nous avons — elle désigna de la main le piano — les photos d'une bonne douzaine de personnalités et d'huiles diverses. Mais un seul et unique instantané de Brian Byrne — dans la barque avec Edward Hsu. Et Brian avait quel âge, alors ? Trois ans, quatre ans ?

— Presque cinq.

Les deux mots venaient de la porte. Giles Byrne les observait depuis le seuil. Dans le vestibule derrière lui, la Pakistanaise avait l'air d'une étude en noir et blanc dans son cafetan.

— Brian et moi, nous ne nous voyons plus guère, ce n'est un secret pour personne, commenta Byrne en entrant à pas lents, l'air très fatigué. C'est lui qui en a décidé ainsi, pas moi. (L'espace d'un instant, il se tourna vers sa compagne :) Il est inutile que tu restes, Rhena. Tu as du travail pour la semaine prochaine, je crois ?

— J'aimerais rester, mon cher.

Et, traversant le salon sans bruit, elle alla s'asseoir sur un canapé. Se débarrassant de ses fines sandales, elle replia ses jambes sous elle. Quatre fins bracelets en or glissèrent le long de son bras. Elle tourna les yeux vers Byrne, qu'elle regarda intensément.

— Comme tu voudras, Rhena. (Il s'approcha d'une table chargée de carafes, de verres et d'un seau à glace.) Que puis-je vous offrir ? demanda-t-il aux visiteurs par-dessus son épaule.

Comme ils refusaient, il prit tout son temps pour se verser un whisky et préparer un cocktail pour sa compagne. Cela fait, il alluma le radiateur à gaz encastré dans l'âtre, régla la flamme et rejoignit la jeune femme sur le canapé, apportant leurs deux verres.

Cette manœuvre — destinée peut-être à lui permettre de gagner du temps, de rassembler ses idées, de se mettre en condition, de démontrer à ses visiteurs qu'il était bien décidé à diriger l'interrogatoire — permit du même coup à Lynley d'étudier son homme. Byrne, qui devait avoir la cinquantaine bien sonnée, n'était pas ce qu'il est convenu d'appeler beau. Loin de là. Son physique recelait toutes sortes de bizarreries. Bizarreries qui lui donnaient l'air d'être une caricature de lui-même. Pour commencer, il était presque totalement chauve, ne possédant plus qu'une mince frange qui adhérait au sommet de son crâne et une touffe de cheveux qui lui retombait en mèche sur le front. Le nez était trop grand, la bouche et les yeux trop petits ; en outre, du front au menton son visage s'étrécissait de façon si prononcée qu'on eût dit un triangle inversé. Il était très grand et très mince et bien que ses vêtements eussent l'air coûteux — du tweed tissé à la main, à première vue —, il avait l'air de flotter dedans. Ses longs bras en émergeant de sa veste mettaient en relief de grandes mains noueuses. Celles-ci avaient l'air jaunes, particulièrement les doigts, qui étaient tachés de nicotine.

Tandis que Lynley et Havers s'asseyaient, Byrne toussa dans son mouchoir avant d'allumer une cigarette. Rhena tendit le bras et s'emparant d'un cendrier sur la table près du canapé le prit pour qu'il pût s'en servir. Elle posa sa main gauche sur la cuisse de Byrne.

— Vous vous en doutez certainement, nous sommes venus vous parler de Matthew Whateley, dit Lynley à Byrne. De quelque côté que nous nous soyons tournés au cours de notre enquête, votre nom n'a cessé d'être prononcé, revenant comme un leitmotiv. Nous savons que Matthew a été adopté, que c'est vous qui vous êtes occupé de l'adoption, que Matthew avait du sang chinois. Ce que nous ignorons...

La toux de Byrne interrompit Lynley. Une fois qu'elle eut pris fin, Byrne lança abruptement :

— Qu'est-ce que tout ça a à voir avec la mort de Matthew ? Un enfant a été assassiné dans des conditions atroces. Un dangereux pédophile rôde en liberté. Et vous étudiez la généalogie de l'enfant comme si le responsable était quelqu'un de sa famille. Ça n'a pas de sens.

Lynley avait vu Byrne à l'œuvre suffisamment souvent pour savoir où il voulait en venir. Il ne se laissa pas impressionner.

— Je n'en ai pas la moindre idée, répondit-il d'un ton sec. C'est précisément ce que j'ai l'intention de découvrir. J'avoue que ma curiosité a été piquée au vif hier lorsque j'ai appris que vous aviez été proche d'un élève chinois qui s'était suicidé. J'ai été encore plus intrigué lorsque j'ai découvert que, quatorze ans après la mort de ce garçon, vous aviez parrainé un autre élève — à demi chinois, celui-là — afin de lui faire obtenir une bourse qu'il ne méritait peut-être pas vraiment, et que votre protégé était mort tragiquement lui aussi. Franchement, Mr Byrne, au cours de ces deux derniers jours je me suis heurté à trop de coïncidences pour que le hasard soit seul en cause. Peut-être pourriez-vous me donner quelques explications.

Byrne accueillit cette réponse de derrière la fumée qui montait en volutes de sa cigarette.

— Les circonstances de la naissance de Matthew n'ont rien à voir avec sa mort, inspecteur. Mais, puisque le sujet semble vous tenir à cœur, je consens à vous en parler. (Il fit une pause le temps de tapoter sa cigarette contre le cendrier et tira une bouffée avant de poursuivre d'une voix râpeuse :) Si je me suis intéressé à Matthew Whateley, c'est parce que je connaissais — et aimais — son père. Edward Hsu. (Byrne sourit comme s'il lisait une expression incrédule sur le visage de Lynley.) Sans doute avez-vous pensé que j'étais le père de Matthew, compte tenu de mon penchant funeste pour tout ce qui est chinois. Désolé si la vérité vous déçoit. Matthew Whateley n'était pas mon fils. Je n'ai qu'un fils. Vous l'avez d'ailleurs rencontré.

— Et la mère de Matthew ? s'enquit Lynley.

Byrne plongea dans la poche de sa veste, en retira un paquet de Dunhill et alluma une deuxième cigarette à l'aide du mégot encore rougeoyant de la première, qu'il écrasa dans le cendrier tout en toussant d'une toux grasse dans sa main.

— C'est une histoire peu ragoûtante, inspecteur. La mère de Matthew était loin d'être un joli tendron dont Edward serait tombé amoureux. Etant donné le sérieux avec lequel Edward Hsu se consacrait à ses études, il y avait peu de chances qu'il succombât au charme d'une adolescente de seize ou dix-sept ans. La mère de Matthew était, au contraire, une femme plus âgée qui réussit à le séduire. Pour le plaisir, j'imagine. Pour se prouver qu'elle était encore désirable. Ou pour connaître la sensation exaltante de se savoir désirée par un homme nettement plus jeune qu'elle. Choisissez l'explication qui vous convient le mieux. Pour moi, je ne saurais me prononcer quant à sa motivation exacte. Mais c'est sûrement l'une de ces trois-là.

— Cette femme, vous ne la connaissiez pas ?

— Je n'en connaissais que ce que j'ai réussi à en faire dire à Edward.

— Mais encore ?

Byrne avala une gorgée de whisky. Près de lui sur le canapé, Rhena ne bougeait pas. Quelques instants plus tôt, elle avait baissé les yeux, regardant sa main posée sur la cuisse de Byrne. Elle ne releva pas la tête.

— L'essentiel. Elle l'avait invité plusieurs fois à prendre le thé, se prétendant soucieuse de son bien-être. C'est ainsi que tout commença. Pour se terminer dans la chambre à coucher. Je suis persuadé que l'initiation amoureuse de cet innocent a dû procurer à cette femme qui n'était plus toute jeune des sensations particulièrement voluptueuses. Et quelle joie ç'a dû être pour elle de s'apercevoir qu'un adolescent à deux doigts de devenir un homme la trouvait désirable. La seule chose qu'elle n'avait pas prévue, c'est qu'elle se retrouverait enceinte. Mais, une fois grosse, elle s'est servie de son état pour essayer — en vain — de forcer Eddie à demander de l'argent à sa famille. Extorsion. Chantage. Appelez ça comme vous voulez.

— C'est pour ça qu'il s'est tué ?

— Il s'est suicidé parce qu'il était persuadé que l'école le renverrait si la vérité venait à se savoir. Le règlement concernant les écarts de conduite sur le plan sexuel est des plus explicites. Mais même si ça n'avait pas été le cas, Eddie était convaincu qu'il avait souillé le nom des siens. Ses parents avaient sué sang et eau pour payer ses études, ils avaient fait d'innombrables sacrifices et il les avait déshonorés.

— Comment se fait-il que vous soyez au courant de tout cela, Mr Byrne ?

— J'ai été le répétiteur d'Edward en composition anglaise depuis la classe de troisième. Il passait presque toutes les vacances chez moi. Je le connaissais bien. Je l'aimais beaucoup. J'ai vu qu'il était déprimé les derniers mois de sa terminale et je l'ai tarabusté jusqu'à ce qu'il me dise pourquoi.

— Il n'a pas voulu vous révéler le nom de la femme ?

Byrne secoua la tête.

— Son sens de l'honneur le lui interdisait.

— Je ne conçois pas qu'il n'ait pas compris — ou qu'on ne

lui ait pas expliqué — que le suicide était encore bien plus déshonorant, observa Lynley. Surtout dans une situation comme la sienne : après tout, il avait été manipulé.

Byrne ne broncha pas malgré la condamnation implicite que constituaient les paroles de Lynley.

— Je n'ai pas l'intention de discuter de la culture orientale avec vous, inspecteur. Ou avec qui que ce soit d'autre d'ailleurs. Je me contente de vous exposer les faits. Cette *femme* — il prononça le mot avec une emphase pleine de rancœur — aurait pu se faire avorter sans qu'Eddie le sache. Mais elle voulait lui soutirer de l'argent, aussi annonça-t-elle au jeune homme que s'il n'était pas capable d'apprendre la nouvelle à sa famille, elle s'en chargerait. Ou bien qu'elle irait parler au directeur afin de s'assurer qu'Eddie « ferait son devoir comme un homme ». Cette menace entraînait pour Eddie disgrâce et déshonneur.

— Il avait des circonstances atténuantes, remarqua Lynley. Il aurait pu les faire valoir. Même à Bredgar.

— Je les lui ai expliquées. Je lui ai dit que tout ça n'était pas entièrement de sa faute, qu'il n'avait pas violé cette femme, qu'elle l'avait séduit, que le directeur en tiendrait compte. Mais Eddie n'arrivait pas à voir au-delà du tort qu'il avait fait à sa famille, à l'école. Il ne pouvait plus étudier. Il ne pouvait plus travailler. Rien de ce que je pouvais lui dire n'y changeait quoi que ce soit. Je crois qu'il a décidé de se tuer le jour où il a appris qu'elle était enceinte. Il a attendu l'occasion favorable.

— Il n'a laissé aucun mot ?

— Aucun.

— Vous êtes donc le seul à connaître la vérité.

— Tout ce que je sais, c'est ce qu'il m'a dit. Ses confidences, je les ai gardées pour moi.

— Vous n'en avez pas même soufflé mot à ses parents ? Vous ne leur avez pas annoncé qu'ils allaient avoir un petit-fils ?

La réponse de Byrne fut teintée d'un mépris écrasant.

— Bien sûr que non. Leur raconter ça, ç'aurait été rendre la mort d'Eddie encore plus absurde. Il s'était tué pour les empêcher de savoir des choses qui n'auraient pu que les blesser. En tenant ma langue, j'ai respecté son désir de les protéger. C'était bien le moins que je pouvais faire.

— Mais vous avez fait davantage, n'est-ce pas ? Vous avez recherché l'enfant. Comment avez-vous réussi à retrouver sa trace ?

Byrne tendit son verre vide à Rhena, qui le posa sur la table.

— Le seul élément d'information qu'il m'avait fourni était que la femme était partie accoucher à Exeter. J'ai engagé quelqu'un pour retrouver sa trace. Ç'a n'a pas été difficile : Exeter n'est pas bien grand.

— Et la femme ?

— Je n'ai jamais su son nom. Je n'avais d'ailleurs aucune envie de le connaître. Une fois que j'eus appris qu'elle avait abandonné l'enfant aux fins d'adoption, je me suis totalement désintéressé du sort de cette garce.

— C'était quelqu'un de l'école ?

— De l'école, du village, des environs. C'est tout ce que je sais. Après la mort d'Eddie, tout ce qui m'importait, c'était que son fils mène une vie décente. Je connaissais les Whateley. Je leur ai proposé d'adopter le bébé.

Il y avait encore un point à éclaircir dans le récit de Byrne. Quelque chose qui ne collait pas.

— Je suppose que les Whateley ne devaient pas être les seuls à vouloir adopter un enfant, qu'il devait y avoir une liste d'attente. Comment avez-vous réussi à les faire passer en priorité ?

— Un métis ? s'esclaffa Byrne. Les gens désireux d'adopter des métis ne courent pas les rues.

— Et même s'ils avaient été nombreux sur les rangs, je suppose que vous auriez fait jouer vos relations pour que les Whateley héritent du petit garçon.

Byrne alluma une troisième cigarette à l'aide de la précédente, que Rhena éteignit en la lui retirant des doigts et l'écrasant dans le cendrier.

— J'en conviens. Je ne le regrette pas. Ce sont des gens bien, travailleurs, pas prétentieux.

— Des gens prêts à vous laisser régenter la vie de Matthew ?

— Vous voulez dire prêts à me laisser prendre des décisions capitales concernant l'éducation de l'enfant et son avenir ? C'est exact. Ils voulaient que leur enfant ait ce qu'il y a de mieux. Ils étaient tellement heureux de l'avoir... Dans l'affaire, tout le monde était content. Je pouvais veiller sur le fils d'Eddie. Les Whateley avaient enfin l'enfant qu'ils désiraient tant. Grâce à moi, Matthew a atterri dans un foyer accueillant, et il avait un avenir prometteur. Personne n'était perdant dans l'histoire.

— Sauf Matthew. Et les Whateley, en fin de compte.

Byrne se pencha en avant d'un mouvement vif et plein de colère.

— Vous croyez peut-être que la mort de cet enfant me laisse froid ?

— Que sait votre fils des circonstances de la naissance de Matthew Whateley ?

Byrne eut l'air surpris.

— Rien. Seulement qu'Eddie s'est suicidé. Et encore, il ne l'a su que bien des années après.

— Brian n'habite pas chez vous pendant les vacances, je crois ?

Byrne resta impassible.

— Il habitait ici mais du jour où il est parti en pension à Bredgar, il a décidé d'aller passer les vacances chez sa mère à Knightsbridge. Quartier nettement plus chic que Hammersmith.

— Le quartier n'est généralement pas un critère lorsqu'un adolescent se trouve en situation de choisir un endroit où vivre. J'aurais cru qu'il aurait préféré être avec son père.

— Un autre enfant aurait peut-être préféré ça, inspecteur, mais pas Brian. Mon fils et moi, nous nous sommes brouillés il y a près de cinq ans lorsqu'en entrant à Bredgar il s'est aperçu que je n'étais pas d'humeur à supporter ses pleurnicheries et ses jérémiades à propos de l'école.

— Ses pleurnicheries ? A quel sujet ? Il était victime de brimades ? De sévices ?

— Comme tous les nouveaux, il était bizuté. Mais il n'arrivait pas à s'y faire : il voulait quitter la pension, il voulait que je le sorte de Bredgar. Il téléphonait ici tous les soirs. J'ai fini par refuser de prendre les communications. J'ai refusé de le retirer de Bredgar et il m'en a beaucoup voulu. Alors il a décidé d'aller habiter chez sa mère. Pour me punir sans doute. Mais ça n'a pas réglé le problème. Pamela n'avait aucune envie de se retrouver avec un gamin de treize ans vadrouillant dans son appartement. Bien à contrecœur, elle n'accepta de l'héberger que pendant les vacances. Le reste du temps, il était obligé de demeurer à Bredgar. Je le vois là-bas de temps en temps, mais pas ailleurs.

L'acrimonie évidente des propos de Byrne incita Lynley à lui demander s'il avait passé beaucoup de temps avec Matthew et si Brian s'était rendu compte de l'intérêt qu'il portait à l'enfant.

La réaction de Byrne montra qu'il voyait parfaitement où Lynley voulait en venir.

— Vous n'allez tout de même pas insinuer que Brian a assassiné Matthew parce qu'il était jaloux de l'intérêt que je portais à cet enfant ? Lequel aurait été pour moi comme un second fils ? (Il n'attendit pas la réponse.) Je ne voyais Matthew qu'occasionnellement — sur le pré ou près de la Tamise où il jouait. Ses parents me tenaient informé de ses progrès en classe et je lui ai fait passer l'interview rituelle pour lui faire décrocher la bourse offerte par le conseil d'administration de Bredgar Chambers. Mes relations avec lui se bornaient là. J'ai fait ce que j'ai pu pour lui par amour pour Edward. Et je ne nie pas avoir aimé Edward.

C'était un élève brillant, que l'on ne pouvait qu'aimer. Il était comme un fils pour moi. Davantage, même. Il comptait plus à mes yeux que mon propre fils. Mais il est mort et Matthew n'a pas été son remplaçant. Encore une fois, ce que j'ai fait pour Matthew, c'est pour Edward que je l'ai fait.

— Et pour Brian ?

La lèvre mince, Byrne rétorqua :

— J'ai fait ce que j'ai pu. Ce qu'il veut bien que je fasse pour lui.

— Veiller à ce qu'il devienne préfet, par exemple ?

— Je ne le nie pas. J'ai pensé que cela lui ferait du bien. Et j'ai fait jouer mes relations dans cette optique. En outre, il a besoin de ce titre de préfet dans son dossier scolaire pour pouvoir aller à l'université.

— Il souhaite aller à Cambridge. Vous le saviez ?

Byrne secoua négativement la tête.

— Nous ne nous parlons pour ainsi dire pas. Il n'a pas en moi un père très réceptif.

Ni réceptif ni capable de lui servir de modèle, songea Lynley. L'absence de beauté physique mise à part, comment un fils pouvait-il espérer se mesurer à un père possédant les connaissances de Giles Byrne, sa réputation, son talent ? Sans compter son incompréhensible succès auprès d'une femme — Rhena — dont le charme était incontestable.

— Etes-vous pour quelque chose dans la nomination d'Alan Lockwood à la tête de Bredgar ? s'enquit Lynley, curieux.

— J'ai poussé le conseil d'administration à lui offrir le job, admit Byrne. La maison avait besoin de sang neuf. De ce point de vue, Lockwood était l'homme de la situation.

— La présence de Lockwood — qui vous est tout acquis — vous permet d'avoir plus d'influence sur le conseil, de faire pression sur ses membres.

— Le pouvoir est à la base de tout système politique, inspecteur.

— Et vous aimez ça, je présume.

Byrne sortit son paquet de cigarettes et en alluma une autre.

— Ne vous faites pas d'illusions au sujet du pouvoir, inspecteur. Tout le monde aime ça.

La pluie commença à tomber pour de bon au moment où Kevin Whateley passait sous le pont de Hammersmith et débouchait dans Lower Mall. Les averses menaçaient depuis le matin, l'air était lourd d'humidité. Mais les gouttes sporadiques qui constituent le prélude aux orages n'avaient commencé à arroser trottoir et passants que lorsque Kevin était sorti du métro à cinq heures et demie pour se diriger vers le fleuve. Même à ce moment-là, le temps semblait indécis. Toutefois, alors qu'il descendait Queen Caroline Street, le vent gagna en violence, les nuages traversèrent vivement le ciel et quelques instants après un véritable déluge dégringolait, déposant une fine couche d'eau dans les rues, lustrant les trottoirs.

Sortant de sous le pont, Kevin leva la tête, offrant son visage à la pluie crépitante. L'averse venait du nord-est, l'eau était glacée du fait des vents impitoyables de la mer du Nord, et il avait l'impression de recevoir des aiguilles de glace qui lui brûlaient et lui piquaient la peau. La douleur lui faisait du bien.

Sous le bras, il portait une plaque de marbre rose légèrement veinée de crème. Il l'avait repérée la veille appuyée contre un bloc de granit, destinée à entrer dans la composition d'un monument qui devait orner la petite église de Hever Castle. Il l'avait tenue à l'œil toute la journée, avait réfléchi à la façon de faire main basse dessus sans que personne s'en aperçoive. Par le passé, il lui était déjà arrivé de rapporter chez lui des chutes de marbre. La plupart de ses sculptures avaient été réalisées à partir de ces chutes, morceaux abîmés par un coup de ciseau malheureux. C'était la première fois qu'il dérobait une plaque en parfait état. S'il s'était fait pincer en flagrant délit, cela lui eût probablement coûté son job ; il savait qu'il risquait en effet d'être viré si le patron venait à s'apercevoir de la disparition du marbre en question. Mais Kevin se fichait pas mal d'être flanqué dehors. Toutes ces années de labeur ingrat, c'était pour Mattie qu'il les avait endurées. Pour lui assurer bien-être et avenir confortable. Maintenant que le petit était mort, qu'est-ce que ça pouvait bien foutre qu'il continue ou non à travailler ?

La pluie rendait le marbre glissant. Kevin cala fermement la plaque sous son bras. Au-dessus de lui, la lumière des hauts lampadaires noirs trouait l'obscurité. Il passa dessous, pataugeant dans les flaques avec ses lourdes bottes, indifférent au froid, à l'eau qui lui aspergeait le crâne et les épaules et transperçait ses vêtements. Lorsqu'il atteignit le cottage, il était trempé comme une soupe.

La porte n'était pas fermée à clé, elle n'était même pas complètement refermée. Sans lâcher son fardeau, Kevin poussa le battant d'un coup d'épaule et pénétra à l'intérieur. Sa femme était assise dans le vieux fauteuil écossais, fixant la photo de Mattie posée sur ses genoux. Devant elle sur la table basse, une assiette avec des sandwichs entamés et trois biscuits au gingembre. La vue de la nourriture fit naître chez Kevin une colère inexplicable. Qu'elle pût songer à manger... qu'elle pût avoir envie de confectionner un sandwich... Des mots de reproche amers lui vinrent aux lèvres, qu'il refoula.

— Kev...

Ce n'était pas possible qu'elle parlât d'une voix si faible. N'avait-elle pas repris des forces à grignoter toute la journée ? Il passa devant elle sans un mot, se dirigea vers l'escalier de l'autre côté de la cheminée.

— Kev...

Ses pieds raclèrent le bois nu. Ses vêtements détrempés gouttaient. Le marbre glissa, creusant une profonde éraflure dans le mur. Mais il continua de gravir les marches, s'arrêtant un instant sur le palier du premier, continuant jusqu'au second où se trouvait la chambre de Matthew, petite pièce sous les combles munie d'une unique fenêtre en mansarde qui laissait filtrer la lumière sourde du quai, éclairant le *Nautile* que Kevin avait monté la veille au soir pour le placer sur la commode. Lui eût-on posé la question, il aurait été incapable d'expliquer pourquoi il avait fait ça ; simplement il s'était dit qu'il fallait que la chambre portât le plus possible l'empreinte de Matthew maintenant que celui-ci n'était plus. L'installation du *Nautile* sur la commode avait été la première étape. Ce ne serait pas la dernière.

Précautionneusement, il posa la plaque de marbre sur le sol, l'appuyant contre la commode. Se redressant, il tomba en arrêt devant le *Nautile* de nouveau et il tendit le bras pour toucher la pierre. Du pouce, il caressa la courbe du coquillage, fermant les yeux au contact de la surface lisse et fraîche. Du bout des doigts, il suivit le contour du mollusque, passant de la coquille finie et polie à la gangue de marbre grossièrement taillé d'où elle jaillissait.

Ça ressemblera à un fossile, papa. Comme sur cette photo. Une chose qu'on aurait trouvée en creusant. Ou qui serait prisonnière d'une falaise. Qu'est-ce que t'en penses ? Tu crois pas que c'est une bonne idée ? Je peux avoir un bout de marbre pour essayer ?

La voix de Matthew. Claire, confiante, il l'entendait encore. C'était comme si l'enfant était toujours avec lui dans la chambre, comme s'il n'avait jamais quitté Hammersmith. Il le sentait si proche de lui. Mattie.

Kevin tripota les poignées du premier tiroir de la commode et tirant dessus l'ouvrit, les mains tremblantes. Agrippant le bord du tiroir, il réussit à empêcher ses mains de trembler, mais ne parvint pas à régulariser le rythme saccadé de sa respiration. La pluie fouettait le toit du cottage, dévalant le long des gouttières.

Pendant plusieurs secondes d'affilée, il se concentra sur ces bruits, les laissant chasser de son esprit toute autre préoccupation. Il chercha à se dominer, s'efforçant de ne penser qu'au filet d'air qui filtrait de sous la fenêtre fermée et lui rafraîchissait la nuque.

A tâtons, il fouilla dans les quelques pièces de vêtements que renfermait le tiroir. Il les sortit, les examinant, les pliant et les repliant, effaçant les plis. C'étaient de vieilles affaires mises au rebut, jugées indignes d'être emportées à l'école. Trois maillots de corps délavés que Mattie mettait pour aller jouer sur les rives de la Tamise. Deux slips à l'élastique détendu. Un insigne de chemin de fer miniature. Une paire de chaussettes qui avaient rendu l'âme. Une ceinture bon marché en vinyle. Un bonnet de laine informe. Les mains de Kevin s'attardèrent sur ce dernier objet, ses doigts tirant sur la laine. Il revoyait Mattie, le bonnet enfoncé jusqu'aux sourcils, fronçant le nez au contact de la laine grumeleuse qui lui grattait la peau. C'était l'hiver, le vent qui soufflait en grondant de la Tamise giflait les murs. Mais ils sortaient quand même tous les deux couverts jusqu'aux yeux pour aller jusqu'au ponton.

P'pa ! P'pa ! On lance un bateau ?

Par ce temps ? T'es fou, fiston.

Mais non ! Allez, p'pa ! Dis oui, p'pa ! Dis oui, va !

Kevin ferma les yeux comme pour faire taire la voix joyeuse qui résonnait à ses oreilles, dominant le crépitement de la pluie, le gémissement du vent, la course de l'eau dans les gouttières et le long des canalisations. Non sans difficulté, il tourna le dos à la commode et se dirigea vers le lit de Matthew. Sans se préoccuper de ses vêtements détrempés, il s'assit au bord du lit, attrapa l'oreiller qu'il pressa contre son visage. Il le respira, cherchant l'odeur de son fils. Mais la taie d'oreiller avait été lavée tout comme les draps, et s'ils sentaient quelque chose, c'était le citron qui parfumait la lessive de Patsy.

Ce détail rendit Kevin encore plus furieux. C'était comme si, sachant que leur fils allait mourir, Patsy s'était employée à tout préparer, lavant ses draps, balayant sa chambre, pliant les vêtements dans le tiroir. Que cette femme aille au diable avec sa manie de la propreté ! Si elle n'avait pas tout briqué ainsi — jusques et y compris Mattie — il y aurait peut-être encore une trace de la présence du garçonnet dans la pièce. Ne fût-ce que son odeur. Qu'elle aille se faire foutre.

— Kev ?

Elle était sur le seuil, ombre massive dans sa robe de chambre froissée. L'ourlet était de traviole et lui remontait au-dessus du genou d'un côté. Le devant béait sur ses seins lourds. Des taches maculaient la soie. Ça n'avait plus rien à voir avec le vêtement que Matthew lui avait offert à Noël dernier.

Le colonel Bonnamy et Jean ont absolument tenu à te le donner, m'man. Ils ont dit qu'ils étaient sûrs que ça te plairait. Ça te plaît ? C'est vrai, ça te plaît, m'man ? Je t'ai acheté ces pantoufles pour aller avec. Mais je suis pas certain que la couleur va avec celle des dragons.

Kevin se dit qu'il devait à tout prix trouver la force de se barricader contre les souvenirs. Le petit garçon était mort. *Mort.* Rien ne pourrait le ramener sur cette terre.

Il vit sa femme esquisser un mouvement, entrer d'un pas hésitant dans la pièce.

— Les policiers sont revenus aujourd'hui, dit-elle.

— Et alors ? aboya-t-il.

— Mattie ne s'est pas sauvé de l'école, Kev.

Kevin crut discerner du soulagement sous ces mots, comme une atténuation de la souffrance. Il eut du mal à en croire ses oreilles. Qu'un malheureux détail comme celui-là pût faire une différence, ça lui semblait impossible. Leur fils était mort. Il n'était pas parti chez des amis. Ni ailleurs. Il était mort. Il ne reviendrait plus.

— Tu as entendu, Kev ? Mattie ne s'est pas...

— Va au diable, Patsy ! Qu'est-ce que tu veux que ça me foute ? Quelle différence ça fait de toute façon ?

Elle eut un mouvement de recul mais enchaîna néanmoins :

— On leur avait bien dit, aux policiers, qu'il était pas du genre à se sauver, pas vrai ? Eh ben, on s'était pas trompés, Kev. Mattie n'était pas un fugueur. Non. (Elle avança encore dans la pièce. Ses pantoufles claquaient sur le parquet nu.) Ils ont retrouvé ses vêtements à l'école. Ils croient qu'il était encore à Bredgar quand il... quand il...

Les muscles de Kevin se crispèrent. Sa poitrine se serra. Il sentit comme un poids derrière ses yeux.

— Les policiers sont au courant, pour Matt. Je sais pas qui leur a parlé de ses problèmes avec les couleurs mais à partir de ça — et me demande pas comment —, ils ont tout deviné. Ils savent qu'il... qu'il... ils savent que c'était pas notre fils, Kev. Je leur ai raconté comment on l'avait eu. Je leur ai parlé de Mr Byrne. De...

— Pas notre fils ? éclata Kevin. Pas *notre* fils ? Mais s'il était pas à nous, il était à qui, ma pauvre fille ? Les circonstances de la naissance de Matt, c'est pas leurs oignons. Tu m'entends, Pats ? Ils ont pas à foutre leur nez là-dedans, bordel !

— Mais il faut bien qu'ils sachent...

— Que dalle ! Pourquoi est-ce qu'il faudrait qu'ils sachent, tu veux me le dire ? Le gamin est mort. Mort. Nous ne le reverrons plus. Et c'est pas ce snobinard de flic de mes deux qui y changera quoi que ce soit. Tu saisis ?

— Il faut qu'ils trouvent son assassin, Kev. Il le faut.

— C'est pas ça qui nous le rendra ! Nom de Dieu de bordel de merde, essaie de comprendre ! Fais fonctionner ta matière grise ! Espèce d'imbécile ! Pauvre conne !

Elle poussa un cri étouffé. Celui d'un animal innocent que l'on frappe.

— Je voulais les aider.

— *Les aider ?* Seigneur, les aider, ma pauvre fille !

Kevin empoigna l'oreiller. Ses mains pleines de terre laissèrent des taches sombres sur le tissu clair.

— Tu salis le lit de Mattie, fit Patsy d'une voix réprobatrice et vieillie. Va falloir que je change les draps maintenant.

Kevin releva abruptement la tête.

— Pourquoi ? (Et, voyant qu'elle ne répondait pas, il reformula sa question, hurlant cette fois :) Pourquoi, Patsy ? *Pourquoi ?*

Elle ne répondit pas. Mais recula d'un pas en direction de la porte. Elle porta la main à sa nuque. C'était un geste que son mari connaissait bien, annonciateur de fuite. Il refusa de la laisser s'en tirer comme ça.

— Je t'ai posé une question. Réponds-moi.

Elle resta le regard dans le vide. Dans l'ombre, ses yeux formaient deux flaques sombres et lisses, indéchiffrables. Qu'elle pût se tenir plantée là, à parler de draps sales... qu'elle pût penser à des histoires de lessive en un moment pareil... qu'elle pût préparer des sandwichs, boire du thé, parler aux policiers... pendant qu'à la morgue de Slough le corps de leur fils attendait d'être disséqué, sa beauté livrée au scalpel.

— Réponds-moi, bougre d'imbécile.

Elle tourna les talons, s'apprêtant à quitter la pièce. Il bondit du lit, traversa la chambre en trois enjambées, l'attrapa par le bras, la fit pivoter vers lui.

— Et reste ici quand je te parle ! T'avise pas de foutre le camp, t'entends ? T'amuse surtout pas à ça !

Elle s'efforça de se dégager.

— Laisse-moi tranquille ! (La salive jaillit de ses lèvres.) Tu es fou, Kev. Malade, fou et...

Il la gifla avec violence. Elle poussa un cri, luttant pour s'arracher à son étreinte.

— Non ! Ne...

Il la frappa de nouveau, du poing cette fois, ses phalanges

entrant en contact avec sa mâchoire. La tête de Patsy fut renvoyée en arrière avec violence. Elle aurait trébuché, basculé, serait tombée contre la porte s'il ne l'avait maintenue aussi fermement par le bras.

— Kev ! s'écria-t-elle.

Il la plaqua contre le mur, lui flanqua un coup de tête dans la poitrine, se mit à lui marteler les côtes de ses poings. Tirant sur sa robe de chambre pour l'ouvrir, il entreprit de taper sur les cuisses dénudées, de lui griffer les seins.

Tout en emplissant la pièce des jurons les plus abjects de son répertoire.

Mais il ne pleura pas.

16

Au lieu de se garer au parking souterrain, Lynley stoppa devant la porte à tambour donnant accès à la réception de New Scotland Yard. Leur journée terminée, employés et secrétaires sortaient, se dirigeant vers l'entrée de la station de métro Saint James's Park de l'autre côté de la rue. Le sergent Havers poussa un profond soupir en les regardant s'en aller, parapluie au poing pour se protéger de l'averse.

— Si seulement j'avais eu la bonne idée de choisir un autre boulot, j'aurais pu prendre mes repas à des heures régulières.

— Mais vous n'auriez jamais connu l'excitation de la chasse.

— C'est vrai et c'est exactement ce que je me suis dit en voyant Giles Byrne, rétorqua-t-elle. Encore qu'excitation ne soit peut-être pas le mot qui convienne. Ça tombe bien, vous ne trouvez pas, qu'il soit le seul à savoir pourquoi Edward Hsu s'est suicidé ?

— Il n'est pas le seul, Havers. Quelqu'un d'autre est au courant.

— Qui ?

— La vraie mère de Matthew.

— A condition d'être prêt à gober cette histoire.

— Nous avons une raison de douter de sa véracité, sergent ?

Elle fit entendre une sorte de sifflement.

— Assise près de lui sur le canapé. Lui pressant gentiment la cuisse quand elle le sentait en difficulté. Rhena. C'est bien comme ça qu'elle s'appelle, non ? Ne me dites pas que notre ami Giles n'a pas un faible pour les étrangères. De là à savoir pourquoi elles en pincent pour lui... Ça me dépasse. Peut-être qu'Edward Hsu avait une sœur, une cousine ou une copine qui est devenue un peu trop intime avec notre petit Giles... et qu'après se l'être envoyée et l'avoir mise enceinte Byrne l'a plaquée. Déçu, forcé de constater que son idole avait des pieds d'argile, Eddie s'est supprimé en se jetant du toit de la chapelle.

— Voilà une théorie qui n'est pas dénuée d'intérêt, Havers. A cheval entre tragédie grecque et moralité médiévale. Le seul problème, c'est que j'ai du mal à l'accepter. Franchement, vous croyez que l'adolescent se serait suicidé parce qu'il aurait découvert chez Byrne une tare fatale ? Manque de sens moral, incapacité à respecter ses engagements, que sais-je encore ?

— C'est une idée. A votre place, je m'y cramponnerais, croyez-moi. Ce cher Giles ne nous a pas dit la vérité. Il en était même très loin. En revanche, je parierais ma chemise que la petite Rhena sait de quoi il retourne. Lui a menti comme un arracheur de dents et s'en est apparemment bien sorti. Mais elle s'est bien gardée de lever les yeux pendant qu'il parlait. Vous avez remarqué ?

Lynley hocha la tête, tendant la main vers la poignée de la portière.

— Curieux, n'est-ce pas ?

— Que diriez-vous de vérifier son histoire, d'envoyer quelqu'un en reconnaissance à Exeter ? Combien y a-t-il là-bas de maisons de repos qui prennent des femmes enceintes ? La naissance a bien dû être consignée quelque part ? Ce serait bête de prendre le récit de Byrne pour argent comptant.

— En effet, acquiesça Lynley. (Il ouvrit la portière de la voiture.) Mettez le constable Nkata sur le coup, Havers. En attendant, nous allons voir s'il y a du nouveau du côté de la police de Slough.

Sous la pluie battante, ils foncèrent vers la réception de New Scotland Yard. Deux réceptionnistes en civil bavardaient avec le constable en uniforme posté près de la barrière séparant la salle d'attente accessible à tous du monde feutré où s'effectuait le patient travail des enquêteurs. Le constable avait la main posée sur le panneau qui, en lettres d'un noir comminatoire, exigeait la présentation des cartes d'identité et autres laissez-passer. Tandis que Lynley et Havers sortaient leurs papiers, l'une des réceptionnistes lança :

— Vous avez une visiteuse, inspecteur. Qui attend depuis quatre heures et demie.

D'un mouvement de menton, elle désigna le mur sur lequel était accroché le manuscrit brillamment éclairé dont chaque page célébrait les hauts faits d'un des membres des forces de l'ordre.

Sur l'un des fauteuils en chrome et vinyle installés sous ce document commémoratif était assise une écolière en uniforme, son cartable plaqué contre elle, comme si elle craignait de se le faire voler. Elle contemplait la flamme perpétuelle qui brûlait de l'autre côté du hall.

Lynley avait entendu parler d'elle, il l'avait vue sur la photo punaisée dans le box de Matthew Whateley à Bredgar Chambers. Mais il ne s'était pas attendu à ce qu'elle fasse plus vieux que ses treize ans. Sa peau était couleur caramel, ses yeux quasiment noirs, ses traits ciselés à la perfection. Yvonnen Livesley, songea Lynley. Camarade de classe de Matthew à Hammersmith.

Lorsqu'il traversa le vestibule pour la rejoindre et se présenter, elle l'examina sans complexe.

— Votre carte, s'il vous plaît, exigea-t-elle.

Il la lui tendit. Elle en prit connaissance. Ses grands yeux quittèrent le document pour se poser sur lui. Des douzaines de nattes chargées de perles cliquetèrent tandis qu'elle se levait avec un hochement de tête satisfait.

— J'ai quelque chose pour vous, inspecteur. De la part de Matthew.

Arrivée dans le bureau de Lynley, Yvonnen approcha une chaise de sa table de travail. Elle écarta une pile de courrier, posa son cartable à la place.

— C'est seulement ce matin que j'ai appris, pour Matt, commença-t-elle. Un type à l'école l'avait su par sa mère qui le tenait de sa sœur, copine de la tante de Matt. Quand j'ai su ça... (Elle tripota la serrure de son cartable.) J'ai voulu rentrer chez moi tout de suite pour y prendre ça. Mais la directrice a refusé de me laisser sortir. J'ai eu beau insister, lui dire que ça concernait la police, elle m'a pas prise au sérieux. (Elle ouvrit son cartable et déposa une cassette sur la table de travail de Lynley.) Voilà, c'est pour vous. C'est l'ordure qui l'a tué.

Cela dit, elle s'assit et attendit la réaction du policier. Le sergent Havers ferma la porte du bureau et prit place dans le second fauteuil.

Lynley se saisit de la bande.

— Qu'est-ce que c'est ?

Yvonnen eut un bref hochement de tête comme si la question indiquait qu'il avait passé avec succès un test mis au point par ses soins. Croisant les jambes, elle rejeta sa chevelure en arrière. Les perles cliquetèrent de nouveau. Plongeant une seconde fois la main dans son cartable, elle en extirpa un petit magnétophone.

— J'ai reçu ça au courrier il y a trois semaines, expliqua-t-elle. Matt y avait joint un mot, me demandant de mettre cette cassette en sûreté. De n'en parler à personne. De ne pas dire que je l'avais. De ne même pas dire à qui que ce soit que j'avais eu de ses nouvelles. Dans son mot, il précisait que c'était un double de celle qu'il avait à l'école, qu'il m'expliquerait quand il me verrait. C'est tout. Je l'ai écoutée une fois. Mais je... j'y ai rien compris. Jusqu'au jour où j'ai appris ce qui était arrivé à Matt. Ecoutez.

Elle reprit la bande à Lynley et l'introduisit dans le magnétophone. Une voix de garçon cria un mot incompréhensible. Suivi d'un grognement, d'un bruit sourd, et de coups également sourds. On eût dit qu'un corps était tombé sur un plancher nu et qu'on le cognait à plusieurs reprises contre le parquet. Un second cri retentit. Puis quelqu'un commença à parler. Chuchotement sinistre teinté de perversité glacée.

« Tu veux te faire mettre, petite tapette ? Tu veux te faire mettre ? Te faire mettre ? Oh mais dis donc, on en a, des jolies petites choses dans son joli petit slip ! Hmmmmm ! Voyons ça de plus près... »

Autre cri. Autre voix.

« Laisse tomber. Allez, écrase. Fiche-lui la paix ! »

La première voix de nouveau, plus basse que la deuxième.

« Oh ! tu en veux, *toi aussi* ? Approche. Jette un œil. »

Troisième voix, brisée, au bord des larmes.

« Non, pas ça. Je vous en prie. »

Eclat de rire.

« Je suis sûr que ça te démange, petite tapette. T'en meurs d'envie. »

Bruit de coups. Cri étouffé à nouveau.

Lynley se pencha et éteignit l'appareil.

— C'est pas fini, s'empressa de dire Yvonnen. Et la suite, c'est encore pire. Vous voulez pas écouter ?

— Comment se fait-il que tu aies ça ? s'enquit Lynley en guise de réponse.

Yvonnen appuya sur la touche d'éjection et posa la cassette sur le bureau.

— La suite, c'est encore pire, répéta-t-elle. La première fois que j'ai entendu la bande, j'ai pas compris. Je me disais... Dans une école si chic... Des trucs comme ça...

Elle trébucha, s'interrompit. Bien que dégourdie, elle n'avait après tout que treize ans.

Lynley attendit qu'elle eût retrouvé son calme.

— Tu n'y es pour rien, Yvonnen. Personne n'est en droit d'exiger de toi que tu comprennes ce que tout cela signifie. Dis-moi seulement ce que tu sais.

Elle releva la tête.

— Pendant les vacances de Noël, Matt est venu me voir. Il m'a demandé comment on s'y prenait pour sonoriser une pièce.

— Drôle d'idée.

— Non. La sono, c'est mon dada. Matt était au courant. Ça fait deux ans maintenant que je joue à ça.

— Ah oui ?

— C'est mon passe-temps préféré. J'ai commencé par utiliser un magnétophone, que j'avais planqué dans une soupière à la salle à manger. Maintenant, je me sers de micros directionnels. Les effets sonores, le bruitage, c'est mon truc. J'ai envie de faire bruiteur au cinéma ou à la télé. Comme le mec de *Blow Out*. Vous avez vu le film ?

— Non.

— Il était illustrateur sonore. C'est comme ça que je m'y suis intéressée. C'était John Travolta qui jouait dans le film. Je me défends plutôt bien maintenant. Au début, j'étais nulle. Les bruits de salle à manger que j'ai recueillis par l'intermédiaire de la soupière étaient truffés d'échos, ça résonnait comme c'était pas possible. J'ai vite compris que camoufler un magnéto, ça suffisait pas. Il me fallait quelque chose de plus efficace. Et de plus petit.

— Un micro.

— Juste avant Noël, j'ai farci de micros la chambre de ma mère parce que je croyais qu'elle allait raconter à son boy-friend quels cadeaux je recevrais. Mais la bande était d'un rasoir. Y avait rien que des gémissements et des grognements pendant que son petit ami se la tapait. Et lui, il arrêtait pas de répéter des trucs du style : « Oh, baby ! Oh, baby ! » J'ai fait écouter la bande à Matt pour rigoler. Et une autre où y avait deux profs qui discutaient à l'école. Pour *celle-là*, j'avais utilisé un micro directionnel. A cinquante mètres de distance. Génial, le résultat.

— C'est ce qui a donné à Matthew l'idée de poser des micros à Bredgar ?

Elle fit oui de la tête.

— Tout ce qu'il m'a dit, c'est qu'il voulait en mettre dans une pièce et qu'il avait besoin de connaître la marche à suivre. Il n'avait aucune expérience mais il était bien décidé à mettre son projet à exécution. J'ai cru qu'il projetait de faire une blague à un camarade, je lui ai dit que le meilleur moyen c'était de se servir d'un magnéto à commande par fréquence vocale. Je lui ai prêté ce vieux modèle, celui qui est sur votre bureau, là. Il me l'a renvoyé par la poste avec la bande.

— T'a-t-il dit où il comptait opérer ?

— Non. Il m'a seulement demandé la marche à suivre. Je lui

ai dit de planquer le micro dans un endroit où il n'y aurait pas de distorsion sonore, où il serait sûr d'enregistrer uniquement les bruits qui l'intéressaient, où il ne serait pas repéré. Je lui ai dit de dégotter l'endroit propice à l'avance et de faire au moins deux essais pour être certain d'avoir la meilleure qualité de son possible. Il m'a posé une ou deux questions et a emporté le magnéto. Après ça, il ne m'en a plus reparlé. Trois semaines plus tard, je recevais cette bande par la poste.

— Est-ce qu'il te parlait beaucoup de l'école, Yvonnen ? De ses amis ? Sais-tu s'il se plaisait à Bredgar ?

Elle fit lentement non de la tête.

— Tout ce qu'il me disait, c'est que ça allait. Rien d'autre. Ça allait. Mais...

Elle fronça les sourcils, jouant d'un air désolé avec la serrure de son cartable.

— Il y a autre chose ?

— Seulement que... il détournait tout le temps la conversation quand je le branchais sur l'école. A croire qu'il avait pas envie d'en parler. Mais si j'avais insisté, il aurait parlé. Je regrette de pas l'avoir fait.

« Voyons un peu ces petites couilles. Allons. Voyons ça. Oh, les jolies petites roupettes ! Je m'en vais te les écraser, moi. On va bien voir s'il va chialer. Qu'est-ce que t'en penses ? Il va chialer ? »

« Non ! Ça suffit ! Je vous en prie ! Je ne... »

Lynley appuya sur la touche arrêt tandis que le sergent Havers réintégrait le bureau. Comme précédemment, elle referma la porte. Mais au lieu de s'asseoir, elle s'approcha de la fenêtre. La pluie fouettait les carreaux. Elle but une gorgée du gobelet qu'elle tenait à la main. Lynley attrapa au vol un parfum de potage au poulet.

— Vous avez fait le nécessaire pour que la petite rentre sans problème ?

— Le constable Nkata la raccompagne en voiture. (Havers eut un sourire.) Il lui a jeté un coup d'œil, et toc ! Il s'est porté volontaire pour la ramener à Hammersmith. Dans quelques années, cette petite fera des ravages.

— Et Nkata n'a pas les yeux dans sa poche.

Havers rejoignit Lynley et se laissa tomber dans l'un des fauteuils. D'un air méditatif, elle se mit à contempler les particules de gras jaunâtres qui flottaient à la surface de sa soupe. Avec une grimace, elle termina son gobelet et le jeta dans la poubelle.

— On dirait que nous sommes revenus à la case départ.

Lynley se frotta les paupières. Il avait les yeux fatigués comme lorsqu'il essayait de lire sans lunettes.

— C'est possible, convint-il.

— Plus que possible, argumenta-t-elle mollement. Ce qu'on a sur la bande, ça m'a tout l'air d'être un exemple typique de bizutage. Or c'est de bizutage et de brimades que nous parlions hier matin, inspecteur. Ne m'avez-vous pas dit que les petits quatrièmes auxquels vous aviez parlé avaient l'air terrorisés ? Pas étonnant. Maintenant, on sait pourquoi. Quelqu'un s'en prenait régulièrement à Matthew Whateley. Et les autres s'attendaient à y passer aussi.

Lynley secoua la tête. Il appuya sur la touche EJECT, récupéra la bande.

— Je ne vois pas les choses comme vous, Havers.

— Pourquoi ?

— Parce qu'il a dit à Yvonnen qu'il voulait sonoriser la chambre de quelqu'un, pas la sienne.

— Celle de son persécuteur, alors.

— J'abonderais volontiers dans votre sens mais le hic c'est qu'il y a d'autres voix sur la bande. Pas uniquement celle du sadique et de sa victime. Des voix jeunes. Des voix d'élèves de quatrième, je pense.

— Alors la vict...

— C'est sûrement Harry Morant. Tout colle si c'est Harry et non Matthew qui subissait brimades et humiliations. Le « bizuteur » enfreignait le règlement. Un établissement comme Bredgar ne saurait tolérer ce genre de pratique : le sadique courait donc le risque de se faire renvoyer au cas où il aurait été découvert. Matthew était au courant de ses activités. Tout le monde était au courant. Mais ils étaient tous prisonniers du code de conduite dont nous avons eu l'occasion de parler précédemment.

— Interdiction de dénoncer un condisciple ?

— Regardez l'impact que cela a eu sur Matthew. Kevin Whateley nous a dit que son fils était devenu de plus en plus taciturne au cours du dernier trimestre. Mais Patsy nous a affirmé qu'elle n'avait jamais vu la moindre trace de coup sur son corps. On peut raisonnablement en conclure que personne ne lui tapait dessus. Ajoutez à cela ce que le colonel Bonnamy nous a raconté sur sa conversation avec Matthew à propos de la devise de l'école. *Honor sit et baculum et ferula.* Tout colle. Le code de conduite tacite en vigueur à Bredgar faisait obligation à Matthew de tenir sa langue et de ne souffler mot à quiconque des sévices endurés par Harry Morant. Mais la devise de l'école exigeait qu'il prenne lui-même des mesures pour mettre un terme à ces pratiques. C'était la seule chose honorable à faire. Il s'est donc replié sur lui-même pour réfléchir, trouver un moyen de faire respecter la devise de l'école sans violer le code de conduite qui régit les rapports entre élèves. Et le moyen qu'il a trouvé, c'est cette bande.

— Chantage ?

— Oui.

— Seigneur. Il l'a payé de sa vie.

— Probablement, oui.

Havers écarquilla les yeux :

— Mais alors un des *élèves*... Tous doivent être au courant, monsieur.

Il hocha la tête, l'air sombre.

— Si telle est bien la raison de la mort de Matthew, ils savent depuis le début, sergent. Tous.

Il tendit le bras vers la pile de courrier qu'Yvonnen avait repoussée vers un coin de son bureau. D'un air absent, il fouilla au milieu des enveloppes, y découvrit la carte postale.

Comme la précédente, elle venait de Corfou. Photo de monastère d'un blanc éclatant sur fond de mer d'un bleu vibrant. Notre-Dame de Vlacherna. Kanoni s'élevait au loin. Contrairement à la précédente, cette carte était dépourvue de préambule. Comme si en entrant directement dans le vif du sujet et en omettant son prénom, Helen réussissait à s'éloigner de plus en plus de lui.

Deux jours de pluie ! Avec pour toute distraction une visite prolongée au musée de Garitsa. Je devine à quoi tu penses. Le lion de Menekrates est un amour, *mais après l'avoir contemplé soixante minutes de rang, on finit par avoir envie de regarder quelque chose de plus vivant. Les temps étant difficiles, j'ai dû me résoudre à prendre des mesures à l'avenant. Je me consacre donc entièrement à l'étude des vestiges, vieilles pièces et autres fragments de temple qui garnissent les vitrines des musées. Je vais finir par être tellement cultivée que tu auras du mal à me reconnaître à mon retour. H.*

Conscient que Havers avait les yeux braqués sur lui, Lynley fourra la carte dans la poche de sa veste, s'efforçant de demeurer impassible, de s'empêcher de relire les trois derniers mots, de s'empêcher d'espérer qu'ils marquaient la volonté d'Helen de mettre un terme à son exil grec.

— Eh bien, fit Havers gaillardement avec un mouvement de menton vers la poche de sa veste, rien de neuf de ce côté-là, j'imagine.

— Rien.

Alors qu'il parlait, un coup sec à la porte signala l'arrivée de Dorothea Harriman, secrétaire du patron de Lynley. Très princesse de Galles comme d'habitude, elle portait un tailleur vert sur un chemisier blanc, un triple rang de perles de culture et un curieux bibi hérissé de plumes vertes et blanches. Sous le chapeau, ses cheveux étaient coupés comme ceux de lady Di.

— Je pensais bien vous trouver encore ici, dit-elle en fouillant dans une pile de dossiers qu'elle tenait au creux d'un bras. On a téléphoné pour vous cet après-midi, inspecteur Lynley. Un certain... (Son refus de porter des lunettes l'obligea à loucher sur le gribouillage ornant la chemise qu'elle avait sortie du tas.) Inspecteur Canerone. De la police de Slough. Résultats préliminaires de l'autopsie pratiquée sur...

Elle loucha de nouveau. Lynley se leva.

— Matthew Whateley, compléta-t-il en tendant la main vers la chemise cartonnée.

— Deb est là aussi ? s'enquit Lynley, suivant Cotter le long de l'étroit escalier de la maison de Saint James.

Il était près de huit heures, heure inhabituelle pour que Saint James se trouvât encore dans son laboratoire. Dans le temps, il lui arrivait de travailler fort avant dans la nuit mais Lynley savait qu'il y avait renoncé depuis ces trois dernières années, c'est-à-dire depuis ses fiançailles et son mariage.

Cotter fit non de la tête. Il marqua une pause dans l'escalier, se retourna, et bien que son visage fût difficile à distinguer, il était néanmoins évident qu'il y avait de l'inquiétude dans son regard.

— Elle a passé presque toute la journée dehors. A voir une exposition de Cecil Beaton au Victoria and Albert. A faire des courses aussi.

Piètre excuse. Le Victoria and Albert Museum était depuis longtemps fermé à cette heure, et Lynley connaissait suffisamment Deborah pour savoir combien elle appréciait peu les joies du shopping dans les grands magasins.

— Des courses ? fit-il, sceptique.

— Hmm, fit Cotter, reprenant l'ascension de l'escalier.

Ils trouvèrent Saint James penché au-dessus d'un microscope, plongé dans des réglages minutieux. Près de la fenêtre — fermée à cause de l'averse —, son ordinateur crachait rythmiquement des feuilles de listing sur lesquelles étaient imprimées des courbes et des colonnes de chiffres.

— Lord Asherton, Mr Saint James, annonça Cotter. Je vous apporte du café, du cognac ? Autre chose ?

Saint James releva la tête. Choqué, Lynley constata qu'il avait les traits tirés, l'air épuisé.

— Rien pour moi, Cotter. Et pour toi, Tommy ?

Lynley déclina l'offre à son tour et attendit que Cotter fût sorti pour prendre la parole. Mais trouver une entrée en matière s'annonçait difficile. Il y avait entre eux trop de choses, trop de sujets tabous.

Lynley tira un tabouret de sous la paillasse et posa une chemise cartonnée près du microscope Zeiss. Saint James l'ouvrit, parcourut les données gribouillées sur les divers documents qu'elle contenait.

— Ce sont les résultats préliminaires ? s'enquit-il.

— Oui. Rien sur le plan toxicologique. Et aucun traumatisme sur le corps.

— Les brûlures ?

— Causées par des cigarettes, comme nous le pensions. Mais pas suffisamment graves pour avoir entraîné la mort.

— Les fibres retrouvées dans les cheveux, observa Saint James, c'est quoi ? Naturelles ? Synthétiques ? Tu as eu Canerone au bout du fil ?

— Juste après avoir lu le rapport, oui. Tout ce qu'il a pu me dire, c'est que, d'après les gars du labo, c'était un mélange de fibres naturelles et de fibres synthétiques. Les naturelles, c'est de la laine. Pour les autres, ils attendent encore les résultats.

Saint James contempla pensivement le plancher.

— Je réfléchissais à la façon dont le chanvre est traité pour être transformé en corde. Mais si la substance naturelle qu'ils ont retrouvée est de la laine...

— J'ai pensé à la même chose que toi. Seulement l'enfant a été ligoté avec du coton, pas avec de la corde. Des lacets costauds, d'après les experts de Canerone. Et Matthew était bâillonné, Saint James. On a retrouvé des filaments de laine dans sa bouche.

— Une chaussette.

— Peut-être. Maintenue en place par un mouchoir de coton. Il y avait des particules de coton sur son visage.

— Que pensent-ils des fibres trouvées dans les cheveux ? fit Saint James, revenant à sa question de départ.

— Plusieurs hypothèses ont été avancées. Il pourrait s'agir d'un revêtement sur lequel on l'avait allongé. Tissu recouvrant le plancher d'une voiture, vieille veste abandonnée dans le coffre, couverture, bâche. N'importe quoi. Les gars du labo sont retournés à Saint Giles prélever des échantillons dans l'église pour le cas où le corps y aurait été déposé avant d'être abandonné dans le champ.

— Je crains que ce ne soit du temps perdu.

Lynley se mit à jouer avec une boîte de lamelles de verre neuves.

— Possible, concéda-t-il. Mais j'espère que non. Il vaudrait mieux que les fibres restées dans les cheveux proviennent d'un textile se trouvant à l'endroit où il a été retenu prisonnier. Car il a été retenu prisonnier, Saint James, il a été séquestré. Le médecin légiste a pu établir qu'il était mort entre minuit et quatre heures du matin samedi. Entre le moment où Matthew a disparu — après le déjeuner — et le moment où il est mort, cela fait douze heures de battement. Douze heures pendant lesquelles on ignore encore où le petit est passé. Il était forcément sur le campus. Les substances filamenteuses lorsqu'elles auront été analysées nous diront peut-être où. A part ça... (Lynley tourna une page du rapport et désigna du doigt un paragraphe)... les gars du labo ont trouvé des sortes de minuscules dépôts sur ses fesses, ses omoplates, son bras droit et sous deux de ses ongles de pied. Ils vont en faire l'analyse au chromatogramme à gaz pour en avoir le cœur net, mais après examen au microscope, il semble que ces substances soient de même nature.

— Provenant de l'endroit où il a été séquestré cette fois encore ?

— Ça semble logique de le penser, non ?

— Logique de l'espérer. A t'entendre, on dirait que tu sais où tu vas, Tommy.

— Je le crois, en effet.

Et Lynley de parler de la bande à son ami.

Saint James écouta sans broncher, l'air toujours aussi sombre. Mais à la fin des explications de Lynley, il détourna les yeux. Son attention parut se focaliser sur une étagère où s'alignaient divers flacons de produits chimiques, des bechers, des burettes, des pipettes.

— Bizutage, remarqua-t-il. Et moi qui croyais que l'on avait mis un terme à cette pratique barbare dans les écoles privées.

— L'administration, la direction s'y emploient. Et la sanction, d'ailleurs, c'est le renvoi pur et simple. (Lynley ajouta :) John Corntel enseigne à Bredgar Chambers. Il était à Eton. Tu te souviens de lui ?

— Boursier de la Couronne, fin lettré. Toujours suivi partout où il allait d'une nuée de gamins de treize ans éperdus d'admiration. Pas le genre de type qu'on oublie. (Saint James reprit le rapport. Fronçant les sourcils, il s'enquit :) Qu'est-ce que Corntel vient faire là-dedans, Tommy ? C'est vers lui que ton enquête s'oriente ?

— Pas si la cassette a un rapport avec la raison pour laquelle Matthew Whateley a été tué.

Sentant un doute dans le ton de Lynley, Saint James se fit l'avocat du diable :

— La cassette, un mobile de meurtre ? C'est possible, ça ?

— Si la remise de la cassette au directeur conduisait au renvoi du coupable, si ce renvoi remettait radicalement en question l'avenir d'un terminale — rendant impossible son admission à l'université, par exemple — et que cet élève ait été décidé à poursuivre ses études à tout prix, j'imagine qu'il aurait pu aller jusqu'à commettre un meurtre.

— Bien sûr. Je comprends, convint Saint James. A ton avis, Matthew faisait chanter l'un des grands. Et si la cassette a été enregistrée dans un dortoir, cela signifie que le persécuteur était l'un des premières ou des terminales. Mais as-tu pensé que la bande pouvait avoir été enregistrée ailleurs ? Dans un endroit où le petit — Harry, c'est bien ça ? — savait qu'on l'emmènerait pour lui faire passer un sale quart d'heure, parce qu'on l'y avait déjà conduit auparavant ?

— Il y avait d'autres voix sur la bande, des voix jeunes, des voix d'enfants, comme celle de Harry. C'est pour ça que j'ai pensé à un dortoir.

— Tu as peut-être raison. Mais ç'auraient pu être des petits qui étaient là pour les mêmes raisons que Harry. Victimes du sadique, eux aussi. Ils n'avaient pas l'air de participer, si ? (Lynley faisant non de la tête, Saint James poursuivit :) Alors est-ce que cela ne tendrait pas à signifier que l'assassin de Matthew est quelqu'un d'autre ? Pas un élève de terminale, mais un adulte ?

— C'est... c'est à peine croyable.

— Parce que tu penses qu'il en est ainsi, dit Saint James. Parce que ça sort totalement du cadre de la décence et de la morale. Comme tous les crimes, d'ailleurs. Il est inutile que je te le rappelle. Tu voudrais bien que Corntel ne soit pas dans le coup. Quel rôle joue-t-il à Bredgar et dans cette histoire ?

— C'est le chef de la maison de Matthew.

— Où était-il lorsque Matthew a disparu ?

— Chez lui avec une femme.

— Entre minuit et quatre heures du matin ?

— Non. Pas à cette heure-là.

Lynley s'efforça de ne pas penser à la façon dont John Corntel lui avait décrit Matthew Whateley le dimanche après-midi. Il s'efforça de s'empêcher de tirer des conclusions des termes utilisés par son ancien condisciple pour évoquer la beauté du petit garçon. Et, surtout, il s'efforça de s'empêcher de penser au manque d'expérience sexuelle de Corntel et à tout ce que la société racontait sur les hommes de son âge qui étaient encore vierges.

— C'est parce qu'il était à Eton que tu le crois innocent, Tommy ?

La franc-maçonnerie des anciens d'Eton. Ça n'existait pas. Pas dans une enquête policière. C'était inconcevable.

— Pour l'instant, il me semble plus raisonnable de suivre la piste indiquée par la cassette, de voir où ça nous mène.

— Et si cela ne te mène nulle part ?

— Ce ne sera pas la première impasse que nous rencontrerons dans cette affaire, fit Lynley avec un rire teinté de lassitude.

— Finalement, on n'ira pas en Argentine, Barbie, déclara Mrs Havers. (D'une main elle tenait une paire de ciseaux d'écolier à bouts ronds. De l'autre, et tout en continuant de parler, elle brandissait tel un pennon une brochure touristique maculée de graisse.) C'est à cause de la chanson, mon chou. *Ne pleure pas, Argentine.* Tu la connais, non ? Je me suis dit que ça nous collerait le bourdon de passer trop de temps là-bas. Toutes ces larmes. Alors j'ai eu une autre idée... J'ai pensé au Pérou. Qu'est-ce que t'en dis, du Pérou ?

Barbara fourra son parapluie trempé dans le vieux porte-parapluies en rotin déglingué près de la porte et se débarrassa de son manteau. Il régnait une chaleur de fournaise dans la maison. L'air sentait la laine humide qui est trop près du feu. Elle jeta un coup d'œil vers la porte du séjour, se demandant si c'était de là que provenait l'odeur âcre.

— Comment va papa ? s'enquit-elle.

— Papa ?

Les yeux chassieux de Mrs Havers s'arrondirent derrière ses lunettes. Une grosse trace de doigt obscurcissait le verre droit. Pour le deuxième jour consécutif, elle avait réussi à s'habiller, mais elle avait enfilé un pantalon de tricot qui pochait de partout et son chemisier était fermé par trois épingles de nourrice.

— J'ai pensé que le Pérou... Il y a des animaux mignons comme tout là-bas. Tu sais, ces bêtes qui ont de grands yeux bruns et un poil doux. Comment on les appelle, déjà ? Je sais que c'est pas des chameaux, j'arrive pas à retrouver le nom. Regarde, en voilà un sur cette photo. Il a même un chapeau sur la tête. N'est-ce pas que c'est mignon ? Comment on les appelle, déjà, ma grande ? Impossible de m'en souvenir.

Barbara s'empara de la photo.

— C'est un lama, dit-elle en rendant le cliché à sa mère et esquivant cette dernière qui tentait de la retenir pour continuer à lui faire la conversation. Comment va papa, m'man ? Il va bien ?

— D'un autre côté, y a le problème de la nourriture. Et ça, j'avoue que ça m'inquiète.

— La nourriture ? De quoi parles-tu ? Où est papa ?

Barbara enfila le couloir, sa mère sur ses talons s'efforçant de l'attraper par son pull.

— La nourriture est tellement épicée, mon petit chou. Je pense pas que ce serait bon pour nous. Tu te souviens pas de la paella qu'on a mangée il y a plusieurs années pour ton anniversaire ? Y avait trop de piment dedans. On a été malades comme des chiens.

Barbara ralentit, se tourna vers sa mère. Dans l'étroit couloir, elle vit leurs deux ombres déformées contre le mur — la sienne boulotte, mal fichue ; celle de sa mère anguleuse, le cheveu hérissé.

Un peu plus loin dans le séjour, la télévision passait un vieux film de Fred Astaire et Ginger Rogers. Le son trop fort tapait sur les nerfs. Fred et Ginger chaussés de patins à roulettes virevoltaient autour d'un kiosque. L'odeur de la laine cramée s'intensifia.

— La paella ? fit Barbara, grimaçant intérieurement de la manie qu'elle avait prise de répéter tout ce que sa mère disait. (A peine posait-elle le pied dans cette maison qu'elle avait l'impression de régresser mentalement. Elle se força à parler le langage de la raison et de la logique.) Qu'est-ce qui t'a fait penser à la paella, m'man ? Ça remonte au moins à quinze ans, non ?

Encouragée, Mrs Havers sourit mais ses lèvres tremblèrent, trahissant son désarroi. Barbara se demanda si sa mère était consciente de l'impatience qui devait se lire sur son visage. Cette pensée lui procura comme à l'accoutumée un affreux sentiment de culpabilité. Cloîtrée à la maison à longueur de journée avec un mari malade pour toute compagnie, la malheureuse femme avait évidemment besoin de bavarder, de se raccrocher à un autre être humain.

— Est-ce que la paella a un rapport avec le voyage que tu prépares ? s'enquit Barbara en rajustant les épaules du cardigan maternel.

Le sourire de Mrs Havers s'accentua, la confiance revenant.

— Oui, bien sûr. Tu me comprends, toi, chouchou. On se comprend, toutes les deux, pas vrai ? C'est normal, puisqu'on est pareilles.

Barbara, qui avait plus que des doutes à ce sujet, relança néanmoins la conversation :

— Tu t'inquiètes à cause de la nourriture qu'on trouve en Amérique du Sud.

— Oui ! C'est exactement ça ! Je me demandais si on devait aller en Argentine ou au Pérou. Les lamas sont à croquer, et j'ai vraiment envie de les voir. Mais je me demande comment on va faire pour la nourriture. Tu imagines nos pauvres estomacs, et nous, patraques, du matin au soir... J'ai réfléchi à ça toute la journée. Je ne voulais pas que tu sois déçue, ma petite choute. Tu travailles tellement dur. Les vacances, c'est la seule chose agréable que tu aies dans la vie. Cette fois, je voulais que ce soit particulièrement réussi. Mais je sais pas comment nous allons nous débrouiller pour la nourriture.

Barbara savait qu'elle n'aurait la paix que lorsqu'elles auraient trouvé une solution au problème. Une fois que sa mère était lancée, rien ne pouvait la faire dévier de sa trajectoire.

— Les lamas, murmura Mrs Havers. J'avais tellement envie de voir les lamas.

Barbara sauta sur la perche tendue :

— Mais on n'a pas besoin d'aller en Amérique du Sud pour voir des lamas, m'man. Il y en a au zoo.

Sa mère fronça les sourcils.

— Au *zoo*... Mais, ma grande, un zoo...

Barbara ne la laissa pas poursuivre.

— Il y a un zoo superbe en Californie, m'man. A San Diego. Les animaux circulent en liberté dans le parc, je crois bien. Pourquoi est-ce qu'on n'irait pas en Californie ?

— C'est pas très dépaysant, la Californie. Pas autant que la Turquie. La Grèce. Ou la Chine. Tu te souviens de la Chine, ma petite choute ? La ville interdite et toutes ces portes ?

— Je crois que ça me plairait, la Californie, m'man, dit Barbara d'un ton ferme. Le soleil. La plage. Et on pourrait aller voir les lamas dans le parc. Pourquoi est-ce que tu n'étudies pas la question ? En Californie, au moins, on n'aurait pas de problème avec la nourriture.

Californie. Mrs Havers répéta le mot, détachant les syllabes. Barbara lui tapota l'épaule et pénétra dans le séjour. Là, elle eut tôt fait de repérer la provenance de l'odeur violente qui imprégnait l'air étouffant de la maison. Une couverture vert et bleu avait été jetée à la diable sur le radiateur électrique, qui chauffait à plein régime devant la cheminée depuis longtemps condamnée. De minces filets de fumée s'en échappaient. Le plaid était à deux doigts de prendre feu.

— Nom de Dieu de bordel de merde ! s'écria Barbara, se précipitant sur la couverture. (Elle la jeta par terre, piétinant les endroits calcinés d'où montaient des flocons de fumée.) Comment diable... C'est pas possible ! Papa ! Tu ne t'es pas *rendu compte...*

Tout en parlant, elle se précipita vers le fauteuil de son père, sa colère décuplée par la peur et par l'angoisse de l'avenir, se demandant ce qui se serait passé si elle n'était pas arrivée à la maison à temps. Les reproches, la colère s'évanouirent lorsqu'elle comprit l'inutilité du sermon dont elle s'apprêtait à gratifier son père.

Mâchoire pendante, tête inclinée en avant, Mr Havers dormait, le menton noir de barbe sur la poitrine. Les tubes d'oxygène étaient à leur place dans ses narines mais sa respiration avait quelque chose de curieusement mécanique, comme si ses poumons étaient commandés par une manivelle tournant avec lenteur dans son dos.

Sur l'écran de la télé, Fred et Ginger entonnèrent un duo. Barbara ravala un juron et éteignit le poste.

Les journaux du lundi et du mardi avaient rejoint ceux du dimanche par terre. Au milieu des quotidiens, de la vaisselle traînait : deux tasses de thé même pas entamées, une assiette d'oignons au vinaigre accompagnés de pain, un bol à moitié plein de quartiers de pamplemousse. Barbara se baissa pour faire une pile des journaux. Et posa la vaisselle dessus.

— Papa va bien, ma grande ?

Mrs Havers était sur le seuil, un album plaqué contre sa poitrine. Elle avait commencé à effacer les traces du voyage projeté au Pérou. Il y avait des trous à l'endroit où les photos du Machu Picchu ne s'étaient pas laissé décoller sans mal.

— Il dort, répondit Barbara. Faut que tu le surveilles mieux que ça, m'man. C'est pourtant pas compliqué. Il a failli flanquer le feu à la couverture. Ça empestait la fumée à plein nez. T'as rien senti ?

Mrs Havers eut l'air désemparé.

— Papa ne fume pas, ma petite choute. Tu le sais bien. Avec son oxygène, ça lui est défendu. Le docteur a dit...

— Non, m'man. C'est la couverture qui fumait. Sur le radiateur. Tu vois ?

Elle désigna du doigt les morceaux du plaid brûlés, la laine noircie.

— Mais si elle est par terre, je vois pas comment...

— M'man, c'est moi qui l'ai mise par terre. Elle était sur le radiateur, je te dis. Elle fumait. La maison aurait pu cramer.

— Oh ! je pense pas que...

— C'est justement ça, le problème ! Tu penses jamais à rien !

Les mots avaient jailli de ses lèvres avant qu'elle eût pu les retenir. Le visage de Mrs Havers se défit. Le cœur de Barbara se crispa sous l'effet du remords. *Ce n'est pas de sa faute. Pas de sa faute !* Barbara chercha ses mots.

— Excuse-moi, m'man. C'est cette affaire sur laquelle je suis en ce moment qui me met dans cet état... Je suis préoccupée. Si tu mettais la bouilloire à chauffer pour le thé ?

Le visage de Mrs Havers s'éclaira :

— Tu as dîné ? J'ai pensé au dîner aujourd'hui. J'ai mis un rôti de porc au four. A cinq heures et demie, comme dans le temps. Ça devrait être prêt maintenant.

Etant donné l'heure — huit heures et demie —, le rôti était carbonisé ou alors pas cuit du tout. C'était bien gentil de mettre un rôti au four, encore fallait-il penser à allumer ce dernier. Barbara s'arracha un sourire.

— Bravo, m'man.

— Je suis capable de m'occuper de ton père, tu vois.

— Oui. Tu veux bien mettre la bouilloire à chauffer, s'il te plaît ? Profites-en pour voir où en est le rôti.

Elle attendit que sa mère fût dans la cuisine avant de se pencher au-dessus de son père et de lui toucher l'épaule. Elle le secoua en douceur, prononçant son nom. Ses yeux papillotèrent, s'ouvrirent. Il leva la tête, referma la bouche avec une grimace douloureuse.

— Barbie.

Il leva une main en guise de bienvenue. Mais il ne put la soulever qu'à quelques centimètres de l'accoudoir du fauteuil avant de la laisser retomber. Sa tête retomba elle aussi.

— Papa, tu as mangé ?

— J'ai bu une tasse de thé, Barbie. Une bonne tasse de thé vers quatre heures. Ta mère me l'a apportée. Elle s'occupe bien de moi, maman.

— Je vais te préparer quelque chose. Un sandwich, ça te dirait ? Ou est-ce que tu préfères de la soupe ?

— Te casse pas la tête. J'ai pas faim, Barbie. Je me sens un peu patraque.

— Seigneur, ton rendez-vous chez le médecin. Je téléphone demain matin à la première heure. Je t'y emmène demain après-midi. Ça ira ? (Elle sourit d'un sourire empreint de culpabilité.) Tu pourras caser ça dans ton emploi du temps, papa ?

Il lui renvoya un sourire assoupi.

— Je l'ai appelé, Barbie. Cet après-midi. J'ai pris rendez-vous pour vendredi à trois heures et demie. Ça te va ?

Barbara ne put s'empêcher d'éprouver un certain soulagement. Demain, elle aurait eu bien du mal à emmener son père chez le médecin malgré ses promesses. Vendredi lui paraissait à des années-lumière. D'ici là, ils auraient peut-être réussi à tirer au clair l'affaire Matthew Whateley. Cela lui permettrait de bénéficier d'un moment de répit. D'ici là, elle aurait peut-être trouvé une solution concernant sa mère. Quelqu'un pour s'occuper d'elle. Cela lui donnerait un peu de tranquillité d'esprit.

— Mon chou ?

Barbara releva la tête. Mrs Havers se tenait sur le seuil, un plat dans les mains. Le cœur de Barbara se serra. Le rôti était toujours dans son papier d'emballage. Et le four n'avait pas été allumé.

Peut-être pour se punir — encore qu'elle eût été bien incapable de dire pourquoi ou d'analyser ses motivations —, Deborah Saint James décida de traverser Chelsea à pied depuis Sloane Square, en suivant King's Road. La pluie la fouettait, le vent s'efforçait de lui arracher son parapluie des mains. Le froid lui raidissait les muscles. Au bruit que faisaient ses chaussures, elle comprit qu'elles étaient trempées et ses pieds aussi, bien qu'elle ne sentît plus rien au-dessous des genoux.

Les bus et les taxis la dépassaient en trombe, projetant de l'eau sur le trottoir autour d'elle en gerbes rageuses et écumantes. Elle aurait pu en héler un au passage mais c'eût été choisir la chaleur, le confort. Or elle ne voulait ni de l'une ni de l'autre. Elle ne se souciait pas particulièrement non plus de sa sécurité ni de l'imprudence que constituait une si longue marche dans le noir où elle risquait de se faire agresser par le moindre voyou ou bien renverser par la première voiture qui aurait dérapé sur la chaussée glissante.

Le trajet à pied — qui aurait dû lui demander vingt-cinq minutes — lui prit en définitive près d'une heure. En s'engageant dans Cheyne Row, elle claquait des dents tellement elle avait froid. Lorsqu'elle atteignit enfin sa porte, ses mains tremblaient si fort qu'il s'écoula une minute avant qu'elle parvînt à introduire sa clé dans la serrure. Elle entra en trébuchant tandis que la grosse horloge du vestibule sonnait neuf heures.

Laissant manteau et parapluie près de la porte, elle pénétra dans le bureau, le corps raide, pas encore prête à savourer la douce température de la maison. Le feu n'était pas allumé dans la pièce et, bien qu'elle eût l'intention de réparer tout de suite cet oubli, elle se recroquevilla sur l'ottomane de Simon, fixant l'âtre avec son tas de bûches, annonciateur de chaleur.

A l'abri de la tempête, Deborah fut assez honnête avec elle-même pour analyser son comportement — elle s'était punie pour les fautes commises à l'encontre de son mari, et s'était laissé aller aux plaisirs de l'apitoiement sur soi qu'elle méprisait tant. La souffrance spirituelle devait s'accompagner de la souffrance physique. Cette règle, elle se faisait une joie de s'y plier. Retirer ses vêtements mouillés — ôter ses chaussures fichues —, c'eût été penser à son confort. Et il n'en était pas question.

Elle n'avait pas vu son mari depuis le matin. Leur conversation avait été aussi brève, froide et impersonnelle que leurs adieux de la veille. Simon n'avait pas essayé de réorganiser son emploi du temps. Il ne lui avait pas proposé de rester à la maison pour le cas où elle aurait besoin de lui. C'était comme s'il avait fini par comprendre son désir de dresser une barrière entre eux et décidé de la laisser faire. Il n'avait pas lutté contre le désir qu'elle avait manifesté de s'isoler, mais elle savait que toutes ces mesures qu'elle prenait et qu'il ne comprenait pas le blessaient.

Dans le bureau, recroquevillée sur l'ottomane, les cheveux pendant sur les épaules telles des banderoles mouillées, Deborah se mit à analyser le problème du mensonge, se rendant compte que certaines formes de trahison ne se pouvaient pardonner. Séparée de Simon plusieurs années auparavant, séparée de lui par neuf mille kilomètres sans pour autant cesser de l'aimer, elle n'avait cherché qu'à oublier, à remplacer les tourments de la séparation par quelque chose ressemblant vaguement à la paix. Etre aimée, enlacée, caressée, être l'objet de la passion d'un homme, l'objet de son désir. Tout cela avait été un moyen de masquer la réalité, une comédie, elle avait joué un rôle : celui d'une femme qui se persuade qu'elle est amoureuse et commande à ses sentiments d'aller de l'avant. Cela avait marché pendant un certain temps ; cela aurait pu marcher pour de bon si Simon n'était pas reparu dans sa vie.

Certes, elle aurait dû l'attendre. Elle aurait dû comprendre les doutes qui l'avaient tenu éloigné d'elle pendant des années. Mais elle n'en avait rien fait. Et même, elle l'avait trahi ; et, ce faisant, elle avait trahi l'amour qui les avait soudés l'un à l'autre pendant presque toute leur vie, amour qui leur avait permis de transcender les banalités du quotidien et d'être proches en esprit, leur procurant des joies inégalées. Si pareil amour pouvait être trahi par l'impétuosité ou par une incapacité à regarder la réalité en face, comment faire pour survivre ? Où trouver la force de continuer à vivre ?

Elle referma les bras plus étroitement autour d'elle. La tête contre les genoux, elle se balança d'arrière en avant pour trouver un peu de réconfort mais elle ne trouva que le chagrin.

— Havers et moi retournons à l'école demain matin pour faire écouter la bande au directeur.

— La piste chinoise ne te paraît pas plus intéressante ?

— Je ne l'ai pas écartée définitivement. Il est impossible de l'écarter. Mais la bande me semble renfermer un mobile autrement plus solide que le racisme. Si nous parvenons à identifier la voix — que ce soit celle d'un élève ou d'un professeur —, je crois que nous aurons fait un pas important dans la recherche de la vérité.

Deborah entendit le bruit de leurs pas dans l'escalier. Dans un instant, ils passeraient devant la porte du bureau. Elle se recroquevilla sur elle-même à l'idée d'être découverte ; en vain, car, au lieu de passer, ils entrèrent ensemble dans la pièce, s'arrêtèrent net sur le seuil.

— Deb ! s'exclama Lynley avec les accents de la plus vive inquiétude.

Relevant la tête, elle repoussa les cheveux collés sur son visage, consciente du spectacle qu'elle offrait.

— J'ai été surprise par la pluie, dit-elle, réussissant à sourire. Je me suis assise ici un moment, essayant de prendre mon courage à deux mains pour faire du feu.

Elle vit son mari se diriger vers le bar et verser un cognac. Lynley la rejoignit près de la cheminée, attrapa les allumettes et alluma le petit bois sous les bûches.

— Enlève au moins tes chaussures, Deb, fit-il. Elles sont trempées. Et tes cheveux...

— Ne t'inquiète pas, Tommy. (Cette brève remarque de Saint James — si peu dans son style — trahissait un monde de sous-entendus que tous trois choisirent d'ignorer. Il apporta le cognac à Deborah.) Bois ça, mon amour. Ton père ne t'a pas vue ?

— Je viens de rentrer.

— Tu devrais peut-être changer de vêtements avant qu'il t'aperçoive. Dieu sait de quoi il est capable s'il te voit dans cet état.

Le ton de Saint James était plein de gentillesse, ne trahissait rien hormis de la sollicitude. Pourtant, Deborah vit le regard de Lynley naviguer de l'un à l'autre. Elle le vit se raidir, comprit qu'il voulait parler. S'efforça de l'en empêcher.

— Tu as raison, Simon. J'emporte le cognac. (Sans attendre de réponse, elle ajouta :) Bonne nuit.

Tommy se leva, lui posa un léger baiser sur la joue. Elle sentit sa main se refermer fugacement sur son bras. Elle savait que ses yeux étaient braqués sur elle, qu'ils reflétaient une vive inquiétude, mais elle s'interdit de croiser son regard. Au lieu de cela, elle s'efforça d'effectuer une sortie digne.

Ses chaussures gorgées d'eau couinèrent bruyamment sur la moquette. Même la dignité lui était refusée.

Saint James descendit à la cuisine. Il n'avait pas dîné — au grand dam de Cotter qui avait exprimé bruyamment sa désapprobation — et il éprouvait une sensation de vide qui, bien que n'ayant rien à voir avec la nourriture, pourrait peut-être être comblée par un semblant de repas.

En dehors du chien et du chat domestiques, qui lui jetèrent un regard plein d'espoir du fond de leurs retraites respectives, ni Mrs Winston — sa vieille cuisinière — ni Cotter n'étaient dans la cuisine pour le moment. Saint James s'approcha du réfrigérateur, l'ouvrit et fut rejoint par le petit teckel à poils longs qui avait quitté son panier dans l'espoir de se voir offrir un petit quelque chose à grignoter. La chienne s'assit à ses pieds, l'air faussement triste et sous-alimentée.

— Tu as déjà dîné, Peach, dit Saint James à la petite chienne. Et même plutôt deux fois qu'une, je te connais.

Peach agita la queue, ravie qu'il eût remarqué sa présence. Sur la cuisinière, Alaska bâilla d'un air d'ennui typiquement félin. Saint James prit du fromage et une planche à découper et les posa sur le plan de travail sous la fenêtre de la cuisine. Peach le suivit, toujours en quête de miettes de nourriture.

Une fois le fromage sorti de son papier, le couteau aiguisé, Saint James les contempla sans le moindre intérêt. Il leva les yeux vers la fenêtre et le bout du jardin qu'il apercevait à quelques mètres au-dessus de sa tête.

Ce n'était pas grand-chose et pourtant Deborah avait réussi à y mettre son empreinte. Les fleurs poussaient en abondance au pied des murs de brique, leurs couleurs, leurs parfums changeant au fil des saisons. Une petite allée dallée de pierre conduisait de la maison à la grille de derrière, camouflée sous des flots d'alysses fous que Deborah refusait d'arracher. Dans un coin, un frêne abritait quatre refuges pour les oiseaux et un plat à graines autour duquel les moineaux se battaient comme font les petits oiseaux lorsqu'ils ont faim. Sur un rectangle de pelouse étaient groupés deux fauteuils, une chaise longue et une table basse ronde, le tout en métal. Achat inconsidéré, avait-il fait remarquer à sa femme. Mais Deborah — qui adorait les entrelacs du fer forgé — avait déclaré qu'elle se faisait fort de les entretenir et de lutter contre la rouille dont le temps londonien ne manquerait pas de favoriser l'apparition sur ces meubles destinés à rester dehors. Et, de fait, elle avait régulièrement poncé et repeint les meubles chaque année au printemps, s'enduisant copieusement de peinture par la même occasion. Fidèle à sa promesse. Elle avait toujours tenu parole.

Saint James sentit le couteau dans sa main. Ses doigts se crispèrent sur le manche. Le bois lui entra dans la paume.

Comment en était-il arrivé à laisser une femme tenir une place aussi importante dans son existence ? Comment avait-il pu lui laisser voir sa faiblesse dans toute son étendue ? Car elle l'avait vue, cette faiblesse, qui le poussait à être le meilleur dans son domaine, à être admiré, réclamé, convoqué avant les autres experts dès lors qu'il s'agissait d'expliquer la signification du dessin d'une tache de sang, les implications que suscitait la trajectoire d'une balle, les conclusions qu'on pouvait tirer des stries métalliques visibles sur une serrure ou une clé. Certains auraient qualifié d'égocentrisme forcené ce besoin d'être le premier dans sa profession. Mais Deborah, elle, savait la vérité. Elle savait que le vide qui l'habitait avait été comblé par son travail. Il l'avait laissée s'en rendre compte.

Elle avait été témoin de son impuissance, des souffrances physiques qui le torturaient par intermittence. Elle avait regardé son père placer les électrodes sur sa jambe pour empêcher les muscles morts de s'atrophier. Elle avait même appris à les mettre en place elle-même. Il l'avait autorisée à le faire. Il était allé jusqu'à désirer qu'elle le fasse — pour qu'elle soit encore plus proche de lui, pour partager avec elle ce qu'il était, pour lui permettre de le connaître complètement. Au cours de ces dix-huit derniers mois, il s'était jeté dans le mariage comme un adolescent inexpérimenté, se livrant sans réserve, ne gardant aucun coin de son âme où effectuer un repli. Parce qu'il n'avait pas pensé un instant qu'il pût en avoir besoin. Maintenant, il payait.

Il était en train de la perdre. A chaque fausse couche, elle s'était repliée sur elle-même pendant quelque temps. Et il avait compris son attitude. Bien qu'il eût très envie d'un enfant, il savait qu'elle en avait encore plus envie que lui. Aussi lui avait-il laissé ces plages de solitude dont elle semblait avoir besoin pour porter le deuil en quelque sorte. Il n'avait pas compris tout de suite qu'elle paraissait s'éloigner un peu plus à chaque tentative infructueuse. Il n'avait pas compté les semaines qui lui auraient montré que les temps de récupération étaient de plus en plus longs, que l'espoir mettait de plus en plus de temps à renaître. Ce quatrième échec était le pire de tous.

Il n'avait pas imaginé que leur couple céderait, s'écroulerait sous le poids d'enfants increés. Même encore maintenant, cela lui paraissait inconcevable. S'il s'était agi d'une autre femme, s'il l'avait moins bien connue, il aurait peut-être accepté le changement qui lui avait enlevé Deborah. Mais, de tous les êtres qui l'entouraient, elle avait toujours été la seule constante.

Il baissa les yeux, fixant le couteau et le morceau de fromage. Impossible de manger. Il remit tout en place.

Sortant de la cuisine, Saint James gravit de nouveau l'escalier. Leur chambre était vide, comme les autres pièces du premier étage. Aussi continua-t-il de gravir les marches. Il trouva sa femme dans son ancienne chambre près de son labo au dernier étage de la maison. Elle avait ôté ses vêtements mouillés et revêtu une robe de chambre ; ses cheveux étaient drapés en turban dans une serviette. Assise sur le lit de cuivre de son enfance, elle examinait des vieilles photos qu'elle avait prises dans la petite commode.

Il la contempla un instant sans parler, laissant son image lui emplir le cœur. La tête baissée, elle tenait une photo à la main. Elle ne bougeait pas.

Il sentit le désir l'envahir, éprouva le besoin de la serrer contre lui, de sentir sa bouche contre la sienne, de respirer le parfum de ses cheveux, de caresser ses seins, de l'entendre soupirer. Pourtant c'était la première fois qu'il craignait de provoquer sa fuite en s'approchant d'elle.

Et malgré tout il traversa la pièce. Plongée dans la contemplation de la photo qu'elle tenait à la main, Deborah ne leva pas la tête. Saint James ne remarqua tout d'abord que la courbe tendre de sa joue, l'ombre douce de ses cils sur sa peau. Ce n'est qu'une fois debout près du lit, alors qu'il tendait le bras pour la caresser, qu'il distingua la photo qui captivait Deborah.

Thomas Lynley. Cheveux blonds brillant au soleil, gouttelettes d'eau luisant sur le corps tandis qu'il sortait de la mer. Il riait, une main tendue vers l'appareil, saisi par l'objectif en un instant de beauté éternelle et de grâce fluide.

Saint James se détourna. Le désir mourut en lui. Le désespoir l'empoigna. Sans laisser à sa femme le temps de dire un mot, il quitta la pièce.

17

Lynley regarda les expressions diverses se succéder sur le visage d'Alan Lockwood pendant que ce dernier écoutait la bande une seconde fois. Chacune trahissait une émotion différente, refoulée aussitôt que ressentie. Répulsion, colère, pitié, dégoût.

Tous trois s'étaient installés dans le cabinet du directeur : le sergent Havers devant le bow-window, Lynley à la table de conférence, le magnétophone devant lui, Lockwood debout derrière une chaise au dossier sculpté de laquelle il se cramponnait. Depuis qu'on lui avait passé la bande, il n'avait prononcé qu'une phrase : « Je veux l'entendre encore une fois, s'il vous plaît. » Pendant que la bande défilait, il avait gardé les yeux rivés sur le bouquet que sa femme avait déposé la veille dans la pièce. Certaines des fleurs — les moins résistantes — avaient déjà commencé à se faner. L'un des lis avait même carrément tourné de l'œil.

Le volume des voix enregistrées sur la bande enflait et s'estompait tour à tour. Les supplications continuaient. Sévices, brutalités, humiliations, harcèlement se poursuivaient. Lynley s'efforça de chasser tout cela de son esprit.

Ils étaient arrivés à Bredgar Chambers peu de temps avant la fin de l'office du matin. Le chœur terminait un hymne — les dernières notes de l'orgue s'abattaient sur la chapelle telle une vague déferlante — et l'un des enseignants en toge noire gravissait les marches menant à la chaire pour lire un passage des Saintes Ecritures. Lorsque l'homme à la toge se tourna vers les fidèles, Lynley constata que l'enseignant n'était autre que John Corntel. De son poste d'observation près de la chapelle du souvenir, Lynley regarda le professeur de littérature anglaise baisser les yeux sur la Bible et commencer à lire. Il ne trébucha qu'à une seule reprise.

— Psaume soixante-deux, annonça-t-il. (Au-dessus de la toge noire et du costume sombre, sous la lumière de la chaire, le visage de Corntel semblait émacié.) « En Dieu et en lui seul est le repos de mon âme, de lui vient mon salut. Lui seul est mon rocher, mon salut, ma citadelle ; je ne bronche pas. Jusqu'à quand allez-vous vous ruer sur un homme et l'abattre, vous tous, comme une muraille qui penche, une clôture qui croule ? Ils ont toujours le mensonge à la bouche ; extérieurement ils bénissent, mais audedans ils maudissent.»

Lynley entendit Corntel buter sur les mots, se reprendre et terminer sa lecture. Mais un verset avait fait une grosse impression sur lui, tout comme la musique de l'orgue quelques instants auparavant. *Ils ont toujours le mensonge à la bouche.* Tant et si bien que le reste du psaume lui échappa.

Des yeux il parcourut la chapelle, s'imprégnant de sa symétrie et de sa beauté. Le soleil d'après la pluie frappait de plein fouet les vitraux dont les couleurs se répandaient sur le chœur en une coulée chamarrée. Sur l'autel, les cierges palpitaient. Les fils d'or de la nappe d'autel brillaient sous leur tremblotante lueur, évoquant la surface luisante et lisse d'un plan d'eau. Le somptueux retable semblait sculpté dans de l'ivoire ; la rosace déployait la richesse tranquille de ses motifs ornementaux. De part et d'autre de l'allée centrale, les écoliers agenouillés priaient, la tête appuyée contre le dossier du banc de devant, vivante image de la piété et de la dévotion. Derrière eux, déployés le long des murs de la chapelle, les membres du personnel enseignant en faisaient autant. Seuls les choristes étaient debout et, lorsque Corntel eut fini sa lecture, ils attaquèrent le dernier hymne après que l'orgue eut tonné les huit notes fracassantes de l'ouverture. Le « Béni soit Dieu, source de tous les bienfaits » emplit l'édifice. En entendant ces paroles et en humant l'odeur des cierges qui se consumaient et du bois vénérable, appuyé de l'épaule contre un solide pilier de pierre, Lynley se remémora un fragment de l'évangile selon saint Matthieu. Il lui sembla presque entendre les versets s'élever au-dessus du chant.

Vous ressemblez à des sépulcres blanchis. Au-dehors ils ont belle allure, mais au-dedans ils sont pleins d'ossements de morts et de toute pourriture.

Rangée après rangée, les écoliers commencèrent à sortir en file indienne de la chapelle — démarche raide, regard fixe, uniformes repassés de frais, cheveux bien peignés, visages nets et briqués. *Ils doivent être au courant,* songea Lynley. *Tous. Ils sont au courant depuis le début.*

Se penchant en avant, il appuya sur la touche arrêt du magnétophone tandis que le martyre de l'enfant prenait fin pour la seconde fois, salué par un rire guttural auquel succédaient des sanglots irrépressibles. Il attendit que le directeur prenne la parole.

Lockwood lâcha la chaise à laquelle il s'était cramponné et s'approcha de la fenêtre. Il l'avait simplement entrebâillée à leur arrivée un quart d'heure plus tôt, cette fois il l'ouvrit plus largement, laissant l'air froid du matin lui mordre le visage. Pinçant les lèvres, il prit une profonde inspiration et demeura ainsi près d'une minute. Le sergent Havers jeta un coup d'œil interrogateur à Lynley, qui lui désigna d'un mouvement de tête la chaise voisine de la sienne. Elle la prit.

— Un élève, murmura enfin Lockwood. *Un élève*, répéta-t-il, une note involontaire de soulagement dans la voix.

Lynley comprit aussitôt. Lockwood avait tiré ses propres conclusions de l'écoute de la bande. Si c'était un élève qui était responsable de la mort de Matthew Whateley, la responsabilité de l'école se trouvait sérieusement atténuée. Que le coupable pût être un pensionnaire signifiait qu'il n'y avait pas de pédophile dans les rangs du personnel enseignant. Aucun monstre ne rôdait derrière cette façade de pureté pédagogique. La réputation de

Bredgar Chambers — et donc celle de son directeur — était sauve du moment que le responsable était un pensionnaire.

— Quelle sanction encourt un élève qui en bizute un autre ?

Lockwood tourna le dos à la fenêtre pour répondre :

— Les deux premières fois, il a droit à un avertissement. S'il récidive une troisième fois, il est renvoyé. Mais dans le cas présent...

La voix de Lockwood sombra dans l'inaudible tandis qu'il les rejoignait, choisissant la chaise qui était au bout de la table au lieu de prendre logiquement place à côté du sergent Havers.

— Dans le cas présent ? fit Lynley, le relançant.

— Il ne s'agit pas d'un cas de bizutage ordinaire comme vous avez pu vous en rendre compte, mais d'un phénomène étalé dans le temps, de visites régulières, qui ont peut-être lieu toutes les nuits. Dans un cas comme celui-ci, pour le coupable, la sanction, c'est le renvoi immédiat. Aucun doute possible là-dessus.

— Le renvoi.

— Oui.

— Quelles chances le coupable aurait-il de retrouver une place dans une autre école privée après ça ?

— Si j'avais voix au chapitre ? Aucune. (Lockwood parut apprécier le caractère définitif de l'énoncé car il répéta, martelant les syllabes :) Aucune.

— Matthew a fait parvenir cette bande à une de ses camarades de Hammersmith, annonça Lynley au directeur. C'est une copie. L'original se trouve à Bredgar, d'après ce qu'il a confié à la petite. De deux choses l'une : ou il l'a mis en lieu sûr, ou il l'a donné à quelqu'un en qui il avait confiance dans l'espoir de mettre un terme au bizutage. A propos, nous pensons que c'est le petit Harry Morant, le bizuté.

— Morant ? L'élève chez qui Matthew Whateley était invité le week-end dernier ?

— Oui.

Lockwood fronça les sourcils.

— Si Matthew avait confié la bande à un enseignant, ce dernier me l'aurait aussitôt apportée. J'en conclus qu'il l'a confiée — au lieu de la camoufler — à un élève. Quelqu'un en qui il avait toute confiance.

— Ou du moins à qui il croyait pouvoir faire confiance. Quelqu'un dont la situation à Bredgar donnait à penser qu'il était digne de confiance.

— Chas Quilter, par exemple ?

— Préfet principal, fit Lynley. Si quelqu'un est digne de

confiance ici, c'est bien lui, non ? Où se trouve-t-il en ce moment ?

— C'est l'heure de notre réunion hebdomadaire. Il m'attend dans la bibliothèque.

— Sergent ?

Lynley fit signe à Havers d'aller chercher l'adolescent. Elle sortit du cabinet pour s'acquitter de sa mission.

La bibliothèque, qui occupait tout un quart de la partie sud de la cour d'honneur, jouxtait le cabinet du directeur. Quelques instants plus tard, Havers revenait, suivie de Chas Quilter. Lynley se leva pour accueillir le jeune homme, dont il vit les yeux naviguer du magnétophone au directeur resté assis au bout de la table. Lorsqu'on lui demanda de prendre un siège, Chas s'installa près de Lockwood. C'était comme si, en choisissant leur chaise, les participants s'étaient partagés en deux camps : le directeur et son préfet d'un côté, Lynley et Havers de l'autre. La loyauté envers l'école, songea Lynley, se demandant si Quilter serait fidèle à la devise de l'établissement. *Honor sit et baculum et ferula.* Les minutes qui allaient suivre ne manqueraient pas de le lui révéler. Lynley appuya sur la touche de mise en marche du magnétophone.

Le sang afflua au cou de Quilter tandis qu'il écoutait. Sa pomme d'Adam soudain saillante se mit à bouger de façon incontrôlable. Il tendit une main vers sa cheville, qui reposait sur son genou. Ses lunettes reflétaient la lumière matinale, formant des disques d'or derrière lesquels étaient dissimulés ses yeux.

— C'est Matthew Whateley qui a réalisé cet enregistrement, déclara Lynley à la fin de la bande. Dans une pièce qu'il avait équipée à cet effet, ici même, à Bredgar. Ce que vous venez d'entendre n'est qu'une copie. Nous sommes à la recherche de l'original.

— Etes-vous au courant de quoi que ce soit, Quilter ? s'enquit le directeur. La police pense que l'enfant a caché l'original, ou qu'il l'a confié à quelqu'un qui aurait été chargé de le mettre en lieu sûr.

C'est à Lockwood que Chas répondit :

— Pourquoi aurait-il fait ça ?

— Parce qu'il estimait devoir respecter les règles tacites de l'école, répondit Lynley.

— Les règles, monsieur ?

Lynley trouva la question à la fois malhonnête et agaçante.

— Les règles, oui. Les règles qui expliquent le manque d'empressement de Brian Byrne à nous répondre lorsque nous lui avons demandé combien de fois vous vous étiez absenté du club des terminales la nuit où Matthew a disparu. Les règles qui expliquent votre actuel manque d'empressement à nous parler de la bande.

Un infime mouvement trahit l'adolescent — tressaillement de l'épaule droite :

— Parce que vous croyez que je...

Lockwood intervint non sans avoir lancé un regard noir à Lynley. Ses paroles conciliantes indiquaient que le comportement des fils de chirurgiens faits chevaliers était au-dessus de tout soupçon, quelle qu'ait pu être la conduite de leurs aînés :

— Personne ne croit rien, Quilter. La police n'est pas ici pour vous accuser.

Près de lui, Lynley entendit Havers marmonner un juron presque inaudible. Il attendit la réaction de Chas.

— Je n'avais jamais entendu parler de cette bande avant ce matin, déclara le garçon. Je ne connaissais pas Matthew Whateley. Je serais incapable de dire où il a caché la bande, ou s'il l'a remise à quelqu'un d'autre.

— Reconnaissez-vous les voix enregistrées ? questionna Lynley.

— Franchement, je ne peux pas vous...

— On dirait bien qu'il s'agit d'un élève de terminale, non ?

— C'est possible. Mais ce pourrait être n'importe qui, monsieur. Je voudrais pouvoir vous aider. Je devrais pouvoir vous aider. Je le sais. Je suis désolé.

Trois coups légers furent frappés à la porte, qui s'ouvrit. Elaine Roly se tenait sur le seuil. La secrétaire de Lockwood derrière elle s'efforçait de lui barrer la route. Mais l'intendante d'Erèbe était bien décidée à ne pas se laisser décourager. Non sans avoir décoché un regard meurtrier à la secrétaire, elle foula d'un pas vif le magnifique tapis de Wilton.

— *Elle* a essayé de m'empêcher d'entrer, dit l'intendante. Pourtant j'étais sûre que ça ne pouvait pas attendre, que vous voudriez que je vous remette l'objet immédiatement. (Elle tira quelque chose de sous la manche de son chemisier.) Le petit Morant me l'a remise ce matin, inspecteur. Pas moyen de lui faire dire où il l'a dénichée. Ni ce qu'il fabriquait avec. Mais, de toute évidence, ça appartenait à Matthew Whateley.

Et de laisser tomber une chaussette sur la table. Chas Quilter tressaillit spasmodiquement sur sa chaise.

La bibliothèque sentait essentiellement les copeaux de bois et les livres. L'odeur de bois émanait du taille-crayon électrique que les élèves utilisaient davantage par plaisir que par nécessité véritable. L'odeur du papier provenait des hautes étagères surchargées d'ouvrages qui recouvraient les murs. De grandes tables étaient disposées à intervalles réguliers sous les rangées de livres. Chas Quilter était assis devant l'une de ces tables, incapable de s'expliquer comment il pouvait se sentir à ce point anesthésié alors que son univers continuait de s'écrouler autour de lui. Il se souvint d'une des nombreuses citations latines qu'il lui avait fallu apprendre par cœur en troisième. *Nam tua res agitur, paries cum proximus ardet.*

Il chuchota la traduction dans la pièce déserte. « Car c'est toi qui es concerné lorsque le mur d'à côté brûle. » Combien vrai était l'aphorisme et comme il s'était efforcé de se boucher les yeux... Il lui semblait avoir tout fait pour fuir ce feu au cours des dix-huit derniers mois et cependant chacun des chemins qu'il empruntait pour s'en éloigner finissait par le conduire au pied d'un nouveau mur de flammes.

Sa fuite avait commencé l'année précédente lors du renvoi de son frère de Bredgar. Les événements étaient comme gravés dans sa mémoire : l'indignation de ses parents lorsque leur fils aîné — qui ne manquait de rien — avait été accusé ; les dénégations violentes de Preston, insistant pour que la direction apporte la preuve de sa culpabilité ; le ton véhément sur lequel Chas avait défendu son frère devant des camarades qui l'écoutaient avec une sympathie teintée de scepticisme ; enfin l'humiliation éprouvée lorsqu'il s'était avéré que les accusations étaient fondées. Argent, vêtements, crayons, stylos, douceurs rapportées de la maison et stockées dans les boîtes à provision. Tout y passait. Preston se souciait peu de ce qu'il dérobait. Il volait sans réfléchir, qu'il eût ou non envie de l'objet raflé.

Lorsque la maladie de son frère — car c'était une maladie, il ne l'ignorait pas — avait éclaté au grand jour, Chas avait tourné le dos à Preston. Il l'avait laissé tomber avec sa honte, sa faiblesse. Pour lui, à l'époque, l'important avait été de se désolidariser de son aîné, de ne pas partager sa disgrâce. Pour cela, il s'était jeté dans l'étude, évitant toutes les occasions où le nom de son frère ou ses errements auraient pu être mentionnés. Et il avait laissé Preston griller seul au milieu des flammes. Pourtant, alors qu'il adoptait cette attitude, lui-même s'était trouvé confronté au feu, là où il s'attendait le moins à le rencontrer.

Sissy, croyait-il, serait son salut, seule personne avec laquelle il pourrait être parfaitement honnête, pleinement lui-même. Au cours des mois qui avaient suivi le renvoi de Preston, Sissy avait appris à tout connaître de Chas, ses faiblesses comme ses points forts. Elle avait appris sa peine, son désarroi, son désir de faire oublier les erreurs de Preston. Pendant son année de première, elle avait été là, calme et sereine. Pourtant, bien qu'il se sentît de plus en plus proche d'elle, Chas n'avait pas réussi à se rendre compte qu'elle n'était qu'un autre mur, qui risquait aussi de prendre feu.

Et le mur d'a côté avait pris feu. L'incendie s'était propagé. Le moment était venu de mettre fin à ce brasier. Mais, pour ce faire, il lui faudrait mettre un terme à sa propre vie. S'il n'y avait que sa vie en cause, cela n'aurait pas d'importance. Il parlerait sans se soucier des conséquences. Mais il n'y avait pas que lui. Ses responsabilités ne se bornaient pas à Bredgar Chambers.

Il songea à son père, au temps que ce dernier passait chaque année — pendant ses vacances à Barcelone — à soigner gratuitement des gens qui n'avaient pas les moyens de s'offrir les services d'un chirurgien plasticien, opérant les divisions palatines, réparant le visage des accidentés, pratiquant des greffes de peau sur les brûlés, corrigeant les difformités. Il songea à sa mère, à sa vie consacrée tout entière à son époux et à ses fils. Il songea à leurs physionomies ce matin de l'an dernier lorsqu'ils avaient chargé les bagages de Preston dans leur Rover tout en s'efforçant de dissimuler l'étendue de leur désarroi et de leur humiliation. Ils n'avaient pas mérité le coup que leur avait porté la chute de Preston. Du moins était-ce l'avis de Chas, qui s'était promis d'atténuer leurs souffrances, de leur rendre leur fierté. Il en était capable, se disait-il, car il n'était pas Preston. Non, il n'était pas Preston. Il n'avait rien de commun avec lui.

Pourtant, alors même qu'il prononçait intérieurement ces mots, d'autres mots flottaient dans son esprit telles des incantations issues d'un cauchemar. Il les avait lus ce matin en attendant l'heure de sa réunion hebdomadaire avec le directeur, et maintenant il les voyait et les entendait de nouveau. *Acrocéphalie, Syndactylie, Suture coronale.* Malgré lui, il entendit Sissy pleurer. Sans le vouloir, il éprouva du chagrin, un atroce sentiment de culpabilité. Une fois encore, il se trouvait devant un mur en flammes et essayait — en vain — de se dire que ce n'était pas son affaire.

Il ne parvenait à se convaincre que d'une chose et c'était l'énormité du mal qu'il avait fait à ses proches et à son entourage.

Harry comprit ce qu'on attendait de lui à l'instant où il pénétra dans le cabinet du directeur. Il n'y avait là que Mr Lockwood et les deux policiers de New Scotland Yard. Sur la table, la chaussette de Matthew Whateley était recroquevillée tel un point d'interrogation inachevé. Quelqu'un l'avait retournée. Bien que resté près de la porte, Harry distinguait la petite étiquette blanche et le chiffre 4 imprimé dessus à l'encre noire.

Certes il avait voulu que Miss Roly la remette à la police. Il avait même espéré qu'elle le ferait. Mais il n'avait pas pensé que Mr Lockwood serait mis au courant, pas plus qu'il n'avait imaginé que son rôle dans l'affaire ne se bornerait pas là. Bien sûr, il avait vu suffisamment de films policiers à la télévision pour se douter que les policiers tiendraient à l'interroger. Mais maintenant qu'il était ici, que le grand inspecteur blond le remorquait vers une chaise, sa main tiède et ferme posée sur l'épaule de Harry, ce dernier regrettait de ne pas avoir gardé sa trouvaille pour lui, de ne pas l'avoir jetée, de ne pas l'avoir laissée là où elle était, abandonnant à quelqu'un d'autre le soin de la découvrir.

Mais il était trop tard. Harry sentit des vagues de chaud et de froid le submerger cependant que le policier tirait une chaise pour qu'il puisse prendre place à la table.

Il baissa les yeux, fixant ses mains crispées sur ses genoux. Son pouce droit portait une tache d'encre en forme d'éclair. On aurait dit un tatouage.

— Je suis l'inspecteur Lynley. Voici le sergent Havers, annonça l'homme blond.

Harry perçut un froissement de papier. Le sergent s'apprêtait à prendre des notes.

Il se sentait glacé. Ses jambes commencèrent à trembler. Ses bras à frissonner. S'il parlait, il claquerait des dents et les mots qu'il prononcerait seraient déformés par les tremblements préludant rituellement aux sanglots.

— Tu as remis cette chaussette à Miss Roly, Harry, poursuivit l'inspecteur Lynley. Où l'as-tu trouvée ?

Une horloge tictaquait dans la pièce. Bizarre, songea Harry. Il ne l'avait pas remarquée la dernière fois qu'il s'était trouvé dans le cabinet du directeur.

— Dans l'un des bâtiments ? Ou bien dehors ?

Harry sentait le parfum des fleurs sur la table. Mrs Lockwood les faisait pousser. Il l'avait vue s'activer en ombre chinoise dans la serre. Il avait même, risquant un œil à l'intérieur, aperçu les longues allées de brique entre les rangées de plantes. Elle avait un endroit où elle faisait pousser des fleurs et un autre où elle cultivait des légumes. Les pots étaient suspendus à des perches. L'eau gouttait à un rythme régulier. Un riche parfum d'humus montait de la terre.

— Tu l'as depuis longtemps, la chaussette de Matthew ? Car elle appartient à Matthew, n'est-ce pas ?

Il avait un sale goût dans la bouche. Le long de la langue et dans la gorge. Un goût de citron pourri. Il déglutit pour s'en débarrasser. Sa gorge était douloureuse.

— Vous avez entendu ce que vous a dit l'inspecteur Lynley, Morant ? lança le directeur. Répondez, mon garçon. Et vite.

L'enfant sentait le bois du dossier de la chaise contre ses omoplates. L'un des motifs sculptés lui blessait le dos.

Mr Lockwood poursuivit. Harry comprit sans peine qu'il était en colère.

— Morant, je n'ai absolument pas l'intention...

Le policier fit un geste. Il y eut un *clic* sec. Puis la pièce s'emplit du son de la voix.

Tu veux te faire mettre, petite tapette, tu veux te faire mettre, te faire mettre ?

Harry leva vivement les yeux et vit le magnétophone posé devant l'inspecteur. Il poussa un cri, tenta de se plaquer les mains sur les oreilles pour ne plus entendre. En pure perte. La voix continuait de retentir. Le cauchemar était réel. Il s'enfonça les doigts dans les oreilles. Des bribes de phrases lui parvinrent encore malgré tout, mots pleins de dérision, chargés de mépris, de haine.

On en a des jolies petites choses dans son joli petit slip... oh... voyons voir... jolies petites roupettes... te les écraser...

L'horreur déferla sur lui et il se mit à pleurer. La bande s'arrêta. Doucement, des mains lui retirèrent les doigts des oreilles.

— Qui t'a fait ça, Harry ? s'enquit l'inspecteur Lynley.

En larmes, Harry releva la tête. Le visage du policier était implacable, mais ses yeux empreints de bonté l'encourageaient à parler. C'étaient des yeux qui inspiraient confiance. Qui exigeaient la vérité. Mais de là à dire... C'était impossible. Pas ça. Jamais. Pourtant, il lui fallait bien dire quelque chose. Parler. Tout le monde attendait.

— Je vais vous montrer, murmura l'enfant.

Lynley et Havers suivirent Harry Morant, empruntant la porte principale de l'école pour sortir. Ils traversèrent le parking devant l'aile est de la cour d'honneur et prirent le sentier menant à Calchas. Les élèves étant en cours, le parc était désert.

Harry trottait devant eux sans un mot, frottant du bras son visage rougi comme pour faire disparaître toute trace de ses larmes. Dans l'espoir que l'enfant se montrerait plus bavard seul qu'en présence du directeur, Lynley avait réussi à persuader Lockwood de rester dans son cabinet. Mais, hormis la phrase qu'il avait prononcée d'une voix brisée, Harry n'avait pas prononcé une parole.

Il paraissait décidé à se taire le plus longtemps possible, cavalant le long du sentier, s'efforçant de mettre le plus de distance possible entre les policiers et lui. La tête dans les épaules, il jetait des regards furtifs de côté et d'autre. A vingt mètres de Calchas, il courait presque, il disparut à l'intérieur avant que Lynley et Havers aient atteint la porte.

Ils le trouvèrent qui les attendait dans le vestibule, petite ombre tapie dans le coin sombre près du téléphone. Lynley remarqua que le plan du rez-de-chaussée de Calchas était identique à celui d'Erèbe où Matthew Whateley avait habité, et que, comme Erèbe, Calchas était en piteux état.

Harry attendit qu'ils aient refermé la porte avant de se diriger vers l'escalier. Il gravit deux étages au galop, Lynley et Havers sur ses talons. A aucun moment il ne se retourna pour voir s'ils le suivaient. Il paraissait au contraire espérer les semer et il y parvint presque dans le couloir en tournant abruptement pour s'engager dans la partie sud-ouest du bâtiment.

Ils le découvrirent debout devant une porte. Il semblait avoir rétréci et se tenait le dos au mur comme s'il craignait d'être pris par surprise.

— C'est ici, se borna-t-il à annoncer.

— C'est là que tu as trouvé la chaussette de Matthew ? questionna Lynley.

— Par terre, fit-il, les bras autour de la taille.

Lynley étudia le garçonnet, se demandant s'il n'allait pas leur fausser compagnie. Il poussa la porte et jeta un œil dans la petite pièce étouffante qui de surcroît empestait.

— Le séchoir, fit le sergent Havers. Il y en a un dans chacune des maisons. Bon Dieu, cette puanteur !

— Vous l'avez examiné, sergent ?

— Je les ai tous examinés. Ils sont tous semblables. Et ils puent tous autant.

Lynley regarda Harry, qui regardait droit devant lui. Ses cheveux foncés lui tombaient sur le front, son visage semblait fiévreux.

— Ne le quittez pas d'une semelle, ordonna-t-il à Havers en pénétrant dans le réduit dont il cala la porte afin qu'elle reste ouverte.

Il n'y avait pas grand-chose à voir : des tuyaux recouverts de vêtements qui couraient le long des murs, un linoléum par terre, une malheureuse ampoule et une trappe cadenassée au plafond. Avisant une échelle métallique, Lynley gravit les marches pour pouvoir examiner la trappe de plus près, sa tête frôlant les bouts de chewing-gum qui la décoraient. Il tendit le bras, agrippa le cadenas et tira dessus. Il se débarrassa du moraillon qui servait à maintenir la porte fermée. Le nez dessus, Lynley fut à même de distinguer ce que Havers n'avait pas pu voir d'en bas. Quelqu'un avait travaillé le cadenas à l'aide d'une scie à métaux de façon à pouvoir accéder sans difficulté à ce qui se trouvait au-dessus de la trappe. Lynley ouvrit cette dernière d'une poussée.

Au-dessus de lui apparut un boyau aux murs enduits de plâtre et recouverts d'une peinture écaillée. Au bout du couloir étroit, une porte gauchie entrebâillée laissait passer une faible lueur évoquant la lumière du jour filtrant à travers des vitres sales. Grimpant les dernières marches de l'échelle, Lynley se hissa à l'intérieur du boyau, toussant à cause de la poussière pleine de miasmes que soulevaient ses mouvements.

Il n'avait pas apporté de torche, toutefois la lumière du séchoir ajoutée à celle qui provenait de la porte entrebâillée au fond du couloir lui permit de distinguer les empreintes de pas qui maculaient le sol. Il les examina mais ne put que se borner à conclure qu'elles avaient été faites par des chaussures de sport, portées vraisemblablement par des garçons. Contournant avec soin plusieurs empreintes qui semblaient assez nettes et donc utilisables, il se dirigea vers la porte située au bout du couloir.

Elle était bien huilée et vierge de poussière. Il imprima une légère pression sur le battant et elle s'ouvrit sans bruit, révélant un réduit exigu typique des constructions du XVe siècle, local sans destination particulière coincé sous les combles et dont l'administration avait sans doute oublié depuis longtemps l'existence. Mais si la direction l'avait oublié, d'autres en revanche s'en étaient souvenus, qui l'avaient utilisé.

Trois fenêtres perpendiculaires pratiquées dans le mur ouest laissaient filtrer une pâle clarté à travers des carreaux qu'obscurcissaient des années de crasse. L'absence d'entretien se faisait sentir dans tout le local. Des taches couvraient les murs : taches d'humidité, taches de bière ou de vin projetées sur les parois sous le coup de l'ivresse ou de la colère, éclaboussures d'un brun roux ressemblant à du sang. Là où les murs étaient vierges de taches, des dessins obscènes avaient été gribouillés sur le plâtre, représentant des silhouettes masculines et féminines étroitement imbriquées dans les postures les plus variées. Des détritus jonchaient le sol poussiéreux — mégots, emballages de bonbons et de chips, canettes de bière vides, verre en plastique, chope, vieille couverture orange abandonnée en tas près de la cheminée. Celle-ci renfermait son content de saletés ainsi qu'un tas de cendres nauséabondes qui ajoutait encore à la puanteur de l'air ambiant où flottaient des odeurs d'urine et d'excréments. Sur le dessus de cheminée en pierre nue, quatre bougies blanches émergeaient de petits tas de cire figée. Ce n'étaient plus guère que des trognons de bougie et la quantité de cire restée collée à la base indiquait que la pièce était fréquemment utilisée la nuit.

Lynley balaya le réduit du regard, se rendant compte qu'il faudrait des semaines aux experts du labo pour analyser et exploiter les indices que renfermait le local s'ils voulaient tenter d'établir que Matthew Whateley avait été séquestré ici avant sa mort. Que l'indice décisif se trouvât quelque part par là — cheveu du garçonnet, tache de sang, bout de peau, fibre correspondant à celles retrouvées sur son corps — Lynley n'en doutait pas un instant. Seulement à la pensée de l'état pitoyable dans lequel se trouvait Patsy Whateley, il se sentait moralement obligé de résoudre l'affaire le plus rapidement possible. Il lui semblait inconcevable de devoir attendre les résultats du travail minutieux et forcément lent des pros de la police scientifique pour procéder à une arrestation. Aussi retourna-t-il jusqu'à la trappe, cherchant un moyen de décider Harry Morant à parler. Il appela le sergent Havers, qui s'approcha de l'ouverture.

— J'aimerais que Harry vienne jeter un œil ici, sergent, lui dit-il. Aidez-le à grimper.

Hochant la tête, elle s'en fut chercher le petit garçon, qui rejoignit Lynley dans le couloir. Le tenant par l'épaule, Lynley l'entraîna vers la porte et le fit se planter sur le seuil sans cesser de le maintenir. L'enfant sous sa poigne semblait frêle comme un roseau.

— C'est ici que Matthew a été enfermé, dit Lynley. Quelqu'un l'a attiré ici, Harry. Après lui avoir dit qu'il fallait qu'ils aient une petite conversation, qu'ils s'expliquent une bonne fois pour toutes ou peut-être même après l'avoir drogué, ce qui lui évitait d'avoir à inventer un prétexte. Quoi qu'il en soit, c'est ici qu'on l'a amené.

Lynley fit pivoter la tête de l'enfant vers un angle du local où la poussière avait été abondamment remuée.

— Il devait être dans ce coin. Ligoté. Tu vois les mégots par terre ? Son corps était couvert de brûlures de cigarettes quand on l'a retrouvé. Il en avait dans les narines, sur les testicules, partout. Tu es sûrement au courant. Tu imagines ce qu'il a dû endurer, l'odeur de la chair qui grille, la souffrance.

Harry tremblait tant qu'il en avait le corps tout raide. Il aspira une goulée d'air.

— Tu sens cette odeur d'urine ? poursuivit Lynley. Et de matières fécales. Dans l'impossibilité d'aller aux toilettes, Matthew se sera vu contraint de se souiller. Note bien que, comme il n'avait pas de vêtements sur le dos, ça n'avait guère d'importance. Mais c'est pour cela que la pièce empeste.

Harry rejeta la tête en arrière contre la poitrine de Lynley. Il se mit à gémir.

Lynley tâta le front de l'enfant, le trouva brûlant.

— Pour l'instant, j'en suis réduit à faire des devinettes, mais je suis quasiment certain que ce que je te raconte est la vérité, Harry. C'est ce qui est arrivé à Matthew avant sa mort. Et toi seul peux nous dire qui lui a fait ça.

Harry secoua frénétiquement la tête en signe de dénégation.

— Il savait que tu étais bizuté. Mais il n'était pas comme les autres élèves : il n'était pas du genre à détourner la tête, soulagé que ça ne soit pas tombé sur lui. C'était un garçon qui ne supportait pas la cruauté. En outre, tu étais son copain. Il n'allait pas rester les bras croisés et laisser un sadique maltraiter son copain. Alors il a mis une méthode au point pour que tout cela cesse. Il a sonorisé ta chambre et il a réalisé un enregistrement. Je pense qu'il a dû faire ça il y a trois semaines, le vendredi où il s'est débrouillé pour obtenir une dispense de sport de l'infirmerie en feignant d'être malade. Ça lui aura donné le temps d'installer son matériel et de le tester sans que personne — toi excepté — soit au courant. Une fois la chambre prête, il ne vous restait plus qu'à attendre la prochaine visite nocturne de ton persécuteur. Car c'était la nuit qu'il venait, n'est-ce pas ? Ces choses-là, c'est toujours la nuit que ça se passe.

Au tressaillement des épaules de l'enfant, Lynley comprit qu'il pleurait.

— Une fois l'enregistrement réalisé, le bizutage a pris fin, j'imagine. Il ne pouvait en être autrement. Si le bizuteur s'était avisé de faire mine de recommencer, la bande aurait atterri sur le bureau du directeur, qui se serait empressé de se débarrasser du sadique. Mais je ne crois pas que Matthew ait eu l'intention de faire renvoyer le tortionnaire. Bien que ce dernier l'eût amplement mérité. Il voulait sans doute donner à ce type la possibilité de s'amender. C'est pour cela qu'il n'a pas remis la bande au directeur. Il l'a confiée à quelqu'un d'autre. La seule chose qu'il n'a pas réussi à comprendre, c'est que les agressions, il n'y a que ça qui compte pour un bizuteur. C'est comme une drogue dont il ne peut se passer. Or pour pouvoir recommencer ses manœuvres de harcèlement, le bizuteur avait besoin de la bande. Il lui fallait également la copie de l'original. C'est afin d'obtenir les deux enregistrements qu'il a amené Matthew ici.

Un cri fusa de la gorge de Harry.

— Il faut que quelqu'un se décide à rompre le silence, ajouta

Lynley. Matthew Whateley a essayé mais sa méthode a échoué. Les demi-mesures ne sont pas efficaces dès lors qu'il s'agit de la vérité, Harry. J'espère que tu t'en rends compte. C'est parce qu'il a eu recours à une demi-mesure que Matthew est mort. Je veux le nom de son assassin.

— Impossible. Je ne peux pas vous le... *C'est impossible !* hoqueta Harry.

— Tu le peux et tu le dois. Donne-moi son nom.

Harry se tortillait. Sa tête roula sur sa poitrine. Il leva soudain les bras, s'efforçant d'échapper aux mains de Lynley toujours plaquées sur ses épaules.

— Donne-moi son nom, Harry, répéta Lynley calmement. Examine bien cette pièce, Harry. Tu ne peux pas garder le silence. Donne-moi le nom.

Harry releva la tête. Lynley comprit qu'il examinait une fois encore le réduit — la crasse, les détritus, les immondices, les murs souillés couverts de dessins obscènes, les taches couleur de rouille, le plancher noir de poussière. Il savait que l'enfant avait bien présente dans les narines la preuve de la terreur de Matthew Whateley. Il savait que le petit garçon était conscient de la méchanceté insondable qui était à l'origine de sa mort. Sous ses mains, Lynley sentit Harry se raidir, il le sentit prendre une profonde inspiration.

— Chas Quilter ! s'écria-t-il.

18

En définitive, ils découvrirent Chas Quilter dans sa chambre. Ce n'était pourtant pas là qu'il était censé se trouver car, s'il fallait en croire son emploi du temps, il avait cours de biologie ce matin-là. Aussi avaient-ils commencé leurs recherches par le labo de sciences. Ne l'y trouvant pas, ils avaient jeté un œil à la chapelle, au théâtre puis à l'infirmerie avant de mettre finalement le cap sur Ion. C'était la maison située le plus au nord du campus. Contrairement à ses voisines, qui étaient parfaitement symétriques, Ion ne l'était pas. Ses justes proportions étaient gâchées par la présence d'un étage qui s'élevait au-dessus de la partie est du bâtiment. Un panneau sur la porte fermée de cette aile indiquait : « Terminales — Réservé aux membres du club. » Il n'en fallut pas davantage à Lynley pour lui donner envie de passer la tête à l'intérieur afin de voir quelle allure avait le fameux club des grands.

En fait, ça ne ressemblait pas à grand-chose. C'était une vaste pièce pourvue d'une rangée de fenêtres donnant sur la pelouse qui dévalait jusqu'à Calchas. Le mobilier se composait de quatre canapés volumineux, d'un billard, d'une table de ping-pong, de trois tables à tréteaux où étaient sculptées des nuées d'initiales et d'une douzaine de chaises en plastique bon marché. Un téléviseur sous lequel était posé un magnétoscope se dressait contre un pan de mur. Non loin de là une étagère abritait une chaîne stéréo. Le bar courait tout le long d'un autre mur.

— Qu'est-ce qui empêche les mômes d'entrer se verser une pinte quand ils ont envie de boire un coup ? s'enquit le sergent Havers, suivant Lynley jusqu'au bar. Sûrement pas l'honneur, remarqua-t-elle, sarcastique. Pas plus que le respect des règles de l'école ou toutes ces conneries ?

— Après ce que nous avons vécu ces derniers jours, j'avoue que je ne me sens pas d'humeur à discuter de ça avec vous. (Lynley examina les trois robinets de bière à la pression derrière le comptoir.) Ça semble fermé. C'est un responsable qui doit en avoir la clé.

— Chas Quilter ? Voilà qui est réconfortant.

Lynley dirigea ses regards vers les fenêtres avant de s'appuyer contre le bar.

— On voit Calchas d'ici, Havers. Quand on est dans cette pièce, on doit pouvoir le voir de partout.

— Il y a bien un arbre ou deux qui...

— Le sentier menant à Calchas est presque entièrement dégagé.

— En effet. (Comme d'habitude, elle se coula dans le moule du raisonnement de Lynley.) Autrement dit, quelqu'un qui serait allé faire un saut à Calchas vendredi soir pendant la sauterie des terminales aurait pu être vu d'une des fenêtres ? Le sentier est éclairé la nuit, si ma mémoire est bonne. Et... (Havers feuilleta son carnet.) Brian Byrne nous a précisé que Chas Quilter s'était absenté à trois reprises. Pour répondre au téléphone, nous a-t-il affirmé. Mais il aurait très bien pu passer par une autre porte afin d'aller s'occuper de Matthew. Si Brian était assis ici et qu'il l'a vu sur le sentier, il n'aurait qu'une idée : le protéger.

— Essayons de le dénicher, répondit Lynley.

Une porte ouvrant à l'une des extrémités du club les emmena dans la grande salle d'Ion. De là, un couloir conduisait à l'escalier qu'ils commencèrent à gravir. Sur le palier du premier, ils tombèrent sur une femme de ménage qui passait bruyamment l'aspirateur. Elle leur indiqua l'emplacement de la chambre de Quilter au second, criant pour couvrir le vacarme. Le bruit s'estompa à mesure qu'ils continuaient de monter et disparut lorsqu'ils arrivèrent au second et refermèrent la porte du couloir. Le bruit étouffé d'une chaîne excepté, le deuxième étage était silencieux.

Ils se laissèrent guider par la musique, combinaison envoûtante de sons produits par un synthétiseur, qui s'échappait de derrière la sixième porte. Lynley s'immobilisa devant le battant, écouta avant de frapper un coup sec. N'obtenant pas de réponse, il entra, suivi du sergent Havers.

La chambre ne reflétait nullement les goûts d'un adolescent type de dix-huit ans. Le mobilier était morne mais le sol recouvert d'un tapis du Donegal ; quant aux murs, au lieu de disparaître sous les posters et photos habituels, ils étaient ornés de citations encadrées. Disposées selon un motif circulaire, celles-ci couvraient près de cinq cents ans de littérature anglaise. Spenser et Shakespeare côtoyaient Donne et Shaw. Les Browning voisinaient avec Coleridge, Keats et Shelley. Byron était coincé entre Pope et Blake ; au cœur de l'ensemble se trouvait la dernière strophe de la *Plage de Douvres* d'Arnold qui, au lieu d'être écrite à la main sur du papier crème comme les autres, était calligraphiée avec soin sur du parchemin. Les mots prenaient un relief saisissant sur ce support.

Oh, mon amour, soyons fidèles
L'un à l'autre ! Car le monde, qui semble
Se dérouler devant nous comme une terre de rêve,
Si riche, si beau, si neuf
Ne contient en fait ni joie, ni amour, ni lumière,
Ni certitude, ni paix, ni remède à la peine ;
Et nous sommes ici comme dans une morne plaine
Où des armées ignorantes se déchirent dans la nuit
Giflée par les éclats de la lutte et du bruit.

Dans le coin en bas à droite, une signature : *Sissy.*

Chas Quilter était assis à son bureau, un épais volume devant lui. Il semblait plongé dans l'étude, préparant peut-être un devoir de biologie, car lorsque Lynley s'approcha il constata que le livre était un ouvrage de médecine — souligné en gras et abondamment annoté dans la marge. Au sommet de la page à laquelle il était ouvert, on pouvait lire en majuscules SYNDROME D'APERT suivi d'une liste de termes techniques accompagnés de leur définition. Un carnet à spirale était posé près de l'ouvrage, mais si Chas avait commencé sa lecture avec l'intention de prendre des notes, il n'était pas allé bien loin. Au lieu de s'en tenir à la biologie, il avait écrit « un déluge de feu alimenté par du soufre qui brûlait sans répit sans jamais se consumer » en lettres décorées de flammes fantasques. Lynley reconnut la provenance de ce vers paradoxal en apercevant sur le bureau le *Paradis perdu*.

Chas ne regardait aucun des deux ouvrages. Il ne s'intéressait ni à la science ni à la littérature : son attention était ailleurs. Focalisée sur une photo posée sur le rebord de la fenêtre derrière son bureau. Une photo le représentant les bras autour de la taille d'une jeune fille aux cheveux longs, qui appuyait sa tête contre sa poitrine. Ce cliché était identique à celui que Lynley et Havers avaient vu dans la chambre de Brian Byrne.

Chas tressaillit lorsque le sergent Havers s'approcha des étagères pour éteindre la chaîne.

— Je ne vous avais pas entendus, bégaya-t-il.

— Nous avons pourtant frappé, dit Lynley. Vous étiez très absorbé.

Chas ferma l'ouvrage de médecine et le Milton. Il arracha de son carnet la page sur laquelle il avait recopié le vers du *Paradis perdu* et en fit une boulette, qui craqua au creux de sa main.

Dans la pièce exiguë, Barbara Havers contourna Lynley et se dirigea vers le lit sur lequel elle s'assit, se triturant pensivement le lobe de l'oreille. Elle dardait sur Chas Quilter un regard froid comme de l'acier.

Lynley s'approcha à son tour des étagères et appuya sur un bouton. La musique reprit. Il enfonça une autre touche. Elle s'interrompit. Il appuya sur un troisième bouton et la cassette fut éjectée de l'appareil.

— Pourquoi n'êtes-vous pas à votre cours de biologie ? s'enquit Lynley. Vous avez un mot d'excuse de l'infirmerie peut-être ? L'équivalent d'une dispense de sport. S'en procurer une n'a pas l'air bien sorcier.

Chas avait les yeux braqués sur la cassette. Il ne réagit pas. Lynley continua.

— Je ne crois pas ce soit vous le bizuteur. Je ne crois pas que c'est ce que le petit Morant voulait dire lorsqu'il m'a donné votre nom. (Il joua avec la cassette, la faisant passer d'une main dans l'autre. Le jeune homme se mordit la lèvre supérieure, mais cela ne dura qu'une fraction de seconde. Si Lynley ne l'avait pas surveillé avec autant d'attention, la mimique lui aurait échappé.) Je crois que Harry a trop peur pour révéler le nom du coupable. Etant donné ce qu'il a subi et ce qui est arrivé à Matthew, je comprends qu'il soit mort de trouille quoi que j'aie pu dire pour le rassurer. Ou alors peut-être s'efforce-t-il envers et contre tout de respecter le fameux code d'honneur de Bredgar : interdiction de dénoncer un camarade. En ce qui me concerne, je serais plutôt tenté de penser que malgré sa frousse Harry s'est senti obligé de nous donner un os à ronger. C'était la seule façon pour lui de réparer la mort de Matthew dont il se sent responsable, évidemment. Alors il nous a donné la chaussette de Matthew. Et — au-dessus du séchoir de Calchas — votre nom. Pourquoi, fit Lynley en posant la cassette sur le bureau de Chas, croyez-vous qu'il ait fait ça ?

Chas suivit la cassette des yeux, puis regarda Lynley. Sans un mot, il ouvrit l'un des deux tiroirs de son bureau. De sous une pile de papiers et de cahiers, il sortit une autre bande, qu'il tendit à Lynley.

Le jeune homme ne prononça pas un mot mais c'était inutile car ses traits trahissaient le combat qui se livrait en lui. Lynley avait déjà été témoin de ce genre de lutte. Près de dix-sept ans auparavant, à Eton, il avait reçu deux avertissements pour s'être soûlé. A la troisième soûlerie, c'était le renvoi. Aussi avait-il délibérément apporté une bouteille de gin dans sa chambre — le gin lui semblant être la boisson la plus crapuleuse, la plus sordide qui fût — et en avait-il ingurgité la moitié. Tout ça parce qu'il cherchait à se faire flanquer à la porte d'Eton afin de rentrer chez lui. Parce qu'il ne pouvait plus continuer à supporter d'être séparé de sa sœur, de son frère et de sa mère pendant que son père se mourait. Si l'expulsion était la seule manière de rentrer à la maison, tant pis si sa famille en subissait les conséquences, tant pis si sa disgrâce ajoutait encore au chagrin des siens. Alors il s'était consciencieusement imbibé. Mais, au lieu du chef de maison, c'était John Corntel qui l'avait découvert. Il se souvenait encore du visage de Corntel essayant de prendre une décision, se demandant ce qu'il devait faire de son condisciple étendu presque ivre mort sur son lit. Aller chercher le chef de maison, c'était s'en tenir au règlement de l'école. Prendre une autre décision, c'était risqué. Lynley se rappela comment, ivre et heureux, il avait attendu que Corntel prenne le parti qui entraînerait sa disgrâce. Il se rappela le soulagement qu'il avait éprouvé lorsque le jeune homme était sorti de sa chambre. Mais quand Corntel était revenu, c'était accompagné de Saint James et non du chef de maison. A eux deux, ils s'étaient débarrassés de l'alcool qui restait, avaient étouffé l'affaire et empêché Lynley de se faire virer.

Notre vie, nos actes sont régis par des codes, songea-t-il. Nous leur donnons le nom de morale, de critères, de valeurs, d'éthique comme s'ils faisaient partie de notre patrimoine génétique. Mais ce ne sont que des comportements que nous avons appris de la société dans laquelle nous vivons, et il y a des moments où il faut rejeter ces codes, les violer ; où il convient de passer outre.

— Il ne s'agit pas d'aller griller une cigarette en douce dans le clocher, Chas. Ni de piquer le T-shirt d'un camarade. Pas plus que de pomper lors d'un examen. Il s'agit de torture. Il s'agit de meurtre.

Chas porta une main à son front. Sa peau était couleur de pâte grise. Un frisson le parcourut, ses jambes se pressèrent l'une contre l'autre comme pour se réchauffer.

— Clive Pritchard, murmura-t-il d'une voix si basse que Lynley comprit l'effort que lui coûtaient ces mots.

Sans un bruit, le sergent Havers ouvrit son carnet et sortit un crayon de la poche de sa veste. Lynley resta près des étagères. Derrière Chas il apercevait le ciel matinal à travers la vitre, plein de cumulus d'un blanc aveuglant.

— Racontez-moi tout, Quilter.

— Il y a trois semaines de ça, un samedi soir, Matt Whateley m'a apporté la bande et me l'a fait écouter ici même.

— Pourquoi ne l'a-t-il pas remise à Mr Lockwood ?

— Il ne voulait pas que Clive soit expulsé de Bredgar. Il voulait seulement qu'il fiche la paix à Harry — et aux autres. Matt était comme ça : c'était un gamin bien.

— Clive savait-il que la bande était en votre possession ?

— Oui. Je la lui ai passée. Matt se doutait bien que je le ferais. C'était la seule façon d'obliger Pritchard à laisser Harry Morant tranquille. Je l'ai fait venir chez moi et je lui ai fait écouter la bande, puis je lui ai dit que si ça se reproduisait je la remettrais à Lockwood. Clive voulait à tout prix récupérer cette fichue bande, évidemment. Il a même essayé de la prendre de force. Mais Matt m'avait dit qu'il en avait réalisé une copie : je l'ai répété à Clive, qui s'est rendu compte qu'il était inutile d'essayer de me piquer celle-ci. A moins de réussir à piquer le double également.

— Lui avez-vous dit que c'était Matthew qui avait réalisé les enregistrements ?

Chas fit non de la tête. Derrière ses lunettes, son regard était morne. De fines gouttes de sueur ornaient sa lèvre supérieure.

— J'ai gardé ce détail pour moi. Mais Clive n'a pas mis longtemps à piger. Matt était le meilleur copain de Harry, ils fabriquaient des modèles réduits. Ils étaient toujours fourrés ensemble. Ils étaient un peu... enfin... pas très mûrs pour leur âge.

— Je comprends que vous ayez gardé la bande après que Matthew vous l'eut remise. Surtout si cela permettait de mettre un terme aux brimades. Je ne suis pas d'accord mais au moins je comprends votre décision. Ce que je ne comprends pas, en revanche, c'est ce qui s'est passé dans votre tête ces trois derniers jours. Vous deviez savoir...

— Je n'avais aucune certitude ! protesta Chas. Je n'en ai toujours pas. Je savais que Clive Pritchard avait bizuté Harry Morant. Je savais que Matthew avait enregistré la bande. Je savais qu'il en existait un double. Que Clive voulait mettre la main dessus. Mais c'est tout !

— Lorsqu'il est apparu que Matthew avait disparu, qu'avez-vous pensé ?

— Comme tout le monde : qu'il s'était sauvé. Il n'était pas très heureux ici. Il n'avait pas beaucoup d'amis.

— Et quand on a retrouvé son corps ? Vous avez pensé quoi ?

— Je ne sais pas. Je ne sais toujours pas...

Le jeune homme s'interrompit, se tassa sur sa chaise.

— Vous avez préféré ne pas savoir, enchaîna Lynley. Vous avez préféré ne pas poser de questions. Vous avez décidé de fermer les yeux, n'est-ce pas ? (Fourrant la cassette dans sa poche, il jeta un coup d'œil aux citations qui ornaient les murs. La pièce lui parut soudain étouffante. Pleine d'une odeur de transpiration.) Vous avez oublié Marlowe, dit-il au jeune homme. « Le seul vrai péché, c'est l'ignorance. » Vous devriez l'ajouter à votre collection.

Les policiers sortis, Chas appuya sa tête sur ses bras repliés et s'autorisa enfin à pleurer, laissant libre cours à l'angoisse qui était née en lui lorsqu'il avait abandonné son frère, avait grandi lorsqu'il avait perdu Sissy et s'était concrétisée — de façon monstrueuse et amère — au cours de la semaine qui venait de s'écouler.

Il avait essayé de traduire son angoisse en mots, cherchant instinctivement la catharsis spirituelle à travers la poésie. Il avait jadis excellé dans cet art, composant d'innombrables panégyriques dédiés à Sissy. Mais les souffrances des derniers jours avaient réduit au silence la vie intérieure qui s'élevait jadis en lui, qui avait embrasé son âme et nourri sa passion de l'écriture. Il n'existait plus de mots pour atténuer une peine devenue si intense, si présente qu'elle semblait n'avoir ni alpha ni oméga.

Ça l'avait bien arrangé de tourner le dos à Preston, de justifier son attitude en déclarant qu'il lui fallait sauver le nom de la famille. La vérité, c'est qu'en se montrant sous son vrai jour — non seulement fragile mais sérieusement perturbé — Preston avait dégringolé du piédestal de grand frère admirable sur lequel Chas l'avait placé, et que *son* orgueil en avait pris un coup lorsqu'il s'était aperçu qu'il s'était laissé abuser par le masque d'innocence revêtu par Preston. C'est pourquoi il avait refusé de lui adresser la parole une fois que les accusations s'étaient révélées fondées. Il avait refusé de le voir à l'école le dernier jour. Il avait refusé de répondre à l'unique lettre que son aîné lui avait écrite. Il avait refusé surtout de voir un lien entre le fait qu'il avait lâché Preston et le fait que ce dernier était parti pour l'Ecosse et n'en était jamais revenu.

Ayant perdu son frère, il s'était tourné vers Sissy, faisant d'elle le pivot de son existence. En l'espace de sept mois, elle était passée du rang de camarade de classe à celui d'inspiratrice et de muse, se muant en une brûlante obsession qui occupait toutes ses pensées lorsqu'ils n'étaient pas ensemble. Mais, comme Preston, Sissy était partie, démolie par son égoïsme et son exigence, détruite par la folle impétuosité qu'il n'avait ni le bon sens ni le désir de maîtriser.

N'était-ce pas d'ailleurs cette même impétuosité qui avait déclenché le processus qui avait entraîné la mort de Matthew Whateley ? Car, sans réfléchir, il avait fait écouter la bande à Clive Pritchard — prenant un secret plaisir à lire la stupeur sur le visage de Clive lorsque ce dernier avait compris qu'il s'était fait posséder par un malheureux gosse de quatrième qui n'aurait dû être qu'une fourmi tout juste bonne à écraser sous son talon. La réaction de Clive lui avait causé une telle jubilation que son propre visage l'avait trahi lorsque l'autre lui avait demandé le nom de l'auteur de la bande, lui proposant quatre noms et devinant qu'il s'agissait de Matthew Whateley. Ainsi, par inadvertance, il avait « donné » Matthew à Clive. C'était lui qui avait mis la machine de mort en route.

En fin de compte, ils étaient tous liés : Preston, Sissy, Matthew, Clive. Et lui était la maladie qui les avait tous contaminés. Il n'existait qu'un remède. Seulement ce remède lui faisait peur : il n'avait ni la volonté, ni le courage, ni le cran nécessaires pour y recourir. Il se méprisait pour ses tergiversations, son incapacité à agir. Pourtant la solution, il la connaissait, sans l'ombre d'un doute.

Clive Pritchard avait transformé sa chambre de Calchas en sanctuaire à la mémoire de James Dean. L'acteur était partout : arpentant une rue new-yorkaise, les mains dans les poches, le col de sa veste relevé ; escaladant un derrick sur le tournage de *Géant* ; debout près de la Porsche au volant de laquelle il avait trouvé la mort ; fixant rêveusement l'objectif sur une douzaine de portraits découpés dans un calendrier ; fumant sur le plateau d'*A l'est d'Eden.* Cet étalage donnait à qui le regardait l'impression d'être propulsé dans un autre pays, dans une autre époque, vieille de trente ans.

Les autres éléments de décorations ne faisaient que renforcer cette impression. De vieilles bouteilles de Coca-Cola s'alignaient sur le rebord de la fenêtre sous laquelle se dressait un tabouret de vinyle déchiré qui semblait sorti d'un boui-boui pour routiers américains. Un juke-box miniature était perché sur le bureau à côté de trois menus proposant les incontournables hamburgers, hot-dogs, frites et milk-shakes. Sur les étagères, des tennis noirs voisinaient avec une petite enseigne au néon sur laquelle on pouvait lire *Coke.*

Le seul anachronisme — outre la photo de Clive en tenue d'escrimeur — était un instantané posé sur le bureau. Clive y posait en compagnie d'une dame d'un certain âge à la mine terrifiée, le bras passé autour de ses épaules, ses ongles enfoncés dans son bras. Il s'était rasé les côtés de la tête, ne conservant qu'une touffe de cheveux au sommet du crâne. Celle-ci était teinte en bleu et se dressait telle une crête hérissée. Il était vêtu de cuir noir et bardé de chaînes.

Le contraste entre le punk du cliché et le Clive Pritchard qui entra dans la pièce en compagnie du directeur était saisissant. Lorsqu'il le vit dans son uniforme de Bredgar — cheveux à la bonne longueur et soigneusement peignés, chaussures nickel, pull, pantalon et chemise impeccables —, Lynley eut du mal à croire que c'était là le voyou de la photo.

Une fois que l'identité du bizuteur — dont la voix avait été enregistrée par Matthew Whateley — avait été confirmée par Chas Quilter, une fois que tous les détails concernant le réduit situé au-dessus du séchoir de Calchas lui avaient été communiqués, Alan Lockwood était passé à l'action sans hésiter. En présence de Lynley et de Havers, il avait appelé l'Irlande du Nord, où le père de Clive Pritchard — officier de carrière — se trouvait en garnison depuis maintenant dix-huit mois. Le message qu'il avait adressé au colonel Pritchard avait été bref. Clive avait été renvoyé de Bredgar Chambers. La décision avait été prise par le directeur et compte tenu des circonstances elle était sans appel. Le conseil d'administration serait averti. Si le colonel voulait avoir la bonté d'envoyer quelqu'un chercher...

Il y eut une longue pause pendant laquelle Lynley et Havers entendirent l'officier élever la voix à l'autre bout du fil. Lockwood n'y alla pas par quatre chemins et mit un terme aux protestations du colonel Pritchard en lui précisant sans ménagement qu'un élève avait été assassiné et que le renvoi était certainement le moindre des problèmes que Clive allait devoir affronter. Son coup de téléphone passé, Lockwood avait indiqué aux enquêteurs où se trouvait la chambre de Clive et il était parti lui-même chercher le jeune homme.

Clive vit que Lynley examinait la photo et grimaça un sourire.

— C'est moi avec grand-mère. Elle appréciait pas tellement ma crête de coq.

Il s'assit sur le bord de son lit, retira son pull et commença à rouler les manches de sa chemise. La face interne de son bras gauche était défigurée par un tatouage, un crâne déformé traversé par des os, lequel semblait avoir été réalisé à l'aide d'un canif et d'encre de Chine.

— Génial, hein ? fit Clive lorsqu'il s'aperçut que Lynley fixait le tatouage. Dommage que je sois obligé de le cacher à l'école. Les filles en sont dingues.

— Baissez votre manche, Pritchard, dit Lockwood. Et plus vite que ça.

Le directeur avait la tête de quelqu'un qui respire un air nauséabond. Il traversa la pièce et ouvrit la fenêtre en grand.

— C'est ça, Locky. Rien de tel qu'un bol d'air, ironisa Clive Pritchard tandis que Lockwood restait planté devant la fenêtre ouverte.

Il laissa ses manches relevées.

— Sergent, dit Lynley à Havers, ignorant les répliques échangées par le jeune homme et le directeur.

Havers y alla du couplet de mise en garde, qu'elle connaissait par cœur depuis le temps. Clive ne serait pas obligé de parler, il ne le ferait que s'il le souhaitait, mais tout ce qu'il dirait serait noté et pourrait constituer un élément de preuve pouvant être utilisé par l'accusation ou retenu contre lui.

Clive feignit la stupeur, mais son regard disait qu'il comprenait ce que cachaient les paroles officielles.

— Qu'est-ce qui se passe ? s'enquit-il. Mr Lockwood vient me chercher en plein cours de musique — au beau milieu de mon solo de saxo ; je trouve les flics dans ma piaule en train de zyeuter la photo de ma grand-mère et maintenant j'ai droit à la mise en garde ? (Il tendit le pied, le passa sous le barreau de la chaise et tira celle-ci de sous le bureau.) Posez vos fesses là-dessus, inspecteur.

— Quel culot infernal... commença Lockwood.

Clive le lorgna mais, s'adressant à Lynley, il questionna d'un air faussement innocent :

— Qu'est-ce qu'*il* fiche ici ? Quel rapport avec Morant ?

— Les règles des juges, répondit Lynley.

— Quelle règles ?

— Les règles concernant l'interrogatoire des suspects.

Le sourire innocent de Clive s'envola.

— Vous n'êtes pas ici pour... Bon, d'accord. Le directeur m'a passé la bande. Je l'ai écoutée. Mon père va me sonner les cloches, c'est sûr. Mais on en restera là. Après tout, le petit Morant, je l'ai juste un peu bousculé. Il la ramenait un peu trop, il avait besoin de se faire dresser. Mais ça n'a pas été plus loin.

Penchée au-dessus du bureau, le sergent Havers écrivait. Lorsque Clive fit une pause, elle tâtonna à la recherche de la chaise, s'assit et continua. Devant la fenêtre, Lockwood croisa les bras. Lynley prit la parole.

— Vous allez souvent à l'infirmerie, Clive ?

— L'infirmerie ? reprit Clive, interloqué. Ni plus ni moins que les autres.

C'était une réponse qui n'en était pas une, aussi Lynley insista-t-il :

— Les dispenses de sport, ça vous dit quelque chose ?

— Les dispenses...

— Oui. Vous savez où elles sont rangées. A quoi elles servent.

— Tout le monde sait ça.

— Vous avez certainement dû vous arranger pour en piquer à l'occasion. Lorsque vous aviez la flemme de disputer un match. Ou lorsque vous aviez mieux à faire : réviser un examen, rédiger une dissertation, faire vos devoirs.

— Et alors ? La moitié des terminales le font bien. Ils vont à l'infirmerie. Baratinent Laughland. La regardent avec des grands yeux de veau. Et piquent un formulaire. Ça arrive tous les jours, inspecteur. (Il grimaça un nouveau sourire, comme si sa confiance en soi revenait.) Me dites pas que vous allez obliger le sergent à réciter la mise en garde officielle à tous ceux qui ont fait main basse sur des dispenses de sport ? Parce que si c'est ça, vous êtes pas sorti de l'auberge.

— Autrement dit, les dispenses, on s'en procure comme on veut.

— A condition de savoir s'y prendre.

— Des dispenses vierges également ? Des formulaires non remplis, non revêtus de la signature de Mrs Laughland ?

Clive contempla ses mains, tira sur la cuticule de son index droit mais ne dit rien.

— Pritchard... lança Lockwood comme on lance un avertissement.

Clive lui renvoya un regard écrasant de mépris.

— Les formulaires vierges, c'est un jeu d'enfant de s'en procurer, n'est-ce pas ? reprit Lynley. Surtout quand Mrs Laughland a la tête ailleurs, qu'un autre élève s'emploie à la baratiner, pour reprendre votre expression. Je suppose que vous avez pris une dispense dans le tiroir de son bureau — peut-être même que vous en avez pris plusieurs si votre plan n'avait pas marché la première fois.

— C'est ridicule, rétorqua Clive. Je sais même pas de quoi vous parlez.

— De l'enlèvement de Matthew Whateley.

Clive eut un bref éclat de rire.

— Vous voulez me coller ça sur le dos ? Vous pouvez toujours essayer, inspecteur, mais ça vous mènera pas loin.

Bien malgré lui, Lynley admira le culot du jeune homme. A l'exception de rares manifestations physiques — mimiques à peine esquissées, infimes tressaillements —, Clive était pour ainsi dire impénétrable : il ne se livrait pas, se comportant en escrimeur chevronné. Lynley décida de prendre le taureau par les cornes.

— Je ne suis pas d'accord : si je vous colle ça sur le dos, je découvre le pot aux roses au contraire.

Le jeune homme renifla avec mépris et se replongea dans l'étude de ses cuticules.

— Voici comment je vois les choses, poursuivit Lynley. Une fois en possession du formulaire, vous avez inscrit dessus le nom de Matthew Whateley et vous l'avez déposé dans le casier de Mr Pitt afin qu'il ne s'inquiète pas de ne pas le voir sur le terrain l'après-midi. Puis, le déjeuner terminé, vous avez embarqué Matthew. J'imagine que vous lui avez tendu une embuscade alors qu'il filait à Erèbe se mettre en tenue de sport. Vous êtes resté caché suffisamment longtemps pour laisser aux autres élèves le temps de gagner le terrain. Alors, vous l'avez conduit dans le réduit situé au-dessus du séchoir avant de vous précipiter vous-même sur le terrain. Vous l'avez torturé pendant presque toute la nuit de vendredi alors que les autres pensionnaires étaient occupés ailleurs, qu'ils étaient chez eux pour le week-end ou passaient la soirée au club où vous aviez fait une apparition. Et, lorsque vous avez eu fini de faire joujou avec lui, vous l'avez tué.

Clive baissa les manches de sa chemise. Il les boutonna et tendit la main pour prendre son pull.

— Vous êtes cinglé ?

— Vous ne bougez pas d'ici, Pritchard, dit Lockwood. Indépendamment de... (Il désigna Lynley du doigt.) ... vous êtes consigné dans votre chambre en attendant que quelqu'un de votre famille vienne vous chercher et me débarrasse de votre présence. A moins que la police ne préfère s'en charger.

La sécheresse du ton eut raison de la résistance nerveuse du jeune homme.

— Sans blague ! explosa-t-il. Alors comme ça, je suis viré parce que j'ai secoué Morant ! Mais les règles, qui est-ce qui s'en souciait, quand j'étais en quatrième, moi ? Qui s'est préoccupé de savoir si je...

— Ça suffit !

— Non, justement ; ça suffit pas, bordel ! Parce que j'ai encaissé les coups, moi ! Et sans moufter. Mes copains, je leur ai jamais rien dit. J'ai jamais rien dit à personne. J'ai dégusté en silence.

— Et attendu l'occasion de vous venger sur quelqu'un d'autre ? questionna Lynley.

— Qu'est-ce que ça peut vous foutre, que je me sois vengé ? C'était mon droit, non ?

Lynley comprit que l'adolescent les manœuvrait, tentait de noyer le poisson, de leur faire oublier Matthew Whateley. C'était astucieusement fait, un tour de passe-passe digne d'un adulte.

— Comment l'avez-vous tué, Clive ? poursuivit Lynley. Vous lui avez fait boire ou manger quelque chose ?

— Tué ? Morant est vivant ! Jamais je... (Son visage vira au pourpre.) Vous pensez que j'ai tué Whateley ? Qui est-ce qui vous a raconté... (Il tourna la tête vers Ion, à peine visible à travers les arbres.) Salopard ! (Toujours assis sur son lit, il pivota vers Lynley.) Tout ça, c'est des conjectures, de la devinette ! Expliquez-moi donc comment je m'y suis pris. Comment j'ai transporté le corps jusqu'à Stoke Poges. D'un coup de baguette magique, peut-être ? (Eclatant de rire, il bondit sur ses pieds.) Vous croyez que c'est comme ça que j'ai fait ?

— Non, répondit Lynley. Mais je pense que vous auriez pu vous introduire dans le bureau du portier, faucher les clés d'un des minibus derrière le comptoir où elles sont accrochées à la vue de tous, et vous servir de ce véhicule pour transporter le corps de Matthew jusqu'à Stoke Poges pendant que le portier était parti s'occuper de sa fille. Il devait être tard lorsque le minibus a été « emprunté ». Et très tôt le dimanche matin lorsqu'il a été ramené à Bredgar.

Clive éclata de rire de nouveau, les poings sur les hanches.

— Génial. Super. Le seul problème, c'est que j'étais pas ici samedi soir, inspecteur. J'étais à Cissbury. En train de grimper une nénette que j'avais draguée au village. Je l'ai sautée une fois dans l'abri du bus et deux fois dans le parking derrière le pub. Quelques minutes avant la fermeture. Interrogez le barman : il nous a vus près de la poubelle. (Clive grimaça un sourire et fit un geste obscène.) Elle avait tenu à ce qu'on le fasse debout, la troisième fois. On était contre la poubelle quand le barman est sorti. Demandez-lui de vous raconter ce qu'il a vu quand il s'est pointé avec les ordures. Le fumier, il s'est pas gêné pour mater. Et il en a pris plein les oreilles par la même occasion. Cette petite pouffiasse n'a pas arrêté de gueuler comme un putois pendant que je trempais mon biscuit.

— Si vous vous figurez que nous allons avaler...

Clive coupa net la parole à Lockwood.

— Je me fous pas mal de ce que vous croyez, Locky. Je me barre. Trop content de foutre le camp de cette boîte de merde. (Il s'approcha de son bureau, ouvrit un tiroir, en sortit un cahier et le lança sur le bureau. Une pile de photos glissa. Les bords étaient brûlés.) Jetez un œil là-dessus si vous avez tellement envie de cravater l'assassin de Matthew Whateley. Je ne l'ai pas kidnappé, je ne l'ai pas torturé, je ne l'ai pas tué. Mais je peux vous dire qui l'a fait. Ça, oui.

Lynley prit les photos. Il se sentit révulsé.

— Où avez-vous trouvé ça ?

Le sourire de Clive était triomphant ; ayant attendu son heure, il savourait manifestement cet instant.

— Sur le tas d'ordures ménagères, samedi soir, répondit-il. Alors que je venais de faire le mur à mon retour de Cissbury. Cette chère miss Bond — notre petite reine de la chimie — s'efforçait d'y mettre le feu.

19

Sans même s'excuser, le sergent Havers alluma une cigarette et Lynley, debout près d'elle, n'émit aucune protestation. Ils se trouvaient dans la salle du conseil d'administration de l'autre côté du cabinet du directeur dans la partie est de la cour d'honneur. Les fenêtres donnaient sur le cloître où circulaient élèves et enseignants — leurs voix résonnant sous le haut plafond voûté —, mais ni Lynley ni Havers ne prêtaient à ces voix la moindre attention : ils étaient plongés dans l'examen des clichés que Clive Pritchard leur avait remis.

— Sacré nom de Dieu, émit Havers avec un mélange de dégoût et d'admiration. Difficile de bosser à la Criminelle sans tomber un jour ou l'autre sur des photos pornos, pas vrai ? Des photos de cul, j'en ai vu au cours de ma carrière, mais ça...

Lynley comprit tout à fait ce qu'elle voulait dire. Lui-même avait eu son content de pornographie, en tant que policier, mais aussi en tant qu'adolescent avide de percer sinon d'expérimenter les mystères de la sexualité adulte. Les photographies au grain grossier d'hommes et de femmes accouplés dans les postures les plus variées, il avait toujours été facile de s'en procurer pour peu qu'on eût de quoi payer. Il se rappelait les fous rires gênés des autres pensionnaires et les siens accompagnant l'examen collectif de ce genre de documents, les doigts et les mains moites qui laissaient des traces sur le papier glacé, et l'espèce de rage avec laquelle ils s'empoignaient dans le noir après avoir scruté ces clichés. Chacun des élèves se demandait qui serait la première femme qu'il prendrait dans ses bras, quand il la rencontrerait et ce que cela signifierait si cette rencontre n'avait pas lieu bientôt.

Quelque peu ragoûtantes que ces photos aient pu être avec leur contingent obligé de femmes aux cheveux décolorés et aux chairs flasques, d'hommes au teint brouillé qui les chevauchaient méthodiquement avec des grimaces de plaisir factice, elles étaient anodines comparées à celles qui étaient étalées devant Lynley et Havers sur la table de conférence. Ces photos-ci ne s'adressaient pas aux simples voyeurs ; les sujets comme les postures titillaient les pulsions masochistes des observateurs et exaltaient fort clairement leurs penchants pour la pédophilie.

— Le cauchemar de Lockwood devenu réalité, murmura Havers.

De la cendre tomba de sa cigarette sur l'une des photos et elle la chassa d'un revers de main.

Lynley ne pouvait qu'être d'accord avec elle. Les photos représentaient toutes des enfants et des adultes nus, de sexe masculin, et dans tous les cas l'enfant était la victime des fantasmes sadomaso de l'adulte. Les accessoires choisis par l'adulte pour exercer son pouvoir sur l'enfant étaient le plus souvent des armes : revolver pointé sur la tempe d'un garçonnet, couteau plaqué contre les testicules d'un second, corde entravant un petit garçon aux yeux bandés, fil électrique crachant des étincelles. Dans tous les cas, les enfants satisfaisaient les caprices d'adultes au sourire grimaçant et au sexe dressé comme s'ils y étaient contraints par la force, semblables à de petits esclaves prisonniers d'un monde de fantasmes sexuels pervers.

— Voilà qui apporte de l'eau au moulin du colonel Bonnamy, ajouta Havers.

— En effet, opina Lynley.

Car, au-delà de l'attrait pour la pédophilie et de la fascination pour l'homosexualité que trahissaient les clichés, un autre phénomène était patent : le métissage des races. Les Blancs s'accouplaient aux Indiens, les Noirs aux Blancs, les Orientaux aux Noirs, les Blancs aux Orientaux.

Se remémorant la thèse du colonel Bonnamy selon laquelle la mort de Matthew Whateley avait des connotations racistes, Lynley comprit qu'il était impossible de ne pas faire le rapprochement entre le meurtre de l'enfant et les photos qu'ils étudiaient.

Havers tira sur sa cigarette et se dirigea vers la fenêtre donnant sur le cloître et la cour d'honneur.

— C'est moche. Rudement moche. Mais, quand on y réfléchit, on se dit que la présence de ces photos dans la chambre de Clive Pritchard arrange bien ses affaires. A croire qu'il attendait qu'on aille le cuisiner pour nous les fourrer sous le nez et éloigner de lui les soupçons. (Elle contempla le bout de sa cigarette, les yeux étrécis, réfléchissant.) Parce que sans ces photos notre ami Clive est dans de sales draps. Il pouvait se procurer une dispense de sport sans problème...

— Comme tous les autres élèves, Havers.

— ... afin que personne ne s'inquiète de la disparition de Matthew Whateley lorsqu'il l'enlèverait. Il avait accès au réduit au-dessus du séchoir et comme ce cagibi se trouve dans la maison où il habite cela le rend d'autant plus suspect. Il avait également un mobile. Il a beau rouler les mécaniques et faire semblant de se foutre d'être expulsé de Bredgar, vous n'allez pas me dire que ses parents vont l'accueillir à bras ouverts ni le féliciter de cet exploit.

— Je suis conscient de tout cela, sergent. Mais je ne peux m'empêcher de voir ce qui est sur la table devant nous en ce moment. Que cela nous plaise ou non, nous ne pouvons ignorer le sujet de ces photos pas plus que nous ne pouvons écarter la possibilité qu'il existe un lien entre elles et la mort de Matthew.

Havers le rejoignit, écrasa sa cigarette dans un cendrier de cristal. Elle poussa un soupir non pour exprimer son désaccord avec son supérieur mais l'acceptation d'une tâche désagréable à laquelle il n'y avait pas moyen de couper.

— Il va falloir que nous rendions une petite visite à Emilia, si je comprends bien ?

— Exactement.

Ils trouvèrent le professeur de chimie dans sa classe au rez-de-chaussée du laboratoire de sciences. Le dos tourné à la porte, penchée sur la sorbonne de verre et d'acajou, Emilia Bond semblait perdue dans sa longue toge, telle une enfant flottant dans un costume Renaissance. Elle jeta un regard par-dessus son épaule lorsque Lynley et Havers pénétrèrent dans la pièce et refermèrent la porte. Le mouvement ébouriffa ses cheveux de bébé fins comme du duvet.

— Je prépare une expérience de chimie amusante, expliqua-t-elle en se remettant au travail.

Ils la rejoignirent. La vitre avant de la hotte — conçue sur le principe de la fenêtre à guillotine — était presque entièrement baissée, laissant une ouverture juste assez grande pour permettre à ses mains de s'activer. A l'intérieur, posé sur les carreaux blancs fendillés, se trouvait un becher plein de liquide auquel elle ajoutait une substance solide. Elle remua le mélange à l'aide d'un bâtonnet de verre translucide et regarda se former un nouveau solide.

— Hydrate d'ammonium et iode, leur annonça-t-elle, comme s'ils étaient venus en qualité d'inspecteurs d'académie se prononcer sur ses compétences pédagogiques. Les deux donnent du triiodure d'ammonium.

— Et ça amuse vos élèves ? s'enquit Lynley.

— Ils adorent ça. Ils ont tous un côté farceur, vous savez.

— Et le danger, ça leur plaît ?

— Le danger ? fit-elle, le front plissé d'étonnement.

— Vous préparez votre mixture dans la hotte, souligna Lynley. C'est donc que des gaz ou des vapeurs toxiques peuvent se dégager de ces produits.

Elle rit.

— Oh, non ! La manipulation ne présente aucun danger. Tout ce que ça peut faire, au pire, c'est des saletés, si on ne prend pas un minimum de précautions. Regardez. J'en ai déjà préparé une fournée.

D'un coin de la hotte, elle sortit une coupelle de verre plate contenant une minuscule pyramide de poudre jaune. Elle fit tomber un soupçon de poudre sur les carreaux blancs et appuya dessus avec une baguette de verre. Aussitôt la poudre fit entendre un petit *plop !* et éclaboussa les parois vitrées de la hotte. Des éclaboussures atterrirent tels des grains de beauté safranés sur les bras d'Emilia.

— Ça sert surtout à faire des farces, convint-elle avec un sourire. De temps en temps, j'y ai recours pour distraire mes élèves, ça les tient en haleine. Entre nous, je ferais n'importe quoi pour capter leur attention, inspecteur.

Elle retira les mains de sous la hotte qu'elle referma, effaça les taches jaunes de ses bras à l'aide d'un bout de chiffon pris dans sa poche, et baissa les manches de sa toge.

— Vous avez trouvé la chaussette de Matthew Whateley, laissa-t-elle tomber d'un ton neutre. Cela vous rapproche-t-il de la vérité ?

Pour toute réponse, Lynley lui tendit une enveloppe dans laquelle il avait rangé les photos.

— Peut-être, répondit-il.

Elle prit l'enveloppe, l'ouvrit et en sortit le contenu.

— J'espère... dit-elle seulement avant de s'approcher d'une des paillasses et de s'asseoir sur un des hauts tabourets.

Son visage se crispa tandis qu'elle regardait les trois premières photos. Ses yeux allaient des photos à ses mains. Lynley ne manqua pas de remarquer sa mimique et sentit son cœur se serrer. Sur ce point du moins, Clive Pritchard semblait bien avoir dit la vérité.

— Mon Dieu, quelle horreur ! murmura Emilia. (Elle reposa la pile de photos à l'envers, et leva les yeux vers Lynley.) Où avez-vous trouvé ça ? Qu'est-ce que ces photos ont à voir avec...

— C'est un élève qui me les a remises, miss Bond. Il vous a vue les jeter dans le feu près du pavillon du portier dans la nuit de samedi dernier.

Emilia repoussa les clichés.

— Je vois. Vous m'avez découverte. (Elle avait la voix d'une enfant qui s'efforce de se montrer maligne.) Elles sont affreuses, mais finalement assez anodines ; je voulais simplement m'en débarrasser sans que personne le sache. Je les ai confisquées à un de mes élèves, un terminale. (Elle se coinça les pieds autour du tabouret comme pour s'y arrimer.) J'aurais dû le dénoncer. J'en suis consciente. Mais nous avons eu une conversation très sérieuse tous les deux — et il avait l'air horriblement gêné. Pour finir, je lui ai promis de les faire disparaître. Je ne pouvais pas me douter...

— Vous mentez mal, miss Bond, l'interrompit Lynley. Certains mentent comme des arracheurs de dents et s'en tirent bien ; mais vous n'êtes pas du nombre, ce qui est tout à votre honneur.

— Mentir ?

— Vous êtes rouge. Vous transpirez. Je suis sûr que votre pouls bat à toute allure. Pourquoi ne nous dites-vous pas la vérité ?

— Je vous ai dit la vérité.

— Vous auriez dû le dénoncer. Au lieu de cela vous avez eu une conversation sérieuse tous les deux. Il était horriblement gêné. Vous lui avez promis de faire disparaître les photos. Jusque-là, je vous crois. Mais mon petit doigt me dit que vous ne vous seriez pas précipitée en pleine nuit vers les ordures ménagères pour rendre service à un élève, miss Bond. Pour venir en aide à un collègue... à un amant peut-être...

Elle tressaillit.

— Ceci n'a rien à voir avec Matthew Whateley. Absolument rien. J'en suis certaine, je vous le jure.

— Vous avez sans doute raison, rétorqua Lynley. Mais, tant que je n'aurai pas entendu la vérité de votre bouche, il m'est difficile d'aboutir à ce genre de conclusion.

— Il n'a pas... Il n'aurait pas pu...

— John Corntel ?

Elle leva les mains, les joignit dans un geste suppliant avant de les laisser retomber sur ses genoux.

— Il m'a dit que vous aviez passé la nuit de vendredi avec lui, miss Bond. Et une partie du samedi également. Il m'a dit aussi que vous aviez commencé à faire l'amour mais que ça n'avait pas marché.

Le visage d'Emilia vira au brique.

— Il vous a dit ça ?

— Il a dit que ç'avait été un désastre, ajouta Lynley.

— Non. Pas au début.

Elle tourna les yeux vers la fenêtre. Dehors, les nuages avaient commencé à assombrir la lumière du jour. La clarté restante tirait sur le gris. De l'autre côté du sentier, la rosace de la chapelle semblait terne, ses différents éléments privés de couleur et de relief.

— C'est la suite qui a été un désastre, dit Emilia. Mais pas l'amour lui-même. Du moins pas à mon avis.

— C'est après l'amour que vous avez découvert les photos, alors ? conjectura Lynley.

— Vous êtes très intelligent, inspecteur. Il y avait déjà un moment que je voulais coucher avec John. J'avoue que — comment dit-on — je lui courais après. Je n'ai jamais eu beaucoup de succès avec les hommes. Ils me traitaient toujours comme leur sœur, me tapotant la tête avant de m'envoyer jouer plus loin. Avec John, c'était différent. Du moins, j'ai cru que ça pouvait l'être.

— C'est exactement ce qu'il m'a dit.

— Vraiment ? Eh bien, c'est la vérité. L'année dernière nous avons vécu quelque chose de particulier. De l'amitié. Et autre chose. Est-ce que vous comprenez ça entre un homme et une femme ? Est-ce que vous savez ce que je veux dire ?

— Oui.

Elle lui jeta un regard curieux. Comme si sa façon de prononcer ce simple mot l'avait surprise.

— Peut-être, en effet. Mais je ne pouvais me contenter d'un compagnon intellectuel, d'une âme sœur désincarnée. Je suis un être de chair et de sang après tout. Je voulais John. Finalement, vendredi dernier, j'ai réussi à l'avoir. Dans un lit, me faisant l'amour. Je reconnais qu'au début ç'a été un peu difficile. Mais j'ai mis ça sur le compte de mon manque d'expérience. Il y avait plusieurs années que je n'avais pas... (Elle frotta la manche de sa toge.) Pourtant ç'a été bien. Cette proximité physique, c'était ce que je voulais. Cet acte, à mes yeux, engageait mon avenir. Après, on est allés dans son bureau. J'avais mis sa robe de chambre, nous bavardions et plaisantions à propos de l'allure que j'avais dans ce vêtement trop grand. J'étais près de ses étagères. Me sentant moi-même pour la première fois. Je lui ai dit que j'étais rudement contente qu'il ait laissé son intellect au vestiaire quand on était entrés dans sa chambre — le taquinant, me sentant en droit de me moquer de lui après ce que nous venions de partager. J'ai pris machinalement un livre sur l'étagère. Il a dit : « Non, Em, pas celui-là », mais trop tard. Je l'ai ouvert. Il l'avait évidé — à la manière d'un écolier coupable — et à l'intérieur se trouvaient les photos. Ces photos-là, fit-elle en les désignant de la main.

— Vous les avez prises ?

— Pas immédiatement. Je suis d'une telle naïveté... Au début, j'ai cru que quelqu'un les avait cachées dans le bureau de John pour lui nuire, pour lui faire perdre son poste. Je me rappelle m'être exclamée : « Bon sang, qui a bien pu fourrer ça là ? » Mais après, j'ai compris qu'elles étaient à lui. A son visage, j'ai compris qu'elles lui appartenaient. Son expression le trahissait, et les clichés étaient... pleins de traces de doigts, on aurait dit qu'ils avaient été manipulés, compulsés... Que quelqu'un... (Elle marqua une pause, baissant la tête, s'éclaircissant la gorge.) Que quelqu'un les avait caressés, aimés, que quelqu'un avait cru en leur réalité.

— Comment John vous a-t-il expliqué qu'il les avait en sa possession ?

— Il a prétendu qu'il faisait des recherches pour un roman qu'il projetait d'écrire. Qu'il s'agissait d'une histoire d'enfant qui rencontre un pornographe, rencontre qui détruit sa vie. De la fiction s'appuyant sur des faits.

— Vous ne l'avez pas cru ?

— Tout d'abord, si. Je savais qu'il voulait écrire un roman ; de toute façon, même si je n'avais pas été au courant de ses projets littéraires, je ne demandais qu'à le croire. Il fallait que je le croie. Je ne pouvais pas accepter une autre version des faits, surtout pas ce que les photos suggéraient à son propos.

— A propos de sa sexualité ?

— Ça et... (l'angoisse tordit ses traits). Il fait de la photographie. Des paysages. Des portraits. Il ne les accroche pas au mur parce qu'il pense que ce n'est pas assez bon. Mais c'est du bon travail. C'est un passe-temps. Un simple passe-temps. En tout cas, c'est ce que j'essaie de me dire depuis vendredi soir. Je n'arrive pas à penser... Je ne peux pas croire...

D'un mouvement brusque, elle s'essuya les yeux avec la manche de sa toge.

Lynley vit le pénible, l'affreux rapprochement qu'elle était en train de faire.

— Vous n'avez pas envie de croire que c'est lui qui a pris ces photos, fit-il, se rendant compte qu'il avait lui-même du mal à avaler ça. C'est cela ?

— C'est impossible. C'est déjà assez moche comme ça. Je ne peux pas croire qu'il soit l'auteur des photos.

— Parce que si vous le croyez, la conclusion...

— Il n'a pas enlevé Matthew. Il n'a pas pu faire une chose pareille.

Emilia sortit le chiffon qu'elle avait déjà utilisé pour s'essuyer le bras et s'en essuya le visage, oubliant qu'il était imprégné de poudre safran. Sa peau se colora en jaune comme sous l'effet d'une maladie.

— Que s'est-il passé après ?

Elle leur raconta la suite sans trop d'hésitation. Elle avait regagné sa chambre à Galatée juste après minuit ; elle avait laissé les photos chez Corntel ; elle avait passé le reste de la nuit à réfléchir au danger qu'elles représentaient pour sa carrière ; et elle était retournée les chercher le lendemain, décidée à les faire disparaître.

— Il vous les a remises sans protester ? s'enquit Lynley.

— Il était tellement honteux. Je lui ai dit que je voulais les détruire, qu'il fallait que je les détruise dans son intérêt. Il m'a répondu qu'il était d'accord.

— Combien de temps êtes-vous restée chez lui ?

— Dix minutes à peine.

— Quelle heure était-il ?

— C'était en début de soirée. Il devait être aux environs de sept heures.

Lynley lui demanda ce qu'elle avait fait entre le moment où elle avait récupéré les photos et le moment où elle les avait jetées dans le feu avec le reste des ordures.

— J'ai attendu qu'il fasse nuit noire. Je ne voulais pas qu'on me surprenne.

Le sergent Havers intervint :

— Pourquoi avoir choisi le tas d'ordures ? Pourquoi ne pas avoir essayé de vous en débarrasser par un autre moyen ?

— J'ai réfléchi à la question, répondit Emilia. Je me suis dit que si je me contentais de les jeter, même après les avoir déchirées, quelqu'un risquait d'en retrouver des morceaux. Et de se poser des questions. J'ai compris qu'il me fallait les brûler. Chose impossible à faire à Galatée, où Cowfrey Pitt aurait pu me surprendre. Je me suis donc dit que le mieux était de les brûler avec les ordures ménagères.

— Pourquoi n'êtes-vous pas restée près du feu pour vous assurer que tout avait bien brûlé ? s'enquit Havers.

— Parce que j'ai entendu arriver une voiture — le minibus, je crois — et que je ne voulais pas que Frank Orten me voie et vienne me demander ce que je fabriquais. Je les ai enfouies au milieu des détritus, j'y ai mis le feu et j'ai filé.

— Quelle heure était-il ?

— Je ne saurais vous dire avec certitude. Un peu après trois heures, je crois. Trois heures et quart, peut-être. Plus tard ? (Elle plia le chiffon dont elle fit un petit carré, effaçant les plis, s'enduisant les doigts de poudre jaune.) Il était capital que je ne me fasse pas pincer. Pour moi, bien sûr. Mais surtout pour John. Je me suis dit que si je pouvais faire ça pour lui... si je pouvais lui prouver mon amour de cette façon... je me suis sauvée en entendant la voiture. J'étais persuadée d'avoir réussi à filer sans qu'on me remarque mais non. Quelqu'un m'avait aperçue. Vous avez dit qu'un élève avait vu... (Elle laissa sa phrase en suspens. Releva vivement la tête.) Un élève ? Un élève avait pris le minibus ?

En fin de compte, songea Lynley, elle ressemblait à Lockwood. Car, si le coupable était un élève, cela signifiait que John Corntel était hors de cause. Une fois encore, Matthew Whateley passait au second plan.

Lynley et Havers étaient au bord du sentier reliant le labo de sciences à Calchas. Autour d'eux les écoliers sortaient des bâtiments et se dirigeaient vers la salle à manger pour y déjeuner dans la cour ouest. Lynley remarqua que les yeux les évitaient, que les conversations s'interrompaient lorsque les élèves passaient.

— Il aurait pu le faire, réfléchit Havers. (Elle contemplait Erèbe, non loin de là.) Ce n'était pas Frank Orten qui conduisait le minibus. Il était dans sa chambre, n'est-ce pas ?

— S'il faut l'en croire, oui, répondit Lynley. Elaine Roly prétend qu'il avait emmené sa fille à l'hôpital cette nuit-là.

Havers griffonna une note.

— Je vérifierai. (Elle mordilla le bout de son crayon.) Si Corntel est notre homme, nul doute qu'il ait été assez malin pour éviter de se servir de son propre véhicule pour transporter le corps à Stoke Poges. Il devait se douter que le transport laisserait forcément des traces compromettantes pour lui. Fibres. Cheveux. Que sais-je encore ? Il aura donc pris les clés dans le bureau du portier, sera sorti avec le minibus et aura pris garde de ne pas laisser d'empreintes dessus.

Lynley trouva l'idée plausible. Il repensa au poème de Thomas Gray, à la strophe lue avec Deborah, à la façon dont la description de l'enfant collait avec celle de Matthew. Qu'un élève se fût donné tout ce mal, cela semblait difficile à croire.

— Le problème, c'est la poésie, dit pensivement Lynley, expliquant le poème de Thomas Gray à Barbara.

Jamais à court d'idées, le sergent Havers suggéra :

— Et les vers qui sont chez Chas Quilter ? Il semble bien connaître la poésie anglaise.

— Et son mobile, ce serait quoi, sergent ?

— C'est là que le bât blesse, admit-elle.

— A mon sens, il y a deux mobiles clairs. Clive Pritchard en a un.

— Et John Corntel l'autre ?

Lynley hocha la tête d'un air sombre.

— Comment ignorer les implications de cette collection de photos ?

— Corntel fait joujou avec Matthew, qui claque ? suggéra Havers crûment.

— Un accident, peut-être.

— Il aurait trop serré la corde ? Il y serait allé un peu fort avec l'électricité ?

Cette idée donna la nausée à Lynley. S'efforçant de se débarrasser de cette sensation de malaise, il prit ses clés de voiture dans sa poche et les tendit à Havers.

— Faites un saut à Cissbury, sergent, lui dit-il. Essayez de voir si l'histoire de Clive Pritchard tient debout.

— Et vous, inspecteur, qu'est-ce que vous allez faire ?

— Je vais aller trouver John Corntel. Et le mettre au pied du mur.

Lynley tournait le coin de la chapelle lorsque la camionnette de la police de Horsham s'arrêta. Trois experts du labo de la Criminelle en descendirent sacoches et matériel à la main. Alan Lockwood rejoignit Lynley près du véhicule. Le programme était simple. Les techniciens travailleraient dans le réduit situé au-dessus du séchoir de Calchas et passeraient ensuite au peigne fin les minibus de l'école. Relevant des empreintes, recueillant des indices, prenant des photos. Lockwood proposa aux trois hommes de leur montrer le chemin.

Après avoir fait un bout de trajet avec eux, Lynley pénétra de nouveau dans le bâtiment principal, traversa le hall et déboucha dans la cour d'honneur. Il passa sous la statue de Henry VII dont le visage sculpté dans le marbre avec son air suffisant évoquait la victoire remportée par traîtrise. En pensant à ce succès vieux de quelque cinq cents ans ainsi qu'aux trahisons qui l'avaient rendu possible, Lynley ralentit l'allure, réfléchissant aux relations qu'il avait eues avec Corntel dans le passé et à l'incidence qu'elles pouvaient avoir sur son comportement actuel. La tradition exigeait de lui la loyauté, tandis que la tromperie serait inévitablement accompagnée de son fidèle compagnon, le regret. N'était-ce pas ce qu'avaient appris à leurs dépens ceux qui avaient trahi leur roi sur le champ de bataille ? En tant qu'individus, ils n'avaient gagné que de fugaces bagatelles. Alors que leur perte avait été immense.

Lynley songea à sa situation présente non sans se moquer gentiment de lui-même. Comme il était facile d'exiger d'un jeune homme de dix-huit ans comme Chas Quilter qu'il fasse fi des coutumes en vigueur pour accuser un de ses condisciples. Qu'il était donc difficile, en revanche, d'exiger de soi la même rigueur morale. L'enveloppe que portait Lynley, si légère le matin, lui semblait lourde comme du plomb.

Sépulcre blanchi, songea-t-il, dégoûté, en suivant le chemin pavé menant à la salle à manger.

Vaste, la salle était suffisamment spacieuse pour abriter la totalité des élèves et du corps enseignant. Elèves et professeurs s'installaient autour des tables de réfectoire, groupés par maison, les grands d'un côté, les petits de l'autre, le chef de maison à un bout de la table et le préfet à l'autre.

Le bruit était quasiment intolérable, les six cents pensionnaires criant, riant, parlant tous ensemble. Les conversations cessèrent cependant lorsque Chas Quilter gravit les marches d'un podium austère pour commencer à lire un passage des Saintes Ecritures. Lynley attendit que Chas ait terminé avant de se diriger vers les tables affectées à Erèbe. Le vacarme reprit tandis que les chariots arrivaient, apportant la nourriture de la cuisine.

Corntel avait rejoint Brian Byrne à son bout de table et lui criait des instructions à l'oreille. Le préfet d'Erèbe hocha la tête comme s'il écoutait attentivement mais Lynley s'aperçut qu'il ne quittait pas des yeux Chas Quilter, lequel regagnait la table où étaient assis les élèves d'Ion. Alors que Corntel avait fini de lui parler, Brian continua de fixer Chas, un tic nerveux remontant le coin de sa lèvre.

Lorsque Lynley atteignit John Corntel, ce dernier avait eu le temps de le voir arriver. Lisant sans doute les intentions de Lynley sur son visage, Corntel lui suggéra de le suivre dans sa salle de classe plutôt que de parler en présence des élèves. C'était à deux pas, expliqua-t-il, juste au-dessus, au premier étage du département des lettres.

Après avoir donné ses ultimes instructions à Byrne, Corntel sortit de la salle à manger, suivi de Lynley. Ils gravirent les marches de pierre usées du vestibule ouest et se dirigèrent sans parler vers la salle de classe de Corntel, enfilant le couloir qui traversait le bâtiment du sud au nord. La pièce donnait sur les vastes terrains de sport où un ballon de football abandonné gisait près d'un poteau. Lynley jeta un coup d'œil par la fenêtre, constatant que le ciel s'assombrissait à mesure que les nuages porteurs d'orage s'approchaient venant de l'ouest.

Il se demandait par quel bout prendre son ancien condisciple, répugnant à aborder de front une aberration psychologique qu'il trouvait aussi incompréhensible que dégoûtante. Il ne semblait pas qu'il y eût une façon adéquate d'entamer la conversation. Se détournant de la fenêtre, il vit le tableau noir couvert de notes.

Lynley les lut tandis que Corntel, posté près de la porte, l'observait. Référence ironique à la pitié ; fille contre ducats ; valeur morale ; griefs réalistes ; récurrence des métaphores liées au sang. En haut du tableau, Corntel avait écrit : *La vilenie que vous m'enseignez, je la pratiquerai.*

— *Le Marchand de Venise* ? questionna Lynley.

— Oui. (Corntel s'approcha. Les bureaux étaient disposés en fer à cheval pour faciliter la discussion entre élèves et professeur. Il se posta près de l'un d'eux, comme attendant la permission de s'asseoir.) J'ai toujours aimé cette pièce. La délicieuse hypocrisie de Portia. Parlant avec éloquence de la pitié. Et ignorant tout elle-même de ce sentiment.

C'était l'ouverture dont Lynley avait besoin.

— Je me demande si ce n'est pas également un thème qui revient dans votre vie.

Il se dirigea vers Corntel et lui tendit l'enveloppe. Un bureau les séparait mais, malgré cela, Lynley ne put s'empêcher de sentir la tension qui habitait son ancien camarade.

Faisant un effort pour prendre un ton léger, Corntel s'enquit :

— Qu'est-ce que c'est que ça, Tommy ?

— Ouvrez-la.

Tout en s'exécutant, Corntel fit mine de parler. Les mots qu'il s'apprêtait à prononcer moururent sur ses lèvres lorsqu'il vit la nature des photos. Comme Emilia Bond avant lui, il tira une chaise. Mais, contrairement au professeur de chimie, il n'essaya pas de nier que les documents pornographiques lui appartenaient.

Au lieu de discuter, de protester, il prit un air effondré.

— Elle vous les a données. Elle vous les a données, murmura-t-il, mortifié.

Lynley se dit qu'il pouvait atténuer quelque peu son humiliation.

— Non. Un élève l'a vue en train de les brûler dans la nuit de samedi et il me les a remises. Elle a essayé de me faire croire qu'elles n'étaient pas à vous.

— Emma ment mal, n'est-ce pas ?

— Je crois qu'elle en est incapable. C'est tout à son honneur. (Corntel avait les yeux rivés sur les photos. Lynley vit qu'il s'en était emparé, les serrait entre ses doigts.) Expliquez-moi comment il se fait que vous les ayez, John. Le fait qu'elles soient en votre possession ne constitue pas précisément un bon point pour vous.

— Ce n'est pas le genre de choses qu'on a envie de découvrir chez un enseignant. Surtout dans les circonstances actuelles, fit Corntel, toujours tête basse. (Tout en parlant, il se mit à passer lentement les photos en revue.) J'ai toujours voulu écrire, Tommy. N'est-ce pas le rêve de tous les professeurs d'anglais ? Est-ce que nous ne disons pas tous que nous pourrions écrire si seulement nous en avions le temps, la force de caractère, l'énergie une fois que nous avons fini de corriger nos copies ? Et ces photos constituaient le premier pas. (Il parlait d'une voix rauque comme un homme qui vient de faire l'amour. Il continua d'examiner les clichés.) J'avais délibérément choisi un sujet à sensation. Pour avoir une chance d'être publié. Il faut bien commencer par quelque chose. Sur le coup, le procédé ne m'a pas semblé si malhonnête que ça. Je suis conscient que l'intégrité artistique n'avait rien à voir là-dedans. Mais je me disais que ça me permettrait de m'introduire dans le milieu de l'édition. (Les mots venaient plus lentement, comme s'il parlait sous hypnose.) Qu'après je pourrais continuer à écrire... à donner libre cours à ma passion pour l'écriture. Car c'est ça, écrire, c'est un acte passionné. Un acte de joie. Une extase dont les autres se contentent de rêver, dont certains ignorent jusqu'à l'existence... Et ces photos... ces photos...

Du bout du doigt, Corntel effleura la silhouette d'un des enfants nus. Puis il suivit de l'index l'adulte en érection, frôlant ses cuisses musculeuses, son bas-ventre, son torse, ses lèvres. Il prit une autre photo et répéta son manège, s'attardant sur l'accouplement contre nature de l'enfant et de l'adulte avec un sourire absent.

Lynley l'observait sans souffler mot. Eût-il essayé qu'il n'eût rien trouvé à lui dire. Corntel lui avait raconté qu'il voulait écrire un roman mais la vérité était tout autre. Pour s'en convaincre, il n'y avait qu'à regarder la petite veine qui battait follement sur sa tempe, la façon dont il passait sa langue sur ses lèvres, à entendre sa voix extatique. Lynley sentit une vague de dégoût le submerger. Aussitôt suivie par un profond, un intense sentiment de pitié.

Se ressaisissant quelque peu, Corntel s'aperçut que Lynley l'observait. Il laissa tomber les photos qui s'éparpillèrent sur le bureau.

— Mon Dieu ! chuchota-t-il.

Lynley retrouva l'usage de la parole.

— J'ai un petit garçon mort sur les bras, John, un garçonnet guère plus âgé que ceux de vos clichés. On l'a ligoté. Torturé... Et je ne sais quoi encore.

Corntel s'écarta du bureau et s'approcha de la fenêtre. Il contempla les terrains de sport. Ce spectacle parut lui donner la force de se tourner vers Lynley et de parler.

— J'ai commencé à collectionner ces photos lors d'un voyage à Londres. En voyant la première — dans une librairie très spécialisée fréquentée uniquement par des adultes — j'ai été consterné. Et fasciné. Je me suis senti irrésistiblement attiré. Je l'ai achetée. Après, j'en ai acheté d'autres. Au début, je ne les sortais de leur cachette que pendant les vacances, lorsque j'étais loin de l'école. Par la suite je me suis accordé une soirée par mois dans mon bureau, rideaux tirés. Après, ç'a été une fois par semaine. Et puis finalement je me suis mis à les sortir presque tous les soirs. J'attendais ce moment avec impatience. Je... (Il regarda de nouveau dehors.) Je buvais un verre de vin. Je... J'allumais des bougies. J'inventais... Ce que je vous ai dit tout à l'heure n'était pas loin de la vérité, Tommy. J'inventais des histoires à leur propos. Je construisais des scénarios. Je leur donnais des noms. Aux enfants. Pas aux adultes. (Il s'approcha des photos.) Ce petit garçon, c'était Stephen, expliqua-t-il en montrant un enfant attaché et bâillonné sur un lit de cuivre. Celui-ci... c'était Colin. Celui-là, je l'avais baptisé Paul. Ça, c'était Guy. Ça, William. (Il désigna du doigt un autre cliché, hésita :) Et ce petit-là, c'était John.

C'était la seule photo sur laquelle figuraient deux adultes abusant d'un enfant sans défense. Le fait que Corntel lui eût donné son nom était lourd de sens.

— John, dit Lynley, vous avez besoin...

— De l'aide d'un médecin ? sourit Corntel. C'est bon pour les gens qui ignorent en quoi consiste leur maladie. Je connais la mienne, Tommy. Je l'ai toujours connue. Il n'y a qu'à voir la façon dont j'ai vécu. Laissant mon entourage décider à ma place, me dicter ma conduite. Mon père, ma mère, mes camarades, mes supérieurs. Incapable d'agir par moi-même. Incapable de m'affirmer. (Corntel laissa tomber les photos.) Même avec Emilia.

— Sa version des faits de la nuit de vendredi diffère de la vôtre, John.

— Evidemment. Je... Il fallait bien que je vous raconte quelque chose. Je savais que vous finiriez par découvrir combien elle était bouleversée en me quittant vendredi soir aussi ai-je inventé une raison. L'impuissance me semblait... Et d'ailleurs quelle différence cela fait-il ? Ce que je vous ai dit était finalement assez proche de la réalité. Vous voulez connaître la vérité ? Eh bien, ç'a été... Nous y sommes arrivés. Mais de justesse. Elle a été très gentille.

— D'après ce qu'elle m'a confié, je n'ai pas eu l'impression que la gentillesse ait eu grand-chose à voir là-dedans.

— Bien sûr que non. C'est une fille formidable, vous savez, Tommy. Quand elle s'est rendu compte de mon manque... des difficultés que j'avais, elle a pris les choses en main. Je l'ai laissée faire. Je lui ai laissé le contrôle de la situation. Et lorsqu'elle est revenue samedi soir me demander les photos, exigeant que je les lui remette, je me suis incliné. Il m'a semblé que c'était le meilleur moyen de réparer pour ce que je suis. Pas un homme normal. Rien, en fait.

Lynley avait envie de poser une foule de questions à Corntel. Mais plus que tout, il voulait comprendre comment le jeune homme jadis doté d'un avenir aussi prometteur avait pu devenir l'adulte qui se tenait en face de lui. Il voulait comprendre ce qui pouvait rendre un univers de fantasmes aberrants plus séduisant qu'une relation pleine et intense avec un autre être humain. La réponse, il la connaissait en partie. Vivre dans le monde de l'imagination, aussi plein de déviances fût-il, c'était vivre dans la sécurité. Loin du risque. Le moi profond de celui qui choisissait l'imaginaire étant à l'abri des atteintes du réel, son cœur ne risquait pas d'être atteint, blessé. Le reste de la réponse, c'était Corntel qui la détenait ; mais rien ne disait qu'il était capable de se l'expliquer.

Lynley éprouva le besoin d'apporter quelque réconfort à son ancien camarade de classe afin d'atténuer l'humiliation qu'il devait ressentir à se voir ainsi démasqué.

— Emilia vous aime, dit-il.

Corntel secoua la tête. Rassemblant les photos, il les remit dans l'enveloppe qu'il tendit à Lynley.

— Elle aime le John Corntel qu'elle a fabriqué. Le véritable John Corntel, elle ne le connaît même pas.

Lynley descendit lentement l'escalier tout en repassant en esprit sa conversation avec Corntel. Il lui semblait qu'au cours de ces derniers jours il était devenu le spectateur d'une pièce riche en rebondissements dans laquelle Corntel jouait plusieurs rôles à l'abri d'un rideau de brume sans cesse en mouvement.

Corntel s'était rendu à Londres revêtu de sa livrée de chef de maison, se rongeant les sangs à propos de la disparition de Matthew Whateley. Au Yard, il avait été un homme quêtant de l'aide, acceptant d'être tenu pour largement responsable d'une série de ratés administratifs qui avaient eu pour point culminant la disparition du petit garçon. Toutefois, malgré son désir de collaborer avec la police, il s'était bien gardé de parler de ce qui l'avait distrait et empêché de s'occuper de Matthew comme il aurait normalement dû le faire au cours du week-end.

Ce qui l'avait distrait, c'était Emilia Bond. Et c'était de ses relations avec elle que découlait le deuxième rôle qu'il jouait — celui de l'amant humilié. Peu importait les révélations qu'il avait faites à Lynley, l'émotion qui les sous-tendait était toujours la même. Qu'il eût prétexté une incapacité à faire l'amour ou avoué avoir laissé Emilia Bond prendre le contrôle des opérations, cela ne faisait pas de différence. De toute façon il sortait humilié de l'aventure et sous cette humiliation se dissimulait un appel à la pitié et à la compréhension que Lynley n'avait pas manqué de percevoir. Il reconnut ce même appel lorsque Corntel était entré dans la peau du troisième personnage de la pièce.

Collectionneur de photos pornographiques, Corntel interprétait le rôle du névrosé pathétique. En donnant son prénom à l'un des garçonnets de sa collection, il franchissait une étape supplémentaire : il se présentait sous les traits d'une victime et non d'un agresseur, et demandait à Lynley de croire qu'il en était ainsi. Pourtant tout cela semblait trop commode et tombait un peu trop à pic. Car, bien que Corntel eût bâti un univers fantasmatique complexe autour de ces photos, Lynley se disait que la solitude inhérente à ce mode d'existence pouvait fort bien l'avoir poussé à se frotter enfin à la réalité. Et si la réalité — incarnée par Emilia Bond — avait déçu Corntel, qu'est-ce qui avait empêché ce dernier d'en chercher une autre, plus proche du monde malsain de ses rêves ? Qu'est-ce qui l'avait empêché de faire entrer Matthew Whateley dans son quotidien ?

Corntel devait bien se douter qu'il n'avait pas été éliminé de la liste des suspects sous prétexte qu'il avait livré des bribes de ses tourments personnels. A supposer que Lynley ne nourrît plus de soupçons à son égard, Corntel ne pouvait décemment pas s'imaginer qu'il resterait les bras croisés à propos des photos. Celles-ci devraient être remises au directeur. Que Corntel fût coupable ou non de la mort de Matthew Whateley, c'était à Lynley qu'il appartenait de se prononcer sur son sort. C'était son boulot, après tout. Et sa responsabilité.

Pourtant il y avait d'autres éléments à prendre en considération. C'était inévitable et Lynley en avait conscience. Il y avait le souvenir d'Eton. L'état d'ivresse avancée dans lequel Corntel l'avait trouvé, sa décision de ne pas le dénoncer, dénonciation qui aurait entraîné son renvoi de l'école. Il y avait le souvenir de son condisciple parlant avec éloquence dans la chapelle, écrivant des dissertations remarquables, s'arrangeant pour consacrer une partie de son temps aux élèves moins doués, moins brillants que lui. Le souvenir de Corntel — pantalon rayé et jaquette — passant sous le porche cintré, déjà en retard, mais trouvant le moyen d'aider le portier à décharger d'une camionnette un paquet volumineux. Le souvenir de son sourire prompt, de son bonjour lancé de l'autre bout de la cour. Tout un monde de souvenirs partagés. Toute une expérience commune. La franc-maçonnerie des anciens.

Lynley sentit le poids de l'enveloppe de photos sous son bras. Il fallait qu'il prenne une décision. Or il s'en sentait incapable.

— Inspecteur. (Alan Lockwood se tenait au bas de l'escalier.) Puis-je espérer une arrestation pour cet après-midi ?

— Une fois que les techniciens...

— Qu'ils aillent se faire foutre ! Je veux être débarrassé de Clive Pritchard. Les membres du conseil d'administration se réunissent ici ce soir, je veux que l'affaire soit réglée avant leur arrivée. Dieu sait quand les Pritchard viendront chercher leur rejeton. En attendant qu'ils rappliquent, je veux être débarrassé de cet individu. C'est clair ?

— Parfaitement clair, rétorqua Lynley. Malheureusement, la seule chose que nous ayons contre lui en ce moment, c'est une bande avec sa voix dessus. Nous n'avons aucune preuve qu'il s'en soit pris à Matthew Whateley, et même Harry Morant refuse de reconnaître en lui son persécuteur. Je ne peux pas l'arrêter sous prétexte que Chas Quilter a reconnu sa voix, Mr Lockwood. Tout ce que je puis faire, c'est vous suggérer de le tenir à l'œil.

— Le tenir à l'œil ? cracha Lockwood. Mais vous *savez* qu'il a tué ce garçon !

— Je ne sais rien de tel. J'arrête les gens lorsque j'ai des preuves, pas sur la foi d'intuitions.

— Vous ne vous en rendez peut-être pas compte mais vous mettez six cents élèves en péril ! Si vous n'embarquez pas ce petit fumier, n'importe quoi peut arriver. A n'importe qui. Je refuse d'être tenu pour responsable...

— Vous *êtes* responsable, coupa Lynley. Que ça vous plaise ou non. Mais Clive sait qu'on le soupçonne. Je doute qu'il s'avise de faire des siennes maintenant. D'autant qu'il semble persuadé que nous n'avons encore rien qui le rattache à Matthew Whateley.

— Que me suggérez-vous d'en faire en attendant que vous ayez décidé que vous avez de quoi procéder à une arrestation ?

— Je vous suggère de le consigner dans sa chambre et de poster quelqu'un devant sa porte pour veiller à ce qu'il n'en sorte pas.

— Et vous croyez que ce sera suffisant ? grommela Lockwood. C'est un tueur, nom de Dieu. Vous le savez pertinemment. (Le directeur tendit le doigt vers l'enveloppe que Lynley avait sous le bras.) Et ça ? Qu'avez-vous réussi à découvrir à propos de ces photos ?

En fin de compte, la prise de décision se fit toute seule.

— Miss Bond les a trouvées dans sa salle de classe, répondit Lynley. Un élève les avait laissées traîner. Elle ignore lequel. Elle a jugé préférable de les brûler.

Lockwood poussa un grognement.

— Il y a au moins une personne qui aura fait preuve de bon sens.

Il se remettait à pleuvoir lorsque le sergent Havers immobilisa la Bentley de Lynley le long de la chapelle. Elle freina avec une telle violence que la voiture fit une embardée et heurta les branches nues d'une haie d'hortensias. Lynley grinça des dents et la rejoignit.

Elle finissait un sachet de chips au vinaigre. Des miettes et du sel constellaient le devant de son pull.

— Mon déjeuner, expliqua-t-elle, chassant les miettes tandis qu'elle descendait. Deux sachets de chips et un verre de bitter lemon. Vous parlez d'un festin. (Elle claqua la portière.) Votre Bentley, c'est pas une voiture, c'est un monstre, inspecteur. A elle seule, elle occupe la moitié de la chaussée. J'ai failli emboutir une cabine téléphonique à Cissbury et je suis à peu près sûre d'avoir heurté une borne non loin de l'école. Enfin, je crois que c'était une borne. C'était quelque chose de fixe et de dur.

— De fixe et de dur ? Vous me rassurez, fit Lynley, prenant son parapluie sur la banquette arrière. (Havers, qui n'était pas équipée pour affronter les intempéries, s'approcha pour se mettre à l'abri.) Qu'avez-vous découvert à Cissbury ?

Ils se mirent à marcher en direction de Calchas. Une cloche sonna la reprise des cours de l'après-midi. L'espace de quelques instants, ils furent pris dans une marée d'uniformes bleu et jaune tandis que les élèves les dépassaient, se hâtant sous l'averse. Havers attendit qu'ils soient de nouveau seuls sur le sentier pour répondre :

— Il semble que l'histoire de Clive Pritchard tienne la route. Le barman de *l'Epée et la Jarretière* l'a vu près de la poubelle dans la nuit de samedi. Il n'a pas réussi à me dire ce que fabriquait Clive exactement mais pour reprendre son expression « la nénette avec qui il était avait l'air d'en redemander ».

— C'est éclairé, dehors, près de la poubelle ?

Havers fit non de la tête.

— Et quand il m'a décrit le garçon, le barman ne m'a parlé que de sa taille. Quant à la fille, il ne la connaissait pas. Ou plutôt il n'a pas réussi à la voir distinctement. On peut donc dire que le type n'était pas forcément Clive.

— Ç'aurait pu être un autre élève, renchérit Lynley.

Barbara embraya sur cette idée avec un enthousiasme suggérant qu'elle l'avait ressassée pendant tout le trajet du retour.

— Quelqu'un que Clive connaissait serait allé rejoindre en douce une fille au village samedi soir. Ce quelqu'un se serait vanté après coup de sa conquête à Clive, lui fournissant d'abondants détails, notamment sur ses exploits près de la poubelle.

L'hypothèse n'était pas sans faille, comme Lynley le lui fit remarquer :

— Pas mal, Havers, mais je vous fiche mon billet que — le moment venu — Clive nous balancera le nom de la gamine, laquelle confirmera son identité. Et nous nous retrouverons à la case départ. A quelle heure le barman les a-t-il aperçus ?

— Aux alentours de minuit. (Après un temps de réflexion, Havers ajouta :) Y a peut-être quelque chose dans tout ça. Clive est un gars intelligent. On l'a bien vu à sa façon de nous fourrer les photos sous le nez au moment crucial. Je le vois se rendant à Cissbury pour se forger un alibi puis revenant s'occuper du corps de Matthew Whateley. Il prétend avoir vu Emilia Bond alors qu'il escaladait le mur à son retour de Cissbury. Mais il aurait pu tout aussi bien être rentré du village plus tôt, avoir pris le minibus jusqu'à Stoke Poges, s'être débarrassé du corps là-bas, et avoir aperçu Emilia Bond en rentrant de Stoke Poges. Après tout, elle ne l'a pas vu. Nous n'avons que la parole de Clive affirmant qu'il l'a entrevue alors qu'il faisait le mur pour réintégrer l'école. Et si Frank Orten a vu le feu vers trois heures du matin, Clive a eu largement le temps de tout faire.

— Un peu tiré par les cheveux, Havers, non ?

— Mouais. Mais pas complètement impossible. Et ne me dites pas que ce type n'est pas capable d'orchestrer un meurtre. Je suis sûre que ses premiers mots, lorsqu'il a commencé à parler, ont été : « Synchronisez vos montres. » A mon avis, pour le coincer, ce qu'il nous faudrait, c'est quelques indices provenant du réduit, d'autres du minibus, et avec ça le charmant, l'adorable Clive Pritchard n'a plus qu'à faire son entrée dans l'histoire.

Lynley fronça les sourcils, réfléchissant aux propos de Havers. Voyant qu'il ne bronchait pas, elle poursuivit :

— J'ai vu Jean Bonnamy au village. Qui mettait des lettres à la poste. Elle s'était un peu pomponnée, inspecteur, comme quelqu'un qui est invité à déjeuner.

— Rien de répréhensible à ça, Havers.

— Je sais. Mais quand elle s'arrange, elle est pas mal du tout. Je l'ai bien examinée. Beaux cheveux. Jolie peau. Je n'ai pas pu m'empêcher de me demander à quoi elle ressemblait quatorze ans plus tôt, quel effet elle avait pu produire sur un adolescent de dix-huit ans.

— Edward Hsu.

— Pourquoi pas ? Elle a vécu à Hong Kong. Comme son père, elle aime tout ce qui est chinois. Elle pourrait être la vraie mère de Matthew Whateley. L'avoir suivi discrètement pendant toutes ces années. Elle aurait même pu se débrouiller pour qu'il soit envoyé chez eux en qualité de Volontaire de Bredgar. Après tout, pour ce qui est de la mère de Matthew, nous n'avons que la description que nous en a fournie Giles Byrne : intrigante, intéressée. Peut-être qu'elle n'était pas du tout comme ça.

— Si je suis votre raisonnement, Giles Byrne serait beaucoup plus impliqué dans la naissance de Matthew Whateley qu'il ne nous l'a laissé entendre.

— Jean Bonnamy aurait pu apprendre l'existence de Giles Byrne par Edward Hsu. Elle aurait pu aller le trouver pour lui demander son aide. Et maintenant, pour la protéger, Giles Byrne ment comme un arracheur de dents.

— Ce n'est pas la première fois que nous pensons à Byrne comme à un menteur. Le constable Nkata trouvera peut-être quelque chose à Exeter.

— Ou peut-être qu'il fera chou blanc, ajouta Havers.

— Alors nous serons plus près de la vérité. (Lynley entraîna le sergent Havers vers Calchas.) Voyons ce que les techniciens ont récolté.

Les experts du labo étaient encore au travail au-dessus du séchoir et le photographe redescendait l'échelle métallique, suivi d'un des policiers.

— Vous avez trouvé quelque chose ? demanda Lynley au deuxième homme qui portait une mallette.

Au-dessus d'eux un aspirateur se mit à rugir. L'homme posa sa mallette par terre, s'accroupit et lança par-dessus son épaule :

— On vient seulement de finir de relever les empreintes. Il y en a des centaines. Ainsi que des cheveux. Et des fibres. On dirait un tas d'ordures.

— Combien de temps avant que vous...

— Nos effectifs sont loin d'être aussi riches que ceux de la police métropolitaine, inspecteur. Il va nous falloir des semaines pour examiner et exploiter tout ça. Pas moyen d'aller plus vite.

Lynley savait que ce n'était pas de gaieté de cœur que la Criminelle de Horsham avait envoyé ses techniciens à Bredgar Chambers. Il choisit donc ses mots avec circonspection :

— Nous avons des soupçons à propos d'un élève de terminale. S'il y a quoi que ce soit qui puisse nous permettre d'établir un lien entre ce garçon et le réduit, entre Matthew Whateley et cette pièce...

L'homme se gratta la tête, remettant de l'ordre dans sa tignasse de cheveux gris.

— Le petit Whateley... il avait quel âge déjà, ce môme ?

— Treize ans.

— Hmmmmm. Dans ce cas il est peu probable que Whateley... (L'homme retira de sa mallette le tiroir plat du dessus et sortit trois sacs de mise sous scellés.) Ces trucs-là devaient appartenir à votre terminale, dit-il. Je doute qu'un enfant de treize ans se soit servi de ce genre d'articles. Et j'espère qu'un adulte aurait eu le bon goût de choisir un cadre plus attrayant pour ses ébats sexuels. Toutes mes excuses, sergent. C'est pas un spectacle pour une dame. (Il leur agita les sacs sous le nez. Chacun d'eux contenait un préservatif usagé. Tout en continuant de parler, il secouait les sacs.) On a également retrouvé une vieille couverture là-haut. On l'a enveloppée. J'ai parié avec les collègues qu'elle serait pleine de taches. Inutile que je vous en précise la nature. La pièce semble avoir servi de... (Il eut un sourire lubrique.)... Pas la peine que je vous fasse un dessin.

— Les gribouillages sur le mur sont en effet suffisamment explicites, dit Lynley d'un ton sec.

Havers, comme il ne manqua pas de le constater, se tenait bras croisés sur la poitrine, l'air bien décidé à ne pas se laisser embarrasser par les propos du technicien. Depuis le temps, elle commençait à avoir l'habitude. Il y avait des années que les femmes travaillaient à la Criminelle mais leur présence dans ce service n'était pas vue d'un bon œil par tous. Lynley l'entraîna dans le couloir.

Elle ne perdit pas une minute :

— Les capotes, ça colle avec la personnalité de Clive, non ?

Il hocha la tête en signe d'assentiment :

— Un type capable de faire l'amour à une fille debout près d'une poubelle est tout aussi capable de la faire s'allonger dans la poussière au milieu des détritus. Pourtant, une chose m'intrigue, Havers : le fait que Clive se soit donné la peine d'utiliser un moyen de contraception. Cela ne cadre pas avec ce que nous savons du personnage.

Le visage de Havers exprimait le dégoût.

— Peut-être que c'est la fille qui a insisté. Bien que j'aie du mal à imaginer qu'une jeune fille saine d'esprit soit prête à... là-haut... seule avec lui... Pour ne rien vous cacher, inspecteur, Clive me file la chair de poule. J'ignore qui est sa partenaire, mais ce ne peut être qu'une fan des fouets et des chaînes. Le cuir, les fouets, les chaînes, c'est le style de Clive.

— Si nous arrivons à mettre la main sur cette petite, nous aurons quelqu'un qui pourra établir un lien entre Clive Pritchard et le réduit.

— Et nous fournira la preuve qu'il connaissait l'existence du cagibi sous les combles, conclut Havers. (Ses yeux s'arrondirent tandis qu'elle ajoutait :) Daphne !

— Daphne ?

— La gamine qu'il poursuivait dans la classe de Cowfrey Pitt. Si je ne me suis pas trompée à son sujet, c'est la personne qu'il nous faut pour coincer Clive.

Ils repartirent en direction de l'aile administrative dans la cour d'honneur est, pour tâcher de savoir où se trouvait la jeune fille que Clive Pritchard avait importunée la veille. La secrétaire du directeur détenait les emplois du temps de tous les élèves soigneusement rangés dans un dossier posé sur son bureau mais au lieu de le consulter pour y puiser le renseignement dont Lynley avait besoin, elle lui tendit un message accompagné d'explications débitées d'un ton bref pour bien montrer le déplaisir que lui procurait le fait d'avoir à être en contact avec la police.

— Scotland Yard. Faut que vous les rappeliez. (Comme les yeux de Lynley se posaient sur son téléphone, elle ajouta, glaciale :) Du bureau du portier, je vous prie.

Frank Orten n'était pas derrière son comptoir lorsqu'ils pénétrèrent dans son bureau. La pièce était vide, détail qui n'échappa pas à Lynley. Accrochées au mur de l'autre côté du comptoir qui séparait le lieu de travail d'Orten d'un semblant de salle d'attente occupé par trois chaises de bois, des clés pendaient à un tableau. Lynley passa derrière le comptoir pour les examiner. Havers demeura près de la porte.

— Les clés des minibus y sont ? s'enquit-elle.

Lynley les trouva suspendues à un crochet au-dessus duquel une étiquette indiquait *véhicules*. D'autres crochets portaient également des étiquettes : *maths, atelier, théâtre,* etc. Il y avait aussi des étiquettes correspondant aux maisons. Celles des filles d'un côté, celles des garçons de l'autre. Havers avait fait le bon diagnostic concernant les mesures de sécurité en vigueur à Bredgar Chambers : elles étaient inexistantes.

La porte s'ouvrit, livrant passage à Frank Orten. Sa casquette pseudo-militaire était baissée sur son front, sa veste et son pantalon tachés de pluie. Il hésita sur le seuil, son regard naviguant de Lynley à Havers et au tableau de clés.

Lynley prit la parole.

— Il arrive souvent que votre bureau soit inoccupé, Mr Orten ?

Orten passa derrière le comptoir où se trouvait une table. Il ôta sa casquette et la posa sur une étagère à côté d'un bocal en verre plein de coquillages rose et blanc.

— Non.

— Une fois par jour ? Deux ? Davantage ?

Orten prit un air offusqué.

— Il faut bien que j'aille aux toilettes, inspecteur. Ce n'est pas interdit par la loi que je sache.

— En laissant votre porte ouverte ?

— Je ne m'absente jamais plus de trois minutes !

— Et cette fois ?

— Comment ça, cette fois ?

Lynley désigna du doigt l'uniforme taché du portier.

— Vous étiez dehors sous la pluie. Ne me dites pas qu'il vous faut sortir du bâtiment pour trouver des toilettes.

Orten se tourna vers sa table de travail. Il ouvrit le gros classeur noir qui était posé dessus.

— Elaine a pris les enfants de ma fille chez elle à Erèbe. Je suis allé les voir d'un saut.

— Votre fille est toujours à l'hôpital ?

— C'est exact.

— Quel hôpital ?

Orten pivota sur sa chaise.

— Saint John. A Crawley. (Il vit le sergent Havers noter sa réponse. Tripotant le haut col de sa veste, il s'enquit :) Qu'est-ce que c'est que ces histoires ?

— Les détails, Mr Orten. Il faut toujours noter les détails, répondit Lynley. Si vous le permettez, j'aimerais passer un coup de fil.

Orten poussa l'appareil vers Lynley sans chercher à dissimuler son irritation. Lynley composa le numéro du Yard et eut Dorothea Harriman au téléphone. Il ne lui laissa pas le temps d'en placer une :

— Des nouvelles du constable Nkata, Dee ?

A l'autre bout de la ligne, il entendit la secrétaire du commissaire Webberly fouiller dans ses papiers. A l'arrière-plan, une machine à traitement de texte cliquetait cependant qu'une imprimante ronronnait.

— Vous avez de la chance, une fois de plus, répondit Dorothea Harriman. Il a appelé d'Exeter il y a à peine vingt minutes.

— Et ?

— Rien.

— Rien ?

— C'est le texte du message qu'il m'a chargée de vous transmettre. « Rien. Dites-le à l'inspecteur. » J'ai trouvé ça un peu culotté de sa part mais vous connaissez son style.

Lynley ne se donna pas la peine de modifier le point de vue de Dee à propos du message. Il ne le comprenait que trop bien. L'enquête menée à Exeter sur l'histoire racontée par Giles Byrne concernant la naissance de Matthew Whateley n'avait rien donné. Le sergent Havers avait eu le nez creux.

— La police de Slough a téléphoné. J'ai pensé que vous aimeriez être averti le plus vite possible, poursuivit Dorothea Harriman. Ils ont terminé l'autopsie. La cause du décès est claire et nette.

— Mais encore ?

— Empoisonnement.

Les idées se bousculèrent dans l'esprit de Lynley. C'était bien ce qu'il avait imaginé : on avait mis quelque chose dans la nourriture que Matthew Whateley avait absorbée pendant son séjour dans le réduit au-dessus du séchoir ; quelque chose qu'il avait bu ; quelque chose qui avait agi rapidement ; quelque chose qu'un élève pouvait se procurer...

Dorothea Harriman reprit la parole et, en quelques mots, détruisit ce qu'il avait échafaudé :

— A l'oxyde de carbone, précisa-t-elle.

20

Il n'était pas loin de quatre heures lorsque l'inspecteur Canerone de la police de Slough introduisit Lynley dans son bureau, un local exigu, tout métal et plastique, dont les murs étaient presque entièrement recouverts de cartes d'état-major. Une bouilloire électrique — dont le bec crachait de la vapeur — était posée sur l'un des trois classeurs métalliques bosselés, cependant que sur un autre trônait une collection de figurines de Beatrix Potter.

— Elles appartenaient à mon fils, expliqua Canerone. Je n'ai pas pu me résoudre à les bazarder lorsqu'il est parti habiter avec sa mère. Thé ? (Ayant ouvert un des tiroirs du classeur, il en sortit une théière en porcelaine, deux tasses, deux soucoupes et un sucrier rond.) Elle m'a également laissé ça sur les bras, poursuivit-il, sans se décontenancer. J'ai trouvé dommage de les laisser à la maison où ils servent à rien. Il n'y a pas de lait. Ça ne vous ennuie pas, j'espère ?

— Nullement.

Lynley regarda le policier préparer le thé. Ses mouvements étaient gauches et il s'interrompait souvent dans sa tâche comme craignant de faire un geste susceptible de passer pour une gaffe.

— Vous enquêtez seul sur cette affaire ? questionna Canerone. C'est un peu inhabituel, cette façon de procéder, dans la police métropolitaine, non ?

— J'ai un sergent pour me seconder. Elle est restée à l'école.

Avec le plus grand soin, Canerone arrangea théière, sucre, tasses et soucoupes sur un plateau, qu'il déposa sur son bureau.

— Vous pensez que l'enfant a été tué là-bas.

C'était une affirmation bien plus qu'une question.

— Au départ, je le croyais, répondit Lynley. Mais maintenant je n'en suis plus aussi certain. L'oxyde de carbone m'a un peu refroidi.

Canerone ouvrit le tiroir du haut de son bureau et en retira un paquet de biscuits. Il en mit deux sur chaque soucoupe et remplit les tasses de thé. Tout en tendant une des tasses à Lynley, il se mit à mâchonner un biscuit et ouvrit un dossier posé au milieu de son bureau.

— Voyons ce que nous avons.

Il souffla sur son thé et en avala bruyamment une gorgée.

— Quand on pense oxyde de carbone, on pense généralement voitures, dit Lynley. Mais il existe d'autres modes d'intoxication pouvant entraîner la mort.

— C'est exact, confirma Canerone. Le gaz de houille. Ou les appareils de chauffage à gaz défectueux. Des tuyaux obstrués.

— Dans une pièce, un immeuble.

— Certainement. (Canerone tapota le rapport du bout de son biscuit.) Mais dans le cas présent la concentration d'oxyde de carbone sur l'hémoglobine était très forte. C'est donc que l'enfant a été exposé au gaz à haute dose. Et me semble-t-il dans un endroit exigu.

— La pièce à laquelle je pense est petite. Sous les combles, au-dessus d'un séchoir. Et, en plus, elle est pleine de tuyaux.

— Des tuyaux de gaz ?

— Je ne sais pas.

— Alors c'est peut-être une possibilité. Mais je pense plutôt... Non. Il aurait fallu que la pièce soit véritablement microscopique pour que ça marche. Surtout avec ce taux de concentration dans le sang. Et compte tenu que le petit a été le seul à y rester. Voyez ça avec les gars du labo, mais je crois qu'ils seront de mon avis.

Lynley comprit qu'il lui faudrait changer son fusil d'épaule. Ce ne fut pas de gaieté de cœur qu'il s'y résolut :

— L'enfant aurait-il pu mourir dans la voiture pendant qu'on le transportait ?

Canerone parut intéressé par cette piste :

— C'est une hypothèse qui tient mieux la route que celle de la pièce. Ligoté et bâillonné dans le coffre, le conducteur ignorant que le tuyau d'échappement défectueux laissait échapper du gaz, lequel tuait le garçonnet. C'est une possibilité.

— Et lorsque l'automobiliste, une fois rendu à destination, a découvert ce qui était arrivé à l'enfant, il s'est débarrassé du corps à Stoke Poges et a pris la fuite.

A ces mots, Canerone fit non de la tête, enfournant le reste de son premier biscuit.

— Ça me semble peu probable. Car la lividité cadavérique était déjà apparue. Le corps a été transporté du lieu du crime jusqu'au cimetière un certain temps après la mort. D'après notre expert, vingt-quatre heures après environ.

— Matthew serait resté enfermé, mort, dans ce véhicule toute une journée avant que son cadavre ne soit déplacé.

— Risqué, souligna Canerone avec bon sens. Sauf si le tueur est sûr que personne ne va rôder autour de sa voiture. Mais quelle que soit la vérité, il est certain que l'enfant n'a pas trouvé la mort pendant le trajet entre l'école et le cimetière. Trajet qui a dû prendre une petite heure. (L'air pensif, il tapota le compte rendu contre son bureau.) Peut-être que notre assassin avait l'intention de l'emmener ailleurs. Peut-être qu'une fois arrivé à destination il a trouvé l'enfant mort, s'est affolé, a abandonné sa voiture et mis vingt-quatre heures pour trouver un moyen de se débarrasser du corps.

— En le transférant de sa voiture dans un autre véhicule ? Un minibus, par exemple ?

— Ça se peut, opina Canerone. (Tournant une page du rapport, il tendit un document à Lynley.) Vous vous souvenez des fibres retrouvées dans les cheveux de l'enfant ? Laine et rayonne. Qu'est-ce que ça évoque pour vous ?

— Tout et n'importe quoi. Un vêtement. Un plaid de voiture.

— De couleur orange, ajouta Canerone en s'attaquant à son second biscuit.

— La couverture, murmura Lynley.

Canerone leva la tête, l'air interrogateur. Lynley entreprit de lui raconter le séchoir, le réduit au-dessus du séchoir, le contenu de la pièce.

— La Criminelle de Horsham a embarqué la couverture pour l'analyser.

— Donnez-nous-en un morceau. Nous verrons au microscope s'il y a une correspondance entre les deux types de fibres.

Lynley était certain que les fibres correspondraient. Les substances filamenteuses permettraient d'établir un lien entre Matthew Whateley et la couverture orange, et cette couverture de prouver que Matthew Whateley s'était trouvé dans le réduit. Et si Havers avait de la chance avec Daphne, Clive Pritchard serait lui aussi associé à la pièce. La boucle du crime commençait à se boucler, et l'histoire de Clive sur la façon dont il avait passé la nuit de samedi en prenait un sacré coup.

— ... l'analyse des minuscules grumeaux retrouvés sous les ongles de pied, les épaules et les fesses de l'enfant, fit Canerone interrompant le cours des pensées de Lynley.

— Excusez-moi ?

— Nous avons analysé les dépôts. C'est de l'hydroxyde de potassium, que vous connaissez sûrement sous un nom différent. Potasse caustique. Soude.

— Soude ?

— Etrange, hein ?

— Comment Matthew Whateley a-t-il fait son compte pour se fourrer de la soude sous les ongles ?

— Comme il était ligoté et bâillonné, observa Canerone, ça ne peut être que là où il était séquestré.

Lynley examina ce qu'impliquait cet énoncé en fonction de ce qu'il connaissait de Bredgar Chambers. Pendant qu'il réfléchissait, Canerone poursuivit :

— La soude, tous les écoliers connaissent ça ; ils savent qu'il y en a dans le savon et les détergents. Il faudrait donc que vous orientiez vos recherches vers une remise, une resserre. Bref, un local où sont stockés les produits lessiviels. Un appentis. Un abri. (Canerone se versa une seconde tasse de thé.) Ou alors peut-être que c'est dans le coffre de la voiture où il est mort qu'il s'est trouvé en contact avec de la soude. Si tel est le cas, il faut que vous vous orientiez du côté d'un véhicule utilitaire, une fourgonnette transportant le linge de l'école.

Canerone continua de parler cependant que Lynley, tout en lui fournissant les réponses appropriées, laissait ses idées vagabonder. Après examen des renseignements en sa possession, force lui fut de reconnaître qu'il faisait peut-être fausse route, déformant les faits pour les faire coïncider avec la solution qu'il avait préalablement ébauchée dans son esprit au lieu de s'attacher à glaner des faits sur lesquels étayer son raisonnement. Le risque du métier de policier, c'était de ne pas garder une distance, un recul, une objectivité suffisants tant qu'on n'avait pas tous les éléments du dossier en main. Pour s'être déjà aventuré dans cette voie périlleuse lors d'une précédente enquête, il devait bien reconnaître qu'il avait tendance à tirer des conclusions trop hâtives. En outre, il était conscient de sa propension à laisser une certaine fidélité au passé colorer son interprétation du présent. Décidé à lutter contre ce penchant, il s'efforça d'évaluer à leur juste poids chacun des indices qu'il avait recueillis en cours de route.

Le danger propre à toute enquête criminelle tient à la nécessité de se hâter. Car plus la police est prompte à collecter les données pertinentes, plus les chances d'appréhender l'auteur du crime sont élevées. Le risque qui découle de cette hâte est que la réalité peut facilement devenir floue. La nécessité de trouver le coupable entraîne souvent la suppression inconsciente d'un fait qui aurait pu orienter les recherches de l'enquêteur dans une nouvelle direction. Lynley connaissait bien ce phénomène. Il le voyait se produire en ce moment même sous ses yeux.

L'empoisonnement à l'oxyde de carbone donnait un tour radicalement différent à l'affaire. Désormais, il semblait bien peu probable que Matthew Whateley ait été tué dans le réduit. Et si Matthew était mort ailleurs que sous les combles, un nouvel élément devait entrer en ligne de compte. Quel que fût le désir de Lynley de lui voir porter le chapeau, Pritchard était hors du coup et en outre il disait la vérité. Inexorablement, cette vérité ramenait Lynley aux photos. Et les photos à John Corntel.

Il devait y avoir un moyen de s'assurer que le cagibi de Calchas ne contenait pas le poison qui avait causé la mort de l'enfant.

Avant d'aller plus loin, il fallait vérifier. Lynley connaissait l'homme capable de procéder à cette vérification. Simon Allcourt-Saint James.

— Mardi dernier, dit le colonel Bonnamy. (Les syllabes se télescopaient dans sa bouche. C'était toujours ainsi en fin de journée, ses forces diminuant.) Mardi dernier, Jeannie.

Jean Bonnamy versa un peu de thé à son père. Comme, la fatigue aidant, il tremblait de plus en plus, ce fond de tasse était tout ce qu'il pouvait boire seul sans en répandre partout ; il refusait de laisser sa fille porter la tasse à ses lèvres. Plutôt que de se voir infliger l'humiliation d'être nourri et abreuvé comme un poupon, il mangeait et buvait en petites quantités. Sa fille respectait cette habitude. Elle savait combien la dignité comptait pour lui et combien peu il lui en restait une fois qu'elle l'avait aidé à se vêtir, faire sa toilette ou aller aux lavabos.

— Je sais, papa, répondit-elle, peu désireuse d'aborder ce sujet.

S'ils se mettaient à parler du petit garçon, elle commencerait à pleurer. Et, si elle pleurait, son père s'effondrerait lui aussi. Or dans son état ce serait dangereux : sa tension avait été anormalement élevée au cours des deux derniers jours. Jean était décidée à tout faire pour que cela n'empire pas.

— Il aurait dû être ici hier, ma petite fille.

Le colonel porta la tasse à ses lèvres. Son bras étant agité de tremblements, la porcelaine heurta ses dents.

— Veux-tu que je fasse une partie d'échecs avec toi, papa ?

— A la place de Matthew ? Non. Laisse l'échiquier tranquille.

Le colonel Bonnamy reposa sa tasse sur sa soucoupe. Il prit une tranche de pain beurré dans l'assiette qui était sur la table entre eux. Il frissonna.

En voyant cela, Jean se rendit compte du froid qui régnait dans le séjour. Dehors la nuit tombait — il faisait d'autant plus sombre qu'il pleuvait à verse et que d'épais bancs de nuages noirâtres arrivaient de l'ouest — et l'obscurité de cette fin d'après-midi n'avait d'égal que le froid glacial qui se glissait dans le cottage à la manière d'un intrus sournois.

Le radiateur électrique était allumé et le vieux chien d'arrêt se chauffait allégrement devant la rampe. Mais la chaleur n'arrivait pas jusqu'à leurs deux fauteuils. Voyant son père frissonner de nouveau, Jean annonça :

— Je crois qu'un peu de feu ne nous ferait pas de mal, papa. Qu'en dis-tu ? Si je déplaçais ton dragon pour faire une bonne flambée ?

Le colonel Bonnamy tourna la tête vers l'âtre au centre duquel trônait le dragon chinois. Dehors, une rafale de vent secoua l'un des châtaigniers dont les branches raclèrent les fenêtres du séjour. Le retriever leva la tête, fit entendre un grognement sourd.

— Ce n'est que l'orage, Shorney, lui dit Jean.

L'animal grogna une seconde fois. Quelque chose claqua contre le cottage. Il aboya.

— Le mauvais temps, il a toujours eu horreur de ça, commenta le colonel.

Le chien aboya de nouveau. Son regard allait de Jean à la fenêtre. Les branches cognaient contre les vitres. La pluie redoubla de violence. Quelque chose frotta contre le mur. Ralenti par l'âge, le vieux chien se dressa sur ses pattes et commença à japper.

— Shorney ! le gronda Jean.

Le poil hérissé, le retriever se mit à hurler.

— Cette fois, ça suffit ! s'écria le colonel.

De sa main valide, il fit une boulette d'un morceau de journal et la jeta au chien pour détourner son attention, mais la boulette n'atteignit pas sa cible et les aboiements continuèrent.

Jean s'approcha de la fenêtre et colla son nez à la vitre, ne réussissant à voir que la pluie et le reflet des lumières du séjour contre les carreaux. Une autre rafale de vent gifla le cottage. Un claquement sec suivit, évoquant la chute de tuiles du toit. Le chien gronda, montrant les dents, s'avança vers la fenêtre obscure. A cet instant précis, quelque chose claqua contre le cottage avant de glisser avec bruit le long du mur.

Elevant la voix pour couvrir le hurlement du retriever, Jean dit :

— C'est sûrement le râteau, papa. J'ai dû le laisser dehors avec le sécateur. Quand l'inspecteur est venu hier... Je ferais mieux d'aller les chercher avant qu'ils ne soient esquintés par la pluie. Je rapporterai du bois par la même occasion. Shorney ! Tais-toi !

— On n'a pas besoin de feu, protesta le colonel tandis qu'elle décrochait du portemanteau un imperméable taché de graisse.

Mais, alors même qu'il prononçait ces mots, un frisson le secoua tout entier. Le vent hurlait dans la cheminée. Le retriever aboya.

— Mais si, rétorqua Jean. J'en ai pour une minute. Shorney !

Le chien s'avança vers elle, mais elle n'avait aucune intention de le laisser sortir par un temps pareil. Elle se glissa hors de la pièce, refermant la porte avec soin. Les lumières n'étant pas allumées dans la cuisine, elle traversa la pièce à tâtons pour atteindre la porte de derrière.

Une bouffée de vent glacial la cingla, fouettant ses vêtements.

La pluie tombait à seaux. Se ratatinant sous son imperméable, elle sortit.

Elle avait laissé râteau et sécateur à l'arrière du cottage, contre le mur. L'orage avait dû les faire tomber. D'où le bruit qu'ils avaient entendu. Elle longea à la hâte le mur de la maison, tourna le coin, commença à chercher les outils dans l'obscurité. A l'intérieur du cottage, le chien continuait d'aboyer, mais le son était assourdi comparé au rugissement grandissant du vent.

— Voyons, où diable est-ce que... ?

Elle découvrit le sécateur sans trop de peine : il était tombé près d'une touffe de lavande. Mais impossible de remettre la main sur le râteau. Tandis qu'elle passait la main par terre pour essayer de le récupérer, le vent lui rabattit sur la figure ses cheveux qui lui piquèrent les yeux.

— Oh ! la barbe ! (Et, par-dessus le vacarme, pour tenter de calmer le chien :) Shorney ! Tais-toi !

Se redressant, elle fourra le sécateur sous son bras et se dirigea vers la remise où elle rangeait ses outils au fond du jardin. Ouvrant la porte, elle pénétra à l'intérieur, s'accordant un instant de répit. Puis elle accrocha le sécateur à son clou. La porte de la resserre se referma en claquant.

Sursautant, elle poussa un cri et rit nerveusement :

— Quelle tempête !

Elle envisagea un instant d'attendre que la pluie se calme un peu avant de ressortir chercher du bois dans le bûcher. Mais l'image de son père grelottant dans le living glacial l'incita à agir. Après tout, elle pourrait toujours prendre un bon bain et boire un verre de cognac pour se réchauffer si jamais elle attrapait froid. Resserrant la ceinture de son imperméable, remontant son col, elle se raidit pour affronter de nouveau les trombes d'eau. Elle esquissa un pas vers la porte, tendit la main. Mais la porte s'ouvrit toute seule.

Jean fit un bond en arrière, émit un hoquet. Une silhouette s'encadra dans la porte, se découpant sur le ciel.

— Qu'est-ce que vous... commença Jean.

Elle vit un bras se lever. Et, au bout de ce bras, le râteau. L'outil s'abattit avec violence, ses dents métalliques se plantant dans son cou. La jeune femme tomba. Roula sur elle-même. S'efforça de se protéger la tête. Mais le râteau l'atteignit de nouveau. Elle sentit sa chair se déchirer. Sentit le goût de son sang.

Au loin, le retriever aboya, comme pris de panique.

Lynley regarda Saint James progresser le long de la vieille échelle métallique. La manœuvre était aussi lente que périlleuse mais comme toujours le visage de Saint James restait impassible tandis qu'il gravissait laborieusement les marches. Lynley, debout au-dessus de lui, savait par expérience qu'il était inutile de lui tendre la main ou d'essayer de l'aider. Il ne put toutefois s'empêcher de retenir son souffle, attendant que son ami ait pris pied sans encombre à côté de lui dans l'étroit couloir.

Lynley tendit une torche à Saint James.

— Par ici, dit-il, dirigeant le cône de lumière vers la porte située au bout du corridor

Il était six heures passées. Tout était calme dans le bâtiment car élèves et professeurs dînaient. Seul Clive Pritchard était à Calchas, consigné dans sa chambre sous bonne garde.

— Qu'est-ce qu'ils ont comme système de chauffage ? s'enquit Saint James, suivant Lynley dans le réduit.

— Des radiateurs.

— Ça ne va pas nous aider beaucoup.

— Il y a aussi une cheminée.

Saint James braqua sa torche vers la cheminée. Les techniciens du labo en avaient retiré cendres et détritus.

— Tu penses au gaz de houille ?

— Au point où j'en suis, je pense à tout et à n'importe quoi.

Saint James hocha la tête et examina la cheminée. Se baissant, il pointa le faisceau de sa lampe vers l'intérieur du conduit d'évacuation.

— Où un élève prendrait-il le charbon s'il voulait faire un feu ici ?

— Dans une maison. Elles sont toutes équipées de cheminées.

Saint James lui décocha un regard curieux.

— Tu veux absolument que ça se soit passé ici, n'est-ce pas, Tommy ?

— C'est pour ça que je t'ai fait venir. J'ai appris à me montrer circonspect quand je sens que mon objectivité fiche le camp.

— John Corntel ?

— Je ne crois pas. Mais il me faut en être sûr.

Saint James ne répondit pas. Il continua d'inspecter la cheminée avant de se redresser en frottant ses mains l'une contre l'autre pour en faire tomber la poussière.

— Le conduit est propre. Ce n'est pas de là que peut venir la solution. (Il s'approcha du mur et suivit les tuyaux qui couraient tout du long, projetant la lumière de sa torche dessus.) Des tuyaux d'eau. Pas de gaz. (La pluie fouettait la fenêtre. Saint James s'en approcha et examina l'étroit rebord de pierre. Il balaya de sa torche les poutres du plafond. Il éclaira les angles. Il la pointa sur le parquet usé. Enfin il secoua la tête.) Je vois mal comment

Matthew Whateley aurait pu mourir dans cette pièce, Tommy. Qu'il soit resté enfermé là-dedans pendant un laps de temps que la Criminelle de Horsham déterminera, cela ne fait pas l'ombre d'un doute, mais ce n'est pas dans ce local qu'il est mort. Canerone ne t'a rien donné d'autre à te mettre sous la dent ?

— De la soude.

— De la soude ?

— En minuscules grumeaux. Qui auraient fort bien pu provenir de cette pièce, compte tenu de l'état dans lequel elle se trouvait avant le passage des experts du labo.

Saint James fronça les sourcils.

— Ça m'étonnerait qu'on ait entreposé de la soude ici, Tommy.

— Pourquoi ?

— Trop caustique. Ça attaque le verre. Le fer, aussi. Et le tissu musculaire. C'est le genre de composé chimique — potasse combinée à de l'eau — qu'on peut trouver...

Lynley imposa silence à Saint James d'un geste de la main. L'image était bien vivace dans son esprit. Ne l'avait-il pas vue, n'avait-il pas observé ses gestes précis quelques heures auparavant ? Frappé d'horreur par l'énormité du crime qu'il lui semblait entrevoir, Lynley resta sans voix.

— Que se passe-t-il ? s'enquit Saint James.

Lynley se décida à formuler sa question :

— L'oxyde de carbone, ça se fabrique ?

— Comment cela, « ça se fabrique » ? Ça fait bien un quart d'heure qu'on est là à essayer d'en déterminer la provenance.

— Je ne parle pas de l'oxyde de carbone en tant que sous-produit. Je parle de sa fabrication délibérée. Est-ce qu'il existe des produits chimiques qui, mélangés l'un à l'autre, permettent d'obtenir de l'oxyde de carbone ?

— Bien sûr. L'acide formique et l'acide sulfurique.

— Comment procède-t-on ?

— Il suffit d'ajouter l'acide formique à l'acide sulfurique. Cela déshydrate l'acide formique. Et ça donne de l'oxyde de carbone.

— Et n'importe qui peut faire cette manipulation ?

— A condition d'avoir les produits et le matériel, oui. Il faut utiliser une burette pour doser avec soin la quantité d'acide formique versée dans l'acide sulfurique. Mais à part ça...

— Seigneur. Mon Dieu !

— Que se passe-t-il ?

— L'hydroxyde de potassium. J'y pensais en termes de soude. Pas de composé chimique. Hydroxyde de potassium. Oxyde de carbone. Il est mort dans le labo de chimie.

— La hotte, dit Lynley.

Il ouvrit la porte du labo grâce au jeu de clés fourni par Frank Orten et tâtonna à la recherche de l'interrupteur. La pièce s'éclaira d'une lumière vive. Les paillasses jaillirent de l'obscurité. Les vitrines se dressèrent, luisant de toutes leurs vitres. A l'autre bout de la salle, la hotte était fermée, l'avant et les côtés vitrés toujours couverts de taches — sorte de buée solidifiée — comme la dernière fois que Lynley les avait vus.

Saint James s'approcha pour examiner la sorbonne, remontant la vitre avant en la faisant coulisser.

— C'est un modèle de deux mètres, dit-il, l'examinant en détail depuis les carreaux de faïence fendillés sur lesquels on posait bechers et autres récipients jusqu'au filtre latéral. Deux mètres de haut sur un mètre de large. (Il se pencha vers les traces qui s'étaient déposées sur le verre.) On dirait... (Retirant un canif de sa poche, il gratta la paroi vitrée. Un soupçon de poudre blanche lui tomba au creux de la main. Il le chassa d'une pichenette.) On dirait bien ton hydroxyde de potassium, Tommy. Si quelqu'un s'est mis en tête d'en fabriquer dans le labo — pour montrer ce qui se produit quand on mélange un métal alcalin à de l'eau —, c'est dans une hotte comme celle-ci qu'il lui a fallu réaliser l'expérience. Non pas tant à cause des vapeurs toxiques que de la réaction.

— Et cette réaction se manifeste comment ?

— D'abord par des bouillonnements. Ensuite par une projection de poudre blanche. Qui vient frapper le verre de la hotte.

— C'est donc lorsque Matthew Whateley a été déposé à l'intérieur qu'il a été en contact avec ces dépôts.

— J'en suis à peu près certain.

— Et l'oxyde de carbone ?

Saint James examina le labo.

— Il y a là tout le matériel nécessaire. Bechers, burettes. Jette un coup d'œil aux produits chimiques qui sont dans ce placard : les flacons sont étiquetés avec soin. Le placard, il est fermé à clé ?

— Non, dit Lynley après avoir vérifié.

— Est-ce qu'il y a de l'acide formique dedans ? De l'acide sulfurique ?

Lynley passa les bouteilles en revue. Il y en avait des douzaines. Il découvrit ce qu'il cherchait sur l'étagère du bas du second placard qu'il ouvrit.

— J'ai trouvé, Saint James. Acide formique, acide sulfurique. D'autres acides également.

Saint James hocha la tête. Il désigna du doigt la rangée de burettes alignées au-dessus des placards.

— Nous nous trouvons avec deux mètres cubes à remplir de gaz. Le filtre de la hotte est obstrué. L'enfant déposé à l'intérieur — ligoté et bâillonné. Dans un coin de la sorbonne, quelqu'un a disposé un des grands bechers et la plus grande des burettes — une burette de cinq cents centimètres cubes vraisemblablement. L'acide formique coule goutte à goutte sur l'acide sulfurique donnant de l'oxyde de carbone, qui cause la mort du petit garçon.

— Est-ce que Matthews n'aurait pas essayé de renverser la burette ou le becher ?

— Peut-être. Mais l'espace est tellement exigu qu'il n'a pour ainsi dire aucune liberté de mouvement. Et j'imagine par ailleurs que le tueur a dû lui expliquer la nature corrosive des acides utilisés. Donc à supposer que Matthew ait eu envie de faire tomber le becher — si tant est qu'il ait eu la place de le renverser — l'aurait-il fait, sachant qu'il risquait de se mettre de l'acide partout ? (Saint James referma la hotte. Il se tourna vers Lynley.) La question est maintenant de savoir si tu as dans tes suspects potentiels quelqu'un pour qui les produits chimiques n'ont pas de secret ?

C'était évidemment la question qu'il convenait de poser. Lynley hésita à y répondre, de nouveau en proie à un sentiment de malaise. Il n'avait pas eu envie de trouver le coupable en la personne de John Corntel. Mais il tenait encore moins à trouver un coupable qui fût lié à cette pièce.

La porte du labo s'ouvrit et le sergent Havers entra. Elle tenait à la main un parapluie qui lui avait manifestement été de peu d'utilité contre l'averse car sa veste portait des plaques d'humidité aux épaules et dans le dos, son pantalon était taché de boue et ses cheveux trempés collaient à son crâne, lui faisant comme un bonnet.

— Bonjour, Simon, fit-elle avant de se tourner vers Lynley. J'étais avec les gars du labo de Horsham lorsqu'ils ont été appelés à Cissbury. Je les ai accompagnés. Sur le moment, je me suis dit que c'était mieux.

— Que s'est-il passé ?

Havers leur raconta brièvement l'agression dont Jean Bonnamy avait été victime, le sang, le râteau ; son visage lacéré ; son crâne fracturé ; la façon dont la chair de son cou avait été arrachée ; le doigt qu'elle avait perdu, sectionné par les dents du râteau ; la panique qui avait saisi son père, et à laquelle avait rapidement succédé un état de choc.

— Voyant qu'elle ne rentrait pas avec le bois qu'elle était partie chercher, il a composé le numéro des urgences. Il ne savait que faire d'autre. Elle a été hospitalisée à Horsham. Toujours dans le coma quand je suis partie.

— Que disent les médecins ?

Havers agita la main d'avant en arrière :

— Tangent, inspecteur. Elle peut s'en sortir. Elle peut aussi y rester.

— Seigneur !

— Mais ce n'est pas tout, ajouta Havers d'un ton mordant.

Lynley lui jeta un regard abrupt :

— Qu'y a-t-il ?

— En voyant votre voiture garée devant, je suis partie à votre recherche dans la cour d'honneur. Je suis entrée dans la salle à manger. Tout le monde ne parlait que de ça. Chas Quilter s'est volatilisé. Personne ne l'a vu depuis une heure de l'après-midi.

— Il semble qu'il ait disparu juste après le déjeuner, poursuivit Havers tandis qu'ils brandissaient leurs parapluies pour s'abriter de l'averse. (Ils se dirigèrent vers Ion, ralentissant l'allure pour rester à la hauteur de Saint James.) C'est à ce moment-là qu'on l'a vu pour la dernière fois, paraît-il.

— Qui l'a vu pour la dernière fois ? Qui lui a parlé ?

— Brian Byrne, évidemment. Juste avant le cours de chimie de l'après-midi, Chas lui a demandé de dire à Emilia Bond qu'il allait chercher de l'aspirine à l'infirmerie. Après le cours, Brian s'est rendu à l'infirmerie pour voir comment allait Chas, et il a constaté qu'il n'y était pas.

— Après ce qui est arrivé à Matthew Whateley, Brian n'a pas donné l'alarme immédiatement ?

— Apparemment, il a passé plusieurs heures à essayer de retrouver Chas lui-même. Il prétend que Chas n'était pas dans son assiette, qu'il avait des problèmes personnels. Mais lesquels, mystère. En tout cas ou Brian ignore de quoi il s'agit, ou il préfère se taire. Quoi qu'il en soit, il a fouillé partout. Il n'a soufflé mot à quiconque de la disparition de Chas avant l'heure du dîner. Il l'a « couvert », espérant qu'il referait surface.

— Où a-t-il vu Chas la dernière fois ? s'enquit Saint James.

— Devant la salle à manger. Brian, qui en sortait, a trouvé Chas qui l'attendait dans l'escalier. Ce dernier lui a déclaré qu'il ne se sentait pas bien — d'après Brian, il avait une mine épouvantable. Mais c'est peut-être encore une façon de le couvrir maintenant qu'il a filé. Ou de se protéger, lui. Car, s'il soupçonnait Chas de vouloir faire le mur, il aurait dû signaler la chose tout de suite à un responsable.

— Et Lockwood, qu'est-ce qu'il a fait en apprenant que Chas avait disparu ? questionna Lynley.

Il y eut un violent coup de vent et le sergent Havers se cramponna à son parapluie.

— Il n'a appris sa disparition qu'après le dîner, comme tout le monde.

— Avec la réunion du conseil d'administration prévue pour ce soir, un élève assassiné et un second qui disparaît dans la nature, Lockwood doit avoir une horrible sensation de déjà-vu.

— Il faisait une véritable danse de Salomé quand je l'ai vu il y a un instant, inspecteur. Votre tête sur un plateau. Mais ce n'est pas du déjà-vu selon moi. (Elle éleva la voix pour couvrir le bruit du vent et de la pluie.) Les circonstances sont identiques. Il a en effet prétexté un malaise pour se tirer. Malgré tout, je ne crois pas que sa disparition soit comparable à celle de Matthew Whateley. J'ai eu une conversation avec Daphne.

Ils pénétrèrent dans Ion par la porte est, qui les conduisit dans la grande salle. Là ils secouèrent leurs parapluies et retirèrent leurs manteaux, les posant sur le dos des fauteuils défoncés. Saint James alluma une lampe. Lynley ferma la porte donnant sur le couloir. Havers tordit ses cheveux pour en exprimer l'eau et tapa des pieds pour se réchauffer.

— Il semble que Daphne ait eu de nouveau maille à partir avec Clive Pritchard, la nuit dernière. Elle sortait de la bibliothèque et regagnait Galatée lorsqu'il a jailli de derrière un arbre et lui a foutu une trouille de tous les diables. Il l'a attrapée et s'est collé contre elle de façon qu'elle n'ignore rien des reliefs de son anatomie. Exactement comme le jour où il l'a empoignée avant le cours d'allemand. Inutile de vous dire que je n'ai pas dû la pousser beaucoup pour qu'elle me parle de lui.

— Et alors ?

Havers secoua la tête :

— Elle connaissait l'existence du réduit au-dessus du séchoir. Elle ignorait dans quelle maison il se trouvait, mais elle savait que ce cagibi existait. Tous les élèves sont au courant, paraît-il. Toutes sortes de légendes courent sur les greniers qui seraient hantés, peuplés de vampires et autres créatures ne sortant que la nuit. Les conneries, les rumeurs habituelles.

— Répandues par l'administration pour dissuader les pensionnaires d'aller rôder sous les combles, commenta Saint James.

— Probable, opina Havers. Seulement il semble que certains ne se soient pas laissé décourager. A en croire Daphne, en tout cas, il y a au moins un élève qui s'est servi régulièrement du réduit de Calchas au cours des deux dernières années. Le seul problème, c'est qu'il ne s'agit pas de Clive Pritchard.

— Si ce n'est pas Pritchard, qui est-ce ?

— Chas Quilter.

— Chas...

— Soi-même. Je m'attendais à ce que la petite nous dise que Pritchard était notre homme. Mais je suppose que j'aurais dû me douter qu'elle avancerait le nom de Chas. Hier, elle a fait clairement allusion à son hypocrisie. Sans se perdre dans les détails. Mais, maintenant que Chas a disparu, sa langue se délie. Si j'ai bien compris, il couchait avec une camarade de classe deux ou trois fois par semaine, au cours du dernier trimestre de l'an dernier. La fille n'est plus à Bredgar et Daphne a été infichue de me dire si Chas lui avait trouvé une remplaçante. Mais à mon avis ce ne sont sûrement pas les volontaires qui manquent chez ces demoiselles.

— Et Daphne est du nombre ?

— Je ne pense pas, inspecteur. C'est une inadaptée, une marginale. Elle sait que Chas Quilter ne lui ferait pas l'aumône d'un regard. Les autres types non plus d'ailleurs. C'est le genre de fille qui passe inaperçue — qui entend et voit beaucoup plus de choses qu'on ne croit.

— Le genre de personne devant laquelle les gens parlent sans se gêner parce qu'elle semble se désintéresser de tout, fit Saint James.

— Le genre de greluche qui a l'air de faire partie des meubles, c'est ça. Ce qui lui permet d'entendre et de voir des choses qu'elle enregistre soigneusement.

— On peut difficilement échapper aux ragots dans une école comme celle-ci, dit Saint James à Lynley.

— Surtout si les ragots portent sur des affaires de cul, ajouta Havers. Les ados ne pensent pas qu'à ça, mais savoir qui couche avec qui, c'est quand même un sujet qui les travaille. Si Chas Quilter utilisait déjà cette pièce pour grimper ces demoiselles l'an passé, il n'est pas impossible qu'il continue maintenant. Et peut-être avec encore plus de succès, puisqu'il est préfet principal cette année. En outre ça expliquerait que les grands n'aient pas particulièrement peur de lui. Si lui-même transgresse les règles, il ne peut guère s'attendre à ce que les autres les respectent.

— Autrement dit, il n'y a toujours pas moyen de trouver un lien entre Clive Pritchard et ce local, remarqua Lynley.

— Exact, rétorqua Havers. Mais on a mieux que ça. Un autre mobile de meurtre. Le dévergondage sexuel. Si les exploits de Chas Quilter avaient été découverts, il se serait fait foutre dehors. Comme un malpropre. Dans quelle université Brian Byrne nous a-t-il dit que Chas comptait s'inscrire ?

— Cambridge.

— Son renvoi de Bredgar Chambers l'aurait certainement empêché de donner suite à ce projet.

— Vous essayez de me dire que Matthew Whateley savait que Chas Quilter utilisait le réduit.

— C'était de notoriété publique, inspecteur. Matthew aurait pu laisser échapper un mot dans ce sens qui serait parvenu aux oreilles de Quilter. Chas — qui avait la bande sur laquelle étaient enregistrées les turpitudes de Clive Pritchard — savait que Matthew était un ardent défenseur du règlement. De là à ce que Matthew dénonce Chas, il n'y avait qu'un pas. Mais d'abord il aurait raconté l'histoire à une personne de confiance, de la même façon qu'il était allé trouver Chas à propos de Clive Pritchard. Eliminer Matthew n'aurait donc pas suffi. Il lui aurait fallu éliminer également son confident. Ou sa confidente. Au cas où cette dernière se serait souvenue des révélations de Matthew concernant Chas.

— Jean Bonnamy ?

— C'est comme ça que je vois les choses.

— Mais pourquoi pas son père ? Matthew ne se serait-il pas également confié à son père ?

— C'est possible. Seulement il est vieux, malade. Chas a dû se dire qu'en apprenant l'agression dont sa fille avait été victime il perdrait la boule et oublierait tout le reste. En outre, il y avait un chien dans le cottage. Qui s'amuserait à attaquer un vieillard protégé par un chien ?

— Ce chien n'est plus tout jeune, Havers.

— Comment Chas aurait-il pu le savoir ? Il a agressé Jean dehors. Le chien était resté à l'intérieur. Il l'entendait aboyer, c'est une affaire entendue, mais il ne pouvait pas voir la gueule qu'il avait.

— Voyons, Havers, *nous savons* que Matthew n'a rien dit à Jean : elle nous en aurait parlé, autrement.

— Nous, oui. Mais Chas, non. Tout ce qu'il sait, c'est que le petit Matthew la connaissait suffisamment pour lui écrire. C'est d'ailleurs nous qui lui avons fourni ce renseignement.

— Vous semblez relativement certaine que Chas est le tueur.

— Tout colle, inspecteur, fit-elle, impatientée. Il avait un mobile. La possibilité d'accéder aux lieux. L'occasion.

— Et des connaissances en chimie, il en a ? s'enquit Saint James.

Havers hocha vigoureusement la tête et poursuivit, ponctuant ses phrases de la main pour leur donner plus de poids.

— Et ce n'est pas tout. Daphne l'a vu au club vendredi soir. Brian Byrne nous a déclaré qu'il s'était absenté pour prendre des appels téléphoniques mais il ne nous a pas tout dit. Il a omis de nous préciser que Chas pleurait dans le couloir. Il a également omis de nous dire que Chas avait quitté la soirée à dix heures et n'était pas revenu. Brian le protège, inspecteur. Comme il l'a fait cet après-midi en ne signalant à personne sa disparition. Il le protège depuis le début. Les autres aussi. Vous savez comme moi que ça fait partie de leur putain de code de merde.

Lynley réfléchit un instant. A travers la porte fermée des voix leur parvinrent du couloir. Le dîner était terminé. L'étude du soir allait commencer dans quelques minutes.

— A quelle heure Jean Bonnamy a-t-elle été agressée ?

— Un peu avant cinq heures d'après le colonel. Vers cinq heures moins le quart.

— Et il était treize heures lorsque Chas a été vu ici pour la dernière fois ?

— Il disposait donc de quatre heures pour échafauder son plan, se rendre à Cissbury, guetter Jean Bonnamy, l'agresser et filer, fit Havers.

Lynley s'éloigna de la chaise contre laquelle il s'était appuyé en parlant.

— Allons jeter un coup d'œil dans sa chambre, suggéra-t-il. Nous y découvrirons peut-être quelque chose qui nous mettra sur sa piste.

Les élèves s'entassaient dans le vestibule, retirant leurs manteaux mouillés, secouant leurs parapluies. Ils formaient de petits groupes, les plus jeunes près de la porte d'entrée, les grands près de l'escalier. Ils bavardaient bruyamment — surtout les quatrièmes massés près de la porte, qui chahutaient et se bousculaient. Leur préfet les rappela à l'ordre tandis que Lynley, Havers et Saint James s'approchaient.

— Etude dans dix minutes ! cria-t-il. Vous savez ce qui vous reste à faire.

A ces mots, les garçons se précipitèrent qui dans l'escalier, qui dans la grande salle, qui vers le téléphone situé dans un coin du hall. Une demi-douzaine de grands regardèrent les Londoniens passer d'un air circonspect.

Au deuxième étage, les élèves se ruaient dans leurs dortoirs respectifs pour y prendre manuels et cahiers avant l'étude du soir. Près de la chambre de Chas Quilter, deux garçonnets parlaient à voix basse, ils se séparèrent en hâte en apercevant les trois intrus et s'engouffrèrent chacun dans leur chambre au bout du corridor.

Dans la chambre de Chas, rien ne semblait avoir changé depuis que Lynley et Havers étaient venus lui parler. L'ouvrage médical, le cahier, l'exemplaire du *Paradis perdu* étaient restés sur le bureau. Le lit était net, impeccable. Le tapis par terre n'avait pas bougé. Seule la photo aperçue sur le rebord de la fenêtre avait changé de position : elle était posée à l'envers comme si l'adolescent avait décidé qu'il ne pouvait plus en supporter la vue.

Havers se mit à fouiller dans la penderie.

— Ses vêtements sont là, dit-elle. Seul son uniforme manque.

— Il n'a donc pas l'intention de disparaître définitivement, remarqua Lynley. Cela ressemble à la disparition de Matthew Whateley, Havers.

— Vous pensez que celui qui a tué Matthew Whateley a également agressé Jean Bonnamy et qu'il s'en est ensuite pris à Chas ? (Havers ne semblait pas convaincue.) Je ne vois pas les choses comme vous. Chas Quilter est costaud. C'est un athlète. L'enlever lui, c'est autre chose que d'enlever Matthew Whateley. Kidnapper le petit Whateley, ç'a dû être comme arracher un nouveau-né à son landau. Rien à voir avec le kidnapping d'un gabarit comme Quilter.

Lynley était près du bureau de Chas. Il tripota pensivement les livres. Il y avait du vrai dans ce que disait Havers. Un lien possible entre ce qu'ils avaient appris concernant le préfet principal au cours des vingt dernières minutes et ce qu'il leur avait appris lui-même par bribes. Il ouvrit l'ouvrage médical.

— Dis-moi, Saint James, la maladie d'Apert, ça te dit quelque chose ?

— Non. Pourquoi ?

— Une idée...

Lynley examina la page, parcourant des yeux les lignes que Chas lisait lorsqu'ils avaient débarqué chez lui dans la matinée. Les mots donnaient le vertige. Lynley s'efforça de les assimiler tandis que, près de lui, Saint James tendait le bras pour attraper la photo posée sur le rebord de la fenêtre.

— Tommy...

— Un instant.

Il balaya le texte des yeux. *Sutures coronales. Syndactylie. Acrocéphalosyndactylie. Synostose coronale bilatérale.* Il lui semblait lire du chinois. Il tourna la page. Une photographie lui sauta littéralement au visage. Le dernier morceau du puzzle que constituait Chas Quilter se mit en place. Il commença à entrevoir l'écheveau des forces du hasard et des circonstances qui avaient conduit au meurtre de Matthew Whateley.

— Tommy, répéta Saint James, lui agrippant le bras.

Lynley leva la tête. Les traits anguleux de son ami avaient une expression d'intense concentration. Il tenait à la main la photo prise sur le rebord de la fenêtre.

— Cette jeune fille, déclara Saint James. Je l'ai déjà vue.
— Ce soir ? Ici ?
— Non. Dimanche. A Stoke Poges. C'est de chez elle que Deborah a téléphoné à la police. Elle habite en face de l'église Saint Giles.
Lynley sentit son sang courir plus vite dans ses veines.
— Qui est-ce ?
— Elle s'appelle Cecilia. Cecilia Feld.
Les yeux de Lynley se posèrent sur le mur couvert de citations. Sur les vers calligraphiés de Matthew Arnold : *Oh, mon amour, soyons fidèles l'un à l'autre.* Et sur la signature petite, nette au bas du cadre. *Sissy.* Cecilia. Fidèle. Attendant. A Stoke Poges.

Ils déposèrent le sergent Havers à l'hôpital de Horsham où il était convenu qu'elle attendrait dans l'espoir que Jean Bonnamy sortirait du coma et fournirait le nom de son agresseur. Ils continuèrent leur route sous la pluie vers Stoke Poges. A cause de la tempête, la circulation se traînait lamentablement par endroits. Tandis que les minutes passaient et que Saint James lui rapportait le peu que Cecilia avait dit à la police le dimanche soir, Lynley sentit l'impatience le gagner. Il était huit heures passées lorsqu'ils stoppèrent dans l'allée de la villa sise en face de l'église Saint Giles.
En descendant de voiture, Lynley se munit de l'ouvrage de médecine qu'il avait pris sur le bureau de Chas. L'ayant fourré sous son bras, il suivit Saint James sous la pluie.
La maison était plongée dans l'obscurité. Seule une lumière lointaine brillait à travers la porte d'entrée vitrée. Ils frappèrent un premier coup, qui n'obtint pas de réponse. Ils ne furent pas plus heureux avec le second. Ce n'est que lorsque Lynley eut déniché la sonnette — à demi cachée sous une masse de vigne vierge détrempée — qu'ils réussirent à attirer l'attention. Une silhouette floue s'approcha. La porte s'entrebâilla de quelques centimètres.
Elle était petite, menue, un souffle, et paraissait très mal en point. Mais Lynley, qui avait vu sa photo, la reconnut. Il sortit sa carte.
— Cecilia Feld ? (La voyant hocher la tête en silence, les yeux écarquillés, il poursuivit :) Thomas Lynley. Scotland Yard. Service des affaires criminelles. Vous avez déjà rencontré Mr Saint James, je crois. Dimanche dernier dans la soirée. Pouvons-nous entrer ?
— Sissy ? Qui est-ce, ma chérie ?
Une voix de femme leur parvint d'un couloir situé à gauche de la porte d'entrée. Des pas se firent entendre. Une seconde

silhouette rejoignit Cecilia. C'était celle d'une femme plus grande — cheveux gris, carrée, nantie de mains fortes et efficaces. Elle posa une main sur l'épaule de Cecilia et la fit reculer, l'éloignant de la porte. Elle se planta devant la jeune fille.

— Je peux vous aider ?

Elle actionna un interrupteur et le porche fut soudain éclairé. La lumière enveloppa les deux femmes.

Malgré l'heure, elles étaient toutes deux en tenue de nuit, vêtues de peignoirs de laine et chaussées de pantoufles. La plus âgée avait commencé à se mettre des bigoudis, aussi sa tête avait-elle une drôle d'allure, gonflée d'un côté et lisse de l'autre. Elle étudia la carte de Lynley avec soin. Derrière elle, Cecilia se tenait contre le mur, bras croisés sur la poitrine, mains plaquées sur les coudes. Derrière, dans une pièce située au bout du couloir, une lueur bougeait par intermittence. Un téléviseur, songea Lynley, dont on avait coupé le son.

Son examen l'ayant satisfaite, la femme ouvrit plus grand la porte et se présenta.

— Norma Streader. *Mrs* Streader, précisa-t-elle, insistant bien sur le Mrs.

Et elle les emmena dans la pièce où brillait la lueur intermittente. Elle alluma deux lampes et à l'aide d'une télécommande éteignit le téléviseur.

S'installant sur le canapé recouvert de chintz, elle lança :

— Que puis-je faire pour vous, inspecteur ? Asseyez-vous, je vous en prie. (Et se tournant vers la jeune fille :) Sissy, tu ne crois pas qu'il est l'heure d'aller te reposer ?

La jeune fille semblait ne pas demander mieux que de s'éclipser. Lynley l'arrêta d'un geste :

— C'est Cecilia que nous sommes venus voir.

Cecilia s'était postée près de la porte, les bras toujours autour du corps comme pour se protéger. Lorsque Lynley parla, elle s'avança de quelques centimètres dans la pièce.

— Vous êtes venus voir Sissy ? répéta Mrs Streader. Pourquoi ? (Elle leur jeta un regard rusé.) Ce ne sont pas ses parents qui vous envoient, j'espère ? Ils lui ont fait suffisamment de mal comme ça et si elle veut rester ici avec mon mari et moi elle est la bienvenue. Comme je l'ai clairement fait comprendre à l'assistante sociale, à l'avocat, au...

— Non, coupa Lynley. Ses parents n'ont rien à voir avec notre visite. (Il regarda Cecilia.) Chas Quilter a disparu de Bredgar Chambers.

Lynley la vit serrer son peignoir. Elle ne souffla mot. Mrs Streader s'empressa de prendre la parole :

— Que lui voulez-vous, inspecteur ? Vous voyez bien qu'elle est souffrante. Elle n'aurait même pas dû sortir de son lit.

— Je ne connais pas de Chas Quilter, murmura Cecilia.

Même Mrs Streader parut surprise par cette réaction.

— Sissy, énonça-t-elle.

Lynley ne la laissa pas poursuivre :

— Mais si, vous le connaissez. Et même plutôt bien. Il a votre photo dans sa chambre à l'école. Ainsi que la strophe du poème de Matthew Arnold que vous avez recopiée. Il était ici ce soir, Cecilia ?

Cecilia garda le silence. Mrs Streader ouvrit la bouche mais la referma aussitôt. Ses yeux allèrent de Cecilia à Lynley pour se reporter sur Cecilia.

— De quoi s'agit-il ? finit-elle par demander.

Lynley la regarda :

— De meurtre.

— Non ! fit Cecilia, faisant un pas vers eux.

— « Oh, mon amour, soyons fidèles l'un à l'autre », récita Lynley. C'est à ce vers que vous vous êtes raccrochés, Chas Quilter et vous, n'est-ce pas ? C'est ce qui vous a permis de tenir le coup ces derniers mois.

Elle baissa la tête. Ses cheveux — si vigoureux, si brillants sur la photo, et maintenant si fins, si ternes — lui tombèrent dans la figure.

— Il était ici ce soir ? insista Lynley.

Elle fit non de la tête. Elle mentait. Il le sentait.

— Savez-vous où il se trouve ? Savez-vous où il est allé ?

— Je n'ai pas vu Chas Quilter depuis... Des mois. Une éternité.

Mrs Streader tendit la main à la jeune fille :

— Assieds-toi, Sissy. Tu tiens à peine debout.

Cecilia vint prendre place près d'elle sur le canapé. Lynley et Saint James s'assirent en face des deux femmes dans des fauteuils également recouverts de chintz. Une table basse les séparait. Sur la table se trouvaient deux verres ; un vide, l'autre à moitié plein d'une boisson gazeuse. Leur présence en disait plus que de longs discours.

— Il faut que nous le retrouvions, Cecilia, enchaîna Lynley. Il faut que vous nous disiez depuis combien de temps il est parti. Où il est.

— Je vous l'ai déjà dit : je ne l'ai pas vu. Je ne sais pas où il est.

— Vous le protégez, je comprends ça. Vous l'aimez. Mais il s'agit d'un meurtre.

— Vous dites des bêtises.

Lynley se pencha en avant. Il posa l'ouvrage de médecine sur la table basse, sans l'ouvrir.

— Chas et vous avez été amants alors que vous étiez en première, n'est-ce pas ? Vous faisiez l'amour dans le réduit au-dessus du séchoir de Calchas. La nuit. Le week-end. Vous avez essayé de faire attention. De prendre des précautions. Mais vous n'y avez pas toujours réussi. Alors vous vous êtes retrouvée enceinte. Vous auriez pu avorter mais ce n'est pas votre genre, ni à l'un ni à l'autre. Chas était prêt à assumer les conséquences de ses actes. Et vous aussi. Vous avez fait semblant de quitter Bredgar Chambers pour un autre établissement. Cowfrey Pitt m'a parlé d'une jeune fille qui avait quitté l'école l'an passé vers la fin du dernier trimestre, dans des circonstances douteuses. Ça devait être de vous qu'il s'agissait. Et c'est pour protéger Chas Quilter que vous avez fait ça. Si on avait découvert qu'il vous avait mise enceinte, il aurait été renvoyé. Ses études auraient été compromises et votre avenir à tous les deux aussi. J'imagine que vos parents n'ont pas dû apprécier quand vous avez refusé de vous faire avorter et de leur révéler le nom du père. Aussi avez-vous dû trouver refuge dans une famille d'accueil.

— Sissy, ma chérie...

Mrs Streader tendit la main vers la jeune fille, qui recula.

— Vous ne savez rien, dit-elle à Lynley. Je n'ai commis aucun crime. Je n'ai rien fait. Et Chas non plus.

— Un petit garçon de treize ans est mort, Cecilia. Une femme est à l'hôpital, le crâne fracturé. La vie de plusieurs personnes est brisée. Jusqu'où comptez-vous aller pour protéger Chas ?

— Il n'a rien fait. Moi non plus. Nous...

— C'est presque ça, acquiesça Lynley. Mais vous avez été prise de panique vendredi soir — c'est vendredi soir que vous avez mis le bébé au monde, Cecilia ? — et vous avez téléphoné à l'école. A plusieurs reprises. Vous aviez besoin de lui. Parce que l'avenir était incertain. Que vos projets étaient bouleversés.

— Non !

— Le *happy end* que vous aviez imaginé avec Chas s'est trouvé radicalement remis en cause par un événement que vous n'aviez pas prévu. Plaquer l'école, traverser seule l'épreuve d'une grossesse, accoucher, bref vous sacrifier pour protéger sa réputation, c'était une chose. Il y avait de la noblesse là-dedans. Mais lorsque vous avez vu le bébé, ç'a été autre chose. Vous n'aviez pas songé qu'il pourrait être atteint du syndrome d'Apert. (Lynley ouvrit l'ouvrage de médecine. Il tourna la photo du nouveau-né vers Cecilia.) Le crâne concave. Les yeux difformes.

La tête en pain de sucre. L'absence de séparation entre doigts de mains et doigts de pieds. Le retard mental plus que probable...

— Assez ! hurla Cecilia.

— Pour retrouver une apparence à peu près normale, il aurait fallu que l'enfant subisse des années de chirurgie plastique. Et l'ironie dans cet horrible gâchis, c'est que le meilleur chirurgien plasticien du pays n'est autre que le père de Chas.

— Non !

Cecilia se précipita sur le livre et le jeta à l'autre bout de la pièce.

Lynley ne s'arrêta pas en si bon chemin.

— Est-ce que vous avez eu l'impression que Chas se dégonflait, Cecilia ? Quand il a appris la vérité au sujet de l'enfant, est-ce qu'il a essayé de rompre avec vous ?

— Il n'est pas comme ça. Vous ne le connaissez pas. Il m'aime. Il m'aime !

— Ça m'étonne. Il vous a laissée quitter Bredgar. Abandonner vos études. Il vous a laissée mettre cet enfant au monde seule...

— C'est faux. Il était ici. Il est venu. Il me l'avait promis et il a tenu sa promesse parce qu'il m'aime. Il m'aime ! s'écria-t-elle en fondant en larmes.

— Il était ici pour la naissance de l'enfant ?

Cecilia se balançait sur le canapé. Un poing sur la bouche, elle sanglotait amèrement.

— Il est venu mardi soir, inspecteur, intervint Mrs Streader.

— Non ! hurla Cecilia, enfouissant ses mains dans ses cheveux.

Le visage de Mrs Streader était empreint de compassion.

— Sissy, je dois leur dire la vérité.

— Non ! Vous aviez promis !

— Tant que cela ne concernait que Chas et toi, oui. Mais si quelqu'un est mort. S'il y a eu un meurtre...

— Non !

Lynley attendit que Mrs Streader poursuive. Pendant ce temps les mots « mardi soir » résonnaient haut et clair dans son esprit. Matthew Whateley se trouvait chez les Bonnamy mardi soir. Jean Bonnamy l'avait raccompagné à Bredgar assez tard. Les phares d'un minibus l'avaient épinglé alors qu'il agitait la main en guise d'adieu. Jean Bonnamy avait vu ce véhicule. Celui qui le conduisait avait sans aucun doute dû voir Matthew. Et il devait s'agir du garçon auquel Matthew faisait allusion dans son mot à Jean.

— Il est venu mardi soir, enchaîna Mrs Streader. Sissy était déjà partie pour Slough. Il s'est rendu à l'hôpital. Mais quand nous avons appris que le bébé ne naîtrait pas avant plusieurs heures nous l'avons incité à regagner Bredgar. S'absenter sans permission — fût-ce pour un temps très court —, c'était déjà assez dangereux pour lui. Mais, compte tenu de la façon dont il s'y était pris pour quitter le campus, il courait des risques encore plus grands en ne rentrant pas au bercail le plus vite possible.

— Comment avait-il donc réussi à arriver jusqu'ici ? questionna Lynley, bien qu'il connût déjà la réponse.

— Il avait emprunté l'un des minibus.

Lynley imagina la scène. S'introduire dans le bureau du portier ne posait aucun problème. Les clés étaient bien en évidence sur le mur. De l'aveu d'Elaine Roly, Frank Orten avait passé la soirée de mardi chez sa fille — il n'aurait donc pu entendre le véhicule passer devant le pavillon. C'était risqué, mais Chas, aux abois, amoureux, rongé par un sentiment de culpabilité, avait tenté le coup. Tout s'était bien passé jusqu'au moment où il était rentré... et où il avait été aperçu par Matthew Whateley. Matthew qui lui avait déjà montré de quoi il était capable quand un élève enfreignait le règlement. Le problème était que comme c'était Chas — préfet principal — qui en prenait à son aise avec les règles, Matthew n'avait personne vers qui se tourner s'il voulait servir la cause de l'honneur sans violer la loi du silence bredgarienne. Il ne pouvait refaire avec Chas ce qu'il avait fait avec Clive Pritchard. La seule solution aurait été de mettre le directeur au courant. Chas, qui s'exposait déjà au renvoi pour avoir mis Cecilia enceinte, risquait également l'expulsion pour avoir pris le minibus et protégé Clive Pritchard. Chacune de ces fautes, prise isolément, n'aurait sans doute pas suffi à sceller son destin. Mais toutes ensemble, elles signaient sa condamnation. Son avenir reposait entre les mains d'un garçonnet de treize ans qui croyait au règlement, qui avait le sens de l'honneur. Sa seule façon de s'en sortir était d'éliminer la menace que le petit Matthew faisait peser sur lui. Et vendredi soir, c'était ce qu'il avait fait. Puis samedi, il avait repris le minibus une seconde fois. Et il s'était débarrassé du corps, qu'il avait abandonné à Stoke Poges.

— C'est vous, j'imagine, qui avez téléphoné à plusieurs reprises à Chas vendredi soir, dit Lynley à Cecilia. Vous connaissiez l'existence du club des terminales. Vous saviez qu'il s'y trouverait. Pourquoi l'avez-vous appelé ?

— A cause du bébé, fit Cecilia, pleurant.

— Vous deviez avoir besoin de parler à quelqu'un, dit Saint James à la jeune fille, ce qui se comprend. Dans ce genre de tragédie, il n'y a que le fait de parler à quelqu'un qu'on aime qui puisse vous faire du bien.

— Il était... J'avais...

— Vous aviez besoin de lui. Bien sûr. Quoi de plus naturel ?

— Est-ce qu'il est venu vous voir samedi, Cecilia ? questionna Lynley.

— Je vous en prie. Ne me forcez pas à... Chas !

Lynley jeta un coup d'œil à Mrs Streader qui secoua la tête et dit en jetant un regard soucieux à la jeune fille :

— Je n'étais pas à la maison samedi. Je... Cecilia, raconte-leur.

— Chas n'est pas coupable. Jamais il n'aurait fait ça. Je le connais.

— S'il en est ainsi, remarqua Lynley, il est inutile que vous continuiez à le protéger. S'il s'est borné à venir vous voir, à quoi bon garder pour vous la vérité ?

— Il n'est pas coupable !

— Que s'est-il passé lorsqu'il est venu ? Quelle heure était-il ?

Les larmes roulaient le long de ses joues.

— Je vous dis que ce n'est pas lui ! Vous essayez de me faire dire qu'il a tué ce petit garçon. Mais c'est faux. Je le sais. Je le connais.

— Prouvez-le-moi. Dites-moi la vérité.

— Pour que vous la déformiez ! Tout ce que je peux vous dire — et ça vous ne pourrez pas le déformer —, c'est qu'il est venu ici. Il est resté une heure. Puis il est reparti.

— Vous avez vu le minibus ?

— Il l'avait garé au bord de la route.

— Pas dans le cimetière ?

— Non !

— Est-ce qu'il vous a parlé du cimetière ?

— Non. Non ! Chas n'a pas tué Matthew. Il est incapable de tuer qui que ce soit.

— Vous connaissez le nom du garçonnet. Comment ça se fait ?

Elle recula.

— Il est venu vous voir ici même aujourd'hui, n'est-ce pas ? Où est-il allé, Cecilia ? (La jeune fille gardant le silence, Lynley poursuivit d'un ton pressant, cherchant un moyen de la décider à lui confier ce qu'elle savait.) Vous ne comprenez donc pas ? S'il est innocent, comme vous le prétendez, il se peut qu'il soit en danger.

— Mensonges, cracha-t-elle.

C'était parfaitement exact. Mais cela n'avait plus d'importance. La mort avait fait tomber la frontière qui séparait la vérité de la fiction.

— Dites-moi où il est.

— Je n'en sais rien. Je n'en sais rien ! Il n'a rien voulu me dire. J'ai eu beau lui jurer que je ne le trahirais jamais, il n'a rien voulu me dire. Il sait que vous êtes à ses trousses. Et il trouve ça ridicule. Il vous trouve ridicule. Il m'a dit de vous dire qu'il vous entraînerait sur le sentier de la gloire. Ce sont les mots qu'il a utilisés. Après quoi, il est parti.

— Quand ?

— Il y a une heure. Alors suivez sa piste si ça vous amuse. Allez-y, suivez-la.

Lynley bondit sur ses pieds, frappé en plein cœur par le message de Chas. Ces mots, il les reconnaissait. Il les avait vus lorsque Deborah Saint James lui avait montré le poème de Thomas Gray lundi soir.

Lynley s'efforça de refuser ce qu'impliquait le message. Il ne voulait pas que la jeune fille sente sa peur : elle avait déjà assez souffert comme ça.

Mais Cecilia parut lire sur son visage. Car, tandis qu'il la remerciait et se dirigeait vers la porte en compagnie de Saint James, elle les suivit.

— Que se passe-t-il ? Vous savez quelque chose ? Dites-le-moi !

Lynley regarda Mrs Streader.

— Veillez bien sur elle, dit-il.

Il sortit sous la pluie, suivi de Saint James. La porte se refermant derrière eux, les cris de Cecilia cessèrent de leur parvenir.

Du coffre de sa voiture Lynley extirpa deux torches, en tendit une à Saint James.

— Dépêchons-nous, lui dit-il en relevant le col de son manteau.

Le vent leur rabattait la pluie dans les yeux tandis qu'après avoir descendu l'allée ils traversaient la route pour gagner le sentier conduisant à l'église Saint Giles. L'édifice était désert, plongé dans l'obscurité. Les faisceaux de leurs torches mirent en évidence de vastes flaques résultant de la tempête de l'après-midi. De petites branches cassées par le vent se prenaient dans les jambes de leur pantalon ; les bas-côtés encore vierges de végétation étaient pleins de boue.

Lynley savait que dans ces conditions le trajet ne pouvait en aucun cas constituer une partie de plaisir pour son ami. Il savait pertinemment qu'il aurait dû lui prêter main-forte. Mais tandis qu'il jetait un coup d'œil à Saint James, dont la pluie fouettait le visage, ce dernier cria.

— Ne t'inquiète pas, je peux me débrouiller seul. Va de l'avant ! Ne m'attends pas !

Lynley se mit alors à courir, poussé par ce vers tronqué et ce qu'il sous-entendait, poussé par la peur qu'il avait perçue dans la voix de Cecilia, par le désespoir qu'il avait vu se peindre sur le visage de Chas ce jour-là.

Les sentiers de la gloire ne mènent qu'à la tombe. Cela n'avait-il pas été vrai pour Chas ? Préfet principal de Bredgar, membre des équipes de rugby et de cricket. Beau, admiré de tous, intelligent. Sûr d'entrer à Cambridge. Sûr de réussir. Sûr de tout.

Le porche d'entrée du cimetière se profila devant lui, l'eau dégoulinant en nappes le long du petit toit. Lynley plongea dessous et le faisceau de sa torche accrocha un vêtement spongieux gisant dans un coin. Lynley le ramassa. C'était une veste de Bredgar Chambers qui avait jadis été bleue mais semblait noire tant elle était détrempée. Il ne prit même pas la peine d'essayer de déchiffrer l'étiquette cousue sur la doublure. Jetant la veste par terre, il ressortit de sous l'abri.

— Chas ! cria-t-il. Chas Quilter !

Il s'élança vers l'église, ses pieds martelant le sol. Il agitait sa torche de droite et de gauche mais celle-ci n'éclairait que des pierres tombales fantomatiques luisantes d'eau et de l'herbe que l'averse avait comme couchée.

Sous le second porche gisait un autre vêtement, un pull jaune cette fois. Comme le premier, il avait été jeté dans un coin, mais une des manches s'était prise à un clou dépassant du mur. Tel un spectre, cette manche désignait l'église. Lynley poursuivit sa course.

— Chas !

Son cri disparut, emporté par la bourrasque qui soufflait de l'ouest.

Il pointa le faisceau de sa torche au milieu des tombes. Il le dirigea vers l'église. Il en balaya les vitraux. Il continua de galoper.

— Chas ! Chas Quilter !

Le vent avait fauché un rosier sur tige qui gisait en travers du sentier. Lynley trébucha dessus, son pantalon s'accrochant aux épines. Il abaissa sa lampe, dégagea le tissu, et se redressa. Alors qu'il se relevait, le faisceau de sa torche épingla une fraction de seconde quelque chose de blanc devant lui, qui semblait bouger.

— Chas !

Délaissant le sentier, louvoyant au milieu des sépultures, il se rua vers la forme blanche qu'il avait aperçue sous un if près de l'entrée sud-ouest de l'église. Chemise blanche. Pantalon foncé. Ça devait être Chas. Ça ne pouvait être que lui. Et pourtant la silhouette était grande, trop grande. Et elle tournait, tournait, oscillant d'avant en arrière. Comme emportée par le vent, comme giflée par le vent, comme se balançant au vent...

— Non ! (Lynley parcourut les vingt derniers mètres à la vitesse de l'éclair et empoigna les jambes du jeune homme pour soutenir son corps.) Saint James ! hurla-t-il. Pour l'amour du ciel, Saint James !

Un cri lui répondit. On venait. Il loucha à travers les gouttes de pluie, son cœur cognant contre ses côtes. Mais la silhouette qui filait le long du sentier et se ruait à travers le cimetière n'était pas celle de son ami. C'était celle de Cecilia.

Elle poussa un hurlement. Elle traversa la pelouse. Elle s'accrocha à Chas. Elle s'accrocha à Lynley, lui enfonçant ses ongles dans les bras, lui mordant les mains, s'efforçant de lui faire lâcher le corps du jeune homme.

— Chas ! hurla-t-elle. Non ! Chas, ne...

Sa phrase demeura en suspens car Saint James qui les avait rejoints l'avait attrapée et tentait de la tirer en arrière. Elle essaya de lui taper dessus mais il lui maintint les bras derrière le dos et posa sa tête contre sa poitrine.

— Lâche-la ! cria Lynley. Attrape Quilter. Tiens-le. Je vais le détacher, le descendre.

— Tommy !

— Pour l'amour du ciel, fais ce que je te dis !

— Tommy...

— Il n'y a pas une seconde à perdre !

— Il est mort. (Saint James dirigea sa torche vers le visage de Chas Quilter, mettant en évidence le teint livide, les yeux exorbités, la langue enflée qui pendait. Il éloigna sa lampe.) C'est fini. Il est mort.

21

Lynley s'entretint avec Cecilia dans sa chambre. Mrs Streader était assise près du lit ; elle avait une main sur le bras de la jeune fille, et essuyait de l'autre ses propres larmes. De temps en temps elle murmurait le nom de Cecilia, plus pour se réconforter elle-même que pour réconforter la jeune fille qui avait été mise sous calmants et sombrait peu à peu dans le sommeil.

Dehors, Lynley entendait Saint James qui parlait avec l'inspecteur Canerone. Quelqu'un toussa. Quelqu'un d'autre poussa un juron. Le téléphone grésilla. On décrocha à la deuxième sonnerie.

Lynley avait le cœur lourd. Interroger Cecilia semblait cruel, pourtant il le fit, donnant la priorité au policier en lui, s'efforçant de refouler son désir de consoler l'adolescente.

— Vous saviez que Chas devait venir vous voir ce soir ? s'enquit Lynley. (D'un mouvement léthargique, elle tourna la tête vers lui.) De quoi vous a-t-il parlé, Cecilia ? A-t-il mentionné le nom de Matthew Whateley ? Est-ce comme cela que vous avez appris son nom ?

Les paupières de Cecilia se fermaient. Elle se passa la langue sur les lèvres. Lorsqu'elle parla, ce fut d'un ton apathique.

— Chas... m'a dit que... Matthew avait... vu le minibus. Il était sur le sentier menant à Erèbe et Ion... et il a vu le véhicule mardi soir. Il était au courant.

— Matthew était au courant que Chas avait pris le minibus ?

— Oui.

— Vous avez eu Chas au téléphone vendredi soir à plusieurs reprises. Vous a-t-il dit s'il avait emmené Matthew dans le réduit de Calchas ?

— Il n'a pas parlé de Matthew. Nous... le bébé. Je voulais lui parler du bébé. Il fallait que je... qu'on prenne une décision... Il ne voulait pas en parler à son père. Il ne voulait pas.

— Il ne vous a pas parlé de Matthew ? Ni du labo de chimie ? Pas plus que de la hotte ?

Elle secoua faiblement la tête.

— Pas un mot sur Matthew. (Un pli se forma entre ses sourcils. Son regard chercha à croiser celui de Lynley.) Mais il a dit... que quelqu'un d'autre était au courant pour le minibus. Qu'il n'y avait pas que Matthew. Et qu'il fallait que ça s'arrête quelque part. Que ça devait s'arrêter. (Elle porta sa main à ses lèvres. Les larmes coulèrent le long de ses joues.) Je n'ai pas... J'aurais dû comprendre ce que ça signifiait. Mais non. Je n'ai pas pensé qu'il... avec le bébé. Et... Chas.

Mrs Streader essuya les joues de la jeune fille.

— Sissy, ma petite chérie. Ça va aller. Là.

— Matthew n'était pas seul au courant, reprit Lynley. Quelqu'un d'autre avait vu Chas dans le minibus ce soir-là. Une femme. Jean Bonnamy. Chas vous a parlé d'elle ? Il vous a dit ce qui lui est arrivé cet après-midi ?

— Non. Jean. Il n'a pas prononcé ce nom. Il a juste dit que vous étiez à ses trousses... que vous vouliez qu'il vous parle... qu'il vous dise... il m'a dit que vous ne compreniez pas. Que vous ne pouviez pas savoir. Il se sentait lié...

Ses paupières se fermèrent tout à fait.

— Lié à vous ? Tenu de vous protéger ? Comme vous l'aviez protégé ?

Elle caressa le satin qui bordait la couverture de laine blanche.

— Me protéger, murmura-t-elle. C'est Chas. Il me protégera.

Ses mains se décrispèrent. Sa mâchoire aussi. Elle dormait.

Tout doucement, Mrs Streader passa la main sur le front de l'adolescente.

— Pauvre petit chat, dit-elle. Elle en a vu de toutes les couleurs, inspecteur. Ses parents, la grossesse, l'accouchement, le bébé difforme. Et maintenant, ça. Et elle l'aimait. Ils étaient amoureux l'un de l'autre. Je n'en ai jamais douté. J'ai vu des jeunes gens venir ici rendre visite à des filles qu'ils avaient mises dans le pétrin. Mais jamais aucun d'eux n'a fait preuve à l'égard de la future maman de l'attachement que Chas Quilter manifestait à cette petite. Jamais.

— Avez-vous suivi leur conversation ce soir ?

Mrs Streader fit non de la tête.

— Ils avaient demandé à rester seuls, j'ai accédé à leur requête. Vous me direz que j'ai fait preuve d'inconscience en les laissant tous les deux compte tenu de la nature de leurs relations, mais je n'ai pas eu le courage de leur refuser le réconfort d'un tête-à-tête. Il y a si peu d'amour dans ce monde, et si peu de joie... Si quelques minutes dans les bras l'un de l'autre leur apportaient un peu de paix, je ne vois pas au nom de quoi je les leur aurais refusées.

— Etiez-vous là samedi soir lorsque Chas est venu voir Cecilia ?

— Non. Mais je suis sûre qu'il est venu. Cecilia m'avait dit qu'il lui avait promis de venir ce soir-là et Chas n'était pas du genre à ne pas tenir ses promesses. Exactement comme aujourd'hui.

Mrs Streader arrangea les cheveux de Cecilia sur les draps.

— Il a téléphoné à midi pour dire qu'il venait. Qu'il promettait de venir. Et à quatre heures, il était là. Voilà comment était Chas.

Lynley en entendant ces paroles bondit sur ses pieds. La lumière de la table de nuit frappait le côté droit du visage ridé de Mrs Streader, laissant l'autre côté dans l'ombre. D'après ce qu'il put lire sur ses traits, Lynley comprit qu'elle ne se doutait pas de la portée de ce qu'elle venait de dire.

— A quatre heures ? répéta-t-il.

— Il a dit qu'il était venu en stop. Ce doit être vrai parce qu'il était trempé. Pourquoi, inspecteur ? C'est important ?

Lynley ne répondit pas. Et quitta la pièce. Il se mit en quête de Saint James, qu'il trouva dans le living en compagnie de l'inspecteur Canerone et d'un constable en uniforme.

— C'est un suicide, il n'y a aucun doute, annonça Canerone en voyant Lynley. Le jeune homme n'était pas venu les mains vides.

Il tendit à Lynley le nœud coulant grossier. Celui-ci avait été réalisé à l'aide de deux cravates de Bredgar nouées ensemble, l'une bleue à fines rayures jaunes, l'autre au motif identique mais aux couleurs inversées : jaune avec des rayures bleues.

Lynley les prit à deux mains comme il eût fait d'un serpent. Jaune sur bleu. Bleu sur jaune. Matthew n'était pas le seul à avoir du mal à distinguer les couleurs. Lynley aurait dû s'en apercevoir plus tôt mais jusqu'à maintenant il s'était laissé distraire. Il s'était efforcé de trouver un sens à des propos anodins sur le hockey au lieu de reconnaître une vérité horrible. Il s'adressa à Saint James :

— Il faut que nous retournions à l'école. (Et il ajouta à l'adresse de Canerone :) Vos hommes peuvent régler les détails ?

— Bien sûr.

Lynley roula les cravates et les fourra dans sa poche. Il ne prononça pas une autre parole. Au lieu de parler, il entreprit d'assimiler des données, s'attardant sur la seule réalité qui restait une fois que les mobiles des suspects étaient écartés et les occasions qu'ils avaient eues examinées. Avec un hochement de tête à Canerone, il quitta la pièce.

Lorsqu'ils furent dans la voiture qui les ramenait dans le West Sussex, Saint James interrompit le cours des pensées de Lynley.

— Que se passe-t-il, Tommy ? Tu n'es pas en train de penser qu'il ne s'agit pas d'un suicide ?

— Non. Chas Quilter s'est bien suicidé. De son point de vue, ou il se supprimait, ou il disait la vérité. La mort lui a semblé préférable. (Lynley donna un léger coup de poing sur le volant.) C'est écrit noir sur blanc sur le mur de cette malheureuse chapelle. Je l'ai lu. Bon sang, je l'ai pourtant lu, Saint James.

— Quoi ?

— *Per mortes eorum vivimus.* C'est grâce à leur mort que nous vivons. C'est inscrit sur le foutu monument que l'école a élevé à la mémoire des anciens élèves morts pendant la guerre. Et il y croyait, nom de Dieu. Il croyait à ça comme à tout le reste — la loi du silence, l'honneur, la loyauté envers les copains. Alors il s'est tué, Saint James, il s'est pendu plutôt que de dire la vérité. Grâce à sa mort, d'autres vivent. Cecilia ne nous a pas dit autre chose. « Il me protégera. » Mais ça marche dans les deux sens. On ne protège pas un ami qui refuse de vous protéger.

— Tu veux dire que Chas Quilter n'a pas tué Matthew Whateley ?

— Il n'a pas tué Matthew. Mais c'est à cause de Chas que Matthew est mort.

Le sergent Havers les retrouva dans le hall principal de l'école. Elle quittait la chapelle lorsque Lynley et Saint James franchirent la porte. Ses vêtements étaient en désordre, ses cheveux ébouriffés, ses traits horriblement tirés.

— Nkata a rappelé d'Exeter, annonça-t-elle.

— Du nouveau ?

— Il a fait chou blanc. Personne n'a entendu parler d'un bébé eurasien qui serait né là-bas il y a treize ans et dont Giles Byrne aurait supervisé l'adoption. Tous ceux auxquels Nkata a exposé les données du problème lui ont fait la même réponse. Une adoption du genre de celle que Giles Byrne nous a décrite est une affaire strictement privée, qui concerne la mère, un avocat et les parents adoptifs. Et basta. Autrement dit, l'histoire de Byrne, c'est de la connerie. Malgré tout, on a quand même un peu de chance dans notre malheur : le conseil d'administration se réunissait ce soir. La réunion n'est pas encore terminée. Et Giles Byrne y assiste.

Lynley ne sembla pas surpris par les éléments d'information transmis par le constable Nkata. C'était encore une autre pièce du puzzle qui se mettait en place.

— Comment va Jean Bonnamy ?

Havers décocha un coup de pied à une dalle qui dépassait légèrement.

— Les médecins pensent qu'elle s'en tirera.

— Toujours dans le coma ?

— Elle en est sortie brièvement avant d'être emmenée en salle d'op.

— Est-ce qu'elle a réussi à parler ?

— Suffisamment pour fournir un signalement à la Criminelle de Horsham. J'étais là quand ils l'ont consigné. Elle n'a pas distingué nettement son agresseur parce que la lumière était faible, mais elle en a vu assez pour dire que ce n'était pas Chas Quilter. Rien ne correspondait. Ni la taille. Ni le gabarit. Ni l'allure générale. Ni les cheveux. Il ne portait pas de lunettes et, sans lunettes, je me demande comment il aurait fait pour agresser quelqu'un. Il semble que nous ayons de nouveau perdu notre homme.

Lynley secoua la tête.

— Non. Nous l'avons trouvé, sergent. Et je suis certain que nous aurons suffisamment de preuves pour le coincer.

— On va pouvoir procéder à une arrestation, alors ?

— Pas tout de suite. Il y a encore une question qui reste sans réponse. Et cette réponse, c'est Giles Byrne qui va nous la fournir.

La réunion du conseil se terminait lorsque Lynley et Saint James s'engagèrent dans le couloir de l'aile administrative. La porte de la salle de conférences était ouverte, laissant un filet de fumée de cigarette froide se glisser dans l'air moins pollué du corridor. Par la porte entrebâillée s'échappait un brouhaha d'adieux cordiaux, bientôt suivi par une procession composée de huit hommes et une femme qui, tout en bavardant, défilèrent devant Lynley et Saint James non sans les avoir gratifiés au passage d'un hochement de tête curieux avant de sortir dans la nuit. A l'évidence, songea Lynley, le directeur avait réussi à calmer les angoisses des membres du conseil quant à la disparition et à la mort de Matthew Whateley.

Alan Lockwood était encore dans la salle. Assis à la vaste table de noyer, il parlait avec Giles Byrne tout en tripotant son nœud de cravate. Des tasses de café, des carafes d'eau, des cendriers les entouraient, et, à l'instant où Lynley et Saint James pénétrèrent dans la pièce, Giles Byrne alluma une cigarette et se laissa aller contre le dossier de son siège. Près de lui, Alan Lockwood jeta un rapide regard à la fenêtre à peine entrebâillée. Par diplomatie sans doute, il s'abstint d'aller l'ouvrir en grand.

— Quant à l'arrestation imminente... disait Lockwood.

Byrne leva languissamment la main pour l'interrompre.

— C'est à notre cher inspecteur de s'occuper de ça, Alan. Posez-lui donc la question.

Il tira sur sa cigarette, gardant la fumée quelques secondes dans ses poumons.

La tête de Lockwood pivota vers la porte. Il se leva d'un bond en voyant Lynley et Saint James.

— Alors ?

Un simple mot. Qui exigeait des explications, des actes. Qui se voulait autoritaire. Dans l'espoir sans doute d'impressionner l'homme à qui il devait son poste de directeur.

Ignorant momentanément la question, Lynley les présenta à Saint James. Et poursuivit :

— Matthew Whateley rendait visite à une jeune femme de Cissbury qui s'appelait Jean Bonnamy. Elle a été agressée en fin d'après-midi.

— Quel rapport avec...

— Elle a fourni un signalement à la police, Mr Lockwood. Son agresseur était quelqu'un d'ici, la chose ne fait aucun doute.

— Nous n'avons pas quitté Pritchard de l'œil une seule seconde. Je vois mal comment il aurait pu sortir de Calchas pour se rendre à Cissbury. C'est impossible.

— Rassurez-vous : il ne s'agissait pas de Pritchard. Qu'il ait été mêlé à l'affaire depuis le début, c'est une certitude. Mais il n'est pas à l'origine des événements qui se sont produits à Bredgar Chambers au cours de cette dernière semaine. Clive n'est pas assez intelligent pour ça. Il n'a été qu'un vulgaire pion.

— Un pion ?

Lynley s'avança. Saint James s'approcha de la fenêtre d'où il suivit la conversation.

— Tout s'est déroulé un peu comme dans une partie d'échecs. Je ne m'en suis pas rendu compte au début. C'est ce soir que j'ai saisi les similitudes. Que j'ai compris notamment comment les personnages de moindre importance avaient été sacrifiés dès le départ pour protéger le roi. Tout comme on se sépare de ses pions, puis des tours et des fous. Seulement maintenant le roi est mort. J'imagine que ce devait être l'unique éventualité à laquelle notre tueur n'avait pas pensé.

Lynley rejoignit les deux hommes près de la table. Il repoussa une tasse de café et une carafe. Lockwood fut forcé de se rasseoir.

— A quoi rime tout ceci ? fit-il avec hauteur. Mr Byrne et moi-même avons du travail, inspecteur. Si vous êtes venu ici pour jouer à...

— Chas Quilter est mort, Mr Lockwood, coupa Lynley. Il s'est pendu à Stoke Poges ce soir.

Les lèvres du directeur mimèrent le nom du jeune homme.

— Quelle horreur ! énonça Giles Byrne. Je vous laisse vous occuper de ça, Alan. Passez-moi un coup de téléphone dans la matinée...

— Restez, Mr Byrne, ordonna Lynley.

— Cette affaire ne me concerne nullement.

— J'ai bien peur que si, contra Lynley tandis que Byrne se levait. Elle vous concerne. Elle a un rapport avec le besoin pathétique d'être aimé, le besoin d'être en contact avec un autre être humain. Et ça, je le crains, ça vous concerne au premier chef.

— Qu'essayez-vous de me dire ?

— Que Matthew Whateley est mort. Que Chas Quilter est mort. Que Jean Bonnamy est à l'hôpital avec une fracture du crâne. Tout ça parce que vous êtes incapable d'envisager une relation avec un autre être humain à moins qu'il ne soit parfait.

— C'est scandaleux.

— Vous vous êtes détaché de votre fils quand il avait treize ans, n'est-ce pas ? Parce qu'il pleurnichait, m'avez-vous dit. Qu'il n'était pas assez viril.

Giles Byrne écrasa sa cigarette dans le cendrier.

— Et j'ai tué Matthew Whateley pour la même raison ? aboya-t-il. C'est à ça que vous voulez en venir ? Parce que si tel est le cas, je vous préviens que je ne continuerai pas à écouter vos histoires sans convoquer au préalable mon avocat. Et lorsque vous aurez fini de faire joujou, inspecteur, j'espère pour vous que vous savez où vous recaser car vous pourrez mettre une croix sur votre carrière de policier. Est-ce assez clair ? Vous n'êtes pas en présence d'un adolescent désarmé. Je vous conseille de réfléchir avant de continuer.

Alan Lockwood prit la parole d'une voix onctueuse :

— Je doute que l'inspecteur veuille suggérer...

— Je sais ce qu'il veut suggérer. Je sais où il est allé fouiner. Je sais comment ça marche, un cerveau de flic. Je les ai suffisamment vus à l'œuvre pour savoir quand...

Un mouvement se produisit près de la porte, qui coupa court à la diatribe de Byrne.

Le fils de Byrne se tenait sur le seuil, le sergent Havers derrière lui.

— Salut, papa, dit Brian. C'est gentil de m'avoir fait savoir que tu serais là ce soir.

— Qu'est-ce que ça signifie ? demanda Giles Byrne à Lynley.

Le sergent Havers ferma la porte. Sa main sur le bras de Brian, elle le guida jusqu'à la table où il s'assit, non pas près de son père, mais en face de lui. Au bout de la table, Alan Lockwood desserra sa cravate. Ses yeux naviguaient de Byrne à son fils. Ni l'un ni l'autre ne parlait. Quelqu'un passa dans le cloître devant la fenêtre, mais personne ne jeta un coup d'œil vers les vitres.

— Sergent, fit Lynley.

Comme elle l'avait déjà fait pour Clive Pritchard, Barbara Havers entreprit de mettre l'adolescent en garde. Pendant qu'elle débitait la formule consacrée, elle feuilleta son carnet. Lorsqu'elle eut fini d'énoncer les règles des juges, le père du jeune homme prit la parole, ses lèvres remuant à peine :

— Je veux un avocat. Tout de suite.

— Nous ne sommes pas là pour vous interroger, dit Lynley. C'est à Brian de décider s'il en veut un. Pas à vous.

— Il en veut un, aboya Giles Byrne. Et tout de suite.

— Brian ? questionna Lynley.

L'adolescent haussa les épaules, indifférent.

— Donnez-moi un téléphone, ordonna Byrne. Un téléphone, Lockwood.

Le directeur esquissa un geste. Lynley l'arrêta net.

— Vous voulez qu'un avocat soit présent, Brian ? C'est à vous de décider. Pas à votre père. Ni à moi. Pas plus qu'à personne d'autre. Est-ce que vous voulez un avocat ?

Le jeune homme regarda son père puis détourna les yeux.

— Non, répondit-il.

— Pour l'amour du ciel ! explosa son père, abattant son poing sur la table.

— Non, reprit Brian d'un ton ferme.

— C'est pour me punir que tu...

— Non, dit Brian.

Byrne se tourna vers Lynley.

— Vous avez bien préparé votre coup, n'est-ce pas ? Vous saviez qu'il refuserait. Si vous vous figurez que cette procédure tiendra devant un tribunal, vous vous fourrez le doigt dans l'œil.

— Est-ce que vous voulez un avocat, Brian ? fit Lynley d'un ton pressant.

— Je vous répète que non.

— C'est de la démence, petit crétin ! hurla Byrne. Fais donc preuve de bon sens au moins une fois dans ta vie !

Brian eut un mouvement de tête spasmodique. Le tic dont il était affligé lui remonta le coin de la lèvre. Il pressa ses phalanges contre son visage.

— Tu entends ce que je te dis, Brian ? Tu m'écoutes, abruti ? rugit son père. Si tu crois que je vais rester assis là à te regarder...

— Sors d'ici, dit Brian.

Son père se pencha au-dessus de la table et, l'empoignant par le bras, l'attira vers lui.

— Tu te crois malin, pas vrai ? Tu crois me tenir, m'obliger à te supplier ? Hein ? C'est ce que tu veux ? C'est le but de la manœuvre ? A ta place, j'y regarderais à deux fois, mon garçon. Parce que si tu t'obstines, je franchis cette porte et je te laisse te dépatouiller seul. Est-ce clair ? Tu comprends ? Tu te débrouilles tout seul.

— Sors d'ici ! répéta Brian.

— Brian, je te préviens : il ne s'agit pas d'un jeu. Ecoute-moi. Et écoute-moi bien, nom d'un chien. Tu peux faire ça, j'imagine ? C'est dans tes cordes, non ?

Brian s'arracha à l'étreinte de son père. Retomba lourdement sur sa chaise.

— Sors d'ici ! hurla-t-il. Retourne à Londres baiser Rhena. Fous le camp. Oublie-moi. C'est encore ce que tu fais de mieux. Tu as toujours été très fort pour ça.

— Nom de Dieu, décidément tu es bien le fils de ta mère. Tout ce qui vous intéresse chez les gens, ta mère et toi, c'est ce qui se passe dans leur caleçon. Vous êtes pathétiques tous les deux.

— Alors barre-toi ! cria Brian.

— Ne compte pas sur moi pour te donner ce plaisir, grinça

Byrne. (Tendant la main vers ses cigarettes, il en alluma une. La flamme de l'allumette trembla.) Posez-lui toutes les questions que vous voudrez, inspecteur. Je m'en désintéresse.

— Je n'ai pas besoin de toi, renvoya Brian. J'ai des amis. J'en ai plein.

Plus maintenant, songea Lynley.

— Chas Quilter est mort, dit-il. Il s'est pendu ce soir.

Brian pivota vers lui.

— C'est un mensonge !

— C'est la vérité, rétorqua Saint James, toujours près de la fenêtre. Nous rentrons à l'instant de Stoke Poges, Brian. Chas est passé voir Cecilia. Puis il s'est pendu à l'if du cimetière. Vous voyez de quel arbre il s'agit, je pense.

— Non !

— Il a dû avoir l'impression qu'ainsi la boucle du crime était bouclée, commenta Lynley. Peut-être a-t-il choisi l'if parce qu'il ne savait pas exactement où vous aviez déposé le corps de Matthew dans la nuit de samedi. S'il l'avait su, je suis persuadé que c'est à une branche de cet arbre-là qu'il se serait pendu. Cette forme de justice lui aurait plu.

— *Je n'ai pas...*

Mais le chagrin qui perçait dans la voix de l'adolescent le trahit.

— Si, Brian. Par amitié. Par amour. Pour vous assurer la reconnaissance de la personne que vous admiriez le plus au monde. Chas Quilter. C'est par amitié pour Chas que vous avez tué Matthew Whateley, n'est-ce pas ?

Il se mit à pleurer.

— Seigneur... Non, fit Giles Byrne.

Lynley poursuivit d'un ton apaisant comme un père qui raconte une histoire à son enfant pour l'endormir.

— Chas a dû venir vous trouver mardi soir, ou peut-être mercredi. Il avait eu un coup de fil de Cecilia — qui était sur le point d'accoucher — et il avait fait quelque chose de terriblement risqué pour aller la voir : il avait pris le minibus. Il était aux abois, il avait agi sous le coup du désespoir. Frank Orten n'était pas là, c'était son soir de sortie. Chas s'est dit que son absence à lui ne serait pas remarquée avant plusieurs heures. Seulement, lorsqu'il est rentré à Bredgar, Matthew Whateley l'a vu. Et Chas est venu vous raconter ça tout chaud.

Les mains plaquées sur le visage, Brian pleurait contre ses poings.

— Il était inquiet, poursuivit Lynley. Il savait que Matthew risquait de parler. Il vous a fait part de ses craintes. Il avait besoin de se confier à quelqu'un. Il n'avait nullement l'intention de s'en prendre à Matthew. Il voulait sans doute que vous le rassuriez. Vous étiez son ami. Les amis, c'est fait pour ça. Mais vous avez vu là un moyen de faire taire ses craintes, n'est-ce pas ? Et de gagner à jamais son amitié.

— C'était mon ami.

— Certes. Mais il y avait des chances que vous le perdiez lorsqu'il partirait pour Cambridge, surtout si vous-même n'y étiez pas accepté. Aussi vous fallait-il trouver un moyen de le lier à vous par des liens indissolubles, autrement plus forts que les liens ténus que vous aviez pu tisser pendant votre scolarité ici. Et Matthew Whateley vous a fourni ce moyen. Clive Pritchard aussi. Clive vous a aidé sans même s'en rendre compte, n'est-ce pas Brian ? Vous saviez qu'il tenait à mettre la main sur le double de la bande enregistrée par Matthew. Vous saviez que Matthew devait se rendre chez les Morant. J'imagine que vous avez été le cerveau de l'affaire. Clive devait kidnapper Matthew après déjeuner, vendredi, et filer ensuite sur le terrain de sport — arrivant là-bas un peu en retard, ce qui n'avait rien d'étonnant de sa part — tandis que vous glissiez une dispense de sport au nom de Matthew dans le casier de Mr Pitt. Votre plan arrangeait tout le monde. Clive, qui pouvait faire joujou avec Matthew et le torturer avec des cigarettes vendredi après le match dans le réduit au-dessus du séchoir afin de le forcer à révéler l'endroit où il avait caché la seconde bande. Chas, qui — une fois Matthew éliminé — n'avait plus à craindre que ses secrets soient révélés au grand jour. Vous, qui pouviez offrir à Chas une preuve irréfutable de votre amitié sans bornes : le cadavre de Matthew Whateley.

— Tout cela est faux, intervint Giles Byrne. Ça ne peut pas être vrai. Dis-le-lui.

— C'était très astucieux, Brian. La marque d'une intelligence pleine d'audace. Vous éliminiez Matthew pour protéger Chas, tandis que Clive se croyait responsable de la mort du garçonnet. Je suppose que vous avez pris les clés de miss Bond dans son casier dans la salle des profs. C'était un jeu d'enfant. Il était peu probable qu'elle s'aperçoive de leur disparition pendant le week-end. Puis tard dans la soirée de vendredi, vous êtes allé chercher Matthew à Calchas. Vous l'avez emmené au labo de chimie, tué dans la hotte, puis vous avez ramené son corps à Calchas afin que Clive, en le découvrant à son retour dans le cagibi et ignorant la cause de son décès, se croie responsable de sa mort. Pris de panique, Pritchard s'est précipité chez vous afin de vous demander conseil. Vous lui avez proposé de faire disparaître le corps. Débordant de reconnaissance, Clive vous a sans doute promis de garder le silence, persuadé qu'il se protégeait lui-même en vous protégeant. Mais Chas était au courant de la vérité, n'est-ce pas ? Vous avez été bien obligé de la lui dire. C'était la seule façon de lui apprendre ce que vous aviez fait pour lui, de lui montrer combien vous l'aimiez. Vous ne l'avez peut-être pas mis au courant tout de suite. Vous avez attendu que le moment soit venu de récolter sa gratitude.

— Comment tout ceci a-t-il pu se produire ? protesta Alan Lockwood. Il y avait des centaines d'élèves à proximité... Un professeur de garde... C'est impossible. Je ne vous crois pas.

— Bon nombre d'élèves avaient quitté le campus, munis d'une permission de sortie. D'autres assistaient à un tournoi de hockey. D'autres encore avaient fait la fête au club et cuvaient. En conséquence, l'école était pratiquement déserte.

Même à ce stade, Lynley s'aperçut qu'il était dans l'incapacité d'ajouter que le professeur de garde — John Corntel — avait oublié de faire sa ronde, que Brian savait que Corntel n'avait pas passé la soirée seul, que, comme sa chambre jouxtait celle de Corntel, il devait également savoir qu'Emilia Bond était avec lui et se douter de la façon dont ils comptaient passer le temps, ce qui lui permettrait d'aller et venir en toute tranquillité.

— Mais pourquoi ? questionna Lockwood. Qu'est-ce que Chas Quilter avait donc tellement à redouter ?

— Il connaissait le règlement, Mr Lockwood. Il avait mis une jeune fille enceinte. Il était parti la voir au volant d'un des véhicules de la maison. Il avait caché la vérité concernant les agissements de Clive Pritchard. Il était persuadé que si quelqu'un devait être renvoyé de Bredgar Chambers, c'était lui, et que son renvoi risquait de compromettre sérieusement son avenir. Son erreur a été d'aller raconter tout ça à Brian. Car Brian a tout de suite vu comment mettre la situation à profit pour gagner l'amour de Chas. Seulement Brian n'a pas compris que Chas serait écrasé par le poids de la culpabilité et celui de ses responsabilités, sans compter que l'angoisse d'être découvert le minerait. Car le risque d'être démasqué ne prenait pas fin avec la mort de Matthew. Chas avait découvert que l'enfant avait écrit à Jean Bonnamy, confiant à cette dernière qu'il l'avait vu mardi soir. Chas était avec nous lorsque le sergent Havers et moi-même avons trouvé le brouillon de la lettre. Je suis sûr que Chas est allé en parler à Brian. Et Brian, voyant qu'il ne pouvait atténuer le remords qui rongeait Chas, s'est dit qu'il pouvait au moins faire quelque chose pour éliminer ce nouveau risque. C'est ainsi qu'il s'en est pris à Jean Bonnamy, par amour pour Chas encore.

Brian leva les yeux. Son regard était terne.

— Il faut que je confirme ce que vous venez de dire ? C'est ça que vous attendez de moi ?

— Pour l'amour du ciel, Brian, le supplia son père.

Mais Lynley fit non de la tête.

— C'est inutile. Nous allons avoir toutes les preuves nécessaires, recueillies par les techniciens dans le labo, le minibus et le réduit de Calchas. Nous avons le signalement fourni par Jean Bonnamy, ainsi que le sang, les cheveux, les fragments de peau lui appartenant que nous ne manquerons pas de retrouver sur vos vêtements. Nous avons également vos connaissances en chimie. Pour finir, nous aurons les aveux de Clive Pritchard. Car je doute que Pritchard, contrairement à Chas, se supprime : il préférera vous mettre dans le bain, surtout lorsqu'il apprendra la cause véritable du décès du petit Matthew. Il est donc inutile que vous confirmiez, Brian. Ce n'est pas pour cela que je vous ai fait venir ici.

— Pour quoi alors ?

Lynley sortit les cravates de Bredgar Chambers de sa poche. Il les déroula sur la table et défit le nœud qui les attachait.

— L'une de ces cravates est à dominante jaune, dit Lynley. L'autre à dominante bleue. Pouvez-vous me dire laquelle est laquelle, Brian ?

Le jeune homme souleva la main et la laissa retomber, incapable de se prononcer. Tout comme quarante-huit heures plus tôt il avait eu un mal fou à choisir son maillot de hockey.

— Je... je ne sais pas. Je ne peux pas vous dire celle qui... C'est la couleur. Je...

— Non ! hurla Giles Byrne, se mettant debout. Allez au diable. Ça suffit.

Lynley se leva. Enroulant les cravates autour de sa main, il regarda l'adolescent. Il aurait bien aimé savourer ce mélange de rage et de gloire que procure la noire satisfaction d'avoir vengé un meurtre et contribué à expédier son auteur au tribunal. Mais il savait que la vengeance — si rudimentaire fût-elle — ne poussait pas sur des ruines.

— Lorsque vous l'avez tué, s'enquit-il d'un ton lourd, vous saviez que Matthew Whateley était votre frère ?

Le sergent Havers se servit du cabinet du directeur pour passer les coups de téléphone rituels à la police de Horsham et à celle de Slough. C'étaient des appels de pure forme. Les échanges d'information viendraient après, une fois que les dépositions auraient été consignées et les rapports rédigés.

Saint James et Lockwood restèrent dans la salle de conférences avec Brian Byrne tandis que Lynley allait chercher le père du jeune homme. Giles Byrne avait quitté la pièce peu après que Lynley eut posé son ultime question, ne voulant pas entendre la réponse de Brian, ni voir le désarroi, la compréhension puis l'horreur se peindre sur le visage de son fils.

Brian n'avait en effet pas tardé à saisir. C'était comme si la question de Lynley avait réveillé toute une série de souvenirs enfouis dans son subconscient, tous plus déchirants les uns que les autres. Il se contenta de murmurer :

— C'était Eddie. C'était *Eddie*, n'est-ce pas ? Avec ma mère. Cette nuit-là. Dans le bureau... Ils étaient... (Puis dans un cri étranglé, il ajouta :) Je ne savais pas.

Inclinant la tête vers la table, il enfouit son visage au creux de son bras replié.

Après cela, l'histoire sortit par bribes, par à-coups, cependant que Brian sanglotait. Ce n'était pas tellement différent de ce que Lynley avait conjecturé. Au cœur du récit se trouvait Chas Quilter : que Brian avait accompagné à Stoke Poges le samedi soir ; qui, dans son affolement, n'avait pas remarqué la silhouette enveloppée d'une couverture allongée à l'arrière du minibus ; qui, dans son désir de voir Cecilia, avait acquiescé sans protester lorsque Brian lui avait proposé de l'attendre dehors, dans le minibus, devant chez les Streader ; qui, enfin, ignorait que Brian avait profité de cette halte à Stoke Poges pour déposer le cadavre de Matthew dans le cimetière.

En écoutant Brian, Lynley comprit que, commis sous le couvert de l'amitié, le meurtre de Matthew était en fait une forme de chantage insidieux, au bout duquel se profilait toute une vie de loyauté et d'amour.

Chas avait appris la disparition de Matthew Whateley le dimanche après-midi en même temps que tout le monde. Mais contrairement aux autres, quand il avait su que le cadavre avait été retrouvé à Stoke Poges, Chas avait compris non seulement qui était l'assassin mais aussi le mobile du crime. Brian se fût-il débarrassé du corps de Matthew ailleurs, Chas aurait pu parler, afin que justice soit faite. Mais Brian était beaucoup trop malin pour laisser à Chas la possibilité de soulager sa conscience, aussi avait-il échafaudé un ensemble de circonstances tel qu'en parlant Chas se condamnait lui-même ; or se condamner lui-même, c'eût été abandonner Cecilia au moment où elle avait le plus besoin de lui. Le préfet principal n'ayant aucun moyen de s'en tirer, aucun moyen de soulager sa conscience, il avait préféré se retirer du jeu.

Non sans avoir jeté un coup d'œil à Saint James lui enjoignant de rester avec le jeune homme, Lynley quitta la pièce. Le couloir était sombre, mais au fond la porte du vestibule était ouverte et, par-delà, Lynley aperçut une faible lumière contre le sol de pierre. La chapelle était ouverte.

Giles Byrne était assis sous le monument dédié à Edward Hsu. S'il entendit les pas de Lynley, il n'en laissa rien paraître. Il resta droit comme un I sur son banc. Tous les muscles de son corps semblaient crispés.

Lorsque Lynley arriva à sa hauteur, il se décida à prendre la parole :

— Que va-t-il se passer ?

— La Criminelle de Horsham va envoyer une voiture qui va l'embarquer. Ainsi que Clive Pritchard. Ce qui se passe à Bredgar est du ressort de Horsham.

— Et ensuite ?

— Après ce sera au procureur de prendre les choses en main.

— Pour vous, c'est facile. Vous avez fait votre travail. Tout est bien emballé. Vous n'avez plus qu'à passer votre chemin, satisfait d'avoir permis à la vérité d'éclater. Mais nous, nous restons là, et il nous faut nous dépatouiller tant bien que mal.

Lynley éprouva un instant le besoin inexplicable de se défendre, mais le refoula, trop exténué, trop déprimé pour discuter.

— Elle a agi de propos délibéré, dit abruptement Byrne. Je parle de ma femme : elle n'aimait pas Edward Hsu. Je doute que Pamela ait jamais aimé qui que ce soit. Mais elle avait besoin de l'admiration d'autrui. Besoin de lire le désir sur le visage des hommes. En dernière analyse, elle avait surtout besoin de me faire du mal. C'est toujours ce qui se passe, je pense, lorsqu'un mariage se casse la figure. (Dans la pénombre de l'église, le visage de Byrne — creusé sous les yeux et les pommettes — évoquait celui d'un squelette.) Comment avez-vous découvert que ma femme était la mère de Matthew ?

— Nous avons vérifié votre histoire sur sa naissance à Exeter et celle-ci n'a pas tenu la route. Vous aviez nié connaître la mère du bébé, or il était impossible que l'adoption ait eu lieu comme vous l'aviez décrite : en la seule présence d'un avocat, des Whateley et de vous-même. Il n'y avait alors plus que deux possibilités : ou la mère avait assisté à l'adoption, ou elle avait abandonné l'enfant, vous le confiant à vous, son père légal sinon naturel.

Byrne confirma de la tête.

— Elle s'est servie d'Eddie pour se venger. Notre mariage ne tenait plus qu'à un fil lorsqu'il est entré dans notre vie. Nous avions si peu de choses en commun, ma femme et moi. J'avais été séduit par sa jeunesse, sa beauté, sa vivacité. A l'époque où je l'ai rencontrée, elle venait de rompre avec son fiancé et mon admiration l'a flattée. Mais on ne peut pas bâtir un mariage sur des fondations pareilles, n'est-ce pas ? Notre union ne tarda pas à se fissurer. A la naissance de Brian — nous avions décidé d'avoir un enfant dans l'espoir qu'il nous aiderait à prendre un nouveau départ —, notre mariage était pour ainsi dire fichu. Du moins en ce qui me concernait. C'était une femme superficielle, sans étoffe. Je ne me suis pas gêné pour le lui faire savoir.

Lynley réfléchit à la façon dont Giles Byrne avait dû faire part de son désenchantement à sa femme. Il n'avait guère dû ménager son amour-propre. Byrne ne tarda pas à confirmer le bien-fondé de ses réflexions :

— En matière d'ironie, elle ne m'arrivait pas à la cheville, inspecteur. Elle n'était pas de taille. Mais elle savait combien j'aimais Edward alors elle l'a utilisé pour m'atteindre. A ses yeux, la conquête d'Edward avait un double objectif : me punir et lui permettre de se prouver qu'elle valait encore quelque chose. Edward n'a été qu'un instrument qui lui a permis d'arriver à ses fins. Le pauvre petit, elle l'a manipulé en beauté, dans mon bureau, où il y avait toutes les chances que je les surprenne. Ce qui a fini par se produire.

— Brian a mentionné le bureau il y a un instant.

Byrne porta une main à ses yeux, puis la laissa retomber. Ses gestes trahissaient son âge, tout comme ses rides.

— Il n'avait pas encore cinq ans. Je venais de tomber sur Pamela et Eddie en pleine action. Nous avons eu une violente dispute. Brian est arrivé sur ces entrefaites. (Byrne semblait contempler les cierges dont la lueur se reflétait sur le visage mélancolique de l'ange de pierre qui sommait l'autel.) Je le revois encore, debout près de la porte, la main sur la poignée, une peluche sous le bras, observant la scène. Sa mère nue et ne faisant pas un geste pour se couvrir ; son père fou de rage, la traitant de pute minable, tandis qu'elle se moquait de lui, l'accusant de vouloir se faire Edward ; et Edward, plaqué contre les coussins du canapé, essayant de cacher sa nudité. Et pleurant. Pleurant de façon horrible.

— Il s'est tué combien de temps après cette scène ?

— Moins d'une semaine après. Il a quitté la maison la nuit même pour regagner l'école. Je me suis efforcé de lui expliquer que ce n'était pas sa faute. Mais en vain : il était persuadé qu'il avait déshonoré notre amitié. J'ai essayé de lui faire comprendre que seul un mort aurait pu résister aux moyens que Pamela avait employés pour le séduire : il n'a pas voulu en démordre. Il se considérait comme responsable, persuadé qu'il aurait dû être suffisamment fort pour résister à la tentation. Honteux de sa faiblesse, il a préféré se tuer. Car il savait combien je l'aimais. J'avais été son ami et son tuteur. Et il n'avait rien trouvé de mieux que de faire l'amour à la femme de son ami et tuteur.

— Alors il n'a jamais su, pour la grossesse.

— Jamais.

— Pourquoi votre femme a-t-elle gardé l'enfant ? Pourquoi n'a-t-elle pas avorté ?

— Pour m'obliger à me souvenir de la manière dont elle s'était vengée. Quelle meilleure façon de me rafraîchir la mémoire que de me forcer à regarder s'arrondir chaque jour davantage le ventre qui portait l'enfant d'Edward Hsu ?

— Malgré tout, vous n'avez pas divorcé tout de suite. Pourquoi ?

— A cause d'Edward. Si j'avais eu le bon sens de cacher à Pamela le mépris que ses faiblesses m'inspiraient, elle ne s'en serait jamais prise à lui pour commencer. Comprenez-vous ? Je me sentais responsable de l'attitude de Pamela, du suicide d'Edward, de l'existence du bébé. J'ai pensé que la seule façon de me racheter était de garder Pamela jusqu'à la naissance de l'enfant, dans l'espoir qu'elle se lasserait du jeu et m'abandonnerait le bébé afin que je puisse lui trouver des parents adoptifs.

— Vous n'aviez pas l'intention de le garder.

Byrne lui jeta un regard acéré.

— Pamela se serait cramponnée comme une forcenée à cet enfant si elle s'était doutée un instant que je puisse le vouloir. Et d'ailleurs, je n'en voulais pas. Je voulais seulement assurer son bien-être matériel.

— Matthew n'est pas né à Exeter, j'imagine.

— A Ipswich. Pamela s'était installée dans une de ces maisons de repos discrètes où on peut mettre un enfant au monde et retourner ensuite vaquer à ses occupations. C'est d'ailleurs exactement ce qu'elle fit, une fois qu'elle eut accouché. Etant son père pour l'état civil, j'ai mis le bébé dans une famille d'accueil tandis que Pamela de retour à Londres jouait les mères éplorées dont l'enfant était mort-né. Elle a porté le deuil pendant un nombre de semaines approprié. J'ai fait une demande de divorce, qu'elle a acceptée. Plus tard, je suis retourné chercher Matthew et j'ai pris les dispositions nécessaires pour que les Whateley l'adoptent.

— Brian n'en a jamais rien su ?

— Jamais. S'il a été témoin de cette scène horrible dans le bureau, il n'a jamais compris ce qu'elle signifiait. Et il n'a jamais rencontré Matthew.

— Avant Bredgar Chambers.

— Oui.

Byrne jeta un coup d'œil autour de la chapelle. Au pied de l'ange de pierre, un cierge cracha ses dernières gouttes de cire et s'éteignit. L'odeur de brûlé de la mèche flotta dans l'air.

— J'ai pensé que c'était ce qu'il fallait faire. Mettre Matthew dans la même école que son père. Comme je l'avais fait pour Brian. Comme cela se fait si souvent. Des générations de pères passent une sorte de flambeau pathétique à leurs fils, s'attendant à ce qu'ils le reprennent pour éclairer un monde qu'ils n'ont pas eux-mêmes réussi à illuminer. (Byrne prit un vieil hymnaire fixé au dos du banc devant lui. Machinalement, il l'ouvrit, le ferma, le rouvrit.) J'ai cru que le mieux était d'en faire un homme. J'ai cru préférable de ne pas l'élever dans du coton. J'ai pensé qu'il valait mieux lui apprendre à se débrouiller seul. J'ai jugé que... Il a dix-huit ans, inspecteur. J'en ai cinquante-quatre. Et, assis dans cette chapelle, je m'efforce de demander à un dieu auquel je ne crois pas de prendre la place de mon fils. Qu'il me laisse assumer ce fardeau — l'arrestation, le procès, la publicité, la peine. Qu'il me laisse au moins faire ça.

Absalon, Absalon, songea Lynley. C'était le cri de tout père qui n'avait pas réussi à aimer son fils ni à l'intégrer dans la trame de sa vie. Mais, comme les lamentations de David pleurant la mort d'Absalon, l'éclosion soudaine de la sollicitude dans le cœur de Giles Byrne ne pouvait rien changer à la réalité car elle venait trop tard. Beaucoup trop tard.

22

L'orage nocturne s'était mué en simple crachin lorsque Lynley démarra au volant de la Bentley, laissant derrière lui l'entrée est de la cour d'honneur de Bredgar Chambers. Devant eux, la voiture de police banalisée de la Criminelle de Horsham passa sous les arbres et disparut au détour d'un virage de l'avenue. A l'exception des lumières qui luisaient par intermittence le long des allées reliant les bâtiments, le campus était sombre et désert. Si un professeur de garde effectuait sa ronde pour s'assurer que tout allait bien, ce ne pouvait être qu'avec une extrême discrétion car il était invisible.

A l'arrière de la voiture, le sergent Havers bâilla.

— J'imagine tout à fait Brian emmenant Matthew de Calchas au laboratoire de sciences, dit-elle. Le pauvre loupiot a dû croire que son préfet en personne était venu le secourir au beau milieu de la nuit. Bien que toujours bâillonné, le pauvre petit a dû coopérer. Et le temps qu'il s'aperçoive que son sauveur l'entraînait dans la mauvaise direction — vers le laboratoire et non vers Erèbe —, ce dernier a dû lui rattacher les chevilles fissa. Le porter. Et le fourrer dans la hotte. Ce que je n'arrive pas à voir, par contre, c'est comment Brian s'est débrouillé pour transporter le corps de Matthew du laboratoire à Calchas et, la nuit d'après, de Calchas au minibus sans que personne le remarque.

— Il n'y avait personne pour le voir vendredi soir, répondit Lynley. Corntel avait oublié d'effectuer sa ronde, la plupart des élèves étaient partis, les autres dormaient. La distance n'est pas grande entre Calchas et le laboratoire. Même en portant Matthew sur son épaule, Brian n'a pas dû mettre plus de trente secondes pour traverser la pelouse et se ruer à l'intérieur de Calchas. Là où il a vraiment couru un risque, c'est samedi soir, mais le risque a été minimisé grâce au fait que Brian n'était plus seul. Persuadé qu'il était responsable de la mort de Matthew, Clive Pritchard était là pour lui donner un coup de main, s'imaginant que Brian lui sauvait la mise alors que c'était exactement le contraire.

— Le hangar où sont garés les véhicules est juste au bout du chemin qui arrive de Calchas, remarqua pensivement Havers.

Lynley acquiesça d'un signe de tête.

— Ils ont pris la couverture orange du cagibi, roulé Matthew dedans, et l'ont transporté jusqu'au hangar. Il était tard et, à condition d'éviter de suivre le chemin en restant sous le couvert des arbres, ils avaient peu de chances d'être aperçus. Comme le chemin n'est pas une des artères les plus fréquentées du campus, même s'ils l'avaient emprunté, portant le corps à eux deux, le danger n'était pas bien grand de rencontrer qui que ce soit.

— Ce sentier ne longe pas le pavillon du portier ? s'enquit Saint James.

— Il le contourne, il passe à quelque cinquante mètres du bâtiment. Frank Orten ne pouvait entendre le minibus : il n'était pas chez lui. Les garçons le savaient. Elaine Roly l'avait dit à Brian. Et puis même si Frank Orten était rentré pendant que les gamins étaient partis avec le minibus, il ne se serait pas aperçu de la disparition du véhicule, car il gare sa propre voiture dans un garage situé près du pavillon.

— Après avoir aidé Brian à charger Matthew dans le minibus, poursuivit le sergent Havers, Clive se trouvait libre de faire un saut à Cissbury pour se forger un alibi.

— Cependant que Brian et Chas mettaient le cap sur Stoke Poges.

— Un peu tardif, comme heure, pour une visite, souligna

Havers. Il ne devait pas être loin de minuit lorsqu'ils sont arrivés là-bas.

— Mais Cecilia savait que les Streader passaient le week-end avec leur fille, précisa Saint James. Comme elle l'a d'ailleurs dit à la police dimanche soir. Peu importait l'heure à laquelle Chas arrivait, l'important était qu'il vienne.

— Elle savait que Chas devrait faire du stop ou emprunter de nouveau le minibus, poursuivit Lynley. Dans un cas comme dans l'autre, il était hors de question qu'il arrive de bonne heure.

— Quel épouvantable gâchis, résuma Havers. Inspecteur, pourquoi Chas ne s'est-il pas contenté de dire la vérité ? Pourquoi s'est-il suicidé ? Pourquoi a-t-il choisi la mort ?

— L'impression d'être pris au piège, Havers. Il lui a semblé que sa situation était sans espoir. Quelque parti qu'il prît, il trahissait quelqu'un d'autre.

— Il n'a pas voulu cafter, conclut-elle d'un ton de mépris. Ça se résume à ça, n'est-ce pas ? En fin de compte, c'est tout ce qu'il aura appris à Bredgar Chambers. A cacher la vérité par loyauté pour ses copains. Lamentable. Ces écoles chics forment décidément des individus bien malheureux.

Lynley fut frappé par les paroles de son sergent. Il ne répondit pas. Il s'en sentait incapable. Il y avait trop de vrai dans ce qu'elle venait de dire.

Ils passèrent devant le pavillon du portier. Elaine Roly debout sous le porche exigu ouvrait un parapluie déglingué. Dans l'encadrement de la porte, derrière elle, se tenait Frank Orten, portant dans ses bras l'aîné de ses petits-enfants qui était endormi.

— D'après vous, elle va continuer encore longtemps à essayer de lui mettre le grappin dessus ? marmonna Havers tandis que les phares de la Bentley éclairaient brièvement le petit groupe. Au bout de dix-sept ans, elle devrait quand même avoir compris.

— Pas si elle l'aime, répondit Lynley. Les gens renoncent à beaucoup de choses, Havers. Mais rarement à l'amour.

Bien qu'il fût près de minuit lorsqu'ils entendirent frapper à leur porte, Kevin Whateley et sa femme s'attendaient à avoir de la visite. Ils avaient reçu un coup de fil de Bredgar Chambers un peu avant onze heures et savaient que les enquêteurs de Scotland Yard devaient passer une dernière fois chez eux ce soir-là.

Les deux policiers étaient accompagnés d'un homme très mince, handicapé, dont la jambe gauche était appareillée et qui avait des difficultés à marcher. L'inspecteur Lynley fit les présentations mais Kevin n'entendit que le mot criminalistique avant de s'éloigner et de s'asseoir à l'écart à la table du coin-repas, laissant les autres s'installer dans le séjour. Patsy leur demanda s'ils voulaient du café. Les trois visiteurs refusèrent.

Kevin vit que l'inspecteur Lynley dardait sur sa femme ses yeux sombres, examinant les bleus qu'elle avait aux bras, son œil au beurre noir, sa démarche hésitante un bras plaqué contre la poitrine comme pour se protéger les côtes. Comme à travers un brouillard, il perçut les questions abruptes du policier. Patsy répondit avec sang-froid qu'elle avait fait une chute dans l'escalier. Elle ajouta même un détail de son cru, précisant qu'elle était tombée en *montant* les marches. N'était-ce pas ridicule ?

Tout en parlant, elle se garda bien de regarder Kevin. Mais l'inspecteur, lui, ne s'en priva pas. Ce n'était pas un type tombé de la dernière pluie, et Kevin comprit qu'il n'était pas dupe. Pas plus que la femme sergent qui l'accompagnait. Laquelle questionna très joliment : « Y a-t-il quelqu'un que je puisse appeler ? Une amie, peut-être, chez qui vous aimeriez aller passer quelque temps ? Ça aide, parfois, d'avoir un ami près de soi quand on a perdu un être cher. » C'était gentiment dit, mais c'était clair. Vaut mieux que tu te tires, Pats. Qui sait ce qui se passera la prochaine fois ?

Patsy ne parut pas se formaliser de la suggestion. Resserrant autour d'elle les plis de sa robe de chambre au parfum nauséabond, elle prit place sur le canapé de vinyle. Ses jambes nues crissèrent contre le plastique, ce qui eut pour effet d'attirer l'attention sur elles. Kevin vit qu'elles étaient recouvertes d'un duvet noir comme du plomb.

— Nous avons procédé à une arrestation, dit l'inspecteur. Je tenais à vous annoncer la nouvelle le plus vite possible. C'est pour cela que nous sommes venus frapper à votre porte à cette heure tardive.

Kevin eut l'impression que les mots venaient de très loin et se frayaient lentement un chemin jusqu'à son cerveau. *Nous avons procédé à une arrestation.* Ainsi donc c'était fini.

Il perçut la voix de Patsy mais ne parvint pas à enregistrer sa réponse. Son cerveau n'enregistrait plus rien. *Nous avons procédé à une arrestation.* Cet énoncé avec ce qu'il impliquait de définitif causa un choc à Kevin car il rendait la mort de Matthew terriblement réelle. Désormais, il ne s'agissait plus d'un cauchemar dont Kevin Whateley avait espéré s'éveiller un jour. Les arrestations ne se font pas sur la foi d'un cauchemar. Les policiers ne procèdent à des arrestations que si le cauchemar est réel.

Kevin ne s'aperçut qu'il s'était mis debout qu'en entendant sa femme l'appeler. Il était déjà au pied de l'escalier et montait les marches machinalement, se déplaçant comme dans un brouillard.

Au-dessous de lui, il entendit la conversation se poursuivre. Des questions furent posées. Des noms mentionnés. Des condoléances exprimées. Mais rien de tout cela n'avait plus d'importance pour Kevin. Seul l'escalier comptait — les marches qu'il gravissait, dont il sentait le bois sous ses pieds, et qui le conduisaient après une halte sur le palier du premier jusqu'au dernier étage.

La porte de la chambre de Matthew était ouverte. Kevin entra, donna de la lumière et s'assit sur le lit. Il examina la pièce, détaillant les objets un à un, s'efforçant grâce à eux de recomposer facette après facette une image de son fils. Là se dressait la commode devant laquelle Matthew s'habillait le matin, enfilant à la hâte les vêtements qui lui tombaient sous la main dans son désir d'être plus vite dehors. Là le bureau où il faisait ses devoirs et construisait des modèles réduits. Là le panneau de liège où Matthew punaisait des photos de ses sorties en famille, de locomotives, de souvenirs de vacances.

Là l'étagère où il rangeait ses livres et les peluches mitées trop aimées pour finir à la poubelle. Et la fenêtre où il s'accoudait pour regarder passer les bateaux sur la Tamise. Et le lit dans lequel il avait dormi en sécurité pendant treize ans.

Kevin étudia le décor. L'examina. Le mémorisa. S'efforçant d'évoquer l'image de son fils. S'efforçant d'entendre sa voix. Sans succès. Les seules réalités qu'il parvenait à appréhender étaient le mot *arrestation*, la certitude absolue que tout était fini, qu'il se trouvait devant l'irrémédiable et ne pouvait l'ignorer.

— Mattie, Mattie, Matt, chuchota-t-il.

Mais il n'y eut pas de réponse. Rien que les objets qui peuplaient la pièce. Et qui n'étaient pas son fils. Il avait beau essayer, impossible de faire renaître Matthew à partir du bois, du papier, du verre et du tissu composant le cadre dans lequel il avait vécu.

Regarde-moi, papa. Regarde-moi, regarde-moi.

Kevin aurait voulu entendre ces mots. Mais lui seul en les prononçant pouvait leur redonner vie. Matthew ne les prononcerait plus jamais.

Nous avons procédé à une arrestation. Tout était fini.

Kevin se força à se lever et s'approcha de la commode. Appuyée contre le meuble se trouvait la plaque de marbre qu'il avait rapportée du chantier la nuit dernière. Il la prit, la porta jusqu'au lit et la posa en travers de ses genoux. Dans sa poche se trouvait le crayon qu'il utilisait au travail. Il le sortit, l'empoigna et fixa le marbre.

Il lui sembla que commencer à dessiner le premier des mots terribles revenait à reconnaître son échec, affirmer clairement qu'il n'avait pas réussi à épauler son fils au moment où celui-ci avait eu le plus besoin de lui. Kevin eut l'impression que c'était accepter, se résigner, choisir de continuer à vivre. Comment pouvait-il agir ainsi ? Faire preuve d'autant de déloyauté ? Oublier sa douleur ?

Sa main trembla au-dessus de la pierre lisse et veinée.

— Mattie, chuchota-t-il. Mattie. Mattie. Matt.

Il appuya le crayon contre le marbre glacé. Il ébaucha la première lettre. Il dessina le nom de son enfant. Sous le nom, ces mots : *fils bien-aimé*. Et au-dessous la courbe fragile d'un coquillage.

— Ce sera un nautile, Mattie, dit-il.

Mais il n'y eut pas de réponse : Matthew était mort.

— Kev.

Sa femme était entrée dans la pièce. Incapable de lui faire face, il poursuivit son travail.

— Ils sont partis, Kev. L'inspecteur a dit qu'on pouvait aller chercher Mattie maintenant. La police de Slough... en a terminé avec lui.

Il ne pouvait pas parler. Pas maintenant. Pas de Matthew. Pas à sa femme. Il continua de dessiner. Elle s'assit près de lui et il sentit qu'elle lisait ce qu'il écrivait sur la pierre. Lorsqu'elle reprit la parole ce fut d'une voix tendre. Elle posa sa main sur la main calleuse aux phalanges épaisses.

— Ça lui plairait, Kev. Le coquillage, ça lui plairait à Mattie.

Kevin sentit grandir en lui un chagrin qu'il ne pouvait plus maîtriser. Qu'elle continue de lui parler. Qu'elle l'aime encore. Qu'elle soit prête à faire un geste vers lui et à le comprendre...

Il laissa tomber son crayon. Il s'accrocha l'espace d'un instant au marbre solide et froid posé sur ses genoux.

— Pats... fit-il d'une voix brisée.

— Je sais, mon chéri. Je sais.

Il se mit à pleurer.

Barbara Havers attendit que Lynley se fût éloigné au volant de la Bentley avant de franchir les derniers mètres qui la séparaient de sa maison d'Acton. Etant donné l'heure, il lui avait proposé de la déposer devant sa porte ; mais elle avait réussi à le convaincre de la laisser au coin de Gunnersbury Lane et d'Uxbridge Road, décrétant avoir besoin de faire quelques pas dans l'air nocturne rafraîchi par la pluie pour s'éclaircir les idées.

Lynley avait commencé par protester, ne lui cachant pas qu'il désapprouvait son désir de rentrer seule chez elle, à minuit et à pied, à travers les rues sombres de la banlieue londonienne.

Mais elle s'était entêtée et sans doute avait-il fini par percevoir — sous tant d'insistance — le désir farouche de protéger sa vie privée. Devant l'entêtement de Barbara, Lynley avait compris combien il était important pour elle qu'il ne vît pas les conditions dans lesquelles elle vivait une fois sortie de New Scotland Yard. Il était observateur et il n'avait pas dû manquer de remarquer l'état de décrépitude de certains des quartiers qu'ils venaient de traverser. En fin de compte, il avait accédé à sa requête, s'arrêtant sous un réverbère et la regardant descendre de la Bentley avec un froncement de sourcils.

— Havers, vous êtes sûre... (Il avait baissé sa vitre.) Ce n'est peut-être pas une si bonne idée que ça. Il est très tard.

— Ne vous inquiétez pas, monsieur. Je ne risque rien. (Elle fouilla dans son sac à bandoulière à la recherche de ses cigarettes.) A demain matin. (Après avoir souhaité une bonne nuit à Saint James, elle recula.) Rentrez chez vous prendre un peu de repos, inspecteur.

Il grommela une réponse, remonta sa glace et démarra. Barbara resta un moment immobile à regarder disparaître les feux arrière de la voiture qui reprenait le chemin du centre. Elle alluma une cigarette et laissa tomber l'allumette dans une flaque d'eau. L'allumette grésilla un instant, provoquant l'apparition d'un minuscule filet de fumée.

La nuit était étrangement calme. L'épaisse couche de nuages pluvieux qui obscurcissait la lune et les étoiles étouffait tous les sons. Le seul bruit qui troublait le silence était le claquement cadencé de ses chaussures sur le trottoir. Et même ce claquement était sourd, avalé par l'humidité.

Arrivée devant chez elle, elle jeta sa cigarette dans la rue et la regarda s'éteindre dans une flaque grasse. Elle traversa le bout de terrain nu jusqu'à la porte d'entrée, constatant que la pluie n'avait pas réussi à ramollir le sol dur comme de la pierre. Sa voiture était restée au parking souterrain de New Scotland Yard où elle l'avait laissée le matin, insistant pour retrouver Lynley là-bas au lieu de le laisser passer la prendre à Acton en allant à Bredgar Chambers. Résultat, demain elle serait bonne pour se rendre au Yard en métro — perspective peu réjouissante mais certainement moins désagréable que l'expression qui n'aurait pas manqué de se peindre sur le visage de Lynley s'il avait entrevu l'endroit où elle habitait, qui était bien loin de soutenir la comparaison avec son hôtel particulier de Belgravia.

Elle gravit les marches du perron, fouillant dans son sac à la recherche de sa clé. Elle se sentait faible tellement elle était fatiguée. La journée avait été éprouvante.

Le fredonnement lui parvint à l'instant où elle ouvrit la porte. Deux notes répétées à l'infini, discordantes, à peine séparées par une pause. Cela venait du bas de l'escalier. Barbara distingua une silhouette accroupie sur la deuxième marche, bras autour des jambes repliées, tête sur les genoux.

— M'man ? chuchota-t-elle.

Le bourdonnement continua. Sa mère insérait des mots hésitants entre les notes. « N'essaie pas... de voir... l'Ar-gen-ti-ne. » Barbara s'approcha d'elle.

— Maman ? Pourquoi n'es-tu pas au lit ?

Sa mère leva la tête, la bouche étirée en un sourire vide.

— Y en a des lamas, mon chou, dans ce zoo. En Californie. Mais je crois pas qu'on va pouvoir y aller.

Bien qu'éprouvant le besoin de s'excuser auprès de sa mère de ne pas l'avoir prévenue qu'elle rentrerait si tard, Barbara ne put s'empêcher de sentir l'irritation la gagner. Depuis le temps, sa mère devait quand même bien se douter que si elle ne téléphonait pas, c'était parce qu'elle était occupée. Elle avait quand même passé l'âge de rendre des comptes comme une gamine chaque fois que les nécessités de sa profession la retenaient loin de la maison familiale. Son père devait tout de même avoir encore assez de bon sens pour expliquer à sa mère ce que l'absence de Barbara signifiait.

Soudain elle prit conscience d'un second bruit qu'elle n'avait pas entendu en entrant, le ronflement monotone de la télévision, branchée sur une chaîne qui avait cessé ses émissions pour la soirée. Aussitôt elle jeta un coup d'œil vers le séjour.

— Maman ! fit-elle, exaspérée. Papa n'est pas couché, lui non plus ? Tu l'as laissé s'endormir devant la télé ? Pour l'amour du ciel, tu sais pourtant bien qu'il faut qu'il se repose correctement. Dans un lit. Pas dans un fauteuil. Tu le sais, non ?

Mrs Havers tendit la main et attrapa Barbara par le bras :

— On va pas pouvoir y aller, ma grande. Dommage. Les lamas, c'est si mignon.

Barbara se dégagea. Ravalant un juron, elle se dirigea vers le séjour. Son père était dans son fauteuil. Toutes les lumières étaient éteintes. Barbara éteignit la télévision et se pencha pour allumer le lampadaire placé près du fauteuil paternel. Au moment où elle se baissait vers l'interrupteur, elle comprit soudain ce qui clochait dans la pièce, dans la maison. Car si elle avait entendu le fredonnement, si elle avait perçu le ronflement du téléviseur, elle n'avait pas distingué le bruit qu'elle connaissait si bien depuis des années. La respiration hachée de son père. Elle ne l'avait pas entendue en franchissant le seuil. Elle ne l'avait pas entendue depuis le bas de l'escalier. Et maintenant, debout près de son siège, elle ne l'entendait toujours pas.

— Mon Dieu, oh ! mon Dieu ! dit-elle, cherchant fiévreusement l'interrupteur.

Sans doute Jimmy Havers était-il mort en début d'après-midi, car il était froid et la rigidité cadavérique avait commencé à faire son œuvre. Malgré tout, Barbara se précipita sur la bouteille d'oxygène, manœuvrant précipitamment les robinets, marmonnant une prière.

Si seulement elle réussissait à le faire glisser du fauteuil par terre.

Le fredonnement emplit la pièce, accompagnant la voix égarée de sa mère.

— Je lui ai apporté du potage, mon chou. Comme tu m'avais dit. A midi et demi. Mais il a même pas bougé. J'ai pris la cuiller et je lui en ai mis dans la bouche.

Barbara vit les taches de soupe sur la chemise de son père.

— Oh ! mon Dieu ! chuchota-t-elle.

— Je savais pas quoi faire. Alors je suis allée dans l'escalier. Et j'ai attendu. Attendu. Je savais que tu finirais par rentrer, ma grande. Je savais que tu t'occuperais de papa. Parce qu'il... (Mrs Havers regarda sa fille puis son mari, l'air toujours égaré.) Il voulait pas manger sa soupe. Il voulait pas avaler. Je lui en ai versé dans la bouche. Je lui ai maintenu la bouche fermée. Je lui ai dit : « Faut que tu manges, Jimmy. » Mais y m'a pas répondu. Et...

— Il est mort, maman. P'pa est mort.

— Alors je l'ai laissé dormir. Il faut qu'il se repose, pas vrai ? C'est toi qui l'as dit. Et j'ai attendu, assise dans l'escalier. Ma grande saura quoi faire, je me suis dit. J'ai attendu dans l'escalier.

— Depuis midi et demi, m'man ?

— C'était la seule chose à faire, hein, mon chou ? Attendre dans l'escalier.

Barbara regarda les rides sur le visage de sa mère, le cou tendineux, l'air vide, les cheveux en broussaille. Et tout ce qu'elle trouva à dire intérieurement en guise de chant funèbre à la mémoire de son père, ce fut ces deux mots : « Mon Dieu, Mon Dieu, Mon Dieu. » Ils résumaient ce qu'elle ressentait. Ils peignaient son désespoir.

— Pas question d'aller au zoo, dit sa mère. Impossible de voir les lamas maintenant, mon chou.

Le téléphone tira Deborah Saint James du sommeil. Il sonna une fois avant que quelqu'un ne décroche en hâte dans une autre partie de la maison. Elle tendit automatiquement la main, rencontra le vide dans le lit près d'elle et consulta la pendule. Trois heures vingt.

Allongée les yeux grands ouverts, elle avait entendu Simon rentrer peu après une heure, attendu dans l'obscurité qu'il vienne la rejoindre avant de finir par sombrer dans un sommeil agité. A l'évidence, il ne s'était pas mis au lit — n'avait pas mis le pied dans la chambre conjugale. La nuit précédente non plus. Prétextant qu'il avait travaillé tard, il avait couché dans la chambre d'amis de peur de la déranger.

Une terrible sensation de vide la saisit à la pensée de cette seconde nuit passée sans lui. Elle se sentit flotter, se sentit plus seule, eut l'impression que sa vie perdait tout son sens. L'espace d'un moment, elle resta immobile, essayant de se convaincre que cette séparation lui procurait un sentiment de soulagement. Se rendant compte toutefois qu'elle n'éprouvait qu'un intense sentiment de désolation, elle décida de prendre le coup de téléphone nocturne comme prétexte.

Elle attrapa sa robe de chambre, l'enfila tout en sortant. La maison était calme mais elle entendait la voix de son mari à l'étage au-dessus. Elle s'engagea dans l'escalier.

Le temps qu'elle atteigne le laboratoire, il avait terminé sa conversation téléphonique. Il leva la tête, surpris, en l'entendant prononcer son nom depuis le seuil.

— La sonnerie m'a réveillée, dit-elle en guise d'explication. Une mauvaise nouvelle ? Il est arrivé quelque chose ?

Elle songea à la famille de son mari, aux diverses éventualités. Mais s'il avait l'air grave, Simon ne semblait pas pour autant abattu.

— C'était Tommy, répondit-il. Le père de Barbara Havers est mort aujourd'hui.

— La pauvre, c'est affreux, Simon.

Elle pénétra dans la pièce, allant se poster près de lui. Sur la paillasse, il avait étalé un rapport de police dont il devait examiner les conclusions afin de les confirmer ou de les infirmer. C'était un travail qui lui prendrait vraisemblablement plusieurs semaines, rien qui l'obligeât à se mettre à la tâche dès ce soir.

Le travail lui tenait lieu de dérivatif : ne pouvant lui parler, il s'efforçait de se distraire de cette façon. C'était elle qui l'avait voulu ainsi. Elle s'était accrochée à l'espoir que sa passion pour son métier l'absorberait au point qu'il la laisserait vivre sa vie de son côté, afin qu'ils n'aient pas à se pencher sur le fond du problème. Cependant, maintenant qu'il semblait prêt à s'abrutir dans le travail, elle se sentait incapable de le supporter, surtout pas après ce qu'elle avait lu sur son visage lorsqu'il avait regardé la photo de Tommy deux nuits plus tôt. Elle chercha quoi lui dire et le malheur qui frappait Barbara lui fournit un sujet tout trouvé.

— Je suis navrée. Y a-t-il quoi que ce soit que nous puissions faire pour elle ?

— Rien pour l'instant. Tommy nous tiendra au courant. Barbara a toujours été d'une très grande discrétion concernant sa vie familiale. Je doute qu'elle nous laisse faire grand-chose.

— Oui, bien sûr. (Elle tendit la main vers le rapport de toxicologie, le prit et le feuilleta, n'y comprenant goutte.) Il y a longtemps que tu es rentré ? Je dormais. Je ne t'ai pas entendu arriver.

Ce mensonge anodin était de peu de poids comparé à ceux qu'elle avait sur la conscience.

— Deux heures.

— Ah.

Il semblait qu'il n'y eût plus rien à dire. Faire la conversation était déjà suffisamment difficile pendant la journée. Mais en pleine nuit, la fatigue leur ôtant jusqu'à la faculté d'échanger des banalités, c'était carrément impossible. Malgré tout, elle n'avait pas envie de le laisser seul, et elle savait bien pourquoi. Le visage de Simon, deux nuits plus tôt, lui avait montré qu'il croyait dur comme fer à une fiction à laquelle elle devait tordre le cou. Il n'y avait qu'une façon de s'y prendre, une seule façon de le rendre à lui-même. Elle se demanda si elle en serait capable. Il lui semblait tellement plus facile de continuer à cohabiter tant bien que mal, à espérer qu'ils surmonteraient cette crise d'une façon ou d'une autre et réussiraient à se retrouver sans dépense d'énergie ou d'émotion. A cet instant, toutefois, cette conclusion semblait bien peu probable. Qui plus est, elle paraissait lâche. Et pourtant elle n'arrivait pas à trouver les mots pour commencer.

Sans raison apparente, son mari se mit à parler. Les yeux sur la pile de papiers et le matériel qui encombraient la paillasse, il lui raconta l'affaire sur laquelle Lynley venait de travailler. Il lui parla de Chas Quilter et de Cecilia Feld, de Brian Byrne, des parents de Matthew Whateley et de leur cottage de Hammersmith. Il lui décrivit l'école. Il lui parla d'une hotte de laboratoire et d'un réduit exigu au-dessus d'un séchoir, du pavillon du portier et du cabinet de travail du directeur. Deborah écoutait attentivement, comprenant petit à petit que ces explications n'avaient d'autre but que de l'empêcher de redescendre se coucher. Cela lui redonna espoir.

Elle écouta son récit. Une main sur la paillasse près de celle de Simon. L'autre jouant avec la bordure de satin de sa robe de chambre.

— Les pauvres gens, dit-elle lorsqu'il eut fini. Il n'y a rien de pire...

Elle ne voulait plus pleurer. Elle voulait cesser de porter le deuil, mais le chagrin lui collait à la peau. Elle se força à le regarder en face.

— Qu'y a-t-il de pire que de perdre un enfant ?

Il la regarda alors, doutes et peurs gravés sur son visage.

— Se perdre l'un l'autre.

Elle se sentait terrorisée à l'idée de parler mais passa outre.

— C'est ce qui nous est arrivé ? Nous nous sommes perdus l'un l'autre ?

— Il semblerait que oui. (Il s'éclaircit la gorge, déglutit. Agité, il tendit le bras vers un microscope, régla un cadran.) Tu sais... (Les mots se voulaient anodins mais l'effort qu'ils lui coûtaient était visible...) Il se peut que ce soit ma faute, Deborah. Pas la tienne. Dieu sait ce que cette saleté d'accident a pu provoquer chez moi, outre m'ôter l'usage de ma jambe.

— Non.

— Ou alors peut-être que je suis porteur d'une anomalie génétique que je te transmets et qui t'empêche de mener une grossesse à terme.

— Non, mon amour.

— Avec un autre homme, tu pourrais...

— Oh ! Simon ! Pas ça.

— J'ai fait des recherches, j'ai lu des bouquins. Si c'est génétique, ça peut se mettre en évidence. Je me ferai faire une analyse des chromosomes — un caryotype. Après ça, nous saurons à quoi nous en tenir, nous pourrons prendre une décision. Bien sûr, je ne pourrai pas être le père de tes enfants. Mais nous pourrons toujours trouver un donneur.

Elle se sentit incapable de supporter le mal qu'il se faisait.

— Tu crois que c'est ce que je veux ? Un enfant à tout prix ? De n'importe qui ?

Il lui rendit son regard.

— Non. Pas de n'importe qui.

Les mots étaient lâchés, c'était sorti. Prise du désir de fuir ce qui allait suivre, Deborah ne put s'empêcher d'admirer le courage dont son mari venait de faire preuve en formulant ses craintes les plus atroces. Devant tant de détermination et de force de caractère, elle se sentit frappée jusqu'au tréfonds de l'âme par la profondeur de son amour pour lui.

— Celui de Tommy, tu veux dire ?

— Tu y as pensé, n'est-ce pas ?

La question n'avait rien d'agressif. Tant de compréhension fit mal à Deborah, qui se dit qu'elle aurait eu moins de mal à supporter des reproches amers. Même si, en fait, il ne comprenait pas, même s'il était impossible qu'il comprenne à moins qu'elle ne lui racontât tout.

— C'est bien naturel, poursuivit-il d'un ton raisonnable comme si l'énoncé ne lui fendait pas le cœur. Si tu avais épousé Tommy — comme il le souhaitait — tu aurais un enfant maintenant.

— Je n'ai jamais pensé à ce qui se serait passé si j'avais épousé Tommy.

Sans les voir, elle fixa les objets posés sur le plan de travail, rassemblant son courage afin de poursuivre. Elle savait qu'il ne croyait pas un mot de ses dénégations. Pourquoi l'aurait-il crue ? Comment expliquer autrement que par le regret l'examen des photos de Tommy au beau milieu duquel il l'avait surprise l'autre nuit ?

Lentement, il commença à rassembler les feuillets du rapport, agrafant les papiers, les remettant dans leurs chemises cartonnées. Elle vit qu'il avait laissé une des imprimantes allumée et, pour gagner du temps, alla l'éteindre non sans l'avoir recouverte de son couvercle. Lorsqu'elle pivota vers lui, elle constata qu'il l'observait de sous la flaque de lumière de sa lampe de travail. Elle-même était dans l'ombre. Elle savait que l'obscurité dissimulait ce qui passait sur son visage.

— Ça n'a pas marché comme nous le souhaitions, dit-elle, les paumes moites, des picotements dans les paupières. Nous nous aimions, toi et moi. Nous nous sommes mariés. Je voulais avoir un enfant de toi. Il semblait raisonnable de penser que tout se passerait comme je le désirais. Mais ç'a n'a pas été le cas. J'essaie de me faire une raison, de m'habituer à l'idée que mes souhaits ne se réaliseront probablement jamais. Et au fait que... (Elle se sentit incapable d'en dire plus. Son corps était raide. Elle lutta, s'obligea à poursuivre :) ...au fait que tout est ma faute en réalité. La responsable dans tout ça, Simon, c'est moi.

Il remua sur son tabouret :

— Ce n'est la faute de personne, Deborah. Personne n'est à blâmer dans ce genre de situation. Je ne comprends pas pourquoi tu tiens à te mettre ça sur le dos.

Elle détourna le visage, pas tant pour qu'il ne pût le voir que pour ne pas voir le sien. La vitre noire lui renvoya son reflet, qui la défia de poursuivre.

Son mari reprit la parole :

— Si tu veux absolument qu'il y ait un responsable dans l'affaire, dis-toi que ça peut être aussi bien moi que toi. C'est pourquoi je crois que nous devrions passer des tests. Si le problème vient de moi, s'il s'agit d'une anomalie génétique, on saura à quoi s'en tenir et que faire. (Il marqua une pause et reprit le thème qu'il avait déjà abordé.) Trouver un donneur, par exemple.

— C'est ça que tu veux

— Ce que je veux, c'est ton bonheur, Deborah.

Les mots étaient pour elle à la fois un tourment et un défi, bien que Deborah sût qu'il n'avait cherché qu'à lui manifester son amour.

— A quel prix pour toi ?

Il ne répondit pas. Elle se tourna vers lui. Il croisa son regard avec un air de placidité soigneusement étudié, destiné à lui démontrer qu'il était capable de renoncer à la joie de procréer. Mais ses yeux trahissaient la souffrance que ce mensonge lui causait.

— Non, dit-elle doucement. Non, mon bien-aimé. Inutile de passer des tests. Inutile de se mettre en quête de donneurs. Inutile de t'imposer tout ça. Dans cette histoire, la fautive, c'est moi.

— Comment peux-tu...

— C'est moi. Je le sais. (Elle demeura à l'autre bout de la pièce, pensant que c'était préférable : elle ignorait comment son mari réagirait en apprenant la vérité, mais elle était certaine qu'il ne voudrait pas se trouver près d'elle.) Vois-tu... A l'époque, je n'ai pas réfléchi. Je n'avais que dix-huit ans.

— Dix-huit ans ? reprit-il en écho, perplexe. De quoi parles-tu ?

— D'un avortement, dit-elle sans aller plus loin, sachant que ce n'était pas nécessaire, qu'il était assez grand pour deviner le reste.

Ce qu'il fit, d'ailleurs, ainsi qu'elle put s'en rendre compte. Il tressaillit. Son visage blêmit. Il se leva d'un bond.

— Je n'ai jamais réussi à te le dire, Simon, chuchota-t-elle. Je n'ai pas pu. C'est la seule chose que je t'aie cachée. A plusieurs reprises, j'ai essayé de... mais je savais le mal que cela... ce que tu penserais. Et maintenant... Oh ! mon Dieu, je suis responsable, j'ai détruit notre couple !

— Est-ce qu'il était au courant ? s'enquit Saint James d'une voix atone. Est-ce qu'il est au courant maintenant ?

— Je ne le lui ai jamais dit.

Il esquissa un pas vers elle.

— Pourquoi ? Il t'aurait épousée, Deborah. Il ne demandait

que cela. Qu'est-ce que ça aurait pu lui faire que tu sois enceinte ? Cela lui aurait été bien égal. Il aurait été ravi, au contraire. Tu lui aurais donné exactement ce qu'il voulait. Toi-même et un héritier. Pourquoi ne lui as-tu pas dit que tu attendais un enfant ?

— Tu *sais* bien pourquoi.

— Non.

— A cause de toi. (Sa voix se brisa.) Tu sais que c'était à cause de toi.

— Que veux-tu dire ?

— C'était toi que j'aimais, Simon. Pas Tommy. Toi. Je t'ai toujours aimé. Tu le sais. (Les sanglots l'étouffèrent, pourtant elle s'efforça de poursuivre :) J'ai pensé... sur le moment ç'avait l'air tellement irréel... et tu étais... je voulais... toi seul comptais pour moi... Tu as toujours été le seul à compter pour moi. Seulement j'étais loin... tu refusais de m'écrire... Alors il est venu en Amérique... Tu connais la suite... Je ne... c'était quelqu'un...

Elle l'entendit bouger, entendit ses pas inégaux marteler le parquet. L'espace d'un instant, elle crut qu'il quittait la pièce. Après tout, elle ne l'avait pas volé. Mais bientôt il fut près d'elle, la prenant dans ses bras.

— Deborah, mon Dieu, Deborah. (Ses mains dans les somptueux cheveux roux, il pressait sa tête contre son épaule. Elle perçut les battements désordonnés de son cœur. Il murmura d'une voix hachée :) Que t'ai-je fait ?

Elle ne put que répondre :

— Rien. Rien.

— Je me suis trompé, fit-il en la serrant avec force. Sur toute la ligne. Et il a fallu que tu supportes tout ça. Ma peur, mon désarroi, mes doutes. Tout. Pendant trois horribles années. Je suis désolé, mon amour. (Et de nouveau, l'obligeant à lever le visage vers lui :) Mon amour.

— La photographie...

— Ne signifiait rien. Je comprends maintenant. Tu contemplais le passé. Et le passé n'a rien à voir avec l'avenir.

Il lui fallut un moment pour se pénétrer de la portée de ces paroles. Les mains de Simon pressaient son visage, ses doigts essuyaient ses larmes. Il prononça son nom, chuchotant d'une voix brisée. Les yeux de Deborah s'emplirent de nouveau de larmes :

— Comment peux-tu me pardonner ? Comment puis-je te demander de me pardonner ?

— Pardonner ? lança-t-il, incrédule. Mais Deborah, pour l'amour de Dieu, tout ça date de six ans. Tu n'avais que dix-huit ans. Tu étais différente. Le passé n'est rien. Seuls le présent et l'avenir comptent. Tu dois le savoir maintenant.

— Je ne vois pas... Comment allons-nous redevenir ce que nous étions l'un pour l'autre ? Comment allons-nous pouvoir continuer ?

— En continuant, tout simplement, fit-il en l'étreignant.

Une pluie fine tombait sur les membres du petit groupe réunis autour du cercueil de Jimmy Havers au cimetière de South Ealing. Une sorte d'abri surmonté d'un auvent de plastique avait été dressé pour protéger le sergent Havers, sa mère et une demi-douzaine de parents âgés du défunt, le reste de l'assistance s'abritant sous des parapluies. Un prêtre psalmodiait, demandant à Dieu l'indulgence et le pardon, sa Bible plaquée contre la poitrine, la boue éclaboussant l'ourlet de sa soutane. Lynley s'efforça de se concentrer sur les mots mais il était distrait par des bribes de conversation derrière lui.

— Il a fallu qu'ils négocient pour le mettre à South Ealing. Il a fallu qu'ils achètent le terrain. C'est leur fils qui est dans la tombe voisine.

— C'est elle qui l'a trouvé, y paraît. Barbie. Il était mort depuis un sacré bout de temps. Sa mère était à la maison et elle s'est même pas rendu compte qu'il était parti.

— M'étonne pas. Elle est frappée, sa mère. Ça fait des années qu'elle débloque.

— Sénile ?

— Non. Givrée, seulement. Impossible de la laisser seule dix minutes.

— Merde alors ! Qu'est-ce qu'elle va faire, Barbie ?

— La mettre dans une maison, sans doute. Doit bien y avoir une maison qui la prendra.

— Ça va pas être commode à trouver. Regardez la tête qu'elle a, la pauvre femme.

C'était la première fois que Lynley voyait la mère du sergent Havers. Il avait autant de mal à se faire à la vue de la vieille femme qu'aux réticences qu'il avait eues à envahir l'univers clos que constituait la vie de Barbara Havers. Il connaissait Barbara depuis des années, avait travaillé en étroite collaboration avec elle au cours des dix-huit derniers mois, pourtant chaque fois qu'elle avait repoussé une occasion qui eût permis à Lynley de la connaître un peu mieux que comme une simple collègue, il l'avait laissée faire sans protester. C'était comme si, ayant subodoré la nature des secrets qu'elle essayait de dissimuler, il avait été trop content de faire en sorte qu'elle continue à les garder pour elle.

Sa mère était de toute évidence un de ces secrets. Vêtue d'un manteau noir trop grand qui lui battait les chevilles, elle se cramponnait au bras de Barbara, souriant, la tête inclinée sur le côté. Elle ne semblait pas prêter attention aux rites funéraires qui se déroulaient autour d'elle. Au lieu de suivre la cérémonie, elle jetait des coups d'œil méfiants au petit groupe déployé en demi-cercle autour de la tombe béante, et elle chuchotait à l'oreille de sa fille, tout en lui caressant le bras. Pour toute réponse, Barbara tapota la main maternelle, attacha le dernier bouton de son manteau, délogea plusieurs cheveux gris demeurés sur son col. Cela fait, elle reporta son attention sur le prêtre. Son visage était calme, ses yeux braqués sur le cercueil. Elle semblait absorbée par la cérémonie.

Lynley, lui, était ailleurs. Il ne pouvait se focaliser que sur l'ici et le maintenant. Ces prières où il était question d'éternité n'avaient aucun sens pour lui. Il examina les membres de l'assistance.

De l'autre côté de la tombe, Saint James abritait sous son parapluie sa femme qui, serrée contre lui, lui donnait le bras. Près d'eux, le commissaire Webberly se dressait tête nue sous le crachin, les mains dans les poches de son imperméable. Derrière lui, trois autres inspecteurs et près d'eux le visage noir du constable Nkata. Le petit groupe comportait d'autres représentants du Yard venus là pour Barbara car ils n'avaient jamais connu son père.

Derrière eux, une femme portant des gants de plastique rose remuait la terre d'une urne jouxtant une tombe recouverte de marbre. Elle ne prêtait pas la moindre attention au service qui se déroulait à deux pas de là, allant et venant, ses caoutchoucs trempés chuintant, comme si elle était seule. Elle ne leva les yeux que lorsqu'une voiture s'approcha, pneus clapotant dans les flaques le long de l'allée qui arrivait droit de l'entrée du cimetière située dans South Ealing Road. Le véhicule s'immobilisa, moteur tournant. Une portière s'ouvrit, claqua. La voiture s'éloigna. Des pas vifs martelèrent le trottoir. Quelqu'un venait — bien tard — se joindre au petit groupe endeuillé.

Lynley se rendit compte que Havers avait aperçu le retardataire, car ses yeux naviguèrent de la tombe au dernier rang de l'assistance puis, comme par inadvertance, se posèrent sur lui. Elle détourna immédiatement la tête mais ne fut pas assez prompte. Il connaissait Havers. Il lisait en elle à livre ouvert. Il comprit qui venait d'arriver. N'eût-il pas tiré cette conclusion de l'expression de Havers que les visages de Saint James et de Deborah lui eussent appris la nouvelle. C'était certainement eux qui avaient passé à Corfou le coup de fil qui avait incité Helen Clyde à rentrer.

Car c'était bien Helen qui se tenait non loin du groupe. Lynley le savait. Il le sentait. Il n'avait même pas besoin de se retourner pour vérifier. Il sentirait sa présence dans l'air chaque fois qu'elle serait près de lui jusqu'à la fin de sa vie. Deux mois d'absence n'y avaient rien changé. Deux décennies n'y changeraient rien non plus.

Le prêtre termina ses prières, recula et regarda les préposés descendre la bière. Lorsque le cercueil fut en place, le sergent Havers aida sa mère à s'approcher tant bien que mal de la tombe et à jeter une poignée de fleurs printanières dans la fosse. Mrs Havers s'était cramponnée au bouquet pendant tout le service. Par deux fois, il lui avait glissé des mains sur le chemin de la chapelle au cimetière. Et maintenant les fleurs formaient une bouillie informe de tiges et de pétales. Elles s'échappèrent de ses mains et furent bientôt détrempées par la pluie.

Le prêtre murmura une dernière prière, demandant pour le défunt la paix et le repos éternel. Il adressa quelques mots au sergent Havers et à sa mère, et recula. Les gens s'avancèrent pour chuchoter des condoléances.

Lynley les observa. Saint James et Deborah, Webberly et Nkata. Voisins, collègues, parents éloignés. Il demeura près de la tombe, fixant le cercueil. Une lumière sourde luisait sur la petite plaque de cuivre apposée sur le couvercle. Maintenant que la cérémonie était terminée, qu'il ne lui restait plus qu'à faire demi-tour, saluer Helen et lui faire la conversation, il se rendait compte qu'il s'en sentait incapable. A supposer qu'il parvînt à articuler les banalités capables d'empêcher Helen de le quitter de nouveau, comment pouvait-il espérer y réussir sans que son visage trahît tout ce que lui-même souhaitait dissimuler ?

Deux mois, ça ne changeait rien. Rien du tout. Ces deux mois n'avaient pas atténué son amour, ils n'avaient pas émoussé son désir.

— Tommy.

Comme il avait les yeux baissés, ce fut ses chaussures qu'il vit en premier. Malgré son malaise, il ne put s'empêcher de sourire. Elles ressemblaient tellement à Helen... C'étaient d'extravagants petits bouts de cuir n'offrant absolument aucune protection contre la pluie, dont le style outrancier ne pouvait convenir qu'à une masochiste confirmée.

— Comment diable peux-tu porter des trucs pareils, Helen ? Tu ne dois pas être très à ton aise.

— Je souffre le martyre, renchérit lady Helen Clyde. Mes pieds sont tellement douloureux que j'en ai mal aux globes oculaires. J'ai l'impression d'avoir servi de cobaye à un pédicure sadique. Si on était en guerre, j'aurais depuis longtemps dit à l'ennemi tout ce que je sais.

Il rit doucement, levant la tête pour la regarder. Elle n'avait pas changé. Les cheveux châtains et soyeux encadraient doucement son visage. Les yeux sombres croisaient toujours les siens sans flancher. La silhouette était mince, le port fier et droit.

— Tu es arrivée de Grèce ce matin ? s'enquit-il.

— Il n'y avait pas de vol plus tôt. Je suis venue directement de l'aéroport.

Ce qui expliquait ses vêtements légers et printaniers dans des tons de pêche totalement inadaptés à un enterrement. Il retira son trench-coat et le lui tendit.

— Je suis vilaine à ce point-là ?

— Pas du tout. Mais tu vas bientôt être ruisselante d'eau. Tes chaussures ont beau être fichues, ce n'est pas une raison pour que ta robe suive le même chemin.

Elle enfila l'imperméable dans lequel elle flottait.

— Au moins tu as pensé à prendre un parapluie, remarqua-t-il.

L'objet qu'elle tenait au bout des doigts était fermé.

— Oui. Un de ces ridicules machins pliants. Je l'ai acheté à l'aéroport. Il n'arrête pas de se refermer tout seul. (Elle noua la ceinture du trench-coat.) Tu as parlé à Barbara ?

— Plusieurs fois au téléphone depuis mercredi. Mais pas aujourd'hui. Pas encore.

Lady Helen observa les gens qui s'avançaient vers le sergent Havers. Lynley observa lady Helen. Lorsqu'elle pivota soudain vers lui, il sentit la chaleur lui monter au visage. Ses mots le surprirent.

— Simon m'a parlé de l'affaire, Tommy. De l'école. De ce petit garçon. (Elle hésita.) Quelle histoire horrible ! Ç'a dû être affreux.

— Par certains côtés, oui. L'école surtout.

Il détourna les yeux. Près de la tombe voisine, la femme aux gants de plastique rose grattait toujours la terre. A ses pieds une azalée attendait d'être plantée.

— A cause d'Eton ?

Comme elle le connaissait bien ! Comme elle était capable de le toucher au plus profond de son être sans même essayer !

— Je priais pour lui à Eton, Helen. Je te l'ai dit ? Dans la chapelle du souvenir. Les quatre archanges, un dans chaque coin, me regardaient, me certifiant que mes prières seraient exaucées.

J'y allais tous les jours. Je m'agenouillais et je priais. Mon Dieu, je vous en prie, faites que mon père vive. Je ferai n'importe quoi. Mais faites qu'il vive.

— Tu l'aimais, Tommy. Tu faisais ce que font les enfants quand ils aiment leurs parents. Ils ne veulent pas les voir mourir. Ce n'est pas un péché.

Il secoua la tête.

— Ce n'est pas ça. Je ne savais pas. Je ne pensais pas... Je priais pour qu'il vive, Helen. Qu'il vive. Je n'ai jamais pensé à prier pour obtenir sa guérison. Et ma prière a été exaucée. Il a vécu. Pendant six effroyables années.

— Oh ! Tommy !

La chaleur de sa voix, sa compassion le poussèrent à murmurer malgré lui :

— Comme tu m'as manqué !

— Tu m'as manqué, toi aussi, dit-elle. C'est vrai.

Il fut tenté de puiser espoir et réconfort dans ces quelques mots. Il eut envie de leur donner un sens, d'y voir une promesse. En les entendant il eut envie de tout risquer de nouveau, de mettre sa vie aux pieds d'Helen, de lui déclarer son amour, de lui demander de reconnaître qu'il existait entre eux un lien qui les unissait depuis longtemps. Heureusement, s'ils ne lui avaient pas permis de l'oublier, les deux derniers mois passés sans elle lui avaient au moins appris à se dominer.

— J'ai un nouveau sherry à la maison, dit-il en guise de réponse. Tu viendras le goûter un de ces jours pour me dire ce que tu en penses ?

— Tommy, tu sais que je ne peux pas résister au sherry. Eût-il été décanté dans des chaussettes sales que je serais capable de le trouver délicieux.

— Tu me rassures.

— Pourquoi ?

— Je n'ai utilisé que des chaussettes propres.

Elle rit. Son visage s'éclaira.

Encouragé, il poursuivit :

— Veux-tu passer ce soir ? (Avant d'ajouter vivement :) Ou demain. Ou plus tard. Tu dois être morte de fatigue après ce vol.

— Et après le sherry ? Qu'est-ce que tu me proposes ?

Il cessa de plaisanter :

— Je ne sais pas, Helen. Peut-être que tu pourrais me raconter ton voyage. Peut-être que je te parlerai de mon travail. S'il se fait tard, peut-être qu'on fera des œufs brouillés, qu'on sera obligés de jeter parce qu'ils seront brûlés. Ou peut-être qu'on passera tranquillement la soirée à ne rien faire. Je ne sais pas. Je ne peux pas mieux te dire. Je ne sais pas.

Lady Helen hésita. Elle jeta un coup d'œil au sergent Havers et à sa mère. Les rangs des invités commençaient à s'amenuiser. Lynley savait qu'elle voulait rejoindre Barbara, avait conscience que lui-même aurait dû être avec les autres près de Barbara au lieu d'attendre que la femme qu'il aimait se décide à lui dire quelque chose — n'importe quoi — qui lui laisserait entrevoir la tournure qu'allait prendre son avenir. Il était furieux après lui-même. Une fois de plus, il avait mis Helen dans une situation impossible. Le besoin qu'il avait de savoir, d'obtenir une réponse à tout prix allait encore déclencher chez elle un réflexe de fuite.

— Je suis désolé, Helen, dit-il abruptement. J'ai parlé sans réfléchir. On dirait que c'est chronique chez moi. Laissons tomber ça pour l'instant et allons parler à Barbara, tu veux ?

Lady Helen eut l'air soulagé.

— Excellente idée.

Elle lui prit le bras et ils se dirigèrent vers le petit groupe qui était toujours sous l'auvent de plastique.

— Tommy, dit lady Helen, pensive au bout d'un moment. J'adore le sherry. J'ai toujours aimé ça.

— Je sais. C'est pourquoi j'avais pensé...

— Ce que je veux dire, c'est que... c'est oui, pour le sherry. Ce soir, ça me semble... bien.

Son hésitation le rappela à la prudence. Lynley refusa de se laisser aller à se faire des idées. Il se contenta de répéter :

— Et après le sherry ?

— Je ne sais pas. Comme toi, je ne peux pas te dire mieux. Est-ce que c'est assez pour cette fois ?

Ce n'était pas assez. Ce ne serait jamais assez. Seule la certitude le comblerait. Mais, pour cela, il lui faudrait patienter.

— C'est assez, mentit-il. Pour l'instant. C'est suffisant.

Ils rejoignirent Saint James et Deborah. Ils attendirent leur tour pour parler à Barbara. Lynley dut se contenter du plaisir que lui procurait le contact de la main d'Helen sur son bras. Il lui fallut se satisfaire de la pression de son épaule contre la sienne, de sa présence à son côté, du son de sa voix. Ce n'était pas du tout ce qu'il attendait d'elle. Mais, pour le moment, il lui faudrait s'en contenter.

Note de l'auteur

Bien qu'il existe de nombreuses écoles privées en Angleterre, Bredgar Chambers — pur produit de mon imagination — ne saurait être confondu avec aucun autre établissement existant du même type.

Je tiens toutefois à remercier les directeurs d'école, les personnels administratif et enseignant ainsi que les élèves qui m'ont permis de réunir la documentation sur laquelle je me suis appuyée pour rédiger cet ouvrage.

Je remercie tout particulièrement Christopher et Kate Evans de Dauntsey's School dans le Somerset ainsi que leur collègue Christopher Robbins ; Robin Macnaghten de Sherborne, école de garçons située dans le Dorset ; Richard et Caroline Schoon Tracy de Allhallows School dans le Devon, ainsi que John Stubbs et Andy Penman dont j'ai pu interroger les élèves ; Simon et Kate Watson de Hurstpierpoint College dans le Sussex ; Richard Poulton du Christ's Hospital dans le West Sussex ; miss Marshall d'Eton College dans le Berkshire ; et, par-dessus tout, les élèves qui se sont confiés à moi avec tant de franchise : Bertrand, Jeremy, Jane, Matt, Ben, Chas et Bruce. Le temps que j'ai passé en Angleterre en compagnie des personnes mentionnées ci-dessus m'a permis de me faire des écoles privées une idée autrement plus exacte et plus complète que celle que j'aurais pu retirer de recherches plus classiques.

Aux Etats-Unis, je tiens à remercier Fred VonLohman, qui a effectué à mon intention — et sans ménager son temps — des recherches préliminaires à l'université de Stanford ; Blair Maffris, Michael Stephany, Hiro Mori, Art Brown et Lynn Harding qui ont bien voulu répondre à mes innombrables questions ; les experts en criminalistique Stephen Cooper et Phil Pelzel qui ont eu la gentillesse de m'ouvrir les portes de leur laboratoire.

Enfin, je tiens tout spécialement à remercier Ira Toibin, qui m'a aidée à mener ce projet à son terme et Deborah Schneider, qui a été mon rocher de Gibraltar.

Postface

> *« Le gaillard étranglé assis à son bureau, la fille crasseuse avec l'aiguille plantée dans le bras, le cadavre sauvagement mutilé d'un jeune homme. S'habituait-on vraiment à la noirceur de l'âme et à la misère humaine ?*
> *— C'est comme contempler l'enfer, non ? »*
>
> Enquête dans le brouillard

En 1988, Elizabeth George a fait, avec *A Great Deliverance*, une entrée plutôt fracassante en littérature policière. Publié chez Bantam, ce roman fit partie l'année suivante de la sélection pour le Edgar Allan Poe Award du meilleur premier roman décerné par les Mystery Writers of America et obtint la même année l'Anthony Award du meilleur premier roman à la Bouchercon [1] de Philadelphie ainsi que l'Agatha Award du meilleur premier roman à la Malice Domestic Conference.

Traduit aux Presses de la Cité sous le titre *Enquête dans le brouillard* en 1990, il obtenait la même année le Grand Prix de littérature policière.

Rarement un premier roman s'était vu couronné par autant de prix différents. Rarement un premier roman avait provoqué aussi unanimement l'adhésion du public (notamment anglais) et de la critique.

Quels étaient donc les aspects, les éléments de ce roman qui avaient à ce point impressionné jurés et lecteurs et lui avaient assuré une renommée si singulière ? La réponse est d'autant plus facile à donner qu'à le relire huit ans après avoir voté pour lui au

1. Convention américaine annuelle du roman policier, ainsi nommée en hommage au critique Anthony Boucher.

Grand Prix de littérature policière, j'ai retrouvé les mêmes émotions, vibré de la même manière aux mêmes passages.

Dans *Enquête dans le brouillard*, Elizabeth George disposait de deux cartes maîtresses. La première, c'est l'originalité de son duo de détectives. Un duo parfaitement antagoniste puisque composé d'un homme séduisant et d'une femme sans grâce. Mais de surcroît, à la différence des sexes et à la dissemblance physique viennent s'ajouter des origines sociales très éloignées : Thomas Lynley appartient à la vieille noblesse anglaise : il est comte d'Asherton — et Elizabeth George avoue dans un entretien pour *The Armchair Detective* qu'elle l'avait fait comte pour le plaisir un peu incongru d'avoir un personnage portant deux noms différents ! — tandis que Barbara Havers est issue d'un milieu populaire et vit dans une banlieue misérable.

Elizabeth George a prémédité cet écart social. Elle s'en explique dans une interview : « Je pense que la société anglaise est une société de classes très marquée. J'ai écrit *Enquête dans le brouillard* en donnant à Lynley un partenaire d'un milieu très différent du sien parce que je voulais un personnage qui puisse lui servir de repoussoir. Il me semblait que Lynley était trop excentrique pour être vraiment sympathique. C'est pourquoi j'ai créé un autre personnage qui inviterait le lecteur à détester Lynley avec lui. Si j'arrivais à faire évoluer l'opinion de Barbara Havers sur Lynley au fil du roman, le lecteur changerait d'avis lui aussi et finirait par oublier qu'il était un aristocrate pour voir en lui un homme plein de compassion. Je n'ai jamais essayé vraiment d'explorer le système de classes anglais. J'ai juste trouvé intéressant le fait qu'il y en ait un et j'ai voulu que mon roman s'en fasse le reflet... [1] »

De ces différences, de ces oppositions même, Elizabeth George a joué avec une remarquable habileté tout au long d'*Enquête dans le brouillard*, obtenant du lecteur le mouvement d'opinion escompté au sujet de Thomas Lynley lorsque Barbara Havers découvre qu'il n'est pas l'horrible snob qu'elle croyait.

En fait, avec Thomas Lynley et Barbara Havers, Elizabeth George a dessiné deux portraits de policiers bien plus fouillés qu'il n'est de coutume, même dans les romans où les auteurs prennent soin de développer la psychologie et la vie privée de leurs enquêteurs et leurs effets sur leur comportement professionnel. Elle est allée très loin dans la dissection des âmes, dans l'analyse des personnalités.

1. Parue dans *Mystery Scene* n° 37, 1992.

Un paragraphe de *Cérémonies barbares* livre les clefs de celles de ses deux policiers. « Ce qui les différenciait allait bien au-delà du milieu d'origine. Ils avaient des façons diamétralement opposées de percevoir la vie et l'humanité. Celle de Havers — dure, dénuée de sympathie — reposait sur une méfiance viscérale à l'égard d'un monde qui ne lui avait pas fait de cadeau. Celle de Lynley — teintée de compassion, pleine de compréhension — reposait presque entièrement sur un sentiment de culpabilité qui lui faisait une obligation de se mettre à la portée d'autrui, d'apprendre, d'expier, de secourir, de faire amende honorable. »

Pourtant, malgré tout ce qui les sépare, il y a entre eux une ressemblance frappante qui est leur déchirure intérieure, leur blessure intime et cruelle, infligée dans le cadre du cercle familial par la mort traumatisante d'un être cher et le sentiment insurmontable d'une trahison. Celle de Thomas Lynley est au centre de l'intrigue d'*Une douce vengeance*. Celle de Barbara Havers s'expurge dans une brève mais poignante confession-catharsis à la fin d'*Enquête dans le brouillard*.

Grâce à cette confession, sans doute, Elizabeth George a obtenu un effet paradoxal : elle avait créé Barbara Havers pour rendre Lynley plus humain, sans imaginer l'accueil que les lecteurs lui réserveraient : « Les lecteurs américains sont absolument fascinés par le sergent Havers. L'essentiel du courrier que je reçois la concerne. Elle a un caractère plus rugueux que celui de Lynley, ce qui peut faire croire qu'elle est plus forte. Mais il n'entrait pas dans mes intentions de la laisser éclipser les autres personnages. Je voulais que Lynley et Saint James aient un poids comparable au sien dans le roman [1]. »

Dans la suite d'escarmouches qui opposent Lynley et Havers, la dernière scène d'*Enquête dans le brouillard* laisse supposer mieux qu'une trêve : que le duo antagoniste a laissé place à une véritable équipe. Ce qu'Elizabeth George s'appliquera à démontrer dans les romans suivants. Nous y reviendrons plus loin.

La seconde carte maîtresse du roman d'Elizabeth George, c'est son thème ou, si l'on préfère, la nature du crime qui est au centre de l'intrigue. Et il n'échappera à aucun lecteur que ce crime n'est pas l'assassinat de William Teys, mais l'inceste. C'est donc à un sujet particulièrement difficile, douloureux, sensible, qui n'a guère perdu de son caractère scandaleux et tabou comme l'ont encore montré quelques affaires récentes qu'Elizabeth George s'est attachée.

---

1. *The Armchair Detective*, volume 25, n° 3, été 1992.

Ce qui est admirable dans *Enquête dans le brouillard*, c'est la façon dont Elizabeth George l'a traité. Sans schématisme aucun, en abordant tous les aspects de cet épineux problème, en évoquant toutes les séquelles déstructurantes d'un tel acte, en n'occultant rien de la façon dont l'entourage des victimes réagit généralement. Mais sans surenchère non plus, en laissant au seul témoignage des deux sœurs le soin d'énoncer l'horreur avec une sobriété glaçante.

C'est aussi la façon dont ce thème n'est dessiné que lentement et n'est révélé que tardivement ; le rôle dévolu à Lynley et Havers étant moins de trouver le coupable du meurtre de William Teys que de dissiper l'opacité du crime, de mettre au jour les mécanismes secrets qui y ont conduit. Elizabeth George a maîtrisé à la perfection cette stratégie du dévoilement différé qui finit par la mise en lumière impitoyable d'un profil psychopathologique.

Encore fallait-il disposer d'un décor où ce dernier ait la possibilité de sévir sur la durée, dans le silence vaguement complice du voisinage. Elizabeth George a choisi une petite communauté rurale. « Quand j'ai commencé à travailler sur *Enquête dans le brouillard*, j'ai pensé situer l'action dans le Yorkshire et j'ai passé dix jours à rechercher, dans cette région, le cadre qui convenait à mon intrigue. J'ai finalement découvert un petit village appelé Lassingham, qui m'a paru idéal. Je l'ai simplement un peu agrandi et j'ai rajouté une ou deux églises autour[1]. »

Qu'on ne s'y trompe pas : Keldale n'a pas grand-chose à voir avec les Saint Mary Mead et les Mayhem Parva du roman d'énigme anglais. Pas plus d'ailleurs qu'avec les décors utilisés par Martha Grimes, autre auteur américain qui situe ses intrigues en Angleterre, mais qui œuvre, elle, dans une veine toute classique.

Ce qui intéresse Elizabeth George, ce n'est pas la simple résolution du crime, la pure mécanique policière ; c'est le mystère des êtres, leur infinie complexité, la face sombre de leur psyché. Et si elle met un point d'honneur à boucler la moindre de ses intrigues secondaires[2], elle n'achève jamais un roman sur la divulgation de la vérité. D'abord, parce que ses personnages continuent à vivre, à aimer, à souffrir. Et ensuite parce que la divulgation de cette vérité a toujours des conséquences, des effets. Que serait *Enquête dans le brouillard* sans la bouleversante scène finale où Tessa retrouve sa fille Gillian ?

---

1. *The Armchair Detective*, volume 25, n° 3, été 1992.
2. Comme celle de la disparition de Russell Mowrey.

Dans *Le Lieu du crime*, l'apparence est encore plus trompeuse. Lynley et Havers sont amenés à enquêter dans le décor idéal du « whodunit », du roman-problème : le lieu clos, en l'occurrence une vieille demeure écossaise isolée, le manoir de Westerbrae, où le crime initial n'a pu être commis que par l'un des résidents. Mais, d'une part, le roman ne reste pas engoncé dans ce décor et, après avoir respecté l'unité de lieu chère au théâtre, s'ébroue au large, dans l'espace et dans le temps. Et, d'autre part, l'auteur s'intéresse moins aux crimes commis qu'à décliner de multiples façons le thème de la trahison, en montrant sa prédilection pour ce qu'on pourrait appeler le « nœud gordien familial », fabrique privilégiée des mensonges, des névroses et des vies tronquées.

Avec *Le Lieu du crime*, Elizabeth George traite pour la première fois d'une institution britannique : le théâtre, qui a, en Angleterre, une vitalité, un impact public, une place dans la vie sociale qu'on est bien en peine d'imaginer en France. Non seulement, elle y met en scène les « acteurs » — au sens large : auteur, producteur, metteur en scène et leurs proches inclus — d'une pièce de théâtre, mais son intrigue mêle de façon presque inextricable le théâtre et la vie et elle utilise avec virtuosité, dans la première partie du roman, les entrées et les sorties « de scène » des différents protagonistes.

Dans *Cérémonies barbares*, dont l'idée de départ lui a été inspirée par la lecture d'un fait divers dans le *Los Angeles Times* concernant la découverte du corps nu d'un enfant au bord d'une route du Nebraska, c'est l'univers des « public schools » qu'elle explore avec une minutie et une acuité psychologique qui lui permettent de détecter les moindres fêlures des personnages, annonçant ainsi les développements ultérieurs de l'œuvre qui ira toujours plus loin dans ce sens.

Dans ce roman, délivrée des influences classiques du *British detective novel* (avec *Le Lieu du crime*, elle avait prouvé qu'elle était capable de s'accommoder des contraintes les plus sévères sans pour autant perdre sa voix), Elizabeth George entame l'exploration d'un territoire qui lui appartient en propre. Rien de surprenant à ce qu'on retrouve, au cœur profond de l'intrigue, un nœud gordien familial d'un extrême enchevêtrement, qui trouvera son point d'orgue dans une révélation digne d'une tragédie grecque. Mais autour de cet imbroglio de passion, de haine et de détestation, que de drames intimes, de destinées brisées ou moulues, de souffrances amères mis au jour par le regard inquisiteur des deux enquêteurs ! Tout l'art d'Elizabeth George est dans sa manière patiente, tout en douceur, d'aller sonder les détresses et les errements humains derrière la façade des apparences.

Une douce vengeance, publié après *Cérémonies barbares*, marque un net retrait, auquel il convient cependant de n'attacher qu'une importance minime. Quoiqu'il ait été réécrit — et l'on peut supposer qu'Elizabeth George en a profité pour enrichir l'intrigue policière et lui donner son double ressort —, il s'agit en fait de son second roman, composé juste avant *Enquête dans le brouillard*.

Dans la première version, son personnage principal était Simon Allcourt-Saint James, un expert en criminologie « extrêmement brillant, mais physiquement handicapé », et pour cette raison même, très vulnérable. Lynley n'était qu'un faire-valoir dont la qualité majeure était d'appartenir à Scotland Yard. Quand Elizabeth George a repris son roman, elle en a profité pour mettre au net et compléter tous les éléments de l'intrigue nouée entre les membres de son quadrilatère amoureux : Simon Saint James, Deborah Cotter, Thomas Lynley et lady Helen Clyde. Même si cette histoire d'amour assez torturée, en forme de chassé-croisé, a obtenu un fort bon accueil public [1], force nous est de reconnaître que c'est la partie de l'œuvre qui nous semble la moins intéressante, la plus convenue.

Plus notable, à notre sens, et en tout cas plus révélatrice, est, dans ce même roman, tout ce qui concerne la relation entre lord Asherton et son domaine délaissé d'Howenstow, et qu'explicite peut-être une réflexion de Deborah Cotter : « Comme si Howenstow était un autre Manderley. »

On sait la passion d'Elizabeth George pour la littérature anglaise, pour des auteurs comme Shakespeare, Jane Austen, Thomas Hardy... Il est permis de penser que, dans ces premiers romans, elle a pu prendre pour « modèles » certains d'entre eux : Daphné du Maurier et son romanesque incandescent dans *Une douce vengeance*, les sœurs Brontë dans *Enquête dans le brouillard*. Avec *Cérémonies barbares*, l'influence littéraire s'est réduite à quelques vers d'une élégie...

Si *Une douce vengeance* n'est paru qu'en 1991, à la suite des trois autres romans de cet Omnibus — *Enquête dans le brouillard, Le Lieu du crime, Cérémonies barbares*, qui se succèdent dans le temps du récit —, les événements qu'il décrit prennent place

1. Elizabeth George l'affirme dans son interview pour *Mystery Scene* et on peut penser que le public féminin a, en effet, été sensible à son caractère très « romantique ».

chronologiquement avant ceux narrés dans le premier des trois. C'est pour cette raison qu'il figure ici en première position. Thomas Lynley y croise brièvement Barbara Havers avant que le commissaire Webberly n'ait l'heureuse intuition de les « marier » professionnellement. Après *Enquête dans le brouillard*, Elizabeth George a fait évoluer les relations entre ses deux policiers vers une camaraderie complice (voir la dernière réplique du *Lieu du crime*). Elle a montré leur efficacité et leur complémentarité dans l'exercice de leur métier. Elle a suivi les aléas de leur vie privée d'un roman à l'autre. D'un côté, elle s'est faite la chroniqueuse des amours tumultueuses de Thomas Lynley et d'Helen Clyde, utilisant, au passage, d'habile manière la jalousie de Lynley pour donner un tour plus dramatique encore à l'intrigue du *Lieu du crime*. D'autre part, elle a raconté sans emphase les démêlés de Barbara avec ses parents jusqu'à ce qu'enfin celle-ci puisse échapper à l'emprise débilitante d'un quartier sordide. Dans *Un goût de cendres* qui, à bien des égards, marque le franchissement d'une étape dans l'œuvre, Helen Clyde a accepté d'épouser Lynley et Barbara est devenue l'amie d'une petite Pakistanaise. Il est encore trop tôt pour faire le point sur l'évolution d'une œuvre qui s'affirme, roman après roman, comme l'une des plus remarquables des années 90. D'autant que cela nous entraînerait loin des quatre romans qui en ont constitué les fondations.

Mais peut-être est-il possible, pour conclure, de résumer en une phrase ce qui fait la force d'Elizabeth George. Tous ses romans nous rappellent combien est juste cette citation livrée par Thomas Lynley dans *Le Lieu du crime* : « La mort d'un seul homme m'amoindrit, car je suis lié à l'humanité tout entière. »

Jacques BAUDOU

Premier entretien avec Elizabeth George (1992)

Pouvez-vous vous présenter ?

Je m'appelle Susan Elizabeth George. J'ai quarante et un ans. Je suis née à Warren dans l'Ohio, un Etat du Mideast des Etats-Unis.

Avant d'écrire des romans policiers, que faisiez-vous ?

J'ai enseigné l'anglais dans un lycée pendant treize ans et demi. J'ai tout enseigné dans cette matière, de Shakespeare au roman policier. C'est ce qui explique mes connaissances dans le domaine des romans policiers britanniques. J'ai fait étudier les histoires d'Edgar Poe, les romans d'Agatha Christie, de Dorothy Sayers, de P.D. James. C'est comme cela que je me suis intéressée de près à la littérature policière anglaise.

Votre premier roman fut Enquête dans le brouillard. *Comment avez-vous été amené à l'écrire ?*

Ce n'était pas en fait mon premier roman policier. J'avais fait deux essais auparavant en utilisant les mêmes personnages. Le premier roman avait Saint James comme héros. Il se déroulait dans le nord de l'Angleterre et Thomas Lynley était le principal suspect dans l'affaire. Le second est *Une douce vengeance* que j'ai réécrit il y a un an et qui va bientôt être publié. Le troisième, où j'ai décidé de donner le rôle principal à Lynley — c'est lui qui résout l'affaire — fut effectivement *Enquête dans le brouillard*. Quand j'ai écrit ce livre, j'ai voulu jouer avec les idées préconçues du lecteur de romans policiers, par exemple que le détective ne peut pas avoir commis le crime. Une autre est que, si un personnage est soupçonné dès le début, le lecteur pense qu'il est innocent. J'ai utilisé cette idée préconçue, mais, dans mon livre, le suspect désigné comme coupable dès le début du roman l'est vraiment. Roberta a vraiment tué son père comme elle en a fait l'aveu à la police. L'important, c'est le mobile du crime, et non l'identité du coupable.

Dans Enquête dans le brouillard, *vous utilisez deux personnages inhabituels dans le roman policier : un inspecteur qui est un aristocrate séducteur et, à l'opposé, un sergent qui est une femme laide, d'extraction plébéienne, deux personnages antagonistes qui ont un « background » important et une réelle profondeur psychologique. Pourquoi ?*

Cela prend tellement de temps d'écrire ce type de roman que je veux dessiner mes personnages récurrents du mieux possible, les rendre le plus vivant que je peux, et non pas me consacrer au simple processus de résolution du crime. Ainsi, quand mes détectives quittent leur travail, ils ont aussi des problèmes dans leur vie privée. Ce n'est pas aussi simple que d'avoir des policiers qui n'ont rien d'autre que leur travail à faire, et rien dans la vie que leur travail. Mais je préfère avoir des personnages qui ne soient pas figés, qui vivent, bougent, aiment... C'est le type de roman que j'aime lire ; c'est aussi le type de roman que j'aime écrire.

Dans Enquête dans le brouillard, *Lynley et Barbara Havers ont des rapports assez tendus, qui évoluent un peu au cours du livre. Les avez-vous aussi fait évoluer dans les romans suivants ?*

Quand j'ai commencé *Le Lieu du crime*, j'ai très vite compris que je ne pouvais faire de chaque roman un livre dans lequel Lynley et Havers se disputent et s'accrochent, dans lequel Barbara hait Lynley pour son appartenance à la haute société, dans lequel il se montre compréhensif et compatissant à son égard. Je pouvais et je devais faire en sorte que leur relation évolue vers la camaraderie et l'amitié.

Dans le second roman, Barbara Havers se trouve confrontée à une grave décision. Elle réalise que Thomas Lynley a perdu son objectivité et est en train de faire fausse route. Elle en est très consciente, mais il est son supérieur hiérarchique. Elle doit choisir entre lui désobéir, prendre le risque de conduire sa propre enquête dans une tout autre direction, en sauvant ainsi du même coup la carrière de Lynley, ou bien le laisser se fourvoyer et ne pas mettre sa propre carrière en danger.

Je pense que ce qui fait le succès d'une série de romans policiers auprès des lecteurs, ce n'est pas la complexité des affaires criminelles ou l'ingéniosité de la solution, mais l'intérêt que ces mêmes lecteurs peuvent porter aux personnages récurrents.

J'essaie de montrer des personnages qui évoluent dans le temps, qui ne restent pas bloqués, qui ont des aventures ou des épreuves analogues à celles que nous connaissons tous dans le cours de notre vie.

Enfin, chaque livre est l'occasion pour moi d'explorer plus profondément le caractère de mes personnages récurrents. Dans le second livre je me suis intéressée à l'évolution des relations entre Barbara et Lynley, mais je suis également allée plus loin dans celles entre Lynley et Helen. Dans le troisième roman, Helen est absente, mais je me suis attachée aux relations entre Deborah et Saint James ainsi qu'à celles de Barbara et de ses parents. A chaque fois, j'essaie d'aller dans d'autres directions, de manière que le lecteur ait une image complète de la vie des personnages.

Le Voile des apparences *est-elle votre seule nouvelle ?*

Oui. Quand j'écris une nouvelle, je vois l'histoire évoluer automatiquement vers un roman, vers un roman miniature, avec tous les éléments concentrés en quelques pages. J'ai beaucoup de mal à raconter une histoire en peu de mots. Je pense que la nouvelle est une forme artistique très différente du roman. La plupart des grands nouvellistes sont de piètres romanciers et inversement. Bien sûr, il y a des écrivains qui pratiquent les deux formes de façon tout aussi remarquable. Ce n'est pas mon cas. Il m'est très difficile de confiner mes histoires et mes intrigues dans l'espace restreint d'une nouvelle.

Aviez-vous écrit d'autres choses avant votre premier roman policier ?

Oh oui ! J'ai commencé à écrire quand j'avais sept ans. Mes parents m'ont donné une vieille machine datant de 1929, une très jolie machine. Cela a contribué à ma vocation littéraire. Quand j'étais en classe de septième, j'ai écrit mon premier roman. Je ne savais pas comment il fallait procéder. Alors j'ai coupé des feuilles de papier à la dimension d'une page de livre, je les ai glissées dans la machine et j'ai tapé mon roman. Et je suis arrivée à le terminer : j'en étais très fière !

Pendant mes années de lycée, j'ai écrit un second roman, ce qui m'a pris deux ans. Et aussi de nombreuses nouvelles. C'est à cette même époque que j'ai commencé à m'intéresser beaucoup à l'Angleterre, à lire tout ce que je trouvais sur ce pays et sa culture. Puis, pendant une longue période, je n'ai plus rien écrit. J'étais devenu un jeune professeur. Je n'avais plus de temps, car j'étais très occupée à corriger les devoirs. En 1983, j'ai commencé à écrire un roman avec détermination, bien décidée à voir si j'étais capable de le mener à bien.

Avez-vous été publiée avant Enquête dans le brouillard *?*

Les deux seules choses que j'ai publiées avant ont été deux articles pour le *San Francisco Examiner* pendant que j'étais au lycée : un sur le conflit entre parents et teenagers, l'autre sur la culture britannique.

Vous connaissez bien l'Angleterre ?

Oh oui ! vraiment très bien. A chaque fois que je commence un roman, je vais dans une région précise de l'Angleterre et je l'étudie avec attention.

Pourquoi écrivez-vous sur l'Angleterre, vous qui êtes américaine ?

Pour de nombreuses raisons. La première, c'est que mon éducation s'est faite avec la merveilleuse littérature anglaise bien plus qu'avec l'américaine. Et j'ai plus enseigné la littérature anglaise que celle de mon pays.

Mais il y a plus important. J'ai une grande passion pour l'Angleterre. Ma philosophie d'écrivain, c'est d'écrire sur ce qui est ma passion. Vous devez écrire où l'énergie circule. Et pour moi, le seul endroit où je sens l'énergie circuler, c'est l'Angleterre. Quand je vais en Angleterre — et j'y vais maintenant très souvent — je trouve bien plus facilement de quoi bâtir mes intrigues qu'en restant chez moi en Californie. C'est vraiment un lieu magique pour moi !

Vous vivez en Californie. Vous n'enseignez plus ?

Je donne encore quelques heures de cours dans un collège local, des cours du soir, une fois par semaine, et le reste du temps, j'écris. Ecrire est un métier vraiment solitaire et cette solitude me pèse un peu. Je passe de nombreuses heures toute seule devant mon ordinateur, mais c'est malheureusement la seule façon d'écrire un roman. Ce n'est pas très facile pour moi, même si je fais cela depuis quatre ans à temps plein.

Pensez-vous écrire un jour des romans sans Lynley et Havers ?

J'ai une idée en tête. Je voudrais écrire un roman qui se déroulerait dans une cité industrielle mourante de l'Ohio, tout près de mon lieu de naissance. Les personnages seraient américains et le crime aussi. Mais ce n'est pas, en ce moment, une chose que je puisse sérieusement penser à écrire. Je commence lundi prochain un nouveau roman avec Lynley et Havers et j'ai une idée pour un roman suivant les mettant en scène.

Pourquoi avez-vous choisi le roman policier ?

Parce qu'il fournit une structure narrative que l'auteur peut moduler comme il le souhaite. Par exemple, il y a des romans policiers où ce qui compte, c'est juste le crime et la solution. Il n'y a rien d'autre : peu ou pas de descriptions, pas d'intrigues annexes, des personnages sans grande profondeur psychologique. Juste le crime et c'est tout. Mais il existe bien d'autres manières d'utiliser la formule du roman policier. J'aime la structure du roman policier parce qu'elle prépare d'avance l'histoire à une conclusion naturelle : le crime est résolu à la fin du roman. Cela crée un tournant dans le roman qui induit le mouvement.

J'aime aussi beaucoup le roman policier parce que chaque livre me permet d'explorer un champ spécifique. Par exemple, dans *Le Lieu du crime*, j'ai traité de la trahison et j'ai étudié comment chacun des personnages était affecté par celle-ci, en amour ou au sens propre.

Comment écrivez-vous ? Faites-vous un plan ?

Tout commence habituellement par une idée. Quelquefois, comme ce fut le cas pour *Cérémonies barbares*, c'était juste l'idée de la mort d'un garçon de douze-treize ans et rien d'autre : je ne savais pas qui l'avait tué, ni pourquoi. Je pars alors en Angleterre et je recherche les endroits, les décors dans lesquels l'intrigue pourrait prendre place. J'interviewe des gens : professeurs, étudiants, directeurs, etc. Je prends des photographies. Quand je quitte l'Angleterre, trois semaines plus tard, j'ai déjà en tête la totalité de l'intrigue.

Quand je reviens en Californie, la première chose que je fais, c'est de dresser une liste des personnages : l'assassin, la victime, les familiers de l'un et de l'autre, les personnages secondaires, les suspects. Puis, pour chacun d'entre eux, je fais une fiche qui détaille ses caractéristiques physiques et morales, son milieu familial, ses opinions politiques. Bref, tout ce dont il a besoin pour avoir l'air réel, vivant.

Pour certains, j'ajoute un comportement pathologique, qui amènera le personnage en question à réagir sous le stress. Le meilleur exemple est celui de Clive Pritchard dans *Cérémonies barbares*, qui a un comportement pathologique caractéristique.

Je fais très attention aussi au décor du roman. Pour *Enquête dans le brouillard*, j'ai dessiné le village dans lequel l'histoire se déroulait. J'ai même réalisé un véritable plan du village et je l'ai placé sur le mur à côté de mon ordinateur. Dans le cas de *Cérémonies barbares*, j'ai non seulement dessiné le plan de Bredgar Chambers, mais j'ai écrit le prospectus qui est envoyé aux parents pour les convaincre d'y inscrire leurs enfants.

Puis, je commence à écrire le canevas qui décrit l'intrigue scène par scène et je décide au fur et à mesure ce qui se passera dans chaque scène. Au début, le canevas est très, très détaillé : j'y consigne les descriptions, les conversations, les éléments de la narration. Mais à mesure que le roman avance, ce canevas devient de plus en plus mince. Si j'ai besoin, par exemple, d'une scène entre Lynley et Havers, je l'indique, sans préciser plus avant ce qui va s'y passer, sans être sûre de ce qui s'y passera, alors qu'au début du livre, tout aurait été prévu... Dans le premier quart du roman, le canevas est vraiment très détaillé.

Combien de temps mettez-vous pour écrire un livre ?

Entre le moment où je quitte les USA pour aller faire des recherches en Angleterre et le moment où je poste le manuscrit à mon éditeur, cela me prend aujourd'hui un an environ. Mais chaque livre me demande plus de temps que le précédent...

Je ne connais pas tout de la civilisation anglaise, loin de là. J'ai besoin d'apprendre. Ainsi par exemple, pour *Cérémonies barbares*, j'ai eu besoin de faire des recherches précises sur le système des *public schools*. Et pour la rédaction de *Pour solde de tout compte*, j'ai eu besoin de savoir comment fonctionne l'université de Cambridge, car le fonctionnement des universités en Angleterre est très différent de celui des universités américaines. Pour chaque roman, il y a quelque chose à découvrir, à approfondir, à apprendre. Chaque livre est un exercice supplémentaire dans l'art d'écrire un roman, mais c'est aussi une occasion pour moi d'en apprendre plus sur un aspect précis de la culture britannique. Mon nouveau livre est un roman sur la sorcellerie moderne, et c'est sur la sorcellerie que je suis en train de beaucoup apprendre.

Dans Le Lieu du crime, *quel est l'aspect de la culture anglaise que vous avez exploré ?*

Le thème est celui de la trahison, et j'ai étudié comment les Anglais réagissent à la trahison, mais aussi quels types d'effets cela a non seulement sur le traître lui-même, mais sur son entourage.

Dans Une douce vengeance *?*

Je désirais en savoir plus sur l'usage de la drogue. Le roman traite non seulement de l'usage de la drogue, mais aussi des effets de la cocaïne sur les drogués.

Et dans Enquête dans le brouillard *?*

Je voulais parler de ce qui amène quelqu'un à l'inceste, mais aussi du genre de personnes qui commettent ce crime, de la façon dont elles apparaissent aux yeux de leur famille, de leur communauté.

Dans votre premier roman, non paru, Something to Hide, *aviez-vous déjà cette même conception d'un roman traitant d'un aspect de la culture anglaise ?*

Non, pas vraiment. C'est même le plus gros problème avec ce livre. Quand je l'ai écrit, je l'ai fait dans le style des romans policiers anglais des années 20-30, car j'avais lu beaucoup de romans de ce type. A la fin du livre, Saint James réunit tous les protagonistes dans la bibliothèque — y compris Lynley qui a été arrêté par la police comme suspect n° 1 —, et désigne le meurtrier. Et le meurtrier, au lieu d'exiger un avocat ou de brandir une arme, reconnaît sa culpabilité !

J'ai pris beaucoup de plaisir à la rédaction de ce roman policier trop daté. J'ai beaucoup appris en l'écrivant.

Je dois dire qu'il y a un aspect de mon œuvre qui a rendu mon éditeur anglais très nerveux : le fait que mon détective soit un noble ! Malgré ce qu'il croit, il y a eu de vrais nobles britanniques qui se sont illustrés dans la police !

Comment ça s'est passé quand vous avez terminé Enquête dans le brouillard *? Avez-vous pris un agent ?*

Alors que j'étais en train d'essayer d'écrire mon second roman, j'ai reçu les réponses négatives des éditeurs quant au premier et ces réponses négatives m'ont affectée. J'ai donc décidé de prendre un agent, parce que je préférais que ce soit lui qui reçoive les lettres de refus. Et je lui ai confié la première version d'*Une douce vengeance*, mon second roman. Mais ce n'étais pas un véritable agent — elle avait perdu mon numéro de téléphone ! — et elle ne m'a représentée que durant dix mois. Je lui ai donné aussi *Enquête dans le brouillard* que je venais de finir, mais elle ne l'a envoyé qu'à Susan Kirk chez Charles Scribner's qui avait déjà refusé mes deux premiers livres. Quand Susan Kirk a refusé le troisième, j'ai trouvé un autre agent qui acceptait de me représenter. Elle a envoyé *Enquête dans le brouillard* à un premier éditeur, Bantam, qui l'a immédiatement accepté.

Le plus drôle de l'histoire, c'est qu'un an après la publication d'*Enquête dans le brouillard*, j'ai rencontré Susan Kirk. Je voulais la remercier car, malgré son refus, elle m'avait encouragée à continuer à écrire. Je me suis approchée d'elle et j'ai commencé à lui dire « Pardon, vous ne me connaissez pas, mais je suis Elizabeth George et... »

Elle m'a interrompue aussitôt et elle m'a dit : « Je sais très bien qui vous êtes et je suis vraiment désolée de ne pas avoir publié votre roman... »

Vous avez conçu votre premier roman comme un detective novel *traditionnel. Comment êtes-vous passée à un roman d'une incontestable modernité ?*

J'apprends très facilement. Quand j'ai compris que mon premier roman n'intéressait personne, je me suis plongée dans des romans policiers anglais plus modernes, comme ceux de P.D. James par exemple, et j'ai découvert que le roman policier moderne était beaucoup plus réaliste que le *whodunit* classique. Il était beaucoup plus judicieux d'essayer de jouer la carte réaliste que de refaire une fois de plus le coup du détective réunissant les suspects dans la bibliothèque !

Je me suis aussi rendu compte d'une grande différence entre les romans policiers modernes et les vieux *detective novels* : dans les romans d'aujourd'hui, les policiers agissent comme de vrais policiers. Dans mes romans aussi : ils parlent du crime entre eux, ils se demandent si un tel est le coupable et ils échangent leurs impressions, leurs soupçons, leurs hypothèses. A chaque fois qu'ils interrogent quelqu'un, ils se demandent s'il est l'assassin ou s'il dit bien toute la vérité. Dans *Enquête dans le brouillard* et dans mes romans suivants, il y a de nombreuses discussions à propos des suspects potentiels. Je pense que cela rend l'intrigue plus réaliste.

Comment vos livres sont-ils accueillis en Angleterre ?

La plupart des lecteurs anglais pensent que je suis anglaise. Se construire une réputation en Angleterre prend du temps, contrairement aux USA où les choses peuvent arriver très vite.

Les critiques ont fort bien accueilli mes livres quoiqu'ils s'ingénient à dénicher dans chaque roman des petits détails qui prouvent que je suis américaine. Mais la plupart des articles ont été bons et le public est, lui, vraiment très enthousiaste.

(Entretien effectué en 1992. Mes remerciements à Hélène Amalric qui fut à l'origine de la rencontre avec Elizabeth George.)

Deuxième entretien (1995)

Depuis notre première interview, vous êtes devenue un auteur très important aussi bien en Angleterre, aux USA qu'en France. Quelle impression cela vous fait-il ?

Etant donné la quantité de travail que j'ai mis dans chacun de mes romans, c'est une sensation extrêmement gratifiante.

Comment travaillez-vous ? Comment préparez-vous chacun de vos livres ?

La première chose que je fais, c'est de décider le noyau de chaque roman : qui est le meurtrier, qui est la victime et de quel type de meurtre il s'agit. J'essaie de définir ensuite un lieu de crime : par exemple, l'université de Cambridge.

Par contre, si je fais l'inverse, si je me décide pour un lieu avant d'avoir choisi le noyau du roman, je vais sur place, je choisis précisément l'endroit où le crime aura lieu, et à ce moment-là, je détermine l'assassin, la victime et le meurtre. Une fois que j'ai défini tout cela, je me rends sur place pour faire des recherches plus approfondies sur le terrain : des recherches de type topographique, géographique, architectural, etc., ou des recherches sur les institutions, comme par exemple le Parlement ou l'Université britannique. Ce type de recherches consiste à prendre des notes, des photos et à faire des interviews. En fonction du roman que je vais écrire, j'interviewe des policiers, des chauffeurs de taxi, des lords, des professeurs d'université, des teenagers dans les lycées. J'ai même interviewé des sorcières...

Ensuite, je rentre chez moi et je fais une première esquisse du roman qui consiste essentiellement à créer mes différents personnages et à les baptiser, parce que le nom est très important. Puis, je crée la scène du crime : je fais un véritable travail de scénographie qui consiste soit à faire une simple carte du village dans lequel le meurtre va être commis, soit, dans le cas d'une institution comme l'université de Cambridge, à conduire un gros travail de description architecturale.

Une fois que j'ai fait tout ce travail préliminaire, je commence à ébaucher l'intrigue en procédant étape par étape. Jusqu'à ce que je butte, que je n'aie plus d'inspiration. C'est à ce moment-là que je commence à écrire. En général, les idées me viennent alors comme de fil en aiguille. Ecrire aiguillonne mon imagination.

Comme je veux que mes romans soient les plus réalistes possible, je suis obligée de faire toutes ces recherches. Je n'ai aucune envie de faire des romans en carton-pâte. Pour cela, bien sûr, il faut que tout ce travail soit effectué avant que je me mette véritablement à écrire.

Comment êtes-vous perçue en Angleterre ?

Cela dépend. Le lecteur lambda pense que je suis anglaise et ne se pose pas de question. Mais les journalistes savent que je suis américaine : ils ont un dossier de presse sur moi !

Certains auteurs anglais comme Ruth Rendell ou Julian Symons sont également critiques. Comment jugent-ils vos livres ?

Je n'ai jamais vu une critique d'un de mes romans faite par l'un de ces deux auteurs. J'ignore donc ce qu'ils pensent de moi.

Avez-vous une idée précise de la manière dont vous allez faire évoluer vos personnages, notamment Barbara Havers ou Thomas Lynley ?

Oui, j'ai une vision à long terme de ce qui va arriver à Havers et à Lynley. Mais en revanche en ce qui concerne Saint James ou Deborah, je ne sais pas du tout. C'est un peu le brouillard...

Il y a des bruits qui ont couru sur la possibilité de tirer des films ou des séries TV de vos romans. Qu'en est-il exactement ?

Le premier producteur qui s'est intéressé à mon œuvre n'a jamais réussi à faire décoller le projet en plusieurs années. Et il a été finalement abandonné.

Ensuite, Kenneth Branagh, que j'ai beaucoup apprécié dans *Henri V* et qui est quelqu'un que j'aime beaucoup personnellement, m'a proposé de racheter les droits. Mais j'ai refusé, car il voulait acheter les droits d'utilisation de mes personnages, ce qui signifiait que je n'aurais eu aucun contrôle sur l'utilisation qui en serait faite. Il souhaitait en fait se servir de mes personnages et écrire les scénarios qui les mettraient en scène. Cela aussi a été abandonné.

Maintenant, il y a une offre de Blue Heaven Productions, le groupe qui produit et adapte les Wexford pour la télévision anglaise (Meridian TV). Nous avons réussi à trouver le financement. Ce que nous attendons maintenant, c'est qu'un créneau horaire se dégage sur ITV qui est la chaîne que j'ai choisie, parce que je ne veux pas que ça passe sur la BBC.

Pourquoi ?

Ce qui est en cause, en fait, ce n'est pas la BBC, mais les chaînes de télévision avec lesquelles elle travaille aux USA. Je suis extrêmement vigilante au sujet des chaînes de télévision américaines sur lesquelles les adaptations de mes romans risquent de passer. La BBC est liée à une chaîne qui s'appelle Art and Entertainment. Si cette chaîne refuse les programmes, ils peuvent alors être passés sur PBS. Je ne veux pas prendre le risque qu'elles passent sur Art and Entertainment. Je veux qu'elles soient diffusées sur PBS — Public Broadcasting System — qui a une importante émission policière intitulée « Mystery ». Les gens qui regardent « Mystery » sont ceux qui lisent mes romans. Mon audience est là et je le sais...

Avec Un goût de cendres, *il me semble qu'une étape importante est franchie par rapport à vos autres romans. Il y a une manière d'écrire, notamment avec l'utilisation du journal intime d'Olivia, que vous n'aviez pas explorée auparavant.*

Il y a eu un choix délibéré de ma part de faire un roman différent des autres en introduisant un narrateur à la première personne qui venait s'intégrer dans une autre narration, à la troisième personne. Et je voulais également que ce narrateur à la première personne soit très différent de moi. Je crois que c'est ce qui est nouveau dans le roman.

Il y a dans votre livre une scène absolument sublime : celle où les trois enfants de Jean Cooper jouent dans le parc. Elle génère une émotion considérable.

Oui, je suis tout à fait de votre avis. Il m'a paru important de montrer Jimmy Cooper dans une scène où il n'est pas avec sa mère. Quand il est avec elle, c'est un adolescent plutôt rébarbatif, sale, mal embouché. Si j'ai choisi de le mettre en scène avec son frère Stan et sa sœur Sharon, c'était pour donner d'autres indications au lecteur et lui montrer que la relation avec sa mère est marquée par la souffrance.

Je voulais aussi, en alertant le lecteur sur la souffrance de Jimmy, l'amener à voir qu'elle naissait d'une incapacité à comprendre les relations de ses parents qui avaient divorcé mais qui continuaient à avoir une relation sexuelle.

L'un des thèmes centraux du roman, c'est celui des rapports entre mère et fille, entre Miriam et Olivia. Quel aspect particulier avez-vous voulu traiter ?

Ce que j'ai cherché à faire, c'est explorer ce que je qualifierai de guerre des personnalités. On a là deux pôles contraires : d'une part la mère, qui est du type perfectionniste, pétrie du sens du devoir, du bien faire, et de l'autre sa fille qui est une impulsive, ne pensant qu'à se donner du bon temps. J'ai essayé de décrire cette incapacité qu'elles avaient à communiquer, une incapacité rédhibitoire. Ça m'a beaucoup intéressée d'essayer de la faire partager au lecteur.

Est-ce que ces deux personnages s'aiment ou se détestent ? Vous restez dans une certaine ambiguïté...

Elles s'aiment et elles se détestent à la fois : c'est assez typique de la relation mère-fille. C'est l'amour-haine !

Hier après-midi, j'ai reçu un coup de téléphone d'une de mes meilleures amies en Californie. Il était trois heures du matin là-bas. Elle était en pleine crise à cause de sa mère. C'est pourtant une femme de quarante-trois ans, mais elle avait besoin de s'épancher sur ses relations avec sa mère. C'est un bon exemple ! Je pense que la relation mère-fille est l'une des relations humaines les plus difficiles, les plus compliquées qui soient.

Il y a une relation extrêmement violente et énigmatique — celle qui existe entre Ken et Miriam — que vous prenez grand soin d'entretenir dans un certain flou. Qu'est-ce qui vous intéressait là : étudier une situation limite, un jeune homme qui vit avec une vieille femme ?

Je voulais d'abord faire passer sur cette relation le regard perplexe d'Olivia qui est incapable de la comprendre. Olivia voit bien que sa mère est amoureuse d'un homme jeune, mais elle l'interprète à sa façon : quand on est amoureux, on passe à l'acte et c'est là justement que gît l'ambiguïté. Olivia se trompe, il n'y a pas de relations sexuelles entre eux. Quand on vieillit, le corps vieillit, mais pas l'âme, pas l'esprit qui restent inchangés. Il ne suffit pas de se dire « J'ai soixante-huit ans et je ne peux pas être amoureuse de ce jeune homme » pour s'en persuader. L'amour est quelque chose de tout à fait en dehors de notre contrôle. C'est ce que je voulais montrer également. Miriam est une femme qui a sublimé pendant tout le temps de son mariage le manque d'affection et le manque de passion en se consacrant aux bonnes œuvres, mais qui en vieillissant se trouve confrontée à une passion dont elle sait qu'elle n'éclora jamais.

Il y a un personnage intéressant qui arrive comme une sorte de révélateur : c'est le personnage de l'inspecteur Ardery qui est une femme-flic à l'opposé de Barbara Havers. Pourquoi avoir créé ce personnage ?

Au départ, c'était un homme, mais je me suis rendu compte qu'il n'était pas très intéressant. Je me suis alors demandé, si c'était une femme du même rang hiérarchique que Lynley, quel type de conflit pourrait-il y avoir entre elle et Lynley, du fait qu'il serait obligé de la traiter d'égal à égal. Quel type de situation il pourrait en découler. A un moment donné, Lynley réalise qu'il ne lui fait pas tout à fait confiance parce qu'elle est une femme.

Alors qu'il fait entièrement confiance à Barbara Havers ?

Oui, mais elle est sa subordonnée dans la hiérarchie. Donc il peut lui faire confiance. Mais, en même temps, il peut lui donner des ordres, lui imposer des choses. C'est toujours plus facile de faire confiance à quelqu'un qui est sous vos ordres, car si les gens s'écartent de la ligne que vous leur avez fixée, vous pouvez les rappeler à l'ordre !

Depuis Un goût de cendres, *y a-t-il un autre roman paru ?*

Non. Il y a en un d'achevé. Il sera publié en avril prochain en Grande-Bretagne d'abord, puis après aux USA. Les Anglais aiment bien avoir un peu d'avance sur les Américains en matière d'édition !

Il y a un contraste étonnant entre la femme charmante que vous êtes et une œuvre assez dure, assez sombre, qui pousse très loin l'analyse psychologique.

J'ai moi aussi mon côté sombre. Et je suis très, très introspective. Ce n'est pas quelque chose qui peut transparaître au cours d'une interview, mais si vous deviez passer plusieurs jours avec moi, vous vous en apercevriez sans nul doute.

Il y a dans vos romans une grande sensibilité, une attention aux désarrois, aux blessures des personnages, qui est assez rare dans la littérature policière.

En tant qu'auteur, mon envie n'était pas du tout d'arriver à écrire des intrigues parfaites, idéalement ficelées, qui tiennent le lecteur en haleine. C'était la création de personnages. Et quand un meurtre se produit, il y a nécessairement des retombées psychologiques très profondes sur les personnages proches de la victime. C'est cette matière-là qui m'intéresse le plus : toutes les retombées psychologiques. Dans mes romans, les personnages ont une histoire, une vie propre. Ils sont réels. Le meilleur exemple, dans *Un goût de cendres*, c'est le laitier, Martin Snell, qui n'apparaît qu'une fois. Il n'existe pas seulement pour découvrir la scène du crime : il est vivant, authentique, réel.

Comme le disait William Faulkner, ce qui est important, c'est de montrer le cœur humain pris dans un conflit. Et vous remarquerez que les gens qui souffrent sont plus préoccupés par leurs souffrances qu'ils ne le sont par leurs bonheurs. En anglais, on dit que la souffrance donne la mesure de l'homme. Pas le bonheur. C'est tellement facile d'être heureux ! ou plutôt, quand on est heureux, la vie est si facile...

Pouvez-vous nous dire quelques mots de votre prochain livre ?

Le prochain roman s'intitule *In the Presence of the Enemy.* Il traite de l'hypocrisie et du prix à payer pour l'hypocrisie. Ça commence par le kidnapping de la fille illégitime d'un membre du Parlement très en vue. En raison de la situation difficile que connaît le parti conservateur, il est absolument impératif que la police soit tenue à l'écart de cette histoire et que la presse ne s'en mêle pas. Pour cette raison, ce sont Saint James, Helen, Deborah qui sont impliqués dans cette enquête. Lynley et Havers n'interviennent que beaucoup plus tard...

*(Entretien réalisé en 1995 au moment de la sortie d'*Un goût de cendres. *Mes plus vifs remerciements à Martine Desoille qui m'a servi d'interprète et à Sophie Thiébaut qui a ménagé cette deuxième rencontre avec Elizabeth George.)*

Bibliographie

ROMANS

1988 **A Great Deliverance**
Enquête dans le brouillard, Presses de la Cité, 1990 (rééd. : Presses pocket, n° 4056, 1992).

1989 **Payment in Blood**
Le Lieu du crime, Presses de la Cité, 1992 (rééd. : Pocket, n° 3319, 1994).

1990 **Well-schooled in Murder**
Cérémonies barbares, Presses de la Cité, 1993 (rééd. : Pocket, n° 4206, 1994).

1991 **A Suitable Vengeance**
Une douce vengeance, Presses de la Cité, 1993 (rééd. : Pocket, n° 4333, 1995).

1992 **For the Sake of Elena**
Pour solde de tout compte, Presses de la Cité, 1994 (rééd. : Pocket, n° 4472, 1996).

1993 **Missing Joseph**
Mal d'enfant, Presses de la Cité, 1994 (rééd. : Pocket, n° 4471, 1996).

1994 **Playing for the Ashes**
Un goût de cendres, Presses de la Cité, 1995 (rééd. : Pocket, n° 10157, 1997).

1996 **In the Presence of the Enemy**
Le Visage de l'ennemi, Presses de la Cité, 1996.

1997 **Deception on his Mind**
Le Meurtre de la falaise, Presses de la Cité, 1997.

NOUVELLES

The Evidence Exposed, in *Sisters in crime 2*, anthologie de Marilyn Wallace, Pocket Books, 1990. *Le Voile des apparences*, in *Fenêtres sur crimes*, anthologie de Jacques Baudou, Collection « Sueurs froides », Denoël, 1997.

The Surprise of his Life, in *Women in the Case*, anthologie de Sara Paretsky, Delacorte Press, 1996 (rééd. : in *The Best American Mystery Stories 1997*, anthologie de Robert B. Parker et Otto Penzler, Houghton Mifflon Company, 1997). *La Surprise de sa vie*, in *Le Monde*, samedi 23 août 1997.

A propos d'Elizabeth George

« An interview with Elizabeth George », par Nancy-Stephanie Stone, *The Armchair Detective*, volume 25, n° 3, été 1992.

« Talking with Elizabeth George », par Edie Gibson, *Mystery Scene*, n° 25, 1990.

« Elizabeth George », par Anna Devore (interview), *Mystery Scene*, n° 37, 1992.

« Elizabeth George », par Jane S. Bakerman, *The St James Guide to Crime and Mystery Writers*, St James, 1996.

Composé par Nord Compo, Villeneuve-d'Ascq, Nord
Imprimé par Normandie Roto Impression s.a., 61250 Lonrai, France
en mai 1998 - n° d'impression : 981058
pour Omnibus, 12, avenue d'Italie, 75013 Paris